# Die Stücke von Bertolt Brecht in einem Band

Bechtermünz Verlag

Bechtermünz Verlag GmbH, Augsburg, 1998
Lizenzausgabe mit Genehmigung des Suhrkamp Verlages,
Frankfurt am Main
ISBN 3-86047-897-4

Printed in Hungary

# Inhalt

*Einakter*

# Baal

*Meinem Freund George Pfanzelt*

*Personen*

Baal, Lyriker · Mech, Großkaufmann und Verleger · Emilie, seine Frau · Dr. Piller, Kritiker · Johannes Schmidt · Pschierer, Direktor des Wasserfiskus · Ein junger Mann · Eine junge Dame · Johanna · Ekart · Luise, Kellnerin · Die beiden Schwestern · Die Hausfrau · Sophie Barger · Der Strolch · Lupu · Mjurk · Die Soubrette · Ein Klavierspieler · Der Pfarrer · Bolleboll · Gougou · Der alte Bettler · Maja, das Bettelweib · Das junge Weib · Watzmann · Eine Kellnerin · Zwei Landjäger · Fuhrleute · Bauern · Holzfäller

**Der Choral vom großen Baal**

Als im weißen Mutterschoße aufwuchs Baal
War der Himmel schon so groß und still und fahl
Jung und nackt und ungeheuer wundersam
Wie ihn Baal dann liebte, als Baal kam.

Und der Himmel blieb in Lust und Kummer da
Auch wenn Baal schlief, selig war und ihn nicht sah:
Nachts er violett und trunken Baal
Baal früh fromm, er aprikosenfahl.

Und durch Schnapsbudike, Dom, Spital
Trottet Baal mit Gleichmut und gewöhnt sich's ab.
Mag Baal müd sein, Kinder, nie sinkt Baal:
Baal nimmt seinen Himmel mit hinab.

In der Sünder schamvollem Gewimmel
Lag Baal nackt und wälzte sich voll Ruh:
Nur der Himmel, aber immer Himmel
Deckte mächtig seine Blöße zu.

Und das große Weib Welt, das sich lachend gibt
Dem, der sich zermalmen läßt von ihren Knien
Gab ihm einige Ekstase, die er liebt
Aber Baal starb nicht: er sah nur hin.

Und wenn Baal nur Leichen um sich sah
War die Wollust immer doppelt groß.
Man hat Platz, sagt Baal, es sind nicht viele da.
Man hat Platz, sagt Baal, in dieses Weibes Schoß.

Gibt ein Weib, sagt Baal, euch alles her
Laßt es fahren, denn sie hat nicht mehr!
Fürchtet Männer nicht beim Weib, die sind egal:
Aber Kinder fürchtet sogar Baal.

Alle Laster sind zu etwas gut
Und der Mann auch, sagt Baal, der sie tut.
Laster sind was, weiß man was man will.
Sucht euch zwei aus: Eines ist zu viel!

Seid nur nicht so faul und so verweicht
Denn Genießen ist bei Gott nicht leicht!
Starke Glieder braucht man und Erfahrung auch:
Und mitunter stört ein dicker Bauch.

Zu den feisten Geiern blinzelt Baal hinauf
Die im Sternenhimmel warten auf den Leichnam Baal.
Manchmal stellt sich Baal tot. Stürzt ein Geier drauf
Speist Baal einen Geier, stumm, zum Abendmahl.

Unter düstern Sternen in dem Jammertal
Grast Baal weite Felder schmatzend ab.
Sind sie leer, dann trottet singend Baal
In den ewigen Wald zum Schlaf hinab.

Und wenn Baal der dunkle Schoß hinunter zieht:
Was ist Welt für Baal noch? Baal ist satt.
Soviel Himmel hat Baal unterm Lid
Daß er tot noch grad gnug Himmel hat.

Als im dunklen Erdenschoße faulte Baal
War der Himmel noch so groß und still und fahl
Jung und nackt und ungeheuer wunderbar
Wie ihn Baal einst liebte, als Baal war.

**Speisezimmer**

*Mech, Emilie Mech, Pschierer, Johannes Schmidt, Dr. Piller, Baal und andere Gäste kommen durch die Flügeltür.*

MECH *zu Baal:* Wollen Sie einen Schluck Wein nehmen, Herr Baal? *Alles setzt sich, Baal auf den Ehrenplatz.*

MECH Essen Sie Krebse? Das ist ein Aalleichnam.

PILLER *zu Mech:* Es freut mich, daß Herrn Baals unsterbliche Gedichte, die Ihnen vorzulesen ich die Ehre hatte, Ihres Beifalls würdig schienen. *Zu Baal:* Sie müssen Ihre Lyrik herausgeben. Herr Mech zahlt wie ein Mäzen. Sie kommen aus der Dachkammer heraus.

MECH Ich kaufe Zimthölzer. Ganze Wälder Zimthölzer schwimmen für mich brasilianische Flüsse abwärts. Aber ich gebe auch Ihre Lyrik heraus.

EMILIE Sie wohnen in einer Dachkammer?

BAAL *ißt und trinkt:* Klauckestraße 64.

MECH Ich bin eigentlich zu dick für Lyrik. Aber Sie haben einen Schädel wie ein Mann in den malaiischen Archipels, der die Gewohnheit hatte, sich zur Arbeit peitschen zu lassen. Er arbeitete nur mit gebleckten Zähnen.

PSCHIERER Meine Damen und Herren. Ich gestehe es offen: es hat mich erschüttert, einen solchen Mann in so bescheidenen Verhältnissen zu finden. Sie wissen, ich entdeckte unseren lieben Meister in meiner Kanzlei als einfachen Inzipient. Ich bezeichne es ohne Furcht als eine Schande für unsere Stadt, derartige Persönlichkeiten für Tagelohn arbeiten zu lassen. Ich beglückwünsche Sie, Herr Mech, daß Ihr Salon die Wiege des Weltruhms dieses Genies, jawohl Genies, heißen wird. Ihr Wohl, Herr Baal!

BAAL *macht eine abwehrende Geste; er ißt.*

PILLER Ich werde einen Essai über Sie schreiben. Haben Sie Manuskripte? Ich habe die Zeitungen hinter mir.

EIN JUNGER MANN Wie machen Sie nur diese verfluchte Naivität, lieber Meister? Das ist ja homerisch. Ich halte Homer für einen oder einige hochgebildete Bearbeiter mit penetrantem Vergnügen an der Naivität der originalen Volksepen.

EINE JUNGE DAME Mich erinnern Sie eher an Walt Whitman. Aber Sie sind bedeutender. Ich finde das.

EIN ANDERER MANN Dann hat er aber eher etwas von Verhaeren, finde ich.

PILLER Verlaine! Verlaine! Schon physiognomisch. Vergessen Sie nicht unsern Lombroso.

BAAL Noch etwas von dem Aal, bitte.

DIE JUNGE DAME Aber Sie haben den Vorzug größerer Indezenz.

JOHANNES Herr Baal singt seine Lyrik den Fuhrleuten vor. In einer Schenke am Fluß.

DER JUNGE MANN Du lieber Gott, Sie stecken alle Genannten ein, Meister. Die existierenden Lyriker können Ihnen nicht das Wasser reichen.

DER ANDERE MANN Jedenfalls ist er eine Hoffnung.

BAAL Noch etwas Wein, bitte.

DER JUNGE MANN Ich halte Sie für den Vorläufer des großen Messias der europäischen Dichtung, den wir auf das Bestimmteste für die unmittelbar allernächste Zeit erwarten.

DIE JUNGE DAME Verehrter Meister, meine Herrschaften. Erlauben Sie, daß ich hier aus der Zeitschrift »Revolution« ein Gedicht vorlese, das Sie ebenfalls interessieren wird. *Sie erhebt sich und liest:*

»Der Dichter meidet strahlende Akkorde.
Er stößt durch Tuben, peitscht die Trommel schrill.
Er reißt das Volk auf mit gehackten Sätzen.

Die neue Welt
Die Welt der Qual austilgend,
Insel glückseliger Menschheit.
Reden. Manifeste.
Gesänge von Tribünen.
Der neue, der heilige Staat
Sei gepredigt, dem Blut der Völker, Blut von ihrem Blut, eingeimpft.
Paradies setzt ein.
– Laßt uns die Schlagwetter-Atmosphäre verbreiten! –
Lernt! Vorbereitet! Übt euch!«

*Beifall.*

DIE JUNGE DAME *hastig:* Erlauben Sie! Ich finde noch ein anderes Gedicht in dieser Nummer. *Sie liest:*

»Sonne hat ihn gesotten,
Wind hat ihn dürr gemacht,
Kein Baum wollte ihn haben,
Überall fiel er ab.

Nur eine Eberesche
Mit roten Beeren bespickt,
Wie mit feurigen Zungen,
Hat ihm Obdach gegeben.

Und da hing er mit Schweben,
Seine Füße lagen im Gras.
Die Abendsonne fuhr blutig
Durch die Rippen ihm naß,

Schlug die Ölwälder alle
Über der Landschaft herauf,
Gott in dem weißen Kleide
Tat in den Wolken sich auf.

In den blumigen Gründen
Singendes Schlangengezücht,
In den silbernen Hälsen
Zwitscherte dünnes Gerücht.

Und sie zitterten alle
Über dem Blätterreich,
Hörend die Hände des Vaters
Im hellen Geäder leicht.«

*Beifall.*

RUFE Genial. – Dämonisch und doch geschmackvoll. – Einfach himmlisch.

DIE JUNGE DAME Meiner Meinung nach kommt das dem baalischen Weltgefühl am nächsten.

MECH Sie müßten reisen. Die abessinischen Gebirge. Das ist was für Sie.

BAAL Aber zu mir kommen sie nicht.

PILLER Wozu? Bei Ihrem Lebensgefühl! Ihre Gedichte haben sehr stark auf mich gewirkt.

BAAL Die Fuhrleute zahlen was, wenn sie ihnen gefallen.

MECH *trinkt:* Ich gebe Ihre Lyrik heraus. Ich lasse die Zimthölzer schwimmen oder tue beides.

EMILIE Du solltest nicht so viel trinken.

BAAL Ich habe keine Hemden. Weiße Hemden könnte ich brauchen.

MECH Sie machen sich nichts aus dem Verlagsgeschäft?

BAAL Aber sie müßten weich sein.

PILLER *ironisch:* Mit was, meinen Sie, könnte ich Ihnen dienen?

EMILIE Sie machen so wundervolle Gedichte, Herr Baal. Darin sind Sie so zart.

BAAL *zu Emilie:* Wollen Sie nicht etwas auf dem Harmonium spielen?

*Emilie spielt.*

MECH Ich esse gern mit Harmonium.

EMILIE *zu Baal:* Trinken Sie, bitte, nicht so viel, Herr Baal.

BAAL *sieht auf Emilie:* Es schwimmen Zimthölzer für Sie, Mech? Abgeschlagene Wälder?

EMILIE Sie können trinken, so viel Sie wollen. Ich wollte Sie nur bitten.

PILLER Sie sind auch im Trinken vielversprechend.

BAAL *zu Emilie:* Spielen Sie weiter oben! Sie haben gute Arme.

*Emilie hört auf und tritt an den Tisch.*

PILLER Die Musik selbst mögen Sie wohl nicht?

BAAL Ich höre die Musik nicht. Sie reden zuviel.

PILLER Sie sind ein komischer Igel, Baal. Sie wollen anscheinend nicht verlegt werden.

BAAL Handeln Sie nicht auch mit Tieren, Mech?

MECH Sind Sie dagegen?

BAAL *streichelt Emiliens Arm:* Was gehen Sie meine Gedichte an?

MECH Ich wollte Ihnen einen Gefallen tun. Willst du nicht noch Äpfel schälen, Emilie?

PILLER Er hat Angst, ausgesogen zu werden. – Ist Ihnen für mich noch keine Verwendung eingefallen?

BAAL Gehen Sie immer in weiten Ärmeln, Emilie?

EMILIE Jetzt müssen Sie mit dem Wein aber aufhören.

PSCHIERER Sie sollten mit dem Alkohol vielleicht etwas vorsichtig sein. Schon manches Genie…

MECH Wollen Sie nicht noch ein Bad nehmen? Soll ich Ihnen ein Bett machen lassen? Haben Sie nicht noch was vergessen?

PILLER Jetzt schwimmen die Hemden hinunter, Baal. Die Lyrik ist schon hinuntergeschwommen.

BAAL *trinkt:* Warum die Monopole? Gehen Sie zu Bett, Mech.

MECH *ist aufgestanden:* Mir gefallen alle Tiere des lieben Gottes. Aber mit dem Tier kann man nicht handeln. Komm, Emilie, kommen Sie, meine Herrschaften.

*Alle haben sich empört erhoben.*

RUFE Herr! – Unerhört! – Das ist doch…!

PSCHIERER Herr Mech, ich bin erschüttert…

PILLER Ihre Lyrik hat auch einen bösartigen Einschlag.

BAAL *zu Johannes:* Wie heißt der Herr?

JOHANNES Piller.

BAAL Piller, Sie können mir altes Zeitungspapier schicken.

PILLER *im Abgehen:* Sie sind Luft für mich! Für die Literatur sind Sie Luft.
*Alle ab bis auf Baal.*
DIENER *herein:* Ihre Garderobe, mein Herr.

**Baals Dachkammer**

*Sternennacht. Am Fenster Baal und der Jüngling Johannes. Sie sehen Himmel.*

BAAL Wenn man nachts im Gras liegt, ausgebreitet, merkt man mit den Knochen, daß die Erde eine Kugel ist und daß wir fliegen und daß es auf dem Stern Tiere gibt, die seine Pflanzen auffressen. Es ist einer von den kleineren Sternen.
JOHANNES Wissen Sie was von Astronomie?
BAAL Nein.
*Stille.*
JOHANNES Ich habe eine Geliebte, die ist das unschuldigste Weib, das es gibt, aber im Schlaf sah ich sie einmal, wie sie von einem Machandelbaum beschlafen wurde. Das heißt: auf dem Machandelbaum lag ihr weißer Leib ausgestreckt, und die knorrigen Äste umklammerten ihn. Seitdem kann ich nicht mehr schlafen.
BAAL Hast du ihren weißen Leib schon gesehen?
JOHANNES Nein. Sie ist unschuldig. Sogar die Knie – es gibt viele Grade von Unschuld, nicht? Dennoch, wenn ich sie manchmal nachts auf einen Katzensprung im Arm halte, dann zittert sie wie Laub, aber immer nur nachts. Aber ich bin zu schwach, es zu tun. Sie ist siebzehn.
BAAL Gefiel ihr in deinem Traum die Liebe?
JOHANNES Ja.
BAAL Sie hat weiße Wäsche um ihren Leib, ein schneeweißes Hemd zwischen den Knien? Wenn du sie beschlafen hast, ist sie vielleicht ein Haufen Fleisch, der kein Gesicht mehr hat.
JOHANNES Sie sagen nur, was ich immer fühle. Ich meinte, ich sei ein Feigling. Ich sehe: Sie halten die Vereinigung auch für schmutzig.
BAAL Das ist das Geschrei der Schweine, denen es nicht gelingt. Wenn du die jungfräulichen Hüften umschlingst, wirst du in der Angst und Seligkeit der Kreatur zum Gott. Wie der Machandelbaum viele Wurzeln hat, verschlungene, so habt ihr viele Glieder in einem Bett, und darinnen schlagen Herzen und Blut fließt durch.
JOHANNES Aber das Gesetz straft es und die Eltern!
BAAL Deine Eltern – *er langt nach der Gitarre* –, das sind verflossene Menschen. Wie wollen sie den Mund auftun, in dem du verfaulte Zähne siehst, gegen die Liebe, an der jeder sterben kann? Denn wenn ihr die Liebe nicht aushaltet, speit ihr euch nur. *Er stimmt die Gitarre.*
JOHANNES Meinen Sie Ihre Schwangerschaft?
BAAL *mit einigen harten Akkorden:* Wenn der bleiche milde Sommer fortschwimmt und sie sind vollgesogen wie Schwämme mit Liebe, dann werden sie wieder Tiere, bös und kindisch, unförmig mit dicken Bäuchen und fließenden Brüsten und mit feuchtklammernden Armen wie schleimige Polypen, und ihre Leiber zerfallen und werden matt auf den Tod. Und gebären unter ungeheurem Schrei, als sei es ein neuer Kosmos, eine kleine Frucht. Sie speien sie aus unter Qual und saugten sie ein einst mit Wollust. *Er zupft Läufe.* Man muß Zähne haben, dann ist die Liebe, wie wenn man eine Orange zerfleischt, daß der Saft einem in die Zähne schießt.
JOHANNES Ihre Zähne sind wie die eines Tieres: graugelb, massiv, unheimlich.
BAAL Und die Liebe ist, wie wenn man seinen nackten Arm in Teichwasser schwimmen läßt, mit Tang zwischen den Fingern; wie die Qual, vor der der trunkene Baum knarzend zu singen anhebt, auf dem der wilde Wind reitet; wie ein schlürfendes Ersaufen im Wein an einem heißen Tag, und ihr Leib dringt einem wie sehr kühler Wein in alle Hautfalten, sanft wie Pflanzen im Wind sind die Gelenke, und die Wucht des Anpralls, der nachgegeben wird, ist wie Fliegen gegen Sturm, und ihr Leib wälzt sich wie kühler Kies über dich. Aber die Liebe ist auch wie eine Kokosnuß, die gut ist, solange sie frisch ist, und die man ausspeien muß, wenn der Saft ausgequetscht ist und das Fleisch bleibt über, welches bitter schmeckt. *Wirft die Gitarre weg.* Aber jetzt habe ich die Arie satt.
JOHANNES Sie meinen also, ich soll es tun, wenn es so selig ist?
BAAL Ich meine, du sollst dich davor hüten, Johannes!

**Branntweinschenke**

*Vormittag. Baal. Fuhrleute. Ekart hinten mit der Kellnerin Luise. Durchs Fenster sieht man weiße Wolken.*

BAAL *erzählt den Fuhrleuten:* Er hat mich aus seinen weißen Stuben hinausgeschmissen, weil ich seinen Wein wieder ausspie. Aber seine Frau lief mir nach, und am Abend gab es eine Festivität. Jetzt habe ich sie am Hals und satt.

FUHRLEUTE Der gehört der Hintern verschlagen. – Geil sind sie wie die Stuten, aber dümmer. Pflaumen soll sie fressen! – Ich hau die meine immer blau, vor ich sie befriedigen tu.

JOHANNES *mit Johanna tritt ein:* Das ist die Johanna.

BAAL *zu den Fuhrleuten, die hintergehen:* Ich komme dann zu euch hinter und singe. Guten Tag, Johanna.

JOHANNA Johannes hat mir Lieder von Ihnen vorgelesen!

BAAL So. Wie alt sind Sie denn?

JOHANNES Siebzehn war sie im Juni.

JOHANNA Ich bin eifersüchtig auf Sie. Er schwärmt immer von Ihnen.

BAAL Sie sind verliebt in Ihren Johannes! Es ist jetzt Frühjahr. Ich warte auf Emilie. – Lieben ist besser als Genießen.

JOHANNES Ich begreife, daß Ihnen Männerherzen zufliegen, aber wie können S i e Glück bei Frauen haben?

EMILIE *tritt schnell ein.*

BAAL Da kommt sie. Guten Tag, Emilie. Der Johannes hat seine Braut mitgebracht. Setz dich!

EMILIE Wie kannst du mich hierherbestellen! Lauter Gesindel und eine Branntweinschenke! Das ist so dein Geschmack.

BAAL Luise! Einen Korn für die Dame!

EMILIE Willst du mich lächerlich machen?

BAAL Nein. Du wirst trinken. Mensch ist Mensch.

EMILIE Aber du bist kein Mensch.

BAAL Das weißt du. *Hält Luise das Glas hin.* Nicht zu knapp, Jungfrau. *Umfaßt sie.* Du bist verflucht weich heute, wie eine Pflaume.

EMILIE Wie geschmacklos du bist!

BAAL Schrei's noch lauter, Geliebte!

JOHANNES Es ist jedenfalls interessant hier. Das einfache Volk. Wie es trinkt und seine Späße treibt! Und dann die Wolken im Fenster!

EMILIE Sie hat er wohl auch erst hier hereingezogen? Zu den weißen Wolken?

JOHANNA Sollen wir nicht lieber in die Flußauen gehen, Johannes?

BAAL Nichts da! Dageblieben! *Trinkt.* Der Himmel ist violett, besonders wenn man besoffen ist. Betten hingegen sind weiß. Vorher. Es ist Liebe da zwischen Himmel und Boden. *Trinkt.* Warum seid ihr so feig? Der Himmel ist doch offen, ihr kleinen Schatten! Voll von Leibern! Bleich vor Liebe!

EMILIE Jetzt hast du wieder zu viel getrunken, und dann schwatzt du. Und mit diesem verfluchten wundervollen Geschwätz schleift er einen an seinen Trog!

BAAL Der Himmel – *trinkt* – ist manchmal auch gelb. Mit Raubvögeln darinnen. Ihr müßt euch betrinken. *Sieht unter den Tisch.* Wer stößt mir das Schienbein ein? Bist du's, Luise? Ach so: du, Emilie! Na, es macht nichts. Trinkt nur!

EMILIE *halb aufgestanden:* Ich weiß nicht, was du heut hast. Es war vielleicht doch nicht gut, daß ich hierhergekommen bin.

BAAL Merkst du das jetzt erst? Jetzt kannst du ruhig bleiben.

JOHANNA Das sollten Sie nicht tun, Herr Baal.

BAAL Sie haben ein gutes Herz, Johanna. Sie betrügen einmal Ihren Mann nicht, hm?

EIN FUHRMANN *wiehert los:* Trumpfsau! Gestochen!

ZWEITER FUHRMANN Nur weiter, sagt die Dirn, wir sind über dem Berg! *Gelächter.* Pflaumen soll sie fressen!

DRITTER FUHRMANN Schäm dich, untreu sein! sagte die Frau zum Knecht, der bei der Magd lag.

*Gelächter.*

JOHANNES *zu Baal:* Nur Johannas wegen, die ein Kind ist!

JOHANNA *zu Emilie:* Wollen Sie mit mir gehen? Wir gehen dann beide.

EMILIE *schluchzt über dem Tisch:* Ich schäme mich jetzt.

JOHANNA *legt den Arm um sie:* Ich verstehe Sie gut, es macht nichts.

EMILIE Sehen Sie mich nicht so an! Sie sind ja noch so jung. Sie wissen ja noch nichts.

BAAL *steht finster auf:* Komödie: Die Schwestern im Hades! *Geht zu den Fuhrleuten, nimmt die Gitarre von der Wand und stimmt sie.*

JOHANNA Er hat getrunken, liebe Frau. Morgen ist es ihm leid.

EMILIE Wenn Sie wüßten: so ist er immer. Und ich liebe ihn.

BAAL *singt:*

Orge sagte mir:

Der liebste Ort, den er auf Erden hab
Sei nicht die Rasenbank am Elterngrab.

Sei nicht ein Beichtstuhl, sei kein Hurenbett
Und nicht ein Schoß, weich, weiß und warm und fett.

Orge sagte mir: der liebste Ort
Auf Erden war ihm immer der Abort.

Dies sei ein Ort, wo man zufrieden ist
Daß drüber Sterne sind und drunter Mist.

Ein Ort sei einfach wundervoll, wo man
Selbst in der Hochzeitsnacht allein sein kann.

Ein Ort der Demut, dort erkennst du scharf:
Daß du ein Mensch nur bist, der nichts behalten darf.

Ein Ort der Weisheit, wo du deinen Wanst
Für neue Lüste präparieren kannst.

Wo man, indem man leiblich lieblich ruht
Sanft, doch mit Nachdruck etwas für sich tut.

Und doch erkennst du dorten, was du bist:
Ein Bursche, der auf dem Aborte – frißt!

FUHRLEUTE *klatschen:* Bravo! – Ein feines Lied! – Einen Sherry Brandy für den Herrn Baal, wenn Sie's annehmen wollen! – Und das hat er selber eigenhändig gemacht – Respekt!
LUISE *in der Mitte des Zimmers:* Sie sind einer, Herr Baal!
EIN FUHRMANN Wenn Sie sich auf was Nützliches werfen würden: Sie kämen auf einen grünen Zweig. Sie könnten geradewegs Spediteur werden.
ZWEITER FUHRMANN So einen Schädel müßte man haben!
BAAL Machen Sie sich nichts daraus! Dazu gehört auch ein Hinterteil und das übrige. Prost, Luise!
*Geht an seinen Tisch zurück.*
Prost, Emmi! Na, so trink doch wenigstens, wenn du sonst nichts kannst! Trink, sag ich!
*Emilie nippt mit Tränen in den Augen an dem Schnapsglas.*
BAAL So ist recht. Jetzt kommt in dich wenigstens auch Feuer!
EKART *hat sich erhoben, kommt langsam hinter dem Schanktisch hervor zu Baal. Er ist hager und ein mächtiger Bursche:* Baal! Laß das! Geh mit mir, Bruder! Zu den Straßen mit hartem Staub: abends wird die Luft violett. Zu den Schnapsschenken voll von Besoffenen: in die schwarzen Flüsse fallen Weiber, die du gefüllt hast. Zu den Kathedralen mit kleinen weißen Frauen; du sagst: Darf man hier atmen? Zu den Kuhställen, wo man zwischen Tieren schläft: sie sind finster und voll vom Gemuhe der Kühe. Und zu den Wäldern, wo das erzene Schallen oben ist und man das Licht des Himmels vergißt: Gott hat einen vergessen. Weißt du noch, wie der Himmel aussieht? Du bist ein Tenor geworden! *Breitet die Arme aus.* Kommt mit mir, Bruder! Tanz und Musik und Trinken! Regen bis auf die Haut! Sonne bis auf die Haut! Finsternis und Licht! Weiber und Hunde! Bist du schon so verkommen?
BAAL Luise! Luise! Einen Anker! Laß mich nicht mit dem! *Luise zu ihm.* Kommt mir zu Hilfe, Kinder!
JOHANNES Laß dich nicht verführen!
BAAL Mein lieber Schwan!
JOHANNES Denk an deine Mutter und an deine Kunst! Sei stark! *Zu Ekart:* Schämen Sie sich! Sie sind der Teufel!
EKART Komm, Bruder Baal! Wie zwei weiße Tauben fliegen wir selig ins Blau! Flüsse im Frühlicht! Gottesäcker im Wind und der Geruch der unendlichen Felder, vor sie abgehauen werden!
JOHANNA Bleiben Sie stark, Herr Baal!
EMILIE *drängt sich an ihn:* Du darfst nicht! Hörst du! Dazu bist du zu schade!
BAAL Es ist zu früh, Ekart! Es geht noch anders! Sie gehen nicht mit, Bruder!
EKART So fahr zum Teufel, du Kindskopf mit dem Fettherzen! *Ab.*
FUHRLEUTE Heraus mit dem Eichelzehner! – Teufel! Zählen – Schluß!
JOHANNA Diesmal haben Sie gesiegt, Herr Baal!
BAAL Jetzt schwitze ich! Bist du heute frei, Luise?
EMILIE Du sollst nicht so reden, Baal! Du weißt nicht, was du mir damit tust.
LUISE Lassen Sie doch die Madamm, Herr Baal. Daß die nicht bei sich ist, sieht doch 'n Kind.
BAAL Sei ganz ruhig, Luise! Horgauer!
EIN FUHRMANN Was wollen Sie von mir?
BAAL Da wird eine mißhandelt und will Liebe haben. Gib ihr einen Kuß, Horgauer!
JOHANNES Baal!
*Johanna umarmt Emilie.*
FUHRLEUTE *hauen lachend auf den Tisch:* Immer zu, Andreas! – Faß an! – Feine Sorte.

Schneuz dich vorher, André! – Sie sind ein Viech, Herr Baal!

BAAL Bist du kalt, Emilie? Liebst du mich? Er ist schüchtern, Emmi! Küß du! Wenn du mich vor den Leuten blamierst, ist es Matthäi am Letzten. Eins. Zwei. *Der Kutscher beugt sich.*

EMILIE *hebt ihm ihr tränenüberströmtes Gesicht entgegen; er küßt sie schallend. Großes Gelächter.*

JOHANNES Das war böse, Baal! Das Trinken macht ihn bös, und dann fühlt er sich wohl. Er ist zu stark.

FUHRLEUTE Bravo! Was läuft sie in Schenken! – So soll ein Mannsbild sein! – Dieses ist eine Ehebrecherin! – So gehört ihr's! *Sie brechen auf.* Pflaumen soll sie fressen!

JOHANNA Pfui, schämen Sie sich!

BAAL *an sie heran:* Wie kommt es, daß Ihnen die Knie zittern, Johanna?

JOHANNES Was willst du?

BAAL *die Hand auf seiner Schulter:* Was mußt du auch Gedichte schreiben! Wo das Leben so anständig ist: wenn man auf einem reißenden Strom auf dem Rücken hinschießt, nackt unter orangefarbenem Himmel und man sieht nichts, als wie der Himmel violett wird, dann schwarz wie ein Loch wird... wenn man seinen Feind niedertrampelt... oder aus einer Trauer Musik macht... oder schluchzend vor Liebeskummer einen Apfel frißt... oder einen Frauenleib übers Bett biegt...

JOHANNES *führt Johanna stumm hinaus.*

BAAL *auf den Tisch gestützt:* Habt ihr's gespürt? Ist es durch die Haut gegangen? Das war Zirkus! Man muß das Tier herauslocken! In die Sonne mit dem Tier! Bezahlen! Ans Tageslicht mit der Liebe! Nackt in der Sonne unter dem Himmel!

FUHRLEUTE *schütteln ihm die Hand:* Servus, Herr Baal! – Gehorsamster Diener, Herr Baal! – Schauen Sie, Herr Baal: Ich für meinen Teil hab immer kalkuliert: mit dem Herrn Baal spukt's oben etwas. Mit den Liedern da und überhaupt. Aber das steht fest: daß Sie das Herz auf dem rechten Fleck haben! – Richtig behandeln muß man die Weiber! – Also heute, heute wurde hier ein weißer Popo gezeigt. – Einen guten Morgen, Herr Zirkus! *Ab.*

BAAL Guten Morgen, meine Lieben! *Emilie hat sich über die Bank geworfen und schluchzt. Baal fährt ihr mit dem Handrücken über die Stirn.* Emmi! Du kannst jetzt ruhig sein. Jetzt hast du's hinter dir. *Hebt ihr das Gesicht, tut ihr das Haar aus dem nassen Gesicht.* Vergiß es! *Wirft sich schwer über sie und küßt sie.*

**Baals Dachkammer**

I

*Morgendämmerung. Baal und Johanna auf dem Bettrand sitzend.*

JOHANNA Oh, was hab ich getan! Ich bin schlecht.

BAAL Wasch dich lieber!

JOHANNA Ich weiß noch immer nicht wie.

BAAL Der Johannes ist an allem schuld. Schleppt dich rauf und trollt sich wie Oskar, wie ihm ein Licht aufgeht, warum dir die Knie zittern.

JOHANNA *steht auf, leiser:* Wenn er wieder zurückgekommen ist...

BAAL Und jetzt kommt das Literarische. *Legt sich zurück.* Morgengrauen auf dem Berg Ararat.

JOHANNA Soll ich aufstehen?

BAAL Nach der Sintflut. Bleib liegen!

JOHANNA Willst du nicht das Fenster aufmachen?

BAAL Ich liebe den Geruch. – Was meinst du zu einer frischen Auflage? Hin ist hin.

JOHANNA Daß Sie so gemein sein können!

BAAL *faul auf dem Bett:* Weiß und reingewaschen von der Sintflut, läßt Baal seine Gedanken fliegen, gleich wie Tauben über das schwarze Gewässer.

JOHANNA Wo ist mein Leibchen? Ich kann doch so nicht...

BAAL *hält es ihr hin:* Da! – Was kannst du nicht, Geliebte?

JOHANNA Heim. *Läßt es fallen, zieht sich aber an.*

BAAL *pfeift:* Eine wilde Hummel! Ich spüre alle Knochen einzeln. Gib mir einen Kuß!

JOHANNA *am Tisch, mitten im Zimmer:* Sag etwas! *Baal schweigt.* Liebst du mich noch? Sag's! *Baal pfeift.* Kannst du es nicht sagen?

BAAL *schaut sich die Decke an:* Ich hab es satt bis an den Hals.

JOHANNA Was war das dann heut nacht? Und vorhin?

BAAL Der Johannes ist imstand und macht Krach. Die Emilie läuft auch herum wie ein angebohrtes Segelschiff. Ich kann hier verhun-

gern. Ihr rührt ja keinen Finger für einen. Ihr wollt ja immer nur das eine.
JOHANNA *räumt verwirrt den Tisch ab:* Und du – warst nie anders zu mir?
BAAL Bist du gewaschen? Keine Idee Sachlichkeit! Hast du nichts davon gehabt? Mach, daß du heimkommst! Dem Johannes kannst du sagen, ich hätte dich gestern heimgebracht und speie auf ihn Galle. Es hat geregnet. *Wickelt sich in die Decke.*
JOHANNA Johannes? *Schwer zur Tür, ab.*
BAAL *kehrt sich scharf um:* Johanna! *Aus dem Bett zur Tür.* Johanna! *Am Fenster.* Da läuft sie hin! Da läuft sie hin!

2

*Mittag. Baal liegt auf dem Bett.*

BAAL *summt:*
Den Abendhimmel macht das Saufen
Sehr dunkel; manchmal violett;
Dazu dein Leib im Hemd zum Raufen...
DIE BEIDEN SCHWESTERN *treten umschlungen ein.*
DIE ÄLTERE SCHWESTER Sie haben uns gesagt, wir sollen Sie wieder besuchen.
BAAL *summt weiter:*
In einem breiten weißen Bett.
DIE ÄLTERE Wir sind gekommen, Herr Baal.
BAAL Jetzt flattern sie gleich zu zweit in den Schlag. Zieht euch aus!
DIE ÄLTERE Die Mutter hat vorige Woche die Treppe knarren hören. *Sie öffnet der Schwester die Bluse.*
DIE JÜNGERE Es war schon dämmrig auf der Treppe, wie wir in die Kammer hinaufgeschlichen sind.
BAAL Eines Tages liegt ihr mir am Hals.
DIE JÜNGERE Ich ginge ins Wasser, Herr Baal!
DIE ÄLTERE Wir sind zu zweit...
DIE JÜNGERE Ich schäm mich, Schwester.
DIE ÄLTERE Es ist nicht das erstemal...
DIE JÜNGERE Aber so hell war es nie, Schwester. Es ist der helle Mittag draußen.
DIE ÄLTERE Es ist auch nicht das zweitemal...
DIE JÜNGERE Du mußt dich auch ausziehen.
DIE ÄLTERE Ich ziehe mich auch aus.
BAAL Wenn ihr fertig seid, könnt ihr zu mir kommen. Dann wird's schon dunkel.
DIE JÜNGERE Heute mußt du zuerst, Schwester.
DIE ÄLTERE Ich habe auch das letztemal zuerst...
DIE JÜNGERE Nein, ich.
BAAL Ihr kommt beide zugleich dran.
DIE ÄLTERE *steht, die Arme um die Jüngere geschlungen:* Wir sind fertig, es ist so hell herin.
BAAL Ist es warm draußen?
DIE ÄLTERE Es ist ja erst April.
DIE JÜNGERE Aber die Sonne ist heut warm draußen.
BAAL Hat es euch das letztemal gefallen?
*Schweigen.*
DIE ÄLTERE Es ist eine ins Wasser gegangen: die Johanna Reiher.
DIE JÜNGERE In die Laach. Da ginge ich nicht hinein. Die ist so reißend.
BAAL Ins Wasser? Weiß man warum?
DIE ÄLTERE Einige sagen was. Das spricht sich herum.
DIE JÜNGERE Sie ist abends fort, und über die Nacht ist sie fortgeblieben.
BAAL Ist sie nimmer heim in der Frühe?
DIE JÜNGERE Nein, dann ist sie in den Fluß. Man hat sie aber noch nicht gefunden.
BAAL Schwimmt sie noch...
DIE JÜNGERE Was hast du, Schwester?
DIE ÄLTERE Nichts. Vielleicht hat es mich gefroren.
BAAL Ich bin heut so faul, ihr könnt heim.
DIE ÄLTERE Das dürfen Sie nicht tun, Herr Baal. Das dürfen Sie ihr nicht antun!
*Es klopft.*
DIE JÜNGERE Es hat geklopft. Das ist die Mutter.
DIE ÄLTERE Um Gottes willen, machen Sie nicht auf!
DIE JÜNGERE Ich fürchte mich, Schwester.
DIE ÄLTERE Da hast du die Bluse!
*Es klopft stärker.*
BAAL Wenn es eure Mutter ist, dann könnt ihr sehen, wie ihr die Suppe auslöffelt.
DIE ÄLTERE *zieht sich schnell an:* Warten Sie noch mit dem Aufmachen. Riegeln Sie zu, bitte, um Gottes willen!
DIE HAUSFRAU *dick, tritt ein:* I, da schau, ich hab mir's doch gedacht! Gleich zwei auf einmal jetzt! Ja, schämt ihr euch denn gar nicht? Zu zweit dem in seinem Teich liegen? Vom Morgen bis zum Abend und wieder bis zum Morgen wird dem das Bett nicht kalt! Aber jetzt meld ich mich: mein Dachboden ist kein Bordell!
BAAL *wendet sich zur Wand.*
DIE HAUSFRAU Sie haben wohl Schlaf? Ja, werden denn Sie von dem Fleisch nie satt? Durch Sie scheint ja die Sonne schon durch. Sie schauen ja ganz durchgeistigt aus. Sie haben ja bloß mehr 'ne Haut über die Beiner.

BAAL *mit Armbewegung:* Wie Schwäne flattern sie mir ins Holz!

DIE HAUSFRAU *schlägt die Hände zusammen:* Schöne Schwäne! Was Sie für 'ne Sprache haben! Sie könnten Dichter werden, Sie! Wenn Ihnen nur nicht bald die Knie abfaulen, Ihnen!

BAAL Ich schwelge in weißen Leibern.

DIE HAUSFRAU Weißen Leibern! Sie sind 'n Dichter! Sonst sind Sie ja so nichts! Und die jungen Dinger! Ihr seid wohl Schwestern, was? Ihr seid wohl arme Waisen, wie, weil ihr gleich Wasser heulen wollt. Ich prigle euch wohl? Eure weißen Leiber?

BAAL *lacht.*

DIE HAUSFRAU Sie lachen wohl noch? Verderben pfundweis arme Mädchen, die Sie in Ihre Höhle schleifen! Pfui Teufel, Sie Bestie! Ich kindige Ihnen. Jetzt aber Beine gekriegt ihr und heim zu Muttern, ich gehe gleich mit!

DIE JÜNGERE *weint stärker.*

DIE ÄLTERE Sie kann nichts dafür, Frau.

DIE HAUSFRAU *nimmt beide bei der Hand:* Regnet es jetzt? So ein Volk! Na, ihr seid hier auch nicht die einzigen! Der tut dick in Schwänen! Der hat noch ganz andere selig gemacht und die Häute auf den Mist geworfen! Also jetzt aber mal raus an die gute Luft! Da braucht's kein Salzwasser! *Nimmt die beiden um die Schultern.* Ich weiß schon, wie der da ist! Die Firma kenn ich. Nur nicht gleich Rotz geflennt, man sieht's ja sonst an den Augen! Geht halt schön Hand in Hand heim zu Muttern und tut's nicht wieder. *Schiebt sie zur Tür.* Und Sie: Ihnen kindige ich! Sie können Ihren Schwanenstall woanders einrichten! *Schiebt die beiden hinaus, ab.*

BAAL *steht auf, streckt sich:* Kanallje mit Herz! – Ich bin heut sowieso schon verflucht faul. *Er wirft Papier auf den Tisch, setzt sich davor.* Ich mache einen neuen Adam. *Entwirft große Initialen auf dem Papier.* Ich versuche es mit dem inneren Menschen. Ich bin ganz ausgehöhlt, aber ich habe Hunger wie ein Raubtier. Ich habe nur mehr Haut über den Knochen. Kanallje! *Lehnt sich zurück, streckt alle viere von sich, emphatisch:* Jetzt mache ich den Sommer. Rot. Scharlachen. Gefräßig. *Er summt wieder.*

3

*Abend. Baal sitzt am Tisch.*

BAAL *umfaßt die Schnapsflasche. In Pausen:* Jetzt schmiere ich den vierten Tag das Papier voll mit rotem Sommer: wild, bleich, gefräßig, und kämpfe mit der Schnapsflasche. Hier passierten Niederlagen, aber die Leiber beginnen an die Wände ins Dunkel, in die ägyptische Finsternis zurückzufliehen. Ich schlage sie an die Holzwände, nur darf ich keinen Schnaps trinken. *Er schwatzt:* Der weiße Schnaps ist mein Stecken und Stab. Er spiegelt, seit der Schnee von der Gosse tropft, mein Papier und blieb unberührt. Aber jetzt zittern mir die Hände. Als ob die Leiber noch in ihnen drin wären. *Er horcht.* Das Herz schlägt wie ein Pferdefuß. *Er schwärmt:* O Johanna, eine Nacht mehr in deinem Aquarium und ich wäre verfault zwischen den Fischen! Aber jetzt ist der Geruch der milden Mainächte in mir. Ich bin ein Liebhaber ohne Geliebte. Ich unterliege. *Trinkt, steht auf.* Ich muß ausziehen. Aber erst hole ich mir eine Frau. Allein ausziehen, das ist traurig. *Schaut zum Fenster hinaus.* Irgendeine! Mit einem Gesicht wie eine Frau! *Summend ab. Unten spielt ein Harmonium Tristan.*

JOHANNES *verkommen und bleich zur Tür herein. Wühlt in den Papieren auf dem Tisch. Hebt die Flasche. Geht schüchtern zur Tür und wartet dort.*

*Lärm auf der Treppe. Pfeifen.*

BAAL *schleift Sophie Barger herein. Pfeift:* Sei lieb, Geliebte! Das ist meine Kammer. *Setzt sie nieder. Sieht Johannes.* Was tust du da?

JOHANNES Ich wollte nur...

BAAL So? Wolltest du? Stehst du da herum? Ein Leichenstein meiner verflossenen Johanna? Johannes' Leichnam aus einer anderen Welt, wie? Ich schmeiße dich raus! Geh sofort hinaus! *Läuft um ihn herum.* Das ist eine Unverschämtheit! Ich schmeiße dich an die Wand, es ist sowieso Frühjahr! Hopp!

JOHANNES *sieht ihn an, ab.*

BAAL *pfeift.*

SOPHIE Was hat Ihnen der junge Mensch getan? Lassen Sie mich fort!

BAAL *macht die Tür weit auf:* Im ersten Stockwerk unten müssen Sie rechts gehen!

SOPHIE Sie sind uns nachgelaufen, als Sie mich drunten vor der Tür aufhoben. Man wird mich finden.

BAAL Hier findet dich niemand.

SOPHIE Ich kenne Sie gar nicht. Was wollen Sie mir tun?

BAAL Wenn du das fragst, dann kannst du wieder gehen.

SOPHIE Sie haben mich auf offener Straße überfallen. Ich dachte, es sei ein Orang-Utan.

BAAL Es ist auch Frühjahr. Es mußte etwas Weißes in diese verfluchte Höhle! Eine Wolke! *Macht die Tür auf, horcht.* Die Idioten haben sich verlaufen.

SOPHIE Ich werde davongejagt, wenn ich zu spät heimkomme.

BAAL Besonders so.

SOPHIE Wie?

BAAL Wie man aussieht, wenn man von mir geliebt wurde.

SOPHIE Ich weiß nicht, warum ich immer noch da bin.

BAAL Ich kann dir Auskunft geben.

SOPHIE Bitte, glauben Sie nichts Schlechtes von mir!

BAAL Warum nicht? Du bist ein Weib wie jedes andere. Der Kopf ist verschieden. Die Knie sind alle schwach.

SOPHIE *will halb gehen, sieht sich bei der Tür um; zu Baal, der sie, rittlings auf einem Stuhl sitzend, ansieht:* Adieu!

BAAL *gleichmütig:* Bekommen Sie nicht recht Luft?

SOPHIE Ich weiß nicht, mir ist so schwach. *Lehnt sich gegen die Wand.*

BAAL Ich weiß es. Es ist der April. Es wird dunkel, und du riechst mich. So ist es bei den Tieren. *Steht auf.* Und jetzt gehörst du dem Wind, weiße Wolke! *Rasch zu ihr, reißt die Türe zu, nimmt Sophie Barger in die Arme.*

SOPHIE *atemlos:* Laß mich!

BAAL Ich heiße Baal.

SOPHIE Laß mich!

BAAL Du mußt mich trösten. Ich war schwach vom Winter. Und du siehst aus wie eine Frau.

SOPHIE *schaut auf zu ihm:* Baal heißt du...?

BAAL Willst du jetzt noch heim?

SOPHIE *zu ihm aufschauend:* Du bist so häßlich, so häßlich, daß man erschrickt... Aber dann...

BAAL Hm?

SOPHIE Dann macht es nichts.

BAAL *küßt sie:* Hast du starke Knie, hm?

SOPHIE Weißt du denn, wie ich heiße? Ich heiße Sophie Barger.

BAAL Du mußt es vergessen. *Küßt sie.*

SOPHIE Nicht... nicht... Weißt du, daß mich noch nie jemand so...

BAAL Bist du unberührt? Komm! *Er führt sie zum Bett hinter. Sie setzen sich.* Siehst du! In der hölzernen Kammer lagen Kaskaden von Leibern: Aber jetzt will ich ein Gesicht. Nachts gehen wir hinaus. Wir legen uns unter die Pflanzen. Du bist eine Frau. Ich bin unrein geworden. Du mußt mich liebhaben, eine Zeitlang!

SOPHIE So bist du?... Ich hab dich lieb.

BAAL *legt den Kopf an ihre Brust:* Jetzt ist Himmel über uns und wir sind allein.

SOPHIE Aber du mußt still liegen.

BAAL Wie ein Kind!

SOPHIE *richtet sich auf:* Daheim meine Mutter: ich muß heim.

BAAL Ist sie alt?

SOPHIE Sie ist siebzig.

BAAL Dann ist sie das Böse gewohnt.

SOPHIE Wenn mich der Boden verschluckt? Wenn ich in eine Höhle geschleift werde am Abend und nie mehr komme?

BAAL Nie? *Stille.* Hast du Geschwister?

SOPHIE Ja. Sie brauchen mich.

BAAL Die Luft in der Kammer ist wie Milch. *Auf, am Fenster.* Die Weiden am Fluß tropfnaß, vom Regen struppig. *Faßt sie.* Du mußt bleiche Schenkel haben.

### Gekalkte Häuser mit braunen Baumstämmen

*Dunkle Glocken. Baal. Der Strolch, ein bleicher besoffener Mensch.*

BAAL *geht mit großen Schritten im Halbkreis um den Strolch, der auf einem Stein sitzt und das Gesicht bleich nach oben hält:* Wer hat die Baumleichen an die Wände geschlagen?

STROLCH Die bleiche elfenbeinerne Luft um die Baumleichen: Fronleichnam.

BAAL Dazu Glocken, wenn die Pflanzen kaputtgehen!

STROLCH Mich heben die Glocken moralisch.

BAAL Schlagen dich die Bäume nicht nieder?

STROLCH Pah, Baumkadaver! *Trinkt aus einer Schnapsflasche.*

BAAL Frauenleiber sind nicht besser!

STROLCH Was haben Frauenleiber mit Prozessionen zu tun?

BAAL Es sind Schweinereien! Du liebst nicht.

STROLCH Der weiße Leib Jesu: ich liebe ihn! *Gibt ihm die Flasche hinauf.*

BAAL *besänftigter:* Ich habe Lieder auf dem Papier. Aber jetzt werden sie auf dem Abort aufgehängt.

STROLCH *verklärt:* Dienen!! Meinem Herrn

Jesus: Ich sehe den weißen Leib Jesu. Ich sehe den weißen Leib Jesu. Jesus liebte das Böse.

BAAL *trinkt:* Wie ich.

STROLCH Weißt du die Geschichte mit ihm und dem toten Hund? Alle sagten: Es ist ein stinkendes Aas! Holt die Polizei! Es ist nicht zum Aushalten! Aber er sagte: Er hat schöne weiße Zähne.

BAAL Vielleicht werde ich katholisch.

STROLCH Er wurde es nicht. *Nimmt ihm die Flasche.*

BAAL *läuft wieder empört herum:* Aber die Frauenleiber, die er an die Wände schlägt, das tät ich nicht.

STROLCH An die Wände geschlagen! Sie schwammen nicht die Fließe herunter! Sie sind geschlachtet worden für ihn, den weißen Leib Jesu.

BAAL *nimmt ihm die Flasche, wendet sich ab:* Sie haben zuviel Religion oder zuviel Schnaps im Leib. *Geht mit der Flasche ab.*

STROLCH *maßlos, schreit ihm nach:* Sie wollen also nicht eintreten für Ihre Ideale, Herr! Sie wollen sich nicht in die Prozession schmeißen? Sie lieben die Pflanzen und wollen nichts tun für sie?

BAAL Ich gehe an den Fluß hinunter und wasche mich. Ich kümmere mich nie um Leichname. *Ab.*

STROLCH Ich aber habe Schnaps im Leib, ich halte das nicht aus. Ich halte diese verfluchten toten Pflanzen nicht aus. Wenn man viel Schnaps im Leib hätte, könnte man es vielleicht aushalten.

## Mainacht unter Bäumen

*Baal. Sophie.*

BAAL *faul:* Jetzt hat der Regen aufgehört. Das Gras muß noch naß sein... Durch unsere Blätter ging das Wasser nicht... Das junge Laub trieft vor Nässe, aber hier in den Wurzeln ist es trocken. *Bös:* Warum kann man nicht mit den Pflanzen schlafen?

SOPHIE Horch!

BAAL Das wilde Sausen des Windes in dem nassen, schwarzen Laub! Hörst du den Regen durch die Blätter tropfen?

SOPHIE Ich spüre einen Tropfen auf dem Hals... O du, laß mich!

BAAL Die Liebe reißt einem die Kleider vom Leibe wie ein Strudel und begräbt einen nackt mit Blattleichen, nachdem man Himmel gesehen hat.

SOPHIE Ich möchte mich verkriechen in dir, weil ich nackt bin, Baal.

BAAL Ich bin betrunken, und du schwankst. Der Himmel ist schwarz, und wir fahren auf der Schaukel, mit Liebe im Leib, und der Himmel ist schwarz. Ich liebe dich.

SOPHIE O Baal! Meine Mutter, die weint jetzt über meine Leiche, sie meint, ich bin ins Wasser gelaufen. Wieviel Wochen sind es jetzt? Da war es noch nicht Mai. Jetzt sind es vielleicht drei Wochen.

BAAL Jetzt sind es drei Wochen, sagt die Geliebte in den Baumwurzeln, als es dreißig Jahre waren. Und da war sie schon halb verwest.

SOPHIE Es ist gut, so zu liegen wie eine Beute, und der Himmel ist über einem, und man ist nie mehr allein.

BAAL Jetzt tue ich wieder dein Hemd weg.

## Nachtcafé »Zur Wolke in der Nacht«

*Ein kleines schweinisches Café, geweißnete Ankleidekammer, hinten links brauner dunkler Vorhang, rechts seitlich geweißnete Brettertür zum Abort; rechts hinten Tür. Ist sie auf, sieht man die blaue Nacht. Im Café hinten singt eine Soubrette.*

BAAL *geht mit nacktem Oberkörper trinkend herum, summt.*

LUPU *dicker bleicher Junge mit schwarzem glänzendem Haar in zwei hingepatschten Strähnen in dem schweißig blassen Gesicht, mit Hinterkopf, in der Tür rechts:* Die Laterne ist wieder heruntergeschlagen worden.

BAAL Hier verkehren nur Schweine. Wo ist mein Quant Schnaps wieder?

LUPU Sie haben allen getrunken.

BAAL Nimm dich in acht!

LUPU Herr Mjurk sagt etwas von einem Schwamm.

BAAL Ich bekomme also keinen Schnaps?

LUPU Vor der Vorstellung gibt es keinen Schnaps mehr für Sie, sagt Herr Mjurk. Mir tun Sie ja leid.

MJURK *im Vorhang:* Mach dich dünne, Lupu!

BAAL Ich muß mein Quant bekommen, Mjurk, sonst gibt es keine Lyrik.

MJURK Sie sollten nicht soviel saufen, sonst können Sie eines Nachts überhaupt nicht mehr singen.

BAAL Wozu singe ich dann?

MJURK Sie sind neben der Soubrette Savettka die brillanteste Nummer der »Wolke der Nacht«. Ich habe Sie eigenhändig entdeckt. Wann hat je eine so feine Seele in einem solchen Fettkloß gesteckt? Der Fettkloß macht den Erfolg, nicht die Lyrik. Ihr Schnapssaufen ruiniert mich.

BAAL Ich habe die Balgerei jeden Abend um den kontraktlichen Schnaps satt. Ich haue ab.

MJURK Ich habe die Polizei hinter mir. Sie sollten mal wieder eine Nacht schlafen, Mann, Sie harpfen herum wie mit durchgeschnittenen Kniekehlen. Setzen Sie Ihre Geliebte an die Luft! *Klatschen im Café.* Aber jetzt kommt Ihre Pièce.

BAAL Ich habe es satt bis an den Hals.

DIE SOUBRETTE *mit dem Klavierspieler, einem bleichen apathischen Menschen, aus dem Vorhang:* Feierabend!

MJURK *drängt Baal einen Frack auf:* Halbnackt geht man bei uns nicht auf die Bühne.

BAAL Idiot! *Schmeißt den Frack ab, geht, die Klampfe hinter sich nachschleifend, durch den Vorhang ab.*

DIE SOUBRETTE *setzt sich, trinkt:* Er arbeitet nur für eine Geliebte, mit der er zusammen lebt. Er ist ein Genie. Lupu ahmt ihn schamlos nach. Er hat sich den gleichen Ton zugelegt sowie die Geliebte.

DER KLAVIERSPIELER *lehnt an der Aborttür:* Seine Lieder sind himmlisch, aber hier balgt er sich mit Lupu um ein Quant Schnaps seit elf Abenden.

DIE SOUBRETTE *säuft:* Es ist ein Elend mit uns.

BAAL *hinter dem Vorhang:* Ich bin klein, mein Herz ist rein, lustig will ich immer sein. *Klatschen, Baal fährt fort, zur Klampfe:*

Durch die Kammer ging der Wind
Blaue Pflaumen fraß das Kind
Und den sanften weißen Leib
Ließ es still dem Zeitvertreib.

*Beifall im Café, mit Ohorufen. Baal singt weiter, und die Unruhe wird immer größer, da das Lied immer schamloser wird. Zuletzt ungeheurer Tumult im Café.*

DER KLAVIERSPIELER *apathisch:* Zum Teufel, er geht durch! Sanitäter! Jetzt redet Mjurk, aber sie vierteilen ihn. Er hat ihnen die Geschichte nackt gegeben.

BAAL *kommt aus dem Vorhang, schleift die Klampfe hinter sich her.*

MJURK *hinter ihm:* Sie Vieh werde ich zwiebeln. Sie werden Ihre Nummer singen! Kontraktlich! Sonst alarmiere ich die Polizei! *Zurück in den Saal.*

DER KLAVIERSPIELER Sie ruinieren uns, Baal.

BAAL *greift sich an den Hals, geht rechts zur Aborttüre.*

DER KLAVIERSPIELER *macht nicht Platz:* Wo wollen Sie hin?

BAAL *schiebt ihn weg. Durch die Türe ab, mit der Klampfe.*

DIE SOUBRETTE Nehmen Sie die Klampfe mit auf den Abort? Sie sind göttlich!

GÄSTE *strecken Köpfe herein:* Wo ist der Schweinehund? – Weitersingen! – Nur jetzt keine Pause! – So ein verfluchter Schweinehund! *Zurück in den Saal.*

MJURK *herein:* Ich habe wie ein Heilsarmeemajor gesprochen. Die Polizei ist uns sicher. Aber die Burschen trommeln wieder nach ihm. Wo ist der Kerl denn? Er muß heraus.

DER KLAVIERSPIELER Die Attraktion ist auf den Abort gegangen.

*Schrei hinten: Baal!*

MJURK *trommelt an die Tür:* Herr! So geben Sie doch an! Zum Teufel, ich verbiete Ihnen, sich einzuriegeln. Zu einer Zeit, für die Sie von mir bezahlt werden. Ich habe es auf dem Papier! Sie Hochstapler! *Trommelt ekstatisch.*

LUPU *in der Tür rechts, man sieht die blaue Nacht:* Das Fenster zum Abort steht auf. Der Geier ist ausgeflogen. Ohne Schnaps keine Lyrik.

MJURK Leer? Ausgeflogen? Hinaus durch den Abort? Halsabschneider! Ich wende mich an die Polizei. *Stürzt hinaus.*

*Rufe taktmäßig von hinten: Baal! Baal! Baal!*

**Grüne Felder, blaue Pflaumenbäume**

*Baal. Ekart.*

BAAL *langsam durch die Felder:* Seit der Himmel grüner und schwanger ist, Juliluft, Wind, kein Hemd in den Hosen! *Zu Ekart zurück:* Sie wetzen mir die bloßen Schenkel. Mein Schädel ist aufgeblasen vom Wind, in dem Haar der Achselhöhle hängt mir der Geruch der Felder.

Die Luft zittert wie von Branntwein besoffen.

EKART *hinter ihm:* Warum läufst du wie ein Elefant von den Pflaumenbäumen fort?

BAAL Leg deine Flosse auf meinen Schädel! Er schwillt mit jedem Pulsschlag und sackt wieder zusammen wie eine Blase. Spürst du es nicht mit der Hand?

EKART Nein.

BAAL Du verstehst nichts von meiner Seele.

EKART Sollen wir uns nicht ins Wasser legen?

BAAL Meine Seele, Bruder, ist das Ächzen der Kornfelder, wenn sie sich unter dem Wind wälzen, und das Funkeln in den Augen zweier Insekten, die sich fressen wollen.

EKART Ein julitoller Bursche mit unsterblichem Gedärm, das bist du. Ein Kloß, der einst am Himmel Fettflecken hinterläßt!

BAAL Das ist Papier. Aber es macht nichts.

EKART Mein Leib ist leicht wie eine kleine Pflaume im Wind.

BAAL Das kommt von dem bleichen Himmel des Sommers, Bruder. Wollen wir uns von dem lauen Wasser eines blauen Tümpels aufschwemmen lassen? Die weißen Landstraßen ziehen uns sonst wie Seile von Engeln in den Himmel.

**Dorfschenke**

*Abend. Bauern um Baal. Ekart in einer Ecke.*

BAAL Gut, daß ich euch alle beisammen habe! Mein Bruder kommt morgen abend hierher. Da müssen die Stiere da sein.

EIN BAUER *mit offenem Mund:* Wie sieht man es dem Stier an, ob er so ist, wie ihn Euer Bruder will?

BAAL Das sieht nur mein Bruder. Es müssen lauter schöne Tiere sein. Sonst hat es keinen Wert. Einen Korn, Wirt!

ZWEITER BAUER Kauft Ihr ihn gleich?

BAAL Den, der die stärkste Lendenkraft hat.

DRITTER BAUER Da werden sie aus elf Dörfern Stiere bringen, für den Preis, den du da ausgibst.

ERSTER BAUER Sieh dir doch meinen Stier an!

BAAL Wirt, einen Korn!

DIE BAUERN Mein Stier, das ist der beste! Morgen abend, sagt Ihr? – *Sie brechen auf.* – Bleibt Ihr hier über Nacht?

BAAL Ja. In einem Bett!

*Die Bauern ab.*

EKART Was willst du denn eigentlich? Bist du irrsinnig geworden?

BAAL War es nicht prachtvoll, wie sie blinzelten und gafften und es dann begriffen und zu rechnen anfingen?

EKART Es hat uns wenigstens einige Gläser Korn einverleibt. Aber jetzt heißt es Beine machen!

BAAL Jetzt Beine? Bist du verrückt?

EKART Ja, bist denn du irrsinnig? Denk doch an die Stiere!

BAAL Ja, wozu habe ich dann die Burschen eingeseift?

EKART Für einige Schnäpse doch!?

BAAL Phantasiere nicht! Ich will dir ein Fest geben, Ekart. *Er macht das Fenster hinter sich auf. Es dunkelt. Er setzt sich wieder.*

EKART Du bist von sechs Schnäpsen betrunken. Schäm dich!

BAAL Es wird wunderbar. Ich liebe diese einfachen Leute. Ich gebe dir ein göttliches Schauspiel, Bruder! Prost!

EKART Du liebst es, dich auf den Naiven hinauszuspielen. Die armen Burschen werden mir den Schädel einhauen und dir!

BAAL Sie tun es zu ihrer Belehrung. Ich denke an sie jetzt im warmen Abend mit einer gewissen Zärtlichkeit. Sie kommen, um zu betrügen, in ihrer einfachen Art, und das gefällt mir.

EKART *steht auf:* Also, die Stiere oder mich. Ich gehe, solang der Wirt nichts riecht.

BAAL *finster:* Der Abend ist so warm. Bleib noch eine Stunde. Dann gehe ich mit. Du weißt doch, daß ich dich liebe. Man riecht den Mist von den Feldern bis hier herüber. Meinst du, der Wirt schenkt Leuten noch einen Schnaps aus, die das mit den Stieren arrangieren?

EKART Da kommen Tritte.

PFARRER *tritt ein. Zu Baal:* Guten Abend. Sind Sie der Mann mit den Stieren?

BAAL Das bin ich.

PFARRER Wozu haben Sie den Schwindel eigentlich ins Werk gesetzt?

BAAL Wir haben sonst nichts auf der Welt. Wie stark das Heu herriecht! Ist das immer abends so?

PFARRER Ihre Welt scheint sehr armselig, Mann!

BAAL Mein Himmel ist voll von Bäumen und Leibern.

PFARRER Reden Sie nicht davon. Die Welt ist nicht Ihr Zirkus.

BAAL Was ist dann die Welt?

PFARRER Gehen Sie nur! Wissen Sie: Ich bin ein

sehr gutmütiger Mensch. Ich will Ihnen auch nichts nachtragen. Ich habe die Sache ins reine gebracht.

BAAL Der Gerechte hat keinen Humor, Ekart!

PFARRER Sehen Sie denn nicht ein, wie kindisch Ihr Plan war? *Zu Ekart:* Was will denn der Mann?

BAAL *lehnt sich zurück:* In der Dämmerung, am Abend – es muß natürlich Abend sein und natürlich muß der Himmel bewölkt sein, wenn die Luft lau ist und etwas Wind geht, dann kommen die Stiere. Sie trotten von allen Seiten her, es ist ein starker Anblick. Und dann stehen die armen Leute dazwischen und wissen nichts anzufangen mit den Stieren und haben sich verrechnet: sie erleben nur einen starken Anblick. Ich liebe auch Leute, die sich verrechnet haben. Und wo kann man soviel Tiere beisammensehen?

PFARRER Und dazu wollten Sie sieben Dörfer zusammentrommeln?

BAAL Was sind sieben Dörfer gegen den Anblick!

PFARRER Ich begreife jetzt. Sie sind ein armer Mensch. Und Sie lieben wohl Stiere besonders?

BAAL Komm, Ekart! Er hat die Geschichte verdorben. Der Christ liebt die Tiere nicht mehr.

PFARRER *lacht, dann ernst:* Also das können Sie nicht haben. Gehen Sie nur und fallen Sie nicht weiter auf! Ich glaube, ich erweise Ihnen einen beträchtlichen Dienst, Mann!

BAAL Komm, Ekart! Du kannst das Fest nicht bekommen, Bruder! *Mit Ekart langsam ab.*

PFARRER Guten Abend! Wirt, ich bezahle die Zeche für die Herrn!

WIRT *hinter dem Tisch:* Elf Schnäpse, Hochwürden.

**Bäume am Abend**

*Sechs oder sieben Holzfäller sitzen an Bäume gelehnt. Darunter Baal. Im Gras ein Leichnam.*

EIN HOLZFÄLLER Es ist eine Eiche gewesen. Er war nicht gleich tot, sondern litt noch.

ZWEITER HOLZFÄLLER Heute früh sagte er noch, das Wetter scheine ihm besser zu werden. So wolle er es: grün mit etwas Regen. Und das Holz nicht zu trocken.

EIN DRITTER Er war ein guter Bursche, der Teddy. Früher hatte er irgendwo einen kleinen Laden. Das war seine Glanzzeit. Da war er noch dick wie ein Pfaffe. Aber er ruinierte das Geschäft wegen einer Weibersache und kam hier herauf, und da verlor er seinen Bauch mit den Jahren.

EIN ANDERER Erzählte er nie was von der Sache mit den Weibern?

DER DRITTE Nein. Ich weiß auch nicht, ob er wieder hinunter wollte. Er sparte ziemlich viel, aber da kann auch seine Mäßigkeit dran schuld gewesen sein. Wir erzählen hier oben nur Lügen. Es ist viel besser so.

EINER Vor einer Woche sagte er, im Winter gehe er nach Norden hinauf. Da scheint er irgendwo eine Hütte zu haben. Sagte er's nicht dir, wo, Elefant? *Zu Baal:* Ihr spracht doch davon?

BAAL Laßt mich in Ruh. Ich weiß nichts.

DER VORIGE Du wirst dich wohl selbst hineinsetzen wollen, hm?

DER ZWEITE Auf den ist kein Verlaß. Erinnert euch, wie er unsere Stiefel über Nacht ins Wasser hängte, daß wir nicht in den Wald konnten, nur weil er faul war wie gewöhnlich.

EIN ANDERER Er tut nichts für das Geld.

BAAL Streitet heut doch nicht! Könnt ihr nicht ein wenig an den armen Teddy denken?

EINER Wo warst du denn, als er vollends gar machte?

*Baal erhebt sich und trollt sich quer übers Gras zu Teddy. Setzt sich dort nieder.*

DER VORIGE Baal geht nicht gerad, Kinder!

EIN ANDERER Laßt ihn! Der Elefant ist erschüttert.

DER DRITTE Ihr könntet heut wirklich etwas ruhiger sein, solang der da noch daliegt.

DER ANDERE Was tust du mit Teddy, Elefant?

BAAL *über ihm:* Der hat seine Ruhe, und wir haben unsere Unruhe. Das ist beides gut. Der Himmel ist schwarz. Die Bäume zittern. Irgendwo blähen sich Wolken. Das ist die Szenerie. Man kann essen. Nach dem Schlaf wacht man auf. Er nicht. Wir. Es ist doppelt gut.

DER ANDERE Wie soll der Himmel sein?

BAAL Der Himmel ist schwarz.

DER ANDERE Im Kopf bist du nicht stark. Es trifft auch immer die Unrichtigen.

BAAL Ja, das ist wunderbar, Lieber, da hast du recht.

EINER Baal kann es nicht treffen. Er kommt nicht dahin, wo gearbeitet wird.

BAAL Teddy hingegen war fleißig. Teddy war freigebig. Teddy war verträglich. Davon blieb eines: Teddy w a r.

DER ZWEITE Wo er wohl jetzt ist?

BAAL *auf den Toten deutend:* Da ist er.

DER DRITTE Ich meine immer, die armen Seelen, das ist der Wind, abends im Frühjahr besonders, aber auch im Herbst meine ich es.

BAAL Und im Sommer, in der Sonne, über den Getreidefeldern.

DER DRITTE Das paßt nicht dazu. Es muß dunkel sein.

BAAL Es muß dunkel sein, Teddy.

*Stille.*

EINER Wo kommt der eigentlich hin, Kinder?

DER DRITTE Er hat niemand, der ihn will.

DER ANDERE Er war nur für sich auf der Welt.

EINER Und seine Sachen?

DER DRITTE Es ist nicht viel. Das Geld trug er wohin, auf die Bank. Da wird es liegenbleiben, auch wenn er ausbleibt. Weißt du was, Baal?

BAAL Er stinkt immer noch nicht.

EINER Da habe ich eben einen sehr guten Einfall, Kinder.

DER ANDERE Heraus damit!

DER MANN MIT DEM EINFALL Nicht nur der Elefant hat Einfälle, Kinder. Wie wäre es, wenn wir auf Teddys Wohl eins tränken?

BAAL Das ist unsittlich, Bergmeier.

DIE ANDEREN Quatsch, unsittlich. – Aber was sollen wir trinken? Wasser? – Schäme dich, Junge!

DER MANN MIT DEM EINFALL Schnaps!

BAAL Ich stimme für den Antrag. Schnaps ist sittlich. Was für einer?

DER MANN MIT DEM EINFALL Teddys Schnaps.

DIE ANDEREN Teddys? – Das ist was. – Das Quant! – Teddy war sparsam. – Das ist ein guter Einfall von einem Idioten, Junge!

DER MANN MIT DEM EINFALL Feiner Blitz, was! Was für eure Dickschädel! Teddys Schnaps zu Teddys Leichenfeier! Billig und würdig! Hat schon einer eine Rede auf Teddy gehalten? Gehört sich das etwa nicht?

BAAL Ich.

EINIGE Wann?

BAAL Vorhin. Bevor ihr Unsinn schwatztet. Sie ging an mit: Teddy hat seine Ruhe... Ihr merkt alles erst, wenn es vorbei ist.

DIE ANDEREN Schwachkopf! – Holen wir den Schnaps!

BAAL Es ist eine Schande.

DIE ANDEREN Oho! – Und warum, großer Elefant?

BAAL Es ist Teddys Eigentum. Das Fäßchen darf nicht erbrochen werden. Teddy hat eine Frau und fünf arme Waisen.

EINER Vier. Es sind nur vier.

EIN ANDERER Jetzt kommt es plötzlich auf.

BAAL Wollt ihr Teddys fünf armen Waisen den Schnaps ihres armen Vaters wegsaufen? Ist das Religion?

DER VORIGE Vier. Vier Waisen.

BAAL Teddys vier Waisen den Schnaps von den Mäulern wegsaufen?

EINER Teddy hatte überhaupt keine Familie.

BAAL Aber Waisen, meine Lieben, Waisen.

EIN ANDERER Meint ihr, die dieser verrückte Elefant uzt, Teddys Waisen werden Teddys Schnaps saufen? Gut, es ist Teddys Eigentum...

BAAL *unterbricht:* War es...

DER ANDERE Was willst du wieder damit?

EINER Er schwatzt nur. Er hat gar keinen Verstand.

DER ANDERE Ich sage: es war Teddys Eigentum, und wir werden es also bezahlen. Mit Geld, gutem Geld, Jungens. Dann können die Waisen anrücken.

ALLE Das ist ein guter Vorschlag. Der Elefant ist geschlagen. – Er muß verrückt sein, da er keinen Schnaps will. – Gehn wir ohne ihn zu Teddys Schnaps!

BAAL *ruft ihnen nach:* Kommt wenigstens wieder hierher, ihr verfluchten Leichenräuber! *Zu Teddy:* Armer Teddy! Und die Bäume sind ziemlich stark heut und die Luft ist gut und weich, und ich fühle mich innerlich geschwellt, armer Teddy, kitzelt es dich nicht? Du bist völlig erledigt, laß es dir erzählen, du wirst bald stinken, und der Wind geht weiter, alles geht weiter, und deine Hütte weiß ich, wo die steht, und dein Besitztum nehmen dir die Lebendigen weg, und du hast es im Stich gelassen und wolltest nur deine Ruhe. Dein Leib war noch nicht so schlecht, Teddy, er ist es jetzt noch nicht, nur ein wenig beschädigt, auf der einen Seite, und dann die Beine – mit den Weibern wäre es ausgewesen, so was legt man nicht zwischen ein Weib. *Er hebt das Bein des Toten.* Aber alles in allem, in dem Leib hätte es sich noch leben lassen bei besserem Willen, mein Junge, aber deine Seele war eine verflucht noble Persönlichkeit, die Wohnung war schadhaft, und die Ratten verlassen das sinkende Schiff; du bist lediglich deiner Gewohnheit unterlegen, Teddy.

DIE ANDEREN *kehren zurück:* Hoho, Elefant, jetzt gibt's was! Wo ist das Fäßchen Brandy unter Teddys altem Bett, Junge? – Wo warst du, als wir uns mit dem armen Teddy beschäftigten?

Herr? Da war Teddy noch nicht mal ganz tot, Herr? – Wo warst du da, du Schweinehund, du Leichenschänder, du Beschützer von Teddys armen Waisen, hm?

BAAL Es ist gar nichts erwiesen, meine Lieben!

DIE ANDEREN Wo ist dann der Schnaps? Hat ihn, nach deiner werten Ansicht, das Faß gesoffen? – Es ist eine verflucht ernsthafte Angelegenheit, Junge. – Steh einmal auf, du, erhebe dich! Geh einmal vier Schritte und leugne dann, daß du erschüttert bist, innerlich und äußerlich vollkommen zerrüttet, du alte Sau! – Auf mit ihm, kitzelt ihn etwas, Jungens, den Schänder von Teddys armer Ehre! *Baal wird auf die Beine gestellt.*

BAAL Schweinebande! Tretet mir wenigstens den armen Teddy nicht! *Er setzt sich und nimmt den Arm der Leiche unter seinen Arm.* Wenn ihr mich mißhandelt, fällt Teddy aufs Gesicht. Ist das Pietät? Ich bin in der Notwehr. Ihr seid sieben, sie–ben und habt nicht getrunken, und ich bin ein einziger und habe getrunken. Ist das fein, ist das ehrlich, sieben auf einen? Beruhigt euch! Teddy hat sich auch beruhigt.

EINIGE *traurig und empört:* Dem Burschen ist nichts heilig. – Gott sei seiner besoffenen Seele gnädig! – Er ist der hartgesottenste Sünder, der zwischen Gottes Händen herumläuft.

BAAL Setzt euch, ich mag die Pfäfferei nicht. Es muß immer Klügere geben und Schwächere im Gehirn. Das sind dafür die besseren Arbeiter. Ihr habt gesehen, ich bin ein geistiger Arbeiter. *Er raucht.* Ihr hattet nie die rechte Ehrfurcht, meine Lieben! Und was kommt bei euch in Bewegung, wenn ihr den guten Schnaps in euch begrabt? Aber ich mache Erkenntnisse, sage ich euch! Ich habe zu Teddy höchst Wesentliches gesagt. *Er zieht aus dessen Brusttasche Papiere, die er betrachtet.* Aber ihr mußtet ja fortlaufen nach dem erbärmlichen Schnaps. Setzt euch: Seht euch den Himmel an zwischen den Bäumen, der jetzt dunkel wird. Ist das nichts? Dann habt ihr keine Religion im Leibe!

**Eine Hütte**

*Man hört regnen. Baal. Ekart.*

BAAL Das ist der Winterschlaf im schwarzen Schlamm für unsere weißen Leiber.

EKART Du hast das Fleisch immer noch nicht geholt!

BAAL Du bist wohl mit deiner Messe beschäftigt?

EKART Mußt du an meine Messe denken? Denk du an deine Frau! Wo hast du sie wieder hingetrieben, in dem Regen?

BAAL Sie läuft uns nach wie verzweifelt und hängt sich an meinen Hals.

EKART Du sinkst immer tiefer.

BAAL Ich bin zu schwer.

EKART Mit dem Insgrasbeißen rechnest du wohl nicht?

BAAL Ich kämpfe bis aufs Messer. Ich will noch ohne Haut leben, ich ziehe mich noch in die Zehen zurück. Ich falle wie ein Stier: ins Gras, da, wo es am weichsten ist. Ich schlucke den Tod hinunter und weiß von nichts.

EKART Seit wir hier liegen, bist du immer fetter geworden.

BAAL *langt mit der Rechten unterm Hemd in die linke Achselhöhle:* Mein Hemd aber ist weiter geworden, je dreckiger, desto weiter. Es ginge noch jemand rein. Aber ohne dicken Leib. Warum aber liegst du auf der faulen Haut, bei deinen Knochen?

EKART Ich habe eine Art Himmel in meinem Schädel, sehr grün und verflucht hoch, und die Gedanken gehen wie leichte Wolken im Wind drunter hin. Sie sind ganz unentschieden in der Richtung. Das alles ist aber in mir drin.

BAAL Das ist das Delirium. Du bist ein Alkoholiker. Jetzt siehst du: es rächt sich.

EKART Wenn das Delirium kommt, das merke ich an meinem Gesicht.

BAAL Du hast ein Gesicht, in dem viel Wind Platz hat. Konkav. *Sieht ihn an.* Du hast gar kein Gesicht. Du bist gar nichts. Du bist transparent.

EKART Ich werde immer mathematischer.

BAAL Deine Geschichten erfährt man nie. Warum redest du nie über dich?

EKART Ich werde keine haben. Wer läuft da draußen?

BAAL Du hast ein gutes Gehör. Es ist etwas in dir drin, das deckst du zu. Du bist ein böser Mensch, gerade wie ich, ein Teufel. Aber eines Tags siehst du Ratten. Dann bist du wieder ein guter Mensch.

SOPHIE *in der Tür.*

EKART Bist du das, Sophie?

BAAL Was willst du schon wieder?

SOPHIE Darf ich jetzt herein, Baal?

**Ebene. Himmel**

*Abend. Baal. Ekart. Sophie.*

SOPHIE Mir sinken die Knie ein. Warum läufst du wie ein Verzweifelter?
BAAL Weil du dich an meinen Hals hängst wie ein Mühlstein.
EKART Wie kannst du sie so behandeln, die von dir schwanger ist?
SOPHIE Ich wollte es selbst, Ekart.
BAAL Sie wollte es selbst. Und jetzt hängt sie mir am Hals.
EKART Das ist viehisch. Setz dich hin, Sophie.
SOPHIE *setzt sich schwer:* Laß ihn fort!
EKART *zu Baal:* Wenn du sie auf die Straße schmeißt, ich bleibe bei ihr.
BAAL Sie bleibt bei dir nicht. Aber du ließest mich sitzen. Ihretwegen, das sieht dir gleich.
EKART Du hast mich zweimal aus dem Bett geschmissen. Dich ließen meine Geliebten kalt, du fischtest sie mir weg, obgleich ich sie liebte.
BAAL Weil du sie liebtest. Ich habe zweimal Leichen geschändet, weil du rein bleiben solltest. Ich brauche das. Ich hatte keine Wollust dabei, bei Gott!
EKART *zu Sophie:* Und dieses durchsichtige Vieh liebst du immer noch?
SOPHIE Ich kann nichts dafür, Ekart. Ich liebe noch seinen Leichnam. Ich liebe noch seine Fäuste. Ich kann nichts dafür, Ekart.
BAAL Ich will nie wissen, was ihr getrieben habt, als ich saß.
SOPHIE Wir standen beieinander vor dem weißen Gefängnis und schauten hinauf, wo du saßest.
BAAL Ihr wart beieinander.
SOPHIE Schlage mich dafür.
EKART *schreit:* Hast du sie mir nicht an den Hals geworfen?
BAAL Damals konntest du mir noch gestohlen werden.
EKART Ich habe nicht deine Elefantenhaut!
BAAL Ich liebe dich darum.
EKART So halt doch wenigstens dein verfluchtes Maul davon, solang sie noch dabeisitzt.
BAAL Sie soll sich trollen! Sie fängt an, zur Kanaille zu werden. *Fährt sich mit den Händen an den Hals.* Sie wäscht sich ihre beschmutzte Wäsche in deinen Tränen. Siehst du noch nicht, daß sie nackt zwischen uns läuft? Ich bin ein Lamm von Geduld, aber aus meiner Haut kann ich nicht.
EKART *setzt sich zu Sophie:* Geh heim zu deiner Mutter!
SOPHIE Ich kann ja nicht.
BAAL Sie kann nicht, Ekart.
SOPHIE Schlag mich, wenn du willst, Baal. Ich will nicht mehr sagen, daß du langsam gehen sollst. Ich habe es nicht so gemeint. Laß mich mitlaufen, solang ich Füße habe, dann will ich mich ins Gesträuch legen und du mußt nicht hersehen. Jage mich nicht weg, Baal.
BAAL Lege ihn in den Fluß, deinen dicken Leib! Du hast gewollt, daß ich dich ausspeie.
SOPHIE Willst du mich hier liegenlassen, du willst mich nicht hier liegenlassen. Du weißt es noch nicht, Baal. Du bist wie ein Kind, daß du so etwas meinst.
BAAL Jetzt habe ich dich satt bis an den Hals.
SOPHIE Aber die Nacht nicht, nicht die Nacht, Baal. Ich habe Angst allein. Ich habe Angst vor dem Finstern. Davor habe ich Angst.
BAAL In dem Zustand? Da tut dir keiner was.
SOPHIE Aber die Nacht. Wollt ihr nicht noch die Nacht bei mir bleiben?
BAAL Geh zu den Flößern. Heut ist Johannis. Da sind sie besoffen.
SOPHIE Eine Viertelstunde!
BAAL Komm, Ekart!
SOPHIE Wo soll ich denn hin?
BAAL In den Himmel, Geliebte!
SOPHIE Mit meinem Kind?
BAAL Vergrab es!
SOPHIE Ich wünsche mir, daß du nie mehr daran denken mußt, was du mir jetzt sagst unter dem schönen Himmel, der dir gefällt. Das wünsche ich mir auf den Knien.
EKART Ich bleibe bei dir. Und dann bringe ich dich zu deiner Mutter, wenn du nur sagst, daß du dieses Vieh nicht mehr lieben willst.
BAAL Sie liebt mich.
SOPHIE Ich liebe es.
EKART Stehst du noch da, du Vieh? Hast du keine Knie? Bist du im Schnaps ersoffen oder in der Lyrik? Verkommenes Tier! Verkommenes Tier!
BAAL Schwachkopf!
*Ekart auf ihn los, sie ringen.*
SOPHIE Jesus Maria! Es sind Raubtiere!
EKART *ringend:* Hörst du, was sie sagt, in dem Gehölz, und jetzt wird es schon dunkel? Verkommenes Tier! Verkommenes Tier!
BAAL *an ihn, preßt Ekart an sich:* Jetzt bist du an meiner Brust, riechst du mich? Jetzt halte ich dich, es gibt mehr als Weibernähe! *Hält ein.*

Jetzt sieht man schon Sterne über dem Gesträuch, Ekart.

EKART *starrt Baal an, der auf den Himmel sieht:* Ich kann es nicht schlagen.

BAAL *den Arm um ihn:* Es wird dunkel. Wir müssen Nachtquartier haben. Im Gehölz gibt es Mulden, wo kein Wind hingeht. Komm, ich erzähle dir von den Tieren. *Er zieht ihn fort.*

SOPHIE *allein im Dunkeln, schreit:* Baal!

**Hölzerne braune Diele**

*Nacht. Wind. An Tischen Gougou, Bolleboll. Der alte Bettler und Maja mit dem Kind in der Kiste.*

BOLLEBOLL *spielt Karten mit Gougou:* Ich habe kein Geld mehr. Spielen wir um unsere Seelen!

DER BETTLER Bruder Wind will herein. Aber wir kennen unsern kalten Bruder Wind nicht. Hehehe.

DAS KIND *weint.*

MAJA *das Bettelweib:* Horcht! Da geht was ums Haus! Wenn das nur kein großes Tier ist!

BOLLEBOLL Warum? Bist du schon wieder lüstern?

*Es schlägt an das Tor.*

MAJA Horcht! Ich mache nicht auf!

DER BETTLER Du machst auf.

MAJA Nein, nein! Liebe Muttergottes, nein!

DER BETTLER Bouque la Madonne! Mach auf!

MAJA *kriecht zur Tür:* Wer ist draußen?

DAS KIND *weint.*

MAJA *öffnet die Tür.*

BAAL *mit Ekart tritt ein, verregnet:* Ist das die Spitalschenke?

MAJA Ja, aber es ist kein Bett frei. *Frecher:* Und ich bin krank.

BAAL Wir haben Champagner bei uns. *Ekart ist zum Ofen gegangen.*

BOLLEBOLL Komm her! Wer weiß, was Champagner ist, paßt zu uns.

DER BETTLER Hier sind heut lauter feine Leute, mein lieber Schwan!

BAAL *an den Tisch tretend, zieht zwei Flaschen aus den Taschen:* Hm?

DER BETTLER Das ist Spuk!

BOLLEBOLL Ich weiß, woher du den Champagner hast. Aber ich verrate dich nicht.

BAAL Komm, Ekart! Sind hier Gläser?

MAJA Tassen, gnädiger Herr! Tassen! *Sie bringt welche.*

GOUGOU Ich brauche eine eigene Tasse.

BAAL *mißtrauisch:* Dürfen Sie Champagner trinken?

GOUGOU Bitte. *Baal schenkt ein.*

BAAL Was haben Sie für eine Krankheit?

GOUGOU Lungenspitzenkatarrh. Es ist nichts. Eine kleine Verschleimung. Nichts von Bedeutung.

BAAL *zu Bolleboll:* Und Sie?

BOLLEBOLL Magengeschwüre. Harmlos.

BAAL *zum Bettler:* Hoffentlich haben Sie auch ein Leiden?

DER BETTLER Ich bin wahnsinnig.

BAAL Prost! – Wir kennen uns. Ich bin gesund.

DER BETTLER Ich kannte einen Mann, der meinte auch, er sei gesund. Meinte es. Er stammte aus einem Wald und kam einmal wieder dort hin, denn er mußte sich etwas überlegen. Den Wald fand er sehr fremd und nicht mehr verwandt. Viele Tage ging er, ganz hinauf in die Wildnis, denn er wollte sehen, wie weit er abhängig war und wieviel noch in ihm war, daß er's aushielte. Aber es war nicht mehr viel. *Trinkt.*

BAAL *unruhig:* So ein Wind! Und wir müssen heut nacht noch fort, Ekart.

DER BETTLER Ja, der Wind. An einem Abend, um die Dämmerung, als er nicht mehr so allein war, ging er durch die große Stille zwischen die Bäume und stellte sich unter einen von ihnen, der sehr groß war.

*Trinkt.*

BOLLEBOLL Das war der Affe in ihm.

DER BETTLER Ja, vielleicht der Affe. Er lehnte sich an ihn, ganz nah, fühlte das Leben in ihm, oder meinte es und sagte: Du bist höher als ich und stehst fest und du kennst die Erde bis tief hinunter und sie hält dich. Ich kann laufen und mich besser bewegen, aber ich stehe nicht fest und kann nicht in die Tiefe und nichts hält mich. Auch ist mir die große Ruhe über den stillen Wipfeln im unendlichen Himmel unbekannt. *Trinkt.*

GOUGOU Was sagte der Baum?

DER BETTLER Ja. Der Wind ging. Durch den Baum lief ein Zittern, der Mann fühlte es. Da warf er sich zu Boden, umschlang die wilden und harten Wurzeln und weinte bitterlich. Aber er tat es mit vielen Bäumen.

EKART Wurde er gesund?

DER BETTLER Nein. Aber er starb leichter.

MAJA Das versteh ich nicht.

DER BETTLER Nichts versteht man. Aber manches fühlt man. Geschichten, die man versteht, sind nur schlecht erzählt.

BOLLEBOLL Glaubt ihr an Gott?

BAAL *mühsam:* Ich glaubte immer an mich. Aber man kann Atheist werden.

BOLLEBOLL *lacht schallend:* Jetzt werde ich lustig! Gott! Champagner! Liebe! Wind und Regen! *Greift nach Maja.*

MAJA Laß mich! Du stinkst aus dem Mund!

BOLLEBOLL Und hast du keine Syphilis? *Nimmt sie auf den Schoß.*

DER BETTLER Hüte dich! *Zu Bolleboll:* Ich werde nach und nach betrunken. Und du kannst heute nicht in den Regen hinaus, wenn ich ganz betrunken bin.

GOUGOU *zu Ekart:* Er war hübscher, und darum bekam er sie.

EKART Und Ihre geistige Überlegenheit? Ihr seelisches Übergewicht?

GOUGOU Sie war nicht so. Sie war ganz unverdorben.

EKART Und was taten Sie?

GOUGOU Ich schämte mich.

BOLLEBOLL Horcht! Der Wind! Er bittet Gott um Ruhe.

MAJA *singt:*

Eiapopeia, 's geht draußen der Wind
Während wir warm und betrunken sind.

BAAL Was ist das für ein Kind?

MAJA Meine Tochter, gnädiger Herr.

DER BETTLER Eine virgo dolorosa!

BAAL *trinkt:* Das war früher, Ekart. Ja. Das war auch schön.

EKART Was?

BOLLEBOLL Das hat er vergessen.

BAAL Frü–her, was für ein merkwürdiges Wort!

GOUGOU *zu Ekart:* Das Schönste ist das Nichts.

BOLLEBOLL Pst! Jetzt kommt Gougous Arie! Der Madensack singt!

GOUGOU Es ist wie zitternde Luft an Sommerabenden, Sonne. Aber es zittert nicht. Nichts. Gar nichts. Man hört einfach auf. Wind geht, man friert nimmer. Regen geht, man wird nimmer naß. Witze passieren, man lacht nicht mit. Man verfault, man braucht nicht zu warten. Generalstreik.

DER BETTLER Das ist das Paradies der Hölle!

GOUGOU Ja, das ist das Paradies. Es bleibt kein Wunsch unerfüllt. Man hat keinen mehr. Es wird einem alles abgewöhnt. Auch die Wünsche. So wird man frei.

MAJA Und was kommt am Schluß?

GOUGOU *grinst:* Nichts. Gar nichts. Es kommt kein Schluß. Nichts dauert ewig.

BOLLEBOLL Amen.

BAAL *ist aufgestanden, zu Ekart:* Ekart, steh auf! Wir sind unter Mörder gefallen. *Hält sich an Ekart, um die Schultern.* Das Gewürm bläht sich. Die Verwesung kriecht heran. Die Würmer singen und preisen sich an.

EKART Das ist jetzt das zweitemal bei dir. Ob es vom Trinken allein kommt?

BAAL Hier werden meine Gedärme demonstriert... Das ist kein Schlammbad.

EKART Setz dich! Trink dich voll! Wärm dich!

MAJA *singt etwas betrunken:*

Sommer und Winter, Regen und Schnee –
Sind wir besoffen, tut nichts mehr weh.

BOLLEBOLL *hat Maja gefaßt, balgt:* Die Arie kitzelt mich immer so, kleiner Gougou... Bitzebitze, Majachen.

DAS KIND *weint.*

BAAL *trinkt:* Wer sind Sie? *Gereizt zu Gougou:* Madensack heißen Sie. Sie sind Todeskandidat? Prost! *Setzt sich.*

DER BETTLER Nimm dich in acht, Bolleboll! Ich vertrage Champagner nicht so gut.

MAJA *an Bolleboll, singt:*

Zu deine Äuglein, Schauen ist schwer.
Komm, wir gehn schlafen, jetzt spürst du's
  nicht mehr.

BAAL *brutal:*
Schwimmst du hinunter mit Ratten im Haar:
Der Himmel drüber bleibt wunderbar.
*Steht auf, die Tasse in der Hand.* Schwarz ist der Himmel. Warum bist du erschrocken? *Trommelt auf den Tisch.* Man muß das Karussell aushalten. Es ist wunderbar. *Schwankt.* Ich will ein Elefant sein, der im Zirkus Wasser läßt, wenn nicht alles schön ist... *Fängt an zu tanzen, singt:* Tanz mit dem Wind, armer Leichnam, schlaf mit der Wolke, verkommener Gott! *Er kommt schwankend zum Tisch.*

EKART *betrunken, ist aufgestanden:* Jetzt gehe ich nicht mehr mit dir. Ich habe auch eine Seele. Du hast meine Seele verdorben. Du verdirbst alles. Auch fange ich jetzt dann mit meiner Messe an.

BAAL Ich liebe dich, Prost!

EKART Ich gehe aber nicht mehr mit dir! *Setzt sich.*

DER BETTLER *zu Bolleboll:* Hände weg, du Schwein!

MAJA Was geht das dich an?

DER BETTLER Sei du still, du Armselige!

MAJA Irrsinniger, du spinnst ja!

BOLLEBOLL *giftig:* Schwindel! Er hat gar keine Krankheit. Das ist es! Es ist alles Schwindel!

DER BETTLER Und du hast den Krebs!

BOLLEBOLL *unheimlich ruhig:* Ich habe den Krebs?

DER BETTLER *feig:* Ich habe gar nichts gesagt. Laß du das Ding in Ruh!

MAJA *lacht.*

BAAL Warum weint das? *Trollt sich zur Kiste hinter.*

DER BETTLER *bös:* Was willst du von dem?

BAAL *beugt sich über die Kiste:* Warum weinst du? Hast du's noch nie gesehen? Oder weinst du jedesmal wieder?

DER BETTLER Lassen Sie das, Mann! *Wirft seine Tasse auf Baal.*

MAJA *springt auf:* Du Schwein!

BOLLEBOLL Er will ihm nur unters Hemd schauen.

BAAL *steht langsam auf:* Oh, ihr Säue! Ihr kennt das Menschliche nicht mehr! Komm, Ekart, wir wollen uns im Fluß waschen! *Ab mit Ekart.*

## Grünes Laubdickicht. Fluß dahinter

*Baal. Ekart.*

BAAL *sitzt im Laubwerk:* Das Wasser ist warm. Auf dem Sand liegt man wie Krebse. Dazu das Buschwerk und die weißen Wolken am Himmel. Ekart!

EKART *verborgen:* Was willst du?

BAAL Ich liebe dich.

EKART Ich liege zu gut.

BAAL Hast du die Wolken vorhin gesehen?

EKART Ja. Sie sind schamlos. *Stille.* Vorhin ging ein Weib drüben vorbei.

BAAL Ich mag kein Weib mehr...

## Landstraße. Weiden

*Wind. Nacht. Ekart schläft im Gras.*

BAAL *über die Felder her, wie trunken, die Kleider offen, wie ein Schlafwandelnder:* Ekart! Ekart! Ich hab's. Wach auf!

EKART Was hast du? Redest du wieder im Schlaf?

BAAL *setzt sich zu ihm:* Das da:

Als sie ertrunken war und hinunterschwamm
Von den Bächen in die größeren Flüsse
Schien der Opal des Himmels sehr wundersam
Als ob er die Leiche begütigen müsse.

Tang und Algen hielten sich an ihr ein
So daß sie langsam viel schwerer ward
Kühl die Fische schwammen an ihrem Bein:
Pflanzen und Tiere beschwerten noch ihre
letzte Fahrt.

Und der Himmel ward abends dunkel wie
Rauch
Und hielt nachts mit den Sternen das Licht in
Schwebe
Aber früh ward er hell, daß es auch
Noch für sie Morgen und Abend gebe.

Als ihr bleicher Leib im Wasser verfaulet war
Geschah es, sehr langsam, daß Gott sie allmäh-
lich vergaß:
Erst ihr Gesicht, dann die Hände und ganz zu-
letzt erst ihr Haar.
Dann ward sie Aas in Flüssen mit vielem Aas.

*Wind.*

EKART Geht es schon um, das Gespenst? Es ist nicht so schlecht wie du. Nur der Schlaf ist beim Teufel, und der Wind orgelt wieder in den Weidenstrunken. Bleibt also wieder die weiße Brust der Philosophie, Finsternis, Nässe bis an unser seliges Ende und selbst von alten Weibern nur das zweite Gesicht.

BAAL Bei dem Wind braucht man keinen Schnaps und ist so besoffen. Ich sehe die Welt in mildem Licht: sie ist das Exkrement des lieben Gottes.

EKART Des lieben Gottes, der sich durch die Verbindung von Harnrohr und Geschlechtsglied hinlänglich ein für allemal gekennzeichnet hat.

BAAL *liegt:* Das alles ist so schön.

*Wind.*

EKART Die Weiden sind wie verfaulte Zahnstumpen in dem schwarzen Maul, das der Himmel hat. – Jetzt fange ich bald mit meiner Messe an.

BAAL Ist das Quartett schon fertig?

EKART Wo sollte ich die Zeit hernehmen?

*Wind.*

BAAL Da ist eine rothaarige, bleiche; die ziehst du herum.

EKART Sie hat einen weichen, weißen Leib und kommt mittags damit in die Weiden. Die haben hängende Zweige wie Haare und darinnen v…n wir wie die Eichkatzen.

BAAL Ist sie schöner als ich?

*Dunkel. Der Wind orgelt weiter.*

## Junge Haselsträucher

*Lange rote Ruten, die niederhängen. Darinnen sitzt Baal. Mittag.*

BAAL Ich werde sie einfach befriedigen, die weiße Taube… *Betrachtet den Platz:* An der Stelle sieht man die Wolken schön durch die Weidenzweige… Wenn er dann kommt, sieht er nur mehr die Haut. Ich hab diese Liebschaften bei ihm satt. Schweig still, meine liebe Seele!

JUNGES WEIB *aus dem Dickicht, rotes Haar, voll, bleich.*

BAAL *schaut nicht um:* Bist du das?

DAS JUNGE WEIB Wo ist Ihr Freund?

BAAL Er macht eine Messe in es-Moll.

DAS JUNGE WEIB Sagen Sie ihm, daß ich da war!

BAAL Er wird zu durchsichtig. Er befleckt sich. Er fällt zurück in die Zoologie. Setzen Sie sich! *Er schaut um.*

DAS JUNGE WEIB Ich will lieber stehen.

BAAL *zieht sich an den Weidenruten hoch:* Er ißt zuviel Eier in der letzten Zeit.

DAS JUNGE WEIB Ich liebe ihn.

BAAL Was gehen Sie mich an! *Faßt sie.*

DAS JUNGE WEIB Langen Sie mich nicht an! Sie sind mir zu schmutzig.

BAAL *langt ihr langsam an die Kehle:* Das ist Ihr Hals? Wissen Sie, wie man Tauben still macht oder Wildenten im Gehölz?

DAS JUNGE WEIB Jesus Maria! *Zerrt.* Lassen Sie mich in Ruh!

BAAL Mit Ihren schwachen Knien? Sie fallen ja um. Sie wollen ja zwischen die Weiden gelegt werden. Mann ist Mann, darin gleichen sich die meisten. *Nimmt sie in die Arme.*

DAS JUNGE WEIB *zittert:* Bitte, lassen Sie mich los! Bitte!

BAAL Eine schamlose Wachtel! Her damit! Rettungstat eines Verzweifelten! *Faßt sie an beiden Armen, schleift sie ins Gebüsch.*

## Ahorn im Wind

*Bewölkter Himmel. Baal und Ekart, in den Wurzeln sitzend.*

BAAL Trinken tut not, Ekart, hast du noch Geld?

EKART Nein. Sieh dir den Ahorn im Wind an!

BAAL Er zittert.

EKART Wo ist das Mädel, das du in den Schenken herumgezogen hast?

BAAL Werd ein Fisch und such sie.

EKART Du überfrißt dich, Baal. Du wirst platzen.

BAAL Den Knall möcht ich noch hören.

EKART Schaust du nicht manchmal auch in ein Wasser, wenn es schwarz und tief ist und noch ohne Fisch. Fall nie hinein. Du mußt dich in acht nehmen. Du bist so sehr schwer, Baal.

BAAL Ich werde mich vor jemand anderem in acht nehmen. Ich habe ein Lied gemacht. Willst du es hören?

EKART Lies es, dann kenne ich dich.

BAAL Es heißt: Der Tod im Wald.

Und ein Mann starb im ewigen Wald
Wo ihn Sturm und Strom umbrauste.
Starb wie ein Tier in Wurzeln eingekrallt
Schaute hoch in die Wipfel, wo über dem Wald
Sturm seit Tagen ohne Aufhörn sauste.

Und es standen einige um ihn
Und sie sagten, daß er stiller werde:
Komm, wir tragen dich jetzt heim, Gefährte!
Aber er stieß sie mit seinen Knien
Spuckte aus und sagte: Und wohin?
Denn er hatte weder Heim noch Erde.

Wieviel Zähne hast du noch im Maul?
Und wie ist das sonst mit dir, laß sehn!
Stirb ein wenig ruhiger und nicht so faul!
Gestern abend aßen wir schon deinen Gaul.
Warum willst du nicht zur Hölle gehn?

Und der Wald war laut um ihn und sie.
Und sie sahn ihn sich am Baume halten
Und sie hörten, wie er ihnen schrie.

Und es graute ihnen so wie nie
Daß sie zitternd ihre Fäuste ballten:
Denn er war ein Mann wie sie.

Unnütz bist du, räudig, toll, du Tier!
Eiter bist du, Dreck, du Lumpenhaufen!
Luft schnappst du uns weg mit deiner Gier
Sagten sie. Und er, er, das Geschwür:
Leben will ich! Eure Sonne schnaufen!
Und im Lichte reiten so wie ihr!

Das war etwas, was kein Freund verstand
Daß sie zitternd vor dem Ekel schwiegen.
Ihm hielt Erde seine nackte Hand
Und von Meer zu Meer im Wind liegt Land:
Und ich muß hier unten stille liegen.

Ja, des armen Lebens Übermaß
Hielt ihn so, daß er auch noch sein Aas
Seinen Leichnam in die Erde preßte;
In der frühen Dämmrung fiel er tot ins dunkle Gras.
Voll von Ekel gruben sie ihn, kalt von Haß
In des Baumes unterstes Geäste.

Und sie ritten stumm aus dem Dickicht.
Und sie sahn noch nach dem Baume hin
Unter den sie eingegraben ihn
Dem das Sterben allzu bitter schien:
Der Baum war oben voll Licht.
Und sie bekreuzten ihr junges Gesicht
Und sie ritten schnell in die Prärien.

EKART Ja. Ja. So weit ist es jetzt wohl gekommen.

BAAL Wenn ich nachts nicht schlafen kann, schaue ich die Sterne an. Das ist geradeso.

EKART So?

BAAL *mißtrauisch:* Aber das tue ich nicht oft. Sonst schwächt es.

EKART *nach einer Weile:* In der letzten Zeit hast du viel Lyrik gemacht. Du hast wohl schon lange kein Weib mehr gehabt?

BAAL Warum?

EKART Ich dachte es mir. Sage nein.

BAAL *steht auf, streckt sich, schaut in den Wipfel des Ahorns, lacht.*

**Branntweinschenke**

*Abend. Ekart. Die Kellnerin. Watzmann. Johannes, abgerissen, in schäbigem Rock mit hochgeschlagenem Kragen, hoffnungslos verkommen. Die Kellnerin hat die Züge Sophiens.*

EKART Jetzt sind es acht Jahre.

*Sie trinken. Wind geht.*

JOHANNES Mit fünfundzwanzig ginge das Leben erst an. Da werden sie breiter und haben Kinder.

*Stille.*

WATZMANN Seine Mutter ist gestern gestorben. Er läuft herum, Geld zu leihen für die Beerdigung. Damit kommt er hierher. Dann können wir die Schnäpse bezahlen. Der Wirt ist anständig; er gibt Kredit auf eine Leiche, die eine Mutter war. *Trinkt.*

JOHANNES Baal! Der Wind geht nimmer in sein Segel!

WATZMANN *zu Ekart:* Du hast wohl viel mit ihm auszuhalten?

EKART Man kann ihm nicht ins Gesicht spukken: Er geht unter.

WATZMANN *zu Johannes:* Tut dir das weh? Beschäftigt es dich?

JOHANNES Es ist schade um ihn, sage ich euch. *Trinkt.*

*Stille.*

WATZMANN Er wird immer ekelhafter.

EKART Sage das nicht. Ich will das nicht hören: Ich liebe ihn. Ich nehme ihm nie irgendwas übel. Weil ich ihn liebe. Er ist ein Kind.

WATZMANN Er tut immer nur, was er muß. Weil er so faul ist.

EKART *tritt in die Tür:* Es ist eine ganz milde Nacht. Der Wind warm. Wie Milch. Ich liebe das alles. Man sollte nie trinken. Oder nicht so viel. *Zum Tisch zurück.* Die Nacht ist ganz mild. Jetzt und noch drei Wochen in den Herbst hinein kann man gut auf den Straßen leben. *Setzt sich.*

WATZMANN Willst du heut nacht fort? Du willst ihn wohl loshaben? Er liegt dir am Hals?

JOHANNES Du mußt Obacht geben!

BAAL *tritt langsam in die Tür.*

WATZMANN Bist du das, Baal?

EKART *hart:* Was willst du schon wieder?

BAAL *herein, setzt sich:* Was ist das für ein armseliges Loch geworden! *Die Kellnerin bringt Schnaps.*

WATZMANN Hier hat sich nichts verändert. Nur du bist, scheint's, feiner geworden.

BAAL Bist du das noch, Luise?

*Stille.*

JOHANNES Ja. Hier ist es gemütlich. – Ich muß

nämlich trinken, viel trinken. Das macht stark. Man geht auch dann noch über Messer in die Hölle, zugegeben. Aber doch anders. So, wie wenn einem die Knie einsänken, wißt ihr: nachgiebig! So: daß man's gar nicht spürt, die Messer. Mit federnden Kniekehlen. Übrigens, früher hatte ich nie solche Einfälle, so schnurrige, als es mir gut ging, in den bürgerlichen Verhältnissen. Erst jetzt habe ich Einfälle, wo ich Genie geworden bin. Hm.

EKART *bricht aus:* Ich will jetzt wieder in den Wäldern sein, in der Frühe! Das Licht ist zitronenfarben zwischen den Stämmen! Ich will wieder in die Wälder hinauf.

JOHANNES Ja, das versteh ich nicht, Baal, du mußt noch einen Schnaps zahlen. Hier ist es wirklich gemütlich.

BAAL Einen Schnaps dem –

JOHANNES Keine Namen! Man kennt sich. Weißt du, nachts träume ich mitunter so schauerliches Zeug. Aber nur mitunter. Jetzt ist es sehr gemütlich.

*Wind geht. Sie trinken.*

WATZMANN *summt:*

Es gibt noch Bäume in Mengen
Schattig und durchaus kommun –
Um oben sich aufzuhängen
Oder unten sich auszuruhn.

BAAL Wo war das nur schon so? Das war schon einmal so.

JOHANNES Sie schwimmt nämlich immer noch. Niemand hat sie gefunden. Ich habe die Empfindung nur manchmal, wißt ihr, als schwimme sie mir in dem vielen Schnaps die Gurgel hinunter, eine ganz kleine Leiche, halb verfault. Und sie war doch schon siebzehn. Jetzt hat sie Ratten und Tang im grünen Haar, steht ihr nicht übel... ein bißchen verquollen und weißlich, gefüllt mit stinkendem Flußschlamm, ganz schwarz. Sie war immer so reinlich. Darum ging sie auch in den Fluß und wurde stinkend.

WATZMANN Was ist Fleisch? Es zerfällt wie Geist. Meine Herrn, ich bin vollständig besoffen. Zwei mal zwei ist vier. Ich bin also nicht besoffen. Aber ich habe Ahnungen von einer höheren Welt. Beugt euch, seid de – demütig! Legt den alten Adam ab. *Trinkt zittrig und heftig.* Ich bin noch nicht ganz herunten, solange ich noch meine Ahnung habe, und ich kann noch gut ausrechnen, daß zwei mal zwei... Was ist doch zwei, zw – ei für ein komisches Wort! Zwei! *Setzt sich.*

BAAL *langt nach der Klampfe und zerschlägt damit das Licht:* Jetzt singe ich. *Singt:*

Von Sonne krank und ganz von Regen zerfressen
Geraubten Lorbeer im zerrauften Haar
Hat er seine ganze Jugend, nur nicht ihre Träume vergessen
Lange das Dach! nie den Himmel, der drüber war.

Meine Stimme ist nicht ganz glockenrein. *Stimmt die Klampfe.*

EKART Sing weiter, Baal!

BAAL *singt weiter:*

O ihr, die ihr aus Himmel und Hölle vertrieben!
Ihr Mörder, denen viel Leides geschah!
Warum seid ihr nicht im Schoß eurer Mütter geblieben?
Wo es stille war und man schlief und war da...

Die Gitarre stimmt auch nicht.

WATZMANN Das ist ein gutes Lied. Ganz mein Fall! Romantik!

BAAL *singt weiter:*

Er aber sucht noch in absynthenen Meeren
Wenn ihn schon seine Mutter vergißt
Grinsend und fluchend und zuweilen nicht ohne Zähren
Immer das Land, wo es besser zu leben ist.

WATZMANN Ich finde schon mein Glas nicht mehr. Der Tisch wackelt blödsinnig. Macht doch Licht. Wie soll da einer sein Maul finden!

EKART Blödsinn! Siehst du was, Baal?

BAAL Nein. Ich will nicht. Es ist schön im Dunkeln. Mit dem Champagner im Leib und mit Heimweh ohne Erinnerung. Bist du mein Freund, Ekart?

EKART *mühsam:* Ja, aber sing!

BAAL *singt:*

Schlendernd durch Höllen und gepeitscht durch Paradiese
Still und grinsend, vergehenden Gesichts
Träumt er gelegentlich von einer kleinen Wiese
Mit blauem Himmel drüber und sonst nichts.

JOHANNES Jetzt bleibe ich immer bei dir. Du kannst mich gut mitnehmen. Ich esse fast nicht mehr.

WATZMANN *hat mühsam Licht angezündet:* Es werde Licht. Hehehehe.

BAAL Das blendet. *Steht auf.*

EKART *mit der Kellnerin auf dem Schoß, steht mühsam auf, versucht, ihren Arm von seinem Hals zu lösen:* Was hast du denn? Das ist doch nichts. Es ist lächerlich.

BAAL *duckt sich zum Sprung.*

EKART Du bist doch nicht auf die da eifersüchtig?

BAAL *tastet sich vor, ein Becher fällt.*

EKART Warum soll ich keine Weiber haben?

BAAL *sieht ihn an.*

EKART Bin ich dein Geliebter?

BAAL *wirft sich auf ihn, würgt ihn.*

*Das Licht erlischt. Watzmann lacht betrunken, die Kellnerin schreit. Andere Gäste aus dem Nebenzimmer herein mit Lampe.*

WATZMANN Er hat ein Messer.

DIE KELLNERIN Er mordet ihn. Jesus Maria!

ZWEI MÄNNER *werfen sich auf die Ringenden:* Zum Teufel, Mensch! Loslassen! – Der Kerl hat gestochen, Himmel Herrgott!

BAAL *erhebt sich. Dämmerung bricht plötzlich herein, die Lampe erlischt:* Ekart!

## 10° Ö. L. von Greenwich

*Wald. Baal mit Klampfe, Hände in Hosentaschen, sich entfernend.*

BAAL Der bleiche Wind in den schwarzen Bäumen! Die sind wie die nassen Haare Lupus. Gegen 11 Uhr kommt der Mond. Dann ist es hell genug. Das ist ein kleiner Wald. Ich trolle mich in die großen hinunter. Ich laufe auf dicken Sohlen, seit ich wieder allein in meiner Haut bin. Ich muß mich nach Norden halten. Nach den Rippseiten der Blätter. Ich muß die kleine Affäre im Rücken lassen. Weiter! *Singt:*

Zu den feisten Geiern blinzelt Baal hinauf
Die im Sternenlichte warten auf den Leichnam Baal.

*Entfernt sich.*

Manchmal stellt sich Baal tot. Stürzt ein Geier drauf
Speist Baal einen Geier, stumm, zum Abendmahl.

*Windstoß.*

## Landstraße

*Abend. Wind. Regenschauer. Zwei Landjäger kämpfen gegen den Wind an.*

ERSTER LANDJÄGER Der schwarze Regen und dieser Allerseelenwind! Dieser verfluchte Strolch!

ZWEITER LANDJÄGER Er scheint mir immer mehr gegen Norden den Wäldern zuzulaufen. Dort oben findet ihn keine Menschenseele mehr.

ERSTER LANDJÄGER Was ist er eigentlich?

ZWEITER LANDJÄGER Vor allem: Mörder. Zuvor Varietéschauspieler und Dichter. Dann Karussellbesitzer, Holzfäller, Liebhaber einer Millionärin, Zuchthäusler und Zutreiber. Bei seinem Mord faßten sie ihn, aber er hat Kräfte wie ein Elefant. Es war wegen einer Kellnerin, einer eingeschriebenen Dirne. Wegen der erstach er seinen besten Jugendfreund.

ERSTER LANDJÄGER So ein Mensch hat gar keine Seele. Der gehört zu den wilden Tieren.

ZWEITER LANDJÄGER Dabei ist er ganz kindisch. Alten Weibern schleppt er Holz, daß man ihn fast erwischt. Er hatte nie was. Die Kellnerin war das letzte. Darum erschlug er wohl auch seinen Freund, eine übrigens ebenfalls zweifelhafte Existenz.

ERSTER LANDJÄGER Wenn nur wo Schnaps zu haben wäre oder ein Weib! Gehen wir! Hier ist es unheimlich. Und da rührt sich was! *Beide ab.*

BAAL *aus dem Gebüsch mit Pack und Klampfe. Pfeift durch die Zähne:* Tot also? Armes Tierchen! Mir in den Weg zu laufen! Jetzt wird es interessant. *Hinter den beiden her.*

*Wind.*

## Bretterhütte im Wald

*Nacht. Wind. Baal auf schmutzigem Bett. Männer karten und trinken.*

EIN MANN *bei Baal:* Was willst du? Du pfeifst ja auf dem letzten Loch. Das sieht ja ein Kind, und wer interessiert sich für dich? Hast du jemand? Na also! Na also! Zähne zusammen! Hast du noch Zähne? Mitunter beißen Burschen ins Gras, die noch Spaß an vielerlei hätten, Milliardäre! Aber du hast ja nicht einmal Papiere. Habe keine Angst: Die Welt rollt weiter, kugelrund, morgen früh pfeift der Wind. Stelle dich doch auf einen etwas überlegeneren Standpunkt. Denke dir: Eine Ratte verreckt. Na also! Nur nicht aufmucksen! Du hast keine Zähne mehr.

DIE MÄNNER Schifft es immer noch? Wir werden die Nacht bei dem Leichnam bleiben müssen. – Maul halten! Trumpf! – Gibt's noch Luft für dich, Dicker? Sing eins! »Als im weißen Mutterschoße...« – Laß ihn: Er ist ein kalter Mann, bevor der schwarze Regen aufhört. Spiel weiter! – Er hat gesoffen wie ein Loch, aber es ist etwas in dem bleichen Kloß, daß man an sich denkt. Dem ist das nicht in die Wiege gesungen worden. – Eichelzehner! Haltet doch euren Rand, meine Herren! Das ist kein solides Spiel; wenn Sie nicht mehr Ernst haben, geht kein vernünftiges Spiel zusammen.

*Stille, nur mehr Flüche.*

BAAL Wieviel Uhr ist es?

DER EINE MANN Elf. Gehst du fort?

BAAL Bald. Wege schlecht?

DER EINE MANN Regen.

DIE MÄNNER *stehen auf:* Jetzt hat der Regen aufgehört. Es ist Zeit. – Es wird alles tropfnaß sein. – Der Bursche braucht wieder nichts zu tun. *Sie nehmen die Äxte auf.*

EINER *vor Baal stehenbleibend, spuckt aus:* Eine gute Nacht und auf Wiedersehn. Wirst du abkratzen?

ANDERER Wirst du ins Gras beißen? Inkognito?

DRITTER Mit dem Stinken könntest du es dir morgen ein wenig einteilen. Wir schlagen bis Mittag und wollen dann essen.

BAAL Könnt ihr nicht noch etwas dableiben?

ALLE *in großem Gelächter:* Sollen wir Mama spielen? Willst du Schwanengesang von dir geben? – Willst du beichten, du Schnapsbehälter? – Kannst du nicht allein speien?

BAAL Wenn ihr noch dreißig Minuten bliebet.

ALLE *in großem Gelächter:* Weißt du was? Verreck allein! – Vorwärts jetzt! Es ist ganz windstill. – Was ist mit dir?

DER EINE MANN Ich komme nach.

BAAL Es kann nicht länger dauern, meine Herren. *Gelächter.* Sie werden nicht gerne allein sterben, meine Herren! *Gelächter.*

ANDERER MANN Altes Weib! Da hast du was zum Andenken!

*Spuckt ihm ins Gesicht.*

*Alle der Tür zu.*

BAAL Zwanzig Minuten!

*Die Männer durch die offene Tür ab.*

DER EINE MANN *in der Tür:* Sterne.

BAAL Wisch den Speichel weg!

DER EINE MANN *zu ihm:* Wo?

BAAL Auf der Stirn.

DER EINE MANN So. Warum lachst du?

BAAL Es schmeckt mir.

DER EINE MANN *empört:* Du bist eine völlig erledigte Angelegenheit. Addio! *Mit der Axt zur Tür.*

BAAL Danke.

DER EINE MANN Kann ich noch etwas für dich... aber ich muß an die Arbeit. Kruzifix. Leichname!

BAAL Du! Komm näher! *Der eine Mann beugt sich.* Es war sehr schön...

DER EINE MANN Was, du irrsinniges Huhn, wollte sagen: Kapaun?

BAAL Alles.

DER EINE MANN Feinschmecker! *Lacht laut, ab; die Tür bleibt auf, man sieht blaue Nacht.*

BAAL *unruhig:* Du! Mann!

DER EINE MANN *im Fenster:* Heh?

BAAL Gehst du?

DER EINE MANN An die Arbeit!

BAAL Wohin?

DER EINE MANN Was geht das dich an?

BAAL Wieviel ist es?

DER EINE MANN Elf und ein Viertel. *Ab.*

BAAL Der ist beim Teufel.

*Stille.*

Eins, zwei, drei, vier, fünf, sechs. Das hilft nichts.

*Stille.*

Mama! Ekart soll weggehen, der Himmel ist auch so verflucht nah da, zum Greifen, es ist alles wieder tropfnaß. Schlafen. Eins. Zwei. Drei. Vier. Man erstickt hier ja. Draußen muß es hell sein. Ich will hinaus. *Hebt sich.* Ich werde hinausgehen. Lieber Baal. *Scharf:* Ich bin keine Ratte. Es muß draußen hell sein. Lieber Baal. Zur Tür kommt man noch. Knie hat man noch, in der Tür ist es besser. Verflucht! Lieber Baal!

*Er kriecht auf allen vieren zur Schwelle.*

Sterne... hm. *Er kriecht hinaus.*

**Frühe im Wald**

*Holzfäller.*

EINER Gib mir den Schnaps! Horch du auf die Vöglein!
ANDERER Es gibt einen heißen Tag.
EIN DRITTER Es steht noch ein ganzer Haufen Stämme, die abends liegen müssen.
EIN VIERTER Jetzt wird der Mann wohl schon kalt sein?
DRITTER Ja. Ja. Jetzt ist er schon kalt.
ZWEITER Ja. Ja.
DRITTER Wir könnten jetzt die Eier haben, wenn er sie uns nicht gefressen hätte. Es heißt was: auf dem Totenbett Eier stehlen! Zuerst hat er mich gejammert, aber das ist mir in die Nase gestiegen. Den Schnaps hat er Gott sei Dank die drei Tage lang nicht gerochen. Rücksichtslosigkeit: Eier in einen Leichnam!
ERSTER Er hatte eine Art, sich hinzulegen in den Dreck; dann stand er ja nimmer auf, und das wußte er. Er legte sich wie in ein gemachtes Bett. Sorgfältig! Kannte ihn einer? Wie heißt er? Was hat er getrieben?
VIERTER Wir müssen ihn so begraben. Jetzt gib mir den Schnaps!
DRITTER Ich frage ihn, wie er schon röchelt in der Gurgel hinten: An was denkst du? Ich will immer wissen, was man da denkt. Da sagte er: Ich horche noch auf den Regen. Mir lief eine Gänsehaut über den Buckel. Ich horche noch auf den Regen, sagte er.

# Trommeln in der Nacht

Komödie

*Glosse für die Bühne:*
*Diese Komödie wurde in München nach den Angaben Caspar Nehers vor folgenden Kulissen gespielt: Hinter den etwa zwei Meter hohen Pappschirmen, die Zimmerwände darstellten, war die große Stadt in kindlicher Weise aufgemalt. Jeweils einige Sekunden vor dem Auftauchen Kraglers glühte der Mond rot auf. Die Geräusche wurden dünn angedeutet. Die Marseillaise wurde im letzten Akt durch ein Grammophon gespielt. Der dritte Akt kann, wenn er nicht fliegend und musikalisch wirkt und das Tempo beschwingt, ausgelassen werden. Es empfiehlt sich, im Zuschauerraum einige Plakate mit Sprüchen wie »Glotzt nicht so romantisch« aufzuhängen.*

*Personen*

Andreas Kragler · Anna Balicke · Karl Balicke, ihr Vater · Amalie Balicke, ihre Mutter · Friedrich Murk, ihr Verlobter · Babusch, Journalist · Zwei Männer · Picadillybarmanke, Kellner · Zibebenmanke, sein Bruder, Kellner · Glubb, der Schnapshändler · Der besoffene Mensch · Bulltrotter, ein Zeitungskolporteur · Ein Arbeiter · Laar, ein Bauer · Auguste, Marie – Prostituierte · Ein Dienstmädchen · Eine Zeitungsfrau

Die Brüder Manke werden vom gleichen Schauspieler gespielt.

## ERSTER AKT
## (Afrika)

*Bei Balicke*

*Dunkle Stube mit Mullgardinen. Es ist Abend.*

BALICKE *rasiert sich am Fenster:* Jetzt sind es vier Jahre her, daß er vermißt wird. Jetzt kommt er nie wieder. Die Zeiten sind verflucht unsicher. Jeder Mann wiegt Gold. Ich hätte schon vor zwei Jahren meinen Segen gegeben. Eure verfluchte Sentimentalität hat mich damals über die Ohren gehauen. Jetzt ginge ich über Leichen.

FRAU BALICKE *vor der Wandfotografie Kraglers als Artillerist:* Es war ein so guter Mensch. Es war ein so kindlicher Mensch.

BALICKE Jetzt ist er verfault.

FRAU BALICKE Wenn er wiederkommt!

BALICKE Aus dem Himmel kommt keiner wieder.

FRAU BALICKE Bei allen himmlischen Heerscharen, die Anna ginge ins Wasser!

BALICKE Wenn sie das sagt, ist sie eine Gans, und ich habe noch keine Gans im Wasser gesehen.

FRAU BALICKE Sie speit sowieso in einem fort.

BALICKE Sie soll nicht soviel Brombeeren und Bismarckheringe hineinessen! Dieser Murk ist ein feiner Bursche, für den können wir Gott auf den Knien danken.

FRAU BALICKE Geld verdient er ja. Aber gegen den andern! Mir steht das Wasser in den Augen.

BALICKE Gegen den Leichnam? Ich sage dir: Jetzt oder nie! Wartet sie auf den Papst? Muß es ein Neger sein? Ich habe den Roman satt.

FRAU BALICKE Und w e n n er kommt, der Leichnam, der jetzt fault, wie du sagst, aus dem Himmel oder aus der Hölle – Mein Name ist Kragler –, wer sagt ihm dann, daß er eine Leiche ist und die Seine einem andern im Bett liegt?

BALICKE Ich sag es ihm! Und jetzt sagst d u dem Ding, daß ich es satt habe und der Hochzeitsmarsch geblasen wird und daß der Murk es ist. Sag i c h es, setzt sie uns unter Wasser. Also zünd mal jetzt gefälligst Licht an!

FRAU BALICKE Ich hole das Pflaster. Du schneidest dich immer ohne Licht.

BALICKE Schneiden kostet nichts, aber Licht. *Ruft hinaus:* Anna!

ANNA *in der Tür:* Was hast du denn, Vater?

BALICKE Hör mal gefälligst deiner Mutter zu, und daß du nicht heulst an deinem Ehrentag!

FRAU BALICKE Komm her, Anna! Vater meint, du siehst so blaß aus, als schläfst du keine Nacht mehr.

ANNA Ich schlafe doch.

FRAU BALICKE Schau, so kann es nicht ewig fortgehen. Jetzt kommt er doch nie mehr. *Zündet Kerzen an.*

BALICKE Jetzt macht sie wieder Augen wie ein Krokodil!

FRAU BALICKE Es war ja nicht leicht für dich, und das war ein guter Mensch, aber jetzt ist er gestorben.

BALICKE Begraben und verfault!

FRAU BALICKE Karl! Und da ist der Murk, das ist ein tüchtiger Mensch, der auf einen grünen Zweig kommt!

BALICKE Na also!

FRAU BALICKE Und da sollst du halt in Gottes Namen Ja sagen.

BALICKE Also mach du nur keine Oper!

FRAU BALICKE Du sollst ihn halt in Gottes Namen nehmen!

BALICKE *wütend mit dem Heftpflaster beschäftigt:* Ja, zum Kreuzteufel, meinst du denn, die Burschen lassen mit sich Fußball spielen? Ja oder nein! Das Geschiele nach dem Himmel ist Blödsinn!

ANNA Jja, Papa!

BALICKE *empfindlich:* Na, jetzt heul nur gleich los, die Schleusen sind gezogen, ich leg nur noch den Schwimmgürtel um.

FRAU BALICKE Liebst du denn den Murk gar nicht?

BALICKE Also das ist einfach unsittlich!

FRAU BALICKE Karl! Also wie ist's dann mit dem Friedrich, Anna?

ANNA Doch! Aber ihr wißt doch, und mir ist so speiübel.

BALICKE Gar nichts weiß ich! Ich sage dir, der Kerl ist verfault und vermodert, von dem ist nicht mehr ein Knochen beim andern! Vier Jahre! Und kein Lebenszeichen! Und die ganze Batterie gesprengt! in die Luft! zu Fetzen! vermißt! Na, Kunststück, sagen, wo der hingekommen ist! Das ist nur deine verfluchte Angst vor Gespenstern! Schaff dir einen Mann an, und du brauchst Gespenster nachts nicht mehr zu fürchten. *Auf Anna zu, breit.* Bist du ein tapferes Weibsstück oder nicht?! Na, geh mal her! *Es schellt.*

ANNA *erschrocken:* Das ist er!

BALICKE Halt ihn draußen auf und präparier ihn!

FRAU BALICKE *unter der Tür mit Waschkorb:* Hast du denn gar nichts für die Wäsche?

ANNA Ja. Nein. Nein, ich glaube, ich habe nichts...

FRAU BALICKE Aber es ist doch schon der achte.

ANNA Schon der achte?

FRAU BALICKE Natürlich der achte!

ANNA Und wenn es jetzt der achtzehnte wäre?

BALICKE Was ist das für ein Geschwätz unter der Tür! Komm herein.

FRAU BALICKE Also schau, daß du was in die Wäsche kriegst! *Ab.*

BALICKE *setzt sich, nimmt Anna auf die Knie:* Sieh, eine Frau ohne Mann, das ist eine gotteslästerliche Budike! Dir fehlt der Bursche, den sie zur großen Armee beförderten, zugegeben. Aber weißt du ihn überhaupt noch? Keine Idee, meine Liebe! Sein Tod hat aus ihm einen fürs Jahrmarktspanoptikum gemacht. Er hat sich drei Jahre lang verschönert; wäre er nicht mausetot, wäre er ganz anders, als du meinst! Übrigens ist er verfault und sieht nimmer gut aus! Er hat keine Nase mehr. Aber er fehlt dir! Also nimm einen andern Mann! Natur, siehst du! Du wirst aufwachen wie ein Hase im Krautacker! Du hast doch gesunde Glieder und Appetit! Das ist wahrhaftig nichts Gotteslästerliches, das!

ANNA Aber ich kann ihn nicht vergessen! Nie! Jetzt redet ihr in mich hinein, aber ich kann nicht!

BALICKE Nimm den Murk, der wird dir schon helfen von ihm!

ANNA Ich liebe ihn doch, und einmal werde ich nur mehr ihn lieben, aber jetzt ist es noch nicht.

BALICKE Na, er bringt dich schon rum, er braucht nur gewisse Vollmachten, so was wird am besten in der Ehe geschmissen. Ich kann dir das nicht so erklären, du bist zu jung dazu! *Kitzelt sie.* Also: es gilt?

ANNA *lacht schleckig:* Ich weiß gar nicht, ob der Friedrich will!

BALICKE Frau, Kopf rein!

FRAU BALICKE Bitte, kommen Sie in die Stube, treten Sie gefälligst ein, Herr Murk!

BALICKE Abend, Murk! Na, aussehen tun Sie wie eine Wasserleiche!

MURK Fräulein Anna!

BALICKE Was haben Sie denn? Sind Ihnen die Felle hinuntergeschwommen? Warum sind Sie so käsig im Gesicht, Mann? Ist es das Schießen in der Abendluft? *Stille.* Na, Anna, traktier ihn! *Breit ab mit der Frau.*

ANNA Was hast du denn, Friedrich? Du bist wirklich bleich!

MURK *schnuppernd:* Den Rotspon braucht er wohl für die Verlobung? *Stille.* War jemand hier? *Auf Anna zu:* War einer hier? Warum wirst du jetzt wie Leinewand? Wer war hier?

ANNA Niemand! Niemand war hier! Was hast du denn?

MURK Warum dann diese Eile? Macht mir nichts weis! Na, mag er! Aber in dieser Budike mache ich keine Verlobung!

ANNA Wer sagt denn was von Verlobung?

MURK Die Alte. Des Herrn Auge machet das Vieh fett! *Geht unruhig herum.* Na ja, und wenn?!

ANNA Überhaupt tust du, als wäre meinen Eltern was daran gelegen! Meinen Eltern ist weiß Gott nichts daran gelegen! Nicht was untern Nagel geht!

MURK Wann bist du eigentlich bei der Erstkommunion gewesen?

ANNA Ich meine nur, daß du dir etwas leicht tust.

MURK Ah so? Der andere?

ANNA Ich habe nichts von dem anderen gesagt.

MURK Aber da hängt er und da ist er und da geht er um!

ANNA Das war ganz anders. Das war, was du nie kapieren kannst, weil das eben geistig war.

MURK Und das zwischen uns, das ist fleischlich?

ANNA Das zwischen uns, das ist nichts!

MURK Aber jetzt! Jetzt ist es was!

ANNA Das weißt du nicht.

MURK Ah, jetzt wird es hier bald andere Töne geben!

ANNA Das glaube nur.

MURK Ich halte ja an!

ANNA Ist das deine Liebeserklärung?

MURK Nein, sie kommt noch.

ANNA Schließlich ist es eine Korbfabrik.

MURK Du bist doch'n Aas! Haben die gestern nacht wieder nichts gerochen?

ANNA O Friedrich! Sie schlafen wie Maulwürfe! *Schmiegt sich an ihn.*

MURK Wir nicht!

ANNA Filou!

MURK *reißt sie an sich, küßt sie aber mit Gelassenheit:* Aas!

ANNA Sei mal still! Da fährt ein Zug durch die Nacht! Hörst du? Ich habe manchmal Angst, er kommt. Das läuft kalt den Rücken hinunter.

MURK Die Mumie? Die nehm ich auf mich. Du, das sag ich dir: der muß raus aus das Geschäft! Keinen kalten Mann im Bett zwischen uns! Ich dulde keinen zweiten neben mir!

ANNA Werd nicht böse! Komm, Friedrich, verzeih mir!

MURK Der heilige Andreas?! Hirngespinst! Das lebt nach unserer Hochzeit so wenig mehr wie nach seinem Begräbnis. Wetten? *Lacht.* Ich wette: ein Kind.

ANNA *verbirgt ihr Gesicht an ihm:* O du, sag so was nicht!

MURK *fidel:* Und ob! *Zur Tür.* Reinspaziert, Mutter! Tag, Vater!

FRAU BALICKE *dicht hinter der Tür:* O Kinder! *Schluchzt los.* So aus dem heitern Himmel!

BALICKE Schwere Geburt, was?

*Allgemeine Umarmung mit Rührung.*

MURK Zwillinge! Wann machen wir Hochzeit? Zeit ist Geld!

BALICKE In drei Wochen meinetwegen! Die zwei Betten sind in Ordnung. Mutter, Abendbrot!

FRAU BALICKE Gleich, gleich, Mann, laß mich nur erst verschnaufen. *Läuft hinaus.* So aus dem heitern Himmel!

MURK Erlaube, daß ich euch für heute abend zu einer Flasche in die Picadillybar einlade. Ich bin für sofortige Verlobung. Du nicht, Anna?

ANNA Wenn's sein muß!

BALICKE Aber hier doch! Wozu Picadillybar? Hast du Quark im Schädel?

MURK *unruhig:* Hier nicht. Hier absolut nicht!

BALICKE Nanu?!

ANNA Er ist so komisch! Dann kommt eben in die Picadillybar!

BALICKE In dieser Nacht! Man ist seines Lebens nicht sicher!

FRAU BALICKE *mit dem Dienstmädchen herein, auftragend:* Ja, Kinder! Unverhofft kommt oft! Zu Tische, meine Herren!

*Fressen.*

BALICKE *hebt sein Glas:* Das Wohl des Brautpaars! *Anstoßend:* Die Zeiten sind unsicher. Der Krieg zu Ende. Das Schweinefleisch ist zu fett, Amalie! Die Demobilisation schwemmt Unordnung, Gier, viehische Entmenschung in die Oasen friedlicher Arbeit.

MURK An Geschoßkörben, prost! Prost, Anna!

BALICKE Unsichere Existenzen mehren sich, dunkle Ehrenmänner. Die Regierung bekämpft zu lau die Aasgeier des Umsturzes. *Entfaltet ein Zeitungsblatt.* Die aufgepeitschten Massen sind ohne Ideale. Das Schlimmste aber, ich kann es hier sagen, die Frontsoldaten, verwilderte, verlotterte, der Arbeit entwöhnte Abenteurer, denen nichts mehr heilig ist. Wahrhaftig eine schwere Zeit, ein Mann ist da Goldes wert, Anna. Halt dich fest an ihn. Seht, daß ihr drüber hinauskommt, aber immer zu zweit, immer drüber hinaus, prost! *Er zieht ein Grammophon auf.*

MURK *trocknet den Schweiß ab:* Bravo! Was ein Mann ist, kommt durch. Ellenbögen muß man haben, genagelte Stiefel muß man haben und ein Gesicht und nicht hinabschauen. Warum nicht, Anna! Ich bin auch von unten. Laufjunge, mechanische Werkstätte, hier ein Kniff, dort ein Kniff, hier was gelernt, dort was. Unser ganzes Deutschland ist so heraufgekommen! Nicht immer Handschuhe an den Händen, aber harte Arbeit immer, weiß Gott! Jetzt oben! Prost, Anna!

*Das Grammophon spielt »Ich bete an die Macht der Liebe«.*

BALICKE Bravo! Na, was is'n los, Anna?

ANNA *ist aufgestanden, steht halb gewendet:* Ich weiß nicht. Das geht so schnell. Das ist vielleicht nicht so gut, Mutter, wie?

FRAU BALICKE Was ist, Kind? So eine Gans! Freu dich doch! Was wird's nicht gut sein!

BALICKE Setzen! Oder dreh mal das Grammophon an, wenn du schon stehst!

ANNA *setzt sich.*

*Pause.*

MURK Prost also! *Stößt mit Anna an.* Was hast du denn?

BALICKE Und das mit dem Geschäft, Fritz, mit den Geschoßkörben, das ist jetzt bald faule Sache. Höchstens noch ein paar Wochen Bürgerkrieg, dann Schluß! Ich habe vor, ohne Spaß, das beste: Kinderwägen. Die Fabrik ist in jeder Beziehung in der Höhe. *Er nimmt Murk beim Arm und zieht ihn hinter. Zieht die Vorhänge zurück.* Neubau zwei und Neubau drei. Alles dauerhaft und modern. Anna, zieh das Grammophon auf! Das ergreift mich immer wieder.

*Das Grammophon spielt »Deutschland, Deutschland über alles«.*

MURK Da steht ein Mann im Fabrikhof, ihr! Was ist das?!

ANNA Das ist so schauerlich, du. Ich glaube, er schaut rauf!

BALICKE Wahrscheinlich der Wächter! Was lachst du, Fritz? Hast du was im Hals? Das Frauenvolk verblaßt ja ganz!

MURK Mir kommt grad eine komische Idee, weißt du: Spartakus...

BALICKE Unsinn, gibt's bei uns ja gar nicht! *Wendet sich aber doch ab, unangenehm berührt.* Also, das ist die Fabrik! *Zum Tisch tretend, Anna zieht den Vorhang zu.* Der Krieg hat mich auf den berühmten grünen Zweig gebracht! Es lag ja auf der Straße, warum's nicht nehmen, wäre zu irrsinnig. Nähm's eben ein anderer. Der Sau Ende ist der Wurst Anfang! Richtig betrachtet, war der Krieg ein Glück für uns! Wir haben das Unsere in Sicherheit, rund, voll, behaglich. Wir können in aller Ruhe Kinderwägen machen. Ohne Hast! Einverstanden?

MURK Völlig, Papa! Prost!

BALICKE So wie ihr in aller Ruhe Kinder machen könnt. Ahahahaha.

DIENSTMÄDCHEN Der Herr Babusch, Herr Balicke!

BABUSCH *trottelt herein:* Kinder, ihr seid gut verschanzt vor dem roten Hexensabbat! Spartakus mobilisiert. Die Verhandlungen sind abgebrochen. In 24 Stunden Artilleriefeuer über Berlin!

BALICKE *die Serviette am Hals:* Ja, zum Teufel, sind die Kerls denn nicht zufrieden?

FRAU BALICKE Artillerie? O Gottogottogott! So eine Nacht! So eine Nacht! Ich geh in 'n Keller, Balicke!

BABUSCH In den inneren Stadtvierteln ist noch alles ruhig. Aber es heißt: sie wollen die Zeitungen besetzen.

BALICKE Was! Wir machen Verlobung! Ausgerechnet an so einem Tag! Hirnverbrannt!

MURK Das gehört alles an die Wand!

BALICKE Was unzufrieden ist, an die Wand!

BABUSCH Verlobst du dich, Balicke?

MURK Babusch, meine Braut!

FRAU BALICKE Aus ganz heiterm Himmel. Aber wann schießen sie wohl?

BABUSCH *schüttelt Anna und Murk die Hände:* Spartakus hat enorm Waffen gehamstert. Lichtscheues Gesindel! Ja, die Anna! Laßt euch nicht abhalten! Hierher kommt nichts! Hier ist'n stiller Herd! Die Familie! Die deutsche Familie! My home is my castle.

FRAU BALICKE In so einer Zeit! In so einer Zeit! Und an deinem Ehrentag! Anna!

BABUSCH Es ist schon verflucht interessant, Kinder!

BALICKE Mir gar nicht! Ganz und gar nicht! *Fährt mit der Serviette über die Lippen.*

MURK Wissen Sie was! Gehen Sie mit uns in die Picadillybar! Verlobung!

BABUSCH Und Spartakus?

BALICKE Wartet, Babusch! Schießt andere in den Bauch, Babusch. Geh mit in die Picadillybar! Toilette, Frauenzimmer!

FRAU BALICKE Picadillybar? In der Nacht? *Setzt sich auf einen Stuhl.*

BALICKE Picadillybar hieß es früher. Jetzt heißt es Café Vaterland! Friedrich ladet uns ein! Was ist schon mit der Nacht! Wozu gibt's Droschken! Marsch, Toilette, Alte!

FRAU BALICKE Keinen Schritt geh ich aus meinen vier Wänden! Was hast du denn, Fritzi?

ANNA Des Menschen Wille ist sein Himmelreich! Friedrich will nun mal!

*Alle sehen auf Murk.*

MURK Hier nicht. Hier auf keinen Fall. Ich, ich will Musik haben, und Licht! Es ist doch'n feines Lokal! Hier ist so dunkel. Ich habe mich eigens anständig angezogen. Also, wie ist es, Schwiegermutter?

FRAU BALICKE Begreifen tu ich das nicht. *Geht hinaus.*

ANNA Wart auf mich, Friedrich, ich bin gleich fertig!

BABUSCH Fabelhaft viel los. Das ganze Orchestrion fliegt in die Luft. Säuglinge, organisiert euch! Übrigens das Pfund Aprikosen, butterweich, fleischfarben, saftig, kostet zehn Mark. Faulenzer, laßt euch nicht provozieren! Überall dunkle Schwärme, pfeifen, zwei Finger im Maul, in die taghellen Cafés! Als Fahnen haben sie sogenannte faule Häute! Und in den Tanzlokalen tanzt die Hautevolee! Na, prost Hochzeit!

MURK Die Damen ziehen sich nicht um. Jetzt ist alles gleich. Man lenkt nur die Aufmerksamkeit auf sich mit den schillernden Häuten!

BALICKE Sehr richtig! In dieser ernsten Zeit. Das älteste Zeug ist genug für die Bande. Komm gleich runter, Anna!

MURK Wir gehen gleich voraus. Nicht umziehen!

ANNA Roh! *Ab.*

BALICKE Marsch... Mit Tusch ab ins Himmelreich! Ich muß mal das Hemd wechseln.

MURK Du kommst mit Mutter nach. Und Babusch nehmen wir mit, als Anstandsdame, wie! *Singt:* Babusch, Babusch, Babusch trottet durch den Saal.

BABUSCH Dieser höchst elende Simpelvers eines verrückten Jünglings, können Sie das nie lassen? *Mit ihm per Arm ab.*

MURK *singt draußen noch:* Kinder, Finger aus dem Mund, jetzt geht's zum Bacchanal. Anna!

BALICKE *allein, zündet sich eine Zigarre an:* Gott sei Dank! Alles unter Dach und Fach. Verfluchte Schinderei! Die muß man ins Bett jagen! Mit der Affenliebe zu dem Leichnam! Ich hab das ganze frische Hemd durchgeschwitzt. Jetzt kann kommen, was will! Parole: Kinderwägen. *Hinaus.* Frau, ein Hemd!

ANNA *außen:* Friedrich! Friedrich! *Rasch herein.* Friedrich!

MURK *in der Tür:* Anna! *Trocken, unruhig, wie ein Orang, mit hängenden Armen.* Willst du mitkommen?

ANNA Was hast du denn? Wie schaust du denn aus?

MURK Ob du mitkommen willst? Ich weiß, was ich frage! Stell dich nicht! Klipp und klar!

ANNA Ja, aber ja doch! Neuigkeit!

MURK Gut, gut. Ich bin nicht so sicher. Ich bin zwanzig Jahre in Dachzimmern geflackt, gefroren bis auf die Knochen, habe jetzt Knopfstiefeln an, bitte, sieh sie dir an! Ich habe im Finstern geschwitzt, bei Gaslicht, es lief in die Augen, jetzt habe ich einen Schneider. Aber ich schwanke noch, der Wind geht unten, ein eisiges Lüftchen geht unten, die Füße werden einem kalt unten. *Auf Anna zu, faßt sie nicht, steht schwankend vor ihr.* Jetzt wächst das Fleischgewächs. Jetzt fließt der Rotspon. Jetzt bin ich da! In Schweiß gebadet, die Augen zu, Fäuste geballt, daß die Nägel ins Fleisch schneiden. Schluß! Sicherheit! Wärme! Kittel ausziehen! Ein Bett, das weiß ist, breit, weich! *Am Fenster vorbei, schaut er, fliegend, hinaus.* Her mit dir: Ich mache die Fäuste auf, ich sitze im Hemd in der Sonne, ich habe dich.

ANNA *auf ihn zufliegend:* Du!

MURK Betthäsin!

ANNA Jetzt hast du mich doch.

MURK Ist sie noch immer nicht gekommen?

BABUSCH *von außen:* Na, wird's bald! Ich bin Ehrendame, Kinder!

MURK *zieht das Grammophon noch auf. Es fängt wieder an, die Macht der Liebe anzubeten:* Ich bin der beste Mensch, wenn man mich machen läßt. *Beide aneinander ab.*

FRAU BALICKE *huscht herein, in Schwarz, vor dem Spiegel, ordnet ihren Kapotthut:* Der Mond so groß und so rot... Und die Kinder, o Gott! Ach ja... Da kann man wieder richtig Dank beten heut nacht.

*In diesem Augenblick tritt ein Mann in kotiger, dunkelblauer Artillerieuniform mit kleiner Tabakspfeife in die Tür.*

DER MANN Mein Name ist Kragler.

FRAU BALICKE *stützt sich mit schwachen Knien auf den Spiegeltisch:* Herrje...

KRAGLER Na, was schauen Sie denn so überirdisch? Auch Geld für Kränze hinausgeschmissen? Schade drum! Melde gehorsamst: habe mich in Algier als Gespenst etabliert. Aber jetzt hat der Leichnam mörderisch Appetit. Ich könnte Würmer fressen! Aber was haben Sie denn, Mutter Balicke? Blödsinniges Lied! *Stellt das Grammophon ab.*

FRAU BALICKE *sagt noch immer nichts, starrt ihn nur an.*

KRAGLER Fallen Sie nur nicht gleich um! Da ist'n Stuhl. Ein Glas Wasser kann beschafft werden. *Summend zum Schrank.* Kenne mich immer noch leidlich gut aus hier. *Schenkt Wein in ein Glas.* Wein! Nierensteiner! Also für ein Gespenst bin ich doch ziemlich lebhaft! *Bemüht sich um Frau Balicke.*

BALICKE *von außen:* Also komm, Alte! Marchons! Du bist schön, süßer Engel! *Kommt herein, steht entgeistert.* Nanu?!

KRAGLER Abend, Herr Balicke! Ihrer Frau ist nicht wohl! *Sucht ihr Wein einzuflößen, sie aber dreht entsetzt den Kopf weg.*

BALICKE *sieht eine Weile unruhig zu.*

KRAGLER Nehmen Sie doch! Nein? Es wird sofort besser! Dachte nicht, daß ich noch so gut im Gedächtnis bin. Komme nämlich gerade aus Afrika! Spanien, Schwindel mit Paß und so. Aber jetzt: Wo ist Anna?

BALICKE So lassen Sie doch meine Frau um Gottes willen! Sie ersäufen sie ja noch.

KRAGLER Denn nicht!

FRAU BALICKE *flüchtet zu Balicke, der aufrecht steht:* Karl!

BALICKE *streng:* Herr Kragler, wenn Sie der sind, wie Sie behaupten, darf ich Sie bitten, mir Auskunft zu geben, was Sie hier suchen?

KRAGLER *sprachlos:* Hören Sie, ich war kriegsgefangen in Afrika.

BALICKE Teufel! *Geht zu einem Wandschränkchen, trinkt Schnaps.* Das ist gut. Das sieht Ihnen so gleich. Verfluchte Schweinerei! Was wollen Sie eigentlich? Was wollen Sie? Meine Tochter hat sich heute abend vor noch nicht 30 Minuten verlobt.

KRAGLER *schwankt, ein wenig unsicher:* Was heißt das?

BALICKE Sie sind vier Jahre fortgewesen. Sie hat

vier Jahre gewartet. Wir haben vier Jahre gewartet. Jetzt ist's Schluß, und es ist gar keine Aussicht mehr da für Sie.

KRAGLER *setzt sich.*

BALICKE *nicht ganz fest, unsicher, aber mit Anstrengung, Haltung zu bewahren:* Herr Kragler, ich habe Verpflichtungen für heute abend.

KRAGLER *sieht auf:* Verpflichtungen...? *Zerstreut.* Ja... *Versinkt wieder.*

FRAU BALICKE Herr Kragler, nehmen Sie's nicht so schlimm. Es gibt so viele Mädchen. Es ist schon so. Lerne leiden, ohne zu klagen!

KRAGLER Anna...

BALICKE *barsch:* Frau! *Sie zögernd zu ihm, er plötzlich fest:* Ach was, Sentimentalitäten, marchons! *Mit seiner Frau ab. Das Dienstmädchen erscheint unter der Tür.*

KRAGLER Hm... *Schüttelt den Kopf.*

DIENSTMÄDCHEN Die Herrschaften sind fortgegangen. *Stille.* Die Herrschaften sind in die Picadillybar zur Verlobung gegangen.

*Stille. Wind.*

KRAGLER *sieht sie von unten herauf an:* Hm! *Er steht langsam, schwerfällig auf, sieht sich das Zimmer an, geht stumm gebückt herum, schaut durchs Fenster, dreht sich um, trollt sich langsam hinaus, pfeifend, ohne Mütze.*

DIENSTMÄDCHEN Hier! Ihre Mütze! Sie haben Ihre Mütze liegenlassen!

## ZWEITER AKT
## (Pfeffer)

*Picadillybar*

*Hinten großes Fenster. Musik. Im Fenster roter Mond. Wenn die Tür aufgeht: Wind.*

BABUSCH Immer herein in die Menagerie, Kinder! Mond gibt's genügend. Hoch Spartakus! Fauler Zauber! Rotwein!

MURK *mit Anna am Arm herein, sie legen ab:* Eine Nacht wie ein Roman. Das Geschrei in den Zeitungsvierteln, die Droschke mit den Verlobten!

ANNA Ich bring so ein ekles Gefühl heut nicht los. Mir fliegen alle Glieder.

BABUSCH Prost drauf, Friedrich!

MURK Hier bin ich zu Haus. Verdammt ungemütlich auf die Dauer, aber piekfein! Sehen Sie mal nach der vorigen Generation, Babusch!

BABUSCH Schön! *Trinkt.* Sehen Sie nach der nächsten! *Geht hinaus.*

ANNA Küß mich!

MURK Unsinn! Halb Berlin sieht hier zu!

ANNA Das ist doch gleich, mir ist alles gleich, wenn ich was will. Dir nicht?

MURK Ganz und gar nicht. Dir übrigens auch nicht.

ANNA Du bist ordinär.

MURK Bin ich!

ANNA Feig!

*Murk schellt, Kellner tritt ein.*

MURK Stillgestanden!

*Er beugt sich über den Tisch, wobei er Gläser umreißt, und küßt Anna gewaltsam.*

ANNA Du!

MURK Abtreten! *Kellner ab.* Bin ich ein Feigling? *Sieht untern Tisch.* Jetzt brauchst du mir nicht deine Füße zu reichen.

ANNA Was fällt dir ein?

MURK Und er soll dein Herr sein!

BALICKE *mit Babusch und Frau Balicke herein:* Da sind sie ja! Wirtschaft!

ANNA Wo seid ihr gewesen?

FRAU BALICKE Es ist ein so roter Mond da. Ich bin ganz verstört, weil er so rot ist. Und ein Geschrei ist wieder in den Zeitungsvierteln!

BABUSCH Wölfe!

FRAU BALICKE Schaut nur, daß ihr zusammenkommt!

BALICKE Ins Bett, Friedrich, wie?

ANNA Mutter, ist dir nicht gut?
FRAU BALICKE Wann wollt ihr eigentlich heiraten?
MURK In drei Wochen, Mama!
FRAU BALICKE Hätten wir nicht doch mehr Leute zur Verlobung laden sollen? Niemand weiß es so. Man soll es doch wissen.
BALICKE Quatsch. Also Quatsch. Wohl weil der Wolf heult? Laß ihn nur heulen! Bis ihm die Zunge rot zwischen die Knie hängt! Ich knalle ihn glatt nieder.
BABUSCH Murk, helfen Sie mir die Flasche entkorken! *Gedämpft zu ihm:* Er ist da, er ist mit dem Mond gekommen. Der Wolf mit dem Mond. Aus Afrika.
MURK Andree Kragler?
BABUSCH Der Wolf. Peinlich, was?
MURK Er ist glatt begraben. Ziehen Sie die Gardinen vor!
FRAU BALICKE Dein Vater ist alle zwei Häuser in eine andere Likörbude hineingefallen. Er hat einen Riesenaffen auf dem Buckel. Das ist ein Mann! So ein Mann! Er säuft sich noch zu Tod für seine Kinder, der Mann!
ANNA Ja, aber warum tut er denn das?
FRAU BALICKE Frag nicht, Kind. Frag nur mich nicht! Es steht alles auf dem Kopf. Es ist der Weltuntergang. Ich muß gleich Kirschwasser haben, Kind.
BALICKE Das macht nur die rote Zibebe, Mutter. Ziehen Sie die Gardine zu! *Kellner tut es.*
BABUSCH Sie haben es schon intus gehabt?
MURK Ich bin gerüstet bis auf den letzten Knopf. War er schon bei ihnen?
BABUSCH Ja, vorhin.
MURK Dann kommt er hierher.
BALICKE Komplott hinter den Rotweinflaschen? Hierher pflanzt euch! Verlobung gefeiert! *Alle sitzen um den Tisch herum.* Tempo! Ich habe keine Zeit, müde zu sein.
ANNA Huch, das Pferd! Wie das komisch war! Mitten auf dem Pflaster, da blieb es einfach stehen. Friedrich, steig heraus, das Pferd will nicht. Und mitten auf dem Pflaster da stand das Pferd. Und zitterte. Es hatte aber Augäpfel wie Stachelbeeren, ganz weiß, und Friedrich gickste es in die Augen mit einem Stocke, da hüpfte es. Es war wie im Zirkus.
BALICKE Zeit ist Geld. Es ist verflucht warm hier. Ich schwitze schon wieder. Habe heute schon ein Hemd durchgeschwitzt.
FRAU BALICKE Du bringst dich noch an den Bettelstab mit der Wäsche, wie du das treibst!
BABUSCH *frißt gedörrte Pflaumen aus der Tasche:* Jetzt kostet ein Pfund Aprikosen zehn Mark. Na ja. Ich werde einen Artikel über die Preise schreiben. Und dann kann ich mir die Aprikosen ja kaufen. Sollte die Welt untergehen, dann schreibe ich darüber. Aber was sollen die andern machen? Ich sitze wie der Dotter im Ei, wenn das Tiergartenviertel in die Luft fliegt. Aber ihr!
MURK Hemden, Aprikosen, Tiergartenviertel. Wann ist die Hochzeit?
BALICKE In drei Wochen. Hochzeit in drei Wochen. Hough. Der Himmel hat's gehört. Wir sind alle einig? Alle einig über die Hochzeit? Also dann los, Brautpaar!
*Man stößt an. Die Tür ist aufgegangen. Kragler steht drin. Im Wind flackern die Kerzen trüber.*
BALICKE Nanu, was zitterst du denn mit dem Glas? Wie deine Mutter, Anna?
ANNA *die gegenüber der Tür sitzt, hat Kragler gesehen, sie ist zusammengesunken, sieht ihn starr an.*
FRAU BALICKE Jesus, Maria, was klappst du denn so zusammen, Kind?
MURK Was ist das für ein Wind?
KRAGLER *heiser:* Anna!
ANNA *schreit leis auf. Jetzt schauen alle um, springen auf. Tumult. Gleichzeitig:*
BALICKE Teufel! *Gießt Wein in die Gurgel.* Das Gespenst, Mutter!
FRAU BALICKE Jesus! Kra...
MURK Hinausschmeißen! Hinausschmeißen!
KRAGLER *ist eine Zeitlang wiegend in der Tür gestanden: er sieht finster aus. Bei dem kleinen Tumult kommt er ziemlich schnell, aber schwerfällig auf Anna zu, die allein noch sitzt, das Glas zitternd vor dem Gesicht, und nimmt ihr das Glas ab, lehnt sich auf den Tisch, stiert sie an.*
BALICKE Er ist ja besoffen.
MURK Kellner! Das ist ja Hausfriedensbruch! Hinausschmeißen! *Läuft an der Wand hin, reißt dabei die Gardine zurück. Mond.*
BABUSCH Achtung! Er hat noch rohes Fleisch unterm Hemd! Das beißt ihn! Langt ihn nicht an! *Haut mit dem Stock auf den Tisch.* Macht nur ja keinen Skandal jetzt! Geht ruhig raus! Geordnet raus!
ANNA *ist unterdessen vom Tisch gelaufen, umschlingt ihre Mutter:* Mutter! Hilfe!
KRAGLER *geht um den Tisch herum, schwankend zu Anna hin.*
FRAU BALICKE *alles ziemlich gleichzeitig:* Las-

sen Sie mein Kind am Leben! Sie kommen ins Zuchthaus! Jesus, er bringt sie um!

BALICKE *schwillt auf, weit weg:* Sind Sie besoffen? Habenichts! Anarchist! Frontsoldat! Sie Seeräuber! Sie Zibebengespenst! Wo haben Sie Ihr Bettlaken?

BABUSCH Wenn dich der Schlag rührt, heiratet er sie. Haltet euer Maul! Er ist der Leidtragende hier! Hinaus mit euch! Eine Rede muß er halten dürfen. Das Recht hat er. *Zu Frau Balicke:* Haben Sie kein Gemüt? Er war vier Jahre fort. Es ist eine Gemütsfrage.

FRAU BALICKE Sie hält sich ja kaum auf den Beinen, sie ist ja bleich wie Leinewand!

BABUSCH *zu Murk:* Sehen Sie doch sein Gesicht an! Sie hat's schon gesehen! Das war einmal wie Milch und Äpfel! Jetzt ist's eine verfaulte Dattel! Haben Sie doch keine Angst!

*Sie gehen hinaus.*

MURK *im Hinausgehen:* Wenn Sie das meinen, Eifersucht, das gibt's nicht bei mir. Ha!

BALICKE *steht noch zwischen Tisch und Tür, etwas betrunken, mit krummen Beinen, ein Glas in der Hand, und sagt während des Folgenden:* Diese Negerkutsche! Ein Gesicht wie ein, wie ein verkrachter Elefant! Total kaputt, das! Unverschämtheit. *Trollt sich, und jetzt steht nur mehr der Kellner vor der Tür rechts, ein Tablett in den Händen. Gounods »Ave Maria«. Das Licht verwest.*

KRAGLER *nach einer Weile:* Es ist alles wie weggewischt in meinem Kopf, ich habe nur mehr Schweiß drin, ich verstehe nicht mehr gut.

ANNA *nimmt eine Kerze auf, steht ohne Haltung, leuchtet ihm ins Gesicht:* Haben dich nicht die Fische gefressen?

KRAGLER Ich weiß nicht, was du meinst.

ANNA Bist du nicht in die Luft geflogen?

KRAGLER Ich kann dich nicht verstehen.

ANNA Haben sie dich nicht durchs Gesicht geschossen?

KRAGLER Warum siehst du mich so an? Seh ich so aus? *Stille. Er schaut zum Fenster.* Ich bin wie ein altes Tier zu dir gekommen. *Stille.* Ich habe eine Haut wie ein Hai, schwarz. *Stille.* Und ich bin gewesen wie Milch und Blut. *Stille.* Und dann blute ich immerfort, es läuft einfach fort von mir...

ANNA Andree!

KRAGLER Ja.

ANNA *zögernd auf ihn zu:* O Andree, warum bist du so lang fortgewesen? Haben sie dich fortgehalten mit Kanonen und Säbeln? Und jetzt kann ich nicht mehr zu dir hin.

KRAGLER War ich überhaupt fort?

ANNA Du warst lang bei mir in der ersten Zeit, da war deine Stimme noch frisch. Wenn ich im Gang ging, streifte ich an dich, und auf der Wiese hast du mich hinter den Ahorn gerufen. Wiewohl sie schrieben, man hätte dich durchs Gesicht geschossen und eingegraben nach zwei Tagen. Aber einmal änderte es sich doch. Wenn ich im Gang ging, war er leer, und der Ahorn schwieg still. Wenn ich mich aufrichtete vom Wäschetrog, sah ich noch dein Gesicht, aber als ich sie auf die Wiese legte, sah ich es nicht mehr, und ich wußte alle die lange Zeit nicht, wie du aussiehst. Aber ich hätte warten sollen.

KRAGLER Du hättest eine Photographie gebraucht.

ANNA Ich fürchtete mich. Ich hätte warten sollen in der Furcht, aber ich bin schlecht. Laß meine Hand, es ist alles schlecht an mir.

KRAGLER *schaut aufs Fenster:* Ich weiß nicht, was du sagst. Aber vielleicht ist es der rote Mond. Ich muß mich besinnen, was es heißt. Ich habe geschwollene Hände, dran sind Schwimmhäute, ich bin nicht fein und die Gläser zerbreche ich beim Trinken. Ich kann nimmer gut reden mit dir. Ich habe eine Negersprache im Hals.

ANNA Ja.

KRAGLER Gib mir deine Hand. Meinst du, ich bin ein Gespenst? Komm her zu mir, gib mir deine Hand. Willst du nicht herkommen?

ANNA Willst du sie?

KRAGLER Gib sie mir. Jetzt bin ich kein Gespenst mehr. Siehst du mein Gesicht wieder? Ist es wie eine Krokodilhaut? Ich sehe schlecht heraus. Ich bin im salzigen Wasser gewesen. Es ist nur der rote Mond!

ANNA Ja.

KRAGLER Nimm meine Hand auch. Warum drückst du sie nicht? Gib dein Gesicht her. Ist es schlimm?

ANNA Nein! nein!

KRAGLER *faßt sie:* Anna! Eine Negerkutsche, das bin ich! Dreck im Hals! Vier Jahre! Willst du mich haben? Anna! *Reißt sie herum und sieht den Kellner, den er feixend vorgebeugt anstarrt.*

KELLNER *aus der Fassung, läßt sein Tablett fallen, stammelt:* Die Hauptsache ist... ob sie... ihre Lilie... Lilie noch hat...

KRAGLER *Anna in den Händen, wiehert:* Was hat er gesagt? Lilie? *Der Kellner läuft hinaus.* Bleiben Sie doch, Sie Romanleser! Es ist ihm was ausgekommen! Lilie! Es ist ihm was passiert! Lilie! Hast du's gehört? So tief hat er's gefühlt!

ANNA Andree!

KRAGLER *sieht sie gebückt an, er hat sie losgelassen:* Sag das noch mal, das ist deine Stimme! *Er läuft nach rechts.* Kellner! Komm her, Mensch!

BABUSCH *unter der Tür:* Was haben Sie denn für ein fleischernes Gelächter? Für eine »fleischfarbene Lache«? Wie geht es Ihnen?

FRAU BALICKE *hinter ihm:* Anna, mein Kind! Machst du uns Sorgen!

*Nebenan wird seit einiger Zeit »Die Peruanerin« gespielt.*

BALICKE *etwas ernüchtert, läuft herein:* Setzen Sie sich! *Er zieht die Gardine zu, es gibt ein eisernes Geräusch.* Sie haben einen roten Mond bei sich und Gewehre hinter sich in Babs Zeitungsvierteln. Man muß mit ihnen rechnen. *Er zündet wieder alle Kerzen an.* Setzen Sie sich!

FRAU BALICKE Was hast du denn für ein Gesicht? Ich kriege schon wieder das Zittern in die Beine. Kellner! Kellner!

BALICKE Wo ist Murk?

BABUSCH Friedrich Murk schiebt Boston.

BALICKE *gedämpft:* Bring ihn bloß zum Sitzen! Sitzt er, ist er schon halb eingeseift. Im Sitzen gibt es kein Pathos. *Laut:* Setzt euch alle! Ruhe! Nimm dich zusammen, Amalie! *Zu Kragler:* Setzen Sie sich auch, in Gottes Namen!

FRAU BALICKE *nimmt dem Kellner von seinem Tablett eine Flasche Kirschwasser:* Ich muß Kirschwasser haben, sonst sterbe ich. *Sie kommt damit an den Tisch.*

*Es haben sich gesetzt: Frau Balicke, Balicke, Anna. Babusch ist herumgeharpft und hat sie zum Sitzen gebracht. Jetzt drückt er Kragler, der hilflos dagestanden war, auf den Stuhl.*

BABUSCH Setzen Sie sich, Ihre Knie sind nicht ganz sicher. Wollen Sie Kirschwasser? Warum haben Sie so ein Gelächter?

KRAGLER *steht wieder auf. Babusch drückt ihn nieder. Er bleibt sitzen.*

BALICKE Was wollen Sie, Andreas Kragler?

FRAU BALICKE Herr Kragler! Unser Kaiser hat gesagt: Lerne leiden, ohne zu klagen!

ANNA Bleib sitzen!

BALICKE Halt dein Maul! Laß ihn reden! Was wollen Sie?

BABUSCH *steht auf:* Wollen Sie vielleicht einen Schluck Kirschwasser? Reden Sie!

ANNA Denk nach, Andree! Sag nichts vorher!

FRAU BALICKE Du bringst mich noch auf den Gottesacker! Halt doch den Mund! Du verstehst rein gar nichts!

KRAGLER *will aufstehen, wird aber von Babusch niedergedrückt. In großem Ernst:* Wenn ihr mich fragt, so ist es nicht einfach. Und ich will kein Kirschwasser trinken. Denn es hängt zuviel davon ab.

BALICKE Machen Sie keine Flausen! Reden Sie, was Sie wollen. Und dann schmeiße ich Sie hinaus.

ANNA Nein! nein!

BABUSCH Sie sollten doch trinken! Sie sind so trocken. Es geht besser dann, glauben Sie mir!

*In diesem Augenblick schiebt Friedrich Murk mit einer Prostituierten namens Marie links herein.*

FRAU BALICKE Murk!

BABUSCH Genie muß seine Grenzen haben. Setzen Sie sich!

BALICKE Bravo, Fritz! Zeig mal dem Mann, was ein Mann ist. Fritz zittert nicht. Fritz amüsiert sich. *Klatscht.*

MURK *finster, er hat getrunken, läßt Marie stehen und kommt an den Tisch:* Ist die Hundekomödie noch nicht ausgefeilscht?

BALICKE *zieht ihn auf einen Stuhl:* Halt dein Maul!

BABUSCH Reden Sie weiter, Kragler! Lassen Sie sich nicht stören!

KRAGLER Er hat verkrüppelte Ohren.

ANNA Er ist Schmierjunge gewesen.

MURK Er hat ein Ei im Kopf.

KRAGLER Er soll hinausgehen!

MURK Und auf den Kopf haben sie ihn geschlagen.

KRAGLER Ich muß sehr aufmerken, was ich sage.

MURK Er hat also Eiertunke im Kopf.

KRAGLER Ja, man hat mich auf den Kopf geschlagen. Ich bin vier Jahre fortgewesen. Ich konnte keinen Brief schreiben. Ich hatte kein Ei im Gehirn. *Stille.* Es sind vier Jahre her, ich muß sehr aufmerken. Du hast mich nimmer erkannt, du schwankst noch und fühlst es noch nicht. Aber ich rede zuviel.

FRAU BALICKE Sein Gehirn ist ganz eingetrocknet. *Kopfschüttelnd.*

BALICKE Es ist Ihnen also schlecht gegangen? Sie haben für Kaiser und Reich gekämpft? Es tut mir leid um Sie. Wollen Sie was?

FRAU BALICKE Und der Kaiser hat gesagt: Stark sein im Schmerz. Trinken Sie davon!

*Schiebt ihm Kirschwasser hin.*

BALICKE *trinkend, eindringlich:* Sie sind im Granatenhagel gestanden? Wie Eisen? Das ist brav. Unsere Armee hat Gewaltiges geleistet. Sie ist lachend in den Heldentod gezogen. Trinken Sie! Was wollen Sie? *Hält ihm die Zigarrenkiste hin.*

ANNA Andree! Hast du keine andere Montur gekriegt? Hast du immer noch die alte blaue an? Das trägt man nicht mehr!

FRAU BALICKE Es gibt doch so viele Frauen! Kellner, noch einen Kirsch! *Reicht ihm den Kirsch.*

BALICKE Wir waren auch nicht faul herin. Also, was wollen Sie? Sie haben keinen roten Heller? Sie liegen auf der Straße? Das Vaterland drückt Ihnen die Drehorgel in die Hand? Das gibt es nicht. Diese Zustände dürfen nicht mehr vorkommen. Was wollen Sie?

FRAU BALICKE Keine Angst, Sie werden nicht mit der Drehorgel laufen!

ANNA »Stürmisch die Nacht und die See geht hoch«, huch!

KRAGLER *ist aufgestanden:* Da ich es fühle, daß ich hier kein Recht habe, bitte ich dich aus dem Grunde meines Herzens, mit mir zu gehen an meiner Seite.

BALICKE Was ist das für ein Geschwätz? Was sagt er da? Grund meines Herzens! An meiner Seite! Was sind das für Redensarten!

*Die anderen lachen.*

KRAGLER Weil kein Mensch ein Recht hat... Weil ich ohne dich nicht leben kann... Aus dem Grunde meines Herzens. *Großes Gelächter.*

MURK *legt die Füße auf den Tisch. Kalt, bös, betrunken:* Völlig hinabgeschwommen. Aufgefischt. Mit Schlamm im Maul. Sehen Sie sich meine Stiefel an! Ich hatte einmal solche wie Sie! Kaufen Sie sich solche wie ich! Kommen Sie wieder! Wissen Sie, was Sie sind?

MARIE *plötzlich:* Waren Sie beim Militär?

KELLNER Waren Sie beim Militär?

MURK Macht die Klappe zu! *Zu Kragler:* Sie sind unter die Walze gekommen? Viele sind unter die Walze gekommen. Schön. Wir haben nicht walzen lassen. Haben Sie kein Gesicht mehr? He? Wollen Sie eins geschenkt? Sollen wir drei Sie ausstaffieren? Sind Sie für uns hinuntergekrochen? Wissen Sie noch nicht, was Sie sind?

BABUSCH Seien Sie doch ruhig!

KELLNER *tritt vor:* Waren Sie beim Militär?

MURK Nee. Ich gehöre zu den Leuten, die eure Heldentaten bezahlen sollen. Die Walze ist kaputtgegangen.

BABUSCH Reden Sie doch keine Oper! Das ist ja ekelhaft! Schließlich haben Sie doch verdient, nicht? Lassen Sie doch Ihre Stiefel aus dem Spiel!

BALICKE Sehen Sie, das ist es, worauf's ankommt. Hier liegt der Hase im Pfeffer. Das ist keine Oper. Das ist Realpolitik. Daran fehlt es uns in Deutschland. Es ist ganz einfach. Haben Sie Mittel, eine Frau zu unterhalten? Oder haben Sie Schwimmhäute zwischen den Fingern?

FRAU BALICKE Hörst du es, Anna? Er hat nichts!

MURK Ich will seine Mutter heiraten, wenn er hat. *Springt auf.* Er ist einfach ein ganz gewöhnlicher Heiratsschwindler.

KELLNER *zu Kragler:* Sagen Sie was! Reden Sie was!

KRAGLER *ist aufgestanden, zitternd, zu Anna:* Ich weiß nicht, was ich sagen soll. Als wir nur mehr Häute waren, und wir mußten immer Schnaps trinken, daß wir die Straßen pflastern konnten, hatten wir oft nur mehr den Abendhimmel, das ist sehr wichtig, denn da war ich im April in den Gesträuchern gelegen mit dir. Ich sagte es auch den andern. Aber die fielen zusammen wie die Fliegen.

ANNA Wie die Pferde, nicht?

KRAGLER Weil es so heiß war, und man soff immerzu. Aber was sage ich dir immer vom Abendhimmel, ich wollte das nicht, ich weiß nicht...

ANNA Hast du immer an mich gedacht?

FRAU BALICKE Hörst du, wie er redet! Wie ein Kind! Man schämt sich für ihn, wenn man ihn anhört!

MURK Können Sie mir nicht Ihre Stiefel verkaufen? Ins Armeemuseum. Ich biete vierzig Mark.

BABUSCH Reden Sie weiter, Kragler. Es ist genau das Richtige.

KRAGLER Wir hatten auch keine Hemden mehr. Das war das Schlimmste, glaub es mir. Hältst du das für möglich, daß das das Schlimmste sein kann?

ANNA Andree, man hört dir zu!

MURK Dann biete ich sechzig Mark. Verkaufen Sie!

KRAGLER Ja, jetzt schämst du dich für mich? Weil sie an den Wänden stehen wie im Zirkus, und der Elefant läßt Wasser vor Angst? Und sie wissen doch nichts!

MURK Achtzig Mark!
KRAGLER Ich bin doch kein Seeräuber. Was geht mich der rote Mond an! Ich kann nur die Augen nicht aufbringen. Ich bin ein Stück Fleisch und ich habe ein frisches Hemd an. Ich bin doch kein Gespenst!
MURK *springt auf:* Also hundert Mark!
MARIE Schämen Sie sich in Ihre Seele hinein!
MURK Jetzt will mir das Schwein seine alten Stiefel nicht um hundert Mark ablassen!
KRAGLER Anna, da redet was. Was ist das für eine Stimme?
MURK Sie haben ja den Sonnenstich! Können Sie noch allein rausgehen?
KRAGLER Anna, es meint, man darf es nicht zertreten.
MURK Sieht man jetzt Ihr Gesicht?
KRAGLER Anna, der liebe Gott hat es gemacht!
MURK Sind Sie das? Was wollen Sie denn eigentlich? Sie sind ja ein Leichnam! Sie stinken ja schon! *Hält sich die Nase zu.* Haben Sie keinen Reinlichkeitssinn? Wollen Sie ins Tabernakel gestellt werden, weil Sie die afrikanische Sonne verschluckt haben? Ich habe gearbeitet! Ich habe geschuftet, bis mir das Blut in den Stiefeln gestanden ist! Sehen Sie sich meine Hände an! Sie haben die Sympathie, weil Sie sich haben hauen lassen, ich habe Sie nicht gehaut! Sie sind ein Held, und ich bin ein Arbeiter! Und das ist meine Braut.
BABUSCH Aber sitzend doch auch, Murk! Sitzend sind Sie auch ein Arbeiter! Kragler, die Weltgeschichte wäre anders, wenn die Menschheit mehr auf dem Hintern säße!
KRAGLER Ich kann ihm nichts ansehen. Er ist wie eine Abortwand! Mit Zoten verkritzelt! Sie kann nichts dafür! Anna liebst du den, liebst du den?
ANNA *lacht und trinkt.*
BABUSCH Das heißt mit der Pulsader pariert, Kragler!
KRAGLER Das heißt ihm vor Ekel seine Warze abbeißen! Liebst du ihn? Mit dem grünen Gesicht wie eine unreife Nuß? Willst du mich wegen dem fortschicken? Er hat einen englischen Anzug und die Brust mit Papier ausgestopft und Blut in den Stiefeln. Und ich habe nur meinen alten Anzug, in dem die Motten sind. Sag, du kannst mich wegen meinem Anzug nicht heiraten, sag es! Es ist mir lieber!
BABUSCH Setzt euch doch! Zum Teufel! Jetzt geht es los!
MARIE *klatscht:* Das ist er! Und mit mir hat er getanzt, daß ich mich geschämt habe, wie er mir die Knie in den Bauch geschlagen hat!
MURK Halt deinen Rand! Siehst du so aus! Hast du kein Messer dabei, im Stiefelschaft, um mir den Hals abzuschneiden, weil du in Afrika Blasen ins Gehirn gekriegt hast? Zieh das Messer heraus, ich hab's jetzt satt bis zum Hals, schneid ihn ab!
FRAU BALICKE Anna, kannst du das anhören!
BALICKE Kellner, bringen Sie mir vier Gläser Kirsch! Mir ist schon alles gleichgültig.
MURK Geben Sie Obacht, daß Sie nicht das Messer ziehen! Nehmen Sie sich zusammen, daß Sie sich hier nicht als Held aufführen! Hier kommen Sie ins Zuchthaus!
MARIE Waren Sie beim Militär?
MURK *rasend, schmeißt ein Glas nach ihr:* Warum warst du nicht da?
KRAGLER Jetzt bin ich gekommen.
MURK Wer hat dir geschrien?
KRAGLER Jetzt bin ich da!
MURK Schwein!
ANNA Du sei nur still.
KRAGLER *duckt sich.*
MURK Räuber!
KRAGLER *lautlos:* Dieb!
MURK Gespenst!
KRAGLER Geben Sie Obacht!
MURK Geben Sie auf Ihr Messer acht! Juckt es? Gespenst! Gespenst! Gespenst!
MARIE Sie Schwein! Sie Schwein!
KRAGLER Anna! Anna! Was tue ich? Schwindelnd über dem Meer voll Leichen: mich ersäuft es nicht. Rollend in den dunklen Viehwägen südlich: mir kann nichts geschehen. Brennend im feurigen Ofen: ich selbst brenne heißer. Einer wird irr in der Sonne: ich bin's nicht. Zwei fallen ins Wasserloch: Ich schlafe weiter. Ich schieße Neger. Ich fresse Gras. Ich bin ein Gespenst.
*In diesem Augenblick stürzt der Kellner ans Fenster, reißt auf. Die Musik bricht jäh ab, man hört erregte Rufe: Sie kommen! Ruhe! Der Kellner bläst das Kerzenlicht aus. Dann von draußen »Die Internationale«.*
EIN MANN *tritt links in die Tür:* Meine Herrschaften, wir bitten um Ruhe. Sie werden ersucht, das Lokal nicht zu verlassen. Es sind Unruhen ausgebrochen. In den Zeitungsvierteln wird gekämpft. Die Lage ist unentschieden.
BALICKE *setzt sich schwer:* Spartakus! Ihre Freunde, Herr Andreas Kragler! Ihre dunklen Kumpane! Ihre Genossen, die in den Zeitungs-

vierteln brüllen und nach Mord und Brand riechen. Vieh! *Stille.* Vieh! Vieh! Vieh! Wer fragt, warum ihr Vieh seid: ihr freßt Fleisch! Ihr müßt ausgetilgt werden.

KELLNER Von euch! Die ihr euch fettgefressen habt!

MURK Wo haben Sie Ihr Messer! Zieh es heraus!

MARIE *mit dem Kellner auf ihn zu:* Willst du still sein!

KELLNER Das ist nicht menschlich! Ein Vieh ist das!

MURK Mach die Gardine zu! Gespenster!

KELLNER Sollen wir an die Wand gestellt werden, die wir eigenhändig gemacht haben und hinter der ihr euch Kirschwasser in die Leiber schlagt!

KRAGLER Das ist meine Hand und das ist meine Schlagader. Schlagt durch! Wenn ich kaputtgehe, da wird's schon bluten.

MURK Gespenst! Gespenst! Was bist du denn eigentlich? Soll ich mich verkriechen, weil du die afrikanische Haut umhast? Und in den Zeitungsvierteln brüllst? Was kann ich dafür, daß du in Afrika warst? Was kann ich dafür, daß ich nicht in Afrika war?

KELLNER Er muß sein Weib wiederkriegen! Es ist unmenschlich!

FRAU BALICKE *vor Anna, rasend:* Die sind ja alle krank! Die haben ja alle was! Syphilis! Syphilis! Alle haben sie die Syphilis!

BABUSCH *schlägt mit dem Stock auf den Tisch:* Das schlägt das Faß durch!

FRAU BALICKE Willst du mein Kind in Ruh lassen! Willst du es in Ruh lassen! Du Hyäne! Du Schwein, du!

ANNA Andree, ich will nicht! Ihr macht mich kaputt!

MARIE Du bist das Schwein!

KELLNER Das ist nicht menschlich. Es muß ein Recht geben.

FRAU BALICKE Schweig still! Du Lakai! Du Schuft, ich bestelle Kirschwasser, hörst du! Du wirst fortgejagt!

KELLNER Das ist das Menschliche! Das geht uns alle an! Er muß seine Frau doch…

KRAGLER Geh weg da! Jetzt habe ich's satt! Was menschlich! Was will diese besäufte Hirschkuh! Ich bin allein gewesen und will meine Frau haben. Was will dieser weinerne Erzengel! Willst du ihren Unterleib verfeilschen wie ein Pfund Kaffee? Wenn ihr sie mit Eisenhaken von mir reißt, ihr zerfleischt sie nur!

KELLNER Ihr zerfleischt sie!

MARIE Ja, wie ein Pfund Kaffee!

BALICKE Und Geld keinen roten Heller.

BABUSCH Ihr haut ihm die Zähne ein, und er spuckt sie euch ins Gesicht!

MURK *zu Anna:* Was siehst du aus wie gespiene Milch und läßt dich von dem mit den Augen lecken? Mit einer Visage, als wenn du in Brennnesseln gepißt hättest?!

BALICKE So sagst du von deiner Braut!

MURK Braut! Ist sie das? Ist sie meine Braut? Bricht sie nicht schon aus? Ist er wieder da? Liebst du ihn? Schwimmt die grüne Nuß hinunter? Juckt's dich nach afrikanischen Schenkeln? Weht der Wind daher?

BABUSCH Das hätten Sie in einem Stuhl nicht gesagt!

ANNA *immer mehr zu Kragler hin, betrachtet Murk angewidert. Leis:* Du bist ja betrunken.

MURK *reißt sie zu sich:* Zeig dein Gesicht! Bleck deine Zähne! Hure!

KRAGLER *hebt Murk einfach hoch, der Tisch klirrt unter Gläsern, Marie klatscht immerfort:* Sie stehen nicht ganz sicher, gehen Sie hinaus, kotzen Sie sich! Sie haben zuviel gesoffen. Sie fallen ja um. *Stößt ihn.*

MARIE Gib's ihm! Oh, gib's ihm!

KRAGLER Laß ihn liegen! Komm her zu mir, Anna! Jetzt will ich dich! Er hat mir die Stiefel abkaufen wollen, aber ich ziehe die Jacke aus. Der Eisregen ist durch meine Haut gegangen, daß sie rot ist, und in der Sonne platzt sie. Mein Sack ist leer, einen roten Heller habe ich nicht. Ich will dich, schön bin ich nicht. Mir ist der Steiß mit Grundeis gegangen bis jetzt, aber jetzt trinke ich. *Trinkt.* Und dann gehen wir. Komm!

MURK *ganz zusammengefallen, mit hängender Schulter zu Kragler, sagt fast ruhig:* Trinken Sie nicht! Sie wissen noch nicht alles! Lassen Sie's jetzt gut sein. Ich war betrunken. Aber Sie wissen noch nicht alles. Anna, – *ganz nüchtern* – sage es ihm! Was willst du tun? So wie du bist?

KRAGLER *hört ihn nicht:* Sei nicht bang, Anna! *Mit dem Kirschwasser:* Es passiert dir nichts, fürchte dich nicht! Wir werden heiraten. Es ist mir immer gut gegangen.

KELLNER Bravo!

FRAU BALICKE Du Schuft!

KRAGLER Wer ein Gewissen hat, dem scheißen die Vögel aufs Dach! Wer Geduld hat, den fressen die Geier am Ende. Es ist alles Krampf.

ANNA *kommt plötzlich ins Laufen, fällt über den Tisch:* Andree! Hilf mir! Hilf, Andree!

MARIE Was haben Sie denn? Was ist denn?

KRAGLER *sieht erstaunt nach ihr:* Was ist?

ANNA Andree, ich weiß nicht, ich bin so elend, Andree! Ich kann dir nichts sagen, du darfst nicht fragen. *Sieht auf.* Ich kann dir nicht angehören. Gott weiß es. *Kragler entfällt das Glas.* Und ich bitte dich auch, Andree, daß du gehst.

*Stille. Im Nebenzimmer hört man den Mann von vorhin fragen: Was ist es denn? Der Kellner antwortet ihm, zur Tür links hinausredend.*

KELLNER Der krokodilhäuterne Liebhaber aus Afrika hat vier Jahre gewartet, und die Braut hat jetzt noch ihre Lilie in der Hand. Aber der andere Liebhaber, ein Mensch mit Knopfstiefeln, gibt sie nicht frei, und die Braut, welche noch ihre Lilie in der Hand hat, weiß nicht, an welcher Seite sie weggehen soll.

STIMME Sonst nichts?

KELLNER Die Revolution in den Zeitungsvierteln spielt auch eine Rolle und dann ist da ein Geheimnis, das die Braut hat, etwas, das der Liebhaber aus Afrika, der vier Jahre gewartet hat, nicht weiß. Es ist ja noch ganz unentschieden.

STIMME Ist noch keine Entscheidung gefallen?

KELLNER Es ist noch ganz unentschieden.

BALICKE Kellner! Was ist das für ein Gesindel? Soll man hier zwischen Wanzen Wein saufen? *Zu Kragler hin:* Haben Sie es jetzt gehört? Sind Sie befriedigt? Halten Sie Ihren Rand! Die Sonne war heiß, wie? Dafür war's Afrika. Steht im Geographiebuch. Und Sie waren ein Held? Wird im Geschichtsbuch stehen. Im Hauptbuch steht aber nichts. Deshalb wird der Held wieder nach Afrika gehen. Punktum. Kellner! Führen Sie das da hinaus!

*Der Kellner nimmt Kragler ins Schlepptau, der langsam schwerfällig mitläuft. Links von ihm läuft die Prostituierte Marie.*

BALICKE Affenkomödie. *Schreit Kragler nach, weil es zu still ist:* Wollten Sie Fleisch haben? Das ist keine Fleischauktion! Packen Sie Ihren roten Mond ein und singen Sie Ihren Schimpansen was vor. Was gehen mich Ihre Dattelbäume an! Sie sind überhaupt nur aus einem Roman. Wo haben Sie Ihren Geburtsschein? *Kragler ist hinaus.*

FRAU BALICKE Heul dich nur aus! Aber was hast du denn da, willst dich wohl unter den Tisch trinken mit dem Kirschwasser?

BALICKE Was hat sie denn überhaupt für 'n Gesicht? Das reinste Papier!

FRAU BALICKE Nein, sieh sie nur an, das Kind! Was fällt dir nur ein, da hört sich doch Verschiedenes auf!

ANNA *sitzt hinter dem Tisch, still, fast in den Gardinen, bösartig, und hat ein Glas vor sich.*

MURK *drauf zu, riecht am Glas:* Pfeffer, pfui Teufel! *Sie nimmt es ihm verächtlich weg.* Ach so?! – Ja zum Teufel, was fängst du denn mit dem Pfeffer an? Willst du nicht noch ein heißes Sitzbad? Dich muß man wohl mit den Händen zurechtrücken? Pfui Spinne! *Spuckt aus und wirft das Glas zu Boden.*

ANNA *lächelt.*

*Man hört Maschinengewehre.*

BABUSCH *am Fenster:* Es geht los, die Massen erheben sich, Spartakus steht auf. Der Mord geht weiter.

*Alle stehen starr, horchen hinaus.*

## DRITTER AKT
## (Walkürenritt)

*Weg in die Zeitungsviertel*

*Rote Backsteinmauer einer Kaserne, von links oben nach rechts unten. Dahinter in verwestem Sternenlicht die Stadt. Nacht. Wind.*

MARIE Wo läufst du denn hin?
KRAGLER *ohne Mütze, Kragen hoch, Hände in den Hosentaschen, kam pfeifend:* Was ist das für eine rote Dattel?
MARIE Lauf doch nicht so!
KRAGLER Kommst du nicht nach?
MARIE Meinst du, es verfolgt dich jemand?
KRAGLER Willst du was verdienen? Wo hast du deine Kammer?
MARIE Aber das ist nicht gut.
KRAGLER Ja. *Will weiter.*
MARIE Ich habe es auf der Lunge.
KRAGLER Mußt du denn nach wie ein Hund?
MARIE Aber deine...
KRAGLER Pst! Das wird ausgewischt! Abgewaschen! Durchgestrichen!
MARIE Und was wirst du anstellen bis morgen früh?
KRAGLER Es gibt Messer.
MARIE Jesus Maria...
KRAGLER Sei ruhig, ich mag nicht, daß du so schreist, es gibt auch Schnaps. Was willst du? Ich kann das Lachen probieren, wenn es dir Spaß macht. Sag, haben sie dich auf die Treppe gelegt vor der Firmung? Streich durch! Rauchst du? *Er lacht.* Gehen wir weiter!
MARIE In den Zeitungsvierteln wird geschossen.
KRAGLER Vielleicht können sie uns dort brauchen. *Beide ab.*
*Wind.*
*Zwei Männer in gleicher Richtung.*
DER EINE Ich glaube, wir machen es hier.
DER ANDERE Niemand weiß, ob wir drunten noch könnten...
*Sie lassen ihr Wasser.*
DER EINE Kanonen.
DER ANDERE Teufel! In der Friedrichstraße!
DER EINE Wo Sie gefälschten Methyl verschnitten haben!
DER ANDERE Man wird wahnsinnig von dem Mond allein!
DER EINE Wenn man verschmutzten Tabak verschoben hat!
DER ANDERE Ja, ich habe verschmutzten Tabak verschoben! Aber Sie haben Menschen in Rattenlöcher gestopft!
DER EINE Was Ihnen das schon hilft!
DER ANDERE Allein werde ich nicht gehangen!
DER EINE Wissen Sie, was die Bolschewiken gemacht haben? Hand vorzeigen! Keine Schwielen! Piff paff. *Der Andere besieht die Hand.* Piff paff. Sie riechen ja schon!
DER ANDERE O Gott!
DER EINE Feine Sache, wenn Sie mit Ihrem steifen Hut heimkommen!
DER ANDERE Sie haben auch einen steifen Hut!
DER EINE Aber mit einer Dulle, mein Lieber.
DER ANDERE Die kann ich mir einhauen.
DER EINE Ihr steifer Kragen ist schlimmer als ein geseifter Strick.
DER ANDERE Ich schwitze ihn durch, aber Sie haben Knopfstiefel!
DER EINE Und Ihr Bauch!
DER ANDERE Ihre Stimme!
DER EINE Ihr Blick! Ihre Gangart! Ihr Auftreten!
DER ANDERE Ja, das bringt mich an die Laterne, aber Sie haben ein Gesicht mit Mittelschulbildung!
DER EINE Ich habe ein verkrüppeltes Ohr mit einem Schußkanal, mein lieber Herr!
DER ANDERE Teufel! *Beide ab. Wind.*
*Von links jetzt der ganze Walkürenritt: Anna, wie fliehend. Neben ihr in einem Frackmantel, aber ohne Hut, der Kellner Manke aus der Picadillybar, der sich wie besoffen aufführt. Hinter ihnen kommt Babusch, der Murk schleppt, der betrunken ist, bleich und aufgedunsen.*
MANKE Besinnen Sie sich nicht! Er ist fort! Weggeblasen! Die Zeitungsviertel haben ihn vielleicht schon verschlungen! Sie schießen allenthalben, in den Zeitungen passiert allerhand, gerade diese Nacht, und er kann sogar erschossen werden. *Wie betrunken auf Anna einredend:* Man kann fortlaufen, wenn geschossen wird, aber man kann auch nicht fortlaufen. Jedenfalls: in einer Stunde findet ihn kein Mensch mehr, er geht auf wie Papier im Wasser. Er hat den Mond im Kopf. Er läuft jeder Trommel nach. Gehen Sie! Retten Sie ihn, der Ihr geliebter war, nein, ist.
BABUSCH *wirft sich Anna entgegen:* Halt, der ganze Walkürenritt! Wo wollen Sie hin, es ist kalt und Wind geht auch, und er ist in irgendwelchen Schnapskneipen gelandet. *Äfft den*

*Kellner nach:* Er, der vier Jahre gewartet hat, aber jetzt findet ihn niemand mehr.

MURK Niemand, kein Mensch. *Er sitzt auf einem Stein.*

BABUSCH Und sehen Sie sich das da an!

MANKE Was geht das mich an! Schenken Sie ihm einen Mantel! Verlieren Sie doch keine Zeit! Er, der vier Jahre gewartet hat, jetzt läuft er schneller, als diese Wolken ziehen! Er ist schneller weg, als dieser Wind weg ist!

MURK *apathisch:* Es war Farbe in dem Punsch. Und jetzt, wo alles fertig ist! Die Wäsche beisammen, die Stuben gemietet. Kommen Sie zu mir, Bab!

MANKE Was stehen Sie da wie Lots Weib? Das ist kein Gomorrha! Imponiert Ihnen das besoffene Elend? Können Sie noch anders herum? Ist es die Wäsche? Bleiben die Wolken deswegen im Hintertreffen?

BABUSCH Was geht das eigentlich Sie an? Was gehen die Wolken Sie an? Sie sind doch Kellner!

MANKE Was das mich angeht? Sterne entgleisen glatt, wenn einen Menschen eine Gemeinheit kalt läßt! *Greift sich an den Hals.* Ich werde auch davongejagt. Mich faßt es auch am Hals! Man darf nicht kleinlich sein, wenn ein Mensch mit Grundeis geht.

BABUSCH Was sagen Sie? Grundeis? Wo steht denn das? Ich sage Ihnen: es wird etwas brüllen wie ein Stier in den Zeitungen, vor es Tag wird. Und das wird das Gesindel sein, das glaubt, jetzt können alte Rechnungen beglichen werden.

MURK *ist aufgestanden, greint:* Was ziehst du mich in dem Wind herum! Mir ist speiübel. Warum läufst du denn fort? Was ist denn? Ich brauche dich! Es ist nicht die Wäsche.

ANNA Ich kann nicht.

MURK Ich kann nicht mehr auf den Beinen stehen.

MANKE Setz dich! Du bist nicht der einzige! Es greift ein. Der Vater kriegt den Schlaganfall, das besäufte Känguruh weint. Aber die Tochter geht hinunter in die Quartiere. Zu ihrem Liebhaber, der vier Jahre gewartet hat.

ANNA Ich kann es nicht.

MURK Deine Wäsche, die hast du beisammen. Und die Möbel sind schon in den Zimmern.

MANKE Die Wäsche ist gefaltet, aber die Braut kommt nicht.

ANNA Meine Wäsche ist gekauft, ich habe sie in den Schrank gelegt, Stück für Stück, aber jetzt brauche ich sie nicht. Das Zimmer ist gemietet, und die Vorhänge sind schon oben, und die Tapeten fehlen nicht. Aber gekommen ist, der keinen Schuh hat und nur einen Rock, und darin sind die Motten.

MANKE Und die Zeitungsviertel verschlingen ihn! Der Schnapssalon wartet auf ihn! Die Nacht! Das Elend! Der Auswurf! Retten Sie ihn!

BABUSCH Und das alles ist das Stück: Der Engel in den Hafenkneipen.

MANKE Ja, der Engel!

MURK Und du willst hinunter? In die Friedrichstadt? Und nichts hält dich ab?

ANNA Ich weiß nichts.

MURK Nichts? Willst du nicht noch an das »andere« denken?

ANNA Nein, das will ich nicht mehr.

MURK Das »andere« willst du nicht mehr?

ANNA Das ist der Strick!

MURK Und der hält dich nicht?

ANNA Jetzt ist er los!

MURK Dein Kind ist dir gleich?

ANNA Es ist mir gleich.

MURK Weil der gekommen ist, der keinen Rock hat?

ANNA Ich habe ihn nicht gekannt!

MURK Er ist's ja nicht mehr! Du hast ihn nicht gekannt!

ANNA Er ist gestanden wie ein Stück Tier in der Mitte. Und ihr schlugt ihn wie ein Tier!

MURK Und er heulte wie ein altes Weib!

ANNA Und er heulte wie ein Weib.

MURK Und verzog sich und ließ dich sitzen da!

ANNA Und er ging fort und ließ mich sitzen da!

MURK Aus ist es mit ihm!

ANNA Und es ist aus mit ihm!

MURK Er ist fortgegangen...

ANNA Aber als er fortging, und es war aus mit ihm...

MURK Da war nichts, gar nichts.

ANNA Da war ein Wirbel hinter ihm und ein kleiner Zug und war sehr stark und war stärker als alles, und jetzt gehe ich fort und jetzt komme ich und jetzt ist es aus mit uns, mit mir und mit ihm. Denn wo ist er hin? Weiß Gott noch, wo er ist? Wie groß ist die Welt und wo ist er? *Sie sieht ruhig auf Manke und sagt leicht:* Gehen Sie in Ihre Bar, ich danke Ihnen, und bringen Sie ihn dorthin! Aber Sie, Bab, kommen Sie mit mir! *Und läuft nach rechts.*

MURK *quarrend:* Wo ist sie hin?

BABUSCH Jetzt geht aber der Walkürenritt in die Binsen, Junge.

MANKE Der Liebhaber ist schon verschollen,

aber die Geliebte eilt ihm nach auf Flügeln der Liebe. Der Held ist zu Fall gebracht, aber die Himmelfahrt ist schon vorbereitet.

BABUSCH Aber der Liebhaber wird die Geliebte in den Rinnstein hauen und die Höllenfahrt vorziehen. O Sie romantisches Institut, Sie!

MANKE Schon entschwindet sie, die in die Zeitungsviertel eilt. Wie ein weißes Segel ist sie noch sichtbar, wie eine Idee, wie eine letzte Strophe, wie ein berauschter Schwan, der über die Gewässer fliegt…

BABUSCH Was soll mit der versoffenen Wiese da geschehen?

MURK Hier bleibe ich. Es ist kalt. Wenn es noch kälter wird, kommen sie zurück. Ihr wißt gar nichts, weil ihr das andere nicht wißt. Laßt sie laufen! Zwei nimmt er nicht! Eine hat er verlassen, und zwei laufen ihm nach. *Lacht.*

BABUSCH Jetzt entschwindet sie bei Gott wie eine letzte Strophe! *Stapft ihr nach.*

MANKE *ruft ihm nach:* Glubbs Destille, Chausseestraße! Die Prostituierte mit ihm verkehrt in Glubbs Destille! *Breitet noch einmal beide Arme, groß:* Die Revolution verschlingt sie, werden sie sich finden?

## VIERTER AKT
## (Es kommt ein Morgenrot)

*Eine kleine Schnapsdestille*

*Glubb, der Destillateur, in Weiß, singt zur Klampfe »Die Moritat vom toten Soldaten«. Laar und ein dunkler besoffener Mensch stieren ihm auf die Finger. Ein kleiner viereckiger Mann namens Bulltrotter liest die Zeitung. Manke, der Kellner, Bruder des Picadillybarmanke, trinkt mit der Prostituierten Auguste, und alle rauchen.*

BULLTROTTER Ich will Schnaps haben und keinen toten Soldaten, ich will die Zeitung lesen und ich brauche Schnaps dazu, sonst verstehe ich sie nicht, zum Teufel!

GLUBB *mit einer kalten glasigen Stimme:* Ist es euch nicht gemütlich?

BULLTROTTER Ja, aber jetzt gibt es Revolution.

GLUBB Wozu? In meinem Lokal sitzt der Abschaum gemütlich, und der Lazarus singt.

DER BESOFFENE MENSCH Ich der Abschaum, du der Lazarus.

EIN ARBEITER *herein und zur Theke:* Tag, Karl.

GLUBB Eilig?

DER ARBEITER Elf Uhr Hausvogteiplatz.

GLUBB Haufen Gerüchte.

DER ARBEITER Im Anhalter sitzt die Gardeschützendivision seit sechs. Im »Vorwärts« noch alles in Ordnung. Heut könnten wir deinen Paule brauchen, Karl.

*Stille.*

MANKE Hier wird nicht von Paule gesprochen für gewöhnlich.

DER ARBEITER *zahlt:* Heut ist ungewöhnlich. *Ab.*

MANKE *zu Glubb:* Und im November war es nicht ungewöhnlich? Sie müssen eine Latte in der Hand haben und in die Finger ein Gefühl, was klebt.

GLUBB *kalt:* Der Herr wünscht was.

BULLTROTTER Freiheit! *Er zieht Jacke und Kragen aus.*

GLUBB Im Hemd trinken, das ist polizeilich verboten.

BULLTROTTER Reaktion.

MANKE Die Internationale probieren sie ein, vierstimmig mit Tremolo! Freiheit! Dann soll wohl'n Mann mit saubere Manschetten, der soll wohl dann die Toilette auswaschen?

GLUBB Sie machen den Marmor kaputt, der aus Holz ist.

AUGUSTE Die mit die weißen Manschetten, die sollen wohl nicht die Toilette auswaschen?

BULLTROTTER An die Wand mit dir, Junge!

AUGUSTE Da sollen mal die mit die weißen Manschetten sich auch gefälligst den Arsch zubinden.

MANKE Auguste, du bist ordinär.

AUGUSTE O schämt euch, ihr Schweine, die Gedärme gehören euch herausgerissen, aufgehängt gehört ihr dran, an die Laternen, die mit die Manschetten. Fräulein, nu machen Sie's mal billiger, wir haben den Krieg verloren! Lassen Sie die Liebe, wenn Sie nicht Zaster haben, und machen Sie nicht Krieg, wenn Sie nicht können! Tun Sie die Füße herunter, wo Damen sind! Soll ich Ihre Schweißfüße riechen, Sie Schubjack?

GLUBB Seine Manschetten sind gar nicht weiß.

DER BESOFFENE MENSCH *grinst bleich die andern an:* Was ist das, was da so klirrt?

*Glubb läuft ans Fenster, reißt es auf, sie hören Kanonen durch die Straße jagen. Alle ans Fenster.*

BULLTROTTER Das ist das Maikäferregiment.

AUGUSTE Jesus Maria, wo fahren die hin?

GLUBB In die Zeitungen, Mensch! Das sind Zeitungsleser! *Er schließt das Fenster.*

AUGUSTE Jesus Maria, wer steht da in der Tür?

KRAGLER *wie besoffen schwankend, auf den Sohlen wippend, unter der Tür.*

MANKE Sie legen sich wohl'n Ei unter der Tür?

AUGUSTE Wer bist du?

KRAGLER *bösartig grinsend:* Niemand!

AUGUSTE Der Schweiß rinnt ihm ja in den Hals! Bist du so gelaufen?

DER BESOFFENE MENSCH Hast du den Durchfall?

KRAGLER Nein, ich habe nicht den Durchfall.

MANKE *quer zu ihm:* Also: was hast du ausgefressen, Junge? Die Visagen kenne ich.

MARIE *taucht hinter ihm auf:* Er hat nichts ausgefressen. Ich hab ihn eingeladen, Auguste, er hat keine Bleibe. Er ist in Afrika gewesen. Setz dich.

KRAGLER *bleibt in der Tür stehen.*

MANKE Gefangen?

MARIE Ja, und vermißt.

AUGUSTE Vermißt auch?

MARIE Und gefangen. Und inzwischen haben sie ihm seine Verlobte geklaut.

AUGUSTE Dann komm zu Mamma. Setz dich, Artillerist. *Zu Glubb:* Fünf Doppelkirsche, Karl!

*Glubb schenkt fünf Gläser ein, und Manke stellt sie auf ein Tischchen.*

GLUBB Mir haben sie vorige Woche ein Fahrrad geklaut.

KRAGLER *geht auf das Tischchen zu.*

AUGUSTE Erzähl was von Afrika!

KRAGLER *antwortet nicht, trinkt jedoch.*

BULLTROTTER Kotz dich aus. Der Wirt ist rot.

GLUBB Was bin ich?

BULLTROTTER Rot.

MANKE Benehmen Sie sich, mein Herr, hier ist nichts rot, bitte sehr.

BULLTROTTER Schön, denn nicht.

AUGUSTE Und was hast du gemacht da unten?

KRAGLER *zu Marie:* Neger in die Bäuche geschossen. Straßen gepflastert. – So, ist es die Lunge?

AUGUSTE Und wie lang?

KRAGLER *immer zu Marie:* Siebenundzwanzig.

MARIE Monate.

AUGUSTE Und vorher?

KRAGLER Vorher? Ich bin in einem Lehmloch gelegen.

BULLTROTTER Und was habt ihr da gemacht?

KRAGLER Gestunken.

GLUBB Ja, ihr konntet faulenzen, nach Noten.

BULLTROTTER Und in Afrika, wie sind da die Mentscher?

KRAGLER *schweigt.*

AUGUSTE Seien Sie nicht ordinär.

BULLTROTTER Wie Sie nach Hause kamen, da war sie nicht zu Hause, wie? Sie haben wohl gedacht, sie geht am Morgen nach den Kasernen und wartet da zwischen den Hunden auf Sie?

KRAGLER *zu Marie:* Soll ich ihn aufs Maul schlagen?

GLUBB Nein, noch nicht. Aber du kannst das Orchestrion spielen lassen, das kannst du.

KRAGLER *steht schwankend auf und salutiert:* Zu Befehl. *Er geht und läßt das Orchestrion spielen.*

BULLTROTTER Sentimentalitäten.

AUGUSTE Er hat nur ein Gefühl wie ein Leichnam; er lebt länger als er selber.

GLUBB Ja, ja, ja, ja. Es ist ihm ein kleines Unrecht geschehen. Da wächst Gras drüber.

BULLTROTTER Nanu, sind Sie nicht rot? Glubb, war da nicht die Rede von einem Neffen?

GLUBB Ja, da war die Rede davon. Nicht in diesem Lokal übrigens.

BULLTROTTER Nein, nicht in diesem Lokal. Bei Siemens.

GLUBB Für kurze Zeit.

BULLTROTTER Bei Siemens, für kurze Zeit. Da war er Dreher. Da war er Dreher für kurze Zeit. Da war er Dreher bis November, wie?

DER BESOFFENE MENSCH *der bisher nur gelacht hat, singt:*

Meine Brüder, die sind tot
Und ich selbst wär's um ein Haar
Im November war ich rot
Aber jetzt ist Januar.

GLUBB Herr Manke, der Herr hier wünscht niemand zu belästigen. Sorgen Sie dafür.

KRAGLER *hat Auguste gefaßt und hopst mit ihr herum:*

»Ein Hund ging in die Küche
Und stahl dem Koch ein Ei
Da nahm der Koch sein Hackbeil
Und schlug den Hund entzwei.«

DER BESOFFENE MENSCH *von Lachen geschüttelt:* Dreher für kurze Zeit.

GLUBB Bitte, mir nicht die Gläser zu zerschmeißen, Artillerist!

MARIE Er ist jetzt besoffen. Jetzt ist ihm leichter.

KRAGLER Ist es ihm leichter? Tröste dich nur, Bruder Schnapsbottich, sag: das gibt es nicht.

AUGUSTE Trink du selber.

DER BESOFFENE MENSCH War da nicht die Rede von einem Neffen?

KRAGLER Was ist ein Schwein vor Gott dem Herrn, Schwester Prostituierte? Es ist nichts.

DER BESOFFENE MENSCH Nicht in diesem Lokal.

KRAGLER Denn warum? Kann man das Militär abschaffen oder den lieben Gott? Kannst du abschaffen, daß es Folterqualen gibt, roter Herr, und die Folterqualen, die die Menschen den Teufel gelehrt haben? Du kannst es nicht abschaffen, aber Schnaps kannst du ausschenken. Darum trinkt und macht die Tür zu und laßt den Wind nicht herein, den es auch friert, sondern tut das Holz vor!

BULLTROTTER Der Wirt sagt, dir ist eben ein kleines Unrecht geschehen, da wächst Gras drüber, sagt er.

KRAGLER Wächst es? Hast du Unrecht gesagt, Bruder roter Herr? Was für ein Wort das wieder ist, Unrecht! Lauter solche kleine Wörter erfinden sie und blasen sie in die Luft, und dann können sie sich zurücklegen, und dann wächst das Gras. Und der große Bruder haut den kleinen aufs Maul, und der Fette klaut die fette Milch, da wächst das Gras gut.

DER BESOFFENE MENSCH Übern Neffen! Von dem nicht die Rede ist!

KRAGLER

»Da kamen die andern Hunde
und gruben dem Hund das Grab
Und setzten ihm einen Grabstein
Der folgende Inschrift hat:

Ein Hund ging in die Küche...«

Und darum, macht euch's bequem auf dem kleinen Stern, es ist kalt hier und etwas finster, roter Herr, und die Welt ist zu alt für die bessere Zeit und der Himmel ist schon vermietet, meine Lieben.

MARIE Was sollen denn wir tun? Er sagt, er will in die Zeitungsviertel gehen, dort ist es, aber was ist in den Zeitungsvierteln?

KRAGLER Es fährt eine Droschke in die Picadillybar.

AUGUSTE Sitzt sie drin?

KRAGLER Da sitzt sie drin. Mein Puls ist ganz gewöhnlich, ihr könnt herfühlen. *Streckt die Hand hin, trinkt mit der andern.*

MARIE Er heißt Andree.

KRAGLER Andree. Ja, Andree hab ich geheißen. *Er fühlt noch abwesend seinen Puls.*

LAAR Es waren hauptsächlich Kiefern, kleine.

GLUBB Jetzt geht dem Stein das Maul auf.

BULLTROTTER Und da hast du verkauft, du Dummkopf?

LAAR Ich?

BULLTROTTER Ah, die Bank! Interessant, Glubb, aber nicht in diesem Lokal.

GLUBB Seid ihr beleidigt? Aber ihr könnt euch beherrschen. Na, dann laßt euch beherrschen! Halt dich ruhig, wenn sie dir die Haut abziehen, Artillerist, sonst geht sie entzwei, es ist deine einzige. *Immer mit Gläsern beschäftigt:* Ja, ihr seid etwas beleidigt, man hat euch ja mit Kanonen und Säbeln abgeschlachtet, etwas beschissen und ein wenig bespien. Und wenn schon!

BULLTROTTER *auf die Gläser:* Sind sie immer noch nicht sauber?

DER BESOFFENE MENSCH Wasche mich, Herr, daß ich weiß werde! Wasche mich, daß ich schneeweiß werde! *Singt:*

Meine Brüder, die sind tot, ja tot.
Selber wär ich's beinah um ein Haar.
Im November war ich rot, ja rot
Aber jetzt ist Januar.

GLUBB Das ist genug.

AUGUSTE Ihr Feiglinge!

ZEITUNGSFRAU *herein:* Spartakus im Zeitungsviertel! Die rote Rosa spricht unter freiem Himmel im Tierpark! Wie lange noch die Pöbelkrawalle? Wo ist das Militär? Zehn Pfennige, Herr Artillerist? Wo ist das Militär, zehn Pfennige. *Ab, da niemand kauft.*

AUGUSTE Und kein Paule!

KRAGLER Pfeift es wieder?

GLUBB *schließt den Schrank, wischt sich die Hände ab:* Das Lokal ist geschlossen.

MANKE Los, Auguste! Du bist nicht gemeint, aber los: *Zu Bulltrotter:* Was ist mit Ihnen, Herr? Zwei Mark sechzig.

BULLTROTTER Ich bin am Skagerrak gewesen, das war auch keine Brautnacht.

*Aufbruch.*

DER BESOFFENE MENSCH *den Arm um Marie:*

Eine Kanaille engelsgut
Schwamm mit ihm durch die Tränenflut.

KRAGLER In die Zeitungen mit uns!

»Ein Hund ging in die Küche
Und stahl dem Koch ein Ei
Da nahm der Koch sein Hackbeil
Und schlug den Hund entzwei.«

*Laar schwankt zum Orchestrion, reißt die Trommel los und geht wirbelnd hinter den andern her hinaus.*

## FÜNFTER AKT
## (Das Bett)

*Holzbrücke*

*Geschrei, großer roter Mond.*

BABUSCH Sie sollten heimgehen.

ANNA Ich kann es nicht mehr. Was hilft es, ich habe vier Jahre gewartet mit der Photographie und einen andern genommen. Ich hatte nachts Angst.

BABUSCH Ich habe keine Zigarre mehr. Gehen Sie überhaupt nicht mehr heim?

ANNA Hören Sie!

BABUSCH Sie fetzen Zeitungen in die Regenlachen, schreien Maschinengewehre an, schießen sich ins Ohr, meinen, sie machen eine neue Welt. Da kommt wieder ein Haufen von ihnen.

ANNA Das ist er!

*Es kommt mit den Nahenden eine große Unruhe in die Gassen. In vielen Richtungen erwacht Geschieße.*

ANNA Jetzt sage ich es ihm!

BABUSCH Den Mund halte ich Ihnen zu!

ANNA Ich bin kein Tier! Jetzt schreie ich!

BABUSCH Und ich habe keine Zigarre mehr!

*Zwischen den Häusern heraus Glubb, Laar, der besoffene Mensch, die zwei Weiber, der Kellner Manke aus der Schnapsdestille und Andreas Kragler.*

KRAGLER Ich bin heiser. Das Afrika wächst mir zum Halse heraus. Ich hänge mich auf.

GLUBB Kannst du dich nicht morgen aufhängen und jetzt mit in die Zeitungen gehen?

KRAGLER *stiert auf Anna hin:* Ja.

AUGUSTE Hast du eine Erscheinung?

MANKE Mensch, deine Haare sträuben sich ja!

GLUBB Ist sie es?

KRAGLER Ja, was ist, bleibt ihr stehen? An die Wand mit euch! Marsch, marsch, immer marsch!

ANNA *tritt ihm entgegen:* Andree!

DER BESOFFENE MENSCH Hoch das Bein, die Liebe winkt!

ANNA Andree, bleib stehen, ich bin es, ich wollte dir etwas sagen. *Stille.* Ich wollte dich auf etwas aufmerksam machen, bleib ein wenig stehen, ich bin nicht betrunken. *Stille.* Du hast auch keine Mütze, es ist kalt. Ich muß dir etwas ins Ohr sagen.

KRAGLER Bist du betrunken?

AUGUSTE Da kommt ihm die Braut nach, und die Braut ist besoffen!

ANNA Ja, was sagst du? *Geht ein paar Schritte.* Ich habe ein Kind.

AUGUSTE *lacht gellend.*

KRAGLER *schwankt, schielt nach der Brücke, harpft herum, als probiere er das Gehen.*

AUGUSTE Bist du ein Fisch, daß du nach Luft schnappst?

MANKE Du glaubst wohl, du schläfst?

KRAGLER *die Hände an der Hosennaht:* Zu Befehl!

MANKE Sie hat ein Kind. Kinder kriegen, das ist ihr Geschäft. Komm jetzt!

KRAGLER *steif:* Zu Befehl! Wohin?

MANKE Er ist irrsinnig geworden.

GLUBB Bist du nicht eines Tages in Afrika gewesen?

KRAGLER Marokko, Casablanca, Hütte 10.

ANNA Andree!

KRAGLER *horcht:* Horch, meine Braut, die Hure! Sie ist gekommen, sie ist da, sie hat den Bauch voll!

GLUBB Sie ist etwas blutarm, nicht?

KRAGLER St! Ich war es nicht, ich bin es nicht gewesen.

ANNA Andree, es sind Leute da!

KRAGLER Ist dein Leib von der Luft geschwollen oder bist du eine Hure geworden? Ich bin fortgewesen, ich konnte nicht auf dich schauen. Ich bin im Dreck gelegen. Wo bist du gelegen, als ich im Dreck gelegen bin?

MARIE Sie sollten nicht so reden. Was wissen denn Sie?

KRAGLER Und dich wollte ich sehen! Jetzt läge ich, wo ich hingehöre, hätte Wind im Schädel, hätte Staub im Munde und wüßte nichts. Aber das wollte ich noch sehen. Ich tat's nicht billiger. Ich habe Treber gefressen. Die waren bitter. Ich bin aus dem Lehmloch gekrochen auf allen vieren. Das war witzig! Ich Schwein! *Reißt die Augen auf.* Seht ihr da zu, he? Habt ihr Freibilletten? *Er hebt Erdklumpen auf und schmeißt sie um sich.*

AUGUSTE Haltet ihn nieder!

ANNA Wirf zu, Andree! Wirf zu! Hierher wirf!

MARIE Tut die Frau weg, er wirft sie tot!

KRAGLER Geht zum Teufel! Da habt ihr alles, was ihr braucht. Mäuler auf! Es gibt nichts sonst.

AUGUSTE Den Kopf nach unten! In den Dreck, den Kopf!

*Die Männer halten ihn gegen den Boden.*

AUGUSTE Jetzt aber verduften Sie bitte, Fräulein!

GLUBB *zu Anna:* Ja, gehen Sie jetzt heim, die Morgenluft schadet den Eierstöcken.

BABUSCH *klatscht quer über den Kampfplatz zu Kragler hin und erklärt ihm, seine zerknautschte Zigarre kauend:* Jetzt wissen Sie, wo die Kugel im Fleisch sitzt. Sie sind der liebe Gott, Sie haben gedonnert. Die Frau ihrerseits ist schwanger, sie kann auf dem Stein nicht sitzen bleiben, die Nächte sind kühl, vielleicht sagen Sie was…

GLUBB Ja, vielleicht sagst du was.

*Die Männer lassen Kragler hoch.*

*Es ist still, Wind geht, zwei Männer gehen eilends vorüber.*

DER EINE Das Ullsteinhaus haben sie.

DER ANDERE Und vor Mosse fährt Artillerie auf.

DER EINE Wir sind viel zu wenige.

DER ANDERE Viele sind noch unterwegs.

DER EINE Viel zu spät.

*Sie sind vorbei.*

AUGUSTE Da habt ihr's! Macht Schluß jetzt!

MANKE Schmeißt ihm die Antwort in die Fresse, dem Bourgeois und seiner Hure!

AUGUSTE *will Kragler mitzerren:* Komm mit in die Zeitungen, Junge! Die Haare wachsen dir schon wieder auf den Zähnen.

GLUBB Laß sie in Ruh da auf ihrem Stein! Um sieben Uhr geht die Untergrundbahn.

AUGUSTE Heute geht keine Untergrundbahn.

DER BESOFFENE MENSCH Vorwärts, hinein in das Hosianna!

*Anna ist wieder aufgestanden.*

MARIE *besieht sie:* Weiß wie Leinen.

GLUBB Etwas blaß und etwas dünn.

BABUSCH Sie geht in die Binsen.

GLUBB Das scheint nur so, das ist das ungünstige Licht. *Besieht den Himmel.*

AUGUSTE Da kommen sie vom Wedding.

GLUBB *die Hände reibend:* Du bist ja auch mit den Kanonen gekommen. Vielleicht gehörst du dazu! *Kragler schweigt.* Du sagst nichts, das ist weise! *Herumgehend:* Dein Rock ist dir etwas geschossen, und im ganzen bist du etwas abgeblaßt, ein wenig abgefieselt. Aber das macht ja nicht viel. Ein wenig unangenehm sind vielleicht nur deine Schuhe, die knarren. Aber die kannst du ja einfetten. *Er schnuppert in die Luft.* Freilich sind seit elf Uhr ein paar Sternenhimmel hinabgeschwommen und einige Heilande haben die Spatzen gefressen, aber gut, daß du noch da bist. Nur deine Verdauung macht mir noch Beschwerden. Immerhin, durch dich geht das Licht noch nicht durch, dich sieht man wenigstens.

KRAGLER Komm her, Anna!

MANKE »Komm her, Anna!«

ANNA Wo ist die Untergrundbahn, ihr?

AUGUSTE Untergrundbahn ist heute nicht. Heute gibt es keine Untergrundbahn, keine Hochbahn, keine Stadtbahn, den ganzen Tag. Heute ist Ruhe überallhin, auf allen Bahnen stehen die Züge heute, und wir gehen herum wie die Menschen, bis zum Abend, meine Liebe.

KRAGLER Komm zu mir her, Anna!

GLUBB Willst du nicht noch etwas mitgehen, Bruder Artillerist?

KRAGLER *schweigt.*

GLUBB Einige von uns hätten gern noch einige Korn getrunken, aber du warst dagegen. Einige wären gern noch einmal in einem Bett gelegen, aber du hattest kein Bett, und so wurde es auch nichts aus dem Nachhausegehen.

KRAGLER *schweigt.*

ANNA Willst du nicht gehen, Andree? Die Herren warten.

MANKE Mensch, so tu doch die Flosse aus dem Sack!

KRAGLER Schmeißt Steine auf mich, hier stehe ich: ich kann das Hemd ausziehen für euch, aber den Hals hinhalten ans Messer, das will ich nicht.

DER BESOFFENE MENSCH Himmel, Arsch und Zwirn.

AUGUSTE Und und und die Zeitungen?

KRAGLER Es hilft nichts. Ich lasse mich nicht noch im Hemd in die Zeitungen schleifen. Ich bin kein Lamm mehr. Ich will nicht verrecken. *Zieht die Tabakspfeife aus dem Hosensack.*

GLUBB Ist das nicht ein wenig bettelhäftig?

KRAGLER Mensch, sie schießen dich schwarz in deine Brust! Anna! Wie schaust du denn, zum Teufel? Soll ich mich vor dir auch noch verteidigen? *Zu Glubb:* Dir haben sie den Neffen abgeschossen, aber ich habe meine Frau wieder. Anna, komm!

GLUBB Ich glaube, wir können allein weitergehen.

AUGUSTE Dann war also alles, Afrika und alles, Lüge?

KRAGLER Nein, es war wahr! Anna!

MANKE Der Herr hat geschrien wie ein Börsenmakler, und jetzt will er ins Bett.

KRAGLER Jetzt habe ich die Frau.

MANKE Hast du sie?!

KRAGLER Her, Anna! Sie ist nicht unbeschädigt, unschuldig ist sie nicht, bist du anständig gewesen oder hast du einen Balg im Leibe?

ANNA Einen Balg, ja, das habe ich.

KRAGLER Das hast du.

ANNA Hier drinnen ist er, der Pfeffer hat nicht geholfen und meine Hüften sind hin für immer.

KRAGLER Ja, so ist sie.

MANKE Und wir? Mit Schnaps getränkt bis ans Herz und mit Geschwätz gefüttert bis zum Nabel, und die Messer in unseren Pfoten, von wem sind die?

KRAGLER Die sind von mir. *Zu Anna:* Ja, so eine bist du.

ANNA Ja, so eine bin ich.

AUGUSTE Du hast wohl gar nicht »In die Zeitungen!« geschrien?

KRAGLER Doch, das habe ich. *Zu Anna:* Geh her!

MANKE Ja, das hast du, das wird dich auffressen, Junge, »In die Zeitungen!« hast du geschrien.

KRAGLER Und heim gehe ich. *Zu Anna:* Soll ich dir Beine machen?

AUGUSTE Schwein!

ANNA Laß mich! Vater und Mutter habe ich etwas vorgespielt und im Bett bin ich gelegen mit einem Junggesellen.

AUGUSTE Schwein auch du!

KRAGLER Was hast du?

ANNA Die Vorhänge habe ich mit ihm gekauft. Und geschlafen habe ich mit ihm im Bett.

KRAGLER Halt's Maul!

MANKE Mensch, ich hänge mich auf, wenn du wankst!

*Hinten fernes Geschrei.*

AUGUSTE Und jetzt stürmen sie Mosse.

ANNA Und dich habe ich ganz und gar vergessen, trotz der Photographie, mit Haut und Haar.

KRAGLER Halt das Maul!

ANNA Vergessen! Vergessen!

KRAGLER Und ich pfeif drauf. Soll ich dich mit dem Messer holen?

ANNA Ja, hol mich. Ja, mit dem Messer!

MANKE Ins Wasser, das Aas!

*Sie stürzen sich auf Anna.*

AUGUSTE Ja, holt ihm das Mensch weg.

MANKE Eine Hand in den Hals!

AUGUSTE Unters Wasser, das Schiebermensch!

ANNA Andree!

KRAGLER Hände weg!

*Man hört nur Keuchen. In der Ferne fallen unregelmäßig dumpfe Kanonenschüsse.*

MANKE Was ist das?

AUGUSTE Artillerie.

MANKE Kanonen.

AUGUSTE Jetzt gnade Gott allen, die dort sind. Sie explodieren wie die Fische!

KRAGLER Anna!

AUGUSTE *läuft geduckt nach hinten.*

BULLTROTTER *taucht hinten auf der Brücke auf:* Teufel, wo bleibt ihr?

GLUBB Er geht auf den Abtritt.

MANKE Schuft! *Abgehend.*

KRAGLER Ich gehe jetzt heim, mein lieber Schwan.

GLUBB *schon auf der Brücke:* Ja, deine Hoden hast du noch.

KRAGLER *zu Anna:* Es pfeift wieder, häng dich an meinen Hals, Anna.

ANNA Ich will mich auch ganz dünne machen.

GLUPP Du hängst dich ja doch auf, morgen früh, im Abtritt.

AUGUSTE *ist mit den anderen schon verschwunden.*

KRAGLER Du läufst an die Wand, Mensch.

GLUBB Ja, der Morgen riecht viel, mein Junge. Einige freilich bringen sich wohl in Sicherheit. *Er verschwindet.*

KRAGLER Fast ersoffen seid ihr in euren Tränen über mich, und ich habe nur mein Hemd gewaschen mit euren Tränen! Mein Fleisch soll im Rinnstein verwesen, daß eure Idee in den Himmel kommt? Seid ihr besoffen?

ANNA Andree! Es macht nichts!

KRAGLER *sieht ihr nicht ins Gesicht, trollt sich herum, langt sich an den Hals:* Ich hab's bis zum Hals! *Er lacht ärgerlich.* Es ist gewöhnliches Theater. Es sind Bretter und ein Papiermond und dahinter die Fleischbank, die allein ist leibhaftig. *Er läuft wieder herum, die Arme hängend bis zum Boden, und so fischt er die Trommel aus der Schnapskneipe.* Sie haben ihre Trommel liegenlassen. *Er haut drauf.* Der halbe Spartakus oder Die Macht der Liebe. Das Blutbad im Zeitungsviertel oder Jeder Mann ist der beste Mann in seiner Haut. *Sieht auf, blinzelt.* Entweder mit dem Schild oder ohne den Schild. *Trommelt.* Der Dudelsack pfeift, die armen Leute sterben im Zeitungsviertel, die Häuser fallen auf sie, der Morgen graut, sie liegen wie ersäufte Katzen auf dem Asphalt, ich bin ein Schwein, und das Schwein geht heim. *Er zieht den Atem ein.* Ich ziehe ein frisches Hemd an, meine Haut habe ich noch, meinen Rock ziehe ich aus, meine Stiefel fette ich ein. *Lacht bösartig.* Das Geschrei ist alles vorbei, morgen früh, aber ich liege im Bett morgen früh und vervielfältige mich, daß ich nicht aussterbe. *Trommelt.* Glotzt nicht so romantisch! Ihr Wucherer! *Trommelt.* Ihr Halsabschneider! *Aus vollem Halse lachend, fast erstickend:* Ihr blutdürstigen Feiglinge, ihr! *Sein Gelächter bleibt stecken im Hals, er kann nicht mehr, er torkelt herum, schmeißt die Trommel nach dem Mond, der ein Lampion war, und die Trommel und der Mond fallen in den Fluß, der kein Wasser hat.* Besoffenheit und Kinderei. Jetzt kommt das Bett, das große, weiße, breite Bett, komm!

ANNA O Andree!

KRAGLER *führt sie hinter.* Hast du auch warm?

ANNA Aber du hast keine Jacke an. *Sie hilft ihm hinein.*

KRAGLER Es ist kalt. *Er legt ihr den Schal um den Hals.* Komm jetzt!

*Die beiden gehen nebeneinander, ohne Berührung, Anna etwas hinter ihm. In der Luft, hoch, sehr fern, ein weißes, wildes Geschrei: das ist in den Zeitungen.*

KRAGLER *hält ein, horcht, legt stehend den Arm um Anna:* Jetzt sind es vier Jahre.

*Während das Geschrei andauert, gehen sie weg.*

# Im Dickicht der Städte

*Der Kampf zweier Männer in der Riesenstadt Chicago*

*Sie befinden sich im Jahre 1912 in der Stadt Chicago. Sie betrachten den unerklärlichen Ringkampf zweier Menschen und Sie wohnen dem Untergang einer Familie bei, die aus den Savannen in das Dickicht der großen Stadt gekommen ist. Zerbrechen Sie sich nicht den Kopf über die Motive dieses Kampfes, sondern beteiligen Sie sich an den menschlichen Einsätzen, beurteilen sie unparteiisch die Kampfform der Gegner und lenken Sie Ihr Interesse auf das Finish.*

*Personen*

Shlink, der Holzhändler, ein Malaie · George Garga · John Garga, sein Vater · Maë Garga, seine Mutter · Marie Garga, seine Schwester · Jane Larry, seine Freundin · Skinny, ein Chinese, Shlinks Schreiber · Collie Couch, genannt der Pavian, ein Zuhälter · J. Finnay, genannt der Wurm, Hotelbesitzer · Pat Manky, der Steuermann · Ein Geistlicher der Heilsarmee · Der Stulpnasige · Der Wirt · C. Maynes, Leihbibliothekbesitzer · Kellner · Eisenbahnarbeiter

## 1
## C. Maynes' Leihbibliothek in Chicago

*Am Vormittag des 8. August 1912*

*Garga hinter dem Ladentisch. Eintreten Shlink und Skinny nach einem Klingelzeichen.*

SKINNY Wenn wir recht gelesen haben, ist dies hier eine Leihbibliothek. Da möchten wir ein Buch ausleihen.
GARGA Was für ein Buch?
SKINNY Ein dickes.
GARGA Für Sie selber?
SKINNY *der vor jeder Antwort Shlink ansieht:* Nein, ich bin es nicht, sondern dieser Herr ist es.
GARGA Ihr Name?
SKINNY Shlink, Holzhändler, 6, Mulberry Street.
GARGA *schreibt den Namen auf:* Fünf Cent per Woche und Buch. Wählen Sie aus.
SKINNY Nein, Sie sollen wählen.
GARGA Das ist ein Kriminalroman, kein gutes Buch. Das da ist ein besseres Buch, eine Reisebeschreibung.
SKINNY Sie sagen einfach: das ist ein schlechtes Buch?
SHLINK *tritt näher:* Ist das eine Ansicht von Ihnen? Ich möchte Ihnen diese Ansicht abkaufen. Sind zehn Dollar zu wenig dafür?
GARGA Ich schenke sie Ihnen.
SHLINK Das heißt, Sie ändern Ihre Ansicht dahin ab, daß es ein gutes Buch ist?
GARGA Nein.
SKINNY Sie könnten sich frische Wäsche dafür kaufen.
GARGA Ich habe hier lediglich Bücher einzuwickeln.
SKINNY Es stößt die Kunden ab.
GARGA Was wollen Sie von mir? Ich kenne Sie nicht, habe Sie nie gesehen.
SHLINK Ich biete Ihnen vierzig Dollar für Ihre Ansicht über dieses Buch, das ich nicht kenne und das gleichgültig ist.
GARGA Ich verkaufe Ihnen die Ansichten von Mr. J. V. Jensen und Mr. Arthur Rimbaud, aber ich verkaufe Ihnen nicht meine Ansicht darüber.
SHLINK Und auch Ihre Ansicht ist gleichgültig, außer, daß ich sie kaufen will.
GARGA Ich leiste mir aber Ansichten.
SKINNY Sind Sie aus einer transatlantischen Millionärsfamilie?
GARGA Meine Familie ernährt sich von faulen Fischen.
SHLINK *freut sich:* Ein Kämpfer! Denn man sollte erwarten, daß Sie die Worte, die mir Vergnügen machen und Ihrer Familie von den Fischen helfen, über die Lippen brächten.
SKINNY Vierzig Dollar! Das ist ein Haufen Wäsche für Sie und Ihre Familie.
GARGA Ich bin keine Prostituierte.
SHLINK *humoristisch:* Ich denke, ich greife nicht in Ihr Seelenleben ein mit fünfzig Dollar.
GARGA Diese Steigerung Ihres Angebotes ist eine neue Beleidigung, Sie wissen es.
SHLINK *naiv:* Man muß wissen, was besser ist: ein Pfund Fische oder eine Ansicht und dergleichen: zwei Pfund Fische oder die Ansicht.
SKINNY Lieber Herr, reiten Sie sich nur nicht hinein!
GARGA Ich lasse Sie hinauswerfen.
SKINNY Daß Sie Ansichten haben, das kommt, weil Sie nichts vom Leben verstehen.
SHLINK Miß Jane Larry sagt, Sie wollten nach Tahiti!
GARGA Ich möchte wissen, woher Sie Jane Larry kennen.
SHLINK Da ihre Hemden nicht mehr bezahlt werden, die sie näht, nagt sie am Hungertuch. Jetzt ist es drei Wochen her, daß Sie sich nicht mehr bei ihr haben blicken lassen.
*Garga entfällt ein Stapel von Büchern.*
SKINNY Aufgepaßt! Sie sind hier Angestellter!
GARGA Ich kann nichts tun gegen Ihre Belästigungen.
SHLINK Sie sind arm.
GARGA Ich nähre mich von Reis und Fischen, wir wissen es.
SHLINK Verkaufen Sie!
SKINNY Sind Sie der Ölkönig?
SHLINK Ihre Straße bemitleidet Sie.
GARGA Ich kann nicht eine ganze Straße niederknallen.
SHLINK Ihre Familie, die aus dem flachen Land kam...
GARGA Schläft zu dritt neben einem geplatzten Ausgußrohr. Ich rauche abends, um schlafen zu können. Die Fenster sind geschlossen, da Chicago kalt ist, wenn es Ihnen Spaß macht.
SHLINK Gewiß, Ihre Geliebte...
GARGA Näht Hemden zu zwei Dollar das Stück. Reingewinn zwölf Cent. Ich empfehle sie Ihnen. Wir sind sonntags zusammen. Die Flasche Whisky kostet achtzig Cent, nicht mehr

und nicht weniger als achtzig Cent, wenn es Sie unterhält.

SHLINK Die Hintergedanken werfen Sie nicht auf den Tisch.

GARGA Nein.

SHLINK Da man von zwölf Cent Reingewinn nicht lebt.

GARGA Man wählt sich seine Unterhaltung nach Geschmack. Man liebt Tahiti, wenn Sie nichts dagegen haben.

SHLINK Sie sind gut unterrichtet. Das ist das einfache Leben. An dem Kap Hay kommen noch Stürme vor, weiter südlich sind die Tabakinseln, grüne raschelnde Felder. Man lebt wie eine Eidechse.

GARGA *schaut durchs Fenster, trocken:* Vierundneunzig Grad im Schatten. Lärm von der Milwaukeebrücke. Der Verkehr. Ein Vormittag. Wie immer.

SHLINK Und an diesem Vormittag, der nicht wie immer ist, eröffne ich den Kampf gegen Sie. Ich beginne ihn damit, daß ich Ihre Plattform erschüttere. *Es schellt. Maynes tritt ein.* Ihr Mann streikt.

MAYNES Warum bedienen Sie die Herren nicht, George?

SKINNY *scharf:* Er verkehrt mit uns auf gespanntem Fuße.

MAYNES Was heißt das?

SKINNY Wir haben seine fettige Wäsche degoutiert.

MAYNES Wie kommen Sie ins Geschäft, Garga? Ist das eine Speiseanstalt? Es soll nicht mehr vorkommen, Gentlemen.

SKINNY Er sagt was! Er flucht in seine Hemdärmel. Warum reden Sie nicht mit der Stimme, die Ihnen Gott verliehen hat?

GARGA Ich bitte Sie, mir andere Wäsche anzuweisen, Mr. Maynes. Mit fünf Dollar die Woche kann ich keine Prostitution aufmachen.

SHLINK Fahren Sie nach Tahiti. Man wäscht sich dort nicht.

GARGA Ich danke Ihnen. Ihre Fürsorge ist rührend. Ich werde meine Schwester für Sie in die Kirche schicken.

SHLINK Ich bitte Sie darum. Sie hat nichts zu tun. Manky, ein geeigneter Mann für Ihre Schwester, läuft sich die Stiefelsohlen ab, und Ihre Schwester verzieht nicht die Miene, wenn ihre Eltern darben.

GARGA Haben Sie ein Detektivbüro? Ihr Interesse für uns ist hoffentlich schmeichelhaft.

SHLINK Sie kneifen einfach die Augen zu. Die Familienkatastrophe ist unaufhaltsam. Nur Sie verdienen, und Sie leisten sich Ansichten. Dabei könnten Sie nach Tahiti fahren. *Zeigt ihm eine mitgebrachte Seekarte.*

GARGA Ich habe Sie zeit meines Lebens nie gesehen.

SHLINK Es gibt zwei Schiffahrtslinien.

GARGA Sie haben die Karte erst frisch gekauft, was? Sie ist neu.

SKINNY Überlegen Sie sich den Stillen Ozean!

GARGA *zu Maynes:* Ich bitte Sie, die Herren hinauszuweisen. Sie kaufen nichts. Sie vertreiben die Kunden. Sie haben mich ausspioniert. Ich kenne sie nicht.

*Eintritt Finnay, genannt der Wurm. Shlink und Skinny treten zurück, ohne ein Zeichen des Erkennens zu geben.*

DER WURM Ist das C. Maynes' Leihbibliothek?

MAYNES In eigener Person.

DER WURM Ein verdammt finsteres Etablissement.

MAYNES Wünschen Sie Bücher, Magazine, Briefmarken?

DER WURM Das sind also Bücher? Ein schmieriges Geschäft! Wozu gibt es das? Es gibt genug Lügen. »Der Himmel war schwarz, nach Osten zogen Wolken.« Warum nicht nach Süden? Was dieses Volk alles in sich hineinfrißt.

MAYNES Ich will Ihnen das Buch einwickeln, Herr.

SKINNY Warum lassen Sie ihn nicht verschnaufen? Und sieht der Herr, frage ich, aus wie ein Bücherwurm?

GARGA Es ist ein Komplott.

DER WURM Wahrhaftig! Sie sagt: »Wenn du mich küßt, sehe ich immer deine hübschen Zähne.« Wie kann man sehen, wenn man küßt? Aber so ist sie. Die Nachwelt erfährt es. Das geile Biest. *Er tritt mit dem Absatz auf den Büchern herum.*

MAYNES Oho, Herr, Sie werden die demolierten Exemplare bezahlen!

DER WURM Bücher! Wozu helfen sie? Wurde das Erdbeben von San Franzisko aufgehalten durch Bibliotheken?

MAYNES Holen Sie den Sheriff, George.

DER WURM Ich habe ein Branntweingeschäft – das ist eine ehrenwerte Arbeit.

GARGA Er ist nicht betrunken.

DER WURM Ich bebe am ganzen Leib wie Espenlaub, wenn ich solche Tagediebe sehe.

GARGA Es ist eine ausgemachte Sache. Ich bin es, gegen den es geht.

*Eintritt Couch, genannt der Pavian, mit Jane Larry. Der Wurm tritt zurück ohne ein Zeichen des Erkennens.*

DER PAVIAN Spaziere herein, meine weiße Henne. Das ist C. Maynes' Leihbibliothek.

GARGA Schließen Sie den Laden, Maynes. Hier kriechen eigentümliche Viecher in Ihre Papiere. Sie bekommen die Motten in Ihre Zeitschriften.

DER WURM Ich sage immer: dem Leben ins Weiße im Auge gesehen!

DER PAVIAN Tun Sie Ihr Gesicht weg! Ich kann Papier nicht sehen. Und nicht Zeitungen.

GARGA Holen Sie den Revolver!

SHLINK *tritt vor:* Ich bitte Sie, zu verkaufen.

GARGA *erblickt Jane:* Nein!

JANE George, ist das dein Laden? Was stierst du so? Ich bin lediglich mit diesem Gentleman etwas ausgeflogen.

GARGA Fliege weiter, Jane.

DER PAVIAN Oho, das ist ein wenig haarig. Zweifeln Sie etwa? Es geht mir in der Erregung noch dieses Buch in Fetzen. Zweifeln Sie weiterhin?

MAYNES Ich entlasse Sie, wenn Sie zweifeln. Meine Bücher gehen zum Teufel!

GARGA Geh heim, Jane, ich bitte dich. Du bist betrunken.

JANE Ich weiß nicht, was du hast, George. Die Herren sind nett zu mir. *Sie trinkt aus einer Flasche des Pavian.* Sie haben mir Cocktails bezahlt. Es ist heiß heute – vierundneunzig Grad. George, das geht durch den Leib wie ein Blitzzug.

GARGA Geh jetzt nach Hause. Ich komme abends.

JANE Du bist drei Wochen nicht gekommen. Ich gehe nicht mehr heim. Ich habe es bis zum Hals, zwischen den Hemden zu sitzen.

DER PAVIAN *zieht sie auf seinen Schoß:* Das sollst du auch nicht mehr.

JANE Oh, sie kitzeln mich. Lassen Sie es jetzt! George liebt es nicht!

DER PAVIAN Kurz: sie hat einen Leib, der einige Dollar wert ist. Können Sie die bezahlen, Herr? Es handelt sich um Liebe und es handelt sich um Cocktails.

DER WURM Sie möchten wohl die Miß keusch halten? Sie soll wohl Stiegen waschen? Sie wird eine Waschfrau?

SKINNY Sie verlangen von einem guten Schneehuhn einen Engel?

GARGA *zu Shlink:* Wollen Sie die Prärie aufmachen hier? Messer? Revolver? Cocktails?

DER WURM Halt! Sie werden Ihren Platz hier nicht verlassen. Es ist möglich, daß ein Mensch über Bord geht. Verkaufen Sie!

GARGA Es ist eigentümlich. Außer mir sind sie alle im Bild. – Jane!

DER PAVIAN Gib ihm die Antwort!

JANE Sieh mich nicht so an, George! Ich habe vielleicht nur diese Gelegenheit. Kannst du mir Cocktails kaufen? Ach, es ist nicht wegen der Cocktails! Es ist: ich sehe morgens in den Spiegel, George. Es ist zwei Jahre jetzt. Du gehst immer und arbeitest vier Wochen. Wenn du es zum Halse hattest und auch das Trinken brauchtest, kam ich an die Reihe. Ich halte es jetzt nicht mehr aus! Die Nächte, George! Ich bin nicht schlecht darum, ich nicht. Es ist unrecht, wenn du mich so anblickst!

DER PAVIAN Das ist weise. Hier, trink einen, dann wirst du gleich noch weiser!

GARGA Der Whisky hat dein Gehirn zerstört. Hörst du noch, was ich sage? Ich sage: gehen wir fort! Zusammen! Nach Frisko. Wohin du willst. Ich weiß nicht, ob ein Mann allzeit lieben kann, aber paß auf, ich verspreche dir: ich bleibe bei dir.

JANE Das kannst du nicht, kleiner George.

GARGA Ich kann alles. Ich kann auch Geld machen, wenn es das ist. Ich habe ein Gefühl für dich. Es gibt ja keine Wörter! Aber wir werden uns wieder verständigen. Heut abend komme ich, schon diesen Abend!

JANE Ich höre alles, was du sagst, du brauchst nicht so zu schreien, und du brauchst den Gentlemen hier nicht zu sagen, daß du mich nicht geliebt hast. Das, was du jetzt sagst, das ist das Bitterste, was du weißt, das muß ich natürlich anhören. Ich weiß es, und du weißt es auch.

DER WURM Affenkomödie! Sagen Sie ihm einfach, daß Sie mit diesem werten Herrn heute von neun bis halb elf im Bett gelegen haben.

JANE Das ist vielleicht nicht gut. Aber es ist gut, daß du weißt, daß es nicht der Whisky ist oder die Hitze.

SHLINK Verkaufen Sie! Ich verdopple den Preis noch einmal. Es ist unliebsam.

GARGA Das gilt nicht. Was ist von neun bis elf gegen zwei Jahre?

SHLINK Ich versichere Ihnen, daß mir zweihundert Dollar eine Kleinigkeit sind. Ich wage kaum, sie Ihnen anzubieten.

GARGA Vielleicht haben Sie die Güte, Ihre Freunde zu entlassen.

SHLINK Wie es Ihnen beliebt. Ich bitte Sie, betrachten Sie die Verhältnisse des Planeten und verkaufen Sie.

MAYNES Sie sind ein Narr und ein Waschlappen, ein phlegmatischer Kuli. Bedenken Sie doch...

SKINNY Ihre unschuldigen, gramgebeugten Eltern!

DER WURM Ihre Schwester!

DER PAVIAN Ihre Geliebte! Das hübsche junge Mädchen hier!

GARGA Nein! Nein! Nein!

SHLINK Tahiti!

GARGA Ich lehne es ab.

MAYNES Sie sind entlassen!

SHLINK Ihre wirtschaftliche Existenz! Beachten Sie Ihre Plattform! Sie schwankt!

GARGA Das ist die Freiheit. Hier meinen Rock! *Er zieht ihn aus.* Verteilt ihn! *Greift ein Buch aus dem Regal.* »Abgötterei! Lüge! Unzucht!« »Ich bin ein Tier, ein Neger, aber vielleicht bin ich gerettet. Ihr seid falsche Neger, Wahnsinnige, Wilde, Geizige! Kaufmann, du bist Neger, General, du bist Neger. Kaiser, du alter Aussatz, du bist Neger, hast von nicht besteuertem Likör getrunken aus Satans Fabrik. Dies Volk, von Fieber und Krebs begeistert!« *Trinkt.* »Ich bin unbewandert in der Metaphysik.« »Ich verstehe die Gesetze nicht, habe keine Moral, bin ein roher Mensch. Ihr irrt!«

*Shlink, Skinny, der Wurm und der Pavian haben sich um Garga gedrängt und klatschen ihm Beifall wie in einer Vorstellung.*

SHLINK *rauchend:* Wie Sie sich ereifern! Es geschieht Ihnen nichts.

JANE *an seinem Hals:* Ist es so schlimm, George?

GARGA Hier meine Stiefel! Rauchen Sie Ihre kleine, schwarze Zigarre, Herr? Der Geifer könnte Ihnen aus der Kinnlade rinnen. Hier, mein Taschentuch. Ja, ich versteigere diese Frau! Ich werfe euch diese Papiere um die Ohren! Ich bitte um Virginiens Tabakfelder und um ein Billett nach den Inseln. Ich bitte, ich bitte um meine Freiheit. *Läuft in Hemd und Hose hinaus.*

SHLINK *hinterherrufend:* Ich heiße Shlink. Shlink der Holzhändler! 6, Mulberry Street!

SKINNY Der marschiert. Was kostet das Papier?

DER WURM Sie wollen wirklich bezahlen?

MAYNES Es sind Bücher für zehn Dollar.

SKINNY Hier sind zwanzig.

DER PAVIAN *zu Jane, die weint:* Aha! Jetzt kommt das Erwachen! Weinen kannst du in der Gosse.

DER WURM Man muß dem Leben ins Weiße im Auge sehen!

SHLINK Was kostet das Zeug?

MAYNES Die Kleider? Die Jacke? Der Schlips? Die Stiefel? Eigentlich sind die unverkäuflich. Zehn Dollar.

SKINNY Endlich ist er aus der Haut gefahren. Nehmen wir sie mit.

*Shlink ist langsam nach hinten hinausgegangen. Hinter ihm drein mit dem Kleiderbündel Skinny.*

## 2

### Kontor des Holzhändlers C. Shlink, Chicago

*Am Abend des 22. August vor 7 Uhr*

*Shlink vor einem Tischchen.*

SKINNYS STIMME *hinten links:* Sieben Waggons Kentucky.

DER WURM *hinten:* Eingelaufen.

SKINNY Zwei Waggons verschnitten.

DER WURM Hier ist ein Mann, der Mr. Shlink zu sprechen wünscht.

SHLINK Er soll hereinkommen.

DER WURM Dies ist Mr. Shlink!

GARGA *tritt ein.*

SHLINK *freut sich:* Sie sind also da. Da sind Ihre Kleider. Ziehen Sie sie wieder an.

GARGA Sie haben auf mich gewartet? Meine Kleider mit hierher genommen? Schmieriges Zeug. *Stößt mit dem Fuß nach dem Kleiderbündel.*

SHLINK *schlägt auf ein kleines Gong.*

MARIE *tritt ein:* George!

GARGA Du hier, Marie?

MARIE Wo bist du gewesen, George? Sie hatten sehr Angst um dich. Und wie siehst du aus?

GARGA Was treibst du hier?

MARIE Ich besorge die Wäsche hier. Wir können leben davon. Warum blickst du mich so an? Du siehst aus, als sei es dir nicht gut gegangen. Mir geht es hier gut. Sie sagten, sie hätten dich fortgejagt.

GARGA Marie! Pack deine Sachen zusammen und scher dich heim! *Geht herum.* Ich weiß nicht, was man mit mir vorhat. Man hat mich harpuniert. Man zog mich an sich. Es scheint Stricke zu geben. Ich werde mich an Sie halten,

Herr. Aber lassen Sie meine Schwester aus dem Spiel!

SHLINK Wie es Ihnen beliebt. *Zu Marie:* Holen Sie aber noch frische Wäsche für ihn und einen Anzug, wenn es Ihnen gleich ist.

MARIE Mein Bruder, den ich nicht verstehe, sagt, ich solle Sie verlassen.

SHLINK Und ich bitte Sie, gehen Sie danach nach Hause. Ich verstehe mich nicht auf Wäsche.

MARIE *ab.*

SHLINK Haben Sie getrunken?

GARGA Ich bitte Sie, es mir zu sagen, wenn es nicht Ihren Intentionen entspricht.

SHLINK Ich habe nur Reisbranntwein. Ich werde die Sorte, die Sie bevorzugen, bestellen. Sie bevorzugen Cocktails?

GARGA Ich erledige alles in einem. Ich habe die Gewohnheit, einige Wochen gleichzeitig zu trinken, zu lieben und zu rauchen.

SHLINK Und das Konversationslexikon durchzublättern...

GARGA ...Sie wissen die Wahrheit über alles.

SHLINK Als ich von Ihren Gewohnheiten hörte, dachte ich: ein guter Kämpfer.

GARGA Es geht lang mit der Wäsche.

SHLINK Verzeihen Sie!... *Steht auf und schlägt auf das Gong.*

MARIE *tritt herein:* Hier ist die Wäsche, George, und Kleider.

GARGA Du kannst hier warten, bis wir zusammen weggehen. *Zieht sich hinter einem Schirm um.*

MARIE Ich nehme Abschied von Ihnen, Mr. Shlink. Ich habe die Wäsche nicht ganz fertiggebracht. Haben Sie Dank für den Aufenthalt in Ihrem Hause!

GARGA *von hinten:* Der Anzug hat keine Taschen.

SHLINK *pfeift.*

GARGA *tritt vor:* Wem pfeifen Sie? Ich wünsche, daß Sie Ihre letzten Wochen über aufhören, andern Menschen zu pfeifen.

SHLINK Ich empfange Ihre Anordnungen!

GARGA Sie haben Prärie gemacht. Ich akzeptiere die Prärie. Sie haben mir die Haut abgezogen aus Liebhaberei. Durch eine neue Haut ersetzen Sie nichts. Ich werde mit Ihnen reinen Tisch machen. *Den Revolver in der Hand:* Auge um Auge, Zahn um Zahn.

SHLINK Sie nehmen den Kampf auf?

GARGA Ja! Natürlich unverbindlich.

SHLINK Und ohne nach dem Grund zu fragen?

GARGA Ohne nach dem Grund zu fragen. Ich mag nicht wissen, wozu Sie einen Kampf nötig haben. Sicher ist der Grund faul. Für mich genügt es, daß Sie sich für den besseren Mann halten.

SHLINK Nun, so lassen Sie uns überlegen. Mein Haus und mein Holzhandel zum Beispiel setzten mich instand, Ihnen die Hunde auf den Hals zu jagen. Geld ist alles. Gut. Aber mein Haus ist das Ihrige, dieser Holzhandel gehört Ihnen. Von heute ab, Mr. Garga, lege ich mein Geschick in Ihre Hände. Sie sind mir unbekannt. Von heute ab bin ich Ihre Kreatur. Jeder Blick Ihrer Augen wird mich beunruhigen. Jeder Ihrer Wünsche, auch der unbekannte, wird mich willfährig finden. Ihre Sorge ist meine Sorge, meine Kraft wird die Ihre sein. Meine Gefühle werden nur Ihnen gewidmet, und Sie werden böse sein.

GARGA Ich nehme Ihr Engagement an. Ich hoffe, Sie werden nichts zu lachen haben.

*Eintreten lautlos der Pavian, Skinny und der Wurm. Garga sieht grinsend, daß ihre Anzüge wie der seine sind.*

SHLINK Dieses Haus und dieser Holzhandel, in den Grundbüchern Chicagos eingetragen unter dem Namen Shlink, gehen am heutigen Tage über an Herrn George Garga aus Chicago.

GARGA *zu Shlink:* Das bin ich. Gut. Ihr habt geschälte Baumstämme am Lager? Wie viele?

SHLINK Beiläufig: vierhundert. Ich weiß nicht.

SKINNY Gehören Broost u. Co., Virginia.

GARGA Wer hat die Stämme verkauft?

DER WURM Ich, genannt der Wurm, Besitzer des Chinesischen Hotels im Kohlendistrikt.

GARGA Verkaufen Sie das Holz noch einmal.

DER WURM Zweimal verkaufen! Das ist Betrug.

GARGA Ja.

DER WURM Wer haftet für diese Order?

GARGA Schieben Sie das Holz nach Frisko unter Mr. Shlinks Firmenaufdruck und händigen Sie das Geld Mr. Shlink aus, der es für mich verwahren wird, bis ich ihn ersuchen werde, es mir zu geben. Haben Sie einen Einwand, Mr. Shlink?

SHLINK *schüttelt den Kopf.*

DER WURM Das ist plumpe, offene Schiebung, die einem den Sheriff auf den Hals hetzt.

GARGA Wann?

SHLINK Binnen längstens einem halben Jahr. *Er holt Garga das Hauptbuch.*

DER PAVIAN Es ist Sumpf.

GARGA Die Störche leben vom Sumpf.

DER PAVIAN Lieber mit einem Rasiermesser arbeiten als mit faulen Papieren. Kann man vergessen, daß Chicago kalt ist?!

GARGA Sie meinten doch Ihren wirklichen Holzhandel, Shlink? Das Haus, die Stämme, das Inventar?

SHLINK Ja. Hier ist das Hauptbuch.

GARGA Schütten Sie Tinte über das Hauptbuch. Sie!

SKINNY Ich?!

SHLINK *reicht ihm ein Tintenglas.*

SKINNY *über dem Buch:* Alle Aufzeichnungen! Alle Geschäfte!

GARGA Schütten Sie Tinte darüber!

SKINNY *schüttet vorsichtig.*

DER PAVIAN Mahlzeit!

DER WURM Zwanzig Jahre und dieses Ende! Das ist ein Spaß! Ich verstehe rein gar nichts. Das ist ein Holzgeschäft gewesen.

GARGA Und jetzt stellen Sie die Säge ab, und dieser Holzhandel hat aufgehört!

DER PAVIAN Jawohl, Boß! *Hinaus.*

*Das Sägegeräusch draußen hört auf. Die Individuen ziehen ihre Röcke an und stellen sich an der Wand auf. Garga lacht schallend.*

MARIE Was tust du, George?

GARGA Schweig! Entlassen Sie den Burschen, Mr. Shlink!

SHLINK Du kannst fortgehen.

SKINNY Fortgehen? Ich sitze in Ihrem Handel zwanzig Jahre im April.

SHLINK Du bist entlassen.

MARIE Ich glaube nicht, daß es gut ist, was du da tust, George!

GARGA Ich bitte dich heimzugehen, Ma.

MARIE Und ich bitte dich mitzugehen. Wie willst du hier nicht zu Schaden kommen! Lassen Sie ihn, Mr. Shlink!

SHLINK Befehlen Sie mir, Garga!

GARGA Gewiß. Jetzt, wo es hier für Sie nichts mehr zu tun gibt, bitte ich Sie, mit Ihren einstigen Geschäftsführern ein kleines Pokerspiel zu arrangieren, Shlink.

*Shlink und die Individuen setzen sich an den Pokertisch.*

MARIE Du gehst mit mir heim, George. Es ist nur ein Spaß, aber du verstehst es nicht.

GARGA Wir sind im flachen Land aufgewachsen, Ma. Wir sind hier auf der Auktion.

MARIE Wir? Was wollen sie von uns?

GARGA Ich sage dir, es geht nicht um dich. Sie wollen dich nur in den Handel hineinziehen. Ich komme, um dem Burschen ins Gesicht zu blicken, der mir vor zwei Wochen einen kleinen Kirschkern ins Auge spuckte. Ich habe einen Revolver in der Hosentasche. Ich begegne einer zurückweichenden Verbeugung. Er bietet mir seinen Holzhandel an. Ich verstehe nichts, aber ich nehme an. Ich bin allein in der Prärie und kann nichts für dich tun, Ma.

DER WURM *von hinten zu ihnen:* Er spielt wie der Papiergott. Ich schwöre, er spielt falsch.

GARGA *zu Shlink:* Ich verstehe nichts, Sir, bin dabei wie ein Neger, bin mit einer weißen Fahne gekommen, jetzt entfalte ich sie zur Attacke. Übergeben Sie mir Ihre Papiere, die Ihr Vermögen sind, Ihre privaten Mittel, daß ich sie in die Tasche stecke!

SHLINK Ich bitte Sie, sie ihrer Winzigkeit wegen nicht zu verschmähen. *Shlink und Garga ab.*

SKINNY Denn wiewohl es hier schlecht gewesen ist, und es regnete einem auf den Rock, ist eine Entlassung doch immer ein Unrecht.

DER WURM Schwatz nicht. *Verspottet ihn.* Er meint immer noch, daß der Schwamm im Bretterboden gemeint ist.

SKINNY Ich liebe Sie, meine Dame. Sie haben eine Art, die Hand herzugeben...

DER WURM Oho! Er hat kein Bett mehr und will eine Frau mit hineinnehmen.

SKINNY Gehen Sie mit mir. Ich werde arbeiten für Sie. Gehen Sie mit mir.

DER PAVIAN *kommt gleichfalls nach vorn:* Kümmerlich! Da sind schwarze, goldgelbe und weiße wie Apfelhaut! Negerweiber! Von der Hüfte bis zum Fuß wie mit der Schnur! Runde Schenkel, zum Teufel, nicht wie Geflügelscheren wie hier! O Papua! Vierzig Dollar für Papua!

SHLINK *in der Tür, ruft zurück:* Ja, das ist alles.

DER WURM Nein, du bist barbarisch. Ein Undankbarer! Die Dame ist unschuldig, und raucht sie Pfeife? Sie ist nicht versiert, aber wer kann sagen, daß sie kein Feuer hat? Vierzig Dollar und alles für die Dame.

SKINNY Was Sie wollen für sie!

DER PAVIAN Ohne Puder natürlich, in ungekochtem Zustand, nacktes Fleisch. Was sind das für Breitegrade! Siebzig Dollar für toi cha!

MARIE Schützen Sie mich, Mr. Shlink.

SHLINK Ich bin bereit, Sie zu schützen.

MARIE Sagen Sie, ich soll ihm zugehören?

SHLINK Hier liebt Sie niemand. Er liebt Sie.

GARGA *ist eingetreten:* Gefällt es dir auf dem Markt? Es ist eine Masse Holz da, und einige Pfund Fleisch sind jetzt auch auf der Auktion!

Und Jiu-Jitsu heißt die leichte, die fröhliche Kunst, nicht?

SHLINK *geht beunruhigt auf ihn zu:* Machen Sie es sich aber auch nicht zu leicht?

MARIE *zu Garga:* Du hättest mir helfen sollen. Du mußt gleich mit mir fortgehen, George, es ist etwas Schreckliches vorgefallen. Es ist vielleicht nicht einmal zu Ende, wenn ich jetzt weggehe. Ich denke, du bist blind, daß du nicht siehst, wie du unterliegst.

*Hinten Lärm zweier Gitarren und einer Trommel; Choral der Mädchen: »Jesus nimmt die Sünder an.«*

GARGA Ich sehe, du willst dich schon verlieren. Das ist der Sumpf, der dich verschluckt. Das ist was für dich, Marie, das ist die Heilsarmee, die auf dich zumarschiert, Marie! *Er steht vom Tischchen auf, geht nach hinten.* He! Holla! Heilsarmee!

DER WURM *zu Marie:* Es ist ein Fluß hier abgelassen, und nachts spuken hier die Geister von ersoffenen Ratten. Gehen Sie zu Ihren Eltern!

GARGA Aufwaschen! Räumt den Whisky weg! *Shlink tut es, Marie nimmt ihm die Arbeit ab.* Kommt herein, Burschen! *Shlink hat das Holztor geöffnet mit tiefer Verbeugung. Eintritt ein junger Mann von der Heilsarmee, hinter ihm bleiben zwei Mädchen mit Gitarren und ein alter Sünder mit einer Trommel.*

MANN Sie rufen mich?

DER WURM Halleluja! Die Heilsarmee!

GARGA Ich halte nichts von Ihrer Tätigkeit. Wenn Sie ein Haus brauchen, können Sie dieses haben.

MANN Der Herr wird Sie segnen.

GARGA Vielleicht. *Zu Shlink:* Haben Sie dies Haus und die Papiere geerbt?

SHLINK Nein.

GARGA Sie haben vierzig Jahre gearbeitet?

SHLINK Mit den Nägeln an den Händen. Ich machte nur von vier Stunden Schlaf Gebrauch.

GARGA Sind Sie arm herübergekommen?

SHLINK Ich war sieben Jahre alt. Seitdem habe ich gearbeitet.

GARGA Sie haben nichts als dies hier?

SHLINK Nichts.

GARGA *zu dem Mann:* So schenke ich Ihnen dieses Mannes Eigentum unter der Bedingung, daß Sie sich für die Waisen und Säufer, denen es zum Obdach dient, in Ihre unerträgliche Visage spucken lassen.

MANN Ich bin Geistlicher.

GARGA Also stellen Sie sich.

MANN Ich darf nicht.

GARGA Es schneit auf die Waisen. Die Trinker verkommen in Haufen. Sie behüten Ihr Gesicht.

MANN Ich bin bereit. Ich habe mein Gesicht rein gehalten. Ich bin einundzwanzig Jahre alt; Sie werden Ihren Grund haben. Ich bitte Sie, mich zu verstehen: bitten Sie die Frau, sich umzudrehen.

MARIE Ich verachte Sie, wenn Sie das tun.

MANN Das erwarte ich. Es gibt bessere Gesichter als meines; es gibt keines, das zu gut für dies ist.

GARGA Spucken Sie ihm ins Gesicht, Shlink, wenn es Ihnen beliebt.

MARIE Das ist nicht gut, George, ich werde nichts darauf geben.

GARGA Zahn um Zahn, wenn es Ihnen beliebt.

SHLINK *tritt kühl auf den Mann zu, spuckt ihm mitten ins Gesicht.*

*Der Wurm meckert auf, der bekehrte Sünder trommelt.*

MANN *schüttelt die Fäuste, weint:* Entschuldigen Sie.

GARGA *schmeißt ihm die Papiere hin:* Das ist der Schenkungsvertrag. Der ist für die Armee. Und das hier, das ist für Sie. *Gibt ihm den Revolver.* Jetzt hinaus mit Ihnen, Sie sind ein Schwein!

MANN Ich danke Ihnen im Namen meiner Mission. *Mit linkischer Verbeugung ab. Die Choräle entfernen sich auffallend rasch.*

GARGA Sie haben mir den Spaß verdorben. Ihre Roheit ist unvergleichlich. Ich behalte mir einiges von dem Papiergeld. Ich bleibe nicht hier. Denn das ist die Pointe, Mr. Shlink aus Yokohama: jetzt gehe ich nach Tahiti.

MARIE Das ist feig, George. Als der Geistliche ging, hast du geschielt, ich habe es wohl gesehen. Wie verzweifelt du bist!

GARGA Ich bin hierhergekommen, abgeschält bis auf mein Gebein. Ich zittre von den geistigen Ausschweifungen zweier Wochen. Ich spuckte ihm ins Gesicht: viele Male. Er schluckt es. Ich verachte ihn. Es ist aus.

MARIE Pfui!

GARGA Du hast mich im Stich gelassen. Zahn um Zahn.

MARIE Treibst du jetzt den Kampf mit mir weiter? Du bist immer ohne Maß gewesen. Gott wird dich bestrafen. Ich will nichts von dir als meinen Frieden.

GARGA Und für deine Eltern Brot suchen in einem Hurenbett. Und den Pferdegeruch verkaufen und sagen: Ich bin es nicht! Daß es dir wohlergehe im Bett und du lange lebest auf Erden. *Ab mit den andern.*

MARIE Ich verstehe Sie schlecht, Mr. Shlink. Aber Sie können nach vier Richtungen gehen, wo andere nur eine haben, nicht? Ein Mensch hat viele Möglichkeiten, nicht? Ich sehe, ein Mensch hat viele Möglichkeiten.

SHLINK *zuckt die Achseln, wendet sich, geht nach hinten.*

MARIE *folgt ihm.*

3

**Wohnraum der Familie Garga**

*Am 22. August, abends nach 7 Uhr*

*Schmutzige Mansarde. Hinten Gardine vor einer Dachaltane. John Garga, Maë. Manky singt ein Lied.*

JOHN Es hat sich hier etwas begeben, worüber sich schlecht reden läßt.

MANKY Man sagt, Euer Sohn George sei in eine Angelegenheit verwickelt von der Art, die nicht mehr aufhört. Sie sagen, er habe etwas mit einem Gelbhäutigen. Ein Gelbhäutiger habe etwas mit ihm gemacht.

MAË Man darf sich nicht hineinmischen.

JOHN Wenn er entlassen ist, können wir Schimmel fressen.

MAË Seit seiner frühesten Kindheit verträgt er es nicht, daß etwas über ihm ist.

MANKY Man sagt, Sie hätten Ihre Tochter Marie nicht diesem Gelbhäutigen verdingen sollen.

MAË Ja. Jetzt ist auch Ma die zweite Woche weg.

MANKY Man muß es jetzt ja merken, daß das alles zusammenhängt.

MAË Als unsere Tochter wegging, sagte sie, man habe ihr in einem Holzgeschäft angeboten, sie kriege zehn Dollar die Woche und brauche nur die Wäsche zu besorgen.

MANKY Ein Gelbhäutiger und Wäsche!

JOHN In solchen Städten kann man nicht von hier bis zum nächsten Haus sehen. Sie wissen nicht, was es bedeutet, wenn Sie eine bestimmte Zeitung lesen.

MANKY Oder wenn Sie ein Billett kaufen müssen.

JOHN Wenn die Leute mit diesen elektrischen Wagen fahren, bekommen sie vielleicht davon...

MANKY Den Magenkrebs.

JOHN Sie wissen es nicht. Der Weizen in den Staaten wächst durch Sommer und Winter.

MANKY Aber Sie haben plötzlich, ohne daß es Ihnen einer sagt, kein Mittagessen. Sie gehen mit Ihren Kindern auf der Straße, und das vierte Gebot wird genau beobachtet, und plötzlich haben Sie nur mehr die Hand Ihres Sohnes oder Ihrer Tochter in der Hand, und Ihr Sohn und Ihre Tochter selber sind schon bis über ihre Köpfe in einem plötzlichen Kies versunken.

JOHN Hallo! Wer ist das?

*Garga steht in der Tür.*

GARGA Schwatzt ihr wieder?

JOHN Bringst du endlich das Geld für die zwei Wochen?

GARGA Ja.

JOHN Bist du eigentlich noch in deiner Stellung oder nicht? Einen neuen Rock! Du bist wohl für irgend etwas gut bezahlt worden? Was? Das ist deine Mutter, George. *Zu Maë:* Was stehst du da wie Lots Weib? Dein Sohn ist gekommen. Unser Sohn kommt, uns in die Metropolitan Bar zum Essen einzuladen. Ist er blaß, dein lieber Sohn? Etwas betrunken, he? Kommen Sie, Manky, gehen wir. Rauchen wir unsere Pfeife auf der Treppe! *Beide ab.*

MAË Ich bitte dich, George, hast du etwas mit jemand?

GARGA War jemand hier bei euch?

MAË Nein.

GARGA Ich werde fortgehen müssen.

MAË Wohin?

GARGA Irgendwohin. Du erschrickst immer gleich.

MAË Geh nicht fort!

GARGA Doch. Ein bestimmter Mann beleidigt einen andern. Das ist unangenehm für ihn. Aber ein bestimmter Mann zahlt unter Umständen einen ganzen Holzhandel dafür, wenn er einen andern beleidigen kann. Das ist natürlich noch unangenehmer. In solchen Fällen müßte der Beleidigte abreisen, aber da das zu angenehm für ihn wäre, ist vielleicht schon nicht einmal das mehr möglich. Jedenfalls muß er frei sein.

MAË Bist du das nicht?

GARGA Nein. *Pause.* Wir sind nicht frei. Mit Kaffee am Morgen fängt es an und mit Schlägen, wenn man ein Affe ist, und die Tränen der Mutter salzen den Kindern die Mahlzeit, und ihr Schweiß wäscht ihnen das Hemd, und man ist gesichert bis in die Eiszeit, und die Wurzel sitzt im Herz. Und ist er ausgewachsen und will etwas tun mit Haut und Haar, dann ist er bezahlt, eingeweiht, abgestempelt, verkauft zu hohem Preis, und er hat nicht einmal die Freiheit unterzugehen.

MAË Sage mir doch, was dich krank macht.

GARGA Du kannst mir nicht helfen.

MAË Ich kann dir helfen. Lauf nicht weg von deinem Vater. Wie sollen wir hier leben?

GARGA *gibt ihr Geld:* Ich bin entlassen. Aber hier hast du Geld für ein halbes Jahr.

MAË Es macht uns Sorge, daß wir von deiner Schwester nichts mehr gehört haben. Wir hoffen aber, daß sie noch in ihrer Stellung ist.

GARGA Ich weiß es nicht. Ich habe ihr geraten, von diesem Gelbhäutigen wegzugehen.

MAË Ich weiß, daß ich dir nichts sagen darf, wie es andere Mütter machen.

GARGA Ach, all die vielen andern Leute, die vielen guten Leute, alle die vielen anderen und guten Leute, die an den Drehbänken stehen und ihr Brot verdienen und die vielen guten Tische machen für die vielen guten Brotesser, alle die vielen anderen guten Tischmacher und Brotesser mit ihren vielen guten Familien, die so viele sind, ganze Haufen sind es schon, und niemand spuckt ihnen in die Suppe, und keiner befördert sie mit einem guten Fußtritt in das gute andere Jenseits, und keine Sintflut kommt über sie mit »Stürmisch die Nacht und die See geht hoch«.

MAË O George!

GARGA Nein, sage nicht zu mir: O George! Das vertrage ich nicht gut, ich will es nicht mehr hören.

MAË Du willst nicht mehr? Aber ich? Wie soll ich leben? Wie die Wände schmutzig sind, und der Ofen hält keinen Winter mehr.

GARGA Ach, Mutter, es liegt auf der Hand, es geht nicht mehr lang, mit dem Ofen nicht und nicht mit der Wand.

MAË Nein, das sagst du! Bist du denn blind?

GARGA Und nicht mit dem Brot im Schrank und nicht mit dem Kleid auf dem Leib, und auch mit deiner Tochter geht es nicht mehr lang!

MAË Ja, schreie nur! Sage es nur, daß es alle hören. Wie alles umsonst ist und alles zuviel, was Mühe ist, und man wird weniger davon! Aber wie soll ich leben? Und ich lebe noch so viele Zeit.

GARGA Darum, wenn es so schlimm ist, sag doch, was schuld ist.

MAË Du weißt es.

GARGA Ja, das ist es.

MAË Aber wie sagst du das? Was meinst du, daß ich gesagt habe? Ich will nicht, daß du so hersiehst auf mich, ich habe dich geboren und genährt mit Milch und dann mit Brot und dich geschlagen, und du hast anders auf mich zu schauen. Ein Mann ist, wie er will, ich sage nichts zu ihm, er hat gearbeitet für uns.

GARGA Ich bitte dich, mit mir nach dem Süden zu gehen. Ich arbeite dort, ich kann Bäume fällen. Wir machen ein Blockhaus, und du kochst mir. Ich brauche dich notwendig.

MAË Wohin sagst du das? In den Wind? Aber wenn du zurückkommst, dann kannst du hier nachsehen, wo wir gewesen sind in der letzten Zeit, die wir hatten. *Pause.* Wann gehst du?

GARGA Jetzt.

MAË Sage ihnen nichts. Ich mache dir alles zusammen und lege das Bündel unter die Stiege.

GARGA Ich danke dir.

MAË Es ist recht. *Beide ab.*

DER WURM *tritt vorsichtig ein und schnüffelt im Zimmer herum.*

MANKY Holla, wer da? *Herein mit John.*

DER WURM Ich, ein Gentleman, Mr. Garga, vermutlich Mr. John Garga?

MANKY Was wollen Sie hier?

DER WURM Ich? Nichts! Kann ich vielleicht Ihren Herrn Sohn sprechen, ich meine, wenn er schon gebadet hat?

JOHN Um was handelt es sich?

DER WURM *traurig den Kopf schüttelnd:* Wie ungastlich! Aber wo ruht Ihr werter Sohn, wenn Sie die Frage nicht anstrengt.

JOHN Er ist fortgegangen. Scheren Sie sich zum Teufel! Hier ist kein Auskunftsbüro.

*Maë tritt ein.*

DER WURM O schade! Schade! Ihr Herr Sohn fehlt uns ungemein, Herr. Es ist auch wegen Ihrer Tochter, wenn Sie es wirklich interessiert.

MAË Wo ist sie?

DER WURM In einem chinesischen Hotel, Mylady, in einem chinesischen Hotel.

JOHN Was?

MAË Maria!

MANKY Was heißt das? Was tut sie dort, Mann?

DER WURM Nichts, essen. Mr. Shlink läßt Ihnen und Ihrem Sohn sagen, er soll sie abholen, sie ist zu teuer, das geht ins Geld, die Dame hat einen gesegneten Appetit. Sie tut keinen Schritt. Sie verfolgt uns mit unsittlichen Anträgen, ja, sie demoralisiert das Hotel, sie bringt uns die Polizei an die Gurgel, Herr.

MAË John!

DER WURM *schreit:* Kurz, sie liegt uns auf dem Hals.
MAË Jesus!
MANKY Wo ist sie? Ich hole sie sofort.
DER WURM Ja, holen. Sind Sie ein Dachshund? Was wissen Sie, wo das Hotel ist? Sie junger Mensch! Das ist nicht so einfach. Hätten Sie die Dame im Auge behalten! Ihr Sohn ist an allem schuld. Er soll diese Hündin abholen, sich darum kümmern gefälligst. Morgen abend setzen wir die Polizei in Bewegung.
MAË Großer Gott! Sagen Sie uns doch, wo sie ist. Ich weiß nicht, wo mein Sohn ist. Er ist weggegangen, seien Sie nicht hartherzig! O Ma! O John! Bitte ihn! Was ist mit Ma vorgegangen, was geschieht mir? George! John, was ist das für eine Stadt, was sind das für Menschen! *Ab.*
SHLINK *tritt in die Tür.*
DER WURM *erschrocken murmelnd:* Ja, ich habe... das Haus hat zwei Eingänge... *drückt sich hinaus.*
SHLINK *bieder:* Ich heiße Shlink. Ich bin Holzhändler gewesen und bin Fliegenfänger geworden. Ich habe für niemanden zu sorgen. Kann ich bei Ihnen einen Schlafplatz mieten? Ich bezahle Kostgeld. Ich sehe auf dem Emailschild unten den Namen eines Mannes, den ich kenne.
MANKY Sie heißen Shlink? Sie halten die Tochter dieser Leute in Verwahrung.
SHLINK Wer ist das?
JOHN Maria Garga, Sir, meine Tochter, Maria Garga.
SHLINK Kenne ich nicht. Ich kenne Ihre Tochter nicht.
JOHN Der Herr, der eben hier war...
MANKY In Ihrem Auftrag doch vermutlich!
JOHN Der sich sofort drückte, als Sie hereinkamen.
SHLINK Ich kenne den Herrn nicht.
JOHN Mein Sohn hat doch mit Ihnen...
SHLINK Sie treiben Scherz mit einem armen Mann. Ich kann natürlich ohne Furcht beleidigt werden. Ich habe mein Vermögen verspielt, man weiß oft nicht, wie es geht.
MANKY Ich sage, ich weiß, wo der Grund ist, wenn ich die Brigg in den Hafen seile.
JOHN Trau, schau, wem.
SHLINK Einsam aus Ungelenkigkeit in einem Alter, wo der Boden sich schließen muß, daß Schnee nicht in Risse fällt, sehe ich Sie von Ihrem Ernährer verlassen. Ich bin nicht ohne Mitleid, auch hätte dann meine Arbeit Zweck.
JOHN Gründe füllen den Magen nicht. Wir sind keine Bettler. Heringsköpfe kann man nicht essen. Aber Ihre Einsamkeit findet hier kein steinernes Herz. Sie wünschen die Ellbogen mit einer Familie auf den Tisch zu legen. Wir sind arme Leute.
SHLINK Ich habe an allem Geschmack, mein Magen verdaut Kieselsteine.
JOHN Die Kammer ist eng. Wir liegen schon wie die Schellfische.
SHLINK Ich schlafe auf dem Boden und brauche nur halb soviel Platz, als ich lang bin. Ich bin froh wie ein Kind, wenn ich den Buckel gegen den Wind geschützt habe. Ich bezahle die halbe Miete.
JOHN Gut, ich verstehe. Sie wollen nicht im Wind vor der Tür warten. Kommen Sie herein unter das Dach.
MAË *tritt herein:* Ich muß in die Stadt laufen, bevor es Nacht wird.
JOHN Du bist immer weg, wenn ich dich brauche. Ich habe dem Mann Quartier gegeben. Er ist einsam. Da dein Sohn fortgelaufen ist, ist ein Platz frei. Gib ihm die Hand.
MAË Wir sind im flachen Land daheim gewesen.
SHLINK Ich weiß es.
JOHN Was treibst du in der Ecke?
MAË Ich lege mein Bett unter die Stiege.
JOHN Wo haben Sie Ihr Bündel?
SHLINK Ich habe nichts. Ich werde auf der Stiege schlafen, Madame. Ich dringe nicht ein. Meine Hand wird Sie nicht berühren. Ich weiß, daß ich gelbe Haut dran habe.
MAË *kalt:* Ich gebe Ihnen die meine.
SHLINK Ich verdiene sie nicht. Ich meinte, was ich sagte. Sie meinen nicht die Haut, verzeihen Sie.
MAË Ich mache das Fenster über der Stiege auf am Abend. *Ab.*
JOHN Sie ist eine gute Haut.
SHLINK Der Herr segne sie. Ich bin ein biederer Mann, verlangen Sie keine Worte aus meinem Munde, ich habe nur Zähne darin.

## 4
## Chinesisches Hotel

*Am Morgen des 24. August*

*Skinny. Der Pavian. Jane.*

SKINNY *in der Tür:* Denkt ihr überhaupt nicht daran, ein neues Geschäft aufzumachen?

DER PAVIAN *in einer Hängematte, schüttelt den Kopf:* Der Chef geht am Schiffskai spazieren, er kontrolliert nur mehr die Passagiere der Tahitischiffe. Es ist da ein Bursche mit seiner ganzen Seele und seinem ganzen Vermögen abhanden gekommen, vielleicht nach Tahiti. Den sucht er. Er hat alle seine Überbleibsel hierher zusammengeschleppt und aufgehoben, sozusagen jeden Zigarrenstummel. *Von Jane:* Das da kriegt schon seit drei Wochen gratis von ihm zu fressen. Auch die Schwester des Burschen hat er hier untergebracht. Was er mit ihr vorhat, ist undurchsichtig. Er spricht mit ihr oft die ganzen Nächte durch.

SKINNY Und ihr habt euch von ihm auf die Straße setzen lassen, und jetzt bezahlt ihr ihm die Kost und dazu noch seinen Anhang?

DER PAVIAN Die paar Dollar, die er durch Kohlentragen verdient, liefert er der Familie des Burschen ab, bei der er sich einlogiert hat, aber nicht wohnen darf, man sieht ihn dort nicht gern. Der Bursche hat ihn einfach ausgenommen. Er hat sich eine billige Tahitireise verschafft und ihm einen Holzstamm über den Nacken gehängt, der jeden Augenblick herunterfallen kann; denn spätestens in fünf Monaten wird vor Gericht mit ihm über den doppelten Holzverkauf gesprochen werden.

SKINNY Und ein solches Wrack verköstigt ihr?

DER PAVIAN Er hat einen Spaß benötigt. Einem Mann wie ihm gibt man Kredit. Wenn der Bursche verschwunden bleibt, ist er in drei Monaten wieder der erste Mann im Holzhandel.

JANE *halb angekleidet, schminkt sich:* Ich habe von mir immer gedacht, daß es mit mir so zu Ende gehen würde: in einem chinesischen Absteigequartier.

DER PAVIAN Du weißt noch ganz und gar nicht, was man mit dir alles vorhat.

*Man hört zwei Stimmen hinter einem Paravent.*

MARIE Warum fassen Sie mich denn nie an? Warum tragen Sie immer diesen verrauchten Sack? Ich habe einen Anzug für Sie, wie ihn andere Herren auch tragen. Ich schlafe schlecht; ich liebe Sie.

JANE Pst! Horcht! Jetzt hört man sie wieder.

SHLINK Ich bin unwürdig; ich verstehe nichts von Jungfrauen. Auch bin ich mir seit Jahren des Geruchs meiner Rasse bewußt.

MARIE Ja, er ist schlecht. Schlecht, ja, das ist er.

SHLINK Sie sollten sich nicht so zersägen. Sehen Sie: mein Körper ist wie taub, davon wird sogar meine Haut betroffen. Die Menschenhaut im natürlichen Zustande ist zu dünn für diese Welt, deshalb sorgt der Mensch dafür, daß sie dicker wird. Die Methode wäre unanfechtbar, wenn man das Wachstum stoppen könnte. Ein Stück präpariertes Leder zum Beispiel bleibt, aber eine Haut wächst, sie wird dicker und dicker.

MARIE Kommt es daher, weil Sie keinen Gegner finden?

SHLINK Im ersten Stadium hat der Tisch zum Beispiel noch Kanten; danach, und das ist das Unsympathische, ist der Tisch Gummi, aber im Stadium der dicken Haut gibt es weder Tisch noch Gummi mehr.

MARIE Seit wann haben Sie diese Krankheit?

SHLINK Seit meiner Jugend auf den Ruderbooten auf dem Jangtsekiang. Der Jangtse marterte die Dschunken. Die Dschunken marterten uns. Ein Mann trat uns, sooft er über die Ruderbank ging, das Gesicht platt. Nachts war man zu faul, das Gesicht wegzutun. Merkwürdigerweise war der Mann nie zu faul. Wir hinwieder hatten eine Katze zum Martern; sie ersoff beim Schwimmenlernen, obwohl sie uns die Ratten vom Leib gefressen hatte. Solche Leute hatten alle die Krankheit.

MARIE Wann waren Sie auf dem Jangtsekiang?

SHLINK Wir lagen im Schilf in aller Frühe und fühlten, wie die Krankheit wuchs.

DER WURM *tritt ein:* Den Burschen hat der Wind vollends gefressen. In ganz Chicago keine Faser von ihm.

SHLINK Sie täten gut, etwas zu schlafen. *Tritt heraus.* Wieder nichts?

*Shlink geht weg; durch die geöffnete Tür hört man den Lärm des erwachenden Chicago, Geschrei der Milchhändler, Rollen der Fleischkarren.*

MARIE Jetzt erwacht Chicago mit dem Geschrei der Milchhändler und dem lauten Rollen der Fleischkarren und den Zeitungen und der frischen Morgenluft. Fortgehen wäre eine gute Sache, und sich im Wasser waschen ist gut, und die Savanne und der Asphalt geben was her. Jetzt geht zum Beispiel ein kühler Wind in der Savanne, wo wir früher waren, ich bin sicher.

DER PAVIAN Kannst du noch den kleinen Katechismus, Jane?

JANE *plärrend:* Es wird schlechter, es wird schlechter, es wird schlechter.

*Sie fangen an aufzuräumen, ziehen die Jalousien hoch, stellen die Matten auf.*

MARIE Was mich betrifft, so bin ich etwas außer Atem. Ich will bei einem Mann schlafen und verstehe es nicht. Es gibt Frauen wie Hunde, gelbe und schwarze, und ich kann es nicht. Ich bin wie zersägt. Diese Wände sind wie Papier, man bekommt keinen Atem, man muß alles anzünden. Wo sind die Wachshölzer, eine schwarze Schachtel, daß das Wasser hereinkommt. Oh, wenn ich davonschwimme, sind es zwei Teile, die schwimmen in zwei Richtungen.

JANE Wo ist er hin?

DER PAVIAN Er visitiert die Gesichter der Abreisenden, denen es in Chicago zu grausam zugeht.

JANE Ostwind geht. Die Tahitischiffe lichten die Anker.

## 5
## Gleiches Hotel

*Einen Monat später, 19. oder 20. September*

*Schmutziger Schlafraum. Ein Korridor. Ein glasverschalter Whiskysalon. Der Wurm. George Garga. Manky. Der Pavian.*

DER WURM *spricht vom Korridor in den Salon hinein:* Er ist doch nicht weggesegelt. Die Harpune sitzt fester, als wir glaubten. Wir dachten, der Boden hätte den Burschen verschluckt. Jetzt liegt er drinnen in Shlinks Zimmer und leckt seine Wunden.

GARGA *im Schlafraum:* »Ich nenne ihn meinen höllischen Gemahl in meinen Träumen«, Shlink, den Hund. »Wir sind von Tisch und Bett geschieden, er hat keine Kammer mehr. Sein Bräutchen raucht Virginias und verdient sich was in die Strümpfe.« Das bin ich! *Lacht.*

MANKY *im Salon hinter Glasverschalung:* Das Leben ist eigentümlich. Ich für mein Teil zum Beispiel kannte einen Mann, der durchaus erstklassig war, aber eine Frau liebte. Ihre Familie nagte am Hungertuch. Er hatte zweitausend Dollar bei sich, aber er ließ sie vor seinen Augen verhungern. Da er mit den zweitausend Dollar die Frau liebte, denn sonst bekam er sie nicht. Es ist eine Schurkerei, aber er ist nicht zurechnungsfähig.

GARGA »Seht her, ich bin ein Sünder. Ich liebte die Wüste, verbrannte Obstgärten, verwahrloste Verkaufsläden, gewärmte Getränke. Ihr irrt euch. Ich bin ein kleiner Mensch.« Ich habe nichts zu schaffen mit Mr. Shlink aus Yokohama!

DER PAVIAN Ja, zum Beispiel der Holzhändler. Er hatte nie die Spur eines Herzens. Aber eines Tages kam ihm durch Leidenschaft sein ganzer Holzhandel ins Rutschen. Und jetzt trägt er Kohlen da drunten. Seine Hand lag dem ganzen Viertel am Hals.

DER WURM Wir haben ihn hier aufgenommen wie einen von Kräften gekommenen Rassehund. Aber wenn er jetzt von seinem glücklich wieder aufgetauchten Knochen nicht loskommt, ist es auch mit unserer Geduld zu Ende.

GARGA »Ich werde einmal seine Witwe sein. Gewiß, im Kalender ist der Tag schon angestrichen. Und ich werde mit frischer Unterwäsche hinter seiner Leiche gehen, die Beine tüchtig breit in der lieben Sonne.«

MARIE *tritt ein mit einem Eßkorb:* George!

GARGA Wer ist das? *Erkennt sie:* Wie du aussiehst! Wie ein befleckter Lumpen!

MARIE Ja.

DER WURM *in den Salon hinein:* Er ist total betrunken. Und jetzt hat er den Besuch seiner Schwester bekommen. Er sagte ihr schon, sie sei befleckt. Wo ist der Alte?

DER PAVIAN Er kommt heute. Ich habe hier Jane herbefördert. Ein Angelhaken vermutlich. Es wird mit vollem Einsatz gekämpft.

JANE *schüttelt den Kopf:* Ich verstehe euch nicht. Gebt mir zu trinken. Gin.

MARIE Ich bin froh, daß du also eine bessere Meinung von mir hattest, darum wunderst du dich, mich hier zu sehen. Auch ich erinnere dich an die Zeiten, wo du der Stolz der Frauen gewesen bist in Jimmy und Ragtime, mit einer Falte in der Hose am Samstagabend und einzig mit den Lastern des Tabaks, des Whiskys und der Frauenliebe, die den Männern erlaubt sind. Ich wollte, daß du daran denkst, George. *Pause.* Wie lebst du?

GARGA *leicht:* Es wird kalt abends hier. Willst du was? Hast du Hunger?

MARIE *leicht, schüttelt den Kopf, sieht ihn an:* Ach George, seit einiger Zeit sind Geier über uns.

GARGA *leicht:* Wann bist du zuletzt daheim gewesen?

MARIE *schweigt.*

GARGA Ich hörte, daß du hier verkehrst.

MARIE So. Wer wohl für sie sorgt zu Hause?

GARGA *kaltblütig:* Ich kann dich beruhigen. Ich habe gehört, daß jemand für sie sorgt. Und ich weiß auch, was du treibst. Ich weiß auch etwas über ein chinesisches Hotel.

MARIE Ist es angenehm, wenn man so kaltblütig ist, George?

GARGA *sieht sie an.*

MARIE Sieh mir nicht ins Gesicht. Ich weiß, daß du katholisch bist.

GARGA Fang an!

MARIE Ich liebe ihn. Warum sagst du nichts?

GARGA Liebe ihn! Das schwächt ihn!

MARIE Ich bitte dich, du sollst nicht immer auf die Decke schauen – ich kann ihn mir nicht gewinnen.

GARGA Das ist schimpflich!

MARIE Ich weiß es. – Ach, George, ich bin ganz entzwei. Weil ich ihn mir nicht gewinnen kann. Ich zittre in meinen Kleidern, wenn ich ihn sehe, und sage ihm das Falsche.

GARGA Ich kann dir das Richtige nicht sagen. Eine Frau, die verschmäht wird! Ich hatte eine, die war nicht eine Flasche Rum wert, und sie verstand es, Männer anzuziehen! Sie machte sich bezahlt. Sie wußte auch, was sie konnte.

MARIE Du sagst so scharfe Dinge, sie schwimmen wie Sprit in meinen Kopf ein. Sind sie auch gut? Du mußt wissen, ob sie auch gut sind. Aber ich verstehe dich jetzt.

SHLINK *tritt in den Korridor.*

DER WURM Ich sage Ihnen aus Lebenserfahrung: diese ganze Menschheit ist mit Roßhaar und Hornhaut ganz papiernen Träumen erlegen. Und es ist nichts so papieren wie das wirkliche Leben!

*Marie kehrt um und stößt auf Shlink.*

SHLINK Sie hier, Miss Garga?

MARIE Eine Frau, die einem Mann ihre Liebe sagt, verstößt gegen die Sitte. Ich möchte Ihnen sagen, daß meine Liebe zu Ihnen nichts beweist. Ich will nichts von Ihnen. Es ist mir nicht leicht, Ihnen das zu sagen, es ist vielleicht selbstverständlich.

GARGA *tritt aus dem Schlafraum:* Bleibe hier, Ma. Wir sind in eine Stadt verschlagen mit den Gesichtern des flachen Lands. Du mußt nicht leicht auftreten. Du mußt nur das, was du willst.

MARIE Ja, George.

GARGA Es ist so, daß er wie ein Pferd arbeitet, und ich liege faul in meiner Absinthlache.

SHLINK Die Eroberer der Welt liegen gern auf dem Rücken.

GARGA Die Besitzer arbeiten.

SHLINK Haben Sie Sorgen?

GARGA *zu Shlink:* Sie wiegen mich immer gerade ab, wenn ich Ihr Gesicht sehe. Sie haben aufs falsche Pferd gesetzt? Ihr Gesicht ist alt geworden.

SHLINK Ich danke Ihnen, daß Sie mich nicht vergessen haben. Ich dachte fast, Sie seien im Süden. Ich bitte Sie um Verzeihung. Ich habe mir erlaubt, Ihre unglückliche Familie durch meiner Hände Arbeit zu unterstützen.

GARGA Ist das wahr, Ma? Ich habe es nämlich nicht gewußt. Sie igeln sich ein? Genießen Ihre Gemeinheit, meine Familie zu ernähren? Ich lache über sie! *Geht nach links in den Schlafraum, legt sich nieder, lacht.*

SHLINK *folgt ihm:* Lachen Sie, ich liebe Ihr Lachen. Ihr Lachen ist meine Sonne, es war armselig hier. Es war ein Kummer, Sie nicht zu sehen. Es sind drei Wochen, Garga.

GARGA Ich bin zufrieden gewesen, alles in allem.

SHLINK Ja, Sie leben wie in Milch.

GARGA Nur mein Rücken wird vom Liegen dünn wie eine Gräte.

SHLINK Wie armselig es ist zu leben. Man lebt in der Milch, und die Milch ist zu schlecht.

GARGA Ich habe mehr im Leben zu suchen, als an Ihnen meine Stiefel krumm zu treten.

SHLINK Auf meine geringe Person sowie auf meine Absichten bitte ich Sie keine Rücksicht zu nehmen. Aber ich bin doch da. Müssen Sie aufgeben, können Sie den Kampfplatz nicht unschuldig verlassen.

GARGA Ich gebe aber auf. Ich streike. Ich werfe das Handtuch. Habe ich mich denn in Sie so verbissen? Sie sind eine kleine, harte Betelnuß, man sollte sie ausspeien, man weiß, sie ist härter als das Gebiß, sie ist nur eine Schale.

SHLINK *erfreut:* Ich bemühe mich, jedes Licht zu erzeugen, das Sie dazu brauchen. Ich stelle mich unter jedes Licht, Mr. Garga. *Geht ins Licht.*

GARGA Wollen Sie Ihre blatternarbige Seele hier versteigern? Sie sind abgehärtet gegen die Leiden? Verhärtet?!

SHLINK Zerbeißen Sie die Nuß.

GARGA Sie ziehen sich zurück auf meine Position. Sie machen einen metaphysischen Kampf und hinterlassen eine Fleischerbank.

SHLINK Sie meinen diese Sache mit Ihrer Schwester? Ich habe nichts geschlachtet, worüber Sie Ihre Hand hielten.

GARGA Ich habe nur zwei Hände. Was mir Mensch ist, verschlingen Sie als einen Haufen Fleisch. Sie öffnen mir die Augen über eine Hilfsquelle, indem Sie sie verstopfen. Machen Familienmitglieder zu Hilfsquellen. Sie leben von meinem Vorrat. Ich werde dünner und dünner. Ich gerate in die Metaphysik! Und Sie wagen es noch, mir dies alles ins Gesicht zu kotzen!

MARIE Ich bitte dich, George, kann ich nicht gehen? *Sie weicht nach hinten zurück.*

GARGA *zieht sie vor:* Im Gegenteil! Gerade haben wir angefangen, über dich zu reden. Gerade jetzt ist mein Auge auf dich gefallen.

SHLINK Ich habe das Unglück, auf weiche Stellen zu treten. Ich weiche zurück. Sie erkennen den Wert Ihrer Neigungen immer erst, wenn ihre Objekte im Leichenhaus liegen, und es ist mir ein Bedürfnis, Sie mit Ihren Neigungen bekannt zu machen. Aber, bitte, fahren Sie fort, ich verstehe Sie schon vollkommen.

GARGA Aber ich opfere ja. Weigere ich mich?

MARIE Du solltest mich gehen lassen. Ich habe Angst hier.

GARGA Her mit Ihnen! *Läuft in den Korridor.* Gründen wir eine Familie!

MARIE George!

GARGA Bleib! *Hinein.* Beteiligen Sie sich menschlich, Herr!

SHLINK Ich weigere mich keine Minute.

GARGA Du liebst diesen Mann? Er bleibt passiv?

MARIE *weint.*

SHLINK Ich hoffe, Sie übernehmen sich nicht. *Läuft in den Schlafraum zurück.*

GARGA Ohne Sorge. Es wird ein Fortschritt sein. Es ist ein Donnerstagabend, nicht? Das ist das Chinesische Hotel. Hier, das ist meine Schwester Marie Garga, nicht wahr? *Läuft hinaus.* Komm, Ma! Meine Schwester! Hier ist Mr. Shlink aus Yokohama. Er will dir etwas sagen.

MARIE George!

GARGA *geht und holt zu trinken:* »Ich habe mich in das Weichbild der Stadt geflüchtet, wo in glühenden Dornbüschen weiß die Frauen kauern mit ihren schiefsitzenden orangenen Mäulern.«

MARIE Es wird schon Nacht im Fenster, und ich will heute heimgehen.

SHLINK Ich gehe mit Ihnen, wenn es Ihnen beliebt.

GARGA »Ihre Haare waren schwarzlackierte Schalen, sehr dünn, die Augen ausgewischt von den Winden der Ausschweifung des trunkenen Abends und der Opfer im Freien.«

MARIE *leise:* Ich bitte Sie, mich nicht darum zu bitten.

GARGA »Die dünnen Kleider wie schillernde Schlangenhäute klatschten wie von immerwährender Nässe durchregnet an die immer erregten Glieder.«

SHLINK Ich habe Sie wahrhaftig gebeten. Ich habe keine Geheimnisse gegen irgend jemand.

GARGA »Diese verhüllen sie ganz bis über die Fußnägel, in die Kupfer eingeschmolzen ist davon erbleicht über ihre Schwestern die Madonna in den Wolken.« *Kommt zurück, gibt Shlink ein Glas.* Wollen Sie nicht trinken? Ich finde es nötig.

SHLINK Warum trinken Sie? Trinker lügen.

GARGA Es ist ein Spaß, sich mit Ihnen zu unterhalten. Wenn ich trinke, schwimmt die Hälfte meiner Gedanken abwärts. Ich leite sie in den Boden, und ich fühle sie leichter. Trinken Sie!

SHLINK Ich wollte lieber nicht, nur, wenn es Ihnen beliebt.

GARGA Ich lade Sie ein, und Sie weigern sich...

SHLINK Ich weigere mich nicht. Aber ich habe nur mein Gehirn.

GARGA *nach einer Weile:* Ich bitte um Verzeihung, machen wir halbpart: Sie vermindern Ihr Gehirn. Wenn Sie getrunken haben, werden Sie lieben.

SHLINK *trinkt in der Art einer Zeremonie:* Wenn ich getrunken habe, werde ich lieben.

GARGA *schreit im Schlafraum:* Willst du ein Glas trinken, Ma? Nicht? Warum nimmst du keinen Stuhl?

DER PAVIAN Halt das Maul! Ich hörte sie sprechen bis jetzt. Jetzt schweigen sie.

GARGA *zu Marie:* Das ist das schwarze Loch. Jetzt vergehen vierzig Jahre. Ich sage nicht nein. Die Boden brechen ein. Die Abwässer zeigen sich, ihre Begierden aber sind zu schwach. Vierhundert Jahre habe ich von Frühen auf dem Meer geträumt, ich hatte den Salzwind in den Augen. Wie glatt es war! *Er trinkt.*

SHLINK *unterwürfig:* Ich bitte Sie um Ihre Hand, Miss Garga. Soll ich mich vor Ihnen unterwürfig niederwerfen? Ich bitte Sie, mit mir zu gehen. Ich liebe Sie.

MARIE *läuft in den Salon:* Hilfe! Sie verkaufen mich!

MANKY Hier bin ich, Schönes!

MARIE Ich wußte, daß Sie da sind, wo ich bin.

GARGA »Ein Windhauch öffnet opernhaft Lükken in den Zwischenwänden.«

SHLINK *brüllt:* Kommen Sie aus der Bar heraus, Marie Garga, wenn es Ihnen beliebt.

MARIE *aus dem Salon.*

SHLINK Ich bitte Sie, sich nicht wegzuwerfen, Miss Garga.

MARIE Ich will in eine Kammer kommen, wo nichts ist. Ich will nicht mehr viel haben, ich verspreche Ihnen, daß ich nie wieder will, Pat.

GARGA Verteidigen Sie Ihre Chance, Shlink.

SHLINK Denken Sie an die Jahre, Marie Garga, die nicht vergehen, und daß Sie jetzt Schlaf haben.

MANKY Kommen Sie mit, ich habe vierhundert Pfund, das ist ein Dach im Winter, und es gibt keine Gesichte, nur in den Schauhäusern.

SHLINK Ich bitte Sie, Marie Garga, mit mir zu gehen, wenn es Ihnen beliebt. Ich werde Sie behandeln wie meine Frau und Ihnen dienen und mich, ohne Aufsehen zu machen, erhängen, wenn ich Sie einmal verletze.

GARGA Er lügt nicht. Er lügt ganz gewiß nicht. Das bekommst du, wenn du bei ihm bist, centweise. *Geht in den Salon.*

MARIE Ich frage Sie, Pat, wenn ich Sie nicht liebe, lieben Sie mich?

MANKY Ich glaube. Und es steht nirgends zwischen Himmel und Erde, daß Sie mich nicht lieben, Schönes.

GARGA Du bist das, Jane. Vertilgst du die Cocktails? Du siehst dir nimmer allzu ähnlich. Hast du schon alles verkauft?

JANE Tu den weg, Pavian. Ich mag sein Gesicht nicht. Er belästigt mich. Wenn ich auch keine mehr bin, die in Milch und Honig lebt, so brauche ich mich doch nicht verspotten zu lassen, Pav.

DER PAVIAN Ich schlage jedem das Nasenbein ein, der dir sagt, du bist eine alte Galosche.

GARGA Haben sie dich auch mit gefüttert? Jetzt ist dein Gesicht auseinandergeschleckt wie ein Zitroneneis. Beim Teufel, und du gingst in feinen Lumpen, wie eine von der Oper und jetzt wie mit schwarzem Puder darüber. Aber ich rechne dir hoch an, daß du nicht von selber gekommen bist, als dich nur die Fliegen beschmutzten, meine versoffene Henne.

MARIE So gehen wir. Ich hätte Ihnen gern den Dienst erwiesen, Shlink, ich kann nicht. Es ist nicht Hochmut.

SHLINK Bleiben Sie, wenn Sie wollen! Ich will meinen Antrag nicht wiederholen, wenn er Ihnen nicht beliebt, aber lassen Sie sich nicht von dem Loch verschlingen. Es gibt viele Plätze, weg von einem Mann.

GARGA Nicht für eine Frau. Lassen Sie, Shlink! Sehen Sie nicht, wo sie hinauswill? Hättest du das Dach im Winter vorgezogen, dann säßest du noch unter den Hemden, Jane.

SHLINK Trinken Sie, bevor Sie lieben, Marie Garga!

MARIE Kommen Sie, Pat, das ist kein guter Ort. Ist das deine Frau, George? Ist sie das? Ich bin froh, daß ich sie noch gesehen habe. *Ab mit Manky.*

SHLINK *ruft nach:* Ich verlasse Sie nicht. Kommen Sie wieder, wenn Sie erkannt haben!

DER PAVIAN Eine Galosche, Gentleman, die zu weit ist! *Er lacht.*

GARGA *mit einer Kerze Shlink anleuchtend:* Ihr Gesicht in guter Ordnung. Ich werde mit Ihrem guten Willen abgespeist.

SHLINK Die Opfer auf beiden Seiten sind beträchtlich. Wie viele Schiffe brauchen Sie nach Tahiti? Soll ich Ihnen mein Hemd als Segel aufhissen oder das Ihrer Schwester? Ich belade Sie mit dem Schicksal Ihrer Schwester. Sie haben ihr die Augen geöffnet darüber, daß sie in alle Ewigkeit ein Objekt ist unter den Männern! Ich habe Ihnen hoffentlich nichts vereitelt. Beinahe hätte ich sie als Jungfrau bekommen, während Sie mir die Reste bestimmt haben. Vergessen Sie auch Ihre Familie nicht, die Sie allein zurücklassen! Sie haben jetzt gesehen, was Sie opfern.

GARGA Ich will sie jetzt alle schlachten. Ich weiß es. – Ich bin bereit, Ihnen zuvorzukommen. Ich begreife auch, warum Sie sie durch die Erträgnisse Ihres Kohlentragens dick und fett gestopft haben. Ich lasse mir den Spaß nicht abhandeln. Ich nehme jetzt auch dieses kleine Tier in Empfang, das Sie für mich aufgehoben haben.

JANE Ich lasse mich nicht beleidigen. Ich stehe allein auf der Welt, ich ernähre mich selbst.

GARGA Und jetzt ersuche ich Sie, mir das Geld auszuliefern aus jenem doppelten Holzverkauf, das Sie hoffentlich für mich aufbewahrt haben, denn es ist jetzt an der Zeit.

SHLINK *holt es hervor und liefert es ihm aus.*

GARGA Ich bin ganz betrunken. Aber wiewohl ich betrunken bin, habe ich doch eine gute Idee, Shlink, die sich gewaschen hat. *Ab mit Jane.*

DER PAVIAN Das war Ihre letzte Geldsumme, Herr. Und wo hatten Sie sie her? Sie werden noch gefragt werden. Broost & Co. haben das Holz angefordert, das sie bezahlt haben.

SHLINK *ohne auf ihn zu hören:* Einen Stuhl. *Sie haben die Stühle besetzt und stehen nicht auf.* Meinen Reis und Wasser.

DER WURM Für Sie gibt es hier keinen Reis mehr, Herr. Ihr Konto ist überzogen.

## 6
## Michigansee

*Ende September*

*Gehölz. Shlink. Marie.*

MARIE Die Bäume wie mit Menschenkot behangen, der Himmel nah zum Langen, wie gleichgültig er mich läßt. Mich friert. Ich bin wie eine halberfrorene Wachtel. Ich kann mir nicht helfen.

SHLINK Wenn es Ihnen hilft, ich liebe Sie.

MARIE Ich habe mich weggeworfen. Wie ist doch meine Liebe eine bittere Frucht geworden. Andere haben ihre gute Zeit, wenn sie lieben, aber ich verblühe hier und mühe mich mit mir ab. Mein Leib ist befleckt.

SHLINK Sagen Sie, wie sehr Sie zu Ende sind, es erleichtert Sie.

MARIE Ich bin mit einem Mann im Bett gelegen, der wie ein Tier ist. Ich gab mich ihm hin, obgleich ich taub am ganzen Leibe war, viele Male, und konnte mich nicht erwärmen. Er rauchte Virginias dazwischen, ein Seemann! Ich liebte Sie in jeder Stunde zwischen diesen Tapeten und wurde so fanatisch dadurch, daß er es für Liebe hielt und mir Einhalt tun wollte. Ich schlief in das Schwarze hinein. Ich schulde Ihnen nichts, und mein Gewissen schreit mir doch zu, daß ich meinen Leib befleckt habe, der Ihnen gehört, wenngleich Sie ihn verschmähten.

SHLINK Es tut mir leid, daß Sie frieren. Ich meinte, die Luft ist warm und dunkel. Ich weiß nicht, wie die Männer dieses Landes sagen zu ihrer Geliebten. Wenn es Ihnen hilft: ich liebe Sie.

MARIE Ich bin so feig. Mein Mut ist weg mit meiner Unschuld.

SHLINK Sie werden sich schon reinwaschen.

MARIE Vielleicht sollte ich hinabgehen zum Wasser, aber das kann ich nicht. Ich bin noch nicht fertig. Oh, diese Verzweiflung! Das Herz, das nicht zu stillen ist! Ich bin alles nur halb. Ich liebe auch nicht, es ist nur Eitelkeit. Ich höre das, was Sie sagen, denn ich bin nicht taub und habe Ohren, aber was heißt das? Vielleicht schlafe ich, man wird mich wecken, und vielleicht bin ich so, daß ich das tue, was schimpflich ist, damit ich unter ein Dach komme, und mich belüge und die Augen zumache.

SHLINK Kommen Sie, es wird kühl hier.

MARIE Aber das Laub ist warm und gut gegen den Himmel, der zu nah ist. *Sie gehen weg.*

MANKY *kommt:* Hierher weist ihre Spur! Man braucht viel Humor in diesem September. Jetzt paaren sich die Krebse, der Liebesschrei der Rothirsche ist im Dickicht, und der Dachs kann gejagt werden. Meine Flossen aber sind kalt, und ich wickle die schwarzen Stümpfe ein mit Zeitungen. Wo sie nur Quartier hat, das ist das Schlimmste. Wenn sie jetzt in dem fettigen Schnapslogis herumliegt wie eine Gräte, wird sie nie mehr ein reines Hemd ankriegen. Das gibt Flecken! Oh, Pat Mankyboddle, ich verhänge das Standrecht über dich! Zu schwach, mich zu verteidigen, gehe ich zum Angriff über. Die Kanaille wird verschlungen mit der Federhaut, die Verdauung durch Gebete beschleunigt, die Geier werden standrechtlich erschossen und in den Mankyboddleschen Museen aufgehängt. Brrrrr! Worte! Sätze ohne Zähne! *Er zieht einen Revolver aus der Tasche.* Das ist die kälteste Antwort! Streunst im Dickicht herum nach 'nem Weib, altes Schwein! Auf die viere mit dir! Verflucht, das ist ein Selbstmördergestrüpp! Da paß auf, Pätchen! Wohin soll das Weib gehen, wenn es erledigt ist, mit Haut und Haar? Laß ab, Pätchen, rauch ein bißchen, iß 'nen Happen, steck das Ding ein! Marsch! *Ab.*

MARIE *kommt mit Shlink zurück:* Es ist widerlich vor Gott und den Menschen. Ich gehe nicht mit Ihnen.

SHLINK Das sind morsche Gefühle. Sie sollten Ihr Inneres auslüften.

MARIE Ich kann nicht. Sie opfern mich auf.

SHLINK Sie müssen immer den Kopf in der Achselhöhle eines Mannes haben, gleichviel bei wem.

MARIE Ich bin Ihnen nichts.

SHLINK Sie können nicht allein leben.

MARIE Wie rasch Sie mich hingenommen haben, als entginge ich Ihnen. Und wie gleicht es dem Opfer.

SHLINK Sie sind wie eine wahnsinnige Hündin ins Gebüsch gelaufen und laufen wie eine wahnsinnige Hündin hinaus.

MARIE Bin ich so, wie Sie sagen? Ich bin immer so, wie Sie sagen. Ich liebe Sie. Verwechseln Sie nie, daß ich Sie liebe. Ich liebe wie eine wahnsinnige Hündin. Sie sagen es. Aber nun bezahlen Sie mich. Ja, ich habe Lust, bezahlt zu werden. Geben Sie mir Ihre Scheine, ich will leben davon. Ich bin eine Kokotte.

SHLINK Das Nasse läuft Ihnen über das Gesicht. Sie und eine Kokotte!

MARIE Geben Sie mir ohne Spott das Geld. Sehen Sie mich nicht an. Das Nasse sind nicht die Tränen, sondern der Nebel ist es.

SHLINK *gibt ihr die Scheine.*

MARIE Ich danke Ihnen nicht, Mr. Shlink aus Yokohama. Es ist ein glattes Geschäft, niemand hat zu danken.

SHLINK Gehen Sie hier heraus, hier verdienen Sie nichts. *Ab.*

7

**Wohnraum der Familie Garga**

*29. September 1912*

*Der Raum ist mit neuen Möbeln angefüllt. John Garga, Maë, George, Jane, Manky, alle frisch eingekleidet, zum Hochzeitsessen.*

JOHN Seit der Mann, von dem man hier nicht gern spricht, der eine andere Haut hat, aber für eine Familie seiner Bekanntschaft in den Kohlendistrikt hinuntergeht, für sie Tag und Nacht zu arbeiten, seit der Mann mit der anderen Haut im Kohlendistrikt seine Hand über uns hält, geht es hier mit jedem Tag in jeder Hinsicht besser. Heute hat er, ohne von seiner Hochzeit zu wissen, unserm Sohn George eine Hochzeit ermöglicht, wie sie dem ersten Mann einer großen Firma zukäme. Frische Halsbinden, schwarze Anzüge, etwas Whiskygeruch aus den Zähnen – zwischen neuen Möbeln!

MAE Ist es nicht merkwürdig, daß der Mann im Kohlendistrikt mit Kohlentragen so viel verdient?

GARGA Ich bin es, der verdient.

MAE Ihr habt euch über Nacht verheiratet. War es nicht etwas rasch, Jane?

JANE Der Schnee kann auch schmelzen, wo ist er dann, und die Wahl trifft den Unrechten, das kommt oft vor.

MAE Es ist nicht, ob es der Rechte ist oder der Unrechte, sondern daß man nicht abläßt.

JOHN Gewäsch! Iß dein Steak und reiche der Braut die Hand!

GARGA *faßt sie am Handgelenk:* Es ist eine gute Hand. Ich fühle mich ganz wohl hier. Mögen die Tapeten abblättern, ich bekleide mich neu, ich esse Steaks, ich schmecke den Kalk hier, ich bin überworfen mit Mörtel, fingerdick, ich sehe ein Klavier. Hängt einen Kranz um die Photographie unserer lieben Schwester Marie Garga, geboren vor zwanzig Jahren auf dem Flachland. Nehmt Immortellen unter Glas. Es ist gut hier sitzen, es ist gut hier liegen, der schwarze Wind kommt nicht bis hierher.

JANE *steht auf:* Was hast du, George? Hast du Fieber?

GARGA Es ist mir wohl im Fieber, Jane.

JANE Ich denke immer, was du wohl vorhast mit mir, George?!

GARGA Warum bist du bleich, Mutter? Ich meine, der verlorene Sohn hockt wieder unter eurem Dach. Warum steht ihr wie kalkige Bilder an der Wand herum?

MAE Ich denke, es ist der Kampf, von dem du sprichst.

GARGA Es sind Fliegen in meinem Gehirn, nicht? Ich kann sie wegwischen.

SHLINK *tritt ein.*

GARGA Ach, Mutter, nimm ein Steak und ein Glas Whisky und biete es dem Gast an, der willkommen ist! Denn ich habe geheiratet, heute morgen. Meine liebe Frau, erzähle!

JANE Ich und mein Mann, wir sind zum Sheriff gegangen, gleich in der Frühe aus dem Bett, und haben gesagt: Kann man hier heiraten? Er sagte: Ich kenne dich, Jane – wirst du auch immer bei deinem Mann bleiben? Aber ich sah doch, es war ein guter Mann mit einem Bart, und er hatte nichts gegen mich, und so sagte ich: Das Leben ist nicht genau so, wie Sie meinen.

SHLINK Ich beglückwünsche Sie, Garga, Sie sind rachsüchtig.

GARGA Es ist eine scheußliche Angst in Ihrem Lächeln! Mit Recht. Eßt nicht zu hastig! Ihr habt Zeit! Wo ist Marie? Ich hoffe sie versorgt. Ihre Befriedigung muß vollständig sein! Leider ist für Sie momentan kein Stuhl frei, Shlink. Ein Stuhl fehlt. Sonst ist dieses Möblement erneuert und vervollständigt. Betrachten Sie das Klavier! Es ist angenehm, ich wünsche meine Abende in dieser meiner Familie zu verbringen. Ich bin in ein neues Lebensalter getreten. Morgen gehe ich wieder zu C. Maynes, in die Leihbibliothek.

MAË O George, redest du nicht zu viel?

GARGA Sie hören, meine Familie wünscht nicht, daß ich weiter mit Ihnen verkehre. Unsere Bekanntschaft ist zu Ende, Mr. Shlink. Sie war sehr ertragreich. Die Möbel sprechen für sich. Die Anzüge meiner ganzen Familie reden eine deutliche Sprache. Bargeld fehlt nicht. Ich danke Ihnen.

*Stille.*

SHLINK Darf ich Sie noch um eine Gefälligkeit bitten, in eigener Sache? Ich habe hier einen Brief von der Firma Broost & Co. Ich erblicke darauf den Gerichtsstempel des Staates Virginia, ich merke, daß ich ihn noch nicht geöffnet habe. Sie würden mich verpflichten, wenn Sie dies täten. Was immer es sei, aus Ihrem Munde wird mir jede, auch die schlimmste Eröffnung angenehmer sein.

GARGA *liest.*

SHLINK Jetzt ein Fingerzeig von Ihnen in dieser meiner eigensten Angelegenheit würde mir vieles erleichtern.

MAË Warum sagst du nichts, George? Was hast du vor, George? Dein Gesicht ist wieder wie vor einem Plan. Nichts fürchte ich so. Ihr sitzt hinter euren unbekannten Gedanken wie hinter einem Rauch. Wir warten wie Schlachtvieh. Ihr sagt: Wartet etwas, ihr geht fort, ihr kommt zurück, und man kennt euch nicht wieder, und wir wissen nicht, was ihr mit euch gemacht habt. Nenne mir deinen Plan, und wenn du ihn nicht weißt, dann gib es zu, daß ich mich danach richten kann. Auch ich muß meine Jahre einteilen. Vier Jahre in dieser Stadt aus Eisen und Dreck! O George!

GARGA Siehst du, die schlechten Jahre waren die besten Jahre, und jetzt sind sie zu Ende. Sagt nichts zu mir. Ihr, meine Eltern, und du, Jane, meine Frau, ich habe mich entschlossen, ins Gefängnis zu gehen.

JOHN Was redest du? Ist das die Quelle, aus der euer Geld kommt? Daß du im Gefängnis enden würdest, das war auf deiner Stirn geschrieben, als du fünf Jahre alt warst. Ich habe nicht gefragt, was zwischen euch beiden vorgefallen ist, ich war immer sicher, daß es Schmutz ist. Ihr habt den Boden unter euren Füßen verloren. Klaviere kaufen und ins Gefängnis gehen, ganze Körbe von Steaks hereinschleifen und einer Familie die Existenz entziehen, das ist für euch ein Ding. Wo ist Marie, deine Schwester? *Er reißt seinen Rock ab und wirft ihn hin.* Da habt ihr meinen Rock, ich habe ihn nicht gern angezogen. Aber ich bin es gewohnt zu ertragen, was diese Stadt an Demütigungen für mich noch hat.

JANE Wie lange wird es sein, George?

SHLINK *zu John:* Es ist Holz doppelt verkauft worden. Darauf steht natürlich Gefängnis, da der Sheriff sich nicht um die Umstände kümmert. Ich, Ihr Freund, könnte vor dem Sheriff manches so säuberlich klarlegen wie die Standard Oil ihre Steuererklärung. Ich bin bereit, Ihren Sohn anzuhören, Mrs. Garga.

JANE Lasse dich nicht bereden, George, tue, was du für nötig hältst, ohne Rücksicht. Ich, deine Frau, werde den Haushalt besorgen, während du fort bist.

JOHN *lacht schallend:* Sie will den Haushalt besorgen! Eine, die gestern von der Straße aufgelesen wurde. Wir sollen ernährt werden durch Sündengeld!

SHLINK *zu Garga:* Sie haben mir bedeutet, daß Ihr Herz an Ihrer Familie hängt, Sie wünschen, zwischen diesen Möbeln Ihre Abende zu verbringen, mancher Gedanke wird abschweifen zu mir, Ihrem Freund, der beschäftigt ist, euch allen die Steine aus dem Weg zu räumen. Ich bin bereit, Sie Ihrer Familie zu erhalten.

MAË Du kannst nicht ins Gefängnis, George.

GARGA Ich weiß, Mutter, du verstehst es nicht. Wie schwierig ist es, einem Menschen zu schaden, ihn zu vernichten, glatt unmöglich. Die Welt ist zu arm. Wir müssen uns abarbeiten, Kampfobjekte auf sie zu werfen.

JANE *zu Garga:* Jetzt philosophierst du, und das Dach fault uns über den Köpfen weg.

GARGA *zu Shlink:* Grasen Sie die Welt ab, Sie finden zehn schlechte Menschen und nicht eine schlechte Tat. Der Mensch geht nur durch geringfügige Ursachen zugrunde. Nein, jetzt liquidiere ich. Jetzt ziehe ich den Strich unter die Aufstellung, und dann gehe ich.

SHLINK Ihre Familie möchte wissen, ob sie Ihnen nahesteht. Wen Sie nicht halten, der fällt. Ein Wort, Garga!

GARGA Ich schenke ihnen allen die Freiheit.

SHLINK Sie faulen dahin auf Ihre Rechnung. Es sind nicht mehr viele, sie könnten Lust bekommen wie Sie, reinen Tisch zu machen, das schmutzige Tischtuch zu zerschneiden, die Zigarrenstumpen aus den Kleidern zu schütteln. Sie könnten allesamt es Ihnen nachmachen wollen, frei zu sein und unanständig in besabberter Wäsche.

MAË Sei still, George, es ist alles wahr, was er sagt.

GARGA Endlich sehe ich einiges, wenn ich die Augen halb zumache, in einem kalten Licht. Ihr Gesicht nicht, Mr. Shlink. Vielleicht haben Sie keines.

SHLINK Vierzig Jahre sind für schmutzig befunden, und es wird eine große Freiheit sein.

GARGA So ist es. Der Schnee wollte fallen, aber es war zu kalt. Wieder werden die Küchenreste gegessen werden, sie werden wieder nicht sättigen, und ich, ich erschlage meinen Feind.

JOHN Ich sehe nur Schwäche, nichts sonst. Seit ich dich gesehen habe. Geh nur und verlaß uns. Warum sollen sie die Möbel nicht forttragen?

GARGA Ich habe gelesen, daß die schwachen Wasser es mit ganzen Gebirgen aufnehmen. Und ich will gern noch Ihr Gesicht sehen, Shlink, Ihr milchglasiges, verdammtes, unsichtbares Gesicht.

SHLINK Ich habe keine Lust mehr, mit Ihnen zu reden. Drei Jahre! Für einen jungen Mann wie ein Türaufmachen! Aber für mich! Ich habe keinen Gewinn aus Ihnen gezogen, wenn Sie das tröstet. Aber Sie hinterlassen keine Spuren von Trauer in mir, jetzt, wo ich mich wieder in diese lärmende Stadt mische und mein Geschäft betreibe wie vor Ihnen. *Ab.*

GARGA Ich habe nur mehr der Polizei zu telephonieren. *Ab.*

JANE Ich gehe in die chinesische Bar. Ich mag keine Polizei sehen. *Ab.*

MAË Ich meine mitunter, daß auch Marie überhaupt nicht wiederkommt.

JOHN Sie hat es sich selbst zuzuschreiben. Soll man ihnen helfen, wenn sie lasterhaft sind?!

MAË Wann soll man ihnen sonst helfen?

JOHN Rede nicht so viel!

MAË *setzt sich zu ihm:* Ich wollte dich fragen, was du nun vorhast?

JOHN Ich? Nichts. Diese Zeit ist vorüber.

MAË Du hast verstanden, was George mit sich machen will?

JOHN Ja. Ungefähr. Um so schlimmer für uns.

MAË Und wovon willst du leben?

JOHN Von dem Geld, das noch da ist, und von dem Klavier, das verkauft wird.

MAË Das wird uns doch weggenommen, da es auf unehrliche Weise erworben ist.

JOHN Vielleicht werden wir zurückfahren nach Ohio. Irgend etwas werden wir machen.

MAË *steht auf:* Ich wollte dir noch etwas sagen, John, aber es geht nicht. Ich habe es nicht geglaubt: ein Mensch kann plötzlich verdammt sein. Es wird im Himmel beschlossen. Es ist ein gewöhnlicher Tag und nichts wie nicht immer. Von diesem Tag an ist man verdammt.

JOHN Was hast du denn vor?

MAË Ich werde jetzt etwas ganz Bestimmtes tun, John, ich habe eine große Lust dazu, denke nicht, daß es diesen oder jenen Grund hat. Ich lege noch etwas Kohlen auf, das Abendessen stelle ich in die Küche. *Ab.*

JOHN Sieh zu, daß dich nicht das Gespenst eines Haifisches auf der Treppe frißt!

KELLNER *herein:* Mrs. Garga hat unten für Sie einen Grog bestellt. Wollen Sie im Dunkeln trinken, oder soll ich Licht machen?

JOHN Natürlich im Licht.

*Kellner ab.*

MARIE *herein:* Halte keine Rede! Ich habe Geld mit!

JOHN Du traust dich hier herein? Das ist eine nette Familie! Wie siehst du aus?

MARIE Ich sehe gut aus. Aber woher habt ihr alle diese neuen Möbel? Habt ihr Geld hereinbekommen? Ich habe auch Geld hereinbekommen.

JOHN Wo hast du das Geld her?

MARIE Willst du es wissen?

JOHN Her damit! Ihr habt mich mit Hunger weit gebracht.

MARIE Also das Geld, das nimmst du. Trotz der neuen Möbel. Wo ist die Mutter?

JOHN Deserteure werden an die Wand gestellt.

MARIE Hast du sie auf die Straße geschickt?

JOHN Seid zynisch, wälzt euch in der Gosse, trinkt Grog. Aber ich bin euer Vater, man darf mich nicht verhungern lassen.

MARIE Wo ist sie hin?

JOHN Du kannst auch gehen. Ich bin es gewohnt, verlassen zu werden.

MARIE Wann ist sie weg von hier?

JOHN Ich bin am Ende meines Lebens dazu verdammt, arm zu sein und den Speichel meiner Kinder zu lecken, aber ich will nichts mit dem Laster zu tun haben. Ich stehe nicht an, dich fortzujagen.

MARIE Gib das Geld wieder her. Es war nicht für dich bestimmt.

JOHN Ich denke nicht daran. Man kann mich in einen Sack einnähen: ich bitte noch um ein Pfund Tabak.

MARIE Adieu. *Ab.*

JOHN Sie haben keinem Menschen mehr zu sagen, als in fünf Minuten gesagt ist. Mehr Lügen haben sie nicht. *Pause.* Ja, in zwei Minuten wäre alles verschwiegen, was es zu sagen gibt.

GARGA *kehrt zurück:* Wo ist die Mutter? Ist sie weggegangen? Hat sie gedacht, daß ich nicht noch einmal heraufkäme? *Er läuft hinaus, kommt wieder zurück.* Sie hat ihr anderes Kleid mitgenommen. Sie kommt nicht mehr. *Er setzt sich an den Tisch und schreibt einen Brief.* »An den ›Examiner‹. Ich lenke Ihre Aufmerksamkeit auf den malaiischen Holzhändler C. Shlink.

Dieser Mann hat meiner Frau Jane Garga nachgestellt und meiner Schwester Marie Garga, die bei ihm bedienstet war, vergewaltigt. George Garga.« – Von meiner Mutter schreibe ich nichts.

JOHN Das ist die Liquidierung unserer Familie.

GARGA Ich schreibe diesen Brief, und ich stecke dieses Dokument hier in meine Tasche, damit ich alles vergessen kann. Und nach drei Jahren, denn so lange werden sie mich einsperren, werde ich, acht Tage vor meiner Entlassung, dieses Dokument der Zeitung übergeben, damit dieser Mann aus dieser Stadt ausgetilgt ist und aus meinen Augen verschwunden, wenn ich sie wieder betrete. Aber für ihn wird der Tag meiner Entlassung durch das Geheul der Lyncher angezeigt werden.

## 8
## Privatkontor des C. Shlink

*Am 20. Oktober 1915, mittags 1 Uhr*

*Shlink. Ein junger Schreiber.*

SHLINK *diktiert:* Antworten Sie Miss Marie Garga, die sich um die Stelle einer Kontoristin bewirbt, daß ich weder mit ihr noch mit irgendeinem Mitglied ihrer Familie je wieder etwas zu tun haben will. – An die Standard-Immobilien. Sehr geehrte Herren. Heute, wo keine Aktie unserer Firma mehr im Besitz fremder Gesellschaften und unsere Geschäftslage eine ruhige ist, steht nichts mehr Ihrem Angebot eines fünfjährigen Kontraktes im Wege.

EIN ANGESTELLTER *führt einen Mann herein:* Dies ist Mr. Shlink.

DER MANN Ich habe drei Minuten Zeit, Ihnen eine Mitteilung zu machen. Sie haben zwei Minuten Zeit, Ihre Lage zu begreifen. Vor einer halben Stunde kam in die Redaktion ein Brief aus einem der Staatsgefängnisse, unterzeichnet von einem gewissen Garga, der Sie mehrerer Verbrechen überführt. In fünf Minuten sind die Reporter hier. Sie schulden mir 1000 Dollar.

*Shlink gibt ihm Geld. Der Mann ab.*

SHLINK *während er sorgfältig einen Koffer packt:* Führen Sie das Geschäft weiter, so lange Sie können. Schicken Sie die Briefe ab. Ich komme zurück. *Schnell ab.*

## 9
## Bar gegenüber dem Gefängnis

*28. Oktober 1915*

*Der Wurm. Der Pavian. Der Stulpnasige. Der Geistliche der Heilsarmee. Jane. Marie Garga. Lärm von draußen.*

DER PAVIAN Hören Sie das Geheul der Lyncher? Das sind gefährliche Tage für das Chinesenviertel. Vor acht Tagen wurden die Verbrechen eines malaiischen Holzhändlers aufgedeckt. Vor drei Jahren hatte er einen Mann ins Gefängnis gebracht, drei Jahre lang hat es dieser Mann bei sich behalten, aber acht Tage vor seiner Entlassung hat er in einem Brief an den »Examiner« alles aufgedeckt.

DER STULPNASIGE Das menschliche Herz!

DER PAVIAN Der Malaie selber ist natürlich über alle Berge. Aber er ist erledigt.

DER WURM Das können Sie von niemand sagen. Betrachten Sie die Verhältnisse dieses Planeten! Hier wird ein Mann nicht auf einmal erledigt, sondern auf mindestens hundertmal. Jeder hat viel zuviel Möglichkeiten. Hören Sie zum Beispiel die Geschichte von G. Wishu, dem Bulldoggenmann. Ich muß aber das Orchestrion dazu haben. *Orchestrion.* Das ist der Lebenslauf des Hundes George Wishu: George Wishu wurde geboren auf der grünen Insel Irland. Nach anderthalb Jahren kam er mit einem dikken Mann in die große Stadt London. Seine Heimat entließ ihn wie einen Unbekannten. Hier geriet er bald in die Hände einer grausamen Frau, die ihn gräßlichen Martern unterwarf. Nachdem er viel Leid ertragen hatte, entlief er in eine Gegend, in der zwischen grünen Hecken Jagd auf ihn gemacht wurde. Mit großen und gefährlichen Gewehren wurde auf ihn geschossen, und fremde Hunde hetzten ihm oftmals nach. Hierbei verlor er ein Bein, so daß er fortan hinkte. Nachdem mehrere seiner Unternehmungen fehlgeschlagen hatten, fand er, lebensmüde und halb verhungert, Unterschlupf bei einem alten Mann, der sein Brot mit ihm teilte. Hier starb er in einem Alter von siebeneinhalb Jahren nach einem Leben voll Enttäuschungen und Abenteuern mit großer Gelassenheit und Fassung. Sein Grab liegt in Wales. – Ich möchte wissen, wie Sie das alles unter einen Hut bringen wollen, Herr.

DER STULPNASIGE Wer ist denn das auf dem Steckbrief?

DER WURM Das ist der Malaie, den sie suchen. Er war schon einmal bankrott. Aber in drei Jahren hat er durch allerlei Praktiken seinen ganzen Holzhandel wieder an sich gebracht, wodurch im Viertel viel Haß entstand. Er wäre juristisch unangreifbar, wenn nicht der Mann im Gefängnis seine Sexualverbrechen ans Licht gezogen hätte. *Zu Jane:* Wann kommt dein Mann eigentlich aus dem Gefängnis?

JANE Ja, das ist es: ich habe es vorhin noch gewußt. Denken Sie nicht, meine Herren, daß ich es nicht weiß, es ist am Achtundzwanzigsten, gestern oder heute.

DER PAVIAN Laß das Gewäsch, Jane.

DER STULPNASIGE Und was ist das für eine, die mit dem unanständigen Kleid?

DER PAVIAN Das ist das Opfer, die Schwester des Mannes im Gefängnis.

JANE Ja, das ist meine Schwägerin. Sie tut, als kenne sie mich nicht, aber als ich verheiratet war, ist sie nicht eine Nacht heimgekommen.

DER PAVIAN Der Malaie hat sie kaputtgemacht.

DER STULPNASIGE Was tut sie in den Gläserbottich?

DER WURM Ich sehe es nicht. Sie sagt auch etwas. Still, Jane!

MARIE *läßt einen Geldschein in den Bottich flattern:* Als ich die Scheine damals in den Händen hielt, sah ich Gottes Auge auf mir ruhen. Ich sagte: ich habe alles für ihn getan. Gott wandte sich weg, es war, als ob Tabakfelder rauschten. Ich habe sie dennoch aufgehoben. Ein Schein! Ein zweiter! Wie zerfalle ich! Wie gebe ich meine Reinheit weg! Jetzt ist das Geld fort! Es ist mir nicht leichter...

GARGA *tritt ein mit Maynes und drei anderen Männern:* Ich habe Sie gebeten, mit mir zu kommen, um Sie durch den Augenschein zu überzeugen, daß mir Unrecht geschehen ist. Ich habe Sie mitgenommen, Herr Maynes, um einen Zeugen zu haben, daß ich, nach drei Jahren zurückgekehrt, meine Frau an einem solchen Ort vorfinde. *Er führt die Männer an den Tisch, wo Jane sitzt.* Guten Tag, Jane. Wie geht es dir?

JANE George! Ist heute der Achtundzwanzigste? Ich dachte es nicht. Ich wäre daheim gewesen. Hast du gemerkt, wie kalt es dort ist? Hast du dir gedacht, daß ich hier sitze, um mich zu wärmen?

GARGA Das ist Herr Maynes, den kennst du. Ich werde wieder in sein Geschäft eintreten. Und dies sind Herren aus unserer Straße, die sich für meine Lage interessieren.

JANE Guten Tag, meine Herren. Ach, George, das ist doch schrecklich für mich, daß ich deinen Tag versäumt habe! Was werden Sie von mir denken, meine Herren! Ken Si, bediene die Herren!

DER WIRT *zum Stulpnasigen:* Das ist der aus dem Gefängnis, der ihn angezeigt hat.

GARGA Guten Tag, Ma. Hast du auf mich gewartet? – Auch meine Schwester ist hier, wie Sie sehen.

MARIE Guten Tag, George. Geht es dir gut?

GARGA Wir wollen nach Hause gehen, Jane.

JANE Ach, George, das sagst du so. Aber wenn ich mitgehe, dann schiltst du mich aus daheim, und ich sage es dir lieber gleich: es ist nicht aufgewaschen.

GARGA Ich weiß es.

JANE Das ist häßlich von dir.

GARGA Ich schelte dich nicht. Jane, wir fangen jetzt frisch an. Mein Kampf ist zu Ende. Du kannst das schon daraus ersehen, daß ich meinen Gegner einfach aus der Stadt gejagt habe.

JANE Nein, George, es wird doch immer alles schlimmer! Man sagt: es wird besser, aber es wird immer noch schlimmer, denn das kann es. Ich hoffe, es gefällt Ihnen hier, meine Herren? Wir könnten natürlich auch woanders hingehen...

GARGA Aber was hast du denn, Jane? Ist es dir nicht recht, daß ich dich hole?

JANE Das weißt du doch, George! Wenn du es nicht weißt, kann ich es dir nicht sagen.

GARGA Was meinst du damit?

JANE Siehst du, George, ein Mensch ist anders, als du glaubst, auch wenn es mit ihm zu Ende geht. Warum hast du denn die Herren mitgebracht? Ich habe immer gewußt, daß es mit mir so kommen wird. Wenn man mir im Kommunionunterricht gesagt hat, wie es denen gehen wird, die schwach sind, habe ich gleich gedacht: mir geht es so. Das brauchst du doch niemand zu beweisen.

GARGA Du willst also nicht mit heimgehen?

JANE Frage doch nicht, George!

GARGA Ich frage dich aber, meine Liebe.

JANE Dann muß ich es dir anders sagen. Sieh her, ich habe mit diesem Herrn gelebt. *Sie zeigt auf den Pavian.* Ich gestehe es, meine Herren, was hilft es auch, und besser wird es nicht.

DER PAVIAN Sie ist wirklich des Teufels.

MAYNES Grauenvoll.

GARGA Höre zu, Jane. Jetzt kommt deine letzte Chance in dieser Stadt. Ich bin bereit, dies durchzustreichen. Du hast die Herren als Zeugen. Komm mit heim.

JANE Das ist nett von dir, George. Es ist sicher meine letzte Chance. Aber ich will sie nicht. Es ist nicht richtig zwischen uns, das weißt du. Ich gehe jetzt, George. *Zum Pavian:* Komm!

DER PAVIAN Mahlzeit. *Beide ab.*

EINER DER MÄNNER Der Mann hat nichts zu lachen.

GARGA Ich lasse die Wohnung auf, Jane. Du kannst nachts läuten.

DER WURM *tritt zum Tisch:* Was Sie vielleicht gemerkt haben: unter uns hält sich eine Familie auf, die nur mehr in Überbleibseln fortbesteht. Diese Familie, in die sozusagen die Motten gekommen sind, würde mit Freuden ihr letztes Geld opfern, wenn man ihr sagen könnte, wo ihre Mutter, der Grundpfeiler des Haushalts, sich aufhält. Ich habe tatsächlich eines Morgens um sieben Uhr sie, eine Vierzigjährige, in einem Obstkeller reinmachen sehen. Sie hatte ein neues Geschäft angefangen. Ihr altes Gesicht war in guter Ordnung.

GARGA Aber Sie, Herr, waren doch im Holzgeschäft jenes Mannes tätig, nach dem sie jetzt Chicago von oben bis unten absuchen.

DER WURM Ich? Ich habe den Mann nie gesehen. *Ab.*

*Der Wurm hat im Abgehen ein Geldstück in das Orchestrion geworfen, es spielt Gounods »Ave Maria«.*

DER GEISTLICHE *an einem Ecktischchen, liest die Likörkarte mit harter Stimme, jedes Wort auskostend:* Cherry-Flip, Cherry-Brandy, Gin-Fizz, Whisky-Sour, Golden Slipper, Manhattan Cocktail, Curaçao extra sec, Orange, Maraschino, Cusinier und das Spezialgetränk dieser Bar: Egg-Nog. Dieses Getränk allein besteht aus: rohem Ei, Zucker, Cognac, Jamaica-Rum, Milch.

DER STULPNASIGE Kennen Sie eigentlich die Liköre, Sir?

DER GEISTLICHE Nein!

*Gelächter.*

GARGA *zu seinen Begleitern:* Sie werden begreifen, daß die notwendige Zurschaustellung meiner zerrütteten Familie für mich demütigend ist. Sie werden aber auch begriffen haben, daß dieses gelbe Gewächs nie mehr im Boden dieser Stadt Fuß fassen darf. Meine Schwester Marie befand sich, wie Sie wissen, längere Zeit im Dienste des Shlink. Ich muß, wenn ich jetzt mit ihr spreche, natürlich so vorsichtig wie möglich vorgehen, da meine Schwester einen gewissen Rest von Feingefühl sich noch in ihrem tiefsten Elend bewahrt hat! *Er setzt sich zu Marie:* Dein Gesicht kann ich also sehen?

MARIE Es ist keines mehr. Das bin nicht ich.

GARGA Nein. Aber ich erinnere mich, du sagtest einmal in der Kirche, du warst neun Jahre alt: von morgen ab soll er zu mir kommen. Und wir vermuteten, daß es sich um Gott handelte.

MARIE Habe ich das gesagt?

GARGA Ich liebe dich immer noch, wie verwahrlost du bist und befleckt. Aber wenn ich gleich wüßte, daß du es weißt, daß du alles mit dir machen kannst, wenn ich dir sage: ich liebe dich immer, so sage ich es dir doch.

MARIE Und siehst mich an dabei? Dieses Gesicht?

GARGA Dieses. Der Mensch bleibt, was er ist, auch wenn sein Gesicht zerfällt.

MARIE *steht auf:* Aber das will ich nicht. Ich will nicht, daß du mich so liebst. Ich liebe mich, wie ich gewesen bin, sage nicht: ich bin nie anders gewesen.

GARGA *laut:* Verdienst du Geld? Lebst du nur von Männern, die dich bezahlen?

MARIE Hast du Leute mitgebracht, die das wissen sollen? Kann man hier Whisky haben? Mit viel Eis? Es soll offenbar werden. Nun: ich habe mich weggeworfen, aber dann habe ich Geld dafür verlangt, gleich danach, daß man es merkte, was ich bin, und daß ich davon leben kann. Jetzt ist es ein glattes Geschäft. Ich habe einen guten Körper, ich dulde es nicht, daß man raucht in meiner Gegenwart, aber ich bin keine Jungfrau mehr, ich verstehe mich auf Liebe. Hier habe ich Geld. Aber ich verdiene mehr, ich will es ausgeben, das verlangt mich; wenn ich es verdient habe, will ich nicht sparen müssen, hier ist es, ich werfe es in den Bottich da. So bin ich.

MAYNES Entsetzlich.

EIN ANDERER MANN Man wagt nicht zu lachen.

DER GEISTLICHE Der Mensch ist zu haltbar. Das ist sein Hauptfehler. Er kann zuviel mit sich anfangen. Er geht zu schwer kaputt. *Ab.*

MAYNES *und die drei Männer stehen auf:* Wir haben gesehen, Garga, daß Ihnen Unrecht geschehen ist.

DER STULPNASIGE *nähert sich Marie:* Kokotten! *Er wiehert.* Das Laster ist das Parfüm der Damen.

MARIE Wir Kokotten! Puder über dem Gesicht,

man sieht die Augen nicht, die blau waren. Die Männer, die mit Schuften Geschäfte machen, lieben mit uns. Wir verkaufen unsern Schlaf, wir leben von Mißhandlung.

*Es folgt ein Knall.*

DER WIRT Der Herr hat sich in den Hals geschossen.

*Die Männer schleppen den Geistlichen herein, legen ihn auf den Tisch zwischen die Gläser.*

ERSTER MANN Nicht anlangen. Hände weg!

ZWEITER MANN Er sagt etwas.

ERSTER MANN *über ihm, laut:* Haben Sie Wünsche? Haben Sie Angehörige? Wohin soll man Sie bringen?

DER GEISTLICHE *murmelt:* »La Montagne est passée: nous irons mieux.«

GARGA *über ihm, lachend:* Er hat in mancher Hinsicht daneben geschossen. Er meinte, es sei sein letztes Wort, aber es ist das letzte eines anderen, und zweitens ist es nicht sein letztes Wort, denn er hat schlecht getroffen, und es ist nur eine kleine Fleischwunde.

ERSTER MANN Wahrhaftig! So ein Pech! Er hat es im Dunkeln gemacht, er hätte es im Hellen machen sollen.

MARIE Sein Kopf hängt nach hinten. Tut doch etwas darunter! Wie mager er ist. Jetzt kenne ich ihn auch, es ist derjenige, dem er ins Gesicht spuckte, damals.

*Alle, außer Marie und Garga, mit dem Verletzten ab.*

GARGA Er hat eine zu dicke Haut. Sie biegt alles um, was man hineinstößt. So viele Spieße gibt es nicht.

MARIE Du denkst immer an ihn?

GARGA Ja, dir sage ich es.

MARIE Wie niedrig sie machen, die Liebe und der Haß!

GARGA Das machen sie. – Liebst du ihn immer noch?

MARIE Ja – ja.

GARGA Und keine Aussicht auf bessere Winde?

MARIE Doch, zuweilen.

GARGA Ich wollte dir helfen. *Stille.* Dieser Kampf war eine solche Ausschweifung, daß ich heute ganz Chicago dazu brauche, ihn nicht fortsetzen zu müssen. Es ist natürlich möglich, daß er selber schon nicht mehr an eine Fortsetzung dachte. Er deutete selber an, daß in seinem Alter drei Jahre soviel wie dreißig Jahre sein können. In Anbetracht aller dieser Umstände habe ich ihn, ohne selbst anwesend zu sein, mit einem ganz groben Mittel vernichtet. Außerdem mache ich es ihm einfach unmöglich, mich zu sehen. Dieser letzte Schlag wird nicht mehr zwischen uns diskutiert: ich bin nicht mehr für ihn zu sprechen. In der Stadt wachen heute an jeder Straßenecke die Autochauffeure darüber, daß er sich im Ring nicht mehr blicken lassen kann zur Stunde, wo sein Knockout ohne vorhergegangenen Kampf einfach als erfolgt angenommen wird. Chicago wirft das Handtuch für ihn. Ich kenne seinen Aufenthaltsort nicht, aber er weiß es.

DER WIRT In Mulberry Street brennen Holzlager.

MARIE Es ist gut, wenn du ihn abgeschüttelt hast. Aber ich gehe jetzt.

GARGA Ich bleibe hier, im Mittelpunkt der Lynchaktion. Aber am Abend komme ich heim. Wir werden zusammen wohnen. *Marie ab.*

GARGA Wieder in der Frühe werde ich heißen schwarzen Kaffee trinken, mein Gesicht mit kaltem Wasser waschen, die frischen Kleider anziehen, das Hemd zuvörderst. Viele Dinge werde ich aus meinem Hirn kämmen am Morgen, viel wird ringsum vorgehen mit frischem Lärm in der Stadt, da ich diese Leidenschaft nicht mehr in mir habe, die mit mir hinunterfahren wollte, aber ich habe noch viele Dinge zu tun. *Macht die Tür vollends auf und horcht lachend auf das Geheul der Lyncher, das stärker geworden ist.*

SHLINK *ist eingetreten; er trägt einen amerikanischen Anzug:* Sie sind allein? Es war schwierig, hierherzukommen. Ich wußte, daß Sie heute entlassen wurden, ich suchte Sie schon in Ihrem Haus. Man ist mir auf den Fersen. Jetzt rasch, Garga, kommen Sie!

GARGA Sind Sie wahnsinnig?! Ich habe Sie angezeigt, damit ich Sie loshabe.

SHLINK Ich bin kein mutiger Mann. Ich bin dreimal gestorben auf dem Weg hierher.

GARGA Ja, auf der Milwaukeebrücke sollen sie schon Gelbe wie farbige Wäsche hängen!

SHLINK Um so rascher müssen wir machen. Sie wissen, daß Sie mitkommen müssen. Wir sind noch nicht fertig.

GARGA *besonders langsam, da er Shlinks Zeitnot erkennt:* Leider stellen Sie dieses Ansuchen an mich in ungünstiger Stunde. Ich bin hier in Gesellschaft. Meine Schwester, Marie Garga, verkommen im September vor drei Jahren, unversehens. Meine Frau, Jane Garga, verderbt zur gleichen Zeit. Ganz zuletzt noch ein Mann der Heilsarmee, unbekannten Namens, bespuckt und erledigt, obgleich belanglos. Vor allem anderen aber meine Mutter, Maë Garga, geboren 1872 in den Südstaaten, verschollen im Oktober vor drei Jahren, sie ist sogar aus der Erinnerung verschollen, sie hat kein Gesicht mehr. Es ist ihr abgefallen wie ein gelbes Blatt. *Horcht.* Was für ein Geschrei!

SHLINK *ebenfalls in Horchen versunken:* Ja. Aber es ist noch nicht das richtige Geschrei, das weiße. Dann sind sie da. Dann haben wir noch eine Minute. Horch, jetzt! Jetzt ist es das richtige! Das weiße Geschrei! Kommen Sie!

*Garga mit Shlink schnell ab.*

## 10
## Verlassenes Eisenbahnerzelt in den Kiesgruben am Michigansee

*19. November 1915. Gegen 2 Uhr morgens*

*Shlink. Garga.*

SHLINK Das immerwährende Geräusch Chicagos hat aufgehört. Siebenmal drei Tage sind die Himmel verblaßt, und die Luft ist graublau geworden wie Grog. Jetzt ist die Stille da, die nichts verbirgt.

GARGA *raucht:* Sie kämpfen leicht. Wie Sie verdauen! Ich hatte meine Kindheit noch vor mir. Die Ölfelder mit dem blauen Raps. Der Iltis in den Schluchten und die leichten Wasserschnellen.

SHLINK Richtig, das alles war in Ihrem Gesicht! Jetzt ist es hart wie Bernstein, man findet mitunter Tierleichen in ihm, der durchsichtig ist.

GARGA Sie sind einsam geblieben?

SHLINK Vierzig Jahre.

GARGA Jetzt, gegen Ende, verfallen Sie also der schwarzen Sucht des Planeten, Fühlung zu bekommen.

SHLINK *lächelnd:* Durch die Feindschaft?

GARGA Durch die Feindschaft!

SHLINK Du hast begriffen, daß wir Kameraden sind, Kameraden einer metaphysischen Aktion! Unsere Bekanntschaft war kurz, sie war eine Zeitlang vorwiegend, die Zeit ist schnell verflogen. Die Etappen des Lebens sind nicht die der Erinnerung. Der Schluß ist nicht das Ziel, die letzte Episode nicht wichtiger als irgendeine andere. Ich habe zweimal einen Holzhandel geführt, seit zwei Wochen ist er unter Ihrem Namen eingetragen.

GARGA Haben Sie Todesahnungen?

SHLINK Hier ist das Hauptbuch Ihres Holzhandels; es fängt an, wo einmal Tinte über Zahlen geschüttet ist.

GARGA Sie haben es auf dem Leib getragen? Schlagen Sie es selbst auf. Es ist sicherlich schmutzig. *Er liest.* Eine reinliche Rechnung, lauter Subtraktionen. Am siebzehnten: Das Holzgeschäft, fünfundzwanzigtausend Dollar für Garga. Vorher noch zehn Dollar für Kleider. Danach einmal zweiundzwanzig Dollar für Marie Garga, »unsere« Schwester. Ganz am Schluß: noch einmal das ganze Geschäft niedergebrannt. – Ich kann nicht mehr schlafen, ich bin froh, wenn Sie Kalk über sich haben.

SHLINK Verleugne nicht, was war, Garga! Sieh nicht nur die Rechnung. Erinnere dich der Frage, die wir stellten. Nimm dich zusammen: ich liebe dich.

GARGA *betrachtet ihn:* Aber wie widerlich von Ihnen! Sie sind erschreckend unappetitlich, ein alter Mensch wie Sie!

SHLINK Möglich, ich bekomme keine Antwort. Aber wenn du Antwort bekommst, denke an mich, wenn ich Moder im Mund habe. Worauf horchen Sie?

GARGA *faul:* Sie zeigen Spuren von Gemüt. Sie sind alt!

SHLINK Ist es so gut, die Zähne zu zeigen?

GARGA Wenn sie gut sind!

SHLINK Die unendliche Vereinzelung des Menschen macht eine Feindschaft zum unerreichbaren Ziel. Aber auch mit den Tieren ist eine Verständigung nicht möglich.

GARGA Die Sprache reicht zur Verständigung nicht aus.

SHLINK Ich habe die Tiere beobachtet. Die Liebe, Wärme aus Körpernähe, ist unsere einzige Gnade in der Finsternis! Aber die Vereinigung der Organe ist die einzige, sie überbrückt nicht die Entzweiung der Sprache. Dennoch vereinigen sie sich, Wesen zu erzeugen, die ihnen in ihrer trostlosen Vereinzelung beistehen möchten. Und die Generationen blicken sich kalt in die Augen. Wenn ihr ein Schiff vollstopft mit Menschenleibern, daß es birst, es wird eine solche Einsamkeit in ihm sein, daß sie alle gefrieren. Hören Sie denn zu, Garga? Ja, so groß ist die Vereinzelung, daß es nicht einmal einen Kampf gibt. Der Wald! Von hier kommt die Menschheit. Haarig, mit Affengebissen, gute Tiere, die zu leben wußten. Alles war so leicht. Sie zerfleischten sich einfach. Ich sehe sie deutlich, wie sie mit zitternden Flanken einander das Weiße im Auge anstierten, sich in ihre Hälse verbissen, hinunterrollten, und der Verblutete zwischen den Wurzeln, das war der Besiegte, und der am meisten niedergetrampelt hatte vom Gehölz, das war der Sieger! Horchen Sie auf etwas, Garga?!

GARGA Shlink! Ich habe Ihnen jetzt drei Wochen zugehört. Immer habe ich gewartet, daß mich Wut ausfüllen könnte, unter irgendeinem Vorwand, wie klein er auch sei. Aber jetzt merke ich, während ich Sie ansehe, daß mich Ihr Gewäsch ärgert und Ihre Stimme mir zum Ekel ist. Ist nicht heute Donnerstagabend? Wie weit ist es bis New York? Warum sitze ich und verliere meine Zeit? Sind wir nicht drei Wochen hier gelegen? Wir dachten, der Planet verließe seine Bahn darüber! Aber was kam? Dreimal hat es geregnet, und einmal ging ein Wind in der Nacht. *Steht auf.* Ich glaube, es ist jetzt Zeit, daß Sie Ihre Schuhe ausziehen, Shlink. Ziehen Sie Ihre Schuhe aus, Shlink, und lassen Sie sie mir ab! Denn mit Ihrem Geld wird es wohl nicht mehr weit her sein. Shlink, ich beende jetzt unsern Kampf, in seinem dritten Jahr, hier im Gehölz des Michigansees, denn sein Stoff ist verbraucht: in diesem Augenblick hört er auf. Ich kann ihn nicht mit einem Messer beenden, ich sehe da keine großen Wörter. Meine Schuhe sind löchrig, und Ihre Reden halten mir die Zehen nicht warm. Es ist ganz platt, Shlink: der jüngere Mann gewinnt die Partie.

SHLINK Heute hat man manchmal die Spaten der Eisenbahnarbeiter bis hierher gehört. Ich habe bemerkt, daß Sie hinhörten. Sie stehen auf, Garga? Sie gehen hin, Garga? Sie verraten mich?

GARGA *legt sich faul nieder:* Ja, genauso werde ich es machen, Shlink.

SHLINK Und niemals, George Garga, wird ein Ausgang dieses Kampfes sein, niemals eine Verständigung?

GARGA Nein.

SHLINK Sie aber kommen heraus, Ihr nacktes Leben in der Tasche?

GARGA Das nackte Leben ist besser als jedes andere Leben.

SHLINK Tahiti?

GARGA New York. *Ironisch lachend:* »Ich werde hingehen, und ich werde zurückkommen mit eisernen Gliedern, dunkler Haut, die Wut im Auge. Meinem Gesicht nach wird man glauben, daß ich von starker Rasse bin. Ich werde Gold haben, müßig sein und brutal. Die Frauen pflegen gern solche wilden Kranken, die aus den heißen Ländern zurückkommen. Ich werde schwimmen, Gras zerstampfen, jagen, rauchen vor allem. Getränke trinken wie kochendes Metall. Ich werde mich ins Leben mengen, gerettet sein.« – Was für Dummheiten! Worte, auf einem Planeten, der nicht in der Mitte ist! Wenn Sie längst Kalk über sich haben, durch die natürliche Ausscheidung des Veralteten, werde ich wählen, was mich unterhält.

SHLINK Was nehmen Sie für eine Haltung ein? Ich bitte Sie, Ihre Pfeife aus dem Maul zu nehmen. Wenn Sie sagen wollen, daß Sie impotent geworden sind, dann tun Sie das mit einer anderen Stimme.

GARGA Wie Sie wollen.

SHLINK Diese Handbewegung beweist mir, daß Sie als Gegner unwürdig sind.

GARGA Ich habe mich lediglich beklagt, daß Sie mich langweilen.

SHLINK Sagten Sie, Sie haben sich beklagt? Sie! Ein gemieteter Faustkämpfer! Ein betrunkener Verkäufer! Den ich für zehn Dollar gekauft habe, ein Idealist, der nicht seine Beine unterscheiden konnte, ein Nichts!

GARGA *lachend:* Ein junger Mann! Seien Sie offen.

SHLINK Ein Weißer, gemietet, mich hinunterzuschaffen, mir etwas Ekel oder Moder in das Maul zu stopfen, daß ich den Geschmack des Todes auf die Zunge kriege! Zweihundert Meter weit im Gehölz finde ich Lyncher in Menge.

GARGA Ja, vielleicht bin ich ein Aussätziger, aber was macht es. Sie sind ein Selbstmörder. Was bieten Sie mir noch? Sie haben mich gemietet, aber nicht bezahlt.

SHLINK Sie haben bekommen, was jemand wie Sie braucht. Ich habe Ihnen Möbel gekauft.

GARGA Ja, ein Klavier war es, was ich aus Ihnen herausholte, ein Klavier, das verkauft werden mußte. Einmal habe ich Fleisch gegessen! Einen Anzug habe ich gekauft, und für Ihr Gerede habe ich meinen Schlaf geopfert.

SHLINK Ihren Schlaf, Ihre Mutter, Ihre Schwester und Ihre Frau. Drei Jahre Ihres dummen Lebens. Aber wie ärgerlich! Jetzt endet es in Niedrigkeit. Sie haben nicht begriffen, was es war. Sie wollten mein Ende, aber ich wollte den Kampf. Nicht das Körperliche, sondern das Geistige war es.

GARGA Und das Geistige, das sehen Sie, das ist nichts. Es ist nicht wichtig, der Stärkere zu sein, sondern der Lebendige. Ich kann Sie nicht besiegen, ich kann Sie nur in den Boden stampfen. Ich werde mein rohes Fleisch in die Eisregen hinaustragen, Chicago ist kalt. Ich gehe hinein. Es ist möglich, daß ich das Falsche tue. Aber ich habe noch viel Zeit. *Ab.*

*Shlink fällt um.*

SHLINK *steht auf:* Nachdem die letzten Degenstöße gewechselt sind sowie die letzten Worte, diejenigen, welche uns eingefallen sind, danke ich Ihnen für das Interesse, das Sie meiner Person erzeigt haben. Es ist viel abgefallen von uns, kaum die nackten Leiber sind übriggeblieben. In vier Minuten geht der Mond hoch, da können Ihre Lyncher hier sein! *Er bemerkt, daß Garga fort ist, und geht ihm nach.* Geh nicht weg, George Garga! Höre nicht auf, weil du jung bist. Die Wälder sind abgeholzt, die Geier sind sehr satt, und die goldene Antwort wird in den Boden vergraben! *Wendet sich. Ein milchiges Licht entsteht im Dickicht.* 19. November! Drei Meilen südlich von Chicago: Westwind! Vier Minuten vor Aufgang des Mondes ersoffen beim Fischefangen.

MARIE *tritt ein:* Ich bitte Sie, mich nicht wegzujagen. Ich bin eine Unglückliche.

*Das Gestrüpp wird heller.*

SHLINK Aber es häuft sich. Fische, die einem ins Maul schwimmen... Was ist das für ein verrücktes Licht? Ich bin sehr beschäftigt.

MARIE *den Hut abziehend:* Ich sehe nicht mehr gut aus. Sehen Sie mich nicht an: die Ratten haben mich angebissen. Ich schleppe Ihnen her, was noch da ist.

SHLINK Was für ein milchiges Licht! Ach so! Hautgout! Wie?

MARIE Finden Sie mein Gesicht aufgeschwemmt?

SHLINK Wissen Sie, daß Sie gelyncht werden, wenn der Mob Sie hier auffischt?

MARIE Wie mir das gleich ist!

SHLINK Ich bitte Sie, mich allein zu lassen in meiner letzten Minute.

MARIE Kommen Sie, verstecken Sie sich im Gesträuch. Es gibt einen Schlupfwinkel im Steinbruch.

SHLINK Damned! Sind Sie wahnsinnig? Sehen Sie nicht, daß ich noch einen Blick über das Dickicht werfen muß? Zu diesem Zweck geht der Mond auf. *Geht zum Eingang.*

MARIE Ich sehe nur, daß Sie den Boden verloren haben. Erbarmen Sie sich Ihrer!

SHLINK Können Sie mir nicht diesen letzten Liebesdienst erweisen?

MARIE Ich will Sie nur ansehen, ich habe erkannt, daß ich hierher gehöre.

SHLINK Mag sein! Bleiben Sie! *In der Ferne Signal.* Zwei Uhr. Ich muß mich in Sicherheit bringen.

MARIE Wo ist George?

SHLINK George? Geflüchtet! Welch ein Rechenfehler! In Sicherheit bringen! *Er reißt sein Halstuch weg.* Die Fässer stinken schon. Gute, fette, selbstgeangelte Fische! Gut gedörrt, in Kisten vernagelt! Eingesalzen! In die Teiche gesetzt zuvor, eingekauft, überzahlt, fettgefüttert! Todsüchtige, selbstmörderische Fische, die die Angeln schlucken wie Hostien. Pfui Teufel! Jetzt schnell! *Er geht zum Tisch, setzt sich. Trinkt aus einem Fläschchen.* Ich, Wang Yen, genannt Shlink, erzeugt in Yokohama im nördlichen Peiho unter dem Sternbild der Schildkröte! Ich habe einen Holzhandel geführt, ich habe Reis gegessen und mit vielerlei Volk gehandelt. Ich, Wang Yen, genannt Shlink, 54 Jahre alt, geendet drei Meilen südlich von Chicago, ohne Erben.

MARIE Was haben Sie?

SHLINK *sitzend:* Sind Sie hier? Die Beine werden mir kalt. Werfen Sie mir ein Tuch übers Gesicht, haben Sie Mitleid! *Er sinkt zusammen. Ächzen im Gestrüpp, Tritte, heisere Flüche von hinten.*

MARIE Auf was horchen Sie? Antworten Sie doch! Schlafen Sie? Friert es Sie noch? Ich bin ganz an Ihnen! Was wollten Sie mit dem Tuch? *In diesem Augenblick werden mit Messern Eingänge in das Zelt geschlitzt. Lautlos in die Eingänge treten die Lyncher.*

MARIE *geht auf sie zu:* Gehen Sie fort! Er ist gestorben. Er will nicht, daß man ihn ansieht.

## 11
## Privatkontor des verstorbenen C. Shlink

*Acht Tage später*

*Das Holzgeschäft ist eine Brandstätte. Es hängen Plakate herum: »Dieses Geschäft ist zu verkaufen.«*

*Garga. John Garga. Marie Garga.*

JOHN Es war eine Dummheit von dir, dieses Geschäft niederbrennen zu lassen. Jetzt sitzt du zwischen verkohlten Balken. Wer soll die kaufen?

GARGA *lacht:* Sie sind billig. Aber was werdet ihr anfangen?
JOHN Ich dachte, wir bleiben zusammen.
GARGA *lacht:* Ich gehe fort. Wirst du arbeiten?
MARIE Ich werde arbeiten. Ich werde aber nicht Stiegen wischen wie meine Mutter.
JOHN Ich bin Soldat. Wir haben in Brunnentrögen geschlafen. Die Ratten auf unsern Gesichtern wogen nie unter sieben Pfund. Als sie mir das Gewehr abhängten und es aus war, sagte ich: hinfort schläft jeder von uns mit der Mütze auf dem Kopf.
GARGA Kurz: jeder schläft.
MARIE Wir wollen jetzt gehen, Vater. Es wird Abend, und ich habe noch kein Zimmer.
JOHN Ja, gehen wir! *Sieht sich um.* Gehen wir! Ein Soldat an deiner Seite. Vorwärts gegen das Dickicht der Stadt!
GARGA Ich habe es hinter mir. Hallo!
MANKY *tritt strahlend ein, die Hände in den Taschen:* Ich bin es. Ich habe dein Inserat gelesen in der Zeitung. Wenn dein Holzhandel nicht zu teuer ist, kaufe ich ihn.
GARGA Was bietest du?
MANKY Warum verkaufst du?
GARGA Ich gehe nach New York.
MANKY Und ich ziehe hierher.
GARGA Wieviel kannst du zahlen?
MANKY Ich muß für den Holzhandel noch etwas in der Hand haben.
GARGA Sechstausend, wenn du die Frau noch mitnimmst.
MANKY Gut.
MARIE Ich habe meinen Vater dabei.
MANKY Und deine Mutter?
MARIE Die ist nicht mehr da.
MANKY *nach einer Weile:* Gut.
MARIE Macht den Kontrakt fertig! *Die Männer unterschreiben.*
MANKY Wir wollen eine Kleinigkeit zu uns nehmen. Wollen Sie mitkommen, George?
GARGA Nein.
MANKY Sind Sie noch hier, wenn wir zurückkommen?
GARGA Nein.
JOHN Leb wohl, George! Betrachte dir New York! Du kannst nach Chicago kommen, wenn es dir an den Hals geht.
*Die drei gehen ab.*
GARGA *verwahrt das Geld:* Allein sein ist eine gute Sache. Das Chaos ist aufgebraucht. Es war die beste Zeit.

# Leben Eduards des Zweiten von England

Historie (nach Marlowe)

Dieses Stück schrieb ich
mit Lion Feuchtwanger.
Bertolt Brecht

*Hier wird öffentlich vorgeführt die Historie von der unruhigen Regierung Eduards des Zweiten, Königs von England, und sein jammervoller Tod / Sowie Glück und Ende seines Günstlings Gaveston / Ferner das wirre Schicksal der Königin Anna / Desgleichen Aufstieg und Untergang des großen Earl Roger Mortimer / Was alles sich ereignete in England, vornehmlich zu London, vor nunmehr sechshundert Jahren*

*Personen*

König Eduard der Zweite · Königin Anna, seine Gemahlin · Kent, sein Bruder · Der junge Eduard, sein Sohn, nachmaliger König Eduard der Dritte · Gaveston · Erzbischof von Winchester · Erzabt von Coventry, nachmaliger Erzbischof von Winchester · Mortimer · Lancaster · Rice ap Howell · Berkeley · Spencer · Baldock · Der ältere Gurney · Der jüngere Gurney · Lightborn · James · Peers, Soldaten · Ein Balladenverkäufer · Zwei Individuen · Ein Mönch

**14. Dezember 1307: Rückkehr des Günstlings Danyell Gaveston anläßlich der Thronbesteigung Eduards des Zweiten.**

*London*

GAVESTON *liest einen Brief des Königs Eduard:*
»Mein Vater, der alte Eduard, ist tot. Flieg her, Gaveston, und teile England mit deinem Busenfreund, dem König Eduard dem Zweiten.«
Ich komme. Diese deine Liebeszeilen
Pfiffen achter der Brigg von Irland her.
Stadt London sehen ist dem Ausgewiesnen
Wie der Himmel der neuangekommenen Seele.
Mein Vater sagte zu mir oft: Du bist
Schon dick vom Ale-Trinken mit achtzehn Jahren.
Und meine Mutter sagte: Hinter deiner Leiche
Gehn weniger Leute als ein Huhn Zähne
Im Mund hat. Und jetzt reißt sich ein König
Um ihres Sohnes Freundschaft.
Hallo! Reptilien!
Was kriecht mir da als erstes übern Weg?
*Es treten auf zwei Individuen.*

ERSTES
Solche, die gern in Eurer Lordschaft Dienst wärn.

GAVESTON
Was kannst du?

ERSTES
Ich kann reiten.

GAVESTON
Ich aber hab kein Pferd.
Was bist du?

ZWEITES
Soldat. Diente im Krieg gegen Irland.

GAVESTON
Ich aber habe keinen Krieg. Drum, Gentlemen, mit Gott.

ZWEITES
Mit Gott?

ERSTES *zum zweiten:*
England zahlt nichts
Für alte Soldaten, Sir.

GAVESTON
Dafür zahlt England ein Sankt James-Spital.

ERSTES
Wo einer verreckt.

GAVESTON
Verrecken ist Soldatenlos.

ZWEITES
So?
Verreck du selber in deinem Engeland!
Und fall von eines Soldaten Hand!
*Beide ab.*

GAVESTON *allein:*
Der spricht ja wie mein Vater.
Ei was!
Die Worte von dem Kerl rührn mich soviel
Als spielte eine Gans ein Stachelschwein
Und sticht mit ihren Federn und bild't sich ein
Sie sticht mich durch die Brust. Lauf zu!
Doch manchem Mann wird dieser Tage heimgezahlt.
Denn über Ale-Trinken, Whist-Spielen ist mir nicht
Verblaßt jenes Papier, auf dem sie schrieben
Ich sei des Eduard Hur und ausgewiesen.
Da kommt mein neugetünchter König
Mit einer Herde Peers. Ich halt mich abseits.
*Er verbirgt sich.*
*Es treten auf Eduard, Kent, Mortimer, Erzbischof von Winchester, Lancaster.*

ERZBISCHOF
Mylord! Hier, eilend, unsterblichen Resten
Die Messe zu lesen Eures Vaters Eduard
Königs von England, Euch die Mitteilung:
Auf Eduards Sterbebette nahm er Euern Peers –

LANCASTER
Als er schon weißer wie sein Linnen war –

ERZBISCHOF
Den Eid ab: Nie soll nach England kommen
Der Mensch.

GAVESTON *versteckt:*
Mort dieu!

ERZBISCHOF
Wenn Ihr uns liebt, Mylord, haßt Danyell Gaveston!

GAVESTON *pfeift durch die Zähne.*

LANCASTER
Kommt der Mensch übers Wasser, wird viel Eisen blank
In England.

EDUARD
Ich will Gaveston haben.

GAVESTON
Gut gegeben, Edi.

LANCASTER
Man meint nur, man bricht einen Eid nicht gern.

ERZBISCHOF
Mylord, was reizt Ihr Eure Peers so auf
Die aus Natur Euch achten und lieben wollten?

EDUARD
Ich will Gaveston haben.

LANCASTER
Es könnte Eisen blank in England werden
Mylords.

KENT
Wird Eisen blank in England, Lancaster
Wird's, Bruder, denk ich, Köpfe geben, auf Pfähle sie
Zu stecken, weil die Zungen ihnen lang sind.

ERZBISCHOF
Unsre Köpfe!

EDUARD
Ja, eure. Drum wollte ich, ihr krebstet.

LANCASTER
Unsre Köpfe, denk ich, schützen unsre Hände.
*Die Peers ab.*

KENT
Laß ab vom Gaveston, Bruder, aber kürz die Peers.

EDUARD
Ich falle oder leb mit Gaveston, Bruder.

GAVESTON *tritt vor:*
Ich kann mich länger nicht halten, lieber Herr.

EDUARD
Was, Danny! Lieber!
Umarm mich, wie ich's mit dir mache, Danny.
Seit du verbannt warst, dorrte mir jeder Tag.

GAVESTON
Und seit ich fortging, litt kein Seel in Höllen
Mehr als Arm-Gaveston.

EDUARD
Ich weiß es. Jetzt, Aufrührer Lancaster
Erzketzer Winchester, zettelt soviel ihr wollt.
Wir machen dich, Gaveston, gleich zum Lord Erzkämmerer
Staatskanzler, Earl von Cornwall, Peer von Man.

KENT *finster:*
Bruder, genug!

EDUARD
Bruder, still!

GAVESTON
Mylord, erdrückt mich nicht. Was werden die Leute
Sagen? Vielleicht: es sei zuviel
Für eines schlichten Fleischhauers Sohn.

EDUARD
Hast du Furcht? Du sollst Leibwachen haben.
Brauchst du Geld? Geh in meines Schatzes Keller.
Soll man dich fürchten? Hier mein Ring und Siegel.
In Unserm Namen kommandier, wie's dir gefällt.

GAVESTON
Mit Eurer Liebe bin ich Cäsarn gleich gestellt.
*Auftritt Erzabt von Coventry.*

EDUARD
Wohin geht Mylord, mein Abt von Coventry?

ERZABT
Zur Totenmesse Eures Vaters, Mylord.

EDUARD *weist auf Gaveston:*
Mein toter Vater hat einen Gast vom Irischen Meer.

ERZABT
Was? Ist dieser Bube Gaveston wieder da?

GAVESTON
Ja, Junge. In London gibt's Heulen und Zähneklappern.

ERZABT
Ich tat nichts sonst, als ich's vereidigt war.
Und wenn du heut zu Unrecht da bist, Gaveston
Bring ich gleich wieder deinen Fall ins Parlament
Und du sollst uns zurück aufs irische Schiff.

GAVESTON *packt ihn an:*
Komm nur gleich mit. Dort gibt's ein Gossenwasser.
Und weil du, Pfaff, jenes Papier geschrieben hast
Tauch ich dich, einen Erzabt, in die Gosse
Wie du mich tauchtest in das Irenmeer.

EDUARD
's ist gut, weil du's tust. Was du tust, ist gut.
Ja, tauch ihn, Gaveston! Wasch ihm sein Gesicht
Und barbiere deinen Feind mit Spülicht.

KENT
O Bruder! Rühr ihn nicht an mit frevler Hand!
Denn er sagt Einspruch an beim Stuhl von Rom.

EDUARD
Schenk ihm das Leben! Nimm sein Geld und Pfründen!
Sei du der Erzabt, dieser da ausgewiesen.

ERZABT
Gott wird Euch heimsuchen, König Eduard
Für solche Missetat.

EDUARD
Doch bis es so weit ist, lauf, Gaveston
Und versiegel dir sein Haus und Pfründen ein.

GAVESTON
Was fängt ein Pfaff auch an mit solch einem Heim?

**Mißwirtschaft unter der Regierung König Eduards in den Jahren 1307-1312. Ein Krieg in Schottland geht durch die Fahrlässigkeit des Königs verloren.**

*London*

*Spencer, Baldock, die beiden Individuen, Soldaten.*

BALDOCK
Der Erzbischof von Winchester hat auf der Kanzel ausgesprochen, das Mehlkorn hat heuer Würmer. Das bedeutet was.

ZWEITES INDIVIDUUM
Aber nichts für uns. Denn das Mehlkorn frißt der Winchester.

ERSTES INDIVIDUUM
Den Proviant für die schottischen Truppen hat diesmal einer aus Yorkshire gepfändet.

BALDOCK
Dafür trinkt man bei Edi schon früh um acht Bier.

SPENCER
Edi ist gestern ohnmächtig geworden.

ERSTER SOLDAT
Warum?

SPENCER
Der Earl von Cornwall hat zu ihm gesagt, er läßt sich einen Bart stehen.

BALDOCK
Edi hat neulich in der Gerbergasse gespien.

ZWEITER SOLDAT
Warum?

BALDOCK
Es ist ihm ein Weib über die Leber gekrochen.

ZWEITES INDIVIDUUM
Wißt ihr das Neueste vom Earl von Cornwall? Er trägt jetzt einen Cul.
*Gelächter.*
*Es tritt auf ein Balladenverkäufer.*

BALLADENVERKÄUFER
Edis Kebsweib hat einen Bart auf der Brust.
Bitt für uns, bitt für uns, bitt für uns!
Drum hat der Krieg gegen Schottland aufhören gemußt.
Bitt für uns, bitt für uns, bitt für uns!
Der Peer von Cornwall hat zuviel Schilling im Strumpf.
Bitt für uns, bitt für uns, bitt für uns!
Drum hat Patty keinen Arm mehr und O'Nelly nur 'nen Stumpf.
Bitt für uns, bitt für uns, bitt für uns!
Edi laust seinen Gavy und hat niemals nicht Zeit.
Bitt für uns, bitt für uns, bitt für uns!
Drum ging Johnny in die Binsen von dem Sumpf vor Bannockbride.
Bitt für uns, bitt für uns, bitt für uns!

SPENCER
Das Lied ist seinen halben Penny wert, lieber Herr.
*Auftreten Eduard und Gaveston.*

EDUARD
Mein Gaveston, du hast nur mich zum Freund.
Laß sie! Wir gehen an den Teich von Tynemouth
Fischend, Fische essend, reitend, schlendernd
Auf den Ballistenwällen Knie an Knie.

SPENCER *den Balladenverkäufer packend:* Das ist Hochverrat, lieber Herr. Und wenn ihr meiner Tante Neffen in Stücke reißt, meiner Mutter Sohn kann es einmal nicht vertragen, wenn man seinem lieben Earl von Cornwall zu nahe tritt.

GAVESTON
Was willst du, guter Freund?

SPENCER
Ich bin sehr eingenommen für ein hübsches Couplet, Mylord; aber Hochverrat geht mir einfach gegen mein Gefühl.

GAVESTON
Welcher ist es?

SPENCER
Dieses wurmstichige Holzbein, Mylord.
*Der Balladenverkäufer entfernt sich eilig.*

GAVESTON *zum König:*
Calumniare audacter, semper aliquid haeret.

SPENCER
In Eurer Sprache: man sollte ihn tiefer hängen.

GAVESTON *zu Spencer:*
Folge mir nach.
*Ab mit dem König, Spencer winkt Baldock, sie schließen sich an. Die Zurückgebliebenen lachen.*
*Auftreten Erzbischof und Lancaster.*

ERZBISCHOF
London lacht über uns. Die Zollpächter fragen sich, wie lange noch das Parlament und die Peers es sich gefallen lassen. Auf allen Gassen hört man das Wort Bürgerkrieg.

LANCASTER
Eine Hure macht noch keinen Krieg.

*London*

MORTIMER *in seinem Haus, zwischen Büchern, allein:*
Es erzählt Plutarch von Gajus Julius Cäsar
Daß er in einem las und schrieb und seinem Schreiber
Diktierte und die Gallier schlug. Es scheint
Daß Leute seines Wuchses ihren Ruhm
Zogen aus einem eigentümlichen Mangel
An Einsicht in die Nichtigkeit menschlicher
Dinge und Taten, gepaart mit einem
Erstaunlichen Mangel an Ernst: kurz, ihrer
Oberflächlichkeit.
*Auftreten Erzbischof und Peers.*
ERZBISCHOF
Ihr schwelgt, Roger Mortimer, abgekehrt
In klassischen Schriften, Meditationen
Abgelebter Zeiten
Dieweil, ein aufgestörter Termitenhauf
London Euch braucht.
MORTIMER
London braucht Mehl.
ERZBISCHOF
Wenn im Sankt James-Spital der liebe Gott
Aus Mangel an Mehl einhundert Schweine
Eingehen läßt, störten wir deshalb Euch
Gewiß nicht von Euern Büchern, Mortimer.
Doch wenn in Westminster solch ein Schwein sich sielt
Gesäugt mit der Milch des Lands von dem
der Hüter sei des Landes, einem König
Dann ist's wohl an der Zeit, die Klassiker
Klassiker sein zu lassen.
MORTIMER
Die Klassiker erzählen: Alexander Magnus
Liebte den Hephästion, den Alkibiades liebte
Der weise Sokrates, und um
Patroklus ward Achilles krank. Soll ich
Ob solchen Spaßes der Natur tragen mein Antlitz
Auf den Markt des schweißigen Volkes?
ERZBISCHOF
Edis lange Arme, die Katapulte
Könnten vielleicht erwirken, daß Ihr, stark verkürzt
Nicht froh werdet der so ertrotzten Muße
Den Regen meidend, in der Sintflut ertrinkt.
Ihr seid kalt mit Passion, in einem Alter
Günstig besonnener Tat, geschickt
Durch scharfe Kenntnis menschlicher Schwäch
Geübt aus Büchern und bewegtem Leben
Groß durch Geschlechtername, Güter, Truppen
Berufen, Eure Stimm zu erheben in
Westminster.
MORTIMER
Wollt Ihr am Ätna Eure Suppe kochen?
Ihr seid am Falschen. Wer anfängt
Einen Hahn zu rupfen, ihn zu essen oder
Weil sein Gekräh gestört hat, solchen kann am Ende
Gesättigt, aus Geschmack am Schinden, Lust ankommen
Abzuziehen die Haut dem Tiger. Seid Ihr
Des eingedenk?
ERZBISCHOF
Und wird Westminster Schloß gleich dem Erdboden
Nicht länger darf der Bauer ärgern unsre Haut.
MORTIMER
Mylords, all dieses zu erleichtern, schlag ich vor:
Wir fordern seine Ausweisung durch Schrift und Siegel.
ERZBISCHOF *eilig:*
Was Ihr im Parlament begründet. Im Namen
Englands danken wir Euch, Earl Mortimer
Daß Ihr Euer Weisheitsstudium opfert
Dem Wohle Englands.
*Erzbischof und Peers ab.*
MORTIMER *allein:*
Weil einige Hüte heut am Boden kleben
Vor einem Hund
Stößt dieses Volk seine Insel
In den Abgrund.

*London*

*Mortimer, Erzbischof, Lancaster, die beiden Peers.*

LANCASTER
Der König von England führt dem Earl von Cornwall
Seine Katapulte vor.
ERZBISCHOF
Er führt sie uns vor.
LANCASTER
Habt Ihr Angst, Erzbischof?

MORTIMER
Ach, das beweist unsre Gemeinheit, Lancaster.
Wohnten dem Schauspiel bei antikische Männer
So wär er von des Königs Busen längst
Und am Hundegalgen baumelte der Schlächter-
sohn
Etwas geschwolln von Gift und ohne Zähne.
LANCASTER *nach einem Katapult-Einschlag:*
Gut gezielt, Eduard. Solch ein Einschlag macht
Nachdenklich. Die Katapulte
Sind Eduards lange Arme. Er greift
In Eure schottischen Kastelle, Erzbischof
Mit seinen Katapulten.
*Auftritt die Königin Anna.*
MORTIMER
Wohin gehn Eure Majestät so schnell?
ANNA
Tief in die Wälder, edler Mortimer
Zu leben in Trauer und Bitternis.
Denn jetzt sieht mich Mylord der König nicht
Sondern allein nur diesen Gaveston.
Er hängt ihm um den Nacken, und komme ich
Dann faltet er die Stirn: »Geh fort! Du siehst
Ich habe Gaveston.«
MORTIMER
Mylady, Ihr seid verwitwet durch
Eines Schlächters Sohn.
ERZBISCHOF
Wie Mortimer Mylady tröstet!
LANCASTER
Sie ist dem schlimmen Eduard zugetan.
Es ist ein scheußlich Los. Gott steh ihr bei.
ANNA
Mein Mortimer, gibt es mehr Bitternis
Als daß die Schwester Frankreichs Witwe ist
Und nicht Witwe; denn ihr Gatte ist lebendig;
Schlimmer als Witwe; denn es wäre besser
Wenn sie Erde bedeckte, sie geht im Schatten
Des Schimpfes, Frau und doch nicht Frau:
Denn ihr Bett ist kahl.
MORTIMER
Madame, die Haut wird schlecht von zuviel
Tränen.
Verwaiste Nächte machen alt. Tranige Gefühle
Erschlaffen den Leib. Schafft Euch, Mylady
Befriedigung. Das rohe Fleisch
Gewöhnlich, will benetzt sein.
ANNA *für sich:*
Sehr elender Eduard, wie erniedrigst du mich
Daß ich diesem nicht ins Gesicht schlagen darf
Sondern muß stillhalten, bloßstehn
Wenn er mich anspringt in Geilheit. *Laut:*
Ihr nützt mich aus im Elend, Mortimer.

MORTIMER
Kehrt, Lady Anna, an den Hof zurück.
Laßt diesen Peers die Sorge: vor Mondwechsel
Ist dieser Schlächtersohn auf einem irischen
Schiff.
ERZBISCHOF
Mylady, der Gaveston ist uns
Ein Dorn im Aug. Wir wollen ihn ausziehn.
ANNA
Erhebt doch nicht das Schwert gegen euern
König.
Sehr fremd ist uns Eduard. Ach, meine Liebe
Verwirrt mich. Wie konnte ich gehen in die
Wälder, Mylords
Wenn sie herfallen über den König Eduard?
Auf fremden Gassen hör ich ihn bedrohn
Und eil zurück, ihm beizustehen in
Bedrängnis.
LANCASTER
Unblutig nicht geht Gaveston aus England.
ANNA
Dann laßt ihn da. Lieber als daß mein Herr
Bedroht sein soll, will ich tragen mein Leben
Und ihm lassen seinen Gaveston.
LANCASTER
Geduldet Euch, Mylady.
MORTIMER
Mylords! Geleiten wir die Königin zurück
Nach Westminster.
ANNA
Um meinetwegen
Erhebt nicht das Schwert gegen den König.
*Alle ab.*
*Auftritt Gaveston.*
GAVESTON
Der mächtige Earl von Lancaster, der Erzbi-
schof
Von Winchester, mit ihnen die Königin
Und einige Aasgeier im Altteil Londons
Führen was im Schilde gegen
Mancherlei Leute.

*London*

GAVESTON *in seinem Haus, allein, schreibt sein Testament:*
Aus Unverständnis, an gewöhnlichem
Donnerstag
Ohne Lust am Schlachten auch
Wird manch einer ausgewischt, schmerzlich.
Und darum schreib ich, der nicht weiß

Was an mir fehlte oder zuviel war
Daß jener Eduard, der jetzt König ist
Nicht von mir abließ – denn an mir
Hat meine Mutter nichts entdeckt, das anders wär
Als höchst gemein, nicht Kropf, noch weiße Haut –
Drum schreibe ich, weil ich nicht aus noch ein weiß
Und, trotz dummem Kopf, doch dies:
Daß nichts leben hilft dem, den alle tot wollen
So daß mir nicht zu helfen ist in diesem London
Aus dem ich nicht mehr herauskommen kann anders
Als mit den Füßen voran
Mein Testament.
Ich, Danyell Gaveston, alt zwanzig Jahr und sieben
Sohn eines Schlächters, durch zu günstige Umständ
Erledigt, ausgemerzt durch zuviel Glück, vermache
Kleider und Stiefel denen, die zuletzt
Um mich sind.
Den dummen Frauen von Sankt James-Street
Die Erzabtei von Coventry, dem guten
Ale trinkenden Volk von England mein schmales Grab
Dem guten König Eduard, meinem Freund
Gottes Verzeihung.
Denn ich bin sehr betrübt, daß ich nicht einfach
Zu Staub ward.

**9. Mai 1311: Da sich König Eduard weigert, die Ausweisung seines Günstlings Gaveston zu unterschreiben, bricht ein Krieg von dreizehn Jahren aus.**

*Westminster*

*Mortimer, Lancaster, Erzbischof, Peers unterzeichnen einer nach dem andern die Urkunde.*

MORTIMER
Dies Pergament besiegelt seine Ausweisung.
*Auftreten Königin, Gaveston, der sich neben den Stuhl des Königs setzt, Kent, dann Eduard.*

EDUARD
Seid Ihr aufgebracht, daß Gaveston hier sitzt?
Es ist Unser Wunsch, Wir wollen es so haben.

LANCASTER
Seine Gnaden tun gut, ihn sich zur Seit zu setzen.
Sonst nirgends ist der neue Peer so sicher.

ERZBISCHOF
Quam male conveniunt!

LANCASTER
Ein Bannerlöwe, Ungeziefer schmeichelnd.

ERSTER PEER
Wie sich der Bursche auf dem Stuhle aalt!

ZWEITER PEER
Für Londons Volk ein Fressen und Schauen.
Der König Eduard mit seinen zwei Frauen.
*Das Parlament wird vor dem Volk eröffnet.*

KENT
Das Wort hat Roger Mortimer.

MORTIMER
Als Paris Menelaus Brot und Salz aß
In Menelaus Haus, schlief mit ihm – also
Vermelden die antiken Chroniken –
Des Menelaus Weib, und er hatte sie
Nach Troja segelnd, noch auf seinem Strickbett.
Troja lachte. Lachend schien es Troja
Und schien es Griechenland billig, dieses willige Fleisch
Mit Namen Helena zurückzugeben
Weil sie 'ne Hur war, ihrem griechischen Mann.
Allein Lord Paris, begreiflich, machte Umschweif, sagte
Sie sei unwohl. Inzwischen kamen Schiffe
Griechische. Die Schiffe mehrten sich
Wie Flöhe. Eines Morgens dringen Griechen
In Paris Haus, die griechische Hure auszuheben. Paris schreit

Aus seinem Fenster, dieses sei sein Haus
Das seine Burg sei, und die Troer, wähnend
Er habe nicht Unrecht, klatschen grinsend Beifall.
Die Griechen weiter liegen fischend auf den Segeln
Den herabgelassenen, bis in einer Ale-Kneipe
Im Hafenviertel einer einem
Die Nase blutig haut, ausredend sich
Dies sei um Helena.
Vor jemand sich's versah in folgenden Tagen
Griffen vieler Hände nach vieler Hälsen.
Von zerbrochenen Schiffen spießte man viele auf
Ertrinkende, wie Thunfische. Bei zunehmendem Mond
Fehlten viele in den Zelten, in den Häusern
Wurden viele gefunden ohne Köpfe. Die Krebse
Wurden sehr feist in jenen Jahren in dem Fluß
Skamander, aber nicht gegessen. Spähend
Nach Wetterstrich früh
Bekümmert einzig, ob abends Fische anbeißen
Fielen gegen Mitternacht in Verwirrung und Absicht
Sämtliche.
Gegen zehn Uhr noch gesichtet
Mit Menschenantlitzen
Gegen elf Uhr
Vergessend Sprache ihres Landstrichs, findet
Troer nicht Troja, Grieche Griechenland nimmer.
Vielmehr spüren sie menschlicher Lippen Verwandlung
In Tigerlefzen. Schlagen, gen Mittag, die Zähne
In die Weichen des Nebentiers
Das aufächzt.
Noch hielte, wäre auf der bestürmten Mauer
Einer nur wissend
Anrufend sie mit Namen nach Gattung
Manch einer ein, erstarrend. Gut wär es
Sie verschwänden, weiter fechtend
Auf jäh alterndem Meerschiff
Sinkendem unter den Füßen, vor Nachtanbruch
Ohne Namen.
Schrecklicher töteten sie sich.
Als welcher Krieg zehn Jahre dauerte
Und der trojanische genannt wird und
Beendet wurde durch ein Pferd.
Wäre also nicht meist Verständigung
Unmenschlich, menschlich Ohr verstopft –
Gleichgültig, jene Helena war 'ne Hur
Oder Großmutter höchst gesunder Stämme –
Stünde Troja noch, das viermal größer war
Als unser London, wär nicht Hektor
Verdorben mit blutigen Schamteilen, wär doch nicht
Des wässerigen Priamus sehr altes Haar
Bespien von Hunden, wär nicht dieses ganze
Geschlecht in seiner Mannheit Mittag abgestorben.
Quod erat demonstrandum. Freilich
Hätten wir dann auch nicht die Ilias.
*Er setzt sich, Pause.*

EDUARD *weint.*

ANNA
Was ist Euch? Wünscht Ihr Wasser, mein Gemahl?

KENT
Der König ist unpaß. Schließt die Sitzung.
*Das Parlament wird geschlossen.*

EDUARD
Was seht ihr her? Seht nicht her. Gott gebe
Daß deine Lippe, Mortimer, nicht lügnerisch ist.
Bemüht euch nicht um mich. Wenn es aussieht
Als wäre ich verstimmt, seht ab. Es wär nur
Verfärbte Schläf, gestocktes Blut im Hirn, nichts sonst.
Legt Hand an den Verräter Mortimer.

ERZBISCHOF
Was er hier spricht, verbürgen wir mit dem Kopf.

LANCASTER
Tut uns den Gaveston aus den Augen, Herr!

MORTIMER
Lest hier
Was wir für Euch auf dieses Pergament
Geschrieben haben.

ANNA *zu Eduard:*
Herr, braucht Menschenverstand.
's ist Donnerstag, 's ist London.

MORTIMER
Unterschreibt
Die Ausweisung des Danyell Gaveston, Sohn
Eines Fleischhauers in der Stadt London
Ausgewiesen vor Jahr und Tag im englischen
Parlament, zurückgekehrt unrechtlich, heut
Zum zweiten Male ausgewiesen vom
Englischen Parlament. Herr! Unterschreibt!

LANCASTER
Wollt unterschreiben, Mylord!

ERZBISCHOF
Mylord, wollt unterschreiben!

GAVESTON
Ihr dachtet wohl nicht, Herr, daß es so schnell geh.

KENT
Laß ab von diesem Gaveston, Bruder Eduard!

MORTIMER
’s ist Donnerstag, ’s ist London. Unterschreibt!
*Lancaster, Erzbischof, Peers stellen einen Tisch vor den König.*
Unterschreibt!

EDUARD
Nie, nie, nie!
Eh mir mein Gaveston genommen wird
Lasse ich die Insel.
*Er zerreißt die Urkunde.*

ERZBISCHOF
Jetzt ist England zerrissen.

LANCASTER
Jetzt wird wohl viel Blut fließen in England
König Eduard.

MORTIMER *singt:*
Die Mädchen von England im Witfrauenkleid
Ihr Buhle vermodert vor Bannockbride
Schrein Aheave und Aho!
Der König von England läßt die Trommel schlagen
Daß man nicht hört die Witwen von Bannockbride klagen
Mit a–rom rom–below.

EDUARD
Wollt Ihr nicht weitersingen? Schaut Ihr
Auf einen König als auf Euer Schlachtvieh?
Kann ein Geschlecht so leben?
Komm, Gaveston. Noch bin ich da
Und hab den Fuß für einige Natternköpfe.
*Ab mit Gaveston.*

MORTIMER
Das ist Krieg.

LANCASTER
Nicht die Engel im Himmel noch die Teufel der See
Werden retten den Schlächtersohn vor Englands Armee.

**Die Schlacht von Killingworth (15. und 16. August 1320). Schlachtfeld bei Killingworth.**

*Gegen sieben Uhr abends*

*Mortimer, Lancaster, Erzbischof, Truppen.*

LANCASTER
Da! Die zerfetzte Fahne Sankt Georgs
Die von der Irischen bis an die Tote See wehte!
Alarm!
*Auftritt Kent.*

KENT
Mylords, aus Lieb zu England stoße ich
Zu Eurer Fahn und sag ab dem König
Meinem Bruder, weil er durch verruchten Hang
Zu jenem Gaveston das Reich verdirbt.

ERZBISCHOF
Deine Hand, Kent!

LANCASTER
Marschiert!
*Trommeln.*

LANCASTER
Und keiner rühre an den König Eduard!

ERZBISCHOF
Und hundert Schilling für den Kopf des Gaveston.
*Sie marschieren.*

*Gegen sieben Uhr abends*

*Marschierende Truppen. Eduard. Gaveston.*

ERSTER SOLDAT
Herr, kommt! ’s ist Schlacht.

EDUARD
Sprich weiter, Gaveston.

GAVESTON
Viel Volk in London sagte, dieser Krieg
Hört nicht mehr auf.

EDUARD
Höchst eigen rührt es Unser Aug, dich, Gaveston
In dieser Stunde, ohne Waffen, Uns vertrauend
Ohne Schutz Leders und Erzes, nackter Haut
Vor Uns zu sehen, im gewöhnten
Irischen Kleid.

ZWEITER SOLDAT
Laßt marschieren, Mylord! ’s ist Schlacht.

EDUARD
Wie dieses Storchenschwarms Dreieck am Himmel
Wiewohl fliegend, zu stehen scheint, so steht
In Uns dein Bild, unberührt durch Zeit.

GAVESTON
Mylord, solch einfach Rechnen, wie's vor dem
Einschlafen ein Fischer, zählend Netz und Fisch
Anstellt, auch die Schillinge
Ausziehend aus der Rechnung, wird mir
Nicht aufhörn, wenn ich in der Sonn geh:
Daß viele mehr als einer sind, daß
Solch einer lebt viele Tage, doch nicht alle Tage.
Drum setzt nicht drauf zu äußerst Euer Herz
Daß nicht verloren gehn mög Euer Herz.

DRITTER SOLDAT
Herr, zur Schlacht!

EDUARD
Deine schönen Haare.

*Acht Uhr abends*

GAVESTON *fliehend:*
Seit diese Trommeln waren, der Sumpf, ersäufend
Katapult und Pferde, ist wohl verrückt
Meiner Mutter Sohn Kopf. Keuch nicht! Ob alle
Schon ertrunken sind und aus und nur mehr Lärm ist
Hängend noch zwischen Erd und Himmel? Ich will auch nicht
Mehr rennen. Denn es sind nur mehr Minuten und
Ich rühr jetzt keine Hand mehr und ich leg
Mich einfach in den Boden da, damit
Nicht ich bleib bis ans Ende der Zeiten.
Und wenn morgen der König Eduard
Vorbeireitet, mich zu quälen, rufend: »Danyell!
Wo bist du?« bin ich nicht mehr da. Und jetzt
Bindest du dir deine Schuh auf, Gav, und bleibst
Sitzen.

*Auftreten Lancaster, Mortimer, Erzbischof, Peers, James, Truppen.*

LANCASTER
Auf ihn, Soldaten!

*Gelächter der Peers.*

LANCASTER
Willkommen, Erzkämmerer!

ERSTER PEER
Willkommen, der beliebte Earl von Cornwall!

ERZBISCHOF
Willkommen, Erzabt!

LANCASTER
Lauft Ihr herum, Euer schmutziges Blut zu kühlen
Erzabt!

ERZBISCHOF
Sehr ehrenwerte Peers! Ich denke, sein Prozeß
Ist kurz. Sein Urteil: Weil Danyell Gaveston
Sohn eines Fleischhauers in der Stadt London
Des Königs Eduard Hur war, ihn verleitete
Zu Unzucht und zu sonstigen Verbrechen
Auch zweimalige Ausweisung ihn nicht abhielt
Wird er gehängt am Ast. Hängt ihn.

JAMES
Er rührt sich nicht mehr, Mylords. Er tut steif
Wie gefrorner Stockfisch. Das ist der Ast.
Zwei hänfne Stricke. Er hat Fleisch.

MORTIMER *abseits:*
Der Mensch, lebendig, wär halb Schottland wert
Und ein Mensch wie ich könnte das ganze Heer
Geben für diesen wäßrigen Stockfisch. Aber
Ast, Strick und Hals sind da, und Blut ist billig.
Seit Katapulte, an denen Menschen hängen
Unaufhaltsam stampfen, seit Pferdeherden
Mit Volk drauf, scheu von Trommeln, aufeinander rasen, Staubwänd und Nachtanbruch
Den Ausweg aus der Schlacht zuspinnen
Seit Katapulte arbeiten, Trommeln trommeln
Bemenschte Pferdeherden
Einander auffressen, zieht roter
Taumliger Mond Vernunft aus Hirnen und aus
Dem Menschen tritt nackt das Tier.
Die Lage fordert, daß jetzt einer hängt.

JAMES
Jetzt das Brett.

GAVESTON
Der Strick geht nicht.

JAMES
Wir seifen ihn gleich.

SOLDATEN *im Hintergrund, singen:*
Edis Kebsweib hat einen Bart auf der Brust.
Bitt für uns, bitt für uns, bitt für uns!

EIN SOLDAT *zu Gaveston:*
Was fühlt Ihr, Herr?

GAVESTON
Schafft erst die Trommel.

SOLDAT
Werdet Ihr schrein, Herr?

GAVESTON
Ich bitte, die Trommel wegzutun. Ich werde
Nicht schrein.

JAMES
Gut, Sir. Haltet jetzt Euer Maul.
Legt ihm die Schlinge um. Sein Hals ist kurz.
GAVESTON
Ich bitte dringend, es mög schnell geschehn.
Doch bitt ich noch um Verlesung meines Urteils.
JAMES *verliest das Urteil; dann:*
So, jetzt.
GAVESTON
Eduard! Mein Freund Eduard! Hilf mir
Wenn du noch in der Welt bist!
Eduard!
*Es tritt auf ein Soldat.*
SOLDAT
Halt! Botschaft vom König!
GAVESTON
Er ist noch in der Welt.
ERZBISCHOF *liest:*
»Da ich vernahm, Ihr hättet Gaveston
Ersuch ich Euch, ihn vor dem Tod
Noch sehn zu dürfen – denn ich weiß
Daß er sterben wird –, und schick mein Wort
Und Siegel: er kommt zurück.
Und wenn Ihr mir tun wolltet den Gefallen
Wär ich Euch dankbar für die Höflichkeit.
Eduard.«
GAVESTON
Eduard!
ERZBISCHOF
Was jetzt?
LANCASTER
Dies Papier, Mylords, wiegt eine gewonnene Schlacht.
GAVESTON
Eduard. Der Name belebt mich.
LANCASTER
Das braucht er nicht. Wir könnten beispielsweise
Dem König dein Herz schicken.
GAVESTON
Unser guter König Eduard verspricht mit Wort und Siegel
Er will mich sehen nur, dann mich wiederschikken.
LANCASTER
Wann?
*Gelächter.*
Für seinen Danny wird er, wenn er ihn nur sieht
Vor Gottes Gesicht jedwedes Siegel brechen.
ERZBISCHOF
Eh ein König Englands einen Eid bricht
Bricht ein die Insel in das Weltmeer.
LANCASTER
Gut. Schickt ihm den Gaveston, aber hängt ihn drauf.
MORTIMER
Hängt nicht den Gaveston, aber schickt ihn auch nicht.
ERZBISCHOF
Man kann dem König einen Kopf vielleicht
Doch nicht einen Wunsch abschlagen.
LANCASTER
Gut, schält ihm seine Haut ab, aber
Weigert ihm nicht die kleine Höflichkeit.
Und jetzt zur Schlacht mit Eduard Gloster
Der Frau des Schlächtersohns.
ERZBISCHOF
Schneidet ihn los
Und Ihr, Lord Mortimer, besorgt seine Fracht.
GAVESTON
Noch eine Nachtwach Zeit und noch zwei Wege.
Den Tod nehm ich wie meinen Mond mit mir.
JAMES
's ist viel Gewese um eines schlichten Fleischhauers Sohn.
*Alle ab außer Mortimer, James, Gaveston.*
MORTIMER
Dieser Schlächtersohn ist das A des Krieges
Doch auch sein Z
Und Strick aus Sumpf und Schild vor Pfeil und ich
Hab ihn. Hallo, James!
Führ diesen Mann herum, und fragt dich einer
Wohin, dann sag: zum Schindanger. Behandle
Ihn aber wie ein rohes Ei. Und bring
Ihn morgen, gegen elf, in das Holz
Von Killingworth. Wo ich sein werd.
JAMES
Und wenn's Euch reißt, Herr?
MORTIMER
Dann was ihr wollt.
JAMES
Kommt, Sir! *Ab mit Gaveston.*
MORTIMER
Mir ist, als stiege sachter Aasgeruch
Aus meiner Weisung. Doch seit der Mond Blut
Anzieht wie Wasserdunst und diese Peers
Gesichter haben, die nach Sterben schmecken, bin ich
Der weiß, was ist, und keines Monds achtet
Ein einziger Klumpen Feigheit.
Ein Mann reicht aus, den abzutun
Der tausend abtun könnt. Drum wickle ich mich

Gescheut wie ein Verbrannter, in eines andern
Haut, nämlich in die Haut dieses
Schlächtersohns.

*Gegen zehn Uhr abends*

ANNA *allein:*
O höchst armselige Königin!
Oh, wären, als ich das holde Frankreich ließ
Und eingeschifft ward, die Wasser worden
Stein!
Oder jene Arme, die um meinen Nacken waren
Hätten mich erwürgt in der Nacht der Hochzeit.
Weh, jetzt muß ich nachjagen dem König
Eduard.
Denn er zog, mich verwitwend, in diese
Schlacht
Von Killingworth für den Teufel Gaveston.
Mir schauert meine Haut, wenn ich ihn
anblick.
Er aber taucht sein Herz gleich einem
Schwamm
In ihn.
Und so bin ich für immer armselig.
O Gott, warum hast du mich, Anna
Von Frankreich, so erniedrigt, damit
Erhöht werde der Teufel Gaveston?
*Auftritt Gaveston, James, Soldat.*

JAMES *kommt vor:*
Hallo!

ANNA
Seid ihr die Soldaten des Königs Eduard?

JAMES
Keineswegs.

ANNA
Wer ist der Mann dort in dem irländischen
Kleid?

JAMES
Das ist Danyell Gaveston, Hure des Königs
Von England.

ANNA
Wohin führt ihr ihn?

JAMES
Zum Schindanger.

GAVESTON *rückwärts:*
Wenn ich Wasser hätte für meine Füße.

SOLDAT
Da ist Wasser.

ANNA
Ich bitte euch, verweigert ihm das nicht.

GAVESTON
Laßt mich zu ihr, 's ist die Königin.
Nehmt mich mit, Mylady.

JAMES
Nein, bleibt. Wascht nur Eure Füße, ich habe
die Weisung.

ANNA
Warum laßt ihr ihn nicht mit mir reden?

JAMES
Geht nur beiseit, Euer Gnaden, daß er sich
wäscht.
*Drängt sie weg.*

GAVESTON
Bleibt, liebe Lady, bleibt!
Armseliger Gaveston, wohin gehst du jetzt?

*Ein Uhr nachts*

*Lancaster, Peers, Truppen, auf dem Marsch nach Boroughbridge.*

EIN SOLDAT
Wegrichtung Boroughbridge!
*Die Losung wird durchgegeben.*

SOLDATEN *singen:*
Die Mädchen von England im Witfrauenkleid
(In der Nacht)
Ihr Buhle vermodert vor Bannockbride
(In der Nacht)
Schrein Aheave und Aho.
Der König von England läßt die Trommel
schlagen
(In der Nacht)
Daß man nicht hört die Witwen von Bannockbride klagen
(In der Nacht)
Mit a–rom rom–below.

LANCASTER
Alles glückt. Wir packen diese Nacht noch
Boroughbridge.

*Zwei Uhr morgens*

*Eduard, Spencer, Baldock, der junge Eduard, schlafendes Heer.*

EDUARD
Ich bin begierig nach dem Bescheid der Peers
Betreff des Freundes, meines Gaveston.

Ach, Spencer, alles Geld Englands
Löst ihn nicht mehr aus; er ist gezeichnet
Zu sterben. Ich kenne die böse Natur
Des Mortimer, ich weiß, der Erzbischof ist roh
Und Lancaster ist unerbittlich und niemals wieder
Werd ich den Danyell Gaveston erblicken
Und am Ende setzen sie mir den Fuß auf den Nacken.

SPENCER
Wär ich der König Eduard, Souverän von England
Des großen Eduards Longshank Reis, ich trüge nicht
Diese Wut der Rowdies, duldete nicht, daß diese
Strolche von Peers in meinem eignen Land
Mir drohn. Schlagt ihnen die Köpfe ab! Steckt sie
Auf Pfähle! Kein Zweifel, das wirkt immer.

EDUARD
Ja, guter Spencer, Wir waren viel zu milde
Zu gut zu ihnen. Das hat jetzt ein Ende.
Kommt Gaveston nicht zurück, fliegen ihre Köpfe.

BALDOCK
Solch großer Plan, Mylord, kommt Euch sehr zu.

DER JUNGE EDUARD
Warum machen sie solchen Lärm, Vater?

EDUARD
Sie zerfleischen England, Kind.
Ich hätte dich zu ihnen geschickt, Eduard
Daß sie mir den Willen tun mit Gaveston.
Hättest du dich gefürchtet, Junge, vor den wilden Peers?

DER JUNGE EDUARD
Ja, Vater.

EDUARD
Das ist eine gute Antwort.
Es gibt viele böse Vögel auf dem Felde heute nacht.

*Auftritt die Königin.*

ANNA
Seid ihr die Soldaten des Königs Eduard?
Ist das der Kalkbruch von Killingworth?
Wo ist der König Eduard, Soldaten?

SPENCER
Was ist?

EIN SOLDAT
Ein Weib sucht den König Eduard.

ANNA
Von London kommend, seit zwei Tagen zu Pferde
Suchte ich Euch durch Sumpf, Gestrüpp und Schlacht.

EDUARD
Seid nicht willkommen.

SPENCER
Die Schlacht kreißt schon zwei Tage, erschwert
Weil Heer dem Heere gleich sieht und jeder
Sankt Georg und England ruft. Mit Sankt Georg
Zerfleischen Brüder sich, und wie zwei Molche
Im Kampf zerknäuelt, zahnt sich Heer in Heer
Und Englands Dörfer brennen auf für England.
Gegen Abend, im Sumpf, zwischen Katapulten, Ertrinkenden
Wobei auch Gaveston gefangen wurde, fiel
Nach sicherem Vernehmen Lord Arundel.
Gleich drauf regnete es stark. Die Nacht blieb unruhig
Mit Geplänkel. Der König fror etwas, doch ist er
In guter Verfassung. Unsre Stellungen sind
Nicht übel, wenn nicht diese Nacht die Peers
Dorf Boroughbridge genommen haben. Heute
Entscheidet es sich. Was den Gaveston anlangt
Versprechen die Peers, ihn uns hierherzuschicken.

ANNA *für sich:*
Und lassen ihn schleifen auf den Schindanger.
Vielleicht ist's so am besten. Doch nicht ich
Darf es ihm sagen, daß wohl der Mensch
Zur Stund schon aus der Welt ist.
*Laut:*
Heut ist die Jagd gegen dich, Eduard.

EDUARD
Ja.
Und gefangen ist mein Freund Danyell Gaveston
Und mir gekommen bist durch Sumpf und Strauchwerk du.

ANNA
Wollt Ihr mich anspein, Mylord, benützt
Dieses Gesicht.

EDUARD
Euer Gesicht ist ein Grabstein. Darauf steht:
»Hier ruht der arme Gaveston.« Habt Ihr nicht auch
Ein Trostsprüchlein? »Tröstet Euch, Mylord.
Dieser Gaveston schielte auf einem Aug.«
Ich aber antworte: »Mich widert jede Haut
Eure zum Beispiel.«
Ich, Eduard von England, sage Euch
Eingedenk, daß mich etwan nur Stunden

Trennen von Untergang: Ich mag Euch nicht.
Im Aug des Todes: Ich liebe Gaveston.

ANNA

Wiewohl ich nicht vergessen werd des argen Schimpfs –
Denn die paar Ding in diesem armen Kopf
Sind stets lang drin und schmelzen nur höchst langsam –
So bleibt's doch gut, daß dieser weg ist.

EDUARD

Schaff du ihn mir wieder. Man sagt
Der Mortimer hat alle Macht. Geh du
Zu ihm, denn dieser Mensch ist eitel.
Ein Schlag wie seiner verfällt einer Königin leicht.
Dring in ihn, wende Künste an, deine
Besondern. Die Erde geht schier bald unter.
Was ist ein Eid? Ich gebe dir Absolution.

ANNA

Jesus! Ich kann's nicht.

EDUARD

So weise ich Euch aus von meinem Antlitz.

ANNA

In diesen Tagen, wo Krieg sich auftut, der
Man sagt es, nicht mehr aufhören wird, schickt Ihr
Zurück mich durch roh schlächterischen Heerhauf?

EDUARD

Ja. Und gebe Euch dazu den Auftrag, Truppen
Zu holen von Schottland für Euern Sohn
Eduard. Denn seines Vaters Sache steht nicht gut.

ANNA

Grausamer Eduard!

EDUARD

Er sagt Euch noch dies: 's ist Euer Los.
Ihr seid dem wohl grausamen Eduard, der
Euch kennt vom Herzen bis zur Scham, verknüpft
Bis, gleichwie in der Schling das Wild, Ihr endet.

ANNA

Wißt Ihr das unverbrüchlich?

EDUARD

Ein Ding, überantwortet testamentlich
Seid Ihr mir eigen. Mir verschrieben, unerwünscht
Ohne mein Einverständnis nie frei.

ANNA

Ihr schickt mich fort und bindet mich zugleich?

EDUARD

Ja.

ANNA

Der Himmel ist mein Zeuge, daß ich dich nur liebe.
Dich zu halten reichten, glaubt ich, meine Arme
Über die ganze Insel. Zu fürchten ist an der Zeit
Daß sie ermüden.
Bindet Ihr mich und schickt mich fort zugleich?

EDUARD

Weiß man noch nichts von Gaveston?

ANNA

Der mich gehen heißt und nicht gehen läßt
Von dem sollen alle gehn und ihn sollen sie nicht gehen lassen.
Unstet und hautlos meide ihn sein Ende.
Wenn er menschlicher Hand bedürftig ist
Soll sie abgeschält sein ihrer Haut, aussätzig.
Und wenn er ihnen entrinnen will, zu sterben
Sollen sie ihn halten und nicht loslassen.

EDUARD

Weiß man noch nichts von Gaveston?

ANNA

Wenn du noch wartest auf deinen Freund Gaveston
König Eduard, mach deine Hoffnung kürzer.
Im Sumpf sah ich einen Mann im irischen Kleid
Und hörte sie sagen, 's geh zum Schindanger.

SPENCER

O blutiger Meineid!

EDUARD *kniend:*

Bei euer aller Mutter, bei der Erde
Beim Himmel, bei den Plänen der Gestirne
Bei dieser harten, vertrockneten Hand
Bei dieser Insel sämtlichem Eisen
Bei den letzten Eiden einer entleerten Brust
Bei allen englischen Ehren, bei meinen Zähnen:
Ich will haben eure mißgeschaffnen Leiber
Sie zu verändern, daß die Mütter euch
Nicht mehr kennen. Ich will haben eure weißen
Hauptlosen Stümpfe.

ANNA

Jetzt sehe ich, daß er verfallen ist
Mit Herz und Haar dem Teufel Gaveston.
*Ab mit dem jungen Eduard.*
*Es tritt auf ein Soldat.*

SOLDAT

Antwort der Peers:
Wir haben Boroughbridge, die Schlacht ist aus.
Wenn Ihr ohn Blutvergießen wollt
Erleichterung und Hilfe, sagt Euch England:
Vergeßt den Gaveston, der jetzt aus dem Streit ist –

EDUARD

Der jetzt aus der Welt ist –

SOLDAT
Und schwört sein Angedenken ab und Ihr
Habt Frieden.

EDUARD
Gut. Sag deinen Peers:
Weil ihr Boroughbridge habt, und ich deshalb
Keine Schlacht mehr schlagen kann und weil
Mein Freund Gaveston aus der Welt ist
Nehm ich euer Angebot an und es soll Friede sein
Zwischen mir und euch. Kommt gegen Mittag
In den Kalkbruch von Killingworth, allwo ich
Wie ihr es wünscht, abschwören werde
Sein Angedenken. Nur kommt ohne Waffen.
Denn dies würd Unser königliches Aug
Ärgern.

*Soldat ab.*

EDUARD *weckt seine Soldaten:*
Auf, ihr Schlafsüchtigen! Legt euch in den Kalkbruch
Wie Leichen! Eduard Sanfthand
Erwartet Gäste. Wenn sie kommen
Werft euch um ihren Hals.

*Fünf Uhr morgens*

*Gaveston, James, der andere Soldat.*

GAVESTON
Wohin gehen wir, zum Teufel!
Das ist wieder der Kalkbruch.
Wir gehen immer im Kreis.
Warum blickt ihr mich so kalt an?
Fünfzig weiße Schillinge!
Fünfhundert!
Ich will nicht abkratzen!

*Wirft sich auf den Boden.*

JAMES
So, jetzt hast du geschrieen. Jetzt gehen wir weiter.

*Auftreten zwei Soldaten.*

GESCHREI
Sankt Georg und England!

ERSTER
Was siehst du dort?

ZWEITER
Feuer.

ERSTER
Das ist Boroughbridge. Und was hörst du?

ZWEITER
Scheppernde Glocken.

ERSTER
Das sind die Kirchenstränge von Bristow, die sie ziehen, weil der König von England und seine Peers Frieden schließen wollen.

ZWEITER
Warum auf einmal?

ERSTER
Angeblich, damit England nicht zerfleischt wird.

JAMES
Jetzt scheint es auf einmal wieder, als kämt Ihr mit einem blauen Aug davon, Sir. Wieviel Uhr ist es?

DER ANDERE SOLDAT
Gegen fünf Uhr.

*Elf Uhr mittags*

*Eduard, Spencer, Baldock.*

SPENCER
Die Peers von England kommen waffenlos von den Hügeln.

EDUARD
Stehen die Wachen?

SPENCER
Ja.

EDUARD
Habt ihr Stricke?

SPENCER
Ja.

EDUARD
Sind die Truppen in Ordnung, herzufallen
Über das kopflose Heer?

SPENCER
Ja.

*Auftreten Erzbischof, Lancaster, Peers.*

BALDOCK
Mylord, Eure Peers.

EDUARD
Bindet sie mit Stricken.

DIE PEERS *brüllen auf:*
Verrat! Wir sind in einer Wildfalle. Euer Eidschwur!

EDUARD
Eidbruch gedeiht bei solchem Wetter.

ERZBISCHOF
Ihr habt geschworen.

EDUARD
Trommeln!

*Die Rufe der Peers werden niedergetrommelt, die Peers werden gefesselt abgeführt.*

SPENCER
Mortimer fehlt.
EDUARD
So holt ihn.
Habt ihr Armbruster, Wurfschleuderer, Ballisten?
Her die Feldkarten!
Streift mit Eisen durch den Plan! Kämmt ihn durch!
Sagt, vor ihr ihn erwürgt, jedem Mann im Strauch:
Englands König habe in einen Tiger sich verwandelt
Im Holz von Killingworth.
Auf!
*Große Schlacht.*

*Zwölf Uhr mittags*

*Gaveston, James, der andere Soldat.*

JAMES
Schaufle, mein Junge. Die Schlacht nimmt zu. Dein Freund wird siegen.
GAVESTON
Wozu braucht ihr ein Erdloch?
JAMES
Es wird jetzt Zeit, unsre Haut unter Dach zu bringen. Wir müssen also die Weisung ausführen. Schaufelt, lieber Herr. Solltet Ihr noch Euer Wasser abschlagen wollen, Sir, so könnt Ihr das hier tun.
GAVESTON
Es zieht sich jetzt auch gegen Bristow hinüber. Wenn Wind geht, hört man die Pferde der Walliser. Habt Ihr den Trojanischen Krieg gelesen? Meiner Mutter Sohn, für den wird auch viel Blut vergossen. Edi mag oft genug fragen, wo sein Freund bleibt.
JAMES
Schwerlich, Sir. Jedermann in Killingworth wird ihm sagen, daß er nicht mehr auf Euch warten soll. Schaufelt, lieber Herr. Es geht nämlich das Gerücht, Sir, man habe Eure ehrenwerte irische Leiche auf Killingworths Schindanger gesehen. Wenn man je einem Gerücht trauen darf, habt Ihr keinen Kopf mehr, Sir.
GAVESTON
Für wen ist die Grube?
JAMES *schweigt.*

GAVESTON
Seh ich den König nie mehr, James?
JAMES
Den Himmelskönig vielleicht, Englands König kaum.
DER ANDERE SOLDAT
Heute fällt mancher Mann durch eines Soldaten Hand.
JAMES
Wieviel Uhr ist es?
DER ANDERE SOLDAT
Gegen zwölf Uhr.

*Sieben Uhr abends*

*Eduard, Spencer, Baldock, die gefangenen Peers, unter diesen auch Mortimer. Spencer zählt die Gefangenen, notiert ihre Namen.*

EDUARD
Es ist Zeit. Das ist die Stunde
Daß dieser Mord an meinem lieben Freund
An dem mir, wie man weiß, die Seele hing
An dem Danyell Gaveston der Mord, gesühnt sei.
KENT
Bruder, alles geschah für Euch und England.
EDUARD *macht ihn los:*
So, Sir, Ihr habt gesprochen, geht jetzt fort.
*Kent ab.*
EDUARD
Nun, üppige Peers, nicht nur das Schlachtenglück
Sogar die gute Sache siegt beizeiten.
Mir scheint, ihr hängt die Köpfe, aber
Die richten Wir euch wieder auf.
Halunken! Rebellen! Verfluchte Schufte!
Habt ihr ihn geschlachtet?
Als Wir durch Boten um ihn ersuchen ließen
Mit Siegel und Wort, nicht anders
In einem Schreiben, damit er komme und
Mit Uns noch spreche
Sagtet ihr ja? Nun? Habt ihr ihn geschlachtet?
Geköpft? Du hast einen so großen Kopf, Winchester.
Er soll mir nun die andern überragen
Wie deine Wut die andern überragte.
ERZBISCHOF
Seh ich in dein eidbrüchiges Gesicht
Dann geb ich's auf, mit Worten hineinzukommen.

Auch glaubt ein Mensch wie du schwerlich dem Mund
Der sich vom Tod losspricht, spricht er nur wahr.
Beweise hast du aus der Welt getilgt
Und unsre, deine, deines Freundes Knüpfung
Verwirrt, daß alle Ewigkeit sie nicht aufspürt.
Was du verhängst, Eduard, ist kurz befristet.

EDUARD
Und was weißt du, Lancaster?

LANCASTER
Das Schlechteste ist der Tod und lieber den Tod
Als mit dir leben auf solcher Welt.

MORTIMER *für sich:*
Doch mit mir
Der mehr als Eduard noch ihr Schlächter ist
Einträchtig einzugehen in Verwesung
Wär ihnen lieb.

EDUARD
Weg mit ihnen! Kopf ab!

LANCASTER
Fahr wohl, Zeit!
Vorgestern abend, als der dünne Mond hochging
War Gott mit uns. Und jetzt, da aber
Wenig stärkerer Mond hochkommt, ist's eben aus.
Fahr wohl, mein Mortimer.

ERZBISCHOF
Mein Mortimer, fahr wohl.

MORTIMER
Wer so sein Vaterland wie wir liebt
Stirbt leicht.
England beweint uns. England vergißt nicht.
*Erzbischof, Lancaster, Peers, außer Mortimer, werden abgeführt.*

EDUARD
Hat sich ein gewisser Mortimer, welcher
Als ich sie in den Kalkbruch von Killingworth
Beschied, klüglich fehlte, jetzt eingefunden?

SPENCER
Gewiß, Mylord. Hier ist er.

EDUARD
Die andern tut ab. Mit diesem, der nicht für Vergessen ist
Hat Unsre Majestät noch einiges vor.
Bindet ihn los, damit Erinnerung in England
Nicht schwinde an den Tag von Killingworth.
Ihr Mortimers rechnet
Stumpfäugig, seid in Büchern daheim
Wie Würmer. Doch in Büchern steht nichts
Von Eduard, der nichts liest, nicht rechnet
Nichts weiß, und der mit Natur verknüpft ist
Und von sehr andrer Speise sich nährt.
Ihr mögt gehen, Lord Mortimer. Geht herum
Ein wandelnd Zeugnis in der Sonne
Wie Eduard Longshanks Sohn seinen Freund
Rächte.

MORTIMER
Was Euern Freund anlangt, den Danyell Gaveston
So lief er gegen fünf Uhr
Als Englands König zu einem Tiger ward
Lebend im Holz von Killingworth.
Hättet Ihr, als meine Freunde anfingen zu reden
Nicht übertrommeln lassen ihre Stimm
Hätte also nicht zu kleines Vertrauen
Zu starke Leidenschaft, zu rasche Wut
Euer Aug getrübt, so lebte noch
Euer Günstling Gaveston.
*Ab.*

EDUARD
Sorgt, wird des Gaveston Körper aufgefunden
Für würdiges Begräbnis. Doch sucht ihn nicht.
Er glich dem Mann, der wegab ins Gestrüpp geht
Hinter dem die Sträucher zusammenwachsen, die Kräuter
Sich wieder aufrichten, so daß ihn Dickicht
Einfängt.
Wir aber wollen dieses Tages Schweiß
Abspülen von unserm Leib, essen und ausruhn
Bis Säuberung des Reichs von Resten dieses Bruderkriegs
Uns braucht.
Denn nicht mehr will ich meinen Fuß nach London setzen
Noch schlafen anders als in des Soldaten Strickbett
Eh dies Geschlecht, so wie ein Tropfen Regens
Im Meer, in mir verschwand.
Komm, Spencer.

*Drei Uhr morgens*

*Leichter Wind.*

ANNA *allein:*
Weil Eduard von England, Bitt und dringlichen Anspruch
Nicht hörend, mich verstoßen zu Mortimer Kaltherz
Will ich anlegen mein Witfrauenkleid.
Denn viermal ließ ich mir mein Haar bespein durch ihn

So daß ich, lieber als so, kahlköpfig stünd
Unter dem Himmel. Aber beim fünften Mal
Geht anders der Wind und der Himmel ist von andrer Art
Und anders geht der Atem mir aus dem Mund.
Nach London!
*Aufgetreten ist Mortimer.*

MORTIMER
Nicht doch, Mylady.
London kocht Wassersuppe für unsereinen.

ANNA
Wo ist Euer Heer, Earl Mortimer?

MORTIMER
Mein Heer liegt
Erschlagen zwischen Weiden und einem Kalkbruch.
Auch ein peinlicher Sumpf hat mancher Mutter Sohn
Verschluckt. Wo ist Euer Gatte, Mylady?

ANNA
Beim toten Gaveston.

MORTIMER
Und Frankreichs Schwester?

ANNA
Auf dem Kreuzweg zwischen London und Schottland.
Er trug mir auf, Truppen zu holen von Schottland.
An Killingworths Tag.

MORTIMER
Er trug mir auf
Zu wandeln als lebendiges Zeugnis
Für Killingworths Tag.
Abschlug er sieben Köpf der Hydra: mag er
Sieben mal sieben finden, wenn er aufwacht.
In Zeltlager verstrickt und Heerzüge
Entwindet sich der Mensch nicht mehr dem Krieg
Um den vertilgten Gaveston.

ANNA
Der sein Weib mißachtete vor aller Augen –

MORTIMER
Der sein Reich auspreßte wie ein Zuhälter –

ANNA
Und mich in Stricken hielt und wegjagte –

MORTIMER
Und das Land ausnahm wie ein blutiges Stück Wild –

ANNA
Triff ihn, Mortimer!

MORTIMER
Weil er dich wegtrat wie eine räudige Hündin –

ANNA
Weil er mich wie eine schlechte Hündin wegtrat –

MORTIMER
Die eine Königin war –

ANNA
Die ein Kind war an Unschuld
Ohn Wissen um Welt und Menschen –

MORTIMER
Friß ihn an!

ANNA
Will ich werden zu einer Wölfin
Reißend durchs Gestrüpp mit nackten Zähnen
Nicht ruhn
Bis Erde deckt den längst entseelten Eduard
Eduard Gloster, meinen Gatten von ehdem
Vorgestern, Erd deckt.
*Sie wirft drei Hände Erde hinter sich.*
Aufhetzend aus den Wäldern die Elenden
Selbst sehr befleckt von Arglist schlimmer Welt und Menschen
Wie eine Wölfin schweifend und von Wölfen besprungen
Durchnäßt von Regen der Verbannung
Hart durch ausländischen Wind.

MORTIMER
Erde auf Eduard von England!

ANNA
Erde auf Eduard Gloster!

MORTIMER
Nach Schottland!

ANNA
Ach, Mortimer! Über uns ein Krieg zieht her
Der stürzt am End die Insel ins Weltmeer.

**Nach vier Jahren Krieg befindet sich König Eduard immer noch in den Feldlagern. Landung der Königin Anna. Der Tag von Harwich (23. September 1324).**

*Zeltlager bei Harwich*

*Eduard, Spencer, Baldock.*

EDUARD
So, nach manchem Verrat von vier Kriegsjahren
Triumphierte mit seinen Freunden Eduard von England.
*Auftritt ein Bote, überbringt eine Meldung.*
SPENCER
Was Neues, Mylord?
EDUARD *zerreißt die Meldung:*
Nein. Wißt ihr Neues?
SPENCER
Nein.
EDUARD
Wieso, Mann? Sie sagen, es gab ein großes Schlachten
Und Säuberung durchs Königreich.
BALDOCK
Das war, wenn's mich nicht täuscht, noch vor
Vier Jahren, Mylord.
EDUARD
Vier gute Jahre. Leben in Zelten ist
Und Heereszügen angenehm zu schmecken.
Pferde sind eine gute Sache. Wind reinigt die Lunge.
Und wenn die Haut auch schrumpft und Haar ausfällt
Der Regen wäscht die Nieren und alles ist besser
Als London.
BALDOCK
Mir lieber wär's, wir schimpften in London
Auf London.
EDUARD
Habt ihr noch jene Liste?
SPENCER
Gewiß, Mylord.
EDUARD
Ich bitte, laßt sie Uns hören. Lest sie, Spencer.
*Spencer verliest die Liste der hingerichteten Peers.*
EDUARD
Mir scheint, hier fehlt ein Name. Mortimer.
Habt ihr Belohnung angeschlagen dem, der ihn
Beibringt?
SPENCER
Wir haben's, Herr, und erneuert jedes Jahr.
EDUARD
Zeigt er sich wo in England, ist er bald hier.
*Auftritt zweiter Bote.*
ZWEITER BOTE
Gerüchte melden Schiff auf Schiff von Norden.
EDUARD
Das bedeutet nichts. Das sind die Heringsfänger
Die von Norden kommen.
*Bote ab.*
EDUARD
Die andern Namen anlangend auf deinem Blatt
So bellten sie vor etlichen Jahren noch
Jetzt bellen sie nicht mehr und beißen nicht.
BALDOCK *zu Spencer:*
Er glaubt nichts. Seit er verfällt, bemüht er sich
Schnell zu vergessen, was man ihm sagt.
EDUARD
Wo sind nur die schottischen Truppen?
Immer hört ihr von Truppen. Fälschlich. Doch von
Den schottischen Truppen, um die Wir vor an vier Jahren
Die Königin aussandten, kommt keine Meldung.
*Auftritt das Heer.*
ERSTER SOLDAT
Des Königs Armee, bewährt in vier Jahren Feldzug
Nachdem sie soviel Peers erschlagen wie Ratten
Nun Proviants ermangelnd, auch Schuhwerks und Montur
Bittet den König Eduard, Sohn Eduard Longshanks
Vaters englischer Armee, noch heuer wieder
Themse-Aale essen zu dürfen.
SOLDATEN
Hoch König Eduard!
ZWEITER SOLDAT
Unsre Weiber wollen werfen. 's ist nur, weil es
Vielleicht nicht mehr aufhört, indem der König
Geschworen hat, er wolle nicht mehr in einem
Bett schlafen, vor die andern auf den Knien sind.
ERSTER
Und nachdem schon mancher heimgegangen ist
Sagend, es sei wegen Testaments, Bierpacht, Wochenbetts
Wär's gut zu wissen, ob der König vorhat
Nach London zu gehn oder nicht.
DRITTER
Geht Ihr nach London, Herr?

VIERTER
Oder was hat er vor?
EDUARD
Krieg zu führen gegen die Kraniche der Luft.
Den Fisch der Tiefsee, rascher nachwachsend als getötet
Montag gegen den großen Leviathan, Donnerstag gegen die Geier
Von Wales, jetzt: zu essen.
SPENCER
Der König hat, durch wäßrige Nahrung
Etwas Fieber. Geht.
*Spencer und Baldock drängen die Soldaten hinaus.*
EDUARD
Bring mir zu trinken, Baldock.
*Baldock ab.*
SPENCER
Die kommen nicht wieder.
Wollt Ihr wirklich nicht nach London, Herr?
*Auftritt dritter Bote.*
DRITTER BOTE
Mylord, es gehen Bewaffnete im Wald von Harwich.
EDUARD
Laß sie gehen. Das sind die Knechte
Der welschen Händler.
*Er setzt sich zum Essen.*
Hat man Schiffe gesehen?
DRITTER BOTE
Ja, Herr.
EDUARD
Brennen Dörfer im Norden?
DRITTER BOTE
Ja, Herr.
EDUARD
Das ist für uns mit den schottischen Truppen
Die Königin.
SPENCER
Schwerlich.
EDUARD
Ich will nicht, daß ihr mir beim Essen zuschaut.
*Spencer und Bote ab.*
EDUARD *allein:*
Es ist meinem Herzen ein Ärgernis, daß mein Sohn
Eduard verführt ward, ihre Bosheit so zu stützen.
*Auftritt Spencer.*
SPENCER
Flieht, Herr! 's ist nicht mehr Zeit, zu essen
Soll ich Euer Heer aufrufen in die Schlacht?
EDUARD
Nein. Eduard weiß, sein Heer ist fort und heim.
SPENCER
Wollt Ihr nicht kämpfen gegen Roger Mortimer?
EDUARD
Helfe mir Gott! Er ist wie der Fisch
In seinem Wasser.
*Ab mit Spencer und den Soldaten; hinter der Szene Aufbruch, Schlacht, Flucht.*
*Auftreten Mortimer, Anna, der junge Eduard, Truppen.*
ANNA
Erfolgreiche Schlacht schenkt der Gott der Könige
Denen, die fechten im Schatten des Rechts. Weil Wir
Erwiesen im Erfolg, also im Recht, sei Dank
Dem, der den Planeten für Uns lenkte. Wir sind
Gekommen mit Waffen in diesen Teil Unsrer Insel
Damit nicht ein Geschlecht, verworfener als andre
Verknotend Kraft mit Kraft, wüste in England
Durch eigen Waffen blutig, schlachtend
Die eignen Körper. Wie es deutlich aufzeigt
Der höchst scheußliche Fall des verführten Eduard, der –
MORTIMER
Mylady, wenn Ihr Soldat sein wollt, dürft Ihr
In Reden Leidenschaft nicht zeigen.
Verändert ist
Das Antlitz dieser Insel, gelandet heute
Englands Königin mit Ihrem Sohne Eduard.
*Auftritt Rice ap Howell.*
RICE AP HOWELL
Der flüchtige Eduard ist auf einem Leichtschiff
Verlassen von allem Volk, mit Wind nach Irland.
MORTIMER
Der Wind ersäufe ihn oder lasse ihn im Stich.
Mylords, jetzt, da wir von der Irischen See
Bis zum Ärmelmeer dieses Reich besitzen
Hebt auf den Schild den jungen Eduard!
Laßt das Lager ihm einen Eid schwören!
Zeigt den Reichsverweser den Soldaten!
*Der junge Eduard wird hinausgetragen; alle ab außer Mortimer und der Königin.*
ANNA
Jetzt hat er seine schottischen Truppen
Und seine Hündin kommt und springt ihn an.
Was von ihm bleibt, sind halbgegessne
Küchenreste und ein löcheriges Strickbett

Dieweil mein Körper, schier jungfräulich, auflebt.

MORTIMER

Man muß Truppen nach dem Süden schicken.
Morgen abend müßt Ihr in London sein.
Noch keine Nachricht von der irischen Flotte.
Sie schließt sich an, ich hoff es. Ihr seid müde?

ANNA

Ihr arbeitet?

MORTIMER

Ich sichere Euch England.

ANNA

Ach, Mortimer, es ist weniger Vergnügen, als ich glaubte
Die Frucht zu schmecken dieses Siegs. Sie ist schal
Im Munde, sie ist wäßrig, 's ist nicht
Recht spaßhaft.

MORTIMER

Ist's Euch um Eduard?

ANNA

Wieso? Ich kenn ihn nicht mehr. Das ist sein Geruch
Hier im Zelt.
's war besser auf den schottischen Hügeln
Als hier in sumpfiger Niederung. Was gedenkt Ihr
Mir jetzt zu bieten, Mortimer?

MORTIMER

Ihr seid
Übersättigt. 's ist Euer verschwemmtes Fleisch.
Wartet auf London.

*Auftritt Baldock mit dem Trank.*

MORTIMER

Wer bist du, Mensch?

BALDOCK

König Eduards Baldock und bring zu trinken.

MORTIMER *nimmt ihm den Trank ab:*

Hängt ihn!

BALDOCK

Ich kann Euch da nicht zuraten, werter Herr.
Nicht als ob ich nicht gerne eingehen würde;
Es ist das irdischste Los und dauert nicht lang.
Aber in Irland meine Mutter säh's nicht gern, Herr.
Das Zelt verlassend, Wasser ihm zu holen –
Ach, zwischen Glück und Unglück ist nicht Zeit
Einen Schluck Wasser zu trinken –, liebt ich ihn sehr.
Und jetzt, rückkehrend in das Zelt
Muß ich ihn leider schon verraten. Nämlich
Ihr fangt ihn nicht ohne mich; denn ich allein
Habe Zutritt zu seinem Herzen. Ferner Ihr würdet
Ihn nicht erkennen, Madame, auch seine Mutter nicht
Noch sein unschuldiger Sohn;
Denn Zeit und Leben haben ihn sehr verändert.

MORTIMER

Gut, schaff ihn uns!

BALDOCK

Die Bibel lehrt uns, wie's zu halten ist.
Wenn Eure Leute kommen mit Handfesseln und
Mit Riemen, will ich zu ihm sagen: Lieber Herr
Beruhigt Euch, da habt Ihr ein Handtuch. Und dem
Ich dann das Handtuch reiche, der ist es.

*Bei Harwich*

KENT *allein:*

Er floh beim ersten Windstoß. Er ist krank.
Warum hob ich so ganz unbrüderlich
Die Waffen wider dich? Sitzend in deinem Zelt
In seinem Honigmond, dieses befleckte Paar
Zielt auf dein Leben, Eduard. Gott, regne Rache
Auf meinen verdammten Kopf.
So wahr das Wasser nicht nach aufwärts geht
Wird Unrecht nimmer alt und Recht besteht.

**Gefangennahme König Eduards in der Mehlkammer der Abtei von Neath (19. Oktober 1324).**

*Abtei von Neath*

*Eduard, Spencer, Erzabt.*

ERZABT
Mylord, seid ohne Mißtraun, fürchtet Euch nicht.
Vergeßt, daß ich von Euch geschändet wurde
In Zeiten, die sehr gewechselt haben. In diesen
Stürmen seid Ihr und wir Bittgänger nur
Unsrer lieben Frau vom Schiffbruch.

EDUARD
Vater, durchbohrt vom Anblick meines Fleisches
Muß jedes Herz aussetzen ob dem Wandel der Zeiten.

ERZABT
Nehmt diese Polster, da Ihr vor bösen Augen
Euch hier verbergen wollt in der Mehlkammer.

EDUARD
Nicht die Polster, Erzabt. Laßt dem Soldaten
Das Strickbett.

*Auftritt Baldock.*

EDUARD
Wer kommt?

BALDOCK
König Eduards Baldock.

EDUARD
Unser einziger Freund. Trost ist es dem Gejagten
Sucht ihn ein Bruder auf in seinem Versteck.
Trink unser Wasser mit uns, iß unser
Salz und Brot.

BALDOCK
Dreimal wechselte der Mond, seit ich Euch sah
Im Zeltlager von Harwich.

SPENCER
Wie steht's in London?

BALDOCK
In London soll alles kopfüber sein.

EDUARD
Komm, Spencer! Baldock, komm! Setz dich zu mir!
Mach die Probe jetzt auf deine Philosophie
Die du aus Plato sogst und Aristoteles
An den Ammenbrüsten hochberühmter Weisheit.
Ach, Spencer
Da Worte roh sind, nur trennen Herz von Herz
Und Verständigung uns nicht geschenkt ist
In solcher Taubheit bleibt nur körperlich Berühren
Zwischen den Männern. Doch auch dieses ist
Sehr wenig und alles ist eitel.

*Auftritt ein Mönch.*

MÖNCH
Es kreuzt ein zweites Schiff im Hafen, Vater.

ERZABT
Seit wann?

MÖNCH
Seit einigen Minuten.

EDUARD
Was redet ihr?

ERZABT
Nichts, Herr.
*Zu Spencer:*
Sah euch einer hierhergehen?

SPENCER
Niemand.

ERZABT
Erwartet ihr noch wen?

SPENCER
Nein, niemand.

MÖNCH
Das Schiff legt an.

BALDOCK
Sagt mir, König Eduard, warum habt Ihr
Als Roger Mortimer in Eurer Hand war
An Killingworths Tag ihn verschont?

EDUARD *schweigt.*

BALDOCK
Heut hättet Ihr den Wind nach Irland.
Wenn Ihr in Irland wärt, wärt Ihr gerettet.

SPENCER
Der Wind ließ uns im Stich, ersäuft' uns schier.

EDUARD
Mortimer! Wer spricht von Mortimer?
Ein blutiger Mensch. Ich leg in deinen Schoß
Dieses Haupt, Erzabt, müde Leides und der Roheit.
Daß ich die Augen nie wieder öffnete!

BALDOCK
Was ist das für ein Geräusch?

SPENCER
's ist nichts. 's ist Schneewind.

BALDOCK
Ich dachte, es sei ein Hahnenschrei.
Es war ein Irrlaut.

SPENCER
Augen auf, Mylord! Baldock, diese Schläfrigkeit

Besagt nichts Gutes. Da sind wir schon verraten.

*Auftritt Rice ap Howell mit Truppen.*

SOLDAT

Ich setze Wales, das sind sie.

BALDOCK *für sich:*

Sieh, wie der dort sitzt, hoffend, ungesehen
Als deckten Fliegen ihn, entfliehn zu können
Mörderischen Händen.

RICE AP HOWELL

Im Namen Englands: wer unter euch ist der König?

SPENCER

Hier ist kein König.

BALDOCK *geht auf Eduard zu:*

Nehmt dieses Tuch, ich bitt Euch, lieber Herr.
Ihr habt Schweiß auf Eurer Stirn.

RICE AP HOWELL

Den faßt. Dieser ist es.

*Eduard im Abgehen, zwischen Bewaffneten, sieht Baldock an.*

BALDOCK *weint:*

Meine Mutter in Irland will Brot essen.
Herr, Ihr verzeiht mir.

**Der gefangene König Eduard weigert sich im Schlosse Shrowsburye, der Krone zu entsagen.**

*Shrowsburye*

*Der Erzabt, jetzt Erzbischof von Winchester, Rice ap Howell.*

ERZABT

Als er auf seinen Vater Eduard folgte
Hatte er seine gute Zeit mit einem Manne
Namens Gaveston
Welcher mich mit Spülicht taufte
In einer dunkeln Gasse bei Westminster Abtei.
Dann infolge eines Irrtums verwickelte er sich
In einen rasenden Eidschwur und wurde zum Tiger.
Etwas später verließ ihn mit vielen andern
Die Königin, welche ihm eine Zeitlang sehr anhing.
Ich bekam ihn wieder zu sehen nach einigen Jahren
Da war er schiffbrüchig und, befleckt
Von manchem Blut und Laster, unter meinem Schutz
In der Abtei von Neath.
Heute bin ich Erzbischof von Winchester
Nachfolger eines Manns, dem er das Haupt
Abschlug, und ich bin beauftragt
Ihm seine Krone abzufordern.

RICE AP HOWELL

Er verweigert Speis und Trank, seit er
In Stricken liegt. Seid behutsam, Ihr trefft
Nicht seinen Kopf, Ihr trefft sein Herz.

ERZABT

Wenn Ihr aus meinem Mund die Worte hört:
»Erlaubt, daß ich beginne mit der Formel«
Dann tretet näher mit einigen anderen
Als Zeugen der Abdankung des zweiten Eduard.
Denn unmerklich und also schmerzlos will ich
Wie einen mürben Zahn dies Zugeständnis
Ihm ausziehn.

*Auftritt Eduard.*

RICE AP HOWELL

Er redet immer. Hört ihm zu und sagt nichts.
Reden ist besser als denken. Glaubt, er wärmt sich
An seinen Worten. Denkt, daß ihm kalt ist.
Wollt Ihr nicht essen, Mylord? Warum verweigert Ihr

Zu essen?

EDUARD *schweigt.*

*Rice ap Howell ab.*

EDUARD

Der wunde Hirsch
Rennt um ein Kraut, das seine Wunde zumacht.
Doch klafft des Tigers Fleisch, so rauft er sich's
Mit roher Klaue.
Oft denk ich, dies ist alles stets im Wechsel.
Bedenk ich dann, daß ich ein König bin
Scheint mir, ich sollte mich für die Missetat rächen
Die Anna und Mortimer an mir taten
Wiewohl wir Könige, wenn die Macht dahin ist, nur
Höchst scharfe Schatten eines Tags mit Sonn sind.
Freilich denk ich, daß vieles eitel ist.
Die Peers regieren und ich heiße König
Und meine ungetreue Königin
Mir widerlich einst durch hündisches Anhangen
Und von so schlechter Art, daß Lieb ihr nicht
Zu eigen wie ihr angewachsnes Haar ist, sondern
Ein Ding, wechselnd mit Wechselndem
Befleckt mein Ehbett mir
Dieweil mir Sorg am Ellenbogen steht
Und Jammer mich an seinem Herzen hält und
Ich mich verblute ob des schnellen Wechsels.
Dann wieder denk ich, hätt ich nur ein Dach.

ERZABT

Gott schminkt mit Leid und Blässe, die er liebt.
Gefällt es Eurer Majestät, vor meinem Ohr
Die Brust Euch zu erleichtern?

EDUARD

Den Fischern von Yarmouth, die hungerten
Hab ich die Pacht erpreßt.

ERZABT

Was noch bedrückt dein Herz?

EDUARD

Mein Weib Anna den ganzen dürren August Fünfzehn
In der Stadt gehalten. Aus Laune.

ERZABT

Was noch bedrückt dein Herz?

EDUARD

Den Roger Mortimer verschont aus arger Lust.

ERZABT

Was noch bedrückt dein Herz?

EDUARD

Meinen Hund Truly wund gepeitscht. Aus Hoffart.

ERZABT

Und was bedrückt dein Herz noch?

EDUARD

Nichts.

ERZABT

Nicht Unzucht wider die Natur, noch Bluttat?

EDUARD

Nichts.
O wilder Jammer menschlichen Zustands!
Sagt, Vater, muß ich jetzt die Kron abgeben
Den bösen Mortimer zum König machen?

ERZABT

Ihr täuscht Euch sehr, Mylord, man bittet in Ehrfurcht
Euch um die Kron für Eduards kindlich Haupt.

EDUARD

Und ist doch nur für Mortimer, nicht Eduard.
Der ist ja nur ein Lamm zwischen zwei Wölfen
Die plötzlich ihm den Hals anfressen werden.

ERZABT

Dies Kind in London steht in Gottes Hand.
Und viele sagen, Eure Abdankung
Wär gut für Euern Sohn und Euch.

EDUARD

Warum sagen sie, was Lüg ist, einem, der
Kaum noch die Lider hebt vor Schwäch?
Sagt's ohne Furcht vor meiner Schwäch: ihr tut's
Damit jetzt Englands Weinstock untergeh
Und Eduards Nam in keiner Chronik vorkommt.

ERZABT

Mylord, die letzten Zeiten müssen Euch
Sehr rauh gewesen sein, daß Ihr so hart
An Menschenbosheit glaubt. Da du dein Herz
Mein Sohn, mir auftatst, leg dein Haupt
Zum andern Mal mir in den Schoß und horch.

EDUARD *legt sein Haupt in den Schoß des Erzabts.*

ERZABT

Tu deine Krone ab, Eduard, und dein Herz wird leicht.

EDUARD *legt die Krone ab, dann:*

Laß sie mich tragen nur noch den Tag! Du sollst
Neben mir stehn bis zum Abend, und ich
Will fasten und rufen: schein fort, du Sonn!
Laß nicht den schwarzen Mond dies Engeland
Besitzen! Steht still am Rand, ihr Flut und Ebbe! Steht!
Ihr Mond und Jahreszeiten all, bleibt stehn
Daß ich noch König bleib des schönen England!
Denn solcher Tag geht schnell dahin.

*Er setzt die Krone wieder auf.*

Unmenschliche, genährt mit Tigermilch
Gieren nach ihres Königs Untergang.
Seht, Bestien, her von Westminster Abtei!
Ich kann sie nicht abtun, mein Haar geht mit
Das ganz verwachsen ist mit ihr. Oh, sie
War eine leichte Last mir alle Zeit gewesen
War wie die leichte obre Kron des Ahorns
Sehr leicht und lieblich allezeit zu tragen
Und allezeit wird nun ein dünnes Blut
Und Fetzlein Haut, ganz schwarzes Blut, dran kleben
Von Eduard Ohnmacht, Armut, Tigerbeut.

ERZABT

Mäßigt Euch. Es ist nur grüner Ausfluß
Kasteiten Körpers, Täuschung, regennächtliches
Windsausen. Entblößt die Brust des Leinens.
Ich leg die Hand sogleich auf Euer Herz
Das leichter schlägt, weil sie wirklich ist.

EDUARD

Wäre sie Wirklichkeit und Wirklichkeit all dies
Würd Erd sich auftun und verschlingen uns ganz.
Jedoch weil sie sich nicht auftut und also
Weil's Traum ist, Täuschung, nichts zu tun hat mit
Gewöhnlicher Wirklichkeit der Welt und höchst
Ordentlichem Tag, tu ich die Kron herunter –

ERZABT

Ja! Reiß sie aus! Sie ist nicht dein Fleisch!

EDUARD

Sicher, daß es nicht wirklich ist, weil ich
Erwachen muß in Westminster Schloß
Nach dreizehn Jahren Krieg, der glücklich endete
Zu London.
Ich, in den Papieren des Taufbuchs von Carnarvon
Eduard, König von England, Eduard Longshanks Sohn
Nach den Papieren der Kirche.

ERZABT

Seid Ihr in Schweiß? Ihr müsset essen!
Ich bring sie aus dem Aug Euch! Machet rasch!

EDUARD

Eilt es? Hier nehmt sie, faßt sie an! Aber
Mit einem Tuche, wenn es Euch beliebt, 's ist naß.
Eilt, eilt! 's ist gegen Abend! Geht! Sagt ihnen
Eduard habe zu Shrowsburye
Nicht Schneewind essen wollen mit den Wölfen
Und sie gegeben für ein Dach im Winter
Der vor der Tür stand.

ERZABT

Erlaubt denn, daß ich
Beginne mit der Formel: Ich, Thomas
Erzbischof von Winchester, frage dich
Eduard von England, Zweiten dieses Namens
Sohn Eduard Longshanks: Bist du gewillt
Die Krone abzutun und zu entsagen
Bisherigem Recht und Anspruch?

*Rice ap Howell und andere sind aufgetreten.*

EDUARD

Nein, nein, nein! Ihr Lügner! Ihr Niedrigen! Meßt ihr
Mit euerm kleinen Trinkmaß das Meer? Bin ich
Aufs Eis gegangen? Habe ich geschwatzt?
Seid Ihr diesmal ohne Sturm gekommen, Mann?
Habt Ihr schon wieder ein anderes Kleid an, Erzabt?
Ich hab Euch ein Gesicht doch schon einmal
Abschlagen lassen, Winchester. Gesichter dieser Art
Vermehren sich in einer Weise, so Uns peinlich ist.
In welchem Falle ein gewisser Mortimer
Zu sagen pflegt: wie Flöhe! Oder ist
Als ich Euch in der Gosse wusch, Euer Gesicht
Euch abgegangen, daß ich es nicht sah
Als ich meinen Kopf in Euern Schoß warf?
Ja, Erzabt, die Dinge dieser Erde sind
Nicht haltbar.

ERZABT

Täuscht Euch nicht! Ist Euch auch die Hand zu gut
Anzulangen mein Gesicht, verlaßt Euch drauf:
's ist wirklich.

EDUARD

Geht rasch! 's ist Abend. Sag den Peers: Eduard
Stirbt bald. Weniger Eil wär höflicher.
Sagt auch, er habe Euch erlaubt, nicht sehr
Um ihn zu jammern, wenn für ihn die Sterbeglock
Sie ziehn, hab Euch jedoch gebeten, Euch
Aufs Knie zu lassen und zu sagen: Jetzt
Ist es ihm leichter. Sagt: Er bat uns, ihm
Seiner Tollheit wegen nicht zu glauben, wenn er
Was aussprach, was wie Abfall von der Kron klang.
Er sagte dreimal: Nein.

ERZABT

Mylord, wie Ihr es sagtet, sei's bestellt.
Was uns anlangt, bewegt uns nur die Sorge
Um Mutter England. Nachdem in London man
Zwei Tage durch nach einem suchte, der

Euch nicht feind sei, fand man außer mir
Keinen. Und somit nehmen wir Urlaub.
*Ab mit den andern, außer Rice ap Howell.*
EDUARD
Jetzt aber, Rice ap Howell, gebt mir Essen.
Denn Eduard ißt jetzt.
*Er sitzt und ißt.*
Nun ich nicht entsagt hab, weiß ich, das
Nächste
Das sie bringen, wird sein mein Tod.
*Auftritt Berkeley mit einem Brief.*
RICE AP HOWELL
Was bringt Ihr, Berkeley?
EDUARD
Was Wir wissen.
Entschuldigt, Berkeley, daß Wir im Essen sind.
Komm, Berkeley
Sag deine Botschaft mir ins nackte Herz.
BERKELEY
Glaubt Ihr, Mylord, Berkeley
Beflecke seine Hände?
RICE AP HOWELL
Order von Westminster besagt
Daß ich mein Amt abtreten muß.
EDUARD
Und wer muß mich jetzt bewachen?
Ihr, Berkeley?
BERKELEY
So ist's verfügt.
EDUARD *nimmt den Brief:*
Von Mortimer, des Name hier geschrieben ist.
*Er zerreißt den Brief.*
So werd sein Leib wie dies Papier zerrissen.
BERKELEY
Euer Gnaden müssen gleich zu Pferd, nach
Berkeley.
EDUARD
Wohin Ihr wollt. Ein jeder Ort ist gleich
Und jede Erde tauglich zum Begraben.
BERKELEY
Glauben Euer Gnaden, Berkeley sei grausam?
EDUARD
Ich weiß es nicht.

**In den Jahren 1324-1326 geht der gefangene König Eduard von einer Hand in die andere.**

*Shrowsburye*

RICE AP HOWELL *allein:*
Mich hat sein Zustand erbarmt. Das ist
Der Grund, warum ihn Berkeley
Wegschleppen mußte.
*Auftritt Kent.*
KENT
In London heißt's, der König habe entsagt.
RICE AP HOWELL
Lüge.
KENT
Mortimer sagt's.
RICE AP HOWELL
Er lügt. Vor diesen Ohren dreimal sagte
Der König: Nein.
KENT
Wo ist mein Bruder?
RICE AP HOWELL
Vor dreizehn Tagen holte ihn Berkeley
Zu sich.
KENT
London vermutet ihn hier bei Euch.
RICE AP HOWELL
Berkeley hatte Order, gezeichnet Mortimer.
KENT
's ist seltsam, daß von Angesicht zu Angesicht
Keiner den König sah, und seltsam, daß ihn
selber
Keiner hörte, und seltsam, daß er nur mehr
spricht
Aus dem Munde Mortimers.
RICE AP HOWELL
Das ist wohl seltsam.
KENT
So will ich jetzt eilends nach Berkeley reiten
Durch Eduards Mund Lüge von Wahrheit
scheiden.

**Die Königin Anna lacht über die Leere der Welt.**

*Westminster*

*Die Königin, Mortimer, die zwei Brüder Gurney.*

MORTIMER
Hat ihn der Berkeley euch gutwillig
Überlassen?
DER ÄLTERE GURNEY
Nein.
ANNA *abseits:*
Es riecht hier zwischen den Tapeten von Westminster
Nach abgestochnen Hähnen. Ihr gingt leichter
In schottischer Luft.
MORTIMER *im Gespräch mit den Gurney:*
Seht ihr, der Berkeley war so ein Mann
Mit Milch in den Knochen und der leicht weinte.
Sah er nur einen, dem man einen Zahn auszog
Ward er euch ohnmächtig. Sei ihm die Erd leicht.
Ihr seid doch nicht auch solche?
DER ÄLTERE GURNEY
O nein, Mylord, wir sind nicht von der Sorte.
ANNA
Geschäfte! Geschäfte! Geruch von zuviel
Historie zwischen den Wänden von
Westminster. Werden Eure Hände sich
Nicht abschälen in der Lauge London? Eure
Hände sind Schreiberhände.
MORTIMER
Wo ist euer Gefangener?
DER JÜNGERE GURNEY
Nordostwestsüdlich von Berkeley, Mylord.
MORTIMER
Seht, es gibt Leute, denen frische Luft
Nicht schaden kann. Versteht ihr was
Von Erdbeschreibung? Könnt ihr einem Mann
Der es zu wenig kannte, England zeigen?
Nach allen Richtungen?
DER ÄLTERE GURNEY
Sollen wir ihn also hin und her führen?
MORTIMER
Hauptsächlich, wo nicht Leute sind noch Sonne.
DER ÄLTERE GURNEY
Gut, Mylord, dazu sind wir die Leute.
ANNA
Ale! Ale! Jonas saß und wartete
Auf Ninives versprochnen Untergang.
Allein Gott kam in diesen Tagen nicht mehr
Des Wegs und Ninive verging nicht.
Jedoch
Ich hab reichlich gegessen und bin satt durch Speise
Und ich vertrage mehr als zu der Zeit
Da ich im Wachsen war. Seid Ihr noch bewandert
In der Metaphysik, Earl Mortimer?
MORTIMER
Es gibt freilich da Leute, die reden
Den ganzen Tag.
DER JÜNGERE GURNEY
Da sind wir ganz andere Leute.
MORTIMER
Habt ihr schon einmal eine Chronik gelesen?
DER ÄLTERE GURNEY
Nein, nein.
MORTIMER
Es ist gut.
*Die beiden Gurney ab.*
MORTIMER
Wir halten einen alten Wolf am Ohr
Der, wenn er uns entspringt, uns beide anfällt.
ANNA
Schlaft Ihr schlecht? Seht Ihr was Weißes nächtens?
Öfter? Es sind Leintücher, Mortimer, nichts sonst.
Es kommt vom Magen.
MORTIMER
Schon werden, fällt sein Nam, die Commons wäßrig.
ANNA
Der, von dem Ihr, scheint's, redet, schweigt.
MORTIMER
Weil er verstockt bleibt und nicht reden will
Muß man die Lüg mit Lügen überlügen.
ANNA
Geschäfte! Geschäfte! Mir fließen zu langsam
Die Tage in Westminster und zu viele.
MORTIMER
Gattenmord steht gleich nach Elternmord
Im Katechismus.
ANNA
Ihr habt Ablaß.
MORTIMER
Mit offnen Knien und geschloss'nen Augen
Schnappend nach allem, seid Ihr unersättlich, Anna.

Ihr eßt im Schlaf und redet aus im Schlaf
Was mich umbringt.

ANNA
Ich schlafe, meint Ihr. Womit weckt Ihr mich?

MORTIMER
Mit Westminsterglocken und gefletschten Zähnen.
Denn ins Gesicht diesen ungläubigen Peers
Sollt Ihr in Eile krönen Euern Sohn.

ANNA
Nicht meinen Sohn, ich bitt Euch!
Nicht dieses Kind, gesäugt von Milch der Wölfin
In Wochen, da sie unstet war, geschleppt
Durch Sümpf und Hügel dunkeln Schottlands
Nicht dieses Kind
Je schuldlos aufzublicken, zuviel Nacht im Lid
Verknüpft ins wüste Netz, mit dem Ihr fischt!

MORTIMER
Hochziehend eine kleine Last aus
Verjährtem Teichschlamm, muß ich
Im Fleisch obschon matter, hängen sehn an ihr
Menschliche Algen. Mehr und mehr.
Hochwindend mich, spür ich stets neues
Gewicht.
Und um die Knie des Letzten einen neuen
Letzten. Menschliche Stricke.
Und an dem Treibrad dieses Flaschenzugs
Menschlicher Stricke, atemlos, schleppend sie alle
Ich.

ANNA
Nennt die Gesichter Eurer Menschenalgen.
Mein Mann Eduard? Mein Sohn Eduard?

MORTIMER
Ihr.

ANNA
Einst fürchtend oft, daß die geschwächten Arme
Mit denen ich einen Menschen aufrecht hielt
Versagen möchten, erkenn ich jetzt, wo Alter
Den Fluß der Venen mir mit Müdigkeit
Vermischt, als einziges Bleibsel rohen
Behelf gestreckter Arme, leere Mechanik
Des Greifens. Roger Mortimer, ich bin
Müde und alt.
*Auftritt der junge Eduard.*

MORTIMER
Hakt Euer Kleid zu, Anna, daß nicht Euer Sohn
Vertrantes Fleisch sehe.

DER JUNGE EDUARD
Entfernt den Dritten, Mutter, aus Unserm Aug.
Wir wollen mit Euch plaudern.

ANNA
Earl Mortimer, Kind, ist deiner Mutter Halt.

DER JUNGE EDUARD
Ich bitt um Nachricht Euch von meinem Vater Eduard.

ANNA
Hinge an deinen armen Mund, Kind, deine
Mutter höchst gefährlichen Entscheid, sag, würdest
Mit ihr du in den Tower gehn, wenn durch
Der Antwort Färbung so die Würfel fielen?

DER JUNGE EDUARD *schweigt.*

MORTIMER
Ihr zeigt kluge Zurückhaltung, Eduard.

DER JUNGE EDUARD
Ihr solltet weniger trinken, Mutter.
*Anna lacht.*

DER JUNGE EDUARD *ab.*

MORTIMER
Warum lacht Ihr?

ANNA *schweigt.*

MORTIMER
So rüsten wir in Eil des Knaben Krönung.
Denn unser Handel hat ein andres Antlitz
Ist eines Königs Name unterfertigt.

ANNA
Was immer je geschehen ist und sein wird –
Der Himmel wird's verzeihn oder auch nicht –
Ich hab Euer Blut geschmeckt und laß Euch nicht.
Bis alles das einbricht.
Einstweilen schreibt, unterschreibt, verfügt
Wie es Euch gut dünkt. Ich siegle es Euch gewiß.
*Sie lacht.*

MORTIMER
Warum lacht Ihr zum andern Mal?

ANNA
Ich lache ob der Leere der Welt.

*Landstraße*

KENT *allein:*
Berkeley ist tot und Eduard ist verschwunden.
Und Mortimer, immer dreister, behauptet zu London
Eduard, vor Berkeleys Ohren, hab der Kron entsagt.
Und Berkeley ist tot und spricht nicht mehr.
Das Licht ist trüb jetzt für uns, Eduard Longshanks

Söhne. Schon gab's Anzeichen, der Himmel werd heller.
Die Commons wurden unruhig und verlangten
Rechenschaft über des Verhafteten Verbleib
Und viele nannten ihn den armen Eduard.
In Wales das Volk murrte gegen den Schlächter Mortimer.
Doch jetzt wissen vielleicht nur Raben
Und Krähen den Wohnsitz Eduards von England.
Und ich schöpfte Hoffnung, daß meine Reue nicht zu spät war!
Wer ist der arme Mensch dort zwischen
Piken und Lanzen?

*Auftreten Eduard, die beiden Gurney, Soldaten.*

DER JÜNGERE GURNEY
Hallo! Wer kommt da?

DER ÄLTERE GURNEY
Haltet ein Aug auf ihn, 's ist sein Bruder Kent!

EDUARD
O edeler Bruder, hilf mir und befrei mich!

DER ÄLTERE GURNEY
Trennt sie! Rasch den Gefangnen weg!

KENT
Soldaten, nur ein Wort laßt mich ihn fragen!

DER JÜNGERE GURNEY
Stopft ihm den Mund!

DER ÄLTERE GURNEY
Stoßt ihn in den Graben!

EDUARD *wird weggebracht.*

KENT *allein:*
Eduard! Hast du entsagt? Eduard! Eduard!
Weh uns!
Sie schleifen den König Englands wie ein Kalb.

**3. Dezember 1325: Der mächtige Earl Roger Mortimer wird von den Peers wegen des verschwundenen Königs sehr bedrängt.**

*Westminster*

*Mortimer, Königin, Erzabt, Rice ap Howell.*

ERZABT
Mylord, es wächst wie Krebs jetzt ein Gerücht
Daß Eduard nicht entsagt hab.

MORTIMER
Zu Berkeley, vor Robert Berkeleys Ohren
Entsagte ungezwungen der zweite Eduard.

ERZABT
Vor meinen Ohren, zu Shrowsburye, deutlich
Rief Eduard: Nein.

RICE AP HOWELL
Und so noch oft vor mir.

ERZABT
Es wäre nützlich, wenn der Berkeley
Bezeugen würde vor den Commons eidlich
Wie und vor wem Eduard die Krone abtat.

MORTIMER
Ich hab heut Nachricht von Lord Berkeley
Daß auf dem Weg er sei nach London.

RICE AP HOWELL
Und wo ist der König?

MORTIMER
In Berkeley, wo sonst? Viel Wissen, Rice ap Howell
Verringert die Eßlust. Seit ich von Büchern und Wissen
Abließ, schlaf ich gesünder und verdaue gut.

RICE AP HOWELL
Allein wo ist Eduard?

MORTIMER
Ich weiß von Euerm Eduard nichts, den ich
Nicht lieb, nicht haß, von dem mir nie
Geträumt hat. Haltet Euch in Sachen, die ihn
Angehn, an Berkeley, nicht mich! Ihr selber, Winchester
Wart gegen ihn.

ERZABT
Die Kirche war, mit wem Gott war.

MORTIMER
Mit wem war Gott?

ERZABT
Mit dem, der siegte, Mortimer.

*Auftritt Kent mit dem jungen Eduard.*

KENT
Man hört, mein Bruder
Sei nicht mehr in Shrowsburye.

MORTIMER
Euer Bruder ist in Berkeley, Edmund.

KENT
Man hört, er sei auch nicht mehr in Berkeley.

MORTIMER
Seit Harwich wachsen Gerüchte wie
Schwämme im Regen.

ANNA
Komm zu deiner Mutter, Kind.

MORTIMER
Wie lebt mein ehrenwerter Lord von Kent?

KENT
In Gesundheit, werter Mortimer. Und Ihr,
Mylady?

ANNA
Gut, Kent. Es ist gute Zeit für mich, und ich
Bin ganz zufrieden. Vorige Woche war ich
Fischen in Tynmouth.

MORTIMER
Viel fischen in Tynmouth wär vor Jahr und Tag
Wohl auch einem gewissen Mann nicht schlecht
Bekommen.

ANNA
Geht nächste Woche mit nach Tynmouth
fischen, Kent.

MORTIMER *beiseit:*
Ihr eßt zuviel und Ihr kaut nicht, Anna.

ANNA *beiseit:*
Ich esse und ich trinke und ich liebe mit Euch.

ERZABT
Was sagtet Ihr, Mylord, von Berkeley?

MORTIMER *zu Kent:*
Ihr ward vermißt in London durch drei
Wochen.

KENT
Ich ritt die Quer durch das zerhackte Land
Und sah nachdenklich meines Bruders
Spuren.

DER JUNGE EDUARD
Mutter, überrede mich nicht zur Krone.
Ich tu's nicht.

ANNA
Sei doch zufrieden. Die Peers verlangen es.

MORTIMER
London will's.

DER JUNGE EDUARD
Laßt mich mit dem Vater reden vorher
Dann will ich's tun.

KENT
Das ist ein guter Ausspruch, Ed.

ANNA
Bruder, Ihr wißt, es ist unmöglich.

DER JUNGE EDUARD
Ist er tot?

KENT
London sagt allerhand.
Ihr werdet Auskunft wissen, Roger Mortimer.

MORTIMER
Ich? In der Little Street in heller Mittagssonn
Sah man fünf Haifische in eine Kneip gehn
Ale nehmen, dann, leicht angeheitert
Knien in Westminster Abtei.
*Lachen.*

KENT
Sie beteten wohl für Berkeleys Seel.

MORTIMER
Unsteter Edmund, willst du jetzt ihm wohl
Der du der Grund warst seiner Haftsetzung?

KENT
So mehr Grund jetzt, sie gutzumachen.

DER JUNGE EDUARD
Ja, ja!

KENT
Ich rate dir Ed, laß dich nicht beschwatzen.
Nimm nicht die Kron von deines Vaters
Haupt.

DER JUNGE EDUARD
Ich will's auch nicht.

RICE AP HOWELL
Er will's nicht, Eduard.

MORTIMER *nimmt den jungen Eduard, trägt ihn zur Königin:*
Mylady, bedeutet Euerm Sohn Eduard
Daß England nicht gewohnt ist, Widerspruch
Zu dulden.

DER JUNGE EDUARD
Helft, Onkel Kent, Mortimer will mir weh tun.

KENT
Hand weg von Englands königlichem Blut!

ERZABT
Wollt ihr in solcher Wirrnis wirklich ihn
krönen?

MORTIMER
Nach dem Gesetz.

RICE AP HOWELL
Nach Euerm Kopf.

ERZABT
So frag ich Euch vor dem Gesetz
In Gegenwart von des Mannes Sohn, Weib,
Bruder:
Hat König Eduard entsagt?

MORTIMER
Ja.

ERZABT
Euer Zeuge?

MORTIMER
Robert Berkeley.

KENT
Der tot ist.

RICE AP HOWELL
Berkeley ist tot?

KENT
Seit sieben Tagen.

RICE AP HOWELL
Sagtet Ihr nicht, Ihr hättet heut erst Nachricht
Er sei auf dem Weg nach London?

ERZABT
Da Euer Zeuge, Lord Mortimer, aus der Welt ist
Seit sieben Tagen oder zween Tagen
Reit ich nach Berkeley mit Eurer Erlaubnis
Klärung zu schaffen.

KENT
In Berkeley findet Ihr Blut auf den Dielen
Doch nicht den König.

RICE AP HOWELL
Sagtet Ihr nicht, der König sei in Berkeley?

MORTIMER
Ich glaubt es. Unsre Zeit war sehr gedrängt.
Die Aufrührer in Wales hielten Uns
Noch sehr in Atem. Bei größrer Muße und
Gelegner Zeit klärt vieles sich
Von selber.

ERZABT
So ist Euer erster Zeug, der Berkeley, stumm
Und Euer zweiter, Eduard, verschwunden?

MORTIMER
Und müßt mit Netzen ich die ganze Insel
Durchfischen, ich werd
Den Zeugen aufspürn.

KENT
So fischt zuerst Euer Heer durch, Mortimer.
Ich sah den Bruder zwischen Piken und Lanzen
Getrieben auf der Landstraß von Gesindel.

ERZABT
Sprach Euer Bruder zu Euch?

RICE AP HOWELL
Ihr seht blaß, Mylord.

KENT
Sein Mund
War zugebunden. Was glaubt Ihr, Erzbischof
Hätte dieser Mund gezeugt?

MORTIMER
Lügst du, er habe nicht entsagt? Den Kopf
Ihm ab nach Kriegsrecht!

DER JUNGE EDUARD
Mylord, er ist mein Oheim und ich duld's nicht.

MORTIMER
Mylord, er ist Euer Feind, und ich befehl es.

KENT
Brauchst du auch meinen Kopf, Schlächter Mortimer?
Wo ist der Kopf von Eduard Longshanks
Erstem Sohn?

ERZABT
Der Mann ist nicht in Berkeley noch in Shrowsburye.
Wo ist der Mann heut, Roger Mortimer?

DER JUNGE EDUARD
Mutter, erlaubt es nicht, daß er den Oheim Kent abtut!

ANNA
Frag mich nicht, Kind! Ich darf kein Wörtlein sagen.

KENT
Fragt Ihr den Mörder nach dem Gemordeten?
Sucht in der Themse, sucht im schottischen Tann
Die Ruhstätt des, der kein Versteck mehr fand
Weil er das Wort Ja mit seinen Zähnen zurückhielt
Das Ihr sehr braucht.

RICE AP HOWELL
Wo ist der Mann heut, Roger Mortimer?

ERZABT
Hat er entsagt?

MORTIMER
Beruft die Commons für den elften Feber.
Vor ihnen wird mit eignem Munde Eduard
Bekräftigen seine Absag. Ich aber
Mißtrauen erntend, wo ich Dank gesät
Bereit, vor Gott mein Herz, auch jede Stunde
In Westminster gelebt, prüfen zu lassen
Mein Amt in Eure Hände lege, Königin
Rücklegend, rückkehrend zu den Büchern
Die ich, meine einzigen wahren Freunde, vor Jahren
Eingetauscht gegen Krieges Ungemach und der Welt
Mißgunst, erhebe Klage vor den Peers und Euch
Gegen diesen Edmund Kent, Sohn Eduard Longshanks
Um Hochverrat und fordre seinen Kopf.

ERZABT
Ihr wagt sehr viel.

MORTIMER
Es ist an Euch, Mylady.

ANNA
Mein Spruch ist so:
Sei, Edmund Kent, aus London ausgewiesen.

KENT *zu Mortimer:*
Das sollst du zahlen in ein tiefes Glas.
Gerne verläßt Kent dieses Westminster
Wo er geboren wurde und wo jetzt
Ein Bulle zu Haus ist und ein brünstiges Weib.

ANNA
Earl Mortimer, Ihr bleibt Lordprotektor.

ERZABT
Und ich bestell die Commons zum elften Feber
Daß durch des armen Eduard eignen Mund
Uns allen werd die nackte Wahrheit kund.
*Alle ab außer Mortimer.*

MORTIMER *allein, läßt die beiden Gurney eintreten:*
Ihr bringt euerm Mann bei, Ja zu sagen
Auf jede Frage. Ihr ätzt es ihm ein.
Am elften Feber aber seid in London.
Habt jede Vollmacht. Er muß Ja sagen.

**König Eduard erblickt nach vierzehnjähriger Abwesenheit wieder die Stadt London.**

*Vor London*

*Eduard, die beiden Gurney.*

DER ÄLTERE GURNEY
Mylord, blickt nicht so gedankenvoll.

EDUARD
Seit ihr da seid, immer, wenn es Nacht wird
Führt ihr mich über Land. Wohin noch muß ich gehn?
Geht nicht so schnell. Weil ich nicht zu essen habe
Bin ich voll Schwäche, mein Haar fällt aus und mir
Vergehn die Sinn vor dem Geruch meines Leibes.

DER JÜNGERE GURNEY
Seid Ihr also bei gutem Humor, Herr?

EDUARD
Ja.

DER ÄLTERE GURNEY
Wir kommen jetzt in eine größre Stadt.
Freut Ihr Euch drauf, den Aal zu sehen?

EDUARD
Ja.

DER JÜNGERE GURNEY
Sind das nicht Weiden dort, Herr?

EDUARD
Ja.

DER ÄLTERE GURNEY
Der Aal liebt es nicht, wenn man ihn schlecht
Gewaschen aufsucht. Da ist Kanalwasser.
Sitzt nieder, bitte, daß wir Euch barbiern.

EDUARD
Nicht mit Spülicht!

DER JÜNGERE GURNEY
Ihr wünscht also, daß wir Euch mit Spülicht
Barbieren?
*Sie barbieren ihn mit Gossenwasser.*

DER ÄLTERE GURNEY
Die Nächte fangen an, kürzer zu werden.

DER JÜNGERE GURNEY
Morgen ist der elfte Feber.

DER ÄLTERE GURNEY
War es nicht ein gewisser Gaveston
Der Euch ins Elend brachte?

EDUARD
Ja. Dieses Gaveston erinnere ich mich durchaus.

DER JÜNGERE GURNEY
Haltet still!
DER ÄLTERE GURNEY
Werdet Ihr auch alles tun, was man Euch heißt?
EDUARD
Ja. Ist das hier London?
DER JÜNGERE GURNEY
Das ist die Stadt London, Herr.

**Der elfte Februar 1326.**

*London*

*Soldaten und Gesindel, vor Westminster.*

ERSTER
Der elfte Feber wird einer der wichtigsten Tage sein in der Geschichte Englands.
ZWEITER
Man friert sich die Zehen ab in so einer Nacht.
DRITTER
Und wir haben noch sieben Stunden anzustehen.
ZWEITER
Ob Edi schon drin ist?
ERSTER
Hier muß er vorüber ins Parlament.
ZWEITER
Jetzt ist wieder Licht oben in Westminster.
DRITTER
Ob der Aal ihn herumbringt?
ERSTER
Ich setze einen weißen Schilling auf den Aal.
ZWEITER
Und ich auf Edi zwei Schilling.
ERSTER
Wie heißt Ihr?
ZWEITER
Smith. Und Ihr?
ERSTER
Baldock.
DRITTER
Gegen morgen wird es bestimmt schneien.

*Westminster*

*Eduard, vermummt, die beiden Gurney.*

DER ÄLTERE GURNEY
Freut Ihr Euch, daß Ihr jetzt beim Aal seid?
EDUARD
Ja. Wer ist der Aal?
DER JÜNGERE GURNEY
Das werdet ihr schon sehen.
*Die beiden Gurney ab.*
*Auftritt Mortimer.*
MORTIMER
Da Londons schweißiger Markt es so weit trieb
Daß fast abhängt mein Kopf von diesen
Minuten

Vom Ja und Nein aus dem Mund des
Gedemütigten
Will ich ihm, der sehr schwach ist, dieses Ja
Ausbrechen wie einen Zahn.
*Nimmt Eduard die Vermummung ab.*

EDUARD
Ist dies Westminster und seid Ihr der Aal?

MORTIMER
Man nennt mich so. 's ist ein ungefährlich Tier.
Ihr seid ermüdet, Ihr werdet essen
Trinken, auch baden. Wollt Ihr das?

EDUARD
Ja.

MORTIMER
Ihr werdet Euch einen Freund aussuchen.

EDUARD *schaut ihn an.*

MORTIMER
Man wird Euch tragen in Englands Parlament.
Ihr werdet dort den Peers, daß Ihr entsagt habt
Bezeugen.

EDUARD
Tretet näher, Mortimer.
Ihr dürft Euch setzen. Doch Unsrer höchst
Erschütterten Gesundheit wegen faßt
Kurz Euer Anliegen.

MORTIMER *für sich:*
Er geht hart vor. Er zieht
Antäisch aus Westminsters Boden Kraft.
*Laut:*
Kürze ist Salz wäßrigen Suppen. Es
Handelt sich um Antwort bezüglich der
Entsagung zugunsten Eures Sohnes Eduard.

EDUARD
Seit dreizehn Jahren ferne von Westminster
Nach langem Feldzug, dornenvoller Übung
Des Befehls, führte mich Fleisches Notdurft zu
Der nüchternen Beschäftigung mit Aufbau und
Zerfall dies meines Leibes.

MORTIMER
Ich versteh Euch.
Nächtliche Wanderung, menschliche
Enttäuschung
Machen gedankenvoll. Und habt Ihr
Nach der Mühseligkeit, von der Ihr sprecht
Und die Ihr geduldig trugt, bei also
Erschütterter Gesundheit noch die Absicht
Euer Amt fortzuführen?

EDUARD
Es ist nicht in Unserm Plan.

MORTIMER
So werdet Ihr also zustimmen?

EDUARD
Es ist nicht in Unserm Plan. Der Stoff
Dieser letzten Tage klärt sich heraus. Eduard,
dessen
Zerfall unabwendbar, doch nicht fürchterlich
Herannaht, erkennt sich. Nicht gelüstig
Auf Sterben, schmeckt er Nützlichkeit
Schrumpfender Vernichtung. Eduard, der nicht
mehr
Der arme Eduard ist, zahlt billig mit Tod
Solchen Genuß am Würger. Kommt doch,
wenn's
Soweit ist, Ihr selber, Mortimer!

MORTIMER
Ich seh Euch roh verstrickt in Euer Selbst.
Während ich, vom Geschmack des Herrschens
längst
Nicht mehr befleckt, auf meinen Schultern
Die Insel trag, die ein werktäglich Wort
Aus Euerm Mund wegreißt vom Bürgerkrieg.
Vielleicht platt im Gefühl, doch vielerlei
wissend
Wohl nicht königlich, aber vielleicht gerecht
Wenn Ihr wollt, auch das nicht, sondern nur
Der rohe, stammelnde Mund des armen Eng-
land
Verlange ich von Euch und bitte es auch:
Entsagt.

EDUARD
Tretet Uns nicht an mit so ärmlichem
Anspruch!
Jedoch gelüstet es mich, in dieser Stunde
Der Klärung meines Leibes Eure Hände
Um meinen Hals zu spüren.

MORTIMER
Ihr kämpft gut. Als Kenner guter Rhetoren
Und den man den Aal nennt, würdigend
Euern Geschmack, ersuch ich trotzdem Euch
In unsrer nüchternen Sache, zu später Nacht-
stund
Um kurze Antwort.

EDUARD *schweigt.*

MORTIMER
Verstopft nicht Euer Ohr! Damit nicht Schwere
Menschlicher Zunge, Laune des Augenblicks
Am Ende Mißverständnis England
Ins Weltmeer stürze, steht Rede!

EDUARD *schweigt.*

MORTIMER
Wollt Ihr, zu Mittag, heute, vor den Commons
Entsagen?

EDUARD *schweigt.*

MORTIMER
Wollt Ihr nicht entsagen? Es
Verweigern?

EDUARD
Wenn auch Eduard verwickeltere Dinge
Als du, geschäftiger Mortimer, sie kennst
Zu Ende bringen muß in rascher Zeit
So hütet er, weil er noch in der Welt ist
Gleichwohl sich
In Euern Sachen, die aus wachsender
Entfernung ihm sehr trüb erscheinen
Anmaßlich irgend etwas
Zu äußern.
Drum hat er Eurer Frag nicht Ja noch Nein.
Sein Mund wird künftig zugeheftet sein.

*Westminster*

MORTIMER *allein:*
Solang er Atem zieht, kann's an die Sonn kommen.
Nachdem nicht rauher Wind ihm seinen törichten
Mantel entreißen konnt, noch milde Sonn ihn ihm
Entlocken, fahre er mit ihm in die
Verwesung.
Ein Streif Papier, sorgfältig präpariert
Geruchlos, nichts beweisend, wird diesen
Zwischenfall ordnen.
Weiß er für meine Frag nicht Ja noch Nein
Weiß ich Erwidrung ihm aus gleichem Stoff.
»Eduardum occidere nolite timere bonum est«
Ich laß den Beistrich weg. Mögen sie lesen:
»Eduard zu töten scheut Euch, nicht gut ist es«
Oder je nach dem Stande ihrer Unschuld
Ob sie gegessen haben oder gefastet:
»Eduard zu töten scheut Euch nicht, gut ist es«
»Eduard zu töten scheut Euch nicht gut ist es«.
Ohne Beistrich, wie es ist, so mag es ausgehn.
Unter Uns jetzt
Ist England, über Uns Gott, der sehr alt ist.
Mein einziger Zeuge tret ich vor die Peers.
Lightborn, komm heraus.
*Auftritt Lightborn.*
MORTIMER
Hat der Verhaftete, wenn der Morgen graut
Noch nichts gelernt, ist er nicht mehr zu retten.

*Kloake des Towers*

*Die beiden Gurney.*

DER ÄLTERE GURNEY
Er redet immerfort heut nacht.
DER JÜNGERE GURNEY
Es ist
Ein Wunder, dieser König wird nicht mürb.
Künstlich ermüdet, denn, wenn er schlafen will
Schlägt unsre Trommel, steht er
In einem Loch bis zu den Knieen im
Abwasser, darein alle Abtritte
Des Towers sich entleeren, und sagt nicht Ja.
DER ÄLTERE GURNEY
Das ist eigentümlich, Bruder. Vorhin, ich
Öffnete nur den Falldeckel, um Fleisch
Ihm vorzuwerfen, wär ich fast erstickt
Von dem Arom.
DER JÜNGERE GURNEY
Er hat einen Körper, der mehr aushält als wir.
Er singt. Wenn man den Falldeckel aufhebt, hört man
Ihn singen.
DER ÄLTERE GURNEY
Ich glaub, er dichtet Psalmen
Weil's Frühjahr wird. Mach auf, wir wollen
Ihn wieder fragen.
DER ÄLTERE GURNEY
Willst du Ja sagen, Edi?
DER JÜNGERE GURNEY
Keine Antwort.
*Aufgetreten ist Lightborn.*
DER ÄLTERE GURNEY
Er ist noch nicht mürb.
LIGHTBORN *übergibt sein Schreiben.*
DER JÜNGERE GURNEY
Was ist das? Ich versteh's nicht.
»Eduard zu töten scheut Euch nicht gut ist es.«
DER ÄLTERE GURNEY
»Eduard zu töten scheut Euch nicht« steht da.
DER JÜNGERE GURNEY
Gib das Zeichen!
LIGHTBORN *gibt es.*
DER ÄLTERE GURNEY
Da ist der Schlüssel, da das Loch.
Führ die Order aus. Brauchst du sonst noch was?
LIGHTBORN
Einen Tisch, ein Federbett.
DER JÜNGERE GURNEY
Hier ist ein Licht für den Käfig.
*Die beiden Gurney ab.*
LIGHTBORN *öffnet die Tür.*
EDUARD
Die Grub, drin sie mich halten, ist die Senkgrub
Und über mich her, seit sieben Stunden, fällt
Der Kot Londons. Doch sein Abwasser härtet
Meine Gliedmaßen. Sie sind schon wie Holz

Der Zeder. Geruch des Abfalls macht mich noch
Maßlos vor Größe. Gutes Geräusch der Trommel
Läßt wachen den Geschwächten, daß ihn nicht
Anlangt sein Tod in Ohnmacht, sondern im Wachen.
Wer ist das? Was für ein Licht? Was willst du?

LIGHTBORN
Euch trösten.

EDUARD
Du willst mich töten.

LIGHTBORN
Warum mißtraut mir die Hoheit so?
Komm heraus, Bruder.

EDUARD
Dein Blick deutet auf nichts als Tod.

LIGHTBORN
Ich bin nicht ohne Sünde, doch nicht ohne
Gemüt. Kommt nur und liegt hin.

EDUARD
Howell hatte Mitleid, Berkeley war ärmer
Doch er befleckte nicht seine Hand. Das Herz
Des älteren Gurney ist ein Block
Vom Kaukasus. Härter ist der jüngere. Eis
Mortimer, von dem du kommst, Mensch.

LIGHTBORN
Ihr seid übernächtig, Herr. Legt Euch
Auf dieses Bett und ruht ein wenig.

EDUARD
Gut war Regen, Nichtessen sättigte. Aber
Das Beste war die Finsternis. Alle
Waren unschlüssig, zurückhaltend viele, aber
Die Besten waren, die mich verrieten. Darum
Wer dunkel ist, bleibe dunkel, wer
Unrein ist, unrein. Lobet
Mangel, lobet Mißhandlung, lobet
Die Finsternis.

LIGHTBORN
Schlaft, Herr.

EDUARD
Etwas summt mir im Ohr und bläst mir ein
Wenn ich jetzt schlief, erwacht ich nie.
Erwartung ist's, was mich so zittern macht.
Doch bring ich nicht mein Auge auf, es klebt.
Drum sage mir, wozu bist du gekommen.

LIGHTBORN
Dazu.
*Erstickt ihn.*

*Westminster*

MORTIMER *allein:*
Steig, elfter Feber, mir herauf.
Die anderen sind Sträucher neben mir.
Sie erschaueren bei meinem Namen, wagen's nicht
Mich in diesen Tod zu verwickeln.
Soll einer kommen.
*Auftritt die Königin.*

ANNA
Ach, Mortimer, mein Sohn, der Zeitung hat
Vom väterlichen Hinscheiden, schon als König
Gegrüßt, kommt her, mit Wissen. daß wir
Die Mörder sind.

MORTIMER
Was tut's, wenn er es weiß, da er
Ein Kind ist, so zart, daß ihn ein Regentropfen
Erschlüg?

ANNA
Allein er ging in die Kammer, auf-
Zurufen Beistand und Hilf der Peers, die wie
Das Volk seit der Frühmett warten auf den
Von dir versprochnen Eduard. Er ringt
Die Hände, rauft das Haar, schwört Eide
Er werd gerächt sein an uns beiden.

MORTIMER
Seh
Ich aus wie einer, über dem bald Erd ist?

ANNA
Ach, Mortimer, jetzt gehen wir hinunter.
Seht, wie er kommt und sie mit ihm!
*Auftritt der junge Eduard, Erzabt, Rice ap Howell, Peers.*

DER JUNGE EDUARD
Mörder!

MORTIMER
Was sagst du, Kind?!

DER JUNGE EDUARD
Hoff nicht, daß deine Worte mich noch schrecken.

ANNA
Eduard!

DER JUNGE EDUARD
Bleibt abseits, Mutter! Hättet Ihr ihn geliebt
Wie ich, Ihr ertrügt nicht diesen Tod.

ERZABT
Warum antwortet Ihr nicht Mylord, dem König?

RICE AP HOWELL
Zu dieser Stunde sollte Eduard reden
Vor dem Parlament.

EIN PEER
Zu dieser Stunde
Ist Eduards Mund stumm.

MORTIMER
Wer ist der Mann, der mich
In diesen Tod verwickelt?

DER JUNGE EDUARD
Ich bin's.

MORTIMER
Euer Zeuge?

DER JUNGE EDUARD
Meines Vaters Stimm in mir.

MORTIMER
Habt Ihr nicht andre Zeugen, Mylord?

DER JUNGE EDUARD
Die nicht da sind, sind meine Zeugen.

ERZABT
Der Graf von Kent.

RICE AP HOWELL
Berkeley.

DER PEER
Die Brüder Gurney.

ERZABT
Ein Mensch namens Lightborn, gesehn
Im Tower.

ANNA
Haltet ein!

ERZABT
Der ein Papier mit Eurer Handschrift
Bei sich trug.
*Die Peers prüfen das Papier.*

RICE AP HOWELL
Zwiedeutig freilich. Es fehlt der Beistrich.

ERZABT
Absichtlich.

RICE AP HOWELL
Mag sein. Doch steht nicht drin
Daß man den König abtun hieß.

DER JUNGE EDUARD
Ach, Mortimer, du weißt, es wurd getan.
Und so soll an dir getan sein. Du stirbst!
Ein Zeugnis dieser Welt, daß deine
Allzu listige List, durch die
Ein Königsleib in einer Grub verdarb, Gott
Zu listig war.

MORTIMER
Wenn mir recht ist, zeiht Ihr mich des Mords
An dem zweiten Eduard. Zuweilen
Wird Wahrheit unwahrscheinlich, und es ist
Nie zu errechnen, auf welche Seit sich wälzt
Der Büffel Staat. Gut und moralisch
Der Platz, wo er sich nicht hinwälzt.
Der Büffel wälzte sich und fiel auf mich.
Hätt ich Beweis, was hülfe mir Beweis?
Nennt ein Staat Mörder einen Mann, tut solcher Mann
Gut, sich wie ein Mörder zu verhalten
Wär seine Hand auch weiß wie Schottlands Schnee.
Drum schwieg ich.

ERZABT
Achtet nicht der Windungen des Aals.

MORTIMER
Nehmt mir das Siegel! Geschwader auf Geschwader
Speit nach der Insel Frankreich. In der Normandie
Die Heere sind verfault. Verbannt mich
In die Normandie als Eueren Statthalter.
Oder als Kapitän. Als Werber, Eintreiber.
Wen habt Ihr, der Euch so mit nacktem Arm
Die Heere gegen den Feind peitscht? Schickt mich als
Soldat, der vorgepeitscht wird. Nur nicht zwischen
Essen und Mundabwischen so kopfüber
Hinunter, weil ein Junges
Um sein verrecktes Vatertier nach Blut blökt.
Fragt Euch, ob jetzt die Stund ist
Den Fall des toten Eduard zu klären.
Oder ob, von einem Mord gereinigt, in Blut
Wegschwimmen soll die ganze Insel.
Ihr braucht mich.
Euer Schweigen hört man bis Irland.
Habt Ihr von gestern auf heute in Euern Zähnen
Eine andere Sprache? Wenn Eure Hände nicht
Befleckt sind, sind sie noch nicht befleckt.
So kalt abgetan sein schmeckt nach Moral.

ANNA
Um meinetwillen schon' den Mortimer, Sohn.

DER JUNGE EDUARD *schweigt.*

ANNA
Schweig nur, reden lehrt ich dich nie.

MORTIMER
Madame, bleibt abseit! Ich will lieber eingehn
Als betteln um mein Leben vor einem milchigen Knaben.

DER JUNGE EDUARD
Hängt ihn!

MORTIMER
's ist, Knabe, die schlumpichte Fortuna treibt's
Ein Rad. 's treibt dich mit nach aufwärts.
Aufwärts und aufwärts. Du hältst fest. Aufwärts.
Da kommt ein Punkt, der höchste. Von dem siehst du

's ist keine Leiter, 's treibt dich nach unten.
Weil's eben rund ist. Wer dies gesehn hat, fällt er
Knabe, oder läßt er sich fallen? Die Frage
Ist spaßhaft. Schmeck sie!

DER JUNGE EDUARD
Führt ihn weg!
*Mortimer wird abgeführt.*

ANNA
Bring nicht das Blut des Roger Mortimer über dich!

DER JUNGE EDUARD
Dies Wort beweist, daß, Mutter, vielleicht auch du
Das Blut meines Vaters über dich gebracht hast.
Denn du, dem Mortimer verknüpft, fürcht ich
Bist seines Todes mitverdächtig, und
Wir senden zum Verhör dich in den Tower.

ANNA
Nicht mit der Muttermilch sogst du
So kalkigen Witz ein, dritter Eduard.
Viel umgetrieben, mehr wie andere
Und nicht durch Geschmack an Wechsel, sah ich stets
Das Unrecht nähren seinen Mann und zahlen mit
Erfolg jegliche Überwindung des Gewissens.
Mir versagt selbst Unrecht.
Ihr redet, es starb in diesen Stunden einer
An den mich Euer Gesicht selbst schwach erinnert
Und der mir viel Leids antat und den ich vergaß
(Sagt ruhig: aus Nachsicht)
Auch sein Gesicht und seine Stimm ganz abtat.
Um so besser für ihn.
Jetzt schickt sein Sohn mich in den Tower.
's wird gut sein dort wie anderswo.
Ihr, die Ihr die Entschuldigung habt, daß Ihr
Ein Kind, hineinschaut in so harte
Abgelebte Dinge, was wißt Ihr von der Welt
Auf der Entmenschteres nicht ist als kaltes
Urteil und Gerechtigkeit.
*Ab.*

DER JUNGE EDUARD
Uns aber bleibt, seinen Leichnam würdig
Zur Ruh zu bringen.

ERZABT
Und somit sähe in Westminster-Abtei
Von denen, die jenes Mannes Krönung sahen
Sein Begängnis keiner. Des zweiten Eduards der
Unwissend, wie es scheint, wer von seinen Feinden
Sich seiner noch erinnerte, unwissend, welch
Geschlecht über seinem Haupt im Licht war, Farb
Des Baumlaubs nicht wissend, Jahreszeit nicht
Noch Stand der Gestirnbilder, sein selbst
Vergessend, im Elend
Verstarb.

DER JUNGE EDUARD *während alle knien:*
Gott gebe ihnen Erlaß in dieser Stunde
Auf daß nicht unser Geschlecht abbüße die Sünde.
Uns aber gebe Gott
Daß nicht verderbt sei unser Geschlecht
Von Mutterleib her.

# Mann ist Mann

*Die Verwandlung des Packers Galy Gay in den Militärbaracken von Kilkoa im Jahre neunzehnhundertfünfundzwanzig*

Lustspiel

Mitarbeiter: E. Burri, S. Dudow, E. Hauptmann, C. Neher, B. Reich

*Personen*

Uria Shelley, Jesse Mahoney, Polly Baker, Jeraiah Jip – vier Soldaten einer Maschinengewehrabteilung der britischen Armee in Indien · Charles Fairchild, genannt der Blutige Fünfer, Sergeant · Galy Gay, ein irischer Packer · Galy Gays Frau · Herr Wang, Bonze einer tibetanischen Pagode · Mah Sing, sein Mesmer · Leokadja Begbick, Kantinenbesitzerin · Soldaten

1
*Kilkoa*

*Galy Gay und Galy Gays Frau.*

GALY GAY *sitzt eines Morgens auf seinem Stuhl und sagt zu seiner Frau:* Liebe Frau, ich habe mich entschlossen, heute, entsprechend unserem Einkommen, einen Fisch zu kaufen. Es übersteigt das nicht die Verhältnisse eines Pakkers, der nicht trinkt, ganz wenig raucht und fast keine Leidenschaften hat. Meinst du, ich soll einen großen Fisch kaufen, oder benötigst du einen kleinen?
FRAU Einen kleinen.
GALY GAY Von welcher Art aber soll der Fisch sein, den du benötigst?
FRAU Ich denke an eine gute Flunder. Aber nimm dich bitte vor den Fischweibern in acht, sie sind lüstern und auf Männer aus, und du hast ein weiches Gemüt, Galy Gay.
GALY GAY Das ist wahr, aber ich hoffe, daß sie einen mittellosen Packer vom Hafen in Ruhe lassen.
FRAU Du bist wie ein Elefant, der das schwerfälligste Tier der Tierwelt ist, aber er läuft wie ein Güterzug, wenn er ins Laufen kommt. Und da sind dann diese Soldaten, welche die schlimmsten Menschen auf der Welt sind und welche in ungezählten Mengen am Bahnhof ankommen sollen. Bestimmt stehen sie alle auf dem Markt herum, und man muß froh sein, wenn sie nicht einbrechen und töten. Auch sind sie gefährlich für einen einzelnen Mann, weil sie immer zu viert sind.
GALY GAY Einem einfachen Packer vom Hafen werden sie nichts tun wollen.
FRAU Das weiß man nicht.
GALY GAY Stelle also das Wasser auf für den Fisch, denn ich spüre schon Appetit und ich denke, ich bin in zehn Minuten zurück.

2
*Straße bei der Gelbherrnpagode*

*Vier Soldaten machen vor der Pagode halt. Man hört Militärmärsche einziehender Truppen.*

JESSE Das Ganze halt! Kilkoa! Dies hier ist Ihrer Majestät Stadt Kilkoa, in der die Armee für einen schon lange vorhergesehenen Krieg zusammengestellt wird. Wir sind hierhergekommen mit hunderttausend anderen Soldaten und dürsten darnach, an der nördlichen Grenze Ordnung zu schaffen.
JIP Dazu ist Bier nötig. *Er bricht zusammen.*
POLLY Gleich wie die gewaltigen Tanks unserer Queen mit Petroleum aufgefüllt werden müssen, damit man sie über die verdammten Straßen dieses zu langen Goldlandes rollen sehen kann, so ist den Soldaten das Biertrinken unerläßlich.
JIP Wieviel Bier haben wir noch?
POLLY Vier Mann sind wir. Fünfzehn Fläschchen haben wir noch. Also müssen fünfundzwanzig Fläschchen beschafft werden.
JESSE Dazu ist Geld nötig.
URIA Es gibt Leute, die gegen Soldaten etwas haben, aber eine einzige dieser Pagoden enthält mehr Kupfer, als ein starkes Regiment braucht, um von Kalkutta nach London zu marschieren.
POLLY Diese Anregung unseres lieben Uria in bezug auf eine wohl baufällige und fliegenverschissene, aber vielleicht mit Kupfer ausgestopfte Pagode ist es durchaus wert, daß man ihr menschlich nähertritt.
JIP Was mich betrifft, ich muß mehr trinken, Polly.
URIA Sei stille, mein Herz, dieses Asien hat ein Loch, durch das man hineinkriechen kann.
JIP Uria, Uria, meine Mutter sagte mir oft: du kannst alles machen, herzallerliebster Jeraiah, aber hüte dich vor Pech, und hier riecht es nach Pech.
JESSE Die Tür ist nur angelehnt. Gib acht, Uria! Da steckt sicher eine Teufelei dahinter.
URIA Durch diese offene Tür wird schon nicht gegangen.
JESSE Richtig, wozu sind hier Fenster?
URIA Macht aus euren Riemen eine lange Angel für die Opferkästen. So.
*Sie gehen auf die Fenster los. Uria schlägt eines ein, schaut ins Innere und beginnt zu angeln.*
POLLY Hast du was?
URIA Nein, aber mein Helm ist hineingefallen.
JESSE Teufel, du kannst nicht ohne Helm in den Camp kommen!
URIA Ich kann euch sagen, ich angle da Dinge! Das ist ein entsetzliches Etablissement! Seht nur her! Rattenfallen. Fußangeln.
JESSE Geben wir es auf! Das ist kein gewöhnlicher Tempel, das ist eine Falle.
URIA Tempel ist Tempel. Den Helm muß ich herausholen.
JESSE Reichst du hinunter?
URIA Nein.

JESSE Ich kann vielleicht hier den Stalltorriegel aufheben.
POLLY Aber beschädigt den Tempel nicht!
JESSE Au! Au! Au!
URIA Was ist denn mit dir los?
JESSE Hand drinnen!
POLLY Hören wir auf damit!
JESSE *empört:* Aufhören! Meine Hand muß ich doch wieder heraushaben!
URIA Und mein Helm ist auch drinnen.
POLLY Dann muß man durch die Wand.
JESSE Au! Au! Au! *Er reißt die Hand heraus, sie ist blutig.* Diese Hand müssen sie bezahlen. Jetzt höre ich nicht mehr auf. Eine Leiter her, los!
URIA Halt! Gebt vorher eure Pässe her! Die Militärpässe dürfen nicht beschädigt werden. Ein Mann kann jederzeit ersetzt werden, aber es gibt nichts Heiliges mehr, wenn es nicht ein Paß ist.
*Sie liefern ihm die Pässe ab.*
POLLY Polly Baker.
JESSE Jesse Mahoney.
JIP *kriecht her:* Jeraiah Jip.
URIA Uria Shelley. Sämtlich im achten Regiment. Standort Kankerdan, Maschinengewehrabteilung. Beschießung wird vermieden, weil sonst der Tempel sichtbar beschädigt wird. Vorwärts!
*Uria, Jesse und Polly steigen in die Pagode ein.*
JIP *ruft ihnen nach:* Ich passe auf! Ich bin dann jedenfalls nicht hineingegangen! *Oben in einer Luke erscheint das gelbe Gesicht des Bonzen Wang.* Guten Tag! Sind Sie der Herr Eigentümer? Hübsche Gegend!
URIA *innen:* Reiche mir jetzt dein Brotmesser, Jesse, daß ich die Opferkästlein aufbreche.
*Herr Wang lächelt, und auch Jip lächelt.*
JIP *zum Bonzen:* Es ist einfach furchtbar, zu solchen Nilpferden zu gehören. *Das Gesicht verschwindet.* Kommt doch heraus! Ein Mann geht im ersten Stock herum.
*Innen in Abständen elektrische Glocken.*
URIA Paß doch auf, wo du hintrittst! Was ist los, Jip?
JIP Ein Mann im ersten Stock!
URIA Ein Mann? Sofort heraus! Hallo!
DIE DREI *innen schreien und fluchen:* Tu doch deinen Fuß weg. – Laß los! Jetzt kann ich den Fuß nicht mehr bewegen! Der Stiefel ist auch hin! Aber nur nicht schlappmachen, Polly! Niemals! – Jetzt ist es die Jacke, Uria! – Was ist eine Jacke! Dieser Tempel muß hin sein! Was ist denn? – Teufel, meine Hose pappt an! Das kommt von dieser Eile! Jip, dieses Kalb!
JIP Habt ihr jetzt was gefunden? Whisky? Rum? Gin? Brandy, Ale?
JESSE Uria hat seine Hose an einem Bambushaken aufgeschlitzt, und Pollys Stiefel am gesunden Fuß steckt in einem Schlageisen.
POLLY Und Jesse selbst hängt am elektrischen Draht.
JIP Das dachte ich gleich. Warum geht ihr nicht durch die Tür in ein Haus?
*Jip geht durch die Tür in das Haus. Die drei steigen blaß, zerlumpt und blutend oben heraus.*
POLLY Dafür muß Rache sein.
URIA Das ist keine faire Kampfesweise mehr, was dieser Tempel treibt! Das ist viehisch.
POLLY Ich muß Blut sehen.
JIP *von innen:* Hallo!
POLLY *geht blutdürstig aufs Dach vor und bleibt mit dem Stiefel hängen:* Jetzt ist auch mein anderer Stiefel hin!
URIA Jetzt schieße ich alles zusammen!
*Die drei steigen herunter und richten das Maschinengewehr auf die Pagode.*
POLLY Feuer! *Sie geben Feuer.*
JIP *innen:* Au! Was macht ihr denn?
*Die drei blicken entsetzt auf.*
POLLY Wo bist du denn?
JIP *innen:* Hier! Und jetzt habt ihr mich durch den Finger geschossen.
JESSE Was zum Teufel machst du denn in dieser Rattenfalle, du Ochse?
JIP *erscheint in der Tür:* Ich wollte das Geld holen. Hier ist es.
URIA *freudig:* Der Besoffenste von uns hat es natürlich auf den ersten Griff. *Laut:* Komm sogleich wieder zu dieser Tür heraus.
JIP *steckt den Kopf zur Tür heraus:* Wo, sagst du?
URIA Zu dieser Tür heraus!
JIP Oh, was ist das?
POLLY Was hat er?
JIP Schaut mal!
URIA Noch was?
JIP Meine Haare! Oh, meine Haare! Ich kann nicht mehr vorwärts und auch nicht mehr rückwärts! Oh, meine Haare! Sie hängen an etwas fest! Uria, sieh nach, was mir am Haar klebt! Oh, Uria, mach mich los! Ich hänge an meinem Haar! *Polly geht auf den Zehen zu Jip und betrachtet sein Haar von oben.*
POLLY Er ist mit dem Haar an der Türfüllung hängengeblieben.

URIA *brüllt:* Dein Brotmesser, Jesse, daß ich ihn losschneide!

*Uria schneidet ihn los. Jip schwankt nach vorn.*

POLLY *amüsiert:* Und jetzt hat er eine Glatze.

*Sie untersuchen Jips Kopf.*

JESSE Ein Stückchen Kopfhaut ist auch mit losgegangen.

URIA *sieht die beiden an, dann eisig:* Eine Glatze verrät uns!

JESSE *mit stechendem Blick:* Der lebende Steckbrief!

*Uria, Jesse und Polly beraten miteinander.*

URIA Wir wollen in den Camp gehen und eine Schere holen und wiederkommen am Abend und ihn kahl scheren, daß man seine Glatze nicht sieht. *Er gibt die Pässe zurück.* Jesse Mahoney!

JESSE *nimmt seinen Paß:* Jesse Mahoney!

URIA Polly Baker!

POLLY *nimmt seinen Paß:* Polly Baker!

URIA Jeraiah Jip! *Jip will sich erheben.* Deinen behalte ich. *Er zeigt auf einen Palankin, der im Hof steht.* Setz dich in die Lederkiste und warte, bis es dunkel wird!

*Jip kriecht in den Palankin. Die drei andern trotten kopfschüttelnd und niedergeschmettert ab. Wenn sie ab sind, erscheint der Bonze Wang in der Pagodentür, nimmt von dem daran klebenden Haar ab und besieht es sich.*

### 3

*Landstraße zwischen Kilkoa und dem Camp*

*Der Sergeant Fairchild tritt hinter einem Schuppen vor und nagelt ein Plakat an den Schuppen.*

FAIRCHILD Lange nicht ist für mich, den Blutigen Fünfer, genannt Tiger von Kilkoa, der menschliche Taifun, Sergeant der Britischen Armee, etwas so wunderbar gewesen! *Zeigt mit dem Finger auf das Plakat.* Einbruch in die Gelbherrnpagode. Das Dach der Gelbherrnpagode durchlöchert von Kugeln. Als Indizium findet man an Pech klebend ein Viertelpfund Haare! Wenn das Dach durchlöchert ist, muß eine Maschinengewehrabteilung dahinterstekken, wenn ein Viertelpfund Haare am Tatort da ist, dann muß es einen Mann geben, dem ein Viertelpfund fehlt. Wenn sich aber in einer Maschinengewehrabteilung ein Mann mit einer glatzigen Stelle findet, dann sind das die Verbrecher. Das ist ganz einfach. Aber wer kommt denn da?

*Er tritt hinter den Schuppen zurück. Die drei kommen und sehen das Plakat mit Schrecken. Dann gehen sie niedergeschlagen weiter. Aber Fairchild tritt hinter dem Schuppen vor und pfeift auf einer Polizeipfeife. Sie bleiben stehen.*

FAIRCHILD Habt ihr nicht einen Mann mit einer Glatze gesehen?

POLLY Nein.

FAIRCHILD Wie seht ihr denn aus? Nehmt einmal eure Helme ab. Wo ist denn euer vierter Mann?

URIA Ach, Sergeant, er verrichtet seine Notdurft.

FAIRCHILD Dann wollen wir doch auf ihn warten, ob er nicht einen Mann mit einer Glatze gesehen hat. *Sie warten.* Er hat eine lange Notdurft.

JESSE Jawohl.

*Sie warten weiter.*

POLLY Vielleicht ist er einen andern Weg gegangen?

FAIRCHILD Ich sage euch, es wäre euch besser, ihr hättet euch gegenseitig im Mutterleib standrechtlich erschossen, als daß ihr heute zu meinem Appell kämt ohne vierten Mann. *Ab.*

POLLY Hoffentlich ist das nicht unser neuer Sergeant. Wenn diese Klapperschlange heute abend den Appell abhält, können wir uns gleich an die Wand stellen.

URIA Bevor es zum Appell trommelt, müssen wir jetzt einen vierten Mann haben.

POLLY Hier käme ein Mann. Laßt uns ihn heimlich betrachten.

*Sie verstecken sich hinter dem Schuppen. Die Straße herunter kommt die Witwe Begbick. Galy Gay trägt ihr den Gurkenkorb nach.*

BEGBICK Was wollen Sie denn, Sie werden doch nach Stunden bezahlt.

GALY GAY Dann wären es jetzt drei Stunden.

BEGBICK Sie kommen schon zu Ihrem Geld. Das ist eine Straße, die spärlich benutzt wird! Eine Frau würde hier gegenüber einem Manne, der sie umfangen wollte, einen schweren Stand haben.

GALY GAY Sie, die Sie von Berufs wegen als Kantinenbesitzerin es immer mit Soldaten, die die schlimmsten Menschen auf der Welt sind, zu tun haben, kennen sicher da gewisse Griffe.

BEGBICK Ach, mein Herr, so etwas sollten Sie keiner Frau sagen. Gewisse Wörter versetzen die Frauen in einen Zustand, in dem ihr Blut erregt wird.

GALY GAY Ich bin nur ein einfacher Packer vom Hafen.

BEGBICK Der Appell für die Neuen findet in wenigen Minuten statt. Wie Sie hören, wird schon getrommelt. Jetzt ist niemand mehr unterwegs.

GALY GAY Wenn es wirklich schon so spät ist, dann muß ich trab-trab umkehren in die Stadt Kilkoa, denn ich habe noch einen Fisch zu kaufen.

BEGBICK Gestatten Sie mir die Frage, Herr, wenn ich Ihren Namen richtig verstanden habe, Galy Gay, ob für den Beruf eines Packers große Stärke nötig ist.

GALY GAY Ich hätte es nicht geglaubt, daß ich auch heute wieder fast vier Stunden durch lauter Unvorhergesehenes abgehalten werden würde, rasch einen Fisch zu kaufen und heimzugehen, aber ich bin wie ein Personenzug, wenn ich ins Laufen komme.

BEGBICK Ja, es ist zweierlei: einen Fisch zum Fressen zu kaufen und einer Dame beim Korbtragen behilflich zu sein. Aber vielleicht wäre die Dame in der Lage, sich in einer Form erkenntlich zu zeigen, die den Genuß eines Fischessens aufwiegt.

GALY GAY Offen gestanden: ich möchte gern einen Fisch kaufen gehen.

BEGBICK Denken Sie so materiell?

GALY GAY Wissen Sie, ich bin ein komischer Mensch. Manchmal weiß ich schon morgens im Bett: heute will ich einen Fisch. Oder ich will ein Reisfleisch. Und da muß ein Fisch her beziehungsweise ein Reisfleisch, und wenn die Welt aus den Angeln geht.

BEGBICK Ich verstehe, mein Herr. Aber glauben Sie nicht, daß es jetzt schon zu spät ist? Die Läden sind zu, und die Fische sind ausverkauft.

GALY GAY Sehen Sie, ich bin ein Mann von großer Vorstellungsgabe, habe zum Beispiel einen Fisch schon satt, vor ich ihn gesehen habe! Da gehen sie hin, einen Fisch zu kaufen, und dann erstens kaufen sie diesen Fisch, und zweitens tragen sie ihn heim, diesen Fisch, und drittens kochen sie ihn gar, diesen Fisch, und viertens fressen sie ihn auf, diesen Fisch, und des Nachts, wenn sie schon unter ihre Verdauung einen Strich ziehen, dann sind sie noch immer mit demselben traurigen Fisch beschäftigt, weil sie eben Leute ohne Vorstellungsgabe sind.

BEGBICK Ich sehe, Sie denken immer nur an sich. *Pause.* Hm. Wenn Sie nur an sich denken, dann schlage ich Ihnen vor, für das Geld, das Sie für den Fisch bestimmt haben, diese Gurke zu kaufen, die ich Ihnen aus Gefälligkeit ablassen würde. Was die Gurke mehr wert ist, das wäre dann fürs Tragen.

GALY GAY Aber ich benötige allerdings keine Gurke.

BEGBICK Ich hätte nicht erwartet, daß Sie mich so beschämen würden.

GALY GAY Es ist nur, weil das Wasser für den Fisch schon aufgesetzt ist.

BEGBICK Ich verstehe. Ganz wie Sie wollen, ganz wie Sie wollen.

GALY GAY Nein, glauben Sie mir, wenn ich Ihnen sage, daß ich Ihnen gern gefällig sein würde.

BEGBICK Schweigen Sie, Sie reden sich nur immer mehr hinein.

GALY GAY Ich will Sie keinesfalls enttäuschen. Wenn Sie mir die Gurke jetzt noch ablassen wollen, wäre hier das Geld.

URIA *zu Jesse und Polly:* Das ist ein Mann, der nicht nein sagen kann.

GALY GAY Obacht, hier stecken Soldaten.

BEGBICK Gott weiß, was sie hier noch zu suchen haben. Es ist knapp vor dem Appell. Geben Sie mir rasch meinen Korb, es scheint wenig Sinn zu haben, daß ich hier noch länger mit Ihnen meine Zeit verschwatze. Es würde mich aber freuen, Sie in meinem Bierwaggon im Camp der Soldaten auch einmal als Gast begrüßen zu können, denn ich bin die Witwe Begbick, und mein Bierwaggon ist bekannt von Haidarabad bis Rangoon. *Sie nimmt ihre Pakete und geht ab.*

URIA Das ist unser Mann.

JESSE Einer, der nicht nein sagen kann.

POLLY Und er hat sogar rote Haare wie unser Jip. *Die drei treten vor.*

JESSE Schöner Abend heute abend!

GALY GAY Jawohl, mein Herr.

JESSE Sehen Sie, es ist merkwürdig, Herr, aber ich kann den Gedanken nicht aus dem Kopf bringen, daß Sie aus Kilkoa kommen müssen.

GALY GAY Aus Kilkoa? Allerdings. Dort steht meine Hütte sozusagen.

JESSE Das freut mich ungemein, Herr...

GALY GAY Galy Gay.

JESSE Ja, Sie haben dort eine Hütte, nicht?

GALY GAY Kennen Sie mich denn, weil Sie das wissen? Oder vielleicht meine Frau?

JESSE Ihr Name, ja, Ihr Name ist... einen Augenblick... Galy Gay.

GALY GAY Ganz richtig, so heiße ich.

JESSE Ja, das wußte ich gleich. Sehen Sie, so bin ich nun einmal. Ich wette zum Beispiel, daß Sie verheiratet sind. Aber warum stehen wir hier herum, Herr Galy Gay? Das sind meine Freunde Polly und Uria. Kommen Sie doch in unsere Kantine, eine Pfeife mit uns rauchen.

*Pause. Galy Gay betrachtet sie mißtrauisch.*

GALY GAY Vielen Dank. Leider erwartet mich meine Frau in Kilkoa. Auch habe ich selber keine Pfeife, was Ihnen lächerlich erscheinen mag.

JESSE Dann also eine Zigarre. Was, das können Sie nicht abschlagen, es ist ein so schöner Abend!

GALY GAY Nun, da kann ich allerdings nicht nein sagen.

POLLY Und Sie sollen auch Ihre Zigarre haben.

*Alle vier ab.*

## 4

*Kantine der Witwe Leokadja Begbick*

*Soldaten singen den »Song von Witwe Begbicks Trinksalon«.*

SOLDATEN

In Witwe Begbicks Trinksalon
Kannst du rauchen, schlafen, trinken zwanzig Jahr.
Du kannst's in diesem Bierwaggon
Von Singapore bis Cooch Behar.
Von Delhi bis Kamatkura
Und wenn man einen lang nicht sah
Der saß in Witwe Begbicks Tank.
Mit Toddy, Gum und hai, hai, hai
Am Himmel vorbei, an der Höll entlang.
Mach das Maul zu, Tommy, halt den Hut fest, Tommy
Auf der Fahrt vom Sodabergchen bis zum Whiskyhang.

In Witwe Begbicks Trinksalon
Bekommst du, was du verlangst.
Er fuhr durch dieses Indien schon
Als statt Bier du der Mutter Milch noch trankst.
Von Delhi bis Kamatkura
Und wenn man einen lang nicht sah
Der saß in Witwe Begbicks Tank.
Mit Toddy, Gum und hai, hai, hai
Am Himmel vorbei, an der Höll entlang.
Mach das Maul zu, Tommy, halt den Hut fest, Tommy
Auf der Fahrt vom Sodabergchen bis zum Whiskyhang.

Und brüllt die Schlacht im Pandschabvale
Fahr'n wir in Witwe Begbicks Tank
Mit Rauchen und mit schwarzem Ale
Erst mal die Niggerfront entlang.
Von Delhi bis Kamatkura
Und wenn man einen lang nicht sah
Der saß in Witwe Begbicks Tank.
Mit Toddy, Gum und hai, hai, hai
Am Himmel vorbei, an der Höll entlang.
Mach das Maul zu, Tommy, halt den Hut fest, Tommy
Auf der Fahrt vom Sodabergchen bis zum Whiskyhang.

BEGBICK *tritt ein:* Guten Abend, meine Herren Soldaten. Ich bin die Witwe Begbick, und das ist mein Bierwaggon, der, angehängt an die großen Militärtransporte, über alle Geleise Indiens rollt, und weil man in ihm zugleich Bier trinken und zugleich fahren und dabei schlafen kann, heißt er »Witwe Begbicks Bierwaggon«, und von Haidarabad bis Rangoon weiß man, daß er die Zufluchtsstätte manches beleidigten Soldaten war.

*In der Tür stehen die drei Soldaten mit Galy Gay. Sie schieben ihn zurück.*

URIA Ist das hier die Kantine des achten Regiments?

POLLY Sprechen wir mit der Besitzerin der Campkantine, der weltberühmten Witwe Begbick? Wir sind die Maschinengewehrabteilung des achten Regiments.

BEGBICK Seid ihr nur drei? Wo ist euer vierter Mann?

*Sie treten, ohne zu antworten, ein, heben zwei Tische auf und tragen sie nach links, wo sie eine Art Verschlag bauen. Die anderen Gäste sehen ihnen erstaunt zu.*

JESSE Was ist der Sergeant für ein Mann?

BEGBICK Nicht nett!

POLLY Das ist aber unangenehm, daß der Sergeant nicht nett ist.

BEGBICK Er heißt der Blutige Fünfer, genannt der Tiger von Kilkoa, der menschliche Taifun. Er hat einen unnatürlichen Geruchssinn, er riecht Verbrechen.

*Jesse, Polly und Uria sehen sich an.*

URIA So.

BEGBICK *zu ihren Gästen:* Das ist die berühmte

MG-Abteilung, die die Schlacht von Haidarabad entschieden hat und die der Abschaum genannt wird.

SOLDATEN Die gehört von jetzt an zu uns. Ihre Verbrechen sollen ihnen wie ihre Schatten folgen. *Ein Soldat trägt das Steckbriefplakat herein und nagelt es fest.* Und gleich hinter ihnen gibt es wieder ein solches Plakat!

*Die Gäste sind aufgestanden. Sie räumen langsam das Lokal. Uria pfeift.*

GALY GAY *herein:* Ich kenne solche Etablissements. Musik beim Essen. Speisekarten. Im Siam-Hotel gibt es da eine ungeheure, gold auf weiß. Ich habe mir da einmal eine gekauft. Mit Verbindungen kann man ja alles haben. Da gibt es unter anderm Chikauka-Sauce. Und das ist noch eines der kleineren Gerichte. Chikauka-Sauce!

JESSE *Galy Gay dem Verschlag zuschiebend:* Lieber Herr, Sie sind in der Lage, drei armen Soldaten in Bedrängnis einen kleinen Gefallen zu erweisen, ohne daß es für Sie etwas ausmacht.

POLLY Unser vierter Mann hat sich mit seiner Frau beim Abschied verspätet, und wenn wir beim Appell nicht zu viert sind, werden wir in die schwarzen Kerker von Kilkoa geworfen.

URIA Es wäre uns also geholfen, wenn Sie einen unserer Soldatenröcke anzögen und bei der Abzählung der Neuangekommenen dabeistünden und seinen Namen riefen. Nur der Ordnung halber.

JESSE Das wäre alles.

POLLY Eine Zigarre mehr oder weniger, die Sie dabei vielleicht auf unsere Kosten zu rauchen wünschen, spielt natürlich keine Rolle.

GALY GAY Es ist nicht, als ob ich Ihnen nicht gern gefällig wäre, aber ich muß leider rasch heim. Ich habe zum Abendessen eine Gurke gekauft und kann deshalb nicht ganz, wie ich möchte.

JESSE Ich danke Ihnen. Ich habe das – offen gestanden – von Ihnen erwartet. Das ist es: Sie können nicht, wie Sie möchten. Sie möchten heim, aber Sie können nicht. Ich danke Ihnen, mein Herr, daß Sie das Vertrauen, das wir in Sie setzten, als wir Sie sahen, rechtfertigen. Ihre Hand, mein Herr!

*Er ergreift Galy Gays Hand. Uria bedeutet ihm gebieterisch, in die Ecke der aufgestellten Tische zu gehen. Sobald er in der Ecke ist, stürzen sich alle drei auf ihn und ziehen ihn bis aufs Hemd aus.*

URIA Erlauben Sie, daß wir Ihnen zu dem genannten Zwecke das Ehrenkleid der großen britischen Armee anlegen. *Er klingelt. Die Begbick tritt auf.* Witwe Begbick, ist ein offenes Wort bei Ihnen erlaubt? Wir brauchen eine komplette Montur.

*Die Begbick sucht eine Schachtel hervor und wirft sie Uria zu. Uria wirft Polly den Karton zu.*

POLLY *zu Galy Gay:* Da ist ja dieses Ehrenkleid, das wir für Sie kauften.

JESSE *zeigt die Hose:* Zieh dieses Kleid an, Bruder Galy Gay.

POLLY *zu der Begbick:* Er hat nämlich seine Montur verloren. *Alle drei ziehen Galy Gay an.*

BEGBICK So. Seine Montur hat er verloren.

POLLY Ja, in der Badebude hat es ein Chinese gedreht, daß unser Kamerad Jip um seinen Soldatenrock kam.

BEGBICK So, in der Badebude?

JESSE Offen heraus, Witwe Begbick, es handelt sich um einen Spaß.

BEGBICK So, um einen Spaß?

POLLY Ist es vielleicht nicht wahr, lieber Herr? Handelt es sich nicht um einen Spaß?

GALY GAY Ja, es handelt sich sozusagen um eine – Zigarre. *Er lacht. Auch die drei lachen.*

BEGBICK Wie machtlos ist doch eine schwache Frau gegen vier so starke Männer! Es soll niemand der Witwe Begbick nachsagen, sie habe einen Mann nicht seine Hose wechseln lassen.

*Sie geht hinter und schreibt auf eine Tafel: 1 Hose, 1 Jacke, 2 Fußlappen usw.*

GALY GAY Was ist es eigentlich?

JESSE Es ist eigentlich gar nichts.

GALY GAY Ist es nicht gefährlich, wenn es entdeckt wird?

POLLY Gar nicht. Und für Sie ist einmal keinmal.

GALY GAY Das ist richtig. Einmal ist keinmal. So heißt es.

BEGBICK Die Montur kostet für eine Stunde fünf Schillinge.

POLLY Das ist ja blutsaugerisch, höchstens drei.

JESSE *am Fenster:* Da sind jetzt plötzlich Regenwolken. Wenn es jetzt regnet, dann wird der Palankin naß, und wenn der Palankin naß wird, dann wird er in die Pagode geholt, und wenn er in die Pagode geholt wird, dann wird Jip entdeckt, und wenn Jip entdeckt wird, dann ist es aus mit uns.

GALY GAY Zu klein. Ich werde nicht hineinkommen.

POLLY Hören Sie, er kommt nicht hinein.

GALY GAY Auch die Stiefel drücken furchtbar.

POLLY Alles zu klein. Unbrauchbar! Zwei Schillinge!

URIA Schweig, Polly: vier Schillinge, weil alles zu klein ist und besonders die Stiefel sehr drükken. Ist es nicht so?

GALY GAY Außerordentlich. Sie drücken ganz besonders.

URIA Der Herr ist eben nicht so wehleidig wie du, Polly!

BEGBICK *holt Uria, geht mit ihm nach hinten und deutet auf das Plakat:* Seit einer Stunde hängt im ganzen Camp dieses Plakat, daß in der Stadt ein Militärverbrechen verübt worden ist. Man weiß noch nicht, wer die Schuldigen sind. Und die Uniform kostet deswegen nur fünf Schillinge, weil sonst noch die Kompanie in dieses Verbrechen verwickelt wird.

POLLY Vier Schillinge sind sehr viel.

URIA *kommt wieder nach vorn:* Sei still, Polly. Zehn Schillinge.

BEGBICK An sich kann in Witwe Begbicks Biersalon alles bereinigt werden, was die Ehre der Kompanie beflecken könnte.

JESSE Glauben Sie übrigens, daß es regnet, Witwe Begbick?

BEGBICK Ja, da müßte ich den Sergeanten, den Blutigen Fünfer, anschauen. Es ist armeebekannt, daß er bei Regengüssen in schreckliche Zustände von Sinnlichkeit verfällt und sich äußerlich und innerlich verändert.

JESSE Es darf nämlich bei unserm Spaß unter keinen Umständen regnen!

BEGBICK Im Gegenteil! Wenn es einmal regnet, ist der Blutige Fünfer, der gefährlichste Mann der britischen Armee, ungefährlich wie ein Milchzahn. Wenn er einen seiner Anfälle von Sinnlichkeit hat, ist er blind für alles, was um ihn vorgeht.

EIN SOLDAT *ruft herein:* Kommt zum Appell wegen der Pagodengeschichte, es soll einer fehlen. Darum werden die Namen aufgerufen und die Pässe durchgesehen.

URIA Der Paß!

GALY GAY *wickelt kniend seine alten Sachen zusammen:* Ich gebe nämlich acht auf meine Sachen.

URIA *zu Galy Gay:* Hier ist Ihr Paß. Sie brauchen nur den Namen unseres Kameraden zu rufen, möglichst laut und sehr deutlich. Es ist eine Kleinigkeit.

POLLY Der Name unseres verlorenen Kameraden ist nämlich: Jeraiah Jip! Jeraiah Jip!

GALY GAY Jeraiah Jip!

URIA *zu Galy Gay im Abgehen:* Es ist angenehm, gebildete Leute zu treffen, die sich in jeder Lebenslage zu benehmen wissen.

GALY GAY *bleibt kurz vor der Tür stehen:* Und was ist mit dem Trinkgeld?

URIA Eine Flasche Bier. Kommen Sie.

GALY GAY Meine Herren, mein Beruf als Packer zwingt mich, in jeder Lebenslage zu schauen, wie ich wegkomme. Ich dachte mir, zwei Kistchen Zigarren und vier bis fünf Flaschen Bier.

JESSE Aber wir müssen Sie doch beim Appell haben.

GALY GAY Eben.

POLLY Gut. Zwei Kisten Zigarren und drei bis vier Flaschen Bier.

GALY GAY Drei Kisten und fünf Flaschen.

JESSE Wieso? Eben sagten Sie doch noch zwei Kisten.

GALY GAY Wenn Sie mir so kommen, dann sind es fünf Kisten und acht Flaschen.

*Ein Signal.*

URIA Wir müssen hinaus.

JESSE Gut. In Ordnung, wenn Sie jetzt sofort mit uns hinausgehen.

GALY GAY Gut.

URIA Und wie heißen Sie?

GALY GAY Jip! Jeraiah Jip!

JESSE Wenn es nur nicht regnet!

*Alle vier ab. Die Begbick beginnt, über ihrem Waggon Zeltplanen zu ziehen.*

POLLY *kommt zurück; zur Begbick:* Witwe Begbick, wir haben gehört, daß der Sergeant bei Regen sehr sinnlich wird. Und jetzt wird es regnen. Sorgen Sie dafür, daß er in den nächsten Stunden blind ist für alles, was um ihn vorgeht, denn wir sind sonst in Gefahr, entdeckt zu werden. *Ab.*

BEGBICK *sieht ihnen nach:* Der Mann heißt doch nicht Jip. Das ist der Packer Galy Gay aus Kilkoa, und jetzt stellt sich vor den Augen des Blutigen Fünfers im Glied ein Mann auf, der gar kein Soldat ist. *Sie nimmt einen Spiegel und geht nach hinten.* Ich will mich aufstellen, so daß der Blutige Fünfer mich sieht, und will ihn hierherlocken.

*Zweites Signal. Fairchild tritt auf. Die Begbick sieht ihn durch den Spiegel verführerisch an und setzt sich auf einen Stuhl.*

FAIRCHILD Schau mich nicht so verzehrend an, du getünchtes Babylon. Mit mir steht es schlimm genug. Seit drei Tagen habe ich mein

Strickbett bezogen und mit den kalten Waschungen begonnen. Am Donnerstag sah ich mich veranlaßt, wegen hemmungsloser Sinnlichkeit den Belagerungszustand über mich zu verhängen. Besonders unangenehm ist dieser Zustand für mich, weil ich gerade in diesen Tagen einem Verbrechen auf der Spur bin, das in der Geschichte der Armee geradezu beispiellos ist.

BEGBICK

Folge doch, Blutiger Fünfer, deiner großen Natur
Ungesehn! Denn wer erfährt es?
Und in der Höhle meiner Achsel, meinem Haar
Erfahre, wer du bist. Und in der Beuge meiner Knie vergiß
Deinen zufälligen Namen.
Kümmerliche Zucht! Ärmliche Ordnung!
So bitt ich dich jetzt, Blutiger Fünfer, komm
Zu mir in dieser Nacht des lauen Regens
Genau, wie du befürchtest: als Mensch!
Als Widerspruch. Als Muß-und-will-doch-nicht.
Jetzt komm als Mensch! So wie Natur dich schuf
Ganz ohne Eisenhut! Verwirrt und wild und in dich selbst verwickelt
Und unbewehrt gegeben deinen Trieben
Und hilflos deiner eigenen Stärke hörig.
So komm: als Mensch!

FAIRCHILD Niemals! Der Zusammenbruch der Menschheit fing damit an, daß der erste dieser Kaffern seinen Knopf nicht zumachte. Das Exerzierreglement ist ein Buch voller Schwächen, aber es ist das einzige, an das man sich als Mensch halten kann, weil es Rückgrat gibt und die Verantwortung vor Gott übernimmt. In Wirklichkeit müßte man in die Erde ein Loch graben und hinein Dynamit tun und den ganzen Erdball in die Luft sprengen; dann würden sie es vielleicht schon sehen, daß man ernst macht. Das ist ganz einfach. Aber wirst du, Blutiger Fünfer, ohne das Fleisch der Witwe diese Regennacht überdauern können?

BEGBICK Wenn du also heute nacht zu mir kommst, sollst du einen schwarzen Anzug anhaben und einen Melonenhut auf dem Kopf.

EINE KOMMANDOSTIMME Die Maschinengewehre zum namentlichen Appell!

FAIRCHILD Ich muß mich an diesen Pfosten setzen, damit ich diesen Abschaum, der jetzt gezählt wird, im Auge behalte.

*Setzt sich.*

STIMMEN DER DREI SOLDATEN *von draußen:* Polly Baker. – Uria Shelley. – Jesse Mahoney.

FAIRCHILD So, und jetzt kommt eine kleine Pause.

GALY GAYS STIMME *von draußen:* Jeraiah Jip.

BEGBICK Richtig.

FAIRCHILD Jetzt haben sie wieder etwas Neues gefunden. Insubordination draußen. Insubordination drinnen. *Er steht auf und will gehen.*

BEGBICK *ruft hinter ihm her:* Ich aber sage dir, Sergeant, bevor der schwarze Regen von Nepal durch drei Nächte gefallen ist, wirst du mild gegen menschliche Missetaten gestimmt sein, denn du bist vielleicht der geschlechtlichste Mensch unter der Sonne. Du wirst mit der Insubordination an einem Tische sitzen, und die Tempelschänder werden dir tief ins Auge blikken, denn deine eigenen Verbrechen werden zahllos sein wie der Sand am Meer.

FAIRCHILD Ei, da würden wir aber durchgreifen, seien Sie überzeugt, meine Liebe, da würden wir gegen dieses kleine, mutwillige Blutige Fünferchen in einer grundlegenden Weise durchgreifen. Das ist dann ganz einfach. *Ab.*

FAIRCHILDS STIMME *von draußen:* Acht Mann bis an den Nabel in heißen Sand wegen unvorschriftsmäßigem Haarschnitt!

*Herein Uria, Jesse und Polly mit Galy Gay. Galy Gay nach vorn.*

URIA Bitte eine Schere, Witwe Begbick!

GALY GAY *zum Publikum:* So eine kleine Gefälligkeit unter Männern kann nie schaden. Sehen Sie, leben und leben lassen. Ich trinke jetzt gleich ein Glas Bier wie Wasser und sage mir: diesen Herren war damit genützt. Und es kommt auch nur darauf an in der Welt, daß man auch einmal einen kleinen Ballon steigen läßt und »Jeraiah Jip« sagt wie ein anderer »guten Abend« und so ist, wie die Leute einen haben wollen, denn es ist ja so leicht.

*Die Begbick bringt eine Schere.*

URIA Jetzt zu Jip!

JESSE Es geht ein gefährlicher Regenwind.

*Die drei wenden sich an Galy Gay.*

URIA Leider haben wir große Eile, Herr.

JESSE Wir müssen nämlich noch einen Herrn kahl scheren.

*Sie wenden sich zur Tür. Galy Gay läuft ihnen nach.*

GALY GAY Könnte ich Ihnen nicht auch da behilflich sein?

URIA Nein, wir benötigen Sie nicht mehr, Herr. *Zur Begbick:* Fünf Kisten Fehlfarbe und acht

Flaschen Dunkles für diesen Mann. *Im Abgehen:* Es gibt Leute, die ihre Nase in gar alle Angelegenheiten hineinstecken müssen. Wenn man solchen Leuten den kleinen Finger reicht, nehmen sie gleich die ganze Hand.
*Alle drei eilig ab.*

GALY GAY

Jetzt könnte ich weggehn, aber
Soll einer weggehn, wenn er weggeschickt
wird?
Vielleicht, wenn er gegangen ist
Wird er wieder gebraucht? Und kann einer
weggehn
Wenn er gebraucht wird? Wenn es nicht sein
muß
Soll einer nicht weggehn.

*Galy Gay geht nach hinten und setzt sich auf einen Stuhl an der Tür. Die Begbick nimmt Bierflaschen und Zigarrenkisten und stellt sie im Kreis auf der Erde vor Galy Gay auf.*

BEGBICK Haben wir uns nicht schon gesehen? *Galy Gay schüttelt den Kopf.* Sind Sie nicht der Mann, der mir den Gurkenkorb nachgetragen hat? *Galy Gay schüttelt den Kopf.* Heißen Sie nicht Galy Gay?

GALY GAY Nein.

*Die Begbick geht kopfschüttelnd ab. Es wird dunkel. Galy Gay schläft auf seinem Holzstuhl ein. Es regnet. Zu einer kleinen Nachtmusik hört man die Begbick singen.*

BEGBICK

Wie oft du auch den Fluß ansiehst, der träge
Dahinzieht, nie siehst du dasselbe Wasser
Nie kehrt es, das hinunterfließt, kein Tropfen
von ihm
Zu seinem Ursprung zurück.

## 5

*Inneres der Gelbherrnpagode*

*Der Bonze Wang und sein Mesmer.*

MESMER Es regnet.

WANG Bring unseren Lederpalankin ins Trokkene! *Mesmer hinaus.* Jetzt ist unsere letzte Einnahme gestohlen. Und jetzt regnet es durch diese Schußlöcher auf meinen Kopf. *Der Mesmer schleift den Palankin herein. Stöhnen von innen.* Was ist das? *Er blickt hinein.* Ich dachte es mir gleich, daß es ein weißer Mann sein würde, als ich den Palankin so besudelt sah. Ach, er trägt einen Soldatenrock! Er hat eine Glatze auf dem Kopf, der Dieb. Sie haben ihm die Haare einfach abgeschnitten. Was machen wir mit ihm? Da er ein Soldat ist, kann er keinen Verstand haben. Ein von erbrochenen Getränken bedeckter Soldat seiner Königin, hilfloser als das Kind eines Huhnes, betrunken, daß er seine Mutter nicht erkennen könnte! Man kann ihn der Polizei schenken. Was hilft es? Wenn das Geld weg ist, was hilft da die Gerechtigkeit? Und er kann nur grunzen. *Wütend:* Hebe ihn heraus, du Loch in einem Schafskäse, und stopfe ihn in den Gebetkasten, aber sieh zu, daß der Kopf oben sitzt. Wir können höchstens einen Gott aus ihm machen. *Der Mesmer tut Jip in den Gebetkasten.* Bringe Papier her! Wir müssen sofort Papierfahnen vor das Haus hängen. Wir müssen sofort mit Händen und Füßen Plakate malen. Ich will das ganz groß aufmachen, ohne falsche Sparsamkeit, mit Plakaten, die man nicht übersehen kann. Was hilft ein Gott, wenn er sich nicht herumspricht? *Es klopft.* Wer ist so spät an meiner Tür?

POLLY Drei Soldaten.

WANG Das sind seine Kameraden. *Er läßt die drei herein.*

POLLY Wir suchen einen Herrn, genauer einen Soldaten, der in einer Lederkiste, die gegenüber diesem reichen und vornehmen Tempel gestanden hat, im Schlaf liegt.

WANG Sein Erwachen möge ein angenehmes sein.

POLLY Dieser Kasten ist nämlich verschwunden.

WANG Ich verstehe Ihre Ungeduld, die von der Ungewißheit herrührt; denn ich selber suche einige Leute, im ganzen etwa noch drei, genau gesagt Soldaten, und ich kann sie nicht finden.

URIA Es wird sehr schwer sein. Ich glaube, Sie können es aufgeben. Aber wir dachten, Sie wüßten etwas über diesen Lederkasten.

WANG Leider nichts. Das Unangenehme ist, daß die Herren Soldaten alle die gleichen Kleider haben.

JESSE Das ist nicht unangenehm. In dem erwähnten Lederkasten sitzt zur Zeit ein Mann, der sehr krank ist.

POLLY Da ihm zudem durch seine Krankheit einige Haare ausgegangen sind, braucht er schnellste Hilfe.

URIA Sollten Sie so einen Mann gesehen haben?

WANG Leider nicht. Dagegen habe ich solche Haare gefunden. Allerdings hat sie ein Sergeant

Ihrer Armee mitgenommen. Er wollte sie dem Herrn Soldaten zurückgeben.

*Jip im Kasten stöhnt.*

POLLY Was ist das, Herr?

WANG Das ist meine Milchkuh, die im Schlaf liegt.

URIA Diese Milchkuh scheint schlecht zu schlafen.

POLLY Dieses hier ist der Palankin, in den wir Jip hineingestopft haben. Gestatten Sie, daß wir ihn untersuchen.

WANG Es ist am besten, wenn ich die ganze Wahrheit sage. Es ist nämlich ein anderer Palankin.

POLLY Er ist so voll wie ein Speikübel am dritten Weihnachtstag. Jesse, es ist klar, daß Jip in ihm war.

WANG Nicht wahr, er kann nicht darin gewesen sein. Niemand setzt sich in einen so schmutzigen Palankin.

*Jip im Kasten stöhnt laut auf.*

URIA Wir müssen unsern vierten Mann haben. Und wenn wir dafür unsere Großmutter abschlachten müßten.

WANG Aber der Mann, den Sie suchen, ist nicht hier. Damit Sie aber sehen, daß der Mann, von dem Sie sagen, daß er hier ist, und von dem ich nicht weiß, daß er hier ist, nicht Ihr Mann ist, erlauben Sie mir, daß ich Ihnen an der Hand einer Zeichnung alles erkläre. Gestatten Sie Ihrem unwürdigen Diener, daß er hier mit Kreide vier Verbrecher aufzeichnet. *Er zeichnet auf die Tür des Gebetkastens.*

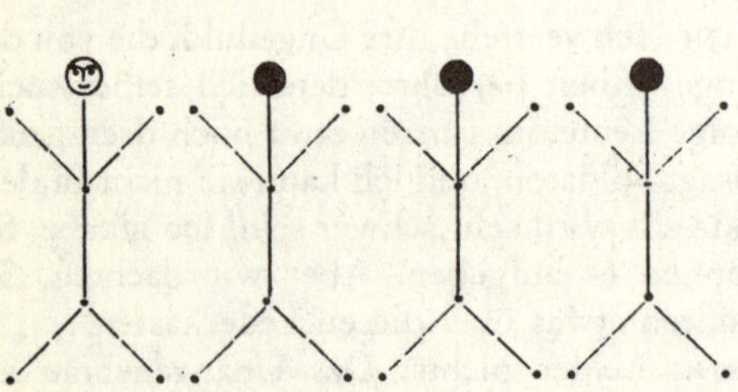

Einer von ihnen hat ein Gesicht, so daß man sieht, wer er ist, aber drei von ihnen haben keine Gesichter. Sie erkennt man nicht. Der nun mit dem Gesicht hat kein Geld, also ist er kein Dieb. Die mit dem Geld haben aber kein Gesicht, also kennt man sie nicht. Das ist so, solang sie nicht beieinander stehen. Wenn sie aber beieinander stehen, wachsen den drei Kopflosen Gesichter, und man wird bei ihnen fremdes Geld finden. Niemals würde ich Ihnen glauben können, daß ein Mann, der hier sein könnte, Ihr Mann ist.

*Die drei bedrohen ihn mit ihren Waffen, aber auf Wangs Wink erscheint der Mesmer mit chinesischen Tempelgästen.*

JESSE Wir wollen Sie nicht länger in Ihrer Nachtruhe stören, Herr. Auch vertragen wir Ihren Tee nicht gut. Ihre Zeichnung allerdings ist sehr kunstvoll. Kommt!

WANG Es schmerzt mich, Sie aufbrechen zu sehen.

URIA Glauben Sie, daß unsern Kameraden, wo immer er aufwacht, zehn Pferde zurückhalten könnten, daß er zu uns zurückkommt?

WANG Zehn Pferde sind vielleicht nichts, ihn zu halten, aber der kleine Teil eines Pferdes, wer weiß?

URIA Wenn das Bier aus seinem Kopf ist, kommt er.

*Die drei gehen unter großen Verbeugungen ab.*

JIP *im Kasten:* Hallo!

*Wang macht seine Gäste aufmerksam auf seinen Gott.*

6

*Die Kantine*

*Spät in der Nacht. Galy Gay sitzt auf einem Holzstuhl und schläft. Die drei Soldaten erscheinen im Fenster.*

POLLY Da sitzt er noch. Ist er nicht wie ein irisches Mammut?

URIA Vielleicht wollte er nicht weggehen, weil es regnete.

JESSE Das weiß man nicht. Aber jetzt werden wir ihn wieder brauchen.

POLLY Meint ihr nicht, daß Jip wiederkommt?

JESSE Uria, ich weiß es, Jip kommt nicht wieder.

POLLY Es ist kaum möglich, es diesem Packer noch einmal zu sagen.

JESSE Was meinst du, Uria?

URIA Ich meine, daß ich mich jetzt in die Klappe lege.

POLLY Aber wenn dieser Packer jetzt aufsteht und zur Tür hinausgeht, dann hängen unsere Köpfe nur mehr an einem Stückchen Haut.

JESSE Sicher. Aber ich lege mich jetzt auch hin. Man kann nicht zuviel von einem Menschen verlangen.

POLLY Es ist vielleicht wirklich das beste, wenn

wir alle in die Klappe gehen. Es ist zu niederdrückend, und an allem ist wirklich nur der Regen schuld.
*Die drei ab.*

7
*Inneres der Gelbherrnpagode*

*Gegen Morgen zu. Überall große Plakate. Die Geräusche eines alten Grammophons und einer Trommel. Hinten scheinen sich größere religiöse Zeremonien abzuspielen.*

WANG *geht an den Gebetkasten heran; zum Mesmer:* Drehe die Kugeln aus Kameldung rascher, du Mist! *Am Kasten:* Schläfst du noch, Herr Soldat?

JIP *innen:* Steigen wir bald aus, Jesse? Dieser Car wackelt so schauderhaft und ist so eng wie ein Wasserklosett.

WANG Herr Soldat, glaube nicht, du seist in einem Eisenbahnwagen. Es ist einzig das Bier in deinem ehrenwerten Kopf, das schaukelt.

JIP *innen:* Unsinn! Was ist das für eine Stimme in diesem Grammophon? Kann das nicht aufhören?

WANG Komm heraus, Herr Soldat, iß ein Stück Fleisch von einer Kuh!

JIP *innen:* Ja, kann ich ein Stück Fleisch haben, Polly? *Er haut gegen den Kasten.*

WANG *läuft nach hinten:* Ruhe, ihr Elenden! Fünf Taëls verlangt der Gott, den ihr an das Brett des heiligen Gebetkastens klopfen hört. Es widerfährt euch Gnade! Sammle ein, Mah Sing!

JIP *innen:* Uria, Uria, wo bin ich?

WANG Klopfe noch ein wenig, Herr Soldat, auf die andere Seite, Herr General, mit den beiden Füßen, in heftiger Weise.

JIP *innen:* Hallo, was ist das? Wo bin ich da? Wo seid ihr? Uria, Jesse, Polly!

WANG Dein niedriger Diener begehrt zu wissen, was du an Speise und scharfen Getränken befiehlst, Herr Soldat.

JIP *innen:* Hallo, wer ist das? Was ist das für eine Stimme wie die einer fetten Ratte?

WANG Die mäßig fette Ratte ist dein Freund Wang aus Tientsin, Colonel.

JIP *innen:* Was ist das für eine Stadt, in der ich bin?

WANG Eine elende Stadt, hoher Gönner, ein Nest namens Kilkoa.

JIP *innen:* Laß mich heraus!

WANG *nach hinten:* Wenn du den Kameldung zu Kugeln gedreht hast, dann ordne sie auf einer Schale, schlage die Trommel und zünde sie an. *Zu Jip:* Sofort, wenn du nur versprichst, daß du nicht fortläufst, Herr Soldat.

JIP *innen:* Mach auf, du Stimme einer Bisamratte, mach auf, hörst du!

WANG Halt! Halt, ihr Gläubigen! Bleibt stehen, nur eine Minute! Der Gott redet zu euch mit drei Donnerschlägen. Zählt die Schläge genau. Es sind vier, nein, fünf. Schade, es sind nur fünf Taëls, die ihr opfern sollt. *Klopft an den Gebetkasten; freundlich:* Herr Soldat, hier ist ein Beefsteak für deinen Mund.

JIP *innen:* Oh, jetzt merke ich es, meine Eingeweide sind ganz zerfressen. Ich muß reinen Sprit in sie gegossen haben. Oh, es ist möglich, daß ich zuviel getrunken habe, und jetzt muß ich ebensoviel essen.

WANG Eine ganze Kuh darfst du essen, Herr Soldat, und ein Beefsteak steht schon zubereitet. Aber ich fürchte, du wirst fortlaufen, Herr Soldat. Versprichst du mir, daß du nicht fortläufst?

JIP *innen:* Aber ich will es zuerst sehen. *Wang läßt ihn heraus.* Wie bin ich denn hierhergekommen?

WANG Durch die Luft, Herr General, du bist durch die Luft gekommen.

JIP Wo war ich denn, wie du mich gefunden hast?

WANG Du hast geruht, in einem alten Palankin zu wohnen, Erhabener.

JIP Und wo sind meine Kameraden? Wo ist das achte Regiment? Wo ist die Maschinengewehrabteilung? Wo sind zwölf Eisenbahnzüge und vier Elefantenparks? Wo ist die ganze englische Armee? Wo sind sie alle hin, du gelber, grinsender Spucknapf?

WANG Fortgezogen über die Pandschabberge im vorigen Monat. Aber hier ist ein Beefsteak.

JIP Was? Und ich? Wo war ich? Was habe ich getan, während sie marschierten?

WANG Bier, viel Bier, tausend Flaschen und auch Geld verdient.

JIP Haben nicht einige nach mir gefragt?

WANG Leider nein.

JIP Das ist unangenehm.

WANG Wenn sie aber nun kommen und suchen nach einem Mann im Rock des weißen Soldaten, soll ich sie dann zu dir führen, Herr Minister des Krieges?

JIP Das ist nicht nötig.

WANG Willst du nicht gestört sein, Johnny, so steige in diesen Kasten, Johnny, wenn die Leute kommen, die dein Auge beleidigen.

JIP Wo ist das Beefsteak? *Setzt sich und ißt.* Es ist viel zu klein! Was ist das für ein scheußliches Geräusch?

*Unter Getrommel steigt der Rauch der Kameldungkugeln zur Decke.*

WANG Das ist das Gebet der Gläubigen, welche hier hinten knien.

JIP Es ist aus einem harten Teil der Kuh. Zu wem beten sie?

WANG Das ist ihr Geheimnis.

JIP *ißt schneller:* Das ist ein gutes Beefsteak, aber es ist falsch, daß ich hier sitze. Sicher haben Polly und Jesse auf mich gewartet. Vielleicht warten sie jetzt noch. Es schmeckt wie Butter. Es ist schlecht von mir zu essen. Horch, jetzt sagt Polly zu Jesse: Jip kommt bestimmt. Wenn er nüchtern ist, kommt Jip. Uria wird vielleicht nicht so stark warten, weil Uria eben ein schlechter Mensch ist, aber Jesse und Polly werden sagen: Jip kommt. Das ist keine Frage, es ist ein passendes Essen für mich nach all den Getränken. Wenn nur Jesse nicht so fest an seinen Jip glauben würde, aber er sagt sicher: Jip verrät uns nicht, und das ist natürlich schwer zu ertragen für mich. Es ist ganz verkehrt, daß ich hier sitze, aber es ist gutes Fleisch.

8

*Die Kantine*

*Am frühen Morgen. Galy Gay schläft auf seinem Holzstuhl. Die drei frühstücken.*

POLLY Jip kommt.

JESSE Jip verrät uns nicht.

POLLY Wenn er nüchtern ist, kommt Jip.

URIA Das weiß man nicht. Jedenfalls lassen wir diesen Packer nicht aus der Hand, solange Jip noch auf dem Dach ist.

JESSE Er ist nicht weggegangen.

POLLY Es muß ihn stark frieren. Er hat auf dem Holzstuhl übernachtet.

URIA Aber wir haben heute nacht ausgeschlafen und sind wieder auf der Höhe.

POLLY Und Jip wird kommen. Mit meinem ausgeschlafenen, gesunden Armeeverstand sehe ich das doch ganz klar. Wenn Jip aufwacht, dann will er sein Bier haben, und dann kommt Jip.

*Herein Herr Wang. Geht zum Bartisch und schellt. Witwe Begbick kommt.*

BEGBICK Ich schenke nichts aus an eingeborene Stänker, auch nicht an Gelbe.

WANG Für einen Weißen: zehn Flaschen gutes helles Bier.

BEGBICK Für einen Weißen zehn Flaschen helles Bier? *Sie gibt ihm zehn Flaschen.*

WANG Ja, für einen Weißen. *Wang ab mit einer Verbeugung gegen die vier. Jesse, Polly und Uria sehen sich an.*

URIA Jetzt kommt Jip nicht wieder. Nun müssen wir Bier tanken. Witwe Begbick, halten Sie von jetzt an zwanzig Bier und zehn Whisky ständig bereit.

*Die Begbick schenkt Bier ein und geht weg. Die drei trinken. Dabei betrachten sie den schlafenden Galy Gay.*

POLLY Aber wie soll denn das gehen, Uria? Wir haben nichts als Jips Paß.

URIA Das genügt. Das muß einen neuen Jip geben. Man macht zuviel Aufhebens mit Leuten. Einer ist keiner. Über weniger als zweihundert zusammen kann man gar nichts sagen. Eine andere Meinung kann natürlich jeder haben. Eine Meinung ist ganz gleichgültig. Ein ruhiger Mann kann ruhig noch zwei oder drei andere Meinungen übernehmen.

JESSE Mich kann man auch am Arsch lecken mit Charakterköpfen.

POLLY Was wird er aber sagen, wenn wir ihn in den Soldaten Jeraiah Jip verwandeln?

URIA So einer verwandelt sich eigentlich ganz von selber. Wenn ihr den in einen Tümpel schmeißt, dann wachsen ihm in zwei Tagen zwischen den Fingern Schwimmhäute. Das kommt, weil er nichts zu verlieren hat.

JESSE Wie es immer für ihn ist, wir müssen einen vierten Mann haben. Weckt ihn auf!

POLLY *weckt Galy Gay auf:* Lieber Herr, es trifft sich gut, daß Sie nicht weggegangen sind. Es sind Umstände eingetreten, die unseren Kameraden Jip gehindert haben, hier pünktlich zu erscheinen.

URIA Sind Sie irischer Abkunft?

GALY GAY Ich glaube ja.

URIA Das ist vorteilhaft. Sie sind doch hoffentlich nicht älter als vierzig Jahre, Herr Galy Gay?

GALY GAY So alt bin ich nicht.

URIA Das ist glänzend. Haben Sie vielleicht Plattfüße?

GALY GAY Ein wenig.

URIA Das ist ausschlaggebend. Ihr Glück ist gemacht. Sie können vorläufig hierbleiben.

GALY GAY Leider erwartet mich meine Frau wegen eines Fisches.

POLLY Wir verstehen Ihre Bedenken, sie sind ehrenwert und eines irischen Mannes würdig. Aber Ihre Erscheinung gefällt uns.

JESSE Und was mehr ist, sie paßt. Es ist vielleicht die Möglichkeit vorhanden, daß Sie Soldat werden können.

*Galy Gay schweigt.*

URIA Das Leben des Soldaten ist sehr angenehm. Wir bekommen jede Woche eine Handvoll Geld einzig und allein dafür, daß wir durch ganz Indien stiefeln und uns diese Straßen und Pagoden besehen. Belieben Sie dabei die komfortablen Schlafsäcke aus Leder zu betrachten, die der Soldat umsonst geliefert bekommt, werfen Sie einen Blick auf dieses Gewehr mit dem Stempel der Firma Everett & Co. Hauptsächlich fischen wir zu unserer Unterhaltung, wozu die Mama, wie wir die Armee im Scherz getauft haben, die Angelgeräte für uns kauft und wobei einige Militärkapellen abwechselnd spielen. Den Rest des Tages rauchen Sie in Ihrem Bungalow oder betrachten lässig den goldenen Palast eines dieser Radschas, den Sie, falls es Ihnen belieben sollte, auch erschießen können. Die Damen erwarten von uns Soldaten sehr viel, aber niemals Geld, und Sie werden zugeben, daß das eine weitere Annehmlichkeit ist.

*Galy Gay schweigt.*

POLLY Das Leben des Soldaten im Kriege ist besonders angenehm. Erst in der Schlacht erreicht ja der Mann seine volle Größe. Wissen Sie, daß Sie in einer großen Zeit leben? Vor jedem Sturmangriff bekommt der Soldat kostenlos ein so großes Glas Alkohol, wodurch sein Mut ins Ungemessene, ja, Ungemessene wächst.

GALY GAY Ich sehe, daß das Leben der Soldaten ein angenehmes ist.

URIA Sicher. Sie behalten also ohne weiteres Ihren Soldatenrock mit den hübschen Messingknöpfen und haben ein Recht darauf, daß man Sie jederzeit Herr, Herr Jip anspricht.

GALY GAY Sie werden einen armen Packer nicht unglücklich machen wollen.

JESSE Warum nicht?

URIA Sie wollen also gehen?

GALY GAY Ja, jetzt gehe ich also.

JESSE Polly, hol ihm seine Kleider!

POLLY *mit den Kleidern:* Warum wollen Sie eigentlich nicht Jip sein?

*Fairchild taucht am Fenster auf.*

GALY GAY Weil ich Galy Gay bin. *Er geht zur Tür. Die drei schauen sich an.*

URIA Warten Sie noch einen Augenblick.

POLLY Kennen Sie vielleicht den Satz: Eile mit Weile?

URIA Sie haben es hier mit Männern zu tun, die nicht gern etwas von fremden Leuten geschenkt haben wollen.

JESSE Wie immer Sie heißen mögen, Sie sollen für Ihre Gefälligkeit etwas gehabt haben.

URIA Es handelt sich – bleiben Sie ruhig mit dem Türgriff in der Hand – einfach um ein Geschäft.

*Galy Gay bleibt stehen.*

JESSE Dieses Geschäft ist das beste, was in Kilkoa zu machen ist, nicht wahr, Polly? Du weißt doch, wenn wir das da draußen erwischen würden...

URIA Es ist unsere Pflicht, Ihnen anzubieten, sich an diesem horrenden Geschäft zu beteiligen.

GALY GAY Geschäft? Sagten Sie eben Geschäft?

URIA Möglich. Aber Sie haben ja keine Zeit.

GALY GAY Zeit haben und Zeit haben, das ist nicht immer dasselbe.

POLLY Ach, Zeit hätten Sie schon. Wenn Sie dieses Geschäft kennen würden, dann hätten Sie schon Zeit. Lord Kitchener hatte auch Zeit, Ägypten zu erobern.

GALY GAY Das glaube ich. Ist es also ein großes Geschäft?

POLLY Für den Maharadscha von Petshawar wäre es vielleicht eines. Für einen so großen Mann wie Sie mag es vielleicht ein kleines sein.

GALY GAY Was wäre von meiner Seite aus für dieses Geschäft nötig?

JESSE Nichts.

POLLY Höchstens, daß Sie Ihren Bart opfern, der unliebsames Aufsehen erregen könnte.

GALY GAY So. *Er nimmt seine Sachen und geht zur Tür.*

POLLY Er ist der reinste Elefant.

GALY GAY Elefant? Ein Elefant, das ist selbstverständlich eine Goldgrube. Wenn Sie einen Elefanten haben, da verrecken Sie nicht im Spital. *Er holt sich aufgeregt einen Stuhl und setzt sich mitten unter die drei.*

URIA Elefant?! Und ob wir einen Elefanten haben!

GALY GAY Wäre der Elefant so, daß man ihn gleich an der Hand hätte?

POLLY Ein Elefant! Darauf ist er, scheint's, ganz scharf.

GALY GAY Sie haben also einen Elefanten an der Hand?

POLLY Hat man schon jemals gehört, daß man ein Geschäft gemacht hat mit einem Elefanten, den man nicht an der Hand hat?

GALY GAY Nun, wenn es so ist, Herr Polly, so würde ich auch gerne mein Stück Fleisch herausschneiden.

URIA *zögernd:* Es ist nur wegen des Teufels von Kilkoa!

GALY GAY Was ist das, der Teufel von Kilkoa?

POLLY Sprechen Sie leiser! Sie sprechen den Namen des menschlichen Taifuns, des Blutigen Fünfers, unseres Sergeanten.

GALY GAY Was tut er, daß er so heißt?

POLLY Oh, nichts. Mitunter legt er einen, der beim Appell einen falschen Namen sagt, in ein Segeltuch von zwei Meter im Quadrat gewikkelt, unter die Elefanten.

GALY GAY Es wäre also ein Mann nötig, der einen Kopf hat.

URIA Den Kopf hätten Sie, Herr Galy Gay!

POLLY Da steckt was drin, in so einem Kopf!

GALY GAY Nicht der Rede wert. Ich wüßte Ihnen allerdings ein Rätsel, das Sie als gebildete Männer vielleicht interessiert.

JESSE Sie sehen in der Tat starke Rätselrater um sich.

GALY GAY Es heißt so: es ist weiß, ein Säugetier und sieht hinten so gut wie vorn.

JESSE Das ist sehr schwer.

GALY GAY Dieses Rätsel können Sie überhaupt nicht herausbringen. Dieses Rätsel habe ich auch nicht herausgebracht. Ein Säugetier, weiß, sieht hinten so gut wie vorn. Blinder Schimmel!

URIA Das Rätsel ist ungeheuer.

POLLY Behalten Sie das alles einfach in Ihrem Kopf?

GALY GAY Meistens, da ich sehr schlecht schreiben kann. Aber ich denke, daß ich für beinahe jedes Geschäft der richtige Mann bin.

*Die drei gehen an den Kantinentisch. Galy Gay holt eine Kiste von seinen Zigarren und bietet sie allen dreien an.*

URIA Feuer!

GALY GAY *gibt ihnen Feuer und spricht dazu:* Gestatten Sie, meine Herren, daß ich Ihnen beweise, daß Sie sich für Ihr Geschäft keinen schlechten Kompagnon ausgesucht haben. Haben Sie vielleicht zufällig einige schwere Gegenstände hier?

JESSE *zeigt auf Gewichte und Keulen, die in der Nähe der Tür an der Wand liegen:* Dort!

GALY GAY *holt sich das schwerste Gewicht und stemmt es hoch:* Ich bin nämlich im Kilkoa-Ringerklub.

URIA *reicht ihm ein Bier:* Das merkt man an Ihrem Benehmen.

GALY GAY *trinkt:* Oh, wir Ringer haben unser eigenes Benehmen. Es bestehen da besondere Vorschriften. Wenn zum Beispiel ein Ringer ein Zimmer betritt, wo sich eine größere Gesellschaft aufhält, hebt er an der Tür die Schultern hoch, die Arme in Schulterhöhe, läßt dann die Arme schlenkernd fallen und betritt so schlendernd das Zimmer. *Er trinkt.* Mit mir können Sie Pferde stehlen!

FAIRCHILD *tritt ein:* Es ist eine Frau draußen, die einen Mann namens Galy Gray sucht.

GALY GAY Galy Gay! Der Mann heißt Galy Gay, den sie sucht!

*Fairchild sieht ihn einen Moment an und holt dann Frau Galy Gay.*

GALY GAY *zu den dreien:* Keine Furcht, sie ist eine sehr sanftmütige Person, da sie aus einer Provinz stammt, wo es fast nur freundliche Menschen gibt. Verlassen Sie sich auf mich, jetzt hat Galy Gay Blut geleckt.

FAIRCHILD Treten Sie ein, Frau Gray! Hier ist ein Mann, der Ihren Mann kennt. *Er kommt mit Galy Gays Frau wieder herein.*

FRAU GALY GAY Entschuldigen Sie eine niedrige Person, meine Herren, auch meinen Aufzug, ich war sehr in Eile. Ach, da bist du ja, Galy Gay, aber bist du es wirklich in dem Soldatenrock?

GALY GAY Nein.

FRAU GALY GAY Ich verstehe dich nicht. Wie bist du in den Soldatenrock gekommen? Du siehst gar nicht gut aus in ihm, das würden dir alle Leute sagen. Du bist ein eigentümlicher Mann, Galy Gay.

URIA Sie ist im Kopf nicht in Ordnung.

FRAU GALY GAY Es ist nicht leicht, einen solchen Mann zu haben, der nicht nein sagen kann.

GALY GAY Ich möchte wissen, mit wem sie spricht.

URIA Es sind sicherlich Beschimpfungen.

FAIRCHILD Ich glaube, daß Frau Gray sehr klar im Kopfe ist. Bitte, sprechen Sie weiter, Frau Gray. Ich höre Ihre Stimme lieber als die einer Sängerin.

FRAU GALY GAY Ich weiß nicht, was du da wieder treibst in deiner Großspurigkeit, aber du wirst noch schlimm enden. Komm jetzt mit! Aber rede doch etwas! Bist du heiser?

GALY GAY Ich glaube, du sprichst das alles zu mir her. Ich sage dir, du verwechselst mich mit einem andern, und was du über den daherredest, ist dumm und schickt sich nicht.

FRAU GALY GAY Was sagst du? Ich verwechsle dich? Hast du getrunken? Das verträgt er nämlich nicht.

GALY GAY Ich bin so wenig dein Galy Gay, wie ich der Kommandant der Armee bin.

FRAU GALY GAY Ich habe das Wasser im Topf gestern um diese Zeit auf das Feuer gesetzt, aber den Fisch hast du nicht gebracht.

GALY GAY Was soll das jetzt wieder für ein Fisch sein? Du redest, als ob du keinen Verstand hättest, vor allen diesen Herren hier!

FAIRCHILD Das ist ein merkwürdiger Fall. Es kommen mir dabei so fürchterliche Gedanken, daß ich fast zu Eis erstarre. Kennt ihr diese Frau? *Die drei schütteln die Köpfe.* Und Sie?

GALY GAY Ich habe schon viel gesehen in meinem Leben, von Irland bis Kilkoa, aber diese Frau habe ich noch nie zu Gesicht bekommen.

FAIRCHILD Sagen Sie der Frau, wie Sie heißen.

GALY GAY Jeraiah Jip.

FRAU GALY GAY Das ist ungeheuerlich! Freilich, wenn ich ihn anschaue, Sergeant, ist es mir fast, als sei er etwas anders als mein Mann Galy Gay, der Packer, etwas anders, obgleich ich nicht sagen könnte, was es ist.

FAIRCHILD Aber wir werden es bald sagen können, was es ist.

*Er geht mit Frau Galy Gay ab.*

GALY GAY *tanzt nach der Mitte und singt:*

O Mond von Alabama
So mußt du untergehn!
Die alte gute Mamma
Will neue Monde sehn.

*Er tritt strahlend auf Jesse zu.* Man sagt den Galy Gays in ganz Irland nach, daß sie überall einen Nagel einzuschlagen wissen.

URIA *zu Polly:* Bevor die Sonne siebenmal untergegangen ist, muß der Mann ein anderer Mann sein.

POLLY Wird das wirklich gehen, Uria? Einen Mann in einen andern Mann verwandeln?

URIA Ja, ein Mann ist wie der andere. Mann ist Mann.

POLLY Aber jede Minute kann die Armee doch aufbrechen, Uria!

URIA Natürlich kann sie jede Minute aufbrechen! Aber siehst du nicht, daß diese Kantine noch da ist? Weißt du nicht, daß die Artillerie noch Pferderennen veranstaltet? Ich sage dir, daß Gott Leute wie uns nicht verderben läßt, indem er die Armee noch heute auf die Beine bringt. Das wird er sich noch dreimal überlegen.

POLLY Horch!

*Abmarschsignale und Trommeln. Die drei stellen sich in Reih und Glied auf.*

FAIRCHILD *hinter der Bühne brüllend:* Die Armee bricht auf nach der nördlichen Grenze! Abmarsch heute nacht um zwei Uhr zehn!

## Zwischenspruch

*Gesprochen von der Witwe Leokadja Begbick.*

Herr Bertolt Brecht behauptet: Mann ist Mann.
Und das ist etwas, was jeder behaupten kann.
Aber Herr Bertolt Brecht beweist auch dann
Daß man mit einem Menschen beliebig viel
machen kann.
Hier wird heute abend ein Mensch wie ein Auto
ummontiert
Ohne daß er irgend etwas dabei verliert.
Dem Mann wird menschlich nähergetreten
Er wird mit Nachdruck, ohne Verdruß gebeten
Sich dem Laufe der Welt schon anzupassen
Und seinen Privatfisch schwimmen zu lassen.
Und wozu auch immer er umgebaut wird
In ihm hat man sich nicht geirrt.
Man kann, wenn wir nicht über ihn wachen
Ihn uns über Nacht auch zum Schlächter
machen.
Herr Bertolt Brecht hofft, Sie werden Boden,
auf dem Sie stehen
Wie Schnee unter Ihren Füßen vergehen sehen
Und werden schon merken bei dem Packer
Galy Gay
Daß das Leben auf Erden gefährlich sei.

## 9
*Die Kantine*

*Aufbruchslärm einer Armee. Eine große Stimme hinten ruft.*

DIE STIMME Der Krieg ist ausgebrochen, der vorgesehen war. Die Armee bricht auf nach der nördlichen Grenze. Die Königin befiehlt ihren

Soldaten, mit den Elefanten und Kanonen in die Eisenbahnzüge zu gehen, und den Eisenbahnzügen, nach der nördlichen Grenze zu gehen. Deshalb befiehlt euer General, daß ihr in den Eisenbahnzügen sitzen sollt, bevor der Mond hochgeht.

*Die Begbick sitzt hinter ihrem Kantinentisch und raucht.*

BEGBICK
In Jehoo, der Stadt, die immer voll ist, und
Wo niemand bleibt, kennen sie
Ein Lied vom Fluß der Dinge
Welches anfängt mit:

*Sie singt:*
Beharre nicht auf der Welle
Die sich an deinem Fuß bricht, solange er
Im Wasser steht, werden sich
Neue Wellen an ihm brechen.

*Sie steht auf, nimmt einen Stock und schiebt während der nächsten Verse die Zeltplanen zurück.*

Ich war sieben Jahre an einem Ort, hatte ein Dach über
Dem Kopf
Und war nicht allein.
Aber der Mann, der mich nährte und dem keiner glich
Eines Tages
Lag er unkenntlich unter dem Laken der Gestorbenen.
Dennoch aß ich auch an diesem Abend mein Nachtessen.
Und ich vermietete bald das Zimmer, in dem wir uns
Umarmt hatten
Und das Zimmer ernährte mich
Und jetzt, wo es mich nicht mehr ernährt
Esse ich auch noch.
Ich sagte:

*Singt:*
Beharre nicht auf der Welle
Die sich an deinem Fuß bricht, solange er
Im Wasser steht, werden sich
Neue Wellen an ihm brechen.

*Sie setzt sich wieder an den Kantinentisch. Die drei treten in Begleitung mehrerer Soldaten auf.*

URIA *in der Mitte:* Kameraden, der Krieg ist ausgebrochen. Die Zeit der Unordnung ist vorüber. Auf private Wünsche kann also keine Rücksicht mehr genommen werden. Deshalb muß der Packer Galy Gay aus Kilkoa jetzt im Laufschritt in den Soldaten Jeraiah Jip verwandelt werden. Zu diesem Zweck wollen wir ihn in ein Geschäft verwickeln, wie es in unserer Zeit üblich ist, und dazu einen künstlichen Elefanten bauen. Polly, nimm diese Stange und den Elefantenkopf, der an der Wand hängt, und du, Jesse, nimm die Flasche und schütte immer, wenn Galy Gay hinschaut, daß der Elefant auch Wasser lassen kann. Und ich breite diese Landkarte über euch. *Sie bauen einen künstlichen Elefanten auf.* Diesen Elefanten wollen wir ihm zum Geschenk machen und ihm einen Käufer bringen, und wenn er den Elefanten verkauft, dann verhaften wir ihn und sagen: wieso verkaufst du einen Elefanten der Armee? Dann will er doch lieber als Jeraiah Jip, der Soldat, an die nördliche Grenze gehen, als Galy Gay sein, der Verbrecher, der unter Umständen sogar erschossen wird.

EIN SOLDAT Aber glaubt ihr, das wird er für einen Elefanten halten?

JESSE Ist er denn so schlecht?

URIA Ich sage euch, er wird ihn für einen Elefanten halten. Der würde diese Bierflasche für einen Elefanten halten, wenn einer mit dem Finger darauf deutet und sagt: ich bin Käufer für diesen Elefanten.

EIN SOLDAT Also braucht ihr einen Käufer.

URIA *ruft:* Witwe Begbick!

*Die Begbick kommt vor.*

URIA Wollen Sie den Käufer machen?

BEGBICK Ja, denn mein Bierwaggon bleibt hier stehen, wenn mir keiner hilft beim Einpacken.

URIA Sagen Sie zu dem Mann, der jetzt hereinkommt, Sie wären Käufer für diesen Elefanten, und wir werden Ihnen helfen Ihre Kantine einpacken. Und zwar Zug um Zug.

BEGBICK Gut. *Sie geht wieder an ihren Platz.*

GALY GAY *kommt herein:* Ist der Elefant schon da?

URIA Herr Gay, das Geschäft ist in vollem Gange. Es gründet sich auf den überzähligen und nicht registrierten Armee-Elefanten Billy Humph. Das Geschäft selbst besteht darin, ihn ohne großes Aufsehen – natürlich an Private – zu versteigern.

GALY GAY Das ist vollkommen einleuchtend. Wer versteigert ihn?

URIA Einer, der als Besitzer zeichnet.

GALY GAY Wer aber soll als Besitzer zeichnen?

URIA Wollen Sie als Besitzer zeichnen, Herr Gay?

GALY GAY Ist ein Käufer da?

URIA Ja.

GALY GAY Mein Name darf natürlich nicht genannt werden.

URIA Nein. Wollen Sie nicht eine Zigarre rauchen?

GALY GAY *mißtrauisch:* Warum?

URIA Es ist nur, damit Sie Ihren Gleichmut bewahren, weil der Elefant ein wenig erkältet ist.

GALY GAY Wo ist der Käufer?

BEGBICK *kommt nach vorn:* Ach, Herr Galy Gay, ich suche einen Elefanten, haben Sie zufällig einen?

GALY GAY Witwe Begbick, ich habe vielleicht einen für Sie.

BEGBICK Tragt aber zuvor die Wand weg, die Kanonen kommen bald.

DIE SOLDATEN Jawohl, Witwe Begbick.

*Die Soldaten bauen eine Kantinenwand ab. Der Elefant steht undeutlich da.*

JESSE *zur Begbick:* Ich sage Ihnen, Witwe Begbick, von einem weiteren Gesichtspunkt aus ist, was hier vorgeht, ein historisches Ereignis. Denn was geschieht hier? Die Persönlichkeit wird unter die Lupe genommen, dem Charakterkopf wird nähergetreten. Es wird durchgegriffen. Die Technik greift ein. Am Schraubstock und am laufenden Band ist der große Mensch und der kleine Mensch, schon der Statur nach betrachtet, gleich. Die Persönlichkeit! Schon die alten Assyrier, Witwe Begbick, stellten die Persönlichkeit dar als einen Baum, der sich entfaltet. So, entfaltet! Dann wird er eben wieder zugefaltet, Witwe Begbick. Was sagt Kopernikus? Was dreht sich? Die Erde dreht sich. Die Erde, also der Mensch. Nach Kopernikus. Also daß der Mensch nicht in der Mitte steht. Jetzt schauen Sie sich das einmal an. Das soll in der Mitte stehen? Historisch ist das. Der Mensch ist gar nichts! Die moderne Wissenschaft hat nachgewiesen, daß alles relativ ist. Was heißt das? Der Tisch, die Bank, das Wasser, der Schuhlöffel, alles relativ. Sie, Witwe Begbick, ich... relativ. Sehen Sie mir in die Augen, Witwe Begbick, ein historischer Augenblick. Der Mensch steht in der Mitte, aber nur relativ. *Beide ab.*

*Nr. I*

URIA *ausrufend:* Nummer eins: Das Elefantengeschäft. Die MG-Abteilung überreicht dem Mann, der nicht genannt sein will, einen Elefanten.

GALY GAY Noch einen Schluck aus der Cherry Brandy-Flasche, noch einen Zug aus der Felix Brasil geraucht, und dann hinein in das Leben.

URIA *stellt ihm den Elefanten vor:* Billy Humph, Champion von Bengalen, Elefant im Dienst der Großen Armee.

GALY GAY *erblickt den Elefanten und erschrickt:* Ist das der Armee-Elefant?

EIN SOLDAT Er ist eben stark erkältet, was man schon an dem Wickel sieht.

GALY GAY *geht bekümmert um den Elefanten herum:* Der Wickel ist nicht das Schlimmste.

BEGBICK Ich bin Käufer. *Sie deutet auf den Elefanten.* Verkaufen Sie mir diesen Elefanten.

GALY GAY Wollen Sie denn diesen Elefanten wirklich kaufen?

BEGBICK Das ist nicht wichtig, ob er groß ist oder klein, aber seit meiner Kindheit wollte ich einen Elefanten kaufen.

GALY GAY Ist er denn wirklich das, was Sie sich vorgestellt haben?

BEGBICK In meiner Kindheit wollte ich einen Elefanten, so groß wie der Hindukusch, aber jetzt tut es der auch.

GALY GAY Ja, Witwe Begbick, wenn Sie diesen Elefanten wirklich kaufen wollen, ich bin der Besitzer.

EIN SOLDAT *kommt von hinten gelaufen:* Psst... psst... der Blutige Fünfer geht durch den Camp die Waggons besichtigen.

SOLDATEN Der menschliche Taifun!

BEGBICK Bleibt hier, ich lasse mir diesen Elefanten nicht wegnehmen.

*Die Begbick und die Soldaten eilig ab.*

URIA *zu Galy Gay:* Übernehmen Sie den Elefanten für einen Augenblick. *Er gibt ihm den Strick in die Hand.*

GALY GAY Aber ich, Herr Uria, wo soll ich hin?

URIA Bleib nur da.

*Er läuft den anderen Soldaten nach.*

*Galy Gay hält den Elefanten am äußersten Ende des Strickes.*

GALY GAY *allein:* Meine Mutter sagte oft zu mir, etwas Sicheres weiß man nicht. Du aber weißt gar nichts. Heute morgen, Galy Gay, bist du fortgegangen, einen kleinen Fisch zu erstehen, und jetzt hast du schon einen großen Elefanten, und niemand weiß, was morgen sein wird. Dich geht's nichts an, wenn du nur deinen Scheck hast.

URIA *schaut herein:* Wahrhaftig, er sieht ihn gar nicht an. Er geht so weit weg von ihm, als er nur kann. *Man sieht Fairchild hinten vorbeigehen.* Der Tiger von Kilkoa ist nur vorbeigegangen.

*Uria, die Begbick und die anderen Soldaten kommen wieder herein.*

*Nr. II*

URIA *ausrufend:* Jetzt kommt Nummer zwei: Die Elefantenauktion. Der Mann, der nicht genannt sein will, verkauft den Elefanten.

*Galy Gay holt sich eine Klingel, die Begbick stellt einen Holzeimer umgestülpt auf die Mitte der Bühne.*

EIN SOLDAT Hast du noch einen Zweifel in bezug auf den Elefanten?

GALY GAY Da er gekauft wird, habe ich keinen Zweifel.

URIA Nicht wahr, wenn er gekauft wird, ist er richtig.

GALY GAY Da kann ich nicht nein sagen. Elefant ist Elefant, besonders wenn er gekauft wird.

*Er stellt sich auf den Eimer und versteigert den Elefanten, der neben ihm in der Mitte der Gruppe steht.*

GALY GAY Zur Auktion! Hiermit versteigere ich Billy Humph, Champion von Bengalen. Er wurde geboren, so wie Sie ihn hier sehen, im südlichen Pandschab. An seiner Wiege standen sieben Radschas. Seine Mutter war weiß. Er ist fünfundsechzig Jahre alt. Das ist kein Alter. Dreizehn Zentner sind sein Gewicht, und ein Wald zum Abholzen ist für ihn wie ein Gras im Wind. Billy Humph stellt so, wie er ist, für jeden Besitzer ein kleines Vermögen dar.

URIA Und da ist die Witwe Begbick mit dem Scheck.

BEGBICK Gehört der Elefant Ihnen?

GALY GAY Wie mein eigener Fuß.

EIN SOLDAT Billy muß ziemlich alt sein, da er ein eigentümlich steifes Wesen zur Schau trägt.

BEGBICK Dann müssen Sie im Preis etwas heruntergehen.

GALY GAY Sein Selbstkostenpreis ist zweihundert Rupien, und das ist er wert, bis er ins Grab sinkt.

BEGBICK *untersucht ihn:* Zweihundert Rupien bei diesem Hängebauch?

GALY GAY Ich glaube aber doch, daß er für eine Witwe das Richtige ist.

BEGBICK Gut. Ist der Elefant aber auch gesund? *Billy Humph läßt Wasser.* Das genügt mir. Ich sehe, daß es ein gesunder Elefant ist. Fünfhundert Rupien.

GALY GAY Fünfhundert Rupien zum ersten, zum zweiten und zum dritten. Witwe Begbick, übernehmen Sie den Elefanten von mir, seinem bisherigen Besitzer, und bezahlen Sie mit einem Scheck.

BEGBICK Ihr Name?

GALY GAY Soll nicht genannt werden.

BEGBICK Bitte, Herr Uria, geben Sie mir einen Bleistift, daß ich den Scheck ausstellen kann, und zwar auf diesen Herrn, der nicht genannt sein will.

URIA *beiseite zu den Soldaten:* Wenn er den Scheck nimmt, legt Hand an ihn.

BEGBICK Hier ist dein Scheck, Mann, der nicht genannt sein will.

GALY GAY Und hier, Witwe Begbick, Ihr Elefant.

EIN SOLDAT *legt Galy Gay die Hand auf die Schulter:* Im Namen der englischen Armee, was machen Sie denn da?

GALY GAY Ich? Nichts. *Er lacht einfältig.*

DER SOLDAT Was haben Sie denn da für einen Elefanten?

GALY GAY Welchen meinen Sie?

DER SOLDAT Den hinter Ihnen hauptsächlich. Machen Sie keine Ausflüchte, Sie!

GALY GAY Ich kenne den Elefanten nicht.

DIE SOLDATEN Oho!

EIN SOLDAT Wir bezeugen es, daß dieser Herr gesagt hat, dieser Elefant gehöre ihm.

BEGBICK Er hat gesagt, er gehöre ihm wie sein Fuß.

GALY GAY *will gehen:* Ich muß leider heimgehen, da mich meine Frau dringend erwartet. *Er bricht sich durch die Gruppe Bahn.* Ich komme wieder, um mit Ihnen das zu besprechen. Guten Abend! *Zu Billy, der ihm folgt.* Bleib da, Billy, sei nicht so eigensinnig. Dort wächst Zuckerrohr.

URIA Halt! Richtet die Armeerevolver auf den Verbrecher, denn um einen solchen handelt es sich.

*Polly, in Billy Humph, lacht laut. Uria schlägt ihn.*

URIA Halt's Maul, Polly!

*Die obere Zeltbahn rutscht herunter, Polly wird sichtbar.*

POLLY Verflucht!

*Galy Gay, nunmehr völlig verwirrt, sieht Polly*

*an, dann sieht er von einem zum andern. Der Elefant läuft weg.*

BEGBICK Was ist denn das? Das ist ja gar kein Elefant, das sind ja Zeltbahnen und Männer. Das ist ja alles falsch! Für mein echtes Geld einen so falschen Elefanten!

URIA Witwe Begbick, der Verbrecher wird sofort mit Stricken gebunden und in die Latrine geworfen.

*Die Soldaten fesseln Galy Gay und stecken ihn in eine Grube, so daß nur sein Kopf herausschaut. Man hört die Artillerie vorbeifahren.*

BEGBICK Die Artillerie wird schon verladen, wann wollt ihr meine Kantine zusammenpacken? Denn nicht nur euer Mann, auch meine Kantine soll umgebaut werden.

*Alle Soldaten beginnen die Kantine zusammenzupacken. Bevor sie fertig sind, jagt Uria sie weg. Die Begbick kommt mit einem Korb, worin die schmutzigen Zeltbahnen sind, kniet vor einer kleinen Versenkung und wäscht. Galy Gay hört ihrem Lied zu.*

BEGBICK
So hatte ich auch einen Namen
Und wer den Namen hörte in der Stadt, sagte: das ist ein guter
Name.
Aber eines Nachts trank ich vier Gläser Korn
Und am andern Morgen stand an meiner Tür mit Kreide ein
Schlechtes Wort.
Da nahm der Milchmann die Milch wieder mit fort.
Mein Name war hin
– *Sie zeigt das Leinen* –
Wie Leinen, das weiß war und schmutzig wird
Und kann wieder weiß werden, wenn du es wäschst
Aber halte es gegen das Licht und sieh: es ist nicht
Das gleiche Leinen.
Nenne doch nicht so genau deinen Namen. Wozu denn?
Wo du doch immerzu einen andern damit nennst.
Und wozu so laut deine Meinung, vergiß sie doch.
Welche war es denn gleich? Erinnere dich doch nicht
Eines Dinges länger, als es selber dauert.
*Sie singt:*

Beharre nicht auf der Welle
Die sich an deinem Fuß bricht, solange er
Im Wasser steht, werden sich
Neue Wellen an ihm brechen.

*Sie geht ab. Uria und die Soldaten kommen von hinten.*

*Nr. III*

URIA *ausrufend:* Jetzt kommt Nummer drei: Der Prozeß gegen den Mann, der nicht genannt sein wollte. Bildet einen Kreis um den Verbrecher und verhört ihn und hört nicht auf, bis ihr die nackte Wahrheit wißt.

GALY GAY Ich bitte, daß ich etwas sagen darf.

URIA Du hast viel gesagt heute nacht, Mensch. Wer weiß, wie der Mann hieß, der den Elefanten öffentlich ausbot?

EIN SOLDAT Er hat geheißen: Galy Gay.

URIA Wer bezeugt es?

SOLDATEN Wir bezeugen es.

URIA Was sagt der Angeklagte darauf?

GALY GAY Es ist einer gewesen, der nicht genannt sein wollte.

*Die Soldaten murren.*

EIN SOLDAT Ich habe ihn sagen hören, er sei Galy Gay.

URIA Bist du das nicht?

GALY GAY *schlau:* Ja, wenn ich der Galy Gay wäre, dann wäre ich vielleicht der, den ihr sucht.

URIA So bist du also nicht der Galy Gay?

GALY GAY *murmelnd:* Nein, ich bin es nicht.

URIA Und du bist vielleicht gar nicht dabeigewesen, als Billy Humph versteigert wurde?

GALY GAY Nein, ich bin nicht dabeigewesen.

URIA Aber du hast gesehen, daß es einer namens Galy Gay war, der den Verkauf vornahm?

GALY GAY Ja, das kann ich bezeugen.

URIA Also willst du doch dabei gewesen sein.

GALY GAY Das kann ich bezeugen.

URIA Habt ihr's gehört? Seht ihr den Mond? Jetzt ist der Mond hochgegangen, und jetzt steckt er in diesem faulen Elefantengeschäft. Was Billy Humph betrifft, so war er doch nicht ganz in Ordnung?

JESSE Nein, das war er bestimmt nicht.

EIN SOLDAT Der Mann sagte, es sei ein Elefant, aber es war gar keiner, sondern aus Papier.

URIA So verkaufte er also einen falschen Elefanten. Darauf steht natürlich der Tod. Was sagst du dazu?

GALY GAY Ein Elefant hätte ihn vielleicht nicht

für einen Elefanten gehalten. Es ist es sehr schwierig, das alles auseinanderzuhalten, hoher Gerichtshof.

URIA Allerdings ist es sehr verwickelt, aber ich glaube doch, du mußt erschossen werden, weil du dich äußerst verdächtig gemacht hast. *Galy Gay schweigt.* Weißt du, ich habe von einem Soldaten gehört, der Jip hieß und es auch bei verschiedenen Appellen zugab, der wollte glauben machen, er heiße Galy Gay. Bist du vielleicht dieser Jip?

GALY GAY Nein, gewiß nicht.

URIA So heißt du also nicht Jip? Wie heißt du denn? Du weißt also keine Antwort? Dann bist du also einer, der nicht genannt sein will? Bist du vielleicht jener, der bei dem Elefantenverkauf nicht genannt sein wollte? Darauf also schweigst du wieder? Das ist ungeheuer verdächtig, fast schon eine Überführung. Der verbrecherische Elefantenverkäufer soll auch ein Mann mit einem Bart gewesen sein, und du hast einen Bart. Kommt, nun wollen wir alles beraten.

*Er geht mit den Soldaten nach hinten. Zwei bleiben bei Galy Gay.*

URIA *im Abgehen:* Jetzt will er schon nicht mehr der Galy Gay sein.

GALY GAY *nach einer Pause:* Könnt ihr hören, was sie sagen?

EIN SOLDAT Nein.

GALY GAY Sagen sie, ich bin dieser Galy Gay?

EIN ANDERER SOLDAT Sie sagen, es ist jetzt nicht mehr sicher.

GALY GAY Merke dir, Mann: einer ist keiner.

ZWEITER SOLDAT Weiß man schon, gegen wen der Krieg geht?

ERSTER SOLDAT Wenn sie Baumwolle brauchen, dann ist es Tibet, und wenn sie Schafwolle brauchen, dann ist es Pamir.

JESSE *kommt:* Ist das nicht Galy Gay, der hier sitzt und gefesselt ist?

ERSTER SOLDAT He, Mann, gib Antwort!

GALY GAY Ich glaube, du verwechselst mich, Jesse. Sieh mich nur genau an.

JESSE Ja, bist du denn nicht Galy Gay? *Galy Gay schüttelt den Kopf.* Geht einmal weg, ich muß mit ihm sprechen, da er ja gerade zum Tode verurteilt ist.

*Die beiden Soldaten nach hinten.*

GALY GAY Ist es soweit? O Jesse, hilf mir, du bist ein großer Soldat.

JESSE Wie ist es gekommen?

GALY GAY Ja, siehst du, Jesse, ich weiß es nicht. Wir rauchten und wir tranken, und ich schwatzte mich um meine Seele.

JESSE Ich hörte drüben, daß es ein Galy Gay ist, der getötet werden soll.

GALY GAY Das kann nicht sein.

JESSE Ja, bist du denn nicht Galy Gay?

GALY GAY Wisch mir den Schweiß ab, Jesse.

JESSE *tut es:* Sieh mir doch in die Augen, ich bin Jesse, dein Freund. Bist du nicht Galy Gay aus Kilkoa?

GALY GAY Nein, du mußt dich täuschen.

JESSE Wir sind zu viert aus Kankerdan gekommen. Warst du denn dabei?

GALY GAY Ja, in Kankerdan, da war ich dabei.

JESSE *geht nach hinten zu den Soldaten:* Jetzt ist der Mond noch nicht aufgegangen, und jetzt will er schon Jip sein.

URIA Aber ich glaube, wir müssen ihn noch mehr mit dem Tode bedrohen.

*Man hört die Kanonen vorbeirollen.*

BEGBICK *tritt auf:* Die Kanonen, Uria! Hilf mir die Sonnensegel zusammenlegen. Und ihr baut weiter ab!

*Die Soldaten schleppen weitere Teile der Kantine in den Waggon. Nur eine Bretterwand bleibt noch stehen. Uria und die Begbick falten die Zeltplanen zusammen.*

BEGBICK

Ich sprach auch mit vielen Leuten und hörte
Genau zu und hörte viele Meinungen
Und hörte viele von vielem sagen: das sei ganz sicher!
Aber zurückkehrend sprachen sie anders, als sie ehedem gesprochen hatten
Und von dem andern sagten sie: das ist sicher.
Da sagte ich mir: von den sicheren Dingen
Das Sicherste ist der Zweifel.

*Uria geht nach hinten. Auch die Begbick mit dem Wäschekorb geht nach hinten, an Galy Gay vorbei. Sie singt:*

Beharre nicht auf der Welle
Die sich an deinem Fuß bricht, solange er
Im Wasser steht, werden sich
Neue Wellen an ihm brechen.

GALY GAY Witwe Begbick, ich bitte Sie, eine Schere zu holen und mir meinen Bart abzuschneiden.

BEGBICK Warum?

GALY GAY Ich weiß schon, warum.

*Die Begbick schneidet ihm den Bart ab, legt den abgeschnittenen Bart in ein Tüchlein und trägt dies alles zu dem Waggon. Die Soldaten treten wieder auf.*

*Nr. IV*

URIA *ausrufend:* Jetzt kommt Nummer vier: die Erschießung des Galy Gay in den Militärbaracken zu Kilkoa.
BEGBICK *geht auf ihn zu:* Herr Uria, ich habe hier etwas für Sie. *Sie sagt ihm etwas ins Ohr und gibt ihm das Tüchlein hin mit dem Bart.*
URIA *geht an die Latrine zu Galy Gay:* Angeklagter, hast du noch etwas zu sagen?
GALY GAY Hoher Gerichtshof, ich habe gehört, daß der Verbrecher, der den Elefanten verkauft hat, ein Mann mit einem Bart war, und ich habe keinen Bart.
URIA *zeigt ihm stumm das offene Tüchlein mit dem Bart. Die andern lachen:* Und was ist das? Jetzt, Mann, bist du erst recht überführt, denn daß du dir den Bart abgenommen hast, das zeigt ein schlechtes Gewissen. Komm, Mann ohne Namen, und höre, daß das Standgericht von Kilkoa dich zum Tode verurteilt hat durch fünf Flintenläufe.
*Die Soldaten holen Galy Gay aus der Latrine heraus.*
GALY GAY *schreiend:* Das kann nicht sein!
URIA Es passiert dir aber solches. Höre gut zu, Mann, erstens, weil du einen Elefanten der Armee gestohlen und verkauft hast, was ein Diebstahl ist, zweitens, weil du einen Elefanten verkauft hast, der kein Elefant war, was ein Betrug ist, und drittens, weil du keinerlei Namen noch Paß zeigen kannst und vielleicht sogar ein Spion bist, was Landesverrat ist.
GALY GAY O Uria, warum bist du so zu mir?
URIA Komm jetzt und halte dich wie ein guter Soldat, wie du es bei der Armee gelernt hast. Marsch! Geh jetzt, damit du erschossen wirst.
GALY GAY Oh, geht nicht so rasch vor. Ich bin nicht der, den ihr sucht. Ich kenne ihn gar nicht. Mein Name ist Jip, ich kann es beschwören. Was ist ein Elefant gegen ein Menschenleben? Ich habe den Elefanten nicht gesehen, ein Strick war es, den ich gehalten habe. Bitte, geht nicht weg! Ich bin ein ganz anderer. Ich bin nicht Galy Gay. Ich bin es nicht.
JESSE Doch, du bist es, kein anderer ist es. Unter den drei Gummibäumen von Kilkoa wird Galy Gay sein Blut fließen sehen. Geh, Galy Gay.
GALY GAY O Gott! Halt, es muß ein Protokoll ausgefertigt werden. Die Gründe müssen aufgeschrieben werden und daß ich es nicht war und auch nicht Galy Gay heiße. Alles muß genau bedacht werden. So etwas geht nicht zwischen zwölf Uhr und Mittag, wenn ein Mensch geschlachtet werden soll.
JESSE Marsch!
GALY GAY Was heißt das: Marsch! Ich bin nicht, den ihr sucht. Was ich wollte, war, einen Fisch kaufen, aber wo gibt es hier Fische? Was sind das für Kanonen, die da rollen? Was ist das für eine Schlachtmusik, die da schmettert? Nein, ich gehe hier nicht weg. An das Gras halte ich mich. Ich verlange, daß alles aufhört! Aber warum ist niemand hier, wenn sie einen Menschen abschlachten?
BEGBICK Wenn die Elefanten verladen werden und ihr seid nicht fertig, dann ist es aus mit euch! *Sie geht ab.*
*Galy Gay wird zurück- und wieder vorgeführt, er schreitet wie die Hauptperson eines tragischen Dramas.*
JESSE Platz da für den Delinquenten, den das Standgericht zum Tode verurteilt hat.
SOLDATEN Seht nur, da ist einer, der erschossen wird. Es ist vielleicht schade um ihn, alt ist er noch nicht. – Der weiß auch nicht, wie er hineingekommen ist.
URIA Halt! Willst du noch einmal austreten?
GALY GAY Ja.
URIA Bewacht ihn.
GALY GAY Ich habe gehört, wenn die Elefanten kommen, dann müssen sie fortgehen, also muß ich langsam sein, damit die Elefanten noch kommen können.
EIN SOLDAT Mach rasch!
GALY GAY Ich kann nicht. Ist das der Mond?
SOLDATEN Ja. – Es ist schon spät.
GALY GAY Ist das nicht die Bar der Witwe Begbick, wo wir immer getrunken haben?
URIA Nein, mein Junge, das ist der Schießplatz, und das hier ist die »Johnny-bist-du-trokken«-Mauer. Hallo! Jetzt stellt euch in einer Reihe auf, dort! Und ladet die Flinten! Es müssen aber fünf sein.
SOLDATEN Man kann so schlecht sehen bei dem Licht.
URIA Ja, es ist sehr schlecht.
GALY GAY Hört ihr, das geht nicht. Ihr müßt sehen können, wenn ihr schießt.

URIA *zu Jesse:* Nimm die Papierlaterne dort und halte sie neben ihn. *Er verbindet Galy Gay die Augen. Laut:* Ladet die Gewehre! *Leise:* Aber was machst du denn da, Polly? Du tust ja wirklich eine Kugel in den Lauf. Tu die Kugel heraus!

POLLY Ach, entschuldigt, jetzt hätte ich beinahe richtig geladen. Das wäre ja beinahe ein richtiges Unglück geworden.

*Man hört die Elefanten hinten vorbeikommen. Die Soldaten stehen einen Augenblick wie erstarrt.*

BEGBICK *hinter der Bühne rufend:* Die Elefanten!

URIA Das hilft alles nichts. Er muß erschossen werden. Jetzt zähle ich bis drei. Eins!

GALY GAY So, jetzt ist es genug, Uria. Die Elefanten sind ja auch schon da. Soll ich hier noch stehenbleiben, Uria? Aber warum seid ihr alle so schrecklich still?

URIA Zwei!

GALY GAY *lacht:* Du bist komisch, Uria. Ich kann dich nicht sehen, weil ihr mir die Binde vorgebunden habt. Aber deine Stimme ist gerade so, als ob es dein bitterster Ernst wäre.

URIA Und eins ist...

GALY GAY Halt, sage nicht drei, sonst reut es dich. Wenn ihr jetzt losschießt, müßt ihr mich ja treffen. Halt! Nein, noch nicht. Hört mich! Ich gestehe! Ich gestehe, daß ich nicht weiß, was mit mir geschehen ist. Glaubt mir und lacht nicht, ich bin einer, der nicht weiß, wer er ist. Aber Galy Gay bin ich nicht, das weiß ich. Der erschossen werden soll, bin ich nicht. Wer aber bin ich? Denn ich habe es vergessen; gestern abend, als es regnete, wußte ich's noch. Gestern abend regnete es doch? Ich bitte euch, wenn ihr hierher schaut oder dorthin, wo diese Stimme herkommt, das bin ich, ich bitte euch. Ruft die Stelle an, sagt Galy Gay zu ihr oder andere Wörter, erbarmt euch, gebt mir ein Stück Fleisch! Worin's verschwindet, das ist der Galy Gay und das, woraus es kommt. Mindestens das: so ihr einen findet, der vergessen hat, wer er ist, das bin ich. Und den laßt, ich bitte euch, noch einmal laufen!

*Uria hat Polly etwas ins Ohr gesagt; jetzt läuft Polly hinter Galy Gay und erhebt gegen ihn einen großen Knüppel.*

URIA Einmal ist keinmal! Drei!

*Galy Gay stößt einen Schrei aus.*

URIA Feuer!!

*Galy Gay fällt in Ohnmacht.*

POLLY Halt! Er ist von selbst umgefallen!

URIA *schreit:* Schießt! Daß er es noch hört, daß er tot ist.

*Die Soldaten schießen in die Luft.*

URIA Laßt ihn da liegen und macht euch jetzt marschbereit.

*Galy Gay bleibt liegen, alle andern ab.*

*Nr. IVa*

*Vor dem gepackten Waggon an einem Tisch mit fünf Stühlen sitzen die Begbick und die drei. Abseits liegt Galy Gay, mit einem Sack zugedeckt.*

JESSE Das ist der Sergeant, der da kommt. Werden Sie ihn davon abhalten können, seine Nase in unsere Angelegenheiten zu stecken, Witwe Begbick?

*Man sieht Fairchild in Zivil herankommen.*

BEGBICK Ja, denn es ist ein Zivilist, der da kommt. *Zu Fairchild, der in der Tür steht:* Komm, setz dich zu uns, Charles.

FAIRCHILD Da sitzest du, du Gomorrha! *Vor Galy Gay.* Was ist das für eine Bierleiche? *Schweigen. Er haut auf den Tisch.* Stillgestanden!

URIA *haut ihm von hinten den Hut in den Kopf:* Halt das Maul, Zivilist!

*Lachen.*

FAIRCHILD Ja, meutert, ihr Söhne einer Kanone! Seht meinen Anzug und lacht! Zerreißt meinen Namen, der groß ist von Kalkutta bis Cooch-Behar! Gebt mir zu trinken, und dann erschieße ich euch!

URIA Zeigen Sie uns, lieber Fairchild, an einem Beispiel, wie Sie schießen können.

FAIRCHILD Nein.

BEGBICK Kaum eine Frau unter zehn kann einem Kunstschützen widerstehn.

POLLY Schieß los, Fairchild!

BEGBICK Sie sollten es wirklich für mich tun.

FAIRCHILD O du Babylon! Hier lege ich ein Ei hin, hier. Wieviel Schritte wollt ihr?

POLLY Vier.

FAIRCHILD *geht zehn Schritte, die Begbick zählt laut:* Hier ist ein ganz gewöhnlicher Armeerevolver. *Er schießt.*

JESSE *geht zum Ei:* Das Ei ist ganz.

POLLY Vollständig.

URIA Es ist eher noch dicker geworden.

FAIRCHILD Das ist merkwürdig. Ich dachte, ich könnte es treffen.

*Großes Gelächter.*

FAIRCHILD Gebt mir zu trinken! *Er trinkt.* Ich will euch alle wie Ungeziefer zerdrücken, so wahr ich der Blutige Fünfer heiße!

URIA Wie erwarben Sie sich eigentlich den Namen Blutiger Fünfer?

JESSE *wieder an seinem Platz:* Vormachen!

FAIRCHILD Soll ich es erzählen, Frau Begbick?

BEGBICK Welche Frau unter sieben würde einen wilden und blutigen Mann nicht lieben?

FAIRCHILD Das ist also der Tschadsefluß. Da stehen fünf Hindus. Die Hände auf den Rücken gebunden. Da komme ich mit einem gewöhnlichen Armeerevolver, bewege ihn etwas vor den Gesichtern herum und sage: dieser Revolver hat schon mehrere Male versagt. Man muß ihn ausprobieren. So. Darauf schieße ich – fall um, du da, bum! – und so dann weitere vier Male ab. Das war das Ganze, meine Herren.

*Er setzt sich.*

JESSE So also haben Sie sich Ihren großen Namen erworben, der diese Witwe hier zu Ihrer Sklavin macht? Von einem menschlichen Standpunkt aus könnte man allerdings Ihr Benehmen auch als unschicklich empfinden und sagen, Sie seien einfach eine Sau!

BEGBICK Sind Sie denn ein Unmensch?

FAIRCHILD Es würde mir sehr leid tun, wenn Sie es so auffaßten. Ihre Meinung ist mir sehr wichtig.

BEGBICK Aber ist sie auch ausschlaggebend?

FAIRCHILD *blickt ihr tief in die Augen:* Absolut.

BEGBICK Dann ist es meine Meinung, mein Lieber, daß ich jetzt meine Kantine einpacken muß und für Privatsachen keine Zeit mehr habe, denn jetzt höre ich schon die Lanzenreiter vorbeitraben, die ihre Gäule in die Waggons bringen.

*Man hört die Lanzenreiter vorbeitraben.*

POLLY Bestehen Sie etwa auf Ihren selbstsüchtigen Wünschen, Herr, obgleich schon die Lanzenreiter ihre Pferde verladen und Sie hören, daß aus militärischen Gründen die Kantine eingepackt werden muß?

FAIRCHILD *brüllt:* Jawohl, ich bestehe darauf! Gebt mir zu trinken!

POLLY Dann werden wir mit dir aber kurzen Prozeß machen, mein Junge!

JESSE Herr, nicht sehr weit entfernt von uns liegt ein Mann unter einer rauhen Zeltplane, angetan mit der Feldmontur der britischen Armee. Er ruht von einem harten Tagewerk aus. Noch vor vierundzwanzig Stunden kroch er – vom militärischen Standpunkt aus betrachtet – auf allen vieren. Die Stimme seines Weibes erschreckte ihn. Ohne Führung war er nicht imstande, einen Fisch zu kaufen. Für eine Zigarre war er bereit, den Namen seines Vaters zu vergessen. Einige Leute haben sich seiner angenommen, da sie zufällig einen Platz für ihn wußten. Jetzt ist er, wenn auch nach einem schmerzlichen Prozeß, ein Mann geworden, der in den kommenden Schlachten seinen Platz ausfüllen wird. Du hingegen bist wieder zu einem Zivilisten herabgesunken. In einem Augenblick, wo die Armee aufbricht, um an der nördlichen Grenze Ordnung zu schaffen, wozu Bier nötig ist, hältst du Dreckhaufen wissentlich die Besitzerin einer Campkantine davon ab, ihren Bierwaggon in den Zug zu verladen.

POLLY Wie willst du unsere Namen abhören beim letzten Appell und sie alle vier einschreiben in dein Sergeantenbuch, wo sie unbedingt drinstehen müssen?

URIA Wie willst du überhaupt noch in diesem Zustand vor die Kompanie treten, wenn sie danach dürstet, ihren unzähligen Feinden die Stirn zu bieten! Steh auf!

*Fairchild erhebt sich schwankend.*

POLLY Heißt du das aufstehen? *Er gibt ihm einen Tritt in den Hintern, daß Fairchild umfällt.*

URIA Und das hat einmal der menschliche Taifun geheißen? Werft dieses Wrack ins Gebüsch, damit es nicht die Kompanie demoralisiert.

*Die drei beginnen, ihn nach hinten zu schleppen.*

EIN SOLDAT *kommt gelaufen und bleibt hinten stehen:* Ist hier der Sergeant Charles Fairchild? Der General befiehlt, er soll laufen und seine Kompanie am Güterbahnhof aufstellen.

FAIRCHILD Sagt nicht, daß ich es bin.

JESSE Es ist kein solcher Sergeant hier.

*Nr. V*

*Die Begbick und die drei betrachten Galy Gay, der noch unter dem Sack liegt.*

URIA Witwe Begbick, wir stehen am Ende unserer Montage. Wir glauben, daß unser Mann jetzt umgebaut ist.

POLLY Was er jetzt brauchen würde, wäre eine menschliche Stimme.

JESSE Haben Sie eine menschliche Stimme für solche Fälle, Witwe Begbick?

BEGBICK Ja, und etwas zu essen. Nehmt diese Kiste hier und schreibt mit Kohle darauf »Galy

Gay« und macht ein Kreuz dahinter. *Sie tun es.* Dann stellt einen Leichenzug zusammen und begrabt ihn. Dies alles zusammen darf nicht länger dauern als neun Minuten, denn jetzt ist es schon zwei Uhr eins.

URIA *ausrufend:* Nummer fünf: Leichenbegängnis und Grabrede des Galy Gay, des letzten Charakterkopfes im Jahre neunzehnhundertfünfundzwanzig.

*Die Soldaten kommen, ihre Tornister packend.*

URIA Packt diese Kiste da und stellt einen hübschen Leichenzug zusammen.

*Die Soldaten stellen sich mit der Kiste hinten auf.*

JESSE Und ich trete auf ihn zu und sage: halte du die Trauerrede auf Galy Gay. *Zur Begbick:* Er wird nichts essen.

BEGBICK So einer ißt auch noch als Garniemand.

*Sie geht mit einem Korb hinüber zu Galy Gay, nimmt den Sack weg und gibt ihm zu essen.*

GALY GAY Noch!

*Sie gibt ihm noch; dann macht sie Uria ein Zeichen, und der Trauerzug kommt nach vorn.*

GALY GAY Wer ist das, den sie da bringen?

BEGBICK Das ist einer, der in letzter Stunde erschossen wurde.

GALY GAY Wie heißt er?

BEGBICK Warte einen Augenblick. Wenn ich nicht irre, so hieß er Galy Gay.

GALY GAY Und was geschieht jetzt mit ihm?

BEGBICK Mit wem?

GALY GAY Mit diesem Galy Gay.

BEGBICK Jetzt wird er begraben.

GALY GAY War es ein guter Mensch oder ein schlechter?

BEGBICK Oh, das ist ein gefährlicher Mensch gewesen.

GALY GAY Ja, schließlich ist er auch erschossen worden, da war ich dabei.

*Der Leichenzug geht weiter. Jesse bleibt stehen und spricht Galy Gay an.*

JESSE Ist das nicht Jip? Jip, du mußt gleich aufstehen und bei dem Begräbnis dieses Galy Gay die Leichenrede halten, denn du hast ihn doch gekannt, besser als wir vielleicht.

GALY GAY Hallo, seht ihr mich denn überhaupt, wo ich bin? *Jesse zeigt auf ihn.* Ja, das stimmt. Was mache ich denn jetzt? *Er beugt den Arm.*

JESSE Du beugst den Arm.

GALY GAY Jetzt habe ich also zweimal den Arm gebeugt. Und jetzt?

JESSE Jetzt gehst du wie ein Soldat.

GALY GAY Geht ihr auch so?

JESSE Genau so.

GALY GAY Wie sagt ihr aber zu mir, wenn ihr was wollt?

JESSE Jip.

GALY GAY Sagt einmal: Jip, geh herum.

JESSE Jip, geh herum! Geh nur zwischen den Gummibäumen herum und mache die Trauerrede auf Galy Gay fertig.

GALY GAY *geht langsam zur Kiste hinüber:* Ist das die Kiste, in der er drinnen liegt?

*Er geht um den Zug herum, der die Kiste hochhält. Er geht immer schneller und will davonlaufen. Die Begbick hält ihn zurück.*

BEGBICK Brauchst du etwas? Gegen alle Arten Krankheiten, ja selbst gegen Cholera, hat die Armee lediglich Rizinusöl. Krankheiten, die durch Rizinusöl nicht besser werden, hat der Soldat nicht. Willst du Rizinusöl?

GALY GAY *schüttelt den Kopf:*
Meine Mutter im Kalender hat verzeichnet den Tag
Wo ich herauskam, und der schrie, das war ich.
Dieses Bündel von Fleisch, Nägeln und Haar
Das bin ich, das bin ich.

JESSE Ja, Jeraiah Jip, Jeraiah Jip aus Tipperary.

GALY GAY Einer, der Gurken trug für Trinkgelder, ein Elefant betrog ihn, der schnell schlafen mußte auf einem Holzstuhl aus Mangel an Zeit, weil in seiner Hütte das Fischwasser kochte. Auch war das Maschinengewehr noch nicht gereinigt, denn er erhielt eine Zigarre geschenkt und fünf Flintenläufe, wovon einer fehlte. Wie hieß er doch?

URIA Jip. Jeraiah Jip.

*Pfeifende Eisenbahnzüge.*

SOLDATEN Die Eisenbahnzüge pfeifen. – Jetzt helft euch selbst.

*Sie werfen die Kiste hin und laufen weg.*

JESSE In sechs Minuten geht der Transport ab. Jetzt muß er mit, wie er ist.

URIA Hör zu, Polly, und du, Jesse. Kameraden! Wir sind drei Übriggebliebene und jetzt, wo das Haar schon angesägt ist, an dem wir drei über dem Abgrund hängen, hört gut zu, was ich euch sage vor der letzten Mauer von Kilkoa gegen zwei Uhr nachts. Der Mann, den wir brauchen, eine kleine Zeit muß er haben, weil es für die Ewigkeit ist, daß er sich verwandelt. Und dazu ziehe ich, Uria Shelley, jetzt meinen Armeerevolver heraus und bedrohe euch mit dem sofortigen Tode, wenn ihr euch rührt.

POLLY Aber wenn er in die Kiste hineinsieht, ist es aus.
*Galy Gay setzt sich zu der Kiste.*

GALY GAY
Ich könnt nicht ansehen ohne sofortigen Tod
In einer Kist ein entleertes Gesicht
Eines Gewissen, mir einst bekannt, von Wasserfläch her
In die einer sah, der, wie ich weiß, verstarb.
Drum kann ich nicht aufmachen diese Kist.
Weil diese Furcht da ist in mir beiden, denn vielleicht
Bin ich der Beide, der eben erst entstand
Auf der Erde veränderlicher Oberfläch:
Ein abgenabelt fledermäusig Ding, hangend
Zwischen Gummibäumen und Hütt, nächtlich
Ein Ding, das gern heiter wär.
Einer ist keiner. Es muß ihn einer anrufen.
Drum
Hätt ich doch gern hineingesehn in diesen Trog
Dieweil das Herz an seinen Eltern hängt.

Angenommen ein Wald, wäre er auch
Wenn keiner hindurchgeht, und er selbst
Der da hindurchging, wo ein Wald war
Wie erkennen sie sich?
Die er sieht, seine Fußtritte im Rohr
Darein Wasser einschießt, sagt die Lache ihm was?
Was ist eure Meinung?

Woran erkennt der Galy Gay, daß er selber
Der Galy Gay ist?
Würd abgehackt sein Arm ihm
Und fänd er ihn in einem Mauerloch
Würd Galy Gays Aug erkennen Galy Gays Arm?
Und Galy Gays Fuß ausrufen: dieser ist's?
Drum seh ich nicht hinein in diesen Trog.
Auch ist nach meiner Ansicht der Unterschied
Zwischen ja und nein nicht so groß.
Und wenn der Galy Gay nicht der Galy Gay wär
So wär er einer Mutter trinkender Sohn, die
Eines andern Mutter wär, wenn sie
Nicht seine wär, tränk also doch.
Und wär im März erzeugt, nicht im September
Nur ausgenommen den Fall, er wäre statt im März
Erst im September dieses Jahres oder schon
Im September des vorjährigen erzeugt
Was ausmacht einen Unterschied von einem kleinen Jahr
Der einen Mann zu einem andern Mann macht.
Und ich, der eine ich und der andere ich
Werden gebraucht und sind also brauchbar.
Und hab ich nicht angesehen diesen Elefanten
Drück ich ein Auge zu, was mich betrifft
Und lege ab, was unbeliebt an mir, und bin
Da angenehm.

*Man hört Eisenbahnzüge rollen.*
GALY GAY Und was sind das für Eisenbahnzüge? Wo gehen die hin?
BEGBICK Diese Armee zieht in die feuerspeienden Geschütze der Schlachten, welche im Norden geplant sind. Heute nacht marschieren hunderttausend in einer Richtung. Die Richtung geht von Süden nach Norden. Wenn ein Mann in einen solchen Strom gerät, schaut er, daß er zwei findet, die neben ihm marschieren, rechts einer und links einer. Er sieht sich um nach einem Gewehr und nach einem Brotbeutel und einer Blechmarke um den Hals und einer Nummer auf der Blechmarke, damit man weiß, zu wem er gehört hat, wenn man ihn findet, damit er seinen Platz bekommt in einem Massengrab. Hast du eine Blechmarke?
GALY GAY Ja.
BEGBICK Was steht darauf?
GALY GAY Jeraiah Jip.
BEGBICK Nun also, Jeraiah Jip, wasche dich, denn du siehst aus wie ein Dreckhaufen. Mach dich fertig. Die Armee bricht auf nach der nördlichen Grenze. Die feuerspeienden Geschütze der nördlichen Schlachten erwarten sie. Die Armee dürstet danach, in den menschenreichen Städten des Nordens Ordnung zu schaffen.
GALY GAY *wäscht sich:* Wer ist der Feind?
BEGBICK Es ist bis jetzt noch nicht mitgeteilt worden, welches Land wir mit Krieg überziehen. Aber es scheint immer mehr Tibet zu werden.
GALY GAY Wissen Sie was, Witwe Begbick, einer ist keiner, es muß ihn einer anrufen.
*Die Soldaten kommen mit Tornistern.*
SOLDATEN Einsteigen! – Alles in die Waggons! – Seid ihr vollzählig?
URIA Sofort. Deine Leichenrede, Kamerad Jip, deine Leichenrede!
GALY GAY *geht zum Sarg:* Hebt also die Kiste der Witwe Begbick mit dieser geheimnisvollen Leiche innen zwei Fuß hoch und senkt sie sechs

Fuß tief in diese Erde von Kilkoa da und hört seine Begräbnisrede, gehalten von Jeraiah Jip aus Tipperary, welches sehr schwierig ist, weil ich nicht vorbereitet bin. Aber dennoch: hier ruht Galy Gay, ein Mann, der erschossen wurde. Er ging weg, einen kleinen Fisch zu kaufen am Morgen, hatte am Abend schon einen großen Elefanten und wurde in derselbigen Nacht noch erschossen. Glaubt nicht, meine Lieben, er war der nächste beste, solange er noch lebte. Er hatte sogar eine Strohhütte am Rande der Stadt und auch sonst noch einiges, worüber man allerdings besser schweigt. Es war kein großes Verbrechen, das er beging, der ein guter Mann war. Und man mag sagen, was man will, und eigentlich war es ein kleines Versehen, und ich war zu sehr betrunken, meine Herren, aber Mann ist Mann, und darum mußte er erschossen werden. Und jetzt ist der Wind schon beträchtlich kühler, wie er immer ist gegen Morgen zu, und ich denke, wir gehen weg von hier, es ist auch sonst zu ungemütlich.

*Er geht vom Sarg weg.*

Aber warum seid ihr alle bepackt?

POLLY Ja, wir müssen noch heute morgen in die Waggons, welche nach der nördlichen Grenze fahren.

GALY GAY Ja, warum bin ich denn nicht bepackt?

JESSE Ja, warum ist er denn nicht bepackt?

*Soldaten bringen die Sachen.*

JESSE Hier sind deine Sachen, Käptn.

*Soldaten schleppen ein Bündel in Strohmatten zu den Waggons.*

URIA Er hat sich Zeit genommen, der Hund. Aber wir kriegen ihn noch hin. *Auf das Bündel zeigend.* Das war der menschliche Taifun!

*Alle ab.*

## 10

*Im rollenden Waggon*

*Nacht, gegen Morgen. Die Kompanie schläft in Hängematten. Jesse, Uria und Polly sitzen und wachen. Galy Gay schläft.*

JESSE Die Welt ist schrecklich. Auf die Menschen ist kein Verlaß.

POLLY Das Gemeinste, was lebt, und das Schwächste ist der Mensch.

JESSE Wir sind in Staub und Wasser alle Straßen dieses zu langen Landes entlanggestiefelt, von dem Hindukuschmassiv bis zu den großen Ebenen im südlichen Pandschab, aber von Benares bis Kalkutta unter Sonne und Mond haben wir nur Verrat gesehen. Dieser Mann, den wir aufnahmen und der uns unsere Schlafdekken genommen hat, so daß wir jetzt um unseren Schlaf kommen, ist wie eine Ölbüchse, die ein Loch hat. Ja und nein ist ihm das nämliche, er sagt heute so und morgen so. Ach, Uria, wir sind mit unserer Weisheit zu Ende. Laßt uns zu Leokadja Begbick gehen, die bei dem Sergeanten wacht, daß er nicht von seiner Plattform fällt, und sie bitten, daß sie sich zu ihm lege, damit er sich wohl fühlt und nichts fragt. Denn wenn sie auch schon alt ist, ist sie doch noch warm, und ein Mann kennt sich gleich aus, wenn er bei einem Weibe liegt. Steh auf, Polly!

*Sie gehen zur Begbick.*

JESSE Komm herein, Witwe Begbick, wir wissen nicht mehr aus noch ein und haben Furcht, daß wir einschlafen, und da haben wir diesen Mann, der krank ist. Lege du dich also zu ihm und tue, als ob er mit dir geschlafen hätte, und daß er sich wohl fühlt.

BEGBICK *kommt herein, verschlafen:* Für sieben Kriegslöhnungen will ich es tun.

URIA Du sollst alles bekommen, was wir in sieben Wochen verdienen.

*Die Begbick legt sich zu Galy Gay. Jesse deckt die beiden mit Zeitungen zu.*

GALY GAY *wacht auf:* Was ist das, was da so schaukelt?

URIA *zu den andern:* Das ist der Elefant, der an deiner Hütte knabbert, du Quengler.

GALY GAY Was ist das, was da so zischt?

URIA *zu den andern:* Das ist der Fisch, der im Wasser kocht, du Angenehmer.

GALY GAY *steht mühsam auf und blickt zum Fenster hinaus:* Eine Frau. Schlafsäcke, Telegraphenstangen. Es ist ein Zug.

JESSE Tut, als schlieft ihr.

*Die drei tun so.*

GALY GAY *tritt an einen Schlafsack heran:* He, du!

SOLDAT Was willst du?

GALY GAY Wohin fahrt ihr?

SOLDAT *macht ein Auge auf:* Nach vorn! *Schläft weiter.*

GALY GAY Es sind Soldaten. *Weckt einen andern, nachdem er wieder zum Fenster hinausgesehen hat.* Herr Soldat, wieviel ist es? *Bekommt keine Antwort.* Gegen Morgen. Was ist das heute für ein Wochentag?

SOLDAT Zwischen Donnerstag und Freitag.

GALY GAY Ich muß aussteigen. He, du, der Zug muß halten.

SOLDAT Der Zug hält nicht.

GALY GAY Wenn der Zug nicht hält und alle schlafen, will ich mich auch hinlegen und schlafen, bis er hält. *Sieht die Begbick.* Eine Frau liegt neben mir. Was ist das für eine Frau, die heute nacht neben mir gelegen hat?

JESSE Hallo, Kamerad, guten Morgen!

GALY GAY Ach, ich bin froh, daß ich Sie sehe, Herr Jesse.

JESSE Du bist doch ein toller Lebemann! Du liegst hier und hast eine Frau neben dir, wo doch alle dir zusehen können.

GALY GAY Nicht, das ist merkwürdig? Es ist fast unschicklich, nicht? Aber wissen Sie, ein Mann ist ein Mann. Er ist nicht immer ganz Herr seiner selbst. Jetzt zum Beispiel wache ich da auf, und da liegt eine Frau neben mir.

JESSE Ja, da liegt sie.

GALY GAY Und würden Sie es glauben, daß ich manchmal eine Frau gar nicht kenne, die da so am Morgen neben mir liegt? Um es geradeheraus zu sagen, von Mann zu Mann, ich kenne sie nicht. Und, Herr Jesse, unter Männern, würden Sie mir sagen können, wer es also ist?

JESSE Ach, Sie Großsprecher! Es ist diesmal natürlich die Witwe Leokadja Begbick. Wenn Sie Ihren Kopf in ein Wasserschaff stecken, würden Sie Ihre Freundin schon kennen. Dann weißt du wohl auch nicht, wie du heißt?

GALY GAY Doch.

JESSE Wie heißt du denn?

GALY GAY *schweigt.*

JESSE Du weißt also, wie du heißt.

GALY GAY Ja.

JESSE Das ist gut. Ein Mann muß wissen, wer er ist, wenn er in den Krieg zieht.

GALY GAY Ist jetzt Krieg?

JESSE Ja, der tibetanische.

GALY GAY Der tibetanische. Wenn einer aber im Augenblick nun nicht wüßte, wer er ist, das wäre komisch, nicht, wenn er in den Krieg zieht! – Mein Herr, da Sie von Tibet reden, das ist eine Gegend, die ich immer einmal sehen wollte. Ich kannte einmal einen Mann, der hatte eine Frau, die stammte aus der Provinz Sikkim, die an der tibetanischen Grenze liegt. Dort wohnen gute Menschen, sagte sie.

BEGBICK Jippie, wo bist du?

GALY GAY Wen meint sie?

JESSE Ich glaube, daß sie dich meint.

GALY GAY Hier.

BEGBICK Komm, gib mir einen Kuß, Jippie!

GALY GAY Ich will es gern tun, aber ich glaube, Sie verwechseln mich ein wenig.

BEGBICK Jippie!

JESSE Dieser Herr gibt vor, er sei nicht ganz klar im Kopf; er sagt, er kennt dich nicht!

BEGBICK Oh, wie beschämst du mich vor diesem Herrn da!

GALY GAY Wenn ich meinen Kopf in dieses Wasserschaff stecke, werde ich dich sofort erkennen. *Er steckt seinen Kopf in das Wasserschaff.*

BEGBICK Kennst du mich jetzt?

GALY GAY *lügt:* Ja.

POLLY Dann weißt du also auch, wer du bist?

GALY GAY *listig:* Habe ich das denn nicht gewußt?

POLLY Nein, denn du warst tollwütig und wolltest ein anderer sein als du selber.

GALY GAY Wer war ich denn?

JESSE Es ist dir also immer noch nicht besser, wie ich sehe. Ich glaube auch, du bist immer noch gemeingefährlich, denn in der letzten Nacht, wenn man dich bei deinem wahren Namen nannte, dann wurdest du so gefährlich wie ein Mörder.

GALY GAY Ich weiß nur, daß ich Galy Gay heiße.

JESSE Hört ihr, es fängt wieder bei ihm an. Nennt ihn ja alle Galy Gay, wie er sagt, sonst wütet er wieder.

URIA Ach was! Sie mögen den wilden Mann spielen, Herr Jip aus Irland, bis man Sie an den Pfahl neben die Kantine gebunden hat und zur Nacht Regen kommt. Wir, Ihre Kameraden seit der Schlacht am Tschadseflusse, werden unser Hemd für Sie verkaufen, um Ihnen etwas Erleichterung zu verschaffen.

GALY GAY Was das Hemd betrifft, das ist nicht nötig.

URIA Redet ihn so an, wie er es haben will.

JESSE Sei doch still, Uria! Willst du ein Glas Wasser, Galy Gay?

GALY GAY Ja, so heiße ich.

JESSE Natürlich, Galy Gay. Wie solltest du sonst wohl heißen? Beruhige dich nur, lege dich hin! Morgen kommst du ins Lazarett, in ein hübsches Bett mit Rizinus, und dann wird dir leichter, Galy Gay. Geht auf Gummisohlen, ihr, unser Kamerad Jip, das heißt Galy Gay, ist krank.

GALY GAY Ich sage Ihnen, meine Herren: ich

überblicke die Lage nicht. Aber wenn man einen Koffer tragen soll, und sei er noch so schwer, so heißt es doch, jeder Koffer hat seine weiche Stelle.

POLLY *scheinbar heimlich zu Jesse:* Laß ihn nur nicht in seinen Brustbeutel langen, sonst liest er in seinem Paß seinen richtigen Namen und bekommt wieder die Tollwut.

JESSE Wie gut ist doch ein Paß! Wie leicht kann einem etwas entfallen! Für diesen Zweck haben wir Soldaten, die wir nicht alles zusammen im Kopf behalten können, einen Brustbeutel an einer Schnur um den Hals, worin jeder einen Paß hat, in dem sein Name steht. Wenn einer nämlich zu viel an seinen Namen denkt, das ist nichts.

GALY GAY *geht nach hinten, blickt verfinstert in seinen Paß und geht in seine Ecke:* Ich denke jetzt überhaupt nicht mehr nach. Ich setze mich jetzt einfach auf meinen Hintern und zähle die Telegraphenstangen.

STIMME DES SERGEANTEN FAIRCHILD O Elend, o Erwachen! Wo ist mein Name, der groß war von Kalkutta bis Cooch-Behar? Sogar mein Rock ist dahin, den ich getragen habe! Sie haben mich in einen Zug gelegt wie ein Kalb in einen Schlächterkarren! Mein Mund ist zugestopft mit einem zivilistischen Hut, und im ganzen Zug weiß man, daß ich nicht mehr der Blutige Fünfer bin! Ich muß gehen und diesen Zug so zurichten, daß man ihn wie eine verbogene Blechröhre auf einen Schuttablagerungsplatz schmeißen kann. Das ist ganz einfach.

JESSE Der Blutige Fünfer! Wach auf, Witwe Begbick!

*Fairchild kommt in beflecktem Zivilrock.*

GALY GAY Ist Ihnen vielleicht etwas mit Ihrem Namen zugestoßen?

FAIRCHILD Du bist der Trübste von allen, und dich werde ich zuerst zerdrücken. Heute nacht noch werde ich euch alle für Konservenbüchsen zurechtmachen. *Er sieht die Begbick sitzen, sie lächelt.* Gott verdamm' mich! Da sitzt du immer noch, du Gomorrha! Was hast du mit mir gemacht, daß ich nicht mehr der Blutige Fünfer bin? Geh weg da!

*Die Begbick lacht.* Was habe ich für ein Kleid an? Ziemt sich das für mich? Und was habe ich für einen Kopf auf? Ist das angenehm? Soll ich mich noch einmal zu dir legen, du Sodom?

BEGBICK Wenn du willst, tue es!

FAIRCHILD Ich will es nicht, geh weg da! Die Augen dieses Landes sind auf mich gerichtet. Ich bin eine große Kanone gewesen. Mein Name ist Blutiger Fünfer. Die Blätter der Geschichte sind mit diesem Namen dreimal übereinander vollgeschrieben.

BEGBICK Dann tue es nicht, wenn du nicht willst!

FAIRCHILD Weißt du nicht, daß mich meine Mannheit schwach macht, wenn du so dasitzt?

BEGBICK Dann reiße dir deine Mannheit aus, Junge!

FAIRCHILD Sage mir das nicht zweimal! *Ab.*

GALY GAY *ruft ihm nach:* Halt! Tue nichts wegen deinem Namen. Ein Name ist etwas Unsicheres: darauf kannst du nicht bauen!

FAIRCHILDS STIMME Das ist ganz einfach. Das ist die Lösung. Da ist ein Strick. Da ist ein Armeerevolver. Da kenne ich gar nichts. Aufständige werden erschossen. Das ist ganz einfach! »Johnny, pack deinen Koffer.« Mich kostet auf dieser Welt kein Mädchen mehr einen Pfennig. So. Das ist ganz einfach. Dabei darf mir noch nicht einmal die Pfeife ausgehen. Ich übernehme die Verantwortung. Ich muß es tun, damit ich der Blutige Fünfer bleibe. Gebt Feuer! *Ein Schuß fällt.*

GALY GAY *der schon lange an der Tür steht, lacht:* Gebt Feuer!

SOLDATEN *in den Waggons vorn und hinten:* Habt ihr den Schrei gehört? – Wer hat geschrien? – Da muß einem etwas zugestoßen sein! Sie haben bis in die vordersten Waggons mit Singen aufgehört! – Horcht!

GALY GAY Ich weiß, wer so geschrien hat und auch warum! Dieser Herr hat wegen seinem Namen etwas sehr Blutiges mit sich gemacht. Er hat sich eben sein Geschlecht weggeschossen! Das ist ein großes Glück für mich, daß ich das gesehen habe: jetzt sehe ich, wohin diese Hartnäckigkeit führt, und wie blutig es ist, wenn ein Mann nie mit sich zufrieden ist und so viel Aufhebens aus seinem Namen macht! *Er läuft zur Begbick hin.* Glaube nicht, daß ich dich nicht kenne, ich kenne dich ganz genau. Und es ist auch ganz gleich. Aber sage rasch, wie weit ist die Stadt, in der wir uns trafen, jetzt weg?

BEGBICK Viele Tagesmärsche, und in jeder Minute wird es mehr.

GALY GAY Wieviel Tagesmärsche?

BEGBICK In der Minute, in der du mich fragtest, waren es sicher schon hundert Tagesmärsche.

GALY GAY Und wie viele gibt es hier, die nach Tibet fahren?

BEGBICK Hunderttausend! Einer ist keiner.

GALY GAY Nicht wahr? Hunderttausend! Und was essen sie?
BEGBICK Gedörrte Fische und Reis.
GALY GAY Alle das gleiche?
BEGBICK Alle das gleiche.
GALY GAY Nicht wahr? Alle das gleiche.
BEGBICK Sie haben alle Hängematten zum Schlafen; jeder seine eigene und Drillichanzüge für den Sommer.
GALY GAY Und im Winter?
BEGBICK Khaki im Winter.
GALY GAY Frauen?
JESSE Die gleiche.
GALY GAY Frauen die gleiche.
BEGBICK Und jetzt weißt du doch auch, wer du bist?
GALY GAY Jeraiah Jip, mein Name. *Er läuft zu den dreien und zeigt es ihnen im Paß.*
JESSE *und die andern lächeln:* Richtig. Du weißt deinen Namen überall einzuschlagen, Kamerad Jip!
GALY GAY Und das Essen?
*Polly bringt einen Teller Reis.*
GALY GAY Ja, es ist sehr wichtig, daß ich esse. *Ißt.* Wieviel Tagesmärsche, sagt ihr, fährt der Zug in der Minute?
BEGBICK Zehn.
POLLY Seht nur, wie er sich einigelt! Wie er alles anglotzt, die Telegraphenstangen zählt und sich freut, daß es so schnell geht!
JESSE Ich kann ihn gar nicht sehen. Es ist schon ekelhaft, wenn ein Mammut, nur weil man ihm ein paar Flintenläufe unter die Nase hält, sich lieber in eine Laus verwandelt, als daß er sich anständig zu seinen Vätern versammelt.
URIA Nein, das ist ein Beweis von Lebenskraft. Wenn jetzt nicht Jip selber hinter uns herkommt, mit: »Denn Mann ist Mann, und darauf kommt's an«, dann, denke ich, sind wir über den Berg.
EIN SOLDAT Was ist das für ein Geräusch in der Luft?
URIA *böse lächelnd:* Das ist das Donnern der Kanonen; denn wir nähern uns den Hügeln von Tibet.
GALY GAY Habt ihr nicht mehr Reis?

## 11

*Tief im fernen Tibet liegt die Bergfestung Sir El Dchowr*

*Und auf einem Hügel sitzt wartend Jeraiah Jip im Kanonendonner.*

STIMMEN *von unten:* Es geht nicht weiter! – Das ist die Bergfestung Sir El Dchowr, die den Engpaß nach Tibet verstopft.
GALY GAYS STIMME *hinter dem Hügel:* Lauft, lauft! Sonst kommen wir zu spät. *Er taucht auf, eine Kanone ohne Rohr auf dem Genick.* Heraus aus dem Waggon, hinein in die Schlacht! Das gefällt mir! Eine Kanone verpflichtet!
JIP Haben Sie nicht eine Maschinengewehrabteilung gesehen, bei der nur drei Mann sind?
GALY GAY *unaufhaltsam wie ein Kriegselefant:* Das gibt es gar nicht, Herr Soldat. Unsere Abteilung zum Beispiel besteht aus vier Mann. Einen Mann rechts von dir, einen Mann links und hinten einen Mann, und das ist eben ganz in der Ordnung, daß das durch jeden Engpaß kommt.
BEGBICK *taucht auf. Sie schleppt ein Kanonenrohr auf dem Rücken:* Lauf nicht so schnell, Jippie! Das kommt davon, weil du ein Herz hast wie ein Löwe.
*Die drei Soldaten tauchen auf, sie ziehen ächzend ihr Maschinengewehr nach.*
JIP Hallo, Uria, hallo, Jesse, hallo, Polly! Ich bin wieder da!
*Die drei Soldaten tun, als sehen sie ihn nicht.*
JESSE Wir müssen sofort das Maschinengewehr einrichten.
URIA Der Kanonendonner ist schon so laut, daß man sein eigenes Wort nicht versteht.
POLLY Wir müssen unsere Augen ungeheuer scharf auf die Festung Sir El Dchowr heften.
GALY GAY Und ich will zuerst schießen. Da hält was auf, das muß doch weg. Man kann doch nicht die vielen Herrn hier warten lassen! Der Berg wird nicht kaputt gehen. Jesse, Uria, Polly, die Schlacht beginnt, und schon fühle ich in mir den Wunsch, meine Zähne zu graben in den Hals des Feinds.
*Und zusammen mit der Begbick baut er die Kanone auf.*
JIP Hallo, Jesse, hallo, Uria, hallo, Polly! Wie geht es euch? Ich habe euch längere Zeit nicht mehr gesehen. Ich war etwas aufgehalten, wißt ihr. Ihr habt doch hoffentlich keine Ungelegenheiten gehabt meinetwegen. Ich konnte nicht gut rascher abkommen. Ich bin sogar froh, daß ich jetzt schon wieder bei euch bin. Aber warum sagt ihr denn nichts?
POLLY Womit können wir Ihnen dienen, Herr?
*Polly stellt Galy Gay auf die Kanone einen Teller Reis hin.*
Willst du nicht deine Portion Reis essen, denn die Schlacht geht bald an?

GALY GAY Gib her! *Er ißt.* Also: zuerst esse ich meine Portion Reis, dann bekomme ich das auf mich entfallende Quantum Whisky, und während ich esse und trinke, betrachte ich diese Bergfestung, damit ich ihre weiche Stelle finde. Da haben wir es dann leicht.

JIP Du hast eine ganz andere Stimme bekommen, Polly, aber spaßhaft bist du also immer noch. Was mich betrifft, ich war in einem gutgehenden Unternehmen beschäftigt, aber ich habe es verlassen müssen. Natürlich um euretwillen. Ihr seid doch nicht böse?

URIA Jetzt müssen wir Ihnen aber doch sagen, daß Sie die Tür anscheinend verwechselt haben.

POLLY Wir kennen Sie gar nicht.

JESSE Es ist ja möglich, daß wir uns einmal gesehen haben. Aber die Armee hat ungeheuer viel Menschenmaterial, Herr!

GALY GAY Ich möchte noch eine Portion Reis haben. Du hast deine Portion noch nicht abgeliefert, Uria.

JIP Ihr seid wirklich sehr anders geworden, wißt ihr.

URIA Das ist durchaus möglich, das ist das Leben bei der Armee.

JIP Aber ich bin doch euer Kamerad Jip.

*Die drei lachen. Da fängt auch Galy Gay zu lachen an, und sie hören auf.*

GALY GAY Noch eine Portion! Ich habe heute starken Appetit vor der Schlacht; denn diese Bergfestung gefällt mir immer mehr.

*Polly gibt ihm den dritten Teller.*

JIP Wer ist denn das, der da eure Portionen aufißt?

URIA Das geht außer uns niemanden etwas an.

JESSE Sehen Sie, Sie könnten niemals unser Jip sein. Unser Jip hätte uns niemals verraten und verlassen. Unser Jip hätte sich nicht aufhalten lassen. Drum können Sie nicht unser Jip sein.

JIP Doch, sicher bin ich es.

URIA Beweise! Beweise!

JIP So ist wirklich keiner unter euch, der mich kennen will? So hört mich an und merkt euch, was ich euch sage. Ihr seid sehr harte Leute, und euer Ende kann man sich heute schon an den Fingern abzählen. Gebt mir meinen Paß heraus!

GALY GAY *tritt mit seinem letzten Teller auf Jip zu:* Du mußt dich da irren. *Zurück zu den andern:* Er ist krank im Kopf. *Zu Jip:* Haben Sie lange nichts gegessen? Wollen Sie ein Glas Wasser haben? *Zurück:* Man darf ihn nicht reizen. *Zu Jip:* Sie wissen nicht, wohin Sie gehören? Das macht nichts. Setzen Sie sich ruhig hierher, bis wir die Schlacht entschieden haben. Wir bitten Sie, nicht so in den Donner der Kanonen hineinzugehen, der große Seelenstärke erfordert. *Zu den dreien:* Er kennt sich gar nicht aus. *Zu Jip:* Natürlich brauchen Sie einen Paß. Wer wird Sie denn ohne einen Paß herumlaufen lassen? Ach Polly, hole doch aus dem Kanonenkasten, wo das kleine Megaphon liegt, diesen alten Paß von diesem Galy Gay, mit dem ihr mich einmal aufgezogen habt. *Polly läuft.* Ein Mann, der in den Niederungen geweilt hat, wo der Tiger den Jaguar nach seinen Zähnen fragt, weiß, wie gut es ist, etwas schwarz auf weiß bei sich zu haben, denn sehen Sie, allenthalben wollen sie einen heutzutage um seinen Namen bringen, ich weiß, was ein Name wert ist. O ihr Knäblein, warum habt ihr mich statt Galy Gay damals nicht gleich noch Garniemand genannt? Das sind gefährliche Späße. Sie hätten geradesogut böse ausgehen können. Aber ich sage da ja: Schwamm drüber. *Er gibt Jip den Paß:* Hier, der Paß, nehmen Sie ihn. Haben Sie noch einen Wunsch?

JIP Du selber bist noch der Beste von diesen. Du hast wenigstens ein Herz. Euch aber verfluche ich.

GALY GAY Damit ihr nicht zu viel davon hören müßt, will ich euch mit der Kanone einen Lärm machen. Zeige mir, wie es geht, Witwe Begbick!

*Die beiden richten das Kanonenrohr auf die Bergfestung und fangen an zu laden.*

JIP Der Eiswind von Tibet soll euer Mark aussaugen, ihr werdet nicht mehr die Hafenglocke von Kilkoa hören, ihr Teufel! Ihr sollt aber marschieren bis ans Ende der Welt; und dann sollt ihr umkehren, mehrere Male. Der Teufel selber, euer Lehrer, wird euch nicht um sich haben wollen, wenn ihr alt seid, und ihr sollt weitermarschieren müssen durch die Wüste Gobi bei Tag und Nacht, über die grünen wehenden Roggenfelder von Wales, und das wird über euch kommen, weil ihr einen Kameraden in der Not verraten habt. *Ab.*

*Die drei schweigen.*

GALY GAY So, und jetzt mache ich es mit fünf Kanonenschüssen!

*Der erste Schuß fällt.*

BEGBICK *eine Zigarre rauchend:* Du bist wieder von der Art jener großen Soldaten, die in früherer Zeit die Armee schrecklich machten. Fünf von ihnen waren für eine Frau lebensgefährlich.

*Der zweite Schuß fällt.*

BEGBICK Ich habe Beweise, daß in der Schlacht am Tschadseflusse nicht die Schlechtesten in der Kompanie an meine Küsse gedacht haben. Eine Nacht bei Leokadja Begbick war etwas, wofür Leute den Whisky aufgaben und die Schillinge zweier Löhnungen zusammensparten. Sie hatten Namen wie der Dschingiskhan, bekannt von Kalkutta bis Cooch-Behar.

*Der dritte Schuß fällt.*

BEGBICK Eine Umarmung der beliebten Irländerin brachte ihr Blut in Ordnung. Lest in der Times nach, mit welcher Ruhe sie kämpften in den Gefechten bei Bourabay, Kamatkura und Daguth.

*Der vierte Schuß fällt.*

GALY GAY Das, was jetzt kein Berg ist, das fällt herunter!

*Die Bergfestung Sir El Dchowr beginnt zu rauchen.*

POLLY Schaut!

*Fairchild tritt auf.*

GALY GAY Das ist ungeheuer! Laß mich, jetzt habe ich Blut geleckt.

FAIRCHILD Was machst du denn da? Sieh einmal da hinüber! So, jetzt stecke ich dich bis zum Kopf in den Ameisenhaufen, weil du uns sonst noch den Hindukusch abschießt. Meine Hand ist ganz ruhig. *Er hält den Armeerevolver auf Galy Gay gerichtet.* Sie zittert nicht im geringsten. So, das ist ganz einfach. Jetzt siehst du zum letztenmal die Welt.

GALY GAY *heftig ladend:* Noch einen Schuß. Nur noch einen. Nur noch den fünften!

*Der fünfte Schuß fällt. Es erhebt sich in der Schlucht ein Freudengeschrei: »Die Bergfestung Sir El Dchowr ist gefallen, die den Paß nach Tibet verstopft hat! Die Armee marschiert ein nach Tibet!«*

FAIRCHILD So. Jetzt höre ich wieder den Marschschritt der Armee, wie ich ihn gewöhnt bin, und jetzt trete ich ihm auch entgegen. *Tritt Galy Gay entgegen.* Wer bist du?

SOLDATENSTIMME *von unten:* Wer aber ist der Mann, der die Bergfestung Sir El Dchowr gefällt hat?

GALY GAY Einen Augenblick. Reiche mir, Polly, das kleine Megaphon aus dem Kanonenkasten, damit ich ihnen sage, wer es ist.

*Polly holt das Megaphon und reicht es Galy Gay.*

GALY GAY *durch das Megaphon:* Ich bin es, einer von euch, Jeraiah Jip!

JESSE Es lebe Jeraiah Jip, die menschliche Kampfmaschine!

POLLY Schaut!

*Die Bergfestung hat begonnen zu brennen. Ein fernes tausendfaches Geschrei des Entsetzens erhebt sich.*

FERNE STIMME Die Bergfestung Sir El Dchowr steht in Flammen, welche 7000 Flüchtlinge aus der Provinz Sikkim beherbergt hat, Bauern, Handwerker und Kaufleute, zum großen Teil fleißige und freundliche Menschen!

GALY GAY Oh. – Aber was soll das mir? Das eine Geschrei und das andere Geschrei!

Und schon fühle ich in mir
Den Wunsch, meine Zähne zu graben
In den Hals des Feinds
Urtrieb, den Familien
Abzuschlachten den Ernährer
Auszuführen den Auftrag
Der Eroberer.

Reicht mir eure Pässe!

*Sie reichen ihm die Pässe.*

POLLY Polly Baker.

JESSE Jesse Mahoney.

URIA Uria Shelley.

GALY GAY Jeraiah Jip. Rührt euch! Wir überschreiten jetzt die Grenze des eisstarrenden Tibets.

*Alle vier ab.*

# Die Dreigroschenoper

Nach John Gays »The Beggar's Opera«

Mitarbeiter: E. Hauptmann, K. Weill

*Personen*

Macheath, genannt Mackie Messer · Jonathan Jeremiah Peachum, Besitzer der Firma »Bettlers Freund« · Celia Peachum, seine Frau · Polly Peachum, seine Tochter · Brown, oberster Polizeichef von London · Lucy, seine Tochter · Die Spelunken-Jenny · Smith · Pastor Kimball · Filch · Ein Moritatensänger · Die Platte · Bettler · Huren · Konstabler

## VORSPIEL

### Die Moritat von Mackie Messer

*Jahrmarkt in Soho*

*Die Bettler betteln, die Diebe stehlen, die Huren huren. Ein Moritatensänger singt eine Moritat.*

Und der Haifisch, der hat Zähne
Und die trägt er im Gesicht
Und Macheath, der hat ein Messer
Doch das Messer sieht man nicht.

Ach, es sind des Haifischs Flossen
Rot, wenn dieser Blut vergießt!
Mackie Messer trägt 'nen Handschuh
Drauf man keine Untat liest.

An der Themse grünem Wasser
Fallen plötzlich Leute um!
Es ist weder Pest noch Cholera
Doch es heißt: Macheath geht um.

An 'nem schönen blauen Sonntag
Liegt ein toter Mann am Strand
Und ein Mensch geht um die Ecke
Den man Mackie Messer nennt.

Und Schmul Meier bleibt verschwunden
Und so mancher reiche Mann
Und sein Geld hat Mackie Messer
Dem man nichts beweisen kann.

*Von links nach rechts geht Peachum mit Frau und Tochter über die Bühne spazieren.*

Jenny Towler ward gefunden
Mit 'nem Messer in der Brust
Und am Kai geht Mackie Messer
Der von allem nichts gewußt.

Wo ist Alfons Glite, der Fuhrherr?
Kommt das je ans Sonnenlicht?
Wer es immer wissen könnte –
Mackie Messer weiß es nicht.

Und das große Feuer in Soho
Sieben Kinder und ein Greis –
In der Menge Mackie Messer, den
Man nicht fragt und der nichts weiß.

Und die minderjährige Witwe
Deren Namen jeder weiß
Wachte auf und war geschändet –
Mackie, welches war dein Preis?

*Unter den Huren ein Gelächter, und aus ihrer Mitte löst sich ein Mensch und geht rasch über den ganzen Platz weg.*

SPELUNKEN-JENNY Das war Mackie Messer!

## ERSTER AKT

1

**Um der zunehmenden Verhärtung der Menschen zu begegnen, hatte der Geschäftsmann J. Peachum einen Laden eröffnet, in dem die Elendesten der Elenden jenes Aussehen erhielten, das zu den immer verstockteren Herzen sprach.**

*Jonathan Jeremiah Peachums Bettlergarderoben*

DER MORGENCHORAL DES PEACHUM

Wach auf, du verrotteter Christ!
Mach dich an dein sündiges Leben!
Zeig, was für ein Schurke du bist
Der Herr wird es dir dann schon geben.

Verkauf deinen Bruder, du Schuft!
Verschacher dein Ehweib, du Wicht!
Der Herrgott, für dich ist er Luft?
Er zeigt dir's beim Jüngsten Gericht!

PEACHUM *zum Publikum:* Es muß etwas Neues geschehen. Mein Geschäft ist zu schwierig, denn mein Geschäft ist es, das menschliche Mitleid zu erwecken. Es gibt einige wenige Dinge, die den Menschen erschüttern, einige wenige, aber das Schlimme ist, daß sie, mehrmals angewendet, schon nicht mehr wirken. Denn der Mensch hat die furchtbare Fähigkeit, sich gleichsam nach eigenem Belieben gefühllos zu machen. So kommt es zum Beispiel, daß ein Mann, der einen anderen Mann mit einem Armstumpf an der Straßenecke stehen sieht, ihm wohl in seinem Schrecken das erste Mal zehn Pennies zu geben bereit ist, aber das zweite Mal nur mehr fünf Pennies, und sieht er ihn das dritte Mal, übergibt er ihn kaltblütig der Polizei. Ebenso ist es mit den geistigen Hilfsmitteln. *Eine große Tafel mit »Geben ist seliger als Nehmen« kommt vom Schnürboden herunter.* Was nützen die schönsten und dringendsten Sprüche, aufgemalt auf verlockendsten Täfelchen, wenn sie sich so rasch verbrauchen. In der Bibel gibt es etwa vier, fünf Sprüche, die das Herz rühren; wenn man sie verbraucht hat, ist man glatt brotlos. Wie hat sich zum Beispiel dieses »Gib, so wird dir gegeben« in knapp drei Wochen, wo es hier hängt, abgenützt. Es muß eben immer Neues geboten werden. Da muß eben die Bibel wieder herhalten, aber wie oft wird sie es noch?

*Es klopft, Peachum öffnet, hereintritt ein junger Mann namens Filch.*

FILCH Peachum & Co.?

PEACHUM Peachum.

FILCH Sind Sie Besitzer der Firma »Bettlers Freund«? Man hat mich zu Ihnen geschickt. Ja, das sind Sprüche! Das ist ein Kapital! Sie haben wohl eine ganze Bibliothek von solchen Sachen? Das ist schon ganz was anderes. Unsereiner – wie soll der auf Ideen kommen, und ohne Bildung, wie soll da das Geschäft florieren?

PEACHUM Ihr Name?

FILCH Sehen Sie, Herr Peachum, ich habe von Jugend an Unglück gehabt. Meine Mutter war eine Säuferin, mein Vater ein Spieler. Von früh an auf mich selber angewiesen, ohne die liebende Hand einer Mutter, geriet ich immer tiefer in den Sumpf der Großstadt. Väterliche Fürsorge und die Wohltat eines traulichen Heims habe ich nie gekannt. Und so sehen Sie mich denn…

PEACHUM So sehe ich Sie denn…

FILCH *verwirrt:* …aller Mittel entblößt, eine Beute meiner Triebe.

PEACHUM Wie ein Wrack auf hoher See und so weiter. Nun sagen Sie mir mal, Sie Wrack, in welchem Distrikt sagen Sie dieses Kindergedicht auf?

FILCH Wieso, Herr Peachum?

PEACHUM Den Vortrag halten Sie doch öffentlich?

FILCH Ja, sehen Sie, Herr Peachum, da war gestern so ein kleiner peinlicher Zwischenfall in der Highland Street. Ich stehe da still und unglücklich an der Ecke, Hut in der Hand, ohne was Böses zu ahnen…

PEACHUM *blättert in einem Notizbuch:* Highland Street. Ja, ja, stimmt. Du bist der Dreckkerl, den Honey und Sam gestern erwischt haben. Du hattest die Frechheit, im Distrikt 10 die Passanten zu belästigen. Wir haben es bei einer Tracht Prügel bewenden lassen, weil wir annehmen konnten, du weißt nicht, wo Gott wohnt. Wenn du dich aber noch einmal blicken läßt, dann wird die Säge angewendet, verstehst du?

FILCH Bitte, Herr Peachum, bitte. Was soll ich denn machen, Herr Peachum? Die Herren haben mich wirklich ganz blau geschlagen, und dann haben sie mir Ihre Geschäftskarte gegeben. Wenn ich meine Jacke ausziehe, würden Sie meinen, Sie haben einen Schellfisch vor sich.

PEACHUM Lieber Freund, solange du nicht wie eine Flunder aussiehst, waren meine Leute verdammt nachlässig. Da kommt dieses junge Gemüse und meint, wenn es die Pfoten hinstreckt, dann hat es sein Steak im trocknen. Was würdest du sagen, wenn man aus deinem Teich die besten Forellen herausfischt?

FILCH Ja, sehen Sie, Herr Peachum – ich habe ja keinen Teich.

PEACHUM Also, Lizenzen werden nur an Professionals verliehen. *Zeigt geschäftsmäßig einen Stadtplan.* London ist eingeteilt in vierzehn Distrikte. Jeder Mann, der in einem davon das Bettlerhandwerk auszuüben gedenkt, braucht eine Lizenz von Jonathan Jeremiah Peachum & Co. Ja, da könnte jeder kommen – eine Beute seiner Triebe.

FILCH Herr Peachum, wenige Schillinge trennen mich vom völligen Ruin. Es muß etwas geschehen, mit zwei Schillingen in der Hand...

PEACHUM Zwanzig Schillinge.

FILCH Herr Peachum!

*Zeigt flehend auf ein Plakat, auf dem steht: »Verschließt euer Ohr nicht dem Elend!« Peachum zeigt auf den Vorhang vor einem Schaukasten, auf dem steht: »Gib, so wird dir gegeben!«*

FILCH Zehn Schillinge.

PEACHUM Und fünfzig Prozent bei wöchentlicher Abrechnung. Mit Ausstattung siebzig Prozent.

FILCH Bitte, worin besteht denn die Ausstattung?

PEACHUM Das bestimmt die Firma.

FILCH In welchem Distrikt könnte ich denn da antreten?

PEACHUM Baker Street 2-104. Da ist es sogar billiger. Da sind es nur fünfzig Prozent mit Ausstattung.

FILCH Bitte sehr. *Er bezahlt.*

PEACHUM Ihr Name?

FILCH Charles Filch.

PEACHUM Stimmt. *Schreit:* Frau Peachum! *Frau Peachum kommt.* Das ist Filch. Nummer dreihundertvierzehn. Distrikt Baker Street. Ich trage selbst ein. Natürlich, jetzt gerade vor der Krönungsfeierlichkeit wollen Sie eingestellt werden: die einzige Zeit in einem Menschenalter, wo eine Kleinigkeit herauszuholen wäre. Ausstattung C. *Er öffnet den Leinenvorhang vor einem Schaukasten, in dem fünf Wachspuppen stehen.*

FILCH Was ist das?

PEACHUM Das sind die fünf Grundtypen des Elends, die geeignet sind, das menschliche Herz zu rühren. Der Anblick solcher Typen versetzt den Menschen in jenen unnatürlichen Zustand, in welchem er bereit ist, Geld herzugeben. Ausstattung A: Opfer des Verkehrsfortschritts. Der muntere Lahme, immer heiter – *er macht ihn vor* –, immer sorglos, verschärft durch einen Armstumpf.

Ausstattung B: Opfer der Kriegskunst. Der lästige Zitterer, belästigt die Passanten, arbeitet mit Ekelwirkung – *er macht ihn vor* –, gemildert durch Ehrenzeichen.

Ausstattung C: Opfer des industriellen Aufschwungs. Der bejammernswerte Blinde oder die Hohe Schule der Bettelkunst. *Er macht ihn vor, indem er auf Filch zuwankt. Im Moment, wo er an Filch anstößt, schreit dieser entsetzt auf. Peachum hält sofort ein, mustert ihn erstaunt und brüllt plötzlich:* Er hat Mitleid! Sie werden in einem Menschenleben kein Bettler! So was taugt höchstens zum Passanten! Also Ausstattung D! Celia, du hast schon wieder getrunken! Und jetzt siehst du nicht aus den Augen. Nummer hundertsechsunddreißig hat sich beschwert über seine Kluft. Wie oft soll ich dir sagen, daß ein Gentleman keine dreckigen Kleidungsstücke auf den Leib nimmt. Nummer hundertsechsunddreißig hat ein nagelneues Kostüm bezahlt. Die Flecken, das einzige, was daran Mitgefühl erregen kann, waren hineinzubekommen, indem man einfach Stearinkerzenwachs hineinbügelte. Nur nicht denken! Alles soll man allein machen! *Zu Filch:* Zieh dich aus und zieh das an, aber halt es im Stande!

FILCH Und was geschieht mit meinen Sachen?

PEACHUM Gehören der Firma. Ausstattung E: Junger Mann, der bessere Tage gesehen hat, beziehungsweise dem es nicht an der Wiege gesungen wurde.

FILCH Ach so, das verwenden Sie wieder? Warum kann ich das nicht mit den besseren Tagen machen?

PEACHUM Weil einem niemand sein eigenes Elend glaubt, mein Sohn. Wenn du Bauchweh hast und du sagst es, dann berührt das nur widerlich. Im übrigen hast du überhaupt nichts zu fragen, sondern diese Sachen anzuziehen.

FILCH Sind sie nicht ein wenig schmutzig? *Da Peachum ihn durchbohrend anblickt:* Entschuldigen Sie, bitte, entschuldigen Sie.

FRAU PEACHUM Jetzt mach mal ein bißchen plötzlich, Kleiner, ich halte dir deine Hosen nicht bis Weihnachten.

FILCH *plötzlich ganz heftig:* Aber meine Stiefel ziehe ich nicht aus! Auf gar keinen Fall. Da verzichte ich lieber. Das ist das einzige Geschenk meiner armen Mutter, und niemals, nie, ich mag noch so tief gesunken...

FRAU PEACHUM Red keinen Unsinn, ich weiß doch, daß du dreckige Füße hast.

FILCH Wo soll ich meine Füße auch waschen? Mitten im Winter!

*Frau Peachum bringt ihn hinter einen Wandschirm, dann setzt sie sich links und bügelt Kerzenwachs in einen Anzug.*

PEACHUM Wo ist deine Tochter?

FRAU PEACHUM Polly? Oben!

PEACHUM War dieser Mensch gestern wieder hier? Der immer kommt, wenn ich weg bin!

FRAU PEACHUM Sei nicht so mißtrauisch, Jonathan, es gibt keinen feineren Gentleman, der Herr Captn hat sehr viel übrig für unsere Polly.

PEACHUM So.

FRAU PEACHUM Und wenn ich nur für zehn Pennies Grips hier habe, dann findet ihn Polly auch sehr nett.

PEACHUM Celia, du schmeißt mit deiner Tochter um dich, als ob ich Millionär wäre! Sie soll wohl heiraten? Glaubst du denn, daß unser Dreckladen noch eine Woche lang geht, wenn dieses Geschmeiß von Kundschaft nur unsere Beine zu Gesicht bekommt? Ein Bräutigam! Der hätte uns doch sofort in den Klauen! So hätte er uns! Meinst du, daß deine Tochter im Bett besser ihr Maul hält als du?

FRAU PEACHUM Du hast eine nette Vorstellung von deiner Tochter!

PEACHUM Die schlechteste. Die allerschlechteste. Nichts als ein Haufen Sinnlichkeit!

FRAU PEACHUM Die hat sie jedenfalls nicht von dir.

PEACHUM Heiraten! Meine Tochter soll für mich das sein, was das Brot für den Hungrigen – *er blättert nach* –; das steht sogar irgendwo in der Bibel. Heiraten, das ist überhaupt so eine Schweinerei. Ich will ihr das Heiraten schon austreiben.

FRAU PEACHUM Jonathan, du bist einfach ungebildet.

PEACHUM Ungebildet! Wie heißt er denn, der Herr?

FRAU PEACHUM Man heißt ihn immer nur den »Captn«.

PEACHUM So, ihr habt ihn nicht einmal nach seinem Namen gefragt? Interessant!

FRAU PEACHUM Wir werden doch nicht so plump sein und ihn nach seinem Geburtsschein fragen, wenn er so vornehm ist und uns beide ins Tintenfisch-Hotel einlädt zu einem kleinen Step.

PEACHUM Wohin?

FRAU PEACHUM Ins Tintenfisch zu einem kleinen Step.

PEACHUM Captn? Tintenfisch-Hotel? So, so, so...

FRAU PEACHUM Der Herr hat meine Tochter und mich immer nur mit Glacéhandschuhen angefaßt.

PEACHUM Glacéhandschuhe!

FRAU PEACHUM Er hat übrigens wirklich immer Handschuhe an, und zwar weiße: weiße Glacéhandschuhe.

PEACHUM So, weiße Handschuhe und einen Stock mit einem Elfenbeingriff und Gamaschen an den Schuhen und Lackschuhe und ein bezwingendes Wesen und eine Narbe...

FRAU PEACHUM Am Hals. Wieso kennst du denn den schon wieder?

*Filch kriecht aus der Box.*

FILCH Herr Peachum, könnte ich nicht noch einen Tip bekommen, ich bin immer für ein System gewesen und nicht, daß man so etwas Zufälliges daherredet.

FRAU PEACHUM Ein System muß er haben!

PEACHUM Er soll einen Idioten machen. Du kommst heute abend um sechs Uhr, da wird dir das Nötige beigebracht werden. Verroll dich!

FILCH Danke sehr, Herr Peachum, tausend Dank. *Ab.*

PEACHUM Fünfzig Prozent! – Und jetzt werde ich dir auch sagen, wer dieser Herr mit den Handschuhen ist – Mackie Messer!

*Er läuft die Treppe hinauf in Pollys Schlafzimmer.*

FRAU PEACHUM Um Gottes willen! Mackie Messer! Jesus! Komm, Herr Jesus, sei unser Gast! – Polly! Was ist mit Polly?

*Peachum kommt langsam zurück.*

PEACHUM Polly? Polly ist nicht nach Hause gekommen. Das Bett ist unberührt.

FRAU PEACHUM Da hat sie mit dem Wollhändler soupiert. Sicher, Jonathan!

PEACHUM Gott gebe, daß es der Wollhändler war!

*Vor den Vorhang treten Herr und Frau Peachum und singen. Songbeleuchtung: goldenes Licht. Die Orgel wird illuminiert. An einer Stange kommen von oben drei Lampen herunter und auf den Tafeln steht:*

DER ANSTATT-DASS-SONG

1

PEACHUM

Anstatt daß
Sie zu Hause bleiben und in ihrem Bett
Brauchen sie Spaß!
Grad als ob man ihnen eine Extrawurst gebraten hätt.

FRAU PEACHUM

Das ist der Mond über Soho
Das ist der verdammte »Fühlst-du-mein-Herz-Schlagen«-Text
Das ist das »Wenn du wohin gehst, geh auch ich wohin, Johnny!«
Wenn die Liebe anhebt und der Mond noch wächst.

2

PEACHUM

Anstatt daß
Sie was täten, was 'nen Sinn hat und 'nen Zweck
Machen sie Spaß!
Und verrecken dann natürlich glatt im Dreck.

BEIDE

Wo ist dann ihr Mond über Soho?
Wo bleibt dann ihr verdammter »Fühlst-du-mein-Herz-Schlagen«-Text
Wo ist dann das »Wenn du wohin gehst, geh auch ich wohin, Johnny!«
Wenn die Liebe aus ist und im Dreck du verreckst?

## 2

**Tief im Herzen Sohos feiert der Bandit Mackie Messer seine Hochzeit mit Polly Peachum, der Tochter des Bettlerkönigs.**

*Leerer Pferdestall*

MATTHIAS *genannt Münz-Matthias, leuchtet den Stall ab, mit Revolver:* Hallo, Hände hoch, wenn jemand hier ist!

*Macheath tritt ein, macht einen Rundgang an der Rampe entlang.*

MACHEATH Na, ist jemand da?

MATTHIAS Kein Mensch! Hier können wir ruhig unsere Hochzeit feiern.

POLLY *tritt im Brautkleid ein:* Aber das ist doch ein Pferdestall!

MAC Setz dich einstweilen auf die Krippe, Polly. *Zum Publikum:* In diesem Pferdestall findet heute meine Hochzeit mit Fräulein Polly Peachum statt, die mir aus Liebe gefolgt ist, um mein weiteres Leben mit mir zu teilen.

MATTHIAS Viele Leute in London werden sagen, daß es das Kühnste ist, was du bis heute unternommen hast, daß du Herrn Peachums einziges Kind aus seinem Hause gelockt hast.

MAC Wer ist Herr Peachum?

MATTHIAS Er selber wird sagen, daß er der ärmste Mann in London sei.

POLLY Aber hier kannst du doch nicht unsere Hochzeit feiern wollen? Das ist doch ein ganz gewöhnlicher Pferdestall! Hier kannst du doch den Herrn Pfarrer nicht herbitten. Noch dazu gehört er nicht mal uns. Wir sollten wirklich nicht mit einem Einbruch unser neues Leben beginnen, Mac. Das ist doch der schönste Tag unseres Lebens.

MAC Liebes Kind, es wird alles geschehen, wie du es wünschest. Du sollst deinen Fuß nicht an einen Stein stoßen. Die Einrichtung wird eben auch schon gebracht.

MATTHIAS Da kommen die Möbel.

*Man hört große Lastwagen anfahren, ein halbes Dutzend Leute kommen herein, die Teppiche, Möbel, Geschirr usw. schleppen, womit sie den Stall in ein übertrieben feines Lokal verwandeln.*

MAC Schund.

*Die Herren stellen links die Geschenke nieder, gratulieren der Braut, referieren dem Bräutigam.*

JAKOB *genannt Hakenfinger-Jakob:* Glückwunsch! Ginger Street 14 waren Leute im ersten Stock. Wir mußten sie erst ausräuchern.

ROBERT *genannt Säge-Robert:* Glückwunsch. Am Strand ging ein Konstabler hops.

MAC Dilettanten.

EDE Wir haben getan, was wir konnten, aber drei Leute in Westend waren nicht zu retten. Glückwunsch.

MAC Dilettanten und Pfuscher.

JIMMY Ein älterer Herr hat etwas abbekommen. Ich glaube aber nicht, daß es etwas Ernstes ist. Glückwunsch.

MAC Meine Direktive lautete: Blutvergießen ist zu vermeiden. Mir wird wieder ganz schlecht, wenn ich daran denke. Ihr werdet nie Geschäftsleute werden! Kannibalen, aber keine Geschäftsleute!

WALTER *genannt Trauerweiden-Walter:* Glückwunsch. Das Cembalo, meine Dame, gehörte noch vor einer halben Stunde der Herzogin von Somersetshire.

POLLY Was sind das für Möbel?

MAC Wie gefallen dir die Möbel, Polly?

POLLY *weint:* Die vielen armen Leute, wegen der paar Möbel.

MAC Und was für Möbel! Schund! Du hast ganz recht, wenn du dich ärgerst. Ein Rosenholz-Cembalo und dann ein Renaissance-Sofa. Das ist unverzeihlich. Wo ist überhaupt ein Tisch?

WALTER Ein Tisch?

*Sie legen über Krippen einige Bretter.*

POLLY Ach Mac! Ich bin ganz unglücklich! Hoffentlich kommt wenigstens der Herr Pfarrer nicht.

MATTHIAS Natürlich. Wir haben ihm den Weg ganz genau beschrieben.

WALTER *führt den Tisch vor:* Ein Tisch!

MAC *da Polly weint:* Meine Frau ist außer sich. Wo sind denn überhaupt die anderen Stühle? Ein Cembalo und keine Stühle! Nur nicht denken. Wenn ich mal Hochzeit feiere, wie oft kommt das schon vor? Halt die Fresse, Trauerweide! Wie oft kommt das schon vor, sag ich, daß ich euch schon was überlasse? Da macht ihr meine Frau von Anfang an unglücklich.

EDE Liebe Polly...

MAC *haut ihm den Hut vom Kopf:* »Liebe Polly«! Ich werde dir deinen Kopf in den Darm hauen mit »liebe Polly«, du Dreckspritzer. Hat man so etwas schon gehört, »liebe Polly«! Hast du mit ihr etwa geschlafen?

POLLY Aber Mac!

EDE Also ich schwöre...

WALTER Gnädige Frau, wenn einige Ausstattungsstücke fehlen sollten, wollen wir eben noch einmal...

MAC Ein Rosenholz-Cembalo und keine Stühle. *Lacht.* Was sagst du dazu als Braut?

POLLY Das ist wirklich nicht das Schlimmste.

MAC Zwei Stühle und ein Sofa, und das Brautpaar setzt sich auf den Boden!

POLLY Ja, das wär so was!

MAC *scharf:* Diesem Cembalo die Beine absägen! Los! Los!

VIER LEUTE *sägen die Beine des Cembalos ab und singen dabei:*

Bill Lawgen und Mary Syer
Wurden letzten Mittwoch Mann und Frau.
Als sie drin standen vor dem Standesamt
Wußte er nicht, woher ihr Brautkleid stammt
Aber sie wußte seinen Namen nicht genau.
Hoch!

WALTER Und so wird zum guten Ende doch noch eine Bank daraus, gnädige Frau!

MAC Dürfte ich die Herren jetzt bitten, die dreckigen Lumpen abzulegen und sich anständig herzurichten? Schließlich ist es nicht die Hochzeit eines Irgendjemand. Polly, darf ich dich bitten, daß du dich um die Freßkörbe kümmerst?

POLLY Ist das das Hochzeitsessen? Ist alles gestohlen, Mac?

MAC Natürlich, natürlich.

POLLY Ich möchte wissen, was du machst, wenn es an die Tür klopft und der Sheriff kommt herein?

MAC Das werde ich dir zeigen, was dein Mann da macht.

MATTHIAS Ganz ausgeschlossen heute. Alle berittenen Konstabler sind selbstverständlich in Daventry. Sie holen die Königin ab, wegen der Krönung am Freitag.

POLLY Zwei Messer und vierzehn Gabeln! Für jeden Stuhl ein Messer.

MAC So was von Versagen! Lehrlingsarbeit ist das, nicht die Arbeit reifer Männer! Habt ihr denn keine Ahnung von Stil? Man muß doch Chippendale von Louis Quatorze unterscheiden können.

*Die Bande kehrt zurück, die Herren tragen jetzt elegante Abendanzüge, bewegen sich aber leider im folgenden nicht dementsprechend.*

WALTER Wir wollten eigentlich die wertvollsten Sachen bringen. Sieh dir mal das Holz an! Das Material ist absolut erstklassig.

MATTHIAS Ssst! Ssst! Gestatten Sie, Captn...

MAC Polly, komm mal her.

*Das Paar stellt sich in Gratulationspositur.*

MATTHIAS Gestatten Sie, Captn, daß wir Ihnen am schönsten Tag Ihres Lebens, in der Maienblüte Ihrer Laufbahn, wollte sagen, Wendepunkt, die herzlichsten und zugleich dringendsten Glückwünsche darbringen und so weiter. Ist ja ekelhaft, dieser gespreizte Ton. Also kurz und gut – *schüttelt Mac die Hand:* Kopf hoch, altes Haus!

MAC Ich danke dir, das war nett von dir, Matthias.

MATTHIAS *Polly die Hand schüttelnd, nachdem er Mac gerührt umarmt hat:* Ja, das sind Herzenstöne! Na also, Kopf nicht sinken lassen, alte Schaluppe, das heißt – *grinsend* –, was den Kopf betrifft, den darf er nicht sinken lassen.

*Brüllendes Gelächter der Gäste. Plötzlich legt Mac Matthias mit einem leichten Griff um.*

MAC Halt die Schnauze. Deine Zoten kannst du bei deiner Kitty absetzen, das ist die richtige Schlampe dafür.

POLLY Mac, sei nicht so ordinär.

MATTHIAS Also, da möcht ich doch protestieren, daß du Kitty eine Schlampe... *Steht mühsam wieder auf.*

MAC So, da mußt du protestieren?

MATTHIAS Und überhaupt, Zoten nehme ich ihr gegenüber niemals in mein Maul. Dazu achte ich Kitty viel zu hoch. Was du vielleicht gar nicht verstehst, so wie du gebaut bist. Du hast grade nötig, von Zoten zu reden. Meinst du, Lucy hat mir nicht gesagt, was du ihr gesagt hast! Da bin ich überhaupt ein Glacéhandschuh dagegen.

*Mac blickt ihn an.*

JAKOB Komm, komm, es ist doch Hochzeit. *Sie ziehen ihn weg.*

MAC Schöne Hochzeit, was, Polly? Diese Dreckhaufen mußt du um dich sehen am Tage deiner Eheschließung. Das hättest du dir auch nicht gedacht, daß dein Mann so von seinen Freunden im Stich gelassen würde! Kannst du was lernen.

POLLY Ich find's ganz hübsch.

ROBERT Quatsch. Von Im-Stich-Lassen ist gar keine Rede. Eine Meinungsverschiedenheit kann doch überall mal vorkommen. Deine Kitty ist ebenso gut wie jede andere. Aber jetzt rück mal mit deinem Hochzeitsgeschenk heraus, alte Münze.

ALLE Na, los, los!

MATTHIAS *beleidigt:* Da.

POLLY Ach, ein Hochzeitsgeschenk. Das ist aber nett von Ihnen, Herr Münz-Matthias. Schau mal her, Mac, was für ein schönes Nachthemd.

MATTHIAS Vielleicht auch eine Zote, was, Captn?

MAC Ist schon gut. Wollte dich nicht kränken an diesem Ehrentage.

WALTER Na, und das? Chippendale! *Er enthüllt eine riesenhafte Chippendale-Standuhr.*

MAC Quatorze.

POLLY Die ist großartig. Ich bin so glücklich. Ich finde keine Worte. Ihre Aufmerksamkeiten sind so phantastisch. Schade, daß wir keine Wohnung dafür haben, nicht, Mac?

MAC Na, betrachte es als den Anfang. Aller Anfang ist schwer. Dank dir auch bestens, Walter. Na, räumt mal das Zeug da weg. Das Essen!

JAKOB *während die anderen schon decken:* Ich habe natürlich wieder nichts mitgebracht. *Eifrig zu Polly:* Sie dürfen mir glauben, junge Frau, daß mir das sehr unangenehm ist.

POLLY Herr Hakenfinger-Jakob, das hat rein gar nichts zu sagen.

JAKOB Die ganzen Jungens schmeißen nur so mit Geschenken um sich, und ich stehe so da. Sie müssen sich in meine Lage versetzen. Aber so geht es mir immer. Ich könnte Ihnen da Lagen aufzählen! Mensch, da steht Ihnen der Verstand still. Da treffe ich neulich die Spelunken-Jenny, na, sage ich, alte Sau... *Sieht plötzlich Mac hinter sich stehen und geht wortlos weg.*

MAC *führt Polly zu ihrem Platz:* Das ist das beste Essen, das du an diesem Tage kosten wirst, Polly. Darf ich bitten!

*Alles setzt sich zum Hochzeitsessen.*

EDE *auf das Service deutend:* Schöne Teller, Savoy-Hotel.

JAKOB Die Mayonnaise-Eier sind von Selfridge. Es war noch ein Kübel Gänseleberpastete vorgesehen. Aber den hat Jimmy unterwegs aus Wut aufgefressen, weil er ein Loch hatte.

WALTER Man sagt unter feinen Leuten nicht Loch.

JIMMY Friß die Eier nicht so hinunter, Ede, an diesem Tage!

MAC Kann nicht einer mal was singen? Was Ergötzliches?

MATTHIAS *verschluckt sich vor Lachen:* Was Ergötzliches? Das ist ein prima Wort. *Er setzt sich unter Macs vernichtendem Blick verlegen nieder.*

MAC *haut einem die Schlüssel aus der Hand:* Ich wollte eigentlich noch nicht mit dem Essen anfangen. Ich hätte es lieber gesehen, wenn es bei euch nicht gleich »ran an den Tisch und rein in die Freßkübel« geheißen hätte, sondern erst irgend etwas Stimmungsvolles vorgegangen wäre. Bei anderen Leuten findet doch an solchem Tage auch etwas statt.

JAKOB Was zum Beispiel?

MAC Soll ich alles selber ausdenken? Ich verlange ja keine Oper hier. Aber irgendwas, was nicht bloß in Fressen und Zotenreißen besteht, hättet ihr schließlich auch vorbereiten können. Na ja, an solchem Tage zeigt es sich eben, wie man auf seine Freunde zählen kann.

POLLY Der Lachs ist wunderbar, Mac.

EDE Ja, einen solchen haben Sie noch nicht gefuttert. Das gibt's bei Mackie Messer alle Tage. Da haben Sie sich richtig in den Honigtopf gesetzt. Ich habe immer gesagt: Mac ist mal eine Partie für ein Mädchen, das Sinn für Höheres hat. Das habe ich noch gestern zu Lucy gesagt.

POLLY Lucy? Wer ist Lucy, Mac?

JAKOB *verlegen:* Lucy? Ach, wissen Sie, das dürfen Sie nicht so ernst nehmen.

*Matthias ist aufgestanden und macht hinter Polly große Armbewegungen, um Jakob zum Schweigen zu bringen.*

POLLY *sieht ihn:* Fehlt Ihnen etwas? Vielleicht Salz...? Was wollten Sie eben sagen, Herr Jakob?

JAKOB Oh, nichts, gar nichts. Ich wollte wirklich hauptsächlich gar nichts sagen. Ich werde mir hier mein Maul verbrennen.

MAC Was hast du da in der Hand, Jakob?

JAKOB Ein Messer, Captn.

MAC Und was hast du denn auf dem Teller?

JAKOB Eine Forelle, Captn.

MAC So, und mit dem Messer, nicht wahr, ißt du die Forelle. Jakob, das ist unerhört, hast du so was schon gesehen, Polly? Ißt den Fisch mit dem Messer! Das ist doch einfach eine Sau, der so was macht, verstehst du mich, Jakob? Da kannst du was lernen. Du wirst allerhand zu tun haben, Polly, bis du aus solchen Dreckhaufen Menschen gemacht hat. Wißt ihr denn überhaupt, was das ist: ein Mensch?

WALTER Der Mensch oder das Mensch?

POLLY Pfui, Herr Walter!

MAC Also, ihr wollt kein Lied singen, nichts, was den Tag verschönt. Es soll wieder so ein trauriger, gewöhnlicher, verdammter Drecktag sein wie immer? Steht überhaupt einer vor der Tür? Das soll ich wohl auch selber besorgen? Soll ich mich an diesem Tage selber vor die Tür stellen, damit ihr euch hier auf meine Kosten vollstopfen könnt?

WALTER *muffig*: Was heißt das: meine Kosten?

JIMMY Hör doch auf, Walterchen! Ich gehe ja schon raus. Wer soll denn hierher schon kommen! *Geht hinaus.*

JAKOB Das wäre ulkig, wenn an einem solchen Tage alle Hochzeitsgäste hopsgingen!

JIMMY *stürzt herein:* Hallo, Captn, Polente!

WALTER Tiger-Brown!

MATTHIAS Unsinn, das ist Hochwürden Kimball.

*Kimball kommt herein.*

ALLE *brüllen:* Guten Abend, Hochwürden Kimball!

KIMBALL Na, da hab ich euch ja doch gefunden. Eine kleine Hütte ist es, in der ich euch finde. Aber eigner Grund und Boden.

MAC Des Herzogs von Devonshire.

POLLY Guten Tag, Hochwürden, ach, ich bin ganz glücklich, daß Hochwürden am schönsten Tag unseres Lebens...

MAC Und jetzt bitte ich mir einen Kantus für Hochwürden Kimball aus.

MATTHIAS Wie wäre es mit Bill Lawgen und Mary Syer?

JAKOB Doch, Bill Lawgen, das wäre vielleicht passend.

KIMBALL Wäre hübsch, wenn ihr eins steigen ließt, Jungens!

MATTHIAS Fangen wir an, meine Herren.

*Drei Mann erheben sich und singen, zögernd, matt und unsicher:*

### DAS HOCHZEITSLIED FÜR ÄRMERE LEUTE

Bill Lawgen und Mary Syer
Wurden letzten Mittwoch Mann und Frau.
(Hoch sollen sie leben, hoch, hoch, hoch!)
Als sie drin standen vor dem Standesamt
Wußte er nicht, woher ihr Brautkleid stammt
Aber sie wußte seinen Namen nicht genau.
Hoch!

Wissen Sie, was Ihre Frau treibt? Nein!
Lassen Sie Ihr Lüstlingsleben sein? Nein!
(Hoch sollen sie leben, hoch, hoch, hoch!)
Billy Lawgen sagte neulich mir:
Mir genügt ein kleiner Teil von ihr!
Das Schwein.
Hoch!

MAC Ist das alles? Kärglich!

MATTHIAS *verschluckt sich wieder:* Kärglich, das ist das richtige Wort, meine Herren, kärglich.

MAC Halt die Fresse!

MATTHIAS Na, ich meine nur, kein Schwung, kein Feuer und so was.

POLLY Meine Herren, wenn keiner etwas vortragen will, dann will ich selber eine Kleinigkeit zum besten geben, und zwar werde ich ein Mädchen nachmachen, das ich einmal in einer dieser kleinen Vier-Penny-Kneipen in Soho gesehen habe. Es war das Abwaschmädchen, und Sie müssen wissen, daß alles über sie lachte und daß sie dann die Gäste ansprach und zu ihnen solche Dinge sagte, wie ich sie Ihnen gleich vorsingen werde. So, das ist die kleine Theke, Sie müssen sie sich verdammt schmutzig vorstellen, hinter der sie stand morgens und abends. Das ist der Spüleimer und das ist der Lappen, mit dem sie die Gläser abwusch. Wo Sie sitzen, saßen die Herren, die über sie lachten. Sie können auch lachen, daß es genau so ist; aber wenn sie nicht können, dann brauchen Sie es nicht. *Sie fängt an, scheinbar die Gläser abzuwaschen und vor sich hin zu brabbeln.* Jetzt sagt zum Beispiel einer von Ihnen – *auf Walter deutend* –, Sie: Na, wann kommt denn dein Schiff, Jenny?

WALTER Na, wann kommt denn dein Schiff, Jenny?

POLLY Und ein anderer sagt, zum Beispiel Sie: Wäschst du immer noch die Gläser auf, du Jenny, die Seeräuberbraut?

MATTHIAS Wäschst du immer noch die Gläser auf, du Jenny, die Seeräuberbraut?

POLLY So, und jetzt fange ich an.

*Songbeleuchtung: goldenes Licht. Die Orgel wird illuminiert. An einer Stange kommen von oben drei Lampen herunter, und auf den Tafeln steht:*

DIE SEERÄUBER-JENNY

1

Meine Herren, heute sehen Sie mich Gläser abwaschen
Und ich mache das Bett für jeden.
Und Sie geben mir einen Penny und ich bedanke mich schnell
Und Sie sehen meine Lumpen und dies lumpige Hotel
Und Sie wissen nicht, mit wem Sie reden.
Aber eines Abends wird ein Geschrei sein am Hafen
Und man fragt: Was ist das für ein Geschrei?
Und man wird mich lächeln sehn bei meinen Gläsern
Und man sagt: Was lächelt die dabei?
  Und ein Schiff mit acht Segeln
  Und mit fünfzig Kanonen
  Wird liegen am Kai.

2

Man sagt: Geh, wisch deine Gläser, mein Kind
Und man reicht mir den Penny hin.
Und der Penny wird genommen, und das Bett wird gemacht!
(Es wird keiner mehr drin schlafen in dieser Nacht.)
Und Sie wissen immer noch nicht, wer ich bin.
Aber eines Abends wird ein Getös sein am Hafen
Und man fragt: Was ist das für ein Getös?
Und man wird mich stehen sehn hinterm Fenster
Und man sagt: Was lächelt die so bös?
  Und das Schiff mit acht Segeln
  Und mit fünfzig Kanonen
  Wird beschießen die Stadt.

3

Meine Herren, da wird wohl Ihr Lachen aufhörn
Denn die Mauern werden fallen hin
Und die Stadt wird gemacht dem Erdboden gleich
Nur ein lumpiges Hotel wird verschont von jedem Streich
Und man fragt: Wer wohnt Besonderer darin?
Und in dieser Nacht wird ein Geschrei um das Hotel sein
Und man fragt: Warum wird das Hotel verschont?
Und man wird mich sehen treten aus der Tür gen Morgen
Und man sagt: Die hat darin gewohnt?
  Und das Schiff mit acht Segeln
  Und mit fünfzig Kanonen
  Wird beflaggen den Mast.

4

Und es werden kommen hundert gen Mittag an Land
Und werden in den Schatten treten
Und fangen einen jeglichen aus jeglicher Tür
Und legen ihn in Ketten und bringen vor mir
Und fragen: Welchen sollen wir töten?
Und an diesem Mittag wird es still sein am Hafen
Wenn man fragt, wer wohl sterben muß.
Und dann werden Sie mich sagen hören: Alle!
Und wenn dann der Kopf fällt, sag ich: Hoppla!
  Und das Schiff mit acht Segeln
  Und mit fünfzig Kanonen
  Wird entschwinden mit mir.

MATTHIAS Sehr nett, ulkig, was? Wie die das so hinlegt, die gnädige Frau!
MAC Was heißt das, nett? Das ist doch nicht nett, du Idiot! Das ist doch Kunst und nicht nett. Das hast du großartig gemacht, Polly. Aber vor solchen Dreckhaufen, entschuldigen Sie, Hochwürden, hat das ja gar keinen Zweck. *Leise zu Polly:* Übrigens, ich mag das gar nicht bei dir, diese Verstellerei, laß das gefälligst in Zukunft. *Am Tisch entsteht ein Gelächter. Die Bande macht sich über den Pfarrer lustig.* Was haben Sie denn in Ihrer Hand, Hochwürden?
JAKOB Zwei Messer, Captn!
MAC Was haben Sie auf dem Teller, Hochwürden?
KIMBALL Lachs, denke ich.
MAC So, und mit dem Messer, nicht wahr, da essen Sie den Lachs?
JAKOB Habt ihr so was schon gesehen, frißt den Fisch mit dem Messer; wer so was macht, das ist doch einfach eine...
MAC Sau. Verstehst du mich, Jakob? Kannst du was lernen.
JIMMY *hereinstürzend:* Hallo, Captn, Polente. Der Sheriff selber.
WALTER Brown, Tiger-Brown!
MAC Ja, Tiger-Brown, ganz richtig. Dieser Tiger-Brown ist es, Londons oberster Sheriff ist es, der Pfeiler von Old Bailey, der jetzt hier eintreten wird in Captn Macheaths armselige Hütte. Könnt ihr was lernen!
*Die Banditen verkriechen sich.*
JAKOB Das ist dann eben der Galgen!
*Brown tritt auf.*
MAC Hallo, Jackie!
BROWN Hallo, Mac! Ich habe nicht viel Zeit, ich muß gleich wieder gehen. Muß das ausgerechnet ein fremder Pferdestall sein? Das ist doch wieder Einbruch!
MAC Aber Jackie, er liegt so bequem, freue mich, daß du gekommen bist, deines alten Macs Hochzeitsfeier mitzumachen. Da stelle ich dir gleich meine Gattin vor, geborene Peachum. Polly, das ist Tiger-Brown, was, alter Junge? *Klopft ihn auf den Rücken.* Und das sind meine Freunde, Jackie, die dürftest du alle schon einmal gesehen haben.
BROWN *gequält:* Ich bin doch privat hier, Mac.
MAC Sie auch. *Er ruft sie. Sie kommen, Hände hoch.* Hallo, Jakob!
BROWN Das ist Hakenfinger-Jakob, das ist ein großes Schwein.
MAC Hallo, Jimmy, hallo, Robert, hallo, Walter!
BROWN Na, für heute Schwamm drüber.
MAC Hallo, Ede, hallo, Matthias!
BROWN Setzen Sie sich, meine Herren, setzen Sie sich!
ALLE Besten Dank, Herr.
BROWN Freue mich, die charmante Gattin meines alten Freundes Mac kennenzulernen.
POLLY Keine Ursache, Herr!
MAC Setz dich, alte Schaluppe, und segel mal hinein in den Whisky! – Meine Polly, meine Herren! Sie sehen heute in Ihrer Mitte einen Mann, den der unerforschliche Ratschluß des Königs hoch über seine Mitmenschen gesetzt hat und der doch mein Freund geblieben ist in allen Stürmen und Fährnissen und so weiter. Sie wissen, wen ich meine, und du weißt ja auch, wen ich meine, Brown. Ach, Jackie, erinnerst du dich, wie wir, du als Soldat und ich als Soldat, bei der Armee in Indien dienten? Ach, Jackie, singen wir gleich das Kanonenlied!
*Sie setzen sich beide auf den Tisch.*

*Songbeleuchtung: goldenes Licht. Die Orgel wird illuminiert. An einer Stange kommen von oben drei Lampen herunter, und auf den Tafeln steht:*

DER KANONEN-SONG

1

John war darunter und Jim war dabei
Und Georgie ist Sergeant geworden
Doch die Armee, sie fragt keinen, wer er sei
Und sie marschierte hinauf nach dem Norden.
Soldaten wohnen
Auf den Kanonen
Vom Cap bis Couch Behar.
Wenn es mal regnete
Und es begegnete
Ihnen 'ne neue Rasse
'ne braune oder blasse
Da machen sie vielleicht daraus ihr Beefsteak
  Tartar.

2

Jonny war der Whisky zu warm
Und Jimmy hatte nie genug Decken
Aber Georgie nahm beide beim Arm
Und sagte: Die Armee kann nicht verrecken.
Soldaten wohnen

Auf den Kanonen
Vom Cap bis Couch Behar.
Wenn es mal regnete
Und es begegnete
Ihnen 'ne neue Rasse
'ne braune oder blasse
Da machen sie vielleicht daraus ihr Beefsteak Tartar.

3
John ist gestorben und Jim ist tot
Und Georgie ist vermißt und verdorben
Aber Blut ist immer noch rot
Und für die Armee wird jetzt wieder geworben!
*Indem sie sitzend mit den Füßen marschieren:*
Soldaten wohnen
Auf den Kanonen
Vom Cap bis Couch Behar.
Wenn es mal regnete
Und es begegnete
Ihnen 'ne neue Rasse
'ne braune oder blasse
Da machen sie vielleicht daraus ihr Beefsteak Tartar.

MAC Obwohl das Leben uns, die Jugendfreunde, mit seinen reißenden Fluten weit auseinandergerissen hat, obwohl unsere Berufsinteressen ganz verschieden, ja, einige würden sogar sagen, geradezu entgegengesetzt sind, hat unsere Freundschaft alles überdauert. Da könntet ihr was lernen! Kastor und Pollux, Hektor und Andromache und so weiter. Selten habe ich, der einfache Straßenräuber, na, ihr wißt ja, wie ich es meine, einen kleinen Fischzug getan, ohne ihm, meinem Freund, einen Teil davon, einen beträchtlichen Teil, Brown, als Angebinde und Beweis meiner unwandelbaren Treue zu überweisen, und selten hat, nimm das Messer aus dem Maul, Jakob, er, der allmächtige Polizeichef, eine Razzia veranstaltet, ohne vorher mir, seinem Jugendfreund, einen kleinen Fingerzeig zukommen zu lassen. Na, und so weiter, das beruht ja schließlich auf Gegenseitigkeit. Könnt ihr was lernen. *Er nimmt Brown unterm Arm.* Na, alter Jackie, freut mich, daß du gekommen bist, das ist wirkliche Freundschaft. *Pause, da Brown einen Teppich kummervoll betrachtet.* Echter Schiras.

BROWN Von der Orientteppich-Company.

MAC Ja, da holen wir alles. Weißt du, ich mußte dich heute dabei haben, Jackie, hoffentlich ist es nicht zu unangenehm für dich in deiner Stellung.

BROWN Du weißt doch, Mac, daß ich dir nichts abschlagen kann. Ich muß gehen, ich habe den Kopf wirklich so voll; wenn bei der Krönung der Königin nur das geringste passiert...

MAC Du, Jackie, weißt du, mein Schwiegervater ist ein ekelhaftes altes Roß. Wenn er da irgendeinen Stunk gegen mich zu machen versucht, liegt da in Scotland Yard etwas gegen mich vor?

BROWN In Scotland Yard liegt nicht das geringste gegen dich vor.

MAC Selbstverständlich.

BROWN Das habe ich doch alles erledigt. Gute Nacht.

MAC Wollt ihr nicht aufstehen?

BROWN *zu Polly:* Alles Gute! *Ab, von Mac begleitet.*

JAKOB *der mit Matthias und Walter währenddem mit Polly konferiert hatte:* Ich muß gestehen, ich konnte vorhin gewisse Befürchtungen nicht unterdrücken, als ich hörte, Tiger-Brown kommt.

MATTHIAS Wissen Sie, gnädige Frau, wir haben da Beziehungen zu den Spitzen der Behörden.

WALTER Ja, Mac hat da immer noch ein Eisen im Feuer, von dem unsereiner gar nichts ahnt. Aber wir haben ja auch unser kleines Eisen im Feuer. Meine Herren, es ist halb zehn.

MATTHIAS Und jetzt kommt das Größte.

*Alle nach hinten, hinter den Teppich, der etwas verbirgt. Auftritt Mac.*

MAC Na, was ist los?

MATTHIAS Captn, noch eine kleine Überraschung.

*Sie singen hinter dem Teppich das Lied von Bill Lawgen, ganz stimmungsvoll und leise. Aber bei »Namen nicht genau« reißt Matthias den Teppich herunter, und alle singen grölend weiter, aufs Bett klopfend, das dahinter steht.*

MAC Ich danke euch, Kameraden, ich danke euch.

WALTER Na, und nun der unauffällige Aufbruch.

*Alle ab.*

MAC Und jetzt muß das Gefühl auf seine Rechnung kommen. Der Mensch wird ja sonst zum Berufstier. Setz dich, Polly!

*Musik.*

MAC Siehst du den Mond über Soho?

POLLY Ich sehe ihn, Lieber. Fühlst du mein Herz schlagen, Geliebter?

MAC Ich fühle es, Geliebte.

POLLY Wo du hingehst, da will auch ich hingehen.

MAC Und wo du bleibst, da will auch ich sein.

BEIDE

Und gibt's auch kein Schriftstück vom Standesamt
Und keine Blume auf dem Altar
Und weiß ich auch nicht, woher dein Brautkleid stammt
Und ist keine Myrte im Haar –
Der Teller, von welchem du issest dein Brot
Schau ihn nicht lang an, wirf ihn fort!
Die Liebe dauert oder dauert nicht
An dem oder jenem Ort.

**3**

**Für Peachum, der die Härte der Welt kennt, bedeutet der Verlust seiner Tochter dasselbe wie vollkommener Ruin.**

*Peachums Bettlergarderoben*

*Rechts Peachum und Frau Peachum. Unter der Tür steht Polly in Mantel und Hut, ihre Reisetasche in der Hand.*

FRAU PEACHUM Geheiratet? Erst behängt man sie hinten und vorn mit Kleidern und Hüten und Handschuhen und Sonnenschirmen, und wenn sie soviel gekostet hat wie ein Segelschiff, dann wirft sie sich selber auf den Mist wie eine faule Gurke. Hast du wirklich geheiratet?

*Songbeleuchtung: goldenes Licht. Die Orgel wird illuminiert. An einer Stange kommen drei Lampen herunter, und auf den Tafeln steht:*

DURCH EIN KLEINES LIED DEUTET POLLY IHREN ELTERN IHRE VERHEIRATUNG MIT DEM RÄUBER MACHEATH AN

1

Einst glaubte ich, als ich noch unschuldig war
Und das war ich einst grad so wie du
Vielleicht kommt auch zu mir einmal einer
Und dann muß ich wissen, was ich tu.
Und wenn er Geld hat
Und wenn er nett ist
Und sein Kragen ist auch werktags rein
Und wenn er weiß, was sich bei einer Dame schickt
Dann sage ich ihm »Nein«.
Da behält man seinen Kopf oben
Und man bleibt ganz allgemein.
Sicher scheint der Mond die ganze Nacht
Sicher wird das Boot am Ufer losgemacht
Aber weiter kann nichts sein.
Ja, da kann man sich doch nicht nur hinlegen
Ja, da muß man kalt und herzlos sein.
Ja, da könnte so viel geschehen
Ach, da gibt's überhaupt nur: Nein.

2

Der erste, der kam, war ein Mann aus Kent
Der war, wie ein Mann sein soll.
Der zweite hatte drei Schiffe im Hafen
Und der dritte war nach mir toll.
Und als sie Geld hatten
Und als sie nett waren
Und ihr Kragen war auch werktags rein
Und als sie wußten, was sich bei einer Dame schickt
Da sagte ich ihnen »Nein«.
Da behielt ich meinen Kopf oben
Und ich blieb ganz allgemein.
Sicher schien der Mond die ganze Nacht
Sicher ward das Boot am Ufer losgemacht
Aber weiter konnte nichts sein.
Ja, da kann man sich doch nicht nur hinlegen
Ja, da mußt' ich kalt und herzlos sein.
Ja, da könnte doch viel geschehen
Aber da gibt's überhaupt nur: Nein.

3

Jedoch eines Tags, und der Tag war blau
Kam einer, der mich nicht bat
Und er hängte seinen Hut an den Nagel in meiner Kammer
Und ich wußte nicht, was ich tat.
Und als er kein Geld hatte
Und als er nicht nett war
Und sein Kragen war auch am Sonntag nicht rein
Und als er nicht wußte, was sich bei einer Dame schickt
Zu ihm sagte ich nicht »Nein«.
Da behielt ich meinen Kopf nicht oben
Und ich blieb nicht allgemein.
Ach, es schien der Mond die ganze Nacht
Und es ward das Boot am Ufer festgemacht
Und es konnte gar nicht anders sein!
Ja, da muß man sich doch einfach hinlegen
Ja, da kann man doch nicht kalt und herzlos sein.

Ach, da mußte so viel geschehen
Ja, da gab's überhaupt kein Nein.

PEACHUM So, eine Verbrecherschlampe ist sie geworden. Das ist schön. Das ist angenehm.

FRAU PEACHUM Wenn du schon so unmoralisch bist, überhaupt zu heiraten, mußte es ausgerechnet ein Pferdedieb und Wegelagerer sein? Das wird dir noch teuer zu stehen kommen! Ich hätte es ja kommen sehen müssen. Schon als Kind hatte sie einen Kopf auf wie die Königin von England!

PEACHUM Also, sie hat wirklich geheiratet!

FRAU PEACHUM Ja, gestern abend um fünf Uhr.

PEACHUM Einen notorischen Verbrecher. Wenn ich es mir überlege, ist es ein Beweis großer Kühnheit bei diesem Menschen. Wenn ich meine Tochter, die die letzte Hilfsquelle meines Alters ist, wegschenke, dann stürzt mein Haus ein, und mein letzter Hund läuft weg. Ich würde mich nicht getrauen, das Schwarze unter dem Nagel wegzuschenken, ohne den direkten Hungertod herauszufordern. Ja, wenn wir alle drei mit einem Scheit Holz durch den Winter kämen, könnten wir vielleicht das nächste Jahr noch sehen. Vielleicht.

FRAU PEACHUM Ja, was denkst du dir eigentlich? Das ist der Lohn für alles, Jonathan. Ich werde verrückt. In meinem Kopf schwimmt alles. Ich kann mich nicht mehr halten. Oh! *Sie wird ohnmächtig.* Ein Glas Cordial Médoc.

PEACHUM Da siehst du, wohin du deine Mutter gebracht hast. Schnell! Also eine Verbrecherschlampe, das ist schön, das ist angenehm. Interessant, wie sich die arme Frau das zu Herzen genommen hat. *Polly kommt mit einer Flasche Cordial Médoc.* Dies ist der einzige Trost, der deiner armen Mutter bleibt.

POLLY Gib ihr nur ruhig zwei Glas. Meine Mutter verträgt das doppelte Quantum, wenn sie nicht ganz bei sich ist. Das bringt sie wieder auf die Beine. *Sie hat während der ganzen Szene ein sehr glückliches Aussehen.*

FRAU PEACHUM *erwacht:* Oh, jetzt zeigt sie wieder diese falsche Anteilnahme und Fürsorge!

*Fünf Männer treten auf.*

BETTLER Ich muß mir ganz energisch beschweren, indem das ein Saustall ist, indem es überhaupt kein richtiger Stumpf ist, sondern eine Stümperei, wofür ich nicht mein Geld hinausschmeiße.

PEACHUM Was willst du, das ist ein ebenso guter Stumpf wie alle anderen, nur, du hältst ihn nicht sauber.

BETTLER So, und warum verdiene ich nicht ebensoviel wie alle anderen? Nee, das können Sie mit mir nich machen. *Schmeißt den Stumpf hin.* Da kann ich mir ja mein richtiges Bein abhacken, wenn ich so einen Schund will.

PEACHUM Ja, was wollt ihr denn eigentlich? Was kann ich denn dafür, daß die Leute ein Herz haben wie Kieselstein? Ich kann euch doch nicht fünf Stümpfe machen! Ich mache aus jedem Mann in fünf Minuten ein so bejammernswertes Wrack, daß ein Hund weinen würde, wenn er ihn sieht. Was kann ich dafür, wenn ein Mensch nicht weint! Da hast du noch einen Stumpf, wenn dir der eine nicht ausreicht. Aber pflege deine Sachen!

BETTLER Damit wird es gehen.

PEACHUM *prüft bei einem andern eine Prothese:* Leder ist schlecht, Celia, Gummi ist ekelhafter. *Zum dritten:* Die Beule geht auch schon zurück, und dabei ist es deine letzte. Jetzt können wir wieder von vorn anfangen. *Den vierten untersuchend:* Naturgrind ist natürlich nie das, was Kunstgrind ist. *Zum fünften:* Ja, wie schaust du denn aus? Du hast wieder gefressen, da muß jetzt ein Exempel statuiert werden.

BETTLER Herr Peachum, ich habe wirklich nichts Besonderes gegessen, mein Speck ist bei mir unnatürlich, dafür kann ich nicht.

PEACHUM Ich auch nicht. Du bist entlassen. *Nochmals zum zweiten Bettler:* Zwischen »erschüttern« und »auf die Nerven fallen« ist natürlich ein Unterschied, mein Lieber. Ja, ich brauche Künstler. Nur Künstler erschüttern heute noch das Herz. Wenn ihr richtig arbeiten würdet, müßte euer Publikum in die Hände klatschen! Dir fällt ja nichts ein! So kann ich dein Engagement natürlich nicht verlängern.

*Die Bettler ab.*

POLLY Bitte, schau ihn dir an, ist er etwa schön? Nein. Aber er hat sein Auskommen. Er bietet mir eine Existenz! Er ist ein ausgezeichneter Einbrecher, dabei ein weitschauender und erfahrener Straßenräuber. Ich weiß ganz genau, ich könnte dir die Zahl nennen, wieviel seine Ersparnisse heute schon betragen. Einige glückliche Unternehmungen, und wir können uns auf ein kleines Landhaus zurückziehen, ebenso gut wie Herr Shakespeare, den unser Vater so schätzt.

PEACHUM Also, das ist alles ganz einfach. Du bist verheiratet. Was macht man, wenn man verheiratet ist? Nur nicht denken. Na, man läßt sich scheiden, nicht wahr, ist das so schwer herauszubringen?

POLLY Ich weiß nicht, was du meinst.

FRAU PEACHUM Scheidung.

POLLY Aber ich liebe ihn doch, wie kann ich da an Scheidung denken?

FRAU PEACHUM Sag mal, genierst du dich gar nicht?

POLLY Mutter, wenn du je geliebt hast...

FRAU PEACHUM Geliebt! Diese verdammten Bücher, die du gelesen hast, die haben dir den Kopf verdreht. Polly, das machen doch alle so!

POLLY Dann mach ich eben eine Ausnahme.

FRAU PEACHUM Dann werde ich dir deinen Hintern versohlen, du Ausnahme.

POLLY Ja, das machen alle Mütter, aber das hilft nichts. Weil die Liebe größer ist, als wenn der Hintern versohlt wird.

FRAU PEACHUM Polly, schlag dem Faß nicht den Boden aus.

POLLY Meine Liebe laß ich mir nicht rauben.

FRAU PEACHUM Noch ein Wort, und du kriegst eine Ohrfeige.

POLLY Die Liebe ist aber doch das Höchste auf der Welt.

FRAU PEACHUM Der Kerl, der hat ja überhaupt mehrere Weiber. Wenn der mal gehängt wird, meldet sich womöglich ein halbes Dutzend Weibsbilder als Witwen und jede womöglich noch mit einem Balg auf dem Arm. Ach, Jonathan!

PEACHUM Gehängt, wie kommst du auf gehängt, das ist eine gute Idee. Geh mal raus, Polly. *Polly ab.* Richtig. Das gibt vierzig Pfund.

FRAU PEACHUM Ich versteh dich. Beim Sheriff anzeigen.

PEACHUM Selbstverständlich. Und außerdem wird er uns dann umsonst gehängt... Das sind zwei Fliegen mit einem Schlag. Nur, wir müssen wissen, wo er überhaupt steckt.

FRAU PEACHUM Ich werde es dir genau sagen, mein Lieber, bei seinen Menschern steckt er.

PEACHUM Aber die werden ihn nicht angeben.

FRAU PEACHUM Das laß mich nur machen. Geld regiert die Welt. Ich gehe sofort nach Turnbridge und spreche mit den Mädchen. Wenn dieser Herr von jetzt ab in zwei Stunden sich auch nur mit einer einzigen trifft, ist er geliefert.

POLLY *hat hinter der Tür gehorcht:* Liebe Mama, den Weg kannst du dir ersparen. Ehe Mac mit einer solchen Dame zusammentrifft, wird er selber in die Kerker von Old Bailey gehen. Aber selbst wenn er nach Old Bailey ginge, würde ihm der Sheriff einen Cocktail anbieten und bei einer Zigarre mit ihm über ein gewisses Geschäft in dieser Straße plaudern, wo auch nicht alles mit rechten Dingen zugeht. Denn, lieber Papa, dieser Sheriff war sehr lustig auf meiner Hochzeit.

PEACHUM Wie heißt der Sheriff?

POLLY Brown heißt er. Aber du wirst ihn nur unter Tiger-Brown kennen. Denn alle, die ihn zu fürchten haben, nennen ihn Tiger-Brown. Aber mein Mann, siehst du, sagt Jackie zu ihm. Denn für ihn ist er einfach sein lieber Jackie. Sie sind Jugendfreunde.

PEACHUM So, so, das sind Freunde. Der Sheriff und der oberste Verbrecher, na, das sind wohl die einzigen Freunde in dieser Stadt.

POLLY *poetisch:* Sooft sie einen Cocktail zusammen tranken, streichelten sie einander die Wangen und sagten: »Wenn du noch einen kippst, dann will ich auch noch einen kippen.« Und sooft einer hinausging, wurden dem anderen die Augen feucht, und er sagte: »Wenn du wohin gehst, will ich auch wohin gehen.« Gegen Mac liegt in Scotland Yard gar nichts vor.

PEACHUM So, so. Von Dienstag abend bis Donnerstag früh hat Herr Macheath, ein sicher mehrfach verheirateter Herr, meine Tochter Polly Peachum unter dem Vorwand der Verehelichung aus dem elterlichen Hause gelockt. Bevor die Woche herum ist, wird man ihn aus diesem Grunde an den Galgen führen, den er verdient hat. »Herr Macheath, Sie hatten einst weiße Glacéhandschuhe, einen Stock mit einem Elfenbeingriff und eine Narbe am Hals und verkehrten im Tintenfisch-Hotel. Übriggeblieben ist Ihre Narbe, welche wohl den geringsten Wert unter Ihren Kennzeichen besaß, und Sie verkehren nur mehr in Käfigen und absehbar bald nirgends mehr...«

FRAU PEACHUM Ach, Jonathan, das wird dir nicht gelingen, denn es handelt sich um Mackie Messer, den man den größten Verbrecher Londons nennt. Der nimmt, was er will.

PEACHUM Wer ist Mackie Messer?! Mach dich fertig, wir gehen zu dem Sheriff von London. Und du gehst nach Turnbridge.

FRAU PEACHUM Zu seinen Huren.

PEACHUM Denn die Gemeinheit der Welt ist groß, und man muß sich die Beine ablaufen, damit sie einem nicht gestohlen werden.

POLLY Ich, Papa, werde Herrn Brown sehr gern wieder die Hand schütteln.

*Alle drei treten nach vorne und singen bei Songbeleuchtung das erste Finale. Auf den Tafeln steht:*

## ERSTES DREIGROSCHEN-FINALE

### ÜBER DIE UNSICHERHEIT MENSCHLICHER VERHÄLTNISSE

POLLY
Was ich möchte, ist es viel?
Einmal in dem tristen Leben
Einem Mann mich hinzugeben.
Ist das ein zu hohes Ziel?

PEACHUM *mit der Bibel in den Händen:*
Das Recht des Menschen ist's auf dieser Erden
Da er doch nur kurz lebt, glücklich zu sein
Teilhaftig aller Lust der Welt zu werden
Zum Essen Brot zu kriegen und nicht einen Stein.
Das ist des Menschen nacktes Recht auf Erden.
Doch leider hat man bisher nie vernommen
Daß einer auch sein Recht bekam – ach wo!
Wer hätte nicht gern einmal Recht bekommen
Doch die Verhältnisse, sie sind nicht so.

FRAU PEACHUM
Wie gern wär ich zu dir gut
Alles möchte ich dir geben
Daß du etwas hast vom Leben
Weil man das doch gerne tut.

PEACHUM
Ein guter Mensch sein! Ja, wer wär's nicht gern?
Sein Gut den Armen geben, warum nicht?
Wenn alle gut sind, ist Sein Reich nicht fern
Wer säße nicht sehr gern in Seinem Licht?
Ein guter Mensch sein? Ja, wer wär's nicht gern?
Doch leider sind auf diesem Sterne eben
Die Mittel kärglich und die Menschen roh.
Wer möchte nicht in Fried und Eintracht leben?
Doch die Verhältnisse, sie sind nicht so!

POLLY UND FRAU PEACHUM
Da hat er eben leider recht.
die Welt ist arm, der Mensch ist schlecht.

PEACHUM
Natürlich hab ich leider recht
Die Welt ist arm, der Mensch ist schlecht.
Wer wollt auf Erden nicht ein Paradies?
Doch die Verhältnisse, gestatten sie's?
Nein, sie gestatten's eben nicht.
Dein Bruder, der doch an dir hangt
Wenn halt für zwei das Fleisch nicht langt
Tritt er dir eben ins Gesicht.
Auch treu sein, ja, wer wollt es nicht?
Doch deine Frau, die an dir hangt
Wenn deine Liebe ihr nicht langt
Tritt sie dir eben ins Gesicht.
Ja, dankbar sein, wer wollt es nicht?
Und doch, dein Kind, das an dir hangt
Wenn dir das Altersbrot nicht langt
Tritt es dir eben ins Gesicht.
Ja, menschlich sein, wer wollt es nicht!

POLLY UND FRAU PEACHUM
Ja, das ist eben schade
Das ist das riesig Fade.
Die Welt ist arm, der Mensch ist schlecht
Da hat er eben leider recht.

PEACHUM
Natürlich hab ich leider recht
Die Welt ist arm, der Mensch ist schlecht.
Wir wären gut – anstatt so roh
Doch die Verhältnisse, sie sind nicht so.

ALLE DREI
Ja, dann ist's freilich nichts damit
Dann ist das eben alles Kitt!

PEACHUM
Die Welt ist arm, der Mensch ist schlecht
Da hab ich eben leider recht!

ALLE DREI
Und das ist eben schade
Das ist das riesig Fade.
Und darum ist es nichts damit
Und darum ist das alles Kitt!

## ZWEITER AKT

### 4

**Donnerstag nachmittag; Mackie Messer nimmt Abschied von seiner Frau, um vor seinem Schwiegervater auf das Moor von Highgate zu fliehen.**

*Der Pferdestall*

POLLY *kommt herein:* Mac! Mac, erschrick nicht.

MAC *liegt auf dem Bett:* Na, was ist los, wie siehst du aus, Polly?

POLLY Ich bin bei Brown gewesen, und mein Vater ist auch dort gewesen, und sie haben ausgemacht, daß sie dich fassen wollen, mein Vater hat mit etwas Furchtbarem gedroht und Brown hat zu dir gehalten, aber dann ist er zusammengebrochen, und jetzt meint er auch, du solltest schleunigst für einige Zeit unsichtbar werden, Mac. Du mußt gleich packen.

MAC Ach, Unsinn, packen. Komm her, Polly. Ich will jetzt etwas ganz anderes mit dir machen als packen.

POLLY Nein, das dürfen wir jetzt nicht. Ich bin so erschrocken. Es war immerfort vom Hängen die Rede.

MAC Ich mag das nicht, Polly, wenn du launisch bist. Gegen mich liegt in Scotland Yard gar nichts vor.

POLLY Ja, gestern vielleicht nicht, aber heute liegt plötzlich ungeheuer viel vor. Du hast – ich habe die Anklageakten mitgebracht, ich weiß gar nicht, ob ich es noch zusammenkriege, es ist eine Liste, die überhaupt nicht aufhört –, du hast zwei Kaufleute umgebracht, über dreißig Einbrüche, dreiundzwanzig Straßenüberfälle, Brandlegungen, vorsätzliche Morde, Fälschungen, Meineide, alles in eineinhalb Jahren. Du bist ein schrecklicher Mensch. Und in Winchester hast du zwei minderjährige Schwestern verführt.

MAC Mir haben sie gesagt, sie seien über Zwanzig. Was sagte Brown? *Er steht langsam auf und geht pfeifend nach rechts, an der Rampe entlang.*

POLLY Er faßte mich noch im Flur und sagte, jetzt könne er nichts mehr für dich machen. Ach, Mac! *Sie wirft sich an seinen Hals.*

MAC Also gut, wenn ich weg muß, dann mußt du die Leitung des Geschäfts übernehmen.

POLLY Rede jetzt nicht von Geschäften, Mac, ich kann es nicht hören, küsse deine arme Polly noch einmal und schwöre ihr, daß du sie nie, nie…

*Mac unterbricht sie jäh und führt sie an den Tisch, wo er sie auf einen Stuhl niederdrückt.*

MAC Das sind die Hauptbücher. Hör gut zu. Das ist die Liste des Personals. *Liest:* Also, das ist Hakenfinger-Jakob, eineinhalb Jahre im Geschäft, wollen mal sehen, was er gebracht hat. Ein, zwei, drei, vier fünf goldene Uhren, viel ist es nicht, aber es ist saubere Arbeit. Setz dich nicht auf meinen Schoß, ich bin jetzt nicht in Stimmung. Da ist Trauerweiden-Walter, ein unzuverlässiger Hund. Verkitscht Zeug auf eigene Faust. Drei Wochen Galgenfrist, dann ab. Du meldest ihn einfach bei Brown.

POLLY *schluchzend:* Ich melde ihn einfach bei Brown.

MAC Jimmy II, ein unverschämter Kunde, einträglich, aber unverschämt. Räumt Damen der besten Gesellschaft das Bettuch unter dem Hintern weg. Gib ihm Vorschuß.

POLLY Ich geb ihm Vorschuß.

MAC Säge-Robert, Kleinigkeitskrämer, ohne eine Spur von Genie, kommt nicht an den Galgen, hinterläßt auch nichts.

POLLY Hinterläßt auch nichts.

MAC Im übrigen machst du es genau wie bisher, stehst um sieben Uhr auf, wäschst dich, badest einmal und so weiter.

POLLY Du hast ganz recht, ich muß die Zähne zusammenbeißen und auf das Geschäft aufpassen. Was dein ist, das ist jetzt auch mein, nicht wahr, Mackie? Wie ist das denn mit deinen Zimmern, Mac? Soll ich die nicht aufgeben? Um die Miete ist es mir direkt leid!

MAC Nein, die brauche ich noch.

POLLY Aber wozu, das kostet doch nur unser Geld!

MAC Du scheinst zu meinen, ich komme überhaupt nicht mehr zurück.

POLLY Wieso? Dann kannst du doch wieder mieten! Mac… Mac, ich kann nicht mehr. Ich sehe immer deinen Mund an, und dann höre ich nicht, was du sprichst. Wirst du mir auch treu sein, Mac?

MAC Selbstverständlich werde ich dir treu sein, ich werde doch Gleiches mit Gleichem vergelten. Meinst du, ich liebe dich nicht? Ich sehe nur weiter als du.

POLLY Ich bin dir so dankbar, Mac. Du sorgst für mich, und die anderen sind hinter dir her wie die Bluthunde…

*Wie er hört »Bluthunde«, erstarrt er, steht auf, geht nach rechts, wirft den Rock ab, wäscht die Hände.*

MAC *hastig:* Den Reingewinn schickst du weiterhin an das Bankhaus Jack Poole in Manchester. Unter uns gesagt: es ist eine Frage von Wochen, daß ich ganz in das Bankfach übergehe. Es ist sowohl sicherer als auch einträglicher. In höchstens zwei Wochen muß das Geld herausgenommen sein aus diesem Geschäft, dann gehst du zu Brown und lieferst der Polizei die Liste ab. In höchstens vier Wochen ist dieser ganze Abschaum der Menschheit in den Kerkern von Old Bailey verschwunden.

POLLY Aber, Mac! Kannst du ihnen denn in die Augen schauen, wenn du sie durchgestrichen hast und sie so gut wie gehängt sind? Kannst du ihnen dann noch die Hand drücken?

MAC Wem? Säge-Robert, Münz-Matthias, Hakenfinger-Jakob? Diesen Galgenvögeln?

*Auftritt die Platte.*

MAC Meine Herren, ich freue mich, Sie zu sehen.

POLLY Guten Tag, meine Herren.

MATTHIAS Captn, ich habe die Liste mit den Krönungsfeierlichkeiten jetzt bekommen. Ich darf wohl sagen, wir haben Tage schwerster Arbeit vor uns. In einer halben Stunde trifft der Erzbischof von Canterbury ein.

MAC Wann?

MATTHIAS Fünf Uhr dreißig. Wir müssen sofort los, Captn.

MAC Ja, ihr müßt sofort weg.

ROBERT Was heißt: ihr?

MAC Ja, was mich betrifft, so bin ich leider gezwungen, eine kleine Reise anzutreten.

ROBERT Um Gottes willen, will man Sie hopsnehmen?

MATTHIAS Und das ausgerechnet, wo die Krönung bevorsteht! Die Krönung ohne Sie ist wie ein Brei ohne Löffel.

MAC Halt die Fresse! Zu diesem Zweck übergebe ich für kurze Zeit meiner Frau die Leitung des Geschäfts. Polly! *Er schiebt sie vor und geht selber nach hinten, sie von dort beobachtend.*

POLLY Jungens, ich denke, unser Captn kann da ganz ruhig abreisen. Wir werden das Ding schon schmeißen. Erstklassig, was, Jungens?

MATTHIAS Ich habe ja nichts zu sagen. Aber ich weiß nicht, ob da eine Frau in einer solchen Zeit... Das ist nicht gegen Sie gerichtet, gnädige Frau.

MAC *von hinten:* Was sagst du dazu, Polly?

POLLY Du Sauhund, du fängst ja gut an. *Schreit:* Natürlich ist das nicht gegen mich gerichtet! Sonst würden diese Herren dir schon längst deine Hosen ausgezogen und deinen Hintern versohlt haben, nicht wahr, meine Herren?

*Kleine Pause, dann klatschen alle wie besessen.*

JAKOB Ja, da ist schon was dran, das kannst du ihr glauben.

WALTER Bravo, die Frau Captn weiß das rechte Wort zu finden! Hoch Polly!

ALLE Hoch Polly!

MAC Das Ekelhafte daran ist, daß ich dann zur Krönung nicht da sein kann. Das ist hundertprozentiges Geschäft. Am Tage alle Wohnungen leer und nachts die ganze Hautevolée besoffen. Übrigens, du trinkst zuviel, Matthias. Du hast vorige Woche wieder durchblicken lassen, daß die Inbrandsteckung des Kinderhospitals in Greenwich von dir gemacht wurde. Wenn so etwas noch einmal vorkommt, bist du entlassen. Wer hat das Kinderhospital in Brand gesteckt?

MATTHIAS Ich doch.

MAC *zu den andern:* Wer hat es in Brand gesteckt?

DIE ANDERN Sie, Herr Macheath.

MAC Also wer?

MATTHIAS *mürrisch:* Sie, Herr Macheath. Auf diese Weise kann unsereiner natürlich nie hochkommen.

MAC *deutet mit einer Geste das Aufknüpfen an:* Du kommst schon hoch, wenn du meinst, du kannst mit mir konkurrieren. Hat man je gehört, daß ein Oxfordprofessor seine wissenschaftlichen Irrtümer von irgendeinem Assistenten zeichnen läßt? Er zeichnet selbst.

ROBERT Gnädige Frau, befehlen Sie über uns, während Ihr Herr Gemahl verreist ist, jeden Donnerstag Abrechnung, gnädige Frau.

POLLY Jeden Donnerstag, Jungens.

*Die Platte ab.*

MAC Und jetzt adieu, mein Herz, halte dich frisch und vergiß nicht, dich jeden Tag zu schminken, genauso, als wenn ich da wäre. Das ist sehr wichtig, Polly.

POLLY Und du, Mac, versprichst du mir, daß du keine Frau mehr ansehen willst und gleich wegreisest. Glaube mir, daß deine kleine Polly das nicht aus Eifersucht sagt, sondern das ist sehr wichtig, Mac.

MAC Aber Polly, warum sollte ich mich um solche ausgelaufenen Eimer kümmern. Ich liebe doch nur dich. Wenn die Dämmerung stark genug ist, werde ich meinen Rappen aus irgendeinem Stall holen, und bevor du den Mond von deinem Fenster aus siehst, bin ich schon hinter dem Moor von Highgate.

POLLY Ach, Mac, reiß mir nicht das Herz aus dem Leibe. Bleibe bei mir und laß uns glücklich sein.

MAC Ich muß mir ja selber das Herz aus dem Leibe reißen, denn ich muß fort, und niemand weiß, wann ich wiederkehre.

POLLY Es hat so kurz gedauert, Mac.

MAC Hört es denn auf?

POLLY Ach, gestern hatte ich einen Traum. Da sah ich aus dem Fenster und hörte ein Gelächter in der Gasse, und wie ich hinaussah, sah ich unseren Mond, und der Mond war ganz dünn, wie ein Penny, der schon abgegriffen ist. Vergiß mich nicht, Mac, in den fremden Städten.

MAC Sicher vergesse ich dich nicht, Polly. Küß mich, Polly.

POLLY Adieu, Mac.

MAC Adieu, Polly. *Im Abgehen:*
Die Liebe dauert oder dauert nicht
An dem oder jenem Ort.

POLLY *allein:* Und er kommt doch nicht wieder. *Sie singt:*
»Hübsch, als es währte
Und nun ist's vorüber
Reiß aus dein Herz
Sag ›leb wohl‹, mein Lieber!
Was hilft all dein Jammer –
Leih, Maria, dein Ohr mir! –
Wenn meine Mutter selber
Wußte all das vor mir?«
*Die Glocken fangen an zu läuten.*

POLLY
Jetzt zieht die Königin in dieses London ein
Wo werden wir am Tag der Krönung sein!

## ZWISCHENSPIEL

*Vor den Vorhang tritt Frau Peachum mit der Spelunken-Jenny.*

FRAU PEACHUM Also, wenn ihr Mackie Messer in den nächsten Tagen seht, lauft ihr zu dem nächsten Konstabler und zeigt ihn an, dafür bekommt ihr zehn Schillinge.

JENNY Aber werden wir ihn denn sehen, wenn die Konstabler hinter ihm her sind? Wenn die Jagd auf ihn anfängt, wird er sich doch nicht mit uns seine Zeit vertreiben.

FRAU PEACHUM Ich sage dir, Jenny, und wenn ganz London hinter ihm her ist, Macheath ist nicht der Mann, der seine Gewohnheiten deswegen aufgibt. *Sie singt:*

### DIE BALLADE VON DER SEXUELLEN HÖRIGKEIT

1
Da ist nun einer schon der Satan selber
Der Metzger: er! Und alle andern: Kälber!
Der frechste Hund! Der schlimmste Hurentreiber!
Wer kocht ihn ab, der alle abkocht? Weiber.
Ob er will oder nicht – er ist bereit.
Das ist die sexuelle Hörigkeit.
Er hält sich nicht an die Bibel. Er lacht übers BGB.
Er meint, er ist der größte Egoist
Weiß, daß wer'n Weib sieht, schon verschoben ist.
Drum duldet er kein Weib in seiner Näh:
Er soll den Tag nicht vor dem Abend loben
Denn vor es Nacht wird, liegt er wieder droben.

2
So mancher Mann sah manchen Mann verrecken:
Ein großer Geist blieb in 'ner Hure stecken!
Und die's mit ansahn, was sie sich auch schwuren –
Als sie verreckten, wer begrub sie? Huren.
Ob sie wollen oder nicht – sie sind bereit.
Das ist die sexuelle Hörigkeit.
Der klammert sich an die Bibel. Der verbessert das BGB.
Der wird ein Christ! Der wird ein Anarchist!
Am Mittag zwingt man sich, daß man nicht Sellerie frißt.

Nachmittags weiht man sich noch eilig 'ner Idee.
Am Abend sagt man: mit mir geht's nach oben
Und vor es Nacht wird, liegt man wieder droben.

**5**
**Die Krönungsglocken waren noch nicht verklungen und Mackie Messer saß bei den Huren von Turnbridge! Die Huren verraten ihn. Es ist Donnerstag abend.**

*Hurenhaus in Turnbridge*

*Gewöhnlicher Nachmittag; die Huren, meist im Hemd, bügeln Wäsche, spielen Mühle, waschen sich: ein bürgerliches Idyll. Hakenfinger-Jakob liest die Zeitung, ohne daß sich jemand um ihn kümmert. Er sitzt eher im Weg.*

JAKOB Heut kommt er nicht.
HURE So?
JAKOB Ich glaube, er kommt überhaupt nicht mehr.
HURE Das wäre aber schade.
JAKOB So? Wie ich ihn kenne, ist er schon über die Stadtgrenze. Diesmal heißt es: abhauen!
*Auftritt Macheath, hängt den Hut an einen Nagel, setzt sich auf das Sofa hinter dem Tisch.*
MAC Meinen Kaffee!
VIXEN *wiederholt bewundernd:* »Meinen Kaffee!«
JAKOB *entsetzt:* Wieso bist du nicht in Highgate?
MAC Heute ist mein Donnerstag. Ich kann mich doch von meinen Gewohnheiten nicht durch solche Lappalien abhalten lassen. *Wirft die Anklageschrift auf den Boden.* Außerdem regnet es.
JENNY *liest die Anklageschrift:* Im Namen des Königs wird gegen den Captn Macheath Anklage erhoben wegen dreifachem...
JAKOB *nimmt sie ihr weg:* Komm ich da auch vor?
MAC Natürlich, das ganze Personal.
JENNY *zur anderen Hure:* Du, das ist die Anklage. *Pause.* Mac, gib mal deine Hand her.
*Er reicht die Hand.*
POLLY Ja, Jenny, lies ihm aus der Hand, das verstehst du aus dem Effeff. *Hält eine Petroleumlampe.*
MAC Reiche Erbschaft?
JENNY Nein, reiche Erbschaft nicht!
BETTY Warum schaust du so, Jenny, daß es einem kalt den Rücken herunterläuft?
MAC Eine weite Reise in Kürze?
JENNY Nein, keine weite Reise.
VIXEN Was siehst du denn?
MAC Bitte, nur das Gute, nicht das Schlechte!
JENNY Ach was, ich sehe da ein enges Dunkel und wenig Licht. Und dann sehe ich ein großes L, das heißt List eines Weibes. Dann sehe ich...
MAC Halt. Über das enge Dunkel und die List zum Beispiel möchte ich Einzelheiten wissen, den Namen des listigen Weibes zum Beispiel.
JENNY Ich sehe nur, daß er mit J angeht.
MAC Dann ist es falsch. Er geht mit P an.
JENNY Mac, wenn die Krönungsglocken von Westminster läuten, wirst du eine schwere Zeit haben!
MAC Sag mehr! *Jakob lacht schallend.* Was ist denn los? *Er läuft zu Jakob, liest auch.* Ganz falsch, es waren nur drei.
JAKOB *lacht:* Eben!
MAC Hübsche Wäsche haben Sie da.
HURE Von der Wiege bis zur Bahre, zuerst die Wäsche!
ALTE HURE Ich verwende nie Seide. Die Herren halten einen sofort für krank.
*Jenny drückt sich heimlich zur Tür hinaus.*
ZWEITE HURE *zu Jenny:* Wo gehst du hin, Jenny?
JENNY Das werdet ihr sehen. *Ab.*
MOLLY Aber Hausmacherleinen schreckt auch ab.
ALTE HURE Ich habe sehr gute Erfolge mit Hausmacherleinen.
VIXEN Da fühlen sich die Herren gleich wie zu Hause.
MAC *zu Betty:* Hast du immer noch die schwarzen Paspeln?
BETTY Immer noch die schwarzen Paspeln.
MAC Was hast denn du für Wäsche?
ZWEITE HURE Ach, ich geniere mich direkt. Ich kann doch in mein Zimmer niemand bringen, meine Tante ist doch so mannstoll, und in den Hauseingängen, wißt ihr, ich habe da einfach gar keine Wäsche an. *Jakob lacht.*
MAC Bist du fertig?
JAKOB Nein, ich bin gerade bei den Schändungen.
MAC *wieder am Sofa:* Aber wo ist denn Jenny? Meine Damen, lange bevor mein Stern über dieser Stadt aufging...

VIXEN »Lange bevor mein Stern über dieser Stadt aufging…«

MAC …lebte ich in den dürftigsten Verhältnissen mit einer von Ihnen, meine Damen. Und wenn ich auch heute Mackie Messer bin, so werde ich doch niemals im Glück die Gefährten meiner dunklen Tage vergessen, vor allem Jenny, die mir die liebste war unter den Mädchen. Paßt mal auf!

*Während nun Mac singt, steht rechts vor dem Fenster Jenny und winkt dem Konstabler Smith. Dann gesellt sich zu ihr noch Frau Peachum. Unter der Laterne stehen die drei und beobachten das Haus.*

DIE ZUHÄLTERBALLADE

1

MAC

In einer Zeit, die längst vergangen ist
Lebten wir schon zusammen, sie und ich
Und zwar von meinem Kopf und ihrem Bauch.
Ich schützte sie und sie ernährte mich.
Es geht auch anders, doch so geht es auch.
Und wenn ein Freier kam, kroch ich aus unserm Bett
Und drückte mich zu 'n Kirsch und war sehr nett
Und wenn er blechte, sprach ich zu ihm: Herr
Wenn sie mal wieder wollen – bitte sehr.
So hielten wir's ein volles halbes Jahr
In dem Bordell, wo unser Haushalt war.

*Auftritt Jenny in der Tür, hinter ihr Smith.*

2

JENNY

In jener Zeit, die nun vergangen ist
Hat er mich manches liebe Mal gestemmt.
Und wenn kein Zaster war, hat er mich angehaucht
Da hieß es gleich: du, ich versetz dein Hemd.
Ein Hemd, ganz gut, doch ohne geht es auch.
Da wurd ich aber tückisch, ja, na weißte!
Ich fragt ihn manchmal direkt, was er sich erdreiste.
Da hat er mir aber eins ins Zahnfleisch gelangt
Da bin ich manchmal direkt drauf erkrankt!

BEIDE

Das war so schön in diesem halben Jahr
In dem Bordell, wo unser Haushalt war.

3

BEIDE *zusammen und abwechselnd:*

Zu jener Zeit, die nun vergangen ist

MAC

Die aber noch nicht ganz so trüb wie jetzt war

JENNY

Wenn man auch nur bei Tag zusammenlag

MAC

Da sie ja, wie gesagt, nachts meist besetzt war!
(Nachts ist es üblich, doch geht's auch bei Tag!)

JENNY

War ich ja dann auch einmal hops von dir.

MAC

Da machten wir's dann so: ich lag dann unter ihr

JENNY

Weil er das Kind nicht schon im Mutterleib erdrücken wollte

MAC

Das aber dann doch in die Binsen gehen sollte.
Und dann war auch bald aus das halbe Jahr
In dem Bordell, wo unser Haushalt war.

*Tanz. Mac nimmt den Messerstock, sie reicht ihm den Hut, er tanzt noch, da legt ihm Smith die Hand auf die Schulter.*

SMITH Na, wir können ja losgehen!

MAC Hat diese Dreckbude immer noch nur einen Ausgang?

*Smith will Macheath Handschellen anlegen, Mac stößt ihn vor die Brust, daß er zurücktaumelt, springt zum Fenster hinaus. Vor dem Fenster steht Frau Peachum mit Konstablern.*

MAC *gefaßt, sehr höflich:* Guten Tag, gnädige Frau.

FRAU PEACHUM Mein lieber Herr Macheath. Mein Mann sagt, die größten Helden der Weltgeschichte sind über diese kleine Schwelle gestolpert.

MAC Darf ich fragen: wie geht es Ihrem Gatten?

FRAU PEACHUM Wieder besser. Leider müssen Sie sich jetzt von den reizenden Damen hier verabschieden. Konstabler, hallo, führen Sie den Herrn in sein neues Heim. *Man führt ihn ab. Frau Peachum zum Fenster hinein:* Meine Damen, wenn Sie ihn besuchen wollen, treffen Sie ihn immer zu Hause, der Herr wohnt von nun an in Old Bailey. Ich wußte es ja, daß er sich bei seinen Huren herumtreibt. Die Rechnung begleiche ich. Leben Sie wohl, meine Damen. *Ab.*

JENNY Du, Jakob, da ist was passiert.

JAKOB *der vor lauter Lesen nichts bemerkt hat:* Wo ist denn Mac?

JENNY Konstabler waren da!

JAKOB Um Gottes willen, und ich lese und ich lese und ich lese... Junge, Junge, Junge! *Ab.*

**6**
**Verraten von den Huren, wird Macheath durch die Liebe eines weiteren Weibes aus dem Gefängnis befreit.**

*Gefängnis in Old Bailey, ein Käfig*

*Auftritt Brown.*

BROWN Wenn ihn nur meine Leute nicht erwischen! Lieber Gott, ich wollte, er ritte jenseits des Moors von Highgate und dächte an seinen Jackie. Aber er ist ja so leichtsinnig, wie alle großen Männer. Wenn sie ihn jetzt da hereinführen und er mich anblickt mit seinen treuen Freundesaugen, ich halte das nicht aus. Gott sei Dank, der Mond scheint wenigstens; wenn er jetzt über das Moor reitet, dann irrt er wenigstens nicht vom Pfad ab. *Geräusch hinten.* Was ist das? O mein Gott, da bringen sie ihn.
MAC *mit dicken Tauen gefesselt, von sechs Konstablern begleitet, tritt in stolzer Haltung ein:* Na, ihr Armleuchter, jetzt sind wir ja Gott sei Dank wieder in unserer alten Villa. *Er bemerkt Brown, der in die hinterste Ecke der Zelle flieht.*
BROWN *nach einer langen Pause, unter dem schrecklichen Blick seines einstigen Freundes:* Ach, Mac, ich bin es nicht gewesen... ich habe alles gemacht, was... sieh mich nicht so an, Mac... ich kann es nicht aushalten... Dein Schweigen ist auch fürchterlich. *Brüllt einen Konstabler an:* Zieh ihn nicht noch am Strick, du Schwein... Sage etwas, Mac. Sage etwas zu deinem armen Jackie... Gib ihm ein Wort mit auf seinen dunklen... *Legt sein Haupt an die Mauer und weint.* Nicht eines Wortes hat er mich für würdig erachtet. *Ab.*
MAC Dieser elende Brown. Das leibhaftige schlechte Gewissen. Und so was will oberster Polizeichef sein. Es war gut, daß ich ihn nicht angeschrien habe. Zuerst dachte ich an so was. Aber dann überlegte ich mir gerade noch rechtzeitig, daß ein tiefer, strafender Blick ihm ganz anders den Rücken hinunterlaufen würde. Das hat gesessen. Ich blickte ihn an, und er weinte bitterlich. Den Trick habe ich aus der Bibel.
*Auftritt Smith mit Handschellen.*
MAC Na, Herr Aufseher, das sind wohl die schwersten, die Sie haben? Mit Ihrer gütigen Erlaubnis möchte ich um ein paar komfortablere bitten. *Er zieht sein Scheckbuch.*
SMITH Aber, Herr Captn, wir haben sie hier in jeder Preislage. Es kommt ganz darauf an, was Sie anlegen wollen. Von einer Guinee bis zu zehn.
MAC Was kosten gar keine?
SMITH Fünfzig.
MAC *schreibt einen Scheck aus:* Aber das Schlimmste ist, daß jetzt diese Geschichte mit der Lucy auffliegen wird. Wenn Brown erfährt, daß ich hinter seinem Freundesrücken mit seiner Tochter was gemacht habe, dann verwandelt er sich in einen Tiger.
SMITH Ja, wie man sich bettet, so schläft man.
MAC Sicher wartet die Schlampe schon draußen. Das werden schöne Tage werden bis zur Hinrichtung.

Ihr Herrn, urteilt jetzt selbst, ist das ein Leben?
Ich finde nicht Geschmack an alledem.
Als kleines Kind schon hörte ich mit Beben:
Nur wer im Wohlstand lebt, lebt angenehm!

*Songbeleuchtung: goldenes Licht. Die Orgel wird illuminiert. An einer Stange kommen von oben drei Lampen herunter, und auf den Tafeln steht:*

DIE BALLADE VOM ANGENEHMEN LEBEN

1
Da preist man uns das Leben großer Geister
Das lebt mit einem Buch und nichts im Magen
In einer Hütte, daran Ratten nagen –
Mir bleibe man vom Leib mit solchem Kleister!
Das simple Leben lebe, wer da mag!
Ich habe (unter uns) genug davon.
Kein Vögelchen von hier bis Babylon
Vertrüge diese Kost nur einen Tag.
Was hilft da Freiheit? Es ist nicht bequem.
Nur wer im Wohlstand lebt, lebt angenehm!

2
Die Abenteurer mit dem kühnen Wesen
Und ihrer Gier, die Haut zu Markt zu tragen
Die stets so frei sind und die Wahrheit sagen
Damit die Spießer etwas Kühnes lesen:
Wenn man sie sieht, wie das am Abend friert
Mit kalter Gattin stumm zu Bette geht
Und horcht, ob niemand klatscht und nichts versteht

Und trostlos in das Jahr 5000 stiert –
Jetzt frag ich Sie nur noch: Ist das bequem?
Nur wer im Wohlstand lebt, lebt angenehm!

3
Ich selber könnte mich durchaus begreifen
Wenn ich mich lieber groß und einsam sähe.
Doch sah ich solche Leute aus der Nähe
Da sagt' ich mir: Das mußt du dir verkneifen.
Armut bringt außer Weisheit auch Verdruß
Und Kühnheit außer Ruhm auch bittre Mühn.
Jetzt warst du arm und einsam, weis' und kühn
Jetzt machst du mit der Größe aber Schluß.
Dann löst sich ganz von selbst das Glücksproblem:
Nur wer im Wohlstand lebt, lebt angenehm!

*Auftritt Lucy.*

LUCY Du gemeiner Schuft, du – wie kannst du mir ins Gesicht sehen, nach allem, was zwischen uns gewesen ist?

MAC Lucy, hast du denn gar kein Herz? Wo du deinen Mann so vor dir siehst!

LUCY Meinen Mann! Du Untier! Du glaubst also, ich wisse nichts von der Geschichte mit Fräulein Peachum! Ich könnte dir die Augen auskratzen!

MAC Lucy, im Ernst, du bist doch nicht so töricht und bist eifersüchtig auf Polly?

LUCY Bist du denn nicht mit ihr verheiratet, du Bestie?

MAC Verheiratet! Das ist gut. Ich verkehre in diesem Haus. Ich rede mit ihr. Ich gebe ihr mal hin und wieder eine Art Kuß, und jetzt läuft das alberne Frauenzimmer herum und posaunt überall aus, sie sei mit mir verheiratet. Liebe Lucy, ich bin ja bereit, alles zu deiner Beruhigung zu tun; wenn du glaubst, du findest sie in einer Heirat mit mir – gut. Was kann ein Gentleman mehr sagen? Er kann nicht mehr sagen.

LUCY Oh, Mac, ich will doch nur eine anständige Frau werden.

MAC Wenn du glaubst, das wirst du durch eine Heirat mit mir – gut. Was kann ein Gentleman mehr sagen? Er kann nicht mehr sagen!

*Auftritt Polly.*

POLLY Wo ist mein Mann? Oh, Mac, da bist du ja. Schau doch nicht weg, du brauchst dich nicht zu schämen vor mir. Ich bin doch deine Frau.

LUCY Oh, du gemeiner Schuft!

POLLY Oh, Mackie im Kerker! Warum bist du nicht über das Moor von Highgate geritten? Du hast mir gesagt, daß du nicht mehr zu den Frauen gehst. Ich habe gewußt, was sie dir antun würden; aber ich habe dir nichts gesagt, weil ich dir glaubte. Mac, ich bleibe bei dir, bis in den Tod. – Kein Wort, Mac? Kein Blick? Oh, Mac, denk doch, was deine Polly leidet, wenn sie dich so vor sich sieht.

LUCY Ach, die Schlampe.

POLLY Was heißt das, Mac, wer ist das überhaupt? So sag ihr wenigstens, wer ich bin. Sage ihr, bitte, daß ich deine Frau bin. Bin ich nicht deine Frau? Sieh mich mal an, bin ich nicht deine Frau?

LUCY Hinterhältiger Lump, du, hast du zwei Frauen, du Ungeheuer?

POLLY Sag, Mac, bin ich nicht deine Frau? Hab ich nicht für dich alles getan? Ich bin unschuldig in den Stand der Ehe getreten, das weißt du. Du hast mir doch auch die Platte übergeben, und ich habe doch alles so gemacht, wie wir's besprochen haben, und ich soll das auch von Jakob bestellen, daß er…

MAC Wenn ihr nur zwei Minuten eure Klappe halten könntet, wäre alles aufgeklärt.

LUCY Nein, ich will nicht meine Klappe halten, ich kann es nicht ertragen. Jemand aus Fleisch und Blut kann so was nicht ertragen.

POLLY Ja, meine Liebe, natürlich hat da die Frau…

LUCY Die Frau!!

POLLY …die Frau einen gewissen natürlichen Vorrang. Leider, meine Liebe, zum mindesten nach außen hin. Der Mensch muß ja ganz verrückt werden von soviel Scherereien.

LUCY Scherereien, das ist gut. Was hast du dir denn da ausgesucht? Dieses dreckige Früchtchen! Das ist also deine große Eroberung! Das ist also deine Schönheit von Soho!

*Songbeleuchtung: goldenes Licht. Die Orgel wird illuminiert. An einer Stange kommen von oben drei Lampen herunter, und auf den Tafeln steht:*

DAS EIFERSUCHTSDUETT

1

LUCY

Komm heraus, du Schönheit von Soho!
Zeig doch mir mal deine hübschen Beine!
Ich möchte auch mal was Schönes sehen
Denn so schön wie du gibt es doch keine!
Du sollst ja auf meinen Mac solch einen Eindruck machen!

POLLY
Soll ich das, soll ich das?
LUCY
Na, da muß ich aber wirklich lachen.
POLLY
Mußt du das, mußt du das?
LUCY
Ha, das wäre ja gelacht!
POLLY
So, das wäre also gelacht?
LUCY
Wenn sich Mac aus dir was macht!
POLLY
Wenn sich Mac aus mir was macht?
LUCY
Ha, ha, ha! Mit so einer
Befaßt sich sowieso keiner.
POLLY
Na, das werden wir ja sehn.
LUCY
Ja, das werden wir ja sehn.
BEIDE
Mackie und ich, wir lebten wie die Tauben
Er liebt nur mich, das laß ich mir nicht rauben.
Da muß ich schon so frei sein
Das kann doch nicht vorbei sein
Wenn da so 'n Mistvieh auftaucht!
Lächerlich!

2
POLLY
Ach, man nennt mich Schönheit von Soho
Und man sagt, ich hab so schöne Beine.
LUCY
Meinst du die?
POLLY
Man will ja auch mal was Hübsches sehen
Und man sagt, so hübsch gibt es nur eine.
LUCY
Du Dreckhaufen!
POLLY
Selber Dreckhaufen!
Ich soll ja auf meinen Mann so einen Eindruck machen.
LUCY
Sollst du das? Sollst du das?
POLLY
Ja, da kann ich eben wirklich lachen.
LUCY
Kannst du das? Kannst du das?
POLLY
Und das wär ja auch gelacht!
LUCY
Ach, das wär ja auch gelacht?
POLLY
Wenn sich wer aus mir nichts macht.
LUCY
Wenn sich wer aus dir nichts macht!
POLLY *zum Publikum:*
Meinen Sie das auch: mit so einer
Befaßt sich sowieso keiner?
LUCY
Na, das werden wir ja sehn.
POLLY
Ja, das werden wir ja sehn.
BEIDE
Mackie und ich, wir lebten wie die Tauben
Er liebt nur mich, das laß ich mir nicht rauben.
Da muß ich schon so frei sein
Das kann doch nicht vorbei sein
Wenn da so 'n Miststück auftaucht!
Lächerlich!

MAC Also, liebe Lucy, beruhige dich, ja? Es ist doch ganz einfach ein Trick von Polly. Sie will mich gern mit dir auseinanderbringen. Mich hängt man, und sie möchte gern als meine Witwe herumlaufen. Wirklich, Polly, dies ist doch nicht der richtige Augenblick.

POLLY Du hast das Herz, mich zu verleugnen?

MAC Und du hast das Herz, mich weiter zu beschwatzen, daß ich verheiratet bin? Warum, Polly, mußt du mein Elend vergrößern? *Schüttelt tadelnd den Kopf.* Polly, Polly!

LUCY Tatsächlich, Fräulein Peachum, Sie stellen sich nur selber bloß. Ganz abgesehen davon, ist es ungeheuerlich von Ihnen, einen Herrn in dieser Lage so aufzuregen!

POLLY Die einfachsten Regeln des Anstandes, verehrtes Fräulein, sollten Sie, denke ich, lehren, daß man einem Mann in Gegenwart seiner Frau mit etwas mehr Zurückhaltung begegnet.

MAC Im Ernst, Polly, das heißt wirklich den Spaß zu weit getrieben.

LUCY Und wenn Sie, verehrte Dame, hier im Gefängnis einen Krakeel anfangen wollen, dann sehe ich mich gezwungen, den Wärter holen zu lassen, daß er Ihnen zeigt, wo die Tür ist. Es tut mir leid, gnädiges Fräulein.

POLLY Frau! Frau! Frau! Gestatten Sie mir, Ihnen noch dies zu sagen: gnädiges Fräulein, diese Airs, die Sie sich geben, stehen Ihnen sehr schlecht. Meine Pflicht zwingt mich, bei meinem Gatten zu bleiben.

LUCY Was sagst du da? Was sagst du da? Ach,

sie will nicht gehen! Sie steht da und wird hinausgeschmissen und geht nicht! Soll ich noch deutlicher werden?

POLLY Du – jetzt hältst du aber deinen dreckigen Mund, du Fetzen, sonst hau ich dir eine in die Fresse, gnädiges Fräulein!

LUCY Hinausgeschmissen bist du, du aufdringliche Person! Mit dir muß man deutlich werden. Die feinere Art verstehst du nicht.

POLLY Deine feinere Art! Oh, ich vergebe mir ja nur meine Würde! Da bin ich mir doch zu gut... allerdings. *Sie heult.*

LUCY So schau dir doch meinen Bauch an, du Schlampe! Kriegt man das von der frischen Luft? Gehen dir noch nicht die Augen auf, he?

POLLY Ach so! Hops bist du! Darauf bildest du dir wohl noch etwas ein? Hättest du ihn nicht heraufgelassen, du feine Dame!

MAC Polly!

POLLY *weinend:* Das ist wirklich zuviel. Mac, das hätte nicht kommen dürfen. Ich weiß ja gar nicht mehr, was ich machen soll.

*Auftritt Frau Peachum.*

FRAU PEACHUM Ich wußte es. Bei ihrem Kerl ist sie. Du Dreckschlampe, komm sofort her. Wenn dein Kerl aufgehängt ist, kannst du dich dazu aufhängen. Das tust du deiner ehrwürdigen Mutter an, daß sie dich aus dem Gefängnis herausholen muß. Und gleich zwei hat er dabei – dieser Nero!

POLLY Laß mich da, bitte, Mama; du weißt ja nicht...

FRAU PEACHUM Nach Hause, aber sofort.

LUCY Da hören Sie es, Ihre Mama muß Ihnen sagen, was sich schickt.

FRAU PEACHUM Marsch.

POLLY Gleich. Ich muß nur noch... ich muß ihm doch noch etwas sagen... Wirklich... Weißt du, das ist sehr wichtig.

FRAU PEACHUM *gibt ihr eine Ohrfeige:* So, das ist auch wichtig. Marsch!

POLLY O Mac! *Wird abgeschleppt.*

MAC Lucy, du hast dich prachtvoll benommen. Ich hatte natürlich Mitleid mit ihr. Deshalb konnte ich das Frauenzimmer schon nicht so behandeln, wie sie es verdient. Du dachtest ja zuerst, es wäre etwas Wahres an dem, was sie sagte. Hab ich recht?

LUCY Ja, das dachte ich, Liebster.

MAC Wenn etwas dran wäre, würde mich ihre Mutter doch nicht in diese Lage gebracht haben. Hast du gehört, wie sie über mich herzog? So behandelt man doch als Mutter höchstens einen Verführer und nicht einen Schwiegersohn.

LUCY Wie glücklich ich bin, wenn du dies so aus Herzensgrund sagst. Ich liebe dich ja so sehr, daß ich dich fast lieber am Galgen sehe als in den Armen einer anderen. Ist das nicht merkwürdig?

MAC Lucy, dir möchte ich mein Leben verdanken.

LUCY Das ist wundervoll, wie du das sagst, sag es noch mal.

MAC Lucy, dir möchte ich mein Leben verdanken.

LUCY Soll ich mit dir fliehen, Liebster?

MAC Ja, nur weißt du, wenn wir zusammen fliehen, können wir uns schwer verstecken. Sobald man mit der Sucherei aufhört, werde ich dich sofort holen lassen, und zwar per Eilpost, das kannst du dir denken!

LUCY Wie soll ich dir helfen?

MAC Bring Hut und Stock!

*Lucy kommt zurück mit Hut und Stock und wirft sie ihm in seine Zelle.*

MAC Lucy, die Frucht unserer Liebe, die du unter deinem Herzen trägst, wird uns für ewig aneinanderketten. *Lucy ab.*

SMITH *tritt auf, geht in den Käfig und sagt zu Mac:* Geben Sie mal den Stock her.

*Nach einer kleinen Jagd durch Smith, der mit einem Stuhl und einer Brechstange Mac herumtreibt, springt Mac über das Gitter. Konstabler setzen ihm nach. Auftritt Brown.*

BROWN *(Stimme):* Hallo, Mac! – Mac, bitte antworte, hier ist Jackie. Mac, bitte, sei so gut und antworte, ich kann es nicht mehr aushalten. *Herein.* Mackie! Was ist das? Nun ist er fort, Gott sei Dank! *Er setzt sich auf die Pritsche. Auftritt Peachum.*

PEACHUM *zu Smith:* Mein Name ist Peachum. Ich komme mir die vierzig Pfund abholen, die für die Dingfestmachung des Banditen Macheath ausgesetzt sind. *Erscheint vor dem Käfig.* Hallo! Ist das Herr Macheath? *Brown schweigt.* Ach, so! Ach, der andere Herr ist wohl auf den Bummel gegangen? Ich komme da herein, einen Verbrecher zu besuchen, und wer sitzt da: der Herr Brown! Tiger-Brown sitzt da, und sein Freund Macheath sitzt nicht da.

BROWN *stöhnend:* O Herr Peachum, es ist nicht meine Schuld.

PEACHUM Sicher nicht, wieso denn, Sie selber werden doch nicht... wo Sie sich dadurch in eine solche Lage bringen werden... unmöglich, Brown.

BROWN Herr Peachum, ich bin außer mir.
PEACHUM Das glaube ich. Scheußlich müssen Sie sich fühlen.
BROWN Ja, dieses Gefühl der Ohnmacht ist es, was einen so lähmt. Die Kerls machen ja, was sie wollen. Es ist schrecklich, schrecklich.
PEACHUM Wollen Sie sich nicht ein wenig legen? Sie schließen einfach die Augen und tun, als sei nichts gewesen. Denken Sie, Sie sind auf einer hübschen grünen Wiese mit weißen Wölkchen darüber, und die Hauptsache, daß Sie sich diese greulichen Dinge da aus dem Kopf schlagen. Die gewesenen und vor allem die, die noch kommen werden.
BROWN *beunruhigt:* Was meinen Sie damit?
PEACHUM Sie halten sich wunderbar. Ich würde in Ihrer Lage einfach zusammenbrechen, ins Bett kriechen und heißen Tee trinken. Und vor allem zusehen, daß mir jemand irgendeine Hand auf die Stirne legt.
BROWN Zum Teufel, ich kann doch nichts dafür, wenn der Kerl entweicht. Die Polizei kann da nichts machen.
PEACHUM So, die Polizei kann da nichts machen? Sie glauben nicht, daß wir Herrn Macheath hier wiedersehen werden? *Brown zuckt mit den Achseln.* Dann ist es scheußlich ungerecht, was mit Ihnen geschehen wird. Jetzt wird man natürlich wieder sagen, die Polizei hätte ihn nicht laufen lassen dürfen. Ja, den strahlenden Krönungszug, den sehe ich ja noch nicht.
BROWN Was soll das heißen?
PEACHUM Ich darf Sie da wohl an einen historischen Vorfall erinnern, der, obwohl er seinerzeit, im Jahre vierzehnhundert vor Christi, großes Aufsehen erregte, doch heute weiteren Kreisen unbekannt ist. Als der ägyptische König Ramses der Zweite gestorben war, ließ sich der Polizeihauptmann von Ninive, beziehungsweise Kairo, irgendeine Kleinigkeit gegen die untersten Schichten der Bevölkerung zuschulden kommen. Die Folgen waren schon damals furchtbar. Der Krönungszug der Thronfolgerin Semiramis wurde, wie es in den Geschichtsbüchern heißt, »durch die allzu lebhafte Beteiligung der untersten Schichten der Bevölkerung zu einer Kette von Katastrophen«. Die Historiker sind außer sich vor Entsetzen, wie furchtbar sich Semiramis ihrem Polizeihauptmann gegenüber benahm. Ich erinnere mich nur dunkel, aber es war die Rede von Schlangen, die sie an seinem Busen nährte.
BROWN Wirklich?
PEACHUM Der Herr sei mit Ihnen, Brown. *Ab.*
BROWN Jetzt kann nur mehr die eiserne Faust helfen, Sergeanten, zur Konferenz, Alarm!
*Vorhang. Macheath und Spelunken-Jenny treten vor den Vorhang und singen bei Songbeleuchtung.*

## ZWEITES DREIGROSCHEN-FINALE

DENN WOVON LEBT DER MENSCH?

1

MAC
Ihr Herrn, die ihr uns lehrt, wie man brav leben
Und Sünd und Missetat vermeiden kann
Zuerst müßt ihr uns was zu fressen geben
Dann könnt ihr reden: damit fängt es an.
Ihr, die ihr euren Wanst und unsre Bravheit liebt
Das eine wisset ein für allemal:
Wie ihr es immer dreht und wie ihr's immer schiebt
Erst kommt das Fressen, dann kommt die Moral.
Erst muß es möglich sein auch armen Leuten
Vom großen Brotlaib sich ihr Teil zu schneiden.
STIMME *hinter der Szene:*
Denn wovon lebt der Mensch?
MAC
Denn wovon lebt der Mensch? Indem er stündlich
Den Menschen peinigt, auszieht, anfällt, abwürgt und frißt.
Nur dadurch lebt der Mensch, daß er so gründlich
Vergessen kann, daß er ein Mensch doch ist.
CHOR
Ihr Herren, bildet euch nur da nichts ein:
Der Mensch lebt nur von Missetat allein!

2

JENNY
Ihr lehrt uns, wann ein Weib die Röcke heben
Und ihre Augen einwärts drehen kann.
Zuerst müßt ihr uns was zu fressen geben
Dann könnt ihr reden: damit fängt es an.
Ihr, die auf unsrer Scham und eurer Lust besteht
Das eine wisset ein für allemal:
Wie ihr es immer schiebt und wie ihr's immer dreht
Erst kommt das Fressen, dann kommt die Moral.

Erst muß es möglich sein auch armen Leuten
Vom großen Brotlaib sich ihr Teil zu schneiden.

STIMME *hinter der Szene:*

Denn wovon lebt der Mensch?

JENNY

Denn wovon lebt der Mensch? Indem er stündlich
Den Menschen peinigt, auszieht, anfällt, abwürgt und frißt.
Nur dadurch lebt der Mensch, daß er so gründlich
Vergessen kann, daß er ein Mensch doch ist.

CHOR

Ihr Herren, bildet euch nur da nichts ein:
Der Mensch lebt nur von Missetat allein!

## DRITTER AKT

### 7

**In derselben Nacht rüstet Peachum zum Aufbruch. Durch eine Demonstration des Elends beabsichtigt er, den Krönungszug zu stören.**

*Peachums Bettlergarderoben*

*Die Bettler bemalen Täfelchen mit Aufschriften wie »Mein Auge gab ich dem König« und so weiter.*

PEACHUM Meine Herren, in dieser Stunde arbeiten in unseren elf Filialen von Drury Lane bis Turnbridge eintausendvierhundertzweiunddreißig Herren an solchen Täfelchen wie Sie, um der Krönung unserer Königin beizuwohnen.

FRAU PEACHUM Vorwärts, vorwärts! Wenn ihr nicht arbeiten wollt, könnt ihr nicht betteln. Du willst ein Blinder sein und kannst nicht einmal ein richtiges K machen? Das soll 'ne Kinderhandschrift sein, das ist ja ein alter Mann.

*Trommelwirbel.*

BETTLER Jetzt tritt die Krönungswache unter das Gewehr, die werden auch noch nicht ahnen, daß sie es heute, an dem schönsten Tag ihres Militärlebens, mit uns zu tun haben werden.

FILCH *herein, meldet:* Da kommt ein Dutzend übernächtiger Hühner angetrippelt, Frau Peachum. Sie behaupten, sie kriegen hier Geld.

*Auftreten die Huren.*

JENNY Gnädige Frau…

FRAU PEACHUM Na, ihr seht ja aus wie von der Stange gefallen. Ihr kommt wohl wegen dem Geld für euren Macheath? Also, ihr bekommt gar nichts, versteht ihr, gar nichts.

JENNY Wie dürfen wir das verstehen, gnädige Frau?

FRAU PEACHUM Mir auf die Bude zu rücken mitten in der Nacht! Drei Uhr früh in ein anständiges Haus zu kommen! Ihr solltet euch lieber ausschlafen von eurem Gewerbe. Aussehen tut ihr wie gespiene Milch.

JENNY So, wir können also unser kontraktliches Honorar dafür, daß wir Herrn Macheath dingfest gemacht haben, nicht bekommen, gnädige Frau?

FRAU PEACHUM Ganz richtig, einen Dreck bekommt ihr und keinen Judaslohn.

JENNY Und warum, gnädige Frau?

FRAU PEACHUM Weil dieser saubere Herr Macheath wieder in alle Winde verstreut ist. Darum. Und jetzt marsch aus meiner guten Stube, meine Damen.

JENNY Also, das ist doch die Höhe. Machen Sie das nur nicht mit uns. Das möchte ich Ihnen gesagt haben. Mit uns nicht.

FRAU PEACHUM Filch, die Damen wünschen hinausgeführt zu werden.

*Filch geht auf die Damen zu, Jenny stößt ihn fort.*

JENNY Ich möchte Sie doch bitten, Ihre drekkige Fresse zu halten, sonst könnte es passieren, daß...

*Auftritt Peachum.*

PEACHUM Was ist denn los, du hast ihnen doch hoffentlich kein Geld gegeben, na, wie ist's, meine Damen? Sitzt der Herr Macheath oder sitzt er nicht?

JENNY Lassen Sie mich mit Ihrem Herrn Macheath in Ruhe. Dem können Sie nicht das Wasser reichen. Ich habe heute nacht einen Herrn weggehen lassen müssen, weil ich in die Kissen weinte, als ich daran denken mußte, daß ich diesen Gentleman an Sie verkauft habe. Ja, meine Damen, und was glauben Sie, was heute morgen geschah? Vor noch nicht einer Stunde, ich hatte mich eben in den Schlaf geweint, pfiff es, und auf der Straße stand eben dieser Herr, um den ich geweint hatte, und wünschte, daß ich ihm den Schlüssel herunterwerfe. In meinen Armen wollte er mich die Unbill vergessen machen, die ich ihm zugefügt habe. Das ist der letzte Gentleman in London, meine Damen. Und wenn unsere Kollegin Suky Tawdry jetzt hier nicht mitgekommen ist, dann ist es, weil er von mir noch zu ihr ging, um auch sie zu trösten.

PEACHUM *vor sich hin:* Suky Tawdry...

JENNY So, jetzt wissen Sie, daß Sie diesem Herrn nicht das Wasser reichen können. Sie niedriger Spitzel.

PEACHUM Filch, lauf schnell zum nächsten Polizeiposten. Herr Macheath weilen bei Fräulein Suky Tawdry. *Filch ab.* Aber, meine Damen, warum streiten wir? Das Geld wird gezahlt werden, selbstverständlich. Liebe Celia, du solltest lieber gehen und für die Damen Kaffee kochen, als daß du sie hier anpöbelst.

FRAU PEACHUM *im Abgehen:* Suky Tawdry! *Sie singt die dritte Strophe der »Ballade von der sexuellen Hörigkeit«:*

Da steht nun einer fast schon unterm Galgen
Der Kalk ist schon gekauft, ihn einzukalken
Sein Leben hängt an einem brüchigen Fädchen
Und was hat er im Kopf, der Bursche? Mädchen.
Schon unterm Galgen, ist er noch bereit.
Das ist die sexuelle Hörigkeit.
Er ist schon sowieso verkauft mit Haut und Haar
Er hat in ihrer Hand den Judaslohn gesehn
Und sogar er beginnt nun zu verstehn
Daß ihm des Weibes Loch das Grabloch war.
Und er mag wüten gegen sich und toben –
Bevor es Nacht wird, liegt er wieder droben.

PEACHUM Vorwärts, vorwärts, ihr würdet einfach in den Kloaken von Turnbridge vorkommen, wenn ich nicht in meinen schlaflosen Nächten herausgebracht hätte, wie man aus eurer Armut einen Penny herausziehen kann. Aber ich habe herausgebracht, daß die Besitzenden der Erde das Elend zwar anstiften können, aber sehen können sie das Elend nicht. Denn es sind Schwächlinge und Dummköpfe, genau wie ihr. Wenn sie gleich zu fressen haben bis zum Ende ihrer Tage und ihren Fußboden mit Butter einschmieren können, daß auch die Brosamen, die von den Tischen fallen, noch fett werden, so können sie doch nicht mit Gleichmut einen Mann sehen, der vor Hunger umfällt, freilich muß es vor ihrem Haus sein, daß er umfällt.

*Auftritt Frau Peachum mit einem Tablett voll Kaffeetassen.*

FRAU PEACHUM Sie können morgen am Geschäft vorbeikommen und sich Ihr Geld holen, aber nach der Krönung.

JENNY Frau Peachum, Sie sehen mich sprachlos.

PEACHUM Antreten, wir versammeln uns in einer Stunde vorm Buckingham-Palast. Marsch.

*Antreten der Bettler.*

FILCH *stürzt herein:* Polente! Bis zur Wache bin ich gar nicht gekommen. Die Polizei ist schon da!

PEACHUM Versteckt euch! *Zu Frau Peachum:* Stell die Kapelle zusammen, vorwärts. Und wenn du mich sagen hörst harmlos, verstehst du mich: harmlos...

FRAU PEACHUM Harmlos? Ich verstehe gar nichts.

PEACHUM Selbstverständlich verstehst du gar nichts. Also, wenn ich sage harmlos... *Es*

*klopft an die Tür.* Gott sei Dank, da ist ja das Schlüsselchen, harmlos, dann spielt ihr irgendeine Art von Musik. Los!
*Frau Peachum mit Bettlern ab. Die Bettler, bis auf das Mädchen mit der Tafel »Ein Opfer militärischer Willkür«, verstecken sich mit ihren Sachen hinten rechts hinter der Kleiderstange. Auftreten Brown und Konstabler.*
BROWN So, und jetzt wird durchgegriffen, Herr Bettlers Freund. Gleich mal in Ketten legen, Smith. Ach, da sind ja einige von den reizenden Tafeln. *Zum Mädchen:* »Ein Opfer militärischer Willkür« – sind Sie das?
PEACHUM Guten Morgen, Brown, guten Morgen, gut geschlafen?
BROWN He?
PEACHUM Morgen, Brown.
BROWN Sagt er das zu mir? Kennt er einen von euch? Ich glaube nicht, daß ich das Vergnügen habe, dich zu kennen.
PEACHUM So, nicht? Morgen, Brown.
BROWN Hauen Sie ihm den Hut vom Kopf.
*Smith tut es.*
PEACHUM Sehen Sie, Brown, nun Sie mal Ihr Weg vorbeiführt, ich sage vorbei, Brown, da kann ich Sie ja gleich darum bitten, einen gewissen Macheath endlich hinter Schloß und Riegel zu bringen.
BROWN Der Mann ist verrückt. Lachen Sie nicht, Smith. Sagen Sie mal, Smith, wie ist es möglich, daß dieser notorische Verbrecher in London frei herumläuft?
PEACHUM Weil er Ihr Freund ist, Brown.
BROWN Wer?
PEACHUM Mackie Messer. Ich doch nicht. Ich bin doch kein Verbrecher. Ich bin doch ein armer Mensch, Brown. Mich können Sie doch nicht schlecht behandeln. Brown, Sie stehen vor der schlimmsten Stunde Ihres Lebens, möchten Sie Kaffee? *Zu den Huren:* Kinder, gebt doch mal dem Herrn Polizeichef einen Schluck ab, ist doch kein Benehmen. Vertragen wir uns doch alle. Wir halten uns doch alle an das Gesetz! Das Gesetz ist einzig und allein gemacht zur Ausbeutung derer, die es nicht verstehen oder die es aus nackter Not nicht befolgen können. Und wer von dieser Ausbeutung seinen Brocken abbekommen will, muß sich streng an das Gesetz halten.
BROWN So, Sie halten also unsere Richter für bestechlich!
PEACHUM Im Gegenteil, Herr, im Gegenteil! Unsere Richter sind ganz und gar unbestechlich: mit keiner Geldsumme können sie dazu bestochen werden, Recht zu sprechen!
*Zweites Trommelzeichen.*
PEACHUM Abmarsch der Truppen zur Spalierbildung. Der Abmarsch der Ärmsten der Armen eine halbe Stunde später.
BROWN Ja, ganz recht, Herr Peachum. Abmarsch der Ärmsten der Armen in einer halben Stunde nach Old Bailey ins Gefängnis, in die Winterquartiere. *Zu den Konstablern:* So, Jungens, nun sammelt mal da ein, was da ist. Alles einsammeln, was ihr an Patrioten hier vorfindet. *Zu den Bettlern:* Habt ihr schon mal was vom Tiger-Brown gehört? Diese Nacht, Peachum, habe ich nämlich die Lösung gefunden und, ich darf wohl sagen, einen Freund aus Todesnot errettet. Ich räuchere einfach Ihr ganzes Nest aus. Und sperre alles ein wegen – ja, wegen was wohl? Wegen Straßenbettel. Sie schienen mir doch anzudeuten, daß Sie mir und der Königin an diesem Tage die Bettler auf den Hals schikken wollen. Und diese Bettler nehme ich mal fest. Da kannst du was lernen.
PEACHUM Sehr schön, nur – was für Bettler?
BROWN Na, diese Krüppel hier. Smith, wir nehmen die Herren Patrioten gleich mit.
PEACHUM Brown, ich kann Sie da vor einer Übereilung bewahren; Gott sei Dank, Brown, daß Sie da zu mir gekommen sind. Sehen Sie, Brown, diese paar Leute können Sie natürlich verhaften, die sind harmlos, harmlos...
*Musik setzt ein, und zwar spielt sie einige Takte von dem »Lied von der Unzulänglichkeit« voraus.*
BROWN Was ist denn das?
PEACHUM Musik. Sie spielen eben, so gut sie können. Das Lied von der Unzulänglichkeit. Kennen Sie nicht? Da können Sie was lernen.

*Songbeleuchtung: goldenes Licht. Die Orgel wird illuminiert. An einer Stange kommen von oben drei Lampen herunter, und auf den Tafeln steht:*

DAS LIED VON DER UNZULÄNGLICHKEIT
MENSCHLICHEN STREBENS

I

Der Mensch lebt durch den Kopf
Der Kopf reicht ihm nicht aus
Versuch es nur, von deinem Kopf
Lebt höchstens eine Laus.

Denn für dieses Leben
Ist der Mensch nicht schlau genug.
Niemals merkt er eben
Allen Lug und Trug.

2
Ja, mach nur einen Plan
Sei nur ein großes Licht!
Und mach dann noch 'nen zweiten Plan
Gehn tun sie beide nicht.
Denn für dieses Leben
Ist der Mensch nicht schlecht genug.
Doch sein höh'res Streben
Ist ein schöner Zug.

3
Ja, renn nur nach dem Glück
Doch renne nicht zu sehr!
Denn alle rennen nach dem Glück
Das Glück rennt hinterher.
Denn für dieses Leben
Ist der Mensch nicht anspruchslos genug
Drum ist all sein Streben
Nur ein Selbstbetrug.

PEACHUM Ihr Plan, Brown, war genial, aber undurchführbar. Was Sie hier festnehmen können, sind ein paar junge Leute, die aus Freude über die Krönung ihrer Königin einen kleinen Maskenball veranstalten. Wenn die richtigen Elenden kommen – hier ist kein einziger –, sehen Sie, da kommen doch Tausende. Das ist es: Sie haben die ungeheure Zahl der Armen vergessen. Wenn die da nun vor der Kirche stehen, das ist doch kein festlicher Anblick. Die Leute sehen doch nicht gut aus. Wissen Sie, was eine Gesichtsrose ist, Brown? Aber jetzt erst hundertzwanzig Gesichtsrosen? Die junge Königin sollte auf Rosen gebettet sein und nicht auf Gesichtsrosen. Und dann diese Verstümmelten am Kirchenportal. Das wollen wir doch vermeiden, Brown. Sie sagen wahrscheinlich, die Polizei wird mit uns armen Leuten fertig werden. Das glauben Sie ja selbst nicht. Aber wie wird es aussehen, wenn anläßlich der Krönung sechshundert arme Krüppel mit Knütteln niedergehauen werden müssen? Schlecht würde es aussehen. Ekelhaft sieht es aus. Zum Übelwerden ist es. Mir ist ganz schwach, Brown, wenn ich daran denke. Einen kleinen Stuhl, bitte.

BROWN *zu Smith:* Das ist eine Drohung. Sie, das ist eine Erpressung. Dem Mann kann man nichts anhaben, dem Mann kann man im Interesse der öffentlichen Ordnung gar nichts anhaben. Das ist noch nie vorgekommen.

PEACHUM Aber jetzt kommt es vor. Ich will Ihnen etwas sagen: der Königin von England gegenüber können Sie sich benehmen, wie Sie wollen. Aber dem ärmsten Mann Londons können Sie nicht auf die Zehen treten, sonst haben Sie ausgebrownt, Herrn Brown.

BROWN Ich soll also Mackie Messer verhaften? Verhaften? Sie haben gut reden. Erst muß man einen Mann haben, bevor man ihn verhaften kann.

PEACHUM Wenn Sie mir das sagen, da kann ich nicht widersprechen. Dann werde also ich Ihnen den Mann besorgen; wir wollen doch sehen, ob es noch Moral gibt. Jenny, wo halten sich der Herr Macheath auf?

JENNY Oxford Street 21, bei Suky Tawdry.

BROWN Smith, geht sofort nach Oxford Street 21 zu Suky Tawdry, nehmt Macheath fest und bringt ihn nach Old Bailey. Ich muß inzwischen meine Galauniform anziehen. An diesem Tage muß ich mir meine Galauniform anziehen.

PEACHUM Brown, wenn er um sechs nicht hängt...

BROWN O Mac, es geht nicht. *Ab mit Konstablern.*

PEACHUM *nachrufend:* Haben Sie was gelernt, Brown!

*Drittes Trommelzeichen.*

PEACHUM Drittes Trommelzeichen. Umorientierung des Aufmarschplanes. Neue Richtung: die Gefängnisse von Old Bailey. Marsch.

*Bettler ab.*

PEACHUM *singt die vierte Strophe des »Liedes von der Unzulänglichkeit«:*

Der Mensch ist gar nicht gut
Drum hau ihn auf den Hut.
Hast du ihn auf den Hut gehaut
Dann wird er vielleicht gut.
Denn für dieses Leben
Ist der Mensch nicht gut genug
Darum haut ihn eben
Ruhig auf den Hut.

*Vorhang. Vor dem Vorhang erscheint Jenny mit einem Leierkasten und singt den*

SALOMON-SONG

1
Ihr saht den weisen Salomon
Ihr wißt, was aus ihm wurd!

Dem Mann war alles sonnenklar.
Er verfluchte die Stunde seiner Geburt
Und sah, daß alles eitel war.
Wie groß und weis war Salomon!
Und seht, da war es noch nicht Nacht
Da sah die Welt die Folgen schon:
Die Weisheit hatte ihn so weit gebracht –
Beneidenswert, wer frei davon!

2
Ihr saht die schöne Kleopatra
Ihr wißt, was aus ihr wurd!
Zwei Kaiser fielen ihr zum Raub.
Da hat sie sich zu Tod gehurt
Und welkte hin und wurde Staub.
Wie schön und groß war Babylon!
Und seht, da war es noch nicht Nacht
Da sah die Welt die Folgen schon:
Die Schönheit hatte sie so weit gebracht –
Beneidenswert, wer frei davon!

3
Ihr saht den kühnen Cäsar dann
Ihr wißt, was aus ihm wurd!
Der saß wie 'n Gott auf 'nem Altar
Und wurde ermordet, wie ihr erfuhrt
Und zwar, als er am größten war.
Wie schrie der laut: »Auch du, mein Sohn!«
Und seht, da war es noch nicht Nacht
Da sah die Welt die Folgen schon:
Die Kühnheit hatte ihn so weit gebracht –
Beneidenswert, wer frei davon!

4
Ihr kennt den wissensdurstigen Brecht
Ihr sangt ihn allesamt!
Dann hat er euch zu oft gefragt
Woher der Reichen Reichtum stammt
Da habt ihr ihn jäh aus dem Land gejagt.
Wie wissensdurstig war doch meiner Mutter
  Sohn!
Und seht, da war es noch nicht Nacht
Da sah die Welt die Folgen schon:
Sein Wissensdurst hat ihn so weit gebracht –
Beneidenswert, wer frei davon!

5
Und jetzt seht ihr den Herrn Macheath
Sein Kopf hängt an 'nem Haar!
Solang er folgte der Vernunft
Und raubte, was zu rauben war
War er ein Großer seiner Zunft.
Dann lief sein Herz mit ihm davon!
Und seht, jetzt ist es noch nicht Nacht
Da sieht die Welt die Folgen schon:
Die Sinnlichkeit hat ihn so weit gebracht –
Beneidenswert, wer frei davon!

## 8
## Kampf um das Eigentum.

*Ein Mädchenzimmer in Old Bailey*

*Lucy.*

SMITH *herein:* Gnädiges Fräulein, Frau Polly Macheath möchte Sie sprechen.
LUCY Frau Macheath? Führ sie herein.
*Auftritt Polly.*
POLLY Guten Tag, gnädige Frau. Gnädige Frau, guten Tag!
LUCY Bitte, Sie wünschen?
POLLY Erkennen Sie mich wieder?
LUCY Natürlich kenne ich Sie.
POLLY Ich komme heute, um Sie um Entschuldigung zu bitten für mein gestriges Benehmen.
LUCY Sehr interessant.
POLLY Ich habe eigentlich gar keine Entschuldigung für mein gestriges Benehmen außer – mein eigenes Unglück.
LUCY Ja, ja.
POLLY Gnädige Frau, Sie müssen mich entschuldigen. Ich war sehr gereizt gestern durch Herrn Macheaths Benehmen. Er hätte uns doch wirklich nicht in eine solche Lage bringen dürfen, nicht wahr, das können Sie ihm auch sagen, wenn Sie ihn sehen.
LUCY Ich – ich – sehe ihn nicht.
POLLY Sie sehen ihn schon.
LUCY Ich sehe ihn nicht.
POLLY Entschuldigen Sie.
LUCY Er hat Sie doch sehr gern.
POLLY Ach nein, der liebt nur Sie, das weiß ich ganz genau.
LUCY Sehr liebenswürdig.
POLLY Aber, gnädige Frau, ein Mann hat immer Angst vor einer Frau, die ihn zu sehr liebt. Natürlich kommt es dann so, daß er die Frau vernachlässigt und meidet. Ich sah es auf den ersten Blick, daß er Ihnen in einer Weise verpflichtet ist, die ich natürlich nicht ahnen konnte.
LUCY Meinen Sie das eigentlich aufrichtig?
POLLY Natürlich, bestimmt, sehr aufrichtig, gnädige Frau. Ich bitte Sie.

LUCY Liebes Fräulein Polly, wir haben ihn beide zu sehr geliebt.
POLLY Vielleicht das. *Pause.* Und jetzt, gnädige Frau, ich will Ihnen erklären, wie alles kam. Vor zehn Tagen habe ich Herrn Macheath zum ersten Male im Tintenfisch-Hotel gesehen. Meine Mutter war auch dabei. Fünf Tage darauf, also ungefähr vorgestern, haben wir uns vermählt. Gestern habe ich erfahren, daß die Polizei ihn wegen mannigfacher Verbrechen sucht. Und heute weiß ich nicht, was kommen wird. Also noch vor zwölf Tagen, gnädige Frau, hätte ich mir nicht vorstellen können, daß ich überhaupt einem Manne verfallen könnte.
*Pause.*
LUCY Ich verstehe Sie, Fräulein Peachum.
POLLY Frau Macheath.
LUCY Frau Macheath.
POLLY Ich habe übrigens in den letzten Stunden sehr viel über diesen Menschen nachgedacht. Es ist nicht so einfach. Denn sehen Sie, mein Fräulein, um sein Benehmen, das er neulich Ihnen gegenüber an den Tag legte, muß ich Sie geradezu beneiden. Als ich ihn verlassen mußte, allerdings durch meine Mama gezwungen, zeigte er nicht die geringste Spur von Bedauern. Vielleicht hat er gar kein Herz und anstatt dessen einen Stein in der Brust. Was meinen Sie, Lucy?
LUCY Ja, liebes Fräulein – ich weiß allerdings nicht, ob die Schuld allein Herrn Macheath zuzumessen ist. Sie hätten in Ihren Kreisen bleiben sollen, liebes Fräulein.
POLLY Frau Macheath.
LUCY Frau Macheath.
POLLY Das ist ganz richtig – oder ich hätte wenigstens alles, wie mein Papa es immer schon wollte, auf eine geschäftliche Basis lenken sollen.
LUCY Sicher.
POLLY *weint:* Er ist doch mein einziges Eigentum.
LUCY Meine Liebe, das ist ein Unglück, das der klügsten Frau passieren kann. Aber Sie sind doch formell seine Frau, das kann Sie doch beruhigen. Ich kann es nicht mehr mit ansehen, Kind, wie deprimiert Sie sind. Wollen Sie eine Kleinigkeit zu sich nehmen?
POLLY Was?
LUCY Etwas essen!
POLLY O ja, bitte, eine Kleinigkeit essen. *Lucy geht ab. Polly für sich:* Ein großes Aas!
LUCY *kommt zurück mit Kaffee und Kuchen:* So, das wird genügen.
POLLY Sie machen sich zu viel Mühe, gnädige Frau. *Pause. Essen.* Ein schönes Bild haben Sie da von ihm. Wann hat er denn das gebracht?
LUCY Wieso gebracht?
POLLY *harmlos:* Ich meine, wann er es Ihnen da heraufgebracht hat.
LUCY Das hat er nie gebracht.
POLLY Hat er es Ihnen gleich direkt hier im Zimmer gegeben?
LUCY Hier war er nicht im Zimmer.
POLLY Ach so. Aber da wäre doch gar nichts dabei gewesen, nicht? Die Pfade des Schicksals sind schon furchtbar verschlungen.
LUCY Aber reden Sie doch nicht solchen Blödsinn andauernd. Sie wollen doch nur hier herumspionieren.
POLLY Nicht wahr, Sie wissen, wo er ist?
LUCY Ich? Wissen Sie es denn nicht?
POLLY Jetzt sagen Sie sofort, wo er ist.
LUCY Ich habe keine Ahnung.
POLLY Ah, Sie wissen also nicht, wo er ist. Ehrenwort?
LUCY Nein, ich weiß es nicht. Ja, wissen denn Sie's auch nicht?
POLLY Nein, das ist ungeheuer. *Polly lacht und Lucy weint.* Jetzt hat er zwei Verpflichtungen, und er ist weg.
LUCY Ich ertrage das nicht länger. Ach, Polly, es ist so schrecklich.
POLLY *fröhlich:* Ich freue mich ja so, daß ich zum Ende dieser Tragödie eine solche Freundin gefunden habe. Immerhin. Willst du noch was essen, noch etwas Kuchen?
LUCY Noch etwas! Ach, Polly, sei nicht so nett zu mir. Wirklich, ich verdiene es nicht. Ach, Polly, die Männer sind es nicht wert.
POLLY Natürlich sind es die Männer nicht wert, aber was soll man machen?
LUCY Nein! Jetzt mache ich reinen Tisch. Polly, wirst du's mir sehr übelnehmen?
POLLY Was?
LUCY Er ist nicht echt.
POLLY Wer?
LUCY Das da! *Sie deutet auf ihren Bauch.* Und alles wegen dieses Verbrechers.
POLLY *lacht:* Ach, das ist ja großartig! Ein Muff war das? Oh, du bist doch ein großes Aas! Du – willst du den Mackie? Ich schenk ihn dir. Nimm ihn dir, wenn du ihn findest! *Man hört Stimmen und Tritte im Flur.* Was ist das?
LUCY *am Fenster:* Mackie! Sie haben ihn wieder gefangen.
POLLY *sinkt zusammen:* Jetzt ist alles aus.

*Auftritt Frau Peachum.*

FRAU PEACHUM Ach, Polly, hier find ich dich. Zieh dich um, dein Mann wird gehängt. Das Witwenkleid hab ich mitgebracht. *Polly zieht sich aus und zieht das Witwenkleid an.* Du wirst bildschön aussehen als Witwe. Nun sei aber auch ein bißchen fröhlich.

**9**

**Freitag morgen, 5 Uhr: Mackie Messer, der abermals zu den Huren gegangen ist, ist abermals von Huren verraten worden, er wird nunmehr gehängt.**

*Todeszelle*

*Die Westminsterglocken läuten. Konstabler bringen Macheath gefesselt in den Kerker.*

SMITH Hier herein mit ihm. Die Westminsterglocken läuten schon das erste Mal. Stellen Sie sich anständig hin, ich will nicht wissen, wovon sie so einen kaputten Eindruck machen. Ich denke, Sie schämen sich. *Zu den Konstablern:* Wenn die Glocken von Westminster zum dritten Mal läuten, und das wird um sechs Uhr sein, müssen wir ihn gehängt haben. Bereitet alles vor.

EIN KONSTABLER Sämtliche Straßen von Newgate sind schon seit einer Viertelstunde so voll von allen Schichten der Bevölkerung, daß man überhaupt nicht mehr durchkommen kann.

SMITH Merkwürdig, wußten sie es denn schon?

KONSTABLER Wenn es so weitergeht, weiß es in einer Viertelstunde ganz London. Dann werden die Leute, die sonst zum Krönungszug gingen, alle hierherkommen. Und die Königin wird durch die leeren Straßen fahren müssen.

SMITH Darum müssen wir eben Dampf dahintersetzen. Wenn wir um sechs Uhr fertig sind, können die Leute noch bis sieben Uhr zurechtkommen zum Krönungszug. Marsch jetzt.

MAC Hallo, Smith, wieviel Uhr ist es?

SMITH Haben Sie keine Augen? Fünf Uhr vier.

MAC Fünf Uhr vier.

*Als Smith eben die Zellentür von außen zuschließt, kommt Brown.*

BROWN *Smith fragend, den Rücken zur Zelle:* Ist er drin?

SMITH Wollen Sie ihn sehen?

BROWN Nein, nein, nein, um Gottes willen, machen Sie nur alles allein. *Ab.*

MAC *plötzlich in unaufhaltsam leisem Redestrom:* Also, Smith, ich will gar nichts sagen, nichts von Bestechung, fürchten Sie nichts. Ich weiß alles. Wenn Sie sich bestechen ließen, müßten Sie zumindest außer Landes. Ja, das müßten Sie. Dazu müßten Sie so viel haben, daß Sie zeit Ihres Lebens ausgesorgt hätten. Tausend Pfund, was? Sagen Sie nichts! In zwanzig Minuten werde ich Ihnen sagen, ob Sie diese tausend Pfund heute mittag noch haben können. Ich rede nicht von Gefühlen. Gehen Sie raus und denken Sie scharf nach. Das Leben ist kurz und das Geld ist knapp. Und ich weiß überhaupt noch nicht, ob ich welches auftreibe. Aber lassen Sie herein zu mir, wer herein will.

SMITH *langsam:* Das ist ja Unsinn, Herr Macheath. *Ab.*

MAC *singt, leise und im schnellsten Tempo den »Ruf aus der Gruft«:*

Nun hört die Stimme, die um Mitleid ruft.
Macheath liegt hier nicht unterm Hagedorn
Nicht unter Buchen, nein, in einer Gruft!
Hierher verschlug ihn des Geschickes Zorn.
Gott geb, daß ihr sein letztes Wort noch hört!
Die dicksten Mauern schließen ihn jetzt ein!
Fragt ihr denn gar nicht, Freunde, wo er sei?
Ist er gestorben, kocht euch Eierwein.
Solang er aber lebt, steht ihm doch bei!
Wollt ihr, daß seine Marter ewig währt?

*Matthias und Jakob erscheinen im Gang. Sie wollen zu Macheath und werden von Smith angesprochen.*

SMITH Nanu, Junge, du siehst ja aus wie ein ausgenommener Hering.

MATTHIAS Seit der Captn weg ist, muß ich unsere Damen schwängern, damit sie den Unzurechnungsfähigkeitsparagraphen bekommen! Man muß schon eine Roßnatur haben, um in diesem Geschäft durchzuhalten. Ich muß den Captn sprechen.

*Beide gehen auf Mac zu.*

MAC Fünf Uhr fünfundzwanzig. Ihr habt euch Zeit gelassen.

JAKOB Na, schließlich mußten wir...

MAC Schließlich, schließlich, ich werde aufgehängt, Mensch! Aber ich habe ja gar keine Zeit, mich mit euch herumzugiften. Fünf Uhr achtundzwanzig. Also: wieviel könnt ihr sofort aus eurem Privatdepot ziehen?

MATTHIAS Aus unserem, früh um fünf?

JAKOB Ist es wirklich soweit?

MAC Vierhundert Pfund, ginge das?

JAKOB Ja, und wir? Das ist doch alles, was da ist.

MAC Werdet ihr gehängt oder ich?

MATTHIAS *erregt:* Liegen wir bei Suky Tawdry, anstatt uns dünnezumachen? Liegen wir bei Suky Tawdry oder du?

MAC Halt die Schnauze. Ich liege bald woanders als bei dieser Schlampe. Fünf Uhr dreißig.

JAKOB Na, da müssen wir es eben machen, Matthias.

SMITH Herr Brown läßt fragen, was Sie als --mahlzeit haben wollen.

MAC Lassen Sie mich in Ruhe. *Zu Matthias:* Na, willst du oder willst du nicht? *Zu Smith:* Spargel.

MATTHIAS Anbrüllen lasse ich mich überhaupt nicht.

MAC Aber ich brülle dich doch gar nicht an. Das ist doch nur, weil... Also, Matthias, wirst du mich hängen lassen?

MATTHIAS Natürlich werde ich dich nicht hängen lassen. Wer sagt denn das? Aber es ist eben alles. Vierhundert Pfund ist eben alles, was da ist. Das wird man doch noch sagen dürfen.

MAC Fünf Uhr achtunddreißig.

JAKOB Na, dann aber Tempo, Matthias, sonst nützt es überhaupt nichts mehr.

MATTHIAS Wenn wir nur durchkommen, da ist ja alles voll. Dieses Gesindel. *Beide ab.*

MAC Wenn ihr fünf Minuten vor sechs nicht da seid, dann seht ihr mich nicht mehr. *Schreit:* Dann seht ich mich nicht mehr...

SMITH Sind ja schon weg. Na, wie steht's? *Macht Gebärde des Geldzählens.*

MAC Vierhundert. *Smith geht achselzuckend ab. Mac, nachrufend:* Ich muß Brown sprechen.

SMITH *kommt mit Konstablern:* Die Seife habt ihr?

KONSTABLER Aber nicht die richtige.

SMITH Ihr werdet doch in zehn Minuten das Ding aufstellen können.

KONSTABLER Aber die Fußklappe funktioniert doch nicht.

SMITH Es muß gehen, es hat doch schon zum zweiten Mal geläutet.

KONSTABLER Das ist ein Saustall.

MAC *singt:*

Jetzt kommt und seht, wie es ihm dreckig geht!
Jetzt ist er wirklich, was man pleite nennt.
Die ihr als oberste Autorität
Nur eure schmierigen Gelder anerkennt
Seht, daß er euch nicht in die Grube fährt!
Ihr müßtet gleich zur Königin und in Haufen
Und müßtet über ihn mit ihr jetzt sprechen
Wie Schweine eines hinterm andern laufen:
Ach, seine Zähne sind schon lang wie Rechen!
Wollt ihr, daß seine Marter ewig währt?

SMITH Ich kann Sie doch nicht hereinlassen. Sie haben erst Nummer Sechzehn. Sie sind ja noch gar nicht dran.

POLLY Ach, was heißt das, Nummer Sechzehn. Sind Sie doch kein Bürokrat. Ich bin die Frau, ich muß ihn sprechen.

SMITH Aber höchstens fünf Minuten.

POLLY Was heißt das, fünf Minuten! Das ist ja ganz unsinnig. Fünf Minuten! Das kann man doch nicht so sagen. Das ist doch nicht so einfach. Das ist doch ein Abschied für ewig. Da gibt es doch eminent viel zu sprechen zwischen Mann und Frau... Wo ist er denn?

SMITH Na, sehen Sie ihn denn nicht?

POLLY Ja natürlich. Ich danke schön.

MAC Polly!

POLLY Ja, Mackie, ich bin da.

MAC Ja natürlich!

POLLY Wie geht es dir denn? Bist du sehr kaputt? Es ist schwer!

MAC Ja, was wirst du denn jetzt überhaupt machen? Was wird denn aus dir?

POLLY Weißt du, unser Geschäft geht sehr gut. Das wäre das wenigste. Mackie, bist du sehr nervös?... Was war denn eigentlich dein Vater? Du hast mir soviel noch gar nicht erzählt. Ich verstehe das gar nicht. Du warst doch immer ganz gesund eigentlich.

MAC Du, Polly, kannst du mir nicht heraushelfen?

POLLY Ja natürlich.

MAC Mit Geld natürlich. Ich habe mit dem Aufseher...

POLLY *langsam:* Das Geld ist nach Manchester abgegangen.

MAC Und da hast du keins?

POLLY Nein, da habe ich nichts. Aber weißt du, Mackie, ich könnte zum Beispiel mit jemand reden... ich könnte sogar die Königin persönlich vielleicht fragen. *Sie bricht zusammen.* Oh, Mackie!

SMITH *Polly wegziehend:* Na, haben Sie jetzt Ihre tausend Pfund zusammen?

POLLY Alles Gute, Mackie, laß es dir gut gehen und vergiß mich nicht! *Ab.*

*Smith und Konstabler bringen einen Tisch mit Spargel.*

SMITH Sind die Spargel weich?

KONSTABLER Jawohl. *Ab.*

BROWN *erscheint und tritt zu Smith:* Smith, was will er von mir? Das ist gut, daß Sie mit dem Tisch auf mich gewartet haben. Wir wollen ihn gleich mit hineinnehmen, wenn wir zu ihm gehen, damit er sieht, was für eine Gesinnung wir gegen ihn haben. *Sie treten beide mit dem Tisch in die Zelle. Smith ab. Pause.* Hallo, Mac. Da sind die Spargel. Willst du nicht ein wenig zu dir nehmen?

MAC Bemühen Sie sich nicht, Herrn Brown, es gibt andere Leute, die mir die letzten Ehren erweisen.

BROWN Ach, Mackie!

MAC Ich bitte um die Abrechnung! Sie erlauben, daß ich währenddessen esse. Es ist schließlich mein letztes Essen. *Ißt.*

BROWN Mahlzeit. Ach, Mac, du triffst mich wie mit einem glühenden Eisen.

MAC Die Abrechnung, Herr, bitte, die Abrechnung. Keine Sentimentalitäten.

BROWN *zieht seufzend ein kleines Büchlein aus der Tasche:* Ich habe sie mitgebracht, Mac. Hier ist die Abrechnung vom letzten Halbjahr.

MAC *schneidend:* Ach, Sie sind nur gekommen, um Ihr Geld hier noch herauszuholen.

BROWN Aber du weißt doch, daß das nicht so ist...

MAC Bitte, Sie sollen nicht zu kurz kommen. Was schulde ich Ihnen? Aber bitte, legen Sie spezifizierte Rechnung ab. Das Leben hat mich mißtrauisch gemacht... Gerade Sie werden das am besten verstehen können.

BROWN Mac, wenn du so sprichst, kann ich gar nichts denken.

*Man hört hinten schweres Klopfen.*

SMITH *(Stimme):* So, das hält.

MAC Die Abrechnung, Brown.

BROWN Also bitte – wenn du durchaus willst, da sind also erstens die Summen für die Ergreifung von Mördern, die du oder deine Leute ermöglicht haben. Du hast von der Regierung ausbezahlt bekommen im ganzen...

MAC Für drei Fälle à vierzig Pfund, macht hundertzwanzig Pfund. Ein Viertel für Sie würde also dreißig Pfund betragen, welche wir Ihnen also schulden.

BROWN Ja – ja – aber ich weiß wirklich nicht, Mac, ob wir die letzten Minuten...

MAC Bitte, lassen Sie doch dieses Gewäsch, ja? Dreißig Pfund. Und für den in Dover acht Pfund.

BROWN Wieso nur acht Pfund, da war doch...

MAC Glauben Sie mir oder glauben Sie mir nicht? Sie bekommen also aus den Abschlüssen des letzten halben Jahres achtunddreißig Pfund.

BROWN *laut aufweinend:* Ein ganzes Leben... habe ich dir...

BEIDE Alles von den Augen abgelesen.

MAC Drei Jahre in Indien – John war darunter und Jim war dabei –, fünf Jahre in London, und das ist der Dank. *Indem er andeutet, wie er als Gehängter aussehen wird:*

Hier hängt Macheath, der keine Laus gekränkt.
Ein falscher Freund hat ihn am Bein gekriegt.
An einen klafterlangen Strick gehängt
Spürt er am Hals, wie schwer sein Hintern
wiegt.

BROWN Mac, wenn du mir so kommst... wer meine Ehre angreift, greift mich an. *Läuft wütend aus dem Käfig.*

MAC Deine Ehre...

BROWN Ja, meine Ehre. Smith, anfangen! Leute hereinlassen! *Zu Mac:* Entschuldige mich, bitte.

SMITH *rasch zu Macheath:* Jetzt kann ich Sie noch wegbringen, aber in einer Minute nicht mehr. Haben Sie das Geld zusammen?

MAC Ja, wenn die Jungens zurück sind.

SMITH Die sind nicht zu sehen. Also: erledigt. *Leute werden hereingelassen. Peachum, Frau Peachum, Polly, Lucy, die Huren, der Pfarrer, Matthias und Jakob.*

JENNY Man hat uns nicht hereinlassen wollen. Aber ich habe ihnen gesagt: wenn ihr eure Dreckkübel von Köpfen nicht wegtut, dann werdet ihr die Spelunken-Jenny schon kennenlernen.

PEACHUM Ich bin sein Schwiegervater. Bitte um Verzeihung, welcher von den Anwesenden ist Herr Macheath?

MAC *stellt sich vor:* Macheath.

PEACHUM *vorbei am Käfig, stellt sich wie alle Nachfolgenden rechts auf:* Das Geschick, Herr Macheath, hat es gefügt, daß Sie, ohne daß ich Sie kenne, mein Schwiegersohn sind. Der Umstand, der mich Sie zum ersten Mal sehen läßt, ist ein sehr trauriger. Herr Macheath, Sie hatten einst weiße Glacéhandschuhe, einen Stock mit einem Elfenbeingriff und eine Narbe am Hals und verkehrten im Tintenfisch-Hotel. Übriggeblieben ist Ihre Narbe, welche wohl den geringsten Wert unter Ihren Kennzeichen besaß, und Sie verkehren nur mehr in Käfigen und absehbar bald nirgends mehr...

*Polly geht weinend am Käfig vorbei, stellt sich rechts auf.*

MAC Was für ein hübsches Kleid du anhast.

*Matthias und Jakob kommen am Käfig vorbei, stellen sich rechts auf.*

MATTHIAS Wir konnten nicht durchkommen, wegen des großen Andrangs. Wir sind so gelaufen, daß ich für Jakob einen Schlaganfall befürchten mußte. Wenn du uns nicht glaubst...

MAC Was sagen meine Leute? Haben sie gute Plätze?

MATTHIAS Sehen Sie, Captn, wir dachten, Sie verstehen uns. Sehen Sie, eine Krönung, das ist ja auch nicht alle Tage. Die Leute müssen verdienen, wenn sie können. Sie lassen grüßen.

JAKOB Herzlichst!

FRAU PEACHUM *tritt an den Käfig heran, stellt sich rechts auf:* Herr Macheath, wer hätte das gedacht, als wir damals vor einer Woche im Tintenfisch-Hotel einen kleinen Step tanzten.

MAC Ja, einen kleinen Step.

FRAU PEACHUM Aber die Geschicke hienieden sind grausam.

BROWN *hinten zum Pfarrer:* Und mit diesem Menschen habe ich in Aserbaidshan Schulter an Schulter im heftigsten Feuerkampf gestanden.

JENNY *kommt an den Käfig:* Wir in Drury Lane sind ganz außer uns. Kein Mensch ist zur Krönung gegangen. Alle wollen dich sehen. *Stellt sich rechts auf.*

MAC Mich sehen.

SMITH Na, also los. Sechs Uhr. *Läßt ihn aus dem Käfig.*

MAC Wir wollen die Leute nicht warten lassen. Meine Damen und Herren. Sie sehen den untergehenden Vertreter eines untergehenden Standes. Wir kleinen bürgerlichen Handwerker, die wir mit dem biederen Brecheisen an den Nikkelkassen der kleinen Ladenbesitzer arbeiten, werden von den Großunternehmern verschlungen, hinter denen die Banken stehen. Was ist ein Dietrich gegen eine Aktie? Was ist ein Einbruch in eine Bank gegen die Gründung einer Bank? Was ist die Ermordung eines Mannes gegen die Anstellung eines Mannes? Mitbürger, hiermit verabschiede ich mich von euch. Ich danke Ihnen, daß Sie gekommen sind. Einige von Ihnen sind mir sehr nahegestanden. Daß Jenny mich angegeben haben soll, erstaunt mich sehr. Es ist ein deutlicher Beweis dafür, daß die Welt sich gleichbleibt. Das Zusammentreffen einiger unglücklicher Umstände hat mich zu Fall gebracht. Gut – ich falle.

*Songbeleuchtung: goldenes Licht. Die Orgel wird illuminiert. An einer Stange kommen von oben drei Lampen herunter, und auf den Tafeln steht:*

BALLADE, IN DER MACHEATH JEDERMANN ABBITTE LEISTET

Ihr Menschenbrüder, die ihr nach uns lebt
Laßt euer Herz nicht gegen uns verhärten
Und lacht nicht, wenn man uns zum Galgen hebt
Ein dummes Lachen hinter euren Bärten.
Und flucht auch nicht, und sind wir auch gefallen
Seid nicht auf uns erbost wie das Gericht:
Gesetzten Sinnen sind wir alle nicht –
Ihr Menschen, lasset allen Leichtsinn fallen
Ihr Menschen, laßt euch uns zur Lehre sein
Und bittet Gott, er möge mir verzeihn.

Der Regen wäscht uns ab und wäscht uns rein
Und wäscht das Fleisch, das wir zu gut genährt
Und die zuviel gesehn und mehr begehrt:
Die Augen hacken uns die Raben ein.
Wir haben wahrlich uns zu hoch verstiegen
Jetzt hängen wir hier wie aus Übermut
Zerpickt von einer gierigen Vögelbrut
Wie Pferdeäpfel, die am Wege liegen.
Ach Brüder, laßt euch uns zur Warnung sein
Und bittet Gott, er möge uns verzeihn.

Die Mädchen, die die Brüste zeigen
Um leichter Männer zu erwischen
Die Burschen, die nach ihnen äugen
Um ihren Sündenlohn zu fischen
Die Lumpen, Huren, Hurentreiber
Die Tagediebe, Vogelfrein
Die Mordgesellen, Abtrittsweiber
Ich bitte sie, mir zu verzeihn.

Nicht so die Polizistenhunde
die jeden Abend, jeden Morgen
Nur Rinde gaben meinem Munde
Auch sonst verursacht Müh'n und Sorgen
Ich könnte sie ja jetzt verfluchen
Doch will ich heute nicht so sein:

Um weitere Händel nicht zu suchen
Bitt ich auch sie, mir zu verzeihn.

Man schlage ihnen ihre Fressen
Mit schweren Eisenhämmern ein.
Im übrigen will ich vergessen
Und bitte sie, mir zu verzeihn.

SMITH Bitte, Herr Macheath.

FRAU PEACHUM Polly und Lucy, steht eurem Manne bei in seiner letzten Stunde.

MAC Meine Damen, was auch immer zwischen uns…

SMITH *führt ihn ab:* Vorwärts!

*Gang zum Galgen*

*Alle ab durch Tür links. Diese Türen sind in den Projektionsflächen. Dann kommen auf der anderen Seite von der Bühne alle mit Windlichtern wieder herein. Wenn Macheath oben auf dem Galgen steht, spricht*

PEACHUM
Verehrtes Publikum, wir sind soweit
Und Herr Macheath wird aufgehängt
Denn in der ganzen Christenheit
Da wird dem Menschen nichts geschenkt

Damit ihr aber nun nicht denkt
Das wird von uns auch mitgemacht
Wird Herr Macheath nicht aufgehängt
Sondern wir haben uns einen anderen Schluß
ausgedacht.

Damit ihr wenigstens in der Oper seht
Wie einmal Gnade vor Recht ergeht.
Und darum wird, weil wir's gut mit euch meinen
Jetzt der reitende Bote des Königs erscheinen.

*Auf den Tafeln steht:*

DRITTES DREIGROSCHEN-FINALE

AUFTAUCHEN DES REITENDEN BOTEN

CHOR
Horch, wer kommt!
Des Königs reitender Bote kommt!

*Hoch zu Roß erscheint Brown als reitender Bote.*

BROWN Anläßlich ihrer Krönung befiehlt die Königin, daß der Captain Macheath sofort freigelassen wird. *Alle jubeln.* Gleichzeitig wird er hiermit in den erblichen Adelsstand erhoben – *Jubel* – und ihm das Schloß Marmarel sowie eine Rente von zehntausend Pfund bis zu seinem Lebensende überreicht. Den anwesenden Brautpaaren läßt die Königin ihre königlichen Glückwünsche übersenden.

MAC Gerettet, gerettet! Ja, ich fühle es, wo die Not am größten, ist die Hilfe am nächsten.

POLLY Gerettet, mein lieber Mackie ist gerettet. Ich bin sehr glücklich.

FRAU PEACHUM So wendet alles sich am End zum Glück. So leicht und friedlich wäre unser Leben, wenn die reitenden Boten des Königs immer kämen.

PEACHUM Darum bleibt alle stehen, wo ihr steht, und singt den Choral der Ärmsten der Armen, deren schwieriges Leben ihr heute dargestellt habt, denn in Wirklichkeit ist gerade ihr Ende schlimm. Die reitenden Boten des Königs kommen sehr selten, wenn die Getretenen widergetreten haben. Darum sollte man das Unrecht nicht zu sehr verfolgen.

ALLE *singen zur Orgel, nach vorn gehend:*

Verfolgt das Unrecht nicht zu sehr, in Bälde
Erfriert es schon von selbst, denn es ist kalt.
Bedenkt das Dunkel und die große Kälte
In diesem Tale, das von Jammer schallt.

# Aufstieg und Fall der Stadt Mahagonny

Oper

Mitarbeiter: E. Hauptmann, C. Neher, K. Weill

*Personen*

Paul, Heinrich, Jakob, Joseph – Holzfäller · Leokadja Begbick · Dreieinigkeitsmoses · Willy der Prokurist · Jenny · Männer und Mädchen von Mahagonny

1
**Gründung der Stadt Mahagonny.**

*In einer öden Gegend hält ein großes, übel zugerichtetes Lastauto.*

WILLY DER PROKURIST
Hallo, wir müssen weiter!
DREIEINIGKEITSMOSES
Aber der Wagen ist kaputt.
WILLY DER PROKURIST
Ja, dann können wir nicht weiter.
*Pause.*
DREIEINIGKEITSMOSES
Aber wir müssen weiter.
WILLY DER PROKURIST
Aber vor uns ist nur Wüste.
DREIEINIGKEITSMOSES
Ja, dann können wir nicht weiter.
*Pause.*
WILLY DER PROKURIST
Also müssen wir umkehren.
DREIEINIGKEITSMOSES
Aber hinter uns sind die Konstabler, die uns von Angesicht zu Angesicht kennen.
WILLY DER PROKURIST
Ja, dann können wir nicht umkehren.
*Sie setzen sich aufs Trittbrett und rauchen.*
DREIEINIGKEITSMOSES
Oben an der Küste wird aber doch Gold gefunden.
WILLY DER PROKURIST
Ja, die Küste, die ist lang.
DREIEINIGKEITSMOSES
Ja, dann können wir eben nicht hin.
WILLY DER PROKURIST
Aber es wird dort Gold gefunden.
DREIEINIGKEITSMOSES
Ja, aber die Küste ist zu lang.
FRAU LEOKADJA BEGBICK *wird auf dem Auto sichtbar:*
Geht es nicht weiter?
DREIEINIGKEITSMOSES
Nein.
BEGBICK
Gut, dann bleiben wir hier. Es ist mir eingefallen: wenn wir nicht hinaufkommen können, werden wir hier unten bleiben. Seht, alle Leute, die von dort herunterkamen, sagten, daß die Flüsse das Gold sehr ungern hergeben. Es ist eine schlimme Arbeit, und wir können nicht arbeiten. Aber ich habe diese Leute gesehen, und ich sage euch, sie geben das Gold her! Ihr bekommt leichter das Gold von Männern als von Flüssen!

Darum laßt uns hier eine Stadt gründen
Und sie nennen Mahagonny
Das heißt: Netzestadt!
Sie soll sein wie ein Netz
Das für die eßbaren Vögel gestellt wird.
Überall gibt es Mühe und Arbeit
Aber hier gibt es Spaß.
Denn es ist die Wollust der Männer
Nicht zu leiden und alles zu dürfen.
Das ist der Kern des Goldes.
Gin und Whisky
Mädchen und Knaben.
Und eine Woche ist hier: sieben Tage ohne Arbeit
Und die großen Taifune kommen nicht bis hierher.
Aber die Männer ohne Zank
Erwarten rauchend das Heraufkommen des Abends.
An jedem dritten Tag gibt es Kämpfe
Mit Gebrüll und Roheit, doch die Kämpfe sind fair.
Steckt also diesen Angelstock in diese Erde und hißt dieses Stück
Leinen, damit die Schiffe, die von der Goldküste hier vorüberfahren
Uns sehen können.
Stellt den Bartisch auf
Dort unterm Gummibaum:
Das ist die Stadt.
Das ist ihre Mitte
Und sie heißt: »Das Hotel zum Reichen Manne«.

*Der rote Mahagonny-Wimpel geht an einem langen Angelstock hoch.*
WILLY UND MOSES
Aber dieses ganze Mahagonny
Ist nur, weil alles so schlecht ist
Weil keine Ruhe herrscht
Und keine Eintracht
Und weil es nichts gibt
Woran man sich halten kann.

**2**

**Rasch wuchs in den nächsten Wochen eine Stadt auf, und die ersten »Haifische« siedelten sich in ihr an.**

*Es kommen mit großen Koffern Jenny und sechs Mädchen, setzen sich auf die Koffer und singen den Alabama-Song.*

Oh, show us the way to the next whisky-bar!
Oh, don't ask why, oh, don't ask why!
For we must find the next whisky-bar
For if we don't find the next whisky-bar
I tell you we must die!
Oh, moon of Alabama
We now must say good-bye
We've lost our good old mamma
And must have whisky
Oh, you know why.

Oh, show us the way to the next pretty boy!
Oh, don't ask why, oh, don't ask why!
For we must find the next pretty boy
For if we don't find the next pretty boy
I tell you we must die!
Oh, moon of Alabama
We now must say good-bye
We've lost our good old mamma
And must have boys
Oh, you know why.

Oh, show us the way to the next little dollar!
Oh, don't ask why, oh, don't ask why!
For we must find the next little dollar
For if we don't find the next little dollar
I tell you we must die!
Oh, moon of Alabama
We now must say good-bye
We've lost our good old mamma
And must have dollars
Oh, you know why.

*Die Mädchen mit ihren Koffern ab.*

**3**

**Die Nachricht von der Gründung einer Paradiesstadt erreicht die großen Städte.**

*Eine Projektion zeigt die Ansicht einer Millionenstadt sowie die Photographien vieler Männer.*

DIE MÄNNER
Unter unsern Städten sind Gossen
In ihnen ist nichts und über ihnen ist Rauch.
Wir sind noch drin. Wir haben nichts genossen.
Wir vergehen rasch und langsam vergehen sie auch.

*Willy der Prokurist und Dreieinigkeitsmoses kommen mit Plakaten.*

WILLY DER PROKURIST
Fern vom Getriebe der Welt…

DREIEINIGKEITSMOSES
– die großen Züge kommen nicht vorbei –

WILLY DER PROKURIST
…liegt die Goldstadt Mahagonny.

DREIEINIGKEITSMOSES
Dort wurde gestern erst nach euch gefragt.

WILLY DER PROKURIST
Zu unserer Zeit gibt es in den großen Städten viele, denen es nicht mehr gefällt. Solche gehen nach Mahagonny, der Goldstadt.

DREIEINIGKEITSMOSES
Die Getränke sind billig.

WILLY DER PROKURIST
Hier in euren Städten ist der Lärm zu groß
Nichts als Unruhe und Zwietracht
Und nichts, woran man sich halten kann.

DREIEINIGKEITSMOSES
Weil alles so schlecht ist.

WILLY UND MOSES
Doch sitzt ihr einmal bei den
Mahagonny-Leuten
Nun, so raucht ihr auch
Und aus euren gelben Häuten
Steigt Rauch.
Himmel wie Pergament
Goldner Tabak!
Wenn San Francisco brennt
Was ihr dran Gutes nennt
Sehet, das geht am End
In einen Sack.

DIE MÄNNER
Unter ihnen sind Gossen
In ihnen ist nichts und über ihnen ist Rauch.
Wir sind noch drin. Wir haben nichts genossen.
Wir vergehen rasch und langsam vergehen sie auch.

WILLY DER PROKURIST
Drum auf nach Mahagonny!

DREIEINIGKEITSMOSES
Dort wurde gestern erst nach euch gefragt.

## 4

**In den nächsten Jahren zogen die Unzufriedenen aller Kontinente der Goldstadt Mahagonny entgegen.**

*Vier Männer – Paul, Jakob, Heinrich, Joseph – kommen mit Koffern:*

Auf nach Mahagonny!
Die Luft ist kühl und frisch
Dort gibt es Pferd- und Weiberfleisch
Whisky und Pokertisch.
Schöner, grüner
Mond von Alabama
Leuchte uns!
Denn wir haben heute hier
Unterm Hemde Geldpapier
Für ein großes Lachen
Deines großen, dummen Munds.

Auf nach Mahagonny!
Der Ostwind, der geht schon
Dort gibt es frischen Fleischsalat
Und keine Direktion.
Schöner, grüner
Mond von Alabama
Leuchte uns!
Denn wir haben heute hier
Unterm Hemde Geldpapier
Für ein großes Lachen
Deines großen, dummen Munds.

Auf nach Mahagonny!
Das Schiff ist losgeseilt
Die Zi-zi-zi-zi-zivilis
Die wird uns dort geheilt.
Schöner, grüner
Mond von Alabama
Leuchte uns!
Denn wir haben heute hier
Unterm Hemde Geldpapier
Für ein großes Lachen
Deines großen, dummen Munds.
*Die Männer gehen ab.*

## 5

**Damals kam unter anderen auch Paul Ackermann in die Stadt Mahagonny, und seine Geschichte ist es, die wir Ihnen erzählen wollen.**

*Landungsplatz von Mahagonny. Die vier Männer stehen vor einem Wegweiser »Nach Mahagonny«, an dem eine Preistafel hängt.*

PAUL
Wenn man an einen fremden Strand kommt
Ist man immer zuerst etwas verlegen.

JAKOB
Man weiß nicht recht, wohin man gehen soll.

HEINRICH
Wen man anbrüllen darf!

JOSEPH
Und vor wem man den Hut zieht.

PAUL
Das ist der Nachteil
Wenn man an einen fremden Strand kommt.
*Frau Leokadja Begbick kommt mit einer großen Liste.*

BEGBICK
Ach, meine Herren
Willkommen zu Hause.
*Sieht in der Liste nach.*
Ist das denn nicht Herr Paul Ackermann
Der berühmt ist im Messerspitzeln?
Jeden Abend vor dem Schlafengehen
Wünschen Sie Gin mit Pfeffer.

PAUL
Angenehm!

BEGBICK
Witwe Begbick.
*Begrüßung.*
Und zu Ihrer Ankunft, Herr Jakob Schmidt
Haben wir den Kies geharkt.

JAKOB
Danke Ihnen.

BEGBICK
Und Sie, Herr Merg?

PAUL *vorstellend:*
Heinrich Merg.

BEGBICK
Und Sie, Herr Joseph Lettner?

PAUL *ebenso:*
Alaskawolf-Joe.

BEGBICK
Um uns Ihnen gefällig zu erweisen, setzen wir
Die Preise etwas abwärts.
*Sie ändert die Preistafeln.*

HEINRICH, JOE
Danke herzlich!
*Begrüßung.*

BEGBICK
Wünschen Sie zuerst sich mit frischen Mädchen zu versorgen?

DREIEINIGKEITSMOSES *bringt Mädchenbilder und stellt sie wie Moritatentafeln auf:*
Meine Herren, jeder Mann trägt im Herzen das Bild seiner Geliebten. Was dem einen üppig ist,

ist dem andern mager. So ein Schwung der Hüfte wäre etwa passend für Sie, Herr Joe.

JAKOB
Vielleicht wäre es für mich das Passende.

JOE
Ich dachte allerdings an etwas Dunkleres.

BEGBICK
Und Sie, Herr Merg?

HEINRICH
Bemühen Sie sich gar nicht.

BEGBICK
Und Herr Ackermann?

PAUL
Nein, ich sehe nichts an Bildern. Ich muß hinlangen, damit ich weiß
Ob das Liebe ist bei mir.
Heraus, ihr Schönen von Mahagonny
Wir haben Geld, und was habt ihr?

JAKOB, HEINRICH, JOE
Sieben Jahre in Alaska
Das ist Kälte, das ist Geld
Heraus, ihr Schönen von Mahagonny
Wir zahlen bar, wenn's uns gefällt.

JENNY UND DIE SECHS MÄDCHEN
Guten Tag, ihr Jungens von Alaska
War es kalt dort und habt ihr Geld?

PAUL
Guten Tag, ihr Schönen von Mahagonny.

JENNY UND DIE SECHS MÄDCHEN
Wir sind die Mädchen von Mahagonny
Wenn ihr bezahlt, dann kriegt ihr, was euch gefällt.

BEGBICK *auf Jenny weisend:*
Das ist Ihr Mädchen, Herr Jakob Schmidt.
Wenn ihre Hüfte keinen Schwung hat
Sind Ihre fünfzig Dollar Dreck aus Wellblech.

JAKOB
Dreißig Dollar!

BEGBICK *achselzuckend zu Jenny:*
Dreißig Dollar!

JENNY
Ach, bedenken Sie, Herr Jakob Schmidt
Ach, bedenken Sie, was man für dreißig Dollar kriegt!
Zehn Paar Strümpfe und nichts sonst.
Ich bin aus Havanna
Meine Mutter war eine Weiße.
Sie sagte oft zu mir:
»Mein Kind, verkauf dich nicht
Für ein paar Dollarnoten, so wie ich es tat
Schau dir an, was aus mir geworden ist.«
Ach, bedenken Sie, Herr Jakob Schmidt.

JAKOB
Also, zwanzig Dollar.

BEGBICK
Dreißig, mein Herr, dreißig.

JAKOB
Ausgeschlossen.

PAUL
Vielleicht nehme ich sie. *Zu Jenny:* Wie heißt du denn?

JENNY
Jenny Smith aus Oklahoma.
Ich bin hergekommen vor neun Wochen.
Ich war drunten in den großen Städten.
Ich tue alles, was man verlangt von mir.
Ich kenn die Paules, Paules, Paules aus Alaska schon
Sie hatten's schlimmer dort als selbst die Toten
Und wurden reich davon, und wurden reich davon
Und kommen, die Jacketts zum Platzen voll Banknoten
Auf ihren Extrazügen an und sehen: Mahagon.
Ach, Paule, lieber Paule mein
Die Herrn sehn immer auf mein Bein
Mein Bein ist nur für dich da, Paule
Ach, Paule, setz dich auf mein Knie
Ach, Paule, ach, ich liebte nie
Ach, trink aus meinem Glase, Paule!

PAUL
Gut, ich nehme dich.

JENNY
Kopf hoch, Paule!

*Alle wollen eben nach Mahagonny aufbrechen, da kommen ihnen Leute mit Koffern entgegen.*

JOE
Was sind das für Leute?

DIE LEUTE MIT KOFFERN *vorüberhastend:*
Ist das Schiff schon fort?
Gott sei Dank! Nein, dort liegt es noch!

*Die Leute mit Koffern stürzen ab zum Landungsplatz.*

BEGBICK *schimpft ihnen nach:*
Dummköpfe, Quadratschädel! Da laufen sie hin auf das Schiff. Und ihre Taschen sind noch voll von Geld. Schlechte Rasse! Leute ohne Humor!

JAKOB
Das ist seltsam, daß die weggehn.
Wo es schön ist, da bleibt man.
Wenn da nur nicht etwas faul ist.

BEGBICK
Sie aber, meine Herren
Sie kommen mit nach Mahagonny.

Es kommt mir nicht darauf an
Den Whisky noch einmal herabzusetzen.
*Sie steckt eine dritte Tafel mit noch niedrigeren Preisen vor die zweite.*

JOE
Dieses Mahagonny, das uns so gepriesen wurde
Scheint sehr billig, das mißfällt mir.

HEINRICH
Ich finde alles viel zu teuer.

JAKOB
Und du, Paule, meinst du, daß es gut dort ist?

PAUL
Wo wir sind, da ist es gut.

JENNY
Ach, Paule, setz dich auf mein Knie.

DIE SECHS MÄDCHEN
Ach, Paule, setz dich auf mein Knie.

JENNY UND DIE SECHS MÄDCHEN
Ach, Paule, ach, ich liebte nie
Ach, trink aus meinem Glase, Paule!

JENNY, DIE SECHS MÄDCHEN, BEGBICK, PAUL, JAKOB, HEINRICH, JOE
Da sind die Paules, Paules, Paules aus Alaska schon.

JENNY UND DIE SECHS MÄDCHEN
Die hatten's schlimmer dort als selbst die Toten.

PAUL, JAKOB, HEINRICH, JOE
Und wurden reich davon, und wurden reich davon.

JENNY UND DIE SECHS MÄDCHEN
Und kommen, die Jacketts zum Platzen voll Banknoten
Auf ihren Extrazügen an und sehen: Mahagon.
*Alle ab nach Mahagonny.*

## 6
## Unterweisung.

*Stadtplan von Mahagonny. Paul und Jenny im Gehen.*

JENNY
Ich habe gelernt, wenn ich einen Mann kennenlerne, ihn zu fragen, was er gewohnt ist. Sagen Sie mir also, wie Sie mich wünschen.

PAUL
Wie Sie sind, so gefallen Sie mir. Wenn Sie »du« zu mir sagten, würd ich denken, ich gefalle Ihnen.

JENNY
Bitte, Paul, wie willst du meine Haare? Nach vorn oder zurück?

PAUL
Das könnte verschieden sein, je nach der Gelegenheit.

JENNY
Aber wie ist es mit der Wäsche, mein Freund? Trage ich Wäsche unterm Rock oder geh ich ohne Wäsche?

PAUL
Ohne Wäsche.

JENNY
Wie Sie wollen, Paule.

PAUL
Und Ihre Wünsche?

JENNY
Es ist vielleicht zu früh, davon zu reden.

## 7
## Alle großen Unternehmungen haben ihre Krisen.

*Eine Projektion zeigt die Statistik der Verbrechen und Geldumläufe in Mahagonny. Sieben verschiedene Preistafeln. Im Innern des »Hotels zum Reichen Manne« sitzen am Bartisch Willy der Prokurist und Dreieinigkeitsmoses. Die Begbick stürzt weißgeschminkt herein.*

BEGBICK
Willy und Moses! Willy und Moses, habt ihr gesehen, daß Leute wieder abreisen? Sie sind schon unten am Hafen. Ich habe sie gesehen.

WILLY DER PROKURIST
Was soll sie auch hier halten? Ein paar Schenken und ein Haufen voll Stille...

DREIEINIGKEITSMOSES
Und was sind das auch für Männer! Sie fangen einen Fisch und sind glücklich! Sie sitzen rauchend vor dem Haus und sind zufrieden...

BEGBICK, WILLY, MOSES
Ach, dieses Mahagonny
Ist kein Geschäft geworden.

BEGBICK
Heute kostet der Whisky zwölf Dollar.

WILLY DER PROKURIST
Morgen wird er bestimmt auf acht sinken.

DREIEINIGKEITSMOSES
Und er wird nie mehr hinaufgehen!

BEGBICK, WILLY, MOSES
Ach, dieses Mahagonny
Ist kein Geschäft geworden.

BEGBICK
Ich weiß nicht, was ich machen soll! Alle wollen

etwas haben von mir, und ich habe nichts mehr. Was soll ich ihnen geben, daß sie hierbleiben und mich leben lassen?

BEGBICK, WILLY, MOSES
Ach, dieses Mahagonny
Ist kein Geschäft geworden.

BEGBICK
Auch ich bin einmal an einer Mauer gestanden
Mit einem Mann
Und wir haben Worte getauscht
Und von der Liebe gesprochen.
Aber das Geld ist hin
Und mit ihm auch die Sinnlichkeit.

WILLY, MOSES
Geld macht sinnlich – Geld macht sinnlich.

BEGBICK
Vor neunzehn Jahren ging das Elend los, und die Existenzkämpfe haben mich ausgehöhlt. Dieses war mein letzter großer Plan: der hieß Mahagonny, die Netzestadt. Doch im Netz hat sich nichts gefangen...

BEGBICK, WILLY, MOSES
Ach, dieses Mahagonny
Ist kein Geschäft geworden.

BEGBICK
Nun, so werden wir zurückkehren
Und wieder zurückfahren durch die tausend Städte
Und wieder zurückzählen die neunzehn Jahre.
Packt die Koffer!
Wir fahren zurück.

WILLY DER PROKURIST
Ja, Witwe Begbick! Ja, Witwe Begbick, dort warten sie schon auf dich! *Liest aus der Zeitung vor:* In Pensacola sind Konstabler eingetroffen, die hinter einer Frau her sind, die Leokadja Begbick heißt, sie haben alle Häuser durchgesucht und sind dann weitergeritten...

BEGBICK
Ach! Nun rettet uns nichts mehr.

WILLY, MOSES
Ja, Witwe Begbick
Mit dem Unrecht geht es eben doch nicht
Und wer es mit dem Laster treibt
Der wird nicht alt!

BEGBICK
Ja, wenn wir Geld hätten
Wenn wir Geld gemacht hätten
Mit dieser Netzestadt, die keine Netze hat
Dann könnten die Konstabler kommen!
Sind da nicht etliche gekommen heute?
Sie sahen aus, als ob sie Geld hätten.
Vielleicht geben die uns ihr Geld.

8

## Alle wahrhaft Suchenden werden enttäuscht.

*Landungsplatz von Mahagonny. Von der Stadt her kommt – wie früher die Leute mit den Koffern – jetzt Paul, den seine Leute zurückzuhalten suchen.*

JAKOB
Paule, warum läufst du denn fort?

PAUL
Ja, was soll mich denn hier halten?

HEINRICH
Warum machst du denn so ein Gesicht?

PAUL
Weil ich eine Tafel sehen mußte
Darauf stand: »Hier ist verboten.«

JOE
Hast du nicht Gin und billigen Whisky?

PAUL
Zu billig!

HEINRICH
Und Ruhe und Eintracht?

PAUL
Zu ruhig!

JAKOB
Wenn du einen Fisch essen willst
Kannst du dir einen fangen.

PAUL
Das macht mich nicht glücklich.

JOE
Man raucht.

PAUL
Man raucht.

HEINRICH
Man schläft etwas.

PAUL
Man schläft.

JAKOB
Man schwimmt.

PAUL *äfft ihn nach:*
Man holt sich eine Banane!

JOE
Man schaut das Wasser an.
*Paul zuckt nur noch mit den Achseln.*

HEINRICH
Man vergißt.

PAUL
Aber etwas fehlt.

JAKOB, HEINRICH, JOE
Wunderbar ist das Heraufkommen des Abends
Und schön sind die Gespräche der Männer unter sich!

PAUL
Aber etwas fehlt.
JAKOB, HEINRICH, JOE
Schön ist die Ruhe und der Frieden
Und beglückend ist die Eintracht.
PAUL
Aber etwas fehlt.
JAKOB, HEINRICH, JOE
Herrlich ist das einfache Leben
Und ohnegleichen ist die Größe der Natur.
PAUL
Aber etwas fehlt.

Ich glaube, ich will meinen Hut aufessen
Ich glaube, da werde ich satt.
Warum soll einer nicht seinen Hut aufessen
Wenn er sonst nichts zu tun hat?
Ihr habt gelernt das Cocktail-Abc
Ihr habt den Mond die ganze Nacht gesehn
Geschlossen ist die Bar von Mandelay
Und es ist immer noch nichts geschehn.
Oh, Jungens, es ist immer noch nichts geschehn!

Ich glaube, ich müßte nach Georgia fahren
Ich glaube, da ist eine Stadt.
Warum soll einer nicht nach Georgia fahren
Wenn er sonst nichts zu tun hat?
Ihr habt gelernt das Cocktail-Abc
Ihr habt den Mond die ganze Nacht gesehn
Geschlossen ist die Bar von Mandelay
Und es ist immer noch nichts geschehn.
Oh, Jungens, es ist immer noch nichts geschehn!

JAKOB, HEINRICH, JOE
Paule, bleibe kalten Bluts
Das ist die Bar von Mandelay!
JOE
Paule will seinen Hut aufessen.
HEINRICH
Warum willst du denn deinen Hut aufessen?
JAKOB, HEINRICH, JOE
Du bist ein tolles Huhn, Paule!
JAKOB
Nein, das kannst du nicht tun, Paule!
JAKOB, HEINRICH, JOE
Treib es uns nicht zu dick!
Paule, da ist ein Strick!
*Alle drei brüllend:*
Wir schlagen dich einfach nieder
Ach, Paule, bis du wieder
Ein Mensch bist!

PAUL *ruhig:*
Oh, Jungens, ich will doch gar kein Mensch sein.
JOE
So, jetzt hast du dich ausgesprochen, und jetzt kommst du hübsch wieder mit nach Mahagonny.
*Sie führen ihn in die Stadt zurück.*

## 9

*Vor dem »Hotel zum Reichen Manne« unter einem großen Himmel sitzen rauchend, schaukelnd und trinkend die Männer von Mahagonny, darunter unsere vier Freunde. Sie hören eine Musik an und betrachten träumerisch eine weiße Wolke, die von links nach rechts über den Himmel zieht, sodann wieder umgekehrt und so weiter. Um sie stehen Plakate mit Inschriften: »Schonen Sie gefälligst meine Stühle«, »Machen Sie keinen Krach«, »Vermeiden Sie anstößige Gesänge«.*

PAUL
Tief in Alaskas weißverschneiten Wäldern
Habe ich in Gemeinschaft mit drei Kameraden
Bäume gefällt und an die Flüsse gebracht
Rohes Fleisch gegessen und Geld gesammelt.
Sieben Jahre habe ich gebraucht
Um hierherzukommen.

Dort in der Hütte am Fluß in sieben Wintern
Schnitt unser Messer in den Tisch unsre Goddams.
Wir machten aus, wo wir hingehen würden
Wo wir hingehen würden, wenn wir Geld genug hätten.
Alles habe ich ertragen
Um hierherzukommen.

Als die Zeit vorbei war, steckten wir das Geld ein
Und wählten aus vor allen Städten die Stadt Mahagonny
Kamen hierher auf dem kürzesten Weg
Ohne Aufenthalt
Und mußten das hier sehen.
Etwas Schlechteres gab es nicht
Und etwas Dümmeres fiel uns nicht ein
Als hierherzukommen.

*Er springt auf.* Ja, was fällt euch denn ein? Das könnt ihr doch mit uns nicht machen! Da seid ihr an die Falschen gekommen. *Er schießt seinen Revolver ab.* Komm heraus, du Hier-darfst-du-nicht-Schlampe! Hier ist Paule Ackermann aus Alaska, dem gefällt's hier nicht!

BEGBICK *aus dem Hause stürzend:*
Was gefällt dir hier nicht?

PAUL
Dein Dreckhaufen!

BEGBICK
Ich verstehe immer Dreckhaufen! Sagten Sie nicht eben Dreckhaufen?

PAUL
Ja, das sagte ich, Paule Ackermann.
*Die Wolke erzittert und geht eilig ab.*

PAUL
Sieben Jahre, sieben Jahre hab ich die Bäume gefällt.

DIE SECHS MÄDCHEN, JAKOB, HEINRICH, JOE
Hat er die Bäume gefällt.

JAKOB, HEINRICH, JOE
Hat er die Bäume gefällt.

JAKOB
Sei ruhig, Paul!

PAUL
Und das Wasser hatte nur vier Grad.

DIE SECHS MÄDCHEN, JAKOB, HEINRICH, JOE
Das Wasser hatte nur vier Grad.

PAUL
Alles habe ich ertragen, alles, um hierherzukommen
Aber hier gefällt es mir nicht
Denn hier ist nichts los!

JENNY
Lieber Paule, lieber Paule
Hör auf uns und laß das Messer drin.

PAUL
Haltet mich zurück!

JAKOB, HEINRICH, JOE
Hör auf uns und laß das Messer drin.

JENNY
Lieber Paule, komm mit uns und sei ein Gentleman.

PAUL
Haltet mich zurück!

JAKOB, HEINRICH, JOE
Komm mit uns und sei ein Gentleman.

PAUL
Sieben Jahre Bäume fällen
Sieben Jahre Kälte leiden
Alles mußte ich ertragen
Und nun muß ich das hier finden!

BEGBICK, WILLY, MOSES
Du hast Ruhe, Eintracht, Whisky, Mädchen.

PAUL
Ruhe, Eintracht, Whisky, Mädchen!

JENNY, JAKOB, HEINRICH, JOE
Laß das Messer in der Tasche!

CHOR
Ru-he! Ru-he!

BEGBICK, WILLY, MOSES
Du kannst schlafen, rauchen, angeln, schwimmen!

PAUL
Schlafen, rauchen, angeln, schwimmen!

JENNY, DIE SECHS MÄDCHEN, JAKOB, HEINRICH, JOE
Paule, laß das Messer drin! Paule, laß das Messer drin!

CHOR
Ru-he! Ru-he!

BEGBICK, WILLY, MOSES
Das sind die Paules aus Alaska
Das sind die Paules aus Alaska.

PAUL
Haltet mich zurück, sonst gibt es ein Unglück!
Haltet mich zurück!

JAKOB, HEINRICH, JOE
Haltet ihn zurück! Sonst gibt es ein Unglück!
Haltet ihn zurück!

CHOR
Das sind die Paules, Paules, Paules aus Alaska schon
Die hatten's schlimmer dort als selbst die Toten
Und wurden reich davon! Und wurden reich davon.

BEGBICK, WILLY, MOSES
Wenn doch diese dummen Hunde immer in Alaska blieben, denn die wollen nur unsre Ruhe und unsre Eintracht zerstören. Werft ihn doch hinaus, werft ihn hinaus!

PAUL
Haltet mich zurück, sonst gibt's ein Unglück
Weil hier nichts los ist!
Weil hier nichts los ist!
*Er steht auf einem Tisch.*
Ach, mit eurem ganzen Mahagonny
Wird nie ein Mensch glücklich werden
Weil zu viel Ruhe herrscht
Und zu viel Eintracht
Und weil's zu viel gibt
Woran man sich halten kann.
*Lichter aus. Alle bleiben im Dunkeln auf der Bühne stehen.*

## 10

*Auf den Tafeln des Hintergrundes erscheint riesengroß die Schrift:* »EIN TAIFUN!«, *dann eine zweite Schrift:* »EIN HURRIKAN IN BEWEGUNG AUF MAHAGONNY«.

ALLE
Oh, furchtbares Ereignis
Die Stadt der Freude wird zerstört.
Auf den Bergen stehen die Hurrikane
Und der Tod tritt aus den Wassern hervor.
Oh, furchtbares Ereignis
Oh, grausames Geschick!

Wo ist eine Mauer, die mich verbirgt?
Wo ist eine Höhle, die mich aufnimmt?
Oh, furchtbares Ereignis
Oh, grausames Geschick!

## 11

**In dieser Nacht des Entsetzens fand ein einfacher Holzfäller namens Paul Ackermann die Gesetze der menschlichen Glückseligkeit.**

*Nacht des Hurrikans. An eine Mauer gelehnt sitzen auf der Erde Jenny, die Begbick, Paul, Jakob, Heinrich und Joe. Alle sind verzweifelt, nur Paul lacht. Aus dem Hintergrund hört man die Stimmen von Umzügen, die hinter der Mauer vorüberziehen.*

DIE MÄNNER VON MAHAGONNY *außerhalb:*
Haltet euch aufrecht, fürchtet euch nicht
Brüder, erlischt auch das irdische Licht
Wollet nicht verzagen
Was hilft alles Klagen
Dem, der gegen Hurrikane ficht?

JENNY *leise und traurig:*
Oh, moon of Alabama
We now must say good-bye
We've lost our good old mamma
And must have whisky
Oh, you know why.

JAKOB
Wo immer du hingehst
Es nützt nichts.
Wo du auch seist
Du entrinnst nicht.
Am besten wird es sein
Du bleibst sitzen
Und wartest
Auf das Ende.

DIE MÄNNER VON MAHAGONNY *außerhalb:*
Haltet euch aufrecht, fürchtet euch nicht
Brüder, erlischt auch das irdische Licht
Wollet nicht verzagen
Was hilft alles Klagen
Dem, der gegen Hurrikane ficht?
*Paul lacht.*

BEGBICK *zu Paul:*
Warum lachst du?

PAUL
Siehst du, so ist die Welt:
Ruhe und Eintracht, das gibt es nicht
Aber Hurrikane, die gibt es
Und Taifune, wo sie nicht auslangen.
Und gerade so ist der Mensch:
Er muß zerstören, was da ist.
Wozu braucht's da einen Hurrikan?
Was ist der Taifun an Schrecken
Gegen den Menschen, wenn er seinen Spaß will?
*Aus der Ferne: Haltet euch aufrecht… und so weiter.*

JAKOB
Sei ruhig, Paul!

JOE
Was redest du noch?

HEINRICH
Setz dich hin, rauche und vergiß!

PAUL
Wozu Türme bauen wie der Himalaja
Wenn man sie nicht umwerfen kann
Damit es ein Gelächter gibt?
Was eben ist, das muß krumm werden
Und was hoch ragt, das muß in den Staub.
Wir brauchen keinen Hurrikan
Wir brauchen keinen Taifun
Denn was er an Schrecken tun kann
Das können wir selber tun.
*Aus der Ferne: Haltet euch aufrecht… und so weiter.*

BEGBICK
Schlimm ist der Hurrikan
Schlimmer ist der Taifun
Doch am schlimmsten ist der Mensch.

PAUL *zur Begbick:*
Siehst du, du hast Tafeln gemacht
Und darauf geschrieben:
Das ist verboten
Und dieses darfst du nicht.
Und es entstand keine Glückseligkeit.

Hier, Kameraden, ist eine Tafel
Darauf steht: Es ist heut nacht verboten
Zu singen, was lustig ist.
Aber noch vor es zwei schlägt
Werde ich, Paul Ackermann
Singen, was lustig ist
Damit ihr seht
Es ist nichts verboten!

JAKOB
Wir brauchen keinen Hurrikan
Wir brauchen keinen Taifun
Denn was er an Schrecken tun kann
Das können wir selber tun.

JENNY
Sei ruhig, Paule! Was redest du! Geh hinaus mit mir
und liebe mich.

PAUL
Nein, jetzt rede ich.

Laßt euch nicht verführen
Es gibt keine Wiederkehr.
Der Tag steht vor den Türen
Ihr könnt schon Nachtwind spüren
Es kommt kein Morgen mehr.

Laßt euch nicht betrügen
Daß Leben wenig ist.
Schlürft es in vollen Zügen
Es kann euch nicht genügen
Wenn ihr es lassen müßt.

Laßt euch nicht vertrösten
Ihr habt nicht zu viel Zeit.
Laßt Moder den Verwesten
Das Leben ist am größten
Es steht nicht mehr bereit.

Laßt euch nicht verführen
Zu Fron und Ausgezehr.
Was kann euch Angst noch rühren
Ihr sterbt mit allen Tieren
Und es kommt nichts nachher.

*Er tritt an die Rampe.*

Wenn es etwas gibt
Was du haben kannst für Geld
Dann nimm dir das Geld.
Wenn einer vorübergeht und hat Geld
Schlag ihn auf den Kopf und nimm dir sein Geld:
Du darfst es!

Willst du wohnen in einem Haus
Dann geh in ein Haus
Und leg dich in ein Bett.
Wenn die Frau hereinkommt, beherberge sie.
Wenn das Dach aber durchbricht, geh weg!
Du darfst es!

Wenn es einen Gedanken gibt
Den du nicht kennst
Denke den Gedanken.
Kostet er Geld, verlangt er dein Haus:
Denke ihn! Denke ihn!
Du darfst es!

Im Interesse der Ordnung
Zum Besten des Staates
Für die Zukunft der Menschheit
Zu deinem eigenen Wohlbefinden
Darfst du!

*Alle haben sich erhoben, die Köpfe entblößt, Paul tritt zurück und empfängt ihre Glückwünsche.*

DIE MÄNNER VON MAHAGONNY *draußen:*
Wollet nicht verzagen
Was hilft alles Klagen
Dem, der gegen Hurrikane ficht?

BEGBICK *winkt Paul zu sich und geht mit ihm in eine Ecke:*
Du meinst also, es war falsch, daß ich etwas verboten habe?!

PAUL
Ja, denn ich, der ich lustig bin, zerschlage lieber deine Tafeln und deine Gesetze, und deine Mauern müssen hin sein. Wie der Hurrikan es auch macht, so mache ich es. Du bekommst Geld dafür. Hier ist es.

BEGBICK *zu allen:*
So tuet nur, was euch beliebt
Bald tut es doch der Taifun
Denn da es einen Hurrikan gibt
Drum können wir alles tun.

PAUL, JAKOB, HEINRICH, JOE
So, wie wenn's einen Hurrikan gibt
So wollen wir immer leben
Wollen tuen nur, was uns beliebt
Denn es kann einen Hurrikan geben.
Jeden Tag
Wenn er mag
Kann er uns an das Leben.

*Willy der Prokurist und Dreieinigkeitsmoses stürzen aufgeregt herein.*

WILLY UND MOSES
Zerstört ist Pensacola!
Zerstört ist Pensacola!
Und der Hurrikan nimmt seinen Weg
Hierher nach Mahagonny!
BEGBICK *triumphierend ausbrechend:*
Pensacola!
Pensacola!
Erschlagen liegen die Konstabler
Und untergehen die Gerechten mit den Ungerechten.
Sie müssen alle dahin.
PAUL
Darum fordere ich euch auf
Tuet alles heut nacht, was verboten ist.
Wenn der Hurrikan kommt, der macht es auch so!
Singt also zum Beispiel, weil es verboten ist.
DIE MÄNNER VON MAHAGONNY *ganz nahe hinter der Mauer:*
Seid ruhig, seid ruhig.
PAUL MIT JENNY UND JOE
Also singt mit uns
Singt mit uns alles, was lustig ist
Weil es verboten ist
Singet mit uns!
*Paul springt auf die Mauer.*
PAUL
Denn wie man sich bettet, so liegt man
Es deckt einen keiner da zu
Und wenn einer tritt, dann bin ich es
Und wird einer getreten, dann bist's du!
ALLE
Denn wie man sich bettet, so liegt man
Es deckt einen keiner da zu
Und wenn einer tritt, dann bin ich es
Und wird einer getreten, bist's du!

*Licht aus. Auf den Tafeln des Hintergrundes sieht man nur noch eine geographische Zeichnung mit einem langsam auf Mahagonny zulaufenden Pfeil, der den Weg des Hurrikans anzeigt.*
CHOR *aus der Ferne:*
Haltet euch aufrecht! Fürchtet euch nicht!

## 12

*In fahlem Licht warten auf der Landstraße vor dem Ort Mahagonny Mädchen und Männer. Die Tafeln des Hintergrundes zeigen wieder den Pfeil wie am Schluß der elften Szene, langsam auf Mahagonny zulaufend.*

*Ein Lautsprecher meldet in Abständen während des Orchester-Ritornells: Mit 120 Stundenmeilen bewegt sich der Hurrikan auf Atsena zu.*

*Zweite Lautsprechermeldung:*
*Atsena bis auf die Grundmauern zerstört. Keine Nachrichten. Verbindung mit Atsena nicht herzustellen.*

*Dritte Lautsprechermeldung:*
*Die Stundengeschwindigkeit des Hurrikans steigt, er bewegt sich in gerader Linie auf Mahagonny zu. Drahtverbindung mit Mahagonny schon unterbrochen.*
*In Pensacola 11 000 Tote.*

*Alle starren voller Entsetzen den Pfeil an. Jetzt, eine Minute vor Mahagonny, bleibt der Pfeil stehen. Totenstille. Dann macht der Pfeil einen schnellen Halbkreis um Mahagonny und läuft weiter. Lautsprecher:*
*Der Hurrikan hat um die Stadt Mahagonny einen Bogen gemacht und setzt seinen Weg fort.*
CHOR, MÄDCHEN, MÄNNER
O wunderbare Lösung!
Die Stadt der Freude ward verschont.
Die Hurrikane gingen vorüber in großer Höhe
Und der Tod tritt in die Wasser zurück.
O wunderbare Lösung!

VON NUN AN WAR DER LEITSPRUCH DER MAHAGONNY-LEUTE DAS WORT: »DU DARFST«, WIE SIE ES IN DER NACHT DES GRAUENS GELERNT HATTEN.

## 13
**Hochbetrieb in Mahagonny, ungefähr ein Jahr nach dem großen Hurrikan.**

*Die Männer treten an die Rampe und singen.*

CHOR
Erstens, vergeßt nicht, kommt das Fressen
Zweitens kommt der Liebesakt
Drittens das Boxen nicht vergessen
Viertens Saufen, laut Kontrakt.
Vor allem aber achtet scharf
Daß man hier alles dürfen darf.

*Die Männer gehen auf die Bühne und beteiligen sich an den Vorgängen. Auf den Tafeln des*

*Hintergrundes steht riesengroß das Wort* »ESSEN«. *Eine Anzahl von Männern sitzt jeder an einem Tisch, auf dem viel Fleisch steht. Auch Paul ist dabei. Jakob, jetzt der Vielfraß genannt, sitzt in der Mitte an einem Tisch und ißt unaufhörlich. Seitlich die beiden Musiker.*

JAKOB DER VIELFRASS
Jetzt hab ich gegessen zwei Kälber
Und jetzt esse ich noch ein Kalb
Alles ist nur halb
Ich äße mich gerne selber.

PAUL UND JAKOB
Bruder, ist das für dich Glück?
Bruder, tue nur nichts halb.

EINIGE MÄNNER
Herr Schmidt! Sie sind schon dick:
Essen Sie noch ein Kalb.

JAKOB DER VIELFRASS
Brüder, bitt ich, seht mir zu
Seht mir zu, wie ich eß.
Ist es weg, dann hab ich Ruh
Weil ich es vergeß.
Brüder, gebt mir noch...
*Er fällt tot um.*

DIE MÄNNER *hinter ihm im Halbkreis, die Hüte abnehmend:*
Sehet, Schmidt ist gestorben!
Sehet, welch ein glückseliger
Sehet, welch unersättlicher
Ausdruck auf seinem Gesicht ist!
Weil er sich gefüllt hat
Weil er nicht beendet hat
Ein Mann ohne Furcht!
*Die Männer setzen die Hüte wieder auf.*

DIE MÄNNER *an der Rampe vorbeigehend:*
Zweitens kommt der Liebesakt.

14

*Auf den Tafeln des Hintergrundes steht riesengroß das Wort* »LIEBEN«. *Auf einem Podest ist ein einfaches Zimmer aufgebaut. In dem Zimmer sitzt in der Mitte die Begbick, links ein Mädchen, rechts ein Mann. Unter dem Podest stehen in Schlange an die Männer von Mahagonny. Im Hintergrund Musik.*

BEGBICK *wendet sich zu dem Mann neben ihr:*
Spucke den Kaugummi aus.
Wasche zuerst deine Hände.
Lasse ihr Zeit
Und sprich ein paar Worte mit ihr.

DIE MÄNNER *ohne hinaufzusehen:*
Spucke den Kaugummi aus.
Wasche zuerst deine Hände.
Lasse ihr Zeit
Und sprich ein paar Worte mit ihr.
*Im Zimmer wird es langsam dunkel.*

Rasch, Jungens, he!
Stimmt ihn an, den Song von Mandelay:
Liebe, die ist doch an Zeit nicht gebunden
Jungens, macht rasch, denn hier geht's um Sekunden.
Ewig nicht stehet der Mond über dir, Mandelay!

*Im Zimmer ist es langsam wieder hell geworden. Der Stuhl des Mannes ist jetzt leer. Die Begbick wendet sich zu dem Mädchen.*

BEGBICK
Geld allein macht nicht sinnlich.

DIE MÄNNER *ohne hinaufzusehen:*
Geld allein macht nicht sinnlich.
*Das Zimmer verdunkelt sich wieder.*

Rasch, Jungens, he!
Stimmt ihn an, den Song von Mandelay:
Liebe, die ist doch an Zeit nicht gebunden
Jungens, macht rasch, denn hier geht's um Sekunden.
Ewig nicht stehet der Mond über dir, Mandelay!

*In dem Zimmer wird es wieder hell. Ein anderer Mann tritt in das Zimmer ein, hängt seinen Hut an die Wand und setzt sich auf den leeren Stuhl. Es wird langsam wieder dunkel im Zimmer.*

DIE MÄNNER
Ewig nicht stehet der Mond über dir, Mandelay!
*Wie es wieder hell wird, sitzen Paul und Jenny auf zwei Stühlen in einigem Abstand nebeneinander. Er raucht, sie schminkt sich.*

JENNY
Sieh jene Kraniche in großem Bogen!

PAUL
Die Wolken, welche ihnen beigegeben

JENNY
Zogen mit ihnen schon, als sie entflogen

PAUL
Aus einem Leben in ein andres Leben

JENNY
In gleicher Höhe und mit gleicher Eile

BEIDE
Scheinen sie alle beide nur daneben.
JENNY
Daß so der Kranich mit der Wolke teile
Den schönen Himmel, den sie kurz befliegen
PAUL
Daß also keines länger hier verweile
JENNY
Und keines andres sehe als das Wiegen
Des andern in dem Wind, den beide spüren
Die jetzt im Fluge beieinander liegen
PAUL
So mag der Wind sie in das Nichts entführen
Wenn sie nur nicht vergehen und sich bleiben
JENNY
Solange kann sie beide nichts berühren
PAUL
Solange kann man sie von jedem Ort vertreiben
Wo Regen drohen oder Schüsse schallen.
JENNY
So unter Sonn und Monds wenig verschiedenen
Scheiben
Fliegen sie hin, einander ganz verfallen.
PAUL
Wohin ihr?
JENNY
Nirgendhin.
PAUL
Von wem davon?
JENNY
Von allen.
PAUL
Ihr fragt, wie lange sind sie schon beisammen?
JENNY
Seit kurzem.
PAUL
Und wann werden sie sich trennen?
JENNY
Bald.
BEIDE
So scheint die Liebe Liebenden ein Halt.

*An der Rampe entlang ziehen Männer vorbei.*
DIE MÄNNER
Erstens, vergeßt nicht, kommt das Fressen
Zweitens kommt der Liebesakt
Drittens das Boxen nicht vergessen
Viertens Saufen, laut Kontrakt.
Vor allem aber achtet scharf
Daß man hier alles dürfen darf.
(Wenn man Geld hat.)

15

*Die Männer gehen wieder auf die Bühne, wo jetzt vor einem Hintergrund, auf dem das Wort* »KÄMPFEN« *steht, ein Boxring hergerichtet wird. Auf einer seitlichen Tribüne spielt eine Blasmusik.*

JOE *auf einem Stuhl stehend:*
Wir, meine Herren, veranstalten ein großes
Preisboxen, endend nur mit dem K.o.
Und zwar tritt an Dreieinigkeitsmoses
Gegen mich, den Alaskawolf-Joe.
WILLY DER PROKURIST
Was! Du kämpfst mit Dreieinigkeitsmoses?
Junge! Da reist du besser noch fort!
Denn das ist beim Teufel kein bloßes
Preisboxen, sondern glatter Mord!
JOE
Vorläufig bin ich noch nicht gestorben
All mein Geld, in Alaska erworben
Setz ich heute restlos auf mich!
Und ich bitte auf mich zu setzen
Alle, die mich von Kind auf schätzen
Jim, ich rechne besonders auf dich!
Wer jemals den Kopf über Fäuste gestellt
Und List über Kraft und klug über roh:
Jeder vernünftige Mensch setzt sein Geld
In diesem Kampf auf Alaskawolf-Joe.
DIE MÄNNER
Wer jemals den Kopf über Fäuste gestellt
Und List über Kraft und klug über roh:
Jeder vernünftige Mensch setzt sein Geld
In diesem Kampf auf Alaskawolf-Joe.
*Joe ist zu Heinrich getreten.*
HEINRICH
Joe, du stehst mir menschlich nah
Doch um Geld hinauszuwerfen
Ging's mir zu sehr auf die Nerven
Als ich Dreieinigkeitsmoses sah.
*Joe geht zu Paul.*
PAUL
Joe, ich habe dich immer geschätzt
Von der Wiege bis zum Grabe
Drum wird heute auf dich gesetzt
Und zwar alles, was ich habe.
JOE
Paul, wenn ich das von dir höre
Steigt Alaska vor mir auf.
Die sieben Winter, die großen Kälten
Und wie wir beide die Bäume fällten.
PAUL
Joe, mein alter Freund, ich schwöre

Lieber gäb ich alles drauf:
Die sieben Winter, die großen Kälten
Wie wir zusammen die Bäume fällten.
Wenn ich von Alaska höre
Steigt dein Bild, Joe, vor mir auf.

JOE
Dein Geld ist sicher, ich schwöre
Lieber ging ich selber drauf.

*Der Boxring ist inzwischen aufgebaut. Dreieinigkeitsmoses betritt den Ring.*

DIE MÄNNER
Dreimal hoch, Dreieinigkeitsmoses!
Morgen, Moses! Gib ihm Saures!

EINE FRAUENSTIMME
Das ist Mord!

DREIEINIGKEITSMOSES
Ich bedaur' es!

DIE MÄNNER
Da bedarf's nur eines Stoßes!

SCHIEDSRICHTER *stellt die Kämpfer vor:*
Dreieinigkeitsmoses zweihundert Pfund
Alaskawolf-Joe hundertsiebzig.

EIN MANN *ruft:*
Schund!

*Letzte Vorbereitungen zum Boxkampf.*

PAUL *von unten:*
Hallo, Joe!

JOE *grüßt aus dem Ring hinunter:*
Hallo, Paul!

PAUL
Schluck keinen Zahn!

JOE
Halb so faul!

*Der Kampf beginnt.*

DIE MÄNNER *sprechen abwechselnd:*
Los jetzt! Schiebung!
Quatsch! Er nimmt schon!
Vorsicht! Nicht stürzen! Tiefschlag!
Nicht halten!
Der sitzt! Macht nichts! Lippe gespalten!
Ran, Joe! Kunststück! Ja, er schwimmt schon!

*Dreieinigkeitsmoses und Joe boxen im Takt.*
Moses, mach Hackfleisch!
Mach aus ihm Haschee!
Moses, gib ihm Saures!
Tu ihm etwas weh!

*Joe sinkt zu Boden.*

SCHIEDSRICHTER
Der Mann ist tot.

*Großes, anhaltendes Gelächter. Die Menge verläuft sich.*

DIE MÄNNER *im Abgehen:*
K.o. ist k.o. Er vertrug nichts Saures.

SCHIEDSRICHTER
Sieger Dreieinigkeitsmoses.

DREIEINIGKEITSMOSES
Ich bedaur' es.

*Ab.*

HEINRICH *zu Paul, sie sind allein im Ring:*
Ich hab es gesagt
Jetzt ist er k.o.

PAUL *leise:*
Hallo, Joe!

*Vorn ziehen Männer an der Rampe entlang.*

DIE MÄNNER
Erstens, vergeßt nicht, kommt das Fressen
Zweitens kommt der Liebesakt
Drittens das Boxen nicht vergessen
Viertens Saufen, laut Kontrakt.
Vor allem aber achtet scharf
Daß man hier alles dürfen darf.

## 16

*Männer wieder auf die Bühne. Auf den Tafeln des Hintergrundes steht groß:* »SAUFEN«. *Die Männer setzen sich, legen die Füße auf den Tisch und trinken. Im Vordergrund spielen Paul, Jenny und Heinrich Billard.*

PAUL
Freunde, kommt, ich lade euch ein
Daß ihr mit mir trinkt
Denn ihr seht, wie leicht kann's sein
Daß man wie Joe versinkt.
Witwe Begbick, eine Runde für die Herrn!

DIE MÄNNER
Bravo, Paule! Ja, warum nicht! Aber gern!

Wer in Mahagonny blieb
Brauchte jeden Tag fünf Dollar
Und wenn er's besonders trieb
Brauchte er vielleicht noch extra.
Aber damals saßen alle
In Mahagonnys Pokerdrinksalon.
Sie verloren in jedem Falle
Doch sie hatten was davon.

Auf der See
Und am Land
Werden allen Leuten ihre Häute abgezogen

Darum sitzen alle Leute
Und verkaufen ihre Häute
Denn die Häute werden jederzeit mit Dollars aufgewogen.

PAUL
Witwe Begbick, eine zweite Runde für die Herrn!

DIE MÄNNER
Bravo, Paule! Her den Whisky! Aber gern!

Auf der See
Und am Land
Ist drum der Verbrauch an frischen Häuten ungeheuer.
Immer beißt es euch im Fleische
Doch wer zahlt euch eure Räusche?
Denn die Häute, die sind billig, und der Whisky, der ist teuer.

Wer in Mahagonny blieb
Brauchte jeden Tag fünf Dollar
Und wenn er's besonders trieb
Brauchte er vielleicht noch extra.
Aber damals saßen alle
In Mahagonnys Pokerdrinksalon.
Sie verloren in jedem Falle
Doch sie hatten was davon.

BEGBICK
Aber jetzt bezahlen, meine Herrn!

PAUL *leise zu Jenny:*
Jenny, komm her!
Jenny, ich hab kein Geld mehr.
Am besten ist es, wir fliehn
Es ist ganz gleichgültig, wohin!
*Laut zu allen, auf den Billardtisch zeigend:*
Meine Herrn, besteigen wir diesen Kahn
Zu einer kleinen Fahrt auf dem Ozean!
*Wieder leise:*
Bleibe unbedingt neben mir, Jenny
Denn der Boden schwankt wie bei 'nem Erdbeben
Und auch du, Heinrich, bleib bei mir jetzt
Denn ich werde wieder nach Alaska fahren
Weil diese Stadt mir nicht gefällt.
*Laut:*
Heut nacht noch werde ich zu Schiff nach Alaska fahren.
*Alle haben aus einem Billardtisch, einer Storestange und ähnlichem ein »Schiff« gebaut, das nun Paul, Heinrich und Jenny besteigen. Jenny, Paul und Heinrich benehmen sich seemännisch auf dem Billardtisch.*

PAUL
Den Schnaps in die Toiletten gegossen
Die rosa Jalousien herab.
Der Tabak geraucht, das Leben genossen
Wir segeln nach Alaska ab.
*Die Männer sitzen unten und amüsieren sich.*

DIE MÄNNER
Hallo, Paule, großer Navigator!
Hallo, seht, wie er schon das Segel bedient.
Jenny, zieh dich aus, es wird heiß, der Äquator!
Heinrich, setz den Hut fest, der Golfstromwind!

JENNY
O Gott! Ist das nicht ein Taifun dort hinten?

DIE MÄNNER *feierlich wie ein Männergesangverein:*
Seht, wie so schwarz
Der Himmel sich dort überziehet!
*Die Männer markieren einen Sturm, indem sie pfeifen und heulen.*

JENNY, PAUL *grölend:*
Das Schiff, das ist kein Kanapee!
Stürmisch die Nacht und hoch geht die See
Das Schiff, es schlingert, die Nacht sinkt weit
Sechs von uns drei haben die Seekrankheit.

DIE MÄNNER
Wie schwarz der Himmel ist.
Seht, wie so schwarz...

JENNY *sich ängstlich am Mast haltend:*
Am besten ist, wir singen »Stürmisch die Nacht«, um den Mut nicht zu verlieren.

HEINRICH
»Stürmisch die Nacht« ist vorzüglich, wenn man den Mut verliert.

PAUL
Wir wollen für alle Fälle gleich einmal singen.

JENNY, PAUL, HEINRICH
»Stürmisch die Nacht und die See geht hoch
Tapfer noch kämpft das Schiff.
Horcht, wie die Glocke so schaurig klingt
Sehet, dort naht ein Riff!«

JENNY
Fahrt rascher und fahrt sehr vorsichtig. Segelt unter keinen Umständen gegen den Wind und versucht jetzt nichts Neues.

DIE MÄNNER
Hört nur
Hört, wie der Wind in den Rahen braust!
Seht nur
Seht, wie der Himmel sich schwarz überziehet!

HEINRICH
Sollen wir uns nicht am Mast anbinden, wenn der Sturm noch heftiger wird?

PAUL
Nein, was da so schwarz ist, meine Freunde

Das sind die Wälder von Alaska.
Jetzt steigt aus
Jetzt könnt ihr ruhig sein.
*Er steigt aus und ruft:*
Hallo, ist das Alaska?
DREIEINIGKEITSMOSES *taucht neben ihm auf:*
Gib das Geld her für die Getränke!
PAUL *tief enttäuscht:*
Ach, es ist Mahagonny!
*Die Männer kommen mit Gläsern nach vorn.*
DIE MÄNNER
Paule, du hast uns zu trinken gegeben
Paule, dafür lassen wir dich leben.
Du hast uns gespeist und hast uns getränkt
Du hast uns Speise und Trank geschenkt.
BEGBICK
So und jetzt bezahle, Mann!
PAUL
Ja, Witwe Begbick, da merke ich eben
Daß ich Sie gar nicht bezahlen kann.
Ich habe mein Geld, scheint's, ausgegeben.
BEGBICK
Was, du willst nicht bezahlen?
JENNY
Paul, schau doch noch einmal nach.
Irgendwo hast du sicher noch was.
PAUL
Als ich eben mit euch sprach...
DREIEINIGKEITSMOSES
Was, der Herr hat keine Moneten?
Was, der Herr will nicht bezahlen?
Wissen Sie, was das bedeutet?
WILLY DER PROKURIST
Mensch, da bist du abgeläutet.
*Alle außer Heinrich und Jenny sind von ihm abgerückt.*
BEGBICK *zu Heinrich und Jenny:*
Könnt ihr denn nicht für ihn in die Bresche treten? *Heinrich geht stumm weg.* Und du, Jenny?
JENNY
Ich?
BEGBICK
Ja, warum denn nicht?
JENNY
Lächerlich!
Was wir Mädchen alles sollen!
BEGBICK
Das kommt also nicht in Frage für dich?
JENNY
Nein, wenn Sie es wissen wollen.
DREIEINIGKEITSMOSES
Bindet ihn!
*Während Jenny, an der Rampe auf und ab gehend, ihr Lied singt, wird Paul gefesselt.*

JENNY
Meine Herren, meine Mutter prägte
Auf mich einst ein schlimmes Wort:
Ich würde enden im Schauhaus
Oder an einem noch schlimmern Ort.
Ja, so ein Wort, das ist leicht gesagt.
Aber ich sage euch: Daraus wird nichts!
Das könnt ihr nicht machen mit mir!
Was aus mir noch wird, das werden wir sehn!
Ein Mensch ist kein Tier!
Denn wie man sich bettet, so liegt man
Es deckt einen keiner da zu
Und wenn einer tritt, dann bin ich es
Und wird einer getreten, dann bist's du.

Meine Herren, mein Freund, der sagte
Mir damals ins Gesicht:
»Das Größte auf Erden ist Liebe«
Und »An morgen denkt man nicht«.
Ja, Liebe, das ist leicht gesagt:
Doch, solang man täglich älter wird
Da wird nicht nach Liebe gefragt
Da muß man seine kurze Zeit benützen.
Ein Mensch ist kein Tier!
Denn wie man sich bettet, so liegt man
Es deckt einen keiner da zu
Und wenn einer tritt, dann bin ich es
Und wird einer getreten, dann bist's du.

DREIEINIGKEITSMOSES
Hallo, Leute, da steht ein Mann
Der seine Zeche nicht bezahlen kann.
Frechheit, Unverstand und Laster!
Und das Schlimmste ist: kein Zaster!
*Paul wird abgeführt.*
Da steht natürlich Hängen drauf
Doch, meine Herren, halten Sie sich nicht auf!
*Alle nehmen wieder ihre Plätze ein. Es wird weiter getrunken und Billard gespielt.*
DIE MÄNNER
Wer in seinem Kober bleibt
Braucht nicht jeden Tag fünf Dollar
Und falls er nicht unbeweibt
Braucht er auch vielleicht nichts extra.
Aber heute sitzen alle
In des lieben Gottes billigem Salon.
Sie gewinnen in jedem Falle
*Sie stampfen mit den Füßen den Takt.*
Doch sie haben nichts davon.
*Sie brechen ab und legen ruhig wieder ihre*

*Beine auf die Tische. Vorn ziehen Männer singend an der Rampe entlang nach hinten ab.*

DIE MÄNNER

Erstens, vergeßt nicht, kommt das Fressen
Zweitens kommt der Liebesakt
Drittens das Boxen nicht vergessen
Viertens Saufen, laut Kontrakt.
Vor allem aber achtet scharf
Daß man hier alles dürfen darf.

17

*Paul Ackermann in Fesseln. Es ist Nacht.*

PAUL

Wenn der Himmel hell wird
Dann beginnt ein verdammter Tag.
Aber jetzt ist der Himmel ja noch dunkel.
Nur die Nacht
Darf nicht aufhören
Nur der Tag
Darf nicht sein.

Ich habe Furcht, daß sie schon kommen.

Ich muß mich auf den Boden legen
Wenn sie da sind.
Sie müssen mich vom Boden reißen
Wenn ich mitgehen soll.
Nur die Nacht
Darf nicht aufhören
Nur der Tag
Darf nicht sein.

Stopf's in deine Pfeife
Alter Junge
Rauch es auf.
Was gewesen ist
War gut genug für dich
Und was jetzt kommt
Stopf's in deine Pfeife.

Sicher, der Himmel bleibt noch lange dunkel.
*Es wird hell.*
Es darf nicht hell sein
Denn dann beginnt ein verdammter Tag.

18

**Die Gerichte in Mahagonny waren nicht schlechter als andere Gerichte.**

*Gerichtszelt. Ein Tisch und drei Stühle sowie ein kleiner eiserner amphitheatralischer Aufbau wie in den Hörsälen chirurgischer Kliniken. Auf ihm das Publikum, Zeitung lesend, kauend, rauchend. Auf dem Richterstuhl die Begbick, auf dem Verteidigersitz Willy der Prokurist, auf der seitlichen Anklagebank ein Mann.*

DREIEINIGKEITSMOSES *als Staatsanwalt am Eingang:*
Haben alle Zuschauer Billette?
Drei Plätze sind noch frei, das Stück fünf
Dollar.
Zwei ausgezeichnete Prozesse
Fünf Dollar kostet das Billett.
Fünf Dollar nur, meine Herren
Um die Gerechtigkeit sprechen zu hören.
*Da niemand kommt, kehrt er an den Platz des Staatsanwaltes zurück.*
Erstens der Fall des Tobby Higgins.
*Der Mann auf der Anklagebank steht auf.*
Sie sind angeklagt des vorsätzlichen Mordes
Zwecks Erprobung eines alten Revolvers.
Niemals je
Wurde eine Tat verübt
So voller Roheit.
Jedes menschliche Empfinden
Haben schamlos Sie verletzt.
Aus dem Herzen der beleidigten Gerechtigkeit
Erhebt sich der Schrei nach Sühne.
Darum beantrage ich, der Staatsanwalt
Wegen der verstockten Haltung dieses Angeklagten
Eines Menschen von unglaublicher Verworfenheit
Der Gerechtigkeit freien Lauf zu lassen
*zögernd:*
Und ihn---
Unter Umständen---
Freizusprechen!
*Während dieser Rede des »Staatsanwaltes« findet zwischen dem Angeklagten und der Begbick ein stummer verzweifelter Kampf statt. Der Angeklagte hat durch Aufheben seiner Finger zu verstehen gegeben, wieviel Bestechung er zu zahlen bereit ist. Auf die gleiche Weise hat die Begbick sein Angebot immer höher getrieben. Das Zögern am Schluß der Staatsanwaltsrede zeigt den Punkt an, wo der Angeklagte sein Angebot zum letzten Mal erhöht.*

BEGBICK
Was beantragt die Verteidigung?
WILLY DER PROKURIST
Wer ist der Geschädigte?
*Schweigen.*
DIE MÄNNER *Zuschauer auf der Tribüne:*
Die Toten reden nicht.
BEGBICK
Wenn sich kein Geschädigter meldet
Müssen wir ihn notgedrungen freisprechen.
*Der Angeklagte geht auf die Zuschauertribüne.*
DREIEINIGKEITSMOSES *liest weiter:*
Zweitens der Fall des Paul Ackermann
Angeklagt des Diebstahls und der Zechprellerei.
*Paul ist in Fesseln erschienen, von Heinrich geleitet.*
PAUL *bevor er sich auf die Anklagebank setzt:*
Bitte, Heini, gib mir hundert Dollar
Daß mein Fall hier menschlich durchgeführt wird.
HEINRICH
Paul, du stehst mir menschlich nah
Aber Geld ist eine andre Sache.
PAUL
Heini! Erinnerst du dich noch
An unsere Zeit dort in Alaska?
Die sieben Winter, die großen Kälten
Wie wir zusammen die Bäume fällten
Und gib mir das Geld.
HEINRICH
Paul, ich erinnere mich noch
An unsere Zeit dort in Alaska.
Die sieben Winter, die großen Kälten
Und wie wir beide die Bäume fällten
Und wie schwer es war
Das Geld zu verdienen
Drum kann ich, Paule, dir
Das Geld nicht geben.
DREIEINIGKEITSMOSES
Angeklagter, Sie haben Ihren Whisky
Und eine Storestange nicht bezahlt.
Niemals je
Wurde eine Tat verübt
So voller Roheit.
Jedes menschliche Empfinden
Haben schamlos Sie verletzt.
Aus dem Herzen der beleidigten Gerechtigkeit
Erhebt sich der Schrei nach Sühne.
Darum beantrage ich, der Staatsanwalt
Der Gerechtigkeit freien Lauf zu lassen.
*Während der Rede des Staatsanwaltes ist Paul auf das Fingerspiel der Begbick nicht eingegangen. Begbick, Willy der Prokurist und Dreieinigkeitsmoses tauschen bedeutsame Blicke aus.*
BEGBICK
So, dann eröffne ich das Generalverhör
Gegen dich, Paule Ackermann!
Du hast, kaum angelangt in Mahagonny
Ein Mädchen verführt, namens Jenny Smith
Und sie gezwungen, für Geld
Sich dir hinzugeben.
WILLY DER PROKURIST
Wer ist der Geschädigte?
JENNY *tritt vor:*
Ich bin es.
*Ein Murmeln unter den Zuschauern.*
BEGBICK
Bei dem Heraufkommen des Taifuns
Hast du in der Stunde der Verzweiflung
Ein Lied gesungen, das lustig war.
WILLY DER PROKURIST
Wer ist der Geschädigte?
DIE MÄNNER
Es meldet sich kein Geschädigter.
Es gibt gar keinen Geschädigten.
Wenn es keinen Geschädigten gibt
Gibt es eine Hoffnung für dich, Paule Ackermann.
DREIEINIGKEITSMOSES *unterbrechend:*
Aber in der gleichen Nacht
Hat dieser Mensch sich aufgeführt
Wie der Hurrikan selbst
Und hat verführt die ganze Stadt
Und vernichtet Ruhe und Eintracht!
DIE MÄNNER
Bravo! Hoch Paule!
HEINRICH *auf der Tribüne sich erhebend:*
Dieser einfache Holzfäller aus Alaska
Hat entdeckt die Gesetze der Glückseligkeit
Nach der ihr alle lebt in Mahagonny
Ihr Männer von Mahagonny.
DIE MÄNNER
Darum muß freigesprochen werden Paule Ackermann
Der Holzfäller aus Alaska.
HEINRICH
Paul, das tue ich für dich
Weil ich denke an Alaska.
Die sieben Winter, die großen Kälten
Wie wir zusammen die Bäume fällten.
PAUL
Heinrich, was du hier für mich tatest
Das erinnert mich an Alaska.
Die sieben Winter, die großen Kälten
Und wie wir beide die Bäume fällten.

DREIEINIGKEITSMOSES *haut auf den Tisch:*
Aber bei einem Preisboxen
Hat dieser »einfache Holzfäller aus Alaska«
Nur um viel Geld zu gewinnen
Seinen Freund in den sichern Tod gehetzt.

HEINRICH *springt auf:*
Aber wer, hoher Gerichtshof
Aber wer hat den Freund totgeschlagen?

BEGBICK
Wer hat besagten Alaskawolf-Joe totgeschlagen?

DREIEINIGKEITSMOSES *nach einer Pause:*
Dies ist dem Gerichte nicht bekannt.

HEINRICH
Von allen, die herumgestanden sind
Hat keiner auf ihn gesetzt
Der sein Leben für einen Kampf gab
Außer Paule Ackermann, der vor euch steht.

DIE MÄNNER *abwechselnd:*
Darum muß hingerichtet werden Paule Ackermann
Darum muß freigesprochen werden Paule Ackermann
Der Holzfäller aus Alaska.
*Die Männer klatschen und pfeifen.*

DREIEINIGKEITSMOSES
Jetzt kommt der Hauptpunkt der Anklage.
Du hast genossen drei Flaschen Whisky
Und dich unterhalten mit einer Storestange.
Aber warum, Paule Ackermann
Hast du nicht bezahlt, was es kostete?

PAUL
Ich habe kein Geld.

DIE MÄNNER *abwechselnd:*
Er hat kein Geld
Er bezahlt nicht, was es kostet.
Nieder mit Paule Ackermann!
Nieder mit ihm!

BEGBICK
Wer aber sind die Geschädigten?
*Begbick, Willy der Prokurist und Dreieinigkeitsmoses stehen auf.*

DIE MÄNNER
Sehet, da stehen die Geschädigten.
Das also sind die Geschädigten.

WILLY DER PROKURIST
Das Urteil, hoher Gerichtshof!

BEGBICK
In Anbetracht der ungünstigen Wirtschaftslage billigt das
Gericht sich mildernde Umstände zu.
Du, Paule Ackermann, wirst verurteilt –

DREIEINIGKEITSMOSES
Wegen indirekten Mordes an einem Freund –

BEGBICK
Zu zwei Tagen Haft.

DREIEINIGKEITSMOSES
Weil du Ruhe und Eintracht gestört hast –

BEGBICK
Zu zwei Jahren Ehrverlust.

DREIEINIGKEITSMOSES
Wegen Verführung eines Mädchens namens Jenny –

BEGBICK
Zu vier Jahren Bewährungsfrist.

DREIEINIGKEITSMOSES
Wegen Singens verbotener Lieder bei Hurrikan –

BEGBICK
Zu zehn Jahren Kerker.
Aber weil du meine drei Flaschen Whisky
Und meine Storestange nicht bezahlt hast
Darum wirst du zum Tode verurteilt, Paule Ackermann.

BEGBICK, WILLY, MOSES
Wegen Mangel an Geld
Was das größte Verbrechen ist
Das auf dem Erdenrund vorkommt.
*Beifallssturm.*

## 19

**Hinrichtung und Tod des Paul Ackermann. Viele mögen die nun folgende Hinrichtung des Paul Ackermann ungern sehen; aber auch sie würden unserer Ansicht nach nicht für ihn zahlen. So groß ist die Achtung vor dem Geld in unserer Zeit.**

*Im Hintergrund eine Projektion, darstellend die Gesamtansicht von Mahagonny in friedlicher Beleuchtung. Herumstehend, in einzelnen Gruppen, viele Leute. Wenn Paul, geleitet von Dreieinigkeitsmoses, Jenny und Heinrich, erscheint, nehmen die Männer die Hüte ab. Rechts ist man mit der Herrichtung des elektrischen Stuhles beschäftigt.*

DREIEINIGKEITSMOSES *zu Paul:*
Grüße!
Siehst du nicht, daß du gegrüßt wirst?
*Paul grüßt.*
Erledige deine irdischen Angelegenheiten jetzt gleich
Denn die Herren, die deinem Untergang beizuwohnen wünschen

Wollen deine Privatangelegenheiten nicht wissen.

PAUL
Liebe Jenny
Ich gehe jetzt.
Die Tage, mit dir verlebt
Waren angenehm
Und angenehm
War das Ende.

JENNY
Lieber Paul
Auch ich habe meine gute Zeit gehabt
Mit dir
Und ich weiß nicht
Wie es jetzt mit mir wird.

PAUL
Glaube mir
Solche wie ich gibt es noch mehr.

JENNY
Das ist nicht wahr.
Ich weiß, solche Zeit kommt niemals wieder.

PAUL
Hast du nicht sogar ein weißes Kleid an
Wie eine Witwe?

JENNY
Ja. Ich bin deine Witwe.
Und nie werde ich dich vergessen
Wenn ich jetzt zurückkehre
Zu den Mädchen.

PAUL
Küsse mich, Jenny.

JENNY
Küsse mich, Paule.

PAUL
Denk an mich.

JENNY
Sicherlich.

PAUL
Nimm mir nichts übel.

JENNY
Warum denn?

PAUL
Küsse mich, Jenny.

JENNY
Küsse mich, Paule.

PAUL
Und jetzt empfehle ich dich
Meinem letzten Freund Heinrich
Der der einzige ist
Der von uns übrigblieb
Die wir aus Alaska kamen.

HEINRICH
Leb wohl, Paule.

PAUL
Leb wohl, Heinrich!
*Sie gehen zum Richtplatz.*

EINIGE MÄNNER *gehen an ihnen vorüber und sagen zueinander:*
Erstens, vergeßt nicht, kommt das Fressen
Zweitens kommt der Liebesakt
Drittens das Boxen nicht vergessen
Viertens Saufen, laut Kontrakt.
*Paul ist stehengeblieben und sieht ihnen nach.*

DREIEINIGKEITSMOSES
Hast du noch etwas zu sagen?

PAUL
Ja, wollt ihr mich denn wirklich hinrichten?

BEGBICK
Ja. Das ist üblich.

PAUL
Ihr wißt wohl nicht, daß es einen Gott gibt?

BEGBICK
Was gibt es?

PAUL
Einen Gott!

BEGBICK
Ach so, ob es für uns einen Gott gibt? Ja, da haben wir eine Antwort: Macht mal noch für ihn das Spiel von Gott in Mahagonny! Du aber setze dich auf den elektrischen Stuhl!
*Vier Männer und Jenny Smith treten vor Paul Ackermann und spielen das Spiel von Gott in Mahagonny.*

DIE VIER MÄNNER
An einem grauen Vormittag
Mitten im Whisky
Kam Gott nach Mahagonny
Mitten im Whisky
Bemerkten wir Gott in Mahagonny.

DREIEINIGKEITSMOSES *der die Rolle Gottes spielt, sondert sich von den übrigen ab, tritt nach vorn und bedeckt sein Gesicht mit dem Hut:*
Sauft ihr wie die Schwämme
Meinen guten Weizen Jahr für Jahr?
Keiner hat erwartet, daß ich käme
Wenn ich komme jetzt, ist alles gar?

JENNY
Ansahen sich die Männer von Mahagonny.
Ja, sagten die Männer von Mahagonny.

DIE VIER
An einem grauen Vormittag
Mitten im Whisky
Kam Gott nach Mahagonny
Mitten im Whisky
Bemerkten wir Gott in Mahagonny.

DREIEINIGKEITSMOSES
Lachtet ihr am Freitag abend?
Mary Weeman sah ich ganz von fern
Wie 'nen Stockfisch stumm im Salzsee
schwimmen
Die wird nicht mehr trocken, meine Herrn.
JENNY
Ansahen sich die Männer von Mahagonny.
Ja, sagten die Männer von Mahagonny.
DIE VIER *tun, als hätten sie nichts gehört:*
An einem grauen Vormittag
Mitten im Whisky
Kam Gott nach Mahagonny
Mitten im Whisky
Bemerkten wir Gott in Mahagonny.

DREIEINIGKEITSMOSES
Kennt ihr diese Patronen?
Schießt ihr meinen guten Missionar?
Soll ich wohl mit euch im Himmel wohnen
Sehen euer graues Säuferhaar?
JENNY
Ansahen sich die Männer von Mahagonny.
Ja, sagten die Männer von Mahagonny.
DIE VIER
An einem grauen Vormittag
Mitten im Whisky
Kam Gott nach Mahagonny
Mitten im Whisky
Bemerkten wir Gott in Mahagonny.

DREIEINIGKEITSMOSES
Gehet alle zur Hölle!
Steckt jetzt die Virginien in den Sack!
Marsch mit euch in meine Hölle, Burschen!
In die schwarze Hölle mit euch Pack!
JENNY
Ansahen sich die Männer von Mahagonny.
Nein, sagten die Männer von Mahagonny.
DIE VIER
An einem grauen Vormittag
Mitten im Whisky
Kommst du nach Mahagonny
Mitten im Whisky
Fängst du an in Mahagonny!

Rühre keiner den Fuß jetzt!
Jedermann streikt! An den Haaren
Kannst du uns nicht in die Hölle ziehen
Weil wir immer in der Hölle waren.
JENNY *ruft durchs Megaphon:*
Ansahen Gott die Männer von Mahagonny.
Nein, sagten die Männer von Mahagonny.

PAUL
Jetzt erkenne ich: als ich diese Stadt betrat, um mir mit Geld Freude zu kaufen, war mein Untergang besiegelt. Jetzt sitze ich hier und habe doch nichts gehabt. Ich war es, der sagte: Jeder muß sich ein Stück Fleisch herausschneiden, mit jedem Messer. Da war das Fleisch faul! Die Freude, die ich kaufte, war keine Freude, und die Freiheit für Geld war keine Freiheit. Ich aß und wurde nicht satt, ich trank und wurde durstig. Gebt mir doch ein Glas Wasser!
DREIEINIGKEITSMOSES *ihm den Helm überstülpend:*
Fertig!

20

**Und in zunehmender Verwirrung, Teuerung und Feindschaft aller gegen alle demonstrierten in den letzten Wochen der Netzestadt die noch nicht Erledigten für ihre Ideale – unbelehrt.**

*Man sieht auf den Tafeln des Hintergrundes das brennende Mahagonny. Dann setzen die Demonstrationszüge ein, die durcheinander und gegeneinander ziehen und bis zum Schluß andauern.*

*Erster Zug. Begbick, Willy der Prokurist, Dreieinigkeitsmoses und Anhang. Die Inschriften der Tafeln des ersten Zuges heißen:*
FÜR DIE TEUERUNG
FÜR DEN KAMPF ALLER GEGEN ALLE
FÜR DEN CHAOTISCHEN ZUSTAND UNSERER STÄDTE
FÜR DEN FORTBESTAND DES GOLDENEN ZEITALTERS

ERSTER ZUG
Nämlich dieses schöne Mahagonny
Hat alles, solange ihr Geld habt.
Dann gibt es alles
Weil alles käuflich ist
Und weil es nichts gibt, was man nicht kaufen
kann.

*Die Inschriften der Tafeln des zweiten Zuges heißen:*
FÜR DAS EIGENTUM
FÜR DIE ENTEIGNUNG DER ANDEREN
FÜR DIE GERECHTE VERTEILUNG DER ÜBERIRDISCHEN GÜTER

FÜR DIE UNGERECHTE VERTEILUNG DER IRDISCHEN GÜTER
FÜR DIE LIEBE
FÜR DIE KÄUFLICHKEIT DER LIEBE
FÜR DIE NATÜRLICHE UNORDNUNG DER DINGE
FÜR DEN FORTBESTAND DES GOLDENEN ZEITALTERS

ZWEITER ZUG
Wir brauchen keinen Hurrikan
Wir brauchen keinen Taifun
Was der an Schrecken tuen kann
Das können wir selber tun.

*Die Inschriften der Tafeln des dritten Zuges heißen:*
FÜR DIE FREIHEIT DER REICHEN LEUTE
FÜR DIE TAPFERKEIT GEGEN DIE WEHRLOSEN
FÜR DIE EHRE DER MÖRDER
FÜR DIE GRÖSSE DES SCHMUTZES
FÜR DIE UNSTERBLICHKEIT DER GEMEINHEIT
FÜR DEN FORTBESTAND DES GOLDENEN ZEITALTERS

DRITTER ZUG
Denn wie man sich bettet, so liegt man
Es deckt einen keiner da zu
Und wenn einer tritt, dann bin ich es
Und wird einer getreten, dann bist's du.

ERSTER ZUG *kehrt wieder mit seinen Tafeln:*
Aber dieses ganze Mahagonny
Hat nichts für euch, wenn ihr kein Geld habt.
Für Geld gibt's alles
Und ohne Geld nichts
Drum ist's das Geld nur, woran man sich halten kann.

VIERTER ZUG *Mädchen tragen auf leinenen Kissen Uhr, Revolver und Scheckbuch Paul Ackermanns und auf einer Stange das Hemd:*
Oh, moon of Alabama
We now must say good-bye
We've lost our good old mamma
And must have dollars
Oh, you know why.

*Fünfter Zug mit der Leiche Paul Ackermanns. Dicht dahinter eine Tafel mit der Inschrift:*
FÜR DIE JUSTIZ

FÜNFTER ZUG
Können ihm Essig holen
Können sein Gesicht abreiben
Können die Beißzange holen
Können ihm die Zunge herausziehen
Können einem toten Mann nicht helfen.

*Sechster Zug mit einer kleinen Tafel:*
FÜR DIE DUMMHEIT

SECHSTER ZUG
Können ihm zureden
Können ihn anbrüllen
Können ihn liegenlassen
Können ihn mitnehmen
Können einem toten Mann keine Vorschriften machen
Können ihm Geld´in die Hand drücken
Können ihm ein Loch graben
Können ihn hineinstopfen
Können ihm die Schaufel hinaufhaun
Können einem toten Mann nicht helfen.

*Siebenter Zug mit einer Riesentafel:*
FÜR DEN FORTBESTAND DES GOLDENEN ZEITALTERS

SIEBENTER ZUG
Können wohl von seinen großen Zeiten reden
Können seine große Zeit vergessen
Können einem toten Mann nicht helfen.

*Endlose Züge in ständiger Bewegung.*
ALLE ZÜGE
Können uns und euch und niemand helfen.

# Der Ozeanflug

Radiolehrstück für Knaben und Mädchen

Mitarbeiter: E. Hauptmann, K. Weill

## 1
## Aufforderung an jedermann.

RADIO
Das Gemeinwesen bittet euch: Wiederholt
Die erste Befliegung des Ozeans
Durch das gemeinsame
Absingen der Noten
Und das Ablesen des Textes.

Hier ist der Apparat
Steig ein
Drüben in Europa erwartet man dich
Der Ruhm winkt dir.
DIE FLIEGER
Ich besteige den Apparat.

## 2
## Die amerikanischen Zeitungen rühmen den Leichtsinn der Flieger.

AMERIKA (RADIO)
Ist es wahr, man sagt, du hättest bei dir
Nur deinen Strohhut und seist also
Eingestiegen wie ein Narr? Auf einem
Alten Blech willst du
Überfliegen den Atlantik?
Ohne einen Begleiter für die Orientierung
Ohne Kompaß und Wasser?

## 3
## Vorstellung der Flieger und ihr Aufbruch in New York zu ihrem Flug nach Europa.

DIE FLIEGER
Mein Name tut nichts zur Sache
Ich bin 25 Jahre alt
Mein Großvater war Schwede
Ich bin Amerikaner.
Meinen Apparat habe ich selbst ausgesucht.
Er fliegt 210 km in der Stunde
Sein Name ist »Geist von St. Louis«
Die Ryanflugzeugwerke in San Diego
Haben ihn gebaut in 60 Tagen. Ich war dabei
60 Tage, und 60 Tage habe ich
Auf Land- und Seekarten
Meinen Flug eingezeichnet.
Ich fliege allein.
Statt eines Mannes nehme ich mehr Benzin mit.
Ich fliege in einem Apparat ohne Radio.
Ich fliege mit dem besten Kompaß.
3 Tage habe ich gewartet auf das beste Wetter
Aber die Berichte der Wetterwarten
Sind nicht gut und werden schlechter:
Nebel über den Küsten und Sturm über dem Meer
Aber jetzt warte ich nicht länger
Jetzt steige ich auf.

Ich wage es.
Ich habe bei mir:
2 elektrische Lampen
1 Rolle Seil
1 Rolle Bindfaden
1 Jagdmesser
4 rote Fackeln in Kautschukröhren versiegelt
1 wasserdichte Schachtel mit Zündhölzern
1 große Nadel
1 große Kanne Wasser und eine Feldflasche Wasser
5 eiserne Rationen, Konserven der amerikanischen Armee, jede ausreichend für 1 Tag. Im Notfall aber länger.
1 Hacke
1 Säge
1 Gummiboot.
Jetzt fliege ich.
Vor 2 Jahrzehnten der Mann Blériot
Wurde gefeiert, weil er
Lumpige 30 km Meerwasser
Überflogen hatte.
Ich überfliege
3000.

## 4
## Die Stadt New York befragt die Schiffe.

DIE STADT NEW YORK (RADIO)
Hier spricht die Stadt New York:
Heute morgen 8 Uhr
Ist ein Mann von hier abgeflogen
Über das Wasser eurem Kontinent
Entgegen.
Seit sieben Stunden ist er unterwegs
Wir haben kein Zeichen von ihm
Und wir bitten
Die Schiffe, uns zu sagen
Wenn sie ihn sehen.
DIE FLIEGER
Wenn ich nicht ankomme
Sieht man mich nicht mehr.
DAS SCHIFF (RADIO)
Hier spricht das Schiff »Empress of Scotland«

49 Grad 24 Minuten nördlicher Breite und
34 Grad 78 Minuten westlicher Länge
Vorhin hörten wir in der Luft
Über uns das Geräusch
Eines Motors
In ziemlicher Höhe.
Wegen des Nebels
Konnten wir nichts Genaues sehen
Es ist aber möglich, daß
Dies euer Mann war
Mit seinem Apparat
Dem »Geist von St. Louis«.

DIE FLIEGER
Nirgends ein Schiff und
Jetzt kommt der Nebel.

## 5

**Fast während ihres ganzen Fluges haben die Flieger mit Nebel zu kämpfen.**

DER NEBEL (RADIO)
Ich bin der Nebel, und mit mir muß rechnen
Der auf das Wasser hinausfährt.
1000 Jahre hat man keinen gesehen
Der in der Luft herumfliegen will!
Wer bist du eigentlich?
Aber wir werden da sorgen
Daß man auch weiterhin da nicht herumfliegt!
Ich bin der Nebel!
Kehre um!

DIE FLIEGER
Was du da sagst
Das will schon überlegt sein
Wenn du noch zulegst, kehre ich
Vielleicht wirklich um.
Wenn keine Aussicht da ist
Kämpfe ich nicht weiter.
Entweder mit dem Schild oder auf dem Schild
Mache ich nicht mit.
Aber jetzt
Kehre ich noch nicht um.

DER NEBEL (RADIO)
Jetzt bist du noch groß, weil
Du dich noch nicht auskennst mit mir
Jetzt siehst du noch etwas Wasser unter dir
Und weißt
Wo rechts und wo links ist. Aber
Warte noch eine Nacht und einen Tag
Wo du kein Wasser siehst und den Himmel nicht
Auch dein Steuer nicht
Noch deinen Kompaß.
Werde älter, dann wirst du
Wissen, wer ich bin:
Ich bin der Nebel!

DIE FLIEGER
Sieben Männer haben meinen Apparat gebaut in San Diego
Oftmals 24 Stunden ohne Pause
Aus ein paar Metern Stahlrohr.
Was sie gemacht haben, das muß mir reichen
Sie haben gearbeitet, ich
Arbeite weiter, ich bin nicht allein, wir sind
Acht, die hier fliegen.

DER NEBEL (RADIO)
Jetzt bist du 25 Jahre alt und
Fürchtest wenig, aber wenn du
25 Jahre und eine Nacht und einen Tag alt bist
Wirst du mehr fürchten.
Übermorgen und 1000 Jahre noch wird es Wasser hier geben
Luft und Nebel
Aber dich wird es
Nicht geben.

DIE FLIEGER
Bis jetzt war es Tag, aber jetzt
Kommt die Nacht.

DER NEBEL (RADIO)
Seit 10 Stunden kämpfe ich gegen einen Mann, der
In der Luft herumfliegt, was man
Seit 1000 Jahren nicht gesehen hat. Ich kann
Ihn nicht herunterbringen
Übernimm du ihn, Schneesturm!

DIE FLIEGER
Jetzt kommst du
Schneesturm!

## 6

**In der Nacht kam ein Schneesturm.**

DER SCHNEESTURM (RADIO)
Seit einer Stunde ist in mir ein Mann
Mit einem Apparat!
Bald oben hoch über mir
Bald unten nahe beim Wasser!
Seit einer Stunde werfe ich ihn
Gegen das Wasser und gegen den Himmel
Er kann sich nirgends halten, aber
Er geht nicht unter.
Er fällt nach oben
Und er steigt nach unten
Er ist schwächer als ein Baum an der Küste
Kraftlos wie ein Blatt ohne Ast, aber

Er geht nicht unter.
Seit Stunden sieht dieser Mensch nicht den Mond
Noch seine eigene Hand
Aber er geht nicht unter.
Auf seinen Apparat habe ich Eis gepackt
Daß er schwer wird und ihn herabzieht
Aber das Eis fällt ab von ihm und
Er geht nicht unter.

DIE FLIEGER
Es geht nicht mehr
Gleich falle ich ins Wasser
Wer hätte gedacht, daß es
Hier auch noch Eis gibt!
3000 Meter bin ich hoch gewesen und
3 Meter tief über dem Wasser
Aber überall ist der Sturm, Eis und Nebel.
Warum bin ich Narr aufgestiegen?
Jetzt habe ich Furcht zu sterben
Jetzt gehe ich unter.
4 Tage vor mir sind zwei Männer
Über das Wasser geflogen wie ich
Und das Wasser hat sie verschlungen, und mich
Verschlingt es auch.

## 7
## Schlaf.

DER SCHLAF (RADIO)
Schlaf, Charlie
Die schlimme Nacht
Ist vorüber. Der Sturm
Ist aus. Schlafe nur, Charlie
Der Wind trägt dich doch.

DIE FLIEGER
Der Wind tut für mich gar nichts
Mir sind feindlich Wasser und Luft, und ich
Bin ihr Feind.

DER SCHLAF (RADIO)
Nur eine Minute beuge dich vor
Auf den Steuerhebel, nur die Augen schließe ein wenig
Deine Hand bleibt wach.

DIE FLIEGER
Oftmals 24 Stunden ohne Pause
Haben meine Kameraden in San Diego
Diesen Apparat gebaut. Möge ich
Nicht schlechter sein als sie. Ich
Darf nicht schlafen.

DER SCHLAF (RADIO)
Es ist noch weit. Ruhe dich aus
Denke an die Felder von Missouri
Den Fluß und das Haus
Wo du daheim bist.

DIE FLIEGER
Ich bin nicht müde.

## 8
## Ideologie.

DIE FLIEGER

1
Viele sagen, die Zeit sei alt
Aber ich habe immer gewußt, es ist eine neue Zeit.
Ich sage euch, nicht von selber
Wachsen seit 20 Jahren Häuser wie Gebirge aus Erz
Viele ziehen mit jedem Jahr in die Städte, als erwarteten sie etwas
Und auf den lachenden Kontinenten
Spricht es sich herum: das große gefürchtete Meer
Sei ein kleines Wasser.
Ich fliege jetzt schon als erster über den Atlantik
Aber ich habe die Überzeugung: schon morgen
Werdet ihr lachen über meinen Flug.

2
Aber es ist eine Schlacht gegen das Primitive
Und eine Anstrengung zur Verbesserung des Planeten
Gleich der dialektischen Ökonomie
Welche die Welt verändern wird von Grund auf.
Jetzt nämlich
Laßt uns bekämpfen die Natur
Bis wir selber natürlich geworden sind.
Wir und unsere Technik sind doch nicht natürlich
Wir und unsere Technik
Sind primitiv.

Die Dampfschiffe sind gegen die Segler gefahren
Welche die Ruderboote hinter sich zurückließen.
Ich
Fliege gegen die Dampfschiffe
Im Kampf gegen das Primitive.
Mein Flugzeug, schwach und zittrig
Meine Apparate voller Mangel
Sind besser als die bisherigen, aber
Indem ich fliege

Kämpfe ich gegen mein Flugzeug und
Gegen das Primitive.

3
Also kämpfe ich gegen die Natur und
Gegen mich selber.
Was immer ich bin und welche Dummheiten ich glaube
Wenn ich fliege, bin ich
Ein wirklicher Atheist.

Zehntausend Jahre lang entstand
Wo die Wasser dunkel wurden am Himmel
Zwischen Licht und Dämmerung unhinderbar
Gott. Und ebenso
Über den Gebirgen, woher das Eis kam
Sichteten die Unwissenden
Unbelehrbar Gott, und ebenso
In den Wüsten kam er im Sandsturm, und
In den Städten wurde er erzeugt von der Unordnung
Der Menschenklassen, weil es zweierlei Menschen gibt
Ausbeutung und Unkenntnis, aber
Die Revolution liquidiert ihn. Aber
Baut Straßen durch das Gebirge, dann verschwindet er
Flüsse vertreiben ihn aus der Wüste. Das Licht
Zeigt Leere und
Verscheucht ihn sofort.

Darum beteiligt euch
An der Bekämpfung des Primitiven
An der Liquidierung des Jenseits und
Der Verscheuchung jedweden Gottes, wo
Immer er auftaucht.

Unter den schärferen Mikroskopen
Fällt er.
Es vertreiben ihn
Die verbesserten Apparate aus der Luft.
Die Reinigung der Städte
Die Vernichtung des Elends
Machen ihn verschwinden und
Jagen ihn zurück in das erste Jahrtausend.

4
So auch herrscht immer noch
In den verbesserten Städten die Unordnung
Welche kommt von der Unwissenheit und Gott gleicht.
Aber die Maschinen und die Arbeiter
Werden sie bekämpfen, und auch ihr
Beteiligt euch an
Der Bekämpfung des Primitiven!

9
**Wasser.**

DIE FLIEGER
Jetzt
Kommt das Wasser wieder näher.
WASSERGERÄUSCH (RADIO)
DIE FLIEGER
Ich muß
Hochkommen! Dieser Wind
Drückt so.
WASSERGERÄUSCH (RADIO)
DIE FLIEGER
Jetzt geht es besser
Aber was ist das? Das Steuer
Will nicht mehr recht. Irgendwas
Stimmt nicht. Ist das nicht
Ein Geräusch im Motor? Jetzt
Geht es schon wieder abwärts.
Halt!
WASSERGERÄUSCH (RADIO)
DIE FLIEGER
Mein Gott! Beinahe
Hätte es uns aber gefaßt!

10
**Während des ganzen Fluges sprachen alle amerikanischen Zeitungen unaufhörlich von der Flieger Glück.**

AMERIKA (RADIO)
Ganz Amerika glaubt, daß der Ozeanflug
Des Kapitän Derundder glücken wird.
Trotz schlechter Wetterberichte und
Des mangelhaften Zustandes seines leichten Flugzeugs
Glaubt jedermann in den Staaten, daß
Er ankommen wird.
Niemals, schreibt eine Zeitung, ist ein Mann
Unseres Landes so sehr
Für einen Glücklichen gehalten worden.
Wenn der Glückliche über das Meer fliegt
Halten sich die Stürme zurück.
Wenn die Stürme sich nicht zurückhalten
Bewährt sich der Motor.
Wenn der Motor sich nicht bewährt
Bewährt sich der Mann.
Und bewährt sich der Mann nicht
Bewährt sich das Glück.
Also darum glauben wir
Daß der Glückliche ankommt.

11
**Die Gedanken der Glücklichen.**

DIE FLIEGER
Zwei Kontinente, zwei Kontinente
Warten auf mich! Ich
Muß ankommen!
Auf wen wartet man schon?
Und sogar der, auf den man nicht wartet
Ankommen muß er.
Mut ist gar nichts, aber
Ankommen ist alles.
Wer auf das Meer
Hinausfliegt und ersauft
Der ist ein verdammter Narr, denn
Auf dem Meer ersauft man
Also muß ich ankommen.
Wind drückt herunter und
Nebel macht steuerlos, aber
Ich muß ankommen.
Freilich mein Apparat
Ist schwach, und schwach ist
Mein Kopf, aber
Drüben erwarten sie mich und sagen
Der kommt an und da
Muß ich ankommen.

12
**So fliegen sie, schrieben die französischen Zeitungen, über sich die Stürme, um sich das Meer und unter sich den Schatten Nungessers.**

EUROPA (RADIO)
Auf unsern Kontinent zu
Seit mehr als 24 Stunden
Fliegt ein Mann
Wenn er ankommt
Wird ein Punkt erscheinen am Himmel
Und größer werden und
Ein Flugzeug sein und
Wird herabkommen und
Auf der Wiese wird herauskommen ein Mann und
Wir werden ihn erkennen
Nach dem Bild in der Zeitung, das
Vor ihm herüberkam.
Aber wir fürchten, er
Kommt nicht. Die Stürme
Werden ihn ins Meer werfen
Sein Motor wird nicht durchhalten
Er selber wird den Weg zu uns nicht finden.
Also darum glauben wir
Wir werden ihn nicht sehen.

13
**Das Gespräch der Flieger mit ihrem Motor.**

DER MOTOR LÄUFT (RADIO)
DIE FLIEGER
Jetzt ist es nicht mehr weit. Jetzt
Müssen wir uns noch zusammennehmen
Wir zwei.
Hast du genug Öl?
Meinst du, das Benzin reicht dir aus?
Hast du kühl genug?
Geht es dir gut?
DER MOTOR LÄUFT (RADIO)
DIE FLIEGER
Das Eis ist schon ganz weg
Das dich bedrückt hat.
Der Nebel, das ist meine Sache.
Du machst deine Arbeit
Du mußt nur laufen.
DER MOTOR LÄUFT (RADIO)
DIE FLIEGER
Erinnere dich: In St. Louis sind wir zwei
Länger in der Luft gewesen
Es ist gar nicht mehr weit. Jetzt kommt
Schon Irland, dann kommt Paris
Werden wir es schaffen?
Wir zwei?
DER MOTOR LÄUFT (RADIO)

14
**Endlich unweit Schottlands sichten die Flieger Fischer.**

DIE FLIEGER
Dort
Sind Fischerboote.
Die wissen
Wo die Insel ist.
Hallo, wo
Ist England?
DIE FISCHER (RADIO)
Da ruft etwas.
Horch!

Was soll da rufen?

Horch, das Rattern!
In der Luft
Rattert etwas!

Was soll da rattern?

DIE FLIEGER

Hallo, wo
Ist England?

DIE FISCHER (RADIO)

Schau, dort
Fliegt ein solches Ding!
Das ist ein Flugzeug!

Wie soll da ein Flugzeug sein?
Niemals
Kann ein solches Ding aus Stricken
Leinwandfetzen und Eisen
Über das Wasser!
Nicht einmal ein Narr
Würde sich hineinsetzen
Es fiele doch
Einfach ins Wasser
Schon der Wind
Würde es einstecken, und welcher Mensch
Hielte so lange Zeit am Steuer aus?

DIE FLIEGER

Hallo, wo
Ist England?

DIE FISCHER (RADIO)

Schau doch wenigstens!

Wozu da schauen, wo es
Doch niemals sein kann?

Jetzt ist es fort.
Ich weiß auch nicht
Wie es sein kann.
Es war aber.

15

**Auf dem Flugplatz Le Bourget bei Paris erwartet in der Nacht des 21. Mai 1927, abends 10 Uhr, eine Riesenmenge die amerikanischen Flieger.**

EUROPA (RADIO)

Jetzt kommt er!
Am Himmel erscheint
Ein Punkt.
Er wird größer. Es ist
Ein Flugzeug.
Jetzt kommt es herab.
Auf die Wiese heraus
Kommt ein Mann
Und jetzt
Erkennen wir ihn: das ist
Der Flieger.
Der Sturm hat ihn nicht verschlungen
Noch das Wasser.
Bewährt hat sich sein Motor, und er
Hat den Weg gefunden zu uns.
Er ist angekommen.

16

**Ankunft der Flieger auf dem Flugplatz Le Bourget bei Paris.**

GERÄUSCH EINER GROSSEN MASSE (RADIO)

DIE FLIEGER

Ich bin Derundder. Bitte tragt mich
In einen dunklen Schuppen, daß
Keiner sehe meine
Natürliche Schwäche.
Aber meldet meinen Kameraden in den Ryanwerken von San Diego
Daß ihre Arbeit gut war.
Unser Motor hat ausgehalten
Ihre Arbeit war ohne Fehler.

17

**Bericht über das noch nicht Erreichte.**

RADIO UND DIE FLIEGER

Zu der Zeit, wo die Menschheit
Anfing sich zu erkennen
Haben wir Wägen gemacht
Aus Holz, Eisen und Glas
Und sind durch die Luft geflogen
Und zwar mit einer Schnelligkeit, die den Hurrikan
Um das Doppelte übertraf.
Und zwar war unser Motor
Stärker als hundert Pferde, aber
Kleiner als ein einziges.
Tausend Jahre fiel alles von oben nach unten
Ausgenommen der Vogel.
Selbst auf den ältesten Steinen
Fanden wir keine Zeichnung
Von irgendeinem Menschen, der
Durch die Luft geflogen ist
Aber wir haben uns erhoben.
Gegen Ende des 3. Jahrtausends unsrer Zeitrechnung
Erhob sich unsere
Stählerne Einfalt
Aufzeigend das Mögliche
Ohne uns vergessen zu machen: das
Noch nicht Erreichte.
Diesem ist dieser Bericht gewidmet.

# Das Badener Lehrstück vom Einverständnis

Mitarbeiter: S. Dudow, E. Hauptmann

*Personen*

Der Flieger · Die drei Monteure · Der Führer des gelernten Chors (Vorsänger) · Sprecher · Drei Clowns · Der gelernte Chor

*Auf einem in seinen Abmessungen der Anzahl der Mitspielenden entsprechenden Podium steht im Hintergrund der gelernte Chor. Links ist das Orchester aufgestellt, links im Vordergrund steht ein Tisch, an dem der Dirigent der Sänger und Musikanten, der Leiter der allgemeinen Gesänge (Vorsänger) und der Sprecher sitzen. Die Sänger der vier Gestürzten sitzen an einem Pult rechts im Vordergrunde. Zur Verdeutlichung der Szene können neben oder auf dem Podium die Trümmer eines Flugapparates liegen.*

**1**
**Bericht vom Fliegen.**

DIE VIER FLIEGER *berichten:*
Zu der Zeit, wo die Menschheit
Anfing sich zu erkennen
Haben wir Flugzeuge gemacht
Aus Holz, Eisen und Glas
Und sind durch die Luft geflogen.
Und zwar mit einer Schnelligkeit, die den Hurrikan
Um das Doppelte übertraf.
Und zwar war unser Motor
Stärker als hundert Pferde, aber
Kleiner als ein einziges.
Tausend Jahre fiel alles von oben nach unten
Ausgenommen der Vogel.
Selbst auf den ältesten Steinen
Fanden wir keine Zeichnung
Von irgendeinem Menschen, der
Durch die Luft geflogen ist.
Aber wir haben uns erhoben.
Gegen Ende des zweiten Jahrtausends unsrer Zeitrechnung
Erhob sich unsere
Stählerne Einfalt
Aufzeigend das Mögliche
Ohne uns vergessen zu machen: das
Noch nicht Erreichte.

**2**
**Der Sturz.**

DER FÜHRER DES GELERNTEN CHORS *spricht die Gestürzten an:*
Fliegt jetzt nicht mehr.
Ihr braucht nicht mehr geschwinder zu werden.
Der niedere Boden
Ist für euch
Jetzt hoch genug.
Daß ihr reglos liegt
Genügt.
Nicht oben über uns
Nicht weit vor uns
Nicht in eurem Laufe
Sondern reglos
Sagt uns, wer ihr seid.

DIE GESTÜRZTEN FLIEGER *antworten:*
Wir beteiligten uns an den Arbeiten unserer Kameraden.
Unsere Flugzeuge wurden besser
Wir flogen höher und höher
Das Meer war überwunden
Schon waren die Berge niedrig.
Uns hatte erfaßt das Fieber
Des Städtebaus und des Öls.
Unsere Gedanken waren Maschinen und
Die Kämpfe um Geschwindigkeit.
Wir vergaßen über den Kämpfen
Unsere Namen und unser Gesicht
Und über dem geschwinderen Aufbruch
Vergaßen wir unseres Aufbruchs Ziel.
Aber wir bitten euch
Zu uns zu treten und
Uns Wasser zu geben
Und unter den Kopf ein Kissen
Und uns zu helfen, denn
Wir wollen nicht sterben.

DER GELERNTE CHOR *wendet sich an die Menge:*
Hört ihr, vier Menschen
Bitten euch, ihnen zu helfen.
Sie sind
In die Luft geflogen und
Auf den Boden gefallen und
Wollen nicht sterben.
Darum bitten sie euch
Ihnen zu helfen.
Hier haben wir
Einen Becher mit Wasser und
Ein Kissen.
Ihr aber sagt uns
Ob wir ihnen helfen sollen.

DIE MENGE *antwortet dem gelernten Chor:*
Ja.

DER GELERNTE CHOR *zur Menge:*
Haben sie euch geholfen?

DIE MENGE
Nein.

DER SPRECHER *wendet sich an die Menge:*
Über die Erkaltenden hinweg wird untersucht, ob

Es üblich ist, daß der Mensch dem Menschen hilft.

3

**Untersuchungen, ob der Mensch dem Menschen hilft.**

Erste Untersuchung

DER FÜHRER DES GELERNTEN CHORS *tritt vor:*
Einer von uns ist über das Meer gefahren und
Hat einen neuen Kontinent entdeckt.
Viele aber nach ihm
Haben aufgebaut dort große Städte mit
Vieler Mühe und Klugheit.
DER GELERNTE CHOR *erwidert:*
Das Brot wurde dadurch nicht billiger.
DER FÜHRER DES GELERNTEN CHORS
Einer von uns hat eine Maschine gemacht
Durch die Dampf ein Rad trieb, und das war
Die Mutter vieler Maschinen.
Viele aber arbeiten daran
Alle Tage.
DER GELERNTE CHOR *erwidert:*
Das Brot wurde dadurch nicht billiger.
DER FÜHRER DES GELERNTEN CHORS
Viele von uns haben nachgedacht
Über den Gang der Erde um die Sonne, über
Das Innere des Menschen, die Gesetze
Der Allgemeinheit, die Beschaffenheit der Luft
Und den Fisch der Tiefsee.
Und sie haben
Große Dinge gefunden.
DER GELERNTE CHOR *erwidert:*
Das Brot wurde dadurch nicht billiger.
Sondern
Die Armut hat zugenommen in unseren Städten
Und es weiß seit langer Zeit
Niemand mehr, was ein Mensch ist.
Zum Beispiel: während ihr flogt, kroch
Ein euch Ähnliches am Boden
Nicht wie ein Mensch!
DER FÜHRER DES GELERNTEN CHORS *wendet sich an die Menge:*
Hilft der Mensch also dem Menschen?
DIE MENGE *erwidert:*
Nein.

Zweite Untersuchung

DER FÜHRER DES GELERNTEN CHORS *wendet sich an die Menge:*
Betrachtet unsere Bilder und sagt danach
Daß der Mensch dem Menschen hilft!
*Es werden zwanzig Photographien gezeigt, die darstellen, wie in unserer Zeit Menschen von Menschen abgeschlachtet werden.*
DIE MENGE *schreit:*
Der Mensch hilft dem Menschen nicht.

Dritte Untersuchung

DER FÜHRER DES GELERNTEN CHORS *wendet sich an die Menge:*
Betrachtet unsere Clownsnummer, in der
Menschen einem Menschen helfen!

*Drei Zirkusclowns, von denen einer, Herr Schmitt genannt, ein Riese ist, besteigen das Podium. Sie sprechen sehr laut.*

EINSER Heute ist es ein schöner Abend, Herr Schmitt.

ZWEIER Was sagen Sie zu dem Abend, Herr Schmitt?

HERR SCHMITT Ich finde ihn nicht schön.

EINSER Wollen Sie sich nicht setzen, Herr Schmitt?

ZWEIER Hier ist ein Stuhl, Herr Schmitt, warum antworten Sie uns jetzt nicht?

EINSER Kannst du nicht sehen: Herr Schmitt wünscht den Mond zu betrachten.

ZWEIER Du, sag mir einmal, warum kriechst du Herrn Schmitt immer in den Arsch? Das belästigt Herrn Schmitt.

EINSER Weil Herr Schmitt so stark ist, darum krieche ich Herrn Schmitt in den Arsch.

ZWEIER Ich auch.

EINSER Bitte Herrn Schmitt, sich zu uns zu setzen.

HERR SCHMITT Mir ist heute nicht gut.

EINSER Da müssen Sie sich aufheitern, Herr Schmitt.

HERR SCHMITT Ich glaube, ich kann mich nicht mehr aufheitern. *Pause.* Was habe ich denn für eine Gesichtsfarbe?

EINSER Rosig, Herr Schmitt, immer rosig.

HERR SCHMITT Sehen Sie, und ich glaubte, ich sähe weiß aus im Gesicht.

EINSER Das ist aber merkwürdig, Sie sagen, Sie meinen, Sie sähen weiß aus im Gesicht? Wenn ich Sie nämlich jetzt so ansehe, da muß ich schon sagen, ich meine jetzt auch, Sie sähen weiß aus im Gesicht.

ZWEIER Da würde ich mich aber setzen, Herr Schmitt, wo Sie doch so aussehen.

HERR SCHMITT Ich möchte mich heute nicht setzen.

EINSER Nein, nein, nicht setzen, auf keinen Fall setzen, lieber stehen bleiben.

HERR SCHMITT Warum, meinen Sie, soll ich stehen bleiben?

EINSER *zum Zweier:* Er kann sich heute nicht setzen, weil er sonst vielleicht nie wieder aufstehen kann.

HERR SCHMITT Ach Gott!

EINSER Hören Sie, er merkt es schon selber. Da bleibt der Herr Schmitt schon lieber stehen.

HERR SCHMITT Sagen Sie, ich glaube fast, mein linker Fuß tut mir etwas weh.

EINSER Sehr?

HERR SCHMITT *wehleidig:* Wie?

EINSER Tut er Ihnen sehr weh?

HERR SCHMITT Ja, er tut mir schon sehr weh…

ZWEIER Das kommt vom Stehen.

HERR SCHMITT Ja, soll ich mich setzen?

EINSER Nein, auf keinen Fall, das müssen wir vermeiden.

ZWEIER Wenn Ihnen der linke Fuß weh tut, dann gibt es nur eines: weg mit dem linken Fuß.

EINSER Und je rascher, desto besser.

HERR SCHMITT Ja, wenn Sie glauben…

ZWEIER Natürlich.

*Sie sägen ihm den linken Fuß ab.*

HERR SCHMITT Einen Stock, bitte.

*Sie geben ihm einen Stock.*

EINSER Nun, können Sie jetzt besser stehen, Herr Schmitt?

HERR SCHMITT Ja, links. Den Fuß müßt ihr mir aber geben, ich möchte ihn nicht verlieren.

EINSER Bitte, wenn Sie Mißtrauen haben…

ZWEIER Wir können ja auch gehen…

HERR SCHMITT Nein, nein, jetzt müßt ihr dableiben, weil ich doch nicht mehr gehen kann allein.

EINSER Hier ist der Fuß.

*Herr Schmitt nimmt den Fuß unter den Arm.*

HERR SCHMITT Jetzt ist mir mein Stock heruntergefallen.

ZWEIER Dafür haben Sie ja jetzt Ihren Fuß wieder.

*Beide lachen schallend.*

HERR SCHMITT Jetzt kann ich wirklich nicht mehr stehen. Denn jetzt fängt natürlich auch das andere Bein an, weh zu tun.

EINSER Das läßt sich denken.

HERR SCHMITT Ich möchte Sie nicht mehr belästigen, als nötig ist, aber ohne den Stock kann ich schwer auskommen.

ZWEIER Bis wir den Stock aufheben, können wir Ihnen geradesogut das andere Bein absägen, das Ihnen ja sehr weh tut.

HERR SCHMITT Ja, vielleicht ist es dann besser.

*Sie sägen ihm das andere Bein ab. Herr Schmitt fällt um.*

HERR SCHMITT Jetzt kann ich nicht mehr aufstehen.

EINSER Scheußlich, und gerade das wollten wir unbedingt vermeiden, daß Sie sitzen.

HERR SCHMITT Was?!

ZWEIER Sie können nicht mehr aufstehen, Herr Schmitt.

HERR SCHMITT Sagen Sie mir das nicht, das tut mir weh.

ZWEIER Was soll ich nicht mehr sagen?

HERR SCHMITT Das…

ZWEIER Daß Sie nicht mehr aufstehen können?

HERR SCHMITT Können Sie denn nicht Ihren Mund halten?

ZWEIER Nein, Herr Schmitt, aber ich kann Ihnen Ihr linkes Ohr herausschrauben, dann hören Sie mich nicht mehr sagen, daß Sie nicht aufstehen können.

HERR SCHMITT Ja, vielleicht ist das besser.

*Sie schrauben ihm sein linkes Ohr ab.*

HERR SCHMITT *zum Einser:* Jetzt kann ich nur mehr Sie hören. *Zweier geht herüber auf die andere Seite.* Bitte um das Ohr! *Wird wütend:* Und bitte auch um das fehlende zweite Bein. Das ist keine Art, einen kranken Menschen zu behandeln. Liefern Sie sofort die in Verlust geratenen Gliedmaßen an mich, ihren Eigentümer, zurück. *Sie geben ihm auch das andere Bein unter den Arm und legen ihm das Ohr in den Schoß.* Überhaupt, wenn Sie hier etwa mit mir Ihren Schabernack treiben wollen, so haben Sie sich gründlich – was ist denn nur mit meinem Arm?

ZWEIER Das wird eben sein, weil Sie dies viele nutzlose Zeug schleppen.

HERR SCHMITT *leise:* Sicher. Könntet ihr es mir nicht abnehmen?

ZWEIER Aber wir könnten Ihnen ja den ganzen Arm abnehmen, das ist dann doch besser.

HERR SCHMITT Ja, bitte, wenn ihr meint…

ZWEIER Natürlich.

*Sie sägen ihm den linken Arm ab.*

HERR SCHMITT Danke, ihr macht euch viel zuviel Mühe mit mir.

EINSER So, Herr Schmitt, da haben Sie alles, was Ihnen gehört, das kann Ihnen keiner mehr rauben.

*Sie legen ihm alle abgenommenen Gliedmaßen in den Schoß. Herr Schmitt betrachtet sie.*

HERR SCHMITT Komisch, ich habe so unangenehme Gedanken im Kopf. Ich bitte Sie – *zu Einser* –, mir etwas Angenehmes zu sagen.

EINSER Gerne, Herr Schmitt, wollen Sie eine Geschichte hören? Zwei Herren kommen aus einem Gasthaus. Da sie in einen furchtbaren Streit geraten, bewerfen sie sich mit Pferdeäpfeln, der eine trifft den anderen mit einem Pferdeapfel in den Mund, da sagt der andere: So, den lasse ich jetzt drinnen, bis die Polizei kommt.

*Zweier lacht, Herr Schmitt lacht nicht.*

HERR SCHMITT Das ist keine schöne Geschichte. Können Sie mir nicht etwas Schönes erzählen, ich habe, wie gesagt, unangenehme Gedanken im Kopf.

EINSER Nein, leider, Herr Schmitt, außer dieser Geschichte wüßte ich nichts mehr zu erzählen.

ZWEIER Aber wir können Ihnen ja den Kopf absägen, wenn Sie so dumme Gedanken drin haben.

HERR SCHMITT Ja, bitte, vielleicht hilft das.

*Sie sägen ihm die obere Kopfhälfte ab.*

EINSER Wie ist Ihnen jetzt, Herr Schmitt, ist Ihnen leichter?

HERR SCHMITT Ja, viel leichter. Jetzt ist mir viel leichter. Nur, es friert mich sehr am Kopf.

ZWEIER Setzen Sie doch Ihren Hut auf. *Brüllt:* Hut aufsetzen!

HERR SCHMITT Ich kann doch nicht herunterlangen.

ZWEIER Wollen Sie den Stock haben?

HERR SCHMITT Ja, bitte. *Er fischt nach dem Hut.* Jetzt ist mir der Stock heruntergefallen, da kann ich den Hut nicht erreichen. Es friert mich sehr stark.

ZWEIER Wenn wir Ihnen den Kopf überhaupt herausschraubten?

HERR SCHMITT Ja, ich weiß nicht…

EINSER Doch…

HERR SCHMITT Nein wirklich, ich weiß schon gar nichts mehr.

ZWEIER Eben deshalb.

*Sie schrauben ihm den Kopf heraus. Herr Schmitt fällt hintenüber.*

HERR SCHMITT Halt!! Leg mir doch einer die Hand auf die Stirn!

EINSER Wo?

HERR SCHMITT Faß mich doch einer an der Hand.

EINSER Wo?

ZWEIER Ist Ihnen jetzt leichter, Herr Schmitt?

HERR SCHMITT Nein. Ich liege nämlich mit meinem Rücken auf einem Stein.

ZWEIER Ja, Herr Schmitt, alles können Sie nicht haben.

*Die beiden lachen schallend. (Ende der Clownsnummer.)*

DIE MENGE *schreit:*
Der Mensch hilft dem Menschen nicht.

DER FÜHRER DES GELERNTEN CHORS
Sollen wir das Kissen zerreißen?

DIE MENGE
Ja.

DER FÜHRER DES GELERNTEN CHORS
Sollen wir das Wasser ausschütten?

DIE MENGE
Ja.

## 4
## Die Hilfeverweigerung.

DER GELERNTE CHOR
Also soll ihnen nicht geholfen werden.
Wir zerreißen das Kissen, wir
Schütten das Wasser aus.

*Der Sprecher zerreißt jetzt das Kissen und schüttet das Wasser aus.*

DIE MENGE *liest für sich:*
Freilich saht ihr
Hilfe an manchem Ort
Mancherlei Art, erzeugt durch den Zustand
Der noch nicht zu entbehrenden
Gewalt.
Dennoch raten wir euch, der grausamen
Wirklichkeit
Grausamer zu begegnen und
Mit dem Zustand, der den Anspruch erzeugt
Aufzugeben den Anspruch. Also
Nicht zu rechnen mit Hilfe:
Um Hilfe zu verweigern, ist Gewalt nötig
Um Hilfe zu erlangen, ist auch Gewalt nötig.
Solange Gewalt herrscht, kann Hilfe verweigert werden
Wenn keine Gewalt mehr herrscht, ist keine Hilfe mehr nötig.
Also sollt ihr nicht Hilfe verlangen, sondern die Gewalt abschaffen.
Hilfe und Gewalt geben ein Ganzes
Und das Ganze muß verändert werden.

## 5
## Die Beratung.

DER GESTÜRZTE FLIEGER
Kameraden, wir
Werden sterben.
DIE DREI GESTÜRZTEN MONTEURE
Wir wissen, daß wir sterben werden, aber
Weißt du es?
Höre also:
Du stirbst unbedingt.
Dein Leben wird dir entrissen
Deine Leistung wird dir gestrichen
Du stirbst für dich.
Es wird dir nicht zugesehen
Du stirbst endlich
Und so müssen wir auch.

## 6
## Betrachtung der Toten.

DER SPRECHER
Betrachtet die Toten!
*Es werden sehr groß zehn Photographien von Toten gezeigt, dann sagt der Sprecher: »Zweite Betrachtung der Toten«, und die Photographien werden noch einmal gezeigt.*
*Nach der Betrachtung der Toten beginnen die Gestürzten zu schreien.*
DIE GESTÜRZTEN
Wir können nicht sterben.

## 7
## Die Verlesung der Kommentartexte.

DER GELERNTE CHOR *wendet sich an die Gestürzten:*
Wir können euch nicht helfen.
Nur eine Anweisung
Nur eine Haltung
Können wir euch geben.
Sterbt, aber lernt
Lernt, aber lernt nicht falsch.
DIE GESTÜRZTEN
Wir haben nicht viel Zeit
Wir können nicht mehr viel lernen.
DER GELERNTE CHOR
Habt ihr wenig Zeit
Habt ihr Zeit genug
Denn das Richtige ist leicht.
*Aus dem gelernten Chor tritt der Sprecher mit einem Buch. Er begibt sich zu den Gestürzten, setzt sich und liest aus dem Kommentar.*
DER SPRECHER
1. Wer etwas entreißt, der wird etwas festhalten. Und wem etwas entrissen wird, der wird es auch festhalten. Und wer etwas festhält, dem wird etwas entrissen.
Welcher von uns stirbt, was gibt der auf? Der gibt doch nicht nur seinen Tisch oder sein Bett auf! Wer von uns stirbt, der weiß auch, ich gebe auf, was da vorhanden ist, mehr als ich habe, schenke ich weg. Wer von uns stirbt, der gibt die Straße auf, die er kennt, und auch, die er nicht kennt. Die Reichtümer, die er hat, und auch, die er nicht hat. Die Armut selbst. Seine eigene Hand.
Wie nun wird der einen Stein heben, der nicht geübt ist? Wie wird der einen großen Stein heben? Wie wird, der das Aufgeben nicht geübt hat, seinen Tisch aufgeben oder: alles aufgeben, was er hat und was er nicht hat? Die Straße, die er kennt, und auch, die er nicht kennt? Die Reichtümer, die er hat, und auch, die er nicht hat? Die Armut selbst? Seine eigene Hand?
2. Als der Denkende in einen großen Sturm kam, saß er in einem großen Fahrzeug und nahm viel Platz ein. Das erste war, daß er aus seinem Fahrzeug stieg, das zweite war, daß er seinen Rock ablegte, das dritte war, daß er sich auf den Boden legte. So überwand er den Sturm in seiner kleinsten Größe.
DIE GESTÜRZTEN *erkundigen sich beim Sprecher:*
Überstand er so den Sturm?
DER SPRECHER
In seiner kleinsten Größe überstand er den Sturm.
DIE GESTÜRZTEN
In seiner kleinsten Größe überstand er den Sturm.
DER SPRECHER
3. Um einen Menschen zu seinem Tode zu ermutigen, bat der eingreifend Denkende ihn, seine Güter aufzugeben. Als er alles aufgegeben hatte, blieb nur das Leben übrig. Gib mehr auf, sagte der Denkende.
4. Wenn der Denkende den Sturm überwand, so überwand er ihn, weil er den Sturm kannte und er einverstanden war mit dem Sturm. Also, wenn ihr das Sterben überwinden wollt, so überwindet ihr es, wenn ihr das Sterben kennt und einverstanden seid mit dem Sterben. Wer aber den Wunsch hat, einverstanden zu sein, der hält bei der Armut. An die Dinge hält er sich

nicht! Die Dinge können genommen werden, und dann ist da kein Einverständnis. Auch an das Leben hält er sich nicht. Das Leben wird genommen werden, und dann ist da kein Einverständnis. Auch an die Gedanken hält er sich nicht, die Gedanken können auch genommen werden, und dann ist da auch kein Einverständnis.

**8**
**Das Examen.**

*Der gelernte Chor examiniert die Gestürzten im Angesicht der Menge.*

1
DER GELERNTE CHOR
Wie hoch seid ihr geflogen?
DIE DREI GESTÜRZTEN MONTEURE
Wir sind ungeheuer hoch geflogen.
DER GELERNTE CHOR
Wie hoch seid ihr geflogen?
DIE DREI GESTÜRZTEN MONTEURE
Wir sind viertausend Meter hoch geflogen.
DER GELERNTE CHOR
Wie hoch seid ihr geflogen?
DIE DREI GESTÜRZTEN MONTEURE
Wir sind ziemlich hoch geflogen.
DER GELERNTE CHOR
Wie hoch seid ihr geflogen?
DIE DREI GESTÜRZTEN MONTEURE
Wir haben uns etwas über den Boden erhoben.
DER FÜHRER DES GELERNTEN CHORS *wendet sich an die Menge:*
Sie haben sich etwas über den Boden erhoben.
DER GESTÜRZTE FLIEGER
Ich bin ungeheuer hoch geflogen.
DER GELERNTE CHOR
Und er ist ungeheuer hoch geflogen.

2
DER GELERNTE CHOR
Wurdet ihr gerühmt?
DIE DREI GESTÜRZTEN MONTEURE
Wir wurden nicht genug gerühmt.
DER GELERNTE CHOR
Wurdet ihr gerühmt?
DIE DREI GESTÜRZTEN MONTEURE
Wir wurden gerühmt.
DER GELERNTE CHOR
Wurdet ihr gerühmt?
DIE DREI GESTÜRZTEN MONTEURE
Wir wurden genug gerühmt.
DER GELERNTE CHOR
Wurdet ihr gerühmt?
DIE DREI GESTÜRZTEN MONTEURE
Wir wurden ungeheuer gerühmt.
DER FÜHRER DES GELERNTEN CHORS *zur Menge:*
Sie wurden ungeheuer gerühmt.
DER GESTÜRZTE FLIEGER
Ich wurde nicht genug gerühmt.
DER GELERNTE CHOR
Und er wurde nicht genug gerühmt.

3
DER GELERNTE CHOR
Wer seid ihr?
DIE DREI GESTÜRZTEN MONTEURE
Wir sind die, die den Ozean überflogen.
DER GELERNTE CHOR
Wer seid ihr?
DIE DREI GESTÜRZTEN MONTEURE
Wir sind einige von euch.
DER GELERNTE CHOR
Wer seid ihr?
DIE DREI GESTÜRZTEN MONTEURE
Wir sind niemand.
DER FÜHRER DES GELERNTEN CHORS *zur Menge:*
Sie sind niemand.
DER GESTÜRZTE FLIEGER
Ich bin Charles Nungesser.
DER GELERNTE CHOR
Und er ist Charles Nungesser.

4
DER GELERNTE CHOR
Wer wartet auf euch?
DIE DREI GESTÜRZTEN MONTEURE
Viele über dem Meer warten auf uns.
DER GELERNTE CHOR
Wer wartet auf euch?
DIE DREI GESTÜRZTEN MONTEURE
Unser Vater und unsere Mutter warten auf uns.
DER GELERNTE CHOR
Wer wartet auf euch?
DIE DREI GESTÜRZTEN MONTEURE
Niemand wartet auf uns.
DER FÜHRER DES GELERNTEN CHORS *zur Menge:*
Niemand wartet auf sie.

5
DER GELERNTE CHOR
Wer also stirbt, wenn ihr sterbt?

DIE DREI GESTÜRZTEN MONTEURE
Die zuviel gerühmt wurden.
DER GELERNTE CHOR
Wer also stirbt, wenn ihr sterbt?
DIE DREI GESTÜRZTEN MONTEURE
Die sich etwas über den Boden erhoben.
DER GELERNTE CHOR
Wer also stirbt, wenn ihr sterbt?
DIE DREI GESTÜRZTEN MONTEURE
Auf die niemand wartet.
DER GELERNTE CHOR
Wer also stirbt, wenn ihr sterbt?
DIE DREI GESTÜRZTEN MONTEURE
Niemand.
DER GELERNTE CHOR
Jetzt wißt ihr:
Niemand
Stirbt, wenn ihr sterbt.
Jetzt haben sie
Ihre kleinste Größe erreicht.
DER GESTÜRZTE FLIEGER
Aber ich habe mit meinem Fliegen
Meine größte Größe erreicht.
Wie hoch immer ich flog, höher flog
Niemand.
Ich wurde nicht genug gerühmt, ich
Kann nicht genug gerühmt werden
Ich bin für nichts und niemand geflogen.
Ich bin für das Fliegen geflogen.
Niemand wartet auf mich, ich
Fliege nicht zu euch hin, ich
Fliege von euch weg, ich
Werde nie sterben.

## 9
## Ruhm und Enteignung.

DER GELERNTE CHOR
Jetzt aber
Zeigt, was ihr erreicht habt.
Denn nur
Das Erreichte ist wirklich.
Gebt also jetzt den Motor her
Tragflächen und Fahrgestell, alles
Womit du geflogen bist und
Was ihr gemacht habt.
Gebt es auf!
DER GESTÜRZTE FLIEGER
Ich gebe es nicht auf.
Was ist
Ohne den Flieger das Flugzeug?
DER FÜHRER DES GELERNTEN CHORS
Nehmt es!
*Das Flugzeug wird von den Gestürzten weg in die andere Ecke des Podiums getragen.*
DER GELERNTE CHOR *während der Enteignung, rühmt die Gestürzten:*
Erhebt euch, Flieger, ihr habt die Gesetze der Erde verändert.
Tausend Jahre fiel alles von oben nach unten
Ausgenommen der Vogel.
Selbst auf den ältesten Steinen
Fanden wir keine Zeichnung
Von irgendeinem Menschen, der
Durch die Luft geflogen ist
Aber ihr habt euch erhoben
Gegen Ende des zweiten Jahrtausends unserer Zeitrechnung.
DIE DREI GESTÜRZTEN MONTEURE *zeigen plötzlich auf den gestürzten Flieger:*
Was ist das, seht doch!
DER FÜHRER DES GELERNTEN CHORS *schnell zum gelernten Chor:*
Stimmt das »Völlig unkenntlich« an.
DER GELERNTE CHOR *umringt den gestürzten Flieger:*
Völlig unkenntlich
Ist jetzt sein Gesicht
Erzeugt zwischen ihm und uns, denn
Der uns brauchte und
Dessen wir bedurften: das
War er.
DER FÜHRER DES GELERNTEN CHORS
Dieser
Inhaber eines Amts
Wenn auch angemaßt
Entriß uns, was er brauchte, und
Verweigerte uns, dessen wir bedurften.
Also sein Gesicht
Verlosch mit seinem Amt:
Er hatte nur eines!
*Vier aus dem gelernten Chor diskutieren über ihn hinweg:*
DER ERSTE
Wenn es ihn gab –
DER ZWEITE
Es gab ihn.
DER ERSTE
Was war er?
DER ZWEITE
Er war niemand.
DER DRITTE
Wenn er einer war –

DER VIERTE
Er war niemand.
DER DRITTE
Wie sichtete man ihn?
DER VIERTE
Indem man ihn beschäftigte.
ALLE VIER
Indem man ihn anruft, entsteht er.
Wenn man ihn verändert, gibt es ihn.
Wer ihn braucht, der kennt ihn.
Wem er nützlich ist, der vergrößert ihn.
DER ZWEITE
Und doch ist er niemand.
DER GELERNTE CHOR *zusammen zur Menge:*
Was da liegt ohne Amt
Ist nichts Menschliches mehr.
Stirb jetzt, du Keinmenschmehr!
DER GESTÜRZTE FLIEGER
Ich kann nicht sterben.
DIE DREI GESTÜRZTEN MONTEURE
Du bist aus dem Fluß gefallen, Mensch.
Du bist nicht im Fluß gewesen, Mensch.
Du bist zu groß, du bist zu reich.
Du bist zu eigentümlich.
Darum kannst du nicht sterben.
DER GELERNTE CHOR
Aber
Wer nicht sterben kann
Stirbt auch.
Wer nicht schwimmen kann
Schwimmt auch.

## 10
## Die Austreibung.

DER GELERNTE CHOR
Einer von uns
An Gesicht, Gestalt und Gedanke
Uns gleichend durchaus
Muß uns verlassen, denn
Er ist gezeichnet über Nacht, und
Seit heute morgen ist sein Atem faulig.
Seine Gestalt verfällt, sein Gesicht
Einst uns vertraut, wird schon unbekannt.
Mensch, rede mit uns, wir erwarten
An dem gewohnten Platz deine Stimme. Sprich!
Er spricht nicht. Seine Stimme
Bleibt aus. Jetzt erschrick nicht, Mensch, aber
Jetzt mußt du weggehen. Gehe rasch!
Blick dich nicht um, geh
Weg von uns.

*Der Sänger des gestürzten Fliegers verläßt das Podium.*

## 11
## Das Einverständnis.

DER GELERNTE CHOR *redet die drei gestürzten Monteure an:*
Ihr aber, die ihr einverstanden seid mit dem Fluß der Dinge
Sinkt nicht zurück in das Nichts.
Löst euch nicht auf wie Salz im Wasser, sondern
Erhebt euch
Sterbend euren Tod wie
Ihr gearbeitet habt eure Arbeit
Umwälzend eine Umwälzung.
Richtet euch also sterbend
Nicht nach dem Tod
Sondern übernehmt von uns den Auftrag
Wieder aufzubauen unser Flugzeug.
Beginnt!
Um für uns zu fliegen
An den Ort, wo wir euch brauchen
Und zu der Zeit, wo es nötig ist. Denn
Euch
Fordern wir auf, mit uns zu marschieren und mit uns
Zu verändern nicht nur
Ein Gesetz der Erde, sondern
Das Grundgesetz:
Einverstanden, daß alles verändert wird
Die Welt und die Menschheit
Vor allem die Unordnung
Der Menschenklassen, weil es zweierlei Menschen gibt
Ausbeutung und Unkenntnis.
DIE DREI GESTÜRZTEN MONTEURE
Wir sind einverstanden mit der Änderung.
DER GELERNTE CHOR
Und wir bitten euch
Verändert unsern Motor und verbessert ihn
Auch vergrößert Sicherheit und Geschwindigkeit
Und vergeßt auch nicht das Ziel über dem geschwinderen Aufbruch.
DIE DREI GESTÜRZTEN MONTEURE
Wir verbessern die Motore, die Sicherheit und
Die Geschwindigkeit.
DER GELERNTE CHOR
Gebt sie auf!
DER FÜHRER DES GELERNTEN CHORS
Marschiert!

DER GELERNTE CHOR
Habt ihr die Welt verbessert, so
Verbessert die verbesserte Welt.
Gebt sie auf!

DER FÜHRER DES GELERNTEN CHORS
Marschiert!

DER GELERNTE CHOR
Habt ihr die Welt verbessernd die Wahrheit vervollständigt, so
Vervollständigt die vervollständigte Wahrheit.
Gebt sie auf!

DER FÜHRER DES GELERNTEN CHORS
Marschiert!

DER GELERNTE CHOR
Habt ihr die Wahrheit vervollständigend die Menschheit verändert, so
Verändert die veränderte Menschheit.
Gebt sie auf!

DER FÜHRER DES GELERNTEN CHORS
Marschiert!

DER GELERNTE CHOR
Ändernd die Welt, verändert euch!
Gebt euch auf!

DER FÜHRER DES GELERNTEN CHORS
Marschiert!

# Der Jasager und Der Neinsager

Schulopern

Nach dem japanischen Nō-Stück »Taniko«, in der englischen Nachdichtung von Arthur Waley

Mitarbeiter: E. Hauptmann, K. Weill

*Personen*

Der Lehrer · Der Knabe · Die Mutter · Die drei Studenten · Der große Chor

## DER JASAGER

### 1

DER GROSSE CHOR
Wichtig zu lernen vor allem ist Einverständnis.
Viele sagen ja, und doch ist da kein Einverständnis.
Viele werden nicht gefragt, und viele
Sind einverstanden mit Falschem. Darum:
Wichtig zu lernen vor allem ist Einverständnis.

*Der Lehrer in Raum 1, die Mutter und der Knabe in Raum 2.*

DER LEHRER Ich bin der Lehrer. Ich habe eine Schule in der Stadt und habe einen Schüler, dessen Vater tot ist. Er hat nur mehr seine Mutter, die für ihn sorgt. Jetzt will ich zu ihnen gehen und ihnen Lebewohl sagen, denn ich begebe mich in Kürze auf eine Reise in die Berge. Es ist nämlich eine Seuche bei uns ausgebrochen, und in der Stadt jenseits der Berge wohnen einige große Ärzte. *Er klopft an die Tür.* Darf ich eintreten?

DER KNABE *tritt aus Raum 2 in Raum 1:* Wer ist da? Oh, der Lehrer ist da, der Lehrer kommt, uns zu besuchen!

DER LEHRER Warum bist du so lange nicht zur Schule in die Stadt gekommen?

DER KNABE Ich konnte nicht kommen, weil meine Mutter krank war.

DER LEHRER Das wußte ich nicht, daß deine Mutter auch krank ist. Bitte, sag ihr gleich, daß ich hier bin.

DER KNABE *ruft nach Raum 2:* Mutter, der Lehrer ist da.

DIE MUTTER *sitzt in Raum 2:* Bitte ihn, hereinzukommen.

DER KNABE Bitte, treten Sie ein.

*Sie treten beide in Raum 2.*

DER LEHRER Ich bin lange nicht hier gewesen. Ihr Sohn sagt, die Krankheit hat auch Sie ergriffen. Geht es Ihnen jetzt besser?

DIE MUTTER Leider geht es mir nicht besser, da man gegen diese Krankheit ja bis jetzt keine Medizin kennt.

DER LEHRER Man muß etwas finden. Daher komme ich, um Ihnen Lebewohl zu sagen: morgen begebe ich mich auf eine Reise über die Berge, um Medizin zu holen und Unterweisung. Denn in der Stadt jenseits der Berge sind die großen Ärzte.

DIE MUTTER Eine Hilfsexpedition in die Berge! Ja, in der Tat, ich habe gehört, daß die großen Ärzte dort wohnen, aber ich habe auch gehört, daß es eine gefährliche Wanderung ist. Wollen Sie etwa mein Kind mitnehmen?

DER LEHRER Das ist keine Reise, auf die man ein Kind mitnimmt.

DIE MUTTER Gut. Ich hoffe, Sie kehren gesund zurück.

DER LEHRER Jetzt muß ich gehen. Leben Sie wohl.

*Ab in Raum 1.*

DER KNABE *folgt dem Lehrer nach Raum 1:* Ich muß etwas sagen.

*Die Mutter horcht an der Tür.*

DER LEHRER Was willst du sagen?

DER KNABE Ich will mit Ihnen in die Berge gehen.

DER LEHRER
Wie ich deiner Mutter bereits sagte
Ist es eine schwierige und
Gefährliche Reise. Du wirst nicht
Mitkommen können. Außerdem:
Wie kannst du deine Mutter
Verlassen wollen, die doch krank ist?
Bleibe hier. Es ist ganz
Unmöglich, daß du mitkommst.

DER KNABE
Eben weil meine Mutter krank ist
Will ich mitgehen, um für sie
Bei den großen Ärzten in der Stadt jenseits der Berge
Medizin zu holen und Unterweisung.

DER LEHRER Ich muß noch einmal mit deiner Mutter reden.

*Er geht nach Raum 2 zurück. Der Knabe horcht an der Tür.*

DER LEHRER Ich bin noch einmal zurückgekommen. Ihr Sohn sagt, daß er mit uns gehen will. Ich sagte ihm, daß er Sie doch nicht verlassen könne, wenn Sie krank sind, und daß es eine schwierige und gefährliche Reise sei. Er könne ganz unmöglich mitkommen, sagte ich. Aber er sagte, er müsse mit, um für Ihre Krankheit in der Stadt jenseits der Berge Medizin zu holen und Unterweisung.

DIE MUTTER Ich habe seine Worte gehört. Ich zweifle nicht an dem, was der Knabe sagt – daß er gern mit Ihnen die gefährliche Wanderung machen will. Komm herein, mein Sohn!

*Der Knabe tritt in Raum 2.*

Seit dem Tag, an dem
Uns dein Vater verließ
Habe ich niemanden

Als dich zur Seite.
Du warst nie länger
Aus meinem Gedächtnis und aus meinen Augen
Als ich brauchte, um
Dein Essen zu bereiten
Deine Kleider zu richten und
Das Geld zu beschaffen.

DER KNABE Alles ist, wie du sagst. Aber trotzdem kann mich nichts von meinem Vorhaben abbringen.

DER KNABE, DIE MUTTER, DER LEHRER
Ich werde (er wird) die gefährliche Wanderung machen
Und für deine (meine, ihre) Krankheit
In der Stadt jenseits der Berge
Medizin holen und Unterweisung.

DER GROSSE CHOR
Sie sahen, daß keine Vorstellungen
Ihn rühren konnten.
Da sagten der Lehrer und die Mutter
Mit einer Stimme:

DER LEHRER, DIE MUTTER
Viele sind einverstanden mit Falschem, aber er
Ist nicht einverstanden mit der Krankheit, sondern
Daß die Krankheit geheilt wird.

DER GROSSE CHOR
Die Mutter aber sagte:

DIE MUTTER
Ich habe keine Kraft mehr.
Wenn es sein muß
Geh mit dem Herrn Lehrer.
Aber kehr schnell zurück.

2

DER GROSSE CHOR
Die Leute haben die Reise
In die Berge angetreten.
Unter ihnen befanden sich der Lehrer
Und der Knabe.
Der Knabe war den Anstrengungen nicht gewachsen:
Er überanstrengte sein Herz
Das die schnelle Heimkehr verlangte.
Beim Morgengrauen am Fuße der Berge
Konnte er kaum seine müden
Füße mehr schleppen.

*Es treten in Raum 1: der Lehrer, die drei Studenten, zuletzt der Knabe mit einem Krug.*

DER LEHRER Wir sind schnell hinangestiegen. Dort ist die erste Hütte. Dort wollen wir ein wenig verweilen.

DIE DREI STUDENTEN Wir gehorchen.

*Sie treten auf das Podest in Raum 2. Der Knabe hält den Lehrer zurück.*

DER KNABE Ich muß etwas sagen.

DER LEHRER Was willst du sagen?

DER KNABE Ich fühle mich nicht wohl.

DER LEHRER Halt! Solche Dinge dürfen nicht sagen, die auf eine solche Reise gehen. Vielleicht bist du müde, weil du das Steigen nicht gewohnt bist. Bleib ein wenig stehen und ruhe ein wenig.

*Er tritt auf das Podest.*

DIE DREI STUDENTEN Es scheint, daß der Knabe müde ist vom Steigen. Wir wollen den Lehrer darüber befragen.

DER GROSSE CHOR Ja. Tut das!

DIE DREI STUDENTEN *zum Lehrer:* Wir hören, daß dieser Knabe müde ist vom Steigen. Was ist mit ihm? Bist du besorgt seinetwegen?

DER LEHRER Er fühlt sich nicht wohl, aber sonst ist alles in Ordnung mit ihm. Er ist müde vom Steigen.

DIE DREI STUDENTEN So bist du also nicht besorgt seinetwegen?

*Lange Pause.*

DIE DREI STUDENTEN *untereinander:*
Hört ihr? Der Lehrer hat gesagt
Daß der Knabe nur müde sei vom Steigen.
Aber sieht er nicht jetzt ganz seltsam aus?
Gleich nach der Hütte kommt der schmale Grat.
Nur mit beiden Händen zufassend an der Felswand
Kommt man hinüber.
Hoffentlich ist er nicht krank.
Denn wenn er nicht weiter kann, müssen wir ihn
Hier zurücklassen.

*Sie rufen nach Raum 1 hinunter, die Hand wie einen Trichter vor dem Mund:*
Bist du krank? – Er antwortet nicht. – Wir wollen den Lehrer fragen. *Zum Lehrer:* Als wir vorhin nach dem Knaben fragten, sagtest du, er sei nur müde vom Steigen, aber jetzt sieht er ganz seltsam aus. Er hat sich auch gesetzt.

DER LEHRER Ich sehe, daß er krank geworden ist. Versucht doch, ihn über den schmalen Grat zu tragen.

DIE DREI STUDENTEN Wir versuchen es.

*Technikum: Die drei Studenten versuchen, den Knaben über den »schmalen Grat« zu bringen. Der »schmale Grat« muß von den Spielern aus Podesten, Seilen, Stühlen usw. so konstruiert werden, daß die drei Studenten zwar allein, nicht aber, wenn sie auch noch den Knaben tragen, hinüberkommen.*

DIE DREI STUDENTEN Wir können ihn nicht hinüberbringen, und wir können nicht bei ihm bleiben. Was auch sei, wir müssen weiter, denn eine ganze Stadt wartet auf die Medizin, die wir holen sollen. Wir sprechen es mit Entsetzen aus, aber wenn er nicht mit uns gehen kann, müssen wir ihn eben hier im Gebirge liegenlassen.

DER LEHRER Ja, vielleicht müßt ihr es. Ich kann mich euch nicht widersetzen. Aber ich halte es für richtig, daß man den, welcher krank wurde, befragt, ob man umkehren soll seinetwegen. Ich trage in meinem Herzen großes Leid um dieses Geschöpf. Ich will zu ihm gehen und ihn schonend auf sein Schicksal vorbereiten.

DIE DREI STUDENTEN Bitte, tue das.

*Sie stellen sich mit den Gesichtern gegeneinander.*

DIE DREI STUDENTEN, DER GROSSE CHOR

Wir wollen ihn fragen (sie fragten ihn), ob er verlangt (verlange)
Daß man umkehrt (umkehre) seinetwegen
Aber auch wenn er es verlangt
Wollen wir (wollten sie) nicht umkehren
Sondern ihn liegenlassen und weitergehen.

DER LEHRER *ist zu dem Knaben nach Raum 1 hinabgestiegen:*

Hör gut zu! Da du krank bist und nicht weiter kannst, müssen wir dich hier zurücklassen. Aber es ist richtig, daß man den, welcher krank wurde, befragt, ob man umkehren soll seinetwegen. Und der Brauch schreibt auch vor, daß der, welcher krank wurde, antwortet: Ihr sollt nicht umkehren.

DER KNABE Ich verstehe.

DER LEHRER Verlangst du, daß man umkehren soll deinetwegen?

DER KNABE Ihr sollt nicht umkehren!

DER LEHRER Bist du also einverstanden, daß du zurückgelassen wirst?

DER KNABE Ich will es mir überlegen. *Pause des Nachdenkens.* Ja, ich bin einverstanden.

DER LEHRER *ruft von Raum 1 nach Raum 2:* Er hat der Notwendigkeit gemäß geantwortet.

DER GROSSE CHOR UND DIE DREI STUDENTEN *diese im Hinabgehen nach Raum 1:* Er hat ja gesagt. Geht weiter!

*Die drei Studenten bleiben stehen.*

DER LEHRER

Geht jetzt weiter, bleibt nicht stehen
Denn ihr habt beschlossen, weiterzugehen.

*Die drei Studenten bleiben stehen.*

DER KNABE Ich will etwas sagen: Ich bitte euch, mich nicht hier liegenzulassen, sondern mich ins Tal hinabzuwerfen, denn ich fürchte mich, allein zu sterben.

DIE DREI STUDENTEN Das können wir nicht.

DER KNABE Halt! Ich verlange es.

DER LEHRER

Ihr habt beschlossen, weiterzugehen und ihn dazulassen.
Es ist leicht, sein Schicksal zu bestimmen
Aber schwer, es zu vollstrecken.
Seid ihr bereit, ihn ins Tal hinabzuwerfen?

DIE DREI STUDENTEN

Ja.

*die drei Studenten tragen den Knaben auf das Podest in Raum 2.*

Lehne deinen Kopf an unsern Arm.
Strenge dich nicht an.
Wir tragen dich vorsichtig.

*Die drei Studenten stellen sich vor ihn, ihn verdeckend, an den hinteren Rand des Podestes.*

DER KNABE *unsichtbar:*

Ich wußte wohl, daß ich auf dieser Reise
Mein Leben verlieren könnte.
Der Gedanke an meine Mutter
Hat mich verführt zu reisen.
Nehmt meinen Krug
Füllt ihn mit der Medizin
Und bringt ihn meiner Mutter
Wenn ihr zurückkehrt.

DER GROSSE CHOR

Dann nahmen die Freunde den Krug
Und beklagten die traurigen Wege der Welt
Und ihr bitteres Gesetz
Und warfen den Knaben hinab.
Fuß an Fuß standen sie zusammengedrängt
An dem Rande des Abgrunds
Und warfen ihn hinab mit geschlossenen Augen
Keiner schuldiger als sein Nachbar
Und warfen Erdklumpen
Und flache Steine
Hinterher.

# DER NEINSAGER

## 1

DER GROSSE CHOR
Wichtig zu lernen vor allem ist Einverständnis.
Viele sagen ja, und doch ist da kein Einverständnis.
Viele werden nicht gefragt, und viele
Sind einverstanden mit Falschem. Darum:
Wichtig zu lernen vor allem ist Einverständnis.

*Der Lehrer in Raum 1, die Mutter und der Knabe in Raum 2.*

DER LEHRER Ich bin der Lehrer. Ich habe eine Schule in der Stadt und habe einen Schüler, dessen Vater tot ist. Er hat nur mehr seine Mutter, die für ihn sorgt. Jetzt will ich zu ihnen gehen und ihnen Lebewohl sagen, denn ich begebe mich in Kürze auf eine Reise in die Berge. *Er klopft an die Tür.* Darf ich eintreten?

DER KNABE *tritt aus Raum 2 in Raum 1:* Wer ist da? Oh, der Herr Lehrer ist da, der Herr Lehrer kommt, uns zu besuchen.

DER LEHRER Warum bist du so lange nicht zur Schule in die Stadt gekommen?

DER KNABE Ich konnte nicht kommen, weil meine Mutter krank war.

DER LEHRER Das wußte ich nicht. Bitte, sag ihr gleich, daß ich hier bin.

DER KNABE *ruft nach Raum 2:* Mutter, der Herr Lehrer ist da.

DIE MUTTER *sitzt in Raum 2 auf dem Holzstuhl:* Bitte ihn, hereinzukommen.

DER KNABE Bitte, treten Sie ein.

*Sie treten beide in Raum 2.*

DER LEHRER Ich bin lange nicht hier gewesen. Ihr Sohn sagt, Sie seien krank gewesen. Geht es Ihnen jetzt besser?

DIE MUTTER Machen Sie sich keine Sorgen wegen meiner Krankheit, sie hatte keine bösen Folgen.

DER LEHRER Das freut mich zu hören. Ich komme, um Ihnen Lebewohl zu sagen, denn ich begebe mich in Kürze auf eine Forschungsreise in die Berge. Denn in der Stadt jenseits der Berge sind die großen Lehrer.

DIE MUTTER Eine Forschungsreise in die Berge! Ja, in der Tat, ich habe gehört, daß die großen Ärzte dort wohnen, aber ich habe auch gehört, daß es eine gefährliche Wanderung ist. Wollen Sie etwa mein Kind mitnehmen?

DER LEHRER Das ist keine Reise, auf die man ein Kind mitnimmt.

DIE MUTTER Gut. Ich hoffe, Sie kehren gesund zurück.

DER LEHRER Jetzt muß ich gehen. Leben Sie wohl. *Ab in Raum 1.*

DER KNABE *folgt dem Lehrer nach Raum 1:* Ich muß etwas sagen.

*Die Mutter horcht an der Tür.*

DER LEHRER Was willst du sagen?

DER KNABE Ich will mit Ihnen in die Berge gehen.

DER LEHRER
Wie ich deiner Mutter bereits sagte
Ist es eine schwierige und
Gefährliche Reise. Du wirst nicht
Mitkommen können. Außerdem:
Wie kannst du deine Mutter
Verlassen wollen, die doch krank ist?
Bleibe hier. Es ist ganz
Unmöglich, daß du mitkommst.

DER KNABE
Eben weil meine Mutter krank ist
Will ich mitgehen, um für sie
Bei den großen Ärzten in der Stadt jenseits der Berge
Medizin zu holen und Unterweisung.

DER LEHRER Aber wärest du denn auch einverstanden mit allem, was dir auf der Reise zustoßen könnte?

DER KNABE Ja.

DER LEHRER Ich muß noch einmal mit deiner Mutter reden.

*Er geht nach Raum 2 zurück. Der Knabe horcht an der Tür.*

DER LEHRER Ich bin noch einmal zurückgekommen. Ihr Sohn sagt, daß er mit uns gehen will. Ich sagte ihm, daß er Sie doch nicht verlassen könne, wenn Sie krank sind, und daß es eine schwierige und gefährliche Reise sei. Er könne ganz unmöglich mitkommen, sagte ich. Aber er sagte, er müsse mit, um für Ihre Krankheit in der Stadt jenseits der Berge Medizin zu holen und Unterweisung.

DIE MUTTER Ich habe seine Worte gehört. Ich zweifle nicht an dem, was der Knabe sagt – daß er gern mit Ihnen die gefährliche Wanderung machen will. Komm herein, mein Sohn!

*Der Knabe tritt in Raum 2.*

Seit dem Tag, an dem
Uns dein Vater verließ
Habe ich niemanden
Als dich zur Seite.
Du warst nie länger
Aus meinem Gedächtnis und aus meinen Augen

Als ich brauchte, um
Dein Essen zu bereiten
Deine Kleider zu richten und
Das Geld zu beschaffen.

DER KNABE Alles ist, wie du sagst. Aber trotzdem kann mich nichts von meinem Vorhaben abbringen.

DER KNABE, DIE MUTTER, DER LEHRER
Ich werde (er wird) die gefährliche Wanderung machen
Und für deine (meine, ihre) Krankheit
In der Stadt jenseits der Berge
Medizin holen und Unterweisung.

DER GROSSE CHOR
Sie sahen, daß keine Vorstellungen
Ihn rühren konnten.
Da sagten der Lehrer und die Mutter
Mit einer Stimme:

DER LEHRER, DIE MUTTER
Viele sind einverstanden mit Falschem, aber er
Ist nicht einverstanden mit der Krankheit, sondern
Daß die Krankheit geheilt wird.

DER GROSSE CHOR
Die Mutter aber sagte:

DIE MUTTER
Ich habe keine Kraft mehr.
Wenn es sein muß
Geh mit dem Herrn Lehrer.
Aber kehr schnell zurück.

2

DER GROSSE CHOR
Die Leute haben die Reise
In die Berge angetreten.
Unter ihnen befanden sich der Lehrer
Und der Knabe.
Der Knabe war den Anstrengungen nicht gewachsen:
Er überanstrengte sein Herz
Das die schnelle Heimkehr verlangte.
Beim Morgengrauen am Fuße der Berge
Konnte er kaum seine müden
Füße mehr schleppen.

*Es treten in Raum 1: der Lehrer, die drei Studenten, zuletzt der Knabe mit einem Krug.*

DER LEHRER Wir sind schnell hinangestiegen. Dort ist die erste Hütte. Dort wollen wir ein wenig verweilen.

DIE DREI STUDENTEN Wir gehorchen.

*Sie treten auf das Podest in Raum 2. Der Knabe hält den Lehrer zurück.*

DER KNABE Ich muß etwas sagen.

DER LEHRER Was willst du sagen?

DER KNABE Ich fühle mich nicht wohl.

DER LEHRER Halt! Solche Dinge dürfen nicht sagen, die auf eine solche Reise gehen. Vielleicht bist du müde, weil du das Steigen nicht gewohnt bist. Bleib ein wenig stehen und ruhe ein wenig.

*Er tritt auf das Podest.*

DIE DREI STUDENTEN Es scheint, daß der Knabe krank ist vom Steigen. Wir wollen den Lehrer darüber befragen.

DER GROSSE CHOR Ja. Tut das!

DIE DREI STUDENTEN *zum Lehrer:* Wir hören, daß dieser Knabe krank ist vom Steigen. Was ist mit ihm? Bist du besorgt seinetwegen?

DER LEHRER Er fühlt sich nicht wohl. Aber sonst ist alles in Ordnung mit ihm. Er ist müde vom Steigen.

DIE DREI STUDENTEN So bist du also nicht besorgt seinetwegen?

*Lange Pause.*

DIE DREI STUDENTEN *untereinander:*
Hört ihr? Der Lehrer hat gesagt
Daß der Knabe nur müde sei vom Steigen.
Aber sieht er nicht jetzt ganz seltsam aus?
Gleich nach der Hütte aber kommt der schmale Grat.
Nur mit beiden Händen zufassend an der Felswand
Kommt man hinüber.
Wir können keinen tragen.
Sollten wir also dem großen Brauch folgen und ihn
In das Tal hinabschleudern?

*Sie rufen nach Raum 1 hinunter, die Hand wie einen Trichter vor dem Mund:*
Bist du krank vom Steigen?

DER KNABE
Nein.
Ihr seht, ich stehe doch.
Würde ich mich nicht setzen
Wenn ich krank wäre?

*Pause. Der Knabe setzt sich.*

DIE DREI STUDENTEN Wir wollen es dem Lehrer sagen. Herr, als wir vorhin nach dem Knaben fragten, sagtest du, er sei nur müde vom Steigen. Aber jetzt sieht er ganz seltsam aus. Er hat sich auch gesetzt. Wir sprechen es mit Entsetzen aus, aber seit alters her herrscht hier ein großer Brauch: die nicht weiter können, werden in das Tal hinabgeschleudert.

DER LEHRER Was, ihr wollt dieses Kind in das Tal hinabwerfen?

DIE DREI STUDENTEN Ja, das wollen wir.

DER LEHRER Das ist ein großer Brauch. Ich kann mich ihm nicht widersetzen. Aber der große Brauch schreibt auch vor, daß man den, welcher krank wurde, befragt, ob man umkehren soll seinetwegen. Ich trage in meinem Herzen großes Leid um dieses Geschöpf. Ich will zu ihm gehen und ihm schonend von dem großen Brauch berichten.

DIE DREI STUDENTEN Bitte, tue das.

*Sie stellen sich mit den Gesichtern gegeneinander.*

DIE DREI STUDENTEN, DER GROSSE CHOR

Wir wollen ihn fragen (sie fragten ihn), ob er verlangt (verlange)
Daß man umkehrt (umkehre) seinetwegen.
Aber auch, wenn er es verlangte
Wollen wir (wollten sie) nicht umkehren
Sondern ihn in das Tal hinabwerfen.

DER LEHRER *ist zu dem Knaben in Raum 1 hinabgestiegen:* Hör gut zu! Seit alters her besteht das Gesetz, daß der, welcher auf einer solchen Reise krank wurde, ins Tal hinabgeworfen werden muß. Er ist sofort tot. Aber der Brauch schreibt auch vor, daß man den, welcher krank wurde, befragt, ob man umkehren soll seinetwegen. Und der Brauch schreibt auch vor, daß der, welcher krank wurde, antwortet: Ihr sollt nicht umkehren. Wenn ich deine Stelle einnehmen könnte, wie gern würde ich sterben!

DER KNABE Ich verstehe.

DER LEHRER Verlangst du, daß man umkehren soll deinetwegen? Oder bist du einverstanden, daß du ins Tal hinabgeworfen wirst, wie der große Brauch es verlangt?

DER KNABE *nach einer Pause des Nachdenkens:* Nein, ich bin nicht einverstanden.

DER LEHRER *ruft von Raum 1 nach Raum 2:* Kommt herunter! Er hat nicht dem Brauch gemäß geantwortet!

DIE DREI STUDENTEN *im Hinabgehen nach Raum 1:* Er hat nein gesagt. *Zum Knaben:* Warum antwortest du nicht dem Brauch gemäß? Wer a gesagt hat, der muß auch b sagen. Als du seinerzeit gefragt wurdest, ob du auch einverstanden sein würdest mit allem, was sich aus der Reise ergeben könnte, hast du mit ja geantwortet.

DER KNABE Die Antwort, die ich gegeben habe, war falsch, aber eure Frage war falscher. Wer a sagt, der muß nicht b sagen. Er kann auch erkennen, daß a falsch war. Ich wollte meiner Mutter Medizin holen, aber jetzt bin ich selber krank geworden, es ist also nicht mehr möglich. Und ich will sofort umkehren, der neuen Lage entsprechend. Auch euch bitte ich umzukehren und mich heimzubringen. Euer Lernen kann durchaus warten. Wenn es drüben etwas zu lernen gibt, was ich hoffe, so könnte es nur das sein, daß man in unserer Lage umkehren muß. Und was den alten großen Brauch betrifft, so sehe ich keine Vernunft in ihm. Ich brauche vielmehr einen neuen großen Brauch, den wir sofort einführen müssen, nämlich den Brauch, in jeder neuen Lage neu nachzudenken.

DIE DREI STUDENTEN *zum Lehrer:* Was sollen wir tun? Was der Knabe sagt, ist vernünftig, wenn es auch nicht heldenhaft ist.

DER LEHRER Ich überlasse es euch, was ihr tun sollt. Aber ich muß euch sagen, daß man euch mit Gelächter und Schande überschütten wird, wenn ihr umkehrt.

DIE DREI STUDENTEN Ist es keine Schande, daß er für sich selber spricht?

DER LEHRER Nein. Darin sehe ich keine Schande.

DIE DREI STUDENTEN Dann wollen wir umkehren, und kein Gelächter und keine Schmähung sollen uns abhalten, das Vernünftige zu tun, und kein alter Brauch uns hindern, einen richtigen Gedanken anzunehmen.
Lehne deinen Kopf an unsern Arm.
Strenge dich nicht an.
Wir tragen dich vorsichtig.

DER GROSSE CHOR

So nahmen die Freunde den Freund
Und begründeten einen neuen Brauch
Und ein neues Gesetz
Und brachten den Knaben zurück.
Seit an Seit gingen sie zusammengedrängt
Entgegen der Schmähung
Entgegen dem Gelächter, mit offenen Augen
Keiner feiger als sein Nachbar.

# Die Maßnahme

Lehrstück

Mitarbeiter: S. Dudow, H. Eisler

*Personen*

Die vier Agitatoren nacheinander als: Der junge Genosse – Der Leiter des Parteihauses – Die zwei Kulis – Der Aufseher – Die zwei Textilarbeiter – Der Polizist – Der Händler · Der Kontrollchor

DER KONTROLLCHOR Tretet vor! Eure Arbeit war glücklich, auch in diesem Lande marschiert die Revolution, und geordnet sind die Reihen der Kämpfer auch dort. Wir sind einverstanden mit euch.
DIE VIER AGITATOREN Halt, wir müssen etwas sagen! Wir melden den Tod eines Genossen.
DER KONTROLLCHOR Wer hat ihn getötet?
DIE VIER AGITATOREN Wir haben ihn getötet. Wir haben ihn erschossen und in eine Kalkgrube geworfen.
DER KONTROLLCHOR Was hat er getan, daß ihr ihn erschossen habt?
DIE VIER AGITATOREN Oftmals tat er das Richtige, einige Male das Falsche, aber zuletzt gefährdete er die Bewegung. Er wollte das Richtige und tat das Falsche. Wir fordern euer Urteil.
DER KONTROLLCHOR Stellt dar, wie es geschah und warum, und ihr werdet unser Urteil hören.
DIE VIER AGITATOREN Wir werden euer Urteil anerkennen.

**1**
**Die Lehren der Klassiker.**

DIE VIER AGITATOREN Wir kamen als Agitatoren aus Moskau, wir sollten in die Stadt Mukden fahren, um Propaganda zu machen und in den Betrieben die chinesische Partei zu unterstützen. Wir sollten uns im Parteihaus melden, welches das letzte nach der Grenze zu ist, und einen Führer anfordern. Da trat uns im Vorzimmer ein junger Genosse entgegen, und wir sprachen von der Art unserer Aufgabe. Wir wiederholen das Gespräch.
*Sie stellen sich drei gegen einen auf. Einer von den vieren stellt den jungen Genossen dar.*
DER JUNGE GENOSSE Ich bin der Sekretär des Parteihauses, welches das letzte nach der Grenze zu ist. Mein Herz schlägt für die Revolution. Der Anblick des Unrechts trieb mich in die Reihen der Kämpfer. Der Mensch muß dem Menschen helfen. Ich bin für die Freiheit. Ich glaube an die Menschheit. Und ich bin für die Maßnahmen der Kommunistischen Partei, welche gegen Ausbeutung und Unkenntnis für die klassenlose Gesellschaft kämpft.
DIE DREI AGITATOREN Wir kommen aus Moskau.
DER JUNGE GENOSSE Wir haben euch erwartet.
DIE DREI AGITATOREN Warum?
DER JUNGE GENOSSE Wir kommen nicht weiter. Es gibt Unordnung und Mangel, wenig Brot und viel Kampf. Viele sind voll Mut, aber wenige können lesen. Wenig Maschinen, und niemand versteht sie. Unsere Lokomotiven sind in Bruch gefahren. Habt ihr Lokomotiven mitgebracht?
DIE DREI AGITATOREN Nein.
DER JUNGE GENOSSE Habt ihr Traktoren bei euch?
DIE DREI AGITATOREN Nein.
DER JUNGE GENOSSE Unsere Bauern spannen sich noch selber vor die alten Holzpflüge. Dabei haben wir nichts, um unsere Äcker zu bestellen. Habt ihr Saatgut mitgebracht?
DIE DREI AGITATOREN Nein.
DER JUNGE GENOSSE Bringt ihr wenigstens Munition und Maschinengewehre?
DIE DREI AGITATOREN Nein.
DER JUNGE GENOSSE Wir müssen hier zu zweit die Revolution verteidigen. So habt ihr sicher einen Brief des Zentralkomitees an uns, worin steht, was wir tun sollen?
DIE DREI AGITATOREN Nein.
DER JUNGE GENOSSE So wollt ihr uns selber helfen?
DIE DREI AGITATOREEN Nein.
DER JUNGE GENOSSE Wir stehen Tag und Nacht in den Kleidern, gegen den Ansturm des Hungers, des Verfalls und der Gegenrevolution. Ihr aber bringt uns nichts.
DIE DREI AGITATOREN So ist es: wir bringen nichts für euch. Aber über die Grenze nach Mukden bringen wir den chinesischen Arbeitern die Lehren der Klassiker und der Propagandisten: das Abc des Kommunismus; den Unwissenden Belehrung über ihre Lage, den Unterdrückten das Klassenbewußtsein und den Klassenbewußten die Erfahrung der Revolution. Von euch aber sollen wir ein Automobil und einen Führer anfordern.
DER JUNGE GENOSSE So habe ich schlecht gefragt?
DIE DREI AGITATOREN Nein, auf eine gute Frage folgte eine bessere Antwort. Wir sehen, daß von euch schon das Äußerste verlangt wurde; aber es wird noch mehr von euch verlangt: einer von euch zweien muß uns nach Mukden führen.
DER JUNGE GENOSSE Ich verlasse also meinen Posten, der zu schwierig war für zwei, für den aber jetzt einer genügen muß. Ich werde mit euch gehen. Vorwärts marschierend, ausbrei-

tend die Lehren der kommunistischen Klassiker: die Weltrevolution.

DER KONTROLLCHOR

LOB DER UDSSR

Schon beredete die Welt
Unser Unglück.
Aber noch saß an unserm
Kargen Tisch
Aller Unterdrückten Hoffnung, die
Sich mit Wasser begnügt.
Und das Wissen belehrte
Hinter zerfallender Tür
Mit deutlicher Stimme die Gäste.
Wenn die Tür zerfallen ist
Sitzen wir doch nur weiterhin sichtbar:
Die der Frost nicht umbringt noch der Hunger
Unermüdlich betreuend
Die Geschicke der Welt.

DIE VIER AGITATOREN So war der junge Genosse von der Grenzstation einverstanden mit der Art unserer Arbeit, und wir traten, vier Männer und eine Frau, vor den Leiter des Parteihauses.

## 2
## Die Auslöschung.

DIE VIER AGITATOREN Aber die Arbeit in Mukden war illegal, darum mußten wir, vor wir die Grenze überschritten, unsere Gesichter auslöschen. Unser junger Genosse war damit einverstanden. Wir wiederholen den Vorgang.
*Einer der Agitatoren stellt den Leiter des Parteihauses dar.*
DER LEITER DES PARTEIHAUSES Ich bin der Leiter des letzten Parteihauses. Ich bin einverstanden, daß der Genosse von meiner Station als Führer mitgeht. Es sind aber Unruhen in den Fabriken von Mukden, und es sieht in diesen Tagen auf diese Stadt die ganze Welt, ob sie nicht einen von uns aus den Hütten der chinesischen Arbeiter treten sieht, und ich höre, es liegen Kanonenboote bereit auf den Flüssen, und Panzerzüge stehen auf den Bahndämmen, um uns sofort anzugreifen, wenn einer von uns dort gesehen wird. Ich veranlasse also die Genossen, als Chinesen über die Grenze zu gehen. *Zu den Agitatoren:* Ihr dürft nicht gesehen werden.
DIE ZWEI AGITATOREN Wir werden nicht gesehen.
DER LEITER DES PARTEIHAUSES Wenn einer verletzt wird, darf er nicht gefunden werden.
DIE ZWEI AGITATOREN Er wird nicht gefunden.
DER LEITER DES PARTEIHAUSES So seid ihr bereit, zu sterben und zu verstecken den Toten?
DIE ZWEI AGITATOREN Ja.
DER LEITER DES PARTEIHAUSES Dann seid ihr nicht mehr ihr selber, du nicht mehr Karl Schmitt aus Berlin, du nicht mehr Anna Kjersk aus Kasan und du nicht mehr Peter Sawitsch aus Moskau, sondern allesamt ohne Namen und Mutter, leere Blätter, auf welche die Revolution ihre Anweisung schreibt.
DIE ZWEI AGITATOREN Ja.
DER LEITER DES PARTEIHAUSES *gibt ihnen Masken, sie setzen sie auf:* Dann seid ihr von dieser Stunde an nicht mehr Niemand, sondern von dieser Stunde an und wahrscheinlich bis zu eurem Verschwinden unbekannte Arbeiter, Kämpfer, Chinesen, geboren von chinesischen Müttern, gelber Haut, sprechend in Schlaf und Fieber chinesisch.
DIE ZWEI AGITATOREN Ja.
DER LEITER DES PARTEIHAUSES Im Interesse des Kommunismus einverstanden mit dem Vormarsch der proletarischen Massen aller Länder, ja sagend zur Revolutionierung der Welt.
DIE ZWEI AGITATOREN Ja. Auch der junge Genosse sagte ja. So zeigte er sein Einverständnis mit der Auslöschung seines Gesichtes.
DER KONTROLLCHOR
Wer für den Kommunismus kämpft, der muß kämpfen können und nicht kämpfen; die Wahrheit sagen und die Wahrheit nicht sagen; Dienste erweisen und Dienste verweigern; Versprechen halten und Versprechen nicht halten; sich in Gefahr begeben und die Gefahr vermeiden; kenntlich sein und unkenntlich sein. Wer für den Kommunismus kämpft, hat von allen Tugenden nur eine: daß er für den Kommunismus kämpft.

DIE VIER AGITATOREN Wir gingen als Chinesen nach Mukden, vier Männer und eine Frau.
DER JUNGE GENOSSE Propaganda zu machen und die chinesischen Arbeiter zu unterstützen durch die Lehren der Klassiker und der Propagandisten, das Abc des Kommunismus; den Unwissenden Belehrung zu bringen über ihre Lage, den Unterdrückten das Klassenbewußt-

sein und den Klassenbewußten die Erfahrung der Revolution.

DER KONTROLLCHOR

LOB DER ILLEGALEN ARBEIT

Schön ist es
Das Wort zu ergreifen im Klassenkampf.
Laut und schallend aufzurufen zum Kampf die
 Massen
Zu zerstampfen die Unterdrücker, zu befreien
 die Unterdrückten.
Schwer ist und nützlich die tägliche Kleinarbeit
Zähes und heimliches Knüpfen
Des Netzes der Partei vor den
Gewehrläufen der Unternehmer:
Reden, aber
Zu verbergen den Redner.
Siegen, aber
Zu verbergen den Sieger.
Sterben, aber
Zu verstecken den Tod.
Wer täte nicht viel für den Ruhm, aber wer
Tut's für das Schweigen?
Aber es lädt der ärmliche Esser die Ehre zu
 Tisch
Aus der engen und zerfallenden Hütte tritt
Unhemmbar die Größe.
Und der Ruhm fragt umsonst
Nach den Tätern der großen Tat.
Tretet vor
Für einen Augenblick
Unbekannte, verdeckten Gesichtes, und
 empfangt
Unsern Dank!

DIE VIER AGITATOREN In der Stadt Mukden halfen wir den chinesischen Genossen und trieben Propaganda unter den Arbeitern. Wir hatten kein Brot für den Hungrigen, sondern nur Wissen für den Unwissenden, darum sprachen wir von dem Urgrund des Elends, merzten das Elend nicht aus, sondern sprachen von der Ausmerzung des Urgrunds.

### 3
### Der Stein.

DIE VIER AGITATOREN Zuerst gingen wir in die untere Stadt. Da zogen Kulis einen Kahn an einem Strick vom Ufer aus. Aber der Boden war glatt. Als nun einer ausglitt und der Aufseher stieß ihn, sagten wir dem jungen Genossen: folg ihnen und treib Propaganda bei ihnen. Sag ihnen, du habest in Tientsin Schuhe für Kahnschlepper gesehen, die unten Brettscheiben hatten, so daß sie nicht ausrutschen konnten. Versuche zu erreichen, daß sie auch solche Schuhe fordern. Verfalle aber nicht dem Mitleid! Und wir fragten: bist du einverstanden, und er war einverstanden und ging eilig hin und verfiel sofort dem Mitleid. Wir zeigen es.
*Zwei Agitatoren stellen Kulis dar, indem sie an einen Pflock ein Tau anbinden und das Tau über die Schulter ziehen. Einer stellt den jungen Genossen, einer den Aufseher dar.*
DER AUFSEHER Ich bin der Aufseher. Ich muß den Reis bis zum Abend in der Stadt Mukden haben.
DIE ZWEI KULIS Wir sind die Kulis und schleppen den Reiskahn den Fluß herauf.

GESANG DER REISKAHNSCHLEPPER

In der Stadt oben am Fluß
Gibt es für uns einen Mund voll Reis
Aber der Kahn ist schwer, der hinauf soll
Und das Wasser fließt nach unten.
Wir werden nie hinaufkommen.
 Zieht rascher, die Mäuler
 Warten auf das Essen.
 Zieht gleichmäßig. Stoßt nicht
 Den Nebenmann.

DER JUNGE GENOSSE Häßlich zu hören ist die Schönheit des Liedes, mit der diese Männer zudecken die Qual ihrer Arbeit.
DER AUFSEHER Zieht rascher!

EIN KULI
Die Nacht kommt schon bald. Das Lager
Zu klein für eines Hundes Schatten
Kostet einen Mundvoll Reis.
Weil das Ufer zu glatt ist
Kommen wir nicht vom Fleck.
 Zieht rascher, die Mäuler
 Warten auf das Essen.
 Zieht gleichmäßig. Stoßt nicht
 Den Nebenmann.

EIN KULI *gleitet aus:* Ich kann nicht weiter.

DIE KULIS *während sie stehen und gepeitscht werden, bis der Gestürzte wieder hochgekommen ist:*

Länger als wir
Hält das Tau, das in die Schulter schneidet.
Die Peitsche des Aufsehers
Hat vier Geschlechter gesehen.
Wir sind nicht das letzte.
  Zieht rascher, die Mäuler
  Warten auf das Essen.
  Zieht gleichmäßig. Stoßt nicht
  Den Nebenmann.

DER JUNGE GENOSSE Schwer ist es, ohne Mitleid diese Männer zu sehen. *Zum Aufseher:* Siehst du nicht, daß der Boden zu glatt ist?

DER AUFSEHER Was ist der Boden?

DER JUNGE GENOSSE Zu glatt!

DER AUFSEHER Was? Willst du behaupten, daß das Ufer zu glatt ist, als daß man einen Kahn voll Reis ziehen kann?

DER JUNGE GENOSSE Ja.

DER AUFSEHER So glaubst du, die Stadt Mukden braucht keinen Reis?

DER JUNGE GENOSSE Wenn die Leute hinfallen, können sie den Kahn nicht ziehen.

DER AUFSEHER Soll ich für jeden einen Stein hinlegen von hier bis in die Stadt Mukden?

DER JUNGE GENOSSE Ich weiß nicht, was du sollst, aber ich weiß, was diese sollen. Sie sollen sich wehren. Glaubt nicht, was zweitausend Jahre nicht ging, das geht nie. In Tientsin habe ich bei Kahnschleppern Schuhe gesehen, die unten Brettscheiben haben, so daß sie nicht ausrutschen können. Das haben sie durch gemeinsames Fordern erreicht. Fordert also gemeinsam solche Schuhe!

DIE KULIS Eigentlich können wir diesen Kahn ohne solche Schuhe nicht mehr schleppen.

DER AUFSEHER Aber der Reis muß heute abend in der Stadt sein.
*Er peitscht sie, sie ziehen.*

DIE KULIS
Unsere Väter zogen den Kahn von der Flußmündung
Ein Stück weit höher. Unsere Kinder
Werden die Quelle erreichen, wir
Sind dazwischen.
  Zieht rascher, die Mäuler
  Warten auf das Essen.
  Zieht gleichmäßig. Stoßt nicht
  Den Nebenmann.

*Der Kuli stürzt wieder.*

DER KULI Helft mir!

DER JUNGE GENOSSE *zum Aufseher:* Bist du kein Mensch? Hier nehme ich einen Stein und lege ihn in den Schlamm – *zum Kuli* – und jetzt tritt!

DER AUFSEHER Richtig. Was helfen uns Schuhe in Tientsin? Ich will euch lieber erlauben, daß euer mitleidiger Kamerad mit einem Stein nebenherläuft und ihn jedem hinlegt, der ausrutscht.

DIE KULIS
Im Kahn ist Reis. Der Bauer, der
Ihn geerntet hat, bekam
Eine Handvoll Münzen, wir
Kriegen noch weniger. Ein Ochse
Wäre teurer. Wir sind zu viele.
*Einer der Kulis rutscht aus, der junge Genosse legt ihm den Stein hin, der Kuli kommt wieder hoch.*
  Zieht rascher, die Mäuler
  Warten auf das Essen.
  Zieht gleichmäßig. Stoßt nicht
  Den Nebenmann.

Wenn der Reis in der Stadt ankommt
Und die Kinder fragen, wer
Den schweren Kahn geschleppt hat, heißt es:
Es ist geschleppt worden.
*Einer der Kulis rutscht aus, der junge Genosse legt ihm den Stein hin, der Kuli kommt wieder hoch.*
  Zieht rascher, die Mäuler
  Warten auf das Essen.
  Zieht gleichmäßig. Stoßt nicht
  Den Nebenmann.

Das Essen von unten kommt
Zu den Essern oben. Die
Es schleppen, haben
Nicht gegessen.

*Einer der Kulis rutscht aus, der junge Genosse legt ihm den Stein hin, der Kuli kommt wieder hoch.*

DER JUNGE GENOSSE Ich kann nicht mehr. Ihr müßt andere Schuhe fordern.

DER KULI Das ist ein Narr, über den lacht man.

DER AUFSEHER Nein, das ist einer von denen, die uns die Leute aufhetzen. Hallo, faßt ihn!

DIE VIER AGITATOREN Und sofort wurde er gefaßt. Und er wurde gejagt zwei Tage lang und traf uns, und wir wurden gejagt mit ihm durch die Stadt Mukden eine Woche lang und durften uns nicht mehr blicken lassen im unteren Stadtteil.

DISKUSSION

DER KONTROLLCHOR
Aber ist es nicht richtig, zu unterstützen den
Schwachen
Wo immer er leidet, ihm zu helfen
Dem Ausgebeuteten, in seiner täglichen
Mühsal?

DIE VIER AGITATOREN Er hat ihm nicht geholfen, aber uns hat er gehindert, Propaganda zu treiben im unteren Stadtteil.

DER KONTROLLCHOR Wir sind einverstanden.

DIE VIER AGITATOREN Der junge Genosse sah ein, daß er das Gefühl vom Verstand getrennt hatte. Aber wir trösteten ihn und sagten ihm die Worte des Genossen Lenin:

DER KONTROLLCHOR
Klug ist nicht, der keine Fehler macht, sondern
Klug ist, der sie schnell zu verbessern versteht.

## 4
## Das kleine und das große Unrecht.

DIE VIER AGITATOREN Wir gründeten die ersten Zellen in den Betrieben und bildeten die ersten Funktionäre aus, richteten eine Parteischule ein und lehrten sie, die verbotene Literatur heimlich herzustellen. Dann gewannen wir Einfluß in den Textilfabriken, und als der Lohn gesenkt wurde, trat ein Teil der Arbeiter in den Streik. Da aber der andere Teil weiterarbeitete, war der Streik gefährdet. Wir sagten dem jungen Genossen: stelle dich an das Fabriktor und verteile die Flugblätter. Er war einverstanden. Wir wiederholen das Gespräch.

DIE DREI AGITATOREN Du hast versagt bei den Reiskahnschleppern.

DER JUNGE GENOSSE Ja.

DIE DREI AGITATOREN Hast du gelernt daraus?

DER JUNGE GENOSSE Ja.

DIE DREI AGITATOREN Wirst du dich besser halten beim Flugblattverteilen?

DER JUNGE GENOSSE Ja.

DIE DREI AGITATOREN Wir zeigen jetzt das Verhalten des jungen Genossen beim Flugblattverteilen.

*Zwei Agitatoren stellen Textilarbeiter und einer einen Polizisten dar.*

DIE ZWEI TEXTILARBEITER Wir sind Arbeiter in der Textilfabrik.

DER POLIZIST
Ich bin ein Polizist und bekomme von den Herrschenden mein Brot dafür, daß ich die Unzufriedenheit bekämpfe.

DER KONTROLLCHOR
Komm heraus, Genosse! Riskiere
Den Pfennig, der kein Pfennig mehr ist
Die Schlafstelle, auf die es regnet
Und den Arbeitsplatz, den du morgen verlierst!
Heraus auf die Straße! Kämpfe!
Um zu warten, ist es zu spät!
Hilf dir selbst, indem du uns hilfst: übe
Solidarität!

DER JUNGE GENOSSE
Gib preis, was du hast, Genosse!
Du hast nichts.

DER KONTROLLCHOR
Komm heraus, Genosse, vor die Gewehre
Und bestehe auf deinem Lohn!
Wenn du weißt, daß du nichts zu verlieren hast
Haben ihre Polizisten nicht genug Gewehre!
Heraus auf die Straße! Kämpfe!
Um zu warten, ist es zu spät!
Hilf dir selbst, indem du uns hilfst: übe
Solidarität!

DIE ZWEI TEXTILARBEITER Wir gehen früh am Morgen in den Betrieb. Unsere Löhne sind abgebaut worden, wir wissen aber nicht, was wir tun sollen, und arbeiten weiter.

DER JUNGE GENOSSE *steckt dem einen ein Flugblatt zu, der andere bleibt untätig dabei stehen:* Lies es und gib es weiter. Wenn du es gelesen hast, wirst du wissen, was du tun sollst.

*Der erste nimmt es und geht weiter.*

DER POLIZIST *nimmt dem ersten das Flugblatt weg:* Wer hat dir das Flugblatt gegeben?

DER ERSTE Ich weiß es nicht, einer hat es mir im Vorbeigehen zugesteckt.

DER POLIZIST *tritt auf den zweiten zu:* Du hast ihm das Flugblatt gegeben. Wir von der Polizei suchen solche, die derlei Flugblätter verteilen.

DER ZWEITE Ich habe keinem ein Flugblatt gegeben.

DER JUNGE GENOSSE Ist denn die Belehrung der Unwissenden über ihre Lage ein Verbrechen?

DER POLIZIST Eure Belehrungen führen zu schrecklichen Dingen. Wenn ihr eine solche Fabrik belehrt, dann kennt sie ihren eigenen Besitzer nicht mehr. Dieses kleine Flugblatt ist gefährlicher als zehn Kanonen.

DER JUNGE GENOSSE Was steht denn drin?

DER POLIZIST Das weiß ich nicht. *Zum zweiten:* Was steht denn drin?

DER ZWEITE Ich kenne das Flugblatt nicht, ich habe es nicht verteilt.

DER JUNGE GENOSSE Ich weiß, daß er es nicht getan hat.

DER POLIZIST *zum jungen Genossen:* Hast du ihm das Flugblatt gegeben?

DER JUNGE GENOSSE Nein.

DER POLIZIST *zum zweiten:* Dann hast du es ihm gegeben.

DER JUNGE GENOSSE *zum ersten:* Was geschieht mit ihm?

DER ERSTE Er kann ins Gefängnis geworfen werden.

DER JUNGE GENOSSE Warum willst du, daß er ins Gefängnis geworfen wird? Bist du nicht auch ein Prolet, Polizist?

DER POLIZIST *zum zweiten:* Komm mit. *Schlägt auf seinen Kopf ein.*

DER JUNGE GENOSSE *hindert ihn daran:* Er war es nicht.

DER POLIZIST Dann warst es also doch du!

DER ZWEITE Er war es nicht!

DER POLIZIST Dann wart ihr es beide.

DER ERSTE Lauf, Mensch, lauf, du hast die Tasche voller Flugblätter.

*Der Polizist schlägt den zweiten nieder.*

DER JUNGE GENOSSE *zeigt auf den Polizisten, zum ersten:* Jetzt hat er einen Unschuldigen erschlagen, du bist Zeuge.

DER ERSTE *greift den Polizisten an:* Du gekaufter Hund.

*Der Polizist zieht den Revolver.*

DER JUNGE GENOSSE *schreit:* Zu Hilfe, Genossen! Zu Hilfe! Hier werden Unbeteiligte erschlagen!

*Der junge Genosse faßt den Polizisten von hinten am Hals, der erste Arbeiter biegt ihm den Arm langsam nach hinten. Der Schuß geht los, der Polizist wird entwaffnet und niedergeschlagen.*

DER ZWEITE *aufstehend zum ersten:* Jetzt haben wir einen Polizisten niedergeschlagen und können nicht mehr in den Betrieb, und – *zum jungen Genossen* – du bist schuld.

DIE VIER AGITATOREN Und er mußte sich in Sicherheit bringen, anstatt Flugblätter zu verteilen, denn die Polizeibewachung wurde verstärkt.

DISKUSSION

DER KONTROLLCHOR Aber ist es nicht richtig, das Unrecht zu verhindern, wo immer es vorkommt?

DIE VIER AGITATOREN Er hatte ein kleines Unrecht verhindert, aber das große Unrecht, der Streikbruch, ging weiter.

DER KONTROLLCHOR Wir sind einverstanden.

## 5
## Was ist eigentlich ein Mensch?

DIE VIER AGITATOREN Wir kämpften täglich mit den alten Verbänden, der Hoffnungslosigkeit und der Unterwerfung; wir lehrten die Arbeiter, den Kampf um den besseren Lohn in den Kampf um die Macht zu verwandeln. Lehrten sie Waffengebrauch und die Kunst der Demonstration. Dann hörten wir, daß die Kaufleute der Zölle wegen einen Streit hatten mit den Engländern, die die Stadt beherrschten. Um den Streit unter den Herrschenden auszunutzen für die Beherrschten, schickten wir den jungen Genossen mit einem Brief zu dem reichsten der Kaufleute. Darin stand: Bewaffne die Kulis! Dem jungen Genossen sagten wir: verhalte dich so, daß du die Waffen bekommst. Aber als das Essen auf den Tisch kam, schwieg er nicht. Wir zeigen es.

*Ein Agitator als Händler.*

DER HÄNDLER Ich bin der Händler. Ich erwarte einen Brief vom Kuliverband über eine gemeinsame Aktion gegen die Engländer.

DER JUNGE GENOSSE Hier ist der Brief vom Kuliverband.

DER HÄNDLER Ich lade dich ein, mit mir zu essen.

DER JUNGE GENOSSE Es ist eine Ehre für mich, mit Ihnen essen zu dürfen.

DER HÄNDLER Während das Essen zubereitet wird, will ich dir meine Ansicht über Kulis mitteilen. Setze dich bitte hierhin.

DER JUNGE GENOSSE Ich interessiere mich sehr für Ihre Ansicht.

DER HÄNDLER Warum bekomme ich alles billiger als ein anderer? Und warum arbeitet ein Kuli für mich fast umsonst?

DER JUNGE GENOSSE Ich weiß es nicht.

DER HÄNDLER Weil ich ein kluger Mann bin. Ihr seid auch kluge Leute, denn ihr versteht es, von den Kulis Gehälter zu bekommen.

DER JUNGE GENOSSE Wir verstehen es. – Werden Sie übrigens die Kulis gegen die Engländer bewaffnen?

DER HÄNDLER Vielleicht, vielleicht. Ich weiß, wie man einen Kuli behandelt. Du mußt einem Kuli so viel Reis geben, daß er nicht gerade stirbt, sonst kann er nicht für dich arbeiten. Ist das richtig?

DER JUNGE GENOSSE Ja, das ist richtig.

DER HÄNDLER Ich aber sage: nein. Wenn die Kulis billiger sind als der Reis, kann ich einen neuen Kuli nehmen. Ist das richtiger?

DER JUNGE GENOSSE Ja, das ist richtiger. – Wann werden Sie übrigens die ersten Waffen in den unteren Stadtteil schicken?

DER HÄNDLER Bald, bald. Du müßtest sehen, wie die Kulis, die mein Leder verladen, in der Kantine meinen Reis kaufen.

DER JUNGE GENOSSE Ich müßte es sehen.

DER HÄNDLER Was meinst du, zahle ich viel für die Arbeit?

DER JUNGE GENOSSE Nein, aber Ihr Reis ist teuer, und die Arbeit muß eine gute sein, aber Ihr Reis ist ein schlechter.

DER HÄNDLER Ihr seid kluge Leute.

DER JUNGE GENOSSE Und wann werden Sie die Kulis gegen die Engländer bewaffnen?

DER HÄNDLER Nach dem Essen können wir das Waffenlager besichtigen. Ich singe dir jetzt mein Leiblied vor.

SONG VON DER WARE

Reis gibt es unten am Flusse.
In den obern Provinzen brauchen die Leute
  Reis.
Wenn wir den Reis in den Lagern lassen
Wird der Reis für sie teurer.
Die den Reiskahn schleppen, kriegen dann noch
  weniger Reis
Dann wird der Reis für mich noch billiger.
Was ist eigentlich Reis?
  Weiß ich, was ein Reis ist?
  Weiß ich, wer das weiß!
  Ich weiß nicht, was ein Reis ist
  Ich kenne nur seinen Preis.

Der Winter kommt, die Leute brauchen
  Kleider.
Da muß man Baumwolle kaufen
Und die Baumwolle nicht hergeben.
Wenn die Kälte kommt, werden die Kleider
  teurer.
Die Baumwollspinnereien zahlen zuviel Lohn.
Es gibt überhaupt zuviel Baumwolle.
Was ist eigentlich Baumwolle?
  Weiß ich, was eine Baumwolle ist?
  Weiß ich, wer das weiß!
  Ich weiß nicht, was eine Baumwolle ist
  Ich kenne nur ihren Preis.

So ein Mensch braucht zuviel Fressen
Dadurch wird der Mensch teurer.
Um das Fressen zu schaffen, braucht man
  Menschen.
Die Köche machen das Essen billiger, aber
Die Esser machen es teurer.
Es gibt überhaupt zu wenig Menschen.
Was ist eigentlich ein Mensch?
  Weiß ich, was ein Mensch ist?
  Weiß ich, wer das weiß!
  Ich weiß nicht, was ein Mensch ist
  Ich kenne nur seinen Preis.

*Zum jungen Genossen:* Und jetzt werden wir meinen guten Reis essen.

DER JUNGE GENOSSE *steht auf:* Ich kann nicht mit Ihnen essen.

DIE VIER AGITATOREN Das sagte er, und kein Gelächter und keine Drohung brachten ihn dazu, mit dem zu essen, den er verachtete, und der Händler vertrieb ihn, und die Kulis wurden nicht bewaffnet.

DISKUSSION

DER KONTROLLCHOR Aber ist es nicht richtig, die Ehre über alles zu stellen?

DIE VIER AGITATOREN Nein.

DER KONTROLLCHOR

ÄNDERE DIE WELT: SIE BRAUCHT ES

Mit wem säße der Rechtliche nicht zusammen
Dem Recht zu helfen?
Welche Medizin schmeckte zu schlecht
Dem Sterbenden?
Welche Niedrigkeit begingest du nicht, um
Die Niedrigkeit auszutilgen?
Könntest du die Welt endlich verändern, wofür
Wärest du dir zu gut?
Wer bist du?

Versinke in Schmutz
Umarme den Schlächter, aber
Ändere die Welt: sie braucht es!
Erzählt weiter!
Lange nicht mehr hören wir euch zu als
Urteilende. Schon
Als Lernende.

DIE VIER AGITATOREN Kaum auf der Treppe, erkannte der junge Genosse seinen Fehler. Er stellte uns anheim, ihn über die Grenze zurückzuschicken. Wir sahen klar seine Schwächen, aber wir brauchten ihn, denn er hatte einen großen Anhang unter den Arbeitslosen und er half uns viel in diesen Tagen, vor den Gewehrläufen der Unternehmer das Netz der Partei zu knüpfen.

### 6
### Der Verrat.

DIE VIER AGITATOREN In dieser Woche nahmen die Verfolgungen außerordentlich zu. Wir hatten nur mehr ein verstecktes Zimmer für die Setzmaschine und die Flugschriften. Aber eines Morgens kam es zu starken Hungerunruhen in der Stadt, und auch vom flachen Lande kamen Nachrichten über starke Unruhen. Am Abend des dritten Tages unter Gefahr unsere Zufluchtsstätte erreichend, trafen wir unter der Tür den jungen Genossen. Und es standen Säcke vor dem Haus im Regen. Wir wiederholen das Gespräch.
DIE DREI AGITATOREN Was sind das für Säcke?
DER JUNGE GENOSSE Das sind unsere Propagandaschriften.
DIE DREI AGITATOREN Was soll mit denen geschehen?
DER JUNGE GENOSSE Ich muß euch etwas mitteilen: unter den Arbeitslosen herrscht große Erregung. Der neue Führer der Arbeitslosen des oberen Stadtteils ist heute hierhergekommen und hat mich überzeugt, daß wir sogleich mit der Aktion beginnen müssen. Wir sollen die Propagandaschriften verteilen und als ein Fanal für den Aufstand das Stadthaus besetzen. Er weiß bestimmt, daß das Stadthaus ohne Bewachung ist. So können wenige es besetzen. Und wenn das Stadthaus in unserem Besitz ist, dann werden die Massen sehen, daß die Regierung schwach ist. Er sagt, daß heute nacht der Aufstand möglich ist, und ich glaube an ihn.
DIE DREI AGITATOREN So nenne uns die Gründe, daß der Aufstand möglich ist.
DER JUNGE GENOSSE Das Elend wird größer, und die Unruhe wächst in der Stadt.
DIE DREI AGITATOREN Die Unwissenden fangen an, ihre Lage zu erkennen.
DER JUNGE GENOSSE Die Arbeitslosen haben unsere Lehre angenommen.
DIE DREI AGITATOREN Die Unterdrückten werden klassenbewußt.
DER JUNGE GENOSSE Der neue Führer der Arbeitslosen ist ein echter Sozialist. Er kennt kaum Grenzen in seinen revolutionären Forderungen, und die Gewalt seiner Rede ist mitreißend.
DER ERSTE AGITATOR Hat er eine Narbe unter dem rechten Ohr?
DER JUNGE GENOSSE Ja, kennt ihr ihn?
DER ERSTE AGITATOR Ich kenne ihn. Er ist ein Agent der Kaufleute.
DER JUNGE GENOSSE Das glaube ich nicht.
DIE DREI AGITATOREN Und auf unserem Weg hierher haben wir Soldaten mit Kanonen gesehen, die sich auf das Stadthaus zu bewegten. Das Stadthaus ist eine Falle, und dein neuer Führer der Arbeitslosen ist ein Provokateur.
DER JUNGE GENOSSE Nein, er ist ein Arbeitsloser und fühlt mit den Arbeitslosen.
Die Arbeitslosen können nicht mehr warten und ich
Kann auch nicht mehr warten
Es gibt zu viele Elende.
DIE DREI AGITATOREN Aber Kämpfer gibt es noch zu wenige.
DER JUNGE GENOSSE Ihre Leiden sind ungeheuerlich.
DIE DREI AGITATOREN Es genügt nicht, zu leiden.
DER JUNGE GENOSSE Sie wissen: das Unglück wächst nicht wie auf der Brust der Aussatz; die Armut fällt nicht von den Dächern wie der Dachziegel; sondern Unglück und Armut sind Menschenwerk; der Mangel wird für sie gekocht, aber ihr Jammern wird verzehrt als Speise. Sie wissen alles.
DIE DREI AGITATOREN Wissen sie, wieviel Regimenter die Regierung hat?
DER JUNGE GENOSSE Nein.
DIE DREI AGITATOREN Dann wissen sie zu wenig. Wo sind eure Waffen?
DER JUNGE GENOSSE *zeigt die Hände:* Wir werden mit Zähnen und Nägeln kämpfen.
DIE DREI AGITATOREN Das reicht nicht aus. Du siehst nur das Elend der Arbeitslosen, aber nicht das Elend der Arbeitenden. Du siehst nur die

Stadt, aber nicht die Bauern des flachen Landes. Du siehst die Soldaten nur als Unterdrückende und nicht als unterdrückende Elende in Uniform. Geh also zu den Arbeitslosen, entlarve den Agenten der Kaufleute und seinen Rat, das Stadthaus zu stürmen, und überzeuge sie, daß sie heute abend an der Demonstration der Arbeiter aus den Betrieben teilnehmen sollen, und wir werden die unzufriedenen Soldaten, die um das Stadthaus zusammengezogen sind, zu überzeugen versuchen, daß sie in Uniform ebenfalls mit uns demonstrieren.

DER JUNGE GENOSSE Ich habe die Arbeitslosen daran erinnert, wie oft die Soldaten auf sie geschossen haben. Soll ich ihnen jetzt sagen, daß sie mit Mördern demonstrieren sollen?

DIE DREI AGITATOREN Ja, denn die Soldaten können erkennen, daß es falsch war, auf die Elenden ihrer eigenen Klasse zu schießen. Erinnere dich doch an den Rat des Genossen Lenin, nicht alle Bauern als Klassenfeinde zu betrachten, sondern die Dorfarmut als Mitkämpfer zu gewinnen.

DER JUNGE GENOSSE So frage ich: dulden die Klassiker, daß das Elend wartet?

DIE DREI AGITATOREN Sie sprechen von Methoden, welche das Elend in seiner Gänze erfassen.

DER JUNGE GENOSSE Dann sind die Klassiker also nicht dafür, daß jedem Elenden gleich und sofort und vor allem geholfen wird?

DIE DREI AGITATOREN Nein.

DER JUNGE GENOSSE Dann sind die Klassiker Dreck, und ich zerreiße sie; denn der Mensch, der lebendige, brüllt, und sein Elend zerreißt alle Dämme der Lehre. Darum mache ich jetzt die Aktion, jetzt und sofort; denn ich brülle und ich zerreiße die Dämme der Lehre.

*Er zerreißt die Schriften.*

DIE DREI AGITATOREN

Zerreiße sie nicht! Wir brauchen sie
Jede einzelne. Sieh doch die Wirklichkeit!
Deine Revolution ist schnell gemacht und dauert einen Tag
Und ist morgen abgewürgt.
Aber unsere Revolution beginnt morgen
Siegt und verändert die Welt.
Deine Revolution hört auf, wenn du aufhörst.
Wenn du aufgehört hast
Geht unsere Revolution weiter.

DER JUNGE GENOSSE Hört, was ich sage: mit meinen zwei Augen sehe ich, daß das Elend nicht warten kann. Darum widersetze ich mich eurem Beschluß zu warten. Heute nacht noch besetze ich an der Spitze der Arbeitslosen das Stadthaus.

DIE DREI AGITATOREN Wir wissen, daß das Stadthaus voll von Soldaten ist. Aber selbst wenn es nicht bewacht wäre, was soll uns das Stadthaus nützen, wenn die Bahnhöfe, die Telegrafenstationen und die Kasernen in den Händen der Regierung sind? Du hast uns nicht überzeugt. Geh also zu den Arbeitslosen und überzeuge sie, daß sie nicht allein losschlagen dürfen. Dazu fordern wir dich jetzt auf im Namen der Partei.

DER JUNGE GENOSSE

Wer aber ist die Partei?
Sitzt sie in einem Haus mit Telefonen?
Sind ihre Gedanken geheim, ihre Entschlüsse unbekannt?
Wer ist sie?

DIE DREI AGITATOREN

Wir sind sie.
Du und ich und ihr – wir alle.
In deinem Anzug steckt sie, Genosse, und denkt in deinem Kopf
Wo ich wohne, ist ihr Haus, und wo du angegriffen wirst, da kämpft sie.
Zeige uns den Weg, den wir gehen sollen, und wir
Werden ihn gehen wie du, aber
Gehe nicht ohne uns den richtigen Weg
Ohne uns ist er
Der falscheste.
Trenne dich nicht von uns!
Wir können irren und du kannst recht haben, also
Trenne dich nicht von uns!

Daß der kurze Weg besser ist als der lange, das leugnet keiner
Aber wenn ihn einer weiß
Und vermag ihn uns nicht zu zeigen, was nützt uns seine Weisheit?
Sei weise bei uns!
Trenne dich nicht von uns!

DER JUNGE GENOSSE Weil ich recht habe, kann ich nicht nachgeben. Mit meinen zwei Augen sehe ich, daß das Elend nicht warten kann.

DER KONTROLLCHOR

LOB DER PARTEI

Der Einzelne hat zwei Augen

Die Partei hat tausend Augen.
Die Partei sieht sieben Staaten
Der Einzelne sieht eine Stadt.
Der Einzelne hat seine Stunde
Aber die Partei hat viele Stunden.
Der Einzelne kann vernichtet werden
Aber die Partei kann nicht vernichtet
werden
Denn sie ist der Vortrupp der Massen
Und führt ihren Kampf
Mit den Methoden der Klassiker, welche
geschöpft sind
Aus der Kenntnis der Wirklichkeit.

DER JUNGE GENOSSE Alles das gilt nicht mehr; im Anblick des Kampfes verwerfe ich alles, was gestern noch galt, und tue das allein Menschliche. Hier ist die Aktion. Ich stelle mich an ihre Spitze. Mein Herz schlägt für die Revolution. Hier ist sie.

DIE DREI AGITATOREN Schweig!

DER JUNGE GENOSSE Hier ist Unterdrückung. Ich bin für die Freiheit!

DIE DREI AGITATOREN Schweig! Du verrätst uns!

DER JUNGE GENOSSE Ich kann nicht schweigen, weil ich recht habe.

DIE DREI AGITATOREN Ob du recht oder unrecht hast – wenn du sprichst, sind wir verloren! Schweig!

DER JUNGE GENOSSE
Ich sah zuviel.
Ich schweige nicht länger.
Warum jetzt noch schweigen?
Wenn sie nicht wissen, daß sie Freunde haben
Wie sollen sie da sich erheben?
Darum trete ich vor sie hin
Als der, der ich bin, und sage, was ist.
*Er nimmt die Maske ab und schreit:*
Wir sind gekommen, euch zu helfen.
Wir kommen aus Moskau.
*Er zerreißt die Maske.*

DIE VIER AGITATOREN
Und wir sahen hin, und in der Dämmerung
Sahen wir sein nacktes Gesicht
Menschlich, offen und arglos. Er hatte
Die Maske zerrissen. Und aus den Häusern
Schrien die Ausgebeuteten: Wer
Stört den Schlaf der Erschöpften?
Und ein Fenster öffnete sich, und eine Stimme
schrie:
Hier sind Fremde! Jagt die Hetzer!
So waren wir entdeckt!
Und schon hörten wir, daß die Kanonen
donnerten
Im inneren Stadtteil, und die Unwissenden
sagten:
Jetzt oder niemals! Und die Unbewaffneten
schrien:
Heraus aus den Häusern!
Er aber hörte nicht auf zu brüllen
Auf offener Straße
Und wir schlugen ihn nieder
Hoben ihn auf und verließen in Eile die Stadt.

## 7
## Die Flucht.

DER KONTROLLCHOR
Sie verließen die Stadt!
Die Unruhe wächst in der Stadt
Aber die Führung flieht über die Stadtgrenze!
Eure Maßnahme!

DIE VIER AGITATOREN
Wartet ab!
Es ist leicht, das Richtige zu wissen
Fern vom Schuß
Wenn man Monate Zeit hat
Aber wir
Hatten fünf Minuten Zeit und
Dachten nach vor den Gewehrläufen.

Als wir auf der Flucht in die Nähe der Kalkgruben vor der Stadt kamen, hörten wir hinter uns unsere Verfolger. Unser junger Genosse hörte aufwachend den Kanonendonner aus der Richtung des Stadthauses, sah ein, was er getan hatte und sagte: unsere Sache ist verloren. Wir aber sagten: unsere Sache ist nicht verloren. Aber er ist erkannt und kann nicht entkommen. Und es liegen Kanonenboote bereit auf den Flüssen und Panzerzüge stehen auf den Bahndämmen, um einzugreifen, wenn einer von uns hier gefunden wird. Er darf nicht gefunden werden.

DER KONTROLLCHOR
Wenn man uns trifft, wo immer es sei
Weiß man: die Herrschenden
Sollen vernichtet werden!
Und die Kanonen gehen los.

Wo immer der Hungernde
Stöhnt und zurückschlägt
Schreien seine Peiniger:

Wir haben ihn bezahlt
Daß er stöhnt und zurückschlägt.

Auf unserer Stirne steht
Daß wir gegen die Ausbeutung sind.
Auf unserem Steckbrief steht: diese
Sind für die Unterdrückten!

Wer den Verzweifelten hilft
Der gilt als Abschaum der Welt
Wir sind der Abschaum der Welt
Wir dürfen nicht gefunden werden.

DER KONTROLLCHOR
Euer Beschluß!

**8**
**Die Maßnahme.**

DIE VIER AGITATOREN
Wir beschlossen:
Dann muß er verschwinden, und zwar ganz.
Denn wir müssen zurück zu unserer Arbeit
Und ihn können wir nicht mitnehmen und nicht da lassen
Also müssen wir ihn erschießen und in die Kalkgrube werfen
Denn der Kalk verbrennt ihn.
DER KONTROLLCHOR
Fandet ihr keinen Ausweg?
DIE VIER AGITATOREN
Bei der Kürze der Zeit fanden wir keinen Ausweg.
Wie das Tier dem Tiere hilft
Wünschten auch wir uns, ihm zu helfen, der
Mit uns gekämpft für unsere Sache.
Fünf Minuten im Angesicht der Verfolger
Dachten wir nach über eine
Bessere Möglichkeit.
Auch ihr jetzt denkt nach über
Eine bessere Möglichkeit.
*Pause.*
Also beschlossen wir: jetzt
Abzuschneiden den eigenen Fuß vom Körper.
Furchtbar ist es, zu töten.
Aber nicht andere nur, auch uns töten wir, wenn es nottut
Da doch nur mit Gewalt diese tötende
Welt zu ändern ist, wie
Jeder Lebende weiß.
Noch ist es uns, sagten wir
Nicht vergönnt, nicht zu töten. Einzig mit dem
Unbeugbaren Willen, die Welt zu verändern, begründeten wir
Die Maßnahme.
DER KONTROLLCHOR
Erzählt weiter, unser Mitgefühl
Ist euch sicher.
Nicht leicht war es, zu tun, was richtig war.
Nicht ihr spracht ihm sein Urteil, sondern
Die Wirklichkeit.

DIE VIER AGITATOREN Wir wiederholen unser letztes Gespräch.

DER ERSTE AGITATOR Wir wollen ihn fragen, ob er einverstanden ist, denn er war ein mutiger Kämpfer.

DER ZWEITE AGITATOR Aber auch wenn er nicht einverstanden ist, muß er verschwinden, und zwar ganz.

DER ERSTE AGITATOR *zum jungen Genossen:* Wenn du gefaßt wirst, werden sie dich erschießen, und da du erkannt wirst, ist unsere Arbeit verraten. Also müssen wir dich erschießen und in die Kalkgrube werfen, damit der Kalk dich verbrennt. Aber wir fragen dich: weißt du einen Ausweg?

DER JUNGE GENOSSE Nein.

DIE DREI AGITATOREN So fragen wir dich: bist du einverstanden? *Pause.*

DER JUNGE GENOSSE Ja. Ich sehe, ich habe immer falsch gehandelt.

DIE DREI AGITATOREN Nicht immer.

DER JUNGE GENOSSE Ich, der ich so sehr nützen wollte, habe nur geschadet.

DIE DREI AGITATOREN Nicht nur.

DER JUNGE GENOSSE Aber jetzt wäre es besser, ich wäre nicht da.

DIE DREI AGITATOREN Ja. Willst du es allein tun?

DER JUNGE GENOSSE Helft mir.

DIE DREI AGITATOREN
Lehne deinen Kopf an unsern Arm
Schließ die Augen.
DER JUNGE GENOSSE *unsichtbar:*
Er sagte noch: im Interesse des Kommunismus
Einverstanden mit dem Vormarsch der proletarischen Massen
Aller Länder
Ja sagend zur Revolutionierung der Welt.

DIE VIER AGITATOREN
Dann erschossen wir ihn und
Warfen ihn hinab in die Kalkgrube.
Und als der Kalk ihn verschlungen hatte
Kehrten wir zurück zu unserer Arbeit.

DER KONTROLLCHOR
Und eure Arbeit war glücklich.
Ihr habt verbreitet
Die Lehren der Klassiker
Das Abc des Kommunismus
Den Unwissenden Belehrung über ihre Lage
Den Unterdrückten das Klassenbewußtsein
Und den Klassenbewußten die Erfahrung der Revolution.
Und die Revolution marschiert auch dort
Und auch dort sind geordnet die Reihen der Kämpfer
Wir sind einverstanden mit euch.

Euer Bericht zeigt uns, wieviel
Nötig ist, die Welt zu verändern:
Zorn und Zähigkeit, Wissen und Empörung
Schnelles Eingreifen, tiefes Bedenken
Kaltes Dulden, endloses Beharren
Begreifen des Einzelnen und Begreifen des Ganzen:
Nur belehrt von der Wirklichkeit, können wir
Die Wirklichkeit ändern.

# Die heilige Johanna der Schlachthöfe

Mitarbeiter: H. Borchardt, E. Burri, E. Hauptmann

*Personen*

Johanna Dark, Leutnant der Schwarzen Strohhüte · Mauler, Fleischkönig · Cridle, Graham, Lennox, Meyers – Fleischfabrikanten · Slift, ein Makler · Frau Luckerniddle · Gloomb, ein Arbeiter · Paulus Snyder, Major der Schwarzen Strohhüte · Martha, Soldat der Schwarzen Strohhüte · Jackson, Leutnant der Schwarzen Strohhüte · Mulberry, ein Hauswirt · Ein Kellner · Packherren (Fleischfabrikanten) · Aufkäufer · Viehzüchter · Makler · Spekulanten · Schwarze Strohhüte · Arbeiter · Arbeiterführer · Die Armen · Detektive · Zeitungsleute · Zeitungsjungen · Soldaten · Passanten

1

**Der Fleischkönig Pierpont Mauler bekommt einen Brief von seinen Freunden in New York.**

*Chicago, Schlachthöfe*

MAULER *liest einen Brief:* »Wie wir deutlich merken, lieber Pierpont, ist der Fleischmarkt seit kurzer Zeit recht verstopft. Auch widerstehen die Zollmauern im Süden allen unseren Angriffen. Demnach scheint es geraten, die Hand vom Fleischhandel zu lassen, lieber Pierpont.« Diesen Wink bekomme ich heute von meinen lieben Freunden aus New York. Hier kommt mein Kompagnon.
*Er verbirgt den Brief.*

CRIDLE Warum so finster, lieber Pierpont?

MAULER
Erinnere, Cridle, dich, wie wir vor Tagen –
Wir gingen durch den Schlachthof, Abend war's –
An unsrer neuen Packmaschine standen.
Erinnere, Cridle, dich an jenen Ochsen
Der blond und groß und stumpf zum Himmel blickend
Den Streich empfing: mir war's, als gält er mir.
Ach, Cridle, ach, unser Geschäft ist blutig.

CRIDLE
Die alte Schwäche also, Pierpont?
Unglaublich fast, du, der Gigant der Packer
Des Schlachthofs König, vor dem Schlächter zittern
Zergehst in Schmerz um einen blonden Ochsen!
Verrat's, ich bitt dich, niemand außer mir.

MAULER
O treuer Cridle!
Ich hätte nicht zum Schlachthof gehen sollen!
Seit ich in dies Geschäft hineinging, also sieben
Jahre, vermied ich's, Cridle, ich vermag's
Nicht länger: heute noch geb ich es auf, dies blutige Geschäft.
Nimm du's, ich geb dir meinen Anteil billigst.
Dir gäb ich ihn am liebsten, denn wie du
Mit dem Geschäft verwachsen bist, ist's keiner.

CRIDLE
Wie billig?

MAULER
Darüber kann's bei alten Freunden
Wie du und mir kein langes Handeln geben.
Schreib zehn Millionen!

CRIDLE
Das wär nicht teuer, wenn nicht Lennox wär
Der mit uns ringt um jede Büchse Fleisch
Der uns den Markt verdirbt mit niedren Preisen
Und uns kaputtmacht, wenn er nicht kaputtgeht.
Eh der nicht fiel, und nur du kannst ihn fällen
Nehm ich dein Angebot nicht an. So lange mußt du
Noch dein Gehirn, das listenreiche, üben.

MAULER
Nein, Cridle, dieses Ochsen Ächzen
Verstummt nicht mehr in dieser Brust. Drum eilig
Muß dieser Lennox fallen, denn ich selber
Bin ganz gewillt, ein guter Mann zu werden
Und nicht ein Schlächter. Cridle, komm, ich will
Dir sagen, was du machen mußt, daß Lennox
Schnell fällt. Dann aber mußt du
Mir dies Geschäft abnehmen, das mir leid ist.

CRIDLE
Wenn Lennox fällt.
*Beide ab.*

2

a

**Der Zusammenbruch der großen Fleischfabriken.**

*Vor der Lennoxschen Fleischfabrik*

DIE ARBEITER
Wir sind siebzigtausend Arbeiter in den Lennoxschen Fleischfabriken und wir
Können keinen Tag mehr mit so kleinen Löhnen weiterleben.
Gestern wurde wieder hurtig der Lohn gesenkt
Und heut hängt schon wieder die Tafel aus:
Jeder kann weggehen, der
Mit unsern Löhnen nicht zufrieden ist.
Gehn wir doch alle einfach weg und
Scheißen auf den Lohn, der täglich geringer wird.
*Stille.*
Lange schon ist diese Arbeit uns ekelhaft
Die Fabrik uns die Hölle, und nur
Alle die Schrecken des kalten Chicagos konnten
Uns halten hier. Aber jetzt
Kann man für zwölf Stunden Arbeit nicht mehr
Das trockene Brot verdienen und
Die billigste Hose. Jetzt
Kann man gradsogut weggehn und

Schon gleich verrecken.
*Stille.*
Wofür halten uns die? Glauben sie
Wir stünden wie Ochsen da, bereit
Zu allem? Sind wir
Ihre Deppen? Lieber verrecken doch! Auf der Stelle
Gehen wir weg.
*Stille.*
Es muß doch schon sechs Uhr sein?
Warum nicht aufgemacht, ihr Schinder? Hier
Stehen eure Ochsen, ihr Metzger, aufgemacht!
*Sie klopfen.*
Vielleicht sind wir vergessen worden?
*Gelächter.*
Aufgemacht! Wir
Wollen herein in eure
Drecklöcher und Sudelküchen, um
Den vermögenden Essern ihr
Verschmiertes Fleisch zu kochen.
*Stille.*
Mindestens verlangen wir
Den alten Lohn, der auch schon zu klein ist, mindestens
Den Zehnstundentag und mindestens...

EIN MANN *geht vorüber:*
Worauf wartet ihr? Wißt ihr nicht
Daß Lennox geschlossen hat?
*Zeitungsjungen laufen über die Bühne.*

DIE ZEITUNGSJUNGEN Der Fleischkönig Lennox muß seine Fabriken schließen! Siebzigtausend Arbeiter brot- und obdachlos! M. L. Lennox, ein Opfer des erbitterten Konkurrenzkampfes mit dem bekannten Fleischkönig und Philanthropen Pierpont Mauler.

DIE ARBEITER
Wehe!
Die Hölle selbst
Schließt ihr Tor für uns!
Wir sind verloren. Der blutige Mauler hält
Unsern Ausbeuter am Hals, und
Uns geht die Luft aus!

**b**
**P. Mauler.**

*Straße*

DIE ZEITUNGSJUNGEN Chicagoer Tribüne am Mittag! Der Fleischkönig und Philanthrop P. Mauler begibt sich zu der Eröffnung der P. Maulerschen Krankenhäuser, der größten und teuersten Hospitäler der Welt!
*Mauler geht mit zwei Männern vorbei.*

EIN PASSANT *zum andern:* Das ist P. Mauler. Wer sind die Männer, die ihn begleiten?

DER ANDERE Das sind Detektive. Sie bewachen ihn, damit er nicht niedergeschlagen wird.

**c**
**Um dem Jammer der Schlachthöfe Trost zu spenden, verlassen die Schwarzen Strohhüte ihr Missionshaus: Johannas erster Gang in die Tiefe.**

*Vor dem Haus der Schwarzen Strohhüte*

JOHANNA *an der Spitze eines Stoßtrupps der Schwarzen Strohhüte:*
In finsterer Zeit blutiger Verwirrung
Verordneter Unordnung
Planmäßiger Willkür
Entmenschter Menschheit
Wo nicht mehr aufhören wollen in unseren Städten die Unruhen:
In solche Welt, gleichend einem Schlachthaus
Herbeigerufen durch das Gerücht drohender Gewalttat
Damit nicht rohe Gewalt des kurzsichtigen Volkes
Zerschlag das eigene Handwerkszeug und
Zertrample den eigenen Brotkorb
Wollen wir wieder einführen
Gott.
Wenig berühmt nur mehr
Fast schon berüchtigt
Nicht mehr zugelassen
An den Stätten des wirklichen Lebens:
Aber der Untersten einzige Rettung!
Drum haben wir uns entschlossen
Für ihn die Trommel zu rühren
Auf daß er Fuß fasse in den Quartieren des Elends
Und seine Stimme erschalle auf den Schlachthöfen.
*Zu den Schwarzen Strohhüten:*
Und dies unser Unternehmen ist sicher
Das letzte seiner Art. Letzter Versuch also
Ihn noch einmal aufzurichten in zerfallender Welt, und zwar
Durch die Untersten.
*Sie marschieren mit Getrommel weiter.*

**d**

**Von morgens bis abends arbeiten die Schwarzen Strohhüte auf den Schlachthöfen, aber als es Abend wurde, hatten sie so gut wie nichts erreicht.**

*Vor den Lennoxschen Fleischfabriken*

EIN ARBEITER Sie machen wieder eine große Schiebung am Fleischmarkt, heißt es. Bis die vorbei ist, müssen wir eben warten und Kohldampf schieben.

ANDERER ARBEITER In den Kontoren ist Licht. Da rechnen sie den Profit aus.

*Die Schwarzen Strohhüte kommen. Sie stellen ein Schild auf, auf dem »Übernachten 20 cts.«, »mit Kaffee 30 cts.« steht.*

DIE SCHWARZEN STROHHÜTE *singen:*
Obacht, gib Obacht!
Wir sehen dich, Mann, der versinkt
Wir hören dein Geschrei um Hilfe
Wir sehen dich, Frau, die winkt.
Haltet die Autos an, stoppt den Verkehr!
Mut, ihr versinkenden Leute, wir kommen, schaut her!
Du, der du untergehst
Sieh uns, oh, sieh uns, Bruder, bevor du untergehst!
Wir bringen dir zu essen
Wir haben nicht vergessen
Daß du noch draußen stehst.
Sag nicht, es hilft nichts, denn jetzt wird es anders
Das Unrecht dieser Welt kann nicht bestehn
Wenn alle mit uns kommen und marschieren
Und kümmern sich um nichts und helfen gehn.
Wir werden auffahren Tanks und Kanonen
Und Flugzeuge müssen her
Und Kriegsschiffe über das Meer
Um dir, Bruder, einen Teller Suppe zu erobern.
Denn ihr armen Leute
Ihr seid eine große Armee!
Drum muß es sein noch heute
Daß jeder euch beisteh!
Vorwärts marsch! Richt euch! Zum Sturm an das Gewehr!
Mut, ihr versinkenden Leute, wir kommen, schaut her!

*Schon während des Singens verteilen die Schwarzen Strohhüte ihr Traktätchen »Der Schlachtruf«, Löffel, Teller und Suppe. Die Arbeiter sagen »danke« und hören nunmehr Johannas Rede zu.*

JOHANNA Wir sind die Soldaten des lieben Gottes. Wegen unserer Hüte nennt man uns auch die Schwarzen Strohhüte. Wir marschieren mit Trommeln und Fahnen überall hin, wo Unruhe herrscht und Gewalttaten drohen, um an den lieben Gott zu erinnern, den sie alle vergessen haben, und ihre Seelen zu ihm zurückzubringen. Soldaten nennen wir uns, weil wir eine Armee sind und auf unserem Marsch kämpfen müssen mit dem Verbrechen und dem Elend, jenen Mächten, die uns nach unten ziehen wollen. *Sie fängt an, selbst die Suppe auszuteilen.* So, jetzt eßt mal die warme Suppe, und dann wird sich alles gleich wieder ganz anders anschauen, aber denkt gefälligst auch ein wenig an den, der euch die Suppe bescheret. Und wenn ihr so nachdenkt, dann werdet ihr sehen, daß das überhaupt die ganze Lösung ist: Oben streben und nicht unten streben. Oben sich nach einem guten Platz anstellen und nicht unten. Oben der erste sein wollen und nicht unten. Jetzt seht ihr ja, was für ein Verlaß auf das irdische Glück ist. Gar keiner. Das Unglück kommt wie der Regen, den niemand machet und der doch kommt. Ja, woher kommt euer ganzes Unglück?

EIN ESSER Von Lennox & Co.

JOHANNA Der Herr Lennox hat jetzt vielleicht mehr Sorgen als ihr. Was verliert denn ihr? Das geht doch in die Millionen, was der verliert!

EIN ARBEITER Kärglich schwimmt das Fett in dem Süppchen, aber viel gesundes Wasser enthält sie und nicht gespart ist die Wärme.

ANDERER ARBEITER Haltet das Maul, ihr Schmausenden! Lauschet dem himmlischen Text! Denn sonst wird euch das Süppchen entzogen.

JOHANNA Ruhe! Liebe Freunde, warum seid ihr wohl arm?

EIN ARBEITER Na, erzähl's uns mal.

JOHANNA Ich will es euch sagen: nicht, weil ihr nicht mit irdischen Gütern gesegnet seid – das kann nicht jeder sein –, sondern weil ihr keinen Sinn für das Höhere habt. Darum seid ihr arm. Diese niederen Genüsse, nach denen ihr strebt, nämlich dieses bißchen Essen und hübsche Wohnungen und Kino, das sind ja nur ganz grobe sinnliche Genüsse, Gottes Wort aber ist ein viel feinerer und innerlicherer und raffinierterer Genuß, ihr könnt euch vielleicht nichts Süßeres denken als Schlagsahne, aber Gottes Wort ist eben doch noch süßer, ei, wie süß ist

Gottes Wort! Das ist wie Milch und Honigseim, und bei ihm wohnet man wie in einem Palast aus Ophyr und Alabaster. Ihr Kleingläubigen, die Vögel unter dem Himmel haben keine Stellungsnachweise und die Lilien auf dem Felde haben keine Arbeit und er ernähret sie doch, weil sie lobsingen zu seinem Preis. Ihr wollt alle nach oben kommen, aber in was für ein Oben und wie wollt ihr hinaufkommen?! Und da sind es eben wir Schwarzen Strohhüte, die euch fragen, ganz praktisch: was muß einer haben, daß er überhaupt hochkommt?

EIN ARBEITER Einen Stehkragen.

JOHANNA Nein, keinen Stehkragen. Vielleicht braucht man auf Erden einen Stehkragen, damit man weiterkommt, aber vor Gott muß man noch viel mehr umhaben, einen ganz anderen Glanz, aber da habt ihr nicht einmal einen Gummikragen um, weil ihr eben euren ganzen inneren Menschen vollständig vernachlässigt habt. Wie aber wollt ihr hinaufkommen, oder was ihr in eurem Unverstand so »hinauf« nennt? Durch die rohe Gewalt? Als ob Gewalt jemals etwas anderes ausgerichtet hätte als Zerstörung. Ihr glaubt, wenn ihr euch auf die Hinterbeine stellt, dann gibt es das Paradies auf Erden. Aber ich sage euch: so macht man kein Paradies, so macht man das Chaos.

*Ein Arbeiter kommt gelaufen.*

DER ARBEITER

Frei wurde eben ein Arbeitsplatz!
Drüben winkt er, der lohnende
In der fünften Fabrik!
Äußerlich ist er ein Abtrittsloch.
Lauft!

*Drei Arbeiter lassen die vollen Teller stehen und laufen weg.*

JOHANNA Hallo, ihr, wo lauft ihr denn hin? Wenn man euch von Gott erzählt! Das wollt ihr nicht hören! Was?!

EIN MÄDCHEN VON DEN SCHWARZEN STROHHÜTEN Die Suppe ist aus.

DIE ARBEITER

Das Süppchen ist aus
Fettlos war es und wenig, aber
Besser wie nichts.

*Alle wenden sich ab und stehen auf.*

JOHANNA Ja, bleibt aber nur sitzen, das schadet gar nichts, die große himmlische Suppe nämlich, die geht nicht aus.

DIE ARBEITER

Wann endlich werdet ihr
Aufmachen eure Schabekeller
Ihr Menschenmetzger?

*Es bilden sich Gruppen.*

EIN MANN

Wie bezahl ich mein Häuschen jetzt, das
 schmucke feuchte
In dem wir zu zwölft sind? Siebzehn
Raten hab ich bezahlt und verfällt jetzt die
 letzte:
Werfen sie uns auf die Straße, und nimmermehr
Sehen wir den gestampften Boden mit dem
 gelblichen Gras
Und nie mehr atmen wir
Die gewohnte verpestete Luft.

EIN ZWEITER MANN *in einem Kreis:*

Da stehen wir mit Händen wie Schaufeln
Und Nacken wie Rollwagen und wollen verkaufen
Die Hände und Nacken
Und niemand erwirbt sie.

DIE ARBEITER

Und unser Werkzeug, ein riesiger Haufen
Dampfhämmer und Kräne
Versperrt hinter Mauern!

JOHANNA Ja, was ist denn? Jetzt wenden die sich einfach weg! So, habt ihr jetzt gegessen? Wohl bekomm's und danke. Warum habt ihr denn bis jetzt zugehört?

EIN ARBEITER Für die Suppe.

JOHANNA Wir fahren fort. Singet!

DIE SCHWARZEN STROHHÜTE *singen:*

Geht hinein in die Schlacht
Wo das Gewühl am stärksten ist!
Singet nur, singet mit Macht! Noch ist es Nacht!
Aber der Morgen kommt schon mit Macht!
Bald auch zu euch kommt der Herr Jesus
 Christ.

EINE STIMME *von hinten:* Bei Mauler gibt's noch Arbeit!

*Die Arbeiter bis auf wenige Frauen ab.*

JOHANNA *finster:* Packt die Musikinstrumente zusammen. Habt ihr gesehen, wie sie fortliefen, als die Suppe aus war!

Das erhebt sich nicht höher als
Bis zu einer Schüssel Rand. Das
Glaubt an nichts mehr, was es nicht
In seiner Hand hat – wenn's an die Hand glaubt.
Lebend von Minute zu Minute unsicher
Können die sich nicht mehr erheben
Vom niedersten Boden. Denen
Ist nur mehr der Hunger gewachsen. Sie
Berührt kein Lied mehr, zu ihnen dringt
In solche Tiefe kein Wort.

*Zu den Umstehenden:* Wir Schwarzen Strohhüte kommen uns vor, als sollten wir mit unsern Löffeln einen hungernden Erdteil sätttigen.

*Die Arbeiter kommen zurück. Geschrei von fern.*

DIE ARBEITER *vorn:* Was ist das für ein Geschrei? Ein riesiger Strom von Leuten aus der Richtung der Packhöfe!

STIMME *von hinten:*
Auch Mauler und Cridle schließen!
Die Maulerschen Fabriken sperren aus!

DIE ZURÜCKFLUTENDEN ARBEITER
Laufend nach Arbeit, begegneten wir auf halbem Wege
Einem ganzen Strom von Verzweifelten
Die ihre Arbeit verloren hatten und
Uns nach Arbeit fragten.

EIN ARBEITER *vorn:*
Wehe! Auch von dort kommt ein Zug Menschen!
Unübersehbar! Auch Mauler
Hat geschlossen. Wohin mit uns?

DIE SCHWARZEN STROHHÜTE *zu Johanna:*
Komm jetzt mit. Wir sind durchfroren und naß und müssen essen.

JOHANNA Dann will ich aber wissen, wer an all dem schuld ist.

DIE SCHWARZEN STROHHÜTE
Halt! Misch dich nicht ein da! Sicherlich
Schreien sie dir die Ohren voll. Nur mit Niedrigem
Ist ihr Sinn angefüllt. Faulenzer sind es!
Gefräßig und arbeitsscheu und von Geburt an
Bar jeder höheren Regung!

JOHANNA Nein, ich will's wissen. *Zu den Arbeitern:* Jetzt sagt mir: warum lauft ihr hier herum und habt keine Arbeit?

DIE ARBEITER
Der blutige Mauler liegt in einem Kampf mit
Dem geizigen Lennox, und darum hungern wir.

JOHANNA
Wo wohnt der Mauler?

DIE ARBEITER
Dort, wo das Vieh verhandelt wird, in
Einem großen Gebäude, der Viehbörse.

JOHANNA
Dort will ich hingehn, denn
Ich muß es wissen.

MARTHA *eine von den Schwarzen Strohhüten:*
Misch dich nicht hinein da! Wer viel fragt
Kriegt viele Antworten.

JOHANNA
Nein, diesen Mauler will ich sehen, der solches Elend verrichtet.

DIE SCHWARZEN STROHHÜTE
Dann sehen wir schwarz für dein weiteres Schicksal, Johanna.
Nicht misch dich in irdischen Zank!
Dem Zank verfällt, wer sich hineinmischt!
Seine Reinheit vergeht schnell. Bald
Vergeht vor der alles beherrschenden Kälte seine
Wenige Wärme. Die Güte verläßt ihn, der den schützenden
Ofen flieht.
Von Stufe zu Stufe
Nachstrebend nach unten, der dir nimmer werdenden Antwort zu
Wirst du verschwinden in Schmutz!
Denn nur Schmutz wird gestopft in die Münder
Der ohne Vorsicht Fragenden.

JOHANNA
Ich will's wissen.

*Die Schwarzen Strohhüte ab.*

## 3
## Pierpont Mauler verspürt den Hauch einer anderen Welt.

*Vor der Viehbörse*

*Unten wartend Johanna und Martha, oben die Fleischfabrikanten Lennox und Graham im Gespräch. Lennox ist kalkweiß. Hinten Börsenlärm.*

GRAHAM
Dich hat der wüste Mauler so getroffen
O guter Lennox! Unaufhaltsam ist
Der Aufstieg dieses Ungetüms, ihm wird
Natur zur Ware, selbst die Luft verkäuflich.
Was wir im Magen haben, er verkauft's uns noch mal.
Aus eingestürzten Häusern holt er Zins, aus faulem
Fleisch Geld, und wirfst du ihn mit Steinen
Setzt er in Geld gewiß die Steine um, und so
Unbändig ist sein Geldsinn, so natürlich
Ihm diese Unnatur, daß auch er selber
Nicht diesen Trieb in sich verleugnen könnt.
Denn wiß: er selbst ist weich und liebt das Geld nicht
Und kann nicht Elend sehen und schläft nicht nachts.
Drum mußt du ihm dich nahn mit halberstickter Stimme

Und sagen: Mauler, sieh mich an und nimm
Die Hand von meinem Hals, denk an dein Alter.
Sei sicher, er erschrickt. Vielleicht: er weint...

JOHANNA *zu Martha:*
Du allein, Martha, bist mit mir gegangen
Bis hierher. Alle andern
Verließen mich mit Warnung auf den Lippen
Als ging ich schon ins Äußerste – merkwürdige Warnung!
Ich danke dir, Martha.

MARTHA Auch ich warnte dich, Johanna.

JOHANNA Und gingst mit mir.

MARTHA Wirst du ihn aber auch erkennen, Johanna?

JOHANNA Ich werde ihn schon kennen!

*Cridle kommt oben heraus.*

CRIDLE
So, Lennox, jetzt ist's Schluß mit Unterbieten.
Jetzt bist du aus, und ich sperr zu und warte
Bis sich der Markt erholt. Ich wasche meine Höfe
Und öl die Messer durch und stell mir einige
Von diesen neuen Packmaschinen auf, mit denen man
Ein hübsches Sümmchen Arbeitslohn einspart.
's gibt da ein neues System. Höchst listig ist's.
Das Schwein fährt hoch am Band aus Drahtgeflecht
Ins höchste Stockwerk, dort beginnt die Schlachtung.
Fast ohne Hilfe stürzt das Schwein sich selbst
Von oben in die Messer. Gut? Das Schwein
Schlachtet sich selbst. Und macht sich selbst zu Wurst.
Denn nun, fallend von Stock zu Stock, verlassen
Von seiner Haut, die sich in Leder wandelt
Sich trennend auch alsdann von seinen Borsten
Die Bürsten werden, endlich seine Knochen
Abwerfend, draus wird Mehl, drängt's durch sein eigenes
Gewicht nach unten in die Blechbüchs. Gut?

GRAHAM
Gut. Nur: wo soll die Blechbüchs hin? Verdammte Zeiten!
Verwüstet liegt der Markt und überschwemmt von Ware.
Der Handel, der so blühend war, liegt brach.
Euch raufend um den längst verstopften Markt
Verdarbt ihr euch die Preise, selbst euch unterbietend, so
Zerstampfen Büffel im Kampf um Gras das Gras, um das sie kämpfen.

*Mauler kommt mit seinem Makler Slift in einem Haufen von Fleischpackern heraus, hinter ihm zwei Detektive.*

DIE FLEISCHPACKER
Jetzt kommt's drauf an, wer durchhält!

MAULER
Gefällt ist Lennox. *Zu Lennox:* Du bist aus, gib's zu.
Und jetzt verlang ich von dir, Cridle, daß du
Den Packhof übernimmst, wie's im Vertrag steht
Wenn Lennox aus ist.

CRIDLE
Ja, aus ist Lennox. Aber aus ist auch
Die gute Zeit am Markt, drum mußt du, Mauler
Herunter von den zehn Millionen Dollar für deine Aktien!

MAULER
Was? Der Preis steht
Hier im Vertrag! Hier, Lennox, schau, ob dies
Nicht ein Vertrag ist und ein Preis drinsteht!

CRIDLE
Ja, ein Vertrag gemacht zu guter Zeit!
Und steht die schlechte Zeit auch im Vertrag?
Was soll ich jetzt allein mit einem Schlachthof
Und niemand kauft mehr eine Büchse Fleisch?
Jetzt weiß ich auch, warum du keine Ochsen
Mehr sterben sehen konntest: weil ihr Fleisch
Nicht mehr verkauft wird!

MAULER
Nein, weil mein Herz
Vor dem Gebrüll der Kreatur sich aufbäumt!

GRAHAM
O großer Mauler, ich erkenne jetzt
Die Größe deines Tuns, ach, selbst dein Herz
Hat Weitblick!

LENNOX
Mauler, ich wollt mit dir noch einmal...

GRAHAM
Rühr an sein Herz, Lennox! Rühr an sein Herz!
's ist eine empfindliche Müllgrub!

*Er haut Mauler in die Herzgrube.*

MAULER Au!

GRAHAM Siehst du! Er hat ein Herz!

MAULER
So, Freddy, jetzt mach ich mit Cridle aus, daß er
Dir keine Büchse abnehmen darf, weil du
Mich in den Leib haust.

GRAHAM
Das gilt nicht Pierpy! Das heißt Privates
Mit dem Geschäft vermengen.

CRIDLE Ist gut, Pierpy, gern. Ganz wie du willst.

GRAHAM Ich hab zweitausend Arbeiter, Mauler!

CRIDLE Schick sie ins Kino! Aber, Pierpy, unser Vertrag gilt nicht. *Er rechnet in einem Büchlein.* Als wir den Vertrag über dein Ausscheiden machten, standen die Anteile, von denen du wie ich ein Drittel hast, auf dreihundertneunzig. Du hast sie mir für dreihundertzwanzig gegeben; das war billig. Heute ist es teuer, denn sie stehen auf hundert, da der Markt verstopft ist. Wenn ich dich auszahlen will, muß ich die Anteile auf den Markt werfen. Wenn ich das tue, sinken sie auf siebzig, und wovon soll ich dich dann auszahlen? Dann bin ich aus.

MAULER
Wenn du mir das sagst, Cridle, muß ich ja sofort
Mein Geld aus dir herausziehn
B e v o r du aus bist!
Ich sag dir, Cridle, ich bin so erschreckt
Daß mir der Schweiß ausbricht, höchstens sechs Tage
Kann ich dir geben! Wo denk ich hin? Fünf Tage
Wenn es so mit dir steht.

LENNOX Mauler, sieh mich.

MAULER Lennox, sag du, ob der Vertrag was über schlechte Zeiten sagt.

LENNOX Nein.

*Lennox ab.*

MAULER *schaut ihm nach:*
Mir scheint, als ob ein Kummer ihn bedrückte
Und ich, so im Geschäft (wär ich's doch nicht!)
Erkannt es nicht! O tierisches Geschäft!
Mich ekelt's, Cridle.

*Cridle ab. Johanna hat inzwischen den einen Detektiv zu sich gewinkt und ihm etwas gesagt.*

DER DETEKTIV Herr Mauler, da sind einige, die mit Ihnen sprechen wollen.

MAULER Abgerissenes Pack, was? Neidisch aussehend, was? Und gewalttätig, wie? Ich bin nicht zu sprechen.

DER DETEKTIV Es sind ein paar von der Organisation der Schwarzen Strohhüte.

MAULER Was ist das für eine Organisation?

DER DETEKTIV Sie sind weit verzweigt und zahlreich und angesehen bei den unteren Ständen, wo man sie die Soldaten des lieben Gottes nennt.

MAULER Ich hörte schon von ihnen. Seltsamer Name: Des lieben Gottes Soldaten ... aber was wollen die von mir?

DER DETEKTIV Sie haben mit Ihnen zu sprechen, sagen sie.

*Währenddessen geht jetzt der Börsenlärm weiter: Ochsen 43, Schweine 55, Rinder 59 usw.*

MAULER
Gut, sag ihnen, ich will sie sehn.
Sag ihnen aber auch, daß sie selbst nichts sagen dürfen, was ich
Nicht selber frag. Auch Tränen oder Lieder
Besonders rührselige, dürfen sie nicht plärren.
Sag ihnen noch, am meisten könnt's ihnen nützen
Wenn ich den Eindruck hätt, sie seien
Gutgesinnte Menschen, gegen die nichts vorliegt
Und die nichts wollen von mir, was ich nicht hab.
Und noch was: sag nicht, daß ich der Mauler bin.

*Der Detektiv geht hinüber zu Johanna.*

DER DETEKTIV
Er will euch sprechen, aber
Ihr sollt nichts fragen, sondern nur antworten
Wenn er euch fragt.

*Johanna tritt auf Mauler zu.*

JOHANNA Sie sind der Mauler!

MAULER Nicht ich bin's. *Zeigt auf Slift.* Der ist's.

JOHANNA *deutet auf Mauler:* Sie sind der Mauler.

MAULER Nein, der ist's.

JOHANNA Sie sind's.

MAULER Wie kennst du mich?

JOHANNA Weil du das blutigste Gesicht hast.

*Slift lacht.*

MAULER Du lachst, Slift?

*Graham ist inzwischen weggelaufen.*

MAULER *zu Johanna:* Wieviel Geld bekommt ihr für den Tag?

JOHANNA Zwanzig Cent, aber das Essen und die Kleidung.

MAULER
Dünne Kleider, Slift, und sicher magere Suppen, wie?
Ja, die Kleider mögen dünn sein und die Suppen nicht fett.

JOHANNA
Warum, Mauler, sperrst du die Arbeiter aus?

MAULER *zu Slift:*
Daß sie arbeiten ohne Verdienst
Das ist merkwürdig, nicht? Niemals noch hört ich
Daß solches vorgefallen wär, daß einer arbeitet

Für nichts und ist's nicht leid. Auch find ich keine Furcht
In ihrem Aug vor Brückenbog' und Elend.
*Zu Johanna:*
Ihr Schwarzen Strohhüte seid seltsame Leute.
Ich frag euch nicht, was ihr Besondres wollt
Von mir. Ich weiß, man nennt mich – dummes Pack! –
Den blutigen Mauler, sagt, ich hätt den Lennox
Um seine Sach gebracht oder dem Cridle
Der, unter uns, ein wenig guter Mensch ist
Ungelegenheiten bereitet. Euch kann ich sagen:
Das ist nur Geschäftliches und wird euch
Nicht interessieren. Was andres aber wär's, worüber
Gern ich eure Ansicht hörte. Ich habe vor, dies blutige
Geschäft baldmöglichst aufzugeben: ganz.
Neulich nämlich, das wird euch interessieren, sah ich
Einen Ochsen sterben und war so erschüttert, daß
Ich alles aufgeben will, auch meinen Anteil
An der Fabrik verkauft hab, zwölf Millionen Dollar. Ich gab sie dem
Für zehn. Haltet ihr
Das nicht für richtig und ganz nach eurem Sinn?

SLIFT
Er sah den Ochsen sterben und beschloß
Statt dieses armen Ochsen
Den reichen Cridle nun zu schlachten.
War das richtig?
*Die Fleischpacker lachen.*

MAULER
Lacht nur. Mich ficht nicht an euer Lachen. Ich sehe
Euch noch weinen.

JOHANNA
Herr Mauler, warum haben Sie die Schlachthöfe zugemacht?
Das muß ich wissen.

MAULER
Ist's nicht ein Äußerstes, daß ich die Hand herausnahm
Aus einem großen Geschäft, nur weil es blutig ist?
Sag, daß es richtig ist und dir gefällt.
Nein, sag mir's nicht, ich weiß schon, ich geb's zu, es sind
Einige dadurch ins Unglück gekommen, sie haben keine
Arbeit mehr, ich weiß. 's war leider unvermeidlich.
Übrigens schlechte Leute, rohes Gesindel
Geht lieber nicht hin, aber sag mir:
Daß ich die Hand aus dem Geschäft nahm, das
Ist doch richtig?

JOHANNA
Ich weiß nicht, ob du im Ernst fragst.

MAULER
Das kommt, weil meine verdammte Stimm
Verstellung
Gewohnt ist, drum auch weiß ich: du
Magst mich nicht. Sag nichts.
*Zu den andern:*
Mir ist, als weht aus einer andern Welt ein Hauch mich an.
Gebt Geld her, ihr Viehmetzger, jetzt gebt Geld her!
*Er nimmt allen alles Geld ab und gibt es ihr.*
Nimm's für die armen Leute, Mädchen!
Aber wisse, ich fühl keinerlei Verpflichtung
Und schlaf recht gut. Warum ich hier helf? Vielleicht nur
Weil mir dein Gesicht gefällt, weil's so unwissend ist, obgleich
Du zwanzig Jahre lebtest.

MARTHA *zu Johanna:*
Ich glaube nicht, daß er es ehrlich meint.
Verzeih, Johanna, daß auch ich jetzt weggeh
Denn auch du, scheint's mir, solltest
Wirklich dies alles lassen! *Martha geht ab.*

JOHANNA Herr Mauler, das ist doch nur ein Tropfen auf den heißen Stein. Können Sie ihnen nicht wirklich helfen?

MAULER
Sagt's überall, ich billige sehr eure Tätigkeit und
Wollt, solche wie ihr gäb's mehr. Aber das mit
Den armen Leuten dürft ihr nicht so nehmen.
's sind schlechte Leute. Menschen rühren mich nicht
Sie sind nicht unschuldig und selber Metzger. Doch
Lassen wir das.

JOHANNA Herr Mauler, auf den Schlachthöfen sagen sie, Sie sind schuld an dem Elend.

MAULER
Mit Ochsen hab ich Mitleid, der Mensch ist schlecht.
Die Menschen sind für deinen Plan nicht reif.
Erst muß, bevor die Welt sich ändern kann
Der Mensch sich ändern.
Noch einen Augenblick!
*Er spricht leise zu Slift:*
Gib ihr noch abseits, wenn sie allein ist, Geld!
Sag: für ihre Armen, daß sie es nehmen kann

Ohn zu erröten, dann aber sieh, was sie sich kauft.
Wenn das nicht hilft, ich wollt, es hülfe nicht
Dann nimm sie mit
Zum Schlachthof und zeig ihr
Ihre armen Leute, wie sie schlecht sind und tierisch, voll Verrat und Feigheit
Und daß sie selber schuld sind.
Vielleicht hilft das.
*Zu Johanna:*
Hier, Sullivan Slift, mein Makler, wird dir etwas zeigen.
*Zu Slift:*
Denn wiß, mir ist fast unerträglich, daß es solche gibt
Wie dieses Mädchen, nichts besitzend als den schwarzen Hut
Und zwanzig Cent am Tag und furchtlos.
*Mauler geht weg.*

SLIFT *zu Johanna:*
Ich wollt's nicht wissen, was du wissen willst.
Doch wenn du's wissen willst, komm morgen hierher!

JOHANNA *sieht Mauler nach:*
Das ist kein schlechter Mensch, das ist der erste
Den unsere Trommeln aufscheuchen aus dem Gestrüpp der Niederträchtigkeit
Und der den Ruf vernimmt.

SLIFT *im Abgehen:* Laß dich, ich rat dir ab, nicht ein mit denen auf den Schlachthöfen, das ist ein niedriges Pack, eigentlich der Abschaum der Welt.

JOHANNA
Ich will ihn sehen.

**4**

**Der Makler Sullivan Slift zeigt Johanna Dark die Schlechtigkeit der Armen: Johannas zweiter Gang in die Tiefe.**

*Gegend der Schlachthöfe*

SLIFT
Jetzt, Johanna, will ich dir zeigen
Wie schlecht die sind
Mit denen du Mitleid hast, und
Daß es nicht am Platz ist.
*Sie gehen an einer Fabrikmauer entlang, auf der steht »Mauler & Cridle, Fleischfabriken«. Der Name Mauler ist kreuzweis durchgestrichen. Aus einem Pförtchen treten zwei Männer. Slift und Johanna hören ihr Gespräch.*

VORARBEITER *zu einem jungen Burschen:* Vor vier Tagen ist uns ein Mann namens Luckerniddle in den Sudkessel gefallen; da wir die Maschinen nicht schnell genug abstellen konnten, geriet er entsetzlicherweise in die Blattspeckfabrikation hinein; dies ist sein Rock und dies seine Mütze, nimm sie und laß sie verschwinden, sie nehmen nur einen Haken in der Garderobe weg und machen einen schlechten Eindruck. Es ist gut, sie zu verbrennen, und am besten gleich. Ich vertraue dir die Sachen an, weil ich dich als einen verläßlichen Menschen kenne: ich würde meine Stellung verlieren, wenn das Zeug wo gefunden würde. Sobald die Fabrik aufgemacht wird, kannst du natürlich Luckerniddles Platz bekommen.

DER BURSCHE Sie können sich auf mich verlassen, Herr Smith.

*Der Vorarbeiter geht durch das Pförtchen zurück.*

DER BURSCHE Schade um den Mann, der jetzt als Blattspeck in die weite Welt hinausgehen muß, aber schade eigentlich auch um seinen Rock, der noch gut erhalten ist. Onkel Blattspeck ist jetzt in seine Blechbüchse gekleidet und braucht ihn nicht mehr, während ich ihn sehr gut brauchen könnte. Scheiß darauf, ich nehm ihn. *Er zieht ihn an und wickelt seinen Rock und seine Mütze in Zeitungspapier.*

JOHANNA *schwankt:* Mir ist übel.

SLIFT Das ist die Welt, wie sie ist. *Er hält den jungen Burschen auf.* Woher haben Sie denn diesen Rock und diese Mütze? Die stammen doch von dem verunglückten Luckerniddle.

DER BURSCHE Bitte, sagen Sie es nicht weiter, Herr. Ich werde die Sachen sofort wieder ausziehen. Ich bin sehr heruntergekommen. Zwanzig Cent, die man in den Kunstdüngerkellern mehr verdient, haben mich voriges Jahr verlockt, an der Knochenmühle zu arbeiten. Da bekam ich es an der Lunge und eine langwierige Entzündung an den Augen. Seither ist meine Leistungsfähigkeit zurückgegangen, und seit Februar habe ich nur zweimal eine Arbeitsstelle gefunden.

SLIFT Laß die Sachen an. Und komm heute mittag in die Kantine sieben. Du kannst dir dort ein Mittagessen und einen Dollar holen, wenn du der Frau des Luckerniddle sagst, woher deine Mütze stammt und dein Rock.

DER BURSCHE Aber ist das nicht roh, Herr?

SLIFT Ja, wenn du es nicht nötig hast!

DER BURSCHE Sie können sich auf mich verlassen, Herr.

*Johanna und Slift gehen weiter.*

FRAU LUCKERNIDDLE *sitzt vor dem Fabriktor und klagt:*
Ihr da drinnen, was macht ihr mit meinem Mann?
Vor vier Tagen ging er zur Arbeit, er sagte:
Stell mir die Suppe warm am Abend! Und ist bis
Heute nicht gekommen! Was habt ihr mit ihm gemacht
Ihr Metzger! Seit vier Tagen stehe ich hier in der
Kälte, auch nachts, und warte, aber es wird mir nichts
Gesagt, und mein Mann kommt nicht heraus! Aber ich sage
Euch, ich werde hier stehen, bis ich ihn
Zu sehen bekomme, und wehe! wenn ihr ihm etwas getan habt!

*Slift tritt auf die Frau zu.*

SLIFT Ihr Mann ist verreist, Frau Luckerniddle.

FRAU LUCKERNIDDLE Jetzt soll er wieder verreist sein!

SLIFT Ich will Ihnen etwas sagen, Frau Luckerniddle, er ist verreist, und es ist für die Fabrik sehr unangenehm, wenn Sie da herumsitzen und dummes Zeug reden. Wir machen Ihnen daher ein Angebot, wozu wir gesetzlich gar nicht gezwungen wären. Wenn Sie Ihre Nachforschungen nach Ihrem Mann einstellen, dann können Sie drei Wochen lang mittags in unserer Kantine umsonst Essen bekommen.

FRAU LUCKERNIDDLE Ich will wissen, was mit meinem Mann los ist.

SLIFT Wir sagen Ihnen, daß er nach Frisco gefahren ist.

FRAU LUCKERNIDDLE Der ist nicht nach Frisco gefahren, sondern es ist euch etwas passiert mit ihm, und ihr wollt es verbergen.

SLIFT Wenn Sie so denken, Frau Luckerniddle, können Sie von der Fabrik kein Essen annehmen, sondern müssen der Fabrik einen Prozeß machen. Aber überlegen Sie sich das gründlich. Morgen bin ich in der Kantine für Sie zu sprechen.

*Slift kehrt zu Johanna zurück.*

FRAU LUCKERNIDDLE Ich muß meinen Mann wiederhaben. Ich habe niemand außer ihm, der mich erhält.

JOHANNA
Sie wird nie kommen.
Viel mögen sein zwanzig Mittagessen
Für einen Hungrigen, aber
Es gibt mehr für ihn.

*Johanna und Slift gehen weiter. Sie kommen vor eine Fabrikkantine und sehen zwei Männer, die durch ein Fenster hineinschauen.*

GLOOMB Hier sitzt der Antreiber, der dran schuld ist, daß ich meine Hand in die Blechschneidemaschine brachte, und frißt sich den Bauch voll. Wir müssen dafür sorgen, daß sich das Schwein zum letzten Male auf unsere Kosten vollfrißt. Gib mir lieber deinen Prügel, der meine bricht vielleicht gleich ab.

SLIFT *zu Johanna:* Bleib hier stehen. Ich will mit ihm reden. Und wenn er herkommt, dann sag, du suchst Arbeit. Dann wirst du sehen, was das für Leute sind. *Er geht zu Gloomb.* Bevor Sie sich zu etwas hinreißen lassen, wie es mir den Anschein hat, möchte ich Ihnen gern einen günstigen Vorschlag machen.

GLOOMB Ich habe jetzt keine Zeit, Herr.

SLIFT Schade, es wären Vorteile für Sie damit verbunden gewesen.

GLOOMB Machen Sie es kurz. Wir dürfen das Schwein nicht verpassen. Er muß heute seinen Lohn beziehen für dieses unmenschliche System, für das er den Antreiber macht.

SLIFT Ich hätte einen Vorschlag, wie Sie sich helfen könnten. Ich bin Inspektor in der Fabrik. Es ist sehr unangenehm, daß der Platz an Ihrer Maschine leer geblieben ist. Den meisten Leuten ist er zu gefährlich, gerade weil Sie so viel Aufhebens wegen Ihrer Finger gemacht haben. Es wäre natürlich sehr gut, wenn wir wieder jemand für den Posten hätten. Wenn Sie zum Beispiel jemand dafür brächten, wären wir sofort bereit, Sie wieder einzustellen, ja Ihnen sogar einen leichteren und besser bezahlten Posten zu geben wie bisher. Vielleicht gerade den Posten des Vorarbeiters. Sie machen mir einen scharfen Eindruck. Und der da drinnen hat sich zufällig in der letzten Zeit mißliebig gemacht. Sie verstehen. Sie müßten natürlich auch für das Tempo sorgen und vor allem, wie gesagt, jemand finden für den Platz an der, ich geb's zu, schlecht gesicherten Blechschneidemaschine. Da drüben zum Beispiel steht ein Mädchen, das Arbeit sucht.

GLOOMB Auf das, was Sie sagen, kann man sich verlassen?

SLIFT Ja.

GLOOMB Die da drüben? Sie macht einen schwachen Eindruck. Der Platz ist nicht für Leute, die rasch müde werden. *Zu den anderen:* Ich habe es mir überlegt, wir werden es morgen abend machen. Die Nacht ist günstiger für solche Späße. Guten Morgen. *Geht auf Johanna zu.* Sie suchen Arbeit?

JOHANNA Ja.

GLOOMB Sie sehen gut?

JOHANNA Nein. Ich habe voriges Jahr in den Kunstdüngerkellern gearbeitet an einer Knochenmühle. Da bekam ich es auf der Lunge und eine langwierige Augenentzündung. Ich bin seit Februar ohne Stellung. Ist es ein guter Platz?

GLOOMB Der Platz ist gut. Es ist eine Arbeit, die auch schwächere Leute wie Sie machen können.

JOHANNA Ist wirklich kein anderer Platz möglich? Ich habe gehört, die Arbeit an dieser Maschine sei gefährlich für Leute, die rasch müde werden. Ihre Hände werden unsicher, und dann greifen sie in die Schneiden.

GLOOMB Das ist alles nicht wahr. Sie werden erstaunt sein, wie angenehm die Arbeit ist. Sie werden sich an den Kopf greifen und sich fragen, wie können die Leute nur so lächerliche Geschichten über diese Maschine erzählen.

*Slift lacht und zieht Johanna weg.*

JOHANNA Jetzt fürcht ich mich fast, weiterzugehen, denn was werde ich noch sehen!

*Sie gehen in die Kantine und sehen Frau Luckerniddle, die mit dem Kellner spricht.*

FRAU LUCKERNIDDLE *rechnend:* Zwanzig Mittagessen... dann könnte ich... dann ginge ich und dann hätte ich... *Sie setzt sich an einen Tisch.*

KELLNER Wenn Sie nicht essen, müssen Sie hinausgehen.

FRAU LUCKERNIDDLE Ich warte auf jemand, der heute oder morgen kommen wollte. Was gibt es heute mittag?

KELLNER Erbsen.

JOHANNA

Dort sitzt sie.
Ich dacht, sie wär ganz fest und fürchtete
Sie käme morgen doch, und jetzt lief sie schneller als wir hierher
Und ist schon da und wartet schon auf uns.

SLIFT Geh und bring ihr selbst das Essen, vielleicht besinnt sie sich.

*Johanna holt Essen und bringt es Frau Luckerniddle.*

JOHANNA Sie sind heute schon da?

FRAU LUCKERNIDDLE Ich habe nämlich seit zwei Tagen nichts gegessen.

JOHANNA Sie wußten doch nicht, daß wir heute schon kommen?

FRAU LUCKERNIDDLE Das ist richtig.

JOHANNA Auf dem Weg hierher habe ich sagen hören, Ihrem Mann sei in der Fabrik etwas zugestoßen, woran die Fabrik schuld ist.

FRAU LUCKERNIDDLE Ah so, Sie haben sich Ihr Angebot wieder überlegt? Ich kann also die zwanzig Essen nicht bekommen?

JOHANNA Sie haben sich aber doch mit Ihrem Mann gut verstanden, wie ich höre? Mir sagten Leute: Sie haben niemand außer ihm.

FRAU LUCKERNIDDLE Ja, ich habe schon seit zwei Tagen nichts gegessen.

JOHANNA Wollen Sie nicht bis morgen warten? Wenn Sie Ihren Mann aufgeben, wird niemand mehr nach ihm fragen.

*Frau Luckerniddle schweigt.*

JOHANNA Nimm's nicht.

*Frau Luckerniddle reißt ihr das Essen aus der Hand und fängt an, gierig zu essen.*

FRAU LUCKERNIDDLE Er ist nach Frisco gefahren.

JOHANNA

Und Keller und Lager sind voll Fleisch
Das unverkäuflich ist und schon verdirbt
Weil's keiner abnimmt.

*Hinten kommt der junge Arbeiter mit dem Rock und der Mütze herein.*

DER ARBEITER Guten Morgen, also ich kann hier essen?

SLIFT Setzen Sie sich nur zu der Frau dort.

*Der Arbeiter setzt sich.*

SLIFT *hinter ihm:* Sie haben da eine hübsche Mütze. *Der Arbeiter verbirgt sie.* Wo haben Sie die her?

DER ARBEITER Gekauft.

SLIFT Wo haben Sie sie denn gekauft?

DER ARBEITER Die habe ich in keinem Laden gekauft.

SLIFT Woher haben Sie sie dann?

DER ARBEITER Die hab ich von einem Mann, der in einen Sudkessel gefallen ist.

*Frau Luckerniddle wird es schlecht. Sie steht auf und geht hinaus.*

FRAU LUCKERNIDDLE *im Hinausgehen zum Kellner:* Lassen Sie den Teller stehen. Ich komme zurück. Ich komme jeden Mittag hierher. Fragen Sie nur den Herrn. *Ab.*

SLIFT Drei Wochen lang wird sie kommen und fressen, ohne aufzusehen, wie ein Tier. Hast du gesehn, Johanna, daß ihre Schlechtigkeit ohne Maß ist?

JOHANNA

Wie aber beherrschest du
Ihre Schlechtigkeit! Wie nützt ihr sie aus!

Siehst du nicht, daß es auf ihre Schlechtigkeit regnet?
Sicherlich gern hätte sie doch
Treue gehalten ihrem Mann wie andere auch
Und nach ihm gefragt, der ihr Unterhalt gab
Eine Zeitlang noch, wie es sich gehört.
Aber der Preis war zu hoch, der zwanzig Essen betrug.
Und hätte der junge Mensch, auf den
Sich jeder Schurke verlassen kann
Der Frau des Toten den Rock gezeigt
Wenn es nach ihm gegangen wär?
Aber der Preis erschien ihm zu hoch
Und warum sollte der Mann mit dem einen Arm
Nicht mich warnen? Wenn nicht der Preis
So kleiner Rücksicht für ihn so hoch wär?
Sondern verkaufen den Zorn, der gerecht ist, aber zu teuer?
Ist ihre Schlechtigkeit ohne Maß, so ist's
Ihre Armut auch. Nicht der Armen Schlechtigkeit
Hast du mir gezeigt, sondern
Der Armen Armut.
Zeigtet ihr mir der Armen Schlechtigkeit
So zeig ich euch der schlechten Armen Leid.
Verkommenheit, voreiliges Gerücht!
Sei widerlegt durch ihr elend Gesicht!

## 5
## Johanna stellt der Viehbörse die Armen vor.

*Die Viehbörse*

DIE PACKHERREN
Wir verkaufen Büchsenfleisch!
Aufkäufer, kauft Büchsenfleisch!
Frisches, saftiges Büchsenfleisch!
Maulers und Cridles Blattspeck!
Grahams Ochsenlenden butterweich!
Wildes Kentuckyschmalz preiswert!

DIE AUFKÄUFER
Und es ward stille über den Wassern und
Eine Pleite unter den Aufkäufern!

DIE PACKHERREN
Durch die gewaltigen Fortschritte der Technik
Fleiß der Ingenieure und Weitblick der Unternehmer
Ist es uns gelungen
Für Maulers und Cridles Blattspeck
Grahams Ochsenlenden butterweich
Wildes Kentuckyschmalz preiswert
Den Preis um ein Drittel zu senken!
Aufkäufer, kauft Büchsenfleisch!
Ergreift die Gelegenheit!

DIE AUFKÄUFER
Und ein Schweigen ward über den Bergesgipfeln
Und die Hotelküchen verhüllten ihr Haupt
Und die Läden wandten sich schaudernd ab
Und es verfärbte sich der Zwischenhandel!
Wir Aufkäufer erbrechen uns, wenn wir
Eine Büchse Fleisch sehen. Der Magen dieses Lands
Hat sich überfressen an Fleisch aus Büchsen
Und widersetzt sich.

SLIFT
Was schreiben dir denn deine Freunde in New York?

MAULER
Theorien. Wenn's nach denen ginge
Müßt jetzt der ganze Fleischring in den Dreck
Und das auf Wochen, bis er nicht mehr japst
Und ich hätt auf dem Hals das ganze Fleisch!
Unsinn!

SLIFT
Lachen möcht ich, wenn die jetzt wirklich in New York
Die Zölle klein kriegten, den Süden uns aufschlössen
Und machten so ein Ding wie eine Hausse, und wir
Wären nicht eingestiegen!

MAULER
Und wenn's so ginge! Hättest du die Stirn
Aus solchem Elend dir dein Fleisch zu schneiden
Wo sie jetzt aufpassen wie die Luchse
Wer hier was macht? Ich hätt die Stirn nicht.

DIE AUFKÄUFER
Da stehen wir Aufkäufer mit Gebirgen von Büchsen
Und Kellern voll von gefrorenen Ochsen
Und wollen verkaufen die Ochsen in Büchsen
Und niemand erwirbt sie!
Und unsre Kunden, die Küchen und Läden
Sind bis zu den Decken voll von Gefrierfleisch
Und brüllen nach Käufern und Essern!
Wir kaufen nichts mehr!

DIE PACKHERREN
Da stehen wir Packherrn mit Schlachthof und Packraum
Die Ställe voll Ochsen, Tag und Nacht unter Dampf
Laufen die Maschinen, Pökel, Bottich und Sudkessel

Und wollen die Herden, die brüllenden, fressenden
Umwandeln in Büchsenfleisch, und niemand will Büchsenfleisch.
Wir sind verloren!

DIE VIEHZÜCHTER
Und wir, die Viehzüchter?
Wer kauft jetzt Vieh? In unsren Ställen stehen
Ochsen und Schweine, fressend teuren Mais
Und auf den Zügen fahren sie heran und fahrend
Fressen sie, und auf den Bahnhöfen in
Zinsfressenden Verschlägen warten sie, immer fressend.

MAULER
Und jetzt weisen die Messer sie zurück.
Der Tod, dem Vieh die kalte Schulter zeigend
Schließt seinen Laden.

DIE PACKHERREN *schreien auf Mauler ein, der die Zeitung liest:*
Verräterischer Mauler, Nestbeschmutzer!
Meinst du, wir wissen nicht, wer da so ganz geheim
Vieh hier verkauft und drückt den Preis ins Bodenlose!
Seit Tagen bietest du Fleisch an!

MAULER
Ihr frechen Metzger, heult in eurer Mütter Schoß
Weil die verfolgte Kreatur zu brüllen aufhört!
Geht heim und sagt, daß einer unter euch
Die Ochsen nicht mehr brüllen hören konnte
Und euer Brüllen jenem Brüllen vorzog!
Ich will mein Geld und Ruh für mein Gewissen!

EIN MAKLER *vom Eingang der Börse im Hintergrund herbrüllend:*
Riesiger Kurssturz am Effektenmarkt!
Große Verkäufe in Aktien. Cridle vormals Mauler
Reißen die Kurse des ganzen Fleischrings
Mit in die Tiefe.

*Unter den Fleischfabrikanten entsteht ein Tumult. Sie bestürmen Cridle, der kalkweiß dasteht.*

DIE PACKHERREN
Was soll das, Cridle, sieh uns mal ins Auge!
Jetzt stößt du Aktien ab bei dieser Börse?

DIE MAKLER
Bei hundertfünfzehn!

DIE PACKHERREN
Hast du Dreck im Kopf?
Das bist nicht du allein, den du da umbringst!
Scheißkerl! Verbrecher!

CRIDLE *zeigt auf Mauler:*
Haltet euch an den!

GRAHAM *stellt sich vor Cridle:*
Das ist der Cridle nicht, das ist ein anderer
Der da fischt, und wir sollen die Fische sein!
's gibt Leute, die jetzt an den Fleischring wollen
Und ganze Arbeit tun! Steh Rede, Mauler!

DIE PACKHERREN *zu Mauler:*
's geht, Mauler, ein Gerücht, du ziehst dein Geld
Aus Cridle, der schon wanken soll, und Cridle
Selbst schweigt und zeigt auf dich.

MAULER Wenn ich diesem Cridle, der mir selbst zugestanden hat, daß er faul ist, mein Geld noch eine Stunde ließe, wer von euch nähm mich noch ernst als Kaufmann, und nichts wünsch ich so, als daß ihr mich ernst nehmt.

CRIDLE *zu den Umstehenden:* Vor knapp vier Wochen machte ich einen Kontrakt mit Mauler. Er wollte mir seine Anteile, die ein Drittel aller Anteile ausmachten, für zehn Millionen Dollar verkaufen. Von diesem Tage an hat er, wie ich heute erst erfahre, heimlich durch große Verkäufe billigen Viehs die schon sowieso versakkenden Preise noch weiter verdorben. Er konnte sein Geld verlangen, wann immer er wollte. Ich hatte vor, ihn auszuzahlen, indem ich einen Teil seiner Aktien, die ja hoch standen, auf dem Markt unterbrachte und einen Teil davon belieh. Da kam die Baisse. Maulers Anteile sind heute nicht mehr zehn, sondern drei Millionen, die ganzen Werke statt dreißig zehn Millionen wert. Das sind genau die zehn Millionen, die ich Mauler schulde und die er über Nacht verlangt.

DIE PACKHERREN
Wenn du das tust und drängst den Cridle so
Mit dem wir nicht verschwägert sind, dann weißt du
Wohl, daß das uns auch angeht. Den ganzen Handel
Verwüstest du, der selber schuld ist dran
Daß unsere Büchsen billig sind wie Sand
Weil du den Lennox schlugst durch billige Büchsen!

MAULER
Hättet ihr nicht zu viel geschlachtet, ihr
Rasenden Metzger! Jetzt will ich mein Geld
Und wenn ihr alle betteln geht: mein Geld
Muß her! Ich habe andere Pläne.

DIE VIEHZÜCHTER
Lennox gefällt! Und Cridle wankt! Und Mauler
Zieht all sein Geld heraus!

DIE KLEINEN SPEKULANTEN
Ach, unser, der kleinen Spekulanten, gedenkt
Niemand. Die aufschreiend sehen
Den Sturz des Kolosses, wohin er fällt, wen er erschlägt
Sehen sie nicht. Mauler, unser Geld!

DIE PACKHERREN Achtzigtausend Büchsen zu fünfzig, aber schnell!

DIE AUFKÄUFER Nicht eine einzige!

*Stille. Man hört das Trommeln der Schwarzen Strohhüte und die Stimme Johannas.*

JOHANNAS STIMME Pierpont Mauler! Wo ist der Mauler?

MAULER
Was für ein Trommeln ist das? Wer
Ruft meinen Namen?
Hier, wo jeder
Die nackte Fresse zeigt, von Blut verschmiert!

*Auftreten die Schwarzen Strohhüte. Sie singen ihr Kampflied.*

DIE SCHWARZEN STROHHÜTE *singen:*
Obacht, gebt Obacht!
Dort ist ein Mann, der versinkt!
Dort ist ein Geschrei um Hilfe
Dort ist eine Frau, die winkt.
Haltet die Autos an, stoppt den Verkehr!
Ringsum versinken Menschen und keiner schaut her!
Könnt ihr denn gar nicht sehn?
Hallo für euren Bruder und nicht für irgendwen!
Steht auf von eurem Essen
Habt ihr denn ganz vergessen
Daß viele draußen stehn?
Ich hör euch sagen: Das wird niemals anders
Das Unrecht dieser Welt wird stets bestehn.
Wir aber sagen euch: Man muß marschieren
Und kümmern sich um nichts und helfen gehn
Und auffahren Tanks und Kanonen
Und Flugzeuge müssen her
Und Kriegsschiffe über das Meer
Um den Armen einen Teller Suppe zu erobern.
Und das muß sein noch heute
Daß jeder uns beisteh
Denn die guten Leute
Das ist keine große Armee.
Vorwärts marsch! Richt euch! Zum Sturm an das Gewehr!
Ringsum versinken Menschen und keiner schaut her!

*Währenddessen ist die Börsenschlacht weitergegangen. Aber es pflanzt sich nach vorn ein Gelächter fort, das von Zurufen angeführt wird.*

DIE PACKHERREN Achtzigtausend Büchsen zum halben Preis, aber schnell!

DIE AUFKÄUFER Nicht eine einzige!

DIE PACKHERREN Mauler, dann sind wir aus.

JOHANNA Wo ist der Mauler?

MAULER
Geh jetzt nicht weg, Slift! Graham, Meyers
Bleibt stehen vor mir.
Ich will hier nicht gesehen sein.

DIE VIEHZÜCHTER
Kein Ochse mehr verkäuflich in Chicago
Ganz Illinois kommt um an diesem Tag
Mit steigenden Preisen habt ihr uns gehetzt, Ochsen zu züchten
Da stehen wir mit Ochsen
Und niemand erwirbt sie.
Mauler, du Hund, du bist schuld an dem Unglück.

MAULER
Nichts von Geschäften jetzt. Graham, mein Hut. Denn ich muß weg.
Hundert Dollar für meinen Hut.

CRIDLE So sei verdammt. *Cridle geht ab.*

JOHANNA *hinter Mauler:* Bleiben Sie nur hier, Herr Mauler, und hören Sie, was ich Ihnen zu sagen habe, und das können alle hören. Ruhe. Ja, nicht wahr, das ist euch jetzt nicht recht, daß wir Schwarzen Strohhüte hier erscheinen, an euren verborgenen und dunklen Orten, wo ihr euren Handel treibt! Ich habe schon gehört, was ihr da macht, wie ihr das Fleisch immer teurer macht mit euren Umtrieben und raffinierten Schlichen. Aber wenn ihr geglaubt habt, daß das verborgen bleibt, da seid ihr aber auf dem Holzwege, jetzt und am Tage seines Gerichtes, denn da wird es offenbar, und wie steht ihr dann da, wenn euch unser Herr und Heiland antreten läßt in einer Reihe und fragt mit seinen großen Augen: Wo sind jetzt meine Ochsen? Was habt ihr getan mit ihnen? Habt ihr sie auch der Bevölkerung zugänglich gemacht zu erschwinglichen Preisen? Oder wo sind sie hingekommen? Und wenn ihr dann verlegen dasteht und nach Ausreden sucht wie in euren Zeitungen, die auch nicht immer nur die Wahrheit drucken, dann werden die Ochsen hinter euch brüllen in allen den Scheunen, wo ihr sie versteckt haltet, damit sie im Preise steigen bis ins Aschgraue, und mit ihrem Brüllen werden sie vor dem allmächtigen Gott wider euch zeugen!

*Gelächter.*

DIE VIEHZÜCHTER

Wir Viehzüchter finden dabei nichts zum
Lachen!
Angewiesen Sommer und Winter auf das
Wetter, stehen wir
Dem alten Gott bedeutend näher.

JOHANNA Und jetzt ein Beispiel. Wenn einer einen Damm baut gegen das unvernünftige Wasser und tausend Leute helfen ihm mit ihrer Hände Arbeit und dann bekommt er eine Million dafür, aber der Damm reißt sofort, wenn das Wasser kommt, und es ertrinken alle, die dran bauen, und noch viel mehr – was ist der, der einen solchen Damm baut? Ihr könnt sagen, das ist ein Geschäftsmann, oder je nachdem, das ist ein Lump, aber wir sagen euch, das ist ein Dummkopf. Und ihr alle, die ihr das Brot verteuert und den Menschen das Leben zur Hölle macht, daß alle zu Teufeln werden, ihr seid dumm, armselige und schäbige Dummköpfe und nichts sonst!

DIE AUFKÄUFER *schreiend:*

Durch eure rücksichtslose
Preistreiberei und schmutzige Gewinnsucht
Bringt ihr euch selber um!
Dummköpfe!

DIE PACKHERREN *zurück:*

Selber Dummköpfe!
Gegen Krisen kann keiner was!
Unverrückbar über uns
Stehen die Gesetze der Wirtschaft, unbekannte.
Wiederkehren in furchtbaren Zyklen
Katastrophen der Natur!

DIE VIEHZÜCHTER

Uns am Hals haben, dafür kann keiner was?
Schlechtigkeit ist es, ausgetüftelte Schlechtigkeit!

JOHANNA Denn warum ist diese Schlechtigkeit in der Welt? Ja, wie soll's denn anders sein! Natürlich, wenn jeder seinem Nächsten wegen einem Stückchen Schinken aufs Brot mit einer Axt über den Kopf hauen muß, damit er es ihm vielleicht abtritt, was er doch braucht zu seines Lebens Notdurft, und der Bruder ringend mit dem Bruder um das Nötigste, wie soll da der Sinn für das Höhere nicht ersticken in des Menschen Brust?! Betrachten Sie doch einmal den Dienst am Nächsten einfach als Dienst am Kunden! Dann werden Sie das Neue Testament gleich verstehen und wie grundmodern das ist, auch heute noch. Service! Was heißt denn Service anders als Nächstenliebe? Das heißt, richtig verstanden! Meine Herren, ich höre immer, daß die armen Leute nicht genug Moral haben, und das ist auch so. Da unten in den Slums nistet die Unmoral selber und damit die Revolution. Aber da frage ich Sie nur: woher sollen sie denn eine Moral haben, wenn sie sonst nichts haben? Ja, woher nehmen und nicht stehlen? Meine Herren, es gibt auch eine moralische Kaufkraft. Heben Sie die moralische Kaufkraft, dann haben Sie auch die Moral. Und ich meine mit Kaufkraft etwas ganz Einfaches und Natürliches, nämlich Geld, Lohn. Und das führt mich wieder zur Praxis: wenn ihr so fortfahrt, dann könnt ihr am End euer Fleisch selber fressen, denn die da draußen haben eben keine Kaufkraft.

DIE VIEHZÜCHTER *vorwurfsvoll:*

Da stehen wir mit Ochsen
Und niemand erwirbt sie.

JOHANNA Aber ihr sitzet hier, ihr großmächtigen Herren, und glaubt, man kommt euch nicht auf eure Schliche, und wollt nichts wissen von all dem Elend draußen in der Welt. Aber da schaut sie nur an, die ihr so behandelt und zugerichtet habt und die ihr nicht als eure Brüder anerkennen wollt, tretet nur vor, ihr Mühseligen und Beladenen, in das Licht des Tages. Schämet euch nicht.

*Johanna zeigt den Börsenleuten die Armen, die sie mitgebracht hat.*

MAULER *schreit:* Tut diese weg. *Er fällt in Ohnmacht.*

STIMME *hinten:* Pierpont Mauler ist in Ohnmacht gefallen.

DIE ARMEN Das ist der, der an allem schuld ist!

*Die Packherren bemühen sich um Mauler.*

DIE PACKHERREN Wasser für Pierpont Mauler! Einen Arzt für Mauler!

JOHANNA

Zeigtest du, Mauler, mir der Armen
Schlechtigkeit, so zeige ich dir
Der Armen Armut, denn von euch entfernt
Und damit entfernt von Gütern,
unentbehrlichen
Leben, nicht sichtbar mehr, solche, die ihr
In solcher Armut haltet, so geschwächt und in
so dringlicher
Abhängigkeit von unerreichbarer Speis und
Wärm, daß sie
Gleichermaßen entfernt sein können von jedem
Anspruch
Auf Höheres als gemeinste Freßgier, tierischste
Gewöhnung.

*Mauler kommt wieder zu sich.*

MAULER Sind sie noch da? Ich bitt euch, tut sie weg.

DIE PACKHERREN Die Strohhüte? Sollen sie weg?

MAULER Nein, die hinter ihnen.

SLIFT Er macht die Augen nicht auf, bevor sie entfernt sind.

GRAHAM
So, kannst du sie nicht sehen? Du bist es doch
Der sie so zugerichtet hat.
Wenn du die Augen zumachst, sind sie
Noch lang nicht weg.

MAULER
Ich bitt euch, tut sie weg. Ich kauf!
Ihr alle, hört: Pierpont Mauler kauft!
Daß diese Arbeit haben und entfernt sind.
Was in acht Wochen ihr an Fleischbüchsen herstellt:
Ich kauf's.

DIE PACKHERREN
Er hat gekauft! Der Mauler hat gekauft!

MAULER
Zum Tagespreis!

GRAHAM *hält ihn auf:*
Und was auf Lager liegt?

MAULER *am Boden liegend:*
Ich kauf's.

GRAHAM
Zu fünfzig?

MAULER
Zu fünfzig!

GRAHAM
Er hat gekauft! Ihr hört's, er hat gekauft!

MAKLER *rufen hinten durch Megaphone aus:*
Pierpont Mauler stützt den Fleischmarkt. Laut Kontrakt übernimmt er zum heutigen Preis von fünfzig die gesamten Lagerbestände des Fleischrings, dazu übernimmt er die Produktion zweier Monate von heute ab, gleichfalls zu fünfzig. Der Fleischring liefert am fünfzehnten November an Pierpont Mauler mindestens achthunderttausend Zentner Konserven.

MAULER
Doch jetzt, ich bitt euch, Freunde, tragt mich weg.

*Mauler wird weggetragen.*

JOHANNA
Ja, lassen Sie sich jetzt nur hinaustragen!
Wir arbeiten da wie die Ackergäule unsre Missionsarbeit
Und ihr da oben macht solche Sachen!
Sie haben mir sagen lassen: ich soll nichts reden, ja
Was sind Sie denn
Daß Sie dem lieben Gott das Maul verbinden wollen? Du sollst
Nicht einmal dem Ochsen, der da drischet, das Maul verbinden!
Aber ich red doch.
*Zu den Armen:*
Am Montag habt ihr wieder Arbeit.

DIE ARMEN Solche Leute sahen wir nie sonst. Eher schon solche wie die zwei, die bei ihm standen. Die sehn bei weitem schlimmer aus als er selber.

JOHANNA Singet jetzt zum Abschied das Lied: »Wann ermangelt je das Brot.«

DIE SCHWARZEN STROHHÜTE *singen:*
Wann ermangelt je das Brot
Dem, der Gott sich hat verschrieben?
Ach, der leidet keine Not
Der in seinem Schoß geblieben.
Denn wie soll es dorthin schnei'n?
Und wie soll dort Hunger sein?

DIE AUFKÄUFER
Der Mann ist krank im Kopf. Der Magen dieses Landes
Hat sich überfressen an Fleisch aus Büchsen und widersetzt sich.
Und der läßt Fleisch in Büchsen tun
Die niemand kauft. Streicht seinen Namen aus.

DIE VIEHZÜCHTER
So, jetzt herauf die Preise, elende Schlächter!
Bevor ihr jetzt den Viehpreis nicht verdoppelt
Wird nicht ein Gramm geliefert, denn ihr braucht's.

DIE PACKHERREN
Behaltet euren Dreck! Wir kaufen nicht.
Denn der Vertrag, den ihr hier schließen saht
Ist ein Papier. Der Mann, der ihn gemacht
War seines Sinns nicht mächtig. Keinen Cent
Treibt er von Frisco bis New York
Für solche Geschäfte auf.

*Die Packherren ab.*

JOHANNA Wer sich aber wirklich interessiert für Gottes Wort und was er sagt, und nicht nur, was der Kurszettel sagt, und es muß ja auch hier einige geben, die anständig sind und ihr Geschäft gottesfürchtig betreiben, dagegen haben wir gar nichts, also der kann am Sonntagnachmittag unsre Gottesdienste besuchen in der Lincolnstraße um zwei Uhr, ab drei Uhr Musik, Eintritt frei.

SLIFT *zu den Viehzüchtern:* Was Pierpont Mauler verspricht, hält er.
Nun atmet auf! Nun muß der Markt gesunden!
Ihr, die ihr gebt und die ihr nehmt das Brot
Der tote Punkt ist endlich überwunden!
Schon war Vertrau'n, die Eintracht schon bedroht.
Ihr Arbeitgeber, Arbeitnehmer ihr
Ihr ziehet ein und ihr öffnet die Tür!
Vernünftiger Rat, vernünftig aufgenommen
Hat über Unvernunft die Oberhand bekommen.
Die Tore gehen auf! Der Schornstein raucht!
Ist's doch die Arbeit, die ihr beide braucht.

DIE VIEHZÜCHTER *stellen Johanna auf der Treppe:*
Euer Reden und Auftreten hat uns, den Viehzüchtern
Sehr großen Eindruck gemacht und manchen
Hier sehr tief erschüttert, denn auch wir
Leiden ganz schrecklich.

JOHANNA
Wißt, auf den Mauler
Hab ich ein Aug, der ist erwacht, und ihr
Wenn ihr was braucht zu eurer Notdurft
So kommt mit mir, daß er auch euch aufhilft
Denn nunmehr soll er nicht mehr zur Ruhe kommen
Bis allen geholfen ist.
Denn der kann helfen, und darum
Ihm nach.

*Johanna und die Schwarzen Strohhüte ab, gefolgt von den Viehzüchtern.*

**6**
**Der Grillenfang.**

*City. Das Haus des Maklers Sullivan Slift, ein kleines Haus mit zwei Eingängen*

MAULER *im Innern des Hauses, spricht mit Slift:* Versperr die Tür, mach soviel Licht wie möglich, und jetzt, Slift, betracht dir mein Gesicht genau, ob wirklich jeder mir's ankennt.

SLIFT Was ankennt?

MAULER Nun, meinen Beruf.

SLIFT Den Metzger? Warum, Mauler, fielst du um auf ihr Reden?

MAULER
Was redete sie denn? Ich hab's
Nicht gehört, denn hinter ihr
Standen solche mit so schrecklichen Gesichtern
Des Elends, und zwar jenes Elends, das
Vor einem Zorn kommt, der uns alle wegfegt
Daß ich nichts weiter sah. Jetzt, Slift
Will ich dir meine wahre Ansicht sagen
Über unsre Geschäfte:
So ohne alles, nur mit Kauf und Verkauf
Mit kaltem Hautabziehn von Mensch zu Mensch
Kann es nicht gehn; es sind zu viele, die
Vor Jammer brüllen, und es werden mehr.
Was da in unsere blutigen Keller fällt, das
Ist nicht mehr zu vertrösten, die
Werden uns, wo sie uns fassen
Auf die Pflaster schlagen
Wie faulen Fisch. Wir alle hier, wir
Sterben nicht mehr im Bett. Bevor wir
So weit sind, wird man in Rudeln uns
An Mauern stellen und diese Welt säubern von uns und
Unserm Anhang.

SLIFT Sie haben dich verwirrt! *Beiseite:* Ich will ihm ein halbrohes Beefsteak aufzwingen. Seine alte Schwäche hat ihn wieder gepackt. Vielleicht daß nach dem Genuß von rohem Fleisch seine Besinnung zurückkehrt. *Er geht und brät ihm auf einem Gaskocher ein Beefsteak.*

MAULER
Ich frag mich oft, warum
Rührt mich dies dumme, weltenferne Reden
Billig und flach Geplapper, einstudiert?
Weil es umsonst getan wird sicher und achtzehn Stunden am Tag und
In Regen und Hunger.

SLIFT
In solchen Städten, die von unten brennen
Und oben schon gefrieren, reden immer
Noch einige von dem und jenem, das
Nicht ganz in Ordnung ist.

MAULER
Aber was reden sie? Wenn ich in diesen unaufhörlich
Brennenden Städten und in dem Sturz der
Von oben nach unten durch Jahre
Ohn Unterlaß zur Hölle fließenden
Brüllenden Menschheit solch eine Stimm hör
Die töricht wohl, doch ganz untierisch ist
Ist's mir, als schlüg mich einer mit dem Stock
Ins Rückgrat wie einen schnellenden Fisch.
Doch ist auch das bisher nur Ausflucht, Slift, denn
Was ich fürcht, ist anderes als Gott.

SLIFT
Was dann ist's?

MAULER
Nicht das, was über, das
Was unter mir! Was auf dem Schlachthof steht und nicht
Die Nacht durchstehen kann und doch am Morgen
Aufsteigen wird, ich weiß es.

SLIFT Willst du nicht ein Stück Fleisch essen, lieber Pierpont? Bedenk, jetzt kannst du's wieder mit gutem Gewissen, denn du hast nichts mit Rindermord zu tun seit heut.

MAULER
Meinst du, ich soll's? Vielleicht könnt ich's.
Jetzt müßt ich's wieder können, nicht?

SLIFT Iß was und überleg dir deine Lage, die nicht sehr gut ist. Weißt du auch, daß du heut alles aufgekauft hast, was in Blechdosen steckt? Ich seh dich, Mauler, verstrickt in die Betrachtung deiner großen Natur, erlaube, daß ich dir schlicht die Lage, die ganz äußerliche, unwichtige, entwickle.
Zunächst hast du dem Fleischring dreihunderttausend Zentner Lager abgenommen. Die hast du in den nächsten Wochen auf dem Markt unterzubringen, der heute schon keine Büchse mehr schlucken kann. Du hast fünfzig dafür bezahlt, der Preis wird aber mindestens bis dreißig heruntergehn. Am fünfzehnten November, wenn der Preis auf dreißig oder auf fünfundzwanzig steht, liefert dir der Fleischring für fünfzig achthunderttausend Zentner.

MAULER
Slift, ich bin verloren!
Ich bin ja aus. Ich hab ja Fleisch gekauft!
O Slift, was hab ich da gemacht!
Slift, ich hab mir aufgeladen das ganze Fleisch der Welt.
Gleich einem Atlas stolpere ich, auf den Schultern
Die Zentnerlast von Blechbüchsen, gradenwegs
Unter die Brückenbögen. Noch heute früh
Waren viele fällig, und ich
Ging hin, sie fallen zu sehen und auszulachen
Und ihnen zu sagen, daß es keinen mehr gäb, der so
Ein Narr wär, daß er Fleisch in Büchsen kauft.
Und als ich dort steh, höre ich mich sagen:
Ich kaufe alles.
Slift, ich hab Fleisch gekauft, ich bin verloren.

SLIFT Was schreiben dir denn deine Freunde aus New York?

MAULER Ich soll Fleisch kaufen.

SLIFT Was sollst du?

MAULER Fleisch kaufen.

SLIFT Warum jammerst du dann, daß du Fleisch gekauft hast?

MAULER Ja, die schreiben, ich soll Fleisch kaufen.

SLIFT Du hast ja Fleisch gekauft.

MAULER
Ja richtig, ich hab Fleisch gekauft, doch kauft ich's
Nicht wegen diesem Brief mit dieser Nachricht
(Die doch ganz falsch ist, Theorie vom grünen Tisch), aus niedern Gründen nicht, sondern
Weil die Person mich so erschüttert hat, ich kann schwören
Daß ich den Brief, ich kriegt ihn erst heut früh, kaum durchflog.
Da ist er: »Lieber Pierpont!«

SLIFT *liest weiter:* »Heute können wir Dir mitteilen, daß unser Geld Früchte zu tragen beginnt: viele in der Kammer werden gegen die Zölle stimmen, so daß es geraten scheint, Fleisch zu kaufen, lieber Pierpont. Morgen werden wir Dir wieder schreiben.«

MAULER
Daß so bestochen wird mit Geld, das
Sollt auch nicht sein. Wie leicht gibt's Krieg
Aus solchem Anlaß, und um schmutziges Geld
Verbluten Tausende. Ach, lieber Slift, mir ist
Als käm aus solcherlei Nachricht nichts Gutes.

SLIFT
's käm darauf an, wer die Briefschreiber sind.
Bestechen, Zölle aufheben, Kriege machen kann
Nicht jeder Hergelaufene. Sind's gute Leute?

MAULER Solvente Leute.

SLIFT Wer denn?

*Mauler lächelt.*

SLIFT
Dann könnten ja die Preise doch noch steigen?
Wir kämen dann mit einem blauen Aug davon.
Das wär ein Ausblick, wenn nicht das viele Fleisch
Der Farmer wär, das allzu gierig angeboten
Die Preise wieder stürzen läßt. Nein, Mauler
Ich versteh den Brief nicht.

MAULER
Stell dir das so vor: einer hat gestohlen
Und wird von einem abgefaßt.
Wenn er nun den nicht auch noch niederschlägt
Ist er verloren, tut er's, ist er durch.
Der Brief (der falsch ist) verlangt (damit er richtig wird)
Solch eine Untat.

SLIFT Welche Untat?

MAULER
Wie ich sie nie tun kann. Denn von nun an
Will ich in Frieden leben. Mögen sie gewinnen
An ihrer Untat, denn sie werden gewinnen.
Sie müßten nur Fleisch kaufen, wo sie's kriegen
Den Viehzüchtern einschärfen, daß zuviel
Fleisch da ist, und hinweisen auf
Die Stillegung des Lennox und ihnen
Ihr Fleisch abnehmen. Dies vor allem:
Den Viehzüchtern ihr Fleisch abnehmen, freilich dann
Sind wieder die betrogen, nein, ich will nichts
Damit zu schaffen haben.

SLIFT
Du hättest nicht Fleisch kaufen sollen, Pierpont!

MAULER
Ja, das ist nicht gut, Slift.
Ich kauf mir keinen Hut mehr, keinen Stiefel
Vor ich aus dieser Sach heraus bin, und bin selig
Wenn ich aus dieser Sach mit hundert Dollar herauskomm.

*Trommeln. Johanna tritt auf mit den Viehzüchtern und einigen Arbeitern.*

JOHANNA Wir wollen ihn aus seinem Bau herauslocken, wie man Grillen fängt. Stellt euch hier drüben auf, denn wenn er mich hier singen hört, wird er auf der anderen Seite weggehen wollen, damit er mir nicht mehr begegnen muß, denn mich sieht er nicht gern. *Sie lacht.* Und auch nicht die, die bei mir sind.

*Die Viehzüchter stellen sich vor der Tür rechts auf.*

JOHANNA *vor der Tür links:* Kommen Sie heraus, Herr Mauler, ich muß mit Ihnen über das Elend der Viehzüchter von Illinois sprechen. Auch sind bei mir einige Arbeiter, die Sie fragen wollen, wann Sie Ihre Fabrik wieder aufmachen.

MAULER Slift, wo ist der andere Ausgang, denn ich will ihr nicht mehr begegnen, und vor allem nicht denen, die bei ihr sind. Auch mach ich jetzt keine Fabrik auf.

SLIFT Komm hier heraus.

*Sie gehen im Innern zur Tür rechts.*

DIE VIEHZÜCHTER *vor der Tür rechts:* Komm heraus, Mauler, du bist schuld an unserm Unglück, und wir sind mehr als zehntausend Viehzüchter in Illinois, die nicht mehr aus noch ein wissen. Kauf uns also unser Vieh ab.

MAULER
Die Tür zu, Slift! Ich kauf nicht.
Soll ich, der ich das Fleisch der ganzen Welt
Soweit's in Büchsen steckt, schon am Genick hab
Auch noch das ganze Vieh des Sirius kaufen?
Das ist, als käm zum Atlas, der die Welt
Grad noch, kaum mehr derschleppt, einer und sagte:
Der Saturn brauchte noch einen Packträger.
Wer soll's denn mir abkaufen, das Vieh?

SLIFT Höchstens die Grahams, die brauchen Vieh!

JOHANNA *vor der Tür links:* Wir wollen nicht von hier weggehen, bis den Viehzüchtern auch geholfen ist.

MAULER Höchstens die Grahams, ja, die brauchen Vieh. Slift, geh hinaus und sag ihnen, sie sollen mich zwei Minuten nachdenken lassen.

*Slift geht hinaus.*

SLIFT *zu den Viehzüchtern:* Pierpont Mauler will euer Anliegen prüfen. Er bittet um zwei Minuten Bedenkzeit.

*Slift kommt zurück ins Haus.*

MAULER Ich kauf nicht. *Er fängt an zu rechnen.* Slift, ich kauf. Slift, bring mir alles, was einem Schwein oder einem Ochsen ähnlich sieht, ich kaufe, oder was nach Schmalz riecht, das kauf ich, jeden Fettfleck bring, ich bin der Käufer, und zwar zum Preise dieses Tages, zu fünfzig.

SLIFT
Keinen Hut, Mauler, kaufst du mehr, aber
Das ganze Vieh von Illinois.

MAULER
Ja, das kauf ich mir noch. Jetzt ist's entschieden, Slift.
Nimm an:
*Er zeichnet ein a auf einen Schrank*
's tut einer etwas Falsches, a ist falsch
Weil sein Gefühl ihn übermannt hat, tat er's
Und jetzt tut er noch b, und b ist auch falsch
Und jetzt ist a und b zusammen richtig.
Laß die Viehzüchter ein, es sind gute Leute
Schwer darbend und anständig gekleidet und nicht
Daß man erschrickt, wenn man sie sieht.

SLIFT *tritt vor das Haus, zu den Viehzüchtern:* Um Illinois zu retten und den Untergang der Farmer und Viehzüchter abzuwenden, hat sich Pierpont Mauler entschlossen, alles Vieh aufzukaufen, das auf dem Markt steht. Aber die Kontrakte sollen nicht auf seinen Namen laufen, denn sein Name darf nicht genannt werden.

DIE VIEHZÜCHTER Es lebe Pierpont Mauler, der den Viehhandel rettet! *Sie gehen ins Haus.*

JOHANNA *ruft ihnen nach:* Sagen Sie dem

Herrn Mauler, daß wir, die Schwarzen Strohhüte, ihm im Namen Gottes dafür danken. *Zu den Arbeitern:* Wenn die Vieh kaufen und die Vieh verkaufen befriedigt sind, dann wird es auch für euch wieder Brot geben.

7

**Austreibung der Händler aus dem Tempel.**

*Haus der Schwarzen Strohhüte*

*Die Schwarzen Strohhüte sitzen an einem langen Tisch und zählen aus ihren Blechbüchsen die Scherflein der Witwen und Waisen, die sie gesammelt haben.*

DIE SCHWARZEN STROHHÜTE *singen:*
Sammelt mit Singen die Pfennige der Witwen und Waisen!
Groß ist die Not!
Haben nicht Obdach noch Brot
Doch der allmächtige Gott
Wird auch sie irgendwie speisen.

PAULUS SNYDER, MAJOR DER SCHWARZEN STROHHÜTE *erhebt sich:* Wenig, wenig! *Zu einigen Armen im Hintergrund, darunter Frau Luckerniddle und Gloomb:* Seid ihr heute schon wieder da! Ihr kommt ja gar nicht mehr hier heraus. Jetzt wird doch auf den Schlachthöfen wieder gearbeitet!

FRAU LUCKERNIDDLE Wo denn? Die Schlachthöfe sind geschlossen.

GLOOMB Erst hieß es, sie werden aufgemacht, aber sie sind nicht wieder aufgemacht worden.

SNYDER Geht mir nicht zu nahe an die Kasse. *Er winkt sie noch weiter nach hinten. Mulberry, der Hauswirt, tritt ein.*

MULBERRY Was ist eigentlich mit meiner Miete?

SNYDER Meine lieben Schwarzen Strohhüte, lieber Herr Mulberry, meine sehr geehrten Zuhörer! Was nun die leidige Frage der Geldbeschaffung betrifft – gut Ding spricht für sich selbst und vor allem braucht's Propaganda –, so haben wir uns bisher an die Armen und Ärmsten gewendet, da wir von dem Gedanken ausgingen, daß die am ehesten etwas für Gott übrig haben, die seine Hilfe am nötigsten hätten, und daß die Masse es macht. Leider haben wir erleben müssen, daß gerade diese Schichten eine ganz unerklärliche Zugeknöpftheit Gott gegenüber an den Tag legen. Es mag dies aber auch daran liegen, daß sie nichts haben. Deshalb habe ich, Paulus Snyder, jetzt in eurem Namen die Reichen und Wohlhabenden Chicagos eingeladen, damit sie uns dazu verhelfen, am nächsten Samstag einen Hauptschlag zu führen gegen den Unglauben und den Materialismus der Stadt Chicago, vor allem gegen die untersten Schichten. Von diesem Geld werden wir auch unserem lieben Hauswirt, Herrn Mulberry, die so liebenswürdig gestundete Miete zahlen.

MULBERRY Es wäre mir allerdings angenehm, aber machen Sie sich nur deswegen keine Sorgen. *Mulberry ab.*

SNYDER So, und jetzt geht alle fröhlich an eure Arbeit und reinigt vor allem den Treppenaufgang.

*Die Schwarzen Strohhüte ab.*

SNYDER *zu den Armen:* Sagt mir, stehen die Ausgesperrten immer noch geduldig auf den Schlachthöfen oder reden sie jetzt schon wie Aufsässige?

FRAU LUCKERNIDDLE Seit gestern machen sie ein großes Geschrei, weil sie wissen, daß die Fabriken Aufträge haben.

GLOOMB Viele sagen schon, ohne Gewalt wird es bald überhaupt keine Arbeit mehr geben.

SNYDER *zu sich:* Das ist günstig. Wenn die Steinwürfe sie hierher jagen, werden die Fleischkönige lieber kommen und uns anhören. *Zu den Armen:* Könnt ihr nicht wenigstens unser Holz hacken?

DIE ARMEN Es ist kein Holz mehr da, Herr Major.

*Auftreten der Packherren Cridle, Graham, Meyers und des Maklers Slift.*

MEYERS Graham, das frag ich mich: wo steckt das Vieh?

GRAHAM Ich frag's mich auch: wo steckt das Vieh?

SLIFT Ich auch.

GRAHAM
So, du auch? Und Mauler fragt sich wohl auch, was?!

SLIFT
Mauler wohl auch.

MEYERS
's ist eine Sau da, die da alles aufkauft.
Und die gut weiß, das wir verpflichtet sind
Kontraktlich abzuliefern Fleisch in Büchsen
Und also Vieh brauchen.

SLIFT Wer mag das sein?

GRAHAM *boxt ihn in die Magengrube:*
Du alter Dreckhund!

Mach uns da nichts vor und sag dem Pierpy, daß er
Da nichts macht! Das ist der Lebensnerv!

SLIFT *zu Snyder:* Was wollt ihr von uns?

GRAHAM *boxt ihn wieder:* Was werden sie wohl wollen, Slift?

*Slift macht übertrieben pfiffig die Geste des Geldgebens.*

GRAHAM Getroffen, Slift!

MEYERS *zu Snyder:* Schießen Sie los!

*Sie setzen sich auf die Bußbänke.*

SNYDER *am Rednerpult:*
Wir Schwarzen Strohhüte haben gehört, daß auf den Schlachthöfen fünfzigtausend stehen und keine Arbeit haben. Und daß einige schon murren und sagen: wir müssen uns selber helfen. Werden nicht schon eure Namen genannt als diejenigen, welche schuld sind, daß fünfzigtausend keine Arbeit haben und vor den Fabriken stehen? Sie werden euch noch die Fabriken wegnehmen und sagen: wir wollen es wie die Bolschewiken machen und die Fabriken in unsere Hand nehmen, daß jeder arbeiten kann und sein Essen habe. Denn es hat sich herumgesprochen, daß das Unglück nicht entsteht wie der Regen, sondern von etlichen gemacht wird, welche ihren Vorteil davon haben. Wir Schwarzen Strohhüte aber wollen ihnen sagen, daß das Unglück wie der Regen kommt, niemand weiß woher, und daß das Leiden ihnen bestimmt ist und ein Lohn dafür winkt.

DIE DREI PACKHERREN Wozu von Lohn reden?

SNYDER Der Lohn, von dem wir reden, wird nach dem Tode bezahlt.

DIE DREI PACKHERREN Wieviel verlangt ihr dafür?

SNYDER Achthundert Dollar im Monat, denn wir brauchen warme Suppen und laute Musik. Wir wollen ihnen auch versprechen, daß die Reichen bestraft werden, und zwar wenn sie gestorben sind.

*Die drei lachen schallend.*

SNYDER Und das alles für achthundert Dollar im Monat!

GRAHAM Brauchen Sie doch gar nicht, Mann. Fünfhundert Dollar!

SNYDER Es geht auch mit siebenhundertfünfzig, aber dann…

MEYERS Siebenhundertfünfzig. Das eher. Also sagen wir fünfhundert.

GRAHAM Fünfhundert braucht ihr unbedingt. *Zu den anderen:* Das müssen sie haben.

MEYERS *vorn:* Gesteh es ein, Slift, ihr habt das Vieh.

SLIFT Mauler und ich haben nicht für einen Cent Vieh gekauft, so wahr ich hier sitze. Gott kann es bezeugen.

MEYERS *zu Snyder:* Fünfhundert Dollar? Viel Geld. Wer soll denn das zahlen?

SLIFT Ja, da müßten Sie jetzt also jemand finden, der Ihnen das gibt.

SNYDER Ja, ja.

MEYERS Das wird nicht leicht sein.

GRAHAM Gesteh's, Pierpy hat das Vieh.

SLIFT *lacht:* Lauter Lumpen, Herr Snyder.

*Alle lachen, außer Snyder.*

GRAHAM *zu Meyers:* Der Mann hat keinen Humor. Gefällt mir nicht.

SLIFT Die Hauptsache, wo stehen Sie, Mann? Diesseits oder jenseits der Barrikade?

SNYDER Die Schwarzen Strohhüte stehen über dem Kampf, Herr Slift. Also diesseits.

*Auftritt Johanna.*

SLIFT Da ist unsere heilige Johanna von der Viehbörse!

DIE DREI PACKHERREN *zu Johanna, brüllend:*
Mit Ihnen sind wir nicht zufrieden, Sie, können Sie nicht dem Mauler etwas von uns ausrichten? Da sollen Sie doch Einfluß haben. Es heißt, der frißt Ihnen aus der Hand. Das Vieh ist nämlich so vom Markt gezogen, daß wir ein Aug auf Mauler haben müssen. Sie können ihn rumkriegen, heißt es, zu was Sie wollen. Er soll das Vieh herausrücken. Sie, wenn Sie's tun für uns, wollen wir den Schwarzen Strohhüten vier Jahre lang die Miete zahlen.

JOHANNA *hat die Armen gesehen und ist erschrocken:* Was macht denn ihr hier?

FRAU LUCKERNIDDLE *tritt vor:*
Gegessen sind die zwanzig Mittagessen.
Fall nicht in Zorn, daß du mich wieder hier siehst.
Von meinem Anblick gern befreit ich dich.
Das ist die Grausamkeit des Hungers, daß er
Wenngleich befriedigt, immer wieder kommt.

GLOOMB *tritt vor:*
Ich kenne dich, dir hab ich zugeredet
Zur Arbeit an demselben Messer, das
Mir meinen Arm wegriß. Heut tät ich Schlimmeres.

JOHANNA Warum arbeitet ihr nicht? Ich habe euch doch Arbeit verschafft.

FRAU LUCKERNIDDLE Wo denn, die Schlachthöfe sind geschlossen.

GLOOMB Erst hieß es, sie werden aufgemacht, aber sie sind nicht wieder aufgemacht worden.

JOHANNA *zu den Packherren:* So warten die immer noch? *Die Packherren schweigen.* Und ich dachte, sie seien aufgehoben?
Seit sieben Tagen fällt jetzt Schnee auf sie
Und dieser selbe Schnee, der sie umbringt, entzieht
Sie jedem menschlichen Aug. Daß ich so leicht
Vergessen hab, was jeder gern vergißt und ist gleich ruhig.
Wenn einer sagt, 's ist rum, forscht keiner nach.
*Zu den Packherren:* Der Mauler hat doch von euch Fleisch gekauft? Auf meine Fürbitt tat er's! Und jetzt macht ihr eure Fabriken immer noch nicht auf?

DIE DREI PACKHERREN Ganz recht, wir wollten aufmachen.

SLIFT Aber erst wolltet ihr noch dem Farmer an die Gurgel gehn!

DIE DREI PACKHERREN Wie sollen wir schlachten, wenn kein Vieh da ist?

SLIFT Der Mauler und ich haben bei euch Fleisch gekauft, voraussetzend, daß ihr die Arbeit aufnehmt und so der Arbeiter Fleisch kaufen kann. Wer soll jetzt das Fleisch, das wir euch abnahmen, essen, für wen haben wir denn Fleisch gekauft, wenn die Esser nicht bezahlen können?

JOHANNA Wenn ihr schon das ganze Handwerkszeug in der Hand habt von den Leuten in euren großmächtigen Fabriken und Anlagen, dann müßt ihr sie wenigstens heranlassen, sonst sind sie ja ganz aufgeschmissen, denn es ist ja doch so eine Art Ausbeutung dabei, und wenn dann die arme bis aufs Blut gepeinigte Menschenkreatur sich nicht anders zu helfen weiß, als einen Prügel nehmen und ihn seinem Peiniger auf den Kopf hauen, dann macht ihr in die Hosen, ich hab's schon bemerkt, und dann wär die Religion wieder recht und soll Öl auf die Wogen gießen, aber da ist sich der liebe Gott doch zu gut, als daß er euch dann den Gehherda macht und euch euren Saustall wieder ausmistet. Ich lauf von Pontius zu Pilatus und mein: wenn ich euch da oben helf, dann ist denen unter euch auch geholfen. Da ist so eine Art Einheit und wird am gleichen Strang gezogen, aber da war ich schön dumm. Wer denen, die da arm sind, helfen will, der muß ihnen, scheint's, von euch helfen. Habt ihr denn gar keine Ehrfurcht mehr vor dem, was Menschenantlitz trägt? Da könnt es passieren, daß man euch auch nicht mehr als Menschen ansieht, sondern als wilde Tiere, die man einfach erschlagen muß im Interesse der öffentlichen Ordnung und Sicherheit! Und ihr traut euch noch in Gottes Haus zu kommen, nur weil ihr diesen schmutzigen Mammon habt, man weiß schon woher und wodurch, der ist ja nicht ehrlich erworben. Aber da seid ihr bei Gott an den Falschen gekommen, euch muß man einfach hinausjagen, mit einem Stecken muß man euch hinausjagen. Ja, schaut nur nicht so dumm, mit Menschen soll man nicht umgehen wie mit Ochsen, aber ihr seid keine Menschen, hinaus mit euch und schnell, sonst vergreif ich mich noch an euch, haltet mich nicht, ich weiß schon, was ich tu, ich hab's zu lang nicht gewußt.
*Johanna treibt sie mit einer umgekehrten Fahne, die sie als Stecken benützt, aus. In den Türen tauchen die Schwarzen Strohhüte auf.*

JOHANNA Hinaus! Wollt ihr Gottes Haus zu einem Stall machen? Und zur zweiten Viehbörse? Hinaus! Ihr habt hier nichts zu suchen. Solche Gesichter wollen wir hier nicht sehen. Ihr seid unwürdig, und ich weise euch aus. Trotz eurem Geld!

DIE DREI PACKHERREN Auch gut. Aber mit uns gehn hier hinaus unwiderruflich schlicht und bescheiden vierzig Monatsmieten. Wir brauchen sowieso jeden Pfennig, wir gehen Zeiten entgegen, wie sie furchtbarer der Viehmarkt nie gesehen hat.
*Die Packherren und der Makler Slift ab.*

SNYDER *läuft ihnen nach:* Bleiben Sie da, meine Herren, gehen Sie nicht fort, sie hat gar keine Vollmacht! Ein verwirrtes Frauenzimmer! Sie wird entlassen! Sie wird Ihnen alles besorgen, was Sie wollen.

JOHANNA *zu den Schwarzen Strohhüten:* Das ist jetzt sicher recht ungeschickt wegen der Miete. Aber da kann man nicht drauf schauen.
*Zu Frau Luckerniddle und Gloomb:* Setzt euch da hinter, ich werd euch eine Suppe bringen.

SNYDER *zurückgekehrt:*
Lad dir die Armen zu Gast und bewirte
Sie nur mit Regenwasser und schönem Gerede
Wo doch im Himmel für sie nicht Erbarmen
Sondern nur Schnee ist!
Ohne alle Demut bist du
Dem nächsten Trieb gefolgt! Wie leicht ist's
Einfach auszuweisen den Unreinen hochmütig.
Heikel bist du mit dem Brot, das wir essen müssen.
Allzu neugierig, wie's gemacht wird, und willst doch

Selber auch noch essen! Jetzt geh, du
Überirdische
Hinaus in den Regen und bleib rechthaberisch
im Schneetreiben!

JOHANNA Heißt das, daß ich meinen Uniformrock ausziehen soll?

SNYDER Ziehen Sie Ihren Uniformrock aus und packen Sie Ihren Koffer! Verlassen Sie dieses Haus und nehmen Sie das Gesindel mit, das Sie uns hereingezogen haben. Denn nur Gesindel und Abschaum ist hinter ihnen hergelaufen. Sie werden nun selber zu ihm gehören. Holen Sie Ihre Sachen.

*Johanna geht und kommt mit einem kleinen Koffer, gekleidet wie ein Landdienstmädchen, zurück.*

JOHANNA
Ich will zum reichen Mauler gehn, der nicht
Ohne Furcht und guten Willens ist
Daß der uns hilft. Nicht eher will ich
Wieder anziehen diesen Rock und schwarzen
Strohhut
Auch nicht zurückkehren eher in dieses liebe
Haus
Der Gesänge und Erweckungen, vor ich
Den reichen Mauler mitbring als einen
Von uns, bekehrt von Grund auf.
Mag auch ihr Geld wie ein Krebsgeschwür
Abgefressen haben Ohr und menschliches
Antlitz
Daß sie abgetrennt sitzen, aber erhoben
Unerreichbar jedem Hilfeschrei!
Arme Krüppel!
Ein Gerechter muß doch unter ihnen sein!
*Ab.*

SNYDER
Arme Unwissende!
Was du nicht siehst: aufgebaut
In riesigen Kadern stehn sich gegenüber
Arbeitgeber und Arbeitnehmer
Kämpfende Fronten: unversöhnlich.
Laufe herum zwischen ihnen, Versöhnlerin und
Vermittlerin
Nütze keiner und gehe zugrund.

MULBERRY *herein:* Habt ihr das Geld jetzt?

SNYDER Gott wird sein gewiß kärgliches Obdach, das er auf Erden gefunden hat, ich sage kärglich, Herr Mulberry, auch noch bezahlen können.

MULBERRY Ja, bezahlen, ganz richtig, darum handelt es sich! Sie sprechen das richtige Wort aus, Snyder! Wenn der liebe Gott bezahlt, gut. Aber wenn er nicht bezahlt, nicht gut. Wenn der liebe Gott seine Miete nicht bezahlt, muß er ausziehn, und zwar am Samstagabend, Snyder, nicht wahr? *Ab.*

**8**

**Pierpont Maulers Rede über die Unentbehrlichkeit des Kapitalismus und der Religion.**

*Maulers Kontor*

MAULER
Jetzt, Slift, kommt der Tag
Wo unser guter Graham und auch alle, die
Mit ihm den billigsten Viehpreis abwarten
wollten
Das Fleisch einkaufen müssen, das sie uns
Schulden.

SLIFT
Sie werden teurer kaufen, denn das
Was heut an Vieh am Markt Chicagos brüllt
Ist unser Vieh.
Und jedes Schwein, das sie uns schulden, müssen sie
Bei uns einkaufen, und da ist es teuer.

MAULER
Und jetzt laß los alle deine Aufkäufer, Slift!
Auf daß sie die Viehbörse peinigen mit ihren
Fragen
Nach allem, was einem Rind und einem
Schwein
Nur irgend ähnlich sieht, damit der Preis steigt.

SLIFT
Was Neues von deiner Johanna? An der Viehbörse
Geht ein Gerücht, du hast mit ihr geschlafen.
Ich trat ihm entgegen. Seit sie uns alle
Aus dem Tempel herauswarf, hört man nichts
mehr von ihr
Als hätte das schwarze brüllende Chicago sie
eingeschluckt.

MAULER
Das hat mir sehr gefallen von ihr, daß sie
Euch einfach hinauswarf. Ja, die fürchtet sich
vor nichts
Und wenn ich auch dabei gewesen wäre
Hätt sie mich auch hinausgeworfen, und das
Lieb ich an ihr und lieb's an diesem Haus
Daß solche dort wie ich nicht möglich sind.
Slift, treib den Preis auf achtzig, dann sind diese
Grahams
So ungefähr wie ein Schlamm, in den wir unsern
Fuß

Nur um die Form mal wieder zu sehen, eindrücken.
Ich will kein Quentchen Fleisch herauslassen, damit ich
Ihnen diesmal die Haut endgültig abzieh
Wie's mir Natur ist.

SLIFT
Ich freu mich, Mauler, daß du wieder
Der letzten Tage Schwäche abgelegt. Und jetzt
Geh ich zusehen, wie sie Vieh einkaufen.

*Slift ab.*

MAULER
Man müßte jetzt dieser verdammten Stadt
Endlich die Haut abziehn und diesen Burschen
Das Fleischgeschäft erklären. Sollen sie
»Untat« schreien.

*Johanna tritt mit einem Koffer ein.*

JOHANNA Guten Tag, Herr Mauler. Es ist schwer, Sie zu erreichen. Ich stelle meine Sachen einstweilen dorthin. Ich bin jetzt nämlich nicht mehr bei den Schwarzen Strohhüten. Es hat Unstimmigkeiten gegeben. Und da dachte ich: ich geh einmal nach dem Herrn Mauler sehn. Jetzt, wo ich die aufreibende Missionsarbeit nicht mehr habe, kann ich mehr auf den einzelnen Menschen eingehen. Und da werde ich mich jetzt mit Ihnen ein wenig befassen, das heißt, wenn Sie's erlauben. Wissen Sie, das hab ich schon gemerkt, daß Sie zugänglicher sind, mehr als mancher andere. Das ist ein gutes altes Roßhaarsofa, das Sie da haben, aber warum haben Sie denn da ein Leintuch drauf, und ordentlich zusammengelegt ist's auch nicht. Ja, schlafen Sie denn auch da in Ihrem Kontor? Ich hab gedacht, Sie müssen doch einen von den großen Palästen haben. *Mauler schweigt.* Aber das ist richtig von Ihnen, Herr Mauler, daß Sie auch im Kleinen haushälterisch sind als Fleischkönig. Ich weiß nicht, wenn ich Sie seh, dann fällt mir immer die Geschichte vom lieben Gott ein, wie der zum Adam kommt im Paradiesgarten und rufet: »Adam, wo bist du?« Wissen Sie noch? *Lacht.* Adam steht gerad wieder hinter einem Gesträuch und hat die Hände sozusagen wieder bis über die Ellenbogen in einer Hirschkuh, und so voll Blut hört er die Stimme Gottes. Und da tut er wirklich, als ob er nicht da wäre. Aber der liebe Gott läßt nicht locker und geht der Sache nach und rufet noch einmal: »Adam, wo bist du?« Und da sagt der Adam ganz kleinlaut und feuerrot im Gesicht: »Jetzt kommst du, gerad jetzt, wo ich das Hirschle getötet hab. Sag nur nichts, ich weiß schon, ich hätt's nicht tun sollen.« Aber Ihr Gewissen ist ja hoffentlich gerade frei, Herr Mauler.

MAULER Sie sind also nicht mehr bei den Schwarzen Strohhüten?

JOHANNA Nein, Herr Mauler. Und ich gehör auch nicht mehr hin.

MAULER Wovon haben Sie denn dann gelebt?

*Johanna schweigt.*

MAULER Also von nichts. Wie lange sind Sie denn nicht mehr bei den Schwarzen Strohhüten?

JOHANNA Acht Tage.

MAULER *weint hinten:*
So sehr verändert, und acht Tage nur!
Wo war sie! Mit wem sprach sie? Wovon
Sind dies die Spuren um den Mund?
Die Stadt
Aus der die kommt, kenne ich noch nicht.

*Er bringt auf einem Brett Essen.*

Ich seh dich sehr verändert, hier wär Essen.
Ich eß es nicht.

*Johanna sieht das Essen an.*

JOHANNA Herr Mauler, nachdem wir die reichen Leute aus unserem Haus getrieben haben...

MAULER ...was mir viel Spaß gemacht hat und recht schien...

JOHANNA ...hat der Hausbesitzer, der vom Mietzins lebt, uns für nächsten Samstag gekündigt.

MAULER So, und den Schwarzen Strohhüten geht es jetzt schlecht wirtschaftlich?

JOHANNA Ja, und darum dachte ich, ich gehe einmal zu dem Herrn Mauler.

*Sie beginnt gierig zu essen.*

MAULER Beunruhige dich nicht. Ich will auf den Markt gehen und euch das Geld beschaffen, das ihr braucht. Ich tu auch das noch, ja, ich will's herschaffen, was es kostet, und müßt ich's aus der Haut dieser Stadt selber schneiden. Ich tu's für euch. Natürlich ist Geld teuer, aber ich schaff's her. Das wird euch recht sein.

JOHANNA Ja, Herr Mauler.

MAULER Geh also hin und sag ihnen, das Geld kommt, bis Samstag ist es da. Der Mauler schafft's her. Eben jetzt ging er auf den Viehmarkt, es herzuschaffen. Es ging ungünstig und nicht ganz wie gewollt mit der Sache der Fünfzigtausend. Ich konnte ihnen nicht gleich Arbeit schaffen. Dich aber nehm ich aus, und deine Schwarzen Strohhüte sollen verschont werden, das Geld, das schaff ich für euch. Lauf und sag's ihnen.

JOHANNA Ja, Herr Mauler!

MAULER
Da hab ich's aufgeschrieben. Nimm's.
Auch mir ist's leid, daß sie auf Arbeit warten
Auf den Schlachthöfen und keine gute Arbeit.
Fünfzigtausend, die
Auf den Höfen stehen und auch nachts nicht mehr weggehn!
*Johanna hört auf zu essen.*
Aber dies ist ein Geschäft, bei dem's
Um Sein und Nichtsein geht, darum: ob ich
In meiner Klasse der beste Mann bin oder
Selber den dunklen Weg zum Schlachthof geh.
Auch füllt der Abschaum schon wieder die Höfe und
Macht Schwierigkeiten.
Und jetzt, ich sag's, wie's ist, ich hätte gern
Von dir gehört, daß recht ist, was ich tu
Und mein Geschäft natürlich: also
Bestätige mir, daß ich nach deinem Rat
Beim Fleischring Fleisch bestellte und bei
Den Viehzüchtern auch, so Gutes tuend, und
Da ich wohl weiß, daß ihr arm seid und eben
Jetzt man das Dach wegschaffen will über euren Köpfen
Will ich euch auch dafür etwas zugeben: zum Beweis
Meiner guten Gesinnung.

JOHANNA Also die Arbeiter warten immer noch vor den Schlachthäusern?

MAULER
Warum bist du gegen Geld? Und siehst
Wenn du keins hast, so sehr verändert aus?
Was denkst du über Geld? Sag mir's, ich
Will's wissen, und denk nicht Falsches
Nicht wie ein Dummkopf über Geld denkt als
Etwas Zweifelhaftes. Bedenk die Wirklichkeit und
Platte Wahrheit, vielleicht nicht angenehm, aber doch
Eben wahr, daß alles schwankend ist und preisgegeben
Dem Zufall beinah, der Witterung das menschliche Geschlecht
Geld aber ein Mittel, einiges zu verbessern, und sei's
Für einige nur, außerdem: dieser Aufbau!
Seit Menschengedenken errichtet, wenn auch immer aufs neu
Weil immer verfallend, doch ungeheuer, wenn auch Opfer fordernd
Sehr schwierig herzustellen immerfort und mit Gestöhn
Immerfort hergestellt, aber doch unvermeidlich
Abpressend der Ungunst des Planeten das Mögliche, wie immer
Dies sei, viel oder wenig, und also alle Zeit
Von den Besten verteidigt. Denn sieh, wenn ich
Der viel dagegen hat und schlecht schläft, auch
Davon abgehn wollt, das wär, als wenn eine
Mücke davon abläßt, einen Bergrutsch aufzuhalten. Ich würd
Ein Nichts im selben Augenblick und über mich weg ging's weiter.
Denn sonst müßt alles umgestürzt werden von Grund aus
Und verändert der Bauplan von Grund aus nach ganz anderer
Unerhörter neuer Einschätzung des Menschen, die ihr nicht wollt
Noch wir, denn dies geschähe ohne uns und Gott, der
Abgeschafft würd, weil ganz ohne Amt. Darum müßt ihr
Mitmachen, und wenn ihr schon nicht opfert, was
Wir auch nicht von euch wollen, so doch gutheißen die Opfer.
Kurz und gut: ihr müßt
Gott wieder aufrichten
Die einzige Rettung, und
Für ihn die Trommel rühren, auf daß er
Fuß fasse in den Quartieren des Elends und seine
Stimme erschalle auf den Schlachthöfen.
Das würde genügen.
*Er hält ihr den Zettel hin.*
Nimm, was du bekommst, aber wisse wofür und
Nimm's dann! Hier ist die Bescheinigung, das ist Miete für vier Jahre.

JOHANNA
Herr Mauler, was Sie da sagen, verstehe ich nicht, und
Ich will's auch nicht verstehen.
*Steht auf.*
Ich weiß, ich sollt mich freuen, jetzt zu hören
Daß Gott geholfen werden soll, nur: ich
Gehör zu denen, welchen damit
Noch nicht geholfen ist. Und denen nichts
Geboten wird.

MAULER
Wenn du den Strohhüten das Geld bringst, kannst du auch
Wieder bei ihnen bleiben, denn dies Leben
So ohne Halt ist nicht gut für dich. Glaub mir

Sie sind aus aufs Geld, und das ist gut so.

JOHANNA

Wenn die Schwarzen Strohhüte
Ihr Geld annehmen, sollen sie's nur tun
Aber ich will mich setzen zu den Wartenden auf die Schlachthöfe
Bis die Fabriken wieder auf sind, und
Nichts anderes essen, als sie essen, und wenn
Ihnen Schnee gereicht wird, eben Schnee, und was
Sie arbeiten, das will ich auch arbeiten, denn auch ich
Habe kein Geld und kann's nicht anders kriegen, wenigstens nicht
Auf ehrliche Weis', und gibt's keine Arbeit, so geb's
Für mich auch keine, und
Sie, der Sie leben von der Armut und
Können die Armen nicht sehen und verurteilen
Etwas, was Sie nicht kennen, und richten's so
Daß Sie nicht sehen, was dort verurteilt sitzt
Aufgegeben auf den Schlachthöfen, unbesehen:
Wenn Sie mich künftig sehen wollen, dann
Auf den Schlachthöfen.

*Sie geht.*

MAULER

Also heute nacht
Steh auf, Mauler, zu jeder Stunde und
Sieh durch's Fenster, ob es schneit, und wenn es schneit, dann
Schneit's auf sie, welche du kennst.

**9**

**a**

**Johannas dritter Gang in die Tiefe: Der Schneefall.**

*Gegend der Schlachthöfe*

*Johanna. Bei ihr Gloomb und Frau Luckerniddle*

JOHANNA

Hört, was ich träumte in einer Nacht
Vor sieben Tagen:
Ich sah vor mir auf einem kleinen Feld
Zu klein für eines mittleren Baumes Schatten
Weil eingeengt durch riesige Häuser, einen Klumpen
Menschen von unbestimmter Anzahl, jedoch
Weit größerer Anzahl, als an so kleiner Stelle
Spatzen Platz hätten, also sehr dichten Klumpen, so daß
Das Feld sich krümmte, in der Mitte aufhob, und jetzt hing
Der Klumpen übern Rand, einen Augenblick
Festhaltend, in sich pulsend, dann
Durch Hinzutritt eines Wortes, irgendwo gerufen
Gleichgültigen Inhalts, fing es an zu fließen.
Nun sah ich Züge, Straßen, auch bekannte, Chicago! Euch!
Sah euch marschieren, und nun sah ich mich.
An eurer Spitze sah ich stumm mich schreiten
Mit kriegerischem Schritt, die Stirne blutig
Und Wörter rufend kriegerischen Klangs in
Mir selber unbekannter Sprache, und da gleichzeitig
Von vielen Seiten viele Züge zogen
Schritt ich in vielfacher Gestalt vor vielen Zügen:
Jung und alt, schluchzend und fluchend
Außer mir endlich! Tugend und Schrecken!
Alles verändernd, was mein Fuß berührte
Unmäßige Zerstörung bewirkend, den Lauf der Gestirne
Sichtbar beeinflussend, doch auch die nächsten Straßen
Uns allen bekannt, von Grund auf ändernd.
So zog der Zug und mit ihm ich
Verhüllt durch Schnee vor jedem feindlichen Angriff
Durch Hunger durchscheinend, keine Zielscheibe
Nirgends treffbar, da nirgends wohnhaft
Durch keine Qual belangbar, da jede
Gewohnt. Und so marschiert er, verlassend den
Unhaltbaren Platz: ihn wechselnd mit jedem andern.
So träumte ich.
Heute seh ich die Deutung.
Vor's morgen wird, werden wir
Von diesen Höfen hier aufbrechen
Und ihre Stadt Chicago erreichen bei Morgengrauen
Zeigend unseres Elends ganzen Umfang auf offenen Plätzen
Alles anrufend, was wie ein Mensch aussieht.
Was weiter wird, weiß ich nicht.

GLOOMB Haben Sie das verstanden, Frau Luckerniddle? Ich nicht.

FRAU LUCKERNIDDLE Hätte sie nicht bei den Schwarzen Strohhüten so das Maul aufgerissen, dann säßen wir jetzt im Warmen und löffelten unsere Suppe!

**b**

*Viehbörse*

MAULER *zu den Packherren:*
Meine Freunde aus New York haben mir geschrieben
Daß heut das Zollgesetz im Süden
Gefallen ist.
DIE PACKHERREN
Wehe, das Zollgesetz gefallen, und wir
Haben kein Fleisch zu verkaufen! Schon verkauft ist es
Zu niederem Preis, und jetzt sollen wir Fleisch kaufen bei steigendem!
DIE VIEHZÜCHTER
Wehe, das Zollgesetz gefallen, und wir
Haben kein Vieh zu verkaufen! Es ist schon verkauft
Zu niederem Preis!
DIE KLEINEN SPEKULANTEN
Wehe! Ewig undurchsichtig
Sind die ewigen Gesetze
Der menschlichen Wirtschaft!
Ohne Warnung
Öffnet sich der Vulkan und verwüstet die Gegend!
Ohne Einladung
Erhebt sich aus den wüsten Meeren das einträgliche Eiland!
Niemand benachrichtigt, niemand im Bilde! Aber den letzten
Beißen die Hunde!
MAULER
Weil also Vieh gefragt wird
In Büchsen zu annehmbarem Preis
Forder' ich euch auf, mir jetzt das Büchsenfleisch
Das ich vertraglich von euch kriegen muß
Schnell auszuliefern.
GRAHAM
Zum alten Preis?
MAULER
Wie's ausgemacht war, Graham
Achthunderttausend Zentner, wenn ich mich recht erinnere
An einen Augenblick, wo ich nicht bei mir war.
DIE PACKHERREN
Wie sollen wir jetzt Vieh nehmen bei steigenden Preisen?
Denn da ist einer, der's gekornert hat
Den niemand kennt –
Laß, Mauler, uns heraus aus dem Vertrag!
MAULER
Leider muß ich die Büchsen haben. Aber es gibt
Doch Vieh genug, ein bißchen teuer, schön, aber
Vieh genug. Kauft's auf!
DIE PACKHERREN
Vieh kaufen, jetzt, pfui Teufel!

**c**

*Kleines Lokal in der Gegend der Schlachthöfe*

*Arbeiter und Arbeiterinnen, darunter Johanna. Ein Trupp der Schwarzen Strohhüte kommt. Johanna steht auf und winkt ihnen während des Nachfolgenden verzweifelt ab.*

JACKSON, LEUTNANT DER SCHWARZEN STROHHÜTE *nach einem eiligen Gesang:*
Warum willst du, Bruder, dich an Jesu Brot nicht laben?
Sieh, wie lustig wir und wie fröhlich sind.
Weil wir den Herrn Jesum, unsern Herrn, gefunden haben.
Komm zu ihm auch du geschwind!
Hallelujah!
*Ein Mädchen der Schwarzen Strohhüte spricht zu den Arbeitern, wobei sie zwischendrin Bemerkungen zu den Ihren macht.*
MARTHA, SOLDAT DER SCHWARZEN STROHHÜTE (Das hat wohl keinen Zweck!?) Auch ich, Brüder und Schwestern, stand einmal wie ihr traurig am Wegrain, und der alte Adam in mir, wollte nichts als essen und trinken, aber dann hab ich meinen Herrn Jesum gefunden, und da war es so licht in mir und so fröhlich, und jetzt (Sie hören gar nicht zu!), wenn ich nur recht fest an meinen Herrn Jesum denke, der uns alle trotz unserer vielen Missetaten erlöst hat in Schmerzen, dann habe ich keinen Hunger mehr und keinen Durst, außer nach dem Wort unseres Herrn Jesum. (Es nutzt nichts.) Wo der Herr Jesum ist, da ist nicht die Gewalt, sondern der Friede; da ist nicht der Haß, sondern die Liebe. (Es ist ganz umsonst!) Und darum: haltet den Topf am Kochen!
DIE SCHWARZEN STROHHÜTE Hallelujah! *Jackson reicht die Büchse herum. Es wird aber nichts hineingetan.* Hallelujah!
JOHANNA
Möchten sie doch nicht hier in der Kälte
Solches Ärgernis geben und da noch reden!

Wirklich, ich könnt jetzt
Kaum hören die Worte, die
Einst mir lieb waren und angenehm! Möchte ihnen doch
Eine Stimme sagen, ein Rest in ihnen: hier ist
Schnee und Wind, hier schweigt!

EINE FRAU Lassen Sie die nur. Das müssen die ja machen, wenn sie dort ein bißchen Wärme und Essen kriegen wollen. Da möcht ich auch sein!

FRAU LUCKERNIDDLE Das war eine schöne Musik!

GLOOMB Schön und kurz.

FRAU LUCKERNIDDLE Das da sind aber doch gute Menschen.

GLOOMB Gut und kurz, kurz und gut.

DIE FRAU Warum reden sie eigentlich nicht mit uns und bekehren uns?

GLOOMB *macht die Geste des Geldzählens:* Können Sie den Topf am Kochen halten, Frau Swingurn?

DIE FRAU Die Musik ist sehr hübsch, aber ich erwartete, daß sie uns vielleicht einen Teller Suppe geben würden, da sie einen Topf dabei hatten.

EIN ARBEITER *wundert sich über sie:* Nee, wirklich, haben Sie gedacht?

FRAU LUCKERNIDDLE Ich möchte auch lieber Taten sehen. Reden habe ich genug gehört. Wenn gewisse Leute geschwiegen hätten, wüßte ich, wo heute nacht hingehen.

JOHANNA Gibt es hier nicht Leute, die etwas unternehmen?

DER ARBEITER Ja, die Kommunisten.

JOHANNA Sind das nicht Leute, die zu Verbrechen auffordern?

DER ARBEITER Nein.

*Stille.*

JOHANNA Wo sind die Leute?

GLOOMB Das kann Ihnen Frau Luckerniddle sagen.

JOHANNA *zu Frau Luckerniddle:* Woher wissen Sie denn das?

FRAU LUCKERNIDDLE Wissen Sie, zu einer Zeit, wo ich mich noch nicht auf Leute wie Sie verlassen habe, war ich oft dort wegen meinem Mann.

d

*Viehbörse*

DIE PACKHERREN
Wir kaufen Vieh! Jungvieh!
Mastvieh! Kälber! Ochsen! Schweine!
Wir bitten um Angebote!

DIE VIEHZÜCHTER
's ist nichts da! Alles, was verkäuflich war
Haben wir verkauft.

DIE PACKHERREN
Nichts da? Und auf den Bahnhöfen
Staut sich's von Vieh.

DIE VIEHZÜCHTER
Verkauftem.

DIE PACKHERREN
An wen verkauft?

*Mauler tritt auf.*
*Die Packherren bestürmen ihn.*

DIE PACKHERREN
Kein Ochse aufzutreiben in Chicago!
Du mußt uns stunden, Mauler.

MAULER
Es bleibt dabei: ihr liefert euer Fleisch.
*Er stellt sich zu Slift.*
Pump sie vollends aus.

EIN VIEHZÜCHTER
Achthundert Ochsen aus Kentucky zu vierzig!

DIE PACKHERREN
Ausgeschlossen. Seid ihr verrückt? Vierzig!

SLIFT
Ich. Vierzig.

DIE VIEHZÜCHTER
Achthundert Ochsen an Sullivan Slift zu vierzig.

DIE PACKHERREN
Der Mauler ist's! Was sagten wir? Er ist's!
Du krummer Hund, uns zwingt er, ihm Büchsenfleisch zu liefern
Und kauft Vieh auf! Daß wir das Fleisch von ihm einkaufen müssen
Das wir brauchen, ihm die Büchsen zu füllen!
Du dreckiger Metzger! Da, nimm *unser* Fleisch, schneid's dir heraus!

MAULER Wer ein Ochse ist, der darf sich nicht wundern, wenn bei seinem Anblick der Appetit wächst!

GRAHAM *will auf Mauler losgehen:*
Hin muß er sein, ich mach ihn kalt!

MAULER
So, Graham, jetzt verlang ich deine Büchsen!
Du kannst dich selbst hineinstopfen.
Ich will euch das Fleischgeschäft lehren, ihr
Kaufleute! Von jetzt an wird jede Klaue jeden Kalbs
Von hier bis Illinois an mich bezahlt und gut bezahlt

Und so biet ich also fünfhundert Ochsen an fürs
erste für sechsundfünfzig.
*Stille.*
Und jetzt wegen schlechter Nachfrag, weil hier
niemand Vieh braucht
Verlang ich sechzig! Vergeßt auch nicht
Meine Büchsen!

e

*Anderer Teil der Schlachthöfe*

*Auf Plakaten steht: »Übt Solidarität mit den Ausgesperrten der Schlachthöfe! Auf zum Generalstreik!« Vor einem Schuppen zwei Männer von der Zentrale der Arbeitergewerkschaften. Sie sprechen mit einem Trupp Arbeiter. Johanna kommt.*

JOHANNA Sind das die Leute, welche die Sache der Arbeitslosen führen? Ich kann mithelfen. Ich habe das Reden auf öffentlichen Plätzen und in Sälen, auch großen, gelernt, habe keine Furcht vor Belästigungen und kann eine gute Sache, denke ich, gut erklären. Es muß nämlich meiner Meinung nach sofort etwas geschehen. Ich habe auch Vorschläge.

EIN ARBEITERFÜHRER Hört alle zu: Bisher zeigen die Fleischleute noch nicht die geringste Lust, ihre Fabriken wieder aufzumachen. Zuerst hatte es den Anschein, als ob der Ausbeuter Pierpont Mauler die Wiedereröffnung der Fabriken betreibe, da er von den Fleischleuten große Mengen von Konserven verlangt, die sie ihm kontraktlich schulden. Dann zeigte es sich, daß das Fleisch, das sie für die Konserven brauchen, in Maulers eigener Hand ist und er nicht daran denkt, es herauszugeben. Wir wissen jetzt, daß wir Arbeiter, wenn es nach den Fleischleuten geht, niemals mehr alle in die Schlachthäuser zurückkehren können und niemals mehr zu dem alten Lohn. In dieser Lage müssen wir erkennen, daß nur mehr die Anwendung von Gewalt uns helfen kann. Die städtischen Großbetriebe haben uns nun versprochen, spätestens übermorgen in den Generalstreik zu treten. Diese Nachricht muß jetzt an allen Orten der Schlachthöfe verbreitet werden, denn ohne sie besteht Gefahr, daß die Massen, durch irgendwelche Gerüchte veranlaßt, die Schlachthöfe verlassen und dann sich den Bedingungen der Fleischleute unterwerfen müssen. Sicher werden die Fleischleute vor morgen früh noch allerhand Lügen ausstreuen, daß alles geordnet sei und der Generalstreik nicht stattfinde. Deshalb müssen diese Briefe, in denen steht, daß die Gas-, Wasser- und Elektrizitätswerke uns durch Streik helfen wollen, an die Vertrauensleute abgegeben werden, die um zehn Uhr abends an verschiedenen Orten der Schlachthöfe auf unsere Parolen warten. Steck dir den unter den Kittel, Jack, und wart vor Mutter Schmittens Kantine auf die Vertrauensleute!

*Ein Arbeiter nimmt den Brief und geht weg.*

ANDERER ARBEITER Gib mir den für die Grahamwerke, die kenn ich.

DER ARBEITERFÜHRER Sechsundzwanzigste Straße, Ecke Michiganpark.

*Der Arbeiter nimmt den Brief und geht weg.*

DER ARBEITERFÜHRER Dreizehnte Straße beim Westinghouse Building. *Zu Johanna:* Was bist du denn für eine?

JOHANNA Ich bin entlassen worden aus der Stellung, die ich hatte.

DER ARBEITERFÜHRER Was hattest du denn für eine Stellung?

JOHANNA Ich habe eine Zeitschrift verkauft.

DER ARBEITERFÜHRER Für wen hast du denn gearbeitet?

JOHANNA Ich bin Kolporteurin.

EIN ARBEITER Vielleicht ist sie ein Spitzel.

DER ZWEITE ARBEITERFÜHRER Nein, ich kenne sie, sie ist bei den Schwarzen Strohhüten und bekannt bei den Polizisten. Niemand würde sie verdächtigen, daß sie für uns arbeitet. Das ist günstig, denn an dem Ort, wo die Genossen von den Cridlewerken hinkommen wollen, wird von der Polizei schon scharf kontrolliert. Wir haben niemand, der so wenig auffallen wird wie sie.

DER ERSTE ARBEITERFÜHRER Wer sagt dir, was sie mit dem Brief macht, den wir ihr geben?

DER ZWEITE ARBEITERFÜHRER Niemand. *Zu Johanna:*
Das Netz, dessen eine Masche
Zerrissen ist, nützt nichts mehr:
Durch es schwimmen die Fische an diesem
Punkt
Als ob da kein Netz sei.
Plötzlich sind nutzlos
Alle Maschen.

JOHANNA In der Vierundvierzigsten Straße habe ich Zeitungen verkauft. Ich bin kein Spitzel. Ich bin von Herzen für eure Sache.

DER ERSTE ARBEITERFÜHRER Unsere Sache? Ja, ist es denn nicht deine Sache?

JOHANNA Das ist doch nicht im Interesse der Allgemeinheit, daß die Fabrikanten einfach so viele Leute auf die Straße setzen. Das ist ja gerade, als ob die Armut der armen Leute den reichen nützt! Da ist ja womöglich die Armut überhaupt denen ihr Werk!

*Schallendes Gelächter der Arbeiter.*

JOHANNA Das ist ja unmenschlich!! Ich denk da auch an solche wie den Mauler.

*Erneutes Gelächter.*

JOHANNA Warum lacht ihr? Ich finde eure Hämischkeit nicht richtig und daß ihr ohne Beweis glauben wollt, es könnt einer wie der Mauler kein Mensch sein.

DER ZWEITE ARBEITERFÜHRER Nicht ohne Beweis. Der kannst du den Brief ruhig geben. Sie kennen sie, Frau Luckerniddle? *Frau Luckerniddle nickt.* Sie ist doch ehrlich?

FRAU LUCKERNIDDLE Ehrlich ist sie.

DER ERSTE ARBEITERFÜHRER *gibt Johanna den Brief:* Geh zum Speicher fünf der Grahamwerke. Wenn du da drei Arbeiter kommen siehst, die sich umschauen, fragst du, ob sie von den Cridlewerken sind. Für die ist der Brief.

f

*Viehbörse*

DIE KLEINEN SPEKULANTEN
Die Papiere sinken! Die Packhöfe in Gefahr!
Was wird aus uns, den Aktieninhabern?
Dem kleinen Sparer, der sein Letztes drangab
Dem ohnehin geschwächten Mittelstand?
So einer wie der Graham, der gehörte
Zerrissen in der Luft, bevor er das Papier
Drauf unser Anteil steht, den wir
An seinen Blutkellern erwarben
Zur Makulatur macht.
Kauft euer Vieh ein, kauft's zu jedem Preis!

*Hinten werden während der ganzen Szene die Firmen ausgerufen, die ihre Zahlungen einstellen. »Die Zahlungen stellen ein: Meyers & Co.« usw.*

DIE PACKHERREN
Wir können nicht mehr, der Preis steht über siebzig.

DIE AUFKÄUFER
Haut sie herunter, sie kaufen nicht, die Großköpfe.

DIE PACKHERREN
Gefragt zweitausend Ochsen zu siebzig.

SLIFT *zu Mauler an einer Säule:* Treib sie herauf.

MAULER
Ich seh, daß ihr euch nicht gehalten habt
An den Vertrag, den ich da mit euch schloß
Durch den ich Arbeit schaffen wollte. Und jetzt hör ich
Sie stünden immer noch draußen auf den Höfen. Aber
Jetzt wird's euch reu'n: jetzt her mit den Konserven
Die ich gekauft hab!

GRAHAM
Wir konnten nichts tun, denn das Fleisch verschwand
Gänzlich vom Markt!
Fünfhundert Ochsen zu fünfundsiebzig.

DIE KLEINEN SPEKULANTEN
Kauft sie, Bluthunde!
Sie kaufen nicht! Sie liefern lieber
Die Packhöfe aus.

MAULER
Man sollte nicht noch höher treiben, Slift
Sie können schon nicht mehr.
Sie sollen bluten, aber sie dürfen nicht
Verrecken, wenn sie hin sind
Sind wir auch hin.

SLIFT
Sie können noch, treib sie höher.
Fünfhundert Ochsen zu siebenundsiebzig.

DIE KLEINEN SPEKULANTEN
Siebenundsiebzig. Hört ihr's? Warum
Habt ihr nicht gekauft zu fünfundsiebzig? Jetzt
Ist's schon siebenundsiebzig, und das steigt noch.

DIE PACKHERREN Wir kriegen von dem Mauler fünfzig für die Büchsen und können nicht dem Mauler zahlen achtzig für das Vieh.

MAULER *einige fragend:* Wo sind die Leute, die ich zum Schlachthof schickte?

EINER Dort ist einer.

MAULER Nun, mach das Maul auf.

DER ERSTE DETEKTIV *berichtet:* Unabsehbar, Herr, sind diese Massen. Riefe man nach einer Johanna, meldeten sich vielleicht zehn oder hundert. Ohne jedes Gesicht oder Namen sitzt das und wartet. Außerdem ist eine einzelne Stimme nicht zu hören, und viel zu viele laufen herum und fragen nach Angehörigen, die sie verloren haben. In der Gegend, wo die Gewerkschaften arbeiten, herrscht starke Unruhe.

MAULER Wer arbeitet? Die Gewerkschaften? Und die Polizei läßt sie hetzen? Verdammt! Geh sofort und ruf die Polizei an, nenn meinen Namen, frag sie, wofür wir unsre Steuern zahlen. Verlang, daß man den Hetzern die Köpfe eintrommelt, sprich deutlich mit ihnen.

*Der erste Detektiv ab.*

GRAHAM

Dann gib her, Mauler, wenn wir hin sein sollen
Tausend zu siebenundsiebzig, 's ist unser Ende.

SLIFT

Fünfhundert zu siebenundsiebzig an Graham.
Alles darüber zu achtzig.

MAULER *zurückgekehrt:*

Slift, ich hab keinen Spaß mehr an dem
Geschäft. Es könnt zu weit führen.
Geh noch bis achtzig, dann gib's her für achtzig.
Ich will's hergeben und sie loslassen.
Es ist genug. Die Stadt muß wieder
Atem schöpfen. Und ich hab andere Sorg.
Slift, dieses Halszudrücken ist mir
Nicht soviel Spaß, wie ich geglaubt hab.

*Er sieht den zweiten Detektiv.*

Hast du sie gefunden?

DER ZWEITE DETEKTIV Nein, ich sah keine mit dem Uniformrock der Schwarzen Strohhüte, es sind hunderttausend, die auf den Schlachthöfen stehen, dazu ist's dunkel, und der scharfe Wind verweht das Ausrufen. Außerdem räumt die Polizei die Schlachthöfe, und es wird schon geschossen.

MAULER

Geschossen? Auf wen? Natürlich, ich weiß.
's ist merkwürdig, weil man hier gar nichts hört.
Sie ist also nicht zu finden, und geschossen wird?
Geh zu den Telefonzellen, such den Jim und sag ihm
Er soll nicht telefonieren, sonst heißt es wieder
Wir hätten verlangt, daß da geschossen wird.

*Der zweite Detektiv ab.*

MEYERS

Eintausendfünfhundert zu achtzig.

SLIFT

Zu achtzig nur fünfhundert!

MEYERS

Fünftausend zu achtzig! Halsabschneider!

MAULER *ist zur Säule zurückgekehrt:*

Slift, mir ist übel, laß nach.

SLIFT Ich denk nicht dran. Sie können noch. Und wenn du schwach wirst, Mauler, treib ich sie höher.

MAULER

Slift, ich muß an die Luft. Führ du
Die Geschäfte weiter. Ich kann's nicht. Führ sie
In meinem Sinn. Es ist mir lieber, ich geb alles weg
Als daß durch mich noch was passierte! Geh
Nicht weiter als bis fünfundachtzig! Aber führ's
In meinem Sinn. Du kennst mich.

*Weggehend begegnet er Zeitungsleuten.*

DIE ZEITUNGSLEUTE Was Neues, Mauler?

MAULER *im Abgehen:* Man muß auf den Schlachthöfen bekanntmachen, daß ich den Schlachthäusern jetzt Vieh abgelassen habe, so daß jetzt Vieh da ist. Sonst kommt's zu Gewalttaten.

SLIFT

Fünfhundert Ochsen zu neunzig!

DIE KLEINEN SPEKULANTEN

Wir haben gehört, der Mauler
Wollt's geben für fünfundachtzig. Slift hat keinen Auftrag.

SLIFT

Lüge. Ich will euch lehren
Fleisch in Büchsen zu verkaufen und
Kein Fleisch zu haben!
Fünftausend Ochsen für fünfundneunzig.

*Gebrüll.*

## g

*Schlachthöfe*

*Viele Wartende, darunter Johanna.*

LEUTE Warum sitzen Sie hier?

JOHANNA Ich muß einen Brief abgeben. Da werden drei Leute kommen.

*Eine Gruppe von Zeitungsleuten kommt, von einem Mann geführt.*

DER MANN *deutet auf Johanna:* Das ist sie. *Zu Johanna:* Das sind Zeitungsleute.

DIE ZEITUNGSLEUTE Hallo, sind Sie das Schwarzestrohhutmädchen Johanna Dark?

JOHANNA Nein.

DIE ZEITUNGSLEUTE Wir haben aus dem Büro des Herrn Mauler gehört, daß Sie geschworen haben, die Schlachthöfe nicht eher zu verlassen, als bis die Fabriken geöffnet sind. Wir haben es, hier können Sie es lesen, in großen Lettern auf der ersten Seite gebracht. *Johanna wendet sich weg. Die Zeitungsleute lesen vor:* Unsere liebe Frau vom Schlachthof, Johanna Dark, erklärt, Gott ist solidarisch mit den Schlachthausarbeitern.

JOHANNA Ich habe keine solche Sachen gesagt.

DIE ZEITUNGSLEUTE Wir können Ihnen berichten, Fräulein Dark, daß die öffentliche Meinung mit Ihnen ist. Ganz Chicago, ausgenommen einige skrupellose Spekulanten, fühlt mit Ihnen. Ihre Schwarzen Strohhüte werden damit einen ungeheuren Erfolg haben.

JOHANNA Ich bin nicht mehr bei den Schwarzen Strohhüten.

DIE ZEITUNGSLEUTE Das gibt es doch nicht. Für uns gehören Sie zu den Schwarzen Strohhüten. Aber wir wollen Sie nicht stören und uns ganz im Hintergrund aufhalten.

JOHANNA Ich möchte, daß Sie weggehen.

*Sie setzen sich in einiger Entfernung nieder.*

ARBEITER *hinten auf den Höfen:*
Vor die Not nicht am höchsten ist
Werden sie die Fabriken nicht aufmachen.
Wenn das Elend gestiegen ist
Werden sie aufmachen.
Aber antworten müssen sie uns.
Geht nicht weg, wartet die Antwort ab!

GEGENCHOR *ebenfalls hinten:*
Falsch! Wohin immer das Elend steigt:
Sie werden nicht aufmachen!
Nicht, vor ihr Profit steigt.
Ihre Antwort wird kommen
Aus Kanonen und Maschinengewehren.
Helfen können nur wir selber uns
Anrufen können wir nur
Unseresgleichen.

JOHANNA Glauben Sie das auch, Frau Luckerniddle?

FRAU LUCKERNIDDLE Ja, das ist die Wahrheit.

JOHANNA
Ich sehe dies System, und äußerlich
Ist's lang bekannt, nur nicht im
Zusammenhang! Da sitzen welche, Wenige, oben
Und Viele unten, und die oben schreien
Hinunter: kommt herauf, damit wir alle
Oben sind, aber genau hinsehend siehst du was
Verdecktes zwischen denen oben und denen unten
Was wie ein Weg aussieht, doch ist's kein Weg
Sondern ein Brett, und jetzt siehst du's ganz deutlich
's ist ein Schaukelbrett, dieses ganze System
Ist eine Schaukel mit zwei Enden, die voneinander
Abhängen, und die oben
Sitzen oben nur, weil jene unten sitzen
Und nur solang jene unten sitzen, und
Säßen nicht mehr oben, wenn jene heraufkämen
Ihren Platz verlassend, so daß
Sie wollen müssen, diese säßen unten
In Ewigkeit und kämen nicht herauf.
Auch müssen's unten mehr als oben sein
Sonst hält die Schaukel nicht. 's ist nämlich eine Schaukel.

*Die Zeitungsleute stehen auf und gehen nach hinten, da sie eine Nachricht bekommen haben.*

EIN ARBEITER *zu Johanna:* Was haben Sie denn mit diesen Leuten zu tun?

JOHANNA Nichts.

DER ARBEITER Aber sie haben doch mit Ihnen gesprochen.

JOHANNA Sie haben mich verwechselt.

EIN ALTER MANN *zu Johanna:* Sie frieren ja ganz ordentlich. Wollen Sie einen Schluck Whisky? *Johanna trinkt.* Halt! Halt! Einen Zug haben Sie da am Leibe, der ist nicht von Pappe.

EINE FRAU Unverschämtheit!

JOHANNA Sagten Sie was?

DIE FRAU Ja, Unverschämtheit! Dem alten Mann seinen Whisky auszusaufen!

JOHANNA Halten Sie den Mund, Sie dumme Person! Ja, wo ist denn mein Schal? Den haben sie jetzt auch wieder gestohlen. Das ist doch die Höhe! Stehlen die mir noch meinen Schal! Wer hat jetzt den Schal an sich gebracht? Sofort hergeben. *Sie reißt der neben ihr stehenden Frau den Sack vom Kopfe. Diese wehrt sich.* Na, Sie sind's doch. Lügen Sie nur nicht, und jetzt geben Sie den Sack her.

DIE FRAU Hilfe, die bringt mich um.

EIN MANN Ruhe!

*Einer schmeißt ihr einen Fetzen hin.*

JOHANNA Wenn's nach euch ginge, könnt ich hier nackigt in dem Zug herumsitzen.
So kalt war's nicht in meinem Traum. Als ich
Mit großem Plan hierherkam, auch bestärkt
Darin durch Träume: daß es hier so kalt
Sein könnte, hab ich nicht geträumt. Jetzt fehlt mir
Von allem am meisten nur mein warmes Tuch.
Ihr habt gut hungern, ihr habt nichts zu essen
Aber auf mich warten sie mit einer Suppe.
Ihr habt gut frieren
Aber ich kann jederzeit
Kommen in den warmen Saal
Die Fahne nehmen und die Trommel schlagen
Und von IHM reden, der in Wolken wohnt.
Was schon verlaßt ihr! Was ich verließ
Nicht nur Berufung war das, auch Beruf
Hohe Gewöhnung, doch auch auskömmliche
Beschäftigung mit täglich Brot und Dach und Unterhalt.
Ja, fast ein Schauspiel scheint's mir, also

Unwürdig, wenn ich hierbliebe
Ohne dringendste Not. Trotzdem:
Ich darf nicht weggehn, und doch
Ich sag es offen, Furcht schnürt mir den Hals
Vor diesem Nichtessen, Nichtschlafen, Nichtausnocheinwissen;
Gewöhnliches Hungern, niedriges Frieren und
Vor allem Fortwollen.

ARBEITER
Bleibt hier! Was auch kommt
Geht nicht auseinander!
Nur wenn ihr zusammenbleibt
Könnt ihr euch helfen!
Wißt, daß ihr verraten seid
Von allen euren öffentlichen Fürsprechern
Und euren Gewerkschaften, welche gekauft sind.
Hört auf niemand, glaubt nichts
Aber prüfet jeden Vorschlag
Der zur wirklichen Änderung führt. Und vor allem lernt:
Daß es nur durch Gewalt geht und
Wenn ihr es selber macht.

*Die Zeitungsleute kehren zurück.*

DIE ZEITUNGSLEUTE Hallo, Mädchen, Sie haben einen Riesenerfolg; wir erfahren eben, daß der Millionär Pierpont Mauler, in dessen Hand sich große Viehbestände befinden, den Schlachthäusern trotz steigender Preise Vieh abläßt. Unter diesen Umständen wird morgen die Arbeit auf den Höfen wieder aufgenommen.

JOHANNA Oh, gute Nachricht!

FRAU LUCKERNIDDLE Das sind die Lügen, von denen die Unsern gesprochen haben. Nur gut, daß in unserm Brief die Wahrheit steht.

JOHANNA
Hört ihr, es gibt Arbeit!
Das Eis in ihrer Brust ist aufgetaut. Zumindest
Der Rechtliche unter ihnen
Hat nicht versagt. Angesprochen als Mensch
Hat er menschlich geantwortet. Es gibt
Also Güte.

*In der Ferne knattern Maschinengewehre.*

Was ist das für ein Geräusch?

EIN ZEITUNGSMENSCH Das sind die Maschinengewehre des Militärs, welches die Schlachthöfe räumen soll, da jetzt, wo die Schlachthäuser wieder aufgemacht werden, die Hetzer, die zu Gewalttaten aufrufen, zum Schweigen gebracht werden müssen.

EINE FRAU Soll man jetzt heimgehen?

EIN ARBEITER Woher wissen wir, ob das wahr ist, daß es wieder Arbeit geben soll?

JOHANNA Warum soll es denn nicht wahr sein, wenn es diese Herren sagen? Mit so was kann man doch nicht spaßen.

FRAU LUCKERNIDDLE Reden Sie nicht so dumm. Sie haben überhaupt keinen Verstand. Sie sind eben zu kurz hier in der Kälte gesessen. *Sie steht auf.* Ich werde jetzt zu den Unsrigen hinüberlaufen und ihnen sagen, daß die Lügen schon da sind. Aber rühren Sie sich nicht vom Fleck mit dem Brief, hören Sie! *Sie geht weg.*

JOHANNA Aber es wird doch geschossen.

EIN ARBEITER Bleiben Sie ruhig sitzen, denn die Schlachthöfe sind so groß, daß es noch Stunden dauert, bis das Militär hierher kommt.

JOHANNA Wie viele sind denn da?

DIE ZEITUNGSLEUTE Es werden hunderttausend sein.

JOHANNA So viel?
Oh, welch unbekannte Schule, ungesetzlicher Raum
Von Schnee erfüllt, wo Hunger lehrt und unhinderbar
Von der Notwendigkeit redet die Not!
Hunderttausend Schüler, was lernt ihr?

ARBEITER *hinten:*
Wenn ihr beisammen bleibt
Werden sie euch niederschlachten.
Wir raten euch, beisammen zu bleiben!
Wenn ihr kämpft
Werden ihre Tanks euch zermalmen.
Wir raten euch zu kämpfen!
Diese Schlacht wird verloren gehen
Und vielleicht auch die nächste noch
Wird verloren gehen.
Aber ihr lernt das Kämpfen
Und erfahrt
Daß es nur durch Gewalt geht und
Wenn ihr es selber macht.

JOHANNA
Halt, lernt nicht weiter!
Nicht in so kalter Weise!
Nicht durch Gewalt
Bekämpft Unordnung und die Verwirrung,
Freilich, riesenhaft ist die Verführung!
Noch eine solche Nacht und noch eine solche
Wortlose Bedrückung, und niemand
Vermag ruhig zu bleiben. Und sicher standet ihr
Schon in vielen Nächten vieler Jahre
Beisammen und lerntet
Kalt zu denken und furchtbar.
Freilich, es sammelt sich auch
Gewalttat zu Gewalttat im Dunkeln
Schwach zu Schwach und das Unerledigte

Sammelt sich.
Aber was hier gekocht wird: wer
Werden die Esser sein?
Ich will weggehen. Es kann nicht gut sein, was mit Gewalt gemacht wird. Ich gehör nicht zu ihnen. Hätten mich als Kind der Tritt des Elends und der Hunger Gewalt gelehrt, würde ich zu ihnen gehören und nichts fragen. So aber muß ich weggehen. *Sie bleibt sitzen.*

DIE ZEITUNGSLEUTE Wir raten Ihnen, jetzt die Höfe zu verlassen. Sie haben einen großen Erfolg gehabt, aber die Sache ist jetzt zu Ende. *Ab. Ein Geschrei von hinten, sich nach vorn fortpflanzend. Die Arbeiter stehen auf.*

EIN ARBEITER Man bringt die von der Zentrale. *Die zwei Arbeiterführer werden von Detektiven gefesselt vorbeigeführt.*

DER ARBEITER *zu dem gefesselten Führer:* Sei ruhig, William, es ist nicht aller Tage Abend.

ANDERER ARBEITER *schreit der Gruppe nach:* Bluthunde!

DER ARBEITER Wenn sie glauben, so verhindern sie was, so sind sie auf dem Holzwege. Die haben schon lang alles geordnet.

*In einer Vision sieht Johanna sich selbst als Verbrecherin außerhalb der vertrauten Welt.*

JOHANNA
Die mir den Brief gaben, warum
Sind sie gefesselt? Was
Steht in dem Brief? Ich könnt nichts tun
Was mit Gewalt getan sein müßt und
Gewalt erzeugte. Ein solcher stünd ja
Voller Arglist gegen den Mitmenschen
Außerhalb aller Abmachung
Die unter Menschen gewöhnlich ist.
Nicht mehr zugehörig, fände er
In der nicht mehr vertrauten Welt sich
Nicht mehr zurecht. Über seinem Haupte
Liefen jetzt die Gestirne ohne die
Alte Regel. Die Wörter
Änderten ihm ihren Sinn. Die Unschuld
Verließe ihn, der verfolgt und verfolgt wird.
Er sieht nichts mehr arglos.
So könnt ich nicht sein. Und drum geh ich.
Dreitägig ward in Packingtown im Sumpf der Schlachthöfe
Gesehn Johanna
Heruntersteigend von Stufe zu Stufe
Den Schlamm zu klären, zu erscheinen den
Untersten. Dreitägig abwärts
Schreitend, schwächer werdend am dritten und
Verschlungen vom Sumpf am Ende. Sagt:
Es war zu kalt.
*Sie steht auf und geht weg. Es schneit.*

FRAU LUCKERNIDDLE *kommt zurück:* Alles Lüge! Wo ist denn die Person hingegangen, die bei mir gesessen hat?

EINE FRAU Weg.

EIN ARBEITER Ich hab's mir gleich gedacht, daß sie weggeht, wenn der eigentliche Schnee kommt.

*Drei Arbeiter kommen, sehen sich nach jemand um, finden ihn nicht und gehen wieder weg. Während es dunkel wird, erscheint eine Schrift:*

Der Schnee beginnt zu treiben
Wer wird denn da bleiben?
Da bleiben, wie immer so auch heut
Der steinige Boden und die armen Leut.

**h**

**Pierpont Mauler überschreitet die Grenze der Armut.**

*Straßenecke in Chicago*

MAULER *zu einem der Detektive:*
Nicht weiter, wir wollen umkehren, was sagst du?
Du hast gelacht, gib's zu! Ich sagte, wir wollen
Umkehren, da lachtest du. Sie schießen wieder.
's scheint Widerstand zu geben, was? Ja, was ich
Euch einschärfen wollte: denkt nicht
Drüber nach, wenn ich ein paarmal umkehrte
Als wir den Schlachthöfen näher kamen. Denken
Ist nichts. Ich zahl euch nicht für Denken.
Ich mag meine Gründe haben. Man kennt mich dort.
Jetzt denkt ihr wieder. Ich scheine
Dummköpfe genommen zu haben. Jedenfalls
Kehren wir um. Ich hoff, die, die ich suchte
Wurde schon durch Vernunft bewegt, dort unten
Wo ja die Hölle los zu sein scheint, wegzugehn.
*Ein Zeitungsjunge geht vorbei.*
Hallo, Zeitungen! Laß sehn, wie's steht am Viehmarkt!
*Er liest und wird kalkweiß.*
Ja, hier geschah was, was die Dinge ändert
Indem hier schwarz auf weiß gedruckt ist, daß das Vieh
Auf dreißig steht und nicht ein Stück verkauft wird
Indem, wie schwarz auf weiß hier steht, die Packer

Sind verkracht und hätten den Viehmarkt verlassen.
Auch sollen Mauler und sein Freund, der Slift
Von allen am verkrachtesten sein. So steht's und hiermit
Wär also erreicht, was zwar nicht angestrebt war, aber
Mit Aufatmen begrüßt wird. Ich kann ihnen nicht mehr helfen
Denn all mein Vieh
Hab ich doch freigegeben zum Gebrauch jedweden Manns
Und keiner nahm's, und also bin ich frei jetzt
Und außer Anspruch, und hiermit
Entlaß ich euch, die Grenze
Der Armut überschreitend, denn ich brauch euch nicht mehr.
Hinfort wird keiner mich erschlagen wollen.

DIE ZWEI DETEKTIVE Dann können wir also gehen.

MAULER
Das könnt ihr und ich kann's auch, wohin ich will.
Sogar auf die Schlachthöfe.
Und was das Ding aus Schweiß und Geld betrifft
Das wir in diesen Städten aufgerichtet haben:
's ist schon, als hätt einer
Ein Gebäud gemacht, das größte der Welt und
Das teuerste und praktischste, aber
Aus Versehen und weil's billig war, hätt er benutzt als
Material Hundsscheiße, so daß der Aufenthalt
Darin doch schwer wär und sein Ruhm nur der
Am End, er hätt den größten Gestank der Welt gemacht.
Und einer, der aus solchem Gebäud herauskommt
Der hat ein lustiger Mann zu sein.

DER EINE DETEKTIV *im Abgehen:* So, der ist aus.

MAULER
Den Niedrigen mag das Unglück niederschlagen
Mich muß es höher, in das Geistige tragen.

i

*Menschenleere Gegend der Schlachthöfe*

*Im Schneetreiben trifft Frau Luckerniddle Johanna.*

FRAU LUCKERNIDDLE Da sind Sie ja! Wo laufen Sie denn hin? Haben Sie den Brief abgegeben?

JOHANNA Nein. Ich gehe weg von hier.

FRAU LUCKERNIDDLE Das hätte ich mir ja denken müssen. Geben Sie sofort den Brief her!

JOHANNA Nein, Sie kriegen ihn nicht. Sie brauchen gar nicht näher herzukommen. Da steht doch nur wieder etwas Gewalttätiges drin. Jetzt ist alles in Ordnung, aber ihr wollt weitermachen.

FRAU LUCKERNIDDLE So, für Sie ist alles in Ordnung?! Und ich habe gesagt, Sie seien ehrlich, sonst hätte man Ihnen den Brief überhaupt nicht gegeben. Aber Sie sind eine Schwindlerin und gehören zu den anderen. Ein Dreck sind Sie! Geben Sie den Brief her, den man Ihnen anvertraut hat. *Johanna verschwindet im Schneetreiben.* Hallo, Sie! Sie ist wieder weg.

j

*Andere Gegend*

*Johanna, der Stadt zulaufend, hört zwei vorübergehende Arbeiter sprechen.*

DER ERSTE Zuerst ließen sie das Gerücht aussprengen, die Arbeit in den Schlachthäusern würde wieder voll aufgenommen werden. Jetzt, wo ein Teil der Arbeiter die Höfe verlassen hat, um morgen früh anzutreten, heißt es plötzlich, die Schlachthäuser würden überhaupt nicht mehr eröffnet, weil P. Mauler sie ruiniert habe.

DER ZWEITE Die Kommunisten haben recht behalten. Die Massen hätten nicht auseinanderlaufen dürfen. Um so mehr, als die gesamten Chicagoer Betriebe morgen den Generalstreik erklärt hätten.

DER ERSTE Das haben wir hier nicht erfahren.

DER ZWEITE Das ist schlimm. Ein Teil der Boten muß versagt haben. Viele wären geblieben, wenn sie das erfahren hätten. Und zwar trotz der Gewalt, die von der Polizei ausgeübt wurde.
*Johanna, herumirrend, hört Stimmen.*

STIMME
Keine Entschuldigung weiß
Der nicht ankommt. Den Gestürzten
Entschuldigt der Stein nicht.
Nicht einmal der Angekommene
Behellige uns mit dem Bericht seiner Schwierigkeit
Sondern liefere schweigend
Sich ab oder das Anvertraute.

*Johanna ist stehengeblieben und läuft jetzt in anderer Richtung.*

STIMME *Johanna bleibt stehen:*
Wir haben dir einen Auftrag gegeben.
Unsere Lage war dringend.
Wer du bist, wußten wir nicht
Du konntest unsern Auftrag ausführen und du konntest
Uns auch verraten.
Hast du ihn ausgeführt?

*Johanna läuft weiter und wird von einer neuen Stimme aufgehalten.*

STIMME
Wo gewartet wird, muß angekommen werden!

*Sich nach einer Rettung vor den Stimmen umblickend, vernimmt Johanna Stimmen von allen Seiten.*

STIMMEN
Das Netz, dessen eine Masche
Zerrissen ist, nützt nichts mehr.
Durch es schwimmen die Fische an diesem Punkt
Als ob da kein Netz sei.
Plötzlich sind nutzlos
Alle Maschen.

STIMME DER FRAU LUCKERNIDDLE
Ich habe für dich gutgesagt.
Aber den Brief, der die Wahrheit enthielt
Hast du nicht abgeliefert.

JOHANNA *bricht in die Knie:*
O Wahrheit, helles Licht! Verfinstert durch einen Schneesturm zur Unzeit!
Nicht mehr gesehn werdend fürderhin! Oh, von welcher Gewalt sind Schneestürme!
O Schwäche des Körpers! Was lässest du leben, Hunger?
Was überdauert dich, Nachtfrost?
Ich muß umkehren!

*Sie läuft zurück.*

## 10

**Pierpont Mauler erniedrigt sich und wird erhöht.**

*Bei den Schwarzen Strohhüten*

MARTHA *zu einem anderen Schwarzen Strohhut:* Vor drei Tagen ist hierher ein Bote des Fleischkönigs Pierpont Mauler gekommen, um uns mitzuteilen, daß Pierpont Mauler selber für unsere Miete aufkommen und auch eine große Aktion für die Armen mit uns zusammen machen will.

MULBERRY Herr Snyder, es ist Samstagabend. Ich bitte Sie, die Miete zu zahlen, die sehr niedrig ist, oder mein Lokal zu räumen.

SNYDER Herr Mulberry, wir warten soeben auf Herrn Pierpont Mauler, der uns seine Unterstützung zugesagt hat.

MULBERRY Lieber Dick, lieber Albert, stellt das Mobiliar auf die Straße.

*Zwei Männer fangen an, die Möbel auf die Straße zu tragen.*

DIE SCHWARZEN STROHHÜTE
Ach, sie tragen die Bußbank weg!
Schon bedroht ihr gieriger Griff
Dampforgel und Rednerpult.
Und lauter schreien wir:
Käme doch der reiche Herr Mauler
Jetzt uns zu retten
Mit seinem Geld!

SNYDER
Seit sieben Tagen auf den verrostenden Schlachthöfen
Stehen die Massen, endlich entfernt von Arbeit.
Befreit von jedem Obdach stehen sie
Wieder unter Regen und Schnee
Über sich den Zenith unbekannter Bestimmung.
Ach, lieber Herr Mulberry, jetzt warme Suppen
Und etwas Musik, und so haben wir sie. In meinem Kopf
Steht das Reich Gottes fix und fertig da.
Eine Kapelle in der Hand und anständige Suppen, aber
Wirklich fetthaltig, und Gott hat ausgesorgt
Und auch der ganze Bolschewismus
Hat ausgelitten.

DIE SCHWARZEN STROHHÜTE
Die Dämme des Glaubens sind gebrochen
In unsrer Stadt Chicago
Und die Schlammflut des Materialismus
Umspült drohend sein letztes Haus.
Sehet, es wankt schon, seht, es versinkt schon!
Aber haltet durch, der reiche Mauler kommt!
Er ist schon im Anzug mit all seinem Geld!

EIN SCHWARZER STROHHUT Wo sollen wir denn jetzt das Publikum hintun, Major?

*Drei Arme kommen, darunter Mauler.*

SNYDER *schreit sie an:* Das will nur Suppen! Hier gibt's keine Suppen! Hier gibt's Gottes Wort! Da werden wir sie gleich wieder draußen haben, wenn sie das hören.

MAULER Hier sind drei, die zu ihrem Gott kommen.

SNYDER Setzt euch dorthin und haltet Ruhe.

*Die drei setzen sich.*

EIN MANN *herein:* Ist hier Pierpont Mauler?

SNYDER Nein, aber wir warten auf ihn.

DER MANN Die Packer wollen ihn sprechen, und die Viehzüchter schreien nach ihm. *Ab.*

MAULER *vorn:*
Ich hör, sie suchen einen Mauler.
Ich kannte ihn: ein Dummkopf. Jetzt suchen sie
In Himmel und Hölle, oben und unten diesen Mauler
Der all sein Leben dümmer war als ein
Betrunkener, schmutzbedeckter Strolch.

*Steht auf und geht zu den Schwarzen Strohhüten.*

Ich kannte einen, den bat man
Um hundert Dollar. Und er hatte an zehn Millionen.
Und kam und gab nicht hundert Dollar, sondern warf
Die zehn Millionen weg
Und gab sich selbst.

*Er nimmt zwei von den Schwarzen Strohhüten und läßt sich mit ihnen auf der Bußbank nieder.*

Ich will bekennen.
Hier, Freunde, kniete keiner, der
So niedrig war wie ich.

DIE SCHWARZEN STROHHÜTE
Verliert nicht die Zuversicht!
Werdet nicht kleingläubig!
Er kommt gewiß, er nahet schon
Mit all seinem Geld.

EIN SCHWARZER STROHHUT
Ist er schon da?

MAULER
Ich bitt euch, eine Hymne! Denn mir ist
Leicht ums Herz und zugleich schwer.

ZWEI MUSIKER
Ein Stück, aber nicht mehr.

*Sie intonieren eine Hymne. Die Schwarzen Strohhüte singen abwesend und nach der Tür blickend mit.*

SNYDER *über Rechnungsbüchern:*
Was ich hier ausrechne, ich sag es nicht.
Ruhe!
Bringt mir das Haushaltungsbuch und die unbezahlten
Rechnungen, es ist jetzt an dem.

MAULER
Ich klag mich an der Ausbeutung
Mißbrauchs der Gewalt, Enteignung aller
Im Namen des Eigentums. Sieben Tage hielt ich
Diese Stadt Chicago am Hals
Bis sie verreckt war.

EIN SCHWARZER STROHHUT
Das ist der Mauler!

MAULER
Aber gleichzeitig führ ich an, daß ich am siebenten
Alles von mir abtat, so daß ich jetzt
Ohne Habe dasteh.
Schuldlos nicht, aber bereuend.

SNYDER
Du bist der Mauler?

MAULER Ja, und von Reu zerfleischt.

SNYDER *schreit laut auf:* Und ohne Geld? *Zu den Schwarzen Strohhüten:* Packt die Sachen zusammen, ich stelle hiermit alle Zahlungen ein.

DIE MUSIKER
Wenn das der Mensch ist, von dem ihr
Euch Geld erwartet habt zu unserer Bezahlung
Dann können wir abziehen – Guten Abend.

*Sie gehen ab.*

CHOR DER SCHWARZEN STROHHÜTE *den scheidenden Musikern nach:*
Wir haben erwartet mit Gebeten
Den reichen Mauler, aber herein
Trat der Bekehrte.
Sein Herz
Trug er uns entgegen, aber sein Geld nicht.
Darum ist unser Herz gerührt, aber
Unsre Gesichter sind lang.

*Dee Schwarzen Strohhüte singen durcheinander ihre letzten Hymnen, sitztend auf ihren letzten Stühlen und Bänken.*

An den Wassern des Michigansees
Sitzen wir und weinen.
Nehmt die Sprüche von den Wänden
Schlagt die Gesangbücher in das Tuch der sieglosen Fahne ein
Denn wir können unsre Rechnungen nicht mehr bezahlen
Und gegen uns herauf ziehen die Schneestürme
Des zunehmenden Winters.

*Dann singen sie noch: »Geht hinein in die Schlacht.« Mauler sieht einem Schwarzen Strohhut über die Schulter und singt mit.*

SNYDER
Ruhe! Hinaus jetzt, alle hinaus – *zu Mauler* – und vor allem Sie!
Wo sind die vierzig Monatsmieten der Unbekehrten
Die Johanna austrieb? Den trieb sie her dafür!
Johanna, gib
Mir meine vierzig Monatsmieten wieder!

MAULER
Ich seh, ihr wünschtet euer Haus zu bauen

In meiner Schattenseite. Mensch ist
Euch, was euch hilft, so war auch mir
Mensch nur, was Beute war. Doch auch
Wenn Mensch nur das hieße, wem geholfen wird
Wär's auch nicht anders. Dann braucht ihr Ertrinkende.
Denn euer Geschäft wäre dann
Strohhalme zu sein. So bleibt alles
Im großen Umlauf der Waren wie der Gestirne.
Manch einer, Snyder, wär bitter nach solcher Lehr.
Ich aber seh, daß ich, so wie ich bin
Für euch der Falsche bin.

*Mauler will gehen, die Fleischkönige kommen ihm an der Tür entgegen, sie sind alle kalkweiß.*

DIE PACKHERREN
Erhabener Mauler! Daß wir dich hier suchen
Dich störend in verwickelten Gefühlen
Deines ungeheuren Kopfes, verzeih's.
Denn wir sind aus. Um uns ist Chaos
Und über uns der Zenith unbekannter Meinung.
Was planst du mit uns, Mauler? Was
Werden deine nächsten Schritte sein?
Denn wir empfingen deine Nackenstreiche.

*Herein die Viehzüchter in großer Bewegung, sie sind ebenfalls kalkweiß.*

DIE VIEHZÜCHTER
Verdammter Mauler, hier verkriechst du dich?
Zahl uns das Vieh jetzt, statt dich zu bekehren.
Das Geld her, nicht die Seel! Du brauchst
Dir hier nicht das Gewissen zu erleichtern
Hätt'st du uns unsre Taschen nicht erleichtert!
Zahl uns das Vieh!

GRAHAM *tritt vor:*
Erlaube, Mauler, daß wir dir in Kürze
Den Hergang jener Schlacht erläutern, die
Seit heute morgen, sieben Stunden dauernd
Uns alle in den Abgrund stieß.

MAULER
O ewiges Schlachten! Das ist heut nicht anders
Als es vor Menschenalters war, wo sie
Mit Eisen sich die Köpfe blutig schlugen!

GRAHAM
Erinnere, Mauler, dich, du hieltest
Uns durch Kontrakte, Fleisch zu liefern
An dich, in diesen Tagen Fleisch zu kaufen
Und sei's von dir, denn nur du hattest Fleisch.
Als du nun gingst um zwölf, drückte der Slift
Den Hals uns enger zu. Mit hartem Zuruf
Trieb er die Preise ständig höher, bis sie
Auf fünfundneunzig standen. Da gebot
Die alte Nationalbank Einhalt. Blökend trieb sie
Die gute Greisin, voll Verantwortung, kanadisches Jungvieh
Auf den zerrütteten Markt und zitternd standen die Preise.
Aber der wahnsinnige Slift, kaum ansichtig geworden
Der paar weit gereisten Öchslein, packt sie zu fünfundneunzig
Wie ein Besoffener, der schon ein Meer aussoff
Immer noch durstig, einen einzelnen Tropfen
Gierig aufschleckt. Schaudernd sah es die Greisin.
Freilich sprangen ihr zur Seite, zu stützen die Alte
Loew und Levi, Wallox und Brigham, die bestrenommierten
Und verpfändeten, was sie besaßen, sich selbst bis zum letzten Radiergummi
Dafür, daß sie herbeischafften
In drei Tagen aus Argentinien und Kanada
Das letzte Rind – auch das ungeborene versprachen sie
Rücksichtslos zu erfassen, auch alles Rindähnliche
Kalbhafte, Schweinemäßige! Slift schreit: »Nicht in drei Tagen!
Heut! Heut« und treibt den Preis hoch. Und die Bankinstitute
Tränenüberflutet stürzten sich in den Endkampf.
Denn sie mußten liefern und also kaufen.
Levi selbst schlug einen von Slifts Maklern
Schluchzend in den Leib. Brigham riß sich den Bart aus
Schreiend: »Sechsundneunzig!« Zu diesem Zeitpunkt
Wäre ein Elefant, zufällig hineingeraten
Einfach zerdrückt worden wie eine Beere.
Selbst die Stifte, von Verzweiflung erfaßt, verbissen sich
Stumm ineinander, wie die Rosse in alter Zeit
Unter den kämpfenden Reitern sich in die Flanken verbissen.
Volontäre, berühmt durch mangelndes Interesse, hörte man
An diesem Tage mit den Zähnen knirschen.
Und immer noch kauften wir, denn wir mußten kaufen.
Da sagte Slift: »Hundert!« Man hätte
Eine Stecknadel fallen hören, so war die Stille.

Und so auch still fielen in sich zusammen die
Bankinstitute
Zertretenen Schwämmen gleich, einstmalig
mächtig und fest
Einstellend wie die Atmung jetzt die Zahlung.
Leise sagte
Levi, der Greis, und alle hörten's: »Jetzt
Haltet euch an die Packhöfe selber, wir können
Die Verträge nicht mehr erfüllen«, und also legten sie
Fleischpacker um Fleischpacker
Mürrisch die Packhöfe, die stillgelegten, nutzlosen
Euch zu Füßen, dir und Slift, und gingen nach
hinten
Und die Sensale und Vertreter schlossen ihre
Mappen.
Und ächzend, wie befreit, in diesem Augenblick
Da kein Vertrag mehr seinen Kauf erzwang
Setzte das Rindfleisch sich ins Bodenlose.
Den Preisen nämlich
War es gegeben, von Notierung zu Notierung
zu fallen
Wie Wasser von Klippe zu Klippe geworfen
Tief ins Unendliche hinab. Bei dreißig erst hielten sie.
Und so wurd, Mauler, dir dein Vertrag wertlos.
Statt uns am Hals zu halten, hast du uns erwürgt.
Was nützt's, den toten Mann am Hals zu
halten?

MAULER
So, Slift, so hast du mir den Kampf geführt
Den ich dir anvertraut?

SLIFT
Reiß mir den Kopf herunter.

MAULER
Was nützt dein Kopf?
Den Hut her, der ist fünf Cent wert!
Wohin
Mit all dem Vieh, das keiner kaufen muß?

DIE VIEHZÜCHTER
Ohne in Erregung zu geraten
Bitten wir Sie, uns zu sagen
Ob, wann und womit Sie
Das gekaufte, aber nicht bezahlte
Vieh bezahlen wollen.

MAULER
Sogleich. Mit diesem Hut und diesem Stiefel.
Da ist mein Hut für zehn Millionen, da
Mein erster Schuh für fünf. Den andern brauch
ich noch.
Seid ihr zufrieden?

DIE VIEHZÜCHTER
Ach, als wir vor Monden
Führten an Stricken das muntere
Kalb und die sauberen Öchslein
Sorgsam gemästet zum Bahnhof des fernen
Missouri
Schrie die Familie uns nach
Und nach noch den rollenden Zügen
Mit von Arbeit zerbrochener Stimme uns nach
noch:
Vertrinkt das Geld nicht, Jungens, und
Hoffentlich steigt der Viehpreis!
Was tun wir jetzt? Wie
Kehren wir zurück? Was
Sagen wir ihnen
Die leeren Stricke zeigend
Und die leeren Taschen?
Wie können wir so heimfahren, Mauler?

DER MANN VON VORHIN *herein:* Ist hier der Mauler? Ein Brief aus New York für ihn.

MAULER Ich war der Mauler, dem solche Briefe galten. *Macht ihn auf, liest abseits.* »Neulich, lieber Pierpont, schrieben wir Dir, Du sollst Fleisch kaufen. Heute hingegen raten wir Dir, ein Abkommen mit den Viehzüchtern zu treffen und das Vieh in einer Anzahl zu beschränken, damit der Preis sich wieder erholt. Für diesen Fall stehen wir Dir gern zur Verfügung. Morgen weiteres, lieber Pierpont. Deine Freunde in New York.« Nein, nein, das geht nicht.

GRAHAM Was geht nicht?

MAULER Ich habe Freunde in New York, die wüßten angeblich einen Ausweg. Mir erscheint es nicht gehbar. Urteilt selbst. *Er gibt ihnen den Brief.*
Wie so ganz anders
Jetzt alles scheint. Jagt doch nicht weiter,
Freunde.
Euer Gut ist hin, begreift's, das ist verloren.
Doch nicht deshalb, weil wir nicht mehr mit
irdischen
Gütern gesegnet sind – das kann nicht jeder
sein –
Nur weil wir keinen Sinn für Höheres haben.
Drum sind wir arm!

MEYERS
Wer ist das, diese Freunde in New York?

MAULER
Horgan und Blackwell. Sell…

GRAHAM
Das wär ja Wallstreet?

*Durch die Anwesenden geht ein Flüstern.*

MAULER
Der innere Mensch, so unterdrückt in uns…

DIE PACKHERREN UND VIEHZÜCHTER
Erhabener Mauler, wolle dich bequemen
Aus deinen hohen Meditationen
Herabzusteigen zu uns! Bedenk das Chaos
Das alles überfluten würde, und nimm
Da du gebraucht wirst
Auf dich wieder, Mauler, das Joch der Verantwortung!

MAULER
Ich tu's nicht gern.
Auch wag ich's nicht allein. Denn noch im Ohr
Liegt mir das Murren auf den Schlachthöfen und das
Geknatter der Maschinengewehre. Das ginge nur
Wenn's sanktioniert würd in ganz großer Weis'
Und als zum Wohl der Allgemeinheit unbedingt gehörend
Begriffen würd. So aufgefaßt
Ging es vielleicht.
*Zu Snyder:* Gibt es viele solcher Bibelläden?

SNYDER Ja.

MAULER Und wie stehen sie?

SNYDER Schlecht.

MAULER
Sie stehen schlecht, aber es sind viele.
Wenn wir euch Schwarzen Strohhüten
Eure Sach aufzögen in großer Weise, würdet ihr da
Mit Suppen versehen und Musik und
Geeigneten Bibelsprüchen, auch mit Obdach
In äußersten Fällen, für uns reden
Überall, daß wir gute Leute sind? Gutes planend in
Schlechter Zeit? Denn nur durch
Äußerste Maßnahmen, die hart erscheinen könnten
Weil sie einige treffen, ziemlich viele sogar
Kurz: die meisten, beinah alle
Kann jetzt gerettet werden dies System
Von Kauf und Verkauf, das wir nun einmal haben
Und das auch Schattenseiten hat.

SNYDER
Für beinah alle. Ich versteh. Wir würden.

MAULER *zu den Packherren:*
Eure Packhöfe schließ ich zusammen
Zu einem Ring und übernehme
Die Hälfte der Anteile.

DIE PACKHERREN Ein großer Kopf!

MAULER *zu den Viehzüchtern:*
Hört, liebe Freunde!
*Sie flüstern.*
Die Schwierigkeit, die uns bedrückt hat, hebt sich.
Elend und Hunger, Ausschreitung, Gewalt
Hat eine Ursach, und die Ursach klärt sich:
's gab zu viel Fleisch. Verstopft war
In diesem Jahr der Fleischmarkt, und so sank
Der Viehpreis in ein Nichts. Nun, ihn zu halten
Beschlossen wir, Packherr und Viehzüchter, gemeinsam
Grenzen zu ziehen der hemmungslosen Aufzucht
Das Vieh, das auf den Markt kommt, zu beschränken
Und vom Vorhandenen auszuschalten, was zu viel ist, also
Ein Drittel allen Viehes zu verbrennen.

ALLE Einfache Lösung!

SNYDER *meldet sich:*
Wär es nicht möglich, dieses viele Vieh
Wenn es so wertlos ist, daß man's verbrennen kann
Den vielen, die da draußen stehn und die's
So gut gebrauchen könnten, einfach zu schenken?

MAULER *lächelt:*
Lieber Herr Snyder, Sie haben
Den Kern der Lage nicht erfaßt. Die vielen, die
Da draußen stehen: d a s sind die Käufer!
*Zu den andern:*
Man sollt's nicht glauben.
*Langes Lächeln aller.*
Sie mögen niedrig scheinen, überflüssig
Ja lästig manchmal, doch dem tiefern Blick
Kann nicht entgehen, daß s i e die Käufer sind!
Gleichwohl, sehr viele werden's nicht verstehen, ist es notwendig
Ein Drittel der Arbeiter auszusperren, denn
Auch Arbeit hat uns den Markt verstopft und muß
Begrenzt sein.

ALLE Einziger Ausweg!

MAULER
Und die Arbeitslöhne zu senken!

ALLE Das Ei des Kolumbus!

MAULER
Dies alles geschieht, damit nicht
In finsterer Zeit blutiger Verwirrung
Entmenschter Menschheit
Wo nicht mehr aufhören wollten in den Städten die Unruhen

(Denn wieder ist Chicago erregt von den Gerüchten drohenden Generalstreiks)
Die rohe Gewalt des kurzsichtigen Volkes
Zerschlägt das eigene Handwerkszeug und zertrampelt den eigenen Brotkorb
Sondern zurückkehrt Ruhe und Ordnung. Darum wollen wir
Euch, den Schwarzen Strohhüten, ermöglichen euer ordnungsförderndes Werk
Durch reichliche Geldspenden.
Freilich müßten auch wieder unter euch sein
Solche wie diese Johanna, die durch bloßes Aussehen
Vertrauen erweckt.

EIN MAKLER *stürzt herein:* Frohe Botschaft! Niedergekämpft ist der drohende Generalstreik. In die Zuchthäuser geworfen die Verbrecher, die Ruh und Ordnung frevelhaft gestört.

SLIFT
Nun atmet auf, nun muß der Markt gesunden!
Der tote Punkt ist wieder überwunden.
Das schwierige Werk ist noch einmal getan
Und noch einmal behaupten wir den Plan
Und läuft die Welt die uns genehme Bahn.
*Orgel.*

MAULER
Und jetzt macht auf euer Tor
Den Mühseligen und Beladenen und füllt den Topf mit Suppe.
Auch stimmt Musik an, und wir selber wollen
Zuvörderst uns auf eure Bänke setzen
Und uns bekehren.

SNYDER Die Türen auf!
*Die Türen werden weit geöffnet.*

DIE SCHWARZEN STROHHÜTE *singen, nach den Türen blickend:*
Spannt die Netze aus; sie müssen kommen!
Eben grad verlassen sie ihr letztes Haus!
Gott jagt die Kälte auf sie!
Gott jagt den Regen auf sie!
Drum sie müssen kommen! Spannt die Netze aus!
Willkommen! Willkommen! Willkommen!
Willkommen unten bei uns!

Riegelt alles ab, daß keiner rauskommt!
Sie sind auf dem Weg zu uns herab!
Wenn sie ohne Arbeit sind
Wenn sie taub sind und blind
Kommt uns keiner aus; drum riegelt alles ab.
Willkommen! Willkommen! Willkommen!
Willkommen unten bei uns!

Sammelt alles ein, was da hereinkommt!
Hut und Kopf und Grind und Strick und Schuh und Bein!
Hut hat das keinen mehr
Das kommt zum Weinen her!
So, was jetzt hereinschwimmt, sammelt alles ein!
Willkommen! Willkommen! Willkommen!
Willkommen unten bei uns!

Hier sind wir! Da kommen sie herunter!
Seht, das Elend treibt sie auf uns zu wie das Getier!
Sehet, sie müssen herunter!
Sehet, sie kommen herunter!
Unten da ist kein Entrinnen: da stehn wir!
Willkommen! Willkommen! Willkommen!
Willkommen unten bei uns!

## 11
## a

*Schlachthöfe. Gegend vor dem Lagerhaus der Grahamwerke*

*Die Höfe sind fast leer. Nur noch einzelne Trupps von Arbeitern kommen vorbei.*

JOHANNA *kommt und fragt:* Sind hier drei Leute vorbeigekommen, die nach einem Brief gefragt haben?
*Geschrei von hinten, sich nach vorn fortpflanzend. Dann kommen, von Soldaten eskortiert, fünf Männer: die zwei Männer von der Zentrale und die drei von den Elektrizitätswerken. Plötzlich bleibt der eine Mann von der Zentrale stehen und spricht mit den Soldaten.*

DER ARBEITERFÜHRER Wenn ihr uns jetzt in die Zuchthäuser führt, dann wißt: was wir gemacht haben, das haben wir gemacht, weil wir für euch sind.

EIN SOLDAT Dann geh weiter, wenn du für uns bist.

DER ARBEITERFÜHRER Wartet etwas!

DER SOLDAT Hast du jetzt Angst?

DER ARBEITERFÜHRER Ja, das habe ich auch, aber darum rede ich nicht. Ich will nur, daß ihr etwas stehenbleibt, damit ich euch sage, warum ihr uns verhaftet habt, denn das wißt ihr nicht.

DIE SOLDATEN *lachen:* Gut, sage uns, warum wir euch verhaftet haben.

DER ARBEITERFÜHRER Selbst besitzlos, helft ihr den Besitzenden, weil ihr noch keine Möglichkeit seht, den Besitzlosen zu helfen.
DER SOLDAT So, und jetzt gehen wir weiter.
DER ARBEITERFÜHRER Halt! Der Satz ist noch nicht zu Ende: Aber schon helfen in dieser Stadt die Arbeitenden den Arbeitslosen. Also kommt die Möglichkeit näher. Kümmert euch darum.
DER SOLDAT Du willst wohl, daß wir dich laufen lassen?
DER ARBEITERFÜHRER Hast du mich nicht verstanden? Ihr sollt nur wissen, daß es auch für euch bald Zeit wird.
DIE SOLDATEN Können wir jetzt weitergehen?
DER ARBEITERFÜHRER Ja, jetzt können wir weitergehen.
*Sie gehen weiter. Johanna bleibt stehen und schaut den Verhafteten nach. Da hört sie neben sich zwei Leute reden.*
DER EINE Was sind das für Leute?
DER ANDERE
Keiner von diesen da
Hat nur für sich gesorgt.
Sondern für fremder Leute Brot
Liefen sie ruhlos.
DER EINE Warum ruhlos?
DER ANDERE
Der Ungerechte geht offen über die Straße, aber
Der Gerechte versteckt sich.
DER EINE Was geschieht mit ihnen?
DER ANDERE
Obgleich sie
Um geringen Lohn arbeiten und für viele nützlich sind
Lebt keiner von ihnen seine Jahre zu Ende
Ißt sein Brot, stirbt satt und wird
In Ehren begraben, sondern
Vor ihrer Zeit enden sie und sind
Erschlagen und zerstampft und in Schande verscharrt.
DER EINE Warum hört man nie von ihnen?
DER ANDERE
Wenn du in den Zeitungen liest, daß einige Verbrecher erschossen oder
In die Zuchthäuser geworfen worden sind, dann sind sie es.
DER EINE Wird das immer so gehen?
DER ANDERE
Nein.
*Als Johanna sich wendet, wird sie von den Zeitungsleuten angesprochen.*
DIE ZEITUNGSLEUTE Ist das nicht Unsere Liebe Frau vom Schlachthof? Hallo, Sie! Die Sache ist schiefgegangen! Der Generalstreik ist abgeblasen. Die Schlachthäuser machen wieder auf, aber nur für zwei Drittel der Belegschaft und nur zu einem Zweidrittellohn. Aber das Fleisch wird teurer.
JOHANNA Sind die Arbeiter einverstanden?
DIE ZEITUNGSLEUTE Sicher. Nur ein Teil von ihnen hat erfahren, daß ein Generalstreik geplant war, und diesen Teil hat die Polizei mit Gewalt weggetrieben.
*Johanna fällt um.*

**b**

*Vor dem Lagerhaus der Grahamwerke*

*Ein Trupp von Arbeitern, mit Laternen.*

DIE ARBEITER Hier muß sie liegen. Von dort ist sie gekommen, und hier hat sie den Unsern zugerufen, daß die Städtischen Betriebe streiken wollen. Wegen des Schneetreibens hat sie wohl die Soldaten nicht bemerkt. Einer hat sie mit dem Gewehrkolben niedergeschlagen. Ich habe sie einen Augenblick lang deutlich gesehen. Da liegt sie! Solche müßte es mehr geben. Nein, das ist sie ja gar nicht! Es war eine alte Arbeiterin. Die da gehört nicht zu uns. Laßt sie liegen, bis die Soldaten kommen, die werden sie dann aufheben.

## 12
## Tod und Kanonisierung der heiligen Johanna der Schlachthöfe.

*Das Haus der Schwarzen Strohhüte ist nunmehr reich ausgestattet. In Gruppen aufgebaut stehen die Schwarzen Strohhüte mit neuen Fahnen, die Schlächter (Packherren), die Viehzüchter und die Aufkäufer.*

SNYDER
Und so ist es uns gelungen
Gott hat wieder Fuß gefaßt
Höchstens haben wir bezwungen
Niederstem uns angepaßt.
In den Höhn und Niederungen
Wißt ihr, was ihr an uns habt:
Endlich ist es uns gelungen
Endlich hat das Ding geklappt!

*Ein Haufen Armer tritt ein, an ihrer Spitze Johanna, von zwei Polizisten gestützt.*

DIE POLIZISTEN
Hier ist eine ohne Obdach
Aufgelesen auf den Schlachthöfen in
Erkranktem Zustand. Ihr
Letzter fester Aufenthaltsort war
Angeblich hier.

JOHANNA *hält den Brief hoch, als wollte sie ihn noch abgeben:*
Nimmer nimmt mir der Untergegangene
Meinen Brief ab.
Kleinen Dienst guter Sache, zu dem ich
All mein Leben gebeten wurd, einzigen!
Habe ich nicht ausgerichtet.

*Während die Armen sich auf die Bänke setzen, um Suppe zu bekommen, berät Slift sich mit den Schlächtern und Snyder.*

SLIFT Das ist unsere Johanna. Sie kommt wie gerufen. Wir wollen sie groß herausbringen, denn sie hat uns durch ihr menschenfreundliches Wirken auf den Schlachthöfen, ihre Fürsprache für die Armen, auch durch ihre Reden gegen uns über schwierige Wochen hinweggeholfen. Sie soll unsere heilige Johanna der Schlachthöfe sein. Wir wollen sie als eine Heilige aufziehen und ihr keine Achtung versagen. Im Gegenteil soll gerade, daß sie bei uns gezeigt wird, dafür zum Beweis dienen, daß die Menschlichkeit bei uns einen hohen Platz einnimmt.

MAULER
Auch in unsrer Mitte fehle
Nicht die kindlich reine Seele
Auch in unserm Chor erschalle
Ihr herrlich lautre Stimme
Sie verdamme alles Schlimme
Und sie spreche für uns alle.

SNYDER
Erhebe dich, Johanna der Schlachthöfe
Fürsprecherin der Armen
Trösterin der untersten Tiefe!

JOHANNA
Welch ein Wind in der Tiefe! Was für ein Geschrei
Verschweigst du, Schnee?
Eßt die Suppe, ihr!
Schüttet nicht die letzte Wärme aus, ihr
Keinebeutemehr! Eßt die Suppe!
Hätte ich doch
Ruhig gelebt wie ein Vieh
Aber den Brief abgegeben, der mir anvertraut war!

DIE SCHWARZEN STROHHÜTE *auf sie zu:*
Ach, wie ist sie noch verwirrt
Die durch Nacht zum Licht gewandelt!
Menschlich nur hast du gehandelt!
Menschlich nur hast du geirrt!

JOHANNA *während sie von den Mädchen wieder in die Uniform der Schwarzen Strohhüte eingekleidet wird:*
Wieder beginnt das Lärmen der Betriebe, man hört es.
Und versäumt ist wieder
Ein Einhalt.
Wieder läuft
Die Welt die alte Bahn unverändert.
Als es möglich war, sie zu verändern
Bin ich nicht gekommen; als es nötig war
Daß ich kleiner Mensch half, bin ich
Ausgeblieben.

MAULER
Ach, der Mensch in seinem Drange
Hält das Irdische nicht aus
Und in seinem stolzen Gange
Aus dem Alltäglichen
Ganz Unerträglichen
In das Unkenntliche
Hohe Unendliche
Stößt er übers Ziel hinaus.

JOHANNA
Geredet habe ich auf allen Märkten
Und der Träume waren unzählige, aber
Den Geschädigten war ich ein Schaden
Nützlich war ich den Schädigern.

DIE SCHWARZEN STROHHÜTE
Ach, es bleibt am Ende alle
Mühe Stückwerk, unbeseelt
Wenn der Stoff dem Geiste fehlt.

DIE SCHLÄCHTER
Herrlich ist's in jedem Falle
Wenn sich der Geist dem Geschäfte vermählt!

JOHANNA
Eines habe ich gelernt und weiß es für euch
Selber sterbend:
Was soll das heißen, es ist etwas in euch und
Kommt nicht nach außen! Was wißt ihr wissend
Was keine Folgen hat?
Ich zum Beispiel habe nichts getan.
Denn nichts werde gezählt als gut, und sehe es aus wie immer, als was
Wirklich hilft, und nichts gelte als ehrenhaft mehr, als was

Diese Welt endgültig ändert: sie braucht es.
Wie gerufen kam ich den Unterdrückern!
O folgenlose Güte! Unmerkliche Gesinnung!
Ich habe nichts geändert.
Schnell verschwindend aus dieser Welt ohne Frucht
Sage ich euch:
Sorgt doch, daß ihr die Welt verlassend
Nicht nur gut wart, sondern verlaßt
Eine gute Welt!

GRAHAM Man muß dafür sorgen, daß ihre Reden nur durchgelassen werden, wenn sie vernünftig sind. Wir dürfen nicht vergessen, daß sie auf den Schlachthöfen gewesen ist.

JOHANNA
Denn es ist eine Kluft zwischen oben und unten, größer als
Zwischen dem Berg Himalaja und dem Meer
Und was oben vorgeht
Erfährt man unten nicht
Und nicht oben, was unten vorgeht.
Und es sind zwei Sprachen oben und unten
Und zwei Maße zu messen
Und was Menschengesicht trägt
Kennt sich nicht mehr.

DIE SCHLÄCHTER UND VIEHZÜCHTER *sehr laut, so daß Johanna überschrien wird:*
Soll der Bau sich hoch erheben
Muß es Unten und Oben geben.
Darum bleib an seinem Ort
Jeder, wo er hingehört.
Fort und fort
Tue er das ihm Gemäße
Da er, wenn er sich vergäße
Unsre Harmonien stört.
Unten ist der Untere wichtig
Oben ist der Richtige richtig.
Wehe dem, der je sie riefe
Die unentbehrlichen
Aber begehrlichen
Die nicht zu missenden
Aber es wissenden
Elemente der untersten Tiefe!

JOHANNA
Die aber unten sind, werden unten gehalten
Damit die oben sind, oben bleiben.
Und der Oberen Niedrigkeit ist ohne Maß
Und auch wenn sie besser werden, so hülfe es
Doch nichts, denn ohnegleichen ist
Das System, das sie gemacht haben:
Ausgebeutet und Unordnung, tierisch und also
Unverständlich.

DIE SCHWARZEN STROHHÜTE *zu Johanna:*
Du mußt gut sein! Du mußt schweigen!

DIE SCHLÄCHTER
Die im freien Raume schweben
Können sich doch nicht erheben
Steigen heißt: auf andre steigen
Und das Nach-dem-Oben-Greifen
Ist zugleich ein Tritt nach unten.

MAULER Handelnd mußt du, ach, verwunden!

DIE SCHWARZEN STROHHÜTE
Stets bewußt des blutigen Schuhes –

DIE SCHLÄCHTER
Nicht versuch ihn abzustreifen!
Denn du brauchst ihn, stets aufs neue –

DIE SCHWARZEN STROHHÜTE
Mußt du stets nach oben zeigen.
Doch vergiß uns nicht die Reue!

DIE SCHLÄCHTER
Tue alles!

DIE SCHWARZEN STROHHÜTE
Aber tu es:
Immer mit Gewissensbissen
Denn als Betrachtender
Selbst dich Verachtender
Hast du Gewissen!
Merkt auf, Handelnde!
Bei euren Einkäufen
Vergeßt nicht das herrliche
Vor allem bei Scheinkäufen
Ganz unentbehrliche
Fort und fort
Immer sich wandelnde
Gotteswort.

JOHANNA
Darum, wer unten sagt, daß es einen Gott gibt
Und ist keiner sichtbar
Und kann sein unsichtbar und hülfe ihnen doch
Den soll man mit dem Kopf auf das Pflaster schlagen
Bis er verreckt ist.

SLIFT Hört ihr, ihr müßt etwas sagen, womit ihr diesem Mädchen das Wort abschneidet. Ihr müßt reden, irgend etwas, aber laut!

SNYDER Johanna Dark, fünfundzwanzig Jahre alt, erkrankt an Lungenentzündung auf den Schlachthöfen Chicagos, im Dienste Gottes, Streiterin und Opfer!

JOHANNA
Und auch die, welche ihnen sagen, sie könnten sich erheben im Geiste
Und steckenbleiben im Schlamm, die soll man auch mit den Köpfen auf das
Pflaster schlagen. Sondern

Es hilft nur Gewalt, wo Gewalt herrscht, und
Es helfen nur Menschen, wo Menschen sind.

ALLE *singen die erste Strophe des Chorals, damit Johannas Reden nicht mehr gehört werden:*
Reiche den Reichtum dem Reichen! Hosianna!
Die Tugend desgleichen! Hosianna!
Gib dem, der da hat! Hosianna!
Gib ihm den Staat und die Stadt! Hosianna!
Gib du dem Sieger ein Zeichen! Hosianna!

*Während dieser Deklamationen beginnen Lautsprecher Schreckensnachrichten zu verkünden:*
»STURZ DES PFUNDES! DIE BANK VON ENGLAND SEIT DREIHUNDERT JAHREN ZUM ERSTEN MALE GESCHLOSSEN!« *und*
»ACHT MILLIONEN ARBEITSLOSE IN DEN VEREINIGTEN STAATEN!« *und*
»DER FÜNFJAHRESPLAN GELINGT!« *und*
»BRASILIEN SCHÜTTET EINE JAHRESERNTE KAFFEE INS MEER!« *und*
»SECHS MILLIONEN ARBEITSLOSE IN DEUTSCHLAND!« *und*
»DREITAUSEND BANKINSTITUTE IN DEN VEREINIGTEN STAATEN ZUSAMMENGEBROCHEN!« *und*
»IN DEUTSCHLAND WERDEN BÖRSEN UND BANKEN VON STAATS WEGEN GESCHLOSSEN!« *und*
»VOR HENRY FORDS FABRIK IN DETROIT FINDET EINE SCHLACHT ZWISCHEN POLIZEI UND ARBEITSLOSEN STATT!« *und*
»DER GRÖSSTE EUROPÄISCHE TRUST, DER ZÜNDHOLZTRUST, VERKRACHT!« *und*
»DER FÜNFJAHRESPLAN IN VIER JAHREN!«
*Unter dem Eindruck der Schreckensnachrichten schreien sich die jeweils gerade nicht Deklamierenden wilde Beschimpfungen zu, wie: »Dreckige Schweinemetzger, hättet ihr nicht zu viel geschlachtet!« und »Elende Viehzüchter, hättet ihr mehr Vieh gezüchtet!« und »Ihr wahnsinnigen Geldschaufler, hättet ihr mehr Leute eingestellt und Löhne bezahlt, wer soll sonst unser Fleisch fressen?« und »Der Zwischenhandel verteuert das Fleisch!« und »Die Getreideschieber sind es, die das Vieh verteuern!« und »Die Frachtsätze der Eisenbahn schnüren uns den Hals zu!« und »Die Bankzinsen ruinieren uns!« und »Wer kann solche Mieten für Viehställe und Getreidesilos bezahlen!« und »Warum fangt ihr nicht an mit dem Abbau!« und »Wir haben doch abgebaut, aber ihr baut nicht ab!« und »Ihr allein seid die Schuldigen!« und »Bevor man euch nicht aufhängt, wird es nicht besser!« und »Du gehörst schon lange ins Zuchthaus!« und »Warum läufst du noch frei herum?«*

ALLE *singen die zweite und dritte Strophe des Chorals, Johanna ist nicht mehr hörbar:*
Schenke dem Reichen Erbarmen, Hosianna!
In deinen Armen, Hosianna!
Schenk deine Gnad, Hosianna!
Und deine Hilf dem, der hat, Hosianna!
Hab mit dem Satten Erbarmen, Hosianna!

*Man sieht, daß Johanna zu sprechen aufhört.*

Hilf deiner Klasse, die dir hilft, Hosianna!
Aus reichlichen Händen, Hosianna!
Zerstampfe den Haß, Hosianna!
Lach mit dem Lachenden, laß, Hosianna!
Seine Missetat glücklich enden, Hosianna!

*Während dieser Strophe haben die Mädchen versucht, Johanna einen Teller Suppe einzuflößen. Sie hat den Teller zweimal zurückgewiesen. Das dritte Mal ergreift sie ihn, hält ihn hoch und schüttet ihn aus. Dann sinkt sie zusammen und liegt jetzt in den Armen des Mädchens, tödlich verwundet, ohne Zeichen des Lebens. Snyder und Mauler treten zu ihr.*
MAULER Gebt ihr die Fahne!
*Man reicht ihr die Fahne. Die Fahne entfällt ihr.*
SNYDER Johanna Dark, fünfundzwanzig Jahre alt, gestorben an Lungenentzündung auf den Schlachthöfen, im Dienste Gottes, Streiterin und Opfer.
MAULER
Ach, das Reine
Ohne Fehle
Unverderbte, Hilfsbereite
Es erschüttert uns Gemeine!
Weckt in unsrer Brust die zweite
Bessere Seele!
*Alle stehen lange in sprachloser Rührung. Auf einen Wink Snyders werden alle Fahnen sanft auf sie niedergelassen, bis sie ganz davon bedeckt wird. Die Szene ist von einem rosigen Schein beleuchtet.*
DIE SCHLÄCHTER UND VIEHZÜCHTER
Seht, dem Menschen seit Äonen
Ist ein Streben eingesenkt
Daß er nach den höheren Zonen
Stets in seinem Geiste drängt.
Sieht er die Gestirne thronen
Ahnt er tausend Himmelwärtse

Während er zu seinem Schmerze
Mit dem Fleisch nach unten hängt.

MAULER
Ach, in meine arme Brust
Ist ein Zwiefaches gestoßen
Wie ein Messer bis zum Heft.
Denn es zieht mich zu dem Großen
Selbst- und Nutz- und Vorteilslosen
Und es zieht mich zum Geschäft
Unbewußt!

ALLE
Mensch, es wohnen dir zwei Seelen
In der Brust!
Such nicht eine auszuwählen
Da du beide haben mußt.
Bleibe stets mit dir im Streite!
Bleib der Eine, stets Entzweite!
Halte die hohe, halte die niedere
Halte die rohe, halte die biedere
Halte sie beide!

# Die Ausnahme und die Regel

Lehrstück

Mitarbeiter: E. Burri, E. Hauptmann

*Personen*

Der Kaufmann · Der Führer · Der Kuli · Zwei Polizisten · Der Wirt · Der Richter · Die Frau des Kulis · Der Leiter der zweiten Karawane · Zwei Beisitzer

DIE SPIELER

Wir berichten euch sogleich
Die Geschichte einer Reise. Ein Ausbeuter
Und zwei Ausgebeutete unternehmen sie.
Betrachtet genau das Verhalten dieser Leute:
Findet es befremdend, wenn auch nicht fremd
Unerklärlich, wenn auch gewöhnlich
Unverständlich, wenn auch die Regel.
Selbst die kleinste Handlung, scheinbar einfach
Betrachtet mit Mißtrauen! Untersucht, ob es nötig ist
Besonders das Übliche!
Wir bitten euch ausdrücklich, findet
Das immerfort Vorkommende nicht natürlich!
Denn nichts werde natürlich genannt
In solcher Zeit blutiger Verwirrung
Verordneter Unordnung, planmäßiger Willkür
Entmenschter Menschheit, damit nichts
Unveränderlich gelte.

**1**

**Wettlauf in der Wüste.**

*Eine kleine Expedition hastet durch die Wüste.*

DER KAUFMANN *zu seinen zwei Begleitern, dem Führer und einem Kuli, der das Gepäck trägt:* Beeilt euch, ihr Faultiere, heute über zwei Tage müssen wir bis zur Station Han gekommen sein, denn wir müssen einen ganzen Tag Vorsprung herausquetschen. *Zum Publikum:* Ich bin der Kaufmann Karl Langmann und reise nach Urga, um die Schlußverhandlungen über eine Konzession zu führen. Hinter mir her kommen meine Konkurrenten. Wer zuerst ankommt, macht das Geschäft. Durch meine Schlauheit und meine Energie bei der Überwindung aller Schwierigkeiten und meine Unerbittlichkeit gegen mein Personal habe ich die Reise bisher beinahe in der Hälfte der üblichen Zeit gemacht. Leider haben auch meine Konkurrenten dasselbe Tempo erreicht. *Er sieht durch sein Fernglas nach hinten.* Seht ihr, da sind sie uns schon wieder auf den Fersen! *Zum Führer:* Warum treibst du den Träger nicht an? Ich habe dich engagiert, damit du ihn antreibst, aber ihr wollt spazierengehen für mein Geld. Hast du eine Ahnung, was die Reise kostet? Euer Geld ist es ja nicht. Aber wenn du Sabotage treibst, zeige ich dich in Urga bei der Stellenvermittlung an.

DER FÜHRER *zum Träger:* Bemühe dich, rascher zu laufen.

DER KAUFMANN Du hast nicht den richtigen Ton im Hals, du wirst es nie zu einem richtigen Führer bringen. Ich hätte einen teureren nehmen sollen. Sie holen immer mehr auf. So schlag den Kerl doch! Ich bin nicht für Schlagen, aber jetzt muß man schlagen. Wenn ich nicht zuerst ankomme, bin ich ruiniert. Du hast dir deinen Bruder als Träger genommen, gesteh's! Er ist ein Verwandter, darum schlägst du nicht. Ich kenne euch doch. An Roheit fehlt es nicht bei euch. Schlag, oder ich entlasse dich! Deinen Lohn kannst du dann einklagen. Um Gottes willen, wir werden eingeholt!

DER KULI *zum Führer:* Schlag mich, aber nicht mit deiner äußersten Kraft, denn wenn ich bis zur Station Han kommen will, darf ich meine äußerste Kraft jetzt noch nicht einsetzen.

*Der Führer schlägt den Kuli.*

RUFE *von hinten:* Hallo! Geht hier der Weg nach Urga? Hier gut Freund! Wartet auf uns!

DER KAUFMANN *antwortet nicht und schaut*

*auch nicht zurück:* Der Teufel hole euch! Vorwärts! Drei Tage treibe ich meine Leute an, zwei Tage mit Schimpfreden, am dritten mit Versprechungen, in Urga wird man weitersehen. Immer sind mir meine Konkurrenten auf den Fersen, aber die zweite Nacht marschiere ich durch und bin endlich außer Sichtweite und erreiche die Station Han am dritten Tage, einen Tag früher als jeder andere. *Er singt:*

Daß ich nicht schlief, hat mir den Vorsprung
verschafft.
Daß ich antrieb, hat mich vorwärts gebracht.
Der schwache Mann bleibt zurück und der
starke kommt an.

2
**Ende der vielbegangenen Straße.**

DER KAUFMANN *vor der Station Han:* Hier ist die Station Han. Gott sei Dank, ich habe sie erreicht, einen Tag früher als jeder andere. Meine Leute sind erschöpft. Außerdem sind sie erbittert gegen mich. Sie haben keinen Sinn für Rekorde. Es sind keine Kämpfer. Es ist ein niedriges Gesindel, das am Boden klebt. Sie wagen natürlich nicht, etwas zu sagen, denn es gibt ja Gott sei Dank noch Polizei, die für Ordnung sorgt.

ZWEI POLIZISTEN *treten herein:* Alles in Ordnung, Herr? Sind Sie zufrieden mit der Straße? Sind sie zufrieden mit Ihrem Personal?

DER KAUFMANN Alles in Ordnung. Ich habe die Reise hierher in drei Tagen gemacht anstatt in vier. Die Straße ist saumäßig, aber ich pflege durchzusetzen, was ich mir vorgenommen habe. Wie ist die Straße von der Station Han ab? Was kommt jetzt?

DIE POLIZISTEN Jetzt, Herr, kommt die menschenleere Wüste Jahí.

DER KAUFMANN Kann man da eine Polizeieskorte bekommen?

DIE POLIZISTEN *im Weitergehen:* Nein, Herr, wir sind die letzte Polizeistreife, die Sie sehen werden, Herr.

3
**Die Entlassung des Führers auf der Station Han.**

DER FÜHRER Seit wir auf der Straße vor der Station mit den Polizisten gesprochen haben, ist unser Kaufmann wie ausgewechselt. Sein Ton, in dem er mit uns spricht, ist ein ganz anderer geworden: er ist fast freundlich. Mit dem Tempo der Reise hat dies nichts zu tun, denn es ist auch auf dieser Station, der letzten vor der Wüste Jahí, kein Ruhetag angesetzt worden. Ich weiß nicht, wie ich den Träger in so erschöpftem Zustand bis nach Urga bringen soll. Alles in allem beunruhigt mich dieses freundliche Verhalten des Kaufmanns sehr. Ich fürchte, er plant etwas mit uns. Er geht viel herum, in Nachdenken versunken. Neue Gedanken, neue Gemeinheiten. Was immer er ausheckt, ich und der Träger müssen es aushalten. Denn sonst zahlt er uns den Lohn nicht oder jagt uns fort mitten in der Wüste.

DER KAUFMANN *nähert sich:* Nimm Tabak. Hier ist Zigarettenpapier. Für einen Lungenzug geht ihr ja durchs Feuer. Ich weiß nicht, was ihr alles anstellen könntet, um diesen Rauch in den Hals zu bekommen. Gott sei Dank haben wir genügend bei uns. Unser Tabak reicht dreimal bis Urga.

DER FÜHRER *nimmt den Tabak, bei sich:* Unser Tabak!

DER KAUFMANN Setzen wir uns doch, mein Freund. Warum setzt du dich nicht? Solch eine Reise bringt zwei Leute einander menschlich näher. Aber wenn du nicht willst, kannst du natürlich auch stehen bleiben. Ihr habt ja auch eure Gebräuche. Ich setze mich nicht mit dir für gewöhnlich und du setzt dich nicht mit einem Träger. Das sind Unterschiede, auf denen die Welt aufgebaut ist. Aber rauchen können wir zusammen. Nein? *Er lacht.* Das gefällt mir an dir. Es ist auch eine Art Würde. Also, pack das Zeug vollends zusammen. Und vergiß das Wasser nicht. Es soll wenig Wasserlöcher geben in der Wüste. Übrigens, mein Freund, wollte ich dich warnen: hast du bemerkt, wie der Träger dich anschaute, wenn du ihn hart anfaßtest? Er hatte so ein gewisses Etwas im Blick, das auf nichts Gutes hindeutete. Du wirst ihn aber noch ganz anders anfassen müssen in den nächsten Tagen, denn wir müssen unser Tempo womöglich noch verstärken. Und das ist ein fauler Bursche. Die Gegend, in die wir jetzt kommen, ist menschenleer, da wird er vielleicht sein wahres Gesicht zeigen. Ja, du bist ein besserer Mann, du verdienst mehr und brauchst nichts zu tragen. Grund genug, daß er dich haßt. Es wird gut sein, wenn du dich von ihm fernhältst. *Der Führer geht durch eine offene Tür in den Ne-*

*benhof. Der Kaufmann ist allein sitzen geblieben.* Komische Leute.

*Der Kaufmann bleibt schweigend sitzen. Der Führer beaufsichtigt nebenan den Träger beim Packen. Dann setzt er sich und raucht. Wenn der Kuli fertig ist, setzt er sich hin und bekommt von ihm Tabak und Zigarettenpapier und beginnt ein Gespräch mit ihm.*

DER KULI Der Kaufmann sagt immer, daß der Menschheit ein Dienst erwiesen wird, wenn das Öl aus dem Boden geholt wird. Wenn das Öl aus dem Boden geholt ist, wird es hier Eisenbahnen geben und Wohlstand sich ausbreiten. Der Kaufmann sagt, es wird hier Eisenbahnen geben. Wovon soll ich dann leben?

DER FÜHRER Sei ganz ruhig. Es wird so bald keine Eisenbahnen geben. Ich höre, daß das Öl, wenn es entdeckt ist, versteckt wird. Der das Loch zustopft, aus dem das Öl kommt, erhält Schweigegeld. Darum beeilt sich der Kaufmann so. Er will gar nicht das Öl, er will das Schweigegeld.

DER KULI Das verstehe ich nicht.

DER FÜHRER Keiner versteht das.

DER KULI Der Weg durch die Wüste wird wohl noch schlechter werden. Hoffentlich werden meine Füße durchhalten.

DER FÜHRER Sicher.

DER KULI Gibt es Räuber hier?

DER FÜHRER Wir werden nur heute am ersten Reisetag aufmerken müssen, in der Nähe der Station sammelt sich allerlei Gesindel an.

DER KULI Und dann?

DER FÜHRER Wenn wir den Fluß Mir hinter uns haben, wird es darauf ankommen, den Wasserlöchern entlang zu marschieren.

DER KULI Du kennst den Weg?

DER FÜHRER Ja.

*Der Kaufmann hat sprechen hören. Er tritt hinter die Tür, um zu horchen.*

DER KULI Ist der Fluß Mir schwierig zu überschreiten?

DER FÜHRER In dieser Jahreszeit im allgemeinen nicht. Aber wenn er Hochwasser hat, reißt er sehr stark und ist lebensgefährlich.

DER KAUFMANN Er spricht wirklich mit dem Träger. Bei ihm kann er sitzen! Mit ihm raucht er!

DER KULI Was macht man dann?

DER FÜHRER Man muß oft acht Tage warten, bis man ohne Gefahr hinüberkommt.

DER KAUFMANN Sieh mal an! Er gibt ihm noch den Rat, sich ja Zeit zu lassen und auf sein kostbares Leben ja recht achtzugeben! Das ist ein gefährlicher Bursche. Er wird ihm noch Vorschub leisten. Auf keinen Fall ist er der Mann, der hier durchgreift. Wenn er nicht noch zu Schlimmerem fähig ist. Schließlich sind es ab heute zwei gegen einen, zumindest aber fürchtet er sich ganz offenkundig, den unter seinem Kommando Stehenden scharf anzupacken, jetzt, wo die Gegenden menschenleer werden. Dieses Burschen muß ich mich unbedingt entledigen. *Er geht zu den beiden hinein.* Ich habe dir den Auftrag gegeben, zu kontrollieren, ob richtig gepackt wurde. Jetzt wollen wir einmal sehen, ob du meine Aufträge ausführst. *Er zerrt heftig an einem Tragriemen, bis dieser reißt.* Heißt das gepackt? Wenn der Riemen reißt, haben wir einen Tag Aufenthalt. Aber das ist es ja gerade, was du willst: Aufenthalt.

DER FÜHRER Ich will keinen Aufenthalt. Und der Riemen reißt nicht, wenn an ihm nicht gezerrt wird.

DER KAUFMANN Was, du widersprichst auch noch? Ist der Riemen gerissen oder nicht? Wage es, mir ins Gesicht hinein zu behaupten, er sei nicht gerissen! Du bist überhaupt unzuverlässig. Ich habe einen Fehler gemacht, als ich dich anständig behandelte, ihr vertragt das nicht. Ich kann keinen Führer brauchen, der sich beim Personal keinen Respekt verschaffen kann. Du scheinst dich eher zum Träger als zum Führer zu eignen. Ich habe Gründe dafür, anzunehmen, daß du sogar das Personal aufhetzt.

DER FÜHRER Welche Gründe?

DER KAUFMANN Ja, das möchtest du wissen! Also, du bist entlassen!

DER FÜHRER Aber Sie können mich doch nicht auf halbem Wege entlassen.

DER KAUFMANN Du mußt noch froh sein, wenn ich dich nicht in Urga bei der Stellenvermittlung anzeige. Hier hast du deinen Lohn, und zwar bis hierher. *Er ruft den Wirt, der kommt.* Sie sind Zeuge: ich habe den Lohn ausbezahlt. *Zum Führer:* Ich kann dir jetzt schon sagen, daß du dich besser in Urga nicht mehr blicken läßt. *Betrachtet ihn von oben bis unten.* Du wirst es nie zu etwas bringen. *Er geht mit dem Wirt ins andere Zimmer.* Ich breche sofort auf. Wenn mir etwas passiert, Sie sind Zeuge, daß ich mit dem Mann da – *zeigt auf den Kuli nebenan* – heute allein von hier aufgebrochen bin.

*Der Wirt deutet durch Gesten an, daß er nichts versteht.*

DER KAUFMANN *betroffen:* Er versteht nicht. Es

wird also niemanden geben, der sagen kann, wohin ich gegangen bin. Und das Schlimmste ist, daß diese Burschen wissen, daß es niemanden gibt.
*Er setzt sich und schreibt einen Brief.*
DER FÜHRER *zum Kuli:* Ich habe einen Fehler gemacht, als ich mich zu dir setzte. Nimm dich in acht, das ist ein schlechter Mann. *Er gibt ihm seine Wasserflasche.* Behalte diese Flasche als Reserve, versteck sie. Wenn ihr euch verirren solltet – wie willst du den Weg finden? –, wird er dir sicher deine abnehmen. Ich werde dir den Weg erklären.
DER KULI Tu es lieber nicht. Er darf dich nicht mit mir reden hören, und, wenn er mich davonjagt, bin ich verloren. Mir braucht er überhaupt nichts zu zahlen, denn ich bin nicht wie du in einer Gewerkschaft: ich muß mir alles gefallen lassen.
DER KAUFMANN *zum Wirt:* Geben Sie diesen Brief den Leuten, die morgen hier ankommen und auch nach Urga gehen. Ich werde mit meinem Träger allein weitermarschieren.
DER WIRT *nickt und nimmt den Brief:* Aber er ist kein Führer.
DER KAUFMANN *für sich:* Er versteht also doch! Er wollte also vorhin nicht verstehen! Er kennt das schon. Er macht keinen Zeugen in solchen Sachen. *Zum Wirt, barsch:* Erklären Sie meinem Träger den Weg nach Urga.
*Der Wirt geht hinaus und erklärt dem Kuli den Weg nach Urga. Der Kuli nickt oftmals eifrig mit dem Kopf.*
DER KAUFMANN Ich sehe, es wird einen Kampf geben. *Er holt seinen Revolver heraus und reinigt ihn. Dabei singt er:*

Der kranke Mann stirbt und der starke Mann ficht.
Warum sollte der Boden das Öl hergeben?
Warum sollte der Kuli meinen Packen schleppen?
Um Öl muß gekämpft werden
Mit dem Boden und mit dem Kuli
Und in diesem Kampf heißt es:
Der kranke Mann stirbt und der starke Mann ficht.

*Er tritt reisefertig in den anderen Hof.* Kennst du jetzt den Weg?
DER KULI Ja, Herr.
DER KAUFMANN Dann los.
*Der Kaufmann und der Kuli gehen hinaus. Der Wirt und der Führer sehen ihnen nach.*
DER FÜHRER Ich weiß nicht, ob mein Kollege wirklich begriffen hat. Er hat zu rasch begriffen.

## 4
## Gespräch in einer gefährlichen Gegend.

DER KULI *singt:*
Ich gehe nach der Stadt Urga
Unaufhaltsam gehe ich nach Urga
Die Räuber halten mich nicht ab von Urga
Die Wüste hält mich nicht zurück von Urga
Essen gibt es in Urga und Lohn.

DER KAUFMANN Wie sorglos ist dieser Kuli! Das ist eine Gegend, in der es Räuber gibt, allerhand Gesindel, das sich in der Nähe der Station sammelt. Und er singt. *Zum Kuli:* Dieser Führer hat mir nie gefallen. Einmal war er roh, einmal war er speichelleckerisch. Kein ehrlicher Mann.

DER KULI Ja, Herr. *Er singt wieder:*
Die Straßen sind beschwerlich bis Urga
Hoffentlich halten meine Füße durch bis Urga
Die Leiden sind unermeßlich in Urga
Aber in Urga gibt es Ausruhen und Lohn.

DER KAUFMANN Warum singst du eigentlich und bist so fröhlich, mein Freund? Du fürchtest wohl die Räuber nicht? Du meinst wohl, was sie dir nehmen können, das gehört dir nicht, denn was du zu verlieren hast, das gehört mir.

DER KULI *singt:*
Auch meine Frau erwartet mich in Urga
Auch mein kleiner Sohn erwartet mich in Urga
Auch...

DER KAUFMANN *ihn unterbrechend:* Mir gefällt dein Singen nicht. Wir haben keinen Grund zum Singen. Man hört dich ja bis nach Urga. So lockt man ja das Gesindel geradezu an. Du kannst morgen wieder singen, soviel du willst.
DER KULI Ja, Herr.
DER KAUFMANN *der vorausgeht:* Er würde sich keinen Augenblick wehren, wenn man ihm seine Sachen wegnähme. Was würde er tun? Es wäre seine Pflicht, das Meine so zu betrachten wie das Seine, wenn es in Gefahr ist. Aber das würde er niemals. Schlechte Rasse. Er spricht auch nichts. Das sind die Schlimmsten. Ich kann

ja in seinen Kopf nicht hineinsehen. Was hat er vor? Er hat nichts zu lachen und lacht. Worüber lacht er? Warum läßt er mich zum Beispiel vorangehen? Er weiß doch den Weg! Wohin führt er mich überhaupt? *Er schaut sich um und sieht, wie der Kuli Spuren im Sand hinter sich mit einem Tuch verwischt.* Was machst du denn da?

DER KULI Ich verwische unsere Spuren, Herr.

DER KAUFMANN Und warum machst du das?

DER KULI Der Räuber wegen.

DER KAUFMANN So, der Räuber wegen. Man soll aber sehen, wohin du mich geführt hast. Wohin führst du mich denn überhaupt? Geh voraus! *Sie gehen schweigend weiter. Der Kaufmann zu sich:* In diesem Sand sind die Spuren wirklich sehr deutlich zu sehen. Eigentlich wäre es natürlich sehr gut, die Spuren zu verwischen.

## 5
## Am reißenden Fluß.

DER KULI Wir sind ganz richtig gegangen, Herr. Was wir dort sehen, ist der Fluß Mir. Zu dieser Jahreszeit ist er im allgemeinen nicht schwierig zu überschreiten, aber wenn er Hochwasser hat, reißt er sehr stark und ist lebensgefährlich. Er hat Hochwasser.

DER KAUFMANN Wir müssen hinüber.

DER KULI Man muß oft acht Tage warten, bis man ohne Gefahr hinüberkommt. Jetzt ist es lebensgefährlich.

DER KAUFMANN Das werden wir ja sehen. Wir können keinen Tag warten.

DER KULI Dann müssen wir eine Furt suchen oder einen Kahn.

DER KAUFMANN Das dauert zu lange.

DER KULI Ich kann aber sehr schlecht schwimmen.

DER KAUFMANN Das Wasser ist nicht so hoch.

DER KULI *steckt einen Stecken hinein:* Es ist höher als ich.

DER KAUFMANN Wenn du erst im Wasser bist, wirst du auch schwimmen. Denn dann mußt du. Siehst du, du kannst das nicht so überblicken wie ich. Warum müssen wir nach Urga? Kannst du Dummkopf nicht verstehen, daß der Menschheit ein Dienst erwiesen wird, wenn das Öl aus dem Boden geholt wird? Wenn das Öl aus dem Boden heraus ist, wird es hier Eisenbahnen geben und Wohlstand sich ausbreiten. Es wird Brot und Kleider geben und Gott weiß was. Und wer wird das machen? Wir. Von unserer Reise hängt es ab. Stelle dir vor, daß auf dich gleichsam die Augen dieses ganzen Landes gerichtet sind, auf dich, einen kleinen Mann. Und da zauderst du, deine Pflicht zu tun?

DER KULI *hat während dieser Rede ehrfürchtig genickt:* Ich kann nicht gut schwimmen.

DER KAUFMANN Ich wage doch auch mein Leben. *Der Kuli nickt ehrerbietig.* Ich verstehe dich nicht. Von niederen, gewinnsüchtigen Erwägungen geleitet, hast du gar kein Interesse, die Stadt Urga möglichst bald, sondern das Interesse, sie möglichst spät zu erreichen, da du ja tagweise bezahlt wirst. Die Reise interessiert dich also gar nicht wirklich, sondern nur der Lohn.

DER KULI *steht am Ufer und zögert:* Was soll ich machen? *Er singt:*

Hier ist der Fluß.
Ihn zu durchschwimmen, ist gefährlich.
An seinem Ufer stehen zwei Männer.
Der eine durchschwimmt ihn, der andere
Zögert. Ist der eine mutig?
Ist der andere feige? Jenseits des Flusses
Hat der eine ein Geschäft.

Aus der Gefahr steigt der eine
Aufatmend an das eroberte Ufer.
Er betritt sein Besitztum
Er ißt neues Essen.
Aber der andere steigt aus der Gefahr
Keuchend ins Nichts.
Ihn empfängt, den Geschwächten
Neue Gefahr. Sind sie beide tapfer?
Sind sie beide weise?
Ach! Aus dem gemeinsam besiegten Fluß
Steigen nicht zwei Sieger.

Wir und: ich und du
Das ist nicht dasselbe.
Wir erringen den Sieg
Und du besiegst mich.

Gestatte wenigstens, daß ich einen halben Tag ausruhe. Ich bin müde vom Schleppen. Ausgeruht kann ich vielleicht hinüberkommen.

DER KAUFMANN Ich weiß ein besseres Mittel. Ich werde dir den Revolver in den Rücken halten. Wetten wir, daß du hinüberkommst? *Er stößt ihn vor sich her. Zu sich:* Mein Geld macht mich die Räuber fürchten und den Fluß vergessen. *Er singt:*

So überwindet der Mensch
Die Wüste und den reißenden Fluß
Und überwindet sich selbst, den Menschen
Und gewinnt das Öl, das gebraucht wird.

**6**
**Das Nachtlager.**

*Am Abend versucht der Kuli, dessen einer Arm gebrochen ist, das Zelt aufzuschlagen. Der Kaufmann sitzt dabei.*

DER KAUFMANN Ich habe dir doch gesagt, daß du heute das Zelt nicht aufzubauen brauchst, weil du dir beim Übergang über den Fluß den Arm gebrochen hast. *Der Kuli baut schweigend weiter.* Wenn ich dich nicht aus dem Wasser gezogen hätte, wärst du ertrunken. *Der Kuli baut weiter.* Wenn ich auch an deinem Unfall nicht schuld bin – der Baumstrunk hätte geradesogut mich treffen können –, so ist dir dieses Mißgeschick immerhin auf einer Reise mit mir zugestoßen. Ich habe nur sehr wenig bares Geld bei mir, aber in Urga ist meine Bank, da werde ich dir Geld geben.
DER KULI Ja, Herr.
DER KAUFMANN Spärliche Antwort. Mit jedem Blick läßt er mich merken, daß ich ihn geschädigt habe. Diese Kulis sind ein heimtückisches Pack! *Zum Kuli:* Du kannst dich niederlegen. *Er geht weg und setzt sich abseits nieder.* Sicher macht ihm sein Mißgeschick weniger aus als mir. Dieses Gesindel kümmert sich nicht viel darum, ob es ganz oder lädiert ist. So was hebt sich nicht höher als bis zu einer Schüssel Rand. Von Natur bresthaft, kümmern sie sich nicht mehr um sich. Wie einer etwas wegwirft, was ihm nicht gelungen ist, werfen sie sich selber weg, das Mißlungene. Nur der Gelungene kämpft. *Er singt:*

Der kranke Mann stirbt und der starke Mann ficht
Und das ist gut so.
Dem Starken wird geholfen, dem Schwachen hilft man nicht
Und das ist gut so.
Laß fallen, was fällt, gib ihm noch einen Tritt
Denn das ist gut so.
Er setzt sich zum Essen, wer den Sieg sich erstritt
Das ist gut so.
Und der Koch nach der Schlacht zählt die Toten nicht mit
Und er tut gut so.
Und der Gott der Dinge, wie sie sind, schuf Herr und Knecht!
Und das war gut so.
Und wem's gut geht, der ist gut; und wem's schlecht geht, der ist schlecht
Und das ist gut so.

*Der Kuli ist hinzugetreten. Der Kaufmann erblickt ihn und erschrickt.* Er hat zugehört! Halt! Bleib stehen! Was willst du?
DER KULI Das Zelt ist fertig, Herr.
DER KAUFMANN Schleiche nicht so herum in der Nacht. Das paßt mir nicht. Ich will den Tritt hören, wenn der Mann kommt. Und ich wünsche auch einem Mann in die Augen zu sehen, wenn ich mit ihm spreche. Leg dich nieder, kümmere dich nicht zu sehr um mich. *Der Kuli geht zurück.* Halt! Du gehst ins Zelt! Ich sitze hier, weil ich frische Luft gewöhnt bin. *Der Kuli geht ins Zelt.* Ich möchte wissen, wieviel er von meinem Lied gehört hat. *Pause.* Was macht er wohl jetzt? Er hantiert immer noch.
*Man sieht den Kuli sorgfältig das Lager bereiten.*
DER KULI Hoffentlich merkt er nichts. Ich kann so schlecht Gras schneiden mit dem einen Arm.
DER KAUFMANN Ein Dummkopf, wer sich nicht vorsieht. Vertrauen ist Dummheit. Der Mann ist durch mich geschädigt worden, unter Umständen für die Zeit seines Lebens. Es ist nur richtig von ihm, wenn er es mir zurückzahlt. Und der schlafende starke Mann ist nicht stärker als der schlafende schwache. Der Mensch sollte nicht schlafen müssen. Allerdings wäre es besser, im Zelt zu sitzen; hier im Freien drohen Krankheiten. Aber welche Krankheit könnte so gefährlich sein, wie der Mensch es ist? Für wenig Geld geht der Mann neben mir, der ich viel Geld habe. Aber die Straße ist uns beiden gleich beschwerlich. Als er müde war, wurde er geschlagen. Als der Führer sich zu ihm setzte, wurde der Führer entlassen. Als er, vielleicht wirklich der Räuber wegen, unsere Spuren im Sand verwischte, wurde ihm Mißtrauen gezeigt. Als er Furcht zeigte am Fluß, bekam er meinen Revolver zu sehen. Wie kann ich mit einem solchen Mann in einem Zelt schlafen? Er kann mir doch nicht vormachen, daß er sich das alles gefallen läßt! Ich möchte wissen, was er jetzt da drinnen ausbrütet! *Man sieht den Kuli im Zelt*

*sich friedlich zum Schlafen legen.* Ich wäre ein Narr, wenn ich ins Zelt ginge.

7

**Das geteilte Wasser.**

a

DER KAUFMANN Warum bleibst du stehen?
DER KULI Herr, die Straße hört auf.
DER KAUFMANN Und?
DER KULI Herr, wenn du mich schlägst, schlage mich nicht auf den kranken Arm. Ich weiß den Weg nicht weiter.
DER KAUFMANN Aber der Mann auf der Station Han hat ihn dir doch erklärt.
DER KULI Ja, Herr.
DER KAUFMANN Als ich dich fragte, ob du ihn verstanden hast, hast du ja gesagt.
DER KULI Ja, Herr.
DER KAUFMANN Und du hast ihn nicht verstanden?
DER KULI Nein, Herr!
DER KAUFMANN Warum hast du dann ja gesagt?
DER KULI Ich hatte Furcht, du jagst mich davon. Ich weiß nur, daß es den Wasserlöchern entlang gehen soll.
DER KAUFMANN Dann geh den Wasserlöchern entlang.
DER KULI Ich weiß aber nicht, wo sie sind.
DER KAUFMANN Geh weiter! Und versuche nicht, mich dumm zu machen. Ich weiß doch, daß du den Weg schon früher gegangen bist.
*Sie gehen weiter.*
DER KULI Aber wäre es nicht besser, wir warteten auf die hinter uns?
DER KAUFMANN Nein.
*Sie gehen weiter.*

b

DER KAUFMANN Wohin läufst du eigentlich? Das ist doch jetzt nach Norden. Osten ist dort. *Der Kuli geht in dieser Richtung weiter.* Halt! Was fällt dir denn ein? *Der Kuli bleibt stehen, schaut den Herrn nicht an.* Warum siehst du mir denn nicht in die Augen?
DER KULI Ich dachte, dort sei Osten.
DER KAUFMANN Du wart einmal, Bursche! Dir werde ich schon zeigen, wie man mich führt. *Er schlägt ihn.* Weißt du jetzt, wo Osten ist?
DER KULI *brüllt:* Nicht auf den Arm.
DER KAUFMANN Wo ist Osten?
DER KULI Dort.
DER KAUFMANN Und wo sind die Wasserlöcher?
DER KULI Dort.
DER KAUFMANN *rasend:* Dort? Aber du gingst dorthin!
DER KULI Nein, Herr.
DER KAUFMANN So, du gingst nicht dorthin? Gingst du dorthin? *Er schlägt ihn.*
DER KULI Ja, Herr.
DER KAUFMANN Wo sind die Wasserlöcher? *Der Kuli schweigt. Der Kaufmann, scheinbar ruhig:* Du sagtest doch eben, du weißt, wo die Wasserlöcher sind? Weißt du es? *Der Kuli schweigt. Der Kaufmann schlägt ihn:* Weißt du es?
DER KULI Ja.
DER KAUFMANN *schlägt ihn:* Weißt du es?
DER KULI Nein.
DER KAUFMANN Gibt deine Wasserflasche her. *Der Kuli gibt sie ihm.* Ich könnte mich jetzt auf den Standpunkt stellen, daß das ganze Wasser mir gehört, denn du hast mich falsch geführt. Aber ich tue es nicht: ich teile das Wasser mit dir. Nimm deinen Schluck, und dann weiter. *Zu sich:* Ich habe mich vergessen; ich hätte ihn in dieser Lage nicht schlagen dürfen.
*Sie gehen weiter.*

c

DER KAUFMANN Hier waren wir schon. Da, die Spuren.
DER KULI Als wir hier waren, konnten wir noch nicht weit vom Weg abgekommen sein.
DER KAUFMANN Schlag das Zelt auf. Unsere Flasche ist leer. In meiner Flasche habe ich nichts. *Der Kaufmann setzt sich nieder, während der Kuli das Zelt aufschlägt. Der Kaufmann trinkt heimlich aus seiner Flasche. Zu sich:* Er darf nicht merken, daß ich noch zu trinken habe. Sonst wird er, hat er nur einen Funken Verstand in seinem Schädel, mich niederschlagen. Wenn er sich mir nähert, schieße ich. *Er zieht seinen Revolver und legt ihn in den Schoß.* Wenn wir nur das vorige Wasserloch wieder erreichen könnten! Mein Hals ist schon wie zugeschnürt. Wie lange kann ein Mensch Durst aushalten?
DER KULI Ich muß ihm die Flasche aushändigen, die mir der Führer auf der Station gegeben hat. Sonst, wenn sie uns finden, und ich lebe noch, er aber ist halb verschmachtet, machen sie mir den Prozeß.

*Er nimmt die Flasche und geht hinüber. Der Kaufmann sieht ihn plötzlich vor sich stehen und weiß nicht, ob der Kuli ihn hat trinken sehen oder nicht. Der Kuli hat ihn nicht trinken sehen. Er hält ihm schweigend die Flasche hin. Der Kaufmann aber, in der Meinung, es sei einer der großen Feldsteine und der Kuli, erzürnt, wolle ihn erschlagen, schreit laut auf.*

DER KAUFMANN Tu den Stein weg! *Und mit einem Revolverschuß streckt er den Kuli nieder, als der, nicht verstehend, die Flasche ihm weiter hinhält.* Also doch! So, du Bestie. Jetzt hast du's.

**8**
**Lied von den Gerichten.**

*Gesungen von den Spielern, während sie die Bühne für die Gerichtsszene umbauen.*

Im Troß der Räuberhorden
Ziehen die Gerichte.
Wenn der Unschuldige erschlagen ist
Sammeln sich die Richter über ihm und verdammen ihn.
Am Grab des Erschlagenen
Wird sein Recht erschlagen.

Die Sprüche des Gerichts
Fallen wie die Schatten der Schlachtmesser.
Ach, das Schlachtmesser ist doch stark genug!
Was braucht es
Als Begleitbrief das Urteil?

Sieh den Flug! Wohin fliegen die Aasgeier?
Die nahrungslose Wüste vertrieb sie:
Die Gerichtshöfe werden ihnen Nahrung geben.
Dorthin fliehen die Mörder. Die Verfolger
Sind dort in Sicherheit. Und dort
Verstecken die Diebe ihr Diebesgut, eingewickelt
In ein Papier, auf dem ein Gesetz steht.

**9**
**Gericht.**

*Der Führer und die Frau des Getöteten sitzen schon im Gerichtssaal.*

DER FÜHRER *zur Frau:* Sind Sie die Frau des Getöteten? Ich bin der Führer, der Ihren Mann engagiert hat. Ich habe gehört, daß Sie in diesem Prozeß die Bestrafung des Kaufmanns und Schadenersatz verlangen. Ich bin sogleich hergekommen, denn ich habe den Beweis, daß Ihr Mann unschuldig getötet wurde. Er ist hier in meiner Tasche.

DER WIRT *zum Führer:* Ich höre, daß du einen Beweis in der Tasche hast. Ich gebe dir einen Rat: laß ihn in der Tasche.

DER FÜHRER Aber soll die Frau des Kulis leer ausgehen?

DER WIRT Aber willst du auf die schwarze Liste kommen?

DER FÜHRER Ich werde deinen Rat bedenken. *Das Gericht nimmt Platz, auch der angeklagte Kaufmann sowie die zweite Karawane und der Wirt.*

DER RICHTER Ich eröffne die Verhandlung. Die Frau des Getöteten hat das Wort.

DIE FRAU Mein Mann hat diesem Herrn das Gepäck durch die Wüste Jahí getragen. Kurz vor Beendigung der Reise hat ihn der Herr niedergeschossen. Wenn mein Mann dadurch auch nicht wieder lebendig wird, so verlange ich doch, daß sein Mörder bestraft wird.

DER RICHTER Außerdem verlangen Sie Schadenersatz.

DIE FRAU Ja, weil mein kleiner Sohn und ich den Ernährer verloren haben.

DER RICHTER *zur Frau:* Ich mache Ihnen ja keinen Vorwurf. Der materielle Anspruch schändet Sie gar nicht. *Zur zweiten Karawane:* Hinter des Expedition des Kaufmanns Karl Langmann kam eine Expedition, der sich auch der entlassene Führer der ersteren angeschlossen hatte. Man sichtete, kaum eine Meile von der Route entfernt, die verunglückte Expedition. Was sahen Sie, als Sie näher kamen?

DER LEITER DER ZWEITEN KARAWANE Der Kaufmann hatte nur noch ganz wenig Wasser in der Flasche, und sein Träger lag erschossen im Sand.

DER RICHTER *zum Kaufmann:* Haben Sie den Mann erschossen?

DER KAUFMANN Ja. Er griff mich unvermutet an.

DER RICHTER Wie griff er Sie an?

DER KAUFMANN Er wollte mich hinterrücks mit einem Feldstein erschlagen.

DER RICHTER Haben Sie eine Erklärung für den Grund seines Angriffs?

DER KAUFMANN Nein.

DER RICHTER Haben Sie Ihre Leute sehr stark angetrieben?

DER KAUFMANN Nein.

DER RICHTER Ist hier der entlassene Führer, der den ersten Teil der Reise mitmachte?

DER FÜHRER Ich.

DER RICHTER Äußern Sie sich dazu.

DER FÜHRER Soviel ich wußte, handelte es sich für den Kaufmann darum, wegen einer Konzession möglichst rasch in Urga zu sein.

DER RICHTER *zum Leiter der zweiten Karawane:* Hatten Sie den Eindruck, daß die vor Ihnen marschierende Expedition ungewöhnlich schnell marschierte?

DER LEITER DER ZWEITEN KARAWANE Nein, nicht ungewöhnlich. Sie hatten einen ganzen Tag Vorsprung und hielten ihn.

DER RICHTER *zum Kaufmann:* Dazu müssen Sie doch aber angetrieben haben?

DER KAUFMANN Ich trieb überhaupt nicht an. Das war Sache des Führers.

DER RICHTER *zu dem Führer:* Hat Ihnen der Angeklagte nicht ausdrücklich nahegelegt, den Träger besonders anzutreiben?

DER FÜHRER Ich trieb nicht mehr an als gewöhnlich, eher weniger.

DER RICHTER Warum wurden Sie entlassen?

DER FÜHRER Weil ich mich nach Ansicht des Kaufmanns mit dem Träger zu freundlich stellte.

DER RICHTER Und das sollten Sie nicht? Hatten Sie den Eindruck, daß der Kuli, der also nicht freundlich behandelt werden durfte, ein aufsässiger Mann war?

DER FÜHRER Nein, er ertrug alles, weil er, wie er mir sagte, Angst hatte, seine Arbeit zu verlieren. Er war in keiner Gewerkschaft.

DER RICHTER Hatte er also viel zu ertragen? Antworten Sie. Und besinnen Sie sich nicht immer auf Ihre Antworten! Die Wahrheit kommt ja doch heraus.

DER FÜHRER Ich war nur bis zur Station Han dabei.

DER WIRT *zu sich:* Richtig, Führer!

DER RICHTER *zum Kaufmann:* Ist danach etwas vorgefallen, was den Angriff des Kulis erklären könnte?

DER KAUFMANN Nein, nichts von meiner Seite.

DER RICHTER Hören Sie, Sie dürfen sich nicht weißer waschen wollen, als Sie sind. So kommen Sie ja nicht durch, Mann. Wenn Sie Ihren Kuli so mit Handschuhen angefaßt haben, wie erklären Sie dann den Haß des Kulis gegen Sie? Doch nur, wenn Sie den Haß glaubhaft machen können, können Sie auch glaubhaft machen, daß Sie in Notwehr gehandelt haben. Immer denken!

DER KAUFMANN Ich muß etwas gestehen. Ich habe ihn einmal geschlagen.

DER RICHTER Aha, und Sie glauben, daß aus diesem einen Mal bei dem Kuli solch ein Haß entstand?

DER KAUFMANN Nein, aber ich habe ihm doch den Revolver in den Rücken gehalten, als er nicht über den Fluß wollte. Und beim Übergang über den Fluß brach er sich doch den Arm. Auch daran war ich schuld.

DER RICHTER *lächelnd:* Nach Ansicht des Kulis.

DER KAUFMANN *ebenfalls lächelnd:* Natürlich. In Wirklichkeit habe ich ihn herausgezogen.

DER RICHTER Nun also. Nach der Entlassung des Führers gaben Sie dem Kuli Anlaß, Sie zu hassen? Und vorher? *Eindringlich zum Führer:* Geben Sie es doch zu, daß der Mensch den Kaufmann haßte. Wenn man es sich überlegt, ist es eigentlich selbstverständlich. Es ist ja begreiflich, daß ein Mann, der, schlecht entlohnt, mit Gewalt in Gefahren getrieben wird und für den Vorteil eines anderen sogar Schaden an seiner Gesundheit nimmt, für fast nichts sein Leben riskiert, dann diesen anderen haßt.

DER FÜHRER Er haßte ihn nicht.

DER RICHTER Wir wollen jetzt den Wirt der Station Han verhören, ob vielleicht er uns etwas berichten kann, woraus wir uns eine Vorstellung machen können über das Verhältnis des Kaufmanns zu seinem Personal. *Zum Wirt:* Wie hat der Kaufmann seine Leute behandelt?

DER WIRT Gut.

DER RICHTER Soll ich die Leute hier herausschicken? Glauben Sie, daß Sie in Ihrem Geschäft geschädigt werden, wenn Sie die Wahrheit sagen?

DER WIRT Nein, das ist in diesem Fall nicht nötig.

DER RICHTER Wie Sie wollen.

DER WIRT Er hat dem Führer sogar Tabak gegeben und ihm anstandslos seinen ganzen Lohn ausbezahlt. Und auch der Kuli wurde gut behandelt.

DER RICHTER Ihre Station ist die letzte Polizeistation auf dieser Route?

DER WIRT Ja, danach beginnt die menschenleere Wüste Jahí.

DER RICHTER Ah so! Es handelte sich also bei

der Freundlichkeit des Kaufmanns mehr um eine durch die Umstände gegebene, wohl auch kurzbefristete, sozusagen taktische Freundlichkeit. Auch im Kriege ließen es sich unsere Offiziere ja angelegen sein, der Mannschaft, je näher man an die Front kam, desto menschlicher zu begegnen. Solche Freundlichkeiten haben natürlich nichts zu sagen.

DER KAUFMANN Er hatte zum Beispiel immer gesungen beim Marschieren. Von dem Augenblick an, wo ich ihn mit dem Revolver bedrohte, um ihn über den Fluß zu bringen, habe ich ihn auch nie mehr singen hören.

DER RICHTER Er war also völlig verbittert. Das ist ja begreiflich. Ich muß wieder zurückgreifen auf den Krieg. Auch da konnte man ja einfache Leute verstehen, wenn sie zu uns Offizieren sagten: Ja, ihr führt euren Krieg, aber wir führen den euren! So konnte auch der Kuli zum Kaufmann sagen: Du machst dein Geschäft, aber ich mache das deine!

DER KAUFMANN Ich muß noch ein Geständnis machen. Als wir uns verirrt hatten, habe ich eine Flasche Wasser mit ihm geteilt, aber die zweite wollte ich allein trinken.

DER RICHTER Hat er Sie vielleicht gesehen beim Trinken?

DER KAUFMANN Das nahm ich an, als er mit dem Stein in der Hand auf mich zutrat. Ich wußte, daß er mich haßte. Als wir in die menschenleere Gegend kamen, war ich Tag und Nacht auf meiner Hut. Ich mußte annehmen, daß er bei der ersten Gelegenheit über mich herfallen würde. Wenn ich ihn nicht getötet hätte, hätte er mich getötet.

DIE FRAU Ich möchte etwas sagen. Er kann ihn nicht angegriffen haben. Er hat noch nie jemand angegriffen.

DER FÜHRER Seien Sie ruhig. Ich habe den Beweis seiner Unschuld in meiner Tasche.

DER RICHTER Hat man den Stein gefunden, mit dem der Kuli Sie bedrohte?

DER LEITER DER ZWEITEN KARAWANE Der Mann – *deutet auf den Führer* – hat ihn aus der Hand des Toten genommen.

*Der Führer zeigt die Flasche.*

DER RICHTER Ist das der Stein? Erkennen Sie ihn wieder?

DER KAUFMANN Ja, das ist der Stein.

DER FÜHRER So sieh, was in dem Stein ist. *Er gießt Wasser aus.*

ERSTER BEISITZER Es ist eine Wasserflasche und kein Stein. Er hat Ihnen Wasser gereicht.

ZWEITER BEISITZER Jetzt sieht es ja so aus, als habe er ihn gar nicht erschlagen wollen.

DER FÜHRER *umarmt die Witwe des Getöteten:* Siehst du, ich konnte es beweisen: er war unschuldig. Ich konnte es ausnahmsweise beweisen. Ich habe ihm nämlich bei seinem Aufbruch auf der letzten Station diese Flasche gegeben, der Wirt ist Zeuge, und dies ist meine Flasche.

DER WIRT *zu sich:* Dummkopf! Jetzt ist nur auch er verloren.

DER RICHTER Das kann nicht die Wahrheit sein. *Zum Kaufmann:* Er soll Ihnen zu trinken gegeben haben!

DER KAUFMANN Es muß ein Stein gewesen sein.

DER RICHTER Nein, es war kein Stein. Sie sehen doch, daß es eine Wasserflasche war.

DER KAUFMANN Aber ich konnte nicht annehmen, daß es eine Wasserflasche sei. Der Mann hatte keinen Grund, mir zu trinken zu geben. Ich war nicht sein Freund.

DER FÜHRER Aber er gab ihm zu trinken.

DER RICHTER Aber warum gab er ihm zu trinken? Warum?

DER FÜHRER Wohl weil er glaubte, daß der Kaufmann Durst habe. *Die Richter lächeln sich an.* Wahrscheinlich aus Menschlichkeit. *Die Richter lächeln wieder.* Vielleicht aus Dummheit, denn ich glaube, er hatte gar nichts gegen den Kaufmann.

DER KAUFMANN Dann muß er sehr dumm gewesen sein. Der Mann war durch mich geschädigt worden, unter Umständen für die Zeit seines Lebens. Der Arm! Es war nur richtig von ihm, wenn er es mir zurückzahlen wollte.

DER FÜHRER Es war nur richtig.

DER KAUFMANN Für wenig Geld ging der Mann neben mir, der ich viel Geld habe. Aber die Straße war uns beiden gleich beschwerlich.

DER FÜHRER Das weiß er also.

DER KAUFMANN Als er müde war, wurde er geschlagen.

DER FÜHRER Und das ist nicht richtig?

DER KAUFMANN Anzunehmen, der Kuli würde mich nicht bei der ersten Gelegenheit niederschlagen, hätte bedeutet anzunehmen, er habe keine Vernunft.

DER RICHTER Sie meinen, Sie haben mit Recht angenommen, der Kuli müsse etwas gegen Sie haben. Dann hätten Sie zwar einen unter Umständen Harmlosen getötet, aber nur weil Sie nicht wissen konnten, daß er harmlos ist. Das haben wir bei unserer Polizei mitunter. Sie schießen in eine Menge, Demonstranten, ganz friedliche Leute, nur weil sie sich nicht vorstellen können, daß diese Leute sie nicht einfach vom Pferd reißen und lynchen. Diese Polizisten schießen eigentlich alle aus Furcht. Und daß sie Furcht haben, ist ein Beweis von Vernunft. Sie meinen, Sie konnten nicht wissen, daß der Kuli eine Ausnahme bildete!

DER KAUFMANN Man muß sich an die Regel halten und nicht an die Ausnahme.

DER RICHTER Ja, das ist es: Welchen Grund sollte dieser Kuli gehabt haben, seinem Peiniger zu trinken zu geben?

DER FÜHRER Keinen vernünftigen!

DER RICHTER *singt:*

Die Regel ist: Auge um Auge!
Der Narr wartet auf die Ausnahme.
Daß ihm sein Feind zu trinken gibt
Das erwartet der Vernünftige nicht.

*Zum Gericht:* Wir beraten jetzt.
*Das Gericht zieht sich zurück.*

DER FÜHRER *singt:*

In dem System, das sie gemacht haben
Ist Menschlichkeit eine Ausnahme.
Wer sich also menschlich erzeigt
Der trägt den Schaden davon.
Fürchtet für jeden, ihr
Der freundlich aussieht!
Haltet ihn zurück
Der da jemand helfen will!

Neben dir durstet einer: schließe schnell deine Augen!
Verstopf dein Ohr: neben dir stöhnt jemand!
Halte deinen Fuß zurück! man ruft dich um Hilfe!
Wehe dem, der sich da vergißt! Er
Gibt einem Menschen zu trinken, und
Ein Wolf trinkt.

DER LEITER DER ZWEITEN KARAWANE Haben Sie keine Angst, daß Sie nie mehr eine Stelle bekommen?

DER FÜHRER Ich mußte die Wahrheit sagen.

DER LEITER DER ZWEITEN KARAWANE *lächelnd:* Ja, wenn Sie müssen…

*Das Gericht kommt zurück.*

DER RICHTER *zum Kaufmann:* Das Gericht stellt noch eine Frage an Sie. Sie hatten doch durch die Erschießung des Kulis nicht etwa einen Vorteil?

DER KAUFMANN Im Gegenteil. Ich brauchte ihn doch zu dem Geschäft, das ich vorhatte in Urga. Er trug doch die Karten und die Vermessungstabellen, die ich brauchte. Allein war ich doch nicht imstande, meine Sachen zu tragen!

DER RICHTER Sie haben Ihr Geschäft in Urga also nicht gemacht?

DER KAUFMANN Natürlich nicht. Ich kam zu spät. Ich bin ruiniert.

DER RICHTER Dann verkündige ich das Urteil: Das Gericht unterstellt als bewiesen, daß der Kuli nicht mit einem Stein, sondern mit einer Wasserflasche sich seinem Herrn näherte. Aber selbst dies vorausgesetzt, ist es eher noch zu glauben, daß der Kuli seinen Herrn mit der Wasserflasche erschlagen wollte, als ihm zu trinken zu geben. Der Träger gehörte einer Klasse an, die tatsächlich einen Grund hat, sich benachteiligt zu fühlen. Für solche Leute wie den Träger war es nichts als pure Vernunft, sich vor einer Übervorteilung bei der Verteilung des Wassers zu schützen. Ja sogar gerecht mußte es diesen Leuten bei ihrem beschränkten und einseitigen, nur an der Wirklichkeit haftenden Standpunkt erscheinen, sich an ihrem Peiniger zu rächen. An dem Tag der Abrechnung hatten sie doch nur zu gewinnen. Der Kaufmann gehörte nicht der Klasse an, der sein Träger angehörte. Er mußte sich von ihm des Schlimmsten versehen. Der Kaufmann konnte nicht an einen Akt der Kameradschaft bei dem von ihm zugestandenermaßen gequälten Träger glauben. Die Vernunft sagte ihm, daß er aufs stärkste bedroht sei. Die Menschenleere der Gegend mußte ihn mit Besorgnis erfüllen. Die Abwesenheit von Polizei und Gerichten machte es seinem Angestellten möglich, einen Teil vom Trinkwasser zu erpressen und ermutigte ihn. Der Angeklagte hat also in berechtigter Notwehr gehandelt, gleichgültig, ob er bedroht wurde oder nur sich bedroht fühlen mußte. Den gegebenen Umständen gemäß mußte er sich bedroht fühlen. Der Angeklagte wird also freigesprochen, die Frau des Toten mit ihrer Klage abgewiesen.

DIE SPIELER

So endet
Die Geschichte einer Reise.
Ihr habt gehört und ihr habt gesehen.
Ihr saht das Übliche, das immerfort Vorkommende.

Wir bitten euch aber:
Was nicht fremd ist, findet befremdlich!
Was gewöhnlich ist, findet unerklärlich!
Was da üblich ist, das soll euch erstaunen.
Was die Regel ist, das erkennt als Mißbrauch
Und wo ihr den Mißbrauch erkannt habt
Da schafft Abhilfe!

# Die Mutter

*Leben der Revolutionärin Pelagea Wlassowa aus Twer*

(Nach dem Roman Maxim Gorkis)

Mitarbeiter: S. Dudow, H. Eisler, G. Weisenborn

*Personen*

Pelagea Wlassowa · Pawel Wlassow, ihr Sohn · Anton Rybin, Andrej Nachodka, Iwan Wessowtschikow – Arbeiter in den Suchlinow-Werken · Mascha Chalatowa, eine junge Arbeiterin · Polizist · Kommissar · Der Portier · Smilgin, ein alter Arbeiter · Der Arbeiter Karpow · Der Betriebspolizist · Nikolai Wessowtschikow, der Lehrer · Der Arbeitslose Sigorski · Gefängnisaufseher · Jegor Luschin, ein Gutsarbeiter · Zwei Streikbrecher · Der Metzger Wassil Jefimowitsch · Die Frau des Metzgers · Die Hausbesitzerin · Ihre Nichte vom Land · Die arme Frau · Ein Beamter · Eine schwarzgekleidete Frau · Ein Dienstmädchen · Frauen · Arbeiter und Arbeiterinnen

1

**Die Wlassowas aller Länder.**

*Stube der Pelagea Wlassowa in Twer*

PELAGEA WLASSOWA Fast schäme ich mich, meinem Sohn diese Suppe hinzustellen. Aber ich kann kein Fett mehr hineintun, nicht einen halben Löffel voll. Denn erst vorige Woche ist ihm von seinem Lohn eine Kopeke pro Stunde abgezogen worden, und das kann ich durch keine Mühe mehr hereinbringen. Ich weiß, daß er bei seiner langen, schweren Arbeit kräftigeres Essen braucht. Es ist schlimm, daß ich meinem einzigen Sohn keine bessere Suppe vorsetzen kann; er ist jung und beinahe noch im Wachsen. Er ist ganz anders, als sein Vater war. Er liest dauernd Bücher, und das Essen war ihm nie gut genug. Jetzt ist die Suppe noch schlechter geworden. So wird er immer unzufriedener.

*Sie trägt ein Traggeschirr mit Suppe ihrem Sohn hinüber. Wenn sie zurückgekehrt ist, sieht sie, wie der Sohn, ohne von seinem Buch aufzusehen, den Deckel des Geschirrs abnimmt und an der Suppe schnuppert, dann den Deckel wieder hinauftut und das Geschirr wegschiebt.*

PELAGEA WLASSOWA Jetzt schnuppert er wieder an der Suppe. Ich kann ihm keine bessere herschaffen. Er wird auch bald merken, da ich ihm keine Hilfe mehr bin, sondern eine Last. Wofür esse ich mit, wohne in seiner Stube und kleide mich von seinem Verdienst! Er wird noch weggehen. Was kann ich, Pelagea Wlassowa, Witwe eines Arbeiters und Mutter eines Arbeiters, tun? Ich drehe jede Kopeke dreimal um. Ich versuche es so und versuche es so. Ich spare einmal am Holz und einmal an der Kleidung. Aber es langt nicht. Ich sehe keinen Ausweg.

*Der Sohn Pawel Wlassow hat seine Mütze und das Traggeschirr genommen und ist weggegangen.*

CHOR

*Von den revolutionären Arbeitern der Wlassowa zugesungen.*

Bürste den Rock
Bürste ihn zweimal!
Wenn du ihn gebürstet hast
Ist er ein sauberer Lumpen.

Koche mit Sorgfalt
Scheue keine Mühe!
Wenn die Kopeke fehlt
Ist die Suppe nur Wasser.

Arbeite, arbeite mehr
Spare, teile besser ein
Rechne, rechne genauer!
Wenn die Kopeke fehlt
Kannst du nichts machen.

Was immer du tust
Es wird nicht genügen.
Deine Lage ist schlecht
Sie wird schlechter.
So geht es nicht weiter
Aber was ist der Ausweg?

Wie die Krähe, die ihr Junges
Nicht mehr zu füttern vermag
Machtlos gegen den winterlichen Schneesturm
Keinen Ausweg mehr sieht und jammert:
Siehst du auch keinen Ausweg
Und jammerst.

Was immer du tust
Es wird nicht genügen.
Deine Lage ist schlecht
Sie wird schlechter.
So geht es nicht weiter
Aber was ist der Ausweg?

Fruchtlos arbeitet ihr und scheut die Mühe nicht
Zu ersetzen das Unersetzbare
Und einzuholen das nicht Einzuholende.
Wenn die Kopeke fehlt, ist eine Arbeit genug.
Über das Fleisch, das euch in der Küche fehlt
Wird nicht in der Küche entschieden.

Was immer ihr tut
Es wird nicht genügen.
Eure Lage ist schlecht
Sie wird schlechter.
So geht es nicht weiter
Aber was ist der Ausweg?

2

**Pelagea Wlassowa sieht mit Kummer ihren Sohn in der Gesellschaft revolutionärer Arbeiter.**

*Stube der Pelagea Wlassowa*

*Drei Arbeiter und eine junge Arbeiterin kommen früh am Morgen mit einem Hektographenapparat.*

ANTON RYBIN Als du vor zwei Wochen unserer Bewegung beitratst, Pawel, hast du uns angeboten, daß wir zu dir kommen können, wenn es eine besondere Arbeit gibt. Es ist bei dir am sichersten, da wir noch nie hier gearbeitet haben.

PAWEL WLASSOW Was wollt ihr machen?

ANDREJ NACHODKA Wir müssen Flugblätter für heute drucken. Die letzten Lohnsenkungen haben die Arbeiterschaft in starke Erregung gebracht. Seit drei Tagen verteilen wir Flugblätter im Betrieb. Heute ist der entscheidende Tag. Heute abend wird die Betriebsversammlung beschließen, ob wir uns eine Kopeke abziehen lassen oder ob wir streiken.

IWAN WESSOWTSCHIKOW Wir haben den Hektographenapparat mitgebracht und Papier.

PAWEL Setzt euch. Meine Mutter wird uns Tee kochen.

*Sie gehen zum Tisch.*

IWAN *zu Andrej:* Warte du draußen und paß auf die Polizei auf.

*Andrej geht hinaus.*

ANTON Wo ist Ssidor?

MASCHA CHALATOWA Mein Bruder ist nicht mitgekommen. Er hat gestern abend beim Nachhausegehen gesehen, daß ihm jemand nachging, der wie ein Polizist aussah. Darum wollte er heute lieber direkt in die Fabrik gehen.

PAWEL Sprecht leise. Meine Mutter hört uns besser nicht. Ich habe ihr bisher nichts von diesen Dingen gesagt, sie ist nicht mehr jung genug und könnte uns doch nicht helfen.

ANTON Hier ist die Vorlage.

*Sie beginnen zu arbeiten. Einer hat ein dichtes Tuch vors Fenster gehängt.*

PELAGEA WLASSOWA *abseits:* Ungern sehe ich meinen Sohn Pawel in der Gesellschaft dieser Leute. Sie werden ihn mir noch ganz verderben. Sie hetzen ihn auf und ziehen ihn noch in irgend etwas hinein. Solchen Leuten setze ich keinen Tee vor. *Sie tritt an den Tisch.* Pawel, ich kann euch keinen Tee kochen. Es ist zu wenig Tee da. Das gibt keinen richtigen Tee mehr.

PAWEL Dann koch uns dünnen Tee, Mutter.

PELAGEA WLASSOWA *ist zurückgegangen und hat sich gesetzt:* Wenn ich jetzt nicht dergleichen tue, werden sie schon merken, daß ich sie nicht leiden kann. Es paßt mir überhaupt nicht, daß sie sich hier aufhalten und so leise sprechen, daß ich nichts hören kann. *Sie tritt wieder an den Tisch.* Pawel, es wäre mir sehr unangenehm, wenn der Hausbesitzer merken würde, daß hier früh um fünf Uhr Leute zusammenkommen und etwas drucken! Wir können sowieso die Miete nicht bezahlen.

IWAN Glauben Sie uns, Frau Wlassowa, daß wir uns für nichts mehr interessieren als für Ihre Miete. Im Grunde genommen kümmern wir uns um nichts anderes, wenn es auch nicht so aussieht.

PELAGEA WLASSOWA Das weiß ich nicht.

*Sie geht zurück.*

ANTON Deine Mutter sieht uns nicht gern hier, Pawel?

IWAN Es ist sehr schwer für deine Mutter zu begreifen, daß wir das hier machen müssen, damit sie Tee kaufen und die Miete bezahlen kann.

PELAGEA WLASSOWA So was von dickem Fell! Sie tun einfach, als merkten sie nichts. Was haben sie vor mit Pawel? Er ist in die Fabrik gegangen und war froh, daß er einen Arbeitsplatz hatte. Er verdiente wenig, und im letzten Jahr ist es immer weniger geworden. Wenn sie ihm jetzt noch einmal eine Kopeke abziehen, will ich lieber selber nicht essen. Aber ich sehe mit Unruhe, wie er diese Bücher liest, und mit Kummer, daß er, statt sich abends auszuruhen, in die Versammlungen läuft, wo er nur gehetzt wird. Dadurch wird er nur noch seinen Arbeitsplatz verlieren.

MASCHA *singt der Wlassowa das »Lied vom Ausweg« zu:*

LIED VOM AUSWEG

Wenn du keine Suppe hast
Wie willst du dich da wehren?
Da mußt du den ganzen Staat
Von unten nach oben umkehren
Bist du deine Suppe hast.
Dann bist du dein eigener Gast.

Wenn für dich keine Arbeit zu finden ist
Da mußt du dich doch wehren!
Da mußt du den ganzen Staat
Von unten nach oben umkehren
Bis du dein eigener Arbeitgeber bist.
Worauf für dich Arbeit vorhanden ist.

Wenn man über eure Schwäche lacht
Dürft ihr keine Zeit verlieren.
Da müßt ihr euch kümmern drum
Daß alle, die schwach sind, marschieren.
Dann seid ihr eine große Macht.
Worauf keiner mehr lacht.

ANDREJ *kommt herein:* Polizei!
IWAN Versteckt die Papiere!
*Andrej nimmt Pawel den Hektographenapparat aus der Hand und hängt ihn zum Fenster hinaus. Anton setzt sich auf die Papiere.*
PELAGEA WLASSOWA Siehst du, Pawel, jetzt kommen die Polizisten. Pawel, was machst du, was steht in den Papieren?
MASCHA *führt sie ans Fenster und setzt sie auf den Diwan:* Bleiben Sie ruhig sitzen, Frau Wlassowa.
*Ein Polizist und ein Kommissar kommen herein.*
POLIZIST Halt! Wer sich rührt, wird erschossen! Das ist seine Mutter, Euer Wohlgeboren, und das ist er selbst!
KOMMISSAR Pawel Wlassow, ich muß Haussuchung bei dir halten. Was hast du denn da für einen schmierigen Verein aufgegabelt?
POLIZIST Hier ist auch die Schwester des heute früh verhafteten Ssidor Chalatow. Es sind schon die Richtigen.
MASCHA Was ist mit meinem Bruder geschehen?
KOMMISSAR Ihr Bruder läßt Sie grüßen, er ist jetzt bei uns. Er revolutioniert jetzt unsere Wanzen und hat großen Zulauf. Leider fehlen ihm Flugblätter.
*Die Arbeiter sehen sich an.*
KOMMISSAR Ein paar Nachbarzellen wären da noch frei. Könntet ihr übrigens nicht mit einigen Flugblättern aushelfen? Sehr bedaure ich, liebe Frau Wlassowa, daß ich gerade in Ihrem Haus nach Flugblättern suchen muß. *Geht zum Diwan.* Sehen Sie, Wlassowa, jetzt muß ich zum Beispiel Ihren Diwan öffnen. Haben Sie das nötig? *Er schlitzt ihn auf.*
PAWEL Es sind keine Rubelscheine drinnen, nicht wahr? Das kommt, weil wir Arbeiter sind und nicht sehr viel verdienen.
KOMMISSAR Und der Spiegel an der Wand? Muß er zertrümmert werden von der rauhen Hand eines Polizisten? *Er haut ihn ein.* Sie sind eine anständige Frau, ich weiß es. Und in dem Diwan war auch nichts, was etwa unanständig gewesen wäre. Aber wie ist es mit der Kommode, dem guten alten Stück? *Er wirft sie um.* Sieh da, auch nichts dahinter. Wlassowa, Wlassowa! Ehrliche Leute sind nicht schlau, sollten Sie schlau sein? Und da ist der Schmalztopf mit dem Löffelchen, der rührende Schmalztopf. *Nimmt ihn vom Regal und läßt ihn fallen.* Jetzt ist er mir zu Boden gefallen, und jetzt zeigt sich, daß Schmalz drinnen ist.
PAWEL Wenig. Es ist wenig Schmalz darin, Herr Kommissar. Auch in der Brotlade ist wenig Brot, und in der Büchse ist nur wenig Tee.
KOMMISSAR *zum Polizisten:* Also doch ein politischer Schmalztopf. Wlassowa, Wlassowa, müssen Sie sich auf Ihre alten Tage mit uns einlassen, diesen Bluthunden? So sauber sind Ihre Gardinen gewaschen. Das trifft man selten. Das sieht man gern. *Er reißt sie herunter.*
IWAN *zu Anton, der aufgesprungen ist, weil er für den Hektographenapparat fürchtet:* Sitzen bleiben, du wirst erschossen.
PAWEL *laut, um den Kommissar abzulenken:* Wozu ist es nötig, den Schmalztopf auf den Boden zu schmeißen?
ANDREJ *zum Polizisten:* Heb den Schmalztopf auf!
POLIZIST Das ist Andrej Nachodka, der Kleinrusse.
KOMMISSAR *tritt an den Tisch:* Andrej Maximowitsch Nachodka, du bist schon einmal wegen politischer Vergehen in Haft gewesen?
ANDREJ Ja, in Rostow und Saratow, aber da hat mich die Polizei mit »Sie« angeredet.
KOMMISSAR *zieht ein Flugblatt aus der Tasche:* Ist Ihnen bekannt, welche Schurken in den Suchlinow-Werken diese hochverräterischen Flugblätter verteilen?
PAWEL Schurken sehen wir hier zum erstenmal.
KOMMISSAR Du, Pawel Wlassow, wirst noch ganz klein werden. Setz dich anständig hin, wenn ich mit dir rede!
PELAGEA WLASSOWA Schreien Sie nicht so. Sie sind noch ein junger Mensch und haben kein Elend kennengelernt. Sie sind Beamter. Sie bekommen regelmäßig Ihr vieles Geld dafür, daß Sie den Diwan aufschneiden und nachschauen, daß im Schmalztopf kein Schmalz ist.
KOMMISSAR Du weinst zu früh, Wlassowa, du wirst deine Tränen noch brauchen. Paß lieber auf deinen Sohn auf, er geht schlimme Wege. *Zu den Arbeitern:* Eines Tages wird euch auch eure Schlauheit nichts mehr nützen.
*Der Kommissar und der Polizist gehen. Die Arbeiter räumen auf.*
ANTON Frau Wlassowa, wir müssen Sie um Entschuldigung bitten. Wir dachten nicht, daß wir schon unter Verdacht stehen. Jetzt hat man Ihnen Ihre Wohnung zertrümmert.
MASCHA Sind Sie sehr erschrocken, Frau Wlassowa?
PELAGEA WLASSOWA Ja, ich sehe, daß Pawel einen schlimmen Weg geht.

MASCHA So halten Sie es für richtig, daß die Ihre Wohnung zertrümmern, weil Ihr Sohn für seine Kopeke kämpft?

PELAGEA WLASSOWA Sie tun nicht das Rechte, aber er tut auch nicht das Rechte.

IWAN *wieder am Tisch:* Wie ist es jetzt mit der Flugblattverteilung?

ANTON Wenn wir heute keine Flugblätter verteilen, nur weil die Polizei begonnen hat einzugreifen, sind wir nichts als Schreihälse gewesen. Die Flugblätter müssen verteilt werden.

ANDREJ Wie viele sind es?

PAWEL Ungefähr fünfhundert.

IWAN Und wer verteilt sie?

ANTON Heute ist Pawel dran.

*Pelagea Wlassowa winkt Iwan zu sich.*

PELAGEA WLASSOWA Wer soll die Flugblätter verteilen?

IWAN Pawel. Es ist nötig.

PELAGEA WLASSOWA Es ist nötig! Es beginnt mit dem Bücherlesen und dem Spät-nach-Hause-Kommen. Dann kommen die Arbeiter hier im Hause mit solchen Maschinen, die vor das Fenster gehängt werden müssen. Vor dem Fenster muß ein Tuch hängen. Und die Beratungen werden mit leiser Stimme geführt. Es ist nötig! Auf einmal kommt die Polizei ins Haus, und die Polizisten behandeln einen wie eine Verbrecherin. *Sie steht auf.* Pawel, ich verbiete dir, diese Flugblätter zu verteilen.

ANDREJ Es ist nötig, Frau Wlassowa.

PAWEL *zu Mascha:* Sag ihr, daß die Blätter Ssidors wegen verteilt werden müssen, damit er entlastet wird.

*Die Arbeiter treten zu Pelagea Wlassowa, Pawel bleibt am Tisch.*

MASCHA Frau Wlassowa, es ist auch meines Bruders wegen nötig.

IWAN Ssidor kann sich sonst auf Sibirien gefaßt machen.

ANDREJ Wenn heute keine Flugblätter mehr verteilt werden, wissen sie doch, daß es Ssidor gewesen sein muß, der gestern die Flugblätter verteilt hat.

ANTON Schon darum ist es nötig, daß auch heute wieder Flugblätter verteilt werden.

PELAGEA WLASSOWA Ich sehe, daß es nötig ist, damit dieser junge Mensch, den ihr hineingebracht habt, nicht vernichtet wird. Aber was ist mit Pawel, wenn er verhaftet wird?

ANTON Es ist nicht so gefährlich.

PELAGEA WLASSOWA So, es ist nicht so gefährlich. Ein Mensch ist verführt und hineingezogen worden. Um ihn zu retten, ist das und das nötig. Es ist nicht gefährlich, aber es ist nötig. Wir stehen unter Verdacht, aber wir müssen Flugblätter verteilen. Es ist nötig, also ist es nicht gefährlich. Und so geht es weiter. Und am Schluß steht ein Mensch am Galgen: steck deinen Kopf in die Schlinge, es ist nicht gefährlich. Gebt die Flugblätter her, ich, nicht Pawel, werde gehen und sie verteilen.

ANTON Aber wie wollen Sie das anfangen?

PELAGEA WLASSOWA Macht euch da keine Sorge. So gut wie ihr werde ich das auch fertigbringen. Meine Freundin Marja Korssunowa verkauft in der Mittagspause Eßwaren in der Fabrik. Ich werde das heute für sie machen, und mit euren Flugblättern wickle ich die Eßwaren ein. *Sie geht und holt ihre Einkaufstasche.*

MASCHA Pawel, deine Mutter bietet sich uns an für die Verteilung unserer Flugblätter.

PAWEL Überlegt, was dafür und was dagegen spricht. Ich aber bitte euch, mich zu dem Angebot meiner Mutter nicht äußern zu müssen.

ANTON Andrej?

ANDREJ Ich glaube, daß es ihr gelingen kann. Sie ist unter den Arbeitern bekannt und der Polizei unverdächtig.

ANTON Iwan?

IWAN Auch ich glaube es.

ANTON Selbst wenn sie gefaßt wird, kann ihr am wenigsten geschehen. Sie gehört nicht zur Bewegung und hat es dann lediglich für ihren Sohn getan. Genosse Wlassow, angesichts der besonderen Notlage und der schweren Gefährdung des Genossen Ssidor sind wir dafür, das Angebot deiner Mutter anzunehmen.

IWAN Wir sind überzeugt, daß sie am wenigsten Gefahr läuft.

PAWEL Es ist mir recht.

PELAGEA WLASSOWA *zu sich:* Sicher ist es eine sehr schlimme Sache, bei der ich hier helfe, aber ich muß Pawel aus ihr heraushalten.

ANTON Frau Wlassowa, wir übergeben Ihnen also diesen Packen Flugblätter.

ANDREJ So werden Sie jetzt für uns kämpfen, Pelagea Wlassowa.

PELAGEA WLASSOWA Kämpfen? Ich bin keine junge Frau mehr und keine Kämpferin. Ich bin froh, wenn ich meine drei Kopeken zusammenkratze, das ist Kampf genug für mich.

ANDREJ Wissen Sie denn, was in den Flugblättern steht, Frau Wlassowa?

PELAGEA WLASSOWA Nein, ich kann nicht lesen.

**3**
**Die Sumpfkopeke.**

*Fabrikhof*

PELAGEA WLASSOWA *mit einem großen Korb vor dem Fabriktor:* Es kommt alles darauf an, was der Portier für ein Mann ist: ein fauler oder ein genauer. Ich muß ihn nur dazu bringen, daß er mir einen Passierschein ausstellt. Mit den Flugblättern wickle ich dann die Eßwaren ein. Wenn sie mich fassen, sage ich einfach: man hat sie mir hineingeschmuggelt, ich kann nicht lesen. *Sie beobachtet den Fabrikportier.* Es ist ein Dicker, Fauler. Ich will sehen, was er macht, wenn ich ihm eine Gurke anbiete. So einer frißt gern und hat nichts. *Sie geht ans Tor und läßt ein Paket vor dem Portier fallen.* Sie, mir ist mein Paket hinuntergefallen. *Der Portier schaut weg.* Das ist komisch: jetzt habe ich ganz vergessen, daß ich ja nur den Korb hinzustellen brauche, dann habe ich ja die Hände frei. Und da hätte ich Sie jetzt fast bemüht. *Zum Publikum:* Das ist ein Hartgesottener. Dem muß man mit Gewäsch kommen, dann macht er alles, damit er nur wieder seine Ruhe hat. *Sie geht zum Eingang und spricht schnell:* Das ist wieder echt Marja Korssunowa. Ich sage ihr noch vorgestern: alles, aber keine nassen Füße! Aber meinen Sie, sie folgt mir? Nein. Sie gräbt wieder Kartoffeln und kriegt nasse Füße! Am nächsten Morgen füttert sie die Ziegen. Nasse Füße! Was sagen Sie dazu? Sie liegt natürlich sofort auf der Nase. Aber anstatt liegenzubleiben, geht sie abends wieder aus. Es regnet natürlich, was bekommt sie also? Nasse Füße!

DER PORTIER Sie kommen hier nicht herein ohne Ausweis.

PELAGEA WLASSOWA Habe ich ihr auch gesagt. Wissen Sie, wir sind ein Herz und eine Seele, aber so was von Halsstarrigkeit haben Sie noch nicht gesehen. Wlassowa, ich bin krank, du mußt für mich in die Fabrik gehen und das Essen verkaufen. Siehst du, Marja, sage ich, jetzt bist du heiser. Aber warum bist du heiser? Wenn du jetzt noch einmal mir gegenüber die nassen Füße in den Mund nimmst, sagt sie, und dabei kann sie nur mehr krächzen, dann haue ich dir diese Tasse an deinen Dickkopf! Halsstarrig!

*Der Portier läßt sie seufzend durch.*

PELAGEA WLASSOWA Richtig, ich halte Sie ja nur auf.

*Es ist Mittagspause. Die Arbeiter sitzen auf Kisten usw. und essen. Pelagea Wlassowa bietet Eßwaren an. Iwan Wessowtschikow hilft ihr beim Einwickeln.*

PELAGEA WLASSOWA Gurken, Tabak, Tee, frische Piroggen!

IWAN Und das Einwickelpapier ist das Beste.

PELAGEA WLASSOWA Gurken, Tabak, Tee, frische Piroggen!

IWAN Und das Einwickelpapier ist umsonst.

EIN ARBEITER Hast du auch Gurken?

PELAGEA WLASSOWA Ja, hier sind Gurken.

IWAN Und das Einwickelpapier wirft man nicht fort.

PELAGEA WLASSOWA Gurken, Tabak, Tee, heiße Piroggen.

EIN ARBEITER Sag mal, was steht denn in dem Einwickelpapier Interessantes drin heute? Ich kann nicht lesen.

EIN ANDERER ARBEITER Woher soll ich wissen, was in deinem Einwickelpapier drin steht?

DER ERSTE Ja, Mensch, du hast ja dasselbe in der Pfote.

DER ZWEITE Richtig, da steht was.

DER ERSTE Was denn?

SMILGIN *ein alter Arbeiter:* Ich bin dagegen, daß man solche Flugblätter verteilt, solange verhandelt wird.

DER ZWEITE Die haben ganz recht, wenn wir uns erst auf Verhandlungen einlassen, sind wir schon eingeseift.

PELAGEA WLASSOWA *über den Hof:* Gurken, Tabak, Tee, frische Piroggen.

DRITTER ARBEITER Jetzt haben sie doch die Polizei auf dem Genick, und die Fabrikkontrolle ist auch verschärft worden, und jetzt ist doch wieder ein Flugblatt da. Das sind tüchtige Kerle und nicht zu hindern. Es ist etwas dran an dem, was die wollen.

DER ERSTE Ich muß auch sagen, wenn ich so etwas sehe, dafür bin ich.

PAWEL Da kommt Karpow endlich.

ANTON Ich bin neugierig, was er erreicht hat.

DER ARBEITER KARPOW *kommt:* Sind alle Vertrauensleute beisammen?

*In einer Ecke des Fabrikhofes versammeln sich die Vertrauensleute des Betriebes, darunter Smilgin, Anton und Pawel.*

KARPOW Kollegen, wir haben verhandelt!

ANTON Was habt ihr erreicht?

KARPOW Kollegen, wir kehren auch nicht ohne Erfolg zu euch zurück.

ANTON Habt ihr die Kopeke?

KARPOW Kollegen, wir haben Herrn Suchlinow vorgerechnet, daß der Abzug einer Kopeke vom Stundenlohn bei 800 Arbeitern 24000 Rubel im Jahr ausmacht. Diese 24000 Rubel sollten von jetzt ab in die Tasche des Herrn Suchlinow fließen. Dies mußte unter allen Umständen verhindert werden. Nun, in vierstündigem Kampf haben wir es erreicht. Es wurde verhindert. Diese 24000 Rubel fließen nicht in die Tasche des Herrn Suchlinow.

ANTON Also habt ihr die Kopeke?

KARPOW Kollegen, es ist immer von uns betont worden, daß die sanitären Zustände des Betriebes unhaltbar sind.

PAWEL Ob ihr die Kopeke habt?

KARPOW Der Sumpf vor dem Osttor der Fabrik ist ein Grundübel.

ANTON Ach so, mit dem Sumpf wollt ihr es machen!

KARPOW Denkt an die Wolken von Mücken, die jeden Sommer uns den Aufenthalt im Freien unmöglich machen, an die hohe Zahl der Erkrankungen durch Sumpffieber, an die fortwährende Gefährdung unserer Kinder. Kollegen, für 24000 Rubel kann der Sumpf ausgetrocknet werden. Dazu wäre der Herr Suchlinow bereit. Auf dem neu gewonnenen Gelände würde die Vergrößerung der Fabrik in Angriff genommen werden. Das gibt neue Arbeitsplätze. Ihr wißt, wenn es der Fabrik gut geht, geht es euch auch gut. Kollegen, der Betrieb steht nicht so gut, wie wir vielleicht meinen. Wir können euch nicht verschweigen, was uns Herr Suchlinow mitgeteilt hat, daß der Schwesterbetrieb in Twer stillgelegt wird und 700 Kollegen von morgen ab auf der Straße liegen. Wir sind für das kleinere Übel. Jeder Klarblickende sieht mit Sorge, daß wir vor einer der größten Wirtschaftskrisen stehen, die unser Land je durchgemacht hat.

ANTON Also der Kapitalismus ist krank, und du bist der Arzt. Du bist also für Annahme der Lohnkürzung?

KARPOW Wir haben keinen anderen Ausweg in der Verhandlung gefunden.

ANTON Dann verlangen wir den Abbruch der Verhandlungen mit der Direktion, ihr könnt den Lohnabzug doch nicht verhindern. Die Sumpfkopeke lehnen wir ab.

KARPOW Ich warne vor dem Abbruch der Verhandlungen mit der Direktion.

SMILGIN Ihr müßt euch klar sein, daß das Streik bedeutet.

ANTON Nach unserer Ansicht kann nur ein Streik die Kopeke retten

IWAN Die Frage für die Versammlung heute ist ganz einfach die: Soll der Sumpf des Herrn Suchlinow ausgetrocknet oder soll die Kopeke gerettet werden? Wir müssen den Streik durchführen, und wir müssen sogar am 1. Mai, bis zu dem es ja nur noch eine Woche ist, zu erreichen versuchen, daß auch die anderen Betriebe, in denen die Löhne gekürzt werden sollen, stillgelegt werden.

KARPOW Ich warne euch!

*Fabriksirene. Die Arbeiter stehen auf, um an die Arbeit zu gehen. Über die Schulter zurück singen sie Karpow und Smilgin das »Lied vom Flicken und vom Rock« zu.*

LIED VOM FLICKEN UND VOM ROCK

Immer, wenn unser Rock zerfetzt ist
Kommt ihr gelaufen und sagt: so geht das nicht weiter
Dem muß abgeholfen werden und mit allen Mitteln!
Und voll Eifer rennt ihr zu den Herren
Während wir, stark frierend, warten.
Und ihr kommt zurück, und im Triumphe
Zeigt ihr uns, was ihr für uns erobert:
Einen kleinen Flicken.
Gut, das ist der Flicken
Aber wo ist
Der ganze Rock?

Immer wenn wir vor Hunger schreien
Kommt ihr gelaufen und sagt: so geht das nicht weiter
Dem muß abgeholfen werden und mit allen Mitteln!
Und voll Eifer rennt ihr zu den Herren
Während wir, voll Hunger, warten.
Und ihr kommt zurück, und im Triumphe
Zeigt ihr uns, was ihr für uns erobert:
Ein Stücklein Brot.
Gut, das ist das Stück Brot
Aber wo ist
Der Brotlaib?

Wir brauchen nicht nur den Flicken
Wir brauchen den ganzen Rock.
Wir brauchen nicht nur das Stück Brot
Wir brauchen den Brotlaib selbst.
Wir brauchen nicht nur den Arbeitsplatz
Wir brauchen die ganze Fabrik.
Und die Kohle und das Erz und

Die Macht im Staat.
So, das ist, was wir brauchen.
Aber was
Bietet ihr uns an?

*Die Arbeiter bis auf Karpow und Smilgin ab.*

KARPOW Also Streik!
*Ab.*
*Pelagea Wlassowa kommt zurück und setzt sich hin, ihre Einnahmen überzählend.*

SMILGIN *mit einem Flugblatt in der Hand:* Also Sie verteilen das? Wissen Sie denn, daß diese Zettel Streik bedeuten?

PELAGEA WLASSOWA Streik? Wieso?

SMILGIN Diese Flugblätter fordern die Belegschaft der Suchlinow-Werke zum Streik auf.

PELAGEA WLASSOWA Davon verstehe ich nichts.

SMILGIN Warum verteilen Sie dann das?

PELAGEA WLASSOWA Wir haben schon unsere Gründe. Warum verhaftet man unsere Leute?

SMILGIN Wissen Sie denn überhaupt, was drinnen steht?

PELAGEA WLASSOWA Nein, ich kann nicht lesen.

SMILGIN So werden uns die Leute verhetzt. Ein Streik ist eine schlimme Sache. Morgen früh gehen sie nicht zur Arbeit. Was ist morgen abend? Und was wird nächste Woche sein? Der Firma ist es gleich, ob wir weiterarbeiten oder nicht, aber für uns ist es lebensnotwendig. *Der Betriebspolizist kommt mit dem Portier gelaufen.* Anton Antonowitsch, suchen Sie etwas?

DER PORTIER Ja, es sind wieder Flugblätter, die zum Streik auffordern, verteilt worden. Ich weiß nicht, wie sie hereinkommen. Was haben Sie denn da?

*Smilgin versucht, das Flugblatt in die Tasche zu stecken.*

DER BETRIEBSPOLIZIST Was stecken Sie denn in Ihre Tasche? *Er zieht es heraus.* Ein Flugblatt!

DER PORTIER Sie lesen diese Flugblätter, Smilgin?

SMILGIN Anton Antonowitsch, mein Freund, es ist uns sicher erlaubt, zu lesen, was wir wollen.

DER BETRIEBSPOLIZIST So? *Ihn beim Kragen packend und mit sich ziehend:* Ich will dir zeigen, was es heißt, Flugblätter zu lesen, die in deiner Fabrik zum Streik auffordern!

SMILGIN Ich bin nicht für den Streik, Karpow kann das bezeugen.

DER BETRIEBSPOLIZIST Dann sag, woher du das Flugblatt hast.

SMILGIN *nach einer Pause:* Es hat am Boden gelegen.

DER BETRIEBSPOLIZIST *schlägt ihn:* Dir werde ich's geben! Flugblätter!

*Der Betriebspolizist und der Portier mit Smilgin ab.*

PELAGEA WLASSOWA Der Mann hat doch nur eine Gurke gekauft!

**4**

**Pelagea Wlassowa erhält ihre erste Lektion in Ökonomie.**

*Stube der Pelagea Wlassowa*

PELAGEA WLASSOWA Pawel, ich habe heute in eurem Auftrag die Flugblätter verteilt, die ihr mir gegeben habt, damit der Verdacht von dem jungen Menschen, den ihr hineingebracht habt, abgelenkt wird. Als ich mit dem Verteilen fertig war, mußte ich mit eigenen Augen sehen, daß noch ein Mensch, der nichts tat, als dies Flugblatt lesen, verhaftet wurde. Was habt ihr mich machen lassen?

ANTON Wir danken Ihnen, Frau Wlassowa, für ihre geschickte Arbeit.

PELAGEA WLASSOWA So, das nennt ihr Geschicklichkeit? Und was ist mit Smilgin, den ich durch meine Geschicklichkeit ins Gefängnis gebracht habe?

ANDREJ Sie haben ihn nicht ins Gefängnis gebracht. Unseres Wissens haben ihn die Polizisten ins Gefängnis gebracht.

IWAN Er ist wieder freigelassen worden, da man hat feststellen müssen, daß er einer der wenigen war, die gegen den Streik gestimmt haben. Aber jetzt ist er für den Streik. Frau Wlassowa, Sie haben mitgearbeitet an der Einigung der Arbeiter in den Suchlinow-Werken. Wie Sie wohl gehört haben, ist fast einstimmig der Streik beschlossen worden.

PELAGEA WLASSOWA Ich wollte keinen Streik machen, sondern einem Menschen helfen. Warum werden Leute verhaftet, wenn sie Flugblätter lesen? Was stand in dem Flugblatt?

MASCHA Als Sie es verteilten, haben Sie einer guten Sache gut geholfen.

PELAGEA WLASSOWA Was stand in dem Flugblatt?

PAWEL Was meinst du, was darin gestanden hat?

PELAGEA WLASSOWA Etwas Unrechtes.

ANTON Es ist uns klar, Frau Wlassowa, daß wir Ihnen Rechenschaft schulden.

PAWEL Setz dich zu uns, Mutter, wir wollen es dir erklären.

*Sie legen ein Tuch über den Diwan, Iwan hängt einen neuen Spiegel an die Wand, Mascha stellt einen neuen Schmalztopf auf den Tisch. Dann holen sie sich Stühle und setzen sich um Pelagea Wlassowa herum.*

IWAN Sehen Sie, in dem Flugblatt stand, daß wir Arbeiter es uns nicht gefallen lassen sollen, wenn Herr Suchlinow nach seinem Belieben die Löhne kürzt, die er uns zahlt.

PELAGEA WLASSOWA Unsinn, was wollt ihr denn dagegen machen? Warum soll Herr Suchlinow nicht nach seinem Belieben die Löhne kürzen können, die er euch zahlt? Gehört ihm seine Fabrik oder gehört sie ihm nicht?

PAWEL Sie gehört ihm.

PELAGEA WLASSOWA So. Der Tisch zum Beispiel gehört mir. Jetzt frage ich euch: kann ich mit diesem Tisch machen, was ich will?

ANDREJ Ja, Frau Wlassowa. Mit diesem Tisch können Sie machen, was Sie wollen.

PELAGEA WLASSOWA So. Kann ich ihn zum Beispiel auch kurz und klein schlagen, wenn ich will?

ANTON Ja, diesen Tisch können Sie kurz und klein schlagen, wenn sie wollen.

PELAGEA WLASSOWA Aha! Kann also Herr Suchlinow mit seiner Fabrik, die ihm gehört wie mir mein Tisch, machen, was er will?

PAWEL Nein.

PELAGEA WLASSOWA Wieso nicht?

PAWEL Weil er zu seiner Fabrik uns Arbeiter braucht.

PELAGEA WLASSOWA Wenn er aber sagt, er braucht euch jetzt nicht?

IWAN Sehen Sie, Frau Wlassowa, das müssen Sie sich so vorstellen: er kann uns einmal brauchen und einmal nicht brauchen.

ANTON Richtig.

IWAN Wenn er uns braucht, müssen wir da sein, und wenn er uns nicht braucht, dann sind wir eben auch da. Wo sollen wir hin? Und das weiß er. Er braucht uns nicht immer, aber wir brauchen ihn immer. Damit rechnet er. Der Herr Suchlinow hat doch da seine Maschinen stehen. Das ist aber unser Handwerkszeug. Wir haben sonst keines. Wir haben keinen Webstuhl mehr und keine Drehbank, sondern wir benützen eben die Maschinen des Herrn Suchlinow. Seine Fabrik gehört ihm, aber wenn er sie zumacht, nimmt er uns damit unser Handwerkszeug weg.

PELAGEA WLASSOWA Weil ihm euer Handwerkszeug gehört wie mir mein Tisch.

ANTON Ja, aber finden Sie, daß das richtig ist, daß ihm unser Handwerkszeug gehört?

PELAGEA WLASSOWA *laut:* Nein! Aber ob ich es richtig finde oder ob ich es nicht richtig finde, deswegen gehört es ihm doch. Es kann ja jemand auch nicht richtig finden, daß mir mein Tisch gehört.

ANDREJ Da sagen wir: es ist ein Unterschied, ob Ihnen ein Tisch gehört oder eine Fabrik.

MASCHA Ein Tisch kann Ihnen natürlich gehören, ein Stuhl auch. Das schadet doch niemand. Wenn Sie ihn auf den Dachboden stellen, was soll das schon schaden? Aber wenn Ihnen eine Fabrik gehört, dann können Sie damit vielen hundert Menschen schaden.

IWAN Denn Sie haben in Ihrem Besitz ihr Handwerkszeug und können damit die Menschen ausnützen.

PELAGEA WLASSOWA Ja, also er kann uns ausnützen. Tut doch nicht, als wenn ich das noch nicht gemerkt hätte in vierzig Jahren. Nur eines habe ich nicht bemerkt, nämlich daß man dagegen etwas hätte machen können.

ANTON Frau Wlassowa, wir sind also jetzt, was das Eigentum des Herrn Suchlinow betrifft, so weit, daß seine Fabrik ein ganz anderes Eigentum ist als zum Beispiel Ihr Tisch. Er kann sein Eigentum dazu benützen, um uns auszunützen.

IWAN Und sein Eigentum hat noch etwas Eigentümliches an sich: ohne daß er uns damit ausnützt, ist es für ihn überhaupt nichts wert. Nur solange es unser Handwerkszeug ist, ist es für ihn viel wert. Wenn es nicht mehr unser Produktionsmittel ist, ist es ein Haufen altes Eisen. Es ist also auch auf uns angewiesen mit seinem Eigentum.

PELAGEA WLASSOWA Gut, aber wie wollt ihr ihm das beweisen, daß er auf euch angewiesen ist?

ANDREJ Sehen Sie, wenn er, Pawel Wlassow, hinaufgeht zum Herrn Suchlinow und sagt: Herr Suchlinow, ohne mich ist Ihre Fabrik ein Haufen altes Eisen, und sie können mir also meinen Lohn nicht abbauen, wie es Ihnen beliebt, dann lacht der Herr Suchlinow und schmeißt den Wlassow hinaus. Aber wenn alle Wlassows in Twer, achthundert Wlassows, dastehen und das gleiche sagen, dann lacht Herr Suchlinow nicht mehr.

PELAGEA WLASSOWA Und das ist euer Streik?

PAWEL Ja, das ist unser Streik.

PELAGEA WLASSOWA Und das stand in dem Flugblatt?

PAWEL Ja, das stand in dem Flugblatt.

PELAGEA WLASSOWA Ein Streik ist eine schlimme Sache. Von was soll ich kochen, was wird aus der Miete? Morgen früh geht ihr nicht zur Arbeit, was ist morgen abend? Und was wird nächste Woche sein? Aber gut, wir werden auch über das irgendwie hinüberkommen. Aber wenn nur das mit dem Streik drinnen gestanden hat, warum hat dann die Polizei Leute verhaftet? Was hat damit die Polizei zu tun?

PAWEL Ja, Mutter, das fragen wir dich: was hat damit die Polizei zu tun?

PELAGEA WLASSOWA Wenn wir unseren Streik mit Herrn Suchlinow austragen, das geht doch die Polizei nichts an. Ihr müßt das falsch angefaßt haben. Da sind sicher Mißverständnisse vorgekommen. Man hat geglaubt, ihr wollt etwas Gewalttätiges. Was ihr müßtet, wäre, der ganzen Stadt zeigen, daß euer Streit mit der Direktion ein friedlicher und gerechter ist. Das wird einen großen Eindruck machen.

IWAN Genau das wollen wir tun, Frau Wlassowa. Am 1. Mai, dem internationalen Kampftag der Arbeiter, wo alle Twersker Betriebe für die Befreiung der Arbeiterklasse demonstrieren, werden wir Transparente tragen, durch die wir alle Twersker Betriebe auffordern, unsern Kampf um die Kopeke zu unterstützen.

PELAGEA WLASSOWA Wenn ihr ruhig durch die Straßen marschiert und nur eure Transparente tragt, kann niemand etwas dagegen haben.

ANDREJ Wir nehmen an, daß der Herr Suchlinow es sich nicht gefallen lassen wird.

PELAGEA WLASSOWA Ja, das muß er sich gefallen lassen.

IWAN Die Polizei wird wahrscheinlich die Demonstration auseinandertreiben.

PELAGEA WLASSOWA Was hat die Polizei mit diesem Suchlinow zu tun? Die Polizei steht zwar über euch, aber ebensogut steht sie über dem Herrn Suchlinow.

PAWEL Du glaubst also, Mutter, gegen eine friedliche Demonstration wird die Polizei nichts unternehmen?

PELAGEA WLASSOWA Ja, das glaube ich. Das ist ja nichts Gewalttätiges. Über etwas Gewalttätiges würden wir uns niemals einigen. Du weißt, daß ich an einen Gott im Himmel glaube. Ich will nichts von Gewalt wissen. Ich habe sie vierzig Jahre kennengelernt und konnte nichts tun gegen die Gewalt. Aber wenn ich sterbe, möchte ich wenigstens nichts Gewalttätiges getan haben.

## 5
## Bericht vom 1. Mai 1905.

*Straße*

PAWEL Als wir Arbeiter von den Suchlinow-Werken über den Wollmarkt kamen, stießen wir auf den Zug der anderen Betriebe, es waren schon viele Tausende. Wir trugen Transparente, darauf stand: Arbeiter, unterstützt unseren Kampf gegen die Lohnsenkung! Arbeiter, vereinigt euch!

IWAN Wir marschierten ruhig und in Ordnung. An Liedern wurde gesungen: »Wacht auf, Verdammte dieser Erde« und »Brüder, zur Sonne, zur Freiheit«. Unser Betrieb kam direkt hinter der großen roten Fahne.

ANDREJ Neben mir marschierte Pelagea Wlassowa dicht hinter ihrem Sohn. Als wir diesen in der Frühe abgeholt hatten, war sie plötzlich angekleidet aus der Küche gekommen, und auf unsere Frage, wohin sie wolle, hatte sie geantwortet:

PELAGEA WLASSOWA Mit euch gehen.

ANTON Solche wie sie gingen viele mit uns, denn der strenge Winter, die Lohnsenkungen in den Betrieben und unsere Agitation hatten viele zu uns geführt. Bevor wir zum Erlöserboulevard kamen, sahen wir einige Polizisten und keine Soldaten, aber an der Ecke des Erlöserboulevards und der Twerskaja stand plötzlich eine zweifache Kette von Soldaten. Als die unsere Fahne und unsere Transparente sahen, schrie plötzlich eine Stimme uns zu: Achtung! Auseinandergehen! Es wird geschossen. Und: Fahne weg! – Unser Zug kam ins Stocken.

PAWEL Aber da die hinten Marschierenden nachrückten, konnten die Vorderen nicht stehenbleiben, und jetzt wurde geschossen. Als die ersten Leute umschlugen, erfolgte nichts weiter als eine Verwirrung. Viele konnten nicht glauben, daß das, was sie sahen, wirklich geschehen war. Dann setzten sich die Soldaten in Bewegung auf die Menge zu.

PELAGEA WLASSOWA Ich war mitgegangen, um für die Sache der Arbeiter zu demonstrieren. Es waren lauter ordentliche Leute, die da marschierten, die ihr Leben lang gearbeitet hatten. Freilich waren auch Verzweifelte darunter, die durch die Arbeitslosigkeit zum Äußersten getrieben waren, und Hungrige, die zu schwach waren, sich zur Wehr zu setzen.

ANDREJ Wir standen immer noch ziemlich

vorn, und wir gingen auch nicht auseinander, als geschossen wurde.

PAWEL Wir hatten unsere Fahne, Smilgin trug sie, und wir dachten auch nicht daran, sie wegzugeben, denn jetzt schien uns, ohne daß wir uns verständigten, daß es wichtig wäre, daß sie gerade uns träfen und niedermachten und die Fahne, gerade unsere, die rote, wegnähmen. Dies wollten wir aber, damit alle Arbeiter sähen, wer wir sind und wofür wir sind, nämlich für die Arbeiter.

ANDREJ Die gegen uns waren, mußten sich benehmen wie die wilden Tiere. Weil sie dafür von den Suchlinows ihren Lebensunterhalt bekamen.

MASCHA Endlich würde es jeder sehen, und unsere Fahne, die rote, mußte besonders hoch gehalten werden, allen sichtbar, nicht zum wenigsten den Soldaten, aber auch allen anderen.

IWAN Und die sie nicht sahen, denen sollte es erzählt werden, heute noch oder morgen oder in den nächsten Jahren, so lange, bis sie wieder gesehen würde. Denn, das glaubten wir zu wissen, und viele wußten es sicher in diesem Augenblick, sie würde immer wieder gesehen werden, von jetzt ab bis zur völligen Umänderung aller Dinge, die auf dem Marsch ist: unsere Fahne, die die gefährlichste ist für alle Ausbeuter und Herrschenden, die unerbittlichste!

ANTON Aber für uns Arbeiter die endgültige!

ALLE
Darum werdet ihr sie sehen
Immer wieder
Gern oder ungern
Je nach eurer Stellung in diesem Kampf
Der nicht mehr anders enden wird als
Mit dem vollkommenen Sieg
Aller Unterdrückten aller Länder.

PELAGEA WLASSOWA Aber an diesem Tag trug sie der Arbeiter Smilgin.

SMILGIN Mein Name ist Smilgin. Ich habe zwanzig Jahre lang der Bewegung angehört. Ich war einer der ersten, die im Betriebe revolutionäre Aufklärung verbreiteten. Wir haben um die Löhne gekämpft und um bessere Arbeitsbedingungen. Dabei habe ich im Interesse meiner Kollegen oftmals mit den Unternehmern verhandelt. Anfangs voller Feindschaft, aber dann, ich gebe es zu, dachte ich, es ginge anders leichter. Wenn wir unseren Einfluß vermehrten, dachte ich, würden wir mitzubestimmen haben. Das war wohl falsch. Jetzt stehe ich hier, hinter mir sind es schon viele Tausende, aber vor uns steht wieder die Gewalt. Sollen wir die Fahne weggeben?

ANTON Gib sie nicht weg, Smilgin! Es geht nicht durch Verhandeln, sagten wir. Und Pelagea Wlassowa sagte ihm:

PELAGEA WLASSOWA Du mußt sie nicht hergeben, es kann dir nichts geschehen. Gegen eine friedliche Demonstration kann die Polizei nichts haben.

MASCHA Und in diesem Augenblick schrie ein Offizier uns zu: Gebt die Fahne heraus!

IWAN Und Smilgin sah hinter sich und sah hinter seiner Fahne unsere Transparente und auf den Transparenten unsere Losungen. Und hinter den Transparenten standen die Streikenden von den Suchlinow-Werken. Und wir sahen hin, was er neben uns, einer von uns, mit der Fahne machte.

PAWEL Zwanzig Jahre in der Bewegung, Arbeiter, Revolutionär, am 1. Mai 1905, vormittags 11 Uhr an der Ecke des Erlöserboulevards, im entscheidenden Augenblick. Er sagte:

SMILGIN Ich gebe sie nicht her! Es wird nicht verhandelt.

ANDREJ Gut, Smilgin, sagten wir. So ist es recht. Jetzt ist alles in Ordnung.

IWAN Ja, sagte er und fiel vornüber auf sein Gesicht, denn sie hatten ihn schon abgeschossen.

ANDREJ Und sie liefen hin, vier, fünf Mann, um sich die Fahne zu holen. Aber die Fahne lag neben ihm. Da bückte sich unsere Pelagea Wlassowa, die Ruhige, Gleichmütige, die Genossin, und griff nach der Fahne.

PELAGEA WLASSOWA Gib die Fahne her, Smilgin, sagte ich. Gib sie her! Ich werde sie tragen. Das wird alles noch anders werden!

## 6

*Wohnung des Lehrers Wessowtschikow in Rostow*

### a

**Iwan Wessowtschikow bringt Pelagea Wlassowa nach der Verhaftung ihres Sohnes zu seinem Bruder Nikolai, dem Lehrer.**

IWAN Nikolai Iwanowitsch, ich bringe dir hier die Mutter unseres Freundes Pawel, Pelagea

Wlassowa. Ihr Sohn ist wegen der Vorgänge bei der Demonstration am 1. Mai verhaftet worden. Daraufhin ist ihr in ihrer alten Wohnung gekündigt worden, und wir haben ihrem Sohn versprochen, sie in Sicherheit zu bringen. Deine Wohnung ist unverdächtig. Niemand kann behaupten, daß du irgend etwas mit der revolutionären Bewegung zu tun hast.

DER LEHRER WESSOWTSCHIKOW Jawohl, das ist nur die Wahrheit. Ich bin Lehrer und würde meine Stellung verlieren, wenn ich, wie du, solchen Hirngespinsten nachjagen wollte.

IWAN Ich hoffe aber, daß du Frau Wlassowa, die keine Unterkunft hat, dennoch hierbehalten wirst. Du wirst mir, deinem Bruder, damit einen Gefallen tun.

DER LEHRER Ich habe keinen Grund, dir einen Gefallen zu tun. Ich mißbillige alles, was du machst, außerordentlich. Es ist alles Unsinn. Das habe ich dir oft genug bewiesen. Aber das betrifft nicht Sie, Frau Wlassowa. Ihre Notlage sehe ich ein. Außerdem habe ich sowieso eine Aufwärterin nötig. Sie sehen, daß hier große Unordnung herrscht.

IWAN Du müßtest ihr natürlich etwas Geld für ihre Arbeit geben, sie muß doch ihrem Sohn ab und zu etwas schicken.

DER LEHRER Ich könnte Ihnen natürlich nur ein ganz kleines Gehalt aussetzen.

IWAN Er versteht von Politik soviel wie dieser Stuhl, aber er ist kein Unmensch.

DER LEHRER Du bist ein Dummkopf, Iwan. Frau Wlassowa, in der Küche ist ein Sofa, darauf können Sie schlafen. Ich sehe, daß Sie Ihre eigene Wäsche mitgebracht haben. Hier ist die Küche, Frau Wlassowa.

*Pelagea Wlassowa geht mit ihrem Bündel in die Küche und beginnt sich dort einzurichten.*

IWAN Ich danke dir, Nikolai Iwanowitsch, und bitte dich, auf die Frau achtzugeben. Sie soll nicht sogleich wieder mit Politik zu tun haben. Sie ist in die Unruhen des 1. Mai hineingekommen und soll jetzt zur Ruhe kommen. Sie sorgt sich um das Schicksal ihres Sohnes. Du bist mir für sie verantwortlich.

DER LEHRER Ich werde sie nicht in die Politik hineinziehen, wie ihr das macht.

**b**

**Der Lehrer Wessowtschikow überrascht seine Wirtschafterin bei der Agitation.**

*In der Küche sitzen um Pelagea Wlassowa Nachbarn.*

FRAU Wir haben gehört, der Kommunismus ist ein Verbrechen.

PELAGEA WLASSOWA Das ist nicht wahr, der Kommunismus ist gut für uns. Was spricht gegen den Kommunismus? *Sie singt:*

LOB DES KOMMUNISMUS

Er ist vernünftig, jeder versteht ihn. Er ist leicht.
Du bist doch kein Ausbeuter, du kannst ihn
begreifen.
Er ist gut für dich, erkundige dich nach ihm.
Die Dummköpfe nennen ihn dumm, und die
Schmutzigen nennen ihn schmutzig.
Er ist gegen den Schmutz und gegen die
Dummheit.
Die Ausbeuter nennen ihn ein Verbrechen
Wir aber wissen:
Er ist das Ende der Verbrechen.
Er ist keine Tollheit, sondern
Das Ende der Tollheit.
Er ist nicht das Chaos
Sondern die Ordnung.
Er ist das Einfache
Das schwer zu machen ist.

FRAU Warum aber sehen das nicht alle Arbeiter ein?

DER ARBEITSLOSE SIGORSKI *zitiert:* »Weil sie in Unwissenheit gehalten werden darüber, daß sie ausgebeutet werden und daß dies ein Verbrechen ist und daß es möglich ist, diesem Verbrechen ein Ende zu bereiten.«

*Sie verstummen, denn der Lehrer tritt in die Stube nebenan.*

DER LEHRER Ich komme da ermüdet von der Bierkneipe, den Kopf noch voll von Debatten, wobei ich wieder großen Ärger mit diesem Dummkopf Sachar hatte, der mir immer widersprach, obwohl ich natürlich recht hatte, und freue mich schon auf meine ruhigen vier Wände. Ich denke, ich nehme noch ein Fußbad und lese dabei die Zeitung.

PELAGEA WLASSOWA *kommt herein:* Was, Sie sind schon zurück, Nikolai Iwanowitsch?

DER LEHRER Ja, und ich bitte Sie, mir ein heißes

Fußbad zu bereiten. Ich werde es in der Küche nehmen.

PELAGEA WLASSOWA Es ist sehr gut, daß Sie gekommen sind, Nikolai Iwanowitsch, sehr gut, da Sie gleich wieder weggehen müssen. Eben sagte mir die Nachbarin, Ihr Freund Sachar Smerdjakow sei vor einer Stunde dagewesen. Er habe Ihnen aber nichts hinterlassen können, da er Sie dringend persönlich sprechen muß.

DER LEHRER Frau Wlassowa, ich war mit meinem Freund Sachar Smerdjakow den ganzen Abend zusammen.

PELAGEA WLASSOWA So? Aber die Küche ist in Unordnung, Nikolai Iwanowitsch. Die Wäsche hängt. *Murmeln in der Küche.*

DER LEHRER Seit wann redet meine Wäsche beim Trocknen und – *deutet auf den Samowar, den sie in den Händen hält* – seit wann trinken meine Hemden Tee?

PELAGEA WLASSOWA Nikolai Iwanowitsch, ich muß Ihnen gestehen, daß wir zu einer kleinen Unterhaltung bei einer Tasse Tee zusammensitzen.

DER LEHRER So. Was sind es denn für Leute?

PELAGEA WLASSOWA Ich weiß nicht, ob sie sich wohlfühlen würden bei ihnen, Nikolai Iwanowitsch. Es sind keine besonders wohlhabenden Leute.

DER LEHRER Aha – dann redet ihr wieder von Politik! Ist der Arbeitslose Sigorski dabei?

PELAGEA WLASSOWA Ja, und seine Frau und sein Bruder mit seinem Sohn und sein Onkel und seine Tante. Es sind sehr verständige Menschen, und auch Sie würden mit Interesse ihren Ausführungen folgen.

DER LEHRER Frau Wlassowa, habe ich Sie nicht seinerzeit darauf aufmerksam gemacht, daß ich in meinem Hause nichts Politisches wünsche? Jetzt komme ich aus meiner Bierkneipe müde nach Hause und finde meine Küche voll von Politik. Ich bin überrascht, Frau Wlassowa, ich bin sehr überrascht.

PELAGEA WLASSOWA Nikolai Iwanowitsch, es tut mir leid, daß ich Sie enttäuschen mußte. Ich habe den Leuten vom 1. Mai berichtet. Sie wissen nicht genug davon.

DER LEHRER Was wissen Sie von Politik, Frau Wlassowa? Heute abend erst habe ich meinem Freund Sachar, einen sehr intelligenten Menschen, gesagt: »Sachar Smerdjakow, die Politik ist das Schwierigste und Undurchsichtigste, was es auf Erden gibt.«

PELAGEA WLASSOWA Sie sind sicher sehr müde und angestrengt. Aber wenn Sie noch etwas Zeit hätten – wir alle waren uns heute abend darüber einig, daß Sie uns vieles erklären könnten, auch in bezug auf den 1. Mai, der sehr undurchsichtig ist.

DER LEHRER Ich habe allerdings wenig Lust, mich mit dem Arbeitslosen Sigorski herumzustreiten. Ich könnte höchstens versuchen, ihnen die Grundbegriffe der Politik beizubringen. Aber wirklich, Frau Wlassowa, ich habe große Bedenken, Sie in der Gesellschaft von so anrüchigen Leuten zu wissen. Nehmen Sie den Samowar mit und etwas Brot und einige Gurken. *Sie gehen in die Küche.*

## c

## Pelagea Wlassowa lernt lesen.

DER LEHRER *vor einer Schultafel:* Ihr wollt also lesen lernen. Ich begreife zwar nicht, wozu ihr das in eurer Lage brauchen könntet, einige von euch sind auch schon etwas alt dafür. Aber ich will es Frau Wlassowa zuliebe versuchen. Habt ihr alle was zum Schreiben? Also ich schreibe jetzt drei einfache Wörter an: Ast. Nest. Fisch. Ich wiederhole: Ast. Nest. Fisch. *Schreibt.*

SIGORSKI Wozu solche Wörter?

PELAGEA WLASSOWA *sitzt mit den anderen am Tisch:* Bitte, Nikolai Iwanowitsch, muß es eigentlich gerade Ast, Nest, Fisch sein? Wir sind alte Leute und müssen doch rasch die Wörter lernen, die wir brauchen!

DER LEHRER *lächelt:* Sehen Sie: woran Sie das Lesen lernen, ist völlig gleichgültig.

PELAGEA WLASSOWA Wieso? Wie zum Beispiel schreibt man »Arbeiter«? Das interessiert unsern Pawel Sigorski.

SIGORSKI »Ast« kommt doch nie vor.

PELAGEA WLASSOWA Er ist Metallarbeiter.

DER LEHRER Aber die Buchstaben kommen darin vor.

ARBEITER Aber in dem Wort »Klassenkampf« kommen doch auch die Buchstaben vor!

DER LEHRER Ja, aber ihr müßt mit dem Einfachsten anfangen, nicht gleich mit dem Schwierigsten! »Ast« ist einfach.

SIGORSKI »Klassenkampf« ist viel einfacher.

DER LEHRER Es gibt doch gar keinen Klassenkampf. Das wollen wir zunächst einmal feststellen.

SIGORSKI *steht auf:* Dann kann ich von Ihnen nichts lernen, wenn es bei Ihnen keinen Klassenkampf gibt!

PELAGEA WLASSOWA Du sollst hier lesen und schreiben lernen, und das kannst du auch hier. Lesen, das ist Klassenkampf!

DER LEHRER Ich halte das alles für Unsinn. Was soll das jetzt wieder heißen: Lesen ist Klassenkampf! Wozu dieses Gerede überhaupt? *Schreibt.* Also das heißt: Arbeiter. Nachschreiben!

PELAGEA WLASSOWA Lesen ist Klassenkampf, damit meinte ich: wenn die Soldaten in Twer unsere Transparente hätten lesen können, hätten sie vielleicht gar nicht auf uns geschossen. Es waren lauter Bauernsöhne.

DER LEHRER Seht ihr, ich selber bin Lehrer, und ich lehre lesen und schreiben seit achtzehn Jahren, aber ich will euch mal was sagen: im Innersten weiß ich, es ist alles Unsinn. Bücher sind Unsinn. Davon wird der Mensch immer nur schlechter. Ein einfacher Bauer ist schon einfach dadurch ein besserer Mensch, weil er nicht durch die Zivilisation verdorben ist.

PELAGEA WLASSOWA Und wie schreibt man also »Klassenkampf«? Pawel Sigorski, du mußt die Hand fest auflegen, sonst zittert sie, und dann wird die Schrift undeutlich.

DER LEHRER *schreibt:* Klassenkampf. *Zu Sigorski:* Sie müssen in einer geraden Linie schreiben und nicht über den Rand. Wer über den Rand schreibt, der übertritt auch die Gesetze. Da haben nun Generationen und Generationen Wissen auf Wissen gehäuft und Bücher auf Bücher geschrieben. Und die Technik ist weiter, als sie je war. Und was hat es genützt? Die Verwirrung ist auch größer, als sie je war. Man sollte den ganzen Krempel ins Meer werfen, wo es am tiefsten ist, alle Bücher und Maschinen ins Schwarze Meer. Widersteht dem Wissen! Seid ihr fertig? Manchmal habe ich Stunden, wo ich ganz in Melancholie versinke. Was, frage ich dann, sollen solche wirklich großen Gedanken, die nicht nur das Jetzt, sondern das Immer und Ewig, das allgemein Menschliche schlechthin umfassen, mit Klassenkampf zu tun haben?

SIGORSKI *murmelnd:* Solche Gedanken nützen gar nichts. Während ihr in Melancholie versinkt, beutet ihr uns aus.

PELAGEA WLASSOWA Sei still, Pawel Sigorski! Bitte, wie schreibt man eigentlich »Ausbeutung«?

DER LEHRER Ausbeutung! Das steht ja auch nur in Büchern. Als ob ich schon einmal jemand ausgebeutet hätte! *Schreibt.*

SIGORSKI Das sagt er nur, weil er von der Beute nichts bekommt.

PELAGEA WLASSOWA *zu Sigorski:* Das »A« bei »Ausbeutung« ist genau wie das »A« bei »Arbeiter«.

DER LEHRER Wissen hilft ja nicht. Güte hilft.

PELAGEA WLASSOWA Gib es nur her, dein Wissen, wenn du es nicht brauchst.

LOB DES LERNENS

*Von den revolutionären Arbeitern den Lernenden zugesungen.*

Lerne das Einfachste, für die
Deren Zeit gekommen ist
Ist es nie zu spät!
Lerne das Abc, es genügt nicht, aber
Lerne es! Laß es dich nicht verdrießen
Fang an! Du mußt alles wissen!
Du mußt die Führung übernehmen.

Lerne, Mann im Asyl!
Lerne, Mann im Gefängnis!
Lerne, Frau in der Küche!
Lerne, Sechzigjährige!
Du mußt die Führung übernehmen.
Suche die Schule auf, Obdachloser!
Verschaffe dir Wissen, Frierender!
Hungriger, greif nach dem Buch: es ist eine Waffe.
Du mußt die Führung übernehmen.

Scheue dich nicht zu fragen, Genosse!
Laß dir nichts einreden
Sieh selber nach!
Was du nicht selber weißt
Weißt du nicht.
Prüfe die Rechnung.
Du mußt sie bezahlen.
Lege den Finger auf jeden Posten
Frage: wie kommt er hierher?
Du mußt die Führung übernehmen.

PELAGEA WLASSOWA *steht auf:* Für heute ist es genug. Wir können uns nicht mehr so viel auf einmal merken. Sonst schläft unser Pawel Sigorski wieder die ganze Nacht nicht. Wir danken Ihnen, Nikolai Iwanowitsch. Wir können Ihnen nur sagen, Sie helfen uns sehr, indem Sie uns lesen und schreiben lehren.

DER LEHRER Ich glaube es nicht. Übrigens will ich nicht sagen, daß eure Meinungen keinen Sinn haben. Ich werde in unserer nächsten Stunde darauf zurückkommen.

d

**Iwan Wessowtschikow erkennt seinen Bruder nicht mehr.**

IWAN Die Genossen hier in Rostow haben mit mir über Ihre Arbeit gesprochen, Pelagea Nilowna – auch über Ihre Fehler. Sie haben mir aufgetragen, Ihnen etwas zu übergeben: Ihr Parteibuch.

PELAGEA WLASSOWA Ich danke euch. *Sie nimmt es in Empfang.*

IWAN Hat Ihnen Pawel geschrieben?

PELAGEA WLASSOWA Nein. Ich bin in großer Sorge um ihn. Das schlimmste ist, daß ich niemals weiß, was er gerade macht oder was sie mit ihm machen. Ich weiß zum Beispiel nicht einmal, ob sie ihm genug zu essen geben oder ob er nicht etwa friert. Bekommen sie dort eigentlich Decken?

IWAN In Odessa gab es Decken.

PELAGEA WLASSOWA Ich bin sehr stolz auf ihn. Ich habe Glück: ich habe einen Sohn, der nötig ist. *Sie rezitiert:*

LOB DES REVOLUTIONÄRS

Manche sind zuviel.
Wenn sie fort sind, ist es besser
Doch wenn er nicht da ist, fehlt er.

Wenn die Unterdrückung zunimmt
Werden viele entmutigt
Aber sein Mut wächst.

Er organisiert seinen Kampf
Um den Lohngroschen, um das Teewasser
Und um die Macht im Staat.

Er fragt das Eigentum:
Woher kommst du?
Er fragt die Ansichten:
Wem nützt ihr?

Wo immer geschwiegen wird
Dort wird er sprechen
Und wo Unterdrückung herrscht und von
Schicksal die Rede ist
Wird er die Namen nennen.

Wo er sich zu Tisch setzt
Setzt sich die Unzufriedenheit zu Tisch.
Das Essen wird schlecht
Und als eng wird erkannt die Kammer.
Wohin sie ihn jagen, dorthin
Geht der Aufruhr, und wo er verjagt ist
Bleibt die Unruhe doch.

DER LEHRER *kommt:* Guten Tag, Iwan.

IWAN Guten Tag, Nikolai.

DER LEHRER Ich freue mich, dich immer noch in Freiheit zu sehen.

IWAN Ich wollte mich wieder einmal nach Pelagea Nilowna umsehen und ihr einige von unseren Zeitungen bringen. *Der Lehrer greift nach den Blättern.* Die Verhaftungen sind sehr schlimm für unsere Bewegung. Ssidor und Pawel zum Beispiel wissen viele von den Adressen der Bauern, die unsere Zeitungen lesen wollen.

PELAGEA WLASSOWA Ich verstehe. Wir haben auch schon darüber gesprochen, daß man überall mit den Bauern reden müßte.

DER LEHRER Da müßte man noch mit vielen Leuten reden, 120 Millionen Bauern, das könnt ihr ja gar nicht. Überhaupt Revolution, das geht nicht in diesem Land mit diesen Leuten. Der Russe wird nie eine Revolution machen. Das ist eine Sache für den Westen. Die Deutschen, das sind Revolutionäre, die werden eine Revolution machen.

IWAN Aus einigen Gouvernements hört man, daß die Bauern schon Gutshöfe zerstören und Gutsherrenland in Besitz nehmen. Sie beschlagnahmen Getreide und andere Vorräte der Gutsbesitzer und verteilen sie an die Hungernden. Die Bauern kommen in Bewegung.

DER LEHRER Was bedeutet das schon? *Zu Pelagea Wlassowa:* Lesen Sie einmal, was bereits die fortschrittlichen Schriftsteller des vorigen Jahrhunderts über die Psychologie des russischen Bauern geschrieben haben.

PELAGEA WLASSOWA Gern. Ich habe jetzt das Material über den dritten Parteitag lesen können, dank Nikolai Iwanowitschs Unterricht im Lesen und Schreiben.

DER LEHRER Das ist auch wieder so eine Verrücktheit von eurem Lenin, daß er dem Proletariat einreden will, es könne in der Revolution die Führung übernehmen. Solche Lehren werden noch den letzten Rest der Möglichkeit vernichten, daß eine Revolution stattfindet. Sie schrecken das fortschrittliche Bürgertum doch einfach ab, Revolution zu machen.

IWAN Wie denken Sie darüber, Pelagea Nilowna?

PELAGEA WLASSOWA Führen ist sehr schwer. Schon der Metallarbeiter Sigorski macht mir das

Leben sauer mit seinem Eigensinn, und gebildeten Leuten kann man überhaupt nichts beweisen.

DER LEHRER Könnt ihr eure Zeitung nicht etwas unterhaltender schreiben? Das liest doch niemand.

PELAGEA WLASSOWA Wir lesen sie nicht zur Unterhaltung, Nikolai Iwanowitsch.

*Iwan lacht.*

DER LEHRER Was ist denn?

IWAN Wo hast du das schöne Zarenbild hingehängt? Das Zimmer sieht ganz kahl aus.

DER LEHRER Ich habe mir gedacht, ich hänge es einmal für einige Zeit weg. Es wird langweilig, wenn man es immer vor sich hat. Übrigens, warum steht in euren Zeitungen nichts über die Mißstände in den Schulen?

IWAN Ich meinte nur – weil es langweilig ist, kannst du doch das Bild nicht weggehängt haben?

PELAGEA WLASSOWA Sagen Sie das nicht! Nikolai Iwanowitsch will immer etwas Neues.

IWAN So.

DER LEHRER Jedenfalls sehe ich es nicht gern, wenn man mich als einen Idioten behandelt. Ich habe dich etwas in bezug auf eure Zeitung gefragt.

IWAN Ich kann mich nicht erinnern, Nikolai, daß in deiner Wohnung sich je irgend etwas geändert hätte. Schon der Rahmen hat zwölf Rubel gekostet.

DER LEHRER Dann kann ich ja den Rahmen wieder hinhängen. Du hast mich immer für einen Dummkopf gehalten, deshalb bist du selbst ein Dummkopf.

IWAN Ich bin überrascht, Nikolai, deine hetzerischen Reden und deine verächtliche Haltung gegenüber unserem Zaren wundern mich. Du scheinst ein Agitator geworden zu sein. Du hast auch einen so entschlossenen Blick bekommen. Es ist geradezu gefährlich, dich anzuschauen.

PELAGEA WLASSOWA Ärgern Sie Ihren Bruder nicht! Er ist ein sehr vernünftiger Mensch. Ich habe ihn an den Blutigen Sonntag des Zaren erinnert. Und da viele Kinder bei ihm etwas lernen, ist es sehr wichtig, was er über die Zustände sagt. Außerdem hat er uns Lesen und Schreiben beigebracht.

IWAN Hoffentlich hast du, als du sie lesen lehrtest, auch etwas gelernt.

DER LEHRER Nein – ich habe gar nichts gelernt. Diese Leutchen verstehen noch sehr wenig vom Marxismus. Ich will Sie nicht kränken, Frau Wlassowa. Es ist natürlich eine sehr komplizierte Sache und ohne einen geschulten Kopf überhaupt nicht verstehbar. Die Eigentümlichkeit dabei ist, daß die Leute, die das nie verstehen werden, es wie warme Semmeln hineinfressen. Der Marxismus an sich ist nicht schlecht. Er hat sogar manches für sich, wenn natürlich auch große Lücken da sind und Marx in einigen entscheidenden Punkten die Sache direkt falsch sieht. Ich könnte da allerhand zu diesem Thema sagen. Natürlich ist das Ökonomische wichtig, aber nicht nur das Ökonomische ist wichtig. Es ist a u c h wichtig. Soziologie? Ich verspreche mir zum Beispiel ebensoviel von der Biologie. Ich frage: Wo ist das allgemein Menschliche in dieser Lehre? Der Mensch wird sich immer gleichbleiben.

PELAGEA WLASSOWA *zu Iwan:* Aber e r hat sich schon ziemlich geändert, nicht wahr?

*Iwan verabschiedet sich.*

IWAN Frau Wlassowa, ich erkenne meinen Bruder nicht mehr.

## 7

**Pelagea Wlassowa besucht ihren Sohn im Gefängnis.**

*Gefängnis*

PELAGEA WLASSOWA Der Aufseher wird sehr achtgeben, aber ich muß dennoch die Adressen der Bauern erfahren, die nach unserer Zeitung verlangt haben. Hoffentlich behalte ich diese vielen Namen im Kopf.

*Der Aufseher bringt Pawel herein.*

PELAGEA WLASSOWA Pawel!

PAWEL Wie geht es dir, Mama?

AUFSEHER Sie müssen sich so setzen, daß ein Abstand zwischen Ihnen bleibt. Dahin und dahin. Politische Gespräche dürfen nicht stattfinden.

PAWEL Also sprich von zu Hause, Mutter!

PELAGEA WLASSOWA Ja, Pawel.

PAWEL Bist du untergebracht?

PELAGEA WLASSOWA Beim Lehrer Wessowtschikow.

PAWEL Kümmern sie sich um dich?

PELAGEA WLASSOWA Ja. Aber wie geht es dir?

PAWEL Ich hatte schon Sorge, ob sie dich auch genügend unterstützen können.

PELAGEA WLASSOWA Dein Bart ist stark gewachsen.

PAWEL Ja, ich sehe ein wenig älter aus, nicht?

PELAGEA WLASSOWA Ich war auch bei Smilgins Begräbnis. Die Polizei hat wieder um sich gehauen und einige verhaftet. Wir sind alle dabeigewesen.

AUFSEHER Das ist politisch, Frau Wlassowa!

PELAGEA WLASSOWA So? Wirklich? Man weiß gar nicht, worüber man reden soll!

AUFSEHER Dann sind ja Ihre Besuche überflüssig. Zu reden haben Sie nichts, aber Sie kommen hierhergelaufen und stören uns. Ich trage doch die Verantwortung.

PAWEL Hilfst du im Haushalt?

PELAGEA WLASSOWA Auch. Wessowtschikow und ich wollen nächste Woche aufs Land fahren.

PAWEL Der Lehrer?

PELAGEA WLASSOWA Nein.

PAWEL Wollt ihr euch erholen?

PELAGEA WLASSOWA Ja. *Leise:* Wir brauchen die Adressen. *Laut:* Oh, Pawel, du fehlst uns allen sehr.

PAWEL *leise:* Ich habe die Adressen bei der Verhaftung verschluckt, ich weiß nur noch ein paar auswendig.

PELAGEA WLASSOWA Oh, Pawel, ich hätte nie gedacht, daß ich meine alten Tage so zubringen müßte.

PAWEL *leise:* Luschin in Pirogowo.

PELAGEA WLASSOWA *leise:* Und in Krapiwna? *Laut:* Wirklich, Kummer machst du mir!

PAWEL *leise:* Sulinowski.

PELAGEA WLASSOWA Ich bete auch für dich. *Leise:* Sulinowski in Krapiwna. *Laut:* Ich verbringe meine Abende einsam bei der Lampe sitzend.

PAWEL *leise:* Terek in Tobraja.

PELAGEA WLASSOWA Und der Lehrer Wessowtschikow beschwert sich schon über den Trubel.

PAWEL *leise:* Und von ihnen erfahrt ihr die anderen Adressen.

AUFSEHER Die Besuchszeit ist herum.

PELAGEA WLASSOWA Noch eine Minute, lieber Herr. Ich bin so verwirrt. Ach, Pawel, was bleibt uns alten Leuten schon übrig, als uns zu verkriechen, damit man uns nicht mehr sehen muß, denn wir sind zu nichts mehr nütze. *Leise:* Luschin in Pirogowo. *Laut:* Man läßt uns merken, unsere Zeit ist um. Vor uns liegt nichts mehr. Was wir wissen, ist vergangen. *Leise:* Sulinowski in Tobraja. *Pawel schüttelt den Kopf.* In Krapiwna. *Laut:* Und unsere Erfahrungen betreffen nichts mehr. Unser Rat ist schädlich, denn zwischen uns und unseren Söhnen ist eine Kluft, unüberbrückbar. *Leise:* Terek in Tobraja. *Laut:* Wir gehen hierhin und ihr geht dorthin. *Leise:* Terek in Tobraja. *Laut:* Wir haben nichts Gemeinsames. Die Zeit, die kommt, ist eure!

AUFSEHER Aber die Besuchszeit ist um.

PAWEL *verbeugt sich:* Leb wohl, Mutter.

PELAGEA WLASSOWA *verbeugt sich ebenfalls:* Leb wohl, Pawel.

LIED

*Von dem Darsteller des Pawel gesungen.*

Sie haben Gesetzbücher und Verordnungen
Sie haben Gefängnisse und Festungen
(Ihre Fürsorgeanstalten zählen wir nicht!)
Sie haben Gefängniswärter und Richter
Die viel Geld bekommen und zu allem bereit sind.
Ja, wozu denn?
Glauben sie denn, daß sie uns damit kleinkriegen?
Eh sie verschwinden, und das wird bald sein
Werden sie gemerkt haben, daß ihnen das alles nichts mehr nützt.

Sie haben Zeitungen und Druckereien
Um uns zu bekämpfen und mundtot zu machen
(Ihre Staatsmänner zählen wir nicht!)
Sie haben Pfaffen und Professoren
Die viel Geld bekommen und zu allem bereit sind.
Ja, wozu denn?
Müssen sie denn die Wahrheit so fürchten?
Eh sie verschwinden, und das wird bald sein
Werden sie gemerkt haben, daß ihnen das alles nichts mehr nützt.

Sie haben Tanks und Kanonen
Maschinengewehre und Handgranaten
(Die Gummiknüppel zählen wir nicht!)
Sie haben Polizisten und Soldaten
Die wenig Geld bekommen und zu allem bereit sind.
Ja, wozu denn?
Haben sie denn so mächtige Feinde?
Sie glauben, da muß doch ein Halt sein
Der sie, die Stürzenden, stützt.
Eines Tages, und das wird bald sein
Werden sie sehen, daß ihnen alles nichts nützt.

Und da können sie noch so laut »Halt!« schrein
Weil sie weder Geld noch Kanone mehr schützt!

8

**Im Sommer 1905 wurde das Land durch Bauernunruhen und Landarbeiterstreiks erschüttert.**

a

*Landstraße*

*Pelagea Wlassowa, die in Begleitung zweier Arbeiter kommt, wird mit Steinwürfen empfangen. Ihre Begleiter ergreifen die Flucht.*

PELAGEA WLASSOWA *mit einer großen Beule an der Stirn, zu den Steinwerfern:* Warum werft ihr denn mit Steinen nach uns?

JEGOR LUSCHIN Weil ihr Streikbrecher seid.

PELAGEA WLASSOWA Ach, wir sind Streikbrecher! Darum haben wir es so eilig! Wo wird denn hier gestreikt?

JEGOR Auf dem Smirnowschen Gut.

PELAGEA WLASSOWA Und ihr seid die Streikenden? Das merke ich an meiner Beule. Ich bin aber keine Streikbrecherin. Ich komme aus Rostow und will einen Gutsarbeiter sprechen. Er heißt Jegor Luschin.

JEGOR Luschin, das bin ich.

PELAGEA WLASSOWA Pelagea Wlassowa.

JEGOR Bist du das, die man hier im Bezirk »die Mutter« nennt?

PELAGEA WLASSOWA Ja. Ich habe unsere Zeitungen mit für euch. Wir wußten nicht, daß ihr im Streik steht, ich sehe aber, daß ihr euren Kampf mit Schärfe führt. *Übergibt Luschin die Zeitungen.*

JEGOR Entschuldige, daß wir dir eine Beule geworfen haben. Unser Streik steht schlecht. Mit dir sind Streikbrecher aus der Stadt gekommen, und morgen werden wieder welche erwartet. Wir haben nichts zu fressen, aber für sie schlachtet der Gutsmetzger schon die Schweine und Kälber. Da, siehst du, wie der Schornstein der Gutsküche für die Streikbrecher raucht?

PELAGEA WLASSOWA Es ist wirklich eine Schande.

JEGOR Die Gutsmetzgerei, die Gutsbäckerei und die Gutsmelkerei streiken natürlich nicht.

PELAGEA WLASSOWA Warum nicht? Habt ihr mit ihnen geredet?

JEGOR Das hat doch keinen Zweck. Warum sollen die streiken? Der Lohn wurde diesmal nur uns Landarbeitern abgebaut.

PELAGEA WLASSOWA Gib mir die Zeitungen noch mal her. *Sie teilt den Zeitungspacken in zwei Teile und gibt ihm nur den einen zurück.*

JEGOR Und die? Warum gibst du uns nicht alle?

PELAGEA WLASSOWA Die kommen in die Gutsmetzgerei, Gutsbäckerei und Gutsmelkerei. Da sind doch auch Arbeiter, mit denen muß man reden. Wo ein Arbeiter ist, ist noch nicht alles verloren.

JEGOR Mach dir keine Mühe. *Ab.*

PELAGEA WLASSOWA So zerfleischen wir uns, Arbeiter und Arbeiter, und die Ausbeuter lachen über uns.

b

*Gutsküche*

*Zwei Streikbrecher sitzen beim Essen und sprechen mit dem Gutsmetzger.*

EIN STREIKBRECHER *kauend zum andern:* Wer sein Land in der Stunde der Gefahr im Stich läßt, der ist ein Schuft. Und ein Arbeiter, der streikt, läßt sein Land im Stich.

DER METZGER *beim Fleischklopfen:* Wieso sein Land?

ERSTER STREIKBRECHER Es sind Russen, und hier ist Rußland. Und den Russen gehört Rußland.

DER METZGER Ah, wirklich?

ZWEITER STREIKBRECHER Jawohl! Wer das nicht fühlt – das Fleisch ist nicht ganz durch –, dem kann man's auch nicht klarmachen. Aber den Schädel kann man ihm einschlagen.

DER METZGER Richtig!

ERSTER STREIKBRECHER Dieser Tisch ist Vaterland, das Fleisch ist Vaterland.

DER METZGER Aber nicht ganz durch ist es.

ZWEITER STREIKBRECHER Der Platz, auf dem ich hier sitze, ist Vaterland. Und siehst du – *zum Metzger* –, du bist auch ein Stück Vaterland.

DER METZGER Aber ich bin auch nicht ganz durch!

ERSTER STREIKBRECHER Jeder muß sein Vaterland verteidigen.

DER METZGER Ja, wenn es seines ist!

ZWEITER STREIKBRECHER Das ist eben dieser niedrige Materialismus.

DER METZGER Arschloch!
*Die Frau des Metzgers führt Pelagea Wlassowa herein, die ihre Verletzung am Kopf sehr übertreibt.*
DIE FRAU DES METZGERS Setzen Sie sich hierher. Ich mache Ihnen einen kalten Umschlag, und dann essen Sie etwas, damit Sie sich von Ihrem Schrecken erholen. *Zu den anderen:* Sie haben mit einem Stein nach ihr geworfen.
ERSTER STREIKBRECHER Ja, das ist die Frau. Sie ist mit uns im Zug gefahren.
ZWEITER STREIKBRECHER Das haben die Streikenden gemacht. Wir hatten schon die größte Sorge um sie.
DIE FRAU Wird es langsam besser?
*Pelagea Wlassowa nickt.*
ZWEITER STREIKBRECHER Gott sei Dank.
DIE FRAU Wie die Tiere kämpfen sie um das bißchen Arbeit. Eine solche Beule! *Sie geht Wasser holen.*
PELAGEA WLASSOWA *zum Zuschauer:* Wieviel mehr Mitleid erweckt eine Beule bei denen, die Beulen erwarten, als bei denen, die Beulen austeilen!
ERSTER STREIKBRECHER *deutet mit der Gabel auf Pelagea Wlassowa:* Diese russische Frau wurde von russischen Arbeitern mit Steinen beworfen. Sind Sie eine Mutter?
PELAGEA WLASSOWA Ja.
ERSTER STREIKBRECHER Eine russische Mutter wird mit Steinen beworfen!
DER METZGER Ja, mit russischen! *Zum Zuschauer:* Und diesem Gelichter muß ich meine gute Suppe geben. *Zu Pelagea Wlassowa:* Warum haben sie denn auf Sie geworfen?
PELAGEA WLASSOWA Sie haben mich mit Streikbrechern zusammen gehen sehen.
ZWEITER STREIKBRECHER Das sind Schufte!
PELAGEA WLASSOWA Wieso sind das eigentlich Schufte? Ich dachte mir gerade vorhin, vielleicht sind es gar keine Schufte.
DIE FRAU Warum haben sie denn mit Steinen nach Ihnen geworfen?
PELAGEA WLASSOWA Weil sie gedacht haben, ich bin ein Schuft.
DIE FRAU Wie konnten sie denken, Sie sind ein Schuft?
PELAGEA WLASSOWA Weil sie dachten, ich bin ein Streikbrecher.
DER METZGER *lächelt:* So glauben Sie also, nach Streikbrechern darf man mit Steinen werfen?
PELAGEA WLASSOWA Ja, doch.
DER METZGER *strahlend zu seiner Frau:* Gib ihr zu essen! Gib ihr sofort was zu essen! Gib ihr zwei Teller! *Er tritt zu Pelagea Wlassowa:* Mein Name ist Wassil Jefimowitsch! *Der Frau zurufend:* Und hol das Personal herein. Die können was lernen hier.
*Das Personal tritt in die Tür.*
DER METZGER Diese Frau ist von Streikenden mit Steinen beworfen worden. Sie hat eine Beule am Kopf. Hier ist sie. Ich frage sie nun: Warum haben Sie die Beule? Sie sagt: Weil man mich für eine Streikbrecherin gehalten hat. Ich frage: Darf man nach Streikbrechern mit Steinen werfen? Und was sagt sie da?
PELAGEA WLASSOWA Ja.
DER METZGER Meine Lieben, wie ich das hörte, sagte ich: Gebt ihr zu essen! Gebt ihr zwei Teller! *Zu Pelagea Wlassowa:* Warum essen Sie denn nicht? Ist es Ihnen zu heiß? *Zur Frau:* Mußt du ihr das Essen kochend hinstellen? Soll sie sich das Maul verbrennen?
PELAGEA WLASSOWA *schiebt den Teller von sich:* Nein, Wassil Jefimowitsch, das Essen ist nicht zu heiß.
DER METZGER Warum essen Sie dann nicht?
PELAGEA WLASSOWA Weil es doch für die Streikbrecher gekocht ist.
DER METZGER Für wen ist es gekocht?
PELAGEA WLASSOWA Für die Streikbrecher.
DER METZGER So! Das ist interessant. Ich bin also auch ein Schuft? Seht ihr, ich bin ein Schuft! Und warum bin ich ein Schuft? Weil ich die Streikbrecher unterstütze. *Zu Pelagea Wlassowa:* Ist es so? *Er setzt sich zu ihr.* Aber ist das Streiken denn nicht ein Unrecht? Du meinst, es kommt darauf an, warum gestreikt wird? *Pelagea Wlassowa nickt.* Du meinst, der Lohn wurde doch gekürzt. Aber warum soll der Lohn nicht gekürzt werden können? Sieh mal, was du da siehst, das gehört alles dem Herrn Smirnow, der in Odessa wohnt. Warum soll er nicht die Löhne kürzen können? *Während die Streikbrecher ihm erfreut zustimmen:* Ist es nicht sein Geld? Du glaubst also nicht, er kann die Löhne einmal zwei Rubel sein lassen und einmal zwei Kopeken? So, das glaubst du also nicht? Was war denn im letzten Jahr? Da wurde doch sogar mir der Lohn gekürzt. Und was tat ich – *zu seiner Frau* – auf dein Anraten? Nichts! Und was wird im September sein? Da werde ich wieder gekürzt! Und wessen mache ich mich jetzt schuldig? Des Verrats an Leuten, die auch gekürzt werden und die es sich nicht gefallen lassen. Was bin ich also? *Zu Pelagea Wlassowa:*

Du ißt also mein Essen nicht? Darauf habe ich nur gewartet, daß ein anständiger Mensch mir ins Gesicht sagen muß: er als anständiger Mensch ißt mein Essen nicht. Jetzt ist das Maß voll. Das Maß war schon lange voll. Aber es bedurfte eines Tropfens – *er zeigt auf Pelagea Wlassowa* –, daß es überlief. Zorn und Unzufriedenheit genügen nicht. So etwas muß praktische Folgen haben. *Zu den Streikbrechern:* Sagt eurem Herrn Smirnow, er soll euch das Essen aus Odessa schicken. Sie soll euch gefälligst selber kochen, die Sau.

DIE FRAU Reg dich doch nicht auf.

DER METZGER Ich habe nicht umsonst in Fabrikkantinen gekocht. Ich bin da weggegangen, weil mir der Dreckbetrieb nicht paßte. *Während ihn seine Frau zu beruhigen versucht:* Ich dachte, ich gehe aufs Land, da ist's anständig, und was finde ich? Auch ein Dreckloch, wo ich Streikbrecher vollstopfen soll.

DIE FRAU Da können wir ja wieder ziehen.

DER METZGER Sehr richtig, wir ziehen. *Groß:* Holt die Kessel mit den Linsen her. Und du holst allen Speck. Was da hinget und hanget! Wozu ist es gekocht?

DIE FRAU Du machst dich unglücklich! Du bringst uns noch ins Elend.

DER METZGER *zu den Streikbrechern:* Hinaus, ihr Retter des Vaterlandes! Wir streiken. Das Küchenpersonal streikt! Raus! *Er treibt die Streikbrecher hinaus.* Als Metzger bin ich gewohnt, daß zuletzt ich lache und nicht die Sau. *Er tritt, den Arm um die Schulter seiner Frau, vor Pelagea Wlassowa hin.* Und jetzt geh hinaus und sage denen, die den Stein auf dich geworfen haben, daß die Suppe für sie fertig ist.

LOB DER WLASSOWAS

*Rezitiert vom Gutsmetzger und seinen Leuten.*

Das ist unsere Genossin Wlassowa, gute Kämpferin.
Fleißig, listig und zuverlässig.
Zuverlässig im Kampf, listig gegen unsern Feind und fleißig
Bei der Agitation. Ihre Arbeit ist klein
Zäh verrichtet und unentbehrlich.
Sie ist nicht allein, wo immer sie kämpft.
Wie sie kämpfen zäh, zuverlässig und listig
In Twer, Glasgow, Lyon und Chicago
Shanghai und Kalkutta
Alle Wlassowas aller Länder, gute Maulwürfe
Unbekannte Soldaten der Revolution
Unentbehrlich.

**9**

**1912. Pawel kehrt aus der Verbannung in Sibirien zurück.**

*Wohnung des Lehrers Wessowtschikow*

*Pelagea Wlassowa, Wassil Jefimowitsch und ein junger Arbeiter bringen in die Wohnung des Lehrers Wessowtschikow eine Druckmaschine.*

DER LEHRER Pelagea Wlassowa, Sie können mir hier keine Druckmaschine aufstellen. Das heißt, meine Sympathie für die Bewegung mißbrauchen. Sie wissen, daß ich theoretisch auf Ihrem Boden stehe, aber dies geht darüber weit hinaus.

PELAGEA WLASSOWA Verstehe ich Sie richtig, Nikolai Iwanowitsch: Sie sind für unsere Flugblätter – ich erinnere Sie daran, daß Sie das letzte Flugblatt für die Gemeindearbeiter selbst entworfen haben –, aber Sie sind dagegen, daß man sie druckt?

*Sie montieren die Druckmaschine auf.*

DER LEHRER Nein. Aber daß man sie hier druckt, dagegen bin ich.

PELAGEA WLASSOWA *beleidigt:* Wir nehmen dies zur Kenntnis, Nikolai Iwanowitsch. *Sie arbeiten weiter.*

DER LEHRER Ja und?

DER ARBEITER Wenn die Wlassowa sich einmal etwas in den Kopf gesetzt hat, ist nichts zu machen. Wir haben schon die größten Anstände mit ihr gehabt in dieser Hinsicht. Aber es wird kein Mensch etwas merken.

PELAGEA WLASSOWA Wir müssen jetzt deshalb mehr Zeitungen drucken, weil man sie uns immerfort konfisziert.

*Der Lehrer geht ins Nebenzimmer und liest. Sie beginnen zu drucken, die Maschine macht einen großen Lärm. Der Lehrer stürzt herein.*

PELAGEA WLASSOWA Sie ist ein wenig laut, nicht?

DER LEHRER Bei mir fällt die Lampe von der Wand! Es ist ganz unmöglich, daß ihr hier ungesetzliche Schriften druckt, wenn es solchen Lärm macht.

PELAGEA WLASSOWA Nikolai Iwanowitsch, das ist uns auch aufgefallen, daß die Maschine ein wenig laut ist.

WASSIL JEFIMOWITSCH Wenn wir etwas zum Drunterlegen hätten, könnte man in den Nachbarwohnungen überhaupt nichts hören. Haben Sie etwas zum Drunterlegen, Nikolai Iwanowitsch?

DER LEHRER Nein, ich habe nichts.

PELAGEA WLASSOWA Seien Sie doch nicht so laut! – Die Nachbarin hat mir einen Filz gezeigt, den sie für Mäntel für ihre Kinder gekauft hat. Ich will ihn mir ausbitten. Druckt inzwischen nicht weiter. *Sie geht zur Nachbarin.*

WASSIL JEFIMOWITSCH *zum Lehrer:* Nikolai Iwanowitsch, es ist uns unangenehm, daß Sie mit ihr unzufrieden sind.

DER ARBEITER Eigentlich haben wir sie hierhergebracht, damit sie vor der Politik Ruhe hat. Wassil Jefimowitsch, wir hätten hier niemals eine illegale Druckerei aufgemacht. Aber sie wollte es ja nicht anders haben.

DER LEHRER Ich bin sehr böse. Ich mißbillige es zum Beispiel aufs äußerste, daß ihr sie auch noch ausplündert. Neulich komme ich heim und muß sehen, wie sie mit ihrem alten Portemonnaie dasteht und ihre paar Kopeken herausfischt, als Mitgliedsbeitrag.

WASSIL JEFIMOWITSCH Ja, es wird uns nichts geschenkt. Die Revolution wird gegen das Elend gemacht und dann kostet sie noch Geld. Die Mutter ist sehr streng beim Einsammeln der Beiträge. Das ist wieder ein halber Brotlaib, sagt sie, auf den wir verzichten müssen für unsere Sache. Unsere Firma muß Sprünge machen können, sagt sie beim Kassieren.

*Es klopft. Sie verdecken die Maschine, der Lehrer öffnet.*

PAWELS STIMME *von draußen:* Wohnt hier Pelagea Wlassowa? Mein Name ist Pawel Wlassow.

DER LEHRER Ihr Sohn!

PAWEL *tritt ein:* Guten Tag.

ALLE Guten Tag.

PAWEL Wo ist denn meine Mutter?

DER LEHRER Bei der Nachbarin.

WASSIL JEFIMOWITSCH Sie kommt gleich zurück. Deine Mutter hat uns erzählt, du warst...

PAWEL Verreist!

WASSIL JEFIMOWITSCH *lacht:* Ja.

*Sie hören, wie Pelagea Wlassowa zurückkommt.*

DER ARBEITER Setz dich hierher. Wir wollen dich für deine Mutter aufbauen.

*Sie setzen Pawel auf einen Stuhl der Tür gegenüber und stellen sich um ihn auf. Pelagea Wlassowa kommt herein.*

PELAGEA WLASSOWA Pawel! *Sie umarmt ihn.* Er wird immer magerer! Statt dicker wird er magerer! Ich dachte mir, daß sie dich nicht lang halten könnten. Wie bist du ihnen ausgekommen? Wie lang kannst du hierbleiben?

PAWEL Abends muß ich weiter.

PELAGEA WLASSOWA Aber deinen Mantel kannst du doch noch ausziehen?

*Pawel zieht seinen Mantel aus.*

DER LEHRER Ich höre, ihr wollt die Freiheit erkämpfen, aber dabei macht ihr die schlimmste Sklaverei in eurer Partei auf. Eine schöne Freiheit! Nichts als Befehle und Zwang!

PELAGEA WLASSOWA Sehen Sie, Nikolai Iwanowitsch, das ist so. Wir haben nicht so viel gegen diese Befehle wie Sie. Wir brauchen sie nötiger. Wir haben, nehmen Sie es nicht übel, mehr vor als Sie. Mit der Freiheit ist das ähnlich wie mit Ihrem Geld, Nikolai Iwanowitsch. Seit ich Ihnen nur noch wenig Taschengeld gebe, können Sie sich viel mehr kaufen. Indem Sie eine Zeitlang weniger Geld ausgeben, können Sie dann mehr Geld ausgeben. Das können Sie nicht bestreiten.

DER LEHRER Ich werde es aufgeben, mich mit Ihnen zu streiten. Sie sind schrecklich tyrannisch.

PELAGEA WLASSOWA Ja, das müssen wir sein, allerdings.

WASSIL JEFIMOWITSCH Haben Sie den Filz bekommen? *Zu Pawel:* Wir müssen mit der Zeitung bis acht Uhr fertig sein!

PAWEL Dann druckt los!

PELAGEA WLASSOWA *strahlend:* Fangt sofort mit dem Drucken an, damit wir dann etwas mehr Zeit haben! Was sagt ihr dazu: diese Marfa Alexandrowna schlägt mir meine Bitte ins Gesicht hinein ab! Ihre Begründung: der Filz ist zu Mänteln für die Kinder bestimmt. Ich sage: »Marfa Alexandrowna, ich habe Ihre Kinder erst vorhin aus der Schule kommen sehen. In Mänteln!« – »Mänteln«, sagt sie, »das sind keine Mäntel, das sind geflickte Lumpen. Die Schulkinder lachen schon darüber.« – »Marfa Alexandrowna«, sage ich, »arme Leute haben schlechte Mäntel. Geben Sie mir den Filz wenigstens bis morgen früh. Ich versichere Ihnen, er wird Ihren Kindern mehr nützen, wenn Sie ihn mir geben, als ihnen ein hübscher Mantel nützt.« Aber sie war die Unvernunft selber. Sie hat ihn mir tatsächlich nicht gegeben. Nicht für zwei Kopeken Verstand!

*Sie nimmt unter ihrer Schürze ein paar Filzstücke heraus und legt sie unter die Maschine.*

DER LEHRER Aber was ist denn das?

PELAGEA WLASSOWA Der Filz doch!

*Alle lachen.*

WASSIL JEFIMOWITSCH Warum beschweren Sie sich dann so ausführlich über diese Marfa Alexandrowna?

PELAGEA WLASSOWA Weil sie mich gezwungen hat, ihn zu stehlen, denn haben müssen wir ihn doch. Und für ihre Kinder ist es sehr gut, daß solche Zeitungen gedruckt werden. Das ist die lautere Wahrheit!

WASSIL JEFIMOWITSCH Pelagea Wlassowa, wir danken Ihnen im Namen der Revolution für den Filz!

*Gelächter.*

PELAGEA WLASSOWA Morgen gebe ich ihn wieder hinüber. *Zu Pawel, der sich gesetzt hat:* Willst du ein Stück Brot haben?

WASSIL JEFIMOWITSCH *bei der Maschine:* Und wer nimmt die Blätter hier heraus?

*Pelagea Wlassowa stellt sich an die Maschine. Pawel sucht sich Brot.*

PELAGEA WLASSOWA Schau in der Lade nach.

PAWEL Kümmere dich nicht um mich, ich habe sogar in Sibirien einmal ein Stück Brot gefunden.

PELAGEA WLASSOWA Hör ihr, er macht mir Vorwürfe. Ich kümmere mich nicht um ihn. Ich werde dir wenigstens das Brot abschneiden.

DER LEHRER Und wer nimmt die Blätter hier heraus?

PAWEL *schneidet sich ein Stück Brot vom Laib, während die andern drucken:* Die Blätter werden herausgenommen von der Mutter des Revolutionärs Pawel Wlassow, der Revolutionärin Pelagea Wlassowa. Kümmert sie sich um ihn? Keineswegs! Setzt sie ihm den Tee vor? Bereitet sie ihm ein Bad? Schlachtet sie ein Kalb? Keineswegs! Flüchtend von Sibirien nach Finnland unter den eisigen Stößen des Nordwinds, die Salven der Gendarmen im Ohr, findet er keine Stätte, wo er sein Haupt hinlegen kann, außer in einer illegalen Druckerei. Und seine Mutter, statt ihm über das Haar zu streichen, nimmt die Blätter heraus!

PELAGEA WLASSOWA Wenn du uns helfen willst, komm her. Andrej macht dir Platz.

*Pawel nimmt an der Druckmaschine den Platz seiner Mutter gegenüber ein. Sie rezitieren:*

PELAGEA WLASSOWA Ist es dir nicht schlecht gegangen?

PAWEL Bis auf den Typhus ging alles gut.

PELAGEA WLASSOWA Hast du wenigstens immer richtig gegessen?

PAWEL Bis auf dann, wenn ich nichts hatte, ja.

PELAGEA WLASSOWA Gib acht auf dich. Wirst du lang fort sein?

PAWEL Wenn ihr hier gut arbeitet, nicht.

PELAGEA WLASSOWA Werdet ihr dort auch arbeiten?

PAWEL Sicher. Und dort ist es so wichtig wie hier.

*Es klopft, Sigorski tritt ein.*

SIGORSKI Pawel, du mußt sofort weg. Hier ist die Fahrkarte. Auf dem Bahnhof erwartet dich der Genosse Issay mit dem Paß.

PAWEL Ich hatte gedacht, daß es wenigstens ein paar Stunden würden. *Er nimmt seinen Mantel.*

PELAGEA WLASSOWA *will ihren Mantel holen:* Ich will mit hinuntergehen.

SIGORSKI Nein, das gefährdet Pawel. Sie kennt man, aber ihn kennt man nicht!

*Sie hilft ihm wieder in seinen Mantel.*

PAWEL Auf Wiedersehen, Mutter!

PELAGEA WLASSOWA Hoffentlich kann ich dir das nächste Mal das Brot abschneiden.

PAWEL Hoffentlich. Auf Wiedersehen, Genossen!

*Pawel und Sigorski ab.*

DER LEHRER Gott wird ihm helfen, Pelagea Wlassowa.

PELAGEA WLASSOWA Das weiß ich nicht.

*Sie kehrt zur Druckmaschine zurück, sie drukken weiter.*

PELAGEA WLASSOWA *rezitiert:*

LOB DER DRITTEN SACHE

Immerfort hört man, wie schnell
Die Mütter die Söhne verlieren, aber ich
Behielt meinen Sohn. Wie behielt ich ihn?
  Durch
Die dritte Sache.
Er und ich waren zwei, aber die dritte
Gemeinsame Sache, gemeinsam betrieben, war
  es, die
Uns einte.
Oftmals selber hörte ich Söhne
Mit ihren Eltern sprechen.
Wieviel besser war doch unser Gespräch
Über die dritte Sache, die uns gemeinsam war
Vieler Menschen große, gemeinsame Sache!
Wie nahe waren wir uns, dieser Sache
Nahe! Wie gut waren wir uns, dieser
Guten Sache nahe!

## 10

**Bei dem Versuch, die finnische Grenze zu überschreiten, ist Pawel Wlassow verhaftet und erschossen worden.**

*Wohnung des Lehrers*

*Pelagea Wlassowa sitzt in der Küche, einen Brief in der Hand.*

CHOR
*Von den revolutionären Arbeitern der Wlassowa zugesungen.*
Genossin Wlassowa, dein Sohn
Ist erschossen worden. Aber
Als er zur Wand ging, um erschossen zu werden
Ging er zu einer Wand, die von seinesgleichen
  gemacht war
Und die Gewehre, gerichtet auf seine Brust, und
  die Kugel
Waren von seinesgleichen gemacht. Nur fortgegangen
Waren sie also oder vertrieben, aber für ihn
  doch da
Und anwesend im Werk ihrer Hände. Nicht
  einmal
Die auf ihn schossen, waren andere als er und
  nicht ewig auch unbelehrbar.
Freilich, er ging noch gefesselt mit Ketten,
  geschmiedet
Von den Genossen und angelegt dem Genossen,
  doch
Dichter wuchsen die Werke, er sah es vom Weg
  aus
Schornstein an Schornstein, und da es am Morgen war –
Denn man führt sie am Morgen hinaus für gewöhnlich –
Waren sie leer, aber er sah sie angefüllt
Mit jenem Heer, das immer gewachsen war
Und noch wuchs.
Ihn aber führten seinesgleichen zur Wand jetzt
Und er, der es begriff, begriff es auch nicht.

*Wohnstube. Drei Frauen kommen, sie bringen eine Bibel und einen Topf Essen.*

DIE HAUSBESITZERIN *in der Tür:* Wir wollen alle Zwistigkeiten mit der Wlassowa vergessen, uns als Christen zu ihr setzen und unser Mitgefühl bezeigen.
*Sie treten ein.*

DIE HAUSBESITZERIN Liebe Frau Wlassowa, Sie sind in diesen schweren Tagen nicht allein, das ganze Haus fühlt mit Ihnen.
*Zwei der Frauen werden von Rührung übermannt und setzen sich. Sie schluchzen laut.*

PELAGEA WLASSOWA *nach einer Weile:* Nehmen Sie ein wenig Tee. Das erfrischt.
*Sie setzt ihnen Tee vor.*

PELAGEA WLASSOWA Ist es Ihnen jetzt etwas leichter?

DIE HAUSBESITZERIN Sie sind so gefaßt, Frau Wlassowa.

IHRE NICHTE VOM LAND Aber Sie haben recht. Wir stehen alle in Gottes Hand.

DIE ARME FRAU Und Gott weiß, was er tut.
*Pelagea Wlassowa schweigt.*

DIE ARME FRAU Wir haben gedacht, wir wollen uns etwas um Sie kümmern. Sicher kochen Sie sich in diesen Tagen nichts Richtiges. Hier wäre ein Topf mit Essen. Sie brauchen es nur aufzuwärmen. *Sie übergibt den Topf.*

PELAGEA WLASSOWA Vielen Dank, Lydia Antonowna. Es ist eine große Freundlichkeit von Ihnen, daß Sie daran gedacht haben. Es ist überhaupt sehr freundlich von Ihnen allen, daß Sie gekommen sind.

DIE HAUSBESITZERIN Liebe Wlassowa, ich habe Ihnen auch eine Bibel mitgebracht für den Fall, daß Sie etwas lesen wollen. Sie können sie behalten, solange Sie wollen. *Sie reicht Pelagea Wlassowa die Bibel.*

PELAGEA WLASSOWA Ich danke Ihnen für Ihre gute Absicht, Wera Stepanowna. Es ist ein schönes Buch. Aber würde es Sie sehr kränken, wenn ich Ihnen das Buch zurückgäbe? Als der Lehrer Wessowtschikow in die Ferien fuhr, erlaubte er mir, seine Bücher zu benutzen. *Sie gibt die Bibel zurück.*

DIE HAUSBESITZERIN Ich dachte nur, Ihre politischen Zeitungen würden Sie jetzt wohl nicht lesen wollen.

DIE NICHTE Lesen Sie die wirklich jeden Tag?

PELAGEA WLASSOWA Ja.

DIE HAUSBESITZERIN Frau Wlassowa, meine Bibel war mir oft ein großer Trost.
*Schweigen.*

DIE ARME FRAU Haben Sie keine Photographien von ihm?

PELAGEA WLASSOWA Nein. Ich hatte welche. Aber dann haben wir alle vernichtet, damit die Polizei sie nicht in die Hände bekommt.

DIE ARME FRAU Man hat doch gern etwas für die Erinnerung.

DIE NICHTE Er soll so ein hübscher Mensch gewesen sein!

PELAGEA WLASSOWA Jetzt erinnere ich mich, ich habe doch eine Photographie. Das ist sein Steckbrief. Er hat ihn mir aus einer Zeitung ausgeschnitten.

*Die Frauen betrachten den Steckbrief.*

DIE HAUSBESITZERIN Frau Wlassowa, da steht schwarz auf weiß, daß Ihr Sohn ein Verbrecher geworden ist. Er hatte keinen Glauben, und auch Sie haben nie ein Hehl daraus gemacht, ich möchte sagen, bei jeder Gelegenheit haben Sie erkennen lassen, was Sie von unserm Glauben halten.

PELAGEA WLASSOWA Ja, nichts, Wera Stepanowna.

DIE HAUSBESITZERIN Und sind Sie auch jetzt nicht zu einer anderen Überzeugung gekommen?

PELAGEA WLASSOWA Nein, Wera Stepanowna.

DIE HAUSBESITZERIN Sie sind also immer noch der Ansicht, da man alles nur mit der Vernunft machen kann?

DIE ARME FRAU Ich habe Ihnen gesagt, Wera Stepanowna, daß Frau Wlassowa ihre Ansicht sicher nicht geändert hat.

DIE HAUSBESITZERIN Aber ich habe ja neulich in der Nacht durch die Wand gehört, wie Sie geheult haben.

PELAGEA WLASSOWA Entschuldigen Sie.

DIE HAUSBESITZERIN Sie brauchen sich nicht zu entschuldigen, ich habe es natürlich nicht so gemeint. Aber: haben Sie aus Vernunft geheult?

PELAGEA WLASSOWA Nein.

DIE HAUSBESITZERIN Sie sehen also, wie weit man mit der Vernunft kommt.

PELAGEA WLASSOWA Ich habe nicht aus Vernunft geheult. Aber als ich aufhörte, habe ich aus Vernunft aufgehört. Es war gut, was Pawel gemacht hat.

DIE HAUSBESITZERIN Warum wurde er dann erschossen?

DIE ARME FRAU Da waren wohl alle gegen ihn?

PELAGEA WLASSOWA Ja, aber als sie gegen ihn waren, waren sie auch gegen sich selber.

DIE HAUSBESITZERIN Frau Wlassowa, der Mensch braucht Gott. Er ist machtlos gegen das Schicksal.

PELAGEA WLASSOWA Wir sagen: Das Schicksal des Menschen ist der Mensch.

DIE NICHTE Liebe Frau Wlassowa, wir auf dem Lande...

DIE HAUSBESITZERIN *zeigt auf sie:* Meine Verwandte, sie ist nur zu Besuch hier.

DIE NICHTE Wir auf dem Lande denken da anders. Sie hier haben keine Aussaat auf dem Feld stehen, sondern nur den Brotlaib in der Lade. Sie sehen nur die Milch. Sie sehen nicht die Kuh. Sie haben keine schlaflose Nacht, wenn die Gewitter am Himmel stehen, und was ist für Sie der Hagel?

PELAGEA WLASSOWA Ich verstehe, und in solchen Lagen beten Sie zu Gott?

DIE NICHTE Ja.

PELAGEGA WLASSOWA Und Sie machen Prozessionen und Bittgänge im Frühjahr.

DIE NICHTE Richtig.

PELAGEA WLASSOWA Und dann kommen die Gewitter, und dann hagelt es. Und die Kuh wird doch auch krank. Gibt es in eurer Gegend noch keine Bauern, die in einer Versicherung sind gegen Mißernte und Viehseuchen? Die Versicherung hilft, wenn das Beten nichts geholfen hat. Sie brauchen also nicht mehr zu Gott zu beten, wenn die Gewitter am Himmel stehen, aber Sie müssen versichert sein. Denn das hilft Ihnen. Wenn er so unwichtig ist, daß ist ungünstig für Gott. So besteht doch Hoffnung, daß dieser Gott, wenn er erst über euern Feldern verschwunden sein wird, auch in euern Köpfen verschwindet. In meiner Jugend glaubten alle Leute noch fest daran, daß er irgendwo im Himmel säße und aussähe wie ein alter Mann. Dann kamen die Flugzeuge und in den Zeitungen stand, daß auch am Himmel neuerdings alles meßbar ist. Niemand redete mehr von einem Gott, der im Himmel sitzt. Dagegen hörte man jetzt oft die Ansicht, er sei wie eine Art Gas, nirgends und doch überall. Aber als man dann las, aus was die Gase alles bestanden, war Gott nicht darunter, und so konnte er sich auch als Luft nicht halten, denn die kannte man. So war er immer dünner geworden und hat sich sozusagen verflüchtigt. Jetzt liest man mitunter, er sei überhaupt nur eine geistige Bezeichnung, und das ist doch sehr verdächtig.

DIE ARME FRAU So meinen Sie, er ist nicht mehr so wichtig, weil man ihn nicht mehr merkt?

DIE HAUSBESITZERIN Vergessen Sie nicht, Frau Wlassowa, warum Gott Ihnen Ihren Pawel genommen hat.

PELAGEA WLASSOWA Der Zar hat ihn mir genommen, und ich vergesse auch nicht warum.

DIE HAUSBESITZERIN Gott hat ihn genommen und nicht der Zar.

PELAGEA WLASSOWA *zu der armen Frau:* Lydia

Antonowna, ich höre, daß Gott, der mir meinen Pawel genommen hat, nunmehr vorhat, Ihnen am nächsten Samstag Ihre Stube zu nehmen. Ist es richtig: Gott hat Ihnen gekündigt?

DIE HAUSBESITZERIN Ich habe ihr gekündigt, weil sie die Miete schon dreimal nicht bezahlt hat.

PELAGEA WLASSOWA Als Gott also über Sie, Wera Stepanowna, verhängte, daß Sie drei Mieten nicht bekommen sollten, was taten Sie da? *Wera Stepanowna schweigt.*

PELAGEA WLASSOWA Da warfen Sie Lydia Antonowna auf die Straße. Und Sie, Lydia Antonowna, was taten Sie, als Gott über Sie verhängte, daß Sie auf die Straße geworfen werden sollten? Ich würde Ihnen vorschlagen, die Hausbesitzerin zu bitten, Ihnen ihre Bibel zu leihen. Wenn Sie in der Kälte dann auf der Straße sitzen, können Sie darin blättern und Ihren Kindern daraus vorlesen, daß man Gott fürchten muß.

DIE HAUSBESITZERIN Hätten Sie Ihren Sohn mehr aus der Bibel vorgelesen, lebte er heute noch.

PELAGEA WLASSOWA Aber sehr schlecht, er lebte sehr schlecht. Warum fürchtet ihr nur den Tod? Mein Sohn fürchtete den Tod nicht so sehr. *Sie rezitiert:*

Sehr aber erschrak er über das Elend
Das in unseren Städten vor aller Augen liegt.
Uns entsetzt der Hunger und die Verkommenheit
Derer, die ihn spüren, und derer, die ihn bereiten.
Fürchtet doch nicht so den Tod und mehr das unzulängliche Leben!

*Pause.* Was nützt es Ihnen, wenn Sie Gott fürchten, Lydia Antonowna? Sie sollten eher Wera Stepanowna fürchten. So wie meinen Sohn Pawel nicht der unerforschliche Ratschluß Gottes weggerafft hat, sondern der erforschliche Ratschluß des Zaren, so hat Sie Wera Stepanowna auf die Straße geworfen, weil Sie ein Mann, der in einer Villa sitzt und nichts Göttliches an sich hat, von Ihrem Arbeitsplatz weggejagt hat. Warum von Gott reden? Daß in »seines Vaters Hause« viele Wohnungen sind, das sagt man euch, aber daß in Rostow zu wenige sind und warum, das sagt man euch nicht.

DIE ARME FRAU Geben Sie mir einmal die Bibel, Wera Stepanowna. In der Bibel steht ganz deutlich: Liebe deinen Nächsten. Warum werfen Sie mich da auf die Straße? Geben Sie mir die Bibel, ich werde es Ihnen aufschlagen. Das ist doch klar, daß sie Pawel Wlassow erschossen haben, weil er für die Arbeiter und selber Arbeiter war. *Sie greift die Bibel.* Geben Sie das Buch her, ich werde es Ihnen aufschlagen...

DIE HAUSBESITZERIN Zu diesem Zweck bekommen Sie die Bibel nicht von mir, zu diesem Zweck nicht.

DIE ARME FRAU Zu welchem Zweck dann? Sicher zu keinem guten!

DIE HAUSBESITZERIN Das ist Gottes Wort!

DIE ARME FRAU Eben. Ihr Gott nützt mir gar nichts, wenn ich nichts davon merke! *Sie will der Hausbesitzerin die Bibel entreißen.*

DIE HAUSBESITZERIN Jetzt werde ich Ihnen etwas aufschlagen, nämlich über das Sichvergreifen an fremdem Eigentum.

DIE ARME FRAU Ich will das Buch haben.

DIE HAUSBESITZERIN *hält die Bibel fest:* Das ist mein Eigentum.

DIE ARME FRAU Ja, wie das ganze Haus, nicht wahr?

*Die Bibel geht in Fetzen.*

DIE NICHTE *hebt die Fetzen der Bibel auf:* Jetzt ist sie zerrissen.

PELAGEA WLASSOWA *die den Eßtopf in Sicherheit gebracht hat:* Besser die Bibel zerrissen, als das Essen verschüttet.

DIE ARME FRAU Wenn ich nicht glaubte, daß es einen Gott im Himmel gibt, der alles vergilt, Gutes und Böses, würde ich heute noch in Pelagea Wlassowas Partei eintreten. *Ab.*

DIE HAUSBESITZERIN Pelagea Wlassowa, Sie sehen, wohin Sie Lydia Antonowna gebracht haben, und weil er so redete wie Sie, wurde Ihr Sohn erschossen, und sie verdienen nichts Besseres. Komm.

*Geht mit ihrer Verwandten ab.*

PELAGEA WLASSOWA Ihr Unglücklichen! *Sie setzt sich erschöpft.* Pawel!

## 11
**Der Tod des Sohnes und die Jahre der Stolypinschen Reaktion haben die revolutionäre Tätigkeit der Wlassowa zum Erlahmen gebracht. Auf dem Krankenbett erhält sie die Nachricht vom Ausbruch des Weltkriegs.**

*Wohnung des Lehrers*

DER LEHRER *zum Arzt:* Sie ist kränklich, seit ihr Sohn starb. Ich spreche nicht von der Hausarbeit, aber eine ganz bestimmte Arbeit, die sie immer gemacht hat, macht sie nicht mehr.
DER ARZT Sie ist vollständig erschöpft und darf unter keinen Umständen aufstehen, sie ist eben schon alt. *Ab.*
*Der Lehrer geht in die Küche und setzt sich an das Bett der Wlassowa.*
PELAGEA WLASSOWA Was steht in der Zeitung?
DER LEHRER Der Krieg ist da.
PELAGEA WLASSOWA Krieg? Was machen wir?
DER LEHRER Der Zar hat den Belagerungszustand verhängt. Von allen sozialistischen Parteien haben sich nur die Bolschewiki gegen den Krieg ausgesprochen. Unsere fünf Duma-Abgeordneten sind schon verhaftet und wegen Hochverrats nach Sibirien verschickt worden.
PELAGEA WLASSOWA Das ist schlimm. – Wenn der Zar mobilisiert, müssen wir Arbeiter auch mobilisieren. – Ich muß aufstehen.
DER LEHRER Sie dürfen unter keinen Umständen aufstehen. Sie sind krank. Und was können wir tun gegen den Zaren und alle Potentaten Europas? Ich will hinuntergehen und das letzte Extrablatt kaufen. Jetzt werden sie die Partei ganz vernichten. *Er geht.*

CHOR
*Von den revolutionären Arbeitern der Wlassowa zugesungen.*

Steh auf, die Partei ist in Gefahr!
Du bist krank, aber die Partei stirbt.
Du bist schwach, du mußt uns helfen!
Steh auf, die Partei ist in Gefahr!

Du hast gezweifelt an uns
Zweifle nicht länger:
Wir sind am Ende.
Du hast auf die Partei gescholten
Schilt nicht mehr auf die Partei
Sie wird vernichtet.
Steh auf, die Partei ist in Gefahr!
Steh schnell auf!
Du bist krank, aber wir brauchen dich.
Stirb nicht, du mußt uns helfen.
Bleibe nicht weg, wir gehen in den Kampf.
Steh auf, die Partei ist in Gefahr, steh auf!

*Während dieses Chors ist Pelagea Wlassowa mühsam aufgestanden, hat sich angezogen, hat ihre Tasche genommen und ist schwankend, aber immer schneller laufend, durch die Stube zur Tür hinaus.*

## 12
**Gegen den Strom.**

*Straßenecke*

*Einige Arbeiter bringen Pelagea Wlassowa, die blutig geschlagen ist, in eine Hausecke.*

ERSTER ARBEITER Was ist mit der?
ZWEITER ARBEITER Wir sahen diese alte Frau inmitten der Menge, die den abmarschierenden Truppen zujubelte. Plötzlich rief sie: »Nieder mit dem Krieg, es lebe die Revolution!« Da kamen die Polizisten und schlugen sie mit ihren Knüppeln über den Kopf. Wir haben sie gleich in diese Hausecke gezogen. Wisch ihr doch das Gesicht ab!
DIE ARBEITER Jetzt lauf aber, Alte, sonst erwischen sie dich doch noch!
PELAGEA WLASSOWA Wo ist meine Tasche?
DIE ARBEITER Da ist sie!
PELAGEA WLASSOWA Wartet! Hier in meiner Tasche habe ich Flugblätter. Darin steht etwas über die Lage von uns Arbeitern im Krieg: die Wahrheit.
DIE ARBEITER Geh doch heim, laß die Wahrheit in deiner Tasche, Alte! Sie ist gefährlich. Wenn sie bei uns erwischt wird, werden wir nur eingesperrt. Hast du selber noch nicht genug?
PELAGEA WLASSOWA Nein, nein, ihr müßt das wissen! Die Unwissenheit ist es, was uns niederhält.
DIE ARBEITER Und die Polizisten.
PELAGEA WLASSOWA Die sind auch unwissend.
DIE ARBEITER Aber unsere Führer sagen uns, wir müssen zuerst helfen die Deutschen schlagen und unser Land verteidigen.

PELAGEA WLASSOWA *rezitiert:*
Was sind das für Führer?
Seite an Seite kämpft ihr mit dem Klassenfeind
Arbeiter gegen Arbeiter.
Eure Organisationen, mühsam aufgebaut
Mit den Pfennigen der Entbehrung, werden
zerschlagen.
Eure Erfahrungen sind vergessen
Und vergessen ist die Solidarität aller Arbeiter
aller Länder.

DIE ARBEITER Das alles gilt jetzt nicht mehr. Wir haben gestreikt gegen den Krieg in mehreren Fabriken. Unsere Streiks sind niedergeschlagen worden. Die Revolution kommt nicht mehr. Geh nach Hause, Alte, erkenne die Welt, wie sie ist. Was ihr wollt, das wird niemals, niemals, niemals!

PELAGEA WLASSOWA Lest doch wenigstens, was wir über die Lage sagen, wollt ihr? *Sie bietet ihnen die Flugblätter an.* Ihr wollt nicht einmal lesen?

DIE ARBEITER Wir erkennen an, daß ihr es gut meint, aber eure Flugblätter wollen wir nicht mehr nehmen. In Gefahr bringen wollen wir uns auch nicht mehr.

PELAGEA WLASSOWA Jaa, aber bedenkt, daß die ganze Welt – *schreiend, so daß die erschrockenen Arbeiter ihr den Mund zuhalten* – in einer ungeheuren Finsternis lebt, und ihr allein wart es bis jetzt, die noch für die Vernunft erreichbar waren. Bedenkt, wenn ihr versagt!

## 13

## 1916. Unermüdlich kämpfen die Bolschewiki gegen den imperialistischen Krieg.

*Vaterländische Kupfersammelstelle*

*Vor einer Tür mit einer Fahne und der Inschrift »Vaterländische Kupfersammelstelle« stehen sieben Frauen mit Kupfergeräten an, darunter Pelagea Wlassowa mit einem kleinen Becher. Ein Beamter in Zivil kommt und schließt die Tür auf.*

BEAMTER Es wird soeben mitgeteilt, daß unsere tapferen Truppen mit beispiellosem Heldenmut die Festung Przemysl zum vierten Male dem Feind entrissen haben. Hunderttausend Tote, zweitausend Gefangene. Das Armeekommando hat verfügt, daß in ganz Rußland die Schulen geschlossen und die Glocken geläutet werden. Unser heiliges Rußland, es lebe hoch! hoch! hoch! Der Schalter für die Kupferabgabe wird in fünf Minuten geöffnet. *Er geht hinein.*

PELAGEA WLASSOWA Hoch!

EINE FRAU Das ist wirklich schön, daß unser Krieg so vorwärtsgeht!

PELAGEA WLASSOWA Ich habe ja nur ein ganz kleines Becherchen. Das gibt höchstens fünf, sechs Patronen. Wie viele davon treffen schon? Von sechs vielleicht zwei und von den zwei höchstens eine tödlich. – Ihr Kessel da ist schon für mindestens zwanzig Patronen, und die Kanne von der Dame da vorn, das ist überhaupt eine Granate. Eine Granate, die nimmt gleich auf einmal fünf bis sechs Mann. *Zählt die Geräte.* Eins, zwei, drei, vier, fünf, sechs, sieben, halt, die Dame hat ja zwei, also acht. Acht. Da kann man schon wieder einen kleinen Sturmangriff bewerkstelligen. *Sie lacht leise.* Ich hätte mein Becherchen fast nicht hierhergebracht. Begegne ich da zwei Soldaten, die sollte man ja anzeigen, sagen die zu mir: »Ja, liefere dein Kupfer nur ab, alte Ziege, damit der Krieg überhaupt nicht mehr aufhört!« Was sagt ihr dazu? Ist das nicht furchtbar. »Ihr«, sage ich, »gehört glatt erschossen. Und wenn ich mein Becherchen«, sage ich, »nur dazu hergebe, daß man euch euer dreckiges Maul stopfen kann, dann ist es schon nicht umsonst gegeben. Für zwei Patronen wird es schon noch langen.« Denn warum gebe ich, Pelagea Wlassowa, meinen Kupferbecher her? Ich gebe ihn her, damit der Krieg nicht aufhört!

FRAU Was reden Sie daher? Der Krieg soll nicht aufhören, wenn wir unser Kupfer abliefern? Wir liefern es ja gerade ab, damit er aufhört!

PELAGEA WLASSOWA Nein, wir liefern es ab, damit er nicht aufhört!

EINE SCHWARZGEKLEIDETE FRAU Nein, wenn die Kupfer haben und Granaten machen können, dann siegen sie doch draußen viel schneller. Dann hört der Krieg auf!

PELAGEA WLASSOWA Ah, wenn die Granaten haben, dann hört er selbstverständlich nicht auf, denn dann können sie weitermachen. Solange die Munition haben, machen sie weiter. Drüben liefern sie auch ab.

FRAU *zeigt auf ein Schild:* »Wer Kupfer abliefert, der verkürzt den Krieg!« Können Sie nicht lesen?

PELAGEA WLASSOWA Wer Kupfer abliefert, der verlängert den Krieg! Das ist doch für Spione!
DER SCHWARZGEKLEIDETE Aber warum wollen Sie denn, daß der Krieg verlängert wird?
PELAGEA WLASSOWA Weil mein Sohn in einem halben Jahr Feldwebel wird. Noch zwei Sturmangriffe, und dann wird mein Sohn Feldwebel. Und da hat er auch doppelte Bezüge. Und dann müssen wir ja auch Armenien bekommen und Galizien, und die Türkei brauchen wir überhaupt.
DIE SCHWARZGEKLEIDETE Was brauchen wir?
PELAGEA WLASSOWA Die Türkei. Und das Geld, das wir von Frankreich geliehen haben, das muß doch auch zurückgezahlt werden. Insofern ist es ein Befreiungskrieg.
FRAU Natürlich. Freilich ist es ein Befreiungskrieg. Aber deshalb braucht er doch nicht bis in alle Ewigkeit zu dauern.
PELAGEA WLASSOWA Doch, mindestens noch ein halbes Jahr.
DIE SCHWARZGEKLEIDETE Und Sie meinen, so lange dauert er, wenn die wieder Kupfer haben?
PELAGEA WLASSOWA Ja, natürlich. Die Soldaten kriegen sie doch umsonst. Sie haben doch auch jemand draußen?
DIE SCHWARZGEKLEIDETE Ja, meinen Sohn.
PELAGEA WLASSOWA Sehen Sie, den Sohn haben sie schon draußen, das Kupfer geben Sie jetzt auch noch. Dann geht es schon wieder ein halbes Jährchen länger.
DIE SCHWARZGEKLEIDETE Jetzt kenn ich mich aber wirklich nicht mehr aus. Einmal heißt es, der Krieg wird kürzer, einmal, er wird länger. Was soll man da glauben? Mein Mann ist schon gefallen, und mein Sohn steht vor Przemysl. Ich gehe nach Hause. *Sie geht.*
*Die Glocken fangen an zu läuten.*
FRAU Siegesglocken!
PELAGEA WLASSOWA Ja, wir siegen! Wir geben unsere Becherchen weg, unsere Kessel und Kupferkannen, aber wir siegen! Wir haben nichts mehr zu essen, aber wir siegen! Entweder du bist für den Zaren und einen Sieg, oder du bist gegen ihn. Wir siegen, aber wir müssen auch siegen! Sonst gibt es eine Revolution, das ist sicher. Und was wird dann aus unserem geliebten Zaren? Wir müssen bei ihm stehen in Zeiten wie diesen. Schaut auf die Deutschen. Sie fressen schon die Blätter von den Bäumen für ihren Kaiser!
FRAU Was reden Sie eigentlich daher? Erst vor einer Minute nahm hier eine Frau ihren Kessel und lief weg, und nur wegen Ihnen.
EINE ARBEITERIN Das hätten Sie der auch nicht zu sagen brauchen, Sie da vorn, daß Sie den Krieg länger haben wollen. Das will doch sonst kein Mensch!
PELAGEA WLASSOWA Was? Und der Zar? Und die Generäle? Meinen Sie, die fürchten den Krieg mit den Deutschen? Da heißt's: Immer ran an den Feind! Siegen oder sterben! So ist es richtig. Hören Sie die Glocken nicht? Die gibt es doch nur beim Siegen und beim Sterben. Warum sind Sie denn gegen den Krieg? Wer sind Sie denn überhaupt? Wir sind hier lauter bessere Leute, wenn ich nicht irre. Sie sind doch eine Arbeiterin? Sind Sie eine Arbeiterin oder nicht? Gestehen Sie das nur ein! Sie schmeißen sich ja nur hier heran! Vergessen Sie nicht, daß es da immer noch einen Unterschied gibt zwischen Leuten wie Ihnen und uns!
EIN DIENSTMÄDCHEN Das sollten Sie ihr nicht sagen. Die gibt ihre Sachen auch für das Vaterland her.
PELAGEA WLASSOWA *zu der Arbeiterin:* Unsinn. Sie können doch nicht mit ganzem Herzen hier stehen. Was nützt Ihnen denn der Krieg? Das ist ja pure Heuchelei, daß Sie da stehen. Wir können ganz gut ohne Sie und Ihresgleichen fertig werden. Das ist unser Krieg! Kein Mensch hat etwas dagegen, wenn ihr Arbeiter mitmacht, aber darum gehört ihr noch lange nicht dazu. Geh du in deine Fabrik und schau, daß du besseren Lohn kriegst, und dräng dich nicht hier auf, wo du nicht hingehörst. *Zum Dienstmädchen:* Sie können ihr ja ihr Gerümpel abnehmen, wenn sie es durchaus anbringen will. *Die Arbeiterin geht böse weg.*
DRITTE FRAU Wer ist denn das überhaupt, der das große Wort führt?
VIERTE FRAU Ich höre jetzt auch schon eine halbe Stunde zu, wie sie die Leute vertreibt.
ZWEITE FRAU Wißt ihr, was das ist? Das ist eine Bolschewikin!
DIE FRAUEN Was, glauben Sie, ist sie? – Das ist eine Bolschewikin. Und eine ganz raffinierte Person! – Laßt euch nicht mit ihr ein und beachtet sie nicht! – Hütet euch vor dem Bolschewismus, den gibt es in tausenderlei Gestalt! – Wenn ein Polizist vorbeikommt, wird sie einfach abgeführt!
PELAGEA WLASSOWA *verläßt die Reihe:* Ja, ich bin eine Bolschewikin. Aber ihr seid Mörderinnen, wie ihr da steht! Kein Tier würde sein Junges hergeben, so wie ihr das eure: ohne Sinn und

Verstand, für eine schlechte Sache. Euch gehört der Schoß ausgerissen. Er soll verdorren, und ihr sollt unfruchtbar werden, wie ihr da steht. Eure Söhne brauchen nicht wiederzukommen. Zu solchen Müttern? Schießend für eine schlechte Sache sollen sie erschossen werden für eine schlechte Sache. Aber ihr seid die Mörderinnen.

ERSTE FRAU *dreht sich um:* Ich werde Ihnen zeigen, was Ihnen gehört, Sie Bolschewikin!

BEAMTER Der Schalter für die Kupferabgabe ist geöffnet.

*Die Frau geht mit ihrer Kanne in der Hand auf Pelagea Wlassowa zu und schlägt ihr ins Gesicht. Eine andere wendet sich ebenfalls und spuckt vor ihr aus. Dann gehen die drei Frauen hinein.*

DAS DIENSTMÄDCHEN Nehmen Sie es sich nicht zu Herzen. Aber sagen Sie mir, was ich machen soll. Ich weiß, daß ihr Bolschewiken gegen den Krieg seid, aber ich bin Dienstmädchen und kann doch nicht mit diesen Kupferkannen wieder zu meiner Herrschaft zurückkehren. Ich würde sie nicht abliefern. Aber wenn ich sie nicht abliefere, werde ich niemandem genützt haben, und ich würde entlassen werden. Was soll ich also machen?

PELAGEA WLASSOWA Du kannst allein nichts machen. Liefere du die Kupferkessel im Auftrage deiner Herrschaft ab. Im Auftrage deiner Herrschaft werden Leute deinesgleichen Munition daraus machen. Und Leute deinesgleichen werden damit schießen. Aber wiederum Leute deinesgleichen werden bestimmen, auf wen! Komme heute abend in die – *sie sagt ihr die Adresse ins Ohr.* Es wird dort ein Arbeiter von den Putilow-Werken sprechen, und wir können dir erklären, wie du dich verhalten sollst. Sag aber niemandem die Adresse, der sie nicht wissen soll.

## 14
## 1917. In den Reihen der streikenden Arbeiter und meuternden Matrosen marschiert Pelagea Wlassowa, »die Mutter«.

*Straße*

IWAN Als wir über den Lybin-Prospekt kamen, waren wir schon viele Tausende. Etwa fünfzig Betriebe streikten, und die Streikenden schlossen sich uns an, um gegen den Krieg und die zaristische Herrschaft zu demonstrieren.

WASSIL JEFIMOWITSCH Im Winter 1916/17 streikten 250000 Mann in den Betrieben.

DIENSTMÄDCHEN Wir trugen Transparente mit der Aufschrift: »Nieder mit dem Krieg! Es lebe die Revolution!« und rote Fahnen. Unsere Fahne trug eine sechzigjährige Frau. Wir sagten ihr: »Ist dir die Fahne nicht zu schwer? Gib uns die Fahne!« Sie aber sagte:

PELAGEA WLASSOWA Nein, wenn ich müde bin, werde ich sie dir geben, dann wirst du sie tragen. Denn was habe ich, Pelagea Wlassowa, Witwe eines Arbeiters und Mutter eines Arbeiters, noch alles zu tun! Als ich vor vielen Jahren mit Sorgen sah, daß mein Sohn nicht mehr satt wurde, habe ich zuerst nur gejammert. Da änderte sich nichts. Dann half ich ihm bei seinem Kampf um die Kopeke. Damals sind wir in kleinen Streiks für bessere Löhne gestanden. Jetzt stehen wir in einem Riesenstreik in den Munitionsfabriken und kämpfen um die Macht im Staate.

DIENSTMÄDCHEN Viele sagen, das, was wir wollen, geht niemals. Wir sollen zufrieden sein mit dem, was wir haben. Die Macht der Herrschenden ist doch sicher. Wir würden immer wieder niedergeschlagen werden. Auch viele Arbeiter sagen: Das geht niemals!

PELAGEA WLASSOWA *rezitiert:*
Wer noch lebt, sage nicht niemals!
Das Sichere ist nicht sicher
So, wie es ist, bleibt es nicht.
Wenn die Herrschenden gesprochen haben
Werden die Beherrschten sprechen.
Wer wagt zu sagen niemals?
An wem liegt es, wenn die Unterdrückung bleibt? An uns.
An wem liegt es, wenn sie zerbrochen wird? Ebenfalls an uns.
Wer niedergeschlagen wird, der erhebe sich!
Wer verloren ist, kämpfe!
Wer seine Lage erkannt hat, wie soll der aufzuhalten sein?
Denn die Besiegten von heute sind die Sieger von morgen
Und aus niemals wird: heute noch.

# Die Rundköpfe und die Spitzköpfe

**oder**
**Reich und Reich gesellt sich gern**

Ein Greuelmärchen

Mitarbeiter: E. Burri, H. Eisler, E. Hauptmann, M. Steffin

*Personen*

TSCHUCHEN (Rundköpfe): Der Vizekönig · Missena, sein Staatsrat · Angelo Iberin, Statthalter · Callas, Pächter · Nanna, seine Tochter, Kellnerin in dem Kaffeehaus der Frau Cornamontis · Frau Callas und ihre vier kleinen Kinder · Alfonso Saz, Juan Duarte, Sebastian de Hoz – Pachtherren · Frau Cornamontis, Besitzerin eines Kaffeehauses · Callamassi, Hausbesitzer · Palmosa, Tabakhändler · Die dicke Frau Tomaso, Besitzerin eines Viktualienladens · Die Oberin von San Barabas · Der Abt von San Stefano · Anwalt der Familie de Guzman · Der Richter · Der Inspektor · Der Schreiber · Parr, Pächter · Die drei Huas · Zwei Klosterfrauen · Iberinsoldaten · Pächter · Kleinbürger
TSCHICHEN (Spitzköpfe): Emanuele de Guzman, Pachtherr · Isabella, seine Schwester · Lopez, Pächter · Frau Lopez und ihre vier kleinen Kinder · Ignatio Peruiner, Pachtherr · Zweiter Anwalt der Familie de Guzman · Ein Arzt · Ein Viktualienhändler · Pächter · Kleinbürger

Die Bevölkerung jener Stadt Luma, in der das Stück spielt, besteht aus Tschuchen und Tschichen, zwei Rassen, von denen die erste r u n d e und die andere s p i t z e Köpfe aufweist. Diese spitzen Köpfe müssen mindestens 15 cm höher sein als die runden. Aber die runden Köpfe müssen nicht weniger abnormal sein als die spitzen.

## VORSPIEL

*Vor den kleinen Vorhang treten sieben Spieler: der Direktor des Theaters, der Statthalter, der aufständische Pächter, der Pachtherr, seine Schwester, der Pächter Callas und seine Tochter. Die letzten vier sind im Hemd. Der Statthalter, im Kostüm, aber ohne Maske, trägt eine Waage mit zwei spitzen und zwei runden Schädelformen; der aufständische Pächter trägt eine Waage mit zwei noblen und zwei zerlumpten Kleidern; er ist ebenfalls im Kostüm, aber nicht in Maske.*

DER DIREKTOR DES THEATERS
Geehrtes Publikum, das Stück fängt an.
Der es verfaßte, ist ein weitgereister Mann.
(Er reiste übrigens nicht immer ganz freiwillig.)
In dem Stück da
Zeigt er Ihnen, was er sah.
Um es Ihnen mit zwei Worten zu unterbreiten:
Er sah furchtbare Streitigkeiten.
Er sah den weißen Mann mit dem schwarzen ringen.
Einen kleinen Gelben sah er einen großen Gelben niederzwingen.
Ein Finne schmiß nach einem Schweden einen Stein
Und ein Mann mit einer Stupsnase schlug auf einen Mann mit einer Hakennase ein.
Unser Stückeschreiber erkundigte sich, worin ihr Streit besteht.
Da erfuhr er: durch die Länder geht
Jetzt der große Schädelverteiler
Das ist der Allerweltsheiler
Der hat allerhand Nasen in seiner Tasche und verschiedenfarbige Haut
Damit trennt er den Freund vom Freund und den Bräutigam von der Braut.
Denn er schreit aus auf dem Land und in der Stadt:
Es kommt an auf den Schädel, den ein Mensch hat.
Darum, wo der große Schädelverteiler war
Schaut man dem Menschen auf Haut, Nase und Haar
Und jeder wird geschlagen krumm und lahm
Der den falschen Schädel von ihm bekam.
Und überall wurde unser Stückeschreiber verhört
Ob ihn der Unterschied der Schädel nicht auch stört
Oder ob er unter den Menschen gar keinen Unterschied sieht.
Da sagte er: ich seh einen Unterschied.
Aber der Unterschied, den ich seh
Der ist größer als der zwischen den Schädeln nur
Und der hinterläßt eine viel tiefere Spur
Und der entscheidet über Wohl und Weh.
Und ich will ihn euch auch nennen gleich:
Es ist der Unterschied zwischen arm und reich.
Und ich denke, wir werden so verbleiben
Ich werde euch ein Gleichnis schreiben
In dem beweis ich es jedermann
Es kommt nur auf diesen Unterschied an.

Dieses Gleichnis, meine Lieben, wird jetzt hier aufgeführt. Dazu
Haben wir auf unserer Bühne ein Land aufgebaut namens Jahoo.
In dem wird der Schädelverteiler seine Schädel verteilen
Und einige Leute wird sogleich ihr Schicksal ereilen.
Aber der Stückeschreiber wird dafür sorgen dann
Daß man auch unterscheiden kann armen und reichen Mann.
Er wird verschiedene Kleider verteilen lassen
Die zu dem Vermögen der Leute passen.
Schließt also jetzt die Türen!
Der große Schädelverteiler wird gleich seine Schädel vorführen.

DER STATTHALTER *tritt vor und demonstriert unter Blechlärm seine Schädelwaage:*
Hier habe ich zweierlei Schädel, wie jeder sieht.
Sie sehen den gewaltigen Unterschied:
Der eine ist spitz, der andre ist rund.
Der ist krank. Der ist gesund.
Gibt es wo Elend und Ungerechtigkeit
So ist der im Spiel allezeit.
Gibt es wo Ungleichheit, Fettleibigkeit und Muskelschwund
So ist der der Grund.
Wer mit meiner Waage wiegt
Der wird sehen, wo das Recht und wo das Unrecht liegt.
*Mit dem Finger drückt er die Schale nieder, auf der die Rundköpfe liegen.*

DER DIREKTOR *den aufständischen Pächter vorführend:*
Und nun zeig du Kleiderverteiler deine Kleider her
Die du auf deiner Waage trägst
Und die du den Menschen in ihre Wiegen legst.

DER AUFSTÄNDISCHE PÄCHTER *zeigt seine Kleiderwaage:*
Den Unterschied zu sehen, ist, denk ich, nicht schwer
Das sind die guten und das sind die schlechten.
Darüber kann man, denk ich, nicht rechten.
Wer in solchen Kleidern wandelt
Wird für gewöhnlich nicht so behandelt
Wie der, der solche Kleider anhat.
Mir scheint, das weiß man in Dorf und Stadt.
Wer mit meiner Waage wiegt
Der kann sehen, wer auf der Welt den Kuchen kriegt.
*Mit dem Finger drückt er die Schale nieder, auf der die noblen Kleider liegen.*

DER DIREKTOR
Ihr seht, der Stückeschreiber benutzt zwei Waagen mit verschiedenen Normen.
Auf einer wiegt er Kleider, fein und abgetragen.
Und mit der anderen wiegt er Schädelformen.
Dann kommt sein Witz: er wiegt die beiden Waagen.
*Er hat eine der Waagen nach der andern in die Hand genommen, dann beide gegeneinander abgewogen. Jetzt gibt er sie zurück und wendet sich an seine Schauspieler:*
Ihr, die ihr Spieler der Parabel seid
Wählt vor dem Publikum jetzt Kopf und Kleid
Wie es euch vorgeschrieben ist im Stück.
Und hat der Stückeschreiber, wie wir glauben, recht
Dann wählt ihr mit dem Kleide das Geschick
Nicht mit der Schädelform. Auf zum Gefecht!

DER PÄCHTER *nach zwei Rundköpfen greifend:*
Wir nehmen uns den Rundkopf, liebe Tochter.

DER PACHTHERR
Den Spitzkopf tragen wir.

DIE SCHWESTER DES PACHTHERRN
Auf Wunsch Herrn Bertolt Brechts...

DIE TOCHTER DES PÄCHTERS
Die Tochter eines Rundkopfs ist ein Rundkopf.
Ich bin ein Rundkopf weiblichen Geschlechts.

DER DIREKTOR
Und hier die Kostüme.
*Die Schauspieler wählen sich die Kleider.*

DER PACHTHERR
Ich mach den Pachtherrn.

DER PÄCHTER
Ich den Pächter nur.

DIE SCHWESTER DES PACHTHERRN
Des Pachtherrn Schwester ich.

DIE TOCHTER DES PÄCHTERS
Und ich die Hur.

DER DIREKTOR *zu den Schauspielern:*
So, das Problem ist hoffentlich verstanden?

DIE SCHAUSPIELER
Ja.

DER DIREKTOR *noch einmal prüfend:*
Rundkopf und Spitzkopf, erstens: ist vorhanden.
Der Unterschied von arm und reich: ist da.
Und jetzt Kulisse her und Praktikabel!
Und frisch die Welt gezeigt in der Parabel!
Wir hoffen, es gelingt uns und Sie sehn
Welch Unterschiede vor den andern gehn.
*Sie gehen alle hinter den kleinen Vorhang.*

## 1
## Palais des Vizekönigs

*Der Vizekönig von Jahoo und sein Staatsrat Missena sitzen übernächtig im Zimmer des Vizekönigs vor Zeitungen und Sektflaschen. Mit einem großen Rotstift streicht der Staatsrat dem Vizekönig bestimmte unangenehme Stellen in den Zeitungen an. Nebenan im Vorzimmer sitzt ein zerlumpter Schreiber neben einer Kerze, und mit dem Rücken zum Zuschauer steht ein Mann.*

DER VIZEKÖNIG
Genug, Missena.
Der Morgen kommt und unser ganzes Forschen
Mit hin und her und noch einmal von vorn
Das Ganze durch ergab zu jeglicher Minute
Doch immer nur, was wir nicht wissen wollten
Und was, selbst wenn wir Monde rechneten
Doch stets herauskäm: völlig Zerrüttung
Des Staats. Zerfall.

MISSENA
Sprecht das nicht aus!

DER VIZEKÖNIG
Bankrott.
Da scheinen stärkere Hände nötig als die meinen.
*Missena schweigt.*

DER VIZEKÖNIG *mit einem Blick auf die Zeitungen:*
Vielleicht sind ihre Zahlen falsch?

MISSENA
So falsch nicht.

DER VIZEKÖNIG
Von Zeit zu Zeit les ich die Zeitung gern
Erfahr ich draus den Zustand meines Lands doch.

MISSENA
Der Überfluß ist's, Herr, der uns verzehrt.
Denn unser Land Jahoo lebt durch Getreide
Und stirbt auch durch Getreide. Und jetzt stirbt's.
Und am Zuviel stirbt's. Denn in solchem Unmaß
Trug unser Acker Korn, daß den Beschenkten
Dieses Geschenk begrub. Der Preis sank so
Daß er die Fracht nicht aufwiegt. Das Getreide
Bringt nicht soviel ein, wie das Mähen kostet.
Gegen die Menschen wuchs das Korn herauf.
Der Überfluß erzeugte Not. Die Pächter
Verweigerten die Pacht. In seinem Grundgefüg
Wankte der Staat. Die Pachtherren kommen schreiend
Der Staat soll ihre Pacht eintreiben! Sie zeigen
Die Pachtverträge. Und im Süden des Lands
Sammeln die Pächter sich um eine Fahne
Auf der groß eine Sichel steht: das Zeichen
Des Bauernaufstands. Und der Staat zerfällt.
*Der Vizekönig seufzt. Eine Saite ist in ihm zum Erklingen gebracht worden: er ist selber Gutsbesitzer.*

DER VIZEKÖNIG
Wenn wir die Bahnen noch verpfändeten?

MISSENA
Sie sind's. Und zweimal.

DER VIZEKÖNIG
Und die Zölle?

MISSENA
Sind's auch.

DER VIZEKÖNIG
Die Großen Fünf? Vielleicht gewähren die
Uns eine Anleih, die uns weiterhilft?
Über ein Drittel allen guten Lands
Besitzen sie allein. Die könnten's.

MISSENA
Die könnten's.
Nur: sie verlangen, daß man erst den Aufruhr
Der Sichel bricht, der alle Pacht gefährdet.

DER VIZEKÖNIG
Das wäre freilich gut.

MISSENA
Die Großen Fünf
Sind gegen uns. Sie sind enttäuscht und wütend.
Wir sind ihnen zu lasch im Pachteintreiben.

DER VIZEKÖNIG
Sie setzen kein Vertrauen mehr in mich.

MISSENA
Nun, unter uns: Ihr selbst seid schließlich
Noch immer unser größter Pachtherr.
*Das Wort ist gefallen.*

DER VIZEKÖNIG *sich ereifernd:*
Ja!
Und ich könnt selbst mir nichts mehr anvertraun.
Als Pachtherr muß ich mir, dem Vizekönig
Heut sagen: Freund, dir keinen Peso mehr!

MISSENA
Es gäb wohl eine Lösung, aber die
Ist blutig und gefährlich auch...

DER VIZEKÖNIG
Nicht das!
Sprich das nicht aus!

MISSENA
Hier hört uns niemand. Krieg
Könnt neue Märkte schaffen für dies schreckliche
Zuviel an Korn und manche Fundgrub bringen
Für das, was wir entbehren.

DER VIZEKÖNIG *ist ein einziges, großes Kopfschütteln:*
Krieg geht nicht.
Der erste Tank, der uns durch Luma rollte
Möcht einen solchen Aufruhr uns erregen, daß...

MISSENA
Der innre Feind ist's, der uns daran hindert
Den äußern uns zu langen. Welch ein Zustand!
Was einen Stahlhelm trägt, muß sich verkriechen
Als wär's Geschmeiß! Ein General kann schon
Bei Tage nicht mehr auf die Straße! So als
Wär er ein Mörder, wird er angesehn.
Gäb's diese Sichel nicht, wär alles anders.

DER VIZEKÖNIG
Es gibt sie aber.

MISSENA
Man kann sie zerbrechen.

DER VIZEKÖNIG
Wer kann das, wer? Denn ich kann's nicht. Ach du
Fändst du da einen, der das könnt, ich schriebe
Dir gleich die Vollmacht aus für den.

MISSENA
Ich wüßte
Wohl einen, der es könnt.

DER VIZEKÖNIG *stark:*
Den will ich nicht.
Dies ein für allemal, den will ich nicht.
*Schweigen.*
Du übertreibst die Wichtigkeit der Sichel!

MISSENA
Ich fürcht, ich kränkte Euch. Vielleicht, Ihr wünscht

Allein zu sein. Vielleicht, Ihr kommt allein
Auf einen Einfall, der die Rettung bringt.

DER VIZEKÖNIG
Auf morgen dann…

MISSENA *verabschiedet sich:*
Ich hoff, ich kränkt Euch nicht.
*Zum Zuschauer:*
Zeigt ihm den Teufel noch nicht sein Verstand
Dann mal ich ihm den Teufel an die Wand!
*An der Tür bleibt er stehen. Mit einem Rotstift malt er plötzlich hastig etwas an die Wand.*
Halt, was ist das?

DER VIZEKÖNIG
Was gibt's?

MISSENA
Ach, nichts.

DER VIZEKÖNIG
Warum
Bist du erschrocken?

MISSENA
Ich erschrocken?

DER VIZEKÖNIG
Ja.
Du bist erschrocken.
*Er steht auf.*

MISSENA
Kommt nicht hierher. Hier
Ist nichts.
*Der Vizekönig geht auf ihn zu.*

DER VIZEKÖNIG
Tritt auf die Seite!
*Er holt vom Tisch eine Lampe.*

MISSENA
Herr, ich weiß nicht
Wie dieses Zeichen hierher kommen konnt!
*Der Vizekönig sieht erschüttert eine große Sichel an der Wand.*

DER VIZEKÖNIG
So weit ist's also schon. Selbst hier gibt's Hände…
*Pause.*
Ich träte gern ins Dunkel einige Zeit
Um manches zu bedenken…
*Plötzlich:*
Ich schreib eine Vollmacht.

MISSENA
Das dürft Ihr nicht!
*Pause.*
Für wen?

DER VIZEKÖNIG
So darf ich doch?
Schön. Also wer?

MISSENA
's müßt einer sein, der erst uns
Die Pächter duckt. Solang die Sichel steht
Gibt's keinen Krieg. Nun ist zwar diese Sichel
Der reine Abschaum, der nichts zahlen will.
Der kleine Kaufmann, Handwerker, Beamte
Mit einem Wort: der Durchschnitt meint jedoch
Daß uns der Pächter nichts mehr zahlen k a n n.
Man ist für den Besitz, doch zögert man
Dem blassen Hunger ins Gesicht zu treten.
Drum kann den Aufruhr dieser Pächter uns
Bekämpfen nur ein unverbrauchter Mann
Der nur auf den Bestand des Staats bedacht ist
Uneigennützig – wenigstens als so bekannt.
Es gibt nur einen…

DER VIZEKÖNIG *übellaunisch:*
Sag schon: Iberin.

MISSENA
Der selbst dem Mittelstand entstammt, so weder
Pachtherr noch Pächter ist, nicht reich, doch auch
Nicht grade arm. Drum ist er einfach gegen
Den Kampf der armen und der reichen Klasse.
Reichen wie Armen wirft er Habsucht vor
Niedrigen Materialismus. Er verlangt
Gerechtigkeit und Strenge gegen Arme
Und gegen Reiche. Denn für ihn ist unser
Zusammenbruch ein seelischer.

DER VIZEKÖNIG
So. Ein seelischer.
Und der da?
*Er macht die Gebärde des Geldzählens.*

MISSENA
Kommt von jenem.

DER VIZEKÖNIG
Schön. Und jener?
Woher kommt der? Was ist der Grund für den?

MISSENA
Herr, dieser Grund ist eben unseres Iberins
Große Entdeckung!

DER VIZEKÖNIG
Ei des Kolumbus?

MISSENA
Ja!
Und zwar ist dieser Grund zweibeinig.

DER VIZEKÖNIG
Wie?

MISSENA
Zweibeinig. Dieser Iberin weiß: das Volk
Nicht sehr geübt in Abstraktion, durch Not
Auch ungeduldig, sucht die Schuld für solchen

Zusammenbruch als ein gewohntes Wesen
Mit Mund und Ohr und auf zwei Beinen laufend
Und auf der Straße jedermann begegnend.

DER VIZEKÖNIG
Und einen solchen hat der Mann entdeckt?

MISSENA
Hat er entdeckt.

DER VIZEKÖNIG
Und wir sind's nicht?

MISSENA
Durchaus nicht.
Er hat entdeckt: in diesem Land Jahoo
Gibt es zwei Völkerstämme, die's bewohnen
Die voneinander ganz verschieden sind
Auch äußerlich, durch ihre Schädelform:
Rund ist der einen Kopf und spitz der andern
Und jedem Kopf entspricht ein andrer Geist:
Dem platten platte Ehrlichkeit und Treue
Dem spitzen ein spitzfindig Wesen, auch
List und Berechnung, Neigung zu Betrug.
Den einen Stamm, den mit dem runden Kopf
Nennt Iberin Tschuch und sagt von ihm, er sei
Der Scholl' Jahoos von Anbeginn verwachsen
Und guten Bluts.
Der andere, am spitzen Kopf erkennbar
Ist fremdes Element, hat sich ins Land gedrängt
Selbst ohne Heimat, und wird Tschich genannt.
Der tschichische Geist nun ist's, nach Iberin, der
An allem Unglück dieses Lands die Schuld trägt.
Dies, Herr, ist Iberins große Entdeckung.

DER VIZEKÖNIG
Sie ist sehr lustig. Doch was will er damit?

MISSENA
Er setzt an Stell des Kampfs von arm und reich
Den Kampf der Tschuchen gegen die Tschichen.

DER VIZEKÖNIG
Hm.
Das ist nicht schlecht, wie?

MISSENA
's ist Gerechtigkeit
Die er erstrebt, so gegen arm und reich.
Auch gegen die Reichen will er vorgehn, wenn
Da Übergriffe sind: die nennt er tschichisch.

DER VIZEKÖNIG
Die nennt er tschichisch... Was ist mit der Pacht?

MISSENA
Von solchen Dingen spricht er nicht. Und wenn
Dann undeutlich. Doch ist er für Besitz.
Er spricht von »tschuchischer Freude am Besitz«.

*Der Vizekönig lächelt. Auch Missena lächelt.*

DER VIZEKÖNIG
Der Mann ist gut! Die Übergriffe – tschichisch
Die Griffe – tschuchisch. Wer steht hinter ihm?

MISSENA
Hauptsächlich stehn die Mittelständler hinter ihm
Der kleine Kaufmann, Handwerker, Beamte
Die ärmeren Leute mit der höheren Bildung
Die Kleinrentner. Kurz: der verarmte Mittelstand.
Das sammelt er in seinem Iberinbund
Der übrigens ganz gut bewaffnet sein soll.
Wenn einer uns die Sichel zerbricht, ist's der.

DER VIZEKÖNIG
Doch müßt das Heer ganz aus dem Spiel mir bleiben.
Stahlhelm und Tank sind nicht beliebt.

MISSENA
Das Heer
Ist für Herrn Iberin nicht nötig.

DER VIZEKÖNIG
Gut.
Ich schreib dir eine Vollmacht aus für ihn.
Die Nacht vergeht, der Himmel färbt sich schon.
's ist recht; ich will's mit ihm versuchen. Soll er
Sein Bestes tun, der Mann. Du kannst ihn rufen.

MISSENA *klingelt:*
Der Mann ist hier. Seit sieben Stunden wartet
Er schon im Vorraum.

DER VIZEKÖNIG *doch noch getroffen:*
Freilich, ich vergaß:
Du bist sehr tüchtig. Halt! Die Großen Fünf!
Sind sie für ihn? Sonst ist es Essig mit ihm.

MISSENA
Er wurd von einem hergebracht, der ihn
Auch heimlich finanziert.

DER VIZEKÖNIG *die Vollmacht unterschreibend, Hut auf, Mantel an, Stock im Arm:*
Ich aber will dann
Für einige Zeit dies alles abtun und
Nur ein paar Reiseschecks als Wegzehrung bei mir
Und ein paar Bücher, die ich lange gern
Einmal gelesen hätt, mich wegbegeben von hier
Auch ohne Ziel. Mich mischend ins Gewühl
Der buntbewegten Straßen, sehend des Lebens
Erstaunlich Schauspiel. So auf irgendeiner Treppe
Gelassen sitzend, werd ich dieses Mondes

Lautlosen Wechsel sehn.

MISSENA

Das wird die Zeit sein, wo
Die Sichel Luma stürmt, wenn nicht...
*Mit großer Geste auf die Tür weisend.*
Herr Iberin!

*Der wartende Mann im Vorzimmer hat sich, vom zerlumpten Schreiber aufmerksam gemacht, erhoben. In die Tür tretend, verneigt er sich tief.*

## 2
## Gasse der Altstadt

*Aus dem Kaffeehaus der Frau Cornamontis hängen Mädchen eine große weiße Fahne heraus, auf der der Kopf des Iberin aufgedruckt ist. Unten steht Frau Cornamontis und dirigiert das Aufhängen. Bei ihr stehen ein Polizeiinspektor und ein Gerichtsschreiber, beide barfuß und zerlumpt. Ein Viktualienladen links ist durch Rolläden geschlossen. Vor dem Tabakladen steht der Tabakhändler Palmosa, die Zeitung lesend. In einem Fenster dieses Hauses sieht man einen Mann sich rasieren, es ist der Hausbesitzer Callamassi. Vor einem Viktualienladen rechts stehen eine dicke Frau und ein Soldat der Iberinmiliz mit weißer Binde und großem Strohhut, bis an die Zähne bewaffnet. Alle sehen dem Heraushängen der Fahne zu. Aus der Ferne hört man undeutlich den Marschtritt vorüberziehender Truppen sowie Zeitungsausrufer: »Kauft den Aufruf des neuen Statthalters!«*

FRAU CORNAMONTIS Schieb die Fahnenstange weiter heraus, daß sich der Wind im Tuch fangen kann. Und jetzt mehr der Seite zu!
*Durch große Gesten gibt sie an, wie die Fahne hängen soll.*

NANNA Mal nach links, mal nach rechts, aber ganz wie Sie wollen!

DER INSPEKTOR Frau Cornamontis, wie denken Sie als Geschäftsfrau über den neuen Kurs?

FRAU CORNAMONTIS Meine Fahne wird eben herausgehängt, das sagt doch genug. Und verlassen Sie sich darauf, daß ich in meinem Haus kein tschichisches Mädchen mehr beschäftigen werde.
*Sie setzt sich auf einen Strohstuhl vor ihrem Haus und liest wie alle andern die Zeitung.*

DER HAUSBESITZER CALLAMASSI *der Mann, der sich im Fenster rasiert:* Der heutige Tag, der elfte September, geht in die Geschichte ein! *Er blickt auf seine Fahne.* Sie hat ein schönes Stück Geld gekostet.

DER TABAKHÄNDLER PALMOSA Wird es nun Krieg geben? Mein Gabriele ist gerade zwanzig geworden.

DER IBERINSOLDAT Wo denken Sie hin? Kein Mensch will Krieg. Herr Iberin ist ein Freund des Friedens, wie er ein Freund des Volkes ist. Bereits heute früh wurde alles, was zum Heer gehört, aus der Stadt gezogen. Herr Iberin verlangte das ausdrücklich. Sehen Sie irgendwo einen Stahlhelm? Die Straße wurde vollständig uns, den Iberinsoldaten, überlassen.

DER TABAKHÄNDLER PALMOSA Ich lese auch eben in der Zeitung, Iberin, welcher ein großer Freund des Volkes sei, habe die Macht nur ergriffen, um der zunehmenden Bedrückung der ärmeren Schichten der Bevölkerung Einhalt zu gebieten.

DER IBERINSOLDAT Ja, das ist die Wahrheit.

EINE DICKE FRAU *die Besitzerin des Viktualienladens rechts:* Dann muß er aber erst einmal dafür sorgen, daß in einer so kleinen Straße nicht zwei Lebensmittelgeschäfte nebeneinander liegen, wo kaum eines bestehen kann. Das Geschäft dort drüben ist meiner Meinung nach vollständig überflüssig.

DER SCHREIBER Herr Inspektor, wenn die neue Regierung wieder keine Linderung für uns Beamte bringt, traue ich mich am nächsten Ersten nicht mehr nach Hause.

DER INSPEKTOR Mein Gummiknüppel ist schon so brüchig, daß er an einem Spitzkopf zerschellen würde. Meine Signalpfeife, womit ich meine Leute herbeirufen muß, wenn ich in Bedrängnis bin, ist seit Monaten durchgerostet. *Er versucht zu pfeifen.* Hören Sie einen Ton?

DER SCHREIBER *schüttelt den Kopf:* Ich habe gestern aus dem Kübel eines Tünchers bei dem Neubau drüben Kalk entwenden müssen, um meinen Stehkragen zu weißnen. Glauben Sie wirklich, Herr Inspektor, daß wir am Ersten unsere Gehälter bekommen?

DER INSPEKTOR Das glaube ich so bestimmt, daß ich mir daraufhin heute morgen eine Zigarre genehmigen werde bei Herrn Palmosa.
*Beide gehen in den Tabakladen hinein.*

DER HAUSBESITZER CALLAMASSI *zeigt auf den Inspektor und den Schreiber:* Das größte Glück wird sein, wenn jetzt endlich die Beamten abgebaut werden. Es gibt zu viele und sie werden zu hoch bezahlt.

FRAU CORNAMONTIS Das müssen Sie Ihrem

Mieter sagen, daß Sie seine letzten Kunden abbauen wollen!

DER IBERINSOLDAT Was sagen Sie zu meinen neuen Stiefeln? Solche bekommt jetzt jeder! *Liest dem Hausbesitzer und der dicken Frau vor:* Schon die Art, wie Iberin die Macht ergriff, zeigt den ganzen Mann. Mitten in der Nacht, als im Regierungsgebäude alles schläft, dringt er mit einer Handvoll todesmutiger Männer dort ein und verlangt mit vorgehaltener Pistole, den Vizekönig zu sprechen. Er soll ihn nach kurzem Wortwechsel einfach abgesetzt haben. Der Vizekönig soll schon auf der Flucht sein.

DIE DICKE FRAU Dann ist es aber doch mehr als merkwürdig, daß es in dieser Straße, wo alle Häuser geflaggt haben, ein Haus gibt, wo man es nicht für die Mühe wert hält zu flaggen. *Sie zeigt auf den Viktualienladen gegenüber.*

DER IBERINSOLDAT *erstaunt:* Tatsächlich, er flaggt nicht.

*Er sieht alle der Reihe nach an. Alle schütteln den Kopf.*

DER IBERINSOLDAT Da kann man vielleicht nachhelfen, wie?

DIE DICKE FRAU Der Mann hat es ja auch nicht nötig! Er ist ja auch ein Tschiche!

DER IBERINSOLDAT Dann ist es aber wirklich der Gipfel der Frechheit. Also, Frau Tomaso, dem Schweinekerl werden wir beibringen, wie man den Regierungsantritt Iberins feiert. Da sind schon meine Kollegen. Das sind die Huas, die gefürchtete Hutabschlägerstaffel des blutigen Zazarante, Lagerkommandanten von Heilig Kreuz. Keine Furcht! Sie schauen unter die Hüte, aber wenn sie da keinen Spitzkopf entdecken, sind es die besten Menschen.

*Man hört schreien: »Hut ab! Kopfkontrolle!« Hinten in der Straße tauchen die drei Hutabschläger – die »Huas« – auf. Sie hauen einem Passanten den Hut vom Kopf.*

ERSTER HUA Mein Herr, der Hut ist Ihnen heruntergefallen.

ZWEITER HUA Starker Wind heute, was?

DER PASSANT Entschuldigen Sie!

DIE DREI HUAS Keine Ursache!

DIE DICKE FRAU Meine Herren! Herr Kopfkontrollör! Wenn Sie einen echten Spitzkopf, aber schon einen ganz spitzigen, sehen wollen, dann klopfen Sie mal bei dem Viktualienladen dort drüben an!

DER IBERINSOLDAT *meldet:* Tschichischer Viktualienhändler. Zeigt seine Mißachtung der Iberinregierung durch demonstratives Nichtflaggen.

*Aus dem Viktualienladen tritt bleich ein Spitzkopf mit einer Leiter und einer Fahne. Alle sehen ihn an.*

ERSTER HUA Ich traue meinen Augen nicht. Er flaggt!

ZWEITER HUA Die Iberinflagge in den schmierigen Pfoten eines Vollbluttschichen!

*Der Hua sieht alle der Reihe nach an. Sie schütteln den Kopf.*

DER IBERINSOLDAT Das ist der Gipfel der Frechheit!

*Die drei gehen auf den Spitzkopf zu.*

DRITTER HUA Sautschich! Du gehst sofort hinein und holst deinen Hut! Meinst du, wir wollen deinen Spitzkopf sehen?

DIE DICKE FRAU Der Tschich glaubt wohl, der Iberin ist für die Tschichen! Wenn der eine Fahne heraushängt, so will er doch damit sagen, daß er sich freut, daß der Iberin an die Regierung gekommen ist. Das bedeutet doch ganz sonnenklar, daß er die Regierung beleidigt, indem er sagt, daß sie für die Tschichen ist.

*Der Spitzkopf wendet sich, seinen Hut zu holen.*

ERSTER HUA *auf ihn deutend:* Fluchtversuch!

*Sie schlagen auf ihn ein und schleppen ihn weg.*

ERSTER HUA Widerstand leistet er auch noch. Ich hau ihm ins Auge, und er hebt den Arm. Das muß ich doch als Absicht zur Widersetzlichkeit auffassen!

ZWEITER HUA *während er immerfort auf den Spitzkopf einprügelt:* Der kommt in den Schutzkamp. Da schützen wir solche Elemente vor unserer gerechten Empörung.

DIE DICKE FRAU Heil Iberin!

*Der dritte Hua hängt an dem Viktualienladen links ein Plakat »Tschichisches Geschäft« auf.*

DRITTER HUA *zu der dicken Frau, während er ein Plakat aus der Tasche zieht:* Liebe Frau und Volksgenossin, Sie sehen, daß man in diesen Zeiten gut tut, es schwarz auf weiß zu haben, wo man rassenmäßig steht. Das Plakat kostet dreißig Pesos. Aber das Geld verzinst sich mit dreihundert Prozent, das kann ich Ihnen versichern!

DIE DICKE FRAU Geht es nicht für zehn? Ich verkaufe doch nichts.

DER IBERINSOLDAT *drohend:* Es gibt auch Leute, die den Spitzkopf im Herzen haben!

DIE DICKE FRAU Geben Sie her! *Sie zahlt aufgeregt.* Können Sie auf fünfzig herausgeben? *Sie hängt das Plakat »Tschuchisches Geschäft« auf.*

DRITTER HUA Jawohl. Zwanzig Pesos zurück.

Treu im Kleinen. *Aber er geht weg, ohne zurückzugeben.*

DIE DICKE FRAU Er hat überhaupt nicht herausgegeben! *Der Iberinsoldat sieht sie drohend an.* Wenigstens mußte der Tschiche dort drüben heraus! Vor zwei Wochen hat er noch gesagt, der Iberin werde das Kraut auch nicht fett machen.

FRAU CORNAMONTIS Das ist ein echt tschichischer Standpunkt! Eine Nation wacht auf, und er redet von Krautfettmachen.

DER IBERINSOLDAT Der Tschiche ist eben von niedrigem Materialismus beherrscht. Nur nach seinem Vorteil strebend, verleugnet er sein Vaterland, in das er überhaupt nicht hineingehört. Der Tschiche kennt keinen Vater und keine Mutter. Das kommt vielleicht daher, daß er keinen Humor hat. Sie haben es eben gesehen. Da der Tschiche von krankhafter Sinnlichkeit besessen ist, ist er andrerseits ganz hemmungslos. Dabei steht ihm nur sein Geiz im Wege, eben der tschichische Materialismus, Sie verstehen.

DER TABAKHÄNDLER PALMOSA *ruft in den ersten Stock hinauf zu dem Mann, der sich im Fenster rasiert, dem Hauswirt Callamassi:* Mit dem Materialismus ist es jetzt aus! Herr Callamassi, Sie sind sich wohl darüber klar, daß es mit dem Zahlen von Ladenmieten jetzt vorbei sein muß?

DER IBERINSOLDAT Sehr richtig!

DER HAUSBESITZER CALLAMASSI Im Gegenteil, mein Lieber! die Ladenmieten werden in Zukunft pfändbar sein. Hören Sie den Marschtritt der Bataillone? Das sind die Kampfstaffeln des Iberinbundes. Sie marschieren, um die aufständischen Pächter, die ihre Pachten nicht zahlen wollen, niederzuwerfen! Überlegen Sie sich das, Herr Palmosa, der Sie Ihre Ladenmiete nicht bezahlen wollen!

DER IBERINSOLDAT So ist es.

DER TABAKHÄNDLER PALMOSA Sie haben wohl vergessen, Herr Callamassi, daß mit diesen Truppen mein Sohn marschiert! *Zu der dicken Frau:* Ich sagte zu ihm heute morgen, als er sich von mir verabschiedete, um nach dem Süden zu marschieren: Mein Sohn, bring mir eine erbeutete Sichelfahne, und ich werde dir das Rauchen erlauben! Die Bankiers, heißt es, werden die Schulden der bis gestern noch ruinierten Handwerker und Ladeninhaber übernehmen und neue Kredite bewilligen, besonders an die schlechtgehenden Unternehmungen.

DER IBERINSOLDAT Hoch Iberin!

DIE DICKE FRAU *zu ihrer Hausbesitzerin, Frau Cornamontis:* Haben Sie gehört, die Mieten sollen jetzt gesenkt werden!

DER IBERINSOLDAT Ja, das ist richtig.

FRAU CORNAMONTIS Nein, meine Liebe, ich habe gehört, sie sollen erhöht werden.

DER IBERINSOLDAT Ja, das stimmt auch.

DIE DICKE FRAU Das kann nicht stimmen. Höchstens die der Tschichen. Ich jedenfalls zahle Ihnen so bald keine Miete mehr.

FRAU CORNAMONTIS Sehr bald, Frau Tomaso, sehr bald! Und zwar eine höhere! *Zu dem Iberinsoldaten:* Diese einfachen Leute haben von Politik keine Ahnung.

DIE DICKE FRAU Noch höhere Mieten?

DER IBERINSOLDAT *unterbrechend:* Für heute sollen noch große Tschichenverfolgungen angesetzt sein. *Liest aus der Zeitung vor:* Iberin sagt ausdrücklich, das einzige Ziel ist: Ausrottung der Spitzköpfe, wo immer sie nisten! *Der Marschtritt der Truppen hinten wird stärker. Man hört Singen.*

DER IBERINSOLDAT Achtung! Iberin-Choral! Alles mitsingen! Spontan!

*Alle singen, dirigiert vom Iberinsoldaten.*

HYMNE DES ERWACHENDEN JAHOO

1
Bittet den Iberin, daß er die Mieten uns senke!
Und sie zugleich
Auch noch erhöh in sein'm Reich
So auch des Hauswirts gedenke!

2
Mög er dem Landvolk den höheren Brotpreis bewilligen!
Aber zugleich
Mög er uns Städtern im Reich
Doch aus das Brot recht verbilligen!

3
Mög er dem Kleinhandel helfen aus drückenden Schulden!
Aber zugleich
Mög er für die, so nicht reich
Doch auch das Warenhaus dulden!

4
Lobet den Führer, den jeder durch Mark und durch Bein spürt!

Dort ist der Sumpf
Und hier erwarten wir dumpf
Daß uns ein Führer hineinführt!

FRAU CORNAMONTIS *zum Iberinsoldaten:* Kommen Sie unsere ruhmreichen Kämpfer ansehen, welche dieses Holzschuhvolk mit seiner Sichel ausrotten werden!

*Sie und der Iberinsoldat ab.*

DIE DICKE FRAU UND DER TABAKHÄNDLER PALMOSA *gleichzeitig:* Ich kann doch das Geschäft nicht im Stich lassen; gesetzt, da kommt ein Kunde.

*Sie kehren in ihre Läden zurück.*

NANNA CALLAS *kommt mit einem Brief in der Hand aus dem Kaffeehaus der Frau Cornamontis:* Eben ging der Herr de Guzman die Straße hinunter. Er macht seinen Spaziergang vor dem Essen und muß sofort zurückkommen. Ich muß mit ihm sprechen. Meine Mutter schreibt mir, daß mein Vater, der Pächter, weil er die Pacht wieder nicht bezahlen kann, auf unrechte Wege gerät. Er hat sich schon dem Bund der Sichelfahnen angeschlossen, der einen gewaltsamen Aufstand aller Bauern plant. Da will ich lieber bei Herrn de Guzman um Pachterlaß nachsuchen! Hoffentlich empfindet er für mich noch genug, um meiner Bitte Gehör zu schenken. Es sind jetzt fast drei Jahre her, daß ich ihm näherstand. Er war mein erster Liebhaber und eigentlich der Anlaß, daß ich, eine einfache Pächterstochter, in das gutgehende Haus der Frau Cornamontis kam. Meine Familie hatte damals so manchen Vorteil von ihm. Daß ich ihn jetzt wieder um etwas bitten soll, ist mir nicht angenehm. Aber so etwas geht ja schnell vorüber. *Sie singt:*

NANNAS LIED

1
Meine Herren, mit siebzehn Jahren
Kam ich auf den Liebesmarkt
Und ich habe viel erfahren.
Böses gab es viel
Doch das war das Spiel.
Aber manches hab ich doch verargt.
(Schließlich bin ich ja auch ein Mensch.)
  Gott sei Dank geht alles schnell vorüber
  Auch die Liebe und der Kummer sogar.
  Wo sind die Tränen von gestern abend?
  Wo ist der Schnee vom vergangenen Jahr?

2
Freilich geht man mit den Jahren
Leichter auf den Liebesmarkt
Und umarmt sie dort in Scharen.
Aber das Gefühl
Wird erstaunlich kühl
Wenn man damit allzuwenig kargt.
(Schließlich geht ja jeder Vorrat zu Ende.)
  Gott sei Dank geht alles schnell vorüber
  Auch die Liebe und der Kummer sogar.
  Wo sind die Tränen von gestern abend?
  Wo ist der Schnee vom vergangenen Jahr?

3
Und auch wenn man gut das Handeln
Lernte auf der Liebesmess':
Lust in Kleingeld zu verwandeln
Wird doch niemals leicht.
Nun, es wird erreicht.
Doch man wird auch älter unterdes.
(Schließlich bleibt man ja nicht immer siebzehn.)
  Gott sei Dank geht alles schnell vorüber
  Auch die Liebe und der Kummer sogar.
  Wo sind die Tränen von gestern abend?
  Wo ist der Schnee vom vergangenen Jahr?

NANNA Da kommt er. Leider sind drei Herren bei ihm, unter ihnen der reiche Herr Peruiner. Ich kann ihn kaum ansprechen.

*Sie winkt Herrn de Guzman, der auf sie zutritt. Seine drei Freunde bleiben wartend stehen.*

HERR DE GUZMAN Guten Tag, Nanna.

NANNA Ich muß Ihnen etwas sagen. Treten Sie hier in den Hauseingang. *Es geschieht.* Mein Vater schreibt mir, daß er die Pacht wieder nicht zahlen kann.

HERR DE GUZMAN Leider ist es diesmal nötig. Meine Schwester tritt in das Kloster San Barabas ein und braucht ihre Mitgift.

NANNA Sie werden doch nicht wollen, daß deswegen meine Eltern hungern.

HERR DE GUZMAN Liebe Nanna, meine Schwester ist im Begriffe, sich bei den Bedürftigen Schwestern von San Barabas einem jungfräulichen Leben zu weihen. Das sollten auch Sie achten. Denn wenn es auch nicht nötig ist, daß alle Mädchen keusch leben, so ist es doch nötig, daß sie hoch davon denken.

NANNA Wenn ihr dem jungen Ding einen Liebhaber und nicht einen Titelhalter zum Mann geben würdet, dächte sie nicht daran, ins Kloster zu gehen. Aber ihr verheiratet ja nicht Menschen, sondern Landgüter.

HERR DE GUZMAN Du hast dich sehr zum Schlechteren verändert, Nanna; ich erkenne dich nicht wieder.

NANNA Dann hat es wohl auch keinen Wert, Ihnen zu sagen, daß meine Leute schon darum keine Pacht mehr zahlen können, weil sie unbedingt endlich einen Gaul brauchen, da das Dorf zu weit von der Bahnstation entfernt liegt.

HERR DE GUZMAN Sie können sich einen Gaul vom Gutshof ausleihen.

NANNA Aber dann kostet er Geld.

HERR DE GUZMAN So ist es auf der Welt, mich kostet mein Gaul auch Geld.

NANNA Du liebst mich also gar nicht mehr, Emanuele!

HERR DE GUZMAN Das hat mit uns beiden nichts zu tun. Ich werde dich heute nachmittag besuchen. Dann wirst du schon sehen, daß meine Gefühle für dich unverändert sind.

NANNA Bleiben Sie noch einen Augenblick hier. Es kommen Leute, die Sie als Tschichen belästigen könnten.

*Die drei Huas kommen wieder die Straße herunter.*

ERSTER HUA Immer ist man, wohin man auch trat, auf einen Tschichen getreten. Jetzt auf einmal ist weit und breit keiner mehr zu sehen.

ZWEITER HUA Nur die Hoffnung nicht sinken lassen!

NANNA Wenn ich es mir richtig bedenke, Emanuele, so hast du mich immer wie ein Handtuch benützt. Du könntest dir ruhig einen Stoß geben und bezahlen, was du an mir verübt hast!

HERR DE GUZMAN Um Gottes willen, sei still!

NANNA Du willst also nicht bezahlen?

DRITTER HUA Ich höre etwas.

NANNA Wenn ich mich jetzt an diese Herren wenden würde, würden sie mir sicher recht geben. Es ist nichts Unbilliges, was ich fordere.

ERSTER HUA Da spricht doch jemand?

NANNA *laut:* Meine Herren, sagen Sie selbst, kann ein armes Mädchen erwarten, daß der Mann, der sie auf die schiefe Bahn gebracht hat, sich erkenntlich zeigt? Oder kann sie das nicht?

HERR DE GUZMAN Ich muß mich über dich wundern, Nanna!

NANNA Das hätten Sie nicht nötig gehabt.

*Die drei Huas treten heran.*

ERSTER HUA Das ist ein feiner Herr, schaut mal her, was der für eine Schale anhat!

ZWEITER HUA Ihr Hut gefällt mir, Herr, so einen möcht ich auch kaufen. Zeigen Sie mir den mal innen, damit ich die Firma sehen kann.

*Er schlägt ihm den Hut ab und zeigt auf de Guzmans Spitzkopf. Die drei Huas erheben ein tierisches Gebrüll.*

DIE DREI HUAS Ein Tschich!

ERSTER HUA Haut ihn auf seinen Spitzkopf! Obacht, daß er nicht wegläuft!

DER REICHE HERR SAZ Wir müssen eingreifen, unser Freund de Guzman hat Schwierigkeiten.

DER REICHE HERR PERUINER *hält ihn zurück:* Erregen Sie kein Aufsehen! Ich bin selber Tschiche!

*Die drei reichen Pachtherren gehen eilig weg.*

DRITTER HUA War's mir doch gleich, als ob's hier nach einem Tschichen gerochen hätte.

ZWEITER HUA Ein Tschich! Der muß vors Gericht!

*Zwei Huas schleifen Herrn de Guzman weg. Der dritte bleibt bei Nanna stehen.*

DRITTER HUA Sagten Sie nicht etwas von Geld, das er Ihnen schuldet, Fräulein?

NANNA *mürrisch:* Ja, er will nicht bezahlen.

DRITTER HUA So sind diese Tschichen!

*Der dritte Hua ab. Nanna geht langsam in das Kaffeehaus der Frau Cornamontis. Auf den Lärm hin ist wieder der Hauswirt Callamassi im Fenster und die dicke Frau in der Ladentür aufgetaucht. Auch der Tabakhändler ist wieder unter die Tür getreten.*

DER HAUSBESITZER CALLAMASSI Was ist denn los?

DIE DICKE FRAU Sie haben eben einen offenbar sehr wohlhabenden tschichischen Herrn erwischt, wie er eine der Kellnerinnen der Frau Cornamontis angesprochen hat.

DER TABAKHÄNDLER PALMOSA Ja, ist denn das jetzt verboten?

DIE DICKE FRAU Sie sagten, es sei ein tschuchisches Mädchen. Der Herr soll einer der Großen Fünf sein.

DER HAUSBESITZER CALLAMASSI Was Sie nicht sagen!

DER TABAKHÄNDLER PALMOSA *in seinen Laden zurückkehrend:* Herr Inspektor! Hier ist einer der Großen Fünf überfallen und weggeschleppt worden!

DER INSPEKTOR *mit dem Schreiber weggehend:* Das geht uns von der Polizei nichts an.

DIE DICKE FRAU Jetzt geht es den Reichen an den Kragen!

DER HAUSBESITZER CALLAMASSI Meinen Sie?

DER TABAKHÄNDLER PALMOSA Die Pachtherren werden nichts zu lachen haben!

DER HAUSBESITZER CALLAMASSI Aber gegen die

Pächter, die die Pacht nicht zahlen wollen, geht es auch!

DER TABAKHÄNDLER PALMOSA In der Zeitung steht heute morgen: Jetzt beginnt eine neue Zeit!

ZWISCHENSPIEL

*Auf einem großen Karton ist die Gasse der Altstadt aufgemalt. Die Iberinsoldaten kommen gelaufen mit Töpfen und Bottichen voll Tünche. Mit lang- und kurzstieligen Bürsten streichen sie die Sprünge und Risse der Häuser mit weißer Tünche zu.*

DAS LIED VON DER TÜNCHE

Ist wo etwas faul und rieselt's im Gemäuer
Dann ist's nötig, daß man etwas tut
Und die Fäulnis wächst ganz ungeheuer.
Wenn das einer sieht, das ist nicht gut.
Da ist Tünche nötig, frische Tünche nötig!
Wenn der Saustall einfällt, ist's zu spät!
Gebt uns Tünche, dann sind wir erbötig
Alles so zu machen, daß es noch mal geht.
Da ist schon wieder ein neuer
Häßlicher Fleck am Gemäuer!
Das ist nicht gut. (Gar nicht gut.)
Da sind neue Risse!
Lauter Hindernisse!
Da ist's nötig, daß man noch mehr tut!
Wenn's doch endlich aufwärtsginge!
Diese fürchterlichen Sprünge
Sind nicht gut! (Gar nicht gut.)
Drum ist Tünche nötig! Viele Tünche nötig!
Wenn der Saustall einfällt, ist's zu spät!
Gebt uns Tünche, und wir sind erbötig
Alles so zu machen, daß es noch mal geht.
Hier ist Tünche! Macht doch kein Geschrei!
Hier steht Tünche Tag und Nacht bereit.
Hier ist Tünche, da wird alles neu
Und dann habt ihr eure neue Zeit!

3

Kommst du mit fischen?
fragte der Fischer den Wurm.

**An einem dörflichen Ziehbrunnen**

*Der rundköpfige Pächter Callas, seine Frau und seine Kinder und der spitzköpfige Pächter Lopez, seine Frau und seine Kinder bei der Bewässerungsarbeit.*

DIE PÄCHTER CALLAS UND LOPEZ
Wir schuften mit dem Schaum vorm Maul.
Weil der Pachtherr uns keine Gäule gibt
Ist jeder von uns sein eigener Gaul.

FRAU LOPEZ Horcht, jetzt gehen sie auch von unserem Dorf zur Sichel.

*Man hört das Klappern vieler Holzschuhe. Ein rundköpfiger Pächter tritt auf mit zwei Gewehren unterm Arm.*

DER DRITTE PÄCHTER In der furchtbaren Lage, in der wir uns alle befinden, seit die Kornpreise so gefallen sind, haben wir Pächter Jahoos, alles, was in Holzschuhen läuft, uns in heimlichen und in letzter Zeit offenen Versammlungen zusammengetan und beschlossen, zu den Waffen zu greifen und lieber unter der Sichelfahne zu kämpfen, als die Pacht weiterzuzahlen. Es ist Zeit, Callas und Lopez, hier sind die Gewehre.

*Er gibt ihnen die Gewehre und geht ab.*

DER PÄCHTER LOPEZ Du wolltest noch warten, Callas, ob nicht eine günstige Nachricht für dich aus der Stadt von deiner Tochter eintreffen würde.

DER PÄCHTER CALLAS Die Hilfe ist nicht eingetroffen und ich bin einverstanden, mit euch zu kämpfen.

DER PÄCHTER LOPEZ Gib mir die Hand, Callas, ihr, gebt euch die Hand, auch die Kinder! Es ist heute der elfte September, ein Tag, den ihr euch merken müßt, denn an ihm greifen die Pächter zu den Waffen, um für alle Zeiten die Unterdrückung der Pachtherren abzuschütteln oder zu sterben.

*Sie geben sich alle die Hand und singen das »Sichellied«.*

SICHELLIED

Bauer, steh auf!
Nimm deinen Lauf!
Laß es dich nicht verdrießen
Du wirst doch sterben müssen.
Niemand kann Hilf dir geben
Mußt selber dich erheben.
Nimm deinen Lauf!
Bauer, steh auf!

ALLE Immer für die Sichel!

*In diesem Augenblick beginnen die Glocken zu läuten.*

FRAU LOPEZ Horcht! Was sind das für Glokken?

FRAU CALLAS *schreit nach hinten:* Was ist los, Paolo?

STIMME *von hinten:* Soeben kommt die Nachricht aus der Stadt, daß eine volksfreundliche Regierung das Ruder ergriffen habe.

FRAU CALLAS Ich will hingehen und Genaueres in Erfahrung bringen.

*Sie geht weg. Die andern warten. Man hört vom Radio den »Aufruf des neuen Statthalters an die Landbevölkerung«.*

STIMME DES IBERIN

Tschuchisches Volk! Befallen ist seit langem
Dies Land Jahoo, ob arm, ob reich, von
fremdem
Niedrigem Geist, der's zu vernichten droht:
Dem Geist der Habsucht und des Bruderzwists.
Tschuchisches Volk, das du im Elend lebst!
Bedrückt und ausgesaugt! Wer saugt dich aus?
Und wer bedrückt dich? Unter dir geht um
Ein schlimmer Feind, den du nicht kennst: der
Tschiche!
An allem Elend dieses Landes trägt er
Allein die Schuld. Ihn mußt du drum
bekämpfen.
Wie aber kennst du ihn heraus? Am Kopf!
Am spitzen Kopf erkennst du ihn! Der
Spitzkopf
Ist's, der dich aussaugt! Und drum habe ich,
Angelo Iberin, mich jetzt entschlossen,
das Volk
Neu einzuteilen in Rund- und Spitzkopf und
Was tschuchisch ist, zu sammeln gegen alles
Was tschichisch ist! Und unter Tschuchen gibt's
Von heut an nicht mehr Zwist noch Habsucht!
Tschuchen!
Eint unter Iberins weißer Fahne euch
Jetzt gegen euren Feind, den tschichischen
Spitzkopf!

*Während dieses Aufrufs haben die Anwesenden mehr oder minder offen an ihre Köpfe gelangt. Die rundköpfigen Kinder zeigen einander grinsend die Spitzköpfe.*

DER PÄCHTER LOPEZ Das sind wieder nur Worte! Sie erfinden alle nasenlang etwas anderes. Ich will wissen, ob gegen die Pachtherren vorgegangen wird, sonst gar nichts.

DER PÄCHTER CALLAS Das stimmt.

*Frau Callas ist zurückgekehrt. Sie sieht die Lopez nicht an und gruppiert ihre Kinder enger um sich.*

DER PÄCHTER LOPEZ Gute Nachrichten, Frau Callas?

FRAU CALLAS Unser Pachtherr Herr de Guzman ist verhaftet!

DER PÄCHTER LOPEZ Warum?

DER PÄCHTER CALLAS Lopez, ich glaube, wir brauchen nicht nach dem Warum zu fragen, weil das klar ist. Der Grund ist Pachtwucher.

FRAU LOPEZ Frau Callas, dann sind wir gerettet.

DER PÄCHTER CALLAS Das klingt schon besser,

wie, Lopez? Die Zeiten des Elends, Kinder, haben ein Ende! *Er stellt sein Gewehr an den Ziehbrunnen.*

FRAU LOPEZ Das ist ein großer Tag!

FRAU CALLAS Freuen Sie sich nicht zu sehr, Frau Lopez! Leider sind die Nachrichten für Sie nicht so gut. Angelo Iberin ist ans Ruder gekommen, und ihr seid Tschichen! In der Hauptstadt sollen schon große Tschichenverfolgungen im Gange sein. Auch Herr de Guzman ist verhaftet worden, weil er Tschiche ist.

DER PÄCHTER LOPEZ Das sind schlechte Nachrichten und ein großes Unglück.

DER PÄCHTER CALLAS Ich finde nicht, daß es ein Unglück ist. Jedenfalls nicht für alle. Für uns ist es kein Unglück.

FRAU CALLAS Nur für Sie!

DER PÄCHTER CALLAS Für uns, die wir Tschuchen sind, ist diese Nachricht sogar sehr gut.

FRAU CALLAS In dieser Minute bewegt uns eine Hoffnung, die Sie, Herr Lopez, nicht verstehen können. Sie sind vielleicht eine andere Art Mensch, ich sage nicht, eine schlechtere.

DER PÄCHTER LOPEZ Bisher war dir mein Kopf nicht zu spitz, Callas.

*Callas schweigt. Die beiden Familien haben sich getrennt, auf der einen Seite stehen die Spitzköpfe, auf der anderen die Rundköpfe.*

DER PÄCHTER LOPEZ Unsere Abgaben waren gleich. Noch vor fünf Minuten wolltest du mit uns unter der Sichelfahne kämpfen, welche den Pachtzins abschaffen wird, was doch nur mit Gewalt geht. Nimm du das Gewehr, Frau.

*Frau Lopez nimmt zögernd das Gewehr an sich.*

DER PÄCHTER CALLAS Die Aussicht ist zu gering! Wenn es ginge, wäre es das beste. Aber es geht nicht.

DER PÄCHTER LOPEZ Warum davon reden, daß die Aussicht gering ist, wenn es die einzige ist, die es für uns gibt?

DER PÄCHTER CALLAS Vielleicht ist sie für mich nicht die einzige?

FRAU CALLAS Wir rechnen natürlich jetzt damit, daß die Pacht für uns wegfällt.

DER PÄCHTER LOPEZ Ich verstehe, was die kleinste Aussicht für dich bedeutet. Aber du wirst dich täuschen. Niemals habe ich gehört, daß von diesen Leuten jemand etwas herschenkt um der Form eines Kopfes willen.

DER PÄCHTER CALLAS Genug, Lopez, ich habe keinen Grund, an dieser Regierung zu zweifeln. Sie ist erst fünf Stunden im Amt, und mein Pachtherr ist schon verhaftet.

FRAU CALLAS Ich habe auch im Dorf sagen hören, man solle jetzt nicht mehr zur Sichel gehen.

*Fünf Pächter, darunter der Pächter Parr, kommen aufgeregt. Es sind alles Rundköpfe. Einer trägt eine Fahne mit dem Sichelzeichen, alle tragen Gewehre.*

DER PÄCHTER PARR Was macht ihr? Wir wollten heute abend alle zur Sichel, wie es ausgemacht ist. Aber jetzt ist dieser Aufruf und die Nachricht über Verhaftungen von Pachtherren gekommen. Sollen wir jetzt noch kämpfen?

DER PÄCHTER CALLAS Ich gehe in die Stadt Luma und melde mich bei dem Iberin. Wenn er mir Ackergäule verschafft und die Pacht erläßt, brauche ich nicht mehr zu kämpfen. Der de Guzman ist ein Tschiche und muß das Maul halten.

ERSTER PÄCHTER Ja, euer Pachtherr ist ein Tschiche, aber unserer ist ein Rundkopf!

DER PÄCHTER PARR Aber vielleicht kann auch der unsrige uns die Pacht nachlassen, wenn die Tschichen weg sind. Er hat Schulden bei einer tschichischen Bank, die ihm wohl jetzt erlassen werden.

DER PÄCHTER LOPEZ Sie werden ihm vielleicht erlassen werden. Aber er wird die Pacht doch einfordern.

DRITTER PÄCHTER Hinter dem Iberin stecken doch nur die Pachtherren.

DER PÄCHTER PARR Das soll nicht wahr sein. Ich habe gehört, er lebt ganz einfach, trinkt nicht, raucht nicht und ist selber Sohn eines Pächters. Er ist uneigennützig, das steht in der Zeitung. Er sagt auch, das Parlament kann nichts, und das ist die Wahrheit.

ERSTER PÄCHTER Ja, das ist die Wahrheit.

*Stille.*

DRITTER PÄCHTER Also sollen die Pächter jetzt nicht mehr gegen die Pachtherren vorgehen?

DER PÄCHTER PARR Doch: die tschuchischen Pächter gegen die tschichischen Pachtherren.

DER PÄCHTER LOPEZ Und die tschichischen Pächter, sollen die auch gegen die tschuchischen Pachtherren vorgehen?

DER PÄCHTER PARR Tschichische Pächter gibt es wenige. Der Tschich arbeitet ungern.

FÜNFTER PÄCHTER Aber tschuchische Pachtherren gibt es viele.

DER PÄCHTER PARR Das ist diese Zwietracht: Tschuchen gegen Tschuchen, die aufhören muß.

DER PÄCHTER LOPEZ Daß der Regen durch unsere Dächer läuft, muß auch aufhören.

DER PÄCHTER CALLAS Unser Tschich ist auch schon verhaftet.

VIERTER PÄCHTER Aber durch mein Dach regnet es auch, und mein Pachtherr ist ein Tschuch.

DRITTER PÄCHTER Das ist alles Schwindel! Ich will jetzt wissen: wird euer Iberin die Pachtherren zum Teufel jagen, und zwar alle?

DER PÄCHTER PARR Er wird die tschichischen zum Teufel jagen und die tschuchischen zwingen, den Pflock etwas zurückzustecken.

DRITTER PÄCHTER Das hilft nichts: Tschuch oder Tschich, Pachtherr ist Pachtherr! Sie müssen zum Teufel gejagt werden. Ich geh zur Sichel. Ich traue keinem mehr, als mir selber. Wer aus seinem Elend heraus will, der kommt mit zur Sichel. Es ist ein Schwindel mit diesem Iberin. *Zum Publikum:*

Pachtherr und Pächter sollen einig sein
Weil ihre Köpfe rund sind und nicht spitz!
Ich zahl die Pacht und jener steckt sie ein!
Und beide sind wir einig! 's ist ein Witz!
Was soll das, daß wir beide tschuchisch sind?
Dann soll er mich nur von der Pacht befrein!
Sonst trennt uns eben Hunger, Frost und Wind.
Das teilt uns mächtig in zwei Teile ein!

DER PÄCHTER CALLAS Denkt, wie ihr wollt: ich werde es mit dem Iberin versuchen!

DIE PÄCHTER
Her zu uns, Lopez!
Rund- oder Spitzkopf, das ist für uns gleich!
Bei uns gilt immer nur: arm oder reich!
*Sie reichen ihm die Hand und gehen weg.*

FRAU LOPEZ Ich glaube, es ist besser, wenn wir jetzt auch heimgehen.

FRAU CALLAS Nein, das werden Sie nicht können, Frau Lopez. Als ich vorhin am Dorfteich vorüberkam, hörte ich ein paar Leute sagen, daß man mit Ihnen abrechnen müsse. Und als ich in die Richtung Ihres Hauses sah, sah ich einen roten Schein.

FRAU LOPEZ O Gott!

DER PÄCHTER LOPEZ Ich bitte dich, meine Familie bei dir zu verstecken, Callas, bis die erste Zeit der Verfolgungen vorüber ist.
*Schweigen.*

DER PÄCHTER CALLAS Es wäre mir lieber, wenn ihr diese Nacht und die nächste Zeit nicht unter meinem Dach zu finden wäret...

DER PÄCHTER LOPEZ Könntest du wirklich nicht meine Kinder wenigstens für diese ersten Tage bei dir verstecken?

DER PÄCHTER CALLAS Vielleicht könnte ich es. Aber da du einer von der Sichel bist, ist es für meine eigene Familie gefährlich, wenn irgend jemand von euch bei mir verkehrt.

DER PÄCHTER LOPEZ Wir gehen also, Callas.
*Callas schweigt.*

DIE BEIDEN FRAUEN
Durch unsere Not bisher vereint
Sind wir durch unseres Kopfes Form uns nunmehr Feind.
*Die Familie Lopez geht zögernd weg.*

FRAU CALLAS Du aber, Mann, geh jetzt schleunigst nach Luma und nütze die günstige Zeit! Bezahle keine Pacht, und laß es dir bescheinigen, daß du keine zahlen mußt!

DER PÄCHTER CALLAS Das kann ich euch sagen: ich komme nicht ohne Bescheinigung zurück!

## 4
## Palais des Vizekönigs

*Im Hof findet eine Gerichtssitzung statt. Als Parteien stehen einander gegenüber die Oberin von San Barabas und der Abt von San Stefano. Leuchtschrift: »Die Sichel im Vormarsch auf die Reichshauptstadt.«*

DER RICHTER In dem Prozeß der Barfüßigen Bettelmönche von San Stefano gegen die Bedürftigen Schwestern von San Barabas wird von den Barfüßigen Bettelmönchen der Schadensanspruch auf sieben Millionen festgelegt. Worin erblicken die Brüder einen Schaden von solcher Höhe?

DER ABT VON SAN STEFANO In dem Bau einer neuen Wallfahrtskirche durch das Stift San Barabas, wodurch die Gläubigen unseres Sprengels abgezogen werden.

DIE OBERIN VON SAN BARABAS Wir stellen dem Gericht anheim, durch Einblick in die Bücher der neuen Wallfahrtskapelle von San Sebastian, um die es sich hier handelt, festzustellen, daß die Einnahmen nicht sieben Millionen, wie die Brüder behaupten, sondern nur knappe vier Millionen betragen.

DER ABT VON SAN STEFANO Ja, in den Büchern! Ich weise darauf hin, daß die Bedürftigen Schwestern von San Barabas schon einmal hier vor dem Hohen Gerichtshof gesessen haben, wobei es sich um eine Steuerhinterziehung von eineinhalb Millionen gehandelt hat und wo sich die Schwestern ebenfalls auf ihre »Bücher« gestützt hatten.

*Sie schütteln gegeneinander die Fäuste. Ein Gerichtsschreiber taucht auf.*

DER RICHTER Was ist los? Ich wünsche bei der Verhandlung, die um hohe Werte geht, nicht gestört zu werden.

DER SCHREIBER Euer Gnaden, auf das Gerichtsgebäude zu bewegt sich eine Menge, die den Pachtherrn de Guzman vor Gericht schleift. Die Leute behaupten, durch den de Guzman sei ein tschuchisches Mädchen vergewaltigt worden.

DER RICHTER Lächerlich. Herr de Guzman ist einer der fünf größten Pachtherren des Landes. Er ist bereits vor drei Tagen aus seiner ungesetzlichen Haft entlassen worden.

*Die Menge dringt ein. Sie stößt de Guzman vor den Richtertisch. Auch Frau Cornamontis und Nanna werden hereingeschoben. Während der Richter erregt läutet, wird de Guzman von der Menge betastet und bespien.*

STIMMEN Was allein der Anzug kostet, davon kann eine sechsköpfige Familie einen Monat leben. – Schau mal diese feinen Händchen an, der hat auch noch nie eine Schippe in der Hand gehabt. – Den hängen wir mit einem Seidenstrick.

*Die Huas beginnen, um die Ringe des Pachtherrn zu würfeln.*

EIN MANN Herr Richter, das Volk von Jahoo verlangt, daß das Verbrechen dieses Menschen bestraft wird.

DER RICHTER Liebe Leute, der Fall wird untersucht werden. Aber wir verhandeln hier gerade einen Fall von großer Dringlichkeit.

DER ABT VON SAN STEFANO *zu dem die Oberin getreten ist, aufgeregt:* Wir halten es nicht für notwendig, unsere kleinen Differenzen vor der großen Öffentlichkeit zu verhandeln. Wir wären mit einer Vertagung einverstanden.

RUFE Schluß mit dem Verschieben! – Wir haben gleich gesagt, diese Bude muß man unten anzünden! – Der Richter muß auch aufgehängt werden! – Man muß das ganze Pack aufhängen, ohne Verhandlung!

DER MANN *zu der Menge draußen:*

Dies ist die wahre Milde, die hier spricht:
Sie ist mild für das Opfer und für die Verbrecher nicht!
Der spricht für die Betroffenen mitleidsvoll
Der sagt, daß man die Betreffer ohne Mitleid treffen soll.

EIN ANDERER MANN Auch das Gericht soll wissen, daß für das Land Jahoo eine neue Zeit und eine neue Gerechtigkeit angebrochen ist!

*Leuchtschrift: »Der Statthalter bezeichnet in einer Rede vor den Schullehrern den Kampf im Süden als einen Kampf des Rechts gegen das Unrecht.«*

DER MANN *zu der Menge:* Setzt euch alle nieder und geht nicht weg, bevor hier ein gerechtes Urteil gefällt und der Pachtherr gehängt ist!

*Sie setzen sich auf den Boden, rauchen, entfalten Zeitungen, spucken und schwatzen.*

DER INSPEKTOR *kommt und bespricht sich mit dem Richter:* Der Statthalter läßt Ihnen sagen, Sie müssen der Menge nachgeben und die Verhandlung führen. Das Gericht hat sich nicht mehr an die trockenen Buchstaben des Gesetzes zu halten, sondern dem natürlichen Rechtssinn des Volkes Rechnung zu tragen. Die Schlacht im Süden steht sehr schlecht für die Regierung, und die Hauptstadt wird immer unruhiger.

DER RICHTER *zum Zuschauer:* Diese Aufregungen sind zuviel für mich. Ich bin körperlich geschwächt und besonderen Anforderungen nicht mehr gewachsen. Seit zwei Monaten haben wir hier kein Gehalt bekommen. Die Lage ist recht unsicher, ich muß an meine Familie denken. Heute habe ich in der Frühe eine Tasse dünnen Tee getrunken und ein altes Brötchen verzehrt. Mit leerem Magen kann man nicht Recht sprechen. Einem Mann, der nicht gefrühstückt hat, glaubt man nichts, er hat keinen Schwung. Da wird das Recht glanzlos.

*Die de Guzmanschen Anwälte kommen mit fliegenden Roben ins Vorzimmer gestürzt, hinter ihnen einige Pachtherren.*

DER TSCHUCHISCHE ANWALT *im Vorzimmer zum zweiten:* Bleiben Sie im Anwaltszimmer. Es ist besser, wenn Sie als Tschiche hier nicht auftreten.

DER TSCHICHISCHE ANWALT Sehen Sie zu, daß Sie ihn für acht Tage ins Gefängnis bringen. Ich wollte, ich wäre auch dort.

*Der tschuchische Anwalt und die Pachtherren in den Hof.*

RUFE Fangt endlich an! – Es ist jetzt schon fast zu dunkel, wenn wir den Mann noch aufhängen wollen!

DER RICHTER Die Leute sollen sich wenigstens hinsetzen, wie es sich gehört. Wir müssen den Fall zuerst klären. So wild geht es denn doch nicht. *Zu Frau Cornamontis:* Wer sind Sie?

FRAU CORNAMONTIS Frau Cornamontis, Emma. Besitzerin des Kaffeehauses El Paradiso, Estrada 5.

DER RICHTER Was wollen Sie hier?

FRAU CORNAMONTIS Gar nichts.

DER RICHTER Warum sind Sie dann hier?

FRAU CORNAMONTIS Vor etwa einer halben Stunde gab es vor meinem Hause eine Ansammlung, und die Leute verlangten, daß eine meiner Kellnerinnen, hier ist sie, mit aufs Gericht geht. Da ich mich weigerte, sie wegzulassen, wurde auch ich gezwungen, mitzukommen. Ich komme in die ganze Sache wie der Pontius ins Credo.

DER RICHTER *zu Nanna:* Und Sie sind das Mädchen? Nehmen Sie hier auf der Anklagebank Platz.

*Pfeifen aus der Menge.*

RUF Oho, da gehören doch die anderen hin!

*Leuchtschrift: »Regierungstruppen setzen dem Vormarsch der Sichel hartnäckigen Widerstand entgegen.«*

DER RICHTER Wer auf die Anklagebank kommt, entscheide ich. *Zu Nanna:* Sie haben den Herrn auf offener Straße angesprochen. Sie wissen, daß darauf zwei Wochen Arbeitshaus stehen. *Als Nanna schweigt, zu Herrn de Guzman, sich verneigend:* Bitte, näher zu treten, Herr de Guzman. War es so?

HERR DE GUZMAN Jawohl, Herr Richter. Ich wurde von ihr angesprochen, als ich meinen Vormittagsspaziergang machte. Sie ist die Tochter eines meiner Pächter und bat mich, ihrem Vater die Pacht zu erlassen. *Leise:* Ich bitte, mich in Haft zu nehmen, ich bin Tschiche.

DER TSCHUCHISCHE ANWALT Ich bin der Anwalt der Familie de Guzman und übernehme die Vertretung meines Klienten.

DER RICHTER Sie haben Zeugen beigebracht?

DER TSCHUCHISCHE ANWALT Hier sind die Herren Saz, Duarte und de Hoz.

RUF Feine Herren gegen arme Leute als Zeugen!

*Pfiffe.*

DER RICHTER Ruhe! *Zu den Zeugen:* Was haben Sie auszusagen? Ich mache Sie darauf aufmerksam, daß Sie wegen Meineids belangt werden können.

RUF Das klingt schon besser!

DER REICHE HERR SAZ Herr de Guzman wurde von dem Mädchen auf der Straße angesprochen.

DER TSCHUCHISCHE ANWALT Auch die soziale Stellung meines Klienten, der auf der andern Seite höchstens die Aussage einer gewöhnlichen Kellnerin eines Kaffeehauses gegenüberstehen könnte, verbürgt, denke ich, die Wahrheit.

EINE STIMME *von oben:* Oho! Vielleicht umgekehrt! Nimm einmal deine Kappe herunter, mein Junge! Wir wollen sehen, was du für einen Kopf aufhast! Bei den Ansichten!

ZWEITE STIMME *von oben:* Kappe herunter!

DER TSCHUCHISCHE ANWALT *nimmt die Kappe ab:* So rund wie Ihrer ist der meine noch lange!

DIE STIMME *von oben:* Vielleicht fragst du deinen Klienten, wer von ihrem Vater so viel Pacht verlangt, daß sie sich verkaufen muß?

ZWEITE STIMME *von oben:* Immer von vorn anfangen!

DER RICHTER *zu Nanna:* Setzen Sie sich endlich auf die Anklagebank, damit wir anfangen können!

DIE STIMME *von oben:* Du, setz dich nicht! Wir sind hierhergekommen, damit du recht kriegst, und nicht, damit du auf der Anklagebank sitzt!

DER TSCHUCHISCHE ANWALT Auf der Straße kann man nicht verhandeln. Es stehen so subtile Fragen zur Entscheidung. Hier sind Köpfe nötig.

DIE STIMME *von oben:* Wohl spitze?

*Gelächter.*

ZWEITE STIMME *von oben:* Da muß eben der Iberin her!

STIMMEN Wir verlangen, daß folgende Personen auf der Anklagebank sitzen: der Pachtwucherer, die Kuppelmutter und der Rechtsverdreher!

DIE STIMME *von oben:* Und daß der Iberin geholt wird. Der ist sich wohl zu gut?

STIMMEN Iberin! Iberin! Iberin!

*Iberin ist kurz vorher unbemerkt eingetreten und hat sich abseits hinter den Richtertisch gesetzt.*

ANDERE STIMMEN Da ist ja der Iberin!

EINIGE Hoch Iberin!

DER RICHTER *zu Iberin:* Exzellenz, ich stütze mich auf die Aussagen einiger der bedeutendsten Pachtherren des Landes.

IBERIN Stützen Sie sich lieber auf die Meldungen vom Kriegsschauplatz!

*Leuchtschrift: »Die mangelhafte Ausrüstung der regierungstreuen Armee macht sich noch stark bemerkbar! Munitionsmangel und dürftige Verpflegung hemmen sichtbar den prächtigen Kampfgeist der Truppen.«*

*Es entsteht eine Unruhe. In einem Haufen Leute betritt der Pächter Callas den Hof.*

DIE STIMME *von oben:* Und hier ist der Vater des Mädchens.

NANNA Oje, mein Vater! Ich muß mich verstecken, damit er mich nicht sieht, denn diesmal hab ich eine Dummheit gemacht, die die zu Hause jetzt ausbaden müssen.

DER RICHTER *zu Callas:* Was suchen Sie hier?

DIE STIMME *von oben:* Er sucht sein Recht!

BEGLEITER DES PÄCHTERS CALLAS Wir haben den Mann auf der Straße getroffen. Er fragte uns, wann und wo der Fall de Guzman verhandelt würde. Wir sagten ihm, daß die Verhandlung eben jetzt stattfinde und er nur im Strom der Leute weiterzugehen brauche, denn sie gingen alle hierher.

DER PÄCHTER CALLAS Das stimmt. Ich bin von meinem Pachthof hierhergekommen, um im Verfahren gegen meinen Pachtherrn, welcher wegen Pachtwucher vor Gericht steht, als Zeuge aufzutreten.

DER RICHTER Es handelt sich nicht um Pachtwucher.

DER PÄCHTER CALLAS Doch: ich kann bezeugen, daß die Pacht unerschwinglich war. Der Boden ist sumpfig und die einzelnen Äcker liegen weit auseinander, aber das Ackergerät ist primitiv, und für das Fuhrwerk mußten wir die Kuh verwenden. Wir arbeiteten den ganzen Sommer von drei Uhr früh an, auch die Kinder halfen uns. Die Getreidepreise konnten wir nicht bestimmen, sie waren jedes Jahr verschieden, aber die Pacht war die nämliche. Unser Pachtherr tat nichts und schob das Geld ein. Ich beantrage daher, daß die Pachtsumme ein für allemal gestrichen wird und der Getreidepreis so ist, daß wir von unserer Arbeit leben können.

DIE STIMME *von oben:* Sehr richtig.

*Klatschen.*

DER MANN *steht auf und spricht nach hinten zur Straße:* Der Vater des belästigten Mädchens, der der Pächter des Angeklagten ist, verlangt die Streichung der Pacht und gerechte Getreidepreise.

*Hinten Beifall einer großen Menschenmenge.*

DER RICHTER *zu Iberin:* Exzellenz, wie wünschen Sie diesen Fall behandelt?

IBERIN Tun Sie, was Sie für richtig halten.

*Leuchtschrift: »Aus allen Teilen des Südens kommen Meldungen über widerrechtliche Aneignungen der Ländereien durch die Pächter.«*

DER RICHTER Nach den Paragraphen des Gesetzbuches hat allein das Mädchen sich schuldig gemacht. Sie darf außerhalb der Schankstätte, in der sie arbeitet, keinen Herrn ansprechen.

IBERIN Mehr haben Sie nicht zu sagen? Das ist wenig.

DIE STIMME *von oben:* Bravo! Habt ihr gehört, wie der Statthalter dem Richter über das Maul gefahren ist? Er sagt ihm, das ist wenig.

DER MANN *nach hinten zur Straße:* Der Statthalter hat eingegriffen. Er hat dem Obersten Richter bereits einen Verweis erteilt. Er bezeichnete die Rechtskenntnisse des Richters als sehr gering. Es geht weiter.

IBERIN Vernehmen Sie den Vater des Mädchens genauer! Und kommen Sie endlich auf den Kern der Sache.

DER RICHTER Sie behaupten also, daß Ihr Pachtherr bei der Bemessung des Pachtzinses über das gesetzlich zulässige Maß hinausging?

DER PÄCHTER CALLAS Sehen Sie, die Pacht konnte nie und nimmer hereinkommen. Wir lebten von Holzabfällen und Wurzeln, da wir das Getreide in der Stadt abliefern mußten. Unsere Kinder sind fast das ganze Jahr unbekleidet. Die Schäden am Haus können wir nicht reparieren, so daß es langsam über unseren Köpfen zusammenfällt. Die Steuern sind ebenfalls zu hoch. Ich beantrage auch die vollständige Streichung aller Steuern für diejenigen, die sie nicht bezahlen können.

*Allgemeiner Beifall.*

DER MANN *nach hinten zur Straße:* Der Pächter beantragt die vollständige Streichung aller Steuern für die, die sie nicht zahlen können! Es geht aber noch weiter.

*Ungeheurer Beifall hinten.*

DER RICHTER Wie hoch ist die Pachtsumme? Wie hoch ist die Steuer?

IBERIN *steht so heftig auf, daß der Stuhl umfällt:* Wissen Sie nichts Wichtigeres zu fragen? Sagt Ihnen keine innere Stimme, was das Volk wirklich braucht?

DER PÄCHTER CALLAS Gäule! Zum Beispiel Gäule!

IBERIN *streng:* Ruhe! Was sind da Gäule? Hier geht's um mehr! *Zum Richter:* Sie können gehen. Verlassen Sie diesen Platz, den auszufüllen Sie nicht imstande sind. Diese Verhandlung führe ich zu Ende.

*Der Richter packt seine Papiere zusammen und verläßt in schrecklicher Betretenheit den Richtertisch und den Hof.*

DER MANN *nach hinten zur Straße:* Der Statthalter hat den Obersten Richter seines Amtes enthoben und übernimmt selbst die Führung der Verhandlung. Der Oberste Richter verläßt den Saal. Hoch Iberin!

DER PÄCHTER CALLAS Habt ihr's gehört: Was sind Gäule? Es geht um mehr!

MANN *hinten:* Jetzt, wo der größte Pachtwucherer, der Vizekönig, verjagt ist, warum soll da das Land nicht aufgeteilt werden?
*Beifall.*
*Leuchtschrift: »Auch aus den nördlichen Bezirken werden jetzt kleinere Aktionen aufständischer Pächter gemeldet.«*
IBERIN Da das Gericht den Kern der Sache nicht herausfinden konnte, übernehme ich den Fall. Im Namen des tschuchischen Volkes.
Als einfaches Beispiel tschuchischer Rechtspflege soll
Dieser Fall uns dienen. Ein bestimmter Geist
Soll hier bekämpft werden. So wie unsere Truppen
Den aufsässigen Pächter zügeln werden
Wird das Gericht den zügellosen Pachtherrn
Verweisen in die Schranken tschuchischen Rechts.
Hier gilt nicht die Person, ob arm, ob reich:
Ist gleich der Übergriff, sei auch das Urteil gleich.
Auf der Anklagebank nehmen Platz: der Pachtherr de Guzman sowie – *auf Frau Cornamontis zeigend* – diese Person, und den Sitz des Klägers nehmen ein: dieses Mädchen und ihr Vater.
DER MANN *nach hinten zur Straße:* Der Statthalter will ein Beispiel tschuchischer Rechtspflege geben. Er bringt zunächst Ordnung in das Prozeßverfahren. Er weist Angeklagten und Klägern ihre Plätze zu.
IBERIN *zu Callas:* Treten Sie vor! Sehen Sie sich Ihre Tochter an!
DER PÄCHTER CALLAS Ach, du bist hier, Nanna?
IBERIN Erkennen Sie sie wieder?
DER PÄCHTER CALLAS Natürlich.
IBERIN Ich frage Sie deshalb, weil sie sich doch sicher verändert haben muß.
DER PÄCHTER CALLAS Nicht besonders.
IBERIN Sind das die Kleider, die Sie ihr gekauft haben?
DER PÄCHTER CALLAS Nein, natürlich nicht.
IBERIN Nicht wahr, das sind nicht die Kleider, die ein einfacher Bauer, der mit der schwieligen Hand die Scholle bearbeitet, seiner Tochter kauft.
DER PÄCHTER CALLAS Das kann ich ja gar nicht. Bei der Pacht!
IBERIN Und Sie würden es auch nicht, wenn Sie könnten? Ihrem einfachen und geraden Geschmack sind solche Fetzen zuwider. Wieso kann Ihre Tochter solche Kleider kaufen?
DER PÄCHTER CALLAS Sie verdient doch ganz gut.
IBERIN *schärfer:* Furchtbare Antwort! Ich frage Sie noch einmal: Erkennen Sie in diesem nach der Mode des Tages gekleideten Mädchen das fröhliche Kind wieder, das an Ihrer Hand über die Felder ging? *Der Pächter Callas glotzt verständnislos.* Ahnten Sie, daß Ihre Tochter schon im zarten Alter von sechzehn Jahren mit Ihrem Pachtherrn sträfliche Beziehungen einging?
DER PÄCHTER CALLAS Jawohl, die Vorteile, die wir davon hatten, waren aber ganz unbedeutend. Wir konnten einige Male die Pferde zum Holzfahren benutzen. Aber wenn Sie – *zu den Umstehenden* – eine Pacht zahlen sollen, die zehnmal zu groß ist, dann nützt es Ihnen gar nichts, wenn Ihnen hie und da ein Drittel erlassen wird. Und das noch unregelmäßig! Was ich brauche, das sind eigene Pferde.
IBERIN Der Pachtherr mißbrauchte also seine wirtschaftliche Machtstellung, um Ihre Tochter ins Unglück zu stürzen?
DER PÄCHTER CALLAS Unglück? Den ganzen Vorteil hatte das Mädchen! Sie bekam wenigstens anständige Kleider! Die hat nie gearbeitet. Aber wir! Pflügen Sie einmal ohne Gäule!
IBERIN Wissen Sie, daß es jetzt mit Ihrer Tochter so weit gekommen ist, daß sie sich im Haus der Frau Cornamontis aufhält?
DER PÄCHTER CALLAS Jawohl. Guten Tag, Frau Cornamontis.
IBERIN Wissen Sie, was das für ein Haus ist?
DER PÄCHTER CALLAS Jawohl. Ich möchte noch hinzufügen, daß sogar die Benutzung der Pferde des Gutshofs extra berechnet wurde. Und zwar ganz unverschämt. Und die Benutzung anderer Pferde war uns verboten.
IBERIN *zu Nanna:* Wie kamen Sie in dieses Haus?
NANNA Ich hatte keine Lust mehr zur Feldarbeit. Da ist man mit fünfundzwanzig Jahren wie eine Vierzigjährige.
IBERIN Das Wohlleben, das Sie durch Ihren Verführer kennenlernten, hat Sie dem einfachen Leben in Ihrem Elternhaus entfremdet. War der Gutsherr Ihr erster Mann?
NANNA Jawohl.
IBERIN Schildern Sie das Leben in dem Kaffeehaus, in das Sie kamen.
NANNA Ich beklage mich nicht. Nur die Wäschegelder sind hoch und die Trinkgelder bleiben uns nicht. Wir sind alle sehr an die Besitze-

rin verschuldet, dabei mußte ich bis spät in die Nacht hinein servieren.

IBERIN Aber Sie sagen, Sie beklagen sich nicht über die Arbeit. Wir alle müssen ja arbeiten. Aber es gab da anderes, worüber Sie sich beklagen müssen.

NANNA Nun ja, es gibt auch Schankstätten, in denen es dem Personal freigestellt ist, bestimmte Gäste zu bevorzugen.

IBERIN Aha! In diesem Haus waren Sie also gezwungen, die Umarmungen jedes bezahlenden Gastes zu erdulden?

NANNA Jawohl.

IBERIN Das genügt. *Zum Pächter Callas:* Was für eine Anklage erheben Sie als Vater gegen den Angeklagten?

DER PÄCHTER CALLAS Pachtwucher.

IBERIN Sie haben Grund, sich über mehr zu beklagen.

DER PÄCHTER CALLAS Ich denke, das ist gerade genug.

IBERIN Ihnen ist furchtbareres Unglück zugefügt worden als nur Pachtwucher. Sehen Sie das nicht?

DER PÄCHTER CALLAS Jawohl.

IBERIN Was ist Ihnen angetan worden? *Der Pächter Callas schweigt. Iberin zu de Guzman.* Geben Sie zu, daß Sie Ihre wirtschaftliche Macht mißbraucht haben, als Sie die Tochter Ihres Pächters verführten?

HERR DE GUZMAN Ich hatte den Eindruck, daß es ihr nicht unangenehm war, als ich mich ihr näherte.

IBERIN *zu Nanna:* Was sagen Sie dazu? *Nanna schweigt. Iberin zum Inspektor:* Führen Sie den Angeklagten hinaus! *De Guzman wird hinausgeführt. Iberin zu Nanna:* Wollen Sie sich jetzt darüber äußern, ob Ihnen die Annäherung des de Guzman angenehm war oder nicht?

NANNA *unwillig:* Ich kann mich nicht erinnern.

IBERIN Entsetzliche Antwort!

DER TSCHUCHISCHE ANWALT *zu Nanna:*
Vielleicht war's Liebe?
Herr, undurchsichtig ist der Menschen
  Handeln.
Sie selbst kaum kennen ihre Gründe meist
Und jetzt erst andere! Auch der schärfste Blick
Durchdringt oft nicht die unerklärliche Wirrnis
Der menschlichen Natur. Hier steht ein Mann,
  beschuldigt
Daß er ein Mädchen einst verführt und dann
  bezahlt
Und so gekauft hab, was nicht käuflich ist.
Herr, wer dies sagt, beschuldigt Mann und
  Mädchen.
Denn wurd von ihm gekauft, so wurd verkauft
  von ihr.
Nun frage ich: ist nur durch Kauf und Verkauf
Erklärbar dieses dunkle, süße, ewige
Spiel zwischen Mann und Weib? Kann's nicht
  auch Liebe
Und nichts als Liebe sein? Herr, in dem Fall
Der uns beschäftigt hier, war's Liebe.
*Setzt sich.* So.

IBERIN *zum Inspektor:* Man muß ihn wieder holen!

*De Guzman wird hereingeholt.*

Nun, wenn es Liebe war, hat dieser sie erregt!

*Allgemeines Gelächter.*

DER TSCHUCHISCHE ANWALT
Herr, was ist Liebe? Warum liebt der Mensch?
Der eine findet einen Menschen und
Er liebt ihn. Und der andere will lieben
Und sucht sich einen Menschen dazu. So
Liebt einer den Geliebten und der andere
Das Lieben. Doch das eine nenn ich Schicksal
Das andere Brunst. Vielleicht war's in dem Fall
Der uns beschäftigt, niedere, trübe Brunst?

FRAU CORNAMONTIS *steht auf:* Ich möchte eine Aussage machen. *Iberin nickt.* Ich muß sagen, daß Nanna Callas eines meiner anständigsten Mädchen ist. Sie spart und schickt das Geld nach Hause.

IBERIN *zum Anwalt:* Sie können gehen. Eine gerechte Sache verteidigt sich selbst.

*Der Anwalt packt seine Papiere zusammen und verläßt den Hof.*

IBERIN *zu de Guzman:* Angeklagter, geben Sie zu, daß Sie Ihre wirtschaftliche Macht mißbraucht haben?

*De Guzman schweigt.*

IBERIN *plötzlich:* Was sind Sie?

HERR DE GUZMAN Pachtherr.

IBERIN Was sind Sie?

HERR DE GUZMAN Mitglied des Landadels.

IBERIN Ich frage, was Sie sind?

HERR DE GUZMAN Katholik.

IBERIN *langsam:* Was sind Sie? *De Guzman schweigt.* Sie sind Tschiche, und Sie haben Ihre wirtschaftliche Macht mißbraucht, um ein tschuchisches Mädchen zu verführen. *Zu Frau Cornamontis:* Und Sie, eine Tschuchin, haben sich nicht entblödet, dieses tschuchische Mädchen an Tschichen zu verkaufen. Das ist der Kern der Sache. *Zu de Guzman:*
Seht ihn jetzt stehn mit seinem spitzen Kopf!

Ertappt auf niederm Mißbrauch seiner Macht!
Denn nicht die Macht ist schlecht; der Mißbrauch ist's.
Ihr, die ihr kauft, was da nicht käuflich ist
Und nicht entstand durch Kauf; ihr, die nur kennt
Was Wert hat, wenn's entäußert wird, und nichts kennt
Was unveräußerlich ist, wie dem Baum das Wachstum
Untrennbar von ihm wie die Form der Blätter;
Ihr, die ihr selber fremd, uns entfremdet habt:
Das Maß ist voll!
*Zu den andern:*
Ihr aber seht, wie schwer dies ist, das Recht
Herauszuschälen aus dem Wust des Unrechts
Und zu erkennen unter all dem Schutt die
Einfache Wahrheit.

EIN HUA Heil Iberin!

IBERIN Ich urteile so: Das Mädchen wird freigesprochen. Das Kaffeehaus der Frau Cornamontis wird, da in ihm ein tschuchisches Mädchen mit Tschichen verkuppelt wurde, geschlossen...

FRAU CORNAMONTIS *halblaut:* Das kommt gar nicht in Frage.

IBERIN ...für Tschichen. Der tschichische Verführer aber wird zum Tode verurteilt.

DER PÄCHTER CALLAS *schreit:* Und die Pacht wird gestrichen! O Lopez, jetzt sage noch was gegen diesen großen Mann!

IBERIN
Was redest du von Pacht? Das ist das kleinste
Was dir geschah. So nebensächlich ist's
Und du erhebst dich nicht zu mehr, wo mehr ist?
Ein tschuchischer Vater du! Und du die tschuchische Tochter!
Bedrückt von Tschichen! Immerfort! Nun frei!

DER PÄCHTER CALLAS Frei! Da hör her, Lopez!

IBERIN
Dir gebe ich dein Kind zurück, das einst
An deiner Hand auf tschuchischen Feldern ging.
Ihr aber sagt: das ist ein tschuchisches Urteil.
Dies ist der Sinn: hier teil ich Schwarz von Weiß
Und teil dies Volk jetzt in zwei Teile ein
Und rott den einen aus, damit der andere
Genesen kann. Denn diesen andern heb ich
Empor wie diesen Pächter aus seiner Dumpfheit
Und seine Tochter, die ich aus dem Sumpf hol.
So handelnd aber teil ich Tschuch von Tschich
Unrecht von Recht! Mißbrauch von Brauch!

DIE MENGE Hoch Iberin!
*Die Menge klatscht wie besessen. Während Nanna auf den Schultern hinausgetragen wird, berichtet der Mann nach hinten zur Straße.*

DER MANN *nach hinten zur Straße:* Der Statthalter hat gegen den Tschichen de Guzman wegen Verführung eines tschuchischen Mädchens das Todesurteil ausgesprochen. Das Mädchen, das Genugtuung erhielt, wird eben auf den Schultern aus dem Gerichtssaal getragen. Hoch Iberin!
*Die Menge nimmt den Ruf auf, Iberin geht rasch weg.*

DER ABT VON SAN STEFANO *laut zu den Umstehenden:* Das ist ein ungeheuerliches Urteil: die Familie de Guzman ist eine der vornehmsten in ganz Jahoo. Man wagt, sie dem Straßenpöbel preiszugeben! Und die Schwester des Verurteilten steht vor ihrem Eintritt ins Kloster!
*De Guzman wird weggeführt. Er kommt an der Gruppe reicher Pachtherren vorbei, welche wegschauen.*

HERR DE GUZMAN
O Don Duarte, hilf mir! Und ihr Herren
Ihr müßt mir beistehn heut! Erinnert euch
Wie wir an manchem Tisch gemeinsam aßen.
Alfonso, du kannst für mich sprechen! Du
Hast einen runden Kopf! Drauf kommt's heut an.
Sag, daß du das, was ich getan, auch tatest!
Was schaut ihr weg? Schaut nicht weg!
Oh, nicht gut
Ist's was ihr an mir tut! Schaut diesen Rock an!
Wenn ihr mich preisgebt, kommt ihr morgen dran!
Und euer runder Kopf hilft euch nichts mehr!
*Die Pachtherren tun weiter, als kennten sie ihn nicht. Er wird abgeführt.*

IBERINSOLDATEN *indem sie ihn schlagen:* Ein alter Pachtwucherer! Tschuchische Mädchen schänden! – Haut ihn auf den Spitzkopf! – Und betrachtet euch seine Freunde etwas genauer!
*Die Pachtherren gehen eilig weg.*

DER PÄCHTER CALLAS *auf de Guzman zeigend:* Und das war einmal mein Pachtherr! Frau Cornamontis, meine Tochter kündigt Ihnen! Sie hat in einem Hause wie dem Ihren nichts mehr zu schaffen.

DER TABAKHÄNDLER PALMOSA So etwas ist nie dagewesen! Das ist die neue Zeit. Der Pachtherr muß hängen! Der Pächter steigt auf, Frau Cornamontis!

FRAU CORNAMONTIS Herr Palmosa, ich höre

Sie immer so gern reden: Sie haben sich Ihren reinen Kinderglauben bewahrt.

DER HAUSBESITZER CALLAMASSI Meinen Sie nicht, Frau Cornamontis, daß auch einmal ein armer Mann im Kampf mit einem reichen siegen kann?

FRAU CORNAMONTIS Ich werde euch meine Meinung über solche Fälle sagen. *Frau Cornamontis singt »Die Ballade vom Knopfwurf«.*

DIE BALLADE VOM KNOPFWURF

1
Kommt zu mir ein krummer Mann
Und fragt schüchtern bei mir an
Ob ihn wohl mein schönstes Mädchen liebt
Sag ich ihm, daß es das manchmal gibt.
Aber dann reiß ich ihm einen Knopf vom
 Kragen
Und sag: laß uns, Freund, das Schicksal fragen!
Wollen sehn:
Wenn die Löcher aufwärts schauen
Kannst du ihr vielleicht nicht trauen
Und mußt ein Haus weitergehn.
Laß mich sehen, ob du ohne Glück bist!
Und ich werf den Knopf und sag: du bist es.
Sagen sie dann: aber diese Löcher
Gehn doch durch! Dann sage ich: so ist es.
 Und ich sag: das Glück hat gegen dich entschieden!
 Siehst du's ein, ersparst du dir nur Qualen.
 Dir wird Liebe nicht geschenkt hienieden
 Wenn du Liebe brauchst, mußt du bezahlen.

2
Kommt zu mir ein dummer Mann
Und fragt zweifelnd bei mir an
Ob sein Bruder ehrlich teilen mag
Sage ich: das gibt es. Ohne Frag.
Aber dann reiß ich ihm einen Knopf vom
 Kragen
Und sag: laß uns, Freund, das Schicksal fragen!
Wollen sehn:
Wenn die Löcher oben liegen
Wird er dich vielleicht betrügen
Und nach seinem Vorteil gehn.
Laß mich sehen, ob du ohne Glück bist!
Und ich werf den Knopf und sag: Du bist es.
Sagen sie dann: aber diese Löcher
Gehn doch durch! Dann sage ich: so ist es.
 Und ich sag: das Glück hat gegen dich entschieden!
 Wenn du zweifelst, gib's für dich nur Qualen.
 Wenn du Ruhe willst und halbwegs Frieden
 Mußt du deinem Bruder das bezahlen.

*Sie nimmt den Pächter Callas beim Arm und führt ihn einige Schritte nach vorn. Daraufhin demonstriert sie an ihm die dritte Strophe.*

3
Kommt zu mir ein armer Mann.
Meldet zornig bei mir an:
Reicher Mann zerstört mir Heim und Herd
Ob ich wohl dafür was kriegen werd?
Reiß ich ihm zuerst mal einen Knopf vom
 Kragen
Und sag: laß uns, Freund, das Schicksal fragen!
Wollen sehn:
Wenn die Löcher oben liegen
Wirst du vielleicht gar nichts kriegen
Und brauchst nicht herumzustehn.
Laß mich sehen, ob du ohne Glück bist!
Und ich werf den Knopf und sag: du bist es!
Sagen sie dann:

EINIGE ZUHÖRER *bücken sich nach dem Knopf und sagen aufschauend:*
 Aber diese Löcher
Gehn doch durch!

FRAU CORNAMONTIS
 Dann sage ich: so ist es!
 Und ich sag: das Glück hat gegen dich
 entschieden
 Und das wirst du sehn zu vielen Malen.
 Was du immer anfängst, Freund, hienieden
 Unrecht oder Recht: du wirst bezahlen!

DER PÄCHTER CALLAS Sie haben wohl Dreck in den Ohren, liebe Frau! Der Statthalter hat ausdrücklich betont, die Pacht ist nebensächlich! Jetzt noch Gäule, und ich bin gerettet! *Frau Cornamontis bricht in ein schallendes Gelächter aus und zeigt mit dem Finger auf den Pächter Callas, der sich genauso benimmt, wie man es von einem mit Blindheit geschlagenen Mann erwarten kann.*
*Leuchtschrift: »Die Schlacht im Süden tobt mit unverminderter Heftigkeit.«*

## 5
## Das Kloster San Barabas

*Als zwei Parteien sitzen einander gegenüber zwei Klosterfrauen von den Bedürftigen*

*Schwestern von San Barabas und Isabella de Guzman mit ihrem tschuchischen Anwalt.*

DER ANWALT Das Fräulein de Guzman wünscht, bevor die Verhandlung über ihren Eintritt in das Kloster aufgenommen wird, einige Fragen an Sie zu richten.

ISABELLA *liest von einem Zettel Fragen ab:* Ob dieses Kloster auch streng ist?

DIE OBERIN Das strengste, Kind. *Zum Anwalt:* Doch auch das teuerste.

DER ANWALT Das ist uns bekannt.

DIE OBERIN Also das feinste.

ISABELLA Ob viele Fasttage sind? Wie viele?

DIE OBERIN Zweimal die Woche, vor den vier Hochzeitenfesten je eine ganze Woche und an den Quatembertagen.

ISABELLA Ob auch wirklich keine Männer Zutritt haben? Ob zum Beispiel kein Ausgang möglich ist?

DIE OBERIN Niemals.

ISABELLA Ob die Speisen einfach, das Lager hart und die geistlichen Übungen ausgiebig sind?

DIE OBERIN Die Speisen sind einfach, das Lager ist hart und die geistlichen Übungen sind ausgiebig, Kind.

ISABELLA

Die ich so oft sah: die fleischliche
Begier und sinnlich Gehabe der Mägde
Es widert mich an. Selbst meines Bruders Aug war
Nicht klar von solcher Schwäche. Hinter den Türen
Hörte ich oft Gebalge. Ich hasse dies Lachen.
Reinlich wünsch ich mein Lager und unberührt meine Schulter.
O Keuschheit, unablösbares Gut, du königliche Armut!
Auch sei die Zelle karg mir und ärmlich die Speise
Aber still die Mauer, welche mich abschließt.
Jung noch an Jahren, sah ich doch gleichviel
Hoffart genug und unwillig getragene Armut.
Darum wünsch ich mir, keusch zu bleiben, demütig und arm.

DIE OBERIN

So leben wir hier, Kind, und so wirst du leben
Und so wie wir sind, so wirst du werden.

*Zum Anwalt:* Aber wir müssen uns zuvor über die Bedingungen einig werden, Herr Rechtsanwalt. Was bringt das Fräulein mit?

DER ANWALT Nun, Sie werden uns schon nicht die Haut über den Kopf ziehen... Hier ist die Aufstellung.

DIE OBERIN *liest:* Drei Dutzend Hemden, das wird nicht langen. Da sagen wir fünf Dutzend.

DER ANWALT Nananana, vier sind auch schon allerhand.

DIE OBERIN Und wo ist das Leinen?

DER ANWALT Wozu denn Leinen?!

DIE OBERIN Wozu denn Leinen? So Gott will, wird das Fräulein bei uns achtzig Jahre alt. Fünfzig Meter Leinen. Handgewebt. Das Besteck ist aber Silber.

DER ANWALT Nickel wird es nicht sein!

DIE OBERIN Lieber Herr Rechtsanwalt, man muß immer vorher fragen. Und die Schränke haben wir nicht gern in Birke, sondern in Kirsch.

DER ANWALT Daran wird es nicht scheitern. Wir kommen jetzt zu dem Wichtigsten, Frau Oberin.

DIE OBERIN Ja, allerdings.

DER ANWALT Aha, Sie sehen das auch als eine Schwierigkeit an!

DIE OBERIN Leider.

DER ANWALT Ja, die Abstammung des Fräuleins können wir nicht in Abrede stellen.

DIE OBERIN *erleichtert:* Ach so, das meinen Sie? Ich meine etwas anderes! *Sie steht auf, geht auf Isabella zu und fährt ihr mit der Hand unter den Kopfputz. Sie lacht laut.* Spitz, das ist nicht zu leugnen. Nun, das hat hier nichts auf sich. Das sind Äußerlichkeiten. Wenn sonst alles in Ordnung ist, hat das nichts zu sagen. Also jetzt das Wichtigste: der monatliche Zuschuß...

DER ANWALT Sie kennen die Pachtsummen aus den de Guzmanschen Gütern.

DIE OBERIN Die Pachteinnahmen sind ja nicht hoch, davon würde schon ein großer Teil dauernd an unser liebes Kloster fallen müssen. Wir haben uns gedacht: mindestens ein Viertel.

DER ANWALT Das ist ja ganz unmöglich. Der Bruder des Fräuleins, Herr de Guzman, hat doch die ganzen Repräsentationskosten der Familie de Guzman zu tragen und lebt ausschließlich von den Pachteinnahmen.

DIE OBERIN Soviel ich weiß, ist Herr de Guzman im Augenblick leider nicht mehr in der Lage, viel repräsentieren zu müssen.

DER ANWALT Das Fräulein lebt doch hier sehr einfach, wie wir gehört haben.

DIE OBERIN Einfach ist nicht billig.

DER ANWALT Außerdem ist jetzt durch die neue Regierung die Möglichkeit gegeben, daß die

Pachten nicht nur sicher hereinkommen, sondern auch noch erhöht werden.

DIE OBERIN Das schon, aber darauf kann man sich nicht verlassen. Auf achttausend müssen wir im Monat rechnen können.

DER ANWALT Ob man das aus den ohnehin schon überlasteten Pächtern herausquetschen kann, möchte ich dahingestellt sein lassen. Sie müssen sich das auch noch überlegen, Fräulein de Guzman.

DIE OBERIN Ja, das müssen Sie sich überlegen, Kind, das kostet es.

ISABELLA Ist es wirklich zu teuer, Herr Rechtsanwalt?

*Der Anwalt nimmt das Mädchen in eine Ecke. Auf dem Weg dorthin fragt er nochmals die Schwestern.*

DER ANWALT Sechstausend? *Die Schwestern schütteln den Kopf und schauen starr vor sich hin. Der Anwalt zu Isabella:*
Das Leben, das Sie sich vorgestellt
Kostet eine Menge Geld.

ISABELLA *weint, weil das schöne Leben so schwer zu haben ist:* Was ich will, das will ich. Und es ist nichts Unrechtes.

DER ANWALT *zur Oberin:* Bedenken Sie, daß das Getreide dieses Jahr, da die Ernte zu reich war, nichts einbringt, so daß auch die Pachtherren sich manchen Luxus versagen müssen.

DIE OBERIN Wir haben auch Felder. Und leiden also auch. Vielleicht denken Sie aber daran, daß das Fräulein nicht ohne Grund hier eintritt und die Familie sich allerhand Vorteile davon verspricht. Wir sprachen bereits von der Abstammung.

DER ANWALT Gut, da hätte ich nur noch einige Fragen. *Er liest von einem Zettel ab:* Ob die Güter dann pro forma in die Obhut des Klosters übergehen? Ob die Bedürftigen Schwestern unter Umständen um sie auch Prozesse führen würden? Ob sie diesbezüglich sofort eine Verpflichtung eingingen?

DIE OBERIN *hat immer genickt:* Das wird alles in Ordnung gehen. Das Fräulein ist nicht der einzige Fall.

DER ANWALT Dann sind wir einverstanden. Jetzt müssen wir nur sehen, daß wir das Geld auch herbeischaffen. Das ist nicht einfach, mitten im Bürgerkrieg. Hier sind die Grundbücher der de Guzmanschen Güter.

*Er überreicht sie ihr. Sie schließt sie in den Tresor.*

DIE OBERIN Also, liebes Fräulein, wir freuen uns, Sie in unseren stillen Mauern begrüßen zu können. Sie werden in Frieden leben. Die Stürme des Lebens dringen nicht bis zu uns. *Ein Stein zertrümmert das Fenster.* Was ist das? *Sie läuft und öffnet das zweite Fenster.* Was machen diese Leute mit den Armbinden in unserem Hof?

*Sie klingelt, eine Klosterfrau tritt ein.*

DIE KLOSTERFRAU Frau Oberin, im Hof...

DIE OBERIN Was bedeutet das? Der Kutscher des Fräuleins de Guzman soll vorfahren.

DIE KLOSTERFRAU Frau Oberin, auf dem Hof hat es einen schrecklichen Auftritt gegeben. Mit einem ganzen Haufen von lärmenden Leuten ist ein Mann am Kloster vorbeigekommen. Ein geschminktes junges Frauenzimmer war auch dabei. Er hat die Pferde gesehen und behauptet, es seien die seinen und er sei der Pächter und er brauche sie zum Ackern. Er hat den Kutscher über den Kopf geschlagen, die Pferde ausgespannt und weggetrieben. Und dann sagte er noch: der Herr de Guzman könne zu Fuß zum Galgen gehen.

DIE OBERIN Das ist ja schrecklich.

DER ANWALT Frau Oberin, unter diesen Umständen möchte ich Sie bitten, das Fräulein sogleich unter Ihre Obhut zu nehmen. Die Straße scheint gewisse Gefahren zu bergen.

*Die Oberin sieht die andern Klosterfrauen an.*

DIE OBERIN Ich glaube allerdings, daß für die Güter der Familie de Guzman mehr Gefahr bestehen dürfte als für die Familie selbst.

DER ANWALT Soll das heißen, daß Sie dem Fräulein ein Asyl verweigern?

DIE OBERIN Ich bin für diese stillen Mauern verantwortlich, mein Herr. Ich hoffe, Sie verstehen die Situation, ohne daß ich aussprechen müßte, was ich ungern ausspreche.

ISABELLA Wir wollen gehen.

DER ANWALT Und was wird aus den Abmachungen, die de Guzmanschen Güter betreffend?

DIE OBERIN Wir stehen zu unserm Wort, wo wir irgend können.

*Die Parteien verbeugen sich gegeneinander. Der Anwalt und Isabella verlassen das Zimmer.*

## 6

Was man hat, hat man.

### Kaffeehaus der Frau Cornamontis

*Nachmittag. An einem Tischchen sitzen die drei reichen Pachtherren Saz, de Hoz und Peruiner zwischen großen Koffern. Im Hintergrund hinter einer Zeitung Herr Callamassi. Frau Cornamontis hinter dem Bartisch, bei einer Zigarre strickend.*

HERR SAZ
Ein guter Einfall, uns hier aufzuhalten
Bis unser Zug geht.
HERR PERUINER
Wenn noch einer geht.
HERR DE HOZ
Hier ist man unauffällig. Und darauf
Kommt's an in diesen Tagen. Weit gekommen!
HERR SAZ
Wie steht die Schlacht? Darauf kommt alles an.
HERR PERUINER
Und sie steht schlecht. Ich reise nicht gern ab.
HERR DE HOZ
Der Vizekönig ist an allem schuld.
Und der Duart', der ihm den Iberin brachte.
Man reißt mit dieser Lehr von Rund- und Spitzkopf
Den Pächter von der Sichel nur, damit dann
Der Holzschuh uns im eignen Lager klappert.
*Von draußen Lärm.*
HERR PERUINER
Was ist das für ein Lärm?
HERR SAZ *ironisch:*
Der Volksheld kommt.
Ganz Luma spricht seit gestern von den Gäulen
Des Pächters Callas.
HERR PERUINER
Eine böse Sache.
HERR SAZ
Und sehr ansteckend so was.
HERR PERUINER
Sehr ansteckend!
*Die Straße herunter kommt der Pächter Callas mit seiner Tochter. Er führt zwei Gäule am Strick. Um ihn der Pächter Parr, die drei Huas und Leute von der Straße. Er bindet die Gäule draußen an. Die Leute rufen »Hoch Iberin!« und »Hoch Callas!«.*

EIN HUA Vorwärts, Callas! Hinein mit dir, alter Sünder!

EIN ANDERER HUA Liebe Leute, Sie sehen hier vor sich »Callas mit den Gäulen«, den Sieger des tschuchischen Urteils.

FRAU CORNAMONTIS Guten Tag, Nanna. Willkommen als Gast in dem Kaffeehaus, wo du lange Kellnerin gewesen bist.

DER PÄCHTER CALLAS *Parr vorstellend:* Das ist mein Freund Parr, ebenfalls Pächter. – Ja, die Gäule! Sehen Sie, ich komme vor zwei Tagen die Straße herunter, meine Tochter begleitet mich. Der Prozeß ist gewonnen, der Pachtherr wird hängen. Aber persönlichen Vorteil hatte ich selbstverständlich davon nicht. Ich war sozusagen so bedürftig wie vorher, ausgenommen die Ehre. Man gab mir sozusagen nur meine Tochter zurück, und das bedeutet doch nur einen Fresser mehr. Da sehe ich vor dem Stiftstor der Faulenzerinnen von San Barabas die Gäule. Ah, sage ich zu meiner Tochter, unsere Gäule! Hat er dir nicht, sage ich, die Gäule versprochen, als er dich verführte? Das ist eigentlich wahr, sagte meine Tochter. Sie hatte nur Angst, ob man es uns glauben würde. Warum nicht, sage ich und treibe die Gäule weg. Es ist mir genug Unrecht geschehen.

DER PÄCHTER PARR *bewundernd:* Er wartete einfach nicht ab, ob ihm der Statthalter die Gäule zusprach oder nicht.

DER PÄCHTER CALLAS Nein, ich dachte, was man hat, hat man.
*Er singt »Das Was-man-hat-hat-man-Lied.«*

DAS WAS-MAN-HAT-HAT-MAN-LIED

1

Es war einmal ein Mann
Der war sehr übel dran.
Da sagte man ihm: Warte!
Da wartete der Mann.
Das Warten war sehr harte.
  Heil Iberin! Aber
  Nur
  Was man hat, hat man!

2

Der Mann war schon sehr schwach
Da macht' er einen Krach.
Er war ein böser Knochen.
Man gab ihm schleunigst nach:
Man hat ihm was versprochen.
  Heil Iberin! Aber
  Nur
  Was man hat, hat man!

3
Es war einmal ein Mann
Dem schaffte man nichts ran.
Da tat er's an sich reißen.
Jetzt frißt er, was er kann
Und kann auf alles scheißen.
Heil Iberin! Aber
Nur
Was man hat, hat man!

HERR SAZ Das ist der nackte Aufruhr!

EIN HUA Vom tschuchischen Standpunkt aus ist das eine der größten Heldentaten. Zur Nachahmung empfohlen.

*Frau Cornamontis, besorgt, daß es zu einem Skandal kommt, bringt Nanna eine Tasse Kaffee.*

FRAU CORNAMONTIS Vielleicht willst du eine Tasse Kaffee haben, Nanna?

NANNA Nein, danke.

FRAU CORNAMONTIS Trink ihn nur.

NANNA Ich habe keinen bestellt.

FRAU CORNAMONTIS Nein. Er ist umsonst. *An Herrn Saz vorbeigehend, mit gedämpfter Stimme:* Vorsicht!

HERR SAZ *sie abwehrend, zu den Huas:* Meinen Sie wirklich, daß das im Sinne des Herrn Iberin ist?

EIN HUA Ja, lieber Herr, das ist im Sinne des Herrn Iberin. Sie denken wohl, einer, der in Holzschuhen läuft, ist weniger als Sie? Zum besseren Verständnis werden wir uns erlauben, den Herren hier unser neues Iberinlied vorzusingen.

*Die Huas singen »Das neue Iberinlied«:*

DAS NEUE IBERINLIED

1
Der Pachtherr grübelt Tag und Nacht
Was er alles noch kriegen kann
Und wenn er sich etwas ausgedacht
Das Pächtervolk schafft es ihm ran.
Auf den Tisch
Stellt es ihm Suppe und Fisch
Einen Bottich mit Wein
Gießt es ihm hinein.
In sein Bett
Bringt es noch ein Kot'lett
Mit Kartoffelsalat
Und dann legt es ihn ins Bad.
Wenn er zum Beispiel raucht
Gibt's nur Virginia
Alles was er braucht
Steht einfach da.
Der reiche Mann sagte: Ja, so ist's fein.
So ist's Gott sei Dank, und so soll's immer sein.

EIN HUA In dieser Lage, meine lieben Freunde, ging das Pächtervolk zu seinem lieben Herrn Iberin, und Herr Iberin ging zum Pachtherrn und zeigte ihm, was eine Harke ist. So klein wurde der Pachtherr, wie einen Bruder behandelte er hinfort das Pächtervolk.

*Die Huas singen weiter:*

2
Auf den Tisch
Stellt er ihm Suppe und Fisch
Einen Bottich mit Wein
Gießt er ihm hinein.
In das Bett
Bringt er ihm ein Kot'lett
Mit Kartoffelsalat
Und danach gibt's ein Bad.
Wenn es zum Beispiel raucht
Gibt's nur Virginia
Alles was es braucht
Steht einfach da.
Das Pächtervolk sagte: Ja, so ist's fein.
So ist's Gott sei Dank, und so hätt's immer solln sein.
Das Pächtervolk sinnt Tag und Nacht
Was es alles noch kriegen kann
Und wenn es sich etwas ausgedacht
Sein Pachtherr, er schafft es ihm ran.

*Das Lied haben die Huas an dem Pächter Parr demonstriert. Sie haben ihn in der ersten Strophe vor den Pachtherren geduckt, aber in der zweiten haben sie ihn auf den Tisch gehoben, ihm den Hut des Herrn Saz, die Zigarren und die Gläser der Herren de Hoz und Peruiner verliehen. Und der Pächter Parr hat mit einem kleinen Holzschuhstep mitgewirkt.*

EIN HUA Meine Herren, die Verteilung der Gäule und Ackergeräte an die Pächter steht unmittelbar bevor. Auch die der Äcker. »Callas mit den Gäulen« hat dem, was sowieso kommen wird, nur vorgegriffen.

DER PÄCHTER PARR *zu Callas:* Es ist ganz dasselbe, was die Sichel will.

DER PÄCHTER CALLAS Mehr. Bei der Sichel kriegt das Dorf die Gäule! Aber merk dir: sehr gut, vorgreifen! Lieber Freund, du hast gehört, was ich gemacht habe. Alles Vertrauen in Herrn Iberin in Ehren – ich darf sagen, daß mein Vertrauen in ihn unbegrenzt ist –, aber wenn du dieser Tage irgendwie in den Besitz von Gäulen gelangen kannst, sagen wir zufällig, zum Beispiel wie ich, dann ist das sicher nicht schlecht. Ich möchte sagen, es ist sicherer.

DER PÄCHTER PARR Ich verstehe. Heil Iberin! Aber nur was man hat, hat man. Callas, du hast mir die Augen geöffnet. Ich weiß jetzt, was ich zu tun habe. *Er geht eilig ab.*

EIN HUA Jedenfalls bitte ich alle Anwesenden, auf die Gesundheit des Herrn Callas und seiner Gäule zu trinken.

*Die Huas stehen auf. Die reichen Pachtherren, außer Herrn Peruiner, bleiben sitzen.*

HERR DE HOZ *halblaut:* Ich trinke nicht auf die Gesundheit eines Pferdediebs!

HERR SAZ Dann ist es besser, sofort wegzugehen.

*Die Herren zahlen, stehen auf und gehen weg.*

EIN HUA Ich traue meinen Augen nicht! Sie haben nicht auf dein Wohl getrunken, Callas, das gefällt mir nicht. Nach ihrer Schale zu urteilen, wette ich, daß das Tschichen sind.

DER PÄCHTER CALLAS Sie kommen mir so bekannt vor. Das sind die Leute, die vor Gericht aussagten, meine Tochter habe einen Tschichen belästigt. Das sind die Freunde des de Guzman und genau solche wie er.

DIE HUAS Bleib nur ruhig sitzen, Callas! – Wir werden mit den Herren noch eine sehr ernste Unterredung haben müssen in deiner Angelegenheit.

*Die Huas gehen den Pachtherren nach.*

FRAU CORNAMONTIS *den Huas nacheilend:* Um Gottes willen, vergreifen Sie sich nicht an den größten Pachtherren des Landes!

DER PÄCHTER CALLAS *zu seiner Tochter Nanna:* Könntest du nicht etwas Kleingeld verschaffen? Ich habe allerhand Hunger.

NANNA Ich kann nichts mehr machen. Seit drei Tagen feiert mich Luma als das tschuchische Mädchen wie eine Königin. Man trinkt auf meine Gesundheit, man spricht von meinem Aufstieg. Seit drei Tagen bin ich jeder Belästigung entrückt. Ich kann nichts mehr verdienen. Anstatt begierig, blicken mich die Männer verehrungsvoll an. Das ist katastrophal.

DER PÄCHTER CALLAS Jedenfalls mußt du nicht mehr ins Puff. Und die Ackergäule habe ich auch schon. Und ohne, daß ich einen Finger rührte!

NANNA Meiner Meinung nach hast du sie noch nicht.

*Die zwei Rechtsanwälte der Familie de Guzman treten ein und gehen mit ausgestreckten Armen auf Callas zu.*

DIE ANWÄLTE Ach, hier sind Sie ja, mein lieber Herr Callas! Wir haben Ihnen einen glänzenden Vorschlag zu machen. Die Sache rangiert sich jetzt.

*Sie setzen sich zu ihm.*

DER PÄCHTER CALLAS So.

DIE ANWÄLTE Wir können Ihnen jetzt mitteilen, daß eine gewisse Familie unter Umständen bereit wäre, Ihnen, was die zwei Gäule betrifft, entgegenzukommen.

NANNA Wofür?

DER PÄCHTER CALLAS Es handelt sich wohl um eine gewisse tschichische Familie?

DIE ANWÄLTE Sie werden wissen, daß der Fall, von dem wir sprechen, in einem Prozeß noch einmal aufgerollt werden soll.

DER PÄCHTER CALLAS Das weiß ich nicht.

DIE ANWÄLTE Sie können sich vorstellen, daß von gewisser hochstehender Seite alle Hebel in Bewegung gesetzt werden, daß das Urteil revidiert wird.

DER PÄCHTER CALLAS Von tschichischer Seite.

DIE ANWÄLTE *lachend:* Von tschichischer Seite. Wir haben ein Zeugnis an Eides Statt in Händen, wonach Ihre Tochter, der damit übrigens nicht zu nahe getreten werden soll, schon vor ihrer Bekanntschaft mit dem betreffenden – tschichischen – Herrn eine Beziehung mit einem Mann unterhalten hat, so daß also der Vorwurf der Verführung in Wegfall käme.

NANNA Das ist nicht wahr.

DIE ANWÄLTE Wenn Sie es zugäben, könnte man sofort über eine Schenkung sprechen.

DER PÄCHTER CALLAS Darauf habe ich Ihnen nur eine Antwort...

NANNA Halt! *Zu den Anwälten:* Lassen Sie mich einen Augenblick mit meinem Vater allein.

DIE ANWÄLTE Klipp und klar: Sie können jetzt zwei Pferde geschenkt bekommen, wenn Sie klug sind!

*Die Anwälte gehen schlendernd zur Theke.*

DER PÄCHTER CALLAS Der Iberin ist für uns, darum sind sie so nachgiebig. Wir brauchen unsern guten Namen nicht für ein Butterbrot wegzuschenken. Was meinst du?

NANNA Ich meine, daß wir die Gäule nehmen sollen. Es kommt nicht darauf an, wofür der Iberin ist. Es kommt alles darauf an, wie die Schlacht steht.

DER PÄCHTER CALLAS Und wie steht die Schlacht?

NANNA *aufgeregt in der Zeitung blätternd:* Hier stehen ja nur Lügen, aber es ist klar, daß die Sichel immer weiter vorrückt. Sogar hier steht, daß sie schon vor der Stadt Mirasonnore sind. Dort ist das Elektrizitätswerk für die Hauptstadt. Wenn sie das haben, können sie das ganze Licht abstellen.

DER PÄCHTER CALLAS Liebe Tochter, ich leere mein Glas auf das Wohl unseres Freundes Lopez. Er kämpft wie ein Löwe. Die Pachtherren schenken schon ihre Gäule weg. Aber man muß hier sein, denn nur was man hat, hat man.

NANNA Aber das Schlachtenglück kann ja jeden Augenblick umschlagen. Es sind zu wenige bei der Sichel, zu viele sind wie du weggelaufen.

DER PÄCHTER CALLAS Ich bin anderer Ansicht. *Er winkt den Anwälten:* Meine Herren, meine Antwort an die Familie de Guzman lautet: Nein! Ich habe es nicht nötig, Zugeständnisse zu machen. Lesen Sie die heutigen Zeitungen. Ich brauche euch keineswegs mehr die Stiefel zu lecken!

DIE ANWÄLTE Und die zwei Gäule?

DER PÄCHTER CALLAS Ich habe ja die Gäule. Draußen stehen sie. Ich denke nicht daran, die Ehre meiner Tochter, eines tschuchischen Mädchens, preiszugeben.

DIE ANWÄLTE Wie Sie wollen! *Die Anwälte ab.*

DER HAUSBESITZER CALLAMASSI *der am Nebentisch gesessen hat:* Haben Sie Ärger, Herr Callas?

DER PÄCHTER CALLAS Im Gegenteil. Diese Tschichen sind ein dummes Pack. Jetzt wollen sie mich bestechen. Aber ich habe sie gleich festgenagelt. Sie wollten mir die Pferde eben schenken. Soweit habe ich sie also schon. Aber ich sollte eine unehrenhafte Handlung begehen. Das ist echt tschichisch. Sie glauben, daß man alles und jedes nur vom niedrigsten wirtschaftlichen Standpunkt aus behandeln kann. Oh, wie recht hatte der Statthalter! Mein Herr, die Zeit, wo ich meine Ehre verkaufen mußte, ist vorbei. Ich kann diese Dinge heute nicht mehr von einem so niedrigen Standpunkt aus behandeln. Das mögen sich diese Herren gesagt sein lassen! Wie dumm diese Tschichen sind, können Sie daraus entnehmen, daß ich jetzt die Gäule dafür habe, daß der Tschiche meine Tochter gehabt hat. Das macht mir nicht jeder nach. Meine Tochter sieht ebensogut aus wie ein anderes Mädchen ihres Alters, aber sehen Sie sich einmal diese Gäule an! Ich habe sie draußen stehen. Selbstverständlich war, unter uns, niemals die Rede davon, daß ich für das Mädchen die Gäule bekommen sollte.

NANNA *sieht, daß er betrunken ist:* Wollen wir nicht lieber gehen, Vater?

DER PÄCHTER CALLAS Das ist ja lächerlich! Herr de Guzman hat eben ein Auge zugedrückt, wenn ich sie benutzt habe. Wer wird auch zwei solche Gäule für ein Mädchen anlegen? Sie müssen sich wirklich die Gäule anschauen!

DER HAUSBESITZER CALLAMASSI Herr Callas, es wird mir eine Ehre sein, Ihre Gäule betrachten zu dürfen.

*Nanna zieht ihren Vater an den Rockschößen hinaus. Herr Callamassi folgt den beiden. Man hört eine Radiomeldung: »Das Elektrizitätswerk Mirasonnore ist von der Sichel bedroht. Wird die Hauptstadt heute nacht ohne Licht sein?« Durch die Hintertür stürzen die reichen Pachtherren Saz, de Hoz und Peruiner. Sie sind verwundet. Ihnen nach Frau Cornamontis.*

FRAU CORNAMONTIS Ach, meine Herren, Sie hätten lieber aufstehen und auf das Wohl des Herrn Callas trinken sollen. Er ist nun eben mal ein Volksheld.

HERR SAZ Lassen Sie sofort die Rolläden herunter! Diese Huas sind hinter uns her!

HERR PERUINER Wasser und Verbandstoffe!

*Frau Cornamontis bringt Wasser und Verbandstoffe. Die Herren fangen an, sich Verbände anzulegen.*

HERR SAZ Wenn erst die Sichel geschlagen ist, muß man diese Burschen alle aufhängen.

HERR PERUINER *zu Frau Cornamontis:* Der Arm ist ganz lahm. Aber machen Sie mir auch einen Verband um den Kopf!

FRAU CORNAMONTIS Ich sehe keine Wunde auf ihm, mein Herr.

HERR PERUINER Aber einen Spitz, meine Liebe!

*Es klopft. Ein Mann tritt ein.*

DER MANN Hier wird ein Arzt gebraucht. Ich bin Arzt.

HERR PERUINER *brüllt:* Hut ab!

*Der Arzt nimmt den Hut ab. Er hat einen spitzen Kopf.*

HERR PERUINER Was sind Sie? Sie sind Tschiche!

DER ARZT *brüllt:* Ich bin ein Arzt!

HERR SAZ
Und findet man Sie hier, erschlägt man uns.

*Der Arzt ab.*

HERR DE HOZ *zu Peruiner:*

Daß du ein Tschich sein mußt! Kein Mensch hätt uns
Verfolgt.

HERR PERUINER
Ich bin nicht dieser Ansicht. Nicht mehr.
's ist unser Rock. Daß wir anständig aussehn.
Man gibt uns jetzt der Straße preis, das ist's!
Das sind die Folgen des de Guzman-Urteils!
Nie durften wir als Pachtherrn einen Pachtherrn
Dem Mob preisgeben, weil er Tschiche war.
Wir lieferten den Tschichen aus, der Mob
Griff nach dem Pachtherrn!

HERR DE HOZ
Was jetzt tun? Den Bahnhof
Noch zu erreichen ist unmöglich.

*Es klopft. Frau Cornamontis öffnet vorsichtig. Missena tritt ein.*

MISSENA *eifrig:*
Froh, euch zu finden!

HERR SAZ
Sehr verbunden. Wirklich
Von oben bis unten sehr verbunden. Angefallen
Auf offner Straße und von euren Leuten!

HERR DE HOZ
Wie steht die Schlacht?

MISSENA
Nicht günstig.

HERR SAZ
Sag die Wahrheit!

MISSENA
Sie ist verloren! Unsere Truppen räumen
Haltlos das Schlachtfeld.

HERR PERUINER
Und wo ist das Schlachtfeld?

MISSENA
Der Kampf geht jetzt um Mirasonnore
Und um das Kraftwerk dort.

HERR SAZ
So nah? Verdammt!

MISSENA
Seht ihr jetzt, was ihr müßt? Geld müßt ihr schaffen!
Jetzt ist Geld nötig! Geld!

HERR PERUINER
Geld! Geld! Geld! Geld!
's ist leicht gesagt. Doch was geschieht damit?

HERR SAZ
Es waren Iberinleute, die uns stellten!

MISSENA
Ja, dem ist nicht zu helfen, Freunde, der seinem
Leibwächter nicht genug Essen vorsetzt. Das ist
Doch Iberins Einfall, nun die eine Hälfte
Des ärmeren Volkes zu mieten, daß sie uns
Die andere Hälfte eisern niederhält.
Oh, rechne jeder, Tschuch und Tschich, jetzt aus
Was er an Geld aufbringt zu einer Anleih, sonst
Ist jetzt alles hin!

*Das Licht geht flackernd aus.*

HERR SAZ
Was ist los mit dem Licht?

MISSENA *feierlich:*
Mirasonnore ist gefallen, Freunde!

FRAU CORNAMONTIS *bringt eine Kerze und leuchtet:* Um Gottes willen, meine Herren, was wird jetzt werden? Wenn das so weitergeht, haben wir morgen die Sichel hier in Luma.

HERR DE HOZ
Was kann da helfen?

MISSENA
Geld kann helfen.

HERR SAZ
Geld
Kann nur auftauchen, wo Vertrauen herrscht.
Und hier herrscht keins. Ich sprech nicht von den Prügeln.
Solang man mir mein Hab und Gut schützt, kann man
Mir auch mal auf den Kopf haun aus Versehn.
Doch darum geht's: wie ist es mit der Pacht?

MISSENA
Pacht? Pacht ist Eigentum, und das ist heilig.

HERR PERUINER
Und wie ist's mit den Gäulen dieses Callas?

MISSENA
Was wollt ihr?

HERR SAZ
Daß ihr eurem Volkshelden den
Prozeß macht! Öffentlich und gleich! Und ihm die
Zwei Gäule absprecht! Öffentlich und gleich!

MISSENA
Schön, wenn ihr zahlt – wir machen den Prozeß.
Ich weiß, Herr Iberin ist sehr bedrückt
Ob dieser niedern Raffgier mancher Pächter.
Doch was hilft Jammern? Vor die Sichel nicht
Zerbrochen ist, kann der sich Pferde nehmen
Und jeder, was ihm fehlt. Helft Iberin
Die Sichel erst zerbrechen, und es kehrt
Zurück de Guzmans Macht und auch de Guzmans Pferd.
Kommt beim Prozeß nicht auf das Todesurteil!
Erwähnt nur seine Gäule, nicht sein Leben.
Dies hängt von jenen ab, nicht umgekehrt!
Kommt nun zu Iberin! Nur eines noch:

Seid mir behutsam, wenn man jetzt von Geld
spricht!
Sein hochfliegender Geist verträgt es kaum
Daß man mit niedern Dingen ihn behelligt.
Er glaubt, der tschuchische Geist bezwingt
aus sich
Ohn äußere Hilf den Feind. Doch bietet ihr ihm
Geld –
Das ja doch nötig ist – vorsichtig an
Selbstlos, begeistert, opferwillig, nimmt er's!

HERR PERUINER
Ein Kopf wie der –
*Er zeigt auf seinen Spitzkopf –*
ist dort nicht gern gesehn.

MISSENA
In schwerer Stund muß er euch schätzen lernen.

HERR PERUINER
Man nimmt kein Geld von Tschichen dort.

MISSENA *lächelnd:*
Man nimmt!
Wollen wir wetten, daß man nimmt? Kommt
eilig!

7

**Palais des Vizekönigs**

*Wieder findet im Hof eine Gerichtssitzung statt. Aber der Hof ist sehr verändert. Ein großer Kronleuchter, ein Teppich, die neuen Kostüme der Beamten sprechen von Reichtum. Der alte Richter trägt eine neue Robe und raucht eine dicke Zigarre. Der Inspektor geht nicht mehr barfuß. Während die Beamten unter der Aufsicht des Herrn Missena den Gerichtssaal aufbauen, singt der Richter zu einer leisen Musik das »Lied von der belebenden Wirkung des Geldes«.*

LIED VON DER BELEBENDEN WIRKUNG
DES GELDES

1
Niedrig gilt das Geld auf dieser Erden
Und doch ist sie, wenn es mangelt, kalt
Und sie kann sehr gastlich werden
Plötzlich durch des Gelds Gewalt.
Eben war noch alles voll Beschwerden
Jetzt ist alles golden überhaucht
Was gefroren hat, das sonnt sich
Jeder hat das, was er braucht!
Rosig färbt der Horizont sich
Blicket hinan: der Schornstein raucht!
Ja, da schaut sich alles gleich ganz anders an.
Voller schlägt das Herz. Der Blick wird
weiter.
Reichlich ist das Mahl. Flott sind die Kleider.
Und der Mann ist jetzt ein andrer Mann.

2
Ach, sie gehen alle in die Irre
Die da glauben, daß am Geld nichts liegt.
Aus der Fruchtbarkeit wird Dürre
Wenn der gute Strom versiegt.
Jeder schreit nach was und nimmt es, wo er's
kriegt.
Eben war noch alles nicht so schwer
Wer nicht grade Hunger hat, verträgt sich
Jetzt ist alles herz- und liebeleer.
Vater, Mutter, Brüder: alles schlägt sich!
Sehet: der Schornstein, er raucht nicht mehr!
Überall dicke Luft, die uns gar nicht gefällt.
Alles voller Haß und voller Neider.
Keiner will mehr Pferd sein, jeder Reiter.
Und die Welt ist eine kalte Welt.

3
So ist's auch mit allem Guten und Großen.
Es verkümmert rasch in dieser Welt
Denn mit leerem Magen und mit bloßen
Füßen ist man nicht auf Größe eingestellt.
Man will nicht das Gute, sondern Geld
Und man ist von Kleinmut angehaucht.
Aber wenn der Gute etwas Geld hat
Hat er, was er doch zum Gutsein braucht.
Wer sich schon auf Untat eingestellt hat
Blicke hinan: der Schornstein raucht!
Ja, da glaubt man wieder an das menschliche
Geschlecht.
Edel sei der Mensch, gut und so weiter.
Die Gesinnung wächst. Sie war geschwächt.
Fester wird das Herz. Der Blick wird breiter.
Man erkennt, was Pferd ist und was Reiter.
Und so wird das Recht erst wieder Recht.

*Auf eine schwarze Tafel schreibt der Inspektor groß: »Prozeß Kloster San Barabas gegen Pächter Callas. Streitobjekt: 2 Pferde.«*
*Leuchtschrift: »Die Regierungstruppen gehen mit frischen Reserven zum Gegenangriff gegen die Sichel vor.«*
*Aus dem Palais tritt Iberin.*

IBERIN
Wie steht die Schlacht?

MISSENA
Nun, eine große Wendung.
Der Sichel Vormarsch stockt seit heute nacht
Und heute früh begann der Gegenangriff

Mit neuen Truppen und in der neuen
Ausrüstung, Herr. Die Stadt Mirasonnor'
Wird wohl den Ausschlag geben. Um das
Kraftwerk
Das vor drei Tagen an die Sichel fiel
Tobt der Entscheidungskampf. – Ihr führt
selbst den Prozeß?

IBERIN
Ich denke nicht daran. Nichts ist entschieden.
Wenn es ein Sieg ist, fälle ich den Spruch
Und nicht vorher.

MISSENA
Wir fangen aber an.

IBERIN
Macht's, wie ihr wollt.
*Er geht ins Palais.*

MISSENA
Unschlüssig wie gewöhnlich!
Wir fangen an. Herr Richter, auf ein Wort!
*Er nimmt den Richter beiseite und redet auf ihn ein, bis die Parteien auftreten. Dann geht er weg.*

DER INSPEKTOR Prozeß Kloster San Barabas gegen Pächter Callas. Streitobjekt zwei Pferde.
*Der Pächter Callas, seine Tochter sowie Isabella de Guzman, die Oberin von San Barabas und die Anwälte werden in den Saal gelassen.*

DER PÄCHTER CALLAS Ich werde ihm schon ein Licht aufstecken, wie seine Ideen ausgeführt werden. Er wird schon sagen, ob ein Tschiche das Recht hat, einem Tschuchen die Gäule wegzunehmen, die er beim Ackern braucht.

NANNA Da könntest du ja jeden Gaul wegnehmen, der irgendwo steht.

DER PÄCHTER CALLAS Jeden tschichischen.

DER TSCHUCHISCHE ANWALT *laut:*
Wie steht die Schlacht?

DIE OBERIN
Seit heute morgen günstig.

DER TSCHUCHISCHE ANWALT
Sehr gut. Von ihrem Gang hängt alles ab.

ISABELLA
Ach, Oberin, wenn dieser niedrige Streit
Um Hab und Gut nur schon vorüber wäre!

NANNA Spitzer Kopf, unnützer Tropf. *Pause.* Aber fromm! Dabei hat sie einen Hintern wie eine Königin. Die ist gut genährt, die würde hübsch was aushalten. Aber das kommt ja nicht in Frage, daß so eine arbeitet. *Zu Callas:* Und du zahlst es.

DER PÄCHTER CALLAS Ich? Ich zahle gar nichts. *Zu den Frauen:* Von mir kriegt ihr nichts mehr heraus.

DIE OBERIN Liebes Kind, es wird gut für dich sein, wenn du in unserem stillen Stift sein kannst.

NANNA Ja, das wird ihr gut tun. Die Ziege muß sich ja vom Nichtstun erholen.

DER PÄCHTER CALLAS Tschichisches Pack!

NANNA Der alte Richter ist wieder da. Das ist schlecht.

DER PÄCHTER CALLAS Schlecht ist nur, daß heut keine Leute da sind. Aber das werden wir ja doch sehen, wer da recht bekommt heute.

DIE OBERIN Ja, lieber Mann, das werden wir allerdings sehen.

NANNA Jedenfalls wird erst einmal der Herr Bruder aufgeknüpft.
*Isabella wird es übel.*

NANNA *schreit:* Die braucht wohl zwei Gäule, damit sie ihren Nachtkasten ins Kloster schafft.

DIE OBERIN Sie sind jetzt ruhig. *Sie tritt auf Callas zu.* Sie bilden sich wohl etwas darauf ein, daß Ihr Kopf rund ist? Sie meinen, dann brauchen Sie nicht mehr zu zahlen? Wissen Sie, an wen Sie zahlen werden?

DER PÄCHTER CALLAS An Tschichen nicht.
*Die Oberin nimmt seine Hand und legt sie sich auf den Kopf.*

NANNA Was meinen Sie damit?

DIE OBERIN Das eben werden Sie sehen. Jedenfalls sind unsere Köpfe auch rund.

NANNA *zu ihrem Vater:* Es scheint schlecht zu stehen mit der Sichel. Und hier sieht es auch anders aus als vor acht Tagen. Sie haben Zaster hereinbekommen. Das ist nicht gut für uns.

DER PÄCHTER CALLAS Ich verlasse mich ganz auf Herrn Iberin.
*Leuchtschrift: »Das kürzlich ergangene Todesurteil gegen einen großen Pachtherrn wirkte stark auf die Pächter. Viele halten sich jetzt der Sichel fern und bleiben auf ihren Pachthöfen.«*

DER RICHTER Herr Iberin ist sehr beschäftigt, jedoch wird er es sich nicht nehmen lassen, in dem Rechtsfall selbst zu entscheiden, da er in unserer Hauptstadt viel besprochen wird und die Frage des Eigentums aufwirft.

DER PÄCHTER CALLAS Ich möchte betonen, daß ich mich auf den Ausspruch des Herrn Statthalters stütze, die Pacht sei in Zukunft nebensächlich. Ferner auf den Ausspruch: Was sind zwei Gäule! Außerdem darauf, daß an mir ein Unrecht verübt worden ist.

DER RICHTER Eins nach dem andern, Freund. Wir hören zunächst den Anwalt der Familie de Guzman.

DER TSCHUCHISCHE ANWALT Der Mann hat nicht den geringsten Anspruch auf die Gäule.

NANNA Das Fräulein hat den Anspruch: sie muß zu Pferd beten.

DER RICHTER Ruhe! – Sie können jetzt ausführen, warum Sie die Gäule an sich genommen haben.

DER PÄCHTER CALLAS Als meine Tochter damals vom Pachtherrn mißbraucht wurde, wurde das ausgemacht, daß ich die Pferde bekommen sollte.

DER TSCHUCHISCHE ANWALT
Dann war's ein Handel?
*Der Pächter Callas schweigt.*
Also war's ein Handel.
Wir haben dir gesagt: gib uns die Tochter
Wir geben dir die Pferde dafür? Ganz unmöglich!
Unmöglich auch, daß du die Tochter gäbest
Für die zwei Pferde. Oder nicht unmöglich?

DER PÄCHTER CALLAS
Es war kein Handel.

DER TSCHUCHISCHE ANWALT

DER PÄCHTER CALLAS *zu Nanna:*
Was meint er?

NANNA Du behauptest, du hast sie als Geschenk empfangen.

DER TSCHUCHISCHE ANWALT
Wann?

DER PÄCHTER CALLAS
Was heißt das, wann?

DER TSCHUCHISCHE ANWALT
Nun, wann? Vor- oder nachher?

DER PÄCHTER CALLAS Ich antwort keinem Tschichen. *Er sieht sich beifallheischend um, begegnet aber nur steinernen Gesichtern.* Es ist sicher eine Schlinge, Herr, in der ich mich fangen soll. Das sind so spitzfindige Fragen, die aus spitzen Köpfen kommen.

DER RICHTER
Wenn du sie vorher ausbedungen hättest –
Auch ich beanstand diese Frage –, wärst du
Der Kuppler deiner eigenen Tochter. Das Gericht
Nimmt an, es sei nachher geschehen, daß
Dein Pachtherr dir, damit du schweigst, die Pferde
Als Pflaster gab: ein Pflaster auf das Unrecht.

DER PÄCHTER CALLAS Ja, es war nachher. Es war ein Pflaster. Als mir damals das Unrecht angetan wurde, waren die Gäule das Pflaster.

*Leuchtschrift: »Günstiger Verlauf der Schlacht im Süden. Die Sichel beschränkt sich auf die Defensive.«*

DER TSCHICHISCHE ANWALT *leise zum andern:*
Amtlich kein Wort von Tschich und Tschuch heut!

DER TSCHUCHISCHE ANWALT *zurück:*
Hab's bemerkt.
*Zum Gericht gewendet:* Hoher Gerichtshof, auch wir stehen auf dem Standpunkt, daß unser Fall von grundlegender Bedeutung für das Land ist. Man könnte sagen: was spielen zwei Pferde mehr oder weniger für eine Rolle für einen der größten Gutsbesitzer der Insel? Es ist jedoch nicht so.
Wenn man die Pferde an den Pächter gibt
Dann nehmen alle Pächter alle Pferde.

NANNA Und die Ziege kann nicht ins Kloster, wo sie sich vom Nichtstun erholen muß.

DIE OBERIN *sehr laut:*
Im Süden treibt der Pächter uns den Gaul
Aus unsern Ställen und den Pflug dazu.
Und schreiend, ihm geschäh ein Unrecht, nimmt er
Den Acker weg und nennt's ein Unrecht, daß
Ihm Pferd und Acker gestern nicht gehört hat!

DER TSCHUCHISCHE ANWALT Hoher Gerichtshof, im Gefängnis sitzt seit gestern ein Mann, ebenfalls Pächter. Ich bitte, ihn herholen zu lassen. *Der Richter nickt.*

DER INSPEKTOR *ausrufend:* Pächter Parr!

NANNA Was wollen die hier mit Parr?

DER PÄCHTER CALLAS Darauf kommt es gar nicht an, das sind nur Tricks.

*Hereingeführt wird in schweren Ketten der Pächter Parr.*

DER TSCHUCHISCHE ANWALT Sie sind mit Herrn Callas in das Kaffeehaus der Frau Cornamontis gekommen, als dieser die Gäule brachte?

DER PÄCHTER PARR Jawohl.

DER TSCHUCHISCHE ANWALT Sie sind ebenfalls ein Pächter der Familie de Guzman?

DER PÄCHTER PARR Jawohl.

DER TSCHICHISCHE ANWALT Von dem Kaffeehaus sind Sie fünf Stunden zu Fuß in Ihren Heimatort zurückgegangen und haben vom Gutshof der Familie de Guzman zwei Pferde weggetrieben?

DER PÄCHTER PARR Jawohl.

DER TSCHICHISCHE ANWALT Mit welcher Begründung?

*Der Pächter Parr schweigt.*

DER TSCHUCHISCHE ANWALT Sie haben keine Tochter, Herr Parr?

DER PÄCHTER PARR Nein.

DER TSCHUCHISCHE ANWALT Es war also kein Geschenk der Familie de Guzman? *Der Pächter Parr schweigt.* Warum haben Sie sich die Pferde angeeignet?

DER PÄCHTER PARR Weil ich sie brauche.

*Dee Anwälte lächeln sich zu.*

DER RICHTER Aber das ist doch kein Grund, Mann Gottes!

DER PÄCHTER PARR Für Sie vielleicht nicht, aber für mich! Da mein Acker eigentlich ein Sumpf ist, muß ich zum Pflügen Gäule haben, das kann doch jeder verstehen.

DER TSCHICHISCHE ANWALT Herr Callas, ist Ihr Acker auch ein Sumpf?

*Der Pächter Callas schweigt.*

DER PÄCHTER PARR Genau so.

DER TSCHUCHISCHE ANWALT Herr Callas, haben Sie die Gäule ebenfalls gebraucht?

DER PÄCHTER CALLAS Jawohl, das heißt nein. Ich meine, ich habe sie nicht genommen, weil ich sie gebraucht habe, sondern weil sie mir geschenkt wurden.

DER TSCHUCHISCHE ANWALT Sie billigen also nicht das Vorgehen Ihres Freundes?

DER PÄCHTER CALLAS Nein, das tue ich nicht. *Zu Parr:* Wie kannst du die Gäule einfach wegnehmen? Du hattest nicht das geringste Recht dazu.

DER PÄCHTER PARR Recht hattest du auch keines.

DER TSCHUCHISCHE ANWALT Wieso? Wieso hatte Herr Callas kein Recht dazu?

DER PÄCHTER PARR Weil ihm die Gäule auch nicht geschenkt wurden.

DER PÄCHTER CALLAS Das kannst du doch nicht wissen! Wie kannst du so etwas sagen?

DER PÄCHTER PARR Da müßte ja der de Guzman viele Gäule haben, wenn er für jedes Weib zwei Gäule hergeben sollte!

DER TSCHUCHISCHE ANWALT Hohes Gericht! Der Pächter Parr gibt in aller Einfalt die Auffassung wieder, die in den Kreisen der Pächter bezüglich der Frage herrscht, ob Schenkungen größeren Ausmaßes in einem Falle wie dem der Nanna Callas landesüblich sind. Hoher Gerichtshof, ich möchte jetzt einen Zeugen aufrufen, dessen Aussage Sie sehr überraschen wird. Dieser Zeuge wird aussagen, was Herrn Callas' eigene Meinung über die Frage ist, ob Pachtherren so leicht Pferde wegschenken.

NANNA Wen haben sie da wieder aufgegabelt? Im Kaffeehaus hast du eine Menge dummes Zeug geredet.

DER PÄCHTER CALLAS Jetzt geht es schief! Daran ist nur dieser Dummkopf Parr schuld. Er hat mir alles verdorben.

*Auftritt der Hausbesitzer Callamassi.*

DER TSCHUCHISCHE ANWALT Bitte, wiederholen Sie die Sätze, die der Callas Ihnen gegenüber im Kaffeehaus fallenließ.

NANNA Du mußt sofort protestieren!

DER PÄCHTER CALLAS Dieser Zeuge, Hoher Gerichtshof, gilt überhaupt nicht! Was ich da vielleicht sagte, war privat.

DER TSCHUCHISCHE ANWALT Und was sagte Herr Callas?

DER HAUSBESITZER CALLAMASSI *in einem Atem:* Herr Callas sagte: Selbstverständlich war, unter uns, niemals die Rede davon, daß ich für das Mädchen die Gäule bekommen sollte. Das ist ja lächerlich! Herr de Guzman hat eben ein Auge zugedrückt, wenn ich sie benutzt habe. Wer wird auch zwei solche Gäule für ein Mädchen anlegen? Sie müssen sich wirklich die Gäule anschauen.

DER RICHTER *zu Callas:* Haben Sie das gesagt?

NANNA Nein.

DER PÄCHTER CALLAS Ja, das heißt nein, ich war betrunken, Hoher Gerichtshof, alle Leute tranken mir zu wegen meines Sieges im Prozeß gegen meinen Pachtherrn, und niemand gab mir dazwischen etwas zu essen.

DER RICHTER Das klingt gar nicht gut, Herr Callas. Vielleicht überlegen Sie es sich auf die Aussage hin, ob Sie nicht lieber freiwillig auf die Pferde verzichten wollen?

NANNA Das tust du aber nicht!

DER PÄCHTER CALLAS Niemals, Hoher Gerichtshof, da ich dazu nicht in der Lage bin. *Laut:* Ich beantrage, daß der Statthalter selber das Urteil spricht, da es sich nicht um gewöhnliche, sondern um tschichische Pferde handelt. Ja, das ist es, es handelt sich um tschichische Pferde!

*Leuchtschrift: »Gerüchte melden, daß der Statthalter von der Front allergünstigste Berichte erhalten hat.«*

*Aus dem Palais tritt Iberin.*

DER RICHTER Herr Statthalter, der Pächter Callas verlangt in dem Rechtsstreit um die Pferde des Klosters San Barabas Ihr Urteil.

IBERIN *ist halb vorgetreten:*

Was willst du noch? Hab ich nicht alles
getan
Was du verlangen konntest? Die Ehre dir

Zurückverschafft? Und einen Mann verurteilt
Der dir zu nah trat? Und ich sah nicht drauf
Ob er ein reicher, du ein armer Mann warst!
Ich hob dich hoch. Und du, bleibst du auf
solcher Höh?
Ich weiß von deinem Anschlag, und ich warn
dich!

DER PÄCHTER CALLAS Ich möchte darauf aufmerksam machen, daß die Gäule, die ich zum Ackern brauche, in tschichischen Händen waren.

OBERIN Ich möchte darauf aufmerksam machen, daß sie jetzt in tschuchischen sind.
Es handelt sich um unsere Pferde, Herr.
Und wir sind Tschuchen. Wären's Tschichenpferde
So wär doch Eigentum noch Eigentum!
Wer darf das stehlen? Herr, da stehn zwei
Pferde.
Man geht drum rum. Man prüft. Man schätzt.
Sieht man
Ihnen ins Maul schauend, eine Tschichenhand?
Mitnichten, Herr. Denn, Herr, was ist ein
Pferd?
Ist es ein tschichisch, ist's ein tschuchisch Ding?
's ist keins von beiden! 's ist etwas, was hundert
Und soundsoviel Pesos wert ist, 's könnte
Auch Käse oder Stiefel sein für hundert
Und soundsoviel Pesos! Kurz, was dort
Mit seinen Hufen scharrt, sind hundert Pesos!
Und zwar sind's Klosterpesos! Auf ihnen liegt
Zufällig eine Pferdehaut. Doch so
Wie auf den Pferden eine Haut liegt, liegt
Auch noch ein Recht darauf: Es sind Klosterpferde.

DER TSCHUCHISCHE ANWALT Da nämlich dem Kloster durch Schenkung die Hälfte allen lebendigen und toten Inventars der de Guzmanschen Güter gehört, aus dem die zwei Pferde stammen.

DER PÄCHTER CALLAS Als ich die Pferde nahm, gehörten sie jedenfalls noch nicht dem Kloster.

ISABELLA *plötzlich rasend:* Aber auch nicht dir, du Vieh! Nimm die Mütze ab!

NANNA Sie haben hier nichts zu sagen!

DER PÄCHTER CALLAS Die ganze Sippschaft weiß noch nicht einmal, wie man Gäule einspannt.

ISABELLA Nimm die Mütze ab! Das sind unsere Gäule! Die Mütze ab!

DER PÄCHTER CALLAS Ich stütze mich auf den Ausspruch des Statthalters: Hier gilt nicht arm noch reich!

ISABELLA Das tun wir auch! Nimm die Mütze ab!

IBERIN Ja, nimm sie ab!

*Callas nimmt die Mütze ab.*

Dies muß ein Ende haben!
*Zu den Pachtherren:*
Ich hör, es lauf in Luma ein Gerücht
Daß ich, weil ich den tschichischen Pachtherrn
strafte
Ein Feind der Pachtherrn sei. Nun, nichts ist
falscher.
Nicht gegen Eigentum erging mein Urteil
Nur gegen seinen Mißbrauch. Und du, Bauer
Von allem, was bewegt des Tschuchen Brust
Hast du begriffen nur, daß du was kriegen
mußt!
Willst du für deine Ehre Pferde nehmen?
Als wär's ein guter Tausch? Du sollst dich
schämen.

DER TSCHUCHISCHE ANWALT *scharf:* Herr Statthalter! Hoher Gerichtshof! Meine Klientel, das Kloster San Barabas, bietet den Beweis an, daß der Callas ein aufrührerisches Element ist.

DER TSCHICHISCHE ANWALT Herr Callas hat vorhin sehr energisch den Pferderaub, den sein Freund Parr begangen hat, verurteilt. *Zum Zeugen Callamassi:* In dem Kaffeehaus soll aber Herr Callas ein bestimmtes Lied gesungen haben, das alle Anwesenden in große Erregung versetzte?

DER HAUSBESITZER CALLAMASSI Jawohl. Es war das verbotene Was-man-hat-hat-man-Lied.

NANNA *zu ihrem Vater:* Jetzt bist du geliefert.

DER TSCHUCHISCHE ANWALT Ich beantrage, daß der Angeklagte Callas sein Lied hier wiederholt.

IBERIN *zu Callas:* Hast du das Lied gesungen?

DER PÄCHTER CALLAS Nein, das heißt ja. Ich war betrunken, Hoher Gerichtshof, alle Leute tranken mir zu, und niemand gab mir dazwischen etwas zu essen.

IBERIN Wiederhole das Lied!

DER PÄCHTER CALLAS Es ist eigentlich gar kein Lied, es sind nur ein paar Strophen.

IBERIN Sing sie!

DER PÄCHTER CALLAS Jawohl.

*Er schweigt.*

IBERIN Du sollst singen!

DER PÄCHTER CALLAS *finster:* Ich bin heiser.

DER TSCHUCHISCHE ANWALT Wir erwarten hier keinen Kunstgenuß.

IBERIN Sing!

DER PÄCHTER CALLAS Ich habe es nur einmal gehört, so daß ich mich nicht genau erinnern kann. Ungefähr war es so. *Er wiederholt das Lied, einzig und allein die Worte »Heil Iberin« betonend.*

DAS WAS-MAN-HAT-HAT-MAN-LIED

1
Es war einmal ein Mann
Der war sehr übel dran.
Da sagte man ihm: Warte!
Da wartete der Mann.
Das Warten war sehr harte.
  Heil Iberin! Aber
  Nur
  Was man hat, hat man!

2
Der Mann war schon ganz schwach
Da macht' er einen Krach.
Er war ein böser Knochen.
Man gab ihm schleunigst nach:
Man hat ihm was versprochen.
  Heil Iberin! Aber
  Nur
  Was man hat, hat man!

3
Es war einmal ein Mann
Dem schaffte man nichts ran.
Da tat er's an sich reißen.
Jetzt frißt er, was er kann
Und kann auf alles scheißen.
  Heil Iberin! Aber
  Nur
  Was man hat, hat man!

DIE OBERIN *laut:* Wenn das nicht Aufruhr ist!

DER RICHTER Es ist sogar fraglich, ob dieses Lied nicht eine direkte Beleidigung der Regierung darstellt.

IBERIN Die Pferde sind dir abgesprochen. *Er geht weg.*

DER PÄCHTER CALLAS Herr, so soll ich die Gäule nicht bekommen?

IBERIN Nein. Recht ist Recht. Für dich wie jeden andern.

DER PÄCHTER CALLAS Dann will ich euch etwas sagen: ich scheiß auf euer Recht, wenn ich die Gäule nicht bekomme, die ich zum Ackern brauche! Das ist kein Recht! Das ist kein Recht für mich, wenn ich die Gäule nicht kriege, die ich brauche! Das ist ein Pachtherrenrecht! Dann muß ich eben zur Sichel! Da kriege ich meine Gäule!

*In diesem Augenblick beginnen die Glocken zu läuten. Von fernher das Geräusch einer großen Menschenmenge.*

EINE STIMME *hinten:* Die Sichel ist zerbrochen!

DER TSCHUCHISCHE ANWALT Sieg!

*Auftritt Missena mit einem Mikrophon.*

MISSENA
Herr Iberin, der Pächteraufstand ist
Mit Gottes Hilfe blutig niederschlagen!

DIE OBERIN *leise Beifall klatschend:*
Bravo!

IBERIN *am Mikrophon:*
Die Pächtersichel liegt am Boden! Gierige Hände
Greifend nach fremdem Gut, sind abgehaun.
Das ist des Tschuchen innerste Natur
Daß ihm das Eigentum geheiligt ist.
Und lieber hungert er und frettet sich
Eh er, ein Lump, von fremdem Teller ißt.
Schon das Gesindel, das am Staat sich mästet
Mit »Gott erbarm« und »Können nichts dafür«
»'s gibt keine Arbeit, gebt uns was zu essen.«
Man wirft ihm seinen Brocken hin. Gut. Aber
Für mich ist so ein Tschuch kein Tschuche mehr.
Er sei gefüttert und er sei verachtet.
Doch wer da fordert, was ihm nicht gehört
Die Erd sein nennt, nur weil er sie bebaut
Und Pferd und Handwerkszeug, nur weil er's braucht
Wer so an fremdem Gut sich frech vergreift
Den soll man rechtens in der Luft zerreißen!
Denn solch ein Mensch teilt unser einiges Volk
Uns in zwei Teile! Künstlich! Nur von Gier getrieben!
Nur Gier erzeugend! Eh'r ist nichts getan
Eh nicht im Staub zerbrach die letzte Sichelfahn!

*In diesem Augenblick geht das Licht im Kronleuchter an.*

EINE STIMME *hinten:* Die Stadt Mirasonnore ist entsetzt! Das Elektrizitätswerk in den Händen der Regierung! Hoch Iberin!

IBERIN Und so wird's Licht! *Zu Callas, den Mikrophonteller mit der Hand zuhaltend:*
Du aber, Bauer, geh jetzt heim und ackre
Und laß die Sorg fürs Ganze denen, die
Das Ganze überblicken! Sag, wenn's dir
Nicht ausreicht: du bist's, der nicht ausreicht, du!
Dein Fleiß ist's, nicht dein Jammer, was wir brauchen!

Was deinem Boden mangelt, das bist du!
Und was dein Boden nicht hergibt, gib du her!
Geh, Bauer, und gib, anstatt nur zu begehren
Damit wir dich mit Recht als Bauer ehren!

*Er wendet sich ab und schreitet ins Haus, gefolgt von Missena. Alle ab, außer Callas und Nanna. Leuchtschrift: »Die Sichel ist in voller Auflösung. Die Pächter räumen fluchtartig die widerrechtlich angeeigneten Pachthöfe.«*

DER PÄCHTER CALLAS Hast du gehört, der Hund hat mich zum Tod verurteilt.

NANNA Das habe ich nicht gehört. Die Gäule hat er dir abgesprochen.

DER PÄCHTER CALLAS Das ist das gleiche.

*Das Geläute der Glocken dauert an.*

## 8
## Gasse der Altstadt

*Die Glocken läuten immer noch. Der Tabakhändler steht unter seiner Ladentür. Die Tür der Viktualienhandlung rechts geht auf, und heraus tritt die dicke Frau mit vielen Schachteln und Koffern.*

DIE DICKE FRAU Was ist das für ein Glockengeläute, Herr Palmosa?

DER TABAKHÄNDLER PALMOSA Siegesglocken, Frau Tomaso! Die Pächter von der Sichel sind mit Gottes Hilfe blutig niedergeschlagen. Das ist ein großer Sieg!

DIE DICKE FRAU So? Ich muß leider ausziehen, weil ich meine Ladenmiete nicht bezahlen kann.

DER TABAKHÄNDLER PALMOSA Konnten Sie nicht so lange durchhalten, bis die großen Pläne der neuen Regierung ausgeführt werden?

DIE DICKE FRAU Nein. *Sie setzt sich noch für einen Augenblick auf ihre Koffer.* Fünfunddreißig Jahre habe ich hier gewohnt!

DER TABAKHÄNDLER PALMOSA Ich muß wahrscheinlich auch heraus. Gott sei Dank bekommt wenigstens mein Sohn, der doch bei der tschuchischen Legion ist, jetzt bald eine anständige Löhnung.

DIE DICKE FRAU Dieser Herr Iberin war für mich eine schwere Enttäuschung. Er sieht so energisch aus.

DER TABAKHÄNDLER PALMOSA So schnell geht es eben nicht mit dem Aufbau! Vielleicht ist auch Ihr kleines Opfer nötig, Frau Tomaso, damit Jahoo auf einen grünen Zweig kommt.

DIE DICKE FRAU Das einzige, was er erreicht hat, ist, daß wenigstens der Tschiche von drüben abgeholt wurde!

*Ein Mann von sehr scheuem Wesen mit einem großen Hut ist die Straße heruntergekommen. Er schließt die Ladentür des Viktualienladens links auf. Es ist der tschichische Händler.*

DIE DICKE FRAU *mit ihren Koffern abgehend:* Ich verstehe die Welt nicht mehr!

*Glockenläuten. Aus dem Viktualienladen links tritt wieder der tschichische Händler. Er hat nur seine Koffer geholt und geht jetzt ebenfalls ab: auch er muß seinen Laden schließen. Der Hausbesitzer Callamassi kommt die Straße herunter.*

DER HAUSBESITZER CALLAMASSI Ich komme eben vom Prozeß. Große Neuigkeit: dem Callas sind die Pferde abgesprochen worden.

DER TABAKHÄNDLER PALMOSA Was Sie nicht sagen! Und der Pachtherr?

DER HAUSBESITZER CALLAMASSI Vom Pachtherrn ist nicht gesprochen worden.

DER TABAKHÄNDLER PALMOSA Meinen Sie, er geht frei aus? Das sagt viel.

DER HAUSBESITZER CALLAMASSI Soll das etwa eine Kritik an der Regierung bedeuten, Herr Palmosa?

DER TABAKHÄNDLER PALMOSA Herr Callamassi, mein Geschäft ist es, Zigarren zu verkaufen, und nicht, die Regierung zu kritisieren.

DER HAUSBESITZER CALLAMASSI *ins Haus gehend:* Hüten Sie sich, Herr Palmosa! Der Statthalter hat sehr ernst über die unzufriedenen Elemente gesprochen. Übrigens, Ihre Miete ist immer noch nicht eingelaufen.

*Der Tabakhändler Palmosa läuft hinüber zum Kaffeehaus und klingelt Frau Cornamontis heraus.*

DER TABAKHÄNDLER PALMOSA *Frau Cornamontis eigentümlich anblickend:* Frau Cornamontis, dem Callas sind die Gäule abgesprochen worden.

FRAU CORNAMONTIS Dann werde ich ja wohl bald hier einen Besuch bekommen. *Wieder hinein.*

DER TABAKHÄNDLER PALMOSA *geht in seinen Laden zurück:* Das ist der Wandel der Zeiten.

*Die Gasse herunter kommt der Pächter Callas mit seiner Tochter, die einen Koffer trägt.*

NANNA Jetzt wären wir wieder so weit. Das ist das Haus. Hier standen die Leute und sagten: Wie kommt ein tschuchisches Mädchen in so ein Haus! Es ist unwürdig, schrien sie. Aber weil man die schönsten Wörter nicht essen kann, muß ich froh sein, wenn ich wieder hier unterkomme.

DER PÄCHTER CALLAS Sie werden ganz zufrieden sein, wenn du wiederkommst.

NANNA Das weiß ich nicht.

DER PÄCHTER CALLAS Hoffentlich sieht uns niemand hier von diesen Iberinleuten. Sonst sperren sie mich noch ein, weil ich mich nicht als Volksheld aufführe. *Sie schellen.* Warum öffnet denn niemand?

NANNA Vielleicht wurde es doch noch zu guter Letzt vom Gericht geschlossen?

DER PÄCHTER CALLAS So, jetzt ist es recht! Jetzt kann ich dich durchfüttern durch den Winter!

FRAU CORNAMONTIS *kommt heraus:* Ach, Nanna!

NANNA Guten Tag, Frau Cornamontis!

DER PÄCHTER CALLAS Guten Tag, Frau Cornamontis!

NANNA Frau Cornamontis, die Erwartungen, die mein Vater betreffs meiner Zukunft gehegt hat, sind leider nicht in Erfüllung gegangen. Ich hätte es ihm gleich sagen können. Aber eine ganz ungewöhnliche Gerichtsverhandlung, in deren Mittelpunkt wir standen, hatte in ihm, wie Sie wissen, übertriebene Hoffnungen erweckt. Mein Vater bittet Sie, mich wieder bei sich aufzunehmen.

FRAU CORNAMONTIS Ich weiß nicht, ob ich dich wieder nehmen soll.

NANNA Ach, Frau Cornamontis, der Lauf der Welt ist sonderbar. Vor zwei Tagen haben mich die Leute auf den Schultern aus dem Gerichtssaal getragen und mir dabei ein Paar neue seidene Strümpfe zerrissen. Dabei kann ich noch von Glück sagen, denn solche Dinge gehen für gewöhnlich noch übler aus. Alle die kleinen Leute, die gestern und heute so herumbrüllten, werden bald wieder aufwachen. Acht Pesos verdienen und für achtzig Pesos Krach machen, wie soll das gut ausgehen!

FRAU CORNAMONTIS So etwas bleibt doch immer obenauf! *Betrachtet die zurückgekehrte Nanna.* Nur wenige Tage aus meinem Haus und schon so vernachlässigt! Ich kann wieder ganz von vorn anfangen mit der Erziehung! Wozu habe ich dir das teure Geld für Körperpflege nachgeworfen, wenn schon nach drei Tagen alle Anmut zum Teufel ist? Der Strumpf hängt herunter! Und was hast du wieder in dich hineingefressen die Tage! Dein Teint ist nicht zum Anschauen! Und dieses neue Lächeln kannst du dir nicht einfach abwaschen! Dieses Mädchen hat gelächelt wie eine Aphrodite, jetzt grinst es! Und diese schweinischen Bewegungen mit der Hüfte, wie eine Strichhure! Ich werde es mir sehr überlegen müssen. Das einzige, was für dich spricht, ist, daß die Herren Mädchen bevorzugen, die gestern noch unerreichbar schienen. Vielleicht versuche ich es noch einmal mit dir. *Sie geht ins Haus.*

DER PÄCHTER CALLAS Also, liebe Nanna, die Stunde der Trennung schlägt wieder. Ich freue mich, daß ich dich wieder einmal getroffen habe und mich dabei überzeugen konnte, daß es dir gar nicht so übel geht, jedenfalls besser als deinen armen Eltern! Solltest du in der nächsten Zeit etwas erübrigen können, so wären wir dir dankbar. Immerhin haben deine liebe Mutter und ich dir die Möglichkeit gegeben, hier dein Fortkommen zu finden. Wolle das nicht vergessen.

NANNA Guten Tag, lieber Vater, wir haben jedenfalls einige schöne Tage mitsammen verlebt. Mach aber jetzt keine Dummheiten mehr und geh schnell heim.

*Sie geht hinein.*

DER TABAKHÄNDLER PALMOSA *tritt aus dem Laden, wo er gelauscht hat:* Sind Sie nicht der »Callas mit den Gäulen«?

DER PÄCHTER CALLAS Ja, »Callas mit den Gäulen«, so nannte man mich. Aber diese Gäule waren ein Dreitagetraum. Damals war die Sichel noch im Aufstieg, aber dann hat sie leider nachgelassen.

DER TABAKHÄNDLER PALMOSA Haben Sie wenigstens Erfolg gehabt mit Ihrer Anregung in dem Prozeß gegen den de Guzman, daß die Pacht gestrichen werden soll?

DER PÄCHTER CALLAS *erschrocken:* Die Pacht? Richtig! Davon ist ja in dem Trubel überhaupt nicht mehr die Rede gewesen. Das muß ich sofort in Erfahrung bringen! Mensch!

DER TABAKHÄNDLER PALMOSA Wo? Wo werden Sie das in Erfahrung bringen?

DER PÄCHTER CALLAS Wo?

DER TABAKHÄNDLER PALMOSA Am besten ist es, Sie gehen sofort zum Herrn Iberin.

DER PÄCHTER CALLAS Zum Iberin? Zu dem gehe ich nicht mehr, mein Lieber. Aber herausbringen muß ich es.

*Er geht weg, immer mehr ins Laufen kommend.*

DER TABAKHÄNDLER PALMOSA Wohin laufen Sie denn?

*Er geht kopfschüttelnd in seinen Laden zurück.*

*Isabella de Guzman, die Oberin von San Barabas und die Anwälte kommen vom Prozeß.*

DIE OBERIN
Ich denke, aus dem Gröbsten sind wir. Eben
Flüsterte mir Herr Peruiner zu
Er lasse Ihren Bruder grüßen. Jetzt
Sei alles ja im Lot. Ja, und Herr Saz
Sagte bedeutungsvoll: Wenn unsere Truppen
Einziehen in die Hauptstadt, werden sie
Herrn Iberin eine Überraschung bringen.
Er lachte dabei.

DER TSCHUCHISCHE ANWALT
Alles steht sehr gut.

*Die Straße herunter kommen der Inspektor und ein Hua mit Emanuele de Guzman in Ketten. De Guzman hat ein großes Pappschild um den Hals, auf dem steht: »Ich bin ein Tschiche und habe ein tschuchisches Mädchen geschändet und bin dafür zum Tode verurteilt.«*

ISABELLA
Was ist das?

DER TSCHUCHISCHE ANWALT Herr de Guzman!
Herr de Guzman, ich gratuliere! Alles in Ordnung.

DIE OBERIN
Die Pferde sind dem Pächter abgesprochen.

DER TSCHICHISCHE ANWALT
Und dies bedeutet, daß die Güter wieder
Ganz sicher sind.

HERR DE GUZMAN
Und ich?

DER TSCHUCHISCHE ANWALT
Ach, das wird auch jetzt
In Ordnung kommen. Davon sprach man gar nicht.

ISABELLA
Emanuele, warum sagst du nichts?
Und blickst so bleich? Und warum diese Ketten?
Und dieses Schild, warum?

DIE OBERIN
Formsach' vermutlich!

ISABELLA
Ach, Bruder, sprich! Wo führen sie dich hin?
Sei nicht so stumm!

HERR DE GUZMAN
Ich bin verloren, Schwester!
Ich komm nach Heilig Kreuz!

ISABELLA
Nein!

DER TSCHUCHISCHE ANWALT *zum Inspektor:*
Ist das wahr?

DER INSPEKTOR Herr, es ist wirklich kein gutes
Zeichen. Aus dem Gefängnis Heilig Kreuz ist
noch keiner lebend wieder herausgekommen.

HERR DE GUZMAN
O Gott, ich geh nicht weiter, keinen Schritt!
*Er setzt sich auf den Boden.*

ISABELLA
's ist also wahr? Ach, Oberin, das war es
Was mir im Kopf herumging all die Zeit.
Jetzt weiß ich es. Ob all dem Trubel und Feilschen
Um diese Pferde haben wir ihn vergessen.
Die Pferde sind ihm gerettet jetzt. Doch er
Ist uns verloren.

HERR DE GUZMAN
Ja, mich hängt man.

DER TSCHUCHISCHE ANWALT
Unsinn.
Nach diesem Sieg!

DIE OBERIN
Hörst du die Glocken, mein Sohn?
Das ist dein Sieg!

ISABELLA
Nein! Warum sprecht ihr so?
Es steht nicht gut. Und jetzt erinnr' ich mich:
Ein Mann trat zu mir in dem Siegestrubel
Und sagte mir, ich sollte meinen Bruder
Jetzt nicht vergessen. Das Gesetz lauf manchmal
Auf so mechanische Art. Und danach bot er
Mir seine Hilfe an.

DER TSCHUCHISCHE ANWALT
Wie sah er aus?

ISABELLA
Ein großer Mann von tierischem Aussehn.

DER TSCHUCHISCHE ANWALT
Das ist
Der Zazarante, Iberins rechte Hand.

DER INSPEKTOR
Der Kommandant von Heilig Kreuz!

DER TSCHUCHISCHE ANWALT
Sprach er
Nicht noch genauer? Zeitpunkt? Ort des Treffens?

ISABELLA
Er gab mir eine komische Zeit: früh fünf Uhr.
*Pause.*

HERR DE GUZMAN
Schwester, das ist die Rettung.

ISABELLA
Emanuele…

HERR DE GUZMAN
Er hat für dich Interesse. 's ist ein Antrag.
Die Sach' besprechen, zwischen fünf und sechs!

Die Sprechweis' kenn ich. Ich besprach die Pacht...
Du mußt hingehen.

ISABELLA
Bruder!

HERR DE GUZMAN
Widersprich nicht!

DIE OBERIN
Nun, Herr de Guzman, das ist stark. Man kann doch
Unmöglich einen Pachtherrn hängen. Sie sind
Ein Pachtherr, lieber Freund!

HERR DE GUZMAN
Nein, ich bin Tschiche.

DER TSCHICHISCHE ANWALT
Natürlich war's ein Antrag. 's war Erpressung
Versucht, bevor die Sichel zerschlagen war.
Bis dahin konnten sie uns auch erpressen.
Jetzt ist die Sichel aus der Welt. Das müssen
Sie doch begreifen, lieber Herr!

ISABELLA
Was heißt das?

DIE OBERIN
Sie hätten gestern vielleicht hingehn müssen.
Heut ist es nicht mehr nötig.

HERR DE GUZMAN
Doch, 's ist nötig.
Schwester, du weißt, man will mich abschlachten, weil ich
Ein Tschiche bin, wofür ich doch nichts kann.

ISABELLA
Ja, wir sind Tschichen. Seht doch seinen Kopf!
Ist er nicht spitz? Seit heute nicht mehr spitz?

HERR DE GUZMAN
Seht, sie versteht mich!

ISABELLA
Ja, ich versteh dich.

HERR DE GUZMAN
Und daß ich hängen soll!

ISABELLA
Sie wolln ihn hängen.

HERR DE GUZMAN
Und jetzt kommt's darauf an, so schnell wie irgend –
Da es ja feststeht, daß man überfallen
Und ausgeraubt sein soll – zu überlegen
Was man ausliefern soll: um was es mehr
Und um was weniger schad ist. Ob man nicht
Anstatt des Kopfs was anderes bieten kann
Das einem weniger fehlte und dem andern
Mehr nützte. Kurz, das nackte Leben muß
Gerettet sein und als das Höchste gelten.

ISABELLA *sieht ihren Bruder entsetzt an:*
Wie sprichst du, Bruder! Der mich ansprach, war
Ein Mensch von tierischem Aussehn.

HERR DE GUZMAN
Wie seh ich aus?
Die Pächterstochter sah mich vielleicht tierisch.
Natürlich ist's nicht leicht, doch meinst du, ihr
War's leicht, mit mir zu sein? Sieh diesen Bauch.
Und sie war jung wie du.

ISABELLA
Und du hast es verlangt?

HERR DE GUZMAN
Ich hab's verlangt.

ISABELLA
Nun gut, so wisse, Bruder
Wenn es von mir verlangt würd: ich tu's nicht.

HERR DE GUZMAN
Ich hab's verlangt! Und er verlangt es auch!
Und 's ist auch nicht nur meine Sach'! 's ist deine!
Wenn man mich hängt, zahlt dir kein Pächter Pacht
Und deine Keuschheit liegt am freien Markt.
Sie will bezahlt sein, und das liegt an dir!

ISABELLA
Um alles bitt mich, Bruder, nicht um das!

HERR DE GUZMAN
Stell dich nicht an! Und spiel hier nicht die Heilige!
Mich hängen sie, und weder für die Hur
Noch für die Betschwester will ich gehängt sein. Schluß!

ISABELLA
O Bruder, nur die Not macht dich so schlecht!
*Sie läuft weg.*

HERR DE GUZMAN *brüllt ihr nach:*
So knapp am Tod ist keiner mehr gerecht!

DER TSCHUCHISCHE ANWALT
Sie wird es niemals tun.

DIE OBERIN
Ich seh nach ihr. *Ab.*

DER TSCHICHISCHE ANWALT
Ich sprech mit Peruiner. Morgen früh muß
Wer von den großen Pachtherrn in der Stadt ist
Am Richtplatz sein. De Guzman, Sie sind Pachtherr! *Ab.*

DER HUA *der sich auf die Fußkugel des de Guzman gesetzt hatte, steht auf:* Steh auf! *Zum Inspektor:* Treten Sie ihm in den Sack! Mich freut der ganze Sieg nicht; sofort, als er gemeldet wurde, haben sie uns die Kostgelder gestrichen.

DER INSPEKTOR Wir müssen uns jetzt auf die Socken machen, Herr de Guzman.

HERR DE GUZMAN *steht auf:*
Ich bin verloren.
DER TSCHUCHISCHE ANWALT *zum Inspektor:*
Er ist sehr nervös.
*Sie gehen ab.*
DER TABAKHÄNDLER PALMOSA *der wieder gelauscht hat, läuft wieder zum Kaffeehaus und klingelt Frau Cornamontis und Nanna heraus:* Fräulein Callas, Sie haben etwas Wichtiges versäumt. Eben kamen sie mit dem de Guzman vorbei. Er wird nach Heilig Kreuz überführt. Sie haben also wenigstens die Genugtuung, daß dieser Mensch aufgehängt wird.
NANNA So, wird er das?
DER TABAKHÄNDLER PALMOSA Sie scheinen aber nicht besonders erfreut.
NANNA Wissen Sie, Herr Palmosa, ich habe diesen Herrn Iberin an der Arbeit gesehen. Gestern verurteilte uns der Vizekönig, heute tut es Herr Iberin. Heute ist es die Oberin von San Barabas, die uns die Gäule wieder wegnimmt: warum soll es morgen nicht wieder Herr de Guzman sein?
*Sie singt »Die Ballade vom Wasserrad«.*

DIE BALLADE VOM WASSERRAD

1
Von den Großen dieser Erde
Melden uns die Heldenlieder:
Steigend auf so wie Gestirne
Gehn sie wie Gestirne nieder.
Das klingt tröstlich und man muß es wissen.
Nur: für uns, die wir sie nähren müssen
Ist das leider immer ziemlich gleich gewesen.
Aufstieg oder Fall: wer trägt die Spesen?
Freilich dreht das Rad sich immer weiter
Daß, was oben ist, nicht oben bleibt.
Aber für das Wasser unten heißt das leider
Nur: daß es das Rad halt ewig treibt.

2
Ach, wir hatten viele Herren
Hatten Tiger und Hyänen
Hatten Adler, hatten Schweine
Doch wir nährten den und jenen.
Ob sie besser waren oder schlimmer:
Ach, der Stiefel glich dem Stiefel immer
Und uns trat er. Ihr versteht: ich meine
Daß wir keine andern Herren brauchen, sondern keine!
Freilich dreht das Rad sich immer weiter
Daß, was oben ist, nicht oben bleibt.
Aber für das Wasser unten heißt das leider
Nur: daß es das Rad halt ewig treibt.

3
Und sie schlagen sich die Köpfe
Blutig, raufend um die Beute
Nennen andre gierige Tröpfe
Und sich selber gute Leute.
Unaufhörlich sehn wir sie einander grollen
Und bekämpfen. Einzig und alleinig
Wenn wir sie nicht mehr ernähren wollen
Sind sie sich auf einmal völlig einig.
Freilich dreht das Rad sich immer weiter
Daß, was oben ist, nicht oben bleibt.
Aber für das Wasser unten heißt das leider
Nur: daß es das Rad halt ewig treibt.

## 9
## Im Kaffeehaus der Frau Cornamontis

*Isabella de Guzman steht vor dem Eingang.*

ISABELLA
Seitdem ich weiß, daß man ihn hängen will
Weiß ich auch, daß ich für ihn gehen muß.
Die alles dies schon oftmals durchgemacht
Die will ich fragen: ob es möglich ist.
Dabei selbst kalt zu bleiben, und was man
Anziehen müßt und manche Einzelheit.
Soll man so tun, als käme man aus eigenem
Weil die Person, die es verlangt, zufällig
Einen Eindruck gemacht hätt und vielleicht im Schlaf
Einem erschienen sei? Vielleicht verwischt man so
Den bösen Schein, als ob man käuflich sei.
Vielleicht ist's würdiger, es durchblicken zu lassen.
Recht ohne Scheu, daß man mißbraucht wird und
Nichts machen kann, jedoch im Grund ganz uner-
Reichbar und fern ist, während man sich hingibt.
Ob solches häufig vorkommt, etwa so, daß
Die Männer, denen man dies anträgt, nichts
Verächtliches drin finden können. Denn
Vielleicht ist, was da verlangt wird, so wenig
Daß großes Sträuben anzeigt nur zu große
Beteiligung: man hätt zuviel gewährt.
Auch werden solche Mädchen niemals schwanger
Und wissen, wie man es verhüten kann, daß

Die Sünde Frucht trägt. Ach, vieles gibt es noch.
*Sie läutet.*

NANNA *öffnet ihr:* Was wünschen Sie hier?

ISABELLA Guten Tag, Nanna, du mußt mich kennen, wir haben, als wir klein waren, oft zusammen auf dem Hofe gespielt.

NANNA Ja, und womit kann ich Ihnen dienen?

ISABELLA Ich nehme dir wohl die Zeit weg?

NANNA Kümmern Sie sich nicht darum.

ISABELLA Die Umstände zwingen mich, dich aufzusuchen. Die Hinrichtung meines Bruders ist für morgen früh um fünf festgesetzt. Eine gewisse Möglichkeit, ihn zu retten, wenn auch unter ungewöhnlichen Opfern, bringt mich in eine Lage, der ich, ungeübt auf dem betreffenden Gebiete, allein nicht Herr werden kann.

NANNA Setzen Sie sich.

ISABELLA *setzt sich:* Kann ich ein Glas Wasser haben? Ich fühle mich nicht wohl. *Nanna holt ein Glas Wasser.* Ein gewisses Angebot des Direktors von Heilig Kreuz, der meine äußerste Erniedrigung wünscht, stellte mich, wenn ich es annähme, vor ungeahnte Schwierigkeiten.

NANNA Jawohl.

ISABELLA Ich verstehe nichts von Liebe.

NANNA Nein.

ISABELLA Nenne mich nicht zynisch, wenn ich dir einfach aus Bedrängnis Fragen stellen möchte, die du von deinem Beruf her zu beantworten gewohnt bist.

NANNA Sie können fragen, aber Sie müssen der Patronin die Zeit bezahlen.

ISABELLA Gut, ich werde die Zeit bezahlen.

NANNA Ich kann mir denken, was Sie wissen wollen, und würde Ihnen vorschlagen, die Patronin zuzuziehen. Sie hat eine ungeheure Erfahrung.

ISABELLA Ist sie verschwiegen?

NANNA Von Beruf.

ISABELLA Gut, ich bin einverstanden.

*Nanna holt Frau Cornamontis.*

NANNA *an der Theke zu Frau Cornamontis:* Rupfen Sie sie gehörig. Sie ist sehr begütert.

*Beide treten in das Nebenzimmer.*

FRAU CORNAMONTIS Sagen Sie mir nicht Ihren Namen und fragen Sie mich so kühn wie einen Beichtvater, mein Kind.

ISABELLA Sie müssen wissen, daß das Leben meines Bruders davon abhängt, daß ich zu einem hochgestellten Herrn gehe, auf den ich, wie man mir sagt, Eindruck gemacht habe. Ich weiß nicht, wie ich mich benehmen soll, und kaum, ob diese Art, Liebe zu gewähren und zu verlangen, üblich ist.

FRAU CORNAMONTIS Durchaus.

ISABELLA Oh.

FRAU CORNAMONTIS Fahren Sie fort.

ISABELLA Wird ein Mann, den eine Umarmung enttäuscht, sich nicht vielleicht der Verpflichtung entziehen, die er eingegangen ist, und die Versprechungen brechen, die er gegeben hat?

NANNA Das ist doch möglich?

ISABELLA Was für ein Mittel gibt es dagegen?

FRAU CORNAMONTIS Sie brechen alle Versprechungen, und es gibt kein Mittel dagegen. Nur der Wunsch nach neuerlichen Umarmungen hält sie von den äußersten Brutalitäten zurück.

ISABELLA Da so unendlich viel davon abhängt: sicher ist auch dieser Aufzug, in dem ich gehe, nicht günstig.

FRAU CORNAMONTIS Sehr günstig.

ISABELLA Es ist das Kleid der Novizen.

FRAU CORNAMONTIS Eben.

ISABELLA Entschuldigen Sie meine Verwirrung. Soviel kaltes Leinen?

FRAU CORNAMONTIS Möglichst viel Leinen. Sehr gut, Leinen.

ISABELLA Ein nicht weniger kaltes Wesen?

FRAU CORNAMONTIS Das kälteste.

ISABELLA Oh! So fürchten Sie nichts von der Ungeschicklichkeit?

FRAU CORNAMONTIS Gar nichts.

ISABELLA Aber ich weiß wahrscheinlich weniger von den Dingen, als Sie annehmen können.

FRAU CORNAMONTIS Es ist weniger zu wissen, als Sie sich vorstellen, mein Kind! Das ist das Traurige. Nicht die Übung, sondern die natürliche Anlage, die selten vorhanden ist, gibt diesen Dingen eine Art Reiz. Aber fürchten Sie nichts: Sie werden auch ohne Reiz genossen. Für diese dürftigen Vergnügungen ist beinahe jede geeignet.

ISABELLA So gibt es nichts, was dagegen spräche, daß ich diesen Kelch leere?

FRAU CORNAMONTIS Nichts. *Stille.* Doch. Etwas.

ISABELLA Und dies wäre? Sprechen Sie! Oh, sprechen Sie!

FRAU CORNAMONTIS Ihr Geld, meine Liebe! Das spricht sogar sehr dagegen. Warum sollten Sie in Ihrer Stellung, sich etwas vergeben? Warum das geringste tun, wozu Sie keine Neigung verspüren? Wäre es nicht geradezu unpassend, wenn Sie, für die andere, weniger empfindsame Leute unter solchen Anstrengungen Geld schaffen, etwas täten, was Sie bei diesen

Leuten ins Gerede brächte? Es wäre unpassend! Was würden Sie sagen, wenn der Regen eines Tages von unten nach oben fiele? Sie würden es mit Recht unschicklich finden. Nein, Sie werden nichts dergleichen tun.

ISABELLA Aber eine gewisse hohe Person verlangt es.

FRAU CORNAMONTIS Mit Recht, mein Kind, dagegen ist nichts zu sagen. Warum sollte er's nicht verlangen, wenn er hochgestellt ist? Und warum sollte er nicht erhalten, was er verlangt? Aber Sie, was geht das Sie an, die Sie auch hochgestellt sind und über Mittel verfügen, die es Ihnen gestatten, der Gerechtigkeit einen gewissen Schick zu verleihen? Dieses je ne sais quoi…

ISABELLA An was denken Sie?

FRAU CORNAMONTIS An uns natürlich. An wen anders. Wieviel besser sind wir doch in der Lage, eine Erniedrigung zu erdulden, niedrige Leute. Hier sitzt dieses faule Stück, zu träge zum Blinzeln, dabei wird von ihrer Arbeit gesprochen! Nanna, geh hinaus und warte draußen! *Nanna geht hinaus.* Mein bestes Mädchen wird für Sie gehen.

ISABELLA Unmöglich, Sie wissen nicht, wer es ist.

FRAU CORNAMONTIS Wer immer es ist, er wird nichts merken.

ISABELLA Es ist der Direktor von Heilig Kreuz.

FRAU CORNAMONTIS Jawohl. Sie wird in Ihren Kleidern gehen und Ihr Wesen nachahmen. Aber ihr Erfolg wird größer sein, als der Ihre es sein könnte. Ihr Bruder wird frei sein. Und der Regen fließt nicht nach oben. Das wird Sie eintausend Pesos kosten.

ISABELLA Aber wird sie auch gehen gegen Entgelt?

FRAU CORNAMONTIS Mit Vergnügen. Geld macht sinnlich. *Sie singt Isabella ein Kuppellied vor.*

KUPPELLIED

1

Ach, man sagt, des roten Mondes Anblick
Auf dem Wasser macht die Mädchen schwach
Und man spricht von eines Mannes Schönheit
Der ein Weib verfiel. Daß ich nicht lach!
  Wo ich Liebe sah und schwache Knie
  War's beim Anblick von – Marie.
  Und das ist bemerkenswert:
  Gute Mädchen lieben nie
  Einen Herrn, der nichts verzehrt.
  Doch sie können innig lieben
  Wenn man ihnen was verehrt.
  Und der Grund ist: Geld macht sinnlich
  Wie uns die Erfahrung lehrt.

2

Ach, was soll des roten Mondes Anblick
Auf dem Wasser, wenn der Zaster fehlt?
Und was soll da eines Mannes oder Weibes
  Schönheit
Wenn man knapp ist und es sich verhehlt?
  Wo ich Liebe sah und schwache Knie
  War's beim Anblick von – Marie.
  Und das ist bemerkenswert:
  Wie soll er und wie soll sie
  Sehnsuchtsvoll und unbeschwert
  Auf den leeren Magen lieben?
  Nein, mein Freund, das ist verkehrt.
  Fraß macht warm und Geld macht sinnlich
  Wie uns die Erfahrung lehrt.

FRAU CORNAMONTIS *ruft:* Nanna! *Zu Isabella:* Das Mädchen braucht den Preis nicht zu wissen. *Nanna tritt ein.* Nanna, tausche deine Kleider mit denen der Dame. Du gehst für sie zum Direktor.

NANNA Was bekomme ich?

FRAU CORNAMONTIS Sei nicht unverschämt. Du wirst nach dem Tarif bekommen. Zieht euch jetzt um.

ISABELLA Ich möchte einen Schirm haben.

NANNA Ich sehe nicht hin.

ISABELLA Ich möchte doch einen Schirm.

*Nanna bringt ihr einen Paravent. Die Mädchen wechseln ihre Kleider.*

FRAU CORNAMONTIS Sieh, Nanna, jetzt trägst du das Kleid, aber wie wirst du dich darin bewegen? Ich werde die hohe Persönlichkeit vertreten. Was wünscht die Dame? Antworte!

NANNA Ich bin hier, um Sie noch einmal um meinen Bruder zu bitten…

FRAU CORNAMONTIS Anzuflehen!

NANNA Anzuflehen!

FRAU CORNAMONTIS *zu Isabella:* Würden Sie das sagen?

ISABELLA Ich würde nichts sagen.

FRAU CORNAMONTIS Und alles ahnen lassen?

NANNA Wie macht man das? Ich mag diese Komödie hier nicht.

FRAU CORNAMONTIS Schweig! Er wird vielleicht über die Gründe sprechen wollen, die dich veranlaßt haben, zu den Bedürftigen Schwestern von San Barabas zu gehen. Was wirst du sagen?

NANNA Ich habe das Geld dazu. Wenn ich es hier nicht anlege, dann wird es mir womöglich noch weggenommen. Ich habe nämlich einen Spitzkopf. Eine Heirat hilft da nicht. Einen Spitzköpfigen mag ich nicht heiraten, denn er bietet mir keine Sicherheit in diesen Zeiten, und ein Rundköpfiger nimmt mich nicht. Bei den Bedürftigen Schwestern von San Barabas hab ich meine Bequemlichkeit. Ich tue fast nichts den ganzen Tag, jedenfalls keine körperliche Arbeit, aber ich esse gut und wohne, ohne belästigt zu werden. So habe ich keine Sorgen wie andere.

FRAU CORNAMONTIS Stimmt das?

ISABELLA Es sind nicht meine Gründe. Aber warum muß es stimmen? Ich möchte meine Gründe nicht nennen.

FRAU CORNAMONTIS Aber sie wird sie nennen müssen. Und sie wird sich ausdrücken, wie sie sich vorhin ausgedrückt hat, wie eine Stallmagd, ohne jede Feinheit. Sprechen Sie es ihr vor.

*Die Schwester des Pachtherrn unterweist die Pächterstochter in den drei klösterlichen Haupttugenden: Enthaltsamkeit, Gehorsam und Armut.*

ISABELLA *leise:*

Ach, ich wünschte mir stets, meine Kindheit möge nie enden.
Wünschte mir froh meine Tage und still meine Nächte.
Ach, gesichert zu leben in reinlicher Kammer vor Mannes-
Gier und Roheit für immer, ist, was ich möchte.
So daß es für mich nur den Einen gibt
Dem ich mich anvertrau und der mich liebt.

FRAU CORNAMONTIS *weint:* Da siehst du, was Vornehmheit ist, du Pächtersfetzen!

NANNA *frech:*

Ach, ich wünschte mir stets, meine Kindheit möge nie enden.
(So wie die gebaut war!)
Wünschte mir froh meine Tage und still meine Nächte.
(Kunststück!)
Ach, gesichert zu leben in reinlicher Kammer vor Mannes-
Gier und Roheit, ist, was ich auch einmal möchte!
Und daß es für mich auch nur einen gibt
Dem ich mich anvertrau und der mich liebt.

FRAU CORNAMONTIS *empört:* Was redest du denn da daher, du Miststück! Nimm dich gefälligst zusammen!

NANNA Ja, das muß ich.

FRAU CORNAMONTIS *zu Isabella:*

Bitte, fahren Sie fort! Es ist ein Erlebnis für mich.

ISABELLA

Aller Tugenden schönste ist der Gehorsam
Wie soll ich wissen, was für mich gut ist? Das eine
Weiß ich: der Herr meint es gut mit mir, und darum sag ich:
Nicht mein Wille geschehe, sondern der seine!
Auf daß Er mir mein Ungeschick vergibt
Mich prüft, mich folgsam findet und mich liebt.

FRAU CORNAMONTIS *zu Nanna:* Jetzt wiederhole, aber genau!

NANNA *unbewegten Gesichts:*

Aller Tugenden schönste ist der Gehorsam.
Wie soll ich wissen, was für mich gut ist? Das eine
Weiß ich: der Herr meint es gut mit mir, und darum sag ich:
Nicht mein Wille geschehe, sondern der seine!
Auf daß er mir mein Ungeschick vergibt
Mich prüft, mich folgsam findet und mich liebt.

ISABELLA

Aber von allem, was sein muß, ist Armsein das erste.
Und es soll mir nicht Last, noch Opfer, noch Harm sein.
Ach, verlange von mir, Deiner Dienerin, immer das Schwerste!
Um das, was Du willst, zu tun, o Herr, muß ich arm sein.
Daß Du mich eifrig findest und mich liebst
Und gnädigst mir von Deinem Reichtum gibst.

NANNA

Aber von allem, was sein muß, ist Armsein das erste.
Und es soll mir nicht Last, noch Opfer, noch Harm sein.
Ach, verlange von mir, deiner Dienerin, immer das Schwerste!
Um das, was du willst, zu tun, mein Herr, muß ich arm sein.
Daß du mich eifrig findest und mich liebst

Und mir 'nen Zehner von deinem Reichtum
gibst.

FRAU CORNAMONTIS Um Gottes willen, wir haben das Wichtigste vergessen!

NANNA Was?

FRAU CORNAMONTIS Sie ist eine Tschuchin! Sie hat einen runden Kopf! Sicher interessiert sich die hohe Persönlichkeit gerade für die Tschichin! Gestalt und Bewegungen sind gleich, alles andere wird genügen. Das Kleid stimmt. Aber der Kopf ist anders! Er wird ihr über den Kopf streichen und alles entdecken!

NANNA Gebt mir eine Haarunterlage und ich werde dafür sorgen, daß er nicht an den Kopf kommt. Ich meine übrigens, daß es bei derlei nicht auf die Rasse ankommt.

*Nanna wird frisiert, daß ihr Kopf wie der Isabellas aussieht.*

FRAU CORNAMONTIS Soviel euch jetzt noch unterscheiden mag, eure Stellung und eure Vermögenslage: der Kopf ist der nämliche. *Zu Nanna:* Benimm dich auch deiner vornehmen Sprache entsprechend etwas hölzern. Vergiß, was du bei mir gelernt hast, tu, als hättest du nichts gelernt, als genüge dein bloßes Vorhandensein. Stelle dir einfach vor, wie etwa ein Brett seine Gunst verschenken würde! Gib nichts her, aber tu, als gäbst du zuviel. Nimm alles, aber tu, als sei es nichts. So kommt er um sein Vergnügen, aber dir ist er verpflichtet. Geh hinauf und wasch dir noch einmal die Hände und nimm dir von meinem Gesichtswasser, das auf dem Schrank, oder nein, es ist zu gewöhnlich; es ist vornehmer, du riechst nach nichts. *Nanna geht nach oben. Frau Cornamontis zu Isabella:* Sie aber werden hierbleiben, bis Nanna zurück ist und Sie in ein paar Stunden in Ihren Kleidern heimgehen können.

*Frau Cornamontis geht hinaus und setzt sich an die Theke. Es treten auf Frau Callas und ihre vier kleinen Kinder.*

FRAU CALLAS Ach, Frau Cornamontis, als wir erfuhren, daß eine neue Zeit angebrochen ist, ist mein Mann, der Pächter, in die Stadt gegangen, um sich sein Teil herauszuschneiden. Wir haben gehört, daß unser Pachtherr zum Tode verurteilt ist. Es ist wegen Pachtwucher. Gestern hat man uns nun unsere Kuh wegen nichtbezahlter Steuern weggetrieben. Aber mein Mann ist nicht zurückgekommen bis jetzt. Wir haben meinen Mann überall gesucht, und meine Kinder können nicht mehr laufen und sind hungrig, aber ich habe kein Geld, ihnen eine Suppe zu kaufen. Früher hat unsere Nanna uns in solchen Fällen ausgeholfen. Jetzt hat sie sich, wie wir gehört haben, verbessert und ist nicht mehr bei Ihnen. Auf die Dauer war Ihr Haus, Frau Cornamontis, ja auch nichts für unsere Tochter. Aber vielleicht können Sie uns sagen, wo sie jetzt ist?

FRAU CORNAMONTIS Sie ist wieder hier, sie ist nicht abkömmlich. Aber die Suppe können Sie natürlich haben.

*Frau Cornamontis gibt ihnen Suppe. Die Familie setzt sich auf die Treppe und ißt die Suppe. Nanna kommt herein. Sie bahnt sich einen Weg durch die Familie, die essend vor der Tür sitzt. Sie wird angehalten.*

FRAU CALLAS Da ist das Pachtfräulein! Sagt euer Sprüchlein auf!

DIE KINDER

Lieber Herr de Guzman, das möchte uns so
passen
Lieber Herr de Guzman möcht uns die Pacht
erlassen

NANNA *hinter dem Schleier:* Macht euch keine Hoffnung!

*Zum Publikum:*

So geh ich, daß sich alles wieder dreh
Und so in Ordnung komm. Denn wenn ich geh
Geht nicht die Tschuchin für die Tschichin nur:
Arm geht für reich und für die Nonn die Hur.

## 10
## Gefängnis

*In der einen Todeszelle sitzen gefangene Pächter, darunter Lopez. Sie werden von Huas geschoren. In der andern Todeszelle sitzt der Pachtherr de Guzman. Draußen werden Galgen aufgeschlagen.*

DER HUA *zu dem Pächter, den er schert:* War es so wichtig, überall dieses Sichelzeichen hinzuschmieren?

DER PÄCHTER Ja.

DER HUA Wer wird denn jetzt euren Frauen durch den Winter helfen?

DER PÄCHTER Das wissen wir nicht.

DER HUA Und wer wird die Äcker pflügen im Frühjahr, wenn ihr nicht da seid?

DER PÄCHTER Das wissen wir auch nicht.

DER HUA Werden überhaupt noch Äcker da sein im Frühjahr?

DER PÄCHTER Auch das wissen wir nicht.

DER HUA Aber daß die Sichel einmal siegen wird, das wißt ihr?

DER PÄCHTER Ja, das wissen wir.

DER INSPEKTOR *kommt mit einem Metermaß, mit dem er die Genickstärke des Pachtherrn mißt:* Ihren Fall finde ich menschlich selber ergreifend. Man hört allgemein, daß in der Stadt viele Pächter sind, die nur darauf warten, ob der Pachtherr wirklich gehängt wird. Dann wollen sie am Ersten alle zusammen keine Pacht bezahlen. Wie will man ihn da hängen! Genickstärke zwei Zoll, das macht Fallhöhe acht Fuß. Ruhe! Wenn ich mich verrechne, gibt es wieder Stunk! Ich erinnere nur an den Pressestunk bei dem Fall Colzoni vor zwei Jahren, weil das Fallbeil nicht klappte, und der viel größer war als der Pressestunk, der dann entstand, als es sich erwies, daß der Mann unschuldig gewesen war.

*Auftreten die beiden Anwälte.*

DER TSCHUCHISCHE ANWALT Herr Inspektor, die Schwester des Verurteilten hat sicher schon in diesem Augenblick alles in der Hand zur Rettung ihres Bruders.

DER INSPEKTOR *trocken:* Ich glaube es Ihnen. Vielleicht ist das die verschleierte Dame, die vorhin zum Kommandanten hineinging.

*Die Anwälte atmen auf.*

DER TSCHICHISCHE ANWALT *zu de Guzman, der in seiner Verstörtheit nichts gehört hat:* De Guzman, eine Freudenbotschaft! Ihre Schwester ist schon beim Kommandanten!

DER TSCHUCHISCHE ANWALT Wir können damit rechnen, daß der Zazarante in den nächsten Stunden uns hier nicht in die Quere kommt.

DER INSPEKTOR *im Abgehen:* Mit dem Scheren muß man aber doch anfangen!

*Der Hua beginnt den Pachtherrn zu scheren.*

DER TSCHUCHISCHE ANWALT *zum andern:* Leider steht es immer noch sehr schlimm. Selbst wenn der Kommandant beide Augen zudrückt, haben wir immer noch keine Lösung. Dabei ist unser Mann einer der größten Pachtherren des Landes.

*Der Pachtherr de Guzman und seine beiden Anwälte singen das »Lied eines Großen«.*

LIED EINES GROSSEN

1

HERR DE GUZMAN

Ach, sie sangen mir schon an der Wiege
Ich bräucht mir den Fuß an keinem Stein zu
 stoßen
Immer würd es Hände geben, die mich tragen
Denn, das hört ich sie oftmals sagen
Auf der Welt gehör ich zu den Großen!
(Dabei wog ich nur vier Pfund und heute bin ich
 so dick wie irgendeiner!)

DIE ANWÄLTE

Ja, wer hat Sie denn da großgezogen?
War das Ihre zarte Frau Mama?

HERR DE GUZMAN

Nein, dafür war eine Amme da
Irgendeine gute Frau von unten
Der sie dafür ein paar Groschen gaben.

DIE ANWÄLTE

Sehen Sie, da hat sich also wer gefunden
Der da machte, was Sie nötig haben!

2

HERR DE GUZMAN

Und ich erbte mühlos Vieh und Acker
Damals ging ich noch in kurzen Hosen
Doch ich brauchte mich da nicht zu plagen
Denn, das hörte ich sie oftmals sagen
Auf der Welt gehör ich zu den Großen!
(Dabei hatte ich eigentlich gar nichts übrig für
 die Landwirtschaft!)

DIE ANWÄLTE

Ja, wer pflügte denn da Ihren Acker?
Warn das etwa Sie, der ihn versah?

HERR DE GUZMAN

Nein, dafür warn doch die Knechte da.
Irgendwelche Leute, wissen Sie, von unten
Haben meinen Acker umgegraben.

DIE ANWÄLTE

Sehen Sie, da hat sich also wer gefunden
Der da machte, was Sie nötig haben!

3

DIE ANWÄLTE

Unser Herr Klient soll jetzt plötzlich aufge-
 hängt werden!
Wegen der Form seines Kopfes ist ihm das zu-
 gestoßen!
Das ist eine Sache, die sehr bös ist.
Kann man sich da wundern, wenn er sehr
 nervös ist?
Er gehört doch schließlich zu den Großen!

HERR DE GUZMAN

Ich gehör doch schließlich zu den Großen!

DIE ANWÄLTE (Ja, was sollen denn da die Pächter machen, wenn der Pachtherr aufgehängt ist?)

HERR DE GUZMAN

Ja, wie wird das jetzt mit diesem Hängen?

DIE ANWÄLTE
Nein, das ging ihm menschlich auch zu nah!
Ist dann da, verdammt! kein andrer da?
Irgendwer von unten, der da hinten-
Rum sich meldet zum Begraben?
Ja, da muß sich doch, zum Teufel! jemand finden
Der da macht, was Sie jetzt nötig haben!

*In einem Mauerloch hinten, das durch dicke Eisenstäbe vergittert ist, erscheint der Pächter Callas.*

DER PÄCHTER CALLAS *winkend:* Herr de Guzman! Herr de Guzman! Herr de Guzman, hier ist Ihr Pächter Callas! Sie müssen mir noch sagen, was mit der Pacht los ist!

DER TSCHUCHISCHE ANWALT Die Pacht geht an das Kloster San Barabas, Stiftskasse, Rückgebäude rechts.

DER PÄCHTER CALLAS Du bist nicht gefragt! Herr de Guzman, Sie müssen die Pacht nachlassen!

DER TSCHICHISCHE ANWALT Kommen Sie herein, wir sind keine Unmenschen! *Callas verschwindet im Fenster.* Herr de Guzman, ich glaube, wir haben einen Stellvertreter.

*Eintritt der Pächter Callas.*

DER PÄCHTER CALLAS *zum Zuschauer:*
Als ich von meinem Hofe ging
War, was ich wollte, wohl gering.
Ich wollte keine Pacht mehr zahlen
Sondern mein Korn für mich mahlen.
Und als ich in die Stadt Luma kam
Da fing ein Glockenläuten an.
Als ob ich wunder weiß was wär
Verschaffte man mir große Ehr.
Und wer einen Mann wie mich gekränkt
Der würde, hieß es, jetzt gehängt.
So kam der Frosch aus seinem Pfuhl
Und kam auf einen goldnen Stuhl.
Die Ehre machte mir schon Spaß
Doch brauch ich noch den Pachterlaß.
Denn was soll mir die Ehre dann
Wenn ich kein Brot für kaufen kann?
Denn gäb's zu fressen nur im Pfuhl
Dann müßt der Frosch herab vom Stuhl.
Von Ehre sprach man jetzt zwei Wochen
Doch von der Pacht wurd nicht gesprochen!
Ich seh, sie wollen's mir nicht sagen
Da muß ich wohl den Pachtherrn fragen.
Sei's, wie es will, was man mit mir auch macht:
Ich muß jetzt wissen: was ist mit der Pacht!

*Im Vorbeigehen sieht er in einer Todeszelle seinen einstigen Freund Lopez.*

DER PÄCHTER CALLAS *brüllend zu Lopez, der ihn schweigend ansieht:* Halt dein Maul! *Vor dem Käfig des de Guzman:* Herr de Guzman, wenn Sie mir die Pacht nicht nachlassen, nehme ich einen Strick und hänge mich auf, daß das Elend aufhört.

DER PÄCHTER LOPEZ Und doch war da ein Tag, Callas, da du alles in der Hand hattest!

DER PÄCHTER CALLAS *brüllt:* Du sollst dein Maul halten!

DER TSCHUCHISCHE ANWALT Herr Callas, wir haben Ihnen einen Vorschlag zu machen! *Er holt einen Stuhl herbei für Callas.*

DER TSCHICHISCHE ANWALT Sie haben Glück! Herr de Guzman hat seine Begnadigung so gut wie in der Tasche. Die unteren Organe wissen es nur noch nicht. Er soll erst unter dem Galgen begnadigt werden, und zwar anläßlich der Rückkehr einer hohen Persönlichkeit, die schon für morgen erwartet wird. Wir haben nun Bedenken, ihn in diesem Zustand gehen zu lassen. Er ist uns zu nervös. Würden Sie gegen einen einjährigen Pachterlaß für ihn gehen? Sie sind sicher oder so gut wie sicher.

DER PÄCHTER CALLAS Ich soll mich wohl für ihn aufknüpfen lassen?

DER TSCHICHISCHE ANWALT Unsinn! Das würde doch kein Mensch von Ihnen verlangen!

DER TSCHUCHISCHE ANWALT Entscheiden Sie sich, Sie sind vollständig frei. Es gibt keine Sklaverei in Jahoo. Sie müssen gar nichts. Aber Sie müssen ja wissen, wie Ihre Lage ist und ob Sie es sich leisten können, auf ein Jahr Pachterlaß zu pfeifen.

DER TSCHICHISCHE ANWALT Vorhin haben Sie nach einem Strick verlangt!

DER TSCHUCHISCHE ANWALT Sehen Sie, ein reicher Mann ist derartigen Situationen nicht gewachsen. Er ist durch Wohlleben verweichlicht, das rächt sich jetzt. Unter uns gesagt, ist er eine richtige Memme. Da seid ihr Pächter doch andere Leute. Sie werden das ganz anders schmeißen. *Er winkt einem Hua, der eben in dem Käfig der gefangenen Pächter fertig geworden ist.* He, Sie! Scheren Sie den Mann mit, Zazarante wünscht es!

DER PÄCHTER CALLAS Aber da hängen sie mich ja!

DER TSCHICHISCHE ANWALT Sie brauchen sich noch nicht zu entscheiden, aber lassen Sie sich für alle Fälle scheren, sonst nützt Ihr Einverständnis uns womöglich nichts mehr.

DER PÄCHTER CALLAS Aber ich habe noch nicht ja gesagt!

*Auf einem Stuhl neben dem Käfig sitzend, in dem sein Pachtherr geschoren wird, wird auch der Pächter Callas geschoren.*

DER HUA *der die Sichelleute schert:* Was macht ihr eigentlich mit euren Schuhen?

EIN PÄCHTER Warum?

DER HUA Sieh dir mal meine Stiefel an! Sie waren gratis, aber die Besohlung heißt es bezahlen. Ich trete schon keinem mehr gern in den Arsch mit diesen Stiefeln. Da hat sich auch einer dran gesund gemacht.

DER PÄCHTER Du kannst die meinen haben.

DER PÄCHTER CALLAS *hat nachgedacht, zögernd:* Mindestens zwei Jahre Pachterlaß! Schließlich riskiere ich meinen Kopf.

DER TSCHICHISCHE ANWALT Herr de Guzman, Ihr Pächter Callas will für Sie eintreten. Sie müssen ihm, was die Pacht betrifft, dafür entgegenkommen.

DER HUA *der Callas schert:* Callas, Callas! Werd mir kein Tschich und treib Handel!

DER PÄCHTER CALLAS Die Pacht ist zu hoch.

HERR DE GUZMAN *horcht auf:* Was ist mit der Pacht?

DER PÄCHTER CALLAS Sie ist zu hoch. Da können wir nicht leben.

HERR DE GUZMAN Wovon soll ich leben? Sei nicht so faul und nachlässig, dann hast du es nicht nötig, zu betteln.

DER PÄCHTER CALLAS Wenn ich faul bin, was sind dann Sie?

HERR DE GUZMAN Wenn du frech bist, dann ist es überhaupt aus.

DER PÄCHTER CALLAS Ich bin nicht frech, ich bin bedürftig.

HERR DE GUZMAN Der Pachthof ist sehr gut.

DER PÄCHTER CALLAS Ja, für Sie. Und nicht, weil er Weizen trägt, sondern weil er Pacht trägt.

DER PÄCHTER LOPEZ
Da kämpft der Pachtherr mit dem Knechte.
Recht hat der eine und der andere Rechte.

HERR DE GUZMAN Daß du dich nicht schämst, immerfort etwas geschenkt haben zu wollen.

DER PÄCHTER CALLAS Ich will nichts geschenkt, ich will nichts schenken!

HERR DE GUZMAN Du kannst ja weggehen, wenn du willst. Du bist vollkommen frei!

DER PÄCHTER CALLAS Ja, ich kann weggehen. Aber wo kann ich hingehen?

HERR DE GUZMAN Schluß. Ich behalte, was mir gehört.

DER PÄCHTER CALLAS Ist das Ihr letztes Wort? *Zum Hua:* Hör auf mit dem Scheren!

DER TSCHUCHISCHE ANWALT *zu Callas:* Herr de Guzman ist eben sicher, daß hier nichts riskiert wird oder nur wenig. *Zu de Guzman:* Herr de Guzman, Sie müssen entgegenkommen. So sicher sind Sie auch nicht! Ein Jahr Pachterlaß, das ist keine Angelegenheit.

DER PÄCHTER CALLAS Zwei Jahre. Weil es um meinen Kopf geht!

HERR DE GUZMAN *als ob er erwachte:* Kopf? Was wollt ihr eigentlich?

DER TSCHICHISCHE ANWALT Herr Callas geht für Sie, da keine Gefahr dabei ist, wie wir immer betont haben, nicht wahr?

HERR DE GUZMAN Ja, das haben Sie gesagt.

DER PÄCHTER CALLAS Ich will aber zwei Jahre Pachterlaß haben. Dafür hänge ich vielleicht.

DER TSCHUCHISCHE ANWALT Ein Jahr.

DER PÄCHTER CALLAS *zum Hua:* Aufhören!

DER INSPEKTOR *ruft hinten:* Fertigmachen! Der Kommandant will die Verurteilten, bevor sie weggebracht werden, sehen.

DER TSCHUCHISCHE ANWALT Also gut, eineinhalb Jahre, Callas!

*Callas schweigt.*

HERR DE GUZMAN Zwei Jahre.

DER PÄCHTER CALLAS Aber ich habe immer noch nicht ja gesagt!

*Die vier Pächter von der Sichel sind inzwischen hinausgeführt worden.*

DER TSCHICHISCHE ANWALT Sie werden schon ja sagen, Herr Callas, es bleibt Ihnen gar nichts anderes übrig.

DER PÄCHTER CALLAS *zum Publikum:* Das hieße ja:
Tschuch geht vor Tschich? Und Unrecht geht vor Recht!
Arm stirbt für reich und für den Herrn der Knecht.

DER TSCHICHISCHE ANWALT *zum andern:* Hoffentlich kommt der Vizekönig zur rechten Zeit! Sonst hängt er!

DER TSCHUCHISCHE ANWALT Ja, er hat allen Grund, Gott zu bitten, daß sein Pachtherr nicht gehängt wird.

## 11
## Palais des Vizekönigs

*Es ist am frühen Morgen. Im Hof sind Galgen aufgeschlagen worden. Auf einer Tafel ist zu lesen: »Exekution an 1 Pachtherrn und 200 Pächtern.« Zwischen dem Inspektor und einem Hua steht ein gefesselter Mann mit einer Kappe über dem Gesicht. Sie warten. Dann hört man von hinten das Klappern vieler Holzschuhe.*

DER INSPEKTOR *zum Hua:* Ich verstehe nicht, warum der Befehl zum Hängen noch nicht da ist. Jetzt kommen auch schon die Sichelleute.

DER HUA Woher wissen Sie, daß es Sichelleute sind, wenn Sie Holzschuhe klappern hören? Auch von uns Iberinsoldaten haben jetzt schon viele nur mehr Holzschuhe.

DER INSPEKTOR Halt das Maul, sonst passiert was. Richt lieber den Galgen her.

*Der Hua geht mürrisch nach hinten und macht sich dort zu schaffen.*

DER INSPEKTOR *seufzend zu dem Mann mit der Kappe:* Das kommt davon, wenn man sie hängen läßt, wen sie hängen wollen. Da werden sie frech. *Ruft dem Hua zu:* Was treibst du eigentlich da hinten so lang?

DER HUA *zurückkehrend:* Ich habe alles zur Exekution hergerichtet. Jetzt könnt ihr hängen.

*Den Hof betritt, gefolgt von Missena und den Herren Saz, Peruiner, de Hoz und Duarte, der Statthalter. Man hört sie von weitem schreien.*

HERR SAZ
Sind Sie von Sinnen, Mann? Das ist ein Pachtherr
Und nicht ein Tschiche! Und wird der gehängt
Dann heißt's, er habe mit der Pacht gewuchert.

HERR PERUINER
Auf keinem Gut, drauf tschichische Pachtherrn sitzen
Wurd Zins bezahlt an diesem Ersten! Und auch
Auf jenen Gütern, die an diese grenzen
Und wo die Pacht nicht eben niedriger ist
Wird jetzt den tschuchischen Pachtherrn schon die Pacht
Einfach verweigert.

IBERIN
Und?

HERR DUARTE
Er fragt noch »Und?«!

MISSENA
Bedenken Sie, Sie hängen einen Mann
Der zwar ein Tschich ist, sich vielleicht verging
Doch auch ein Pachtherr ist, ein Mann wie wir.

IBERIN
Ein Mann wie wir?

MISSENA
Nun ja, er lebt von Pacht.

IBERIN
Ich lebe nicht von Pacht.

HERR SAZ
Und wovon sonst?

HERR DUARTE
Wovon ist dieser Hof bezahlt? Wovon
Die Galgen dort und – *auf den Hua deutend* – dieser Mann, wovon?
Wovon das Heer, das uns die Sichel zerbrach?

HERR PERUINER
Vom Pachtzins, Mann! Von nichts als Pachtzins, Mann!
Doch wozu schrein? 's ist ganz natürlich: er ist
Ein wenig festgefahrn; man muß ihm helfen.
Er hat da viel von Tschich und Tschuch gesprochen.
Ein wenig zuviel. Nun, es war ganz natürlich.
Mann, nichts gegen Euch! Eure Arbeit war nicht übel.
Was Ihr verspracht, habt Ihr gehalten: die Pächter
Sind uns geduckt. Das soll Euch einer nachmachen!
So manche Pläne werden jetzt erst möglich
Und kühne Pläne, allzu kühn vor kurzem.

IBERIN
Was denn für Pläne?

MISSENA *warnend:*
Hm.

HERR PERUINER
Nun, manche Pläne.
Doch jetzt heißt's klug sein und sich umstellen, Mann!

MISSENA
Ist's für ihn schwierig, fragt sich's also: wer
Könnt uns den Tschichen jetzt freigeben?

IBERIN *störrisch:*
Ich kann's nicht.

MISSENA
Wer könnt's?
*Pause.*
Der Vizekönig könnt's.

HERR PERUINER
Der könnt's.
So setzt das Urteil aus, bis er zurück ist!

IBERIN
Zurück, was heißt das?

MISSENA
Nun, Herr Iberin:

Der Vizekönig, unser sehr geliebter
Erhabener Herr, hat sich entschlossen, nunmehr
Zu seinem Amt zurückzukehren, was Sie
Wie uns, Herr Iberin, sehr freuen wird.
*Pause.*

IBERIN
Er kehrt zurück?

MISSENA
Heut nacht hat die Armee ihn
Im Lager begrüßt. Und ihn gebeten, heute
An ihrer Spitze einzuziehen in die
Jubelnde Hauptstadt.

IBERIN *nach einer peinlichen Pause:*
So. So also geht das.
Und ich werd nicht gefragt? Ich dächt, ich hätte
Es wohl verdient, daß man mich da noch fragt.

MISSENA
Nun denn: ich frag.

IBERIN *nach schwerem innerem Kampf:*
Und wenn ich selbst bereit wär
Den Tschichen freizugeben?

MISSENA
Ihr?

IBERIN
Ich bin's!

MISSENA *verlegen:*
Nun, das kommt unerwartet. Und die Lehre
Von Tschuch und Tschich?

IBERIN *fest:*
Das braucht Euch nicht zu kümmern.
's ist meine Sach. Doch was den Einzug in die
Hauptstadt angeht, und wer da an der Spitz ist
Da werd ich noch ein Wort mitsprechen, mein ich!
*Hinten Trommeln und Marschtritte.*

MISSENA *lächelnd:*
Das Heer hält seinen Einzug. An der Spitze...
*Auftritt elegant und ebenfalls lächelnd der Vizekönig, im Stahlhelm, einen Soldatenmantel über dem Smoking. Alle verbeugen sich.*

MISSENA *leise zu Iberin, der sich nicht verbeugt:* Verbeugen Sie sich schon: Ihr Souverän!
*Iberin verbeugt sich.*

DER VIZEKÖNIG
Tag, Iberin!

MISSENA
Herr, Ihr kommt wie gerufen!
Eben zerbrachen wir uns schon die Köpfe.
Herr Iberin, mit einem Fall beschäftigt
Der als ein großes Beispiel allem Volk
Aufzeigen soll, was Recht und Unrecht ist
Ist etwas festgefahren.

DER VIZEKÖNIG
Ich kenn den Fall.
Herr Iberin, gestatte, daß ich dir
Die Fische zeige, die im Netz sich fingen
Des Maschen du so eng geknüpft hast.
Ich hör, du hast da einen reichen Mann
Zum Tod verurteilt, weil er einem armen
Die Tochter nahm. Er soll zum Galgen gehn.
Er ist ein Tschich und darf nicht Unrecht tun.
Da steht ein Mann. 's ist wohl der reiche Tschiche?

DER INSPEKTOR Das ist der tschichische Pachtherr, Euer Exzellenz!

DER VIZEKÖNIG
Ich bin nicht sicher. Geht der Mann im Holzschuh?
Mit etwas Zweifel lüft ich seine Kappe
Doch ist der Zweifel klein.
*Er will dem Mann die Kappe herunternehmen, aber der Mann hält sie fest.*

DER MANN Laßt!
*Der Inspektor nimmt ihm die Kappe herunter.*

MISSENA Es ist der tschuchische Pächter!

DER VIZEKÖNIG Wie kommst du hierher?

DER PÄCHTER CALLAS Ich sollte die Pacht für zwei Jahre erlassen bekommen, wenn ich diesen Gang machte. Und man sagte mir, ein Pachtherr würde niemals gehängt!

DER VIZEKÖNIG
Ich fürcht, mein Freund, man sagte dir nichts Falsches!
Holt den, für den er ging!
*Der Inspektor ab.*

IBERIN *zu Callas:*
Was, für paar Pesos
Gingst du zum Galgen, Lump?

DER PÄCHTER CALLAS
Nein, für zwei Jahrespachten.

DER VIZEKÖNIG
Herr Iberin, die Tochter dieses Manns
Ging für den Vater einst zum tschichischen Pachtherrn.
Hohe Gerechtigkeit, von dir geübt
Schickte den Pachtherrn in den Tod. Und nun
Ging, wie ich weiß – du weißt es nicht, jedoch
Es wird dich freuen, denn es ist gerecht –
Des Pachtherrn Schwester, eine Tschichin, wie
Die Tschuchin einst, für ihren Anverwandten
Zu helfen ihm auf Frauenweis', durch Hingab.
Ein Tschuche fand sich, der das Opfer annahm.
So fingst du einen zweiten Fisch: die Tschichin
Und Pachtherrnschwester. So. Der zweite Fang jetzt.

*Hereingebracht wird Nanna in den Kleidern der Isabella de Guzman. Die Kleider sind zerrissen und sie geht schwankend, aber sie hat den Schleier noch um.*

DIE REICHEN PACHTHERREN
Was ist mit ihr? – Wie geht sie?

DER INSPEKTOR Eure Exzellenz, wir fanden sie auf dem Gange liegend, mit einem Knebel im Mund und übel zugerichtet. Und nach dem, was sie sagt, haben sich, als sie vom Kommandanten kam, Soldaten der Wache an ihr vergangen.

DER VIZEKÖNIG Ist das wahr?

*Nanna nickt.*

DIE REICHEN PACHTHERREN
O schändlich! Schändlich! Das will blutige Sühne!
Herr Iberin, das büßt Ihr! Eine Frau
Der Blüte dieses Landes zugehörend
Von höchster Stellung, frech mißbraucht! Vom Pöbel!
Berühmt durch Sittsamkeit! Ein hohes Beispiel
Vornehmster Keuschheit also zugerichtet!

DER VIZEKÖNIG
Das wäre schlimm! Doch ahn ich, daß auch hier
Ein günstiges Geschick das Ärgste abbog.
's war wohl auch schlimm für diese, die hier steht
Doch ist es ihr Gewerb, das eben schlimm ist.
Denn, Iberin, ich ahne, wen du fingest.
*Er nimmt ihr den Schleier ab.*

MISSENA
Die Pächterstochter!

DIE REICHEN PACHTHERREN
Hö, das tschuchische Mädchen!
*Sie brechen in ein wildes Gelächter aus.*
O wilder Spaß! Du hast's erreicht, Herr Iberin!
Das ist das Pack, das du so hochgepumpt.
Da häng nur Ehre hin an einen Fetzen!
Und sieh, was er mit dieser Ehre macht!
Für ein paar Pesos geht das hin und liefert
Den tschuchischen Leib aus, und sei's für den Schänder!
Jetzt sage uns: es war die Pächterstochter.
's war nur die Pächterstochter! Aber deinem
Anhange sag: es war nur eine Tschichin!
Gib jetzt zum zweitenmal dem tschuchischen Vater
Die Tochter wieder! Sieh, das ist sie, Pächter!
Du wirst's nicht glauben!

DER VIZEKÖNIG
Nun ist es genug!
Ja, das ist seine Tochter, und so ist's
In Ordnung wohl. Doch ihre Köpfe sind rund –
*De Guzman wird gebracht. Seine Schwester geht neben ihm –*
Und hier kommen erst unsere richtigen Tschichen.
Warum, de Guzman, geb ich dich wohl frei?
Weil, nun, weil dieser da, dein Pächter, es
So wenig wünscht, daß du gehängt wirst, daß
Er lieber selber geht, gehängt zu werden.
Des weitern geb ich dich auch frei, weil diese
Des Pächters Tochter, lieber auf den Strich geht
Als daß sie dich gehängt sehn müßt, das heißt, weil
Du so beliebt bist, drum geb ich dich frei.
Und ebenso muß auch der Pächter frei sein
Schon um die Pacht zu zahlen. *Zu Callas:* Denn das mußt du
Mein lieber Callas! Gib kein schlechtes Beispiel!
Und dann gibt's danach mehr zu zahlen, Freund.
Die Niederwerfung dieser Pferdediebe
Wer soll sie zahlen, wenn nicht du sie zahlst!
Löst jetzt den Strick dem Pachtherrn und dem Pächter!
Das gleiche Maß für beide! Beiden Freiheit!
Und beiden Leben! *Zu Iberin:* Ihr seid einverstanden?
*Iberin nickt. Dem Pachtherrn und dem Pächter werden die Fesseln gelöst.*

ISABELLA
Emanuele! Bist du wirklich frei?

HERR DE GUZMAN *lächelnd:*
Natürlich.

DER PÄCHTER CALLAS
Und mit dem Pachterlaß ist's nichts?

DER VIZEKÖNIG
Nein, Freund!
Solch ein Vertrag ist unsittlich und gilt nicht.

DIE SPIELERIN DER NANNA
So gibt er beiden Freiheit jetzt und Leben
Und hat doch beiden jetzt das gleiche nicht gegeben.
Sie leben beide. Doch zum Essen setzt sich der
Und der geht weg und schafft das Essen her.
Und ist der eine frei, dort, wo's ihm paßt, zu bleiben
So ist der andre frei, ihn von dort wegzutreiben.
Ihr seht nur beide weggehn. Doch wüßtet ihr den Sinn
Erst dann, wenn ihr auch wüßtet: Wo gehn beide hin?

DER VIZEKÖNIG
Ja, Pächter, noch was, hätt es fast vergessen.
Ich weiß, du bist bedürftig, nun, so höre:

Kehrt ich zurück, so nicht mit leeren Händen.
Ich bring dir, Pächter, etwas mit, hier ist es.
Dein Hut ist löcherig. Freund, hier nimm den meinen!
Und du hast keinen Mantel, nimm dir den!
*Er setzt ihm seinen Stahlhelm auf und hängt ihm seinen Soldatenmantel um.*
Was sagst du dazu? Freilich, heut und morgen
Säh ich dich lieber noch auf deinem Acker.
Ich ruf dich, wenn ich dich zu Höh'rem brauche
Und dies kann bald sein. – Einen ersten Schritt, Herr Iberin
Hast du gemacht, doch nun wird Größeres nötig.
Das Reich, das ihr in diesen Wochen bautet
Wird es nicht ausgeweitet, schrumpft es ein.
Denn, wie ihr wißt, im Süden überm Meer
Wohnt dieses Volk, das unser Erbfeind ist
Des Untertanen eckige Köpfe haben
Was leider hier zu wenig noch bekannt ist.
Es deinen Callassen zu sagen, darin seh ich
Herr Iberin, jetzt deine neue Aufgab.
Denn auf uns zu zieht jetzt ein Krieg von solcher
Niemals gesehener Blutigkeit, daß jeder
Gesunde Mann aufs dringendste gebraucht wird.
Doch nun zum Essen, Freunde, nun zum Essen!
Ich denk, wir nehmen diesen Richtertisch
An dem wir vieles richteten, zum Eßtisch.
Du, Pächter, wart, ich schick dir von der Suppe.

DER PÄCHTER CALLAS *zu Nanna:* Hast du gehört, sie wollen einen Krieg machen?

*Der Tisch wird gebracht, er ist gedeckt. Der Vizekönig, Missena, Isabella und die reichen Pachtherren gehen zu Tisch.*

DER VIZEKÖNIG *teilt mit einem großen Schöpflöffel die Suppe aus:*
Erst kommt der Pächter, wie, Herr Iberin?
Man muß ihn füttern nun: er ist Soldat.
Zwei Teller her! Noch was? Wir sind schon hungrig.

DER INSPEKTOR Eure Exzellenz werden entschuldigen, aber die zum Tode verurteilten Pächter von der Sichel warten auf die Exekution. Jetzt sollen wohl auch sie freigelassen werden?

DER VIZEKÖNIG Wieso?

DER INSPEKTOR So soll die allgemeine Amnestie zu Ehren der Rückkehr Eurer Exzellenz also für die Pächter von der Sichel nicht gelten?

DER VIZEKÖNIG
Darüber hat Herr Iberin doch entschieden.
Sie sollten hängen, denk ich? Doch dem Callas
Als meinem lieben Pächter bring die Suppe!

*Der Hua bringt dem Callas und seiner Tochter die Suppe. Sie setzen sich auf den Boden und essen. Der Hua aber geht zur Tafel und wischt von dem Text »Exekution an 1 Pachtherrn und 200 Pächtern« die Worte »1 Pachtherrn und« mit dem Ärmel weg. Dann stellt er sich hinter Callas.*

DER HUA
Iß nur deine Suppe, Callas, rühr nicht lange drin rum.
Du warst immer schlauer als die, und darum
Hast du es ja auch jetzt zu was gebracht
Und issest deine Suppe auf die Nacht.

*Unter die Galgen werden die Sichelleute, darunter Lopez, geführt. Trommeln.*

DER PÄCHTER LOPEZ *zu Callas, vom Galgen aus:*
Schau her, Callas, das sind wir.
Wir gehörten einmal zu dir.
Wir sind Pächter gewesen, du bist es noch.
Wir sind nicht ins Joch gegangen, du gingest ins Joch.
Wer es nicht beugt, dem bricht man das Genick.
Für dich die Suppe, für uns der Strick.
Aber wir wollen lieber hängen
Als uns nach Bettelsuppe drängen.
Als du dich zu einem Rundkopf machen ließest
Und uns aus deiner Hütte wiesest
Als du dein gutes Gewehr weglegtest
Und dich lieber in Gerichten und Kanzleien bewegtest
Hast du ihnen geglaubt: wenn erst die Köpfe gleich
Gäb's auch nicht mehr dies schreckliche arm und reich.
Zwei Gäule hast du dir gestohlen
So wie sich die Diebe ihr Diebesgut holen.
Du machtest deinen Fischzug ganz allein
So sollte jedenfalls dir geholfen sein.
Die Gäule ließen sie dir dann
So lange als wir kämpften und keine Stunde länger, Mann!
Du glaubtest, einem Rundkopf werd etwas geschenkt
Da war es weg mit einem Federwisch.
Hier werden Spitz- und Rundkopf jetzt gehängt
Dort setzen Rund- und Spitzkopf sich zu Tisch.
Die alte Einteilung bricht durch mit Macht:
's ist die in arm und reich. Du hast gedacht
Du seist der Fischer, doch du warst der Fisch.

*Während der Ansprache des Pächters Lopez haben Callas und Nanna aufgehört, ihre Suppe zu löffeln. Sie sind aufgestanden. Die Pächter am Galgen singen das »Sichellied«.*

SICHELLIED

Bauer, steh auf!
Nimm deinen Lauf!
Laß es dich nicht verdrießen
Du wirst doch sterben müssen.
Niemand kann Hilf dir geben
Mußt selber dich erheben.
Nimm deinen Lauf!
Bauer, steh auf!

DIE PÄCHTER Es lebe die Sichel!
*Das Trommeln ist stärker geworden und übertönt alles. Callas hat seinen und Nannas Teller ausgeschüttet und legt jetzt Stahlhelm und Mantel auf den Boden.*
DER PÄCHTER CALLAS *laut:* Lopez, Lopez, ich wollte, es wäre noch einmal der elfte September!
*Callas und Nanna ab. Während die Frühdämmerung rosig das Palais erfüllt, speisen an der Tafel des Vizekönigs rundköpfige und spitzköpfige Pachtherren, während unter seinen Galgen spitzköpfige und rundköpfige Pächter zum Hängen hergerichtet werden.*
DER VIZEKÖNIG
Mir aber bleibt, dir auszudrücken nun
Höchste Zufriedenheit, Herr Iberin.
Noch einmal hast du uns durch dein Prinzip
Der runden Köpfe und der spitzen Köpfe
Den Staat gerettet, der uns teuer ist
Und eine Ordnung, die uns sehr gewohnt.
IBERIN
Herr, diese Sichel, denk ich, dieses Zeichen
Des Aufruhrs und der Unzufriedenheit
In Eurem Land und Eurer Stadt ist's jetzt
Für ewig ausgetilgt.
DER VIZEKÖNIG *ihm lächelnd mit dem Finger drohend:*
Drum, lieber Freund
Jetzt nicht mehr Tschuch und Tschich!
IBERIN
Jawohl, mein Fürst.
MISSENA *erhebt sich:*
Und doch bleibt etwas dran von dieser Lehre:
Lernten wir doch, als Tschuchen uns zu fühlen!
Und gilt es nun, den Frieden zu erkämpfen –
Denn nun ist Friede unser einziger Wahlspruch
Friede und Friede und noch einmal Friede –
So sei's kein lauer, sondern ein tschuchischer Friede!
Und wer sich diesem Frieden in den Weg stellt, soll
Zerbrochen werden, wie's die Sichel wurd
Und ausgetilgt sein, wie sie ausgetilgt ist.
*Während seiner Rede hat sich ein großes Kanonenrohr über den Eßtisch gesenkt.*
DER VIZEKÖNIG *sein Glas erhebend:*
Trinkt, Freunde, trinkt! Auf daß da bleibt, was ist!
*Rauchend zurückgelehnt singen die Pachtherren einen Rundgesang.*

RUNDGESANG DER PACHTHERREN

Vielleicht vergeht uns so der Rest der Jahre?
Vielleicht vergehn die Schatten, die uns störten?
Und die Gerüchte, die wir kürzlich hörten
Die finster waren, waren nicht das Wahre.
Vielleicht, daß sie uns noch einmal vergessen
So wie wir gern auch sie vergessen hätten.
Wir setzen uns vielleicht noch oft zum Essen.
Vielleicht sterben wir noch in unsern Betten?
Vielleicht, daß sie uns nicht verdammen, sondern loben?
Vielleicht gibt uns die Nacht sogar das Licht her?
Vielleicht bleibt dieser Mond einst voll und wechselt nicht mehr?
Vielleicht fällt Regen doch von unten nach oben!

*Wenn der Gesang zu Ende ist, nimmt im Hof der Hua die Stellage von der Mauer: er braucht sie zum Hängen. Da kommt hinter ihr auf der neugetünchten Wand ein großes rotes Sichelzeichen zum Vorschein. Alle sehen es und betrachten es erstarrt. Die Pächter stimmen dumpf unter den Kappen das »Sichellied« an.*

SICHELLIED

Bauer, steh auf!
Nimm deinen Lauf!
Laß es dich nicht verdrießen
Du wirst doch sterben müssen.
Niemand kann Hilf dir geben
Mußt selber dich erheben.
Nimm deinen Lauf!
Bauer, steh auf!

# Die Horatier und die Kuriatier

Schulstück

Mitarbeiter: M. Steffin

*Personen*

Chor der Kuriatier · Chor der Horatier · Die drei kuriatischen Heerführer – Bogenschütze, Lanzenträger, Schwertkämpfer · Die drei horatischen Heerführer – Bogenschütze, Lanzenträger, Schwertkämpfer · Die Frauen der Horatier · Die Frauen der Kuriatier

**Der Aufmarsch**

*Die Stadt der Horatier und die Stadt der Kuriatier. Die Städte wenden sich an ihre Heerführer.*

CHOR DER KURIATIER

Warum uns selber zerfleischen, Kuriatier?
Wieder
Ist ein Winter vergangen, und immer noch
Tobt in unseren Mauern der schlimme
Kampf um den Landbesitz und den Besitz der Erzgruben.
Darum
Haben wir beschlossen, uns unter die Waffen zu stellen und
In drei Heerhaufen
Vorzustoßen in das Land der Horatier
Zu ihrer völligen Unterwerfung und
Zur Aneignung aller ihrer Habe über und unter dem Boden.

*Sie schreien zu den Horatiern hinüber:*

Unterwerft euch!
Liefert eure Hütten, Äcker und Werkzeuge aus, sonst
Werden wir euch überziehen mit einer solchen Heeresmacht
Daß keiner von euch entrinnen kann.

CHOR DER HORATIER

Die Räuber kommen! Mit ungeheurer
Heeresmacht überziehen sie unser Land. Sie wollen
Uns das Leben lassen, wenn wir ausliefern
Was wir brauchen zum Leben.
Warum
Den Tod fürchten, aber nicht
Den Hunger?
Wir unterwerfen uns nicht!

CHOR DER KURIATIER

Wir übergeben den Heerführern
Die Truppen und die Waffen.

CHOR DER HORATIER

Wir übergeben den Heerführern
Die Truppen und die Waffen.

*Schulterleisten mit kleinen Fahnen, welche die Zahl der Truppenteile andeuten, werden den Heerführern übergeschnallt, und auf die Tafeln der Streitkräfte wird die Anzahl der Truppenteile geschrieben.*

CHOR DER KURIATIER

Dir, Heerführer
Übergeben wir sieben Kohorten Bogenschützen.

CHOR DER HORATIER

Dir, Heerführer
Übergeben wir sieben Fraterien Lanzenträger.

CHOR DER KURIATIER

Dir, Heerführer
Übergeben wir zwölf Kohorten Schwertkämpfer.

CHOR DER HORATIER

Dir, Heerführer
Übergeben wir sieben Fraterien Bogenschützen.

CHOR DER KURIATIER

Dir, Heerführer
Übergeben wir sieben Kohorten Lanzenträger.

CHOR DER HORATIER

Dir, Heerführer
Übergeben wir zwölf Fraterien Schwertkämpfer.

ALLE HEERFÜHRER

Bringt die Waffen!

*Bogen, Lanzen, Schwerter und Schilde werden gebracht.*

CHOR DER KURIATIER

Wählt
Unter den reichlichen Waffen
Die besten aus.

CHOR DER HORATIER

Das sind
Eure Waffen.

*Vor den ersten Kuriatier wird ein Haufen von Bogen niedergelegt.*

DER KURIATIER

Der Bogen muß gut sein. Ohne guten Bogen
Kann ich nicht kämpfen.

*Er spannt einen Bogen, bis dieser bricht.*

CHOR DER KURIATIER

Wirf ihn weg!

*Der erste Kuriatier wirft den Bogen weg und spannt einen neuen. Dieser hält.*

DER KURIATIER

Ich bin mit dem Bogen zufrieden.

*Vor dem ersten Horatier wird ein Bogen niedergelegt. Er spannt ihn vorsichtig.*

DER HORATIER

Ich kann ihn noch mehr spannen, aber dann bricht er.

CHOR DER HORATIER

Dann begnüge dich. Wir haben keinen anderen.

DER HORATIER

Aber da trägt er nicht weit.

CHOR DER HORATIER

Dann gehe näher an den Feind.

DER HORATIER

Aber da laufe ich Gefahr.

CHOR DER HORATIER
Ja.
DIE FRAUEN DER HORATIER
Wenn der Bogenschütze mit dem Bogen nicht einverstanden ist
Kann nicht gekämpft werden.
DER HORATIER *schnell:*
Ich bin einverstanden.
*Dem zweiten Horatier werden zwei Lanzen überreicht.*
CHOR DER HORATIER
Hier ist deine Lanze und hier
Ist eine kuriatische. Du siehst
Sie sind beide gleich lang und gleich schwer.
Du bist also
Deinem Gegner gewachsen, Lanzenträger.
CHOR DER KURIATIER
Bringt die neue Lanze!
*Auch dem zweiten Kuriatier wird eine Lanze übergeben. Sie ist viel länger. Vor den dritten Kuriatier werden fünf große Schilde gehalten. Er geht von Schild zu Schild und versucht, ihn mit dem Schwert zu durchstoßen. Drei werden durchstoßen, von den beiden letzten wählt er sich einen aus.*
DER KURIATIER
Das Schwert ist stumpf geworden.
*Ihm wird ein neues Schwert gebracht.*
CHOR DER KURIATIER
Hier hast du ein neues.
*Der dritte Kuriatier reißt ein Pferdehaar aus seinem Helmbusch und durchhaut es.*
DER KURIATIER
Ich bin gut gerüstet mit diesem Schild und diesem Schwert.
*Vor den dritten Horatier werden zwei Schilde niedergelegt, ein kleiner und ein großer.*
DER HORATIER
Ich will prüfen, damit ich weiß.
*Er durchstößt den großen Schild. Er wendet sich zum kleinen.*
CHOR DER HORATIER
Halt! Du hast ihn geprüft. Der unversehrte
Ist aus dem gleichen Metall. Aber der erste Schild
Wurde falsch gehalten.
*Ein Krieger hält den Schild, während der dritte Horatier nach ihm stößt, schräg, so daß der Stoß abgleitet.*
DER HORATIER
Ich verstehe. Da er den geraden Stoß
Nicht aushält, muß ich sorgen
Daß der Stoß abgleitet.

CHOR DER HORATIER
Sollen wir dir also den großen Schild flicken?
DER HORATIER
Nein, ich nehme den kleinen. Er ist schön leicht.
*Er nimmt ihn.*
Ich bin zufrieden mit dem Schild. Mit ihm
Bin ich beweglich. Und das Schwert kenne ich. Ich habe
Es selber geschmiedet. Es ist so gut
Wie ich es machen konnte.
DIE FRAUEN DER HORATIER UND DIE FRAUEN DER KURIATIER
Nun geht ihr. Nicht alle
Werdet ihr zurückkommen.
DIE KURIATISCHEN HEERFÜHRER
Weint nicht! Bereitet
Die Siegeskränze vor! Wir werden
Zurückkommen, beutebeladen!
DIE FRAUEN DER KURIATIER
Wir werden die Tage zählen, bis ihr wiederkommt.
Euer Platz am Tisch und euer Platz im Bett
Wird leer sein.
DIE HORATISCHEN HEERFÜHRER
Wie werdet ihr die Äcker bestellen, wie
Die Werkstätten in Gang halten ohne uns?
DIE FRAUEN DER HORATIER
Kümmert euch nicht darum! Die Äcker
Werden bestellt werden. Aber sorgt ihr
Daß auch die Ernte an uns geht.
CHOR DER HORATIER
Zu vereiteln den Überfall
Unsere Unterwerfung und den Raub unserer
Hütten, Äcker und Werkzeuge, Horatier
Haben wir beschlossen, vorzustoßen
In drei Heerhaufen.
Wir werden kämpfen bis
Zur völligen Niederwerfung des Gegners.

## 1
## Die Schlacht der Bogenschützen

DER HORATIER
Gestern abend
Hat der Gegner die Stellung bezogen
Die ich ihm bestimmte.
Ich habe sie so bestimmt, daß er
Hinter einem Berg vorkommen muß
Um auf mich zu stoßen. So
Ist die Entfernung zwischen uns klein
Wie ich sie brauche meines Bogens wegen.

Jetzt warte ich, bis die Sonne kommt. Sie muß mir
Zupaß kommen.

DER KURIATIER

Der Gegner erwartet mich
Zwischen mir unbekannten Bergen.
Ich weiß nicht, wie nahe er mir ist
Aber ich habe keinen Gegenwind
Und mein Bogen ist gut.
Ich warte auf die Sonne.

DIE BEIDEN CHÖRE

Die Bogenschützen haben die Stellung bezogen.
Wenn es hell wird, beginnt die Schlacht.

DER HORATIER UND DER KURIATIER

Es wird hell.

*Die Kämpfer spannen die Bogen. Ein Spieler trägt an einer Stange einen Scheinwerfer, der die Sonne darstellt, sehr langsam hinten über die Bühne. Er braucht zu seinem Gang von rechts nach links so lange, wie die Schlacht dauert. Da die Sonne über dem Berg des Horatiers aufgeht, steht der Horatier im Schatten und sein Gegner im Licht.*

DER KURIATIER

Oh! Die Sonne blendet mich!
Ich kann nicht zielen, und
Der Gegner steht im Dunkeln. Seine Deckung
Ist der Bergschatten.

*Der erste Pfeilwechsel. Der Pfeil des geblendeten Kuriatiers geht zu hoch. Der Horatier trifft ihn in das Knie.*

DER KURIATIER *sich den Pfeil ausziehend:*

Ich bin getroffen, und
Mein Gegner ist nicht getroffen.
Ich habe vergessen
Daß die Sonne nicht nur leuchtet
Sondern auch blendet.
Zum Zielen brauchte ich Licht, aber
Auch auf seine Richtung kam es an.
Meine Stellung ist schlecht.
Da mein Knie zerschmettert ist, hält der Gegner mich
An meinem schlechten Platz.

CHOR DER KURIATIER

Was hast du verloren?

*Der Kuriatier zeigt, wieviel er verloren hat, indem er zwei seiner kleinen Fahnen aus der Schulterleiste nimmt und sie wegwirft.*

CHOR DER KURIATIER *zu ihrem Mann, indem sie zwei Kohorten von der Tafel der Streitkräfte löschen:*

Zwei Kohorten von deinen sieben
Hast du verloren. Aber
Deine Waffe ist gut.
Sie war teuer und ist gut.
Wie alles
So arbeitet auch die Zeit für uns.
Riskiere nichts.
Am Ende entscheidet
Die bessere Waffe.

DER HORATIER

Mein Bogen trägt nicht weit genug. Aber
Meinen Gegner hat die Sonne geblendet
Und mein Pfeil
Hat ihm wenigstens das Knie zerschmettert.
Meine Stellung ist gut.

CHOR DER HORATIER

*zu ihrem Mann:*

Warum kämpfst du nicht weiter? Eine gute Stellung
Bleibt nicht immer gut. Unsere Lage wird schlechter
Wenn wir sie nicht bessern. Unerbittlich
Rückt die Sonne vor über den Himmel. Unaufhaltsam
Wird Mittag aus Morgen.

DER HORATIER

Mit drei Pfeilschüssen wollte ich ihn niederstrecken
Der die Sonne im Gesicht hat. Nun
Habe ich ihn mit dem ersten Pfeil
Nicht getötet, aber doch getroffen, und nun
Ist er niedergegangen hinter seinem Stein und
Kämpft nicht weiter. Aber die Sonne wandert
Und mein Bergschatten wird kürzer, und
Ich entferne mich von meinem Feind, so daß
Ihn mein Pfeil nicht mehr erreichen kann.

CHOR DER HORATIER

Daß dein Bogen schlecht ist
Ist schlimm. Aber wir haben keinen besseren.
Wirf ihn weg! Kämpfe mit den Fäusten!
Du mußt mit allen Mitteln kämpfen.
Vor allem handle!

DER HORATIER

Ich bin nicht eurer Meinung. Schließlich
Habe ich mit meinem Bogen
Meinen Feind schon verletzt.
Ich bin Bogenschütze und nicht Faustkämpfer.
Bis eure Botschaft mich erreichte
Ist es auch Mittag geworden. Jetzt
Stehe ich schon selbst im Licht.
Ich werde also vorgehen bis zu einem Ort
Von dem aus ich ihn erreichen kann
Der geblendet ist. Jetzt kommt
Der zweite Pfeilwechsel.

*Die Sonne ist nun zwischen den beiden Bergen*

*angelangt, so daß beide Kämpfer im Licht stehen.*

DER KURIATIER
Die Sonne kommt hinter dem Berg vor.
Der Feind
Ist vorgegangen und steht ungedeckt. Vielleicht
Kann ich ihn jetzt treffen.

DER HORATIER
Komm heraus, du Räuber!
Und schieß deinen Pfeil ab! Oh!
Ich sehe nicht! Die Sonne
Blendet auch mich.

*Der zweite Pfeilwechsel. Beide Pfeile gehen zu hoch.*

DER HORATIER UND DER KURIATIER *zu ihren Chören gewandt:*
Der zweite Pfeilwechsel ist vorüber.
Wir haben beide
Nicht getroffen.

CHOR DER KURIATIER *zu ihrem Mann:*
Aber deine Lage
Ist besser geworden.

DER HORATIER
Unerbittlich
Rückt die Sonne vor über den Himmel. Unaufhaltsam
Wird aus Mittag Abend. Aber was soll ich tun?
Wenn ich geblendet war
Weil die Sonne im Mittag steht
Muß auch mein Feind noch blind sein.
Also kann ich vorgehen
Wie ihr mir geraten habt, und zwar
Mit meinen Fäusten.

*Er macht einige Schritte nach links, bleibt jedoch stehen, spähend die Hand über den Augen.*

*Zum Chor:* Ich wollte vorgehen. Aber nun
Steht die Sonne bereits hinter dem zweiten Berg.
Der Feind
Ist im Schatten. Ich
Stehe völlig im Licht.
Euren Rat ausführend am Abend, vergaß ich:
Er war am Mittag erteilt.

*Die Sonne ist hinter den zweiten Berg gegangen, so daß nun der Kuriatier dem Horatier mit seinem dritten Pfeil den Todesschuß versetzen kann.*

DER KURIATIER
Sieg! Mein letzter Pfeil
Hat getroffen. Meine Lage, die schlecht war
Ist gut geworden im Verlauf eines Tages.
Und als meine Lage gut war
Hat mein besserer Bogen entschieden.

CHOR DER KURIATIER
Sieg! Ein Heerhaufe des Gegners
Ist vernichtet. Fünf Kohorten Bogenschützen
Sind frei für den Schlußkampf. Nach kurzer Rast
Bewegen sie sich nach Osten, um sich
Mit unsern anderen Heerhaufen zu vereinigen.

CHOR DER HORATIER
Seit seiner letzten Meldung, er wolle
Nunmehr angreifen, haben wir von unserem Heerhaufen
Nichts mehr gehört. Wir müssen annehmen
Daß er vernichtet wurde.
Er klammerte sich an einen Platz
Er klammerte sich an eine Waffe
Und er klammerte sich
An einen Rat. Aber unerbittlich
Rückte die Sonne vor über den Himmel. Unaufhaltsam
Wurde Mittag aus Morgen und Abend aus Mittag.

*Zu der Frau des horatischen Bogenschützen:*
Frau, von deinem Mann
Kommt keine Meldung mehr. Aber aus der Stadt des Feindes
Hören wir Siegesjubel. Wir nehmen an
Der Bogenschütze ist gefallen.

*Der Frau wird ein Witwenkleid angelegt.*

Löscht sieben Fraterien von der Tafel der Streitkräfte!
Wo sie standen, steht nichts mehr.
Der Plan, der mit ihnen rechnete
Muß von anderen ausgeführt werden.

*Sie löschen die sieben Fraterien der Bogenschützen von der Tafel.*

Der Feind rückt in unsere Täler vor.
Im Troß der Heere
Ziehen die Fronvögte.
Die geblutet haben, müssen jetzt zahlen.
Das fruchtbare Ackerland
Gibt nicht mehr als der Steinboden
Denn das Korn nimmt der Feind weg.
Der Bauer
Wischt den Schweiß aus den Augen
Aber das Brot ißt
Der das Schwert hat.

## 2

## Die Schlacht der Lanzenträger

CHOR DER HORATIER
Der Feind rückt in unsere Berge vor.
Er marschiert durch Schluchten

Entlang einem reißenden Fluß.
Du sollst ihn aufhalten, Lanzenträger!

DER HORATIER

Ich habe ihn heranziehen sehen. Seine Lanze
Ist riesig. In einem offenen Gefecht
Kann ich ihn nicht aufhalten.
Wenn ihr einverstanden seid
Will ich ihn überwältigen, ohne
Mich in Gefahr zu begeben. Aber da
Habe ich einen langen Marsch vor mir
Und ich habe
Nur wenig Zeit.

CHOR DER HORATIER

Wir sind einverstanden, daß du
Das Heer schonst. Einen Heerhaufen
Haben wir schon verloren. Aber
Halte den Feind auf!

**Die sieben Lanzenverwertungen**

*In einem schwierigen Marsch über das Gebirge zieht der Horatier dem Feind entgegen, an eine Stelle, wo die Berge an die Straße herantreten. Beim Klettern stützt er sich auf die Lanze.*

DER HORATIER

Ich erklettere das Gebirge. Die Lanze
Ist mein Stock. Sie ist mein dritter Fuß.
Derjenige, welcher nicht schmerzt
Derjenige, welcher nicht müde wird.
Viele Dinge sind in einem Ding.
*Er steht vor einer Felsspalte.*
Aber wie komme ich weiter? Da ist eine Felsspalte.
Als ich ein Knabe war, hängte ich mich an einen Eichenast
Und kam über den Bach in einen Garten
Wo Äpfel waren. Meine Lanze, die einmal
Ast einer Eiche war, soll wieder ein Ast sein.
So komme ich über die Felsspalte.
Viele Dinge sind in einem Ding.
*Er hat sie über die Felsspalte gelegt und sich an den Händen hinübergehangelt.*

CHOR DER HORATIER

Der Feind fällt in unsere Täler ein.
Halte den Feind auf!

DER HORATIER

Aber wie komme ich weiter? Die Felsspalte
Ist überquert, aber da ist eine Schneewehe.
Wie soll ich wissen, wie tief sie ist?
Meine Lanze soll mein Lot sein.
Viele Dinge sind in einem Ding.
*Er hat die Schneewehe ausgelotet.*
Aber wie komme ich weiter? Die Schneewehe
Ist zu tief für mich. Und der andere Felsrand
Ist höher als mein Absprung. Wieder
Sehe ich auf meine Lanze.
Ich sage, sie soll mein Sprungstab sein.
Viele Dinge sind in einem Ding.
*Er hat einen Stabweitsprung vollführt.*

CHOR DER HORATIER

Der Feind dringt vor! Er treibt
Unsere Herden weg.
Beeil dich! Halte den Feind auf!

DER HORATIER

Aber wie komme ich weiter? Da ist ein Grat.
Er ist schmäler als mein Fuß. Alle Mühe
War umsonst, wenn der Grat mich jetzt aufhält.
Ich muß ihn entlanggehen. Mit meiner Lanze
Halte ich das Gleichgewicht. Ihre Schwere, die mir oftmals
Beim Steigen zuviel war, jetzt
Nützt sie mir, und ich sage:
Viele Dinge sind in einem Ding.
*Er ist über den Grat mit der Lanze als Balancierstange gegangen.*

CHOR DER HORATIER

Der Feind nähert sich
Unseren Erzgruben.
Halte den Feind auf!

DER HORATIER

Ich bin angelangt. Ich beuge mich
Vor über die Felskuppe. Unter mir
Läuft die Straße, die mein Feind einherziehen wird.
Ich will ihn zermalmen unter Felsbrocken.
Mit meiner Lanze kann ich sie lockern.
Viele Dinge sind in einem Ding.
*Er hat einen Felsbrocken gelockert.*
Meine Lanze ist mein Stützbalken.
Er hält den Felsen auf, bis mein Feind darunter ist.
Mit einem Druck meines Fingers
Werde ich meinen Feind zermalmen.
Meine Lanze hat mir ausgereicht.
Viele Dinge sind in einem Ding.
*Er hat eine kleine Lawine aufgebaut.*
Mein Feind ist noch nicht da
Und ich bin müde vom Lauf.
*Er hat sich gesetzt, um zu warten.*
Und ich lehne mich zurück, wissend
Ich darf nicht einschlafen. Und ich
Bin nicht zu erschöpft zum Tun, aber
Zu erschöpft zum Nichttun. Und
Ich schlafe ein.
*Er schläft ein. Der Kuriatier ist sichtbar geworden. Er marschiert langsam vorwärts; während*

*der Horatier schläft, hat er die gefährliche Stelle passiert.*

DER HORATIER

Und ich wache auf, und wieder
Mich vorbeugend über die Bergkuppe
Und hinabblickend sehe ich
Daß der Feind schon vorübergezogen ist
An der Stelle, wo ich ihn erschlagen wollte.
Mein Lauf, der mich ans Ziel brachte
Hat mich auch erschöpft. So
Konnte ich den Plan nicht ausführen.

CHOR DER HORATIER

Unser Lanzenträger hat einen großen Lauf vollführt und
Alle Hindernisse überwältigt
Aber die Erschöpfung
Hat ihn um den Lohn seiner Mühe gebracht.
Schlimmer als eine verlorene Schlacht
Ist ein Vorstoß ins Leere.
Steh jetzt auf, Lanzenträger
Und vergiß, was du geleistet hast. Aufs neue
Wirf dich dem Feind entgegen.
Mit verminderter Hoffnung.

DER HORATIER

Ich kann nicht mehr.
Ich habe das Meine getan.

CHOR DER HORATIER

So erfahre: es genügt nicht.
Hättest du dich ins Gras gelegt und die Wolken gezählt
Stünde es nicht schlechter um unsere Sache.
Du hast viel getan, aber
Du hast den Feind nicht aufgehalten.

DER HORATIER

Also war alles falsch
Was ich gemacht habe?

CHOR DER HORATIER

Nein. Aber du bist nicht fertig.
Halte den Feind auf!
Erfinde Neues, der du viel
Erfunden hast.
Der du dir viel Mühe gegeben hast
Gib dir mehr Mühe.
Halte den Feind auf!
Alles, was du vollbracht hast
Gelte zu deinem Ruhm, wenn du den Feind aufhältst.
Aber nichts sei dir angerechnet, wenn du
Nicht den Feind aufhältst.
Sieben Mühen sollen für nichts gelten
Aber wenn du die letzte auf dich nimmst
Und den Feind aufhältst
Sollst du für acht Mühen gepriesen werden.

DER HORATIER

Ich bin einverstanden.
So erhebe ich mich denn von neuem.
Den Weg, den ich herlief
Laufe ich zurück.
Die Schlacht, die mir aussichtslos schien
Schlage ich.

*Während des folgenden Chores vollführt der Horatier seinen Abstieg. Er wälzt den Felsbrokken ins Gleichgewicht, er zieht seine Lanze darunter hervor, er überquert den schmalen Grat, er lotet die Schneewehe aus, er springt, er hangelt sich über die Felsspalte, er klettert. Ein Schneetreiben überfällt ihn, und die große Eile kostet ihn Opfer. Er versenkt eine seiner kleinen Fahnen in die Schneewehe, eine verliert er auf dem Grat, und eine wirft er in die Felsspalte.*

CHOR DER HORATIER

Tritt also den Rückzug an!
Du hast Zeit verloren. Verliere nun mehr!
Du bist geschwächt. Leiste jetzt das Doppelte!
Schneefälle und Stürme
Bleiben nicht aus dem Entmutigten.
Viele Schwierigkeiten überwindet, wer
Den Sieg vor Augen hat, aber schwer ist es
Auf dem Rückzug von neuem
Zu begegnen den alten Gefahren. Nach der Niederlage
Zu verdoppeln den Mut, zu verdoppeln die Erfindung, nur um
Wieder den alten Stand zu erreichen, den du vordem
Mühelos innehattest.
Jede Erfindung
Führt zurück. Jeder Handgriff
Löscht nur einen Fehler aus, und doch ist der Rückzug
Des unentwegt Kämpfenden
Ein Teil des neuen
Vormarschs.

DER HORATIER

Es ist geglückt. Ich bin wieder angelangt
Von wo ich ausging. Für die Schlacht
Sehe ich nur noch eine einzige Möglichkeit
Da meine Lanze zu kurz ist.
Der Erfolg meines Planes ist unsicher
Seine Ausführung ist gefährlich.
Aber auf keine andere Weise
Kann ich meinen Feind aufhalten.
Für diesen Plan freilich
Ist meine Lanze noch zu lang. Nun, ich kann
Sie nicht verlängern, aber ich kann
Sie verkürzen.

*Er bricht sie in zwei Teile, wirft den einen fort und geht weg.*

CHOR DER HORATIER
Wir aber löschen
Drei Fraterien von der Tafel der Streitkräfte
Die im Schnee liegen und in den Felsspalten.
Und wir setzen unsere Hoffnung
Auf das verminderte Heer.

**Der Ritt auf dem Fluß**

DER KURIATIER Ich marschiere durch ein Flußtal. Auf meiner einen Seite habe ich eine Bergwand, auf meiner anderen den Fluß. Der Berg ist nicht besteigbar, und der Fluß ist nicht befahrbar, da er weiter unten ein tödliches Gefälle hat. Und von vorn kann ich nicht angegriffen werden, denn meine Lanze ist so lang, daß der Feind mich mit der seinen nicht erreicht.
*Den Fluß herunter kommt auf einem Floß der Horatier. Er steuert mit dem Lanzenstumpf.*
Da sehe ich zu meiner Rechten meinen Feind auf einem Floß den Fluß herunterkommen. Ich sehe keinerlei Waffe bei ihm. Er kommt sehr rasch heran. So kann ich meine Lanze zwischen den Felswänden nicht mehr herumbringen: sie ist zu lang. Er aber hebt plötzlich die Floßstange aus dem Wasser und richtet sie auf mich.

DER HORATIER
Und ich komme den Fluß heruntergefahren
Auf den großen Fall zu
Und meine Lanze ist meine Floßstange.
Viele Dinge sind in einem Ding.
Und jetzt, wo ich an meinen Feind komme, ist sie
Wieder eine Lanze, und ich
Stoße zu mit ihr.

DER KURIATIER Und mit der vollen Kraft des Flusses, auf dem er reitet wie auf einem starken Pferd, stößt er mir im Vorbeigleiten den Stumpf in den Leib. Ich falle nieder. Mein Gegner ist vernichtet. Der Fall muß ihn verschlingen. Ich bin schwer verwundet und liege unbeweglich im Engpaß. Ich habe vergessen, daß der Fluß nicht unbefahrbar war, sondern nur unter Lebensgefahr befahrbar, also meine Stellung nicht unangreifbar, sondern nur unter Lebensgefahr angreifbar. So ist mein Feind gefallen, aber ich bin schwer getroffen.

CHOR DER KURIATIER
Was hast du verloren?
*Der Kuriatier zeigt, wieviel er verloren hat, indem er fünf seiner kleinen Fahnen aus der Schulterleiste nimmt und sie wegwirft.*

CHOR DER HORATIER
Der Lanzenträger ist gefallen.
Wir löschen vier Fraterien aus auf der Tafel der Streitkräfte.
Wo sie standen, steht nichts mehr.
Der Plan, der mit ihnen rechnete
Muß von anderen ausgeführt werden.
*Vier Fraterien werden von der Tafel gelöscht. Der Frau des horatischen Lanzenträgers wird ein Witwenkleid angelegt.*

DIE FRAU DES LANZENTRÄGERS
Wie hat er gekämpft?

CHOR DER HORATIER
Er hat den Feind aufgehalten.
Er hat zwei Märsche gemacht und
Alle Schwierigkeiten überwunden.
Zuletzt ritt er auf dem Fluß und fügte
Seiner kleinen Kraft
Die große des Flusses hinzu.
Aber der Fluß, der ihn auf seinen Feind riß
Riß ihn auch hinab. Lange
Sah man ihn noch steuern. Bis zum Fall
Bemühte er sich, das Ufer zu gewinnen. Aber der Fall
Verschlang ihn doch. Seinen Feind
Tötete er nicht, aber seinem Mitkämpfer hinterließ er
Einen geschwächten Feind.

CHOR DER KURIATIER *indem sie auf der Tafel der Streitkräfte fünf Kohorten der Lanzenträger löschen:*
Fünf Kohorten von sieben sind gefallen, aber
Der Sieg ist uns sicher. Unschlagbar
Dringen unsere Heere vor. Den Gegner
Hat die Verzweiflung gepackt. Er rennt
In unsere Pfeile und stürzt sich in die Gewässer. Die Beute
Ist gewaltig. Haltet den Zank zurück, Kuriatier
Um den Landbesitz und den Besitz der neuen Erzgruben.
Schon morgen
Findet die letzte Schlacht statt, in der
Drei Heere der Unseren
Gegen eines der Feinde stehn.

DIE FRAUEN DER HORATIER
Unsere Männer fallen wie das Schlachtvieh.
Wenn der Schlächter zu ihm tritt, dann fällt es.
Jener plante gut und fiel. Und dieser
Zeigte Mut und fiel. Und wir, wir freuen
Uns des Plans und auch des Muts und weinen.
Daß die kämpften, waren wir zufrieden.
Wenn wir weinen, ist es, weil sie fielen

Und nicht, weil sie kämpften. Ach, nicht jeder
Der zurückkehrt, ist ein Sieger, aber
Keiner hat gesiegt, der nicht zurückkehrt.

CHOR DER HORATIER
Die Räuber kommen!
Die Schlacht tobt noch, und schon
Schleppen sie
Aus den Erzgruben das Erz weg.
In die Schreie ihrer Krieger, die
Zu Tode getroffen sind, mischen sich
Die Befehlsrufe der Vorarbeiter.

3
**Die Schlacht der Schwertkämpfer**

DER HORATIER Seit zwei Tagen halte ich meinen Gegner in Schach. Da er zu stark gepanzert ist, warte ich, bis der Bogenschütze und der Lanzenträger zu mir stoßen.
*Der Kuriatier wirft ihm den zerbrochenen Lanzenstumpf des zweiten Horatiers und den Bogen des ersten Horatiers vor die Füße.*

DER KURIATIER Deine Brüder sind vernichtet! Ergib dich!

DER HORATIER Ich kenne die Lanze und ich kenne den Bogen. Meine Mitkämpfer müssen also vernichtet sein, wie der Kuriatier sagt. Dann muß ich trotz seiner Panzerung schnell angreifen, sonst vereinigt er sich mit seinem Bogenschützen und seinem Lanzenträger.

DER KURIATIER Ich glaubte ihn von einem Angriff zurückzuschrecken durch die Nachricht, aber jetzt sehe ich, daß ich ihn zum Angriff gereizt habe.

DER HORATIER Ich werde ihn in der Flanke angreifen.
*Er tritt seitwärts und erblickt hinter dem Kuriatier die von diesem bisher verdeckten zwei anderen kuriatischen Heere, die heranziehen: der Lanzenträger mit Siegeslaub geschmückt, der Bogenschütze mit Siegeslaub geschmückt und beutebeladen, beide nunmehr mit Schwertern bewaffnet.*

DER HORATIER
Es ist zu spät, sie kommen schon.

DER KURIATISCHE SCHWERTKÄMPFER *ruft dem Lanzenträger zu:*
Zieh dein Schwert und beeil dich! Es kommt zur Schlacht!

DER KURIATISCHE LANZENTRÄGER
Vorbeimarschierend an einem Fluß
In einem Engpaß habe ich meinen Feind
In den Fluß gedrängt. Sieben Fraterien
Sind umgekommen. Trotz meiner Verluste
Und der Unordnung meines Wagenparks
Eile ich herbei zum Endkampf.
*Er ruft nach hinten:*
Es kommt zur Schlacht! Beeil dich, Bogenschütze!

DER KURIATISCHE BOGENSCHÜTZE
Ich komme.
Zwischen zwei Bergen
Auf unbekanntem Gelände
Beim dritten Pfeilwechsel habe ich
Meinen Feind niedergeworfen.
Bevor es Abend ist, wird ihr letztes Heer
Geschlagen sein.

DER KURIATISCHE SCHWERTKÄMPFER
Ich werde um sieben Kohorten stärker sein als mein Gegner.

DER HORATIER
Ich kann nicht angreifen. Die Übermacht ist zu groß.
*Er fragt die Horatier:*
Was soll ich tun?

CHOR DER HORATIER
Trotz der Tapferkeit unserer Heere
Kenntnis des Kampfgeländes und
Anwendung aller Kampfmittel
Haben wir zwei Schlachten verloren. Zwei Heere
Sind vernichtet. Von drei Frauen
Unserer Stadt
Tragen zwei die Witwentracht.
Deine Fraterien, Schwertkämpfer
Sind unser letzter Einsatz.
Du hast auf Unterstützung gewartet
Warte nicht länger, es kommt keine.
In deiner Hand
Sind unsere Äcker, Herden und Werkstätten.
Zwischen uns und den Räubern
Bist nur du.

DER HORATIER
Sie rücken auf.
Mit ihrer Übermacht
Zerschmettern sie mich.
Gegen mich erhebt sich mit drei Schwertern
Ein dreifacher Arm.
Und wie soll ich standhalten?
Mein Schild ist schlecht.

CHOR DER HORATIER
Weiche keinen Fußbreit!
Deine Waffen
Sind nicht zu bessern. Jetzt

Benütze sie. Die Feinde
Sind nicht zu vermindern. Stell dich ihnen.
Wirf dich auf sie. Vernichte...
Ach, was tust du?
*Der Horatier hat sich zur Flucht gewendet.*

CHOR DER KURIATIER
Sieg! Der Feind
Wendet sich zur Flucht!
Jagt ihm nach, Kuriatier!

DER KURIATISCHE SCHWERTKÄMPFER
Auf ihn! Angesichts unserer Übermacht
Hat der Feind sich zur Flucht gewendet.
Auf ihn! Sonst entrinnt er uns!

CHOR DER HORATIER
Halt ein! Er hört uns nicht.
Unser letzter Mann
Gibt den Kampf auf. Unser bester Kämpfer
Ist bestochen vom Feind.
*Der horatische Schwertkämpfer versucht, laufend, sie mit einer Armbewegung zu beschwichtigen.*

CHOR DER HORATIER
Bestreite es nicht! Warum läufst du?

CHOR DER KURIATIER
Ergebt euch! Liefert die Schlüssel eurer Stadt aus!
Laßt ihn nicht entkommen, Kuriatier!

DER KURIATISCHE LANZENTRÄGER
*zum Schwertkämpfer:*
Laß ihn nicht entkommen! Du
Kannst doch laufen!
*Die drei Heerhaufen der Kuriatier beginnen die Verfolgung. Sie können sich jedoch nicht gleich schnell vorwärts bewegen. Der schwer verwundete Lanzenträger bleibt zurück. Der leicht verwundete Bogenschütze überholt ihn, bleibt aber auch zurück.*

CHOR DER KURIATIER
Seht, wie er läuft!
Er rettet sich nicht, aber seinen Untergang
Macht er zur Schande.
Ein stolzes Klaglied zu sein
Im Munde der Eigenen, dazu
Fehlt ihm der Mut.

DER HORATIER
Gut, daß mein Schild leicht ist. Da
Kann ich gut laufen.

CHOR DER HORATIER
Er verhöhnt uns!

DER KURIATISCHE SCHWERTKÄMPFER
Ich laufe
So schnell ich kann. Mein Schild
Ist schwer.

DER HORATIER
Und ich laufe
So schnell du laufen kannst.
Lauf schneller, du! Sonst
Entrinn ich dir noch!

CHOR DER HORATIER
Löscht seine Fraterien aus!
Wo sie standen, steht nichts mehr
Der Plan, der mit ihnen rechnete...
*Während die Fraterien des horatischen Schwertkämpfers auf der Tafel der Streitkräfte halb ausgelöscht sind, wendet er sich in einem kleinen Bogen um und geht auf den kuriatischen Schwertkämpfer los. Im Lauf der Verfolgung haben sich die Verfolger getrennt.*
Halt! Er kehrt um! Er wendet sich!
Er greift an!

CHOR DER KURIATIER
Er greift an!
Und unser Schwertkämpfer
Ist ausgepumpt. Sein Schild
War schwer. Und unser Bogenschütze
Konnte nicht mitkommen!

CHOR DER HORATIER
Unser Bogenschütze hat
Ihm das Knie zerschmettert und ihn behängt mit
Seinen Stiefeln und seinem Helm und seinem Brotbeutel.

CHOR DER KURIATIER
Auch unser Lanzenträger blieb zurück!

CHOR DER HORATIER
Unser Lanzenträger
Hat ihm die Flanke zerschmettert.
*Der Horatier schlägt den keuchenden kuriatischen Schwertkämpfer nach kurzem Kampf nieder. Dann läuft er weiter, auf den Bogenschützen zu.*

CHOR DER KURIATIER
Der Schwertkämpfer ist gefallen.
Löscht zwölf Kohorten aus
Von der Tafel der Streitkräfte.
Wo sie standen...
*Der Horatier hat den Bogenschützen erreicht, ihm sein Schwert aus der Hand geschlagen und ihn niedergestoßen. Er läuft weiter.*

CHOR DER KURIATIER
Auch der Bogenschütze ist gefallen. Und der Feind
Stürmt weiter. Die Verfolgung
Hat die Verfolger getrennt. Die Flucht war
Ein Angriff! Nur noch der Lanzenträger
Steht, der schwer Verletzte.

*Der Horatier hat den Lanzenträger erreicht und schlägt ihn ohne Mühe nieder.*

Löscht neunzehn Kohorten aus! Wo sie standen
Steht nichts mehr. Der Plan, der mit ihnen rechnete
Kann von keinem mehr erfüllt werden.

*Den drei Frauen der kuriatischen Heerführer werden Witwenkleider angelegt. Die neunzehn Kohorten werden gelöscht.*

CHOR DER HORATIER

Sieg! Deine List, Schwertkämpfer
Hat die Feinde getrennt, und deine Stärke
Hat sie niedergeworfen.

DER HORATIER

Ich sah den Bogenschützen herbeiziehen
Mit Beute beladen und den Lanzenträger herbeiziehen
Ohne Beute. Und den Schwertkämpfer sah ich ohne Siegeslaub.
Da wußte ich, daß sie auf mich stürzen würden.
Und ich sah den Schwertkämpfer sich umblicken
Sehend einen mit Siegeslaub und einen mit Beute beladen.
Da wußte ich: was da kommt wie ein Heerhaufe
Das sind drei gewesen vorher und können
Also wieder zu dreien werden. Und ich sah
Einen stark und einen hinkend, und
Es kroch der dritte. Und ich dachte: drei
Können noch kämpfen, aber nur einer
Kann noch laufen.

CHOR DER HORATIER

Die Räuber sind zurückgeschlagen.
Unzulänglich bediente unser Bogenschütze die große Maschine
Der sich bewegenden Umwelt. Aber unser Lanzenträger baute
Mit Fluß und Floß und einem Lanzenstumpf
Sich selbst in ein mächtiges Geschoß um.
Und unseres Schwertkämpfers List
Hat die Feinde getrennt.
Und seine Stärke hat
Sie niedergeworfen.
Unser Bogenschütze hat seinen Feind geschwächt.
Unser Lanzenträger hat seinen Feind schwer getroffen.
Und unser Schwertkämpfer hat den Sieg vollendet.

# Furcht und Elend des Dritten Reiches

24 Szenen

Mitarbeiter: M. Steffin

**Die deutsche Heerschau**

Als wir im fünften Jahre hörten, jener
Der von sich sagt, Gott habe ihn gesandt
Sei jetzt fertig zu seinem Krieg, geschmiedet
Sei Tank, Geschütz und Schlachtschiff, und es stünden
In seinen Hangars Flugzeuge von solcher Anzahl
Daß sie, erhebend sich auf seinen Wink
Den Himmel verdunkeln würden, da beschlossen wir
Uns umzusehn, was für ein Volk, bestehend aus was für Menschen
In welchem Zustand, mit was für Gedanken
Er unter seine Fahne rufen wird. Wir hielten Heerschau.

Dort kommen sie herunter:
Ein bleicher, kunterbunter
Haufe. Und hoch voran
Ein Kreuz auf blutroten Flaggen
Das hat einen großen Haken
Für den armen Mann.

Und die, die nicht marschieren
Kriechen auf allen vieren
In seinen großen Krieg.
Man hört nicht Stöhnen noch Klagen
Man hört nicht Murren noch Fragen
Vor lauter Militärmusik.

Sie kommen mit Weibern und Kindern
Entronnen aus fünf Wintern
Sie sehen nicht fünfe mehr.
Sie schleppen die Kranken und Alten
Und lassen uns Heerschau halten
Über sein ganzes Heer.

**1**
**Volksgemeinschaft**

Dort kommen SS-Offiziere
Von seiner Rede und seinem Biere
Sind sie müd und voll.
Sie wünschen, daß das Volk ein mächtiges
Gefürchtetes, andächtiges
Und folgsames Volk sein soll.

*Nacht des 30. Januar 1933. Zwei SS-Offiziere torkeln die Straße herunter.*

DER ERSTE Nu sind wir oben. Imposant, der Fackelzug! Jestern noch pleite, heut schon in die Reichskanzlei. Jestern Pleitejeier, heute Reichsadler.
*Sie lassen ihr Wasser.*
DER ZWEITE Und nu kommt die Volksjemeinschaft. Ick erwarte mir een seelischen Uffschwung des deutschen Volkes in allerjrößten Maßstab.
DER ERSTE Erst muß noch der deutsche Mensch rausjekitzelt werden aus det Untermenschenjesindel. Was is 'n det überhaupt für 'ne Jejend? Keene Beflaggung.
DER ZWEITE Wir ham uns verloofen.
DER ERSTE Eklije Landschaft.
DER ZWEITE Vabrecherviertel.
DER ERSTE Meenste, det ist jefährlich hier?
DER ZWEITE Een anständijer Volksjenosse wohnt nicht in so 'ne Baracke.
DER ERSTE Is ooch nirjends Licht!
DER ZWEITE Die sind nich zu Hause.
DER ERSTE Die Brüder sind. Meenste, die bekieken sich den Anbruch vont Dritte Reich aus de Nähe? Jehn wa mit Rückendeckung.
*Sie setzen sich schwankend wieder in Bewegung, der erste hinter dem zweiten.*
DER ERSTE Is det nich die Jejend, wo der Kanal langjeht?
DER ZWEITE Weeß ick nich.
DER ERSTE Da ham wir an de Ecke so 'n Marxistennest ausjehoben. Hinterher ham se jesagt, et war 'n katholscher Lehrlingsverein. Allet Lüje! Keen einzijer hatte 'n Kragen um.
DER ZWEITE Meenste, er schafft die Volksjemeinschaft?
DER ERSTE Er schafft allet!
*Er bleibt wie erstarrt stehen und lauscht. Ein Fenster ist wo geöffnet worden.*
DER ZWEITE Was is det?
*Er entsichert seinen Dienstrevolver. Ein alter*

*Mann beugt sich im Nachthemd aus dem Fenster, und man hört ihn leise »Emma, bist du's?« rufen.*

DER ZWEITE Det sind se!

*Er fährt wie ein Rasender herum und fängt an, nach allen Richtungen zu schießen.*

DER ERSTE *brüllt:* Hilfe!

*Hinter einem Fenster gegenüber dem geöffneten, in dem immer noch der alte Mann steht, wird der furchtbare Aufschrei eines Getroffenen hörbar.*

## 2
## Der Verrat

Dort kommen Verräter, sie haben
Dem Nachbarn die Grube gegraben
Sie wissen, daß man sie kennt.
Vielleicht: die Straße vergißt nicht?
Sie schlafen schlecht: noch ist nicht
Aller Tage End.

*Breslau, 1933. Kleinbürgerwohnung. Eine Frau und ein Mann stehen an der Tür und horchen. Sie sind sehr blaß.*

DIE FRAU Jetzt sind sie drunten.

DER MANN Noch nicht.

DIE FRAU Sie haben das Geländer zerbrochen. Er war schon bewußtlos, wie sie ihn aus der Wohnung geschleppt haben.

DER MANN Ich habe doch nur gesagt, daß das Radio mit den Auslandssendungen nicht von hier kam.

DIE FRAU Du hast doch nicht nur das gesagt.

DER MANN Ich habe nichts sonst gesagt.

DIE FRAU Schau mich nicht so an. Wenn du nichts sonst gesagt hast, dann hast du eben nichts sonst gesagt.

DER MANN Das meine ich auch.

DIE FRAU Warum gehst du nicht hin auf die Wache und sagst aus, daß sie keinen Besuch hatten am Samstag.

*Pause.*

DER MANN Ich geh nicht auf die Wache. Das sind Tiere, wie sie mit ihm umgegangen sind.

DIE FRAU Es geschieht ihm recht. Warum mischt er sich in die Politik.

DER MANN Aber sie hätten ihm nicht die Jacke zu zerreißen brauchen. So dick hat es unsereiner nicht.

DIE FRAU Auf die Jacke kommt es doch nicht an.

DER MANN Sie hätten sie ihm nicht zerreißen brauchen.

3
**Das Kreidekreuz**

Es kommen die SA-Leute
Sie spüren wie eine Meute
Hinter ihren Brüdern her.
Sie legen sie den fetten Bonzen zu Füßen
Und heben die Hände und grüßen.
Die Hände sind blutig und leer.

*Berlin, 1933. Eine Herrschaftsküche. Der SA-Mann, die Köchin, das Dienstmädchen, der Chauffeur.*

DAS DIENSTMÄDCHEN Hast du wirklich nur eine halbe Stunde Zeit?
DER SA-MANN Nachtübung!
DIE KÖCHIN Was übt ihr denn da immer?
DER SA-MANN Das ist Dienstgeheimnis!
DIE KÖCHIN Ist es eine Razzia?
DER SA-MANN Ja, das möchten Sie wissen! Aber von mir erfährt keiner was. Aus dem Brunnen fischen Sie nichts raus.
DAS DIENSTMÄDCHEN Und du mußt noch raus bis Reinickendorf?
DER SA-MANN Reinickendorf oder Rummelsburg, und vielleicht ist es auch Lichterfelde, wie?
DAS DIENSTMÄDCHEN *etwas verwirrt:* Willst du nicht etwas essen, bevor du losgehst?
DER SA-MANN Eh ich mich nötigen lasse: immer ran mit der Gulaschkanone!
*Die Köchin bringt ein Tablett.*
DER SA-MANN Ja, ausgeplaudert wird nicht! Immer den Gegner überraschen! Immer von einer Seite kommen, wo er kein Wölkchen sieht. Sehen Sie sich mal den Führer an, wenn der einen Coup vorbereitet! Undurchdringlich! Da wissen Sie gar nichts vorher. Vielleicht weiß er es selber nicht mal vorher. Und dann kommt's schlagartig. Die tollsten Sachen. Das ist es, was uns so gefürchtet macht. *Er hat sich die Serviette umgebunden. Messer und Gabel erhoben, erkundigt er sich:* Kann die Herrschaft nicht hereingeschneit kommen, Anna? Daß ich dann dasitze, das Maul voll Remouladensoße. *Sagt übertrieben, wie mit vollem Mund:* Heil Hitler!
DAS DIENSTMÄDCHEN Nein, da klingeln sie zuerst nach dem Wagen an, nicht, Herr Francke?
DER CHAUFFEUR Wie beliebt? Ja, jawohl!
*Der SA-Mann beginnt beruhigt, sich mit dem Tablett zu beschäftigen.*
DAS DIENSTMÄDCHEN *neben ihm sitzend:* Bist du nicht müde?
DER SA-MANN Kolossal.
DAS DIENSTMÄDCHEN Aber Freitag hast du doch frei?
DER SA-MANN *nickt:* Wenn nichts dazwischenkommt.
DAS DIENSTMÄDCHEN Du, die Reparatur von der Uhr hat vier Mark fünfzig gekostet.
DER SA-MANN Unverschämt.
DAS DIENSTMÄDCHEN Die ganze Uhr hat nur zwölf Mark gekostet.
DER SA-MANN Ist der Ladenschwengel von der Drogerie immer noch zudringlich?
DAS DIENSTMÄDCHEN Ach Gott.
DER SA-MANN Du brauchst es mir nur zu sagen.
DAS DIENSTMÄDCHEN Ich sage dir doch alles. Hast du die neuen Stiefel an?
DER SA-MANN *lustlos:* Ja. Warum?
DAS DIENSTMÄDCHEN Minna, haben Sie die neuen Stiefel von Theo schon gesehen?
DIE KÖCHIN Nein.
DAS DIENSTMÄDCHEN Zeig doch mal, Theo! Die kriegen sie jetzt.
*Der SA-Mann, kauend, streckt sein Bein zur Besichtigung aus.*
DAS DIENSTMÄDCHEN Schön, nicht?
*Der SA-Mann schaut suchend herum.*
DIE KÖCHIN Fehlt was?
DER SA-MANN Bißchen trocken.
DAS DIENSTMÄDCHEN Willst du Bier haben? Ich hol dir. *Sie läuft hinaus.*
DIE KÖCHIN Die würde sich ja die Beine aus dem Leib rennen für Sie, Herr Theo!
DER SA-MANN Ja, so was muß klappen bei mir. Schlagartig.
DIE KÖCHIN Ihr Männer könnt euch viel zuviel erlauben.
DER SA-MANN Das Weib will das. *Da die Köchin einen schweren Kessel aufnimmt:* Was rakkern Sie sich denn da ab? Lassen Sie mal, das ist meine Sache. *Er schleppt ihr den Kessel.*
DIE KÖCHIN Das ist gut von Ihnen. Sie finden auch jedesmal was, was Sie mir abnehmen können. So gefällig ist nicht jeder. *Mit einem Blick auf den Chauffeur.*
DER SA-MANN Quatschen Sie keine Opern. Das tun wir gerne.
*Es klopft am Kücheneingang.*
DIE KÖCHIN Das ist mein Bruder. Der bringt die Radiolampe.
*Sie läßt ihren Bruder, einen Arbeiter, ein.*
DIE KÖCHIN Mein Bruder.
DER SA-MANN UND DER CHAUFFEUR Heil Hitler!

*Der Arbeiter murmelt etwas, was zur Not »Heil Hitler« geheißen haben kann.*

DIE KÖCHIN Hast du die Lampe?

DER ARBEITER Ja.

DIE KÖCHIN Willst du sie gleich einschrauben?

*Die beiden gehen hinaus.*

DER SA-MANN Was ist denn das für einer?

DER CHAUFFEUR Arbeitslos.

DER SA-MANN Kommt der öfter?

DER CHAUFFEUR *zuckt die Achseln:* Ich bin ja selten da.

DER SA-MANN Na, die Dicke ist ja treu wie Gold im nationalen Sinne.

DER CHAUFFEUR Absolut.

DER SA-MANN Aber deswegen kann der Bruder immer noch ganz was anderes sein.

DER CHAUFFEUR Haben Sie da einen bestimmten Verdacht?

DER SA-MANN Ich? Nein. Nie! Ich hab nie Verdacht. Wissen Sie, Verdacht, das ist schon gradsogut wie Gewißheit. Und dann setzt es auch schon was.

DER CHAUFFEUR *murmelt:* Schlagartig.

DER SA-MANN So ist es. *Zurückgelehnt, ein Auge geschlossen:* Haben Sie verstanden, was der dahermurmelte? *Er macht den Gruß des Arbeiters nach.* Kann »Heil Hitler« geheißen haben. Muß nicht. Die Brüder hab ich schon gern.

*Er lacht schallend. Die Köchin und der Arbeiter kommen zurück. Sie stellt ihm etwas zum Essen hin.*

DIE KÖCHIN Mein Bruder ist so geschickt mit dem Radio. Dabei macht er sich gar nichts draus, Radio zu hören. Wenn ich Zeit hätte, würde ich immer andrehen. *Zum Arbeiter:* Und Zeit hast du doch im Überfluß, Franz.

DER SA-MANN Tatsächlich? Sie haben ein Radio und drehen das Ding nicht an?

DER ARBEITER Mal Musik.

DIE KÖCHIN Dabei hat er sich rein aus nichts den feinsten Apparat zusammengebastelt.

DER SA-MANN Wieviel Röhren haben Sie denn?

DER ARBEITER *ihn herausfordernd anstarrend:* Vier.

DER SA-MANN Na, die Geschmäcker sind eben verschieden.

*Zum Chauffeur:* Nicht?

DER CHAUFFEUR Wie beliebt? Ja, natürlich.

*Das Dienstmädchen kommt mit dem Bier.*

DAS DIENSTMÄDCHEN Eisgekühlt!

DER SA-MANN *legt freundlich seine Hand auf die ihre:* Mädchen, du bist ja ganz außer Puste. So hättest du nicht laufen müssen, ich hätte doch auch warten können.

*Sie schenkt ihm aus der Flasche ein.*

DAS DIENSTMÄDCHEN Macht nichts. *Gibt dem Arbeiter die Hand.* Haben Sie die Lampe gebracht? Aber setzen Sie sich doch ein bißchen. Sie sind doch wieder den ganzen Weg reingelaufen. *Zum SA-Mann:* Er wohnt in Moabit.

DER SA-MANN Wo ist denn mein Bier? Da hat mir einer mein Bier weggetrunken! *Zum Chauffeur:* Haben Sie mir mein Bier weggetrunken?

DER CHAUFFEUR Nein, sicher nicht! Wie kommen Sie darauf? Ist Ihr Bier weg?

DAS DIENSTMÄDCHEN Aber ich hab dir doch eingegossen?

DER SA-MANN *zur Köchin:* Sie haben ja mein Bier weggesoffen! *Er lacht schallend.* Na, beruhigt euch mal. Kleiner Trick aus dem Sturmlokal! Bier wegtrinken, ohne daß es einer sieht oder hört. *Zum Arbeiter:* Wollten Sie was sagen?

DER ARBEITER Alter Trick.

DER SA-MANN Vielleicht machen Sie's mal nach!

*Er schenkt ihm aus der Flasche ein.*

DER ARBEITER Schön. Also hier habe ich das Bier – *er hebt das Glas hoch* –, und jetzt kommt der Trick. *Er trinkt ganz ruhig und genußvoll das Bier.*

DIE KÖCHIN Aber das sieht man doch!

DER ARBEITER *sich den Mund abwischend:* So? Da ist es, scheint's, mißglückt.

*Der Chauffeur lacht laut.*

DER SA-MANN Finden Sie das so komisch?

DER ARBEITER Sie können es doch auch nicht anders gemacht haben? Wie haben Sie es denn gemacht?

DER SA-MANN Wie soll ich Ihnen das zeigen, wo Sie mir das Bier weggesoffen haben?

DER ARBEITER Ja, das ist richtig. Ohne Bier können Sie den Trick nicht machen. Können Sie keinen andern Trick? Ihr könnt doch mehr als einen Trick.

DER SA-MANN Wer »ihr«?

DER ARBEITER Ich meine, ihr jungen Leute.

DER SA-MANN So.

DAS DIENSTMÄDCHEN Aber das war doch nur ein Spaß von Herrn Lincke, Theo!

DER ARBEITER *hält es für besser, einzulenken:* Das werden Sie mir doch nicht übelnehmen!

DIE KÖCHIN Ich hole Ihnen noch ein Bier.

DER SA-MANN Ist nicht nötig. Runterspülen hab ich können.

DIE KÖCHIN Der Herr Theo versteht ja einen Scherz.

DER SA-MANN *zum Arbeiter:* Warum setzen Sie sich nicht? Wir fressen niemanden.

*Der Arbeiter setzt sich.*

DER SA-MANN Leben und leben lassen. Und mal ein Scherz. Warum nicht? Scharf sind wir nur in puncto Gesinnung.

DIE KÖCHIN Das müßt ihr auch.

DER ARBEITER Wie ist denn die Gesinnung jetzt so?

DER SA-MANN Die Gesinnung ist gut. Sind Sie anderer Ansicht?

DER ARBEITER Nein. Ich meine nur, es sagt einem ja keiner, was er denkt.

DER SA-MANN Sagt einem keiner? Wieso? Mir sagen sie es.

DER ARBEITER Tatsächlich?

DER SA-MANN Kommen werden sie natürlich nicht, um es einem zu erzählen, was sie denken. Geht man eben hin.

DER ARBEITER Wohin?

DER SA-MANN Na, sagen wir, auf die Stempelstellen. Vormittags sind wir da an den Stempelstellen.

DER ARBEITER Da meckert ja mitunter noch einer, das ist richtig.

DER SA-MANN Eben.

DER ARBEITER So können Sie aber auch nur einmal einen rausfischen, dann kennt man Sie doch. Und dann schweigen sie schon wieder.

DER SA-MANN Wieso kennt man mich dann? Soll ich Ihnen zeigen, wie man mich nicht kennt? Sie interessieren sich doch für Tricks. Einen kann ich Ihnen ja ruhig zeigen, weil wir viele haben. Und ich sage immer, wenn sie merken, was wir alles auf dem Kasten haben und daß sie unter keinen wie immer gearteten Umständen durchkommen, geben sie es vielleicht doch auf.

DAS DIENSTMÄDCHEN Ja, Theo, erzähl, wie ihr's macht!

DER SA-MANN Also angenommen, wir sind auf der Stempelstelle Münzstraße. Sagen wir – *auf den Arbeiter blickend* –, Sie stehen vor mir in der Reihe. Aber vorher muß ich noch einige kleinere Vorbereitungen treffen. *Er geht hinaus.*

DER ARBEITER *blinzelt dem Chauffeur zu:* Na, jetzt wollen wir mal sehen, wie sie es machen.

DIE KÖCHIN Alle Marxisten werden noch ausfindig gemacht werden, weil man nicht dulden kann, daß sie alles zersetzen.

DER ARBEITER Aha.

*Der SA-Mann kommt zurück.*

DER SA-MANN Ich bin natürlich in Zivilkluft. *Zum Arbeiter:* Also fangen Sie mal an zu meckern.

DER ARBEITER Über was?

DER SA-MANN Na, haben Sie sich man nicht so. Etwas habt ihr doch immer.

DER ARBEITER Ich? Nein.

DER SA-MANN Sie sind ja ein ganz Abgebrühter. Sie können doch nicht behaupten, daß alles tipptopp ist!

DER ARBEITER Wieso nicht?

DER SA-MANN Also so geht's nicht. Wenn Sie nicht mitmachen, dann geht's nicht.

DER ARBEITER Also gut. Dann will ich mir mal das Maul verbrennen. Rumstehen lassen sie einen hier, als ob unsere Zeit gar nichts wäre. Zwei Stunden hab ich dabei schon von Rummelsburg herein.

DER SA-MANN Das ist doch nichts. Rummelsburg ist doch im Dritten Reich nicht weiter von der Münze weg als in der Weimarer Bonzenrepublik. Gehen Sie doch mal ins Zeug!

DIE KÖCHIN Das ist doch bloß Theater, Franz, wir wissen doch, das, was du hier machst, das ist gar nicht deine Meinung.

DAS DIENSTMÄDCHEN Sie stellen doch bloß sozusagen einen Meckerer dar! Da können Sie sich auf Theo ganz verlassen, daß er das nicht falsch aufnimmt. Er will doch bloß was zeigen.

DER ARBEITER Gut. Dann sage ich: die ganze SA, so schön wie sie ist, kann mich am Arsch lecken. Ich bin für die Marxisten und für die Juden.

DIE KÖCHIN Aber Franz!

DAS DIENSTMÄDCHEN Das geht doch nicht, Herr Lincke!

DER SA-MANN *lachend:* Mensch! Da lasse ich Sie doch einfach vom nächsten Schupo verhaften! Haben Sie denn nicht für 'nen Groschen Phantasie? Sie müssen doch was sagen, was Sie eventuell noch umdrehen können, etwas, was man wirklich zu hören kriegen kann.

DER ARBEITER Ja, da müssen Sie schon so freundlich sein und mich provozieren.

DER SA-MANN Das zieht doch schon lange nicht mehr. Da könnte ich sagen: unser Führer ist der größte Mensch, der je über den Erdboden gewandelt ist, größer als Jesus Christus und Napoleon zusammengenommen, da sagen sie doch höchstens: das schon. Da geh ich lieber auf die andere Tour und sage: mit dem Maul sind sie groß. Alles Propaganda. Da sind sie Meister drin. Kennt ihr den Witz mit Goebbels und den zwei Läusen? Nein? Also zwei Läuse machen eine Wette, wer zuerst von einem Mundwinkel zum andern kommt. Da soll die gewonnen haben, die hinten um den Kopf rumlief. Das soll kürzer sein.

DER CHAUFFEUR Ach so.

*Alle lachen.*

DER SA-MANN *zum Arbeiter:* Na, jetzt riskieren Sie aber auch mal eine Lippe.

DER ARBEITER Auf so was kann ich doch noch nicht losquatschen. Wegen dem Witz könnten Sie doch immer noch ein Spitzel sein.

DAS DIENSTMÄDCHEN Das ist richtig, Theo.

DER SA-MANN Ihr seid richtige Scheißkerle! Was ich mich da schon geärgert habe! Keiner traut sich, einen Ton von sich zu geben.

DER ARBEITER Meinen Sie das wirklich, oder sagen Sie das an der Stempelstelle?

DER SA-MANN Das sage ich auch an der Stempelstelle.

DER ARBEITER Wenn Sie das an der Stempelstelle sagen, dann sage ich Ihnen an der Stempelstelle: Vorsicht ist die Mutter von die Porzellankiste. Ich bin feige, ich habe keinen Revolver.

DER SA-MANN Da will ich dir was sagen, Kollege, weil du schon so viel von der Vorsicht hältst: da bist du vorsichtig und bist du vorsichtig und dann bist du plötzlich im Freiwilligen Arbeitsdienst!

DER ARBEITER Und wenn du unvorsichtig bist?

DER SA-MANN Dann bist du allerdings auch drin. Das will ich ja zugeben. Das geht eben freiwillig. Schöne Freiwilligkeit, nicht?

DER ARBEITER Jetzt könnte es ja möglich sein, wenn einer so eine kühne Seele wäre und ihr stündet vor der Stempelstelle und Sie sähen ihn so an mit Ihren blauen Augen, daß er da auch mal was zum besten gäbe über den Freiwilligen Arbeitsdienst. Was könnte einer denn da sagen? Vielleicht: gestern sind wieder fünfzehn abgegangen. Ich frage mich oft, wie sie das bei denen erreichen, wo doch alles freiwillig ist, und dabei kriegen sie, wenn sie was tun, nicht mehr, als wenn sie nichts tun, aber essen müssen sie mehr. Dann hab ich die Geschichte von Doktor Ley und der Katze gehört, und da war mir natürlich alles klar. Kennt ihr die Geschichte?

DER SA-MANN Nein, kennen wir nicht.

DER ARBEITER Also der Doktor Ley macht eine kleine Geschäftsreise »Kraft durch Freude« und trifft da so einen Bonzen aus der Weimarer Republik, ich kenne die Namen ja nicht so, vielleicht war's auch im KZ, aber da kommt der Doktor Ley ja nicht hin, weil er sehr vernünftig ist, und der Bonze fragt ihn gleich, wie er jetzt das alles so macht, daß die Arbeiter alles fressen, was sie sich früher partout nicht haben gefallen lassen. Zeigt der Doktor Ley auf eine Katze, die sich da gesonnt hat, und sagt: angenommen, Sie wollen ihr mal einen tüchtigen Schlag Senf versetzen, daß sie's runterwürgt, ob's ihr nun gefällt oder nicht. Wie machen Sie das? Der Bonze nimmt den Senf und schmiert ihn dem Vieh ins Maul, selbstverständlich spuckt ihm das Biest den Senf schlankweg ins Gesicht, von Schlukken keine Spur, aber Kratzwunden noch und noch! Nein, Mensch, sagt der Doktor Ley auf seine gewinnende Art, das ist verfehlt. Seht mir mal zu! Er nimmt den Senf mit 'nem gewandten Schwung und klebt ihn dem unglücklichen Tier wuppdichhastenichtgesehen ins Arschloch. *Zu den Damen:* Sie entschuldigen schon, aber das gehört zu der Geschichte. – Das Tier, ganz benommen und betäubt, denn das schmerzt furchtbar, bemüht sich sogleich, den ganzen Schlag rauszulecken. Sehen Sie, lieber Mann, sagt der Doktor Ley triumphierend, jetzt frißt sie! Und das freiwillig!

*Sie lachen.*

DER ARBEITER Ja, das ist sehr komisch.

DER SA-MANN Jetzt geht's ja einigermaßen. Freiwilliger Arbeitsdienst, das ist ein beliebtes Thema. Das schlimmste ist, daß sich keiner mehr zum Widerstand aufraffen tut. Uns können sie ja Dreck zu fressen geben, dann sagen wir auch noch danke schön.

DER ARBEITER Nein, das stimmt auch nicht. Steh ich da neulich auf dem Alex und überlege, ob ich mich impulsiv zum Freiwilligen Arbeitsdienst melden soll oder warten, bis sie mich per Schub reinbringen. Kommt aus dem Lebensmittelgeschäft an der Ecke so eine kleine Dünne, ersichtlich die Frau eines Proleten. Halt, sage ich, seit wann gibt's denn im Dritten Reich noch Proleten, wo wir doch die Volksgemeinschaft haben, wo doch sogar der Thyssen von erfaßt wird? Nein, sagt sie, sind die doch jetzt mit der Margarine raufgeklettert! Von fünfzig Pfennig bis auf eine Mark. Wollen Sie mir einreden, das ist Volksgemeinschaft? Mutterken, sage ich, sehn Sie sich mal vor, was Sie zu mir so von sich geben, ich bin national bis auf die Knochen. Knochen, sagt sie, und kein Fleisch, und Kleie in die Backwaren. Soweit ist die gegangen! Ich stehe ganz verdattert und murmele: müssen Sie eben Butter kaufen! Ist auch gesünder! Nur nicht am Essen gespart, weil das die Volkskraft schwächen tut, was wir uns nicht leisten können bei den Feinden, von denen wir umringt sind, bis in die höchsten Amtsstellen... werden wir da gewarnt. Nein, sagt sie, Nazis sind wir alle, bis zum letzten Atemzug, und das kann bald sein bei der Kriegsgefahr. Aber wie ich neulich, sagt sie, mein schönstes Sofa abgeben will für die Winterhilfe, weil Göring soll schon auf dem nackten Boden schlafen müssen, mit den Sorgen wegen der Rohstoffe, sagen die auf dem Amt mir, ein Piano hätten wir lieber, für »Kraft durch Freude«, wissen Sie! Da fehlt's am richtigen Mehl. Nehm ich mir mein Sofa wieder runter von der Winterhilfe und gehe zum Altwarenhändler um die Ecke, ich wollte mir schon lange mal ein halbes Pfund Butter kaufen. Sagen die im Buttergeschäft: Butter ist heute keine, Volksgenossin, wollen Sie eine Kanone? Geben Sie her, sage ich, sagt sie. Sage ich: aber was denn, wofür denn Kanonen, Mutterken? Auf den leeren Magen? Nein, sagt sie, wenn ich schon verhungern soll, dann soll alles in Grund und Boden geschossen werden, das ganze Geschmeiß mit Hitler an der Spitze... Was denn, sage ich, was denn, ruf ich entsetzt... Mit Hitler an der Spitze werden wir auch Frankreich besiegen, sagt sie. Wo wir doch jetzt schon aus Wolle Benzin gewinnen! Und die Wolle? sag ich. Die Wolle, sagt sie, die gewinnen wir ja nun aus Benzin. Brauchen wir auch, Wolle! Wenn da wirklich mal ein schönes Stück aus der guten alten Zeit in die Winterhilfe gerät, reißen es ja doch nur die Vertrauensleute an sich, sagt sie. Wenn das Hitler wüßte, sagen sie, der weiß ja nichts, sein Name ist Hase, soll ja auch keine höhere Schule besucht haben. Na, ich war sprachlos über solche Zersetzungen. Junge Frau, sage ich, warten Sie mal hier, ich muß auf den Alex! Aber, was sagen Sie, wie ich mit einem Beamten zurückkomme, hat sie nicht gewartet! *Hört auf zu spielen.* Na, was sagen Sie dazu?

DER SA-MANN *spielt weiter:* Ich? Ja, was sage ich da? Da blicke ich vielleicht vorwurfsvoll. Gleich auf den Alex laufen, sage ich vielleicht. Mit dir kann man ja kein freies Wort riskieren!

DER ARBEITER Kann man auch nicht. Bei mir nicht. Wenn Sie mir was anvertrauen, sind Sie aufgeschmissen. Ich kenne meine Pflicht als Volksgenosse, wenn mir meine eigene Mutter was ins Ohr flüstert von wegen Margarinepreis aufgeschlagen oder so was, gehe ich sofort ins Sturmlokal. Meinen eigenen Bruder lege ich da rein, wenn er über den Freiwilligen Arbeitsdienst meckert. Und was meine Braut ist, wenn die mir schreibt, daß sie ihr im Arbeitslager einen dicken Bauch gemacht haben mit »Heil Hitler«, da lasse ich nach ihr fahnden, abgetrieben ist nicht, weil, wenn wir das nicht so machen, nicht alle gegen unser eigen Fleisch und Blut Stellung nehmen, dann hat auch das Dritte Reich, das wir so über alles schätzen, keinen Bestand. – Ist das jetzt besser gespielt? Sind Sie mit mir zufrieden?

DER SA-MANN Ich denke schon, daß das genügt. *Spielt weiter.* Und jetzt kannst du dir ruhig deinen Stempel holen, ich habe dich verstanden, wir alle haben dich verstanden, nicht wahr, Kumpels? Aber auf mich kannst du dich verlassen, Kollege, was du mir sagst, ist wie ins offene Grab gesprochen. *Er schlägt ihm mit der Hand auf das Schulterblatt. Hört auf zu spielen.* So, und jetzt gehen Sie rein in die Stempelstelle, und da werden Sie auch gleich hoppgenommen.

DER ARBEITER Und ohne daß Sie aus der Reihe gehen und mir nachfolgen?

DER SA-MANN Ohne.

DER ARBEITER Und ohne daß Sie wem zuplinkern, was ja verdächtig wäre?

DER SA-MANN Ohne daß ich plinkere.

DER ARBEITER Und wie machen Sie das?

DER SA-MANN Ja, den Trick möchten Sie wissen! Stehen Sie mal auf, und jetzt geben Sie mal Ihren Rücken her. *Er dreht ihn an den Schultern so, daß alle seinen Rücken sehen können. Dann zum Dienstmädchen:* Siehst du's?

DAS DIENSTMÄDCHEN Da ist ja ein Kreuz drauf, ein weißes!

DIE KÖCHIN Mitten auf der Schulter!

DER CHAUFFEUR Tatsächlich.

DER SA-MANN Und wie ist das wohl dahin gekommen? *Zeigt seine Handfläche:* Na, da ist ja das kleine, weiße Kreidekreuz, das sich da in Lebensgröße abgebildet hat!

*Der Arbeiter zieht seine Jacke aus und betrachtet das Kreuz.*

DER ARBEITER Feine Arbeit.

DER SA-MANN Gut, was? Die Kreide trage ich immer bei mir. Ja, da muß einer ein Köpfchen haben, da geht's nicht nach dem Schema. *Befriedigt.* Und jetzt geht's nach Reinickendorf. *Er korrigiert sich:* Da hab ich nämlich eine

Tante. Na, ihr seid ja nicht grade begeistert? *Zum Dienstmädchen:* Was siehst du denn so doof drein, Anna? Hast wohl den ganzen Trick nicht verstanden, was?

DAS DIENSTMÄDCHEN Doch. Wo denkst du hin, so dämlich bin ich doch auch nicht.

DER SA-MANN *als ob ihm der ganze Spaß verdorben sei, streckt die Hand hin:* Wisch mal ab! *Sie wischt ihm mit einem Tuch die Hand ab.*

DIE KÖCHIN Mit solchen Mitteln muß man eben arbeiten, wenn sie alles zersetzen wollen, was unser Führer aufgebaut hat, weswegen uns alle Völker beneiden.

DER CHAUFFEUR Wie beliebt? Sehr richtig. *Zieht die Uhr vor.* Da wasch ich mal noch meinen Wagen. Heil Hitler! *Ab.*

DER SA-MANN Was ist denn das für einer?

DAS DIENSTMÄDCHEN Ein ruhiger Mensch. Ganz unpolitisch.

DER ARBEITER *steht auf:* Ja, Minna, dann wandere ich auch. – Und nichts für ungut wegen dem Bier. Ich muß sagen, ich habe mich wieder überzeugt, daß da keiner durchkommt, wenn er was vorhätte gegen das Dritte Reich, das ist eine Beruhigung. Was ich selber bin, ich komme ja nie in Berührung mit solchen zersetzenden Elementen, denen würde ich ja sonst zu gerne entgegentreten. Ich habe nur nicht die Schlagfertigkeit, die Ihnen zu Gebote steht. *Klar und deutlich:* Also Minna, schönen Dank und Heil Hitler!

DIE ANDEREN Heil Hitler!

DER SA-MANN Wenn ich Ihnen einen guten Rat geben darf, dann seien Sie lieber nicht zu unschuldig. Das fällt auf. Bei mir können Sie ja einen kleinen Ballon steigen lassen, ich versteh auch mal 'nen Spaß. Na, Heil Hitler!

*Der Arbeiter geht.*

DER SA-MANN Bißchen plötzlich sind sie aufgebrochen, die Brüder. Das ist ihnen, scheint's, in die Knochen gefahren! Das von Reinickendorf hätt ich nicht sagen sollen. Die passen ja auf wie die Schießhunde.

DAS DIENSTMÄDCHEN Ich müßte dich noch was fragen, Theo.

DER SA-MANN Immer losgeschossen!

DIE KÖCHIN Ich gehe mal noch die Wäsche rauslegen. Ich war ja auch mal jung. *Ab.*

DER SA-MANN Was ist es?

DAS DIENSTMÄDCHEN Aber ich sage es nur, wenn ich weiß, daß du es mir nicht gleich wieder übelnimmst, sonst sage ich nichts.

DER SA-MANN Also raus damit!

DAS DIENSTMÄDCHEN Es ist nur, weil... es ist mir ja unangenehm... ich brauch von dem Geld zwanzig Mark.

DER SA-MANN Zwanzig Mark?

DAS DIENSTMÄDCHEN Siehst du, du nimmst es übel.

DER SA-MANN Zwanzig Mark vom Sparkassenbuch runter, das hör ich nicht gerne. Wofür willst du denn die zwanzig Mark?

DAS DIENSTMÄDCHEN Das möchte ich nicht gerne sagen.

DER SA-MANN So. Das willst du nicht sagen. Das finde ich komisch.

DAS DIENSTMÄDCHEN Ich weiß, daß du da nicht mit mir übereinstimmst, und da sage ich lieber meinen Grund erst gar nicht, Theo.

DER SA-MANN Wenn du zu mir kein Vertrauen hast...

DAS DIENSTMÄDCHEN Doch hab ich Vertrauen.

DER SA-MANN Du meinst also, daß wir unser gemeinsames Sparkassenbuch fallenlassen sollen?

DAS DIENSTMÄDCHEN Wie kannst du so was denken! Ich habe doch, wenn ich die zwanzig Mark runternehme, dann immer noch siebenundneunzig Mark draufstehen.

DER SA-MANN Das brauchst du mir nicht so genau vorzurechnen. Ich weiß auch, was drauf ist. Ich kann mir nur vorstellen, daß du vorhast, mit mir zu brechen, weil du vielleicht mit 'nem andern liebäugelst. Vielleicht willst du den dann noch die Bücher nachprüfen lassen.

DAS DIENSTMÄDCHEN Ich liebäugele mit keinem.

DER SA-MANN Dann sag, wozu.

DAS DIENSTMÄDCHEN Du willst es mir ja doch nicht geben.

DER SA-MANN Woher soll ich wissen, daß es nicht überhaupt zu was Unrechtem ist? Ich fühle mich verantwortlich.

DAS DIENSTMÄDCHEN Es ist nichts Unrechtes, aber wenn ich's nicht brauchen würde, würde ich es nicht verlangen, das weißt du.

DER SA-MANN Ich weiß gar nichts. Ich weiß nur, mir kommt das Ganze bißchen reichlich dunkel vor. Wozu solltest du denn plötzlich zwanzig Emm brauchen? Das ist ja 'ne Summe. Bist du schwanger?

DAS DIENSTMÄDCHEN Nein.

DER SA-MANN Weißt du das sicher?

DAS DIENSTMÄDCHEN Ja.

DER SA-MANN Wenn ich so was zu hören bekäme, daß du da was Ungesetzliches im Sinne hättest, wenn ich davon Wind kriegen täte, dann hat's geschnappt, das kann ich dir sagen. Davon hast du vielleicht läuten gehört, daß alles, was gegen die keimende Frucht geht, das schwerste Verbrechen ist, was du begehen kannst. Wenn sich das deutsche Volk nicht mehr vermehrt, dann ist es Schluß mit seiner historischen Mission.

DAS DIENSTMÄDCHEN Aber, Theo, ich weiß gar nicht, wovon du sprichst. Es ist doch gar nicht so was, das würde ich dir ja sagen, das ginge doch auch dich an. Aber, wenn du so was glaubst, dann sage ich es dir eben. Es ist nur, weil ich der Frieda zu einem Wintermantel zulegen will.

DER SA-MANN Und wieso kann sich deine Schwester nicht allein ihren Mantel kaufen?

DAS DIENSTMÄDCHEN Das kann sie doch nicht von ihrer Invalidenrente, das sind sechsundzwanzig Mark achtzig im Monat.

DER SA-MANN Und die Winterhilfe? Aber das ist es ja eben, ihr habt kein Vertrauen in den nationalsozialistischen Staat. Das kann ich ja schon allein aus den Gesprächen sehen, die in dieser Küche hier geführt werden. Meinst du, ich habe nicht bemerkt, daß du vorhin auf mein Experiment sauer reagiert hast?

DAS DIENSTMÄDCHEN Wieso hab ich sauer reagiert?

DER SA-MANN Ja, das hast du! Genau wie die Brüder, die plötzlich aufgebrochen sind!

DAS DIENSTMÄDCHEN Wenn du meine ehrliche Meinung wissen willst, dann gefällt mir so was auch nicht.

DER SA-MANN Und was gefällt dir nicht, wenn ich fragen darf?

DAS DIENSTMÄDCHEN Daß du die armen Schlucker noch reinlegst mit Verstellung und Tricks und so was. Mein Vater ist auch arbeitslos.

DER SA-MANN So, das wollte ich bloß hören. Ich habe mir ja sowieso meine Gedanken gemacht bei meinem Gespräch mit diesem Lincke.

DAS DIENSTMÄDCHEN Willst du damit sagen, daß du ihm einen Strick daraus drehen wirst, was er dir zu Gefallen gemacht hat, und wir alle haben ihn animiert dazu?

DER SA-MANN Ich sage gar nichts, das habe ich schon mal gesagt. Und wenn du was dagegen hast, was ich in Erfüllung meiner Pflicht tue, so muß ich dir sagen, daß du in »Mein Kampf« lesen kannst, daß sich der Führer selber nicht zu gut dafür war, daß er die Gesinnung des Volkes prüfte, und das war sogar 'ne ganze Zeitlang sein Beruf, war das, als er bei der Reichswehr angestellt war, und das war für Deutschland und hat die größten Folgen gezeitigt.

DAS DIENSTMÄDCHEN Wenn du mir so kommst, Theo, dann will ich wissen, ob ich die zwanzig Mark haben kann, und nichts sonst.

DER SA-MANN Da kann ich dir nur sagen, daß ich nicht grade in der Stimmung bin, wo ich mir was rausreißen lasse.

DAS DIENSTMÄDCHEN Was heißt rausreißen? Ist es mein Geld oder ist es deines?

DER SA-MANN Du hast ja plötzlich eine komische Art, wie du von unserm gemeinsamen Geld sprichst! Vielleicht haben wir deswegen die Juden aus dem nationalen Leben entfernt, damit wir jetzt durch unsere eigenen Volksgenossen ausgesogen werden sollen?

DAS DIENSTMÄDCHEN Aber das kannst du doch nicht sagen wegen der zwanzig Mark?

DER SA-MANN Ich hab genug Ausgaben. Allein die Stiefel haben mir siebenundzwanzig Mark gekostet.

DAS DIENSTMÄDCHEN Aber die habt ihr doch geliefert gekriegt?

DER SA-MANN Ja, das haben wir gedacht. Darum habe ich mir auch die bessere Sorte, die mit den Gamaschen, genommen. Und dann haben sie kassiert, und wir haben dringesessen.

DAS DIENSTMÄDCHEN Siebenundzwanzig Mark nur für Stiefel? Und was sind das noch für andere Ausgaben?

DER SA-MANN Was für andere Ausgaben?

DAS DIENSTMÄDCHEN Du hast doch gesagt, du hattest mehrere Ausgaben.

DER SA-MANN Kann ich mich nicht entsinnen. Und überhaupt laß ich mich nicht verhören. Du kannst dich beruhigen, ich werde dich schon nicht betrügen. Und die zwanzig Mark werde ich mir noch überlegen.

DAS DIENSTMÄDCHEN *weinend:* Theo, das ist doch nicht möglich, daß du mir sagen würdest, es wäre alles in Ordnung mit dem Geld, und ist nicht. Ich weiß ja gar nicht mehr, was ich denken soll. Wir müssen doch noch zwanzig Mark auf der Sparkasse haben von all dem Geld!

DER SA-MANN *ihr auf die Schulter klopfend:* Aber wer spricht denn davon, daß wir nichts mehr auf der Sparkasse haben! Das ist ja gar nicht möglich. Auf mich kannst du dich doch verlassen. Was du mir anvertraust, das ist wie im Geldschrank verschlossen. Na, vertraust du

deinem Theo wieder?
*Sie weint, ohne zu antworten.*
DER SA-MANN Das ist nur eine Nervenkrise, weil du überarbeitet bist. Na, dann gehe ich mal zu meiner Nachtübung. Also Freitag hole ich dich ab. Heil Hitler! *Ab.*
*Das Dienstmädchen bemüht sich, ihre Tränen zu stillen, und geht verzweifelt in der Küche auf und ab. Die Köchin kommt mit einem Korb Wäsche zurück.*
DIE KÖCHIN Was haben Sie denn? Haben Sie Streit gehabt? Der Theo ist doch ein so patenter Mensch. Solche sollte man mehr haben. Das kann doch nichts Ernstliches sein?
DAS DIENSTMÄDCHEN *immer noch weinend:* Minna, können Sie nicht zu Ihrem Bruder fahren und ihn verständigen, daß er sich in acht nimmt?
DIE KÖCHIN Wovor denn?
DAS DIENSTMÄDCHEN Na, ich meine ja bloß.
DIE KÖCHIN Wegen heute abend? Das können Sie doch nicht meinen? So was macht doch der Theo nicht?
DAS DIENSTMÄDCHEN Ich weiß nicht mehr, was ich denken soll, Minna. Er ist so verändert. Den haben sie ganz ruiniert. Der ist in keiner guten Gesellschaft. Vier Jahre sind wir zusammen gegangen, und jetzt ist es mir gerade, als ob... ich möchte Sie geradezu bitten, mir auf der Schulter nachzusehen, ob da nicht auch ein Kreuz drauf ist!

## 4
## Moorsoldaten

Die SA kommt von allen Seiten.
Sie fahren fort zu streiten
Was Bebel und Lenin gemeint.
Bis mit Marx- und Kautskybänden
In den zerschundenen Händen
Der Nazibunker sie eint.

*Konzentrationslager Esterwegen, 1934. Einige Häftlinge mischen Zement.*

BRÜHL *leise zu Dievenbach:* Halt dich von dem Lohmann weg, der hält nicht dicht.
DIEVENBACH *laut:* Du, Lohmann, der Brühl sagt, ich soll mich von dir weghalten, du hältst nicht dicht.
BRÜHL Schwein.
LOHMANN Das sagst du, du Judas! Warum ist der Karl in den Bunker gekommen?
BRÜHL Wegen mir etwa? Hab ich Zigaretten gekriegt, niemand weiß, woher?
LOHMANN Wann hab ich Zigaretten gekriegt?
DER BIBELFORSCHER Obacht!
*Die SS-Wache geht auf dem Damm oben vorüber.*
SS-MANN Hier ist geredet worden. Wer hat geredet? *Niemand antwortet.* Wenn es noch einmal vorkommt, gibt es für alle Bunker, verstanden? Singen!
*Die Häftlinge singen die erste Strophe des Moorsoldatenliedes. Der SS-Mann geht weiter.*

»Wohin auch das Auge blicket
Moor und Heide nur ringsum.
Vogelsang uns nicht erquicket
Eichen stehen kahl und stumm.
  Wir sind die Moorsoldaten
  Und ziehen mit dem Spaten
  Ins Moor.«

DER BIBELFORSCHER Warum streitet ihr euch eigentlich immer noch?
DIEVENBACH Kümmere dich nicht darum, Bibelforscher, du verstehst es doch nicht. *Auf Brühl:* Dem seine Partei hat gestern im Reichstag für Hitlers Außenpolitik gestimmt. Und er – *auf Lohmann* – meint, die Außenpolitik Hitlers bedeutet Krieg.
BRÜHL Aber nicht, wenn wir dabei sind.
LOHMANN Mit euch dabei hat's schon mal 'nen Krieg gegeben.

BRÜHL Deutschland ist überhaupt zu schwach militärisch.

LOHMANN Na, einen Panzerkreuzer habt ihr dem Hitler doch schon in die Ehe gebracht.

DER BIBELFORSCHER *zu Dievenbach:* Was warst du? Sozialdemokrat oder Kommunist?

DIEVENBACH Ich hab mich außerhalb gehalten.

LOHMANN Aber jetzt bist du ganz schön innerhalb, innerhalb vom KZ nämlich.

DER BIBELFORSCHER Obacht!

*Der SS-Mann erscheint wieder. Er beobachtet sie. Langsam beginnt Brühl die dritte Strophe des Moorsoldatenliedes zu singen. Der SS-Mann geht weiter.*

»Auf und nieder gehn die Posten
Keiner, keiner kann hindurch.
Flucht wird nur das Leben kosten
Vierfach ist umzäunt die Burg.
  Wir sind die Moorsoldaten
  Und ziehen mit dem Spaten
  Ins Moor.«

LOHMANN *schmeißt die Schaufel weg:* Wenn ich dran denke, daß ich hier sein muß, weil ihr die Einheitsfront unmöglich gemacht habt, könnt ich dir jetzt noch den Schädel einschlagen.

BRÜHL Aha! »Will ich nicht dein Bruder sein, dann schlägst du mir den Schädel ein«, wie? Einheitsfront! Nachtigall, ick hör dir trapsen: das hätt euch gepaßt, uns die Mitglieder wegfischen!

LOHMANN Ja, die laßt ihr euch lieber vom Hitler wegfischen! Ihr Volksverräter!

BRÜHL *nimmt rasend seine Schaufel auf und erhebt sie gegen Lohmann, der ebenfalls seine Schaufel bereithält:* Ich werd's dir zeigen.

DER BIBELFORSCHER Obacht!

*Er beginnt hastig die letzte Strophe des Moorsoldatenliedes zu singen.*

*Der SS-Mann erscheint wieder, und die andern singen mit, weiter ihren Zement mischend.*

»Doch für uns gibt es keine Klagen
Ewig kann's nicht Winter sein
Einmal werden froh wir sagen:
Heimat, du bist wieder mein!
  Dann ziehn wir Moorsoldaten
  Nicht mehr mit dem Spaten
  Ins Moor!«

SS-MANN Wer hat hier »Volksverräter« geschrien?

*Niemand antwortet.*

SS-MANN Ihr lernt nichts zu. *Zu Lohmann:* Wer?

*Lohmann starrt auf Brühl und schweigt.*

SS-MANN *zu Dievenbach:* Wer?

*Dievenbach schweigt.*

SS-MANN *zum Bibelforscher:* Wer?

*Der Bibelforscher schweigt.*

SS-MANN *zu Brühl:* Wer?

*Brühl schweigt.*

SS-MANN Jetzt gebe ich euch noch fünf Sekunden, dann stecke ich euch alle in den Bunker, bis ihr schwarz werdet.

*Er wartet fünf Sekunden. Alle stehen stumm, vor sich hinblickend.*

SS-MANN Dann ist's der Bunker.

## 5
## Dienst am Volke

Es kommen die Lagerwächter
Die Spitzel und die Schlächter
Und dienen dem Volke mit Fleiß.
Sie pressen und sie quälen
Sie peitschen und sie pfählen
Zu einem niedern Preis.

*Konzentrationslager Oranienburg, 1934. Kleiner Hof zwischen Barackenwänden. Bevor es hell wird, hört man eine Auspeitschung. Dann sieht man einen SS-Mann einen Schutzhäftling auspeitschen. Ein SS-Gruppenführer steht rauchend hinten, der Auspeitschung den Rücken zuwendend. Dann geht er weg.*

DER SS-MANN *müde, setzt sich auf ein Faß:* Weiterarbeiten.
*Der Häftling erhebt sich vom Boden und beginnt, mit fahrigen Bewegungen die Kloake zu reinigen.*
DER SS-MANN Warum kannst du Sau nicht nein sagen, wenn du gefragt wirst, ob du ein Kommunist bist? Du wirst vertrimmt, und ich komme um meinen Ausgang, hundemüde wie ich bin. Warum kommandieren sie dazu nicht den Klapproth? Der macht sich einen Spaß daraus. Wenn der Hurenbock wieder herauskommt – *er horcht* –, nimmst du die Peitsche und haust auf den Boden, verstanden?
DER HÄFTLING Jawohl, Herr Scharführer.
DER SS-MANN Und das ist nur, weil ich mich abgehauen habe an euch Hunden, verstanden?
DER HÄFTLING Jawohl, Herr Scharführer.
DER SS-MANN Aufgepaßt!
*Draußen werden Schritte hörbar, und der SS-Mann zeigt auf die Peitsche. Der Häftling hebt sie auf und schlägt auf den Boden. Da das Geräusch nicht echt klingt, zeigt der SS-Mann faul auf einen Korb daneben, und der Häftling schlägt auf den Korb ein. Die Schritte draußen stoppen. Der SS-Mann steht schnell und nervös auf, entreißt dem Häftling die Peitsche und schlägt auf ihn ein.*
DER HÄFTLING *leise:* Nicht auf den Bauch.
*Der SS-Mann schlägt ihn auf den Hintern. Der SS-Gruppenführer schaut herein.*
DER SS-GRUPPENFÜHRER Schlag ihn auf den Bauch.
*Der SS-Mann schlägt dem Häftling auf den Bauch.*

## 6
## Rechtsfindung

Dann kommen die Herren Richter
Denen sagte das Gelichter:
Recht ist, was dem deutschen Volke nützt.
Sie sagten: Wie sollen wir das wissen?
So werden sie wohl Recht sprechen müssen
Bis das ganze deutsche Volk sitzt.

*Augsburg, 1934. Beratungszimmer in einem Gerichtsgebäude. Durch das Fenster sieht man den milchigen Januarmorgen. Eine kugelige Gaslampe brennt noch. Der Amtsrichter zieht sich eben den Talar an. Es klopft.*

DER AMTSRICHTER Herein.
*Herein der Kriminalinspektor.*
DER INSPEKTOR Guten Morgen, Herr Amtsrichter.
DER AMTSRICHTER Guten Morgen, Herr Tallinger. Ich habe Sie hergebeten wegen des Falls Häberle, Schünt, Gaunitzer. Die Sache ist mir, offen gestanden, nicht ganz klar.
DER INSPEKTOR ?
DER AMTSRICHTER Ich entnehme aus den Akten, daß das Geschäft, in dem der Auftritt stattfand, der Juwelierladen Arndt, ein jüdisches Geschäft ist?
DER INSPEKTOR ?
DER AMTSRICHTER Und die Häberle, Schünt, Gaunitzer sind wohl immer noch Mitglieder des Sturms sieben?
*Der Inspektor nickt.*
DER AMTSRICHTER Demnach hat also der Sturm keine Veranlassung gesehen, die drei von sich aus zu disziplinieren?
*Der Inspektor schüttelt den Kopf.*
DER AMTSRICHTER Man kann doch wohl annehmen, daß von seiten des Sturmes nach dem Aufsehen, das der Auftritt im Stadtviertel erregt hat, eine Untersuchung angestellt wurde?
*Der Inspektor zuckt die Achseln.*
DER AMTSRICHTER Ich wäre Ihnen dankbar, Tallinger, wenn Sie mir vor der Verhandlung einen kleinen Überblick gäben, wie?
DER INSPEKTOR *mechanisch:* Am zweiten Dezember des Vorjahres früh acht ein Viertel drangen in das Juweliergeschäft Arndt in der Schlettowstraße die SA-Leute Häberle, Schünt und Gaunitzer ein und verletzten nach kurzem Wortwechsel den vierundfünfzigjährigen Arndt am Hinterkopf. Es entstand dabei auch

ein Sachschaden in der Höhe von elftausendzweihundertvierunddreißig Mark. Recherchen der Kriminalpolizei, angestellt am siebenten Dezember des Vorjahres, ergaben...

DER AMTSRICHTER Lieber Tallinger, das steht ja alles in den Akten. *Er zeigt ärgerlich auf die Anklageschrift, die aus einer einzigen Seite besteht.* Die Anklageschrift ist die magerste und schlampigst gemachte, die ich je zu Gesicht bekommen habe, und ich bin in den letzten Monaten nicht verwöhnt worden! Aber das steht doch drin. Ich hoffte, Sie wären in der Lage, mir einiges von den Hintergründen der Sache zu erzählen.

DER INSPEKTOR Jawohl, Herr Amtsrichter.

DER AMTSRICHTER Nun?

DER INSPEKTOR Die Sache hat eigentlich gar keine Hintergründe, Herr Amtsrichter.

DER AMTSRICHTER Tallinger, Sie werden doch nicht behaupten wollen, daß der Fall klar liegt?

DER INSPEKTOR *grinsend:* Nein, klar liegt er nicht.

DER AMTSRICHTER Es sollen ja auch Schmuckstücke verschwunden sein bei dem Auftritt. Sind die wieder erfaßt worden?

DER INSPEKTOR Nein, nicht daß ich wüßte.

DER AMTSRICHTER ?

DER INSPEKTOR Herr Amtsrichter, ich habe eine Familie.

DER AMTSRICHTER Das habe ich auch, Tallinger.

DER INSPEKTOR Jawohl.

*Pause.*

DER INSPEKTOR Der Arndt ist eben Jude, wissen Sie.

DER AMTSRICHTER Wie schon der Name sagt.

DER INSPEKTOR Jawohl. Im Viertel ist eine Zeitlang gemunkelt worden, daß da sogar ein Fall von Rassenschande vorgelegen haben soll.

DER AMTSRICHTER *sieht etwas Licht:* Aha! Wer war da verwickelt?

DER INSPEKTOR Die Tochter des Arndt. Sie ist neunzehn und gilt als hübsch.

DER AMTSRICHTER Ist der Sache behördlicherseits nachgegangen worden?

DER INSPEKTOR *zurückhaltend:* Das nicht. Das Gerücht verstummte dann wieder.

DER AMTSRICHTER Wer hat es denn verbreitet?

DER INSPEKTOR Der Hausbesitzer. Ein Herr von Miehl.

DER AMTSRICHTER Der wollte wohl das jüdische Geschäft aus seinem Haus haben?

DER INSPEKTOR Das dachten wir. Aber er revozierte anscheinend dann wieder.

DER AMTSRICHTER Trotzdem könnte man sich also schließlich erklären, wieso im Viertel eine gewisse Erbitterung gegen den Arndt bestand. So daß die jungen Leute in einer Art nationaler Erregung handelten...

DER INSPEKTOR *bestimmt:* Ich glaube nicht, Herr Amtsrichter.

DER AMTSRICHTER Was glauben Sie nicht?

DER INSPEKTOR Daß die Häberle, Schünt, Gaunitzer auf der Rassenschande viel herumreiten werden.

DER AMTSRICHTER Warum nicht?

DER INSPEKTOR Der Name des betreffenden Ariers ist, wie gesagt, niemals aktenmäßig genannt worden. Der Mann kann weiß Gott wer sein. Überall, wo ein Haufen Arier ist, kann er drunter sein, nicht? Na, und wo gibt es solche Haufen von Ariern? Kurz, der Sturm wünscht nicht, daß das aufs Tapet gebracht wird.

DER AMTSRICHTER *ungeduldig:* Und warum sagen Sie mir's dann?

DER INSPEKTOR Weil Sie sagten, daß Sie eine Familie haben. Damit Sie's nicht aufs Tapet bringen. Irgendein Zeuge aus der Nachbarschaft könnte immerhin davon anfangen.

DER AMTSRICHTER Ich verstehe. Aber sonst verstehe ich nicht viel.

DER INSPEKTOR Je weniger, desto besser, unter uns gesagt.

DER AMTSRICHTER Sie haben gut reden. Ich muß ein Urteil fällen.

DER INSPEKTOR *vage:* Jaja.

DER AMTSRICHTER Da bleibt also nur direkte Provokation durch den Arndt, sonst ist der Vorgang ja gar nicht zu erklären.

DER INSPEKTOR Ganz meine Meinung, Herr Amtsrichter.

DER AMTSRICHTER Wie sind die SA-Leute denn provoziert worden?

DER INSPEKTOR Nach ihrer Aussage sowohl von dem Arndt selber als auch von einem Arbeitslosen, den er zum Schneeschaufeln angestellt hatte. Sie wollten angeblich ein Glas Bier trinken gehen, und wie sie am Laden vorbeikamen, habe der Arbeitslose Wagner und der Arndt selber ihnen von der Ladentür aus gemeine Schimpfwörter nachgerufen.

DER AMTSRICHTER Zeugen haben sie wohl keine, wie?

DER INSPEKTOR Doch. Der Hausbesitzer, dieser von Miehl, sagte aus, daß er vom Fenster aus den Wagner die SA-Leute provozieren sah.

Und der Teilhaber des Arndt, ein gewisser Stau, ist am selben Nachmittag noch im Sturmlokal gewesen und hat gegenüber den Häberle, Schünt, Gaunitzer zugegeben, daß der Arndt schon immer, auch ihm gegenüber, von der SA verächtlich gesprochen hat.

DER AMTSRICHTER Ah, der Arndt hat einen Teilhaber? Arisch?

DER INSPEKTOR Na klar, arisch. Denken Sie, er hat sich 'nen Juden als Strohmann genommen?

DER AMTSRICHTER Aber dann wird sein Teilhaber doch nicht gegen ihn aussagen?

DER INSPEKTOR *schlau:* Vielleicht doch.

DER AMTSRICHTER *irritiert:* Wieso? Das Geschäft kann doch keine Schadenersatzforderung einbringen, wenn nachgewiesen wird, daß der Arndt die Häberle, Schünt, Gaunitzer zu ihrem Überfall provoziert hat?

DER INSPEKTOR Woher wissen Sie denn, daß dem Stau etwas an einer Schadenersatzforderung gelegen ist?

DER AMTSRICHTER Das verstehe ich nicht. Er ist doch Teilhaber.

DER INSPEKTOR Na eben.

DER AMTSRICHTER ?

DER INSPEKTOR Wir haben festgestellt – ich meine unterderhand natürlich, das ist nicht offiziell –, daß der Stau im Sturmlokal aus und ein geht. Er war selber bei der SA oder ist es noch. Darum hat ihn wahrscheinlich der Arndt als Teilhaber aufgenommen. Der Stau war auch schon mal in so eine Sache verwickelt, wo die SA jemandem einen Besuch abgestattet hat. Sie kam damals an den falschen Mann, und es hat einige Arbeit gekostet, die Sache in die Schublade zu bringen. Ich will natürlich nicht behaupten, daß der Stau selber im vorliegenden Fall... Jedenfalls ist er keine ganz ungefährliche Type. Bitte, dies ganz vertraulich zu betrachten, weil Sie vorhin von Ihrer Familie gesprochen haben.

DER AMTSRICHTER *kopfschüttelnd:* Ich sehe nur nicht, was der Herr Stau für ein Interesse haben kann, daß das Geschäft um über elftausend Mark geschädigt wird?

DER INSPEKTOR Ja, die Schmuckstücke sind ja verschwunden. Ich meine, die Häberle, Schünt, Gaunitzer haben sie jedenfalls nicht. Sie haben sie auch nicht veräußert.

DER AMTSRICHTER So.

DER INSPEKTOR Dem Stau kann natürlich nicht zugemutet werden, den Arndt als Teilhaber zu behalten, wenn dem ein so provozierendes Verhalten nachgewiesen werden kann. Und den Verlust, den er verursacht hat, muß er dem Stau natürlich ersetzen, klar?

DER AMTSRICHTER Ja, das ist allerdings sehr klar. *Er betrachtet einen Augenblick sinnend den Inspektor, der wieder rein dienstlich ausdruckslos dreinblickt.* Ja, da wird es wohl darauf hinauslaufen, daß der Arndt die SA-Leute provoziert hat. Der Mann hat sich ja anscheinend überall mißliebig gemacht. Sagten Sie nicht, daß er auch schon dem Hausbesitzer durch die skandalösen Zustände in seiner Familie Anlaß zu Klagen gegeben hat? Jaja, ich weiß, die Sache soll nicht aufs Tapet gebracht werden, aber man kann jedenfalls annehmen, daß es auch von dieser Seite begrüßt werden wird, wenn da in nächster Zeit ein Auszug stattfindet. Ich danke Ihnen, Tallinger, Sie haben mir wirklich einen Dienst erwiesen.

*Der Amtsrichter gibt dem Inspektor eine Zigarre. Der Inspektor geht hinaus. Er begegnet unter der Tür dem Staatsanwalt, der eben hereinkommt.*

DER STAATSANWALT *zum Amtsrichter:* Kann ich Sie einen Augenblick sprechen?

DER AMTSRICHTER *der sich einen Frühstücksapfel schält:* Das können Sie.

DER STAATSANWALT Es handelt sich um den Fall Häberle, Schünt, Gaunitzer.

DER AMTSRICHTER *beschäftigt:* Ja?

DER STAATSANWALT Der Fall liegt ja soweit ziemlich klar...

DER AMTSRICHTER Ja. Ich verstehe überhaupt nicht, warum die Staatsanwaltschaft da ein Verfahren eingeleitet hat, offen gestanden.

DER STAATSANWALT Wieso? Der Fall hat im Viertel unliebsames Aufsehen erregt. Sogar Pgs haben eine Untersuchung für angezeigt gehalten.

DER AMTSRICHTER Ich sehe da nur einen klaren Fall jüdischer Provokation, sonst gar nichts.

DER STAATSANWALT Ach, Unsinn, Goll! Glauben Sie nur ja nicht, daß unsere Anklageschriften, weil sie jetzt ein bißchen lakonisch aussehen, keine tiefere Beachtung mehr verdienen. Ich habe es mir ja gedacht, daß Sie schlichten Gemüts gleich auf das Nächstliegende tippen werden. Aber machen Sie da keinen Schnitzer. Sie sind schneller im hintersten Pommern, als Sie denken. Und da ist es heute nicht sehr gemütlich.

DER AMTSRICHTER *perplex, hört mit dem Apfelessen auf:* Das ist mir ganz unverständlich. Sie werden doch nicht behaupten wollen, daß Sie beabsichtigen, den Juden Arndt zu exkulpieren?

DER STAATSANWALT *mit Größe:* Und ob ich das beabsichtige! Der Mann dachte nicht daran, zu provozieren. Sie meinen, weil er Jude ist, kann er nicht vor einem Gerichtshof des Dritten Reiches sein Recht bekommen? Hören Sie, das sind reichlich eigentümliche Anschauungen, die Sie da entwickeln, Goll.

DER AMTSRICHTER *ärgerlich:* Ich habe doch keine Anschauungen entwickelt. Ich hatte lediglich die Auffassung, daß die Häberle, Schünt, Gaunitzer provoziert worden sind.

DER STAATSANWALT Aber sie sind doch nicht von dem Arndt provoziert worden, sondern von dem Arbeitslosen da, na, wie heißt er doch gleich, der da Schnee schaufelte, ja, Wagner.

DER AMTSRICHTER Davon steht nicht ein Wort in Ihrer Anklageschrift, mein lieber Spitz.

DER STAATSANWALT Allerdings nicht. Der Staatsanwaltschaft ist lediglich zu Ohren gekommen, daß die SA-Leute den Arndt überfallen haben. Und da schreitet sie eben pflichtgemäß ein. Aber wenn der Zeuge von Miehl zum Beispiel in der Verhandlung aussagen wird, der Arndt sei während des Auftritts überhaupt nicht auf der Straße gewesen, dahingegen habe der Arbeitslose, na, wie heißt er doch gleich, ja, Wagner, Beschimpfungen der SA verlauten lassen, dann muß das doch zur Kenntnis genommen werden.

DER AMTSRICHTER *fällt aus den Wolken:* Der von Miehl soll das aussagen? Aber das ist doch der Hausbesitzer, der den Arndt aus seinem Haus heraushaben will. Der sagt doch nicht für ihn aus.

DER STAATSANWALT Was haben Sie denn jetzt wieder gegen den von Miehl? Warum soll der nicht die Wahrheit aussagen unter Eid? Sie wissen vielleicht nicht, daß von Miehl, außer daß er bei der SS ist, auch über recht gute Beziehungen beim Justizministerium verfügt? Ich würde Ihnen raten, ihn für einen anständigen Mann zu halten, lieber Goll.

DER AMTSRICHTER Tue ich doch. Schließlich kann es heute nicht als unanständig betrachtet werden, wenn jemand in seinem Haus kein jüdisches Geschäft haben will.

DER STAATSANWALT *großzügig:* Solang der Mann die Miete bezahlt...

DER AMTSRICHTER *diplomatisch:* Er soll ihn doch auch schon einmal wegen was anderem angezeigt haben...

DER STAATSANWALT Also, das wissen Sie doch. Aber wer sagt Ihnen denn, daß er ihn damit heraushaben wollte? Um so mehr, als die Klage zurückgezogen wurde? Das ließe eher auf ein besonders gutes Einvernehmen schließen, wie? Lieber Goll, seien Sie doch nicht naiv.

DER AMTSRICHTER *wird jetzt wirklich ärgerlich:* Mein lieber Spitz, das ist nicht so einfach. Der eigene Teilhaber, von dem ich dachte, er will ihn decken, will ihn anzeigen, und der Hausherr, der ihn angezeigt hat, will ihn dekken. Da soll man sich auskennen.

DER STAATSANWALT Wofür beziehen wir unser Gehalt?

DER AMTSRICHTER Scheußlich verwickelte Angelegenheit. Nehmen Sie eine Brasil?

*Der Staatsanwalt nimmt eine Brasil, sie rauchen schweigend. Dann erwägt der Amtsrichter düster.*

DER AMTSRICHTER Aber wenn vor Gericht festgestellt wird, daß der Arndt nicht provoziert hat, dann kann er glatt eine Schadenersatzforderung gegen die SA einbringen.

DER STAATSANWALT Erstens kann er sie nicht gegen die SA einbringen, sondern höchstens gegen die Häberle, Schünt, Gaunitzer, die nichts haben, wenn er nicht überhaupt sich an den Arbeitslosen, na, wie heißt er doch... richtig, Wagner, halten muß. *Mit Nachdruck:* Zweitens wird er sich eine Klage gegen SA-Leute vielleicht noch überlegen.

DER AMTSRICHTER Wo ist er denn gegenwärtig?

DER STAATSANWALT In der Klinik.

DER AMTSRICHTER Und der Wagner?

DER STAATSANWALT Im Konzentrationslager.

DER AMTSRICHTER *wieder etwas beruhigt:* Na ja, angesichts der Umstände wird der Arndt da tatsächlich wohl kaum gegen die SA klagen wollen. Und der Wagner wird auch nicht zu sehr auf seiner Unschuld herumreiten wollen. Aber der Sturm wird kaum zufrieden sein, wenn der Jude frei ausgeht.

DER STAATSANWALT Der SA wird doch vor Gericht bestätigt, daß sie provoziert worden ist. Ob von dem Juden oder von dem Marxisten, das kann ihr doch gleichgültig sein.

DER AMTSRICHTER *immer noch zweifelnd:* Nicht ganz. Bei der Auseinandersetzung zwischen dem Arbeitslosen Wagner und der SA ist immerhin der Juwelierladen beschädigt worden. Etwas bleibt doch da an dem Sturm haften.

DER STAATSANWALT Ja, alles kann man nicht

haben. Jedem können Sie es nicht recht machen. Und wem Sie es recht machen wollen, das muß Ihnen schon Ihr nationales Gefühl sagen, lieber Goll. Ich kann Ihnen nur betonen, daß man in nationalen Kreisen – und ich spreche da auch von einer sehr hohen Stelle der SS – nachgerade etwas mehr Rückgrat vom deutschen Richterstand erwartet.

DER AMTSRICHTER *tief seufzend:* Die Rechtsfindung ist jedenfalls heute nicht mehr so einfach, mein lieber Spitz. Das müssen Sie zugeben.

DER STAATSANWALT Gern. Aber Sie haben ja da einen ausgezeichneten Satz von unserem Justizkommissar, an den Sie sich halten können: Recht ist, was dem deutschen Volke nützt.

DER AMTSRICHTER *lustlos:* Jaja.

DER STAATSANWALT Nur keine Bange. *Er steht auf.* Sie kennen jetzt die Hintergründe. Da sollte es nicht schwer sein. Auf nachher, lieber Goll.

*Er geht. Der Amtsrichter ist sehr unzufrieden. Er steht eine Zeitlang am Fenster. Dann blättert er zerstreut in den Akten. Am Schluß läutet er. Ein Gerichtsdiener tritt ein.*

DER AMTSRICHTER Holen Sie mir noch einmal den Kriminalinspektor Tallinger aus dem Zeugenzimmer. Machen Sie es unauffällig.

*Der Gerichtsdiener ab. Dann tritt der Inspektor noch einmal ein.*

DER AMTSRICHTER Tallinger, Sie hätten mir da beinahe eine schöne Suppe eingebrockt mit Ihrem Rat, den Fall als eine Provokation von seiten des Arndt anzusehen. Herr von Miehl soll ja bereit sein, unter Eid zu bezeugen, daß der Arbeitslose Wagner provoziert hat, und nicht der Arndt.

DER INSPEKTOR *undurchdringlich:* Ja, das heißt es, Herr Amtsrichter.

DER AMTSRICHTER Was soll das jetzt wieder bedeuten? »Das heißt es«!

DER INSPEKTOR Daß der Wagner die Beschimpfungen nachgerufen hat.

DER AMTSRICHTER Und das stimmt nicht?

DER INSPEKTOR *eingeschnappt:* Herr Amtsrichter, ob das stimmt oder ob das nicht stimmt, das können wir doch nicht...

DER AMTSRICHTER *mit Charakter:* Jetzt hören Sie aber mal, Mann. Sie stehen in einem deutschen Gerichtsgebäude. Hat der Wagner gestanden oder hat er nicht gestanden?

DER INSPEKTOR Herr Amtsrichter, ich war nicht persönlich im Konzentrationslager, wenn Sie das wissen wollen. In dem Akt der kommissarischen Untersuchung – der Wagner selber soll an den Nieren erkrankt sein – heißt es, er hat gestanden. Nur...

DER AMTSRICHTER Na also, er hat gestanden! Was heißt »nur«?

DER INSPEKTOR Er war Kriegsteilnehmer und hat nämlich einen Steckschuß im Hals und soll, wie der Stau, Sie wissen, der Teilhaber des Arndt, ausgesagt hat, keinen lauten Ton herausbringen können. Wie da der von Miehl vom ersten Stock aus ihn hat Beschimpfungen rufen hören können, ist nicht ganz...

DER AMTSRICHTER Na ja, da wird eben gesagt werden, daß man, um jemandem wie der Götz von Berlichingen zu kommen, keine Stimme braucht. Das können Sie auch mit einer einfachen Geste andeuten. Ich habe durchaus den Eindruck gewonnen, daß die Staatsanwaltschaft der SA einen solchen Rückzug offenhalten will. Genauer gesagt: einen solchen Rückzug und keinen andern.

DER INSPEKTOR Jawohl, Herr Amtsrichter.

DER AMTSRICHTER Was sagt denn der Arndt aus?

DER INSPEKTOR Daß er überhaupt nicht dabei war und sich eine Kopfverletzung durch einen Sturz von der Treppe zugezogen hat. Mehr ist aus dem nicht herauszubringen.

DER AMTSRICHTER Wahrscheinlich ist der Mann ganz unschuldig und hineingekommen wie der Pontius ins Credo.

DER INSPEKTOR *gibt es auf:* Jawohl, Herr Amtsrichter.

DER AMTSRICHTER Und der SA kann es doch genügen, wenn ihre Leute freigesprochen werden.

DER INSPEKTOR Jawohl, Herr Amtsrichter.

DER AMTSRICHTER Sagen Sie doch nicht immer »jawohl« wie ein Nußknacker.

DER INSPEKTOR Jawohl, Herr Amtsrichter.

DER AMTSRICHTER Was wollen Sie eigentlich sagen? Seien Sie doch nicht übelnehmerisch, Tallinger. Sie müssen doch verstehen, daß ich etwas nervös bin. Ich weiß doch, daß Sie ein ehrlicher Mann sind. Und wenn Sie mir einen Rat gegeben haben, so müssen Sie sich doch dabei etwas gedacht haben?

DER INSPEKTOR *gibt sich, gutmütig wie er ist, einen Ruck:* Haben Sie sich überlegt, ob der Herr Zweite Staatsanwalt nicht nur einfach Ihre Stellung haben will und Sie zu diesem Zweck hereinlegt? Das hört man jetzt viel. – Nehmen wir doch mal an, Herr Amtsrichter, Sie bescheinigen dem Juden seine Unschuld. Er hat nicht die Bohne provoziert. War gar nicht zur Stelle. Bekam sein Loch im Hinterkopf rein zufällig, bei einer Rauferei zwischen anderen Personen. Kehrt also nach einiger Zeit ins Geschäft zurück. Der Stau kann ihn da gar nicht hindern. Und das Geschäft ist um elftausend Mark geschädigt. Das ist jetzt aber eine Schädigung des Stau mit, denn der kann ja jetzt die elftausend Emm nicht von dem Arndt verlangen. Also wird der Stau, wie ich die Type kenne, sich an den Sturm halten wegen seiner Preziosen. Er geht natürlich nicht selber hin, da er als Kompagnon eines Juden ein Judenknecht ist. Aber er wird schon Leute an der Hand haben. Dann heißt es, daß die SA in nationaler Erregung Schmuckstücke klaut. Was dann die vom Sturm von Ihrem Urteil halten werden, können Sie sich ausmalen. Der einfache Mann kann es sowieso nicht verstehen. Denn wieso kann im Dritten Reich ein Jude gegen die SA recht behalten?

*Seit einiger Zeit kommt Lärm von hinten. Er wird jetzt ziemlich stark.*

DER AMTSRICHTER Was ist das für ein scheußlicher Lärm? Einen Augenblick, Tallinger. *Er läutet, der Gerichtsdiener kommt herein.* Was ist denn das für ein Krach, Mann?

DER GERICHTSDIENER Der Saal ist voll. Und jetzt stehen sie so eingepfercht in den Gängen, daß niemand mehr durchkommt. Und es sind von der SA welche darunter, die sagen, sie müssen durch, weil sie Befehl haben, der Verhandlung beizuwohnen.

*Der Gerichtsdiener ab, da der Amtsrichter nur erschrocken blickt.*

DER INSPEKTOR *fährt fort:* Die Leute werden Sie dann so ziemlich auf dem Genick haben, wissen Sie. Ich rate Ihnen gut, halten Sie sich an den Arndt, und lassen Sie die SA in Ruhe.

DER AMTSRICHTER *sitzt gebrochen, den Kopf in der Hand. Müde:* Es ist gut, Tallinger, ich muß mir die Sache überlegen.

DER INSPEKTOR Das sollten Sie wirklich, Herr Amtsrichter.

*Er geht hinaus. Der Amtsrichter steht schwer auf und läutet Sturm. Der Gerichtsdiener tritt ein.*

DER AMTSRICHTER Gehen Sie mal hinüber zu Herrn Landgerichtsrat Fey und sagen Sie ihm, ich ließe ihn bitten, für einige Minuten zu mir herüberzukommen.

*Der Gerichtsdiener geht. Herein das Dienstmädchen des Amtsrichters mit einem Frühstückspaket.*

DAS DIENSTMÄDCHEN Sie vergessen noch einmal Ihren Kopf, Herr Amtsrichter. Es ist schrecklich mit Ihnen. Was haben Sie heute wieder vergessen? Jetzt denkens einmal tief nach: die Hauptsache! *Sie streckt ihm das Paketchen hin.* Das Frühstückspaket! Dann müssen Sie wieder diese Brezeln kaufen, wo noch warm sind, und dann haben wir wieder wie vorige Woche das Magendrücken. Weil Sie nie nicht auf sich achtgeben.

DER AMTSRICHTER Ist gut, Marie.

DAS DIENSTMÄDCHEN Kaum, daß ich durchgekommen bin. Das ganze Justizgebäude ist voll von SA, weil der Prozeß ist. Aber heute kriegen sie's, wie, Herr Amtsrichter? Beim Fleischer haben die Leut auch gesagt: gut, daß es noch eine Gerechtigkeit gibt! Einfach einen Geschäftsmann niederschlagen! In dem Sturm sind die Hälfte frühere Kriminelle, das weiß das ganze Stadtviertel. Wenn wir nicht unsere Justiz hätten, täten die ja noch die Domkirchen fortschleppen. Sie haben's wegen die Ringe gemacht, der eine, der Häberle, hat eine Braut, wo auf den Strich gegangen ist bis vor einem halben Jahr. Und den Arbeitslosen Wagner, wo den Steckschuß im Hals hat, haben sie auch überfalln beim Schneeschaufeln, alle haben's gesehn. Ganz offen machen sie's und terrorisieren das Viertel, und die, wo was sagen, passen sie ab und schlagen sie, daß sie liegenbleiben.

DER AMTSRICHTER Schon gut, Marie. Gehen Sie jetzt nur!

DAS DIENSTMÄDCHEN Ich hab's gesagt beim Fleischer: der Herr Amtsrichter wird ihnen schon heimleuchten, hab ich recht? Die Anständigen haben Sie da ganz auf Ihrer Seite, das ist einmal eine Tatsache, Herr Amtsrichter. Nur essens das Frühstück nicht zu hastig hinein, das könnt Ihnen schaden. Das ist so ungesund, und jetzt geh ich und halt Sie nicht mehr auf, Sie missen in die Verhandlung, und regens Ihnen nicht auf in der Verhandlung, sonst essen Sie besser vorderhand, auf die paar Minuten, wo Sie zum Essen brauchen, kommt's auch nicht mehr an, und Sie essen nicht auf einen aufgeregten Magen. Denn Sie sollten auf sich aufpassen. Ihre Gesundheit ist Ihr hechstes Gut, aber jetzt geh ich, Sie wissen selbst, und ich seh schon, Sie sind ungeduldig, in die Verhandlung zu kommen, und ich muß noch zum Kolonialwarenhändler.

*Das Dienstmädchen geht. Herein der Landgerichtsrat Fey, ein älterer Richter, der mit dem Amtsrichter befreundet ist.*

DER LANDGERICHTSRAT Was gibt's?

DER AMTSRICHTER Ich wollte mal etwas mit dir durchsprechen, wenn du ein wenig Zeit hast. Ich habe da einen ziemlich scheußlichen Fall heute vormittag.

DER LANDGERICHTSRAT *setzt sich:* Ja, die SA-Sache.

DER AMTSRICHTER *bleibt im Herumgehen stehen:* Woher weißt du denn?

DER LANDGERICHTSRAT Drüben wurde schon gestern nachmittag davon gesprochen. Unangenehmer Fall.

*Der Amtsrichter beginnt, wieder nervös auf und ab zu laufen.*

DER AMTSRICHTER Was sagen denn die drüben?

DER LANDGERICHTSRAT Du wirst nicht beneidet. *Neugierig:* Was willst du denn machen?

DER AMTSRICHTER Das weiß ich eben nicht. Ich dachte übrigens nicht, daß der Fall schon so bekannt ist.

DER LANDGERICHTSRAT *wundert sich:* Nein?

DER AMTSRICHTER Dieser Teilhaber soll ja ein recht gefährliches Subjekt sein.

DER LANDGERICHTSRAT So heißt es. Aber dieser von Miehl ist auch kein Menschenfreund.

DER AMTSRICHTER Weiß man etwas über ihn?

DER LANDGERICHTSRAT Jedenfalls genug. Er hat eben diese Beziehungen.

*Pause.*

DER AMTSRICHTER Sehr hohe?

DER LANDGERICHTSRAT Sehr hohe.

*Pause.*

DER LANDGERICHTSRAT *vorsichtig:* Wenn du den Juden drausläßt und die Häberle, Schünt, Gaunitzer freisprichst, weil sie von dem Arbeitslosen provoziert wurden, der sich ins Geschäft zurückflüchtete, dann kann doch die SA zufrieden sein? Der Arndt wird jedenfalls nicht gegen die SA klagen.

DER AMTSRICHTER *sorgenvoll:* Aber der Teilhaber des Arndt. Er wird zur SA gehen und die Wertsachen reklamieren. Und dann habe ich die ganze SA-Führung auf dem Genick, Fey.

DER LANDGERICHTSRAT *nachdem er dieses Argument, das ihn anscheinend überrascht, bedacht hat:* Aber wenn du den Juden nicht drausläßt, dann bricht dir der von Miehl ganz bestimmt das Genick, mindestens. Du weißt vielleicht nicht, daß er diese Wechselschulden bei seiner Bank hat? Der braucht den Arndt wie der Ertrinkende den Strohhalm.

DER AMTSRICHTER *entsetzt:* Wechselschulden!

*Es klopft.*

DER LANDGERICHTSRAT Herein!

*Herein der Gerichtsdiener.*

DER GERICHTSDIENER Herr Amtsrichter, ich weiß wirklich nicht, wie ich für den Herrn Ersten Staatsanwalt und den Herrn Landgerichtspräsidenten Schönling Sitze reservieren soll. Wenn die Herren es einem nur immer rechtzeitig sagen würden.

DER LANDGERICHTSRAT *da der Amtsrichter schweigt:* Machen Sie zwei Plätze frei, und stören Sie hier nicht.

*Der Gerichtsdiener ab.*

DER AMTSRICHTER Die haben mir noch gefehlt!

DER LANDGERICHTSRAT Der von Miehl kann unter keinen Umständen den Arndt preisgeben und ruinieren lassen. Er braucht ihn.

DER AMTSRICHTER *vernichtet:* Als Milchkuh.

DER LANDGERICHTSRAT So etwas habe ich nicht geäußert, lieber Goll. Ich verstehe auch nicht, wie du mir so etwas unterschieben kannst, wirklich nicht. Ich möchte feststellen, daß ich gegen Herrn von Miehl kein Wort geäußert habe. Tut mir leid, daß das nötig ist, Goll.

DER AMTSRICHTER *regt sich auf:* Aber so kannst du das doch nicht auffassen, Fey. So, wie wir zueinander stehen.

DER LANDGERICHTSRAT Was willst du damit sagen: »wie wir zueinander stehen«? Ich kann mich doch nicht in deine Fälle mischen. Ob du es mit dem Justizkommissar oder mit der SA anlegen willst, beides mußt du schon allein machen. Heute ist sich schließlich jeder selber der Nächste.

DER AMTSRICHTER Ich bin mir auch selber der Nächste. Ich weiß nur nicht, was ich mir raten soll.

*Er steht an der Tür, lauschend auf den Lärm draußen.*

DER LANDGERICHTSRAT Schlimm genug.

DER AMTSRICHTER *gehetzt:* Ich bin ja zu allem bereit, Herrgott, versteh mich doch! Du bist ja ganz verändert. Ich entscheide so, und ich entscheide so, wie man das verlangt, aber ich muß doch wissen, was man verlangt. Wenn man das nicht weiß, gibt es keine Justiz mehr.

DER LANDGERICHTSRAT Ich würde nicht schreien, daß es keine Justiz mehr gibt, Goll.

DER AMTSRICHTER Was habe ich jetzt wieder gesagt? Das meinte ich doch nicht. Ich meine nur, wenn solche Gegensätze da sind…

DER LANDGERICHTSRAT Es gibt keine Gegensätze im Dritten Reich.

DER AMTSRICHTER Ja, natürlich. Ich sagte doch nichts anderes. Leg doch nicht jedes Wort auf die Goldwaage.

DER LANDGERICHTSRAT Warum soll ich das nicht? Ich bin Richter.

DER AMTSRICHTER *dem der Schweiß ausbricht:* Wenn man jedes Wort jedes Richters auf die Goldwaage legen wollte, lieber Fey! Aber ich bin ja gern bereit, alles in der allersorgfältigsten, gewissenhaftesten Weise zu prüfen, aber man muß mir doch sagen, welche Entscheidung im höheren Interesse liegt! Wenn ich den Juden im Laden geblieben sein lasse, verstimme ich natürlich den Hausbesitzer... nein, den Teilhaber, ich kenne mich schon gar nicht mehr aus... und wenn die Provokation von dem Arbeitslosen ausgegangen sein soll, ist es der Hausbesitzer, der... wie, der von Miehl will doch, daß... Man kann mich doch nicht nach Hinterpommern versetzen, ich habe einen Bruch und will nichts mit der SA zu tun kriegen, schließlich habe ich Familie, Fey! Meine Frau hat gut sagen, ich soll einfach untersuchen, was wirklich vorgefallen ist! Davon würde ich höchstens in einer Klinik aufwachen. Rede ich denn von Überfall? Ich rede von Provokation. Also, was will man? Ich verurteile natürlich nicht die SA, sondern den Juden oder den Arbeitslosen, aber wen von diesen beiden soll ich verurteilen? Wie soll ich wählen zwischen dem Arbeitslosen und dem Juden beziehungsweise dem Teilhaber und dem Hausbesitzer? Nach Pommern gehe ich auf keinen Fall, lieber ins Konzentrationslager, Fey, das geht doch nicht! Sieh mich nicht so an! Ich bin doch kein Angeklagter! Ich bin doch zu allem bereit!

DER LANDGERICHTSRAT *der aufgestanden ist:* Bereit sein ist eben nicht alles, mein Lieber.

DER AMTSRICHTER Aber wie soll ich denn entscheiden?

DER LANDGERICHTSRAT Im allgemeinen sagt dem Richter das sein Gewissen, Herr Goll. Lassen Sie sich das gesagt sein! Habe die Ehre.

DER AMTSRICHTER Ja, natürlich. Nach bestem Wissen und Gewissen. Aber in diesem Falle: was soll ich wählen? Was, Fey?

*Der Landgerichtsrat ist weggegangen. Der Amtsrichter starrt ihm wortlos nach. Das Telefon klingelt.*

DER AMTSRICHTER *nimmt den Hörer ab:* Ja? – Emmi? – Was haben sie abgesagt? Den Kegelabend? – Von wem kam der Anruf? – Der Referendar Priesnitz? – Woher weiß denn der schon? – Was das bedeuten soll? Ich habe ein Urteil zu sprechen.

*Er hängt ein. Der Gerichtsdiener tritt ein. Der Lärm auf den Gängen wird stark hörbar.*

DER GERICHTSDIENER Häberle, Schünt, Gaunitzer, Herr Amtsrichter.

DER AMTSRICHTER *sucht seine Akten zusammen:* Sofort.

DER GERICHTSDIENER Den Herrn Landgerichtspräsidenten habe ich am Pressetisch untergebracht. Er war ganz zufrieden. Aber der Herr Erste Staatsanwalt hat sich geweigert, auf dem Zeugenstand Platz zu nehmen. Er wollte wohl an den Richtertisch. Aber da hätten Sie ja die Verhandlung von der Anklagebank aus führen müssen, Herr Amtsrichter! *Er lacht albern über seinen Scherz.*

DER AMTSRICHTER Das tue ich auf keinen Fall.

DER GERICHTSDIENER Hier geht's hinaus, Herr Amtsrichter. Aber wo haben Sie denn Ihre Mappe mit der Anklage hingebracht?

DER AMTSRICHTER *völlig verwirrt:* Ja, die brauche ich. Sonst weiß ich überhaupt nicht, wer angeklagt ist, wie? Was machen wir nur mit dem Herrn Ersten Staatsanwalt?

DER GERICHTSDIENER Aber jetzt haben Sie ja das Adreßbuch untern Arm genommen, Herr Amtsrichter. Hier ist Ihre Mappe.

*Er stopft sie ihm unter den Arm. Der Amtsrichter geht, sich den Schweiß abtrocknend, verstört hinaus.*

## 7
## Die Berufskrankheit

Es kommen die Herren Mediziner
Des Staates willfährige Diener
Sie werden bezahlt per Stück.
Was die Schinder ihnen schicken
Sollen sie zusammenflicken:
Sie schicken es wieder zurück.

*Berlin, 1934. Krankensaal der Charité. Ein neuer Kranker ist gebracht worden. Schwestern schreiben eben auf die Schiefertafel am Kopfende seines Bettes seinen Namen. Zwei Kranke in den Betten nebenan unterhalten sich.*

DER EINE KRANKE Was ist das für einer?

DER ANDERE Ich hab ihn schon im Verbandraum gesehen. Ich bin neben seiner Tragbahre gesessen. Er war da noch bei Bewußtsein, aber er hat nichts geantwortet, als ich ihn fragte, was ihm fehlt. Er ist am ganzen Körper eine Wunde.

DER EINE Da brauchtest du ihn doch nicht zu fragen.

DER ANDERE Ich hab es doch erst gesehen, als er dann verbunden wurde.

EINE DER SCHWESTERN Ruhe, der Professor!

*Gefolgt von Assistenten und Schwestern tritt der Chirurg in den Saal. Er bleibt vor einem der Betten stehen und doziert.*

DER CHIRURG Meine Herren, Sie haben hier einen sehr schönen Fall, der Ihnen zeigt, daß ohne immer erneutes Fragen und Nachforschen nach den tieferen Ursachen der Erkrankung die Medizin zu einer bloßen Quacksalberei herabsinkt. Der Patient hat alle Erscheinungen einer Neuralgie und wurde lange Zeit daraufhin behandelt. In Wirklichkeit leidet er aber an der Raynaudschen Krankheit, die er sich in seinem Beruf als Arbeiter an Preßluftwerkzeugen zugezogen hat, also eine Berufskrankheit, meine Herren. Wir behandeln ihn erst jetzt richtig. Sie sehen aus diesem Fall, wie falsch es ist, wenn man den Patienten nur als einen Bestandteil der Klinik betrachtet, anstatt zu fragen: woher kommt der Patient, wo hat er sich seine Krankheit zugezogen, und wohin geht der Patient zurück, wenn er behandelt ist. Welche drei Dinge muß ein guter Arzt können? Erstens?

DER ERSTE ASSISTENT Fragen.

DER CHIRURG Zweitens?

DER ZWEITE ASSISTENT Fragen.

DER CHIRURG Drittens?

DER DRITTE ASSISTENT Fragen, Herr Professor!

DER CHIRURG Richtig! Fragen! Und vor allem nach den?

DER DRITTE ASSISTENT Sozialen Verhältnissen, Herr Professor!

DER CHIRURG Nur keine Furcht, das Auge auf das Privatleben des Patienten zu lenken, das oft leider Gottes ein recht trauriges ist. Wenn ein Mensch einen Beruf auszuüben gezwungen ist, der ihn über kurz oder lang körperlich zugrunde richten muß, so daß er sozusagen stirbt, um nicht zu verhungern, dann hört man das nicht gern, also fragt man danach auch nicht gern.

*Er tritt mit seinem Gefolge an das Bett des neuen Patienten.*

DER CHIRURG Was ist mit dem Mann?

*Die Oberschwester flüstert ihm etwas ins Ohr.*

DER CHIRURG Ach so.

*Er untersucht flüchtig und sichtlich widerstrebend.*

DER CHIRURG *diktiert:* Quetschungen im Rükken und an den Schenkeln. Offene Wunden am Bauch. Sonstiger Befund?

DIE OBERSCHWESTER *liest vor:* Blut im Urin.

DER CHIRURG Einlieferungsdiagnose?

DIE OBERSCHWESTER Eingerissene linke Niere.

DER CHIRURG Muß erst noch geröntgt werden. *Will sich wegwenden.*

DER DRITTE ASSISTENT *der die Krankengeschichte notiert:* Grund der Erkrankung, Herr Professor?

DER CHIRURG Was ist denn angegeben?

DIE OBERSCHWESTER Als Grund der Erkrankung ist Sturz von der Treppe angegeben.

DER CHIRURG *diktiert:* Sturz von der Treppe. – Warum sind die Hände angebunden?

DIE OBERSCHWESTER Der Patient hat seinen Verband schon zweimal abgerissen, Herr Professor.

DER CHIRURG Warum?

DER EINE KRANKE *halblaut:* Woher kommt der Patient, und wohin geht der Patient zurück?

*Alle Köpfe fahren nach ihm herum.*

DER CHIRURG *sich räuspernd:* Wenn der Patient unruhig ist, geben Sie Morphium. *Er geht an das nächste Bett.* Nun, geht es schon besser? Wir kommen schon wieder zu Kräften.

*Er untersucht den Hals des Patienten.*

EINER DER ASSISTENTEN *zu einem andern:* Arbeiter. Aus Oranienburg eingeliefert.

DER ANDERE *grinsend:* Also auch eine Berufskrankheit.

## 8
## Physiker

Es kommen die Herren Gelehrten
Mit falschen Teutonenbärten
Und furchterfülltem Blick.
Sie wollen nicht eine richtige
Sondern eine arisch gesichtige
Genehmigte deutsche Physik.

*Göttingen, 1935. Physikalisches Institut. Zwei Wissenschaftler, X und Y. Y ist eben hereingekommen. Er trägt ein konspiratives Wesen zur Schau.*

Y Ich hab's!

X Was?

Y Die Antwort auf die Fragen an Mikowsky in Paris.

X Über die Gravitationswellen?

Y Ja.

X Und?

Y Weißt du, wer uns darüber geschrieben hat, genau das, was wir brauchen?

X Na?

*Y schreibt auf einen Zettel einen Namen und reicht ihn X. Wenn X ihn gelesen hat, nimmt Y den Zettel wieder an sich, zerreißt ihn in kleine Stückchen und wirft sie in den Ofen.*

Y Mikowsky hat unsere Fragen an ihn weitergeleitet. Hier ist die Antwort.

X *greift gierig danach:* Gib her! *Plötzlich hält er sich zurück.* Aber wenn wir bei einer solchen Korrespondenz mit ihm erwischt werden...

Y Das dürfen wir auf keinen Fall!

X Aber wir kommen nicht weiter ohne das. Gib schon her.

Y Du kannst es nicht lesen, ich habe es in meinem System stenographiert, das ist sicherer. Ich lese es vor.

X Du mußt achtgeben!

Y Ist der Rollkopf im Labor? *Er deutet nach rechts.*

X *deutet nach links:* Nein, aber der Reinhardt. Setz dich hierher.

Y *liest:* Es handelt sich um zwei willkürliche kontravariante Vektoren, $\psi$ und $\nu$, und einen kontravarianten Vektor $t$. Mit deren Hilfe werden die Komponenten eines gemischten Tensors zweiter Stufe gebildet, dessen Struktur demgemäß

$$\Sigma^{-lr} = C_{hi}^{-l}$$

ist.

X *der mitgeschrieben hat, bedeutet ihm plötzlich zu schweigen:* Augenblick!

*Er steht auf und geht auf Zehenspitzen zur Wand links. Er hört anscheinend nichts Verdächtiges und kehrt zurück. Y liest weiter, mitunter jedoch auf ähnliche Weise unterbrochen. Sie untersuchen dann das Telefon, öffnen schnell die Tür usw.*

Y Für ruhende, inkohärente, nicht durch Spannungen aufeinander wirkende Materie ist $T = \mu$, die einzige von Null verschiedene Komponente der tensoriellen Energiedichte. Infolgedessen wird ein statisches Gravitationsfeld erzeugt, dessen Gleichung unter Hinzufügung des konstanten Proportionalitätsfaktors $8\ \pi\varkappa$

$$\Delta f = 4\pi\varkappa\mu$$

liefert. Bei geeigneter Wahl der Raumkoordinaten ist die Abweichung von $c^2dt^2$ sehr gering...

*Da irgendwo eine Tür zugeschlagen wird, wollen sie ihre Notizen verstecken. Es scheint jedoch dann nicht nötig. Von jetzt ab vertiefen sich die beiden allerdings in die Materie und scheinen die Gefährlichkeit ihres Tuns zu vergessen.*

Y *liest weiter:* ...andererseits sind die fraglichen Massen gegenüber der ruhenden, felderzeugenden Masse sehr klein, infolgedessen ist die Bewegung der in das Gravitationsfeld eingebetteten Körper durch eine geodätische Weltlinie in diesem statischen Gravitationsfeld gegeben. Sie genügt als solche dem Variationsprinzip

$$\delta \int ds = 0,$$

wobei die Enden des betreffenden Weltlinienstückes fest bleiben.

X Aber was sagt Einstein zu...

*Am Entsetzen Y's merkt X seinen Lapsus und sitzt starr vor Entsetzen. Y reißt ihm die mitgeschriebenen Notizen aus der Hand und steckt alle Papiere zu sich.*

Y *sehr laut zur linken Wand hinüber:* Ja, eine echt jüdische Spitzfindigkeit! Was hat das mit Physik zu tun?

*Erleichtert nehmen sie ihre Notizen wieder vor und arbeiten schweigend weiter, mit allergrößter Vorsicht.*

## 9
## Die jüdische Frau

Und dort sehn wir jene kommen
Denen er ihre Weiber genommen
Jetzt werden sie arisch gepaart.
Da hilft kein Fluchen und Klagen
Sie sind aus der Art geschlagen
Er schlägt sie zurück in die Art.

*Frankfurt, 1935. Es ist Abend. Eine Frau packt Koffer. Sie wählt aus, was sie mitnehmen will. Mitunter nimmt sie wieder etwas aus dem Koffer und gibt es an seinen Platz im Zimmer zurück, um etwas anderes einpacken zu können. Lange schwankt sie, ob sie eine große Photographie ihres Mannes, die auf der Kommode steht, mitnehmen soll. Dann läßt sie das Bild stehen. Sie wird müde vom Packen und sitzt eine Weile auf einem Koffer, den Kopf in die Hand gestützt. Dann steht sie auf und telefoniert.*

DIE FRAU Hier Judith Keith. Doktor, sind Sie es? – Guten Abend. Ich wollte nur eben mal anrufen und sagen, daß ihr euch jetzt doch nach einem neuen Bridgepartner umsehen müßt, ich verreise nämlich. – Nein, nicht für so sehr lange, aber ein paar Wochen werden es schon werden. – Ich will nach Amsterdam. – Ja, das Frühjahr soll dort ganz schön sein. – Ich habe Freunde dort. – Nein, im Plural, wenn Sie es auch nicht glauben. – Wie ihr da Bridge spielen sollt? – Aber wir spielen doch schon seit zwei Wochen nicht. – Natürlich, Fritz war auch erkältet. Wenn es so kalt ist, kann man eben nicht mehr Bridge spielen, das sagte ich auch! – Aber nein, Doktor, wie sollte ich? – Thekla hatte doch auch ihre Mutter zu Besuch. – Ich weiß. – Warum sollte ich so was denken? – Nein, so plötzlich kam es gar nicht, ich habe nur immer verschoben, aber jetzt muß ich... Ja, aus unserm Kinobesuch wird jetzt auch nichts mehr, grüßen Sie Thekla. – Vielleicht rufen Sie ihn sonntags mal an? – Also, auf Wiedersehen! – Ja, sicher, gern! – Adieu!
*Sie hängt ein und ruft eine andere Nummer an.* Hier Judith Keith. Ich möchte Frau Schöck sprechen. – Lotte? – Ich wollte rasch Adieu sagen, ich verreise auf einige Zeit. – Nein, mir fehlt nichts, nur um mal ein paar neue Gesichter zu sehen. – Ja, was ich sagen wollte, Fritz hat nächsten Dienstag den Professor hier zu Abend, da könntet ihr vielleicht auch kommen, ich fahre, wie gesagt, heute nacht. – Ja, Dienstag. – Nein, ich wollte nur sagen, ich fahre heute nacht, es hat gar nichts zu tun damit, ich dachte, ihr könntet dann auch kommen. – Nun, sagen wir also: obwohl ich nicht da bin, nicht? – Das weiß ich doch, daß ihr nicht so seid, und wenn, das sind doch unruhige Zeiten, und alle Leute passen so auf, ihr kommt also? – Wenn Max kann? Er wird schon können, der Professor ist auch da, sag's ihm. – Ich muß jetzt abhängen. Also, Adieu!
*Sie hängt ein und ruft eine andere Nummer an.* Bist du es, Gertrud? Hier Judith. Entschuldige, daß ich dich störe. – Danke. Ich wollte dich fragen, ob du nach Fritz sehen kannst, ich verreise für ein paar Monate. – Ich denke, du, als seine Schwester... Warum möchtest du nicht? – So wird es aber doch nicht aussehen, bestimmt nicht für Fritz. – Natürlich weiß er, daß wir nicht so – gut standen, aber... Dann wird er eben dich anrufen, wenn du willst. – Ja, das will ich ihm sagen. – Es ist alles ziemlich in Ordnung, die Wohnung ist ja ein bißchen zu groß. – Was in seinem Arbeitszimmer gemacht werden soll, weiß Ida, laß sie da nur machen. – Ich finde sie ganz intelligent, und er ist gewöhnt an sie. – Und noch was, ich bitte dich, das nicht falsch aufzunehmen, aber er spricht nicht gern vor dem Essen, könntest du daran denken? Ich hielt mich da immer zurück. – Ich möchte nicht gern darüber diskutieren jetzt, mein Zug geht bald, ich habe noch nicht fertig gepackt, weißt du. – Sieh auf seine Anzüge und erinnere ihn, daß er zum Schneider gehen muß, er hat einen Mantel bestellt, und sorg, daß in seinem Schlafzimmer noch geheizt wird, er schläft immer bei offenem Fenster, und das ist zu kalt. – Nein, ich glaube nicht, daß er sich abhärten soll, aber jetzt muß ich Schluß machen. – Ich danke dir sehr, Gertrud, und wir schreiben uns ja immer mal wieder. – Adieu.
*Sie hängt ein und ruft eine andere Nummer an.* Anna? Hier ist Judith, du, ich fahre jetzt. – Nein, es muß schon sein, es wird zu schwierig. – Zu schwierig! – Ja, nein, Fritz will es nicht, er weiß noch gar nichts, ich habe einfach gepackt. – Ich glaube nicht. – Ich glaube nicht, daß er viel sagen wird. Es ist einfach zu schwierig für ihn, rein äußerlich. – Darüber haben wir nichts verabredet. – Wir sprachen doch überhaupt nie darüber, nie! – Nein, er war nicht anders, im Gegenteil. – Ich wollte, daß ihr euch seiner ein wenig annehmt, die erste Zeit. – Ja, sonntags

besonders, und redet ihm zu, daß er umzieht. – Die Wohnung ist zu groß für ihn. – Ich hätte dir gern noch Adieu gesagt, aber du weißt ja, der Portier! – Also, Adieu, nein, komm nicht auf die Bahn, auf keinen Fall! – Adieu, ich schreib mal. – Sicher.

*Sie hängt ein und ruft keine andere Nummer mehr an. Sie hat geraucht. Jetzt zündet sie das Büchlein an, in dem sie die Telefonnummern nachgeschlagen hat. Ein paarmal geht sie auf und ab. Dann beginnt sie zu sprechen. Sie probt die kleine Rede ein, die sie ihrem Mann halten will. Man sieht, er sitzt in einem bestimmten Stuhl.*

Ja, ich fahre jetzt also, Fritz. Ich bin vielleicht schon zu lange geblieben, das mußt du entschuldigen, aber...

*Sie bleibt stehen und besinnt sich, fängt anders an.*

Fritz, du solltest mich nicht mehr halten, du kannst es nicht... Es ist klar, daß ich dich zugrunde richten werde, ich weiß, du bist nicht feig, die Polizei fürchtest du nicht, aber es gibt Schlimmeres. Sie werden dich nicht ins Lager bringen, aber sie werden dich nicht mehr in die Klinik lassen, morgen oder übermorgen, du wirst nichts sagen dann, aber du wirst krank werden. Ich will dich nicht hier herumsitzen sehen, Zeitschriften blätternd, es ist reiner Egoismus von mir, wenn ich gehe, sonst nichts. Sage nichts...

*Sie hält wieder inne. Sie beginnt wieder von vorn.*

Sage nicht, du bist unverändert, du bist es nicht! Vorige Woche hast du ganz objektiv gefunden, der Prozentsatz der jüdischen Wissenschaftler sei gar nicht so groß. Mit der Objektivität fängt es immer an, und warum sagst du mir jetzt fortwährend, ich sei nie so nationalistisch jüdisch gewesen wie jetzt. Natürlich bin ich das. Das steckt ja so an. Oh, Fritz, was ist mit uns geschehen!

*Sie hält wieder inne. Sie beginnt wieder von vorn.*

Ich habe es dir nicht gesagt, daß ich fort will, seit langem fort will, weil ich nicht reden kann, wenn ich dich ansehe, Fritz. Es kommt mir dann so nutzlos vor, zu reden. Es ist doch alles schon bestimmt. Was ist eigentlich in sie gefahren? Was wollen sie in Wirklichkeit? Was tue ich ihnen? Ich habe mich doch nie in die Politik gemischt. War ich für Thälmann? Ich bin doch eines von diesen Bourgeoisweibern, die Dienstboten halten usw., und plötzlich sollen nur noch die Blonden das sein dürfen? In der letzten Zeit habe ich oft daran gedacht, wie du mir vor Jahren sagtest, es gäbe wertvolle Menschen und weniger wertvolle, und die einen bekämen Insulin, wenn sie Zucker haben und die andern bekämen keins. Und das habe ich eingesehen, ich Dummkopf! Jetzt haben sie eine neue Einteilung dieser Art gemacht, und jetzt gehöre ich zu den Wertloseren. Das geschieht mir recht.

*Sie hält wieder inne. Sie beginnt wieder von vorn.*

Ja, ich packe. Du mußt nicht tun, als ob du das nicht gemerkt hättest die letzten Tage. Fritz, alles geht, nur eines nicht: daß wir in der letzten Stunde, die uns bleibt, einander nicht in die Augen sehen. Das dürfen sie nicht erreichen, die Lügner, die alle zum Lügen zwingen. Vor zehn Jahren, als jemand meinte, das sieht man nicht, daß ich eine Jüdin bin, sagtest du schnell: doch, das sieht man. Und das freut einen. Das war Klarheit. Warum jetzt um das Ding herumgehen? Ich packe, weil sie dir sonst die Oberarztstelle wegnehmen. Und weil sie dich schon nicht mehr grüßen in deiner Klinik und weil du nachts schon nicht mehr schlafen kannst. Ich will nicht, daß du mir sagst, ich soll nicht gehen. Ich beeile mich, weil ich dich nicht noch sagen hören will, ich soll gehen. Das ist eine Frage der Zeit. Charakter, das ist eine Zeitfrage. Er hält soundso lange, genau wie ein Handschuh. Es gibt gute, die halten lange. Aber sie halten nicht ewig. Ich bin übrigens nicht böse. Doch, ich bin's. Warum soll ich alles einsehen? Was ist schlecht an der Form meiner Nase und der Farbe meines Haares? Ich soll weg von der Stadt, wo ich geboren bin, damit sie keine Butter zu geben brauchen. Was seid ihr für Menschen, ja, auch du! Ihr erfindet die Quantentheorie und den Trendelenburg und laßt euch von Halbwilden kommandieren, daß ihr die Welt erobern sollt, aber nicht die Frau haben dürft, die ihr haben wollt. Künstliche Atmung und jeder Schuß ein Ruß! Ihr seid Ungeheuer oder Speichellecker von Ungeheuern! Ja, das ist unvernünftig von mir, aber was hilft in einer solchen Welt die Vernunft? Du sitzt da und siehst deine Frau packen und sagst nichts. Die Wände haben Ohren, wie? Aber ihr sagt ja nichts! Die einen horchen, und die andern schweigen. Pfui Teufel. Ich sollte auch schweigen. Wenn ich dich liebte, schwiege ich. Ich liebe dich wirklich. Gib mir die Wäsche dort.

Das ist Reizwäsche. Ich werde sie brauchen. Ich bin sechsunddreißig, das ist nicht zu alt, aber viel experimentieren kann ich nicht mehr. Mit dem nächsten Land, in das ich komme, darf es nicht mehr so gehen. Der nächste Mann, den ich kriege, muß mich behalten dürfen. Und sage nicht, du wirst Geld schicken, du weißt, das kannst du nicht. Und du sollst auch nicht tun, als wäre es nur für vier Wochen. Das hier dauert nicht nur vier Wochen. Du weißt es, und ich weiß es auch. Sage also nicht: es sind schließlich nur ein paar Wochen, während du mir den Pelzmantel gibst, den ich doch erst im Winter brauchen werde. Und reden wir nicht von Unglück. Reden wir von Schande. O Fritz!

*Sie hält inne. Eine Tür geht. Sie macht sich hastig zurecht. Ihr Mann tritt ein.*

DER MANN Was machst du denn? Räumst du?

DIE FRAU Nein.

DER MANN Warum packen?

DIE FRAU Ich möchte weg.

DER MANN Was heißt das?

DIE FRAU Wir haben doch gesprochen, gelegentlich, daß ich für einige Zeit weggehe. Es ist doch nicht mehr sehr schön hier.

DER MANN Das ist doch Unsinn.

DIE FRAU Soll ich denn bleiben?

DER MANN Wohin willst du denn?

DIE FRAU Nach Amsterdam. Eben weg.

DER MANN Aber dort hast du doch niemanden.

DIE FRAU Nein.

DER MANN Warum willst du denn nicht hierbleiben? Meinetwegen mußt du bestimmt nicht gehen.

DIE FRAU Nein.

DER MANN Du weißt, daß ich unverändert bin, weißt du das, Judith?

DIE FRAU Ja.

*Er umarmt sie. Sie stehen stumm zwischen den Koffern.*

DER MANN Und es ist nichts sonst, was dich weggehen macht?

DIE FRAU Das weißt du.

DER MANN Vielleicht ist es nicht so dumm. Du brauchst ein Aufschnaufen. Hier erstickt man. Ich hole dich. Wenn ich nur zwei Tage jenseits der Grenze bin, wird mir schon besser sein.

DIE FRAU Ja, das solltest du.

DER MANN Allzulang geht das hier überhaupt nicht mehr. Von irgendwoher kommt der Umschwung. Das klingt alles wieder ab wie eine Entzündung. – Es ist wirklich ein Unglück.

DIE FRAU Sicher. Hast du Schöck getroffen?

DER MANN Ja, das heißt, nur auf der Treppe. Ich glaube, er bedauert schon wieder, daß sie uns geschnitten haben. Er war direkt verlegen. Auf die Dauer können sie uns Intellektbestien doch nicht so ganz niederhalten. Mit völlig rückgratlosen Wracks können sie auch nicht Krieg führen. Die Leute sind nicht mal so ablehnend, wenn man ihnen fest gegenübertritt. Wann willst du denn fahren?

DIE FRAU Neun Uhr fünfzehn.

DER MANN Und wohin soll ich das Geld schikken?

DIE FRAU Vielleicht hauptpostlagernd Amsterdam.

DER MANN Ich werde mir eine Sondererlaubnis geben lassen. Zum Teufel, ich kann doch nicht meine Frau mit zehn Mark im Monat wegschikken! Schweinerei, das Ganze. Mir ist scheußlich zumute.

DIE FRAU Wenn du mich abholen kommst, das wird dir guttun.

DER MANN Einmal eine Zeitung lesen, wo was drin steht.

DIE FRAU Gertrud habe ich angerufen. Sie wird nach dir sehen.

DER MANN Höchst überflüssig. Wegen der paar Wochen.

DIE FRAU *die wieder zu packen begonnen hat:* Jetzt gib mir den Pelzmantel herüber, willst du?

DER MANN *gibt ihn ihr:* Schließlich sind es nur ein paar Wochen.

## 10
## Der Spitzel

Es kommen die Herrn Professoren
Der Pimpf nimmt sie bei den Ohren
Und lehrt sie Brust heraus stehn.
Jeder Schüler ein Spitzel. Sie müssen
Von Himmel und Erde nichts wissen.
Aber wer weiß was auf wen?

Dann kommen die lieben Kinder
Sie holen die Henker und Schinder
Und führen sie nach Haus.
Sie zeigen auf ihre Väter
Und nennen sie Verräter.
Man führt sie gefesselt hinaus.

*Köln, 1935. Regnerischer Sonntagnachmittag. Der Mann, die Frau und der Knabe nach dem Essen. Das Mädchen kommt herein.*

DAS MÄDCHEN Herr und Frau Klimbtsch lassen fragen, ob die Herrschaften zu Hause sind?
DER MANN *schnarrt:* Nein.
*Das Mädchen geht hinaus.*
DIE FRAU Du hättest selber ans Telefon gehen sollen. Sie wissen doch, daß wir jetzt noch nicht weggegangen sein können.
DER MANN Wieso können wir nicht weggegangen sein?
DIE FRAU Weil es regnet.
DER MANN Das ist doch kein Grund.
DIE FRAU Wohin sollen wir denn gegangen sein? Das werden sie sich doch jetzt sofort fragen.
DER MANN Da gibt es doch eine ganze Menge Stellen.
DIE FRAU Warum gehen wir dann nicht weg?
DER MANN Wo sollen wir denn hingehen?
DIE FRAU Wenn es wenigstens nicht regnete.
DER MANN Und wohin sollte man schon gehen, wenn es nicht regnete?
DIE FRAU Früher konnte man sich doch wenigstens mit jemand treffen.
*Pause.*
DIE FRAU Es war falsch, daß du nicht ans Telefon gingst. Jetzt wissen sie, daß wir sie nicht hier haben wollen.
DER MANN Und wenn sie das wissen!
DIE FRAU Dann ist es unangenehm, daß wir uns gerade jetzt von ihnen zurückziehen, wo alles sich von ihnen zurückzieht.
DER MANN Wir ziehen uns nicht von ihnen zurück.
DIE FRAU Warum sollen sie dann nicht herkommen?
DER MANN Weil mich dieser Klimbtsch zu Tode langweilt.
DIE FRAU Früher hat er dich nicht gelangweilt.
DER MANN Früher! Mach mich nicht nervös mit deinem ewigen »früher«!
DIE FRAU Jedenfalls hättest du ihn früher nicht geschnitten, weil ein Verfahren von der Schulinspektion gegen ihn läuft.
DER MANN Du willst also sagen, ich bin feige?
*Pause.*
DER MANN Dann ruf sie doch an und sage, wir sind eben zurückgekommen, wegen des Regens.
*Die Frau bleibt sitzen.*
DIE FRAU Sollen wir Lemkes fragen, ob sie herüberkommen wollen?
DER MANN Damit sie uns wieder nachweisen, daß wir nicht luftschutzfreudig genug sind?
DIE FRAU *zum Knaben:* Klaus-Heinrich, laß das Radio!
*Der Knabe wendet sich zu den Zeitungen.*
DER MANN Daß es heute regnen muß, das ist eine Katastrophe. Aber man kann eben nicht in einem Land leben, wo es eine Katastrophe ist, wenn es regnet.
DIE FRAU Meinst du, das hat viel Sinn, mit solchen Äußerungen um sich zu werfen?
DER MANN In meinen vier Wänden kann ich äußern, was mir paßt. Ich lasse mir nicht in meinem eigenen Heim das Wort...
*Er wird unterbrochen. Das Mädchen kommt mit Kaffeegeschirr herein. Man schweigt, solange sie herinnen ist.*
DER MANN Müssen wir ein Mädchen haben, dessen Vater Blockwart ist?
DIE FRAU Darüber haben wir doch, denke ich, genug gesprochen. Das letzte, was du sagtest, war, das habe seine Vorteile.
DER MANN Was ich alles gesagt haben soll! Sag so etwas nur deiner Mutter, und wir können in den schönsten Salat kommen.
DIE FRAU Was ich mit meiner Mutter spreche...
*Das Mädchen kommt mit dem Kaffee.*
DIE FRAU Lassen Sie nur, Erna, Sie können ruhig gehen, ich mache das schon.
DAS MÄDCHEN Vielen Dank, gnädige Frau. *Ab.*
DER KNABE *von der Zeitung aufsehend:* Machen alle Geistlichen das, Papa?
DER MANN Was?
DER KNABE Was hier steht.

DER MANN Was liest du denn? *Er reißt ihm die Zeitung aus der Hand.*

DER KNABE Aber unser Gruppenführer hat gesagt, was in dieser Zeitung steht, können wir alle wissen.

DER MANN Das ist für mich nicht maßgebend, was der Gruppenführer gesagt hat. Was du lesen kannst und was du nicht lesen kannst, entscheide ich.

DIE FRAU Hier hast du zehn Pfennig, Klaus-Heinrich, geh hinüber und kauf dir was.

DER KNABE Aber es regnet doch. *Er drückt sich unentschlossen am Fenster herum.*

DER MANN Wenn diese Berichte über die Priesterprozesse nicht aufhören, werde ich die Zeitung überhaupt abbestellen.

DIE FRAU Und welche willst du abonnieren? Es steht doch in allen.

DER MANN Wenn in allen Zeitungen solche Schweinereien stehen, dann werde ich eben keine Zeitung mehr lesen. Weniger wissen werde ich dann auch nicht, was auf der Welt los ist.

DIE FRAU Es ist nicht so schlecht, wenn sie ausräumen.

DER MANN Ausräumen! Das ist doch alles nur Politik.

DIE FRAU Jedenfalls geht es uns nichts an, schließlich sind wir evangelisch.

DER MANN Für das Volk ist das nicht gleichgültig, wenn es nicht mehr an eine Sakristei denken kann, ohne an diese Scheußlichkeiten zu denken.

DIE FRAU Was sollen sie denn machen, wenn so etwas passiert!

DER MANN Was sie machen sollen? Vielleicht können sie einmal vor ihrer eigenen Tür kehren. In ihrem Braunen Haus soll auch nicht alles sauber sein, höre ich.

DIE FRAU Aber das ist doch nur ein Beweis der Gesundung unseres Volkes, Karl!

DER MANN Gesundung! Nette Gesundung. Wenn die Gesundung so aussieht, dann ziehe ich die Krankheit vor.

DIE FRAU Du bist heute so nervös. War in der Schule was los?

DER MANN Was soll in der Schule los gewesen sein? Und sage, bitte, nicht immer, daß ich so nervös bin, das macht ja erst nervös.

DIE FRAU Wir sollten nicht immer streiten, Karl. Früher…

DER MANN Darauf habe ich jetzt nur gewartet. Früher! Ich wünschte es weder früher, noch wünsche ich es heute, daß die Phantasie meines Kindes vergiftet wird.

DIE FRAU Wo ist er denn überhaupt?

DER MANN Wie soll ich das wissen?

DIE FRAU Hast du ihn weggehen sehen?

DER MANN Nein.

DIE FRAU Ich verstehe nicht, wo er hin sein kann. *Sie ruft:* Klaus-Heinrich!

*Sie läuft aus dem Zimmer. Man hört sie rufen. Sie kehrt zurück.*

DIE FRAU Er ist wirklich weg!

DER MANN Warum soll er denn nicht weg sein?

DIE FRAU Aber es regnet doch in Strömen!

DER MANN Warum bist du denn so nervös, wenn der Junge mal weggeht?

DIE FRAU Was haben wir denn geredet?

DER MANN Was hat das damit zu tun?

DIE FRAU Du bist so unbeherrscht in letzter Zeit.

DER MANN Ich bin zwar nicht unbeherrscht in der letzten Zeit, aber selbst wenn ich unbeherrscht wäre, was hat das damit zu tun, daß der Junge weg ist?

DIE FRAU Aber du weißt doch, daß sie zuhören.

DER MANN Und?

DIE FRAU Und! Und wenn er es dann herumerzählt? Du weißt doch, was sie jetzt immer hineinreden in sie in der HJ. Sie werden doch direkt aufgefordert, daß sie alles melden. Es ist komisch, daß er so still weggegangen ist.

DER MANN Unsinn.

DIE FRAU Hast du nicht gesehen, wann er fort ist?

DER MANN Er hat sich eine ganze Zeitlang am Fenster herumgedrückt.

DIE FRAU Ich möchte wissen, was er noch mit angehört hat.

DER MANN Aber er weiß doch, was geschieht, wenn Leute angezeigt werden.

DIE FRAU Und der Junge, von dem Schmulkes erzählt haben? Sein Vater soll noch immer im Lager sein. Wenn wir nur wüßten, wie lange er im Zimmer war.

DER MANN Das ist ja alles Unsinn!

*Er läuft in die anderen Zimmer und ruft nach dem Knaben.*

DIE FRAU Ich kann mir nicht denken, daß er, ohne ein Wort zu sagen, einfach wo hingeht. So ist er nicht.

DER MANN Vielleicht ist er bei einem Schulkameraden?

DIE FRAU Dann kann er nur bei Mummermanns sein. Ich rufe an.

*Sie telefoniert.*

DER MANN Ich halte das Ganze für falschen Alarm.

DIE FRAU *am Telefon:* Hier Frau Studienrat Furcke. Guten Tag, Frau Mummermann. Ist Klaus-Heinrich bei Ihnen? – Nein? – Da kann ich mir aber gar nicht denken, wo der Junge ist. – Sagen Sie, Frau Mummermann, ist das HJ-Lokal Sonntag nachmittags offen? – Ja? – Vielen Dank, dann will ich dort mal nachfragen.

*Sie hängt ein. Die beiden sitzen schweigend.*

DER MANN Was kann er schon gehört haben?

DIE FRAU Du hast doch über die Zeitung gesprochen. Das über das Braune Haus hättest du nicht sagen dürfen. Er empfindet doch so national.

DER MANN Was soll ich über das Braune Haus gesagt haben?

DIE FRAU Da mußt du dich doch erinnern! Daß dort nicht alles sauber ist.

DER MANN Das kann doch nicht als Angriff ausgelegt werden. Nicht alles sauber oder, wie ich abschwächend sagte, nicht alles ganz sauber, was schon einen Unterschied macht, und zwar einen beträchtlichen, das ist doch mehr eine spaßhafte Bemerkung volkstümlicher Art, sozusagen in der Umgangssprache, das bedeutet nicht viel mehr, als daß sogar dort wahrscheinlich einiges nicht immer und unter allen Umständen so ist, wie es der Führer will. Den nur wahrscheinlichen Charakter brachte ich übrigens mit voller Absicht dadurch zum Ausdruck, daß ich, wie ich mich deutlich erinnere, formulierte, es »soll« dort ja auch nicht alles ganz – ganz in abschwächendem Sinne gebraucht – sauber sein. Soll sein! Nicht: ist! Ich kann nicht sagen, daß dort etwas nicht sauber ist, da fehlt jeder Beweis. Wo Menschen sind, gibt es Unvollkommenheiten. Mehr habe ich nicht angedeutet, und auch das nur in abgeschwächtester Form. Und überdies hat der Führer selber bei einer gewissen Gelegenheit seine Kritik in dieser Richtung ungleich schärfer formuliert.

DIE FRAU Ich verstehe dich nicht. Mit mir mußt du doch nicht so sprechen.

DER MANN Ich wollte, ich müßte es nicht! Ich bin mir nicht klar darüber, was du selber überall herumquatschst von dem, was hier zwischen diesen Wänden mal in der Erregung vielleicht gesagt werden mag. Wohl verstanden, ich bin weit entfernt, dich irgendwelcher leichtfertiger Ausstreuungen gegen deinen Mann zu bezichtigen, genau wie ich von dem Jungen keinen Augenblick annehme, daß er etwas gegen seinen eigenen Vater unternehmen könnte. Aber zwischen Übel tun und es wissen ist ja leider ein gewaltiger Unterschied.

DIE FRAU Jetzt hör aber auf! Paß lieber auf deine Zunge auf! Die ganze Zeit zerbreche ich mir schon den Kopf darüber, ob du das, daß man in Hitlerdeutschland nicht leben kann, vor oder nach dem über das Braune Haus gesagt hast.

DER MANN Das habe ich überhaupt nicht gesagt.

DIE FRAU Du tust ja schon direkt, als sei ich die Polizei! Ich zermartere mich doch nur, was der Junge gehört haben kann.

DER MANN Das Wort Hitlerdeutschland stammt überhaupt nicht aus meinem Sprachschatz.

DIE FRAU Und das mit dem Blockwart, und daß in den Zeitungen lauter Lügen stehen, und was du neulich über den Luftschutz gesagt hast, der Junge hört ja überhaupt nichts Positives! Das ist überhaupt nicht gut für ein jugendliches Gemüt, das dadurch nur zersetzt wird, wo der Führer immerfort betont, Deutschlands Jugend ist Deutschlands Zukunft. Der Junge ist ja wirklich eigentlich nicht so, daß er einfach hinläuft und einen anzeigt. Mir ist ganz übel.

DER MANN Aber rachsüchtig ist er.

DIE FRAU Wofür sollte er denn Rache nehmen?

DER MANN Weiß der Teufel, da gibt's doch immer was. Vielleicht, weil ich ihm seinen Laubfrosch weggenommen habe.

DIE FRAU Aber das ist doch schon eine Woche her.

DER MANN Aber so etwas merkt er sich.

DIE FRAU Warum hast du ihn ihm auch weggenommen?

DER MANN Weil er ihm keine Fliegen fing. Er ließ ihn verhungern.

DIE FRAU Er hat aber doch wirklich zuviel zu tun.

DER MANN Dafür kann doch der Frosch nichts.

DIE FRAU Aber er hat schon gar nicht mehr davon geredet, und ich habe ihm doch eben erst zehn Pfennige gegeben. Er kriegt doch alles, was er will.

DER MANN Ja, das ist Bestechung.

DIE FRAU Was meinst du damit?

DER MANN Sie werden doch sofort sagen, wir haben versucht, ihn zu bestechen, damit er seinen Mund hält.

DIE FRAU Was meinst du denn, daß sie dir machen können?

DER MANN Na, alles! Da gibt es doch keine Grenzen! Großer Gott! Und da soll man Lehrer sein! Erzieher der Jugend! Furcht habe ich vor ihr!

DIE FRAU Aber gegen dich liegt doch nichts vor?

DER MANN Gegen alle liegt was vor. Alle sind verdächtig. Es genügt doch, daß der Verdacht besteht, daß einer verdächtig ist.

DIE FRAU Aber ein Kind ist doch kein zuverlässiger Zeuge. Ein Kind weiß doch überhaupt nicht, was es daherredet.

DER MANN Das sagst du. Aber seit wann brauchen sie einen Zeugen für irgendwas?

DIE FRAU Können wir nicht ausdenken, was du gemeint haben kannst bei deinen Bemerkungen? Ich meine, er hat dich dann eben mißverstanden.

DER MANN Was kann ich denn gesagt haben? Ich kann mich auch nicht mehr erinnern. An allem ist der verdammte Regen schuld. Man wird eben mißmutig. Schließlich bin ich doch der letzte, der etwas gegen den seelischen Aufschwung äußern würde, den das deutsche Volk heute erlebt. Ich habe schon Ende neunzehnhundertzweiunddreißig das Ganze vorausgesagt.

DIE FRAU Karl, wir haben nicht die Zeit dazu, jetzt darüber zu sprechen. Wir müssen uns alles genau zurechtlegen, und zwar sofort. Wir dürfen keine Minute verlieren.

DER MANN Ich kann es mir nicht denken von Klaus-Heinrich.

DIE FRAU Also zuerst das mit dem Braunen Haus und den Schweinereien.

DER MANN Ich habe doch kein Wort von Schweinereien gesagt.

DIE FRAU Du hast gesagt, die Zeitung ist voll von Schweinereien und du willst sie abbestellen.

DER MANN Ja, die Zeitung! Aber nicht das Braune Haus!

DIE FRAU Kannst du nicht gesagt haben, daß du diese Schweinereien in den Sakristeien mißbilligst? Und daß du für durchaus möglich hältst, daß es diese Leute, die heute vor Gericht stehen, waren, die seinerzeit die Greuelmärchen über das Braune Haus, und daß dort nicht alles sauber sein sollte, aufgebracht haben? Und daß sie lieber schon damals hätten vor ihrer eigenen Tür kehren sollen? Und überhaupt hast du dem Jungen gesagt, laß das Radio und nimm dir lieber die Zeitung vor, weil du auf dem Standpunkt stehst, daß die Jugend im Dritten Reich mit klaren Augen betrachten soll, was um sie herum vorgeht.

DER MANN Das hilft ja alles nicht.

DIE FRAU Karl, du darfst jetzt nicht den Kopf sinken lassen! Du mußt stark sein, wie es der Führer immer...

DER MANN Ich kann doch nicht vor die Schranken des Gerichts treten, und auf dem Zeugenstand steht mein eigen Fleisch und Blut und zeugt wider mich.

DIE FRAU So mußt du das doch nicht nehmen.

DER MANN Der Verkehr mit den Klimbtschs war ein großer Leichtsinn.

DIE FRAU Aber dem ist doch gar nichts passiert.

DER MANN Ja, aber die Untersuchung schwebt schon.

DIE FRAU Wenn alle, über die irgendwann eine Untersuchung geschwebt hat, verzweifeln wollten!

DER MANN Meinst du, der Blockwart hat was gegen uns?

DIE FRAU Du meinst, wenn bei ihm recherchiert wird? Er hat zu seinem Geburtstag erst eine Kiste Zigarren bekommen, und das Neujahrsgeld war auch reichlich.

DER MANN Gauffs nebenan haben fünfzehn Mark gegeben!

DIE FRAU Die haben aber noch zweiunddreißig den »Vorwärts« gelesen, und noch im Mai dreiunddreißig haben sie schwarzweißrot geflaggt!

*Das Telefon läutet.*

DER MANN Das Telefon!

DIE FRAU Soll ich hingehen?

DER MANN Ich weiß nicht.

DIE FRAU Wer kann da anrufen?

DER MANN Wart noch mal ab. Wenn es noch einmal klingelt, kannst du ja hingehen.

*Sie warten. Es klingelt nicht mehr.*

DER MANN Das ist doch kein Leben mehr!

DIE FRAU Karl!

DER MANN Einen Judas hast du mir geboren! Da sitzt er bei Tisch und horcht, während er die Suppe löffelt, die wir ihm hinstellen, und merkt sich alles, was seine Erzeuger sagen, der Spitzel!

DIE FRAU Das darfst du nicht sagen!

*Pause.*

DIE FRAU Meinst du, wir sollen irgendwelche Vorbereitungen treffen?

DER MANN Meinst du, daß sie gleich mitkommen?

DIE FRAU Das ist doch möglich?

DER MANN Vielleicht soll ich mein Eisernes Kreuz anlegen?

DIE FRAU Auf jeden Fall, Karl!

*Er holt es und legt es mit zitternden Händen an.*

DIE FRAU Aber in der Schule liegt doch nichts gegen dich vor?

DER MANN Wie soll ich denn das wissen? Ich bin ja bereit, alles zu lehren, was sie gelehrt haben wollen, aber was wollen sie gelehrt haben? Wenn ich das immer wüßte! Was weiß ich, wie sie wollen, daß Bismarck gewesen sein soll! Wenn sie so langsam die neuen Schulbücher herausbringen! Kannst du nicht dem Dienstmädchen noch zehn Mark geben? Die horcht auch immer.

DIE FRAU *nickt:* Und das Hitlerbild, sollen wir es über deinen Schreibtisch hängen? Das sieht besser aus.

DER MANN Ja, mach das.

*Die Frau will das Bild umhängen.*

DER MANN Aber wenn der Junge dann sagt, wir haben es eigens umgehängt, das würde auf Schuldbewußtsein schließen lassen.

*Die Frau hängt das Bild an den alten Platz zurück.*

DER MANN Ist da nicht die Tür gegangen?

DIE FRAU Ich habe nichts gehört.

DER MANN Doch!

DIE FRAU Karl!

*Sie umarmt ihn.*

DER MANN Verlier nicht die Nerven. Pack mir etwas Wäsche ein.

*Die Haustür geht. Mann und Frau stehen nebeneinander, erstarrt, in der Ecke des Zimmers. Die Tür geht auf, und herein kommt der Knabe, eine Tüte in der Hand. – Pause.*

DER KNABE Was habt ihr denn?

DIE FRAU Wo warst du?

*Der Knabe zeigt auf die Tüte mit Schokolade.*

DIE FRAU Hast du nur Schokolade gekauft?

DER KNABE Was denn sonst? Klar.

*Er geht fressend durchs Zimmer ab. Seine Eltern sehen ihm forschend nach.*

DER MANN Meinst du, er sagt die Wahrheit?

*Die Frau zuckt die Achseln.*

## 11
## Die schwarzen Schuhe

Es kommen die Witwen und Waisen
Auch ihnen ist verheißen
Eine gute Zeit.
Doch erst heißt es opfern und steuern
Dieweil sie das Fleisch verteuern.
Die gute Zeit ist weit.

*Bitterfeld, 1935. Küche einer Arbeiterwohnung. Die Mutter beim Kartoffelschälen. Ihre dreizehnjährige Tochter bei der Schularbeit.*

DIE TOCHTER Mutter, krieg ich die zwei Pfennig?

DIE MUTTER Für die Hitlerjugend?

DIE TOCHTER Ja.

DIE MUTTER Ich hab doch kein Geld übrig.

DIE TOCHTER Aber wenn ich die zwei Pfennig pro Woche nicht bringe, komm ich im Sommer nicht aufs Land. Und die Lehrerin hat gesagt, Hitler will, daß Stadt und Land sich kennenlernen. Die Städter sollen den Bauern näherkommen. Aber die zwei Pfennig muß ich dann bringen.

DIE MUTTER Ich will mir's überlegen, wie ich sie dir geben kann.

DIE TOCHTER Das ist fein, Mutter. Ich helf dir auch beim Kartoffelschälen. Auf dem Land ist's fein, nicht? Da gibt's ordentlich zu futtern. Die Lehrerin sagt beim Turnen, ich habe einen Kartoffelbauch.

DIE MUTTER Du hast gar keinen.

DIE TOCHTER Nein, jetzt grad nicht. Aber voriges Jahr hatte ich. Aber nicht sehr.

DIE MUTTER Vielleicht kann ich mal ein bißchen Gekröse bekommen.

DIE TOCHTER Ich krieg doch die Semmel in der Schule. Das kriegst du nicht. Die Berta hat gesagt, wo sie auf dem Land war, gab's auch Gänseschmalz aufs Brot. Und mal Fleisch. Das ist fein, nicht?

DIE MUTTER Sehr.

DIE TOCHTER Und die gute Luft.

DIE MUTTER Arbeiten hat sie aber wohl auch müssen?

DIE TOCHTER Freilich. Aber viel zu essen. Aber der Bauer war auch frech zu ihr, hat sie gesagt.

DIE MUTTER Wieso?

DIE TOCHTER Ach, nichts. Er hat sie nur nicht in Ruh gelassen.

DIE MUTTER So.

DIE TOCHTER Aber die Berta war auch schon größer als ich. Ein Jahr älter.
DIE MUTTER Mach jetzt deine Schularbeit!
*Pause, dann:*
DIE TOCHTER Aber die alten schwarzen Schuhe von der Wohlfahrt muß ich nicht anziehen?
DIE MUTTER Du brauchst sie doch noch nicht. Du hast doch noch das andere Paar.
DIE TOCHTER Ich meine nur, weil die jetzt ein Loch haben.
DIE MUTTER Aber es ist doch das nasse Wetter.
DIE TOCHTER Ich leg Papier ein. Das hält.
DIE MUTTER Nein, das hält nicht. Wenn sie durch sind, muß man sie besohlen.
DIE TOCHTER Das ist so teuer.
DIE MUTTER Was hast du denn gegen die von der Wohlfahrt?
DIE TOCHTER Ich kann sie nicht leiden.
DIE MUTTER Weil sie so lang sind?
DIE TOCHTER Siehst du, das meinst du auch!
DIE MUTTER Sie sind eben schon älter.
DIE TOCHTER Muß ich sie tragen?
DIE MUTTER Wenn du sie nicht leiden kannst, mußt du sie nicht tragen.
DIE TOCHTER Ich bin aber nicht eitel, nicht?
DIE MUTTER Nein. Du wirst nur größer.
*Pause, dann:*
DIE TOCHTER Und kann ich die zwei Pfennig kriegen, Mutter? Ich will doch aufs Land.
DIE MUTTER *langsam:* Ich hab kein Geld dafür.

## 12
## Arbeitsdienst

Die Klassenversöhner pressen
Für Stiefel und schlechtes Fressen
Die Armen zum Arbeitsdienst.
Sie sehen ein Jahr in der gleichen
Montur die Söhne der Reichen.
Hätten lieber einen Gewinst.

*Lüneburger Heide, 1935. Eine Arbeitsdienstkolonne bei der Arbeit. Ein junger Arbeiter und ein Student schippen zusammen.*

DER STUDENT Warum haben sie den Kleinen, Kräftigen von der dritten Kolonne eingelocht?
DER JUNGE ARBEITER *grinsend:* Der Gruppenführer hat gesagt, wir lernen, was arbeiten ist, und er hat halblaut gesagt, er will auch lernen, was Lohntütenkriegen ist. Das haben sie krumm genommen.
DER STUDENT Warum sagt er so was?
DER JUNGE ARBEITER Wahrscheinlich, weil er schon weiß, was arbeiten ist. Er war schon mit vierzehn im Schacht.
DER STUDENT Obacht, der Dicke kommt her.
DER JUNGE ARBEITER Wenn er herschaut, kann ich nicht nur eine Handbreit aufhacken.
DER STUDENT Aber mehr kann ich nicht schaufeln.
DER JUNGE ARBEITER Wenn er mich erwischt, setzt's was.
DER STUDENT Dann schmeiß ich auch keine Zigaretten mehr.
DER JUNGE ARBEITER Aber er muß mich erwischen!
DER STUDENT Du willst auch auf Urlaub. Meinst du, ich zahl dir, wenn du nicht einmal das riskieren willst.
DER JUNGE ARBEITER Das, was du zahlst, ist schon lange abgegolten.
DER STUDENT Aber ich zahl dir nicht.
DER GRUPPENFÜHRER *kommt und schaut zu:* So, Herr Doktor, jetzt siehst du, was arbeiten heißt, siehst du's?
DER STUDENT Jawohl, Herr Gruppenführer.
*Der junge Arbeiter hackt nur eine Handbreit Erde auf. Der Student gibt sich den Anschein, als schaufle er aus Leibeskräften.*
DER GRUPPENFÜHRER Das verdankst du dem Führer.
DER STUDENT Jawohl, Herr Gruppenführer.
DER GRUPPENFÜHRER Da heißt's: Schulter an

Schulter und kein Standesdünkel. In seinen Arbeitslagern wünscht der Führer keine Unterschiede. Da kommt's mal nicht drauf an, was der Herr Papa ist. Weitermachen. *Er geht.*

DER STUDENT Das war keine Handbreit.

DER JUNGE ARBEITER Doch war es.

DER STUDENT Zigaretten sind nicht heute. Und vielleicht überlegst du dir auch, daß es solche wie dich, die Zigaretten wollen, viele gibt.

DER JUNGE ARBEITER *langsam:* Ja, solche wie mich gibt's viele. Das vergessen wir manchmal.

## 13
## Die Stunde des Arbeiters

Es kommen die Goebbelsorgane
Und drücken die Membrane
Dem Volk in die schwielige Hand.
Doch weil sie dem Volk nicht trauen
Halten sie ihre Klauen
Zwischen Lipp' und Kelchesrand.

*Leipzig, 1934. Büro des Werkmeisters in einer Fabrik. Ein Radioansager mit einem Mikrophon unterhält sich mit einem Arbeiter in mittleren Jahren, einem alten Arbeiter und einer Arbeiterin. Im Hintergrund ein Herr vom Büro und ein vierschrötiger Mensch in SA-Uniform.*

DER ANSAGER Wir stehen mitten im Getriebe der Schwungräder und Treibriemen, umgeben von emsig und unverdrossen arbeitenden Volksgenossen, die das Ihrige dazu beitragen, daß unser liebes Vaterland mit all dem versehen wird, was es braucht. Wir sind heute vormittag in der Spinnerei Fuchs AG. Und wiewohl die Arbeit schwer ist und jeden Muskel anspannt, sehen wir doch um uns nur lauter fröhliche und zufriedene Gesichter. Aber wir wollen unsere Volksgenossen selber sprechen lassen. *Zu dem alten Arbeiter:* Sie sind einundzwanzig Jahre im Betrieb, Herr...

DER ALTE ARBEITER Sedelmaier.

DER ANSAGER Herr Sedelmaier. Nun, Herr Sedelmaier, wie kommt es, daß wir hier lauter so freudige und unverdrossene Gesichter sehen?

DER ALTE ARBEITER *nach einigem Nachdenken:* Die machen ja immer Witze.

DER ANSAGER So. Ja und so geht unter munteren Scherzworten die Arbeit leicht von der Hand, wie? Der Nationalsozialismus kennt keinen lebensfeindlichen Pessimismus, meinen Sie. Früher war das anders, wie?

DER ALTE ARBEITER Ja, ja.

DER ANSAGER In der Systemzeit gab's für die Arbeiter nichts zu lachen, meinen Sie. Da hieß es: wofür arbeiten wir!

DER ALTE ARBEITER Ja, da gibt's schon einige, die das sagen.

DER ANSAGER Wie meinen? Ach so, Sie deuten auf die Meckerer hin, die es immer mal zwischendurch gibt, wenn sie auch immer weniger werden, weil sie einsehen, daß alles nicht hilft, sondern alles aufwärts geht im Dritten Reich, seit wieder eine starke Hand da ist. Das wollen

Sie – *zur Arbeiterin* – doch auch sagen, Fräulein...

DIE ARBEITERIN Schmidt.

DER ANSAGER Fräulein Schmidt. An welchem unserer stählernen Maschinengiganten arbeiten denn Sie?

DIE ARBEITERIN *auswendig:* Und da ist ja auch die Arbeit bei der Ausschmückung des Arbeitsraums, die uns viel Freude bereitet. Das Führerbild ist auf Grund einer freiwilligen Spende zustande gekommen, und sind wir sehr stolz darauf. Wie auch die Geranienstöcke, die eine Farbe in das Grau des Arbeitsraums hineinzaubern, eine Anregung von Fräulein Kinze.

DER ANSAGER Da schmücken Sie also die Arbeitsstätte mit Blumen, den lieblichen Kindern des Feldes? Und sonst ist wohl auch allerhand anders geworden im Betrieb, seit sich Deutschlands Geschick gewendet hat?

DER HERR VOM BÜRO *sagt ein:* Wäscheräume.

DIE ARBEITERIN Die Waschräume sind ein Gedanke des Herrn Direktors Bäuschle persönlich, wofür wir herzlichen Dank abstatten möchten. Wer will, kann sich in den schönen Waschräumen waschen, wenn es nicht zu viel sind und Gedränge.

DER ANSAGER Ja, da will wohl jeder zuerst ran, wie? Da ist immer ein lustiges Gebalge?

DIE ARBEITERIN Es sind nur sechs Hähne für fünfhundertzweiundfünfzig. Da ist immer ein Krakeel. Manche sind unverschämt.

DER ANSAGER Aber alles geht in bestem Einvernehmen vor sich. Und jetzt will uns noch Herr, wie ist doch gleich der Name, etwas sagen.

DER ARBEITER Mahn.

DER ANSAGER Mahn also. Herr Mahn. Wie ist das nun, Herr Mahn, haben die vielen Neueinstellungen in der Fabrik sich auf den Geist der Arbeitskollegen ausgewirkt?

DER ARBEITER Wie meinen Sie das?

DER ANSAGER Nun, freut ihr euch, daß wieder alle Räder sich drehen und alle Hände Arbeit haben?

DER ARBEITER Jawohl.

DER ANSAGER Und daß jeder wieder am Ende der Woche seine Lohntüte nach Hause nehmen kann, das wollen wir doch auch nicht vergessen.

DER ARBEITER Nein.

DER ANSAGER Das war ja nicht immer so. In der Systemzeit mußte so mancher Volksgenosse den bittern Gang zur Wohlfahrt antreten. Und sich mit einem Almosen abfinden.

DER ARBEITER Achtzehn Mark fünfzig. Abzüge keine.

DER ANSAGER *lacht künstlich:* Hahaha! Famoser Witz! Da war nicht viel abzuziehen.

DER ARBEITER Nein, jetzt ist's mehr.

*Der Herr vom Büro tritt nervös vor, ebenso der Vierschrötige in SA-Uniform.*

DER ANSAGER Ja, so sind alle wieder zu Arbeit und Brot gekommen im Dritten Reich, Sie haben ganz recht, Herr, wie war doch der Name? Kein Rad steht mehr still, kein Arm braucht mehr zu rosten im Deutschland Adolf Hitlers. *Er schiebt den Arbeiter brutal vom Mikrophon.* In freudiger Zusammenarbeit gehen die Arbeiter der Stirn und der Arbeiter der Faust an den Wiederaufbau unseres lieben deutschen Vaterlandes. Heil Hitler!

## 14
## Die Kiste

Sie kommen mit zinnernen Särgen
Worinnen sie verbergen
Was sie aus einem Menschen gemacht.
Er hat sich nicht ergeben
Er kämpfte für ein besseres Leben
In der großen Klassenschlacht.

*Essen, 1934. Arbeiterwohnung. Eine Frau mit zwei Kindern. Ein junger Arbeiter und seine Frau, die zu Besuch sind. Die Frau weint. Man hört vom Treppenhaus her Tritte. Die Tür steht offen.*

DIE FRAU Er hat doch nur gesagt, daß sie Hungerlöhne zahlen. Das ist doch wahr. Die Älteste hat es auf der Lunge, und wir können keine Milch kaufen. Sie können ihm doch nichts getan haben.

*SA-Leute bringen eine große Kiste herein und stellen sie auf den Boden.*

SA-MANN Nun machen Sie nur kein Theater. 'ne Lungenentzündung kann jeder mal kriegen. Da sind die Papiere. Alles in bester Ordnung. Und nun machen Sie mal keine Dummheiten.

*Die SA-Leute ab.*

EIN KIND Mutter, ist da Vater drin?

DER ARBEITER *ist zur Kiste gegangen:* Sie ist aus Zink.

DAS KIND Können wir nicht aufmachen?

DER ARBEITER *rasend:* Ja, das können wir! Wo hast du die Werkzeugkiste?

*Er sucht nach Werkzeug. Seine junge Frau will ihn abhalten.*

DIE JUNGE FRAU Mach nicht auf, Hans! Sie holen dich nur auch.

DER ARBEITER Ich will sehen, was sie mit ihm gemacht haben. Die haben ja Furcht, daß man das sieht. Sonst brächten sie ihn nicht in Zink. Laß mich!

DIE JUNGE FRAU Ich laß dich nicht. Hast du sie nicht gehört?

DER ARBEITER Vielleicht darf man ihn wenigstens noch sehen, wie?

DIE FRAU *nimmt ihre Kinder bei der Hand und geht zu der Zinkkiste:* Ich hab noch einen Bruder, den sie holen könnten, Hans. Und dich können sie auch holen. Die Kiste kann zubleiben. Wir müssen ihn nicht sehen. Wir werden ihn nicht vergessen.

## 15
## Der Entlassene

Es kommen die Geplagten
Mit Peitschen Ausgefragten.
Sie schwiegen die ganze Nacht.
Es müssen ihre Freunde und Frauen
Mit Argwohn auf sie schauen:
Was haben sie gen Morgen gemacht?

*Berlin, 1936. Arbeiterküche. Sonntag vormittag. Mann und Frau. Von weitem hört man Militärmusik.*

DER MANN Er muß gleich da sein.

DIE FRAU Eigentlich wißt ihr doch gar nichts gegen ihn.

DER MANN Wir wissen nur, daß er aus dem KZ entlassen worden ist.

DIE FRAU Aber warum mißtraut ihr ihm dann?

DER MANN Es ist zuviel vorgekommen. Man setzt ihnen zu sehr zu drinnen.

DIE FRAU Aber wie soll er sich da wieder ausweisen?

DER MANN Wir können es schon feststellen, wo er steht.

DIE FRAU Das kann aber dauern.

DER MANN Ja.

DIE FRAU Dabei kann er der beste Genosse sein.

DER MANN Das kann er.

DIE FRAU Dann muß es schrecklich für ihn sein, wenn er sieht, alle mißtrauen ihm.

DER MANN Er weiß, das ist nötig.

DIE FRAU Trotzdem.

DER MANN Jetzt höre ich was. Geh nicht hinaus während des Gesprächs.

*Es läutet. Der Mann öffnet die Tür, der Entlassene kommt herein.*

DER MANN Guten Tag, Max.

*Der Entlassene schüttelt dem Mann und der Frau stumm die Hände.*

DIE FRAU Wollen Sie eine Tasse Kaffee mit uns trinken? Wir trinken gerade.

DER ENTLASSENE Wenn es keine Arbeit macht.

*Pause.*

DER ENTLASSENE Ihr habt einen neuen Schrank.

DIE FRAU Eigentlich ist es ein alter für elf Mark fünfzig. Der andere ist zusammengefallen.

DER ENTLASSENE Aha.

DER MANN Ist was los in den Straßen?

DER ENTLASSENE Sie sammeln eben.

DIE FRAU Wir könnten ganz gut einen Anzug für Willi brauchen.

DER MANN Ich habe doch Arbeit.
DIE FRAU Aber deswegen könnten wir doch einen Anzug für dich brauchen.
DER MANN Red keinen Unsinn.
DER ENTLASSENE Arbeit oder nicht, brauchen kann jeder was.
DER MANN Hast du schon Arbeit?
DER ENTLASSENE Ich soll kriegen.
DER MANN Bei Siemens?
DER ENTLASSENE Ja, oder woanders.
DER MANN Es ist ja jetzt nicht mehr so schwer.
DER ENTLASSENE Nein.
*Pause.*
DER MANN Wie lange warst du jetzt drinnen?
DER ENTLASSENE Halbes Jahr.
DER MANN Hast du jemand drinnen getroffen?
DER ENTLASSENE Ich kannte keinen. *Pause.* Sie bringen sie jetzt immer in ganz verschiedene Lager. Man kann nach Bayern kommen.
DER MANN Aha.
DER ENTLASSENE Heraußen ist nicht sehr viel verändert.
DER MANN Nicht sonderlich.
DIE FRAU Wissen Sie, wir leben ganz still für uns. Willi trifft kaum mal mehr jemand von seinen alten Kollegen, nicht, Willi?
DER MANN Ja, Verkehr haben wir wenig.
DER ENTLASSENE Die Kehrichttonnen habt ihr wohl immer noch nicht aus dem Flur gekriegt?
DIE FRAU Ach, wissen Sie das noch? Ja, er sagt, er hat keinen andern Platz dafür.
DER ENTLASSENE *da die Frau ihm eine Tasse Kaffee eingießt:* Ich nehme nur einen Schluck. Ich will nicht lange bleiben.
DER MANN Hast du was vor?
DER ENTLASSENE Die Selma hat mir gesagt, ihr habt nach ihr gesehen, als sie lag. Schönen Dank.
DIE FRAU Da ist nichts zu danken. Wir hätten ihr gesagt, sie soll mal öfters herüberkommen abends, aber wir haben ja nicht mal Radio.
DER MANN Was man da hört, steht ja doch in der Zeitung auch.
DER ENTLASSENE Viel steht nicht in der Mottenpost.
DIE FRAU Aber ebensoviel wie im Völkischen steht da auch drin.
DER ENTLASSENE Und im Völkischen steht soviel wie in der Mottenpost, wie?
DER MANN Ich lese nicht soviel am Abend. Zu müde.
DIE FRAU Aber was haben Sie denn da an der Hand? Die ist ja ganz verschrumpft und zwei Finger weg!
DER ENTLASSENE Da bin ich gefallen.
DER MANN Gut, daß es die linke ist.
DER ENTLASSENE Ja, das ist noch ein Glück. Ich hätte dich gern gesprochen. Nichts für ungut, Frau Mahn.
DIE FRAU Ja, sicher. Ich hätte nur noch den Herd aufzuräumen.
*Sie beschäftigt sich mit dem Herd. Der Entlassene schaut ihr zu, ein dünnes Lächeln auf dem Mund.*
DER MANN Wir wollen gleich nach dem Essen weg. Ist die Selma wieder in Ordnung?
DER ENTLASSENE Die Hüfte nicht. Sie verträgt das Waschen nicht. Sagt mal… *Er unterbricht sich und sieht die beiden an. Sie sehen ihn an. Er spricht nicht weiter.*
DER MANN *heiser:* Ob man mal auf den Alex sollte vor dem Essen? Wegen dem Rummel mit dem Sammeln?
DIE FRAU Das könnten wir doch, nicht?
DER ENTLASSENE Sicher.
*Pause.*
DER ENTLASSENE *leise:* Du Willi, ich bin immer noch der alte.
DER MANN *oberflächlich:* Klar. Vielleicht machen sie Musik auf dem Alex. Mach dich mal fertig, Anna. Kaffee haben wir getrunken. Ich fahr mir mal ein bißchen durch das Haar.
*Sie gehen ins Zimmer nebenan. Der Entlassene bleibt sitzen. Er hat seinen Hut genommen. Er pfeift vor sich hin. Die beiden kommen angekleidet zurück.*
DER MANN Also komm, Max.
DER ENTLASSENE Schön. Ich will dir nur noch eines sagen: ich finde es ganz richtig.
DER MANN Ja, dann gehen wir also.
*Sie gehen zusammen hinaus.*

## 16
## Winterhilfe

Die Winterhelfer treten
Mit Fahnen und Trompeten
Auch in das ärmste Haus.
Sie schleppen stolz erpreßte
Lumpen und Speisereste
Für die armen Nachbarn heraus.

Die Hand, die ihren Bruder erschlagen
Reicht, daß sie sich nicht beklagen
Eine milde Gabe in Eil.
Es bleiben die Almosenwecken
Ihnen im Halse stecken
Und auch das Hitlerheil.

*Karlsruhe, 1937. In die Wohnung einer alten Frau, die mit ihrer Tochter am Tisch steht, bringen zwei SA-Leute ein Paket der Winterhilfe.*

DER ERSTE SA-MANN So, Mutter, das schickt Ihnen der Führer.

DER ZWEITE SA-MANN Damit Sie nicht sagen können, er sorgt nicht für Sie.

DIE ALTE FRAU Danke schön, danke schön. Kartoffeln, Erna. Und ein Wolljumper. Und Äpfel.

DER ERSTE SA-MANN Und ein Brief vom Führer mit was drinnen. Machen Sie mal auf!

DIE ALTE FRAU *öffnet den Brief:* Fünf Mark! Was sagst du jetzt, Erna?

DER ZWEITE SA-MANN Winterhilfe!

DIE ALTE FRAU Da müssen Sie aber auch ein Äpfelchen nehmen, junger Mann, und Sie auch. Weil Sie das gebracht haben und sind die Stiegen hochgeklettert. Andres hab ich ja nicht da. Und ich nehm auch gleich einen.
*Sie beißt in einen Apfel. Alle essen Äpfel, außer der jungen Frau.*

DIE ALTE FRAU Nimm doch auch einen, Erna, steh nicht so rum! Jetzt siehst du doch, daß es nicht so ist, wie dein Mann sagt.

DER ERSTE SA-MANN Wie sagt er denn?

DIE JUNGE FRAU Gar nichts sagt er. Die Alte quatscht bloß.

DIE ALTE FRAU Nein, das ist auch nur Gerede von ihm, nichts Schlimmes, wissen Sie, was eben alle so reden. Daß die Preise ein bißchen hochgegangen sind in der letzten Zeit. *Sie deutet mit dem Apfel auf ihre Tochter.* Und sie hat ja auch tatsächlich aus dem Haushaltungsbuch ausgerechnet, daß sie hundertdreiundzwanzig Märker mehr gebraucht hat für Essen in diesem Jahr als im vorigen. Nicht, Erna? *Sie sieht, daß die SA-Leute das anscheinend krumm genommen haben.* Aber das ist ja nur, weil so aufgerüstet wird, nicht? Was ist denn? Hab ich was gesagt?

DER ERSTE SA-MANN Wo verwahren Sie denn das Haushaltungsbuch, junge Frau?

DER ZWEITE SA-MANN Und wem zeigen Sie denn das Haushaltungsbuch alles?

DIE JUNGE FRAU Es ist nur zu Hause. Ich zeig es niemand.

DIE ALTE FRAU Das können Sie ihr doch nicht übelnehmen, daß sie ein Haushaltungsbuch führt, nicht?

DER ERSTE SA-MANN Und daß die Greuelmärchen verbreitet, das können wir wohl auch nicht übelnehmen, was?

DER ZWEITE SA-MANN Und daß sie besonders laut Heil Hitler gerufen hätte bei unserm Eintritt, hab ich auch nicht gehört. Hast du?

DIE ALTE FRAU Aber sie hat Heil Hitler gerufen, und ich sage es auch. Heil Hitler!

DER ZWEITE SA-MANN Das ist ja ein nettes Marxistennest, wo wir da reingestochen haben, Albert. Das Haushaltungsbuch müssen wir mal näher bekieken, kommen Sie gleich mit uns, wo Sie wohnen.
*Er packt die junge Frau am Arm.*

DIE ALTE FRAU Aber sie ist doch im dritten Monat! Sie können doch nicht… das tun Sie doch nicht! Wo Sie doch das Paket gebracht haben und die Äpfel angenommen haben. Erna! Sie hat doch Heil Hitler gerufen, was soll ich nur machen. Heil Hitler! Heil Hitler!
*Sie erbricht den Apfel. – Die SA-Leute führen ihre Tochter ab.*

DIE ALTE FRAU *sich weiter erbrechend:* Heil Hitler!

## 17
## Zwei Bäcker

Dann kommen die Bäckermeister
Die tragen einen Sack mit Kleister
Und sollen daraus backen Brot.
So backen sie denn Brot, die Braven
Aus Kleie, Mehl und Paragraphen
Und haben damit ihre Not.

*Landsberg, 1936. Gefängnishof. Die Sträflinge gehen im Kreise. Jeweils vorn sprechen zueinander leise zwei Sträflinge.*

DER EINE Du bist also auch Bäcker, Neuer?
DER ANDERE Ja. Bist du auch?
DER EINE Ja. Warum haben sie dich geschnappt?
DER ANDERE Obacht!
*Sie gehen wieder den Kreis.*
DER ANDERE Weil ich nicht Kleie und Kartoffeln ins Brot gab. Und du? Wie lang bist du schon hier?
DER EINE Zwei Jahre.
DER ANDERE Und warum bist du hier? Obacht!
*Sie gehen wieder den Kreis.*
DER EINE Weil ich Kleie ins Brot gab. Das hieß vor zwei Jahren noch Lebensmittelfälschung.
DER ANDERE Obacht!

## 18
## Der Bauer füttert die Sau

Im Zug marschiert der Bauer
Und sein Gesicht ist sauer.
Sie zahlen ihm nichts fürs Korn.
Und will seine Sau dann saufen
Dann muß er die Milch teuer kaufen.
Der Bauer hat einen Zorn.

*Aichach, 1937. Bauernhof. Es ist Nacht. Der Bauer instruiert vor dem Schweinestall seine Frau und seine zwei Kinder.*

DER BAUER Ich hab euch nie nicht hineinziehn wolln, aber ihr habt es gespannt, und jetzt müßt ihr halt das Maul halten. Sonst kommt euer Vater ins Zuchthaus nach Landsberg hinein auf Lebenszeit. Wir tun nix Unrechtes, wenn wir unser Vieh füttern, wenn es Hunger hat. Der Herrgott will nie nicht, daß eine Kreatur hungert. Und sobald sie hungert, schreit sie, und ich kann nicht hören, daß eine Sau schreit auf mein Hof von wegen Hunger. Und füttern darf ich sie nicht. Von Staats wegen. Ich fütter sie aber doch, ich. Weil, wenn ich sie nicht fütter, dann steht sie mir um, und ich hab ein Verlust, wo mir keiner mehr ersetzt.
DIE BÄUERIN Das mein ich auch. Unser Korn ist unser Korn. Und die Lumpen können uns nix vorschreiben. Die Juden haben sie vertrieben, aber der Staat ist der größte Jud. Und der Herr Pfarrer hat gesagt: Du sollst dem Ochsen, der da drischet, nicht das Maul verbinden. Da hat er angedeutet, daß wir ruhig unser Vieh füttern können. Wir haben denen ihren Vierjahresplan nicht gemacht und sind nicht gefragt worden.
DER BAUER Akkurat so. Die sind nicht für die Bauern, und die Bauern sind nicht für die. Mein Korn soll ich abliefern, und das Viehfutter soll ich teuer kaufen. Damit der Schtrizi Kanonen kaufen kann.
DIE BÄUERIN Stell dich also ans Gatter, Toni, und du, Marie, geh auf die Wiesen, und sobald jemand kommt, sagt's es.
*Die Kinder nehmen Aufstellung. Der Bauer mischt das Schweinefutter und trägt es, sich scheu umschauend, zum Schweinestall. Auch seine Frau schaut sich scheu um.*
DER BAUER *der Sau das Futter hinschüttend:* So, friß nur, Lina. Heil Hitler! Wann die Kreatur hungert, gibt's kein Staat mehr.

## 19
## Der alte Kämpfer

Es kommen die Wähler gelaufen
In hundertprozentigen Haufen
Sie wählen den, der sie quält.
Sie haben nicht Brot und nicht Butter
Sie haben nicht Mantel noch Futter.
Sie haben Hitler gewählt.

*Calw in Württemberg, 1938. Ein Platz mit kleinen Läden. Im Hintergrund ein Fleischerladen, vorn ein Milchgeschäft. Es ist ein dunkler Wintermorgen. Der Fleischerladen ist noch geschlossen. Aber das Milchgeschäft ist schon beleuchtet, und es warten auch ein paar Kunden.*

EIN KLEINBÜRGER Es gibt heute wieder keine Butter, wie?
DIE FRAU Soviel müßte doch da sein, wie ich kaufen kann von dem, was meiner verdient.
EIN JUNGER BURSCHE Meckern Sie mal nicht, ja? Deutschland, und das steht mal bombenfest, braucht Kanonen und keine Butter. Hat er ganz deutlich gesagt.
DIE FRAU *kleinlaut:* Das ist auch richtig.
*Schweigen.*
DER JUNGE BURSCHE Meinen Sie, mit Butter hätten wir das Rheinland besetzen können? Da war jeder dafür, wie's geschafft war, aber opfern will keiner was.
EINE ZWEITE FRAU Immer mit der Ruhe. Wir opfern alle.
DER JUNGE BURSCHE *mißtrauisch:* Wie meinen Sie das?
DIE ZWEITE FRAU *zur ersten:* Geben Sie etwa nichts, wenn gesammelt wird?
*Die erste Frau nickt.*
DIE ZWEITE FRAU Na, also. Sie gibt. Und wir geben auch. Freiwillig.
DER JUNGE BURSCHE Das kennt man. Jeden Pfennig an der Strippe, wenn der Führer für seine großen Aufgaben sozusagen Unterstützung benötigt. Nichts als Lumpen spendieren sie der Winterhilfe. Am liebsten gäben sie nur die Motten ab. Aber wir kennen schon unsere Pappenheimer. Der Fabrikbesitzer von Nummer elf hat tatsächlich ein Paar durchwetzte Reitstiefel gespendet.
DER KLEINBÜRGER Unvorsichtig sind die Leute!
*Aus dem Milchgeschäft kommt mit weißer Schürze die Milchhändlerin.*
DIE MILCHHÄNDLERIN Gleich sind wir soweit. *Zur zweiten Frau:* Guten Morgen, Frau Ruhl. Haben Sie gehört, nebenan den jungen Lettner haben sie gestern abend geholt.
DIE ZWEITE FRAU Den Fleischer?
DIE MILCHHÄNDLERIN Ja, den Sohn.
DIE ZWEITE FRAU Aber der war doch bei der SA?
DIE MILCHHÄNDLERIN War er. Der Alte ist seit neunundzwanzig in der Partei. Er war gestern nur außerhalb bei einer Viehauktion, sonst hätten sie ihn auch mitgenommen.
DIE ZWEITE FRAU Was haben sie denn gemacht?
DIE MILCHHÄNDLERIN Mit dem Fleisch aufgeschlagen. Er bekam nichts mehr herein in der letzten Zeit und mußte die Kunden weggehen lassen. Und da soll er schwarz gekauft haben. Es heißt sogar, beim Juden.
DER JUNGE BURSCHE Und da sollen sie ihn n i c h t wegholen!
DIE MILCHHÄNDLERIN Er war immer einer der eifrigsten. Den alten Zeisler von Nummer siebzehn hat er hereingebracht, weil der den Völkischen nicht abonniert hat. Er ist ein alter Kämpfer.
DIE ZWEITE FRAU Der wird Augen machen, wenn er zurückkommt.
DIE MILCHHÄNDLERIN W e n n er zurückkommt!
DER KLEINBÜRGER Unvorsichtig sind die Leute!
DIE ZWEITE FRAU Sie machen, scheint's, gar nicht auf heute.
DIE MILCHHÄNDLERIN Das Beste, was sie tun können! Wenn die Polizei erst einmal so wo hineinschaut, findet sie immer was, nicht? Wo die Ware so schwer zu beschaffen ist heute! Wir bekommen einfach von der Genossenschaft, da gibt es keine Anstände soweit. *Laut ausrufend:* Sahne gibt's heute nicht! *Allgemeines Murmeln der Enttäuschung.* Die Lettners sollen ja auch eine Hypothek auf dem Haus haben. Sie haben damit gerechnet, daß sie gestrichen wird oder Gott weiß was.
DER KLEINBÜRGER Sie können doch nicht die Hypotheken streichen! Das ist ein wenig viel verlangt.
DIE ZWEITE FRAU Der junge Lettner war ein ganz netter Mensch.
DIE MILCHHÄNDLERIN Der Wilde war immer der alte Lettner. Er hat den Jungen einfach in die SA gesteckt. Der hat freilich lieber mit einem Mädchen ausgehen wollen.
DER JUNGE BURSCHE Was heißt: der Wilde?

DIE MILCHHÄNDLERIN Hab ich gesagt, der Wilde? Na ja, er ist immer wild geworden, wenn sie was gegen die Idee gesagt haben, früher. Er hat immer von der Idee geredet und gegen den Egoismus von den einzelnen.

DER KLEINBÜRGER Sie machen doch auf.

DIE ZWEITE FRAU Leben müssen sie schließlich.

*Aus dem jetzt halbhellen Fleischerladen ist eine dicke Frau getreten. Sie bleibt auf dem Trottoir stehen und blickt suchend die Straße hinunter. Dann wendet sie sich zu der Milchhändlerin.*

DIE FLEISCHERSFRAU Guten Morgen, Frau Schlichter. Haben Sie unsern Richard gesehen? Er sollte schon lange mit dem Fleisch da sein!

*Die Milchhändlerin antwortet ihr nicht. Alle starren sie nur an. Sie begreift und geht schnell in den Laden zurück.*

DIE MILCHHÄNDLERIN Tut, als sei nichts vorgefallen. Zum Klappen ist es ja gekommen, wie der Alte vorgestern den Krach gemacht hat, daß man ihn über den ganzen Platz hat brüllen hören. Das haben sie ihm angekreidet.

DIE ZWEITE FRAU Davon hab ich gar nichts gehört, Frau Schlichter.

DIE MILCHHÄNDLERIN Tatsächlich? Er hat sich doch geweigert, die Schinken aus Pappmaché im Schaufenster aufzuhängen, die sie ihm gebracht haben. Vorher hat er sie bestellt, weil sie's verlangt haben, weil er eine Woche lang überhaupt nichts ins Schaufenster gehängt hat, nur die Preistafel. Er sagte: Ich habe nichts mehr fürs Schaufenster. Wie sie dann mit den Pappmachéschinken gekommen sind, es war auch ein halbes Kalb darunter, ganz echt nachgemacht, hat er gebrüllt, er hängt nichts zum Schein in sein Schaufenster und noch allerhand andres, was man gar nicht wiederholen kann. Alles gegen die Regierung, und dann hat er die Dinger auf die Straße geschmissen. Sie haben sie auflesen müssen aus dem Dreck.

DIE ZWEITE FRAU Tz, tz, tz, tz.

DER KLEINBÜRGER Unvorsichtig sind die Leute!

DIE ZWEITE FRAU Wie kommt das nur, daß die Leute so außer Rand und Band kommen?

DIE MILCHHÄNDLERIN Und grad die Schlauesten!

*In diesem Augenblick wird im Fleischerladen ein zweites Licht aufgedreht.*

DIE MILCHHÄNDLERIN Sehen Sie!

*Sie zeigt aufgeregt auf das halbhelle Schaufenster.*

DIE ZWEITE FRAU Da ist doch was im Schaufenster!

DIE MILCHHÄNDLERIN Das ist doch der alte Lettner! Und im Mantel! Aber auf was steht er denn? *Schreit plötzlich:* Frau Lettner!

DIE FLEISCHERSFRAU *tritt aus dem Laden:* Was ist denn?

*Die Milchhändlerin zeigt sprachlos auf das Schaufenster. Die Fleischersfrau wirft einen Blick hinein, schreit auf und fällt ohnmächtig um. Die zweite Frau und die Milchhändlerin laufen hinüber.*

DIE ZWEITE FRAU *über die Schulter zurück:* Er hat sich im Schaufenster aufgehängt!

DER KLEINBÜRGER Er hat ein Schild um.

DIE ERSTE FRAU Das ist die Preistafel. Es steht was drauf.

DIE ZWEITE FRAU Es steht drauf: Ich habe Hitler gewählt!

## 20
## Die Bergpredigt

Es müssen die Christen mit Schrecken
Ihre zehn Gebote verstecken
Sonst hagelt es Prügel und Spott.
Sie können nicht Christen bleiben.
Neue Götter vertreiben
Ihren jüdischen Friedensgott.

*Lübeck, 1937, Wohnküche eines Fischers. Der Fischer liegt im Sterben. An seinem Lager seine Frau und, in SA-Uniform, sein Sohn. Der Pfarrer ist da.*

DER STERBENDE Sagen Sie, gibt es wirklich was danach?
DER PFARRER Quälen Sie sich denn mit Zweifeln?
DIE FRAU In den letzten Tagen hat er immer gesagt, es wird soviel geredet und versprochen, was soll man da glauben. Sie dürfen es ihm nicht übelnehmen, Herr Pfarrer.
DER PFARRER Danach gibt es das ewige Leben.
DER STERBENDE Und das ist besser?
DER PFARRER Ja.
DER STERBENDE Das muß es auch sein.
DIE FRAU Er hat sich so gefrettet, wissen Sie.
DER PFARRER Glauben Sie mir, Gott weiß das.
DER STERBENDE Meinen Sie? *Nach einer Pause:* Da oben kann man dann vielleicht wieder das Maul aufmachen, wie?
DER PFARRER *etwas verwirrt:* Es steht geschrieben: Der Glaube versetzt Berge. Sie müssen glauben. Es wird Ihnen leichter dann.
DIE FRAU Sie dürfen nicht meinen, Herr Pfarrer, daß es ihm am Glauben fehlt. Er hat immer das Abendmahl genommen. *Zu ihrem Mann, dringlich:* Der Herr Pfarrer meint, du glaubst gar nicht. Aber du glaubst doch, nicht?
DER STERBENDE Ja...
*Stille.*
DER STERBENDE Da ist doch sonst nichts.
DER PFARRER Was meinen Sie damit? Da ist doch sonst nichts?
DER STERBENDE Na, da ist doch sonst nichts. Nicht? Ich meine, wenn es irgendwas gegeben hätte...
DER PFARRER Aber was hätte es denn geben sollen?
DER STERBENDE Irgendwas.
DER PFARRER Aber Sie haben doch Ihre liebe Frau und Ihren Sohn gehabt.
DIE FRAU Uns hast du doch gehabt, nicht?
DER STERBENDE Ja...
*Stille.*
DER STERBENDE Ich meine, wenn irgendwas los gewesen wäre im Leben...
DER PFARRER Ich verstehe Sie vielleicht nicht ganz. Sie meinen doch nicht, daß Sie nur glauben, weil Ihr Leben Mühsal und Arbeit gewesen ist?
DER STERBENDE *blickt sich suchend um, bis er seinen Sohn sieht:* Und wird es jetzt besser für die?
DER PFARRER Sie meinen für die Jugend? Ja, das hoffen wir.
DER STERBENDE Wenn wir einen Motorkutter hätten...
DIE FRAU Aber mach dir doch nicht noch Sorgen!
DER PFARRER Sie sollten jetzt nicht an solche Dinge denken.
DER STERBENDE Ich muß.
DIE FRAU Wir kommen doch durch.
DER STERBENDE Aber vielleicht gibt's Krieg?
DIE FRAU Red doch jetzt nicht davon. *Zum Pfarrer:* In der letzten Zeit hat er immer mit dem Jungen über den Krieg geredet. Sie sind aneinandergeraten darüber.
*Der Pfarrer blickt auf den Sohn.*
DER SOHN Er glaubt nicht an den Aufstieg.
DER STERBENDE Sagen Sie, will der da oben denn, daß es Krieg gibt?
DER PFARRER *zögernd:* Es heißt, selig sind die Friedfertigen.
DER STERBENDE Aber wenn es Krieg gibt...
DER SOHN Der Führer will keinen Krieg!
*Der Sterbende macht eine große Bewegung mit der Hand, die das wegschiebt.*
DER STERBENDE Wenn es also Krieg gibt...
*Der Sohn will etwas sagen.*
DIE FRAU Sei still jetzt.
DER STERBENDE *zum Pfarrer, auf seinen Sohn zeigend:* Sagen Sie dem das von den Friedfertigen!
DER PFARRER Wir stehen alle in Gottes Hand, vergessen Sie das nicht.
DER STERBENDE Sagen Sie es ihm?
DIE FRAU Aber der Herr Pfarrer kann doch nichts gegen den Krieg machen, sei doch vernünftig! Darüber soll man gar nicht reden in diesen Zeiten, nicht, Herr Pfarrer?
DER STERBENDE Sie wissen doch, es sind alles Schwindler. Ich kann für mein Boot keinen Motor kaufen. In ihre Flugzeuge bauen sie Mo-

toren ein. Für den Krieg, für die Schlächterei. Und ich kann bei Unwetter nicht hereinkommen, weil ich keinen Motor habe. Diese Schwindler! Krieg machen sie! *Er sinkt erschöpft zurück.*

DIE FRAU *holt erschrocken eine Schüssel mit Wasser und wischt ihm mit einem Tuch den Schweiß ab:* Das müssen Sie nicht hören. Er weiß nicht mehr, was er sagt.

DER PFARRER Beruhigen Sie sich doch, Herr Claasen.

DER STERBENDE Sagen Sie ihm das von den Friedfertigen?

DER PFARRER *nach einer Pause:* Er kann es selber lesen. Es steht in der Bergpredigt.

DER STERBENDE Er sagt, das ist alles von einem Juden und gilt nicht.

DIE FRAU Fang doch nicht wieder damit an! Er meint es doch nicht so. Das hört er eben bei seinen Kameraden!

DER STERBENDE Ja. *Zum Pfarrer:* Gilt es nicht?

DIE FRAU *mit einem ängstlichen Blick auf ihren Sohn:* Bring den Herrn Pfarrer nicht ins Unglück, Hannes. Du sollst ihn das nicht fragen.

DER SOHN Warum soll er ihn nicht fragen?

DER STERBENDE Gilt es oder nicht?

DER PFARRER *nach einer langen Pause, gequält:* In der Schrift steht auch: Gebt Gott, was Gottes ist, und dem Kaiser, was des Kaisers ist.

*Der Sterbende sinkt zurück. Die Frau legt ihm das nasse Tuch auf die Stirn.*

## 21
## Das Mahnwort

Sie holen die Jungen und gerben
Das Für-die-Reichen-Sterben
Wie das Einmaleins ihnen ein.
Das Sterben ist wohl schwerer.
Doch sie sehen die Fäuste der Lehrer
Und fürchten sich, furchtsam zu sein.

*Chemnitz, 1937. Ein Raum der Hitlerjugend. Ein Haufen Jungens, die meisten haben Gasmasken umgehängt. Eine kleine Gruppe sieht zu einem Jungen ohne Maske hin, der auf einer Bank allein sitzt und ratlos die Lippen bewegt, als lerne er.*

DER ERSTE JUNGE Er hat immer noch keine.

DER ZWEITE JUNGE Seine Alte kauft ihm keine.

DER ERSTE JUNGE Aber sie muß doch wissen, daß er da geschunden wird.

DER DRITTE JUNGE Wenn sie den Zaster nicht hat...

DER ERSTE JUNGE Wo ihn der Dicke so schon auf dem Strich hat!

DER ZWEITE JUNGE Er lernt wieder. Das Mahnwort.

DER VIERTE JUNGE Jetzt lernt er es seit fünf Wochen, und es sind nur zwei Strophen.

DER DRITTE JUNGE Er kann es doch schon lang.

DER ZWEITE JUNGE Er bleibt doch nur stecken, weil er Furcht hat.

DER VIERTE JUNGE Das ist immer scheußlich komisch, nicht?

DER ERSTE JUNGE Zum Platzen. *Er ruft hinüber:* Kannst du's, Pschierer?

*Der fünfte Junge blickt gestört auf, versteht und nickt dann. Darauf lernt er weiter.*

DER ZWEITE JUNGE Der Dicke schleift ihn nur, weil er keine Gasmaske hat.

DER DRITTE JUNGE Er sagt, weil er nicht mit ihm ins Kino gegangen ist.

DER VIERTE JUNGE Das hab ich auch gehört. Glaubt ihr das?

DER ZWEITE JUNGE Möglich ist es. Ich ginge auch nicht mit dem Dicken ins Kino. Aber an mich traut er sich nicht ran. Mein Alter würde einen schönen Spektakel machen.

DER ERSTE JUNGE Obacht, der Dicke!

*Die Jungens stellen sich stramm in zwei Reihen auf. Herein kommt ein dicklicher Scharführer. Hitlergruß.*

DER SCHARFÜHRER Abzählen!

*Es wird abgezählt.*

DER SCHARFÜHRER GM – auf!

*Die Jungens setzen die Gasmasken auf. Einige haben jedoch keine. Sie machen nur die einexerzierten Bewegungen mit.*

DER SCHARFÜHRER Zuerst das Mahnwort. Wer sagt uns denn das auf? *Er blickt sich um, als sei er unschlüssig, dann plötzlich:* Pschierer! Du kannst es so schön.

*Der fünfte Junge tritt vor und stellt sich vor der Reihe auf. Er ist sehr blaß.*

DER SCHARFÜHRER Kannst du es, du Hauptkünstler?

DER FÜNFTE JUNGE Jawohl, Herr Scharführer!

DER SCHARFÜHRER Dann loslegen! Erste Strophe!

DER FÜNFTE JUNGE
Lern dem Tod ins Auge blicken
Ist das Mahnwort unsrer Zeit.
Wird man dich ins Feld einst schicken
Bist du gegen jede Furcht gefeit.

DER SCHARFÜHRER Pisch dir nur nicht in die Hose! Weiter! Zweite Strophe!

DER FÜNFTE JUNGE
Und dann schieße, steche, schlage!
Das erfordert unser…

*Er bleibt stecken und wiederholt die Worte. Einige Jungens halten mühsam das Losprusten zurück.*

DER SCHARFÜHRER Du hast also wieder nicht gelernt?

DER FÜNFTE JUNGE Jawohl, Herr Scharführer!

DER SCHARFÜHRER Du lernst wohl was andres zu Haus, wie? *Brüllend:* Weitermachen!

DER FÜNFTE JUNGE
Das erfordert unser… Sieg.
Sei ein Deutscher… ohne Klage… ohne Klage
Sei ein Deutscher, ohne Klage
Dafür stirb… dafür stirb und dafür gib.

DER SCHARFÜHRER Als ob das schwer wäre!

## 22
## In den Kasernen wird die Beschießung von Almeria bekannt

Es kommen die Soldaten.
Mit Spuren und mit Braten
Werden sie traktiert
Daß sie sich für ihn schlagen
Und ihn nicht lange fragen
Für wen er seinen Krieg führt.

*Berlin, Februar 1937. Gang in einer Kaserne. Zwei proletarische Jungens tragen, scheu um sich blickend, etwas in Packpapier Verpacktes weg.*

DER ERSTE JUNGE Heute sind sie aufgeregt, nicht?

DER ZWEITE JUNGE Sie sagen, weil's Krieg geben kann. Wegen Spanien.

DER ERSTE JUNGE Sie sind ganz käseweiß, einige.

DER ZWEITE JUNGE Weil wir Almeria beschossen haben. Gestern abend.

DER ERSTE JUNGE Wo ist denn das?

DER ZWEITE JUNGE In Spanien doch. Hitler hat runtertelegrafiert, daß ein deutsches Kriegsschiff sofort Almeria beschießen soll. Zur Strafe. Weil sie dort rot sind und daß die Roten Schiß kriegen sollen vor dem Dritten Reich. Jetzt kann's Krieg setzen.

DER ERSTE JUNGE Und jetzt haben sie selber Schiß.

DER ZWEITE JUNGE Ja, Schiß haben sie.

DER ERSTE JUNGE Warum bullern sie denn los, wenn sie käseweiß sind und Schiß haben, daß es Krieg geben kann?

DER ZWEITE JUNGE Sie haben doch nur losgebullert, weil Hitler es haben will.

DER ERSTE JUNGE Aber was Hitler will, wollen sie doch auch. Alle sind für Hitler. Weil er doch die junge Wehrmacht aufgebaut hat.

DER ZWEITE JUNGE Das stimmt.

*Pause.*

DER ERSTE JUNGE Meinst du, wir können schon raus?

DER ZWEITE JUNGE Wart noch, sonst laufen wir noch in so einen Leutnant. Dann nimmt er uns alles ab, und die fallen rein.

DER ERSTE JUNGE Das ist anständig von denen, daß sie uns jeden Tag kommen lassen.

DER ZWEITE JUNGE Die sind doch auch nicht bei Millionärs zu Hause. Die wissen doch! Meine

Alte kriegt nur zehn Märker in der Woche, und wir sind drei. Das gibt nur Kartoffeln.

DER ERSTE JUNGE Aber die hier kriegen feines Futter. Heut sind Bouletten.

DER ZWEITE JUNGE Wieviel hast du heut gekriegt?

DER ERSTE JUNGE Einen Schlag, wie immer. Warum?

DER ZWEITE JUNGE Ich hab heute zwei Schlag gekriegt.

DER ERSTE JUNGE Laß sehen. Ich hab nur einen Schlag.

*Der zweite Junge zeigt ihm.*

DER ERSTE JUNGE Hast du ihnen was gesagt?

DER ZWEITE JUNGE Nein. Guten Morgen, ganz wie immer.

DER ERSTE JUNGE Das versteh ich nicht. Ich habe auch wie immer gesagt. Heil Hitler.

DER ZWEITE JUNGE Das ist komisch. Ich hab zwei Schlag gekriegt.

DER ERSTE JUNGE Wieso plötzlich? Das versteh ich nicht.

DER ZWEITE JUNGE Ich auch nicht. – Jetzt ist die Luft rein.

*Sie laufen schnell weg.*

## 23
## Arbeitsbeschaffung

Es kommen die Arbeitsbeschaffer.
Der arme Mann ist ihr Kaffer
Sie stecken ihn hin, wo sie wolln.
Er darf ihnen wieder dienen
Er darf ihren Kriegsmaschinen
Blut und Arbeitsschweiß zolln.

*Spandau, 1937. Ein Arbeiter findet, zurückkehrend in seine Wohnung, dort seine Nachbarin vor.*

DIE NACHBARIN Guten Abend, Herr Fenn. Ich wollte bei Ihrer Frau etwas Brot ausleihen. Sie ist nur einen Augenblick hinausgegangen.

DER MANN Gerne, gerne, Frau Dietz. Was sagen Sie zu der Stelle, die ich bekommen habe?

DIE NACHBARIN Ja, jetzt kriegen alle Arbeit. In den neuen Motorenwerken sind Sie, nicht? Da machen Sie wohl Bomber?

DER MANN Noch und noch.

DIE NACHBARIN Die brauchen sie jetzt in Spanien.

DER MANN Wieso grad Spanien?

DIE NACHBARIN Man hört so allerhand, was die da liefern. Eine Schande ist es.

DER MANN Passen Sie mal auf Ihre Zunge auf.

DIE NACHBARIN Gehören Sie jetzt auch dazu?

DER MANN Ich gehöre zu gar nichts. Ich mache meine Arbeit. Wo ist denn die Martha?

DIE NACHBARIN Ja, da sollte ich Sie vielleicht vorbereiten. Vielleicht ist es was Unangenehmes. Wie ich hereinkam, war gerade der Briefträger da, und da war so ein Brief, der Ihre Frau aufgeregt hat. Ich habe schon gedacht, ob ich mir das Brot bei Schiermanns ausleihen soll.

DER MANN Nanu. *Er ruft:* Martha!

*Herein seine Frau. Sie ist in Trauer.*

DER MANN Was ist denn mit dir los? Wer ist denn gestorben?

DIE FRAU Franz. Da ist ein Brief gekommen.

*Sie gibt ihm einen Brief.*

DIE NACHBARIN Um Gottes willen! Was ist ihm passiert?

DER MANN Es war ein Unglücksfall.

DIE NACHBARIN *mißtrauisch:* Der war doch Flieger, nicht?

DER MANN Ja.

DIE NACHBARIN Und da ist er verunglückt?

DER MANN In Stettin. Bei einer Nachtübung auf dem Truppenübungsplatz, steht hier.

DIE NACHBARIN Der ist doch nicht verunglückt! Mir werden Sie das doch nicht erzählen.
DER MANN Ich sage Ihnen nur, was hier steht. Der Brief ist vom Lagerkommando.
DIE NACHBARIN Und er hat Ihnen geschrieben in der letzten Zeit? Aus Stettin?
DER MANN Reg dich nicht auf, Martha. Das hilft ja nichts.
DIE FRAU *schluchzend:* Nein, ich weiß ja.
DIE NACHBARIN Er war so ein netter Mensch, Ihr Bruder. Soll ich Ihnen einen Topf Kaffee machen?
DER MANN Ja, wenn Sie das machen könnten, Frau Dietz?
DIE NACHBARIN *nach einem Topf suchend:* So was ist immer ein Schlag.
DIE FRAU Du kannst dich ruhig waschen, Herbert. Frau Dietz hat nichts dagegen.
DER MANN Das hat Zeit.
DIE NACHBARIN Und er hat Ihnen aus Stettin noch geschrieben?
DER MANN Die Briefe sind immer aus Stettin gekommen.
DIE NACHBARIN *mit einem Blick:* Ach so. Der war wohl auch südwärts?
DER MANN Was heißt südwärts?
DIE NACHBARIN Fern im Süd das schöne Spanien.
DER MANN *da die Frau wieder in Schluchzen ausbricht:* Nimm dich doch zusammen, Martha! Sie sollten nicht so reden, Frau Dietz.
DIE NACHBARIN Ich möchte nur wissen, was die Ihnen sagen würden in Stettin, wenn Sie kämen und wollten Ihren Schwager holen?
DER MANN Ich komm nicht nach Stettin.
DIE NACHBARIN Die decken alles hübsch sauber zu. Die machen noch eine Heldentat daraus, daß sie nichts aufkommen lassen. Einer in der Schultheißquelle hat noch damit dickgetan, wie schlau sie ihren Krieg verstecken. Wenn ein solcher Bomber abgeschossen wird und die drinnen sitzen springen raus mit dem Fallschirm, dann schießen sie die von den andern Bombern aus noch in der Luft mit dem Maschinengewehr ab, die eigenen, damit sie bei den Roten nichts aussagen können, woher sie kommen.
DIE FRAU *der es schlecht wird:* Gib mir Wasser, Herbert, willst du, mir ist ganz schlecht.
DIE NACHBARIN Ich wollte Sie wirklich nicht noch mehr aufregen, nur: wie sie das alles zudecken! Die wissen genau, daß es ein Verbrechen ist und daß ihr Krieg das Licht scheuen muß. Auch hier. Bei einer Übung verunglückt! Was üben die denn da? Den Krieg üben sie!
DER MANN Reden Sie wenigstens nicht so laut hier. *Zu seiner Frau:* Ist dir besser?
DIE NACHBARIN Sie sind auch so einer, der alles totschweigt. In dem Brief da haben Sie die Quittung!
DER MANN Jetzt sind Sie aber still!
DIE FRAU Herbert!
DIE NACHBARIN Ja, jetzt sind Sie aber still, heißt es! Weil Sie eine Stelle bekommen haben! Aber Ihr Schwager hat auch eine bekommen! Der ist grad mit so einem Ding »verunglückt«, wie Sie es in den Motorenwerken machen.
DER MANN Das ist aber etwas stark, Frau Dietz. Ich arbeite an so einem Ding! Woran arbeiten die andern? Was arbeitet denn Ihr Mann? Glühlampen, wie? Das ist wohl nicht für den Krieg? Das ist nur Beleuchtung! Aber wofür ist die Beleuchtung? Was wird da beleuchtet? Vielleicht werden da Tanks beleuchtet? Oder ein Schlachtschiff? Oder auch so ein Ding? Aber er macht nur Glühlampen! Herrgott, es gibt doch nichts mehr, was nicht für den Krieg ist! Wo soll ich denn Arbeit finden, wenn ich mir sage: Nicht für den Krieg! Soll ich verhungern?
DIE NACHBARIN *kleinlaut:* Ich sage doch nicht, daß Sie verhungern sollen. Natürlich sollen Sie die Arbeit nehmen. Ich rede doch nur über diese Verbrecher. Eine schöne Arbeitsbeschaffung war das!
DER MANN *ernst:* Und du darfst auch nicht so herumlaufen, Martha, in dem Schwarz. Das wollen sie nicht.
DIE NACHBARIN Die Fragen wollen sie nicht, die es dann gibt.
DIE FRAU *ruhig:* Du meinst, ich soll es ausziehen?
DER MANN Ja, sonst bin ich meine Stelle gleich wieder los.
DIE FRAU Ich ziehe es nicht aus.
DER MANN Was heißt das?
DIE FRAU Ich ziehe es nicht aus. Mein Bruder ist tot. Ich gehe in Trauer.
DER MANN Wenn du es nicht hättest, weil Rosa es gekauft hat, als Mutter starb, könntest du auch nicht in Trauer gehen.
DIE FRAU *schreiend:* Ich laß mir nicht die Trauer verbieten! Wenn sie ihn schon abschlachten, dann muß ich wenigstens heulen dürfen. Das hat's ja nie gegeben! So was Unmenschliches hat ja die Welt nicht gesehen! Das sind ja Schwerverbrecher!
DIE NACHBARIN *während der Mann sprachlos*

*vor Entsetzen dasitzt:* Aber Frau Fenn!

DER MANN *heiser:* Wenn du so redest, da kann uns noch mehr passieren, als daß wir nur die Stelle verlieren.

DIE FRAU Dann sollen sie mich doch abholen! Die haben ja auch Frauen-Konzentrationslager. Da sollen sie mich doch reinstecken, weil es mir nicht gleich ist, wenn sie meinen Bruder umbringen! Was hat der in Spanien verloren?

DER MANN Halt den Mund von Spanien!

DIE NACHBARIN Sie reden sich ins Unglück, Frau Fenn!

DIE FRAU Weil sie dir sonst deine Stelle wegnehmen, drum sollen wir stillehalten? Weil wir sonst verrecken, wenn wir ihnen nicht ihre Bombenflieger machen? Und dann verrecken wir doch? Grad wie Franz? Dem haben sie ja auch eine Stelle verschafft. Einen Meter unter dem Boden. Das hätte er auch hier haben können!

DER MANN *will ihr den Mund zuhalten:* Sei doch still! Das hilft doch nicht!

DIE FRAU Was hilft dann? Dann macht doch, was hilft!

## 24
## Volksbefragung

Und als wir sie sahen ziehen
Da haben wir laut geschrien:
Sagt keiner von euch nein?
Ihr dürft nicht ruhig bleiben!
Der Krieg, in den sie euch treiben
Kann nicht der eure sein!

*Berlin, 13. März 1938. In einer proletarischen Wohnung zwei Arbeiter und eine Frau. Der kleine Raum ist durch eine Fahnenstange blokkiert. Im Radio hört man ungeheuren Jubel, Glockenläuten und Flugzeuggeräusche. Eine Stimme sagt: »Und nun zieht der Führer in Wien ein.«*

DIE FRAU Das ist wie ein Meer.

DER ÄLTERE ARBEITER Ja, er siegt und siegt.

DER JÜNGERE ARBEITER Und wir werden besiegt.

DIE FRAU So ist es.

DER JÜNGERE ARBEITER Horch, wie sie schreien! Als bekämen sie was!

DER ÄLTERE ARBEITER Sie bekommen. Eine Invasionsarmee.

DER JÜNGERE ARBEITER Und dann heißt es »Volksbefragung«. Ein Volk, ein Reich, ein Führer! Willst du das, Deutscher? Und wir können nicht einmal ein kleines Flugblatt herausgeben zu dieser Volksbefragung. Hier in der Arbeiterstadt Neukölln.

DIE FRAU Wieso können wir nicht?

DER JÜNGERE ARBEITER Zu gefährlich.

DER ÄLTERE ARBEITER Jetzt, wo auch noch Karl hochgegangen ist. Wie sollen wir die Adressen kriegen.

DER JÜNGERE ARBEITER Zum Textausarbeiten fehlt uns auch ein Mann.

DIE FRAU *deutet auf das Radio:* Er hatte hunderttausend Mann für seinen Überfall. Uns fehlt ein Mann. Schön. Wenn nur er hat, was er braucht, dann wird eben er siegen.

DER JÜNGERE ARBEITER *böse:* Dann fehlt Karl also nicht.

DIE FRAU Wenn hier eine solche Stimmung herrscht, dann können wir grad so gut auseinandergehen.

DER ÄLTERE ARBEITER Genossen, es hat keinen Sinn, wenn wir uns hier etwas vormachen. Es ist schon so, daß das Herausbringen eines Flugblatts immer schwieriger wird. Wir können nicht so tun, als ob wir das Siegesgebrüll da – *er zeigt auf das Radio* – einfach nicht hörten. *Zu der Frau:* Du mußt zugeben, daß jeder mal, wenn er so was hört, das Gefühl haben kann, daß sie doch immer mächtiger werden. Klingt das nicht wirklich wie ein Volk?

DIE FRAU Das klingt wie zwanzigtausend Besoffene, denen man das Bier gezahlt hat.

DER JÜNGERE ARBEITER Vielleicht sagen das nur wir, du?

DIE FRAU Ja. Wir und solche wie wir.

*Die Frau glättet einen kleinen, zerknitterten Zettel.*

DER ÄLTERE ARBEITER Was ist das?

DIE FRAU Das ist die Abschrift eines Briefes. Da wir den Lärm haben, kann ich ihn vorlesen.

*Sie liest:*

»MEIN LIEBER SOHN! MORGEN WERDE ICH SCHON NICHT MEHR SEIN. DIE HINRICHTUNG IST MEISTENS FRÜH SECHS. ICH SCHREIBE ABER NOCH, WEIL ICH WILL, DASS DU WEISST, DASS MEINE ANSICHTEN SICH NICHT GEÄNDERT HABEN. ICH HABE AUCH KEIN GNADENGESUCH EINGEREICHT, DA ICH JA NICHTS VERBROCHEN HABE. ICH HABE NUR MEINER KLASSE GEDIENT. WENN ES AUCH AUSSIEHT, ALS OB ICH DAMIT NICHTS ERREICHT HABE, SO IST DAS DOCH NICHT DIE WAHRHEIT. JEDER AUF SEINEN PLATZ, DAS MUSS DIE PAROLE SEIN! UNSERE AUFGABE IST SEHR SCHWER, ABER ES IST DIE GRÖSSTE, DIE ES GIBT, DIE MENSCHHEIT VON IHREN UNTERDRÜCKERN ZU BEFREIEN. VORHER HAT DAS LEBEN KEINEN WERT, AUSSER DAFÜR. WENN WIR UNS DAS NICHT IMMER VOR AUGEN HALTEN, DANN VERSINKT DIE GANZE MENSCHHEIT IN BARBAREI. DU BIST NOCH SEHR KLEIN, ABER ES SCHADET NICHTS, WENN DU IMMER DARAN DENKST, AUF WELCHE SEITE DU GEHÖRST. HALTE DICH ZU DEINER KLASSE, DANN WIRD DEIN VATER NICHT UMSONST SEIN SCHWERES SCHICKSAL ERLITTEN HABEN, DENN ES IST NICHT LEICHT. KÜMMERE DICH AUCH UM MUTTER UND DIE GESCHWISTER, DU BIST DER ÄLTESTE, DU MUSST KLUG SEIN. ES GRÜSST EUCH ALLE DEIN DICH LIEBENDER VATER.«

DER ÄLTERE ARBEITER Wir sind doch nicht so wenige.

DER JÜNGERE ARBEITER Was soll denn stehen in dem Flugblatt zur Volksbefragung?

DIE FRAU *nachdenkend:* Am besten nur ein Wort: NEIN!

# Die Gewehre der Frau Carrar

Unter Benutzung einer Idee von J. M. Synge

Mitarbeit: M. Steffin

*Personen*

Teresa Carrar, eine Fischerfrau · José, ihr jüngerer Sohn · Der Arbeiter Pedro Jaquéras, Teresa Carrars Bruder · Der Verwundete · Manuela · Der Padre · Die alte Frau Perez · Zwei Fischer · Frauen · Kinder

*Eine der Nächte des April 1937 in einem andalusischen Fischerhaus. In einer Ecke der geweißneten Stube ein großes schwarzes Kruzifix. Eine vierzigjährige Fischerfrau, Teresa Carrar, beim Brotbacken. Am offenen Fenster ihr fünfzehnjähriger Sohn José, einen Netzpflock schnitzend. Ferner Kanonendonner.*

DIE MUTTER Siehst du Juans Boot noch?
DER JUNGE Ja.
DIE MUTTER Brennt seine Lampe noch?
DER JUNGE Ja.
DIE MUTTER Es ist kein anderes Boot hinzugekommen?
DER JUNGE Nein.
*Pause.*
DIE MUTTER Das wundert mich. Warum ist sonst keiner draußen?
DER JUNGE Das weißt du doch.
DIE MUTTER *geduldig:* Wenn ich frage, weiß ich es nicht.
DER JUNGE Es ist außer Juan keiner draußen, weil sie jetzt etwas anderes zu tun haben, als Fische zu fangen.
DIE MUTTER So.
*Pause.*
DER JUNGE Und auch Juan wäre nicht draußen, wenn es nach ihm ginge.
DIE MUTTER Richtig. Es geht nicht nach ihm.
DER JUNGE *heftiger schnitzend:* Nein.
*Die Mutter gibt den Teig in den Backofen, wischt sich die Hände ab und nimmt ein Fischernetz zum Flicken vor.*
DER JUNGE Ich habe Hunger.
DIE MUTTER Aber du hast etwas dagegen, daß dein Bruder Fische fängt.
DER JUNGE Weil das auch ich machen kann und Juan an die Front gehört.
DIE MUTTER Ich dachte, du wolltest auch dorthin?
*Pause.*
DER JUNGE Ob die Lebensmittelschiffe durch die englische Blockade kommen?
DIE MUTTER Ich habe jedenfalls kein Mehl mehr, wenn dieses Brot gebacken ist.
*Der Junge schließt das Fenster.*
DIE MUTTER Warum machst du das Fenster zu?
DER JUNGE Es ist jetzt neun Uhr.
DIE MUTTER Und?
DER JUNGE Um neun Uhr spricht dieser Hund wieder im Radio, und die Perez drehen ihren Apparat an.
DIE MUTTER *bittend:* Bitte, mach sofort das Fenster wieder auf! Du kannst nicht deutlich sehen, wenn wir herinnen Licht haben und das Fenster spiegelt.
DER JUNGE Warum soll ich hier sitzen und aufpassen? Er läuft dir nicht fort. Du hast ja nur Angst, daß er an die Front geht.
DIE MUTTER Sei nicht frech! Es ist traurig genug, daß ich auf euch aufpassen soll.
DER JUNGE Was heißt »euch«?
DIE MUTTER Du bist um kein Haar besser als dein Bruder. Eher schlechter.
DER JUNGE Sie drehen ihr Radio überhaupt nur unseretwegen an. Das ist schon der dritte Abend. Gestern habe ich gesehen, wie sie eigens das Fenster aufmachten, damit wir es hören müssen.
DIE MUTTER Diese Reden sind nicht anders als die, die sie in Valencia halten.
DER JUNGE Sag doch gleich, sie sind besser!
DIE MUTTER Du weißt, daß ich sie nicht besser finde. Warum soll ich für die Generäle sein? Ich bin dagegen, daß Blut vergossen wird.
DER JUNGE Wer hat damit angefangen? Vielleicht wir?
*Die Mutter schweigt. Der Junge hat das Fenster wieder geöffnet. Man hört von weitem eine Radioansage: »Achtung, Achtung! Hier spricht seine Exzellenz der General Queipo de Llano!« Dann kommt laut und scharf durch die Nacht die Stimme des Radiogenerals, der seine abendliche Rede an das spanische Volk hält.*
STIMME DES GENERALS Heute oder morgen, meine Freunde, werden wir mit Ihnen ein ernstes Wort zu reden haben. Und wir werden es in Madrid sprechen, dieses Wort, wenn da vielleicht auch, was da um uns herumstehen wird, nicht mehr aussehen wird wie Madrid. Und der Herr Erzbischof von Canterbury wird seine Krokodilstränen mit Grund vergießen. Unsere braven Mauren werden Abrechnung halten!
DER JUNGE Schwein!
STIMME DES GENERALS Meine Freunde, das sogenannte britische Weltreich, dieser Koloß auf tönernen Füßen, wird uns nicht abhalten, die Hauptstadt eines perversen Volkes zu vernichten, das der unwiderstehlichen nationalen Sache die Stirn zu bieten wagt. Wir werden dieses Gesindel von der Erde wegwischen!
DER JUNGE Das sind nämlich wir, Mutter.
DIE MUTTER Wir sind keine Aufrührer, und wir bieten niemandem die Stirn. Wenn es nach euch ginge, tätet ihr vielleicht so etwas. Du und dein Bruder, ihr seid leichtsinnig von Natur. Ihr habt

es von eurem Vater, und ich würde es vielleicht nicht mögen, wenn ihr anders wärt. Aber das hier ist kein Spaß: hörst du nicht ihre Kanonen? Wir sind arme Leute, und arme Leute können nicht Krieg führen.

*Es klopft. Herein tritt der Arbeiter Pedro Jaquéras, Teresa Carrars Bruder. Man sieht, daß er einen langen Weg hinter sich hat.*

DER ARBEITER Guten Abend!

DER JUNGE Onkel Pedro!

DIE MUTTER Was führt dich hierher, Pedro? *Sie gibt ihm die Hand.*

DER JUNGE Kommst du von Motril, Onkel Pedro? Wie ist es dort?

DER ARBEITER Oh, nicht so gut. Wie geht es euch hier?

DIE MUTTER *zurückhaltend:* Es geht.

DER JUNGE Bist du heute dort weggegangen?

DER ARBEITER Ja.

DER JUNGE Das sind gute vier Stunden, nicht?

DER ARBEITER Mehr, weil die Straßen so überfüllt sind mit den Flüchtlingen, die nach Almeria hineinwollen.

DER JUNGE Aber Motril hält sich?

DER ARBEITER Ich weiß nicht, was heute geschah. Gestern nacht hielten wir uns noch.

DER JUNGE Warum bist du denn weggegangen?

DER ARBEITER Wir brauchen allerhand für die Front. Ich dachte, ich sehe wieder einmal nach euch.

DIE MUTTER Willst du einen Schluck Wein haben? *Sie holt Wein.* Das Brot ist erst in einer halben Stunde fertig.

DER ARBEITER Wo ist denn Juan?

DER JUNGE Beim Fischfang.

DER ARBEITER Tatsächlich?

DER JUNGE Du kannst seine Lampe hier vom Fenster aus sehen.

DIE MUTTER Wir müssen leben.

DER ARBEITER Sicher. Als ich die Straße herunterkam, hörte ich den Radiogeneral. Wer hört sich den hier an?

DER JUNGE Das sind die Perez von gegenüber.

DER ARBEITER Drehen die immer bei solchen Sachen an?

DER JUNGE Nein. Sie sind keine Francoleute, sie machen es nicht für sich selber, wenn du das meinst.

DER ARBEITER So?

DIE MUTTER *zum Jungen:* Siehst du auch noch nach deinem Bruder?

DER JUNGE *geht widerwillig zum Fenster zurück:* Sei ruhig. Er ist dir nicht aus dem Boot gekippt.

*Der Arbeiter nimmt den Weinkrug und setzt sich zu seiner Schwester, ihr beim Netzflicken helfend.*

DER ARBEITER Wie alt ist Juan jetzt eigentlich?

DIE MUTTER Einundzwanzig im September.

DER ARBEITER Und José?

DIE MUTTER Hast du etwas Besonderes vor hier in der Gegend?

DER ARBEITER Nichts Besonderes.

DIE MUTTER Du bist lange nicht mehr hier gewesen.

DER ARBEITER Zwei Jahre.

DIE MUTTER Wie geht es Rosa?

DER ARBEITER Rheuma.

DIE MUTTER Ich dachte, ihr seht mal nach uns.

DER ARBEITER Rosa war vielleicht ein wenig verstimmt wegen Carlos Begräbnis.

*Die Mutter schweigt.*

DER ARBEITER Sie meinte, ihr hättet uns Mitteilung machen können. Wir wären natürlich gekommen zum Begräbnis deines Mannes, Teresa.

DIE MUTTER Es ging zu schnell.

DER ARBEITER Was war es denn?

*Die Mutter schweigt.*

DER JUNGE Es war ein Lungenschuß.

DER ARBEITER *erstaunt:* Wieso?

DIE MUTTER Was heißt »wieso«?

DER ARBEITER Aber hier war doch vor zwei Jahren alles ruhig?

DER JUNGE Aber in Oviedo war der Aufstand.

DER ARBEITER Aber wie kam Carlo denn nach Oviedo?

DIE MUTTER Er ist hingefahren.

DER ARBEITER Von hier?

DER JUNGE Ja, als der Aufstand in den Zeitungen stand.

DIE MUTTER *bitter:* So wie andere nach Amerika fahren, um alles auf eine Karte zu setzen. So wie es die Narren machen.

DER JUNGE *steht auf:* Willst du sagen, daß er ein Narr war?

*Sie legt schweigend mit zitternden Händen das Netz beiseite und geht hinaus.*

DER ARBEITER Es war sehr übel für sie, was?

DER JUNGE Ja.

DER ARBEITER Hat sie einen Schock bekommen, als sie ihn nicht mehr sah?

DER JUNGE Sie sah ihn noch, er kam zurück. Aber das war das Schlimmste von allem. Er kam oben in Asturien anscheinend noch irgendwie in einen Zug, einen Notverband auf der Brust unter dem Kittel, und fuhr hierher zurück. Zweimal mußte er umsteigen, und auf der Station hier starb er. Und hier ging abends plötzlich die Tür auf, und die Nachbarinnen kamen herein, wie wenn sie einen bringen, der ertrunken ist, stellten sich an den Wänden auf, ohne ein Wort, und plapperten den Englischen Gruß. Dann brachten sie ihn auf einer Plache herein und legten ihn auf den Fußboden. Und von da ab lief sie in die Kirche. Und der Lehrerin, von der man wußte, daß sie eine Rote war, hat sie die Tür gewiesen.

DER ARBEITER Ist sie wirklich fromm jetzt?

DER JUNGE *nickt:* Juan meint, es war hauptsächlich, weil die Leute in der Nachbarschaft über sie herumredeten.

DER ARBEITER Was redeten sie denn über sie?

DER JUNGE Sie hätte ihm zugeraten.

DER ARBEITER Und hat sie das?

*Der Junge zuckt die Achseln.*

*Die Mutter kommt zurück, sieht nach dem Brot und setzt sich wieder an das Netz.*

DIE MUTTER *zum Arbeiter, der ihr wieder helfen will:* Laß nur, trink lieber deinen Wein und ruh dich aus, wenn du seit früh auf den Beinen bist.

*Der Arbeiter nimmt den Weinkrug und geht an den Tisch zurück.*

DIE MUTTER Willst du hier übernachten?

DER ARBEITER Nein. Ich habe nicht soviel Zeit, ich muß heute noch zurück, aber ich werde mich waschen. *Er geht hinaus.*

DIE MUTTER *den Jungen zu sich heranwinkend:* Hat er dir gesagt, wozu er gekommen ist?

DER JUNGE Nein.

DIE MUTTER Wirklich nicht?

*Der Arbeiter kommt zurück mit einer Waschschüssel und einem Handtuch; er wäscht sich.*

DIE MUTTER Sind die alten Lopez noch am Leben?

DER ARBEITER Nur er. *Zum Jungen:* Es sind viele zur Front von hier, wie?

DER JUNGE Welche sind auch noch da.

DER ARBEITER Bei uns sind auch von den ganz Katholischen schon eine Menge dabei.

DER JUNGE Von hier auch einige.

DER ARBEITER Haben sie denn alle Gewehre?

DER JUNGE Nein. Nicht alle.

DER ARBEITER Das ist nicht gut. Gewehre sind jetzt das nötigste. Habt ihr nicht noch Gewehre im Dorf?

DIE MUTTER *schnell:* Nein!

DER JUNGE Es gibt schon noch Leute, die welche versteckt haben. Sie graben sie in die Erde wie Kartoffeln.

*Die Mutter schaut den Jungen an.*

DER ARBEITER So.

*Der Junge geht schlendernd vom Fenster weg und verdrückt sich nach hinten.*

DIE MUTTER Wo gehst du hin?

DER JUNGE Nirgends.

DIE MUTTER Geh an das Fenster zurück!

*Der Junge bleibt verbissen im Hintergrund stehen.*

DER ARBEITER Was ist denn los?

DIE MUTTER Warum läufst du denn vom Fenster weg? Du sollst mir antworten!

DER ARBEITER Ist jemand draußen?

DER JUNGE *heiser:* Nein.

*Man hört Kinderstimmen von draußen plärren.*

DIE KINDERSTIMMEN
Der Juan ist nicht Soldat
Weil er nicht Courage hat.
Der Juan, der feige Tropf
Zieht sich die Decke über den Kopf.

*Drei Kindergesichter erscheinen im Fenster.*

DIE KINDER Buh! *Sie laufen weg.*

DIE MUTTER *steht auf; zum Fenster:* Wenn ich euch erwische, schlage ich euch den Hintern blau, ihr dreckiges Gesindel! *Sie spricht ins Zimmer zurück:* Das sind wieder die Perez!

*Pause.*

DER ARBEITER Früher hast du Karten gespielt, José. Wie wäre es mit einem Spielchen?

*Die Mutter setzt sich ans Fenster. Der Junge sucht die Spielkarten vor, und sie fangen an, Karten zu spielen.*

DER ARBEITER Mogelst du noch?

DER JUNGE *lacht:* Hab ich das damals?

DER ARBEITER Mir war so. Dann will ich auf alle Fälle abheben. Also, alles erlaubt! Im Krieg gelten alle Tricks, wie?

*Die Mutter schaut mißtrauisch auf.*

DER JUNGE Das ist ein schlechter Trumpf.

DER ARBEITER Fein, daß du mir das sagst. – Oh, und jetzt hat er das Trumpfas! Geblufft hast du mich, aber war es nicht ein bißchen teuer? Die große Kanone hast du abgeschossen, und jetzt kommen meine kleinen Dinger. *Er drischt ihn nieder.* Das kommt davon! Kühnheit ist gut, mein Sohn. Kühn bist du schon, aber noch nicht vorsichtig.

DER JUNGE Wenn man nichts wagt, kann man auch nichts gewinnen.

DIE MUTTER Solche Sprüche haben sie von ihrem Vater. »Ein feiner Mann riskiert was.« Wie?

DER ARBEITER Ja, unsere Haut riskiert er. Don Miguel von Ferrante verspielte einmal siebzig Bauern auf einen Sitz an einen Oberst. Er war ruiniert, der Arme, und mußte den Rest seines Lebens mit zwölf Dienstboten auskommen. – Er spielt tatsächlich den blanken Zehner aus!

DER JUNGE Ich muß so spielen. *Er steckt einen Stich ein.* Es war meine einzige Chance.

DIE MUTTER So sind sie. Sein Vater sprang aus dem Boot, wenn sich das Netz verfing.

DER ARBEITER Vielleicht hatte er nicht so viele Netze?

DIE MUTTER Er hatte auch nicht so viele Leben.

*In der Tür steht ein Mann in Uniform der Miliz mit verbundenem Kopf, den Arm in der Schlinge.*

DIE MUTTER Komm nur herein, Paolo!

DER VERWUNDETE Sie sagten, ich kann wegen des Verbandes wiederkommen, Frau Carrar.

DIE MUTTER Er ist ja wieder ganz durch!

*Sie läuft hinaus.*

DER ARBEITER Wo hast du das erwischt?

DER VERWUNDETE Monte Solluve.

*Die Mutter kommt zurück mit einem Hemd, das sie in Stücke reißt. Sie erneuert ihm den Verband, aber dabei behält sie immer die am Tisch im Auge.*

DIE MUTTER Du hast doch wieder gearbeitet!

DER VERWUNDETE Nur mit dem rechten Arm.

DIE MUTTER Man hat dir doch gesagt, daß du das nicht darfst.

DER VERWUNDETE Jaja. – Sie sagen, heute nacht bricht er durch. Wir haben keinen Ersatz mehr. Ist es möglich, daß er schon durch ist?

DER ARBEITER *unruhig:* Nein, das glaube ich nicht. Der Kanonendonner müßte sich da geändert haben.

DER VERWUNDETE Das ist richtig!

DIE MUTTER Tu ich dir weh? Du mußt es sagen. Ich bin keine gelernte Pflegerin. Ich mache es, so leicht ich kann.

DER JUNGE Vor Madrid kommen sie nicht durch.

DER VERWUNDETE Das weiß man nicht.

DER JUNGE Doch, das weiß man.

DER VERWUNDETE Gut. Aber Sie haben ja wieder ein ganzes Hemd zusammengerissen, Frau Carrar! Das hätten Sie nicht tun sollen.

DIE MUTTER Willst du, daß ich dir einen Aufwischlappen umbinde?

DER VERWUNDETE Aber ihr habt es doch auch nicht so dick.

DIE MUTTER Solange ich habe, habe ich. So, für deinen andern Arm würde es aber nicht mehr reichen.

DER VERWUNDETE *lacht:* Da muß ich mich also das nächste Mal besser vorsehen! *Steht auf; zum Arbeiter:* Wenn sie nur nicht durchkommen, die Hunde! *Er geht.*

DIE MUTTER Dieser Kanonendonner!

DER JUNGE Und wir gehen fischen.

DIE MUTTER Sei froh, daß ihr eure graden Glieder noch habt.

*Man hört draußen, an- und abschwellend, Lärm von Lastwagen und Singen. Der Arbeiter und der Junge treten ans Fenster und blicken hinaus.*

DER ARBEITER Das sind die Internationalen Brigaden. Sie werden jetzt nach Motril an die Front geworfen.

*Der Refrain der »Thälmannkolonne« klingt auf: »Die Heimat ist weit...«*

DER ARBEITER Das sind die Deutschen.

*Man hört einige Takte der Marseillaise.*

DER ARBEITER Die Franzosen.

*Die Warschawjanka.*

DER ARBEITER Polen.

*Bandiera rossa.*

DER ARBEITER Die Italiener.

*Hold the Fort.*

DER ARBEITER Amerikaner.

*Los cuatros generales.*

DER ARBEITER Und das sind Unsere.

*Lastwagenlärm und Lieder verklingen. Der Arbeiter und der Junge gehen wieder zum Tisch.*

DER ARBEITER Auf heute nacht kommt es an. – Ich muß eigentlich wirklich abhauen. Das war die letzte, José.

DIE MUTTER *an den Tisch kommend:* Wer hat denn gewonnen?

DER JUNGE *stolz:* Er.

DIE MUTTER Soll ich dir also kein Bett machen?

DER ARBEITER Nein, ich muß weg. *Er bleibt aber sitzen.*

DIE MUTTER Du mußt Rosa grüßen. Und sie soll nicht nachtragen. Wir wissen ja alle nicht, was noch wird.

DER JUNGE Ich bringe dich ein Stück.

DER ARBEITER Das ist nicht nötig.

*Die Mutter schaut stehend zum Fenster hinaus.*

DIE MUTTER Du hättest wohl Juan gern noch gesehen?

DER ARBEITER Ja, das hätte ich gern. Er wird nur nicht so bald zurückkommen, wie?

DIE MUTTER Er ist ziemlich weit draußen. Er

muß fast am Kap sein. *Ins Zimmer zurück:* Wir könnten ihn holen.

*In der Tür erscheint ein junges Mädchen.*

DER JUNGE Guten Tag, Manuela! *Leise zu dem Arbeiter:* Das ist Juans Freundin, Manuela. *Zu dem jungen Mädchen:* Das ist Onkel Pedro.

DAS JUNGE MÄDCHEN Wo ist Juan?

DIE MUTTER Juan arbeitet.

DAS JUNGE MÄDCHEN Wir dachten, Sie haben ihn in den Kindergarten geschickt, Ball spielen.

DIE MUTTER Nein, er ist fischen gegangen. Juan ist Fischer.

DAS JUNGE MÄDCHEN Warum ist er nicht zu der Versammlung ins Schulhaus gekommen? Dort waren auch Fischer.

DIE MUTTER Er hat dort nichts verloren.

DER JUNGE Was war das für eine Versammlung?

DAS JUNGE MÄDCHEN Es wurde beschlossen, daß alle, die abkommen können, noch heute nacht an die Front sollen. Aber ihr wußtet ja, worum es ging. Wir haben Juan ja verständigt.

DER JUNGE Das kann nicht sein! Dann wäre Juan nie fischen gegangen! Oder haben sie es dir gesagt, Mutter?

*Die Mutter schweigt.*

*Sie ist ganz in den Backofen gekrochen.*

DER JUNGE Sie hat es ihm einfach nicht ausgerichtet! *Zur Mutter:* Jetzt weiß ich auch, warum du ihn fischen geschickt hast!

DER ARBEITER So etwas solltest du nicht machen, Teresa.

DIE MUTTER *sich aufrichtend:* Gott hat den Menschen Berufe gegeben. Mein Sohn ist Fischer.

DAS JUNGE MÄDCHEN Sie wollen uns wohl lächerlich machen im ganzen Ort? Wo ich hinkomme, deutet man mit Fingern auf mich. Der Name Juan macht mich schon krank. Was seid ihr denn überhaupt für Leute hier?

DIE MUTTER Wir sind arme Leute.

DAS JUNGE MÄDCHEN Die Regierung hat alle kampffähigen Männer aufgefordert, sich unter Gewehr zu stellen. Behaupten Sie nicht, daß Sie das nicht gelesen haben!

DIE MUTTER Ich habe es gelesen. Regierung hin und Regierung her. Wir sollen auf den Schindanger geworfen werden. Aber deswegen fahre ich jedenfalls nicht meine Kinder freiwillig mit dem Schubkarren auf den Schindanger.

DAS JUNGE MÄDCHEN Nein! Sie warten, bis man sie an die Mauer abholt. Solch eine Dummheit habe ich noch nicht gesehen. Leute wie Sie sind schuld daran, daß es soweit gekommen ist und daß dieses Schwein Llano es wagen kann, so zu uns zu reden.

DIE MUTTER *schwach:* Ich dulde nicht, daß man in meinem Hause solche Ausdrücke gebraucht.

DAS JUNGE MÄDCHEN *außer sich:* Ist sie jetzt glücklich schon für die Generäle!

DER JUNGE *etwas ungeduldig:* Nein! Aber sie will nicht, daß wir kämpfen.

DER ARBEITER Neutral bleiben, was?

DIE MUTTER Ich weiß, ihr wollt aus meinem Haus ein Verschwörernest machen. Vor Sie Juan nicht an der Wand stehen sehen, geben Sie nicht Ruhe!

DAS JUNGE MÄDCHEN Und von Ihnen hat es geheißen, daß Sie Ihrem Mann geholfen haben, als er nach Oviedo ging.

DIE MUTTER *leise:* Halten Sie den Mund! Ich habe meinem Mann nicht geholfen! Nicht zu so was! Ich weiß, daß man mir das anhängt, aber es ist alles Lüge! Nichts als schmutzige Lügen! Das kann jedermann bezeugen.

DAS JUNGE MÄDCHEN Das heißt nicht, jemand etwas anhängen, Frau Carrar. Man hat das nur in tiefstem Respekt gesagt. Wir alle wußten im Ort, daß Carlo Carrar ein Held war. Aber er mußte sich dazu wohl nachts aus dem Haus schleichen, das wissen wir jetzt.

DER JUNGE Mein Vater hat sich nicht nachts aus dem Haus geschlichen, Manuela.

DIE MUTTER Du hältst den Mund, José.

DAS JUNGE MÄDCHEN Sagen Sie Ihrem Sohn, ich will mit ihm nichts mehr zu tun haben. Und er braucht keinen Bogen mehr um mich zu machen aus Angst, ich könnte ihn fragen, wieso er immer noch nicht dort ist, wo er hingehört. *Sie geht.*

DER ARBEITER Du hättest das Mädchen nicht so weggehen lassen sollen. Das hättest du früher nicht gemacht, Teresa.

DIE MUTTER Ich bin, wie ich immer war. Wahrscheinlich haben sie Wetten abgeschlossen, daß sie Juan an die Front hinausbringen. Ich will ihn überhaupt holen. Oder hol du ihn, José! Nein, warte, ich gehe doch selber. Aber ich bin gleich wieder zurück. *Ab.*

DER ARBEITER Sag mal, José, du gehörst doch nicht zu den Dümmsten, und man muß dir nicht alles lang und breit auseinandersetzen. Also wo sind sie?

DER JUNGE Was?

DER ARBEITER Die Gewehre!

DER JUNGE Vaters?

DER ARBEITER Die müssen doch noch da sein. Er kann doch in die Eisenbahn nicht mit so einem Ding eingestiegen sein, als er abfuhr.

DER JUNGE Bist du die holen gekommen?

DER ARBEITER Was sonst?

DER JUNGE Sie wird sie nie herausgeben. Sie hat sie versteckt.

DER ARBEITER Wo?

*Der Junge zeigt in eine Ecke. Der Arbeiter steht auf und will eben hingehen, als sie Tritte hören.*

DER ARBEITER *setzt sich schnell wieder:* Still jetzt!

*Die Mutter kommt mit dem Ortsgeistlichen herein. Er ist ein großer, starker Mann in sehr abgetragenem Rock.*

DER PADRE Guten Abend, José! *Zum Arbeiter:* Guten Abend.

DIE MUTTER Das ist mein Bruder aus Motril, Padre.

DER PADRE Ich freue mich, Ihre Bekanntschaft zu machen. *Zu der Mutter:* Ich muß Sie wirklich um Entschuldigung bitten, daß ich schon wieder mit einem Anliegen komme. Wenn Sie morgen mittag nach den Turillos sehen könnten? Dort sind die Kinder jetzt auch allein, da die Turillo zu ihrem Mann an die Front gegangen ist.

DIE MUTTER Das tue ich sehr gern.

DER PADRE *zum Arbeiter:* Was führt Sie in diese Gegend? Ich habe gehört, die Verbindung soll schon sehr schwierig sein von Motril nach hier?

DER ARBEITER Hier ist es ja noch sehr ruhig, wie?

DER PADRE Wie bitte? Ja.

DIE MUTTER Ich glaube, Pedro, der Padre hat dich was gefragt. Was dich hierherführt?

DER ARBEITER Ich dachte, ich sehe mal wieder nach meiner Schwester.

DER PADRE *sieht aufmunternd die Mutter an:* Das ist schön, daß Sie nach Ihrer Schwester sehen. Wie Sie vielleicht schon bemerkt haben werden, hat sie es nicht leicht.

DER ARBEITER Hoffentlich haben Sie ein gutes Pfarrkind an ihr.

DIE MUTTER Sie müssen einen Schluck Wein nehmen. Der Padre kümmert sich um die Kinder, wo die Eltern an die Front gegangen sind. Sicher sind Sie wieder den ganzen Tag herumgelaufen? *Sie stellt dem Padre einen Krug Wein hin.*

DER PADRE *setzt sich, nimmt den Krug:* Ich möchte nur wissen, wer mir meine Schuhe ersetzen wird.

*In diesem Augenblick beginnt das Perezsche Radio wieder. Die Mutter will das Fenster schließen.*

DER PADRE Lassen Sie nur das Fenster offen, Frau Carrar! Sie haben mich hereingehen sehen. Sie nehmen mir übel, daß ich nicht auf die Barrikade gehe, und da lassen sie mich ab und zu eine solche Rede hören.

DER ARBEITER Stört es Sie sehr?

DER PADRE Ja, offen gesagt. Aber lassen Sie das Fenster ruhig auf.

STIMME DES GENERALS ... aber man kennt ja diese verdammten Lügen, mit denen diese Herren die nationale Sache zu besudeln suchen. Wir bezahlen ja den Herrn Erzbischof von Canterbury vielleicht nicht so gut wie die Roten, aber dafür könnten wir ihm die zehntausend toten Priester nennen, denen seine verehrten Freunde die Gurgeln durchgeschnitten haben. Dieser Herr mag es sich gesagt sein lassen, auch wenn kein Scheck beiliegt, daß die nationale Armee bei ihrem siegreichen Vormarsch wohl Bomben und Gewehrmagazine die Fülle, aber noch nie einen am Leben gebliebenen Priester vorgefunden hat.

*Der Arbeiter reicht dem Padre sein Zigarettenpäckchen. Der Padre nimmt sich lächelnd eine Zigarette heraus, obwohl er kein Raucher ist.*

STIMME DES GENERALS Es ist nur gut, daß die gerechte Sache auch ohne die Herren Erzbischöfe, solange sie sich dafür auf gute Aeroplane stützen kann, zu siegen versteht. Auf solche Männer wie General Franco, General Mola...

*Die Darbietung bricht brüsk ab.*

DER PADRE *gutmütig:* Gott sei Dank halten die Perez mehr als drei Sätze davon selber nicht durch! Ich meine, solche Reden können keinen guten Eindruck machen.

DER ARBEITER Wir hören allerdings, daß der Vatikan selber solche Lügen in die Welt setzen soll.

DER PADRE Das weiß ich nicht. *Unglücklich:* Meiner Meinung nach ist es nicht Sache der Kirche, aus Schwarz Weiß und aus Weiß Schwarz zu machen.

DER ARBEITER *auf den Jungen schauend:* Sicher nicht.

DIE MUTTER *schnell:* Mein Bruder kämpft bei der Miliz, Padre.

DER PADRE Von welchem Frontabschnitt kommen Sie?

DER ARBEITER Malaga.

DER PADRE Es ist schrecklich dort, wie?
*Der Arbeiter raucht schweigend.*
DIE MUTTER Mein Bruder hält mich nicht für eine gute Spanierin. Er meint, ich solle Juan an die Front lassen.
DER JUNGE Und mich auch! Da gehören wir hin!
DER PADRE Sie wissen, Frau Carrar, daß ich Ihre Haltung nach bestem Wissen und Gewissen für eine gerechtfertigte halte. Der niedrige Klerus unterstützt in vielen Gegenden die gesetzmäßige Regierung. Von den achtzehn Diözesen Bilbaos haben sich siebzehn für die Regierung erklärt. Nicht wenige meiner Amtsbrüder wirken an der Front. Einige sind schon gefallen. Aber ich selber bin in keiner Weise ein Kämpfer. Gott hat mir nicht die Gabe verliehen, meine Pfarrkinder laut und vernehmlich zum Kampf für – *er sucht ein Wort* – irgend etwas aufzurufen. Für mich gilt das Wort unseres Herrn: Du sollst nicht töten! Ich bin kein reicher Mann. Ich besitze kein Kloster und teile mit meiner Gemeinde das wenige. Das ist vielleicht das einzige, was meinen Worten in einer solchen Zeit einigen Nachdruck verleihen kann.
DER ARBEITER Sicher. Nur ist es die Frage, ob Sie kein Kämpfer sind. Sie müssen mich verstehen. Wenn Sie zum Beispiel einem Mann, der gerade getötet werden soll und sich verteidigen will, mit dem Wort in den Arm fallen: Du sollst nicht töten!, so daß er wie ein Huhn abgeschlachtet werden kann, dann nehmen Sie vielleicht an diesem Kampf doch teil, ich meine, in Ihrer Weise. Ich denke, Sie entschuldigen es, wenn ich das sage.
DER PADRE Vorläufig nehme ich am Hungern teil.
DER ARBEITER Und wie meinen Sie, daß wir wieder zu unserem täglichen Brot kommen, um das Sie im Vaterunser bitten?
DER PADRE Das weiß ich nicht, ich kann nur bitten.
DER ARBEITER Dann wird es Sie interessieren, daß Gott die Lebensmittelschiffe gestern nacht wieder umkehren ließ.
DER JUNGE Ist das wahr? – Mutter, die Schiffe sind umgekehrt!
DER ARBEITER Ja, das ist die Neutralität. *Plötzlich:* Sie sind ja auch neutral?
DER PADRE Wie meinen Sie das?
DER ARBEITER Nun, für Nichteinmischung! Und indem Sie für Nichteinmischung sind, billigen Sie im Grund jedes Blutbad, das diese Herren Generäle unter dem spanischen Volk anrichten.
DER PADRE *seine Hände abwehrend in Kopfhöhe erhebend:* Ich billige es nicht!
DER ARBEITER *schaut ihn mit halbgeschlossenen Augen an:* Lassen Sie Ihre Hände einen Augenblick oben. In dieser Haltung sollen fünftausend von uns in Badajoz aus den belagerten Häusern getreten sein. Sie wurden in eben dieser Haltung niedergeschossen.
DIE MUTTER Wie kannst du so sprechen, Pedro?
DER ARBEITER Es fiel mir nur auf, daß die Haltung, mit der man etwas mißbilligt, so schrecklich der Haltung gleicht, mit der man kapituliert, Teresa. Ich habe oft gelesen, daß die Leute, die ihre Hände in Unschuld waschen, dies in blutigen Schüsseln tun. Man sieht es den Händen danach an.
DIE MUTTER Pedro!
DER PADRE Lassen Sie nur, Frau Carrar. Die Geister sind hitzig in solchen Zeiten. Wir alle werden wieder ruhiger denken, wenn dies vorüber sein wird.
DER ARBEITER Ich denke, wir sollen vom Erdboden weggewischt werden, weil wir ein perverses Volk sind?
DER PADRE Wer sagt so etwas?
DER ARBEITER Der Radiogeneral. Haben Sie es nicht gehört vorhin? Sie hören immer noch zu wenig Radio.
DER PADRE *verächtlich:* Ach, der General...
DER ARBEITER Sagen Sie nicht: Ach, der General! Der General hat den ganzen Abschaum Spaniens gemietet, uns vom Erdboden wegzuwischen, von den Mauren, Italienern und Deutschen ganz abgesehen.
DIE MUTTER Das ist auch eine Schande, daß sie diese Leute hereinholen, die es nur für Geld machen.
DER PADRE Sie glauben nicht, daß auch auf der anderen Seite ehrlich überzeugte Menschen stehen könnten?
DER ARBEITER Ich weiß nur nicht, wovon sie überzeugt sein könnten.
*Pause.*
DER PADRE *zieht seine Uhr:* Ich muß noch zu den Turillos hinübersehen.
DER ARBEITER Denken Sie nicht, die Kammer der Abgeordneten, in der die Regierung eine solche Mehrheit hatte, ist nach ehrlichen Spielregeln gewählt worden?
DER PADRE Das glaube ich.
DER ARBEITER Ich sagte vorhin, wenn man ei-

nem Mann, der sich verteidigt, in den Arm fällt – das meinte ich wörtlich, wir haben tatsächlich nicht viel mehr als unsere bloßen Arme...

DIE MUTTER *unterbricht ihn:* Du solltest nicht wieder davon anfangen, es hat keinen Sinn.

DER PADRE Der Mensch ist mit bloßen Armen geboren, wie wir alle wissen. Der Schöpfer läßt ihn nicht mit einer Waffe in der Hand aus dem Mutterschoß hervorgehen. Ich kenne die Doktrin, nach der alles Elend der Welt davon kommen soll, daß der Fischer und der Arbeiter – ich denke, Sie sind Arbeiter – nur seine bloßen Arme hat, um sich seinen Lebensunterhalt zu erkämpfen. Aber es steht nirgends in der Schrift, daß diese Welt eine vollkommene Welt ist. Sie ist im Gegenteil voll von Elend, Sünde und Unterdrückung. Wohl dem, der, wenn er schon zu seinem Leidwesen unbewaffneten Arms auf diese Welt geschickt wurde, sie doch wenigstens ohne Waffen in der Hand verlassen konnte.

DER ARBEITER Das ist schön gesagt. Und ich will nichts dagegen sagen, wenn etwas schön klingt. Ich wollte, es machte auf den General Franco einen Eindruck. Das Schlimme ist, daß der General Franco, bewaffnet bis an die Zähne, wie er ist, so gar keine Neigung zeigt, aus der Welt zu gehen. Wir würden ihm alle Waffen Spaniens nachwerfen, wenn er nur aus der Welt ginge. Seine Flieger werfen uns da ein Flugblatt herunter, ich habe es heute in Motril auf der Straße aufgelesen. *Er zieht ein Flugblatt aus der Tasche. Der Padre, die Mutter und der Junge schauen es sich an.*

DER JUNGE *zur Mutter:* Siehst du, hier sagen sie wieder, daß sie alles vernichten werden.

DIE MUTTER *lesend:* Das können sie ja gar nicht.

DER ARBEITER Doch, die können. Was meinen Sie, Padre?

DER JUNGE Ja.

DER PADRE *unsicher:* Ich meine, daß sie technisch vielleicht in der Lage sein würden. Aber wenn ich Frau Carrar richtig verstanden habe, dann meint sie, daß dies nicht nur eine Frage der Aeroplane für sie ist. Sie mögen hier in dieser Art Flugblätter damit drohen, um der Bevölkerung den Ernst der Lage vor Augen zu führen, aber es ist etwas anderes, eine solche Drohung aus militärischen Gründen auszuführen.

DER ARBEITER Ich kann Sie nicht ganz verstehen.

DER JUNGE Ich auch nicht.

DER PADRE *noch unsicherer:* Ich denke, ich sprach deutlich.

DER ARBEITER Ihre Sätze sind deutlich, aber Ihre Meinung ist für mich und José nicht ganz deutlich. Meinen Sie, daß sie nicht bombardieren werden?

*Kleine Pause.*

DER PADRE Ich halte es für eine Drohung.

DER ARBEITER Die nicht ausgeführt wird?

DER PADRE Nein.

DIE MUTTER Wie ich es lese, wollen sie gerade Blutvergießen vermeiden, indem sie uns warnen, die Hände gegen sie zu erheben.

DER JUNGE Generäle und Blutvergießen vermeiden!

DIE MUTTER *ihm das Flugblatt hinhaltend:* Sie schreiben doch hier: Wer die Waffen niederlegt, den verschonen sie.

DER ARBEITER Dann will ich noch eine andere Frage an Sie richten, Padre: Glauben Sie, daß verschont werden wird, wer die Waffen niederlegt?

DER PADRE *blickt sich hilfesuchend um:* Es heißt, daß General Franco selber immer unterstreicht, daß er Christ ist.

DER ARBEITER Das bedeutet, daß er sein Versprechen halten wird?

DER PADRE *mit Heftigkeit:* Er muß es halten, Herr Jaquéras!

DIE MUTTER Dem, der nicht kämpft, kann nichts geschehen.

DER ARBEITER Herr Padre – *entschuldigend* –, ich weiß Ihren Namen nicht...

DER PADRE Francisco.

DER ARBEITER *fährt fort:* ...Francisco, ich wollte Sie eigentlich nicht fragen, was Ihrer Meinung nach der General Franco tun muß, sondern was er Ihrer Meinung nach tun wird. Sie verstehen meine Frage?

DER PADRE Ja.

DER ARBEITER Sie verstehen, daß ich Sie als Christen frage, oder sollen wir sagen: als einen Mann, der selber kein Kloster besitzt, wie Sie es ausgedrückt haben, und der die Wahrheit sagen wird, wenn es um Leben und Tod geht. Denn darum geht es, nicht wahr?

DER PADRE *sehr unruhig:* Ich verstehe Sie.

DER ARBEITER Vielleicht kann ich Ihnen Ihre Antwort erleichtern, indem ich Sie an die Geschehnisse von Malaga erinnere.

DER PADRE Ich weiß, was Sie meinen. Aber sind Sie sicher, daß in Malaga keine Gegenwehr vorlag?

DER ARBEITER Sie wissen, daß fünfzigtausend flüchtende Männer, Frauen und Kinder auf der zweihundertzwanzig Kilometer langen Landstraße nach Almeria von den Geschützen der Schiffe und von den Bomben und Maschinengewehren der Fluggeschwader Francos niedergemäht wurden!

DER PADRE Das könnte eine Greuelnachricht sein.

DER ARBEITER Wie die von den erschossenen Priestern?

DER PADRE Wie die von den erschossenen Priestern.

DER ARBEITER Sie wurden also nicht niedergemäht?

*Der Padre schweigt.*

DER ARBEITER Frau Carrar und ihre Söhne erheben nicht die Hand gegen den General Franco. Frau Carrar und ihre Söhne sind also sicher?

DER PADRE Nach menschlichem Ermessen...

DER ARBEITER Ja? Nach menschlichem Ermessen?

DER PADRE *aufgeregt:* Sie wollen doch nicht, daß ich eine Garantie übernehmen soll?

DER ARBEITER Nein. Sie sollen nur Ihre wirkliche Meinung sagen. Sind Frau Carrar und ihre Söhne sicher?

*Der Padre schweigt.*

DER ARBEITER Ich denke, wir verstehen Ihre Antwort. Sie sind ein ehrlicher Mann.

DER PADRE *verwirrt aufstehend:* Also, Frau Carrar, dann kann ich damit rechnen, daß Sie nach den Turilloschen Kindern sehen?

DIE MUTTER *ebenfalls sehr betroffen:* Ich bringe ihnen auch zu essen mit. Und danke für Ihren Besuch.

*Der Padre geht, dem Arbeiter und dem Jungen zunickend, hinaus. Die Mutter begleitet ihn.*

DER JUNGE Da hast du gehört, was sie ihr immer einreden! Aber geh nicht ohne die Gewehre fort.

DER ARBEITER Wo sind sie? Schnell!

*Sie gehen nach hinten, schieben eine Truhe vor und reißen die Diele auf.*

DER JUNGE Aber sie kommt doch gleich zurück!

DER ARBEITER Wir stellen die Gewehre vor das Fenster. Von da nehme ich sie dann weg.

*Sie nehmen eilig die Gewehre aus einem Holzkasten. Eine kleine zerschlissene Fahne, in die sie eingewickelt waren, fällt zu Boden.*

DER JUNGE Da ist ja noch die kleine Fahne von damals! Ich wundere mich, daß du so ruhig dasitzen konntest, wo es so eilig ist.

DER ARBEITER Ich mußte die Dinger haben.

*Beide probieren die Gewehre aus. Der Junge zieht plötzlich eine Mütze, die Mütze der Miliz, aus der Tasche und setzt sie sich triumphierend auf.*

DER ARBEITER Wo hast du denn die her?

DER JUNGE Eingetauscht. *Mit einem scheuen Blick zur Tür steckt er sie wieder in die Tasche.*

DIE MUTTER *die wieder eingetreten ist:* Legt die Gewehre zurück! Bist du deshalb gekommen?

DER ARBEITER Ja, wir brauchen sie, Teresa. Wir können die Generäle nicht mit den Händen aufhalten.

DER JUNGE Jetzt hast du es doch vom Padre selber gehört, wie es steht.

DIE MUTTER Wenn du nur hier bist, um die Gewehre zu kriegen, dann brauchst du nicht mehr zu warten. Und wenn ihr uns nicht in Ruhe laßt in diesem Haus, dann nehme ich meine Kinder und laufe weg.

DER ARBEITER Teresa, hast du dir unser Land auf der Karte angesehen? Wir leben wie auf einem zerbrochenen Teller. Wo die Bruchlinie ist, ist das Wasser, und am Tellerrand stehen die Geschütze. Und über uns sind die Bombenflieger. Wo willst du hinlaufen, außer in die Kanonen hinein?

*Sie geht auf ihn zu, nimmt ihm die Gewehre aus der Hand und trägt sie in den Armen weg.*

DIE MUTTER Ihr könnt die Gewehre nicht haben, Pedro!

DER JUNGE Du mußt sie ihm geben, Mutter! Hier verdrecken sie doch nur!

DIE MUTTER Du bist still, José! Was weißt denn du?

*Der Arbeiter hat sich ruhig wieder auf seinen Stuhl gesetzt und zündet sich eine Zigarette an.*

DER ARBEITER Teresa, du hast kein Recht, Carlos Gewehre zurückzuhalten.

DIE MUTTER *die Gewehre einpackend:* Recht oder nicht Recht: ich gebe sie euch nicht! Ihr könnt mir hier nicht meinen Fußboden aufreißen und gegen meinen Willen etwas aus meinem Haus wegnehmen.

DER ARBEITER Das ist nicht unbedingt etwas, was ins Haus gehört. Ich will dir vor deinem Jungen nicht sagen, was ich über dich denke, und wir wollen auch nicht davon reden, was dein Mann über dich denken würde. Er hat gekämpft. Ich nehme an, daß du vor Furcht um deine Jungens den Kopf verloren hast. Aber darum können wir uns natürlich nicht kümmern.

DIE MUTTER Was soll das heißen?

DER ARBEITER Das heißt, daß ich ohne die Gewehre nicht weggehe. Da kannst du sicher sein.

DIE MUTTER Dann mußt du mich niederschlagen.

DER ARBEITER Das werde ich nicht. Ich bin nicht der General Franco. Ich werde nur mit Juan reden. Da kriege ich sie wohl.

DIE MUTTER *schnell:* Juan kommt nicht zurück.

DER JUNGE Du hast ihn ja selber gerufen!

DIE MUTTER Ich habe ihn nicht gerufen. Ich will nicht, daß er dich sieht, Pedro.

DER ARBEITER Ich dachte mir so was. Aber ich habe ja auch noch eine Stimme. Ich kann ans Wasser hinuntergehen und zu ihm hinausrufen. Ein Satz genügt, Teresa; ich kenne Juan. Er ist kein Feigling. Du kannst ihn nicht halten.

DER JUNGE Und ich gehe auch mit.

DIE MUTTER *sehr ruhig:* Laß meine Kinder in Ruhe, Pedro! Ich habe ihnen gesagt, daß ich mich aufhängen werde, wenn sie gehen. Ich weiß, daß das vor Gott eine Sünde ist und die ewige Verdammnis nach sich zieht. Aber ich kann nicht anders handeln. Als Carlo starb, ging ich zum Padre, sonst hätte ich mich damals schon aufgehängt. Ich wußte ganz gut, daß ich mit schuld war, obgleich er selber der Schlimmste war mit seiner Heftigkeit und seinem Hang zur Gewalttätigkeit. Wir haben es nicht so gut, und es ist nicht so leicht, dieses Leben zu ertragen. Aber es geht nicht mit dem Gewehr. Das sah ich, als sie ihn hereinbrachten und ihn mir auf den Boden legten. Ich bin nicht für die Generäle, und es ist eine Schande, das von mir zu sagen. Aber wenn ich mich still verhalte und meine Heftigkeit bekämpfe, dann lassen sie uns vielleicht verschont. Das ist eine einfache Rechnung. Es ist wenig genug, was ich verlange. Ich will diese Fahne nicht mehr sehen. Wir sind unglücklich genug.

*Sie geht still zu der kleinen Fahne, nimmt sie hoch und zerreißt sie. Dann, sogleich, bückt sie sich und sammelt die Fetzen wieder auf, sie in die Tasche steckend.*

DER ARBEITER Es wäre besser, wenn du dich aufhängtest, Teresa.

*Es klopft und herein kommt Frau Perez, eine alte Frau in Schwarz.*

DER JUNGE *zum Arbeiter:* Die alte Frau Perez.

DER ARBEITER *halblaut:* Was sind das für Leute?

DER JUNGE Gute Leute. Die mit dem Radio. Ihre Tochter ist vorige Woche an der Front gefallen.

DIE ALTE FRAU PEREZ Ich habe gewartet, bis ich den Padre weggehen sah, wissen Sie. Ich dachte, ich sehe einmal herein wegen meiner Leute. Ich wollte Ihnen sagen, daß ich es nicht richtig finde, wenn sie Ihnen wegen Ihrer Ansichten Schwierigkeiten machen.

*Die Mutter schweigt.*

DIE ALTE FRAU PEREZ *die sich gesetzt hat:* Sie haben Angst um Ihre Kinder, Frau Carrar. Die Leute denken immer nicht daran, wie schwierig es ist, Kinder großzuziehen in diesen Zeiten. Ich habe sieben geboren. *Sie wendet sich ein wenig auch an den Arbeiter, mit dem sie nicht bekannt gemacht worden ist:* Es sind nicht mehr so viele übriggeblieben davon, jetzt, nachdem Inez fiel. Zwei bekam ich überhaupt nicht über fünf. Das waren die Hungerjahre von achtundneunzig und neunundneunzig. Von Andrea weiß ich gar nicht, wo er ist. Er schrieb zuletzt aus Rio. Das ist in Südamerika. Mariana ist ja in Madrid. Sie klagt auch sehr. Sie ist nie die Stärkste gewesen. Wir Alten bilden uns ja immer ein, daß alles, was nach uns kam, ein wenig kümmerlicher ausgefallen ist.

DIE MUTTER Aber Fernando haben Sie auch noch.

DIE ALTE FRAU PEREZ Ja.

DIE MUTTER *verwirrt:* Entschuldigen Sie, ich wollte Sie nicht kränken.

DIE ALTE FRAU PEREZ *ruhig:* Sie müssen sich nicht entschuldigen. Ich weiß, daß Sie mich nicht kränken wollten.

DER JUNGE *leise zum Arbeiter:* Der ist bei Franco.

DIE ALTE FRAU PEREZ *still:* Wir reden nicht mehr von Fernando. *Nach einer kleinen Pause:* Wissen Sie, Sie können meine Leute nicht verstehen, wenn Sie nicht einrechnen, daß wir alle über Inez' Tod sehr bekümmert sind.

DIE MUTTER Wir alle haben Inez ja sehr gern gehabt. *Zum Arbeiter:* Sie hat Juan das Lesen beigebracht.

DER JUNGE Mir auch.

DIE ALTE FRAU PEREZ Man meint ja von Ihnen, daß Sie für die andere Seite sind. Aber da widerspreche ich immer. Unsereiner weiß, was der Unterschied zwischen arm und reich ist.

DIE MUTTER Ich will nicht, daß meine Kinder Soldaten werden. Sie sind kein Schlachtvieh.

DIE ALTE FRAU PEREZ Wissen Sie, Frau Carrar, ich sage immer: Für arme Leute gibt es keine Lebensversicherung. Das heißt, es trifft sie so und so. Diejenigen, die es trifft, das nennt man eben die armen Leute. Die armen Leute, Frau Carrar, rettet keine Vorsicht. Unsere Inez war immer gerade das zurückhaltendste von unseren Kindern. Was glauben Sie, daß mein Mann mit ihr anstellen mußte, bis sie sich ans Schwimmen wagte.

DIE MUTTER Ich meine, sie könnte noch leben.

DIE ALTE FRAU PEREZ Aber wie?

DIE MUTTER Was mußte Ihre Tochter, die Lehrerin war, ein Gewehr in die Hand nehmen und gegen die Generäle kämpfen?

DER ARBEITER Die sogar vom Heiligen Vater finanziert werden!

DIE ALTE FRAU PEREZ Sie sagte, sie wollte Lehrerin bleiben.

DIE MUTTER Und das konnte sie nicht in Malaga in ihrer Schule, Generäle hin, Generäle her?

DIE ALTE FRAU PEREZ Wir haben mit ihr darüber gesprochen. Ihr Vater hatte das Rauchen aufgegeben für sieben Jahre, und ihre Geschwister bekamen keinen Tropfen Milch in all diesen Jahren, damit sie Lehrerin werden konnte. Und jetzt sagte Inez, sie könne nicht lehren, daß zwei mal zwei fünf und der General Franco von Gott geschickt sei.

DIE MUTTER Wenn Juan zu mir kommen und mir sagen würde, unter den Generälen könne er nicht mehr fischen, dann würde ich ihm ein Licht aufstecken. Meinen Sie, die Aufkäufer werden uns nicht die Haut abziehen, wenn wir die Generäle weghaben, wie?

DER ARBEITER Ich denke, sie werden sich vielleicht etwas schwerer tun, wenn wir die Gewehre haben.

DIE MUTTER Also auch dann wieder Gewehre? Es wird weitergeschossen.

DER ARBEITER Wer spricht davon? Wenn dich die Haifische angreifen, bist dann du es, der die Gewalt anwendet? Sind wir nach Madrid marschiert, oder ist der General Mola über die Gebirge zu uns gekommen? Zwei Jahre lang war etwas Licht, ganz schwaches Licht, noch nicht einmal Dämmerung, aber jetzt soll es wieder Nacht werden. Und nicht einmal so steht es. Die Lehrerinnen sollen nicht etwa mehr den Kindern nicht sagen dürfen, daß zwei mal zwei vier ist, sondern sie sollen ausgerottet werden, wenn sie das jemals gesagt haben. Hast du ihn nicht sagen hören, heute abend, daß wir vom Erdboden weggewischt werden sollen?

DIE MUTTER Nur die zu den Waffen gegriffen haben. Ihr sollt nicht so in mich hineinreden. Ich kann nicht mit euch allen streiten. Meine Söhne schauen mich an wie einen Polizisten. Wenn die Mehltruhe leer ist, dann lese ich auf ihren Gesichtern, daß ich schuld bin. Und wenn die Flieger auftauchen, dann blicken sie weg, als hätte ich sie geschickt. Warum schweigt der Padre, wenn er reden sollte? Man sieht mich an wie eine Wahnsinnige, wenn ich glaube, daß die Generäle Menschen sind, sehr schlechte, aber kein Erdbeben, mit dem man nicht reden kann! Wozu setzen Sie sich in meine Stube, Frau Perez, und reden mir solches Zeug ein? Meinen Sie, ich weiß nicht alles, was Sie sagen, selber? Ihre ist schon tot, jetzt sollen meine dran! Das wollen Sie, wie? Sie laufen mir das Haus ein wie Steuereintreiber, aber ich habe schon bezahlt.

DIE ALTE FRAU PEREZ *steht auf:* Frau Carrar, ich wollte Sie nicht zornig machen. Ich bin nicht der Meinung meines Mannes, daß man Sie zu irgend etwas zwingen soll. Wir hatten eine sehr gute Meinung von Ihrem Mann, und ich wollte Sie um Entschuldigung bitten, daß meine Leute Sie belästigen. *Sie geht, dem Arbeiter und dem Jungen zunickend.*

*Pause.*

DIE MUTTER Das schlimmste ist, daß sie einen mit ihrer Hartnäckigkeit dahin bringen, daß man lauter Dinge sagt, die man gar nicht meint. Ich bin doch nicht gegen Inez.

DER ARBEITER *zornig:* Ja, du bist gegen Inez! Indem du ihr nicht geholfen hast, warst du gegen sie! Du sagst ja auch, du bist nicht für die Generäle. Und das ist ebenso unwahr, ob du es weißt oder nicht. Indem du uns nicht gegen sie hilfst, bist du für sie. Du kannst nicht neutral bleiben, Teresa!

DER JUNGE *geht plötzlich auf sie zu:* Komm, Mutter, es hilft dir nichts! *Zum Arbeiter:* Jetzt hat sie sich auf die Gewehrkiste gesetzt, damit wir nicht zukönnen. Also gib schon her, Mutter!

DIE MUTTER Wisch dir lieber die Nase ab, José!

DER JUNGE Mutter, ich will mit Onkel Pedro gehen! Ich warte nicht, bis man uns hier absticht wie Schweine. Du kannst mir das Kämpfen nicht verbieten wie das Rauchen! Philippo, der nicht halb so gut mit dem Stein trifft, ist schon vorn, und Andrea, der ein Jahr jünger ist als ich, ist schon gefallen. Ich lasse mich nicht auslachen vom ganzen Dorf.

DIE MUTTER Ja, ich weiß. Der kleine Paolo hat einem Lastwagenchauffeur seinen toten Maulwurf versprochen, wenn er ihn mit an die Front nimmt. Das ist lächerlich.

DER ARBEITER Es ist nicht lächerlich.

DER JUNGE Sag dem Ernesto Turillo, er kann mein kleines Boot haben. – Komm, Onkel Pedro! *Er will gehen.*

DIE MUTTER Du bleibst!

DER JUNGE Nein, ich gehe! Du kannst sagen, du brauchst Juan, aber mich brauchst du dann nicht auch noch.

DIE MUTTER Ich halte Juan nicht, weil er für mich fischen gehen soll. Und ich lasse dich nicht weg! *Sie läuft auf ihn zu und umarmt ihn.* Du kannst rauchen, wenn du willst, und wenn du allein fischen gehen willst, ich werde nichts sagen, und auch einmal in Vaters Boot!

DER JUNGE Laß mich los!

DIE MUTTER Nein, du bleibst hier!

DER JUNGE *sich losringend:* Nein, ich gehe! – Rasch, nimm die Gewehre, Onkel!

DIE MUTTER Oh!

*Sie läßt den Jungen los und hinkt weg, mit dem Fuß vorsichtig auftretend.*

DER JUNGE Was hast du?

DIE MUTTER Was kümmert das dich, was ich habe? Geh nur! Deine Mutter hast du jedenfalls besiegt.

DER JUNGE *mißtrauisch:* Ich habe gar nicht gerungen. Es kann dir nichts passiert sein.

DIE MUTTER *sich den Fuß massierend:* Nein, geh nur!

DER ARBEITER Soll ich ihn dir einrenken?

DIE MUTTER Nein, gehen sollst du! Geh hinaus aus meinem Haus! Hetzest du meine Kinder auf, daß sie sich auf mich werfen?

DER JUNGE *zornig:* Ich habe mich auf sie geworfen! *Er geht, weiß vor Zorn, nach hinten.*

DIE MUTTER Du wirst ein Verbrecher werden! Warum nehmt ihr mir nicht auch noch das letzte Brot aus dem Ofen? Ihr könnt mich ja mit einem Strick an den Stuhl binden! Ihr seid ja zwei!

DER ARBEITER Laß den Schwindel, ja?

DIE MUTTER Juan ist auch verrückt, aber er würde nicht Gewalt anwenden gegen seine Mutter! Er wird es euch eintränken, wenn er kommt! Juan!

*Sie steht plötzlich auf, von einem Gedanken gepackt, und rennt zum Fenster. Dabei vergißt sie das Hinken, und der Junge zeigt empört auf ihre Füße.*

DER JUNGE Plötzlich ist der Fuß gut.

DIE MUTTER *schaut hinaus; plötzlich:* Ich weiß nicht, ich sehe Juans Lampe nicht mehr!

DER JUNGE *mürrisch:* Wie soll sie denn weg sein?

DIE MUTTER Nein, sie ist wirklich weg!

*Der Junge geht zum Fenster, schaut hinaus:*

DER JUNGE *mit sonderbarer Stimme zum Arbeiter:* Ja, sie ist weg! Er war zuletzt bis ganz am Kap draußen. Ich lauf hinunter. *Er geht schnell weg.*

DER ARBEITER Er wird gerade zurückrudern.

DIE MUTTER Dann müßte ich die Lampe sehen.

DER ARBEITER Was soll es denn dann sein?

DIE MUTTER Ich weiß, was es ist! Sie ist zu ihm hinausgerudert!

DER ARBEITER Wer? Das Mädchen? Sicher nicht!

DIE MUTTER Doch, sie haben ihn geholt! *In steigender Erregung:* Das war ein Plan! Sie haben es ausgemacht! Sie haben den ganzen Abend einen nach dem andern hergeschickt, damit ich nicht aufpasse! Das sind Mörder! Allesamt!

DER ARBEITER *halb im Spaß, halb böse:* Den Padre jedenfalls haben sie nicht hergeschickt!

DIE MUTTER Sie ruhen ja nicht, bis sie alle hineingezogen haben!

DER ARBEITER Du meinst doch nicht, daß er zur Front ist?

DIE MUTTER Sie sind seine Mörder, aber er ist nicht besser als sie! Bei Nacht stiehlt er sich weg! Ich will ihn nicht mehr sehen!

DER ARBEITER Ich verstehe dich überhaupt nicht mehr, Teresa. Siehst du denn nicht, daß du ihm nichts Schlimmeres antun kannst, als ihn jetzt vom Kämpfen zurückzuhalten? Er wird es dir nicht danken.

DIE MUTTER *wie abwesend:* Ich habe ihm nicht meinethalben gesagt, daß er nicht kämpfen darf.

DER ARBEITER Nicht für uns kämpfen, Teresa, heißt nicht: nicht kämpfen, sondern für die Generäle kämpfen.

DIE MUTTER Wenn er mir das angetan hat und zur Miliz gegangen ist, dann soll er verflucht sein! Mit ihren Fliegerbomben sollen sie ihn treffen! Mit ihren Tanks sollen sie ihn niederfahren! Daß er merkt, daß Gott sich nicht spotten läßt. Und daß ein Armer nicht gegen die Generäle aufkommen kann. Ich habe ihn nicht dazu geboren, daß er hinter einem Maschinengewehr auf seine Mitmenschen lauert. Wenn da Unrecht ist in der Welt, habe ich ihn nicht gelehrt, daran teilzunehmen. Ich werde ihm meine

Tür nicht mehr öffnen, wenn er zurückkommt, nur weil er sagt, er hat die Generäle besiegt! Ich werde ihm sagen, und zwar durch die Tür, daß ich niemand in meinem Haus haben will, der sich mit Blut befleckt hat. Ich werde ihn mir abhauen wie einen kranken Fuß. Das werde ich. Sie haben mir schon einen gebracht. Der meinte auch, er werde schon Glück haben. Aber wir haben kein Glück. Das werdet ihr vielleicht noch begreifen, bevor die Generäle mit uns fertig sind. Wer zum Schwert greift, wird durch das Schwert umkommen.

*Vor der Tür hört man Gemurmel, dann geht die Tür auf, und herein kommen drei Frauen, die Hände über der Brust gefaltet, den Englischen Gruß murmelnd. Sie stellen sich an der Wand auf, und durch die offengebliebene Tür bringen zwei Fischer auf einem blutdurchtränkten Segel den toten Juan Carrar. Hinter ihnen kommt totenblaß der Junge. Er hat die Mütze seines Bruders in der Hand. Die Fischer legen den Toten auf den Fußboden. Einer hält Juans Lampe. Während die Mutter erstarrt dasitzt und die Frauen lauter beten, erklären die Fischer dem Arbeiter mit gedämpfter Stimme, was geschehen ist.*

ERSTER FISCHER Es war einer von ihren Fischkuttern mit Maschinengewehren. Sie haben ihn im Vorbeifahren einfach abgeschossen.

DIE MUTTER Das kann nicht sein! Das ist ein Irrtum! Er ist doch fischen gegangen!

*Die Fischer schweigen. Die Mutter sinkt zu Boden, der Arbeiter hebt sie auf.*

DER ARBEITER Er kann nichts gespürt haben.

*Die Mutter kniet bei dem Toten nieder.*

DIE MUTTER Juan!

*Man hört eine Zeitlang nur das Gemurmel der betenden Frauen und das dumpfe Rollen der Geschütze in der Ferne.*

DIE MUTTER Könnt ihr ihn mir auf die Truhe legen?

*Der Arbeiter und die Fischer heben den Toten hoch und tragen ihn nach hinten auf die Truhe. Das Segel bleibt liegen. Das Beten der Frauen wird lauter und heller. Die Mutter nimmt den Jungen bei der Hand und geht mit ihm zu dem Toten.*

DER ARBEITER *wieder vorn zu den Fischern:* War er allein? Kein anderes Boot draußen?

ERSTER FISCHER Nein. Aber er war am Ufer. *Er deutet auf den zweiten Fischer.*

ZWEITER FISCHER Sie haben ihn nicht einmal etwas gefragt. Sie wischten nur so vorbei mit ihrem Scheinwerfer, und dann fiel seine Lampe ins Boot.

DER ARBEITER Aber sie müssen doch gesehen haben, daß er nur fischt?

ZWEITER FISCHER Ja, das müssen sie gesehen haben.

DER ARBEITER Und er hat ihnen nichts zugerufen?

ZWEITER FISCHER Das hätte ich gehört.

*Die Mutter kommt mit Juans Mütze, die der Junge hereingebracht hat, nach vorn.*

DIE MUTTER *einfach:* Schuld war die Mütze.

ERSTER FISCHER Wieso?

DIE MUTTER Sie ist schäbig. So etwas trägt kein Herr.

ERSTER FISCHER Aber sie können doch nicht auf jeden losknallen, der eine schäbige Mütze aufhat?

DIE MUTTER Doch. Das sind keine Menschen. Das ist ein Aussatz, und das muß ausgebrannt werden wie ein Aussatz. *Zu den betenden Frauen, höflich:* Ich möchte euch bitten zu gehen. Ich habe noch allerhand zu tun hier, und mein Bruder ist ja bei mir.

*Die Leute gehen.*

ERSTER FISCHER Das Boot haben wir unten festgemacht.

*Wenn sie allein sind, nimmt die Mutter das Segel auf und sieht darauf hinab.*

DIE MUTTER Vorhin habe ich eine Fahne zerrissen. Sie haben mir wieder eine gebracht.

*Sie schleift es nach hinten und deckt den Toten damit zu. In diesem Augenblick ändert sich der ferne Donner der Geschütze. Er kommt plötzlich näher.*

DER JUNGE *apathisch:* Was ist das?

DER ARBEITER *plötzlich gehetzt aussehend:* Der Durchbruch! Ich muß sofort los!

DIE MUTTER *nach vorn zum Backofen gehend, laut:* Nehmt die Gewehre heraus! Mach dich fertig, José! Das Brot ist auch fertig.

*Während der Arbeiter die Gewehre aus dem Kasten nimmt, sieht sie nach dem Brot. Sie nimmt es aus dem Ofen, schlägt es in ein Tüchlein und tritt zu den beiden. Sie faßt nach einem der Gewehre.*

DER JUNGE Willst du denn auch mitkommen?

DIE MUTTER Ja, für Juan.

*Sie gehen zur Tür.*

# Leben des Galilei

Schauspiel

Mitarbeiter: M. Steffin

*Personen*

Galileo Galilei · Andrea Sarti · Frau Sarti, Galileis Haushälterin, Andreas Mutter · Ludovico Marsili, ein reicher junger Mann · Der Kurator der Universität Padua, Herr Priuli · Sagredo, Galileis Freund · Virginia, Galileis Tocher · Federzoni, ein Linsenschleifer, Galileis Mitarbeiter · Der Doge · Ratsherren · Cosmo de Medici, Großherzog von Florenz · Der Hofmarschall · Der Theologe · Der Philosoph · Der Mathematiker · Die ältere Hofdame · Die jüngere Hofdame · Großherzoglicher Lakai · Zwei Nonnen · Zwei Soldaten · Die alte Frau · Ein dicker Prälat · Zwei Gelehrte · Zwei Mönche · Zwei Astronomen · Ein sehr dünner Mönch · Der sehr alte Kardinal · Pater Christopher Clavius, Astronom · Der kleine Mönch · Der Kardinal Inquisitor · Kardinal Barberini, später Papst Urban VIII. · Kardinal Bellarmin · Zwei geistliche Sekretäre · Zwei junge Damen · Filippo Mucius, ein Gelehrter · Herr Gaffone, Rektor der Universität Pisa · Der Balladensänger · Seine Frau · Vanni, ein Eisengießer · Ein Beamter · Ein hoher Beamter · Ein Individuum · Ein Mönch · Ein Bauer · Ein Grenzwächter · Ein Schreiber · Männer, Frauen, Kinder

## 1

**Galileo Galilei, Lehrer der Mathematik zu Padua, will das neue kopernikanische Weltsystem beweisen.**

In dem Jahr sechzehnhundertundneun
Schien das Licht des Wissens hell
Zu Padua aus einem kleinen Haus.
Galileo Galilei rechnete aus:
Die Sonn steht still, die Erd kommt
von der Stell.

*Das ärmliche Studierzimmer des Galilei in Padua. Es ist morgens. Ein Knabe, Andrea, der Sohn der Haushälterin, bringt ein Glas Milch und einen Wecken.*

GALILEI *sich den Oberkörper waschend, prustend und fröhlich:* Stell die Milch auf den Tisch, aber klapp kein Buch zu.

ANDREA Mutter sagt, wir müssen den Milchmann bezahlen. Sonst macht er bald einen Kreis um unser Haus, Herr Galilei.

GALILEI Es heißt: er beschreibt einen Kreis, Andrea.

ANDREA Wie Sie wollen. Wenn wir nicht bezahlen, dann beschreibt er einen Kreis um uns, Herr Galilei.

GALILEI Während der Gerichtsvollzieher, Herr Cambione, schnurgerade auf uns zu kommt, indem er was für eine Strecke zwischen zwei Punkten wählt?

ANDREA *grinsend:* Die kürzeste.

GALILEI Gut. Ich habe was für dich. Sieh hinter den Sterntafeln nach.

*Andrea fischt hinter den Sterntafeln ein großes hölzernes Modell des Ptolemäischen Systems hervor.*

ANDREA Was ist das?

GALILEI Das ist ein Astrolab; das Ding zeigt, wie sich die Gestirne um die Erde bewegen, nach Ansicht der Alten.

ANDREA Wie?

GALILEI Untersuchen wir es. Zuerst das erste: Beschreibung.

ANDREA In der Mitte ist ein kleiner Stein.

GALILEI Das ist die Erde.

ANDREA Drum herum sind, immer übereinander, Schalen.

GALILEI Wie viele?

ANDREA Acht.

GALILEI Das sind die kristallnen Sphären.

ANDREA Auf den Schalen sind Kugeln angemacht...

GALILEI Die Gestirne.

ANDREA Da sind Bänder, auf die sind Wörter gemalt.

GALILEI Was für Wörter?

ANDREA Sternnamen.

GALILEI Als wie?

ANDREA Die unterste Kugel ist der Mond, steht drauf. Und darüber ist die Sonne.

GALILEI Und jetzt laß die Sonne laufen.

ANDREA *bewegt die Schalen:* Das ist schön. Aber wir sind so eingekapselt.

GALILEI *sich abtrocknend:* Ja, das fühlte ich auch, als ich das Ding zum ersten Mal sah. Einige fühlen das. *Er wirft Andrea das Handtuch zu, daß er ihm den Rücken abreibe.* Mauern und Schalen und Unbeweglichkeit! Durch zweitausend Jahre glaubte die Menschheit, daß die Sonne und alle Gestirne des Himmels sich um sie drehten. Der Papst, die Kardinäle, die Fürsten, die Gelehrten, Kapitäne, Kaufleute, Fischweiber und Schulkinder glaubten, unbeweglich in dieser kristallenen Kugel zu sitzen. Aber jetzt fahren wir heraus, Andrea, in großer Fahrt. Denn die alte Zeit ist herum, und es ist eine neue Zeit. Seit hundert Jahren ist es, als erwartete die Menschheit etwas.

Die Städte sind eng, und so sind die Köpfe. Aberglauben und Pest. Aber jetzt heißt es: da es so ist, bleibt es nicht so. Denn alles bewegt sich, mein Freund.

Ich denke gerne, daß es mit den Schiffen anfing. Seit Menschengedenken waren sie nur an den Küsten entlang gekrochen, aber plötzlich verließen sie die Küsten und liefen aus über alle Meere.

Auf unserm alten Kontinent ist ein Gerücht entstanden: es gibt neue Kontinente. Und seit unsere Schiffe zu ihnen fahren, spricht es sich auf den lachenden Kontinenten herum: das große gefürchtete Meer ist ein kleines Wasser. Und es ist eine große Lust aufgekommen, die Ursachen aller Dinge zu erforschen: warum der Stein fällt, den man losläßt, und wie er steigt, wenn man ihn hochwirft. Jeden Tag wird etwas gefunden. Selbst die Hundertjährigen lassen sich noch von den Jungen ins Ohr schreien, was Neues entdeckt wurde.

Da ist schon viel gefunden, aber da ist mehr, was noch gefunden werden kann. Und so gibt es wieder zu tun für neue Geschlechter.

In Siena, als junger Mensch, sah ich, wie ein paar Bauleute eine tausendjährige Gepflogenheit, Granitblöcke zu bewegen, durch eine neue und

zweckmäßigere Anordnung der Seile ersetzten, nach einem Disput von fünf Minuten. Da und dann wußte ich: die alte Zeit ist herum, und es ist eine neue Zeit. Bald wird die Menschheit Bescheid wissen über ihre Wohnstätte, den Himmelskörper, auf dem sie haust. Was in den alten Büchern steht, das genügt ihr nicht mehr.
Denn wo der Glaube tausend Jahre gesessen hat, eben da sitzt jetzt der Zweifel. Alle Welt sagt: ja, das steht in den Büchern, aber laßt uns jetzt selbst sehn. Den gefeiertsten Wahrheiten wird auf die Schulter geklopft; was nie bezweifelt wurde, das wird jetzt bezweifelt.
Dadurch ist eine Zugluft entstanden, welche sogar den Fürsten und Prälaten die goldbestickten Röcke lüftet, so daß fette und dürre Beine darunter sichtbar werden, Beine wie unsere Beine. Die Himmel, hat es sich herausgestellt, sind leer. Darüber ist ein fröhliches Gelächter entstanden.
Aber das Wasser der Erde treibt die neuen Spinnrocken, und auf den Schiffswerften, in den Seil- und Segelhäusern regen sich fünfhundert Hände zugleich in einer neuen Anordnung.
Ich sage voraus, daß noch zu unsern Lebzeiten auf den Märkten von Astronomie gesprochen werden wird. Selbst die Söhne der Fischweiber werden in die Schulen laufen. Denn es wird diesen neuerungssüchtigen Menschen unserer Städte gefallen, daß eine neue Astronomie nun auch die Erde sich bewegen läßt. Es hat immer geheißen, die Gestirne sind an einem kristallenen Gewölbe angeheftet, daß sie nicht herunterfallen können. Jetzt haben wir Mut gefaßt und lassen sie im Freien schweben, ohne Halt, und sie sind in großer Fahrt, gleich unseren Schiffen, ohne Halt und in großer Fahrt.
Und die Erde rollt fröhlich um die Sonne, und die Fischweiber, Kaufleute, Fürsten und die Kardinäle und sogar der Papst rollen mit ihr.
Das Weltall aber hat über Nacht seinen Mittelpunkt verloren, und am Morgen hatte es deren unzählige. So daß jetzt jeder als Mittelpunkt angesehen wird und keiner. Denn da ist viel Platz plötzlich.
Unsere Schiffe fahren weit hinaus, unsere Gestirne bewegen sich weit im Raum herum, selbst im Schachspiel die Türme gehen neuerdings weit über alle Felder.
Wie sagt der Dichter? »O früher Morgen...«

ANDREA
»O früher Morgen des Beginnens!
O Hauch des Windes, der
Von neuen Küsten kommt!«
Und Sie müssen Ihre Milch trinken, denn dann kommen sofort wieder Leute.

GALILEI Hast du, was ich dir gestern sagte, inzwischen begriffen?

ANDREA Was? Das mit dem Kippernikus seinem Drehen?

GALILEI Ja.

ANDREA Nein. Warum wollen Sie denn, daß ich es begreife? Es ist sehr schwer, und ich bin im Oktober erst elf.

GALILEI Ich will gerade, daß auch du es begreifst. Dazu, daß man es begreift, arbeite ich und kaufe die teuren Bücher, statt den Milchmann zu bezahlen.

ANDREA Aber ich sehe doch, daß die Sonne abends woanders hält als morgens. Da kann sie doch nicht stillstehn! Nie und nimmer.

GALILEI Du siehst! Was siehst du? Du siehst gar nichts. Du glotzt nur. Glotzen ist nicht sehen. *Er stellt den eisernen Waschschüsselständer in die Mitte des Zimmers.* Also das ist die Sonne. Setz dich. *Andrea setzt sich auf den einen Stuhl. Galilei steht hinter ihm.* Wo ist die Sonne, rechts oder links?

ANDREA Links.

GALILEI Und wie kommt sie nach rechts?

ANDREA Wenn Sie sie nach rechts tragen, natürlich.

GALILEI Nur so? *Er nimmt ihn mitsamt dem Stuhl auf und vollführt mit ihm eine halbe Drehung.* Wo ist jetzt die Sonne?

ANDREA Rechts.

GALILEI Und hat sie sich bewegt?

ANDREA Das nicht.

GALILEI Was hat sich bewegt?

ANDREA Ich.

GALILEI *brüllt:* Falsch! Dummkopf! Der Stuhl!

ANDREA Aber ich mit ihm!

GALILEI Natürlich. Der Stuhl ist die Erde. Du sitzt drauf.

FRAU SARTI *ist eingetreten, das Bett zu machen. Sie hat zugeschaut:* Was machen Sie eigentlich mit meinem Jungen, Herr Galilei?

GALILEI Ich lehre ihn sehen, Sarti.

FRAU SARTI Indem Sie ihn im Zimmer herumschleppen?

ANDREA Laß doch, Mutter. Das verstehst du nicht.

FRAU SARTI So? Aber du verstehst es, wie? Ein junger Herr, der Unterricht wünscht. Sehr gut angezogen und bringt einen Empfehlungsbrief. *Übergibt diesen.* Sie bringen meinen Andrea noch so weit, daß er behauptet, zwei mal zwei ist fünf. Er verwechselt schon alles, was Sie ihm sagen. Gestern abend bewies er mir schon, daß die Erde sich um die Sonne dreht. Er ist fest überzeugt, daß ein Herr namens Kippernikus das ausgerechnet hat.

ANDREA Hat es der Kippernikus nicht ausgerechnet, Herr Galilei? Sagen Sie es ihr selber!

FRAU SARTI Was, Sie sagen ihm wirklich einen solchen Unsinn? Daß er es in der Schule herumplappert und die geistlichen Herren zu mir kommen, weil er lauter unheiliges Zeug vorbringt. Sie sollten sich schämen, Herr Galilei.

GALILEI *frühstückend:* Auf Grund unserer Forschungen, Frau Sarti, haben, nach heftigem Disput, Andrea und ich Entdeckungen gemacht, die wir nicht länger der Welt gegenüber geheimhalten können. Eine neue Zeit ist angebrochen, ein großes Zeitalter, in dem zu leben eine Lust ist.

FRAU SARTI So. Hoffentlich können wir auch den Milchmann bezahlen in dieser neuen Zeit, Herr Galilei. *Auf den Empfehlungsbrief deutend:* Tun Sie mir den einzigen Gefallen und schicken Sie den nicht auch wieder weg. Ich denke an die Milchrechnung. *Ab.*

GALILEI *lachend:* Lassen Sie mich wenigstens meine Milch austrinken! – *Zu Andrea:* Einiges haben wir gestern also doch verstanden!

ANDREA Ich habe es ihr nur gesagt, damit sie sich wundert. Aber es stimmt nicht. Den Stuhl mit mir haben Sie nur seitwärts um sich selber gedreht und nicht so. *Macht eine Armbewegung vornüber.* Sonst wäre ich nämlich heruntergefallen, und das ist ein Fakt. Warum haben Sie den Stuhl nicht vorwärts gedreht? Weil dann bewiesen ist, daß ich von der Erde ebenfalls herunterfallen würde, wenn sie sich so drehen würde. Da haben Sie's.

GALILEI Ich hab dir doch bewiesen...

ANDREA Aber heute nacht habe ich gefunden, daß ich da ja, wenn die Erde sich so drehen würde, mit dem Kopf die Nacht nach unten hängen würde, und das ist ein Fakt.

GALILEI *nimmt einen Apfel vom Tisch:* Also das ist die Erde.

ANDREA Nehmen Sie nicht lauter solche Beispiele, Herr Galilei. Damit schaffen Sie's immer.

GALILEI *den Apfel zurücklegend:* Schön.

ANDREA Mit Beispielen kann man es immer schaffen, wenn man schlau ist. Nur, ich kann meine Mutter nicht in einem Stuhl herumschleppen wie Sie mich. Da sehen Sie, was das für ein schlechtes Beispiel ist. Und was ist, wenn der Apfel also die Erde ist? Dann ist gar nichts.

GALILEI *lacht:* Du willst es ja nicht wissen.

ANDREA Nehmen Sie ihn wieder. Wieso hänge ich nicht mit dem Kopf nach unten nachts?

GALILEI Also hier ist die Erde, und hier stehst du. *Er steckt einen Holzsplitter von einem Ofenscheit in den Apfel.* Und jetzt dreht sich die Erde.

ANDREA Und jetzt hänge ich mit dem Kopf nach unten.

GALILEI Wieso? Schau genau hin! Wo ist der Kopf?

ANDREA *zeigt am Apfel:* Da. Unten.

GALILEI Was? *Er dreht zurück:* Ist er etwa nicht an der gleichen Stelle? Sind die Füße nicht mehr unten? Stehst du etwa, wenn ich drehe, so? *Er nimmt den Splitter heraus und dreht ihn um.*

ANDREA Nein. Und warum merke ich nichts von der Drehung?

GALILEI Weil du sie mitmachst! Du und die Luft über dir und alles, was auf der Kugel ist.

ANDREA Und warum sieht es so aus, als ob die Sonne läuft?

GALILEI *dreht wieder den Apfel mit dem Splitter:* Also unter dir siehst du die Erde, die bleibt gleich, sie ist immer unten und bewegt sich für dich nicht. Aber jetzt schau über dich. Nun ist die Lampe über deinem Kopf, aber jetzt, was ist jetzt, wenn ich gedreht habe, über deinem Kopf, also oben?

ANDREA *macht die Drehung mit:* Der Ofen.

GALILEI Und wo ist die Lampe?

ANDREA Unten.

GALILEI Aha!

ANDREA Das ist fein, das wird sie wundern.

*Ludovico Marsili, ein reicher junger Mann, tritt ein.*

GALILEI Hier geht es zu wie in einem Taubenschlag.

LUDOVICO Guten Morgen, Herr. Mein Name ist Ludovico Marsili.

GALILEI *seinen Empfehlungsbrief studierend:* Sie waren in Holland?

LUDOVICO Wo ich viel von Ihnen hörte, Herr Galilei.

GALILEI Ihre Familie besitzt Güter in der Campagna?

LUDOVICO Die Mutter wünschte, daß ich mich ein wenig umsähe, was in der Welt sich zuträgt usw.

GALILEI Und Sie hörten in Holland, daß in Italien zum Beispiel ich mich zutrage?
LUDOVICO Und da die Mutter wünscht, daß ich mich auch in den Wissenschaften umsehe...
GALILEI Privatunterricht: zehn Skudi pro Monat.
LUDOVICO Sehr wohl, Herr.
GALILEI Was sind Ihre Interessen?
LUDOVICO Pferde.
GALILEI Aha.
LUDOVICO Ich habe keinen Kopf für die Wissenschaften, Herr Galilei.
GALILEI Aha. Unter diesen Umständen sind es fünfzehn Skudi pro Monat.
LUDOVICO Sehr wohl, Herr Galilei.
GALILEI Ich werde Sie in der Frühe drannehmen müssen. Es wird auf deine Kosten gehen, Andrea. Du fällst natürlich dann aus. Du verstehst, du zahlst nichts.
ANDREA Ich geh schon. Kann ich den Apfel mithaben?
GALILEI Ja.
*Andrea ab.*
LUDOVICO Sie werden Geduld mit mir haben müssen. Hauptsächlich weil es in den Wissenschaften immer anders ist, als der gesunde Menschenverstand einem sagt. Nehmen Sie zum Beispiel dieses komische Rohr, das sie in Amsterdam verkaufen. Ich habe es genau untersucht. Eine Hülse aus grünem Leder und zwei Linsen, eine so – *er deutet eine konkave Linse an* –, eine so – *er deutet eine konvexe Linse an.* Ich höre, eine vergrößert und eine verkleinert. Jeder vernünftige Mensch würde denken, sie gleichen einander aus. Falsch. Man sieht alles fünfmal so groß durch das Ding. Das ist Ihre Wissenschaft.
GALILEI Was sieht man fünfmal so groß?
LUDOVICO Kirchturmspitzen, Tauben: alles, was weit weg ist.
GALILEI Haben Sie solche Kirchturmspitzen selber vergrößert gesehen?
LUDOVICO Jawohl, Herr.
GALILEI Und das Rohr hatte zwei Linsen? *Er macht auf einem Blatt eine Skizze.* Sah es so aus? *Ludovico nickt.* Wie alt ist die Erfindung?
LUDOVICO Ich glaube, sie war nicht älter als ein paar Tage, als ich Holland verließ, jedenfalls nicht länger auf dem Markt.
GALILEI *beinahe freundlich:* Und warum muß es Physik sein? Warum nicht Pferdezucht?
*Herein Frau Sarti, von Galilei unbemerkt.*
LUDOVICO Die Mutter meint, ein wenig Wissenschaft ist nötig. Alle Welt nimmt ihren Wein heutzutage mit Wissenschaft, wissen Sie.
GALILEI Sie könnten ebensogut eine tote Sprache wählen oder Theologie. Das ist leichter. *Sieht Frau Sarti.* Gut, kommen Sie Dienstag morgen.
*Ludovico geht.*
GALILEI Schau mich nicht so an. Ich habe ihn genommen.
FRAU SARTI Weil du mich zur rechten Zeit gesehen hast. Der Kurator von der Universität ist draußen.
GALILEI Den bring herein, der ist wichtig. Das sind vielleicht 500 Skudi. Dann brauche ich keine Schüler.
*Frau Sarti bringt den Kurator herein. Galilei hat sich vollends angezogen, dabei Ziffern auf einen Zettel kritzelnd.*
GALILEI Guten Morgen, leihen Sie mir einen halben Skudi.
*Gibt die Münze, die der Kurator aus dem Beutelchen fischt, der Sarti.* Sarti, schicken Sie Andrea zum Brillenmacher um zwei Linsen; hier sind die Maße.
*Frau Sarti ab mit dem Zettel.*
DER KURATOR Ich komme betreffs Ihres Ansuchens um Erhöhung des Gehalts auf 1000 Skudi. Ich kann es bei der Universität leider nicht befürworten. Sie wissen, mathematische Kollegien bringen der Universität nun einmal keinen Zustrom. Mathematik ist eine brotlose Kunst, sozusagen. Nicht als ob die Republik sie nicht über alles schätzte. Sie ist nicht so nötig wie die Philosophie noch so nützlich wie die Theologie, aber sie verschafft den Kennern doch so unendliche Genüsse!
GALILEI *über seinen Papieren:* Mein lieber Mann, ich kann nicht auskommen mit 500 Skudi.
DER KURATOR Aber, Herr Galilei, Sie lesen zweimal zwei Stunden in der Woche. Ihr außerordentlicher Ruf verschafft Ihnen sicher Schüler in beliebiger Menge, die zahlen können für Privatstunden. Haben Sie keine Privatschüler?
GALILEI Herr, ich habe zu viele! Ich lehre und lehre, und wann soll ich lernen? Mann Gottes, ich bin nicht so siebengescheit wie die Herren von der philosophischen Fakultät. Ich bin dumm. Ich verstehe rein gar nichts. Ich bin also gezwungen, die Löcher in meinem Wissen auszustopfen. Und wann soll ich das tun? Wann soll ich forschen? Herr, meine Wissenschaft ist noch wißbegierig! Über die größten Probleme

haben wir heute noch nichts als Hypothesen. Aber wir verlangen Beweise von uns. Und wie soll ich da weiterkommen, wenn ich, um meinen Haushalt in Gang zu halten, gezwungen bin, jedem Wasserkopf, der es bezahlen kann, einzutrichtern, daß die Parallelen sich im Unendlichen schneiden?

DER KURATOR Vergessen Sie nicht ganz, daß die Republik vielleicht nicht so viel bezahlt, wie gewisse Fürsten bezahlen, daß sie aber die Freiheit der Forschung garantiert. Wir in Padua lassen sogar Protestanten als Hörer zu! Und wir verleihen ihnen den Doktorgrad. Herrn Cremonini haben wir nicht nur nicht an die Inquisition ausgeliefert, als man uns bewies, bewies, Herr Galilei, daß er irreligiöse Äußerungen tut, sondern wir haben ihm sogar eine Gehaltserhöhung bewilligt. Bis nach Holland weiß man, daß Venedig die Republik ist, in der die Inquisition nichts zu sagen hat. Und das ist einiges wert für Sie, der Sie Astronom sind, also in einem Fach tätig, wo seit geraumer Zeit die Lehre der Kirche nicht mehr mit dem schuldigen Respekt geachtet wird!

GALILEI Herrn Giordano Bruno haben Sie von hier nach Rom ausgeliefert. Weil er die Lehre des Kopernikus verbreitete.

DER KURATOR Nicht, weil er die Lehre des Herrn Kopernikus verbreitete, die übrigens falsch ist, sondern weil er kein Venezianer war und auch keine Anstellung hier hatte. Sie können den Verbrannten also aus dem Spiele lassen. Nebenbei, bei aller Freiheit ist es doch rätlich, einen solchen Namen, auf dem der ausdrückliche Fluch der Kirche ruht, nicht so sehr laut in alle Winde zu rufen, auch hier nicht, ja, nicht einmal hier.

GALILEI Euer Schutz der Gedankenfreiheit ist ein ganz gutes Geschäft, wie? Indem ihr darauf verweist, daß woanders die Inquisition herrscht und brennt, kriegt ihr hier billig gute Lehrkräfte. Den Schutz vor der Inquisition laßt ihr euch damit vergüten, daß ihr die schlechtesten Gehälter zahlt.

DER KURATOR Ungerecht! Ungerecht! Was würde es Ihnen schon nützen, beliebig viel freie Zeit zur Forschung zu haben, wenn jeder beliebige ungebildete Mönch der Inquisition Ihre Gedanken einfach verbieten könnte? Keine Rose ohne Dornen, keine Fürsten ohne Mönche, Herr Galilei!

GALILEI Und was nützt freie Forschung ohne freie Zeit zu forschen? Was geschieht mit den Ergebnissen? Vielleicht zeigen Sie den Herren von der Signoria einmal diese Untersuchungen über die Fallgesetze – *er weist auf ein Bündel Manuskripte* – und fragen sie, ob das nicht ein paar Skudi mehr wert ist!

DER KURATOR Es ist unendlich viel mehr wert, Herr Galilei.

GALILEI Nicht unendlich viel mehr wert, sondern 500 Skudi mehr, Herr.

DER KURATOR Skudi wert ist nur, was Skudi bringt. Wenn Sie Geld haben wollen, müssen Sie etwas anderes vorzeigen. Sie können für das Wissen, das Sie verkaufen, nur so viel verlangen, als es dem, der es Ihnen abkauft, einbringt. Die Philosophie zum Beispiel, die Herr Colombe in Florenz verkauft, bringt dem Fürsten mindestens 10000 Skudi im Jahr ein. Ihre Fallgesetze haben Staub aufgewirbelt, gewiß. Man klatscht Ihnen Beifall in Paris und Prag. Aber die Herren, die da klatschen, bezahlen der Universität Padua nicht, was Sie sie kosten. Ihr Unglück ist Ihr Fach, Herr Galilei.

GALILEI Ich verstehe: freier Handel, freie Forschung. Freier Handel mit der Forschung, wie?

DER KURATOR Aber Herr Galilei! Welch eine Auffassung! Erlauben Sie mir zu sagen, daß ich Ihre spaßhaften Bemerkungen nicht ganz verstehe. Der blühende Handel der Republik erscheint mir kaum als etwas Verächtliches. Noch viel weniger aber vermöchte ich als langjähriger Kurator der Universität in diesem, darf ich es sagen, frivolen Ton von der Forschung zu sprechen. *Während Galilei sehnsüchtige Blicke nach seinem Arbeitstisch schickt:* Bedenken Sie die Zustände ringsum! Die Sklaverei, unter deren Peitsche die Wissenschaften an gewissen Orten seufzen! Aus alten Lederfolianten hat man dort Peitschen geschnitten. Man muß dort nicht wissen, wie der Stein fällt, sondern was der Aristoteles darüber schreibt. Die Augen hat man nur zum Lesen. Wozu neue Fallgesetze, wenn nur die Gesetze des Fußfalls wichtig sind? Halten Sie dagegen die unendliche Freude, mit der unsere Republik Ihre Gedanken, sie mögen so kühn sein, wie sie wollen, aufnimmt! Hier können Sie forschen! Hier können Sie arbeiten! Niemand überwacht Sie, niemand unterdrückt Sie! Unsere Kaufleute, die wissen, was besseres Leinen im Kampf mit der Florentiner Konkurrenz bedeutet, hören mit Interesse Ihren Ruf »Bessere Physik!«, und wieviel verdankt die Physik dem Schrei nach besseren Webstühlen! Unsere hervorragendsten Bürger interessieren sich für Ihre Forschungen, besuchen Sie, lassen sich Ihre Entdeckungen vorführen, Leute, deren Zeit kosbar ist. Verachten Sie nicht den Handel, Herr Galilei. Niemand würde hier dulden, daß Ihre Arbeit auch nur im geringsten gestört wird, daß Unberufene Ihnen Schwierigkeiten bereiten. Geben Sie zu, Herr Galilei, daß Sie hier arbeiten können!

GALILEI *verzweifelt:* Ja.

DER KURATOR Und was das Materielle angeht: machen Sie doch mal wieder was so Hübsches wie Ihren famosen Proportionalzirkel, mit dem man – *er zählt es an den Fingern ab* – ohne alle mathematischen Kenntnisse Linien ausziehen, die Zinseszinsen eines Kapitals berechnen, Grundrisse von Liegenschaften in verkleinertem oder vergrößertem Maßstab reproduzieren und die Schwere von Kanonenkugeln bestimmen kann.

GALILEI Schnickschnack.

DER KURATOR Etwas, was die höchsten Herren entzückt und in Erstaunen gesetzt hat und was Bargeld getragen hat, nennen Sie Schnickschnack. Ich höre, daß sogar der General Stefano Gritti mit diesem Instrument Wurzeln ausziehen kann!

GALILEI Wahrhaftig ein Wunderwerk! – Trotzdem, Priuli, Sie haben mich nachdenklich gemacht. Priuli, ich habe vielleicht etwas für Sie von der erwähnten Art. *Er nimmt das Blatt mit der Skizze auf.*

DER KURATOR Ja? Das wäre die Lösung. *Steht auf.* Herr Galilei, wir wissen, Sie sind ein großer Mann. Ein großer, aber unzufriedener Mann, wenn ich so sagen darf.

GALILEI Ja, ich bin unzufrieden, und das ist es, was ihr mir noch bezahlen würdet, wenn ihr Verstand hättet! Denn ich bin mit mir unzufrieden. Aber statt dessen sorgt ihr, daß ich es mit euch sein muß. Ich gebe es zu, es macht mir Spaß, ihr meine Herren Venezianer, in eurem berühmten Arsenal, den Werften und Artilleriezeughäusern meinen Mann zu stellen. Aber ihr laßt mir keine Zeit, den weiterführenden Spekulationen nachzugehen, welche sich mir dort für mein Wissensgebiet aufdrängen. Ihr verbindet dem Ochsen, der da drischt, das Maul. Ich bin 46 Jahre alt und habe nichts geleistet, was mich befriedigt.

DER KURATOR Da möchte ich Sie nicht länger stören.

GALILEI Danke.

*Der Kurator ab.*

*Galilei bleibt einige Augenblicke allein und beginnt zu arbeiten. Dann kommt Andrea gelaufen.*

GALILEI *im Arbeiten:* Warum hast du den Apfel nicht gegessen?

ANDREA Damit zeige ich ihr doch, daß sie sich dreht.

GALILEI Ich muß dir etwas sagen, Andrea, sprich nicht zu andern Leuten von unsern Ideen.

ANDREA Warum nicht?

GALILEI Die Obrigkeit hat es verboten.

ANDREA Aber es ist doch die Wahrheit.

GALILEI Aber sie verbietet es. – In diesem Fall kommt noch etwas dazu. Wir Physiker können immer noch nicht beweisen, was wir für richtig halten. Selbst die Lehre des großen Kopernikus ist noch nicht bewiesen. Sie ist nur eine Hypothese. Gib mir die Linsen.

ANDREA Der halbe Skudo hat nicht gereicht. Ich mußte meinen Rock dalassen. Pfand.

GALILEI Was wirst du ohne Rock im Winter machen?

*Pause. Galilei ordnet die Linsen auf dem Blatt mit der Skizze an.*

ANDREA Was ist eine Hypothese?

GALILEI Das ist, wenn man etwas als wahrscheinlich annimmt, aber keine Fakten hat. Daß die Felice dort unten, vor dem Korbmacherladen, die ihr Kind an der Brust hat, dem Kind Milch gibt und nicht etwa Milch von ihm empfängt, das ist so lange eine Hypothese, als man nicht hingehen und es sehen und beweisen kann. Den Gestirnen gegenüber sind wir wie Würmer mit trüben Augen, die nur ganz wenig sehen. Die alten Lehren, die tausend Jahre geglaubt wurden, sind ganz baufällig; an diesen riesigen Gebäuden ist weniger Holz als an den Stützen, die sie halten sollen. Viele Gesetze, die weniges erklären, während die neue Hypothese wenige Gesetze hat, die vieles erklären.

ANDREA Aber Sie haben mir alles bewiesen.

GALILEI Nur, daß es so sein kann. Du verstehst, die Hypothese ist sehr schön, und es spricht nichts dagegen.

ANDREA Ich möchte auch Physiker werden, Herr Galilei.

GALILEI Das glaube ich, angesichts der Unmenge von Fragen, die es auf unserm Gebiet zu klären gibt. *Er ist zum Fenster gegangen und hat durch die Linsen geschaut. Mäßig interessiert:* Schau einmal da durch, Andrea.

ANDREA Heilige Maria, alles kommt nah! Die

Glocken auf dem Campanile ganz nah. Ich kann sogar die kupfernen Lettern lesen: GRACIA DEI.
GALILEI Das bringt uns 500 Skudi.

## 2

**Galilei überreicht der Republik Venedig eine neue Erfindung.**

Groß ist nicht alles, was ein großer Mann tut
Und Galilei aß gern gut.
Nun hört, und seid nicht grimm darob
Die Wahrheit übers Teleskop.

*Das Große Arsenal von Venedig am Hafen. Ratsherren, an ihrer Spitze der Doge. Seitwärts Galileis Freund Sagredo und die fünfzehnjährige Virginia Galilei mit einem Samtkissen, auf dem ein etwa 60 Zentimeter langes Fernrohr in karmesinrotem Lederfutteral liegt. Auf einem Podest Galilei. Hinter sich das Gestell für das Fernrohr, betreut von dem Linsenschleifer Federzoni.*

GALILEI Eure Exzellenz, Hohe Signoria! Als Lehrer der Mathematik an Ihrer Universität in Padua und Direktor Ihres Großen Arsenals hier in Venedig habe ich es stets als meine Aufgabe betrachtet, nicht nur meinem hohen Lehrauftrag zu genügen, sondern auch durch nützliche Erfindungen der Republik Venedig außergewöhnliche Vorteile zu schaffen. Mit tiefer Freude und aller schuldigen Demut kann ich Ihnen heute ein vollkommen neues Instrument vorführen und überreichen, mein Fernrohr oder Teleskop, angefertigt in Ihrem weltberühmten Großen Arsenal nach den höchsten wissenschaftlichen und christlichen Grundsätzen, Frucht siebenzehnjähriger geduldiger Forschung Ihres ergebenen Dieners. *Galilei verläßt das Podest und stellt sich neben Sagredo. Händeklatschen. Galilei verbeugt sich.*
GALILEI *leise zu Sagredo:* Zeitverlust!
SAGREDO *leise:* Du wirst deinen Fleischer bezahlen können, Alter.
GALILEI Ja, es wird ihnen Geld einbringen. *Er verbeugt sich wieder.*
DER KURATOR *betritt das Podest:* Exzellenz, Hohe Signoria! Wieder einmal bedeckt sich ein Ruhmesblatt im großen Buch der Künste mit venezianischen Schriftzeichen. *Höflicher Beifall.* Ein Gelehrter von Weltruf übergibt Ihnen, und Ihnen allein, hier ein höchst verkaufbares Rohr, es herzustellen und auf den Markt zu werfen, wie immer Sie belieben. *Stärkerer Beifall.* Und ist es Ihnen beigefallen, daß wir vermittels dieses Instruments im Kriege die Schiffe des Feinds nach Zahl und Art volle zwei Stunden früher erkennen werden als die unsern, so daß wir, seine Stärke wissend, uns zur Verfolgung, zum Kampf oder zur Flucht zu entscheiden vermögen? *Sehr starker Beifall.* Und nun, Exzellenz, Hohe Signoria, bittet Herr Galilei Sie, dieses Instrument seiner Erfindung, dieses Zeugnis seiner Intuition, aus der Hand seiner reizenden Tochter entgegenzunehmen.
*Musik. Virginia tritt vor, verbeugt sich, übergibt das Fernrohr dem Kurator, der es Federzoni übergibt. Federzoni legt es auf das Gestell und stellt es ein. Doge und Ratsherren besteigen das Podium und schauen durch das Rohr.*
GALILEI *leise:* Ich kann dir nicht versprechen, daß ich den Karneval hier durchstehen werde. Die meinen hier, sie kriegen einen einträglichen Schnickschnack, aber es ist viel mehr. Ich habe das Rohr gestern nacht auf den Mond gerichtet.
SAGREDO Was hast du gesehen?
GALILEI Er leuchtet nicht selbst.
SAGREDO Was?
RATSHERREN Ich kann die Befestigungen von Santa Rosita sehen, Herr Galilei. – Auf dem Boot dort essen sie zu Mittag. Bratfisch. Ich habe Appetit.
GALILEI Ich sage dir, die Astronomie ist seit tausend Jahren stehengeblieben, weil sie kein Fernrohr hatten.
RATSHERR Herr Galilei!
SAGREDO Man wendet sich an dich.
RATSHERR Mit dem Ding sieht man zu gut. Ich werde meinen Frauenzimmern sagen müssen, daß das Baden auf dem Dach nicht mehr geht.
GALILEI Weißt du, aus was die Milchstraße besteht?
SAGREDO Nein.
GALILEI Ich weiß es.
RATSHERR Für so ein Ding kann man seine 10 Skudi verlangen, Herr Galilei. *Galilei verbeugt sich.*
VIRGINIA *bringt Ludovico zu ihrem Vater:* Ludovico will dir gratulieren, Vater.
LUDOVICO *verlegen:* Ich gratuliere, Herr.
GALILEI Ich habe es verbessert.
LUDOVICO Jawohl, Herr. Ich sah, Sie machten das Futteral rot. In Holland war es grün.
GALILEI *wendet sich zu Sagredo:* Ich frage mich sogar, ob ich mit dem Ding nicht eine gewisse Lehre nachweisen kann.

SAGREDO Nimm dich zusammen.

DER KURATOR Ihre 500 Skudi sind unter Dach, Galilei.

GALILEI *ohne ihn zu beachten:* Ich bin natürlich sehr mißtrauisch gegen jede vorschnelle Folgerung.

*Der Doge, ein dicker, bescheidener Mann, hat sich Galilei genähert und versucht mit unbeholfener Würde ihn anzureden.*

DER KURATOR Herr Galilei, Seine Exzellenz, der Doge.

*Der Doge schüttelt Galilei die Hand.*

GALILEI Richtig, die 500! Sind Sie zufrieden, Exzellenz?

DOGE Unglücklicherweise brauchen wir in der Republik immer einen Vorwand für unsere Stadtväter, um unseren Gelehrten etwas zukommen lassen zu können.

DER KURATOR Andrerseits, wo bliebe sonst der Ansporn, Herr Galilei?

DOGE *lächelnd:* Wir brauchen den Vorwand.

*Der Doge und der Kurator führen Galilei zu den Ratsherren, die ihn umringen. Virginia und Ludovico gehen langsam weg.*

VIRGINIA Habe ich es richtig gemacht?

LUDOVICO Ich fand es richtig.

VIRGINIA Was hast du denn?

LUDOVICO Oh, nichts. Ein grünes Futteral wäre vielleicht ebensogut gewesen.

VIRGINIA Ich glaube, alle sind sehr zufrieden mit Vater.

LUDOVICO Und ich glaube, ich fange an, etwas von Wissenschaft zu verstehen.

## 3

**10. Januar 1610: Vermittels des Fernrohrs entdeckt Galilei am Himmel Erscheinungen, welche das kopernikanische System beweisen. Von seinem Freund vor den möglichen Folgen seiner Forschungen gewarnt, bezeugt Galilei seinen Glauben an die menschliche Vernunft.**

Sechzehnhundertzehn, zehnter Januar:
Galileo Galilei sah, daß kein Himmel war.

*Studierzimmer des Galilei in Padua. Nacht. Galilei und Sagredo, in dicke Mäntel gehüllt, am Fernrohr.*

SAGREDO *durch das Fernrohr schauend, halblaut:* Der Sichelrand ist ganz unregelmäßig, zackig und rauh. Auf dem dunklen Teil, in der Nähe des leuchtenden Rands, sind leuchtende Punkte. Sie treten einer nach dem anderen hervor. Von diesen Punkten aus ergießt sich das Licht, wachsend über immer weitere Flächen, wo es zusammenfließt mit dem größeren leuchtenden Teil.

GALILEI Wie erklärst du dir diese leuchtenden Punkte?

SAGREDO Es kann nicht sein.

GALILEI Doch. Es sind Berge.

SAGREDO Auf einem Stern?

GALILEI Riesenberge. Deren Spitzen die aufgehende Sonne vergoldet, während rings Nacht auf den Abhängen liegt. Du siehst das Licht von den höchsten Gipfeln in die Täler niedersteigen.

SAGREDO Aber das widerspricht aller Astronomie von zwei Jahrtausenden.

GALILEI So ist es. Was du siehst, hat noch kein Mensch gesehen, außer mir. Du bist der zweite.

SAGREDO Aber der Mond kann keine Erde sein mit Bergen und Tälern, so wenig die Erde ein Stern sein kann.

GALILEI Der Mond kann eine Erde sein mit Bergen und Tälern, und die Erde kann ein Stern sein. Ein gewöhnlicher Himmelskörper, einer unter Tausenden. Sieh noch einmal hinein. Siehst du den verdunkelten Teil des Mondes ganz dunkel?

SAGREDO Nein. Jetzt, wo ich darauf achtgebe, sehe ich ein schwaches, aschfarbenes Licht darauf ruhen.

GALILEI Was kann das für ein Licht sein?

SAGREDO ?

GALILEI Das ist von der Erde.

SAGREDO Das ist Unsinn. Wie soll die Erde leuchten, mit ihren Gebirgen und Wäldern und Gewässern, ein kalter Körper?

GALILEI So wie der Mond leuchtet. Weil die beiden Sterne angeleuchtet sind von der Sonne, darum leuchten sie. Was der Mond uns ist, das sind wir dem Mond. Und er sieht uns einmal als Sichel, einmal als Halbkreis, einmal voll und einmal nicht.

SAGREDO So wäre kein Unterschied zwischen Mond und Erde?

GALILEI Offenbar nein.

SAGREDO Vor noch nicht zehn Jahren ist ein Mensch in Rom verbrannt worden. Er hieß Giordano Bruno und hatte eben das behauptet.

GALILEI Gewiß. Und wir sehen es. Laß dein Auge am Rohr, Sagredo. Was du siehst, ist, daß es keinen Unterschied zwischen Himmel und Erde gibt. Heute ist der 10. Januar 1610. Die Menschheit trägt in ihr Journal ein: Himmel abgeschafft.

SAGREDO Das ist furchtbar.

GALILEI Ich habe noch eine Sache entdeckt. Sie ist vielleicht noch erstaunlicher.

FRAU SARTI *herein:* Der Kurator.

*Der Kurator stürzt herein.*

DER KURATOR Entschuldigen Sie die späte Stunde. Ich wäre Ihnen verpflichtet, wenn ich mit Ihnen allein sprechen könnte.

GALILEI Herr Sagredo kann alles hören, was ich hören kann, Herr Priuli.

DER KURATOR Aber es wird Ihnen vielleicht doch nicht angenehm sein, wenn der Herr hört, was vorgefallen ist. Es ist leider etwas ganz und gar Unglaubliches.

GALILEI Herr Sagredo ist es gewohnt, in meiner Gegenwart Unglaublichem zu begegnen, wissen Sie.

DER KURATOR Ich fürchte, ich fürchte. *Auf das Fernrohr zeigend:* Da ist ja das famose Ding. Das Ding können Sie gradesogut wegwerfen. Es ist nichts damit, absolut nichts.

SAGREDO *der unruhig herumgegangen war:* Wieso?

DER KURATOR Wissen Sie, daß man diese Ihre Erfindung, die Sie als Frucht einer siebzehnjährigen Forschertätigkeit bezeichnet haben, an jeder Straßenecke Italiens für ein paar Skudi kaufen kann? Und zwar hergestellt in Holland? In diesem Augenblick lädt im Hafen ein holländischer Frachter 500 Fernrohre aus!

GALILEI Tatsächlich?

DER KURATOR Ich verstehe nicht Ihre Ruhe, Herr.

SAGREDO Was bekümmert Sie eigentlich? Lassen Sie sich erzählen, daß Herr Galilei vermittels dieses Instruments in eben diesen Tagen umwälzende Entdeckungen die Gestirnwelt betreffend gemacht hat.

GALILEI *lachend:* Sie können durchsehen, Priuli.

DER KURATOR So lassen Sie sich erzählen, daß mir die Entdeckung genügt, die ich als der Mann, der für diesen Schund Herrn Galilei eine Gehaltsverdoppelung verschafft hat, gemacht habe. Es ist ein reiner Zufall, daß die Herren von der Signoria, die im Glauben, in diesem Instrument der Republik etwas zu sichern, was nur hier hergestellt werden kann, nicht beim ersten Durchblicken an der nächsten Straßenecke siebenmal vergrößert einen gewöhnlichen Straßenhändler erblickt haben, der eben dieses Rohr für ein Butterbrot verkauft.

*Galilei lacht schallend.*

SAGREDO Lieber Herr Priuli, ich kann den Wert dieses Instruments für den Handel vielleicht nicht beurteilen, aber sein Wert für die Philosophie ist so unermeßlich, daß...

DER KURATOR Für die Philosophie! Was hat Herr Galilei, der Mathematiker ist, mit der Philosophie zu schaffen? Herr Galilei, Sie haben seinerzeit der Stadt eine sehr anständige Wasserpumpe erfunden, und Ihre Berieselungsanlage funktioniert. Die Tuchweber loben Ihre Maschine ebenfalls, wie konnte ich da so was erwarten?

GALILEI Nicht so schnell, Priuli. Die Seewege sind immer noch lang, unsicher und teuer. Es fehlt uns eine Art zuverlässiger Uhr am Himmel. Ein Wegweiser für die Navigation. Nun habe ich Grund zu der Annahme, daß mit dem Fernrohr gewisse Gestirne, die sehr regelmäßige Bewegungen vollführen, deutlich wahrgenommen werden können. Neue Sternkarten könnten da der Schiffahrt Millionen von Skudi ersparen, Priuli.

DER KURATOR Lassen Sie's. Ich habe Ihnen schon zuviel zugehört. Zum Dank für meine Freundlichkeit haben Sie mich zum Gelächter der Stadt gemacht. Ich werde im Gedächtnis fortleben als der Kurator, der sich mit einem wertlosen Fernrohr hereinlegen ließ. Sie haben allen Grund zu lachen. Sie haben Ihre 500 Skudi. Ich aber kann Ihnen sagen, und es ist ein ehrlicher Mann, der Ihnen das sagt: mich ekelt diese Welt an!

*Er geht, die Tür hinter sich zuschlagend.*

GALILEI In seinem Zorn wird er geradezu sympathisch. Hast du gehört: eine Welt, in der man nicht Geschäfte machen kann, ekelt ihn an!

SAGREDO Hast du gewußt von diesen holländischen Instrumenten?

GALILEI Natürlich, vom Hörensagen. Aber ich habe diesen Filzen von der Signoria ein doppelt so gutes konstruiert. Wie soll ich arbeiten, mit dem Gerichtsvollzieher in der Stube? Und Virginia braucht wirklich bald eine Aussteuer, sie ist nicht intelligent. Und dann, ich kaufe gern Bücher, nicht nur über Physik, und ich esse gern anständig. Bei gutem Essen fällt mir am meisten ein. Ein verrottetes Zeitalter! Sie haben mir nicht so viel bezahlt wie einem Kutscher, der ihnen die Weinfässer fährt. Vier Klafter Brennholz für zwei Vorlesungen über Mathematik. Ich habe ihnen jetzt 500 Skudi herausgerissen, aber ich habe auch jetzt noch Schulden, einige sind zwanzig Jahre alt. Fünf Jahre Muße für Forschung, und ich hätte alles bewiesen! Ich werde dir noch etwas anderes zeigen.

SAGREDO *zögert, an das Fernrohr zu gehen:* Ich verspüre beinahe etwas wie Furcht, Galilei.

GALILEI Ich werde dir jetzt einen der milchweiß glänzenden Nebel der Milchstraße vorführen. Sage mir, aus was er besteht!

SAGREDO Das sind Sterne, unzählige.

GALILEI Allein im Sternbild des Orion sind es 500 Fixsterne. Das sind die vielen Welten, die zahllosen anderen, die entfernteren Gestirne, von denen der Verbrannte gesprochen hat. Er hat sie nicht gesehen, er hat sie erwartet!

SAGREDO Aber selbst wenn diese Erde ein Stern ist, so ist es noch ein weiter Weg zu den Behauptungen des Kopernikus, daß sie sich um die Sonne dreht. Da ist kein Gestirn am Himmel, um das ein andres sich dreht. Aber um die Erde dreht sich immer noch der Mond.

GALILEI Sagredo, ich frage mich. Seit vorgestern frage ich mich. Da ist der Jupiter. *Er stellt ihn ein.* Da sind nämlich vier kleinere Sterne nahe bei ihm, die man nur durch das Rohr sieht. Ich sah sie am Montag, nahm aber nicht besondere Notiz von ihrer Position. Gestern sah ich wieder nach. Ich hätte schwören können, alle vier hatten ihre Position geändert. Ich merkte sie mir an. Sie stehen wieder anders. Was ist das? Ich sah doch vier. *In Bewegung:* Sieh du durch!

SAGREDO Ich sehe drei.

GALILEI Wo ist der vierte? Da sind die Tabellen. Wir müssen ausrechnen, was für Bewegungen sie gemacht haben können.

*Sie setzen sich erregt zur Arbeit. Es wird dunkel auf der Bühne, jedoch sieht man weiter am Rundhorizont den Jupiter und seine Begleitsterne. Wenn es wieder hell wird, sitzen sie immer noch, mit Wintermänteln an.*

GALILEI Es ist bewiesen. Der vierte kann nur hinter den Jupiter gegangen sein, wo man ihn nicht sieht. Da hast du ein Gestirn, um das ein anderes sich dreht.

SAGREDO Aber die Kristallschale, an die der Jupiter angeheftet ist?

GALILEI Ja, wo ist sie jetzt? Wie kann der Jupiter angeheftet sein, wenn andere Sterne um ihn kreisen? Da ist keine Stütze im Himmel, da ist kein Halt im Weltall! Da ist eine andere Sonne!

SAGREDO Beruhige dich. Du denkst zu schnell.

GALILEI Was, schnell! Mensch, reg dich auf! Was du siehst, hat noch keiner gesehen. Sie hatten recht!

SAGREDO Wer? Die Kopernikaner?

GALILEI Und der andere! Die ganze Welt war gegen sie, und sie hatten recht. Das ist was für Andrea! *Er läuft außer sich zur Tür und ruft hinaus:* Frau Sarti! Frau Sarti!

SAGREDO Galilei, du sollst dich beruhigen!

GALILEI Sagredo, du sollst dich aufregen! Frau Sarti!

SAGREDO *dreht das Fernrohr weg:* Willst du aufhören, wie ein Narr herumzubrüllen?

GALILEI Willst du aufhören, wie ein Stockfisch dazustehen, wenn die Wahrheit entdeckt ist?

SAGREDO Ich stehe nicht wie ein Stockfisch, sondern ich zittere, es könnte die Wahrheit sein.

GALILEI Was?

SAGREDO Hast du allen Verstand verloren? Weißt du wirklich nicht mehr, in was für eine Sache du kommst, wenn das wahr ist, was du da siehst? Und du es auf allen Märkten herumschreist: daß die Erde ein Stern ist und nicht der Mittelpunkt des Universums.

GALILEI Ja, und daß nicht das ganze riesige Weltall mit allen Gestirnen sich um unsere winzige Erde dreht, wie jeder sich denken konnte!

SAGREDO Daß da also nur Gestirne sind! – Und wo ist dann Gott?

GALILEI Was meinst du damit?

SAGREDO Gott! Wo ist Gott?

GALILEI *zornig:* Dort nicht! So wenig wie er hier auf der Erde zu finden ist, wenn dort Wesen sind und ihn hier suchen sollten!

SAGREDO Und wo ist also Gott?

GALILEI Bin ich Theologe? Ich bin Mathematiker.

SAGREDO Vor allem bist du ein Mensch. Und ich frage dich, wo ist Gott in deinem Weltsystem?

GALILEI In uns oder nirgends!

SAGREDO *schreiend:* Wie der Verbrannte gesagt hat?

GALILEI Wie der Verbrannte gesagt hat!

SAGREDO Darum ist er verbrannt worden! Vor noch nicht zehn Jahren!

GALILEI Weil er nichts beweisen konnte! Weil er es nur behauptet hat! Frau Sarti!

SAGREDO Galilei, ich habe dich immer als einen schlauen Mann gekannt. Siebzehn Jahre in Padua und drei Jahre in Pisa hast du Hunderte von Schülern geduldig das Ptolemäische System gelehrt, das die Kirche verkündet und die Schrift bestätigt, auf der die Kirche beruht. Du hast es für falsch gehalten mit dem Kopernikus, aber du hast es gelehrt.

GALILEI Weil ich nichts beweisen konnte.

SAGREDO *ungläubig:* Und du glaubst, das macht einen Unterschied?

GALILEI Allen Unterschied! Sieh her, Sagredo! Ich glaube an den Menschen, und das heißt, ich glaube an seine Vernunft! Ohne diesen Glauben würde ich nicht die Kraft haben, am Morgen aus meinem Bett aufzustehen.

SAGREDO Dann will ich dir etwas sagen: ich glaube nicht an sie. Vierzig Jahre unter den Menschen haben mich ständig gelehrt, daß sie der Vernunft nicht zugänglich sind. Zeige ihnen einen roten Kometenschweif, jage ihnen eine dumpfe Angst ein, und sie werden aus ihren Häusern laufen und sich die Beine brechen. Aber sage ihnen einen vernünftigen Satz und beweise ihn mit sieben Gründen, und sie werden dich einfach auslachen.

GALILEI Das ist ganz falsch und eine Verleumdung. Ich begreife nicht, wie du, so etwas glaubend, die Wissenschaft lieben kannst. Nur die Toten lassen sich nicht mehr von Gründen bewegen!

SAGREDO Wie kannst du ihre erbärmliche Schlauheit mit Vernunft verwechseln!

GALILEI Ich rede nicht von ihrer Schlauheit. Ich weiß, sie nennen den Esel ein Pferd, wenn sie ihn verkaufen, und das Pferd einen Esel, wenn sie es einkaufen wollen. Das ist ihre Schlauheit. Die Alte, die am Abend vor der Reise dem Maulesel mit der harten Hand ein Extrabüschel Heu vorlegt, der Schiffer, der beim Einkauf der Vorräte des Sturmes und der Windstille gedenkt, das Kind, das die Mütze aufstülpt, wenn ihm bewiesen wurde, daß es regnen kann, sie alle sind meine Hoffnung, sie alle lassen Gründe gelten. Ja, ich glaube an die sanfte Gewalt der Vernunft über die Menschen. Sie können ihr auf die Dauer nicht widerstehen. Kein Mensch kann lange zusehen, wie ich – *er läßt aus der Hand einen Stein auf den Boden fallen* – einen Stein fallen lasse und dazu sage: er fällt nicht. Dazu ist kein Mensch imstande. Die Verführung, die von einem Beweis ausgeht, ist zu groß. Ihr erliegen die meisten, auf die Dauer alle. Das Denken gehört zu den größten Vergnügungen der menschlichen Rasse.

FRAU SARTI *tritt ein:* Brauchen Sie etwas, Herr Galilei?

GALILEI *der wieder an seinem Fernrohr ist und Notizen macht, sehr freundlich:* Ja, ich brauche den Andrea.

FRAU SARTI Andrea? Er liegt im Bett und schläft.

GALILEI Können Sie ihn nicht wecken?

FRAU SARTI Wozu brauchen Sie ihn denn?

GALILEI Ich will ihm etwas zeigen, was ihn freuen wird. Er soll etwas sehen, was noch kein Mensch gesehen hat, seit die Erde besteht, außer uns.

FRAU SARTI Etwa wieder etwas durch Ihr Rohr?

GALILEI Etwas durch mein Rohr, Frau Sarti.

FRAU SARTI Und darum soll ich ihn mitten in der Nacht aufwecken? Sind Sie denn bei Trost? Er braucht seinen Nachtschlaf. Ich denke nicht daran, ihn aufzuwecken.

GALILEI Bestimmt nicht?

FRAU SARTI Bestimmt nicht.

GALILEI Frau Sarti, vielleicht können dann Sie mir helfen. Sehen Sie, es ist eine Frage entstanden, über die wir uns nicht einig werden können, wahrscheinlich, weil wir zu viele Bücher gelesen haben. Es ist eine Frage über den Himmel, eine Frage, die Gestirne betreffend. Sie lautet: ist es anzunehmen, daß das Große sich um das Kleine dreht, oder dreht wohl das Kleine sich um das Große?

FRAU SARTI *mißtrauisch:* Mit Ihnen kennt man sich nicht leicht aus, Herr Galilei. Ist das eine ernsthafte Frage, oder wollen Sie mich wieder einmal zum besten haben?

GALILEI Eine ernste Frage.

FRAU SARTI Dann können Sie schnell Antwort haben. Stelle ich Ihnen das Essen hin oder stellen Sie es mir hin?

GALILEI Sie stellen es mir hin. Gestern war es angebrannt.

FRAU SARTI Und warum war es angebrannt? Weil ich Ihnen die Schuhe bringen mußte, mitten im Kochen. Habe ich Ihnen nicht die Schuhe gebracht?

GALILEI Vermutlich.

FRAU SARTI Sie sind es nämlich, der studiert hat und der bezahlen kann.

GALILEI Ich sehe. Ich sehe, da ist keine Schwierigkeit. Guten Morgen, Frau Sarti.

*Frau Sarti belustigt ab.*

GALILEI Und solche Leute sollen nicht die Wahrheit begreifen können? Sie schnappen danach!

*Eine Frühmetteglocke hat begonnen zu bimmeln. Herein Virginia, im Mantel, ein Windlicht tragend.*

VIRGINIA Guten Morgen, Vater.
GALILEI Warum bist du schon auf?
VIRGINIA Ich gehe mit Frau Sarti zur Frühmette. Ludovico kommt auch hin. Wie war die Nacht, Vater?
GALILEI Hell.
VIRGINIA Darf ich durchschauen?
GALILEI Warum? *Virginia weiß keine Antwort.* Es ist kein Spielzeug.
VIRGINIA Nein, Vater.
GALILEI Übrigens ist das Rohr eine Enttäuschung, das wirst du bald überall zu hören bekommen. Es wird für 3 Skudi auf der Gasse verkauft und ist in Holland schon erfunden gewesen.
VIRGINIA Hast du nichts Neues mehr am Himmel mit ihm gesehen?
GALILEI Nichts für dich. Nur ein paar kleine trübe Fleckchen an der linken Seite eines großen Sterns, ich werde irgendwie die Aufmerksamkeit auf sie lenken müssen. *Über seine Tochter zu Sagredo sprechend:* Vielleicht werde ich sie die »Mediceischen Gestirne« taufen, nach dem Großherzog von Florenz. *Wieder zu Virginia:* Es wird dich interessieren, Virginia, daß wir vermutlich nach Florenz ziehen. Ich habe einen Brief dorthin geschrieben, ob der Großherzog mich als Hofmathematiker brauchen kann.
VIRGINIA *strahlend:* Am Hof?
SAGREDO Galilei!
GALILEI Mein Lieber, ich brauche Muße. Ich brauche Beweise. Und ich will die Fleischtöpfe. Und in diesem Amt werde ich nicht Privatschülern das Ptolemäische System einpauken müssen, sondern die Zeit haben, Zeit, Zeit, Zeit!, meine Beweise auszuarbeiten, denn es genügt nicht, was ich jetzt habe. Das ist nichts, kümmerliches Stückwerk! Damit kann ich mich nicht vor die ganze Welt stellen. Da ist noch ein einziger Beweis, daß sich irgendein Himmelskörper um die Sonne dreht. Aber ich werde Beweise dafür bringen, Beweise für jedermann, von Frau Sarti bis hinauf zum Papst. Meine einzige Sorge ist, daß der Hof mich nicht nimmt.
VIRGINIA Sicher wird man dich nehmen, Vater, mit den neuen Sternen und allem.
GALILEI Geh in deine Messe.
*Virginia ab.*
GALILEI Ich schreibe selten Briefe an große Persönlichkeiten. *Er gibt Sagredo einen Brief.* Glaubst du, daß ich es so gut gemacht habe?
SAGREDO *liest laut das Ende des Briefes, den ihm Galilei gereicht hat:* »Sehne ich mich doch nach nichts so sehr, als Euch näher zu sein, der aufgehenden Sonne, welche dieses Zeitalter erhellen wird.« Der Großherzog von Florenz ist neun Jahre alt.
GALILEI So ist es. Ich sehe, du findest meinen Brief zu unterwürfig? Ich frage mich, ob er unterwürfig genug ist, nicht zu formell, als ob es mir doch an echter Ergebenheit fehlte. Einen zurückhaltenden Brief könnte jemand schreiben, der sich das Verdienst erworben hätte, den Aristoteles zu beweisen, nicht ich. Ein Mann wie ich kann nur auf dem Bauch kriechend in eine halbwegs würdige Stellung kommen. Und du weißt, ich verachte Leute, deren Gehirn nicht fähig ist, ihren Magen zu füllen.
*Frau Sarti und Virginia gehen, an den Männern vorbei, zur Messe.*
SAGREDO Geh nicht nach Florenz, Galilei.
GALILEI Warum nicht?
SAGREDO Weil die Mönche dort herrschen.
GALILEI Am Florentiner Hof sind Gelehrte von Ruf.
SAGREDO Lakaien.
GALILEI Ich werde sie bei den Köpfen nehmen und sie vor das Rohr schleifen. Auch die Mönche sind Menschen, Sagredo. Auch sie erliegen der Verführung der Beweise. Der Kopernikus, vergiß das nicht, hat verlangt, daß sie seinen Zahlen glauben, aber ich verlange nur, daß sie ihren Augen glauben. Wenn die Wahrheit zu schwach ist, sich zu verteidigen, muß sie zum Angriff übergehen. Ich werde sie bei den Köpfen nehmen und sie zwingen, durch dieses Rohr zu schauen.
SAGREDO Galilei, ich sehe dich auf einer furchtbaren Straße. Das ist eine Nacht des Unglücks, wo der Mensch die Wahrheit sieht. Und eine Stunde der Verblendung, wo er an die Vernunft des Menschengeschlechts glaubt. Von wem sagt man, daß er sehenden Auges geht? Von dem, der ins Verderben geht. Wie könnten die Mächtigen einen frei herumlaufen lassen, der die Wahrheit weiß, und sei es eine über die entferntesten Gestirne! Meinst du, der Papst hört deine Wahrheit, wenn du sagst, er irrt, und hört nicht, daß er irrt? Glaubst du, er wird einfach in sein Tagebuch einschreiben: 10. Januar 1610 – Himmel abgeschafft? Wie kannst du aus der Republik gehen wollen, die Wahrheit in der Tasche, in die Fallen der Fürsten und Mönche mit deinem Rohr in der Hand? So mißtrauisch in deiner Wissenschaft, bist du leichtgläubig wie ein Kind in allem, was dir ihr Betreiben zu er-

leichtern scheint. Du glaubst nicht an den Aristoteles, aber an den Großherzog von Florenz. Als ich dich vorhin am Rohr sah und du sahst diese neuen Sterne, da war es mir, als sähe ich dich auf brennenden Scheiten stehen, und als du sagtest, du glaubst an die Beweise, roch ich verbranntes Fleisch. Ich liebe die Wissenschaft, aber mehr dich, meinen Freund. Geh nicht nach Florenz, Galilei!
GALILEI Wenn sie mich nehmen, gehe ich.

*Auf einem Vorhang erscheint die letzte Seite des Briefes:*

Wenn ich den neuen Sternen, die ich entdeckt habe, den erhabenen Namen des Mediceischen Geschlechts zuteile, so bin ich mir bewußt, daß den Göttern und Heroen die Erhebung in den Sternenhimmel zur Verherrlichung gereicht hat, daß aber in diesem Fall umgekehrt der erhabene Name der Medici den Sternen unsterbliches Gedächtnis sichern wird. Ich aber bringe mich Euch in Erinnerung als einen aus der Zahl der treuesten und ergebensten Diener, der sich zur höchsten Ehre anrechnet, als Euer Untertan geboren zu sein.
Sehne ich mich doch nach nichts so sehr, als Euch näher zu sein, der aufgehenden Sonne, welche dieses Zeitalter erhellen wird.
Galileo Galilei

## 4
## **Galilei hat die Republik Venedig mit dem Florentiner Hof vertauscht. Seine Entdekkungen durch das Fernrohr stoßen in der dortigen Gelehrtenwelt auf Unglauben.**

Das Alte sagt: So wie ich bin, bin ich seit je.
Das Neue sagt: Bist du nicht gut, dann geh.

*Haus des Galilei in Florenz. Frau Sarti trifft in Galileis Studierzimmer Vorbereitungen zum Empfang von Gästen. Ihr Sohn Andrea sitzt und räumt Sternkarten auf.*

FRAU SARTI Seit wir glücklich in diesem gepriesenen Florenz sind, hört das Buckeln und Speichellecken nicht mehr auf. Die ganze Stadt zieht an diesem Rohr vorbei, und ich kann dann den Fußboden aufwischen. Und nichts wird es helfen! Wenn was dran wäre an diesen Entdeckungen, würden das doch die geistlichen Herren am ehesten wissen. Ich war vier Jahre bei Monsignore Filippo im Dienst und habe seine Bibliothek nie ganz abstauben können. Lederbände bis zur Decke und keine Gedichtchen! Und der gute Monsignore hatte zwei Pfund Geschwüre am Hintern vom vielen Sitzen über all der Wissenschaft, und ein solcher Mann soll nicht Bescheid wissen? Und die große Besichtigung heute wird eine Blamage, daß ich morgen wieder nicht dem Milchmann ins Gesicht schauen kann. Ich wußte, was ich sagte, als ich ihm riet, den Herren zuerst ein gutes Abendessen vorzusetzen, ein ordentliches Stück Lammfleisch, bevor sie über sein Rohr gehen. Aber nein! *Sie ahmt Galilei nach:* »Ich habe etwas anderes für sie.«
*Es klopft unten.*
FRAU SARTI *schaut in den Spion am Fenster:* Um Gottes willen, da ist schon der Großherzog. Und Galilei ist noch in der Universität!
*Sie läuft die Treppe hinunter und läßt den Großherzog von Toscana, Cosmo de Medici, mit dem Hofmarschall und zwei Hofdamen ein.*
COSMO Ich will das Rohr sehen.
DER HOFMARSCHALL Vielleicht gedulden sich Eure Hoheit, bis Herr Galilei und die anderen Herren von der Universität gekommen sind. *Zu Frau Sarti:* Herr Galilei wollte die von ihm neu entdeckten und die Mediceischen genannten Sterne von den Herren Astronomen prüfen lassen.
COSMO Sie glauben nicht an das Rohr, gar nicht. Wo ist es denn?
FRAU SARTI Oben, im Arbeitszimmer.
*Der Knabe nickt, zeigt die Treppe hinauf, und auf ein Nicken Frau Sartis läuft er hoch.*
DER HOFMARSCHALL *ein sehr alter Mann:* Eure Hoheit! *Zu Frau Sarti:* Muß man da hinauf? Ich bin nur mitgekommen, weil der Erzieher erkrankt ist.
FRAU SARTI Dem jungen Herrn kann nichts passieren. Mein Junge ist droben.
COSMO *oben eintretend:* Guten Abend.
*Die Knaben verbeugen sich zeremoniell voreinander. Pause. Dann wendet sich Andrea wieder seiner Arbeit zu.*
ANDREA *sehr ähnlich seinem Lehrer:* Hier geht es zu wie in einem Taubenschlag.
COSMO Viele Besucher?
ANDREA Stolpern hier herum, gaffen und verstehen nicht die Bohne.
COSMO Verstehe. Ist das...? *Zeigt auf das Rohr.*

ANDREA Ja, das ist es. Aber da heißt es: Finger weg.

COSMO Und was ist das? *Er deutet auf das Holzmodell des Ptolemäischen Systems.*

ANDREA Das ist das Ptolemäische.

COSMO Das zeigt, wie die Sonne sich dreht, nicht?

ANDREA Ja, das sagt man.

COSMO *sich auf einen Stuhl setzend, nimmt es auf den Schoß:* Mein Lehrer ist erkältet. Da konnte ich früher weg. Angenehm hier.

ANDREA *unruhig, geht schlendernd und unschlüssig, den fremden Jungen mißtrauisch anschauend, herum und fischt endlich, unfähig, der Versuchung länger zu widerstehen, ein zweites Holzmodell hinter Karten hervor, eine Darstellung des Kopernikanischen Systems:* Aber in Wirklichkeit ist es natürlich so.

COSMO Was ist so?

ANDREA *auf Cosmos Modell zeigend:* So meint man, daß es ist, und so – *auf seines deutend* – ist es. Die Erde dreht sich um die Sonne, verstehen Sie?

COSMO Meinst du wirklich?

ANDREA Allerdings. Das ist bewiesen.

COSMO Tatsächlich? Ich möchte wissen, warum sie mich zum Alten überhaupt nicht mehr hineinließen. Gestern war er noch bei der Abendtafel.

ANDREA Sie scheinen es nicht zu glauben, was?

COSMO Doch, natürlich.

ANDREA *plötzlich auf das Modell in Cosmos Schoß zeigend:* Gib das her, du verstehst ja nicht einmal das!

COSMO Du brauchst doch nicht zwei.

ANDREA Du sollst es hergeben. Das ist kein Spielzeug für Jungens.

COSMO Ich habe nichts dagegen, es dir zu geben, aber du müßtest ein wenig höflicher sein, weißt du.

ANDREA Du bist ein Dummkopf, und höflich hin oder her, raus damit, sonst setzt's was.

COSMO Laß die Finger weg, hörst du.

*Sie beginnen zu raufen und kugeln sich bald auf dem Boden.*

ANDREA Ich werde dir schon zeigen, wie man ein Modell behandelt. Ergib dich!

COSMO Jetzt ist es entzweigegangen. Du drehst mir die Hand um.

ANDREA Wir werden schon sehen, wer recht hat und wer nicht. Sag, sie dreht sich, sonst gibt's Kopfnüsse.

COSMO Niemals. Au, du Rotkopf! Ich werde dir Höflichkeit beibringen.

ANDREA Rotkopf? Bin ich ein Rotkopf?

*Sie raufen schweigend weiter. Unten treten Galilei und einige Professoren der Universität ein. Hinter ihnen Federzoni.*

DER HOFMARSCHALL Meine Herren, eine leichte Erkrankung hielt den Erzieher Seiner Hoheit, Herrn Suri, ab, Seine Hoheit hierher zu begleiten.

DER THEOLOGE Hoffentlich nichts Schlimmes.

DER HOFMARSCHALL Ganz und gar nicht.

GALILEI *enttäuscht:* Seine Hoheit nicht hier?

DER HOFMARSCHALL Seine Hoheit ist oben. Bitte die Herren, sich nicht aufhalten zu wollen. Der Hof ist so überaus begierig, die Meinung der erlauchten Universität über das außerordentliche Instrument Herrn Galileis und die wunderbaren neuen Gestirne kennenzulernen.

*Sie gehen nach oben.*

*Die Knaben liegen jetzt still. Sie haben unten Lärm gehört.*

COSMO Sie sind da. Laß mich auf.

*Sie stehen schnell auf.*

DIE HERREN *im Hinaufgehen:* Nein, nein, es ist alles in schönster Ordnung. – Die Medizinische Fakultät erklärt es für ausgeschlossen, daß es sich bei den Erkrankungen in der Altstadt um Pestfälle handeln könnte. Die Miasmen müßten bei der jetzt herrschenden Temperatur erfrieren. – Das schlimmste in solchen Fällen ist immer Panik. – Nichts als die in dieser Jahreszeit üblichen Erkältungswellen. – Jeder Verdacht ist ausgeschlossen. – Alles in schönster Ordnung.

*Begrüßung oben.*

GALILEI Eure Hoheit, ich bin glücklich, in Eurer Gegenwart die Herren Eurer Universität mit den Neuerungen bekannt machen zu dürfen.

*Cosmo verbeugt sich sehr formell nach allen Seiten, auch vor Andrea.*

DER THEOLOGE *das zerbrochene Ptolemäische Modell am Boden sehend:* Hier scheint etwas entzweigegangen.

*Cosmo bückt sich rasch und übergibt Andrea höflich das Modell. Inzwischen räumt Galilei verstohlen das andere Modell beiseite.*

GALILEI *am Fernrohr:* Wie Eure Hoheit zweifellos wissen, sind wir Astronomen seit einiger Zeit mit unseren Berechnungen in große Schwierigkeiten gekommen. Wir benützen dafür ein sehr altes System, das sich in Übereinstimmung mit der Philosophie, aber leider nicht mit den Fakten zu befinden scheint. Nach diesem alten System, dem Ptolemäischen, werden die Bewegungen der Gestirne als äußerst verwickelt angenommen. Der Planet Venus zum Beispiel soll eine Bewegung von dieser Art vollführen. *Er zeichnet auf eine Tafel die epizyklische Bahn der Venus nach der ptolemäischen Annahme.* Aber selbst solche schwierigen Bewegungen annehmend, sind wir nicht in der Lage, die Stellung der Gestirne richtig vorauszuberechnen. Wir finden sie nicht an den Orten, wo sie eigentlich sein müßten. Dazu kommen solche Gestirnbewegungen, für welche das Ptolemäische System überhaupt keine Erklärung hat. Bewegungen dieser Art scheinen mir einige von mir neu entdeckte kleine Sterne um den Planeten Jupiter zu vollführen. Ist es den Herren angenehm, mit einer Besichtigung der Jupitertrabanten zu beginnen, der Mediceischen Gestirne?

ANDREA *auf den Hocker vor dem Fernrohr zeigend:* Bitte, sich hier zu setzen.

DER PHILOSOPH Danke, mein Kind. Ich fürchte, das alles ist nicht ganz so einfach. Herr Galilei, bevor wir Ihr berühmtes Rohr applizieren, möchten wir um das Vergnügen eines Disputs bitten. Thema: Können solche Planeten existieren?

DER MATHEMATIKER Eines formalen Disputs.

GALILEI Ich dachte mir, Sie schauen einfach durch das Fernrohr und überzeugen sich?

ANDREA Hier, bitte.

DER MATHEMATIKER Gewiß, gewiß. – Es ist Ihnen natürlich bekannt, daß nach der Ansicht der Alten Sterne nicht möglich sind, die um einen anderen Mittelpunkt als die Erde kreisen, noch solche Sterne, die im Himmel keine Stütze haben?

GALILEI Ja.

DER PHILOSOPH Und, ganz absehend von der Möglichkeit solcher Sterne, die der Mathematiker – *er verbeugt sich gegen den Mathematiker* – zu bezweifeln scheint, möchte ich in aller Bescheidenheit als Philosoph die Frage aufwerfen: Sind solche Sterne nötig? Aristotelis divini universum...

GALILEI Sollten wir nicht in der Umgangssprache fortfahren? Mein Kollege, Herr Federzoni, versteht Latein nicht.

DER PHILOSOPH Ist es von Wichtigkeit, daß er uns versteht?

GALILEI Ja.

DER PHILOSOPH Entschuldigen Sie mich. Ich dachte, er ist Ihr Linsenschleifer.

ANDREA Herr Federzoni ist ein Linsenschleifer und ein Gelehrter.

DER PHILOSOPH Danke, mein Kind. Wenn Herr Federzoni darauf besteht...

GALILEI Ich bestehe darauf.

DER PHILOSOPH Das Argument wird an Glanz verlieren, aber es ist Ihr Haus. – Das Weltbild des göttlichen Aristoteles mit seinen mystisch musizierenden Sphären und kristallenen Gewölben und den Kreisläufen seiner Himmelskörper und dem Schiefenwinkel der Sonnenbahn und den Geheimnissen der Satellitentafeln und dem Sternenreichtum des Katalogs der südlichen Halbkugel und der erleuchteten Konstruktion des celestialen Globus ist ein Gebäude von solcher Ordnung und Schönheit, daß wir wohl zögern sollten, diese Harmonie zu stören.

GALILEI Wie, wenn Eure Hoheit die sowohl unmöglichen als auch unnötigen Sterne nun durch dieses Fernrohr wahrnehmen würden?

DER MATHEMATIKER Man könnte versucht sein zu antworten, daß Ihr Rohr, etwas zeigend, was nicht sein kann, ein nicht sehr verläßliches Rohr sein müßte, nicht?

GALILEI Was meinen Sie damit?

DER MATHEMATIKER Es wäre doch viel förderlicher, Herr Galilei, wenn Sie uns die Gründe nennten, die Sie zu der Annahme bewegen, daß in der höchsten Sphäre des unveränderlichen Himmels Gestirne freischwebend in Bewegung sein können.

DER PHILOSOPH Gründe, Herr Galilei, Gründe!

GALILEI Die Gründe? Wenn ein Blick auf die Gestirne selber und meine Notierungen das Phänomen zeigen? Mein Herr, der Disput wird abgeschmackt.

DER MATHEMATIKER Wenn man sicher wäre, daß Sie sich nicht noch mehr erregten, könnte man sagen, daß, was in Ihrem Rohr ist und was am Himmel ist, zweierlei sein kann.

DER PHILOSOPH Das ist nicht höflicher auszudrücken.

FEDERZONI Sie denken, wir malten die Mediceischen Sterne auf die Linse!

GALILEI Sie werfen mir Betrug vor?

DER PHILOSOPH Aber wie könnten wir das? In Anwesenheit Seiner Hoheit!

DER MATHEMATIKER Ihr Instrument, mag man es nun Ihr Kind, mag man es Ihren Zögling nennen, ist sicher äußerst geschickt gemacht, kein Zweifel!

DER PHILOSOPH Und wir sind vollkommen überzeugt, Herr Galilei, daß weder Sie noch sonst jemand es wagen würde, Sterne mit dem erlauchten Namen des Herrscherhauses zu schmücken, deren Existenz nicht über allen Zweifel erhaben wäre. *Alle verbeugen sich tief vor dem Großherzog.*

COSMO *sieht sich nach den Hofdamen um:* Ist etwas nicht in Ordnung mit meinen Sternen?

DIE ÄLTERE HOFDAME *zum Großherzog:* Es ist alles in Ordnung mit den Sternen Eurer Hoheit. Die Herren fragen sich nur, ob sie auch wirklich, wirklich da sind.

*Pause.*

DIE JÜNGERE HOFDAME Man soll ja jedes Rad am Großen Wagen sehen können durch das Instrument.

FEDERZONI Ja, und alles mögliche am Stier.

GALILEI Werden die Herren nun also durchschauen oder nicht?

DER PHILOSOPH Sicher, sicher.

DER MATHEMATIKER Sicher.

*Pause. Plötzlich wendet sich Andrea um und geht steif ab durch den ganzen Raum. Seine Mutter fängt ihn auf.*

FRAU SARTI Was ist los mit dir?

ANDREA Sie sind dumm. *Er reißt sich los und läuft weg.*

DER PHILOSOPH Bedauernswertes Kind.

DER HOFMARSCHALL Eure Hoheit, meine Herren, darf ich daran erinnern, daß der Staatsball in dreiviertel Stunden beginnt?

DER MATHEMATIKER Warum einen Eiertanz aufführen? Früher oder später wird Herr Galilei sich doch noch mit den Tatsachen befreunden müssen. Seine Jupiterplaneten würden die Sphärenschale durchstoßen. Es ist ganz einfach.

FEDERZONI Sie werden sich wundern: es gibt keine Sphärenschale.

DER PHILOSOPH Jedes Schulbuch wird Ihnen sagen, daß es sie gibt, mein guter Mann.

FEDERZONI Dann her mit neuen Schulbüchern.

DER PHILOSOPH Eure Hoheit, mein verehrter Kollege und ich stützen uns auf die Autorität keines Geringeren als des göttlichen Aristoteles selber.

GALILEI *fast unterwürfig:* Meine Herren, der Glaube an die Autorität des Aristoteles ist eine Sache, Fakten, die mit Händen zu greifen sind, eine andere. Sie sagen, nach dem Aristoteles gibt es dort oben Kristallschalen, und so können gewisse Bewegungen nicht stattfinden, weil die Gestirne die Schalen durchstoßen müßten. Aber wie, wenn Sie diese Bewegungen konstatieren könnten? Vielleicht sagt Ihnen das, daß es diese Kristallschalen gar nicht gibt? Meine Herren, ich ersuche Sie in aller Demut, Ihren Augen zu trauen.

DER MATHEMATIKER Lieber Galilei, ich pflege mitunter, so altmodisch es Ihnen erscheinen mag, den Aristoteles zu lesen, und kann Sie dessen versichern, daß ich da meinen Augen traue.

GALILEI Ich bin es gewohnt, die Herren aller Fakultäten sämtlichen Fakten gegenüber die Augen schließen zu sehen und so zu tun, als sei nichts geschehen. Ich zeige meine Notierungen, und man lächelt, ich stelle mein Fernrohr zur Verfügung, daß man sich überzeugen kann, und man zitiert Aristoteles.

FEDERZONI Der Mann hatte kein Fernrohr!

DER MATHEMATIKER Allerdings nicht, allerdings nicht.

DER PHILOSOPH *groß:* Wenn hier Aristoteles in den Kot gezogen werden soll, eine Autorität, welche nicht nur die gesamte Wissenschaft der Antike, sondern auch die Hohen Kirchenväter selber anerkannten, so scheint jedenfalls mir eine Fortsetzung der Diskussion überflüssig. Unsachliche Diskussion lehne ich ab. Basta.

GALILEI Die Wahrheit ist das Kind der Zeit, nicht der Autorität. Unsere Unwissenheit ist unendlich, tragen wir einen Kubikmillimeter ab! Wozu jetzt noch so klug sein wollen, wenn wir endlich ein klein wenig weniger dumm sein können! Ich habe das unvorstellbare Glück gehabt, ein neues Instrument in die Hand zu bekommen, mit dem man ein Zipfelchen des Universums etwas, nicht viel, näher besehen kann. Benützen Sie es.

DER PHILOSOPH Eure Hoheit, meine Damen und Herren, ich frage mich nur, wohin dies alles führen soll.

GALILEI Ich würde meinen, als Wissenschaftler haben wir uns nicht zu fragen, wohin die Wahrheit uns führen mag.

DER PHILOSOPH *wild:* Herr Galilei, die Wahrheit mag uns zu allem möglichen führen!

GALILEI Eure Hoheit. In diesen Nächten werden über ganz Italien Fernrohre auf den Himmel gerichtet. Die Monde des Jupiter verbilligen nicht die Milch. Aber sie wurden nie je gesehen, und es gibt sie doch. Daraus zieht der Mann auf der Straße den Schluß, daß es noch vieles geben könnte, wenn er nur seine Augen aufmachte! Ihr seid ihm eine Bestätigung schuldig! Es sind nicht die Bewegungen einiger entfernter Gestirne, die Italien aufhorchen machen, sondern die Kunde, daß für unerschütterlich angesehene Lehren ins Wanken gekommen sind, und jedermann weiß, daß es deren zu viele gibt. Meine Herren, lassen Sie uns nicht erschütterte Lehren verteidigen!

FEDERZONI Ihr als die Lehrer solltet das Erschüttern besorgen.

DER PHILOSOPH Ich wünschte, Ihr Mann offerierte nicht Ratschläge in einem wissenschaftlichen Disput.

GALILEI Eure Hoheit! Mein Werk in dem Großen Arsenal von Venedig brachte mich täglich zusammen mit Zeichnern, Bauleuten und Instrumentenmachern. Diese Leute haben mich manchen neuen Weg gelehrt. Unbelesen verlassen sie sich auf das Zeugnis ihrer fünf Sinne, furchtlos zumeist, wohin dies Zeugnis sie führen wird...

DER PHILOSOPH Oho!

GALILEI Sehr ähnlich unsern Seeleuten, die vor hundert Jahren unsere Küsten verließen, ohne zu wissen, was für andere Küsten sie erreichen würden, wenn überhaupt welche. Es scheint, daß man heute, um die hohe Neugierde zu finden, die den wahren Ruhm des alten Griechenland ausmachte, sich in die Schiffswerften begeben muß.

DER PHILOSOPH Nach allem, was wir hier gehört haben, zweifle ich nicht länger, daß Herr Galilei in den Schiffswerften Bewunderer finden wird.

DER HOFMARSCHALL Eure Hoheit, zu meiner Bestürzung stelle ich fest, daß sich die außerordentlich belehrende Unterhaltung ein wenig ausgedehnt hat. Seine Hoheit muß vor dem Hofball noch etwas ruhen.

*Auf ein Zeichen verbeugt sich der Großherzog vor Galilei. Der Hof schickt sich schnell an zu gehen.*

FRAU SARTI *stellt sich dem Großherzog in den Weg und bietet ihm einen Teller mit Bäckereien an:* Ein Kringel, Eure Hoheit? *Die ältere Hofdame führt den Großherzog hinaus.*

GALILEI *hinterherlaufend:* Aber die Herren brauchten wirklich nur durch das Instrument zu schauen!

DER HOFMARSCHALL Ihre Hoheit wird nicht versäumen, über Ihre Behauptungen die Meinung unseres größten lebenden Astronomen einzuholen, des Herrn Pater Christopher Clavius, Hauptastronom am Päpstlichen Collegium in Rom.

## 5
## Uneingeschüchtert auch durch die Pest setzt Galilei seine Forschungen fort.

a

*Morgens früh, Galilei über seinen Aufzeichnungen am Fernrohr. Virginia herein mit einer Reisetasche.*

GALILEI Virginia! Ist etwas passiert?

VIRGINIA Das Stift hat geschlossen, wir mußten sofort heim. In Arcetri gibt es fünf Pestfälle.

GALILEI *ruft:* Sarti!

VIRGINIA Die Marktgasse hier ist seit heut nacht auch schon abgeriegelt. In der Altstadt sollen zwei Tote sein und drei liegen sterbend im Spital.

GALILEI Sie haben wieder einmal alles bis zum letzten Augenblick verheimlicht.

FRAU SARTI *herein:* Was machst du hier?

VIRGINIA Die Pest.

FRAU SARTI Mein Gott! Ich packe. *Setzt sich.*

GALILEI Packen Sie nichts. Nehmen Sie Virginia und Andrea! Ich hole meine Aufzeichnungen.

*Er läuft eilig zurück an seinen Tisch und klaubt in größter Hast Papiere zusammen. Frau Sarti zieht Andrea, der gelaufen kommt, einen Mantel an und holt etwas Bettzeug und Essen herbei. Herein ein großherzoglicher Lakai.*

LAKAI Seine Hoheit hat der grassierenden Krankheit wegen die Stadt in Richtung auf Bologna verlassen. Er bestand jedoch darauf, daß Herrn Galilei die Möglichkeit geboten wird, sich ebenfalls in Sicherheit zu bringen. Die Kalesche ist in zwei Minuten vor der Tür.

FRAU SARTI *zu Virginia und Andrea:* Geht ihr sogleich hinaus. Hier, nehmt das mit.

ANDREA Aber warum? Wenn du mir nicht sagst, warum, gehe ich nicht.

FRAU SARTI Es ist die Pest, mein Kind.

VIRGINIA Wir warten auf Vater.

FRAU SARTI Herr Galilei, sind Sie fertig?

GALILEI *das Fernrohr in das Tischtuch pakkend:* Setzen Sie Virginia und Andrea in die Kalesche. Ich komme gleich.

VIRGINIA Nein, wir gehen nicht ohne dich. Du wirst nie fertig werden, wenn du erst deine Bücher einpackst.

FRAU SARTI Der Wagen ist da.

GALILEI Sei vernünftig, Virginia, wenn ihr euch nicht hineinsetzt, fährt der Kutscher weg. Die Pest, das ist keine Kleinigkeit.

VIRGINIA *protestierend, während Frau Sarti sie*

*und Andrea hinausführt:* Helfen Sie ihm mit den Büchern, sonst kommt er nicht.

FRAU SARTI *ruft von der Haustür:* Herr Galilei! Der Kutscher weigert sich zu warten.

GALILEI Frau Sarti, ich glaube nicht, daß ich weg sollte. Da ist alles in Unordnung, wissen Sie, Aufzeichnungen von drei Monaten, die ich wegschmeißen kann, wenn ich sie nicht noch ein, zwei Nächte fortführe. Und diese Seuche ist ja überall.

FRAU SARTI Herr Galilei! Komm sofort mit! Du bist wahnsinnig.

GALILEI Sie müssen mit Virginia und Andrea fahren. Ich komme nach.

FRAU SARTI In einer Stunde kommt niemand mehr hier weg. Du mußt kommen! *Horcht.* Er fährt! Ich muß ihn aufhalten. *Ab.*

*Galilei geht hin und her. Frau Sarti kehrt zurück, sehr bleich, ohne ihr Bündel.*

GALILEI Was stehen Sie herum? Die Kalesche mit den Kindern fährt Ihnen noch weg.

FRAU SARTI Sie sind weg. Virginia mußten sie festhalten. Man wird für die Kinder sorgen in Bologna. Aber wer soll Ihnen Ihr Essen hinstellen?

GALILEI Du bist wahnsinnig. Wegen dem Kochen in der Stadt zu bleiben!... *Nimmt seine Aufzeichnungen in die Hand.* Glauben Sie von mir nicht, Frau Sarti, daß ich ein Narr bin. Ich kann diese Beobachtungen nicht im Stich lassen. Ich habe mächtige Feinde und muß Beweise für gewisse Behauptungen sammeln.

FRAU SARTI Sie brauchen sich nicht zu entschuldigen. Aber vernünftig ist es nicht.

b

*Vor Galileis Haus in Florenz. Heraus tritt Galilei und blickt die Straße hinunter. Zwei Nonnen kommen vorüber.*

GALILEI *spricht sie an:* Können Sie mir sagen, Schwestern, wo ich Milch zu kaufen bekomme? Heute früh ist die Milchfrau nicht gekommen, und meine Haushälterin ist weg.

DIE EINE NONNE Die Läden sind nur noch in der unteren Stadt offen.

DIE ANDERE NONNE Sind Sie hier herausgekommen? *Galilei nickt.* Das ist diese Gasse! *Die beiden Nonnen bekreuzigen sich, murmeln den Englischen Gruß und laufen weg. Ein Mann kommt vorbei.*

GALILEI *spricht ihn an:* Sind Sie nicht der Bäkker, der uns das Weißbrot bringt? *Der Mann nickt.* Haben Sie meine Haushälterin gesehen? Sie muß gestern abend weggegangen sein. Seit heute früh ist sie nicht mehr im Haus.

*Der Mann schüttelt den Kopf. Ein Fenster gegenüber geht auf und eine Frau schaut heraus.*

DIE FRAU *schreiend:* Laufen Sie! Bei denen da drüben ist die Pest!

*Der Mann läuft erschrocken weg.*

GALILEI Wissen Sie etwas über meine Haushälterin?

DIE FRAU Ihre Haushälterin ist oben an der Straße niedergebrochen. Sie muß es gewußt haben. Darum ist sie weg. Solche Rücksichtslosigkeit! *Sie schlägt das Fenster zu.*

*Kinder kommen die Straße herunter. Sie sehen Galilei und rennen schreiend weg. Galilei wendet sich, da kommen zwei Soldaten gelaufen, ganz in Eisen.*

DIE SOLDATEN Geh sofort ins Haus zurück! *Mit ihren langen Spießen schieben sie Galilei in sein Haus zurück. Hinter ihm verrammeln sie das Tor.*

GALILEI *am Fenster:* Könnt ihr mir sagen, was mit der Frau geschehen ist?

DIE SOLDATEN Sie werden auf den Anger geschafft.

DIE FRAU *erscheint wieder im Fenster:* Die ganze Gasse da hinten ist ja verseucht. Warum sperrt ihr die nicht ab? *Die Soldaten ziehen einen Strick über die Straße.*

DIE FRAU Aber so kann ja auch in unser Haus keiner mehr! Hier braucht ihr doch nicht abzusperren. Hier ist doch alles gesund. Halt! Halt! So hört doch! Mein Mann ist doch in der Stadt, er kann ja nicht mehr zu uns! Ihr Tiere, ihr Tiere! *Man hört von innen her ihr Schluchzen und Schreien. Die Soldaten gehen ab. An einem anderen Fenster erscheint eine alte Frau.*

GALILEI Dort hinten muß es brennen.

DIE ALTE FRAU Sie löschen nicht mehr, wenn Pestverdacht ist. Jeder denkt nur noch an die Pest.

GALILEI Wie ihnen das gleich sieht! Das ist ihr ganzes Regierungssystem. Sie hauen uns ab wie den kranken Ast eines Feigenbaumes, der keine Frucht mehr bringen kann.

DIE ALTE FRAU Ja. Mein Sohn hat mir einen Zettel geschickt. Er hat Gott sei Dank gestern abend schon erfahren, daß dort hinten wer gestorben ist, und ist nicht mehr heimgekommen. Es sind elf Fälle gewesen in der Nacht hier im Viertel.

GALILEI Ich mache mir Vorwürfe, daß ich

meine Haushälterin nicht rechtzeitig weggeschickt habe. Ich hatte eine dringende Arbeit, aber sie hatte keinen Grund zu bleiben.

DIE ALTE FRAU Wir können ja auch nicht weg. Wer soll uns aufnehmen? Sie müssen sich keine Vorwürfe machen. Ich habe sie gesehen. Sie ging heute früh weg, gegen sieben Uhr. Sie war krank, denn als sie mich aus der Tür treten und die Brote hereinholen sah, machte sie einen Bogen um mich. Sie wollte wohl nicht, daß man Ihnen das Haus zuschließt. Aber sie bringen alles heraus.

*Ein klapperndes Geräusch wird hörbar.*

GALILEI Was ist das?

DIE ALTE FRAU Sie versuchen, mit Geräuschen die Wolken zu vertreiben, in denen die Pestkeime sind.

*Galilei lacht schallend.*

DIE ALTE FRAU Daß Sie noch lachen können!

*Ein Mann kommt die Straße herunter und findet sie versperrt durch den Strick.*

GALILEI Heda, Sie! Hier ist abgeriegelt, und im Haus ist nichts zu essen.

*Der Mann ist schon weggelaufen.*

GALILEI Aber ihr könnt einen doch nicht hier verhungern lassen! Heda! Heda!

DIE ALTE FRAU Vielleicht bringen sie was. Sonst kann ich Ihnen, aber erst nachts, einen Krug Milch vor die Tür stellen, wenn Sie sich nicht fürchten.

GALILEI Heda! Heda! Man muß uns doch hören!

*Am Strick steht plötzlich Andrea. Er hat ein verweintes Gesicht.*

GALILEI Andrea! Wie kommst du her?

ANDREA Ich war schon früh hier. Ich habe geklopft, aber Sie haben nicht aufgemacht. Die Leute haben mir gesagt, daß...

GALILEI Bist du denn nicht weggefahren?

ANDREA Doch. Aber unterwegs konnte ich abspringen. Virginia ist weitergefahren. Kann ich nicht hinein?

DIE ALTE FRAU Nein, das kannst du nicht. Du mußt zu den Ursulinerinnen. Deine Mutter ist vielleicht auch dort.

ANDREA Ich war da. Aber man hat mich nicht zu ihr hineingelassen. Sie ist so krank.

GALILEI Bist du so weit hergelaufen? Das sind doch drei Tage, daß du wegfuhrst.

ANDREA So lang brauchte ich, seien Sie nicht böse. Sie haben mich einmal eingefangen.

GALILEI *hilflos:* Weine jetzt nicht mehr. Siehst du, ich habe allerhand gefunden in der Zwischenzeit. Soll ich dir erzählen? *Andrea nickt schluchzend.* Gib genau acht, sonst verstehst du nicht. Erinnerst du dich, daß ich dir den Planeten Venus gezeigt habe? Horch nicht auf das Geräusch, das ist nichts. Kannst du dich erinnern? Weißt du, was ich gesehen habe? Er ist wie der Mond! Ich habe ihn als halbe Kugel und ich habe ihn als Sichel gesehen. Was sagst du dazu? Ich kann dir alles zeigen mit einer kleinen Kugel und einem Licht. Es beweist, daß auch dieser Planet kein eigenes Licht hat. Und er dreht sich um die Sonne, in einem einfachen Kreis, ist das nicht wunderbar?

ANDREA *schluchzend:* Sicher, und das ist ein Fakt.

GALILEI *leise:* Ich habe sie nicht zurückgehalten.

*Andrea schweigt.*

GALILEI Aber natürlich, wenn ich nicht geblieben wäre, wäre das nicht geschehen.

ANDREA Müssen sie es Ihnen jetzt glauben?

GALILEI Ich habe jetzt alle Beweise zusammen. Weißt du, wenn das hier vorüber ist, gehe ich nach Rom und zeige es ihnen.

*Die Straße herunter kommen zwei vermummte Männer mit langen Stangen und Kübeln. An den Stangen reichen sie Galilei und dann der alten Frau Brote in die Fenster.*

DIE ALTE FRAU Und dort drüben ist eine Frau mit drei Kindern. Legt da auch was hin.

GALILEI Aber ich habe nichts zu trinken. Im Haus ist kein Wasser. *Die beiden zucken die Achseln.* Kommt ihr auch morgen?

DER EINE MANN *mit erstickter Stimme, da er ein Tuch vor dem Mund hat:* Wer weiß heut, was morgen ist?

GALILEI Könntet ihr, wenn ihr kommt, auch ein Büchlein heraufreichen, das ich für meine Arbeit brauche?

DER MANN *lacht dumpf:* Als ob es jetzt auf ein Buch ankäme. Sei froh, wenn du Brot bekommst.

GALILEI Aber der Junge dort, mein Schüler, wird da sein und es euch geben für mich. Es ist die Karte mit der Umlaufszeit des Merkur, Andrea, ich habe sie verlegt. Willst du sie beschaffen in der Schule?

*Die Männer sind schon weitergegangen.*

ANDREA Bestimmt. Ich hol sie, Herr Galilei. *Ab.*

*Auch Galilei zieht sich zurück. Gegenüber aus dem Haus tritt die alte Frau und stellt einen Krug vor Galileis Tür.*

6

**1616: Das Collegium Romanum, Forschungsinstitut des Vatikans, bestätigt Galileis Entdeckungen.**

Das hat die Welt nicht oft gesehn
Daß Lehrer selbst ans Lernen gehn.
Clavius, der Gottesknecht
Gab dem Galilei recht.

*Saal des Collegium Romanum in Rom. Es ist Nacht. Hohe Geistliche, Mönche, Gelehrte in Gruppen. An der Seite allein Galilei. Es herrscht große Ausgelassenheit. Bevor die Szene beginnt, hört man gewaltiges Gelächter.*

EIN DICKER PRÄLAT *hält sich den Bauch vor Lachen:* O Dummheit! O Dummheit! Ich möchte, daß mir einer einen Satz nennt, der nicht geglaubt wurde!

EIN GELEHRTER Zum Beispiel, daß Sie unüberwindliche Abneigung gegen Mahlzeiten verspüren, Monsignore!

DER DICKE PRÄLAT Wird geglaubt, wird geglaubt. Nur das Vernünftige wird nicht geglaubt. Daß es einen Teufel gibt, das wird bezweifelt. Aber daß die Erde sich dreht wie ein Schusser in der Gosse, das wird geglaubt. Sancta simplicitas!

EIN MÖNCH *spielt Komödie:* Mir schwindelt. Die Erde dreht sich zu schnell. Gestatten Sie, daß ich mich an Ihnen einhalte, Professor. *Er tut, als schwanke er, und hält sich an einem Gelehrten ein.*

DER GELEHRTE *mitmachend:* Ja, sie ist heute wieder ganz besoffen, die Alte. *Er hält sich an einem anderen ein.*

DER MÖNCH Halt, halt! Wir rutschen ab! Halt, sag ich!

EIN ZWEITER GELEHRTER Die Venus steht schon ganz schief. Ich sehe nur noch ihren halben Hintern, Hilfe!

*Es bildet sich ein Klumpen von Mönchen, die unter Gelächter tun, als wehrten sie sich, von einem Schiff im Sturm abgeschüttelt zu werden.*

EIN ZWEITER MÖNCH Wenn wir nur nicht auf den Mond geschmissen werden! Brüder, der soll scheußlich scharfe Bergspitzen haben!

DER ERSTE GELEHRTE Stemm dich mit dem Fuß dagegen.

DER ERSTE MÖNCH Und schaut nicht hinab. Ich leide unter Schwindel.

DER DICKE PRÄLAT *absichtlich laut in Galileis Richtung:* Unmöglich, Schwindel im Collegium Romanum!

*Großes Gelächter. Aus einer Tür kommen zwei Astronomen des Collegiums. Stille tritt ein.*

EIN MÖNCH Untersucht ihr immer noch? Das ist ein Skandal!

DER EINE ASTRONOM *zornig:* Wir nicht!

DER ZWEITE ASTRONOM Wohin soll das führen? Ich verstehe den Clavius nicht... Wenn man alles für bare Münze nähme, was in den letzten fünfzig Jahren behauptet wurde! Im Jahre 1572 leuchtet in der höchsten Sphäre, der achten, der Sphäre der Fixsterne, ein neuer Stern auf, eher strahlender und größer als alle seine Nachbarsterne, und noch bevor anderthalb Jahre um waren, verschwindet er wieder und fällt der Vernichtung anheim. Soll man fragen: was ist also mit der ewigen Dauer und der Unveränderlichkeit des Himmels?

DER PHILOSOPH Wenn man es ihnen erlaubt, zertrümmern sie uns noch den ganzen Sternenhimmel.

DER ERSTE ASTRONOM Ja, wohin kommt man! Fünf Jahre später bestimmt der Däne Tycho Brahe die Bahn eines Kometen. Sie begann oberhalb des Mondes und durchbrach, eine nach der anderen, alle Kugelschalen der Sphären, der materiellen Träger der bewegten Himmelskörper! Er trifft keinen Widerstand, er erfährt keine Ablenkung seines Lichts. Soll man also fragen: wo sind die Sphären?

DER PHILOSOPH Das ist doch ausgeschlossen! Wie kann Christopher Clavius, der größte Astronom Italiens und der Kirche, so etwas überhaupt untersuchen!

DER DICKE PRÄLAT Skandal!

DER ERSTE ASTRONOM Er untersucht aber! Er sitzt drinnen und glotzt durch dieses Teufelsrohr!

DER ZWEITE ASTRONOM Principiis obsta! Alles fing damit an, daß wir so vieles, die Länge des Sonnenjahres, die Daten der Sonnen- und Mondfinsternis, die Stellungen der Himmelskörper seit Jahr und Tag nach den Tafeln des Kopernikus berechnen, der ein Ketzer ist.

EIN MÖNCH Ich frage: was ist besser, eine Mondfinsternis drei Tage später als im Kalender steht zu erleben oder die ewige Seligkeit niemals?

EIN SEHR DÜNNER MÖNCH *kommt mit einer aufgeschlagenen Bibel nach vorn, fanatisch den Finger auf eine Stelle stoßend:* Was steht hier in der Schrift? »Sonne, steh still zu Gibeon und Mond im Tale Ajalon!« Wie kann die Sonne stillstehen, wenn sie sich überhaupt nicht dreht, wie diese Ketzer behaupten? Lügt die Schrift?

DER ERSTE ASTRONOM Es gibt Erscheinungen, die uns Astronomen Schwierigkeiten bereiten, aber muß der Mensch alles verstehen? *Beide ab.*

DER SEHR DÜNNE MÖNCH Die Heimat des Menschengeschlechts setzen sie einem Wandelstern gleich. Mensch, Tier, Pflanze und Erdreich verpacken sie auf einen Karren und treiben ihn im Kreis durch einen leeren Himmel. Erde und Himmel gibt es nicht mehr nach diesen. Die Erde nicht, weil sie ein Gestirn des Himmels ist, und den Himmel nicht, weil er aus Erden besteht. Da ist kein Unterschied mehr zwischen Oben und Unten, zwischen dem Ewigen und dem Vergänglichen. Daß wir vergehen, das wissen wir. Daß auch der Himmel vergeht, das sagen sie uns jetzt. Sonne, Mond und Sterne und wir leben auf der Erde, hat es geheißen und steht es geschrieben; aber jetzt ist auch die Erde ein Stern nach diesen da. Es gibt nur Sterne! Wir werden den Tag erleben, wo sie sagen: Es gibt auch nicht Mensch und Tier, der Mensch selber ist ein Tier, es gibt nur Tiere!

DER ERSTE GELEHRTE *zu Galilei:* Herr Galilei, Ihnen ist etwas hinabgefallen.

GALILEI *der seinen Stein während des Vorigen aus der Tasche gezogen, damit gespielt und ihn am Ende auf den Boden hat fallen lassen, indem er sich bückt, ihn aufzuheben:* Hinauf, Monsignore, es ist mir hinaufgefallen.

DER DICKE PRÄLAT *kehrt sich um:* Unverschämter Mensch.

*Eintritt ein sehr alter Kardinal, von einem Mönch gestützt. Man macht ihm ehrerbietig Platz.*

DER SEHR ALTE KARDINAL Sind sie immer noch drinnen? Können sie mit dieser Kleinigkeit wirklich nicht schneller fertig werden? Dieser Clavius sollte doch seine Astronomie verstehen! Ich höre, dieser Herr Galilei versetzt den Menschen aus dem Mittelpunkt des Weltalls irgendwohin an den Rand. Er ist folglich deutlich ein Feind des Menschengeschlechts! Als solcher muß er behandelt werden. Der Mensch ist die Krone der Schöpfung, daß weiß jedes Kind, Gottes höchstes und geliebtestes Geschöpf. Wie könnte er es, ein solches Wunderwerk, eine solche Anstrengung, auf ein kleines, abseitiges und immerfort weglaufendes Gestirnlein setzen? Würde er so wohin seinen Sohn schicken? Wie kann es Leute geben, so pervers, daß sie diesen Sklaven ihrer Rechentafeln Glauben schenken! Welches Geschöpf Gottes wird sich so etwas gefallen lassen?

DER DICKE PRÄLAT *halblaut:* Der Herr ist anwesend.

DER SEHR ALTE KARDINAL *zu Galilei:* So, sind Sie das? Wissen Sie, ich sehe nicht mehr allzu gut, aber das sehe ich doch, daß Sie diesem Menschen, den wir seinerzeit verbrannt haben – wie hieß er doch? –, auffallend gleichen.

DER MÖNCH Eure Eminenz sollten sich nicht aufregen. Der Arzt...

DER SEHR ALTE KARDINAL *schüttelt ihn ab, zu Galilei:* Sie wollen die Erde erniedrigen, obwohl Sie auf ihr leben und alles von ihr empfangen. Sie beschmutzen Ihr eigenes Nest! Aber ich jedenfalls lasse es mir nicht gefallen. *Er stößt den Mönch zurück und beginnt stolz auf und ab zu schreiten.* Ich bin nicht irgendein Wesen auf irgendeinem Gestirnchen, das für kurze Zeit irgendwo kreist. Ich gehe auf einer festen Erde, in sicherem Schritt, sie ruht, sie ist der Mittelpunkt des Alls, ich bin im Mittelpunkt, und das Auge des Schöpfers ruht auf mir und auf mir allein. Um mich kreisen, fixiert an acht kristallene Schalen, die Fixsterne und die gewaltige Sonne, die geschaffen ist, meine Umgebung zu beleuchten. Und auch mich, damit Gott mich sieht. So kommt sichtbar und unwiderleglich alles an auf mich, den Menschen, die Anstrengung Gottes, das Geschöpf in der Mitte, das Ebenbild Gottes, unvergänglich und... *Er sinkt zusammen.*

DER MÖNCH Eure Eminenz haben sich zuviel zugemutet!

*In diesem Augenblick öffnet sich die Tür hinten, und an der Spitze seiner Astronomen kommt der große Clavius herein. Er durchschreitet schweigend und schnell, ohne zur Seite zu blicken, den Saal und spricht, schon am Ausgang, zu einem Mönch hin.*

CLAVIUS Es stimmt. *Er geht ab, gefolgt von den Astronomen. Die Tür hinten bleibt offenstehen. Totenstille. Der sehr alte Kardinal kommt zu sich.*

DER SEHR ALTE KARDINAL Was ist? Die Entscheidung gefallen?

*Niemand wagt, es ihm zu sagen.*

DER MÖNCH Eure Eminenz müssen nach Hause gebracht werden.

*Man hilft dem alten Mann hinaus. Alle verlassen verstört den Saal. Ein kleiner Mönch aus der Untersuchungskommission des Clavius bleibt bei Galilei stehen.*

DER KLEINE MÖNCH *verstohlen:* Herr Galilei, Pater Clavius sagte, bevor er wegging: Jetzt können die Theologen sehen, wie sie die Himmelskreise wieder einrenken! Sie haben gesiegt. *Ab.*

GALILEI *sucht ihn zurückzuhalten:* Sie hat gesiegt! Nicht ich, die Vernunft hat gesiegt!

*Der kleine Mönch ist schon weg. Auch Galilei geht. Unter der Tür begegnet er einem hochgewachsenen Geistlichen, dem Kardinal Inquisitor. Ein Astronom begleitet ihn. Galilei verbeugt sich. Bevor er hinausgeht, stellt er einem Türhüter flüsternd eine Frage.*

TÜRHÜTER *zurückflüsternd:* Seine Eminenz, der Kardinal Inquisitor.

*Der Astronom geleitet den Kardinal Inquisitor zum Fernrohr.*

## 7

## Aber die Inquisition setzt die Kopernikanische Lehre auf den Index (5. März 1616).

In Rom war Galilei Gast
In einem Kardinalspalast.
Man bot ihm Schmaus und bot ihm Wein
Und hatt' nur ein klein Wünschelein.

*Haus des Kardinals Bellarmin in Rom. Ein Ball ist im Gang. Im Vestibül, wo zwei geistliche Sekretäre Schach spielen und Notizen über die Gäste machen, wird Galilei von einer kleinen Gruppe maskierter Damen und Herren mit Applaus empfangen. Er kommt in Begleitung seiner Tochter Virginia und ihres Verlobten Ludovico Marsili.*

VIRGINIA Ich tanze mit niemand sonst, Ludovico.

LUDOVICO Die Schulterspange ist lose.

GALILEI
»Dies leicht verschobene Busentuch, Thaïs
Ordne mir nicht. Manche Unordnung, tiefere
Zeigt es mir köstlich und
Andern auch. In des wimmelnden Saals
Kerzenlicht dürfen sie denken an
Dunklere Stellen des wartenden Parkes.«

VIRGINIA Fühl mein Herz.

GALILEI *legt ihr die Hand auf das Herz:* Es klopft.

VIRGINIA Ich möchte schön aussehen.

GALILEI Du mußt, sonst zweifeln sie sofort wieder, daß sie sich dreht.

LUDOVICO Sie dreht sich ja gar nicht. *Galilei lacht.* Rom spricht nur von Ihnen. Von heute abend ab, Herr, wird man von Ihrer Tochter sprechen.

GALILEI Es heißt, es sei leicht, im römischen Frühling schön auszusehen. Selbst ich muß einem beleibteren Adonis gleichen. *Zu den Sekretären:* Ich sollte den Herrn Kardinal hier erwarten. *Zu dem Paar:* Geht und vergnügt euch!

*Bevor sie nach hinten zum Ball gehen, kommt Virginia noch einmal zurückgelaufen.*

VIRGINIA Vater, der Friseur in der Via del Trionfo nahm mich zuerst dran und ließ vier Damen warten. Er kannte deinen Namen sofort. *Ab.*

GALILEI *zu den Schach spielenden Sekretären:* Wie könnt ihr noch immer das alte Schach spielen? Eng, eng. Jetzt spielt man doch so, daß die größeren Figuren über alle Felder gehen. Der Turm so – *er zeigt es* – und der Läufer so und die Dame so und so. Da hat man Raum und kann Pläne machen.

DER EINE SEKRETÄR Das entspricht nicht unsern kleinen Gehältern, wissen Sie. Wir können nur solche Sprünge machen.

*Er zieht einen kleinen Zug.*

GALILEI Umgekehrt, mein Guter, umgekehrt! Wer auf großem Fuß lebt, dem bezahlen sie auch den größten Stiefel! Man muß mit der Zeit gehen, meine Herren. Nicht an den Küsten lang, einmal muß man ausfahren.

*Der sehr alte Kardinal der vorigen Szene überquert die Bühne, geleitet von seinem Mönch. Er erblickt den Galilei, geht an ihm vorbei, wendet sich dann unsicher und grüßt ihn. Galilei setzt sich. Aus dem Ballsaal hört man, von Knaben gesungen, den Beginn des berühmten Gedichts Lorenzo di Medicis über die Vergänglichkeit:*

»Ich, der die Rosen aber sterben sah
Und ihre Blätter lagen welkend da
Entfärbt auf kaltem Boden, wußte gut:
Wie eitel ist der Jugend Übermut!«

GALILEI Rom. – Großes Fest?

ERSTER SEKRETÄR Der erste Karneval nach den Pestjahren. Alle großen Familien Italiens sind heute abend hier vertreten. Die Orsinis, die Villanis, die Nuccolis, die Soldanieris, die Canes, die Lecchis, die Estensis, die Colombinis...

ZWEITER SEKRETÄR *unterbricht:* Ihre Eminenzen, die Kardinäle Bellarmin und Barberini.

*Herein Kardinal Bellarmin und Kardinal Bar-*

*berini. Sie halten die Masken eines Lamms und einer Taube an Stöcken vors Gesicht.*

BARBERINI *den Zeigefinger auf Galilei:* »Die Sonne geht auf und unter und kehret an ihren Ort zurück.« Das sagt Salomo, und was sagt Galilei?

GALILEI Als ich so klein war – *er deutet es mit der Hand an* –, Eure Eminenz, stand ich auf einem Schiff, und ich rief: Das Ufer bewegt sich fort. – Heute weiß ich, das Ufer stand fest und das Schiff bewegte sich fort.

BARBERINI Schlau, schlau. Was man sieht, Bellarmin, nämlich daß der Gestirnhimmel sich dreht, braucht nicht zu stimmen, siehe Schiff und Ufer. Aber was stimmt, nämlich daß die Erde sich dreht, kann man nicht wahrnehmen! Schlau. Aber seine Jupitermonde sind harte Brocken für unsere Astronomen. Leider habe ich auch einmal etwas Astronomie gelesen, Bellarmin. Das hängt einem an wie die Krätze.

BELLARMIN Gehen wir mit der Zeit, Barberini. Wenn Sternkarten, die sich auf eine neue Hypothese stützen, unsern Seeleuten die Navigation erleichtern, mögen sie die Karten benutzen. Uns mißfallen nur Lehren, welche die Schrift falsch machen.

*Er winkt grüßend nach dem Ballsaal zu.*

GALILEI Die Schrift. – »Wer aber das Korn zurückhält, dem wird das Volk fluchen.« Sprüche Salomonis.

BARBERINI »Der Weise verbirget sein Wissen.« Sprüche Salomonis.

GALILEI »Wo da Ochsen sind, da ist der Stall unrein. Aber viel Gewinn ist durch die Stärke des Ochsen.«

BARBERINI »Der seine Vernunft im Zaum hält, ist besser als der eine Stadt nimmt.«

GALILEI »Des Geist aber gebrochen ist, dem verdorren die Gebeine.« *Pause.* »Schreiet die Wahrheit nicht laut?«

BARBERINI »Kann man den Fuß setzen auf glühende Kohle, und der Fuß verbrennt nicht?« – Willkommen in Rom, Freund Galilei. Sie wissen von seinem Ursprung? Zwei Knäblein, so geht die Mär, empfingen Milch und Zuflucht von einer Wölfin. Von der Stunde an müssen alle Kinder der Wölfin für ihre Milch zahlen. Aber dafür sorgt die Wölfin für alle Arten von Genüssen, himmlische und irdische; von Gesprächen mit meinem gelehrten Freund Bellarmin bis zu drei oder vier Damen von internationalem Ruf, darf ich sie Ihnen zeigen?

*Er führt Galilei hinter, ihm den Ballsaal zu zeigen. Galilei folgt widerstrebend.*

BARBERINI Nein? Er besteht auf einer ernsten Unterhaltung. Gut. Sind Sie sicher, Freund Galilei, daß ihr Astronomen euch nicht nur einfach eure Astronomie bequemer machen wollt? *Er führt ihn wieder nach vorn.* Ihr denkt in Kreisen oder Ellipsen und in gleichmäßigen Schnelligkeiten, einfachen Bewegungen, die euren Gehirnen gemäß sind. Wie, wenn es Gott gefallen hätte, seine Gestirne so laufen zu lassen? *Er zeichnet mit dem Finger in der Luft eine äußerst verwickelte Bahn mit unregelmäßiger Geschwindigkeit.* Was würde dann aus euren Berechnungen?

GALILEI Eminenz, hätte Gott die Welt so konstruiert – *er wiederholt Barberinis Bahn* –, dann hätte er auch unsere Gehirne so konstruiert – *er wiederholt dieselbe Bahn* –, so daß sie eben diese Bahnen als die einfachsten erkennen würden. Ich glaube an die Vernunft.

BARBERINI Ich halte die Vernunft für unzulänglich. Er schweigt. Er ist zu höflich, jetzt zu sagen, er hält meine für unzulänglich.

*Lacht und geht zur Brüstung zurück.*

BELLARMIN Die Vernunft, mein Freund, reicht nicht sehr weit. Ringsum sehen wir nichts als Schiefheit, Verbrechen und Schwäche. Wo ist die Wahrheit?

GALILEI *zornig:* Ich glaube an die Vernunft.

BARBERINI *zu den Sekretären:* Ihr sollt nicht mitschreiben, das ist eine wissenschaftliche Unterhaltung unter Freunden.

BELLARMIN Bedenken Sie einen Augenblick, was es die Kirchenväter und so viele nach ihnen für Mühe und Nachdenken gekostet hat, in eine solche Welt (ist sie etwa nicht abscheulich?) etwas Sinn zu bringen. Bedenken Sie die Roheit derer, die ihre Bauern in der Campagna halbnackt über ihre Güter peitschen lassen, und die Dummheit dieser Armen, die ihnen dafür die Füße küssen.

GALILEI Schandbar! Auf meiner Fahrt hierher sah ich...

BELLARMIN Wir haben die Verantwortung für den Sinn solcher Vorgänge (das Leben besteht daraus), die wir nicht begreifen können, einem höheren Wesen zugeschoben, davon gesprochen, daß mit derlei gewisse Absichten verfolgt werden, daß dies alles einem großen Plan zufolge geschieht. Nicht als ob dadurch absolute Beruhigung eingetreten wäre, aber jetzt beschuldigen Sie dieses höchste Wesen, es sei sich im unklaren darüber, wie die Welt der Gestirne sich bewegt, worüber Sie sich im klaren sind. Ist das weise?

GALILEI *zu einer Erklärung ausholend:* Ich bin ein gläubiger Sohn der Kirche...

BARBERINI Es ist entsetzlich mit ihm. Er will in aller Unschuld Gott die dicksten Schnitzer in der Astronomie nachweisen! Wie, Gott hat nicht sorgfältig genug Astronomie studiert, bevor er die Heilige Schrift verfaßte? Lieber Freund!

BELLARMIN Ist es nicht auch für Sie wahrscheinlich, daß der Schöpfer über das von ihm Geschaffene besser Bescheid weiß als sein Geschöpf?

GALILEI Aber, meine Herren, schließlich kann der Mensch nicht nur die Bewegungen der Gestirne falsch auffassen, sondern auch die Bibel!

BELLARMIN Aber wie die Bibel aufzufassen ist, darüber haben schließlich die Theologen der Heiligen Kirche zu befinden, nicht?

*Galilei schweigt.*

BELLARMIN Sehen Sie: jetzt schweigen Sie. *Er macht den Sekretären ein Zeichen.* Herr Galilei, das Heilige Offizium hat heute nacht beschlossen, daß die Lehre des Kopernikus, nach der die Sonne Zentrum der Welt und unbeweglich, die Erde aber nicht Zentrum der Welt und beweglich ist, töricht, absurd und ketzerisch im Glauben ist. Ich habe den Auftrag, Sie zu ermahnen, diese Meinung aufzugeben. *Zum ersten Sekretär:* Wiederholen Sie das.

ERSTER SEKRETÄR Seine Eminenz, Kardinal Bellarmin, zu dem besagten Galileo Galilei: Das Heilige Offizium hat beschlossen, daß die Lehre des Kopernikus, nach der die Sonne Zentrum der Welt und unbeweglich, die Erde aber nicht Zentrum der Welt und beweglich ist, töricht, absurd und ketzerisch im Glauben ist. Ich habe den Auftrag, Sie zu ermahnen, diese Meinung aufzugeben.

GALILEI Was heißt das?

*Aus dem Ballsaal hört man, von Knaben gesungen, eine weitere Strophe des Gedichts:*

»Sprach ich: Die schöne Jahreszeit geht schnell vorbei:
Pflücke die Rose, noch ist es Mai.«

*Barberini bedeutet dem Galilei zu schweigen, solange der Gesang währt.*

*Sie lauschen.*

GALILEI Aber die Tatsachen? Ich verstand, daß die Astronomen des Collegiums Romanum meine Notierungen anerkannt haben.

BELLARMIN Mit den Ausdrücken der tiefsten Genugtuung, in der für Sie ehrendsten Weise.

GALILEI Aber die Jupitertrabanten, die Phasen der Venus...

BELLARMIN Die Heilige Kongregation hat ihren Beschluß gefaßt, ohne diese Einzelheiten zur Kenntnis zu nehmen.

GALILEI Das heißt, daß jede weitere wissenschaftliche Forschung...

BELLARMIN Durchaus gesichert ist, Herr Galilei. Und das gemäß der Anschauung der Kirche, daß wir nicht wissen können, aber forschen mögen. *Er begrüßt wieder einen Gast im Ballsaal.* Es steht Ihnen frei, in Form der mathematischen Hypothese auch diese Lehre zu behandeln. Die Wissenschaft ist die legitime und höchst geliebte Tochter der Kirche, Herr Galilei. Niemand von uns nimmt im Ernst an, daß Sie das Vertrauen zur Kirche untergraben wollen.

GALILEI *zornig:* Vertrauen wird dadurch erschöpft, daß es in Anspruch genommen wird.

BARBERINI Ja? *Er klopft ihm, schallend lachend, auf die Schulter. Dann sieht er ihn scharf an und sagt nicht unfreundlich:* Schütten Sie nicht das Kind mit dem Bade aus, Freund Galilei. Wir tun es auch nicht. Wir brauchen Sie, mehr als Sie uns.

BELLARMIN Ich brenne darauf, den größten Mathematiker Italiens dem Kommissar des Heiligen Offiziums vorzustellen, der Ihnen die allergrößte Wertschätzung entgegenbringt.

BARBERINI *den andern Arm Galileis fassend:* Worauf er sich wieder in ein Lamm verwandelt. Auch Sie wären besser als braver Doktor der Schulmeinung kostümiert hier erschienen, lieber Freund. Es ist meine Maske, die mir heute ein wenig Freiheit gestattet. In einem solchen Aufzug können Sie mich murmeln hören: Wenn es keinen Gott gäbe, müßte man ihn erfinden. Gut, nehmen wir wieder unsere Masken vor. Der arme Galilei hat keine.

*Sie nehmen Galilei in die Mitte und führen ihn in den Ballsaal.*

ERSTER SEKRETÄR Hast du den letzten Satz?

ZWEITER SEKRETÄR Bin dabei. *Sie schreiben eifrig.* Hast du das, wo er sagt, daß er an die Vernunft glaubt?

*Herein der Kardinal Inquisitor.*

DER INQUISITOR Die Unterredung hat stattgefunden?

ERSTER SEKRETÄR *mechanisch:* Zuerst kam Herr Galilei mit seiner Tochter. Sie hat sich heute verlobt mit Herrn... *Der Inquisitor winkt ab.* Herr Galilei unterrichtete uns sodann von der neuen Art des Schachspielens, bei der die Figuren entgegen allen Spielregeln über die Felder hinweg bewegt werden.

DER INQUISITOR *winkt ab:* Das Protokoll.

*Ein Sekretär händigt ihm das Protokoll aus, und der Kardinal setzt sich, es zu durchfliegen. Zwei junge Damen in Masken überqueren die Bühne, sie knicksen vor dem Kardinal.*

DIE EINE Wer ist das?

DIE ANDERE Der Kardinal Inquisitor.

*Sie kichern und gehen ab. Herein Virginia, sich suchend umblickend.*

DER INQUISITOR *aus seiner Ecke:* Nun, meine Tochter?

VIRGINIA *erschrickt ein wenig, da sie ihn nicht gesehen hat:*
Oh, Eure Eminenz!

*Der Inquisitor streckt ihr, ohne aufzustehen, die Rechte hin. Sie nähert sich und küßt kniend seinen Ring.*

DER INQUISITOR Eine superbe Nacht! Gestatten Sie mir, Sie zu Ihrer Verlobung zu beglückwünschen. Ihr Bräutigam kommt aus einer vornehmen Familie. Sie bleiben uns in Rom?

VIRGINIA Zunächst nicht, Eure Eminenz. Es gibt so viel vorzubereiten für eine Heirat.

DER INQUISITOR So, Sie folgen also Ihrem Vater wieder nach Florenz. Ich freue mich darüber. Ich kann mir denken, daß Ihr Vater Sie braucht. Mathematik ist eine kalte Hausgefährtin, nicht? Ein Geschöpf aus Fleisch und Blut in solcher Umgebung macht da allen Unterschied. Man verliert sich so leicht in den Gestirnwelten, welche so sehr ausgedehnt sind, wenn man ein großer Mann ist.

VIRGINIA *atemlos:* Sie sind sehr gütig, Eminenz. Ich verstehe wirklich fast gar nichts von diesen Dingen.

DER INQUISITOR Nein? *Er lacht.* Im Haus des Fischers ißt man nicht Fisch, wie? Es wird Ihren Herrn Vater amüsieren, wenn er hört, daß Sie schließlich von mir gehört haben, was Sie über die Gestirnwelten wissen, mein Kind. *Im Protokoll blätternd:* Ich lese hier, daß unsere Neuerer, deren in der ganzen Welt anerkannter Führer Ihr Herr Vater ist, ein großer Mann, einer der größten, unsere gegenwärtigen Vorstellungen von der Bedeutung unserer lieben Erde für etwas übertrieben ansehen. Nun, von den Zeiten des Ptolemäus, eines Weisen des Altertums, bis zum heutigen Tag maß man für die ganze Schöpfung, also für die gesamte Kristallkugel, in deren Mitte die Erde ruht, etwa zwanzigtausend Erddurchmesser. Eine schöne Geräumigkeit, aber zu klein, weit zu klein für Neuerer. Nach diesen ist sie, wie wir hören, ganz unvorstellbar weit ausgedehnt, ist der Abstand der Erde von der Sonne, ein durchaus bedeutender Abstand, wie es uns immer geschienen hat, so verschwindend klein gegen den Abstand unserer armen Erde von den Fixsternen, die auf der allergrößten Schale befestigt sind, daß man ihn bei den Berechnungen überhaupt nicht einzukalkulieren braucht! Da soll man noch sagen, daß die Neuerer nicht auf großem Fuß leben.

*Virginia lacht. Auch der Inquisitor lacht.*

DER INQUISITOR In der Tat, einige Herren des Heiligen Offiziums haben kürzlich an einem solchen Weltbild, gegen das unser bisheriges nur ein Bildchen ist, das man um einen so entzückenden Hals wie den gewisser junger Mädchen legen könnte, beinahe Anstoß genommen. Sie sind besorgt, auf so ungeheuren Strecken könnte ein Prälat und sogar ein Kardinal leicht verlorengehen. Selbst ein Papst könnte vom Allmächtigen da aus den Augen verloren werden. Ja, das ist lustig, aber ich bin doch froh, Sie auch weiterhin in der Nähe Ihres großen Vaters zu wissen, den wir alle so schätzen, liebes Kind. Ich frage mich, ob ich nicht Ihren Beichtvater kenne...

VIRGINIA Pater Christophorus von Sankt Ursula.

DER INQUISITOR Ja, ich freue mich, daß Sie Ihren Vater also begleiten. Er wird Sie brauchen, Sie mögen es sich nicht vorstellen können, aber es wird so kommen. Sie sind noch so jung und wirklich so sehr Fleisch und Blut, und Größe ist nicht immer leicht zu tragen für diejenigen, denen Gott sie verliehen hat, nicht immer. Niemand unter den Sterblichen ist ja so groß, daß er nicht in ein Gebet eingeschlossen werden könnte. Aber nun halte ich Sie auf, liebes Kind, und mache Ihren Verlobten eifersüchtig und vielleicht auch Ihren lieben Vater, weil ich Ihnen etwas über die Gestirne erzählt habe, was möglicherweise sogar veraltet ist. Gehen Sie schnell zum Tanzen, nur vergessen Sie nicht, Pater Christophorus von mir zu grüßen.

*Virginia nach einer tiefen Verbeugung schnell ab.*

## 8
## Ein Gespräch.

Galilei las den Spruch
Ein junger Mönch kam zu Besuch
War eines armen Bauern Kind
Wollt wissen, wie man Wissen find't.
Wollt es wissen, wollt es wissen.

*Im Palast des Florentinischen Gesandten in Rom hört Galilei den kleinen Mönch an, der ihm nach der Sitzung des Collegium Romanum den Ausspruch des päpstlichen Astronomen zugeflüstert hat.*

GALILEI Reden Sie, reden Sie! Das Gewand, das Sie tragen, gibt Ihnen das Recht zu sagen, was immer Sie wollen.

DER KLEINE MÖNCH Ich habe Mathematik studiert, Herr Galilei.

GALILEI Das könnte helfen, wenn es Sie veranlaßte einzugestehen, daß zwei mal zwei hin und wieder vier ist!

DER KLEINE MÖNCH Herr Galilei, seit drei Nächten kann ich keinen Schlaf mehr finden. Ich wußte nicht, wie ich das Dekret, das ich gelesen habe, und die Trabanten des Jupiter, die ich gesehen habe, in Einklang bringen sollte. Ich beschloß, heute früh die Messe zu lesen und zu Ihnen zu gehen.

GALILEI Um mir mitzuteilen, daß der Jupiter keine Trabanten hat?

DER KLEINE MÖNCH Nein. Mir ist es gelungen, in die Weisheit des Dekrets einzudringen. Es hat mir die Gefahren aufgedeckt, die ein allzu hemmungsloses Forschen für die Menschheit in sich birgt, und ich habe beschlossen, der Astronomie zu entsagen. Jedoch ist mir noch daran gelegen, Ihnen die Beweggründe zu unterbreiten, die auch einen Astronomen dazu bringen können, von einem weiteren Ausbau der gewissen Lehre abzusehen.

GALILEI Ich darf sagen, daß mir solche Beweggründe bekannt sind.

DER KLEINE MÖNCH Ich verstehe Ihre Bitterkeit. Sie denken an die gewissen außerordentlichen Machtmittel der Kirche.

GALILEI Sagen Sie ruhig Folterinstrumente.

DER KLEINE MÖNCH Aber ich möchte andere Gründe nennen. Erlauben Sie, daß ich von mir rede. Ich bin als Sohn von Bauern in der Campagna aufgewachsen. Es sind einfache Leute. Sie wissen alles über den Ölbaum, aber sonst recht wenig. Die Phasen der Venus beobachtend, kann ich nun meine Eltern vor mir sehen, wie sie mit meiner Schwester am Herd sitzen und ihre Käsespeise essen. Ich sehe die Balken über ihnen, die der Rauch von Jahrhunderten geschwärzt hat, und ich sehe genau ihre alten abgearbeiteten Hände und den kleinen Löffel darin. Es geht ihnen nicht gut, aber selbst in ihrem Unglück liegt eine gewisse Ordnung verborgen. Da sind diese verschiedenen Kreisläufe, von dem des Bodenaufwischens über den der Jahreszeiten im Ölfeld zu dem der Steuerzahlung. Es ist regelmäßig, was auf sie herabstößt an Unfällen. Der Rücken meines Vaters wird zusammengedrückt nicht auf einmal, sondern mit jedem Frühjahr im Ölfeld mehr, so wie auch die Geburten, die meine Mutter immer geschlechtsloser gemacht haben, in ganz bestimmten Abständen erfolgten. Sie schöpfen die Kraft, ihre Körbe schweißtriefend den steinigen Pfad hinaufzuschleppen, Kinder zu gebären, ja zu essen, aus dem Gefühl der Stetigkeit und Notwendigkeit, das der Anblick des Bodens, der jedes Jahr von neuem grünenden Bäume, der kleinen Kirche und das Anhören der sonntäglichen Bibeltexte ihnen verleihen können. Es ist ihnen versichert worden, daß das Auge der Gottheit auf ihnen liegt, forschend, ja beinahe angstvoll; daß das ganze Welttheater um sie aufgebaut ist, damit sie, die Agierenden, in ihren großen oder kleinen Rollen sich bewähren können. Was würden meine Leute sagen, wenn sie von mir erführen, daß sie sich auf einem kleinen Steinklumpen befinden, der sich unaufhörlich drehend im leeren Raum um ein anderes Gestirn bewegt, einer unter sehr vielen, ein ziemlich unbedeutender! Wozu ist jetzt noch solche Geduld, solches Einverständnis in ihr Elend nötig oder gut? Wozu ist die Heilige Schrift noch gut, die alles erklärt und als notwendig begründet hat, den Schweiß, die Geduld, den Hunger, die Unterwerfung, und die jetzt voll von Irrtümern befunden wird? Nein, ich sehe ihre Blicke scheu werden, ich sehe sie die Löffel auf die Herdplatte senken, ich sehe, wie sie sich verraten und betrogen fühlen. Es liegt also kein Auge auf uns, sagen sie. Wir müssen nach uns selber sehen, ungelehrt, alt und verbraucht, wie wir sind? Niemand hat uns eine Rolle zugedacht außer dieser irdischen, jämmerlichen auf einem winzigen Gestirn, das ganz unselbständig ist, um das sich nichts dreht? Kein Sinn liegt in unserm Elend, Hunger ist eben Nichtgegessenhaben, keine Kraftprobe; Anstrengung ist eben Sichbücken und Schleppen, kein Verdienst. Verstehen Sie da, daß ich aus dem Dekret der Heiligen Kongregation ein edles mütterliches Mitleid, eine große Seelengüte herauslese?

GALILEI Seelengüte! Wahrscheinlich meinen Sie nur, es ist nichts da, der Wein ist weggetrunken, ihre Lippen vertrocknen, mögen sie die Soutane küssen! Warum ist denn nichts da? Warum ist die Ordnung in diesem Land nur die Ordnung einer leeren Lade und die Notwendigkeit nur die, sich zu Tode zu arbeiten? Zwischen strotzenden Weinbergen, am Rand der Weizenfelder! Ihre Campagnabauern bezahlen die Kriege, die der Stellvertreter des milden Jesus in Spanien und Deutschland führt. Warum stellt er die Erde in den Mittelpunkt des Universums? Damit der Stuhl Petri im Mittelpunkt der Erde stehen kann! Um das letztere handelt es sich. Sie haben recht, es handelt sich nicht um die Planeten, sondern um die Campagnabauern. Und kommen Sie mir nicht mit der Schönheit von Phänomenen, die das Alter vergoldet hat! Wissen Sie, wie die Auster Margaritifera ihre Perle produziert? Indem sie in lebensgefährlicher Krankheit einen unerträglichen Fremdkörper, z. B. ein Sandkorn, in eine Schleimkugel einschließt. Sie geht nahezu drauf bei dem Prozeß. Zum Teufel mit der Perle, ich ziehe die gesunde Auster vor. Tugenden sind nicht an Elend geknüpft, mein Lieber. Wären Ihre Leute wohlhabend und glücklich, könnten sie die Tugenden der Wohlhabenheit und des Glücks entwickeln. Jetzt stammen diese Tugenden Erschöpfter von erschöpften Äckern, und ich lehne sie ab. Herr, meine neuen Wasserpumpen können da mehr Wunder tun als ihre lächerliche übermenschliche Plackerei. – »Seid fruchtbar und mehret euch«, denn die Äcker sind unfruchtbar, und die Kriege dezimieren euch. Soll ich Ihre Leute anlügen?

DER KLEINE MÖNCH *in großer Bewegung:* Es sind die allerhöchsten Beweggründe, die uns schweigen machen müssen, es ist der Seelenfrieden Unglücklicher!

GALILEI Wollen Sie eine Cellini-Uhr sehen, die Kardinal Bellarmins Kutscher heute morgen hier abgegeben hat? Mein Lieber, als Belohnung dafür, daß ich zum Beispiel Ihren guten Eltern den Seelenfrieden lasse, offeriert mir die Behörde den Wein, den sie keltern im Schweiße ihres Antlitzes, das bekanntlich nach Gottes Ebenbild geschaffen ist. Würde ich mich zum Schweigen bereit finden, wären es zweifellos recht niedrige Beweggründe: Wohlleben, keine Verfolgung etc.

DER KLEINE MÖNCH Herr Galilei, ich bin Priester.

GALILEI Sie sind auch Physiker. Und Sie sehen, die Venus hat Phasen. Da, sieh hinaus! *Er zeigt durch das Fenster.* Siehst du dort den kleinen Priap an der Quelle neben dem Lorbeer? Der Gott der Gärten, der Vögel und der Diebe, der bäurische obszöne Zweitausendjährige! Er hat weniger gelogen. Nichts davon, schön, ich bin ebenfalls ein Sohn der Kirche. Aber kennen Sie die achte Satire des Horaz? Ich lese ihn eben wieder in diesen Tagen, er verleiht einiges Gleichgewicht. *Er greift nach einem kleinen Buch.* Er läßt eben diesen Priap sprechen, eine kleine Statue, die in den Esquilinischen Gärten aufgestellt war. Folgendermaßen beginnt es:

»Ein Feigenklotz, ein wenig nützes Holz
War ich, als einst der Zimmermann, unschlüssig
Ob einen Priap machen oder einen Schemel
Sich für den Gott entschied...«

Meinen Sie, Horaz hätte sich etwa den Schemel verbieten und einen Tisch in das Gedicht setzen lassen? Herr, mein Schönheitssinn wird verletzt, wenn die Venus in meinem Weltbild ohne Phasen ist! Wir können nicht Maschinerien für das Hochpumpen von Flußwasser erfinden, wenn wir die größte Maschinerie, die uns vor Augen liegt, die der Himmelskörper, nicht studieren sollen. Die Winkelsumme im Dreieck kann nicht nach den Bedürfnissen der Kurie abgeändert werden. Die Bahnen fliegender Körper kann ich nicht so berechnen, daß auch die Ritte der Hexen auf Besenstielen erklärt werden.

DER KLEINE MÖNCH Und Sie meinen nicht, daß die Wahrheit, wenn es Wahrheit ist, sich durchsetzt, auch ohne uns?

GALILEI Nein, nein, nein. Es setzt sich nur so viel Wahrheit durch als wir durchsetzen; der Sieg der Vernunft kann nur der Sieg der Vernünftigen sein. Eure Campagnabauern schildert Ihr ja schon wie das Moos auf ihren Hütten! Wie kann jemand annehmen, daß die Winkelsumme im Dreieck i h r e n Bedürfnissen widersprechen könnte! Aber wenn sie nicht in Bewegung kommen und denken lernen, werden ihnen auch die schönsten Bewässerungsanlagen nichts nützen. Zum Teufel, ich sehe die göttliche Geduld ihrer Leute, aber wo ist ihr göttlicher Zorn?

DER KLEINE MÖNCH Sie sind müde!

GALILEI *wirft ihm einen Packen Manuskripte hin:* Bist du ein Physiker, mein Sohn? Hier stehen die Gründe, warum das Weltmeer sich in Ebbe und Flut bewegt. Aber du sollst es nicht lesen, hörst du? Ach, du liest schon? Du bist also ein Physiker? *Der kleine Mönch hat sich in die Papiere vertieft.*

GALILEI Ein Apfel vom Baum der Erkenntnis! Er stopft ihn schon hinein. Er ist ewig verdammt, aber er muß ihn hineinstopfen, ein unglücklicher Fresser! Ich denke manchmal: ich ließe mich zehn Klafter unter der Erde in einen Kerker einsperren, zu dem kein Licht mehr dringt, wenn ich dafür erführe, was das ist: Licht. Und das Schlimmste: was ich weiß, muß ich weitersagen. Wie ein Liebender, wie ein Betrunkener, wie ein Verräter. Es ist ganz und gar ein Laster und führt ins Unglück. Wie lang werde ich es in den Ofen hineinschreien können – das ist die Frage.

DER KLEINE MÖNCH *zeigt auf eine Stelle in den Papieren:* Diesen Satz verstehe ich nicht.

GALILEI Ich erkläre ihn dir, ich erkläre ihn dir.

## 9

**Nach achtjährigem Schweigen wird Galilei durch die Thronbesteigung eines neuen Papstes, der selbst Wissenschaftler ist, ermutigt, seine Forschungen auf dem verbotenen Feld wieder aufzunehmen. Die Sonnenflecken.**

Die Wahrheit im Sacke
Die Zung in der Backe
Schwieg er acht Jahre, dann war's ihm zu lang.
Wahrheit, geh deinen Gang.

*Haus des Galilei in Florenz. Galileis Schüler, Federzoni, der kleine Mönch und Andrea Sarti, jetzt ein junger Mann, sind zu einer experimentellen Vorlesung versammelt. Galilei selber liest stehend in einem Buch. – Virginia und die Sarti nähen Brautwäsche.*

VIRGINIA Aussteuernähen ist lustiges Nähen. Das ist für einen langen Gästetisch, Ludovico hat gern Gäste. Es muß nur ordentlich sein, seine Mutter sieht jeden Faden. Sie ist mit Vaters Büchern nicht einverstanden. So wenig wie Pater Christophorus.

FRAU SARTI Er hat seit Jahren kein Buch mehr geschrieben.

VIRGINIA Ich glaube, er hat eingesehen, daß er sich getäuscht hat. In Rom hat mir ein sehr hoher geistlicher Herr vieles aus der Astronomie erklärt. Die Entfernungen sind zu weit.

ANDREA *während er das Pensum des Tages auf die Tafel schreibt:* »Donnerstag nachmittag. Schwimmende Körper.« – Wieder Eis; Schaff mit Wasser; Waage; eiserne Nadel; Aristoteles.
*Er holt die Gegenstände.*
*Die andern lesen in Büchern nach.*
*Eintritt Filippo Mucius, ein Gelehrter in mittleren Jahren.*
*Er zeigt ein etwas verstörtes Wesen.*

MUCIUS Könnten Sie Herrn Galilei sagen, daß er mich empfangen muß? Er verdammt mich, ohne mich zu hören.

FRAU SARTI Aber er will Sie doch nicht empfangen.

MUCIUS Gott wird es Ihnen lohnen, wenn Sie ihn darum bitten. Ich muß ihn sprechen.

VIRGINIA *geht zur Treppe:* Vater!

GALILEI Was gibt es?

VIRGINIA Herr Mucius!

GALILEI *brüsk aufstehend, geht zur Treppe, seine Schüler hinter sich:* Was wünschen Sie?

MUCIUS Herr Galilei, ich bitte Sie um die Erlaubnis, Ihnen die Stellen in meinem Buch zu erklären, wo eine Verdammung der kopernikanischen Lehren von der Drehung der Erde vorzuliegen scheint. Ich habe...

GALILEI Was wollen Sie da erklären? Sie befinden sich in Übereinstimmung mit dem Dekret der Heiligen Kongregation von 1616. Sie sind vollständig in Ihrem Recht. Sie haben zwar hier Mathematik studiert, aber das gibt uns kein Recht, von Ihnen zu hören, daß zwei mal zwei vier ist. Sie haben das volle Recht zu sagen, daß dieser Stein – *er zieht einen kleinen Stein aus der Tasche und wirft ihn in den Flur hinab* – soeben nach oben geflogen ist, ins Dach.

MUCIUS Herr Galilei, ich...

GALILEI Sagen Sie nichts von Schwierigkeiten! Ich habe mich von der Pest nicht abhalten lassen, meine Notierungen fortzusetzen.

MUCIUS Herr Galilei, die Pest ist nicht das schlimmste.

GALILEI Ich sage Ihnen: Wer die Wahrheit nicht weiß, der ist bloß ein Dummkopf. Aber wer sie weiß und sie eine Lüge nennt, der ist ein Verbrecher! Gehen Sie hinaus aus meinem Haus!

MUCIUS *tonlos:* Sie haben recht.
*Er geht hinaus.*
*Galilei geht wieder in sein Studierzimmer.*

FEDERZONI Das ist leider so. Er ist kein großer Mann und gälte wohl gar nichts, wenn er nicht Ihr Schüler gewesen wäre. Aber jetzt sagen sie natürlich: er hat alles gehört, was Galilei zu lehren hatte, und er muß zugeben, es ist alles falsch.

FRAU SARTI Der Herr tut mir leid.

VIRGINIA Vater mochte ihn zu gern.

FRAU SARTI Ich wollte mit dir gern über deine Heirat sprechen, Virginia. Du bist noch ein so junges Ding, und eine Mutter hast du nicht, und dein Vater legt diese Eisstückchen aufs Wasser. Jedenfalls würde ich dir nicht raten, ihn irgend etwas in bezug auf deine Ehe zu fragen. Er würde eine Woche lang, und zwar beim Essen und wenn die jungen Leute dabei sind, die schrecklichsten Sachen sagen, da er nicht für einen halben Skudo Schamgefühl hat, nie hatte. Ich meine auch nicht solche Sachen, sondern einfach, wie die Zukunft sein wird. Ich kann auch nichts wissen, ich bin eine ungebildete Person. In eine so ernste Angelegenheit geht man aber nicht blind hinein. Ich meine wirklich, du solltest zu einem richtigen Astronomen an der Universität gehen, damit er dir das Horoskop stellt, dann weißt du, woran du bist. Warum lachst du?

VIRGINIA Weil ich dort war.

FRAU SARTI *sehr begierig:* Was sagte er?

VIRGINIA Drei Monate lang muß ich achtgeben, weil da die Sonne im Steinbock steht, aber dann bekomme ich einen äußerst günstigen Aszendenten, und die Wolken zerteilen sich. Wenn ich den Jupiter nicht aus den Augen lasse, kann ich jede Reise unternehmen, da ich ein Steinbock bin.

FRAU SARTI Und Ludovico?

VIRGINIA Er ist ein Löwe. *Nach einer kleinen Pause:* Er soll sinnlich sein.

*Pause.*

VIRGINIA Diesen Schritt kenn ich. Das ist der Rektor, Herr Gaffone.

*Eintritt Herr Gaffone, der Rektor der Universität.*

GAFFONE Ich bringe nur ein Buch, das Ihren Vater vielleicht interessiert. Bitte um des Himmels willen, Herrn Galilei nicht zu stören. Ich kann mir nicht helfen, ich habe immer den Eindruck, daß man jede Minute, die man diesem großen Mann stiehlt, Italien stiehlt. Ich lege das Buch fein säuberlich in Ihre Hände und gehe weg, auf Fußspitzen.

*Er geht ab. Virginia gibt das Buch Federzoni.*

GALILEI Worüber ist es?

FEDERZONI Ich weiß nicht. *Buchstabiert:* »De maculis in sole.«

ANDREA Über die Sonnenflecken. Wieder eines!

*Federzoni händigt es ihm ärgerlich aus.*

ANDREA Horcht auf die Widmung! »Der größten lebenden Autorität in der Physik, Galileo Galilei.«

*Galilei hat sich wieder in sein Buch vertieft.*

ANDREA Ich habe den Trakat des Fabrizius aus Holland über die Flecken gelesen. Er glaubt, es sind Sternenschwärme, die zwischen Erde und Sonne vorüberziehen.

DER KLEINE MÖNCH Ist das nicht zweifelhaft, Herr Galilei?

*Galilei antwortet nicht.*

ANDREA In Paris und Prag glaubt man, es sind Dünste von der Sonne.

FEDERZONI Hm.

ANDREA Federzoni bezweifelt das.

FEDERZONI Laßt mich gefälligst draußen. Ich habe »Hm« gesagt, das ist alles. Ich bin der Linsenschleifer, ich schleife Linsen, und ihr schaut durch und beobachtet den Himmel, und was ihr seht, sind nicht Flecken, sondern »maculis«. Wie soll ich an irgend etwas zweifeln? Wie oft soll ich euch noch sagen, daß ich nicht die Bücher lesen kann, sie sind in Latein.

*Im Zorn gestikuliert er mit der Waage. Eine Schale fällt zu Boden. Galilei geht hinüber und hebt sie schweigend vom Boden auf.*

DER KLEINE MÖNCH Da ist Glückseligkeit im Zweifeln; ich frage mich, warum.

ANDREA Ich bin seit zwei Wochen an jedem sonnigen Tag auf den Hausboden geklettert, unter das Schindeldach. Durch die feinen Risse der Schindeln fällt nur ein dünner Strahl. Da kann man das umgekehrte Sonnenbild auf einem Blatt Papier auffangen. Ich habe einen Flecken gesehen, groß wie eine Fliege, verwischt wie ein Wölkchen. Er wanderte. Warum untersuchen wir die Flecken nicht, Herr Galilei?

GALILEI Weil wir über schwimmende Körper arbeiten.

ANDREA Mutter hat Waschkörbe voll von Briefen. Ganz Europa fragt nach Ihrer Meinung. Ihr Ansehen ist so gewachsen, daß Sie nicht schweigen können.

GALILEI Rom hat mein Ansehen wachsen lassen, weil ich geschwiegen habe.

FEDERZONI Aber jetzt können Sie sich Ihr Schweigen nicht mehr leisten.

GALILEI Ich kann es mir auch nicht leisten, daß man mich über einem Holzfeuer röstet wie einen Schinken.

ANDREA Denken Sie denn, die Flecken haben mit dieser Sache zu tun?

*Galilei antwortet nicht.*

ANDREA Gut, halten wir uns an die Eisstückchen; das kann Ihnen nicht schaden.

GALILEI Richtig. – Unsere These, Andrea!

ANDREA Was das Schwimmen angeht, so nehmen wir an, daß es nicht auf die Form eines Körpers ankommt, sondern darauf, ob er leichter oder schwerer ist als das Wasser.

GALILEI Was sagt Aristoteles?

DER KLEINE MÖNCH »Discus latus platique...«

GALILEI Übersetzen, übersetzen!

DER KLEINE MÖNCH »Eine breite und flache Eisscheibe vermag auf dem Wasser zu schwimmen, während eine eiserne Nadel untersinkt.«

GALILEI Warum sinkt nach dem Aristoteles das Eis nicht?

DER KLEINE MÖNCH Weil es breit und flach ist und so das Wasser nicht zu zerteilen vermag.

GALILEI Schön. *Er nimmt ein Eisstück entgegen und legt es in das Schaff.* Jetzt presse ich das Eis gewaltsam auf den Boden des Gefäßes. Ich entferne den Druck meiner Hände. Was geschieht?

DER KLEINE MÖNCH Es steigt wieder in die Höhe.

GALILEI Richtig. Anscheinend vermag es beim Emporsteigen das Wasser zu zerteilen. Fulganzio!

DER KLEINE MÖNCH Aber warum schwimmt es denn überhaupt? Eis ist schwerer als Wasser, da es verdichtetes Wasser ist.

GALILEI Wie, wenn es verdünntes Wasser wäre?

ANDREA Es muß leichter sein als Wasser, sonst schwämme es nicht.

GALILEI Aha.

ANDREA So wenig wie eine eiserne Nadel schwimmt. Alles, was leichter ist, als Wasser ist, schwimmt, und alles, was schwerer ist, sinkt. Was zu beweisen war.

GALILEI Andrea, du mußt lernen, vorsichtig zu denken. Gib mir die eiserne Nadel. Ein Blatt Papier. Ist Eisen schwerer als Wasser?

ANDREA Ja.

*Galilei legt die Nadel auf ein Stück Papier und flößt sie auf das Wasser. Pause.*

GALILEI Was geschieht?

FEDERZONI Die Nadel schwimmt! Heiliger Aristoteles, sie haben ihn niemals überprüft!

*Sie lachen.*

GALILEI Eine Hauptursache der Armut in den Wissenschaften ist meist eingebildeter Reichtum. Es ist nicht ihr Ziel, der unendlichen Weisheit eine Tür zu öffnen, sondern eine Grenze zu setzen dem unendlichen Irrtum. Macht eure Notizen.

VIRGINIA Was ist?

FRAU SARTI Jedesmal, wenn sie lachen, kriege ich einen kleinen Schreck. Worüber lachen sie?, denke ich.

VIRGINIA Vater sagt: Die Theologen haben ihr Glockenläuten und die Physiker haben ihr Lachen.

FRAU SARTI Aber ich bin froh, daß er wenigstens nicht mehr so oft durch sein Rohr schaut. Das war noch schlimmer.

VIRGINIA Jetzt legt er doch nur Eisstücke aufs Wasser, da kann nicht viel Schlimmes dabei herauskommen.

FRAU SARTI Ich weiß nicht.

*Herein Ludovico Marsili in Reisekleidung, gefolgt von einem Bedienten, der Gepäckstücke trägt. Virginia läuft auf ihn zu und umarmt ihn.*

VIRGINIA Warum hast du mir nicht geschrieben, daß du kommen willst?

LUDOVICO Ich war nur in der Nähe, unsere Weinberge bei Bucciole zu studieren, und konnte mich nicht weghalten.

GALILEI *wie kurzsichtig:* Wer ist das?

VIRGINIA Ludovico.

DER KLEINE MÖNCH Können Sie ihn nicht sehen?

GALILEI O ja, Ludovico. *Geht ihm entgegen.* Was machen die Pferde?

LUDOVICO Sie sind wohlauf, Herr.

GALILEI Sarti, wir feiern. Hol einen Krug von diesem sizilischen Wein, dem alten!

*Frau Sarti ab mit Andrea.*

LUDOVICO *zu Virginia:* Du siehst blaß aus. Das Landleben wird dir bekommen. Die Mutter erwartet dich im September.

VIRGINIA Wart, ich zeig dir das Brautkleid! *Läuft hinaus.*

GALILEI Setz dich.

LUDOVICO Ich höre, Sie haben mehr als tausend Studenten in Ihren Vorlesungen an der Universität, Herr. An was arbeiten Sie im Augenblick?

GALILEI Tägliches Einerlei. Kommst du über Rom?

LUDOVICO Ja. – Bevor ich es vergesse, die Mutter beglückwünscht Sie zu Ihrem bewundernswürdigen Takt angesichts der neuen Sonnenfleckenorgien der Holländer.

GALILEI *trocken:* Besten Dank.

*Frau Sarti und Andrea bringen Wein und Gläser. Man gruppiert sich um den Tisch.*

LUDOVICO Rom hat wieder sein Tagesgespräch für den Februar. Christopher Clavius drückte die Befürchtung aus, der ganze Erde-um-die-Sonne-Zirkus möchte wieder von vorn anfangen durch diese Sonnenflecken.

ANDREA Keine Sorge.

GALILEI Sonstige Neuigkeiten aus der Heiligen Stadt, abgesehen von den Hoffnungen auf neue Sünden meinerseits?

LUDOVICO Ihr wißt natürlich, daß der Heilige Vater im Sterben liegt?

DER KLEINE MÖNCH Oh.

GALILEI Wer wird als Nachfolger genannt?

LUDOVICO Meistenteils Barberini.

GALILEI Barberini.

ANDREA Herr Galilei kennt Barberini.

DER KLEINE MÖNCH Kardinal Barberini ist Mathematiker.

FEDERZONI Ein Wissenschaftler auf dem Heiligen Stuhl!

*Pause.*

GALILEI So, sie brauchen jetzt Männer wie Barberini, die etwas Mathematik gelesen haben! Die Dinge kommen in Bewegung. Federzoni, wir mögen noch eine Zeit erleben, wo wir uns nicht mehr wie Verbrecher umzublicken haben, wenn wir sagen: zwei mal zwei ist vier. *Zu Ludovico:* Der Wein schmeckt mir, Ludovico. Was sagst du zu ihm?

LUDOVICO Er ist gut.

GALILEI Ich kenne den Weinberg. Der Hang ist steil und steinig, die Traube fast blau. Ich liebe diesen Wein.

LUDOVICO Ja, Herr.

GALILEI Er hat kleine Schatten in sich. Und er ist beinahe süß, läßt es aber bei dem »beinahe« bewenden. – Andrea, räum das Zeug weg, Eis, Schaff und Nadel. – Ich schätze die Tröstungen des Fleisches. Ich habe keine Geduld mit den feigen Seelen, die dann von Schwächen sprechen. Ich sage: Genießen ist eine Leistung.

DER KLEINE MÖNCH Was beabsichtigen Sie?

FEDERZONI Wir beginnen wieder mit dem Erde-um-die-Sonne-Zirkus.

ANDREA *summend:*

Die Schrift sagt, sie steht still. Und die
  Doktoren
Beweisen, daß sie still steht, noch und noch.
Der Heilige Vater nimmt sie bei den Ohren
Und hält sie fest. Und sie bewegt sich doch.

*Andrea, Federzoni und der kleine Mönch eilen zum Experimentiertisch und räumen ihn ab.*

ANDREA Wir könnten herausfinden, daß die Sonne sich ebenfalls dreht. Wie würde dir das gefallen, Marsili?

LUDOVICO Woher die Erregung?

FRAU SARTI Sie wollen doch nicht wieder mit diesem Teufelszeug anfangen, Herr Galilei?

GALILEI Ich weiß jetzt, warum deine Mutter dich zu mir schickte. Barberini im Aufstieg! Das Wissen wird eine Leidenschaft sein und die Forschung eine Wollust. Clavius hat recht, diese Sonnenflecken interessieren mich. Schmeckt dir mein Wein, Ludovico?

LUDOVICO Ich sagte es Ihnen, Herr.

GALILEI Er schmeckt dir wirklich?

LUDOVICO *steif:* Er schmeckt mir.

GALILEI Würdest du so weit gehen, eines Mannes Wein oder Tochter anzunehmen, ohne zu verlangen, daß er seinen Beruf an den Nagel hängt? Was hat meine Astronomie mit meiner Tochter zu tun? Die Phasen der Venus ändern den Hintern meiner Tochter nicht.

FRAU SARTI Seien Sie nicht so ordinär. Ich hole sofort Virginia.

LUDOVICO *hält sie zurück:* Die Ehen in Familien wie der meinen werden nicht nur nach geschlechtlichen Gesichtspunkten geschlossen.

GALILEI Hat man dich acht Jahre lang zurückgehalten, meine Tochter zu ehelichen, während ich eine Probezeit zu absolvieren hatte?

LUDOVICO Meine Frau wird auch im Kirchenstuhl unserer Dorfkirche Figur machen müssen.

GALILEI Du meinst, deine Bauern werden es von der Heiligkeit der Gutsherrin abhängig machen, ob sie Pachtzinsen zahlen oder nicht?

LUDOVICO In gewisser Weise.

GALILEI Andrea, Fulganzio, holt den Messingspiegel und den Schirm! Darauf werfen wir das Sonnenbild, unsrer Augen wegen; das ist deine Methode, Andrea.

*Andrea und der kleine Mönch holen Spiegel und Schirm.*

LUDOVICO Sie haben in Rom seinerzeit unterschrieben, daß Sie sich nicht mehr in diese Erde-um-die-Sonne-Sache einmischen würden, Herr.

GALILEI Ach das! Damals hatten wir einen rückschrittlichen Papst!

FRAU SARTI Hatten! Und Seine Heiligkeit ist noch nicht einmal gestorben!

GALILEI Nahezu, nahezu! – Legt ein Netz von

Quadraten über den Schirm. Wir gehen methodisch vor. Und dann werden wir ihnen ihre Briefe beantworten können, wie, Andrea?

FRAU SARTI »Nahezu!« Fünfzigmal wiegt der Mann seine Eisstückchen ab, aber wenn es zu etwas kommt, was in seinen Kram paßt, glaubt er es blind! *Der Schirm wird aufgestellt.*

LUDOVICO Sollte Seine Heiligkeit sterben, Herr Galilei, wird der nächste Papst, wer immer es sein wird und wie groß immer seine Liebe zu den Wissenschaften sein mag, doch auch beachten müssen, wie groß die Liebe ist, welche die vornehmsten Familien des Landes zu ihm fühlen.

DER KLEINE MÖNCH Gott machte die physische Welt, Ludovico; Gott machte das menschliche Gehirn; Gott wird die Physik erlauben.

FRAU SARTI Galileo, jetzt werde ich dir etwas sagen. Ich habe meinen Sohn in Sünde fallen sehen für diese »Experimente« und »Theorien« und »Observationen«, und ich habe nichts machen können. Du hast dich aufgeworfen gegen die Obrigkeit, und sie haben dich schon einmal verwarnt. Die höchsten Kardinäle haben in dich hineingeredet wie in ein krankes Roß. Es hat eine Zeitlang geholfen, aber vor zwei Monaten, kurz nach Mariä Empfängnis habe ich dich wieder erwischt, wie du insgeheim mit diesen »Observationen« angefangen hast. Auf dem Dachboden! Ich habe nicht viel gesagt, aber ich wußte Bescheid. Ich bin gelaufen und habe eine Kerze gespendet für den heiligen Joseph. Es geht über meine Kräfte. Wenn ich allein mit dir bin, zeigst du Anzeichen von Verstand und sagst mir, du weißt, du mußt dich verhalten, weil es gefährlich ist, aber zwei Tage Experimente, und es ist so schlimm mit dir wie je. Wenn ich meine ewige Seligkeit einbüße, weil ich zu einem Ketzer halte, das ist meine Sache, aber du hast kein Recht, auf dem Glück deiner Tochter herumzutrampeln mit deinen großen Füßen!

GALILEI *mürrisch:* Bringt das Teleskop!

LUDOVICO Giuseppe, bring das Gepäck zurück in die Kutsche.

*Der Bediente ab.*

FRAU SARTI Das übersteht sie nicht. Sie können es ihr selber sagen!

*Läuft weg, noch den Krug in Händen.*

LUDOVICO Ich sehe, Sie haben Ihre Vorbereitungen getroffen. Herr Galilei, die Mutter und ich leben dreiviertel des Jahres auf dem Gut in der Campagna, und wir können Ihnen bezeugen, daß unsere Bauern sich durch Ihre Traktate über die Trabanten des Jupiter nicht beunruhigen. Ihre Feldarbeit ist zu schwer. Jedoch könnte es sie verstören, wenn sie erführen, daß frivole Angriffe auf die heiligen Doktrinen der Kirche nunmehr ungestraft blieben. Vergessen Sie nicht ganz, daß diese Bedauernswerten in ihrem vertierten Zustand alles durcheinanderbringen. Sie sind wirkliche Tiere, Sie können sich das kaum vorstellen. Auf das Gerücht, daß auf einem Apfelbaum eine Birne gesehen wurde, laufen sie von der Feldarbeit weg, um darüber zu schwatzen.

GALILEI *interessiert:* Ja?

LUDOVICO Tiere. Wenn sie aufs Gut kommen, sich über eine Kleinigkeit zu beschweren, ist die Mutter gezwungen, vor ihren Augen einen Hund auspeitschen zu lassen, das allein kann sie an Zucht und Ordnung und Höflichkeit erinnern. Sie, Herr Galilei, sehen gelegentlich von der Reisekutsche aus blühende Maisfelder, Sie essen geistesabwesend unsere Oliven und unsern Käse, und Sie haben keine Ahnung, welche Mühe es kostet, das zu ziehen, wieviel Aufsicht!

GALILEI Junger Mann, ich esse meine Oliven nicht geistesabwesend. *Grob:* Du hältst mich auf. *Ruft hinaus:* Habt ihr den Schirm?

ANDREA Ja. Kommen Sie?

GALILEI Ihr peitscht nicht nur Hunde, um sie in Zucht zu halten, wie, Marsili?

LUDOVICO Herr Galilei. Sie haben ein wunderbares Gehirn. Schade.

DER KLEINE MÖNCH *erstaunt:* Er droht Ihnen.

GALILEI Ja, ich könnte seine Bauern aufstören, neue Gedanken zu denken. Und seine Dienstleute und seine Verwalter.

FEDERZONI Wie? Keiner von ihnen liest Latein.

GALILEI Ich könnte in der Sprache des Volkes schreiben, für die vielen, anstatt in Latein für die wenigen. Für die neuen Gedanken brauchen wir Leute, die mit den Händen arbeiten. Wer sonst wünscht zu erfahren, was die Ursachen der Dinge sind? Die das Brot nur auf dem Tische sehen, wollen nicht wissen, wie es gebacken wurde; das Pack dankt lieber Gott als dem Bäkker. Aber die das Brot machen, werden verstehen, daß nichts sich bewegt, was nicht bewegt wird. Deine Schwester an der Olivenpresse, Fulganzio, wird sich nicht groß wundern, sondern vermutlich lachen, wenn sie hört, daß die Sonne kein goldenes Adelsschild ist, sondern ein Hebel: die Erde bewegt sich, weil die Sonne sie bewegt.

LUDOVICO Sie werden für immer der Sklave Ihrer Leidenschaften sein. Entschuldigen Sie mich bei Virginia; ich denke, es ist besser, ich sehe sie jetzt nicht.

GALILEI Die Mitgift steht zu Ihrer Verfügung, jederzeit.

LUDOVICO Guten Tag. *Er geht.*

ANDREA Und empfehlen Sie uns allen Marsilis!

FEDERZONI Die der Erde befehlen stillzustehen, damit ihre Schlösser nicht herunterpurzeln!

ANDREA Und den Cenzis und den Villanis!

FEDERZONI Den Cervillis!

ANDREA Den Lecchis!

FEDERZONI Den Pirleonis!

ANDREA Die dem Papst nur die Füße küssen wollen, wenn er damit das Volk niedertritt!

DER KLEINE MÖNCH *ebenfalls an den Apparaten:* Der neue Papst wird ein aufgeklärter Mann sein.

GALILEI So treten wir ein in die Beobachtung dieser Flecken an der Sonne, welche uns interessieren, auf eigene Gefahr, ohne zuviel auf den Schutz eines neuen Papstes zu zählen.

ANDREA *unterbrechend:* Aber mit voller Zuversicht, Herrn Fabrizius' Sternschatten und die Sonnendünste von Prag und Paris zu zerstreuen und zu beweisen die Rotation der Sonne.

GALILEI Um mit einiger Zuversicht die Rotation der Sonne zu beweisen. Meine Absicht ist nicht, zu beweisen, daß ich bisher recht gehabt habe, sondern: herauszufinden, ob. Ich sage: laßt alle Hoffnung fahren, ihr, die ihr in die Beobachtung eintretet. Vielleicht sind es Dünste, vielleicht sind es Flecken, aber bevor wir Flekken annehmen, welche uns gelegen kämen, wollen wir lieber annehmen, daß es Fischschwänze sind. Ja, wir werden alles, alles noch einmal in Frage stellen. Und wir werden nicht mit Siebenmeilenstiefeln vorwärtsgehen, sondern im Schneckentempo. Und was wir heute finden, werden wir morgen von der Tafel streichen und erst wieder anschreiben, wenn wir es noch einmal gefunden haben. Und was wir zu finden wünschen, das werden wir, gefunden, mit besonderem Mißtrauen ansehen. Also werden wir an die Beobachtung der Sonne herangehen mit dem unerbittlichen Entschluß, den Stillstand der Erde nachzuweisen! Und erst wenn wir gescheitert sind, vollständig und hoffnungslos geschlagen und unsere Wunden leckend, in traurigster Verfassung, werden wir zu fragen anfangen, ob wir nicht doch recht gehabt haben und die Erde sich dreht! *Mit einem Zwinkern:* Sollte uns aber dann jede andere Annahme als diese unter den Händen zerronnen sein, dann keine Gnade mehr mit denen, die nicht geforscht haben und doch reden. Nehmt das Tuch vom Rohr und richtet es auf die Sonne!

*Er stellt den Messingspiegel ein.*

DER KLEINE MÖNCH Ich wußte, daß Sie schon mit der Arbeit begonnen hatten. Ich wußte es, als Sie Herrn Marsili nicht erkannten.

*Sie beginnen schweigend die Untersuchung. Wenn das flammende Abbild der Sonne auf dem Schirm erscheint, kommt Virginia gelaufen, im Brautkleid.*

VIRGINIA Du hast ihn weggeschickt, Vater!

*Sie wird ohnmächtig. Andrea und der kleine Mönch eilen auf sie zu.*

GALILEI Ich muß es wissen.

## 10

**Im folgenden Jahrzehnt findet Galileis Lehre beim Volk Verbreitung. Pamphletisten und Balladensänger greifen überall die neuen Ideen auf. Während der Fastnacht 1632 wählen viele Städte Italiens als Thema der Fastnachtsumzüge der Gilden die Astronomie.**

*Ein halbverhungertes Schaustellerpaar mit einem fünfjährigen Mädchen und einem Säugling kommt auf einen Marktplatz, wo eine Menge, teilweise maskiert, auf den Fastnachtsumzug wartet. Beide schleppen Bündel, eine Trommel und andere Utensilien.*

DER BALLADENSÄNGER *trommelnd:* Geehrte Einwohner, Damen und Herrn! Vor der großen Fastnachtsprozession der Gilden bringen wir das neueste Florentiner Lied, das man in ganz Oberitalien singt und das wir mit großen Kosten hier importiert haben. Es betitelt sich: Die erschröckliche Lehre und Meinung des Herrn Hofphysikers Galileo Galilei oder Ein Vorgeschmack der Zukunft. *Er singt:*

Als der Allmächtige sprach sein großes Werde
Rief er die Sonn, daß die auf sein Geheiß
Ihm eine Lampe trage um die Erde
Als kleine Magd in ordentlichem Kreis.
Denn sein Wunsch war, daß sich ein jeder kehr
Fortan um den, der besser ist als er.

Und es begannen sich zu kehren
Um die Gewichtigen die Minderen
Um die Vorderen die Hinteren
Wie im Himmel, so auch auf Erden.
Und um den Papst zirkulieren die Kardinäle.
Und um die Kardinäle zirkulieren die Bischöfe.
Und um die Bischöfe zirkulieren die Sekretäre.
Und um die Sekretäre zirkulieren die Stadtschöffen.
Und um die Stadtschöffen zirkulieren die Handwerker.
Und um die Handwerker zirkulieren die Dienstleute.
Und um die Dienstleute zirkulieren die Hunde, die Hühner und die Bettler.

Das, ihr guten Leute, ist die Große Ordnung, ordo ordinum, wie die Herren Theologen sagen, regula aeternis, die Regel der Regeln, aber was, ihr lieben Leute, geschah? *Singt:*

Auf stund der Doktor Galilei
(Schmiß die Bibel weg, zückte sein Fernrohr, warf einen Blick auf das Universum)
Und sprach zur Sonn: Bleib stehn!
Es soll jetzt die creatio dei
Mal andersrum sich drehn.
Jetzt soll sich mal die Herrin, he!
Um ihre Dienstmagd drehn.
Das ist doch allerhand? Ihr Leut, das ist kein Scherz!
Die Dienstleut werden sowieso tagtäglich dreister!
Denn eins ist wahr: Spaß ist doch rar. Und Hand aufs Herz:
Wer wär nicht auch mal gern sein eigner Herr und Meister?

Geehrte Einwohner, solche Lehren sind ganz unmöglich. *Er singt:*

Der Knecht würd faul, die Magd würd keß
Der Schlachterhund würd fett
Der Meßbub käm nicht mehr zur Meß
Der Lehrling blieb im Bett.
Nein, nein, nein! Mit der Bibel, Leut, treibt keinen Scherz!
Macht man den Strick uns ums Genick nicht dick, dann reißt er!
Denn eins ist wahr: Spaß ist doch rar. Und Hand aufs Herz:
Wer wär nicht auch mal gern sein eigner Herr und Meister?

Ihr guten Leute, werft einen Blick in die Zukunft, wie der gelehrte Doktor Galileo Galilei sie voraussagt. *Er singt:*

Zwei Hausfraun stehn am Fischmarkt draus
Und wissen nicht aus noch ein:
Das Fischweib zieht ein' Brotkipf raus
Und frißt ihren Fisch allein!
Der Maurer hebt den Baugrund aus
Und holt des Bauherrn Stein
Und wenn er's dann gebaut, das Haus
Dann zieht er selber ein!
Ja, darf denn das sein? Nein, nein, nein, das ist kein Scherz!
Macht man den Strick uns ums Genick nicht dick, dann reißt er!
Denn eins ist wahr: Spaß ist doch rar. Und Hand aufs Herz:
Wer wär nicht auch mal gern sein eigner Herr und Meister?

Der Pächter tritt jetzt in den Hintern
Den Pachtherrn ohne Scham
Die Pächtersfrau gibt ihren Kindern
Milch, die der Pfaff bekam.
Nein, nein, ihr Leut! Mit der Bibel, Leut treibt keinen Scherz!
Macht man den Strick uns ums Genick nicht dick, dann reißt er!
Denn eins ist wahr: Spaß ist doch rar. Und Hand aufs Herz:
Wer wär nicht auch mal gern sein eigner Herr und Meister?

DAS WEIB DES SÄNGERS
Jüngst bin ich aus der Reih getanzt.
Da sagte ich zu meinem Mann:
Will sehen, ob nicht, was du kannst
Ein andrer Fixstern besser kann.

DER BALLADENSÄNGER
Nein, nein, nein, nein, nein, nein! Schluß, Galilei, Schluß!
Nehmt einem tollen Hund den Maulkorb ab, dann beißt er.
Freilich, 's ist wahr: Spaß ist halt rar und muß ist muß:
Wer wär nicht auch mal gern sein eigner Herr und Meister?

BEIDE
Ihr, die auf Erden lebt in Ach und Weh
Auf, sammelt eure schwachen Lebensgeister
Und lernt vom guten Doktor Galuleh
Des Erdenglückes großes Abc.

Gehorsam war des Menschen Kreuz von je!
Wer wär nicht auch mal gern sein eigner Herr
und Meister?

DER BALLADENSÄNGER Geehrte Einwohner, seht Galileo Galileis phänomenale Entdeckung: Die Erde kreisend um die Sonne!
*Er bearbeitet heftig die Trommel. Das Weib und das Kind treten vor. Das Weib hält ein rohes Abbild der Sonne, und das Kind, über dem Kopf eines Kürbis, Abbild der Erde, haltend, umkreist das Weib. Der Sänger deutet exaltiert auf das Kind, als vollführe es einen gefährlichen Salto mortale, wenn es auf einzelne Trommelschläge ruckartig Schritt für Schritt macht. Dann kommt Trommelschlag von hinten.*
EINE TIEFE STIMME *ruft:* Die Prozession!
*Herein zwei Männer in Lumpen, die ein Wägelchen ziehen. Auf einem lächerlichen Thron sitzt der »Großherzog von Florenz«, eine Figur mit einer Pappendeckelkrone, gekleidet in Sackleinwand, die durch ein Teleskop späht. Über dem Thron ein Schild »Schaut aus nach Verdruß«. Dann marschieren vier maskierte Männer ein, die eine große Blache tragen. Sie halten an und schleudern eine Puppe in die Luft, die einen Kardinal darstellt. Ein Zwerg hat sich seitwärts aufgestellt mit einem Schild »Das neue Zeitalter«. In der Menge hebt sich ein Bettler an seinen Krücken hoch und stampft tanzend auf den Boden, bis er krachend niederfällt. Herein eine überlebensgroße Puppe, Galileo Galilei, die sich vor dem Publikum verbeugt. Vor ihr trägt ein Kind eine riesige Bibel, aufgeschlagen, mit ausgekreuzten Seiten.*
DER BALLADENSÄNGER Galileo Galilei, der Bibelzertrümmerer!
*Großes Gelächter der Menge.*

## 11
## 1633: Die Inquisition beordert den weltbekannten Forscher nach Rom.

Die Tief ist heiß, die Höh'n sind kühl
Die Gass' ist laut, der Hof ist still.

*Vorzimmer und Treppe im Palast der Medici in Florenz. Galilei und seine Tochter warten, vom Großherzog vorgelassen zu werden.*

VIRGINIA Es dauert lang.
GALILEI Ja.
VIRGINIA Da ist dieser Mensch wieder, der uns hierher folgte.
*Sie weist auf ein Individuum, das vorbeigeht, ohne sie zu beachten.*
GALILEI *dessen Augen gelitten haben:* Ich kenne ihn nicht.
VIRGINIA Aber ich habe ihn öfter gesehen in den letzten Tagen. Er ist mir unheimlich.
GALILEI Unsinn. Wir sind in Florenz und nicht unter korsischen Räubern.
VIRGINIA Da kommt Rektor Gaffone.
GALILEI Den fürchte ich. Der Dummkopf wird mich wieder in ein stundenlanges Gespräch verwickeln.
*Die Treppe herab kommt Herr Gaffone, der Rektor der Universität. Er erschrickt deutlich, als er Galilei sieht, und geht, den Kopf krampfhaft weggedreht, steif an den beiden vorüber, kaum nickend.*
GALILEI Was ist in den gefahren? Meine Augen sind heute wieder schlecht. Hat er überhaupt gegrüßt?
VIRGINIA Kaum. – Was steht in deinem Buch? Ist es möglich, daß man es für ketzerisch hält?
GALILEI Du hängst zuviel in den Kirchen herum. Das Frühaufstehen und Indiemesselaufen verdirbt deinen Teint noch vollends. Du betest für mich, wie?
VIRGINIA Da ist Herr Vanni, der Eisengießer, für den du die Schmelzanlage entworfen hast. Vergiß nicht, dich für die Wachteln zu bedanken.
*Die Treppe herab ist ein Mann gekommen.*
VANNI Haben die Wachteln geschmeckt, die ich Ihnen schickte, Herr Galilei?
GALILEI Die Wachteln waren exzellent, Meister Vanni, nochmals besten Dank.
VANNI Oben war von Ihnen die Rede. Man macht Sie verantwortlich für die Pamphlete gegen die Bibel, die neuerdings überall verkauft werden.
GALILEI Von Pamphleten weiß ich nichts. Die Bibel und der Homer sind meine Lieblingslektüre.
VANNI Und auch, wenn das nicht so wäre: ich möchte die Gelegenheit benützen, Ihnen zu versichern, daß wir von der Manufaktur auf Ihrer Seite sind. Ich bin nicht ein Mann, der viel von den Bewegungen der Sterne weiß, aber für mich sind Sie der Mann, der für die Freiheit kämpft, neue Dinge lehren zu dürfen. Nehmen Sie diesen mechanischen Kultivator aus Deutschland, den Sie mir beschrieben. Im letz-

ten Jahr allein erschienen fünf Bände über Agrikultur in London. Wir wären hier schon dankbar für ein Buch über die holländischen Kanäle. Dieselben Kreise, die Ihnen Schwierigkeiten machen, erlauben den Ärzten von Bologna nicht, Leichen aufzuschneiden für Forschungszwecke.

GALILEI Ihre Stimme trägt, Vanni.

VANNI Das hoffe ich. Wissen Sie, daß sie in Amsterdam und London Geldmärkte haben? Gewerbeschulen ebenfalls. Regelmäßig erscheinende Zeitungen mit Nachrichten. Hier haben wir nicht einmal die Freiheit, Geld zu machen. Man ist gegen Eisengießereien, weil man der Ansicht ist, zu viele Arbeiter an einem Ort fördere die Unmoral! Ich stehe und falle mit Männern wie Sie, Herr Galilei. Wenn man je versuchen sollte, etwas gegen Sie zu machen, dann erinnern Sie sich bitte, daß Sie Freunde in allen Geschäftszweigen haben. Hinter Ihnen stehen die oberitalienischen Städte, Herr.

GALILEI Soviel mir bekannt ist, hat niemand die Absicht, gegen mich etwas zu machen.

VANNI Nein?

GALILEI Nein.

VANNI Meiner Meinung nach wären Sie in Venedig besser aufgehoben. Weniger Schwarzröcke. Von dort aus könnten Sie den Kampf aufnehmen. Ich habe eine Reisekutsche und Pferde, Herr Galilei.

GALILEI Ich kann mich nicht als Flüchtling sehen. Ich schätze meine Bequemlichkeit.

VANNI Sicher. Aber nach dem, was ich da oben hörte, handelt es sich um Eile. Ich habe den Eindruck, man würde Sie gerade jetzt lieber nicht in Florenz wissen.

GALILEI Unsinn. Der Großherzog ist mein Schüler, und außerdem würde der Papst selber jedem Versuch, mir aus irgendwas einen Strick zu drehen, ein geharnischtes Nein entgegensetzen.

VANNI Sie scheinen Ihre Freunde nicht von Ihren Feinden auseinanderzukennen, Herr Galilei.

GALILEI Ich kenne Macht von Ohnmacht auseinander. *Er geht brüsk weg.*

VANNI Schön. Ich wünsche Ihnen Glück. *Ab.*

GALILEI *zurück bei Virginia:* Jeder Nächstbeste mit irgendeiner Beschwerde hierzulande wählt mich als seinen Wortführer, besonders an Orten, wo es mir nicht gerade nützt. Ich habe ein Buch geschrieben über die Mechanik des Universums, das ist alles. Was daraus gemacht oder nicht gemacht wird, geht mich nichts an.

VIRGINIA *laut:* Wenn die Leute wüßten, wie du verurteilt hast, was letzte Fastnacht überall passierte!

GALILEI Ja. Gib einem Bär Honig, und du wirst deinen Arm einbüßen, wenn das Vieh Hunger hat!

VIRGINIA *leise:* Hat dich der Großherzog überhaupt für heute bestellt?

GALILEI Nein, aber ich habe mich ansagen lassen. Er will das Buch haben, er hat dafür bezahlt. Frag den Beamten und beschwer dich, daß man uns hier warten läßt.

VIRGINIA *von dem Individuum gefolgt, geht einen Beamten ansprechen:* Herr Mincio, ist Seine Hoheit verständigt, daß mein Vater ihn zu sprechen wünscht?

DER BEAMTE Wie soll ich das wissen?

VIRGINIA Das ist keine Antwort.

DER BEAMTE Nein?

VIRGINIA Sie haben höflich zu sein.

*Der Beamte wendet ihr halb die Schulter zu und gähnt, das Individuum ansehend.*

VIRGINIA *zurück:* Er sagt, der Großherzog ist noch beschäftigt.

GALILEI Ich hörte dich etwas von »höflich« sagen. Was war das?

VIRGINIA Ich dankte ihm für seine höfliche Auskunft, nichts sonst. Kannst du das Buch nicht hier zurücklassen? Du verlierst nur Zeit.

GALILEI Ich fange an, mich zu fragen, was diese Zeit wert ist. Möglich, daß ich der Einladung Sagredos nach Padua für ein paar Wochen doch folge. Meine Gesundheit ist nicht die beste.

VIRGINIA Du könntest nicht ohne deine Bücher leben.

GALILEI Etwas von dem sizilischen Wein könnte man in ein, zwei Kisten in der Kutsche mitnehmen.

VIRGINIA Du hast immer gesagt, er verträgt Transport nicht. Und der Hof schuldet dir noch drei Monate Gehalt. Das schickt man dir nicht nach.

GALILEI Das ist wahr.

*Der Kardinal Inquisitor kommt die Treppe herab.*

VIRGINIA Der Kardinal Inquisitor. *Vorbeigehend verbeugt er sich tief vor Galilei.*

VIRGINIA Was will der Kardinal Inquisitor in Florenz, Vater?

GALILEI Ich weiß nicht. Er benahm sich nicht ohne Respekt. Ich wußte, was ich tat, als ich nach Florenz ging und all die Jahre lang schwieg. Sie haben mich so hoch gelobt, daß sie mich jetzt nehmen müssen, wie ich bin.

DER BEAMTE *ruft aus:* Seine Hoheit, der Großherzog!

*Cosmo de Medici kommt die Treppe herab. Galilei geht auf ihn zu. Cosmo hält ein wenig verlegen an.*

GALILEI Ich wollte Eurer Hoheit meine Dialoge über die beiden größten Weltsysteme...

COSMO Aha, aha. Wie steht es mit Ihren Augen?

GALILEI Nicht zum besten, Eure Hoheit. Wenn Eure Hoheit gestatten, ich habe das Buch...

COSMO Der Zustand Ihrer Augen beunruhigt mich. Er beunruhigt mich, wirklich. Er zeigt mir, daß Sie Ihr vortreffliches Rohr vielleicht ein wenig zu eifrig benützen, nicht? *Er geht weiter, ohne das Buch entgegenzunehmen.*

GALILEI Er hat das Buch nicht mitgenommen, wie?

VIRGINIA Vater, ich fürchte mich.

GALILEI *gedämpft und fest:* Zeig keine Gefühle. Wir gehen von hier nicht nach Hause, sondern zum Glasschneider Volpi. Ich habe mit ihm verabredet, daß im anliegenden Hof der Weinschänke ein Wagen mit leeren Weinfässern immer bereitsteht, der mich aus der Stadt bringen kann.

VIRGINIA Du wußtest...

GALILEI Sieh dich nicht um.

*Sie wollen weg.*

EIN HOHER BEAMTER *kommt die Treppe herab:* Herr Galilei, ich habe den Auftrag, Ihnen mitzuteilen, daß der Florentinische Hof nicht länger imstande ist, dem Wunsch der Heiligen Inquisition, Sie in Rom zu verhören, Widerstand entgegenzusetzen. Der Wagen der Heiligen Inquisition erwartet Sie, Herr Galilei.

## 12
## Der Papst.

*Gemach des Vatikans. Papst Urban VIII. (vormals Kardinal Barberini) hat den Kardinal Inquisitor empfangen. Während der Audienz wird er angekleidet. Von außen das Geschlurfe vieler Füße.*

DER PAPST *sehr laut:* Nein! Nein! Nein!

DER INQUISITOR So wollen Eure Heiligkeit Ihren sich nun versammelnden Doktoren aller Fakultäten, Vertretern aller heiligen Orden und der gesamten Geistlichkeit, welche alle in kindlichem Glauben an das Wort Gottes, niedergelegt in der Schrift, gekommen sind, Eurer Heiligkeit Bestätigung ihres Glaubens zu vernehmen, mitteilen, daß die Schrift nicht länger für wahr gelten könne?

DER PAPST Ich lasse nicht die Rechentafel zerbrechen. Nein!

DER INQUISITOR Daß es die Rechentafel ist und nicht der Geist der Auflehnung und des Zweifels, das sagen diese Leute. Aber es ist nicht die Rechentafel. Sondern eine entsetzliche Unruhe ist in die Welt gekommen. Es ist die Unruhe ihres eigenen Gehirns, die diese auf die unbewegliche Erde übertragen. Sie schreien: die Zahlen zwingen uns! Aber woher kommen ihre Zahlen? Jedermann weiß, daß sie vom Zweifel kommen. Diese Menschen zweifeln an allem. Sollen wir die menschliche Gesellschaft auf den Zweifel begründen und nicht mehr auf den Glauben? »Du bist mein Herr, aber ich zweifle, ob das gut ist.« »Das ist dein Haus und deine Frau, aber ich zweifle, ob sie nicht mein sein sollen.« Andererseits findet Eurer Heiligkeit Liebe zur Kunst, der wir so schöne Sammlungen verdanken, schimpfliche Auslegungen wie die auf den Häuserwänden Roms zu lesende: »Was die Barbaren Rom gelassen haben, rauben ihm die Barberinis.« Und im Auslande? Es hat Gott gefallen, den Heiligen Stuhl schweren Prüfungen zu unterwerfen. Eurer Heiligkeit spanische Politik wird von Menschen, denen die Einsicht mangelt, nicht verstanden, das Zerwürfnis mit dem Kaiser bedauert. Seit eineinhalb Jahrzehnten ist Deutschland eine Fleischbank, und man zerfleischt sich mit Bibelzitaten auf den Lippen. Und jetzt, wo unter der Pest, dem Krieg und der Reformation die Christenheit zu einigen Häuflein zusammenschmilzt, geht das Gerücht über Europa, daß Sie mit dem lutherischen Schweden in geheimem Bündnis stehen, um den katholischen Kaiser zu schwächen. Und da richten diese Würmer von Mathematikern ihre Rohre auf den Himmel und teilen der Welt mit, daß Eure Heiligkeit auch hier, in dem einzigen Raum, den man Ihnen noch nicht bestreitet, schlecht beschlagen sind. Man könnte sich fragen: welch ein Interesse plötzlich an einer so abliegenden Wissenschaft wie der Astronomie! Ist es nicht gleichgültig, wie diese Kugeln sich drehen? Aber niemand in ganz Italien, das bis auf die Pferdeknechte hinab durch das böse Beispiel dieses Florentiners von den Phasen der Venus schwatzt, denkt nicht zugleich an so vieles, was in den Schulen und an anderen Orten für unumstößlich erklärt wird und so sehr lästig ist. Was käme heraus, wenn diese alle, schwach im Fleisch und zu jedem Exzeß geneigt, nur noch an die eigene Vernunft glaubten, die dieser Wahnsinnige für die einzige Instanz erklärt! Sie möchten, erst einmal zweifelnd, ob die Sonne stillstand zu Gibeon, ihren schmutzigen Zweifel an den Kollekten üben! Seit sie über das Meer fahren – ich habe nichts dagegen –, setzen sie ihr Vertrauen auf eine Messingkugel, die sie den Kompaß nennen, nicht mehr auf Gott. Dieser Galilei hat schon als junger Mensch über die Maschinen geschrieben. Mit den Maschinen wollen sie Wunder tun. Was für welche? Gott brauchen sie jedenfalls nicht mehr, aber was sollen es für Wunder sein? Zum Beispiel soll es nicht mehr Oben und Unten geben. Sie brauchen es nicht mehr. Der Aristoteles, der für sie sonst ein toter Hund ist, hat gesagt – und das zitieren sie –: Wenn das Weberschifflein von selber webte und der Zitherschlegel von selber spielte, dann brauchten allerdings die Meister keine Gesellen und die Herren keine Knechte. Und so weit sind sie jetzt, denken sie. Dieser schlechte Mensch weiß, was er tut, wenn er seine astronomischen Arbeiten statt in Latein im Idiom der Fischweiber und Wollhändler verfaßt.

DER PAPST Das zeigt sehr schlechten Geschmack; das werde ich ihm sagen.

DER INQUISITOR Er verhetzt die einen und besticht die andern. Die oberitalienischen Seestädte fordern immer dringender für ihre Schiffe die Sternkarten des Herrn Galilei. Man wird ihnen nachgeben müssen, es sind materielle Interessen.

DER PAPST Aber diese Sternkarten beruhen auf seinen ketzerischen Behauptungen. Es handelt sich gerade um die Bewegungen dieser gewissen Gestirne, die nicht stattfinden können, wenn man seine Lehre ablehnt. Man kann nicht die Lehre verdammen und die Sternkarten nehmen.

DER INQUISITOR Warum nicht? Man kann nichts anderes.

DER PAPST Dieses Geschlurfe macht mich nervös. Entschuldigen Sie, wenn ich immer horche.

DER INQUISITOR Es wird Ihnen vielleicht mehr sagen, als ich es kann, Eure Heiligkeit. Sollen diese alle von hier weggehen, den Zweifel im Herzen?

DER PAPST Schließlich ist der Mann der größte Physiker dieser Zeit, das Licht Italiens, und nicht irgendein Wirrkopf. Er hat Freunde. Da ist Versailles. Da ist der Wiener Hof. Sie werden die Heilige Kirche eine Senkgrube verfaulter Vorurteile nennen. Hand weg von ihm!

DER INQUISITOR Man wird praktisch bei ihm nicht weit gehen müssen. Er ist ein Mann des Fleisches. Er würde sofort nachgeben.

DER PAPST Er kennt mehr Genüsse als irgendein Mann, den ich getroffen habe. Er denkt aus Sinnlichkeit. Zu einem alten Wein oder einem neuen Gedanken könnte er nicht nein sagen. Ich will keine Verurteilung physikalischer Fakten, keine Schlachtrufe »Hie Kirche« und »Hie Vernunft!« Ich habe ihm sein Buch erlaubt, wenn es am Schluß die Meinung wiedergäbe, daß das letzte Wort nicht die Wissenschaft, sondern der Glaube hat. Er hat sich daran gehalten.

DER INQUISITOR Aber wie? In seinem Buch streiten ein dummer Mensch, der natürlich die Ansichten des Aristoteles vertritt, und ein kluger Mensch, der ebenso natürlich die des Herrn Galilei vertritt, und die Schlußbemerkung, Eure Heiligkeit, spricht wer?

DER PAPST Was ist das jetzt wieder? Wer äußert also unsere?

DER INQUISITOR Nicht der Kluge.

DER PAPST Das ist allerdings eine Unverschämtheit. Dieses Getrampel in den Korridoren ist unerträglich. Kommt denn die ganze Welt?

DER INQUISITOR Nicht die ganze, aber ihr bester Teil.

*Pause. Der Papst ist jetzt in vollem Ornat.*

DER PAPST Das Alleräußerste ist, daß man ihm die Instrumente zeigt.

DER INQUISITOR Das wird genügen, Eure Heiligkeit. Herr Galilei versteht sich auf Instrumente.

## 13

**Galileo Galilei widerruft vor der Inquisition am 22. Juni 1633 seine Lehre von der Bewegung der Erde.**

Und es war ein Junitag, der schnell verstrich
Und der war wichtig für dich und mich.
Aus der Finsternis trat Vernunft herfür
Ein' ganzen Tag stand sie vor der Tür.

*Im Palast des Florentinischen Gesandten in Rom. Galileis Schüler warten auf Nachrichten. Der kleine Mönch und Federzoni spielen mit weiten Bewegungen das neue Schach. In einer Ecke kniet Virginia und betet den Englischen Gruß.*

DER KLEINE MÖNCH Der Papst hat ihn nicht empfangen. Keine wissenschaftlichen Diskussionen mehr.
FEDERZONI Er war seine letzte Hoffnung. Es war wahr, was er ihm damals vor Jahren in Rom sagte, als er noch der Kardinal Barberini war: Wir brauchen dich. Jetzt haben sie ihn.
ANDREA Sie werden ihn umbringen. Die »Discorsi« werden nicht zu Ende geschrieben.
FEDERZONI *sieht ihn verstohlen an:* Meinst du?
ANDREA Da er niemals widerruft.
*Pause.*
DER KLEINE MÖNCH Man verbeißt sich immer in einen ganz nebensächlichen Gedanken, wenn man nachts wach liegt. Heute nacht zum Beispiel dachte ich immerfort: er hätte nie aus der Republik Venedig weggehen dürfen.
ANDREA Da konnte er sein Buch nicht schreiben.
FEDERZONI Und in Florenz konnte er es nicht veröffentlichen.
*Pause.*
DER KLEINE MÖNCH Ich dachte auch, ob sie ihm wohl seinen kleinen Stein lassen, den er immer in der Tasche mit sich herumträgt. Seinen Beweisstein.
FEDERZONI Dahin, so sie ihn hinführen, geht man ohne Taschen.
ANDREA *aufschreiend:* Das werden sie nicht wagen! Und selbst wenn sie es ihm antun, wird er nicht widerrufen. »Wer die Wahrheit nicht weiß, der ist bloß ein Dummkopf. Aber wer sie weiß und sie eine Lüge nennt, der ist ein Verbrecher.«
FEDERZONI Ich glaube es auch nicht, und ich möchte nicht mehr leben, wenn er es täte, aber sie haben die Gewalt.
ANDREA Man kann nicht alles mit Gewalt.
FEDERZONI Vielleicht nicht.
DER KLEINE MÖNCH *leise:* Er ist 23 Tage im Kerker gesessen. Gestern war das große Verhör. Und heute ist die Sitzung. *Da Andrea herhört, laut:* Als ich ihn damals, zwei Tage nach dem Dekret, hier besuchte, saßen wir dort drüben, und er zeigte mir den kleinen Priapgott bei der Sonnenuhr im Garten, ihr könnt ihn sehen von hier, und er verglich sein Werk mit einem Gedicht des Horaz, in dem man auch nichts ändern kann. Er sprach von seinem Schönheitssinn, der ihn zwinge, die Wahrheit zu suchen. Und er erwähnte das Motto: Hieme et aestate, et prope et procul, usque dum vivam et ultra. Und er meinte die Wahrheit.
ANDREA *zu dem kleinen Mönch:* Hast du ihm erzählt, wie er im Collegium Romanum stand, während sie sein Rohr prüften? Erzähl es! *Der kleine Mönch schüttelt den Kopf.* Er benahm sich ganz wie gewöhnlich. Er hatte seine Hände auf seinen Schinken, streckte den Bauch heraus und sagte: Ich bitte um Vernunft, meine Herren! *Er macht lachend Galilei nach.*
*Pause.*
ANDREA *über Virginia:* Sie betet, daß er widerrufen möge.
FEDERZONI Laß sie. Sie ist ganz verwirrt, seit sie mit ihr gesprochen haben. Sie haben ihren Beichtvater von Florenz hierherkommen lassen.
*Das Individuum aus dem Palast des Großherzogs von Florenz tritt ein.*
INDIVIDUUM Herr Galilei wird bald hier sein. Er mag ein Bett benötigen.
FEDERZONI Man hat ihn entlassen?
INDIVIDUUM Man erwartet, daß Herr Galilei um fünf Uhr in einer Sitzung der Inquisition widerrufen wird. Die große Glocke von Sankt Markus wird geläutet und der Wortlaut des Widerrufs öffentlich ausgerufen werden.
ANDREA Ich glaube es nicht.
INDIVIDUUM Wegen der Menschenansammlungen in den Gassen wird Herr Galilei an das Gartentor hier hinter dem Palast gebracht werden. *Ab.*
ANDREA *plötzlich laut:* Der Mond ist eine Erde und hat kein eigenes Licht. Und so hat die Venus kein eigenes Licht und ist wie die Erde und läuft um die Sonne. Und es drehen sich vier Monde um das Gestirn Jupiter, das sich in der Höhe der Fixsterne befindet und an keiner Schale befestigt ist. Und die Sonne ist das Zentrum der Welt und unbeweglich an ihrem Ort, und die Erde ist nicht Zentrum und nicht unbeweglich. Und er ist es, der es uns gezeigt hat.
DER KLEINE MÖNCH Und mit Gewalt kann man nicht ungesehen machen, was gesehen wurde.
*Schweigen.*
FEDERZONI *blickt auf die Sonnenuhr im Garten:* Fünf Uhr.
*Virginia betet lauter.*
ANDREA Ich kann nicht mehr warten, ihr! Sie köpfen die Wahrheit!
*Er hält sich die Ohren zu, der kleine Mönch*

*ebenfalls. Aber die Glocke wird nicht geläutet. Nach einer Pause, ausgefüllt durch das murmelnde Beten Virginias, schüttelt Federzoni verneinend den Kopf. Die anderen lassen die Hände sinken.*

FEDERZONI *heiser:* Nichts. Es ist drei Minuten über fünf.

ANDREA Er widersteht.

DER KLEINE MÖNCH Er widerruft nicht!

FEDERZONI Nein. Oh, wir Glücklichen!

*Sie umarmen sich. Sie sind überglücklich.*

ANDREA Also: es geht nicht mit Gewalt! Sie kann nicht alles! Also: die Torheit wird besiegt, sie ist nicht unverletzlich! Also: der Mensch fürchtet den Tod nicht!

FEDERZONI Jetzt beginnt wirklich die Zeit des Wissens. Das ist ihre Geburtsstunde. Bedenke, wenn er widerrufen hätte!

DER KLEINE MÖNCH Ich sagte es nicht, aber ich war voller Sorge. Ich Kleingläubiger!

ANDREA Ich aber wußte es.

FEDERZONI Als ob es am Morgen wieder Nacht würde, wäre es gewesen.

ANDREA Als ob der Berg gesagt hätte: ich bin ein Wasser.

DER KLEINE MÖNCH *kniet nieder, weinend:* Herr, ich danke dir.

ANDREA Aber es ist alles verändert heute! Der Mensch hebt den Kopf, der Gepeinigte, und sagt: ich kann leben. So viel ist gewonnen, wenn nur e i n e r aufsteht und N e i n sagt!

*In diesem Augenblick beginnt die Glocke von Sankt Markus zu dröhnen. Alles steht erstarrt.*

VIRGINIA *steht auf:* Die Glocke von Sankt Markus! Er ist nicht verdammt!

*Von der Straße herauf hört man den Ansager den Widerruf Galileis verlesen.*

STIMME DES ANSAGERS »Ich, Galileo Galilei, Lehrer der Mathematik und der Physik in Florenz, schwöre ab, was ich gelehrt habe, daß die Sonne das Zentrum der Welt ist und an ihrem Ort unbeweglich, und die Erde ist nicht Zentrum und nicht unbeweglich. Ich schwöre ab, verwünsche und verfluche mit redlichem Herzen und nicht erheucheltem Glauben alle diese Irrtümer und Ketzereien sowie überhaupt jeden anderen Irrtum und jede andere Meinung, welche der Heiligen Kirche entgegen ist.«

*Es wird dunkel.*

*Wenn es wieder hell wird, dröhnt die Glocke noch, hört dann aber auf. Virginia ist hinausgegangen. Galileis Schüler sind noch da.*

FEDERZONI Er hat dich nie für deine Arbeit richtig bezahlt. Du hast weder eine Hose kaufen noch selber publizieren können. Das hast du gelitten, weil »für die Wissenschaft gearbeitet wurde«!

ANDREA *laut:* Unglücklich das Land, das keine Helden hat!

*Eingetreten ist Galilei, völlig, beinahe bis zur Unkenntlichkeit verändert durch den Prozeß. Er hat den Satz Andreas gehört. Einige Augenblicke wartet er an der Tür auf eine Begrüßung. Da keine erfolgt, denn die Schüler weichen vor ihm zurück, geht er, langsam und seines schlechten Augenlichts wegen unsicher, nach vorn, wo er einen Schemel findet und sich niedersetzt.*

ANDREA Ich kann ihn nicht ansehen. Er soll weg.

FEDERZONI Beruhige dich.

ANDREA *schreit Galilei an:* Weinschlauch! Schneckenfresser! Hast du deine geliebte Haut gerettet? *Setzt sich.* Mir ist schlecht.

GALILEI *ruhig:* Gebt ihm ein Glas Wasser!

*Der kleine Mönch holt Andrea von draußen ein Glas Wasser. Die andern beschäftigen sich nicht mit Galilei, der horchend auf seinem Schemel sitzt. Von weitem hört man wieder die Stimme des Ansagers.*

ANDREA Ich kann schon wieder gehen, wenn ihr mir ein wenig helft.

*Sie führen ihn zur Tür. In diesem Augenblick beginnt Galilei zu sprechen.*

GALILEI Nein. Unglücklich das Land, das Helden nötig hat.

*Verlesung vor dem Vorhang:*

Ist es nicht klar, daß ein Pferd, welches drei oder vier Ellen hoch herabfällt, sich die Beine brechen kann, während ein Hund keinen Schaden erlitte, desgleichen eine Katze selbst von acht oder zehn Ellen Höhe, ja eine Grille von einer Turmspitze und eine Ameise, wenn sie vom Mond herabfiele? Und wie kleinere Tiere verhältnismäßig kräftiger und stärker sind als die großen, so halten sich die kleinen Pflanzen besser: eine zweihundert Ellen hohe Eiche könnte ihre Äste in voller Proportion mit einer kleinen Eiche nicht halten, und die Natur kann ein Pferd nicht so groß wie zwanzig Pferde werden lassen noch einen Riesen von zehnfacher Größe, außer durch Veränderungen der Proportionen aller Glieder, besonders der Knochen, die weit über das Maß einer proportionellen Größe verstärkt werden müssen. – Die gemeine Annahme, daß große und kleine Maschinen gleich ausdauernd seien, ist offenbar irrig. Galilei, »Discorsi«

**14**

**1633–1642. Galileo Galilei lebt in einem Landhaus in der Nähe von Florenz, bis zu seinem Tod ein Gefangener der Inquisition. Die »Discorsi«.**

Sechzehnhundertdreiunddreißig bis
sechszehnhundertzweiundvierzig
Galileo Galilei ist ein Gefangener der Kirche
bis zu seinem Tode.

*Ein großer Raum mit Tisch, Lederstuhl und Globus. Galilei, nun alt und halbblind, experimentiert sorgfältig mit einem kleinen Holzball auf einer gekrümmten Holzschiene, im Vorraum sitzt ein Mönch auf Wache. Es wird ans Tor geklopft. Der Mönch öffnet, und ein Bauer tritt ein, zwei gerupfte Gänse tragend. Virginia kommt aus der Küche. Sie ist jetzt etwa 40 Jahre alt.*

DER BAUER Ich soll die abgeben.

VIRGINIA Von wem? Ich habe keine Gänse bestellt.

DER BAUER Ich soll sagen: von jemand auf der Durchreise. *Ab.*

*Virginia betrachtet die Gänse erstaunt. Der Mönch nimmt sie ihr aus der Hand und untersucht sie mißtrauisch. Dann gibt er sie ihr zurück, und sie trägt sie an den Hälsen zu Galilei in den großen Raum.*

VIRGINIA Jemand auf der Durchreise hat ein Geschenk abgeben lassen.

GALILEI Was ist es?

VIRGINIA Kannst du es nicht sehen?

GALILEI Nein. *Er geht hin.* Gänse. Ist ein Name dabei?

VIRGINIA Nein.

GALILEI *nimmt ihr eine Gans aus der Hand:* Schwer. Ich könnte noch etwas davon essen.

VIRGINIA Du kannst doch nicht schon wieder hungrig sein, du hast eben zu Abend gegessen. Und was ist wieder mit deinen Augen los? Die müßtest du sehen vom Tisch aus.

GALILEI Du stehst im Schatten.

VIRGINIA Ich stehe nicht im Schatten. *Sie trägt die Gänse hinaus.*

GALILEI Gib Thymian zu und Äpfel.

VIRGINIA *zu dem Mönch:* Wir müssen nach dem Augendoktor schicken. Vater konnte die Gänse vom Tisch aus nicht sehen.

DER MÖNCH Ich brauche erst die Erlaubnis vom Monsignore Carpula. – Hat er wieder selber geschrieben?

VIRGINIA Nein. Er hat sein Buch mir diktiert, das wissen Sie ja. Sie haben die Seiten 131 und 132, und das waren die letzten.

DER MÖNCH Er ist ein alter Fuchs.

VIRGINIA Er tut nichts gegen die Vorschriften. Seine Reue ist echt. Ich passe auf ihn auf. *Sie gibt ihm die Gänse.* Sagen Sie in der Küche, sie sollen die Leber rösten, mit einem Apfel und einer Zwiebel. *Sie geht in den großen Raum zurück.* Und jetzt denken wir an unsere Augen und hören schnell auf mit dem Ball und diktieren ein Stückchen weiter an unserem wöchentlichen Brief an den Erzbischof.

GALILEI Ich fühle mich nicht wohl genug. Lies mir etwas Horaz.

VIRGINIA Erst vorige Woche sagte mir Monsignore Carpula, dem wir so viel verdanken – erst neulich wieder das Gemüse –, daß der Erzbischof ihn jedesmal fragt, wie dir die Fragen und Zitate gefallen, die er dir schickt. *Sie hat sich zum Diktat niedergesetzt.*

GALILEI Wie weit war ich?

VIRGINIA Abschnitt vier: Anlangend die Stellungnahme der Heiligen Kirche zu den Unruhen im Arsenal von Venedig stimme ich überein mit der Haltung Kardinal Spolettis gegenüber den aufrührerischen Seilern...

GALILEI Ja. *Diktiert:* ... stimme ich überein mit der Haltung Kardinal Spolettis gegenüber den aufrührerischen Seilern, nämlich, daß es besser ist, an sie Suppen zu verteilen im Namen der christlichen Nächstenliebe, als ihnen mehr für ihre Schiffs- und Glockenseile zu zahlen. Sintemalen es weiser erscheint, an Stelle ihrer Habgier ihren Glauben zu stärken. Der Apostel Paulus sagt: Wohltätigkeit versaget niemals. – Wie ist das?

VIRGINIA Es ist wunderbar, Vater.

GALILEI Du meinst nicht, daß eine Ironie hineingelesen werden könnte?

VIRGINIA Nein, der Erzbischof wird selig sein. Er ist so praktisch.

GALILEI Ich verlasse mich auf dein Urteil. Was kommt als nächstes?

VIRGINIA Ein wunderschöner Spruch: »Wenn ich schwach bin, da bin ich stark.«

GALILEI Keine Auslegung.

VIRGINIA Aber warum nicht?

GALILEI Was kommt als nächstes?

VIRGINIA »Auf daß ihr begreifen möget, daß Christum liebhaben viel besser ist denn alles Wissen.« Paulus an die Epheser III, 19.

GALILEI Besonders danke ich Eurer Eminenz für das herrliche Zitat aus den Epheser-Briefen. Angeregt dadurch, fand ich in unserer unnachahmbaren Imitatio noch folgendes. *Zitiert auswendig:* »Er, zu dem das ewige Wort spricht, ist frei von vielem Gefrage.« Darf ich bei dieser Gelegenheit in eigener Sache sprechen? Noch immer wird mir vorgeworfen, daß ich einmal über die Himmelskörper ein Buch in der Sprache des Marktes verfaßt habe. Es war damit nicht meine Absicht, vorzuschlagen oder gutzuheißen, daß Bücher über so viel wichtigere Gegenstände, wie zum Beispiel Theologie, in dem Jargon der Teigwarenverkäufer verfaßt würden. Das Argument für den lateinischen Gottesdienst, daß durch die Universalität dieser Sprache alle Völker die Heilige Messe in gleicher Weise hören, scheint mir wenig glücklich, da von den niemals verlegenen Spöttern eingewendet werden könnte, keines der Völker verstünde so den Text. Ich verzichte gern auf billige Verständlichkeit heiliger Dinge. Das Latein der Kanzel, das die ewige Wahrheit der Kirche gegen die Neugier der Unwissenden schützt, erweckt Vertrauen, wenn gesprochen von den priesterlichen Söhnen der unteren Klassen mit den Betonungen des ortsansässigen Dialekts. – Nein, streich das aus.

VIRGINIA Das Ganze?

GALILEI Alles nach den Teigwarenverkäufern.

*Es wird am Tor geklopft. Virginia geht in den Vorraum. Der Mönch öffnet. Es ist Andrea Sarti. Er ist jetzt ein Mann in den mittleren Jahren.*

ANDREA Guten Abend. Ich bin im Begriff, Italien zu verlassen, um in Holland wissenschaftlich zu arbeiten, und bin gebeten worden, ihn auf der Durchreise aufzusuchen, damit ich über ihn berichten kann.

VIRGINIA Ich weiß nicht, ob er dich sehen will. Du bist nie gekommen.

ANDREA Frag ihn. *Galilei hat die Stimme erkannt. Er sitzt unbeweglich. Virginia geht hinein zu ihm.*

GALILEI Ist es Andrea?

VIRGINIA Ja. Soll ich ihn wegschicken?

GALILEI *nach einer Pause:* Führ ihn herein.

*Virginia führt Andrea herein.*

VIRGINIA *zum Mönch:* Er ist harmlos. Er war sein Schüler. So ist er jetzt sein Feind.

GALILEI Laß mich allein mit ihm, Virginia.

VIRGINIA Ich will hören, was er erzählt. *Sie setzt sich.*

ANDREA *kühl:* Wie geht es Ihnen?

GALILEI Tritt näher. Was machst du? Erzähl von deiner Arbeit. Ich höre, es ist über Hydraulik.

ANDREA Fabrizius in Amsterdam hat mir aufgetragen, mich nach Ihrem Befinden zu erkundigen.

*Pause.*

GALILEI Ich befinde mich wohl. Man schenkt mir große Aufmerksamkeit.

ANDREA Es freut mich, berichten zu können, daß Sie sich wohl befinden.

GALILEI Fabrizius wird erfreut sein, es zu hören. Und du kannst ihn informieren, daß ich in angemessenem Komfort lebe. Durch die Tiefe meiner Reue habe ich mir die Gunst meiner Oberen so weit erhalten können, daß mir in bescheidenem Umfang wissenschaftliche Studien unter geistlicher Kontrolle gestattet werden konnten.

ANDREA Jawohl. Auch wir hörten, daß die Kirche mit Ihnen zufrieden ist. Ihre völlige Unterwerfung hat gewirkt. Es wird versichert, die Oberen hätten mit Genugtuung festgestellt, daß in Italien kein Werk mit neuen Behauptungen mehr veröffentlicht wurde, seit Sie sich unterwarfen.

GALILEI *horchend:* Leider gibt es Länder, die sich der Obhut der Kirche entziehen. Ich fürchte, daß die verurteilten Lehren dort weitergefördert werden.

ANDREA Auch dort trat infolge Ihres Widerrufs ein für die Kirche erfreulicher Rückschlag ein.

GALILEI Wirklich? *Pause.* Nichts von Descartes? Nichts aus Paris?

ANDREA Doch. Auf die Nachricht von Ihrem Widerruf stopfte er seinen Trakat über die Natur des Lichts in die Lade.

*Lange Pause.*

GALILEI Ich bin in Sorge einiger wissenschaftlicher Freunde wegen, die ich auf die Bahn des Irrtums geleitet habe. Sind sie durch meinen Widerruf belehrt worden?

ANDREA Um wissenschaftlich arbeiten zu können, habe ich vor, nach Holland zu gehen. Man gestattet nicht dem Ochsen, was Jupiter sich nicht gestattet.

GALILEI Ich verstehe.

ANDREA Federzoni schleift wieder Linsen, in irgendeinem Mailänder Laden.

GALILEI *lacht:* Er kann nicht Latein.

*Pause.*

ANDREA Fulganzio, unser kleiner Mönch, hat die Forschung aufgegeben und ist in den Schoß der Kirche zurückgekehrt.

GALILEI Ja. *Pause.*

GALILEI Meine Oberen sehen auch meiner seelischen Wiedergesundung entgegen. Ich mache bessere Fortschritte, als zu erwarten war.

ANDREA So.

VIRGINIA Der Herr sei gelobt.

GALILEI *barsch:* Sieh nach den Gänsen, Virginia.

*Virginia geht zornig hinaus. Im Vorbeigehen wird sie vom Mönch angesprochen.*

DER MÖNCH Der Mensch mißfällt mir.

VIRGINIA Er ist harmlos. Sie hören doch. *Im Weggehen:* Wir haben frischen Ziegenkäse bekommen.

*Der Mönch folgt ihr hinaus.*

ANDREA Ich werde die Nacht durch fahren, um die Grenze morgen früh überschreiten zu können. Kann ich gehen?

GALILEI Ich weiß nicht, warum du gekommen bist, Sarti. Um mich aufzustören? Ich lebe vorsichtig und ich denke vorsichtig, seit ich hier bin. Ich habe ohnedies meine Rückfälle.

ANDREA Ich möchte Sie lieber nicht aufregen, Herr Galilei.

GALILEI Barberini nannte es die Krätze. Er war selber nicht gänzlich frei davon. Ich habe wieder geschrieben.

ANDREA So.

GALILEI Ich schrieb die »Discorsi« fertig.

ANDREA Was? Die »Gespräche, betreffend zwei neue Wissenszweige: Mechanik und Fallgesetze«? Hier?

GALILEI Oh, man gibt mir Papier und Feder. Meine Oberen sind keine Dummköpfe. Sie wissen, daß eingewurzelte Laster nicht von heute auf morgen abgebrochen werden können. Sie schützen mich vor mißlichen Folgen, indem sie Seite für Seite wegschließen.

ANDREA O Gott!

GALILEI Sagtest du etwas?

ANDREA Man läßt Sie Wasser pflügen! Man gibt Ihnen Papier und Feder, damit Sie sich beruhigen! Wie konnten Sie überhaupt schreiben mit diesem Ziel vor Augen?

GALILEI Oh, ich bin ein Sklave meiner Gewohnheiten.

ANDREA Die »Discorsi« in der Hand der Mönche! Und Amsterdam und London und Prag hungern danach!

GALILEI Ich kann Fabrizius jammern hören, pochend auf sein Pfund Fleisch, selber in Sicherheit sitzend, in Amsterdam.

ANDREA Zwei neue Wissenszweige so gut wie verloren!

GALILEI Es wird ihn und einige andre ohne Zweifel erheben zu hören, daß ich die letzten kümmerlichen Reste meiner Bequemlichkeit aufs Spiel gesetzt habe, eine Abschrift zu machen, hinter meinem Rücken sozusagen, aufbrauchend die letzte Unze Licht der helleren Nächte von sechs Monaten.

ANDREA Sie haben eine Abschrift?

GALILEI Meine Eitelkeit hat mich bisher davon zurückgehalten, sie zu vernichten.

ANDREA Wo ist sie?

GALILEI »Wenn dich dein Auge ärgert, reiß es aus.« Wer immer das schrieb, wußte mehr über Komfort als ich. Ich nehme an, es ist die Höhe der Torheit, sie auszuhändigen. Da ich es nicht fertiggebracht habe, mich von wissenschaftlichen Arbeiten fernzuhalten, könnt ihr sie ebensogut haben. Die Abschrift liegt im Globus. Solltest du erwägen, sie nach Holland mitzunehmen, würdest du natürlich die gesamte Verantwortung zu schultern haben. Du hättest sie in diesem Fall von jemandem gekauft, der Zutritt zum Original im Heiligen Offizium hat.

*Andrea ist zum Globus gegangen. Er holt die Abschrift heraus.*

ANDREA Die »Discorsi«! *Er blättert in dem Manuskript. Liest:* »Mein Vorsatz ist es, eine sehr neue Wissenschaft aufzustellen, handelnd von einem sehr alten Gegenstand, der Bewegung. Ich habe durch Experimente einige ihrer Eigenschaften entdeckt, die wissenswert sind.«

GALILEI Etwas mußte ich anfangen mit meiner Zeit.

ANDREA Das wird eine neue Physik begründen.

GALILEI Stopf es untern Rock.

ANDREA Und wir dachten, Sie wären übergelaufen! Meine Stimme war die lauteste gegen Sie!

GALILEI Das gehörte sich. Ich lehrte dich Wissenschaft, und ich verneinte die Wahrheit.

ANDREA Dies ändert alles. Alles.

GALILEI Ja?

ANDREA Sie versteckten die Wahrheit. Vor dem Feind. Auch auf dem Felde der Ethik waren Sie uns um Jahrhunderte voraus.

GALILEI Erläutere das, Andrea.

ANDREA Mit dem Mann auf der Straße sagten wir: Er wird sterben, aber er wird nie widerrufen. – Sie kamen zurück: Ich habe widerrufen, aber ich werde leben. – Ihre Hände sind befleckt, sagten wir. – Sie sagen: Besser befleckt als leer.

GALILEI Besser befleckt als leer. Klingt realistisch. Klingt nach mir. Neue Wissenschaft, neue Ethik.

ANDREA Ich vor allen andern hätte es wissen müssen! Ich war elf, als Sie eines andern Mannes Fernrohr an den Senat von Venedig verkauften. Und ich sah Sie von diesem Instrument unsterblichen Gebrauch machen. Ihre Freunde schüttelten die Köpfe, als Sie sich vor dem Kind in Florenz beugten: die Wissenschaft gewann Publikum. Sie lachten immer schon über die Helden. »Leute, welche leiden, langweilen mich«, sagten Sie. »Unglück stammt von mangelhaften Berechnungen.« Und: »Angesichts von Hindernissen mag die kürzeste Linie zwischen zwei Punkten die krumme sein.«

GALILEI Ich entsinne mich.

ANDREA Als es Ihnen dann 33 gefiel, einen volkstümlichen Punkt Ihrer Lehren zu widerrufen, hätte ich wissen müssen, daß Sie sich lediglich aus einer hoffnungslosen politischen Schlägerei zurückzogen, um das eigentliche Geschäft der Wissenschaft weiter zu betreiben.

GALILEI Welches besteht in...

ANDREA ...dem Studium der Eigenschaften der Bewegung, Mutter der Maschinen, die allein die Erde so bewohnbar machen werden, daß der Himmel abgetragen werden kann.

GALILEI Aha.

ANDREA Sie gewannen die Muße, ein wissenschaftliches Werk zu schreiben, das nur Sie schreiben konnten. Hätten Sie in einer Glorіole von Feuer auf dem Scheiterhaufen geendet, wären die andern die Sieger gewesen.

GALILEI Sie sind die Sieger. Und es gibt kein wissenschaftliches Werk, das nur ein Mann schreiben kann.

ANDREA Warum dann haben Sie widerrufen?

GALILEI Ich habe widerrufen, weil ich den körperlichen Schmerz fürchtete.

ANDREA Nein!

GALILEI Man zeigte mir die Instrumente.

ANDREA So war es kein Plan?

GALILEI Es war keiner.

*Pause.*

ANDREA *laut:* Die Wissenschaft kennt nur ein Gebot: den wissenschaftlichen Beitrag.

GALILEI Und den habe ich geliefert. Willkommen in der Gosse, Bruder in der Wissenschaft und Vetter im Verrat! Ißt du Fisch? Ich habe Fisch. Was stinkt, ist nicht mein Fisch, sondern ich. Ich verkaufe aus, du bist ein Käufer. O unwiderstehlicher Anblick des Buches, der geheiligten Ware! Das Wasser läuft im Munde zusammen und die Flüche ersaufen. Die Große Babylonische, das mörderische Vieh, die Scharlachene, öffnet die Schenkel, und alles ist anders! Geheiliget sei unsre schachernde, weißwaschende, todfürchtende Gemeinschaft!

ANDREA Todesfurcht ist menschlich! Menschliche Schwächen gehen die Wissenschaft nichts an.

GALILEI Nein?! – Mein lieber Sarti, auch in meinem gegenwärtigen Zustand fühle ich mich noch fähig, Ihnen ein paar Hinweise darüber zu geben, was die Wissenschaft alles angeht, der Sie sich verschrieben haben.

*Eine kleine Pause.*

GALILEI *akademisch, die Hände über dem Bauch gefaltet:* In meinen freien Stunden, deren ich viele habe, bin ich meinen Fall durchgegangen und habe darüber nachgedacht, wie die Welt der Wissenschaft, zu der ich mich selber nicht mehr zähle, ihn zu beurteilen haben wird. Selbst ein Wollhändler muß, außer billig einkaufen und teuer verkaufen, auch noch darum besorgt sein, daß der Handel mit Wolle unbehindert vor sich gehen kann. Der Verfolg der Wissenschaft scheint mir diesbezüglich besondere Tapferkeit zu erheischen. Sie handelt mit Wissen, gewonnen durch Zweifel. Wissen verschaffend über alles für alle, trachtet sie, Zweifler zu machen aus allen. Nun wird der Großteil der Bevölkerung von ihren Fürsten, Grundbesitzern und Geistlichen in einem perlmutternen Dunst von Aberglauben und alten Wörtern gehalten, welcher die Machinationen dieser Leute verdeckt. Das Elend der Vielen ist alt wie das Gebirge und wird von Kanzel und Katheder herab für unzerstörbar erklärt wie das Gebirge. Unsere neue Kunst des Zweifelns entzückte das große Publikum. Es riß uns das Teleskop aus der Hand und richtete es auf seine Peiniger, Fürsten, Grundbesitzer, Pfaffen. Diese selbstischen und gewalttätigen Männer, die sich die Früchte der Wissenschaft gierig zunutze gemacht haben, fühlten zugleich das kalte Auge der Wissenschaft auf ein tausendjähriges, aber künstliches Elend gerichtet, das deutlich beseitigt werden konnte, indem sie beseitigt wurden. Sie überschütteten uns mit Drohungen und Bestechungen, unwiderstehlich für schwache Seelen. Aber können wir uns der Menge verweigern und doch Wissenschaftler bleiben? Die Bewegungen der Himmelskörper sind übersichtlicher geworden; immer noch unberechenbar sind den Völkern die Bewegungen ihrer Herrscher. Der Kampf um die Meßbarkeit des Himmels ist gewonnen durch Zweifel; durch Gläubigkeit muß der Kampf der römischen Hausfrau um Milch immer aufs neue verlorengehen. Die Wissenschaft, Sarti, hat mit beiden Kämpfen zu tun. Eine Menschheit, stolpernd in einem Perlmutterdunst von Aberglauben und alten Wörtern, zu unwissend, ihre eigenen Kräfte voll zu entfalten, wird nicht fähig sein, die Kräfte der Natur zu entfalten, die ihr enthüllt. Wofür arbeitet ihr? Ich halte dafür, daß das einzige Ziel der Wissenschaft darin besteht, die Mühseligkeit der menschlichen Existenz zu erleichtern. Wenn Wissenschaftler, eingeschüchtert durch selbstsüchtige Machthaber, sich damit begnügen, Wissen um des Wissens willen aufzuhäufen, kann die Wissenschaft zum Krüppel gemacht werden, und eure neuen Maschinen mögen nur neue Drangsale bedeuten. Ihr mögt mit der Zeit alles entdecken, was es zu entdecken gibt, und euer Fortschritt wird doch nur ein Fortschreiten von der Menschheit weg sein. Die Kluft zwischen euch und ihr kann eines Tages so groß werden, daß euer Jubelschrei über irgendeine neue Errungenschaft von einem universalen Entsetzensschrei beantwortet werden könnte. – Ich hatte als Wissenschaftler eine einzigartige Möglichkeit. In meiner Zeit erreichte die Astronomie die Marktplätze. Unter diesen ganz besonderen Umständen hätte die Standhaftigkeit eines Mannes große Erschütterungen hervorrufen können. Hätte ich widerstanden, hätten die Naturwissenschaftler etwas wie den hippokratischen Eid der Ärzte entwikkeln können, das Gelöbnis, ihr Wissen einzig zum Wohle der Menschheit anzuwenden! Wie es nun steht, ist das Höchste, was man erhoffen kann, ein Geschlecht erfinderischer Zwerge, die für alles gemietet werden können. Ich habe zudem die Überzeugung gewonnen, Sarti, daß ich niemals in wirklicher Gefahr schwebte. Einige Jahre lang war ich ebenso stark wie die Obrigkeit. Und ich überlieferte mein Wissen den Machthabern, es zu gebrauchen, es nicht zu gebrauchen, es zu mißbrauchen, ganz wie es ihren Zwecken diente.

*Virginia ist mit einer Schüssel hereingekommen und bleibt stehen.*

GALILEI Ich habe meinen Beruf verraten. Ein Mensch, der das tut, was ich getan habe, kann in den Reihen der Wissenschaft nicht geduldet werden.

VIRGINIA Du bist aufgenommen in den Reihen der Gläubigen.

*Sie geht und stellt die Schüssel auf den Tisch.*

GALILEI Richtig. – Ich muß jetzt essen.

*Andrea hält ihm die Hand hin. Galilei sieht die Hand, ohne sie zu nehmen.*

GALILEI Du lehrst jetzt selber. Kannst du es dir leisten, eine Hand wie die meine zu nehmen? *Er geht zum Tisch.* Jemand, der hier durch kam, hat mir Gänse geschickt. Ich esse immer noch gern.

ANDREA So sind Sie nicht mehr der Meinung, daß ein neues Zeitalter angebrochen ist?

GALILEI Doch. – Gib acht auf dich, wenn du durch Deutschland kommst, die Wahrheit unter dem Rock.

ANDREA *außerstande zu gehen:* Hinsichtlich Ihrer Einschätzung des Verfassers, von dem wir sprachen, weiß ich Ihnen keine Antwort. Aber ich kann mir nicht denken, daß Ihre mörderische Analyse das letzte Wort sein wird.

GALILEI Besten Dank, Herr. *Er fängt an zu essen.*

VIRGINIA *Andrea hinausgeleitend:* Wir haben Besucher aus der Vergangenheit nicht gern. Sie regen ihn auf.

*Andrea geht. Virginia kommt zurück.*

GALILEI Hast du eine Ahnung, wer die Gänse geschickt haben kann?

VIRGINIA Nicht Andrea.

GALILEI Vielleicht nicht. Wie ist die Nacht?

VIRGINIA *am Fenster:* Hell.

## 15

## 1637. Galileis Buch »Discorsi« überschreitet die italienische Grenze.

Liebe Leut, gedenkt des End's
Das Wissen flüchtete über die Grenz.
Wir, die wissensdurstig sind
Er und ich, wir blieben dahint'.
Hütet nun ihr der Wissenschaft Licht
Nutzt es und mißbraucht es nicht
Daß es nicht, ein Feuerfall
Einst verzehre noch uns all
Ja, uns all.

*Kleine italienische Grenzstadt früh am Morgen. Am Schlagbaum der Grenzwache spielen Kinder. Andrea wartet neben einem Kutscher die Prüfung seiner Papiere durch die Grenzwächter ab. Er sitzt auf einer kleinen Kiste und liest in Galileis Manuskript. Jenseits des Schlagbaumes steht die Reisekutsche.*

DIE KINDER *singen:*
Maria saß auf einem Stein
Sie hatt' ein rosa Hemdelein
Das Hemdelein war verschissen.
Doch als der kalte Winter kam
Das Hemdelein sie übernahm
Verschissen ist nicht zerrissen.

DER GRENZWÄCHTER Warum verlassen Sie Italien?

ANDREA Ich bin Gelehrter.

DER GRENZWÄCHTER *zum Schreiber:* Schreib unter »Grund der Ausreise«: Gelehrter. Ihr Gepäck muß ich durchschauen. *Er tut es.*

DER ERSTE JUNGE *zu Andrea:* Hier sollten Sie nicht sitzen. *Er zeigt auf die Hütte, vor der Andrea sitzt.* Da wohnt eine Hexe drin.

DER ZWEITE JUNGE Die alte Marina ist gar keine Hexe.

DER ERSTE JUNGE Soll ich dir die Hand ausrenken?

DER DRITTE JUNGE Sie ist doch eine. Sie fliegt nachts durch die Luft.

DER ERSTE JUNGE Und warum kriegt sie nirgends in der Stadt auch nur einen Topf Milch, wenn sie keine Hexe ist?

DER ZWEITE JUNGE Wie soll sie denn durch die Luft fliegen? Das kann niemand. *Zu Andrea:* Kann man das?

DER ERSTE JUNGE *über den zweiten:* Das ist Giuseppe. Er weiß rein gar nichts, weil er nicht in die Schule geht, weil er keine ganze Hose hat.

DER GRENZWÄCHTER Was ist das für ein Buch?

ANDREA *ohne aufzusehen:* Das ist von dem großen Philosophen Aristoteles.

DER GRENZWÄCHTER *mißtrauisch:* Was ist das für einer?

ANDREA Er ist schon tot.

*Die Jungen gehen, um den lesenden Andrea zu verspotten, so herum, als läsen auch sie in Büchern beim Gehen.*

DER GRENZWÄCHTER *zum Schreiber:* Sieh nach, ob etwas über die Religion drin steht.

DER SCHREIBER *blättert:* Ich kann nichts finden.

DER GRENZWÄCHTER Die ganze Sucherei hat ja auch wenig Zweck. So offen würde uns ja keiner hinlegen, was er zu verbergen hätte. *Zu Andrea:* Sie müssen unterschreiben, daß wir alles untersucht haben. *Andrea steht zögernd auf und geht, immerfort lesend, mit den Grenzwächtern ins Haus.*

DER DRITTE JUNGE *zum Schreiber, auf die Kiste zeigend:* Da ist noch was, sehen Sie?

DER SCHREIBER War das vorhin noch nicht da?

DER DRITTE JUNGE Das hat der Teufel hier hingestellt. Es ist eine Kiste.

DER ZWEITE JUNGE Nein, die gehört dem Fremden.

DER DRITTE JUNGE Ich ginge nicht hin. Sie hat dem Kutscher Passi die Gäule verhext. Ich habe selber durch das Loch im Dach, das der Schneesturm gerissen hat, hineingeschaut und gehört, wie sie gehustet haben.

DER SCHREIBER *der beinahe an der Kiste war, zögert und kehrt zurück:* Teufelszeug, wie? Nun, wir können nicht alles kontrollieren. Wo kämen wir da hin?

*Zurück kommt Andrea mit einem Krug Milch. Er setzt sich wieder auf die Kiste und liest weiter.*

DER GRENZWÄCHTER *hinter ihm drein mit Papieren:* Mach die Kisten wieder zu. Haben wir alles?

DER SCHREIBER Alles.

DER ZWEITE JUNGE *zu Andrea:* Sie sind ja Gelehrter. Sagen Sie selber: kann man durch die Luft fliegen?

ANDREA Wart einen Augenblick.

DER GRENZWÄCHTER Sie können passieren.

*Das Gepäck ist vom Kutscher aufgenommen worden. Andrea nimmt die Kiste und will gehen.*

DER GRENZWÄCHTER Halt! Was ist das für eine Kiste?

ANDREA *wieder sein Buch vornehmend:* Es sind Bücher.

DER ERSTE JUNGE Das ist die von der Hexe.

DER GRENZWÄCHTER Unsinn. Wie soll die eine Kiste bezaubern können?

DER DRITTE JUNGE Wenn ihr doch der Teufel hilft!

DER GRENZWÄCHTER *lacht:* Das gilt hier nicht. *Zum Schreiber:* Mach auf.

*Die Kiste wird geöffnet.*

DER GRENZWÄCHTER *unlustig:* Wie viele sind das?

ANDREA Vierunddreißig.

DER GRENZWÄCHTER *zum Schreiber:* Wie lang brauchst du damit?

DER SCHREIBER *der angefangen hat, oberflächlich in der Kiste zu wühlen:* Alles schon gedruckt. Aus Ihrem Frühstück wird dann jedenfalls nichts, und wann soll ich zum Kutscher Passi hinüberlaufen, um den rückständigen Wegzoll einzukassieren bei der Auktionierung seines Hauses, wenn ich all die Bücher durchblättern soll?

DER GRENZWÄCHTER Ja, das Geld müssen wir haben. *Er stößt mit dem Fuß nach den Büchern.* Na, was kann schon viel drinstehen! *Zum Kutscher:* Ab!

*Andrea geht mit dem Kutscher, der die Kiste trägt, über die Grenze. Drüben steckt er das Manuskript Galileis in die Reisetasche.*

DER DRITTE JUNGE *deutet auf den Krug, den Andrea hat stehenlassen:* Da!

DER ERSTE JUNGE Und die Kiste ist weg! Seht ihr, daß es der Teufel war?

ANDREA *sich umwendend:* Nein, ich war es. Du mußt lernen, die Augen aufzumachen. Die Milch ist bezahlt und der Krug. Die Alte soll ihn haben. Ja, und ich habe dir noch nicht auf deine Frage geantwortet, Giuseppe. Auf einem Stock kann man nicht durch die Luft fliegen. Er müßte zumindest eine Maschine dran haben. Aber eine solche Maschine gibt es noch nicht. Vielleicht wird es sie nie geben, da der Mensch zu schwer ist. Aber natürlich, man kann es nicht wissen. Wir wissen bei weitem nicht genug, Giuseppe. Wir stehen wirklich erst am Beginn.

# Mutter Courage und ihre Kinder

Eine Chronik aus dem Dreißigjährigen Krieg

*Personen*

Mutter Courage · Kattrin, ihre stumme Tochter · Eilif, der ältere Sohn · Schweizerkas, der jüngere Sohn · Der Werber · Der Feldwebel · Der Koch · Der Feldhauptmann · Der Feldprediger · Der Zeugmeister · Yvette Pottier · Der mit der Binde · Ein anderer Feldwebel · Der alte Obrist · Ein Schreiber · Ein junger Soldat · Ein älterer Soldat · Ein Bauer · Die Bauersfrau · Der junge Mann · Die alte Frau · Ein anderer Bauer · Die Bäuerin · Ein junger Bauer · Der Fähnrich · Soldaten · Eine Stimme

**1**
**Frühjahr 1624. Der Feldhauptmann Oxenstjerna wirbt in Dalarne Truppen für den Feldzug in Polen. Der Marketenderin Anna Fierling, bekannt unter dem Namen Mutter Courage, kommt ein Sohn abhanden.**

*Landstraße in Stadtnähe*

*Ein Feldwebel und ein Werber stehen frierend.*

DER WERBER Wie soll man sich hier eine Mannschaft zusammenlesen? Feldwebel, ich denk schon mitunter an Selbstmord. Bis zum Zwölften soll ich dem Feldhauptmann vier Fähnlein hinstelln und die Leut hier herum sind so voll Bosheit, daß ich keine Nacht mehr schlaf. Hab ich endlich einen aufgetrieben und schon durch die Finger gesehn und mich nix wissen gemacht, daß er eine Hühnerbrust hat und Krampfadern, ich hab ihn glücklich besoffen, er hat schon unterschrieben, ich zahl nur noch den Schnaps, er tritt aus, ich hinterher zur Tür, weil mir was schwant: richtig, weg ist er, wie die Laus unterm Kratzen. Da gibts kein Manneswort, kein Treu und Glauben, kein Ehrgefühl. Ich hab hier mein Vertrauen in die Menschheit verloren, Feldwebel.

DER FELDWEBEL Man merkts, hier ist zu lang kein Krieg gewesen. Wo soll da Moral herkommen, frag ich? Frieden, das ist nur Schlamperei, erst der Krieg schafft Ordnung. Die Menschheit schießt ins Kraut im Frieden. Mit Mensch und Vieh wird herumgesaut, als wärs gar nix. Jeder frißt, was er will, einen Ranken Käs aufs Weißbrot und dann noch eine Scheibe Speck auf den Käs. Wie viele junge Leut und gute Gäul diese Stadt da vorn hat, weiß kein Mensch, es ist niemals gezählt worden. Ich bin in Gegenden gekommen, wo kein Krieg war vielleicht siebzig Jahr, da hatten die Leut überhaupt noch keine Namen, die kannten sich selber nicht. Nur wo Krieg ist, gibts ordentliche Listen und Registraturen, kommt das Schuhzeug in Ballen und das Korn in Säck, wird Mensch und Vieh sauber gezählt und weggebracht, weil man eben weiß: ohne Ordnung kein Krieg!

DER WERBER Wie richtig das ist!

DER FELDWEBEL Wie alles Gute ist auch der Krieg am Anfang halt schwer zu machen. Wenn er dann erst floriert, ist er auch zäh; dann schrecken die Leut zurück vorm Frieden, wie die Würfler vorm Aufhören, weil dann müssens zählen, was sie verloren haben. Aber zuerst schreckens zurück vorm Krieg. Er ist ihnen was Neues.

DER WERBER Du, da kommt ein Planwagen. Zwei Weiber und zwei junge Burschen. Halt die Alte auf, Feldwebel. Wenn das wieder nix ist, stell ich mich nicht weiter in den Aprilwind hin, das sag ich dir.

*Man hört eine Maultrommel. Von zwei jungen Burschen gezogen, rollt ein Planwagen heran. Auf ihm sitzen Mutter Courage und ihre stumme Tochter Kattrin.*

MUTTER COURAGE Guten Morgen, Herr Feldwebel!

DER FELDWEBEL *sich in den Weg stellend:* Guten Morgen, ihr Leut! Wer seid ihr?

MUTTER COURAGE Geschäftsleut. *Singt:*

Ihr Hauptleut, laßt die Trommel ruhen
Und laßt eur Fußvolk halten an:
Mutter Courage, die kommt mit Schuhen
In denens besser laufen kann.
Mit seinen Läusen und Getieren
Bagage, Kanone und Gespann –
Soll es euch in die Schlacht marschieren
So will es gute Schuhe han.
  Das Frühjahr kommt. Wach auf, du Christ!
  Der Schnee schmilzt weg. Die Toten ruhn.
  Und was noch nicht gestorben ist
  Das macht sich auf die Socken nun.

Ihr Hauptleut, eure Leut marschieren
Euch ohne Wurst nicht in den Tod.
Laßt die Courage sie erst kurieren
Mit Wein von Leibs- und Geistesnot.
Kanonen auf die leeren Mägen
Ihr Hauptleut, das ist nicht gesund.
Doch sind sie satt, habt meinen Segen
Und führt sie in den Höllenschlund.
  Das Frühjahr kommt. Wach auf, du Christ!
  Der Schnee schmilzt weg. Die Toten ruhn.
  Und was noch nicht gestorben ist
  Das macht sich auf die Socken nun.

DER FELDWEBEL Halt, wohin gehört ihr, Bagage?

DER ÄLTERE SOHN Zweites Finnisches Regiment.

DER FELDWEBEL Wo sind eure Papiere?

MUTTER COURAGE Papiere?

DER JÜNGERE SOHN Das ist doch die Mutter Courage!

DER FELDWEBEL Nie von gehört. Warum heißt sie Courage?

MUTTER COURAGE Courage heiß ich, weil ich den Ruin gefürchtet hab, Feldwebel, und bin durch das Geschützfeuer von Riga gefahrn mit fünfzig Brotlaib im Wagen. Sie waren schon angeschimmelt, es war höchste Zeit, ich hab keine Wahl gehabt.

DER FELDWEBEL Keine Witze, du. Wo sind die Papiere!

MUTTER COURAGE *aus einer Zinnbüchse einen Haufen Papiere kramend und herunterkletternd:* Das sind alle meine Papiere, Feldwebel. Da ist ein ganzes Meßbuch dabei, aus Altötting, zum Einschlagen von Gurken, und eine Landkarte von Mähren, weiß Gott, ob ich da je hinkomm, sonst ist sie für die Katz, und hier stehts besiegelt, daß mein Schimmel nicht die Maul- und Klauenseuch hat, leider ist er uns umgestanden, er hat fünfzehn Gulden gekostet, aber nicht mich, Gott sei Dank. Ist das genug Papier?

DER FELDWEBEL Willst du mich auf den Arm nehmen? Ich werd dir deine Frechheit austreiben. Du weißt, daß du eine Lizenz haben mußt.

MUTTER COURAGE Reden Sie anständig mit mir und erzählen Sie nicht meinen halbwüchsigen Kindern, daß ich Sie auf den Arm nehmen will, das gehört sich nicht, ich hab nix mit Ihnen. Meine Lizenz beim Zweiten Regiment ist mein anständiges Gesicht, und wenn Sie es nicht lesen können, kann ich nicht helfen. Einen Stempel laß ich mir nicht draufsetzen.

DER WERBER Feldwebel, ich spür einen unbotmäßigen Geist heraus bei der Person. Im Lager da brauchen wir Zucht.

MUTTER COURAGE Ich dacht Würst.

DER FELDWEBEL Name.

MUTTER COURAGE Anna Fierling.

DER FELDWEBEL Also dann heißts ihr alle Fierling?

MUTTER COURAGE Wieso? Ich heiß Fierling. Die nicht.

DER FELDWEBEL Ich denk, das sind alles Kinder von dir?

MUTTER COURAGE Sind auch, aber heißen sie deshalb alle gleich? *Auf den älteren Sohn deutend:* Der zum Beispiel heißt Eilif Nojocki, warum, sein Vater hat immer behauptet, er heißt Kojocki oder Mojocki. Der Junge hat ihn noch gut im Gedächtnis, nur, das war ein anderer, den er im Gedächtnis hat, ein Franzos mit einem Spitzbart. Aber sonst hat er vom Vater die Intelligenz geerbt; der konnt einem Bauern die Hos vom Hintern wegziehn, ohne daß der was gemerkt hat. Und so hat eben jedes von uns seinen Namen.

DER FELDWEBEL Was, jedes einen anderen?

MUTTER COURAGE Sie tun grad, als ob Sie das nicht kennten.

DER FELDWEBEL Dann ist der wohl ein Chineser? *Auf den Jüngeren deutend.*

MUTTER COURAGE Falsch geraten. Ein Schweizer.

DER FELDWEBEL Nach dem Franzosen?

MUTTER COURAGE Nach was für einem Franzosen? Ich weiß von keinem Franzosen. Bringen Sies nicht durcheinander, sonst stehen wir am Abend noch da. Ein Schweizer, heißt aber Fejos, ein Name, der nix mit seinem Vater zu tun hat. Der hieß ganz anders und war Festungsbaumeister, nur versoffen.

*Schweizerkas nickt strahlend, und auch die stumme Kattrin amüsiert sich.*

DER FELDWEBEL Wie kann er da Fejos heißen?

MUTTER COURAGE Ich will Sie nicht beleidigen, aber Phantasie haben Sie nicht viel. Er heißt natürlich Fejos, weil, als er kam, war ich mit einem Ungarn, dem wars gleich, er hatte schon den Nierenschwund, obwohl er nie einen Tropfen angerührt hat, ein sehr redlicher Mensch. Der Junge ist nach ihm geraten.

DER FELDWEBEL Aber er war doch gar nicht der Vater?

MUTTER COURAGE Aber nach ihm ist er geraten. Ich heiß ihn Schweizerkas, warum, er ist gut im Wagenziehen. *Auf ihre Tochter deutend:* Die heißt Kattrin Haupt, eine halbe Deutsche.

DER FELDWEBEL Eine nette Familie, muß ich sagen.

MUTTER COURAGE Ja, ich bin durch die ganze Welt gekommen mit meinem Planwagen.

DER FELDWEBEL Das wird alles aufgeschrieben. *Er schreibt auf.* Du bist aus Bamberg in Bayern, wie kommst du hierher?

MUTTER COURAGE Ich kann nicht warten, bis der Krieg gefälligst nach Bamberg kommt.

DER WERBER Ihr solltet lieber Jakob Ochs und Esau Ochs heißen, weil ihr doch den Wagen zieht. Aus dem Gespann kommt ihr wohl nie heraus?

EILIF Mutter, darf ich ihm aufs Maul hauen? Ich möcht gern.

MUTTER COURAGE Und ich untersags dir, du bleibst stehn. Und jetzt, meine Herren Offizier, brauchens nicht eine gute Pistolen, oder eine Schnall, die Ihre ist schon abgewetzt, Herr Feldwebel.

DER FELDWEBEL Ich brauch was andres. Ich seh,

die Burschen sind wie die Birken gewachsen, runde Brustkästen, stämmige Haxen: warum drückt sich das vom Heeresdienst, möcht ich wissen?

MUTTER COURAGE *schnell:* Nicht zu machen, Feldwebel. Meine Kinder sind nicht für das Kriegshandwerk.

DER WERBER Aber warum nicht? Das bringt Gewinn und bringt Ruhm. Stiefelverramschen ist Weibersache. *Zu Eilif:* Tritt einmal vor, laß dich anfühlen, ob du Muskeln hast oder ein Hühnchen bist.

MUTTER COURAGE Ein Hühnchen ist er. Wenn einer ihn streng anschaut, möcht er umfallen.

DER WERBER Und ein Kalb dabei erschlagen, wenn eins neben ihm stünd. *Er will ihn wegführen.*

MUTTER COURAGE Willst du ihn wohl in Ruhe lassen? Der ist nix für euch.

DER WERBER Er hat mich grob beleidigt und von meinem Mund als einem Maul geredet. Wir zwei gehen dort ins Feld und tragen die Sach aus unter uns Männern.

EILIF Sei ruhig. Ich besorgs ihm, Mutter.

MUTTER COURAGE Stehen bleibst! Du Haderlump! Ich kenn dich, nix wie raufen. Ein Messer hat er im Stiefel, stechen tut er.

DER WERBER Ich ziehs ihm aus wie einen Milchzahn, komm, Bürschchen.

MUTTER COURAGE Herr Feldwebel, ich sags dem Obristen. Der steckt euch ins Loch. Der Leutnant ist ein Freier meiner Tochter.

DER FELDWEBEL Keine Gewalt, Bruder. *Zu Mutter Courage:* Was hast du gegen den Heeresdienst? War sein Vater nicht Soldat? Und ist anständig gefallen? Das hast du selber gesagt.

MUTTER COURAGE Er ist ein ganzes Kind. Ihr wollt ihn mir zur Schlachtbank führen, ich kenn euch. Ihr kriegt fünf Gulden für ihn.

DER WERBER Zunächst kriegt er eine schöne Kappe und Stulpenstiefel, nicht?

EILIF Nicht von dir.

MUTTER COURAGE Komm, geh mit angeln, sagte der Fischer zum Wurm. *Zum Schweizerkas:* Lauf weg und schrei, die wollen deinen Bruder stehlen. *Sie zieht ein Messer.* Probierts nur und stehlt ihn. Ich stech euch nieder, Lumpen. Ich werds euch geben, Krieg mit ihm führen! Wir verkaufen ehrlich Leinen und Schinken und sind friedliche Leut.

DER FELDWEBEL Das sieht man an deinem Messer, wie friedlich ihr seid. Überhaupt sollst du dich schämen, gib das Messer weg, Vettel! Vorher hast du eingestanden, du lebst vom Krieg, denn wie willst du sonst leben, von was? Aber wie soll Krieg sein, wenn es keine Soldaten gibt?

MUTTER COURAGE Das müssen nicht meine sein.

DER FELDWEBEL So, den Butzen soll dein Krieg fressen, und die Birne soll er ausspucken! Deine Brut soll dir fett werden vom Krieg, und ihm gezinst wird nicht. Er kann schauen, wie er zu seine Sach kommt, wie? Heißt dich Courage, he? Und fürchtest den Krieg, deinen Brotgeber? Deine Söhn fürchten ihn nicht, das weiß ich von ihnen.

EILIF Ich fürcht kein Krieg.

DER FELDWEBEL Und warum auch? Schaut mich an: ist mir das Soldatenlos schlecht bekommen? Ich war mit siebzehn dabei.

MUTTER COURAGE Du bist noch nicht siebzig.

DER FELDWEBEL Ich kanns erwarten.

MUTTER COURAGE Ja, unterm Boden vielleicht.

DER FELDWEBEL Willst du mich beleidigen und sagst, ich sterb?

MUTTER COURAGE Und wenns die Wahrheit ist? Wenn ich seh, daß du gezeichnet bist? Wenn du dreinschaust wie eine Leich auf Urlaub, he?

SCHWEIZERKAS Sie hat das Zweite Gesicht, das sagen alle. Sie sagt die Zukunft voraus.

DER WERBER Dann sag doch mal dem Herrn Feldwebel die Zukunft voraus, es möcht ihn amüsieren.

DER FELDWEBEL Ich halt nix davon.

MUTTER COURAGE Gib den Helm. *Er gibt ihn ihr.*

DER FELDWEBEL Das bedeutet nicht so viel wie ins Gras scheißen. Nur daß ich was zum Lachen hab.

MUTTER COURAGE *nimmt einen Pergamentbogen und zerreißt ihn:* Eilif, Schweizerkas und Kattrin, so möchten wir alle zerrissen werden, wenn wir uns in 'n Krieg zu tief einlassen täten. *Zum Feldwebel:* Ich werds Ihnen ausnahmsweis gratis machen. Ich mal ein schwarzes Kreuz auf den Zettel. Schwarz ist der Tod.

SCHWEIZERKAS Und den anderen läßt sie leer, siehst du?

MUTTER COURAGE Da falt ich sie zusammen, und jetzt schüttel ich sie durcheinander. Wie wir alle gemischt sind, von Mutterleib an, und jetzt ziehst du und weißt Bescheid.

*Der Feldwebel zögert.*

DER WERBER *zu Eilif:* Ich nehm nicht jeden, ich bin bekannt für wählerisch, aber du hast ein Feuer, das mich angenehm berührt.

DER FELDWEBEL *im Helm fischend:* Blödheit! Nix als ein Augenauswischen.

SCHWEIZERKAS Ein schwarzes Kreuz hat er gezogen. Hin geht er.

DER WERBER Laß du dich nicht ins Bockshorn jagen, für jeden ist keine Kugel gegossen.

DER FELDWEBEL *heiser:* Du hast mich beschissen.

MUTTER COURAGE Das hast du dich selber an dem Tag, wo du Soldat geworden bist. Und jetzt fahrn wir weiter, es ist nicht alle Tag Krieg, ich muß mich tummeln.

DER FELDWEBEL Hölle und Teufel, ich laß mich von dir nicht anschmieren. Deinen Bankert nehmen wir mit, der wird uns Soldat.

EILIF Ich möchts schon werden, Mutter.

MUTTER COURAGE Das Maul hältst du, du finnischer Teufel.

EILIF Der Schweizerkas will jetzt auch Soldat werden.

MUTTER COURAGE Das ist mir was Neues. Ich werd euch auch das Los ziehen lassen müssen, euch alle drei. *Sie läuft nach hinten, auf Zettel Kreuze zu malen.*

DER WERBER *zu Eilif:* Es ist gegen uns gesagt worden, daß es fromm zugeht im schwedischen Lager, aber das ist üble Nachred, damit man uns schadet. Gesungen wird nur am Sonntag, eine Stroph! und nur, wenn einer eine Stimm hat.

MUTTER COURAGE *kommt zurück mit den Zetteln im Helm des Feldwebels:* Möchten ihrer Mutter weglaufen, die Teufel, und in den Krieg wie die Kälber zum Salz. Aber ich werd die Zettel befragen, und da werden sie schon sehen, daß die Welt kein Freudental ist, mit »Komm mit, Sohn, wir brauchen noch Feldhauptleut«. Feldwebel, ich hab wegen ihnen die größten Befürchtungen, sie möchten mir nicht durch den Krieg kommen. Sie haben schreckliche Eigenschaften, alle drei. *Sie streckt Eilif den Helm hin.* Da, fisch dir ein Los raus. *Er fischt, faltet auf. Sie entreißt es ihm.* Da hast dus, ein Kreuz! Oh, ich unglückliche Mutter, ich schmerzensreiche Gebärerin. Er stirbt? Im Lenz des Lebens muß er dahin. Wenn er ein Soldat wird, muß er ins Gras beißen, das ist klar. Er ist zu kühn, nach seinem Vater. Und wenn er nicht klug ist, geht er den Weg des Fleisches, der Zettel beweist es. *Sie herrscht ihn an:* Wirst du klug sein?

EILIF Warum nicht?

MUTTER COURAGE Klug ist, wenn du bei deiner Mutter bleibst, und wenn sie dich verhöhnen und ein Hühnchen schimpfen, lachst du nur.

DER WERBER Wenn du dir in die Hosen machst, werd ich mich an deinen Bruder halten.

MUTTER COURAGE Ich hab dir geheißen, du sollst lachen. Lach! Und jetzt fisch du, Schweizerkas. Bei dir fürcht ich weniger, du bist redlich. *Er fischt im Helm.* Oh, warum schaust du so sonderbar auf den Zettel? Bestimmt ist er leer. Es kann nicht sein, daß da ein Kreuz drauf steht. Dich soll ich doch nicht verlieren. *Sie nimmt den Zettel.* Ein Kreuz? Auch er! Sollte das etwa sein, weil er so einfältig ist? Oh, Schweizerkas, du sinkst auch dahin, wenn du nicht ganz und gar redlich bist allezeit, wie ichs dir gelehrt hab von Kindesbeinen an, und mir das Wechselgeld zurückbringst vom Brotkaufen. Nur dann kannst du dich retten. Schau her, Feldwebel, obs nicht ein schwarzes Kreuz ist?

DER FELDWEBEL Ein Kreuz ists. Ich versteh nicht, daß ich eins gezogen hab. Ich halt mich immer hinten. *Zum Werber:* Sie treibt keinen Schwindel. Es trifft ihre eigenen auch.

SCHWEIZERKAS Mich triffts auch. Aber ich laß mirs gesagt sein.

MUTTER COURAGE *zu Kattrin:* Und jetzt bleibst mir nur noch du sicher, du bist selber ein Kreuz: du hast ein gutes Herz. *Sie hält ihr den Helm zum Wagen hoch, nimmt aber selber den Zettel heraus.* Ich möcht schier verzweifeln. Das kann nicht stimmen, vielleicht hab ich einen Fehler gemacht beim Mischen. Sei nicht zu gutmütig, Kattrin, seis nie mehr, ein Kreuz steht auch über deinem Weg. Halt dich immer recht still, das kann nicht schwer sein, wo du doch stumm bist. So, jetzt wißt ihr. Seid alle vorsichtig, ihr habts nötig. Und jetzt steigen wir auf und fahren weiter. *Sie gibt dem Feldwebel seinen Helm zurück und besteigt den Wagen.*

DER WERBER *zum Feldwebel:* Mach was!

DER FELDWEBEL Ich fühl mich gar nicht wohl.

DER WERBER Vielleicht hast du dich schon verkühlt, wie du den Helm weggegeben hast im Wind. Verwickel sie in einen Handel. *Laut:* Du kannst dir die Schnalle ja wenigstens anschauen, Feldwebel. Die guten Leut leben vom Geschäft, nicht? He, ihr, der Feldwebel will die Schnalle kaufen!

MUTTER COURAGE Einen halben Gulden. Wert ist so eine Schnall zwei Gulden. *Sie klettert wieder vom Wagen.*

DER FELDWEBEL Sie ist nicht neu. Da ist so ein Wind, ich muß sie in Ruh studieren. *Er geht mit der Schnalle hinter den Wagen.*

MUTTER COURAGE Ich finds nicht zugig.

DER FELDWEBEL Vielleicht ist sie einen halben Gulden wert, es ist Silber.
MUTTER COURAGE *geht zu ihm hinter den Wagen:* Es sind solide sechs Unzen.
DER WERBER *zu Eilif:* Und dann heben wir einen unter Männern. Ich hab Handgeld bei mir, komm.
*Eilif steht unschlüssig.*
MUTTER COURAGE Dann ein halber Gulden.
DER FELDWEBEL Ich verstehs nicht. Immer halt ich mich dahint. Einen sichereren Platz, als wenn du Feldwebel bist, gibts nicht. Da kannst du die andern vorschicken, daß sie sich Ruhm erwerben. Mein ganzes Mittag ist mir versaut. Ich weiß genau, nix werd ich hinunterbringen.
MUTTER COURAGE So sollst du dirs nicht zu Herzen nehmen, daß du nicht mehr essen kannst. Halt dich nur dahint. Da, nimm einen Schluck Schnaps, Mann. *Sie gibt ihm zu trinken.*
DER WERBER *hat Eilif untern Arm genommen und zieht ihn nach hinten mit sich fort:* Zehn Gulden auf die Hand, und ein mutiger Mensch bist du und kämpfst für den König, und die Weiber reißen sich um dich. Und mich darfst du in die Fresse hauen, weil ich dich beleidigt hab.
*Beide ab.*
*Die stumme Kattrin springt vom Wagen und stößt rauhe Laute aus.*
MUTTER COURAGE Gleich, Kattrin, gleich. Der Herr Feldwebel zahlt noch. *Beißt in den halben Gulden.* Ich bin mißtrauisch gegen jedes Geld. Ich bin ein gebranntes Kind, Feldwebel. Aber die Münz ist gut. Und jetzt fahrn wir weiter. Wo ist der Eilif?
SCHWEIZERKAS Der ist mitm Werber weg.
MUTTER COURAGE *steht ganz still, dann:* Du einfältiger Mensch. *Zu Kattrin:* Ich weiß, du kannst nicht reden, du bist unschuldig.
DER FELDWEBEL Kannst selber einen Schluck nehmen, Mutter. So geht es eben. Soldat ist nicht das Schlechteste. Du willst vom Krieg leben, aber dich und die Deinen willst du draußen halten, wie?
MUTTER COURAGE Jetzt mußt du mit deinem Bruder ziehn, Kattrin.
*Die beiden, Bruder und Schwester, spannen sich vor den Wagen und ziehen an. Mutter Courage geht nebenher. Der Wagen rollt weiter.*
DER FELDWEBEL *nachblickend:*
Will vom Krieg leben
Wird ihm wohl müssen auch was geben.

## 2

**In den Jahren 1625 und 26 zieht Mutter Courage im Troß der schwedischen Heere durch Polen. Vor der Festung Wallhof trifft sie ihren Sohn wieder. – Glücklicher Verkauf eines Kapauns und große Tage des kühnen Sohnes.**

*Das Zelt des Feldhauptmanns*

*Daneben die Küche. Kanonendonner. Der Koch streitet sich mit Mutter Courage, die einen Kapaun verkaufen will.*

DER KOCH Sechzig Heller für einen so jämmerlichen Vogel?
MUTTER COURAGE Jämmerlicher Vogel? Dieses fette Vieh? Dafür soll ein Feldhauptmann, wo verfressen ist bis dorthinaus, weh Ihnen, wenn Sie nix zum Mittag haben, nicht sechzig Hellerchen zahlen können?
DER KOCH Solche krieg ich ein Dutzend für zehn Heller gleich ums Eck.
MUTTER COURAGE Was, so einen Kapaun wollen Sie gleich ums Eck kriegen? Wo Belagerung ist und also ein Hunger, daß die Schwarten krachen. Eine Feldratt kriegen Sie vielleicht, vielleicht sag ich, weil die aufgefressen sind, fünf Mann hoch sind sie einen halben Tag hinter einer hungrigen Feldratt her. Fünfzig Heller für einen riesigen Kapaun bei Belagerung.
DER KOCH Wir werden doch nicht belagert, sondern die andern. Wir sind die Belagerer, das muß in Ihren Kopf endlich hinein.
MUTTER COURAGE Aber zu fressen haben wir auch nix, ja weniger als die in der Stadt drin. Die haben doch alles hineingeschleppt. Die leben in Saus und Braus, hör ich. Aber wir! Ich war bei die Bauern, sie haben nix.
DER KOCH Sie haben. Sie versteckens.
MUTTER COURAGE *triumphierend:* Sie haben nicht. Sie sind ruiniert, das ist, was sie sind. Sie nagen am Hungertuch. Ich hab welche gesehn, die graben die Wurzeln aus vor Hunger, die schlecken sich die Finger nach einem gekochten Lederriemen. So steht es. Und ich hab einen Kapaun und soll ihn für vierzig Heller ablassen.
DER KOCH Für dreißig, nicht für vierzig. Ich hab gesagt, für dreißig.
MUTTER COURAGE Sie, das ist kein gewöhnlicher Kapaun. Das war ein so talentiertes Vieh, hör ich, daß es nur gefressen hat, wenn sie ihm Musik aufgespielt haben, und es hat einen Leibmarsch gehabt. Es hat rechnen können, so intel-

ligent war es. Und da solln vierzig Heller zuviel sein? Der Feldhauptmann wird Ihnen den Kopf abreißen, wenn nix aufm Tisch steht.

DER KOCH Sehen Sie, was ich mach? *Er nimmt ein Stück Rindfleisch und setzt das Messer dran.* Da hab ich ein Stück Rindfleisch, das brat ich. Ich geb Ihnen eine letzte Bedenkzeit.

MUTTER COURAGE Braten Sies nur. Das ist vom vorigen Jahr.

DER KOCH Das ist von gestern abend, da ist der Ochs noch herumgelaufen, ich hab ihn persönlich gesehn.

MUTTER COURAGE Dann muß er schon bei Lebzeiten gestunken haben.

DER KOCH Ich kochs fünf Stunden lang, wenns sein muß, ich will sehn, obs da noch hart ist. *Er schneidet hinein.*

MUTTER COURAGE Nehmens viel Pfeffer, daß der Herr Feldhauptmann den Gestank nicht riecht.

*Ins Zelt treten der Feldhauptmann, ein Feldprediger und Eilif.*

DER FELDHAUPTMANN *Eilif auf die Schulter schlagend:* Nun, mein Sohn, herein mit dir zu deinem Feldhauptmann und setz dich zu meiner Rechten. Denn du hast eine Heldentat vollbracht, als frommer Reiter, und für Gott getan, was du getan hast, in einem Glaubenskrieg, das rechne ich dir besonders hoch an, mit einer goldenen Armspang, sobald ich die Stadt hab. Wir sind gekommen, ihnen ihre Seelen zu retten, und was tun sie, als unverschämte und verdreckte Saubauern? Uns ihr Vieh wegtreiben! Aber ihren Pfaffen schieben sies vorn und hinten rein, aber du hast ihnen Mores gelehrt. Da schenk ich dir eine Kanne Roten ein, das trinken wir beide aus auf einen Hupp! *Sie tun es.* Der Feldprediger kriegt einen Dreck, der ist fromm. Und was willst du zu Mittag, mein Herz?

EILIF Einen Fetzen Fleisch, warum nicht?

DER FELDHAUPTMANN Koch, Fleisch!

DER KOCH Und dann bringt er sich noch Gäst mit, wo nix da is.

*Mutter Courage bringt ihn zum Schweigen, da sie lauschen will.*

EILIF Bauernschinden macht hungrig.

MUTTER COURAGE Jesus, das ist mein Eilif.

DER KOCH Wer?

MUTTER COURAGE Mein Ältester. Zwei Jahr hab ich ihn aus den Augen verloren, ist mir gestohlen worden auf der Straß und muß in hoher Gunst stehen, wenn ihn der Feldhauptmann zum Essen einlädt, und was hast du zum Essen? Nix! Hast du gehört, was er als Gast gern speisen will: Fleisch! Laß dir gut raten, nimm jetzt auf der Stell den Kapaun, er kost einen Gulden.

DER FELDHAUPTMANN *hat sich mit Eilif gesetzt und brüllt:* Zu essen, Lamb, du Kochbestie, sonst erschlag ich dich.

DER KOCH Gib her, zum Teufel, du Erpresserin.

MUTTER COURAGE Ich dacht, es ist ein jämmerlicher Vogel.

DER KOCH Jämmerlich, her gib ihn, es ist ein Sündenpreis, fünfzig Heller.

MUTTER COURAGE Ich sag einen Gulden. Für meinen Ältesten, den lieben Gast vom Herrn Feldhauptmann, ist mir nix zu teuer.

DER KOCH *gibt ihr das Geld:* Dann aber rupf ihn wenigstens, bis ich ein Feuer mach.

MUTTER COURAGE *setzt sich, den Kapaun zu rupfen:* Was mag der für ein Gesicht machen, wenn er mich sieht. Er ist mein kühner und kluger Sohn. Ich hab noch einen dummen, der aber redlich ist. Die Tochter ist nix. Wenigstens red sie nicht, das ist schon etwas.

DER FELDHAUPTMANN Trink noch einen, mein Sohn, das ist mein Lieblingsfalerner, ich hab nur noch ein Faß davon oder zwei, höchstens, aber das ists mir wert, daß ich seh, es gibt noch einen echten Glauben in meinem Heerhaufen. Und der Seelenhirt schaut wieder zu, weil er predigt nur, und wies gemacht werden soll, weiß er nicht. Und jetzt, mein Sohn Eilif, bericht uns genauer, wie fein du die Bauern geschlenkt und die zwanzig Rinder gefangen hast. Hoffentlich sind sie bald da.

EILIF In einem Tag oder zwei höchstens.

MUTTER COURAGE Das ist rücksichtsvoll von meinem Eilif, daß er die Ochsen erst morgen eintreibt, sonst hättet ihr meinen Kapaun überhaupt nicht mehr gegrüßt.

EILIF Also, das war so: ich hab erfahren, daß die Bauern unter der Hand, in der Nacht hauptsächlich, ihre versteckten Ochsen aus den Wäldern in ein bestimmtes Holz getrieben haben. Da wollten die von der Stadt sie abholen. Ich hab sie ruhig ihre Ochsen eintreiben lassen, die, dacht ich, finden sie leichter als ich. Meine Leut habe ich glustig auf das Fleisch gemacht, hab ihnen zwei Tag lang die schmale Ration noch gekürzt, daß ihnen das Wasser im Maul zusammengelaufen ist, wenn sie bloß ein Wort gehört haben, das mit Fl angeht, wie Fluß.

DER FELDHAUPTMANN Das war klug von dir.

EILIF Vielleicht. Alles andere war eine Kleinigkeit. Nur daß die Bauern Knüppel gehabt haben und dreimal so viele waren wie wir und einen mörderischen Überfall auf uns gemacht haben. Vier haben mich in ein Gestrüpp gedrängt und mir mein Eisen aus der Hand gehaun und gerufen: Ergib dich! Was tun, denk ich, die machen aus mir Hackfleisch.

DER FELDHAUPTMANN Was hast getan?

EILIF Ich hab gelacht.

DER FELDHAUPTMANN Was hast?

EILIF Gelacht. So ist ein Gespräch draus geworden. Ich verleg mich gleich aufs Handeln und sag: zwanzig Gulden für den Ochsen ist mir zuviel. Ich biet fünfzehn. Als wollt ich zahlen. Sie sind verdutzt und kratzen sich die Köpf. Sofort bück ich mich nach meinem Eisen und hau sie zusammen. Not kennt kein Gebot, nicht?

DER FELDHAUPTMANN Was sagst du dazu, Seelenhirt?

DER FELDPREDIGER Strenggenommen, in der Bibel steht der Satz nicht, aber unser Herr hat aus fünf Broten fünfhundert herzaubern können, da war eben keine Not, und da konnt er auch verlangen, daß man seinen Nächsten liebt, denn man war satt. Heutzutage ist das anders.

DER FELDHAUPTMANN *lacht:* Ganz anders. Jetzt kriegst du doch einen Schluck, du Pharisäer. *Zu Eilif:* Zusammengehauen hast du sie, so ists recht, damit meine braven Leut ein gutes Stückl zwischen die Zähn kriegen. Heißts nicht in der Schrift: Was du dem geringsten von meinen Brüdern getan hast, hast du mir getan? Und was hast du ihnen getan? Eine gute Mahlzeit von Ochsenfleisch hast du ihnen verschafft, denn schimmliges Brot sind sie nicht gewöhnt, sondern früher haben sie sich in der Sturmhaub ihre kalten Schalen von Semmel und Wein hergericht, vor sie für Gott gestritten haben.

EILIF Ja, sofort bück ich mich nach meinem Eisen und hau sie zusammen.

DER FELDHAUPTMANN In dir steckt ein junger Cäsar. Du solltest den König sehn.

EILIF Ich hab von weitem. Er hat was Lichtes. Ihn möcht ich mir zum Vorbild nehmen.

DER FELDHAUPTMANN Du hast schon was von ihm. Ich schätz mir einen solchen Soldaten wie dich, Eilif, einen mutigen. So einen behandel ich wie meinen eigenen Sohn. *Er führt ihn zur Landkarte.* Schau dir die Lage an, Eilif; da brauchts noch viel.

MUTTER COURAGE *die zugehört hat und jetzt zornig ihren Kapaun rupft:* Das muß ein sehr schlechter Feldhauptmann sein.

DER KOCH Ein verfressener, aber warum ein schlechter?

MUTTER COURAGE Weil er mutige Soldaten braucht, darum. Wenn er einen guten Feldzugsplan machen könnt, wozu bräucht er da so mutige Soldaten? Gewöhnliche täten ausreichen. Überhaupt, wenn es wo so große Tugenden gibt, das beweist, daß da etwas faul ist.

DER KOCH Ich dacht, es beweist, daß etwas gut ist.

MUTTER COURAGE Nein, daß etwas faul ist. Warum, wenn ein Feldhauptmann oder König recht dumm ist und er führt seine Leut in die Scheißgaß, dann brauchts Todesmut bei den Leuten, auch eine Tugend. Wenn er zu geizig ist und zuwenig Soldaten anwirbt, dann müssen sie lauter Herkulesse sein. Und wenn er ein Schlamper ist und kümmert sich um nix, dann müssen sie klug wie die Schlangen sein, sonst sind sie hin. So brauchts auch die ganz besondere Treue, wenn er ihnen immer zuviel zumutet. Lauter Tugenden, die ein ordentliches Land und ein guter König und Feldhauptmann nicht brauchen. In einem guten Land brauchts keine Tugenden, alle können ganz gewöhnlich sein, mittelgescheit und meinetwegen Feiglinge.

DER FELDHAUPTMANN Ich wett, dein Vater war ein Soldat.

EILIF Ein großer, hör ich. Meine Mutter hat mich gewarnt deshalb. Da kann ich ein Lied.

DER FELDHAUPTMANN Sings uns! *Brüllend:* Wirds bald mit dem Essen!

EILIF Es heißt: Das Lied vom Weib und dem Soldaten. *Er singt es, einen Kriegstanz mit dem Säbel tanzend:*

Das Schießgewehr schießt, und das Spießmesser
spießt
Und das Wasser frißt auf, die drin waten.
Was könnt ihr gegen Eis? Bleib weg, 's ist nicht
weis!
Sagte das Weib zum Soldaten.
Doch der Soldat mit der Kugel im Lauf
Hörte die Trommel und lachte darauf:
Marschieren kann nimmermehr schaden!
Hinab nach dem Süden, nach dem Norden
hinauf
Und das Messer fängt er mit Händen auf!
Sagten zum Weib die Soldaten.

Ach, bitter bereut, wer des Weisen Rat scheut
Und vom Alter sich nicht läßt beraten.

Ach, zu hoch nicht hinaus! Es geht übel aus!
Sagte das Weib zum Soldaten.
Doch der Soldat mit dem Messer im Gurt
Lacht' ihr kalt ins Gesicht und ging über die
  Furt
Was konnte das Wasser ihm schaden?
Wenn weiß der Mond überm Schindeldach
  steht
Kommen wir wieder, nimms auf ins Gebet!
Sagten zum Weib die Soldaten.

MUTTER COURAGE *in der Küche singt weiter, mit dem Löffel einen Topf schlagend:*

Ihr vergeht wie der Rauch! Und die Wärme geht
  auch
Denn uns wärmen nicht eure Taten!
Ach, wie schnell geht der Rauch! Gott behüte
  ihn auch!
Sagte das Weib vom Soldaten.

EILIF Was ist das?

MUTTER COURAGE *singt weiter:*

Und der Soldat mit dem Messer im Gurt
Sank hin mit dem Spieß, und mit riß ihn die Furt
Und das Wasser fraß auf, die drin waten.
Kühl stand der Mond überm Schindeldach weiß
Doch der Soldat trieb hinab mit dem Eis
Und was sagten dem Weib die Soldaten?

Er verging wie der Rauch, und die Wärme ging
  auch
Und es wärmten sie nicht seine Taten.
Ach, bitter bereut, wer des Weisen Rat scheut!
Sagte das Weib den Soldaten.

DER FELDHAUPTMANN Die erlauben sich heut allerhand in meiner Küch

EILIF *ist in die Küche gegangen. Er umarmt seine Mutter:* Daß ich dich wiederseh! Wo sind die andern?

MUTTER COURAGE *in seinen Armen:* Wohlauf wie die Fisch im Wasser. Der Schweizerkas ist Zahlmeister beim Zweiten geworden; da kommt er mir wenigstens nicht ins Gefecht, ganz konnt ich ihn nicht heraushalten.

EILIF Und was macht dein Fußwerk?

MUTTER COURAGE Am Morgen komm ich halt schwer in die Schuh.

DER FELDHAUPTMANN *ist dazugetreten:* So, du bist die Mutter. Ich hoff, du hast noch mehr Söhn für mich wie den da.

EILIF Wenn das nicht mein Glück ist: sitzt du da in der Küch und hörst, wie dein Sohn ausgezeichnet wird!

MUTTER COURAGE Ja, ich habs gehört. *Sie gibt ihm eine Ohrfeige.*

EILIF *sich die Backe haltend:* Weil ich die Ochsen gefangen hab?

MUTTER COURAGE Nein. Weil du dich nicht ergeben hast, wie die vier auf dich losgegangen sind und haben aus dir Hackfleisch machen wollen! Hab ich dir nicht gelernt, daß du auf dich achtgeben sollst? Du finnischer Teufel!

*Der Feldhauptmann und der Feldprediger lachen.*

## 3

**Weitere drei Jahre später gerät Mutter Courage mit Teilen eines finnischen Regiments in die Gefangenschaft. Ihre Tochter ist zu retten, ebenso ihr Planwagen, aber ihr redlicher Sohn stirbt.**

*Feldlager*

*Nachmittag. An einer Stange die Regimentsfahne. Mutter Courage hat von ihrem Planwagen, der reich mit allerhand Waren behangen ist, zu einer großen Kanone eine Wäscheleine gespannt und faltet mit Kattrin auf der Kanone Wäsche. Dabei handelt sie mit einem Zeugmeister um einen Sack Kugeln. Schweizerkas, nunmehr in der Montur eines Zahlmeisters, schaut zu.*

*Eine hübsche Person, Yvette Pottier, näht, ein Glas Branntwein vor sich, an einem bunten Hut. Sie ist in Strümpfen, ihre roten Stöckelschuhe stehen neben ihr.*

DER ZEUGMEISTER Ich geb Ihnen die Kugeln für zwei Gulden. Das ist billig, ich brauch das Geld, weil der Obrist seit zwei Tag mit die Offizier sauft und der Likör ausgegangen ist.

MUTTER COURAGE Das ist Mannschaftsmunition. Wenn die gefunden wird bei mir, komm ich vors Feldgericht. Ihr verkaufts die Kugeln, ihr Lumpen, und die Mannschaft hat nix zum Schießen vorm Feind.

DER ZEUGMEISTER Sinds nicht hartherzig, eine Hand wäscht die andre.

MUTTER COURAGE Heeresgut nehm ich nicht. Nicht für den Preis.

DER ZEUGMEISTER Sie könnens für fünf Gulden, sogar für acht noch heut abend diskret an den Zeugmeister vom Vierten verkaufen, wenns ihm eine Quittung auf zwölf Gulden ausstellen. Der hat überhaupt keine Munition mehr.

MUTTER COURAGE Warum machens das nicht selber?

DER ZEUGMEISTER Weil ich ihm nicht trau, wir sind befreundet.

MUTTER COURAGE *nimmt den Sack:* Gib her. *Zu Kattrin:* Trag hinter und zahl ihm eineinhalb Gulden aus. *Auf des Zeugmeisters Protest:* Ich sag, eineinhalb Gulden. *Kattrin schleppt den Sack hinter, der Zeugmeister folgt ihr. Mutter Courage zum Schweizerkas:* Da hast du deine Unterhos zurück, heb sie gut auf, es ist jetzt Oktober, und da kanns leicht Herbst werden, ich sag ausdrücklich nicht muß, denn ich hab gelernt, nix muß kommen, wie man denkt, nicht einmal die Jahreszeiten. Aber deine Regimentskass muß stimmen, wies auch kommt. Stimmt deine Kass?

SCHWEIZERKAS Ja, Mutter.

MUTTER COURAGE Vergiß nicht, daß sie dich zum Zahlmeister gemacht haben, weil du redlich bist und nicht etwa kühn wie dein Bruder, und vor allem, weil du so einfältig bist, daß du sicher nicht auf den Gedanken kommst, damit wegzurennen, du nicht. Das beruhigt mich recht. Und die Hos verleg nicht.

SCHWEIZERKAS Nein, Mutter, ich geb sie unter die Matratz.

*Will gehen.*

DER ZEUGMEISTER Ich geh mit dir, Zahlmeister.

MUTTER COURAGE Und lernens ihm nicht Ihre Kniffe!

*Der Zeugmeister ohne Gruß mit dem Schweizerkas ab.*

YVETTE *winkt ihm nach:* Könntest auch grüßen, Zeugmeister!

MUTTER COURAGE *zu Yvette:* Die seh ich nicht gern zusammen. Der ist keine Gesellschaft für meinen Schweizerkas. Aber der Krieg läßt sich nicht schlecht an. Bis alle Länder drin sind, kann er vier, fünf Jahr dauern wie nix. Ein bissel Weitblick und keine Unvorsichtigkeit, und ich mach gute Geschäft. Weißt du nicht, daß du nicht trinken sollst am Vormittag mit deiner Krankheit?

YVETTE Wer sagt, daß ich krank bin, das ist eine Verleumdung!

MUTTER COURAGE Alle sagens.

YVETTE Weil alle lügen. Mutter Courage, ich bin ganz verzweifelt, weil alle gehen um mich herum wie um einen faulen Fisch wegen dieser Lügen, wozu richt ich noch meinen Hut her? *Sie wirft ihn weg.* Drum trink ich am Vormittag, das hab ich nie gemacht, es gibt Krähenfüß, aber jetzt ist alles gleich. Beim Zweiten Finnischen kennen mich alle. Ich hätt zu Haus bleiben sollen, wie mein Erster mich verraten hat. Stolz ist nix für unsereinen, Dreck muß man schlucken können, sonst gehts abwärts.

MUTTER COURAGE Nur fang jetzt nicht wieder mit deinem Pieter an und wie alles gekommen ist, vor meiner unschuldigen Tochter.

YVETTE Grad soll sies hören, damit sie abgehärtet wird gegen die Liebe.

MUTTER COURAGE Da wird keine abgehärtet.

YVETTE Dann erzähl ichs, weil mir davon leichter wird. Es fangt damit an, daß ich in dem schönen Flandern aufgewachsen bin, ohne das hätt ich ihn nicht zu Gesicht bekommen und säß nicht hier jetzt in Polen, denn er war ein Soldatenkoch, blond, ein Holländer, aber mager. Kattrin, hüt dich vor den Mageren, aber das wußt ich damals noch nicht, auch nicht, daß er schon damals noch eine andere gehabt hat und sie ihn überhaupt schon Pfeifenpieter genannt haben, weil er die Pfeif nicht aus dem Maul genommen hat dabei, so beiläufig wars bei ihm. *Sie singt das »Lied vom Fraternisieren«:*

Ich war erst siebzehn Jahre
Da kam der Feind ins Land
Er legte beiseit den Säbel
Und gab mir feundlich seine Hand.
  Und nach der Maiandacht
  Da kam die Maiennacht
  Das Regiment stand im Geviert
  Dann wurd getrommelt, wies der Brauch
  Dann nahm der Feind uns hintern Strauch
  Und hat fraternisiert.

Da waren viele Feinde
Und mein Feind war ein Koch
Ich haßte ihn bei Tage
Und nachts, da liebte ich ihn doch.
  Denn nach der Maiandacht
  Da kommt die Maiennacht
  Das Regiment steht im Geviert
  Dann wird getrommelt, wies der Brauch
  Dann nimmt der Feind uns hintern Strauch
  Und 's wird fraternisiert.

Die Liebe, die ich spürte
War eine Himmelsmacht.
Meine Leut habens nicht begriffen
Daß ich ihn lieb und nicht veracht.

In einer trüben Früh
Begann mein Qual und Müh
Das Regiment stand im Geviert
Dann wurd getrommelt, wies der Brauch
Dann ist der Feind, mein Liebster auch
Aus unsrer Stadt marschiert.

Ich bin ihm leider nachgefahren, hab ihn aber nie getroffen, es ist fünf Jahr her. *Sie geht schwankend hinter den Planwagen.*

MUTTER COURAGE Du hast deinen Hut liegenlassen.

YVETTE Den kann haben, wer will.

MUTTER COURAGE Laß dirs also zur Lehre dienen, Kattrin. Nie fang mir was mit Soldatenvolk an. Die Liebe ist eine Himmelsmacht, ich warn dich. Sogar mit die, wo nicht beim Heer sind, ists kein Honigschlecken. Er sagt, er möcht den Boden küssen, über den deine Füß gehn, hast du sie gewaschen gestern, weil ich grad dabei bin, und dann bist du sein Dienstbot. Sei froh, daß du stumm bist, da widersprichst du dir nie oder willst dir nie die Zung abbeißen, weil du die Wahrheit gesagt hast, das ist ein Gottesgeschenk, Stummsein. Und da kommt der Koch vom Feldhauptmann, was mag der wollen?

*Der Koch und der Feldprediger kommen.*

DER FELDPREDIGER Ich bring Ihnen eine Botschaft von Ihrem Sohn, dem Eilif, und der Koch ist gleich mitgekommen, auf den haben Sie Eindruck gemacht.

DER KOCH Ich bin nur mitgekommen, ein bissel Luft schnappen.

MUTTER COURAGE Das können Sie immer hier, wenn Sie sich anständig aufführen, und auch sonst, ich werd fertig mit euch. Was will er denn, ich hab kein Geld übrig.

DER FELDPREDIGER Eigentlich sollt ich dem Bruder was ausrichten, dem Herrn Zahlmeister.

MUTTER COURAGE Der ist nicht mehr hier und woanders auch nicht. Der ist nicht seinem Bruder sein Zahlmeister. Er soll ihn nicht in Versuchung führen und gegen ihn klug sein. *Gibt ihm Geld aus der umgehängten Tasche.* Geben Sie ihm das, es ist eine Sünde, er spekuliert auf die Mutterliebe und soll sich schämen.

DER KOCH Nicht mehr lang, dann muß er aufbrechen mit dem Regiment, wer weiß, vielleicht in den Tod. Sie sollten noch was zulegen, hinterher bereuen Sies. Ihr Weiber seid hart, aber hinterher bereut ihr. Ein Gläschen Branntwein hätt seinerzeit nix ausgemacht, ist aber nicht gegeben worden, und wer weiß, dann liegt einer unterm grünen Rasen, und ihr könnt ihn euch nicht mehr ausscharren.

DER FELDPREDIGER Werden Sie nicht gerührt, Koch. In dem Krieg fallen, ist eine Gnad und keine Ungelegenheit, warum? Es ist ein Glaubenskrieg. Kein gewöhnlicher, sondern ein besonderer, wo für den Glauben geführt wird, und also Gott wohlgefällig.

DER KOCH Das ist richtig. In einer Weis ist es ein Krieg, indem daß gebrandschatzt, gestochen und geplündert wird, bissel schänden nicht zu vergessen, aber unterschieden von alle andern Kriege dadurch, daß es ein Glaubenskrieg ist, das ist klar. Aber er macht auch Durst, das müssen Sie zugeben.

DER FELDPREDIGER *zu Mutter Courage, auf den Koch zeigend:* Ich hab ihn abzuhalten versucht, aber er hat gesagt, Sie habens ihm angetan, er träumt von Ihnen.

DER KOCH *zündet sich eine Stummelpfeife an:* Bloß daß ich ein Glas Branntwein krieg von schöner Hand, nix Schlimmeres. Aber ich bin schon geschlagen genug, weil der Feldprediger den ganzen Weg her solche Witze gemacht hat, daß ich noch jetzt rot sein muß.

MUTTER COURAGE Und im geistlichen Gewand! Ich werd euch was zu trinken geben müssen, sonst macht ihr mir noch einen unsittlichen Antrag vor Langeweil.

DER FELDPREDIGER Das ist eine Versuchung, sagte der Hofprediger und erlag ihr. *Im Gehen sich nach Kattrin umwendend:* Und wer ist diese einnehmende Person?

MUTTER COURAGE Das ist keine einnehmende, sondern eine anständige Person.

*Der Feldprediger und der Koch gehen mit Mutter Courage hinter den Wagen. Kattrin schaut ihnen nach und geht dann von der Wäsche weg, auf den Hut zu. Sie hebt ihn auf und setzt sich, die roten Schuhe anziehend. Man hört von hinten Mutter Courage mit dem Feldprediger und dem Koch politisieren.*

MUTTER COURAGE Die Polen hier in Polen hätten sich nicht einmischen sollen. Es ist richtig, unser König ist bei ihnen eingerückt mit Roß und Mann und Wagen, aber anstatt daß die Polen den Frieden aufrechterhalten haben, haben sie sich eingemischt in ihre eigenen Angelegenheiten und den König angegriffen, wie er grad in aller Ruh dahergezogen ist. So haben sie sich eines Friedensbruchs schuldig gemacht, und alles Blut kommt auf ihr Haupt.

DER FELDPREDIGER Unser König hat nur die

Freiheit im Aug gehabt. Der Kaiser hat alles unterjocht, die Polen so gut wie die Deutschen, und der König hat sie befreien müssen.

DER KOCH So seh ichs, Ihr Branntwein ist vorzüglich, ich hab mich nicht getäuscht in Ihrem Gesicht, aber weil wir vom König sprechen, die Freiheit, wo er hat einführen wollen in Deutschland, hat sich der König genug kosten lassen, indem er die Salzsteuer eingeführt hat in Schweden, was die armen Leut, wie gesagt, was gekostet hat, und dann hat er die Deutschen noch einsperren und vierteilen lassen müssen, weil sie an ihrer Knechtschaft gegenüber dem Kaiser festgehalten haben. Freilich, wenn einer nicht hat frei werden wolln, hat der König keinen Spaß gekannt. Zuerst hat er nur Polen schützen wolln vor böse Menschen, besonders dem Kaiser, aber dann ist mitn Essen der Appetit gekommen, und er hat ganz Deutschland geschützt. Es hat sich nicht schlecht widersetzt. So hat der gute König nix wie Ärger gehabt von seiner Güte und Auslagen, und die hat er natürlich durch Steuern reinbringen lassen müssen, was böses Blut erzeugt hat, aber er hat sichs nicht verdrießen lassen. Er hat eins für sich gehabt, da war Gottes Wort, das war noch gut. Denn sonst hätts noch geheißen, er tuts für sich und weil er Gewinst haben will. So hat er immer ein gutes Gewissen gehabt, das war ihm die Hauptsach.

MUTTER COURAGE Man merkt, Sie sind kein Schwed, sonst würden Sie anders vom Heldenkönig reden.

DER FELDPREDIGER Schließlich essen Sie sein Brot.

DER KOCH Ich eß nicht sein Brot, sondern ich backs ihm.

MUTTER COURAGE Besiegt werden kann er nicht, warum, seine Leut glauben an ihn. *Ernsthaft:* Wenn man die Großkopfigen reden hört, führens die Krieg nur aus Gottesfurcht und für alles, was gut und schön ist. Aber wenn man genauer hinsieht, sinds nicht so blöd, sondern führn die Krieg für Gewinn. Und anders würden die kleinen Leut wie ich auch nicht mitmachen.

DER KOCH So ist es.

DER FELDPREDIGER Und Sie täten gut als Holländer, sich die Flagg anzusehen, die hier aufgezogen ist, bevor Sie eine Meinung äußern in Polen.

MUTTER COURAGE Hie gut evangelisch allewege. Prosit!

*Kattrin hat begonnen, mit Yvettes Hut auf dem Kopf herumzustolzieren, Yvettes Gang kopierend.*

*Plötzlich hört man Kanonendonner und Schüsse. Trommeln. Mutter Courage, der Koch und der Feldprediger stürzen hinter dem Wagen vor, die beiden letzteren noch die Gläser in der Hand. Der Zeugmeister und ein Soldat kommen zur Kanone gelaufen und versuchen, sie wegzuschieben.*

MUTTER COURAGE Was ist denn los? Ich muß doch erst meine Wäsche wegtun, ihr Lümmel. *Sie versucht ihre Wäsche zu retten.*

DER ZEUGMEISTER Die Katholischen! Ein Überfall. Wir wissen nicht, ob wir noch wegkommen. *Zum Soldaten:* Bring das Geschütz weg! *Läuft weiter.*

DER KOCH Um Gottes willen, ich muß zum Feldhauptmann. Courage, ich komm nächster Tag einmal herüber zu einer kleinen Unterhaltung. *Stürzt ab.*

MUTTER COURAGE Halt, Sie haben Ihre Pfeif liegenlassen!

DER KOCH *von weitem:* Heben Sie sie mir auf! Ich brauch sie.

MUTTER COURAGE Grad jetzt, wo wir ein bissel verdient haben!

DER FELDPREDIGER Ja, dann geh ich halt auch. Freilich, wenn der Feind schon so nah heran ist, möchts gefährlich sein. Selig sind die Friedfertigen, heißts im Krieg. Wenn ich einen Mantel über hätt.

MUTTER COURAGE Ich leih keine Mäntel aus, und wenns das Leben kostet. Ich hab schlechte Erfahrungen gemacht.

DER FELDPREDIGER Aber ich bin besonders gefährdet wegen meinem Glauben.

MUTTER COURAGE *holt ihm einen Mantel:* Ich tus gegen mein besseres Gewissen. Laufen Sie schon.

DER FELDPREDIGER Schönen Dank, das ist großherzig von Ihnen, aber vielleicht bleib ich noch besser sitzen hier, ich möcht Verdacht erregen und den Feind auf mich ziehn, wenn ich laufend gesehn werd.

MUTTER COURAGE *zum Soldaten:* Laß sie doch stehn, du Esel, wer zahlts dir? Ich nehm sie dir in Verwahrung, und dich kostets Leben.

DER SOLDAT *weglaufend:* Sie können bezeugen, ich habs versucht.

MUTTER COURAGE Ich schwörs. *Sieht ihre Tochter mit dem Hut.* Was machst denn du mit dem Hurenhut? Willst du gleich den Deckel abnehmen, du bist wohl übergeschnappt? Jetzt, wo der Feind kommt? *Sie reißt Kattrin den Hut vom Kopf.* Sollen sie dich entdecken und zur Hur machen? Und die Schuh hat sie sich angezogen, diese Babylonische! Herunter mit die Schuh! *Sie will sie ihr ausziehen.* Jesus, hilf mir, Herr Feldprediger, daß sie den Schuh runterbringt! Ich komm gleich wieder. *Sie läuft zum Wagen.*

YVETTE *kommt, sich pudernd:* Was sagen Sie, die Katholischen kommen? Wo ist mein Hut? Wer hat auf ihm herumgetrampelt? So kann ich doch nicht herumlaufen, wenn die Katholischen kommen. Was denken die von mir? Spiegel hab ich auch nicht. *Zum Feldprediger:* Wie schau ich aus? Ist es zuviel Puder?

DER FELDPREDIGER Grad richtig.

YVETTE Und wo sind die roten Schuh? *Sie findet sie nicht, weil Kattrin die Füß unter den Rock zieht.* Ich hab sie hier stehnlassen. Ich muß in mein Zelt hinüber, barfuß. Das ist eine Schand! *Ab.*

*Schweizerkas kommt gelaufen, eine kleine Schatulle tragend.*

MUTTER COURAGE *kommt mit den Händen voll Asche. Zu Kattrin:* Da hab ich Asche. *Zu Schweizerkas:* Was schleppst du da?

SCHWEIZERKAS Die Regimentskass.

MUTTER COURAGE Wirf sie weg! Es hat sich ausgezahlmeistert.

SCHWEIZERKAS Die ist anvertraut. *Er geht nach hinten.*

MUTTER COURAGE *zum Feldprediger:* Zieh den geistlichen Rock ab, Feldprediger, sonst kennen sie dich trotz dem Mantel. *Sie reibt Kattrin das Gesicht ein mit Asche.* Halt still! So, ein bissel Dreck, und du bist sicher. So ein Unglück! Die Feldwachen sind besoffen gewesen. Sein Licht muß man unter den Scheffel stellen, heißt es. Ein Soldat, besonders ein katholischer, und ein sauberes Gesicht, und gleich ist die Hur fertig. Sie kriegen wochenlang nichts zu fressen, und wenn sie dann kriegen, durch Plündern, fallen sie über die Frauenzimmer her. Jetzt mags angehn. Laß dich anschaun. Nicht schlecht. Wie wenn du im Dreck gewühlt hättst. Zitter nicht. So kann dir nix geschehn. *Zum Schweizerkas:* Wo hast du die Kass gelassen?

SCHWEIZERKAS Ich dacht, ich geb sie in den Wagen.

MUTTER COURAGE *entsetzt:* Was, in meinen Wagen? So eine gottssträfliche Dummheit! Wenn ich einmal wegschau! Aufhängen tun sie uns alle drei!

SCHWEIZERKAS Dann geb ich sie woandershin oder flücht damit.

MUTTER COURAGE Hier bleibst du, das ist zu spät.

DER FELDPREDIGER *halb umgezogen nach vorn:* Um Himmels willen, die Fahn!

MUTTER COURAGE *nimmt die Regimentsfahne herunter:* Boshe moi! Mir fällt die schon gar nicht mehr auf. Fünfundzwanzig Jahr hab ich die.

*Der Kanonendonner wird lauter.*

*An einem Vormittag, drei Tage später. Die Kanone ist weg. Mutter Courage, Kattrin, der Feldprediger und Schweizerkas sitzen bekümmert zusammen beim Essen.*

SCHWEIZERKAS Das ist schon der dritte Tag, daß ich hier faul herumsitz, und der Herr Feldwebel, wo immer nachsichtig zu mir gewesen ist, möcht langsam fragen: wo ist denn der Schweizerkas mit der Soldschatull?

MUTTER COURAGE Sei froh, daß sie dir nicht auf die Spur gekommen sind.

DER FELDPREDIGER Was soll ich sagen? Ich kann auch nicht eine Andacht halten hier, sonst möchts mir schlecht gehn. Wes das Herz voll ist, des läuft das Maul über, heißts, aber weh, wenns mir überläuft!

MUTTER COURAGE So ists. Ich hab hier einen sitzen mit einem Glauben und einen mit einer Kass. Ich weiß nicht, was gefährlicher ist.

DER FELDPREDIGER Wir sind eben jetzt in Gottes Hand.

MUTTER COURAGE Ich glaub nicht, daß wir schon so verloren sind, aber schlafen tu ich doch nicht nachts. Wenn du nicht wärst, Schweizerkas, wärs leichter. Ich glaub, daß ich mirs gericht hab. Ich hab ihnen gesagt, daß ich gegen den Antichrist bin, den Schweden, wo Hörner aufhat, und daß ichs gesehn hab, das linke Horn ist ein bissel abgeschabt. Mitten im Verhör hab ich gefragt, wo ich Weihkerzen einkaufen kann, nicht zu teuer. Ich habs gut gekonnt, weil dem Schweizerkas sein Vater katholisch gewesen ist und oft drüber Witz gemacht hat. Sie habens mir nicht ganz geglaubt, aber sie haben keine Marketender beim Regiment. So haben sie ein Aug zugedrückt. Vielleicht schlägts sogar zum Guten aus. Wir sind gefangen, aber so wie die Laus im Pelz.

DER FELDPREDIGER Die Milch ist gut. Was die Quantitäten betrifft, werden wir unsere schwedischen Appetite jetzt ja etwas einschränken müssen. Wir sind eben besiegt.

MUTTER COURAGE Wer is besiegt? Die Sieg und Niederlagen der Großkopfigen oben und der von unten fallen nämlich nicht immer zusammen, durchaus nicht. Es gibt sogar Fälle, wo die Niederlag für die Untern eigentlich ein Gewinn ist für sie. Die Ehr ist verloren, aber nix sonst. Ich erinner mich, einmal im Livländischen hat unser Feldhauptmann solche Dresche vom Feind eingesteckt, daß ich in der Verwirrung sogar einen Schimmel aus der Bagage gekriegt hab, der hat mir den Wagen sieben Monat lang gezogen, bis wir gesiegt haben und Revision war. Im allgemeinen kann man sagen, daß uns gemeinen Leuten Sieg und Niederlag teuer zu stehn kommen. Das beste für uns ist, wenn die Politik nicht recht vom Fleck kommt. *Zu Schweizerkas:* Iß!

SCHWEIZERKAS Mir schmeckts nicht. Wie soll der Feldwebel den Sold auszahlen?

MUTTER COURAGE Auf der Flucht wird kein Sold ausgezahlt.

SCHWEIZERKAS Doch, sie haben Anspruch. Ohne Sold brauchen sie nicht flüchten. Sie müssen keinen Schritt machen.

MUTTER COURAGE Schweizerkas, deine Gewissenhaftigkeit macht mir fast Angst. Ich hab dir beigebracht, du sollst redlich sein, denn klug bist du nicht, aber es muß seine Grenzen haben. Ich geh jetzt mit dem Feldprediger eine katholische Fahn einkaufen und Fleisch. So wie der kann keiner Fleisch aussuchen, wie im Schlafwandel, so sicher. Ich glaub, er merkts gute Stückl dran, daß ihm unwillkürlich das Wasser im Maul zusammenläuft. Nur gut, daß sie mir meinen Handel erlauben. Ein Händler wird nicht nach dem Glauben gefragt, sondern nach dem Preis. Und evangelische Hosen halten auch warm.

DER FELDPREDIGER Wie der Bettelmönch gesagt hat, wie davon die Rede war, daß die Lutherischen alles auf den Kopf stelln werden in Stadt und Land: Bettler wird man immer brauchen. *Mutter Courage verschwindet im Wagen.* Um die Schatull sorgt sie sich doch. Bisher sind wir unbemerkt geblieben, als gehörten wir alle zum Wagen, aber wie lang?

SCHWEIZERKAS Ich kann sie wegschaffen.

DER FELDPREDIGER Das ist beinah noch gefährlicher. Wenn dich einer sieht! Sie haben Spitzel. Gestern früh ist einer vor mir aufgetaucht aus dem Graben, wie ich meine Notdurft verrichtet hab. Ich erschreck und kann grad noch ein Stoßgebet zurückhalten. Das hätt mich verraten. Ich glaub, die röchen am liebsten noch am Kot, obs ein Evangelischer ist. Der Spitzel war so ein kleiner Verrecker mit einer Bind über einem Aug.

MUTTER COURAGE *mit einem Korb aus dem Wagen kletternd:* Und was hab ich gefunden, du schamlose Person? *Sie hebt triumphierend rote Stöckelschuhe hoch.* Die roten Stöckelschuh der Yvette! Sie hat sie kaltblütig gegrapscht. Weil Sie ihr eingeredet haben, daß sie eine einnehmende Person ist! *Sie legt sie in den Korb.* Ich geb sie zurück. Der Yvette die Schuh stehlen! Die richt sich zugrund fürs Geld, das versteh ich. Aber du möchtest es umsonst, zum Vergnügen. Ich hab dirs gesagt, du mußt warten, bis Frieden ist. Nur keinen Soldaten! Wart du auf den Frieden mit der Hoffart!

DER FELDPREDIGER Ich find sie nicht hoffärtig.

MUTTER COURAGE Immer noch zuviel. Wenn sie ist wie ein Stein in Dalarne, wos nix andres gibt, so daß die Leut sagen: den Krüppel sieht man gar nicht, ist sie mir am liebsten. Solang passiert ihr nix. *Zu Schweizerkas:* Du läßt die Schatull, wo sie ist, hörst du. Und gib auf deine Schwester acht, sie hats nötig. Ihr bringt mich noch unter den Boden. Lieber einen Sack Flöh hüten.

*Sie geht mit dem Feldprediger weg. Kattrin räumt das Geschirr auf.*

SCHWEIZERKAS Nicht mehr viele Tag, wo man in Hemdsärmeln in der Sonne sitzen kann. *Kattrin deutet auf einen Baum.* Ja, die Blätter sind bereits gelb. *Kattrin fragt ihn mit Gesten, ob er trinken will.* Ich trink nicht. Ich denk nach. *Pause.* Sie sagt, sie schlaft nicht. Ich sollt die Schatull doch wegbringen, ich hab ein Versteck ausgefunden. Hol mir doch ein Glas voll. *Kattrin geht hinter den Wagen.* Ich gebs in das Maulwurfsloch am Fluß, bis ichs abhol. Ich hol sie vielleicht schon heut nacht gegen Morgen zu ab und bring sie zum Regiment. Was können die schon in drei Tagen weit geflüchtet sein? Der Herr Feldwebel wird Augen machen. Du hast mich angenehm enttäuscht, Schweizerkas, wird er sagen. Ich vertrau dir die Kass an, und du bringst sie zurück.

*Wie Kattrin mit einem Glas voll wieder hinter dem Wagen vorkommt, steht sie vor zwei Männern. Einer davon ist ein Feldwebel, der zweite schwenkt den Hut vor ihr. Er hat eine Binde über dem einen Auge.*

DER MIT DER BINDE Gott zum Gruß, liebes Fräulein. Haben Sie hier einen vom Quartier des Zweiten Finnischen gesehn?

*Kattrin, sehr erschrocken, läuft weg, nach vorn, den Branntwein verschüttend. Die beiden sehen sich an und ziehen sich zurück, nachdem sie Schweizerkas haben sitzen sehen.*

SCHWEIZERKAS *aus seinem Nachdenken auffahrend:* Die Hälfte hast du verschüttet. Was machst du für Faxen? Hast du dich am Aug gestoßen? Ich versteh dich nicht. Ich muß auch weg, ich habs beschlossen, es ist das beste. *Er steht auf. Sie versucht alles, ihn auf die Gefahr aufmerksam zu machen. Er wehrt sie nur ab.* Ich möcht wissen, was du meinst. Du meinsts sicher gut, armes Tier, kannst dich nicht ausdrücken. Was solls schon machen, daß du den Branntwein verschüttet hast, ich trink noch manches Glas, es kommt nicht auf eins an. *Er holt aus dem Wagen die Schatulle heraus und nimmt sie unter den Rock.* Gleich komm ich wieder. Jetzt halt mich aber nicht auf, sonst werd ich bös. Freilich meinst dus gut. Wenn du reden könntest.

*Da sie ihn zurückhalten will, küßt er sie und reißt sich los. Ab. Sie ist verzweifelt, läuft hin und her, kleine Laute ausstoßend. Der Feldprediger und Mutter Courage kommen zurück. Kattrin bestürmt ihre Mutter.*

MUTTER COURAGE Was denn, was denn? Du bist ja ganz auseinander. Hat dir jemand was getan? Wo ist der Schweizerkas? Erzähls ordentlich, Kattrin. Deine Mutter versteht dich. Was, der Bankert hat die Schatull doch weggenommen? Ich schlag sie ihm um die Ohren, dem Heimtücker. Laß dir Zeit und quatsch nicht, nimm die Händ, ich mag nicht, wenn du wie ein Hund jaulst, was soll der Feldprediger denken? Dem grausts doch. Ein Einäugiger war da?

DER FELDPREDIGER Der Einäugige, das ist ein Spitzel. Haben sie den Schweizerkas gefaßt? *Kattrin schüttelt den Kopf, zuckt die Achseln.* Wir sind aus.

MUTTER COURAGE *nimmt aus dem Korb eine katholische Fahne, die der Feldprediger an der Fahnenstange befestigt:* Ziehns die neue Fahn auf!

DER FELDPREDIGER *bitter:* Hie gut katholisch allewege.

*Man hört von hinten Stimmen. Die beiden Männer bringen Schweizerkas.*

SCHWEIZERKAS Laßt mich los, ich hab nix bei mir. Verrenk mir nicht das Schulterblatt, ich bin unschuldig.

DER FELDWEBEL Der gehört hierher. Ihr kennt euch.

MUTTER COURAGE Wir? Woher?

SCHWEIZERKAS Ich kenn sie nicht. Wer weiß, wer das ist, ich hab nix mit ihnen zu schaffen. Ich hab hier ein Mittag gekauft, zehn Heller hats gekostet. Mag sein, daß ihr mich da sitzen gesehn habt, versalzen wars auch.

DER FELDWEBEL Wer seid ihr, he?

MUTTER COURAGE Wir sind ordentliche Leut. Das ist wahr, er hat hier ein Essen gekauft. Es war ihm zu versalzen.

DER FELDWEBEL Wollt ihr etwa tun, als kennt ihr ihn nicht?

MUTTER COURAGE Wie soll ich ihn kennen? Ich kenn nicht alle. Ich frag keinen, wie er heißt und ob er ein Heid ist; wenn er zahlt, ist er kein Heid. Bist du ein Heid?

SCHWEIZERKAS Gar nicht.

DER FELDPREDIGER Er ist ganz ordentlich gesessen und hat das Maul nicht aufgemacht, außer wenn er gegessen hat. Und dann muß er.

DER FELDWEBEL Und wer bist du?

MUTTER COURAGE Das ist nur mein Schankknecht. Und ihr seid sicher durstig, ich hol euch ein Glas Branntwein, ihr seid sicher gerannt und erhitzt.

DER FELDWEBEL Keinen Branntwein im Dienst. *Zum Schweizerkas:* Du hast was weggetragen. Am Fluß mußt dus versteckt haben. Der Rock ist dir so herausgestanden, wie du von hier weg bist.

MUTTER COURAGE Wars wirklich der?

SCHWEIZERKAS Ich glaub, ihr meint einen andern. Ich hab einen springen gesehn, dem ist der Rock abgestanden. Ich bin der falsche.

MUTTER COURAGE Ich glaub auch, es ist ein Mißverständnis, das kann vorkommen. Ich kenn mich aus auf Menschen, ich bin die Courage, davon habt ihr gehört, mich kennen alle, und ich sag euch, der sieht redlich aus.

DER FELDWEBEL Wir sind hinter der Regimentskass vom Zweiten Finnischen her. Und wir wissen, wie der ausschaut, der sie in Verwahrung hat. Wir haben ihn zwei Tag gesucht. Du bists.

SCHWEIZERKAS Ich bins nicht.

DER FELDWEBEL Und wenn du sie nicht rausrückst, bist du hin, das weißt du. Wo ist sie?

MUTTER COURAGE *dringlich:* Er würd sie doch

herausgeben, wenn er sonst hin wär. Auf der Stell würd er sagen, ich hab sie, da ist sie, ihr seid die Stärkeren. So dumm ist er nicht. Red doch, du dummer Hund, der Herr Feldwebel gibt dir eine Gelegenheit.

SCHWEIZERKAS Wenn ich sie nicht hab.

DER FELDWEBEL Dann komm mit. Wir werdens herausbringen.

*Sie führen ihn ab.*

MUTTER COURAGE *ruft nach:* Er würds sagen. So dumm ist er nicht. Und renkt ihm nicht das Schulterblatt aus! *Läuft ihnen nach.*

*Am selben Abend. Der Feldprediger und die stumme Kattrin spülen Gläser und putzen Messer.*

DER FELDPREDIGER Solche Fäll, wos einen erwischt, sind in der Religionsgeschicht nicht unbekannt. Ich erinner an die Passion von unserm Herrn und Heiland. Da gibts ein altes Lied darüber. *Er singt das »Horenlied«:*

In der ersten Tagesstund
Ward der Herr bescheiden
Als ein Mörder dargestellt
Pilatus dem Heiden.

Der ihn unschüldig fand
Ohn Ursach des Todes
Ihn derhalben von sich sandt
Zum König Herodes.

Umb drei ward der Gottessohn
Mit Geißeln geschmissen
Ihm sein Haupt mit einer Kron
Von Dornen zurrissen!

Gekleidet zu Hohn und Spott
Ward er es geschlagen
Und das Kreuz zu seinem Tod
Mußt er selber tragen.

Umb sechs ward er nackt und bloß
An das Kreuz geschlagen
An dem er sein Blut vergoß
Betet mit Wehklagen.

Die Zuseher spotten sein
Auch die bei ihm hingen
Bis die Sonn auch ihren Schein
Entzog solchen Dingen.

Jesus schrie zur neunden Stund
Klaget sich verlassen
Bald ward Gall in seinen Mund
Mit Essig gelassen.

Da gab er auf seinen Geist
Und die Erd erbebet
Des Tempels Vorhang zerreißt
Mancher Fels zerklübet.

Da hat man zur Vesperzeit
Der Schechr Bein zerbrochen
Ward Jesus in seine Seit
Mit eim Speer gestochen.

Doraus Blut und Wasser ran
Sie machtens zum Hohne
Solches stellen sie uns an
Mit dem Menschensohne.

MUTTER COURAGE *kommt aufgeregt:* Es ist auf Leben und Tod. Aber der Feldwebel soll mit sich sprechen lassen. Nur, wir dürfen nicht aufkommen lassen, daß es unser Schweizerkas ist, sonst haben wir ihn begünstigt. Es ist nur eine Geldsach. Aber wo nehmen wir das Geld her? War die Yvette nicht da? Ich hab sie unterwegs getroffen, sie hat schon einen Obristen aufgegabelt, vielleicht kauft ihr der einen Marketenderhandel.

DER FELDPREDIGER Wollen Sie wirklich verkaufen?

MUTTER COURAGE Woher soll ich das Geld für den Feldwebel nehmen?

DER FELDPREDIGER Und wovon wollens leben?

MUTTER COURAGE Das ist es.

*Yvette Pottier kommt mit einem uralten Obristen.*

YVETTE *umarmt Mutter Courage:* Liebe Courage, daß wir uns so schnell wiedersehen! *Flüsternd:* Er ist nicht abgeneigt. *Laut:* Das ist mein guter Freund, der mich berät im Geschäftlichen. Ich hör nämlich zufällig, Sie wollen Ihren Wagen verkaufen, umständehalber. Ich würd reflektieren.

MUTTER COURAGE Verpfänden, nicht verkaufen, nur nix Vorschnelles, so ein Wagen kauft sich nicht leicht wieder in Kriegszeiten.

YVETTE *enttäuscht:* Nur verpfänden, ich dacht verkaufen. Ich weiß nicht, ob ich da Interesse hab. *Zum Obristen:* Was meinst du?

DER OBRIST Ganz deiner Meinung, Liebe.

MUTTER COURAGE Er wird nur verpfändet.

YVETTE Ich dachte, Sie müssen das Geld haben.

MUTTER COURAGE *fest:* Ich muß das Geld haben, aber lieber lauf ich mir die Füß in den Leib nach einem Angebot, als daß ich gleich verkauf. Warum, wir leben von dem Wagen. Es ist eine Gelegenheit für dich, Yvette, wer weiß, wann du so eine wiederfindest und einen lieben Freund hast, der dich berät, ists nicht so?

YVETTE Ja, mein Freund meint, ich sollt zugreifen, aber ich weiß nicht. Wenns nur verpfändet ist... du meinst doch auch, wir sollten gleich kaufen?

DER OBRIST Ich meins auch.

MUTTER COURAGE Da mußt du dir was aussuchen, was zu verkaufen ist, vielleicht findst dus, wenn du dir Zeit läßt, und dein Freund geht herum mit dir, sagen wir eine Woche oder zwei Wochen, könntst du was Geeignetes finden.

YVETTE Dann können wir ja suchen gehn, ich geh gern herum und such mir was aus, ich geh gern mit dir herum, Poldi, das ist ein reines Vergnügen, nicht? Und wenns zwei Wochen dauert! Wann wollen Sie denn zurückzahlen, wenn Sie das Geld kriegen?

MUTTER COURAGE In zwei Wochen kann ich zurückzahlen, vielleicht in einer.

YVETTE Ich bin mir nicht schlüssig, Poldi, Chéri, berat mich. *Sie nimmt den Obristen auf die Seite.* Ich weiß, sie muß verkaufen, da hab ich keine Sorg. Und der Fähnrich, der blonde, du kennst ihn, will mirs Geld gern borgen. Der ist verschossen in mich, er sagt, ich erinner ihn an jemand. Was rätst du mir?

DER OBRIST Ich warn dich vor dem. Das ist kein Guter. Der nützts aus. Ich hab dir gesagt, ich kauf dir was, nicht, Haserl?

YVETTE Ich kanns nicht annehmen von dir. Freilich, wenn du meinst, der Fähnrich könnts ausnützen... Poldi, ich nehms von dir an.

DER OBRIST Das mein ich.

YVETTE Rätst dus mir?

DER OBRIST Ich rats dir.

YVETTE *zurück zur Courage:* Mein Freund täts mir raten. Schreiben Sie mir eine Quittung aus und daß der Wagen mein ist, wenn die zwei Wochen um sind, mit allem Zubehör, wir gehens gleich durch, die zweihundert Gulden bring ich später. *Zum Obristen:* Da mußt du voraus ins Lager gehn, ich komm nach, ich muß alles durchgehen, damit nix wegkommt aus meinem Wagen. *Sie küßt ihn. Er geht weg. Sie klettert auf den Wagen:* Stiefel sinds aber wenige.

MUTTER COURAGE Yvette, jetzt ist keine Zeit, deinen Wagen durchzugehen, wenns deiner ist. Du hast mir versprochen, daß du mit dem Feldwebel redest wegen meinem Schweizerkas, da ist keine Minut zu verlieren, ich hör, in einer Stunde kommt er vors Feldgericht.

YVETTE Nur noch die Leinenhemden möcht ich nachzählen.

MUTTER COURAGE *zieht sie am Rock herunter:* Du Hyänenvieh, es geht um Schweizerkas. Und kein Wort, von wem das Angebot kommt, tu, als seis dein Liebster in Gottes Namen, sonst sind wir alle hin, weil wir ihm Vorschub geleistet haben.

YVETTE Ich hab den Einäugigen ins Gehölz bestellt, sicher, er ist schon da.

DER FELDPREDIGER Und es müssen nicht gleich die ganzen zweihundert sein, geh bis hundertfünfzig, das reicht auch.

MUTTER COURAGE Ists Ihr Geld? Ich bitt mir aus, daß Sie sich draußen halten. Sie werden Ihre Zwiebelsupp schon kriegen. Lauf und handel nicht herum, es geht ums Leben. *Sie schiebt Yvette weg.*

DER FELDPREDIGER Ich wollt Ihnen nix dreinreden, aber wovon wolln wir leben? Sie haben eine erwerbsunfähige Tochter aufm Hals.

MUTTER COURAGE Ich rechn mit der Regimentskass, Sie Siebengescheiter. Die Spesen werden sie ihm doch wohl bewilligen.

DER FELDPREDIGER Aber wird sies richtig ausrichten?

MUTTER COURAGE Sie hat doch ein Interesse daran, daß ich ihre zweihundert ausgeb und sie den Wagen bekommt. Sie ist scharf drauf, wer weiß, wie lang ihr Obrist bei der Stange bleibt. Kattrin, du putzt die Messer, nimm Bimsstein. Und Sie, stehn Sie auch nicht herum wie Jesus am Ölberg, tummeln Sie sich, waschen Sie die Gläser aus, abends kommen mindestens fünfzig Reiter, und dann hör ich wieder: »Ich bin das Laufen nicht gewohnt, meine Füß, beir Andacht renn ich nicht.« Ich denk, sie werden ihn uns herausgeben. Gott sei Dank sind sie bestechlich. Sie sind doch keine Wölf, sondern Menschen und auf Geld aus. Die Bestechlichkeit ist bei die Menschen dasselbe wie beim lieben Gott die Barmherzigkeit. Bestechlichkeit ist unsre einzige Aussicht. Solangs die gibt, gibts milde Urteilssprüch, und sogar der Unschuldige kann durchkommen vor Gericht.

YVETTE *kommt schnaufend:* Sie wollens nur machen für zweihundert. Und es muß schnell gehn. Sie habens nimmer lang in der Hand. Ich geh am besten sofort mit dem Einäugigen zu meinem Obristen. Er hat gestanden, daß er die Schatull gehabt hat, sie haben ihm die Daumenschrauben angelegt. Aber er hat sie in Fluß geschmissen, wie er gemerkt hat, daß sie hinter ihm her sind. Die Schatull ist futsch. Soll ich laufen und von meinem Obristen das Geld holen?

MUTTER COURAGE Die Schatull ist futsch? Wie soll ich da meine zweihundert wiederkriegen?

YVETTE Ach, Sie haben geglaubt, Sie könnens aus der Schatull nehmen? Da wär ich ja schön hereingelegt worden. Machen Sie sich keine Hoffnung. Sie müssens schon zahln, wenn Sie den Schweizerkas zurückhaben wolln, oder vielleicht soll ich jetzt die ganze Sach liegenlassen, damit Sie ihren Wagen behalten können?

MUTTER COURAGE Damit hab ich nicht gerechnet. Du brauchst nicht drängen, du kommst schon zum Wagen, er ist schon weg, ich hab ihn siebzehn Jahr gehabt. Ich muß nur ein Augenblick überlegen, es kommt ein bissel schnell, was mach ich, zweihundert kann ich nicht geben, du hättest doch abhandeln solln. Etwas muß ich in der Hand haben, sonst kann mich jeder Beliebige in den Straßengraben schubsen. Geh und sag, ich geb hundertzwanzig Gulden, sonst wird nix draus, da verlier ich auch schon den Wagen.

YVETTE Sie werdens nicht machen. Der Einäugige ist sowieso in Eil und schaut immer hinter sich, so aufgeregt ist er. Soll ich nicht lieber die ganzen zweihundert geben?

MUTTER COURAGE *verzweifelt:* Ich kanns nicht geben. Dreißig Jahr hab ich gearbeitet. Die ist schon fünfundzwanzig und hat noch kein Mann. Ich hab die auch noch. Dring nicht in mich, ich weiß, was ich tu. Sag hundertzwanzig, oder es wird nix draus.

YVETTE Sie müssens wissen. *Schnell ab.*

*Mutter Courage sieht weder den Feldprediger noch ihre Tochter an und setzt sich, Kattrin beim Messerputzen zu helfen.*

MUTTER COURAGE Zerbrechen Sie nicht die Gläser, es sind nimmer unsre. Schau auf deine Arbeit, du schneidst dich. Der Schweizerkas kommt zurück, ich geb auch zweihundert, wenns nötig ist. Dein Bruder kriegst du. Mit achtzig Gulden können wir eine Hucke mit Waren vollpacken und von vorn anfangen. Es wird überall mit Wasser gekocht.

DER FELDPREDIGER Der Herr wirds zum Guten lenken, heißt es.

MUTTER COURAGE Trocken sollen Sie sie reiben. *Sie putzen schweigend Messer. Kattrin läuft plötzlich schluchzend hinter den Wagen.*

YVETTE *kommt gelaufen:* Sie machens nicht. Ich hab Sie gewarnt. Der Einäugige hat gleich weggehn wolln, weil es keinen Wert hat. Er hat gesagt, er erwartet jeden Augenblick, daß die Trommeln gerührt werden, dann ist das Urteil gesprochen. Ich hab hunderfünfzig geboten. Er hat nicht einmal mit den Achseln gezuckt. Mit Müh und Not ist er dageblieben, daß ich noch einmal mit Ihnen sprech.

MUTTER COURAGE Sag ihm, ich geb die zweihundert. Lauf. *Yvette läuft weg. Sie sitzen schweigend. Der Feldprediger hat aufgehört, die Gläser zu putzen.* Mir scheint, ich hab zu lang gehandelt.

*Von weit her hört man Trommeln. Der Feldprediger steht auf und geht nach hinten. Mutter Courage bleibt sitzen. Es wird dunkel. Das Trommeln hört auf. Es wird wieder hell. Mutter Courage sitzt unverändert.*

YVETTE *taucht auf, sehr bleich:* Jetzt haben Sies geschafft mitn Handel und daß Sie Ihren Wagen behalten. Elf Kugeln hat er gekriegt, sonst nix. Sie verdienens nicht, daß ich mich überhaupt noch um Sie kümmer. Aber ich hab aufgeschnappt, daß sie nicht glauben, die Kass ist wirklich im Fluß. Sie haben den Verdacht, sie ist hier, überhaupt, daß Sie eine Verbindung mit ihm gehabt haben. Sie wolln ihn herbringen, ob Sie sich verraten, wenn Sie ihn sehn. Ich warn Sie, daß Sie ihn nicht kennen, sonst seid ihr alle dran. Sie sind dicht hinter mir, besser, ich sags gleich. Soll ich die Kattrin weghalten? *Mutter Courage schüttelt den Kopf.* Weiß sies? Sie hat vielleicht nix gehört von Trommeln oder nicht verstanden.

MUTTER COURAGE Sie weiß. Hol sie.

*Yvette holt Kattrin, welche zu ihrer Mutter geht und neben ihr stehenbleibt. Mutter Courage nimmt sie bei der Hand. Zwei Landsknechte kommen mit einer Bahre, auf der unter einem Laken etwas liegt. Nebenher geht der Feldwebel. Sie setzen die Bahre nieder.*

DER FELDWEBEL Da ist einer, von dem wir nicht seinen Namen wissen. Er muß aber notiert werden, daß alles in Ordnung geht. Bei dir hat er eine Mahlzeit genommen. Schau ihn dir an, ob du ihn kennst. *Er nimmt das Laken weg.* Kennst du ihn? *Mutter Courage schüttelt den Kopf.* Was, du hast ihn nie gesehn, vor er bei dir eine

Mahlzeit genommen hat? *Mutter Courage schüttelt den Kopf.* Hebt ihn auf. Gebt ihn auf den Schindanger. Er hat keinen, der ihn kennt. *Sie tragen ihn weg.*

4

**Mutter Courage singt das »Lied von der Großen Kapitulation«.**

*Vor einem Offizierszelt*

*Mutter Courage wartet. Ein Schreiber schaut aus dem Zelt.*

DER SCHREIBER Ich kenn Sie. Sie haben einen Zahlmeister von die Evangelischen bei sich gehabt, wo sich verborgen hat. Beschweren Sie sich lieber nicht.

MUTTER COURAGE Doch beschwer ich mich. Ich bin unschuldig, und wenn ichs zulaß, schauts aus, als ob ich ein schlechtes Gewissen hätt. Sie haben mir alles mit die Säbel zerfetzt im Wagen und fünf Taler Buß für nix und wieder nix abverlangt.

DER SCHREIBER Ich rat Ihnen zum Guten, halten Sie das Maul. Wir haben nicht viel Marketender und lassen Ihnen Ihren Handel, besonders, wenn Sie ein schlechtes Gewissen haben und ab und zu eine Buß zahln.

MUTTER COURAGE Ich beschwer mich.

DER SCHREIBER Wie Sie wolln. Dann warten Sie, bis der Herr Rittmeister Zeit hat.
*Zurück ins Zelt.*

JUNGER SOLDAT *kommt randalierend:* Bouque la Madonne! Wo ist der gottverdammte Hund von einem Rittmeister, wo mir das Trinkgeld unterschlagt und versaufts mit seine Menscher? Er muß hin sein!

ÄLTERER SOLDAT *kommt nachgelaufen:* Halts Maul. Du kommst in Stock!

JUNGER SOLDAT Komm heraus, du Dieb! Ich hau dich zu Koteletten! Die Belohnung unterschlagen, nachdem ich in Fluß geschwommen bin, allein vom ganzen Fähnlein, daß ich nicht einmal ein Bier kaufen kann, ich laß mirs nicht gefalln. Komm heraus, daß ich dich zerhack!

ÄLTERER SOLDAT Maria und Josef, das rennt sich ins Verderben.

MUTTER COURAGE Haben sie ihm kein Trinkgeld gezahlt?

JUNGER SOLDAT Laß mich los, ich renn dich mit nieder, es geht auf ein Aufwaschen.

ÄLTERER SOLDAT Er hat den Gaul vom Obristen gerettet und kein Trinkgeld bekommen. Er ist noch jung und nicht lang genug dabei.

MUTTER COURAGE Laß ihn los, er ist kein Hund, wo man in Ketten legen muß. Trinkgeld habn wolln ist ganz vernünftig. Warum zeichnet er sich sonst aus?

JUNGER SOLDAT Daß der sich besauft drinnen! Ihr seids nur Hosenscheißer. Ich hab was Besonderes gemacht und will mein Trinkgeld haben.

MUTTER COURAGE Junger Mensch, brüllen Sie *mich* nicht an. Ich hab meine eigenen Sorgen, und überhaupt, schonen Sie Ihre Stimme, Sie möchten sie brauchen, bis der Rittmeister kommt, nachher ist er da, und Sie sind heiser und bringen keinen Ton heraus, und er kann Sie nicht in Stock schließen lassen, bis Sie schwarz sind. Solche, wo so brüllen, machens nicht lange, eine halbe Stunde, und man muß sie in Schlaf singen, so erschöpft sind sie.

JUNGER SOLDAT Ich bin nicht erschöpft, und von Schlafen ist keine Red, ich hab Hunger. Das Brot backen sie aus Eicheln und Hanfkörnern und sparn damit noch. Der verhurt mein Trinkgeld, und ich hab Hunger. Er muß hin sein.

MUTTER COURAGE Ich verstehe, Sie haben Hunger. Voriges Jahr hat euer Feldhauptmann euch von die Straßen runterkommandiert und quer über die Felder, damit das Korn niedergetrampelt würd, ich hätt für Stiefel zehn Gulden kriegen können, wenn einer zehn Gulden hätt ausgeben können und ich Stiefel gehabt hätt. Er hat geglaubt, er ist nicht mehr in der Gegend dies Jahr, aber jetzt ist er doch noch da, und der Hunger ist groß. Ich versteh, daß Sie einen Zorn haben.

JUNGER SOLDAT Ich leids nicht, reden Sie nicht, ich vertrag keine Ungerechtigkeit.

MUTTER COURAGE Da haben Sie recht, aber wie lang? Wie lang vertragen Sie keine Ungerechtigkeit? Eine Stund oder zwei? Sehen Sie, das haben Sie sich nicht gefragt, obwohls die Hauptsach ist, warum, im Stock ists ein Elend, wenn Sie entdecken, jetzt vertragen Sies Unrecht plötzlich.

JUNGER SOLDAT Ich weiß nicht, warum ich Ihnen zuhör. Bouque la Madonne! Wo ist der Rittmeister?

MUTTER COURAGE Sie hören mir zu, weil Sie schon wissen, was ich Ihnen sag, daß Ihre Wut schon verraucht ist, es ist nur eine kurze gewesen, und Sie brauchten eine lange, aber woher nehmen?

JUNGER SOLDAT Wollen Sie etwa sagen, wenn ich das Trinkgeld verlang, das ist nicht billig?

MUTTER COURAGE Im Gegenteil. Ich sag nur, Ihre Wut ist nicht lang genug, mit der können Sie nix ausrichten, schad. Wenn Sie eine lange hätten, möcht ich Sie noch aufhetzen. Zerhakken Sie den Hund, möcht ich Ihnen dann raten, aber was, wenn Sie ihn dann gar nicht zerhakken, weil Sie schon spüren, wie Sie den Schwanz einziehn. Dann steh ich da, und der Rittmeister hält sich an mich.

ÄLTERER SOLDAT Sie haben ganz recht, er hat nur einen Rappel.

JUNGER SOLDAT So, das will ich sehn, ob ich ihn nicht zerhack. *Er zieht sein Schwert.* Wenn er kommt, zerhack ich ihn.

DER SCHREIBER *guckt heraus:* Der Herr Rittmeister kommt gleich. Hinsetzen.

*Der junge Soldat setzt sich hin.*

MUTTER COURAGE Er sitzt schon. Sehn Sie, was hab ich gesagt. Sie sitzen schon. Ja, die kennen sich aus in uns und wissen, wie sies machen müssen. Hinsetzen! und schon sitzen wir. Und im Sitzen gibts kein Aufruhr. Stehen Sie lieber nicht wieder auf, so wie Sie vorhin gestanden haben, stehen Sie jetzt nicht wieder. Vor mir müssen Sie sich nicht genieren, ich bin nicht besser, was nicht gar. Uns haben Sie allen unsre Schneid abgekauft. Warum, wenn ich aufmuck, möchts das Geschäft schädigen. Ich werd Ihnen was erzähln von der Großen Kapitulation. *Sie singt das »Lied von der Großen Kapitulation«:*

Einst, im Lenze meiner jungen Jahre
Dacht auch ich, daß ich was ganz Besondres bin.
(Nicht wie jede beliebige Häuslertochter, mit meinem Aussehn und Talent und meinem Drang nach Höherem!)
Und bestellte meine Suppe ohne Haare
Und von mir, sie hatten kein Gewinn.
(Alles oder nix, jedenfalls nicht den Nächstbesten, jeder ist seines Glückes Schmied, ich laß mir keine Vorschriften machen!)
Doch vom Dach ein Star
Pfiff: wart paar Jahr!
Und du marschierst in der Kapell
Im Gleichschritt, langsam oder schnell
Und bläsest deinen kleinen Ton:
Jetzt kommt er schon.
Und jetzt: das Ganze schwenkt!
Der Mensch denkt: Gott lenkt –
Keine Red davon!

Und bevor ein Jahr war abgefahren
Lernte ich zu schlucken meine Medizin.
(Zwei Kinder aufm Hals und bei dem Brotpreis und was alles verlangt wird!)
Als sie einmal mit mir fix und fertig waren
Hatten sie mich auf dem Arsch und auf den Knien.
(Man muß sich stelln mit den Leuten, eine Hand wäscht die andre, mit dem Kopf kann man nicht durch die Wand.)
Und vom Dach der Star
Pfiff: noch kein Jahr!
Und sie marschiert in der Kapell
Im Gleichschritt, langsam oder schnell
Und bläset ihren kleinen Ton:
Jetzt kommt er schon.
Und jetzt: das Ganze schwenkt!
Der Mensch denkt: Gott lenkt –
Keine Red davon!

Viele sah ich schon den Himmel stürmen
Und kein Stern war ihnen groß und weit genug.
(Der Tüchtige schafft es, wo ein Wille ist, ist ein Weg, wir werden den Laden schon schmeißen.)
Doch sie fühlten bald beim Berg-auf-Berge-Türmen
Wie doch schwer man schon an einem Strohhut trug.
(Man muß sich nach der Decke strecken!)
Und vom Dach der Star
Pfeift: wart paar Jahr!
Und sie marschiern in der Kapell
Im Gleichschritt, langsam oder schnell
Und blasen ihren kleinen Ton:
Jetzt kommt er schon.
Und jetzt: das Ganze schwenkt!
Der Mensch denkt: Gott lenkt –
Keine Red davon!

*Mutter Courage zu dem jungen Soldaten:* Darum denk ich, du solltest dableiben mitn offnen Schwert, wenns dir wirklich danach ist und dein Zorn ist groß genug, denn du hast einen guten Grund, das geb ich zu, aber wenn dein Zorn ein kurzer ist, geh lieber gleich weg!

JUNGER SOLDAT Leck mich am Arsch! *Er stolpert weg, der ältere Soldat ihm nach.*

DER SCHREIBER *steckt den Kopf heraus:* Der Rittmeister ist gekommen. Jetzt können Sie sich beschweren.

MUTTER COURAGE Ich habs mir anders überlegt. Ich beschwer mich nicht. *Ab.*

**5**

**Zwei Jahre sind vergangen. Der Krieg überzieht immer weitere Gebiete. Auf rastlosen Fahrten durchquert der kleine Wagen der Courage Polen, Mähren, Bayern, Italien und wieder Bayern. 1631. Tillys Sieg bei Magdeburg kostet Mutter Courage vier Offiziershemden.**

*Mutter Courages Wagen steht in einem zerschossenen Dorf*

*Von weit her dünne Militärmusik. Zwei Soldaten am Schanktisch, von Kattrin und Mutter Courage bedient. Der eine hat einen Damenpelzmantel umgehängt.*

MUTTER COURAGE Was, zahlen kannst du nicht? Kein Geld, kein Schnaps. Siegesmärsch spielen sie auf, aber den Sold zahlen sie nicht aus.

SOLDAT Meinen Schnaps will ich. Ich bin zu spät zum Plündern gekommen. Der Feldhauptmann hat uns beschissen und die Stadt nur für eine Stunde zum Plündern freigegeben. Er ist kein Unmensch, hat er gesagt; die Stadt muß ihm was gezahlt haben.

DER FELDPREDIGER *kommt gestolpert:* In dem Hof da liegen noch welche. Die Bauernfamilie. Hilf mir einer. Ich brauch Leinen.

*Der zweite Soldat geht mit ihm weg. Kattrin gerät in große Erregung und versucht, ihre Mutter zur Herausgabe von Leinen zu bringen.*

MUTTER COURAGE Ich hab keins. Meine Binden hab ich ausverkauft beim Regiment. Ich zerreiß für die nicht meine Offiziershemden.

DER FELDPREDIGER *zurückrufend:* Ich brauch Leinen, sag ich.

MUTTER COURAGE *Kattrin den Eintritt in den Wagen verwehrend, indem sie sich auf die Treppe setzt:* Ich gib nix. Die zahlen nicht, warum, die haben nix.

DER FELDPREDIGER *über einer Frau, die er hergetragen hat:* Warum seid ihr dageblieben im Geschützfeuer?

DIE BAUERSFRAU *schwach:* Hof.

MUTTER COURAGE Die und weggehen von was! Aber jetzt soll ich herhalten. Ich tus nicht.

ERSTER SOLDAT Das sind Evangelische. Warum müssen sie evangelisch sein?

MUTTER COURAGE Die pfeifen dir aufn Glauben. Denen ist der Hof hin.

ZWEITER SOLDAT Die sind gar nicht evangelisch. Die sind selber katholisch.

ERSTER SOLDAT Wir können sie nicht herausklauben bei der Beschießung.

EIN BAUER *den der Feldprediger bringt:* Mein Arm ist hin.

DER FELDPREDIGER Wo ist das Leinen?

*Alle sehen auf Mutter Courage, die sich nicht rührt.*

MUTTER COURAGE Ich kann nix geben. Mit all die Abgaben, Zöll, Zins und Bestechungsgelder! *Kattrin hebt, Gurgellaute ausstoßend, eine Holzplanke auf und bedroht ihre Mutter damit.* Bist du übergeschnappt? Leg das Brett weg, sonst schmier ich dir eine, Krampen! Ich gib nix, ich mag nicht, ich muß an mich selber denken. *Der Feldprediger hebt sie von der Wagentreppe auf und setzt sie auf den Boden; dann kramt er Hemden heraus und reißt sie in Streifen.* Meine Hemden! Das Stück zu einem halben Gulden! Ich bin ruiniert!

*Aus dem Hause kommt eine schmerzliche Kinderstimme.*

DER BAUER Das Kleine ist noch drin!

*Kattrin rennt hinein.*

DER FELDPREDIGER *zur Frau:* Bleib liegen! Es wird schon herausgeholt.

MUTTER COURAGE Haltet sie zurück, das Dach kann einfallen.

DER FELDPREDIGER Ich geh nicht mehr hinein.

MUTTER COURAGE *hin und her gerissen:* Aasens nicht mit meinem teuren Leinen!

*Kattrin bringt einen Säugling aus der Trümmerstätte.*

MUTTER COURAGE Hast du glücklich wieder einen Säugling gefunden zum Herumschleppen? Auf der Stell gibst ihn der Mutter, sonst hab ich wieder einen stundenlangen Kampf, bis ich ihn dir herausgerissen hab, hörst du nicht? *Zum zweiten Soldaten:* Glotz nicht, geh lieber dort hinter und sag ihnen, sie sollen mit der Musik aufhören, ich seh hier, daß sie gesiegt haben. Ich hab nur Verluste von eure Sieg.

DER FELDPREDIGER *beim Verbinden:* Das Blut kommt durch. *Kattrin wiegt den Säugling und lallt ein Wiegenlied.*

MUTTER COURAGE Da sitzt sie und ist glücklich in all dem Jammer, gleich gibst es weg, die Mutter kommt schon zu sich. *Sie entdeckt den ersten Soldaten, der sich über die Getränke hergemacht hat und jetzt mit der Flasche weg will.* Pschagreff! Du Vieh, willst du noch weitersiegen? Du zahlst.

ERSTER SOLDAT Ich hab nix.

MUTTER COURAGE *reißt ihm den Pelzmantel ab:* Dann laß den Mantel da, der ist sowieso gestohlen.

DER FELDPREDIGER Es liegt noch einer drunter.

**6**

**Vor der Stadt Ingolstadt in Bayern wohnt die Courage dem Begräbnis des gefallenen kaiserlichen Feldhauptmanns Tilly bei. Es finden Gespräche über Kriegshelden und die Dauer des Krieges statt. Der Feldprediger beklagt, daß seine Talente brachliegen, und die stumme Kattrin bekommt die roten Schuhe. Man schreibt das Jahr 1632.**

*Im Innern eines Marketenderzeltes*

*Mit einem Ausschank nach hinten zu. Regen. In der Ferne Trommeln und Trauermusik.*
*Der Feldprediger und der Regimentsschreiber spielen ein Brettspiel. Mutter Courage und ihre Tochter machen Inventur.*

DER FELDPREDIGER Jetzt setzt sich der Trauerzug in Bewegung.

MUTTER COURAGE Schad um den Feldhauptmann – zweiundzwanzig Paar von die Socken –, daß er gefalln ist, heißt es, war ein Unglücksfall. Es war Nebel auf der Wiesen, der war schuld. Der Feldhauptmann hat noch einem Regiment zugerufen, sie solln todesmutig kämpfen, und ist zurückgeritten, in dem Nebel hat er sich aber in der Richtung geirrt, so daß es nach vorn war und er mitten in der Schlacht eine Kugel erwischt hat – nur noch vier Windlichter zurück. *Von hinten ein Pfiff. Sie geht zum Ausschank.* Eine Schand, daß ihr euch vom Begräbnis von eurem toten Feldhauptmann drückt! *Sie schenkt aus.*

DER SCHREIBER Man hätts Geld nicht vorm Begräbnis auszahln solln. Jetzt besaufen sie sich, anstatt daß sie zum Begräbnis gehen.

DER FELDPREDIGER *zum Schreiber:* Müssen Sie nicht zum Begräbnis?

DER SCHREIBER Ich hab mich gedrückt, wegn Regen.

MUTTER COURAGE Bei Ihnen ists was andres, Ihnen möchts die Uniform verregnen. Es heißt, sie haben ihm natürlich die Glocken läuten wollen zum Begräbnis, aber es hat sich herausgestellt, daß die Kirchen weggeschossen waren auf seinen Befehl, so daß der arme Feldhauptmann keine Glocken hören wird, wenn sie ihn hinabsenken. Anstatt dem wolln sie drei Kanonenschüsse abfeuern, daß es nicht gar zu nüchtern wird – siebzehn Leibriemen.

RUFE *vom Ausschank:* Wirtschaft! Ein Branntwein!

MUTTER COURAGE Ersts Geld! Nein, herein kommt ihr mir nicht mit eure Dreckstiefeln in mein Zelt! Ihr könnt draußen trinken, Regen hin, Regen her. *Zum Schreiber:* Ich laß nur die Chargen herein. Der Feldhauptmann hat die letzte Zeit Sorgen gehabt, hör ich. Im Zweiten Regiment solls Unruhen gegeben haben, weil er keinen Sold ausgezahlt, sondern gesagt hat, es ist ein Glaubenskrieg, sie müssens ihm umsonst tun.

*Trauermarsch. Alle sehen nach hinten.*

DER FELDPREDIGER Jetzt defilierens vor der hohen Leich.

MUTTER COURAGE Mir tut so ein Feldhauptmann oder Kaiser leid, er hat sich vielleicht gedacht, er tut was übriges und was, wovon die Leute reden, noch in künftigen Zeiten, und kriegt ein Standbild, zum Beispiel er erobert die Welt, das ist ein großes Ziel für einen Feldhauptmann, er weiß es nicht besser. Kurz, er rackert sich ab, und dann scheiterts am gemeinen Volk, was vielleicht ein Krug Bier will und ein bissel Gesellschaft, nix Höheres. Die schönsten Plän sind schon zuschanden geworden durch die Kleinlichkeit von denen, wo sie ausführen sollten, denn die Kaiser selber können ja nix machen, sie sind angewiesen auf die Unterstützung von ihre Soldaten und dem Volk, wo sie grad sind, hab ich recht?

DER FELDPREDIGER *lacht:* Courage, ich geb Ihnen recht, bis auf die Soldaten. Die tun, was sie können. Mit denen da draußen zum Beispiel, die ihren Branntwein im Regen saufen, getrau ich mich hundert Jahr einen Krieg nach dem andern zu machen und zwei auf einmal, wenns sein muß, und ich bin kein gelernter Feldhauptmann.

MUTTER COURAGE Dann meinen Sie nicht, daß der Krieg ausgehn könnt?

DER FELDPREDIGER Weil der Feldhauptmann hin ist? Sein Sie nicht kindisch. Solche finden sich ein Dutzend, Helden gibts immer.

MUTTER COURAGE Sie, ich frag Sie das nicht nur aus Hetz, sondern weil ich mir überleg, ob ich Vorrät einkaufen soll, was grad billig zu haben sind, aber wenn der Krieg ausgeht, kann ich sie dann wegschmeißen.

DER FELDPREDIGER Ich versteh, daß Sies ernst

meinen. Es hat immer welche gegeben, die gehn herum und sagen: »Einmal hört der Krieg auf.« Ich sag: daß der Krieg einmal aufhört, ist nicht gesagt. Es kann natürlich zu einer kleinen Paus kommen. Der Krieg kann sich verschnaufen müssen, ja, er kann sogar sozusagen verunglükken. Davor ist er nicht gesichert, es gibt ja nix Vollkommenes allhier auf Erden. Einen vollkommenen Krieg, wo man sagen könnt: an dem ist nix mehr auszusetzen, wirds vielleicht nie geben. Plötzlich kann er ins Stocken kommen, an was Unvorhergesehenem, an alles kann kein Mensch denken. Vielleicht ein Übersehn, und das Schlamassel ist da. Und dann kann man den Krieg wieder aus dem Dreck ziehn! Aber die Kaiser und Könige und der Papst wird ihm zu Hilf kommen in seiner Not. So hat er im ganzen nix Ernstliches zu fürchten, und ein langes Leben liegt vor ihm.

EIN SOLDAT *singt vor der Schenke:*
Ein Schnaps, Wirt, schnell, sei g'scheit!
Ein Reiter hat kein Zeit.
Muß für sein Kaiser streiten.

Einen doppelten, heut ist Festtag!

MUTTER COURAGE Wenn ich Ihnen traun könnt...

DER FELDPREDIGER Denken Sie selber! Was sollt gegen den Krieg sein?

DER SOLDAT *singt hinten:*
Dein Brust, Weib, schnell, sei g'scheit!
Ein Reiter hat kein Zeit.
Er muß gen Mähren reiten.

DER SCHREIBER *plötzlich:* Und der Frieden, was wird aus ihm? Ich bin aus Böhmen und möcht gelegentlich heim.

DER FELDPREDIGER So, möchten Sie? Ja, der Frieden! Was wird aus dem Loch, wenn der Käs gefressen ist?

DER SOLDAT *singt hinten:*
Trumpf aus, Kamerad, sei g'scheit!
Ein Reiter hat kein Zeit.
Muß kommen, solang sie werben.

Dein Spruch, Pfaff, schnell, sei g'scheit!
Ein Reiter hat kein Zeit.
Er muß fürn Kaiser sterben.

DER SCHREIBER Auf die Dauer kann man nicht ohne Frieden leben.

DER FELDPREDIGER Ich möcht sagen, den Frieden gibts im Krieg auch, er hat seine friedlichen Stelln. Der Krieg befriedigt nämlich alle Bedürfniss, auch die friedlichen darunter, dafür ist gesorgt, sonst möcht er sich nicht halten können. Im Krieg kannst du auch kacken wie im tiefsten Frieden, und zwischen dem einen Gefecht und dem andern gibts ein Bier, und sogar auf dem Vormarsch kannst du ein Nicker machen, aufn Ellbogen, das ist immer möglich, im Straßengraben. Beim Stürmen kannst du nicht Karten spieln, das kannst du beim Ackerpflügen im tiefsten Frieden auch nicht, aber nach dem Sieg gibts Möglichkeiten. Dir mag ein Bein abgeschossen werden, da erhebst du zuerst ein großes Geschrei, als wärs was, aber dann beruhigst du dich oder kriegst Schnaps, und am End hüpfst du wieder herum, und der Krieg ist nicht schlechter dran als vorher. Und was hindert dich, daß du dich vermehrst inmitten all dem Gemetzel, hinter einer Scheun oder woanders, davon bist du nie auf die Dauer abzuhalten, und dann hat der Krieg deine Sprößlinge und kann mit ihnen weiterkommen. Nein, der Krieg findet immer einen Ausweg, was nicht gar. Warum soll er aufhörn müssen?

*Kattrin hat aufgehört zu arbeiten und starrt auf den Feldprediger.*

MUTTER COURAGE Da kauf ich also die Waren. Ich verlaß mich auf Sie. *Kattrin schmeißt plötzlich einen Korb mit Flaschen auf den Boden und läuft hinaus.* Kattrin! *Lacht.* Jesses, die wart doch auf den Frieden. Ich hab ihr versprochen, sie kriegt einen Mann, wenn Frieden wird. *Sie läuft ihr nach.*

DER SCHREIBER *aufstehend:* Ich hab gewonnen, weil Sie geredet haben. Sie zahln.

MUTTER COURAGE *herein mit Kattrin:* Sei vernünftig, der Krieg geht noch ein bissel weiter, und wir machen noch ein bissel Geld, da wird der Friede um so schöner. Du gehst in die Stadt, das sind keine zehn Minuten, und holst die Sachen im Goldenen Löwen, die wertvollern, die andern holn wir später mitm Wagen, es ist alles ausgemacht, der Herr Regimentsschreiber begleitet dich. Die meisten sind beim Begräbnis vom Feldhauptmann, da kann dir nix geschehn. Machs gut, laß dir nix wegnehmen, denk an deine Aussteuer!

*Kattrin nimmt eine Leinwand über den Kopf und geht mit dem Schreiber.*

DER FELDPREDIGER Können Sie sie mit dem Schreiber gehn lassen?

MUTTER COURAGE Sie is nicht so hübsch, daß sie einer ruinieren möcht.

DER FELDPREDIGER Wie Sie so Ihren Handel führn und immer durchkommen, das hab ich oft bewundert. Ich verstehs, daß man Sie Courage geheißen hat.

MUTTER COURAGE Die armen Leut brauchen Courage. Warum, sie sind verloren. Schon daß sie aufstehn in der Früh, dazu gehört was in ihrer Lag. Oder daß sie einen Acker umpflügen, und im Krieg! Schon daß sie Kinder in die Welt setzen, zeigt, daß sie Courage haben, denn sie haben keine Aussicht. Sie müssen einander den Henker machen und sich gegenseitig abschlachten, wenn sie einander da ins Gesicht schaun wolln, das braucht wohl Courage. Daß sie einen Kaiser und einen Papst dulden, das beweist eine unheimliche Courage, denn die kosten ihnen das Leben. *Sie setzt sich nieder, zieht eine kleine Pfeife aus der Tasche und raucht.* Sie könnten ein bissel Kleinholz machen.

DER FELDPREDIGER *zieht widerwillig die Jacke aus und bereitet sich vor zum Kleinholzmachen:* Ich bin eigentlich Seelsorger und nicht Holzhacker.

MUTTER COURAGE Ich hab aber keine Seel. Dagegen brauch ich Brennholz.

DER FELDPREDIGER Was ist das für eine Stummelpfeif?

MUTTER COURAGE Halt eine Pfeif.

DER FELDPREDIGER Nein, nicht »halt eine«, sondern eine ganz bestimmte.

MUTTER COURAGE So?

DER FELDPREDIGER Das ist die Stummelpfeif von dem Koch vom Oxenstjerna-Regiment.

MUTTER COURAGE Wenn Sies wissen, warum fragen Sie dann erst so scheinheilig?

DER FELDPREDIGER Weil ich nicht weiß, ob Sie sich bewußt sind, daß Sie grad die rauchen. Hätt doch sein können, Sie fischen nur so in ihren Habseligkeiten herum, und da kommt Ihnen irgendeine Stummelpfeif in die Finger, und Sie nehmen sie aus reiner Geistesabwesenheit.

MUTTER COURAGE Und warum sollts nicht so sein?

DER FELDPREDIGER Weils nicht so ist. Sie rauchen sie bewußt.

MUTTER COURAGE Und wenn ich das tät?

DER FELDPREDIGER Courage, ich warn Sie. Es ist meine Pflicht. Sie werden den Herrn kaum mehr zu Gesicht kriegn, aber das ist nicht schad, sondern Ihr Glück. Er hat mir keinen verläßlichen Eindruck gemacht. Im Gegenteil.

MUTTER COURAGE So? Er war ein netter Mensch.

DER FELDPREDIGER So, das nennen Sie einen netten Menschen? Ich nicht. Ich bin weit entfernt, ihm was Böses zu wolln, aber nett kann ich ihn nicht nennen. Eher einen Donschuan, einen raffinierten. Schaun Sie die Pfeif an, wenn Sie mir nicht glauben. Sie müssen zugeben, daß sie allerhand von seinem Charakter verrät.

MUTTER COURAGE Ich seh nix. Gebraucht ist sie.

DER FELDPREDIGER Durchgebissen ist sie halb. Ein Gewaltmensch. Das ist die Stummelpfeif von einem rücksichtslosen Gewaltmenschen, das sehn Sie dran, wenn Sie noch nicht alle Urteilskraft verloren haben.

MUTTER COURAGE Hacken Sie mir nicht meinen Hackpflock durch.

DER FELDPREDIGER Ich hab Ihnen gesagt, ich bin kein gelernter Holzhacker. Ich hab Seelsorgerei studiert. Hier werden meine Gaben und Fähigkeiten mißbraucht zu körperlicher Arbeit. Meine von Gott verliehenen Talente kommen überhaupt nicht zur Geltung. Das ist eine Sünd. Sie haben mich nicht predigen hörn. Ich kann ein Regiment nur mit einer Ansprach so in Stimmung versetzen, daß es den Feind wie eine Hammelherd ansieht. Ihr Leben ist ihnen wie ein alter verstunkener Fußlappen, den sie wegwerfen in Gedanken an den Endsieg. Gott hat mir die Gabe der Sprachgewalt verliehen. Ich predig, daß Ihnen Hören und Sehen vergeht.

MUTTER COURAGE Ich möcht gar nicht, daß mir Hören und Sehen vergeht. Was tu ich da?

DER FELDPREDIGER Courage, ich hab mir oft gedacht, ob Sie mit Ihrem nüchternen Reden nicht nur eine warmherzige Natur verbergen. Auch Sie sind ein Mensch und brauchen Wärme.

MUTTER COURAGE Wir kriegen das Zelt am besten warm, wenn wir genug Brennholz haben.

DER FELDPREDIGER Sie lenken ab. Im Ernst, Courage, ich frag mich mitunter, wie es wär, wenn wir unsere Beziehung ein wenig enger gestalten würden. Ich mein, nachdem uns der Wirbelsturm der Kriegszeiten so seltsam zusammengewirbelt hat.

MUTTER COURAGE Ich denk, sie ist eng genug. Ich koche Ihnens Essen, und Sie betätigen sich und machen zum Beispiel Brennholz.

DER FELDPREDIGER *tritt auf sie zu:* Sie wissen, was ich mit »enger« mein; das ist keine Beziehung mit Essen und Holzhacken und solche niedrigen Bedürfnisse. Lassen Sie Ihr Herz sprechen, verhärten Sie sich nicht.

MUTTER COURAGE Kommen Sie nicht mitn Beil auf mich zu. Da wär mir eine zu enge Beziehung.

DER FELDPREDIGER Ziehen Sies nicht ins Lächerliche. Ich bin ein ernster Mensch und hab mir überlegt, was ich sag.

MUTTER COURAGE Feldprediger, sein Sie gescheit. Sie sind mir sympathisch, ich möcht Ihnen nicht den Kopf waschen müssen. Auf was ich aus bin, ist, mich und meine Kinder durchbringen mit meinem Wagen. Ich betracht ihn nicht als mein, und ich hab auch jetzt keinen Kopf für Privatgeschichten. Eben jetzt geh ich ein Risiko ein mit Einkaufen, wo der Feldhauptmann gefalln ist und alles vom Frieden redet. Wo wolln Sie hin, wenn ich ruiniert bin? Sehen Sie, das wissen Sie nicht. Hacken Sie uns das Brennholz, dann haben wir abends warm, das ist schon viel in diese Zeiten. Was ist das? *Sie steht auf.*

*Herein Kattrin, atemlos, mit einer Wunde über Stirn und Auge. Sie schleppt allerlei Sachen, Pakete, Lederzeug, eine Trommel usw.*

MUTTER COURAGE Was ist, bist du überfalln worden? Aufn Rückweg? Sie ist aufn Rückweg überfalln worden! Wenn das nicht der Reiter gewesen ist, der sich bei mir besoffen hat! Ich hätt dich nie gehn lassen solln. Schmeiß das Zeug weg! Das ist nicht schlimm, die Wund ist nur eine Fleischwund. Ich verbind sie dir, und in einer Woche ist sie geheilt. Sie sind schlimmer als die Tier. *Sie verbindet die Wunde.*

DER FELDPREDIGER Ich werf ihnen nix vor. Daheim haben sie nicht geschändet. Schuld sind die, wo Krieg anstiften, sie kehren das Unterste zuoberst in die Menschen.

MUTTER COURAGE Hat dich der Schreiber nicht zurückbegleitet? Das kommt davon, daß du eine anständige Person bist, da schern sie sich nicht drum. Die Wund ist gar nicht tief, da bleibt nix zurück. So, jetzt ists verbunden. Du kriegst was, sei ruhig. Ich hab dir insgeheim was aufgehoben, du wirst schauen. *Sie kramt aus einem Sack die roten Stöckelschuhe der Pottier heraus.* Was, da schaust du? Die hast du immer wolln. Da hast du sie. Zieh sie schnell an, daß es mich nicht reut. Nix bleibt zurück, wenngleich mirs nix ausmachen möcht. Das Los von denen, wo ihnen gefallen, ist das schlimmste. Die ziehn sie herum, bis sie kaputt sind. Wen sie nicht mögen, die lassen sie am Leben. Ich hab schon solche gesehn, wo hübsch im Gesicht gewesen sind, und dann haben sie bald so ausgeschaut, daß einen Wolf gegraust hat. Nicht hinter einen Alleebaum können sie gehn, ohne daß sie was fürchten müssen, sie haben ein grausliches Leben. Das ist wie mit die Bäum, die graden, luftigen werden abgehaun für Dachbalken, und die krummen dürfen sich ihres Lebens freun. Das wär also nix als ein Glück. Die Schuh sind noch gut, ich hab sie eingeschmiert aufgehoben.

*Kattrin läßt die Schuhe stehen und kriecht in den Wagen.*

DER FELDPREDIGER Hoffentlich ist sie nicht verunstaltet.

MUTTER COURAGE Eine Narb wird bleiben. Auf den Frieden muß die nimmer warten.

DER FELDPREDIGER Die Sachen hat sie sich nicht nehmen lassen.

MUTTER COURAGE Ich hätts ihr vielleicht nicht einschärfen solln. Wenn ich wüßt, wie es in ihrem Kopf ausschaut! Einmal ist sie eine Nacht ausgeblieben, nur einmal in all die Jahr. Danach ist sie herumgegangen wie vorher, hat aber stärker gearbeitet. Ich konnt nicht herausbringen, was sie erlebt hat. Ich hab mir eine Zeitlang den Kopf zerbrochen. *Sie nimmt die von Kattrin gebrachten Waren auf und sortiert sie zornig.* Das ist der Krieg! Eine schöne Einnahmequell! *Man hört Kanonenschüsse.*

DER FELDPREDIGER Jetzt begraben sie den Feldhauptmann. Das ist ein historischer Augenblick.

MUTTER COURAGE Mir ist ein historischer Augenblick, daß sie meiner Tochter übers Aug geschlagen haben. Die ist schon halb kaputt, einen Mann kriegt sie nicht mehr, und dabei so ein Kindernarr, stumm ist sie auch nur wegen dem Krieg, ein Soldat hat ihr als klein was in den Mund geschoppt. Den Schweizerkas seh ich nicht mehr, und wo der Eilif ist, das weiß Gott. Der Krieg soll verflucht sein.

## 7
## Mutter Courage auf der Höhe ihrer geschäftlichen Laufbahn.

*Landstraße*

*Der Feldprediger, Mutter Courage und ihre Tochter Kattrin ziehen den Planwagen, an dem neue Waren hängen. Mutter Courage trägt eine Kette mit Silbertalern.*

MUTTER COURAGE Ich laß mir den Krieg von euch nicht madig machen. Es heißt, er vertilgt die Schwachen, aber die sind auch hin im Frieden. Nur, der Krieg nährt seine Leut besser. *Sie singt:*

Und geht er über deine Kräfte
Bist du beim Sieg halt nicht dabei.
Der Krieg ist nix als die Geschäfte
Und statt mit Käse ists mit Blei.

Und was möcht schon Seßhaftwerden nützen.
Die Seßhaften sind zuerst hin. *Singt:*

So mancher wollt so manches haben
Was es für manchen gar nicht gab:
Er wollt sich schlau ein Schlupfloch graben
Und grub sich nur ein frühes Grab.
Schon manchen sah ich sich abjagen
In Eil nach einer Ruhestatt –
Liegt er dann drin, mag er sich fragen
Warums ihm so geeilet hat.

*Sie ziehen weiter.*

## 8

**Im selben Jahr fällt der Schwedenkönig Gustav Adolf in der Schlacht bei Lützen. Der Frieden droht Mutter Courages Geschäft zu ruinieren. Der Courage kühner Sohn vollbringt eine Heldentat zuviel und findet ein schimpfliches Ende.**

*Feldlager*

*Ein Sommermorgen. Vor dem Wagen stehen eine alte Frau und ihr Sohn. Der Sohn schleppt einen großen Sack mit Bettzeug.*

MUTTER COURAGES STIMME *aus dem Wagen:* Muß das in aller Herrgottsfrüh sein?

DER JUNGE MANN Wir sind die ganze Nacht zwanzig Meilen hergelaufen und müssen noch zurück heut.

MUTTER COURAGES STIMME Was soll ich mit Bettfedern? Die Leut haben keine Häuser!

DER JUNGE MANN Wartens lieber, bis Sie sie sehn.

DIE ALTE FRAU Da ist auch nix. Komm!

DER JUNGE MANN Dann verpfänden sie uns das Dach überm Kopf für die Steuern. Vielleicht gibt sie drei Gulden, wenn du das Kreuzel zulegst. *Glocken beginnen zu läuten:* Horch, Mutter!

STIMMEN *von hinten:* Frieden! Der Schwedenkönig ist gefallen!

MUTTER COURAGE *steckt den Kopf aus dem Wagen. Sie ist noch unfrisiert:* Was ist das für ein Geläut mitten in der Woch?

DER FELDPREDIGER *kommt unterm Wagen vorgekrochen:* Was schrein sie?

MUTTER COURAGE Sagen Sie mir nicht, daß Friede ausgebrochen ist, wo ich eben neue Vorräte eingekauft hab.

DER FELDPREDIGER *nach hinten rufend:* Ists wahr, Frieden?

STIMME Seit drei Wochen, heißts, wir habens nur nicht erfahren.

DER FELDPREDIGER *zur Courage:* Warum solln sie sonst die Glocken läuten?

STIMME In der Stadt sind schon ein ganzer Haufen Lutherische mit Fuhrwerken angekommen, die haben die Neuigkeit gebracht.

DER JUNGE MANN Mutter, es ist Frieden. Was hast? *Die alte Frau ist zusammengebrochen.*

MUTTER COURAGE *zurück in den Wagen:* Marandjosef! Kattrin, Friede! Zieh dein Schwarzes an! Wir gehn in'n Gottesdienst. Das sind wir dem Schweizerkas schuldig. Obs wahr ist?

DER JUNGE MANN Die Leut hier sagens auch. Es ist Frieden gemacht worden. Kannst du aufstehn? *Die alte Frau steht betäubt auf.* Jetzt bring ich die Sattlerei wieder in Gang. Ich versprech dirs. Alles kommt in Ordnung. Vater kriegt sein Bett wieder. Kannst du laufen? *Zum Feldprediger:* Schlecht ist ihr geworden. Das ist die Nachricht. Sie hats nicht geglaubt, daß es noch Frieden wird. Vater hats immer gesagt. Wir gehn gleich heim. *Beide ab.*

MUTTER COURAGES STIMME Gebt ihr einen Schnaps!

DER FELDPREDIGER Sie sind schon fort.

MUTTER COURAGES STIMME Was ist im Lager drüben?

DER FELDPREDIGER Sie laufen zusammen. Ich geh hinüber. Soll ich nicht mein geistliches Gewand anziehn?

MUTTER COURAGES STIMME Erkundigen Sie sich erst genauer, vor Sie sich zu erkennen geben als Antichrist. Ich bin froh übern Frieden, wenn ich auch ruiniert bin. Wenigstens zwei von den Kindern hätt ich also durchgebracht durch den Krieg. Jetzt werd ich meinen Eilif wiedersehn.

DER FELDPREDIGER Und wer kommt da die Lagergaß herunter? Wenn das nicht der Koch vom Feldhauptmann ist!

DER KOCH *etwas verwahrlost und mit einem Bündel:* Wen seh ich? Den Feldprediger!

DER FELDPREDIGER Courage, ein Besuch!

*Mutter Courage klettert heraus.*

DER KOCH Ich habs doch versprochen, ich komm, sobald ich Zeit hab, zu einer kleinen Unterhaltung herüber. Ich hab Ihren Branntwein nicht vergessen, Frau Fierling.

MUTTER COURAGE Jesus, der Koch vom Feldhauptmann! Nach all die Jahr! Wo ist der Eilif, mein Ältester?

DER KOCH Ist der noch nicht da? Der ist vor mir weg und wollt auch zu Ihnen.

DER FELDPREDIGER Ich zieh mein geistliches Gewand an, wartets.

*Ab hinter den Wagen.*

MUTTER COURAGE Da kann er jede Minute eintreffen. *Ruft in den Wagen:* Kattrin, der Eilif kommt! Hol ein Glas Branntwein fürn Koch, Kattrin! *Kattrin zeigt sich nicht.* Gib ein Büschel Haar drüber, und fertig! Herr Lamb ist kein Fremder. *Holt selber den Branntwein.* Sie will nicht heraus, sie macht sich nix ausn Frieden. Er hat zu lang auf sich warten lassen. Sie haben sie über das eine Aug geschlagen, man siehts schon kaum mehr, aber sie meint, die Leut stiern auf sie.

DER KOCH Ja, der Krieg! *Er und Mutter Courage setzen sich.*

MUTTER COURAGE Koch, Sie treffen mich im Unglück. Ich bin ruiniert.

DER KOCH Was? Das ist aber ein Pech.

MUTTER COURAGE Der Friede bricht mirn Hals. Ich hab auf den Feldprediger sein Rat neulich noch Vorrät eingekauft. Und jetzt wird sich alles verlaufen, und ich sitz auf meine Waren.

DER KOCH Wie können Sie auf den Feldprediger hörn? Wenn ich damals Zeit gehabt hätt, aber die Katholischen sind zu schnell gekommen, hätt ich Sie vor dem gewarnt. Das ist ein Schmalger. So, der führt bei Ihnen jetzt das große Wort.

MUTTER COURAGE Er hat mirs Geschirr gewaschen und ziehn helfen.

DER KOCH Der und ziehn! Er wird Ihnen schon auch ein paar von seine Witz erzählt haben, wie ich den kenn, der hat eine ganz unsaubere Anschauung vom Weib, ich hab mein Einfluß umsonst bei ihm geltend gemacht. Er ist unsolid.

MUTTER COURAGE Sind Sie solid?

DER KOCH Wenn ich nix bin, bin ich solid. Prost!

MUTTER COURAGE Das ist nix, solid. Ich hab nur einen gehabt, Gott sei Dank, wo solid war. So hab ich nirgends schuften müssen, er hat die Decken von die Kinder verkauft im Frühjahr, und meine Mundharmonika hat er unchristlich gefunden. Ich find, Sie empfehln sich nicht, wenn Sie eingestehn, Sie sind solid.

DER KOCH Sie haben immer noch Haare auf die Zähn, aber ich schätz Sie drum.

MUTTER COURAGE Sagen Sie jetzt nicht, Sie haben von meine Haar auf die Zähn geträumt!

DER KOCH Ja, jetzt sitzen wir hier, und Friedensglocken und Ihr Branntwein, wie nur Sie ihn ausschenken, das ist ja berühmt.

MUTTER COURAGE Ich halt nix von Friedensglocken im Moment. Ich seh nicht, wie sie den Sold auszahln wolln, wo im Rückstand ist, und wo bleib ich dann mit meinem berühmten Branntwein? Habt ihr denn ausgezahlt bekommen?

DER KOCH *zögernd:* Das nicht grad. Darum haben wir uns aufgelöst. Unter diese Umständ hab ich mir gedacht, was soll ich bleiben, ich besuch inzwischen Freunde. Uns so sitz ich jetzt Ihnen gegenüber.

MUTTER COURAGE Das heißt, Sie haben nix.

DER KOCH Mit dem Gebimmel könnten sie wirklich aufhören, nachgerad. Ich käm gern in irgendeinen Handel mit was. Ich hab keine Lust mehr, denen den Koch machen. Ich soll ihnen aus Baumwurzeln und Schuhleder was zusammenpantschen, und dann schütten sie mir die heiße Suppe ins Gesicht. Heut Koch, das ist ein Hundeleben. Lieber Kriegsdienst tun, aber freilich, jetzt ist ja Frieden. *Da der Feldprediger auftaucht, nunmehr in seinem alten Gewand:* Wir reden später darüber weiter.

DER FELDPREDIGER Es ist noch gut, nur paar Motten waren drin.

DER KOCH Ich seh nur nicht, wozu Sie sich die Müh machen. Sie werden doch nicht wieder eingestellt, wen sollten Sie jetzt anfeuern, daß er seinen Sold ehrlich verdient und sein Leben in die Schanz schlägt? Ich hab überhaupt mit Ihnen noch ein Hühnchen zu rupfen, weil Sie die Dame zu einem Einkauf von überflüssigen Waren geraten haben unter der Angabe, der Krieg geht ewig.

DER FELDPREDIGER *hitzig:* Ich möcht wissen, was Sie das angeht?

DER KOCH Weils gewissenlos ist, so was! Wie können Sie sich in die Geschäftsführung von andern Leuten einmischen mit ungewünschten Ratschlägen?

DER FELDPREDIGER Wer mischt sich ein? *Zur Courage:* Ich hab nicht gewußt, daß Sie eine so enge Freundin von dem Herrn sind und ihm Rechenschaft schuldig sind.

MUTTER COURAGE Regen Sie sich nicht auf, der Koch sagt nur seine Privatmeinung, und Sie können nicht leugnen, daß Ihr Krieg eine Niete war.

DER FELDPREDIGER Sie sollten sich nicht am Frieden versündigen, Courage! Sie sind eine Hyäne des Schlachtfelds.

MUTTER COURAGE Was bin ich?

DER KOCH Wenn Sie meine Freundin beleidigen, kriegen Sies mit mir zu tun.

DER FELDPREDIGER Mit Ihnen red ich nicht. Sie haben mir zu durchsichtige Absichten. *Zur Courage:* Aber wenn ich Sie den Frieden entgegennehmen seh wie ein altes verrotztes Sacktuch, mit Daumen und Zeigefinger, dann empör ich mich menschlich; denn dann seh ich, Sie wollen keinen Frieden, sondern Krieg, weil Sie Gewinne machen, aber vergessen Sie dann auch nicht den alten Spruch: »Wer mitn Teufel frühstücken will, muß ein langen Löffel haben!«

MUTTER COURAGE Ich hab nix fürn Krieg übrig, und er hat wenig genug für mich übrig. Ich verbitt mir jedenfalls die Hyäne, wir sind geschiedene Leut.

DER FELDPREDIGER Warum beklagen Sie sich dann übern Frieden, wenn alle Menschen aufatmen? Wegen paar alte Klamotten in Ihrem Wagen?!

MUTTER COURAGE Meine Waren sind keine alte Klamotten, sondern davon leb ich, und Sie habens bisher auch.

DER FELDPREDIGER Also vom Krieg! Aha!

DER KOCH *zum Feldprediger:* Als erwachsener Mensch hätten Sie sich sagen müssen, daß man keinen Rat gibt. *Zur Courage:* In der Lag können Sie jetzt nix Besseres mehr tun als gewisse Waren schnell losschlagen, vor die Preis ins Aschgraue sinken. Ziehn Sie sich an und gehn Sie los, verliern Sie keine Minut!

MUTTER COURAGE Das ist ein ganz vernünftiger Rat. Ich glaub, ich machs.

DER FELDPREDIGER Weil der Koch es sagt!

MUTTER COURAGE Warum haben Sies nicht gesagt? Er hat recht, ich geh besser auf den Markt. *Sie geht in den Wagen.*

DER KOCH Einen für mich, Feldprediger. Sie sind nicht geistesgegenwärtig. Sie hätten sagen müssen: i c h soll Ihnen ein Rat gegeben haben? Ich hab höchstens politisiert! Mit mir sollten Sie sich nicht hinstelln. So ein Hahnenkampf paßt sich nicht für Ihr Gewand!

DER FELDPREDIGER Wenn Sie nicht das Maul halten, ermord ich Sie, ob sich das paßt oder nicht.

DER KOCH *seine Stiefel ausziehend und sich die Fußlappen abwickelnd:* Wenn Sie nicht im Krieg ein so gottloser Lump geworden wären, könntens jetzt im Frieden leicht wieder zu einem Pfarrhaus kommen. Köch wird man nicht brauchen, zum Kochen ist nix da, aber geglaubt wird immer noch, da hat sich nix verändert.

DER FELDPREDIGER Herr Lamb, ich muß Sie bitten, mich hier nicht hinauszudrängeln. Seit ich verlumpt bin, bin ich ein besserer Mensch geworden. Ich könnt ihnen nicht mehr predigen.

*Yvette Pottier kommt, in Schwarz, aufgetakelt, mit Stock. Sie ist viel älter, dicker und sehr gepudert. Hinter ihr ein Bedienter.*

YVETTE Holla, ihr Leut! Ist das bei Mutter Courage?

DER FELDPREDIGER Ganz recht. Und mit wem haben wir das Vergnügen?

YVETTE Mit der Obristin Starhemberg, gute Leut. Wo ist die Courage?

DER FELDPREDIGER *ruft in den Wagen:* Die Obristin Starhemberg möcht Sie sprechen!

STIMME DER MUTTER COURAGE Ich komm gleich!

YVETTE Ich bin die Yvette!

STIMME DER MUTTER COURAGE Ach, die Yvette!

YVETTE Nur nachschaun, wies geht! *Da der Koch sich entsetzt herumgedreht hat:* Pieter!

DER KOCH Yvette!

YVETTE So was! Wie kommst denn du da her?

DER KOCH Im Fuhrwerk.

DER FELDPREDIGER Ach, ihr kennts euch? Intim?

YVETTE Ich möchts meinen. *Sie betrachtet den Koch:* Fett!

DER KOCH Du gehörst auch nicht mehr zu die Schlanksten.

YVETTE Jedenfalls schön, daß ich dich treff, Lump. Da kann ich dir sagen, was ich über dich denk.

DER FELDPREDIGER Sagen Sies nur genau, aber warten Sie, bis die Courage heraußen ist.

MUTTER COURAGE *kommt heraus, mit allerlei Waren:* Yvette! *Sie umarmen sich.* Aber warum bist du in Trauer?

YVETTE Stehts mir nicht? Mein Mann, der Obrist, ist vor ein paar Jahren gestorben.

MUTTER COURAGE Der Alte, wo beinah mein Wagen gekauft hätt?

YVETTE Sein älterer Bruder.

MUTTER COURAGE Da stehst dich ja nicht schlecht! Wenigstens eine, wos im Krieg zu was gebracht hat.

YVETTE Auf und ab und wieder auf ists halt gegangen.

MUTTER COURAGE Reden wir nicht Schlechtes von die Obristen, sie machen Geld wie Heu!

DER FELDPREDIGER *zum Koch:* Ich möcht an Ihrer Stell die Schuh wieder anziehn. *Zu Yvette:* Sie haben versprochen, Sie sagen, was Sie über den Herrn denken, Frau Obristin.

DER KOCH Yvette, mach keinen Stunk hier.

MUTTER COURAGE Das ist ein Freund von mir, Yvette.

YVETTE Das ist der Pfeifenpieter.

DER KOCH Laß die Spitznamen! Ich heiß Lamb.

MUTTER COURAGE *lacht:* Der Pfeifenpieter! Wo die Weiber verrückt gemacht hat! Sie, Ihre Pfeif hab ich aufbewahrt.

DER FELDPREDIGER Und draus geraucht!

YVETTE Ein Glück, daß ich Sie vor dem warnen kann. Das ist der schlimmste, wo an der ganzen flandrischen Küste herumgelaufen ist. An jedem Finger eine, die er ins Unglück gebracht hat.

DER KOCH Das ist lang her. Das ist schon nimmer wahr.

YVETTE Steh auf, wenn eine Dame dich ins Gespräch zieht! Wie ich diesen Menschen geliebt hab! Und zu gleicher Zeit hat er eine kleine Schwarze gehabt mit krumme Bein, die hat er auch ins Unglück gebracht, natürlich.

DER KOCH Dich hab ich jedenfalls eher ins Glück gebracht, wies scheint.

YVETTE Halt das Maul, traurige Ruin! Aber hüten Sie sich vor ihm, so einer bleibt gefährlich auch im Zustand des Verfalls!

MUTTER COURAGE *zu Yvette:* Komm mit, ich muß mein Zeug losschlagen, vor die Preis sinken. Vielleicht hilfst du mir beim Regiment mit deine Verbindungen. *Ruft in den Wagen:* Kattrin, es ist nix mit der Kirch, stattdem geh ich aufn Markt. Wenn der Eilif kommt, gebts ihm was zum Trinken. *Ab mit Yvette.*

YVETTE *im Abgehn:* Daß mich so was wie dieser Mensch einmal vom graden Weg hat abbringen können! Ich habs nur meinem guten Stern zu danken, daß ich dennoch in die Höh gekommen bin. Aber daß ich dir jetzt das Handwerk gelegt hab, wird mir dereinst oben angerechnet, Pfeifenpieter.

DER FELDPREDIGER Ich möcht unsrer Unterhaltung das Wort zugrund legen: Gottes Mühlen mahlen langsam. Und Sie beschweren sich über meinen Witz!

DER KOCH Ich hab halt kein Glück. Ich sags, wies ist: ich hab auf eine warme Mahlzeit gehofft. Ich bin ausgehungert, und jetzt reden die über mich, und sie bekommt ein ganz falsches Bild von mir. Ich glaub, ich verschwind, bis sie zurück ist.

DER FELDPREDIGER Ich glaub auch.

DER KOCH Feldprediger, mir hangt der Frieden schon wieder zum Hals heraus. Die Menschheit muß hingehn durch Feuer und Schwert, weil sie sündig ist von Kindesbeinen an. Ich wollt, ich könnt dem Feldhauptmann, wo Gott weiß wo ist, wieder einen fetten Kapaun braten, in Senfsoße mit bissel gelbe Rüben.

DER FELDPREDIGER Rotkohl. Zum Kapaun Rotkohl.

DER KOCH Das ist richtig, aber er hat gelbe Rüben wolln.

DER FELDPREDIGER Er hat nix verstanden.

DER KOCH Sie habens immer wacker mitgefressen.

DER FELDPREDIGER Mit Widerwillen.

DER KOCH Jedenfalls müssen Sie zugeben, daß das noch Zeiten warn.

DER FELDPREDIGER Das würd ich eventuell zugeben.

DER KOCH Nachdem Sie sie eine Hyäne geheißen haben, sinds für Sie hier keine Zeiten mehr. Was stiern Sie denn?

DER FELDPREDIGER Der Eilif! *Von Soldaten mit Picketten gefolgt, kommt Eilif daher. Seine Hände sind gefesselt. Er ist kalkweiß.* Was ist denn mit dir los?

EILIF Wo ist die Mutter?

DER FELDPREDIGER In die Stadt.

EILIF Ich hab gehört, sie ist am Ort. Sie haben erlaubt, daß ich sie noch besuchen darf.

DER KOCH *zu den Soldaten:* Wo führt ihr ihn denn hin?

EIN SOLDAT Nicht zum Guten.

DER FELDPREDIGER Was hat er angestellt?

DER SOLDAT Bei einem Bauern ist er eingebrochen. Die Frau ist hin.

DER FELDPREDIGER Wie hast du das machen können?
EILIF Ich hab nix andres gemacht als vorher auch.
DER KOCH Aber im Frieden.
EILIF Halt das Maul. Kann ich mich hinsetzen, bis sie kommt?
DER SOLDAT Wir haben keine Zeit.
DER FELDPREDIGER Im Krieg haben sie ihn dafür geehrt, zur Rechten vom Feldhauptmann ist er gesessen. Da wars Kühnheit! Könnt man nicht mit dem Profoß reden?
DER SOLDAT Das nutzt nix. Einem Bauern sein Vieh nehmen, was wär daran kühn?
DER KOCH Das war eine Dummheit!
EILIF Wenn ich dumm gewesen wär, dann wär ich verhungert, du Klugscheißer.
DER KOCH Und weil du klug warst, kommt dir der Kopf herunter.
DER FELDPREDIGER Wir müssen wenigstens die Kattrin herausholen.
EILIF Laß sie drin! Gib mir lieber einen Schluck Schnaps.
DER SOLDAT Zu dem hats keine Zeit, komm!
DER FELDPREDIGER Und was solln wir deiner Mutter ausrichten?
EILIF Sag ihr, es war nichts anderes, sag ihr, es war dasselbe. Oder sag ihr gar nix. *Die Soldaten treiben ihn weg.*
DER FELDPREDIGER Ich geh mit dir deinen schweren Weg.
EILIF Ich brauch keinen Pfaffen.
DER FELDPREDIGER Das weißt du noch nicht. *Er folgt ihm.*
DER KOCH *ruft ihnen nach:* Ich werds ihr doch sagen müssen, sie wird ihn noch sehn wollen!
DER FELDPREDIGER Sagen Sie ihr lieber nix. Höchstens, er war da und kommt wieder, vielleicht morgen. Inzwischen bin ich zurück und kanns ihr beibringen.
*Hastig ab.*
*Der Koch schaut ihnen kopfschüttelnd nach, dann geht er unruhig herum. Am Ende nähert er sich dem Wagen.*
DER KOCH Holla! Wolln Sie nicht rauskommen? Ich versteh ja, daß Sie sich vorm Frieden verkrochen haben. Ich möchts auch. Ich bin der Koch vom Feldhauptmann, erinnern Sie sich an mich? Ich frag mich, ob Sie bissel was zu essen hätten, bis Ihre Mutter zurückkommt. Ich hätt grad Lust auf ein Speck oder auch Brot, nur wegen der Langeweil. *Er schaut hinein.* Hat die Deck überm Kopf.
*Hinten Kanonendonner.*
MUTTER COURAGE *kommt gelaufen, sie ist außer Atem und hat ihre Waren noch:* Koch, der Frieden ist schon wieder aus! Schon seit drei Tag ist wieder Krieg. Ich hab mein Zeug noch nicht losgeschlagen gehabt, wie ichs erfahrn hab. Gott sei Dank! In der Stadt schießen sie sich mit die Lutherischen. Wir müssen gleich weg mitn Wagen. Kattrin, packen! Warum sind Sie betreten! Was ist los?
DER KOCH Nix.
MUTTER COURAGE Doch, es ist was. Ich sehs Ihnen an.
DER KOCH Weil wieder Krieg ist wahrscheinlich. Jetzt kanns bis morgen abend dauern, bis ich irgendwo was Warmes in Magen krieg.
MUTTER COURAGE Das ist gelogen, Koch.
DER KOCH Der Eilif war da. Er hat nur gleich wieder wegmüssen.
MUTTER COURAGE War er da? Da werden wir ihn aufn Marsch sehn. Ich zieh mit die Unsern jetzt. Wie sieht er aus?
DER KOCH Wie immer.
MUTTER COURAGE Der wird sich nie ändern. Den hat der Krieg mir nicht wegnehmen können. Der ist klug. Helfen Sie mir beim Packen? *Sie beginnt zu packen.* Hat er was erzählt? Steht er sich gut mitn Hauptmann? Hat er was von seine Heldentaten berichtet?
DER KOCH *finster:* Eine hat er, hör ich, noch einmal wiederholt.
MUTTER COURAGE Sie erzählens mir später, wir müssen fort. *Kattrin taucht auf.* Kattrin, der Frieden ist schon wieder herum. Wir ziehn weiter. *Zum Koch:* Was ist mit Ihnen?
DER KOCH Ich laß mich anwerben.
MUTTER COURAGE Ich schlag Ihnen vor... wo ist der Feldprediger?
DER KOCH In die Stadt mit dem Eilif.
MUTTER COURAGE Dann kommen Sie ein Stückl mit, Lamb. Ich brauch eine Hilf.
DER KOCH Die Geschicht mit der Yvette...
MUTTER COURAGE Die hat Ihnen nicht geschadet in meinen Augen. Im Gegenteil. Wos raucht, ist Feuer, heißts. Kommen Sie also mit uns?
DER KOCH Ich sag nicht nein.
MUTTER COURAGE Das Zwölfte is schon aufgebrochen. Gehens an die Deichsel. Da is ein Stück Brot. Wir müssen hintenrum, zu den Lutherischen. Vielleicht seh ich den Eilif schon heut nacht. Das ist mir der liebste von allen. Ein kurzer Friede wars. Und schon gehts weiter. *Sie*

*singt, während der Koch und Kattrin sich vorspannen:*
Von Ulm nach Metz, von Metz nach Mähren!
Mutter Courage ist dabei!
Der Krieg wird seinen Mann ernähren
Er braucht nur Pulver zu und Blei.
Von Blei allein kann er nicht leben
Von Pulver nicht, er braucht auch Leut!
Müßts euch zum Regiment begeben
Sonst steht er um! So kommt noch heut!

9

**Schon sechzehn Jahre dauert nun der große Glaubenskrieg. Über die Hälfte seiner Bewohner hat Deutschland eingebüßt. Gewaltige Seuchen töten, was die Metzeleien übriggelassen haben. In den ehemals blühenden Landstrichen wütet der Hunger. Wölfe durchstreifen die niedergebrannten Städte. Im Herbst 1634 begegnen wir der Courage im deutschen Fichtelgebirge, abseits der Heerstraße, auf der die schwedischen Heere ziehen. Der Winter in diesem Jahr kommt früh und ist streng. Die Geschäfte gehen schlecht, so daß nur Betteln übrigbleibt. Der Koch bekommt einen Brief aus Utrecht und wird verabschiedet.**

*Vor einem halbzerfallenen Pfarrhaus*

*Grauer Morgen im Frühwinter. Windstöße. Mutter Courage und der Koch in schäbigen Schafsfellen am Wagen.*

DER KOCH Es ist alles dunkel, noch niemand auf.

MUTTER COURAGE Aber ein Pfarrhaus. Und zum Glockenläuten muß er aus den Federn kriechen. Dann hat er eine warme Supp.

DER KOCH Woher, wenns ganze Dorf verkohlt ist, wie wir gesehn haben.

MUTTER COURAGE Aber es ist bewohnt, vorhin hat ein Hund gebellt.

DER KOCH Wenn der Pfaff hat, gibt er nix.

MUTTER COURAGE Vielleicht, wenn wir singen...

DER KOCH Ich habs bis oben auf. *Plötzlich:* Ich hab einen Brief aus Utrecht, daß meine Mutter an der Cholera gestorben ist, und das Wirtshaus gehört mir. Da ist der Brief, wenns nicht glaubst. Ich zeig ihn dir, wenns dich auch nix angeht, was meine Tante über meinen Lebenswandel schmiert.

MUTTER COURAGE *liest den Brief:* Lamb, ich bin das Herumziehn auch müd. Ich komm mir vor wie'n Schlachterhund, ziehts Fleisch für die Kunden und kriegt nix davon ab. Ich hab nix mehr zu verkaufen, und die Leut haben nix, das Nix zu zahln. Im Sächsischen hat mir einer in Lumpen ein Klafter Pergamentbänd aufhängen wolln für zwei Eier, und fürn Säcklein Salz hätten sie mir im Württembergischen ihren Pflug abgelassen. Wozu pflügen? Es wachst nix mehr, nur Dorngestrüpp. Im Pommerschen solln die Dörfler schon die jüngeren Kinder aufgegessen haben, und Nonnen haben sie bei Raubüberfäll erwischt.

DER KOCH Die Welt stirbt aus.

MUTTER COURAGE Manchmal seh ich mich schon durch die Höll fahrn mit mein Planwagen und Pech verkaufen oder durchn Himmel, Wegzehrung ausbieten an irrende Seelen. Wenn ich mit meine Kinder, wo mir verblieben sind, eine Stell fänd, wo nicht herumgeschossen würd, möcht ich noch ein paar ruhige Jahr haben.

DER KOCH Wir könnten das Wirtshaus aufmachen. Anna, überleg dirs. Ich hab heut nacht meinen Entschluß gefaßt, ich geh mit dir oder ohne dich nach Utrecht zurück, und zwar heut.

MUTTER COURAGE Ich muß mit der Kattrin reden. Es kommt bissel schnell, und ich faß meine Entschlüß ungern in der Kält und mit nix im Magen. Kattrin! *Kattrin klettert aus dem Wagen.* Kattrin, ich muß dir was mitteilen. Der Koch und ich wolln nach Utrecht. Er hat eine Wirtschaft dort geerbt. Da hättst du ein festen Punkt und könntest Bekanntschaften machen. Eine gesetzte Person möcht mancher schätzen, das Aussehn ist nicht alles. Ich wär auch dafür. Ich vertrag mich mitn Koch. Ich muß für ihn sagen: er hat ein Kopf fürs Geschäft. Wir hätten unser gesichertes Essen, das wär fein, nicht? Und du hast deine Bettstatt, das paßt dir, wie? Auf der Straß ist kein Leben auf die Dauer. Du möchtest verkommen. Verlaust bist schon. Wir müssen uns entscheiden, warum, wir könnten mit den Schweden ziehn, nach Norden, sie müssen dort drüben sein. *Sie zeigt nach links:* Ich denk, wir entschließen uns, Kattrin.

DER KOCH Anna, ich möcht ein Wort mit dir allein haben.

MUTTER COURAGE Geh in den Wagen zurück, Kattrin.

*Kattrin klettert zurück.*

DER KOCH Ich hab dich unterbrochen, weil das

ist ein Mißverständnis von deiner Seit, seh ich. Ich hab gedacht, das müßt ich nicht eigens sagen, weils klar ist. Aber wenn nicht, muß ich dirs halt sagen, daß du die mitnimmst, davon kann keine Rede sein. Ich glaub, du verstehst mich.

*Kattrin steckt hinter ihnen den Kopf aus dem Wagen und lauscht.*

MUTTER COURAGE Du meinst, ich soll die Kattrin zurücklassen?

DER KOCH Wie denkst du dirs? Da ist kein Platz in der Wirtschaft. Das ist keine mit drei Schankstuben. Wenn wir zwei uns auf die Hinterbein stelln, können wir unsern Unterhalt finden, aber nicht drei, das ist ausgeschlossen. Die Kattrin kann den Wagen behalten.

MUTTER COURAGE Ich hab mir gedacht, sie kann in Utrecht einen Mann finden.

DER KOCH Daß ich nicht lach! Wie soll die einen Mann finden? Stumm und die Narb dazu! Und in dem Alter?

MUTTER COURAGE Red nicht so laut!

DER KOCH Was ist, ist, leis oder laut. Und das ist auch ein Grund, warum ich sie nicht in der Wirtschaft haben kann. Die Gäst wolln so was nicht immer vor Augen haben. Das kannst du ihnen nicht verdenken.

MUTTER COURAGE Halts Maul. Ich sag, du sollst nicht so laut sein.

DER KOCH Im Pfarrhaus ist Licht. Wir können singen.

MUTTER COURAGE Koch, wie könnt sie allein mitn Wagen ziehn? Sie hat Furcht vorm Krieg. Sie verträgts nicht. Was die für Träum haben muß! Ich hör sie stöhnen nachts. Nach Schlachten besonders. Was sie da sieht in ihre Träum, weiß ich nicht. Die leidet am Mitleid. Neulich hab ich bei ihr wieder einen Igel versteckt gefunden, wo wir überfahren haben.

DER KOCH Die Wirtschaft ist zu klein. *Er ruft:* Werter Herr, Gesinde und Hausbewohner! Wir bringen zum Vortrag das Lied von Salomon, Julius Cäsar und andere große Geister, denens nicht genützt hat. Damit ihr seht, auch wir sind ordentliche Leut und habens drum schwer, durchzukommen, besonders im Winter.

*Sie singen:*

Ihr saht den weisen Salomon
Ihr wißt, was aus ihm wurd.
Dem Mann war alles sonnenklar
Er verfluchte die Stunde seiner Geburt
Und sah, daß alles eitel war.
Wie groß und weis war Salomon!
Und seht, da war es noch nicht Nacht
Da sah die Welt die Folgen schon:
Die Weisheit hatte ihn so weit gebracht!
Beneidenswert, wer frei davon!

Alle Tugenden sind nämlich gefährlich auf dieser Welt, wie das schöne Lied beweist, man hat sie besser nicht und hat ein angenehmes Leben und Frühstück, sagen wir, eine warme Supp. Ich zum Beispiel hab keine und möcht eine, ich bin ein Soldat, aber was hat meine Kühnheit mir genutzt in all die Schlachten, nix, ich hunger und wär besser ein Hosenscheißer geblieben und daheim. Denn warum?

Ihr saht den kühnen Cäsar dann
Ihr wißt, was aus ihm wurd.
Der saß wien Gott auf dem Altar
Und wurde ermordet, wie ihr erfuhrt
Und zwar, als er am größten war
Wie schrie der laut: Auch du, mein Sohn!
Denn seht, da war es noch nicht Nacht
Da sah die Welt die Folgen schon:
Die Kühnheit hatte ihn so weit gebracht!
Beneidenswert, wer frei davon!

*Halblaut:* Sie schaun nicht mal heraus. *Laut:* Werter Herr, Gesinde und Hausbewohner! Sie möchten sagen, ja, die Tapferkeit ist nix, was seinen Mann nährt, versuchts mit der Ehrlichkeit! Da möchtet ihr satt werden oder wenigstens nicht ganz nüchtern bleiben. Wie ists damit?

Ihr kennt den redlichen Sokrates
Der stets die Wahrheit sprach:
Ach nein, sie wußten ihm keinen Dank
Vielmehr stellten die Obern böse ihm nach
Und reichten ihm den Schierlingstrank.
Wie redlich war des Volkes großer Sohn!
Und seht, da war es noch nicht Nacht
Da sah die Welt die Folgen schon:
Die Redlichkeit hatt' ihn so weit gebracht!
Beneidenswert, wer frei davon!

Ja, da heißts selbstlos sein und teilen, was man hat, aber wenn man nix hat? Denn die Wohltäter habens vielleicht auch nicht leicht, das sieht man ein, nur, man brauchet halt doch was. Ja, die Selbstlosigkeit ist eine seltene Tugend, weil sie sich nicht rentiert.

Der heilige Martin, wie ihr wißt
Ertrug nicht fremde Not.
Er sah im Schnee ein armen Mann
Und er bot seinen halben Mantel ihm an
Da frorn sie alle beid zu Tod.
Der Mann sah nicht auf irdischen Lohn!
Und seht, da war es noch nicht Nacht
Da sah die Welt die Folgen schon:
Selbstlosigkeit hatt' ihn so weit gebracht!
Beneidenswert, wer frei davon!

Und so ists mit uns! Wir sind ordentliche Leut, halten zusammen, stehln nicht, morden nicht, legen kein Feuer! Und so kann man sagen, wir sinken immer tiefer, und das Lied bewahrheitet sich an uns, und die Suppen sind rar, und wenn wir anders wären und Dieb und Mörder, möchten wir vielleicht satt sein! Denn die Tugenden zahln sich nicht aus, nur die Schlechtigkeiten, so ist die Welt und müßt nicht so sein!

Hier seht ihr ordentliche Leut
Haltend die zehn Gebot.
Es hat uns bisher nichts genützt:
Ihr, die am warmen Ofen sitzt
Helft lindern unsre große Not!
Wie kreuzbrav waren wir doch schon!
Und seht, da war es noch nicht Nacht
Da sah die Welt die Folgen schon:
Die Gottesfurcht hat uns so weit gebracht!
Beneidenswert, wer frei davon!

STIMME *von oben:* Ihr da! Kommt herauf! Eine Brennsupp könnt ihr haben.

MUTTER COURAGE Lamb, ich könnt nix hinunterwürgen. Ich sag nicht, was du sagst, is unvernünftig, aber wars dein letztes Wort? Wir haben uns gut verstanden.

DER KOCH Mein letztes. Überlegs dir.

MUTTER COURAGE Ich brauch nix zu überlegen. Ich laß sie nicht hier.

DER KOCH Das wär recht unvernünftig, ich könnts aber nicht ändern. Ich bin kein Unmensch, nur, das Wirtshaus ist ein kleines. Und jetzt müssen wir hinauf, sonst ist das auch nix hier, und wir haben umsonst in der Kält gesungen.

MUTTER COURAGE Ich hol die Kattrin.

DER KOCH Lieber steck oben was für sie ein. Wenn wir zu dritt anrücken, kriegen sie einen Schreck. *Beide ab.*

*Aus dem Wagen klettert Kattrin, mit einem Bündel. Sie sieht sich um, ob die beiden fort sind. Dann arrangiert sie auf dem Wagenrad eine alte Hose vom Koch und einen Rock ihrer Mutter nebeneinander, so, daß es leicht gesehen wird. Sie ist damit fertig und will mit ihrem Bündel weg, als Mutter Courage aus dem Haus zurückkommt.*

MUTTER COURAGE *mit einem Teller Suppe:* Kattrin! Bleibst stehn! Kattrin! Wo willst du hin, mit dem Bündel? Bist du von Gott und alle guten Geister verlassen? *Sie untersucht das Bündel.* Ihre Sachen hat sie gepackt! Hast du zugehört? Ich hab ihm gesagt, daß nix wird aus Utrecht, seinem dreckigen Wirtshaus, was solln wir dort? Du und ich, wir passen in kein Wirtshaus. In dem Krieg is noch allerhand für uns drin. *Sie sieht die Hose und den Rock.* Du bist ja dumm. Was denkst, wenn ich das gesehn hätt, und du wärst weggewesen? *Sie hält Kattrin fest, die weg will.* Glaub nicht, daß ich ihm deinetwegen den Laufpaß gegeben hab. Es war der Wagen, darum. Ich trenn mich doch nicht vom Wagen, wo ich gewohnt bin, wegen dir ists gar nicht, es ist wegen dem Wagen. Wir gehn die andere Richtung, und dem Koch sein Zeug legen wir heraus, daß ers find, der dumme Mensch. *Sie klettert hinauf und wirft noch ein paar Sachen neben die Hose.* So, der ist draus aus unserm Geschäft, und ein andrer kommt mir nimmer rein. Jetzt machen wir beide weiter. Der Winter geht auch rum, wie alle andern. Spann dich ein, es könnt Schnee geben.

*Sie spannen sich beide vor den Wagen, drehn ihn um und ziehen ihn weg. Wenn der Koch kommt, sieht er verdutzt sein Zeug.*

## 10

**Das ganze Jahr 1635 ziehen Mutter Courage und ihre Tochter Kattrin über die Landstraßen Mitteldeutschlands, folgend den immer zerlumpteren Heeren.**

*Landstraße*

*Mutter Courage und Kattrin ziehen den Planwagen. Sie kommen an einem Bauernhaus vorbei, aus dem eine Stimme singt.*

DIE STIMME
Uns hat eine Ros ergetzet
Im Garten mittenan
Die hat sehr schön geblühet
Haben sie im März gesetzet

Und nicht umsonst gemühet.
Wohl denen, die ein Garten han
Sie hat so schön geblühet.

Und wenn die Schneewind wehen
Und blasen durch den Tann
Es kann uns wenig g'schehen
Wir habens Dach gerichtet
Mit Moos und Stroh verdichtet.
Wohl denen, die ein Dach jetzt han
Wenn solche Schneewind wehen.

*Mutter Courage und Kattrin haben eingehalten, um zuzuhören, und ziehen dann weiter.*

**11**

**Januar 1636. Die kaiserlichen Truppen bedrohen die evangelische Stadt Halle. Der Stein beginnt zu reden. Mutter Courage verliert ihre Tochter und zieht allein weiter. Der Krieg ist noch lange nicht zu Ende.**

*Der Planwagen steht zerlumpt neben einem Bauernhaus mit riesigem Strohdach, das sich an eine Felswand anlehnt. Es ist Nacht.*
*Aus dem Gehölz treten ein Fähnrich und drei Soldaten in schwerem Eisen.*

DER FÄHNRICH Ich will keinen Lärm haben. Wer schreit, dem haut den Spieß hinauf.
ERSTER SOLDAT Aber wir müssen sie herausklopfen, wenn wir einen Führer haben wollen.
DER FÄHNRICH Das ist kein unnatürlicher Lärm, Klopfen. Da kann eine Kuh sich an die Stallwand wälzen.
*Die Soldaten klopfen an die Tür des Bauernhauses. Eine Bäuerin öffnet. Sie halten ihr den Mund zu. Zwei Soldaten hinein.*
MÄNNERSTIMME *drinnen:* Ist was?
*Die Soldaten bringen einen Bauern und seinen Sohn heraus.*
DER FÄHNRICH *deutet auf den Wagen, in dem Kattrin aufgetaucht ist:* Da ist auch noch eine. *Ein Soldat zerrt sie heraus.* Seid ihr alles, was hier wohnt?
DIE BAUERSLEUTE Das ist unser Sohn. – Und das ist eine Stumme. – Ihre Mutter ist in die Stadt, einkaufen. – Für ihren Warenhandel, weil viele fliehn und billig verkaufen. – Es sind fahrende Leut, Marketender.
DER FÄHNRICH Ich ermahn euch, daß ihr euch ruhig verhaltet, sonst, beim geringsten Lärm, gibts den Spieß über die Rübe. Und ich brauch einen, der uns den Pfad zeigt, wo auf die Stadt führt. *Deutet auf den jungen Bauern:* Du, komm her!
DER JUNGE BAUER Ich weiß keinen Pfad nicht.
ZWEITER SOLDAT *grinsend:* Er weiß keinen Pfad nicht.
DER JUNGE BAUER Ich dien nicht die Katholischen.
DER FÄHNRICH *zum zweiten Soldaten:* Gib ihm den Spieß in die Seit!
DER JUNGE BAUER *auf die Knie gezwungen und mit dem Spieß bedroht:* Ich tus nicht ums Leben.
ERSTER SOLDAT Ich weiß was, wie er klug wird. *Er tritt auf den Stall zu.* Zwei Küh und ein Ochs. Hör zu: Wenn du keine Vernunft annimmst, säbel ich das Vieh nieder.
DER JUNGE BAUER Nicht das Vieh!
DIE BÄUERIN *weint:* Herr Hauptmann, verschont unser Vieh, wir möchten sonst verhungern.
DER FÄHNRICH Es ist hin, wenn er halsstarrig bleibt.
ERSTER SOLDAT Ich fang mit dem Ochsen an.
DER JUNGE BAUER *zum Alten:* Muß ichs tun? *Die Bäuerin nickt.* Ich tus.
DIE BÄUERIN Und schönen Dank, Herr Hauptmann, daß Sie uns verschont haben, in Ewigkeit, Amen.
*Der Bauer hält die Bäuerin von weiterem Danken zurück.*
ERSTER SOLDAT Hab ich nicht gleich gewußt, daß der Ochs ihnen über alles geht!
*Geführt von dem jungen Bauern, setzen der Fähnrich und die Soldaten ihren Weg fort.*
DER BAUER Ich möcht wissen, was die vorhaben. Nix Gutes.
DIE BÄUERIN Vielleicht sinds nur Kundschafter. – Was willst?
DER BAUER *eine Leiter ans Dach stellend und hinaufkletternd:* Sehn, ob die allein sind. *Oben:* Im Gehölz bewegt sichs. Bis zum Steinbruch hinab seh ich was. Und da sind auch Gepanzerte in der Lichtung. Und eine Kanon. Das ist mehr als ein Regiment. Gnade Gott der Stadt und allen, wo drin sind.
DIE BÄUERIN Ist Licht in der Stadt?
DER BAUER Nix. Da schlafens jetzt. *Er klettert herunter.* Wenn die eindringen, stechen sie alles nieder.
DIE BÄUERIN Der Wachtposten wirds rechtzeitig entdecken.

DER BAUER Den Wachtposten im Turm oben aufm Hang müssen sie hingemacht haben, sonst hätt der ins Horn gestoßen.

DIE BÄUERIN Wenn wir mehr wären...

DER BAUER Mit dem Krüppel allein hier oben...

DIE BÄUERIN Wir können nix machen, meinst...

DER BAUER Nix.

DIE BÄUERIN Wir können nicht hinunterlaufen, in der Nacht.

DER BAUER Der ganze Hang hinunter ist voll von ihnen. Wir können nicht einmal ein Zeichen geben.

DIE BÄUERIN Daß sie uns hier oben auch umbringen?

DER BAUER Ja, wir können nix machen.

DIE BÄUERIN *zu Kattrin:* Bet, armes Tier, bet! Wir können nix machen gegen das Blutvergießen. Wenn du schon nicht reden kannst, kannst doch beten. Er hört dich, wenn dich keiner hört. Ich helf dir. *Alle knien nieder, Kattrin hinter den Bauersleuten.* Vater unser, der du bist im Himmel, hör unser Gebet, laß die Stadt nicht umkommen mit alle, wo drinnen sind und schlummern und ahnen nix. Erweck sie, daß sie aufstehn und gehn auf die Mauern und sehn, wie sie auf sie kommen mit Spießen und Kanonen in der Nacht über die Wiesen, herunter vom Hang. *Zu Kattrin zurück:* Beschirm unsre Mutter und mach, daß der Wächter nicht schläft, sondern aufwacht, sonst ist es zu spät. Unserm Schwager steh auch bei, er ist drin mit seine vier Kinder, laß die nicht umkommen, sie sind unschuldig und wissen von nix. *Zu Kattrin, die stöhnt:* Eins ist unter zwei, das älteste sieben. *Kattrin steht verstört auf.* Vater unser, hör uns, denn nur du kannst helfen, wir möchten zugrund gehn, warum, wir sind schwach und haben keine Spieß und nix und können uns nix traun und sind in deiner Hand mit unserm Vieh und dem ganzen Hof, und so auch die Stadt, sie ist auch in deiner Hand, und der Feind ist vor den Mauern mit großer Macht.

*Kattrin hat sich unbemerkt zum Wagen geschlichen, etwas herausgenommen, es unter ihre Schürze getan und ist die Leiter hoch aufs Dach des Stalles geklettert.*

DIE BÄUERIN Gedenk der Kinder, wo bedroht sind, der allerkleinsten besonders, der Greise, wo sich nicht rühren können, und aller Kreatur.

DER BAUER Und vergib uns unsre Schuld, wie auch wir vergeben unsern Schuldigern. Amen.

*Kattrin beginnt, auf dem Dach sitzend, die Trommel zu schlagen, die sie unter ihrer Schürze hervorgezogen hat.*

DIE BÄUERIN Jesus, was macht die?

DER BAUER Sie hat den Verstand verloren.

DIE BÄUERIN Hol sie runter, schnell!

*Der Bauer läuft auf die Leiter zu, aber Kattrin zieht sie aufs Dach.*

DIE BÄUERIN Sie bringt uns ins Unglück.

DER BAUER Hör auf der Stell auf mit Schlagen, du Krüppel!

DIE BÄUERIN Die Kaiserlichen auf uns ziehn.

DER BAUER *sucht Steine am Boden:* Ich bewerf dich!

DIE BÄUERIN Hast denn kein Mitleid? Hast gar kein Herz? Hin sind wir, wenn sie auf uns kommen! Abstechen tuns uns. *Kattrin starrt in die Weite, auf die Stadt, und trommelt weiter.*

DIE BÄUERIN *zum Alten:* Ich hab dir gleich gesagt, laß das Gesindel nicht auf den Hof. Was kümmerts die, wenn sie uns das letzte Vieh wegtreiben.

DER FÄHNRICH *kommt mit seinen Soldaten und dem jungen Bauern gelaufen:* Euch zerhack ich!

DIE BÄUERIN Herr Offizier, wir sind unschuldig, wir können nix dafür. Sie hat sich raufgeschlichen. Eine Fremde.

DER FÄHNRICH Wo ist die Leiter?

DER BAUER Oben.

DER FÄHNRICH *hinauf:* Ich befehl dir, schmeiß die Trommel runter!

*Kattrin trommelt weiter.*

DER FÄHNRICH Ihr seids alle verschworen. Das hier überlebt ihr nicht.

DER BAUER Drüben im Holz haben sie Fichten geschlagen. Wenn wir einen Stamm holen und stochern sie herunter...

ERSTER SOLDAT *zum Fähnrich:* Ich bitt um Erlaubnis, daß ich einen Vorschlag mach. *Er sagt dem Fähnrich etwas ins Ohr. Der nickt.* Hörst du, wir machen dir einen Vorschlag zum Guten. Komm herunter und geh mit uns in die Stadt, stracks voran. Zeig uns deine Mutter, und sie soll verschont werden. *Kattrin trommelt weiter.*

DER FÄHNRICH *schiebt ihn roh weg:* Sie traut dir nicht, bei deiner Fresse kein Wunder. *Er ruft hinauf:* Wenn ich dir mein Wort gebe? Ich bin ein Offizier und hab ein Ehrenwort.

*Kattrin trommelt stärker.*

DER FÄHNRICH Der ist nix heilig.

DER JUNGE BAUER Herr Offizier, es is ihr nicht nur wegen ihrer Mutter!

ERSTER SOLDAT Lang dürfts nicht mehr fortgehn. Das müssen sie hörn in der Stadt.

DER FÄHNRICH Wir müssen einen Lärm mit irgendwas machen, wo größer ist als ihr Trommeln. Mit was können wir einen Lärm machen?

ERSTER SOLDAT Wir dürfen doch keinen Lärm machen.

DER FÄHNRICH Einen unschuldigen, Dummkopf. Einen nicht kriegerischen.

DER BAUER Ich könnt mit der Axt Holz hacken.

DER FÄHNRICH Ja, hack. *Der Bauer holt die Axt und haut in den Stamm.* Hack mehr! Mehr! Du hackst um dein Leben! *Kattrin hat zugehört, dabei leiser geschlagen. Unruhig herumspähend, trommelt sie jetzt weiter.*

DER FÄHNRICH *zum Bauern:* Zu schwach. *Zum ersten Soldaten:* Hack du auch.

DER BAUER Ich hab nur eine Axt. *Hört auf mit dem Hacken.*

DER FÄHNRICH Wir müssen den Hof anzünden. Ausräuchern müssen wir sie.

DER BAUER Das nützt nix, Herr Hauptmann. Wenn sie in der Stadt hier Feuer sehn, wissen sie alles.

*Kattrin hat während des Trommelns wieder zugehört. Jetzt lacht sie.*

DER FÄHNRICH Sie lacht uns aus, schau. Ich halts nicht aus. Ich schieß sie herunter, und wenn alles hin ist. Holt die Kugelbüchs!

*Zwei Soldaten laufen weg. Kattrin trommelt weiter.*

DIE BÄUERIN Ich habs, Herr Hauptmann. Da drüben steht ihr Wagen. Wenn wir den zusammenhaun, hört sie auf. Sie haben nix als den Wagen.

DER FÄHNRICH *zum jungen Bauern:* Hau ihn zusammen. *Hinauf:* Wir haun deinen Wagen zusammen, wenn du nicht mit Schlagen aufhörst.

*Der junge Bauer führt einige schwache Schläge gegen den Planwagen.*

DIE BÄUERIN Hör auf, du Vieh!

*Kattrin stößt, verzweifelt nach ihrem Wagen starrend, jämmerliche Laute aus. Sie trommelt aber weiter.*

DER FÄHNRICH Wo bleiben die Dreckkerle mit der Kugelbüchs?

ERSTER SOLDAT Sie können in der Stadt drin noch nix gehört haben, sonst möchten wir ihr Geschütz hörn.

DER FÄHNRICH *hinauf:* Sie hörn dich gar nicht. Und jetzt schießen wir dich ab. Ein letztes Mal: Wirf die Trommel herunter.

DER JUNGE BAUER *wirft plötzlich die Planke weg:* Schlag weiter! Sonst sind alle hin! Schlag weiter, schlag weiter...

*Der Soldat wirft ihn nieder und schlägt auf ihn mit dem Spieß ein. Kattrin beginnt zu weinen, sie trommelt aber weiter.*

DIE BÄUERIN Schlagts ihn nicht in Rücken! Gottes willen, ihr schlagt ihn tot!

*Die Soldaten mit der Büchse kommen gelaufen.*

ZWEITER SOLDAT Der Obrist hat Schaum vorm Mund, Fähnrich. Wir kommen vors Kriegsgericht.

DER FÄHNRICH Stell auf! Stell auf! *Hinauf, während das Gewehr auf die Gabel gestellt wird:* Zum allerletzten Mal: Hör auf mit Schlagen! *Kattrin trommelt weinend so laut sie kann.* Gebt Feuer!

*Die Soldaten feuern. Kattrin, getroffen, schlägt noch einige Schläge und sinkt dann langsam zusammen.*

DER FÄHNRICH Schluß ist mitm Lärm!

*Aber die letzten Schläge Kattrins werden von den Kanonen der Stadt abgelöst. Man hört von weitem verwirrtes Sturmglockenläuten und Kanonendonner.*

ERSTER SOLDAT Sie hats geschafft.

## 12

*Nacht gegen Morgen. Man hört Trommeln und Pfeifen marschierender Truppen, die sich entfernen.*

*Vor dem Planwagen hockt Mutter Courage bei ihrer Tochter. Die Bauersleute stehen daneben.*

DER BAUER *feindlich:* Sie müssen fort, Frau. Nur mehr ein Regiment ist dahinter. Allein könnens nicht weg.

MUTTER COURAGE Vielleicht schlaft sie. *Sie singt:*

Eia popeia
Was raschelt im Stroh?
Nachbars Bälg greinen
Und meine sind froh.
Nachbars gehn in Lumpen
Und du gehst in Seid
Ausn Rock von einem Engel
Umgearbeit'.
Nachbars han kein Brocken
Und du kriegst eine Tort
Ist sie dir zu trocken
Dann sag nur ein Wort.

Eia popeia
Was raschelt im Stroh?
Der eine liegt in Polen
Der andre ist werweißwo.

Sie hätten ihr nix von die Kinder von Ihrem Schwager sagen sollen.

DER BAUER Wenns nicht in die Stadt gangen wärn, Ihren Schnitt machen, wärs vielleicht nicht passiert.

MUTTER COURAGE Jetzt schlaft sie.

DIE BÄUERIN Sie schlaft nicht, Sie müssens einsehn, sie ist hinüber.

DER BAUER Und Sie selber müssen los endlich. Da sind die Wölf, und was schlimmer ist, die Marodöre.

MUTTER COURAGE Ja.

*Sie geht und holt eine Blache aus dem Wagen, um die Tote zuzudecken.*

DIE BÄUERIN Habens denn niemand sonst? Wos hingehn könnten?

MUTTER COURAGE Doch, einen. Den Eilif.

DER BAUER *während Mutter Courage die Tote zudeckt:*
Den müssens finden. Für die da sorgen wir, daß sie ordentlich begraben wird. Da könnens ganz beruhigt sein.

MUTTER COURAGE Da haben Sie Geld für die Auslagen.

*Sie zählt dem Bauern Geld in die Hand.*

*Der Bauer und sein Sohn geben ihr die Hand und tragen Kattrin weg.*

DIE BÄUERIN *im Abgehen:* Eilen Sie sich!

MUTTER COURAGE *spannt sich vor den Wagen:* Hoffentlich zieh ich den Wagen allein. Es wird schon gehn, es ist nicht viel drinnen. Ich muß wieder in Handel kommen.

*Ein weiteres Regiment zieht mit Pfeifen und Trommeln hinten vorbei.*

MUTTER COURAGE *zieht an:* Nehmts mich mit!

*Man hört Singen von hinten:*

Mit seinem Glück, seiner Gefahre
Der Krieg, er zieht sich etwas hin.
Der Krieg, er dauert hundert Jahre
Der g'meine Mann hat kein Gewinn.
Ein Dreck sein Fraß, sein Rock ein Plunder!
Sein halben Sold stiehlts Regiment.
Jedoch vielleicht geschehn noch Wunder:
Der Feldzug ist noch nicht zu End!
  Das Frühjahr kommt! Wach auf, du Christ!
  Der Schnee schmilzt weg! Die Toten ruhn!
  Und was noch nicht gestorben ist
  Das macht sich auf die Socken nun.

# Das Verhör des Lukullus

Hörspiel

Mitarbeiter: M. Steffin

*Personen*

Lukullus, römischer Feldherr · Der Sprecher des Totengerichts · Der Totenrichter · Der Lehrer, die Kurtisane, der Bäcker, das Fischweib, der Bauer – Totenschöffen · Der König, die Königin, zwei Jungfrauen mit einer Tafel, zwei Sklaven mit einem goldenen Gott, zwei Legionäre, der Koch des Lukullus, der Kirschbaumträger – Friesgestalten · Die fahle Stimme · Eine alte Frau · Die dreifaltige Stimme · Zwei Schatten

Der Ausrufer · Zwei junge Mädchen · Zwei Kaufleute · Zwei Frauen · Zwei Plebejer · Ein Kutscher · Chor der Soldaten · Chor der Sklaven · Kinderchor · Stimmen

1
**Der Trauerzug**

*Geräusche einer großen Volksmenge.*

DER AUSRUFER
Hört, der große Lukullus ist gestorben!
Der Feldherr, der den Osten erobert hat
Der sieben Könige gestürzt hat
Der unsere Stadt Rom mit Reichtümern gefüllt hat.
Vor seinem Katafalk
Der von Soldaten getragen wird
Gehen die angesehensten Männer des gewaltigen Rom
Mit verhüllten Gesichtern, neben ihm
Geht sein Philosoph, sein Advokat und sein Leibroß.

GESANG DER SOLDATEN, DIE DEN KATAFALK TRAGEN
Haltet ihn stetig, haltet ihn schulterhoch!
Daß er nicht schwankt vor den tausenden Augen da
Nunmehr der Herr der östlichen Erde sich
Zu den Schatten begibt. Habet acht, ihr, und stolpert nicht!
Was ihr da tragt aus Fleisch und Metall
Es beherrschte die Welt.

DER AUSRUFER
Hinter ihm schleppen sie einen riesigen Fries, der
Seine Taten darstellt und für sein Grabmal bestimmt ist.
Noch einmal
Bewundert das ganze Volk sein wunderbares Leben
Der Siege und der Eroberungen
Und erinnert sich seines einstigen Triumphes.

STIMMEN
Denkt des Unschlagbaren, denkt des Gewaltigen!
Denkt der Furcht der beiden Asien
Und des Lieblings Romas und der Götter
Als er auf dem goldnen Wagen
Durch die Stadt fuhr, bringend euch die
Fremden Könige und fremden Tiere!
Elefant, Kamel und Panther
Und die Kutschen voll gefangener Damen
Die Bagagekärren, rasselnd mit Gerätschaft
Schiffen, Bildern und Gefäßen
Schön in Elfenbein, ein ganz Korinth voll
Erzner Statuen, durchs tosende
Meer des Volks geschleppt! Denkt des Anblicks!
Denkt der Münzen für die Kinder
Und der Weine und der Würste!
Als er auf dem goldnen Wagen
Durch die Stadt fuhr
Er, der Unschlagbare, er, der Gewaltige
Er, die Furcht der beiden Asien
Liebling Romas und der Götter!

GESANG DER SKLAVEN, DIE DEN FRIES SCHLEPPEN
Vorsicht, ihr, stolpert nicht!
Ihr, die den Fries mit dem Bild des Triumphes schleppt
Wenn auch der Schweiß euch vielleicht in die Augen läuft
Laßt ja die Hand am Stein! Denkt doch, entstürzt er euch
Möcht er in Staub zerfalln.

JUNGES MÄDCHEN
Sieh den Rothelm! Nein, den Großen!

ANDERES MÄDCHEN
Schielt.

ERSTER KAUFMANN
Alle Senatoren!

ZWEITER KAUFMANN
Und auch alle Schneider!

ERSTER KAUFMANN
Nein, der Mann ist bis nach Indien vorgestoßen!

ZWEITER KAUFMANN
Hatte aber längst schon ausgespielt.
Meiner Ansicht leider.

ERSTER KAUFMANN
Größer als Pompejus!
Rom war ohne ihn verloren.
Ungeheure Siege!

ZWEITER KAUFMANN
Meistens Glück!

ERSTE FRAU
Meinen Rëus
Der in Asien umkam, kriege
Ich durch all den Rummel nicht zurück!

ERSTER KAUFMANN
Durch den Mann
Machte mancher ein Vermögen.

ZWEITE FRAU
Meinem Bruder seiner kam auch nicht mehr heim.

ERSTER KAUFMANN
Jeder weiß, was Rom durch ihn gewann!
Allein an Ruhm!

ERSTE FRAU
Wenn sie nicht so lögen
Ginge ihnen keiner auf den Leim.

ERSTER KAUFMANN
Heldentum
Stirbt leider aus.
ERSTER PLEBEJER
Wann
Wird man uns mit dem Gewäsch von Ruhm verschonen?
ZWEITER PLEBEJER
In Kappadozien drei Legionen
Hin mit Mann und Maus!
EIN KUTSCHER
Kann
Ich hier durch?
ZWEITE FRAU
Nein, hier ist abgesperrt.
ERSTER PLEBEJER
Wenn wir unsere Feldherren verscharren
Müssen sich die Ochsenkarren
Schon gedulden.
ZWEITE FRAU
Meinen Pulcher haben sie vor das Gericht gezerrt:
Steuerschulden.
ERSTER KAUFMANN
Man kann sagen
Daß man ohne ihn heut Asien nicht besäße.
ERSTE FRAU
Hat der Thunfisch wieder aufgeschlagen?
ZWEITE FRAU
Auch der Käse!
*Das Geschrei der Menge schwillt an.*
DER AUSRUFER
Jetzt
Durchziehen sie den Triumphbogen
Den die Stadt ihrem großen Sohn errichtet hat.
Die Weiber heben die Kinder hoch. Die Berittenen
Drängen die Reihen der Zuschauer zurück.
Die Straße hinter dem Zug liegt verwaist.
Zum letztenmal
Hat der große Lukullus sie passiert.
*Der Lärm der Menge verliert sich und auch der Marschtritt des Zugs.*

**2**

**Schneller Ausklang und Rückkehr des Alltags**

DER AUSRUFER
Der Zug ist verschwunden, nun
Füllt die Straße sich wieder. Aus den verstopften Nebengassen
Treiben die Fuhrleute ihre Ochsenkarren. Die Menge
Wendet sich schwatzend ihren Verrichtungen zu.
Das geschäftige Rom
Geht zurück an die Arbeit.

**3**

**In den Lesebüchern**

KINDERCHOR
In den Lesebüchern
Stehen die Namen der großen Feldherren
Ihre Schlachten lernt auswendig
Ihr wunderbares Leben studiert
Wer ihnen nacheifert.
Ihnen nachzueifern
Aus der Menge sich zu erheben
Ist uns aufgetragen. Unsre Stadt
Ist begierig, einst auch unsre Namen
Auf die Tafeln der Unsterblichen zu schreiben.
Sextus erobert den Pontus.
Und du, Flaccus, eroberst die drei Gallien.
Du aber, Quintillian
Überschreitest die Alpen!

**4**

**Das Begräbnis**

DER AUSRUFER
Draußen, an der Appischen Straße
Steht ein kleiner Bau, vor zehn Jahren gemauert
Bestimmt, den großen Mann
Im Tod zu beherbergen.
Ihm voraus
Biegt der Haufe von Sklaven ein
Der den Fries des Triumphes schleppt. Dann
Empfängt auch ihn die kleine Rotunde
Mit dem Buchsbaumgestrüpp.
EINE FAHLE STIMME
Halt, Soldaten!
DER AUSRUFER
Kommt eine Stimme von
Jenseits der Mauer.
Sie befiehlt von jetzt ab.
DIE FAHLE STIMME
Kippt das Traggerät! Hinter diese Mauer
Wird keiner getragen. Hinter diese Mauer
Geht jeder selber.
DER AUSRUFER
Die Soldaten kippen das Traggerät. Der Feldherr
Steht jetzt aufrecht, ein wenig unsicher.

Sein Philosoph will sich ihm gesellen
Einen weisen Spruch auf den Lippen. Aber...

DIE FAHLE STIMME
Bleib zurück, Philosoph! Hinter dieser Mauer
Beschwatzest du keinen.

DER AUSRUFER
Sagt die Stimme, die befiehlt dort, und
Darauf tritt der Advokat vor
Seinen Einspruch anzumelden.

DIE FAHLE STIMME
Abgeschlagen.

DER AUSRUFER
Sagt die Stimme, die befiehlt dort.
Und dem Feldherrn sagt sie:

DIE FAHLE STIMME
Tritt jetzt in die Pforte!

DER AUSRUFER
Und der Feldherr geht zur kleinen Pforte
Bleibt noch einmal stehn, sich umzuschauen
Und er sieht mit ernstem Auge die Soldaten
Sieht die Sklaven, die das Bildwerk schleppen
Sieht den Buchsbaum, letztes Grün. Er zögert.
Da die Halle offensteht, dringt Wind ein
Von der Straße.
*Ein Windstoß.*

DIE FAHLE STIMME
Nimm den Helm ab! Unser Tor ist niedrig.

DER AUSRUFER
Und der Feldherr nimmt den schönen Helm ab.
Und tritt ein, gebückt. Aufatmend drängen
Aus der Grabstatt die Soldaten, fröhlich
schwatzend.

## 5
## Abschied der Lebenden

CHOR DER SOLDATEN
Servus, Lakalles
Wir sind quitt, alter Bock.
Raus aus dem Beinhaus!
Einen heben!
Ruhm ist nicht alles
Man muß auch leben.
Wer kommt mit?
Unten am Dock
Ist ein Weinhaus.
Du hieltst auch nicht Schritt.
Ich komm mit.
Verlaß dich drauf.
Und wer zahlt?
Sie schreiben auf.
Wie er strahlt!
Ich geh rüber auf den Rindermarkt.
Zu der kleinen Schwarzen? Du, wir kommen
mit.
Nein, nicht zu dritt.
Hat sie schon einmal verargt.
Dann
Gehen wir zum Hunderennen.
Mann
Das kost' Eintritt. Nicht, wenn sie dich kennen.
Ich komm mit.
Also los! Ohne Tritt
Marsch!

## 6
## Der Empfang

*Die fahle Stimme ist die Stimme des Türhüters des Schattenreiches. Sie erzählt jetzt weiter.*

DIE FAHLE STIMME
Seit der Neue eingetreten ist
Steht er neben der Tür, unbeweglich, den Helm
unter dem Arm
Sein eigenes Standbild.
Die anderen Toten, die neu gekommen sind
Hocken auf der Bank und warten
Wie sie gewartet dereinst, viele Male
Auf das Glück und auf den Tod
In der Schenke, bis sie ihren Wein erhielten
Und am Brunnen, bis die Geliebte kam
Und im Gehölz, in der Schlacht, bis der Befehl
gegeben wurd.
Doch der Neue
Scheint das Warten nicht gelernt zu haben.

LUKULLUS
Was, bei Jupiter
Soll das bedeuten? Ich stehe und warte hier!
Noch schallt die größte Stadt der Erdkugel
wider
Von der Trauer um mich, und hier
Ist niemand, der mich empfängt!
Vor meinem Kriegszelt
Haben sieben Könige auf mich gewartet!
Ist hier keine Ordnung?
Wo steckt zumindest mein Koch Lasus?
Ein Mann, der aus Luft und Luft
Immer noch ein kleines Speislein bäckt!
Hätte man, zum Beispiel, ihn mir entgegen
Geschickt, da er auch ja hier unten weilt
Fühlt ich mich heimischer. – O Lasus!
Dein Lammfleisch mit Lorbeer und Dill!
Kappadozisches Wildpret! Ihr Hummern vom
Pontus!

Und Ihr phrygischen Kuchen mit den bitteren Beeren!
*Stille.*
Ich befehle, daß man mich von hier geleitet.
*Stille.*
Soll ich hier bei diesem Volk stehn?
*Stille.*
Ich beschwere mich. Zweihundert Schiffe
Eisengepanzert, fünf Legionen
Stießen vor auf meines kleinen Fingers Wink.
Ich beschwere mich.
*Stille.*

DIE FAHLE STIMME
Keine Antwort, aber auf der Bank der Wartenden
Sagt eine alte Frau:

STIMME EINER WARTENDEN ALTEN FRAU
Setz dich nieder, Neuer.
Das viele Metall, das du schleppst, der schwere Helm
Und das Brustschild müssen dich doch müde machen.
Also setz dich.
*Lukullus schweigt.*
Sei nicht trotzig. So lang, als du hier warten mußt
Kannst du nicht stehn. Vor dir bin ich noch dran.
Wie lang ein Verhör drinnen dauert, kann ich nicht sagen.
Es ist auch verständlich, daß die Prüfung genau gemacht wird
Jedes einzelnen, ob er verurteilt wird
In den finsteren Hades einzugehen oder
In die Gefilde der Seligen. Manchmal
Ist die Prüfung ganz kurz, den Richtern genügt ein Blick.
Dieser da, sagen sie
Hat ein unschuldiges Leben geführt und es vermocht
Seinen Mitmenschen zu nützen, denn auf den
Nutzen eines Menschen
Geben sie das meiste. Bitte sagen sie zu ihm
Geh dich ausruhn. Freilich bei anderen
Dauert das Verhör oft ganze Tage, besonders bei denen
Die hier herunter in das Reich der Schatten
Einen schickten, bevor seines Lebens
Zugemessene Zeit verlaufen war. Der jetzt grad drinnen ist
Wird kaum lang brauchen. Ein kleiner Bäcker ohne Arg. Was mich betrifft
Bin ich etwas besorgt, jedoch hoffe ich darauf
Daß unter den Geschworenen drinnen, wie ich höre
Kleine Leute sind, die ganz genau wissen
Wie schwer für unsereinen in den kriegerischen Zeiten das Leben ist.
Ich rate dir, Neuer…

DIE DREIFALTIGE STIMME *unterbrechend:*
Tertullia!

DIE ALTE FRAU
Man ruft mich.
Du mußt eben sehen, wie du durchkommst
Neuer. Setz dich.

DIE FAHLE STIMME
Der Neue ist verstockt an der Pforte gestanden
Aber die Last seiner Ehrenzeichen
Sein eigenes Gebrüll
Und die freundlichen Worte der Alten haben ihn verändert.
Er sieht sich um, ob er wirklich allein ist. Jetzt
Geht er doch auf die Bank zu.
Aber bevor er sich setzen kann
Wird er gerufen werden. Den Richtern genügte
Bei der Alten ein Blick.

DIE DREIFALTIGE STIMME
Lakalles!

LUKULLUS
Ich heiße Lukullus. Wißt ihr hier meinen Namen nicht?
Ich bin aus einem berühmten Geschlecht
Von Staatsmännern und Feldherrn. Nur in den Vorstädten
Den Docks und Soldatenkneipen, in den ungewaschenen Mäulern
Der Ungebildeten und des Abschaums
Heißt mein Name Lakalles.

DIE DREIFALTIGE STIMME
Lakalles!

DIE FAHLE STIMME
Und so mehrmals aufgerufen
In der verachteten Sprache der Vorstädte
Meldet sich Lukullus, der Feldherr
Der den Osten erobert hat
Der sieben Könige gestürzt hat
Der die Stadt Rom mit Reichtümern gefüllt hat
Zu der abendlichen Zeit, da Rom sich über den Gräbern zum Essen setzt
Vor dem höchsten Gericht des Schattenreichs.

7
**Wahl des Fürsprechers**

DER SPRECHER DES TOTENGERICHTS
Vor dem höchsten Gericht des Schattenreichs
Erscheint der Feldherr Lakalles, der sich Lukullus nennt.
Unter dem Vorsitz des Totenrichters
Führen fünf Schöffen die Untersuchung.
Einer einst ein Bauer
Einer einst ein Sklave, der Lehrer war
Eine einst ein Fischweib
Einer einst ein Bäcker
Eine einst eine Kurtisane.
Sie sitzen auf einem hohen Gestühl
Ohne Hände, zu nehmen, und ohne Münder, zu essen
Unempfindlich für Glanz die lange erloschenen Augen.
Unbestechliche, sie, die Ahnen der Nachwelt.
Der Totenrichter beginnt das Vehör.
DER TOTENRICHTER
Schatte, du sollst verhört werden.
Du sollst Rechenschaft ablegen über dein Leben unter den Menschen.
Ob du ihnen genützt, ob du ihnen geschadet hast
Ob man dein Gesicht sehen will
In den Gefilden der Seligen.
Du brauchst einen Fürsprecher.
Hast du einen Fürsprecher in den Gefilden der Seligen?
LUKULLUS
Ich beantrage, daß der große Alexander von Makedemon gerufen wird.
Daß er zu euch spricht als Sachverständiger
Über Taten wie die meinen.
DIE DREIFALTIGE STIMME *ruft in den Gefilden der Seligen aus:*
Alexander von Makedemon!
*Stille.*
DER SPRECHER DES TOTENGERICHTS
Der Gerufene meldet sich nicht.
DIE DREIFALTIGE STIMME
In den Gefilden der Seligen
Ist kein Alexander von Makedemon.
DER TOTENRICHTER
Schatte, dein Sachverständiger
Ist unbekannt in den Gefilden der Wohlerinnerten.
LUKULLUS
Was? Der ganz Asien eroberte bis zum Indus
Der Unvergeßliche
Der seinen Schuh unverkennbar dem Erdball eindrückte
Der gewaltige Alexander...
DER TOTENRICHTER
Ist nicht bekannt hier.
*Stille.*
DER TOTENRICHTER
Unglücklicher! Die Namen der Großen
Erwecken keine Furcht mehr hier unten.
Hier
Können sie nicht mehr drohen. Ihre Aussprüche
Gelten als Lügen. Ihre Taten
Werden nicht verzeichnet. Und ihr Ruhm
Ist uns wie ein Rauch, welcher anzeigt
Daß ein Feuer gewütet hat.
Schatte, deine Haltung zeigt
Daß Unternehmungen von Ausmaß
Mit deinem Namen verknüpft sind.
Die Unternehmungen
Sind nicht bekannt hier.
LUKULLUS
Dann beantrage ich
Daß der Fries zu meinem Grabmal
Auf dem mein Triumphzug dargestellt ist, geholt wird.
Freilich, wie
Soll er geholt werden? Ihn schleppen Sklaven. Sicher
Ist den Lebenden hier
Der Zutritt verwehrt.
DER TOTENRICHTER
Nicht den Sklaven. Sie
Trennt nur so weniges von den Toten.
Von ihnen kann man sagen
Daß sie nur beinahe leben. Der Schritt von der Welt oben
Herab in das Schattenreich
Ist für sie nur ein kleiner.
Der Fries soll gebracht werden.

8
**Herbeischaffen des Frieses**

DIE FAHLE STIMME
Immer noch verharren seine Sklaven
An der Mauer, ungewiß.
Wohin mit dem Fries? Bis eine Stimme
Plötzlich durch die Mauer spricht.
DER SPRECHER DES TOTENGERICHTS
Kommt.
DIE FAHLE STIMME
Und sie schleppen

Durch dies eine Wort verwandelt
Nun zu Schatten, ihre Bürde
Durch die Mauer mit dem Buchsbaum.

CHOR DER SKLAVEN
Aus dem Leben in den Tod
Schleppen wir die Bürde ohne Weigrung
Lange schon war unsre Zeit nicht unsre
Unsres Weges Ziel uns unbekannt.
Also folgen wir der neuen Stimme
Wie den alten. Warum fragen?
Lassen nichts zurück, erwarten nichts.

DER SPRECHER DES TOTENGERICHTS
Und so gehn sie durch die Mauer
Denn die nichts zurückhält, hält auch
Diese Mauer nicht zurück.
Und sie stellen ihre Bürde
Vor das Oberste Gericht der Schatten
Jenen Fries mit dem Triumphzug.
Ihr Totenschöffen, betrachtet ihn:
Einen gefangenen König, traurig blickend
Eine fremdäugige Königin mit koketten Schenkeln
Einen Mann mit einem Kirschbäumchen, eine Kirsche verzehrend
Einen goldenen Gott, von zwei Sklaven getragen, sehr dick
Zwei Jungfraun mit einer Tafel, darauf die Namen von 53 Städten
Einen aufrechten und
Einen sterbenden Legionär, seinen Feldherrn grüßend
Einen Koch mit einem Fisch.

DER TOTENRICHTER
Sind das deine Zeugen, Schatte?

LUKULLUS
Das sind sie. Aber wie
Sollen sie reden? Sie sind Steine, sie sind stumm.

DER TOTENRICHTER
Nicht für uns. Sie werden reden.
Seid ihr bereit, ihr steinernen Schatten
Hier Zeugnis zu geben?

CHOR DER FRIESGESTALTEN
Wir Bilder, bestimmt einst, im Lichte zu bleiben
Die steinernen Schatten versunkener Opfer
Um oben zu reden und oben zu schweigen
Wir Bilder, bestimmt einst, die Niedergeworfnen
Des Atems Beraubten, Verstummten, Vergeßnen
Im Auftrag des Siegers im Licht zu vertreten
Sind willig zu schweigen und willig zu reden.

DER TOTENRICHTER
Schatte, die Zeugen deiner Größe
Sind bereit, uns zu berichten.

9

**Das Verhör**

DER SPRECHER DES TOTENGERICHTS
Und der Feldherr tritt vor und
Zeigt auf den König.

LUKULLUS
Hier seht ihr einen, den ich besiegt habe.
In den wenigen Tagen zwischen Neumond und vollem Mond
Habe ich sein Heer geschlagen mit all seinen Streitwagen und Panzerreitern.
In diesen wenigen Tagen
Ist sein Reich zerfallen wie eine Hütte, in die der Blitz fährt.
Als ich auftauchte an seiner Grenze, begann er die Flucht
Und die wenigen Tage des Krieges
Langten kaum aus für uns beide
Die andere Grenze seines Reiches zu erreichen.
So kurz dauerte der Feldzug, daß ein Schinken
Den mein Koch im Rauch mir aufhing
Noch nicht durchgeräuchert war, als ich zurückkam.
Und von sieben, die ich schlug, war der nur einer.

DER TOTENRICHTER
Ist das wahr, König?

DER KÖNIG
Es ist wahr.

DER TOTENRICHTER
Eure Fragen, Schöffen.

DER SPRECHER DES TOTENGERICHTS
Und der Schatte Sklave, der einst Lehrer war
Beugt sich finster vor und fragt was:

DER LEHRER
Und wie kam es?

DER KÖNIG
Wie er sagt: Wir wurden überfallen.
Der Bauer, der sein Heu auflud
Stand noch mit erhobener Gabel, und schon
Wurde sein Wagen, der kaum vollgeladene
Ihm weggefahren.
Noch war des Bäckers Brotlaib nicht gebacken
Als schon fremde Hände nach ihm griffen.
Alles, was er euch sagt über den Blitz
Der in eine Hütte fuhr, ist wahr. Die Hütte
Ist zerstört. Hier
Steht der Blitz.

DER LEHRER
Und von sieben warst du…

DER KÖNIG
Nur einer.

DER SPRECHER DES TOTENGERICHTS
Die Totenschöffen bedenken
Das Zeugnis des Königs.
*Stille.*
DER SPRECHER DES TOTENGERICHTS
Und der Schatte, der einst Kurtisane war
Fragt was:
DIE KURTISANE
Du dort, Königin
Wie kamst du hierher?
DIE KÖNIGIN
Als ich einst in Taurion ging
Früh am Tag zum Baden
Stiegen vom Olivenhang
Fünfzig fremde Männer.
Haben mich besieget.

Hatt' als Waffe einen Schwamm
Als Versteck klar Wasser
Nur ihr Panzer schützte mich
Und nicht allzu lange.
Wurde schnell besieget.

Schreckensvoll versah ich mich
Schrie nach meinen Mägden
Und die Mägde schreckensvoll
Schrieen hinter Sträuchern.
Wurden all bekrieget.
DIE KURTISANE
Und warum gehst du nun hier im Zug?
DIE KÖNIGIN
Ach, den Sieg zu zeigen.
DIE KURTISANE
Welchen Sieg? Den über dich?
DIE KÖNIGIN
Und das schöne Taurion.
DIE KURTISANE
Und was nannte er Triumph?
DIE KÖNIGIN
Daß der König, mein Gemahl
Nicht mit seinem ganzen Heer
Seine Habe schützen konnte
Vor dem ungeheuren Rom.
DIE KURTISANE
Schwester, gleich ist unser Los.
Denn das ungeheure Rom
Konnte mich dereinst nicht schützen
Vor dem ungeheuren Rom.
DER SPRECHER DES TOTENGERICHTS
Die Totenschöffen bedenken
Das Zeugnis der Königin.
*Stille.*
DER SPRECHER DES TOTENGERICHTS
Und der Totenrichter wendet sich
Zum Feldherrn.
DER TOTENRICHTER
Schatte, wünschst du fortzufahren?
LUKULLUS
Ja. Ich merke wohl, die Geschlagenen
Haben eine süße Stimme. Jedoch
Einst war sie rauher. Dieser König da
Der euer Mitleid fängt, als er noch oben
War besonders grausam. An Zinsen und Steuer
Nahm er nicht weniger als ich. Die Städte
Die ich ihm entriß
Verloren nichts an ihm, aber Rom gewann
53 Städte durch mich.
ZWEI JUNGFRAUEN MIT EINER TAFEL
Mit Straßen und Menschen und Häusern
Mit Tempel und Wasserwerk
Standen wir in der Landschaft, heute
Stehen nur noch unsre Namen auf dieser Tafel.
DER SPRECHER DES TOTENGERICHTS
Und der Schatte Schöffe, der einst Bäcker war
Beugt sich finster vor und fragt was:
DER BÄCKER
Warum das?
DIE ZWEI JUNGFRAUEN
Eines Mittags brach da ein Getöse los
In die Straße schwemmte da ein Fluß
Der hatte menschliche Wellen und trug
Unsre Habe hinweg. Am Abend
Zeigte nur noch eine Säule Rauch
Daß an dem Ort einst eine Stadt war.
DER BÄCKER
Was dann
Führte er weg, der den Fluß schickte und sagt
Daß er den Römern 53 Städte gab?
DER SPRECHER DES TOTENGERICHTS
Und die Sklaven, die den goldenen Gott
schleppen
Fangen an zu zittern und schreien:
DIE SKLAVEN
Uns.
Glückliche einst, nun billiger als Ochsen
Die Beute zu schleppen, selber Beute.
DIE ZWEI JUNGFRAUEN
Einst die Erbauer
Von 53 Städten, von denen nur
Name und Rauch blieb.
LUKULLUS
Ja, ich trieb sie weg. Es waren
Zweimalhunderfünfzigtausend.
Einstmals Feinde, doch jetzt nicht mehr Feinde.
DIE SKLAVEN
Einstmals Menschen, doch jetzt nicht mehr
Menschen.

LUKULLUS
Und mit ihnen trieb ich ihren Gott weg
Also daß der Erdkreis unsre Götter
Größer sah als alle andern Götter.
DIE SKLAVEN
Und der Gott war hochwillkommen
Denn er war aus Gold und wog zwei Zentner.
Und auch wir sind jeder ein Stück Gold wert
Von der Größe eines Fingerknochens.
DER SPRECHER DES TOTENGERICHTS
Und der Schatte Schöffe, der einst Bäcker war
In Marsilia, der Stadt am Meer
Stellt den Antrag:
DER BÄCKER
Also schreiben wir zu deinen Gunsten, Schatte
Einfach nieder: Brachte Gold nach Rom.
DER SPRECHER DES TOTENGERICHTS
Die Totenschöffen bedenken
Das Zeugnis der Städte.
*Stille.*
DER TOTENRICHTER
Der Verhörte scheint müde.
Ich mache eine Pause.

## 10
## Rom – Noch einmal

DER SPRECHER DES TOTENGERICHTS
Die Richter entfernen sich.
Der Verhörte setzt sich nieder.
Den Kopf zurückgelehnt, kauert er
Am Türpfosten.
Er ist erschöpft, aber er hört ein
Gespräch hinter der Tür an
Wo neue Schatten erschienen sind.
EIN SCHATTE
Ich kam zu Schaden durch einen Ochsenkarren.
LUKULLUS *leise:*
Ochsenkarren.
DER SCHATTE
Er brachte noch eine Ladung Sand zu einer Baustelle.
LUKULLUS *leise:*
Baustelle. Sand.
ANDERER SCHATTE
Ist jetzt nicht Essenszeit?
ERSTER SCHATTE
Essenszeit? Mein Brot und meine Zwiebel
Hatte ich bei mir. Ich habe kein Zimmer mehr.
Die Unzahl von Sklaven, die sie aus allen
Himmelsgegenden hereintreiben
Haben das Schustergewerbe ruiniert.
ZWEITER SCHATTE
Auch ich war Sklave. Sagen wir: Die Glücklichen
Kommen durch die Unglücklichen ins Unglück.
LUKULLUS *etwas lauter:*
Ihr da, geht der Wind noch droben?
ZWEITER SCHATTE
Horch, da fragt wer was.
ERSTER SCHATTE *laut:*
Ob Wind geht oben? Vielleicht.
Mag sein in den Gärten.
In den stickigen Gassen
Ist er nicht zu bemerken.

## 11
## Das Verhör wird fortgesetzt

DER SPRECHER DES TOTENGERICHTS
Die Schöffen kehren zurück.
Das Verhör beginnt wieder.
Und der Schatte, einst ein Fischweib
Sagt was:
DAS FISCHWEIB
Da war von Gold die Rede.
Ich lebte auch in Rom.
Doch ich habe nichts bemerkt von Gold da, wo ich lebte.
Wüßte gern, wo's hinkam.
LUKULLUS
Welche Frage!
Sollte ich mit meinen Legionen
Ausziehn, einem Fischweib
Einen neuen Schemel zu erbeuten?
DAS FISCHWEIB
Brachtest du uns so nichts auf den Fischmarkt
Holtest du dir doch vom Fischmarkt etwas:
Unsere Söhne.
DER SPRECHER DES TOTENGERICHTS
Und die Schöffin
Spricht die Krieger auf dem Fries an:
DAS FISCHWEIB
Sagt, was trieb er mit euch in den beiden Asien?
ERSTER LEGIONÄR
Ich entrann.
ZWEITER LEGIONÄR
Ich wurde verwundet.
ERSTER LEGIONÄR
Ich schleppte ihn nach.
ZWEITER LEGIONÄR
Und so fiel er denn auch.

DAS FISCHWEIB
Warum ließest du Rom?
ERSTER LEGIONÄR
Ich habe gehungert.
DAS FISCHWEIB
Und was holtest du dort?
ZWEITER LEGIONÄR
Ich holte mir nichts.
DAS FISCHWEIB
Du streckst deine Hand aus.
War's, den Feldherrn zu grüßen?
ZWEITER LEGIONÄR
Es war, ihm zu zeigen
Daß sie immer noch leer war.
LUKULLUS
Ich lege Verwahrung ein.
Ich beschenkte die Legionäre
Nach jedem Feldzug.
DAS FISCHWEIB
Aber nicht die toten.
LUKULLUS
Ich lege Verwahrung ein.
Wie sollen den Krieg beurteilen
Die ihn nicht verstehen.
DAS FISCHWEIB
Ich verstehe ihn. Mein Sohn
Ist im Kriege gefallen.
Ich war Fischweib auf dem Markt am Forum.
Eines Tages hieß es, daß die Schiffe
Der Zurückgekommnen aus dem Asienkriege
Eingelaufen sei'n. Ich lief vom Markte
Und ich stand am Tiber viele Stunden
Wo sie ausgebootet wurden, und am Abend
Waren alle Schiffe leer. Mein Sohn war
Über ihre Planken nicht gekommen.
Da es zugig war am Hafen, fiel ich
Nachts in Fieber, und im Fieber suchte
Ich nun meinen Sohn, und tiefer suchend
Fror ich mehr, und dann, gestorben, kam ich
Hier ins Schattenreich und suchte weiter.
Faber, rief ich, denn das war sein Name.
Faber, mein Sohn Faber
Den ich trug und den ich aufzog
Mein Sohn Faber!
Und ich lief und lief durch Schatten
Und vorbei an Schatten hin zu Schatten
Faber rufend, bis ein Pförtner drüben
In den Lagern der im Krieg Gefallnen
Mich am Ärmel einhielt und mir sagte:
Alte, hier sind viele Faber. Vieler
Mütter Söhne, viele, sehr vermißte
Doch die Namen haben sie vergessen
Dienten nur, sie in das Heer zu reihen
Und sind nicht mehr nötig hier. Und ihren
Müttern wollen sie nicht mehr begegnen
Seit die sie dem blutigen Kriege ließen.
Und ich stand, am Ärmel eingehalten
Und mein Rufen blieb mir weg im Gaumen.
Schweigend kehrt ich um, denn ich begehrte
nicht mehr
Meinem Sohne ins Gesicht zu sehn.
DER SPRECHER DES TOTENGERICHTS
Und der Totenrichter sucht
Die Augen der Schöffen und verkündigt:
DER TOTENRICHTER
Das Gericht erkennt: Die Mutter des
Gefallenen
Versteht den Krieg.
DER SPRECHER DES TOTENGERICHTS
Die Totenschöfen bedenken
Das Zeugnis der Krieger.
*Stille.*
DER TOTENRICHTER
Doch die Schöffin ist erschüttert.
In der schwanken Hand mag ihr die
Waage zittern. Sie benötigt
Eine Pause.

## 12

## Rom – Ein letztes Mal

DER SPRECHER DES TOTENGERICHTS
Und wieder
Setzt der Verhörte sich nieder und hört
Dem Gespräch der Schatten hinter der Tür zu
Noch einmal
Dringt von oben, aus jener Welt
Ein Hauch.
ZWEITER SCHATTE
Und warum liefst du so?
ERSTER SCHATTE
Mich zu erkundigen. Es hieß, sie werben Legio-
näre an
In den Schenken am Tiber, für den Krieg im
Westen
Der jetzt erobert werden soll.
Das Land heißt Gallien.
ZWEITER SCHATTE
Nie gehört davon.
ERSTER SCHATTE
Diese Länder kennen nur die Großen.

**13**
**Das Verhör wird fortgesetzt**

DER SPRECHER DES TOTENGERICHTS
Und der Richter lächelt zu der Schöffin
Ruft den Prüfling und besieht ihn traurig.
DER TOTENRICHTER
Unsre Zeit entflieht. Du nützt sie nicht.
Erzürne uns lieber nicht weiter mit deinen
Triumphen.
Hast du keine Zeugen
Für irgendeine Schwäche, Mensch?
Deine Sache steht ungünstig. Deine Tugenden
Scheinen wenig nützlich, vielleicht
Ließen deine Schwächen Lücken
In der Kette der Gewalttaten?
Entsinne dich deiner Schwächen
Schatte, ich rat es dir.
DER SPRECHER DES TOTENGERICHTS
Und der Schöffe, einst ein Bäcker
Fragt was:
DER BÄCKER
Dort seh ich einen Koch mit einem Fisch.
Der sieht lustig aus. Koch
Erzähl uns, wie du in den Triumphzug kamst.
DER KOCH
Nur anzuzeigen
Daß er beim Kriegsgeschäft noch Zeit fand
Ein Kochrezept für einen Fisch zu finden.
Ich war sein Koch. Ich gedenke
Der schönen Fleische noch oft
Des Geflügels und schwarzen Wildprets
Die er mich braten ließ.
Und saß nicht nur am Tische
Gab mir ein lobend Wort
Stand oft bei mir an der Pfanne
Und mischte selbst ein Gericht.
Lammfleisch à la Lukullus
Machte unsre Küche berühmt.
Von Syrien bis nach Pontus
Sprach man von Lukullus' Koch.
DER SPRECHER DES TOTENGERICHTS
Sprach der Schöffe, der einst
Lehrer war:
DER LEHRER
Was soll uns das, daß er gerne aß?
DER KOCH
Aber mich ließ er kochen
Nach Herzenslust. Ich dank es ihm.
DER BÄCKER
Ich verstehe ihn, ich, der Bäcker war.
Wie oft mußte ich Kleie in den Teig rühren
Der armen Kunden wegen. Dieser da
Durfte ein Künstler sein.
DER KOCH
Durch ihn!
Im Triumph
Führte er mich hinter den Königen
Und erwies meiner Kunst Achtung.
Ich nenne ihn menschlich drum.
DER SPRECHER DES TOTENGERICHTS
Die Totenschöffen bedenken
Das Zeugnis des Kochs.
*Stille.*
DER SPRECHER DES TOTENGERICHTS
Und der Schöffe, einst ein Bauer
Fragt was:
DER BAUER
Da ist auch einer, der einen Obstbaum trägt.
DER KIRSCHBAUMTRÄGER
Das ist ein Kirschbaum. Den
Brachten wir von Asien. Im Triumphzug
Führten wir ihn mit. Und pflanzten ihn
Auf den Hängen des Apennin.
DER BAUER
Ach, du bist das, Lakalles, der ihn brachte?
Ich pflanzt ihn auch einst, doch ich wußte nicht
Daß er von dir stammt.
DER SPRECHER DES TOTENGERICHTS
Und freundlich lächelnd
Unterhält sich der Schöffe, der
Einst ein Bauer war
Nun mit dem Schatten, der einst ein
Feldherr war
Über den Baum:
DER BAUER
Er ist sparsam mit Boden.
LUKULLUS
Doch den Wind verträgt er schlecht.
DER BAUER
Die roten Kirschen haben mehr Fleisch.
LUKULLUS
Und die schwarzen sind süßer.
DER BAUER
Ihr Freunde, dies von allem, was erobert
Durch blutigen Krieg verhaßten Angedenkens
Nenn ich das Beste. Denn dies Stämmchen lebt.
Ein neues, freundliches, gesellt es sich
Dem Weinstock und dem fleißigen Beeren-
strauch
Und wachsend mit den wachsenden
Geschlechtern
Trägt's Frucht für sie. Und ich beglückwünsch
dich
Der's uns gebracht. Wenn alle Siegesbeute
Der beiden Asien längst schon vermodert ist

Wird jedes Jahr aufs neue den Lebenden
Dann diese kleinste deiner Trophäen noch
Im Frühling mit den blütenweißen
Zweigen im Wind von den Hügeln flattern.

**14**
**Das Urteil**

DER SPRECHER DES TOTENGERICHTS
Und aufspringt die Schöffin, einst Fischweib am Markte.
DAS FISCHWEIB
Fandet ihr also
Doch noch einen Pfennig in den
Blutigen Händen? Besticht auch der Räuber
Das Gericht mit der Beute?
DER LEHRER
Ein Kirschbaum! Die Eroberung
Hätte er machen können mit
Nur einem Mann! Aber 80000
Schickte er hier herunter!
DER BÄCKER
Wieviel
Sollen sie bezahlen oben
Für ein Glas voll Wein und einen Wecken?
DIE KURTISANE
Sollen sie ewig, bei einer Frau zu liegen, die Haut
Zu Markt tragen müssen? Ins Nichts mit ihm!
DAS FISCHWEIB
Ah ja, ins Nichts mit ihm!
DER LEHRER
Ah ja, ins Nichts mit ihm!
DER BÄCKER
Ah ja, ins Nichts mit ihm!
DER SPRECHER DES TOTENGERICHTS
Und sie sehen auf den Bauern
Den Lober des Kirschbaums
Bauer, was sagst du?
*Stille.*
DER BAUER
80000 für einen Kirschbaum!
Ah ja, ins Nichts mit ihm!
DER TOTENRICHTER
Ah ja, ins Nichts mit ihm! Denn
Immer mit all der Gewalt und Eroberung
Wächst nur e i n Reich an:
Das Reich der Schatten.
DIE SCHÖFFEN
Und voll schon
Ist unser graues Unten mit
Halbgelebten Leben. Hier doch
Haben wir keine Pflüge den nervigen Armen, noch
Hungrige Münder, deren ihr
Oben so viele habt! Was als Staub
Könnten wir häufen auf die
80000 Dahingeschlachteten! Und ihr
Oben braucht Häuser! Wie oft noch
Sollen wir ihnen begegnen auf unsern
Nirgendhin führenden Pfaden und ihre eifrigen
Furchtbaren Fragen hören, wie
Der Sommer der Jahre aussieht und der Herbst
Und der Winter?
DER SPRECHER DES TOTENGERICHTS
Und es rühren sich und schreien
Die Legionäre auf dem Totenfries:
DIE LEGIONÄRE
Ah ja, ins Nichts mit ihm! Welche Provinz
Wiegt uns die nichtgelebten
Viel bergenden Jahre auf?
DER SPRECHER DES TOTENGERICHTS
Und es rühren sich und schreien
Die Sklaven, die Friesschlepper:
DIE SKLAVEN
Ah ja, ins Nichts mit ihm! Wie lange noch
Sitzen sie, er und die Seinen
Unmenschliche, über den Menschen und heben
Die faulen Hände und werfen in blutigen
Kriegen die Völker gegeneinander?
Wie lange noch
Dulden wir und dulden die Unsern sie?
ALLE
Ah ja, ins Nichts mit ihm und ins Nichts mit
Allen wie er!
DER SPRECHER DES TOTENGERICHTS
Und vom hohen Gestühle erheben sich
Die Fürsprecher der Nachwelt
Der mit den vielen Händen, zu nehmen
Der mit den vielen Mündern, zu essen
Der eifrig sammelnden
Gern lebenden Nachwelt.

# Der gute Mensch von Sezuan

Parabelstück

Mitarbeiter: R. Berlau, M. Steffin

*Personen*

Wang, ein Wasserverkäufer · Die drei Götter · Shen Te/Shui Ta · Yang Sun, ein stellungsloser Flieger · Frau Yang, seine Mutter · Die Witwe Shin · Die achtköpfige Familie · Der Schreiner Lin To · Die Hausbesitzerin Mi Tzü · Der Polizist · Der Teppichhändler und seine Frau · Die alte Prostituierte · Der Barbier Shu Fu · Der Bonze · Der Arbeitslose · Der Kellner · Die Passanten des Vorspiels

Schauplatz: Die Hauptstadt von Sezuan, welche halb europäisiert ist.

## VORSPIEL

### Eine Straße in der Hauptstadt von Sezuan

*Es ist Abend. Wang, der Wasserverkäufer, stellt sich dem Publikum vor.*

WANG Ich bin Wasserverkäufer hier in der Hauptstadt von Sezuan. Mein Geschäft ist mühselig. Wenn es wenig Wasser gibt, muß ich weit danach laufen. Und gibt es viel, bin ich ohne Verdienst. Aber in unserer Provinz herrscht überhaupt große Armut. Es heißt allgemein, daß uns nur noch die Götter helfen können. Zu meiner unaussprechlichen Freude erfahre ich von einem Vieheinkäufer, der viel herumkommt, daß einige der höchsten Götter schon unterwegs sind und auch hier in Sezuan erwartet werden dürfen. Der Himmel soll sehr beunruhigt sein wegen der vielen Klagen, die zu ihm aufsteigen. Seit drei Tagen warte ich hier am Eingang der Stadt, besonders gegen Abend, damit ich sie als erster begrüßen kann. Später hätte ich ja dazu wohl kaum mehr Gelegenheit, sie werden von Hochgestellten umgeben sein und überhaupt stark überlaufen werden. Wenn ich sie nur erkenne! Sie müssen ja nicht zusammen kommen. Vielleicht kommen sie einzeln, damit sie nicht so auffallen. Die dort können es nicht sein, die kommen von der Arbeit. *Er betrachtet vorübergehende Arbeiter.* Ihre Schultern sind ganz eingedrückt vom Lastentragen. Der dort ist auch ganz unmöglich ein Gott, er hat Tinte an den Fingern. Das ist höchstens ein Büroangestellter in einer Zementfabrik. Nicht einmal diese Herren dort – *zwei Herren gehen vorüber* – kommen mir wie Götter vor, sie haben einen brutalen Ausdruck wie Leute, die viel prügeln, und das haben die Götter nicht nötig. Aber dort, diese drei! Mit denen sieht es schon ganz anders aus. Sie sind wohlgenährt, weisen kein Zeichen irgendeiner Beschäftigung auf und haben Staub auf den Schuhen, kommen also von weit her. Das sind sie! Verfügt über mich, Erleuchtete! *Er wirft sich zu Boden.*

DER ERSTE GOTT *erfreut:* Werden wir hier erwartet?

WANG *gibt ihnen zu trinken:* Seit langem. Aber nur ich wußte, daß ihr kommt.

DER ERSTE GOTT Da benötigen wir also für heute nacht ein Quartier. Weißt du eines?

WANG Eines? Unzählige! Die Stadt steht zu euren Diensten, o Erleuchtete! Wo wünscht ihr zu wohnen?

*Die Götter sehen einander vielsagend an.*

DER ERSTE GOTT Nimm das nächste Haus, mein Sohn! Versuch es zunächst mit dem allernächsten!

WANG Ich habe nur etwas Sorge, daß ich mir die Feindschaft der Mächtigen zuziehe, wenn ich einen von Ihnen besonders bevorzuge.

DER ERSTE GOTT Da befehlen wir dir eben: nimm den nächsten!

WANG Das ist der Herr Fo dort drüben! Geduldet euch einen Augenblick!

*Er läuft zu einem Haus und schlägt an die Tür. Sie wird geöffnet, aber man sieht, er wird abgewiesen.*

*Er kommt zögernd zurück.*

nicht zu Hause, und seine Dienerschaft wagt nichts ohne seinen Befehl zu tun, da er sehr streng ist. Er wird nicht wenig toben, wenn er erfährt, wen man ihm da abgewiesen hat, wie?

DIE GÖTTER *lächelnd:* Sicher.

WANG Also noch einen Augenblick! Das Haus nebenan gehört der Witwe Su. Sie wird außer sich sein vor Freude. *Er läuft hin, wird aber anscheinend auch dort abgewiesen.* Ich muß dort drüben nachfragen. Sie sagt, sie hat nur ein kleines Zimmerchen, das nicht instand gesetzt ist. Ich wende mich sofort an Herrn Tscheng.

DER ZWEITE GOTT Aber ein kleines Zimmer genügt uns. Sag, wir kommen.

WANG Auch wenn es nicht aufgeräumt ist? Vielleicht wimmelt es von Spinnen.

DER ZWEITE GOTT Das macht nichts. Wo Spinnen sind, gibt's wenig Fliegen.

DER DRITTE GOTT *freundlich zu Wang:* Geh zu Herrn Tscheng oder sonstwohin, mein Sohn, ich ekle mich vor Spinnen doch ein wenig.

*Wang klopft wieder wo an und wird eingelassen.*

STIMME *aus dem Hause:* Verschone uns mit deinen Göttern! Wir haben andere Sorgen!

WANG *zurück zu den Göttern:* Herr Tscheng ist außer sich, er hat das ganze Haus voll Verwandtschaft und wagt nicht, euch unter die Augen zu treten, Erleuchtete. Unter uns, ich glaube, es sind böse Menschen darunter, die er euch nicht zeigen will. Er hat zu große Furcht vor eurem Urteil. Das ist es.

DER DRITTE GOTT Sind wir denn so fürchterlich?

WANG Nur gegen die bösen Menschen, nicht wahr? Man weiß doch, daß die Provinz Kwan seit Jahrzehnten von Überschwemmungen heimgesucht wird.

DER ZWEITE GOTT So? Und warum das?

WANG Nun, weil dort keine Gottesfurcht herrscht.

DER ZWEITE GOTT Unsinn! Weil sie den Staudamm verfallen ließen.

DER ERSTE GOTT Ssst! *Zu Wang:* Hoffst du noch, mein Sohn?

WANG Wie kannst du so etwas fragen? Ich brauche nur ein Haus weiter zu gehen und kann mir ein Quartier für euch aussuchen. Alle Finger leckt man sich danach, euch zu bewirten. Unglückliche Zufälle, ihr versteht. Ich laufe!

*Er geht zögernd weg und bleibt unschlüssig in der Straße stehen.*

DER ZWEITE GOTT Was habe ich gesagt?

DER DRITTE GOTT Es können immer noch Zufälle sein.

DER ZWEITE GOTT Zufälle in Schun, Zufälle in Kwan und Zufälle in Sezuan! Es gibt keinen Gottesfürchtigen mehr, das ist die nackte Wahrheit, der ihr nicht ins Gesicht schauen wollt. Unsere Mission ist gescheitert, gebt es euch zu!

DER ERSTE GOTT Wir können immer noch gute Menschen finden, jeden Augenblick. Wir dürfen es uns nicht zu leicht machen.

DER DRITTE GOTT In dem Beschluß hieß es: die Welt kann bleiben, wie sie ist, wenn genügend gute Menschen gefunden werden, die ein menschenwürdiges Dasein leben können. Der Wasserverkäufer selber ist ein solcher Mensch, wenn mich nicht alles täuscht. *Er tritt zu Wang, der immer noch unschlüssig dasteht.*

DER ZWEITE GOTT Es täuscht ihn alles. Als der Wassermensch uns aus seinem Maßbecher zu trinken gab, sah ich was. Dies ist der Becher. *Er zeigt ihn dem ersten Gott.*

DER ERSTE GOTT Er hat zwei Böden.

DER ZWEITE GOTT Ein Betrüger!

DER ERSTE GOTT Schön, er fällt weg. Aber was ist das schon, wenn e i n e r angefault ist! Wir werden schon genug finden, die den Bedingungen genügen. Wir müssen einen finden! Seit zweitausend Jahren geht dieses Geschrei, es gehe nicht weiter mit der Welt, so wie sie ist. Niemand auf ihr könne gut bleiben. Wir müssen jetzt endlich Leute namhaft machen, die in der Lage sind, unsere Gebote zu halten.

DER DRITTE GOTT *zu Wang:* Vielleicht ist es zu schwierig, Obdach zu finden?

WANG Nicht für euch! Wo denkt ihr hin? Die Schuld, daß nicht gleich eines da ist, liegt an mir, der schlecht sucht.

DER DRITTE GOTT Das bestimmt nicht. *Er geht zurück.*

WANG Sie merken es schon. *Er spricht einen Herrn an:* Werter Herr, entschuldigen Sie, daß ich Sie anspreche, aber drei der höchsten Götter, von deren bevorstehender Ankunft ganz Sezuan schon seit Jahren spricht, sind nun wirklich eingetroffen und benötigen ein Quartier. Gehen Sie nicht weiter! Überzeugen Sie sich selber! Ein Blick genügt! Greifen Sie um Gottes willen zu! Es ist eine einmalige Gelegenheit! Bitten Sie die Götter zuerst unter Ihr Dach, bevor sie Ihnen jemand wegschnappt, sie werden zusagen.

*Der Herr ist weitergegangen.*

WANG *wendet sich an einen anderen:* Lieber Herr, Sie haben gehört, was los ist. Haben Sie vielleicht ein Quartier? Es müssen keine Palastzimmer sein. Die Gesinnung ist wichtiger.

DER HERR Wie soll ich wissen, was deine Götter für Götter sind? Wer weiß, wen man da unter sein Dach bekommt. *Er geht in einen Tabakladen.*

*Wang läuft zurück zu den dreien.*

WANG Ich habe schon einen Herrn, der bestimmt zusagt.

*Er sieht seinen Becher auf dem Boden stehen, sieht verwirrt nach den Göttern, nimmt ihn an sich und läuft wieder zurück.*

DER ERSTE GOTT Das klingt nicht ermutigend.

WANG *als der Herr wieder aus dem Laden herauskommt:* Wie ist es also mit der Unterkunft?

DER HERR Woher weißt du, daß ich nicht selber im Gasthof wohne?

DER ERSTE GOTT Er findet nichts. Dieses Sezuan können wir auch streichen.

WANG Es sind drei der Hauptgötter! Wirklich! Ihre Standbilder in den Tempeln sind sehr gut getroffen. Wenn Sie schnell hingehen und sie einladen, werden sie vielleicht zusagen.

DER HERR *lacht:* Das müssen schöne Gauner sein, die du da wo unterbringen willst. *Ab.*

WANG *schimpft ihm nach:* Du schieläugiger Schieber! Hast du keine Gottesfurcht? Ihr werdet in siedendem Pech braten für eure Gleichgültigkeit! Die Götter scheißen auf euch! Aber ihr werdet es noch bereuen! Bis ins vierte Glied werdet ihr daran abzuzahlen haben! Ihr habt ganz Sezuan mit Schmach bedeckt! *Pause.* Jetzt bleibt nur noch die Prostituierte Shen Te, die kann nicht nein sagen.

*Er ruft »Shen Te«. Oben am Fenster schaut Shen Te heraus.*

WANG Sie sind da, ich kann kein Obdach für sie finden. Kannst du sie nicht aufnehmen für eine Nacht?

SHEN TE Ich glaube nicht, Wang. Ich erwarte einen Freier. Aber wie kann denn das sein, daß du für sie kein Obdach findest?!

WANG Das kann ich jetzt nicht sagen. Ganz Sezuan ist ein einziger Dreckhaufen.

SHEN TE Ich müßte, wenn er kommt, mich versteckt halten. Dann ginge er vielleicht wieder weg. Er will mich noch ausführen.

WANG Können wir nicht inzwischen schon hinauf?

SHEN TE Aber ihr dürft nicht laut reden. Kann man mit ihnen offen sprechen?

WANG Nein! Sie dürfen von deinem Gewerbe nichts erfahren! Wir warten lieber unten. Aber du gehst nicht weg mit ihm?

SHEN TE Es geht mir nicht gut, und wenn ich bis morgen früh meine Miete nicht zusammen habe, werde ich hinausgeworfen.

WANG In solch einem Augenblick darf man nicht rechnen.

SHEN TE Ich weiß nicht, der Magen knurrt leider auch, wenn der Kaiser Geburtstag hat. Aber gut, ich will sie aufnehmen. *Man sieht sie das Licht löschen.*

DER ERSTE GOTT Ich glaube, es ist aussichtslos. *Sie treten zu Wang.*

WANG *erschrickt, als er sie hinter sich stehen sieht:* Das Quartier ist beschafft. *Er trocknet sich den Schweiß ab.*

DIE GÖTTER: Ja? Dann wollen wir hingehen.

WANG Es hat nicht solche Eile. Laßt euch ruhig Zeit. Das Zimmer wird noch in Ordnung gebracht.

DER DRITTE GOTT So wollen wir uns hierhersetzen und warten.

WANG Aber es ist viel zuviel Verkehr hier, fürchte ich. Vielleicht gehen wir dort hinüber.

DER ZWEITE GOTT Wir sehen uns gern Menschen an. Gerade dazu sind wir hier.

WANG Nur: es zieht.

DER ZWEITE GOTT Oh, wir sind abgehärtete Leute.

WANG Aber vielleicht wünscht ihr, daß ich euch das nächtliche Sezuan zeige? Wir machen einen kleinen Spaziergang?

DER DRITTE GOTT Wir sind heute schon ziemlich viel gegangen. *Lächelnd:* Aber wenn du willst, daß wir von hier weggehen, dann brauchst du es doch nur zu sagen.

*Sie gehen zurück.*

DER DRITTE GOTT Ist es dir hier angenehm?

*Sie setzen sich auf eine Haustreppe. Wang setzt sich etwas abseits auf den Boden.*

WANG *mit einem Anlauf:* Ihr wohnt bei einem alleinstehenden Mädchen. Sie ist der beste Mensch von Sezuan.

DER DRITTE GOTT Das ist schön.

WANG *zum Publikum:* Als ich vorhin den Becher aufhob, sahen sie mich so eigentümlich an. Sollten sie etwas gemerkt haben? Ich wage ihnen nicht mehr in die Augen zu blicken.

DER DRITTE GOTT Du bist sehr erschöpft.

WANG Ein wenig. Vom Laufen.

DER ERSTE GOTT Haben es die Leute hier sehr schwer?

WANG Die guten schon.

DER ERSTE GOTT *ernst:* Du auch?

WANG Ich weiß, was ihr meint. Ich bin nicht gut. Aber ich habe es auch nicht leicht.

*Inzwischen ist ein Herr vor dem Haus Shen Te's erschienen und hat mehrmals gepfiffen. Wang ist jedesmal zusammengezuckt.*

DER DRITTE GOTT *leise zu Wang:* Ich glaube, jetzt ist er weggegangen.

WANG *verwirrt:* Jawohl.

*Er steht auf und läuft auf den Platz, sein Traggerät zurücklassend. Aber es hat sich bereits folgendes ereignet: Der wartende Herr ist weggegangen, und Shen Te, leise aus der Tür tretend und leise »Wang« rufend, ist, Wang suchend, die Straße hinuntergegangen. Als nun Wang leise »Shen Te« ruft, bekommt er keine Antwort.*

WANG Sie hat mich im Stich gelassen. Sie ist weggegangen, um ihre Miete zusammenzubekommen, und ich habe kein Quartier für die Erleuchteten. Sie sind müde und warten. Ich kann ihnen nicht noch einmal kommen mit: Es ist nichts! Mein eigener Unterschlupf, ein Kanalrohr, kommt nicht in Frage. Auch würden die Götter bestimmt nicht bei einem Menschen wohnen wollen, dessen betrügerische Geschäfte sie durchschaut haben. Ich gehe nicht zurück, um nichts in der Welt. Aber mein Traggerät liegt dort. Was machen? Ich wage nicht, es zu holen. Ich will weggehen von der Hauptstadt und mich irgendwo verbergen vor ihren Augen, da es mir nicht gelungen ist, für sie etwas zu tun, die ich verehre. *Er stürzt fort.*

*Kaum ist er fort, kommt Shen Te zurück, sucht auf der anderen Seite und sieht die Götter.*

SHEN TE Seid ihr die Erleuchteten? Mein Name ist Shen Te. Ich würde mich freuen, wenn ihr mit meiner Kammer vorlieb nehmen wolltet.

DER DRITTE GOTT Aber wo ist denn der Wasserverkäufer hin?

SHEN TE Ich muß ihn verfehlt haben.

DER ERSTE GOTT Er muß gemeint haben, du kämst nicht, und da hat er sich nicht mehr zu uns getraut.

DER DRITTE GOTT *nimmt das Traggerät auf:* Wir wollen es bei dir einstellen. Er braucht es.

*Sie gehen, von Shen Te geführt, ins Haus.*

*Es wird dunkel und wieder hell. In der Morgendämmerung treten die Götter wieder aus der Tür, geführt von Shen Te, die ihnen mit einer Lampe leuchtet. Sie verabschieden sich.*

DER ERSTE GOTT Liebe Shen Te, wir danken dir für deine Gastlichkeit. Wir werden nicht vergessen, daß du es warst, die uns aufgenommen hat. Und gib dem Wasserverkäufer sein Gerät zurück und sage ihm, daß wir auch ihm danken, weil er uns einen guten Menschen gezeigt hat.

SHEN TE Ich bin nicht gut. Ich muß euch ein Geständnis machen: als Wang mich für euch um Obdach anging, schwankte ich.

DER ERSTE GOTT Schwanken macht nichts, wenn man nur siegt. Wisse, daß du uns mehr gabst als ein Nachtquartier. Vielen, darunter sogar einigen von uns Göttern, sind Zweifel aufgestiegen, ob es überhaupt noch gute Menschen gibt. Hauptsächlich um dies festzustellen, haben wir unsere Reise angetreten. Freudig setzen wir sie jetzt fort, da wir einen schon gefunden haben. Auf Wiedersehen!

SHEN TE Halt, Erleuchtete, ich bin gar nicht sicher, daß ich gut bin. Ich möchte es wohl sein, nur, wie soll ich meine Miete bezahlen? So will ich es euch denn gestehen: ich verkaufe mich, um leben zu können, aber selbst damit kann ich mich nicht durchbringen, da es so viele gibt, die dies tun müssen. Ich bin zu allem bereit, aber wer ist das nicht? Freilich würde ich glücklich sein, die Gebote halten zu können der Kindesliebe und der Wahrhaftigkeit. Nicht begehren meines Nächsten Haus, wäre mir eine Freude, und einem Mann anhängen in Treue, wäre mir angenehm. Auch ich möchte aus keinem meinen Nutzen ziehen und den Hilflosen nicht berauben. Aber wie soll ich dies alles? Selbst wenn ich einige Gebote nicht halte, kann ich kaum durchkommen.

DER ERSTE GOTT Dies alles, Shen Te, sind nichts als die Zweifel eines guten Menschen.

DER DRITTE GOTT Leb wohl, Shen Te! Grüße mir auch den Wasserträger recht herzlich. Er war uns ein guter Freund.

DER ZWEITE GOTT Ich fürchte, es ist ihm schlecht bekommen.

DER DRITTE GOTT Laß es dir gut gehn!

DER ERSTE GOTT Vor allem sei gut, Shen Te! Leb wohl!

*Sie wenden sich zum Gehen. Sie winken schon.*

SHEN TE *angstvoll:* Aber ich bin meiner nicht sicher, Erleuchtete. Wie soll ich gut sein, wo alles so teuer ist?

DER ZWEITE GOTT Da können wir leider nichts tun. In das Wirtschaftliche können wir uns nicht mischen.

DER DRITTE GOTT Halt! Wartet einen Augenblick! Wenn sie etwas mehr hätte, könnte sie es vielleicht eher schaffen.

DER ZWEITE GOTT Wir können ihr nichts geben. Das könnten wir oben nicht verantworten.

DER ERSTE GOTT Warum nicht?

*Sie stecken die Köpfe zusammen und diskutieren aufgeregt.*

DER ERSTE GOTT *zu Shen Te, verlegen:* Wir hören, du hast deine Miete nicht zusammen. Wir sind keine armen Leute und bezahlen natürlich unser Nachtlager! Hier! *Er gibt ihr Geld.* Sprich aber zu niemand darüber, daß wir bezahlten. Es könnte mißdeutet werden.

DER ZWEITE GOTT Sehr.

DER DRITTE GOTT Nein, das ist erlaubt. Wir können ihr ruhig unser Nachtlager bezahlen. In dem Beschluß stand kein Wort dagegen. Also auf Wiedersehen!

*Die Götter schnell ab.*

## 1
## Ein kleiner Tabakladen

*Der Laden ist noch nicht ganz eingerichtet und noch nicht eröffnet.*

SHEN TE *zum Publikum:* Drei Tage ist es her, seit die Götter weggezogen sind. Sie sagten, sie wollten mir ihr Nachtlager bezahlen. Und als ich sah, was sie mir gegeben hatten, sah ich, daß es über tausend Silberdollar waren. – Ich habe mir mit dem Geld einen Tabakladen gekauft. Gestern bin ich hier eingezogen, und ich hoffe, jetzt viel Gutes tun zu können. Da ist zum Beispiel die Frau Shin, die frühere Besitzerin des Ladens. Schon gestern kam sie und bat mich um Reis für ihre Kinder. Auch heute sehe ich sie wieder über den Platz kommen mit ihrem Topf.

*Herein die Shin. Die Frauen verbeugen sich voreinander.*

SHEN TE Guten Tag, Frau Shin.

DIE SHIN Guten Tag, Fräulein Shen Te. Wie gefällt es Ihnen in Ihrem neuen Heim?

SHEN TE Gut. Wie haben Ihre Kinder die Nacht zugebracht?

DIE SHIN Ach, in einem fremden Haus, wenn man diese Baracke ein Haus nennen darf. Das Kleinste hustet schon.

SHEN TE Das ist schlimm.

DIE SHIN Sie wissen ja gar nicht, was schlimm ist, Ihnen geht es gut. Aber Sie werden noch allerhand Erfahrungen machen hier in dieser Bude. Dies ist ein Elendsviertel.

SHEN TE Mittags kommen doch, wie Sie mir sagten, die Arbeiter aus der Zementfabrik?

DIE SHIN Aber sonst kauft kein Mensch, nicht einmal die Nachbarschaft.

SHEN TE Davon sagten Sie mir nichts, als Sie mir den Laden verkauften.

DIE SHIN Machen Sie mir nur nicht jetzt auch noch Vorwürfe! Zuerst rauben Sie mir und meinen Kindern das Heim und dann heißt es eine Bude und Elendsviertel. Das ist der Gipfel. *Sie weint.*

SHEN TE *schnell:* Ich hole Ihnen gleich den Reis.

DIE SHIN Ich wollte Sie auch bitten, mir etwas Geld zu leihen.

SHEN TE *während sie ihr den Reis in den Topf schüttet:* Das kann ich nicht. Ich habe doch noch nichts verkauft.

DIE SHIN Ich brauche es aber. Von was soll ich leben? Sie haben mir alles weggenommen. Jetzt drehen Sir mir die Gurgel zu. Ich werde Ihnen meine Kinder vor die Schwelle setzen, Sie Halsabschneiderin! *Sie reißt ihr den Topf aus den Händen.*

SHEN TE Seien Sie nicht so zornig! Sie schütten noch den Reis aus!

*Herein ein ältliches Paar und ein schäbig gekleideter Mensch.*

DIE FRAU Ach, meine liebe Shen Te, wir haben gehört, daß es dir jetzt so gut geht. Du bist ja eine Geschäftsfrau geworden! Denk dir, wir sind eben ohne Bleibe! Unser Tabakladen ist eingegangen. Wir haben uns gefragt, ob wir nicht bei dir für eine Nacht unterkommen können. Du kennst meinen Neffen? Er ist mitgekommen, er trennt sich nie von uns.

DER NEFFE *sich umschauend:* Hübscher Laden!

DIE SHIN Was sind denn das für welche?

SHEN TE Als ich vom Land in die Stadt kam, waren sie meine ersten Wirtsleute. *Zum Publikum:* Als mein bißchen Geld ausging, hatten sie mich auf die Straße gesetzt. Sie fürchten vielleicht, daß ich jetzt nein sage. Sie sind arm.
Sie sind ohne Obdach.
Sie sind ohne Freunde.
Sie brauchen jemand.
Wie könnte man da nein sagen?

*Freundlich zu den Ankömmlingen:* Seid willkommen! Ich will euch gern Obdach geben. Allerdings habe ich nur ein kleines Kämmerchen hinter dem Laden.

DER MANN Das genügt uns. Mach dir keine Sorge.

DIE FRAU *während Shen Te Tee bringt:* Wir lassen uns am besten hier hinten nieder, damit wir dir nicht im Weg sind. Du hast wohl einen Tabakladen in Erinnerung an dein erstes Heim gewählt? Wir werden dir einige Winke geben können. Das ist auch der Grund, warum wir zu dir kommen.

DIE SHIN *höhnisch:* Hoffentlich kommen auch Kunden?

DIE FRAU Das geht wohl auf uns?

DER MANN Psst! Da ist schon ein Kunde!

*Ein abgerissener Mann tritt ein.*

DER ABGERISSENE MANN Entschuldigen Sie. Ich bin arbeitslos. *Die Shin lacht.*

SHEN TE Womit kann ich Ihnen dienen?

DER ARBEITSLOSE Ich höre, Sie eröffnen morgen. Da dachte ich, beim Auspacken wird manchmal etwas beschädigt. Haben Sie eine Zigarette übrig?

DIE FRAU Das ist stark, Tabak zu betteln! Wenn es noch Brot wäre!

DER ARBEITSLOSE Brot ist teuer. Ein paar Züge aus einer Zigarette, und ich bin ein neuer Mensch. Ich bin so kaputt.

SHEN TE *gibt ihm Zigaretten:* Das ist wichtig, ein neuer Mensch zu sein. Ich will meinen Laden mit Ihnen eröffnen, Sie werden mir Glück bringen.

*Der Arbeitslose zündet sich schnell eine Zigarette an, inhaliert und geht hustend ab.*

DIE FRAU War das richtig, liebe Shen Te?

DIE SHIN Wenn sie den Laden so eröffnen, werden Sie ihn keine drei Tage haben.

DER MANN Ich wette, er hatte noch Geld in der Tasche.

SHEN TE Er sagte doch, daß er nichts hat.

DER NEFFE Woher wissen Sie, daß er Sie nicht angelogen hat?

SHEN TE *aufgebracht:* Woher weiß ich, daß er mich angelogen hat!

DIE FRAU *kopfschüttelnd:* Sie kann nicht nein sagen! Du bist zu gut, Shen Te. Wenn du deinen Laden behalten willst, mußt du die eine oder andere Bitte abschlagen können.

DER MANN Sag doch, er gehört dir nicht. Sag, er gehört einem Verwandten, der von dir genaue Abrechnung verlangt. Kannst du das nicht?

DIE SHIN Das könnte man, wenn man sich nicht immer als Wohltäterin aufspielen müßte.

SHEN TE *lacht:* Schimpft nur! Ich werde euch gleich das Quartier aufsagen, und den Reis werde ich zurückschütten!

DIE FRAU *entsetzt:* Ist der Reis auch von dir?

SHEN TE *zum Publikum:*

Sie sind schlecht.
Sie sind niemandes Freund.
Sie gönnen keinem einen Topf Reis.
Sie brauchen alles selber.
Wer könnte sie schelten?

*Herein ein kleiner Mann.*

DIE SHIN *sieht ihn und bricht hastig auf:*
Ich sehe morgen wieder her.
*Ab.*

DER KLEINE MANN *ruft ihr nach:* Halt, Frau Shin! Sie brauche ich gerade!

DIE FRAU Kommt die regelmäßig? Hat sie denn einen Anspruch an dich?

SHEN TE Sie hat keinen Anspruch, aber sie hat Hunger: das ist mehr.

DER KLEINE MANN Die weiß, warum sie rennt. Sind Sie die neue Ladeninhaberin? Ach, Sie pakken schon die Stellagen voll. Aber die gehören Ihnen nicht, Sie! Außer Sie bezahlen sie! Das Lumpenpack, das hier gesessen ist, hat sie nicht bezahlt. *Zu den andern:* Ich bin nämlich der Schreiner.

SHEN TE Aber ich dachte, das gehört zur Einrichtung, die ich bezahlt habe?

DER SCHREINER Betrug! Alles Betrug! Sie stekken natürlich mit dieser Shin unter einer Decke! Ich verlange meine 100 Silberdollar, so wahr ich Lin To heiße.

SHEN TE Wie soll ich das bezahlen, ich habe kein Geld mehr!

DER SCHREINER Dann lasse ich Sie einsteigern! Sofort! Sie bezahlen sofort, oder ich lasse Sie einsteigern.

DER MANN *souffliert Shen Te:* Vetter!

SHEN TE Kann es nicht im nächsten Monat sein?

DER SCHREINER *schreiend:* Nein!

SHEN TE Seien Sie nicht hart, Herr Lin To. Ich kann nicht allen Forderungen sofort nachkommen.

*Zum Publikum:*

Ein wenig Nachsicht und die Kräfte verdoppeln sich.
Sieh, der Karrengaul hält vor einem Grasbüschel:
Ein Durch-die-Finger-Sehen und der Gaul zieht besser.
Noch im Juni ein wenig Geduld und der Baum
Beugt sich im August unter den Pfirsichen. Wie
Sollen wir zusammen leben ohne Geduld?
Mit einem kleinen Aufschub
Werden die weitesten Ziele erreicht.

*Zum Schreiner:* Nur ein Weilchen gedulden Sie sich, Herr Lin To!

DER SCHREINER Und wer geduldet sich mit mir und mit meiner Familie? *Er rückt eine Stellage von der Wand, als wolle er sie mitnehmen.* Sie bezahlen, oder ich nehme die Stellagen mit!

DIE FRAU Meine liebe Shen Te, warum übergibst du nicht deinem Vetter die Angelegenheit? *Zum Schreiner:* Schreiben Sie Ihre Forderung auf und Fräulein Shen Te's Vetter wird bezahlen.

DER SCHREINER Solche Vettern kennt man!

DER NEFFE Lach nicht so dumm! Ich kenne ihn persönlich.

DER MANN Ein Mann wie ein Messer.

DER SCHREINER Schön, er soll meine Rechnung haben. *Er kippt die Stellage um, setzt sich darauf und schreibt seine Rechnung.*

DIE FRAU *zu Shen Te:* Er wird dir das Hemd vom Leibe reißen für seine paar Bretter, wenn ihm nicht Halt geboten wird. Erkenne nie eine Forderung an, berechtigt oder nicht, denn sofort wirst du überrannt mit Forderungen, berechtigt oder nicht. Wirf ein Stück Fleisch in eine Kehrichttonne, und alle Schlachterhunde des Viertels beißen sich in deinem Hof. Wozu gibt's die Gerichte?

SHEN TE Die Gerichte werden ihn nicht ernähren, wenn seine Arbeit es nicht tut. Er hat gearbeitet und will nicht leer ausgehen. Und er hat seine Familie. Es ist schlimm, daß ich ihn nicht bezahlen kann! Was werden die Götter sagen?

DER MANN Du hast dein Teil getan, als du uns aufnahmst, das ist übergenug.

*Herein ein hinkender Mann und eine schwangere Frau.*

DER HINKENDE *zum Paar:* Ach, hier seid ihr! Ihr seid ja saubere Verwandte! Uns einfach an der Straßenecke stehen zu lassen!

DIE FRAU *verlegen zu Shen Te:* Das ist mein Bruder Wung und die Schwägerin. *Zu den bei-*

*den:* Schimpft nicht und setzt euch ruhig in die Ecke, damit ihr Fräulein Shen Te, unsere alte Freundin, nicht stört. *Zu Shen Te:* Ich glaube, wir müssen die beiden aufnehmen, da die Schwägerin im fünften Monat ist. Oder bist du nicht der Ansicht?

SHEN TE Seid willkommen!

DIE FRAU Bedankt euch. Schalen stehen dort hinten. *Zu Shen Te:* Die hätten überhaupt nicht gewußt, wohin. Gut, daß du den Laden hast!

SHEN TE *lachend zum Publikum, Tee bringend:* Ja, gut, daß ich ihn habe!

*Herein die Hausbesitzerin Frau Mi Tzü, ein Formular in der Hand.*

DIE HAUSBESITZERIN Fräulein Shen Te, ich bin die Hausbesitzerin, Frau Mi Tzü. Ich hoffe, wir werden gut miteinander auskommen. Das ist ein Mietskontrakt. *Während Shen Te den Kontrakt durchliest:* Ein schöner Augenblick, die Eröffnung eines kleinen Geschäfts, nicht wahr, meine Herrschaften? *Sie schaut sich um.* Ein paar Lücken sind ja noch auf den Stellagen, aber es wird schon gehen. Einige Referenzen werden Sie mir wohl beibringen können?

SHEN TE Ist das nötig?

DIE HAUSBESITZERIN Aber ich weiß doch gar nicht, wer Sie sind.

DER MANN Vielleicht könnten wir für Fräulein Shen Te bürgen? Wir kennen sie, seit sie in die Stadt gekommen ist, und legen jederzeit die Hand für sie ins Feuer.

DIE HAUSBESITZERIN Und wer sind Sie?

DER MANN Ich bin der Tabakhändler Ma Fu.

DIE HAUSBESITZERIN Wo ist Ihr Laden?

DER MANN Im Augenblick habe ich keinen Laden. Sehen Sie, ich habe ihn eben verkauft.

DIE HAUSBESITZERIN So. *Zu Shen Te:* Und sonst haben Sie niemand, bei dem ich über Sie Auskünfte einholen kann?

DIE FRAU *souffliert:* Vetter! Vetter!

DIE HAUSBESITZERIN Sie müssen doch jemand haben, der mir dafür Gewähr bietet, was ich ins Haus bekomme. Das ist ein respektables Haus, meine Liebe. Ohne das kann ich mit Ihnen überhaupt keinen Kontrakt abschließen.

SHEN TE *langsam, mit niedergeschlagenen Augen:* Ich habe einen Vetter.

DIE HAUSBESITZERIN Ach, Sie haben einen Vetter. Am Platz? Da können wir doch gleich hingehen. Was ist er?

SHEN TE Er wohnt nicht hier, sondern in einer anderen Stadt.

DIE FRAU Sagtest du nicht in Schun?

SHEN TE Herr... Shui Ta. In Schun!

DER MANN Aber den kenne ich ja überhaupt! Ein Großer, Dürrer.

DER NEFFE *zum Schreiner:* Sie haben doch auch mit Fräulein Shen Te's Vetter verhandelt! Über die Stellagen!

DER SCHREINER *mürrisch:* Ich schreibe für ihn gerade die Rechnung aus. Da ist sie! *Er übergibt sie.* Morgen früh komme ich wieder! *Ab.*

DER NEFFE *ruft ihm nach, auf die Hausbesitzerin schielend:* Seien Sie ganz ruhig, der Herr Vetter bezahlt es!

DIE HAUSBESITZERIN *Shen Te scharf musternd:* Nun, es wird mich auch freuen, ihn kennenzulernen. Guten Abend, Fräulein. *Ab.*

DIE FRAU *nach einer Pause:* Jetzt kommt alles auf! Du kannst sicher sein, morgen früh weiß die Bescheid über dich.

DIE SCHWÄGERIN *leise zum Neffen:* Das wird hier nicht lange dauern!

*Herein ein Greis, geführt von einem Jungen.*

DER JUNGE *nach hinten:* Da sind sie.

DIE FRAU Guten Tag, Großvater. *Zu Shen Te:* Der gute Alte! Er hat sich wohl um uns gesorgt. Und der Junge, ist er nicht groß geworden? Er frißt wie ein Scheunendrescher. Wen habt ihr denn noch alles mit?

DER MANN *hinausschauend:* Nur noch die Nichte.

DIE FRAU *zu Shen Te:* Eine junge Verwandte vom Land. Hoffentlich sind wir dir nicht zu viele. So viele waren wir noch nicht, als du bei uns wohntest, wie? Ja, wir sind immer mehr geworden. Je schlechter es ging, desto mehr wurden wir. Und je mehr wir wurden, desto schlechter ging es. Aber jetzt riegeln wir hier ab, sonst gibt es keine Ruhe. *Sie sperrt die Türe zu, und alle setzen sich.* Die Hauptsache ist, daß wir dich nicht im Geschäft stören. Denn wovon soll sonst der Schornstein rauchen? Wir haben uns das so gedacht: am Tag gehen die Jüngeren weg, und nur der Großvater, die Schwägerin und vielleicht ich bleiben. Die anderen sehen höchstens einmal oder zweimal herein untertags, nicht? Zündet die Lampe dort an und macht es euch gemütlich.

DER NEFFE *humoristisch:* Wenn nur nicht der Vetter heut nacht hereinplatzt, der gestrenge Herr Shui Ta!

*Die Schwägerin lacht.*

DER BRUDER *langt nach einer Zigarette:* Auf eine wird es wohl nicht ankommen!

DER MANN Sicher nicht.

*Alle nehmen sich zu rauchen. Der Bruder reicht einen Krug Wein herum.*

DER NEFFE Der Vetter bezahlt es!

DER GROSSVATER *ernst zu Shen Te:* Guten Tag! *Shen Te, verwirrt durch die späte Begrüßung, verbeugt sich. Sie hat in der einen Hand die Rechnung des Schreiners, in der andern den Mietskontrakt.*

DIE FRAU Könnt Ihr nicht etwas singen, damit die Gastgeberin etwas Unterhaltung hat?

DER NEFFE Der Großvater fängt an!

*Sie singen »Das Lied vom Rauch«.*

DER GROSSVATER

Einstmals, vor das Alter meine Haare bleichte
Hofft mit Klugheit ich mich durchzuschlagen.
Heute weiß ich, keine Klugheit reichte
Je, zu füllen eines armen Mannes Magen.
Darum sagt ich: laß es!
Sieh den grauen Rauch
Der in immer kältre Kälten geht: so
Gehst du auch.

DER MANN

Sah den Redlichen, den Fleißigen geschunden
So versucht ich's mit dem krummen Pfad.
Doch auch der führt unsereinen nur nach unten
Und so weiß ich mir halt fürder keinen Rat.
Und so sag ich: laß es!
Sieh den grauen Rauch
Der in immer kältre Kälten geht: so
Gehst du auch.

DIE NICHTE

Die da alt sind, hör ich, haben nichts zu hoffen
Denn nur Zeit schafft's, und an Zeit gebricht's.
Doch uns Jungen, hör ich, steht das Tor weit offen
Freilich, hör ich, steht es offen nur ins Nichts.
Und auch ich sag: laß es!
Sieh den grauen Rauch
Der in immer kältre Kälten geht: so
Gehst du auch.

DER NEFFE Woher hast du den Wein?

DIE SCHWÄGERIN Er hat den Ballen mit Tabak versetzt.

DER MANN Was? Dieser Tabak war das einzige, das uns noch blieb! Nicht einmal für ein Nachtlager haben wir ihn angegriffen! Du Schwein!

DER BRUDER Nennst du mich ein Schwein, weil es meine Frau friert? Und hast selber getrunken. Gib sofort den Krug her! *Sie raufen sich. Die Tabakstellagen stürzen um.*

SHEN TE *beschwört sie:* Oh, schont den Laden, zerstört nicht alles! Er ist ein Geschenk der Götter! Nehmt euch, was da ist, aber zerstört es nicht!

DIE FRAU *skeptisch:* Der Laden ist kleiner, als ich dachte. Wir hätten vielleicht doch nicht der Tante und den andern davon erzählen sollen. Wenn sie auch noch kommen, wird es eng hier.

DIE SCHWÄGERIN Die Gastgeberin ist auch schon ein wenig kühler geworden!

*Von draußen kommen Stimmen, und es wird an die Tür geklopft.*

RUFE Macht auf! – Wir sind es!

DIE FRAU Bist du es, Tante? Was machen wir da?

SHEN TE Mein schöner Laden! O Hoffnung! Kaum eröffnet, ist er schon kein Laden mehr! *Zum Publikum:*

Der Rettung kleiner Nachen
Wird sofort in die Tiefe gezogen:
Zu viele Versinkende
Greifen gierig nach ihm.

RUFE *von draußen:* Macht auf!

## ZWISCHENSPIEL

### Unter einer Brücke

*Am Fluß kauert der Wasserverkäufer*

WANG *sich umblickend:* Alles ruhig. Seit vier Tagen verberge ich mich jetzt schon. Sie können mich nicht finden, da ich die Augen offen halte. Ich bin absichtlich entlang ihrer Wegrichtung geflohen. Am zweiten Tage haben sie die Brücke passiert, ich hörte ihre Schritte über mir. Jetzt müssen sie schon weit weg sein, ich bin vor ihnen sicher.

*Er hat sich zurückgelegt und schläft ein. Musik. Die Böschung wird durchsichtig, und es erscheinen die Götter.*

WANG *hebt den Arm vors Gesicht, als sollte er geschlagen werden:* Sagt nichts, ich weiß alles! Ich habe niemand gefunden, der euch aufnehmen will, in keinem Haus! Jetzt wißt ihr es! Jetzt geht weiter!

DER ERSTE GOTT Doch, du hast jemand gefunden. Als du weg warst, kam er. Er nahm uns auf für die Nacht, er behütete unseren Schlaf, und er leuchtete uns mit einer Lampe am Morgen, als wir ihn verließen. Du aber hast ihn uns genannt als einen guten Menschen, und er war gut.

WANG So war es Shen Te, die euch aufnahm?

DER DRITTE GOTT Natürlich.

WANG Und ich Kleingläubiger bin fortgelaufen! Nur weil ich dachte: sie kann nicht kommen. Da es ihr schlecht geht, kann sie nicht kommen.

DIE GÖTTER

O du schwacher
Gut gesinnter, aber schwacher Mensch!
Wo da Not ist, denkt er, gibt es keine Güte!
Wo Gefahr ist, denkt er, gibt es keine Tapferkeit!
O Schwäche, die an nichts ein gutes Haar läßt!
O schnelles Urteil! O leichtfertige Verzweiflung!

WANG Ich schäme mich sehr, Erleuchtete!

DER ERSTE GOTT Und jetzt, Wasserverkäufer, tu uns den Gefallen und geh schnell zurück nach der Hauptstadt und sieh nach der guten Shen Te dort, damit du uns von ihr berichten kannst. Es geht ihr jetzt gut. Sie soll das Geld zu einem kleinen Laden bekommen haben, so daß sie dem Zug ihres milden Herzens ganz folgen kann. Bezeig du Interesse an ihrer Güte, denn keiner kann lang gut sein, wenn nicht Güte verlangt wird. Wir aber wollen weiter wandern und suchen und noch andere Menschen finden, die unserm guten Menschen von Sezuan gleichen, damit das Gerede aufhört, daß es für die Guten auf unserer Erde nicht mehr zu leben ist.

*Sie verschwinden.*

## 2
## Der Tabakladen

*Überall schlafende Leute. Die Lampe brennt noch. Es klopft.*

DIE FRAU *erhebt sich schlaftrunken:* Shen Te! Es klopft! Wo ist sie denn?

DER NEFFE Sie holt wohl Frühstück. Der Herr Vetter bezahlt es!

*Die Frau lacht und schlurft zur Tür. Herein ein junger Herr, hinter ihm der Schreiner.*

DER JUNGE HERR Ich bin der Vetter.

DIE FRAU *aus den Wolken fallend:* Was sind Sie?

DER JUNGE HERR Mein Name ist Shui Ta.

DIE GÄSTE *sich gegenseitig aufrüttelnd:* Der Vetter! – Aber das war doch ein Witz, sie hat ja gar keinen Vetter! – Aber hier ist jemand, der sagt, er ist der Vetter! – Unglaublich, so früh am Tag!

DER NEFFE Wenn Sie der Vetter der Gastgeberin sind, Herr, dann schaffen Sie uns schleunigst etwas zum Frühstück!

SHUI TA *die Lampe auslöschend:* Die ersten Kunden kommen bald, bitte, ziehen Sie sich schnell an, daß ich meinen Laden aufmachen kann.

DER MANN Ihren Laden? Ich denke, das ist der Laden unserer Freundin Shen Te? *Shui Ta schüttelt den Kopf.* Was, das ist gar nicht ihr Laden?

DIE SCHWÄGERIN Da hat sie uns also angeschmiert! Wo steckt sie überhaupt?

SHUI TA Sie ist abgehalten. Sie läßt Ihnen sagen, daß sie nunmehr, nachdem ich da bin, nichts mehr für Sie tun kann.

DIE FRAU *erschüttert:* Und wir hielten sie für einen guten Menschen!

DER NEFFE Glaubt ihm nicht! Sucht sie!

DER MANN Ja, das wollen wir. *Er organisiert:* Du und du und du und du, ihr sucht sie überall. Wir und Großvater bleiben hier, die Festung zu halten. Der Junge kann inzwischen etwas zum Essen besorgen. *Zum Jungen:* Siehst du den Kuchenbäcker dort am Eck? Schleich dich hin und stopf dir die Bluse voll.

DIE SCHWÄGERIN Nimm auch ein paar von den kleinen hellen Kuchen!

DER MANN Aber gib acht, daß der Bäcker dich nicht erwischt. Und komm dem Polizisten nicht in die Quere! *Der Junge nickt und geht weg. Die übrigen ziehen sich vollends an.*

SHUI TA Wird ein Kuchendiebstahl nicht diesen Laden, der Ihnen Zuflucht gewährt hat, in schlechten Ruf bringen?

DER NEFFE Kümmert euch nicht um ihn, wir werden sie schnell gefunden haben. Sie wird ihm schön heimleuchten.

*Der Neffe, der Bruder, die Schwägerin und die Nichte ab.*

DIE SCHWÄGERIN *im Abgehen:* Laßt uns etwas übrig vom Frühstück!

SHUI TA *ruhig:* Sie werden sie nicht finden. Meine Kusine bedauert natürlich, das Gebot der Gastfreundschaft nicht auf unbegrenzte Zeit befolgen zu können. Aber Sie sind leider zu viele! Dies hier ist ein Tabakladen, und Fräulein Shen Te lebt davon.

DER MANN Unsere Shen Te würde so etwas überhaupt nicht über die Lippen bringen.

SHUI TA Sie haben vielleicht recht. *Zum Schreiner:* Das Unglück besteht darin, daß die Not in dieser Stadt zu groß ist, als daß ein einzelner

Mensch ihr steuern könnte. Darin hat sich betrüblicherweise nichts geändert in den elfhundert Jahren, seit jemand den Vierzeiler verfaßte:
Der Gouverneur, befragt, was nötig wäre
Den Frierenden der Stadt zu helfen, antwortete:
Eine zehntausend Fuß lange Decke
Welche die ganzen Vorstädte einfach zudeckt.
*Er macht sich daran, den Laden aufzuräumen.*

DER SCHREINER Ich sehe, daß Sie sich bemühen, die Angelegenheiten Ihrer Kusine zu ordnen. Da ist eine kleine Schuld für die Stellagen zu begleichen, anerkannt vor Zeugen. 100 Silberdollar.

SHUI TA *die Rechnung aus der Tasche ziehend, nicht unfreundlich:* Glauben Sie nicht, daß 100 Silberdollar etwas zu viel sind?

DER SCHREINER Nein. Ich kann auch nichts ablassen. Ich habe Frau und Kinder zu ernähren.

SHUI TA *hart:* Wie viele Kinder?

DER SCHREINER Vier.

SHUI TA Dann biete ich Ihnen 20 Silberdollar.

*Der Mann lacht.*

DER SCHREINER Sind Sie verrückt? Diese Stellagen sind aus Nußbaum!

SHUI TA Dann nehmen Sie sie weg.

DER SCHREINER Was heißt das?

SHUI TA Sie sind zu teuer für mich. Ich ersuche Sie, die Nußbaumstellagen wegzunehmen.

DIE FRAU Das ist gut gegeben! *Sie lacht ebenfalls.*

DER SCHREINER *unsicher:* Ich verlange, daß Fräulein Shen Te geholt wird. Sie ist anscheinend ein besserer Mensch als Sie.

SHUI TA Gewiß. Sie ist ruiniert.

DER SCHREINER *nimmt resolut eine Stellage und trägt sie zur Tür:* Da können Sie Ihre Rauchwaren ja auf dem Boden aufstapeln! Mir kann es recht sein.

SHUI TA *zu dem Mann:* Helfen Sie ihm!

DER MANN *packt ebenfalls eine Stellage und trägt sie grinsend zur Tür:* Also hinaus mit den Stellagen!

DER SCHREINER Du Hund! Soll meine Familie verhungern?

SHUI TA Ich biete Ihnen noch einmal 20 Silberdollar, da ich meine Rauchwaren nicht auf dem Boden aufstapeln will.

DER SCHREINER 100!

*Shui Ta schaut gleichmütig zum Fenster hinaus. Der Mann schickt sich an, die Stellage hinauszutragen.*

DER SCHREINER Zerbrich sie wenigstens nicht am Türbalken, Idiot! *Verzweifelt:* Aber sie sind doch nach Maß gearbeitet! Sie passen in dieses Loch und sonst nirgends hin. Die Bretter sind verschnitten, Herr!

SHUI TA Eben. Darum biete ich Ihnen auch nur 20 Silberdollar. Weil die Bretter verschnitten sind.

*Die Frau quietscht vor Vergnügen.*

DER SCHREINER *plötzlich müde:* Da kann ich nicht mehr mit. Behalten Sie die Stellagen und bezahlen Sie, was Sie wollen.

SHUI TA 20 Silberdollar.

*Er legt zwei große Münzen auf den Tisch. Der Schreiner nimmt sie.*

DER MANN *die Stellagen zurücktragend:* Genug für einen Haufen verschnittener Bretter!

DER SCHREINER Ja, genug vielleicht, mich zu betrinken! *Ab.*

DER MANN Den haben wir draußen!

DIE FRAU *sich die Lachtränen trocknend:* »Sie sind aus Nußbaum!« – »Nehmen Sie sie weg!« – »100 Silberdollar! Ich habe vier Kinder!« – »Dann zahle ich 20!« – »Aber sie sind doch verschnitten!« – »Eben! 20 Silberdollar!« – So muß man diese Typen behandeln!

SHUI TA Ja. *Ernst:* Geht schnell weg.

DER MANN Wir?

SHUI TA Ja, ihr. Ihr seid Diebe und Schmarotzer. Wenn ihr schnell geht, ohne Zeit mit Widerrede zu vergeuden, könnt ihr euch noch retten.

DER MANN Es ist am besten, ihm gar nicht zu antworten. Nur nicht schreien mit nüchternem Magen. Ich möcht wissen, wo bleibt der Junge?

SHUI TA Ja, wo bleibt der Junge? Ich sagte euch vorhin, daß ich ihn nicht mit gestohlenem Kuchen in meinem Laden haben will. *Plötzlich schreiend:* Noch einmal: geht!

*Sie bleiben sitzen.*

SHUI TA *wieder ganz ruhig:* Wie ihr wollt.

*Er geht zur Tür und grüßt tief hinaus. In der Tür taucht ein Polizist auf.*

SHUI TA Ich vermute, ich habe den Beamten vor mir, der dieses Viertel betreut?

DER POLIZIST Jawohl, Herr...

SHUI TA Shui Ta. *Sie lächeln einander an.* Angenehmes Wetter heute!

DER POLIZIST Nur ein wenig warm vielleicht.

SHUI TA Vielleicht ein wenig warm.

DER MANN *leise zu seiner Frau:* Wenn er quatscht, bis der Junge zurückkommt, sind wir geschnappt.

*Er versucht, Shui Ta heimlich ein Zeichen zu geben.*

SHUI TA *ohne es zu beachten:* Es macht einen Unterschied, ob man das Wetter in einem kühlen Lokal beurteilt oder auf der staubigen Straße.

DER POLIZIST Einen großen Unterschied.

DIE FRAU *zum Mann:* Sei ganz ruhig! Der Junge kommt nicht, wenn er den Polizisten in der Tür stehen sieht.

SHUI TA Treten Sie doch ein. Es ist wirklich kühler hier. Meine Kusine und ich haben einen Laden eröffnet. Lassen Sie mich Ihnen sagen, daß wir den größten Wert darauf legen, mit der Behörde auf gutem Fuß zu stehen.

DER POLIZIST *tritt ein:* Sie sind sehr gütig, Herr Shui Ta. Ja, hier ist es wirklich kühl.

DER MANN *leise:* Er nimmt ihn extra herein, damit der Junge ihn nicht stehen sieht.

SHUI TA Gäste! Entfernte Bekannte meiner Kusine, wie ich höre. Sie sind auf einer Reise begriffen. *Man verbeugt sich.* Wir waren eben dabei, uns zu verabschieden.

DER MANN *heiser:* Ja, da gehen wir also.

SHUI TA Ich werde meiner Kusine bestellen, daß Sie ihr für das Nachtquartier danken, aber keine Zeit hatten, auf ihre Rückkehr zu warten.

*Von der Straße Lärm und Rufe: »Haltet den Dieb!«*

DER POLIZIST Was ist das?

*In der Tür steht der Junge. Aus der Bluse fallen ihm Fladen und kleine Kuchen. Die Frau winkt ihm verzweifelt, er solle hinaus. Er wendet sich und will weg.*

DER POLIZIST Halt du! *Er faßt ihn.* Woher hast du die Kuchen?

DER JUNGE Von da drüben.

DER POLIZIST Oh! Diebstahl, wie?

DIE FRAU Wir wußten nichts davon. Der Junge hat es auf eigene Faust gemacht. Du Nichtsnutz!

DER POLIZIST Herr Shui Ta, können Sie den Vorfall aufklären?

*Shui Ta schweigt.*

DER POLIZIST Aha. Ihr kommt alle mit auf die Wache.

SHUI TA Ich bin außer mir, daß ich meinem Lokal so etwas passieren konnte.

DIE FRAU Er hat zugesehen, als der Junge wegging!

SHUI TA Ich kann Ihnen versichern, Herr Polizist, daß ich Sie kaum hereingebeten hätte, wenn ich einen Diebstahl hätte decken wollen.

DER POLIZIST Das ist klar. Sie werden also auch verstehen, Herr Shui Ta, daß es meine Pflicht ist, diese Leute abzuführen. *Shui Ta verbeugt sich.* Vorwärts mit euch! *Er treibt sie hinaus.*

DER GROSSVATER *feierlich unter der Tür:* Guten Tag.

*Alle außer Shui Ta ab. Shui Ta räumt weiter auf. Eintritt die Hausbesitzerin.*

DIE HAUSBESITZERIN So, Sie sind dieser Herr Vetter! Was bedeutet das, daß die Polizei aus diesem meinem Haus Leute abführt? Wie kommt Ihre Kusine dazu, hier ein Absteigequartier aufzumachen? Das hat man davon, wenn man Leute ins Haus nimmt, die gestern noch in Fünfkäschkämmerchen gehaust und vom Bäcker an der Ecke Hirsefladen erbettelt haben! Sie sehen, ich weiß Bescheid.

SHUI TA Das sehe ich. Man hat Ihnen Übles von meiner Kusine erzählt. Man hat sie beschuldigt, gehungert zu haben! Es ist notorisch, daß sie in Armut lebte. Ihr Leumund ist der allerschlechteste: es ging ihr elend!

DIE HAUSBESITZERIN Sie war eine ganz gewöhnliche...

SHUI TA Unbemittelte, sprechen wir das harte Wort aus!

DIE HAUSBESITZERIN Ach, bitte, keine Gefühlsduseleien! Ich spreche von ihrem Lebenswandel, nicht von ihren Einkünften. Ich bezweifle nicht, daß es da gewisse Einkünfte gegeben hat, sonst gäbe es diesen Laden nicht. Einige ältere Herren werden schon gesorgt haben. Woher bekommt man einen Laden? Herr, dies ist ein respektables Haus! Die Leute, die hier Miete zahlen, wünschen nicht, mit einer solchen Person unter einem Dach zu wohnen, jawohl. *Pause.* Ich bin kein Unmensch, aber ich muß Rücksichten nehmen.

SHUI TA *kalt:* Frau Mi Tzü, ich bin beschäftigt. Sagen Sie mir einfach, was es uns kosten wird, in diesem respektablen Haus zu wohnen.

DIE HAUSBESITZERIN Ich muß sagen, Sie sind jedenfalls kaltblütig!

SHUI TA *zieht aus dem Ladentisch den Mietskontrakt:* Die Miete ist sehr hoch. Ich entnehme diesem Kontrakt, daß sie monatlich zu entrichten ist.

DIE HAUSBESITZERIN *schnell:* Aber nicht für Leute wie Ihre Kusine!

SHUI TA Was heißt das?

DIE HAUSBESITZERIN Es heißt, daß Leute wie Ihre Kusine die Halbjahresmiete von 200 Silberdollar im voraus zu bezahlen haben.

SHUI TA 200 Silberdollar! Das ist halsabschneiderisch! Wie soll ich das aufbringen? Ich kann hier nicht auf großen Umsatz rechnen. Ich setze meine einzige Hoffnung darauf, daß die Sacknäherinnen von der Zementfabrik viel rauchen, da die Arbeit, wie man mir gesagt hat, sie sehr erschöpft. Aber sie verdienen schlecht.

DIE HAUSBESITZERIN Das hätten Sie vorher bedenken müssen.

SHUI TA Frau Mi Tzü, haben Sie ein Herz! Es ist wahr, meine Kusine hat den unverzeihlichen Fehler begangen, Unglücklichen Obdach zu gewähren. Aber sie kann sich bessern, ich werde sorgen, daß sie sich bessert. Andrerseits, wie könnten Sie einen besseren Mieter finden als einen, der die Tiefe kennt, weil er aus ihr kommt? Er wird sich die Haut von den Fingern arbeiten, Ihnen die Miete pünktlichst zu bezahlen, er wird alles tun, alles opfern, alles verkaufen, vor nichts zurückschrecken und dabei wie ein Mäuschen sein, still wie eine Fliege, sich Ihnen in allem unterwerfen, ehe er zurückgeht dorthin. Solch ein Mieter ist nicht mit Gold aufzuwiegen.

DIE HAUSBESITZERIN 200 Silberdollar im voraus oder sie geht zurück auf die Straße, woher sie kommt. *Herein der Polizist.*

DER POLIZIST Lassen Sie sich nicht stören, Herr Shui Ta!

DIE HAUSBESITZERIN Die Polizei zeigt wirklich ein ganz besonderes Interesse für diesen Laden.

DER POLIZIST Frau Mi Tzü, ich hoffe, Sie haben keinen falschen Eindruck bekommen. Herr Shui Ta hat uns einen Dienst erwiesen, und ich komme lediglich, ihm dafür im Namen der Polizei zu danken.

DIE HAUSBESITZERIN Nun, das geht mich nichts an. Ich hoffe, Herr Shui Ta, mein Vorschlag sagt Ihrer Kusine zu. Ich liebe es, mit meinen Mietern in gutem Einvernehmen zu sein. Guten Tag, meine Herren. *Ab.*

SHUI TA Guten Tag, Frau Mi Tzü.

DER POLIZIST Haben Sie Schwierigkeiten mit Frau Mi Tzü?

SHUI TA Sie verlangt Vorausbezahlung der Miete, da meine Kusine ihr nicht respektabel erscheint.

DER POLIZIST Und Sie haben das Geld nicht? *Shui Ta schweigt.* Aber jemand wie Sie, Herr Shui Ta, muß doch Kredit finden?

SHUI TA Vielleicht. Aber wie sollte jemand wie Shen Te Kredit finden?

DER POLIZIST Bleiben Sie denn nicht?

SHUI TA Nein. Und ich kann auch nicht wiederkommen. Nur auf der Durchreise konnte ich ihr eine Hand reichen, nur das Schlimmste konnte ich abwehren. Bald wird sie wieder auf sich selber angewiesen sein. Ich frage mich besorgt, was dann werden soll.

DER POLIZIST Herr Shui Ta, es tut mir leid, daß Sie Schwierigkeiten mit der Miete haben. Ich muß zugeben, daß wir diesen Laden zuerst mit gemischten Gefühlen betrachteten, aber Ihr entschlossenes Auftreten vorhin hat uns gezeigt, wer Sie sind. Wir von der Behörde haben es schnell heraus, wen wir als Stütze der Ordnung ansehen können.

SHUI TA *bitter:* Herr, um diesen kleinen Laden zu retten, den meine Kusine als ein Geschenk der Götter betrachtet, bin ich bereit, bis an die äußerste Grenze des gesetzlich Erlaubten zu gehen. Aber Härte und Verschlagenheit helfen nur gegen die Unteren, denn die Grenzen sind klug gezogen. Mir geht es wie dem Mann, der mit den Ratten fertig geworden ist, aber dann kam der Fluß! *Nach einer kleinen Pause:* Rauchen Sie?

DER POLIZIST *zwei Zigarren einsteckend:* Wir von der Station verlören Sie höchst ungern hier, Herr Shui Ta. Aber Sie müssen Frau Mi Tzü verstehen. Die Shen Te hat, da wollen wir uns nichts vormachen, davon gelebt, daß sie sich an Männer verkaufte. Sie können mir einwenden: was sollte sie machen? Wovon sollte sie zum Beispiel ihre Miete zahlen? Aber der Tatbestand bleibt: es ist nicht respektabel. Warum? Erstens: Liebe verkauft man nicht, sonst ist es käufliche Liebe. Zweitens: respektabel ist, nicht mit dem, der einen bezahlt, sondern mit dem, den man liebt. Drittens: nicht für eine Handvoll Reis, sondern aus Liebe. Schön, antworten Sie mir, was hilft alle Weisheit, wenn die Milch schon verschüttet ist? Was soll sie machen? Sie muß eine Halbjahresmiete auftreiben. Herr Shui Ta, ich muß Ihnen sagen, ich weiß es nicht. *Er denkt eifrig nach.* Herr Shui Ta, ich hab's! Suchen Sie doch einfach einen Mann für sie! *Herein eine kleine alte Frau.*

DIE ALTE Eine gute billige Zigarre für meinen Mann. Wir sind nämlich morgen vierzig Jahre verheiratet, und da machen wir eine kleine Feier.

SHUI TA *höflich:* Vierzig Jahre und noch immer eine Feier!

DIE ALTE Soweit unsere Mittel es gestatten! Wir haben den Teppichladen gegenüber. Ich hoffe, wir halten gute Nachbarschaft, das sollte man, die Zeiten sind schlecht.

SHUI TA *legt ihr verschiedene Kistchen vor:* Ein sehr alter Satz, fürchte ich.

DER POLIZIST Herr Shui Ta, wir brauchen Kapital. Nun, ich schlage eine Heirat vor.

SHUI TA *entschuldigend zu der Alten:* Ich habe mich dazu verleiten lassen, den Herrn Polizisten mit meinen privaten Bekümmernissen zu behelligen.

DER POLIZIST Wir haben die Halbjahresmiete nicht. Schön, wir heiraten ein wenig Geld.

SHUI TA Das wird nicht so leicht sein.

DER POLIZIST Wieso? Sie ist eine Partie. Sie hat ein kleines, aufstrebendes Geschäft. *Zu der Alten:* Was denken Sie darüber?

DIE ALTE *unschlüssig:* Ja...

DER POLIZIST Eine Annonce in der Zeitung.

DIE ALTE *zurückhaltend:* Wenn das Fräulein einverstanden ist...

DER POLIZIST Was soll sie dagegen haben? Ich setze Ihnen das auf. Ein Dienst ist des andern wert. Denken Sie nicht, daß die Behörde kein Herz für den hartkämpfenden kleinen Geschäftsmann hat. Sie gehen uns an die Hand, und wir setzen Ihnen dafür Ihre Heiratsannonce auf! Hahaha! *Er zieht eifrig sein Notizbuch hervor, befeuchtet den Bleistiftstummel und schreibt los.*

SHUI TA *langsam:* Das ist keine schlechte Idee.

DER POLIZIST Welcher... ordentliche... Mann mit kleinem Kapital... Witwer nicht ausgeschlossen... wünscht Einheirat... in aufblühendes Tabakgeschäft? – Und dann fügen wir noch hinzu: Bin hübsche sympathische Erscheinung. – Wie?

SHUI TA Wenn Sie meinen, daß das keine Übertreibung wäre.

DIE ALTE *freundlich:* Durchaus nicht. Ich habe sie gesehen.

*Der Polizist reißt aus seinem Buch das Blatt und überreicht es Shui Ta.*

SHUI TA Mit Entsetzen sehe ich, wieviel Glück nötig ist, damit man nicht unter die Räder kommt! Wie viele Einfälle! Wie viele Freunde! *Zum Polizisten:* Trotz aller Entschlossenheit war ich zum Beispiel am Ende meines Witzes, was die Ladenmiete betraf. Und jetzt kamen Sie und halfen mir mit einem guten Rat. Ich sehe tatsächlich einen Ausweg.

## 3
## Abend im Stadtpark

*Ein junger Mann in abgerissenen Kleidern verfolgt mit den Augen ein Flugzeug, das anscheinend in einem hohen Bogen über den Park geht. Er zieht einen Strick aus der Tasche und schaut sich suchend um. Als er auf eine große Weide zugeht, kommen zwei Prostituierte des Weges. Die eine ist schon alt, die andere ist die Nichte aus der achtköpfigen Familie.*

DIE JUNGE Guten Abend, junger Herr. Kommst du mit, Süßer?

SUN Möglich, meine Damen, wenn ihr mir was zum Essen kauft.

DIE ALTE Du bist wohl übergeschnappt? *Zur Jungen:* Gehen wir weiter. Wir verlieren nur unsere Zeit mit ihm. Das ist ja der stellungslose Flieger.

DIE JUNGE Aber es wird niemand mehr im Park sein, es regnet gleich.

DIE ALTE Vielleicht doch.

*Sie gehen weiter. Sun zieht, sich umschauend, seinen Strick hervor und wirft ihn um einen Weidenast. Er wird aber wieder gestört. Die beiden Prostituierten kommen schnell zurück. Sie sehen ihn nicht.*

DIE JUNGE Es wird ein Platzregen.

*Shen Te kommt des Weges spaziert.*

DIE ALTE Schau, da kommt das Untier! Dich und die Deinen hat sie ins Unglück gebracht!

DIE JUNGE Nicht sie. Ihr Vetter war es. Sie hatte uns ja aufgenommen, und später hat sie uns angeboten, die Kuchen zu zahlen. Gegen sie habe ich nichts.

DIE ALTE Aber ich! *Laut:* Ach, da ist ja unsere feine Schwester mit dem Goldhafen! Sie hat einen Laden, aber sie will uns immer noch Freier wegfischen.

SHEN TE Friß mich doch nicht gleich auf. Ich gehe ins Teehaus am Teich.

DIE JUNGE Ist es wahr, daß du einen Witwer mit drei Kindern heiraten wirst?

SHEN TE Ja, ich treffe ihn dort.

SUN *ungeduldig:* Schert euch endlich weiter, ihr Schnepfen! Kann man nicht einmal hier seine Ruhe haben?

DIE ALTE Halt das Maul!

*Die beiden Prostituierten ab.*

SUN *ruft ihnen nach:* Aasgeier! *Zum Publikum:* Selbst an diesem abgelegenen Platz fischen sie unermüdlich nach Opfern, selbst im

Gebüsch, selbst bei Regen suchen sie verzweifelt nach Käufern.
SHEN TE *zornig:* Warum beschimpfen Sie sie? *Sie erblickt den Strick:* Oh.
SUN Was glotzt du?
SHEN TE Wozu ist der Strick?
SUN Geh weiter, Schwester, geh weiter! Ich habe kein Geld, nichts, nicht eine Kupfermünze. Und wenn ich eine hätte, würde ich nicht dich, sondern einen Becher Wasser kaufen vorher.
*Es fängt an zu regnen.*
SHEN TE Wozu ist der Strick? Das dürfen Sie nicht!
SUN Was geht dich das an? Scher dich weg!
SHEN TE Es regnet.
SUN Versuch nicht, dich unter diesen Baum zu stellen.
SHEN TE *bleibt unbeweglich im Regen stehen:* Nein.
SUN Schwester, laß ab, es hilft dir nichts. Mit mir ist kein Geschäft zu machen. Du bist mir auch zu häßlich. Krumme Beine.
SHEN TE Das ist nicht wahr.
SUN Zeig sie nicht. Komm schon, zum Teufel, unter den Baum, wenn es regnet!
*Sie geht langsam hin und setzt sich unter den Baum.*
SHEN TE Warum wollen Sie das tun?
SUN Willst du es wissen? Dann werde ich es dir sagen, damit ich dich los werde. *Pause.* Weißt du, was ein Flieger ist?
SHEN TE Ja, in einem Teehaus habe ich Flieger gesehen.
SUN Nein, du hast keine gesehen. Vielleicht ein paar windige Dummköpfe mit Lederhelmen, Burschen ohne Gehör für Motore und ohne Gefühl für eine Maschine. Das kommt nur in eine Kiste, weil es den Hangarverwalter schmieren kann. Sag so einem: Laß deine Kiste aus 2000 Fuß Höhe durch die Wolken hinunter abfallen und dann fang sie auf, mit einem Hebeldruck, dann sagt er: Das steht nicht im Kontrakt. Wer nicht fliegt, daß er seine Kiste auf den Boden aufsetzt, als wäre es sein Hintern, der ist kein Flieger, sondern ein Dummkopf. Ich aber bin ein Flieger. Und doch bin ich der größte Dummkopf, denn ich habe alle Bücher über die Fliegerei gelesen auf der Schule in Peking. Aber eine Seite eines Buches habe ich nicht gelesen, und auf dieser Seite stand, daß keine Flieger mehr gebraucht werden. Und so bin ich ein Flieger ohne Flugzeug geworden, ein Postflieger ohne Post. Aber was das bedeutet, das kannst du nicht verstehen.
SHEN TE Ich glaube, ich verstehe es doch.
SUN Nein, ich sage dir ja, du kannst es nicht verstehen, also kannst du es nicht verstehen.
SHEN TE *halb lachend, halb weinend:* Als Kinder hatten wir einen Kranich mit einem lahmen Flügel. Er war freundlich zu uns und trug uns keinen Spaß nach und stolzierte hinter uns drein, schreiend, daß wir nicht zu schnell für ihn liefen. Aber im Herbst und im Frühjahr, wenn die großen Schwärme über das Dorf zogen, wurde er sehr unruhig, und ich verstand ihn gut.
SUN Heul nicht.
SHEN TE Nein.
SUN Es schadet dem Teint.
SHEN TE Ich höre schon auf.
*Sie trocknet sich mit dem Ärmel die Tränen ab. An den Baum gelehnt, langt er, ohne sich ihr zuzuwenden, nach ihrem Gesicht.*
SUN Du kannst dir nicht einmal richtig das Gesicht abwischen.
*Er wischt es ihr mit einem Sacktuch ab. Pause.*
SUN Wenn du schon sitzen bleiben mußtest, damit ich mich nicht aufhänge, dann mach wenigstens den Mund auf.
SHEN TE Ich weiß nichts.
SUN Warum willst du mich eigentlich vom Ast schneiden, Schwester?
SHEN TE Ich bin erschrocken. Sicher wollten Sie es nur tun, weil der Abend so trüb ist. *Zum Publikum:*

In unserem Lande
Dürfte es trübe Abende nicht geben
Auch hohe Brücken über die Flüsse
Selbst die Stunde zwischen Nacht und Morgen
Und die ganze Winterzeit dazu, das ist gefährlich.
Denn angesichts des Elends
Genügt ein Weniges
Und die Menschen werfen
Das unerträgliche Leben fort.

SUN Sprich von dir.
SHEN TE Wovon? Ich habe einen kleinen Laden.
SUN *spöttisch:* Ach, du gehst nicht auf den Strich, du hast einen Laden!
SHEN TE *fest:* Ich habe einen Laden, aber zuvor bin ich auf die Straße gegangen.
SUN Und den Laden, den haben dir wohl die Götter geschenkt?
SHEN TE Ja.
SUN Eines schönen Abends standen sie da und sagten: Hier hast du Geld!

SHEN TE *leise lachend:* Eines Morgens.
SUN Unterhaltsam bist du nicht gerade.
SHEN TE *nach einer Pause:* Ich kann Zither spielen, ein wenig, und Leute nachmachen. *Sie macht mit tiefer Stimme einen würdigen Mann nach:* »Nein, so etwas, ich muß meinen Geldbeutel vergessen haben!« Aber dann kriegte ich den Laden. Da habe ich als erstes die Zither weggeschenkt. Jetzt, sagte ich mir, kann ich ein Stockfisch sein, und es macht nichts.
Ich bin eine Reiche, sagte ich.
Ich gehe allein. Ich schlafe allein.
Ein ganzes Jahr, sagte ich
Mache ich nichts mehr mit einem Mann.
SUN Aber jetzt heiratest du einen? Den im Teehaus am Teich!
*Shen Te schweigt.*
SUN Was weißt du eigentlich von Liebe?
SHEN TE Alles.
SUN Nichts, Schwester. Oder war es etwa angenehm?
SHEN TE Nein.
SUN *streicht ihr mit der Hand über das Gesicht, ohne sich ihr zuzuwenden:* Ist das angenehm?
SHEN TE Ja.
SUN Genügsam, das bist du. Was für eine Stadt!
SHEN TE Haben Sie keinen Freund?
SUN Einen ganzen Haufen, aber keinen, der hören will, daß ich immer noch ohne eine Stelle bin. Sie machen ein Gesicht, als ob sie einen sich darüber beklagen hören, daß im Meer noch Wasser ist. Hast etwa du einen Freund?
SHEN TE *zögernd:* Einen Vetter.
SUN Dann nimm dich nur in acht vor ihm.
SHEN TE Er war bloß ein einziges Mal da. Jetzt ist er weggegangen und kommt nie wieder. Aber warum reden Sie so hoffnungslos? Man sagt: Ohne Hoffnung sprechen heißt ohne Güte sprechen.
SUN Red nur weiter! Eine Stimme ist immerhin eine Stimme.
SHEN TE *eifrig:* Es gibt noch freundliche Menschen, trotz des großen Elends. Als ich klein war, fiel ich einmal mit einer Last Reisig hin. Ein alter Mann hob mich auf und gab mir sogar einen Käsch. Daran habe ich mich oft erinnert. Besonders die wenig zu essen haben, geben gern ab. Wahrscheinlich zeigen die Menschen einfach gern, was sie können, und womit können sie es besser zeigen, als indem sie freundlich sind? Bosheit ist bloß eine Art Ungeschicklichkeit. Wenn jemand ein Lied singt oder eine Maschine baut oder Reis pflanzt, das ist eigentlich Freundlichkeit. Auch Sie sind freundlich.
SUN Da gehört nicht viel dazu bei dir, scheint es.
SHEN TE Ja. Und jetzt habe ich einen Regentropfen gespürt.
SUN Wo?
SHEN TE Zwischen den Augen.
SUN Mehr am rechten oder mehr am linken?
SHEN TE Mehr am linken.
SUN Gut. *Nach einer Weile schläfrig:* Und mit den Männern bist du fertig?
SHEN TE *lächelnd:* Aber meine Beine sind nicht krumm.
SUN Vielleicht nicht.
SHEN TE Bestimmt nicht.
SUN *sich müde an den Baum zurücklehnend:* Aber da ich seit zwei Tagen nichts gegessen habe und nichts getrunken seit einem, könnte ich dich nicht lieben, Schwester, auch wenn ich wollte.
SHEN TE Es ist schön im Regen.
WANG *der Wasserverkäufer kommt. Er singt das »Lied des Wasserverkäufers im Regen«:*

Ich hab Wasser zu verkaufen
Und nun steh ich hier im Regen
Und ich bin weithin gelaufen
Meines bißchen Wassers wegen.
Und jetzt schrei ich mein: Kauft Wasser!
Und keiner kauft es
Verschmachtend und gierig
Und zahlt es und sauft es.
(Kauft Wasser, ihr Hunde!)

Könnt ich doch dies Loch verstopfen!
Träumte jüngst, es wäre sieben
Jahr der Regen ausgeblieben!
Wasser maß ich ab nach Tropfen!
Ach, wie schrieen sie: Gib Wasser!
Jeden, der nach meinem Eimer faßte
Sah ich mir erst an daraufhin
Ob mir seine Nase paßte.
(Da lechzten die Hunde!)

*Lachend:*
Ja, jetzt sauft ihr kleinen Kräuter
Auf dem Rücken mit Behagen
Aus dem großen Wolkeneuter
Ohne nach dem Preis zu fragen.
Und ich schreie mein: Kauft Wasser!
Und keiner kauft es
Verschmachtend und gierig
Und zahlt es und sauft es.
(Kauft Wasser, ihr Hunde!)

*Der Regen hat aufgehört. Shen Te sieht Wang und läuft auf ihn zu.*

SHEN TE Ach, Wang, bist du wieder zurück? Ich habe dein Traggerät bei mir untergestellt.

WANG Besten Dank für die Aufbewahrung. Wie geht es dir, Shen Te?

SHEN TE Gut. Ich habe einen sehr klugen und kühnen Menschen kennengelernt. Und ich möchte einen Becher von deinem Wasser kaufen.

WANG Leg doch den Kopf zurück und mach den Mund auf, dann hast du Wasser, soviel du willst. Dort die Weide tropft noch immer.

SHEN TE Aber ich will dein Wasser, Wang.
Das weither getragene
Das müde gemacht hat.
Und das schwer verkauft wird, weil es heute regnet.
Und ich brauche es für den Herrn dort drüben.
Er ist ein Flieger. Ein Flieger
Ist kühner als andere Menschen. In der Gesellschaft der Wolken
Den großen Stürmen trotzend
Fliegt er durch die Himmel und bringt
Den Fremden im fernen Land
Die freundliche Post.

*Sie bezahlt und läuft mit dem Becher zu Sun hinüber.*

*Shen Te ruft lachend zu Wang zurück:* Er ist eingeschlafen. Die Hoffnungslosigkeit und der Regen und ich haben ihn müde gemacht.

## ZWISCHENSPIEL

### Wangs Nachtlager in einem Kanalrohr

*Der Wasserverkäufer schläft. Musik. Das Kanalrohr wird durchsichtig, und dem Träumenden erscheinen die Götter.*

WANG *strahlend:* Ich habe sie gesehen, Erleuchtete! Sie ist ganz die alte!

DER ERSTE GOTT Das freut uns.

WANG Sie liebt! Sie hat mir ihren Freund gezeigt. Es geht ihr wirklich gut.

DER ERSTE GOTT Das hört man gern. Hoffentlich bestärkt sie das in ihrem Streben nach Gutem.

WANG Unbedingt! Sie tut soviel Wohltaten, als sie kann.

DER ERSTE GOTT Was für Wohltaten? Erzähl uns davon, lieber Wang!

WANG Sie hat ein freundliches Wort für jeden.

DER ERSTE GOTT *eifrig:* Ja, und?

WANG Selten geht einer aus ihrem kleinen Laden ohne Tabak, nur weil er etwa kein Geld hat.

DER ERSTE GOTT Das klingt nicht schlecht. Noch anderes?

WANG Eine achtköpfige Familie hat sie bei sich beherbergt!

DER ERSTE GOTT *triumphierend zum zweiten:* Achtköpfig! *Zu Wang:* Und womöglich noch was?

WANG Mir hat sie, obwohl es regnete, einen Becher von meinem Wasser abgekauft.

DER ERSTE GOTT Natürlich, diese kleineren Wohltaten alle. Das versteht sich.

WANG Aber sie laufen ins Geld. So viel gibt ein kleiner Laden nicht her.

DER ERSTE GOTT Freilich, freilich! Aber ein umsichtiger Gärtner tut auch mit einem winzigen Fleck wahre Wunder.

WANG Das tut sie wahrhaftig! Jeden Morgen teilt sie Reis aus, dafür geht mehr als die Hälfte des Verdienstes drauf, das könnt Ihr glauben!

DER ERSTE GOTT *etwas enttäuscht:* Ich sage auch nichts. Ich bin nicht unzufrieden für den Anfang.

WANG Bedenkt, die Zeiten sind nicht die besten! Sie mußte einmal einen Vetter zu Hilfe rufen, da ihr Laden in Schwierigkeiten geriet.
Kaum war da eine windgeschützte Stelle
Kam des ganzen winterlichen Himmels
Zerzaustes Gevögel geflogen und
Raufte um den Platz, und der hungrige Fuchs durchbiß
Die dünne Wand, und der einbeinige Wolf
Stieß den kleinen Eßnapf um.
Kurz, sie konnte alle die Geschäfte allein nicht mehr überblicken. Aber alle sind sich einig, daß sie ein gutes Mädchen ist. Sie heißt schon überall: Der Engel der Vorstädte. So viel Gutes geht von ihrem Laden aus. Was immer der Schreiner Lin To sagen mag!

DER ERSTE GOTT Was heißt das? Spricht der Schreiner Lin To denn schlecht von ihr?

WANG Ach, er sagt nur, die Stellagen im Laden seien nicht voll bezahlt worden.

DER ZWEITE GOTT Was sagst du da? Ein Schreiner wurde nicht bezahlt? In Shen Te's Laden? Wie konnte sie das zulassen?

WANG Sie hatte wohl das Geld nicht.

DER ZWEITE GOTT Ganz gleich, man bezahlt, was man schuldig ist. Schon der bloße Anschein von Unbilligkeit muß vermieden werden. Erstens muß der Buchstabe der Gebote erfüllt werden, zweitens ihr Geist.

WANG Aber es war nur der Vetter, Erleuchteter, nicht sie selber.

DER ZWEITE GOTT Dann übertritt dieser Vetter nicht mehr ihre Schwelle!

WANG *niedergeschlagen:* Ich verstehe, Erleuchteter! Zu Shen Te's Verteidigung laß mich vielleicht nur noch geltend machen, daß der Vetter als durchaus achtbarer Geschäftsmann gilt. Sogar die Polizei schätzt ihn.

DER ERSTE GOTT Nun, wir wollen diesen Herrn Vetter ja auch nicht ungehört verdammen. Ich gebe zu, ich verstehe nichts von Geschäften, vielleicht muß man sich da erkundigen, was das Übliche ist. Aber überhaupt Geschäfte! Ist das denn nötig? Immer machen sie Geschäfte! Machten die sieben guten Könige Geschäfte? Verkaufte der gerechte Kung Fische? Was haben Geschäfte mit einem rechtschaffenen und würdigen Leben zu tun?

DER ZWEITE GOTT *sehr verschnupft:* Jedenfalls darf so etwas nicht mehr vorkommen.

*Er wendet sich zum Gehen. Die beiden anderen Götter wenden sich auch.*

DER DRITTE GOTT *als letzter, verlegen:* Entschuldige den etwas harten Ton heute! Wir sind übermüdet und nicht ausgeschlafen. Das Nachtlager! Die Wohlhabenden geben uns die allerbesten Empfehlungen an die Armen, aber die Armen haben nicht Zimmer genug.

DIE GÖTTER *sich entfernend, schimpfen:* Schwach, die beste von ihnen! – Nichts Durchschlagendes! – Wenig, wenig! Alles natürlich von Herzen, aber es sieht nach nichts aus! Sie müßte doch zumindest...

*Man hört sie nicht mehr.*

WANG *ruft ihnen nach:* Ach, seid nicht ungnädig, Erleuchtete! Verlangt nicht zu viel für den Anfang!

## 4
## Platz vor Shen Te's Tabakladen

*Eine Barbierstube, ein Teppichgeschäft und Shen Te's Tabakladen. Es ist Morgen. Vor Shen Te's Laden warten zwei Überbleibsel der achtköpfigen Familie, der Großvater und die Schwägerin, sowie der Arbeitslose und die Shin.*

DIE SCHWÄGERIN Sie war nicht zu Hause gestern nacht!

DIE SHIN Ein unglaubliches Benehmen! Endlich ist dieser rabiate Herr Vetter weg, und man bequemt sich, wenigstens ab und zu etwas Reis von seinem Überfluß abzugeben, und schon bleibt man nächtelang fort und treibt sich, die Götter wissen wo, herum!

*Als der Barbierstube hört man laute Stimmen. Heraus stolpert Wang, ihm folgt der dicke Barbier, Herr Shu Fu, eine schwere Brennschere in der Hand.*

HERR SHU FU Ich werde dir geben, meine Kunden zu belästigen mit deinem verstunkenen Wasser! Nimm deinen Becher und scher dich fort!

*Wang greift nach dem Becher, den Herr Shu Fu ihm hinhält, und der schlägt ihm mit der Brennschere auf die Hand, daß Wang laut aufschreit.*

HERR SHU FU Da hast du es! Laß dir das eine Lektion sein! *Er schnauft in seine Barbierstube zurück.*

DER ARBEITSLOSE *hebt den Becher auf und reicht ihn Wang:* Für den Schlag kannst du ihn anzeigen.

WANG Die Hand ist kaputt.

DER ARBEITSLOSE Ist etwas zerbrochen drin?

WANG Ich kann sie nicht mehr bewegen.

DER ARBEITSLOSE Setz dich hin und gib ein wenig Wasser drüber!

*Wang setzt sich.*

DIE SHIN Jedenfalls hast du das Wasser billig.

DIE SCHWÄGERIN Nicht einmal einen Fetzen Leinen kann man hier bekommen früh um acht. Sie muß auf Abenteuer ausgehen! Skandal!

DIE SHIN *düster:* Vergessen hat sie uns!

*Die Gasse herunter kommt Shen Te, einen Topf mit Reis tragend.*

SHEN TE *zum Publikum:* In der Frühe habe ich die Stadt nie gesehen. In diesen Stunden lag ich immer noch mit der schmutzigen Decke über der Stirn, in Furcht vor dem Erwachen. Heute bin ich zwischen den Zeitungsjungen gegangen, den Männern, die den Asphalt mit Wasser überspülen, und den Ochsenkarren mit dem frischen Gemüse vom Land. Ich bin einen langen Weg von Suns Viertel bis hierher gegangen, aber mit jedem Schritt wurde ich lustiger. Ich habe immer gehört, wenn man liebt, geht man auf Wolken, aber das Schöne ist, daß man auf der Erde geht, dem Asphalt. Ich sage euch, die Häusermassen sind in der Frühe wie Schutthaufen, in denen Lichter angezündet werden, wenn der Himmel schon rosa und noch durchsichtig, weil ohne Staub ist. Ich sage euch, es entgeht euch viel, wenn ihr nicht liebt und eure Stadt seht in der Stunde, wo sie sich vom Lager erhebt wie ein nüchterner alter Handwerker, der seine Lungen mit frischer Luft vollpumpt und nach seinem Handwerkszeug greift, wie die Dichter singen. *Zu den Wartenden:* Guten Morgen! Da ist der Reis! *Sie teilt aus, dann erblickt sie Wang.* Guten Morgen, Wang. Ich bin leichtsinnig heute. Auf dem Weg habe ich mich in jedem Schaufenster betrachtet und jetzt habe ich Lust, mir einen Schal zu kaufen. *Nach kurzem Zögern:* Ich würde so gern schön aussehen. *Sie geht schnell in den Teppichladen.*

HERR SHU FU *der wieder in die Tür getreten ist, zum Publikum:* Ich bin betroffen, wie schön heute Fräulein Shen Te aussieht, die Besitzerin des Tabakladens von Visavis, die mir bisher gar nicht aufgefallen ist. Drei Minuten sehe ich sie, und ich glaube, ich bin schon verliebt in sie. Eine unglaublich sympathische Person! *Zu Wang:* Scher dich weg, Halunke! *Er geht in die Barbierstube zurück.*

*Shen Te und ein sehr altes Paar, der Teppichhändler und seine Frau, treten aus dem Teppichladen. Shen Te trägt einen Schal, der Teppichhändler einen Spiegel.*

DIE ALTE Er ist sehr hübsch und auch nicht teuer, da er ein Löchlein unten hat.

SHEN TE *auf den Schal am Arm der Alten schauend:* Der grüne ist auch schön.

DIE ALTE *lächelnd:* Aber er ist leider nicht ein bißchen beschädigt.

SHEN TE Ja, das ist ein Jammer. Ich kann keine großen Sprünge machen mit meinem Laden. Ich habe noch wenig Einnahmen und doch viele Ausgaben.

DIE ALTE Für Wohltaten. Tun Sie nicht zu viel. Am Anfang spielt ja jede Schale Reis eine Rolle, nicht?

SHEN TE *probiert den durchlöcherten Schal an:* Nur, das muß sein, aber jetzt bin ich leichtsinnig. Ob mir diese Farbe steht?

DIE ALTE Das müssen Sie unbedingt meinen Mann fragen.

SHEN TE *zum Alten gewendet:* Steht sie mir?

DER ALTE Fragen Sie doch lieber...

SHEN TE *sehr höflich:* Nein, ich frage Sie.

DER ALTE *ebenfalls höflich:* Der Schal steht Ihnen. Aber nehmen Sie die matte Seite nach außen.

*Shen Te bezahlt.*

DIE ALTE Wenn er nicht gefällt, tauschen Sie ihn ruhig um. *Zieht sie beiseite.* Hat er ein wenig Kapital?

SHEN TE *lachend:* O nein.

DIE ALTE Können Sie denn dann die Halbjahresmiete bezahlen?

SHEN TE Die Halbjahresmiete! Das habe ich ganz vergessen!

DIE ALTE Das dachte ich mir! Und nächsten Montag ist schon der Erste. Ich möchte etwas mit Ihnen besprechen. Wissen Sie, mein Mann und ich waren ein wenig zweiflerisch in bezug auf die Heiratsannonce, nachdem wir Sie kennengelernt haben. Wir haben beschlossen, Ihnen im Notfall unter die Arme zu greifen. Wir haben uns Geld zurückgelegt und können Ihnen die 200 Silberdollar leihen. Wenn Sie wollen, können Sie uns Ihre Vorräte an Tabak verpfänden. Schriftliches ist aber zwischen uns natürlich nicht nötig.

SHEN TE Wollen Sie wirklich einer so leichtsinnigen Person Geld leihen?

DIE ALTE Offengestanden, Ihrem Herrn Vetter, der bestimmt nicht leichtsinnig ist, würden wir es vielleicht nicht leihen, aber Ihnen leihen wir es ruhig.

DER ALTE *tritt hinzu:* Abgemacht?

SHEN TE Ich wünschte, die Götter hätten Ihrer Frau eben zugehört, Herr Deng. Sie suchen gute Menschen, die glücklich sind. Und sie müssen wohl glücklich sein, daß Sie mir helfen, weil ich durch Liebe in Ungelegenheiten gekommen bin. *Die beiden Alten lächeln sich an.*

DER ALTE Hier ist das Geld.

*Er übergibt ihr ein Kuvert. Shen Te nimmt es entgegen und verbeugt sich. Auch die Alten verbeugen sich. Sie gehen zurück in ihren Laden.*

SHEN TE *zu Wang, ihr Kuvert hochhebend:* Das ist die Miete für ein halbes Jahr! Ist das nicht wie ein Wunder? Und was sagst du zu meinem neuen Schal, Wang?

WANG Hast du den für ihn gekauft, den ich im Stadtpark gesehen habe?

*Shen Te nickt.*

DIE SHIN Vielleicht sehen Sie sich lieber seine kaputte Hand an, als ihm Ihre zweifelhaften Abenteuer zu erzählen!

SHEN TE *erschrocken:* Was ist mit deiner Hand?

DIE SHIN Der Barbier hat sie vor unseren Augen mit der Brennschere zerschlagen.

SHEN TE *über ihre Achtlosigkeit entsetzt:* Und ich habe gar nichts bemerkt! Du mußt sofort zum Arzt gehen, sonst wird deine Hand steif und du kannst nie mehr richtig arbeiten. Das ist ein großes Unglück. Schnell, steh auf! Geh schnell!

DER ARBEITSLOSE Er muß nicht zum Arzt, sondern zum Richter! Er kann vom Barbier, der reich ist, Schadenersatz verlangen.

WANG Meinst du, da ist eine Aussicht?

DIE SHIN Wenn sie wirklich kaputt ist. Aber ist sie kaputt?

WANG Ich glaube. Sie ist schon ganz dick. Wäre es eine Lebensrente?

DIE SHIN Du mußt allerdings einen Zeugen haben.

WANG Aber ihr alle habt es ja gesehen! Ihr alle könnt es bezeugen.

*Er blickt um sich. Der Arbeitslose, der Großvater und die Schwägerin sitzen an der Hauswand und essen. Niemand sieht auf.*

SHEN TE *zur Shin:* Sie selber haben es doch gesehen!

DIE SHIN Ich will nichts mit der Polizei zu tun haben.

SHEN TE *zur Schwägerin:* Dann Sie!

DIE SCHWÄGERIN Ich? Ich habe nicht hingesehen!

DIE SHIN Natürlich haben Sie hingesehen! Ich habe gesehen, daß Sie hingesehen haben! Sie haben nur Furcht, weil der Barbier zu mächtig ist.

SHEN TE *zum Großvater:* Ich bin sicher, Sie bezeugen den Vorfall.

DIE SCHWÄGERIN Sein Zeugnis wird nicht angenommen. Er ist gaga.

SHEN TE *zum Arbeitslosen:* Es handelt sich vielleicht um eine Lebensrente.

DER ARBEITSLOSE Ich bin schon zweimal wegen Bettelei aufgeschrieben worden. Mein Zeugnis würde ihm eher schaden.

SHEN TE *ungläubig:* So will keines von euch sagen, was ist? Am hellen Tage wurde ihm die Hand zerbrochen, ihr habt alle zugeschaut, und keines will reden? *Zornig:*

Oh, ihr Unglücklichen!
Euerm Bruder wird Gewalt angetan, und ihr kneift die Augen zu!
Der Getroffene schreit laut auf, und ihr schweigt?
Der Gewalttätige geht herum und wählt sein Opfer
Und ihr sagt: uns verschont er, denn wir zeigen kein Mißfallen.
Was ist das für eine Stadt, was seid ihr für Menschen!
Wenn in einer Stadt ein Unrecht geschieht, muß ein Aufruhr sein
Und wo kein Aufruhr ist, da ist es besser, daß die Stadt untergeht
Durch ein Feuer, bevor es Nacht wird!

Wang, wenn niemand deinen Zeugen macht, der dabei war, dann will ich deinen Zeugen machen und sagen, daß ich es gesehen habe.

DIE SHIN Das wird Meineid sein.

WANG Ich weiß nicht, ob ich das annehmen kann. Aber vielleicht muß ich es annehmen. *Auf seine Hand blickend, besorgt:* Meint ihr, sie ist auch dick genug? Es kommt mir vor, als sei sie schon wieder abgeschwollen?

DER ARBEITSLOSE *beruhigt ihn:* Nein, sie ist bestimmt nicht abgeschwollen.

WANG Wirklich nicht? Ja, ich glaube auch, sie schwillt sogar ein wenig mehr an. Vielleicht ist doch das Gelenk gebrochen! Ich laufe besser gleich zum Richter.

*Seine Hand sorgsam haltend, den Blick immer darauf gerichtet, läuft er weg. Die Shin läuft in die Barbierstube.*

DER ARBEITSLOSE Sie läuft zum Barbier sich einschmeicheln.

DIE SCHWÄGERIN Wir können die Welt nicht ändern.

SHEN TE *entmutigt:* Ich habe euch nicht beschimpfen wollen. Ich bin nur erschrocken. Nein, ich wollte euch nicht beschimpfen. Geht mir aus den Augen!

*Der Arbeitslose, die Schwägerin und der Großvater gehen essend und maulend ab.*

SHEN TE *zum Publikum:*

Sie antworten nicht mehr. Wo man sie hinstellt
Bleiben sie stehen, und wenn man sie wegweist
Machen sie schnell Platz!
Nichts bewegt sie mehr. Nur
Der Geruch des Essens macht sie aufschauen.

*Eine alte Frau kommt gelaufen. Es ist Suns Mutter, Frau Yang.*

FRAU YANG *atemlos:* Sind Sie Fräulein Shen Te? Mein Sohn hat mir alles erzählt. Ich bin Suns Mutter, Frau Yang. Denken Sie, er hat jetzt die Aussicht, eine Fliegerstelle zu bekommen! Heute morgen, eben vorhin, ist ein Brief gekommen, aus Peking. Von einem Hangarverwalter beim Postflug.

SHEN TE Daß er wieder fliegen kann? Oh, Frau Yang!

FRAU YANG Aber die Stelle kostet schreckliches Geld: 500 Silberdollar.

SHEN TE Das ist viel, aber am Geld darf so etwas nicht scheitern. Ich habe doch den Laden.

FRAU YANG Wenn Sie da etwas tun könnten!

SHEN TE *umarmt sie:* Wenn ich ihm helfen könnte!

FRAU YANG Sie würden einem begabten Menschen eine Chance geben!

SHEN TE Wie dürfen sie einen hindern, sich nützlich zu machen! *Nach einer Pause:* Nur, für den Laden werde ich zu wenig bekommen, und die 200 Silberdollar Bargeld hier sind bloß ausgeliehen. Die freilich können Sie gleich mitnehmen. Ich werde meine Tabakvorräte verkaufen und sie davon zurückzahlen. *Sie gibt ihr das Geld der beiden Alten.*

FRAU YANG Ach, Fräulein Shen Te, das ist Hilfe am rechten Ort. Und sie nannten ihn schon den toten Flieger hier in der Stadt, weil sie alle überzeugt waren, daß er so wenig wie ein Toter wieder fliegen würde.

SHEN TE Aber 300 Silberdollar brauchen wir noch für die Fliegerstelle. Wir müssen nachdenken, Frau Yang. *Langsam:* Ich kenne jemand, der mir da vielleicht helfen könnte. Einen, der schon einmal Rat geschaffen hat. Ich wollte ihn eigentlich nicht mehr rufen, da er zu hart und zu schlau ist. Es müßte wirklich das letzte Mal sein. Aber ein Flieger muß fliegen, das ist klar. *Fernes Motorengeräusch.*

FRAU YANG Wenn der, von dem Sie sprechen, das Geld beschaffen könnte! Sehen Sie, das ist das morgendliche Postflugzeug, das nach Peking geht!

SHEN TE *entschlossen:* Winken Sie, Frau Yang! Der Flieger kann uns bestimmt sehen! *Sie winkt mit ihrem Schal.* Winken Sie auch!

FRAU YANG *winkend:* Kennen Sie den, der da fliegt?

SHEN TE Nein. Einen, der fliegen wird. Denn der Hoffnungslose soll fliegen, Frau Yang. Einer wenigstens soll über all dies Elend, einer soll über uns alle sich erheben können! *Zum Publikum:*

Yang Sun, mein Geliebter, in der Gesellschaft
der Wolken!
Den großen Stürmen trotzend
Fliegend durch die Himmel und bringend
Den Freunden im fernen Land
Die freundliche Post.

## ZWISCHENSPIEL

### Vor dem Vorhang

*Shen Te tritt auf, in den Händen die Maske und den Anzug des Shui Ta, und singt »Das Lied von der Wehrlosigkeit der Götter und Guten«.*

In unserem Lande
Braucht der Nützliche Glück. Nur
Wenn er starke Helfer findet
Kann er sich nützlich erweisen.
Die Guten
Können sich nicht helfen, und die Götter sind
machtlos.
Warum haben die Götter nicht Tanks und
Kanonen
Schlachtschiffe und Bombenflugzeuge und
Minen
Die Bösen zu fällen, die Guten zu schonen?
Es stünde wohl besser mit uns und mit ihnen.

*Sie legt den Anzug des Shui Ta an und macht einige Schritte in seiner Gangart.*

Die Guten
Können in unserem Lande nicht lang gut
bleiben.
Wo die Teller leer sind, raufen sich die Esser.
Ach, die Gebote der Götter
Helfen nicht gegen den Mangel.
Warum erscheinen die Götter nicht auf
unsern Märkten
Und verteilen lächelnd die Fülle der Waren
Und gestatten den vom Brot und vom Weine
Gestärkten
Miteinander nun freundlich und gut zu verfahren?

*Sie setzt die Maske des Shui Ta auf und fährt mit seiner Stimme zu singen fort.*

Um zu einem Mittagessen zu kommen
Braucht es der Härte, mit der sonst Reiche
gegründet werden.
Ohne zwölf zu zertreten
Hilft keiner einem Elenden.
Warum sagen die Götter nicht laut in den
obern Regionen
Daß sie den Guten nun einmal die gute Welt
schulden?
Warum stehn sie den Guten nicht bei mit
Tanks und Kanonen
Und befehlen: Gebt Feuer! und dulden kein
Dulden?

## 5
### Der Tabakladen

*Hinter dem Ladentisch sitzt Shui Ta und liest die Zeitung. Er beachtet nicht im geringsten die Shin, die aufwischt und dabei redet.*

DIE SHIN So ein kleiner Laden ist schnell ruiniert, wenn einmal gewisse Gerüchte sich im Viertel verbreiten, das können Sie mir glauben. Es wäre hohe Zeit, daß Sie als ordentlicher Mann in die dunkle Affäre zwischen dem Fräulein und diesem Yang Sun aus der Gelben Gasse hineinleuchteten. Vergessen Sie nicht, daß Herr Shu Fu, der Barbier von nebenan, ein Mann, der zwölf Häuser besitzt und nur eine einzige und dazu alte Frau hat, mir gegenüber erst gestern ein schmeichelhaftes Interesse für das Fräulein angedeutet hat. Er hatte sich sogar schon nach ihren Vermögensverhältnissen erkundigt. Das beweist wohl echte Neigung, möchte ich meinen. *Da sie keine Antwort erhält, geht sie endlich mit dem Eimer hinaus.*

SUNS STIMME *von draußen:* Ist das Fräulein Shen Te's Laden?

STIMME DER SHIN Ja, das ist er. Aber heute ist der Vetter da.

*Shui Ta läuft mit den leichten Schritten der Shen Te zu einem Spiegel und will eben beginnen, sich das Haar zu richten, als er im Spiegel den Irrtum bemerkt. Er wendet sich leise lachend ab. Eintritt Yang Sun. Hinter ihm kommt neugierig die Shin. Sie geht an ihm vorüber ins Gelaß.*

SUN Ich bin Yang Sun. *Shui Ta verbeugt sich.* Ist Shen Te da?

SHUI TA Nein, sie ist nicht da.

SUN Aber Sie sind wohl im Bild, wie wir zueinander stehen. *Er beginnt den Laden in Augenschein zu nehmen.* Ein leibhaftiger Laden! Ich dachte immer, sie nimmt da den Mund etwas voll. *Er schaut befriedigt in die Kistchen und Porzellantöpfchen.* Mann, ich werde wieder fliegen! *Er nimmt sich eine Zigarre, und Shui Ta reicht ihm Feuer.* Glauben Sie, wir können noch 300 Silberdollar aus dem Laden herausschlagen?

SHUI TA Darf ich fragen: haben Sie die Absicht, ihn auf der Stelle zu verkaufen?

SUN Haben wir denn die 300 bar? *Shui Ta schüttelt den Kopf.* Es war anständig von ihr, daß sie die 200 sofort herausrückte. Aber ohne die 300, die noch fehlen, bringen sie mich nicht weiter.

SHUI TA Vielleicht war es ein bißchen schnell, daß sie Ihnen das Geld zusagte. Es kann sie den Laden kosten. Man sagt: Eile heißt der Wind, der das Baugerüst umwirft.

SUN Ich brauche das Geld schnell oder gar nicht. Und das Mädchen gehört nicht zu denen, die lang zaudern, wenn es gilt, etwas zu geben. Unter uns Männern: es hat bisher mit nichts gezaudert.

SHUI TA So.

SUN Was nur für sie spricht.

SHUI TA Darf ich wissen, wozu die 500 Silberdollar dienen würden?

SUN Sicher. Ich sehe, es soll mir auf den Zahn gefühlt werden. Der Hangarverwalter in Peking, ein Freund von mir aus der Flugschule, kann mir die Stelle verschaffen, wenn ich ihm 500 Silberdollar ausspucke.

SHUI TA Ist die Summe nicht außergewöhnlich hoch?

SUN Nein. Er muß eine Nachlässigkeit bei einem Flieger entdecken, der eine große Familie hat und deshalb sehr pflichteifrig ist. Sie verstehen. Das ist übrigens im Vertrauen gesagt, und Shen Te braucht es nicht zu wissen.

SHUI TA Vielleicht nicht. Nur eines: wird der Hangarverwalter dann nicht im nächsten Monat Sie verkaufen?

SUN Nicht mich. Bei mir wird es keine Nachlässigkeit geben. Ich bin lange genug ohne Stelle gewesen.

SHUI TA *nickt:* Der hungrige Hund zieht den Karren schneller nach Hause. *Er betrachtet ihn eine Zeitlang prüfend.* Die Verantwortung ist sehr groß. Herr Yang Sun, Sie verlangen von meiner Kusine, daß sie ihr kleines Besitztum und alle ihre Freunde in dieser Stadt aufgibt und ihr Schicksal ganz in Ihre Hände legt. Ich nehme an, daß Sie die Absicht haben, Shen Te zu heiraten?

SUN Dazu wäre ich bereit.

SHUI TA Aber ist es dann nicht schade, den Laden für ein paar Silberdollar wegzuhökern? Man wird wenig dafür bekommen, wenn man schnell verkaufen muß. Mit den 200 Silberdollar, die Sie in den Händen haben, wäre die Miete für ein halbes Jahr gesichert. Würde es Sie nicht auch locken, das Tabakgeschäft weiterzuführen?

SUN Mich? Soll man Yang Sun, den Flieger, hinter einem Ladentisch stehen sehen: »Wünschen Sie eine starke Zigarre oder eine milde, geehrter Herr?« Das ist kein Geschäft für die Yang Suns, nicht in diesem Jahrhundert!

SHUI TA Gestatten Sie mir die Frage, ob die Fliegerei ein Geschäft ist?

SUN *zieht einen Brief aus der Tasche:* Herr, ich bekomme 250 Silberdollar im Monat! Sehen Sie selber den Brief. Hier ist die Briefmarke und der Stempel. Peking.

SHUI TA 250 Silberdollar? Das ist viel.

SUN Meinen Sie, ich fliege umsonst?

SHUI TA Die Stelle ist anscheinend gut. Herr Yang Sun, meine Kusine hat mich beauftragt, Ihnen zu dieser Stelle als Flieger zu verhelfen, die Ihnen alles bedeutet. Vom Standpunkt meiner Kusine aus sehe ich keinen triftigen Einwand dagegen, daß sie dem Zug ihres Herzens folgt. Sie ist vollkommen berechtigt, der Freuden der Liebe teilhaftig zu werden. Ich bin bereit, alles hier zu Geld zu machen. Da kommt die Hausbesitzerin, Frau Mi Tzü, die ich wegen des Verkaufs um Rat fragen will.

DIE HAUSBESITZERIN *herein:* Guten Tag, Herr Shui Ta. Es handelt sich wohl um die Ladenmiete, die übermorgen fällig ist.

SHUI TA Frau Mi Tzü, es sind Umstände eingetreten, die es zweifelhaft gemacht haben, ob meine Kusine den Laden weiterführen wird. Sie gedenkt zu heiraten, und ihr zukünftiger Mann – *er stellt Yang Sun vor* –, Herr Yang Sun, nimmt sie mit sich nach Peking, wo sie eine neue Existenz gründen wollen. Wenn ich für meinen Tabak genug bekomme, verkaufe ich.

DIE HAUSBESITZERIN Wieviel brauchen Sie denn?

SUN 300 auf den Tisch.

SHUI TA *schnell:* Nein, 500!

DIE HAUSBESITZERIN *zu Sun:* Vielleicht kann ich Ihnen unter die Arme greifen. *Zu Shui Ta:* Was hat Ihr Tabak gekostet?

SHUI TA Meine Kusine hat einmal 1000 Silberdollar dafür bezahlt, und es ist sehr wenig verkauft worden.

DIE HAUSBESITZERIN 1000 Silberdollar! Sie ist natürlich hereingelegt worden. Ich will Ihnen etwas sagen: ich zahle Ihnen 300 Silberdollar für den ganzen Laden, wenn Sie übermorgen ausziehen.

SUN Das tun wir. Es geht, Alter!

SHUI TA Es ist zu wenig!

SUN Es ist genug!

SHUI TA Ich muß wenigstens 500 haben.

SUN Wozu?

SHUI TA Gestatten Sie, daß ich mit dem Verlobten meiner Kusine etwas bespreche. *Beiseite zu Sun:* Der ganze Tabak hier ist verpfändet an zwei alte Leute für die 200 Silberdollar, die Ihnen gestern ausgehändigt wurden.

SUN *zögernd:* Ist etwas Schriftliches darüber vorhanden?

SHUI TA Nein.

SUN *zur Hausbesitzerin nach einer kleinen Pause:* Wir können es machen mit den 300.

DIE HAUSBESITZERIN Aber ich müßte noch wissen, ob der Laden schuldenfrei ist.

SUN Antworten Sie!

SHUI TA Der Laden ist schuldenfrei.

SUN Wann wären die 300 zu bekommen?

DIE HAUSBESITZERIN Übermorgen, und Sie können es sich ja überlegen. Wenn Sie einen Monat Zeit haben mit dem Verkaufen, werden Sie mehr herausholen. Ich zahle 300 und das nur, weil ich gern das Meine tun will, wo es sich anscheinend um ein junges Liebesglück handelt. *Ab.*

SUN *nachrufend:* Wir machen das Geschäft! Kistchen, Töpfchen und Säcklein, alles für 300, und der Schmerz ist zu Ende. *Zu Shui Ta:* Vielleicht bekommen wir bis übermorgen woanders mehr? Dann könnten wir sogar die 200 zurückzahlen.

SHUI TA Nicht in der kurzen Zeit. Wir werden keinen Silberdollar mehr haben als die 300 der Mi Tzü. Das Geld für die Reise zu zweit und die erste Zeit haben Sie?

SUN Sicher.

SHUI TA Wieviel ist das?

SUN Jedenfalls werde ich es auftreiben, und wenn ich es stehlen müßte!

SHUI TA Ach so, auch diese Summe müßte erst aufgetrieben werden?

SUN Kipp nicht aus den Schuhen, Alter. Ich komme schon nach Peking.

SHUI TA Aber für zwei Leute kann es nicht so billig sein.

SUN Zwei Leute? Das Mädchen lasse ich doch hier. Sie wäre mir in der ersten Zeit nur ein Klotz am Bein.

SHUI TA Ich verstehe.

SUN Warum schauen Sie mich an wie einen undichten Ölbehälter? Man muß sich nach der Decke strecken.

SHUI TA Und wovon soll meine Kusine leben?

SUN Können Sie nicht etwas für sie tun?

SHUI TA Ich werde mich bemühen. *Pause.* Ich wollte, Sie händigten mir die 200 Silberdollar wieder aus, Herr Yang Sun, und ließen sie hier, bis Sie imstande sind, mir zwei Billetts nach Peking zu zeigen.

SUN Lieber Schwager, ich wollte, du mischtest dich nicht hinein.

SHUI TA Fräulein Shen Te...

SUN Überlassen Sie das Mädchen ruhig mir.

SHUI TA ...wird vielleicht ihren Laden nicht mehr verkaufen wollen, wenn sie erfährt...

SUN Sie wird auch dann.

SHUI TA Und von meinem Einspruch befürchten Sie nichts?

SUN Lieber Herr!

SHUI TA Sie scheinen zu vergessen, daß sie ein Mensch ist und eine Vernunft hat.

SUN *belustigt:* Was gewisse Leute von ihren weiblichen Verwandten und der Wirkung vernünftigen Zuredens denken, hat mich immer gewundert. Haben Sie schon einmal von der Macht der Liebe oder dem Kitzel des Fleisches gehört? Sie wollen an ihre Vernunft appellieren? Sie hat keine Vernunft! Dagegen ist sie zeitlebens mißhandelt worden, armes Tier! Wenn ich ihr die Hand auf die Schulter lege und ihr sage »Du gehst mit mir«, hört sie Glocken und kennt ihre Mutter nicht mehr.

SHUI TA *mühsam:* Herr Yang Sun!

SUN Herr... Wie-Sie-auch-heißen-mögen!

SHUI TA Meine Kusine ist Ihnen ergeben, weil...

SUN Wollen wir sagen, weil ich die Hand am Busen habe? Stopf's in deine Pfeife und rauch's! *Er nimmt sich noch eine Zigarre, dann steckt er ein paar in die Tasche, und am Ende nimmt er die Kiste unter den Arm.* Du kommst zu ihr nicht mit leeren Händen: bei der Heirat bleibt's. Und da bringt sie die 300, oder du bringst sie, oder sie, oder du! *Ab.*

DIE SHIN *steckt den Kopf aus dem Gelaß:* Keine angenehme Erscheinung! Und die ganze Gelbe Gasse weiß, daß er das Mädchen vollständig in der Hand hat.

SHUI TA *aufschreiend:* Der Laden ist weg! Er liebt nicht! Das ist der Ruin. Ich bin verloren! *Er beginnt herumzulaufen wie ein gefangenes Tier, immerzu wiederholend:* »Der Laden ist weg!«, *bis er plötzlich stehenbleibt und die Shin anredet:* Shin, Sie sind am Rinnstein aufgewachsen, und so bin ich es. Sind wir leichtfertig? Nein. Lassen wir es an der nötigen Brutalität fehlen? Nein. Ich bin bereit, Sie am Hals zu nehmen und Sie solang zu schütteln, bis Sie den Käsch ausspucken, den Sie mir gestohlen haben, Sie wissen es. Die Zeiten sind furchtbar, diese Stadt ist eine Hölle, aber wir krallen uns an der glatten Mauer hoch. Dann ereilt einen von uns das Unglück: er liebt. Das genügt, er ist verloren. Eine Schwäche und man ist abserviert. Wie soll man sich von allen Schwächen freimachen, vor allem von der tödlichsten, der Liebe? Sie ist ganz unmöglich! Sie ist zu teuer! Freilich, sagen Sie selbst, kann man leben, immer auf der Hut? Was ist das für eine Welt?

Die Liebkosungen gehen in Würgungen über.
Der Liebesseufzer vewandelt sich in den Angstschrei.
Warum kreisen die Geier dort?
Dort geht eine zum Stelldichein!

DIE SHIN Ich denke, ich hole lieber gleich den Barbier. Sie müssen mit dem Barbier reden. Das ist ein Ehrenmann. Der Barbier, das ist der Richtige für Ihre Kusine. *Da sie keine Antwort erhält, läuft sie weg.*

*Shui Ta läuft wieder herum, bis Herr Shu Fu eintritt, gefolgt von der Shin, die sich jedoch auf einen Wink Herrn Shu Fu's zurückziehen muß.*

SHUI TA *eilt ihm entgegen:* Lieber Herr, vom Hörensagen weiß ich, daß Sie für meine Kusine einiges Interesse angedeutet haben. Lassen Sie mich alle Gebote der Schicklichkeit, die Zurückhaltung fordern, beiseite setzen, denn das Fräulein ist im Augenblick in größter Gefahr.

HERR SHU FU Oh!

SHUI TA Noch vor wenigen Stunden im Besitz eines eigenen Ladens, ist meine Kusine jetzt wenig mehr als eine Bettlerin. Herr Shu Fu, dieser Laden ist ruiniert.

HERR SHU FU Herr Shui Ta, der Zauber Fräulein Shen Te's besteht kaum in der Güte ihres Ladens, sondern in der Güte ihres Herzens. Der Name, den dieses Viertel dem Fräulein verlieh, sagt alles: Der Engel der Vorstädte!

SHUI TA Lieber Herr, diese Güte hat meine Kusine an einem einzigen Tage 200 Silberdollar gekostet! Da muß ein Riegel vorgeschoben werden.

HERR SHU FU Gestatten Sie, daß ich eine abweichende Meinung äußere: dieser Güte muß der Riegel erst recht eigentlich geöffnet werden. Es ist die Natur des Fräuleins, Gutes zu tun. Was bedeutet da die Speisung von vier Menschen, die ich sie jeden Morgen mit Rührung vornehmen sehe! Warum darf sie nicht vierhundert speisen? Ich höre, sie zerbricht sich zum Beispiel den Kopf, wie ein paar Obdachlose unterbringen. Meine Häuser hinter dem Viehhof stehen leer. Sie sind zu ihrer Verfügung. Usw. usw. Herr Shui Ta, dürfte ich hoffen, daß solche Ideen, die mir in den letzten Tagen gekommen sind, bei Fräulein Shen Te Gehör finden könnten?

SHUI TA Herr Shu Fu, sie wird so hohe Gedanken mit Bewunderung anhören.

*Herein Wang mit dem Polizisten. Herr Shu Fu wendet sich um und studiert die Stellagen.*

WANG Ist Fräulein Shen Te hier?

SHUI TA Nein.

WANG Ich bin Wang, der Wasserverkäufer. Sie sind wohl Herr Shui Ta?

SHUI TA Ganz richtig. Guten Tag, Wang.

WANG Ich bin befreundet mit Shen Te.

SHUI TA Ich weiß, daß Sie einer ihrer ältesten Freunde sind.

WANG *zum Polizisten:* Sehen Sie? *Zu Shui Ta:* Ich komme wegen meiner Hand.

DER POLIZIST Kaputt ist sie, das ist nicht zu leugnen.

SHUI TA *schnell:* Ich sehe, Sie brauchen eine Schlinge für den Arm.

*Er holt aus dem Gelaß einen Schal und wirft ihn Wang zu.*

WANG Aber das ist doch der neue Schal!

SHUI TA Sie braucht ihn nicht mehr.

WANG Aber sie hat ihn gekauft, um jemand Bestimmtem zu gefallen.

SHUI TA Das ist nicht mehr nötig, wie es sich herausgestellt hat.

WANG *macht sich eine Schlinge aus dem Schal:* Sie ist meine einzige Zeugin.

DER POLIZIST Ihre Kusine soll gesehen haben, wie der Barbier Shu Fu mit der Brennschere nach dem Wasserverkäufer geschlagen hat. Wissen Sie davon?

SHUI TA Ich weiß nur, daß meine Kusine selbst nicht zur Stelle war, als der kleine Vorfall sich abspielte.

WANG Das ist ein Mißverständnis! Lassen Sie Shen Te erst da sein, und alles klärt sich auf. Shen Te wird alles bezeugen. Wo ist sie?

SHUI TA *ernst:* Herr Wang, Sie nennen sich einen Freund meiner Kusine. Meine Kusine hat eben jetzt sehr große Sorgen. Sie ist von allen Seiten erschreckend ausgenutzt worden. Sie kann sich in Zukunft nicht mehr die allerkleinste Schwäche leisten. Ich bin überzeugt, Sie werden nicht verlangen, daß sie sich vollends um alles bringt, indem sie in Ihrem Fall anderes als die Wahrheit sagt.

WANG *verwirrt:* Aber ich bin auf ihren Rat zum Richter gegangen.

SHUI TA Sollte der Richter Ihre Hand heilen?

DER POLIZIST Nein. Aber er sollte den Barbier zahlen machen. *Herr Shu Fu dreht sich um.*

SHUI TA Herr Wang, es ist eines meiner Prinzipien, mich nicht in einen Streit zwischen meinen Freunden zu mischen.

*Shui Ta verbeugt sich vor Herrn Shu Fu, der sich zurückverbeugt.*

WANG *die Schlinge wieder abnehmend und sie zurücklegend, traurig:* Ich verstehe.

DER POLIZIST Worauf ich wohl wieder gehen kann. Du bist mit deinem Schwindel an den Unrechten gekommen, nämlich an einen ordentlichen Mann. Sei das nächste Mal ein wenig vorsichtiger mit deinen Anklagen, Kerl. Wenn Herr Shu Fu nicht Gnade vor Recht ergehen läßt, kannst du noch wegen Ehrabschneidung ins Kittchen kommen. Ab jetzt!

*Beide ab.*

SHUI TA Ich bitte, den Vorgang zu entschuldigen.

HERR SHU FU Er ist entschuldigt. *Dringend:* Und die Sache mit diesem »bestimmten Jemand« – *er zeigt auf den Schal* – ist wirklich vorüber? Ganz aus?

SHUI TA Ganz. Er ist durchschaut. Freilich, es wird Zeit nehmen, bis alles verwunden ist.

HERR SHU FU Man wird vorsichtig sein, behutsam.

SHUI TA Da sind frische Wunden.

HERR SHU FU Sie wird aufs Land reisen.

SHUI TA Einige Wochen. Sie wird jedoch froh sein, zuvor alles besprechen zu können mit jemand, dem sie vertrauen kann.

HERR SHU FU Bei einem kleinen Abendessen, in einem kleinen, aber guten Restaurant.

SHUI TA In diskreter Weise. Ich beeile mich, meine Kusine zu verständigen. Sie wird sich vernünftig zeigen. Sie ist in großer Unruhe wegen ihres Ladens, den sie als Geschenk der Götter betrachtet. Gedulden Sie sich ein paar Minuten. *Ab in das Gelaß.*

DIE SHIN *steckt den Kopf herein:* Kann man gratulieren?

HERR SHU FU Man kann. Frau Shin, richten Sie heute noch Fräulein Shen Te's Schützlingen von mir aus, daß ich ihnen in meinen Häusern hinter dem Viehhof Unterkunft gewähre.

*Sie nickt grinsend.*

HERR SHU FU *aufstehend, zum Publikum:* Wie finden Sie mich, meine Damen und Herren? Kann man mehr tun? Kann man selbstloser sein? Feinfühliger? Weitblickender? Ein kleines Abendessen! Was denkt man sich doch dabei gemeinhin Ordinäres und Plumpes! Und nichts wird davon geschehen, nichts. Keine Berührung, nicht einmal eine scheinbar zufällige, beim Reichen des Salznäpfchens! Nur ein Austausch von Ideen wird stattfinden. Zwei Seelen werden sich finden, über den Blumen des Tisches, weißen Chrysanthemen übrigens. *Er notiert sich das.* Nein, hier wird nicht eine unglückliche Lage ausgenutzt, hier wird kein Vorteil aus einer Enttäuschung gezogen. Verständnis und Hilfe wird geboten, aber beinahe lautlos. Nur mit einem Blick wird das vielleicht anerkannt werden, einem Blick, der auch mehr bedeuten kann.

DIE SHIN So ist alles nach Wunsch gegangen, Herr Shu Fu?

HERR SHU FU Oh, ganz nach Wunsch! Es wird vermutlich Veränderungen in dieser Gegend geben. Ein gewisses Subjekt hat den Laufpaß bekommen, und einige Anschläge auf diesen Laden werden zu Fall gebracht werden. Gewisse Leute, die sich nicht entblöden, dem Ruf des keuschesten Mädchens dieser Stadt zu nahe zu treten, werden es in Zukunft mit mir zu tun bekommen. Was wissen Sie von diesem Yang Sun?

DIE SHIN Er ist der schmutzigste, faulste...

HERR SHU FU Er ist nichts. Es gibt ihn nicht. Er ist nicht vorhanden, Shin.

*Herein Sun.*

SUN Was geht hier vor?

DIE SHIN Herr Shu Fu, wünschen Sie, daß ich Herrn Shui Ta rufe? Er wird nicht wollen, daß sich hier fremde Leute im Laden herumtreiben.

HERR SHU FU Fräulein Shen Te hat eine wichtige Besprechung mit Herrn Shui Ta, die nicht unterbrochen werden darf.

SUN Was, sie ist hier? Ich habe sie gar nicht hineingehen sehen! Was ist das für eine Besprechung? Da muß ich teilnehmen!

HERR SHU FU *hindert ihn, ins Gelaß zu gehen:* Sie werden sich zu gedulden haben, mein Herr. Ich denke, ich weiß, wer Sie sind. Nehmen Sie zur Kenntnis, daß Fräulein Shen Te und ich vor der Bekanntgabe unserer Verlobung stehen.

SUN Was?

DIE SHIN Das setzt Sie in Erstaunen, wie?

*Sun ringt mit dem Barbier, um ins Gelaß zu kommen, heraus tritt Shen Te.*

HERR SHU FU Entschuldigen Sie, liebe Shen Te. Vielleicht erklären Sie...

SUN Was ist da los, Shen Te? Bist du verrückt geworden?

SHEN TE *atemlos:* Sun, mein Vetter und Herr Shu Fu sind übereingekommen, daß ich Herrn Shu Fu's Ideen anhöre, wie man den Leuten in diesem Viertel helfen könnte. *Pause.* Mein Vetter ist gegen unsere Beziehung.

SUN Und du bist einverstanden?

SHEN TE Ja.

*Pause.*

SUN Haben sie dir gesagt, ich bin ein schlechter Mensch?

*Shen Te schweigt.*

SUN Denn das bin ich vielleicht, Shen Te. Und das ist es, warum ich dich brauche. Ich bin ein niedriger Mensch. Ohne Kapital, ohne Manieren. Aber ich wehre mich. Sie treiben dich in dein Unglück, Shen Te. *Er geht zu ihr. Gedämpft:* Sieh ihn doch an! Hast du keine Augen im Kopf? *Mit der Hand auf ihrer Schulter:* Armes Tier, wozu wollten sie dich jetzt wieder bringen? In eine Vernunftheirat? Ohne mich hätten sie dich einfach auf die Schlachtbank geschleift. Sag selber, ob du ohne mich nicht mit ihm weggegangen wärst?

SHEN TE Ja.

SUN Einem Mann, den du nicht liebst!

SHEN TE Ja.

SUN Hast du alles vergessen? Wie es regnete?

SHEN TE Nein.

SUN Wie du mich vom Ast geschnitten, wie du mir ein Glas Wasser gekauft, wie du mir das Geld versprochen hast, daß ich wieder fliegen kann?

SHEN TE *zitternd:* Was willst du?

SUN Daß du mit mir weggehst.

SHEN TE Herr Shu Fu, verzeihen Sie mir, ich will mit Sun weggehen.

SUN Wir sind Liebesleute, wissen Sie. *Er führt sie zur Tür.* Wo hast du den Ladenschlüssel? *Er nimmt ihn aus ihrer Tasche und gibt ihn der Shin.* Legen Sie ihn auf die Türschwelle, wenn Sie fertig sind. Komm, Shen Te.

HERR SHU FU Aber das ist ja eine Vergewaltigung! *Schreit nach hinten:* Herr Shui Ta!

SUN Sag ihm, er soll hier nicht herumbrüllen.

SHEN TE Bitte rufen Sie meinen Vetter nicht, Herr Shu Fu. Er ist nicht einig mit mir, ich weiß es. Aber er hat nicht recht, ich fühle es. *Zum Publikum:*

Ich will mit dem gehen, den ich liebe.
Ich will nicht ausrechnen, was es kostet.
Ich will nicht nachdenken, ob es gut ist.
Ich will nicht wissen, ob er mich liebt.
Ich will mit ihm gehen, den ich liebe.

SUN So ist es.

*Beide gehen ab.*

## ZWISCHENSPIEL

### Vor dem Vorhang

*Shen Te, im Hochzeitsschmuck auf dem Weg zur Hochzeit, wendet sich an das Publikum.*

SHEN TE Ich habe ein schreckliches Erlebnis gehabt. Als ich aus der Tür trat, lustig und erwartungsvoll, stand die alte Frau des Teppichhändlers auf der Straße und erzählte mir zitternd, daß ihr Mann vor Aufregung und Sorge um das Geld, das sie mir geliehen haben, krank geworden ist. Sie hielt es für das Beste, wenn ich ihr das Geld jetzt auf jeden Fall zurückgäbe. Ich versprach es natürlich. Sie war sehr erleichtert und wünschte mir weinend alles Gute, mich um Verzeihung bittend, daß sie meinem Vetter und leider auch Sun nicht voll vertrauen könnten. Ich mußte mich auf die Treppe setzen, als sie weg war, so erschrocken war ich über mich. In einem Aufruhr der Gefühle hatte ich mich Yang Sun wieder in die Arme geworfen. Ich konnte seiner Stimme und seinen Liebkosungen nicht widerstehen. Das Böse, was er Shui Ta gesagt hatte, hatte Shen Te nicht belehren können. In seine Arme sinkend, dachte ich noch: die Götter haben auch gewollt, daß ich zu mir gut bin.

Keinen verderben zu lassen, auch nicht sich
selber
Jeden mit Glück zu erfüllen, auch sich, das
Ist gut.

Wie habe ich die beiden guten Alten einfach vergessen können! Sun hat wie ein kleiner Hurrikan in Richtung Peking meinen Laden einfach weggefegt und mit ihm all meine Freunde. Aber er ist nicht schlecht, und er liebt mich. Solang ich um ihn bin, wird er nichts Schlechtes tun. Was ein Mann zu Männern sagt, das bedeutet nichts. Da will er groß und mächtig erscheinen und besonders hartgekocht. Wenn ich ihm sage, daß die beiden Alten ihre Steuern nicht bezahlen können, wird er alles verstehen. Lieber wird er in die Zementfabrik gehen, als sein Fliegen einer Untat verdanken zu wollen. Freilich, das Fliegen ist bei ihm eine große Leidenschaft. Werde ich stark genug sein, das Gute in ihm anzurufen? Jetzt, auf dem Weg zur Hochzeit, schwebe ich zwischen Furcht und Freude.

*Sie geht schnell weg.*

## 6

### Nebenzimmer eines billigen Restaurants in der Vorstadt

*Ein Kellner schenkt der Hochzeitsgesellschaft Wein ein. Bei Shen Te stehen der Großvater, die Schwägerin, die Nichte, die Shin und der Arbeitslose. In der Ecke steht allein ein Bonze. Vorn spricht Sun mit seiner Mutter, Frau Yang. Er trägt einen Smoking.*

SUN Etwas Unangenehmes, Mama. Sie hat mir eben in aller Unschuld gesagt, daß sie den Laden nicht für mich verkaufen kann. Irgendwelche Leute erheben eine Forderung, weil sie ihr die 200 Silberdollar geliehen haben, die sie dir gab. Dabei sagt ihr Vetter, daß überhaupt nichts Schriftliches vorliegt.

FRAU YANG Was hast du ihr geantwortet? Du kannst sie natürlich nicht heiraten.

SUN Es hat keinen Sinn, mit ihr über so etwas zu reden, sie ist zu dickköpfig. Ich habe nach ihrem Vetter geschickt.

FRAU YANG Aber der will sie doch mit dem Barbier verheiraten.

SUN Diese Heirat habe ich erledigt. Der Barbier ist vor den Kopf gestoßen worden. Ihr Vetter wird schnell begreifen, daß der Laden weg ist, wenn ich die 200 nicht mehr herausrücke, weil dann die Gläubiger ihn beschlagnahmen, daß aber auch die Stelle weg ist, wenn ich die 300 nicht noch bekomme.

FRAU YANG Ich werde vor dem Restaurant nach ihm ausschauen. Geh jetzt zu deiner Braut, Sun!

SHEN TE *beim Weineinschenken zum Publikum:* Ich habe mich nicht in ihm geirrt. Mit keiner Miene hat er Enttäuschung gezeigt. Trotz des schweren Schlages, den für ihn der Verzicht auf das Fliegen bedeuten muß, ist er vollkommen heiter. Ich liebe ihn sehr. *Sie winkt Sun zu sich.* Sun, mit der Braut hast du noch nicht angestoßen!

SUN Worauf soll es sein?

SHEN TE Es soll auf die Zukunft sein.

*Sie trinken.*

SUN Wo der Smoking des Bräutigams nicht mehr nur geliehen ist.

SHEN TE Aber das Kleid der Braut noch mitunter in den Regen kommt.

SUN Auf alles, was wir uns wünschen!

SHEN TE Daß es schnell eintrifft!

FRAU YANG *im Abgehen zur Shin:* Ich bin entzückt von meinem Sohn. Ich habe ihm immer eingeschärft, daß er jede bekommen kann. Warum, er ist als Mechaniker ausgebildet und Flieger. Und was sagt er mir jetzt? Ich heirate aus Liebe, Mama, sagt er. Geld ist nicht alles. Es ist eine Liebesheirat! *Zur Schwägerin:* Einmal muß es ja sein, nicht wahr? Aber es ist schwer für eine Mutter, es ist schwer. *Zum Bonzen zurückrufend:* Machen Sie es nicht zu kurz. Wenn Sie sich zu der Zeremonie ebensoviel Zeit nehmen wie zum Aushandeln der Taxe, wird sie würdig sein. *Zu Shen Te:* Wir müssen allerdings noch ein wenig aufschieben, meine Liebe. Einer der teuersten Gäste ist noch nicht eingetroffen. *Zu allen:* Entschuldigt, bitte. *Ab.*

DIE SCHWÄGERIN Man geduldet sich gern, solang es Wein gibt.

*Sie setzen sich.*

DER ARBEITSLOSE Man versäumt nichts.

SUN *laut und spaßhaft vor den Gästen:* Und vor der Verehelichung muß ich noch ein kleines Examen abhalten mit dir. Das ist wohl nicht unnötig, wenn so schnelle Hochzeiten beschlossen werden. *Zu den Gästen:* Ich weiß gar nicht, was für eine Frau ich bekomme. Das beunruhigt mich. Kannst du zum Beispiel aus drei Teeblättern fünf Tassen Tee kochen?

SHEN TE Nein.

SUN Ich werde also keinen Tee bekommen. Kannst du auf einem Strohsack von der Größe des Buches schlafen, das der Priester liest?

SHEN TE Zu zweit?

SUN Allein.

SHEN TE Dann nicht.

SUN Ich bin entsetzt, was für eine Frau ich bekomme.

*Alle lachen. Hinter Shen Te tritt Frau Yang in die Tür. Sie bedeutet Sun durch ein Achselzukken, daß der erwartete Gast nicht zu sehen ist.*

FRAU YANG *zum Bonzen, der ihr seine Uhr zeigt:* Haben Sie doch nicht solche Eile. Es kann sich doch nur noch um Minuten handeln. Ich sehe, man trinkt und man raucht und niemand hat Eile. *Sie setzt sich zu den Gästen.*

SHEN TE Aber müssen wir nicht darüber reden, wie wir alles ordnen werden?

FRAU YANG Oh, bitte nichts von Geschäften heute! Das bringt einen so gewöhnlichen Ton in eine Feier, nicht?

*Die Eingangsglocke bimmelt. Alles schaut zur Tür, aber niemand tritt ein.*

SHEN TE Auf wen wartet deine Mutter, Sun?

SUN Das soll eine Überraschung für dich sein. Was macht übrigens dein Vetter Shui Ta? Ich habe mich gut mit ihm verstanden. Ein sehr vernünftiger Mensch! Ein Kopf! Warum sagst du nichts?

SHEN TE Ich weiß nicht. Ich will nicht an ihn denken.

SUN Warum nicht?

SHEN TE Weil du dich nicht mit ihm verstehen sollst. Wenn du mich liebst, kannst du ihn nicht lieben.

SUN Dann sollen ihn die drei Teufel holen: der Bruchteufel, der Nebelteufel und der Gasmangelteufel. Trink, Dickköpfige! *Er nötigt sie.*

DIE SCHWÄGERIN *zur Shin:* Hier stimmt etwas nicht.

DIE SHIN Haben Sie etwas anderes erwartet?

DER BONZE *tritt resolut zu Frau Yang, die Uhr in der Hand:* Ich muß weg, Frau Yang. Ich habe noch eine zweite Hochzeit und morgen früh ein Begräbnis.

FRAU YANG Meinen Sie, es ist mir angenehm, daß alles hinausgeschoben wird? Wir hofften mit einem Krug Wein auszukommen. Sehen Sie jetzt, wie er zur Neige geht. *Laut zu Shen Te:* Ich verstehe nicht, liebe Shen Te, warum dein Vetter so lang auf sich warten läßt!

SHEN TE Mein Vetter?

FRAU YANG Aber, meine Liebe, er ist es doch, den wir erwarten. Ich bin altmodisch genug zu meinen, daß ein so naher Verwandter der Braut bei der Hochzeit zugegen sein muß.

SHEN TE Oh, Sun, ist es wegen der 300 Silberdollar?

SUN *ohne sie anzusehen:* Du hörst doch, warum es ist. Sie ist altmodisch. Ich nehme da Rücksicht. Wir warten eine kleine Viertelstunde, und wenn er dann nicht gekommen ist, da die drei Teufel ihn im Griff haben, fangen wir an!

FRAU YANG Sie wissen wohl alle schon, daß mein Sohn eine Stelle als Postflieger bekommt. Das ist mir sehr angenehm. In diesen Zeiten muß man gut verdienen.

DIE SCHWÄGERIN Es soll in Peking sein, nicht wahr?

FRAU YANG Ja, in Peking.

SHEN TE Sun, du mußt es deiner Mutter sagen, daß aus Peking nichts werden kann.

SUN Dein Vetter wird es ihr sagen, wenn er so denkt wie du. Unter uns: ich denke nicht so.

SHEN TE *erschrocken:* Sun!

SUN Wie ich dieses Sezuan hasse! Und was für eine Stadt! Weißt du, wie ich sie alle sehe, wenn ich die Augen halb zumache? Als Gäule. Sie drehen bekümmert die Hälse hoch: was donnert da über sie weg? Wie, sie werden nicht mehr benötigt? Was, ihre Zeit ist schon um? Sie können sich zu Tode beißen in ihrer Gäulestadt! Ach, hier herauszukommen!

SHEN TE Aber ich habe den Alten ihr Geld zurückversprochen.

SUN Ja, das hast du mir gesagt. Und da du solche Dummheiten machst, ist es gut, daß dein Vetter kommt. Trink und überlaß das Geschäftliche uns! Wir erledigen das.

SHEN TE *entsetzt:* Aber mein Vetter kann nicht kommen!

SUN Was heißt das?

SHEN TE Er ist nicht mehr da.

SUN Und wie denkst du dir unsere Zukunft, willst du mir das sagen?

SHEN TE Ich dachte, du hast noch die 200 Silberdollar. Wir können sie morgen zurückgeben und den Tabak behalten, der viel mehr wert ist, und ihn zusammen vor der Zementfabrik verkaufen, weil wir die Halbjahresmiete ja nicht bezahlen können.

SUN Vergiß das! Vergiß das schnell, Schwester! Ich soll mich auf die Straße stellen und Tabak verramschen an die Zementarbeiter, ich, Yang Sun, der Flieger! Lieber bringe ich die 200 in einer Nacht durch, lieber schmeiße ich sie in den Fluß! Und dein Vetter kennt mich. Mit ihm habe ich ausgemacht, daß er die 300 zur Hochzeit bringt.

SHEN TE Mein Vetter kann nicht kommen.

SUN Und ich dachte, er kann nicht wegbleiben.

SHEN TE Wo ich bin, kann er nicht sein.

SUN Wie geheimnisvoll!

SHEN TE Sun, das mußt du wissen, er ist nicht dein Freund. Ich bin es, die dich liebt. Mein Vetter Shui Ta liebt niemand. Er ist mein Freund, aber er ist keiner meiner Freunde Freund. Er war damit einverstanden, daß du das Geld der beiden Alten bekamst, weil er an die Fliegerstelle in Peking dachte. Aber er wird dir die 300 Silberdollar nicht zur Hochzeit bringen.

SUN Und warum nicht?

SHEN TE *ihm in die Augen sehend:* Er sagt, du hast nur ein Billett nach Peking gekauft.

SUN Ja, das war gestern, aber sieh her, was ich ihm heute zeigen kann! *Er zieht zwei Zettel halb aus der Brusttasche.* Die Alte braucht es nicht zu sehen. Das sind zwei Billette nach Peking, für mich und für dich. Meinst du noch, daß dein Vetter gegen die Heirat ist?

SHEN TE Nein. Die Stelle ist gut. Und meinen Laden habe ich nicht mehr.

SUN Deinetwegen habe ich die Möbel verkauft.

SHEN TE Sprich nicht weiter! Zeig mir nicht die Billette! Ich spüre eine zu große Furcht, ich könnte einfach mit dir gehen. Aber, Sun, ich kann dir die 300 Silberdollar nicht geben, denn was soll aus den beiden Alten werden?

SUN Was aus mir? *Pause.* Trink lieber! Oder gehörst du zu den Vorsichtigen? Ich mag keine vorsichtige Frau. Wenn ich trinke, fliege ich wieder. Und du, wenn du trinkst, dann verstehst du mich vielleicht, möglicherweise.

SHEN TE Glaub nicht, ich verstehe dich nicht. Daß du fliegen willst, und ich kann dir nicht dazu helfen.

SUN »Hier ein Flugzeug, Geliebter, aber es hat nur einen Flügel!«

SHEN TE Sun, zu der Stelle in Peking können wir nicht ehrlich kommen. Darum brauche ich die 200 Silberdollar wieder, die du von mir bekommen hast. Gib sie mir gleich, Sun!

SUN »Gib sie mir gleich, Sun!« Von was redest du eigentlich? Bist du meine Frau oder nicht? Denn du verrätst mich, das weißt du doch? Zum Glück, auch zu dem deinen, kommt es nicht mehr auf dich an, da alles ausgemacht ist.

FRAU YANG *eisig:* Sun, bist du sicher, daß der Vetter der Braut kommt? Es könnte beinahe erscheinen, er hat etwas gegen diese Heirat, da er ausbleibt.

SUN Wo denkst du hin, Mama! Er und ich sind ein Herz und eine Seele. Ich werde die Tür weit aufmachen, damit er uns sofort findet, wenn er gelaufen kommt, seinem Freund Sun den Brautführer zu machen. *Er geht zur Tür und stößt sie mit dem Fuß auf. Dann kehrt er, etwas schwankend, da er schon zu viel getrunken hat, zurück und setzt sich wieder zu Shen Te.* Wir warten. Dein Vetter hat mehr Vernunft als du. Die Liebe, sagt er weise, gehört zur Existenz. Und, was wichtiger ist, er weiß, was es für dich bedeutet: keinen Laden mehr und auch keine Heirat!

*Es wird gewartet.*

FRAU YANG Jetzt!

*Man hört Schritte und alle schauen nach der Tür. Aber die Schritte gehen vorüber.*

DIE SHIN Es wird ein Skandal. Man kann es fühlen, man kann es riechen. Die Braut wartet auf die Hochzeit, aber der Bräutigam wartet auf den Herrn Vetter.

SUN Der Herr Vetter läßt sich Zeit.

SHEN TE *leise:* O Sun!

SUN Hier zu sitzen mit den Billetten in der Tasche und eine Närrin daneben, die nicht rechnen kann! Und ich sehe den Tag kommen, wo du mir die Polizei ins Haus schickst, damit sie 200 Silberdollar abholt.

SHEN TE *zum Publikum:* Er ist schlecht und er will, daß auch ich schlecht sein soll. Hier bin ich, die ihn liebt, und er wartet auf den Vetter. Aber um mich sitzen die Verletzlichen, die Greisin mit dem kranken Mann, die Armen, die am Morgen vor der Tür auf den Reis warten, und ein unbekannter Mann aus Peking, der um seine Stelle besorgt ist. Und sie alle beschützen mich, indem sie mir alle vertrauen.

SUN *starrt auf den Glaskrug, in dem der Wein zur Neige gegangen ist:* Der Glaskrug mit dem Wein ist unsere Uhr. Wir sind arme Leute, und wenn die Gäste den Wein getrunken haben, ist sie abgelaufen für immer.

*Frau Yang bedeutet ihm zu schweigen, denn wieder werden Schritte hörbar.*

DER KELLNER *herein:* Befehlen Sie noch einen Krug Wein, Frau Yang?

FRAU YANG Nein, ich denke, wir haben genug. Der Wein macht einem nur warm, nicht?

DIE SHIN Er ist wohl auch teuer.

FRAU YANG Ich komme immer ins Schwitzen durch das Trinken.

DER KELLNER Dürfte ich dann um die Begleichung der Rechnung bitten?

FRAU YANG *überhört ihn:* Ich bitte die Herrschaften, sich noch ein wenig zu gedulden, der Verwandte muß ja unterwegs sein. *Zum Kellner:* Stör die Feier nicht!

DER KELLNER Ich darf Sie nicht ohne Begleichung der Rechnung weglassen.

FRAU YANG Aber man kennt mich doch hier!

DER KELLNER Eben.

FRAU YANG Unerhört, diese Bedienung heutzutage! Was sagst du dazu, Sun?

DER BONZE Ich empfehle mich. *Gewichtig ab.*

FRAU YANG *verzweifelt:* Bleibt alle ruhig sitzen! Der Priester kommt in wenigen Minuten zurück.

SUN Laß nur, Mama. Meine Herrschaften, nachdem der Priester gegangen ist, können wir Sie nicht mehr zurückhalten.

DIE SCHWÄGERIN Komm, Großvater!

DER GROSSVATER *leert ernst sein Glas:* Auf die Braut!

DIE NICHTE *zu Shen Te:* Nehmen Sie es ihm nicht übel. Er meint es freundlich. Er hat sie gern.

DIE SHIN Das nenne ich eine Blamage!

*Alle Gäste gehen ab.*

SHEN TE Soll ich auch gehen, Sun?

SUN Nein, du wartest. *Er zerrt sie an ihrem Brautschmuck, so daß er schief zu sitzen kommt.* Ist es nicht deine Hochzeit? Ich warte noch, und die Alte wartet auch noch. Sie jedenfalls wünscht den Falken in den Wolken. Ich glaube freilich jetzt fast, das wird am Sankt Nimmerleinstag sein, wo sie vor die Tür tritt und sein Flugzeug donnert über ihr Haus. *Nach den leeren Sitzen hin, als seien die Gäste noch da:* Meine Damen und Herren, wo bleibt die Konversation? Gefällt es Ihnen nicht hier? Die Hochzeit ist doch nur ein wenig verschoben, des erwarteten wichtigen Verwandten wegen, und weil die Braut nicht weiß, was Liebe ist. Um Sie zu unterhalten, werde ich, der Bräutigam, Ihnen ein Lied vorsingen. *Er singt »Das Lied vom Sankt Nimmerleinstag«:*

Eines Tags, und das hat wohl ein jeder gehört
Der in ärmlicher Wiege lag
Kommt des armen Weibs Sohn auf 'nen goldenen Thron
Und der Tag heißt Sankt Nimmerleinstag.
  Am Sankt Nimmerleinstag
  Sitzt er auf 'nem goldenen Thron.

Und an diesem Tag zahlt die Güte sich aus
Und die Schlechtigkeit kostet den Hals
Und Verdienst und Verdienen, die machen gute Mienen
Und tauschen Brot und Salz.
  Am Sankt Nimmerleinstag
  Da tauschen sie Brot und Salz.

Und das Gras sieht auf den Himmel hinab
Und den Fluß hinauf rollt der Kies
Und der Mensch ist nur gut. Ohne daß er mehr tut
Wird die Erde zum Paradies.
  Am Sankt Nimmerleinstag
  Wird die Erde zum Paradies.

Und an diesem Tag werd ich Flieger sein
Und ein General bist du.
Und du Mann mit zuviel Zeit kriegst endlich Arbeit
Und du armes Weib kriegst Ruh.
  Am Sankt Nimmerleinstag
  Kriegst armes Weib du Ruh.

Und weil wir gar nicht mehr warten können
Heißt es, alles dies sei
Nicht erst auf die Nacht um halb acht oder acht
Sondern schon beim Hahnenschrei.
  Am Sankt Nimmerleinstag
  Beim ersten Hahnenschrei.

FRAU YANG Er kommt nicht mehr.

*Die drei sitzen, und zwei von ihnen schauen nach der Tür.*

## ZWISCHENSPIEL

### Wangs Nachtlager

*Wieder erscheinen dem Wasserverkäufer im Traum die Götter. Er ist über einem großen Buch eingeschlafen. Musik.*

WANG Gut, daß ihr kommt, Erleuchtete! Gestattet eine Frage, die mich tief beunruhigt. In der zerfallenen Hütte eines Priesters, der weggezogen und Hilfsarbeiter in der Zementfabrik geworden ist, fand ich ein Buch, und darin entdeckte ich eine merkwürdige Stelle. Ich möchte sie unbedingt vorlesen. Hier ist sie.

*Er blättert mit der Linken in einem imaginären Buch über dem Buch, das er im Schoß hat, und hebt dieses imaginäre Buch zum Lesen hoch, während das richtige liegenbleibt.*

WANG »In Sung ist ein Platz namens Dornhain. Dort gedeihen Katalpen, Zypressen und Maulbeerbäume. Die Bäume nun, die ein oder zwei Spannen im Umfang haben, die werden abgehauen von den Leuten, die Stäbe für ihre Hundekäfige wollen. Die drei, vier Fuß im Umfang haben, werden abgehauen von den vornehmen und reichen Familien, die Bretter suchen für ihre Särge. Die mit sieben, acht Fuß Umfang werden abgehauen von denen, die nach Balken suchen für ihre Luxusvillen. So erreichen sie alle nicht ihrer Jahre Zahl, sondern gehen auf halbem Wege zugrunde durch Säge und Axt. Das ist das Leiden der Brauchbarkeit.«

DER DRITTE GOTT Aber da wäre ja der Unnützeste der Beste.

WANG Nein, nur der Glücklichste. Der Schlechteste ist der Glücklichste.

DER ERSTE GOTT Was doch alles geschrieben wird!

DER ZWEITE GOTT Warum bewegt dich dieses Gleichnis so tief, Wasserverkäufer?

WANG Shen Te's wegen, Erleuchteter! Sie ist in ihrer Liebe gescheitert, weil sie die Gebote der Nächstenliebe befolgte. Vielleicht ist sie wirklich zu gut für diese Welt, Erleuchteter!

DER ERSTE GOTT Unsinn! Du schwacher, elender Mensch! Die Läuse und die Zweifel haben dich halb aufgefressen, scheint es.

WANG Sicher, Erleuchteter! Entschuldige! Ich dachte nur, ihr könntet vielleicht eingreifen.

DER ERSTE GOTT Ganz unmöglich. Unser Freund hier – *er zeigt auf den dritten Gott, der ein blau geschlagenes Auge hat* – hat erst gestern in einen Streit eingegriffen, du siehst die Folgen.

WANG Aber der Vetter mußte schon wieder gerufen werden. Er ist ein ungemein geschickter Mensch, ich habe es am eigenen Leib erfahren, jedoch auch er konnte nichts ausrichten. Der Laden scheint schon verloren.

DER DRITTE GOTT *beunruhigt:* Vielleicht sollten wir doch helfen?

DER ERSTE GOTT Ich bin der Ansicht, daß sie sich selber helfen muß.

DER ZWEITE GOTT *streng:* Je schlimmer seine Lage ist, als desto besser zeigt sich der gute Mensch. Leid läutert!

DER ERSTE GOTT Wir setzen unsere ganze Hoffnung auf sie.

DER DRITTE GOTT Es steht nicht zum besten mit unserer Suche. Wir finden hier und da gute Anläufe, erfreuliche Vorsätze, viele hohe Prinzipien, aber das alles macht ja kaum einen guten Menschen aus. Wenn wir halbwegs gute Menschen treffen, leben sie nicht menschenwürdig. *Vertraulich:* Mit dem Nachtlager steht es besonders schlimm. Du kannst an den Strohhalmen, die an uns kleben, sehen, wo wir unsere Nächte zubringen.

WANG Nur eines, könntet ihr dann nicht wenigstens...

DIE GÖTTER Nichts. – Wir sind nur Betrachtende. Wir glauben fest, daß unser guter Mensch sich zurechtfinden wird auf der dunklen Erde. – Seine Kraft wird wachsen mit der Bürde. – Warte nur ab, Wasserverkäufer, und du wirst erleben, alles nimmt ein gutes...

*Die Gestalten der Götter sind immer blasser, ihre Stimmen immer leiser geworden. Nun entschwinden sie, und die Stimmen hören auf.*

## 7
## Hof hinter Shen Te's Tabakladen

*Auf einem Wagen ein wenig Hausrat. Von der Wäscheleine nehmen Shen Te und die Shin Wäsche.*

DIE SHIN Ich verstehe nicht, warum Sie nicht mit Messern und Zähnen um Ihren Laden kämpfen.

SHEN TE Wie? Ich habe ja nicht einmal die Miete. Denn die 200 Silberdollar der alten Leute muß ich heute zurückgeben, aber da ich sie jemand anderem gegeben habe, muß ich meinen Tabak an Frau Mi Tzü verkaufen.

DIE SHIN Also alles hin! Kein Mann, kein Tabak, keine Bleibe! So kommt es, wenn man etwas Besseres sein will als unsereins. Wovon wollen Sie jetzt leben?

SHEN TE Ich weiß nicht. Vielleicht kann ich mit Tabaksortieren ein wenig verdienen.

DIE SHIN Wie kommt Herrn Shui Ta's Hose hierher? Er muß nackicht von hier weggegangen sein.

SHEN TE Er hat noch eine andere Hose.

DIE SHIN Ich dachte, Sie sagten, er sei für immer weggereist? Warum läßt er da seine Hose zurück?

SHEN TE Vielleicht braucht er sie nicht mehr.

DIE SHIN So soll sie nicht eingepackt werden?

SHEN TE Nein.

*Herein stürzt Herr Shu Fu.*

HERR SHU FU Sagen Sie nichts. Ich weiß alles. Sie haben Ihr Liebesglück geopfert, damit zwei alte Leute, die auf Sie vertrauten, nicht ruiniert sind. Nicht umsonst gibt Ihnen dieses Viertel, dieses mißtrauische und böswillige, den Namen »Engel der Vorstädte«. Ihr Herr Verlobter konnte sich nicht zu Ihrer sittlichen Höhe emporarbeiten. Sie haben ihn verlassen. Und jetzt schließen Sie Ihren Laden, diese kleine Insel der Zuflucht für so viele! Ich kann es nicht mit ansehen. Von meiner Ladentür aus habe ich Morgen für Morgen das Häuflein Elende vor Ihrem Geschäft gesehen und Sie selbst, Reis austeilend. Soll das für immer vorbei sein? Soll jetzt das Gute untergehen? Ach, wenn Sie mir gestatteten, Ihnen bei Ihrem guten Werk behilflich zu sein! Nein, sagen Sie nichts! Ich will keine Zusicherung. Keinerlei Versprechungen, daß Sie meine Hilfe annehmen wollen. Aber hier – *er zieht ein Scheckbuch heraus und zeichnet einen Scheck, den er ihr auf den Wagen legt* – fertige ich Ihnen einen Blankoscheck aus, den Sie nach Belieben in jeder Höhe ausfüllen können, und dann gehe ich, still und bescheiden, ohne Gegenforderung, auf den Fußzehen, voll Verehrung, selbstlos. *Ab.*

DIE SHIN *untersucht den Scheck:* Sie sind gerettet! Solche wie Sie haben Glück. Sie finden immer einen Dummen. Jetzt aber zugegriffen! Schreiben Sie 1000 Silberdollar hinein, und ich laufe damit zur Bank, bevor er wieder zur Besinnung kommt.

SHEN TE Stellen Sie den Wäschekorb auf den Wagen. Die Wäscherechnung kann ich auch ohne den Scheck bezahlen.

DIE SHIN Was? Sie wollen den Scheck nicht annehmen? Das ist ein Verbrechen! Ist es nur, weil Sie meinen, daß Sie ihn dann heiraten müssen? Das wäre hellichter Wahnsinn. So einer will doch an der Nase herumgeführt werden! Das bereitet so einem geradezu Wollust. Wollen Sie etwa immer noch an Ihrem Flieger festhalten, von dem die ganze Gelbe Gasse und auch das Viertel hier herum weiß, wie schlecht er gegen Sie gewesen ist?

SHEN TE Es kommt alles von der Not. *Zum Publikum:*

Ich habe ihn nachts die Backen aufblasen sehn
  im Schlaf: sie waren böse.
Und in der Frühe hielt ich seinen Rock gegen
  das Licht: da sah ich die Wand durch.
Wenn ich sein schlaues Lachen sah, bekam ich
  Furcht, aber
Wenn ich seine löchrigen Schuhe sah, liebte ich
  ihn sehr.

DIE SHIN Sie verteidigen ihn also noch? So etwas Verrücktes habe ich nie gesehen. *Zornig:* ich werde aufatmen, wenn wir Sie aus dem Viertel haben.

SHEN TE *schwankt beim Abnehmen der Wäsche:* Mir schwindelt ein wenig.

DIE SHIN *nimmt ihr die Wäsche ab:* Wird Ihnen öfter schwindlig, wenn Sie sich strecken oder bücken? Wenn da nur nicht was Kleines unterwegs ist! *Lacht:* Der hat Sie schön hereingelegt! Wenn das passiert sein sollte, ist es mit dem großen Scheck Essig! Für solche Gelegenheit war der nicht gedacht. *Sie geht mit einem Korb nach hinten.*

*Shen Te schaut ihr bewegungslos nach. Dann betrachtet sie ihren Leib, betastet ihn, und eine große Freude zeigt sich auf ihrem Gesicht.*

SHEN TE *leise:* O Freude! Ein kleiner Mensch entsteht in meinem Leibe. Man sieht noch

nichts. Er ist aber schon da. Die Welt erwartet ihn im geheimen. In den Städten heißt es schon: Jetzt kommt einer, mit dem man rechnen muß. *Sie stellt ihren kleinen Sohn dem Publikum vor:*
Ein Flieger!
Begrüßt einen neuen Eroberer
Der unbekannten Gebirge und unerreichbaren
Gegenden! Einen
Der die Post von Mensch zu Mensch
Über die unwegsamen Wüsten bringt!
*Sie beginnt auf und ab zu gehen und ihren kleinen Sohn an die Hand zu nehmen:* Komm, Sohn, betrachte dir die Welt! Hier, das ist ein Baum. Verbeuge dich, begrüße ihn. *Sie macht die Verbeugung vor.* So, jetzt kennt ihr euch. Horch, dort kommt der Wasserverkäufer. Ein Freund, gib ihm die Hand. Sei unbesorgt. »Bitte, ein Glas frisches Wasser für meinen Sohn. Es ist warm.« *Sie gibt ihm das Glas.* Ach, der Polizist! Da machen wir einen Bogen. Vielleicht holen wir uns ein paar Kirschen dort, im Garten des reichen Herrn Feh Pung. Da heißt es, nicht gesehen werden. Komm, Vaterloser! Auch du willst Kirschen! Sachte, sachte, Sohn! *Sie gehen vorsichtig, sich umblickend:* Nein, hier herum, da verbirgt uns das Gesträuch. Nein, so gradlos drauf zu, das kannst du nicht machen, in diesem Fall. *Er scheint sie wegzuziehen, sie widerstrebt.* Wir müssen vernünftig sein. *Plötzlich gibt sie nach.* Schön, wenn du nur gradezu drauflosgehen willst... *Sie hebt ihn hoch.* Kannst du die Kirschen erreichen? Schieb in den Mund, dort sind sie gut aufgehoben. *Sie verspeist selber eine, die er ihr in den Mund steckt.* Schmeckt fein. Zum Teufel, der Polizist. Jetzt heißt es laufen. *Sie fliehen.* Da ist die Straße. Ruhig jetzt, langsam gegangen, damit wir nicht auffallen. Als ob nicht das Geringste geschehen wäre...
*Sie singt, mit dem Kind spazierend:*
Eine Pflaume ohne Grund
Überfiel 'nen Vagabund.
Doch der Mann war äußerst quick
Biß die Pflaume ins Genick.
*Hereingekommen ist Wang, der Wasserverkäufer, ein Kind an der Hand führend.*
*Er sieht Shen Te erstaunt zu.*

SHEN TE *auf ein Husten Wangs:* Ach, Wang! Guten Tag.

WANG Shen Te, ich habe gehört, daß es dir nicht gut geht, daß du sogar deinen Laden verkaufen mußt, um Schulden zu bezahlen. Aber da ist dieses Kind, das kein Obdach hat. Es lief auf dem Schlachthof herum. Anscheinend gehört es dem Schreiner Lin To, der vor einigen Wochen seine Werkstatt verloren hat und seitdem trinkt. Seine Kinder treiben sich hungernd herum. Was soll man mit ihnen machen?

SHEN TE *nimmt ihm das Kind ab:* Komm, kleiner Mann! *Zum Publikum:*
He, ihr! Da bittet einer um Obdach.
Einer von morgen bittet euch um ein Heute!
Sein Freund, der Eroberer, den ihr kennt
Ist der Fürsprecher.
*Zu Wang:* Er kann gut in den Baracken des Herrn Shu Fu wohnen, wohin vielleicht auch ich gehe. Ich soll selber ein Kind bekommen. Aber sag es nicht weiter, sonst erfährt es Yang Sun, und er kann uns nicht brauchen. Such Herrn Lin To in der unteren Stadt und sag ihm, er soll hierherkommen.

WANG Vielen Dank, Shen Te. Ich wußte, du wirst etwas finden. *Zum Kind:* Siehst du, ein guter Mensch weiß immer einen Ausweg. Schnell laufe ich und hole deinen Vater. *Er will gehen.*

SHEN TE O Wang, jetzt fällt mir wieder ein: was ist mit deiner Hand? Ich wollte doch den Eid für dich leisten, aber mein Vetter...

WANG Kümmere dich nicht um meine Hand. Schau, ich habe schon gelernt, ohne meine rechte Hand auszukommen. Ich brauche sie fast nicht mehr. *Er zeigt ihr, wie er auch ohne die rechte Hand sein Gerät handhaben kann.* Schau, wie ich es mache.

SHEN TE Aber sie darf nicht steif werden! Nimm den Wagen da, verkauf alles und geh mit dem Geld zum Arzt. Ich schäme mich, daß ich bei dir so versagt habe. Und was mußt du denken, daß ich vom Barbier die Baracken angenommen habe!

WANG Dort können die Obdachlosen jetzt wohnen, du selber, das ist doch wichtiger als meine Hand. Ich gehe jetzt den Schreiner holen. *Ab.*

SHEN TE *ruft ihm nach:* Versprich mir, daß du mit mir zum Arzt gehen wirst! *Die Shin ist zurückgekommen und hat ihr immerfort gewinkt.*

SHEN TE Was ist es?

DIE SHIN Sind Sie verrückt, auch noch den Wagen mit dem Letzten, was Sie haben, wegzuschenken? Was geht Sie seine Hand an? Wenn es der Barbier erfährt, jagt er Sie noch aus dem einzigen Obdach, das Sie kriegen können. Mir haben Sie die Wäsche noch nicht bezahlt!

SHEN TE Warum sind Sie so böse?

*Zum Publikum:*
Den Mitmenschen zu treten
Ist es nicht anstrengend? Die Stirnader
Schwillt ihnen an, vor Mühe, gierig zu sein.
Natürlich ausgestreckt
Gibt eine Hand und empfängt mit gleicher
 Leichtigkeit. Nur
Gierig zupackend muß sie sich anstrengen. Ach
Welche Verführung, zu schenken! Wie angenehm
Ist es doch, freundlich zu sein! Ein gutes Wort
Entschlüpft wie ein wohliger Seufzer.

*Die Shin geht zornig weg.*

SHEN TE *zum Kind:* Setz dich hierher und wart, bis dein Vater kommt. *Das Kind setzt sich auf den Boden.*

*Auf den Hof kommt das ältliche Paar, das Shen Te am Tag der Eröffnung ihres Ladens besuchte. Mann und Frau schleppen große Ballen.*

DIE FRAU Bist du allein, Shen Te?

*Da Shen Te nickt, ruft sie ihren Neffen herein, der ebenfalls einen Ballen trägt.*

DIE FRAU Wo ist dein Vetter?

SHEN TE Er ist weggefahren.

DIE FRAU Und kommt er wieder?

SHEN TE Nein. Ich gebe den Laden auf.

DIE FRAU Das wissen wir. Deshalb sind wir gekommen. Wir haben hier ein paar Ballen mit Rohtabak, den uns jemand geschuldet hat, und möchten dich bitten, sie mit deinen Habseligkeiten zusammen in dein neues Heim zu transportieren. Wir haben noch keinen Ort, wohin wir sie bringen könnten, und fallen auf der Straße zu sehr auf mit ihnen. Ich sehe nicht, wie du uns diese kleine Gefälligkeit abschlagen könntest, nachdem wir in deinem Laden so ins Unglück gebracht worden sind.

SHEN TE Ich will euch die Gefälligkeit gern tun.

DER MANN Und wenn du von irgend jemand gefragt werden solltest, wem die Ballen gehören, dann kannst du sagen, sie gehörten dir.

SHEN TE Wer sollte mich denn fragen?

DIE FRAU *sie scharf anblickend:* Die Polizei zum Beispiel. Sie ist voreingenommen gegen uns und will uns ruinieren. Wohin sollen wir die Ballen stellen?

SHEN TE Ich weiß nicht, gerade jetzt möchte ich nicht etwas tun, was mich ins Gefängnis bringen könnte.

DIE FRAU Das sieht dir allerdings gleich. Wir sollen auch noch die paar elenden Ballen mit Tabak verlieren, die alles sind, was wir von unserem Hab und Gut gerettet haben!

*Shen Te schweigt störrisch.*

DER MANN Bedenk, daß dieser Tabak für uns den Grundstock zu einer kleinen Fabrikation abgeben könnte. Da könnten wir hochkommen.

SHEN TE Gut, ich will die Ballen für euch aufheben. Wir stellen sie vorläufig in das Gelaß.

*Sie geht mit ihnen hinein. Das Kind hat ihr nachgesehen. Jetzt geht es, sich scheu umschauend, zum Mülleimer und fischt darin herum. Es fängt an, daraus zu essen. Shen Te und die drei kommen zurück.*

DIE FRAU Du verstehst wohl, daß wir uns vollständig auf dich verlassen.

SHEN TE Ja. *Sie erblickt das Kind und erstarrt.*

DER MANN Wir suchen dich übermorgen in den Häusern des Herrn Shu Fu auf.

SHEN TE Geht jetzt schnell, mir ist nicht gut. *Sie schiebt sie weg. Die drei ab.* Es hat Hunger. Es fischt im Kehrichteimer.

*Sie hebt das Kind auf, und in einer Rede drückt sie ihr Entsetzen aus über das Los armer Kinder, dem Publikum das graue Mäulchen zeigend. Sie beteuert ihre Entschlossenheit, ihr eigenes Kind keinesfalls mit solcher Unbarmherzigkeit zu behandeln.*

O Sohn, o Flieger! In welche Welt
Wirst du kommen? Im Abfalleimer
Wollen sie dich fischen lassen, auch dich? Seht
 doch
Dies graue Mäulchen! *Sie zeigt das Kind.* Wie
Behandelt ihr euresgleichen! Habt ihr
Keine Barmherzigkeit mit der Frucht
Eures Leibes? Kein Mitleid
Mit euch selber, ihr Unglücklichen? So werde
 ich
Wenigstens das meine verteidigen und müßte
 ich
Zum Tiger werden. Ja, von Stund an
Da ich das gesehen habe, will ich mich scheiden
Von allen und nicht ruhen
Bis ich meinen Sohn gerettet habe, wenigstens
 ihn!
Was ich gelernt in der Gosse, meiner Schule
Durch Faustschlag und Betrug, jetzt
Soll es dir dienen, Sohn, zu dir
Will ich gut sein und Tiger und wildes Tier
Zu allen andern, wenn's sein muß. Und
Es muß sein.

*Sie geht hinein, sich in den Vetter zu verwandeln. Im Abgehen:* Einmal ist es noch nötig, das letzte Mal, hoffe ich. *Sie hat die Hose des Shui Ta mitgenommen.*

*Die zurückkehrende Shin sieht ihr neugierig nach. Herein die Schwägerin und der Großvater.*

DIE SCHWÄGERIN Der Laden geschlossen, der Hausrat im Hof! Das ist das Ende!

DIE SHIN Die Folgen des Leichtsinns, der Sinnlichkeit und der Eigenliebe! Und wohin geht die Fahrt? Hinab! In die Baracken des Herrn Shu Fu, zu euch!

DIE SCHWÄGERIN Da wird sie sich aber wundern! Wir sind gekommen, um uns zu beschweren! Feuchte Rattenlöcher mit verfaulten Böden! Der Barbier hat sie nur gegeben, weil ihm seine Seifenvorräte darin verschimmelt sind. »Ich habe ein Obdach für euch, was sagt ihr dazu?« Schande! sagen wir dazu. *Herein der Arbeitslose.*

DER ARBEITSLOSE Ist es wahr, daß Shen Te wegzieht?

DIE SCHWÄGERIN Ja. Sie wollte sich wegschleichen, man sollte es nicht erfahren.

DIE SHIN Sie schämt sich, da sie ruiniert ist.

DER ARBEITSLOSE *aufgeregt:* Sie muß ihren Vetter rufen! Ratet ihr alle, daß sie den Vetter ruft! Er allein kann noch etwas machen.

DIE SCHWÄGERIN Das ist wahr! Er ist geizig genug, aber jedenfalls rettet er ihr den Laden, und sie gibt ja dann.

DER ARBEITSLOSE Ich dachte nicht an uns, ich dachte an sie. Aber es ist richtig, auch unseretwegen müßte man ihn rufen.

*Herein Wang mit dem Schreiner. Er führt zwei Kinder an der Hand.*

DER SCHREINER Ich kann Ihnen wirklich nicht genug danken. *Zu den andern:* Wir sollen eine Wohnung kriegen.

DIE SHIN Wo?

DER SCHREINER In den Häusern des Herrn Shu Fu! Und der kleine Feng war es, der die Wendung herbeigeführt hat. Hier bist du ja! »Da ist einer, der bittet um Obdach«, soll Fräulein Shen Te gesagt haben, und sogleich verschaffte sie uns die Wohnung. Bedankt euch bei eurem Bruder, ihr!

*Der Schreiner und seine Kinder verbeugen sich lustig vor dem Kind.*

DER SCHREINER Unsern Dank, Obdachbitter!

*Herausgetreten ist Shui Ta.*

SHUI TA Darf ich fragen, was Sie alle hier wollen?

DER ARBEITSLOSE Herr Shui Ta!

WANG Guten Tag, Herr Shui Ta. Ich wußte nicht, daß Sie zurückgekehrt sind. Sie kennen den Schreiner Lin To. Fräulein Shen Te hat ihm einen Unterschlupf in den Häusern des Herrn Shu Fu zugesagt.

SHUI TA Die Häuser des Herrn Shu Fu sind nicht frei.

DER SCHREINER So können wir dort nicht wohnen?

SHUI TA Nein. Diese Lokalitäten sind zu anderem bestimmt.

DIE SCHWÄGERIN Soll das heißen, daß auch wir heraus müssen?

SHUI TA Ich fürchte.

DIE SCHWÄGERIN Aber wo sollen wir da alle hin?

SHUI TA *die Achsel zuckend:* Wie ich Fräulein Shen Te, die verreist ist, verstehe, hat sie nicht die Absicht, die Hand von Ihnen allen abzuziehen. Jedoch soll alles etwas vernünftiger geregelt werden in Zukunft. Die Speisungen ohne Gegendienst werden aufhören. Statt dessen wird jedermann die Gelegenheit gegeben werden, sich auf ehrliche Weise wieder emporzuarbeiten. Fräulein Shen Te hat beschlossen, Ihnen allen Arbeit zu geben. Wer von Ihnen mir jetzt in die Häuser des Herrn Shu Fu folgen will, wird nicht ins Nichts geführt werden.

DIE SCHWÄGERIN Soll das heißen, daß wir jetzt alle für Shen Te arbeiten sollen?

SHUI TA Ja. Sie werden Tabak verarbeiten. Im Gelaß drinnen liegen drei Ballen mit Ware. Holt sie!

DIE SCHWÄGERIN Vergessen Sie nicht, daß wir selber Ladenbesitzer waren. Wir ziehen vor, für uns selbst zu arbeiten. Wir haben unseren eigenen Tabak.

SHUI TA *zum Arbeitslosen und zum Schreiner:* Vielleicht wollt ihr für Shen Te arbeiten, da ihr keinen eigenen Tabak habt?

*Der Schreiner und der Arbeitslose gehen mißmutig hinein. Die Hausbesitzerin kommt.*

DIE HAUSBESITZERIN Nun, Herr Shui Ta, wie steht es mit dem Verkauf. Hier habe ich 300 Silberdollar.

SHUI TA Frau Mi Tzü, ich habe mich entschlossen, nicht zu verkaufen, sondern den Mietskontrakt zu unterzeichnen.

DIE HAUSBESITZERIN Was? Brauchen Sie plötzlich das Geld für den Flieger nicht mehr?

SHUI TA Nein.

DIE HAUSBESITZERIN Und haben Sie denn die Miete?

SHUI TA *nimmt vom Wagen mit dem Hausrat den Scheck des Barbiers und füllt ihn aus:* Ich habe hier einen Scheck auf 10000 Silberdollar, ausgestellt von Herrn Shu Fu, der sich für meine Kusine interessiert. Überzeugen Sie sich, Frau Mi Tzü! Ihre 200 Silberdollar für die Miete des nächsten Halbjahres werden Sie noch vor sechs Uhr abends in Händen haben. Und nun, Frau Mi Tzü, erlauben Sie mir, daß ich mit meiner Arbeit fortfahre. Ich bin heute sehr beschäftigt und muß um Entschuldigung bitten.

DIE HAUSBESITZERIN Ach, Herr Shu Fu tritt in die Fußtapfen des Fliegers! 10000 Silberdollar! Immerhin, ich bin erstaunt über die Wankelmütigkeit und Oberflächlichkeit der jungen Mädchen von heutzutage, Herr Shui Ta. *Ab.*

*Der Schreiner und der Arbeitslose bringen die Ballen.*

DER SCHREINER Ich weiß nicht, warum ich Ihnen Ihre Ballen schleppen muß.

SHUI TA Es genügt, daß ich es weiß. Ihr Sohn hier zeigt einen gesunden Appetit. Er will essen, Herr Lin To.

DIE SCHWÄGERIN *sieht die Ballen:* Ist mein Schwager hier gewesen?

DIE SHIN Ja.

DIE SCHWÄGERIN Eben. Ich kenne doch die Ballen. Das ist unser Tabak!

SHUI TA Besser, Sie sagen das nicht so laut. Das ist mein Tabak, was Sie daraus ersehen können, daß er in meinem Gelaß stand. Wenn Sie einen Zweifel haben, können wir aber zur Polizei gehen und Ihren Zweifel beseitigen. Wollen Sie das?

DIE SCHWÄGERIN *böse:* Nein.

SHUI TA Es scheint, daß Sie doch keinen eigenen Tabak besitzen. Vielleicht ergreifen Sie unter diesen Umständen die rettende Hand, die Fräulein Shen Te Ihnen reicht? Haben Sie die Güte, mir jetzt den Weg zu den Häusern des Herrn Shu Fu zu zeigen.

*Das jüngste Kind des Schreiners an die Hand nehmend, geht Shui Ta ab, gefolgt von dem Schreiner, seinen anderen Kindern, der Schwägerin, dem Großvater, dem Arbeitslosen. Schwägerin, Schreiner und Arbeitsloser schleppen die Ballen.*

WANG Er ist ein böser Mensch, aber Shen Te ist gut.

DIE SHIN Ich weiß nicht. Von der Wäscheleine fehlt eine Hose, und der Vetter trägt sie. Das muß etwas bedeuten. Ich möchte wissen, was.

*Herein die beiden Alten.*

DIE ALTE Ist Fräulein Shen Te nicht hier?

DIE SHIN *abweisend:* Verreist.

DIE ALTE Das ist merkwürdig. Sie wollte uns etwas bringen.

WANG *schmerzlich seine Hand betrachtend:* Sie wollte auch mir helfen. Meine Hand wird steif. Sicher kommt sie bald zurück. Der Vetter ist ja immer nur ganz kurz da.

DIE SHIN Ja, nicht wahr?

## ZWISCHENSPIEL

### Wangs Nachtlager

*Musik. Im Traum teilt der Wasserverkäufer den Göttern seine Befürchtungen mit. Die Götter sind immer noch auf ihrer langen Wanderung begriffen. Sie scheinen müde. Für eine kleine Weile innehaltend, wenden sie die Köpfe über die Schultern nach dem Wasserverkäufer zurück.*

WANG Bevor mich euer Erscheinen erweckte, Erleuchtete, träumte ich und sah meine liebe Schwester Shen Te in großer Bedrängnis im Schilf des Flusses, an der Stelle, wo die Selbstmörder gefunden werden. Sie schwankte merkwürdig daher und hielt den Nacken gebeugt, als schleppe sie an etwas Weichem, aber Schwerem, das sie hinunterdrückte in den Schlamm. Auf meinen Anruf rief sie mir zu, sie müsse den Ballen der Vorschriften ans andere Ufer bringen ohne daß er naß würde, da sonst die Schriftzeichen verwischten. Ausdrücklich: ich sah nichts auf ihren Schultern. Aber ich erinnerte mich erschrocken, daß ihr Götter ihr über die großen Tugenden gesprochen habt, zum Dank dafür, daß sie euch bei sich aufnahm, als ihr um ein Nachtlager verlegen wart, o Schande! Ich bin sicher, ihr versteht meine Sorge um sie.

DER DRITTE GOTT Was schlägst du vor?

WANG Eine kleine Herabminderung der Vorschriften, Erleuchtete. Eine kleine Erleichterung des Ballens der Vorschriften, Gütige, in Anbetracht der schlechten Zeiten.

DER DRITTE GOTT Als da wäre, Wang, als da wäre?

WANG Als da zum Beispiel wäre, daß nur Wohlwollen verlangt würde anstatt Liebe oder...

DER DRITTE GOTT Aber das ist doch noch schwerer, du Unglücklicher!

WANG Oder Billigkeit anstatt Gerechtigkeit.

DER DRITTE GOTT Aber das bedeutet mehr Arbeit!

WANG Dann bloße Schicklichkeit anstatt Ehre!
DER DRITTE GOTT Aber das ist doch mehr, du Zweifelnder!
*Sie wandern müde weiter.*

**8**
**Shui Ta's Tabakfabrik**

*In den Baracken des Herrn Shu Fu hat Shui Ta eine kleine Tabakfabrik eingerichtet. Hinter Gittern hocken, entsetzlich zusammengepfercht, einige Familien, besonders Frauen und Kinder, darunter die Schwägerin, der Großvater, der frühere Schreiner und seine Kinder. Davor tritt Frau Yang auf, gefolgt von ihrem Sohn Sun.*

FRAU YANG *zum Publikum:* Ich muß Ihnen berichten, wie mein Sohn Sun durch die Weisheit und Strenge des allgemein geachteten Herrn Shui Ta aus einem verkommenen Menschen in einen nützlichen verwandelt wurde. Wie das ganze Viertel erfuhr, eröffnete Herr Shui Ta in der Nähe des Viehhofs eine kleine, aber schnell aufblühende Tabakfabrik. Vor drei Monaten sah ich mich veranlaßt, ihn mit meinem Sohn dort aufzusuchen. Er empfing mich nach kurzer Wartezeit.
*Aus der Fabrik tritt Shui Ta auf Frau Yang zu.*
SHUI TA Womit kann ich Ihnen dienen, Frau Yang?
FRAU YANG Herr Shui Ta, ich möchte ein Wort für meinen Sohn bei Ihnen einlegen. Die Polizei war heute morgen bei uns, und man hat uns gesagt, daß Sie im Namen von Fräulein Shen Te Anklage wegen Bruch des Heiratsversprechens und Erschleichung von 200 Silberdollar erhoben haben.
SHUI TA Ganz richtig, Frau Yang.
FRAU YANG Herr Shui Ta, um der Götter willen, können Sie nicht noch einmal Gnade vor Recht ergehen lassen? Das Geld ist weg. In zwei Tagen hat er es durchgebracht, als der Plan mit der Fliegerstelle scheiterte. Ich weiß, er ist ein Lump. Er hat auch meine Möbel schon verkauft gehabt und wollte ohne seine alte Mama nach Peking. *Sie weint.* Fräulein Shen Te hielt einmal große Stücke auf ihn.
SHUI TA Was haben Sie mir zu sagen, Herr Yang Sun?
SUN *finster:* Ich habe das Geld nicht mehr.
SHUI TA Frau Yang, der Schwäche wegen, die meine Kusine aus irgendwelchen, mir unbegreiflichen Gründen für Ihren verkommenen Sohn hatte, bin ich bereit, es noch einmal mit ihm zu versuchen. Sie hat mir gesagt, daß sie sich von ehrlicher Arbeit eine Besserung erwartet. Er kann eine Stelle in meiner Fabrik haben. Nach und nach werden ihm die 200 Silberdollar vom Lohn abgezogen werden.
SUN Also Kittchen oder Fabrik?
SHUI TA Sie haben die Wahl.
SUN Und mit Shen Te kann ich wohl nicht mehr sprechen?
SHUI TA Nein.
SUN Wo ist mein Arbeitsplatz?
FRAU YANG Tausend Dank, Herr Shui Ta! Sie sind unendlich gütig, die Götter werden es Ihnen vergelten. *Zu Sun:* Du bist vom rechten Wege abgewichen. Versuch nun, durch ehrliche Arbeit wieder so weit zu kommen, daß du deiner Mutter in die Augen schauen kannst.
*Sun folgt Shui Ta in die Fabrik. Frau Yang kehrt an die Rampe zurück.*
FRAU YANG *zum Publikum:* Die ersten Wochen waren hart für Sun. Die Arbeit sagte ihm nicht zu. Er hatte wenig Gelegenheit, sich auszuzeichnen. Erst in der dritten Woche kam ihm ein kleiner Vorfall zu Hilfe. Er und der frühere Schreiner Lin To mußten Tabakballen schleppen.
*Sun und der frühere Schreiner Lin To schleppen je zwei Tabakballen.*
DER FRÜHERE SCHREINER *hält ächzend inne und läßt sich auf einem Ballen nieder:* Ich kann kaum mehr. Ich bin nicht mehr jung genug für diese Arbeit.
SUN *setzt sich ebenfalls:* Warum schmeißt du ihnen die Ballen nicht einfach hin?
DER FRÜHERE SCHREINER Und wovon sollen wir leben? Ich muß doch sogar, um das Notwendigste zu haben, die Kinder einspannen. Wenn das Fräulein Shen Te sähe! Sie war gut.
SUN Sie war nicht die Schlechteste. Wenn die Verhältnisse nicht so elend gewesen wären, hätten wir es ganz gut miteinander getroffen. Ich möchte wissen, wo sie ist. Besser, wir machen weiter. Um diese Zeit pflegt er zu kommen.
*Sie stehen auf.*
SUN *sieht Shui Ta kommen:* Gib den einen Ballen her, du Krüppel! *Sun nimmt auch noch den einen Ballen Lin To's auf.*
DER FRÜHERE SCHREINER Vielen Dank! Ja, wenn s i e da wäre, würdest du gleich einen Stein im Brett haben, wenn sie sähe, daß du einem al-

ten Mann so zur Hand gehst. Ach ja!
*Herein Shui Ta.*

FRAU YANG *zum Publikum:* Und mit einem Blick sieht natürlich Herr Shui Ta, was ein guter Arbeiter ist, der keine Arbeit scheut. Und er greift ein.

SHUI TA Halt, ihr! Was ist da los? Warum trägst du nur einen einzigen Ballen?

DER FRÜHERE SCHREINER Ich bin ein wenig müde heute, Herr Shui Ta, und Yang Sun war so freundlich...

SHUI TA Du kehrst um und nimmst drei Ballen, Freund. Was Yang Sun kann, kannst du auch. Yang Sun hat guten Willen und du hast keinen.

FRAU YANG *während der frühere Schreiner zwei weitere Ballen holt, zum Publikum:* Kein Wort natürlich zu Sun, aber Herr Shui Ta war im Bilde. Und am nächsten Samstag bei der Lohnauszahlung...

*Ein Tisch wird aufgestellt, und Shui Ta kommt mit einem Säckchen Geld. Neben dem Aufseher – dem früheren Arbeitslosen – stehend, zahlt er den Lohn aus. Sun tritt vor den Tisch.*

DER AUFSEHER Yang Sun – 6 Silberdollar.

SUN Entschuldigen Sie, es können nur 5 sein. Nur 5 Silberdollar. *Er nimmt die Liste, die der Aufseher hält.* Sehen Sie bitte, hier stehen fälschlicherweise sechs Arbeitstage, ich war aber einen Tag abwesend, eines Gerichtstermins wegen. *Heuchlerisch:* Ich will nichts bekommen, was ich nicht verdiene, und wenn der Lohn noch so lumpig ist!

DER AUFSEHER Also 5 Silberdollar! *Zu Shui Ta:* Ein seltener Fall, Herr Shui Ta!

SHUI TA Wie können hier sechs Tage stehen, wenn es nur fünf waren?

DER AUFSEHER Ich muß mich tatsächlich geirrt haben, Herr Shui Ta. *Zu Sun, kalt:* Es wird nicht mehr vorkommen.

SHUI TA *winkt Sun zur Seite:* Ich habe neulich beobachtet, daß Sie ein kräftiger Mensch sind und Ihre Kraft auch der Firma nicht vorenthalten. Heute sehe ich, daß Sie sogar ein ehrlicher Mensch sind. Passiert das öfter, daß der Aufseher sich zuungunsten der Firma irrt?

SUN Er hat Bekannte unter den Arbeitern und wird als einer der ihren angesehen.

SHUI TA Ich verstehe. Ein Dienst ist des andern wert. Wollen Sie eine Gratifikation?

SUN Nein. Aber vielleicht darf ich darauf hinweisen, daß ich auch ein intelligenter Mensch bin. Ich habe eine gewisse Bildung genossen, wissen Sie. Der Aufseher meint es sehr gut mit der Belegschaft, aber er kann, ungebildet wie er ist, nicht verstehen, was die Firma benötigt. Geben Sie mir eine Probezeit von einer Woche, Herr Shui Ta, und ich glaube, Ihnen beweisen zu können, daß meine Intelligenz für die Firma mehr wert ist als meine pure Muskelkraft.

FRAU YANG *zum Publikum:* Das waren kühne Worte, aber an diesem Abend sagte ich zu meinem Sun: »Du bist ein Flieger. Zeig, daß du auch, wo du jetzt bist, in die Höhe kommen kannst! Flieg, mein Falke!« Und tatsächlich, was bringen doch Bildung und Intelligenz für große Dinge hervor! Wie will einer ohne sie zu den besseren Leuten gehören? Wahre Wunderwerke verrichtete mein Sohn in der Fabrik des Herrn Shui Ta!

*Sun steht breitbeinig hinter den Arbeitenden. Sie reichen sich über die Köpfe einen Korb Rohtabak zu.*

SUN Das ist keine ehrliche Arbeit, ihr! Dieser Korb muß fixer wandern! *Zu einem Kind:* Du kannst dich doch auf den Boden setzen, dann nimmst du keinen Platz weg! Und du kannst noch ganz gut auch das Pressen übernehmen, ja, du dort! Ihr faulen Hunde, wofür bezahlen wir euch Lohn? Fixer mit dem Korb! Zum Teufel! Setzt den Großpapa auf die Seite und laßt ihn mit den Kindern nur zupfen! Jetzt hat es sich ausgefaulenzt hier! Im Takt das Ganze! *Er klatscht mit den Händen den Takt, und der Korb wandert schneller.*

FRAU YANG *zum Publikum:* Und keine Anfeindung, keine Schmähung von seiten ungebildeter Menschen, denn das blieb nicht aus, hielten meinen Sohn von der Erfüllung seiner Pflicht zurück.

*Einer der Arbeiter stimmt das »Lied vom achten Elefanten« an. Die andern fallen in den Refrain ein.*

Sieben Elefanten hatte Herr Dschin
Und da war dann noch der achte.
Sieben waren wild und der achte war zahm
Und der achte war's, der sie bewachte.
  Trabt schneller!
  Herr Dschin hat einen Wald
  Der muß vor Nacht gerodet sein
  Und Nacht ist jetzt schon bald!

Sieben Elefanten roden den Wald
Und Herr Dschin ritt hoch auf dem achten.
All den Tag Nummer acht stand faul auf der
  Wacht
Und sah zu, was sie hinter sich brachten.

Grabt schneller!
Herr Dschin hat einen Wald
Der muß vor Nacht gerodet sein
Und Nacht ist jetzt schon bald!

Sieben Elefanten wollten nicht mehr
Hatten satt das Bäumeabschlachten.
Herr Dschin war nervös, auf die sieben war er bös
Und gab ein Schaff Reis dem achten.
Was soll das?
Herr Dschin hat einen Wald
Der muß vor Nacht gerodet sein
Und Nacht ist jetzt schon bald!

Sieben Elefanten hatten keinen Zahn
Seinen Zahn hatte nur noch der achte.
Und Nummer acht war vorhanden, schlug die sieben zuschanden
Und Herr Dschin stand dahinten und lachte.
Grabt weiter!
Herr Dschin hat einen Wald
Der muß vor Nacht gerodet sein
Und Nacht ist jetzt schon bald!

*Shui Ta ist gemächlich schlendernd und eine Zigarre rauchend nach vorn gekommen. Yang Sun hat den Refrain der dritten Strophe lachend mitgesungen und in der letzten Strophe durch Händeklatschen das Tempo beschleunigt.*

FRAU YANG *zum Publikum:* Wir können Herrn Shui Ta wirklich nicht genug danken. Beinahe ohne jedes Zutun, aber mit Strenge und Weisheit hat er alles Gute herausgeholt, was in Sun steckte! Er hat ihm nicht allerhand phantastische Versprechungen gemacht wie seine so sehr gepriesene Kusine, sondern ihn zu ehrlicher Arbeit gezwungen. Heute ist Sun ein ganz anderer Mensch als vor drei Monaten. Das werden Sie wohl zugeben! »Der Edle ist wie eine Glocke, schlägt man sie, so tönt sie, schlägt man sie nicht, so tönt sie nicht«, wie die Alten sagten.

## 9
## Shen Te's Tabakladen

*Der Laden ist zu einem Kontor mit Klubsesseln und schönen Teppichen geworden. Es regnet. Shui Ta, nunmehr dick, verabschiedet das Teppichhändlerpaar. Die Shin schaut amüsiert zu. Sie ist auffallend neu gekleidet.*

SHUI TA Es tut mir leid, daß ich nicht sagen kann, wann sie zurückkehrt.

DIE ALTE Wir haben heute einen Brief mit den 200 Silberdollar bekommen, die wir ihr einmal geliehen haben. Es war kein Absender genannt. Aber der Brief muß doch wohl von Shen Te kommen. Wir möchten ihr gern schreiben, wie ist ihre Adresse?

SHUI TA Auch das weiß ich leider nicht.

DER ALTE Gehen wir.

DIE ALTE Irgendwann muß sie ja wohl zurückkehren.

*Shui Ta verbeugt sich. Die beiden Alten gehen unsicher und unruhig ab.*

DIE SHIN Sie haben ihr Geld zu spät zurückgekriegt. Jetzt haben sie ihren Laden verloren, weil sie ihre Steuern nicht bezahlen konnten.

SHUI TA Warum sind sie nicht zu mir gekommen?

DIE SHIN Zu Ihnen kommt man nicht gern. Zuerst warteten sie wohl, daß Shen Te zurückkäme, da sie nichts Schriftliches hatten. In den kritischen Tagen fiel der Alte in ein Fieber, und die Frau saß Tag und Nacht bei ihm.

SHUI TA *muß sich setzen, da es ihm schlecht wird:* Mir schwindelt wieder!

DIE SHIN *bemüht sich um ihn:* Sie sind im siebenten Monat! Die Aufregungen sind nichts für Sie. Seien Sie froh, daß Sie mich haben. Ohne jede menschliche Hilfe kann niemand auskommen. Nun, ich werde in Ihrer schweren Stunde an Ihrer Seite stehen. *Sie lacht.*

SHUI TA *schwach:* Kann ich darauf zählen, Frau Shin?

DIE SHIN Und ob! Es kostet freilich eine Kleinigkeit. Machen Sie den Kragen auf, da wird Ihnen leichter.

SHUI TA *jämmerlich:* Es ist alles nur für das Kind, Frau Shin.

DIE SHIN Alles für das Kind.

SHUI TA Ich werde nur zu schnell dick. Das muß auffallen.

DIE SHIN Man schiebt es auf den Wohlstand.

SHUI TA Und was soll mit dem Kleinen werden?

DIE SHIN Das fragen Sie jeden Tag dreimal. Es wird in Pflege kommen. In die beste, die für Geld zu haben ist.

SHUI TA Ja. *Angstvoll:* Und es darf niemals Shui Ta sehen.

DIE SHIN Niemals. Immer nur Shen Te.

SHUI TA Aber die Gerüchte im Viertel! Der Wasserverkäufer mit seinen Redereien! Man belauert den Laden!

DIE SHIN Solang der Barbier nichts weiß, ist nichts verloren. Trinken Sie einen Schluck Wasser.

*Herein Sun in dem flotten Anzug und mit der Mappe eines Geschäftsmannes. Er sieht erstaunt Shui Ta in den Armen der Shin.*

SUN Ich störe wohl?

SHUI TA *steht mühsam auf und geht schwankend zur Tür:* Auf morgen, Frau Shin!

*Die Shin, ihre Handschuhe anziehend, lächelnd ab.*

SUN Handschuhe! Woher, wieso, wofür? Schröpft die Sie etwa? *Da Shui Ta nicht antwortet:* Sollten auch Sie zarteren Gefühlen zugänglich sein? Komisch. *Er nimmt ein Blatt aus seiner Mappe.* Jedenfalls sind Sie nicht auf der Höhe in der letzten Zeit, nicht auf Ihrer alten Höhe. Launen, Unentschlossenheit. Sind Sie krank? Das Geschäft leidet darunter. Da ist wieder ein Schrieb von der Polizei. Sie wollen die Fabrik schließen. Sie sagen, sie können allerhöchstens doppelt so viele Menschen pro Raum zulassen, als gesetzlich erlaubt ist. Sie müssen da endlich etwas tun, Herr Shui Ta!

*Shui Ta sieht ihn einen Augenblick geistesabwesend an. Dann geht er ins Gelaß und kehrt mit einer Tüte zurück. Aus ihr zieht er einen neuen Melonenhut und wirft ihn auf den Schreibtisch.*

SHUI TA Die Firma wünscht ihre Vertreter anständig gekleidet.

SUN Haben Sie den etwa für mich gekauft?

SHUI TA *gleichgültig:* Probieren Sie ihn, ob er Ihnen paßt.

*Sun blickt erstaunt und setzt ihn auf. Shui Ta rückt die Melone prüfend zurecht.*

SUN Ihr Diener, aber weichen Sie mir nicht wieder aus. Sie müssen heute mit dem Barbier das neue Projekt besprechen.

SHUI TA Der Barbier stellt unerfüllbare Bedingungen.

SUN Wenn Sie mir nur endlich sagen wollten, was für Bedingungen.

SHUI TA *ausweichend:* Die Baracken sind gut genug.

SUN Ja, gut genug für das Gesindel, das darin arbeitet, aber nicht gut genug für den Tabak. Er wird feucht. Ich werde noch vor der Sitzung mit der Mi Tzü über ihre Lokalitäten reden. Wenn wir die haben, können wir unsere Bittfürmichs, Wracks und Stümpfe an die Luft setzen. Sie sind nicht gut genug. Ich tätschele der Mi Tzü bei einer Tasse Tee die dicken Knie, und die Lokalitäten kosten uns die Hälfte.

SHUI TA *scharf:* Das wird nicht geschehen. Ich wünsche, daß Sie sich im Interesse des Ansehens der Firma stets persönlich zurückhaltend und kühl geschäftsmäßig benehmen.

SUN Warum sind Sie so gereizt? Sind es die unangenehmen Gerüchte im Viertel?

SHUI TA Ich kümmere mich nicht um Gerüchte.

SUN Dann muß es wieder der Regen sein. Regen macht Sie immer so reizbar und melancholisch. Ich möchte wissen, warum.

WANGS STIMME *von draußen:*

Ich hab Wasser zu verkaufen
Und nun steh ich hier im Regen
Und ich bin weither gelaufen
Meines bißchen Wassers wegen.
Und jetzt schrei ich mein: Kauft Wasser!
Und keiner kauft es
Verschmachtend und gierig
Und zahlt es und sauft es.

SUN Da ist dieser verdammte Wasserverkäufer. Gleich wird er wieder mit seinem Gehetze anfangen.

WANGS STIMME *von draußen:* Gibt es denn keinen guten Menschen mehr in dieser Stadt? Nicht einmal hier am Platz, wo die gute Shen Te lebte? Wo ist sie, die mir auch bei Regen ein Becherchen abkaufte, vor vielen Monaten, in der Freude ihres Herzens? Wo ist sie jetzt? Hat sie keiner gesehen? Hat keiner von ihr gehört? In dieses Haus ist sie eines Abends gegangen und kam nie mehr heraus!

SUN Soll ich ihm nicht endlich das Maul stopfen? Was geht es ihn an, wo sie ist! Ich glaube übrigens, Sie sagen es nur deshalb nicht, damit ich es nicht erfahre.

WANG *herein:* Herr Shui Ta, ich frage Sie wieder, wann Shen Te zurückkehren wird. Sechs Monate sind jetzt vergangen, daß sie sich auf Reisen begeben hat. *Da Shui Ta schweigt:* Vieles ist inzwischen hier geschehen, was in ihrer Anwesenheit nie geschehen wäre. *Da Shui Ta immer noch schweigt:* Herr Shui Ta, im Viertel sind Gerüchte verbreitet, daß Shen Te etwas zugestoßen sein muß. Wir, ihre Freunde, sind sehr beunruhigt. Haben Sie doch die Freundlichkeit, uns jetzt Bescheid über ihre Adresse zu geben.

SHUI TA Leider habe ich im Augenblick keine Zeit, Herr Wang. Kommen Sie in der nächsten Woche wieder.

WANG *aufgeregt:* Es ist auch aufgefallen, daß der Reis, den die Bedürftigen hier immer erhielten, seit einiger Zeit morgens wieder vor der Tür steht.

SHUI TA Was schließt man daraus?

WANG Daß Shen Te überhaupt nicht verreist ist.
SHUI TA Sondern? *Da Wang schweigt:* Dann werde ich Ihnen meine Antwort erteilen. Sie ist endgültig. Wenn Sie Shen Te's Freund sind, Herr Wang, dann fragen Sie möglichst wenig nach ihrem Verbleiben. Das ist mein Rat.
WANG Ein schöner Rat! Herr Shui Ta, Shen Te teilte mir vor ihrem Verschwinden mit, daß sie schwanger sei!
SUN Was?
SHUI TA *schnell:* Lüge!
WANG *mit großem Ernst zu Shui Ta:* Herr Shui Ta, Sie müssen nicht glauben, daß Shen Te's Freunde je aufhören werden, nach ihr zu fragen. Ein guter Mensch wird nicht leicht vergessen. Es gibt nicht viele. *Ab.*
*Shui Ta sieht ihm erstarrt nach. Dann geht er schnell in das Gelaß.*
SUN *zum Publikum:* Shen Te schwanger! Ich bin außer mir! Ich bin hereingelegt worden! Sie muß es sofort ihrem Vetter gesagt haben, und dieser Schuft hat sie selbstverständlich gleich weggeschafft. »Pack deinen Koffer und verschwind, bevor der Vater des Kindes davon Wind bekommt!« Es ist ganz und gar unnatürlich. Unmenschlich ist es. Ich habe einen Sohn. Ein Yang erscheint auf der Bildfläche! Und was geschieht? Das Mädchen verschwindet, und mich läßt man hier schuften! *Er gerät in Wut.* Mit einem Hut speist man mich ab! *Er zertrampelt ihn mit den Füßen.* Verbrecher! Räuber! Kindesentführer! Und das Mädchen ist praktisch ohne Beschützer! *Man hört aus dem Gelaß ein Schluchzen. Er steht still.* War das nicht ein Schluchzen? Wer ist das? Es hat aufgehört. Was ist das für ein Schluchzen im Gelaß? Dieser ausgekochte Hund Shui Ta schluchzt doch nicht! Wer schluchzt also? Und was bedeutet es, daß der Reis immer noch morgens vor der Tür stehen soll? Ist das Mädchen doch da? Versteckt er sie nur? Wer sonst soll da drin schluchzen? Das wäre ja ein gefundenes Fressen! Ich muß sie unbedingt auftreiben, wenn sie schwanger ist!
*Shui Ta kehrt aus dem Gelaß zurück. Er geht an die Tür und blickt hinaus in den Regen.*
SUN Also wo ist sie?
SHUI TA *hebt die Hand und lauscht:* Einen Augenblick! Es ist neun Uhr. Aber man hört nichts heute. Der Regen ist zu stark.
SUN *ironisch:* Was wollen Sie denn hören?
SHUI TA Das Postflugzeug.
SUN Machen Sie keine Witze.
SHUI TA Ich habe mir einmal sagen lassen, Sie wollten fliegen? Haben Sie dieses Interesse verloren?
SUN Ich beklage mich nicht über meine jetzige Stellung, wenn Sie das meinen. Ich habe keine Vorliebe für Nachtdienst, wissen Sie. Postfliegen ist Nachtdienst. Die Firma ist mir sozusagen ans Herz gewachsen. Es ist immerhin die Firma meiner einstigen Zukünftigen, wenn sie auch verreist ist. Sie ist doch verreist?
SHUI TA Warum fragen Sie das?
SUN Vielleicht, weil mich ihre Angelegenheiten immer noch nicht ganz kalt lassen.
SHUI TA Das könnte meine Kusine interessieren.
SUN Ihre Angelegenheiten beschäftigen mich jedenfalls genug, daß ich nicht meine Augen zudrückte, wenn sie zum Beispiel ihrer Bewegungsfreiheit beraubt würde.
SHUI TA Durch wen?
SUN Durch Sie!
*Pause.*
SHUI TA Was würden Sie in einem solchen Falle tun?
SUN Ich würde vielleicht zunächst meine Stellung in der Firma neu diskutieren.
SHUI TA Ach so. Und wenn die Firma, das heißt ich Ihnen eine entsprechende Stellung einräumte, könnte sie damit rechnen, daß Sie jede weitere Nachforschung nach Ihrer früheren Zukünftigen aufgäben?
SUN Vielleicht.
SHUI TA Und wie denken Sie sich Ihre neue Stellung in der Firma?
SUN Dominierend. Ich denke zum Beispiel an Ihren Hinauswurf.
SHUI TA Und wenn die Firma statt mich Sie hinauswürfe?
SUN Dann würde ich wahrscheinlich zurückkehren, aber nicht allein.
SHUI TA Sondern?
SUN Mit der Polizei.
SHUI TA Mit der Polizei. Angenommen, die Polizei fände niemand hier?
SUN So würde sie vermutlich in diesem Gelaß nachschauen! Herr Shui Ta, meine Sehnsucht nach der Dame meines Herzens wird unstillbar. Ich fühle, daß ich etwas tun muß, sie wieder in meine Arme schließen zu können. *Ruhig:* Sie ist schwanger und braucht einen Menschen um sich. Ich muß mich mit dem Wasserverkäufer darüber besprechen.
*Er geht.*
*Shui Ta sieht ihm unbeweglich nach. Dann geht*

*er schnell in das Gelaß zurück. Er bringt allerlei Gebrauchsgegenstände Shen Te's, Wäsche, Kleider, Toiletteartikel. Lange betrachtet er den Schal, den Shen Te von dem Teppichhändlerpaar kaufte. Dann packt er alles zu einem Bündel zusammen und versteckt es unter dem Tisch, da er Geräusche hört. Herein die Hausbesitzerin und Herr Shu Fu. Sie begrüßen Shui Ta und entledigen sich ihrer Schirme und Galoschen.*

DIE HAUSBESITZERIN Es wird Herbst, Herr Shui Ta.

HERR SHU FU Eine melancholische Jahreszeit!

DIE HAUSBESITZERIN Und wo ist Ihr charmanter Prokurist? Ein schrecklicher Damenkiller! Aber Sie kennen ihn wohl nicht von dieser Seite. Immerhin, er versteht es, diesen seinen Charme auch mit seinen geschäftlichen Pflichten zu vereinen, so daß Sie nur den Vorteil davon haben dürften.

SHUI TA *verbeugt sich:* Nehmen Sie bitte Platz!

*Man setzt sich und beginnt zu rauchen.*

SHUI TA Meine Freunde, ein unvorhergesehener Vorfall, der gewisse Folgen haben kann, zwingt mich, die Verhandlungen, die ich letzthin über die Zukunft meines Unternehmens führte, sehr zu beschleunigen. Herr Shu Fu, meine Fabrik ist in Schwierigkeiten.

HERR SHU FU Das ist sie immer.

SHUI TA Aber nun droht die Polizei offen, sie zu schließen, wenn ich nicht auf Verhandlungen über ein neues Objekt hinweisen kann. Herr Shu Fu, es handelt sich um den einzigen Besitz meiner Kusine, für die Sie immer ein so großes Interesse gezeigt haben.

HERR SHU FU Herr Shui Ta, ich fühle eine tiefe Unlust, Ihre sich ständig vergrößernden Projekte zu besprechen. Ich rede von einem kleinen Abendessen mit Ihrer Kusine, Sie deuten finanzielle Schwierigkeiten an. Ich stelle Ihrer Kusine Häuser für Obdachlose zur Verfügung, Sie etablieren darin eine Fabrik. Ich überreiche ihr einen Scheck, Sie präsentieren ihn. Ihre Kusine verschwindet. Sie wünschen 100000 Silberdollar mit der Bemerkung, meine Häuser seien zu klein. Herr, wo ist Ihre Kusine?

SHUI TA Herr Shu Fu, beruhigen Sie sich. Ich kann Ihnen heute die Mitteilung machen, daß sie sehr bald zurückkehren wird.

HERR SHU FU Bald? Wann? »Bald« höre ich von Ihnen seit Wochen.

SHUI TA Ich habe von Ihnen nicht neue Unterschriften verlangt. Ich habe Sie lediglich gefragt, ob Sie meinem Projekt nähertreten würden, wenn meine Kusine zurückkäme.

HERR SHU FU Ich habe Ihnen tausendmal gesagt, daß ich mit Ihnen nichts mehr, mit Ihrer Kusine dagegen alles zu besprechen bereit bin. Sie scheinen aber einer solchen Besprechung Hindernisse in den Weg legen zu wollen.

SHUI TA Nicht mehr.

HERR SHU FU Wann also wird sie stattfinden?

SHUI TA *unsicher:* In drei Monaten.

HERR SHU FU *ärgerlich:* Dann werde ich in drei Monaten meine Unterschrift geben.

SHUI TA Aber es muß alles vorbereitet werden.

HERR SHU FU Sie können alles vorbereiten, Shui Ta, wenn Sie überzeugt sind, daß Ihre Kusine dieses Mal tatsächlich kommt.

SHUI TA Frau Mi Tzü, sind Sie ihrerseits bereit, der Polizei zu bestätigen, daß ich Ihre Fabrikräume haben kann?

DIE HAUSBESITZERIN Gewiß, wenn Sie mir Ihren Prokuristen überlassen. Sie wissen seit Wochen, daß das meine Bedingung ist. *Zu Herrn Shu Fu:* Der junge Mann ist geschäftlich so tüchtig, und ich brauche einen Verwalter.

SHUI TA Sie müssen doch verstehen, daß ich gerade jetzt Herrn Yang Sun nicht entbehren kann, bei all den Schwierigkeiten und bei meiner in letzter Zeit so schwankenden Gesundheit! Ich war ja von Anfang an bereit, ihn Ihnen abzutreten, aber...

DIE HAUSBESITZERIN Ja, aber!

*Pause.*

SHUI TA Schön, er wird morgen in Ihrem Kontor vorsprechen.

HERR SHU FU Ich begrüße es, daß Sie sich diesen Entschluß abringen konnten, Shui Ta. Sollte Fräulein Shen Te wirklich zurückkehren, wäre die Anwesenheit des jungen Mannes hier höchst ungeziemend. Er hat, wie wir wissen, seinerzeit einen ganz unheilvollen Einfluß auf sie ausgeübt.

SHUI TA *sich verbeugend:* Zweifellos. Entschuldigen Sie in den beiden Fragen, meine Kusine Shen Te und Herrn Yang Sun betreffend, mein langes Zögern, so unwürdig eines Geschäftsmannes. Diese Menschen standen einander einmal nahe.

DIE HAUSBESITZERIN Sie sind entschuldigt.

SHUI TA *nach der Tür schauend:* Meine Freunde, lassen Sie uns nunmehr zu einem Abschluß kommen. In diesem einstmals kleinen und schäbigen Laden, wo die armen Leute des Viertels den Tabak der guten Shen Te kauften, beschließen wir, ihre Freunde, nun die Etablierung von zwölf schönen Läden, in denen in Zukunft der gute Tabak der Shen Te verkauft werden soll. Wie man mir sagt, nennt das Volk mich heute den Tabakkönig von Sezuan. In Wirklichkeit habe ich dieses Unternehmen aber einzig und allein im Interesse meiner Kusine geführt. Ihr und ihren Kindern und Kindeskindern wird es gehören.

*Von draußen kommen die Geräusche einer Volksmenge. Herein Sun, Wang und der Polizist.*

DER POLIZIST Herr Shui Ta, zu meinem Bedauern zwingt mich die aufgeregte Stimmung des Viertels, einer Anzeige aus Ihrer eigenen Firma nachzugehen, nach der Sie Ihre Kusine, Fräulein Shen Te, ihrer Freiheit berauben sollen.

SHUI TA Das ist nicht wahr.

DER POLIZIST Herr Yang Sun hier bezeugt, daß er aus dem Gelaß hinter Ihrem Kontor ein Schluchzen gehört hat, das nur von einer Frauensperson herstammen konnte.

DIE HAUSBESITZERIN Das ist lächerlich. Ich und Herr Shu Fu, zwei angesehene Bürger dieser Stadt, deren Aussagen die Polizei kaum in Zweifel ziehen kann, bezeugen, daß hier nicht geschluchzt wurde. Wir rauchen in Ruhe unsere Zigarren.

DER POLIZIST Ich habe leider den Auftrag, das fragliche Gelaß zu inspizieren.

*Shui Ta öffnet die Tür. Der Polizist tritt mit einer Verbeugung auf die Schwelle. Er schaut hinein, dann wendet er sich um und lächelt.*

DER POLIZIST Hier ist tatsächlich kein Mensch.

SUN *der neben ihn getreten war:* Aber es war ein Schluchzen! *Sein Blick fällt auf den Tisch, unter den Shui Ta das Bündel gestopft hat. Er läuft darauf zu.* Das war vorhin noch nicht da! *Es öffnend, zeigt er Shen Te's Kleider usw.*

WANG Das sind Shen Te's Sachen! *Er läuft zur Tür und ruft hinaus:* Man hat ihre Kleider hier entdeckt!

DER POLIZIST *die Sachen an sich nehmend:* Sie erklären, daß Ihre Kusine verreist ist. Ein Bündel mit ihr gehörenden Sachen wird unter Ihrem Tisch versteckt gefunden. Wo ist das Mädchen erreichbar, Herr Shui Ta?

SHUI TA Ich kenne ihre Adresse nicht.

DER POLIZIST Das ist sehr bedauerlich.

RUFE *aus der Volksmenge:* Shen Te's Sachen sind gefunden worden! – Der Tabakkönig hat das Mädchen ermordet und verschwinden lassen!

DER POLIZIST Herr Shui Ta, ich muß Sie bitten, mir auf die Wache zu folgen.

SHUI TA *sich vor der Hausbesitzerin und Herrn Shu Fu verbeugend:* Ich bitte um Entschuldigung für den Skandal, meine Herrschaften. Aber es gibt noch Richter in Sezuan. Ich bin überzeugt, daß sich alles in Kürze aufklären wird. *Er geht vor dem Polizisten hinaus.*

WANG Ein furchtbares Verbrechen ist geschehen!

SUN *bestürzt:* Aber dort war ein Schluchzen!

## ZWISCHENSPIEL

### Wangs Nachtlager

*Musik. Zum letztenmal erscheinen dem Wasserverkäufer im Traum die Götter. Sie haben sich sehr verändert. Unverkennbar sind die Anzeichen langer Wanderung, tiefer Erschöpfung und mannigfaltiger böser Erlebnisse. Einem ist der Hut vom Kopf geschlagen, einer hat ein Bein in einer Fuchsfalle gelassen, und alle drei gehen barfuß.*

WANG Endlich erscheint ihr! Furchtbare Dinge gehen vor in Shen Te's Tabakladen, Erleuchtete! Shen Te ist wieder verreist, schon seit Monaten! Der Vetter hat alles an sich gerissen! Er ist heute verhaftet worden. Er soll sie ermordet haben, heißt es, um sich ihren Laden anzueignen. Aber das glaube ich nicht, denn ich habe einen Traum gehabt, in dem sie mir erschien und erzählte, daß ihr Vetter sie gefangenhält. Oh, Erleuchtete, ihr müßt sogleich zurückkommen und sie finden.

DER ERSTE GOTT Das ist entsetzlich. Unsere ganze Suche ist gescheitert. Wenige Gute fanden wir, und wenn wir welche fanden, lebten sie nicht menschenwürdig. Wir hatten schon beschlossen, uns an Shen Te zu halten.

DER ZWEITE GOTT Wenn sie immer noch gut sein sollte!

WANG Das ist sie sicherlich, aber sie ist verschwunden!

DER ERSTE GOTT Dann ist alles verloren.

DER ZWEITE GOTT Haltung.

DER ERSTE GOTT Wozu da noch Haltung? Wir müssen abdanken, wenn sie nicht gefunden wird! Was für eine Welt haben wir vorgefunden! Elend, Niedrigkeit und Abfall überall! Selbst die Landschaft ist von uns abgefallen. Die schönen Bäume sind enthauptet von Drähten, und jenseits der Gebirge sehen wir dicke

Rauchwolken und hören einen Donner von Kanonen, und nirgends ein guter Mensch, der durchkommt!

DER DRITTE GOTT Ach, Wasserverkäufer, unsere Gebote scheinen tödlich zu sein! Ich fürchte, es muß alles gestrichen werden, was wir an sittlichen Vorschriften aufgestellt haben. Die Leute haben genug zu tun, nur das nackte Leben zu retten. Gute Vorsätze bringen sie an den Rand des Abgrunds, gute Taten stürzen sie hinab. *Zu den beiden andern Göttern:* Die Welt ist unbewohnbar, ihr müßt es einsehen!

DER ERSTE GOTT *heftig:* Nein, die Menschen sind nichts wert!

DER DRITTE GOTT Weil die Welt zu kalt ist!

DER ZWEITE GOTT Weil die Menschen zu schwach sind!

DER ERSTE GOTT Würde, ihr Lieben, Würde! Brüder, wir dürfen nicht verzweifeln. Einen haben wir doch gefunden, der gut war und nicht schlecht geworden ist, und er ist nur verschwunden. Eilen wir, ihn zu finden. Einer genügt. Haben wir nicht gesagt, daß alles noch gut werden kann, wenn nur einer sich findet, der diese Welt aushält, nur einer!

*Sie entschwinden schnell.*

## 10
## Gerichtslokal

*In Gruppen: Herr Shu Fu und die Hausbesitzerin. Sun und seine Mutter. Wang, der frühere Schreiner, der Arbeitslose, die Schwägerin, der Großvater, die junge Prostituierte (die Nichte), die beiden Alten. Die Shin. Der Polizist.*

DER ALTE Er ist zu mächtig.

WANG Er will zwölf neue Läden aufmachen.

DER FRÜHERE SCHREINER Wie soll der Richter ein gerechtes Urteil sprechen, wenn die Freunde des Angeklagten, der Barbier Shu Fu und die Hausbesitzerin Mi Tzü, seine Freunde sind?

DIE SCHWÄGERIN Man hat gesehen, wie gestern abend die Shin im Auftrag des Herrn Shui Ta eine fette Gans in die Küche des Richters brachte. Das Fett troff durch den Korb.

DIE ALTE *zu Wang:* Unsere arme Shen Te wird nie wieder entdeckt werden.

WANG Ja, nur die Götter könnten die Wahrheit ausfindig machen.

DER POLIZIST Ruhe! Der Gerichtshof erscheint.

*Eintreten in Gerichtsroben die drei Götter. Während sie an der Rampe entlang zu ihren Sitzen gehen, hört man sie flüstern.*

DER DRITTE GOTT Es wird aufkommen. Die Zertifikate sind sehr schlecht gefälscht.

DER ZWEITE GOTT Und man wird sich Gedanken machen über die plötzliche Magenverstimmung des Richters.

DER ERSTE GOTT Nein, sie ist natürlich, da er eine halbe Gans aufgegessen hat.

DIE SHIN Es sind neue Richter!

WANG Und sehr gute!

*Der dritte Gott, der als letzter geht, hört ihn, wendet sich um und lächelt ihm zu. Die Götter setzen sich. Der erste Gott schlägt mit dem Hammer auf den Tisch. Der Polizist holt Shui Ta herein, der mit Pfeifen empfangen wird, aber in herrischer Haltung einhergeht.*

DER POLIZIST Machen Sie sich auf eine Überraschung gefaßt. Es ist nicht der Richter Fu Yi Tscheng. Aber die neuen Richter sehen auch sehr mild aus.

*Shui Ta erblickt die Götter und wird ohnmächtig.*

DIE JUNGE PROSTITUIERTE Was ist? Der Tabakkönig ist in Ohnmacht gefallen.

DIE SCHWÄGERIN Ja, beim Anblick der neuen Richter!

WANG Er scheint sie zu kennen! Das verstehe ich nicht.

DER ERSTE GOTT *eröffnet die Verhandlung:* Sind Sie der Tabakgroßhändler Shui Ta?

SHUI TA *sehr schwach:* Ja.

DER ERSTE GOTT Gegen Sie wird die Anklage erhoben, daß Sie Ihre leibliche Kusine, das Fräulein Shen Te, beiseite geschafft haben, um sich ihres Geschäfts zu bemächtigen. Bekennen Sie sich schuldig?

SHUI TA Nein.

DER ERSTE GOTT *in den Akten blätternd:* Wir hören zunächst den Polizisten des Viertels über den Ruf des Angeklagten und den Ruf seiner Kusine.

DER POLIZIST *tritt vor:* Fräulein Shen Te war ein Mädchen, das sich gern allen Leuten angenehm machte, lebte und leben ließ, wie man sagt. Herr Shui Ta hingegen ist ein Mann von Prinzipien. Die Gutherzigkeit des Fräuleins zwang ihn mitunter zu strengen Maßnahmen. Jedoch hielt er sich im Gegensatz zu dem Mädchen stets auf seiten des Gesetzes, Euer Gnaden. Er entlarvte Leute, denen seine Kusine vertrauensvoll Obdach gewährt hatte, als eine Diebesbande, und in einem andern Fall bewahrte er die

Shen Te im letzten Augenblick vor einem glatten Meineid. Herr Shui Ta ist mir bekannt als respektabler und die Gesetze respektierender Bürger.

DER ERSTE GOTT Sind weitere Leute hier, die bezeugen wollen, daß dem Angeklagten eine Untat, wie sie ihm vorgeworfen wird, nicht zuzutrauen ist?

*Vortreten Herr Shu Fu und die Hausbesitzerin.*

DER POLIZIST *flüstert den Göttern zu:* Herr Shu Fu, ein sehr einflußreicher Herr!

HERR SHU FU Herr Shui Ta gilt in der Stadt als angesehener Geschäftsmann. Er ist zweiter Vorsitzender der Handelskammer und in seinem Viertel zum Friedensrichter vorgesehen.

WANG *ruft dazwischen:* Von euch! Ihr macht Geschäfte mit ihm!

DER POLIZIST *flüsternd:* Ein übles Subjekt!

DIE HAUSBESITZERIN Als Präsidentin des Fürsorgevereins möchte ich dem Gerichtshof zur Kenntnis bringen, daß Herr Shui Ta nicht nur im Begriff steht, zahlreichen Menschen in seinen Tabakbetrieben die bestdenkbaren Räume, hell und gesund, zu schenken, sondern auch unserm Invalidenheim laufend Zuwendungen macht.

DER POLIZIST *flüsternd:* Frau Mi Tzü, eine nahe Freundin des Richters Fu Yi Tscheng!

DER ERSTE GOTT Jaja, aber nun müssen wir auch hören, ob jemand weniger Günstiges über den Angeklagten auszusagen hat.

*Vortreten Wang, der frühere Schreiner, das alte Paar, der Arbeitslose, die Schwägerin, die junge Prostituierte.*

DER POLIZIST Der Abschaum des Viertels!

DER ERSTE GOTT Nun, was wißt ihr von dem allgemeinen Verhalten des Shui Ta?

RUFE *durcheinander:* Er hat uns ruiniert! – Mich hat er erpreßt! – Uns zu Schlechtem verleitet! – Die Hilflosen ausgebeutet! – Gelogen! – Betrogen! – Gemordet!

DER ERSTE GOTT Angeklagter, was haben Sie zu antworten?

SHUI TA Ich habe nichts getan, als die nackte Existenz meiner Kusine gerettet, Euer Gnaden. Ich bin nur gekommen, wenn die Gefahr bestand, daß sie ihren kleinen Laden verlor. Ich mußte dreimal kommen. Ich wollte nie bleiben. Die Verhältnisse haben es mit sich gebracht, daß ich das letzte Mal geblieben bin. Die ganze Zeit habe ich nur Mühe gehabt. Meine Kusine war beliebt, und ich habe die schmutzige Arbeit verrichtet. Darum bin ich verhaßt.

DIE SCHWÄGERIN Das bist du. Nehmt unsern Fall, Euer Gnaden! *Zu Shui Ta:* Ich will nicht von den Ballen reden.

SHUI TA Warum nicht? Warum nicht?

DIE SCHWÄGERIN *zu den Göttern:* Shen Te hat uns Obdach gewährt, und er hat uns verhaften lassen.

SHUI TA Ihr habt Kuchen gestohlen!

DIE SCHWÄGERIN Jetzt tut er, als kümmerten ihn die Kuchen des Bäckers! Er wollte den Laden für sich haben!

SHUI TA Der Laden war kein Asyl, ihr Eigensüchtigen!

DIE SCHWÄGERIN Aber wir hatten keine Bleibe!

SHUI TA Ihr wart zu viele!

WANG Und sie hier? *Er deutet auf die beiden Alten.* Waren sie auch zu eigensüchtig?

DER ALTE Wir haben unser Erspartes in Shen Te's Laden gegeben. Warum hast du uns um unsern Laden gebracht?

SHUI TA Weil meine Kusine einem Flieger zum Fliegen verhelfen wollte. Ich sollte das Geld schaffen!

WANG Das wollte vielleicht sie, aber du wolltest die einträgliche Stelle in Peking. Der Laden war dir nicht gut genug.

SHUI TA Die Ladenmiete war zu hoch!

DIE SHIN Das kann ich bestätigen.

SHUI TA Und meine Kusine verstand nichts vom Geschäft.

DIE SHIN Auch das! Außerdem war sie verliebt in den Flieger.

SHUI TA Sollte sie nicht lieben dürfen?

WANG Sicher! Warum hast du sie dann zwingen wollen, einen ungeliebten Mann zu heiraten, den Barbier hier?

SHUI TA Der Mann, den sie liebte, war ein Lump.

WANG Der dort? *Er zeigt auf Sun.*

SUN *springt auf:* Und weil er ein Lump war, hast du ihn in dein Kontor genommen!

SHUI TA Um dich zu bessern! Um dich zu bessern!

DIE SCHWÄGERIN Um ihn zum Antreiber zu machen!

WANG Und als er so gebessert war, hast du ihn da nicht verkauft an diese da? *Er zeigt auf die Hausbesitzerin.* Sie hat es überall herumposaunt.

SHUI TA Weil sie mir die Lokalitäten nur geben wollte, wenn er ihr die Knie tätschelte!

DIE HAUSBESITZERIN Lüge! Reden Sie nicht mehr von meinen Lokalitäten! Ich habe mit Ihnen nichts zu schaffen, Sie Mörder! *Sie rauscht beleidigt ab.*

SUN *bestimmt:* Euer Gnaden, ich muß ein Wort für ihn einlegen!

DIE SCHWÄGERIN Selbstverständlich mußt du. Du bist sein Angestellter.

DER ARBEITSLOSE Er ist der schlimmste Antreiber, den es je gegeben hat. Er ist ganz verkommen.

SUN Euer Gnaden, der Angeklagte mag mich zu was immer gemacht haben, aber er ist kein Mörder. Wenige Minuten vor seiner Verhaftung habe ich Shen Te's Stimme aus dem Gelaß hinter dem Laden gehört!

DER ERSTE GOTT *gierig:* So lebte sie also? Berichte uns genau, was du gehört hast!

SUN *triumphierend:* Ein Schluchzen, Euer Gnaden, ein Schluchzen!

DER DRITTE GOTT Und das erkanntest du wieder?

SUN Unbedingt. Sollte ich nicht ihre Stimme kennen?

HERR SHU FU Ja, oft genug hast du sie schluchzen gemacht!

SUN Und doch habe ich sie glücklich gemacht. Aber dann wollte er – *auf Shui Ta deutend* – sie an dich verkaufen.

SHUI TA *zu Sun:* Weil du sie nicht liebtest!

WANG Nein: um des Geldes willen!

SHUI TA Aber wozu wurde das Geld benötigt, Euer Gnaden? *Zu Sun:* Du wolltest, daß sie alle ihre Freunde opferte, aber der Barbier bot seine Häuser und sein Geld an, daß den Armen geholfen würde. Auch damit sie Gutes tun konnte, mußte ich sie mit dem Barbier verloben.

WANG Warum hast du sie da nicht das Gute tun lassen, als der große Scheck unterschrieben wurde? Warum hast du die Freunde Shen Te's in die schmutzigen Schwitzbuden geschickt, deine Tabakfabrik, Tabakkönig?

SHUI TA Das war für das Kind!

DER FRÜHERE SCHREINER Und meine Kinder? Was machtest du mit meinen Kindern?

*Shui Ta schweigt.*

WANG Jetzt schweigst du! Die Götter haben Shen Te ihren Laden gegeben als eine kleine Quelle der Güte. Und immer wollte sie Gutes tun, und immer kamst du und hast es vereitelt.

SHUI TA *außer sich:* Weil sonst die Quelle versiegt wäre, du Dummkopf.

DIE SHIN Das ist richtig, Euer Gnaden!

WANG Was nützt die Quelle, wenn daraus nicht geschöpft werden kann?

SHUI TA Gute Taten, das bedeutet Ruin!

WANG *wild:* Aber schlechte Taten, das bedeutet gutes Leben, wie? Was hast du mit der guten Shen Te gemacht, du schlechter Mensch? Wie viele gute Menschen gibt es schon, Erleuchtete? Sie aber war gut! Als der dort meine Hand zerbrochen hatte, wollte sie für mich zeugen. Und jetzt zeuge ich für sie. Sie war gut, ich bezeuge es. *Er hebt die Hand zum Schwur.*

DER DRITTE GOTT Was hast du an der Hand, Wasserverkäufer? Sie ist ja steif.

WANG *zeigt auf Shui Ta:* Er ist daran schuld, nur er! Sie wollte mir das Geld für den Arzt geben, aber dann kam er. Du warst ihr Todfeind!

SHUI TA Ich war ihr einziger Freund!

ALLE Wo ist sie?

SHUI TA Verreist.

WANG Wohin?

SHUI TA Ich sage es nicht!

ALLE Aber warum mußte sie verreisen?

SHUI TA *schreiend:* Weil ihr sie sonst zerrissen hättet!

*Es tritt eine plötzliche Stille ein.*

SHUI TA *ist auf seinen Stuhl gesunken:* Ich kann nicht mehr. Ich will alles aufklären. Wenn der Saal geräumt wird und nur die Richter zurückbleiben, will ich ein Geständnis machen.

ALLE Er gesteht! – Er ist überführt!

DER ERSTE GOTT *schlägt mit dem Hammer auf den Tisch:* Der Saal soll geräumt werden.

*Der Polizist räumt den Saal.*

DIE SHIN *im Abgehen, lachend:* Man wird sich wundern!

SHUI TA Sind sie draußen? Alle? Ich kann nicht mehr schweigen. Ich habe euch erkannt, Erleuchtete!

DER ZWEITE GOTT Was hast du mit unserm guten Menschen von Sezuan gemacht?

SHUI TA Dann laßt mich euch die furchtbare Wahrheit gestehen: ich bin euer guter Mensch!

*Er nimmt die Maske ab und reißt sich die Kleider weg, Shen Te steht da.*

DER ZWEITE GOTT Shen Te!

SHEN TE Ja, ich bin es. Shui Ta und Shen Te, ich bin beides.
Euer einstiger Befehl
Gut zu sein und doch zu leben
Zerriß mich wie ein Blitz in zwei Hälften. Ich
Weiß nicht, wie es kam: gut sein zu andern
Und zu mir konnte ich nicht zugleich.
Andern und mir zu helfen, war mir zu schwer.
Ach, eure Welt ist schwierig! Zu viel Not, zu viel Verzweiflung!

Die Hand, die dem Elenden gereicht wird
Reißt er einem gleich aus! Wer den Verlorenen hilft
Ist selbst verloren! Denn wer könnte
Lang sich weigern, böse zu sein, wenn da stirbt, wer kein Fleisch ißt?
Aus was sollte ich nehmen, was alles gebraucht wurde? Nur
Aus mir! Aber dann kam ich um! Die Last der guten Vorsätze
Drückte mich in die Erde. Doch wenn ich Unrecht tat
Ging ich mächtig herum und aß vom guten Fleisch!
Etwas muß falsch sein an eurer Welt. Warum
Ist auf die Bosheit ein Preis gesetzt und warum erwarten den Guten
So harte Strafen? Ach, in mir war
Solch eine Gier, mich zu verwöhnen! Und da war auch
In mir ein heimliches Wissen, denn meine Ziehmutter
Wusch mich mit Gossenwasser! Davon kriegte ich
Ein scharfes Aug. Jedoch Mitleid
Schmerzte mich so, daß ich gleich in wölfischen Zorn verfiel
Angesichts des Elends. Dann
Fühlte ich, wie ich mich verwandelte und
Mir die Lippe zur Lefze wurd. Wie Asche im Mund
Schmeckte das gütige Wort. Und doch
Wollte ich gern ein Engel sein den Vorstädten. Zu schenken
War mir eine Wollust. Ein glückliches Gesicht
Und ich ging wie auf Wolken.
Verdammt mich: alles, was ich verbrach
Tat ich, meinen Nachbarn zu helfen
Meinen Geliebten zu lieben und
Meinen kleinen Sohn vor dem Mangel zu retten.
Für eure großen Pläne, ihr Götter
War ich armer Mensch zu klein.

DER ERSTE GOTT *mit allen Zeichen des Entsetzens:* Sprich nicht weiter, Unglückliche! Was sollen wir denken, die so froh sind, dich wiedergefunden zu haben!

SHEN TE Aber ich muß euch doch sagen, daß ich der böse Mensch bin, von dem alle hier diese Untaten berichtet haben.

DER ERSTE GOTT Der gute Mensch, von dem alle nur Gutes berichtet haben!

SHEN TE Nein, auch der böse!

DER ERSTE GOTT Ein Mißverständnis! Einige unglückliche Vorkommnisse! Ein paar Nachbarn ohne Herz! Etwas Übereifer!

DER ZWEITE GOTT Aber wie soll sie weiterleben?

DER ERSTE GOTT Sie kann es! Sie ist eine kräftige Person und wohlgestaltet und kann viel aushalten.

DER ZWEITE GOTT Aber hast du nicht gehört, was sie sagt?

DER ERSTE GOTT *heftig:* Verwirrtes, sehr Verwirrtes! Unglaubliches, sehr Unglaubliches! Sollen wir eingestehen, daß unsere Gebote tödlich sind? Sollen wir verzichten auf unsere Gebote? *Verbissen:* Niemals! Soll die Welt geändert werden? Wie? Von wem? Nein, es ist alles in Ordnung! *Er schlägt schnell mit dem Hammer auf den Tisch.*
Und nun – *auf ein Zeichen von ihm ertönt Musik.*
*Eine rosige Helle entsteht* –
Laßt uns zurückkehren. Diese kleine Welt
Hat uns sehr gefesselt. Ihr Freud und Leid
Hat uns erquickt und uns geschmerzt. Jedoch
Gedenken wir dort über den Gestirnen
Deiner, Shen Te, des guten Menschen, gern
Die du von unserm Geist hier unten zeugst
In kalter Finsternis die kleine Lampe trägst.
Leb wohl, mach's gut!

*Auf ein Zeichen von ihm öffnet sich die Decke. Eine rosa Wolke läßt sich hernieder. Auf ihr fahren die Götter sehr langsam nach oben.*

SHEN TE Oh, nicht doch, Erleuchtete! Fahrt nicht weg! Verlaßt mich nicht! Wie soll ich den beiden guten Alten in die Augen schauen, die ihren Laden verloren haben, und dem Wasserverkäufer mit der steifen Hand? Und wie soll ich mich des Barbiers erwehren, den ich nicht liebe, und wie Suns, den ich liebe? Und mein Leib ist gesegnet, bald ist mein kleiner Sohn da und will essen? Ich kann nicht hier bleiben! *Sie blickt gehetzt nach der Tür, durch die ihre Peiniger eintreten werden.*

DER ERSTE GOTT Du kannst es. Sei nur gut und alles wird gut werden!

*Herein die Zeugen. Sie sehen mit Verwunderung die Richter auf ihrer rosa Wolke schweben.*

WANG Bezeugt euren Respekt! Die Götter sind unter uns erschienen! Drei der höchsten Götter sind nach Sezuan gekommen, einen guten Menschen zu suchen. Sie hatten ihn schon gefunden, aber...

DER ERSTE GOTT Kein Aber! Hier ist er!

ALLE Shen Te!

DER ERSTE GOTT Sie ist nicht umgekommen, sie war nur verborgen. Sie wird unter euch bleiben, ein guter Mensch!
SHEN TE Aber ich brauche den Vetter!
DER ERSTE GOTT Nicht zu oft!
SHEN TE Jede Woche zumindest!
DER ERSTE GOTT Jeden Monat, das genügt!
SHEN TE Oh, entfernt euch nicht, Erleuchtete! Ich habe noch nicht alles gesagt! Ich brauche euch dringend!
DIE GÖTTER *singen das »Terzett der entschwindenden Götter auf der Wolke«:*

Leider können wir nicht bleiben
Mehr als eine flüchtige Stund:
Lang besehn, ihn zu beschreiben
Schwände hin der schöne Fund.

Eure Körper werfen Schatten
In der Flut des goldnen Lichts
Drum müßt ihr uns schon gestatten
Heimzugehn in unser Nichts.

SHEN TE Hilfe!
DIE GÖTTER
Und lasset, da die Suche nun vorbei
Uns fahren schnell hinan!
Gepriesen sei, gepriesen sei
Der gute Mensch von Sezuan!

*Während Shen Te verzweifelt die Arme nach ihnen ausbreitet, verschwinden sie oben, lächelnd und winkend.*

## EPILOG

*Vor den Vorhang tritt ein Spieler und wendet sich entschuldigend an das Publikum mit einem Epilog.*

Verehrtes Publikum, jetzt kein Verdruß:
Wir wissen wohl, das ist kein rechter Schluß.
Vorschwebte uns: die goldene Legende.
Unter der Hand nahm sie ein bitteres Ende.
Wir stehen selbst enttäuscht und sehn betroffen
Den Vorhang zu und alle Fragen offen.
Dabei sind wir doch auf Sie angewiesen
Daß Sie bei uns zu Haus sind und genießen.
Wir können es uns leider nicht verhehlen:
Wir sind bankrott, wenn Sie uns nicht empfehlen!
Vielleicht fiel uns aus lauter Furcht nichts ein.
Das kam schon vor. Was könnt die Lösung sein?
Wir konnten keine finden, nicht einmal für Geld.
Soll es ein andrer Mensch sein? Oder eine andre Welt?
Vielleicht nur andere Götter? Oder keine?
Wir sind zerschmettert und nicht nur zum Scheine!
Der einzige Ausweg wär aus diesem Ungemach:
Sie selber dächten auf der Stelle nach
Auf welche Weis' dem guten Menschen man
Zu einem guten Ende helfen kann.
Verehrtes Publikum, los, such dir selbst den Schluß!
Es muß ein guter da sein, muß, muß, muß!

# Herr Puntila und sein Knecht Matti

Volksstück

Geschrieben nach den Erzählungen und einem Stückentwurf von Hella Wuolijoki

*Personen*

Puntila, Gutsbesitzer · Eva Puntila, seine Tochter · Matti, sein Chauffeur · Der Ober · Der Richter · Der Attaché · Der Viehdoktor · Die Schmuggleremma · Das Apothekerfräulein · Das Kuhmädchen · Die Telefonistin · Ein dicker Mann · Ein Arbeiter · Der Rothaarige · Der Kümmerliche · Der rote Surkkala · Seine vier Kinder · Laina, die Köchin · Fina, das Stubenmädchen · Der Advokat · Der Probst · Die Pröbstin · Waldarbeiter

## PROLOG

*Gesprochen von der Darstellerin des Kuhmädchens.*

Geehrtes Publikum, der Kampf ist hart
Doch lichtet sich bereits die Gegenwart.
Nur ist nicht überm Berg, wer noch nicht lacht
Drum haben wir ein komisches Spiel gemacht.
Und wiegen wir den Spaß, geehrtes Haus
Nicht mit der Apothekerwaage aus
Mehr zentnerweise, wie Kartoffeln, und zum
 Teil
Hantieren wir ein wenig mit dem Beil.
Wir zeigen nämlich heute abend hier
Euch ein gewisses vorzeitliches Tier
Estatium possessor, auf deutsch Gutsbe-
 sitzer genannt
Welches Tier, als sehr verfressen und ganz
 unnützlich bekannt
Wo es noch existiert und sich hartnäckig hält
Eine arge Landplage darstellt.
Sie sehn dies Tier, sich ungeniert bewegend
In einer würdigen und schönen Gegend.
Wenn sie aus den Kulissen nicht erwächst
Erfühlt ihr sie vielleicht aus unserm Text:
Milchkesselklirrn im finnischen Birkendom
Nachtloser Sommer über mildem Strom
Rötliche Dörfer, mit den Hähnen wach
Und früher Rauch steigt grau vom Schindel-
 dach.
Dies alles, hoffen wir, ist bei uns da
In unserm Spiel vom Herrn auf Puntila.

## 1
## Puntila findet einen Menschen

*Nebenstube im Parkhotel von Tavasthus. Der Gutsbesitzer Puntila, der Richter und der Ober. Der Richter fällt betrunken vom Stuhl.*

PUNTILA Ober, wie lange sind wir hier?

DER OBER Zwei Tage, Herr Puntila.

PUNTILA *vorwurfsvoll zum Richter:* Zwei Täglein, hörst du! Und schon läßt du nach und täuschst Müdigkeit vor! Wenn ich mit dir bei einem Aquavit ein bissel über mich reden will und wie ich mich verlassen fühl und wie ich über den Reichstag denk! Aber so fallt ihr einem alle zusammen bei der geringsten Anstrengung, denn der Geist ist willig, aber das Fleisch ist schwach. Wo ist der Doktor, der gestern die Welt herausgefordert hat, daß sie sich mit ihm mißt? Der Stationsvorsteher hat ihn noch hinaustragen sehn, er muß selber gegen sieben Uhr untergegangen sein, nach einem heldenhaften Kampf, wie er gelallt hat, da ist der Apotheker noch gestanden, wo ist er jetzt hin? Das nennt sich die führenden Persönlichkeiten der Gegend, man wird ihnen enttäuscht den Rücken kehrn, und – *zum schlafenden Richter* – was das für ein schlechtes Beispiel gibt für das tavastländische Volk, wenn ein Richter nicht einmal mehr Einkehren in einem Gasthof am Weg aushält, das denkst du nicht. Einen Knecht, der beim Pflügen so faul wäre wie du beim Trinken, tät ich auf der Stell entlassen. Hund, würd ich ihm sagen, ich lehr dir's, deine Pflicht auf die leichte Achsel zu nehmen! Kannst du nicht dran denken, Fredrik, was von dir erwartet wird, als einem Gebildeten, auf den man schaut, daß er ein Vorbild gibt und was aushält und ein Verantwortungsgefühl zeigt! Warum kannst du dich nicht zusammennehmen und mit mir aufsitzen und reden, schwacher Mensch? *Zum Ober:* Was für ein Tag ist heut?

DER OBER Samstag, Herr Puntila.

PUNTILA Das erstaunt mich. Es soll Freitag sein.

DER OBER Entschuldigens, aber es ist Samstag.

PUNTILA Du widersprichst ja. Du bist mir ein schöner Ober. Willst deine Gäst hinausärgern und wirst grob zu ihnen. Ober, ich bestell einen weiteren Aquavit, hör gut zu, daß du nicht wieder alles verwechselst, einen Aquavit und einen Freitag. Hast du mich verstanden?

DER OBER Jawohl, Herr Puntila. *Er läuft weg.*

PUNTILA *zum Richter:* Wach auf, Schwächling! Laß mich nicht so allein! Vor ein paar Flaschen Aquavit kapitulieren! Warum, du hast kaum hingerochen. Ins Boot hast du dich verkrochen, wenn ich dich übern Aquavit hingerudert hab, nicht hinaus hast du dich schaun trauen übern Bootsrand, schäm dich. Schau, ich steig hinaus auf die Flüssigkeit – *er spielt es vor* – und wandle auf dem Aquavit, und geh ich unter? *Er sieht Matti, seinen Chauffeur, der seit einiger Zeit unter der Tür steht.* Wer bist du?

MATTI Ich bin Ihr Chauffeur, Herr Puntila.

PUNTILA *mißtrauisch:* Was bist du? Sag's noch einmal.

MATTI Ich bin Ihr Chauffeur.

PUNTILA Das kann jeder sagen. Ich kenn dich nicht.

MATTI Vielleicht haben Sie mich nie richtig angesehn, ich bin erst fünf Wochen bei Ihnen.

PUNTILA Und wo kommst du jetzt her?

MATTI Von draußen. Ich wart seit zwei Tagen im Wagen.

PUNTILA In welchem Wagen?

MATTI In Ihrem. In dem Studebaker.

PUNTILA Das kommt mir komisch vor. Kannst du's beweisen?

MATTI Und ich hab nicht vor, länger auf Sie draußen zu warten, daß Sie's wissen. Ich hab's bis hierher. So könnens einen Menschen nicht behandeln.

PUNTILA Was heißt: einen Menschen? Bist du ein Mensch? Vorhin hast du gesagt, du bist ein Chauffeur. Gelt, jetzt hab ich dich auf einem Widerspruch ertappt! Gib's zu!

MATTI Das werdens gleich merken, daß ich ein Mensch bin, Herr Puntila. Indem ich mich nicht behandeln laß wie ein Stück Vieh und auf der Straß auf Sie wart, ob Sie so gnädig sind, herauszukommen.

PUNTILA Vorhin hast du behauptet, daß du dir's nicht gefallen laßt.

MATTI Sehr richtig. Zahlens mich aus, 175 Mark, und das Zeugnis hol ich mir auf Puntila.

PUNTILA Deine Stimm kenn ich. *Er geht um ihn herum, ihn wie ein fremdes Tier betrachtend.* Deine Stimm klingt ganz menschlich. Setz dich und nimm einen Aquavit, wir müssen uns kennenlernen.

DER OBER *herein mit einer Flasche:* Ihr Aquavit, Herr Puntila, und heut ist Freitag.

PUNTILA Es ist recht. *Auf Matti zeigend:* Das ist ein Freund von mir.

DER OBER Ja, Ihr Chauffeur, Herr Puntila.

PUNTILA So, du bist Chauffeur? Ich hab immer gesagt, auf der Reis' trifft man die interessantesten Menschen. Schenk ein!

MATTI Ich möcht wissen, was Sie jetzt wieder vorhaben. Ich weiß nicht, ob ich Ihren Aquavit trinke.

PUNTILA Du bist ein mißtrauischer Mensch, seh ich. Das versteh ich. Mit fremden Leuten soll man sich nicht an einen Tisch setzen. Warum, wenn man dann einschläft, möchtens einen ausrauben. Ich bin der Gutsbesitzer Puntila aus Lammi und ein ehrlicher Mensch, ich hab neunzig Kühe. Mit mir kannst du ruhig trinken, Bruder.

MATTI Schön. Ich bin der Matti Altonen und freu mich, Ihre Bekanntschaft zu machen. *Er trinkt ihm zu.*

PUNTILA Ich hab ein gutes Herz, da bin ich froh darüber. Ich hab einmal einen Hirschkäfer von der Straß auf die Seit in den Wald getragen, daß er nicht überfahren wird, das ist ja schon übertrieben bei mir. Ich hab ihn auf einen Stecken aufkriechen lassen. Du hast auch so ein gutes Herz, das seh ich dir an. Ich kann nicht leiden, wenn einer »ich« mit einem großen I schreibt. Das soll man mit einem Ochsenziemer austreiben. Es gibt schon solche Großbauern, die dem Gesinde das Essen vom Maul abzwacken. Ich möcht am liebsten meinen Leuten nur Braten geben. Es sind auch Menschen und wollen ein gutes Stückel essen, genau wie ich, sollen sie! Das meinst du doch auch?

MATTI Unbedingt.

PUNTILA Hab ich dich wirklich draußen sitzen lassen? Das ist mir nicht recht, das nehm ich mir sehr übel, und ich bitt dich, wenn ich das noch einmal mach, nimm den Schraubenschlüssel und gib mir eine über den Deetz! Matti, bist du mein Freund?

MATTI Nein.

PUNTILA Ich dank dir. Ich wußt es. Matti, sieh mich an! Was siehst du?

MATTI Ich möcht sagen: einen dicken Kloben, stinkbesoffen.

PUNTILA Da sieht man, wie das Aussehen täuschen kann. Ich bin ganz anders. Matti, ich bin ein kranker Mann.

MATTI Ein sehr kranker.

PUNTILA Das freut mich. Das sieht nicht jeder. Wenn du mich so siehst, könntest du's nicht ahnen. *Düster, Matti scharf anblickend:* Ich hab Anfälle.

MATTI Das sagen Sie nicht.

PUNTILA Du, das ist nichts zum Lachen. Es kommt über mich mindestens einmal im Quartal. Ich wach auf und bin plötzlich sternhagelnüchtern. Was sagst du dazu?

MATTI Bekommen Sie diese Anfälle von Nüchternheit regelmäßig?

MATTI Regelmäßig. Es ist so: die ganze andere Zeit bin ich vollkommen normal, so wie du mich jetzt siehst. Ich bin im vollen Besitz meiner Geisteskräfte, ich bin Herr meiner Sinne. Dann kommt der Anfall. Es beginnt damit, daß mit meinen Augen irgend etwas nicht mehr stimmt. Anstatt zwei Gabeln – *er hebt eine Gabel hoch* – sehe ich nur noch eine.

MATTI *entsetzt:* Da sind Sie also halbblind?

PUNTILA Ich seh nur die Hälfte von der ganzen Welt. Aber es kommt noch böser, indem ich während dieser Anfälle von totaler, sinnloser Nüchternheit einfach zum Tier herabsinke. Ich habe dann überhaupt keine Hemmungen mehr. Was ich in diesem Zustand tue, Bruder, das kann man mir überhaupt nicht anrechnen. Nicht, wenn man ein Herz im Leibe hat und sich immer sagt, daß ich krank bin. *Mit Entsetzen in der Stimme:* Ich bin dann direkt zurechnungsfähig. Weißt du, was das bedeutet, Bruder, zurechnungsfähig? Ein zurechnungsfähiger Mensch ist ein Mensch, dem man alles zutrauen kann. Er ist zum Beispiel nicht mehr imstande, das Wohl seines Kindes im Auge zu behalten, er hat keinen Sinn für Freundschaft mehr, er ist bereit, über seine eigene Leiche zu gehen. Das ist, weil er eben zurechnungsfähig ist, wie es die Advokaten nennen.

MATTI Tun Sie denn nichts gegen diese Anfälle?

PUNTILA Bruder, ich tue dagegen, was ich überhaupt nur kann. Was überhaupt nur menschenmöglich ist! *Er ergreift sein Glas.* Hier, das ist meine einzige Medizin. Ich schlucke sie hinunter, ohne mit der Wimper zu zucken, und nicht nur kinderlöffelweise, das kannst du mir glauben. Wenn ich etwas von mir sagen kann, so ist es, daß ich gegen diese Anfälle von sinnloser Nüchternheit ankämpfe wie ein Mann. Aber was hilft es? Sie überwinden mich immer wieder. Nimm meine Rücksichtslosigkeit gegen dich, einen solchen Prachtmenschen! Da, nimm, da ist Rindsrücken. Ich möcht wissen, was für einem Zufall ich dich verdank. Wie bist du denn zu mir gekommen?

MATTI Indem ich meine vorige Stelle ohne Schuld verloren hab.

PUNTILA Wie ist das zugegangen?

MATTI Ich hab Geister gesehen.

PUNTILA Echte?

MATTI *zuckt die Achseln:* Auf dem Gut vom Herrn Pappmann. Niemand hat gewußt, warum es da spuken soll: vor ich hingekommen bin, hat's nie gespukt. Wenn Sie mich fragen, ich glaub, es war, weil schlecht gekocht worden ist. Warum, wenn den Leuten der Mehlpapp schwer im Magen liegt, haben sie schwere Träum, oft Alpdrücken. Ich vertrag's besonders schlecht, wenn nicht gut gekocht wird. Ich hab schon an Kündigung gedacht, aber ich hab nichts anderes in Aussicht gehabt und war deprimiert, und so hab ich düster gered't in der Küch, und es hat auch nicht lang gedauert, da haben die Küchenmädchen auf den Zäunen abends Kinderköpf stecken sehn, daß sie gekündigt haben. Oder eine graue Kugel ist vom Kuhstall hergerollt am Boden, die hat nach einem Kopf ausgesehn, so daß der Futtermeisterin, wie sie's von mir gehört hat, schlecht geworden ist. Und das Stubenmädchen hat gekündigt, wie ich abends gegen elf Uhr einen schwärzlichen Mann bei der Badestub hab herumspazieren sehn, mit 'm Kopf unterm Arm, der mich um Feuer für seine Stummelpfeif gebeten hat. Der Herr Pappmann hat mit mir herumgeschrien, daß ich schuld bin und ihm die Leut vom Hof scheuch und bei ihm gibt's keine Geister. Aber wie ich ihm gesagt hab, daß er sich irrt und daß ich zum Beispiel in der Zeit, wo die gnädige Frau zum Entbinden im Krankenhaus war, in zwei Nächten hintereinander ein weißes Gespenst hab aus dem Fenster zur Kammer der Futtermeisterin kommen und in das Fenster vom Herrn Pappmann selber hab einsteigen sehn, hat er nichts mehr sagen können. Aber er hat mich gekündigt. Wie ich gegangen bin, hab ich ihm gesagt, daß ich glaub, wenn er sorgt, daß sie auf dem Gut besser kochen, möchten die Geister mehr Ruh geben, weil sie den Geruch vom Fleisch zum Beispiel nicht vertragen solln.

PUNTILA Ich seh, du hast deine Stell nur verloren, weil sie beim Gesinde am Essen gespart haben, das setzt dich nicht runter in meinen Augen, daß du gern ißt, so lang du meinen Traktor anständig fährst und nicht aufsässig bist und dem Puntila gibst, was des Puntila ist. Da ist genug da, fehlt's etwa an Holz im Wald? Da kann man doch einig werden, alle können mit dem Puntila einig werden. *Er singt:* »Warum mußt du prozessieren, liebes Kind? Da wir doch im Bette immer eines Sinns gewesen sind!« Wie gern tät der Puntila mit euch die Birken fällen und die Stein aus den Äckern graben und den Traktor dirigieren! Aber laßt man ihn? Mir haben sie von Anfang an einen harten Kragen umgelegt, daß ich mir schon zwei Kinne kaputtgerieben hab. Es paßt sich nicht, daß der Papa pflügt; es paßt sich nicht, daß der Papa die Mädchen kitzelt; es paßt sich nicht, daß der Papa mit den Arbeitern Kaffee trinkt! Aber jetzt paßt es mir nicht mehr, daß es sich nicht paßt, und ich fahr nach Kurgela und verlob meine Tochter mit dem Attaché, und dann sitz ich in Hemdsärmeln beim Essen und hab keinen Aufpasser mehr, denn die Klinckmann kuscht, die f... ich und basta. Und euch leg ich zum Lohn zu, denn die Welt ist groß, und ich behalt meinen Wald, und es reicht für euch und es reicht auch für den Herrn auf Puntila.

MATTI *lacht laut und lang; dann:* So ist es, beruhigen Sie sich nur, und den Herrn Oberrichter wecken wir auf, aber vorsichtig, sonst verurteilt er uns im Schrecken zu hundert Jahr.

PUNTILA Ich möcht sicher sein, daß da keine Kluft mehr ist zwischen uns. Sag, daß keine Kluft ist!

MATTI Ich nehm's als einen Befehl, Herr Puntila, daß keine Kluft ist!

PUNTILA Bruder, wir müssen vom Geld reden.

MATTI Unbedingt.

PUNTILA Es ist aber niedrig, vom Geld reden.

MATTI Dann reden wir nicht vom Geld.

PUNTILA Falsch. Denn, frage ich, warum sollen wir nicht niedrig sein? Sind wir nicht freie Menschen?

MATTI Nein.

PUNTILA Na, siehst du. Und als freie Menschen können wir tun, was wir wollen, und jetzt wollen wir niedrig sein. Denn wir müssen uns eine Mitgift für mein einziges Kind herausreißen; dem heißt es jetzt ins Auge geschaut, kalt, scharf und betrunken. Ich seh zwei Möglichkeiten, ich könnt einen Wald verkaufen und ich könnt mich verkaufen. Was rätst du?

MATTI Ich möcht mich nicht verkaufen, wenn ich einen Wald verkaufen könnt.

PUNTILA Was, den Wald verkaufen? Du enttäuschst mich tief, Bruder. Weißt du, was ein Wald ist? Ist ein Wald etwa nur zehntausend Klafter Holz? Oder ist er eine grüne Menschenfreude? Und du willst eine grüne Menschenfreude verkaufen? Schäm dich!

MATTI Dann das andre.

PUNTILA Auch du, Brutus? Kannst du wirklich wollen, daß ich mich verkaufe?

MATTI Wie wollens das machen: sich verkaufen?

PUNTILA Frau Klinckmann.

MATTI Auf Kurgela, wo wir hinfahren? Die Tante vom Attaché?

PUNTILA Sie hat ein Faible für mich.

MATTI Und der wollens Ihren Körper verkaufen? Das ist furchtbar.

PUNTILA Absolut nicht. Aber was wird aus der Freiheit, Bruder? Aber ich glaub, ich opfer mich auf, was bin ich?

MATTI Das ist richtig.

*Der Richter wacht auf und sucht eine Klingel, die nicht vorhanden ist und die er schüttelt.*

DER RICHTER Ruhe im Gerichtssaal.

PUNTILA Er meint, er ist im Gerichtssaal, weil er schläft. Bruder, du hast jetzt die Frage entschieden, was mehr wert ist, ein Wald wie mein Wald oder ein Mensch wie ich. Du bist ein wunderbarer Mensch. Da, nimm meine Brieftasche und zahl den Schnaps und steck sie ein, ich verlier sie nur. *Auf den Richter:* Aufheben, raustragen! Ich verlier alles, ich wollt, ich hätt nichts, das wär mir am liebsten. Geld stinkt, das merk dir. Das wär mein Traum, daß ich nichts hätt und wir gingen zu Fuß durch das schöne Finnland, oder höchstens mit einem kleinen Zweisitzer, das bissel Benzin würden sie uns überall pumpen, und ab und zu, wenn wir müd sind, gingen wir in eine Schenke wie die und tränken ein Gläschen fürs Holzhacken, das könntst du mit der linken Hand machen, Bruder.

*Sie gehen ab. Matti trägt den Richter.*

## 2
## Eva

*Diele des Gutes Kurgela. Eva Puntila wartet auf ihren Vater und ißt Schokolade. Der Attaché Eino Silakka erscheint oben auf der Treppe. Er ist sehr schläfrig.*

EVA Ich kann mir denken, daß Frau Klinckmann sehr verstimmt ist.

DER ATTACHÉ Meine Tante ist nie lang verstimmt. Ich hab noch einmal telefoniert nach ihnen. Am Kirchendorf ist ein Auto vorbeigefahren mit zwei johlenden Männern.

EVA Das sind sie. Eines ist gut, ich kenne meinen Vater unter Hunderten heraus. Ich hab immer gleich gewußt, wenn von meinem Vater die Red war. Wenn wo ein Mann mit einer Viehgeißel einem Knecht nachgelaufen ist oder einer Häuslerwitwe ein Auto geschenkt hat, war's mein Vater.

DER ATTACHÉ Er ist hier nicht auf Puntila, enfin. Ich fürcht nur den Skandal. Ich hab vielleicht keinen Sinn für Zahlen und wieviel Liter Milch wir nach Kaunas schicken können, ich trinke keine, aber ich hab ein feines Gefühl, wenn was ein Skandal ist. Wie der Attaché von der französischen Botschaft in London der Duchesse von Catrumple nach acht Cognacs über die Tafel zugerufen hat, daß sie eine Hur ist, hab ich sofort vorausgesagt, das wird ein Skandal. Und ich hab Recht bekommen. Ich glaub, jetzt kommen sie. Du, ich bin ein bissel müd. Ich frag mich, ob du mir verzeihen wirst, wenn ich mich zurückzieh? *Schnell ab.*

*Großer Krach. Herein Puntila, der Richter und Matti.*

PUNTILA Da sind wir. Aber mach keine Umständ, weck niemand auf, wir trinken noch im intimen Kreis eine Flasche und gehn zu Bett. Bist du glücklich?

EVA Wir haben euch schon vor drei Tagen erwartet.

PUNTILA Wir sind aufgehalten worden unterwegs, aber wir haben alles mitgebracht. Matti, nimm den Koffer heraus, ich hoff, du hast ihn gut auf den Knien gehalten, daß nichts zerbrochen ist, sonst verdursten wir hier. Wir haben uns geeilt, weil wir gedacht haben, du wirst warten.

DER RICHTER Darf man gratulieren, Eva?

EVA Papa, du bist zu schlimm. Seit einer Woche sitz ich hier in einem fremden Haus, nur mit einem alten Roman und dem Attaché und seiner Tante, und wachse aus vor Langeweile.

PUNTILA Wir haben uns beeilt, ich hab immer gedrängt und gesagt, wir dürfen uns nicht versitzen, ich hab mit dem Attaché noch was zu besprechen über die Verlobung, und ich war froh, daß ich dich bei dem Attaché gewußt hab, daß du jemand hast, während wir abgehalten waren. Gib auf den Koffer acht, Matti, daß kein Unglück damit passiert.

*Mit unendlicher Vorsicht hilft er Matti den Koffer niederstellen.*

DER RICHTER Hast du dich überworfen mit dem Attaché, weil du klagst, daß du mit ihm allein gelassen worden bist?

EVA Oh, ich weiß nicht. Mit dem kann man sich nicht überwerfen.

DER RICHTER Puntila, die Eva zeigt aber keine Begeisterung über das Ganze. Sie sagt dem Attaché nach, daß man sich nicht mit ihm überwerfen kann. Ich hab einmal eine Ehescheidungssache gehabt, da hat die Frau geklagt, weil ihr Mann ihr nie eine gelangt hat, wenn sie auf ihn mit der Lampe geschmissen hat. Sie hat sich vernachlässigt gefühlt.

PUNTILA So. Das ist noch einmal glücklich gegangen. Was der Puntila anpackt, das glückt. Was, du bist nicht glücklich? Das versteh ich. Wenn du mich fragst, rat ich dir ab von dem Attaché. Das ist kein Mann.

EVA *da Matti dabeisteht und grinst:* Ich hab nur gesagt, ich zweifle, ob ich mich mit dem Attaché allein unterhalt.

PUNTILA Das ist, was ich sag. Nimm den Matti. Mit dem unterhält sich jede.

EVA Du bist unmöglich, Papa. Ich hab doch nur gesagt, ich zweifle. *Zu Matti:* Nehmen Sie den Koffer nach oben.

PUNTILA Halt! Erst eine Flasche herausnehmen oder zwei. Ich muß mit dir noch bei einer Flasche besprechen, ob mir der Attaché paßt. Hast du dich wenigstens verlobt mit ihm?

EVA Nein, ich hab mich nicht verlobt, wir haben nicht über solche Dinge gesprochen. *Zu Matti:* Lassen Sie den Koffer zu.

PUNTILA Was, nicht verlobt? In drei Tagen? Was habt ihr denn dann gemacht? Mir gefällt das von dem Menschen nicht. Ich verlob mich in drei Minuten. Hol ihn herunter, und ich hol die Küchenmädchen und zeig ihm, wie ich mich wie der Blitz verlob. Gib die Flaschen heraus, den Burgunder, oder nein, den Likör.

EVA Nein, jetzt trinkst du nicht mehr! *Zu Matti:* Tragen Sie den Koffer in mein Zimmer, das zweite rechts von der Treppe!

PUNTILA *alarmiert, da Matti den Koffer aufhebt:* Aber Eva, das ist nicht nett von dir. Deinem eigenen Vater kannst du doch nicht den Durst verwehren. Ich versprech dir, daß ich ganz ruhig mit der Köchin oder dem Stubenmädchen und dem Fredrik, der auch noch Durst hat, eine Flasche leer, sei menschlich.

EVA Ich bin aufgeblieben, daß ich verhinder, daß du das Küchenpersonal aus 'm Schlaf störst.

PUNTILA Ich bin überzeugt, die Klinckmann, wo ist sie überhaupt? säß gern noch ein bissel mit mir, der Fredrik ist sowieso müd, dann kann er hinaufgehn, und ich besprech was mit der Klinckmann, das hab ich sowieso vorgehabt, wir haben immer ein Faible füreinander gehabt.

EVA Ich wünschte, du nähmst dich ein wenig zusammen. Frau Klinckmann war wütend genug, daß du drei Tag zu spät ankommst, ich bezweifel, daß du sie morgen zu Gesicht bekommst.

PUNTILA Ich werd bei ihr anklopfen und alles ordnen. Ich weiß, wie ich sie behandel, davon verstehst du nichts, Eva.

EVA Ich versteh nur, daß keine Frau mit dir sitzen wird, in dem Zustand! *Zu Matti:* Sie sollen den Koffer hinauftragen! Ich hab genug mit den drei Tagen.

PUNTILA Eva, sein vernünftig. Wenn du dagegen bist, daß ich hinaufgeh, dann hol die kleine Rundliche, ich glaub, es ist die Haushälterin, dann besprech ich mit der was!

EVA Treib's nicht zu weit, Papa, wenn du nicht willst, daß ich ihn selber hinauftrage und er mir die Treppe herunterfällt aus Versehen.

*Puntila steht entsetzt. Matti trägt den Koffer weg. Eva folgt ihm.*

PUNTILA *still:* So behandelt also ein Kind seinen Vater. *Er wendet sich erschüttert zum Gehen.* Fredrik, komm mit!

DER RICHTER Was hast du denn vor, Johannes?

PUNTILA Ich geh weg von hier, mir gefallt's nicht. Warum, ich hab mich beeilt und komm spät in der Nacht an und werd ich empfangen mit liebenden Armen? Ich erinner an den verlorenen Sohn, Fredrik, aber wie, wenn dann kein Kalb geschlachtet worden wär, sondern kalte Vorwürf? Ich geh weg von hier.

DER RICHTER Wohin?

PUNTILA Ich versteh nicht, wie du da fragen kannst. Siehst du nicht, daß ich von meiner eigenen Tochter keinen Schnaps bekomm? Daß ich raus muß in die Nacht und schaun, wer mir eine Flasche oder zwei gibt?

DER RICHTER Nimm Vernunft an, Puntila, du kriegst keinen Schnaps nachts um halb drei Uhr. Der Ausschank oder Verkauf von Alkohol ohne Rezept ist gesetzlich verboten.

PUNTILA Du verläßt mich auch? Ich bekomm keinen gesetzlichen Schnaps? Ich werd dir zeigen, wie ich gesetzlichen Schnaps bekomme, zur Tages- oder Nachtzeit.

EVA *zurück oben auf der Treppe:* Zieh sofort den Mantel wieder aus, Papa!

PUNTILA Du bist ruhig, Eva, und ehrst deinen Vater und Mutter, daß du lange lebest auf Erden! Das ist ein schönes Haus, wo die Gedärme der Gäste zum Trocknen an die Leine gehängt werden sollen! Und ich krieg keine Frau! Ich werd dir zeigen, ob ich keine krieg! Der Klinckmann kannst du sagen, ich verzicht auf ihre Gesellschaft! Ich betracht sie als die törichte Jungfrau, die kein Öl in ihrer Lampe hat! Und jetzt fahr ich los, daß der Boden schallt und alle Kurven vor Schrecken grad werden. *Ab.*

EVA *herunterkommend:* Halten Sie den Herrn auf, Sie!

MATTI *erscheint hinter ihr:* Das ist zu spät. Er ist zu behendig.

DER RICHTER Ich glaub, ich werd ihn nicht mehr abwarten. Ich bin nicht mehr so jung, wie ich war, Eva. Ich glaub nicht, daß er sich was tut. Er hat immer Glück. Wo ist mein Zimmer? *Geht nach oben.*

EVA Das dritte von der Treppe. *Zu Matti:* Jetzt können wir aufbleiben und sorgen, daß er nicht mit den Dienstboten trinkt und sich mit ihnen gemein macht.

MATTI Solche Vertraulichkeiten sind immer unangenehm. Ich war in einer Papiermühl, da hat der Portier gekündigt, weil der Herr Direktor ihn gefragt hat, wie's seinem Sohn geht.

EVA Mein Vater wird sehr ausgenützt, weil er diese Schwäche hat. Er ist zu gut.

MATTI Ja, das ist ein Glück für die Umgebung, daß er Zeiten hat, wo er sauft. Da wird er ein guter Mensch und sieht weiße Mäuse und möcht sie am liebsten streicheln, weil er so gut ist.

EVA Ich mag nicht, daß Sie von Ihrem Herrn so reden. Und ich wünsche, daß Sie es nicht wörtlich nehmen, was er zum Beispiel über den Attaché sagt. Ich möcht nicht, daß Sie überall herumtragen, was er im Spaß gesagt hat.

MATTI Daß der Attaché kein Mann ist? Darüber, was ein Mann ist, sind die Ansichten sehr verschieden. Ich war im Dienst bei einer Bierbrauerin, die hat eine Tochter gehabt, die hat mich in die Badestube gerufen, daß ich ihr einen Bademantel bring, weil sie so schamhaft war. »Bringen Sie mir einen Bademantel«, hat sie gesagt und ist splitternackt dagestanden, »die Männer schauen her, wenn ich ins Wasser geh«.

EVA Ich versteh nicht, was Sie damit meinen.

MATTI Ich mein nichts, ich red nur, daß die Zeit vergeht und daß ich Sie unterhalt. Wenn ich mit der Herrschaft red, mein ich nie was und hab überhaupt keine Ansichten, weils das nicht leiden können beim Personal.

EVA *nach einer kleinen Pause:* Der Attaché ist sehr angesehn beim diplomatischen Dienst und hat eine große Karriere vor sich, ich möcht, daß man das weiß. Er ist einer der klügsten von den jüngeren Kräften.

MATTI Ich versteh.

EVA Was ich vorhin gemeint hab, wie Sie dabeigestanden sind, war nur, daß ich mich nicht so gut unterhalten hab, wie mein Vater gemeint hat. Natürlich kommt es überhaupt nicht darauf an, ob ein Mann unterhaltend ist.

MATTI Ich hab einen Herrn gekannt, der war gar nicht unterhaltend und hat doch in Margarine und Fette eine Million gemacht.

EVA Meine Verlobung ist seit langem geplant. Wir sind schon als Kinder zusammen gewesen. Ich bin nur ein vielleicht sehr lebhafter Mensch und langweil mich leicht.

MATTI Und da zweifelns.

EVA Das hab ich nicht gesagt. Ich begreif nicht, warum Sie mich nicht verstehen wollen. Sie sind wohl müd. Warum gehn Sie nicht schlafen?

MATTI Ich leist Ihnen Gesellschaft.

EVA Das brauchen Sie nicht. Ich wollte nur betonen, daß der Attaché ein intelligenter und gütiger Mensch ist, den man nicht nach dem Äußeren beurteilen darf oder danach, was er sagt oder was er tut. Er ist sehr aufmerksam zu mir und sieht mir jeden Wunsch von den Augen ab. Er würd nie eine vulgäre Handlung unternehmen oder vertraulich werden oder seine Männlichkeit zur Schau stellen. Ich schätz ihn sehr hoch. Aber vielleicht sind Sie schläfrig?

MATTI Redens nur weiter, ich mach die Augen nur zu, daß ich mich besser konzentrier.

## 3
## Puntila verlobt sich mit den Frühaufsteherinnen

*Früher Morgen im Dorf. Holzhäuschen. Auf einem steht »Post«, auf einem »Tierarzt«, auf einem »Apotheke«. In der Mitte des Platzes steht ein Telegrafenmast. Puntila ist mit seinem Studebaker auf den Telegrafenmast aufgefahren und beschimpft ihn.*

PUNTILA Straße frei im Tavastland! Aus dem Weg, du Hund von einem Mast, stell dich dem Puntila nicht in den Weg, wer bist du? Hast du einen Wald, hast du Kühe? Also siehst du?! Zurück! Wenn ich den Polizeimeister anruf und dich abführen laß als einen Roten, da bereust du's und willst es nicht gewesen sein! *Er steigt aus.* Höchste Zeit, daß du ausgewichen bist!

*Er geht zu einem Häuschen und klopft an das Fenster. Die Schmuggleremma schaut heraus.*

PUNTILA Guten Morgen, gnädige Frau. Wie haben gnädige Frau geruht? Ich hab ein kleines Anliegen an die gnädige Frau. Ich bin nämlich der Großbauer Puntila aus Lammi und schweb in größter Sorg, denn ich muß gesetzlichen Alkohol für meine am Scharlach schwer erkrankten Küh auftreiben. Wo geruht der Herr Viehdoktor in Ihrem Dorf zu wohnen? Ich müßt dir dein ganzes Misthüttchen umschmeißen, wenn du mir nicht den Viehdoktor zeigst.

DIE SCHMUGGLEREMMA Oje! Sie sind ja ganz außer sich. Gleich hier liegt das Haus von unserm Viehdoktor. Aber hör ich recht, der Herr braucht Alkohol? Ich hab Alkohol, schönen, starken, ich mach ihn selber.

PUNTILA Heb dich weg, Weib! Wie kannst du mir deinen ungesetzlichen Schnaps anbieten. Ich trink nur gesetzlichen, einen anderen brächt ich gar nie die Gurgel hinunter. Ich möcht lieber tot sein, als zu denen gehören, die nicht die finnischen Gesetze achten. Warum, ich mach alles, wie's im Gesetz geht. Wenn ich einen totschlagen will, tät ich's im Rahmen der Gesetze oder gar nicht.

DIE SCHMUGGLEREMMA Gnädiger Herr, die Kränk sollens kriegen von Ihrem gesetzlichen! *Sie verschwindet in ihrer Hütte. Puntila läuft zum Häuschen des Viehdoktors und klingelt. Der Viehdoktor schaut heraus.*

PUNTILA Viehdoktor, Viehdoktor, find ich dich endlich! Ich bin der Großbauer Puntila aus Lammi und hab neunzig Kühe und alle neunzig haben den Scharlach. Da muß ich schnell gesetzlichen Alkohol haben.

DER VIEHDOKTOR Ich glaub, Sie sind an die falsche Stelle geraten und machen sich lieber im Guten wieder auf den Weg, Mann!

PUNTILA Viehdoktor, enttäusch mich nicht, oder bist du gar kein Viehdoktor, sonst wüßtest du, was man dem Puntila im ganzen Tavastland gibt, wenn seine Küh den Scharlach haben! Denn ich lüg nicht. Wenn ich sagen tät, sie haben den Rotz, dann wär's eine Lüg, aber wenn ich sag, es ist der Scharlach, dann ist's ein feiner Wink zwischen Ehrenmännern.

DER VIEHDOKTOR Und wenn ich den Wink nicht versteh?

PUNTILA Dann würd ich vielleicht sagen: der Puntila ist der größte Raufer im ganzen Tavastland. Da gibt's schon ein Volkslied drüber. Drei Viehdoktoren hat er schon auf seinem Gewissen. Verstehst du jetzt, Herr Doktor?

DER VIEHDOKTOR *lachend:* Ja, jetzt versteh ich. Wenn Sie ein so mächtiger Mann sind, müssen Sie Ihr Rezept natürlich kriegen. Wenn ich nur sicher wär, daß es der Scharlach ist.

PUNTILA Viehdoktor, wenn sie rote Flecken haben und zwei haben schon schwarze Flecken, ist das nicht die Krankheit in ihrer furchtbarsten Gestalt? Und das Kopfweh, das sie sicher haben, wenn sie schlaflos sind und sich hin und her wälzen die ganze Nacht und an nichts als an ihre Sünden denken!

DER VIEHDOKTOR Da hab ich freilich die Pflicht, daß ich Erleichterung schaff.

*Er wirft ihm das Rezept herunter.*

PUNTILA Und die Rechnung schick mir nach Puntila in Lammi!

*Puntila läuft zur Apotheke und klingelt stark. Während er wartet, tritt die Schmuggleremma aus ihrem Häuschen.*

DIE SCHMUGGLEREMMA *singt beim Flaschenputzen:*

Als die Pflaumen reif geworden
Zeigt im Dorf sich ein Gespann
Früh am Tage, aus dem Norden
Kam ein schöner junger Mann.

*Sie geht in ihr Häuschen zurück. Aus dem Fenster der Apotheke schaut das Apothekerfräulein.*

DAS APOTHEKERFRÄULEIN Reißen Sie uns nicht die Glocke herunter!

PUNTILA Besser die Glocke herunter als lang gewartet! Kottkottkotttipptipptipp! Ich brauch Schnaps für neunzig Kühe, mein Gutes! Du Rundes!

DAS APOTHEKERFRÄULEIN Ich mein, Sie brauchen, daß ich den Polizisten ruf.

PUNTILA Kindchen, Kindchen! Für einen Menschen wie den Puntila von Lammi die Polizisten! Was würd bei ihm einer nützen, es müßten schon mindestens zwei sein! Aber wozu Polizisten, ich lieb die Polizisten, sie haben größere Füß als sonst wer und fünf Zeh'n pro Fuß, denn sie sind für Ordnung und ich lieb die Ordnung! *Er gibt ihr das Rezept.* Hier, mein Täubchen, ist Gesetz und Ordnung!

*Das Apothekerfräulein holt den Schnaps. Während Puntila wartet, tritt die Schmuggleremma wieder aus ihrem Häuschen.*

DIE SCHMUGGLEREMMA *singt:*

Als wir warn beim Pflaumenpflücken
Legte er sich in das Gras
Blond sein Bart, und auf dem Rücken
Sah er zu, sah dies und das.

*Sie geht in ihr Häuschen zurück. Das Apothekerfräulein bringt den Schnaps.*

DAS APOTHEKERFRÄULEIN *lacht:* Das ist aber eine große Flasche. Hoffentlich kriegens auch genug Heringe für Ihre Küh am Tag drauf! *Sie gibt ihm die Flasche.*

PUNTILA Gluck, gluck, gluckgluck, o du finnische Musik, du schönste der Welt! O Gott, fast hätt ich was vergessen! Jetzt hab ich den Schnaps und hab kein Mädchen! Und du hast keinen Schnaps und hast keinen Mann! Schöne Apothekerin, ich möcht mich mit dir verloben!

DAS APOTHEKERFRÄULEIN Vielen Dank, Herr Puntila aus Lammi, aber ich verlob mich nur nach dem Gesetz mit einem Ring und einem Schluck Wein.

PUNTILA Ich bin einverstanden, wenn du dich nur mit mir verlobst. Aber verloben mußt du dich, es ist hohe Zeit, denn was hast du schon für ein Leben! Ich möcht, daß du mir von dir erzählst, wie du bist, das muß ich doch wissen, wenn ich mich mit dir verlob!

DAS APOTHEKERFRÄULEIN Ich? Ich hab so ein Leben: Studiert hab ich vier Jahr, und jetzt zahlt mir der Apotheker weniger als der Köchin. Den halben Lohn schick ich meiner Mutter nach Tavasthus, denn sie hat ein schwaches Herz, ich hab's von ihr geerbt. Jede zweite Nacht wach ich. Die Apothekerin ist eifersüchtig, weil der Apotheker mich belästigt. Der Doktor hat eine schlechte Handschrift, einmal hab ich schon die Rezepte vertauscht, und mit den Medikamenten verbrenn ich mir immer das Kleid, dabei ist die Wäsch so teuer. Einen Freund find ich nicht, der Polizeimeister und der Direktor vom Konsumverein und der Buchhändler sind alle verheiratet. Ich glaub, ich hab ein trauriges Leben.

PUNTILA Siehst du? Also – halt dich an den Puntila! Da, nimm einen Schluck!

DAS APOTHEKERFRÄULEIN Aber wo ist der Ring? Es heißt: ein Schluck Wein und ein Ring!

PUNTILA Hast du denn keine Gardinenringe?

DAS APOTHEKERFRÄULEIN Brauchen Sie einen oder mehrere?

PUNTILA Viele, nicht einen, Mädchen. Der Puntila braucht von allem viel. Er möcht womöglich ein einzelnes Mädchen gar nicht merken. Verstehst du das?

*Während das Apothekerfräulein eine Gardinenstange holt, tritt die Schmuggleremma wieder aus ihrem Häuschen.*

DIE SCHMUGGLEREMMA *singt:*
Als wir eingekocht die Pflaumen
Macht er gnädig manchen Spaß
Und er steckte seinen Daumen
Lächelnd in so manches Faß.

*Das Apothekerfräulein gibt Puntila die Ringe von der Gardinenstange.*

PUNTILA *ihr einen Ring ansteckend:* Komm nach Puntila am Sonntag über acht Tage. Da ist große Verlobung. *Er läuft weiter. Das Kuhmädchen Lisu kommt mit dem Melkeimer.* Halt, Täubchen! Dich muß ich haben. Wohin des Wegs so früh?

DAS KUHMÄDCHEN Melken!

PUNTILA Was, da sitzt du mit nichts als dem Eimer zwischen den Beinen? Willst du nicht einen Mann haben? Was hast du schon für ein Leben! Sag mir's, was du für ein Leben hast, ich interessier mich für dich!

DAS KUHMÄDCHEN Ich hab so ein Leben: Um halb vier muß ich aufstehen, den Kuhstall ausmisten und die Kuh bürsten. Dann kommt das Melken und dann wasch ich die Milcheimer, mit Soda und scharfem Zeug, das brennt auf der Hand. Dann mist ich wieder aus und dann trink ich den Kaffee, aber der stinkt, der ist billig. Ich eß mein Butterbrot und schlaf ein bissel. Am Nachmittag koch ich mir Kartoffeln und eß Sauce dazu, Fleisch seh ich nie, vielleicht, daß mir die Haushälterin einmal ein Ei schenkt oder ich find eins. Dann kommt wieder das Mistkehren, das Kuhbürsten, das Melken und das Milchkannenwaschen. Ich muß im Tag einhundertzwanzig Liter herausmelken. Auf die Nacht eß ich Brot und Milch, davon krieg ich zwei Liter im Tag, aber das andre, was ich mir koch, kauf ich auf 'm Gut. Frei hab ich jeden fünften Sonntag, aber abends geh ich manchmal zum Tanzen und wenn es schlimm geht, krieg ich ein Kind. Ich hab zwei Kleider, und ich hab auch ein Fahrrad.

PUNTILA Und ich hab einen Hof und die Dampfmühle und das Sägewerk hab ich und gar keine Frau! Wie ist es mit dir, Täubchen? Da ist der Ring und einen Schluck nimm aus der Flasche, und alles ist in Ordnung und gesetzlich. Komm nach Puntila am Sonntag über acht Tage, abgemacht?

DAS KUHMÄDCHEN Abgemacht!

*Puntila läuft weiter.*

PUNTILA Weiter, immer die Dorfstraße hinunter! Ich bin gespannt, wer alles schon auf ist. Da sind sie unwiderstehlich, wenn sie so aus den Federn kriechen, da sind die Augen noch blank und sündig, und die Welt ist noch jung.

*Er kommt zur Telefonzentrale. Da steht Sandra, die Telefonistin.*

PUNTILA Guten Morgen, du Wache! Du bist doch die allwissende Frau, die alles durchs Telefon weiß. Guten Morgen, du!

DIE TELEFONISTIN Guten Morgen, Herr Puntila. Was ist los schon so früh?

PUNTILA Ich geh auf Freiersfüßen.

DIE TELEFONISTIN Sie sind's doch, nach dem ich die halbe Nacht herumtelefoniert hab?

PUNTILA Ja, du weißt alles. Und die halbe Nacht warst du auf, ganz allein! Ich möcht wissen, was du für ein Leben hast!

DIE TELEFONISTIN Das kann ich Ihnen sagen, ich hab so ein Leben: Ich krieg 50 Mark, aber dafür darf ich nicht aus der Zentrale heraus seit dreißig Jahren. Hinterm Haus hab ich ein bissel Kartoffelland und da krieg ich die Kartoffeln her, den Strömling kauf ich mir dazu, aber der Kaffee wird immer teurer. Was es im Dorf gibt, und auch außerhalb, weiß ich alles. Sie würden sich wundern, was ich weiß. Ich bin nicht geheiratet worden deswegen. Ich bin die Sekretärin im Arbeiterklub, mein Vater ist Schuster gewesen. Telefonstecken, Kartoffelkochen und Alleswissen, das ist mein Leben.

PUNTILA Da ist es Zeit, daß du ein andres kriegst. Und schnell muß es gehn. Gleich schick ein Telegramm ins Hauptamt, daß du den Puntila aus Lammi heiratest. Hier hast du den Ring und da ist der Schnaps, alles gesetzlich, und am Sonntag über acht Tage kommst du nach Puntila!

DIE TELEFONISTIN *lachend:* Ich werd da sein. Ich weiß schon, daß Sie für Ihre Tochter eine Verlobung machen.

PUNTILA *zur Schmuggleremma:* Und Sie haben wohl gehört, daß ich mich allgemein verlob hier, gnädige Frau, und ich hoff, Sie werden nicht fehlen.

DIE SCHMUGGLEREMMA UND DAS APOTHEKERFRÄULEIN *singen:*
Als das Pflaumenmus wir aßen
War er lang auf und davon
Aber, glaubt uns, nie vergaßen
Wir den schönen jungen Mann.

PUNTILA Und ich fahr weiter und um den Teich und durch die Tannen und komm zur rechten Zeit auf 'n Gesindemarkt. Kottkottkotttipptipptipp! Oh, ihr Mädchen vom Tavastland, all die früh aufgestanden sind, jahrelang umsonst, bis der Puntila kommt und da hat sich's gelohnt. Her, alle! Her, alle ihr Herdanzünderinnen in der Früh und ihr Rauchmacherinnen, kommt barfuß, das frische Gras kennt eure Schritt und der Puntila hört sie!

## 4
## Der Gesindemarkt

*Gesindemarkt auf dem Dorfplatz von Lammi. Puntila und Matti suchen Knechte aus. Jahrmarktsmusik und viele Stimmen.*

PUNTILA Ich hab mich schon gewundert über dich, daß du mich allein hast wegfahren lassen von Kurgela, aber daß du nicht einmal gewacht hast, bis ich zurückkomm, und ich dich aus der Bettstatt ziehen hab müssen, daß wir auf 'n Gesindemarkt fahren, das vergeß ich nicht so leicht. Das ist nicht besser wie die Jünger am Ölberg, halt's Maul, ich weiß eben jetzt, dich muß man im Aug behalten. Du hast es für deine Bequemlichkeit ausgenutzt, daß ich ein Glas zuviel getrunken hab.

MATTI Jawohl, Herr Puntila.

PUNTILA Ich will mich nicht mit dir herumstreiten, dazu fühl ich mich zu angegriffen, ich sag's dir im Guten, sei bescheiden, es dient zu deinem eigenen Besten. Mit der Begehrlichkeit fängt es an, und im Kittchen endet es. Einen Dienstboten, dem die Augen herausquellen vor Gier, wenn er zum Beispiel sieht, was die Herrschaft ißt, kann kein Brotgeber leiden. Einen Bescheidenen behält man im Dienst, warum nicht? Wenn man sieht, daß er sich abrackert, drückt man ein Auge zu. Aber wenn er nur immer Feierabend haben will und Braten so groß wie Abortdeckel, ekelt er einen einfach an und raus mit ihm! Du möchtest es freilich umgekehrt haben.

MATTI Jawohl, Herr Puntila. Im »Helsinki Sanomat«, in der Sonntagsbeilag, hab ich einmal gelesen, daß die Bescheidenheit ein Zeichen von Bildung ist. Wenn einer zurückhaltend ist und seine Leidenschaften zügelt, kann er's weit bringen. Der Kotilainen, dem die drei Papierfabriken bei Viborg gehören, soll der bescheidenste Mensch sein. Solln wir jetzt mit dem Aussuchen anfangen, bevor sie uns die besten wegschnappen?

PUNTILA Ich muß kräftige haben. *Einen großen Mann betrachtend:* Der ist nicht schlecht und hat ungefähr den Bau. Seine Füß gefallen mir nicht. Du sitzt lieber herum, was? Seine Arm sind nicht länger als die von dem da, der doch kürzer ist, aber dem seine sind ungewöhnlich lang. *Zu dem Kleineren:* Wie bist du zum Torfstechen?

EIN DICKER MANN Sehen Sie nicht, daß ich mit dem Mann verhandel?

PUNTILA Ich verhandel auch mit ihm. Ich wünsch, daß Sie sich nicht einmischen.

DER DICKE Wer mischt sich ein?

PUNTILA Stellens mir keine unverschämten Fragen, ich vertrag's nicht. *Zu dem Arbeiter:* Ich geb auf Puntila für den Meter eine halbe Mark. Du kannst dich am Montag melden. Wie heißt du?

DER DICKE Das ist eine Flegelhaftigkeit. Ich steh und besprich, wie ich den Mann mit seiner Familie unterbringe, und Sie angeln dazwischen. Gewisse Leute sollten überhaupt nicht auf den Markt gelassen werden.

PUNTILA Ah, du hast eine Familie? Ich kann alle brauchen, die Frau kann aufs Feld, ist sie kräftig? Wieviel Kinder sind's? Wie alt?

DER ARBEITER Drei sind's. Acht, elf und zwölf. Das älteste ein Mädchen.

PUNTILA Die ist gut für die Küche. Ihr seid wie geschaffen für mich. *Zu Matti, daß der Dicke es hören kann:* Was sagst du, wie die Leut sich heutzutage benehmen?

MATTI Ich bin sprachlos.

DER ARBEITER Wie ist's mit dem Wohnen?

PUNTILA Wohnen werdet ihr fürstlich, dein Dienstbuch schau ich im Café durch, stell dich da an die Hausmauer. *Zu Matti:* Den da drüben möcht ich nach'm Körperbau nehmen, aber seine Hose ist mir zu fein, der packt nicht zu. Auf die Kleider mußt du besonders schauen, zu gut, und sie sind sich zu gut für die Arbeit, zu zerrissen, und sie haben einen schlechten Charakter! Ich durchschau einen mit einem Blick, was in ihm ist, aufs Alter schau ich am wenigsten, die Alten tragen gradsoviel oder mehr, weils nicht weggeschickt werden wollen, die Hauptsach ist mir der Mensch. Krumm soll er nicht grad sein, aber auf Intelligenz geb ich nichts, die rechnen den ganzen Tag die Arbeitsstunden aus. Das mag ich nicht, ich will in einem freundlichen Verhältnis zu meinen Leuten stehn! Ein Kuhmädchen möcht ich mir auch anschaun, erinner mich. Aber zuvor such noch einen Knecht aus oder zwei, daß ich die Auswahl hab, ich muß noch telefonieren.

*Ab ins Café.*

MATTI *spricht einen rothaarigen Arbeiter an:* Wir suchen einen Arbeiter für Puntila, zum Torfstechen. Ich bin aber nur der Chauffeur und hab nichts zu sagen, der Alte ist telefonieren gegangen.

DER ROTHAARIGE Wie ist es da auf Puntila?

MATTI Mittel. Vier Liter Milch. Die ist gut. Kartoffeln geben sie, hör ich, auch. Die Kammer ist nicht groß.

DER ROTHAARIGE Wie weit ist die Schul? Ich hab eine Kleine.

MATTI Eineinviertel Stund.

DER ROTHAARIGE Das ist nichts bei gutem Wetter.

MATTI Im Sommer nicht.

DER ROTHAARIGE *nach einer Pause:* Ich hätt die Stell gern, ich hab nichts Besonderes gefunden, und es wird schon bald Schluß hier.

MATTI Ich werd mit ihm reden. Ich werd ihm sagen, du bist bescheiden, das mag er, und nicht krumm, und er hat inzwischen telefoniert und ist umgänglicher. Da ist er.

PUNTILA *gut gelaunt aus dem Café kommend:* Hast du was gefunden? Ein Ferkel will ich auch noch heimnehmen, eins für 12 Mark oder so, erinner mich.

MATTI Der da ist was. Ich hab mich erinnert an was Sie mich gelehrt haben und ihn danach ausgefragt. Die Hosen flickt er, er hat nur keinen Zwirn gekriegt.

PUNTILA Der ist gut, der ist feurig. Komm mit ins Café, wir besprechen's.

MATTI Es müßt nur klappen, Herr Puntila, weil's schon bald Schluß ist, und da find't er nichts anderes mehr.

PUNTILA Warum sollt's nicht klappen, unter Freunden? Ich verlaß mich auf deinen Blick, Matti, da fahr ich gut. Ich kenn dich und schätz dich. *Zu einem kümmerlichen Mann:* Der wär auch nicht schlecht, dem sein Aug gefällt mir. Ich brauch Leut zum Torfstechen, aber es kann auch aufs Feld sein. Komm mit, wir besprechen's.

MATTI Herr Puntila, ich will Ihnen nicht dreinreden, aber der Mann ist nichts für Sie, er halt's nicht aus.

DER KÜMMERLICHE Hat man so was gehört? Woher weißt du, daß ich's nicht aushalt?

MATTI Elfeinhalb Stunden im Sommer. Ich möcht nur eine Enttäuschung verhüten, Herr Puntila. Nachher müssens ihn wieder wegjagen, wenn er's nicht aushalten kann oder Sie ihn morgen sehen.

PUNTILA Gehn wir ins Café!

*Der erste Arbeiter, der Rothaarige und der Kümmerliche folgen ihm und Matti vor das Café, wo sich alle auf die Bank setzen.*

PUNTILA Hallo, Kaffee! Bevor wir anfangen, muß ich eine Sach mit meinem Freund ins reine bringen. Matti, du wirst es vorher gemerkt haben, daß ich beinah wieder einen von meine Anfäll gekriegt habe, von denen ich dir erzählt habe, und ich hätt's durchaus verstanden, wenn du mir eine geschmiert hättst, wie ich dich so schwach angeredet hab. Kannst du mir's verzeihn, Matti? Ich kann mich überhaupt nicht dem Geschäft widmen, wenn ich denken muß, es hat zwischen uns etwas gegeben.

MATTI Das ist schon lang vergessen. Am besten, wir berühren's nicht. Die Leut wolln gern ihren Kontrakt haben, wenn Sie das zuerst erledigen würden.

PUNTILA *schreibt etwas auf einen Zettel für den ersten Arbeiter:* Ich versteh dich, Matti, du lehnst mich ab. Du willst mir's heimzahlen und bist kalt und geschäftsmäßig. *Zum Arbeiter:* Ich schreib auf, was wir ausgemacht haben, auch für die Frau. Ich geb Milch und Mehl, im Winter Bohnen.

MATTI Und jetzt das Handgeld, vorher ist's kein Kontrakt.

PUNTILA Dräng mich nicht. Laß mich meinen Kaffee in Ruh trinken. *Zur Kellnerin:* Noch einen, oder bringen Sie uns eine große Kanne, wir bedienen uns selber. Schau, was sie für eine stramme Person ist! Ich kann diesen Gesindemarkt nicht ausstehn. Wenn ich Pferd und Küh kauf, geh ich auf 'n Markt und denk mir nichts dabei. Aber ihr seid Menschen, und das sollt's nicht geben, daß man die auf dem Markt aushandelt. Hab ich recht?

DER KÜMMERLICHE Freilich.

MATTI Erlaubens, Herr Puntila, Sie haben nicht recht. Die brauchen Arbeit, und Sie haben Arbeit, und das wird ausgehandelt, ob's ein Markt ist oder eine Kirche, es ist immer ein Markt. Und ich wollt, Sie machen's schnell ab.

PUNTILA Du bist heut bös mit mir. Drum gibst du mir nicht recht in einer so offenbaren Sach. Schaust du mich an, ob ich grade Füß hab, als ob du einem Gaul ins Maul schaust?

MATTI *lacht:* Nein, ich nehm Sie auf Treu und Glauben. *Von dem Rothaarigen:* Er hat eine Frau, aber die Kleine muß noch in die Schul.

PUNTILA Ist sie nett? Da ist der Dicke wieder. So einer, wenn er so auftritt, das macht das böse

Blut unter die Arbeiter, warum, er kehrt den Herrn heraus. Ich wett, er ist im Nationalen Schutzkorps und zwingt seine Leut, daß sie am Sonntag unter seinem Kommando exerzieren, daß sie die Russen besiegen. Was meint ihr?

DER ROTHAARIGE Meine Frau könnt waschen. Sie schafft in einem halben Tag, was andere nicht in einem ganzen schaffen.

PUNTILA Matti, ich merk, es ist noch nicht alles vergessen und begraben zwischen uns. Erzähl die Geschicht von den Geistern, die wird die amüsieren.

MATTI Nachher. Regelns endlich das Handgeld! Ich sag Ihnen, es wird spät. Sie halten die Leut auf.

PUNTILA *trinkend:* Und ich tu's nicht. Ich laß mich nicht zu einer Unmenschlichkeit antreiben. Ich will meinen Leuten näherkommen, bevor wir uns aneinander binden. Ich muß ihnen zuerst sagen, was ich für einer bin, damit sie wissen, ob sie mit mir auskommen. Das ist die Frage, was bin ich für einer?

MATTI Herr Puntila, lassens mich Ihnen versichern, keiner will das wissen, aber einen Kontrakt wollens. Ich rat Ihnen zu dem Mann da – *auf den Rothaarigen zeigend* –, er ist vielleicht geeignet, und jetzt könnens das noch sehn. Und Ihnen rat ich, suchen Sie sich was anderes. Sie holen sich nicht das trockene Brot raus beim Torfstechen.

PUNTILA Da drüben geht der Surkkala. Was macht denn der Surkkala auf dem Gesindemarkt?

MATTI Er sucht eine Stell. Sie haben doch dem Probst versprochen, daß Sie ihn rausschmeißen, weil er ein Roter sein soll.

PUNTILA Was, den Surkkala? Den einzigen intelligenten Menschen von meinen Häuslern! Zehn Mark Handgeld wirst du ihm hinüberbringen, sofort, er soll herkommen, wir nehmen ihn mit 'm Studebaker zurück, das Rad binden wir hinten rauf und keine Dummheiten mehr mit Woandershingehn. Vier Kinder hat er auch, was möcht der von mir denken? Der Probst soll mich am Arsch lecken, dem verbiet ich mein Haus wegen Unmenschlichkeit, der Surkkala ist ein prima Arbeiter.

MATTI Ich geh gleich rüber, es eilt nicht, er find't kaum was mit seinem Ruf. Ich möcht nur, daß Sie hier erst die Leut abfertigen, aber ich glaub, Sie haben's überhaupt nicht ernstlich vor und wollen sich nur unterhalten.

PUNTILA *schmerzlich lächelnd:* So siehst du mich also, Matti. Du hast mich wenig begriffen, wiewohl ich dir Gelegenheit gegeben hab!

DER ROTHAARIGE Würdens vielleicht meinen Kontrakt jetzt schreiben? Es wird sonst Zeit, daß ich nach was such.

PUNTILA Die Leut scheuchst du von mir fort, Matti. In deiner tyrannischen Weise zwingst du mich, daß ich gegen meine Natur handel. Aber ich werd dich noch überzeugen, daß der Puntila ganz anders ist. Ich kauf nicht Menschen ein kalten Bluts, sondern ich geb ihnen ein Heim auf Puntila. Ist es so?

DER ROTHAARIGE Dann geh ich lieber. Ich brauch eine Stell.

*Ab.*

PUNTILA Halt! Jetzt ist er weg. Den hätt ich brauchen können. Seine Hosen sind mir egal, ich schau tiefer. Ich bin nicht dafür, daß ich einen Handel abschließ, wenn ich auch nur ein Glas getrunken hab, keine Geschäfte, wenn man lieber singen möchte, weil das Leben schön ist. Wenn ich denk, wie wir heimfahren werden, ich seh Puntila am liebsten am Abend, wegen der Birken, wir müssen noch was trinken. Da habt ihr was zum Trinken, seid lustig mit dem Puntila, ich seh's gern und rechn nicht nach, wenn ich mit angenehmen Leuten sitz. *Er gibt schnell jedem eine Mark. Zu dem Kümmerlichen:* Laß dich nicht verjagen, er hat was gegen mich, du hältst schon aus, ich nehm dich in die Dampfmühle, an einen leichten Platz.

MATTI Warum dann keinen Kontrakt machen für ihn?

PUNTILA Wozu? Wo wir uns jetzt kennen! Ich geb euch mein Wort, daß es in Ordnung geht. Wißt ihr, was das ist, das Wort von einem tavastländischen Bauern? Der Hatelmaberg kann einstürzen, es ist nicht wahrscheinlich, aber er kann, das Schloß in Tavasthus kann zusammenfalln, warum nicht, aber das Wort von einem tavastländischen Bauern steht, das ist bekannt. Ihr könnt mitkommen.

DER KÜMMERLICHE Ich dank schön, Herr Puntila, ich komm gewiß mit.

MATTI Statt daß du dich auf die Flucht machst! Ich hab nichts gegen Sie, Herr Puntila, mir ist's nur wegen der Leut.

PUNTILA *herzlich:* Das ist ein Wort, Matti. Ich hab gewußt, du bist nicht nachtragend. Und ich schätz deine aufrichtige Art, und wie du auf mein Bestes aus bist. Aber der Puntila kann sich's leisten, daß er selber auf sein Schlechtestes aus ist, das mußt du erst lernen. Aber ich möcht,

Matti, daß du mir immer deine Meinung sagst. Versprich mir's. *Zu den anderen:* In Tammerfors hat er eine Stelle verlorn, weil er dem Direktor, wie der chauffiert hat und den Gang herausgerissen hat, daß er kreischt, gesagt hat, er hätt Henker werden solln.

MATTI Das ist eine Dummheit von mir gewesen.

PUNTILA *ernst:* Ich acht dich wegen solcher Dummheiten.

MATTI *steht auf:* Dann gehn wir also. Und was ist's mit dem Surkkala?

PUNTILA Matti, Matti, du Kleingläubiger! Hab ich dir nicht gesagt, wir nehmen ihn mit zurück als einen prima Arbeiter und einen Menschen, der selbständig denkt? Und das erinnert mich an den Dicken von vorhin, der mir hat die Leut wegfischen wollen. Mit dem hab ich noch ein Wörtlein zu reden, das ist ein typischer Kapitalist.

## 5
## Skandal auf Puntila

*Hof auf dem Gut Puntila mit einer Badehütte, in die man Einblick hat. Es ist Vormittag. Über der Tür ins Gutshaus nageln Laina, die Köchin, und Fina, das Stubenmädchen, ein Schild »Willkommen zur Verlobung« an. Durchs Hoftor kommen Puntila und Matti mit eigenen Waldarbeitern, darunter der rote Surkkala.*

LAINA Willkommen zurück auf Puntila. Das Fräulein Eva und der Herr Attaché und der Herr Oberlandesrichter sind schon eingetroffen und beim Frühstück.

PUNTILA Das erste, was ich tun möcht, ist, daß ich mich bei dir und deiner Familie entschuldig, Surkkala. Ich möcht dich bitten, geh und hol die Kinder, alle vier, damit ich ihnen persönlich mein Bedauern ausdrück für die Angst und die Unsicherheit, in der sie geschwebt haben müssen.

SURKKALA Das ist nicht nötig, Herr Puntila.

PUNTILA *ernst:* Ja, das ist nötig.

*Surkkala geht.*

PUNTILA Die Herren bleiben. Holens ihnen einen Aquavit, Laina, ich möcht sie für die Waldarbeit einstellen.

LAINA Ich hab gedacht, Sie verkaufen den Wald.

PUNTILA Ich? Ich verkauf keinen Wald. Meine Tochter hat ihre Mitgift zwischen ihre Schenkel, hab ich recht?

MATTI Dann könnten wir vielleicht jetzt das Handgeld geben, Herr Puntila, damit Sie's aus 'm Kopf haben.

PUNTILA Ich geh in die Sauna. Fina, bringens den Herrn 'nen Aquavit und mir 'nen Kaffee. *Er geht in die Sauna.*

DER KÜMMERLICHE Meinst du, danach stellt er mich ein?

MATTI Nicht, wenn er nüchtern ist und dich sieht.

DER KÜMMERLICHE Aber wenn er besoffen ist, macht er doch keine Kontrakte.

MATTI Ich hab euch gewarnt, daß ihr nicht herkommt, bevor ihr den Kontrakt habt.

*Fina bringt Aquavit, und die Arbeiter nehmen sich jeder ein Gläschen.*

DER ARBEITER Wie ist er sonst?

MATTI Zu vertraulich. Für euch wär's Wurst, ihr seid im Wald, aber mich hat er im Wagen, ich bin ihm ausgeliefert, und vor ich mich umschau, wird er menschlich, ich werd kündigen müssen.

*Surkkala kommt zurück mit seinen vier Kindern. Die Älteste trägt das Kleinste.*

MATTI *leise:* Um Gottes willen, verschwindets auf der Stell. Bis er aus 'm Bad kommt und seinen Kaffee gesoffen hat, ist er stocknüchtern, und wehe, wenn er euch da noch auf 'm Hof sieht. Ich rat euch, kommts ihm die nächsten zwei Tag nicht unter die Augen.

*Surkkala nickt und will mit seinen Kindern schnell abgehen.*

PUNTILA *der sich entkleidet, dabei gelauscht und das letzte nicht gehört hat, schaut aus der Badehütte und sieht Surkkala und die Kinder:* Ich komm gleich zu euch! Matti, komm herein, ich brauch dich zum Wasserübergießen. *Zum Kümmerlichen:* Du kannst mit herein, dich möcht ich näher kennenlernen.

*Matti und der Kümmerliche folgen Puntila in die Badehütte. Matti gießt Wasser über Puntila aus. Surkkala geht mit seinen Kindern schnell weg.*

PUNTILA Ein Kübel ist genug, ich haß Wasser.

MATTI Noch ein paar Eimer müssens aushalten, dann einen Kaffee und Sie können die Gäste begrüßen.

PUNTILA Ich kann sie auch so begrüßen. Du willst mich nur schikanieren.

DER KÜMMERLICHE Ich glaub auch, daß es genug ist. Der Herr Puntila kann das Wasser nicht aushalten, das seh ich.

PUNTILA Siehst du, Matti, so redet einer, der ein Herz für mich hat. Ich möcht, daß du ihm erzählst, wie ich den Dicken abgefertigt hab auf 'm Gesindemarkt.

*Fina kommt herein.*

PUNTILA Da ist ja das goldene Geschöpf mit dem Kaffee! Ist er stark? Ich möcht einen Likör dazu haben.

MATTI Wozu brauchens dann den Kaffee? Sie kriegen keinen Likör.

PUNTILA Ich weiß, du bist jetzt bös mit mir, weil ich die Leut warten laß, du hast recht. Aber erzähl die Geschicht von dem Dicken. Die Fina soll's auch hören. *Erzählt:* So ein dicker, unangenehmer Mensch, mit Pickeln, ein richtiger Kapitalist, der mir einen Arbeiter hat abspenstig machen wolln. Ich hab ihn gestellt, aber wie wir zum Auto kommen, hat er daneben seinen Einspänner stehen gehabt. Erzähl du weiter, Matti, ich muß meinen Kaffee trinken.

MATTI Er hat sich gegiftet, wie er den Herrn Puntila gesehen hat, und die Geißel genommen und auf seinen Gaul eingehaut, daß der hochgestiegen ist.

PUNTILA Ich kann Tierschinder nicht ausstehen.

MATTI Der Herr Puntila hat den Gaul beim Zügel genommen und ihn beruhigt und dem Dikken seine Meinung gesagt, und ich hab schon geglaubt, er kriegt eine mit der Geißel über, aber das hat der Dicke sich nicht getraut, weil wir mehr waren. Er hat also was von ungebildete Menschen gemurmelt und vielleicht gedacht, wir hören's nicht, aber der Herr Puntila hat ein feines Gehör, wenn er einen Typ nicht leiden kann, und hat ihm gleich geantwortet, ob er so gebildet ist, daß er weiß, wie man am Schlagfluß stirbt, wenn man zu dick ist.

PUNTILA Erzähl, wie er rot geworden ist wie ein Puter und vor Wut nicht hat witzig antworten können vor die Leut.

MATTI Er ist rot geworden wie ein Puter, und der Herr Puntila hat ihm gesagt, daß er sich ja nicht aufregen darf, das ist schlecht für ihn, weil er ungesundes Fett hat. Er darf nie rot werden im Gesicht, das zeigt, daß ihm das Blut ins Gehirn steigt, und das muß er vermeiden wegen seiner Leibeserben.

PUNTILA Du hast vergessen, daß ich es hauptsächlich zu dir hingesprochen hab, daß wir ihn nicht aufregen dürfen und ihn schonen sollen. Das hat ihm besonders gestunken, hast du's bemerkt?

MATTI Wir haben über ihn geredet, als ob er gar nicht dabei wär, und die Leut haben immer mehr gelacht, und er ist immer röter geworden. Eigentlich ist er erst jetzt wie ein Puter geworden, vorher war er eher nur wie ein ausgebleichter Ziegelstein. Es war ihm zu gönnen, warum muß er auf seinen Gaul einhaun? Ich hab einmal erlebt, wie einer vor Wut, weil ihm ein Billett aus 'm Hutband gefallen ist, wo er's hineingesteckt hat, damit er's nicht verliert, seinen eigenen Hut mit Füßen zertrampelt hat in einem gesteckt vollen Zugkupee.

PUNTILA Du hast den Faden verloren. Ich hab ihm auch gesagt, daß jede körperliche Anstrengung, wie mit Geißeln auf Gäul einhaun, für ihn Gift ist. Schon deshalb darf er seine Tier nicht schlecht behandeln, er nicht.

FINA Man soll's überhaupt nicht.

PUNTILA Dafür sollst du einen Likör haben, Fina. Geh, hol einen.

MATTI Sie hat den Kaffee. Jetzt müssens sich doch schon besser fühlen, Herr Puntila?

PUNTILA Ich fühl mich schlechter.

MATTI Ich hab's dem Herrn Puntila hoch angerechnet, daß er den Kerl gestraft hat. Warum, er hätt sich auch sagen können: was geht's mich an? Ich mach mir keine Feinde in der Nachbarschaft.

PUNTILA *der langsam nüchterner wird:* Ich fürcht keine Feinde.

MATTI Das ist wahr. Aber wer kann das schon von sich sagen? Sie können's. Ihre Stuten können auch woanders hinschicken.

FINA Warum die Stuten woanders hinschicken?

MATTI Ich hab nachher gehört, der Dicke ist der, der Summala gekauft hat, und die haben den einzigen Hengst auf achthundert Kilometer, der für unsere Stuten in Frage kommt.

FINA Dann war's der neue Herr auf Summala! Und das habt ihr erst nachher erfahren?

*Puntila steht auf und geht hinter, wo er sich noch einen Eimer Wasser über den Kopf gießt.*

MATTI Wir haben's nicht nachher erfahren. Der Herr Puntila hat's gewußt. Er hat dem Dicken noch zugerufen, sein Hengst ist ihm zu verprügelt für unsere Stuten. Wie habens das doch ausgedrückt?

PUNTILA *einsilbig:* Irgendwie eben.

MATTI Irgendwie war's nicht, sondern witzig.

FINA Aber das wird ein Kreuz, wenn wir die Stuten so weit schicken müssen zum Bespringen!

PUNTILA *finster:* Noch einen Kaffee.

*Er bekommt ihn.*

MATTI Die Tierliebe ist eine hervorstehende Eigenschaft beim Tavastländer, hör ich. Darum hab ich mich so gewundert bei dem Dicken. Ich hab nachher noch gehört, er ist der Schwager von der Frau Klinckmann. Ich bin überzeugt, daß der Herr Puntila, wenn er auch das noch gewußt hätt, ihn sogar noch mehr hergenommen hätt. *Puntila blickt auf ihn.*

FINA War der Kaffee stark genug?

PUNTILA Frag nicht so dumm. Du siehst doch, daß ich ihn getrunken hab. *Zu Matti:* Kerl, sitz nicht herum, faulenz nicht, putz Stiefel, wasch den Wagen, der wird wieder ausschaun wie eine Mistfuhr. Widersprich nicht, und wenn ich dich beim Ausstreun von Klatsch und übler Nachred erwisch, schreib ich dir's ins Zeugnis, das merk dir. *Finster hinaus im Bademantel.*

FINA Warum habens ihn auch den Auftritt mit dem dicken Herrn auf Summala machen lassen?

MATTI Bin ich sein Schutzengel? Ich seh ihn eine großzügige und anständige Handlung begehn, eine Dummheit, weil gegen seinen Vorteil, und da soll ich ihn abhalten? Ich könnt's gar nicht. Wenn er so besoffen ist, hat er ein echtes Feuer in sich. Er würd mich einfach verachten, und wenn er besoffen ist, möcht ich nicht, daß er mich verachtet.

PUNTILA *ruft von draußen:* Fina.

*Fina folgt ihm mit seinen Kleidern.*

PUNTILA *zu Fina:* Hören Sie zu, was ich für eine Entscheidung treff, sonst wird mir hinterher das Wort im Mund herumgedreht wie üblich. *Auf einen der Arbeiter zeigend:* Den da hätt ich genommen, er will sich nicht bei mir beliebt machen, sondern arbeiten, aber ich hab mir's überlegt, ich nehm keinen. Den Wald verkauf ich überhaupt, und zuschreiben könnt ihr's dem da drin, der mich wissentlich im unklaren gelassen hat über etwas, das ich hätt wissen müssen, der Lump! Und das bringt mich auf was anderes. *Ruft:* He du! *Matti tritt aus der Badehütte.* Ja du! Gib mir deine Jacke. Deine Jacke sollst du mir hergeben, hörst du? *Er erhält Mattis Jacke.* Ich hab dich, Bürschel. *Zeigt ihm die Brieftasche.* Das find ich in deiner Jackentasche. Ich habe geahnt, auf den ersten Blick hab ich dir die Zuchthauspflanze angesehn. Ist das meine Brieftasche oder nicht?

MATTI Jawohl, Herr Puntila.

PUNTILA Jetzt bist du verloren, zehn Jahre Zuchthaus, ich brauch bloß an der Station anzurufen.

MATTI Jawohl, Herr Puntila.

PUNTILA Aber den Gefallen tu ich dir nicht. Daß du dich in eine Zelle flaggen, faulenzen und das Brot vom Steuerzahler fressen kannst, wie? Das könnt dir passen. Jetzt in der Ernte! Daß du dich vor dem Traktor drückst! Aber ich schreib dir's ins Zeugnis, verstehst du mich?

MATTI Jawohl, Herr Puntila.

*Puntila geht wütend auf das Gutshaus zu. Auf der Schwelle steht Eva, den Strohhut im Arm. Sie hat zugehört.*

DER KÜMMERLICHE Soll ich dann mitkommen, Herr Puntila?

PUNTILA Dich kann ich schon gar nicht brauchen, du haltst es nicht aus.

DER KÜMMERLICHE Aber jetzt ist der Gesindemarkt aus.

PUNTILA Das hättest du dir früher sagen sollen und nicht versuchen, meine freundliche Stimmung auszunutzen. Ich merk mir alle, die es ausnutzen. *Er geht finster ins Gutshaus.*

DER ARBEITER So sinds. Herfahrens einen im Auto, und jetzt können wir die neun Kilometer zu Fuß zurücklatschen. Und ohne Stell. Das kommt, wenn man ihnen drauf hereinfallt, daß sie freundlich tun.

DER KÜMMERLICHE Ich zeig ihn an.

MATTI Wo?

*Die Arbeiter verlassen erbittert den Hof.*

EVA Warum wehren Sie sich denn nicht? Wir wissen doch alle, daß er seine Brieftasche immer den anderen zum Zahlen gibt, wenn er getrunken hat.

MATTI Er würd's nicht verstehn, wenn ich mich wehren würd. Ich hab gemerkt, die Herrschaften haben's nicht gern, wenn man sich wehrt.

EVA Tun Sie nicht so scheinheilig und demütig. Mir ist heut nicht zum Spaßen.

MATTI Ja, Sie werden mit dem Attaché verlobt.

EVA Seien Sie nicht roh. Der Attaché ist ein sehr lieber Mensch, nur nicht zum Heiraten.

MATTI Das gibt's häufig. Keine kann alle lieben Menschen heiraten oder alle Attachés, sie muß sich auf einen bestimmten festlegen.

EVA Mein Vater überläßt mir's ja ganz, das haben Sie gehört, drum hat er mir gesagt, ich könnt sogar Sie heiraten. Nur hat er dem Attaché meine Hand versprochen und will sich nicht nachsagen lassen, daß er ein Wort nicht hält. Nur deswegen nehm ich soviel Rücksicht und nehm ihn vielleicht doch.

MATTI Da sinds in einer schönen Sackgaß.

EVA Ich bin in keiner Sackgaß, wie Sie's vulgär

ausdrücken. Ich weiß überhaupt nicht, warum ich mit Ihnen so diskrete Sachen besprech.

MATTI Das ist eine ganz menschliche Gewohnheit, daß man was bespricht. Das ist ein großer Vorsprung, den wir vor den Tieren haben. Wenn zum Beispiel die Küh sich miteinander besprechen könnten, gäb's den Schlachthof nicht mehr lang.

EVA Was hat das damit zu tun, daß ich sag, daß ich mit dem Attaché wahrscheinlich nicht glücklich werd? Und daß er zurücktreten müßt, nur, wie könnt man ihm das andeuten?

MATTI Mit 'nem Zaunpfahl würd's nicht genügen, es müßt schon ein ganzer Mast sein.

EVA Was meinen Sie damit?

MATTI Ich mein, das müßt ich machen, ich bin roh.

EVA Wie stellen Sie sich das vor, daß Sie mir helfen bei so was Delikatem?

MATTI Nehmen wir an, ich hätt mich ermuntert gefühlt durch die freundlichen Worte vom Herrn Puntila, daß Sie mich nehmen sollen, die er in der Besoffenheit hat fallen lassen. Und Sie fühlen sich angezogen durch meine rohe Kraft, denkens an Tarzan, und der Attaché überrascht uns und sagt sich: sie ist meiner nicht wert und treibt sich mit einem Chauffeur rum?

EVA Das kann ich nicht von Ihnen verlangen.

MATTI Das wär ein Teil von meinem Dienst wie Wagenputzen. Es kost eine knappe Viertelstund. Wir brauchen ihm nur zu zeigen, daß wir intim sind.

EVA Und wie wollens das zeigen?

MATTI Ich kann Sie mit 'm Vornamen anreden, wenn er dabeisteht.

EVA Wie zum Beispiel?

MATTI »Die Bluse ist im Genick nicht zu, Eva.«

EVA *langt hinter sich:* Sie ist doch zu, ach so, jetzt haben Sie schon gespielt! Aber das ist ihm gleich. So penibel ist er nicht, dazu hat er zuviel Schulden.

MATTI Dann kann ich ja wie aus Versehen mit dem Sacktüchel Ihren Strumpf herausziehen, daß er's sieht.

EVA Das ist schon besser, aber da wird er sagen, Sie haben ihn nur gegrapscht, wie ich nicht dabei war, weil Sie mich heimlich verehren. *Pause.* Sie haben keine schlechte Phantasie in solchen Dingen, wie es scheint.

MATTI Ich tu mein Bestes, Fräulein Eva. Ich stell mir alle möglichen Situationen und verfänglichen Gelegenheiten vor zwischen uns zwei, damit mir was Passendes einfällt.

EVA Das lassen Sie bleiben.

MATTI Schön, ich laß es bleiben.

EVA Was zum Beispiel?

MATTI Wenn er so große Schulden hat, müssen wir schon direkt zusammen aus der Badehütte herauskommen, unter dem geht's nicht, er kann immer etwas Entschuldigendes finden, daß es harmlos ausschaut. Zum Beispiel, wenn ich Sie nur abküß, kann er sagen, ich bin zudringlich geworden, weil ich mich bei Ihrer Schönheit nicht mehr hab zurückhalten können. Und so fort.

EVA Ich weiß nie, wann Sie Ihren Spaß treiben und mich auslachen hinterm Rücken. Mit Ihnen ist man nicht sicher.

MATTI Warum wollens denn sicher sein? Sie sollen doch nicht Ihr Geld anlegen. Unsicher ist viel menschlicher, um mit Ihrem Herrn Vater zu reden. Ich mag die Frauen unsicher.

EVA Das kann ich mir denken von Ihnen.

MATTI Sehens, Sie haben auch eine ganz gute Phantasie.

EVA Ich hab nur gesagt, bei Ihnen kann man nie wissen, was Sie eigentlich wollen.

MATTI Das könnens nicht einmal bei einem Zahnarzt wissen, was er eigentlich will, wenns in seinem Stuhl sitzen.

EVA Sehen Sie, wenn Sie so reden, seh ich, daß das mit der Badestub nicht geht mit Ihnen, weil Sie die Situation sicher ausnützen würden.

MATTI Jetzt ist schon wieder was sicher. Wenn Sie noch lang Bedenken haben, verlier ich die Lust, Sie zu kompromittieren, Fräulein Eva.

EVA Das ist viel besser, wenn Sie's ohne besondere Lust machen. Ich will Ihnen etwas sagen, ich bin einverstanden mit der Badehütte, ich vertrau Ihnen. Sie müssen bald fertig sein mit dem Frühstücken, und dann gehen sie bestimmt auf der Altane auf und ab und besprechen die Verlobung. Wir gehn am besten gleich hinein.

MATTI Gehn Sie voraus, ich muß noch Spielkarten holen.

EVA Wozu denn Spielkarten?

MATTI Wie sollen wir denn die Zeit totschlagen in der Badehütte?

*Er geht ins Haus, sie geht langsam auf die Badehütte zu. Die Köchin Laina kommt mit ihrem Korb.*

LAINA Guten Morgen, Fräulein Puntila, ich geh Gurken holen. Vielleicht kommen Sie mit?

EVA Nein, ich hab etwas Kopfweh und will noch ein Bad nehmen.

*Sie geht hinein. Laina steht kopfschüttelnd. Aus*

*dem Haus treten Puntila und der Attaché, Zigarren rauchend.*

DER ATTACHE Weißt du, Puntila, ich denk, ich fahr mit der Eva an die Riviera und bitt den Baron Vaurien um seinen Rolls. Das wird eine Reklame für Finnland und seine Diplomatie. Wie viele repräsentative Damen haben wir schon in unserm diplomatischen Korps!

PUNTILA *zu Laina:* Wo ist meine Tochter hin? Sie ist hinausgegangen.

LAINA In der Badehütte, Herr Puntila, sie hat solches Kopfweh und wollte baden gehen. *Ab.*

PUNTILA Sie hat immer solche Launen. Ich hab nicht gehört, daß man mit Kopfweh baden geht.

DER ATTACHÉ Es ist originell, aber weißt du, Puntila, wir machen zu wenig aus unserer finnischen Badestube. Ich hab's dem Ministerialrat gesagt, wie davon die Rede war, wie wir eine Anleihe bekommen. Die finnische Kultur müßt ganz anders propagiert werden. Warum gibt's keine finnische Badestube am Piccadilly?

PUNTILA Was ich von dir wissen möcht, ist, ob dein Minister wirklich nach Puntila kommt, wenn die Verlobung ist.

DER ATTACHÉ Er hat's bestimmt zugesagt. Er ist mir verpflichtet, weil ich ihn bei den Lehtinens eingeführt hab, dem von der Kommerzialbank, er interessiert sich für Nickel.

PUNTILA Ich möcht ihn sprechen.

DER ATTACHÉ Er hat eine Schwäche für mich, das sagen alle im Ministerium. Er hat mir gesagt: Sie kann man überall hinschicken, Sie begehn keine Indiskretionen, Sie interessieren sich nicht für Politik. Er meint, ich repräsentier sehr gut.

PUNTILA Ich glaub, du mußt Grieß im Kopf haben, Eino. Es müßt mit dem Teufel zugehn, wenn du nicht Karriere machst, aber nimm das nicht leicht mit 'n Minister auf der Verlobung, darauf besteh ich, daran seh ich, was sie von dir halten.

DER ATTACHÉ Puntila, da bin ich ganz sicher. Ich hab immer Glück. Das ist im Ministerium schon sprichwörtlich. Wenn ich was verlier, kommt's zurück, todsicher.

*Matti kommt mit einem Handtuch über der Schulter und geht in die Badehütte.*

PUNTILA *zu Matti:* Was treibst du dich herum, Kerl? Ich würd mich schämen, wenn ich so herumlümmeln würd, und mich fragen, wie ich da meinen Lohn verdien. Ich werd dir kein Zeugnis geben. Dann kannst du verfaulen wie ein Schellfisch, den keiner fressen will, weil er neben das Faß gefallen ist.

MATTI Jawohl, Herr Puntila.

*Puntila wendet sich wieder dem Attaché zu. Matti geht ruhig in die Badehütte. Puntila denkt zunächst nichts Schlimmes; aber dann fällt ihm plötzlich ein, daß auch Eva drin sein muß, und er schaut Matti verblüfft nach.*

PUNTILA *zum Attaché:* Wie stehst du eigentlich mit Eva?

DER ATTACHÉ Ich steh gut mit ihr. Sie ist ein wenig kühl zu mir, aber das ist ihre Natur. Ich möcht es mit unserer Stellung zu Rußland vergleichen. In diplomatischer Sprache sagen wir, die Beziehungen sind korrekt. Komm! Ich werd Eva noch einen Strauß weiße Rosen pflücken, weißt du.

PUNTILA *geht mit ihm ab, nach der Badehütte blickend:* Ich glaub auch, das ist besser.

MATTI *in der Hütte:* Sie haben mich reingehn sehn. Alles in Ordnung.

EVA Mich wundert, daß mein Vater Sie nicht aufgehalten hat. Die Köchin hat ihm gesagt, daß ich herinnen bin.

MATTI Es ist ihm zu spät aufgefallen, er muß einen riesigen Brummschädel haben heut. Und es wär auch ungelegen gekommen, zu früh, denn die Absicht zum Kompromittieren ist nicht genug, es muß schon was passiert sein.

EVA Ich zweifel, ob sie überhaupt auf schlechte Gedanken kommen. Mitten am Vormittag ist doch nichts dabei.

MATTI Sagens das nicht. Das deutet auf besondere Leidenschaft. 66? *Er gibt Karten.* Ich hab in Viborg einen Herrn gehabt, der hat zu allen Tageszeiten essen können. Mitten am Nachmittag, vorm Kaffee, hat er sich ein Huhn braten lassen. Das Essen war eine Leidenschaft bei ihm. Er war bei der Regierung.

EVA Wie können Sie das vergleichen?

MATTI Wieso, es gibt auch beim Lieben solche, die besonders drauf aus sind. Sie spielen aus. Meinens, im Kuhstall wird immer gewartet, bis es Nacht ist? Jetzt ist Sommer, da ist man gut aufgelegt. Andrerseits sind überall Leut. Da geht man eben schnell in die Badehütte. Heiß ist's. *Er zieht die Jacke aus.* Sie können sich auch leichter machen. Ich schau Ihnen nichts weg. Wir spielen um einen halben Pfennig, denk ich.

EVA Ich weiß nicht, ob es nicht ordinär ist, was Sie daherreden. Merken Sie sich, ich bin keine Kuhmagd.

MATTI Ich hab nichts gegen Kuhmägde.

EVA Sie haben keinen Respekt.

MATTI Das hab ich schon oft gehört. Die Chauffeure sind bekannt als besonders renitente Menschen, die keine Achtung vor die besseren Leut haben. Das kommt daher, daß wir die besseren Leut hinter uns im Wagen miteinander reden hören. Ich hab 66, was haben Sie?

EVA Ich hab auf der Klosterschule in Brüssel nur anständig reden hören.

MATTI Ich red nicht von anständig und unanständig, ich red von dumm. Sie geben, aber abheben, daß kein Irrtum vorkommt!

*Puntila und der Attaché kommen zurück. Der Attaché trägt einen Strauß Rosen.*

DER ATTACHÉ Sie ist geistreich. Ich sag zu ihr: »Du wärst perfekt, wenn du nur nicht so reich wärst!«; sagt sie, ohne viel nachzudenken: »Ich finde das eher angenehm, reich sein!« Hahahah! Und weißt du, Puntila, daß genau das mir schon einmal Mademoiselle Rothschild geantwortet hat, wie ich ihr bei der Baronin Vaurien vorgestellt wurde? Sie ist auch geistreich.

MATTI Sie müssen kichern, als ob ich Sie kitzle, sonst gehens schamlos vorbei hier. *Eva kichert beim Kartenspielen etwas.* Das klingt nicht amüsiert genug.

DER ATTACHÉ *stehenbleibend:* Ist das nicht Eva?

PUNTILA Nein, auf keinen Fall, das muß wer andres sein.

MATTI *laut beim Kartenspielen:* Sie sind aber kitzlig.

DER ATTACHÉ Horch!

MATTI *leise:* Wehrens sich ein bissel!

PUNTILA Das ist der Chauffeur in der Badehütten. Ich glaub, du bringst deinen Strauß besser ins Haus!

EVA *spielt, laut:* Nein! Nicht!

MATTI Doch!

DER ATTACHÉ Weißt du, Puntila, es klingt wirklich, als ob's die Eva wär.

PUNTILA Werd gefälligst nicht beleidigend!

MATTI Jetzt per du und lassens nach mit dem vergeblichen Widerstand!

EVA Nein! Nein! Nein! *Leis:* Was soll ich noch sagen?

MATTI Sagens, ich darf das nicht! Denkens sich doch hinein! Seiens sinnlich!

EVA Das darfst du nicht!

PUNTILA *donnernd:* Eva!

MATTI Weiter! Weiter in blinder Leidenschaft! *Er nimmt die Karten weg, während sie die Liebesszene weiter andeuten.* Wenn er rein kommt, müssen wir ran, da hilft nichts.

EVA Das geht nicht!

MATTI *mit dem Fuß eine Bank umstoßend:* Dann gehens hinaus, aber wie ein begossener Pudel.

PUNTILA Eva!

*Matti fährt Eva sorgfältig mit der Hand durchs Haar, damit es zerwühlt aussieht, und sie macht sich einen Knopf ihrer Bluse am Hals auf. Dann geht sie hinaus.*

EVA Hast du gerufen, Papa? Ich wollt mich nur umziehen und schwimmen gehn.

PUNTILA Was denkst du dir eigentlich, dich in der Badehütte herumzutreiben? Meinst du, wir haben keine Ohren?

DER ATTACHÉ Sei doch nicht jähzornig, Puntila. Warum soll Eva nicht in die Badehütte?

*Heraus tritt Matti, hinter Eva stehenbleibend.*

EVA *Matti noch nicht bemerkend, ein wenig eingeschüchtert.* Was sollst du denn gehört haben, Papa? Es war doch nichts.

PUNTILA So, das heißt bei dir, es war nichts! Vielleicht schaust du dich um!

MATTI *Verlegenheit spielend:* Herr Puntila, ich hab mit dem gnädigen Fräulein nur 66 gespielt. Da sind die Karten, wenn Sie's nicht glauben. Es ist ein Mißverständnis von Ihrer Seite.

PUNTILA Du haltst das Maul! Du bist gekündigt! *Zu Eva:* Was soll der Eino von dir denken?

DER ATTACHÉ Weißt du, Puntila, wenn sie 66 gespielt haben, ist's ein Mißverständnis. Die Prinzessin Bibesco hat sich einmal beim Bac so aufgeregt, daß sie sich eine Perlenkette zerrissen hat. Ich hab dir weiße Rosen gebracht, Eva. *Er gibt ihr die Rosen.* Komm, Puntila, gehn wir ein Billard spielen! *Er zieht ihn am Ärmel weg.*

PUNTILA *grollend:* Ich red noch mit dir, Eva! Und du, Kerl, wenn du noch einmal auch nur soviel wie Muh sagst zu meiner Tochter, statt daß du die schmierige Mütze vom Kopf reißt und strammstehst und dich genierst, weil du dir nicht die Ohren gewaschen hast, halt 's Maul, dann kannst du deine zerrissenen Socken packen. Aufzuschauen hast du zu der Tochter von deinem Brotgeber wie zu einem höheren Wesen, das herniedergestiegen ist. Laß mich, Eino, meinst du, ich laß so was zu? *Zu Matti:* Wiederhol's, was hast du?

MATTI Ich muß zu ihr aufschaun wie zu einem höheren Wesen, das herniedergestiegen ist, Herr Puntila.

PUNTILA Deine Augen reißt du auf, daß es so

was gibt, in ungläubigem Staunen, Kerl.

MATTI Ich reiß meine Augen auf in ungläubigem Staunen, Herr Puntila.

PUNTILA Rot wirst du wie ein Krebs, weil du schon vor der Konfirmation unsaubere Gedanken gehabt hast bei Weibern, wenn du so was von Unschuld siehst, und möchtest in den Boden versinken, hast du verstanden?

MATTI Ich hab verstanden.

*Der Attaché zieht Puntila ins Haus.*

EVA Nichts.

MATTI Seine Schulden sind noch größer, als wir geglaubt haben.

**6**

**Ein Gespräch über Krebse**

*Gutsküche auf Puntila. Es ist Abend. Von draußen hin und wieder Tanzmusik. Matti liest die Zeitung.*

FINA *herein:* Fräulein Eva will Sie sprechen.

MATTI Es ist recht. Ich trink noch meinen Kaffee aus.

FINA Wegen mir müssen Sie ihn nicht austrinken, als ob es Ihnen nicht pressiert. Ich bin überzeugt, Sie bilden sich was ein, weil das Fräulein Eva sich ab und zu mit Ihnen abgibt, weil sie keine Gesellschaft hat auf dem Gut und einen Menschen sehen muß.

MATTI An so einem Abend bild ich mir gern was ein. Wenns zum Beispiel Lust haben, Fina, sich mit mir den Fluß anschaun, hab ich's überhört, daß das Fräulein Eva mich braucht, und kommt mit.

FINA Ich glaub nicht, daß ich dazu Lust hab.

MATTI *nimmt eine Zeitung auf:* Denkens an den Lehrer?

FINA Ich hab nichts gehabt mit dem Lehrer. Er ist ein freundlicher Mensch gewesen und hat mich bilden wollen, indem er mir ein Buch geliehen hat.

MATTI Schad, daß er so schlecht bezahlt wird für seine Bildung. Ich hab 300 Mark, und ein Lehrer hat 200 Mark, aber ich muß auch mehr können. Warum, wenn ein Lehrer nichts kann, dann lernens im Dorf höchstens nicht die Zeitung lesen. Das wär früher ein Rückschritt gewesen, aber was nützt das Zeitunglesen heutzutag, wo doch nichts drinsteht wegen der Zensur? Ich geh so weit und sag: wenns die Schullehrer vollends abschafften, brauchtens auch die Zensur nicht und ersparten dem Staat die Gehälter für die Zensorn. Aber wenn ich steckenbleib auf der Distriktstraße, müssen die Herrn zu Fuß durch 'n Kot gehen und fallen in die Straßengräben, weils besoffen sind.

*Matti winkt Fina zu sich, und sie setzt sich auf seine Knie. Der Richter und der Advokat kommen, die Handtücher über der Schulter, aus dem Dampfbad.*

DER RICHTER Haben Sie nichts zum Trinken, etwas von der schönen Buttermilch von früher.

MATTI Soll's das Stubenmädchen hineinbringen?

DER RICHTER Nein, zeigen Sie uns, wo sie steht.

*Matti schöpft ihnen mit dem Schöpflöffel. Fina ab.*

DER ADVOKAT Die ist ausgezeichnet.

DER RICHTER Ich trink sie auf Puntila immer nach dem Dampfbad.

DER ADVOKAT Die finnische Sommernacht!

DER RICHTER Ich hab viel zu tun mit ihr. Die Alimentationsprozesse, das ist ein hohes Lied auf die finnische Sommernacht. Im Gerichtssaal sieht man, was für ein hübscher Ort ein Birkenwald ist. An den Fluß könnens überhaupt nicht gehn, ohne daß sie schwach werden. Eine hab ich vor dem Richtertisch gehabt, die hat das Heu beschuldigt, daß es so stark riecht. Beerenpflücken solltens auch nicht, und Kuhmelken kommt sie teuer zu stehn. Um jedes Gebüsch an der Straße müßt ein Stacheldrahtzaun gezogen werden. Ins Dampfbad gehn die Geschlechter einzeln, weil sonst die Versuchung zu groß würd, und danach gehens zusammen über die Wiesen. Sie sind einfach nicht zu halten im Sommer. Von den Fahrrädern steigens ab, auf die Heuböden kriechens hinauf; in der Küche passiert's, weil es zu heiß ist, und im Freien, weil so ein frischer Luftzug geht. Zum Teil machens Kinder, weil der Sommer so kurz, und zum Teil, weil der Winter so lang ist.

DER ADVOKAT Es ist ein schöner Zug, daß auch die älteren Leute daran teilnehmen dürfen. Ich denk an die nachherigen Zeugen. Sie sehen's. Sie sehn das Paar im Wäldchen verschwinden, sie sehn die Holzschuh unten im Heuschuppen, und wie das Mädchen erhitzt ist, wenn sie vom Blaubeerenklauben kommt, wo man sich nie erhitzen kann, weil man dabei nicht so eifrig ist. Sie sehn nicht nur, sondern sie hören auch. Die Milchkannen scheppern und die Bettstätten krachen. So sind sie mit den Augen und Ohren beteiligt und haben was vom Sommer.

DER RICHTER *da es klingelt, zu Matti:* Vielleicht gehn Sie schaun, was drin gewünscht wird? Aber wir können auch drin sagen, daß hier Gewicht auf den Achtstundentag gelegt wird.

*Er geht mit dem Advokaten hinaus. Matti hat sich wieder zu seiner Zeitung gesetzt.*

EVA *herein, eine ellenlange Zigarettenspitze haltend und mit einem verführerischen Gang, den sie im Kino gesehen hat:* Ich hab Ihnen geklingelt. Haben Sie noch was zu tun hier?

MATTI Ich? Nein, meine Arbeit fängt erst morgen früh um sechs wieder an.

EVA Ich hab mir gedacht, ob Sie nicht mit mir auf die Insel rudern, ein paar Krebs für morgen zum Verlobungsessen fangen.

MATTI Ist es nicht ein bissel schon nachtschlafende Zeit?

EVA Ich bin noch gar nicht müd, ich schlaf im Sommer schlecht, ich weiß nicht, was das ist. Können Sie einschlafen, wenn Sie jetzt ins Bett gehn?

MATTI Ja.

EVA Sie sind zu beneiden. Dann richten Sie mir die Geräte her. Mein Vater hat den Wunsch, daß Krebse da sind. *Sie dreht sich auf dem Absatz um und will abgehen, wobei sie wieder den Gang vorführt, den sie im Kino gesehen hat.*

MATTI *umgestimmt:* Ich denk, ich werd doch mitgehn. Ich werd Sie rudern.

EVA Sind Sie nicht zu müd?

MATTI Ich bin aufgewacht und fühl mich ganz frisch. Sie müssen nur sich umziehen, daß Sie gut waten können.

EVA Die Geräte sind in der Geschirrkammer. *Ab.*

*Matti zieht seine Joppe an.*

EVA *in sehr kurzen Hosen zurückkehrend:* Aber Sie haben ja die Geräte nicht.

MATTI Wir fangen sie mit den Händen. Das ist viel hübscher, ich lern's Ihnen.

EVA Aber es ist bequemer mit dem Gerät.

MATTI Ich bin neulich mit dem Stubenmädchen und der Köchin auf der Insel gewesen, da haben wir's mit den Händen gemacht, und es war sehr hübsch, Sie können nachfragen. Ich bin flink. Sind Sie nicht? Manche haben fünf Daumen an jeder Hand. Die Krebs sind natürlich schnell, und die Stein sind glitschig, aber es ist ja hell draußen, nur wenig Wolken, ich hab hinausgeschaut.

EVA *zögernd:* Ich will lieber mit den Geräten. Wir kriegen mehr.

MATTI Brauchen wir so viele?

EVA Mein Vater ißt nichts, wovon's nicht viel gibt.

MATTI Das wird ja ernst. Ich hab mir gedacht, ein paar, und wir unterhalten uns, es ist eine hübsche Nacht.

EVA Sagens nicht von allem, es ist hübsch. Holens lieber die Geräte.

MATTI Seiens doch nicht so ernst und so grausam hinter die Krebs her! Ein paar Taschen voll genügen. Ich weiß eine Stell, wo sie's reichlich gibt, wir haben in fünf Minuten genug, daß wir's vorzeigen können.

EVA Was meinen Sie damit? Wollen Sie überhaupt Krebse fangen?

MATTI *nach einer Pause:* Es ist vielleicht ein bissel spät. Ich muß früh um sechs raus und mit 'm Studebaker den Attaché von der Station abholen. Wenn wir bis drei, vier Uhr auf der Insel herumwaten, wird's bissel knapp für 'n Schlaf. Ich kann Sie natürlich hinüberrudern, wenns absolut wollen.

*Eva dreht sich wortlos um und geht hinaus. Matti zieht seine Joppe wieder aus und setzt sich zu seiner Zeitung. Herein, aus dem Dampfbad, Laina.*

LAINA Die Fina und die Futtermeisterin fragen, ob Sie nicht ans Wasser hinunterkommen wollen. Sie unterhalten sich noch.

MATTI Ich bin müd. Ich war heut auf 'm Gesindemarkt, und vorher hab ich den Traktor ins Moor gebracht, und da sind die Strick gerissen.

LAINA Ich bin auch ganz tot mit dem Backen, ich bin nicht für Verlobungen. Aber ich hab mich direkt wegreißen müssen, daß ich ins Bett geh, es ist so hell und eine Sünd, zu schlafen. *Schaut im Abgehen aus dem Fenster.* Vielleicht geh ich doch noch ein bissel hinunter, der Stallmeister wird wieder auf der Harmonika spielen, das hör ich gern. *Sie geht todmüde, aber entschlossen ab.*

EVA *herein:* Ich wünsch, daß Sie mich noch zur Station fahren.

MATTI Es dauert fünf Minuten, bis ich den Studebaker umgedreht hab. Ich wart vor der Tür.

EVA Es ist recht. Ich seh, Sie fragen nicht, was ich auf der Station will.

MATTI Ich würd sagen, Sie wollen den Elfuhrzehner nach Helsingfors nehmen.

EVA Jedenfalls sind Sie nicht überrascht, wie ich seh.

MATTI Warum überrascht? Es ändert sich nie was und führt selten zu was, wenn die Chauffeure überrascht sind. Es wird fast nie bemerkt und ist ohne Bedeutung.

EVA Ich fahre nach Brüssel zu einer Freundin auf ein paar Wochen und will meinen Vater nicht damit behelligen. Sie müßten mir 200 Mark für das Billett leihen. Mein Vater wird's natürlich zurückzahlen, sobald ich ihm's schreibe.

MATTI *wenig begeistert:* Jawohl.

EVA Ich hoffe, Sie haben keine Furcht um Ihr Geld. Wenn es meinem Vater auch gleichgültig ist, mit wem ich mich verlob, so wird er Ihnen doch nicht gerade was schuldig bleiben wollen.

MATTI *vorsichtig:* Ich weiß nicht, ob er das Gefühl hätt, daß er's mir schuldet, wenn ich's Ihnen geb.

EVA *nach einer Pause:* Ich bedauer sehr, daß ich Sie darum gebeten hab.

MATTI Ich glaub nicht, daß es Ihrem Vater gleichgültig ist, wenn Sie mitten in der Nacht wegfahren vor der Verlobung, während sozusagen die Kuchen noch im Rohr liegen. Daß er Ihnen in einem unbedachten Moment geraten hat, daß Sie sich mit mir abgeben sollen, dürfen Sie nicht übelnehmen. Ihr Herr Vater hat Ihr Bestes im Auge, Fräulein Eva. Er hat mir's selber angedeutet. Wenn er besoffen ist, oder sagen wir, wenn er ein Glas zuviel getrunken hat, kann er nicht wissen, was Ihr Bestes ist, sondern geht nach dem Gefühl. Aber wenn er nüchtern ist, wird er wieder intelligent und kauft Ihnen einen Attaché, der sein Geld wert ist, und Sie werden Ministerin in Paris oder Reval und können tun, was Sie wollen, wenn Sie zu was Lust haben an einem netten Abend, und wenns nicht wollen, müssens nicht.

EVA Also Sie raten mir jetzt zu dem Herrn Attaché?

MATTI Fräulein Eva, Sie sind nicht in der finanziellen Lage, Ihrem Herrn Vater Kummer zu bereiten.

EVA Ich seh, Sie haben Ihre Ansicht gewechselt und sind eine Windfahne.

MATTI Das ist richtig. Aber es ist nicht gerecht, wenn man von Windfahnen redet, sondern gedankenlos. Sie sind aus Eisen, und was Festeres gibt's nicht, nur fehlt Ihnen die feste Grundlag, die einem einen Halt verleiht. Ich hab leider auch nicht die Grundlag. *Er reibt Daumen und Zeigefinger.*

EVA Ich muß leider Ihren guten Rat dann vorsichtig aufnehmen, wenn Ihnen die Grundlage fehlt, daß Sie mir einen ehrlichen Rat geben. Ihre schönen Worte darüber, wie gut es mein Vater mit mir meint, stammen, scheint's, nur davon her, daß Sie das Geld für mein Billett nicht riskieren wollen.

MATTI Meine Stellung könnens auch dazuzählen, ich find sie nicht schlecht.

EVA Sie sind ein ziemlicher Materialist, wie's scheint, Herr Altonen, oder wie man in Ihren Kreisen sagen wird, Sie wissen, auf welcher Seite Ihr Brot gebuttert ist. Jedenfalls hab ich noch nie jemand so offen zeigen sehen, wie er um sein Geld besorgt ist oder überhaupt um sein Wohlergehen. Ich seh, daß nicht nur, die was haben, ans Geld denken.

MATTI Es tut mir leid, wenn ich Sie enttäuscht hab. Ich kann's aber nicht vermeiden, weil Sie mich so direkt gefragt haben. Wenn Sie's nur angedeutet hätten und hätten's in der Luft schweben lassen, sozusagen zwischen den Zeilen, hätt vom Geld überhaupt zwischen uns nicht die Rede zu sein brauchen. Das bringt immer einen Mißklang in alles hinein.

EVA *setzt sich:* Ich heirat den Attaché nicht.

MATTI Ich versteh nicht, nach einigem Nachdenken, warums grad den nicht heiraten wolln. Mir kommt einer wie der andere ganz ähnlich vor, ich hab mit genug zu tun gehabt. Sie sind gebildet und werfen Ihnen keinen Stiefel an den Kopf, auch nicht, wenns besoffen sind, und schaun nicht auf Geld, besonders, wenn's nicht das ihrige ist, und wissen Sie zu schätzen, genau wies einen Wein vom andern kennen, weils das gelernt haben.

EVA Ich nehm den Attaché nicht. Ich glaub, ich nehm Sie.

MATTI Was meinen Sie damit?

EVA Mein Vater könnt uns ein Sägwerk geben.

MATTI Sie meinen: Ihnen.

EVA Uns, wenn wir heiraten.

MATTI In Karelien war ich auf einem Gut, da war der Herr ein früherer Knecht. Die gnädige Frau hat ihn zum Fischen geschickt, wenn der Probst zu Besuch gekommen ist. Bei den sonstigen Gesellschaften ist er hinten am Ofen gesessen und hat eine Patience gelegt, sobald er mit dem Flaschenaufkorken fertig war. Sie haben schon große Kinder gehabt. Sie haben ihn mit'm Vornamen gerufen. »Viktor, hol die Galoschen, aber trödel nicht herum!« Das wär nicht nach meinem Geschmack, Fräulein Eva.

EVA Nein, Sie wollen der Herr sein. Ich kann mir's vorstellen, wie Sie eine Frau behandeln würden.

MATTI Habens nachgedacht darüber?
EVA Natürlich nicht. Sie meinen wohl, ich denk den ganzen Tag an nichts als an Sie. Ich weiß nicht, wie Sie zu der Einbildung kommen. Ich hab's jedenfalls satt, daß Sie nur immer von sich reden, was Sie wollen und was nach Ihrem Geschmack ist und was Sie gehört haben, ich durchschau Ihre unschuldigen Geschichten und Ihre Frechheiten. Ich kann Sie überhaupt nicht ausstehn, weil mir Egoisten nicht gefallen, daß Sie's wissen! *Ab.*
*Matti setzt sich wieder zu seiner Zeitung.*

## 7
## Der Bund der Bräute des Herrn Puntila

*Hof auf Puntila. Es ist Sonntagmorgen. Auf der Altane des Gutshauses streitet Puntila mit Eva, während er sich rasiert. Man hört von weitem Kirchenglocken.*

PUNTILA Du heiratest den Attaché und damit Schluß. Ich geb dir keinen Pfennig sonst. Ich bin für deine Zukunft verantwortlich.
EVA Neulich hast du gesagt, daß ich nicht heiraten soll, wenn er kein Mann ist. Ich soll den nehmen, den ich liebe.
PUNTILA Ich sag viel, wenn ich ein Glas über den Durst getrunken hab. Und ich mag's nicht, wenn du an meinem Wort herumdeutelst. Und wenn ich dich noch einmal mit dem Chauffeur erwisch, werd ich dir's zeigen. Gradsogut hätten fremde Leut um den Weg sein können, wie du aus der Badehütte herauskommst mit einem Chauffeur. Dann wär der Skandal fertig gewesen. *Er schaut plötzlich in die Ferne und brüllt:* Warum sind die Gäul auf dem Kleefeld?
STIMME Der Stallmeister hat's angeschafft!
PUNTILA Gib sie sofort weg! *Zu Eva:* Wenn ich einen Nachmittag weg bin, ist alles durcheinander auf dem Gut. Und warum, frag ich, sind die Gäul im Klee? Weil der Stallmeister was hat mit der Gärtnerin. Und warum ist die junge Kuh, die nur ein Jahr und zwei Monat alt ist, schon betreten, daß sie mir nicht mehr wachsen wird? Weil die Futtermeisterin was hat mit dem Praktikanten. Da hat sie natürlich keine Zeit zum Aufpassen, daß der Stier nicht meine jungen Küh betritt, sie laßt ihn einfach los, auf was er Lust hat. Schweinerei! Und wenn die Gärtnerin, ich werd reden mit ihr, nicht mit dem Stallmeister herumläg, würd ich nicht nur hundert Kilo Tomaten verkaufen dieses Jahr, wie soll sie das richtige Gefühl für meine Tomaten haben, das ist immer eine kleine Goldgrube gewesen, ich verbiet diese Liebeleien auf dem Gut, sie kommen mich zu teuer, hörst du, laß es dir gesagt sein mit dem Chauffeur, ich laß mir nicht das Gut ruinieren, da setz ich eine Grenze.
EVA Ich ruinier nicht das Gut.
PUNTILA Ich warn dich. Ich duld keinen Skandal. Ich richt dir eine Hochzeit für 6000 Mark und tu alles, daß du in die besten Kreise einheiratest, das kost mich einen Wald, weißt du, was ein Wald ist? und du führst dich so auf, daß du dich mit Krethi und Plethi gemein machst und sogar mit einem Chauffeur.
*Matti ist unten auf den Hof gekommen. Er hört zu.*
PUNTILA Ich hab dir eine feine Erziehung in Brüssel gezahlt, nicht daß du dich dem Chauffeur an den Hals wirfst, sondern daß du einen Abstand hältst zu dem Gesinde, sonst wird's frech und tanzt dir auf dem Bauch herum. Zehn Schritt Abstand und keine Vertraulichkeiten, sonst herrscht das Chaos, und da bin ich eisern. *Ab ins Haus.*
*Vor dem Hoftor erscheinen die vier Frauen aus Kurgela. Sie beraten sich, nehmen ihre Kopftücher ab, setzen Strohkränze auf und schicken eine von ihnen vor. Auf den Hof kommt Sandra, die Telefonistin.*
DIE TELEFONISTIN Guten Morgen. Ich möchte den Herrn Puntila sprechen.
MATTI Ich glaub nicht, daß er sich heut sprechen läßt. Er ist nicht auf der Höhe.
DIE TELEFONISTIN Seine Verlobte wird er schon empfangen, denk ich.
MATTI Sie sind mit ihm verlobt?
DIE TELEFONISTIN Das ist meine Ansicht.
PUNTILAS STIMME Und solche Wörter wie Liebe verbitt ich mir, daß du in den Mund nimmst, das ist nur ein andrer Ausdruck für Schweinerei, und die duld ich nicht auf Puntila. Die Verlobung ist angesetzt, ich hab ein Schwein schlachten lassen, das kann ich nicht rückgängig machen, es tut mir nicht den Gefallen und geht in Kober zurück und frißt wieder geduldig, weil du dir's anders überlegt hast, und überhaupt hab ich schon disponiert und will meine Ruh auf Puntila, und dein Zimmer wird zugeschlossen, richt dich danach!
*Matti hat einen langen Besen ergriffen und begonnen, den Hof zu kehren.*

DIE TELEFONISTIN Die Stimm von dem Herrn kommt mir bekannt vor.

MATTI Das ist kein Wunder, weil's die Stimm von Ihrem Verlobten ist.

DIE TELEFONISTIN Sie ist's und ist's nicht. Die Stimm in Kurgela war anders.

MATTI Ach, es war in Kurgela? War's, wie er dort gesetzlichen Schnaps geholt hat?

DIE TELEFONISTIN Vielleicht kenn ich die Stimm nicht wieder, weil die äußeren Umstände dort anders waren und das Gesicht dazu gekommen ist, ein freundliches, er ist in einem Auto gesessen und hat die Morgenröt im Gesicht gehabt.

MATTI Ich kenn das Gesicht und ich kenn die Morgenröt. Sie gehn besser wieder heim.

*Auf den Hof kommt die Schmuggleremma. Sie tut, als kenne sie die Telefonistin nicht.*

DIE SCHMUGGLEREMMA Ist der Herr Puntila hier? Ich möcht ihn gleich sprechen.

MATTI Er ist leider nicht hier. Aber da ist seine Verlobte, die könnens sprechen.

DIE TELEFONISTIN *Theater spielend:* Ist das nicht die Emma Takinainen, die den Schnaps schmuggelt?

DIE SCHMUGGLEREMMA Was tu ich? Sagst du, ich schmuggel Schnaps? Weil ich ein bissel Spiritus brauch, wenn ich der Frau vom Polizisten die Bein massier? Meinen Spiritus nimmt die Frau vom Bahnhofsvorsteher zu ihrem feinen Kirschlikör, daraus siehst du, daß er gesetzlich ist. Und was mit Verlobte? Die Telefonsandra von Kurgela will verlobt sein mit meinem Verlobten, dem Herrn Puntila, der hier wohnhaft ist, wie ich versteh? Das ist stark, du Fetzen!

DIE TELEFONISTIN *strahlend:* Und was hab ich hier, du Roggenbrennerin? Was siehst du an meinem Ringfinger?

DIE SCHMUGGLEREMMA Eine Warze. Aber was siehst du an meinem? Ich bin verlobt, nicht du. Und mit Schnaps und Ring.

MATTI Sind die Damen beide aus Kurgela? Da scheint's Bräute von uns zu geben wie Spatzendamen im März.

*Auf den Hof kommen Lisu, das Kuhmädchen, und Manda, das Apothekerfräulein.*

DAS KUHMÄDCHEN UND DAS APOTHEKERFRÄULEIN *gleichzeitig:* Wohnt hier der Herr Puntila?

MATTI Seid Ihr aus Kurgela? Dann wohnt er nicht hier, ich muß es wissen, ich bin der Chauffeur von ihm. Der Herr Puntila ist ein anderer Herr gleichen Namens wie der, mit dem Sie wahrscheinlich verlobt sind.

DAS KUHMÄDCHEN Aber ich bin die Lisu Jakkara, mit mir ist der Herr wirklich verlobt, ich kann's beweisen. *Auf das Telefonfräulein deutend:* Und die kann's auch beweisen, die ist auch mit ihm verlobt.

DIE SCHMUGGLEREMMA UND DIE TELEFONISTIN *zugleich:* Ja, wir können's beweisen, wir sind alle die Rechtmäßigen!

*Alle vier lachen sehr.*

MATTI Ich bin froh, daß Sie's beweisen können. Ich sag's grad heraus, wenn es nur eine wär, die rechtmäßig ist, würd ich mich nicht besonders interessieren, aber ich kenn die Stimme der Masse, wo ich sie auch hör. Ich schlag einen Bund der Bräute des Herrn Puntila vor. Und damit erhebt sich die interessante Frag: was ihr vorhabt?

DIE TELEFONISTIN Sollen wir's ihm sagen? Da liegt eine alte Einladung vor vom Herrn Puntila persönlich, daß wir viere kommen sollen, wenn die große Verlobung gefeiert wird.

MATTI So eine Einladung möcht was sein wie der Schnee vom vergangenen Jahr. Ihr möchtet den Herren vorkommen wie vier Wildgänse aus den Moorseen, die geflogen kommen, wenn die Jäger schon heimgegangen sind.

DIE SCHMUGGLEREMMA O je, das klingt nicht nach willkommen!

MATTI Ich sag nicht unwillkommen. Nur in einer bestimmten Hinsicht seid ihr etwas zu früh. Ich muß schaun, wie ich euch in einem guten Moment einführ, wo ihr willkommen seid und erkannt werdet mit klarem Aug als die Bräut, die ihr seid.

DAS APOTHEKERFRÄULEIN Es ist nur ein Spaß beabsichtigt und ein klein wenig Aufzwicken beim Tanz.

MATTI Wenn der Zeitpunkt günstig gewählt ist, könnt's gehn. Weil, sobald die Stimmung sich gehoben hat, sinds auf was Groteskes aus. Dann könnten die vier Bräute kommen. Der Probst wird sich wundern, und der Richter wird ein andrer und glücklicherer Mensch, wenn er den Probst sich wundern sieht. Aber es muß Ordnung sein, denn sonst möcht der Herr Puntila sich nicht auskennen, wenn wir einziehen im Saal als der Bund der Bräute unter Absingen der tavastländischen Hymne und mit einer Fahn aus einem Unterrock.

*Alle lachen wieder sehr.*

DIE SCHMUGGLEREMMA Meinens, ein Kaffee wird abfallen und vielleicht ein Tanz danach?

MATTI Das ist eine Forderung, die der Bund vielleicht durchsetzt als gerechtfertigt, weil Hoffnungen erzeugt worden sind und Ausgaben erwachsen sind, denn wie ich annehm, seid ihr mit der Bahn gekommen.

DIE SCHMUGGLEREMMA Zweiter Klasse!

*Das Stubenmädchen Fina trägt ein Butterschaff ins Haus.*

DAS KUHMÄDCHEN Vollbutter!

DAS APOTHEKERFRÄULEIN Wir sind von der Station gleich hergegangen. Ich weiß nicht, wie Sie heißen, aber vielleicht könnten Sie uns ein Glas Milch verschaffen?

MATTI Ein Glas Milch? Nicht vor dem Mittag, ihr verderbt euch den Appetit.

DAS KUHMÄDCHEN Da brauchen Sie keine Furcht zu haben.

MATTI Besser wär's für euren Besuch, ich verschaff dem Bräutigam ein Glas von was andrem als Milch.

DIE TELEFONISTIN Seine Stimm war ein bissel trocken, das ist wahr.

MATTI Die Telefonsandra, die alles Wissende und das Wissen Verbreitende, versteht mich, warum ich nicht für euch nach der Milch lauf, sondern denk, wie ich an den Aquavit für ihn herankomm.

DAS KUHMÄDCHEN Sind's nicht neunzig Küh auf Puntila? Das hab ich gehört.

DIE TELEFONISTIN Aber die Stimm hast du nicht gehört, Lisu.

MATTI Ich glaub, ihr seid klug und begnügt euch fürs erste mit 'm Geruch vom Essen.

*Der Stallmeister und die Köchin tragen ein geschlachtetes Schwein ins Haus.*

DIE FRAUEN *klatschen Beifall:* Das kann schon ausgeben! – Hoffentlich man backt's knusprig! – Tu bissel Majoran dran!

DIE SCHMUGGLEREMMA Meint ihr, ich kann beim Mittag die Rockhäkchen aufmachen, wenn man nicht auf mich schaut? Der Rock ist schon eng.

DAS APOTHEKERFRÄULEIN Der Herr Puntila möcht herschaun.

DIE TELEFONISTIN Nicht beim Mittag.

MATTI Wißt ihr, was das für ein Mittag sein wird? Ihr werdet Seit an Seit mit dem Richter sitzen vom Hohen Gericht in Viborg. Dem werd ich sagen – *er stößt den Besenstiel in den Boden und redet ihn an* –: Euer Ehrwürden, da sind vier mittellose Frauen in Ängsten, daß ihr Anspruch verworfen wird. Lange Strecken sind sie auf staubiger Landstraße gewandert, um ihren Bräutigam zu erreichen. Denn in einer Früh vor zehn Tagen ist ein feiner dicker Herr in einem Studebaker ins Dorf gekommen, der hat Ringe gewechselt mit ihnen und sie sich anverlobt, und jetzt möcht er's vielleicht nicht gewesen sein. Tun Sie Ihre Pflicht, fällen Sie Ihren Urteilsspruch, und ich warn Sie. Denn wenns keinen Schutz gewähren, möcht's eines Tages kein Hohes Gericht von Viborg mehr geben.

DIE TELEFONISTIN Bravo!

MATTI Der Advokat wird euch bei Tisch auch zutrinken. Was wirst du ihm sagen, Emma Takinainen?

DIE SCHMUGGLEREMMA Ich werd ihm sagen, ich freu mich, daß ich die Verbindung krieg, und würdens mir nicht meine Steuererklärung schreiben und recht streng mit den Beamten sein. Vereitelns durch Ihre Beredsamkeit auch, daß mein Mann so lang beim Militär bleiben muß, ich werd mit dem Feld nicht fertig, und der Herr Oberst ist ihm nicht sympathisch. Und daß der Krämer, wenn er mir für Zucker und Petroleum anschreibt, mich nicht bescheißt.

MATTI Das ist die Gelegenheit gut ausgenutzt. Aber das mit der Steuer gilt nur, wenn du den Herrn Puntila nicht kriegst. Die ihn kriegt, kann zahlen. Auch mit dem Doktor werdet ihr ein Glas anstoßen, was werdet ihr dem sagen?

DIE TELEFONISTIN Herr Doktor, werd ich ihm sagen, ich hab wieder Stiche im Kreuz, aber blickens nicht so düster, beißens die Zähn zusammen, ich zahl die Doktorsrechnung, sobald ich den Herrn Puntila geheiratet hab. Und nehmen Sie sich Zeit mit mir, wir sind erst bei der Grütze, das Wasser zum Kaffee ist noch gar nicht aufgesetzt, und Sie sind für die Volksgesundheit verantwortlich.

*Zwei Arbeiter rollen zwei Fässer Bier ins Haus.*

DIE SCHMUGGLEREMMA Da geht Bier hinein.

MATTI Und ihr werdet auch mit dem Probst sitzen. Was werdet ihr dem sagen?

DAS KUHMÄDCHEN Ich werd sagen: von jetzt ab hab ich Zeit, daß ich am Sonntag in die Kirch geh, wenn ich Lust hab.

MATTI Das ist zu kurz für ein Tischgespräch. Ich werd also hinzusetzen: Herr Probst, daß die Lisu, das Kuhmädchen, heut von einem porzellanenen Teller ißt, das muß Sie am meisten freuen, denn vor Gott sind alle gleich, steht es geschrieben, also warum nicht vor dem Herrn Puntila? Und sie wird Ihnen bestimmt was zugute kommen lassen als neue Gustherrin, ein paar Flaschen Weißen zum Geburtstag wie bisher, damit Sie in der Kanzel weiter schön von den himmlischen Augen reden, weil sie selber nicht mehr auf den irdischen Auen die Küh melken muß.

*Während Mattis großen Reden ist Puntila auf die Altane getreten.*
*Er hat finster zugehört.*

PUNTILA Wenns ausgeredet haben, lassen Sie's mich wissen. Wer ist das?

DIE TELEFONISTIN *lachend:* Ihre Bräute, Herr Puntila, Sie werden sie doch kennen?

PUNTILA Ich? Ich kenn keine von euch.

DIE SCHMUGGLEREMMA Doch, Sie kennen uns, mindestens am Ring.

DAS APOTHEKERFRÄULEIN Von der Gardinenstang der Apothek in Kurgela.

PUNTILA Was wollens hier? Stunk machen?

MATTI Herr Puntila, es ist vielleicht jetzt ein ungünstiger Zeitpunkt mitten am Vormittag, aber wir haben hier eben besprochen, wie wir zur Heiterkeit bei der Verlobung auf Puntila beitragen können, und einen Bund der Bräute des Herrn Puntila gegründet.

PUNTILA Warum nicht gleich eine Gewerkschaft? Wo du herumlungerst, wachst so was leicht aus 'm Boden, ich kenn dich, ich kenn die Zeitung, die du liest!

DIE SCHMUGGLEREMMA Es ist nur zum Spaß und für einen Kaffee vielleicht.

PUNTILA Ich kenn eure Späß! Ihr seids gekommen, zu erpressen, daß ich euch was in den Rachen werf!

DIE SCHMUGGLEREMMA No, no, no!

PUNTILA Aber ich werd's euch geben, einen guten Tag wollt ihr euch aus mir machen für meine Freundlichkeit. Ich rat euch, gehts vom Gut, bevor ich euch vertreib und die Polizei anruf. Du da bist die Telefonistin von Kurgela, dich erkenn ich, ich werd beim Amt anrufen lassen, ob sie solche Späße billigen bei der Post, und wer die andern sind, bring ich noch heraus.

DIE SCHMUGGLEREMMA Wir verstehen. Wissens, Herr Puntila, es wär mehr aus Erinnerung und für die alten Tag gewesen. Ich glaub, ich setz mich direkt nieder auf Ihrem Hof, daß ich sagen kann: einmal bin ich auf Puntila gesessen, ich war eingeladen. *Sie setzt sich auf den Boden.* So, jetzt kann's keiner mehr bestreiten und ableugnen, ich sitz schon. Ich brauch nie sagen, daß es nicht auf einem Stuhl war, sondern auf 'm nackten tavastländischen Boden, von dem's in den Schulbüchern heißt: er macht Müh, aber er lohnt die Müh, freilich nicht, wem er die Müh macht und wem er sie lohnt. Hab ich nicht an ein gebratenes Kalb hingerochen und ein Butterfaß gesehn und war etwa kein Bier da?

*Sie singt:*

Und der See und der Berg und die Wolken
überm Berg!
Teuer ist's dem tavastländischen Volke
Von der Wälder grüner Freude bis zu Aabos
Wasserwerk. –

Hab ich recht? Und jetzt hebts mich auf, laßts mich nicht sitzen in der historischen Position.

PUNTILA Ihr gehts vom Gut!

*Die vier Frauen werfen ihre Strohkränze auf die Erde und gehen vom Hof. Matti kehrt das Stroh zusammen.*

## 8
## Finnische Erzählungen

*Distriktstraße. Es ist Abend. Die vier Frauen auf dem Heimweg.*

DIE SCHMUGGLEREMMA Wie soll eins wissen, in welcher Laun man sie grad antrifft. Wenns gut gesoffen haben, machens einen Witz und kneifen einen wer weiß wo, und man hat seine Müh, daß sie nicht gleich intim werden und rein in Himbeerstrauch, aber fünf Minuten danach ist ihnen was über die Leber gekrochen, und sie wollen am liebsten die Polizei holen. In meinem Schuh muß ein Nagel herausstehen.

DIE TELEFONISTIN Die Sohl ist auch ab.

DAS KUHMÄDCHEN Der ist nicht für fünf Stunden Distriktstraße gemacht.

DIE SCHMUGGLEREMMA Ich hab ihn kaputtgelaufen. Er hätt noch ein Jahr halten sollen. Ich bräucht einen Stein. *Alle setzen sich, und sie klopft den Nagel im Schuh nieder.* Wie ich sag, man kann die Herren nicht berechnen, sie sind bald so, bald so und dann wieder so. Die Frau vom vorigen Polizeimeister hat mich oft mitten in der Nacht holen lassen, daß ich ihr die geschwollenen Füß massier, und jedesmal war sie anders, je nachdem, wie sie mit ihrem Mann gestanden hat. Er hat was mit dem Dienstmädchen gehabt. Wie sie mir einmal Pralinees geschenkt hat, hab ich gewußt, daß er das Ding weggeschickt hat, und kurz darauf hat er sie, scheint's, doch wieder aufgesucht, denn sie hat sich um alles in der Welt, wie sehr sie sich auch den Kopf zerbrochen hat, nicht erinnern können, daß ich sie zehnmal im Monat und nicht nur sechsmal massiert hab. Ein so schlechtes Gedächtnis hat sie plötzlich gekriegt.

DAS APOTHEKERFRÄULEIN Manchmal haben sie auch ein langes. Wie der Amerikapekka, der ein Vermögen gemacht hat drüben und zu seinen Verwandten zurückgekehrt ist nach zwanzig Jahren. Sie waren so arm, daß sie von meiner Mutter die Kartoffelschalen bettelten, und wie er sie besucht hat, haben sie ihm einen Kalbsbraten vorgesetzt, damit er gut gelaunt würd. Er hat ihn gegessen und dabei erzählt, daß er der Großmutter einmal 20 Mark geliehen hat, und hat den Kopf geschüttelt, daß es ihnen so elend geht, daß sie nicht einmal ihre Schulden zurückzahlen können.

DIE TELEFONISTIN Die verstehen's. Aber von etwas müssen sie ja reich werden. Ein Gutsherr aus unserer Gegend hat sich von einem Häusler in einer Nacht im Winter 1908 übers Eis vom See führen lassen. Sie haben gewußt, daß im Eis ein Riß war, aber nicht wo, und der Häusler hat vorausgehen müssen die zwölf Kilometer. Dem Herrn ist angst geworden, und er hat ihm einen Gaul versprochen, wenn sie hinüberkommen. Wie sie so in der Mitte gewesen sind, hat er wieder geredet und gesagt: Wenn du durchfindest und ich brech nicht ein, kriegst du ein Kalb. Dann hat man das Licht von einem Dorf gesehn, und er hat gesagt: Gib dir Müh, damit du dir die Uhr verdienst. Fünfzig Meter vom Ufer hat er noch von einem Sack Kartoffeln gesprochen, und wie sie da waren, hat er ihm eine Mark gegeben und gesagt: Lang hast du gebraucht. Wir sind zu dumm für ihre Witze und Tricks und fallen ihnen immer wieder herein. Warum, sie schauen aus wie unsereiner, und das täuscht. Wenn sie ausschauten wie Bären oder Kreuzottern, möcht man auf der Hut sein.

DAS APOTHEKERFRÄULEIN Keine Späß mit ihnen machen und nichts von ihnen nehmen!

DIE SCHMUGGLEREMMA Nichts von ihnen nehmen, das ist gut, wenn sie alles haben und wir nichts. Nimm nichts vom Fluß, wenn du verdurstest!

DAS APOTHEKERFRÄULEIN Ich hab starken Durst, ihr.

DAS KUHMÄDCHEN Ich auch. In Kausala hat eine was gehabt mit einem Bauerssohn, wo sie Magd war. Ein Kind ist gekommen, aber vor dem Gerichtshof in Helsingfors hat er alles abgeschworen, daß er keine Alimente zu zahlen brauchte. Ihre Mutter hat einen Advokaten genommen, der hat seine Briefe vom Militär dem Gericht auf den Tisch gelegt. Die Briefe waren so, daß alles klar war und er seine fünf Jahr für Meineid hätt bekommen müssen. Aber wie der Richter den ersten Brief verlesen hat, ganz langsam hat er's gemacht, ist sie vor ihn hingetreten und hat sie zurückverlangt, so daß sie keine Alimente gekriegt hat. Das Wasser ist ihr, heißt's, aus den Augen gelaufen wie ein Fluß, wie sie mit den Briefen aus dem Landgericht gekommen ist, und die Mutter war fuchtig, und er hat gelacht. Das ist die Liebe.

DIE TELEFONISTIN Es war dumm von ihr.

DIE SCHMUGGLEREMMA Aber so was kann auch klug sein, je nachdem. Einer aus der Viborger Gegend hat nichts von ihnen genommen. Er war 18 dabei, bei den Roten, und in Tammerfors haben sie ihn dafür ins Lager gesperrt, ein junger Bursch, er hat dort Gras fressen müssen vor Hunger, nichts haben sie ihnen zu fressen gegeben. Seine Mutter hat ihn besucht und ihm was gebracht. Achtzig Kilometer her ist sie gekommen. Sie war eine Häuslerin, und die Gutsbesitzerin gibt ihr einen Fisch mit und ein Pfund Butter. Sie ist zu Fuß gegangen, und wenn ein Bauernwagen sie mitgenommen hat, ist sie ein Stück gefahren. Zu dem Bauern hat sie gesagt: »Ich geh nach Tammerfors, meinen Sohn Athi besuchen bei den Roten im Lager, und die Gutsherrin gibt mir für ihn einen Fisch mit und das Pfund Butter, die Gute.« Wenn der Bauer das hörte, hat er sie absteigen heißen, weil ihr Sohn ein Roter war, aber wenn sie bei den Frauen vorbeigekommen ist, die am Fluß gewaschen haben, hat sie wieder erzählt: »Ich geh nach Tammerfors, meinen Sohn besuchen im Lager für die Roten, und die Gutsherrin, die Gute, gibt mir für ihn einen Fisch mit und das Pfund Butter.« Und wie sie ins Lager nach Tammerfors kam, sagte sie auch vor dem Kommandanten ihr Sprüchlein auf, und er hat gelacht, und sie hat hineindürfen, was sonst verboten war. Vor dem Lager ist noch Gras gewachsen, aber hinter dem Stacheldrahtzaun gab's kein grünes Gras mehr, kein Blatt an keinem Baum, sie haben's alles aufgegessen gehabt. Das ist wahr, ihr. Den Athi hat sie zwei Jahr nicht gesehen gehabt, mit dem Bürgerkrieg und der Gefangenschaft, und mager war er sehr. »Da bist du ja, Athi, und schau, hier ist ein Fisch und die Butter, die hat mir die Gutsherrin für dich mitgegeben.« Der Athi sagt ihr guten Tag und erkundigt sich nach ihrem Rheuma und nach einigen Nachbarn, aber den Fisch und die Butter hätt er nicht genommen um die Welt, sondern er ist bös geworden und hat gesagt: »Hast du die bei der Gutsherrin gebettelt? Da kannst du gradsogut alles wieder mitnehmen, ich nehm nichts von denen.« Sie hat ihre Geschenke wieder einwickeln müssen, so verhungert der Athi war, und hat Adjö gesagt und ist zurück, wieder zu Fuß, und mit 'm Wagen nur, wenn eines sie mitgenommen hat. Zu dem Bauernknecht hat sie jetzt gesagt: »Mein Athi im Gefangenenlager hat einen Fisch und Butter nicht genommen, weil ich's bei der Gutsherrin gebettelt hab, und er nimmt nichts von denen.« Der Weg war ja weit und sie schon alt, und sie hat sich ab und zu am Straßenrand niedersetzen müssen und ein bissel von dem Fisch und Butter essen, denn sie waren schon nicht mehr ganz gut und stanken sogar schon ein wenig. Aber zu den Frauen am Fluß sagte sie jetzt: »Mein Athi im Gefangenenlager hat den Fisch und die Butter nicht haben wollen, weil ich's bei der Gutsherrin gebettelt hab, und er nimmt nichts von denen.« Das sagte sie zu allen, die sie getroffen hat, so daß es einen Eindruck gemacht hat am ganzen Weg, und der war achtzig Kilometer lang.

DAS KUHMÄDCHEN Solche wie der ihren Athi gibt es.

DIE SCHMUGGLEREMMA Zu wenige.

*Sie stehen auf und gehen schweigend weiter.*

## 9
## Puntila verlobt seine Tochter einem Menschen

*Eßzimmer mit kleinen Tischchen und einem riesigen Büfett. Der Probst, der Richter und der Advokat stehen und nehmen rauchend den Kaffee. Im Eck sitzt Puntila und trinkt schweigsam. Nebenan wird zu Grammophonmusik getanzt.*

DER PROBST Einen echten Glauben findet man selten. Statt dessen findet man Zweifel und Gleichgültigkeit, daß man an unserm Volk verzweifeln könnt. Ich hämmer ihnen dauernd ein, daß ohne Ihn nicht eine Blaubeer wachsen würd, aber sie nehmen die Naturprodukte wie was ganz Natürliches und fressens hinunter, als ob es sein müßte. Ein Teil von dem Unglauben ist der Tatsache zuzuschreiben, daß sie nicht in die Kirch gehen und mich vor leeren Bänken predigen lassen, als ob sie nicht genug Fahrräder hätten, jede Kuhmagd hat eins, aber es kommt auch von der Schlechtigkeit, die angeboren ist. Wie soll ich mir sonst so was erklären, wie daß ich an einem Sterbebett letzte Woche von dem rede, was den Menschen im Jenseits erwartet, und von ihm vorgelegt bekomm: Meinens, die Kartoffeln halten den Regen aus? So was läßt einen fragen, ob unsere ganze Tätigkeit nicht einfach für die Katz ist!

DER RICHTER Ich versteh Sie. Kultur hineintragen in diese Kaffs ist kein Honigschlecken.

DER ADVOKAT Wir Advokaten haben auch keine leichte Existenz. Wir haben immer von den kleinen Bauern gelebt, von den eisernen Charaktern, die lieber an Bettelstab wollen als auf ihr Recht verzichten. Die Leut streiten sich immer noch ganz gern herum, aber ihr Geiz ist ihnen im Weg. Sie möchten sich gern beleidigen und mit 'm Messer stechen und einander lahme Gäul aufhängen, aber wenn sie merken, daß Prozessieren Geld kostet, dann lassen sie in ihrem Eifer schnell nach und brechen den schönsten Prozeß ab, nur um des lieben Mammons willen.

DER RICHTER Das ist das kommerzielle Zeitalter. Es ist eine Verflachung, und das gute Alte verschwindet. Es ist furchtbar schwer, am Volk nicht zu verzweifeln, sondern es immer von neuem mit ihm zu versuchen, ob man nicht etwas Kultur hineinbringt.

DER ADVOKAT Dem Puntila wachsen die Felder von selber immer wieder nach, aber so ein Prozeß ist dagegen ein furchtbar empfindliches Geschöpf, bis man das groß kriegt, da können oft graue Haare kommen. Wie oft denkt man, jetzt ist es aus mit ihm, es kann nicht weitergehen, ein neuer Beweisantrag ist nicht mehr möglich, er stirbt jung, und dann geht es doch, und er erholt sich wieder. Am vorsichtigsten muß man mit einem Prozeß sein, wenn er noch im Säuglingsalter ist, da ist die Sterblichkeit am größten. Wenn man ihn erst ins Jünglingsalter hinaufgepäppelt hat, weiß er schon allein, wie er weiterkommt, und kennt sich selber aus, und ein Prozeß, der älter als vier, fünf Jahre ist, hat alle Aussicht, alt und grau zu werden. Aber bis er soweit ist! Ach, das ist ein Hundeleben!

*Herein der Attaché mit der Pröbstin.*

PRÖBSTIN Herr Puntila, Sie sollten sich um Ihre Gäste kümmern, der Herr Minister tanzt grad mit dem Fräulein Eva, aber er hat schon nach Ihnen gefragt.

*Puntila gibt keine Antwort.*

DER ATTACHÉ Die Frau Pröbstin hat dem Minister gerade eine ganz entzückend witzige Antwort gegeben. Er hat sie gefragt, ob sie den Jazz goutiert. Ich war in meinem Leben noch nicht so gespannt, wie sie sich aus der Affäre ziehen würde. Sie hat ein wenig überlegt und geantwortet, da man zur Kirchenorgel ja sowieso nicht tanzen kann, also ist's ihr gleich, welche Instrumente man nimmt. Der Minister hat sich halb totgelacht über den Witz. Was sagst du dazu, Puntila?

PUNTILA Nichts, weil ich meine Gäste nicht kritisier. *Er winkt den Richter zu sich.* Fredrik, gefällt dir die Visage?

DER RICHTER Welche meinst du?

PUNTILA Die von dem Attaché. Sag, im Ernst!

DER RICHTER Gib acht, Johannes, der Punsch ist ziemlich stark.

DER ATTACHE *summt die Melodie von nebenan mit und macht Fußbewegungen im Takt:* Das geht in die Beine, nicht wahr?

PUNTILA *winkt wieder dem Richter, der versucht, ihn zu übersehen:* Fredrik! Sag die Wahrheit, wie gefallt sie dir? Sie kost mich einen Wald.

*Die anderen Herren summen ebenfalls mit: »Ich suche nach Tittine...«*

DER ATTACHE *ahnungslos:* Ich kann mir keine Texte merken, schon in der Schule, aber den Rhythmus hab ich im Blut.

DER ADVOKAT *da Puntila sehr heftig winkt:* Es ist etwas warm herinnen, gehn wir in den Salon! *Er will den Attaché wegziehen.*

DER ATTACHE Neulich hab ich mir doch eine Zeile gemerkt: »We have no bananas.« Ich bin also optimistisch mit meinem Gedächtnis.

PUNTILA Fredrik! Schau sie dir an und dann urteil! Fredrik!

DER RICHTER Kennen Sie den Witz von dem Juden, der seinen Mantel im Kaffeehaus hat hängenlassen? Darauf sagt der Pessimist: Ja, er wird ihn wiederkriegen! Und ein Optimist sagt: Nicht wird er ihn wiederkriegen!

*Die Herren lachen.*

DER ATTACHE Und hat er ihn wiedergekriegt?

*Die Herren lachen.*

DER RICHTER Ich glaub, Sie haben die Pointe nicht ganz erfaßt.

PUNTILA Fredrik!

DER ATTACHE Den müssen Sie mir erklären. Ich glaub, Sie haben die Antworten verwechselt. Der Optimist sagt doch: Ja, er wird ihn wiederkriegen!

DER RICHTER Nein, der Pessimist! Verstehn Sie doch, der Witz liegt darin, daß der Mantel alt ist und es besser ist, er ist verloren!

DER ATTACHÉ Ach so, der Mantel ist alt? Das haben Sie vergessen zu erwähnen. Hahaha! Das ist der kapitalste Witz, den ich je gehört hab!

PUNTILA *steht finster auf:* Jetzt muß ich einschreiten. Einen solchen Menschen brauch ich nicht zu dulden. Fredrik, du verweigerst mir die grade Antwort auf meine ernste Frag, was du zu einer solchen Visage sagst, wenn ich sie in die Familie krieg. Aber ich bin Manns genug, mir schlüssig zu werden. Ein Mensch ohne Humor ist überhaupt kein Mensch. *Würdig:* Verlassen Sie mein Haus, ja Sie, drehen Sie sich nicht herum, als ob ich jemand andern meinen könnt.

DER RICHTER Puntila, du gehst zu weit.

DER ATTACHE Meine Herren, ich bitt Sie, daß Sie den Vorfall vergessen. Sie ahnen nicht, wie prekär die Stellung der Mitglieder des diplomatischen Korps ist. Wegen der kleinsten moralischen Antastbarkeit kann das Agrément verweigert werden. In Paris, auf dem Montmartre, hat die Schwiegermama des rumänischen Legationssekretärs mit dem Regenschirm auf ihren Liebhaber losgeschlagen, und sofort war der Skandal fertig.

PUNTILA Eine Heuschrecke im Frack! Waldfressende Heuschrecke.

DER ATTACHE *eifrig:* Sie verstehn, nicht, daß sie einen Liebhaber hat, das ist die Regel, auch nicht, daß sie ihn verprügelt, das ist begreiflich, aber daß es mit dem Regenschirm ist, das ist vulgär. Es ist die Nuance.

DER ADVOKAT Puntila, da hat er recht. Seine Ehr ist sehr empfindlich. Er ist im diplomatischen Dienst.

DER RICHTER Der Punsch ist zu stark für dich, Johannes.

PUNTILA Fredrik, du verstehst den Ernst der Situation nicht.

DER PROBST Herr Puntila ist ein wenig aufgeregt, Anna, vielleicht siehst du in den Salon!

PUNTILA Gnädige Frau, Sie brauchen sich nicht zu beunruhigen, daß ich meine Fassung verlieren könnt. Der Punsch ist normal, und was mir zu stark ist, ist nur die Visage von diesem Herrn, gegen die ich einen Widerwillen hab, den Sie begreifen können.

DER ATTACHE Über meinen Humor hat sich die Prinzessin Bibesco schmeichelhaft ausgesprochen, indem sie der Lady Oxford gegenüber bemerkte, ich lach über einen Witz oder ein Bonmot schon im voraus, das heißt, daß ich schnell versteh.

PUNTILA Seinen Humor, Fredrik!

DER ATTACHE Solang keine Namen genannt werden, ist alles noch reparabel, nur wenn Namen genannt werden zusammen mit Injurien, ist's unreparabel.

PUNTILA *mit schwerem Sarkasmus:* Fredrik, was mach ich? Ich hab seinen Namen vergessen, jetzt krieg ich ihn nie mehr los, sagt er. Gott sei Dank, jetzt fällt's mir wieder ein, daß ich seinen Namen auf einem Schuldschein gelesen hab, den ich hab kaufen sollen, und daß er der Eino Silakka ist, vielleicht geht er jetzt, was meinst du?

DER ATTACHÉ Meine Herren, jetzt ist ein Name gefallen. Jetzt kommt's auf jedes fernere Wort an, das nicht auf die Goldwaage gelegt ist.

PUNTILA Da ist man hilflos. *Plötzlich brüllend:* Geh sofort hinaus hier und laß dich nicht mehr blicken auf Puntila, ich verlob meine Tochter nicht mit einer befrackten Heuschrecke!

DER ATTACHÉ *sich zu ihm umdrehend:* Puntila, jetzt wirst du beleidigend. Jetzt überschreitest du die feine Grenze, wo's ein Skandal wird, wenn du mich aus deinem Haus hinauswirfst.

PUNTILA Das ist zuviel. Meine Geduld reißt. Ich habe mir vorgenommen, ich laß dich unter uns verstehen, daß deine Visage mir auf die Nerven fällt und besser, du verschwindest, aber du zwingst mich, daß ich deutlich werd und »Scheißkerl, hinaus!« sag.

DER ATTACHÉ Puntila, das nehm ich krumm. Ich empfehl mich, meine Herren. *Ab.*

PUNTILA Geh nicht so langsam! Ich will dich laufen sehn, ich werd dir's zeigen, mir freche Antworten zu geben!

*Er läuft ihm nach. Alle außer der Pröbstin und dem Richter folgen ihm.*

DIE PRÖBSTIN Das wird ein Skandal.

*Herein Eva.*

EVA Was ist los? Was ist das für ein Lärm auf dem Hof?

DIE PRÖBSTIN *auf sie zulaufend:* O Kind, etwas Unangenehmes ist geschehen, du mußt dich mit großer Seelenstärke wappnen.

EVA Was ist geschehen?

DER RICHTER *holt ein Glas Sherry:* Trink das, Eva. Dein Vater hat eine ganze Flasche Punsch ausgetrunken, und plötzlich hat er eine Idiosynkrasie gegen das Gesicht von Eino bekommen und ihn herausgejagt.

EVA *trinkt:* Der Sherry schmeckt nach dem Korken, schad. Was hat er ihm denn gesagt?

DIE PRÖBSTIN Bist du denn nicht außer dir, Eva?

EVA Doch, natürlich.

*Der Probst kehrt zurück.*

DER PROBST Es ist schrecklich.

DIE PRÖBSTIN Was ist? Ist was passiert?

DER PROBST Eine schreckliche Szene auf dem Hof. Er hat ihn mit Steinen beworfen.

EVA Und getroffen?

DER PROBST Ich weiß nicht. Der Advokat hat sich dazwischen geworfen. Und der Minister nebenan im Salon!

EVA Onkel Fredrik, jetzt bin ich fast sicher, daß er fährt. Gut, daß wir den Minister hergebracht haben. Der Skandal wär nicht halb so groß gewesen.

DIE PRÖBSTIN Eva!

*Herein Puntila mit Matti, dahinter Laina und Fina.*

PUNTILA Ich hab eben einen tiefen Blick in die Verworfenheit der Welt getan. Ich bin hineingegangen mit den besten Absichten und hab verkündet, daß ein Irrtum gemacht worden ist, daß ich meine einzige Tochter beinahe an eine Heuschrecke verlobt hätte und mich jetzt beeilen will, sie an einen Menschen zu verloben. Ich hab seit langem beschlossen gehabt, daß ich meine Tochter mit einem guten Menschen verheirat, dem Matti Altonen, einem tüchtigen Chauffeur und Freund von mir. Alle sollen also ein Glas auf das glückliche junge Paar leeren. Was glaubt ihr, das ich zur Antwort bekommen hab? Der Minister, den ich für einen gebildeten Menschen gehalten hab, hat mich angesehn wie einen giftigen Pilz und hat nach seinem Wagen gerufen. Und die andern haben ihn natürlich nachgeäfft. Traurig. Ich bin mir wie ein christlicher Märtyrer vor den Löwen vorgekommen und hab mit meiner Meinung nicht hinterm Berg gehalten. Er ist schnell gegangen, aber vor dem Auto hab ich ihn glücklicherweise doch noch eingeholt und ihm sagen können, daß ich ihn auch für einen Scheißkerl halt. Ich glaub, ich hab in eurem Sinn gesprochen.

MATTI Herr Puntila, ich glaub, wir sollten zusammen in die Küch gehn und die Sache bei einer Flasche Punsch durchsprechen.

PUNTILA Warum in der Küch? Eure Verlobung ist überhaupt noch nicht gefeiert, nur die falsche. Ein Mißgriff! Stellts die Tisch zusammen, baut eine Festtafel auf. Wir feiern. Fina, setz dich neben mich!

*Er setzt sich in die Saalmitte, und die andern bauen vor ihm aus den kleinen Tischchen einen langen Eßtisch auf. Eva und Matti holen zusammen Stühle.*

EVA Schau mich nicht so an, wie mein Vater ein Frühstücksei anschaut, das schon riecht. Ich erinner mich, daß du mich schon anders angeschaut hast.

MATTI Das war pro forma.

EVA Wie du heut nacht mit mir zum Krebsefangen und auf die Insel wolltest, war's nicht zum Krebsefangen.

MATTI Das war in der Nacht, und es war auch nicht zum Heiraten.

PUNTILA Probst, neben das Stubenmädchen! Frau Pröbstin, zur Köchin! Fredrik, setz du dich auch einmal an einen anständigen Tisch!

*Alle setzen sich widerstrebend nieder. Es entsteht ein Schweigen.*

DIE PRÖBSTIN *zu Laina:* Haben Sie schon Pilze eingelegt dieses Jahr?

LAINA Ich leg sie nicht ein. Ich trockn sie.

DIE PRÖBSTIN Wie machens das?

LAINA Ich schneid sie in grobe Stücke und fädel sie mit einer Nadel auf einer Schnur und häng sie in die Sonne.

PUNTILA Ich möcht was über den Verlobten meiner Tochter sagen. Matti, ich hab dich im geheimen studiert und mir ein Bild von deinem Charakter gemacht. Ich red nicht davon, daß es keine zerbrochenen Maschinen mehr gibt, seit du auf Puntila bist, sondern ich ehr den Menschen in dir. Ich hab den Vorgang von heut vormittag nicht vergessen. Ich hab deinen Blick beobachtet, wie ich auf dem Balkon gestanden bin wie ein Nero und liebe Gäste weggejagt hab in meiner Verblendung und Vernebelung, ich hab zu dir schon von meinen Anfällen früher gesprochen. Ich bin während dem ganzen Essen, wie du vielleicht gemerkt hast oder, wenn du nicht da warst, geahnt hast, still und in mich gekehrt gesessen und hab mir ausgemalt, wie die vier jetzt zu Fuß nach Kurgela zurücklatschen, nachdems keinen Schluck Punsch bekommen haben, sondern nur grobe Wort. Ich würd mich nicht wundern, wenn sie am Puntila zweifeln. Ich stell jetzt an dich die Frag: kannst du das vergessen, Matti?

MATTI Herr Puntila, betrachten Sie's als vergessen. Aber sagens Ihrer Tochter mit Ihrer ganzen Autorität, daß sie sich nicht mit einem Chauffeur verloben kann.

DER PROBST Sehr richtig.

EVA Papa, Matti und ich haben einen kleinen Wortwechsel gehabt, während du draußen gewesen bist. Er glaubt nicht, daß du uns ein Sägwerk gibst, und meint, ich halt es nicht aus, mit ihm als einfache Chauffeursfrau zu leben.

PUNTILA Was sagst du, Fredrik?

DER RICHTER Frag mich nicht, Johannes, und blick mich nicht an wie ein zu Tod verwundetes Wild. Frag die Laina!

PUNTILA Laina, ich wend mich an dich, ob du mich für fähig hältst, daß ich an meiner Tochter spar und mir ein Sägwerk und eine Dampfmühl und ein Wald dazu zu schad für sie ist.

LAINA *unterbrochen in einer geflüsterten Diskussion mit der Pröbstin über Pilze, wie man an den Gesten sehen kann:* Ich mach Ihnen gern einen Kaffee, Herr Puntila.

PUNTILA *zu Matti:* Matti, kannst du anständig f.....?

MATTI Ich hör, daß ja.

PUNTILA Das ist nix. Kannst du's unanständig? Das ist die Hauptsache. Aber ich erwarte keine Antwort von dir, ich weiß, du lobst dich nicht selber, es ist dir peinlich. Aber hast du die Fina gef....? Dann könnt ich die sprechen. Nein? Das versteh ich nicht.

MATTI Lassen Sie's gut sein, Herr Puntila.

EVA *die ein wenig mehr getrunken hat, steht auf und hält eine Rede:* Lieber Matti, ich bitt dich, mich zu deiner Frau zu machen, damit ich einen Mann hab wie andere, und wenn du willst, gehn wir vom Platz weg zum Krebsefangen ohne Netz. Ich halt mich für nichts Besonderes, wie du vielleicht glaubst, und kann mit dir auch leben, wenn wir's knapp haben.

PUNTILA Bravo!

EVA Wenn du aber nicht zum Krebsefangen willst, weil es dir vielleicht unernst vorkommt, pack ich mir eine Handtasche und fahr mit dir zu deiner Mutter. Mein Vater hat nichts dagegen...

PUNTILA Im Gegenteil, ich begrüß es.

MATTI *steht ebenfalls auf und trinkt schnell zwei Gläser:* Fräulein Eva, ich mach jede Dummheit mit, aber zu meiner Mutter kann ich Sie nicht mitnehmen, die alte Frau möcht einen Schlag bekommen. Warum, da ist höchstens ein Kanapee. Herr Probst, beschreibens dem Fräulein Eva eine Armeleuteküch mit Schlafgelegenheit!

DER PROBST *ernst:* Sehr ärmlich.

EVA Wozu es beschreiben? Ich werd's selber sehen.

MATTI Und meine alte Mutter nach 'm Bad fragen!

EVA Ich geh ins städtische Dampfbad.

MATTI Mit 'm Geld vom Herrn Puntila? Sie haben den Sägwerksbesitzer im Kopf, aus dem wird nichts, weil der Herr Puntila ein vernünftiger Mensch ist, wenn er wieder er selber ist, morgen früh.

PUNTILA Red nicht weiter, red nicht von dem Puntila, der unser gemeinsamer Feind ist, dieser Puntila ist heut nacht in einer Punschflasche ersoffen, der schlechte Kerl! Und jetzt steh ich da, ein Mensch bin ich geworden, trinkt ihr auch, werdets auch Menschen, verzagt nicht!

MATTI Ich sag Ihnen, daß ich Sie nicht zu meiner Mutter nehmen kann, sie wird mir die Pantoffeln um den Kopf schlagen, wenn ich's wag und ihr eine solche Frau heimbring, damit Sie die Wahrheit wissen.

EVA Matti, das hättest du nicht sagen sollen.

PUNTILA Ich find auch, da haust du über die Schnur, Matti. Die Eva hat ihre Fehler und kann einmal ein bissel fett werden nach ihrer Mutter, aber das ist nicht vor dreißig oder fünfunddreißig, und jetzt kann sie sich überall zeigen.

MATTI Ich red nicht von Fettwerden, ich red von ihrer Unpraktischkeit und daß sie keine Frau für einen Chauffeur ist.

DER PROBST Ganz meine Meinung.

MATTI Lachen Sie nicht, Fräulein Eva. Das Lachen würd Ihnen vergehen, wenn meine Mutter Sie ins Examen nimmt. Da würdens klein werden.

EVA Matti, wir wollen's versuchen. Ich bin deine Chauffeursfrau, sag mir, was ich zu tun habe.

PUNTILA Das ist ein Wort! Hol die Sandwich herein, Fina, wir machen ein gemütliches Essen, und der Matti examiniert die Eva, bis sie blau wird.

MATTI Bleib sitzen, Fina, wir haben keine Bedienung, wenn wir von Gästen überrascht werden, ist nichts im Haus, was für gewöhnlich in der Speis ist. Hol den Hering herein, Eva.

EVA *lustig:* Ich spring schon. *Ab.*

PUNTILA *ruft ihr nach:* Vergiß nicht die Butter! *Zu Matti:* Ich begrüß deinen Entschluß, daß du dich selbständig machen willst und von mir nichts annimmst. Das tät nicht jeder.

DIE PRÖBSTIN *zu Laina:* Aber die Champignons salz ich nicht ein, die koch ich in Zitron ein mit Butter, sie müssen so klein sein wie ein Knopf. Ich nehm auch Milchpilze zum Einlegen.

LAINA Milchpilz sind an und für sich nicht feine Pilz, aber sie schmecken gut. Feine Pilz sind nur Champignons und Steinpilz.

EVA *zurück mit einer Platte mit Heringen:* In unserer Küch ist keine Butter, hab ich recht?

MATTI Ja, da ist er. Ich kenn ihn wieder. *Er nimmt die Platte.* Ich hab seinen Bruder erst gestern gesehn und einen aus seiner Familie vorgestern und so zurück Mitglieder von der Familie, seit ich selber nach einem Teller gegriffen hab. Wie oft wollen Sie einen Hering essen wolln in der Woche?

EVA Dreimal, Matti, wenn's sein muß.

LAINA Da werdens ihn öfter essen müssen, wenns nicht wollen.

MATTI Sie werden eine Menge lernen müssen. Meine Mutter, die Gutsköchin war, hat ihn fünfmal die Woche gegeben, und die Laina gibt ihn achtmal. *Er nimmt einen Hering und faßt ihn am Schwanz.* Willkommen, Hering, du Belag des armen Volkes! Du Sättiger zu allen Tageszeiten und salziger Schmerz in den Gedärmen! Aus dem Meer bist du gekommen und in die Erde wirst du gehn. Mit deiner Kraft werden die Fichtenwälder gefällt und die Äcker angesät, und mit deiner Kraft gehen die Maschinen, Gesinde genannt, die noch keine perpetua mobile sind. O Hering, du Hund, wenn du nicht wärst, möchten wir anfangen, vom Gut Schweinefleisch verlangen, und was würd da aus Finnland?

*Er legt ihn zurück, zerschneidet ihn und gibt allen ein Stückchen.*

PUNTILA Mir schmeckt's wie eine Delikateß, weil ich's selten eß. Das ist eine Ungleichheit, die nicht sein sollt. Wenn's nach mir ging, tät ich alle Einnahmen vom Gut in eine Kass', und wer vom Personal was braucht, nimmt heraus, denn ohne ihn wär ja auch nichts drin. Hab ich recht?

MATTI Ich kann's Ihnen nicht raten. Warum, Sie wären schnell ruiniert und die Bank würd übernehmen.

PUNTILA Das sagst du, aber ich sag anders. Ich bin beinah ein Kommunist, und wenn ich ein Knecht wär, würd ich dem Puntila das Leben zur Höll machen. Setz dein Examen fort, es interessiert mich.

MATTI Wenn ich bedenk, was eine können muß, die ich meiner Mutter vorführ, denk ich gleich an meine Socken. *Er zieht einen Schuh aus und gibt Eva die Socke.* Können Sie die zum Beispiel flicken?

DER RICHTER Das ist viel verlangt. Ich hab zu dem Hering geschwiegen, aber die Liebe von der Julia zum Romeo möcht eine solche Zumutung nicht überlebt haben wie Sockenflikken. Eine solche Liebe, die zu so einer Aufopferung fähig ist, könnt auch leicht unbequem werden, denn sie ist ihrer Natur nach zu feurig und also geeignet, die Gericht zu beschäftigen.

MATTI In den untern Ständen werden die Sokken nicht nur aus Liebe geflickt, sondern auch aus Ersparnisgründen.

DER PROBST Ich glaub nicht, daß die guten Fräuleins, die sie in Brüssel erzogen haben, an diese Eventualität gedacht haben.

*Eva ist mit Nadel und Zwirn zurückgekehrt und fängt an zu nähen.*

MATTI Was an ihrer Erziehung versäumt worden ist, muß sie jetzt nachholen. *Zu Eva:* Ich werf Ihnen Ihre Unbildung nicht vor, solang Sie Eifer zeigen. Sie haben in der Wahl Ihrer Eltern Unglück gehabt und nichts Richtiges gelernt. Schon der Hering vorhin hat die riesigen Lükken in Ihrem Wissen gezeigt. Ich hab den Sokken mit Vorbedacht gewählt, damit ich seh, was in Ihnen steckt.

FINA Ich könnt's dem Fräulein Eva zeigen.

PUNTILA Nimm dich zusammen, Eva, du hast einen guten Kopf, du mußt es treffen.

*Eva gibt Matti zögernd die Socke. Er hebt sie hoch und betrachtet sie sauer lächelnd, da sie hoffnungslos vernäht ist.*

FINA Ohne Stopfei hätt ich's auch nicht besser fertig gebracht.

PUNTILA Warum hast du keins genommen?

MATTI Unkenntnis. *Zum Richter, der lacht:* Lachens nicht, der Socken ist hin. *Zu Eva:* Wenns einen Chauffeur heiraten wollen, ist das eine Tragödie, denn da müssen Sie sich nach der Decke strecken, und die ist kurz, Sie werden sich wundern. Aber ich geb Ihnen noch eine Chance, damit Sie besser abschneiden.

EVA Ich geb zu, das mit der Socke ist nicht gelungen.

MATTI Ich bin Chauffeur auf einem Gut, und Sie helfen beim Waschen und im Winter beim Ofenheizen. Ich komm abends heim, und wie behandeln Sie mich da?

EVA Das werd ich besser treffen, Matti. Komm heim.

*Matti geht einige Schritte weg und tritt anscheinend durch eine Tür ein.*

EVA Matti!

*Sie läuft auf ihn zu und küßt ihn.*

MATTI Erster Fehler. Vertraulichkeiten und Schnickschnacks, wenn ich müd heimkomm.

*Er geht anscheinend zu einer Wasserleitung und wäscht sich. Dann streckt er die Hand nach einem Handtuch aus.*

EVA *hat angefangen zu plaudern:* Armer Matti, bist du müd? Ich hab den ganzen Tag dran denken müssen, wie du dich abplagst. Ich würd's dir so gern abnehmen.

*Fina gibt ihr ein Tischtuch in die Hand, sie gibt es niedergedrückt Matti.*

EVA Entschuldige, ich hab nicht verstanden, was du haben willst.

*Matti brummt unfreundlich und setzt sich auf einen Stuhl am Tisch. Denn streckt er ihr die Stiefel hin. Sie versucht, sie auszuziehen.*

PUNTILA *ist aufgestanden und sieht gespannt zu:* Zieh!

DER PROBST Ich halte das für eine sehr gesunde Lektion. Sie sehen, wie unnatürlich es ist.

MATTI Ich mach das nicht immer, ich hab nur heut zum Beispiel den Traktor gefahren und bin halb tot, und man muß damit rechnen. Was hast du heut geschafft?

EVA Gewaschen, Matti.

MATTI Wieviel große Stücke habens dich auswaschen lassen?

EVA Vier, aber Bettlaken.

MATTI Fina, sag's ihr.

FINA Sie haben mindestens siebzehn gemacht und zwei Zuber Buntes.

MATTI Habt ihr das Wasser durch den Schlauch bekommen, oder habt ihr's mit 'm Eimer reingießen müssen, weil der Schlauch hin ist wie auf Puntila?

PUNTILA Gib mir nur Saures, Matti, ich bin ein schlechter Mensch.

EVA Mit 'm Eimer.

MATTI Die Nägel hast du dir – *er nimmt ihre Hand auf* – beim Wäschereiben oder beim Feuern gebrochen. Überhaupt nimmst du besser immer bissel Fett drauf, meine Mutter hat so – *er zeigt es* – dicke Hände bekommen mit der Zeit und rot. Ich denk, du bist müd, aber meine Montur mußt du mir noch auswaschen, ich brauch sie morgen sauber.

EVA Ja, Matti.

MATTI Dann ist sie schön trocken morgen früh, und du brauchst zum Bügeln nicht vor halb sechs aus 'm Bett.

*Matti sucht mit der Hand was neben sich auf dem Tisch.*

EVA *alarmiert:* Was ist es?

FINA Zeitung.

*Eva springt auf und hält Matti anscheinend eine Zeitung hin. Er nimmt sie nicht, sondern greift finster weiter auf dem Tisch herum.*

FINA Auf den Tisch!

*Eva legt sie endlich auf den Tisch, aber sie hat den zweiten Stiefel noch nicht ausgezogen, und er stampft ungeduldig mit ihm auf. Sie setzt sich wieder dazu auf den Boden. Wenn sie ihn aus hat, steht er erleichtert auf, schnauft aus und richtet sich das Haar.*

EVA Ich hab mir die Schürze eingenäht, das gibt ein wenig Farbe hinein, nicht? Man kann überall etwas Farbe hineinbringen, ohne daß es viel kostet, man muß es nur verstehen. Wie gefällt sie dir, Matti?

*Matti, im Zeitunglesen gestört, läßt erschöpft die Zeitung sinken und sieht Eva leidend an. Sie schweigt erschrocken.*

FINA Nicht reden, wenn er die Zeitung liest!

MATTI *aufstehend:* Sehens?

PUNTILA Ich bin enttäuscht von dir, Eva.

MATTI *fast mitleidig:* Da fehlt eben alles. Nur dreimal in der Woche Hering essen wollen, das Stopfei für 'n Socken, und wenn ich abends heimkomm, fehlt die Feinfühligkeit, zum Beispiel das Maulhalten! Und dann werd ich in der Nacht gerufen, daß ich den Alten von der Station abhol, und was dann?

EVA Das werd ich dir zeigen. *Sie geht anscheinend an ein Fenster und schreit hinaus, sehr schnell:* Was, mitten in der Nacht? Wo mein Mann grad heimgekommen ist und seinen Schlaf braucht? Das ist die Höhe! Er kann im Straßengraben seinen Rausch ausschlafen. Vor ich meinen Mann hinauslaß, versteck ich ihm die Hosen!

PUNTILA Das ist gut, das mußt du eingestehn!

EVA Die Leut zu nachtschlafender Zeit heraustrommeln! Als ob's nicht schon tagsüber genug Schinderei wär! Mein Mann kommt heim und fällt mir ins Bett wie ein Toter. Ich kündige! Ist das besser?

MATTI *lachend:* Eva, das ist eine schöne Leistung. Ich werd zwar gekündigt, aber wenn du das meiner Mutter vormachst, ist sie gewonnen. *Er schlägt Eva scherzhaft mit der Hand auf den Hintern.*

EVA *erst sprachlos, dann zornig:* Lassen Sie das!

MATTI Was ist denn?

EVA Wie können Sie sich unterstehn, dorthin zu haun?

DER RICHTER *ist aufgestanden und klopft Eva auf die Schulter:* Ich fürchte, du bist zu guter Letzt doch noch durchs Examen gefallen, Eva.

PUNTILA Was ist denn los mit dir?

MATTI Sind Sie beleidigt? Ich hätt Ihnen nicht eins draufgeben solln, wie?

EVA *lacht wieder:* Papa, ich zweifel doch, ob's geht.

DER PROBST So ist es.

PUNTILA Was heißt das, du zweifelst?

EVA Ich glaub jetzt auch, daß meine Erziehung die falsche war. Ich glaub, ich geh hinauf.

PUNTILA Ich muß einschreiten. Setz dich sofort auf deinen Platz, Eva.

EVA Papa, ich halt es für besser, wenn ich geh, du kannst deine Verlobung leider nicht haben, gute Nacht. *Ab.*

PUNTILA Eva!

*Auch der Probst und der Richter beginnen aufzubrechen. Jedoch ist die Pröbstin noch mit Laina im Gespräch über Pilze.*

DIE PRÖBSTIN *eifrig:* Sie haben mich fast überzeugt, aber ich bin gewöhnt, sie einzulegen, da fühl ich mich sicherer. Aber ich schäl sie vorher.

LAINA Das ist unnötig, Sie müssen nur den Dreck abputzen.

DER PROBST Komm, Anna, es wird spät.

PUNTILA Eva! Matti, ich bin fertig mit ihr. Ich verschaff ihr einen Mann, einen prachtvollen Menschen, und mach sie glücklich, daß sie jeden Morgen aufsteht und singt wie eine Lerch, und sie ist sich zu fein dazu und zweifelt. Ich verstoß sie. *Er läuft zur Tür.* Ich enterb dich! Pack deine Fetzen und verschwind aus meinem Haus! Meinst du, ich hab's nicht gemerkt, wie du fast den Attaché genommen hast, nur weil ich dir's befohlen hab, weil du keinen Charakter hast, du Wisch! Du bist meine Tochter nicht mehr!

DER PROBST Herr Puntila, Sie sind Ihrer nicht mehr mächtig.

PUNTILA Lassen Sie mich in Ruh, predigens in Ihrer Kirch, da ist niemand, der's hört!

DER PROBST Herr Puntila, ich empfehl mich.

PUNTILA Ja, gehens nur und lassens einen gramgebeugten Vater zurück! Ich versteh nicht, wie ich zu einer solchen Tochter komm, die ich bei der Sodomiterei erwisch mit einer diplomatischen Heuschreck. Jede Kuhmagd könnt ihr sagen, wozu der Herrgott ihr einen Hintern geschaffen hat im Schweiß seines Angesichts. Damit sie bei einem Mann liegt und sich die Finger ableckt nach ihm, wenn sie einen Mann zu Gesicht bekommt. *Zum Richter:* Du hast auch dein Maul nicht aufgemacht, wo's gegolten hätt, ihr die Unnatur auszutreiben. Mach, daß du rauskommst!

DER RICHTER Puntila, jetzt ist's genug, mich läßt du in Ruh. Ich wasch meine Händ in Unschuld. *Er geht lächelnd hinaus.*

PUNTILA Das machst du seit dreißig Jahr, du mußt sie dir schon ganz weggewaschen haben! Fredrik, du hast einmal Bauernhänd gehabt, vor du Richter geworden bist und mit dem Handwaschen in Unschuld angefangen hast!

DER PROBST *versucht, seine Frau aus dem Gespräch mit Laina zu reißen:* Anna, es ist Zeit!

DIE PRÖBSTIN Nein, ich leg sie nicht in kaltes Wasser, und, Sie, den Fuß koch ich nicht mit. Wie lang lassen Sie sie kochen?

LAINA Nur einmal aufkochen.

DER PROBST Ich wart, Anna.

DIE PRÖBSTIN Ich komm. Ich laß sie zehn Minuten kochen.

*Der Probst geht achselzuckend hinaus.*

PUNTILA *zurück am Tisch:* Das sind überhaupt keine Menschen. Ich kann sie nicht als Menschen betrachten.

MATTI Genau genommen sinds das schon. Ich hab einen Doktor gekannt, wenn der einen Bauern hat seine Gäul schlagen sehn, hat er gesagt: Er behandelt sie wieder einmal menschlich. Warum, tierisch hätt nicht gepaßt.

PUNTILA Das ist eine tiefe Weisheit, mit dem hätt ich trinken wolln. Trink noch ein halbes Glas. Das hat mir sehr gefallen, wie du sie geprüft hast, Matti.

MATTI Entschuldigens, daß ich Ihre Tochter auf den Hintern getätschelt hab, Herr Puntila, das hat nicht zur Prüfung gehört, sondern war als Aufmunterung beabsichtigt, hat aber die Kluft zwischen uns erscheinen lassen, Sie werden's gemerkt haben.

PUNTILA Matti, ich hab nichts zu entschuldigen, ich hab keine Tochter mehr.

MATTI Seiens nicht unversöhnlich! *Zur Pröbstin und Laina:* Sind wenigstens Sie zu einer Einigung gelangt über die Pilze?

DIE PRÖBSTIN Dazu gebens das Salz gleich am Anfang rein?

LAINA Gleich am Anfang. *Beide ab.*

PUNTILA Horch, das Gesinde ist noch auf 'm Tanzplatz.

*Vom Teich her hört man den roten Surkkala singen.*

Es lebt eine Gräfin in schwedischem Land
Die war ja so schön und so bleich.
»Herr Förster, Herr Förster, mein Strumpfband ist los
Es ist los, es ist los.
Förster, knie nieder und bind es mir gleich!«

»Frau Gräfin, Frau Gräfin, seht so mich nicht an
Ich diene Euch ja für mein Brot.
Eure Brüste sind weiß, doch das Handbeil ist kalt
Es ist kalt, es ist kalt.
Süß ist die Liebe, doch bitter der Tod.«

Der Förster, er floh in der selbigen Nacht.
Er ritt bis hinab zu der See.
»Herr Schiffer, Herr Schiffer, nimm mich auf in dein Boot
In dein Boot, in dein Boot
Schiffer, ich muß bis ans Ende der See.«

Es war eine Lieb zwischen Füchsin und Hahn
»Oh, Goldener, liebst du mich auch?«
Und fein war der Abend, doch dann kam die Früh
Kam die Früh, kam die Früh:
All seine Federn, sie hängen im Strauch.

PUNTILA Das geht auf mich. Solche Lieder schmerzen mich tief. *Matti hat Fina inzwischen umgefaßt und ist mit ihr hinausgetanzt.*

## 10
## Nocturno

*Im Hof. Nacht. Puntila und Matti lassen ihr Wasser.*

PUNTILA Ich könnt nicht in der Stadt leben. Warum, ich will zu ebener Erd herausgehn und mein Wasser im Freien lassen, unterm Sternenhimmel, was hab ich sonst davon? Ihr hör, auf 'm Land ist's primitiv, aber ich nenn's primitiv in ein Porzellan hinein.

MATTI Ich versteh Sie. Sie wollen's als einen Sport.

*Pause.*

PUNTILA Mir gefallt's nicht, wenn einer keine Lust am Leben hat. Ich schau mir meine Leut immer darauf an, ob sie lustig sein können. Wenn ich einen seh, wie er so herumsteht und das Kinn hängen läßt, hab ich schon genug von ihm.

MATTI Ich kann's Ihnen nachfühlen. Ich weiß

nicht, warum die Leut auf dem Gut so elend ausschaun, käsig und lauter Knochen und zwanzig Jahr älter. Ich glaub, sie tun es Ihnen zum Possen, sonst würdens zumindest nicht offen auf 'm Hof herumlaufen, wenn Gäst auf 'm Gut sind.

PUNTILA Als obs Hunger hätten auf Puntila.

MATTI Und wenn, sag ich. Den Hunger müssens doch nachgerad gewohnt sein in Finnland. Aber sie wollen nicht lernen, es fehlt an gutem Willen. Im Jahr 18 hat man 80000 von ihnen umgelegt und danach ist eine himmlische Ruh entstanden. Nur weil um soviel hungrige Mäuler weniger waren.

PUNTILA So was sollt nicht nötig sein.

## 11
## Herr Puntila und sein Knecht Matti besteigen den Hatelmaberg

*Bibliothekszimmer auf Puntila. Puntila, den Kopf in ein nasses Tuch eingebunden, studiert ächzend Rechnungen. Die Köchin Laina steht neben ihm mit einer Schüssel und einem zweiten Tuch.*

PUNTILA Wenn der Attaché noch einmal eine halbe Stund vom Gut aus mit Helsingfors telefoniert, lös ich die Verlobung auf. Ich sag nichts, wenn's mich einen Wald kostet, aber bei die kleinen Räubereien steigt mir 's Blut in Kopf. Und das Eierbuch hat mir zuviel Klecks über den Ziffern, soll ich mich auch noch in den Hühnerstall setzen?

FINA *herein:* Der Herr Probst und der Herr Syndikus von der Milchgenossenschaft wollen Sie sprechen.

PUNTILA Ich will sie nicht sehn, mir springt der Kopf, ich glaub, ich krieg Lungenentzündung. Führ sie rein!

*Herein der Probst und der Advokat. Fina schnell ab.*

DER PROBST Guten Morgen, Herr Puntila, ich hoffe, Sie haben gut geruht. Ich hab den Herrn Syndikus zufällig auf der Straße getroffen, und wir haben gedacht, wir kommen auf einen Sprung her und sehen nach Ihnen.

DER ADVOKAT Eine Nacht der Mißverständnisse sozusagen.

PUNTILA Ich hab schon wieder telefoniert mit dem Eino, wenn Sie das meinen, er hat sich entschuldigt, und damit ist die Sache aus der Welt geschafft.

DER ADVOKAT Lieber Puntila, da ist vielleicht nur ein Punkt zu berücksichtigen: Soweit die Mißverständnisse, die auf Puntila vorkommen, dein Familienleben und deinen Umgang mit den Mitgliedern der Regierung betreffen, ist das alles deine Sache. Aber es gibt leider andere.

PUNTILA Pekka, red nicht um den Brei herum. Wenn wo ein Schaden angerichtet ist, zahl ich.

DER PROBST Betrüblicherweise gibt es Schäden, die mit Geld nicht aus der Welt geschafft werden können, lieber Herr Puntila. Kurz und gut, wir sind zu Ihnen gekommen, um im Geiste der Freundschaft die Angelegenheit Surkkala zur Sprache zu bringen.

PUNTILA Was ist mit dem Surkkala?

DER PROBST Wir haben seinerzeit Äußerungen von Ihnen entnommen, daß Sie dem Mann zu kündigen wünschten, da er als ausgemachter Roter, wie Sie selber betonten, einen unheilvollen Einfluß in der Gemeinde ausübt.

PUNTILA Ich hab gesagt, ich schmeiß ihn hinaus.

DER PROBST Der Kündigungstermin ist gestern gewesen, Herr Puntila, aber der Surkkala ist nicht gekündigt worden, sonst hätt ich nicht gestern seine älteste Tochter im Gottesdienst sehen können.

PUNTILA Was, er ist nicht gekündigt worden? Laina! Dem Surkkala ist nicht gekündigt worden!

LAINA Nein.

PUNTILA Wie kommt das?

LAINA Sie haben ihn, wie Sie auf dem Gesindemarkt gegangen sind, getroffen und ihn im Studebaker mit zurückgenommen und ihm einen Zehnmarkschein gegeben statt ihm gekündigt.

PUNTILA Das ist eine Frechheit von ihm, daß er zehn Mark von mir annimmt, nachdem ich ihm mehrmals gesagt hab, er muß weg beim nächsten Termin. Fina! *Herein Fina.* Ruf sofort den Surkkala her! *Fina ab.* Ich hab sehr große Kopfschmerzen.

DER ADVOKAT Kaffee.

PUNTILA Richtig, Pekka, ich muß besoffen gewesen sein. Immer mach ich so was, wenn ich ein Glas zuviel hab. Ich könnt mir den Kopf abreißen. Der Kerl gehört ins Zuchthaus, er hat's ausgenutzt.

DER PROBST Herr Puntila, ich bin überzeugt davon. Wir alle kennen Sie als einen Mann, der das Herz auf dem rechten Fleck hat. Es kann nur in einem Zustand passiert sein, wo Sie unter dem Einfluß von Getränken gestanden sind.

PUNTILA Es ist furchtbar. *Verzweifelt:* Was sag ich jetzt dem Nationalen Schutzkorps? Das ist eine Ehrensach. Wenn's bekannt wird, werd ich geschnitten. Meine Milch nehmens mir nicht mehr ab. Da ist der Matti schuld, der Chauffeur, neben dem ist er gesessen, ich seh's vor mir. Der hat gewußt, daß ich den Surkkala nicht ausstehn kann, und mich ihm dennoch zehn Mark geben lassen.

DER PROBST Herr Puntila, Sie brauchen die Angelegenheit nicht allzu tragisch zu nehmen. So was kann vorkommen.

PUNTILA Redens nicht, daß es vorkommen kann. Wenn das so fortgeht, muß ich mich entmündigen lassen. Ich kann meine Milch nicht allein aussaufen, ich bin ruiniert. Pekka, sitz nicht herum, du mußt intervenieren, du bist der Syndikus, ich mach dem Schutzkorps eine Dotation. Das ist nur der Alkohol. Laina, ich vertrag ihn nicht.

DER ADVOKAT Also du zahlst ihn aus. Weg muß er, er vergiftet die Atmosphäre.

DER PROBST Ich denk, wir verabschieden uns sofort, Herr Puntila. Kein Schaden ist unreparierbar, wenn der gute Wille da ist. Der gute Wille ist alles, Herr Puntila.

PUNTILA *schüttelt ihm die Hand:* Ich dank Ihnen.

DER PROBST Sie haben uns nichts zu danken, wir tun nur unsere Pflicht. Und tun wir sie schnell!

DER ADVOKAT Und vielleicht erkundigst du dich auch gleich einmal nach dem Vorleben von deinem Chauffeur, der mir auch keinen guten Eindruck macht.

*Der Probst und der Advokat ab.*

PUNTILA Laina, ich rühr keinen Tropfen Alkohol mehr an, nie mehr. Ich hab heut früh nachgedacht, wie ich aufgewacht bin. Es ist ein Fluch. Ich hab mir vorgenommen, ich geh in Kuhstall und faß den Entschluß. Ich häng an den Kühen. Was ich im Kuhstall beschließ, das steht. *Groß:* Schaff die Flaschen aus 'm Briefmarkenschrank her, alle, mit allem Alkohol, der noch im Haus ist, ich werd ihn hier und jetzt vernichten, indem ich jede einzelne Flasche zerschmeiß. Red nicht von was sie gekostet haben, Laina, denk an das Gut.

LAINA Jawohl, Herr Puntila. Aber sinds auch sicher?

PUNTILA Der Skandal mit dem Surkkala, daß ich den nicht auf die Straß gesetzt hab, das ist mir eine Lektion. Der Altonen soll sofort auch kommen, das ist mein böser Geist.

LAINA Oje, die haben schon gepackt gehabt und jetzt habens wieder ausgepackt.

*Laina läuft weg; herein kommen Surkkala und seine Kinder.*

PUNTILA Ich hab nix davon gesagt, daß du die Gören mitbringen sollst. Ich hab mit dir abzurechnen.

SURKKALA Das hab ich mir gedacht, Herr Puntila, darum hab ich sie mitgebracht, sie können zuhören, das schadet ihnen nicht.

*Pause. Herein Matti.*

MATTI Guten Morgen, Herr Puntila, wie ist's mit den Kopfschmerzen?

PUNTILA Da ist ja der Sauhund. Was hör ich von dir wieder, was hast du jetzt hinter meinem Rücken angezettelt? Hab ich dich nicht erst gestern gewarnt, daß ich dich hinausschmeiß und dir kein Zeugnis ausstell?

MATTI Jawohl, Herr Puntila.

PUNTILA Halt's Maul, ich hab deine Unverschämtheiten und Antworten satt. Meine Freunde haben mich aufgeklärt über dich. Was hat dir der Surkkala gezahlt?

MATTI Ich weiß nicht, was Sie meinen, Herr Puntila.

PUNTILA Was, jetzt willst du wohl leugnen, daß du mit dem Surkkala unter einer Decke steckst? Du bist selber rot, du hast's zu verhindern gewußt, daß ich ihn rechtzeitig spedier.

MATTI Erlaubens, Herr Puntila, ich hab nur Ihre Befehle ausgeführt.

PUNTILA Du hast sehn müssen, daß die Befehle ohne Sinn und Vernunft waren.

MATTI Erlaubens, die Befehle unterscheiden sich nicht so deutlich voneinander, wie Sie's haben möchten. Wenn ich nur die Befehle ausführ, die einen Sinn haben, kündigen Sie mir, weil ich faul bin und überhaupt nichts tu.

PUNTILA Häng mir nicht das Maul an, Verbrecher, du weißt genau, daß ich nicht solche Elemente auf 'm Hof duld, wo solang hetzen, bis meine Leut nicht mehr ins Moor gehn ohne ein Ei zum Frühstück, du Bolschewik. Bei mir ist es der Alkoholdunst, wenn ich nicht rechtzeitig kündig, so daß ich ihm jetzt drei Monat Lohn auszahln muß, daß ich ihn loskrieg, aber bei dir ist es Berechnung.

*Laina und Fina schleppen immerfort Flaschen herein.*

PUNTILA Aber jetzt mach ich Ernst, Laina. Das seht ihr schon daran, daß ich mich nicht mit einem Versprechen begnüg, sondern den ganzen Alkohol tatsächlich vernichte. Ich bin leider nie so weit gegangen bei früheren Gelegenheiten, und darum hab ich immer Alkohol in der Reichweite gehabt, wenn ich schwach geworden bin. Das war der Hauptgrund allen Übels. Ich hab einmal gelesen, der erste Schritt zur Enthaltsamkeit ist: keinen Alkohol kaufen. Das ist viel zu wenig bekannt. Aber wenn er da ist, muß er wenigstens vernichtet werden. *Zu Matti:* Ich hab meine Absicht damit, daß ich grad dich zusehn laß, das erschreckt dich mehr als alles andere.

MATTI Jawohl, Herr Puntila. Soll ich die Flaschen auf 'm Hof zerschmeißen für Sie?

PUNTILA Nein, das mach ich selber, du Gauner, das könnt dir passen, den schönen Schnaps – *er hebt eine Flasche prüfend hoch* – zu vernichten, indem du ihn saufst.

LAINA Schauens die Flasch nicht lang an, werfens sie zum Fenster hinaus, Herr Puntila!

PUNTILA Sehr richtig. *Kalt zu Matti:* Du wirst mich nicht mehr zum Schnapstrinken bringen, Saukerl. Dir ist nur wohl, wenn man sich um dich wie Säu wälzt. Eine echte Liebe zu deiner Arbeit kennst du nicht, nicht einen Finger würdst du rühren, wenn du dann nicht verhungern würdest, du Parasit! Was, dich an mich heranschmeißen und mir die Nächt durch mit unsaubern Geschichten kommen und mich dazu verleiten, daß ich meine Gäst beleidig, weil dir nur wohl ist, wenn alles in Dreck gezogen ist, woher du kommst! Du bist ein Fall für die Polizei, ich hab dein Geständnis, warum du überall entlassen worden bist, ich hab dich ja dabei überrascht, wie du bei den Weibsbildern aus Kurgela Agitation betrieben hast, du bist ein niederreißendes Element. *Geistesabwesend beginnt er, sich aus der Flasche ein Glas einzuschenken, das Matti ihm diensteifrig geholt hat.* Gegen mich hast du einen Haß und möchtest, daß ich überall hereinfall mit deinem »Jawohl, Herr Puntila«.

LAINA Herr Puntila!

PUNTILA Laß nur, keine Sorge, ich probier ihn nur, ob der Kaufmann mich nicht beschissen hat und weil ich meinen unabänderlichen Beschluß feier. *Zu Matti:* Aber ich hab dich durchschaut vom ersten Augenblick an und dich nur beobachtet, damit du dich verrätst, deshalb hab ich mit dir gesoffen, ohne daß du's gemerkt hast. *Er trinkt weiter.* Du hast gedacht, du kannst mich zu einem ausschweifenden Leben verleiten und dir einen guten Tag aus mir machen, daß ich mit dir sitz und nur sauf, aber da irrst du dich, meine Freunde haben mir ein Licht über dich aufgesteckt, da bin ich ihnen zu Dank verpflichtet, das Glas trink ich auf ihr Wohl! Ich schauder, wenn ich an dieses Leben zurückdenk, die drei Tage im Parkhotel und die Fahrt nach dem gesetzlichen Alkohol und die Weiber aus Kurgela, was war das für ein Leben ohne Sinn und Verstand, wenn ich an das Kuhmädchen denk in der Morgenfrüh, die wollt's ausnützen, daß ich einen sitzen gehabt habe und sie eine volle Brust gehabt hat, ich glaub sie heißt Lisu. Du Kerl natürlich immer dabei, das mußt du zugeben, es waren schöne Zeiten, aber meine Tochter werd ich dir nicht geben, du Saukerl, aber du bist kein Scheißkerl, das geb ich zu.

LAINA Herr Puntila, Sie trinken ja schon wieder!

PUNTILA Ich trink? Nennst du das trinken? Eine Flasch oder zwei? *Er greift nach der zweiten Flasche.* Vernicht die – *er gibt ihr die leere* –, zerschmeiß sie, ich will sie nicht mehr sehn, das hab ich dir doch gesagt. Und schau mich nicht an wie unser Herr den Petrus, ich vertrag kein kleinliches Auf-einem-Wort-Herumreiten. *Auf Matti:* Der Kerl zieht mich nach unten, aber ihr möchtet, daß ich versauer hier und meine eigenen Fußnägel auffriß vor Langerweil. Was führ ich denn für ein Leben hier? Nichts als den ganzen Tag Leutschinden und für die Küh das Futter ausrechnen! Hinaus, ihr Zwerggestalten!

*Laina und Fina kopfschüttelnd ab.*

PUNTILA *ihnen nachschauend:* Kleinlich. Ohne Phantasie. *Zu Surkkalas Kindern:* Stehlts, raubts, werdets rot, aber werdets keine Zwerggestalten, das rät euch der Puntila. *Zu Surkkala:* Entschuldig, wenn ich in die Erziehung deiner Kinder eingreif. *Zu Matti:* Mach die Flasch auf!

MATTI Ich hoff, der Punsch ist in Ordnung und nicht wieder gepfeffert wie neulich. Bei dem Uskala muß man vorsichtig sein, Herr Puntila.

PUNTILA Ich weiß und laß immer Vorsicht walten. Ich trink als ersten Schluck immer nur einen ganz kleinen, daß ich immer ausspucken kann, wenn ich was merk, ohne diese gewohnheitsmäßige Vorsicht tränk ich den größten Dreck hinunter. Nimm dir um Gottes willen eine Flasche, Matti, ich hab vor, meine Entschlüsse zu feiern, die ich gefaßt hab, weil sie unabänderlich sind, was immer eine Kalamität ist. Auf dein Wohl, Surkkala!

MATTI Könnens dann also bleiben, Herr Puntila?

PUNTILA Müssen wir davon reden, jetzt, wo wir unter uns sind? Matti, ich bin enttäuscht in dir. Dem Surkkala ist nicht mit Bleiben gedient, dem ist Puntila zu eng, dem gefällt's hier nicht, das versteh ich. Wenn ich in seiner Haut stecken würd, dächt ich genauso. Der Puntila wär für mich einfach ein Kapitalist, und wißt ihr, was ich mit ihm tät? In eine Salzmine möcht ich ihn stecken, daß er lernt, was Arbeiten ist, der Schmarotzer. Hab ich recht, Surkkala, sei nicht höflich.

SURKKALAS ÄLTESTE Aber wir wolln ja bleiben, Herr Puntila.

PUNTILA Nein, nein, der Surkkala geht, und keine zehn Pferde könnten ihn aufhalten. *Er geht zum Sekretär, sperrt auf und holt Geld aus der Kasse, das er Surkkala übergibt.* Minus zehn. *Zu den Kindern:* Seids immer froh, daß ihr einen solchen Vater habt, der für seine Überzeugung alles auf sich nimmt. Du, als Älteste, Hella, sei ihm eine Stütze. Und jetzt heißt's also Abschied nehmen.

*Er streckt Surkkala seine Hand hin. Surkkala nimmt sie nicht.*

SURKKALA Komm, Hella, wir packen. Jetzt habt ihr alles gehört, was es auf Puntila zu hören gibt, kommt. *Er geht mit seinen Kindern ab.*

PUNTILA *schmerzlich bewegt:* Meine Hand ist ihm nicht gut genug. Hast du gemerkt, wie ich beim Abschied auf was von ihm gewartet hab, auf irgendein Wort von seiner Seit? Es ist ausgeblieben. Das Gut ist für ihn ein Dreck. Wurzellos. Die Heimat ist ihm nix. Darum hab ich ihn gehen lassen, wie er drauf bestanden hat. Ein bittres Kapitel. *Er trinkt.* Du und ich, wir sind anders, Matti. Du bist ein Freund und ein Wegweiser auf meinem steilen Pfad. Ich krieg Durst, wenn ich dich nur anschau. Wieviel geb ich dir monatlich?

MATTI Dreihundert, Herr Puntila.

PUNTILA Ich erhöh's dir auf dreihundertfünfzig. Weil ich mit dir besonders zufrieden bin. *Träumerisch:* Matti, mit dir möcht ich einmal auf den Hatelmaberg steigen, von wo die berühmte Aussicht ist, damit ich dir zeig, in was für einem feinen Land du lebst, du möchtest dich vor den Kopf schlagen, daß du das nicht gewußt hast. Sollen wir den Hatelmaberg besteigen, Matti? Es ließe sich machen, denk ich. Wir könnten's im Geist tun. Mit ein paar Stühl könnten wir's machen.

MATTI Ich mach alles, was Ihnen einfallt, wenn der Tag lang ist.

PUNTILA Ich bin nicht sicher, ob du die Phantasie hast.

*Matti schweigt.*

PUNTILA *ausbrechend:* Bau mir einen Berg hin, Matti! Schon dich nicht, laß nichts unversucht, nimm die größten Felsbrocken, sonst wird's nie der Hatelmaberg und wir haben keine Aussicht.

MATTI Es soll alles nach Ihrem Wunsch geschehn, Herr Puntila. Das weiß ich auch, daß an einen Achtstundentag nicht gedacht werden kann, wenn Sie einen Berg haben wolln mitten im Tal.

*Matti demoliert mit Fußtritten eine kostbare Standuhr und einen massiven Gewehrschrank und baut aus den Trümmern und einigen Stühlen auf dem großen Billardtisch wütend einen Hatelmaberg auf.*

PUNTILA Nimm den Stuhl dort! Du kriegst den Hatelmaberg am besten hin, wenn du meinen Direktiven folgst, weil ich weiß, was notwendig ist und was nicht, und die Verantwortung hab. Du möchtest einen Berg hinbaun, der sich nicht rentiert, das heißt keine Aussicht gewährt für mich und mich nicht freut, denn, das merk dir, dir kommt's nur darauf an, daß du Arbeit hast, ich muß sie einem nützlichen Ziel zuleiten. Und jetzt brauch ich einen Weg auf den Berg und einen, daß ich meine zwei Zentner bequem hinaufbring. Ohne Weg scheiß ich dir auf den Berg, da siehst du, daß du nicht genügend denkst. Ich weiß, wie man die Leut anpacken muß, ich möcht wissen, wie du dich anpacken würdest.

MATTI So, der Berg ist fertig, jetzt könnens hinaufsteigen. Es ist ein Berg mit einem Weg, nicht in so unfertigem Zustand, wie der liebe Gott seine Berg geschaffen hat in der Eil, weil er nur sechs Tag gehabt hat, so daß er noch eine Masse Knecht hat schaffen müssen, damit Sie was mit anfangen können, Herr Puntila.

PUNTILA *beginnt hinaufzusteigen:* Ich werd mir das Genick brechen.

MATTI *faßt ihn:* Das können Sie sich auch auf ebener Erd, wenn ich Sie nicht stütz.

PUNTILA Drum nehm ich dich mit, Matti. Sonst würdest du nie das schöne Land sehn, das dich geboren hat und ohne das du ein Dreck wärst, sei ihm dankbar!

MATTI Ich bin ihm bis zum Grab dankbar, aber ich weiß nicht, ob das genügt, weil im »Helsinki Sanomat« gestanden hat, man soll es noch übers Grab hinaus sein.

PUNTILA Zuerst die Felder und Wiesen, dann der Wald. Mit seinen Fichten, die im Gestein existieren können und von nix leben, daß man sich staunt, wie sie's in der Notdürftigkeit machen können.

MATTI Das wären sozusagen ideale Bedienstete.

PUNTILA Wir steigen, Matti, es geht aufwärts. Die Gebäude und Baulichkeiten aus Menschenhand bleiben zurück, und wir dringen in die pure Natur ein, die einen kahleren Ausdruck annimmt. Laß jetzt alle deine kleinen Bekümmerlichkeiten zurück und widme dich dem gewaltigen Eindruck, Matti.

MATTI Ich tu mein Bestes, Herr Puntila.

PUNTILA Ach, du gesegnetes Tavastland! Noch ein Zug aus der Flasche, damit wir deine ganze Schönheit sehn!

MATTI Einen Augenblick, daß ich den Berg wieder hinunterstürz, den Rotwein holen! *Er klettert hinunter und wieder hinauf.*

PUNTILA Ich frag mich, ob du die Schönheit von dem Land sehn kannst. Bist du aus Tavastland?

MATTI Ja.

PUNTILA Dann frag ich dich: wo gibt's so einen Himmel als über Tavastland? Ich hab gehört, er ist an andern Stellen blauer, aber die Wolken gehn feiner hier, die finnischen Wind sind behutsamer, und ich mag kein andres Blau, und wenn ich es haben könnt. Und wenn die wilden Schwän aus den Moorseen auffliegen, daß es rauscht, ist das nichts? Laß dir nichts erzählen von anderswo, Matti, du wirst beschissen, halt dich an das Tavastland, ich rat dir gut.

MATTI Jawohl, Herr Puntila.

PUNTILA Allein die Seen! Denk dir die Wälder weg meinetwegen, da drüben sind meine, den an der Landzung laß ich schlagen, nimm nur die Seen, Matti, nimm nur ein paar von ihnen und sieh ab von den Fischen, von denen sie voll sind, nimm nur den Anblick von den Seen am Morgen, und es ist genug, daß du nicht wegwillst, sonst möchtest du dich verzehren in der Fremde und dahinsiechen aus Sehnsucht, und wir haben achtzigtausend in Finnland!

MATTI Gut, ich nehm nur den Anblick!

PUNTILA Siehst du den Kleinen, den Schlepper mit der Brust wie ein Bulldogg und die Stämm im Morgenlicht? Wie sie im lauen Wasser hinschwimmen, schön gebündelt und geschält, ein kleines Vermögen. Ich riech frisches Holz über zehn Kilometer, du auch? Überhaupt die Gerüche, die wir haben in Tavastland, das ist ein eigenes Kapitel, die Beeren zum Beispiel! Nach 'm Regen! Und die Birkenblätter, wenn du vom Dampfbad kommst und dich hast peitschen lassen mit einem dicken Busch, noch am Morgen im Bett, wie die riechen, wo gibt's das? Wo gibt's überhaupt so eine Aussicht?

MATTI Nirgends, Herr Puntila.

PUNTILA Ich mag sie am liebsten, wo sie schon ganz verschwimmt, das ist, wie wenn man in der Liebe, in gewissen Augenblicken, die Augen zudruckt und es verschwimmt. Ich glaub freilich, diese Art Liebe gibt's auch nur im Tavastland.

MATTI Wir haben Höhlen gehabt an meinem Geburtsort mit Steinen davor, rund wie Kegelkugeln, ganz poliert.

PUNTILA Seids hineingekrochen, wie? Statt die Küh hüten! Schau, ich seh welche! Da schwimmen sie übern See!

MATTI Ich seh sie. Es müssen fünfzig Stück sein.

PUNTILA Mindestens sechzig. Da fährt der Zug. Wenn ich scharf hinhör, hör ich die Milchkannen scheppern.

MATTI Wenns sehr scharf hinhörn.

PUNTILA Ja, ich muß dir noch Tavasthus zeigen, das alte, wir haben auch Städte, dort seh ich das Parkhotel, die haben einen guten Wein, den empfehl ich dir. Das Schloß übergeh ich, da habens das Weibergefängnis draus gemacht für die Politischen, sollen sie sich nicht hineinmischen in die Politik, aber die Dampfmühlen machen ein hübsches Bild von der Ferne, die beleben die Landschaft. Und jetzt, was siehst du links?

MATTI Ja, was seh ich?

PUNTILA No, Felder! Felder siehst du, so weit dein Auge reicht, die von Puntila sind drunter, besonders das Moor, da ist der Boden so fett, daß ich die Küh, wenn ich sie in den Klee laß, dreimal melken kann, und das Korn wächst bis zum Kinn und zweimal im Jahr. Sing mit!
Und die Wellen der lieblichen Roine
Sie küssen den milchweißen Sand.

*Herein Fina und Laina.*

FINA Jesses!

LAINA Sie haben die ganze Bibliothek demoliert!

MATTI Wir stehn eben auf dem Hatelmaberg und genießen die Rundsicht!

PUNTILA Mitsingen! Habt ihr keine Vaterlandsliebe?

ALLE *außer Matti:*
Und die Wellen der lieblichen Roine

Sie küssen den milchweißen Sand.

PUNTILA O Tavastland, gesegnetes! Mit seinem Himmel, seinen Seen, seinem Volk und seinen Wäldern! *Zu Matti:* Sag, daß dir das Herz aufgeht, wenn du das siehst!

MATTI Das Herz geht mir auf, wenn ich Ihre Wälder seh, Herr Puntila!

## 12
## Matti wendet Puntila den Rücken

*Hof auf Puntila. Es ist früher Morgen. Matti kommt mit einem Koffer aus dem Haus. Laina folgt ihm mit einem Eßpaket.*

LAINA Da, nehmens das Eßpaket, Matti. Ich versteh nicht, daß Sie weggehn. Wartens doch wenigstens, bis der Herr Puntila auf ist.

MATTI Das Erwachen riskier ich lieber nicht. Heut nacht hat er sich so besoffen, daß er mir gegen Morgen versprochen hat, er wird mir die Hälfte von seinem Wald überschreiben, und vor Zeugen. Wenn er das hört, ruft er diesmal die Polizei.

LAINA Aber wenns jetzt weggehen ohne Zeugnis, sinds ruiniert.

MATTI Aber was nützt mir ein Zeugnis, wo er entweder reinschreibt, ich bin ein Roter oder ich bin ein Mensch. Stellung krieg ich auf beides keine.

LAINA Nicht zurechtfinden wird er sich ohne Sie, weil er Sie gewohnt ist.

MATTI Er muß allein weitermachen. Ich hab genug. Nach der Sache mit dem Surkkala halt ich seine Vertraulichkeiten nicht mehr aus. Dankschön für das Paket und auf Wiedersehn, Laina.

LAINA *schnupfend:* Glück auf 'n Weg! *Schnell hinein.*

MATTI *nachdem er ein paar Schritte gegangen ist:*

Die Stund des Abschieds ist nun da
Gehab dich wohl, Herr Puntila.
Der Schlimmste bist du nicht, den ich getroffen
Denn du bist fast ein Mensch, wenn du besoffen.
Der Freundschaftsbund konnt freilich nicht bestehn
Der Rausch verfliegt. Der Alltag fragt: Wer wen?
Und wenn man sich auch eine Zähr abwischt
Weil sich das Wasser mit dem Öl nicht mischt
Es hilft nichts, und 's ist schade um die Zähren:
's wird Zeit, daß deine Knechte dir den Rücken kehren.
Den guten Herrn, den finden sie geschwind
Wenn sie erst ihre eignen Herren sind.

*Er geht schnell weg.*

# Der aufhaltsame Aufstieg des Arturo Ui

Parabelstück

Mitarbeiter: M. Steffin

*Personen*

Der Ansager · Flake, Caruther, Butcher, Mulberry, Clark – Geschäftsleute, Führer des Karfioltrusts · Sheet, Reedereibesitzer · Der alte Dogsborough · Der junge Dogsborough · Arturo Ui, Gangsterchef · Ernesto Roma, sein Leutnant; Emanuele Giri; Guiseppe Givola, Blumenhändler – Gangster · Ted Ragg, Reporter des »Star« · Dockdaisy · Bowl, Prokurist bei Sheet · Goodwill und Gaffles, zwei Herren von der Stadtverwaltung · O'Casey, Untersuchungsbeauftragter · Ein Schauspieler · Hook, Gemüsegroßhändler · Der Angeklagte Fish · Der Verteidiger · Der Richter · Der Arzt · Der Ankläger · Eine Frau · Der junge Inna, Romas Vertrauter · Ein kleiner Mann · Ignatius Dullfeet · Betty Dullfeet, seine Frau · Dogsboroughs Diener · Leibwächter · Gunmänner · Grünzeughändler von Chicago und Cicero · Zeitungsreporter

## Prolog

*Vor den Leinenvorhang tritt der Ansager. Auf dem Vorhang sind große Ankündigungen zu lesen: »Neues vom Dockshilfeskandal!« – »Der Kampf um des alten Dogsborough Testament und Geständnis« – »Sensation im großen Speicherbrandprozeß« – »Die Ermordnung des Gangsters Ernesto Roma durch seine Freunde« – »Erpressung und Ermordung des Ignatius Dullfeet« – »Die Eroberung der Stadt Cicero durch Gangster«. Hinter dem Vorhang Bumsmusik.*

DER ANSAGER
Verehrtes Publikum, wir bringen heute –
Ruhe dort hinten, Leute!
Und nehmen Sie den Hut ab, junge Frau! –
Die große historische Gangsterschau!
Enthaltend zum allererstenmal
Die Wahrheit über den großen Dockshilfeskandal.
Ferner bringen wir Ihnen zur Kenntnis
Dogsboroughs Testament und Geständnis.
Den Aufstieg des Arturo Ui während der Baisse!
Sensationen im berüchtigten Speicherbrandprozeß!
Den Dullfeetmord! Die Justiz im Koma!
Gangster unter sich: die Abschlachtung des Ernesto Roma!
Zum Schluß das illuminierte Schlußtableau:
Gangster erobern die Stadt Cicero!
Sie sehen hier, von Künstlern dargestellt
Die berühmtesten Heroen unserer Gangsterwelt.
Sie sehen tote und Sie sehen lebendige
Vorübergegangene und ständige
Geborene und gewordene, so
Zum Beispiel den guten, alten ehrlichen Dogsborough!
*Vor den Vorhang tritt der alte Dogsborough.*
Das Herz ist schwarz, das Haar ist weiß.
Mach deinen Diener, du verdorbener Greis!
*Der alte Dogsborough tritt zurück, nachdem er sich verbeugt hat.*
Sie sehen ferner bei uns – da
Ist er ja schon –
*Vor den Vorhang ist Givola getreten*
den Blumenhändler Givola.
Mit seinem synthetisch geölten Maul
Verkauft er Ihnen einen Ziegenbock als Gaul.
Lügen, heißt es, haben kurze Beine!
Nun betrachten Sie seine!
*Givola tritt hinkend zurück.*
Und nun zu Emanuele Giri, dem Superclown!
Heraus mit dir, laß dich anschaun!
*Vor den Vorhang tritt Giri und grüßt mit der Hand.*
Einer der größten Killer aller Zeiten!
Weg mit dir!
*Giri tritt erbost zurück.*
Und nun zur größten unserer Sehenswürdigkeiten!
Der Gangster aller Gangster! Der berüchtigte
Arturo Ui! Mit dem uns der Himmel züchtigte
Für alle unsre Sünden und Verbrechen
Gewalttaten, Dummheiten und Schwächen!
*Vor den Vorhang tritt Ui und geht die Rampe entlang ab.*
Wem fällt da nicht Richard der Dritte ein?
Seit den Zeiten der roten und weißen Rose
Sah man nicht mehr so große
Fulminante und blutige Schlächterein!
Verehrtes Publikum, angesichts davon
War es die Absicht der Direktion
Weder Kosten zu scheuen noch Sondergebühren
Und alles im großen Stile aufzuführen.
Jedoch ist alles streng wirklichkeitsgetreu
Denn was Sie heut abend sehen, ist nicht neu
Nicht erfunden und ausgedacht
Zensuriert und für Sie zurechtgemacht:
Was wir hier zeigen, weiß der ganze Kontinent:
Er ist das Gangsterstück, das jeder kennt!
*Während die Musik anschwillt und das Knattern eines Maschinengewehrs sich ihr gesellt, tritt der Ansager geschäftig ab.*

1

a

*City. Auftreten fünf Geschäftsleute, die Führer des Karfioltrusts.*

FLAKE
Verdammte Zeiten!

CLARK
'’s ist, als ob Chicago
Das gute alte Mädchen, auf dem Weg
Zum morgendlichen Milchkauf in der Tasche
Ein Loch entdeckt hätt und im Rinnstein jetzt
Nach ihren Cents sucht.

CARUTHER
Letzten Donnerstag
Lud mich Ted Moon mit einigen achtzig andern
Zum Taubenessen auf den Montag. Kämen
Wir wirklich, fänden wir bei ihm vielleicht
Nur noch den Auktionator. Dieser böse Wechsel
Vom Überfluß zur Armut kommt heut schneller
Als mancher zum Erbleichen braucht. Noch schwimmen
Die Grünzeugflotten der fünf Seen wie ehdem
Auf diese Stadt zu, und schon ist kein Käufer
Mehr aufzutreiben.

BUTCHER
’s ist, als ob die Nacht
Am hellen Mittag ausbräch!

MULBERRY
Clive und Robber
Sind unterm Hammer!

CLARK
Wheelers Obstimport –
Seit Noahs Zeiten im Geschäft – bankrott!

FLAKE
Dick Havelocks Garagen zahlen aus!

CARUTHER
Und wo ist Sheet?

FLAKE
Hat keine Zeit, zu kommen.
Er läuft von Bank zu Bank jetzt.

CLARK
Was? Auch Sheet?

*Pause.*
Mit einem Wort: Das Karfiolgeschäft
In dieser Stadt ist aus.

BUTCHER
Nun, meine Herrn
Kopf hoch! Wer noch nicht tot ist, lebt noch!

MULBERRY
Nicht tot sein heißt nicht: leben.

BUTCHER
Warum schwarz sehn?
Der Lebensmittelhandel ist im Grund
Durchaus gesund. ’s ist Futter für die Vier-Millionenstadt! Was Krise oder nicht:
Die Stadt braucht frisches Grünzeug, und wir schaffen’s!

CARUTHER
Wie steht es mit den Grünzeugläden?

MULBERRY
Faul.
Mit Kunden, einen halben Kohlkopf kaufend
Und den auf Borg!

CLARK
Der Karfiol verfault uns.

FLAKE
Im Vorraum wartet übrigens ein Kerl –
Ich sag’s nur, weil’s kurios ist – namens Ui...

CLARK
Der Gangster?

FLAKE
Ja. Persönlich. Riecht das Aas
Und sucht mit ihm sogleich Geschäftsverbindung.
Sein Leutnant, Herr Ernesto Roma, meint
Er könnt die Grünzeugläden überzeugen
Daß andern Karfiol zu kaufen als
Den unsern ungesund ist. Er verspricht
Den Umsatz zu verdoppeln, weil die Händler
Nach seiner Meinung lieber noch Karfiol
Als Särge kaufen. *Man lacht mißmutig.*

CARUTHER
’s ist ’ne Unverschämtheit.

MULBERRY *lacht aus vollem Hals:*
Thompsonkanonen und Millsbomben! Neue
Verkaufsideen! Endlich frisches Blut
Im Karfiolgeschäft! Es hat sich rumgesprochen
Daß wir schlecht schlafen: Herr Arturo Ui
Beeilt sich, seine Dienste anzubieten!
Ihr, jetzt heißt’s wählen zwischen dem und nur noch
Der Heilsarmee. Wo schmeckt das Süpplein besser?

CLARK
Ich denke, heißer wär es wohl beim Ui.

CARUTHER
Schmeißt ihn hinaus!

MULBERRY
Doch höflich! Wer kann wissen
Wie weit’s mit uns noch kommen wird!
*Sie lachen.*

FLAKE *zu Butcher:*
Was ist
Mit Dogsborough und einer Stadtanleih?
*Zu den andern:*
Butcher und ich, wir kochten da was aus
Was uns durch diese tote Zeit der Geldnot
Hindurchbrächt. Unser Leitgedanke war
Ganz kurz und schlicht: warum soll nicht die Stadt
Der wir doch Steuern zahln, uns aus dem Dreck ziehn
Mit einer Anleih, sag für Kaianlagen
Die wir zu bauen uns verpflichten könnten
Daß das Gemüse billiger in die Stadt kommt.
Der alte Dogsborough mit seinem Einfluß
Könnt uns das richten. Was sagt Dogsborough?

BUTCHER
Er weigert sich, was in der Sach zu tun.

FLAKE
Er weigert sich? Verdammt, er ist der Wahlboß
Im Dockbezirk und will nichts tun für uns?

CARUTHER
Seit Jahr und Tag blech ich in seinen Wahlfonds!

MULBERRY
Zur Höll, er war Kantinenwirt bei Sheet!
Bevor er in die Politik ging, aß er
Das Brot des Trusts! 's ist schwarzer Undank! Flake!
Was sagt ich dir? 's gibt keinen Anstand mehr!
's ist nicht nur Geldknappheit! 's ist Anstandsknappheit!
Sie trampeln fluchend aus dem sinkenden Boot
Freund wird zu Feind, Knecht bleibt nicht länger Knecht
Und unser alter, lächelnder Kantinenwirt
Ist nur noch eine einz'ge kalte Schulter.
Moral, wo bist du in der Zeit der Krise?

CARUTHER
Ich hätt es nicht gedacht vom Dogsborough!

FLAKE
Wie redet er sich aus?

BUTCHER
Er nennt den Antrag fischig.

FLAKE
Was ist dran fischig? Kaianlagen baun
Ist doch nicht fischig. Und bedeutet Arbeit
Und Brot für Tausende!

BUTCHER
Er zweifelt, sagt er
Daß wir Kaianlagen baun.

FLAKE
Was? Schändlich!

BUTCHER
Daß wir sie nicht baun wolln?

FLAKE
Nein, daß er zweifelt!

CLARK
Dann nehmt doch einen andern, der die Anleih
Uns durchboxt.

MULBERRY
Ja, 's gibt andere!

BUTCHER
Es gibt.
Doch keinen wie den Dogsborough. Seid ruhig!
Der Mann ist gut.

CLARK
Für was?

BUTCHER
Der Mann ist ehrlich.
Und was mehr ist: bekannt als ehrlich.

FLAKE
Mumpitz!

BUTCHER
Ganz klar, daß er an seinen Ruf denkt!

FLAKE
Klar?
Wir brauchen eine Anleih von der Stadt.
Sein guter Ruf ist seine Sache.

BUTCHER
Ist er's?
Ich denk, er ist die unsre. Eine Anleih
Bei der man keine Fragen stellt, kann nur
Ein ehrlicher Mann verschaffen, den zu drängen
Um Nachweis und Beleg sich jeder schämte.
Und solch ein Mann ist Dogsborough. Das schluckt!
Der alte Dogsborough ist unsre Anleih.
Warum? Sie glauben an ihn. Wer an Gott
Längst nicht mehr glaubt, glaubt noch an Dogsborough.
Der hartgesottne Jobber, der zum Anwalt
Nicht ohne Anwalt geht, den letzten Cent
Stopft' er zum Aufbewahrn in Dogsboroughs Schürze
Säh er sie herrnlos überm Schanktisch liegen.
Zwei Zentner Biederkeit! Die achtzig Winter
Die er gelebt, sahn keine Schwäche bei ihm!
Ich sage euch: ein solcher Mann ist Gold wert –
Besonders, wenn man Kaianlagen bauen
Und sie ein wenig langsam bauen will.

FLAKE
Schön, Butcher, er ist Gold wert. Wenn er gradsteht
Für eine Sache, ist sie abgemacht.

Nur steht er nicht für unsre Sache grad!

CLARK

Nicht er! »Die Stadt ist keine Suppenschüssel!«

MULBERRY

Und »Jeder für die Stadt, die Stadt für sich!«.

CARUTHER

's ist eklig! Kein Humor.

MULBERRY

'ne Ansicht wechselt
Er wohl noch seltner als ein Hemd. Die Stadt
Ist für ihn nichts aus Holz und Stein, wo Menschen
Mit Menschen hausen und sich raufen um
Hauszins und Beefsteaks, sondern was Papiernes
Und Biblisches. Ich konnt ihn nie vertragen.

CLARK

Der Mann war nie im Herzen mit uns. Was
Ist ihm Karfiol! Was das Transportgeschäft!
Seinetwegen kann das Grünzeug dieser Stadt
Verfaulen. Er rührt keinen Finger! Neunzehn
Jahr holt er unsre Gelder in den Wahlfonds.
Oder sind's zwanzig? Und die ganze Zeit
Sah er Karfiol nur auf der Schüssel! Und
Stand nie in einer einzigen Garage!

BUTCHER

So ist's.

CLARK

Zur Höll mit ihm!

BUTCHER

Nein, nicht zur Höll!
Zu uns mit ihm!

FLAKE

Was soll das? Clark sagt klar
Daß dieser Mann uns kalt verwirft.

BUTCHER

Doch Clark sagt
Auch klar, warum.

CLARK

Der Mann weiß nicht, wo Gott wohnt!

BUTCHER

Das ist's! Was fehlt ihm? Wissen fehlt ihm. Dogsborough
Weiß nicht, wie einer sich in unsrer Haut fühlt.
Die Frag heißt also: Wie kommt Dogsborough
In unsre Haut? Was müssen wir tun mit ihm?
Wir müssen ihn belehren! Um den Mann ist's schad.
Ich hab ein Plänchen. Horcht, was ich euch rat!

*Eine Schrift taucht auf, welche gewisse Vorfälle der jüngsten Vergangenheit ins Gedächtnis zurückruft.*

b

*Vor der Produktenbörse. Flake und Sheet im Gespräch.*

SHEET

Ich lief vom Pontius zum Pilatus. Pontius
War weggereist, Pilatus war im Bad.
Man sieht nur noch die Rücken seiner Freunde!
Der Bruder, eh er seinen Bruder trifft
Kauft sich beim Trödler alte Stiefel, nur
Nicht angepumpt zu werden! Alte Partner
Fürchten einander so, daß sie vorm Stadthaus
Einander ansprechen mit erfundenen Namen!
Die ganze Stadt näht sich die Taschen zu.

FLAKE

Was ist mit meinem Vorschlag?

SHEET

Zu verkaufen?
Das tu ich nicht. Ihr wollt das Essen für
Das Trinkgeld und dann noch den Dank fürs Trinkgeld!
Was ich von euch denk, sag ich besser nicht.

FLAKE

Mehr kriegst du nirgends.

SHEET

Und von meinen Freunden
Krieg ich nicht mehr als anderswo, ich weiß.

FLAKE

Das Geld ist teuer jetzt.

SHEET

Am teuersten
Für den, der's braucht. Und daß es einer braucht
Weiß niemand besser als sein Freund.

FLAKE

Du kannst
Die Reederei nicht halten.

SHEET

Und du weißt
Ich hab dazu 'ne Frau, die ich vielleicht
Auch nicht mehr halten kann.

FLAKE

Wenn du verkaufst...

SHEET

...ist's ein Jahr länger. Wissen möcht ich nur
Wozu ihr meine Reederei wollt.

FLAKE

Daß wir
Im Trust dir helfen wollen könnten, daran
Denkst du wohl gar nicht?

SHEET

Nein. Das fiel mir nicht ein.
Wo hatt' ich meinen Kopf? Daß mir nicht einfiel

Ihr könntet mir helfen wollen und nicht nur
Mir abpressen, was ich habe!

FLAKE

Bitterkeit
Gegen jedermann hilft dir nicht aus dem Sumpf.

SHEET

's hilft wenigstens dem Sumpf nicht, lieber Flake!

*Vorbei kommen schlendernd drei Männer, der Gangster Arturo Ui, sein Leutnant Ernesto Roma und ein Leibwächter. Ui starrt Flake im Vorbeigehen an, als erwarte er, angesprochen zu werden, und Roma wendet sich böse nach ihm um im Abgehen.*

SHEET

Wer ist's?

FLAKE

Arturo Ui, der Gangster. – Wie
Wenn du an uns verkauftest?

SHEET

Er schien eifrig,
Mit dir zu sprechen.

FLAKE *ärgerlich lachend:*

Sicher. Es verfolgt uns
Mit Angeboten, unsern Karfiol
Mit seinem Browning abzusetzen. Solche
Wie diesen Ui gibt es jetzt viele schon.
Das überzieht die Stadt jetzt wie ein Aussatz
Der Finger ihr und Arm und Schulter anfrißt.
Woher es kommt, weiß keiner. Jeder ahnt
Es kommt aus einem tiefen Loch. Dies Rauben,
Entführen, Pressen, Schrecken, Drohn und Schlachten
Dies »Hände hoch!« und »Rette sich, wer kann!« –
Man müßt's ausbrennen.

SHEET *ihn scharf anblickend:*

Schnell. Denn es steckt an.

FLAKE

Wie
Wenn du an uns verkauftest?

SHEET *zurücktretend und ihn betrachtend:*

Ja, es stimmt
Da ist 'ne Ähnlichkeit. Ich mein, mit diesen
Die grad vorübergingen, nicht sehr stark
Doch eben da, mehr ahnbar noch als sichtbar:
Am Grund von Teichen sieht man manchmal Äste
Grün und verschleimt, es könnten Schlangen sein
Doch sind's wohl Äste, oder doch nicht? Ja
So gleichst du diesem Roma, sei nicht böse.
Jetzt, wo ich ihn sah und dann dich, ist's mir
Als hätt ich früher schon so was gemerkt
Doch nicht verstanden und nicht nur bei dir.
Sag noch einmal: »Wie, wenn du an uns verkauftest?«
Ich glaub, die Stimm ist auch… Nein, besser sag:
»Die Hände hoch!« Denn das ist, was du meinst.

*Er hebt die Hände hoch.*

Ich heb sie hoch, Flake. Nehmt die Reederei!
Gebt mir 'nen Fußtritt dafür oder zwei!
Gebt mir zwei Fußtritt, das ist etwas mehr.

FLAKE

Du bist verrückt!

SHEET

Ich wünschte, daß ich's wär!

2

*Hinterzimmer in Dogsboroughs Gasthof. Dogsborough und sein Sohn spülen Gläser. Auftreten Butcher und Flake.*

DOGSBOROUGH

Ihr kommt umsonst. Ich mach's nicht! Er ist fischig
Euer Antrag, stinkend wie ein fauler Fisch.

DER JUNGE DOGSBOROUGH

Mein Vater lehnt ihn ab.

BUTCHER

Vergiß ihn, Alter!
Wir fragen. Du sagst nein. Gut, dann ist's nein.

DOGSBOROUGH

's ist fischig. Solche Kaianlagen kenn ich.
Ich mach's nicht.

DER JUNGE DOGSBOROUGH

Vater macht's nicht.

BUTCHER

Gut, vergiß es.

DOGSBOROUGH

Ich sah euch ungern auf dem Weg. Die Stadt
Ist keine Suppenschüssel, in die jeder
Den Löffel stecken kann. Verdammt auch, euer
Geschäft ist ganz gesund.

BUTCHER

Was sag ich, Flake?
Ihr seht zu schwarz.

DOGSBOROUGH

Schwarzsehen ist Verrat.
Ihr fallt euch selber in den Rücken, Burschen.
Schaut, was verkauft ihr? Karfiol. Das ist
So gut wie Fleisch und Brot. Und Fleisch und Brot

Und Grünzeug braucht der Mensch. Steaks ohne Zwiebeln
Und Hammel ohne Bohnen, und den Gast
Seh ich nicht wieder! Der eine und jener ist
Ein wenig knapp im Augenblick. Er zaudert
Bevor er einen neuen Anzug kauft.
Jedoch, daß diese Stadt, gesund wie je
Nicht mehr zehn Cent aufbrächte für Gemüse
Ist nicht zu fürchten. Kopf hoch, Jungens! Was?

FLAKE
's tut wohl, dir zuzuhören, Dogsborough.
's gibt einem Mut zum Kampf.

BUTCHER
Ich find's fast komisch
Daß wir dich, Dogsborough, so zuversichtlich
Und standhaft finden, was Karfiol angeht.
Denn gradheraus, wir kommen nicht ohne Absicht.
Nein, nicht mit der, die ist erledigt, Alter.
Hab keine Angst. Es ist was Angenehmres.
So hoffen wir zumindest. Dogsborough
Der Trust hat festgestellt, daß eben jetzt
Im Juni zwanzig Jahr vergangen sind
Seit du, ein Menschenalter uns vertraut als
Kantinenwirt in einer unsrer Firmen
Schiedst von uns, dich dem Wohl der Stadt zu widmen.
Die Stadt wär ohne dich nicht, was sie ist heut.
Und mit der Stadt wär der Karfioltrust nicht
Was er heut ist. Ich freu mich, daß du ihn
Im Kern gesund nennst. Denn wir haben gestern
Beschlossen, dir zu diesem festlichen Anlaß
Sag als Beweis für unsre hohe Schätzung
Und Zeichen, daß wir uns dir immer noch
Im Herzen irgendwie verbunden fühlen
Die Aktienmehrheit in Sheets Reederei
Für zwanzigtausend Dollar anzubieten.
Das ist noch nicht die Hälfte ihres Werts.
*Er legt ein Aktienpaket auf den Tisch.*

DOGSBOROUGH
Butcher, was soll das?

BUTCHER
Dogsborough, ganz offen:
Der Karfioltrust zählt nicht grad besonders
Empfindliche Seelen unter sich, jedoch
Als wir da gestern auf, nun, unsre dumme
Bitt um die Anleih deine Antwort hörten
Ehrlich und bieder, rücksichtslos, gerade
Der ganze alte Dogsborough darin
Trat einigen von uns, ich sag's nicht gern
Das Wasser in die Augen. »Was«, sagt' einer –
Sei ruhig, Flake, ich sag nicht, wer –, »da sind
Wir ja auf einen schönen Weg geraten!«
's gab eine kleine Pause, Dogsborough.
Und danach kam der Vorschlag ganz natürlich.

DOGSBOROUGH
Butcher und Flake, was steckt dahinter?

BUTCHER
Was
Soll denn dahinterstecken? 's ist ein Vorschlag!

FLAKE
Und es macht Spaß, ihn auszurichten. Hier
Stehst du, das Urbild eines ehrlichen Bürgers
Ein Sprichwortname und ein mächtiger Mann
In deiner Kneipe und spülst nicht nur Gläser
Nein, unsre Seelen auch! Und bist dabei
Nicht reicher, als dein Gast sein mag. 's ist rührend.

DOGSBOROUGH
Ich weiß nicht, was ich sagen soll.

BUTCHER
Sag nichts.
Schieb das Paket ein! Denn ein ehrlicher Mann
Kann's brauchen, wie? Verdammt, den ehrlichen Weg
Kommt wohl der goldene Waggon nicht oft, wie?
Ja, und dein Junge hier: Ein guter Name
Heißt's, ist mehr als ein gutes Bankbuch wert.
Nun, er wird's nicht verachten. Nimm das Zeug!
Ich hoff, du wäschst uns nicht den Kopf für das!

DOGSBOROUGH
Sheets Reederei!

FLAKE
Du kannst sie sehn von hier.

DOGSBOROUGH *am Fenster:*
Ich sah sie zwanzig Jahr.

FLAKE
Wir dachten dran.

DOGSBOROUGH
Und was macht Sheet?

FLAKE
Geht in das Biergeschäft.

BUTCHER
Erledigt?

DOGSBOROUGH
Nun, 's ist alles schön und gut
Mit eurem Katzenjammer, aber Schiffe
Gibt man nicht weg für nichts.

FLAKE
Da ist was dran.
's mag sein, daß auch die Zwanzigtausend uns
Ganz handlich kämen, jetzt, wo diese Anleih

Verunglückt ist.

BUTCHER

Und daß wir unsre Aktien
Nicht gern grad jetzt am offnen Markt ausböten...

DOGSBOROUGH

Das klingt schon besser. 's wär kein schlechter Handel.
Wenn da nicht doch noch einige besondre
Bedingungen daran geknüpft sind...

FLAKE

Keine.

DOGSBOROUGH

Und zwanzigtausend, sagt ihr?

FLAKE

Ist's zuviel?

DOGSBOROUGH

Nein, nein. Es wär dieselbe Reederei
In der ich nur ein kleiner Wirt war. Wenn
Da nicht ein Pferdefuß zum Vorschein kommt...
Ihr habt die Anleih wirklich aufgegeben?

FLAKE

Ganz.

DOGSBOROUGH

Möcht ich's fast überdenken. Was, mein Junge
Das wär für dich was! Dachte schon, ihr seid
Verschnupft. Jetzt macht ihr solch ein Angebot!
Da siehst du, Junge, Ehrlichkeit bezahlt sich
Mitunter auch. 's ist, wie ihr sagt: der Junge
Hat, wenn ich geh, nicht viel mehr als den guten
Namen zu erben, und ich sah so viel
Übles, verübt aus Not!

BUTCHER

Uns wär ein Stein vom Herzen
Wenn du annähmst. Denn zwischen uns wär dann
Nichts mehr von diesem Nachgeschmack, du weißt
Von unserm dummen Antrag! Und wir könnten
In Zukunft hören, was du uns anrätst
Wie auf gerade, ehrliche Art der Handel
Die tote Zeit durchstehen kann, denn dann
Wär's auch dein Handel, Dogsborough; denn dann
Wärst doch auch du ein Karfiolmann. Stimmt's?
*Dogsborough ergreift seine Hand.*

DOGSBOROUGH

Butcher und Flake, ich nehm's.

DER JUNGE DOGSBOROUGH

Mein Vater nimmt's.
*Eine Schrift taucht auf.*

3

*Wettbüro der 122. Straße. Arturo Ui und sein Leutnant Ernesto Roma, begleitet von den Leibwächtern, hören die Radiorennberichte. Neben Roma Dockdaisy.*

ROMA

Ich wollt, Arturo, du befreitest dich
Aus dieser Stimmung braunen Trübsinns und
Untätiger Träumerei, von der die Stadt
Schon spricht.

UI *bitter:*

Wer spricht? Kein Mensch spricht von mir noch.
Die Stadt hat kein Gedächtnis. Ach, kurzlebig
Ist hier der Ruhm. Zwei Monate kein Mord, und
Man ist vergessen. *Durchfliegt die Zeitungen.* Schweigt der Mauser, schweigt
Die Presse. Selbst wenn ich die Morde liefre
Kann ich nie sicher sein, daß was gedruckt wird.
Denn nicht die Tat zählt, sondern nur der Einfluß.
Und der hängt wieder ab von meinem Bankbuch.
Kurz, 's ist so weit gekommen, daß ich manchmal
Versucht bin, alles hinzuschmeißen.

ROMA

Auch
Bei unsern Jungens macht der Bargeldmangel
Sich peinlich fühlbar. Die Moral sinkt ab.
Untätigkeit verdirbt sie mir. Ein Mann
Der nur auf Spielkarten schießt, verkommt. Ich geh
Schon nicht mehr gern ins Hauptquartier, Arturo.
Sie dauern mich. Mein »Morgen geht es los«
Bleibt mir im Hals stecken, wenn ich ihre Blick' seh.
Dein Plan für das Gemüseracket war
So vielversprechend. Warum nicht beginnen?

UI

Nicht jetzt. Nein, nicht von unten. 's ist zu früh.

ROMA

»Zu früh« ist gut! Seit dich der Trust wegschickte
Sitzt du, vier Monate jetzt schon, herum
Und brütest. Pläne! Pläne! Halbherzige
Versuche! Der Besuch beim Trust brach dir
Das Rückgrat. Und der kleine Zwischenfall

In Harpers Bank mit diesen Polizisten
Liegt dir noch in den Knochen!

UI

Aber sie schossen!

ROMA

Nur in die Luft! 's war ungesetzlich.

UI

Um
Ein Haar zwei Zeugen weniger, und ich säße
Im Kittchen jetzt. Und dieser Richter! Nicht
Für fünf Cent Sympathie!

ROMA

Für Grünzeugläden
Schießt keine Polizei. Sie schießt für Banken.
Schau her, Arturo, wir beginnen mit
Der elften Straße: Fenster eingehaut
Petroleum auf Karfiol, das Mobiliar
Zerhackt zu Brennholz! Und wir arbeiten uns
Hinunter bis zur siebten Straße. Ein
Zwei Tage später tritt Manuele Giri
Nelke im Knopfloch, in die Läden und
Sagt Schutz zu. Zehn Prozent vom Umsatz.

UI

Nein.
Erst brauch ich selber Schutz. Vor Polizei
Und Richter muß ich erst geschützt sein, eh
Ich andre schützen kann. 's geht nur von oben.
*Düster:*
Hab ich den Richter nicht in meiner Tasche
Indem er was von mir in seiner hat
Bin ich ganz rechtlos. Jeder kleine Schutzmann
Schießt mich, brech ich in eine Bank, halt tot.

ROMA

Bleibt uns nur Givolas Plan. Er hat den Riecher
Für Dreck, und wenn er sagt, der Karfioltrust
Riecht »anheimelnd faul«, muß etwas dran sein. Und
Es war ein Teil Gerede, als die Stadt
Wie's heißt, auf Dogsboroughs Empfehlung damals
Die Anleih gab. Seitdem wird dies und das
Gemunkelt über irgendwas, was nicht
Gebaut sein soll und eigentlich sein müßt.
Doch andrerseits war Dogsborough dafür
Und warum sollt der alte Sonntagsschüler
Für etwas sein, wenn's irgend fischig ist?
Dort kommt ja Ragg vom »Star«. Von solchen Sachen
Weiß niemand mehr als Ragg. He! Hallo, Ted!

RAGG *etwas betrunken:*

Hallo, ihr! Hallo, Roma! Hallo, Ui!
Wie geht's in Capua?

UI

Was meint er?

RAGG

Oh
Nichts weiter, Ui. Das war ein kleiner Ort
Wo einst ein großes Heer verkam. Durch Nichtstun
Wohlleben, mangelnde Übung.

UI

Sei verdammt!

ROMA *zu Ragg:*

Kein Streit! Erzähl uns was von dieser Anleih
Für den Karfioltrust, Ted!

RAGG

Was schert das euch?
Verkauft ihr jetzt Karfiol? Ich hab's! Ihr wollt
Auch eine Anleih von der Stadt. Fragt Dogsborough!
Der Alte peitscht sie durch. *Kopiert den Alten:*
»Soll ein Geschäftszweig
Im Grund gesund, jedoch vorübergehend
Bedroht von Dürre, untergehn?« Kein Auge
Bleibt trocken in der Stadtverwaltung. Jeder
Fühlt tief mit dem Karfiol, als wär's ein Stück von ihm.
Ach, mit dem Browning fühlt man nicht, Arturo!
*Die anderen Gäste lachen.*

ROMA

Reiz ihn nicht, Ted. Er ist nicht bei Humor.

RAGG

Ich kann's mir denken. Givola, heißt es, war
Schon bei Capone um Arbeit.

DOCKDAISY *sehr betrunken:*

Das ist Lüge!
Giuseppe läßt du aus dem Spiel!

RAGG

Dockdaisy!
Noch immer Kurzbein Givolas Nebenbraut?
*Stellt sie vor:*
Die vierte Nebenbraut des dritten Nebenleutnants
Eines – *zeigt auf Ui* – schnell sinkenden Sterns von zweiter Größe!
Oh, trauriges Los!

DOCKDAISY

Stopft ihm sein schmutziges Maul, ihr!

RAGG

Dem Gangster flicht die Nachwelt keine Kränze!
Die wankelmütige Menge wendet sich
Zu neuen Helden. Und der Held von gestern
Sinkt in Vergessenheit. Sein Steckbrief gilbt

In staubigen Archiven. »Schlug ich nicht
Euch Wunden, Leute?« – »Wann?« – »Einst!« – »Ach, die Wunden
Sind lang schon Narben!« – Und die schönsten Narben
Verlaufen sich mit jenen, die sie tragen! –
»So bleibt in einer Welt, wo gute Taten
So unbemerkt gehn, nicht einmal von üblen
Ein kleines Zeugnis?« – »Nein!« – »O faule Welt!«

UI *brüllt auf:*
Stopft ihm sein Maul!

*Die Leibwächter nähern sich Ragg.*

RAGG *erblassend:*
He! Keine rauhen Töne
Ui, mit der Presse!

*Die Gäste sind alarmiert aufgestanden.*

ROMA *drängt Ragg weg:*
Geh nach Haus, Ted, du
Hast ihm genug gesagt. Geh schnell!

RAGG *rückwärts weggehend, jetzt sehr in Furcht:*
Auf später!

*Das Lokal leert sich schnell.*

ROMA *zu Ui:*
Du bist nervös, Arturo.

UI
Diese Burschen
Behandeln mich wie Dreck.

ROMA
Warum, 's ist nur
Dein langes Schweigen, nichts sonst.

UI *düster:*
Wo bleibt Giri
Mit diesem Prokuristen vom Karfioltrust?

ROMA
Er wollt mit ihm um drei Uhr hier sein.

UI
Und
Was ist das mit Givola und Capone?

ROMA
Nichts Ernstliches. Capone war bei ihm nur
Im Blumenladen, Kränze einzukaufen.

UI
Kränze? Für wen?

ROMA
Ich weiß nicht. Nicht für uns.

UI
Ich bin nicht sicher.

ROMA
Ach, du siehst zu schwarz heut.
Kein Mensch bekümmert sich um uns.

UI
So ist es! Dreck
Behandeln sie mit mehr Respekt. Der Givola
Läuft weg beim ersten Mißerfolg. Ich schwör dir
Ich rechne ab mit ihm beim ersten Erfolg!

ROMA
Giri!

*Eintritt Emanuele Giri mit einem heruntergekommenen Individuum, Bowl.*

GIRI
Das ist der Mann, Chef!

ROMA *zu Bowl:*
Und du bist
Sheets Prokurist, im Karfioltrust?

BOWL
War.
War Prokurist, Chef. Bis vorige Woche.
Bis dieser Hund…

GIRI
Er haßt, was nach Karfiol riecht.

BOWL
Der Dogsborough…

UI *schnell:*
Was ist mit Dogsborough?

ROMA
Was hattest du zu tun mit Dogsborough?

GIRI
Drum schleif ich ihn ja her!

BOWL
Der Dogsborough
Hat mich gefeuert.

ROMA
Aus Sheets Reederei?

BOWL
Aus seiner eignen. Es ist seine, seit
Anfang September.

ROMA
Was?

GIRI
Sheets Reederei –
Das ist der Dogsborough. Bowl war dabei
Als Butcher vom Karfioltrust selbst dem Alten
Die Aktienmehrheit überstellte.

UI
Und?

BOWL
Und! 's ist 'ne blutige Schande…

GIRI
Siehst du's nicht, Chef?

BOWL
…daß Dogsborough die fette Stadtanleih
Für den Karfioltrust vorschlug…

GIRI
…und geheim
Selbst im Karfioltrust saß!
UI *dem es zu dämmern beginnt:*
Das ist korrupt.
Bei Gott, der Dogsborough hat Dreck am Stecken!
BOWL
Die Anleih ging an den Karfioltrust, aber
Sie machten's durch die Reederei. Durch mich.
Und ich zeichnete für Dogsborough
Und nicht für Sheet, wie es nach außen aussah.
GIRI
Wenn das kein Schlager ist! Der Dogsborough!
Das rostige alte Aushängeschild! Der biedre
Verantwortungsbewußte Händedrücker!
Der unbestechliche wasserdichte Greis!
BOWL
Ich tränk's ihm ein, mich wegen Unterschleif
Zu feuern, und er selber… Hund!
ROMA
Nimm's ruhig!
's gibt außer dir noch andere Leute, denen
Das Blut kocht, wenn sie so was hören müssen.
Was meinst du, Ui?
UI *auf Bowl:*
Wird er's beschwören?
GIRI
Sicher.
UI *groß aufbrechend:*
Haltet ein Aug auf ihn! Komm, Roma! Jetzt
Riech ich Geschäfte!
*Er geht schnell ab, von Ernesto Roma und den Leibwächtern gefolgt.*
GIRI *schlägt Bowl auf die Schulter:*
Bowl, du hast vielleicht
Ein Rad in Schwung gesetzt, das…
BOWL
Und betreff
Des Zasters…
GIRI
Keine Furcht! Ich kenn den Chef.
*Eine Schrift taucht auf.*

4

*Dogsboroughs Landhaus. Dogsborough und sein Sohn.*

DOGSBOROUGH
Dies Landhaus hätt ich niemals nehmen dürfen.
Daß ich mir das Paket halb schenken ließ
War nicht angreifbar.
DER JUNGE DOGSBOROUGH
Absolut nicht.
DOGSBOROUGH
Daß
Ich um die Anleih ging, weil ich am eignen Leib
Erfuhr, wie da ein blühender Geschäftszweig
Verkam aus Not, war kaum ein Unrecht. Nur
Daß ich, vertrauend, daß die Reederei was abwürf
Dies Landhaus schon genommen hatte, als
Ich diese Anleih vorschlug, und so insgeheim
In eigner Sach gehandelt hab, war falsch.
DER JUNGE DOGSBOROUGH
Ja, Vater.
DOGSBOROUGH
's war ein Fehler oder kann
Als Fehler angesehen werden. Junge, dieses
Landhaus hätt ich nicht nehmen dürfen.
DER JUNGE DOGSBOROUGH
Nein.
DOGSBOROUGH
Wir sind in eine Fall gegangen, Sohn.
DER JUNGE DOGSBOROUGH
Ja, Vater.
DOGSBOROUGH
Dies Paket war wie des Schankwirts
Salziges Krabbenzeug, im Drahtkorb, gratis
Dem Kunden hingehängt, damit er, seinen
Billigen Hunger stillend, sich Durst anfrißt.
*Pause.*
Die Anfrag nach den Kaianlagen im Stadthaus
Gefällt mir nicht. Die Anleih ist verbraucht –
Clark nahm, und Butcher nahm, Flake nahm und Caruther
Und leider Gottes nahm auch ich –, und noch ist
Kein Pfund Zement gekauft! Das einzige Gute:
Daß ich den Handel auf Sheets Wunsch nicht an
Die große Glocke hing, so daß niemand weiß
Ich hab zu tun mit dieser Reederei.
DIENER *tritt ein:*
Herr Butcher vom Karfioltrust an der Leitung.
DOGSBOROUGH
Junge, geh du!
*Der junge Dogsborough mit dem Diener ab. Man hört Glocken von fern.*
DOGSBOROUGH
Was kann der Butcher wollen?
*Zum Fenster hinausblickend:*
Es waren die Pappeln, die bei diesem Landsitz
Mich reizten. Und der Blick zum See, wie Silber
Bevor's zu Talern wird. Und daß nicht saurer

Geruch von altem Bier hier hängt. Die Tannen
Sind auch gut anzusehn, besonders die Wipfel.
Es ist ein Graugrün. Staubig. Und die Stämme
Von der Farb des Kalbleders, das man früher beim Abzapfen
Am Faß verwandte. Aber den Ausschlag gaben
Die Pappeln. Ja, die Pappeln waren's. Heut
Ist Sonntag. Hm. Die Glocken klängen friedlich
Wär in der Welt nicht so viel Menschenbosheit.
Was kann der Butcher heut, am Sonntag, wollen?
Ich hätt dies Landhaus...

DER JUNGE DOGSBOROUGH *zurück:*
Vater, Butcher sagt
Im Stadthaus sei heut nacht beantragt worden
Den Stand der Kaianlagen des Karfioltrusts
Zu untersuchen! Vater, fehlt dir was?

DOGSBOROUGH
Mein Kampfer!

DER JUNGE DOGSBOROUGH *gibt ihm:*
Hier!

DOGSBOROUGH
Was will der Butcher machen?

DER JUNGE DOGSBOROUGH
Herkommen.

DOGSBOROUGH
Hierher? Ich empfang ihn nicht.
Ich bin nicht wohl. Mein Herz. *Er steht auf. Groß:* Ich hab mit dieser
Sach nichts zu tun. Durch sechzig Jahre war
Mein Weg ein grader, und das weiß die Stadt.
Ich hab mit ihren Schlichen nichts gemein.

DER JUNGE DOGSBOROUGH
Ja, Vater. Ist dir besser?

DER DIENER *herein:*
Ein Herr Ui
Ist in der Halle.

DOGSBOROUGH
Der Gangster!

DER DIENER
Ja. Sein Bild
War in den Blättern. Er gibt an, Herr Clark
Vom Karfioltrust habe ihn geschickt.

DOGSBOROUGH
Wirf ihn hinaus! Wer schickt ihn? Clark? Zum Teufel!
Schickt er mir Gangster auf den Hals? Ich will...

*Eintreten Arturo Ui und Ernesto Roma.*

UI
Herr Dogsborough.

DOGSBOROUGH
Hinaus!

ROMA
Nun, nun! Gemütlich!
Nichts Übereiltes! Heut ist Sonntag, was?

DOGSBOROUGH
Ich sag: Hinaus!

DER JUNGE DOGSBOROUGH
Mein Vater sagt: Hinaus!

ROMA
Und sagt er's nochmals, ist's nochmals nichts Neues.

UI *unbewegt:*
Herr Dogsborough

DOGSBOROUGH
Wo sind die Diener? Hol
Die Polizei!

ROMA
Bleib lieber stehn, Sohn! Schau
Im Flur, mag sein, sind ein paar Jungens, die
Dich mißverstehen könnten.

DOGSBOROUGH
So. Gewalt.

Oh, nicht Gewalt! Nur etwas Nachdruck, Freund.

*Stille.*

UI
Herr Dogsborough. Ich weiß, Sie kennen mich nicht.
Oder nur vom Hörensagen, was schlimmer ist.
Herr Dogsborough, Sie sehen vor sich einen
Verkannten Mann. Sein Bild geschwärzt von Neid
Sein Wollen entstellt von Niedertracht. Als ich
Vor nunmehr vierzehn Jahren als Sohn der Bronx und
Einfacher Arbeitsloser in dieser Stadt
Meine Laufbahn anfing, die, ich kann es sagen
Nicht ganz erfolglos war, hatt' ich um mich nur
Sieben brave Jungens, mittellos, jedoch
Entschlossen wie ich, ihr Fleisch herauszuschneiden
Aus jeder Kuh, die unser Herrgott schuf.
Nun, jetzt sind's dreißig, und es werden mehr sein.
Sie werden fragen: Was will Ui von mir?
Ich will nicht viel. Ich will nur eines: nicht
Verkannt sein! Nicht als Glücksjäger, Abenteurer
Oder was weiß ich betrachtet werden.

*Räuspern.*

Zumindest nicht von einer Polizei
Die ich stets schätzte. Drum steh ich vor Ihnen
Und bitt Sie – und ich bitt nicht gern –, für mich

Ein Wörtlein einzulegen, wenn es not tut
Beir Polizei.

DOGSBOROUGH *ungläubig:*
Sie meinen, für Sie bürgen?

UI
Wenn's not tut. Das hängt davon ab, ob wir
Im guten auskommen mit den Grünzeughändlern.

DOGSBOROUGH
Was haben Sie im Grünzeughandel zu schaffen?

UI
Ich komm dazu. Ich bin entschlossen, ihn
Zu schützen. Gegen jeden Übergriff.
Wenn's sein muß, mit Gewalt.

DOGSBOROUGH
Soviel ich weiß
Ist er bis jetzt von keiner Seit bedroht.

UI
Bis jetzt. Vielleicht. Ich sehe aber weiter
Und frag: wie lang? Wie lang in solcher Stadt
Mit einer Polizei, faul und korrupt
Wird der Gemüsehändler sein Gemüse
In Ruh verkaufen können? Wird ihm nicht
Vielleicht schon morgen früh sein kleiner Laden
Von ruchloser Hand zerstört, die Kass' geraubt sein?
Wird er nicht lieber heut schon gegen kleines Entgelt
Kräftigen Schutz genießen wollen?

DOGSBOROUGH
Ich
Denk eher: nein.

UI
Das würd bedeuten, daß er
Nicht weiß, was für ihn gut ist. Das ist möglich.
Der kleine Grünzeughändler, fleißig, aber
Beschränkt, oft ehrlich, aber selten weitblickend
Braucht starke Führung. Leider kennt er nicht
Verantwortung dem Trust gegenüber, dem
Er alles verdankt. Auch hier, Herr Dogsborough
Setzt meine Aufgabe ein. Denn auch der Trust
Muß heut geschützt sein. Weg mit faulen Zahlern!
Zahl oder schließ den Laden! Mögen einige
Schwache zugrund gehn! Das ist Naturgesetz!
Kurz, der Karfioltrust braucht mich.

DOGSBOROUGH
Was geht mich
Der Karfioltrust an? Sie sind mit Ihrem
Merkwürdigen Plan an falscher Stelle, Mann.

UI
Darüber später. Wissen Sie, was Sie brauchen?
Sie brauchen Fäuste im Karfioltrust! Dreißig
Entschlossene Jungens unter meiner Führung!

DOGSBOROUGH
Ich weiß nicht, ob der Trust statt Schreibmaschinen
Thompsonkanonen haben will, doch ich
Bin nicht im Trust.

UI Wir reden davon noch.
Sie sagen: dreißig Männer, schwer bewaffnet
Gehn aus und ein im Trust. Wer bürgt uns da
Daß nicht uns selbst was zustößt? Nun, die Antwort
Ist einfach die: die Macht hat stets, wer zahlt.
Und wer die Lohntüten austeilt, das sind Sie.
Wie könnt ich jemals gegen Sie ankommen?
Selbst wenn ich wollte und sie nicht so schätzte
Wie ich es tu, Sie haben mein Wort dafür!
Was bin ich schon? Wie groß ist schon mein Anhang?
Und wissen Sie, daß einige bereits abfallen?
Heut sind's noch zwanzig, wenn's noch zwanzig sind!
Wenn Sie mich nicht retten, bin ich aus. Als Mensch
Sind sie verpflichtet, heute mich zu schützen
Vor meinen Feinden und, ich sag's, wie's ist
Vor meinen Anhängern auch! Das Werk von vierzehn Jahren
Steht auf dem Spiel! Ich rufe Sie als Mensch an!

DOGSBOROUGH
So hören Sie, was ich als Mensch tun werd:
Ich ruf die Polizei.

UI
Die Polizei?

DOGSBOROUGH
Jawohl, die Polizei.

UI
Heißt das, Sie weigern
Sich, mir als Mensch zu helfen? *Brüllt:* Dann verlang ich's
Von Ihnen als einem Verbrecher! Denn das sind Sie!
Ich werd Sie bloßstellen! Die Beweise hab ich!
Sie sind verwickelt in den Kaianlagen-
Skandal, der jetzt heraufzieht! Sheets Reederei
Sind Sie! Ich warn Sie! Treiben Sie mich nicht
Zum Äußersten! Die Untersuchung ist
Beschlossen worden!

DOGSBOROUGH *sehr bleich:*
Sie wird niemals stattfinden!
Meine Freunde...

UI
Haben Sie nicht! Die hatten Sie gestern.
Heut haben Sie keinen Freund mehr, aber morgen
Haben Sie nur Feinde. Wenn Sie einer rettet
Bin ich's! Arturo Ui! Ich! Ich!

DOGSBOROUGH
Die Untersuchung
Wird es nicht geben. Niemand wird mir das
Antun. Mein Haar ist weiß...

UI
Doch außer Ihrem Haar
Ist nichts an Ihnen weiß. Mann! Dogsborough!
*Versucht, seine Hand zu ergreifen.*
Vernunft! Nur jetzt Vernunft! Lassen Sie sich retten
Von mir! Ein Wort von Ihnen, und ich schlag
Einen jeden nieder, der Ihnen nur ein einziges
Haar krümmen will! Dogsborough, helfen Sie
Mir jetzt, ich bitt Sie, einmal! Nur einmal!
Ich kann nicht mehr vor meine Jungens, wenn
Ich nicht mit Ihnen übereinkomm!
*Er weint.*

DOGSBOROUGH
Niemals!
Bevor ich mich mit Ihnen einlaß, will ich
Lieber zugrund gehn!

UI
Ich bin aus. Ich weiß es.
Ich bin jetzt vierzig und bin immer noch nichts!
Sie müssen mir helfen!

DOGSBOROUGH
Niemals!

UI
Sie, ich warn Sie!
Ich werde Sie zerschmettern!

DOGSBOROUGH
Doch solang ich
Am Leben bin, kommen Sie mir niemals, niemals
Zu Ihrem Grünzeugracket!

UI *mit Würde:*
Nun, Herr Dogsborough
Ich bin erst vierzig, Sie sind achtzig, also
Werd ich mit Gottes Hilf Sie überleben!
Ich weiß, ich komme in den Grünzeughandel!

DOGSBOROUGH
Niemals!

UI
Roma, wir gehn.
*Er verbeugt sich formell und verläßt mit Ernesto Roma das Zimmer.*

DOGSBOROUGH
Luft! Was für eine Fresse!
Ach, was für eine Fresse! Nein, dies Landhaus
Hätt ich nicht nehmen dürfen! Aber sie werden's
Nicht wagen, da zu untersuchen. Sonst
Wär alles aus! Nein, nein, sie werden's nicht wagen.

DER DIENER *herein:*
Goodwill und Gaffles von der Stadtverwaltung!
*Auftreten Goodwill und Gaffles.*

GOODWILL
Hallo, Dogsborough!

DOGSBOROUGH
Hallo, Goodwill und Gaffles!
Was Neues?

GOODWILL
Und nichts Gutes, fürcht ich. War
Das nicht Arturo Ui, der in der Hall
An uns vorüberging?

DOGSBOROUGH *mühsam lachend:*
Ja, in Person.
Nicht grad 'ne Zierde in 'nem Landhaus.

GOODWILL
Nein.
Nicht grad 'ne Zierde! Nun, kein guter Wind
Treibt uns heraus zu dir. Es ist die Anleih
Des Karfioltrusts für die Kaianlagen.

DOGSBOROUGH *steif:*
Was mit der Anleih?

GAFFLES
Nun, gestern im Stadthaus
Nannten sie einige, jetzt werd nicht zornig
Ein wenig fischig.

DOGSBOROUGH
Fischig.

GOODWILL
Sei beruhigt!
Die Mehrheit nahm den Ausdruck übel auf.
Ein Wunder, daß es nicht zu Schlägerein kam!

GAFFLES
Verträge Dogsboroughs fischig! wurd geschrien.
Und was ist mit der Bibel? Die ist wohl
Auch fischig plötzlich! 's wurd fast eine Ehrung
Für dich dann, Dogsborough! Als deine Freunde
Sofort die Untersuchung forderten
Fiel, angesichts unsres Vertrauens, doch mancher
Noch um und wollte nichts mehr davon hören.
Die Mehrheit aber, eifrig, deinen Namen
Auch nicht vom kleinsten Windhauch des Verdachts

Gerührt zu sehn, schrie: Dogsborough, das ist
Nicht nur ein Name und nicht nur ein Mann
'S ist eine Institution! und setzte tobend
Die Untersuchung durch.

DOGSBOROUGH
Die Untersuchung.

GOODWILL
O'Casey führt sie für die Stadt. Die Leute
Vom Karfioltrust sagen nur, die Anleih
Sei direkt an Sheets Reederei gegeben
Und die Kontrakte mit den Baufirmen waren
Von Sheets Reederei zu tätigen.

DOGSBOROUGH
Sheets Reederei.

GOODWILL
Am besten wär's, du schicktest selbst 'nen Mann
Mit gutem Ruf, der dein Vertrauen hat
Und unparteiisch ist, hineinzuleuchten
In diesen dunklen Rattenkönig.

DOGSBOROUGH
Sicher.

GAFFLES
So ist's erledigt, und jetzt zeig uns dein
Gepriesnes neues Landhaus, Dogsborough
Daß wir was zu erzählen haben!

DOGSBOROUGH
Ja.

GOODWILL
Friede und Glocken! Was man wünschen kann!

GAFFLES *lachend:*
Und keine Kaianlag!

DOGSBOROUGH
Ich schick den Mann!

*Sie gehen langsam hinaus.*
*Eine Schrift taucht auf.*

5

*Stadthaus. Butcher, Flake, Clark, Mulberry, Caruther. Gegenüber neben Dogsborough, der kalkweiß ist, O'Casey, Gaffles und Goodwill. Presse.*

BUTCHER *leise:*
Er bleibt lang aus.

MULBERRY
Er kommt mit Sheet. Kann sein
Sie sind nicht übereins. Ich denk, sie haben
die ganze Nacht verhandelt. Sheet muß sagen
Daß er die Reederei noch hat.

CARUTHER
Es ist für Sheet
Kein Honiglecken, sich hierherzustellen
Und zu beweisen, daß nur er der Schurk ist.

FLAKE
Sheet macht es nicht.

CLARK
Er muß.

FLAKE
Warum soll er
Fünf Jahre Gefängnis auf sich nehmen?

CLARK
'S ist
Ein Haufen Geld, und Mabel Sheet braucht Luxus.
Er ist noch heut vernarrt in sie. Er macht's.
Und was Gefängnis angeht: er wird kein
Gefängnis sehn. Das richtet Dogsborough.

*Man hört Geschrei von Zeitungsjungen, und ein Reporter bringt ein Blatt herein.*

GAFFLES
Sheet ist tot aufgefunden. Im Hotel.
In seiner Westentasche ein Billett nach Frisco.

BUTCHER
Sheet tot?

O'CASEY *liest:*
Ermordet.

MULBERRY
Oh!

FLAKE *leise:*
Er hat es nicht gemacht.

GAFFLES
Dogsborough, ist dir übel?

DOGSBOROUGH *mühsam:*
's geht vorbei.

O'CASEY
Der Tod des Sheet...

CLARK
Der unerwartete Tod
Des armen Sheet ist fast 'ne Harpunierung
Der Untersuchung...

O'CASEY
Freilich: Unerwartet
Kommt oft erwartet, man erwartet oft
Was Unerwartetes, so ist's im Leben.
Jetzt steh ich vor euch mit gewaschenem Hals
Und hoff, ihr müßt mich nicht an Sheet verweisen
Mit meinen Fragen, denn Sheet ist sehr schweigsam
Seit heute nacht, wie ich aus diesem Blatt seh.

MULBERRY
Was heißt das, eure Anleih wurde schließlich

Der Reederei gegeben, ist's nicht so?

O'CASEY

So ist's. Jedoch: Wer ist die Reederei?

FLAKE *leise:*

Komische Frag! Er hat noch was im Ärmel!

CLARK *ebenso:*

Was könnt das sein?

O'CASEY

Fehlt dir was, Dogsborough?

Ist es die Luft? *Zu den andern:* Ich mein nur, man könnt sagen:

Jetzt muß der Sheet nebst einigen Schaufeln Erde

Auf sich auch noch den andern Dreck hier nehmen.

Ich ahn...

CLARK

Vielleicht, O'Casey, es wär besser,

Sie ahnten nicht so viel. In dieser Stadt

Gibt es Gesetze gegen üble Nachred.

MULBERRY

Was soll euer dunkles Reden? Wie ich hör

Hat Dogsborough 'nen Mann bestimmt, dies alles

Zu klären. Nun, so wartet auf den Mann!

O'CASEY

Er bleibt lang aus. Und wenn er kommt, dann, hoff ich

Erzählt er uns nicht nur von Sheet.

FLAKE

Wir hoffen

Er sagt, was ist, nichts sonst.

O'CASEY

So, 's ist ein ehrlicher Mann?

Das wär nicht schlecht. Da Sheet erst heut nacht starb

Könnt alles schon geklärt sein. Nun, ich hoff

*Zu Dogsborough:*

Es ist ein guter Mann, den du gewählt hast.

CLARK *scharf:*

Er ist der, der er ist, ja? Und hier kommt er.

*Auftreten Arturo Ui und Ernesto Roma, begleitet von Leibwächtern.*

UI

Hallo, Clark! Hallo, Dogsborough! Hallo!

CLARK

Hallo, Ui!

UI

Nun, was will man von mir wissen?

O'CASEY *zu Dogsborough:*

Das hier dein Mann?

CLARK

Gewiß. Nicht gut genug?

GOODWILL

Dogsborough, heißt das...?

O'CASEY *da die Presse unruhig geworden ist:*

Ruhe dort!

EIN REPORTER

's ist Ui!

*Gelächter. O'Casey schafft Ruhe. Dann mustert er die Leibwächter.*

O'CASEY

Wer sind die Leute?

UI

Freunde.

O'CASEY *zu Roma:*

Wer sind Sie?

UI

Mein Prokurist, Ernesto Roma.

GAFFLES

Halt!

Ist, Dogsborough, das hier dein Ernst?

*Dogsborough schweigt.*

O'CASEY

Herr Ui

Wie wir Herrn Dogsboroughs beredtem Schweigen

Entnehmen, sind es Sie, der sein Vertrauen hat

Und unsres wünscht. Nun, wo sind die Kontrakte?

UI

Was für Kontrakte?

CLARK *da O'Casey Goodwill ansieht:*

Die die Reederei

Bezwecks des Ausbaus ihrer Kaianlagen

Mit Baufirmen getätigt haben muß.

UI

Ich weiß nichts von Kontrakten.

O'CASEY

Nein?

CLARK

Sie meinen

's gibt keine solchen?

O'CASEY *schnell:*

Sprachen Sie mit Sheet?

UI *schüttelt den Kopf:*

Nein.

CLARK

Ach, Sie sprachen nicht mit Sheet?

UI *hitzig:*

Wer das

Behauptet, daß ich mit dem Sheet sprach, lügt.

O'CASEY

Ich dacht, Sie schauten in die Sache, Ui

Im Auftrag Dogsboroughs?

UI

Das tat ich auch.

O'CASEY

Und trug, Herr Ui, Ihr Studium Früchte?

UI

Sicher.

Es war nicht leicht, die Wahrheit festzustellen.
Und sie ist nicht erfreulich. Als Herr Dogsborough
Mich zuzog, im Interesse dieser Stadt
Zu klären, wo das Geld der Stadt, bestehend
Aus den Spargroschen von uns Steuerzahlern
Und einer Reederei hier anvertraut
Geblieben ist, mußt ich mit Schrecken feststellen
Daß es veruntreut worden ist. Das ist Punkt eins.
Punkt zwei ist: Wer hat es veruntreut? Nun
Auch das konnt ich erforschen, und der Schuldige
Ist leider Gottes...

O'CASEY

Nun, wer ist es?

UI

Sheet.

O'CASEY

Oh, Sheet! Der schweigsame Sheet! Den Sie nicht sprachen!

UI

Was schaut ihr so? Der Schuldige heißt Sheet.

CLARK

Der Sheet ist tot. Hast du's denn nicht gehört?

UI

So, ist er tot? Ich war die Nacht in Cicero.
Drum hab ich nichts gehört. Roma war bei mir.

*Pause.*

ROMA

Das nenn ich komisch. Meint ihr, das ist Zufall
Daß er grad jetzt...?

UI

Meine Herrn, das ist kein Zufall.
Sheets Selbstmord ist die Folg von Sheets Verbrechen.
's ist ungeheuerlich!

O'CASEY

's ist nur kein Selbstmord.

UI

Was sonst! Natürlich, ich und Roma waren
Heut nacht in Cicero, wir wissen nichts.
Doch was ich weiß, was uns jetzt klar ist: Sheet
Scheinbar ein ehrlicher Geschäftsmann, war
Ein Gangster!

O'CASEY

Ich versteh. Kein Wort ist Ihnen
Zu scharf für Sheet, für den heut nacht noch andres
Zu scharf war, Ui. Nun, Dogsborough, zu dir.

DOGSBOROUGH

Zu mir?

BUTCHER *scharf:*

Was ist mit Dogsborough?

O'CASEY

Das ist:
Wie ich Herrn Ui versteh – und ich versteh
Ihn, denk ich, gut –, war's eine Reederei
Die Geld erhielt und die es unterschlug.
So bleibt nur eine Frage nun: Wer ist
Die Reederei? Ich höre, sie heißt Sheet.
Doch was sind Namen? Was uns interessiert
Ist, wem die Reederei gehört. Nicht
Nur, wie sie hieß! Gehörte sie auch Sheet?
Sheet ohne Zweifel könnt's uns sagen, aber
Sheet spricht nicht mehr von dem, was ihm gehörte
Seitdem Herr Ui in Cicero war. Wär's möglich
Daß doch ein andrer der Besitzer war
Als der Betrug geschah, der uns beschäftigt?
Was meinst du, Dogsborough?

DOGSBOROUGH

Ich?

O'CASEY

Ja, Könnt's sein
Daß du an Sheets Kontortisch saßest, als dort
Grad ein Kontrakt, nun, sagen wir – nicht gemacht wurd?

GOODWILL

O'Casey!

GAFFLES *zu O'Casey:*

Dogsborough?! Was fällt dir ein?

DOGSBOROUGH

Ich...

O'CASEY

Und schon früher, als du uns im Stadthaus
Erzähltest, wie der Karfiol es schwer hätt
Und daß wir eine Anleih geben müßten –
War's eigene Erfahrung, die da sprach?

BUTCHER

Was soll das? Seht ihr nicht, dem Mann ist übel?

CARUTHER

Ein alter Mann!

FLAKE

Sein weißes Haar müßt euch
Belehren, daß in ihm kein Arg sein kann.

ROMA

Ich sag: Beweise!

O'CASEY

Was Beweise angeht...

UI

Ich bitt um Ruhe! Etwas Ordnung, Freunde!

GAFFLES *laut:*

Um Himmels willen, Dogsborough, sprich!

EIN LEIBWÄCHTER *brüllt plötzlich:*

Der Chef
Will Ruhe! Ruhig!

*Plötzliche Stille.*

UI

Wenn ich sagen darf
Was mich bewegt in dieser Stunde und
Bei diesem Anblick, der beschämend ist –
Ein alter Mann beschimpft und seine Freunde
Schweigend herumsteh'nd –, so ist's das: Herr Dogsborough
Ich glaube Ihnen. Sieht so Schuld aus, frag ich?
Blickt so ein Mann, der krumme Wege ging?
Ist weiß hier nicht mehr weiß, schwarz nicht mehr schwarz?
's ist weit gekommen, wenn es so weit kommt.

CLARK

Man wirft hier einem unbescholtenen Mann
Bestechung vor!

O'CASEY

Und mehr als das: Betrug!
Denn ich behaupt, die schattige Reederei
Von der wir so viel Schlechtes hörten, als man
Sie noch dem Sheet zuschrieb, war Eigentum
Des Dogsborough zur Zeit der Anleih!

MULBERRY

Das ist Lüge!

CARUTHER

Ich setz den Kopf zum Pfand
Für Dogsborough! Oh, lad die ganze Stadt!
Und find da einen, der ihn schwarz nennt!

REPORTER *zu einem andern, der eben eintritt:*

Eben
Wird Dogsborough beschuldigt!

DER ANDERE REPORTER

Dogsborough?
Warum nicht Abraham Lincoln?

MULBERRY UND FLAKE

Zeugen! Zeugen!

O'CASEY

Ach, Zeugen? Wollt ihr das? Nun, Smith, wie steht's
Mit unserm Zeugen? Ist er da? Ich seh
Er ist gekommen.

*Einer seiner Leute ist in die Tür getreten und hat ein Zeichen gemacht. Alle blicken zur Tür. Kurze Pause. Dann hört man eine Folge von Schüssen und Lärm. Große Unruhe. Die Reporter laufen hinaus.*

DIE REPORTER Es ist vor dem Haus. Maschinengewehr. – Wie heißt dein Zeuge, O'Casey? – Dicke Luft. – Hallo, Ui!

O'CASEY *zur Tür gehend:* Bowl. *Schreit hinaus:* Hier herein!

DIE LEUTE VOM KARFIOLTRUST Was ist los? – Jemand ist abgeschossen worden. – Auf der Treppe. – Verdammt!

BUTCHER *zu Ui:*

Mehr Unfug? Ui, wir sind geschiedene Leute
Wenn da was vorging, was...

UI

Ja?

O'CASEY

Bringt ihn rein!

*Polizisten tragen eine Leiche herein.*

O'CASEY

's ist Bowl. Meine Herrn, mein Zeuge ist nicht mehr
Vernehmungsfähig, fürcht ich.

*Er geht schnell ab. Die Polizisten haben Bowls Leiche in eine Ecke gelegt.*

DOGSBOROUGH

Gaffles, nimm
Mich weg von hier!

*Gaffles geht, ohne zu antworten, an ihm vorbei hinaus.*

UI *mit ausgestreckter Hand auf Dogsborough zu:*

Meinen Glückwunsch, Dogsborough!
Ich will, daß Klarheit herrscht. So oder so.

*Eine Schrift taucht auf.*

## 6

*Mammoth-Hotel. Suite des Ui. Zwei Leibwächter führen einen zerlumpten Schauspieler vor den Ui. Im Hintergrund Givola.*

ERSTER LEIBWÄCHTER Er ist Schauspieler, Chef. Unbewaffnet.

ZWEITER LEIBWÄCHTER Er hätte nicht die Pinkepinke für einen Browning. Voll ist er nur, weil sie ihn in der Kneipe was deklamieren lassen, wenn sie voll sind. Aber er soll gut sein. Er ist ein Klassikanischer.

UI So hören Sie: Man hat mir zu verstehen gegeben, daß meine Aussprache zu wünschen übrigläßt. Und da es unvermeidlich sein wird, bei dem oder jenem Anlaß ein paar Worte zu äußern, ganz besonders, wenn's einmal politisch wird, will ich Stunden nehmen. Auch im Auftreten.

DER SCHAUSPIELER Jawohl.

UI Den Spiegel vor!

*Ein Leibwächter trägt einen großen Stehspiegel nach vorn.*

UI Zuerst das Gehen. Wie geht ihr auf dem Theater oder in der Oper?

DER SCHAUSPIELER Ich versteh Sie. Sie meinen den großen Stil. Julius Cäsar, Hamlet, Romeo, Stücke von Shakespeare. Herr Ui, Sie sind an den rechten Mann gekommen. Wie man klassisch auftritt, kann der alte Mahonney Ihnen in zehn Minuten beibringen. Sie sehen einen tragischen Fall vor sich, meine Herren. Ich hab mich ruiniert mit Shakespeare. Englischer Dichter. Ich könnte heute am Broadway spielen, wenn es nicht Shakespeare gäbe. Die Tragödie eines Charakters. »Spielen Sie nicht Shakespeare, wenn Sie Ibsen spielen, Mahonney! Schauen Sie auf den Kalender! Wir halten 1912, Herr!« – »Die Kunst kennt keinen Kalender, Herr«, sage ich, »ich mache Kunst.« Ach ja.

GIVOLA Mir scheint, du bist an den falschen Mann geraten, Chef. Er ist passé.

UI Das wird sich zeigen. Gehen Sie herum, wie man bei diesem Shakespeare geht.

*Der Schauspieler geht herum.*

UI Gut!

GIVOLA Aber so kannst du nicht vor den Karfiolhändlern gehen! Es ist unnatürlich!

UI Was heißt unnatürlich? Kein Mensch ist heut natürlich. Wenn ich gehe, wünsche ich, daß es bemerkt wird, daß ich gehe.

*Er kopiert das Gehen des Schauspielers.*

DER SCHAUSPIELER Kopf zurück. *Ui legt den Kopf zurück.* Der Fuß berührt den Boden mit der Fußspitze zuerst. *Uis Fuß berührt den Boden mit der Fußspitze zuerst.* Gut. Ausgezeichnet. Sie haben eine Naturanlage. Nur mit den Armen muß noch etwas geschehen. Steif. Warten Sie. Am besten, Sie legen sie vor dem Geschlechtsteil zusammen. *Ui legt die Hände beim Gehen vor dem Geschlechtsteil zusammen.* Nicht schlecht. Ungezwungen und doch gerafft. Aber der Kopf ist zurück. Richtig. Ich denke, der Gang ist für Ihre Zwecke in Ordnung, Herr Ui. Was wünschen Sie noch?

UI Das Stehen. Vor Leuten.

GIVOLA Stell zwei kräftige Jungens dicht hinter dich, und du stehst ausgezeichnet.

UI Das ist ein Unsinn. Wenn ich stehe, wünsche ich, daß man nicht auf zwei Leute hinter mir, sondern auf mich schaut. Korrigieren Sie mich!

*Er stellt sich in Positur, die Arme über der Brust gekreuzt.*

DER SCHAUSPIELER Das ist möglich. Aber gewöhnlich. Sie wollen nicht aussehen wie ein Friseur, Herr Ui. Verschränken sie die Arme so. *Er legt die Arme so übereinander, daß die Handrücken sichtbar bleiben: sie kommen auf die Oberarme zu liegen.* Eine minuziöse Änderung, aber der Unterschied ist gewaltig. Vergleichen Sie im Spiegel, Herr Ui.

*Ui probiert die neue Armhaltung im Spiegel.*

UI Gut.

GIVOLA

Wozu machst du das? Nur für die feinen
Herrn im Trust?

UI

Natürlich nicht. Selbstredend
Ist's für die kleinen Leute. Wozu, glaubst du
Tritt dieser Clark vom Trust zum Beispiel imPonierend auf? Doch nicht für seinesgleichen?
Denn da genügt sein Bankguthaben, gradso
Wie für bestimmte Zwecke kräftige Jungens
Mir den Respekt verschaffen. Clark tritt imPonierend auf der kleinen Leute wegen!
Und so tu ich's.

GIVOLA

Nur, man könnt sagen: 's wirkt
Nicht angeboren. Es gibt Leute, die
Da heikel sind.

UI

Selbstredend gibt es die.
Nur kommt's nicht darauf an, was der Professor denkt
Der oder jener Überschlaue, sondern
Wie sich der kleine Mann halt seinen Herrn
Vorstellt. Basta.

GIVOLA

Jedoch, warum den Herrn
Herausgehängt? Warum nicht lieber bieder
Hemdsärmlig und mit blauem Auge, Chef?

UI

Dazu hab ich den alten Dogsborough.

GIVOLA

Der hat etwas gelitten, wie mir scheint.
Man führt es zwar noch unter »Haben« auf
Das wertvolle alte Stück, doch zeigen tut man's
Nicht mehr so gern, mag sein, 's ist nicht ganz echt...
So geht's mit der Familienbibel, die
Man nicht mehr aufschlägt, seit man, im Freundeskreis

Gerührt darin blätternd, zwischen den ehrwürdigen
Vergilbten Seiten die vertrocknete
Wanze entdeckte. Aber freilich, für
Den Karfiol dürfte er noch gut genug sein.

UI
Wer respektabel ist, bestimme ich.

GIVOLA
Klar, Chef. Nichts gegen Dogsborough! Man kann
Ihn noch gebrauchen. Nicht einmal im Stadthaus
Läßt man ihn fallen, 's gäb zu lauten Krach.

UI Das Sitzen.

DER SCHAUSPIELER Das Sitzen. Das Sitzen ist beinahe das schwerste, Herr Ui. Es gibt Leute, die können gehen; es gibt Leute, die können stehen; aber wo sind die Leute, die sitzen können? Nehmen Sie einen Stuhl mit Lehne, Herr Ui. Und jetzt lehnen Sie sich nicht an. Hände auf die Oberschenkel, parallel mit dem Bauch, Ellenbogen stehen vom Körper ab. Wie lange können Sie so sitzen, Herr Ui?

UI Beliebig lang.

DER SCHAUSPIELER Dann ist alles gut, Herr Ui.

GIVOLA
Vielleicht ist's richtig, Chef, wenn du das Erbe
Des Dogsborough dem lieben Giri läßt.
Der trifft Volkstümlichkeit – auch ohne Volk.
Er mimt den Lustigen und kann so lachen
Daß vom Plafond die Stukkatur abfällt
Wenn's not tut. Und auch wenn's nicht not tut, wenn
Zum Beispiel du als Sohn der Bronx auftrittst
Was du doch wahrlich bist, und von den sieben
Entschlossenen Jungens sprichst…

UI
So. Lacht er da?

GIVOLA
Daß vom Plafond die Stukkatur fällt. Aber
Sag nichts zu ihm, sonst sagt er wieder, ich
Sei ihm nicht grün. Gewöhn ihm lieber ab
Hüte zu sammeln.

UI
Was für Hüte?

GIVOLA
Hüte
Von Leuten, die er abgeschossen hat.
Und damit öffentlich herumzulaufen.
's ist ekelhaft.

UI
Dem Ochsen, der da drischt
Verbind ich nicht das Maul. Ich überseh
Die kleinen Schwächen meiner Mitarbeiter.
*Zum Schauspieler:*
Und nun zum Reden! Tragen Sie was vor!

DER SCHAUSPIELER Shakespeare. Nichts anderes. Cäsar. Der antike Held. *Er zieht ein Büchlein aus der Tasche.* Was halten Sie von der Antoniusrede? Am Sarg Cäsars. Gegen Brutus. Früher der Meuchelmörder. Ein Muster der Volksrede, sehr berühmt. Ich spielte den Antonius in Zenith, 1908. Genau, was Sie brauchen, Herr Ui. *Er stellt sich in Positur und rezitiert, Zeile für Zeile, die Antoniusrede:*
Mitbürger, Freunde, Römer, euer Ohr!
*Ui spricht ihm aus dem Büchlein nach, mitunter ausgebessert von dem Schauspieler, jedoch wahrt er im Grund seinen knappen und rauhen Ton.*

DER SCHAUSPIELER
Cäsar ist tot. Und Cäsar zu begraben
Nicht ihn zu preisen, kam ich her. Mitbürger!
Das Böse, das der Mensch tut, überlebt ihn;
Das Gute wird mit ihm zumeist verscharrt.
Sei's so mit Cäsar! Der wohledle Brutus
Hat euch versichert: Cäsar war tyrannisch.
Wenn er das wär, so wär's ein schwerer Fehler
Und schwer hätt Cäsar ihn nunmehr bezahlt.

UI *allein weiter:* Ich stehe hier mit Brutus' Billigung
(Denn Brutus ist ein ehrenwerter Mann
Das sind sie alle, ehrenwerte Männer)
An seinem Leichnam nun zu euch zu reden.
Er war mein Freund, gerecht und treu zu mir
Doch Brutus sagt uns, Cäsar war tyrannisch
Und Brutus ist ein ehrenwerter Mann.
Er brachte viel Gefangne heim nach Rom:
Roms Kassen füllten sich mit Lösegeldern.
Vielleicht war das von Cäsar schon tyrannisch?
Freilich, hätt das der arme Mann in Rom
Von ihm behauptet – Cäsar hätt geweint.
Tyrannen sind aus härterem Stoff? Vielleicht!
Doch Brutus sagt uns, Cäsar war tyrannisch
Und Brutus ist ein ehrenwerter Mann.
Ihr alle saht, wie bei den Luperkalien
Ich dreimal ihm die königliche Kron' bot.
Er wies sie dreimal ab. War das tyrannisch?
Nein? Aber Brutus sagt, er war tyrannisch
Und ist gewiß ein ehrenwerter Mann.
Ich rede nicht, Brutus zu widerlegen
Doch steh ich hier zu sagen, was ich weiß.
Ihr alle liebtet ihn einmal – nicht grundlos!
Was für ein Grund hält euch zurück zu trauern?
*Während der letzten Verse fällt langsam der Vorhang. Eine Schrift taucht auf.*

7

*Büro des Karfioltrusts. Arturo Ui, Ernesto Roma, Giuseppe Givola, Emanuele Giri und die Leibwächter. Eine Schar kleiner Gemüsehändler hört den Ui sprechen. Auf dem Podest neben dem Ui sitzt krank der alte Dogsborough. Im Hintergrund Clark.*

UI *brüllend:*
Mord! Schlächterei! Erpressung! Willkür! Raub!
Auf offner Straße knattern Schüsse! Männer
Ihrem Gewerb nachgehend, friedliche Bürger
Ins Stadthaus tretend, Zeugnis abzulegen
Gemordet am hellichten Tag! Und was
Tut dann die Stadtverwaltung, frag ich? Nichts!
Freilich, die ehrenwerten Männer müssen
Gewisse schattige Geschäfte planen
Und ehrlichen Leuten ihre Ehr abschneiden
Statt daß sie einschreiten.

GIVOLA
Hört!

UI
Kurz, es herrscht Chaos.
Denn: Wenn ein jeder machen kann, was er will
Und was sein Egoismus ihm eingibt
Heißt das, daß alle gegen alle sind
Und damit Chaos herrscht. Wenn ich ganz friedlich
Meinen Gemüseladen führ oder, sagen wir
Mein Lastauto mit Karfiol steuer oder
Was weiß ich, und ein andrer, weniger friedlich
In meinen Laden trampelt: »Hände hoch!«
Oder mir den Reifen platt schießt mit dem Browning
Kann nie ein Friede herrschen! Wenn ich aber
Das einmal weiß, daß Menschen so sind und
Nicht sanfte Lämmchen, muß ich etwas tun
Daß sie mir eben nicht den Laden zertrampeln
Und ich die Hände nicht jeden Augenblick
Wenn es dem Nachbarn paßt, hochheben muß
Sondern sie für meine Arbeit brauchen kann
Sagen wir zum Gurkenzählen oder was weiß ich.
Denn so ist eben der Mensch. Der Mensch wird nie
Aus eigenem Antrieb seinen Browning weglegen.
Etwa, weil's schöner wär oder weil gewisse
Schönredner im Stadthaus ihn dann loben würden.
Solang ich nicht schieß, schießt der andre! Das
Ist logisch. Aber was da tun, fragt ihr.
Das sollt ihr hören. Eines gleich voraus:
So wie ihr's bisher machtet, so geht's nicht.
Faul vor der Ladenkasse sitzen und
Hoffen, daß alles gut gehn wird, und dazu
Uneinig unter euch, zersplittert, ohne
Starke Bewachung, die euch schützt und schirmt
Und hiemit ohnmächtig gegen jeden Gangster –
So geht's natürlich nicht. Folglich. Das erste
Ist Einigkeit, was not tut. Zweitens Opfer.
Was, hör ich euch sagen, opfern sollen wir?
Geld zahlen für Schutz, dreißig Prozent abführen
Für Protektion? Nein, nein, das wollen wir nicht!
Da ist uns unser Geld zu lieb! Ja, wenn
Der Schutz umsonst zu haben wär, dann gern!
Ja, meine lieben Gemüsehändler, so
Einfach ist's nicht. Umsonst ist nur der Tod.
Alles andere kostet. Und so kostet auch Schutz.
Und Ruhe und Sicherheit und Friede! Das
Ist nun einmal im Leben so. Und drum
Weil das so ist und nie sich ändern wird
Hab ich und einige Männer, die ihr hier
Stehn seht – und andere sind noch draußen –, beschlossen
Euch unsern Schutz zu leihn.
*Givola und Roma klatschen Beifall.*
Damit ihr aber
Sehn könnt, daß alles auf geschäftlicher Basis
Gemacht werden soll, ist Herr Clark erschienen
Von Clarks Großhandel, den ihr alle kennt.
*Roma zieht Clark hervor. Einige Gemüsehändler klatschen.*

GIVOLA
Herr Clark, im Namen der Versammlung heiße
Ich Sie willkommen. Daß der Karfioltrust
Sich für Arturo Uis Ideen einsetzt
Kann ich nur ehren. Vielen Dank, Herr Clark!

CLARK
Wir vom Karfioltrust, meine Herren und Damen
Sehn mit Alarm, wie schwer es für Sie wird
Das Grünzeug loszuschlagen, »'s ist zu teuer«
Hör ich sagen. Doch, warum ist's teuer?
Weil unsre Packer, Lader und Chauffeure
Verhetzt von schlechten Elementen, mehr
Und mehr verlangen. Aufzuräumen da
Ist, was Herr Ui und seine Freunde wünschen.

ERSTER HÄNDLER
Doch, wenn der kleine Mann dann weniger
Und weniger bekommt, wer kauft dann Grünzeug?

UI

Diese Frage
Ist ganz berechtigt. Meine Antwort ist:
Der Arbeitsmann ist aus der heutigen Welt
Ob man ihn billigt oder nicht, nicht mehr
Hinwegzudenken. Schon als Kunde nicht.
Ich habe stets betont, daß ehrliche Arbeit
Nicht schändet, sondern aufbaut und Profit bringt.
Und hiemit nötig ist. Der einzelne Arbeitsmann
Hat meine volle Sympathie. Nur wenn er
Sich dann zusammenrottet und sich anmaßt
Da dreinzureden, wo er nichts versteht
Nämlich, wie man Profit herausschlägt und so weiter
Sag ich: Halt, Bruder, so ist's nicht gemeint.
Du bist ein Arbeitsmann, das heißt, du arbeitst.
Wenn du mir streikst und nicht mehr arbeitst, dann
Bist du kein Arbeitsmann mehr, sondern ein
Gefährliches Subjekt, und ich greif zu.

*Clark klatscht Beifall.*

Damit ihr aber seht, daß alles ehrlich
Auf Treu und Glauben vorgehn soll, sitzt unter
Uns hier ein Mann, der uns, ich darf wohl sagen
Allen, als Vorbild goldner Ehrlichkeit
Und unbestechlicher Moral dient, nämlich
Herr Dogsborough.

*Die Gemüsehändler klatschen etwas stärker.*

Herr Dogsborough, ich fühle
In dieser Stunde tief, wie sehr ich Ihnen
Zu Dank verpflichtet bin. Die Vorsehung
Hat uns vereinigt. Daß ein Mann wie Sie
Mich Jüngeren, den einfachen Sohn der Bronx
Zu Ihrem Freund, ich darf wohl sagen, Sohn
Erwählte, das werd ich Ihnen nie vergessen.

*Er faßt Dogsboroughs schlaff herabhängende Hand und schüttelt sie.*

GIVOLA *halblaut:*
Erschütternder Moment! Vater und Sohn!

GIRI *tritt vor:*
Leute, der Chef spricht uns da aus dem Herzen!
Ich seh's euch an, ihr hättet ein paar Fragen.
Heraus damit! Und keine Furcht! Wir fressen
Keinen, der uns nichts tut. Ich sag's, wie's ist:
Ich bin kein Freund von vielem Reden und
Besonders nicht von unfruchtbarem Kritteln
Der Art, die ja an nichts ein gutes Haar läßt
Nur Achs und Abers kennt und zu nichts führt.
Gesunde, positive Vorschläge aber
Wie man das machen kann, was nun einmal
Gemacht werden muß, hör'n wir mit Freude an.
Quatscht los!

*Die Gemüsehändler rühren sich nicht.*

GIVOLA *ölig:*
Und schont uns nicht! Ich denk, ihr kennt mich.
Und meine Blumenhandlung!

EIN LEIBWÄCHTER

Lebe Givola!

GIVOLA
Soll's also Schutz sein oder Schlächterei
Mord, Willkür, Raub, Erpressung? Hart auf hart?

ERSTER HÄNDLER
's war ziemlich friedlich in der letzten Zeit.
In meinem Laden gab es keinen Stunk.

ZWEITER HÄNDLER
In meinem auch nicht.

DRITTER HÄNDLER

Auch in meinem nicht.

GIVOLA
Merkwürdig!

ZWEITER HÄNDLER

Man hat ja gehört, daß kürzlich
Im Schankgeschäft so manches vorkam, was
Herr Ui uns schilderte, daß wo die Gläser
Zerschlagen wurden und der Sprit vergossen
Wenn nicht für Schutz gezahlt wurd, aber gottlob
Im Grünzeughandel war es bisher ruhig.

ROMA
Und Sheets Ermordung? Und der Tod des Bowl?
Nennt ihr das ruhig?

ZWEITER HÄNDLER

Hat das mit Karfiol
Zu tun, Herr Roma?

ROMA

Nein, 'nen Augenblick!

*Roma begibt sich zu Ui, der nach seiner großen Rede erschöpft und gleichgültig dasaß. Nach ein paar Worten winkt er Giri her, und auch Givola nimmt an einer hastigen, geflüsterten Unterredung teil. Dann winkt Giri einem der Leibwächter und geht schnell mit ihm hinaus.*

GIVOLA
Werte Versammlung! Wie ich eben hör
Ersucht da eine arme Frau Herrn Ui
Von ihr vor der Versammlung ein paar Worte
Des Dankes anzuhören.

*Er geht nach hinten und geleitet eine geschminkte, auffällig gekleidete Person – Dockdaisy – herein, die an der Hand ein kleines Mädchen führt. Die drei begeben sich vor Ui, der aufgestanden ist.*

GIVOLA

Sprechen Sie, Frau Bowl!

*Zu den Grünzeughändlern:*

Ich hör, es ist Frau Bowl, die junge Witwe
Des Prokuristen Bowl vom Karfioltrust
Der gestern, pflichtgemäß ins Stadthaus eilend
Von unbekannter Hand ermordet wurde.
Frau Bowl!

DOCKDAISY Herr Ui, ich möchte Ihnen in meinem tiefen Kummer, der mich befallen hat angesichts des frechen Mordes, der an meinem armen Mann verübt wurde, als er in Erfüllung seiner Bürgerpflicht ins Stadthaus gehen wollte, meinen tiefgefühlten Dank aussprechen. Es ist für die Blumen, die Sie mir und meinem kleinen Mädchen im Alter von sechs Jahren, die ihres Vaters beraubt wurde, geschickt haben. *Zur Versammlung:* Meine Herren, ich bin nur eine arme Witwe und möchte nur sagen, daß ich ohne Herrn Ui heute auf der Straße läge, das beschwöre ich jederzeit. Mein kleines Mädchen im Alter von fünf Jahren und ich werden es Ihnen, Herr Ui, niemals vergessen.

*Ui reicht Dockdaisy die Hand und faßt dem Kind unter das Kinn.*

GIVOLA Bravo!

*Durch die Versammlung quer durch kommt Giri, den Hut Bowls auf, gefolgt von einigen Gangstern, welche große Petroleumlampen schleppen. Sie bahnen sich einen Weg zum Ausgang.*

UI

Frau Bowl, mein Beileid zum Verlust. Dies Wüten
Ruchlos und unverschämt, muß aufhörn, denn...

GIVOLA *da die Händler aufzubrechen beginnen:*

Halt!
Die Sitzung ist noch nicht geschlossen. Jetzt
Wird unser Freund James Greenwool zum Gedenken
Des armen Bowl ein Lied vortragen mit
Anschließender Sammlung für die arme Witwe.
Es ist ein Bariton.

*Einer der Leibwächter tritt vor und singt ein schmalziges Lied, in dem das Wort »Heim« reichlich vorkommt. Die Gangster sitzen während des Vortrags tief versunken in den Musikgenuß, die Köpfe in die Hände gestützt oder mit geschlossenen Augen zurückgelehnt usw. Der karge Beifall, der sich danach erhebt, wird unterbrochen durch das Pfeifen von Polizei- und Brandautosirenen. Ein großes Fenster im Hintergrund hat sich gerötet.*

ROMA

Feuer im Dockbezirk!

STIMME

Wo?

EIN LEIBWÄCHTER *herein:*

Ist hier ein
Grünzeughändler namens Hook?

ZWEITER HÄNDLER

Hier! Was ist los?

DER LEIBWÄCHTER

Ihr Speicher brennt.

*Der Händler Hook stürzt hinaus. Einige ihm nach. Andere ans Fenster.*

ROMA

Halt! Bleiben! Niemand
Verläßt den Raum! *Zum Leibwächter:* Ist's
Brandstiftung?

DER LEIBWÄCHTER

Ja, sicher
Man hat Petroleumlampen vorgefunden, Boß.

DRITTER HÄNDLER

Hier wurden Kannen durchgetragen!

ROMA *rasend:*

Wie?
Wird hier behauptet, daß es wir sind?

EIN LEIBWÄCHTER *stößt dem Mann den Browning in die Rippen:*

Was
Soll man hier durchgetragen haben? Kannen?

ANDERE LEIBWÄCHTER *zu anderen Händlern:*

Sahst du hier Kannen? – Du?

DIE HÄNDLER

Ich nicht. – Auch ich nicht.

ROMA

Das will ich hoffen!

GIVOLA *schnell:*

Jener selbe Mann
Der uns hier eben noch erzählte, wie
Friedlich es zugeht im Karfiolgeschäft
Sieht jetzt sein Lager brennen! Von ruchloser Hand
In Asch verwandelt! Seht ihr immer noch nicht?
Seid ihr denn blind? Jetzt einigt euch! Sofort!

UI *brüllend:*

's ist weit gekommen in dieser Stadt. Erst Mord
Dann Brandstiftung! Ja, jedem, wie mir scheint
Geht da ein Licht auf! Jeder ist gemeint!

*Eine Schrift taucht auf.*

8

*Der Speicherbrandprozeß. Presse. Richter. Ankläger. Verteidiger. Der junge Dogsborough. Giri. Givola. Dockdaisy. Leibwächter. Gemüsehändler und der Angeklagte Fish.*

a

*Vor dem Zeugenstuhl steht Emanuele Giri und zeigt auf den Angeklagten Fish, der völlig apathisch dasitzt.*

GIRI *schreiend:*
Das ist der Mann, der mit verruchter Hand
Den Brand gelegt hat! Die Petroleumkanne
Hielt er an sich gedrückt, als ich ihn stellte.
Steh auf, du, wenn ich mit dir sprech! Steh auf!
*Man reißt den Fish hoch. Er steht schwankend.*

DER RICHTER Angeklagter, reißen Sie sich zusammen. Sie stehen vor Gericht. Sie werden der Brandstiftung beschuldigt. Bedenken Sie, was für Sie auf dem Spiel steht!

FISH *lallt:* Arlarlarl.

DER RICHTER Wo hatten Sie die Petroleumkanne bekommen?

FISH Arlarl.

*Auf einen Wink des Richters beugt sich ein übereleganter Arzt finsteren Aussehens über Fish und tauscht dann einen Blick mit Giri.*

DER ARZT Simuliert.

DER VERTEIDIGER Die Verteidigung verlangt Hinzuziehung anderer Ärzte.

DER RICHTER *lächelnd:* Abgelehnt.

DER VERTEIDIGER Herr Giri, wie kam es, daß Sie an Ort und Stelle waren, als das Feuer im Speicher des Herrn Hook ausbrach, das zweiundzwanzig Häuser in Asche legte?

GIRI Ich machte einen Verdauungsspaziergang.

*Einige Leibwächter lachen. Giri stimmt in das Lachen ein.*

DER VERTEIDIGER Ist Ihnen bekannt, Herr Giri, daß der Angeklagte Fish ein Arbeitsloser ist, der einen Tag vor dem Brand zu Fuß nach Chicago kam, wo er zuvor niemals gewesen war?

GIRI Was, wenn?

DER VERTEIDIGER Trägt Ihr Auto die Nummer XXXXXX?

GIRI Sicher.

DER VERTEIDIGER Stand dieses Auto vier Stunden vor dem Brand vor Dogsboroughs Restaurant in der 87. Straße und wurde aus dem Restaurant der Angeklagte Fish in bewußtlosem Zustand geschleppt?

GIRI Wie soll ich das wissen? Ich war den ganzen Tag auf einer Spazierfahrt nach Cicero, wo ich zweiundfünfzig Leute traf, die beschwören können, daß sie mich gesehen haben.

*Die Leibwächter lachen.*

DER VERTEIDIGER Sagten Sie nicht eben, daß Sie in Chicago, in der Gegend der Docks, einen Verdauungsspaziergang machten?

GIRI Haben Sie was dagegen, daß ich in Cicero speise und in Chicago verdaue, Herr?

*Großes, anhaltendes Gelächter, in das auch der Richter einstimmt.*

*Dunkel. Eine Orgel spielt Chopins Trauermarsch als Tanzmusik.*

b

*Wenn es wieder hell wird, sitzt der Gemüsehändler Hook im Zeugenstuhl.*

DER VERTEIDIGER Haben Sie mit dem Angeklagten jemals einen Streit gehabt, Herr Hook? Haben Sie ihn überhaupt jemals gesehen?

HOOK Niemals.

DER VERTEIDIGER Haben Sie Herrn Giri gesehen?

HOOK Ja, im Büro des Karfioltrusts am Tag des Brandes meines Speichers.

DER VERTEIDIGER Vor dem Brand?

HOOK Unmittelbar vor dem Brand. Er ging mit vier Leuten, die Petroleumkannen trugen, durch das Lokal.

*Unruhe auf der Pressebank und bei den Leibwächtern.*

DER RICHTER Ruhe auf der Pressebank!

DER VERTEIDIGER An welches Grundstück grenzt Ihr Speicher, Herr Hook?

HOOK An das Grundstück der Reederei vormals Sheet. Mein Speicher ist durch einen Gang mit dem Hof der Reederei verbunden.

DER VERTEIDIGER Ist Ihnen bekannt, Herr Hook, daß Herr Giri in der Reederei vormals Sheet wohnte und also Zutritt zum Reedereigelände hat?

HOOK Ja, als Lagerverwalter.

*Große Unruhe auf der Pressebank. Die Leibwächter machen »Buh, buh« und nehmen eine drohende Haltung gegen Hook, den Verteidiger und die Presse ein. Der junge Dogsborough eilt zum Richter und sagt ihm etwas ins Ohr.*

DER RICHTER Ruhe! Die Verhandlung ist wegen Unwohlseins des Angeklagten vertagt.

*Dunkel. Die Orgel spielt wieder Chopins Trauermarsch als Tanzmusik.*

c

*Wenn es wieder hell wird, sitzt Hook im Zeugenstuhl. Er ist zusammengebrochen, hat einen Stock neben sich und Binden um den Kopf und über den Augen.*

DER ANKLÄGER Sehen Sie schlecht, Hook?
HOOK *mühsam:* Jawohl.
DER ANKLÄGER Können Sie sagen, daß Sie imstand sind, jemand klar und deutlich zu erkennen?
HOOK Nein.
DER ANKLÄGER Erkennen Sie zum Beispiel diesen Mann dort?
*Er zeigt auf Giri.*
HOOK Nein.
DER ANKLÄGER Sie können nicht sagen, daß Sie ihn jemals gesehen haben?
HOOK Nein.
DER ANKLÄGER Nun eine sehr wichtige Frage, Hook. Überlegen Sie genau, bevor Sie sie beantworten. Die Frage lautet: Grenzt Ihr Speicher an das Grundstück der Reederei vormals Sheet?
HOOK *nach einer Pause:* Nein.
DER ANKLÄGER Das ist alles.
*Dunkel. Die Orgel spielt weiter.*

d

*Wenn es wieder hell wird, sitzt Dockdaisy im Zeugenstuhl.*

DOCKDAISY *mit mechanischer Stimme:* Ich erkenne den Angeklagten sehr gut an seinem schuldbewußten Ausdruck und weil er einen Meter und siebzig groß ist. Ich habe von meiner Schwägerin gehört, daß er an dem Mittag, an dem mein Mann beim Betreten des Stadthauses erschossen wurde, vor dem Stadthaus gesehen wurde. Er hatte eine Maschinenpistole, Fabrikat Webster, unter dem Arm und machte einen verdächtigen Eindruck.
*Dunkel. Die Orgel spielt weiter.*

e

*Wenn es wieder hell wird, sitzt Giuseppe Givola im Zeugenstuhl. Unweit steht der Leibwächter Greenwool.*

DER ANKLÄGER Es ist hier behauptet worden, daß im Büro des Karfioltrusts einige Leute Petroleumkannen hinausgetragen haben sollen, bevor die Brandstiftung erfolgte. Was wissen Sie davon?
GIVOLA Es kann sich nur um Herrn Greenwool handeln.
DER ANKLÄGER Herr Greenwool ist Ihr Angestellter, Herr Givola?
GIVOLA Jawohl.
DER ANKLÄGER Was sind Sie von Beruf, Herr Givola?
GIVOLA Blumenhändler.
DER ANKLÄGER Ist das ein Geschäft, in dem ein ungewöhnlich großer Gebrauch von Petroleum gemacht wird?
GIVOLA *ernst:* Nein, nur gegen Blattläuse.
DER ANKLÄGER Was machte Herr Greenwool im Büro des Karfioltrusts?
GIVOLA Er trug ein Lied vor.
DER ANKLÄGER Er kann also nicht gleichzeitig Petroleumkannen zum Speicher des Hook geschafft haben.
GIVOLA Völlig unmöglich. Er ist charakterlich nicht der Mann, der Brandstiftungen begeht. Er ist Bariton.
DER ANKLÄGER Ich stelle es dem Gericht anheim, den Zeugen Greenwool das schöne Lied singen zu lassen, das er im Büro des Karfioltrusts sang, während der Brand gelegt wurde.
DER RICHTER Der Gerichtshof hält es nicht für nötig.
GIVOLA Ich protestiere.
*Er erhebt sich.*
's ist unerhört, wie hier gehetzt wird. Jungens
Waschecht im Blut, nur in zu vielem Licht
Ein wenig schießend, werden hier behandelt
Als dunkle Existenzen. 's ist empörend.
*Gelächter. Dunkel. Die Orgel spielt weiter.*

f

*Wenn es wieder hell wird, zeigt der Gerichtshof alle Anzeichen völliger Erschöpfung.*

DER RICHTER Die Presse hat Andeutungen darüber gebracht, daß der Gerichtshof von gewisser Seite einem Druck ausgesetzt sein könnte. Der Gerichtshof stellt fest, daß er von keiner Seite irgendeinem Druck ausgesetzt wurde und in völliger Freiheit amtiert. Ich denke, diese Erklärung genügt.
DER ANKLÄGER Euer Ehren! Angesichts des verstockt eine Dementia simulierenden Angeklagten Fish hält die Anklage weitere Verhöre

mit ihm für unmöglich. Wir beantragen also …

DER VERTEIDIGER Euer Ehren! Der Angeklagte kommt zu sich!

*Unruhe.*

FISH *scheint aufzuwachen:* Arlarlwarlassrlarlawassrla.

DER VERTEIDIGER Wasser! Euer Ehren, ich beantrage das Verhör des Angeklagten Fish!

*Große Unruhe.*

DER ANKLÄGER Ich protestiere! Keinerlei Anzeichen deuten darauf hin, daß der Fish bei klarem Verstand ist. Es ist alles Mache der Verteidigung, Sensationshascherei, Beeinflussung des Publikums!

FISH Wassr.

*Er wird gestützt vom Verteidiger und steht auf.*

DER VERTEIDIGER Können Sie antworten, Fish?

FISH Jarl.

DER VERTEIDIGER Fish, sagen Sie dem Gericht: Haben Sie am 28. des vorigen Monats einen Gemüsespeicher an den Docks in Brand gesteckt, ja oder nein?

FISH Neiwein.

DER VERTEIDIGER Wann sind Sie nach Chicago gekommen, Fish?

FISH Wasser.

DER VERTEIDIGER Wasser!

*Unruhe. Der junge Dogsborough ist zum Richter getreten und redet auf ihn ein.*

GIRI *steht breit auf und brüllt:* Mache! Lüge! Lüge!

DER VERTEIDIGER Haben Sie diesen Mann – *er zeigt auf Giri* – früher gesehen?

FISH Ja. Wasser.

DER VERTEIDIGER Wo? War es in Dogsboroughs Restaurant an den Docks?

FISH *leise:* Ja.

*Große Unruhe. Die Leibwächter ziehen die Brownings und buhen. Der Arzt kommt mit einem Glas gelaufen. Er flößt den Inhalt Fish ein, bevor der Verteidiger ihm das Glas aus der Hand nehmen kann.*

DER VERTEIDIGER Ich protestiere! Ich verlange Untersuchung des Glases hier!

DER RICHTER *wechselt mit dem Ankläger Blicke:* Antrag abgelehnt.

DOCKDAISY *schreiend gegen Fish:* Mörder!

DER VERTEIDIGER

Euer Ehren!
Man will den Mund der Wahrheit, den mit Erd
Man nicht zustopfen kann, hier mit Papier
Zustopfen, einem Urteil Eurer Ehren
Als hoffte man, Ihr wäret Euer Schanden!
Man schreit hier der Justiz zu: Hände hoch!
Soll unsre Stadt, in einer Woch gealtert
Seit sie sich stöhnend dieser blutigen Brut
Nur weniger Ungetüme wehren muß
Jetzt auch noch die Justiz geschlachtet sehn
Nicht nur geschlachtet, auch geschändet, weil
Sich der Gewalt hingebend? Euer Ehren
Brecht dies Verfahren ab!

DER ANKLÄGER

Protest! Protest!

GIRI

Du Hund! Du ganz bestochner Hund! Du Lügner!
Giftmischer selbst! Komm nur heraus von hier
Und ich reiß dir die Kutteln raus! Verbrecher!

DER VERTEIDIGER

Die ganze Stadt kennt diesen Mann!

GIRI *rasend:*

Halt's Maul!

*Da der Richter ihn unterbrechen will:*

Auch du! Auch du halt's Maul! Wenn dir dein Leben lieb ist!

*Da er nicht mehr Luft bekommt, gelingt es dem Richter, das Wort zu ergreifen.*

DER RICHTER Ich bitte um Ruhe! Der Verteidiger wird wegen Mißachtung des Gerichts sich zu verantworten haben. Herrn Giris Empörung ist dem Gericht sehr verständlich. *Zum Verteidiger:* Fahren Sie fort!

DER VERTEIDIGER Fish! Hat man Ihnen in Dogsboroughs Restaurant zu trinken gegeben? Fish! Fish!

FISH *schlaff den Kopf sinken lassend:* Arlarlarl.

DER VERTEIDIGER Fish! Fish! Fish!

GIRI *brüllend:*

Ja, ruf ihn nur! Der Pneu ist leider platt!
Wolln sehn, wer Herr ist hier in dieser Stadt!

*Unter großer Unruhe wird es dunkel. Die Orgel spielt weiter Chopins Trauermarsch als Tanzmusik.*

g

*Wenn es zum letztenmal hell wird, steht der Richter und verkündet mit tonloser Stimme das Urteil. Der Angeklagte Fish ist kalkweiß.*

DER RICHTER Charles Fish, wegen Brandstiftung verurteile ich Sie zu fünfzehn Jahren Kerker.

*Eine Schrift taucht auf.*

9

a

*Cicero. Aus einem zerschossenen Lastkraftwagen klettert eine blutüberströmte Frau und taumelt nach vorn.*

DIE FRAU

Hilfe! Ihr! Lauft nicht weg! Ihr müßt's bezeugen!
Mein Mann im Wagen dort ist hin! Helft! Helft!
Mein Arm ist auch kaputt... Und auch der Wagen!
Ich bräucht 'nen Lappen für den Arm... Sie schlachten uns
Als wischten sie von ihrem Bierglas Fliegen!
O Gott! So helft doch! Niemand da... Mein Mann!
Ihr Mörder! Aber ich weiß, wer's ist! Es ist
Der Ui! *Rasend:* Untier! Du Abschaum allen Abschaums!
Du Dreck, vor dem's dem Dreck graust, daß er sagt:
Wo wasch ich mich? Du Laus der letzten Laus!
Und alle dulden's! Und wir gehen hin!
Ihr! 's ist der Ui! Der Ui!
*In unmittelbarer Nähe knattert ein Maschinengewehr, und sie bricht zusammen.*
Ui und der Rest!
Wo seid ihr? Helft! Stoppt keiner diese Pest?

b

*Dogsboroughs Landhaus. Nacht gegen Morgen. Dogsborough schreibt sein Testament und Geständnis.*

DOGSBOROUGH

So habe ich, der ehrliche Dogsborough
In alles eingewilligt, was dieser blutige Gang
Angezettelt und verübt, nachdem ich achtzig
Winter mit Anstand getragen hatt'. O Welt!
Ich hör: die mich von früher kennen, sagen
Ich wüßt von nichts, und wenn ich's wüßt, ich würd
Es niemals dulden. Aber ich weiß alles.
Weiß, wer den Speicher Hooks anzündete.
Weiß, wer den armen Fish verschleppte und betäubte.
Weiß, daß der Roma bei dem Sheet war, als
Der blutig starb, im Rock das Schiffsbillett.
Weiß, daß der Giri diesen Bowl abschoß
An jenem Mittag vor dem Stadthaus, weil
Er zuviel wußt vom ehrlichen Dogsborough.
Weiß, daß er Hook erschlug, und sah ihn mit Hooks Hut.
Weiß von fünf Morden des Givola, die ich
Beiliegend anführ, und weiß alles vom Ui und daß
Der alles wußt, von Sheets und Bowls Tod bis zu
Den Morden des Givola und alles vom Brand.
Dies alles wußt ich, und dies alles hab ich
Geduldet, ich, euer ehrlicher Dogsborough, aus Gier
Nach Reichtum und aus Angst, ihr zweifelt an mir.

10

*Mammoth-Hotel. Suite des Ui. Ui liegt in einem tiefen Stuhl und stiert in die Luft. Givola schreibt etwas, und zwei Leibwächter schauen ihm grinsend über die Schulter.*

GIVOLA

So hinterlaß ich, Dogsborough, dem guten
Fleißigen Givola meine Kneipe, dem tapfern
Nur etwas hitzigen Giri hier mein Landhaus
Dem biedern Roma meinen Sohn. Ich bitt euch
Den Giri zum Richter zu machen und den Roma
Zum Polizeichef, meinen Givola aber
Zum Armenpfleger. Ich empfehl euch herzlich
Arturo Ui für meinen eigenen Posten.
Er ist seiner würdig. Glaubt das eurem alten
Ehrlichen Dogsborough! – Ich denk, das reicht.
Und hoff, er kratzt bald ab. – Dies Testament
Wird Wunder wirken. Seit man weiß, er stirbt
Und hoffen kann, den Alten halbwegs schicklich
In saubre Erd zu bringen, ist man fleißig
Beir Leichenwäscherei. Man braucht 'nen Grabstein
Mit hübscher Inschrift. Das Geschlecht der Raben
Lebt ja seit alters von dem guten Ruf
Des hochberühmten weißen Raben, den
Man irgendwann und irgendwo gesehn hat.
Der Alte ist nun mal ihr weißer Rabe
So sieht ihr weißer Rabe nun mal aus.
Der Giri, Chef, ist übrigens zuviel
Um ihn, für meinen Geschmack. Ich find's nicht gut.

UI *auffahrend:*
Giri? Was ist mit Giri?

GIVOLA
Ach, ich sage
Er ist ein wenig viel um Dogsborough.
UI
Ich trau ihm nicht.
*Auftritt Giri, einen neuen Hut auf, Hooks.*
GIVOLA
Ich auch nicht! Lieber Giri
Wie steht's mit Dogsboroughs Schlagfluß?
GIRI
Er verweigert
Dem Doktor Zutritt.
GIVOLA
Unserm lieben Doktor
Der Fish so schön betreut hat?
GIRI
Einen andern
Laß ich nicht ran. Der Alte quatscht zuviel.
UI
Vielleicht wird auch vor ihm zuviel gequatscht...
GIRI
Was heißt das? *Zu Givola:* Hast du Stinktier dich hier wieder
Mal ausgestunken?
GIVOLA *besorgt:*
Lies das Testament
Mein lieber Giri!
GIRI *reißt es ihm heraus:*
Was? Der Roma Polizeichef?
Seid ihr verrückt?
GIVOLA
Er fordert's. Ich bin auch
Dagegen, Giri. Unserm Roma kann man
Leider nicht übern Weg traun.
*Auftritt Roma, gefolgt von Leibwächtern.*
GIVOLA
Hallo, Roma!
Lies hier das Testament!
ROMA *reißt es Giri heraus:*
Gib her! So, Giri
Wird Richter. Und wo ist der Wisch des Alten?
GIRI
Er hat ihn noch und sucht ihn rauszuschmuggeln.
Fünfmal schon hab ich seinen Sohn ertappt.
ROMA *streckt die Hand aus:*
Gib ihn raus, Giri.
GIRI
Was? Ich hab ihn nicht.
ROMA
Du hast ihn, Hund.
*Sie stehen sich rasend gegenüber.*

ROMA
Ich weiß, was du da planst.
Die Sach mit Sheet drin geht mich an.
GIRI
's ist auch
Die Sach mit Browl drin, die mich angeht!
ROMA
Sicher.
Aber ihr seid Schurken, und ich bin ein Mann.
Ich kenn dich, Giri, und dich, Givola, auch!
Dir glaub ich nicht einmal dein kurzes Bein.
Warum treff ich euch immer hier? Was plant ihr?
Was zischeln sie dir über mich ins Ohr, Arturo?
Geht nicht zu weit, ihr! Wenn ich etwas merk
Wisch ich euch alle aus wie blutige Flecken!
GIRI
Red du zu mir nicht wie zu Meuchelmördern!
ROMA *zu den Leibwächtern:*
Da meint er euch! So redet man von euch jetzt
Im Hauptquartier? Als von den Meuchelmördern!
Sie sitzen mit den Herrn vom Karfioltrust –
*Auf Giri deutend:*
Das Seidenhemd kommt von Clarks Schneider –, ihr
Macht ihre schmutzige Arbeit – *zu Ui* –, und du duldest's.
UI *wie aufwachend:*
Was duld ich?
GIVOLA
Daß er Lastwagen von Caruther
Beschießen läßt! Caruther ist im Trust.
UI
Habt ihr Lastwagen Caruthers angeschossen?
ROMA
Das war nur eine eigenmächtige Handlung
Von ein paar Leuten von mir. Die Jungens können
Nicht immer verstehn, warum stets nur die kleinen
Verreckerläden schwitzen und bluten solln
Und nicht die protzigen Garagen auch!
Verdammt, ich selbst versteh's nicht immer, Arturo!
GIVOLA
Der Trust rast jedenfalls.
GIRI
Clark sagte gestern
Sie warten nur, daß es noch einmal vorkommt.
Er war beim Dogsborough deshalb.
UI *mißgelaunt:* Ernesto
So was darf nicht passieren.

GIRI

Greif da durch, Chef!
Die Burschen wachsen dir sonst übern Kopf!

GIVOLA

Der Trust rast, Chef!

ROMA *zieht den Browning, zu den beiden:*
So. Hände hoch! *Zu ihren Leibwächtern:* Ihr auch!
Alle die Hände hoch und keine Späße!
Und an die Wand!

*Givola, seine Leute und Giri heben die Hände hoch und treten lässig an die Wand zurück.*

UI *teilnahmslos:*

Was ist denn los? Ernesto
Mach sie mir nicht nervös! Was streitet ihr?
Ein Schuß auf einen Grünzeugwagen! So was
Kann doch geordnet werden. Alles sonst
Geht wie geschmiert und ist in bester Ordnung.
Der Brand war ein Erfolg. Die Läden zahlen.
Dreißig Prozent für etwas Schutz! In weniger
Als einer Woche wurd ein ganzer Stadtteil
Aufs Knie gezwungen. Keine Hand erhebt sich
Mehr gegen uns. Und ich hab weitere
Und größre Pläne.

GIVOLA *schnell:*

Welche, möcht ich wissen!

GIRI

Scheiß auf die Pläne! Sorg, daß ich die Arme
Heruntertun kann!

ROMA

Sicherer, Arturo
Wir lassen ihre Arme droben!

GIVOLA

's wird nett aussehn
Wenn Clark hereinkommt und wir stehn so da!

UI

Ernesto, steck den Browning weg!

ROMA

Nicht ich.
Wach auf, Arturo. Siehst du denn nicht, wie sie
Mit dir ihr Spiel treiben? Wie sie dich verschieben
An diese Clarks und Dogsboroughs? »Wenn Clark
Hereinkommt und uns sieht!« Wo sind die Gelder
Der Reederei? Wir sahen nichts davon.
Die Jungens knallen in die Läden, schleppen
Kannen nach Speichern, seufzend: Der Arturo
Kennt uns nicht mehr, die alles für ihn machten.
Er spielt den Reeder und den großen Herrn.
Wach auf, Arturo!

GIRI

Ja, und kotz dich aus
Und sag uns, wo du stehst.

UI *springt auf:*

Heißt das, ihr setzt
Mir die Pistole auf die Brust? Nein, so
Erreicht man bei mir gar nichts. So nicht. Wird mir
Gedroht, dann hat man alles Weitere sich
Selbst zuzuschreibn. Ich bin ein milder Mann.
Doch Drohungen vertrag ich nicht. Wer nicht
Mir blind vertraut, kann seines Wegs gehn. Und
Hier wird nicht abgerechnet. Bei mir heißt es:
Die Pflicht getan, und bis zum Äußersten!
Und ich sag, was verdient wird; denn Verdienen
Kommt nach dem Dienen! Was ich von euch fordre
Das ist Vertraun und noch einmal Vertraun!
Euch fehlt der Glaube! Und wenn dieser fehlt
Ist alles aus. Warum konnt ich das alles
Schaffen, was meint ihr? Weil ich den Glauben hatte!
Weil ich fanatisch glaubte an die Sache.
Und mit dem Glauben, nichts sonst als dem Glauben
Ging ich heran an diese Stadt und hab
Sie auf die Knie gezwungen. Mit dem Glauben kam ich
Zum Dogsborough, und mit dem Glauben trat ich
Ins Stadthaus ein. In nackten Händen nichts
Als meinen unerschütterlichen Glauben!

ROMA

Und
Den Browning!

UI

Nein. Den haben andere auch.
Doch was sie nicht haben, ist der feste Glaube
Daß sie zum Führer vorbestimmt sind. Und so müßt ihr
Auch an mich glauben! Glauben müßt ihr, glauben!
Daß ich das Beste will für euch und weiß
Was dieses Beste ist. Und damit auch
Den Weg ausfind, der uns zum Sieg führt. Sollte
Der Dogsborough abgehn, werd ich bestimmen
Wer hier was wird. Ich kann nur eines sagen:
Ihr werdet zufrieden sein.

GIVOLA *Legt die Hand auf die Brust:*

Arturo!

ROMA *mürrisch:*

Schwingt euch!

*Giri, Givola und die Leibwächter des Givola gehen, Hände hoch, langsam hinaus.*

GIRI *im Abgehen zu Roma:*

Dein Hut gefällt mir.

GIVOLA *im Abgehen:*

Teurer Roma…

ROMA

Ab!

Vergiß das Lachen nicht, Clown Giri, und
Dieb Givola, nimm deinen Klumpfuß mit
Wenn du auch den bestimmt gestohlen hast!

*Wenn sie draußen sind, fällt Ui in sein Brüten zurück.*

UI

Laß mich allein!

ROMA *bleibt stehen:*

Arturo, wenn ich nicht
Grad diesen Glauben hätt an dich, den du
Beschrieben hast, dann wüßt ich manchmal nicht
Wie meinen Leuten in die Augen blicken.
Wir müssen handeln! Und sofort! Der Giri
Plant Schweinerein!

UI

Ernesto! Ich plan neue
Und große Dinge jetzt. Vergiß den Giri!
Ernesto, dich als meinen ältsten Freund
Und treuen Leutnant will ich nunmehr einweihn
In meinen neuen Plan, der weit gediehn ist.

ROMA *strahlend:*

Laß hören! Was ich dir zu sagen hab
Betreffs des Giri, kann auch warten.

*Er setzt sich zu ihm. Seine Leute stehen wartend in der Ecke.*

UI

Wir sind
Durch mit Chicago. Ich will mehr haben.

ROMA

Mehr?

UI

's gibt nicht nur hier Gemüsehandel.

ROMA

Nein.
Nur, wie woanders reinstiefeln?

UI

Durch die Fronttür.
Und durch die Hintertür. Und durch die Fenster.
Verwiesen und geholt, gerufen und verschrien.
Mit Drohn und Betteln, Werben und Beschimpfen.
Mit sanfter Gewalt und stählerner Umarmung.
Kurz, so wie hier.

ROMA

Nur: anderswo ist's anders.

UI

Ich denk an eine förmliche Generalprob
In einer kleinen Stadt. Dann wird sich zeigen
Ob's anderswo anders ist, was ich nicht glaub.

ROMA

Wo willst du die Generalprob steigen lassen?

UI

In Cicero.

ROMA

Aber dort ist dieser Dullfeet
Mit seiner Zeitung für Gemüsehandel
Und innere Sammlung, der mich jeden Samstag
Sheets Mörder schimpft.

UI

Das müßt aufhörn.

ROMA

Es könnt.
So'n Zeitungsschreiber hat auch Feinde. Druckerschwärze
Macht manchen rot sehn. Mich zum Beispiel. Ja
Ich denk, das Schimpfen könnt aufhörn, Arturo.

UI

's müßt bald aufhörn. Der Trust verhandelt schon
Mit Cicero. Wir wolln zunächst ganz friedlich
Karfiol verkaufen.

ROMA

Wer verhandelt?

UI

Clark.
Doch hat er Schwierigkeiten. Wegen uns.

ROMA

So. Also Clark ist auch drin. Diesem Clark
Trau ich nicht übern Weg.

UI

Man sagt in Cicero:
Wir folgen dem Karfioltrust wie sein Schatten.
Man will Karfiol. Doch will man nicht auch uns.
Den Läden graust vor uns und nicht nur ihnen:
Die Frau des Dullfeet führt in Cicero
Seit vielen Jahren ein Importgeschäft
Für Grünzeug und ging gern in den Karfioltrust.
Wenn wir nicht wären, wär sie wohl schon drin.

ROMA

So stammt der Plan, nach Cicero vorzustoßen
Gar nicht von dir? 's ist nur ein Plan des Trusts?
Arturo, jetzt versteh ich alles. Alles!
's ist klar, was da gespielt wird.

UI

Wo?

ROMA

Im Trust!
In Dogsboroughs Landhaus! Dogsboroughs Testament!
Das ist bestellt vom Trust! Sie wolln den Anschluß
Von Cicero. Du stehst im Weg. Wie aber
Dich abserviern? Du hast sie in der Hand:
Sie brauchten dich für ihre Schweinerein
Und duldeten dafür, was du getan hast.
Was mit dir tun? Nun, Dogsborough gesteht!
Der Alte kriecht mit Sack und Asche in die Kiste.
Drumrum steht der Karfiol und nimmt gerührt
Aus seinen Kluven dies Papier und liest's
Schluchzend der Presse vor: Wie er bereut
Und ihnen dringlich anbefiehlt, die Pest
Ihnen eingeschleppt von ihm – ja, er gesteht's –
Jetzt auszutilgen und zurückzukehren
Zum alten ehrlichen Karfiolgeschäft.
Das ist der Plan, Arturo. Drin sind alle:
Der Giri, der den Dogsborough Testamente
Schmiern läßt und mit dem Clark befreundet ist
Der Schwierigkeiten wegen uns in Cicero hat
Und keinen Schatten haben will beim Geldschaufeln.
Der Givola, der Aas wittert. – Dieser Dogsborough
Der alte, ehrliche Dogsborough, der da
Verräterische Wische schmiert, die dich
Mit Dreck bewerfen, muß zuerst weg, sonst
Ist's Essig, du, mit deinem Ciceroplan!

UI

Du meinst, 's ist ein Komplott? 's ist wahr, sie ließen
Mich nicht an Cicero ran. Es fiel mir auf.

ROMA

Arturo, ich beschwör dich, laß mich diese
Sach ordnen! Hör mir zu: Ich spritze heut noch
Mit meinen Jungens nach Dogsboroughs Landhaus, hol
Den Alten raus, sag ihm, zur Klinik, und liefer
Ihn ab im Mausoleum. Fertig.

UI

Aber
Der Giri ist im Landhaus.

ROMA

Und er kann
Dort bleiben.
*Sie sehen sich an.*

ROMA

's ist ein Aufwaschen.

UI

Givola?

ROMA

Besuch ich auf dem Rückweg. Und bestell
In seiner Blumenhandlung dicke Kränze
Für Dogsborough. Und für den lustigen Giri.
Ich zahl in bar.
*Er zeigt auf seinen Browning.*

UI

Ernesto, dieser Schandplan
Der Dogsboroughs und Clarks und Dullfeets, mich
Aus dem Geschäft in Cicero zu drängen
Indem man mich kalt zum Verbrecher stempelt
Muß hart vereitelt werden. Ich vertrau
Auf dich.

ROMA

Das kannst du. Nur, du mußt dabei sein
Bevor wir losgehn, und die Jungens aufpulvern
Daß sie die Sach im richtigen Licht sehn. Ich
Bin nicht so gut im Reden.

UI *schüttelt ihm die Hand:*

Einverstanden.

ROMA

Ich hab's gewußt, Arturo! So, nicht anders
Mußt die Entscheidung fallen. Was, wir beiden!
Wie, du und ich! 's ist wie in alten Zeiten!
*Zu seinen Leuten:*
Arturo ist mit uns! Was hab ich euch gesagt?

UI

Ich komm.

ROMA

Um elf.

UI

Wohin?

ROMA

In die Garage.
Ich bin ein andrer Mann: 's wird wieder was gewagt!
*Er geht schnell mit seinen Leuten ab.*
*Ui, auf und ab gehend, legt sich die Rede zurecht, die er Romas Leuten halten will.*

UI

Freunde! Bedauerlicherweise ist mir
Zu Ohr gekommen, daß hinter meinem Rücken
Abscheulichster Verrat geplant wird. Leute
Aus meiner nächsten Nähe, denen ich
Zutiefst vertraute, haben sich vor kurzem
Zusammengerottet und, von Ehrgeiz toll
Habsüchtig und treulos von Natur, entschlossen

Im Bund mit den Karfiolherrn – nein, das geht nicht –
Im Bund – mit was? Ich hab's: der Polizei
Euch kalt abzuserviern. Ich hör, sogar
Mir will man an das Leben! Meine Langmut
Ist jetzt erschöpft. Ich ordne also an
Daß ihr, unter Ernesto Roma, welcher
Mein volles Vertrauen hat, heut nacht...
*Auftreten Clark, Giri und Betty Dullfeet.*
GIRI *da Ui erschreckt aussieht:*
Nur wir, Chef!
CLARK
Ui, treffen Sie Frau Dullfeet hier aus Cicero!
Es ist der Wunsch des Trusts, daß Sie Frau Dullfeet
Anhören und sich mit ihr einigen.
UI *finster:*
Bitte.
CLARK
Bei den Fusionsverhandlungen, die zwischen
Chicagos Grünzeugtrust und Cicero schweben
Erhob, wie Ihnen ja bekannt ist, Cicero
Bedenken gegen Sie als Aktionär.
Dem Trust gelang es schließlich, diesen Einwand
Nun zu entkräften, und Frau Dullfeet kommt...
FRAU DULLFEET
Das Mißverständnis aufzuklären. Auch
Für meinen Mann, Herrn Dullfeet, möchte ich
Betonen, daß sein Zeitungsfeldzug kürzlich
Nicht Ihnen galt, Herr Ui.
UI
Wem galt er dann?
CLARK
Nun schön, Ui, grad heraus: Der »Selbstmord« Sheets
Hat sehr verstimmt in Cicero. Der Mann
Was immer sonst er war, war doch ein Reeder
Ein Mann von Stand und nicht ein Irgendwer
Ein Nichts, das in das Nichts geht, wozu nichts
Zu sagen ist. Und noch was: Die Garage
Caruther klagt, daß einer ihrer Wägen
Beschädigt wurde. In die beiden Fälle
Ist einer Ihrer Leute, Ui, verwickelt.
FRAU DULLFEET
Ein Kind in Cicero weiß, der Karfiol
Des Trusts ist blutig.
UI
Das ist unverschämt.
FRAU DULLFEET
Nein, nein. 's ist nicht gegen Sie. Nachdem Herr Clark
Für Sie gebürgt hat, nicht mehr! 's ist nur dieser
Ernesto Roma.
CLARK *schnell:*
Kalten Kopf, Ui!
GIRI
Cicero...
UI
Das will ich nicht hören. Wofür hält man mich?
Schluß! Schluß! Ernesto Roma ist mein Mann.
Ich laß mir nicht vorschreiben, was für Männer
Ich um mich haben darf. Das ist ein Schimpf
Den ich nicht dulde.
GIRI
Chef!
FRAU DULLFEET
Ignatius Dullfeet
Wird gegen Menschen wie den Roma kämpfen
Noch mit dem letzten Atemzug.
CLARK *kalt:*
Mit Recht.
Der Trust steht hinter ihm in dieser Sache.
Ui, seien Sie vernünftig. Freundschaft und
Geschäft sind zweierlei. Was ist es also?
UI *ebenfalls kalt:*
Herr Clark, ich hab dem nichts hinzuzufügen.
CLARK
Frau Dullfeet, ich bedaure diesen Ausgang
Der Unterredung tief.
*Im Hinausgehen zu Ui:*
Sehr unklug, Ui.
*Ui und Giri, allein zurück, sehen sich nicht an.*
GIRI
Das, nach dem Anschlag auf Caruthers Garage
Bedeutet Kampf. 's ist klar.
UI
Ich fürcht nicht Kampf.
GIRI
Schön, fürcht ihn nicht! Du wirst ja nur dem Trust
Der Presse, Dogsborough und seinem Anhang
Gegenüberstehen und der ganzen Stadt!
Chef, horch auf die Vernunft und laß dich nicht...
UI
Ich brauche keinen Rat. Ich kenne meine Pflicht.
*Eine Schrift taucht auf.*

## 11

*Garage. Nacht. Man hört es regnen. Ernesto Roma und der junge Inna. Im Hintergrund Gunleute.*

INNA
's ist ein Uhr.

ROMA
Er muß aufgehalten sein.

INNA
War's möglich, daß er zögerte?

ROMA
's wär möglich.
Arturo hängt an seinen Leuten so
Daß er sich lieber selbst als sie aufopfert.
Selbst diese Ratten Givola und Giri
Kann er nicht abtun. Und dann trödelt er
Und kämpft mit sich, und es kann zwei Uhr werden
Vielleicht auch drei. Doch kommen tut er. Klar.
Ich kenn ihn, Inna. *Pause.* Wenn ich diesen Giri
Am Boden seh, wird mir so wohl sein, wie
Wenn ich mein Wasser abgeschlagen hab.
Nun, es wird bald sein.

INNA
Diese Regennächte
Zerrn an den Nerven.

ROMA
Darum mag ich sie.
Von den Nächten die schwärzesten.
Von den Autos die schnellsten.
Und von den Freunden die
Entschlossensten.

INNA
Wie viele Jahre
Kennst du ihn schon?

ROMA
An achtzehn.

INNA
Das ist lang.

EIN GUNMANN *nach vorn:*
Die Jungens wollen was zum Trinken.

ROMA
Nichts.
Heut nacht brauch ich sie nüchtern.

*Ein kleiner Mann wird von Leibwächtern hereingebracht.*

DER KLEINE *atemlos:*
Stunk im Anzug!
Zwei Panzerautos halten vorm Revier!
Gespickt mit Polizisten!

ROMA
Runter mit
Der Jalousie! 's hat nichts mit uns zu tun, doch
Vorsicht ist besser als Nachsehn.

*Langsam schließt eine stählerne Jalousie das Garagentor.*

ROMA
Ist der Gang frei?

INNA *nickt:*
's ist merkwürdig mit Tabak. Wer raucht, sieht kaltblütig aus.
Doch macht man, was einer macht, der kaltblütig ist
Und raucht man, wird man kaltblütig.

ROMA *lächelnd:*
Streck die Hand aus!

INNA *tut es:*
Sie zittert. Das ist schlecht.

ROMA
Ich find's nicht schlecht.
Von Bullen halt ich nichts. Sind unempfindlich.
Nichts tut ihnen weh, und sie tun niemand weh.
Nicht ernstlich. Zitter ruhig! Die stählerne Nadel
Im Kompaß zittert auch, bevor sie sich
Fest einstellt. Deine Hand will wissen, wo
Der Pol ist. Das ist alles.

RUF *von seitwärts:*
Polizei-
Auto durch Churchstreet!

ROMA *scharf:*
Kommt zum Stehn?

DIE STIMME
Geht weiter.

EIN GUNMANN *herein:*
Zwei Wagen ums Eck mit abgeblendetem Licht!

ROMA
's ist gegen Arturo! Givola und Giri
Serviern ihn ab! Er läuft blind in die Falle!
Wir müssen ihm entgegen. Kommt!

EIN GUNMANN
s' ist Selbstmord.

ROMA
Und wär es Selbstmord, dann ist's Zeit zum Selbstmord.
Mensch! Achtzehn Jahre Freundschaft!

INNA *mit heller Stimme:*
Panzer hoch!
Habt ihr die Spritze fertig?

EIN GUNMANN
Fertig.

INNA
Hoch!

*Die Panzerjalousie geht langsam hoch, herein kommen schnellen Ganges Ui und Givola, von Leibwächtern gefolgt.*

ROMA
Arturo!

INNA *leise:*
Ja, und Givola!

ROMA
Was ist los?

Wir schwitzen Blut um dich, Arturo. *Lacht laut.* Hölle!
s' ist alles in Ordnung!

UI *heiser:*
Warum nicht in Ordnung?

INNA
Wir dachten, 's wär was faul. Du kannst ihm ruhig
Die Hand schütteln, Chef. Er wollte uns soeben
Ins Feuer für dich schleppen. War's nicht so?

*Ui geht auf Roma zu und streckt ihm die Hand hin. Roma ergreift sie lachend. In diesem Augenblick, wo er nicht nach seinem Browning greifen kann, schießt ihn Givola blitzschnell von der Hüfte aus nieder.*

UI
Treibt sie ins Eck!

*Die Männer des Roma stehen fassungslos und werden, Inna an der Spitze, in die Ecke getrieben. Givola beugt sich zu Roma herab, der auf dem Boden liegt.*

GIVOLA
Er schnauft noch.

UI
Macht ihn fertig.

*Zu denen an der Wand:*
Euer schändlicher Anschlag auf mich ist enthüllt.
Auch eure Pläne gegen Dogsborough
Sind aufgedeckt. Ich kam euch da zuvor
In zwölfter Stunde. Widerstand ist zwecklos.
Ich werd euch lehren, gegen mich aufzumukken!
Ein nettes Nest!

GIVOLA
Kein einziger unbewaffnet!

*Von Roma:*
Er kommt noch einmal zu sich: er hat Pech.

UI
Ich bin in Dogsboroughs Landhaus heute nacht.

*Er geht schnell hinaus.*

INNA *an der Wand:*
Ihr schmutzigen Ratten! Ihr Verräter!

GIVOLA *aufgeregt:*
Schießt!

*Die an der Wand Stehenden werden mit dem Maschinengewehr niedergemäht.*

ROMA *kommt zu sich:*
Givola! Hölle.

*Dreht sich schwer, sein Gesicht ist kalkweiß.*
Was ging hier vor?

GIVOLA
Nichts.
Ein paar Verräter sind gerichtet.

ROMA
Hund!
Was hast du gemacht mit meinen Leuten?

*Givola antwortet nicht.*
Was mit Arturo? Mord! Ich wußt es! Hunde!

*Ihn auf dem Boden suchend.*
Wo ist er?

GIVOLA
Weggegangen.

ROMA *während er an die Wand geschleppt wird:*
Hunde! Hunde!

GIVOLA *kühl:*
Mein Bein ist kurz, wie? So ist's dein Verstand!
Jetzt geh mit guten Beinen an die Wand!

*Eine Schrift taucht auf.*

## 12

*Der Blumenladen des Givola. Herein Ignatius Dullfeet, ein Mann, nicht größer als ein Knabe, und Betty Dullfeet.*

DULLFEET
Ich tu's nicht gern.

BETTY
Warum nicht? Dieser Roma
Ist weg.

DULLFEET
Durch Mord.

BETTY
Wie immer! Er ist weg.
Clark sagt vom Ui, die stürmischen Flegeljahre
Welche die besten durchgehn, sind beendet.
Ui hat gezeigt, daß er den rauhen Ton
Jetzt lassen will. Ein fortgeführter Angriff
Würd nur die schlechteren Instinkte wieder
Aufwecken, und du selbst, Ignatius, kämst
Als erster in Gefahr. Doch schweigst du nun
Verschonen sie dich.

DULLFEET
Ob mir Schweigen hilft
Ist nicht gewiß.

BETTY
Es hilft. Sie sind nicht Tiere.

*Von seitwärts kommt Giri, den Hut Romas auf.*

GIRI
Hallo, seid ihr schon da? Der Chef ist drin.
Er wird entzückt sein. Leider muß ich weg.

Und schnell. Bevor ich hier gesehen werd:
Ich hab dem Givola einen Hut gestohlen.
*Er lacht, daß die Stukkatur vom Plafond fällt, und geht winkend hinaus.*

DULLFEET
Schlimm, wenn sie grollen, schlimmer, wenn sie lachen.

BETTY
Sprich nicht, Ignatius! Nicht hier!

DULLFEET *bitter:*
Und auch
Nicht anderswo ..

BETTY
Was willst du machen? Schon
Spricht Cicero davon, daß Ui die Stellung
Des toten Dogsborough bekommen wird.
Und, ärger noch, die Grünzeughändler schwanken
Zum Karfioltrust.

DULLFEET
Und zwei Druckerei-
Maschinen sind mir schon zertrümmert. Frau
Ich hab ein schlechtes Vorgefühl.
*Herein Givola und Ui mit ausgestreckten Händen.*

BETTY
Hallo, Ui!

UI
Willkommen, Dullfeet!

DULLFEET
Grad heraus, Herr Ui
Ich zögerte zu kommen, weil...

UI
Wieso?
Ein tapferer Mann ist überall willkommen.

GIVOLA
Und so ist's eine schöne Frau!

DULLFEET
Herr Ui
Ich fühlte es mitunter meine Pflicht
Mich gegen Sie und...

UI
Mißverständnisse!
Hätten Sie und ich von Anfang uns gekannt
Wär's nicht dazu gekommen. Daß im guten
All das erreicht werden soll, was nun einmal
Erreicht werden muß, war stets mein Wunsch.

DULLFEET
Gewalt...

UI
...verabscheut keiner mehr als ich. Sie wär
Nicht nötig, wenn der Mensch Vernunft besäße.

DULLFEET
Mein Ziel...

UI
...ist ganz das nämliche wie meins.
Wir beide wünschen, daß der Handel blüht.
Der kleine Ladenbesitzer, dessen Los
Nicht grade glänzend ist in diesen Zeiten
Soll sein Gemüse ruhig verkaufen können.
Und Schutz finden, wenn er angegriffen wird.

DULLFEET *fest:*
Und frei entscheiden können, ob er Schutz will.
Herr Ui, das ist mein Hauptpunkt.

UI
Und auch meiner.
Er muß frei wählen. Und warum? Weil nur
Wenn er den Schützer frei wählt und damit
Auch die Verantwortung an einen abgibt
Den er selbst wählte, das Vertrauen herrscht
Das für den Grünzeughandel ebenso nötig ist
Wie überall sonst. Ich hab das stets betont.

DULLFEET
Ich freu mich, das aus Ihrem Mund zu hören.
Auf die Gefahr, Sie zu verstimmen: Cicero
Ertrüge niemals Zwang.

UI
Das ist verständlich.
Niemand verträgt Zwang ohne Not.

DULLFEET
Ganz offen:
Wenn die Fusion mit dem Karfioltrust je
Bedeuten würd, daß damit dieser ganze
Blutige Rattenkönig eingeschleppt wird, der
Chicago peinigt, könnt ich ihn nie gutheißen.
*Pause.*

UI
Herr Dullfeet. Offenheit gegen Offenheit.
Es mag in der Vergangenheit da manches
Passiert sein, was nicht grad dem allerstrengsten
Moralischen Maßstab standhielt. So was kommt
Im Kampf mitunter vor. Doch unter Freunden
Kommt so was eben nicht vor. Dullfeet, was ich
Von Ihnen will, ist nur, daß Sie in Zukunft
Zu mir Vertrauen haben, mich als Freund sehn
Der seinen Freund nirgends und nie im Stich läßt.
Und daß Sie, um Genaueres zu erwähnen
In Ihrer Zeitung diese Greuelmärchen
Die nur bös Blut machen, hinfort nicht mehr drucken.
Ich denk, das ist nicht viel.

DULLFEET
Herr Ui, es ist
Nicht schwer zu schweigen über das, was nicht
Passiert.

UI

Das hoff ich. Und wenn hin und wieder
Ein kleiner Zwischenfall vorkommen sollte
Weil Menschen nur Menschen sind und keine Engel
Dann hoff ich, 's heißt nicht wieder gleich, die Leute
Schießen in der Luft herum und sind Verbrecher.
Ich will auch nicht behaupten, daß es nicht
Vorkommen könnt, daß einer unserer Fahrer
Einmal ein rauhes Wort sagt. Das ist menschlich.
Und wenn der oder jener Grünzeughändler
Dem einen oder andern unserer Leute
Ein Bier bezahlt, damit er treu und pünktlich
Den Kohl anfährt, darf's auch nicht gleich wieder heißen:
Da wird was Unbilliges verlangt.

BETTY

Herr Ui
Mein Mann ist menschlich.

GIVOLA

Und als so bekannt.
Und da nun alles friedlich durchgesprochen
Und ganz geklärt ist, unter Freunden, möcht ich
Zu gerne Ihnen meine Blumen zeigen...

UI

Nach Ihnen, Herr Dullfeet.

*Sie gehen, den Blumenladen Givolas zu besichtigen. Ui führt Betty, Givola Dullfeet. Sie verschwinden im folgenden immer wieder hinter den Blumenarrangements. Auftauchen Givola und Dullfeet.*

GIVOLA

Dies, teurer Dullfeet, sind japanische Eichen.

DULLFEET

Ich seh, sie blühen an kleinen runden Teichen.

GIVOLA

Mit blauen Karpfen, schnappend nach den Krumen.

DULLFEET

's heißt: Böse Menschen lieben keine Blumen.

*Sie verschwinden. Auftauchen Ui und Betty.*

BETTY

Der starke Mann ist stärker ohne Gewalt.

UI

Der Mensch versteht einen Grund nur, wenn er knallt.

BETTY

Ein gutes Argument wirkt wundervoll.

UI

Nur nicht auf den, der etwas hergeben soll.

BETTY

Mit Browning und mit Zwang, mit Trug und Trick...

UI

Ich bin ein Mann der Realpolitik.

*Sie verschwinden. Auftauchen Givola und Dullfeet.*

DULLFEET

Die Blumen kennen keine bösen Triebe.

GIVOLA

Das ist es ja, warum ich Blumen liebe.

DULLFEET

Sie leben still vom Heute in das Morgen.

GIVOLA *schelmisch:*

Kein Ärger. Keine Zeitung – keine Sorgen.

*Sie verschwinden. Auftauchen Ui und Betty.*

BETTY

Man sagt, Herr Ui, Sie leben so spartanisch.

UI

Mein Abscheu vor Tabak und Sprit ist panisch.

BETTY

Vielleicht sind Sie ein Heiliger am End?

UI

Ich bin ein Mann, der keine Lüste kennt.

*Sie verschwinden. Auftauchen Givola und Dullfeet.*

DULLFEET

's ist schön, so unter Blumen hinzuleben.

GIVOLA

's wär schön. Nur gibt's noch anderes daneben!

*Sie verschwinden. Auftauchen Ui und Betty.*

BETTY

Herr Ui, wie halten Sie's mit der Religion?

UI

Ich bin ein Christ. Das muß genügen.

BETTY

Schon.
Jedoch die zehn Gebot', woran wir hängen...?

UI

Solln sich nicht in den rauhen Alltag mengen!

BETTY

Verzeihen Sie, wenn ich Sie weiter plage:
Wie steht's, Herr Ui, mit der sozialen Frage?

UI

Ich bin sozial, was man draus sehen kann:
Ich zieh mitunter auch die Reichen ran.

*Sie verschwinden. Auftauchen Givola und Dullfeet.*

DULLFEET

Auch Blumen haben ja Erlebnisse.

GIVOLA

Und ob! Begräbnisse! Begräbnisse!

DULLFEET
Oh, ich vergaß, die Blumen sind Ihr Brot.
GIVOLA
Ganz recht. Mein bester Kunde ist der Tod.
DULLFEET
Ich hoff, Sie sind auf ihn nicht angewiesen.
GIVOLA
Nicht bei den Leuten, die sich warnen ließen.
DULLFEET
Herr Givola, Gewalt führt nie zum Ruhme.
GIVOLA
Jedoch zum Ziel. Wir sprechen durch die Blume.
DULLFEET
Gewiß.
GIVOLA
Sie sehn so blaß aus.
DULLFEET
’s ist die Luft.
GIVOLA
Freund, Sie vertragen nicht den Blumenduft.
*Sie verschwinden. Auftauchen Ui und Betty.*
BETTY
Ich bin so froh, daß ihr euch nun versteht.
UI
Wenn man erst einmal weiß, worum es geht...
BETTY
Freundschaften, die in Wind und Wetter reifen...
UI *legt ihr die Hand auf die Schulter:*
Ich liebe Frauen, welche schnell begreifen.
*Auftauchen Givola und Dullfeet, der kalkweiß ist. Er sieht die Hand auf der Schulter seiner Frau.*
DULLFEET
Betty, wir gehn.
UI *auf ihn zu, streckt ihm die Hand hin:*
Herr Dullfeet, Ihr Entschluß
Ehrt Sie. Er wird zum Wohle Ciceros dienen.
Daß solche Männer, wie wir beide, sich
Gefunden haben, kann nur günstig sein.
GIVOLA *gibt Betty Blumen:*
Schönheit der Schönheit!
BETTY
Sieh die Pracht, Ignatius!
Ich bin so froh. Auf bald, Herr Ui!
*Sie gehen.*
GIVOLA
Das kann
Jetzt endlich klappen.
UI *finster:*
Mir mißfällt der Mann.
*Eine Schrift taucht auf.*

## 13

*Hinter einem Sarg, der unter Glockengeläute in das Mausoleum von Cicero getragen wird, schreiten Betty Dullfeet in Witwenkleidung, Clark, Ui, Giri und Givola, die letzteren große Kränze in den Händen. Ui, Giri und Givola bleiben, nachdem sie ihre Kränze abgegeben haben, vor dem Mausoleum zurück. Von dort hört man die Stimme des Pastors.*

STIMME
So komm der sterbliche Rest Ignatius Dullfeets
Zur Ruhe hier. Ein Leben, arm an Gewinst
Doch reich an Müh, ist um. Viel Müh ist um
Mit diesem Leben. Müh, gespendet nicht
Für den, der sie gespendet und der nun
Gegangen ist. Am Rock Ignatius Dullfeets
Wird an der Himmelspfort der Pförtnerengel
Die Hand auf eine abgewetzte Stell
Der Schulter legen und sagen: Dieser Mann
Trug manchen Mannes Last. Im Rat der Stadt
Wird bei den Sitzungen der nächsten Zeit
Oft eine kleine Stille sein, wenn alle
Gesprochen haben. Man wird warten, daß
Ignatius Dullfeet nunmehr spricht. So sehr
Sind seine Mitbürger gewohnt, auf ihn
Zu hören. ’s ist, als ob der Stadt Gewissen
Gestorben wär. Denn von uns schied ein Mensch
Uns sehr zur Unzeit, der den graden Weg
Blind gehen konnt, das Recht auswendig wußt.
Der körperlich kleine, geistig große Mann
Schuf sich in seiner Zeitung eine Kanzel
Von der aus seine klare Stimme über
Die Stadtgrenz weit hinaus vernehmlich war.
Ignatius Dullfeet, ruh in Frieden! Amen.
GIVOLA
Ein Mann mit Takt: nichts von der Todesart!
GIRI *den Hut Dullfeets auf:*
Ein Mann mit Takt? Ein Mann mit sieben Kindern!
*Aus dem Mausoleum kommen Clark und Mulberry.*
CLARK
Verdammt! Steht ihr hier Wache, daß die Wahrheit
Auch nicht am Sarg zu Wort kommt?
GIVOLA
Teurer Clark
Warum so barsch? Der Ort, an dem Sie stehen
Sollt Sie besänftigen. Und der Chef ist heute
Nicht bei Humor. Das ist kein Ort für ihn.

MULBERRY
Ihr Schlächter! Dieser Dullfeet hielt sein Wort
Und schwieg zu allem!

GIVOLA
Schweigen ist nicht genug.
Wir brauchen Leute hier, nicht nur bereit
Für uns zu schweigen, sondern auch für uns
Zu reden, und das laut!

MULBERRY
Was konnt er reden
Als daß ihr Schlächter seid!

GIVOLA
Er mußte weg.
Denn dieser kleine Dullfeet war die Pore
Durch die dem Grünzeughandel immer mal wieder
Der Angstschweiß ausbrach. 's war nicht zu ertragen
Wie es nach Angstschweiß stank!

GIRI
Und euer Karfiol?
Soll er nach Cicero oder soll er nicht hin?

MULBERRY
Durch Schlächtereien nicht!

GIRI
Und wodurch dann?
Wer frißt am Kalb mit, das wir schlachten, he?
Das hab ich gern: nach Fleisch schrein und den Koch
Beschimpfen, weil er mit dem Messer läuft!
Von euch erwarten wir Schmatzen und nicht Schimpfen!
Und jetzt geht heim!

MULBERRY
Das war ein schwarzer Tag
Wo du uns diese brachtest, Clark!

CLARK
Wem sagst du's?

*Die beiden gehen düster ab.*

GIRI
Chef, laß dir von dem Pack nicht am Begräbnis
Den Spaß versalzen!

GIVOLA
Ruhe! Betty kommt!

*Aus dem Mausoleum kommt Betty Dullfeet, gestützt auf eine Frau. Ui tritt ihr entgegen. Aus dem Mausoleum Orgelmusik.*

UI
Frau Dullfeet, meine Kondolation!

*Sie geht wortlos an ihm vorbei.*

GIRI *brüllt:*
Halt! Sie!

*Sie bleibt stehen und wendet sich um. Man sieht, sie ist kalkweiß.*

UI
Ich sagte: meine Kondolation, Frau Dullfeet!
Dullfeet, Gott hab ihn selig, ist nicht mehr.
Doch Ihr Karfiol ist noch vorhanden. Möglich
Sie sehn ihn nicht, der Blick ist noch von Tränen
Getrübt. Jedoch: der tragische Vorfall sollte
Sie nicht vergessen machen, daß da Schüsse
Meuchlings aus feigem Hinterhalt gefeuert
Auf friedliche Gemüsewägen knallen.
Petroleum, von ruchloser Hand gegossen
Verdirbt Gemüse, das gebraucht wird. Hier
Steh ich und stehen meine Leute und
Versprechen Schutz. Was ist die Antwort?

BETTY *blickt zum Himmel:*
Das
Und Dullfeet ist noch Asche nicht!

UI
Ich kann
Den Vorfall nur beklagen und beteuern:
Der Mann, gefällt von ruchloser Hand, er war
Mein Freund.

BETTY
So ist's. Die Hand, die ihn gefällt, war
Die gleiche Hand, die nach der seinen griff.
Die Ihre!

UI
Das ist wieder dies Gerede
Dies üble Hetzen und Gerüchtverbreiten
Das meine besten Vorsätz, mit dem Nachbarn
In Frieden auszukommen, in der Wurzel
Vergiftet! Dies mich nicht verstehen Wollen!
Dies mangelnde Vertraun, wo ich vertraue!
Dies meine Werbung boshaft Drohung Nennen!
Dies eine Hand Wegschlagen, die ich ausstreck!

BETTY
Die Sie ausstrecken, um zu fällen!

UI
Nein!
Ich werde angespuckt, wo ich fanatisch werbe!

BETTY
Sie werben wie die Schlange um den Vogel!

UI
Da hört ihr's! So wird mir begegnet! So
Hielt ja auch dieser Dullfeet mein beherztes
Und warmes Freundschaftsangebot nur für Berechnung
Und meine Großmut nur für Schwäche! Leider!
Auf meine freundschaftlichen Worte erntete ich – was?
Ein kaltes Schweigen! Schweigen war die Antwort

Wenn ich auf freudiges Einverständnis hoffte.
Und wie hab ich gehofft, auf meine ständigen
Fast schon erniedrigenden Bitten um Freundschaft
Oder auch nur um billiges Verständnis
Ein Zeichen menschlicher Wärme zu entdecken!
Ich hoffte da umsonst! Nur grimme Verachtung
Schlug mir entgegen! Selbst dies Schweigeversprechen
Das man mir mürrisch gab, weiß Gott nicht gern
Bricht man beim ersten Anlaß! Wo zum Beispiel
Ist jetzt dies inbrünstig versprochene Schweigen?
Hinausposaunt in alle Richtungen werden
Jetzt wieder Greuelmärchen! Doch ich warne.
Treibt's nicht zu weit, vertrauend nur auf meine
Sprichwörtliche Geduld!

BETTY

Mir fehlen Worte.

UI

Die fehlen immer, wenn das Herz nicht spricht.

BETTY

So nennen Sie das Herz, was Sie beredt macht?

UI

Ich spreche, wie ich fühle.

BETTY

Kann man fühlen
So wie Sie sprechen? Ja, ich glaub's! Ich glaub's!
Ihr Morden kommt von Herzen! Ihr Verbrechen
Ist tiefgefühlt wie andrer Menschen Wohltat!
Sie glauben an Verrat wie wir an Treue!
Unwandelbar sind Sie für Wankelmut!
Durch keine edle Wallung zu bestechen!
Beseelt für Lüge! Ehrlich für Betrug!
Die tierische Tat entflammt Sie! Es begeistert
Sie, Blut zu sehn! Gewalt? Sie atmen auf!
Vor jeder schmutzigen Handlung stehen Sie
Gerührt zu Tränen. Und vor jeder guten
Zutiefst bewegt von Rachsucht und von Haß!

UI

Frau Dullfeet, es ist mein Prinzip, den Gegner
Ruhig anzuhören. Selbst, wo er mich schmäht.
Ich weiß, in Ihren Kreisen bringt man mir
Nicht eben Liebe entgegen. Meine Herkunft –
Ich bin ein einfacher Sohn der Bronx – wird gegen mich
Ins Feld geführt! »Der Mann«, sagt man, »kann nicht einmal
Die richtige Gabel wählen zum Dessert.
Wie will er da bestehn im großen Geschäft!
Vielleicht, er greift, wenn von Tarif die Red ist
Oder ähnlichen finanziellen Dingen, welche
Da ausgehandelt werden, fälschlich noch zum Messer!
Nein, das geht nicht. Wir können den Mann nicht brauchen.«
Aus meinem rauhen Ton, meiner männlichen Art
Das Ding beim rechten Namen zu nennen, wird
Mir gleich der Strick gedreht. So hab ich denn
Das Vorurteil gegen mich und seh mich so
Gestellt nur auf die eventuellen nackten
Verdienste, die ich mir erwerb. Frau Dullfeet
Sie sind im Karfiolgeschäft. Ich auch.
Das ist die Brücke zwischen mir und Ihnen.

BETTY

Die Brücke! Und der Abgrund zwischen uns
Der überbrückt sein soll, ist nur ein blutiger Mord!

UI

Sehr bittere Erfahrung lehrt mich, nicht
Als Mensch zum Menschen hier zu sprechen, sondern
Als Mann von Einfluß zur Besitzerin
Dieses Importgeschäftes. Und ich frage:
Wie steht's ums Karfiolgeschäft? Das Leben
Geht weiter, auch wenn uns ein Unglück zustößt.

BETTY

Ja, es geht weiter, und – ich will es nützen
Der Welt zu sagen, welche Pest sie anfiel!
Ich schwör's dem Toten, daß ich meine Stimme
In Zukunft hassen will, wenn sie »Guten Morgen«
Oder »Gebt mir Essen« sagt und nicht nur eines:
»Vertilgt den Ui!«

GIRI *drohend:*

Werd nicht zu laut, mein Kind!

UI

Wir stehen zwischen Gräbern. Mildere Gefühle
Wärn da verfrüht. So red ich vom Geschäft
Das keine Toten kennt.

BETTY

O Dullfeet, Dullfeet!
Nun weiß ich erst, du bist nicht mehr!

UI

So ist's.
Bedenken Sie, daß Dullfeet nicht mehr ist.
Und damit fehlt in Cicero die Stimme
Die sich gegen Untat, Terror und Gewalt
Erheben würd. Sie können den Verlust

Nicht tief genug bedauern! Schutzlos stehen Sie
In einer kalten Welt, wo leider Gottes
Der Schwache stets ausgeliefert ist! Der einzige
Und letzte Schutz der Ihnen bleibt, bin ich.

BETTY
Das sagen Sie der Witwe jenes Manns
Den Sie gemordet haben? Ungetüm!
Ich wußte, daß Sie herkämen, weil Sie
Noch immer an der Stätte Ihrer Untat
Erschienen sind, um andre zu beschuldigen.
»Nicht ich, der andre!« und »Ich weiß von nichts!«
»Ich bin geschädigt!« schreit der Schaden, und
»Ein Mord! Den müßt ihr rächen!« schreit der Mord.

UI
Mein Plan ist eisern: Schutz für Cicero.

BETTY *schwach:*
Er wird nie glücken!

UI
Bald! So oder so.

BETTY
Gott schütze uns vor dem Schützer!

UI
Also wie
Ist Ihre Antwort?
*Er streckt ihr die Hand hin.*
Freundschaft?

BETTY
Nie! Nie! Nie!
*Sie läuft schaudernd weg.*
*Eine Schrift taucht auf.*

## 14

*Schlafzimmer des Ui im Mammoth-Hotel. Ui wälzt sich in schweren Träumen auf seinem Bett. Auf Stühlen, die Revolver im Schoß, seine Leibwächter.*

UI *im Schlaf:*
Weg, blutige Schatten! Habt Erbarmen! Weg!
*Die Wand hinter ihm wird durchsichtig. Es erscheint der Geist Ernesto Romas, in der Stirn ein Schußloch.*

ROMA
Und all dies wird dir doch nichts nützen. All dies
Gemetzel, Meucheln, Drohn und Speichelspritzen
Ist ganz umsonst, Arturo. Denn die Wurzel
Deiner Verbrechen ist faul. Sie werden nicht aufblühn.
Verrat ist schlechter Dünger. Schlachte, lüg!
Betrüg die Clarks und schlacht die Dullfeets hin –
Doch vor den Eigenen mach halt! Verschwör dich
Gen eine Welt, doch schone die Verschworenen!
Stampf alles nieder mit den Füßen, doch
Stampf nicht die Füße nieder, du Unseliger!
Lüg allen ins Gesicht, nur das Gesicht
Im Spiegel hoff nicht auch noch zu belügen!
Du schlugst dich selbst, als du mich schlugst, Arturo.
Ich war dir zugetan, da warst du nicht
Mehr als ein Schatten noch auf einem Bierhausflur.
Nun stehe ich in zugiger Ewigkeit
Und du gehst mit den großen Herrn zu Tisch.
Verrat bracht dich hinauf, so wird Verrat
Dich auch hinunterbringen. Wie du mich verrietst
Den Freund und Leutnant, so verrätst du alle.
Und so, Arturo, werden alle dich
Verraten noch. Die grüne Erde deckt
Ernesto Roma, deine Untreu nicht.
Die schaukelt über Gräbern sich im Wind
Gut sichtbar allen, selbst den Totengräbern.
Der Tag wird kommen, wo sich alle, die
Du niederschlugst, aufrichten, aufstehn alle
Die du noch niederschlagen wirst, Arturo
Und gegen dich antreten, eine Welt
Blutend, doch haßvoll, daß du stehst und dich
Nach Hilf umschaust. Denn wiß: so stand ich auch.
Dann droh und bettel, fluche und versprich!
Es wird dich keiner hören! Keiner hörte mich.

UI *auffahrend:*
Schießt! Dort! Verräter! Weiche, Fürchterlicher!
*Die Leibwächter schießen nach der Stelle an der Wand, auf die Ui zeigt.*

ROMA *verblassend:*
Schießt nur! Was von mir blieb, ist kugelsicher.

## 15

*City. Versammlung der Grünzeughändler von Chicago. Sie sind kalkweiß.*

ERSTER GRÜNZEUGHÄNDLER
Mord! Schlächterei! Erpressung! Willkür! Raub!

ZWEITER GRÜNZEUGHÄNDLER
Und Schlimmres: Duldung! Unterwerfung!
Feigheit!

DRITTER GRÜNZEUGHÄNDLER
Was Duldung! Als die ersten zwei im Januar
In meinen Laden traten: Hände hoch!
Sah ich sie kalt von oben bis unten an
Und sagte ruhig: Meine Herrn, ich weiche
Nur der Gewalt! Ich ließ sie deutlich merken
Daß ich mit Ihnen nichts zu schaffen hatte
Und ihr Benehmen keineswegs billigte.
Ich war zu ihnen eisig. Schon mein Blick
Sagt' ihnen: Schön, hier ist die Ladenkasse
Doch nur des Brownings wegen!

VIERTER GRÜNZEUGHÄNDLER
Richtig! Ich
Wasch meine Händ in Unschuld! Unbedingt.
Sagt ich zu meiner Frau.

ERSTER GRÜNZEUGHÄNDLER *heftig:*
Was heißt da Feigheit?
Es war gesundes Denken. Wenn man stillhielt
Und knirschend zahlte, konnte man erwarten
Daß diese Unmenschen mit den Schießerein
Aufhören würden. Aber nichts davon!
Mord! Schlächterei! Erpressung! Willkür!
Raub!

ZWEITER GRÜNZEUGHÄNDLER
Möglich ist so was nur mit uns. Kein Rückgrat!

FÜNFTER GRÜNZEUGHÄNDLER
Sag lieber: kein Browning! Ich verkauf Karfiol
Und bin kein Gangster.

DRITTER GRÜNZEUGHÄNDLER
Meine einzige Hoffnung
Ist, daß der Handel einmal auf solche trifft
Die ihm die Zähne zeigen. Laß ihn erst
Einmal woanders dieses Spiel probieren!

VIERTER GRÜNZEUGHÄNDLER
Zum Beispiel in Cicero!

*Auftreten die Grünzeughändler von Cicero. Sie sind kalkweiß.*

DIE CICEROER
Hallo, Chicago!

DIE CHICAGOER
Hallo, Cicero! Und was wollt ihr hier?

DIE CICEROER
Wir
Sind herbestellt.

DIE CHICAGOER
Von wem?

DIE CICEROER
Von ihm.

ERSTER CHICAGOER
Wie kann er
Euch herbestellen? Wie euch etwas vorschreiben?
Wie kommandiern in Cicero?

ERSTER CICEROER
Mit dem Browning.

ZWEITER CICEROER
Wir weichen der Gewalt.

ERSTER CHIGAGOER
Verdammte Feigheit!
Seid ihr keine Männer? Gibt's in Cicero
Keine Richter?

ERSTE CICEROER
Nein.

DRITTER CICEROER
Nicht mehr.

DRITTER CHICAGOER
Hört ihr, ihr müßt
Euch wehren, Leute! Diese schwarze Pest
Muß aufgehalten werden! Soll das Land
Von dieser Seuche aufgefressen werden?

ERSTER CHICAGOER
Zuerst die eine Stadt und dann die andre!
Ihr seid dem Land den Kampf aufs Messer schuldig!

ZWEITER CICEROER
Wieso grad wir? Wir waschen unsre Hände
In Unschuld.

VIERTER CHICAGOER
Und wir hoffen, daß der Hund
Gott geb's, doch einmal noch auf solche trifft
Die ihm die Zähne zeigen.

*Auftreten unter Fanfarenstößen Arturo Ui und Betty Dullfeet (in Trauer), gefolgt von Clark, Giri, Givola und Leibwächtern. Ui schreitet zwischen ihnen hindurch. Die Leibwächter nehmen im Hintergrund Stellung.*

GIRI
Hallo, Kinder!
Sind alle da aus Cicero?

ERSTER CICEROER Jawohl.

GIRI
Und aus Chicago?

ERSTER CHICAGOER
Alle.

GIRI *zu Ui:*
Alles da.

GIVOLA
Willkommen, Grünzeughändler! Der Karfioltrust
Begrüßt euch herzlich. *Zu Clark:* Bitte sehr, Herr Clark.

CLARK
Ich tret mit einer Neuigkeit vor Sie.

Nach wochenlangen und nicht immer glatten
Verhandlungen – ich plaudre aus der Schule –
Hat sich die örtliche Großhandlung B. Dullfeet
Dem Karfioltrust angeschlossen. So
Erhalten Sie in Zukunft Ihr Gemüse
Vom Karfioltrust. Der Gewinn für Sie
Liegt auf der Hand: erhöhte Sicherheit
Der Lieferung. Die neuen Preise, leicht
Erhöht, sind schon fixiert. Frau Betty Dullfeet
Ich schüttle Ihnen, als dem neuen Mitglied
Des Trusts, die Hand.

*Clark und Betty Dullfeet schütteln sich die Hände.*

GIVOLA

Es spricht: Arturo Ui.

*Ui tritt vor das Mikrophon.*

UI

Chicagoer und Ciceroer! Freunde!
Mitbürger! Als der alte Dogsborough
Ein ehrlicher Mann, Gott hab ihn selig, mich
Vor einem Jahr ersuchte, Tränen im Aug
Chicagos Grünzeughandel zu beschützen
War ich, obgleich gerührt, doch etwas skeptisch
Ob ich dies freudige Vertraun rechtfertigen könnt.
Nun, Dogsborough ist tot. Sein Testament
Liegt jedermann zur Einsicht vor. Er nennt
In schlichten Worten mich seinen Sohn. Und dankt
Mir tiefbewegt für alles, was ich getan hab
Seit diesem Tag, wo ich seinem Ruf folgte.
Der Handel mit Grünzeug, sei es nun Karfiol
Sei's Schnittlauch, Zwiebeln oder was weiß ich, ist
Heut in Chicago ausgiebig beschützt.
Ich darf wohl sagen: durch entschlossenes Handeln
Von meiner Seite. Als dann unerwartet
Ein andrer Mann, Ignatius Dullfeet, mir
Den gleichen Antrag stellte, nun für Cicero
War ich nicht abgeneigt, auch Cicero
In meinen Schutz zu nehmen. Nur eine Bedingung
Stellt ich sofort: Es muß auf Wunsch der Laden-Besitzer sein! Durch freiwilligen Entschluß
Muß ich gerufen werden. Meinen Leuten
Schärfte ich ein: Kein Zwang auf Cicero!
Die Stadt hat völlige Freiheit, mich zu wählen!
Ich will kein mürrisches »Schön!«, kein knirschendes »Bitte!«.
Halbherziges Zustimmen ist mir widerlich.
Was ich verlange, ist ein freudiges »Ja!«
Ciceroischer Männer, knapp und ausdrucksvoll.
Und weil ich das will und, was ich will, ganz will
Stell ich die Frage auch an euch noch einmal
Leute aus Chicago, da ihr mich besser kennt
Und, wie ich annehmen darf, auch wirklich schätzt.
Wer ist für mich? Und wie ich nebenbei
Erwähnen will: Wer da nicht für mich ist
Ist gegen mich und wird für diese Haltung
Die Folgen selbst sich zuzuschreiben haben.
Jetzt könnt ihr wählen!

GIVOLA

Doch bevor ihr wählt
Hört noch Frau Dullfeet, allen euch bekannt
Und Witwe eines Mannes, euch allen teuer!

BETTY

Freunde! Da nunmehr euer aller Freund
Mein lieber Mann Ignatius Dullfeet, nicht mehr
Weilt unter uns...

GIVOLA

Er ruh in Frieden!

BETTY

Und
Euch nicht mehr Stütze sein kann, rat ich euch
Nun euer Vertraun zu setzen in Herrn Ui
Wie ich es selbst tu, seit ich ihn in dieser
Für mich so schweren Zeit näher und besser
Kennengelernt.

GIVOLA

Zur Wahl!

GIRI

Wer für Arturo Ui ist:
Die Hände hoch!

*Einige erheben sofort die Hand.*

EIN CICEROER

Ist's auch erlaubt zu gehn?

GIVOLA

Jedem steht frei, zu machen, was er will.

*Der Ciceroer geht zögernd hinaus. Zwei Leibwächter folgen ihm. Dann ertönt ein Schuß.*

GIRI

Und nun zu euch! Was ist euer freier Entschluß?

*Alle heben die Hände hoch, jeder beide Hände.*

GIVOLA

Die Wahl ist aus, Chef, Ciceros Grünzeughändler
Und die Chicagos danken tiefbewegt
Und freudeschlotternd dir für deinen Schutz.

UI

Ich nehme euren Dank mit Stolz entgegen.
Als ich vor nunmehr fünfzehn Jahren als
Einfacher Sohn der Bronx und Arbeitsloser

Dem Ruf der Vorsehung folgend, mit nur sieben
Erprobten Männern auszog, in Chicago
Meinen Weg zu machen, war's mein fester Wille
Dem Grünzeughandel Frieden zu verschaffen.
's war eine kleine Schar damals, die schlicht
Jedoch fanatisch diesen Frieden wünschte!
Nun sind es viele. Und der Friede in
Chicagos Grünzeughandel ist kein Traum mehr
Sondern rauhe Wirklichkeit. Und um den Frieden
Zu sichern, habe ich heute angeordnet
Daß unverzüglich neue Thompsonkanonen
Und Panzerautos und natürlich was
An Brownings, Gummiknüppeln und so weiter noch
Hinzukommt, angeschafft werden, denn nach Schutz
Schrein nicht nur Cicero und Chicago, sondern
Auch andre Städte: Washington und Milwaukee!
Detroit! Toledo! Pittsburg! Cincinnati!
Wo's auch Gemüsehandel gibt. Flint! Boston!
Philadelphia! Baltimore! St. Louis! Little Rock!
Minneapolis! Columbus! Charleston! Und New York!
Das alles will geschützt sein! Und kein »Pfui!«
Und kein »Das ist nicht fein!« hält auf den Ui!

*Unter Trommeln und Fanfarenstößen schließt sich der Vorhang.*
*Eine Schrift taucht auf.*

## EPILOG

Ihr aber lernet, wie man sieht statt stiert
Und handelt, statt zu reden noch und noch.
So was hätt einmal fast die Welt regiert!
Die Völker wurden seiner Herr, jedoch
Daß keiner uns zu früh da triumphiert –
Der Schoß ist fruchtbar noch, aus dem das kroch!

# Die Gesichte der Simone Machard

Dieses Stück entstand unter Mitarbeit von Lion Feuchtwanger

*Personen*

Philippe Chavez, Maire von Saint-Martin (in den Träumen König Karl der Siebente) · Henri Soupeau, der Patron der Hostellerie (der Connétable) · Marie Soupeau, seine Mutter (die Königinmutter Isabeau) · Honoré Fétain, Capitaine, ein reicher Weingutsbesitzer (der Herzog von Burgund) · Colonel (der Bischof von Beauvais) · Ein deutscher Hauptmann (ein Feldherr der Engländer)
Simone Machard (in den Träumen die Jungfrau von Orléans) · Die Chauffeure Maurice und Robert; Georges, Père Gustave – Angestellte der Hostellerie · Madame Machard, Monsieur Machard – Simones Eltern · Ein Sergeant · Flüchtlinge · Nebenpersonen (in den Träumen Soldaten und Volk) · Der Engel

*Die Szene stellt den Hof der Hostellerie »Au Relais« dar. Den Hintergrund bildet die niedrige Garage. Rechts vom Zuschauer ist die Hostellerie mit ihrem rückwärtigen Eingang. Links ist der Vorratsschuppen der Hostellerie mit Kammern für die Chauffeure. Zwischen dem Vorratsschuppen und der Garage führt ein ziemlich großes Tor hinaus auf die Straße. Die Garage ist geräumig, da die Hostellerie auch ein Fuhrunternehmen betreibt.*
*Die Handlung spielt im Juni 1940 in der kleinen französischen Stadt Saint-Martin in Mittelfrankreich an einer Hauptstraße von Paris nach dem Süden.*

## 1
## Das Buch

*Der Soldat Georges, den rechten Arm bandagiert, sitzt rauchend neben dem alten Père Gustave, der einen Pneu flickt. Die Brüder Maurice und Robert, die beiden Chauffeure der Hostellerie, starren in den Himmel. Man hört Flugzeuge. Es ist der Abend des 14. Juni.*

ROBERT Es müssen die Unsern sein.
MAURICE Es sind nicht die Unsern.
ROBERT *ruft zu Georges hinüber:* Georges, sind das die Unsern oder Deutsche?
GEORGES *vorsichtig den bandagierten Arm bewegend:* Jetzt ist auch im Oberarm kein Gefühl mehr.
PÈRE GUSTAVE Beweg ihn nicht, das ist schlecht.
*Herein kommt Simone Machard, eine Halbwüchsige, mit zu langer Schürze und zu großen Schuhen. Sie schleppt einen sehr schweren Korb mit Wäsche.*
ROBERT Schwer?
*Simone nickt und schleppt den Korb weiter bis zum Sockel der Benzinpumpe.*
*Die Männer schauen ihr rauchend zu.*
GEORGES *zu Père Gustave:* Meinst du, es kann die Bandage sein? Er ist wieder steifer geworden, seit gestern.
PÈRE GUSTAVE Simone, bring Monsieur Georges von dem Apfelwein im Schuppen.
SIMONE *ihren Korb niederstellend:* Aber wenn es der Patron wieder sieht?
PÈRE GUSTAVE Tu, was man dir sagt.
*Simone geht.*
ROBERT *zu Georges:* Kannst du einem nicht antworten? Das trägt eine Uniform und schaut nicht einmal auf, wenn Flieger kommen! Mit Soldaten wie euch verliert man den Krieg.
GEORGES Was meinst du, Robert? Der Oberarm fühlt sich jetzt auch taub an. Père Gustave meint, daß es nur die Bandage ist.
ROBERT Ich habe dich gefragt, was das für Flieger sind über uns.
GEORGES *ohne hinaufzuschauen:* Deutsche. Unsere steigen nicht auf.
*Simone ist mit einer Flasche hellen Weins zurückgekommen, aus der sie dem Soldaten Georges einschenkt.*
SIMONE Meinen Sie, wir verlieren den Krieg, Monsieur Georges?
GEORGES Ob wir den Krieg verlieren oder gewinnen, ich werde zwei Arme brauchen.
*Monsieur Henri Soupeau, der Patron, kommt von der Straße her. Simone versteckt schnell den Wein. Der Patron bleibt im Tor stehen, schaut, wer im Hof ist, und winkt zurück nach der Straße. Es erscheint ein Herr in großem Staubmantel. Der Patron geleitet ihn über den Hof, ihn geflissentlich gegen das Personal abdeckend, und verschwindet mit ihm in der Hostellerie.*
PÈRE GUSTAVE Habt ihr euch den im Staubmantel angesehen? Das ist ein Offizier. Ein Oberst. Wieder einer, der von der Front ausgerissen ist. Sie wollen nicht gesehen werden. Aber fressen tun sie für dreie.
*Simone ist zu ihrem Korb gegangen, hat sich auf den Sockel der Benzinpumpe gesetzt und beginnt in einem Buch zu lesen, das in dem Korb obenauf lag.*
GEORGES *über seinem Wein:* Ich ärgere mich über Robert. Nach seiner Ansicht verliert man den Krieg mit Soldaten wie mir. Aber man hat schon etwas anderes mit mir gewonnen, das ist sicher. An meinen Schuhen zum Beispiel hat ein Herr in Tours verdient und an meinem Helm ein Herr in Bordeaux. Mein Rock brachte ein Schloß an der Azurküste, meine Gamaschen brachten sieben Rennpferde. So machte Frankreich sich einen guten Tag aus mir, lange bevor es zum Kriege kam.
PÈRE GUSTAVE Aber der wird verloren. Von den Staubmänteln.
GEORGES Ja, in 200 Schuppen liegen 100 Kampfflugzeuge, bezahlt und bemannt, geprüft und eingeflogen, aber in der Stunde von Frankreichs Gefahr steigen sie nicht auf. Die Festung hat 10 Milliarden gekostet und ist aus Stahl und Zement, 1000 Kilometer lang, 7 Stockwerke tief, auf dem freien Feld. Und als die Schlacht anfing, stieg unser Oberst in sein Auto und fuhr nach hinten, und hinter ihm her fuhren zwei Wägen mit Wein und Eßwaren. Zwei Millionen Männer warteten auf das Kommando, bereit zu sterben, aber die Freundin des Kriegsministers war nicht einig mit der Freundin des Ministerpräsidenten, und so kam kein Kommando. Ja, unsere Festungen sitzen unbeweglich im Boden, ihre Festungen sind auf Räder gebaut und rollen über uns weg. Nichts kann ihre Tanks aufhalten, solange sie Öl haben, und das Öl holen sie von unseren Tankstellen. Morgen früh werden sie hier vor der deinen stehen, Simone, und dein Öl in sich hineinsaufen. Danke für den Wein.
ROBERT Red nicht über Tanks – *mit Kopfbewe-*

*gung gegen Simone* –, wenn sie dabei ist. Ihr Bruder ist vorn.

GEORGES Die steckt in ihrem Buch.

PÈRE GUSTAVE *zu Robert:* Eine Partie Belote?

ROBERT Ich habe Kopfweh. Wir sind den ganzen Tag mit Weinfässern des Capitaine durch die Ströme von Flüchtlingen gefahren. Eine Völkerwanderung.

PÈRE GUSTAVE Der Wein des Capitaine ist der wichtigste aller Flüchtlinge, begreifst du das nicht?

GEORGES Alle Welt weiß, daß der Mensch ein Faschist ist. Er muß von seinen Kumpanen im Generalstab Wind bekommen haben, daß vorn wieder was schiefgegangen ist.

ROBERT Maurice ist wütend. Er sagt, er hat es satt, die verdammten Weinfässer durch die Weiber und Kinder zu kutschieren. Ich lege mich in die Klappe. *Er geht ab.*

PÈRE GUSTAVE Für die Kriegführung sind solche Flüchtlingsströme ruinös. Die Tanks können durch jeden anderen Sumpf, aber in dem menschlichen bleiben sie stecken. Die Zivilbevölkerung hat sich als ein großes Übel für den Krieg herausgestellt. Man sollte sie gleich zu Kriegsbeginn auf einen anderen Planeten bringen, sie hindert nur. Entweder man schafft das Volk ab oder den Krieg; beides kann man nicht haben.

GEORGES *hat sich neben Simone gesetzt, in den Korb greifend:* Du hast ja die Wäsche noch patschnaß von der Leine genommen.

SIMONE *liest weiter:* Die Flüchtlinge stehlen immer die Tischtücher.

GEORGES Wahrscheinlich für die Windeln oder für Fußlappen.

SIMONE *immer lesend:* Aber Madame zählt nach.

GEORGES *weist auf das Buch:* Ist es immer noch die Jungfrau von Orléans? *Simone nickt.* Wer hat dir das Buch gegeben?

SIMONE Der Patron. Aber ich komme nicht zum Lesen. Ich bin erst auf Seite 72, wo die Jungfrau die Engländer erschlagen hat und in Reims den König krönt. *Liest weiter.*

GEORGES Wozu liest du das altmodische Zeug?

SIMONE Ich muß wissen, wie es weitergeht. – Ist es wahr, daß Frankreich das schönste Land in der ganzen Welt ist, Monsieur Georges?

GEORGES Steht das in dem Buch? *Simone nickt.* Ich kenne nicht die ganze Welt. Aber es heißt ja, das schönste Land ist das Land, wo man lebt.

SIMONE Wie ist zum Beispiel die Gironde?

GEORGES Ich glaube, da wird auch Wein gebaut. Frankreich ist die große Weintrinkerin, sagt man.

SIMONE Gibt es viele Kähne auf der Seine?

GEORGES Etwa tausend.

SIMONE Und in Saint-Denis, wo sie gearbeitet haben, was war dort?

GEORGES Dort ist es nicht besonders.

SIMONE Aber sonst ist es das schönste Land.

GEORGES Es ist gut in Weißbrot, Wein und Fischen. Gegen die Cafés mit den orangenen Markisen ist nichts einzuwenden. Oder die Hallen mit den Fleischen und dem Obst, besonders in der Frühe. An den Bistros, wo man den Himbeergeist trinkt, liegt es nicht. Die Jahrmärkte und die Stapelläufe der Schiffe mit Militärmusik könnten bleiben. Wer könnte etwas gegen die Pappeln haben, unter denen man Boule spielt? Mußt du heute wieder mit den Proviantütüten in die Turnhalle?

SIMONE Wenn nur die Sappeure noch kommen, eh ich weg muß.

GEORGES Was für Sappeure?

SIMONE In der Küche erwarten sie Sappeure. Ihre Gulaschkanone ist ihnen im Flüchtlingsstrom verlorengegangen, und sie sind von der 132sten.

GEORGES Bei der ist dein Bruder, nicht?

SIMONE Ja. Sie gehen nach vorn. – Hier in dem Buch steht, der Engel hat von der Jungfrau verlangt, daß sie alle Feinde Frankreichs tötet, Gott will es.

GEORGES Du wirst wieder deine Alpträume bekommen, wenn du das blutdürstige Zeug liest. Wozu habe ich dir da die Zeitungen weggenommen?

SIMONE Gehen ihre Tanks wirklich durch die Haufen von Menschen durch, Monsieur Georges?

GEORGES Ja. Und du hast genug gelesen.

*Er versucht, ihr das Buch wegzunehmen. Der Patron tritt in die Tür der Hostellerie.*

PATRON Georges, Sie lassen niemand in das Frühstückszimmer. *Zu Simone:* Du liest schon wieder bei der Arbeit, Simone. Dazu habe ich dir das Buch nicht gegeben.

SIMONE *hat eifrig begonnen, die Tischtücher zu zählen:* Ich habe nur beim Wäschezählen hineingeschaut. Entschuldigen Sie, Monsieur Henri.

PÈRE GUSTAVE Ich an Ihrer Stelle hätte ihr das Buch nicht gegeben, Monsieur Henri; es bringt sie ganz durcheinander.

PATRON Unsinn. In solchen Zeiten soll sie ruhig die Geschichte Frankreichs ansehen. Diese Jugend weiß ja nicht mehr, was Frankreich ist. *Er spricht über die Schulter zurück ins Haus:* Jean, die Horsd'œuvres ins Frühstückszimmer. *Wieder zu denen im Hof:* Lest nach, was für ein Geist damals wehte. Weiß Gott, wir könnten eine Jungfrau von Orléans brauchen.

PÈRE GUSTAVE *scheinheilig:* Wo sollte die herkommen?

PATRON Wo sollte die herkommen! Von überall her. Jeder könnte es sein. Du! Georges! *Auf Simone weisend:* Sie könnte es sein. Jedes Kind könnte sagen, was nötig ist, es ist einfach. Selbst sie könnte es dem Lande sagen.

PÈRE GUSTAVE *mustert Simone:* Etwas klein vielleicht für eine Jungfrau von Orléans.

PATRON Etwas klein, etwas jung, etwas groß, etwas alt: wo der Geist fehlt, gibt es immer eine Ausrede. *Über die Schulter, zurück ins Haus:* Hast du von den portugiesischen Sardinen genommen, Jean?

PÈRE GUSTAVE *zu Simone:* Wie wäre es? Hast du Lust, dich zu verändern? Ich fürchte nur, heutzutage erscheinen keine Engel mehr.

PATRON Genug, Père Gustave. Ich wünsche, daß Sie Ihre Zynismen in Anwesenheit des Kindes unterdrücken. Laßt sie ihr Buch lesen ohne eure schmutzigen Bemerkungen. *Im Hineingehen:* Es muß nur nicht gerade während der Arbeit sein, Simone. *Ab.*

PÈRE GUSTAVE *grinsend:* Ist das zu schlagen, Georges? Jetzt soll noch das Abwaschmädchen zur Jungfrau von Orléans erzogen werden, natürlich nur in ihrer freien Zeit. Die Kinder stopfen sie uns voll mit Patriotismus. Sie selber verkleiden sich in Staubmäntel. Oder sie verstekken ihr gehamstertes Benzin in gewissen Ziegeleien, statt daß sie es der Armee abliefern.

SIMONE Der Patron macht nichts Unrechtes.

PÈRE GUSTAVE Nein, er ist der große Wohltäter. Er gibt dir die 20 Francs die Woche, damit deine Leute »wenigstens das haben«.

SIMONE Er hält mich, damit mein Bruder nicht die Stelle hier verliert.

PÈRE GUSTAVE Und hat so eine Tankwärterin, Kellnerin und Tellerwäscherin.

SIMONE Das ist, weil Krieg ist.

PÈRE GUSTAVE Und es ist gar nicht schlecht für ihn, was?

PATRON *erscheint unter der Tür der Hostellerie:* Père Gustave, eine halbe Flasche Chablis, Dreiundzwanziger, für den Herrn mit der Forelle. *Zurück in die Hostellerie.*

PÈRE GUSTAVE Der Herr im Staubmantel, alias der Herr Oberst, wünschen eine Flasche Chablis, bevor Frankreich untergeht. *Ab in den Vorratsschuppen. Während des Folgenden bringt er dann die Flasche Chablis über den Hof in die Hostellerie.*

EINE FRAUENSTIMME *aus dem ersten Stock der Hostellerie:* Simone, wo bleiben die Tischtücher?

*Simone nimmt den Korb auf und will in die Hostellerie gehen. Da erscheinen von der Straße her ein Sergeant und zwei Sappeure mit einem Eßkessel.*

SERGEANT Wir sollen hier Essen fassen. Die Mairie sagt, sie hat telefoniert.

SIMONE *beflissen, strahlend:* Sicher ist es schon fertig. Geht gleich in die Küche. *Zu dem Sergeanten, während die beiden Sappeure hineingehen:* Mein Bruder André Machard ist auch bei der 132sten, Monsieur. Wissen Sie, warum keine Post mehr von ihm kommt?

SERGEANT Es ist alles durcheinander vorn. Wir haben auch seit vorgestern keine Verbindung mehr mit denen vorn.

SIMONE Ist der Krieg verloren, Monsieur?

SERGEANT Aber nein, Mademoiselle. Es handelt sich um vereinzelte Vorstöße feindlicher Tankformationen. Man nimmt an, daß den Ungeheuern schnell das Benzin ausgehen wird. Dann bleiben sie an der Straße liegen, wissen Sie.

SIMONE Ich habe gehört, bis zur Loire kommen sie nie.

SERGEANT Nein, nein, seien Sie unbesorgt. Es ist noch ein weiter Weg von der Seine bis zur Loire. Schlimm sind nur diese Flüchtlingsströme. Man kann kaum nach vorn kommen. Und wir müssen die gebombten Brücken reparieren, sonst können die Reserven nicht durch. *Die beiden Sappeure kommen zurück mit ihrem Kessel, der Sergeant schaut hinein.*

SERGEANT Ist das alles? Es ist eine Schande. Sehen Sie sich diesen Kessel an, Mademoiselle. Noch nicht halb voll. Das ist das dritte Restaurant, in das wir geschickt werden. In zweien gar nichts, hier das.

SIMONE *schaut bestürzt in den Kessel:* Das muß ein Irrtum sein. Es ist genug da, Linsen und auch Speck. Ich werde sogleich zum Patron selber gehen. Ihr werdet euern Kessel voll kriegen. Wartet einen Augenblick. *Sie läuft hinein.*

GEORGES *Zigaretten anbietend:* Ihr Bruder ist

erst siebzehn. Er war der einzige in Saint-Martin, der sich freiwillig meldete. Sie hängt sehr an ihm.

SERGEANT Diesen Krieg soll der Teufel holen, es ist keiner. Die Armee wird im eigenen Land wie ein Feind behandelt. Und der Ministerpräsident sagt übers Radio: »Die Armee, das ist das Volk.«

PÈRE GUSTAVE *ist wieder herausgekommen:* »Die Armee ist das Volk.« Und das Volk ist der Feind.

SERGEANT *feindselig:* Wie meinen Sie das?

GEORGES *schaut in den halbleeren Kessel:* Warum laßt ihr euch das gefallen? Holt den Maire.

SERGEANT Wir kennen die Maires; sie tun nichts.

SIMONE *kommt langsam wieder heraus; ohne den Sergeanten anzuschauen:* Der Patron sagt, die Hostellerie kann nicht mehr geben, es sind sehr viele Flüchtlinge da.

PÈRE GUSTAVE Denen wir nichts geben können, weil die Truppe alles kriegt.

SIMONE *verzweifelt:* Der Patron ist zornig, weil die Mairie viele Forderungen stellt.

SERGEANT *müde:* Es ist überall das gleiche.

PATRON *tritt in die Tür und gibt Simone eine gefaltete Rechnung:* Leg du dem Herrn mit der Forelle die Rechnung vor. Sag, der Preis für die Erdbeeren ist der Selbstkostenpreis, deine Eltern haben sie in der Hostellerie verkauft. *Er schiebt sie hinein.* Was gibt es? Sind die Herren nicht zufrieden? Vielleicht belieben Sie, sich einen Augenblick in die Lage der Bevölkerung hineinzudenken. Sie ist bereits weißgeblutet, und immerfort kommen neue Forderungen. Niemand fühlt für Frankreich wie ich, das weiß Gott: aber – *große Geste der Hilflosigkeit.* Ich halte diesen Betrieb nur mit den größten Opfern aufrecht. Sehen Sie sich die Hilfe an, die ich habe. *Weist auf Père Gustave und Georges.* Einen alten Mann und einen Krüppel. Dazu eine Halbwüchsige. Ich beschäftige sie, weil sie sonst hungern. Ich kann nicht auch noch die französische Armee füttern.

SERGEANT Und ich kann nicht meine Leute mit leerem Magen in die Nacht und ins Feuer für Sie marschieren lassen. Flickt euch eure Brücken selber. Ich warte auf meine Gulaschkanone. Und wenn es sieben Jahre dauert. *Ab mit seinen Sappeuren.*

PATRON Was kann ich tun? Man kann es nicht allen recht machen. *Sich bei seinen Leuten anbiedernd:* Kinder, seid froh, daß ihr keine Hostellerie habt. Man hat sie wie gegen Wölfe zu verteidigen, was? Nach all der Mühe, die es uns gekostet hat, ihr die zwei Sterne im Reiseführer zu erschwitzen. *Da Père Gustave und Georges für seinen Kummer wenig Teilnahme zeigen, verärgert:* Steht nicht herum wie die Stockfische. *Ruft zurück ins Haus:* Monsieur, jetzt ist der Hof leer.

COLONEL *der Herr im Staubmantel, kommt aus der Hostellerie, zu dem Patron, der ihn über den Hof zur Straße geleitet:* Ihre Preise sind unverschämt, Monsieur. 160 Francs für ein Mittagessen.

GEORGES *geht währenddessen in die Hostellerie und zieht Simone heraus, welche die Hand vors Gesicht hält:* Sie sind lange weg. Deswegen brauchst du dich nicht mehr im Gang zu verstecken. Du kannst doch nichts dafür, Simone.

SIMONE *sich die Tränen trocknend:* Es ist nur, weil sie auch von der 132sten sind, wissen Sie. Die vorn warten doch auf Hilfe, und die Sappeure müssen erst die Brücken reparieren, Monsieur Georges.

PATRON *kommt von der Straße zurück:* Foie gras, Forelle, Lammrücken, Spargel, Chablis, Kaffee, einen Cognac Martel 84. In diesen Zeiten! Und wenn die Rechnung kommt, ziehen sie ein Gesicht, einen halben Meter lang. Aber serviert werden muß im Hui, da man es nicht erwarten kann, aus dem Kampfgebiet fortzukommen. Ein Offizier! Ein Oberst! Armes Frankreich! *Sieht Simone, mit schlechtem Gewissen:* Und du, misch dich nicht in Küchenangelegenheiten! *Ab in die Hostellerie.*

GEORGES *zu Père Gustave, auf Simone weisend:* Sie schämt sich wegen der Sappeure.

SIMONE Was werden sie von der Hostellerie denken, Monsieur Georges?

GEORGES *zu Simone:* Da sollen sich ganz andere Leute schämen. Die Hostellerie betrügt, wie der Himmel regnet, der Patron macht Preise, wie der Hund furzt. Du bist nicht die Hostellerie, Simone. Wenn die Weine gelobt werden, lachst du nicht, wenn das Dach einfällt, weinst du nicht. Das Linnen hast du nicht ausgesucht. Das Essen hast du nicht verweigert. Verstanden?

SIMONE *unüberzeugt:* Ja, Monsieur Georges.

GEORGES André weiß genau, daß du für ihn hier die Stellung hältst. Das ist genug. Und jetzt geh du in deine Turnhalle und besuch den kleinen François. Aber laß dir nicht wieder von seiner Mutter Angst vor den Stukas machen, sonst träumst du die halbe Nacht, du bist im Krieg. *Er schiebt sie in die Hostellerie; zu Père Gustave:* Zuviel Phantasie.

PÈRE GUSTAVE *seinen Pneu flickend:* In die Turnhalle geht sie auch nicht gern. Dort wird sie beschimpft, weil die Proviantüten zu teuer sind.

GEORGES *seufzend:* Wie ich sie kenne, verteidigt sie noch den Patron. Sie ist loyal, Simone.

PATRON *kommt aus der Hostellerie und ruft nach dem Vorratsschuppen, in die Hände klatschend:* Maurice, Robert!

ROBERTS STIMME *aus dem Schuppen, verschlafen:* Jawohl?

PATRON Der Capitaine Fétain hat telefoniert. Er möchte, daß ihr mit dem Rest der Weinfässer noch heute nach Bordeaux geht.

ROBERTS STIMME Heute nacht? Aber das ist unmöglich, Monsieur Henri. Wir sind zwei Tage unterwegs gewesen.

PATRON Ich weiß, ich weiß. Aber was wollt ihr?! Der Capitaine findet, es geht zu langsam mit dem Verschicken. Natürlich, das sind die verstopften Straßen. Ich beraube euch wirklich nicht gern der Nachtruhe: aber – *Geste der Hilflosigkeit.*

ROBERTS STIMME Die Straßen sind auch nachts verstopft, und dazu muß man noch mit dem kleinen Licht fahren.

PATRON Das ist der Krieg. Wir können unsere besten Kunden nicht verstimmen. Maman besteht darauf. Also macht schon voran. *Zu Père Gustave:* Mach den Pneu endlich fertig.

*Monsieur Chavez, der Maire, ist von der Straße gekommen, eine Aktentasche unter dem Arm. Er ist sehr erregt.*

PÈRE GUSTAVE *macht den Patron auf ihn aufmerksam:* Monsieur le Maire.

MAIRE Henri, ich habe nochmals mit dir wegen deiner Lastwägen zu sprechen. Ich muß jetzt darauf bestehen, daß du sie mir für die Flüchtlinge zur Verfügung stellst.

PATRON Aber ich habe dir gesagt, daß ich kontraktlich verpflichtet bin, die Weine des Capitaine Fétain zu fahren. Ich kann es ihm nicht abschlagen. Maman und der Capitaine sind Jugendfreunde.

MAIRE »Die Weine des Capitaine!« Henri, du weißt, wie ungern ich in das Geschäftsleben eingreife, aber jetzt kann ich auf deine Beziehungen zu diesem Faschisten Fétain keinerlei Rücksicht mehr nehmen.

*Simone ist aus der Hostellerie gekommen, einen Bauchladen mit großen Tüten umgeschnallt, zwei weitere Körbe mit Tüten in den Händen.*

PATRON *drohend:* Philippe, nimm dich in acht, den Capitaine einen Faschisten zu nennen.

MAIRE *bitter:* »Nimm dich in acht!« Das ist alles, was ihr zu sagen habt, du und dein Capitaine, wenn die Deutschen an der Loire stehen. Frankreich geht vor die Hunde!

PATRON Was? Wo stehen die Deutschen?

MAIRE *stark:* An der Loire. Und unsere Neunte Armee, die zum Entsatz bestimmt ist, findet die Straße 20 mit Flüchtlingen verstopft. Deine Lastwägen sind beschlagnahmt wie alle andern in Saint-Martin und stehen morgen früh bereit, die Flüchtlinge in der Turnhalle zu evakuieren. Das ist amtlich. *Er nimmt ein kleines, rotes Plakat aus der Aktentasche und macht sich daran, es am Tor der Garage zu befestigen.*

SIMONE *leise, entsetzt, zu Georges:* Die Tanks kommen, Monsieur Georges!

GEORGES *legt ihr den Arm um die Schulter:* Ja, Simone.

SIMONE Sie sind an der Loire, sie kommen nach Tours.

GEORGES Ja, Simone.

SIMONE Und sie kommen hierher, nicht?

PATRON Jetzt verstehe ich, warum es der Capitaine so eilig hatte. *Erschüttert:* Die Deutschen stehen an der Loire, das ist entsetzlich. *Geht hinüber zum Maire, der noch damit beschäftigt ist, sein Plakat zu befestigen.* Philippe, laß das. Gehen wir hinein. Wir müssen unter vier Augen reden.

MAIRE *zornig:* Nein, Henri, wir reden nicht mehr unter vier Augen. Deine Leute sollen wissen, daß die Wägen beschlagnahmt sind und dein Benzin auch. Ich habe zu lange ein Auge zugedrückt.

PATRON Bist du irrsinnig geworden? In dieser Situation meine Wägen zu beschlagnahmen! Und Benzin habe ich keines, außer dem bißchen hier.

MAIRE Und das schwarze, das du nicht angemeldet hast?

PATRON Was? Willst du mich verdächtigen, ich hätte gegen das Gesetz Benzin gehamstert? *Rasend:* Père Gustave, haben wir schwarzes Benzin?

*Père Gustave will nicht hören und schickt sich an, seinen Pneu in die Garage zu rollen.*

PATRON *schreit:* Maurice! Robert! Kommt sofort herunter! *Père Gustave bleibt stehen.* Heraus mit der Sprache! Haben wir schwarzes Benzin oder nicht?

PÈRE GUSTAVE Ich weiß von nichts. *Zu Simone, die ihn anstarrt:* Geh du an deine Arbeit und horch nicht herum.

PATRON Maurice! Robert! Wo steckt ihr?

MAIRE Wenn du kein zusätzliches Benzin hast, womit fahrt ihr dann die Weine des Capitaine?

PATRON Eine Fangfrage, wie, Monsieur le Maire? Hier meine Antwort: ich fahre die Weine des Capitaine mit dem Benzin des Capitaine. Georges, hast du davon gehört, daß ich schwarzes Benzin besitzen soll?

GEORGES *schaut auf seinen Arm:* Ich bin erst seit vier Tagen von der Front zurück.

PATRON Schön, du kannst nichts wissen, aber da sind Maurice und Robert. *Maurice und Robert sind gekommen.* Maurice und Robert! Monsieur Chavez beschuldigt die Hostellerie, sie verberge Benzin. Ich frage euch vor Monsieur Chavez, ist das wahr?

*Die Brüder zögern.*

MAIRE Maurice und Robert, ihr kennt mich. Ich bin kein Polizist, ich greife ungern in Geschäfte ein. Aber Frankreich braucht jetzt Benzin, und ich bitte euch, der Gemeinde zu bestätigen, daß hier Benzin liegt. Ihr seid ehrliche Burschen.

PATRON Nun?

MAURICE *finster:* Wir wissen von keinem Benzin.

MAIRE So, das ist eure Antwort. *Zu Simone:* Du hast einen Bruder an der Front? Aber auch du wirst mir wohl nicht sagen, daß hier Benzin ist?

*Simone steht regungslos, dann beginnt sie zu weinen.*

PATRON Ah, du willst Halbwüchsige als Zeugen gegen mich aufrufen? Sie haben kein Recht, Monsieur le Maire, den Respekt dieses Kindes vor ihrem Patron zu untergraben. *Zu Simone:* Du gehst, Simone.

MAIRE *müde:* Schickst du wieder deine Wuchertüten in die Turnhalle? Den Sappeuren hast du den Kessel halb voll gelassen. Weil man die Flüchtlinge überall bis zum letzten Sou ausplündert, kommen sie nicht weiter.

PATRON Ich habe keine Wohlfahrtsanstalt, ich bin Restaurateur.

MAIRE Schon recht. Nur noch ein Wunder kann Frankreich retten. Es ist verfault bis zum Grund. *Er geht ab. Es entsteht eine Stille.*

PATRON Vorwärts, Simone. Allez hopp!

*Simone geht langsam, unsicher, sich immer wieder umblickend zum Hoftor. Unterwegs fällt ihr das Buch zu Boden, das sie in ihrem Bauchladen versteckt hat. Sie hebt es scheu auf und geht mit ihren Tüten und Körben zum Hof hinaus.*

## ERSTER TRAUM DER SIMONE MACHARD

*Nacht vom 14. auf den 15. Juni*

*Musik. Aus dem Dunkel taucht der Engel. Er steht auf dem Garagendach, sein Gesicht ist golden und ohne Ausdruck. In der Hand hält er eine kleine Trommel, und er ruft dreimal mit lauter Stimme: »Johanna!« Dann erhellt sich die Bühne, und auf dem leeren Hof steht Simone und schaut zu dem Engel auf, Wäschekorb am Arm.*

DER ENGEL

Johanna, Tochter Frankreichs, es muß etwas geschehn
Sonst muß das große Frankreich in zweien Wochen untergehn.
Drum hat Gott, der Herr, nach einer Hilfe herumgefragt
Und ist auf dich gekommen, seine kleine Magd.
Und hier ist eine Trommel, die schickt dir Gott
Damit weck du die Leut auf aus ihren Geschäften und Tagestrott.
Doch wisse, sie schallt nur, wenn du sie auf den Boden legst
Als ob du die französische Erde selber schlägst.
Trommel mir jetzt zusammen alt und jung, reich und arm
Daß Frankreichs Sohn sich Frankreichs erbarm.
Ruf die Seineschiffer, daß sie ihm ihre Kähne leihn.
Von den Bauern der Gironde braucht es Brot und Wein.
Die Kesselschmiede von Saint-Denis bauen ihm Schlachtkärren aus Eisen
Und die Zimmerleute von Lyon sollen dem Feind alle Brücken einreißen.
Sag ihnen, Frankreich, ihre Mutter, die sie im Leib getragen
Und die sie verhöhnt haben und haben ihr Gesicht geschlagen
Frankeich, die große Arbeiterin und Weintrinkerin
Braucht sie in der Gefahr. Geh sofort zu ihnen hin.

SIMONE *schaut sich um, ob da andere stehen:* Muß ich es machen, Monsieur? Bin ich nicht zu klein für eine heilige Johanna?

DER ENGEL Nein.

SIMONE Dann mach ich es.

DER ENGEL Es wird schwer sein. Latter huckte den Weck.

SIMONE *zaghaft:* Bist du mein Bruder André?

*Der Engel schweigt.*

SIMONE Wie geht es dir?

*Der Engel verschwindet. Aus dem Dunkel der Garage aber kommt schlendernd Georges und bringt Simone seinen Stahlhelm und sein Seitengewehr.*

GEORGES Helm und Schwert, das brauchst du. Es ist nichts für dich, aber der Patron hat nur einen Krüppel und eine Halbwüchsige. Kümmere du dich nicht um deine Arbeit, horch, die Tanks gehen durch wie Wurstmaschinen: kein Wunder, daß dein Bruder schon ein Engel ist!

SIMONE *nimmt Helm und Seitengewehr:* Soll ich Ihnen das putzen, Monsieur Georges?

GEORGES Nein, das benötigst du als die Jungfrau von Orléans.

SIMONE *setzt den Helm auf:* Das ist wahr. Ich muß sofort zum König nach Orléans, das sind 30 Kilometer, die Tanks machen 70 in der Stunde, und ich habe löcherige Schuhe, die neuen krieg ich erst zu Ostern. *Wendet sich zum Gehen.* Winken Sie mir wenigstens nach, Monsieur Georges, sonst fürcht ich mich, die Schlacht ist ein altmodisches, blutrünstiges Zeug.

*Georges versucht, mit seinem bandagierten Arm zu winken, und verschwindet. Simone macht sich auf den Weg nach Orléans, in einem kleinen Kreis marschierend.*

SIMONE *singt laut:*
Als ich ging nach Saint-Nazaire
Kam ich ohne Hosen.
Gab es gleich ein groß Geschrei:
Wo sind deine Hosen?
Sagt ich: dicht vor Saint-Nazaire
Ist zu blau der Himmel
Und der Hafer ist zu hoch
Und zu blau der Himmel.

*Die Chauffeure Maurice und Robert trotten plötzlich hinter ihr her, mittelalterlich gerüstet, aber in ihren Overalls.*

SIMONE Was macht ihr hier? Warum folgt ihr mir?

ROBERT Wir folgen dir als deine Leibwache. Aber sing gefälligst nicht dieses Lied, es ist unpassend. Wir sind verlobt mit dir, Johanna, benimm dich entsprechend.

SIMONE Bin ich auch mit Maurice verlobt?

MAURICE Ja, heimlich.

*Père Gustave kommt ihnen entgegen in einer primitiven, mittelalterlichen Rüstung. Er schaut weg und will an ihnen vorbei.*

SIMONE Père Gustave!

PÈRE GUSTAVE Nicht mit mir, ihr. In meinem Alter läßt man mich noch Kanonen bedienen! Zumutung! Leb von Trinkgeld und stirb für Frankreich!

SIMONE *leise:* Aber Frankreich, deine Mutter, ist in Gefahr.

PÈRE GUSTAVE Meine Mutter war Madame Poirot, die Waschfrau. Sie war in Gefahr einer Lungenentzündung. Aber was konnte ich tun? Ich hatte nicht das Geld für die hundert Medizinen.

SIMONE *schreit:* Dann befehle ich dir im Namen Gottes und des Engels, da du umkehrst und die Kanonen übernimmst gegen den Feind. *Einlenkend:* Ich werde sie für dich putzen.

PÈRE GUSTAVE Gut, das ist etwas anderes. Hier, trag meinen Spieß. *Er lädt ihr den Spieß auf und trottet mit.*

MAURICE Wie lang noch, Simone? Es ist ja alles nur für das Kapital. Arbeiter kaller Fender, befeinigt kei.

*Simone erwidert ebenfalls in einer Traumsprache etwas dem Zuschauer Unverständliches. Sie spricht mit großer Überzeugungskraft.*

MAURICE *der sie verstanden hat:* Das ist allerdings richtig. Gut, gehen wir weiter.

ROBERT Du hinkst, Simone. Das Eisenzeug ist zu schwer für dich.

SIMONE *plötzlich sehr erschöpft:* Entschuldigt. Es ist nur, weil ich kein richtiges Frühstück gegessen habe. *Bleibt stehen und trocknet sich den Schweiß ab.* Es geht gleich wieder. Robert, kannst du dich erinnern, was ich dem König sagen soll?

ROBERT *sagt etwas in der Traumsprache, etwas Unverständliches; dann:* Das ist alles.

SIMONE Vielen Dank, natürlich. Seht ihr, dort sind schon die Türme von Orléans.

*Der Colonel kommt in Rüstung, darüber den Staubmantel. Er stiehlt sich über den Hof hinaus.*

PÈRE GUSTAVE Das fängt ja gut an. Die Marschälle verlassen schon die Stadt und flüchten.

SIMONE Warum sind die Straßen so leer, Père Gustave?

PÈRE GUSTAVE Wahrscheinlich alles beim Abendessen.

SIMONE Und warum werden die Sturmglocken nicht geläutet, wenn der Feind kommt, Père Gustave?

PÈRE GUSTAVE Sie sind wohl nach Bordeaux geschickt worden, auf Wunsch des Capitaine Fétain.

*Der Patron steht im Eingang der Hostellerie. Er trägt einen Helm mit rotem Federbusch und um die Brust etwas aus sehr glänzendem Stahl.*

PATRON Johanna, du bringst sofort die Wuchertüten in die Turnhalle.

SIMONE Aber Monsieur Henri, Frankreich, unser aller Mutter, ist in Gefahr, die Deutschen stehen an der Loire, und ich muß den König sprechen.

PATRON Das ist unerhört. Die Hostellerie tut ihr Äußerstes. Vergiß nicht den Respekt vor deinem Patron.

*In der Garage taucht ein Mann in einem purpurnen Gewand auf.*

SIMONE *stolz:* Sehen Sie, Monsieur Henri, da ist der König Karl der Siebente.

*Der Mann in Purpur erweist sich als der Maire, der den Königsmantel über seinem Anzug trägt.*

MAIRE Guten Tag, Johanna.

SIMONE *erstaunt:* Sind Sie denn der König?

MAIRE Ja, ich bin amtlich, ich beschlagnahme die Lastwägen. Wir wollen unter vier Augen sprechen, Johanna.

*Die Chauffeure, Père Gustave und der Patron verschwinden im Dunkeln. Simone und der Maire setzen sich auf den Steinsockel der Benzinpumpe.*

MAIRE Johanna, es ist alles aus. Der Marschall ist verreist ohne Adresse. Ich habe an den Connétable geschrieben um Kanonen, der Brief mit dem königlichen Siegel ist aber ungeöffnet zurückgekommen. Der Oberstallmeister sagt, er ist schon am Arm verwundet, obwohl niemand je die Wunde gesehen hat. Alles verfault bis zum Grund. *Er weint.* Du bist natürlich gekommen, mir vorzuwerfen, daß ich ein schwacher Mann bin. Das bin ich. Aber wie ist es mit dir, Johanna? Zuerst muß ich von dir hören, wo das schwarze Benzin ist.

SIMONE In der Ziegelei, natürlich.

MAIRE Ich weiß, ich habe ein Auge zugedrückt, aber du nimmst den Flüchtlingen den letzten Sou weg für deine Wuchertüten.

SIMONE Das tue ich, weil ich einem Engel seine Stellung offenhalten muß, König Karl.

MAIRE Und die Chauffeure fahren wegen ihrer Stellung die Weine des Capitaine Fétain statt Flüchtlinge?

SIMONE Und weil der Patron sie reklamiert, daß sie nicht zum Militär müssen, wissen Sie.

MAIRE Ja, meine Patrone und die Adeligen. Denen habe ich meine grauen Haare zu verdanken. Der Adel ist gegen den König. So steht es ja auch in deinem Buch. Während hinter dir das Volk steht, besonders Maurice. Können wir nicht einen Pakt schließen, Johanna, du und ich?

SIMONE Warum nicht, König Karl? *Zögernd:* Nur müßten Sie in das Geschäftsleben störend eingreifen, daß die Eßkessel immer voll sind.

MAIRE Ich will sehen, was ich tun kann. Allerdings muß ich mich in acht nehmen, sonst streichen sie mir mein königliches Gehalt. Ich bin eben der Mann, der das Auge zudrückt, und da folgt natürlich keiner, wenn ich ihm etwas sage. Alles Unbequeme soll ich machen. Nimm die Sappeure. Statt daß sie sich ihre Menage einfach mit Gewalt aus der Hostellerie holen, kommen sie zu mir: »Flickt euch eure Brücken selber. Wir warten auf unsere Gulaschkanone.« Ist es da ein Wunder, daß mir der Herzog von Burgund glatt zu den Engländern übergeht?

PATRON *steht unter der Tür:* Ich höre, König Karl, Sie sind unzufrieden? Vielleicht belieben Sie, sich in die Lage Ihrer Bevölkerung hineinzudenken. Sie ist bereits weißgeblutet. Niemand fühlt mehr für Frankreich als ich: aber – *Geste der Hilflosigkeit und geht ab.*

MAIRE *resigniert:* Wie sollen wir so den Engländer schlagen?

SIMONE Da muß ich trommeln. *Sie setzt sich auf den Boden und schlägt ihre unsichtbare Trommel. Jeder Schlag hallt wider, als käme er aus der Erde selber.* Kommt heraus, Seineschiffer! Kommt heraus, Kesselschmiede von Saint-Denis! Ihr Zimmerleute von Lyon, kommt heraus! Der Feind kommt!

MAIRE Was siehst du, Johanna?

SIMONE Sie kommen, haltet euch fest. Voraus der Trommler mit der Wolfsstimme, und seine Trommel ist bespannt mit einer Judenhaut; ein Geier hockt auf seiner Schulter, mit dem Gesicht des Bankiers Fauche aus Lyon. Dicht hinter ihm kommt der Feldmarschall Brandstifter. Er geht zu Fuß, ein dicker Clown, in sieben Uniformen, und in keiner sieht er wie ein Mensch aus. Über beiden Teufeln schwankt ein Baldachin aus Zeitungspapier, so daß ich sie gut erkenne. Hinter ihnen fahren die Henker und Marschälle. In ihre niedrigen Stirnen ist ein Hakenkreuz eingebrannt, und hinter ihnen fahren unübersehbar die Tanks und Kanonen und Eisenbahnzüge, auch Autos mit Altären darauf und Folterkellern, denn es ist alles auf Rädern und schnell. Voraus fahren die Kriegswägen, und hinterher kommen die Beutewägen. Die Menschen werden niedergemäht, aber das Korn wird eingesammelt. Darum, wo sie hinkommen, fallen die Städte zusammen, und wo sie weggehen, ist eine nackte Wüste. Aber jetzt ist es Schluß mit ihnen, denn hier steht König Karl und die Magd Gottes, das bin ich.

*Es haben sich alle Franzosen eingefunden, die bisher aufgetreten sind und noch alle auftreten werden, alle mit mittelalterlichen Waffen und angetan mit Teilen von Rüstungen.*

SIMONE *strahlend:* Da siehst du, König Karl, sie sind alle gekommen.

MAIRE Nicht alle, Johanna. Meine Mutter Isabeau sehe ich zum Beispiel nicht. Und der Connétable ist zornig weggegangen.

SIMONE Fürchte dich nicht. Ich muß dich nämlich zum König krönen, damit Einigkeit unter den Franzosen herrscht. Deine Krone habe ich schon mitgebracht, siehst du. *Sie nimmt aus dem Korb eine Krone.*

MAIRE Aber mit wem soll ich denn Tarock spielen, wenn der Connétable wegbleibt?

SIMONE Okler greischt Burlapp.

*Simone setzt dem Maire die Krone auf. Im Hintergrund erscheinen die Sappeure, sie schlagen ihren Kessel mit dem Schöpflöffel. Es entsteht ein großes Geläute.*

MAIRE Was ist das für ein Geläute?

SIMONE Das sind die Glocken der Kathedrale von Reims.

MAIRE Aber sind das nicht die Sappeure, die ich in die Hostellerie um Essen geschickt habe?

SIMONE Sie haben keines bekommen. Darum sind die Kessel ja leer. Die leeren Kessel sind deine Krönungsglocken, König Karl.

MAIRE Kladder dunk frier! Kauke dich!

ALLE Es lebe der König und die Jungfrau Johanna, die ihn gekrönt hat.

MAIRE *zu Simone:* Vielen Dank, Johanna, du hast Frankreich gerettet.

*Die Bühne wird dunkel. In die verworrene Musik mischt sich die Stimme eines Radio-Ansagers.*

## 2
## Der Handschlag

*Es ist früh am Morgen. Die Chauffeure Maurice und Robert, Père Gustave und der Soldat Georges sitzen beim Frühstück. Man hört das Radio aus der Hostellerie.*

RADIO Wir wiederholen die Mitteilungen des Kriegsministeriums, ausgegeben heute morgen drei Uhr dreißig. Veranlaßt durch den unerwarteten Übergang deutscher Tankformationen über die Loire, haben sich heute nacht neue Flüchtlingsströme über die militärisch wichtigen Straßen der Departements des mittleren Frankreich ergossen. Die Bevölkerung wird dringlich aufgefordert, zu bleiben, wo sie ist, damit die Straßen für die Entlastungsgruppen offenbleiben.

MAURICE Es ist Zeit, abzuhauen.

GEORGES Der Ober und die andern sind schon um fünf Uhr früh getürmt, nachdem sie die ganze Nacht das Porzellan in Kisten verpackt haben. Der Patron hat ihnen mit der Polizei gedroht. Aber es hat ihm nichts geholfen.

ROBERT *zu Georges:* Warum hast du nicht auch uns gleich geweckt?

*Georges schweigt.*

MAURICE Der Patron hat dir's verboten, wie? *Lacht.*

ROBERT Haust du nicht auch ab, Georges?

GEORGES Nein. Ich ziehe meine Uniform aus und bleibe. Hier habe ich mein Essen. Ich glaube jetzt nicht mehr, daß mein Arm was wird.

*Aus der Hostellerie kommt geschäftig der Patron. Er ist sorgfältig angezogen. Hinter ihm her trottet Simone, seine Koffer schleppend.*

PATRON *in die Hände klatschend:* Maurice, Robert, Gustave, vorwärts, vorwärts. Das Porzellan muß aufgeladen werden. Alles, was im Vorratsschuppen steht, kommt auf die Lastwägen. Die Schinken in Salz packen. Aber zuerst die Markenweine aufladen. Trinkt nachher Kaffee, jetzt ist Krieg. Wir gehen nach Bordeaux.

*Das Personal frühstückt weiter. Maurice lacht.*

PATRON Was ist? Habt ihr nicht gehört? Es muß gepackt und aufgeladen werden.

MAURICE *lässig:* Die Lastwägen sind beschlagnahmt.

PATRON Beschlagnahmt? Unsinn. *Mit großer Geste:* Eine Verfügung von gestern. Die deutschen Tanks rollen gegen Saint-Martin. Das ändert alles. Was gestern gegolten hat, gilt heute nicht mehr.

PÈRE GUSTAVE *halblaut:* Stimmt.

PATRON Nimm die Tasse vom Maul, wenn ich mit dir rede.

*Simone hat die Koffer abgestellt und sich während dieser letzten Sätze wieder in die Hostellerie gestohlen.*

MAURICE Noch einen Kaffee, Robert.

ROBERT Richtig, man weiß nicht, wo man wieder was kriegt.

PATRON *schluckt seinen Groll hinunter:* Seid vernünftig. Helft euerm Patron seine Siebensachen verstauen. Auf ein Trinkgeld kommt es nicht an. *Da niemand aufschaut:* Père Gustave, du gehst sofort und fängst an mit dem Porzellan. Wird's bald?

PÈRE GUSTAVE *steht unsicher auf:* Ich hab noch nicht fertig gefrühstückt. Schauen Sie mich nicht so an. Das nutzt Ihnen nichts mehr. *Böse:* Lecken Sie mich am Arsch mit Ihrem Porzellan, heut. *Er setzt sich wieder.*

PATRON Bist du auch verrückt? In deinem Alter? *Er sieht von einen zum andern, dann hinüber zum Motorrad; bitter:* Ach so, ihr erwartet schon die Deutschen? Euer Patron hat ausgespielt? Das ist die Liebe und der Respekt, den ihr euerm Brotgeber schuldet. *Zu den Chauffeuren:* Ich hab euch dreimal unterschrieben, daß ihr für mein Fuhrgeschäft unabkömmlich seid, sonst wärt ihr jetzt an der Front, und so dankt ihr es mir. Das hat man davon, wenn man denkt, man ist mit seinem Personal eine kleine Familie. *Über die Schulter:* Simone, einen Cognac! Mir ist ganz schwach. *Da keine Antwort erfolgt:* Simone, wo steckst du? – Jetzt ist sie auch weg!

*Simone kommt aus der Hostellerie, ausgehfertig, im Jackett; sie sucht sich an dem Patron vorbeizustehlen.*

PATRON Simone! *Simone geht weiter.*

PATRON Bist du verrückt, mir nicht zu antworten?

*Simone fängt an zu laufen, ab. Patron zuckt die Achseln, deutet auf seine Stirn.*

GEORGES Was ist mit Simone los?

PATRON *wendet sich wieder zu den Chauffeuren:* Ihr verweigert mir also den Dienst, wie?

MAURICE Keine Rede. Wenn wir gefrühstückt haben, fahren wir los.

PATRON Und das Porzellan?

MAURICE Wird mitgenommen. Wenn Sie's aufladen wollen.

PATRON Ich?

MAURICE Ja. Sie. Es ist das Ihre, nicht?

ROBERT Wir können allerdings nicht garantieren, daß wir nach Bordeaux kommen, Maurice.

MAURICE Wer kann heute etwas garantieren!

PATRON Das ist ja ungeheuerlich. Wißt ihr, was euch passiert, wenn ihr hier, angesichts des Feinds, den Dienst verweigert? Erschießen laß ich euch, hier, an der Wand!

*Simones Eltern kommen von der Straße.*

PATRON Was wollen Sie hier?

MADAME MACHARD Monsieur Henri, wir kommen wegen unserer Simone. Es heißt, die Deutschen sind jetzt bald hier und Sie fahren weg. Simone ist klein, und Monsieur Machard ist besorgt wegen der 20 Francs.

PATRON Sie ist weggelaufen, wahrscheinlich zum Teufel.

GEORGES Ist sie denn nicht zu Ihnen, Madame Machard?

MADAME MACHARD Nein, Monsieur Georges.

GEORGES Das ist merkwürdig.

*Maire kommt mit zwei Stadtpolizisten. Hinter ihnen drückt sich Simone.*

PATRON Du kommst wie gerufen, Philippe. *Mit großer Geste:* Philippe, ich sehe mich einem Aufruhr gegenüber. Schreite ein.

MAIRE Henri, Mademoiselle Machard hat mir mitgeteilt, du willst deine Lastwägen verschieben. Ich werde diese Ungesetzlichkeit mit allen Mitteln verhindern. Auch polizeilichen. *Weist auf die Stadtpolizisten.*

PATRON Simone, du hast die Frechheit aufgebracht? Meine Herren, dieses Geschöpf habe ich aus Güte für ihre Familie in meinen Betrieb genommen!

MADAME MACHARD *schüttelt Simone:* Was hast du jetzt wieder angestellt?

*Simone schweigt.*

MAURICE Ich hab sie geschickt.

PATRON Ach so. Und du hast Maurice gehorcht?

MADAME MACHARD Simone, wie konntest du?

SIMONE Ich wollte Monsieur le Maire helfen, Maman. Man braucht unsere Lastwägen.

PATRON Unsere!

SIMONE *beginnt sich zu verwirren:* Die Straßen für André sind doch verstopft. *Kann nicht weiter.* Bitte, erklären Sie es, Monsieur le Maire.

MAIRE Henri, versuche endlich, deinem Egoismus Schranken anzulegen. Das Kind hatte recht, mich zu holen. In einer Zeit wie dieser ist unser aller Habe die Habe Frankreichs. Meine Söhne sind an der Front, und so ist ihr Bruder. Das heißt, daß nicht einmal unsere Söhne uns gehören!

PATRON *außer sich:* Also es gibt keine Ordnung mehr! Besitz hat aufgehört zu existieren, wie? Warum verschenkst du nicht meine Hostellerie an die Machards? Vielleicht wünschen meine Herren Chauffeure meinen Kassenschrank zu leeren? Das ist die Anarchie! Ich darf Sie daran erinnern, Herr Chavez, daß meine Maman mit der Frau des Präfekten im Internat gewesen ist. Und es gibt noch Telefone.

MAIRE *schwächer:* Henri. Ich tue nichts als meine Pflicht.

PATRON Philippe, sei logisch. Du sprichst von Frankreichs Habe. Sind meine Vorräte, ist mein kostbares Porzellan-Service, ist mein Silber nicht Frankreichs Habe? Soll es den Deutschen in die Hände fallen? Nicht eine Kaffeetasse darf dem Feind in die Hände fallen, nicht ein Schinken, nicht eine Dose Sardinen. Eine Wüste muß sein, wo er hinkommt, hast du das vergessen? Du als Maire solltest zu mir kommen und mir sagen: Henri, deine Pflicht ist es, deine Habe vor den Deutschen in Sicherheit zu bringen. Worauf ich dir allerdings zu erwidern hätte: Philippe, dazu benötige ich eben meine Lastwägen.

*Von der Straße her dringt der Lärm einer Menschenmenge. Vorn im Hotel wird geklingelt, und es wird gegen eine Tür geschlagen.*

PATRON Was ist los? Georges, sieh nach, was los ist! *Georges geht in die Hostellerie.* Und meinem Personal, das pflichtvergessen genug ist, meine Habe im Stich zu lassen, hast du zu sagen – *zu den Chauffeuren* –: Meine Herren, ich appelliere an Sie als Franzosen, packen Sie das Service.

GEORGES *zurück:* Ein Haufen Leute aus der Turnhalle, Monsieur Henri. Sie haben gehört, daß die Lastwägen weggebracht werden sollen. Sie sind sehr aufgeregt und wollen Monsieur le Maire sprechen.

PATRON *erblaßt:* Da hast du es, Philippe. Alles Simone! Schnell, Georges, schließ das Tor. *Georges geht das Hoftor schließen.* Schnell, schnell! Lauf doch! – Das sind die Folgen der Hetze gegen meine Proviantttüten. Der Mob. *Zu den Polizisten:* Tut etwas! Sofort! Du mußt um Verstärkung telefonieren, Philippe, das bist du mir schuldig. Sie tun mir etwas an, Philippe. Hilf mir! Bitte, Philippe.

MAIRE *zu seinen Polizisten:* Stellt euch ans Tor. *Zum Patron:* Unsinn, dir geschieht nichts. Du hast ja gehört, sie wollen nur mich sprechen. *Da jetzt auch an das Hoftor geschlagen wird:* Laßt eine Abordnung herein, nicht mehr als drei.

*Die Polizisten öffnen einen Spalt des Tors und verhandeln mit der Menge.*

*Dann lassen sie drei Leute ein, zwei Männer und eine Frau mit einem Säugling.*

MAIRE Was ist los?

EINER DER FLÜCHTLINGE *erregt:* Monsieur le Maire, wir verlangen jetzt die Lastwägen!

PATRON Habt ihr nicht gehört, daß die Straßen frei gehalten werden müssen?

FRAU Für Sie? Und wir sollen wohl hier auf die deutschen Bomber warten!

MAIRE *zu den Flüchtlingen:* Madame, Messieurs, keine Panik. Die Fahrzeuge sind bereits sichergestellt. Die Hostellerie wünscht nur noch, einiges wertvolle Besitztum dem drohenden Zugriff des Feindes zu entziehen.

DIE FRAU *empört:* Seht ihr, da habt ihr's! Man will Kisten wegschaffen statt die Menschen.

*Flugzeuglärm wird hörbar.*

STIMMEN *von außen:* Stukas!

PATRON Sie kommen herunter.

*Der Lärm nimmt stark zu. Die Flugzeuge haben getaucht. Alles wirft sich zu Boden.*

PATRON *wenn die Flugzeuge sich wieder entfernt haben:* Das ist lebensgefährlich, ich muß weg.

STIMMEN *von außen:* Heraus mit den Wägen! – Sollen wir hier alle umkommen?

PATRON Und es ist nicht aufgeladen! Philippe!

SIMONE *zornig:* Sie sollen jetzt nicht an die Vorräte denken!

PATRON *verblüfft:* Was nimmst du dir heraus, Simone?

SIMONE Die Lebensmittel können wir doch den Leuten geben.

DER FLÜCHTLING Ach, es sind Lebensmittel? Was weggeschafft werden soll, sind Lebensmittel?!

MAURICE So ist es.

DIE FRAU Und wir haben nicht einmal eine Suppe kriegen können heut morgen.

MAURICE Er will seine Vorräte nicht vor den Deutschen in Sicherheit bringen, sondern vor den Franzosen.

DIE FRAU *läuft nach hinten zum Tor:* Macht auf, ihr. *Da die Polizisten sie zurückhalten, schreit sie über die Mauer:* Was auf die Wägen soll, sind Lebensmittel der Hostellerie!

PATRON Philippe! Dulde nicht, daß sie das ausschreit.

STIMMEN *von draußen:* Sie verschieben die Lebensmittel! – Schlagt doch das Tor ein! – Gibt es keine Männer hier? – Der Proviant soll weggebracht werden, und uns liefern sie den deutschen Tanks aus!

*Die Flüchtlinge brechen das Tor ein. Der Maire tritt ihnen entgegen.*

MAIRE Messieurs, Mesdames, keine Gewalt! Es wird alles geordnet!

*Während der Maire am Tor verhandelt, entsteht im Hof ein heftiges Wortgefecht. Zwei Hauptgruppen bilden sich. Auf der einen Seite stehen der Patron, der eine Flüchtling und die Frau sowie Simones Eltern, auf der anderen Simone, die Chauffeure, der zweite Flüchtling, Père Gustave. Georges beteiligt sich nicht, sondern frühstückt weiter.*

*Unbemerkt ist die alte Madame Soupeau aus der Hostellerie gekommen. Sie ist sehr betagt und ganz in Schwarz gekleidet.*

DIE FRAU Noch mindestens achtzig Menschen haben keine Fahrgelegenheit.

PATRON Sie nehmen ja auch ihr Bündel mit, Madame, warum soll ich alles zurücklassen, es sind meine Wägen, nicht?

MAIRE Wieviel Platz brauchen Sie, Monsieur Soupeau?

PATRON Für mindestens sechzig Kisten. Der andere Wagen reicht dann für etwa dreißig Flüchtlinge.

DIE FRAU Sie wollen also, daß fünfzig von uns zurückgelassen werden, wie?

MAIRE Sagen wir, du begnügst dich mit einem halben Wagen, damit wenigstens die Kinder und Kranken mitkommen.

DIE FRAU Wollen Sie die Familien auseinanderreißen? Sie schlechter Mensch!

PATRON Acht bis zehn könnten noch auf den Kisten sitzen. *Zu Madame Machard:* Das habe ich Ihrer Tochter zu verdanken.

DIE FRAU Das Kind hat mehr Herz als ihr alle zusammen.

MADAME MACHARD Entschuldigen Sie unsere Simone, Monsieur Henri. Sie hat diese Ideen von ihrem Bruder, es ist schrecklich.

SIMONE Ihr kennt die Straßen und könnt hinten herum fahren, damit die Straße 20 für die Truppen frei bleibt.

ROBERT Wir denken nicht daran, ihm seine Vorräte durch die Sintflut zu kutschieren.

SIMONE Aber die Kranken und die Kleinen nehmt ihr mit?

ROBERT Mit den Flüchtlingen ist es etwas anderes.

PÈRE GUSTAVE Halt du dich heraußen, Simone, das rat ich dir.

SIMONE Aber unser schönes Frankreich ist in äußerster Gefahr, Père Gustave.

PÈRE GUSTAVE Das hat sie aus dem verdammten Buch! »Ist nicht unser schönes Frankreich in Gefahr?«

ROBERT Madame Soupeau ist herunter gekommen. Sie winkt dir.

*Simone geht zu Madame Soupeau.*

DIE FRAU *zu der Menge im Tor:* Warum nehmen wir uns nicht die Wägen und die Lebensmittel?

MADAME SOUPEAU Hier ist der Schlüssel, Simone. Gib den Leuten von den Vorräten heraus, was sie wünschen. Père Gustave, Georges, ihr geht ihnen an die Hand.

MAIRE *laut:* Bravo, Madame Soupeau!

PATRON Maman, wie kannst du? Wie kommst du überhaupt herunter? Du kannst dir den Tod holen in diesem Zug. Und in den Kellern sind Markenweine und Vorräte im Wert von 70000 Francs.

MADAME SOUPEAU *zum Maire:* Sie stehen der Gemeinde Saint-Martin zur Verfügung. *Zum Patron, kalt:* Ziehst du eine Plünderung vor?

SIMONE *zu der Frau mit dem Säugling:* Ihr bekommt die Lebensmittel!

MADAME SOUPEAU Simone! Mein Sohn hat soeben, deiner Anregung folgend, die gesamten Vorräte der Hostellerie der Gemeinde zur Verfügung gestellt. Es handelt sich jetzt nur noch um das Porzellan und das Silber, was sehr wenig Raum beansprucht. Wird man es uns aufladen?

DIE FRAU Und was ist mit dem Platz auf den Wägen?

MADAME SOUPEAU Madame, wir werden so viele von Ihnen transportieren wie möglich, und die Hostellerie wird es sich zur Ehre anrechnen, die Zurückbleibenden zu verköstigen.

DER EINE FLÜCHTLING *ruft zum Tor hinter:* Gaston! Würden die alten Creveux und die Familie Meunier zurückbleiben, wenn sie verköstigt werden?

RUF VON HINTEN Das ist möglich, Jean!

DIE FRAU Halt, wenn wir verköstigt werden, möchte ich auch bleiben!

MADAME SOUPEAU Sie sind willkommen.

MAIRE *im Tor:* Messieurs, Mesdames, bedienen Sie sich. Die Vorräte der Hostellerie stehen zu Ihrer Verfügung.

*Einige der Flüchtlinge gehen zögernd in den Vorratsschuppen.*

MADAME SOUPEAU Und bring uns ein paar Flaschen Cognac, Simone, Martel 84.

SIMONE Jawohl, Madame. *Sie winkt den Flüchtlingen und geht mit ihnen, Père Gustave und Georges in den Vorratsschuppen.*

PATRON Das wird mein Tod sein, Maman.

EINER DER FLÜCHTLINGE *schleppt mit Georges eine Proviantkiste heraus, sehr vergnügt, parodiert einen Ausrufer:* Obst, Schinken, Schokolade! Proviant für die Reise! Heute gratis!

PATRON *beschaut empört die Büchsen, welche der Flüchtling und Georges über den Hof zum Straßenausgang tragen:* Aber das sind Delikatessen! Das ist Foie gras!

MADAME SOUPEAU *unterdrückt:* Halt den Mund! *Zu dem Flüchtling, höflich:* Ich hoffe, Sie lassen sich's gut schmecken, Monsieur. *Der andere Flüchtling schleppt mit Hilfe von Père Gustave Körbe mit Vorräten über den Hof.*

PATRON *wehklagend:* Mein Pommard 1915. Und das ist Kaviar. Und das ist –

MAIRE Das ist eine Zeit für Opfer, Henri. *Gepreßt:* Es kommt darauf an, Herz zu zeigen.

MAURICE *imitiert den Aufschrei des Patrons:* »Mein Pommard!« *Schlägt unter schallendem Gelächter Simone auf die Schulter:* Für diesen Anblick verlad ich dir deine Porzellankisten, Simone.

PATRON *gekränkt:* Ich weiß nicht, was da zum Lachen sein soll. *Auf die entschwindenden Körbe weisend:* Das ist die Plünderung.

ROBERT *gutmütig, mit einem Korb:* Nehmen Sie sich's nicht zu Herzen, Monsieur Henri. Dafür wird Ihr Porzellan verladen.

MADAME SOUPEAU Abgemacht. *Sie nimmt von den Dosen und Weinflaschen und bringt sie den Eltern Simones:* Nehmt. Nehmt auch ihr. Und gib deinen Eltern Gläser, Simone.

*Simone tut es; dann holt sie sich einen Hocker, stellt ihn an die Mauer und reicht aus einem der Körbe den Flüchtlingen draußen Lebensmittel über die Mauer.*

MADAME SOUPEAU Maurice, Robert, Père Gustave, nehmt auch ihr euch Gläser. *Auf die Polizisten weisend:* Ich sehe, die bewaffnete Macht hat schon. *Zu der Frau mit dem Säugling:* Trinken auch Sie einen Schluck mit uns, Madame. *Zu allen:* Mesdames, Messieurs, lassen Sie uns die Gläser heben auf die Zukunft unseres schönen Frankreich.

PATRON *steht allein und ausgeschlossen:* Und ich? Wollt ihr ohne mich auf das Wohl Frankreichs trinken? *Er schenkt sich ein Glas ein und tritt zu der Gruppe.*

MAIRE *zu Madame Soupeau:* Madame, im Namen der Gemeinde Saint-Martin danke ich der Hostellerie für ihre großzügige Spende. *Er hebt das Glas:* Auf Frankreich. Auf die Zukunft.

GEORGES Aber wo bleibt Simone?

*Simone ist noch damit beschäftigt, den Flüchtlingen Lebensmittel über die Mauer zu reichen.*

MAIRE Simone!

*Simone kommt erhitzt und zögernd näher.*

MADAME SOUPEAU Ja, nimm auch du dir ein Glas, Simone. Alle hier sind dir zu Dank verpflichtet.

*Alle trinken.*

PATRON *zu den Chauffeuren:* Sind wir wieder Freunde? Meint ihr, der Gedanke, die Flüchtlinge auf meinen Wägen zu haben, war mir so fern? Maurice, Robert, ich bin ein eigenwilliger Mensch, aber ich bin imstande, hochgesinnte Beweggründe zu schätzen, wo ich sie finde. Ich kann Fehler zugestehen, das macht mir nichts aus. Tut auch ihr das. Vergessen wir unsere kleinlichen persönlichen Differenzen. Stehen wir unverbrüchlich zusammen gegen den gemeinsamen Feind. Gebt mir die Hand darauf!

*Der Patron beginnt mit Robert, der ihm dumm lächelnd die Hand schüttelt, dann gibt ihm Georges die linke Hand. Dann umarmt der Patron die Frau mit dem Säugling. Père Gustave gibt ihm die Hand brummend, immer noch böse. Dann wendet sich der Patron an den Chauffeur Maurice. Der aber macht keine Anstalten, ihm die Hand zu geben.*

PATRON La, la, la. Sind wir Franzosen, oder nicht?

SIMONE *mit Vorwurf:* Maurice!

MAURICE *gibt dem Patron zögernd die Hand; ironisch:* Es lebe unsere neue heilige Johanna, Einigerin aller Franzosen.

*Monsieur Machard gibt Simone eine Ohrfeige.*

MADAME MACHARD *erklärend:* Das ist für deine Eigenmächtigkeit gegen den Patron.

PATRON *zu Machard:* Nicht, Monsieur. *Er umarmt Simone tröstend.* Simone ist mein Liebling, Madame. Ich habe eine Schwäche für

sie. *Zu den Chauffeuren:* Aber machen wir uns ans Aufladen, Kinder! Ich bin sicher, auch Monsieur Machard wird uns helfen.
MAIRE *zu seinen Polizisten:* Leiht auch ihr Monsieur Soupeau eine Hand?
PATRON *verbeugt sich vor der Frau mit dem Säugling:* Madame!
*Man geht auseinander, auch die Menge draußen verläuft sich. Auf der Bühne bleiben nur der Patron, der Maire, Madame Soupeau, Simone, die beiden Chauffeure und Georges.*
PATRON Kinder, dieses Erlebnis würde ich nicht missen wollen. Zum Teufel mit dem Kaviar und dem Pommard. Ich liebe die Einigkeit.
MAURICE Und was ist mit der Ziegelei?
MAIRE *vorsichtig:* Ja, Henri, mit der Ziegelei muß auch etwas geschehen.
PATRON *unangenehm berührt:* Was denn? Was denn noch? Schick mir meinethalben die Lastwägen, die kein Benzin haben, in die Ziegelei. Sie können dort tanken. Seid ihr jetzt zufrieden?
ROBERT In Abbéville nahmen die deutschen Tanks das Benzin von den Benzinpumpen an der Straße. So kommen sie natürlich schnell voran.
GEORGES Unsere 132ste hatte die Tanks im Rücken, bevor sie sich umsah. Zwei Regimenter waren Brei wie nichts.
SIMONE *erschreckt:* Aber nicht das Siebente?
GEORGES Nein, nicht das Siebente.
MAIRE Benzinvorräte müssen zerstört werden, Henri.
PATRON Seid ihr da nicht ein bißchen vorschnell? Man kann doch nicht gleich alles zerstören. Vielleicht werfen wir auch noch den Feind zurück. Was, Simone? Sag du Monsieur Chavez, daß Frankreich noch lange nicht verloren ist. *Zu Madame Soupeau:* Und nun adieu, Maman. Ich sehe dich mit Sorgen zurückbleiben. *Küßt sie.* Aber Simone wird dir eine gute Stütze sein. Adieu, Simone. Ich schäme mich nicht, dir zu danken. Du bist eine gute Französin. *Küßt sie.* Solange du da bist, wird den Deutschen nichts in die Hände fallen, des bin ich sicher. Es muß alles ratzekahl sein in der Hostellerie, sind wir uns da einig? Ich weiß, du wirst alles in meinem Sinn machen. Adieu, Philippe, mein Alter. *Umarmt ihn, nimmt sein Gepäck auf. Simone will ihm helfen. Er winkt ihr ab:* Laß nur. Besprich du mit Maman, wie das weiter werden soll mit unsern Vorräten.
*Ab nach der Straße.*
SIMONE *läuft den beiden Chauffeuren nach:* Maurice, Robert! *Sie küßt die beiden Chauffeure auf die Wangen. Dann gehen auch Maurice und Robert endgültig ab.*
STIMME DES ANSAGERS *im Radio:* Achtung! Achtung! Deutsche Tankformationen sind vorgestoßen bis Tours. *Die Meldung wird mehrmals wiederholt bis zum Schluß.*
MAIRE *blaß, außer Fassung:* Dann können wir sie heute nacht hier haben.
MADAME SOUPEAU Sei kein altes Weib, Philippe.
SIMONE Madame, ich laufe mit Père Gustave und Georges hinüber in die Ziegelei. Wir zerstören die Benzinvorräte.
MADAME SOUPEAU Du hast doch gehört, was der Patron angeordnet hat. Er hat uns gebeten, nichts Übereiltes zu tun. Etwas, meine Liebe, solltest du auch uns überlassen.
SIMONE Aber Madame, Maurice sagt, die Deutschen sind schnell.
MADAME SOUPEAU Genug, Simone. *Wendet sich zum Gehen.* Es zieht hier ernstlich. *Zum Maire:* Ich danke Ihnen, Philippe, für alles, was Sie heute für die Hostellerie getan haben. *Unter der Tür:* Übrigens, Simone, da jetzt alle weg sind, mache ich wahrscheinlich die Hostellerie zu. Gib mir den Schlüssel zu den Vorräten zurück. *Simone, tief betroffen, gibt ihr den Schlüssel.* Ich denke, du gehst am besten jetzt nach Haus zu deinen Eltern. Ich war mit dir zufrieden.
SIMONE *versteht nicht:* Darf ich denn nicht noch helfen, wenn die Vorräte von der Gemeinde abgeholt werden?
*Madame Soupeau geht wortlos in die Hostellerie.*
SIMONE *nach einem Schweigen, stockend:* Bin ich entlassen, Monsieur le Maire?
MAIRE *tröstend:* Ich fürchte. Aber du solltest dich nicht kränken. Du hast gehört, sie war mit dir zufrieden. Das bedeutet viel aus ihrem Mund, Simone.
SIMONE *tonlos:* Ja, Monsieur le Maire.
*Maire geht betreten ab.*
*Simone schaut ihm nach.*

## ZWEITER TRAUM DER SIMONE MACHARD

*Nacht vom 15. auf den 16. Juni*

*Verworrene, festliche Musik. Aus dem Dunkel taucht eine wartende Gruppe: der Maire im Kö-*

*nigsmantel, der Patron und der Colonel, beide in Rüstung und mit Feldherrnstab; der Colonel trägt den Staubmantel über seiner Rüstung.*

COLONEL Unsere Johanna hat jetzt Orléans und Reims erobert, nachdem sie die gesamte Straße 20 für den Vormarsch der Truppe frei gemacht hat. Sie muß ausgiebig geehrt werden, das ist klar.

MAIRE Das ist meine, des Königs, Sache, Monsieur. Frankreichs Würdenträger und große Familien, die sich heut hier versammeln, werden sich vor ihr bis zum Boden verbeugen.

*Hinten werden von jetzt an bis zum Ende der Szene Titel und Namen von Würdenträgern und Familien Frankreichs aufgerufen, als versammelten sie sich.*

MAIRE Ich höre übrigens, sie ist entlassen worden? *Diskret:* Auf Wunsch der Königinmutter, der stolzen Königin Isabeau, wie ich höre.

PATRON Davon weiß ich nichts, ich war nicht anwesend. Ich finde das ganz ungehörig. Simone ist mein Liebling. Natürlich bleibt sie.

*Der Maire sagt in der Traumsprache etwas Unverständliches, anscheinend Ausweichendes.*

COLONEL Sie kommt.

*Simone schreitet herein, mit Helm und Schwert, unter Vorantritt ihrer Leibwache, die aus Maurice und Robert und dem Soldaten Georges besteht. Die drei tragen Rüstungen. Aus dem Dunkel sind auch Simones Eltern aufgetaucht sowie die Angestellten der Hostellerie, »das Volk«. Die Leibwache drängt das Volk mit langen Spießen zurück.*

ROBERT Platz für die Jungfrau.

MADAME MACHARD *sich den Hals ausrenkend:* Da ist sie. Der Helm steht ihr nicht übel.

MAIRE *tritt vor:* Liebe Johanna, was können wir für dich tun? Wünsche dir sofort etwas.

SIMONE *verbeugt sich:* Als erstes, König Karl, bitte ich dich, daß auch weiterhin meine geliebte Heimatstadt aus den Vorräten der Hostellerie gespeist wird. Ihr wißt, ich bin gesandt, zu helfen den Armen und Bedürftigen. Die Steuern müssen erlassen werden.

MAIRE Das ist selbstverständlich. Was noch?

SIMONE Zweitens muß Paris genommen werden. Der zweite Feldzug muß sofort anfangen, König Karl.

PATRON *erstaunt:* Ein zweiter Feldzug?

COLONEL Was wird die alte Madame Soupeau dazu sagen, die stolze Königin Isabeau?

SIMONE Ich ersuche um ein Heer, mit dem ich den Feind vollständig schlagen kann, und zwar noch in diesem Jahr, König Karl.

MAIRE *lächelnd:* Liebe Johanna, wir sind sehr mit dir zufrieden. Das bedeutet viel aus unserm Munde. Laß es nun genug sein. Etwas mußt du auch uns überlassen. Ich mache jetzt die Hostellerie zu, und du gehst nach Hause. Aber vorher wirst du natürlich geadelt. Gib mir dein Schwert, ich hab das meinige verlegt, damit ich dich zur Dame von Frankreich schlage.

SIMONE *gibt ihm das Schwert und kniet nieder:* Hier ist der Schlüssel.

*Die verworrene Musik beschreibt mit Orgel und Chor entfernte festliche kirchliche Vorgänge.*

*Der Maire berührt mit dem Schwert feierlich Simones Schulter.*

LEIBWACHE UND VOLK Es lebe die Jungfrau! Hoch die große Dame von Frankreich!

SIMONE *da der Maire gehen will:* Eine Minute, König Karl. Vergiß nicht, mir mein Schwert zurückzugeben. *Dringlich:* Der Engländer ist noch nicht besiegt, der Burgunder sammelt ein neues Heer, furchtbarer als das erste. Das Schwerste beginnt erst.

MAIRE Vielen Dank für das Angebot. Und vielen Dank für alles übrige, Johanna. *Gibt Simones Schwert dem Patron.* Bring es in Sicherheit nach Bordeaux, Henri. Wir selber müssen jetzt unter vier Augen mit der alten Madame Soupeau sprechen, der stolzen Königin Isabeau. Leb wohl, Johanna, es war uns ein Vergnügen.

*Ab mit Patron und Colonel.*

SIMONE *in großer Angst:* Aber der Feind kommt, ihr!

*Die Musik sinkt herab zu einem Gemurmel, das Licht wird trübe, das Volk verschwindet im Dunkel.*

SIMONE *steht bewegungslos, dann:* André! Hilf! Komm herunter, Erzengel! Sprich zu mir! Der Engländer sammelt ein Heer, und Burgund ist abgefallen, und die Unsrigen verlaufen sich.

DER ENGEL *erscheint auf dem Garagendach; mit Vorwurf:* Wo hast du dein Schwert, Johanna?

SIMONE *verwirrt, sich entschuldigend:* Sie haben mich zur adligen Dame geschlagen damit und es mir nicht zurückgegeben. *Leise, schamvoll:* Ich bin entlassen.

DER ENGEL Ich verstehe. *Nach einem Schweigen:* Magd Frankreichs, laß dich nicht wegschicken. Halt aus. Frankreich will es. Geh noch nicht zurück zu deinen Eltern, die sich über deine Entlassung zu Tode grämen würden. Auch hast du doch versprochen, deinem Bruder die Stellung in der Garage zu halten; denn eines Tages wird er zurückkommen. Bleib, Johanna! Wie könntest du deinen Posten verlassen, jetzt, da von einer Stunde zur anderen der Feind eindringen kann?

SIMONE Sollen wir auch noch kämpfen, wenn der Feind schon gesiegt hat?

DER ENGEL Geht da ein Nachtwind heute?

SIMONE Ja.

DER ENGEL Steht da nicht ein Baum im Hof?

SIMONE Ja, die Pappel.

DER ENGEL Rauschen die Blätter, wenn der Wind geht?

SIMONE Ja, deutlich.

DER ENGEL Dann soll auch gekämpft werden, wenn der Feind gesiegt hat.

SIMONE Aber wie kann ich kämpfen, wenn ich kein Schwert habe?

DER ENGEL

Höre:
Wenn der Eroberer kommt in eure Stadt
Soll es sein, als ob er nichts erobert hat.
Keiner soll sein, der ihm einen Schlüssel ausliefer'.
Denn der kommt, ist kein Gast, er ist ein Geziefer.
Kein Mahl noch Tisch soll für ihn gerichtet sein
Bettstatt und Stuhl sollen für ihn vernichtet sein.
Was ihr nicht brennen könnt, sollt ihr verstecken
Ausschütten jeden Krug Milch und vergraben jeden Wecken.
Er soll schreien: Hilfe. Er soll heißen: Ungeheuer.
Er soll essen: Erde. Er soll wohnen: im Feuer.
Er soll erflehen kein Erbarmen keines Gerichts.
Eure Stadt soll sein gewesen, unerinnerbar, nichts.
Wo er hinschaut, sei nichts, wo er hintritt, sei Leere
So als ob da nie eine Gaststätte gewesen wäre.
Geh hin und zerstöre!

*Die Bühne wird dunkel. In die verworrene Musik mischt sich mehrmals leise, eindringlich das »Geh hin und zerstöre!« des Engels und deutlich das Rollen von schweren Tanks.*

## 3
## Das Feuer

a

*Die alte Madame Soupeau, ganz in Schwarz, hinter ihr das Zimmermädchen Thérèse und Père Gustave, der seinen Sonntagsanzug trägt, erwarten im Hoftor den deutschen Hauptmann. Georges, jetzt in Zivil, lehnt an der Garage, in welcher Simone, sich versteckend vor Madame Soupeau, ihm zuhört. Von draußen das Scheppern vorüberrollender Tanks.*

SIMONE Sie ist kalkweiß und hat Angst.

GEORGES Sie glaubt, man wird sie als Geisel verhaften und bald erschießen. Sie hat die ganze Nacht Zustände gehabt, und Thérèse hat sie laut rufen hören: »Die Metzger werden alles umbringen!« Und dennoch ist sie geblieben, aus Geiz, und erwartet jetzt den deutschen Hauptmann. – Ich verstehe wirklich nicht, warum du dich ihr nicht zeigen willst. Ist etwas los?

SIMONE *lügt:* Nein, nein. Nur: sie würde mich fortschicken, wenn sie mich zu Gesicht bekäme. Aus Besorgnis, die Deutschen könnten mir was antun.

GEORGES *mißtrauisch:* Ist das der einzige Grund, warum sie dich nicht sehen soll?

SIMONE *ablenkend:* Meinen Sie, Maurice und Robert sind von den Deutschen überholt worden?

GEORGES Vielleicht. – Warum bist du eigentlich aus deiner Kammer im Hauptgebäude ausgezogen?

SIMONE *lügt:* Es ist doch jetzt Platz in der Chauffeurkammer. – Meinen Sie, André kommt jetzt bald zurück?

GEORGES Das ist wahrscheinlich. – Sie hat dich nicht etwa entlassen, Simone?

SIMONE *lügt:* Nein.

GEORGES Jetzt kommen die Deutschen.

*Von der Straße kommt der deutsche Hauptmann, begleitet von Capitaine Fétain. Im Hoftor werden zwischen den beiden Herren und Madame Soupeau höfliche Begrüßungen ausgetauscht. Man hört nicht, was gesprochen wird.*

GEORGES Der Capitaine und heimliche Faschist beehrt sich, den Erbfeind Madame vorzustellen. Große Höflichkeitsbezeugungen. Man beschnuppert sich und scheint den gegenseitigen Geruch nicht unangenehm zu finden. Der Erbfeind ist ein feiner Herr, gebildet. Madame scheint immens erleichtert. *Wispert:* Sie kommen.

*Simone tritt zurück. Madame Soupeau führt die beiden Herren über den Hof in die Hostellerie, das Zimmermädchen Thérèse folgt.*

PÈRE GUSTAVE *dem Madame noch etwas zugeflüstert hat, geht zu Georges und Simone:* Madame wünscht, in der Hostellerie den Mob von der Turnhalle nicht mehr zu sehen. Die deutschen Herren könnten verärgert werden. Aber der Patron hätte, wie es scheint, ebensogut dableiben können.

GEORGES Das erste, was sie im Radio verkündet haben, war: »Wer Ruhe und Ordnung hält, hat nichts zu fürchten.«

PÈRE GUSTAVE Der da drinnen sagt »bitte«, wenn er was will. »Bitte, zeigen Sie meinem Burschen meine Zimmer.«

SIMONE Er ist aber der Feind.

*Père Gustave ab in den Vorratsschuppen.*

GEORGES Hat deine Kusine einen neuen Traum gehabt?

SIMONE Ja, gestern nacht.

GEORGES Wieder von der Jungfrau?

SIMONE *nickt:* Sie ist in den Adelsstand erhoben worden.

GEORGES Das muß für sie ein großes Erlebnis gewesen sein.

SIMONE Ihrer Heimatstadt sind die Steuern erlassen worden, genau wie im Buch.

GEORGES *ziemlich scharf:* Aber in Wirklichkeit werden die Vorräte der Hostellerie nicht ans Dorf verteilt, wie zugesagt.

SIMONE *verlegen:* Darüber hat meine Kusine nicht gesprochen.

GEORGES Aha.

SIMONE Monsieur Georges. Wenn eine bestimmte Person in einem solchen Traume, wie meine Kusine ihn mitunter träumt, als Engel erscheint – bedeutet das, daß diese Person gestorben sein muß?

GEORGES Ich denke nicht. Es bedeutet wohl nur, daß die Träumerin mitunter fürchtet, diese Person könnte gestorben sein. – Was muß deine Kusine übrigens noch alles machen?

SIMONE Da wäre ja noch viel.

GEORGES Ist in dem Traum etwas Unangenehmes vorgekommen?

SIMONE Warum?

GEORGES Weil du so wenig erzählst.

SIMONE *langsam:* Es ist nichts Unangenehmes vorgekommen.

GEORGES Ich frage, weil ich manchmal denke, eine andere Person könnte sich diese Träume zu Herzen nehmen, Simone, und plötzlich vergessen, daß hier hellichter Tag ist und kein Traum.

SIMONE *heftig:* Dann werde ich nicht mehr mit Ihnen über die Träume meiner Kusine reden, Monsieur Georges.

*Die Frau mit dem Säugling und ein anderer Flüchtling aus der Turnhalle kommen auf den Hof.*

SIMONE Sie kommen um die Lebensmittel. Sagen Sie es ihnen freundlich, Monsieur Georges.

*Sie versteckt sich und beobachtet.*

GEORGES *tritt vor:* Madame.

DIE FRAU Die Tanks sind jetzt da.

DER MANN Vor der Mairie halten drei.

DIE FRAU Von den großen. Sieben Meter lang.

DER MANN *zeigt auf die deutschen Posten.* Obacht.

MADAME SOUPEAU *tritt in die Tür der Hostellerie.* Georges! Père Gustave! Die Horsd'œuvres in das Frühstückszimmer für den Herrn Hauptmann! – Was wünschen Sie hier?

DIE FRAU Es handelt sich um die Viktualien, Madame. Zurückgeblieben in der Turnhalle sind einundzwanzig Personen.

MADAME SOUPEAU Ich habe Ihnen doch gesagt, Georges, Sie sollen dafür sorgen, daß die Hostellerie von Betteleien verschont bleibt.

DER MANN Was meinen Sie mit Betteleien?

MADAME SOUPEAU Warum sagen Sie den Leuten nicht, daß sie es jetzt mit dem deutschen Kommandanten zu tun haben, nicht mehr mit uns? Diese schönen Zeiten sind vorbei.

DIE FRAU Und damit sollen wir in die Turnhalle zurück, nachdem wir allen geraten haben, hierzubleiben, damit Ihr Porzellan wegkommt?

MADAME SOUPEAU Madame, hüten Sie sich, zur Denunziantin zu werden.

DIE FRAU Madame, verstecken Sie sich nicht hinter den Deutschen.

MADAME SOUPEAU *ruft über die Schulter zurück:* Honoré!

DIE FRAU Ich könnte jetzt mit meinem Kleinen bei meiner Schwester in Bordeaux sein. Sie haben uns Verköstigung versprochen, Madame.

MADAME SOUPEAU Nachgebend einer Erpressung, Madame.

CAPITAINE *tritt hinter sie:* Und im Verlauf einer regelrechten Plünderung! Aber jetzt wird man hier wieder Zucht und Ordnung herstellen, meine Lieben. *Auf die deutschen Posten weisend:* Wünschen Sie, daß ich Sie mit Bajonetten vom Hof schaffen lasse? Echauffieren Sie sich nicht, Marie, denken Sie an Ihr Herz!

DIE FRAU Ihr Schweine!

DER MANN *hält sie zurück und führt sie weg:* Madame, es kommen wieder andere Zeiten.

MADAME SOUPEAU Es beginnt nach Jauche zu stinken hier. Die Gossen der Städte der nördlichen Departements schwemmen ihre Ratten in unsere friedlichen Dörfer. Die Kunden der billigen Weinkneipen tauchen auf bei uns. Es wird noch zu einer blutigen Abrechnung kommen müssen. Père Gustave, Frühstück für vier Personen.

CAPITAINE *zu Georges:* Sie da! Der Maire wird hierherkommen. Sagen Sie ihm, ich habe mit ihm zu reden, bevor er den Hauptmann sieht. *Er führt Madame Soupeau in die Hostellerie zurück.*

*Wenn die beiden verschwunden sind, läuft Simone den Flüchtlingen nach.*

GEORGES Père Gustave! Die Horsd'œuvres für den Herrn Hauptmann!

STIMME PÈRE GUSTAVES *aus dem Schuppen:* Kapiert. Alles für den Herrn Hauptmann!

*Simone kommt atemlos zurück.*

GEORGES Was hast du ihnen gesagt?

SIMONE Daß sie in der Turnhalle ausrichten können, sie kriegen. Ich tu es am Abend.

GEORGES Richtig, du hast noch den Schlüssel.

SIMONE Es ist versprochen.

GEORGES Nur gib höllisch acht. Das ist Diebstahl.

SIMONE Der Patron hat auch gesagt: »Solang du da bist, Simone, wird den Deutschen nichts in die Hände fallen, des bin ich sicher.«

GEORGES Aber Madame la mère spricht jetzt anders.

SIMONE Man zwingt sie vielleicht.

*Der Maire erscheint im Hoftor.*

SIMONE *fliegt auf ihn zu, flüsternd:* Monsieur le Maire, was soll jetzt geschehen?

MAIRE Was meinst du, Simone? Ich kann dir eine freudige Botschaft bringen: ich habe deinen Vater als Gemeindediener vorgeschlagen. Das hast du dir verdient, Simone. Es macht so nichts mehr, daß du die Stellung verloren hast.

SIMONE *flüsternd:* Monsieur le Maire, ist es wahr, daß drei Tanks auf dem Platz vor der Mairie stehen? *Noch leiser:* Das Benzin ist doch noch da.

MAIRE *zerstreut:* Ja, das ist schlimm. *Plötzlich:* Was machst du übrigens noch in der Hostellerie, Simone?

SIMONE Aber man muß etwas tun mit dem Benzin, Monsieur le Maire! Können Sie nicht etwas tun? Madame Soupeau wird sicher danach gefragt werden.

MAIRE Ich glaube nicht, daß wir uns um Madame Soupeau ängstigen müssen, Simone.

SIMONE Ich könnte etwas tun. Ich kenne mich aus in der Ziegelei.

MAIRE *vage:* Ich hoffe, du hast nichts Unüberlegtes vor, Simone. Ich habe eine große Verantwortung für die Gemeinde Saint-Martin, das verstehst du.

SIMONE Ja, Monsieur le Maire.

MAIRE Ich weiß nicht, warum ich so mit dir rede, du bist noch ein Kind, Simone. Aber ich denke, jeder muß jetzt sein Bestes tun, nicht wahr?

SIMONE Jawohl, Monsieur le Maire. Wenn die Ziegelei abbrennen würde...

MAIRE Um Gottes willen. So etwas darf man nicht einmal denken. Und jetzt muß ich hinein. Das ist der schwerste Gang, den ich je gegangen bin. *Er will hinein.*

*Der Capitaine kommt heraus.*

CAPITAINE Monsieur Chavez. Sie kommen eben recht zum Frühstück.

MAIRE Ich habe gefrühstückt.

CAPITAINE Das ist betrüblich. Sie scheinen nicht völlig im Bild.
Auch gestern ist hier allerhand Unliebsames vorgekommen, und mit Duldung der Behörde. Es ist beklagenswert, daß man den unverschämten Versuchen gewisser Elemente, den Zusammenbruch Frankreichs für ihre selbstischen Zwecke auszunutzen, nicht sofort die Stirn geboten hat. Unsere deutschen Gäste erwarten zumindest eine höfliche Geste von uns. Der deutsche Kommandant ist zum Beispiel über gewisse Lager in einer Ziegelei bereits verständigt. Vielleicht stellen Sie sich darauf ein, Chavez. Und vielleicht macht Ihnen das ein wenig Appetit? Nach Ihnen, Monsieur le Maire.

MAIRE *sehr unsicher:* Nach Ihnen, mon Capitaine.

*Die beiden Herren gehen in die Hostellerie. Ihnen nach, aus dem Schuppen kommend, Père Gustave.*

PÈRE GUSTAVE *im Hineingehen mit den Delikatessen:* Schönes Wetter und glückliche Fahrt! Reich und reich gesellt sich gern, eh, Georges? Sie verkaufen Frankreich wie ihre Delikatessen! *Ab.*

*Simone hat alles verfolgt. Sie hat sich niedergesetzt.*

GEORGES Simone! Was ist los mit dir? Simone!

*Simone antwortet ihm nicht. Georges steht starr in der Geste, mit der er sie aufzurütteln ver-*

*suchte. Während Simones Wachtraum hört man abgeschwächt und mechanisch Père Gustaves »Reich und reich gesellt sich gern« repetiert.*

## WACHTRAUM DER SIMONE MACHARD

*Am 20. Juni*

*Verworrene Kriegsmusik. Die Hinterwand der Hostellerie wird durchsichtig. Vor einem riesigen Gobelin sitzen der Maire als König Karl, der Capitaine als Herzog von Burgund, der deutsche Hauptmann als Feldherr der Engländer, das Schwert über den Knien, und Madame Soupeau als Königinmutter Isabeau, auf einem Marmortisch Skat spielend.*

MADAME SOUPEAU Ich wünsche den Mob nicht mehr zu sehen, Mylord.

HAUPTMANN Verstecken Sie sich hinter uns, Königin Isabeau. Ich lasse alles vom Hof schaffen, dann herrscht Ordnung. Gestochen.

MAIRE Horcht einmal! Hab ich recht, daß da ein Trommeln in der Luft ist?

*Man hört von fern Johannas Trommel.*

CAPITAINE Ich höre nichts. Gib dein Kreuz-As herein.

*Das Trommeln hört auf.*

MAIRE *zweifelnd:* Nein? Herzog von Burgund, ich fürchte, meine Johanna ist in Schwierigkeiten geraten und benötigt Hilfe, wißt ihr!

CAPITAINE Herz-Zehner. Ich brauche Frieden, damit ich meine Weine verkaufen kann.

HAUPTMANN Was kosten Ihre Delikatessen, Madame?

MADAME SOUPEAU Wer mischt? 10000 Silberlinge, Mylord.

MAIRE Aber diesmal bin ich sicher. Sie ist bestimmt in Gefahr, und zwar in tödlicher. Ich muß ihr zu Hilfe eilen und alles vernichten. *Er steht auf, Karten in der Hand.*

CAPITAINE Nimm dich in acht. Wenn du jetzt gehst, war es das letzte Mal. Du bist nicht im Bild. Wie soll man denn spielen, wenn man immerfort gestört wird. Treff-Bube.

MAIRE *setzt sich wieder:* Nun gut.

MADAME SOUPEAU *gibt ihm eine Ohrfeige:* Das ist für deine Eigenmächtigkeit.

HAUPTMANN Erlauben Sie, Königin Isabeau. *Er zählt Geldstücke auf den Tisch.* Eins, zwei, drei...

*Georges rüttelt Simone aus dem Wachtraum, während der Hauptmann weiterzählt.*

GEORGES Simone! Du träumst ja jetzt schon mit offenen Augen.

SIMONE Kommen Sie mit mir, Monsieur Georges?

GEORGES *starrt auf seinen bandagierten Arm; glücklich:* Simone, ich kann ihn wieder bewegen.

SIMONE Das ist schön. Aber wir müssen in die Ziegelei, Monsieur Georges. Wir haben nicht viel Zeit. Père Gustave, Sie müssen auch mitkommen, schnell.

PÈRE GUSTAVE *der aus der Hostellerie zurückkommt:* Ich? Sie haben ein Plakat angeschlagen: Wer kriegswichtiges Material zerstört, wird erschossen. Sie verstehen keinen Spaß.

SIMONE Der Maire will es.

PÈRE GUSTAVE Der Maire ist ein Arschloch.

SIMONE Aber Sie kommen doch mit, Monsieur Georges? Es ist für André. Ich wüßte gar nicht, wie man soviel Benzin vernichten soll. Muß man die ganze Ziegelei in Brand stecken?

GEORGES Hast du nicht verstanden: ich kann ihn wieder bewegen.

SIMONE *sieht ihn an:* So wollt ihr also nicht mit mir kommen?

PÈRE GUSTAVE Da ist schon wieder einer.

*Ein deutscher Soldat betritt den Hof, Gepäck schleppend. Simone läuft, sowie sie ihn sieht, erschreckt und eilig fort.*

DER DEUTSCHE SOLDAT *wirft das Gepäck nieder, lüftet schwitzend seinen Stahlhelm und fängt freundlich an, sich durch Gesten zu verständigen:* Hauptmann? Drinnen?

GEORGES *mit Gesten:* Dort. In der Hostellerie. Zigarette?

DER DEUTSCHE SOLDAT *nimmt die Zigarette und grinst:* Krieg Scheiße. *Geste des Schießens, wegwerfende Handbewegung.*

GEORGES *lachend:* Bum bum. *Furzt mit den Lippen, beide lachen.*

DER DEUTSCHE SOLDAT Hauptmann Arschloch.

GEORGES Was? Wie?

DER DEUTSCHE SOLDAT *spielt den Hauptmann mit Monokel:* Merde.

GEORGES *begreift, ahmt seinesteils glücklich den Capitaine und Madame Soupeau nach:* Alle merde.

*Sie lachen wieder, dann nimmt der deutsche Soldat das Gepäck auf und geht hinein.*

GEORGES *zu Père Gustave:* Olala, wie leicht man sich verstehen könnte.

PÈRE GUSTAVE Sei lieber vorsichtig.

GEORGES Und ob. Jetzt, wo mein Arm wieder wird.
*Aus der Hostellerie kommen der deutsche Hauptmann, der Capitaine, der Maire und Madame Soupeau.*
CAPITAINE Ich bin glücklich, Herr Hauptmann, daß ein so intimes Einverständnis erzielt werden konnte.
HAUPTMANN Madame, ich danke Ihnen, daß Sie uns Ihre Benzinvorräte spontan zur Verfügung gestellt haben. Nicht, als ob die Wehrmacht sie bräuchte. Aber wir akzeptieren sie, weil sie Ihren guten Willen zur Zusammenarbeit beweisen.
MADAME SOUPEAU Die Ziegelei ist nicht weit.
HAUPTMANN Ich werde die Tanks hinschicken.
*Der Himmel hat sich rot gefärbt. Die Gruppe bleibt stehen, erstarrt. Ferne Explosionen.*
HAUPTMANN Was ist das?
CAPITAINE *heiser:* Die Ziegelei.

b
*Es ist Nacht. Man hört Schläge gegen das Hoftor. Georges kommt aus seiner Kammer und öffnet dem Patron und den beiden Chauffeuren.*

PATRON Wie geht's, Georges? Ist Maman wohlauf? Die Hostellerie scheint ja noch zu stehen. Ich komme mir vor wie nach der Sintflut. Guten Tag, Simone!
*Simone kommt, notdürftig bekleidet, aus der Chauffeurkammer. Robert umarmt sie. Auch Père Gustave ist erschienen.*
ROBERT Hast du dich in unserer Kammer eingerichtet? *Er tanzt mit ihr herum, summt:*
Jean, der Würger, kam zurück
Rose war noch da
Und Maman nahm 'nen Chartreuse
Und ein Bock Papa.
PATRON Was hat es hier gegeben?
GEORGES Wir haben einen deutschen Hauptmann. Madame Soupeau ist ein wenig erschöpft infolge der Untersuchungen wegen der Ziegelei. Der deutsche Hauptmann...
PATRON Was für Untersuchungen?
SIMONE Monsieur Henri, es ist alles in Ihrem Sinn ausgeführt worden. Ich habe auch gestern abend noch etwas in die Turnhalle gebracht.
PATRON Ich frage, was mit der Ziegelei ist.
GEORGES *zögernd:* Sie ist niedergebrannt, Monsieur Henri.
PATRON Niedergebrannt? – Die Deutschen? *Georges schüttelt den Kopf.* Eine Unvorsichtigkeit? *Er schaut vom einen zum anderen. Keine Antwort.* Die Behörde?
GEORGES Nein.
PATRON Das Gesindel von der Turnhalle.
GEORGES Nein, Monsieur Henri.
PATRON Also Brandstiftung hier. *Aufbrüllend, als sei ihm ein Fuß abgeschnitten:* Wer? *Niemand antwortet.* Ach so, ihr steckt alle unter einer Decke. *In kalter Wut:* Jetzt habt ihr es also glücklich zu Verbrechen gebracht. Das war freilich vorauszusehen nach den Beweisen der Dankbarkeit, die ich von euch am letzten Tag zu kosten bekam. »Lecken Sie mich am Arsch mit Ihrem Porzellan«, wie, Père Gustave? Gut, ich nehme den Handschuh auf. Wir werden ja sehen.
GEORGES Es war wegen der Deutschen, Monsieur Henri.
PATRON *sarkastisch:* Ach so, es ist zwar meine Ziegelei, aber die Brandstiftung wandte sich gegen die Deutschen. Ihr wart also in eurem Haß und in eurer Zerstörungswut so blind, daß ihr die Kuh geschlachtet habt, die euch Milch gibt. *Abrupt:* Simone!
SIMONE Ja, Monsieur.
PATRON Sag mir auf der Stelle, wer es gewesen ist.
SIMONE Ich, Monsieur.
PATRON Was? Du hast es gewagt –? *Zerrt sie am Arm.* Wer hat es dir geschafft? Wer stand dahinter?
SIMONE Niemand, Monsieur.
PATRON Lüg nicht, hörst du! Ich verbitte mir –
GEORGES Bitte, lassen Sie sie, Monsieur Henri. Sie lügt nicht.
PATRON Wer hat es dich geheißen?
SIMONE Ich habe es für meinen Bruder getan, Monsieur.
PATRON Ah, André! Er hat dich aufgehetzt gegen deinen Patron, wie? »Wir von unten«, wie? Ich wußte immer, daß er rot war. Wer hat dir geholfen?
SIMONE Niemand, Monsieur.
PATRON Und warum hast du es getan?
SIMONE Wegen des Benzins, Monsieur.
PATRON Und dazu mußtest du die ganze Ziegelei anstecken? Warum hast du das Benzin nicht wenigstens nur auslaufen lassen?
SIMONE Ich habe es nicht gewußt, Monsieur Henri.
GEORGES Sie ist ein Kind, Monsieur Henri.
PATRON Brandstifter! Alle! Verbrecher! Scheren Sie sich von meinem Hof, Père Gustave! Du

bist entlassen, Georges! Ihr seid schlimmer als die Deutschen.

GEORGES Sehr wohl, Monsieur Henri. *Er stellt sich neben Simone.*

PATRON Sagte nicht jemand etwas von einer Untersuchung? Was war das?

GEORGES Die Deutschen untersuchen.

PATRON Geschah es denn, als die Deutschen schon da waren?

GEORGES Ja.

PATRON *muß sich setzen; verzweifelt:* Auch das noch! Die Hostellerie ist also ruiniert! *Stützt den Kopf in die Hände.*

PÈRE GUSTAVE Monsieur Henri, Saint-Martin sprach gestern nachmittag sehr gut von der Hostellerie. »Unter der Nase der Deutschen!« sagte man.

PATRON Ich komme vor ein Kriegsgericht. So weit habt ihr es gebracht mit mir. *Verzweifelt:* Ich werde erschossen.

SIMONE *tritt vor:* Monsieur, Sie werden nicht erschossen, da ich es getan habe. Sie können mit mir zu dem deutschen Hauptmann gehen, und ich werde alles auf mich nehmen, Monsieur.

MAURICE Das kommt nicht in Frage.

PATRON Warum kommt das nicht in Frage? Sie ist ein Kind. Niemand wird sie anrühren.

MAURICE Sie können den Deutschen sagen, sie war es, aber wir werden sie wegbringen. Zieh dich sofort an, Simone.

PATRON Dann sind wir Komplicen.

SIMONE Maurice, ich muß bleiben. André will es, das weiß ich.

PATRON Alles hängt doch nur davon ab, ob sie es getan hat, nachdem die Deutschen gekommen waren oder vorher. Vorher war es eine Kriegshandlung, da kann man ihr nichts machen.

PÈRE GUSTAVE *kriecherisch:* Sie haben sofort ein Plakat angeschlagen, daß jeder erschossen wird, der jetzt noch eine feindliche Handlung begeht, Monsieur Henri.

PATRON *zu Simone:* Hast du das Plakat gesehen?

SIMONE Jawohl, Monsieur Henri.

PATRON Wie sah es aus?

SIMONE Es war auf rotem Papier.

PATRON Richtig? *Père Gustave nickt.* Jetzt kommt, was dich die Deutschen fragen werden, Simone. Hast du es nach der Brandstiftung gelesen? Dann war es keine Sabotage, Simone, und man kann dir nichts machen.

SIMONE Ich habe es vorher gesehen, Monsieur.

PATRON Du hast mich nicht verstanden. Wenn du es erst nachher gesehen hast, werden die Deutschen dich wahrscheinlich einfach dem Maire übergeben, weil es dann eine Sache war, die nur die Franzosen angeht, und dann bist du heraußen, Simone. Verstehst du das?

SIMONE Ja, Monsieur. Aber ich habe es vorher gesehen.

PATRON Sie ist verwirrt. Père Gustave, Sie waren auf dem Hof zu der Zeit. Wann ging Simone weg?

PÈRE GUSTAVE Vorher, Monsieur Henri. Natürlich bevor das Plakat angeschlagen wurde.

PATRON Da siehst du.

SIMONE Sie irren sich, Père Gustave. Sie selbst sagten mir, bevor ich wegging, das Plakat verbietet es.

PÈRE GUSTAVE Ich sagte nichts dergleichen.

PATRON Natürlich nicht.

MAURICE Merken Sie denn nicht, Monsieur Henri, daß das Kind von Ihren Tricks nichts wissen will? Sie schämt sich nicht, daß sie es getan hat.

SIMONE Der Patron will mir doch nur helfen, Maurice.

PATRON So ist es. Du traust mir, wie, Simone? So hör gut zu. Mit wem wir jetzt sprechen werden, das ist der Feind. Das macht einen großen Unterschied, das verstehst du. Er wird viele Fragen fragen, aber du wirst nur antworten, was gut für Saint-Martin und die Franzosen ist. Das ist einfach, wie?

SIMONE Jawohl, Monsieur, aber ich will nichts Falsches sagen.

PATRON Ich verstehe. Du willst nichts Unwahres sagen. Nicht einmal dem Feind. Gut. Ich beuge mich. Ich bitte dich nur noch um eines: sage gar nichts, überlasse uns das. Überlaß es mir. *Beinahe in Tränen:* Ich stehe hinter dir bis zum letzten, das weißt du. Wir alle stehen hinter dir. Wir sind Franzosen.

SIMONE Jawohl, Monsieur.

*Der Patron nimmt Simone bei der Hand und geht mit ihr in die Hostellerie.*

MAURICE Sie hat ihr Buch nicht gut gelesen.

4
Das Gericht

a
VIERTER TRAUM
DER SIMONE MACHARD
*Nacht vom 21. auf den 22. Juni*

*Verworrene Musik. Im Hof stehen der deutsche Hauptmann, in Rüstung, und Simone, als Jungfrau von Orléans, umgeben von Soldaten in schwarzen Schuppenpanzern mit roten Hakenkreuzen; einer, erkennbar als Bursche des deutschen Hauptmanns, hält eine Hakenkreuzstandarte.*

HAUPTMANN Jetzt haben wir dich, Johanna von Orléans, und du wirst einem Hohen Gericht überantwortet, das entscheiden wird, warum du zum Tode auf dem Scheiterhaufen verurteilt werden sollst.
*Alle ab mit Ausnahme Simones und des Standartenträgers.*
SIMONE Was ist das für ein Gericht?
STANDARTENTRÄGER Kein gewöhnliches. Es ist ein geistliches.
SIMONE Ich bekenne nichts.
STANDARTENTRÄGER Ganz gut, aber die Verhandlung scheint schon zu Ende zu sein.
SIMONE Wird man denn verurteilt, bevor man verhört wird?
STANDARTENTRÄGER Ja. Natürlich.
*Aus der Hostellerie kommen Leute, die anscheinend der Verhandlung beigewohnt haben, und gehen über den Hof auf die Straße.*
PÈRE GUSTAVE *während er über den Hof geht, zu Thérèse:*
Zum Tode! In ihrem Alter!
THÉRÈSE Ja, wer hätte das gedacht, noch vorgestern!
SIMONE *zupft sie am Ärmel:* Ist Hitler selber da?
*Thérèse scheint sie nicht zu bemerken, sie geht ab mit Père Gustave.*
*Simones Eltern gehen über den Hof, Vater in Uniform, Mutter in Schwarz.*
MADAME MACHARD *schluchzend:* Schon als ganz klein war sie so eigenmächtig. Genau wie ihr Bruder. Es ist ein furchtbarer Schlag für Monsieur Machard. Und in seiner Stellung als Gemeindediener! Die Schande! *Beide ab.*
*Die Brüder Maurice und Robert gehen über den Hof.*
ROBERT Sie war nicht übel aussehend.
MAURICE Besonders in dem Blauen mit den Rüschen.
SIMONE *zupft Robert am Ärmel:* Habt ihr das Gericht gesehen?
ROBERT *beiläufig:* Ja, natürlich.
SIMONE Werde ich es auch sehen?
ROBERT Sicher. Die Richter kommen noch heraus, um den Stab über dich zu brechen.
*Beide ab.*
EINE GROSSE STIMME Ruhe! Platz machen! Es findet jetzt die Verurteilung der Jungfrau statt. Durch das Geistliche Gericht der Hohen Bischöfe und Kardinäle von Rouen. Als erstes wird über die Jungfrau der Stab gebrochen.
*Aus dem Hostellerieeingang tritt in prunkender Kardinalstracht ein Richter. Er hält ein Brevier vor das Gesicht, so daß es nicht erkennbar ist, und geht über den Hof. Vor einem erzenen Dreifuß bleibt er stehen, wendet sich ab, klappt sein Brevier zu, holt aus dem Ärmel ein Stäbchen, zerbricht es feierlich und wirft die Stücke in den Kessel.*
DIE GROSSE STIMME Seine Eminenz, der Bischof von Beauvais. Wegen der Befreiung der Stadt Orléans: zum Tode.
*Bevor er weitergeht, wendet er gleichmütig sein Gesicht über die Schulter zurück. Es ist der Colonel.*
SIMONE Monsieur le Colonel!
*Ein zweiter Richter tritt aus dem Hostellerieeingang und wiederholt die Zeremonie.*
DIE GROSSE STIMME Für die Befreiung der Stadt Orléans und weil die Ratten der Stadt Orléans gefüttert wurden – mit Gestohlenem: zum Tode.
*Auch der zweite Richter zeigt sein Gesicht. Es ist der Capitaine.*
SIMONE Monsieur le Capitaine!
*Ein dritter Richter tritt aus dem Hostellerieeingang und wiederholt die Zeremonie.*
DIE GROSSE STIMME Für den Anschlag auf die Stadt Paris und das schwarze Benzin: zum Tode.
*Der dritte Richter ist der Patron.*
SIMONE Aber Monsieur Henri, das bin ich, die Sie verurteilen!
*Der Patron macht seine Geste der Hilflosigkeit, und ein vierter Richter tritt aus dem Hostellerieeingang und wiederholt die Zeremonie.*
DIE GROSSE STIMME Für die Einigung aller Franzosen: zum Tode.
*Der vierte Richter hält sein Brevier zu krampfhaft fest, so entfällt es ihm. Er bückt sich hastig*

*danach und wird erkannt: es ist der Maire.*

SIMONE Der Maire selber, oh, Monsieur Chavez!

DIE GROSSE STIMME Deine hohen Richter haben gesprochen, Johanna.

SIMONE Aber sie sind alle Franzosen. *Zum Standartenträger:* Ein Irrtum!

STANDARTENTRÄGER Nein, Mademoiselle, der Gerichtshof ist französisch.

*Die vier Richter sind im Hofeingang stehengeblieben.*

MAIRE Das weißt du doch aus dem Buch. Natürlich wird die Jungfrau von französischen Richtern verurteilt, wie es sich gehört, da sie Französin ist.

SIMONE *verwirrt:* Das ist wahr. Daß ich zum Tode verurteilt werde, weiß ich aus dem Buch. Aber ich möchte gerne wissen, warum. Das habe ich nie ganz verstanden, wissen Sie.

MAIRE *zu den Richtern:* Sie verlangt eine Verhandlung.

CAPITAINE Was soll denn das für einen Sinn haben, eine Verhandlung, wenn das Urteil schon gefällt ist?

MAIRE Nun, man hat dann wenigstens untersucht, den Angeklagten verhört, diskutiert, abgewogen.

COLONEL Und zu leicht befunden. *Achselzukkend:* Aber schön, wenn S i e es verlangen.

PATRON Wir sind freilich nicht vorbereitet.

*Sie stecken die Köpfe zusammen und beraten flüsternd. Père Gustave trägt einen Tisch heraus und deckt ihn mit Tellern und Kerzen. Die Richter setzen sich an den Tisch.*

PÈRE GUSTAVE Die Flüchtlinge aus der Turnhalle sind draußen. Sie wünschen zur Verhandlung zugelassen zu werden.

PATRON Unmöglich, ich erwarte Maman. Sie sagt, die Leute stinken.

CAPITAINE *nach hinten:* Die Verhandlung findet hinter geschlossenen Türen statt. Im Staatsinteresse.

PATRON Wo sind die Akten? Wahrscheinlich wieder verschlampt, wie alles bei uns.

MAIRE Wo ist der Ankläger?

*Die Richter schauen einander an.*

MAIRE Ohne Ankläger ist es nicht amtlich.

PATRON Père Gustave, einen Ankläger, aus dem Vorratsschuppen.

PÈRE GUSTAVE *stellt sich ins Hoftor und ruft nach der Straße zu aus:* Das Hohe Geistliche Gericht von Rouen fordert jedermann auf, seine Beschwerde gegen die Jungfrau vorzubringen. – Niemand? *Er wiederholt die Aufforderung; dann, zu den Richtern:* Als Ankläger: die Königinmutter Isabeau, Parteigängerin des abtrünnigen Herzogs von Burgund und des Erbfeinds.

MADAME SOUPEAU *in Kriegsrüstung, kommt aus der Hostellerie, begrüßt die Richter, die sich tief verneigen. Mit der routinierten Liebenswürdigkeit der großen Hôtelière:* Guten Abend, mon Capitaine. Behalten Sie Platz. Lassen Sie sich nicht stören. *Über die Schulter gegen die Hostellerie:* Einmal Alsace-Lorraine für Monsieur le Capitaine, gut durchgebraten. Wie wünschen Sie die Bauern, Connétable? Sind Sie diesmal zufrieden mit der Bedienung, mon Colonel? *Auf Simone weisend:* Alles wäre gerettet worden, wenn diese Jungfrau von Orléans nicht die Verhandlungen gestört hätte. Alles: Frankreich, auch die Ziegelei. Sie sind zu schwach, meine Herren. Wer hat hier zu entscheiden, die Kirche oder ein Dienstbote der Hostellerie? *Fängt an wie rasend zu schreien:* Ich verlange, daß diese Person wegen Ketzerei und Ungehorsam sowie wegen Eigenmächtigkeit sofort hingerichtet wird. Köpfe müssen rollen. Blut muß fließen. Sie muß blutig ausgerottet werden. Ein blutiges Exempel muß statuiert werden. *Erschöpft:* Meine Tropfen.

CAPITAINE Einen Stuhl für die Königinmutter.

*Père Gustave bringt ihr einen Stuhl.*

PATRON Drückt dich nicht das Panzerkleid, Maman? Warum bist du eigentlich in Kriegsrüstung?

MADAME SOUPEAU Ich führe doch auch Krieg.

PATRON Was ist das für ein Krieg?

MADAME SOUPEAU Mein Krieg. Gegen die aufrührerische Jungfrau, welche die Leute in der Turnhalle verhetzt hat.

CAPITAINE *scharf:* Pst! *Zu Simone:* Mit welchem Recht hast du die Franzosen eigentlich zum Krieg verführt, Jungfrau?

SIMONE Ein Engel hat es mich geheißen, ehrwürdiger Bischof von Beauvais.

*Die Richter sehen sich an.*

PATRON So, ein Engel? Was für ein Engel?

SIMONE Aus der Kirche. Der links vom Altar.

CAPITAINE Nie gesehen.

MAIRE *freundlich:* Wie sah dieser Engel aus, Simone? Beschreib ihn uns.

SIMONE Er war sehr jung und hatte eine schöne Stimme, ehrwürdige Herren. Er sagte, ich solle –

COLONEL *unterbricht:* Was er sagte, ist uninteressant. In was für einem Dialekt sprach er? Wie ein gebildeter Mensch? Oder anders?

SIMONE Ich weiß nicht. Wie man eben spricht.

CAPITAINE Aha.

PATRON Wie war denn dieser Engel gekleidet?

SIMONE Er war sehr schön gekleidet. Sein Gewand war aus einem Stoff, wie man 20 bis 30 Francs zahlt für den Meter, in Tours.

CAPITAINE Verstehe ich dich recht, Simone beziehungsweise Johanna? Der Engel war keiner von den großen, prächtigen Engeln, deren Bekleidung vielleicht 200 bis 300 Francs kostet per Meter?

SIMONE Ich weiß nicht.

COLONEL Wie war denn das Gewand erhalten? Recht abgetragen?

SIMONE Der Engel war nur sehr wenig abgebröckelt, am Ärmel.

COLONEL Aha. Abgebröckelt am Ärmel. Wie wenn er sein Gewand auch bei der Arbeit tragen müßte, was? Womöglich zerrissen?

SIMONE Nein, zerrissen nicht.

CAPITAINE Aber doch abgebröckelt. Da, wo er abgebröckelt war, da kann der Ärmel doch zerrissen gewesen sein, von der Arbeit. Man sah es vielleicht nicht, weil eben da die Farbe abgebröckelt war. Es kann aber gewesen sein, nicht?

*Simone schweigt.*

COLONEL Sagte der Engel irgend etwas, was auch eine Person von Stande hätte sagen können? Überleg das gut.

SIMONE Mehr allgemeines.

MAIRE Glich der Engel jemand aus deiner Bekanntschaft?

SIMONE *leise:* Meinem Bruder André.

COLONEL Dem gemeinen Soldaten André Machard! Meine Herren, jetzt ist es heraus. Ein sehr merkwürdiger Engel, das muß man sagen.

MADAME SOUPEAU Ein richtiger Weinschwemmenengel und Gossengabriel! Jedenfalls wissen wir jetzt, was es mit diesen »Stimmen« auf sich hat. Sie kommen aus den Weinhäusern und hinter den Jauchegruben vor.

SIMONE Ihr solltet nicht auf den Engel schimpfen, ehrwürdige Bischöfe und Kardinäle.

PATRON Du wirst in deinem Buch auf Seite 124 finden, daß wir das Geistliche Gericht sind, sozusagen die höchste Autorität auf Erden.

COLONEL Glaubst du nicht, daß wir, die Hohen Kardinäle von Frankreich, besser wissen, was Gott will, als irgendein hergelaufender Engel?

CAPITAINE Wo ist Gott, Johanna? Unten oder oben? Und woher kam dein sogenannter Engel? Von unten. Wessen Abgesandter ist er also? Gottes? Oder vielleicht des Bösen?

MADAME SOUPEAU Des Teufels! Johanna von Orléans, die Stimmen, die du gehört hast, kamen vom Teufel!

SIMONE *laut:* Nein! Nein! Nicht vom Teufel!

CAPITAINE Ruf ihn doch her, deinen Engel! Vielleicht verteidigt er dich, du große Jungfrau von Orléans. Gerichtsdiener, tu deine Pflicht.

PÈRE GUSTAVE *ruft aus:* Das Hohe Geistliche Gericht von Rouen fordert den Engel unbekannten Namens, welcher in mehreren Nächten der Jungfrau erschienen sein soll, hiemit auf, für sie Zeugnis abzulegen.

*Simone schaut nach dem Dach der Garage. Es bleibt leer. Père Gustave wiederholt die Aufforderung. Simone sieht in großer Bedrängnis auf die lächelnden Richter. Dann kauert sie nieder und beginnt in Verwirrung den Boden zu schlagen. Man hört jedoch nichts, und das Dach der Garage bleibt leer.*

SIMONE Sie klingt nicht hier. Was ist geschehen? Sie klingt nicht! Die französische Erde klingt nicht mehr! Sie klingt hier nicht!

MADAME SOUPEAU *tritt zu ihr:* Weißt du denn überhaupt, wer Frankreich ist?

b

*Morgen des 22. Juni. Auf dem Torbogen eine französische Flagge, auf Halbmast gesetzt, mit Trauerflor. Georges, Robert und Père Gustave hören Maurice zu, der in einer schwarzumrandeten Zeitung liest.*

MAURICE Der Marschall sagt, die Bedingungen des Waffenstillstandes rühren Frankreichs Ehre nicht an.

PÈRE GUSTAVE Das ist ein Trost für mich.

MAURICE Gewiß. Der Marschall fährt fort, das französische Volk habe sich nunmehr um ihn wie um einen Vater zu scharen. Eine neue Zucht und Ordnung ist nötig.

PÈRE GUSTAVE So ist es. André kämpft nicht mehr, man hat seine Waffen niedergelegt. Jetzt muß er in strenge Zucht genommen werden.

GEORGES Gut, daß Simone weg ist.

*Aus dem Eingang der Hostellerie kommt der deutsche Hauptmann ohne Kopfbedeckung und Koppel, eine Frühstückszigarre rauchend. Er mustert die Anwesenden gleichgültig und schlendert zum Hoftor. Dort hält er kurz Ausschau, kehrt um und geht, schneller, in die Hostellerie zurück.*

PÈRE GUSTAVE Dem war es von Anfang an unangenehm, daß es sich um ein Kind handelte.

GEORGES Ich wundere mich eigentlich, daß sie weggelaufen ist. Sie wollte immer auf jeden Fall bleiben. Etwas muß sie erschreckt haben. Sie kroch einfach durch das Fenster der Wäschekammer.

*Aus der Hostellerie kommt der Patron, sich die Hände reibend.*

PATRON Maurice, Robert! Ladet die Kisten mit dem Porzellan und dem Silber ab! *Gedämpft, nachdem er sich umgeblickt hat:* Ich werde euch übrigens nicht fragen, ob jemand von meinem Personal bei einer gewissen Flucht heute nacht Beihilfe geleistet hat. Was geschehen ist, ist geschehen, und ich gehe soweit, zu sagen, es war vielleicht nicht die schlechteste Lösung. Nicht, als ob eine wirkliche Gefahr bestanden hätte. Die Deutschen sind keine Menschenfresser, und euer Patron weiß sie nicht schlecht zu nehmen. Ich sagte es heute morgen beim Frühstück Monsieur le Hauptmann. »Eine Farce! Vor dem Plakat, nach dem Plakat, wozu das alles! Ein Kind! Was will man! Ein wenig schwachsinnig vielleicht, ein psychopathischer Fall! Die Tanks! Man muß sie aufhalten, alles zerstören! Und natürlich Zündhölzer, das ist immer ein Hauptspaß. Ein politischer Anschlag? Ein Kinderstreich!«

GEORGES *die anderen anblickend:* Was heißt das, Monsieur Henri, ein Kinderstreich?

PATRON Ich habe es auch Maman gesagt: ein Kind!

GEORGES Das Kind war hier in der Hostellerie der einzige Mensch, der seine Pflicht getan hat; außer ihr hat niemand eine Hand gerührt. Und Saint-Martin wird es nicht vergessen, Monsieur Henri.

PATRON *verstimmt:* Tut ihr lieber eure Pflicht. Und ladet die Kisten ab. Ich betrachte es als Glück, daß die Sache erledigt ist. Ich bin überzeugt, daß Monsieur le Hauptmann nicht lange nach Simone fahnden wird. Und nun an eure Arbeit! Das ist es, was unser armes Frankreich jetzt braucht! *Ab.*

GEORGES Erleichterung auf der ganzen Linie: sie ist weg!

MAURICE Und es hatte nicht das geringste mit Patriotismus und derlei zu tun! Das wäre unangenehm gewesen. »Die Deutschen sind keine Menschenfresser.« Man war eben dabei, eine schöne Geste zu machen und das Benzin an die Deutschen auszuliefern, das man der eigenen Armee hintangehalten hatte, und da mischt sich der Pöbel ein und ist patriotisch.

*Durch das Hoftor kommt der Maire. Er ist blaß und erwidert keinen Gruß, in die Hostellerie gehend.*

MAIRE *sich umwendend:* Sind im Gang vor Madame Soupeaus Zimmer Posten?

PÈRE GUSTAVE Nein, Monsieur Chavez.

*Maire ab.*

PÈRE GUSTAVE Er kommt wahrscheinlich, weil die Deutschen verlangt haben, daß die Turnhalle geräumt wird. Wenn es nicht Madame Soupeau verlangt hat!

ROBERT Die neue Zucht und Ordnung!

PÈRE GUSTAVE Was Simone betrifft, Maurice: es muß schon deshalb eine gewöhnliche Brandstiftung gewesen sein, weil da die Versicherungsgesellschaft den Schaden ersetzen muß. So was vergessen die nicht leicht.

*Zwischen zwei deutschen Soldaten mit aufgepflanztem Bajonett kommt Simone durch das Hoftor.*

GEORGES Simone! Was ist passiert?

SIMONE *bleibt stehen, sehr blaß:* Ich war noch in der Turnhalle.

ROBERT Du mußt dich nicht fürchten. Die Deutschen werden dir nichts tun.

SIMONE Gestern abend beim Verhör ist gesagt worden, ich soll den französischen Behörden übergeben werden, Robert.

GEORGES Warum bist du dann weggelaufen?

*Simone antwortet ihm nicht. Die Soldaten schieben sie in die Hostellerie.*

MAURICE Die Sache ist für die Deutschen also keineswegs erledigt. Monsieur Henri irrt sich.

*Durch das Hoftor kommen Madame und Monsieur Machard, der letztere in Gemeindedieneruniform.*

MADAME MACHARD Ist sie schon hereingebracht worden? Es ist entsetzlich. Monsieur Machard ist außer sich. Es ist nicht nur, daß gerade jetzt die Pacht fällig ist; was an Monsieur Machard frißt, ist die Schande. Ich wußte immer, daß es so enden würde; dieses ständige Bücherlesen hat sie verrückt gemacht. Und heute früh sieben Uhr klopft es, und die Deutschen stehen im Hof. »Messieurs«, sagte ich, »wenn unsere Tochter nicht zu finden ist, hat sie sich etwas angetan. Brandstiftung oder nicht, sie würde die Hostellerie niemals verlassen haben sonst. Schon ihres Bruders wegen nicht.«

*Aus der Hostellerie kommt der Patron.*

PATRON Zu viele Schwierigkeiten, Madame

Machard! Sie hat mich 100000 Francs gekostet. Was sie mich an Nerven gekostet hat, rechne ich nicht.

*Aus der Hostellerie kommt Madame Soupeau. Sie hält Simone mit starkem Griff am Arm und führt die Zögernde über den Hof in den Vorratsschuppen. Hinterher der Maire und der Capitaine. Die vier ab in den Schuppen. Die im Hof schauen erstaunt zu.*

MAIRE *unter dem Schuppentor:* Machard, gehen Sie in die Turnhalle hinüber und sorgen Sie, daß die Evakuierung in Ruhe vor sich geht, erklären Sie, daß die Deutschen die Räume brauchen. *Ab in den Schuppen.*

MADAME MACHARD Jawohl, Monsieur le Maire. *Die beiden Machards gehen würdig ab.*

ROBERT Was wollen sie mit ihr im Vorratsschuppen? Was geschieht mit ihr, Monsieur Henri?

PATRON Fragen Sie nicht so viel. Unsere Verantwortung ist unermeßlich. Ein falscher Schritt, und die Hostellerie ist futsch.

MADAME SOUPEAU *kommt mit Simone aus dem Schuppen zurück, hinter ihr der Maire und der Capitaine:* Monsieur le Maire, ich denke, ich habe Sie jetzt durch den Augenschein davon überzeugt, daß sie die Keller mit den Vorräten, unter denen sich Markenweine im Wert von 50000 Francs befanden, hat offenstehen lassen. Wie viele weitere Kisten dadurch noch abhanden kamen, kann ich nur vermuten. Um mich zu täuschen, übergab sie mir in Ihrer Gegenwart den Schlüssel. *Wendet sich an Simone:* Simone, es ist mir zu Ohren gekommen, daß du selber Körbe voll Lebensmittel in die Turnhalle geschleppt hast. Was hast da dafür bekommen? Wo ist das Geld?

SIMONE Ich habe nichts dafür genommen, Madame.

MADAME SOUPEAU Lüg nicht. Es sind noch andere Dinge vorgekommen. An dem Morgen, als Monsieur Henri wegfuhr, wurde er von dem Mob bedroht, weil das Gerücht ausgestreut worden war, die Lastwägen sollten hier weggebracht werden. Hast d u dieses Gerücht ausgestreut?

SIMONE Ich habe es Monsieur le Maire gesagt, Madame.

MADAME SOUPEAU Wer war noch im Zimmer des Maire, als du es sagtest? Flüchtlinge?

SIMONE Ja, ich glaube.

MADAME SOUPEAU So, du glaubst. Als der Mob dann hier erschien, was hast du ihnen da geraten in betreff der Vorräte der Hostellerie, bei der du angestellt warst? *Simone begreift nicht.* Hast du ihnen geraten, sie sollten sich nehmen, was sie wollten, oder hast du das nicht?

SIMONE Ich weiß nicht mehr, Madame.

MADAME SOUPEAU So –

MAIRE Worauf hinaus wollen Sie eigentlich, Madame?

MADAME SOUPEAU Wer hat als erster von den Vorräten bekommen, Simone? Ganz richtig, deine Eltern. Sie griffen ganz schön zu.

ROBERT Das ist die Höhe. *Zu Madame Soupeau:* Sie selber haben den Machards die Dosen aufgedrängt.

GEORGES *gleichzeitig:* Sie selber haben doch Monsieur le Maire die Vorräte zur Verfügung gestellt.

MAIRE Das haben Sie, Madame.

MADAME SOUPEAU *unbeirrt zu Simone:* Du hast dich vorlaut, illoyal und eigenmächtig gezeigt. Ich habe dich daraufhin entlassen. Bist du weggegangen, wie ich es dir befohlen hatte?

SIMONE Nein, Madame.

MADAME SOUPEAU Statt dessen hast du dich hier herumgetrieben, und dann hast du zur Rache für deine Entlassung die Ziegelei angezündet. Nicht?

SIMONE *erregt:* Aber das habe ich gegen die Deutschen getan.

ROBERT Das weiß ganz Saint-Martin.

MADAME SOUPEAU So, gegen die Deutschen? Wer hat dir denn gesagt, daß die Deutschen von dem Benzin erfahren würden?

SIMONE Ich habe gehört, wie Monsieur le Capitaine es Monsieur le Maire gesagt hat.

MADAME SOUPEAU Ah, du hast gehört, daß wir das Benzin anzumelden wünschten?

SIMONE Monsieur le Capitaine wünschte es.

MADAME SOUPEAU Du hast also das Benzin verbrannt, nur damit wir es nicht ausliefern könnten. Genau das wollte ich feststellen.

SIMONE *verzweifelt:* Ich habe es gegen den Feind gemacht! Die drei Tanks standen auf dem Platz vor der Mairie.

MADAME SOUPEAU Und die waren der Feind? Oder war es vielleicht jemand anderes?

*Im Hoftor erscheinen zwei Klosterfrauen, begleitet von einem Stadtpolizisten.*

MAIRE Was suchst du hier, Jules?

POLIZIST Die Damen sind von den Gestrengen Schwestern von Sainte-Ursula.

CAPITAINE Ich habe in Ihrem Namen nach Sainte-Ursula telefoniert, Chavez. *Zu den*

*Schwestern:* Meine Damen, hier ist die Machard.

MAIRE Was erlauben Sie sich?

CAPITAINE Sie denken doch wohl nicht daran, Monsieur Chavez, die Machard weiter frei herumlaufen zu lassen? *Scharf:* Unsere Gäste können zumindest erwarten, daß die Gemeinde Saint-Martin von gemeingefährlichen Elementen gereinigt wird. Sie scheinen die Ansprache des verehrungswürdigen Marschalls nicht studiert zu haben. Frankreich wird durch eine Zeit der Gefahren gehen. Es ist an uns, die Keime der Unbotmäßigkeit, die so sehr ansteckend sind, zu vernichten. Ein Feuer dieser Art in Saint-Martin ist genug, Chavez.

MAURICE Ah, die schmutzige Arbeit sollen wir für die Deutschen besorgen. Und wir tun es mit Freude, wie?

MADAME SOUPEAU *kalt:* Selbstverständlich werde ich für die Überführung der Machard die Bestätigung der Staatsanwaltschaft in Tours einholen. Simone hat die Ziegelei, Eigentum der Hostellerie, in Brand gesteckt, und zwar aus gemeinen persönlichen Motiven.

GEORGES Simone und persönliche Motive!

MAIRE *erschüttert:* Wollen Sie das Kind ruinieren?

ROBERT *drohend:* Wer ist hier rachsüchtig?

PATRON Fangen Sie nicht wieder an, Robert. Sie ist minderjährig. Sie kommt in die Obhut der Schwestern, das ist alles.

MAURICE *entsetzt:* In den Prügelkasten von Sainte-Ursula!

SIMONE *schreit auf:* Nein!

MAIRE Simone in die Schwachsinnigenanstalt von Sainte-Ursula! In diese Anstalt für geistige Folterung, in diese Hölle! Wissen Sie, daß Sie sie zum sicheren geistigen Tode verurteilen?

MAURICE *auf die brutalen Damen weisend:* Schauen Sie sich die Damen an.

*Die Gesichter der Klosterfrauen bleiben ungerührt maskenhaft.*

GEORGES Ihr hättet sie besser von den Deutschen exekutieren lassen.

SIMONE *hilfeflehend:* Das ist, wo sie am Schluß die großen Köpfe kriegen und ihnen der Speichel aus dem Munde rinnt, Monsieur le Maire. Dort wird man angebunden!

MAIRE *stark:* Madame Soupeau, ich werde bei der Verhandlung in Tours als Zeuge aussagen, welches die wahren Motive dieses Kindes gewesen sind. Sei ruhig, Simone, jedermann weiß, daß du aus patriotischen Motiven gehandelt hast.

MADAME SOUPEAU *ausbrechend:* Ah! Die kleine Petroleuse als Nationalheilige: ist das der Plan? Frankreich ist gerettet: Frankreich brennt. Hie die deutschen Tanks, hie Simone Machard, die Tochter des Taglöhners.

CAPITAINE Ihre Vergangenheit, Monsieur Chavez, ist nicht derart, daß Richter des neuen Frankreich Ihrer Zeugenaussage viel Bedeutung beilegen würden. Auch ist der Weg nach Tours ziemlich unsicher geworden für Leute Ihres Schlages.

MAURICE *bitter:* Jetzt ist es heraus: Sie waschen Saint-Martin weiß von der Anklage, daß es hier Franzosen gibt.

MADAME SOUPEAU Franzosen? *Packt Simone, rüttelt sie:* Willst du uns lehren, wie man patriotisch ist? Die Soupeaus haben diese Hostellerie seit 200 Jahren. *Zu allen:* Wollt ihr einen Patrioten sehen? *Auf den Capitaine weisend:* Hier steht er. Wir sind ganz fähig, euch zu sagen, wann Krieg nötig ist, und auch, wenn der Friede besser ist. Ihr wollt etwas tun für Frankreich? Gut. Wir sind Frankreich, verstanden?

CAPITAINE Sie echauffieren sich, Marie. – Lassen Sie endlich die Machard abführen, Monsieur le Maire.

MAIRE Ich? Sie scheinen ja hier die Macht übernommen zu haben.

*Wendet sich zum Gehen.*

SIMONE *in Angst:* Gehen Sie nicht fort, Monsieur le Maire!

MAIRE *hilflos:* Kopf hoch, Simone! *Stolpert fort, gebrochen.*

MADAME SOUPEAU *in eine Stille, zum Capitaine:* Machen Sie dem Skandal ein Ende, Honoré!

CAPITAINE *zum Polizisten:* Ich übernehme die Verantwortung.

*Der Polizist packt Simone.*

SIMONE *leise, in höchster Angst:* Nicht nach Sainte-Ursula!

ROBERT Schweinerei! *Will auf den Polizisten los.*

MAURICE *hält ihn zurück:* Mach keinen Unsinn, Robert. Wir können ihr nicht mehr helfen. Sie haben ihre Polizisten, und sie haben die Deutschen. Arme Simone, zu viele Feinde.

MADAME SOUPEAU Simone, hol deine Sachen.

*Simone sieht sich um, ihre Freunde schweigen und sehen zu Boden. Verstört geht sie in den Schuppen.*

MADAME SOUPEAU *halb zum Personal, ruhig,*

*erläuternd:* Dieses Kind ist unbotmäßig und außerstande, Autorität anzuerkennen. Es ist unsere betrübliche Aufgabe, sie zu Zucht und Ordnung zu erziehen.

*Simone kehrt mit einem winzigen Köfferchen zurück, ihre Schürze überm Arm. Sie gibt die Schürze Madame Soupeau.*

MADAME SOUPEAU Und jetzt mach den Koffer auf, damit wir sehen, was du alles mitnimmst.

PATRON Ist das nötig, Maman?

*Die eine Klosterfrau hat bereits das Köfferchen geöffnet. Sie nimmt das Buch Simones heraus.*

SIMONE Nicht das Buch!

*Die Klosterfrau gibt das Buch der Madame Soupeau.*

MADAME SOUPEAU Es gehört der Hostellerie.

PATRON Ich hab es ihr gegeben.

MADAME SOUPEAU Es hat bei ihr nichts genützt. *Zu Simone:* Simone, verabschiede dich vom Personal.

SIMONE Adieu, Monsieur Georges.

GEORGES Wirst du Mut haben, Simone?

SIMONE Sicher, Monsieur Georges.

MAURICE Sieh zu, daß du gesund bleibst.

SIMONE Ja, Maurice.

GEORGES Ich werde die Kusine nicht vergessen.

*Simone lächelt ihm zu. Sie blickt nach dem Garagendach. Das Licht wird dünner. Musik setzt ein und kündigt das Erscheinen des Engels an. Simone blickt nach dem Garagendach, erblickt dort den Engel.*

DER ENGEL

Tochter Frankreichs, fürchte dich nicht.
Keiner wird dauern, der gegen dich ficht.
Die Hand, die dir antut Gewalt
Wird verdorren alsbald.
Wo sie dich hinschaffen, das gilt gleich
Wo du sein wirst, ist Frankreich.
Und nach einer kleinen Zeit
Steht es auf in Herrlichkeit.

*Der Engel verschwindet, wieder volles Licht. Die Klosterfrauen fassen Simone am Arm. Simone küßt Maurice und Robert, wird abgeführt. Alle schauen schweigend zu.*

SIMONE *im Hoftor, wehrt sich verzweifelt:* Nicht, nicht! Ich gehe nicht! So helft mir doch! Nicht in die Anstalt! André! André! *Sie wird weggezerrt.*

MADAME SOUPEAU Meine Tropfen, Henri.

PATRON *finster:* Maurice, Robert, Georges, Père Gustave, an die Arbeit! Vergeßt nicht, daß jetzt Friede ist.

*Der Patron und der Capitaine führen Madame Soupeau in die Hostellerie. Maurice und Robert gehen durchs Hoftor ab. Père Gustave rollt sich einen Pneu zum Flicken auf den Hof. Georges untersucht seinen lahmen Arm. Der Himmel beginnt sich zu röten. Père Gustave zeigt ihn Georges. Aus der Hostellerie stürzt der Patron.*

PATRON Maurice, Robert! Findet sofort aus, was da brennt! *Ab.*

PÈRE GUSTAVE Es muß die Turnhalle sein. Die Flüchtlinge! Sie haben etwas gelernt, scheint es.

GEORGES Der Wagen kann noch nicht in Sainte-Ursula sein. Da kann Simone vom Wagen aus das Feuer sehen.

# Schweyk im Zweiten Weltkrieg

*Personen*

Schweyk, Hundehändler in Prag · Baloun, ein Photograph, sein Freund · Anna Kopecka, Wirtin des Wirtshauses »Zum Kelch« · Der junge Prochazka, ein Schlächtersohn, ihr Verehrer · Anna, ein Dienstmädchen · Kati, ihre Freundin

Brettschneider, Gestapoagent · Bullinger, Scharführer der SS · SS-Mann Müller 2 · Der Feldkurat

Hitler · Himmler · Göring · Goebbels · von Bock

Nebenpersonen

**Vorspiel in den höheren Regionen**

*Kriegerische Musik. Hitler, Göring, Goebbels und Himmler um einen Globus. Alle sind überlebensgroß außer Goebbels, der überlebensklein ist.*

HITLER
Meine Herren Parteigenossen, nachdem ich jetzt Deutschland
Unterworfen habe mit eiserner Hand
Kann ich darangehen, nunmehr die ganze Welt zu unterwerfen
Meiner Meinung eine Frage von Tanks, Stukas und guten Nerven.
*Er legt seine Hand auf den Globus. Es verbreitet sich darauf ein blutiger Fleck. Göring, Goebbels und Himmler rufen »Heil«.*
Aber, daß ich das doch nicht in der Eile vergeß:
Wie, mein lieber Chef der Polizei und SS
Steht eigentlich der kleine Mann zu mir?
Ich meine nicht nur der hier
Sondern auch der in Österreich und der Tschechei
(Oder wie diese Länder geheißen haben, es ist einerlei)
Ist er für mich oder – liebt er mich?
Würde er mir im Notfall beispringen, oder – ließe er sich im Stich?
Wie steht er zu mir, der die Staatskunst, Redekunst, Baukunst und Kriegskunst meistert –
Kurz, wie blickt er zu mir auf?

HIMMLER
Begeistert.

HITLER
Hat er die Opferfreude, Treue und Hingabe
Besonders auch seiner Habe
Die ich brauche für meinen Krieg, denn so gescheit ich
Schließlich bin, ich bin auch nur ein Mensch...

HIMMLER
Das bestreit ich.

HITLER
Das will ich hoffen. Aber wie gesagt
Wenn mich diese chronische Schlaflosigkeit plagt
Frag ich mich: wo steht in Europa der kleine Mann?

HIMMLER Mein Führer, zum Teil betet er Sie an
Wie einen Gott, und zum Teil
Liebt er Sie wie eine Geliebte, genau wie in Deutschland!

GÖRING, GOEBBELS, HIMMLER
Heil!

1

*Im Wirtshaus »Zum Kelch« sitzen Schweyk und Baloun beim Frühschoppen. Die Wirtin Frau Anna Kopecka bedient einen betrunkenen SS-Mann. Am Schanktisch sitzt der junge Prochazka.*

FRAU KOPECKA Sie haben fünf Pilsner, und ein sechstes möcht ich Ihnen lieber nicht geben, weil Sies nicht gewohnt sind.

SS-MANN Geben Sie mir noch eines, das ist ein Befehl. Sie wissen, was das heißt, und wenn Sie vernünftig sind und kuschen, weih ich Sie in das Geheimnis ein, es wird Sie nicht reuen.

FRAU KOPECKA Ich wills nicht wissen. Darum geb ich Ihnen kein Bier mehr, daß Sie nicht Ihre Geheimnisse ausplaudern, und ich hab die Bescherung.

SS-MANN Das ist sehr klug von Ihnen, ich möchte es Ihnen auch geraten haben. Wer dieses Geheimnis weiß, wird erschossen. Sie haben ein Attentat auf den Adolf gemacht, in München. Er ist beinah draufgegangen, um ein Haar.

FRAU KOPECKA Ihren Mund haltens. Sie sind besoffen.

SCHWEYK *freundlich vom Nebentisch:* Was für ein Adolf is es denn? Ich kenn zwei Adolfe. Einen, der war Kommis beim Drogisten Pruscha und is jetzt im Kazett, weil er konzentrierte Salzsäure nur an Tschechen verkaufen hat wollen, und dann kenn ich noch den Adolf Kokoschka, der was den Hundedreck sammelt und auch im Kazett is, weil er geäußert haben soll, daß der Dreck von einer englischen Bulldogge der beste is. Um beide is kein Schad.

SS-MANN *erhebt sich und salutiert:* Heil Hitler!

SCHWEYK *erhebt sich ebenfalls und salutiert:* Heil Hitler!

SS-MANN *drohend:* Paßts Ihnen etwa nicht?

SCHWEYK Zu Befehl, Herr SS, es paßt mir gut.

FRAU KOPECKA *kommt mit Bier:* Da haben Sie Ihr Pilsner, jetzt ist es schon gleich. Aber jetzt setzen Sie sich ruhig hin und plauschen nicht Ihrem Führer seine Geheimnisse aus, wo niemand wissen will. Hier ist keine Politik. *Sie zeigt auf eine Tafel: »Trink dein Slibowitz oder Bier / und red nicht Politik bei mir. Anna Kopecka.«* Ich bin Gewerbetreibende, wenn jemand kommt und sich ein Bier bestellt, schenk ichs ihm ein, aber damit hörts auf.

DER JUNGE PROCHAZKA *wenn sie an den Schanktisch zurückkommt:* Warum lassen Sie Ihre Gäst sich nicht amüsieren, Frau Anna?

FRAU KOPECKA Weil mir dann die Nazis den »Kelch« schließen, Herr Prochazka.

SCHWEYK *sitzt wieder:* Wenns der Hitler war, auf den sie ein Attentat gemacht haben, das wär gelungen.

FRAU KOPECKA Sie sind auch ruhig, Herr Schweyk. Sie gehts nichts an.

SCHWEYK Wenns geschehn is, könnts sein, weil die Kartoffeln knapp wern. Das können die Leut nicht vertragn. Aber dran is nur die Ordnung schuld, weil alles eingeteilt wird, jedes Büschel Suppengrün is ein Abschnitt auf der Lebensmittelkart, das is Ordnung, und ich hab sagen hern, der Hitler hat eine größere Ordnung gebracht, als man für menschenmöglich gehalten hat. Wo viel is, herrscht keine Ordnung. Warum, wenn ich grad einen Dachshund verkauft hab, sind in meiner Taschen Kronenschein, Zehnerln und Fünferln, alles kunterbunt, aber wenn ich stier bin, vielleicht nur ein Kronenschein und ein Zehnerl, und wie soll da schon viel Unordnung sein unter ihnen? In Italien, wie der Mussolini gekommen is, ham sich die Züg nicht mehr verspätet. Es sind schon sieben bis acht Attentate auf ihn veribt worn.

FRAU KOPECKA Blödelns nicht, trinkens Ihr Bier. Wenn was passiert is, wern wirs alle ausbaden.

SCHWEYK Was ich nicht begreif, is, daß du den Kopf hängen läßt auf diese Nachricht, Baloun, da wirst du eine Seltenheit sein in Prag heut.

BALOUN Daß die Lebensmittel knapp wern in so einem Krieg, das sagt sich leicht, aber ich hab kein richtiges Mahl mehr gehabt seit Fronleichnam voriges Jahr mit all die Lebensmittelkarten und zwei Deka Fleisch in der Wochen. *Auf den SS-Mann:* Denen kanns recht sein, schau dir an, wie gut gefüttert die sind, ich muß ihn ein bissel ausfragen. *Er geht zum SS-Mann hinüber:* Was habens gegessen zum Mittag, Herr Nachbar, daß Sie so durstig geworn sind, wenn ich fragen darf? Ich wett, was mit Pfeffer, vielleicht Gulasch?

SS-MANN Das geht Sie nichts an, das ist ein militärisches Geheimnis, Hackbraten.

BALOUN Mit Sauce. War ein frisches Gemüserl dabei? Ich will nicht, daß sie was ausplaudern, aber wenns Wirsing war, war er gut durchgedreht, davon hängt alles ab. Ach ja, in Prszlau, vorn Hitler, Sie entschuldigen, hab ich einen Hackbraten gegessen im »Schwan«, der war besser als beim Plattner.

FRAU KOPECKA *zu Schweyk:* Könnens nicht den Herrn Baloun von dem SS-Mann wegbringen, gestern hat er den Herrn Brettschneider von der Gestapo, ich wunder mich, wo er heut bleibt, so lang nach den Portionen in der deutschen Armee gefragt, daß er fast als Spion verhaftet worn is.

SCHWEYK Da könnens nix machen. Essen is bei ihm ein Laster.

BALOUN *zum SS-Mann:* Is Ihnen bekannt, ob die Deutschen in Prag auch Freiwillige anwerben für den russischen Feldzug und ob die Portionen ebenso groß sind wie in der deutschen Armee, oder is das ein falsches Gerücht?

FRAU KOPECKA Herr Baloun, belästigen Sie den Herrn nicht, er is privat hier, und Sie sollten sich schämen, solche Fragen an ihn stellen, als Tscheche.

BALOUN *schuldbewußt:* Ich mein nix Schlimmes, sonst möcht ich nicht in aller Unschuld fragen; ich kenn Ihre Einstellung, Frau Kopecka.

FRAU KOPECKA Ich hab keine Einstellung, ich hab ein Wirtshaus. Ich seh nur auf gewöhnlichen Anstand bei den Gästen, Herr Baloun, es is schrecklich mit Ihnen.

SS-MANN Wollen Sie sich freiwillig melden?

BALOUN Ich frag doch nur.

SS-MANN Wenn Sie ein Interesse haben, führ ich Sie zur Meldestelle. Die Menage ist ausgezeichnet, wenn Sies interessiert. Die Ukraine wird die Kornkammer des Dritten Reichs. Wie wir in Holland waren, hab ich so viele Pakete heimgeschickt, daß ich sogar meine Tante versorgt habe, die ich nicht ausstehn kann. Heitler.

BALOUN *steht ebenfalls auf:* Heil Hitler.

SCHWEYK *der hinzugetreten ist:* Du mußt nicht sagen »Heil Hitler«, sondern wie der Herr, ders wissen muß, »Heitler«, das zeigt, daß dus gewohnt bist und es auch im Schlaf sagst, zu Haus.

FRAU KOPECKA *stellt dem SS-Mann einen Schnaps hin:* Trinkens das noch.

SS-MANN *umarmt Baloun:* Du willst dich also freiwillig melden gegen die Bolschewiken, das hör ich gern; du bist ein Sautschech, aber ein vernünftiger, ich geh mit dir zur Meldestelle.

FRAU KOPECKA *drückt ihn auf seinen Stuhl hinunter:* Trinkens Ihren Slibowitz, das wird Sie beruhigen. *Zu Baloun:* Ich hätt gute Lust, und schmeißet Sie hinaus. Sie haben keine Würde, das kommt von der unnatürlichen Freßsucht bei Ihnen. Kennens das Lied, das jetzt gesungen wird? Ich wers Ihnen vorsingen, Sie haben erst zwei Bier, da solltens noch Ihre Vernunft beisammen haben. *Sie singt »Das Lied vom Weib des Nazisoldaten«:*

Und was bekam des Soldaten Weib
Aus der alten Hauptstadt Prag?
Aus Prag bekam sie die Stöckelschuh.
Einen Gruß und dazu die Stöckelschuh
Das bekam sie aus der Stadt Prag.

Und was bekam des Soldaten Weib
Aus Warschau am Weichselstrand?
Aus Warschau bekam sie das leinene Hemd
So bunt und so fremd, ein polnisches Hemd!
Das bekam sie vom Weichselstrand.

Und was bekam des Soldaten Weib
Aus Oslo über dem Sund?
Aus Oslo bekam sie das Kräglein aus Pelz.
Hoffentlich gefällts, das Kräglein aus Pelz!
Das bekam sie aus Oslo am Sund.

Und was bekam des Soldaten Weib
Aus dem reichen Rotterdam?
Aus Rotterdam bekam sie den Hut.
Und er steht ihr gut, der holländische Hut.
Den bekam sie aus Rotterdam.

Und was bekam des Soldaten Weib
Aus Brüssel im belgischen Land?
Aus Brüssel bekam sie die seltenen Spitzen.
Ach, das zu besitzen, so seltene Spitzen!
Die bekam sie aus belgischem Land.

Und was bekam des Soldaten Weib
Aus der Lichterstadt Paris?
Aus Paris bekam sie das seidene Kleid.
Zu der Nachbarin Neid das seidene Kleid
Das bekam sie aus Paris.

Und was bekam des Soldaten Weib
Aus dem libyschen Tripolis?
Aus Tripolis bekam sie das Kettchen.
Das Amulettchen am kupfernen Kettchen
Das bekam sie aus Tripolis.

Und was bekam des Soldaten Weib
Aus dem weiten Russenland?
Aus Rußland bekam sie den Witwenschleier.
Zu der Totenfeier den Witwenschleier
Das bekam sie aus Rußland.

*Der SS-Mann nickt triumphierend am Ende jeder Strophe, aber vor der letzten sinkt ihm der Kopf auf den Tisch, da er jetzt völlig betrunken ist.*

SCHWEYK Ein sehr schönes Lied. *Zu Baloun:* Es beweist dir, daß du es dir zweimal überlegen sollst, bis du etwas Unüberlegtes tust. Laß es dir nicht einfallen, nach Rußland zu ziehn mitn Hitler wegen große Rationen und dann erfrierst du, du Ochs.

BALOUN *hat, erschüttert durch das Lied, den Kopf auf die Ellbögen gelegt und zu schluchzen angefangen:* Jesus Maria, was wird aus mir mit meiner Verfressenheit? Ihr müßt was unternehmen mit mir, sonst verkomm ich vollends, ich kann nicht mehr ein guter Tschech sein aufn leeren Magen.

SCHWEYK Wenn du schwören würdst auf die Jungfrau Maria, daß du dich nie freiwillig meldest aus Freßsucht, würdst dus halten. *Zur Kopecka:* Er is religiös. Aber würdst dus schwören? Nein.

BALOUN Auf nix hin kann ich nicht schwören, es is kein Jux.

FRAU KOPECKA Es is schrecklich. Sie sind doch ein erwachsener Mensch.

BALOUN Aber ein schwacher.

SCHWEYK Wenn man dir einen Teller mit Schweinernem hinstellen könnt, »da, iß, verkommener Mensch, aber schwör, daß du ein guter Tschech bleiben wirst«, dann möchtst du schwören, wie ich dich kenn, das heißt, wenn man den Teller in der Hand behält und ihn sogleich wieder wegzieht, wenn du nicht schwörst, das würd gehen mit dir.

BALOUN Das is wahr, aber man müßt ihn in der Hand behalten.

SCHWEYK Und du würdst es nur halten, wenn du bein Schwur niedergingst auf deine Knie und schwörst es auf die Bibel und vor alle Leut, hab ich recht?

*Baloun nickt.*

FRAU KOPECKA Ich möchts fast versuchen mit Ihnen. *Sie geht zum jungen Prochazka zurück.*

DER JUNGE PROCHAZKA Wenn ich Sie nur singen hör, muß ich mich schon zurückhalten.

FRAU KOPECKA *zerstreut:* Warum?

DER JUNGE PROCHAZKA Liebe.

FRAU KOPECKA Woher wollens das wissen, daß es Liebe is und nicht nur eine zufällige Anwandlung?

DER JUNGE PROCHAZKA Frau Anna, ich weiß. Gestern hab ich einer Kundin ihr eigenes Tascherl eingepackt statt ein Schnitzel, daß ich Anständ mit meinem Vater bekommen hab, weil ich meine Gedanken bei Ihnen gehabt hab. Und in der Früh hab ich Kopfweh. Es is Liebe.

FRAU KOPECKA Dann fragt sich immer noch, wieviel Liebe es is, nicht?

DER JUNGE PROCHAZKA Was meinens damit, Frau Anna?

FRAU KOPECKA Ich mein, wofür würd die Liebe auslangen? Vielleicht nur zu einem Naseschneuzen, wies schon vorgekommen is.

DER JUNGE PROCHAZKA Frau Anna, schneidens mir bitte nicht in die Seel mit einer solchen kalten Anschuldigung, die ich zurückweis. Sie langt zu allem aus, wenn sie nur angenommen würd. Aber da fehlts.

FRAU KOPECKA Ich frag mich, ob sie zum Beispiel zu zwei Pfund Geselchtem auslangen würd.

DER JUNGE PROCHAZKA Frau Anna! Wie könnens so was Materialistisches aufbringen in so einem Moment!

FRAU KOPECKA *indem sie sich wegwendet, Flaschen zu zählen:* Sehens! Gleich is zuviel.

DER JUNGE PROCHAZKA *kopfschüttelnd:* Ich versteh Sie wieder nicht. Schiffe, die sich nachts begegnen, Frau Anna.

BALOUN *hoffnungslos:* Das datiert bei mir nicht von diesem Krieg her, das is schon eine alte Krankheit, diese Gefräßigkeit. Wegen ihr is meine Schwester mit den Kindern, wo ich damals gewohnt hab, nach Klokota zur Kirchweih gegangen. Aber nicht einmal Klokota hat genützt. Die Schwester mitn Kindern kommt von der Kirchweih und fängt schon an, die Hennen zu zähln. Eine oder zwei fehln. Aber ich hab mir nicht helfen können, ich hab gewußt, daß sie in der Wirtschaft wegen den Eiern nötig sind, aber ich geh heraus, verschau mich in sie, auf einmal spür ich euch im Magen einen Abgrund, und in einer Stunde is mir schon gut und die Henne schon gerupft. Mir is wahrscheinlich nicht zu helfen.

DER JUNGE PROCHAZKA Ham Sie das ernst gemeint?

FRAU KOPECKA Ganz ernst.

DER JUNGE PROCHAZKA Frau Anna, wann wollens die zwei Pfund? Morgen?

FRAU KOPECKA Sind Sie nicht leichtfertig mit dem Versprechen? Sie hättens aus dem Laden von Ihrem Herrn Vater zu nehmen ohne Erlaubnis und ohne Fleischkart, und das heißt jetzt Schleichhandel, und darauf steht Erschießen, wenns aufkommt.

DER JUNGE PROCHAZKA Denkens wirklich, daß ich mich nicht für Sie erschießen lassen würd, wenn ich wüßt, ich erreich was damit bei Ihnen?

*Schweyk und Baloun haben die Unterredung verfolgt.*

SCHWEYK *anerkennend:* Das is, wie ein verliebter Mensch sein soll. In Pilsen hat sich ein junger Mensch für eine Witwe, wo sogar schon nicht mehr ganz jung war, am Scheunenbalken aufgehängt, weil sie im Gespräch hat fallen lassen, er tut nichts für sie, und im »Bären« hat einer sich am Abort die Pulsader aufgeschnitten, weil die Kellnerin einem andern Gast besser eingeschenkt hat, ein Familienvater. Paar Tag später haben sich von der Karlsbrücken zwei in die Moldau gestürzt wegen einer Person, aber da wars wegn ihren Geld; sie war, her ich, vermögend.

FRAU KOPECKA Ich muß zugeben, das hört man nicht alle Tage als Frau, Herr Prochazka.

DER JUNGE PROCHAZKA Nicht wahr! Ich brings morgen mittag, is das früh genug?

FRAU KOPECKA Ich möcht nicht, daß Sie sich gefährden, es is aber für eine gute Sach, nicht für mich. Sie haben selber gehört, der Herr Baloun muß ein richtiges Mahl mit Fleisch haben, sonst kommt er auf schlechte Gedanken.

DER JUNGE PROCHAZKA Sie wollen also nicht, daß ich mich in Gefahr bring. Das is Ihnen so herausgerutscht, hab ich recht? Es is Ihnen nicht gleich, wenn ich erschossen werd, nehmen Sies jetzt nicht zurück, daß Sie mich glücklich machen. Frau Anna, es is beschlossen, Sie können mit dem Geselchten rechnen, und wenn ich krepier deswegen.

FRAU KOPECKA Kommens morgen mittag her, Herr Baloun, ich versprich nichts, aber es schaut aus, als ob Sie ein Mahl kriegen.

BALOUN Wenn ich nur noch e i n Mahl krieget, möcht ich mir alle schlechtn Gedanken ausn Kopf schlagn. Aber ich fang nicht an mit dem Freuen, vor ichs vor mir seh, ich hab zuviel erlebt.

SCHWEYK *auf den SS-Mann:* Ich glaub, er hats vergessen, sobald er aufwacht, er is besoffen. *Er schreit ihm ins Ohr:* Hoch Benesch! *Als der sich nicht rührt:* Das ist das sicherste Zeichen, daß er nicht beir Besinnung ist, sonst möcht er aus mir Dreck machen, weil sie sich da fürchten.

*Der Gestapoagent Brettschneider ist eingetreten.*

BRETTSCHNEIDER Wer fürcht sich?

SCHWEYK *bestimmt:* Die SS-Männer. Setzen Sie sich zu uns, Herr Brettschneider. Ein Pilsner für den Herrn, Frau Kopecka, es macht heiß heut.

BRETTSCHNEIDER Und wovor fürchten sie sich Ihrer Meinung nach?

SCHWEYK Daß sie unaufmerksam sind und lassen eine hochverräterische Äußerung durchgehn oder was weiß ich. Aber vielleicht wollens Ihre Zeitung ungestört hier lesen, und ich halt Sie ab.

BRETTSCHNEIDER *setzt sich mit seiner Zeitung:* Mich stört keiner, wenn, was er sagt, interessant ist. Frau Kopecka, Sie schaun heut wieder aus wie ein Maiglöckerl.

FRAU KOPECKA *setzt ihm ein Bier vor:* Sagens lieber Juniglöckerl.

DER JUNGE PROCHAZKA *wenn sie am Schanktisch zurück ist:* Ich an Ihrer Stell möcht ihm nicht gestattn, daß er sich solche Freiheiten herausnimmt gegen Sie.

BRETTSCHNEIDER *seine Zeitung entfaltend:* Das ist eine Extraausgabe. Auf den Führer ist ein Bombenattentat verübt worden in einem Münchner Bräukeller. Was sagen Sie dazu?

SCHWEYK Hat er lang leiden missen?

BRETTSCHNEIDER Er ist nicht verletzt worden, da die Bombe zu spät explodiert ist.

SCHWEYK Wahrscheinlich eine billige. Heut stellens alles in der Massenproduktion her, und dann wundern sie sich, wenn es keine Qualität is. Warum, so ein Artikel is nicht mit der Liebe gemacht, wie früher eine Handarbeit, hab ich recht? Aber daß sie für eine solche Gelegenheit keine bessere Bomb wählen, is eine Nachlässigkeit von ihrer Seit. In Cesky Krumlov hat ein Schlachter einmal...

BRETTSCHNEIDER *unterbricht ihn:* Das nennen Sie eine Nachlässigkeit, wenn der Führer beinah seinen Tod findet?

SCHWEYK So ein Wort wie »beinah« is oft eine Täuschung, Herr Brettschneider. 38, wenn sie uns in München ausverkauft ham, haben wir beinah Krieg geführt, aber dann haben wir beinah alles verloren, wie wir still gehalten ham. Schon im ersten Weltkrieg hat Österreich beinah Serbien besiegt und Deutschland beinah Frankreich. Auf »beinah« könnens nicht rechnen.

BRETTSCHNEIDER Sprechen Sie weiter, es ist intressant. Sie haben interessante Gäste, Frau Kopecka. So politisch versierte.

FRAU KOPECKA Ein Gast is wie der andere. Für uns Gewerbetreibende gibts keine Politik. Und, Herr Brettschneider, ich wär Ihnen dankbar, wenn Sie meine Stammgäst nicht zu politischen Äußerungen verleiten würdn, damit Sie sie dann verhaften können. Und für Sie, Herr Schweyk, gilt: Bezahl dir dein Bier und setz dich hin und quatsch, was du willst. Aber Sie ham genug gequatscht, Herr Schweyk, für zwei Glas Bier.

BRETTSCHNEIDER Ich hab das Gefühl, Sie hätten es nicht für einen großen Verlust für das Protektorat gehalten, wenn der Führer jetzt tot wäre.

SCHWEYK Ein Verlust wär es, das läßt sich nicht leugnen. Ein fürchterlicher außerdem. Der Hitler läßt sich nicht durch jeden beliebigen Trottel ersetzen. Auf den Hitler schimpfen viele. Es wundert mich nicht, daß er angegriffen wird.

BRETTSCHNEIDER *hoffnungsvoll:* Wie meinen Sie das?

SCHWEYK *lebhaft:* Die großen Männer sind immer schlecht angeschrieben beim gewöhnlichen Volk, wie einmal der Redaktör von »Feld und Garten« geschrieben hat. Warum, es versteht sie nicht und hält alles für überflüssig, sogar das Heldentum. Der kleine Mann scheißt sich was auf eine große Zeit, er will ein bissel ins Wirtshaus gehn und Gulasch auf die Nacht. Und auf so eine Bagasch soll ein Staatsmann sich nicht giften, wo er es schaffen muß, daß ein Volk ins Schullesebüchel kommt, der arme Hund. Einem großen Mann is das gewöhnliche Volk eine Kugel am Bein, das is, wie wenn Sie dem Baloun mit sein Appetit zum Abendessen ein Debrecziner Würstel vorsetzen, das is für nix. Ich möcht nicht zuhören, wie die Großen auf uns schimpfen, wenns beieinander sind.

BRETTSCHNEIDER Sind Sie vielleicht der Meinung, daß das deutsche Volk nicht hinter dem Führer steht, sondern meckert?

FRAU KOPECKA Meine Herren, ich bitt Sie, sprechen Sie von was anderm, es hat keinen Sinn, die Zeiten sind zu ernst.

SCHWEYK *nimmt einen tüchtigen Schluck Bier:* Das deutsche Volk steht hinter dem Führer, Herr Brettschneider, das läßt sich nicht leugnen. Wie der Reichsmarschall Göring ausgerufen hat: »Man versteht den Führer nicht immer sogleich, er ist zu groß.« Er muß es wissen. *Vertraulich:* Es is erstaunlich, was sie dem Hitler für Prügel zwischen die Bein geworfen ham, sobald er eine von seinen Ideen gehabt hat, sogar von oben. Vorigen Herbst hat er, her ich, ein Gebäude bauen wollen, was von Leipzig bis Dresden hätt reichen solln, ein Tempel zur Erinnerung an Deutschland, wenns untergegangen is durch einen großen Plan, wo er schon geplant hat bis ins einzelne, da habens schon wieder im Ministerium die Kepf geschittelt mit »zu groß«, weils eben keinen Sinn haben für was Unbegreifliches, was sich ein Schenie so ausdenkt, wenns nix zu tun hat. In Weltkrieg hat er sie jetzt nur gebracht, indem er gesagt hat, er will nur die Stadt Danzig, sonst nix, und es is sein letzter Herzenswunsch. Und das sind schon die Obern und Gebildeten, Generäle und Direktoren von die IG Farben, denens wurst sein könnt, weil, zahlen sies? Der gemeine Mann is noch viel schlimmer. Wenn er hert, er soll sterben für was Großes, paßts ihm nicht in seinen Kram, und er mäkelt herum und stiert mitn Löffel in die Kutelfleck herum, als obs ihm nicht schmeckt, und das soll einen Führer nicht wurmen, wo er sich angestrengt hat, daß er sich wirklich was Niedagewesenes für sie ausdenkt oder auch nur eine Welteroberung. Was kann man schon mehr erobern, das is auch begrenzt, wie alles. Ich habs gern.

BRETTSCHNEIDER Und Sie behaupten also, daß der Führer die Welt erobern will? Und er muß nicht nur Deutschland gegen seine jüdischen Feinde und die Plutokratien verteidigen?

SCHWEYK Sie müssens nicht so nehmen, er denkt sich nichts Schlechtes dabei. Die Welt erobern, das is für ihn was ganz Gewöhnliches wie für Sie Biertrinken, es macht ihm Spaß und er versuchts jedenfalls einmal. Wehe den perfiden Briten, mehr sag ich euch nicht.

BRETTSCHNEIDER *steht auf:* Mehr müssen Sie auch nicht sagen. Kommen Sie mit mir in die Petschekbank auf die Gestapo, dort werden wir Ihnen was sagen.

FRAU KOPECKA Aber Herr Brettschneider, der Herr Schweyk hat doch nur ganz unschuldige Sachen gesagt, bringens ihn nicht ins Unglück.

SCHWEYK Ich bin so unschuldig, daß ich verhaftet wer. Ich hab zwei Biere und ein Slibowitz. *Zu Brettschneider, nachdem er gezahlt hat, freundlich:* Ich bitt um Entschuldigung, daß ich voraus durch die Tür tret, damit Sie mich im Aug haben und gut bewachen können. *Brettschneider und Schweyk ab.*

BALOUN Den erschießens jetzt vielleicht.

FRAU KOPECKA Nehmens besser einen Slibowitz, Herr Prochazka. Ihnen is der Schock auch in die Glieder gefahren, nicht?

DER JUNGE PROCHAZKA Die sind schnell, mitn Mitnehmen.

2

*Im Gestapohauptquartier in der Petschekbank steht Schweyk mit dem Agenten Brettschneider vor dem Scharführer Ludwig Bullinger. Im Hintergrund ein SS-Mann.*

BULLINGER Dieses Wirtshaus »Zum Kelch« scheint ja ein nettes Nest subversiver Gestalten zu sein, wie?

BRETTSCHNEIDER *eilig:* Keineswegs, Herr Scharführer. Die Wirtin Kopecka ist eine sehr ordentliche Frau, die sich nicht mit Politik abgibt; der Schweyk ist eine gefährliche Ausnahme unter den Stammgästen, den ich schon einige Zeit im Aug gehabt habe.

*Das Telefon auf Bullingers Tisch surrt. Er hebt den Hörer und man hört mit ihm eine Stimme aus dem Lautsprecher.*

TELEFONSTIMME Rollkommando. Der Bankier Kruscha will keine Äußerungen über das Attentat gemacht haben, da er die Zeitungsnachricht nicht hat lesen können, weil er schon vorher verhaftet war.

BULLINGER Ist er die Kommerzbank? Dann zehn übers Gesäß. *Zu Schweyk:* So, so einer bist du. Zuerst stelle ich dir eine Frage. Wenn du schon da die Antwort nicht weißt, Sau, dann nimmt Müller 2 – *auf den SS-Mann* – dich in den Keller zum Erziehen, verstehst du? Die Frage lautet: Scheißt du dick oder scheißt du dünn?

SCHWEYK Melde gehorsamst, Herr Scharführer, ich scheiß, wie Sies wünschn.

BULLINGER Antwort korrekt. Aber du hast Äußerungen getan, die die Sicherheit des deutschen Reiches gefährden, den Verteidigungskrieg des Führers einen Eroberungskrieg genannt, Kritik an der Lebensmittelzuteilung geübt usw. usw. Was hast du dazu zu sagen?

SCHWEYK Es is viel. Allzuviel is ungesund.

BULLINGER *mit schwerer Ironie:* Gut, daß dus einsiehst.

SCHWEYK Ich seh alles ein, Strenge muß sein, ohne Strenge möcht niemand nirgends hinkommen, wie unser Feldwebel beim 91sten gesagt hat: »Wenn man euch nicht zwiebelt, möchtet ihr die Hosen fallen lassen und auf die Bäum klettern.« Dasselbe hab ich mir auch heute nacht gesagt, wie ich mißhandelt worden bin.

BULLINGER Ach, du bist mißhandelt worden, da schau her.

SCHWEYK In der Zell. Ein Herr von der SS ist hereingekommen und hat mir mitn Lederriemen eins über den Kopf gegeben, und wie ich gestöhnt hab, hat er auf mich geleuchtet und gesagt: »Das is ein Irrtum, das is er nicht.« Und is darüber so in Wut geraten, daß er sich geirrt hat, daß er mir noch eins übern Rücken gehaut hat. Das liegt schon so in der menschlichen Natur, daß der Mensch sich bis zu seinem Tod irrt.
BULLINGER So. Und du gestehst alles zu, was hier über deine Äußerungen steht? *Auf Brettschneiders Rapport zeigend.*
SCHWEYK Wenn Sie wünschen, Euer Hochwohlgeboren, daß ich gesteh, so gesteh ich, mir kanns nicht schaden. Wenn Sie aber sagen: »Schweyk, gestehen Sie nichts ein«, wer ich mich herausdrehn, bis man mich in Stücke reißt.
BULLINGER *brüllt:* Halt das Maul! Abführen!
SCHWEYK *als Brettschneider ihn bis zur Tür geführt hat, die rechte Hand ausstreckend, laut:* Lang lebe unser Führer Adolf Hitler. Diesen Krieg gewinnen wir!
BULLINGER *konsterniert:* Bist du blöd?
SCHWEYK Melde gehorsamst, Herr Scharführer, daß ja. Ich kann mir nicht helfen, man hat mich schon beim Militär wegen Blödheit superarbitriert. Ich bin amtlich von einer ärztlichen Kommission für einen Idioten erklärt worn.
BULLINGER Brettschneider! Haben Sie nicht gemerkt, daß der Mann blöd ist?
BRETTSCHNEIDER *gekränkt:* Herr Scharführer, die Äußerungen des Schweyk im »Kelch« waren wie die von einem blöden Menschen, der seine Gemeinheiten so anbringt, daß man ihm nichts beweisen kann.
BULLINGER Und sind Sie der Meinung, daß was wir von ihm hier eben gehört haben, die Äußerung eines Menschen ist, der seine fünf Sinne zusammen hat?
BRETTSCHNEIDER Herr Bullinger, dieser Meinung bin ich auch jetzt noch. Aber wenn Sie ihn aus irgendeinem Grund nicht haben wollen, nehm ich ihn zurück. Nur, wir von der Fahndungsabteilung haben unsere Zeit auch nicht gestohlen.
BULLINGER Brettschneider, nach meiner Ansicht sind Sie ein Scheißer.
BRETTSCHNEIDER Herr Scharführer, das muß ich mir von Ihnen nicht sagen lassen.
BULLINGER Und ich möchte, daß Sies gestehen. Es ist nicht viel, und es würde Sie erleichtern. Geben Sies zu, Sie sind ein Scheißer.
BRETTSCHNEIDER Ich weiß nicht, was Sie zu einer solchen Ansicht über mich bringt, Herr Bullinger, ich bin als Beamter pflichtgetreu bis ins Detail, ich...
TELEFONSTIMME Rollkommando. Der Kruscha hat sich bereit erklärt, Ihren Herrn Bruder als Kompagnon aufzunehmen in die Kommerzbank, leugnet aber entschieden, die Äußerungen gemacht zu haben.
BULLINGER Weitere zehn aufs Gesäß, ich brauch die Äußerungen. *Zu Brettschneider, beinahe bittend:* Sehen Sie, was verlang ich schon von Ihnen? Wenn Sies eingestehen, nimmts Ihnen nichts von Ihrer Ehre, es ist rein persönlich, Sie sind ein Scheißer, warum es nicht zugeben? Wenn ich Sie beinah demütig bitt? *Zu Schweyk:* Red ihm zu, du.
SCHWEYK Melde gehorsamst, daß ich mich nicht einmischen möcht zwischen die beiden Herrn, daß ich aber versteh, was Sie meinen, Herr Scharführer. Es ist aber schmerzlich für den Herrn Brettschneider, indem er ein so guter Spürhund is und es sich sozusagn nicht verdient hat.
BULLINGER *traurig:* Du verrätst mich also auch, du scheinheilige Sau. »Und der Hahn krähte zum drittenmal«, wie es in der Judenbibel heißt. Brettschneider, ich werd es Ihnen noch abringen, aber jetzt hab ich keine Zeit für was Privates, ich hab noch siebenundneunzig Fälle. Werfen Sie den Idioten da hinaus und bringen Sie mir e i n m a l was Besseres.
SCHWEYK *schreitet auf ihn zu und küßt ihm die Hand:* Vergelts Gott tausendmal, wenn Sie mal ein Hunterl brauchen sollten, wenden Sie sich gefälligst an mich. Ich hab ein Geschäft mit Hunden.
BULLINGER Kazett. *Als Brettschneider Schweyk wieder abführen will:* Halt! Lassen Sie mich mit dem Mann allein.
*Brettschneider böse ab; auch der SS-Mann ab.*
TELEFONSTIMME Rollkommando. Der Kruscha hat die Äußerungen gestanden, aber nur, daß ihm das Attentat gleich ist, nicht, daß es ihn freut, und nicht, daß der Führer ein Hanswurst ist, sondern nur, daß er auch nur ein Mensch ist.
BULLINGER Fünf weitere, bis es ihn freut und bis der Führer ein blutiger Hanswurst ist. *Zu Schweyk, der ihn freundlich anlächelt:* Ist dir bekannt, daß wir dir im Kazett die Gliedmaßen einzeln ausrupfen, wenn du mit uns Schabernack treiben willst, du Lump?
SCHWEYK Das ist mir bekannt. Da bist du gleich erschossen, bevor du auf vier zählen kannst.
BULLINGER Du bist also ein Hundefritze. Ich

hab da auf der Promenade einen reinrassige Spitz gesehn, der mir gefallen hat, mit einem weißen Fleck am Ohr.

SCHWEYK *unterbricht:* Melde gehorsamst, daß ich das Vieh beruflich kenn. Den ham schon viele wolln. Es hat einen weißlichen Fleck am linken Ohrwaschel, hab ich recht, es gehört dem Herrn Ministerialrat Vojta. Es is sein Augapfel und frißt nur, wenn es kniefällig gebeten wird und wenns Kalbfleisch vom Bauch is. Das beweist, es is von reiner Rasse. Die nichtreinrassigen sind klüger, aber die reinrassigen sind feiner und werdn lieber gestohln. Sie sind meistens so dumm, daß sie zwei bis drei Dienstboten brauchen, die ihnen sagen, wenn sie scheißen müssen, und daß sie das Maul aufmachen müssen zum Fressen. Es is wie mit die feinen Leute.

BULLINGER Das ist genug über Rasse, Lump. Kurz und gut, ich will den Spitz haben.

SCHWEYK Sie können ihn nicht haben, der Vojta verkauft ihn nicht. Wie wärs mit einem Polizeihund? So einem, was gleich alles herausschnüffelt und auf die Spur des Verbrechens führt? Ein Fleischer in Wrschowitz hat einen, und er zieht ihm den Wagen. Dieser Hund hat, wie man sagt, den Beruf verfehlt.

BULLINGER Ich hab dir gesagt, ich will den Spitz.

SCHWEYK Wenn der Ministerialrat Vojta nur ein Jud wär, so könntens ihn einfach nehmen und basta. Aber er is Arier, mit einem blonden Bart, bissel zerfranst.

BULLINGER *interessiert:* Ist er ein echter Tscheche?

SCHWEYK Nicht wie Sie glauben, daß er sabotiert und schimpft aufn Hitler, da wärs einfach. Ins Kazett wie mit mir, weil ich mißverstanden worn bin. Aber er is ein Kollaborationist und wird schon Quisling geschimpft, das is ein Kreuz inbetreff auf den Spitz.

BULLINGER *einen Revolver aus der Schublade ziehend und ihn anzüglich reinigend:* Ich seh, du willst mir den Spitz nicht verschaffen, du Saboteur.

SCHWEYK Melde gehorsamst, daß ich Ihnen den Hund verschaffen will. *Belehrend:* Es gibt die verschiedensten Systeme, Herr Scharführer. Ein Salonhündchen oder Zwergrattler stiehlt man, indem man in der Menge die Leine abschneidet. Eine böse deutsche gefleckte Dogge lockt man an, indem man eine läufige Hündin an ihr vorbeiführt. Eine gebackene Pferdewurst is fast ebenso gut. Manche Hund aber sind verzärtelt und verwöhnt wie der Erzbischof. Einmal hat von mir ein Stallpintscher, Pfeffer und Salz, den ich für den Hundezwinger über der Klamovka gebraucht hab, auch keine Wurst annehmen wolln. Drei Tage bin ich ihm nachgegangen, bis ichs schon nicht ausgehalten hab und direkt die Frau, was mit dem Hund spazierengegangen is, gefragt hab, was der Hund eigentlich frißt, daß er so hübsch is. Der Frau hats geschmeichelt und sie hat gesagt, daß er am liebsten Kotletts hat. Also hab ich ihm ein Schnitzel gekauft. Ich denk mir, das is sicher noch besser. Und siehst du, dieses Aas von einem Hund hat sich nicht mal drauf umgeschaut, weils Kalbfleisch war. Es war an Schweinfleisch gewöhnt. So hab ich ihm ein Kotlett kaufen müssen. Ich hab ihms zu beschnuppern gegeben und bin gelaufen und der Hund hinter mir. Und die Frau hat geschrien: »Puntik, Puntik!«, aber woher, der liebe Puntik. Dem Kotlett is er bis um die Ecke nachgelaufen, dort hab ich ihm eine Kette um den Hals gegebn, und am nächsten Tag war er schon über der Klamovka im Hundezwinger. – Aber wenn man Sie fragt, woher Sie den Hund ham, wenn man den Fleck am Ohrwaschel sieht?

BULLINGER Ich glaub nicht, daß man mich fragt, woher ich meinen Hund hab. *Er klingelt.*

SCHWEYK Da habens vielleicht recht, es erwart sich keiner was davon.

BULLINGER Und ich glaub, daß du dir einen Jux gemacht hast mit dem Zertifikat als Idiot; ich will aber ein Aug zudrücken, erstens weil der Brettschneider ein Scheißer ist, und zweitens, wenn du den Hund für meine Frau bringst, du Verbrecher.

SCHWEYK Herr Scharführer, ich bitt um die Erlaubnis, daß ich gestehn darf, das Zertifikat is echt, aber ich hab mir auch eine Hetz gemacht, wie der Wirt in Budweis gesagt hat: »Ich hab die fallende Sucht, aber ich hab auch einen Krebs«, und hat damit verheimlichen wolln, daß er eigentlich bankrott war. Man sagt auch: ein Schweißfuß kommt selten allein.

TELEFONSTIMME Rollkommando 4. Die Greißlerin Moudra leugnet ab, daß sie die Vorschriften über Ladeneröffnung nicht vor neun Uhr früh übertreten hat, indem sie sogar erst um zehn Uhr ihren Laden eröffnet hat.

BULLINGER Paar Monat ins Loch, das faule Aas, wegen U n t e r tretung der Vorschriften! *Zu einem eingetretenen SS-Mann, auf Schweyk:* Bis auf weitres frei!

SCHWEYK Vor ich endgültig geh, möcht ich noch ein Wort einlegen für einen Herrn, wo draußen unter die Verhafteten wartet, daß er nicht mit die andern sitzen muß, es is ihm unangenehm, wenn auf ihn ein Verdacht fallen würd, weil er mit uns Politischen auf einer Bank sitzt. Er is hier nur wegn versuchten Raubmord an einem Bauer aus Holitz.

BULLINGER *brüllt:* Raus!

SCHWEYK *stramm:* Zu Befehl. Das Spitzerl bring ich, sobald ichs hab. Winsche einen guten Morgen.

*Ab mit dem SS-Mann.*

## Zwischenspiel in den niederen Regionen

*Schweyk und der SS-Mann Müller 2 im Gespräch auf dem Weg von der Petschekbank zum »Kelch«.*

SCHWEYK Wenn ichs der Frau Kopecka sag, möcht Sies Ihnen machen. Es freut mich, daß Sies mir bestätign, daß der Führer nicht titschkerlt, damit er sich seine Stärke für die höheren Staatsgeschäfte bewahrt, und daß er nie nicht Alkohol trinkt. Was er gemacht hat, hat er sozusagen nichtern gemacht, jeder möcht ihm das nicht nachtun. Daß er auch nix ißt, außer bissel Gemiese und Mehlspeis, trifft sich ausnehmend, warum, viel is nicht da mitn Krieg und allem was so drum und dran hängt, da is ein Esser weniger. Ich hab einen Bauern gekannt im Mährischen, wo Magenverschluß gehabt hat und kein Appetit, da sind die Knecht vom Fleisch gefalln, daß das Dorf zu redn angefangn hat, und der Bauer is rumgegangn und hat nur gesagt: »Bei mir frißt das Gesind, was ich freß.« Trinkn is ein Laster, das gib ich zu, wie bein Lederhändler Budowa, wo sein Bruder hat betrign wolln und dann im Suff unterschriebn hat, daß er seinem Bruder die Erbschaft abtritt statt umgekehrt. Alles hat zwei Seitn und auf das Titschkerln brauchet er nicht verzichtn, wenns nach mir ging, das verlang ich von niemand.

## 3

*Im »Kelch« wartet Baloun auf sein Mahl. Zwei andere Gäste spielen Dambrett, eine dicke Ladenbesitzerin genießt einen kleinen Slibowitz, und Frau Kopecka stickt.*

BALOUN Jetzt is es zehn nach zwölf und kein Prochazka. Ich habs gewußt.

FRAU KOPECKA Gebens ihm etwas Zeit. Die Schnellsten sind nicht immer die Besten. Es muß die richtige Mischung sein zwischen Geschwindigkeit und Zeitlassn. Kennens »Das Lied vom kleinen Wind«? *Sie singt:*

Eil, Liebster, zu mir, teurer Gast
Wie ich kein teurern find
Doch wenn du mich im Arme hast
Dann sei nicht zu geschwind.
  Nimms von den Pflaumen im Herbste
  Wo reif zum Pflücken sind
  Und haben Furcht vorm mächtigen Sturm
  Und Lust aufn kleinen Wind.
  So'n kleiner Wind, du spürst ihn kaum
  's ist wie ein sanftes Wiegen.
  Die Pflaumen wolln ja so vom Baum
  Wolln aufm Boden liegen.

Ach, Schnitter, laß es sein genug
Laß, Schnitter, ein Halm stehn!
Trink nicht dein Wein auf einen Zug
Und küß mich nicht im Gehn.
  Nimms von den Pflaumen im Herbste
  Wo reif zum Pflücken sind
  Und haben Furcht vorm mächtigen Sturm
  Und Lust aufn kleinen Wind.
  So'n kleiner Wind, du spürst ihn kaum
  's ist wie ein sanftes Wiegen.
  Die Pflaumen wolln ja so vom Baum
  Wolln aufm Boden liegen.

BALOUN *geht unruhig zu den Dambrettspielern hinüber:* Sie stehn prima. Wären die Herrn intressiert an Postkartn? Ich bin bei einem Photographen, und wir stelln unter der Hand diskrete Postkarten her, eine Serie »Deutsche Städtebilder«.

ERSTER GAST Ich bin nicht intressiert an deutsche Städte.

BALOUN Dann wird Ihnen die Serie gefalln. *Er zeigt ihnen Postkarten mit der Verstohlenheit, die sonst pornographischen Bildern zukommt.* Das is Köln.

ERSTER GAST Das schaut furchtbar aus. Das nehm ich. Nix wie Krater.

BALOUN Fuffzigerl. Aber sinds vorsichtig mitn Herzeign. Es is schon vorgekommen, daß Leut, dies einander gezeigt ham, von Polizeipatrouillen angehalten worden sind, weil sies für Schweinereien gehalten ham, wo sie gern konfisziert hättn.

ERSTER GAST Das is eine gelungene Unterschrift: »Hitler ist einer der größten Architekten aller Zeiten.« Und dazu Bremen als Schutthaufn.

BALOUN An einen deutschen Unteroffizier hab ich zwei Dutzend verkauft. Er hat gelächelt, wie er sie sich angeschaut hat, das hat mir gefalln. Ich hab ihn in die Anlagen beim Hawlitschek hinbestellt und mein Messer in der Hosentasch offen gehaltn, für den Fall, er is ein falscher Funfziger. Er war aber ehrlich.

DIE DICKE FRAU Wer zum Schwert greift, soll durchs Schwert umkommn.

FRAU KOPECKA Obacht!

*Herein Schweyk mit dem SS-Mann Müller 2, der ihn aus Bullingers Zimmer eskortiert hat, einem baumlangen Menschen.*

SCHWEYK Grüß Gott allseits. Der Herr is nicht beruflich mit. Geben Sie uns ein Glas Bier.

BALOUN Ich hab gedacht, daß du erst in paar Jahren zurückkommen wirst, aber man irrt sich. Der Herr Brettschneider is sonst so tüchtig. Vorige Wochen, wo du nicht hier warst, is er mit dem Tapezierer aus der Quergasse fortgegangen, und der is nicht mehr zurückgekommen.

SCHWEYK Wahrscheinlich ein ungeschickter Mensch, der sich ihnen nicht unterworfen hat. Der Herr Brettschneider wird sichs überlegen, bis er mich wieder mißversteht. Ich hab Protektion.

DIE DICKE FRAU Sind Sie der, den sie gestern weggeführt haben von hier?

SCHWEYK *stolz:* Derselbe. In solchen Zeiten muß man sich unterwerfen. Es is Übungssache. Ich hab ihm die Hand geleckt. Früher hat man mit Gefangenen das gemacht, daß man ihnen Salz aufs Gesicht gestreut hat. Sie sind gebunden gewesen, und man hat große Wolfshund auf sie gelassen, die ihnen die ganzen Gesichter weggeleckt haben, her ich. Heut is man nicht mehr so grausam, außer wenn man wütend wird. Aber ich hab ganz vergessen: der Herr – *auf den SS-Mann* – möcht wissen, was ihm die Zukunft Schönes bringt, Frau Kopecka, und zwei Bier. Ich hab ihm gesagt, daß Sie das Zweite Gesicht haben und daß ichs unheimlich find und ihm abrat.

FRAU KOPECKA Sie wissen, daß ich das ungern mach, Herr Schweyk.

SS-MANN Warum machen Sie es denn so ungern, junge Frau?

FRAU KOPECKA Wenn man eine solche Gabe hat, hat man die Verantwortung. Woher weiß man, wies der Betreffende nimmt, und hat er immer die Kraft, es zu tragen? Denn ein Blick in die Zukunft nimmt einen Menschen mitunter so her, daß er sich graust, und dann gibt er mir die Schuld, wie der Brauer Czaka, dem ich hab sagen müssen, daß ihn seine junge Frau betrügen wird, und er zerschmeißt mir prompt meinen kostbaren Wandspiegel.

SCHWEYK Sie hat ihn doch an der Nasen herumgeführt. Dem Lehrer Blaukopf ham wirs auch prophezeit, und dasselbe. Es passiert immer, wenn sie so was voraussagt, ich finds merkwürdig. Wie Sie dem Gemeinderat Czerlek prophezeit haben, daß seine Frau, erinnern Sie sich, Frau Kopecka? Eingetroffen.

SS-MANN Aber da haben Sie doch eine Gabe, die selten ist, und so was soll man nicht brachliegen lassen.

SCHWEYK Ich hab schon vorgeschlagen, daß sies dem ganzen Gemeinderat zusammen prophezeit, ich würd mich nicht wundern, wenns einträf.

FRAU KOPECKA Machens keine Witze, Herr Schweyk, mit solchen Sachen, von denen wir nichts wissen können, außer daß es sie gibt, denn sie sind übernatürlich.

SCHWEYK Wie Sie dem Ingenieur Bulowa hier ins Gesicht hineingesagt haben, daß er in einem Eisenbahnunfall zerstickelt wird? Seine Frau is bereits wieder verehelicht. Die Fraun vertragen das Prophezeien besser, sie haben mehr innere Festigkeit, her ich. Die Frau Laslaczek in der Hußgasse hat eine solche Seelenstärke gehabt, daß ihr Mann öffentlich geäußert hat: »Lieber alles, als mit der Person zusammenleben«, und nach Deutschland arbeiten gegangen is. Aber die SS kann auch viel aushalten, her ich, und das muß die können bei den Kazetts und den Verhören, wo eiserne Nerven am Platz sind, hab ich recht? *Der SS-Mann nickt.* Darum sollten Sie dem Herrn ruhig die Zukunft voraussagen, Frau Kopecka.

FRAU KOPECKA Wenn er mir verspricht, daß er es für einen unschuldigen Jux betrachtet und sich nix draus macht, könnt ich ja seine Hand anschaun.

SS-MANN *plötzlich zögernd:* Ich möcht Sie nicht zwingen, Sie sagen, Sie machens ungern.

FRAU KOPECKA *bringt ihm sein Bier:* Ich mein auch, Sie lassens lieber und trinken Ihr Bier.

DIE DICKE FRAU *gedämpft zu den Dambrettspielern:* Wenn Sie an kalte Füße leiden, is Baumwolle gut.

SCHWEYK *setzt sich zu Baloun:* Ich hab was Geschäftliches mit dir zu beredn, ich wer mit die Deutschen zusammenarbeitn über einen Hund und brauch dich.

BALOUN Ich bin zu nix aufgelegt.

SCHWEYK Es wird was für dich dabei herausschaun. Wenn du die Marie hättst, könntst du mit deinem Appetit aufn schwarzen Markt gehn und gleich hättst du was.

BALOUN Der junge Prochazka kommt nicht. Wieder nix als gequetschte Kartoffeln, noch so eine Enttäuschung überleb ich nicht.

SCHWEYK Ich könnt mir denken, wir möchtn einen kleinen Verein gründen, sechs bis acht Mann, wo alle bereit wärn, ihr Achtelpfund Fleisch zusammenzulegn, und du hast eine Mahlzeit.

BALOUN Aber wie die findn?

SCHWEYK Das is wahr, es möcht nicht gehn. Sie werdn sagn, für so einen Schandfleck wie dich, ohne Willensstärk als ein Tschech, denken sie nicht daran, sich was vom Mund abzusparn.

BALOUN *düster:* Das ist sicher, sie scheißen mir was.

SCHWEYK Kannst du dich nicht zusammennehmen und an die Ehre von der Heimat denken, wenn diese Verführung an dich herantritt und du siehst nur noch eine Kalbshaxen oder ein gut abgeröstetes Filet mit bissel Rotkraut, vielleicht Gurken? *Baloun stöhnt.* Denk einfach an die Schand, dies wär, wenn du schwach würdst!

BALOUN Ich wer wohl müssen. *Pause.* Lieber Rotkraut als Gurken, weißt.

*Der junge Prochazka tritt ein mit einer Aktentasche.*

SCHWEYK Da is er. Du hast zu schwarz gesehn, Baloun. Guten Tag, Herr Prochazka, wie gehts Geschäft?

BALOUN Guten Tag, Herr Prochazka, gut, daß Sie da sind!

FRAU KOPECKA *mit einem Blick auf den SS-Mann:* Setzens Ihnen zu den Herrn, ich hab noch was zu erledigen. *Zum SS-Mann:* Ich glaub, Ihre Hand würd mich doch intressieren, könnt ich sie einmal anschaun? *Sie ergreift sie.* Ich hab mirs gedacht: Sie haben ein durch und durch intressante Hand. Ich mein, eine Hand, die für uns Astrologisten und Chiropraktiker fast unwiderstehlich is, so intressant. Wie viele andere Herrn sind noch in Ihrer Abteilung?

SS-MANN *mühsam, wie beim Zahnziehen:* Im Sturm? Zwanzig. Warum?

FRAU KOPECKA Ich dacht es mir. Das steht in Ihrer Hand. Sie sind mit 20 Herrn auf Tod und Leben verbunden.

SS-MANN Können Sie das wirklich schon in der Hand sehn?

SCHWEYK *ist hinzugetreten, heiter:* Sie wern sich noch wundern, was sie alles noch sehn kann. Sie is nur vorsichtig und sagt nix, was nicht ganz sicher is.

FRAU KOPECKA Ihre Hand hat was Elektrisches, Sie haben Glück bei den Fraun, was aus dem gut ausgebildeten Venushügel hervorgeht. Man schmeißt sich Ihnen sozusagen an den Hals, is aber dann oft angenehm überrascht und möchte das Erlebnis fürs Leben nicht missen. Sie sind ein ernster Charakter, beinah streng in Ihren Äußerungen. Ihre Erfolgslinie is enorm.

SS-MANN Was bedeutet das?

FRAU KOPECKA Es is nix mit Geld, es is viel mehr. Sehen Sie das H, die drei Linien hier? Das is eine Heldentat, die Sie begehn wern, und zwar sehr bald.

SS-MANN Wo? Können Sie sehn, wo?

FRAU KOPECKA Nicht hier. Auch nicht in Ihrer engeren Heimat. Ziemlich weit weg. Das is etwas Merkwürdiges, was ich nicht recht versteh. Es waltet sozusagen ein Geheimnis um diese Heldentat, als ob nur Sie selber und die bei Ihnen in dieser Stunde davon wissen, sonst niemand, auch nie nachher.

SS-MANN Wie kann das sein?

FRAU KOPECKA *seufzt:* Ich weiß nicht, vielleicht is es aufn Schlachtfeld, an einem vorgeschobenen Posten oder so. *Wie in Verwirrung:* Aber jetzt is es genug, wie? Ich muß meine Arbeit weitermachen, es is ja auch nur ein Jux, das haben Sie mir versprochen.

SS-MANN Aber jetzt dürfen Sie nicht aufhören. Ich will mehr über das Geheimnis wissen, Frau Kopecka.

SCHWEYK Ich find auch, Sie sollten den Herrn nicht hangen und bangen lassen. *Frau Kopecka zwinkert ihm so zu, daß es der SS-Mann sehen kann.* Aber vielleicht is es auch genug, warum, manches weiß man besser nicht. Der Schullehrer Warczek hat einmal nachgeschlagen im Lexikon, was Schizziphonie bedeutet, und danach hat man ihn nach Ilmenau in die Irrenanstalt abführen müssen.

SS-MANN Sie haben mehr in meiner Hand gesehen.

FRAU KOPECKA Nein, nein, es war alles. Lassens mich schon.

SS-MANN Sie verheimlichen, was Sie gesehn haben. Sie haben dem Herrn auch deutlich zugezwinkert, er solls abbrechen, weil Sie nicht mit der Sprache herauswollen, aber das gibts nicht.

SCHWEYK Das is wahr, Frau Kopecka, das gibts nicht bei der SS, ich hab sofort auch mit der Sprache herausrickn müssen auf der Gestapo, ob ich wolln hab oder nicht, sofort hab ich zugestandn, daß ich dem Führer ein langes Lebn wünsch.

FRAU KOPECKA Mich kann keiner zwingen, daß ich einem Kunden was sag, was für ihn unangenehm is, so daß er mir nicht mehr kommt.

SS-MANN Sehen Sie, Sie wissen was und sagens nicht, Sie haben sich verraten.

FRAU KOPECKA Das zweite H is auch ganz undeutlich, der Hundertste würds gar nicht bemerken.

SS-MANN Was ist das für ein zweites H?

SCHWEYK Noch ein Krügl, Frau Kopecka, es is so spannend, daß ich Durst krieg.

FRAU KOPECKA Es is immer dasselbe, man kommt nur in Ungelegenheiten, wenn man nachgibt und eine Hand anschaut nach bestem Wissen und Gewissen. *Bringt Schweyk das Bier.* Das zweite H hab ich nicht erwartet, aber wenn es da is, was soll ich machen? Wenn ichs Ihnen sag, sind Sie deprimiert, und machen können Sie doch nix.

SS-MANN Und was ist es?

SCHWEYK *freundlich:* Es muß was Schweres sein, wie ich die Frau Kopecka kenn, so hab ich sie noch nicht gesehn, und sie hat schon manches in einer Hand erblickt. Können Sies wirklich aushaltn, fühln Sie sich stark?

SS-MANN *heiser:* Was ists?

FRAU KOPECKA Und wenn ich Ihnen nachher sag, daß das zweite H den Heldentod bedeutet, das heißt, für gewöhnlich, und wenn Sies dann deprimiert? Sehen Sie, jetzt sind Sie unangenehm berührt. Ich habs gewußt. Drei Biere, das macht zwei Kronen.

SS-MANN *zahlt zerschmettert:* Es ist alles Unsinn. Aus der Hand lesen. Das gibts nicht.

SCHWEYK Da haben Sie recht, nehmen Sies auf die leichte Achsel.

SS-MANN *im Gehen:* Heil Hitler!

FRAU KOPECKA *ihm nachrufend:* Versprechens mir, daß Sies wenigstens den andern Herrn nicht sagen.

SS-MANN *bleibt stehen:* Welchen andern Herrn?

SCHWEYK Von Ihrer Abteilung! Wissens, die zwanzig.

SS-MANN Was gehts die an?

FRAU KOPECKA Es is nur, weil die mit Ihnen auf Tod und Lebn verbundn sind. Daß sich die nicht unnötig aufregen!

*Der SS-Mann geht fluchend ab.*

FRAU KOPECKA Kommens wieder!

DIE DICKE FRAU *lachend:* Sie sind gut, Sie können so bleiben, Frau Kopecka.

SCHWEYK Den Sturm hammer fertiggemacht. Packens die Aktentasche aus, Herr Prochazka, der Baloun hälts schon nimmer aus.

FRAU KOPECKA Ja, geben Sie schon, Herr Rudolf, das is schön von Ihnen, daß Sies gebracht haben.

DER JUNGE PROCHAZKA *schwach:* Ich habs nicht. Wie ich gesehn hab, daß sie den Herrn Schweyk mitgenommen haben, hats mir einen Ruck gegebn, ich habs die ganze Nacht vor Augen gehabt, guten Tag, Herr Schweyk, Sie sind ja zurück, ich hab mich nicht getraut, ich gestehs ein, es is mir schrecklich wegen Ihnen, Frau Kopecka, daß ich Sie blamier vor den Herrn, aber es is stärker als ich. *Verzweifelt:* Bitte, sagens doch was, alles is besser als dieses Schweigen.

BALOUN Nix.

FRAU KOPECKA So, Sie hams nicht. Vorhin, wie Sie gekommen sind, haben Sie aber genickt, als ich Ihnen angedeutet hab, ich muß erst den SS-Mann wegärgern, als ob Sies hätten.

DER JUNGE PROCHAZKA Ich hab mich nicht getraut...

FRAU KOPECKA Sie missen nichts mehr sagen. Ich weiß jetzt Bescheid mit Ihnen. Sie haben die Prüfung als ein Mann und ein Tscheche nicht bestanden. Gehns weg, feiger Mensch, und betretn Sie diese Schwelle nicht mehr.

DER JUNGE PROCHAZKA Ich habs nicht besser verdient. *Schleicht weg.*

SCHWEYK *nach einer Pause:* Was Handlesen betrifft: der Frisör Krisch aus Mnischek, kennt ihr Mnischek? hat auf der Kirchweih aus der Hand prophezeit und sich besoffen mitn Honorar, und ein junger Bauer hatn mit sich nach Haus genommen, daß er ihm prophezeit, wenn er zu sich kommt, und er hat vorn Einschlafen gefragt: »Wie heißen Sie? Ziehn Sie mir aus der Brusttasche mein Notizbuch heraus. Also Sie heißen Kunert. Kommen Sie in einer Viertelstund, und ich laß Ihnen einen Zettel mit dem Namen Ihrer zukünftigen Frau Gemahlin hier.« Dann hat er angefangen zu schnarchen. Is aber wieder aufgewacht und hat was in sein Notizbuch geschmiert. Er hats wieder herausgerissen, was er geschrieben hat, es auf die Erd geschmissen und den Finger an den Mund gelegt und gesagt: »Jetzt noch nicht, bis in einer Viertelstunde. Am besten wirds sein, wenn Sie den Zettel mit verbundenen Augen suchen wern!« Aufn Zettel hat dann gestandn: »Der Name Ihrer zukünftigen Frau Gemahlin wird lauten: Frau Kunert.«

BALOUN Das is ein Verbrecher, der Prochazka.

FRAU KOPECKA *zornig:* Redens keinen Unsinn. Die Verbrecher sind die Nazis, wo die Leut so lang bedrohn und martern, bis sie ihre bessere Natur verleugnen. *Schaut vom Schanktisch durchs Fenster.* Der da kommt jetzt, is ein Verbrecher, nicht der Rudolf Prochazka, der schwache Mensch.

DIE DICKE FRAU Ich sag: mir sin mit schuld. Ich könnt mir vorstelln, daß man mehr machet als Slibowitz trinkn und Witze.

SCHWEYK Verlangens nicht zu viel von sich. Es is schon viel, wenn man überhaupt noch da is heutzutag. Da is man leicht so bescheftigt mit Ieberlebn, daß man zu nix anderm kommt.

*Herein kommt Herr Brettschneider mit dem SS-Mann von gestern.*

SCHWEYK *heiter:* Winsche einen guten Tag, Herr Brettschneider. Nehmens ein Bier? Ich arbeit jetzt mit der SS. Das kann mir nicht schadn.

BALOUN *tückisch:* Raus.

BRETTSCHNEIDER Wie meinen Sie das?

SCHWEYK Wir ham vom Essen geredet, und Herrn Baloun is der Refrain zu einem volkstümlichen Lied eingefalln, nach dem wir gesucht ham. Das Lied is hauptsächlich auf Kirchweihn gesungen und geht über die Zubereitung von Rettich, in der Gegend von Mnischek gibts die großen schwarzen, Sie wern davon gehört haben, sie sind beriehmt. Ich möcht, daß du dem Herrn Brettschneider das Lied vorsingst, Baloun, es wird dich aufheitern. Er hat eine schöne Stimm und singt sogar im Kirchenchor.

BALOUN *finster:* Ich sings. Es geht auf Rettich.

*Balun singt das »Lied von der Zubereitung des schwarzen Rettichs«. Während des ganzen Liedes schwankt Brettschneider, auf den alle schauen, ob er einschreiten soll oder nicht. Er setzt sich immer wieder nieder.*

Am besten einen von den schwarzen, großen.
Sag zu ihm freudig: »Bruder, du mußt raus.«
Doch zieh den Bruder lieber nicht mit bloßen
Pratzen aus.
Nimm einen Handschuh, denn der Rettich
lebt in Dreck.
Vor dem Haus. Er muß weg.
Raus.

Du kannst ihn dir kaufen (für ein Nickel)
Doch wie gesagt, er muß gewaschen sein.
Wenn er geschnitten is in kleine Stickel
Salz ihn ein.
Reibs in die Wunde, daß er merkt, daß ihm
nicht nitzt.
Salz hinein! Bis er schwitzt.
Salz ihn ein!

## Zwischenspiel in den höheren Regionen

*Hitler und sein Reichsmarschall Göring vor einem Tankmodell. Beide sind überlebensgroß. Kriegerische Musik.*

HITLER

Mein lieber Göring, es ist jetzt das vierte Jahr
Und mein Krieg ist gewonnen um ein Haar
Nur verbreitert er sich konstant über neue
Zonen
So brauch ich jetzt neue Tanks, Bomber und
Kanonen.
Das heißt, die Leute müssen aufhörn, nur so
herumzusitzen
Und müssen für meinen Krieg arbeiten, bis sie
Blut schwitzen.
Und da frag ich Sie alsdann:
Wie ist es in Europa mit dem k l e i n e n M a n n?
Wird er für meinen Krieg arbeiten?

GÖRING

Mein Führer, das ist selbstverständlich in
solchen Zeiten
Der kleine Mann arbeitet für Sie in Europa
genau so gut
Wie der kleine Mann in Deutschland das tut.
Dafür sorgt mein Kriegsarbeitsdienst.

HITLER

Gut. So eine Organisation scheint mir ein großer Gewinst.

## 4

*An einer Bank in den Moldauanlagen. Es ist Abend. Ein Pärchen kommt, bleibt enggeschmiegt stehen, die Moldau hinten zu betrachten, und geht weiter. Dann kommen Schweyk und sein Freund Baloun. Sie schauen zurück.*

SCHWEYK Der Vojta is gemein zu die Dienstmädchen, sie is schon die dritte seit Lichtmeß und will schon weg, her ich, weil die Nachbarn sie triezen, weil sie bei einem Herrn is, wo ein Quisling is. Da is es ihr gleich, wenn sie ohne Hund heimkommt, sie muß nur nix dafir können. Du setzt dich schon vorher hin, sie möchte sich nicht auf die Bank setzen, wo niemand sitzt.

BALOUN Soll ich nicht die Pferdewurst haltn?

SCHWEYK Daß du sie mir auffrißt? Setz dich schon hin.

*Baloun setzt sich auf die Bank. Zwei Dienstmädchen kommen, Anna und Kati, die erstere mit einem Spitz an der Leine.*

SCHWEYK Verzeihn Sie, Fräulein, wo geht man hier in die Palackystraße?

KATI *mißtrauisch:* Gehns übern Hawlitschekplatz. Komm, Anna.

SCHWEYK Entschuldigens, daß ich noch frag, wo der Platz is, ich bin fremd hier.

ANNA Ich bin auch fremd hier. Komm, Kati, sags dem Herrn.

SCHWEYK Das is aber gelungen, daß Sie auch fremd sind, Fräulein. Das hätt ich gar nicht gemerkt, daß Sie nicht aus der Großstadt sind und so ein nettes Hunterl. Woher sind Sie?

ANNA Ich bin aus Protiwin.

SCHWEYK Da sind wir nicht weit voneinander her, ich bin aus Budweis.

KATI *will sie wegziehen:* Komm schon, Anna.

ANNA Gleich. Da kennen Sie wohl auch in Budweis aufn Ring den Fleischer Pejchara?

SCHWEYK Wie denn nicht! Das is mein Bruder. Den ham bei uns alle gern, er is sehr brav, dienstfertig, hat gutes Fleisch und gibt gute Zuwaag.

ANNA Ja.

*Pause. Kati wartet ironisch.*

SCHWEYK Das is reiner Zufall, daß man sich in der Fremde so trifft, nicht? Habens ein bissel Zeit? Wir missn uns was aus Budweis erzähln, da is eine Bank mit hibscher Aussicht, das is die Moldau.

KATI Wirklich? *Mit feiner Ironie:* Das is mir neu.

ANNA Da sitzt schon jemand.

SCHWEYK Ein Herr, wo die Aussicht genießt. Auf Ihren Hund solltens gut aufpassn.

ANNA Warum?

SCHWEYK Ich will nix gesagt habn, aber die Deutschen haben eine Vorliebe für Hunde, daß es erstaunlich is, speziell die SS, so ein Hund is weg, vor Sie umschaun, sie schickens heim, ich hab selbst neulich einen Scharführer mit Namen Bullinger getroffn, wo einen Spitz hab haben wolln für seine Gemahlin in Köln.

KATI Sie verkehrn also mit Scharführer und solche Leut? Komm Anna, jetzt is es aber genug.

SCHWEYK Ich hab ihn gesprochen, wie ich verhaftet war, wegen Äußerungen, wo die Sicherheit des Dritten Reichs bedroht ham.

KATI Is das wahr? Dann nehm ichs zurück. Wir ham noch ein bissel Zeit, Anna.

*Sie geht voran auf die Bank zu. Die drei setzen sich neben Baloun.*

KATI Was habens denn geäußert?

SCHWEYK *deutet an, daß er wegen des fremden Herrn nicht darüber reden kann, und spricht besonders harmlos:* Gefallts Ihnen in Prag?

ANNA Schon, aber einem Mann kann man nicht trauen hier.

SCHWEYK Das is nur allzu wahr, ich bin froh, daß Sies wissen. Aufn Land sind die Leut entschiedn ehrlicher, hab ich recht? *Zu Baloun:* Eine hibsche Aussicht, nicht wahr, Herr Nachbar?

BALOUN Nicht schlecht.

SCHWEYK Das is was fir einen Photographen.

BALOUN Als Hintergrund.

SCHWEYK Ein Photograph möcht was draus machen.

BALOUN Ich bin ein Photograph. Wir ham die Moldau auf ein Paravent gemalt im Atelier, wo ich arbeit, bissel malerischer. Wir benutzens für die Deutschen, hauptsächlich die SS, wo sich davorstellt für nach Haus, wenns einmal wegmissn und nicht mehr herkönnen. Es is aber nicht die Moldau, sondern irgendein Dreckfluß.

*Dee Mädchen lachen beifällig.*

SCHWEYK Das is ja recht intressant, was Sie erzähln. Könntens nicht einmal die Fräuleins abknipsen, ein Brustbild, entschuldigen Sie, so heißt das.

BALOUN Ich könnt.

ANNA Das wär fein. Aber nicht vor Ihrer Moldau, gelt?

*Der Witz wird ausgiebig belacht, dann entsteht eine Pause.*

SCHWEYK Kennens den: von der Karlsbrückn aus hert ein Tschech ein deitschen Hilfeschrei aus der Moldau. Er hat sich nur ieber die Bristung gehängt und hinuntergerufn: »Schrei nicht, hettst schwimmen gelernt statt deitsch!«

*Die Mädchen lachen.*

SCHWEYK Ja, das is die Moldau. In Kriegszeiten kommt da viel Unsittliches vor in die Anlagen.

KATI In Friedenszeiten auch.

BALOUN Und bei den Maiandachten.

SCHWEYK Bis nach Allerheiligen im Freien.

KATI Und in geschlossenen Räumen is nix?

BALOUN Doch, auch viel.

ANNA Und im Kino.

*Sie lachen wieder alle sehr.*

SCHWEYK Ja, die Moldau. Kennens das alte Lied »Heinrich schlief bei seiner Neuvermählten«? Das wird im Mährischen viel gesungen.

ANNA Meinen Sie das, was weitergeht: »einer reichen Erbin von dem Rhein«?

SCHWEYK Das mein ich. *Zu Baloun:* Is Ihnen was ins Auge gekommen? Reibens nicht. Würden Sie dem Herrn einmal nachschaun, Fräulein, mitn Zipfel von einen Taschentuch am besten.

ANNA *zu Schweyk:* Würdens mir den Hund halten? In Prag muß man vorsichtig sein. Hier fliegt lauter Ruß.

SCHWEYK *bindet den Hund lose an den Laternenpfahl neben der Bank:* Entschuldigens mich, aber ich muß jetzt in die Palackystraße in Geschäften. Ich hätt Sie gern noch das Lied singen hern, aber es geht nicht. Guten Abend. *Ab.*

KATI *während Anna dem Baloun mit einem Taschentuchzipfel im Aug fischt:* Der Herr hats aber eilig.

ANNA Ich kann nichts finden.

BALOUN Es ist auch schon besser. Was für ein Lied is das?

ANNA Sollen wirs Ihnen noch vorsingen? Vor wir gehn müssen. Ja, gib schon Ruh, Lux. Wenn ich dich und dein Herrn nimmer seh, bin ich auch froh. *Zu Baloun:* Er hälts zu sehr mit die Deutschen. Ich fang an.

*Die beiden Dienstmädchen singen die Moritat »Heinrich schlief bei seiner Neuvermählten« mit vielem Gefühl. Währenddem lockt Schweyk hinter einem Strauch mit einer winzigen Wurst den Hund an sich, mit dem er sich entfernt.*

BALOUN *wenn das Lied verklungen ist:* Das ham Sie schön gesungen.

KATI Und jetzt gehn wir. Jesus Maria, wo is der Hund?

ANNA Marandjosef, jetzt is der Hund weg. Er läuft nie fort. Was wird der Herr Ministerialrat sagn!

BALOUN Er wird die Deutschen antelephonieren, wo seine Freunde sind, das is alles. Regn Sie sich nicht auf, Sie können nix dafir, der Herr muß ihn zu los angebundn ham. Mir wars, als hätt ich einen Schattn gesehn unterm Singen, dort.

KATI Schnell, wir gehn auf die Polizeifundstelle.

BALOUN Kommens einmal an einem Samstagabend in den »Kelch«, Hußgasse 7!

*Sie nicken Baloun zu und gehen schnell weg. Baloun besieht sich wieder die Aussicht. Das Pärchen von vorhin kommt zurück, jedoch nicht mehr aneinander geschmiegt. Dann kommt Schweyk, den Spitz an der Leine.*

SCHWEYK Er is der echte Hund von einem Quisling, wo beißt, wenn man nicht hinschaut. Am Weg hat er mir schreckliche Sachen aufgefiehrt. Wie ich über die Schienen gegangen bin, hat er sich hingelegt und wollt sich nicht riehrn. Vielleicht hat er sich ieberfahrn lassen wolln, der Verbrecher. Jetz komm.

BALOUN Is er geflogn auf die Pferdewurst? Ich hab gedacht, du frißt nur Kalbfleisch?

SCHWEYK Der Krieg is kein Honiglecken. Nicht einmal für die Rassehunde. Ich geb ihn aber dem Bullinger nur, wenn das Geld hinterlegt is, sonst betrigt er. Kollaboration missens zahln. *Ein langer finster aussehender Mensch ist im Hintergrund aufgetaucht und hat die beiden beobachtet. Jetzt nähert er sich ihnen.*

DAS INDIVIDUUM Meine Herren, gehen Sie hier spazieren?

SCHWEYK Ja, und was geht Sies an?

DAS INDIVIDUUM Würden sich die Herren legitimieren? *Er zeigt ihnen eine amtliche Marke.*

SCHWEYK Ich hab nix bei mir zum Legitimiern, hast du?

BALOUN *schüttelt den Kopf:* Wir ham nix gemacht.

DAS INDIVIDUUM Ich halte Sie nicht an, weil Sie was gemacht haben, sondern weil ich den Eindruck hab, daß Sie nichts machen. Ich bin vom freiwilligen Arbeitsdienst.

SCHWEYK Sind Sie einer von die Herrn, wo vor Kinos und in Biergärten herumgehn missn und Leut für die Betriebe aufstöbern?

DAS INDIVIDUUM Was ist Ihre Beschäftigung?

SCHWEYK Ich hab ein Geschäft mit Hunden.

DAS INDIVIDUUM Haben Sie eine Bescheinigung, daß Ihr Betrieb kriegswichtig ist?

SCHWEYK Euer Hochwohlgeborn, das nicht. Es is aber kriegswichtig; auch im Krieg möcht einer einen Hund habn, damit er in der schweren Zeit einen Freund an der Seiten hat, gelt, Spitz? Die

Menschn sind viel ruhiger durch ein Bombardement, wenn sie ein Hund anschaut, als wollt er sagn: »Muß das sein?« Und der Herr is Photograph, das is vielleicht noch kriegswichtiger, denn er photographiert Soldatn, daß sie zu Haus wenigstens Photographien ham von ihre Lieben, was besser wie nix is, das missns zugebn.

DAS INDIVIDUUM Ich glaube, ich nehm Sie besser auf die Dienststelle mit, aber ich rat Ihnen, dort Ihre Blödeleien zu lassen.

BALOUN Aber wir ham den Hund in höhrem Auftrag gefangn, erzähls.

SCHWEYK Da is nix zu erzähln. Der Herr is auch in höherem Auftrag.

*Sie gehen mit ihm.*

SCHWEYK Ihre Beschäftigung is also, daß Sie Menschen fangn?

5

*Mittagspause auf dem Prager Güterbahnhof. Auf den Schienen sitzen Schweyk und Baloun, nunmehr Waggonschieber im Dienst Hitlers, bewacht von einem bis an die Zähne bewaffneten deutschen Soldaten.*

BALOUN Ich möcht wissn, wo die Frau Kopecka mitn Essen bleibt? Hoffentlich is ihr nix zugestoßn?

EIN TRAINLEUTNANT *im Vorbeigehen zum Soldaten:* Wache! Wenn Sie gefragt werden, welcher von den Waggons dort nach Niederbayern soll, merken Sie sich, d e r, Nummer 4268.

DER SOLDAT *steht stramm:* Zu Befehl.

SCHWEYK Bei die Deutschen is alles Organisation. Die ham jetz eine Organisation, wie die Welt sie noch nicht gesehn hat. Wenn der Hitler aufn Knopf drickt, is schon, sagen wir, China hin. Den Papst in Rom ham sie in ihre Listen mit was er alles über sie gesagt hat, er is schon verloren. Und auch ein Unterer, ein SS-Führer, du siehst noch, wie er aufn Knopf drickt, und schon is deine Urne bei deiner Witwe abgeliefert. Mir können von Glick sagn, daß wir hier sind und eine stark bewaffnete Wache habn, wo aufpaßt, daß wir keine Sabotasch veribn und so erschossen wern.

*Frau Kopecka kommt eilig mit Emailgeschirr. Der Soldat studiert geistesabwesend ihren Passierschein.*

BALOUN Was ists?

FRAU KOPECKA Karottenkotlett und Erdepfelwürstln. *Während die beiden, auf den Knien das Geschirr, essen, leise:* Der Hund muß mir ausn Haus. Er is schon politisch geworn. Fressen Sies nicht so hinein, Herr Baloun, Sie kriegen Geschwüre.

BALOUN Nicht von Erdepfeln, vielleicht von Kapaun.

FRAU KOPECKA Im Tagblatt is heut gestandn, daß es sich bei dem Verschwinden des Hunds vom Ministerialrat Vojta um einen Racheakt der Bevölkerung an einem deutschfreundlichen Beamten handelt. Er wird jetzt gesucht, damit man dieses Nest von subversive Elemente ausbrennt. Er muß mir noch heut ausn »Kelch«.

SCHWEYK *essend:* Es kommt bissel ungelegn. Ich hab erst gestern dem Herrn Scharführer Bullinger einen Eilbrief geschriebn, daß ich 200 Kronen verlang für ihn und ihn vorher nicht ausliefer.

FRAU KOPECKA Herr Schweyk, Sie spieln mit Ihren Lebn, wenns solche Brief schreibn.

SCHWEYK Ich glaub nicht, Frau Kopecka. Der Herr Bullinger is eine große Sau, aber er wirds natierlich findn, daß Geschäft Geschäft is, sonst hert alles auf, und den Spitz, hab ich gehert, braucht er für seine Gemahlin in Köln. Ein Kollaborationist arbeit nicht für nix, sondern umgekehrt, er verdient jetz sogar mehr, weil er von seine Landsleute verachtet wird. Dafür muß ich entschedigt wern, warum sonst?

FRAU KOPECKA Sie können doch nicht Geschäfte machen, wenns hier sitzen.

SCHWEYK *freundlich:* Ich wer hier nicht alt wern. Ich hab sie schon ein Waggon mit Seife gekost. Es is nicht schwer. In Österreich hat das Eisenbahnpersonal einmal, wie das Streiken von der Regierung verbotn gewesn is, den ganzen Verkehr für acht Stunden lahmgelegt, indem sie nix anders gemacht ham, als alle Vorschriften beachtet, wo für die Sicherheit des Verkehrs bestandn ham.

FRAU KOPECKA *energisch:* Der Hund muß aber doch ausn »Kelch«, Herr Schweyk. Ich genieß eine gewisse Protektion vom Herrn Brettschneider, wo immer noch hofft, daß ich was mit ihm mach, aber die reicht nicht weit.

*Schweyk hört ihr nur halb zu, da zwei deutsche Soldaten einen großen Kessel, der dampft, vorbeigetragen und der Wache in den Aluminiumteller Gulasch geschenkt haben. Baloun, der längst mit Essen fertig ist, ist aufgestanden und dem Suppenschwaden, wie in Trance, schnuppernd ein Stück nachgegangen.*

SCHWEYK Ich wer ihn abholn. Schauns sich das an!

DER DEUTSCHE SOLDAT *ruft Baloun scharf nach:* Halt!

FRAU KOPECKA *zu Baloun, der mißmutig und erregt zurückkommt:* Nehmens Ihnen doch zusammen, Herr Baloun.

SCHWEYK In Budweis hat ein Dokter eine solche Zuckerkrankheit gehabt, daß er hechstens noch bissel Reissuppe hat zu sich nehmen dürfn, und ein Trumm von einem Mann. Er hats nicht ausgehaltn und immer schon heimlich noch die Ieberreste in der Speis gefressn und es genau gewußt. Dann is es ihm zu dumm geworn und er hat sich von seiner Haushälterin, wo so geflennt hat, daß sie kaum hat auftragn können, ein Mahl von sieben Gängen bestellt, mit Mehlspeis und allem und dazu aufn Grammophon einen Trauermarsch hat spieln lassen, und er is auch davon draufgegangn. Mit dir wirds nicht anders gehn, Baloun. Du wirst unter einem russischen Tank enden.

BALOUN *noch immer am ganzen Körper zitternd:* Sie gebn Gulasch.

FRAU KOPECKA Ich muß gehn. *Sie nimmt das Geschirr auf und geht.*

BALOUN Ich will mirs nur ansehn. *Zu dem essenden Soldaten:* Sind die Portionen immer so groß in der Armee, Herr Soldat? Die Ihre is hibsch groß. Aber vielleicht is es nur auf Wache, daß Sie gut wach bleibn, sonst könntn wir Ihnen davon, wie? Könnt ich vielleicht einmal dran riechen?

*Der Soldat sitzt, essend, aber dazwischen die Lippen bewegend.*

SCHWEYK Frag ihn nichts. Siehst du nicht, daß er die Zahl auswendig lernen muß, sonst geht ihm der falsche Waggon nach Niederbayern, du Rindvieh. *Zum Soldaten:* Sie ham recht, daß Sie sichs gut merkn, es kommt viel vor. Man is schon davon abgekommen, den Bestimmungsort auf die Waggons aufzumaln, weil die Sabotöre es abgewischt und falsche Adressen aufgemalt ham. Was is es denn für eine Nummer, 4268, nicht? Also, da brauchen Sie nicht eine halbe Stunden mitn Lippen zähln, ich wer Ihnen sagn, was Sie machen missn, ich habs von einem Beamten in der Abteilung, wos die Lizenzen für Gewerbetreibende ausgebn, der hats einem Hausierer, wo sich seine Nummer nicht hat merken können, so erklärt. Ich erzähls Ihnen an Ihrer Nummer, daß Sie sehn, wie leicht es is. 4268. Die erste Ziffer is ein Vierer, die zweite ein Zweier. Merken Sie sich also schon 42, das is zweimal 2, das is der Reihe nach von vorn 4, dividiert durch 2 und wieder ham Sie nebeneinander 4 und 2. Jetz erschrecken Sie nicht. Wieviel ist zweimal 4? 8, nicht wahr! Also graben Sie sich ins Gedächtnis ein, daß der Achter, was in Nummer 4268 is, der letzte in der Reihe is, so brauchen Sie sich also nur noch zu merken, daß die erste Zahl eine 4 is, die zweite eine 2, die vierte eine 8 und jetz merken Sie sich noch irgendwie gescheit die 6, was vor die 8 kommt. Das is schrecklich einfach. Die erste Ziffer is eine 4, die zweite eine 2, 4 und 2 is 6. Also, da sind Sie schon sicher, die zweite vom Ende is eine 6, und schon, würd der Herr ausm Gewerbeamt gesagt ham, schwindet uns die Reihenfolge der Ziffern niemehr ausn Gedächtnis. Sie können zun selben Resultat noch einfacher kommen. Die Art hat er dem Hausierer auch erklärt, ich wiederhol sie Ihnen an Ihrer Nummer. *Der Soldat hat ihm mit weitgeöffneten Augen zugehört. Seine Lippen haben aufgehört sich zu bewegen.*

SCHWEYK 8 weniger 2 is 6. Also weiß er schon 6. 6 weniger 2 is 4, so weiß er also schon 4. 8 und die 2 dazwischen gibt 4-2-6-8. Es is auch nicht anstrengend, wenn mans noch anders macht, mit Hilfe von Multipliziern und Dividiern. Da kommt man so zu einem Resultat: merken Sie sich, hat der Beamte gesagt, daß zweimal 42 gleich 84 ist. Das Jahr hat 12 Monate. Man zieht also 12 von 84 ab, und es bleibt uns 72, davon noch 12 Monate, das is 60, wir ham also schon eine sichere 6, und die Null streichen wir. Wir wissen also 42-6-84. Wenn wir die Null gestrichen ham, streichen wir auch hinten die 4 und ham wieder unsere Nummer komplett. Auch mitn Dividiern gehts, nämlich so. Wie is doch gleich unsre Nummer?

EINE STIMME *von hinten:* Wache, wie is die Nummer von dem Waggon, der nach Niederbayern soll?

DER SOLDAT Wie is sie?

SCHWEYK Wartens, ich machs auf die Weise mit den Monaten. Das sind 12, nicht wahr, sind wir uns da einig?

DER SOLDAT *verzweifelt:* Sagen Sie die Nummer.

DIE STIMME Wache! Schlafen Sie?

DER SOLDAT *ruft:* Vergessen. Ver-ges-sen! *Zu Schweyk:* Dich soll der Teufel holen!

DIE STIMME *grob:* Er muß mitn 12 Uhr 50 nach Passau weg.

ANDERE, ENTFERNTERE STIMME Dann nehmen wir den, ich glaub, das ist er.

BALOUN *befriedigt auf den Soldaten, der erschreckt nach hinten schaut:* Nicht hinriechen hat er mich lassen an sein Gulasch.

SCHWEYK Ich kann mir denken, jetz geht vielleicht nach Bayern ein Waggon mit Maschinengewehre. *Philosophisch:* Aber vielleicht möchten sie bis dahin in Stalingrad nix nötiger brauchen als Erntemaschinen und in Bayern wiederum schon Maschinengewehre. Wer kanns wissen?

6

*Samstag abend im »Kelch«. Unter anderen Gästen Baloun, Anna, Kati, der junge Prochazka und für sich zwei SS-Männer. Vom elektrischen Klavier Musik, zu der getanzt wird.*

KATI *zu Baloun:* Ich habs dem Herrn Brettschneider mitgeteilt, beim Verhör, daß ich schon vorher gehört hab, hinter dem Spitz is die SS her. Ich hab Ihren Namen nicht genannt, nur den von Ihrem Freund, dem Herrn Schweyk. Und ich hab auch nix darüber geäußert, daß der Herr Schweyk so getan hat, als kennt er Sie nicht, weil er mit uns hat ins Gespräch kommen wolln. War das recht?

BALOUN Mir is alles recht. Mich seht ihr nicht mehr lang hier. Das wird eine Ieberraschung sein, wie ich ankommen wer.

ANNA Sie missn nicht so düster redn, Herr Baloun, es hilft nicht. Und der SS-Mann drübn wird mich noch zum Tanz auffordern, wenn ich nur so herumsitz. Forderns mich auf.

*Baloun will sich erheben, als Frau Kopecka nach vorn kommt und klatscht.*

FRAU KOPECKA Meine Damen und Herrn, es geht auf halber neune, so ist es Zeit für die Beseda – *halb zu den SS-Leuten* –, wo unser Volkstanz is, was wir unter uns tanzn, und nicht jedem gefällt, aber uns. Musik auf Kosten des »Kelch«.

*Frau Kopecka steckt eine Münze in das Klavier, und die Anwesenden tanzen die Beseda, und zwar sehr laut aufstampfend. Auch Baloun und Anna tanzen. Es wird zur Verscheuchung der SS-Leute getanzt, also mit Stolpern an ihrem Tisch usw.*

BALOUN *singt:*

Mit dem Mitternachtsglockenschlag
Springt der Hafer aus dem Sack.
Jupphejdija, jupphejda
Jedes Weib gibt da.

DIE ANDERN *fallen ein:*

Laßt sich in die Backen zwacken.
Und fast jede hat vier Backen.
Jupphejdija, jupphejda
Jedes Weib gibt da.

*Die SS-Männer stehen fluchend auf und drängen sich hinaus. Nach dem Tanz kehrt Frau Kopecka aus dem Nebenzimmer zurück und spült ihre Gläser weiter, Kati bringt den ersten Gast der 3. Szene mit an den Tisch.*

DER ERSTE GAST Die Volkstänze sind eine Neierung im »Kelch« und sehr beliebt, weil die Stammgäst wissen, daß Frau Kopecka das Moskauer Radio hert dabei.

BALOUN Ich wer nicht mehr viele mittanzn. Wo ich sein wer, wird keine Beseda getanzt.

ANNA Ich her, wir warn sehr unvorsichtig, daß wir in die Anlagn gegangn sind. Es is gefährlich wegn die deutschen Desertöre, wo einen anfalln.

DER ERSTE GAST Nur Herrn. Sie missn zu Zivilkleider kommen. Im Stromovkapark find man jedn Morgn deutsche Uniformen jetzt.

KATI Wer da sein Anzug einbüßt, kriegt nicht so leicht mehr einen neuen. Die Kleiderkontrollstelle soll jetzt verbotn habn, daß noch Kleider und Hüte aus Papier gemacht wern. Wegn Papierknappheit.

DER ERSTE GAST Solche Ämter sind sehr beliebt bei die Deutschen, sie schießen ausn Boden wie Pilze. Es is ihnen um die Posten zu tun, daß sie nicht in den Krieg missn. Lieber die Tschechn schikanieren mit Milchkontrolle, Lebensmittelkontrolle, Papierkontrolle und so. Druckpostn.

BALOUN Bei mir werns triumphiern. Ich seh auf meine Zukunft als wie unvermeidlich.

ANNA Ich weiß nicht, von was Sie redn.

BALOUN Sie werns früh genug erfahrn, Fräulein Anna. Sie kennen sicher das Lied »Tauser Tor und Türen« von dem Maler, was jung gestorbn is. Möchtns mirs vorsingn, mir is danach.

ANNA *singt:*

Tauser Tor und Türen, der euch konnt
verzieren
Der hat malen müssen und die Mädel küssen.
Aus dem kann nichts mehr werdn, liegt schon
in der Erdn.
Is es das?

BALOUN Das is es.

ANNA Jessas, Sie wern sich doch nichts antun, Herr Baloun?

BALOUN Was ich mir antun wer, wird Sie mit Grausn erfülln, Fräulein. Ich wer nicht die Hand an mich legn, sondern schlimmer.

*Herein Schweyk mit einem Paket unterm Arm.*

SCHWEYK *zu Baloun:* Ich bin da mitn Gulaschfleisch. Ich will kein Dank, weil ich dein Kavalettel dafür nehm, was du in der Küche stehn hast.

BALOUN Zeig her, is es Rind?

SCHWEYK *energisch:* Pfoten weg. Es wird nicht ausgepackt hier. Guten Abend, die Fraileins, sind Sie auch hier?

ANNA Guten Abend, wir wissen alles.

SCHWEYK *zieht Baloun weg in eine Ecke:* Was hast du ihnen wieder ausgeplauscht?

BALOUN Nur, daß wir bekannt sind und es eine List war, daß wir uns nicht kennen. Ich hab nix mit ihnen zu redn gewußt. Mein Kavalettel hast du schon. Du reißt einen Freund vom Abgrund zurück, laß mich nur dazu riechen, durchs Papier. Die Frau Mahler von visavis hat mir schon 20 Kronen dafür gebotn, aber darauf schau ich nicht. Woher hast dus?

SCHWEYK Es is vom schwarzen Markt, von einer Hebamm, wos vom Land hat. Sie hat bei einem Bauer ums Jahr 30 ein Kind zur Welt gebracht, wo einen kleinen Knochen im Mund gehaltn hat, da hat sie geweint und gesagt: »Das bedeutet, mir wern alle noch stark hungern«, das hat sie prophezeit, wie die Deutschen noch nicht im Land warn, und die Bäuerin hat ihr jedes Jahr ein Packerl geschickt, daß sie nicht hungert, aber heuer braucht die Hebamm das Geld für die Steuern.

BALOUN Wenn nur die Frau Kopecka den echten Paprika hat!

FRAU KOPECKA *ist hinzugetreten:* Gehns an Ihren Tisch zurück, in einer halben Stund ruf ich Sie in die Küche. Inzwischen tuns, als ob nix wär. *Zu Schweyk, als Baloun an seinen Tisch zurückgegangen ist:* Was ist das für Fleisch?

SCHWEYK *vorwurfsvoll:* Frau Kopecka, ich wunder mich über Sie.

*Frau Kopecka nimmt ihm das Paket aus der Hand und schaut vorsichtig hinein.*

SCHWEYK *da er Baloun mit großen erregten Gesten zu den Dienstmädchen sprechen sieht:* Baloun is mir zu begeistert. Gebens reichlich Paprika hinein, daß es wie Rind schmeckt. Es is Roß. *Wenn sie ihn scharf anblickt:* Gut, es is der Spitz vom Herrn Vojta. Ich habs machen missn, weil die Schand aufn »Kelch« zurückfällt, wenn einer von Ihre Stammgäst aus Hunger bei die Deutschen einrückt.

EIN GAST *am Schanktisch:* Wirtschaft!

*Frau Kopecka gibt Schweyk das Paket zum Halten, um schnell zu bedienen. In diesem Augenblick hört man ein schweres Auto vorfahren, und dann kommen SS-Männer herein, an der Spitze Scharführer Bullinger.*

BULLINGER *zu Schweyk:* Ihre Haushälterin hat recht gehabt, daß Sie im Wirtshaus sein werden. *Zu den SS-Männern:* Platz schaffen! *Zu Schweyk, während die SS-Männer die andern Gäste zurückdrängen:* Wo hast du den Hund, Lump?

SCHWEYK Melde gehorsamst, Herr Scharführer, in der Zeitung is gestandn, er is gestohln worn. Ham Sies nicht gelesn?

BULLINGER So, du wirst frech?

SCHWEYK Melde gehorsamst, Herr Scharführer, das nein. Ich wollt nur äußern, daß Sie die Zeitungen verfolgen, sonst möchtn Sie was nicht erfahrn und lassen es am Durchgreifen fehln.

BULLINGER Ich weiß nicht, warum ich mich mit dir hinstelle, es ist pervers von mir, ich will wahrscheinlich nur sehn, wie weit ein solches Subjekt wie du vor seinem Tod geht.

SCHWEYK Jawohl, Herr Scharführer, und weils den Hund habn wolln.

BULLINGER Du gibst zu, daß du mir einen Brief geschrieben hast, daß ich 200 Kronen für den Hund zahlen soll?

SCHWEYK Herr Scharführer, ich gesteh zu, daß ich die 200 Kronen hab haben wolln, weil ich Unkosten gehabt hätt, wenn der Spitz nicht gestohln worn wär.

BULLINGER Wir werden noch reden darüber in der Petschekbank. *Zu den SS-Männern:* Ganze Wirtschaft durchsuchen nach einem Spitz! *Ein SS-Mann ab.*

*Man hört, wie nebenan Möbel umgeworfen, Gegenstände zerbrochen werden usw. Schweyk wartet in philosophischer Ruhe, sein Paket im Arm.*

SCHWEYK *plötzlich:* Wir ham auch einen guten Slibowitz hier.

*Ein SS-Mann stößt im Vorbeigehen einen kleinen Menschen an. Im Zurückweichen tritt dieser einer Frau auf den Fuß und sagt »Entschuldigens«, worauf der SS-Mann sich umwendet, ihn mit einem Knüppel niederdrischt und zusammen mit einem Kollegen auf ein Nicken Bullingers hinausschleppt. Daraufhin kommt ein SS-Mann mit Frau Kopecka zurück.*

SS-MANN Haus durchsucht, Hund nicht vorhanden.

BULLINGER *zur Kopecka:* Das ist ja ein nettes Wespennest subversiver Tätigkeit, was Sie da als unschuldiges Wirtshaus führen. Ich werd es euch aber ausbrennen.

SCHWEYK Jawohl, Herr Scharführer, Heil Hitler. Sonst möchtn wir frech wern und uns einen Schmarrn um die Vorschriften kimmern. Frau Kopecka, Sie missn Ihre Gaststätte so fihrn, daß alles durchsichtig is, wie das Wasser von einem klaren Teich, wie der Kaplan Vejwoda gesagt hat, wie er...

BULLINGER Halts Maul, Lump. Ich werd dich wahrscheinlich mitnehmen und Ihr Lokal zusperren, Frau Koscheppa.

BRETTSCHNEIDER *der in der Tür erschienen ist:* Herr Scharführer Bullinger, kann ich ein Wort mit Ihnen unter vier Augen sprechen?

BULLINGER Ich wüßte nicht, was ich mit Ihnen zu besprechen hätte. Sie wissen, für was ich Sie halte.

BRETTSCHNEIDER Es handelt sich um neue Informationen über den Verbleib des entschwundenen Hundes des Vojta, die wir in der Gestapo erhalten haben und die Sie interessieren dürften, Herr Scharführer Bullinger.

*Die beiden Herren gehen in eine Ecke und fangen an, wild zu gestikulieren. Brettschneider scheint zu entwickeln, Bullinger habe den Hund, dieser scheint zu sagen »Ich?« und in Empörung zu geraten usw.*

*Frau Kopecka ist gleichmütig zu ihrem Gläserspülen zurückgekehrt. Schweyk steht teilnahmslos und freundlich da. Da unternimmt unglücklicherweise Baloun den erfolgreichen Versuch, zu seinem Paket zu gelangen. Auf seinen Wink nimmt ein Gast es Schweyk weg und gibt es weiter. Es gelangt in Balouns Hände, und er fingert hemmungslos daran herum.*

*Ein SS-Mann hat dem Wandern des Pakets interessiert zugesehen.*

SS-MANN Holla, was geht hier vor? *Mit ein paar Schritten ist er bei Baloun und nimmt ihm das Paket weg. SS-Mann das Paket Bullinger reichend:* Herr Scharführer, dieses Paket wurde soeben einem der Gäste, dem Mann dort, zugeschmuggelt.

BULLINGER *öffnet das Paket:* Fleisch. Eigentümer vortreten.

SS-MANN *zu Baloun:* Sie da! Sie haben das Paket geöffnet.

BALOUN *verstört:* Es ist mir zugeschobn worn. Es gehert mir nicht.

BULLINGER So, es »gehert« Ihnen nicht, wie? Also anscheinend herrenloses Fleisch. *Plötzlich brüllend:* Warum haben Sie es dann geöffnet?

SCHWEYK *da Baloun keine Antwort weiß:* Melde gehorsamst, Herr Scharführer, daß der dumme Mensch unschuldig sein muß, weil er nicht hineingeschaut hätt, wenns ihm gehern würd, dann möcht er wissn, was drin is.

BULLINGER *zu Baloun:* Von wem hast du es bekommen?

SS-MANN *da Baloun wieder nicht antwortet:* Zuerst bemerkt hab ich diesen Mann – *auf den Gast, der das Paket Schweyk abgenommen hat* –, wie er das Paket weitergegeben hat.

BULLINGER Woher hast dus bekommen?

DER GAST *unglücklich:* Es is mir zugesteckt worn, ich weiß nicht, von wem.

BULLINGER Das Wirtshaus scheint eine Filiale des schwarzen Markts zu sein. *Zu Brettschneider:* Für die Wirtin haben Sie soeben die Hand ins Feuer gelegt, wenn ich nicht irre, Herr Brettschneider.

FRAU KOPECKA *ist vorgetreten:* Meine Herren, der »Kelch« ist kein schwarzer Markt.

BULLINGER Nein? *Schlägt ihr mit der Hand ins Gesicht.* Ich werds Ihnen zeigen, Sie tschechische Sau!

BRETTSCHNEIDER *aufgeregt:* Ich muß Sie bitten, die Frau Kopecka, die mir als unpolitische Person bekannt ist, nicht ungehört zu verurteilen.

FRAU KOPECKA *sehr blaß:* Sie schlagen mich nicht.

BULLINGER Was, Gegenrede? *Schlägt sie wieder.* Abführen!

*Da Frau Kopecka auf Bullinger loswill, schlägt ihr der SS-Mann übern Kopf.*

BRETTSCHNEIDER *sich über die zu Boden Geschlagene beugend:* Das werden Sie zu verantworten haben, Bullinger. Es wird Ihnen nicht gelingen, das Augenmerk von dem Hund des Vojta abzulenken.

SCHWEYK *tritt vor:* Melde gehorsamst, ich kann alles aufklärn. Das Packerl gehert niemand hier. Ich weiß es, weil ich es selber hingelegt hab.

BULLINGER Also du?

SCHWEYK Es stammt von einem Herrn, der mirs zum Aufhebn gegeben hat und weggegangn is, aufn Abort, wie er mir gesagt hat. Es is ein Mittelgroßer mit einem blonden Bart.

BULLINGER *erstaunt über eine solche Ausrede:* Sag, bist du schwachsinnig?

SCHWEYK *ihm ernst in die Augen blickend:* Wie ich Ihnen schon einmal erklärt hab, das ja. Ich bin amtlich von einer Kommission für einen Idioten erklärt worn. Ich bin auch ausn freiwilligen Arbeitsdienst deswegn herausgeflogn.

BULLINGER Aber zum Schleichhandel bist du intelligent genug, wie? Du wirst in der Petschekbank noch begreifen, daß es dir einen Dreck nützt, wenn du hundert Bescheinigungen hast.

SCHWEYK *weich:* Melde gehorsamst, Herr Scharführer, daß ich das vollkommen begreif, daß es mir einen Dreck nützen wird, weil ich immer, schon von klein auf, in diese Schwulitäten geratn bin, wenn ich die allerbesten Absichten gehabt hab und allen hab machn wolln, was sie gebraucht ham. Wie in Großlobau, wo ich einmal der Frau vom Schuldiener beim Wäscheaufhängen hab helfen wolln, wenn Sie mit aufn Flur kommen würdn, könnt ich Ihnen sagn, was draus geworn is. Ich bin in den Schleichhandel hineingekommen wie der Pontius ins Credo.

BULLINGER *ihn anstarrend:* Ich weiß überhaupt nicht, warum ich dir zuhöre, und schon einmal vorher. Wahrscheinlich, weil ich einen solchen Verbrecher noch nicht gesehen hab und wie hypnotisiert auf ihn hinstarre.

SCHWEYK Es muß sein, wie wenn Sie plötzlich einen Löwen sehn, auf der Karlstraße, wo er nicht üblich is oder wie in Chotebor ein Briefträger seine Frau erwischt hat mitn Hausbesorger, und sie erstechn is eins. Er geht gleich auf die Polizeiwache, sich angebn, und wie sie ihn gefragt ham, was er danach gemacht hat, hat er berichtet, er hat, wie er ausm Haus herausgetretn war, einen ganz nackten Menschen um die Eck gehn sehn, so daß sie ihn als geistesgestört ham laufen lassn, aber zwei Monat darauf is es bekannt geworn, daß um dieselbe Zeit ein Irrer ausn dortigen Krankenhaus entlaufen is und nackicht weg. Sie hams dem Briefträger nicht geglaubt, obwohls die Wahrheit war.

BULLINGER *erstaunt:* Ich hör dir immer noch zu. Ich kann mich nicht wegreißen. Ich weiß, was ihr glaubt. Daß das Dritte Reich vielleicht ein Jährchen dauert oder zehn Jährchen, aber wie lang wir uns halten, is vermutlich 10000 Jahr, jetzt glotzt du, wie?

SCHWEYK Das is für lang, wie der Küster gesagt hat, wie die »Schwan«-Wirtin ihn geheirat und auf die Nacht die Zähn ins Wasserglas geschmissn hat.

BULLINGER Schiffst du gelb oder schiffst du grün?

SCHWEYK *freundlich:* Melde gehorsamst, ich schiff gelblich-grün, Herr Scharführer.

BULLINGER Und jetzt kommst du mit mir, und wenn gewisse Herrn – *auf Brettschneider* – nicht nur die Hand, sondern auch den Fuß für dich ins Feuer legen.

SCHWEYK Jawohl, Herr Scharführer, Ordnung muß sein. Der Schleichhandel is ein Übel und hört nicht auf, bis nix mehr da is. Dann wird gleich Ordnung sein, hab ich recht?

BULLINGER Und den Hund werden wir auch noch finden.

*Ab mit dem Paket unterm Arm. Die SS-Männer packen Schweyk und führen ihn mit ab.*

SCHWEYK *im Abgehen, gutmütig:* Ich hoff nur, Sie erlebn keine Enttäuschung, manche Kundn, wenns einen Hund ham, auf dens scharf gewesn sind und alles von unterst zu oberst gekehrt ham, gfallt er ihnen nicht mehr.

BRETTSCHNEIDER *zur Kopecka, die wieder zu sich gekommen ist:* Frau Kopecka, Sie sind ein Opfer von gewissen Konflikten zwischen gewissen Stellen der Gestapo und der SS, mehr sag ich nicht. Sie stehen jedoch unter meinem Schutz, ich komm zurück, es mit Ihnen unter vier Augen durchzusprechen.

*Ab.*

FRAU KOPECKA *schwankend zurück zum Schanktisch, wo sie sich ein Gläsertuch um die blutende Stirn bindet:* Winscht jemand Bier?

KATI *auf Schweyks Hut schauend, der noch über dem Stammtisch hängt:* Sie ham ihn nicht einmal seinen Hut mitnehmen lassn.

DER GAST Der kommt nicht lebend davon.

*Herein tritt schüchtern der junge Prochazka. Er sieht entsetzt Frau Kopeckas blutigen Umschlag.*

DER JUNGE PROCHAZKA Was is Ihnen zugestoßen, Frau Kopecka? Ich habe die SS wegfahrn sehn, wars die SS?

GÄSTE Sie ham ihr mitn Knippl übern Kopf gehaun, weils gesagt ham, der »Kelch« is ein schwarzer Markt. – Sogar der Herr Brettschneider von der Gestapo is für sie eingetretn, sonst wär sie verhaftet. – Einen Herrn ham sie weggeführt.

FRAU KOPECKA Herr Prochazka, Sie ham hier im »Kelch« nix zu suchen. Hier verkehren nur richtige Tschechen.

DER JUNGE PROCHAZKA Sie können mir glaubn, Frau Anna, daß ich in der Zwischenzeit gelittn und das Meine gelernt hab. Hab ich keine Aussichten mehr, daß ich was gut mach?

*Frau Kopeckas eisiger Blick macht ihn schauern, und er schleicht zerknirscht hinaus.*

KATI Sie sind auch nervös bei der SS, weil gestern hams wieder einen SS-Mann aus der Moldau gefischt, mit einem Loch in der linken Seiten.

ANNA Sie werfn genug Tschechen hinein.

GAST Alles nur, weils nicht gut für sie geht im Osten.

DER ERSTE GAST *zu Baloun:* Wars nicht Ihr Freund, den sie abgefiehrt ham?

BALOUN *bricht in Tränen aus:* Ich bin schuld dran. Das hab ich von meiner Verfressenheit. Ich hab schon mehrmals zur Jungfrau Maria gebetet, daß sie mir die Kraft gibt und daß sie mein Magn irgendwie zusammenschrumpfn lassen möcht, aber nix. Mein besten Freund hab ich so hineingerissen, daß er mir womeglich heit nacht erschossen wird, wenn nicht, kann er von Glick sagn, und es passiert ihm morgen frih.

FRAU KOPECKA *stellt ihm einen Slibowitz hin:* Trinkens das. Jammern hilft jetzt nicht.

BALOUN Vergelts Gott. Sie hab ich auseinander gebracht mit Ihrem Verehrer, ein bessern finden Sie nicht, er is auch nur schwach. Wenn ich den Schwur geleistet hätt, um den Sie mich gebetn habn, möcht alles nicht so verzweifelt ausschaun. Wenn ich ihn jetzt noch leistn könnt – aber kann ichs? Aufn leeren Magen? Großer Gott, was wird werden?

FRAU KOPECKA *geht zum Schanktisch zurück und nimmt das Spülen der Gläser wieder auf:* Wirf einer ein Zehnerl in das Klavier. Ich wer euch sagn, was werden wird.

*Ein Gast wirft eine Münze in das elektrische Klavier. Licht glüht in ihm auf, ein Transparent zeigt den Mond über der Moldau, die majestätisch dahinfließt. Ihre Gläser spülend, singt Frau Kopecka »Das Lied von der Moldau«:*

Am Grunde der Moldau wandern die Steine
Es liegen drei Kaiser begraben in Prag.
Das Große bleibt groß nicht und klein nicht das
Kleine.
Die Nacht hat zwölf Stunden, dann kommt
schon der Tag.

Es wechseln die Zeiten. Die riesigen Pläne
Der Mächtigen kommen am Ende zum Halt.
Und gehn sie einher auch wie blutige Hähne
Es wechseln die Zeiten, da hilft kein Gewalt.

Am Grunde der Moldau wandern die Steine
Es liegen drei Kaiser begraben in Prag.
Das Große bleibt groß nicht und klein nicht das
Kleine.
Die Nacht hat zwölf Stunden, dann kommt
schon der Tag.

**Zwischenspiel in den höheren Regionen**

*Hitler und der General von Bock, genannt »der Sterber«, vor einer Karte der Sowjetunion. Beide sind überlebensgroß. Kriegerische Musik.*

VON BOCK
Mein lieber Herr Hitler, Ihr Krieg im Osten
Fängt an, verdammt viele Tanks, Bomber und
Kanonen zu kosten.
Von Mannschaft sprech ich nicht, man heißt
mich sowieso den »Sterber«.
Jedenfalls bin ich kein Spielverderber
Aber dieses Stalingrad können Sie nun eben
nicht bekommen.

HITLER
Herr General von Bock, Stalingrad wird
genommen
Ich habe das dem deutschen Volk versprochen.

VON BOCK
Herr Hitler, der Winter kommt in ein paar
Wochen
Da beginnt es in diesen östlichen Gegenden
stark zu schneiben
Wenn wir uns da noch herumtreiben...

HITLER
Herr von Bock, ich werde die Völker Europas
in die Bresche schmeißen
Und der kleine Mann wird mich heraus-
reißen.
Herr von Bock, lassen auch Sie mich nicht im
Stich.

VON BOCK
Und für die Reserven...

HITLER
Sorge ich.

7

*Zelle im Militärgefängnis mit tschechischen Häftlingen, welche die Musterung zum Kriegsdienst erwarten, darunter Schweyk. Sie warten mit entblößtem Oberkörper, simulieren aber alle die erbarmungswürdigsten Krankheiten.*

*Einer liegt zum Beispiel auf dem Boden ausgestreckt, als stürbe er.*

EIN GEKRÜMMTER MANN Ich hab meinen Anwalt aufgesucht und einen sehr beruhigenden Bescheid bekommen. Sie können uns nicht ins Militär stecken, außer, wenn wir wollen. Es ist ungesetzlich.

EIN MANN MIT KRÜCKEN Warum haltens sich denn so gekrümmt, wenns keinen Militärdienst erwarten?

DER GEKRÜMMTE Das ist nur für alle Fälle.

*Der mit Krücken lacht höhnisch.*

DER STERBENDE *am Boden:* Sie werns nicht wagen, wo wir alle Invalide sind. Sie sind schon unbeliebt genug.

EIN KURZSICHTIGER *triumphierend:* In Amsterdam soll ein deutscher Offizier ieber die sogenannte Gracht gegangen sein, schon nervös und gegen elfe nachts, und einen Holländer nach der Uhr gefragt haben. Der sieht ihn ernst an und sagt nix als »meine steht!« Er ist unlustig weitergegangen und hat einen zweiten angehalten und der sagt, vor er hat fragen können, daß er seine Uhr daheim hat liegenlassen. Der Offizier soll sich erschossen ham.

DER STERBENDE Da hat ers nicht ausgehalten. Die Verachtung.

SCHWEYK Noch öfter wie sich erschießens andere. In Wrzlau hat ein Gastwirt, wo von seiner Frau betrogn worn is mit seinem eigenen Bruder, das Paar mit Verachtung gestraft, nix sonst. Er hat ihr ihre Schlüpfer, wo er im Fuhrwerk von sein Bruder gefunden hat, aufs Nachtkastl gelegt und geglaubt, daß sie sich dann schämen wird. Sie ham ihn für unmündig erklärn lassen am Kreisgericht, ihm die Wirtschaft verkauft und sind zusammen weggezogn. Insofern hat er aber recht behaltn, als die Frau einer Freundin gestandn hat, sie scheniert sich fast, daß sie seinen gefitterten Wintermantel mitnimmt.

DER GEKRÜMMTE Für was sind Sie hier?

SCHWEYK Wegn Schleichhandel. Sie hättn mich erschießn können, aber die Gestapo hat mich als Zeugn gegen die SS gebraucht. Ich hab von der Zwietracht der Großen profitiert. Sie ham mich darauf aufmerksam gemacht, daß ich Glick mit meinen Namen hab, her ich, weil ich Schweyk heiß mit »y«, aber wenn ich mich mit einem einfachen »i« schreib, bin ich deutscher Abstammung und kann eingezogn wern.

DER MIT KRÜCKEN Sie nehmen sie jetzt sogar schon aus die Zuchthäuser.

DER GEKRÜMMTE Nur wenns deutscher Abstammung sind.

DER MIT KRÜCKEN Oder wenns freiwillig deutscher Abstammung sind, wie der Herr.

DER GEKRÜMMTE Die einzige Hoffnung is, daß man invalid is.

DER KURZSICHTIGE Ich bin kurzsichtig, ich würd nie eine Charge erkennen und könnt nicht salutiern.

SCHWEYK Da kann man Sie zu einer Abhorchbatterie steckn, wo die feindlichen Flugzeuge meldet, da is blind sogar gut, weil, beim Blindn entwickelt sich ein besonders feines Gehör, ein Landwirt in Socz hat seim Hund zum Beispiel die Augn ausgestochn, damit er besser hern möcht. Sie sind also verwendbar.

DER KURZSICHTIGE *verzweifelt:* Ich kenn einen Rauchfangkehrer in Brewnow, der macht euch für zehn Kronen so ein Fieber her, daß ihr aus dem Fenster springt.

DER GEKRÜMMTE Das is nix, in Wrschowitz is eine Hebamme, die euch für zwanzig Kronen so gut das Bein ausrenkt, daß ihr für euer Leben lang ein Krüppel bleibt.

DER MIT KRÜCKEN Ich hab das Bein für fünf Kronen ausgerenkt.

DER STERBENDE Ich hab nix zahln brauchen. Ich hab echt ein eingeklemmten Bruch.

DER MIT KRÜCKEN Dann wern sie Sie im Pankrazspital operiern, und was machens dann?

SCHWEYK *heiter:* Wenn man euch zuhert, könnt man meinen, ihr wollts nicht in den Krieg, wo fir die Verteidigung der Zivilisation gegen den Bolschewismus gefiehrt wern muß.

*Ein Soldat kommt herein und macht sich am Eimer zu schaffen.*

DER SOLDAT Ihr habt den Kübel wieder verschweint. Ihr müßt sogar noch scheißen lernen, ihr Säue.

SCHWEYK Wir sind grad beim Bolschewismus. Wißts ihr, was der Bolschewismus is? Daß er der geschworne Verbindete von Wallstriet is, wo unter der Fiehrung von dem Juden Rosenfeld im Weißen Haus unsern Untergang beschlossen hat? *Der Soldat macht sich weiter an dem Eimer zu schaffen, um zuhören zu können, so fährt Schweyk geduldig weiter:* Aber sie kennen uns nicht halb. Kennt ihr das von dem Kanonier von Przemysl im ersten Weltkrieg, wo gegn den Zaren gefochten worn is? *Er singt:*

Bei der Kanone dort
Lud er in einem fort.
Bei der Kanone dort

Lud er in einem fort.
Eine Kugel kam behende
Riß vom Leib ihm beide Hände
Und er stand weiter dort
Und lud in einem fort.
Bei der Kanone dort
Lud er in einem fort.

Die Russen kempfn nur, weils missn. Sie ham keine Landwirtschaft, weils die Großgrundbesitzer ausgerottet ham, und ihre Industrie is verwüstet durch eine öde Gleichmacherei und weil die besonnenen Arbeiter verbittert sind über die großen Gehälter für die Direktoren. Kurz, es is nix da, und sobald wir das einmal erobert ham, kommen die Amerikaner schon zu spät. Hab ich recht?

DER SOLDAT Halts Maul. Unterhaltungen sind nicht gestattet.

*Er geht böse mit dem Eimer ab.*

DER STERBENDE Ich glaub, Sie sind ein Spitzel.

SCHWEYK *heiter:* Nix Spitzel. Ich her nur regelmäßig das deutsche Radio. Sie solltens auch öfter hern, es is eine Hetz.

DER STERBENDE Es is keine. Es is eine Schand.

SCHWEYK *bestimmt:* Es is eine Hetz.

DER KURZSICHTIGE Aber man muß ihnen nicht noch in den Arsch kriechen.

SCHWEYK *belehrend:* Sagns das nicht. Es is eine Kunst. Manches kleinere Vieh möcht sich freun, wenns einem Tiger hineinkäm. Da kann ers nicht erreichn, und es fühlt sich verhältnismäßig sicher, es is aber schwer hineinkommen.

DER GEKRÜMMTE Wern Sie bitte nicht ordinär. Es is kein schöner Anblick, wenn die Tschechn sich alles bieten lassn.

SCHWEYK Das ist, was der Wanjek, Jaroslaw, zu einem lungnkrankn Hausierer gesagt hat. Der Wirt im »Schwan« in Budweis, ein baumlanger Mensch, hat dem Hausierer nur halbvoll eingeschenkt, und wie das Krepierl nix dazu gesagt hat, hat der Wanjek ihn zur Red gestellt mit: »Wie könnens das duldn, Sie machn sich mitschuldig.« Der Hausierer hat dem Wanjek eine geschmiert, das war alles. Und jetz wer ich klingln, daß sie sich mit ihrn Krieg etwas beeiln, ich hab meine Zeit nicht gestohln. *Steht auf.*

EIN KLEINER DICKER *der bisher abseits gesessen hat:* Sie werden nicht klingeln.

SCHWEYK Und warum nicht?

DER DICKE *autoritativ:* Weils uns schnell genug geht.

DER STERBENDE Sehr richtig. Warum hat man Sie geschnappt?

DER DICKE Weil mir ein Hund gestohlen worden ist.

SCHWEYK *interessiert:* Etwa ein Spitz?

DER DICKE Was wissen Sie davon?

SCHWEYK Ich wett, Sie heißen Vojta. Ich freu mich, daß ich Sie noch treff. *Streckt ihm die Hand hin, was der Dicke übersieht.* Ich bin der Schweyk, das sagt Ihnen vielleicht nix, aber Sie können meine Hand annehmn, ich wett, Sie sind kein Deutschenfreund mehr, jetz, wo Sie hier sitzen.

DER DICKE Ich habe auf Grund der Aussage meines Dienstmädchens die SS beschuldigt, daß sie meinen Hund geraubt haben, das genügt wohl?

SCHWEYK Es genügt mir vollständig. Bei uns in Budweis hats einen Lehrer gegebn, wo ein Schüler, dem er aufgesessn is, beschuldigt hat, er hat bein Orgelspieln im Gottesdienst die Zeitung aufn Pult liegen gehabt. Er war ein religiöser Mensch und seine Frau hat oft darunter zu leidn gehabt, daß er ihr verbotn hat, kurze Röck zu tragn, aber sie ham ihn nachdem so getriezt und verhört, daß er am Schluß geäußert hat, er glaubt jetz nicht einmal mehr an die Hochzeit von Kannä. Sie wern in den Kaukasus marschiern und aufn Hitler scheißn, nur, wie der Wirt vom »Schwan« gesagt hat, es hängt davon ab, wo man auf was scheißt.

DER DICKE Wenn Sie Schweyk heißen, hat sich einer, wie ich durchs Tor gebracht worden bin, an mich gedrängt, ein junger Mensch. Er hat mir nur zuflüstern können: »Fragens nach dem Herrn Schweyk«, dann haben sie das Tor geöffnet gehabt. Er muß noch drunten stehn.

SCHWEYK Ich wer gleich nachschaun. Ich hab mir immer erwartet, am Morgn wird sich da vorn Kasernengefängnis ein Häuflein ansammeln, die Wirtin vom »Kelch«, wo sichs nicht nehmen lassen wird und ein großer Dicker vielleicht, wo auf den Schweyk warten und vergeblich. Hilf mir einer der Herrn!

*Er geht zum Zellenfensterchen und klettert auf den Rücken des Mannes mit den Krücken, um hinauszuschauen.*

SCHWEYK Es is der junge Prochazka. Er wird mich kaum sehn. Gebens mir die Krücken.

*Er bekommt sie und schwenkt sie. Dann scheint der junge Prochazka ihn bemerkt zu haben, und Schweyk verständigt sich mit ihm durch große Gesten. Er deutet einen großen Mann mit Bart an – Baloun – und macht die Geste des Essen-in-den-Mund-Stopfens, sowie die des Unter-*

*dem-Arm-Tragens. Dann steigt er wieder vom Rücken des Mannes mit den Krücken.*

SCHWEYK Es wird Sie erstaunt habn, was Sie mich da habn machen sehn. Wir ham eine stillschweigende Verabredung mitsammen getroffn, für die er eigens gekommen is, ich hab immer geahnt, er is ein anständiger Mensch. Ich hab mit dem Gefuchtel nur wiederholt, was er gemacht hat, daß er sieht, ich hab begriffn. Wahrscheinlich hat er habn wolln, daß ich mit unbeschwertm Kopf nach Rußland marschiern kann.

*Man hört Kommandos von außen, sowie Marschtritte, dann beginnt eine Musikkapelle zu spielen. Es ist der Horst-Wessel-Marsch.*

DER STERBENDE Was is da los? Haben Sie was gesehn?

SCHWEYK Am Tor sind ein Haufen Leut. Wahrscheinlich ein Bataillon, wo auszieht.

DER GEKRÜMMTE Das is eine gräßliche Musik.

SCHWEYK Ich find sie hibsch, weil sie traurig is und mit Schmiß.

DER MIT KRÜCKEN Die wern wir bald häufiger hern. Den Horst-Wessel-Marsch spielens, wo sie nur können. Er is von einem Zutreiber gedichtet worn. Ich möcht wissen, was dem sein Text bedeutet.

DER DICKE Ich kann Ihnen mit einer Übersetzung dienen. Die Fahne hoch, / die Reihen fest geschlossen, / SA marschiert mit ruhig festem Schritt, / Kameraden, deren Blut vor unserm schon geflossen, / sie ziehn im Geist in unsern Reihen mit.

SCHWEYK Ich weiß einen andern Text, den hammer im »Kelch« gesungn. *Er singt zu der Begleitung der Militärkapelle, und zwar so, daß er den Refrain zu der Melodie singt, die Vorstrophen aber zu dem Trommeln dazwischen:*

Hinter der Trommel her
Trotten die Kälber
Das Fell für die Trommel
Liefern sie selber.
  Der Metzger ruft. Die Augen fest geschlossen
  Das Kalb marschiert mit ruhig festem Tritt.
  Die Kälber, deren Blut im Schlachthof schon
    geflossen
  Sie ziehn im Geist in seinen Reihen mit.

Sie heben die Hände hoch
Sie zeigen sie her
Sie sind schon blutgefleckt
Und sind noch leer.
  Der Metzger ruft. Die Augen fest geschlossen
  Das Kalb marschiert mit ruhig festem Tritt.
  Die Kälber, deren Blut im Schlachthof schon
    geflossen
  Sie ziehn im Geist in seinen Reihen mit.

Sie tragen ein Kreuz voran
Auf blutroten Flaggen
Das hat für den armen Mann
Einen großen Haken.
  Der Metzger ruft. Die Augen fest geschlossen
  Das Kalb marschiert mit ruhig festem Tritt.
  Die Kälber, deren Blut im Schlachthof schon
    geflossen
  Sie ziehn im Geist in seinen Reihen mit.

*Die anderen Häftlinge haben den Refrain von der zweiten Strophe ab mitgesungen. Am Schluß geht die Zellentür auf, und ein deutscher Militärarzt erscheint.*

DER MILITÄRARZT Das ist aber nett, daß ihr alle so freudig mitsingt, da wirds euch freuen, daß ich euch für gesund genug halte, daß ihr ins Militär eintreten könnt und also genommen seid. Aufstehn alle und Hemden wieder anziehn. Alles fertig und marschbereit in zehn Minuten. *Ab.*

*Die Häftlinge ziehen niedergeschmettert ihre Hemden wieder an.*

DER GEKRÜMMTE Ohne ärztliche Untersuchung, das is völlig ungesetzlich.

DER STERBENDE Ich hab einen Magenkrebs, ich kanns nachweisen.

SCHWEYK *zu dem Dicken:* Sie wern uns, her ich, in verschiedene Truppenteile steckn, damit wir nicht zusammen sind und Schweinerein begehn. So lebens wohl, Herr Vojta, es hat mich gefreit und was die andern Herrn angeht: auf Wiedersehn im »Kelch«, um sechse, nachm Krieg.

*Er schüttelt allen gerührt die Hand, als die Zellentür wieder aufgeht. Als erster marschiert er stramm hinaus.*

SCHWEYK Heitler! Auf nach Moskau!

## 8

*Wochen später. Tief in den winterlichen Steppen Rußlands marschiert der brave Hitlersoldat Schweyk, um seinen Truppenteil in der Gegend von Stalingrad zu erreichen. Er ist vermummt durch einen großen Haufen von Kleidungsstükken, der Kälte wegen.*

SCHWEYK *singt:*
Als wir nach Jarómersch zogen
Glaubt' man auch, es sei erlogen
Kamen wir so ungefähr
Grad zum Nachtmahl hin.

*Eine deutsche Patrouille hält ihn auf.*

ERSTER SOLDAT Halt. Losungswort!

SCHWEYK Endsieg. Könnt ihr mir sagn, wos nach Stalingrad geht, ich bin durch ein Mißgeschick von meiner Marschkompanie abgekommn und marschier schon ein ganzen Tag.

*Der erste Soldat prüft seine Militärpapiere.*

ZWEITER SOLDAT *gibt ihm die Feldflasche:* Woher bist du?

SCHWEYK Aus Budweis.

ERSTER SOLDAT Da bist du ein Tschech.

SCHWEYK *nickt:* Ich hab gehert, da vorn solls nicht gut stehn. *Die beiden Soldaten, die sich angeschaut haben, lachen böse.*

ERSTER SOLDAT Und was hast du als Tschech dort verloren?

SCHWEYK Ich hab dort nix verlorn, ich komm zu Hilf und schitz die Zivilisation vorn Bolschewismus und ihr auch, sonst is es eine Kugl in die Brust, hab ich recht?

ERSTER SOLDAT Du möchtest ein Desertör sein.

SCHWEYK Ich bin keiner, denn da möchtet ihr mich sogleich erschießn, weil ich meinen Soldateneid verletz und nicht für den Fiehrer sterb, Heil Hitler.

ZWEITER SOLDAT So, du bist also ein Überzeugter. *Nimmt die Feldflasche zurück.*

SCHWEYK Ich bin so ieberzeugt, wie der Tonda Novotny, wo in Wysotschau sich im Pfarrhaus für eine Stell als Kirchendiener vorgestellt hat und nicht gewußt, ob die Pfarre protestantisch oder katholisch gewesen is, und weil der Herr Pfarrer in Hosenträger war und eine Weibsperson im Zimmer, geantwort hat, er is protestantisch, und schon wars falsch.

ERSTER SOLDAT Und warum muß es ausgerechnet Stalingrad sein, zu zweideutiger Verbündeter?

SCHWEYK Weil da meine Regimentskanzlei is, Kameraden, wo ich mir den Stempel holen muß, daß ich mich gemeldet hab, sonst sind meine Militärpapiere ein Dreck, und ich kann mich nicht mehr zeigen in Prag. Heil Hitler!

ERSTER SOLDAT Und wenn wir dir sagen würden: »Scheiß Hitler«, und wir wollen desertieren zu die Russen und wollten dich mithaben, weil du russisch kannst, weil, tschechisch soll ähnlich sein.

SCHWEYK Tschechisch is sehr ähnlich. Aber ich möcht eher abratn, ich kenn mich hier nicht aus, meine Herrn, und würd lieber die Richtung nach Stalingrad erfragn.

ERSTER SOLDAT Weil du uns vielleicht nicht trauen möchtest, ist das dein Grund?

SCHWEYK *freundlich:* Ich möcht euch lieber für brave Soldatn haltn. Weil, wenn ihr Desertöre wärt, möchtet ihr unbedingt was für die Russn mitbringn, ein Maschingewehr oder so was, vielleicht ein gutes Fernrohr, was sie brauchn könn'n, und es vor euch hin hochhebn, daß sie nicht gleich schießn. So wirds gemacht, her ich.

ERSTER SOLDAT *lacht:* Du meinst, das verstehn sie, auch wenns nicht russisch is? Ich versteh dich, du bist ein Vorsichtiger. Und sagst lieber, du willst nur wissen, wo dein Grab in Stalingrad liegt. Da geh nach dieser Richtung. *Er zeigt ihm.*

ZWEITER SOLDAT Und wenn dich jemand fragt, wir sind eine Militärpatrouille und haben dich auf Herz und Nieren examiniert, daß dus weißt.

ERSTER SOLDAT *im Weggehen:* Und dein Rat ist nicht schlecht, Bruder.

SCHWEYK *winkt ihnen nach:* Gern geschehn und auf Wiedersehn!

*Die Soldaten gehen schnell weiter. Auch Schweyk geht weiter in die Richtung, die ihm angegeben worden ist, jedoch sieht man, wie er davon in einem Bogen abweicht. Er taucht unter im Dämmer. Wenn er auf der andern Seite wieder auftaucht, bleibt er für kurze Zeit an einem Wegweiser stehen und liest: »Stalingrad – 50 km«. Er schüttelt den Kopf und marschiert weiter. Die treibenden Wolken am Himmel sind jetzt gerötet von einer fernen Feuersbrunst. Er betrachtet sie interessiert beim Marschieren.*

SCHWEYK *singt:*
Meinte, daß das Dienen
Eine Hetz nur sei
Daß es eine Woche oder 14 Tage
Dauert – und vorbei!

*Während er unentwegt marschiert, seine Pfeife rauchend, verblassen die Wolken wieder, und in rosigem Licht taucht Schweyks Stammtisch im »Kelch« auf. Sein Freund Baloun kniet auf dem Boden, neben ihm steht, mit ihrer Stickerei, die Witwe Kopecka, und am Tisch sitzt hinter einem Bier das Dienstmädchen Anna.*

BALOUN *im Litaneiton:* Ich schwör jetz ohne weiteres und aufn leeren Magn, weil alle Versuche von verschiedenen Seiten, Fleisch für mich aufzutreibn, gescheitert sind, also ohne daß ich ein richtiges Mahl gekriegt hätt, bei der Jungfrau Maria und allen Heiligen, daß ich nie freiwillig in das Naziheer eintreten wer, so wahr mir Gott, der Allmächtige, helfe. Ich tu das im Angedenken an meinen Freund, den Herrn Schweyk, wo jetz ieber die eisigen Steppen Rußlands marschiert, in treuer Pflichterfüllung, weils nicht anders geht. Er war ein braver Mensch.

FRAU KOPECKA So, jetz können aufstehn.

ANNA *nimmt einen Schluck aus dem Bierkrügel, steht auf und umarmt ihn:* Und die Heirat kann erfolgn, sobald die Papiere aus Protiwin beschafft sind. *Nachdem sie ihn geküßt hat, zu Frau Kopecka:* Schad, daß es für Sie nicht gut ausgeht. *Der junge Prochazka steht unter der Tür, ein Paket unterm Arm.*

FRAU KOPECKA Herr Prochazka, ich hab Ihnen verbotn, Ihren Fuß noch mal über meine Schwelle zu setzn, wir beide sind fertig. Indem Ihre große Liebe nicht einmal für zwei Pfund Geselchtes langt.

DER JUNGE PROCHAZKA Wenn ich es aber gebracht hab? *Zeigt.* Zwei Pfund Geselchtes.

FRAU KOPECKA Was, Sie hams gebracht? Trotz die strengn Strafn, wo draufstehn?

ANNA Netig wär es nicht mehr, nicht wahr? Herr Baloun hat den Schwur auch ohne geleistet.

FRAU KOPECKA Aber das werns zugebn, daß es echte Liebe von seiten des Herrn Prochazka beweist. Rudolf! *Sie umarmt ihn feurig.*

ANNA Das möcht den Herrn Schweyk freun, wenn er das wüßt, der brave Herr. *Sie schaut zärtlich auf Schweyks harten Hut, der über dem Stammtisch hängt.* Hebens den Hut gut auf, Frau Kopecka, ich glaub sicher, daß sich ihn der Herr Schweyk nachn Krieg wieder abholt.

BALOUN *in das Paket hineinriechend:* Dazu mißtn Linsn her.

*Der »Kelch« verschwindet wieder. Aus dem Hintergrund stolpert ein besoffener Mann in zwei dicken Schafspelzen und einem Stahlhelm. Auf ihn trifft Schweyk.*

DER BESOFFENE Halt! Wer bist du? Ich seh, du bist einer von den Unsern und kein Gorilla, Gott sei gelobt. Ich bin der Feldkurat Ignaz Bullinger aus Metz, haben Sie zufällig etwas Kirschwasser bei sich?

SCHWEYK Melde gehorsamst, daß nicht.

FELDKURAT Das wundert mich. Ich brauch es nicht für Saufen, wie du dir vielleicht gedacht hast, du Lump, gesteh es ein, so denkst du von deinem Priester, ich brauchs für mein Auto mitn Feldaltar dort hinten, das Benzin is ausgegangen, sie sparen am lieben Gott Benzin in Rostow, das wird sie noch teuer zu stehn kommen, wenn sie vor Gottes Thron treten werden, und er fragt sie mit Donnerstimme: »Ihr habt meinen Altar motorisiert und dann, wo war das Benzin?«

SCHWEYK Herr Feldkurat, ich weiß nicht. Könnens mir sagn, wos nach Stalingrad geht?

FELDKURAT Das weiß Gott. Kennst du das, wie der Bischof im Sturm zum Kapitän sagt: »Werden wir durchkommen?« und der Kapitän ihm antwortet: »Wir stehn jetzt in Gottes Hand, Bischof!« und der sagt nur: »Stehts so schlimm?« und bricht in Tränen aus? *Er hat sich in den Schnee gesetzt.*

SCHWEYK Ist der Herr Scharführer Bullinger Ihr Herr Bruder?

FELDKURAT Ja, Gott seis geklagt, den kennst du also? Du hast kein Kirschwasser oder Wodka?

SCHWEYK Nein, und Sie wern sich verkühln, wenn Sie sich in Schnee setzn.

FELDKURAT Um mich ist es nicht schad. Sie sparn mitm Benzin, da solln sie sehn, wie sie ohne Gott durchkommen und ohne Gotteswort in der Schlacht. Auf dem Festland, in der Luft, auf dem Meere und so fort. Ich bin nur mit schwersten Gewissenskonflikten in ihren blöden Nazibund für deutsche Christen eingetreten. Ich verzicht für sie auf den Herrn Jesu als einen Juden und mach ihn in der Predigt zu einem Christen, daß es nur so kracht, mit blauen Augen, und flecht den Wotan ein und sag ihnen, die Welt muß deutsch sein und kost es auch Ströme von Blut, weil ich ein Schwein bin, ein abtrünniges, wo seinen Glauben verraten hat fürs Gehalt und sie geben mir zu wenig Benzin und schau dir an, wo sie mich hingeführt haben!

SCHWEYK In die russischen Steppen, Herr Feldkurat, und Sie gehn besser mit mir nach Stalingrad zurück und schlafn Ihren Rausch aus. *Er zieht ihn hoch und schleppt sich mit ihm ein paar Meter.* Sie missn aber selber auch gehn, sonst laß ich Sie liegn, ich muß zum Marschbataillon und dem Hitler zu Hilf kommn.

FELDKURAT Ich kann meinen Feldaltar nicht hier stehn lassen, sonst wird er von den Bolschewiken erbeutet, was dann? Das sind Heiden. Da vorn bin ich an einer Hütte vorbeigekommen, der Schornstein hat geraucht, ob sie da nicht Wodka haben, du gibst ihnen eine übern Kopf mit deinem Gewehrkolben, und basta. Bist du ein deutscher Christ?

SCHWEYK Nein, ein gewöhnlicher. Kotzens sich nicht an, es gefriert an Ihnen.

FELDKURAT Ja, mich frierts teuflisch. Ich werd ihnen einheizen in Stalingrad.

SCHWEYK Erst missns dort sein.

FELDKURAT Ich hab keine besondere Zuversicht mehr. *Ruhig, fast nüchtern:* Weißt du – wie heißt du eigentlich? –, daß sie mir ins Gesicht lachen, dem Priester Gottes, wenn ich ihnen mit der Hölle droh? Ich kann mirs nur so erklären, daß sie den Eindruck bekommen haben, sie sind schon drin. Die Religion geht in Fetzen, da ist der Hitler schuld, sag das niemand.

SCHWEYK Der Hitler is ein Furz, ich sag dirs, weil du besoffn bist. Am Hitler sind die schuld, wo ihm in München die Tschechoslowakei zun Present gemacht ham, firn »Friedn auf Lebenszeit«, wo sich als ein Blitzfriedn herausgestellt hat. Der Krieg wiedrum is ein langer geworn und für nicht wenige auf Lebenszeit, so täuscht man sich.

FELDKURAT Du bist also gegn den Krieg, wo gegn die gottlosen Bolschewiken geführt werden muß, du Lump? Weißt du, daß ich dich da in Stalingrad erschießen laß?

SCHWEYK Wenn Sie sich nicht zusammenreißn und ordentlich ausschreitn, kommens nicht nach Stalingrad. Ich bin nicht gegn Krieg, und ich marschier nach Stalingrad nicht aus Jux, sondern weil der Koch Naczek schon in erstn Weltkrieg gesagt hat: »Wo die Kugeln fliegn, stehn die Feldküchn.«

FELDKURAT Erzähl mir nichts. Du sagst dir im geheimen: »Leckt mich am Arsch mit dem Krieg«, ich seh dirs an. *Packt ihn an.* Warum willst du für den Krieg sein, was hast du davon, gesteh, du scheißt drauf!

SCHWEYK *grob:* Ich marschier nach Stalingrad und du auch, weils befohln is und weil wir als einzelne Reisende hier verhungern möchtn. Ich habs dir schon einmal gesagt.

*Sie marschieren weiter.*

FELDKURAT Zu Fuß ist der Krieg deprimierend. *Bleibt stehen.* Da seh ich ja die Hütte, da gehn wir hin, hast du dein Gewehr entsichert?

*Eine Hütte taucht auf, sie gehen darauf zu.*

SCHWEYK Aber ich bitt mir aus, daß Sie kein Krakeel machen, es sind auch Menschen, und Sie ham genug gesoffen.

FELDKURAT Halt dein Gewehr schußbereit, das sind Heiden, keine Widerrede!

*Aus der Hütte tritt eine alte Bäuerin und eine junge Frau mit einem kleinen Kind.*

FELDKURAT Schau, sie wollen fliehen. Das müssen wir verhindern. Frag, wo sie den Wodka vergraben haben. Und schau, was die für einen Schal umhat, den nehm ich an mich, ich friere teuflisch.

SCHWEYK Sie friern, weil Sie besoffn sind und ham schon zwei Fellmäntel. *Zu der jungen Frau, die unbeweglich steht:* Guten Tag, wo geht der Weg nach Stalingrad?

*Die junge Frau zeigt in eine Richtung, jedoch wie geistesabwesend.*

FELDKURAT Gibt sie zu, daß sie Wodka haben?

SCHWEYK Du setzt dich hin, ich wer verhandeln, und dann gehn wir weiter, ich will kein Skandal. *Zur Frau, freundlich:* Warum steht ihr so vor dem Haus? Hams grad weggehn wolln? *Die Frau nickt.* Der Schal is aber dinn. Hams sonst nix zum Umziehn? Das is fast zu wenig.

FELDKURAT *auf dem Boden sitzend:* Nimm den Kolben, das sind lauter Gorillas. Heiden.

SCHWEYK *grob:* Du haltsts Maul. *Zur Frau:* Wodka? Der Herr is krank.

*Schweyk hat alle Fragen mit illustrativen Gesten begleitet. Die Frau schüttelt den Kopf.*

FELDKURAT *bösartig:* Schüttelst du den Kopf? Ich werd dirs geben. Mich friert, und du schüttelst den Kopf. *Er kriecht mühsam hoch und torkelt mit erhobener Faust auf die Frau zu. Sie weicht in die Hütte zurück, die Tür hinter sich zumachend. Der Feldkurat stößt sie mit den Füßen ein und dringt in die Hütte.* Ich mach dich kalt.

SCHWEYK *hat vergebens versucht, ihn zurückzuhalten:* Sie bleibn heraus. Es is nicht Ihr Haus. *Er folgt ihm hinein. Auch die Alte geht hinein. Dann hört man die junge Frau aufschreien und die Geräusche eines Kampfes. Schweyk von innen:* Sie tun auch das Messer weg. Willst du Ruh gebn! Ich brech dir den Arm, du Sau. Raus jetz!

*Aus der Hütte tritt die junge Frau mit dem Kind. Sie hat einen Mantel des Feldkuraten an. Hinter ihr die Alte.*

SCHWEYK *ihnen ins Freie folgend:* Soll er seinen Rausch ausschlafn. Sehts zu, daß ihr verschwindet.

DIE ALTE *verbeugt sich tief vor Schweyk in der alten Manier:* Gott vergelts dir, Soldat, bist ein guter Mensch, und wenn wir ein Brot übrig hätten, gäb ich dir einen Ranken, du könntst ihn brauchen. Wohin geht denn der Weg?

SCHWEYK Ei, nach Stalingrad, Mütterchen, in

die Schlacht. Könnt ihr mir sagn, wie ich da hinkomm?

DIE ALTE Bist ein Slaw, sprichst wie wir, du kommst nicht morden, bist nicht bei die Hitlerischen, Gott segn dich.

*Sie beginnt ihn groß zu segnen.*

SCHWEYK *ohne Verlegenheit:* Kränk dich nicht, Mütterchen, ich bin ein Slaw, und verschwend nicht dein Segn an mich, denn ich bin ein Hilfsvolk.

DIE ALTE Dich soll Gott schitzn, Söhnchen, bist reinen Herzens, kommst uns zu Hilfe, wirst helfen die Hitlerischen schlagn.

SCHWEYK *fest:* Nix für ungut, ich muß weiter, ich hab mirs nicht ausgesucht. Und ich glaub fast, Mütterchen, du mußt taub sein.

DIE ALTE *obwohl ihre Tochter sie immerzu am Ärmel zupft:* Wirst uns helfen, die Räuber austilgen, eil dich, Soldat, Gott segn dich.

*Die junge Frau zieht die Alte weg, sie gehen fort. Schweyk marschiert kopfschüttelnd weiter. Es ist Nacht geworden, und der Sternenhimmel ist hervorgetreten. Schweyk bleibt wieder an einem Wegweiser stehen und leuchtet mit einer Blendlaterne darauf. Verwundert liest er: »Stalingrad – 50 km« und marschiert weiter. Plötzlich fallen Schüsse. Schweyk hebt sogleich sein Gewehr hoch, um sich zu übergeben. Es kommt aber niemand, und auch die Schüsse hören auf. Schweyk geht schneller weiter. Wenn er wieder auftaucht in seinem Kreislauf, ist er außer Atem und setzt sich an eine Schneewehe.*

SCHWEYK *singt:*

Als wir nach Kowno gekommen
Hats uns nicht gefallen.
Hams uns für ein Glaserl Schnaps
Ein paar Stiefeln abgenommen.

*Die Pfeife sinkt ihm aus dem Mund, er schlummert ein und träumt. In goldenem Licht taucht Schweyks Stammtisch im »Kelch« auf. Um den Tisch sitzen Frau Kopecka im Brautkleid, der junge Prochazka im Sonntagsanzug, Kati, Anna und Baloun, vor dem ein voller Teller steht.*

FRAU KOPECKA Und zum Hochzeitsmahl kriegen Sie Ihr Geselchtes, Herr Baloun. Geschworn hams ohne, das ehrt Sie, aber damit Sie den Schwur haltn, is ein Stickl Fleisch hin und wieder recht am Platz.

BALOUN *essend:* Ich eß halt sehr gern. Gesegns Gott. Der liebe Gott hat alles erschaffn, von der Sonne bis zum Kümmel. *Auf den Teller:* Kann das eine Sünde sein? Die Täubchen, da fliegen sie, die Hühnchen, da picken sie die Körner von der Erde. Der Wirt vom »Huß« hat 17 Arten gewußt, wie Huhn zubereiten. 5 süße, 6 saure, 4 mit Fülle. Der Wein wächst mir aus der Erde, wie das Brot, hat der Pastor in Budweis gesagt, wo nicht hat essen dürfn wegn Zucker, und ich bin nicht fähig. In Pilsen, im Jahr 32, hab ich einen Hasen gegessn im Schloßbräu, der Koch is inzwischn gestorbn, so gehn Sie nicht mehr hin, so einen Hasen hab ich nicht wieder erlebt. Er war mit Sauce und Knödl. Das is an sich nichts Ungewöhnliches, aber in der Sauce war was, daß der Knödl so geworn is, wie verrickt, daß er sich selber nicht mehr erkannt hätt, als sei es ieber ihn gekommn, und er is wirklich gut, ich habs nie wieder getroffen, der Koch hat das Rezept mit ins Grab genommn. Das is schon hin fier die Menschheit.

ANNA Beklag dich nicht. Was möcht der liebe Herr Schweyk dazu sagn, wo jetzt womeglich nicht einmal mehr eine gebackene Kartoffel hat.

BALOUN Das is wahr. Man kann sich immer helfn. In Pudonitz, wie meine Schwester geheiratet hat, habn sies wieder mit der Menge gemacht, dreißig Leute, beim Pudonitzer Wirt, Burschen und Weiber und auch die Alten, habn nicht nachgegebn, Suppe, Kalbfleisch, Schweinernes, Hühner, zwei Kälber und zwei fette Schweine, vom Kopf bis zum Schwanz, dazu Knödl und Kraut in Fässern und erst Bier, dann Schnaps. Ich weiß nur mehr, mein Teller wird nicht leer, und nach jedm Happn ein Kübl Bier oder ein Wasserglas Schnaps hinterdrein. Einmal war eine Stille, wie in der Kirchen, wie sie das Schweinerne gebracht ham. Es sind alles gute Menschen gewesn, wie sie so beinander gesessn sind und sich vollgegessn ham, ich hätt für jeden die Hand ins Feuer gelegt. Und es warn allerhand Typen darunter, ein Richter bein Landgericht in Pilsen, im Privatlebn ein Bluthund für die Diebe und Arbeiter. Essen macht unschädlich.

FRAU KOPECKA Zu Ehren des Herrn Baloun sing ich jetzt »Das Lied vom ›Kelch‹«. *Sie singt:*

Komm und setz dich, lieber Gast
Setz dich uns zu Tische
Daß du Supp und Krautfleisch hast
Oder Moldaufische.
  Brauchst ein bissel was im Topf
  Mußt ein Dach habn überm Kopf
  Das bist du als Mensch uns wert
  Sei geduldet und geehrt
  Für nur 80 Heller.

Referenzen brauchst du nicht
Ehre bringt nur Schaden
Hast ein' Nase im Gesicht
Und wirst schon geladen.
  Sollst ein bissel freundlich sein
  Witz und Auftrumpf brauchst du kein'
  Iß dein' Käs und trink dein Bier
  Und du bist willkommen hier
  Und die 80 Heller.

Einmal schaun wir früh hinaus
Obs gut Wetter werde
Und da wurd ein gastlich Haus
Aus der Menschenerde.
  Jeder wird als Mensch gesehn
  Keinen wird man übergehn
  Ham ein Dach gegn Schnee und Wind
  Weil wir arg verfroren sind.
  Auch mit 80 Heller!

*Alle haben den Refrain mitgesungen.*

BALOUN Wie sie meinem Großvater, wo beim Wasserfiskus Rechnungsrat war, gesagt ham in der Pankrazklinik, er soll Maß haltn, sonst muß er erblindn, hat er geantwortet: »Ich hab lang genug gesehn, aber noch lang nicht genug gegessen.« *Hält plötzlich mit dem Essen ein.* Jesses, wenn uns nur der Schweyk nicht erfriert in die großn Kälten dort!

ANNA Niederlegn darf er sich nicht. Grad wenns ihnen so schön warm wird, sind sie am allernächsten zum Erfrierungstod, heißt es.

*Der »Kelch« verschwindet. Es ist wieder Tag. Ein Schneetreiben hat eingesetzt. Schweyk rührt sich unter einer Flockendecke. Ein Rattern von den Raupenbändern eines Tanks wird hörbar.*

SCHWEYK *richtet sich auf:* Fast wär ich eingenickt. Aber jetz auf, nach Stalingrad!

*Er arbeitet sich hoch und setzt sich wieder in Marsch. Da taucht aus dem Schneetreiben ein großes Panzerauto mit deutschen Soldaten mit kalkweißen oder bläulichen Gesichtern unter den Stahlhelmen auf, alle vermummt in allerhand Tücher, Felle, sogar Weiberröcke.*

DIE SOLDATEN *singen das »Deutsche Miserere«:*

Eines schönen Tages befahlen uns unsere Obern
Die kleine Stadt Danzig für sie zu erobern.
Wir sind mit Tanks und Bombern in Polen eingebrochen
Wir eroberten es in drei Wochen.
Gott bewahr uns.

Eines schönen Tages befahlen uns unsere Obern
Norwegen und Frankreich für sie zu erobern.
Wir sind in Norwegen und Frankreich eingebrochen
Wir haben alles erobert im zweiten Jahr in fünf Wochen.
Gott bewahr uns.

Eines schönen Tages befahlen uns unsere Obern
Serbien, Griechenland und Rußland für sie zu erobern.
Wir sind in Serbien, Griechenland, Rußland eingefahren
Und kämpfen jetzt um unser nacktes Leben seit zwei langen Jahren.
Gott bewahr uns.

Eines schönen Tages befehlen uns noch unsere Obern
Den Boden der Tiefsee und die Gebirge des Mondes zu erobern.
Und es ist schwer schon hier in diesem Russenland
Und der Feind stark und der Winter kalt und der Heimweg unbekannt.
Gott bewahr uns und führ uns wieder nach Haus.

*Der Panzerwagen verschwindet wieder im Schneetreiben. Schweyk marschiert weiter. Ein Wegweiser taucht auf, in eine quere Richtung zeigend. Schweyk ignoriert ihn. Plötzlich jedoch bleibt er stehen und horcht. Dann bückt er sich, pfeift leise und schnalzt mit den Fingern. Aus dem verschneiten Gestrüpp kriecht ein verhungerter Köter.*

SCHWEYK Ich habs doch gewußt, daß du dich da im Gestrüpp herumdrückst und überlegst, ob du heraus sollst, wie? Du bist eine Kreuzung zwischen einem Schnauz und einem Schäferhund mit bissel Dogge dazwischen, ich wer dich Ajax rufn. Kriech nicht und hör auf mit dem Gezitter, ich kanns nicht leidn. *Er marschiert weiter, gefolgt von dem Hund.* Wir gehn nach Stalingrad. Da triffst du noch andre Hund, da is Betrieb. Wenn du im Krieg ieberleben willst, halt dich eng an die andern und das Iebliche, keine Extratouren, sondern kuschn, solang bis du beißen kannst. Der Krieg dauert nicht ewig, so wenig wie der Friedn, und danach nimm ich dich mit in »Kelch« und mitn Baloun missn wir aufpassn, daß er dich nicht frißt, Ajax. Es wird wieder Leut geben, wo Hund wolln und

Stammbäum wern gefälscht wern, weils reine Rassn wolln, es is Unsinn, aber sie wollns. Lauf mir nicht zwischn die Füß herum, sonst setzts was. Auf nach Stalingrad!
*Das Schneetreiben wird dichter, es verhüllt sie.*

**Nachspiel**

*Der brave Hitlersoldat Schweyk marschiert unermüdlich nach dem immer gleich weit entfernten Stalingrad, als aus dem Schneesturm eine wilde Musik hörbar wird und eine überlebensgroße Gestalt auftaucht, Adolf Hitler. Es findet die historische Begegnung zwischen Schweyk und Hitler statt.*

HITLER
Halt. Freund oder Feind?
SCHWEYK *salutiert gewohnheitsmäßig:*
Heitler!
HITLER *über den Sturm weg:*
Was? Ich versteh kein Wort.
SCHWEYK *lauter:*
Ich sag Heitler. Verstehns mich jetzt?
HITLER
Ja.
SCHWEYK
Der Wind nimmts mit fort.
HITLER
Richtig. Es scheint ein Schneesturm zu sein.
Können Sie mich erkennen?
SCHWEYK
Bittschön, das nein.
HITLER
Ich bin der Führer.
*Schweyk, der mit erhobenem Arm verblieben war, hebt erschreckt, sein Gewehr fallen lassend, auch noch den andern Arm hoch, als ob er sich ergäbe.*
SCHWEYK
Heiliger Sankt Joseph!
HITLER
Ruht. Wer sind Sie?
SCHWEYK
Ich bin der Schweyk aus Budweis, wo die Moldau das Knie macht und bin hergeeilt, daß ich Ihnen zu Stalingrad helf. Sagns mir jetzt bittschön nur noch: wo is es?
HITLER
Wie zum Teufel soll ich das wissen
Bei diesen verrotteten bolschewistischen Verkehrsverhältnissen!
Auf der Karte war die Strecke Rostow–Stalingrad gradaus
Nicht viel länger als mein kleiner Finger. Jetzt stellt sie sich als länger heraus.
Außerdem hat der Winter auch in diesem Jahr zu früh eingesetzt
Anstatt am fünften November schon am dritten, das ist das zweite Jahr jetzt.
Dieser Winter ist eine echt bolschewistische Kriegslist
Im Augenblick weiß ich z. B. überhaupt nicht mehr, wo vorn und wo hinten ist.
Ich bin davon ausgegangen, daß der Stärkere siegt.
SCHWEYK
Und so ists auch gekommen.
*Er hat begonnen, mit den Füßen zu stampfen, und schlägt sich jetzt den Rumpf mit den Armen, da es ihn stark friert.*
HITLER
Herr Schweyk, wenn das Dritte Reich unterliegt
Waren nur die Naturgewalten schuld an dem Mißgeschick.
SCHWEYK
Ja, ich her, der Winter und der Bolschewik.
HITLER *setzt zu langer Erklärung an:*
Die Geschichte lehrt, es heißt: Ost oder West.
Schon als Hermann, der Cherusker...
SCHWEYK
Erklärens mir das lieber aufm Weg, sonst gefriern wir hier noch fest.
HITLER
Schön. Dann vorwärts.
SCHWEYK
Aber wo soll ich mit Ihnen hin?
HITLER
Versuchen wirs mit dem Norden.
*Sie stoßen ein paar Schritte nach Norden vor.*
SCHWEYK *bleibt stehn, steckt zwei Finger in den Mund und pfeift Hitler zurück:*
Da is Schnee bis zum Kinn.
HITLER
Dann nach Süden!
*Sie stoßen ein paar Schritte nach Süden vor.*
SCHWEYK *bleibt stehen, pfeift:*
Da sind die Berge von Toten.
HITLER
Dann stoß ich nach Osten.
*Sie stoßen ein paar Schritte nach Osten vor.*
SCHWEYK *bleibt stehen, pfeift:*
Da stehen die Roten.

HITLER
Richtig.
SCHWEYK
Vielleicht gehen wir nach Haus? Das hätt doch einen Sinn.
HITLER
Da steht mein deutsches Volk. Da kann ich nicht hin.
*Hitler tritt schnell hintereinander nach allen Richtungen. Schweyk pfeift ihn immer zurück.*
HITLER
Nach Osten. Nach Westen. Nach Süden. Nach Nord.
SCHWEYK
Sie können nicht hierbleibn. Und Sie können nicht fort.
*Hitlers Bewegungen nach allen Richtungen werden schneller.*
SCHWEYK *fängt an zu singen:*
Ja, du kannst nicht zurick und du kannst nicht nach vorn.
Du bist obn bankrott und bist untn verlorn.
Und der Ostwind ist dir kalt und der Bodn ist dir heiß
Und ich sags dir ganz offen, daß ich nur noch nicht weiß
Ob ich auf dich jetzt schieß oder fort auf dich scheiß.
*Hitlers verzweifelte Ausfälle sind in einen wilden Tanz übergegangen.*

CHOR ALLER SPIELER *die ihre Masken abnehmen und an die Rampe gehen:*
Es wechseln die Zeiten. Die riesigen Pläne
Der Mächtigen kommen am Ende zum Halt.
Und gehn sie einher auch wie blutige Hähne
Es wechseln die Zeiten, da hilft kein Gewalt.

Am Grunde der Moldau wandern die Steine
Es liegen drei Kaiser begraben in Prag.
Das Große bleibt groß nicht und klein nicht das Kleine.
Die Nacht hat zwölf Stunden, dann kommt schon der Tag.

---

# Der kaukasische Kreidekreis

Mitarbeiter: R. Berlau

*Personen*

Delegierte vom Ziegenzuchtkolchos »Galinsk«: ein alter Bauer, eine Bäuerin, ein junger Bauer, ein sehr junger Arbeiter · Mitglieder vom Obstbaukolchos »Rosa Luxemburg«: ein alter Bauer, eine Bäuerin, die Agronomin, die junge Traktoristin; der verwundete Soldat und andere Kolchosbauern und -bäuerinnen · Der Sachverständige aus der Hauptstadt · Der Sänger Arkadi Tscheidse · Seine Musiker · Georgi Abaschwili, der Gouverneur · Seine Frau Natella · Ihr Sohn Michel · Shalva, der Adjutant · Arsen Kazbeki, der fette Fürst · Der Meldereiter aus der Hauptstadt · Niko Mikadze und Mikha Loladze, Ärzte · Der Soldat Simon Chachava · Das Küchenmädchen Grusche Vachnadze · Drei Baumeister · Vier Kammerfrauen: Assja, Mascha, Sulika, die dicke Nina · Kinderfrau · Köchin · Koch · Stallknecht · Bedienstete im Gouverneurspalast · Panzerreiter und Soldaten des Gouverneurs und des fetten Fürsten · Bettler und Bittsteller · Der alte Milchbauer · Zwei vornehme Damen · Der Wirt · Der Hausknecht · Gefreiter · Soldat »Holzkopf« · Eine Bäuerin und ihr Mann · Drei Händler · Lavrenti Vachnadze, Grusches Bruder · Seine Frau Aniko · Deren Knecht · Die Bäuerin, vorübergehend Grusches Schwiegermutter · Ihr Sohn Jussup · Bruder Anastasius, ein Mönch · Hochzeitsgäste · Kinder · Der Dorfschreiber Azdak · Schauwa, ein Polizist · Ein Flüchtender, der Großfürst · Der Neffe des fetten Fürsten · Der Arzt · Der Invalide · Der Hinkende · Der Erpresser · Ludowika, die Schwiegertochter des Wirts · Eine alte arme Bäuerin · Ihr Schwager Irakli, ein Bandit · Drei Großbauern · Illo Schuboladze und Sandro Oboladze, Anwälte · Das sehr alte Ehepaar

## 1
## Der Streit um das Tal

*Zwischen den Trümmern eines zerschossenen kaukasischen Dorfes sitzen im Kreis, weintrinkend und rauchend, Mitglieder zweier Kolchosdörfer, meist Frauen und ältere Männer, doch auch einige Soldaten. Bei ihnen ist ein Sachverständiger der staatlichen Wiederaufbaukommission aus der Hauptstadt.*

EINE BÄUERIN LINKS *zeigt:* Dort in den Hügeln haben wir drei Nazitanks aufgehalten, aber die Apfelpflanzung war schon zerstört.

EIN ALTER BAUER RECHTS Unsere schöne Meierei: Trümmer!

EINE JUNGE TRAKTORISTIN LINKS Ich habe das Feuer gelegt, Genosse.

*Pause.*

DER SACHVERSTÄNDIGE Hört jetzt das Protokoll: Es erschienen in Nukha die Delegierten des Ziegenzuchtkolchos »Galinsk«. Auf Befehl der Behörden hat der Kolchos, als die Hitlerarmeen anrückten, seine Zigenherden weiter nach Osten getrieben. Er erwägt jetzt die Rücksiedelung in dieses Tal. Seine Delegierten haben Dorf und Gelände besichtigt und einen hohen Grad von Zerstörung festgestellt. *Die Delegierten rechts nicken.* Der benachbarte Obstbaukolchos »Rosa Luxemburg« – *nach rechts* – stellt den Antrag, daß das frühere Weideland des Kolchos »Galinsk«, ein Tal mit spärlichem Graswuchs, beim Wiederaufbau für Obst- und Weinbau verwertet wird. Als Sachverständiger der Wiederaufbaukommission ersuche ich die beiden Kolchosdörfer, sich selber darüber zu einigen, ob der Kolchos »Galinsk« hierher zurückkehren soll oder nicht.

DER ALTE RECHTS Zunächst möchte ich noch einmal gegen die Beschränkung der Redezeit protestieren. Wir vom Kolchos »Galinsk« sind drei Tage und drei Nächte auf dem Weg hierher gewesen, und jetzt soll es nur eine Diskussion von einem halben Tag sein!

EIN VERWUNDETER SOLDAT LINKS Genosse, wir haben nicht mehr so viele Dörfer und nicht mehr so viele Arbeitshände und nicht mehr soviel Zeit.

DIE JUNGE TRAKTORISTIN Alle Vergnügungen müssen rationiert werden, der Tabak ist rationiert und der Wein und die Diskussion auch.

DER ALTE RECHTS *seufzend:* Tod den Faschisten! So komme ich zur Sache und erkläre euch also, warum wir unser Tal zurück haben wollen. Es gibt eine große Menge von Gründen, aber ich will mit einem der einfachsten anfangen. Makinä Abakidze, pack den Ziegenkäse aus.

*Eine Bäuerin rechts nimmt aus einem großen Korb einen riesigen, in ein Tuch geschlagenen Käselaib. Beifall und Lachen.*

DER ALTE RECHTS Bedient euch, Genossen, greift zu.

EIN ALTER BAUER LINKS *mißtrauisch:* Ist der als Beeinflussung gedacht?

DER ALTE RECHTS *unter Gelächter:* Wie soll der als Beeinflussung gedacht sein, Surab, du Talräuber! Man weiß, daß du den Käse nehmen wirst und das Tal auch. *Gelächter.* Alles, was ich von dir verlange, ist eine ehrliche Antwort. Schmeckt dir dieser Käse?

DER ALTE LINKS Die Antwort ist: Ja.

DER ALTE RECHTS So. *Bitter:* Ich hätte es mir denken können, daß du nichts von Käse verstehst.

DER ALTE LINKS Warum nicht? Wenn ich dir sage, er schmeckt mir.

DER ALTE RECHTS Weil er dir nicht schmecken kann. Weil er nicht ist, was er war in den alten Tagen. Und warum ist er nicht mehr so? Weil unseren Ziegen das neue Gras nicht so schmeckt, wie ihnen das alte geschmeckt hat. Käse ist nicht Käse, weil Gras nicht Gras ist, das ist es. Bitte, das zu Protokoll zu nehmen.

DER ALTE LINKS Aber euer Käse ist ausgezeichnet.

DER ALTE RECHTS Er ist nicht ausgezeichnet, kaum mittelmäßig. Das neue Weideland ist nichts, was immer die Jungen sagen. Ich sage, man kann nicht leben dort. Es riecht nicht einmal richtig nach Morgen dort am Morgen.

*Einige lachen.*

DER SACHVERSTÄNDIGE Ärgere dich nicht, daß sie lachen, sie verstehen dich doch. Genossen, warum liebt man die Heimat? Deswegen: Das Brot schmeckt da besser, der Himmel ist höher, die Luft ist da würziger, die Stimmen schallen da kräftiger, der Boden begeht sich da leichter. Ist es nicht so?

DER ALTE RECHTS Dieses Tal hat uns seit jeher gehört.

DER SOLDAT Was heißt »seit jeher«? Niemandem gehört nichts seit jeher. Als du jung warst, hast du selber dir nicht gehört, sondern den Fürsten Kazbeki.

DER ALTE RECHTS Nach dem Gesetz gehört uns das Tal.

DIE JUNGE TRAKTORISTIN Die Gesetze müssen in jedem Fall überprüft werden, ob sie noch stimmen.

DER ALTE RECHTS Das versteht sich. Ist es etwa gleich, was für ein Baum neben dem Haus steht, wo man geboren ist? Oder was für Nachbarn man hat, ist das gleich? Wir wollen zurück, sogar, um euch neben unserm Kolchos zu haben, ihr Talräuber. Jetzt könnt ihr wieder lachen.

DER ALTE LINKS *lacht:* Warum hörst du dir dann nicht ruhig an, was deine »Nachbarin« Kato Wachtang, unsere Agronomin, über das Tal zu sagen hat?

EINE BÄUERIN RECHTS Wir haben noch lang nicht alles gesagt, was wir zu sagen haben über unser Tal. Von den Häusern sind nicht alle zerstört, von der Meierei steht zumindest noch die Grundmauer.

DER SACHVERSTÄNDIGE Ihr habt einen Anspruch auf Staatshilfe – hier und dort, das wißt ihr.

DIE BÄUERIN RECHTS Genosse Sachverständiger, das ist kein Handel hier. Ich kann dir nicht deine Mütze nehmen und dir eine andre hinhalten mit »Die ist besser«. Die andere kann besser sein, aber die deine gefällt dir besser.

DIE JUNGE TRAKTORISTIN Mit einem Stück Land ist es nicht wie mit einer Mütze, nicht in unserm Land, Genossin.

DER SACHVERSTÄNDIGE Werdet nicht zornig. Es ist richtig, wir müssen ein Stück Land eher wie ein Werkzeug ansehen, mit dem man Nützliches herstellt, aber es ist auch richtig, daß wir die Liebe zu einem besonderen Stück Land anerkennen müssen. Bevor wir mit der Diskussion fortfahren, schlage ich vor, daß ihr den Genossen vom Kolchos »Galinsk« erklärt, was ihr mit dem strittigen Tal anfangen wollt.

DER ALTE RECHTS Einverstanden.

DER ALTE LINKS Ja, laßt Kato reden.

DER SACHVERSTÄNDIGE Genossin Agronomin!

DIE AGRONOMIN LINKS *steht auf, sie ist in militärischer Uniform:* Genossen, im letzten Winter, als wir als Partisanen hier in den Hügeln kämpften, haben wir davon gesprochen, wie wir nach der Vertreibung der Deutschen unsere Obstkultur zehnmal so groß wiederaufbauen könnten. Ich habe das Projekt einer Bewässerungsanlage ausgearbeitet. Vermittels eines Staudamms an unserm Bergsee können 300 Hektar unfruchtbaren Bodens bewässert werden. Unser Kolchos könnte dann nicht nur mehr Obst, sondern auch Wein anbauen. Aber das Projekt lohnt sich nur, wenn man auch das strittige Tal des Kolchos »Galinsk« einbeziehen könnte. Hier sind die Berechnungen. *Sie überreicht dem Sachverständigen eine Mappe.*

DER ALTE RECHTS Schreiben Sie ins Protokoll, daß unser Kolchos beabsichtigt, eine neue Pferdezucht aufzumachen.

DIE JUNGE TRAKTORISTIN Genossen, das Projekt ist ausgedacht worden in den Tagen und Nächten, wo wir in den Bergen hausen mußten und oft keine Kugeln mehr für die paar Gewehre hatten. Selbst die Beschaffung des Bleistifts war schwierig.

*Beifall von beiden Seiten.*

DER ALTE RECHTS Unsern Dank den Genossen vom Kolchos »Rosa Luxemburg« und allen, die die Heimat verteidigt haben!

*Sie schütteln einander die Hände und umarmen sich.*

DIE BÄUERIN LINKS Unser Gedanke war dabei, daß unsere Soldaten, unsere und eure Männer, in eine noch fruchtbarere Heimat zurückkommen sollten.

DIE JUNGE TRAKTORISTIN Wie der Dichter Majakowski gesagt hat, »die Heimat des Sowjetvolkes soll auch die Heimat der Vernunft sein«!

*Die Delegierten rechts sind, bis auf den Alten, aufgestanden und studieren mit dem Sachverständigen die Zeichnungen der Agronomin. Ausrufe wie »Wieso ist die Fallhöhe 22 Meter!« – »Der Felsen hier wird gesprengt!« – »Im Grund brauchen sie nur Zement und Dynamit!« – »Sie zwingen das Wasser, hier herunterzukommen, das ist schlau!«*

EIN SEHR JUNGER ARBEITER RECHTS *zum Alten rechts:* Sie bewässern alle Felder zwischen den Hügeln, schau dir das an, Alleko.

DER ALTE RECHTS Ich werde es mir nicht anschauen. Ich wußte es, daß das Projekt gut sein würde. Ich lasse mir nicht die Pistole auf die Brust setzen.

DER SOLDAT Aber sie wollen dir nur den Bleistift auf die Brust setzen.

*Gelächter.*

DER ALTE RECHTS *steht düster auf und geht, sich die Zeichnungen zu betrachten:* Diese Talräuber wissen leider zu genau, daß wir Maschinen und Projekten nicht widerstehen können hierzulande.

DIE BÄUERIN RECHTS Alleko Bereschwili, du bist selber der Schlimmste mit neuen Projekten, das ist bekannt.

DER SACHVERSTÄNDIGE Was ist mit meinem

Protokoll? Kann ich schreiben, daß ihr bei eurem Kolchos die Abtretung eures alten Tals für dieses Projekt befürworten werdet?

DIE BÄUERIN RECHTS Ich werde sie befürworten. Wie ist es mit dir, Alleko?

DER ALTE RECHTS *über den Zeichnungen:* Ich beantrage, daß ihr uns Kopien von den Zeichnungen mitgebt.

DIE BÄUERIN RECHTS Dann können wir uns zum Essen setzen. Wenn er erst einmal die Zeichnungen hat und darüber diskutieren kann, ist die Sache erledigt. Ich kenne ihn. Und so ist es mit den andern bei uns.

*Die Delegierten umarmen sich wieder lachend.*

DER ALTE LINKS Es lebe der Kolchos »Galinsk«, und viel Glück zu eurer neuen Pferdezucht!

DIE BÄUERIN LINKS Genossen, es ist geplant, zu Ehren des Besuchs der Delegierten vom Kolchos »Galinsk« und des Sachverständigen ein Theaterstück unter Mitwirkung des Sängers Arkadi Tscheidse aufzuführen, das mit unserer Frage zu tun hat.

*Beifall.*

*Die junge Traktoristin ist weggelaufen, den Sänger zu holen.*

DIE BÄUERIN RECHTS Genossen, euer Stück muß gut sein, wir bezahlen es mit einem Tal.

DIE BÄUERIN LINKS Arkadi Tscheidse kann 21000 Verse.

DER ALTE LINKS Wir haben das Stück unter seiner Leitung einstudiert. Man kann ihn übrigens nur sehr schwer bekommen. Ihr in der Plankommission solltet euch darum kümmern, daß man ihn öfter in den Norden herauf bekommt, Genosse.

DER SACHVERSTÄNDIGE Wir befassen uns eigentlich mehr mit Ökonomie.

DER ALTE LINKS *lächelnd:* Ihr bringt Ordnung in die Neuverteilung von Weinreben und Traktoren, warum nicht von Gesängen?

*Von der jungen Traktoristin geführt, tritt der Sänger Arkadi Tscheidse, ein stämmiger Mann von einfachem Wesen, in den Kreis. Mit ihm sind Musiker mit ihren Instrumenten. Die Künstler werden mit Händeklatschen begrüßt.*

DIE JUNGE TRAKTORISTIN Das ist der Genosse Sachverständige, Arkadi.

*Der Sänger begrüßt die Umstehenden.*

DIE BÄUERIN RECHTS Es ehrt mich sehr, Ihre Bekanntschaft zu machen. Von Ihren Gesängen habe ich schon auf der Schulbank gehört.

DER SÄNGER Diesmal ist es ein Stück mit Gesängen, und fast der ganze Kolchos spielt mit. Wir haben die alten Masken mitgebracht.

DER ALTE RECHTS Wird es eine der alten Sagen sein?

DER SÄNGER Eine sehr alte. Sie heißt »Der Kreidekreis« und stammt aus dem Chinesischen. Wir tragen sie freilich in geänderter Form vor. Jura, zeig mal die Masken. Genossen, es ist eine Ehre für uns, euch nach einer schwierigen Debatte zu unterhalten. Wir hoffen, ihr werdet finden, daß die Stimme des alten Dichters auch im Schatten der Sowjettraktoren klingt. Verschiedene Weine zu mischen mag falsch sein, aber alte und neue Weisheit mischen sich ausgezeichnet. Nun, ich hoffe, wir alle bekommen erst zu essen, bevor der Vortrag beginnt. Das hilft nämlich.

STIMMEN Gewiß. – Kommt alle ins Klubhaus.

*Alle gehen fröhlich zum Essen. Während des Aufbruchs wendet sich der Sachverständige an den Sänger.*

DER SACHVERSTÄNDIGE Wie lange wird die Geschichte dauern, Arkadi? Ich muß noch heute nacht zurück nach Tiflis.

DER SÄNGER *beiläufig:* Es sind eigentlich zwei Geschichten. Ein paar Stunden.

DER SACHVERSTÄNDIGE *sehr vertraulich:* Könntet ihr es nicht kürzer machen?

DER SÄNGER Nein.

## 2
## Das Hohe Kind

DER SÄNGER *vor seinen Musikern auf dem Boden sitzend, einen schwarzen Umhang aus Schafsleder um die Schultern, blättert in einem abgegriffenen Textbüchlein mit Zetteln:*

In alter Zeit, in blutiger Zeit
Herrschte in dieser Stadt, »die Verdammte« genannt
Ein Gouverneur mit Namen Georgi Abaschwili.
Er war reich wie der Krösus.
Er hatte eine schöne Frau.
Er hatte ein gesundes Kind.
Kein andrer Gouverneur in Grusinien hatte
So viele Pferde an seiner Krippe
Und so viele Bettler an seiner Schwelle
So viele Soldaten in seinem Dienste
Und so viele Bittsteller in seinem Hofe.
Wie soll ich euch einen Georgi Abaschwili beschreiben?
Er genoß sein Leben.

An einem Ostersonntagmorgen
Begab sich der Gouverneur mit seiner Familie
In die Kirche.

*Aus dem Torbogen eines Palastes quellen Bettler und Bittsteller, magere Kinder, Krücken, Bittschriften hochhaltend. Hinter ihnen zwei Panzersoldaten, dann in kostbarer Tracht die Gouverneursfamilie.*

DIE BETTLER UND BITTSTELLER Gnade, Euer Gnaden, die Steuer ist unerschwinglich. – Ich habe mein Bein im Persischen Krieg eingebüßt, wo kriege ich... – Mein Bruder ist unschuldig, Euer Gnaden, ein Mißverständnis. – Er stirbt mir vor Hunger. – Bitte um Befreiung unsres letzten Sohnes aus dem Militärdienst. – Bitte, Euer Gnaden, der Wasserinspektor ist bestochen.

*Ein Diener sammelt die Bittschriften, ein andrer teilt Münzen aus einem Beutel aus. Die Soldaten drängen die Menge zurück, mit schweren Lederpeitschen auf sie einschlagend.*

EIN SOLDAT Zurück. Das Kirchentor frei machen.

*Hinter dem Gouverneurspaar und dem Adjutanten wird aus dem Torbogen das Kind des Gouverneurs in einem prunkvollen Wägelchen gefahren. Die Menge drängt wieder vor, es zu sehen.*

DER SÄNGER *während die Menge zurückgepeitscht wird:*

Zum erstenmal an diesen Ostern sah das Volk den Erben.
Zwei Doktoren gingen keinen Schritt von dem Hohen Kind
Augapfel des Gouverneurs.

*Rufe aus der Menge: »Das Kind!« – »Ich kann es nicht sehen, drängt nicht so.« – »Gottes Segen, Euer Gnaden.«*

DER SÄNGER

Selbst der mächtige Fürst Kazbeki
Erwies ihm vor der Kirchentür seine Reverenz.

*Ein fetter Fürst tritt herzu und begrüßt die Familie.*

DER FETTE FÜRST Fröhliche Ostern, Natella Abaschwili.

*Man hört einen Befehl. Ein Reiter sprengt heran, staubbedeckt, hält dem Gouverneur eine Rolle mit Papieren entgegen. Auf einen Wink des Gouverneurs begibt sich der Adjutant, ein schöner junger Mann, zu dem Reiter und hält ihn zurück. Es entsteht eine kurze Pause, während der fette Fürst den Reiter mißtrauisch mustert.*

DER FETTE FÜRST Was für ein Tag! Als es gestern nacht regnete, dachte ich schon: trübe Feiertage. Aber heute morgen: ein heiterer Himmel. Ich liebe heitere Himmel, Natella Abaschwili, ein simples Herz. Und der kleine Michel, ein ganzer Gouverneur, tititi. *Er kitzelt das Kind.* Fröhliche Ostern, kleiner Michel, tititi.

DIE GOUVERNEURSFRAU Was sagen Sie, Arsen, Georgi hat sich endlich entschlossen, mit dem Bau des neuen Flügels an der Ostseite zu beginnen. Die ganze Vorstadt mit den elenden Baracken wird abgerissen für den Garten.

DER FETTE FÜRST Das ist eine gute Nachricht nach so vielen schlechten. Was hört man vom Krieg, Bruder Georgi? *Auf die abwinkende Geste des Gouverneurs:* Ein strategischer Rückzug, höre ich? Nun, das sind kleine Rückschläge, die es immer gibt. Einmal steht es besser, einmal schlechter. Kriegsglück. Es hat wenig Bedeutung, wie?

DIE GOUVERNEURSFRAU Er hustet! Georgi, hast du gehört? *Scharf zu den beiden Ärzten, zwei würdevollen Männern, die dicht hinter dem Wägelchen stehen:* Er hustet.

ERSTER ARZT *zum zweiten:* Darf ich Sie daran erinnern, Niko Mikadze, daß ich gegen das laue Bad war? Ein kleines Versehen bei der Temperierung des Badewassers, Euer Gnaden.

ZWEITER ARZT *ebenfalls sehr höflich:* Ich kann Ihnen unmöglich beistimmen, Mikha Loladze, die Badewassertemperatur ist die von unserm geliebten großen Mishiko Oboladze angegebene. Eher Zugluft in der Nacht, Euer Gnaden.

DIE GOUVERNEURSFRAU Aber so sehen Sie doch nach ihm. Er sieht fiebrig aus, Georgi.

ERSTER ARZT *über dem Kind:* Kein Grund zur Beunruhigung, Euer Gnaden. Das Badewasser ein bißchen wärmer, und es kommt nicht mehr vor.

ZWEITER ARZT *mit giftigem Blick auf ihn:* Ich werde es nicht vergessen, lieber Mikha Loladze. Kein Grund zur Besorgnis, Euer Gnaden.

DER FETTE FÜRST Ai, ai, ai, ai! Ich sage immer: meine Leber sticht, dem Doktor 50 auf die Fußsohlen. Und das auch nur, weil wir in einem verweichlichten Zeitalter leben; früher hieß es einfach: Kopf ab!

DIE GOUVERNEURSFRAU Gehen wir in die Kirche, wahrscheinlich ist es die Zugluft hier.

*Der Zug, bestehend aus der Familie und dem Dienstpersonal, biegt in das Portal einer Kirche ein. Der fette Fürst folgt. Der Adjutant tritt aus dem Zug und zeigt auf den Reiter.*

DER GOUVERNEUR Nicht vor dem Gottesdienst, Shalva.

DER ADJUTANT *zum Reiter:* Der Gouverneur wünscht nicht, vor dem Gottesdienst mit Berichten behelligt zu werden, besonders wenn sie, wie ich annehme, deprimierender Natur sind. Laß dir in der Küche etwas zu essen geben, Freund. *Der Adjutant schließt sich dem Zug an, während der Reiter mit einem Fluch in das Palasttor geht. Ein Soldat kommt aus dem Palast und bleibt im Torbogen stehen.*

DER SÄNGER

Die Stadt ist stille.
Auf dem Kirchplatz stolzieren die Tauben.
Ein Soldat der Palastwache
Scherzt mit einem Küchenmädchen
Das vom Fluß herauf mit einem Bündel kommt.

*In den Torbogen will eine Magd, unterm Arm ein Bündel aus großen grünen Blättern.*

DER SOLDAT Was, das Fräulein ist nicht in der Kirche, schwänzt den Gottesdienst?

GRUSCHE Ich war schon angezogen, da hat für das Osteressen eine Gans gefehlt, und sie haben mich gebeten, daß ich sie hol, ich versteh was von Gänsen.

DER SOLDAT Eine Gans? *Mit gespieltem Mißtrauen:* Die müßt ich erst sehen, diese Gans. *Grusche versteht nicht.*

DER SOLDAT Man muß vorsichtig sein mit den Frauenzimmern. Da heißt es: »Ich hab nur eine Gans geholt«, und dann war es etwas ganz anderes.

GRUSCHE *geht resolut auf ihn zu und zeigt ihm die Gans:* Da ist sie. Und wenn es keine 15-Pfund-Gans ist und sie haben sie nicht mit Mais geschoppt, eß ich die Federn.

DER SOLDAT Eine Königin von einer Gans! Die wird vom Gouverneur selber verspeist werden. Und das Fräulein war also wieder einmal am Fluß?

GRUSCHE Ja, beim Geflügelhof.

DER SOLDAT Ach so, beim Geflügelhof, unten am Fluß, nicht etwa oben bei den gewissen Weiden?

GRUSCHE Bei den Weiden bin ich doch nur, wenn ich das Linnen wasche.

DER SOLDAT *bedeutungsvoll:* Eben.

GRUSCHE Eben was?

DER SOLDAT *zwinkernd:* Eben das.

GRUSCHE Warum soll ich denn nicht bei den Weiden Linnen waschen?

DER SOLDAT *lacht übertrieben:* »Warum soll ich denn nicht bei den Weiden Linnen waschen?« Das ist gut, wirklich gut.

GRUSCHE Ich versteh den Herrn Soldat nicht. Was soll da gut sein?

DER SOLDAT *listig:* Wenn manche wüßte, was mancher weiß, würd ihr kalt und würd ihr heiß.

GRUSCHE Ich weiß nicht, was man über die gewissen Weiden wissen könnte.

DER SOLDAT Auch nicht, wenn vis-à-vis ein Gestrüpp wäre, von dem aus alles gesehen werden könnte? Alles, was da so geschieht, wenn eine bestimmte Person »Linnen wäscht«!

GRUSCHE Was geschieht da? Will der Herr Soldat nicht sagen, was er meint, und fertig?

DER SOLDAT Es geschieht etwas, bei dem vielleicht etwas gesehen werden kann.

GRUSCHE Der Herr Soldat meint doch nicht, daß ich an einem heißen Tag einmal meine Fußzehen ins Wasser stecke, denn sonst ist nichts.

DER SOLDAT Und mehr. Die Fußzehen und mehr.

GRUSCHE Was mehr? Den Fuß höchstens.

DER SOLDAT Den Fuß und ein bißchen mehr. *Er lacht sehr.*

GRUSCHE *zornig:* Simon Chachava, du solltest dich schämen. Im Gestrüpp sitzen und warten, bis eine Person an einem heißen Tag das Bein in den Fluß gibt. Und wahrscheinlich noch zusammen mit einem andern Soldaten! *Sie läuft weg.*

DER SOLDAT *ruft ihr nach:* Nicht mit einem andern!

*Wenn der Sänger seine Erzählung wieder aufnimmt, läuft der Soldat Grusche nach.*

DER SÄNGER

Die Stadt liegt stille, aber warum gibt es
  Bewaffnete?
Der Palast des Gouverneurs liegt friedlich
Aber warum ist er eine Festung?

*Aus dem Portal links tritt schnellen Schrittes der fette Fürst. Er bleibt stehen, sich umzublicken. Vor dem Torbogen rechts warten zwei Panzerreiter. Der Fürst sieht sie und geht langsam an ihnen vorbei, ihnen ein Zeichen machend; dann schnell ab. Der eine Panzerreiter geht durch den Torbogen in den Palast; der andere bleibt als Wächter zurück. Man hört hinten von verschiedenen Seiten gedämpfte Rufe »Zur Stelle«: der Palast ist umstellt. Von fern Kirchenglocken. Aus dem Portal kommt der Zug mit der Gouverneursfamilie zurück aus der Kirche.*

DER SÄNGER

Da kehrte der Gouverneur in seinen Palast
  zurück

Da war die Festung eine Falle
Da war die Gans gerupft und gebraten
Da wurde die Gans nicht mehr gegessen
Da war Mittag nicht mehr die Zeit zum Essen
Da war Mittag die Zeit zum Sterben.

DIE GOUVERNEURSFRAU *im Vorbeigehen:* Es ist wirklich unmöglich, in dieser Baracke zu leben, aber Georgi baut natürlich nur für seinen kleinen Michel, nicht etwa für mich. Michel ist alles, alles für Michel!

DER GOUVERNEUR Hast du gehört, »Fröhliche Ostern« von Bruder Kazbeki! Schön und gut, aber es hat meines Wissens in Nukha nicht geregnet gestern nacht. Wo Bruder Kazbeki war, regnete es. Wo war Bruder Kazbeki?

DER ADJUTANT Man muß untersuchen.

DER GOUVERNEUR Ja, sofort. Morgen.

*Der Zug biegt in den Torbogen ein. Der Reiter, der inzwischen aus dem Palast zurückgekehrt ist, tritt auf den Gouverneur zu.*

DER ADJUTANT Wollen Sie nicht doch den Reiter aus der Hauptstadt hören, Exzellenz? Er ist heute morgen mit vertraulichen Papieren eingetroffen.

DER GOUVERNEUR *im Weitergehen:* Nicht vor dem Essen, Shalva!

DER ADJUTANT *während der Zug im Palast verschwindet und nur zwei Panzerreiter der Palastwache am Tor zurückbleiben, zum Reiter:* Der Gouverneur wünscht nicht, vor dem Essen mit militärischen Berichten behelligt zu werden, und den Nachmittag wird Seine Exzellenz Besprechungen mit hervorragenden Baumeistern widmen, die auch zum Essen eingeladen sind. Hier sind sie schon. *Drei Herren sind herangetreten. Während der Reiter abgeht, begrüßt der Adjutant die Baumeister.* Meine Herren, Seine Exzellenz erwartet Sie zum Essen. Seine ganze Zeit wird nur Ihnen gewidmet sein. Den großen neuen Plänen! Kommen Sie schnell!

EINER DER BAUMEISTER Wir bewundern es, daß Seine Exzellenz also trotz der beunruhigenden Gerüchte über eine schlimme Wendung des Krieges in Persien zu bauen gedenkt.

DER ADJUTANT Sagen wir: wegen ihnen! Das ist nichts. Persien ist weit! Die Garnison hier läßt sich für ihren Gouverneur in Stücke hauen.

*Aus dem Palast kommt Lärm. Ein schriller Aufschrei einer Frau, Kommandorufe. Der Adjutant geht entgeistert auf den Torbogen zu. Ein Panzerreiter tritt heraus, ihm den Spieß entgegenhaltend.*

DER ADJUTANT Was ist hier los? Tu den Spieß weg, Hund. *Rasend zu der Palastwache:* Entwaffnen! Seht ihr nicht, daß ein Anschlag auf den Gouverneur gemacht wird?

*Die angesprochenen Panzerreiter der Palastwache gehorchen nicht. Sie blicken den Adjutanten kalt und gleichgültig an und folgen auch dem übrigen ohne Teilnahme. Der Adjutant erkämpft sich den Eingang in den Palast.*

EINER DER BAUMEISTER Die Fürsten! Gestern nacht war in der Hauptstadt eine Versammlung der Fürsten, die gegen den Großfürsten und seine Gouverneure sind. Meine Herren, wir machen uns besser dünn.

*Sie gehen schnell weg.*

DER SÄNGER

O Blindheit der Großen! Sie wandeln wie Ewige
Groß auf gebeugten Nacken, sicher
Der gemieteten Fäuste, vertrauend
Der Gewalt, die so lang schon gedauert hat.
Aber lang ist nicht ewig.
O Wechsel der Zeiten! Du Hoffnung des Volks!

*Aus dem Torbogen tritt der Gouverneur, gefesselt, mit grauem Gesicht, zwischen zwei Soldaten, die bis an die Zähne bewaffnet sind.*

Auf immer, großer Herr! Geruhe, aufrecht zu gehen!
Aus deinem Palast folgen dir die Augen vieler Feinde!
Du brauchst keine Baumeister mehr, es genügt ein Schreiner.
Du ziehst in keinen neuen Palast mehr, sondern in ein kleines Erdloch.
Sieh dich noch einmal um, Blinder!

*Der Verhaftete blickt sich um.*

Gefällt dir, was du hattest? Zwischen Ostermette und Mahl
Gehst du dahin, von wo keiner zurückkehrt.

*Er wird abgeführt. Die Palastwache schließt sich an. Ein Hornalarmruf wird hörbar. Lärm hinter dem Torbogen.*

Wenn das Haus eines Großen zusammenbricht
Werden viele Kleine erschlagen.
Die das Glück der Mächtigen nicht teilten
Teilen oft ihr Unglück. Der stürzende Wagen
Reißt die schwitzenden Zugtiere
Mit in den Abgrund.

*Aus dem Torbogen kommen in Panik Dienstboten gelaufen.*

DIE DIENSTBOTEN *durcheinander:* Die Lastkörbe! Alles in den dritten Hof! Lebensmittel für fünf Tage. – Die gnädige Frau liegt in einer

Ohnmacht. – Man muß sie heruntertragen, sie muß fort. – Und wir? – Uns schlachten sie wie die Hühner ab, das kennt man. – Jesus Maria, was wird sein? – In der Stadt soll schon Blut fließen. – Unsinn, der Gouverneur ist nur höflich aufgefordert worden, zu einer Sitzung der Fürsten zu erscheinen, alles wird gütlich geregelt werden, ich habe es aus erster Quelle.

*Auch die beiden Ärzte stürzen auf den Hof.*

ERSTER ARZT *sucht den zweiten zurückzuhalten:* Niko Mikadze, es ist Ihre ärztliche Pflicht, Natella Abaschwili Beistand zu leisten.

ZWEITER ARZT Meine Pflicht? Die Ihrige!

ERSTER ARZT Wer hat das Kind heute, Niko Mikadze, Sie oder ich?

ZWEITER ARZT Glauben Sie wirklich, Mikha Loladze, daß ich wegen dem Balg eine Minute länger in einem verpesteten Haus bleibe?

*Sie geraten ins Raufen. Man hört nur noch »Sie verletzen Ihre Pflicht!« und »Pflicht hin, Pflicht her!«, dann schlägt der zweite Arzt den ersten nieder.*

ZWEITER ARZT Oh, geh zur Hölle. *Ab.*

DIE DIENSTBOTEN Man hat Zeit bis Abend, vorher sind die Soldaten nicht besoffen. – Weiß man denn, ob sie schon gemeutert haben? – Die Palastwache ist abgeritten. – Weiß denn immer noch niemand, was passiert ist?

GRUSCHE Der Fischer Meliwa sagt, in der Hauptstadt hat man am Himmel einen Kometen gesehen mit einem roten Schweif, das hat Unglück bedeutet.

DIE DIENSTBOTEN Gestern soll in der Hauptstadt bekannt geworden sein, daß der Persische Krieg ganz verloren ist. – Die Fürsten haben einen großen Aufstand gemacht. Es heißt, der Großfürst ist schon geflohen. Alle seine Gouverneure werden hingerichtet. – Den Kleinen tun sie nichts. Ich habe meinen Bruder bei den Panzerreitern.

*Der Soldat Simon Chachava kommt und sucht im Gedränge Grusche.*

DER ADJUTANT *erscheint im Torbogen:* Alles in den dritten Hof! Alles beim Packen helfen!

*Er treibt das Gesinde weg.*

*Simon findet endlich Grusche.*

SIMON Da bist du ja, Grusche. Was wirst du machen?

GRUSCHE Nichts. Für den Notfall habe ich einen Bruder mit einem Hof im Gebirge. Aber was ist mit dir?

SIMON Mit mir ist nichts. *Wieder förmlich:* Grusche Vachnadze, deine Frage nach meinen Plänen erfüllt mich mit Genugtuung. Ich bin abkommandiert, die Frau Natella Abaschwili als Wächter zu begleiten.

GRUSCHE Aber hat die Palastwache nicht gemeutert?

SIMON *ernst:* So ist es.

GRUSCHE Ist es nicht gefährlich, die Frau zu begleiten?

SIMON In Tiflis sagt man: Ist das Stechen etwa gefährlich für das Messer?

GRUSCHE Du bist kein Messer, sondern ein Mensch, Simon Chachava. Was geht dich die Frau an?

SIMON Die Frau geht mich nichts an, aber ich bin abkommandiert, und so reite ich.

GRUSCHE So ist der Herr Soldat ein dickköpfiger Mensch, weil er sich für nichts und wieder nichts in Gefahr begibt. *Als aus dem Palast nach ihr gerufen wird:* Ich muß in den dritten Hof und habe Eile.

SIMON Da Eile ist, sollten wir uns nicht streiten, denn für ein gutes Streiten ist Zeit nötig. Ist die Frage erlaubt, ob das Fräulein noch Eltern hat?

GRUSCHE Nein. Nur den Bruder.

SIMON Da die Zeit kurz ist – die zweite Frage wäre: Ist das Fräulein gesund wie der Fisch im Wasser?

GRUSCHE Vielleicht ein Reißen in der rechten Schulter mitunter, aber sonst kräftig für jede Arbeit, es hat sich noch niemand beschwert.

SIMON Das ist bekannt. Wenn es sich am Ostersonntag darum handelt, wer holt trotzdem die Gans, dann ist es sie. Frage drei: Ist das Fräulein ungeduldig veranlagt? Will es Kirschen im Winter?

GRUSCHE Ungeduldig nicht, aber wenn in den Krieg gegangen wird ohne Sinn und keine Nachricht kommt, ist es schlimm.

SIMON Eine Nachricht wird kommen. *Aus dem Palast wird wieder nach Grusche gerufen.* Zum Schluß die Hauptfrage...

GRUSCHE Simon Chachava, weil ich in den dritten Hof muß und große Eile ist, ist die Antwort schon »Ja«.

SIMON *sehr verlegen:* Man sagt: »Eile heißt der Wind, der das Baugerüst umweht.« Aber man sagt auch: »Die Reichen haben keine Eile.« Ich bin aus...

GRUSCHE Kutsk...

SIMON Da hat das Fräulein sich also erkundigt? Bin gesund, habe für niemand zu sorgen, kriege 10 Piaster im Monat, als Zahlmeister 20, und bitte herzlich um die Hand.

GRUSCHE Simon Chachava, es ist mir recht.

SIMON *nestelt sich eine dünne Kette vom Hals, an der ein Kreuzlein hängt:* Das Kreuz stammt von meiner Mutter, Grusche Vachnadze, die Kette ist von Silber; bitte, sie zu tragen.

GRUSCHE Vielen Dank, Simon.

*Er hängt sie ihr um.*

SIMON Ich muß die Pferde einspannen, das versteht das Fräulein. Es ist besser, wenn das Fräulein in den dritten Hof geht, sonst gibt es Anstände.

GRUSCHE Ja, Simon.

*Sie stehen unentschieden.*

SIMON Ich begleite nur die Frau zu den Truppen, die treu geblieben sind. Wenn der Krieg aus ist, komm ich zurück. Zwei Wochen oder drei. Ich hoffe, meiner Verlobten wird die Zeit nicht zu lang, bis ich zurückkehre.

GRUSCHE Simon Chachava, ich werde auf dich warten.

Geh du ruhig in die Schlacht, Soldat
Die blutige Schlacht, die bittere Schlacht
Aus der nicht jeder wiederkehrt:
Wenn du wiederkehrst, bin ich da.
Ich werde warten auf dich unter der grünen Ulme
Ich werde warten auf dich unter der kahlen Ulme
Ich werde warten, bis der letzte zurückgekehrt ist
Und danach.
Kommst du aus der Schlacht zurück
Keine Stiefel stehen vor der Tür
Ist das Kissen neben meinem leer
Und mein Mund ist ungeküßt
Wenn du wiederkehrst
Wirst du sagen können: alles ist wie einst.

SIMON Ich danke dir, Grusche Vachnadze. Und auf Wiedersehen!

*Er verbeugt sich tief vor ihr. Sie verbeugt sich ebenso tief vor ihm. Dann läuft sie schnell weg, ohne sich umzuschauen. Aus dem Torbogen tritt der Adjutant.*

DER ADJUTANT *barsch:* Spann die Gäule vor den großen Wagen, steh nicht herum, Dreckkerl.

*Simon Chachava steht stramm und geht ab. Aus dem Torbogen kriechen zwei Diener, tief gebückt unter ungeheuren Kisten. Dahinter stolpert, gestützt von ihren Frauen, Natella Abaschwili. Eine Frau trägt ihr das Kind nach.*

DIE GOUVERNEURSFRAU Niemand kümmert sich wieder. Ich weiß nicht, wo mir der Kopf steht. Wo ist Michel? Halt ihn nicht so ungeschickt! Die Kisten auf den Wagen! Hat man etwas vom Gouverneur gehört, Shalva?

DER ADJUTANT *schüttelt den Kopf:* Sie müssen sofort weg.

DIE GOUVERNEURSFRAU Weiß man etwas aus der Stadt?

DER ADJUTANT Nein, bis jetzt ist alles ruhig, aber es ist keine Minute zu verlieren. Die Kisten haben keinen Platz auf dem Wagen. Suchen Sie sich aus, was Sie brauchen.

*Der Adjutant geht schnell hinaus.*

DIE GOUVERNEURSFRAU Nur das Nötigste! Schnell, die Kisten auf, ich werde euch angeben, was mit muß.

*Die Kisten werden niedergestellt und geöffnet.*

DIE GOUVERNEURSFRAU *auf bestimmte Brokatkleider zeigend:* Das Grüne und natürlich das mit dem Pelzchen! Wo sind die Ärzte? Ich bekomme wieder diese schauderhafte Migräne, das fängt immer in den Schläfen an. Das mit den Perlknöpfchen…

*Grusche herein.*

DIE GOUVERNEURSFRAU Du läßt dir Zeit, wie? Hol sofort die Wärmflaschen.

*Grusche läuft weg, kehrt später mit den Wärmflaschen zurück und wird von der Gouverneursfrau stumm hin und her beordert.*

DIE GOUVERNEURSFRAU *beobachtet eine junge Kammerfrau:* Zerreiß den Ärmel nicht!

DIE JUNGE FRAU Bitte, gnädige Frau, dem Kleid ist nichts passiert.

DIE GOUVERNEURSFRAU Weil ich dich gefaßt habe. Ich habe schon lang ein Auge auf dich. Nichts im Kopf, als dem Adjutanten Augen drehen! Ich bring dich um, du Hündin. *Schlägt sie.*

DER ADJUTANT *kommt zurück:* Bitte, sich zu beeilen, Natella Abaschwili. In der Stadt wird gekämpft. *Wieder ab.*

DIE GOUVERNEURSFRAU *läßt die junge Frau los:* Lieber Gott! Meint ihr, sie werden sich vergreifen an mir? Warum? *Alle schweigen. Sie beginnt, selber in den Kisten zu kramen.* Such das Brokatjäckchen! Hilf ihr! Was macht Michel? Schläft er?

DIE KINDERFRAU Jawohl, gnädige Frau.

DIE GOUVERNEURSFRAU Dann leg ihn für einen Augenblick hin und hol mir die Saffianstiefelchen aus der Schlafkammer, ich brauche sie zu dem Grünen. *Die Kinderfrau legt das Kind weg und läuft. Zu der jungen Frau:* Steh nicht herum, du! *Die junge Frau läuft davon.* Bleib, oder ich laß dich auspeitschen. *Pause.* Und wie das alles gepackt ist, ohne Liebe und ohne Verstand. Wenn man nicht alles selber angibt... In solchen Augenblicken sieht man, was man für Dienstboten hat. Mascha! *Sie gibt eine Anweisung mit der Hand.* Fressen könnt ihr, aber Dankbarkeit gibt's nicht. Ich werd es mir merken.

DER ADJUTANT *sehr erregt:* Natella, kommen Sie sofort. Der Richter des Obersten Gerichts, unser Illo Orbeliani, ist soeben von aufständischen Teppichwebern gehängt worden.

DIE GOUVERNEURSFRAU Warum? Das Silberne muß ich haben, es hat 1000 Piaster gekostet. Und das da und alle Pelze, und wo ist das Weinfarbene?

DER ADJUTANT *versucht, sie wegzuziehen:* In der Vorstadt sind Unruhen ausgebrochen. Wir müssen sogleich weg. *Ein Diener läuft davon.* Wo ist das Kind?

DIE GOUVERNEURSFRAU *ruft der Kinderfrau:* Maro! Mach das Kind fertig! Wo steckst du?

DER ADJUTANT *im Abgehen:* Wahrscheinlich müssen wir auf den Wagen verzichten und reiten.

*Die Gouverneursfrau kramt in den Kleidern, wirft einige auf den Haufen, der mit soll, nimmt sie wieder weg. Geräusche werden hörbar, Trommeln. Der Himmel beginnt sich zu röten.*

DIE GOUVERNEURSFRAU *verzweifelt kramend:* Ich kann das Weinfarbene nicht finden. *Achselzuckend zur zweiten Frau:* Nimm den ganzen Haufen und trag ihn zum Wagen. Und warum kommt Maro nicht zurück? Seid ihr alle verrückt geworden? Ich sagte es ja, es liegt ganz zuunterst.

DER ADJUTANT *zurück:* Schnell, schnell!

DIE GOUVERNEURSFRAU *zu der zweiten Frau:* Lauf! Wirf sie einfach in den Wagen!

DER ADJUTANT Der Wagen geht nicht mit. Kommen Sie, oder ich reite allein.

DIE GOUVERNEURSFRAU Maro! Bring das Kind! *Zur zweiten Frau:* Such, Mascha! Nein, bring zuerst die Kleider an den Wagen. Es ist ja Unsinn, ich denke nicht daran, zu reiten! *Sich umwendend, sieht sie die Brandröte und erstarrt:* Es brennt! *Sie stürzt weg; der Adjutant ihr nach. Die zweite Frau folgt ihr kopfschüttelnd mit dem Pack Kleider.*

*Aus dem Torbogen kommen Dienstboten.*

DIE KÖCHIN Das muß das Osttor sein, was da brennt.

DER KOCH Fort sind sie. Und ohne den Wagen mit Lebensmitteln. Wie kommen jetzt wir weg?

EIN STALLKNECHT Ja, das ist ein ungesundes Haus für einige Zeit. *Zu der dritten Kammerfrau:* Sulika, ich hol ein paar Decken, wir hau'n ab.

DIE KINDERFRAU *aus dem Torbogen, mit Stiefelchen:* Gnädige Frau!

EINE DICKE FRAU Sie ist schon weg.

DIE KINDERFRAU Und das Kind?! *Sie läuft zum Kind, hebt es auf.* Sie haben es zurückgelassen, diese Tiere. *Sie reicht es Grusche.* Halt es mir einen Augenblick. *Lügnerisch:* Ich sehe nach dem Wagen. *Sie läuft weg, der Gouverneursfrau nach.*

GRUSCHE Was hat man mit dem Herrn gemacht?

DER STALLKNECHT *macht die Geste des Halsabschneidens:* Fft.

DIE DICKE FRAU *bekommt, die Geste sehend, einen Anfall:* O Gottogottogottogott! Unser Herr Georgi Abaschwili! Wie Milch und Blut bei der Morgenmette, und jetzt... bringt mich weg. Wir sind alle verloren, wir müssen sterben in Sünden. Wie unser Herr Georgi Abaschwili.

DIE DRITTE FRAU *ihr zuredend:* Beruhigen Sie sich, Nina. Man wird Sie wegbringen. Sie haben niemand etwas getan.

DIE DICKE FRAU *während man sie hinausführt:* O Gottogottogott, schnell, schnell, alles weg, vor sie kommen, vor sie kommen!

DIE DRITTE FRAU Nina nimmt es sich mehr zu Herzen als die Frau. Sogar das Beweinen müssen sie von anderen machen lassen! *Sie entdeckt das Kind, das Grusche immer noch hält.* Das Kind! Was machst du damit?

GRUSCHE Es ist zurückgeblieben.

DIE DRITTE FRAU Sie hat es liegenlassen? Michel, der in keine Zugluft kommen durfte!

*Die Dienstboten versammeln sich um das Kind.*

GRUSCHE Er wacht auf.

DER STALLKNECHT Leg ihn besser weg, du! Ich möchte nicht daran denken, was einer passiert, die mit dem Kind angetroffen wird. Ich hol unsre Sachen, ihr wartet. *Ab in den Palast.*

DIE KÖCHIN Er hat recht. Wenn die anfangen, schlachten sie einander familienweise ab. Ich hole meine Siebensachen.

*Alle sind abgegangen, nur zwei Frauen und Grusche mit dem Kind auf dem Arm stehen noch da.*

DIE DRITTE FRAU Hast du nicht gehört, du sollst ihn weglegen!

GRUSCHE Die Kinderfrau hat ihn mir für einen Augenblick zum Halten gegeben.

DIE KÖCHIN Die kommt nicht zurück, du Einfältige!

DIE DRITTE FRAU Laß die Hände davon.

DIE KÖCHIN Sie werden mehr hinter ihm her sein als hinter der Frau. Es ist der Erbe. Grusche, du bist eine gute Seele, aber du weißt, die Hellste bist du nicht. Ich sag dir, wenn es den Aussatz hätte, wär's nicht schlimmer. Sieh zu, daß du durchkommst.

*Der Stallknecht ist mit Bündeln zurückgekommen und verteilt sie an die Frauen. Außer Grusche machen sich alle zum Weggehen fertig.*

GRUSCHE *störrisch:* Es hat keinen Aussatz. Es schaut einen an wie ein Mensch.

DIE KÖCHIN Dann schau du's nicht an. Du bist gerade die Dumme, der man alles aufladen kann. Wenn man zu dir sagt: du läufst nach dem Salat, du hast die längsten Beine, dann läufst du. Wir nehmen den Ochsenwagen, du kannst mit hinauf, wenn du schnell machst. Jesus, jetzt muß schon das ganze Viertel brennen!

DIE DRITTE FRAU Hast du nichts gepackt? Du, viel Zeit ist nicht mehr, bis die Panzerreiter von der Kaserne kommen.

*Die beiden Frauen und der Stallknecht gehen ab.*

GRUSCHE Ich komme.

*Grusche legt das Kind nieder, betrachtet es einige Augenblicke, holt aus den herumstehenden Koffern Kleidungsstücke und deckt damit das immer noch schlafende Kind zu. Dann läuft sie in den Palast, um ihre Sachen zu holen. Man hört Pferdegetrappel und das Aufschreien von Frauen. Herein der fette Fürst mit betrunkenen Panzerreitern. Einer trägt auf einem Spieß den Kopf des Gouverneurs.*

DER FETTE FÜRST Hier, in die Mitte! *Einer der Soldaten klettert auf den Rücken eines andern, nimmt den Kopf und hält ihn prüfend über den Torbogen.* Das ist nicht die Mitte, weiter rechts, so. Was ich machen lasse, meine Lieben, laß ich ordentlich machen. *Während der Soldat mit Hammer und Nagel den Kopf am Haar festmacht:* Heute früh an der Kirchentüre sagte ich Georgi Abaschwili: »Ich liebe heitere Himmel«, aber eigentlich liebe ich mehr den Blitz, der aus dem heitern Himmel kommt, ach ja. Schade ist nur, daß sie den Balg weggebracht haben, ich brauche ihn dringend. Sucht ihn in ganz Grusinien! 1000 Piaster!

*Während Grusche, sich vorsichtig umschauend, an das Portal kommt, geht der fette Fürst mit den Panzerreitern ab. Man hört wieder Pferdegetrappel. Grusche trägt ein Bündel und geht auf den Torbogen zu. Fast schon dort, wendet sie sich um, um zu sehen, ob das Kind noch da ist. Da beginnt der Sänger zu singen. Sie bleibt unbeweglich stehen.*

DER SÄNGER

Als sie nun stand zwischen Tür und Tor, hörte sie
Oder vermeinte zu hören ein leises Rufen: das Kind
Rief ihr, wimmerte nicht, sondern rief ganz verständig
So jedenfalls war's ihr. »Frau«, sagte es, »hilf mir.«
Und es fuhr fort, wimmerte nicht, sondern sprach ganz verständig:
»Wisse, Frau, wer einen Hilferuf nicht hört
Sondern vorbeigeht, verstörten Ohrs: nie mehr
Wird der hören den leisen Ruf des Liebsten noch
Im Morgengrauen die Amsel oder den wohligen
Seufzer der erschöpften Weinpflücker beim Angelus.«
Dies hörend

*Grusche tut ein paar Schritte auf das Kind zu und beugt sich über es*

ging sie zurück, das Kind
Noch einmal anzusehen. Nur für ein paar Augenblicke
Bei ihm zu sitzen, nur bis wer andrer käme
Die Mutter vielleicht oder irgendwer

*Sie setzt sich dem Kind gegenüber, an die Kiste gelehnt*

Nur bevor sie wegging, denn die Gefahr war zu groß, die Stadt erfüllt
Von Brand und Jammer.

*Das Licht wird schwächer, als würde es Abend und Nacht. Grusche ist in den Palast gegangen und hat eine Lampe und Milch geholt, von der sie dem Kinde zu trinken gibt.*

DER SÄNGER *laut:*

Schrecklich ist die Verführung zur Güte!

*Grusche sitzt jetzt deutlich wachend bei dem Kind die Nacht durch. Einmal zündet sie die kleine Lampe an, es anzuleuchten, einmal hüllt sie es wärmer in einen Brokatmantel. Mitunter horcht sie und schaut sich um, ob niemand kommt.*

DER SÄNGER

Lange saß sie bei dem Kinde
Bis der Abend kam, bis die Nacht kam

Bis die Frühdämmerung kam. Zu lange saß sie
Zu lange sah sie
Das stille Atmen, die kleinen Fäuste
Bis die Verführung zu stark wurde gegen Morgen zu
Und sie aufstand, sich bückte und seufzend das Kind nahm
Und es wegtrug.
*Sie tut, was der Sänger sagt, so, wie er es beschreibt.*
Wie eine Beute nahm sie es an sich
Wie eine Diebin schlich sie sich weg.

## 3
## Die Flucht in die nördlichen Gebirge

DER SÄNGER
Als Grusche Vachnadze aus der Stadt ging
Auf der Grusinischen Heerstraße
Auf dem Weg in die nördlichen Gebirge
Sang sie ein Lied, kaufte Milch.
DIE MUSIKER
Wie will die Menschliche entkommen
Den Bluthunden, den Fallenstellern?
In die menschenleeren Gebirge wanderte sie
Auf der Grusinischen Heerstraße wanderte sie
Sang sie ein Lied, kaufte Milch.
*Grusche Vachnadze wandernd, auf dem Rükken in einem Sack das Kind tragend, ein Bündel in der einen, einen großen Stock in der anderen Hand.*

GRUSCHE *singt:*
Vier Generäle
Zogen nach Iran.
Der erste führte keinen Krieg
Der zweite hatte keinen Sieg
Dem dritten war das Wetter zu schlecht
Dem vierten kämpften die Soldaten nicht recht.
Vier Generäle
Und keiner kam an.

Sosso Robakidse
Marschierte nach Iran.
Er führte einen harten Krieg
Er hatte einen schnellen Sieg
Das Wetter war ihm gut genug
Und sein Soldat sich gut genug schlug.
Sosso Robakidse
Ist unser Mann.

*Eine Bauernhütte taucht auf.*
GRUSCHE *zum Kind:* Mittagszeit, essen d' Leut. Da bleiben wir also gespannt im Gras sitzen, bis die gute Grusche ein Kännchen Milch erstanden hat. *Sie setzt das Kind zu Boden und klopft an der Tür der Hütte; ein alter Bauer öffnet.* Kann ich ein Kännchen Milch haben und vielleicht einen Maisfladen, Großvater?
DER ALTE Milch? Wir haben keine Milch. Die Herren Soldaten aus der Stadt haben unsere Ziegen. Geht zu den Herren Soldaten, wenn ihr Milch haben wollt.
GRUSCHE Aber ein Kännchen Milch für ein Kind werdet Ihr doch noch haben, Großvater?
DER ALTE Und für ein »Vergelt's Gott!«, wie?
GRUSCHE Wer redet von »Vergelt's Gott!«? *Zieht ihr Portemonnaie.* Hier wird ausbezahlt wie bei Fürstens. Den Kopf in den Wolken, den Hintern im Wasser! *Der Bauer holt brummend Milch.* Und was kostet also das Kännchen?
DER ALTE Drei Piaster. Die Milch hat aufgeschlagen.
GRUSCHE Drei Piaster? Für den Spritzer? *Der Alte schlägt ihr wortlos die Tür ins Gesicht.* Michel, hast du das gehört? Drei Piaster! Das können wir uns nicht leisten. *Sie geht zurück, setzt sich und gibt dem Kind die Brust.* Da müssen wir es noch mal so versuchen. Zieh, denk an die drei Piaster! Es ist nichts drin, aber du meinst, du trinkst, und das ist etwas. *Kopfschüttelnd sieht sie, daß das Kind nicht mehr saugt. Sie steht auf, geht zur Tür zurück und klopft wieder.* Großvater, mach auf, wir zahlen! *Leise:* Der Schlag soll dich treffen. *Als der Alte wieder öffnet:* Ich dachte, es würde einen halben Piaster kosten, aber das Kind muß was haben. Wie ist es mit einem Piaster?
DER ALTE Zwei.
GRUSCHE Mach nicht wieder die Tür zu. *Sie fischt lange in ihrem Beutelchen.* Da sind zwei. Die Milch muß aber anschlagen, wir haben noch einen langen Weg vor uns. Es ist eine Halsabschneiderei und eine Sünde.
DER ALTE Schlagt die Soldaten tot, wenn ihr Milch wollt.
GRUSCHE *gibt dem Kind zu trinken:* Das ist ein teurer Spaß. Schluck, Michel, das ist ein halber Wochenlohn. Die Leute hier glauben, wir haben unser Geld mit dem Arsch verdient. Michel, Michel, mit dir habe ich mir etwas aufgeladen. *Den Brokatmantel betrachtend, in den das Kind gewickelt ist:* Ein Brokatmantel für 1000 Piaster und keinen Piaster für Milch. *Sie blickt nach hinten.* Dort zum Beispiel ist dieser Wagen mit den reichen Flüchtlingen, auf den müßten wir kommen.

*Vor einer Karawanserei.*
*Man sieht Grusche, gekleidet in den Brokatmantel, auf zwei vornehme Damen zutreten. Das Kind hat sie in den Armen.*

GRUSCHE Ach, die Damen wünschen wohl auch, hier zu übernachten? Es ist schrecklich, wie überfüllt alles ist, und keine Fuhrwerke aufzutreiben! Mein Kutscher kehrte einfach um, ich bin eine ganze halbe Meile zu Fuß gegangen. Barfuß! Meine persischen Schuhe – Sie kennen die Stöckel! Aber warum kommt hier niemand?

ÄLTERE DAME Der Wirt läßt auf sich warten. Seit in der Hauptstadt diese Dinge passiert sind, gibt es im ganzen Land keine Manieren mehr.
*Heraus tritt der Wirt, ein sehr würdiger, langbärtiger Greis, gefolgt von seinem Hausknecht.*

DER WIRT Entschuldigen Sie einen alten Mann, daß er Sie warten ließ, meine Damen. Mein kleiner Enkel zeigte mir einen Pfirsichbaum in Blüte, dort am Hang, jenseits der Maisfelder. Wir pflanzen dort Obstbäume, ein paar Kirschen. Westlich davon – *er zeigt* – wird der Boden steiniger, die Bauern treiben ihre Schafe hin. Sie müßten die Pfirsichblüte sehen, das Rosa ist exquisit.

ÄLTERE DAME Sie haben eine fruchtbare Umgebung.

DER WIRT Gott hat sie gesegnet. Wie ist es mit der Baumblüte weiter südlich, meine Herrschaften? Sie kommen wohl von Süden?

JÜNGERE DAME Ich muß sagen, ich habe nicht eben aufmerksam die Landschaft betrachtet.

DER WIRT *höflich:* Ich verstehe, der Staub. Es empfiehlt sich sehr, auf unserer Heerstraße ein gemächliches Tempo einzuschlagen, vorausgesetzt, man hat es nicht eilig.

ÄLTERE DAME Nimm den Schleier um den Hals, Liebste. Die Abendwinde scheinen etwas kühl hier.

DER WIRT Sie kommen von den Gletschern des Janga-Tau herunter, meine Damen.

GRUSCHE Ja, ich fürchte, mein Sohn könnte sich erkälten.

ÄLTERE DAME Eine geräumige Karawanserei! Vielleicht treten wir ein?

DER WIRT Oh, die Damen wünschen Gemächer? Aber die Karawanserei ist überfüllt, meine Damen, und die Dienstboten sind weggelaufen. Ich bin untröstlich, aber ich kann niemanden mehr aufnehmen, nicht einmal mit Referenzen...

JÜNGERE DAME Aber wir können doch nicht hier auf der Straße nächtigen.

ÄLTERE DAME *trocken:* Was kostet es?

DER WIRT Meine Damen, Sie werden begreifen, daß ein Haus in diesen Zeiten, wo so viele Flüchtlinge, sicher sehr respektable, jedoch bei den Behörden mißliebige Personen, Unterschlupf suchen, besondere Vorsicht walten lassen muß. Daher...

ÄLTERE DAME Mein lieber Mann, wir sind keine Flüchtlinge. Wir ziehen auf unsere Sommerresidenz in den Bergen, das ist alles. Wir würden nie auf die Idee kommen, Gastlichkeit zu beanspruchen, wenn wir sie – so dringlich benötigten.

DER WIRT *neigt anerkennend den Kopf:* Unzweifelhaft nicht. Ich zweifle nur, ob der zur Verfügung stehende winzige Raum den Damen genehm wäre. Ich muß 60 Piaster pro Person berechnen. Gehören die Damen zusammen?

GRUSCHE In gewisser Weise. Ich benötige ebenfalls eine Bleibe.

JÜNGERE DAME 60 Piaster! Das ist halsabschneiderisch.

DER WIRT *kalt:* Meine Damen, ich habe nicht den Wunsch, Hälse abzuschneiden, daher...
*Wendet sich zum Gehen.*

ÄLTERE DAME Müssen wir von Hälsen reden? Komm schon. *Geht hinein, gefolgt vom Hausknecht.*

JÜNGERE DAME *verzweifelt:* 180 Piaster für einen Raum! *Sich umblickend nach Grusche:* Aber es ist unmöglich mit dem Kind! Was, wenn es schreit?

DER WIRT Der Raum kostet 180, für zwei oder drei Personen.

JÜNGERE DAME *dadurch verändert zu Grusche:* Andrerseits ist es mir unmöglich, Sie auf der Straße zu wissen, meine Liebe. Bitte, kommen Sie.
*Sie gehen in die Karawanserei. Auf der anderen Seite der Bühne erscheint von hinten der Hausknecht mit etwas Gepäck. Hinter ihm die ältere Dame, dann die zweite Dame und Grusche mit dem Kind.*

JÜNGERE DAME 180 Piaster! Ich habe mich nicht so aufgeregt, seit der liebe Igor nach Haus gebracht wurde.

ÄLTERE DAME Mußt du von Igor reden?

JÜNGERE DAME Eigentlich sind wir vier Personen, das Kind ist auch jemand, nicht? *Zu Grusche:* Könnten Sie nicht wenigstens die Hälfte des Preises übernehmen?

GRUSCHE Das ist unmöglich. Sehen Sie, ich

mußte schnell aufbrechen, und der Adjutant hat vergessen, mir genügend Geld zuzustecken.

ÄLTERE DAME Haben Sie etwa die 60 auch nicht?

GRUSCHE Die werde ich zahlen.

JÜNGERE DAME Wo sind die Betten?

DER HAUSKNECHT Betten gibt's nicht. Da sind Decken und Säcke. Das werden Sie sich schon selber richten müssen. Seid froh, daß man euch nicht in eine Erdgrube legt wie viele andere. *Ab.*

JÜNGERE DAME Hast du das gehört? Ich werde sofort zum Wirt gehen. Der Mensch muß ausgepeitscht werden.

ÄLTERE DAME Wie dein Mann?

JÜNGERE DAME Du bist so roh. *Sie weint.*

ÄLTERE DAME Wie werden wir etwas Lagerähnliches herstellen?

GRUSCHE Das werde ich schon machen. *Sie setzt das Kind nieder.* Zu mehreren hilft man sich immer leichter durch. Sie haben noch den Wagen. *Den Boden fegend:* Ich wurde vollständig überrascht. ›Liebe Anastasia Katarinowska‹ sagte mein Mann mir vor dem Mittagsmahl, ›lege dich noch ein wenig nieder, du weißt, wie leicht du deine Migräne bekommst.‹ *Sie schleppt die Säcke herbei, macht Lager; die Damen, ihrer Arbeit folgend, sehen sich an.* ›Georgi‹, sagte ich dem Gouverneur, ›mit 60 Gästen zum Essen kann ich mich nicht niederlegen, auf die Dienstboten ist doch kein Verlaß, und Michel Georgiwitsch ißt nicht ohne mich.‹ *Zu Michel:* Siehst du, Michel, es kommt alles in Ordnung, was hab ich dir gesagt! *Sie sieht plötzlich, daß die Damen sie merkwürdig betrachten und auch tuscheln.* So, da liegt man jedenfalls nicht auf dem nackten Boden. Ich habe die Decken doppelt genommen.

ÄLTERE DAME *befehlerisch:* Sie sind ja recht gewandt im Bettmachen, meine Liebe. Zeigen Sie Ihre Hände!

GRUSCHE *erschreckt:* Was meinen Sie?

JÜNGERE DAME Sie sollen Ihre Hände herzeigen.

*Grusche zeigt den Damen ihre Hände.*

JÜNGERE DAME *triumphierend:* Rissig! Ein Dienstbote!

ÄLTERE DAME *geht zur Tür, schreit hinaus:* Bedienung!

JÜNGERE DAME Du bist ertappt, Gaunerin. Gesteh ein, was du im Schilde geführt hast.

GRUSCHE *verwirrt:* Ich habe nichts im Schild geführt. Ich dachte, daß Sie uns vielleicht auf dem Wagen mitnehmen, ein Stückchen lang. Bitte, machen Sie keinen Lärm, ich gehe schon von selber.

JÜNGERE DAME *während die ältere Dame weiter nach Bedienung schreit:* Ja, du gehst, aber mit der Polizei. Vorläufig bleibst du. Rühr dich nicht vom Ort, du!

GRUSCHE Aber ich wollte sogar die 60 Piaster bezahlen, hier. *Zeigt die Börse.* Sehen Sie selbst, ich habe sie; da sind vier Zehner und da ist ein Fünfer, nein, das ist auch ein Zehner, jetzt sind's 60. Ich will nur das Kind auf den Wagen bekommen, das ist die Wahrheit.

JÜNGERE DAME Ach, auf den Wagen wolltest du! Jetzt ist es heraußen.

GRUSCHE Gnädige Frau, ich gestehe es ein, ich bin niedriger Herkunft, bitte, holen Sie nicht die Polizei. Das Kind ist von hohem Stand, sehen Sie das Linnen, es ist auf der Flucht, wie Sie selber.

JÜNGERE DAME Von hohem Stand, das kennt man. Ein Prinz ist der Vater, wie?

GRUSCHE *wild zur älteren Dame:* Sie sollen nicht schreien! Habt ihr denn gar kein Herz?

JÜNGERE DAME *zur älteren:* Gib acht, sie tut dir was an, sie ist gefährlich! Hilfe! Mörder!

DER HAUSKNECHT *kommt:* Was gibt es denn!

ÄLTERE DAME Die Person hat sich hier eingeschmuggelt, indem sie eine Dame gespielt hat. Wahrscheinlich eine Diebin.

JÜNGERE DAME Und eine gefährliche dazu. Sie wollte uns kaltmachen. Es ist ein Fall für die Polizei. Ich fühle schon meine Migräne kommen, ach Gott.

DER HAUSKNECHT Polizei gibt's im Augenblick nicht. *Zu Grusche:* Pack deine Siebensachen, Schwester, und verschwinde wie die Wurst im Spinde.

GRUSCHE *nimmt zornig das Kind auf:* Ihr Unmenschen! Und sie nageln eure Köpfe schon an die Mauer!

DER HAUSKNECHT *schiebt sie hinaus:* Halt das Maul. Sonst kommt der Alte dazu, und der versteht keinen Spaß.

ÄLTERE DAME *zur jüngeren:* Sieh nach, ob sie nicht schon was gestohlen hat!

*Während die Damen rechts fieberhaft nachsehen, ob etwas gestohlen ist, tritt links der Hausknecht mit Grusche aus dem Tor.*

DER HAUSKNECHT Trau, schau, wem, sage ich. In Zukunft sieh dir die Leute an, bevor du dich mit ihnen einläßt.

GRUSCHE Ich dachte, ihresgleichen würden sie eher anständig behandeln.

DER HAUSKNECHT Sie denken nicht daran. Glaub mir, es ist nichts schwerer, als einen faulen und nutzlosen Menschen nachzuahmen. Wenn du bei denen in den Verdacht kommst, daß du dir selber den Arsch wischen kannst oder schon einmal im Leben mit deinen Händen gearbeitet hast, ist es aus. Wart einen Augenblick, dann bring ich dir ein Maisbrot und ein paar Äpfel.

GRUSCHE Lieber nicht. Besser, ich gehe, bevor der Wirt kommt. Und wenn ich die Nacht durchlaufe, bin ich aus der Gefahr, denke ich. *Geht weg.*

DER HAUSKNECHT *ruft ihr leise nach:* Halt dich rechts an der nächsten Kreuzung.

*Sie verschwindet.*

DER SÄNGER

Als Grusche Vachnadze nach dem Norden ging
Gingen hinter ihr die Panzerreiter des Fürsten Kazbeki.

DIE MUSIKER

Wie kann die Barfüßige den Panzerreitern entlaufen?
Den Bluthunden, den Fallenstellern?
Selbst in den Nächten jagen sie. Die Verfolger
Kennen keine Müdigkeit. Die Schlächter
Schlafen nur kurz.

*Zwei Panzerreiter trotten zu Fuß auf der Heerstraße.*

DER GEFREITE Holzkopf, aus dir kann nichts werden. Warum, du bist nicht mit dem Herzen dabei. Der Vorgesetzte merkt es an Kleinigkeiten. Wie ich's der Dicken gemacht habe vorgestern, du hast den Mann gehalten, wie ich dir's befohlen hab, und ihn in den Bauch getreten hast du, aber hast du's mit Freuden getan wie ein guter Gemeiner, oder nur anstandshalber? Ich hab dir zugeschaut, Holzkopf. Du bist wie das leere Stroh oder wie die klingende Schelle, du wirst nicht befördert. *Sie gehen eine Strecke schweigend weiter.* Bild dir nicht ein, daß ich's mir nicht merk, wie du in jeder Weise zeigst, wie du widersetzlich bist. Ich verbiet dir, daß du hinkst. Das machst du wieder nur, weil ich die Gäule verkauft habe, weil ich einen solchen Preis nicht mehr bekommen kann. Mit dem Hinken willst du mir andeuten, daß du nicht gern zu Fuß gehst, ich kenn dich. Es wird dir nicht nützen, es schadet dir. Singen!

DIE BEIDEN PANZERREITER *singen:*

Zieh ins Feld ich traurig meiner Straßen
Muß zu Hause meine Liebste lassen.
Solln die Freunde hüten ihre Ehre
Bis ich aus dem Felde wiederkehre.

DER GEFREITE Lauter!

DIE BEIDEN PANZERREITER

Wenn ich auf dem Kirchhof liegen werde
Bringt die Liebste mir ein' Handvoll Erde.
Sagt: Hier ruhn die Füße, die zu mir gegangen
Hier die Arme, die mich oft umfangen.

*Sie gehen wieder eine Strecke schweigend.*

DER GEFREITE Ein guter Soldat ist mit Leib und Seele dabei. Für einen Vorgesetzten läßt er sich zerfetzen. Mit brechendem Aug sieht er noch, wie sein Gefreiter ihm anerkennend zunickt. Das ist ihm Lohn genug, sonst will er nichts. Aber dir wird nicht zugenickt, und verrecken mußt du doch. Kruzifix, wie soll ich mit so einem Untergebenen den Gouverneursbankert finden, das möcht ich wissen.

*Sie gehen weiter.*

DER SÄNGER

Als Grusche Vachnadze an den Fluß Sirra kam
Wurde die Flucht ihr zuviel, der Hilflose ihr zu schwer.

DIE MUSIKER

In den Maisfeldern die rosige Frühe
Ist dem Übernächtigen nichts als kalt. Der Milchgeschirre
Fröhliches Klirren im Bauerngehöft, von dem Rauch aufsteigt
Klingt dem Flüchtling drohend. Die das Kind schleppt
Fühlt die Bürde und wenig mehr.

*Grusche steht vor einem Bauernhof.*

GRUSCHE Jetzt hast du dich wieder naß gemacht, und du weißt, ich hab keine Windeln für dich. Michel, wir müssen uns trennen. Es ist weit genug von der Stadt. So werden sie nicht auf dich kleinen Dreck aus sein, daß sie dich bis hierher verfolgen. Die Bauersfrau ist freundlich, und schmeck, wie es nach Milch riecht. So leb also wohl, Michel, ich will vergessen, wie du mich in den Rücken getreten hast die Nacht durch, daß ich gut lauf, und du vergißt die schmale Kost, sie war gut gemeint. Ich hätt dich gern weiter gehabt, weil deine Nase so klein ist, aber es geht nicht. Ich hätt dir den ersten Hasen gezeigt und – daß du dich nicht mehr naß machst, aber ich muß zurück, denn auch mein Liebster, der Soldat, mag bald zurück sein, und soll er mich da nicht finden? Das kannst du nicht verlangen, Michel.

*Eine dicke Bäuerin trägt eine Milchkanne in die Tür. Grusche wartet, bis sie drinnen ist, dann geht sie vorsichtig auf das Haus zu. Sie schleicht sich zur Tür und legt das Kind vor der Schwelle nieder. Dann wartet sie versteckt hinter einem Baum, bis die Bauersfrau wieder aus der Tür tritt und das Bündel findet.*

DIE BÄUERIN Jesus Christus, was liegt denn da? Mann!

DER BAUER *kommt:* Was ist los? Laß mich meine Suppe essen.

DIE BÄUERIN *zum Kind:* Wo ist denn deine Mutter, hast du keine? Ich glaub, es ist ein Junge. Und das Linnen ist fein, das ist ein feines Kind. Sie haben's einfach vor die Tür gelegt, das sind Zeiten!

DER BAUER Wenn die glauben, wir füttern's ihnen, irren sie sich. Du bringst es ins Dorf zum Pfarrer, das ist alles.

DIE BÄUERIN Was soll der Pfarrer damit, es braucht eine Mutter. Da, es wacht auf. Glaubst du, wir könnten's nicht doch aufnehmen?

DER BAUER *schreiend:* Nein!

DIE BÄUERIN Wenn ich's in die Ecke neben den Lehnstuhl bette, ich brauche nur einen Korb, und auf das Feld nehm ich's mit. Siehst du, wie es lacht? Mann, wir haben ein Dach überm Kopf und können's tun, ich will nichts mehr hören.

*Sie trägt es hinein, der Bauer folgt protestierend, Grusche kommt hinter dem Baum vor, lacht und eilt weg, in umgekehrter Richtung.*

DER SÄNGER Warum heiter, Heimkehrerin?

DIE MUSIKER

Weil der Hilflose sich
Neue Eltern angelacht hat, bin ich heiter. Weil ich den Lieben
Los bin, freue ich mich.

DER SÄNGER Und warum traurig?

DIE MUSIKER

Weil ich frei und ledig gehe, bin ich traurig
Wie ein Beraubter
Wie ein Verarmter.

*Sie ist erst eine kurze Strecke gegangen, wenn sie den zwei Panzerreitern begegnet, die ihre Spieße vorhalten.*

DER GEFREITE Jungfer, du bist auf die Heeresmacht gestoßen. Woher kommst du? Wann kommst du? Hast du unerlaubte Beziehungen zum Feind? Wo liegt er? Was für Bewegungen vollführt er in deinem Rücken? Was ist mit den Hügeln, was ist mit den Tälern, wie sind die Strümpfe befestigt?

*Grusche steht erschrocken.*

GRUSCHE Sie sind stark befestigt, besser ihr macht einen Rückzug.

DER GEFREITE Ich mach immer Rückzieher, da bin ich verläßlich. Warum schaust du so auf den Spieß? »Der Soldat läßt im Feld seinen Spieß keinen Augenblick aus der Hand«, das ist Vorschrift, lern's auswendig, Holzkopf. Also, Jungfer, wohin des Wegs?

GRUSCHE Zu meinem Verlobten, Herr Soldat, einem Simon Chachava, bei der Palastwache in Nukha. Und wenn ich ihm schreib, zerbricht er euch alle Knochen.

DER GEFREITE Simon Chachava, freilich, den kenn ich. Er hat mir den Schlüssel gegeben, daß ich hin und wieder nach dir schau. Holzkopf, wir werden unbeliebt. Wir müssen damit heraus, daß wir ehrliche Absichten haben. Jungfer, ich bin eine ernste Natur, die sich hinter scheinbaren Scherzen versteckt, und so sag ich dir's dienstlich: ich will von dir ein Kind haben.

*Grusche stößt einen leisen Schrei aus.*

DER GEFREITE Holzkopf, sie hat uns verstanden. Was, das ist ein süßer Schrecken? »Da muß ich erst die Backnudeln aus dem Ofen nehmen, Herr Offizier. Da muß ich erst das zerrissene Hemd wechseln, Herr Oberst!« Spaß beiseite, Spieß beiseite, Jungfer: wir suchen ein gewisses Kind in dieser Gegend. Hast du gehört von einem solchen Kind, das hier aufgetaucht ist aus der Stadt, ein feines, in einem feinen Linnenzeug?

GRUSCHE Nein, ich hab nichts gehört.

DER SÄNGER

Lauf, Freundliche, die Töter kommen!
Hilf dem Hilflosen, Hilflose! Und so läuft sie.

*Sie wendet sich plötzlich und läuft in panischem Entsetzen weg, zurück. Die Panzerreiter schauen sich an und folgen ihr fluchend.*

DIE MUSIKER

In den blutigsten Zeiten
Leben freundliche Menschen.

*Im Bauernhaus beugt die dicke Bäuerin sich über den Korb mit dem Kind, wenn Grusche Vachnadze hereinstürzt.*

GRUSCHE Versteck es schnell. Die Panzerreiter kommen. Ich hab's vor die Tür gelegt, aber es ist nicht meins, es ist von feinen Leuten.

DIE BÄUERIN Wer kommt, was für Panzerreiter?

GRUSCHE Frag nicht lang. Die Panzerreiter, die es suchen.

DIE BÄUERIN In meinem Haus haben die nichts

zu suchen. Aber mit dir hab ich ein Wörtlein zu reden, scheint's.

GRUSCHE Zieh ihm das feine Linnen aus, das verrät uns.

DIE BÄUERIN Linnen hin, Linnen her. In diesem Haus bestimm ich, und kotz mir nicht in meine Stube, warum hast du's ausgesetzt? Das ist eine Sünde.

GRUSCHE *schaut hinaus:* Gleich kommen sie hinter den Bäumen vor. Ich hätt nicht weglaufen dürfen, das hat sie gereizt. Was soll ich nur tun?

DIE BÄUERIN *späht ebenfalls hinaus und erschrickt plötzlich tief:* Jesus Maria, Panzerreiter!

GRUSCHE Sie sind hinter dem Kind her.

DIE BÄUERIN Aber wenn sie hereinkommen?

GRUSCHE Du darfst es ihnen nicht geben. Sag, es ist deins.

DIE BÄUERIN Ja.

GRUSCHE Sie spießens's auf, wenn du's ihnen gibst.

DIE BÄUERIN Aber wenn sie's verlangen? Ich hab das Silber für die Ernte im Haus.

GRUSCHE Wenn du's ihnen gibst, spießen sie's auf, hier in deiner Stube. Du mußt sagen, es ist deins.

DIE BÄUERIN Ja. Aber wenn sie's nicht glauben?

GRUSCHE Wenn du's fest sagst...

DIE BÄUERIN Sie brennen uns das Dach überm Kopf weg.

GRUSCHE Darum mußt du sagen, es ist deins. Er heißt Michel. Das hätt ich dir nicht sagen dürfen.

*Die Bäuerin nickt.*

GRUSCHE Nick nicht so mit dem Kopf. Und zitter nicht, das sehn sie.

DIE BÄUERIN Ja.

GRUSCHE Hör auf mit deinem »Ja«, ich kann's nicht mehr hören. *Schüttelt sie.* Hast du selber keins?

DIE BÄUERIN *murmelnd:* Im Krieg.

GRUSCHE Dann ist er vielleicht selber ein Panzerreiter jetzt. Soll er da Kinder aufspießen? Da würdest du ihn schön zusammenstauchen. »Hör auf mit dem Herumfuchteln mit dem Spieß in meiner Stube, hab ich dich dazu aufgezogen? Wasch dir den Hals, bevor du mit deiner Mutter redest.«

DIE BÄUERIN Das ist wahr, er dürft mir's nicht machen.

GRUSCHE Versprich mir, daß du ihnen sagst, es ist deins.

DIE BÄUERIN Ja.

GRUSCHE Sie kommen jetzt.

*Klopfen an der Tür. Die Frauen antworten nicht. Herein die Panzerreiter. Die Bäuerin verneigt sich tief.*

DER GEFREITE Da ist sie ja. Was hab ich dir gesagt? Meine Nase. Ich riech sie. Ich hätt eine Frage an dich, Jungfer: Warum bist du mir weggelaufen? Was hast du dir denn gedacht, daß ich mit dir will? Ich wett, es war was Unkeusches. Gestehe!

GRUSCHE *während die Bäuerin sich unaufhörlich verneigt:* Ich hab die Milch auf dem Herd stehenlassen. Daran hab ich mich erinnert.

DER GEFREITE Ich hab gedacht, es war, weil du geglaubst hast, ich hab dich unkeusch angeschaut. So als ob ich mir was denken könnt mit uns. So ein fleischlicher Blick, verstehst du mich?

GRUSCHE Das hab ich nicht gesehen.

DER GEFREITE Aber es hätt sein können, nicht? Das mußt du zugeben. Ich könnt doch eine Sau sein. Ich bin ganz offen mit dir: ich könnt mir allerhand denken, wenn wir allein wären. *Zur Bäuerin:* Hast du nicht im Hof zu tun? Die Hennen füttern?

DIE BÄUERIN *wirft sich plötzlich auf die Knie:* Herr Soldat, ich hab von nichts gewußt. Brennt mir nicht das Dach überm Kopf weg!

DER GEFREITE Von was redest du denn?

DIE BÄUERIN Ich hab nichts damit zu tun, Herr Soldat. Die hat mir's vor die Tür gelegt, das schwör ich.

DER GEFREITE *sieht das Kind, pfeift:* Ah, da ist ja was Kleines im Korb, Holzkopf, ich riech 1000 Piaster. Nimm die Alte hinaus und halt sie fest, ich hab ein Verhör abzuhalten, wie mir scheint.

*Die Bäuerin läßt sich wortlos von dem Gemeinen abführen.*

DER GEFREITE Da hast du ja das Kind, das ich von dir hab haben wollen. *Er geht auf den Korb zu.*

GRUSCHE Herr Offizier, es ist meins. Es ist nicht, das ihr sucht.

DER GEFREITE Ich will mir's anschaun. *Er beugt sich über den Korb.*

*Grusche blickt sich verzweifelt um.*

GRUSCHE Es ist meins, es ist meins!

DER GEFREITE Feines Linnen.

*Grusche stürzt sich auf ihn, ihn wegzuziehen. Er schleudert sie weg und beugt sich wieder über den Korb. Sie blickt sich verzweifelt um, sieht ein großes Holzscheit, hebt es in Verzweiflung auf und schlägt den Gefreiten von hinten über den Kopf, so daß er zusammensinkt. Schnell das Kind aufnehmend, läuft sie hinaus.*

DER SÄNGER
Und auf der Flucht vor den Panzerreitern
Nach 22tägiger Wanderung
Am Fuß des Janga-Tau-Gletschers
Nahm Grusche Vachnadze das Kind an Kindes Statt.

DIE MUSIKER
Nahm die Hilflose den Hilflosen an Kindes Statt.

*Über einem halbvereisten Bach kauert Grusche Vachnadze und schöpft dem Kind Wasser mit der hohlen Hand.*

GRUSCHE *singt:*
Da dich keiner nehmen will
Muß nun ich dich nehmen
Mußt dich, da kein andrer war
Schwarzer Tag im magern Jahr
Halt mit mir bequemen.

Weil ich dich zu lang geschleppt
Und mit wunden Füßen
Weil die Milch so teuer war
Wurdest du mir lieb.
(Wollt dich nicht mehr missen.)

Werf dein feines Hemdlein weg
Wickle dich in Lumpen
Wasche dich und taufe dich
Mit dem Gletscherwasser.
(Mußt es überstehen.)

*Sie hat dem Kind das feine Linnen ausgezogen und es in einen Lumpen gewickelt.*

DER SÄNGER
Als Grusche Vachnadze, verfolgt von den Panzerreitern
An den Gletschersteg kam, der zu den Dörfern am östlichen Abhang führt
Sang sie das Lied vom morschen Steg, wagte sie zwei Leben.

*Es hat sich ein Wind erhoben. Aus der Dämmerung ragt der Gletschersteg. Da ein Seil gebrochen ist, hängt er halb in den Abgrund. Händler, zwei Männer und eine Frau, stehen unschlüssig vor dem Steg, als Grusche mit dem Kind kommt. Jedoch fischt der eine Mann mit der Stange nach dem hängenden Seil.*

ERSTER MANN Laß dir Zeit, junge Frau, über den Paß kommst du doch nicht.

GRUSCHE Aber ich muß mit meinem Kleinen nach der Ostseite zu meinem Bruder.

DIE HÄNDLERIN Muß! Was heißt muß! Ich muß hinüber, weil ich zwei Teppiche in Atum kaufen muß, die eine verkaufen muß, weil ihr Mann hat sterben müssen, meine Gute. Aber kann ich, was ich muß, kann sie? Andrej fischt schon seit zwei Stunden nach dem Seil, und wie sollen wir es festmachen, wenn er es fischt, frage ich.

ERSTER MANN *horcht:* Sei still, ich glaube, ich höre was.

GRUSCHE *laut:* Der Steg ist nicht ganz morsch. Ich glaub, ich könnt es versuchen, daß ich hinüberkomm.

DIE HÄNDLERIN Ich würd das nicht versuchen, wenn der Teufel selber hinter mir her wär. Warum, es ist Selbstmord.

ERSTER MANN *ruft laut:* Haoh!

GRUSCHE Ruf nicht! *Zur Händlerin:* Sag ihm, er soll nicht rufen.

ERSTER MANN Aber es wird unten gerufen. Vielleicht haben sie den Weg verloren unten.

DIE HÄNDLERIN Und warum soll er nicht rufen? Ist da etwas faul mit dir? Sind sie hinter dir her?

GRUSCHE Dann muß ich's euch sagen. Hinter mir her sind die Panzerreiter. Ich hab einen niedergeschlagen.

ZWEITER MANN Schafft die Waren weg!

*Die Händlerin versteckt einen Sack hinter einem Stein.*

ERSTER MANN Warum hast du das nicht gleich gesagt? *Zu den andern:* Wenn die sie zu fassen kriegen, machen sie Hackfleisch aus ihr!

GRUSCHE Geht mir aus dem Weg, ich muß über den Steg.

DER ZWEITE MANN Das kannst du nicht. Der Abgrund ist 2000 Fuß tief.

ERSTER MANN Nicht einmal, wenn wir das Seil auffischen könnten, hätte es Sinn. Wir könnten es mit den Händen halten, aber die Panzerreiter könnten dann auf die gleiche Weise hinüber.

GRUSCHE Geht weg!

*Rufe aus einiger Entfernung: »Nach dort oben!«*

DIE HÄNDLERIN Sie sind ziemlich nah. Aber du kannst nicht das Kind auf den Steg nehmen. Er bricht beinah sicher zusammen. Und schau hinunter.

*Grusche blickt in den Abgrund. Von unten kommen wieder Rufe der Panzerreiter.*

ZWEITER MANN 2000 Fuß.
GRUSCHE Aber diese Menschen sind schlimmer.
ERSTER MANN Du kannst es schon wegen dem Kind nicht. Riskier dein Leben, wenn sie hinter dir her sind, aber nicht das von dem Kind.
ZWEITER MANN Sie ist auch noch schwerer mit dem Kind.
DIE HÄNDLERIN Vielleicht muß sie wirklich hinüber. Gib es mir, ich versteck es, und du gehst allein auf den Steg.
GRUSCHE Das tu ich nicht. Wir gehören zusammen. *Zum Kind:* Mitgegangen, mitgehangen. *Singt:*

Tief ist der Abgrund, Sohn
Brüchig der Steg
Aber wir wählen, Sohn
Nicht unsern Weg.

Mußt den Weg gehen
Den ich weiß für dich
Mußt das Brot essen
Das ich hab für dich.

Müssen die paar Bissen teilen
Kriegst von vieren drei
Aber ob sie groß sind
Weiß ich nicht dabei.

Ich probier's.
DIE HÄNDLERIN Das heißt Gott versuchen.
*Rufe von unten.*
GRUSCHE Ich bitt euch, werft die Stange weg, sonst fischen sie das Seil auf und kommen mir nach.
*Sie betritt den schwankenden Steg. Die Händlerin schreit auf, als der Steg zu brechen scheint. Aber Grusche geht weiter und erreicht das andere Ufer.*
ERSTER MANN Sie ist drüben.
DIE HÄNDLERIN *die auf die Knie gefallen war und gebetet hat, böse:* Sie hat sich doch versündigt.
*Die Panzerreiter tauchen auf. Der Kopf des Gefreiten ist verbunden.*
DER GEFREITE Habt ihr eine Person mit einem Kind gesehen?
ERSTER MANN *während der zweite Mann die Stange in den Abgrund wirft:* Ja. Dort ist sie. Und der Steg trägt euch nicht.
DER GEFREITE Holzkopf, das wirst du mir büßen.
*Grusche, auf dem andern Ufer, lacht und zeigt den Panzerreitern das Kind. Sie geht weiter, der Steg bleibt zurück. Wind.*
GRUSCHE *sich nach Michel umblickend:* Vor dem Wind mußt du dich nie fürchten, der ist auch nur ein armer Hund. Der muß nur die Wolken schieben und friert selber am meisten.
*Es beginnt zu schneien.*
GRUSCHE Und der Schnee, Michel, ist nicht der schlimmste. Er muß nur die kleinen Föhren zudecken, daß sie ihm nicht umkommen im Winter. Und jetzt sing ich was auf dich, hör zu! *Singt:*

Dein Vater ist ein Räuber
Deine Mutter ist eine Hur
Und vor dir wird sich verbeugen
Der ehrlichste Mann.

Der Sohn des Tigers
Wird die kleinen Pferde füttern
Das Kind der Schlange
Bringt Milch zu den Müttern.

## 4
## In den nördlichen Gebirgen

DER SÄNGER
Die Schwester wanderte sieben Tage.
Über den Gletscher, hinunter die Hänge wanderte sie.
Wenn ich eintrete im Haus meines Bruders, dachte sie
Wird er aufstehen und mich umarmen.
»Bist du da, Schwester?« wird er sagen.
»Ich erwarte dich schon lang. Dies hier ist meine liebe Frau.
Und dies ist mein Hof, mir zugefallen durch die Heirat.
Mit den 11 Pferden und 31 Kühen. Setz dich!
Mit deinem Kind setz dich an unsern Tisch und iß.«
Das Haus des Bruders lag in einem lieblichen Tal.
Als die Schwester zum Bruder kam, war sie krank von der Wanderung.
Der Bruder stand auf vom Tisch.
*Ein dickes Bauernpaar, das sich eben zum Essen gesetzt hat. Lavrenti Vachnadze hat schon die Serviette um den Hals, wenn Grusche, von einem Knecht gestützt und sehr bleich, mit dem Kind eintritt.*

LAVRENTI VACHNADZE Wo kommst du her, Grusche?

GRUSCHE *schwach:* Ich bin über den Janga-Tau-Paß gegangen, Lavrenti.

KNECHT Ich hab sie vor der Heuhütte gefunden. Sie hat ein Kleines dabei.

DIE SCHWÄGERIN Geh und striegle den Falben. *Knecht ab.*

LAVRENTI Das ist meine Frau. Aniko.

DIE SCHWÄGERIN Wir dachten, du bist im Dienst in Nukha.

GRUSCHE *die kaum stehen kann:* Ja, da war ich.

DIE SCHWÄGERIN War es nicht ein guter Dienst? Wir hörten, es war ein guter.

GRUSCHE Der Gouverneur ist umgebracht worden.

LAVRENTI Ja, da sollen Unruhen gewesen sein. Deine Tante hat es auch erzählt, erinnerst du dich, Aniko?

DIE SCHWÄGERIN Bei uns hier ist es ganz ruhig. Die Städter müssen immer irgendwas haben. *Ruft, zur Tür gehend:* Sosso, Sosso, nimm den Fladen noch nicht aus dem Ofen, hörst du? Wo steckst du denn? *Rufend ab.*

LAVRENTI *leise, schnell:* Hast du einen Vater für es? *Als sie den Kopf schüttelt:* Ich dachte es mir. Wir müssen etwas ausfinden. Sie ist eine Fromme.

DIE SCHWÄGERIN *zurück:* Die Dienstboten! *Zu Grusche:* Du hast ein Kind?

GRUSCHE Es ist meins. *Sie sinkt zusammen, Lavrenti richtet sie auf.*

DIE SCHWÄGERIN Maria und Josef, sie hat eine Krankheit, was tun wir?

*Lavrenti will Grusche zur Ofenbank führen. Aniko winkt entsetzt ab, sie weist auf den Sack an der Wand.*

LAVRENTI *bringt Grusche zur Wand:* Setz dich. Setz dich. Es ist nur die Schwäche.

DIE SCHWÄGERIN Wenn das nicht der Scharlach ist!

LAVRENTI Da müßten Flecken da sein. Es ist Schwäche, sei ganz ruhig, Aniko. *Zu Grusche:* Sitzen ist besser, wie?

DIE SCHWÄGERIN Ist das Kind ihrs?

GRUSCHE Meins.

LAVRENTI Sie ist auf dem Weg zu ihrem Mann.

DIE SCHWÄGERIN So. Dein Fleisch wird kalt. *Lavrenti setzt sich und beginnt zu essen.* Kalt bekommt's dir nicht, das Fett darf nicht kalt sein. Du bist schwach auf dem Magen, das weißt du. *Zu Grusche:* Ist dein Mann nicht in der Stadt, wo ist er dann?

LAVRENTI Sie ist verheiratet überm Berg, sagt sie.

DIE SCHWÄGERIN So, überm Berg. *Setzt sich selber zum Essen.*

GRUSCHE Ich glaub, ihr müßt mich wo hinlegen, Lavrenti.

DIE SCHWÄGERIN *verhört weiter:* Wenn's die Auszehrung ist, kriegen wir sie alle. Hat dein Mann einen Hof?

GRUSCHE Er ist Soldat.

LAVRENTI Aber vom Vater hat er einen Hof, einen kleinen.

SCHWÄGERIN Ist er nicht im Krieg? Warum nicht?

GRUSCHE *mühsam:* Ja, er ist im Krieg.

SCHWÄGERIN Warum willst du da auf den Hof?

LAVRENTI Wenn er zurückkommt vom Krieg, kommt er auf seinen Hof.

SCHWÄGERIN Aber du willst schon jetzt hin?

LAVRENTI Ja, auf ihn warten.

SCHWÄGERIN *ruft schrill:* Sosso, den Fladen!

GRUSCHE *murmelt fiebrig:* Einen Hof. Soldat. Warten. Setz dich, iß.

SCHWÄGERIN Das ist der Scharlach.

GRUSCHE *auffahrend:* Ja, er hat einen Hof.

LAVRENTI Ich glaube, es ist Schwäche, Aniko. Willst du nicht nach dem Fladen schauen, Liebe?

SCHWÄGERIN Aber wann wird er zurückkommen, wenn doch der Krieg, wie man hört, neu losgebrochen ist? *Watschelt rufend hinaus.* Sosso, wo steckst du? Sosso!

LAVRENTI *steht schnell auf, geht zu Grusche:* Gleich kriegst du ein Bett in der Kammer. Sie ist eine gute Seele, aber erst nach dem Essen.

GRUSCHE *hält ihm das Kind hin:* Nimm! *Er nimmt es, sich umblickend.*

LAVRENTI Aber ihr könnt nicht lang bleiben. Sie ist fromm, weißt du. *Grusche fällt zusammen. Der Bruder fängt sie auf.*

DER SÄNGER

Die Schwester war zu krank.
Der feige Bruder mußte sie beherbergen.
Der Herbst ging, der Winter kam.
Der Winter war lang.
Der Winter war kurz.
Die Leute durften nichts wissen.
Die Ratten durften nicht beißen
Der Frühling durfte nicht kommen.

*Grusche in der Geschirrkammer am Webstuhl. Sie und das Kind, das am Boden hockt, sind eingehüllt in Decken.*

GRUSCHE *singt beim Weben:*
Da machte der Liebe sich auf, zu gehen
Da lief die Anverlobte bettelnd ihm nach
Bettelnd und weinend, weinend und belehrend:

Liebster mein, Liebster mein
Wenn du nun ziehst in den Krieg
Wenn du nun fichtst gegen die Feinde
Stürz dich nicht vor den Krieg
Und fahr nicht hinter dem Krieg
Vorne ist rotes Feuer
Hinten ist roter Rauch.
Halt dich in des Krieges Mitten
Halt dich an den Fahnenträger.
Die ersten sterben immer
Die letzten werden auch getroffen
Die in der Mitten kommen nach Haus.

Michel, wir müssen schlau sein. Wenn wir uns klein machen wie die Kakerlaken, vergißt die Schwägerin, daß wir im Haus sind. Da können wir bleiben bis zur Schneeschmelze. Und wein nicht wegen der Kälte. Arm sein und auch noch frieren, das macht unbeliebt.

*Herein Lavrenti. Er setzt sich zu seiner Schwester.*

LAVRENTI Warum sitzt ihr so vermummt wie die Fuhrleute? Vielleicht ist es zu kalt in der Kammer?

GRUSCHE *nimmt hastig den Schal ab:* Es ist nicht kalt, Lavrenti.

LAVRENTI Wenn es zu kalt wäre, dürftest du mit dem Kind hier nicht sitzen. Da würde Aniko sich Vorwürfe machen. *Pause.* Ich hoffe, der Pope hat dich nicht über das Kind ausgefragt?

GRUSCHE Er hat gefragt, aber ich habe nichts gesagt.

LAVRENTI Das ist gut. Ich wollte über Aniko mit dir reden. Sie ist eine gute Seele, nur sehr, sehr feinfühlig. Die Leute brauchen noch gar nicht besonders zu reden über den Hof, da ist sie schon ängstlich. Sie empfindet so tief, weißt du. Einmal hat die Kuhmagd in der Kirche ein Loch im Strumpf gehabt, seitdem trägt meine liebe Aniko zwei Paar Strümpfe für die Kirche. Es ist unglaublich, aber es ist die alte Familie. *Er horcht.* Bist du sicher, daß hier nicht Ratten sind? Da könntet ihr nicht hier wohnen bleiben. *Man hört ein Geräusch wie von Tropfen, die vom Dach fallen.* Was tropft da?

GRUSCHE Es muß ein undichtes Faß sein.

LAVRENTI Ja, es muß ein Faß sein. – Jetzt bist du schon ein halbes Jahr hier, nicht. Sprach ich von Aniko? Ich habe ihr natürlich nicht das von dem Panzerreiter erzählt, sie hat ein schwaches Herz. Daher weiß sie nicht, daß du nicht eine Stelle suchen kannst, und daher ihre Bemerkungen gestern. *Sie horchen wieder auf das Fallen der Schneetropfen.* Kannst du dir vorstellen, daß sie sich um deinen Soldaten sorgt? »Wenn er zurückkommt und sie nicht findet?« sagt sie und liegt wach. »Vor dem Frühjahr kann er nicht kommen«, sage ich. Die Gute. *Die Tropfen fallen schneller.* Wann, glaubst du, wird er kommen, was ist deine Meinung? *Grusche schweigt.* Nicht vor dem Frühjahr, das meinst du doch auch? *Grusche schweigt.* Ich sehe, du glaubst selber nicht mehr, daß er zurückkommt. *Grusche sagt nichts.* Aber wenn es Frühjahr wird und der Schnee schmilzt hier und auf den Paßwegen, kannst du hier nicht mehr bleiben, denn dann können sie dich suchen kommen, und die Leute reden über ein lediges Kind.

*Das Glockenspiel der fallenden Tropfen ist groß und stetig geworden.*

LAVRENTI Grusche, der Schnee schmilzt vom Dach, und es ist Frühjahr.

GRUSCHE Ja.

LAVRENTI *eifrig:* Laß mich dir sagen, was wir machen werden. Du brauchst eine Stelle, wo du hinkannst, und da du ein Kind hast – *er seufzt* –, mußt du einen Mann haben, daß nicht die Leute reden. Ich habe mich also vorsichtig erkundigt, wie wir einen Mann für dich bekommen können. Grusche, ich habe einen gefunden. Ich habe mit einer Frau gesprochen, die einen Sohn hat, gleich über dem Berg, ein kleiner Hof, sie ist einverstanden.

GRUSCHE Aber ich kann keinen Mann heiraten, ich muß auf Simon Chachava warten.

LAVRENTI Gewiß. Das ist alles bedacht. Du brauchst keinen Mann im Bett, sondern einen Mann auf dem Papier. So einen hab ich gefunden. Der Sohn der Bäuerin, mit der ich einig geworden bin, stirbt gerade. Ist das nicht herrlich? Er macht seinen letzten Schnaufer. Und alles ist, wie wir behauptet haben: »ein Mann überm Berg«! Und als du zu ihm kamst, tat er den letzten Schnaufer, und du warst eine Witwe. Was sagst du?

GRUSCHE Ich könnte ein Papier mit Stempeln brauchen für Michel.

LAVRENTI Ein Stempel macht alles aus. Ohne einen Stempel könnte nicht einmal der Schah in Persien behaupten, er ist der Schah. Und du hast einen Unterschlupf.

GRUSCHE Wofür tut die Frau es?

LAVRENTI 400 Piaster.

GRUSCHE Woher hast du die?

LAVRENTI *schuldbewußt:* Anikos Milchgeld.

GRUSCHE Dort wird uns niemand kennen. – Dann mach ich es.

LAVRENTI *steht auf:* Ich laß es gleich die Bäuerin wissen. *Schnell ab.*

GRUSCHE Michel, du machst eine Menge Umstände. Ich bin zu dir gekommen wie der Birnbaum zu den Spatzen. Und weil ein Christenmensch sich bückt und die Brotkruste aufhebt, daß nichts umkommt. Michel, ich wär besser schnell weggegangen an dem Ostersonntag in Nukha. Jetzt bin ich die Dumme.

DER SÄNGER

Der Bräutigam lag auf den Tod, als die Braut ankam.

Des Bräutigams Mutter wartete vor der Tür und trieb sie zur Eile an.

Die Braut brachte ein Kind mit, der Trauzeuge versteckte es während der Heirat.

*Ein durch eine Zwischenwand geteilter Raum: Auf der einen Seite steht ein Bett. Hinter dem Fliegenschleier liegt starr ein sehr kranker Mann. Hereingerannt auf der anderen Seite kommt die Schwiegermuter, an der Hand zieht sie Grusche herein. Nach ihnen Lavrenti mit dem Kind.*

SCHWIEGERMUTTER Schnell, schnell, sonst kratzt er uns ab, noch vor der Trauung. *Zu Lavrenti:* Aber daß sie schon ein Kind hat, davon war nicht die Rede.

LAVRENTI Was macht das aus? *Auf den Sterbenden:* Ihm kann es gleich sein, in seinem Zustand.

SCHWIEGERMUTTER Ihm! Aber ich überlebe die Schande nicht. Wir sind ehrbare Leute. *Sie fängt an zu weinen.* Mein Jussup hat es nicht nötig, eine zu heiraten, die schon ein Kind hat.

LAVRENTI Gut, ich leg 200 Piaster drauf. Daß der Hof an dich geht, hast du schriftlich, aber das Recht, hier zu wohnen, hat sie für zwei Jahre.

SCHWIEGERMUTTER *ihre Tränen trocknend:* Es sind kaum die Begräbniskosten. Ich hoff, sie leiht mir wirklich eine Hand bei der Arbeit. Und wo ist jetzt der Mönch hin? Er muß mir zum Küchenfenster hinausgekrochen sein. Jetzt kriegen wir das ganze Dorf auf den Hals, wenn sie Wind davon bekommen, daß es mit Jussup zu Ende geht, ach Gott! Ich werd ihn holen, aber das Kind darf er nicht sehn.

LAVRENTI Ich werd sorgen, daß er's nicht sieht, aber warum eigentlich ein Mönch und nicht ein Priester?

SCHWIEGERMUTTER Der ist ebenso gut. Ich hab nur den Fehler gemacht, daß ich ihm die Hälfte von den Gebühren schon vor der Trauung ausgezahlt hab, so daß er hat in die Schenke können. Ich hoff... *Sie läuft weg.*

LAVRENTI Sie hat am Priester gespart, die Elende. Einen billigen Mönch genommen.

GRUSCHE Schick mir den Simon Chachava herüber, wenn er noch kommt.

LAVRENTI Ja. *Auf den Kranken:* Willst du ihn dir nicht anschauen? *Grusche, die Michel an sich genommen hat, schüttelt den Kopf.*

LAVRENTI Er rührt sich überhaupt nicht. Hoffentlich sind wir nicht zu spät gekommen. *Sie horchen auf. Auf der anderen Seite treten Nachbarn ein, blicken sich um und stellen sich an den Wänden auf. Sie beginnen, leise Gebete zu murmeln. Die Schwiegermutter kommt herein mit dem Mönch.*

SCHWIEGERMUTTER *nach ärgerlicher Verwunderung zum Mönch:* Da haben wir's. *Sie verbeugt sich vor den Gästen.* Bitte, sich einige Augenblicke zu gedulden. Die Braut meines Sohnes ist aus der Stadt eingetroffen, und es wird eine Nottrauung vollzogen. *Mit dem Mönch in die Bettkammer.* Ich habe gewußt, du wirst es ausstreuen. *Zu Grusche:* Die Trauung kann sofort vollzogen werden. Hier ist die Urkunde. Ich und der Bruder der Braut... *Lavrenti versucht sich im Hintergrund zu verstekken, nachdem er schnell Michel wieder von Grusche genommen hat. Nun winkt ihn die Schwiegermutter weg.* Ich und der Bruder der Braut sind die Trauzeugen.

*Grusche hat sich vor dem Mönch verbeugt. Sie gehen zur Bettstatt. Die Schwiegermutter schlägt den Fliegenschleier zurück. Der Mönch beginnt auf lateinisch den Trauungstext herunterzuleiern. Währenddem bedeutet die Schwiegermutter Lavrenti, der dem Kind, um es vom Weinen abzuhalten, die Zeremonie zeigen will, unausgesetzt, es wegzugeben. Einmal blickt Grusche sich nach dem Kind um, und Lavrenti winkt ihr mit dem Händchen des Kindes zu.*

DER MÖNCH Bist du bereit, deinem Mann ein getreues, folgsames und gutes Eheweib zu sein und ihm anzuhängen, bis der Tod euch scheidet?

GRUSCHE *auf das Kind blickend:* Ja.

DER MÖNCH *zum Sterbenden:* Und bist du bereit, deinem Eheweib ein guter, sorgender Ehemann zu sein, bis der Tod euch scheidet?

*Da der Sterbende nicht antwortet, wiederholt der Mönch seine Frage und blickt sich dann um.*

SCHWIEGERMUTTER Natürlich ist er es. Hast du das »Ja« nicht gehört?

DER MÖNCH Schön, wir wollen die Ehe für geschlossen erklären; aber wie ist es mit der Letzten Ölung?

SCHWIEGERMUTTER Nichts da. Die Trauung war teuer genug. Ich muß mich jetzt um die Trauergäste kümmern. *Zu Lavrenti:* Haben wir 700 gesagt?

LAVRENTI 600. *Er zahlt.* Und ich will mich nicht zu den Gästen setzen und womöglich Bekanntschaften schließen. Also leb wohl, Grusche, und wenn meine verwitwete Schwester einmal mich besuchen kommt, dann hört sie ein »Willkommen« von meiner Frau, sonst werde ich unangenehm. *Er geht. Die Trauergäste sehen ihm gleichgültig nach, wenn er durchgeht.*

DER MÖNCH Und darf man fragen, was das für ein Kind ist?

SCHWIEGERMUTTER Ist da ein Kind? Ich seh kein Kind. Und du siehst auch keins. Verstanden? Sonst hab ich vielleicht auch allerhand gesehen, was hinter der Schenke vor sich ging. Komm jetzt.

*Sie gehen in die Stube, nachdem Grusche das Kind auf den Boden gesetzt und zur Ruhe verwiesen hat. Sie wird den Nachbarn vorgestellt.*

SCHWIEGERMUTTER Das ist meine Schwiegertochter. Sie hat den teuren Jussup eben noch lebend angetroffen.

EINE DER FRAUEN Er liegt jetzt schon ein Jahr, nicht? Wie sie meinen Wassili eingezogen haben, war er noch beim Abschied dabei.

ANDERE FRAU So was ist schrecklich für einen Hof, der Mais am Halm und der Bauer im Bett. Es ist eine Erlösung für ihn, wenn er nicht mehr lange leidet. Sag ich.

ERSTE FRAU *vertraulich:* Und am Anfang dachten wir schon, es ist wegen dem Heeresdienst, daß er sich hingelegt hat, Sie verstehen. Und jetzt geht es mit ihm zu Ende!

SCHWIEGERMUTTER Bitte, setzt euch und eßt ein paar Kuchen. *Die Schwiegermutter winkt Grusche, und die beiden Frauen gehen in die Schlafkammer, wo sie Bleche mit Kuchen vom Boden aufheben. Die Gäste, darunter der Mönch, setzen sich auf den Boden und beginnen eine gedämpfte Unterhaltung.*

EIN BAUER *dem der Mönch die Flasche gereicht hat, die er aus der Sutane zog:* Ein Kleines ist da, sagen Sie? Wo kann das dem Jussup passiert sein?

DRITTE FRAU Jedenfalls hat sie das Glück gehabt, daß sie noch unter die Haube gekommen ist, wenn er so schlecht dran ist.

SCHWIEGERMUTTER Jetzt schwatzen sie schon, und dabei fressen sie die Sterbekuchen auf, und wenn er nicht heut stirbt, kann ich morgen neue backen.

GRUSCHE Ich back sie.

SCHWIEGERMUTTER Wie gestern abend die Reiter vorbeigekommen sind und ich hinaus, wer es ist, und komm wieder herein, liegt er da wie ein Toter. Darum hab ich nach euch geschickt. Es kann nicht mehr lang gehen. *Sie horcht.*

DER MÖNCH Liebe Hochzeits- und Trauergäste! In Rührung stehen wir an einem Toten- und einem Brautbett, denn die Frau kommt unter die Haube und der Mann unter den Boden. Der Bräutigam ist schon gewaschen, und die Braut ist schon scharf. Denn im Brautbett liegt ein Letzter Wille, und der macht sinnlich. Wie verschieden, ihr Lieben, sind doch die Geschicke der Menschen, ach! Der eine stirbt dahin, daß er ein Dach über den Kopf bekommt, und der andere verehelicht sich, damit das Fleisch zu Staub werde, aus dem er gemacht ist, Amen.

SCHWIEGERMUTTER *hat gehorcht:* Er rächt sich. Ich hätte keinen so billigen nehmen sollen, er ist auch danach. Ein teurer benimmt sich. In Sura ist einer, der steht sogar im Geruch der Heiligkeit, aber der nimmt natürlich auch ein Vermögen. So ein 50-Piaster-Priester hat keine Würde, und Frömmigkeit hat er eben für 50 Piaster und nicht mehr. Wie ich ihn in der Schenke geholt hab, hat er grad eine Rede gehalten und geschrien: »Der Krieg ist aus, fürchtet den Frieden!« Wir müssen hinein.

GRUSCHE *gibt Michel einen Kuchen:* Iß den Kuchen und bleib hübsch still, Michel. Wir sind jetzt respektable Leute.

*Sie tragen die Kuchenbleche zu den Gästen hinaus. Der Sterbende hat sich hinter dem Fliegenschleier aufgerichtet und steckt jetzt seinen Kopf heraus, den beiden nachblickend. Dann sinkt er wieder zurück. Der Mönch hat zwei Flaschen aus der Sutane gezogen und sie dem Bauer gereicht, der neben ihm sitzt. Drei Musiker sind eingetreten, denen der Mönch grinsend zugewinkt hat.*

SCHWIEGERMUTTER *zu den Musikern:* Was wollt ihr mit diesen Instrumenten hier?

MUSIKER Bruder Anastasius hier – *auf den Mönch* – hat uns gesagt, hier gibt's eine Hochzeit.

SCHWIEGERMUTTER Was, du bringst mir noch dreie auf den Hals? Wißt ihr, daß da ein Sterbender drinnen liegt?

DER MÖNCH Es ist eine verlockende Aufgabe für einen Künstler. Es könnte ein gedämpfter Freudenmarsch sein oder ein schmissiger Trauertanz.

SCHWIEGERMUTTER Spielt wenigstens, vom Essen seid ihr ja doch nicht abzuhalten.

*Die Musiker spielen eine gemischte Musik. Die Frauen reichen Kuchen.*

DER MÖNCH Die Trompete klingt wie Kleinkindergeplärr, und was trommelst du in alle Welt hinaus, Trommelchen?

DER BAUER *neben dem Mönch:* Wie wär's, wenn die Braut das Tanzbein schwänge?

DER MÖNCH Das Tanzbein oder das Tanzgebein?

DER BAUER *neben dem Mönch singt:*

Fräulein Rundarsch nahm 'nen alten Mann.
Sie sprach, es kommt auf die Heirat an.
Und war es ihr zum Scherzen
Dann dreht sie sich's aus dem Ehkontrakt
Geeigneter sind Kerzen.

*Die Schwiegermutter wirft den Betrunkenen hinaus. Die Musik bricht ab. Die Gäste sind verlegen. Pause.*

DIE GÄSTE *laut:* Habt ihr das gehört: der Großfürst ist zurückgekehrt? – Aber die Fürsten sind doch gegen ihn. – Oh, der Perserschah, heißt es, hat ihm ein großes Heer geliehen, damit er Ordnung schaffen kann in Grusinien. – Wie soll das möglich sein? Der Perserschah ist doch der Feind des Großfürsten! – Aber auch ein Feind der Unordnung. – Jedenfalls ist der Krieg aus. Unsere Soldaten kommen schon zurück.

*Grusche läßt das Kuchenblech fallen.*

EINE FRAU *zu Grusche:* Ist dir übel? Das kommt von der Aufregung über den lieben Jussup. Setz dich und ruh dich aus, Liebe.

*Grusche steht schwankend.*

DIE GÄSTE Jetzt wird alles wieder, wie es früher gewesen ist. – Nur, daß die Steuern jetzt hinaufgehen, weil wir den Krieg zahlen müssen.

GRUSCHE *schwach:* Hat jemand gesagt, die Soldaten sind zurück?

EIN MANN Ich.

GRUSCHE Das kann nicht sein.

DER MANN *zu einer Frau:* Zeig den Schal! Wir haben ihn von einem Soldaten gekauft. Er ist aus Persien.

GRUSCHE *betrachtet den Schal:* Sie sind da.

*Eine lange Pause entsteht. Grusche kniet nieder, wie um die Kuchen aufzusammeln. Dabei nimmt sie das silberne Kreuz an der Kette aus ihrer Bluse, küßt es und fängt an zu beten.*

SCHWIEGERMUTTER *da die Gäste schweigend nach Grusche blicken:* Was ist mit dir? Willst du dich nicht um unsere Gäste kümmern? Was gehen uns die Dummheiten in der Stadt an?

DIE GÄSTE *da Grusche, die Stirn am Boden, verharrt, das Gespräch laut wieder aufnehmend:* Persische Sättel kann man von den Soldaten kaufen, manche tauschen sie gegen Krükken ein. – Von den Oberen können nur die auf einer Seite einen Krieg gewinnen, aber die Soldaten verlieren ihn auf beiden Seiten. – Mindestens ist der Krieg jetzt aus. Das ist schon etwas, wenn sie euch nicht mehr zum Heeresdienst einziehen können. *Der Bauer in der Bettstatt hat sich erhoben. Er lauscht.* – Was wir brauchten, ist noch zwei Wochen gutes Wetter. – Unsere Birnbäume tragen dieses Jahr fast nichts.

SCHWIEGERMUTTER *bietet Kuchen an:* Nehmt noch ein wenig Kuchen. Laßt es euch schmekken. Es ist mehr da.

*Die Schwiegermutter geht mit dem leeren Blech in die Kammer. Sie sieht den Kranken nicht und beugt sich nach einem vollen Kuchenblech am Boden, als er heiser zu sprechen beginnt.*

JUSSUP Wieviel Kuchen wirst du ihnen noch in den Rachen stopfen? Hab ich einen Geldscheißer? *Die Schwiegermutter fährt herum und starrt ihn entgeistert an. Er klettert hinter dem Fliegenschleier hervor.* Haben sie gesagt, der Krieg ist aus?

DIE ERSTE FRAU *im anderen Raum freundlich zu Grusche:* Hat die junge Frau jemand im Feld?

DER MANN Da ist es eine gute Nachricht, daß sie zurückkommen, wie?

JUSSUP Glotz nicht. Wo ist die Person, die du mir als Frau aufgehängt hast?

*Da er keine Antwort erhält, steigt er aus der Bettstatt und geht schwankend, im Hemd, an der Schwiegermutter vorbei in den andern Raum. Sie folgt ihm zitternd mit dem Kuchenblech.*

DIE GÄSTE *erblicken ihn. Sie schreien auf:* Jesus, Maria und Josef! Jussup!

*Alles steht alarmiert auf, die Frauen drängen*

*zur Tür. Grusche, noch auf den Knien, dreht den Kopf herum und starrt auf den Bauern.*

JUSSUP Totenessen, das könnte euch passen. Hinaus, bevor ich euch hinausprügle.

*Die Gäste verlassen in Hast das Haus.*

JUSSUP *düster zu Grusche:* Das ist ein Strich durch deine Rechnung, wie?

*Da sie nichts sagt, dreht er sich um und nimmt einen Maiskuchen vom Blech, das die Schwiegermutter hält.*

DER SÄNGER

O Verwirrung! Die Ehefrau erfährt, daß sie einen Mann hat!

Am Tag gibt es das Kind. In der Nacht gibt es den Mann.

Der Geliebte ist unterwegs Tag und Nacht.

Die Eheleute betrachten einander. Die Kammer ist eng.

*Der Bauer sitzt nackt in einem hohen hölzernen Badezuber, und die Schwiegermutter gießt aus einer Kanne Wasser nach. In der Kammer nebenan kauert Grusche bei Michel, der Strohmattenflicken spielt.*

JUSSUP Das ist ihre Arbeit, nicht die deine. Wo steckt sie wieder?

SCHWIEGERMUTTER *ruft:* Grusche! Der Bauer fragt nach dir.

GRUSCHE *zu Michel:* Da sind noch zwei Löcher, die mußt du noch flicken.

JUSSUP *als Grusche hereintritt:* Schrubb mir den Rücken!

GRUSCHE Kann das der Bauer nicht selbst machen?

JUSSUP »Kann das der Bauer nicht selbst machen?« Nimm die Bürste, zum Teufel! Bist du die Ehefrau oder bist du eine Fremde? *Zur Schwiegermutter:* Zu kalt!

SCHWIEGERMUTTER Ich lauf und hol heißes Wasser.

GRUSCHE Laß mich laufen.

JUSSUP Du bleibst! *Schwiegermutter läuft.* Reib kräftiger! Und stell dich nicht so, du hast schon öfter einen nackten Kerl gesehen. Dein Kind ist nicht aus der Luft gemacht.

GRUSCHE Das Kind ist nicht in Freude empfangen, wenn der Bauer das meint.

JUSSUP *sieht sich grinsend nach ihr um:* Du schaust nicht so aus. *Grusche hört auf, ihn zu schrubben, und weicht zurück. Schwiegermutter herein.* Etwas Rares hast du mir da aufgehängt, einen Stockfisch als Ehefrau.

SCHWIEGERMUTTER Ihr fehlt's am guten Willen.

JUSSUP Gieß, aber vorsichtig. Au! Ich hab gesagt, vorsichtig. *Zu Grusche:* Ich würd mich wundern, wenn mit dir nicht was los wäre in der Stadt, warum bist du sonst hier? Aber davon rede ich nicht. Ich habe auch nichts gegen das Uneheliche gesagt, das du mir ins Haus gebracht hast, aber mit dir ist meine Geduld bald zu Ende. Das ist gegen die Natur. *Zur Schwiegermutter:* Mehr! *Zu Grusche:* Auch wenn dein Soldat zurückkäme, du bist verehelicht.

GRUSCHE Ja.

JUSSUP Aber dein Soldat kommt nicht mehr, du brauchst das nicht zu glauben.

GRUSCHE Nein.

JUSSUP Du bescheißt mich. Du bist meine Ehefrau und bist nicht meine Ehefrau. Wo du liegst, liegt nichts, und doch kann sich keine andere hinlegen. Wenn ich früh aufs Feld gehe, bin ich todmüd; wenn ich mich abends niederleg, bin ich wach wie der Teufel. Gott hat dir ein Geschlecht gemacht, und was machst du? Mein Acker trägt nicht genug, daß ich mir eine Frau in der Stadt kaufen kann, und da wäre auch noch der Weg. Die Frau jätet das Feld und macht die Beine auf, so heißt es im Kalender bei uns. Hörst du mich?

GRUSCHE Ja. *Leise:* Es ist mir nicht recht, daß ich dich bescheiße.

JUSSUP Es ist ihr nicht recht! Gieße nach! *Schwiegermutter gießt nach.* Au!

DER SÄNGER

Wenn sie am Bach saß, das Linnen zu waschen

Sah sie sein Bild auf der Flut, und sein Gesicht wurde blässer

Mit gehenden Monden.

Wenn sie sich hochhob, das Linnen zu wringen

Hörte sie seine Stimme vom sausenden Ahorn, und seine Stimme ward leiser

Mit gehenden Monden.

Ausflüchte und Seufzer wurden zahlreicher, Tränen und Schweiß wurden vergossen.

Mit gehenden Monden wuchs das Kind auf.

*An einem kleinen Bach hockt Grusche und taucht Linnen in das Wasser. In einiger Entfernung stehen ein paar Kinder. Grusche spricht mit Michel.*

GRUSCHE Du kannst spielen mit ihnen, Michel, aber laß dich nicht herumkommandieren, weil du der Kleinste bist.

*Michel nickt und geht zu den andern Kindern. Ein Spiel entwickelt sich.*

DER GRÖSSTE JUNGE Heute ist das Kopf-ab-Spiel. *Zu einem Dicken:* Du bist der Fürst und lachst. *Zu Michel:* Du bist der Gouverneur. *Zu einem Mädchen:* Du bist die Frau des Gouverneurs, du weinst, wenn der Kopf abgehauen wird. Und ich schlag den Kopf ab. *Er zeigt sein Holzschwert.* Mit dem. Zuerst wird der Gouverneur in den Hof geführt. Voraus geht der Fürst, am Schluß kommt die Gouverneurin.

*Der Zug formiert sich, der Dicke geht voraus und lacht. Dann kommen Michel und der größte Junge und dann das Mädchen, das weint.*

MICHEL *bleibt stehen:* Auch Kopf abhaun.

DER GRÖSSTE JUNGE Das tu ich. Du bist der Kleinste. Gouverneur ist das leichteste. Hinknien und sich den Kopf abhauen lassen, das ist einfach.

MICHEL Auch Schwert haben.

DER GRÖSSTE JUNGE Das ist meins. *Gibt ihm einen Tritt.*

DAS MÄDCHEN *ruft zu Grusche hinüber:* Er will nicht mittun.

GRUSCHE *lacht:* Das Entenjunge ist ein Schwimmer, heißt es.

DER GRÖSSTE JUNGE Du kannst den Fürsten machen, wenn du lachen kannst.

*Michel schüttelt den Kopf.*

DER DICKE JUNGE Ich lache am besten. Laß ihn den Kopf einmal abschlagen, dann schlägst du ihn ab und dann ich.

*Der größte Junge gibt Michel widerstrebend das Holzschwert und kniet nieder. Der Dicke hat sich gesetzt, schlägt sich die Schenkel und lacht aus vollem Hals. Das Mädchen weint sehr laut. Michel schwingt das große Schwert und schlägt den Kopf ab, dabei fällt er um.*

DER GRÖSSTE JUNGE Au! Ich werd dir zeigen, richtig zuzuhauen!

*Michel läuft weg, die Kinder ihm nach. Grusche lacht, ihnen nachblickend. Wenn sie sich zurückwendet, steht der Soldat Simon Chachava jenseits des Baches. Er trägt eine abgerissene Uniform.*

GRUSCHE Simon!

SIMON Ist das Grusche Vachnadze?

GRUSCHE Simon!

SIMON *förmlich:* Gott zum Gruß und Gesundheit dem Fräulein.

GRUSCHE *steht fröhlich auf und verbeugt sich tief:* Gott zum Gruß dem Herrn Soldaten. Und gottlob, daß er gesund zurück ist.

SIMON Sie haben bessere Fische gefunden als mich, so haben sie mich nicht gegessen, sagte der Schellfisch.

GRUSCHE Tapferkeit, sagte der Küchenjunge; Glück, sagte der Held.

SIMON Und wie steht es hier? War der Winter erträglich, der Nachbar rücksichtsvoll?

GRUSCHE Der Winter war ein wenig rauh, der Nachbar wie immer, Simon.

SIMON Darf man fragen: hat eine gewisse Person noch die Gewohnheit, das Bein ins Wasser zu stecken beim Wäschewaschen?

GRUSCHE Die Antwort ist »nein«, wegen der Augen im Gesträuch.

SIMON Das Fräulein spricht von Soldaten. Hier steht ein Zahlmeister.

GRUSCHE Sind das nicht 20 Piaster?

SIMON Und Logis.

GRUSCHE *bekommt Tränen in die Augen:* Hinter der Kaserne, unter den Dattelbäumen.

SIMON Genau dort. Ich sehe, man hat sich umgeschaut.

GRUSCHE Man hat.

SIMON Und man hat nicht vergessen. *Grusche schüttelt den Kopf.* So ist die Tür noch in den Angeln, wie man sagt? *Grusche sieht ihn schweigend an und schüttelt dann wieder den Kopf.* Was ist das? Ist etwas nicht in Ordnung?

GRUSCHE Simon Chachava, ich kann nie mehr zurück nach Nukha. Es ist etwas passiert.

SIMON Was ist passiert?

GRUSCHE Es ist so gekommen, daß ich einen Panzerreiter niedergeschlagen habe.

SIMON Da wird Grusche Vachnadze ihren guten Grund gehabt haben.

GRUSCHE Simon Chachava, ich heiße auch nicht mehr, wie ich geheißen habe.

SIMON *nach einer Pause:* Das verstehe ich nicht.

GRUSCHE Wann wechseln Frauen ihren Namen, Simon? Laß es mich dir erklären. Es ist nichts zwischen uns, alles ist gleichgeblieben zwischen uns, das mußt du mir glauben.

SIMON Wie soll nichts sein zwischen uns, und doch ist es anders?

GRUSCHE Wie soll ich dir das erklären, so schnell und mit dem Bach dazwischen, kannst du nicht über den Steg kommen?

SIMON Vielleicht ist es nicht mehr nötig.

GRUSCHE Es ist sehr nötig. Komm herüber, Simon, schnell!

SIMON Will das Fräulein sagen, man ist zu spät gekommen?

*Grusche sieht ihn verzweifelt an, das Gesicht tränenüberströmt. Simon starrt vor sich hin. Er hat ein Holzstück aufgenommen und schnitzt daran.*

DER SÄNGER

Soviel Worte werden gesagt, soviel Worte werden verschwiegen.
Der Soldat ist gekommen. Woher er gekommen ist, sagt er nicht.
Hört, was er dachte, nicht sagte:

Die Schlacht fing an im Morgengraun, wurde blutig am Mittag.
Der erste fiel vor mir, der zweite fiel hinter mir, der dritte neben mir.
Auf den ersten trat, den zweiten ließ ich, den dritten durchbohrte der Hauptmann.
Mein einer Bruder starb an einem Eisen, mein andrer Bruder starb an einem Rauch.
Feuer schlugen sie aus meinem Nacken, meine Hände gefroren in den Handschuhen, meine Zehen in den Strümpfen.
Gegessen hab ich Espenknopsen, getrunken hab ich Ahornbrühe, geschlafen hab ich auf Steinen, im Wasser.

SIMON Im Gras sehe ich eine Mütze. Ist vielleicht schon was Kleines da?

GRUSCHE Es ist da, Simon, wie könnt ich es verbergen, aber wolle dich nicht kümmern, meines ist es nicht.

SIMON Man sagt: Wenn der Wind einmal weht, weht er durch jede Ritze. Die Frau muß nichts mehr sagen.

*Grusche senkt den Kopf und sagt nichts mehr.*

DER SÄNGER

Sehnsucht hat es gegeben, gewartet worden ist nicht.
Der Eid ist gebrochen. Warum, wird nicht mitgeteilt.
Hört, was sie dachte, nicht sagte:

Als du kämpftest in der Schlacht, Soldat
Der blutigen Schlacht, der bitteren Schlacht
Traf ein Kind ich, das hilflos war
Hatt' es abzutun nicht das Herz.
Kümmern mußte ich mich um das, was verkommen wär
Bücken mußte ich mich nach den Brotkrumen am Boden
Zerreißen mußte ich mich für das, was nicht mein war
Das Fremde.
Einer muß der Helfer sein.
Denn sein Wasser braucht der kleine Baum.
Es verläuft das Kälbchen sich, wenn der Hirte schläft
Und der Schrei bleibt ungehört!

SIMON Gib mir das Kreuz zurück, das ich dir gegeben habe. Oder besser, wirf es in den Bach. *Er wendet sich zum Gehen.*

GRUSCHE Simon Chachava, geh nicht weg, es ist nicht meins, es ist nicht meins! *Sie hört die Kinder rufen.* Was ist, Kinder?

STIMMEN Hier sind Soldaten! – Sie nehmen den Michel mit!

*Grusche steht entgeistert. Auf sie zu kommen zwei Panzerreiter, Michel führend.*

EIN PANZERREITER Bist du die Grusche? *Sie nickt.* Ist das dein Kind?

GRUSCHE Ja. *Simon geht weg.* Simon!

DER PANZERREITER Wir haben den richterlichen Befehl, dieses Kind, angetroffen in deiner Obhut, in die Stadt zu bringen, da der Verdacht besteht, es ist Michel Abaschwili, der Sohn des Gouverneurs Georgi Abaschwili und seiner Frau Natella Abaschwili. Hier ist das Papier mit den Siegeln.

*Sie führen das Kind weg.*

GRUSCHE *läuft nach, rufend:* Laßt es da, bitte, es ist meins!

DER SÄNGER

Die Panzerreiter nehmen das Kind fort, das teure. Die Unglückliche folgte ihnen in die Stadt, die gefährliche.
Die leibliche Mutter verlangte das Kind zurück. Die Ziehmutter stand vor Gericht.
Wer wird den Fall entscheiden, wem wird das Kind zuerteilt?
Wer wird der Richter sein, ein guter, ein schlechter?
Die Stadt brannte. Auf dem Richterstuhl saß der Azdak.

## 5
## Die Geschichte des Richters

DER SÄNGER

Hört nun die Geschichte des Richters:
Wie er Richter wurde, wie er Urteil sprach, was er für ein Richter ist.
An jenem Ostersonntag des großen Aufstands, als der Großfürst gestürzt wurde
Und sein Gouverneur Abaschwili, Vater unsres Kindes, den Kopf einbüßte
Fand der Dorfschreiber Azdak im Gehölz einen Flüchtling und versteckte ihn in seiner Hütte.

*Azdak, zerlumpt und angetrunken, hilft einem*

*als Bettler verkleideten Flüchtling in seine Hütte.*

AZDAK Schnaub nicht, du bist kein Gaul. Und es hilft dir nicht bei der Polizei, wenn du läufst wie ein Rotz im April. Steh, sag ich. *Er fängt den Flüchtling wieder ein, der weitergetrottet ist, als wolle er durch die Hüttenwand durchtrotten.* Setz dich nieder und futtre, da ist ein Stück Käse. *Er kramt aus einer Kiste unter Lumpen einen Käse heraus, und der Flüchtling beginnt gierig zu essen.* Lang nichts gefressen? *Der Flüchtling brummt.* Warum bist du so gerannt, du Arschloch? Der Polizist hätte dich überhaupt nicht gesehen.

DER FLÜCHTLING Mußte.

AZDAK Bammel? *Der Flüchtling stiert ihn verständnislos an.* Schiß? Furcht? Hm. Schmatz nicht wie ein Großfürst oder eine Sau! Ich vertrag's nicht. Nur einen hochwohlgeborenen Stinker muß man aushalten, wie Gott ihn geschaffen hat. Dich nicht. Ich hab von einem Oberrichter gehört, der beim Speisen im Bazar gefurzt hat vor lauter Unabhängigkeit. Wenn ich dir beim Essen zuschau, kommen mir überhaupt fürchterliche Gedanken. Warum redest du keinen Ton? *Scharf:* Zeig einmal deine Hand her! Hörst du nicht? Du sollst deine Hand herzeigen. *Der Flüchtling streckt ihm zögernd die Hand hin.* Weiß. Du bist also gar kein Bettler! Eine Fälschung, ein wandelnder Betrug! Und ich verstecke dich wie einen anständigen Menschen. Warum läufst du eigentlich, wenn du ein Grundbesitzer bist, denn das bist du, leugne es nicht, ich seh dir's am schuldbewußten Gesicht ab! *Steht auf.* Hinaus! *Der Flüchtling sieht ihn unsicher an.* Worauf wartest du, Bauernprügler?

DER FLÜCHTLING Bin verfolgt. Bitte um ungeteilte Aufmerksamkeit, mache Proposition.

AZDAK Was willst du machen, eine Proposition? Das ist die Höhe der Unverschämtheit! Er macht eine Proposition! Der Gebissene kratzt sich die Finger blutig, und der Blutegel macht eine Proposition. Hinaus, sage ich!

DER FLÜCHTLING Verstehe Standpunkt, Überzeugung. Zahle 100000 Piaster für eine Nacht, ja?

AZDAK Was, du meinst, du kannst mich kaufen? Für 100000 Piaster? Ein schäbiges Landgut. Sagen wir 150000. Wo sind sie?

DER FLÜCHTLING Habe sie natürlich nicht bei mir. Werden geschickt, hoffe, zweifelt nicht.

AZDAK Zweifle tief. Hinaus!

*Der Flüchtling steht auf und trottet zur Tür. Eine Stimme von außen.*

STIMME Azdak!

*Der Flüchtling macht kehrt, trottet in die entgegengesetzte Ecke, bleibt stehen.*

AZDAK *ruft:* Ich bin nicht zu sprechen. *Tritt in die Tür.* Schnüffelst du wieder herum, Schauwa?

POLIZIST SCHAUWA *draußen, vorwurfsvoll:* Du hast wieder einen Hasen gefangen, Azdak. Du hast mir versprochen, es kommt nicht mehr vor.

AZDAK *streng:* Rede nicht von Dingen, die du nicht verstehst, Schauwa. Der Hase ist ein gefährliches und schädliches Tier, das die Pflanzen auffrißt, besonders das sogenannte Unkraut, und deshalb ausgerottet werden muß.

SCHAUWA Azdak, sei nicht so furchtbar zu mir. Ich verliere meine Stellung, wenn ich nicht gegen dich einschreite. Ich weiß doch, du hast ein gutes Herz.

AZDAK Ich habe kein gutes Herz. Wie oft soll ich dir sagen, daß ich ein geistiger Mensch bin?

SCHAUWA *listig:* Ich weiß, Azdak. Du bist ein überlegener Mensch, das sagst du selbst; so frage ich dich, ein Christ und ein Ungelernter: wenn dem Fürsten ein Hase gestohlen wird, und ich bin Polizist, was soll ich da tun mit dem Frevler?

AZDAK Schauwa, Schauwa, schäm dich! Da stehst du und fragst mich eine Frage, und es gibt nichts, was verführerischer sein kann als eine Frage. Als wenn du ein Weib wärst, etwa die Nunowna, das schlechte Geschöpf, und mir deinen Schenkel zeigst als Nunowna und mich fragst, was soll ich mit meinem Schenkel tun, er beißt mich, ist sie da unschuldig, wie sie tut? Nein. Ich fange einen Hasen, aber du fängst einen Menschen. Ein Mensch ist nach Gottes Ebenbild gemacht, aber nicht ein Hase, das weißt du. Ich bin ein Hasenfresser, aber du bist ein Menschenfresser, Schauwa, und Gott wird darüber richten. Schauwa, geh nach Haus und bereue. Nein, halt, da ist vielleicht was für dich. *Er blickt nach dem Flüchtling, der zitternd dasteht.* Nein, doch nicht, da ist nix. Geh nach Haus und bereue. *Er schlägt ihm die Tür vor der Nase zu. Zu dem Flüchtling:* Jetzt wunderst du dich, wie? Daß ich dich nicht ausgeliefert habe. Aber ich könnte diesem Vieh von einem Polizisten nicht einmal eine Wanze ausliefern, es widerstrebt mir. Zitter nicht vor einem Polizisten. So alt und noch so feige. Iß deinen Käse fertig, aber wie ein armer Mann, sonst fassen sie dich doch noch. Muß ich dir auch noch zeigen, wie ein armer Mann sich aufführt? *Er drückt ihn ins Sitzen nieder und gibt ihm das Käsestück wieder in die Hand.* Die Kiste ist der Tisch. Leg die Ellenbogen auf'n Tisch, und jetzt umzingelst du den Käse auf'm Teller, als ob der dir jeden Augenblick herausgerissen werden könnte, woher sollst du sicher sein? Nimm das Messer wie eine zu kleine Sichel und schau nicht so gierig, mehr kummervoll auf den Käse, weil er schon entschwindet, wie alles Schöne. *Schaut ihm zu.* Sie sind hinter dir her, das spricht für dich, nur wie kann ich wissen, daß sie sich nicht irren in dir? In Tiflis haben sie einmal einen Gutsbesitzer gehängt, einen Türken. Er hat ihnen nachweisen können, daß er seine Bauern gevierteilt hat und nicht nur halbiert, wie es üblich ist, und Steuern hat er herausgepreßt doppelt wie die andern, sein Eifer war über jeden Verdacht, und doch haben sie ihn gehängt, wie einen Verbrecher, nur weil er ein Türke war, für was er nix gekonnt hat, eine Ungerechtigkeit. Er ist an den Galgen gekommen wie der Pontius ins Credo. Mit einem Wort: ich trau dir nicht.

DER SÄNGER
So gab der Azdak dem alten Bettler ein Nachtlager.
Erfuhr er, daß es der Großfürst selber war, der Würger
Schämte er sich, klagte er sich an, befahl er dem Polizisten
Ihn nach Nukha zu führen, vor Gericht, zum Urteil.

*Im Hof des Gerichts hocken drei Panzerreiter und trinken. Von einer Säule hängt ein Mann in Richterrobe. Herein Azdak, gefesselt und Schauwa hinter sich schleppend.*

AZDAK *ruft aus:* Ich hab dem Großfürsten zur Flucht verholfen, dem Großdieb, dem Großwürger! Ich verlange meine strenge Aburteilung in öffentlicher Verhandlung, im Namen der Gerechtigkeit!

DER ERSTE PANZERREITER Was ist das für ein komischer Vogel?

SCHAUWA Das ist unser Schreiber Azdak.

AZDAK Ich bin der Verächtliche, der Verräterische, der Gezeichnete! Reportier, Plattfuß, ich hab verlangt, daß ich in Ketten in die Hauptstadt gebracht werd, weil ich versehentlich den Großfürsten beziehungsweise Großgauner, beherbergt habe, wie mir erst durch dieses Dokument, das ich in meiner Hütte gefunden habe, nachträglich klargeworden ist. *Die Panzerreiter studieren das Dokument. Zu Schauwa:* Sie können nicht lesen. Siehe, der Gezeichnete klagt sich selber an! Reportier, wie ich dich gezwungen hab, daß du mit mir die halbe Nacht hierherläufst, damit alles aufgeklärt wird.

SCHAUWA Alles unter Drohungen, das ist nicht schön von dir, Azdak.

AZDAK Halt das Maul, Schauwa, das verstehst du nicht. Eine neue Zeit ist gekommen, die über dich hinwegdonnern wird, du bist erledigt, Polizisten werden ausgemerzt, pfft. Alles wird untersucht, aufgedeckt. Da meldet sich einer lieber von selber, warum, er kann dem Volk nicht entrinnen. Reportier, wie ich durch die Schuhmachergasse geschrien hab. *Er macht es wieder mit großer Geste vor, auf die Panzerreiter schielend.* »Ich hab den Großgauner entrinnen lassen aus Unwissenheit, zerreißt mich, Brüder!« Damit ich allem gleich zuvorkomm.

DER ERSTE PANZERREITER Und was haben sie dir geantwortet?

SCHAUWA Sie haben ihn getröstet in der Schlächtergasse und sich krank gelacht über ihn in der Schuhmachergasse, das war alles.

AZDAK Aber bei euch ist's anders, ich weiß, ihr seid eisern. Brüder, wo ist der Richter, ich muß untersucht werden.

DER ERSTE PANZERREITER *zeigt auf den Gehenkten:* Hier ist der Richter. Und hör auf, uns zu brüdern, auf dem Ohr sind wir empfindlich heut abend.

AZDAK »Hier ist der Richter!« Das ist eine Antwort, die man in Grusinien noch nie gehört hat. Städter, wo ist seine Exzellenz, der Herr Gouverneur? *Er zeigt auf den Galgen:* Hier ist seine Exzellenz, Fremdling. Wo ist der Obersteuereintreiber? Der Profoß Werber? Der Patriarch? Der Polizeihauptmann? Hier, hier, hier, alle hier. Brüder, das ist es, was ich mir von euch erwartet habe.

DER ZWEITE PANZERREITER Halt! Was hast du dir da erwartet, Vogel?

AZDAK Was in Persien passierte, Brüder, was in Persien passierte.

DER ZWEITE PANZERREITER Und was passierte denn in Persien?

AZDAK Vor 40 Jahren. Aufgehängt, alle. Wesire, Steuereintreiber. Mein Großvater, ein merkwürdiger Mensch, hat es gesehen. Drei Tage lang, überall.

DER ZWEITE PANZERREITER Und wer regierte, wenn der Wesir gehängt war?

AZDAK Ein Bauer.

DER ZWEITE PANZERREITER Und wer kommandierte das Heer?

AZDAK Ein Soldat, Soldat.

DER ZWEITE PANZERREITER Und wer zahlte die Löhnung aus?

AZDAK Ein Färber, ein Färber zahlte die Löhnung aus.

DER ZWEITE PANZERREITER War es nicht vielleicht ein Teppichweber?

DER ERSTE PANZERREITER Und warum ist das alles passiert, du Persischer!

AZDAK Warum ist das alles passiert? Ist da ein besonderer Grund nötig? Warum kratzt du dich, Bruder? Krieg! Zu lang Krieg! Und keine Gerechtigkeit! Mein Großvater hat das Lied mitgebracht, wie es dort gewesen ist. Ich und mein Freund, der Polizist, werden es euch vorsingen. *Zu Schauwa:* Und halt den Strick gut, das paßt dazu. *Singt, von Schauwa am Strick gehalten:*

Warum bluten unsere Söhne nicht mehr, weinen unsere Töchter nicht mehr?
Warum haben Blut nur mehr die Kälber im Schlachthaus?
Warum Tränen nur mehr gegen Morgen die Weiden am Urmisee?

Der Großkönig muß eine neue Provinz haben, der Bauer muß sein Milchgeld hergeben.
Damit das Dach der Welt erobert wird, werden die Hüttendächer abgetragen.
Unsere Männer werden in alle vier Winde verschleppt, damit die Oberen zu Hause tafeln können.
Die Soldaten töten einander, die Feldherrn grüßen einander.
Der Witwe Steuergroschen wird angebissen, ob er echt ist. Die Schwerter zerbrechen.
Die Schlacht ist verloren, aber die Helme sind bezahlt worden.
Ist es so? Ist es so?

SCHAUWA Ja, ja, ja, ja, ja, es ist so.

AZDAK Wollt ihr es zu Ende hören?

*Der erste Panzerreiter nickt.*

DER ZWEITE PANZERREITER *zum Polizisten:* Hat er dir das Lied beigebracht?

SCHAUWA Jawohl. Nur meine Stimme ist nicht gut.

DER ZWEITE PANZERREITER Nein. *Zu Azdak:* Sing nur weiter.

AZDAK Die zweite Strophe behandelt den Frieden. *Singt:*

Die Ämter sind überfüllt, die Beamten sitzen bis auf die Straße.
Die Flüsse treten über die Ufer und verwüsten die Felder.
Die ihre Hosen nicht selber runterlassen können, regieren Reiche.
Sie können nicht auf vier zählen, fressen aber acht Gänge.
Die Maisbauern blicken sich nach Kunden um, sehen nur Verhungerte.
Die Weber gehen von den Webstühlen in Lumpen.
Ist es so? Ist es so?

SCHAUWA Ja, ja, ja, ja, ja, es ist so.

AZDAK

Darum bluten unsere Söhne nicht mehr, weinen unsere Töchter nicht mehr.
Darum haben Blut nur mehr die Kälber im Schlachthaus.
Tränen nur mehr gegen Morgen die Weiden am Urmisee.

DER ERSTE PANZERREITER *nach einer Pause:* Willst du dieses Lied hier in der Stadt singen?

AZDAK Was ist falsch daran?

DER ERSTE PANZERREITER Siehst du die Röte dort? *Azdak blickt sich um. Am Himmel ist eine Brandröte.* Das ist in der Vorstadt. Als der Fürst Kazbeki heute früh den Gouverneur Abaschwili köpfen ließ, haben unsere Teppichweber auch die »persische Krankheit« bekommen und gefragt, ob der Fürst Kazbeki nicht auch zu viele Gänge frißt. Und heute mittag haben sie dann den Stadtrichter aufgeknüpft. Aber wir haben sie zu Brei geschlagen für zwei Piaster pro Teppichweber, verstehst du?

AZDAK *nach einer Pause:* Ich verstehe.

*Er blickt sie scheu an und schleicht weg, zur Seite, setzt sich auf den Boden, den Kopf in den Händen.*

DER ERSTE PANZERREITER *nachdem alle getrunken haben, zum dritten:* Paß mal auf, was jetzt kommt.

*Der erste und zweite Panzerreiter gehen auf Azdak zu, versperren ihm den Ausgang.*

SCHAUWA Ich glaube nicht, daß er ein direkt schlechter Mensch ist, meine Herren. Ein bissel Hühnerstehlen, und hier und da ein Hase vielleicht.

DER ZWEITE PANZERREITER *tritt zu Azdak:* Du bist hergekommen, daß du im trüben fischen kannst, wie?

AZDAK *schaut zu ihm auf:* Ich weiß nicht, warum ich hergekommen bin.

DER ZWEITE PANZERREITER Bist du einer, der es mit den Teppichwebern hält? *Azdak schüttelt den Kopf.* Und was ist mit diesem Lied?

AZDAK Von meinem Großvater. Ein dummer, unwissender Mensch.

DER ZWEITE PANZERREITER Richtig. Und was mit dem Färber, der die Löhnung auszahlte?

AZDAK Das war in Persien.

DER ERSTE PANZERREITER Und was mit der Selbstbeschuldigung, daß du den Großfürsten nicht mit eigenen Händen gehängt hast?

AZDAK Sagte ich euch nicht, daß ich ihn habe laufen lassen?

SCHAUWA Ich bezeuge es. Er hat ihn laufen lassen.

*Die Panzerreiter schleppen den schreienden Azdak zum Galgen. Dann lassen sie ihn los und lachen ungeheuer. Azdak stimmt in das Lachen ein und lacht am lautesten. Dann wird er losgebunden. Alle beginnen zu trinken. Herein der fette Fürst mit einem jungen Mann.*

DER ERSTE PANZERREITER *zu Azdak:* Da kommt deine neue Zeit.

*Neues Gelächter.*

DER FETTE FÜRST Und was gäbe es hier wohl zu lachen, meine Freunde? Erlaubt mir ein ernstes Wort. Die Fürsten Grusiniens haben gestern morgen die kriegslüsterne Regierung des Großfürsten gestürzt und seine Gouverneure beseitigt. Leider ist der Großfürst selber entkommen. In dieser schicksalhaften Stunde haben unsere Teppichweber, diese ewig Unruhigen, sich nicht entblödet, einen Aufstand anzuzetteln und den allseits beliebten Stadtrichter, unsern teuren Illo Orbeliani, zu hängen. Ts, ts, ts. Meine Freunde, wir brauchen Frieden, Frieden, Frieden in Grusinien. Und Gerechtigkeit! Hier bringe ich euch den lieben Bizergan Kazbeki, meinen Neffen, ein begabter Mensch, der soll der neue Richter werden. Ich sage: das Volk hat die Entscheidung.

DER ERSTE PANZERREITER Heißt das, wir wählen den Richter?

DER FETTE FÜRST So ist es. Das Volk stellt einen begabten Menschen auf. Beratet euch, Freunde. *Während die Panzerreiter die Köpfe zusammenstecken:* Sei ganz ruhig, Füchschen, die Stelle hast du. Und wenn erst der Großfürst geschnappt ist, brauchen wir auch dem Pack nicht mehr in den Arsch zu kriechen.

DIE PANZERREITER *unter sich:* Sie haben die Hosen voll, weil sie den Großfürsten noch nicht geschnappt haben. – Das verdanken wir diesem Dorfschreiber, er hat ihn laufen lassen. – Sie fühlen sich noch nicht sicher, da heißt es »meine Freunde« und »das Volk hat die Entscheidung«. – Jetzt will er sogar Gerechtigkeit für Grusinien. – Aber eine Hetz ist eine Hetz, und das wird eine Hetz. – Wir werden den Dorfschreiber fragen, der weiß alles über Gerechtigkeit. He, Halunke...

AZDAK Meint ihr mich?

DER ERSTE PANZERREITER *fährt fort:* ...würdest du den Neffen als Richter haben wollen?

AZDAK Fragt ihr mich? Ihr fragt nicht mich, wie?

DER ZWEITE PANZERREITER Warum nicht? Alles für einen Witz!

AZDAK Ich versteh euch so, daß ihr ihn bis aufs Mark prüfen wollt. Hab ich recht? Hättet ihr einen Verbrecher vorrätig, daß der Kandidat zeigen kann, was er kann, einen gewiegten?

DER DRITTE PANZERREITER Laß sehn. Wir haben die zwei Doktoren von der Gouverneurssau unten. Die nehmen wir.

AZDAK Halt, das geht nicht. Ihr dürft nicht richtige Verbrecher nehmen, wenn der Richter nicht bestallt ist. Er kann ein Ochse sein, aber er muß bestallt sein, sonst wird das Recht verletzt, das ein sehr empfindliches Wesen ist, etwa wie die Milz, die niemals mit Fäusten geschlagen werden darf, sonst tritt der Tod ein. Ihr könnt die beiden hängen, dadurch kann niemals das Recht verletzt werden, weil kein Richter dabei war. Recht muß immer in vollkommenem Ernst gesprochen werden, es ist so blöd. Wenn zum Beispiel ein Richter eine Frau verknackt, weil sie für ihr Kind ein Maisbrot gestohlen hat, und er hat seine Robe nicht an oder er kratzt sich beim Urteil, so daß mehr als ein Drittel von ihm entblößt ist, das heißt, er muß sich dann am Oberschenkel kratzen, dann ist das Urteil eine Schande und das Recht ist verletzt. Eher noch könnte eine Richterrobe und ein Richterhut ein Urteil sprechen als ein Mensch ohne das alles. Das Recht ist weg wie nix, wenn nicht aufgepaßt wird. Ihr würdet nicht eine Kanne Wein ausprobieren, indem ihr sie einem Hund zu saufen gebt, warum, dann ist der Wein weg.

DER ERSTE PANZERREITER Was schlägst du also vor, du Haarspalter?

AZDAK Ich mache euch den Angeklagten. Ich weiß auch schon, was für einen. *Er sagt ihnen etwas ins Ohr.*

DER ERSTE PANZERREITER Du?
*Alle lachen ungeheuer.*
DER FETTE FÜRST Was habt ihr entschieden?
DER ERSTE PANZERREITER Wir haben entschieden, wir machen eine Probe. Unser guter Freund hier wird den Angeklagten spielen, und hier ist ein Richterstuhl für den Kandidaten.
DER FETTE FÜRST Das ist ungewöhnlich, aber warum nicht? *Zum Neffen:* Eine Formsache, Füchschen. Was hast du gelernt, wer ist gekommen, der Langsamläufer oder der Schnelläufer?
DER NEFFE Der Leisetreter, Onkel Arsen.
*Der Neffe setzt sich auf den Stuhl, der fette Fürst stellt sich hinter ihn. Die Panzerreiter setzen sich auf die Treppe, und herein mit dem unverkennbaren Gang des Großfürsten läuft der Azdak.*
AZDAK Ist hier irgendwer, der mich kennt? Ich bin der Großfürst.
DER FETTE FÜRST Was ist er?
DER ZWEITE PANZERREITER Der Großfürst. Er kennt ihn wirklich.
DER FETTE FÜRST Gut.
DER ERSTE PANZERREITER Los mit der Verhandlung.
AZDAK Höre, bin angeklagt wegen Kriegsstiftung. Lächerlich. Sage: lächerlich. Genügt das? Wenn nicht genügt, habe Anwälte mitgebracht, glaube 500. *Er zeigt hinter sich, tut, als wären viele Anwälte um ihn.* Benötige sämtliche vorhandenen Saalsitze für Anwälte.
*Die Panzerreiter lachen; der fette Fürst lacht mit.*
DER NEFFE *zu den Panzerreitern:* Wünscht ihr, daß ich den Fall verhandle? Ich muß sagen, daß ich ihn zumindest etwas ungewöhnlich finde, vom geschmacklichen Standpunkt aus, meine ich.
DER ERSTE PANZERREITER Geh los.
DER FETTE FÜRST *lächelnd:* Verknall ihn, Füchschen.
DER NEFFE Schön. Volk von Grusinien contra Großfürst. Was haben Sie vorzubringen, Angeklagter?
AZDAK Allerhand. Habe natürlich selber gelesen, daß Krieg verloren. Habe Krieg seinerzeit auf Anraten von Patrioten wie Onkel Kazbeki erklärt. Verlange Onkel Kazbeki als Zeugen.
*Die Panzerreiter lachen.*
DER FETTE FÜRST *zu den Panzerreitern, leutselig:* Eine tolle Type. Was?
DER NEFFE Antrag abgelehnt. Sie können natürlich nicht angeklagt werden, weil Sie einen Krieg erklärt haben, was jeder Herrscher hin und wieder zu tun hat, sondern weil Sie ihn schlecht geführt haben.
AZDAK Unsinn. Habe ihn überhaupt nicht geführt. Habe ihn führen lassen. Habe ihn führen lassen von Fürsten. Vermasselten ihn natürlich.
DER NEFFE Leugnen Sie etwa, den Oberbefehl gehabt zu haben?
AZDAK Keineswegs. Habe immer Oberbefehl. Schon bei Geburt Amme angepfiffen. Erzogen, auf Abtritt Scheiße zu entlassen. Gewohnt, zu befehlen. Habe immer Beamten befohlen, meine Kasse zu bestehlen. Offiziere prügeln Soldaten nur, wenn befehle; Gutsherren schlafen mit Weibern von Bauern nur, wenn strengstens befehle. Onkel Kazbeki hier hat Bauch nur auf meinen Befehl.
DIE PANZERREITER *klatschen:* Der ist gut. – Hoch der Großfürst!
DER FETTE FÜRST Füchschen, antwort ihm! Ich bin bei dir.
DER NEFFE Ich werde ihm antworten, und zwar der Würde des Gerichts entsprechend. Angeklagter, wahren Sie die Würde des Gerichts.
AZDAK Einverstanden. Befehle Ihnen, mit Verhör fortzufahren.
DER NEFFE Haben mir nichts zu befehlen. Behaupten also, Fürsten haben Sie gezwungen, Krieg zu erklären. Wie können Sie dann behaupten, Fürsten hätten Krieg vermasselt?
AZDAK Nicht genug Leute geschickt, Gelder veruntreut, kranke Pferde gebracht, bei Angriff in Bordell gesoffen. Beantrage Onkel Kaz als Zeugen.
*Die Panzerreiter lachen.*
DER NEFFE Wollen Sie die ungeheuerliche Behauptung aufstellen, daß die Fürsten dieses Landes nicht gekämpft haben?
AZDAK Nein. Fürsten kämpften. Kämpften um Kriegslieferungskontrakte.
DER FETTE FÜRST Das ist zuviel. Der Kerl redet wie ein Teppichweber.
AZDAK Wirklich? Sage nur Wahrheit!
DER FETTE FÜRST Aufhängen! Aufhängen!
DER ERSTE PANZERREITER Immer ruhig. Geh weiter, Hoheit.
DER NEFFE Ruhe! Verkündige jetzt Urteil: Müssen aufgehängt werden. Am Hals. Haben Krieg verloren. Urteil gesprochen. Unwiderruflich. Abführen!
DER FETTE FÜRST *hysterisch:* Abführen! Abführen! Abführen!
AZDAK Junger Mann, rate Ihnen ernsthaft, nicht in Öffentlichkeit in geklippte, zackige

Sprechweise zu verfallen. Können nicht angestellt werden als Wachhund, wenn heulen wie Wolf. Kapiert?

DER FETTE FÜRST Aufhängen!

AZDAK Wenn Leuten auffällt, daß Fürsten selbe Sprache sprechen wie Großfürst, hängen sie noch Großfürst und Fürsten auf. Kassiere übrigens Urteil. Grund: Krieg verloren, aber nicht für Fürsten. Fürsten haben ihren Krieg gewonnen. Haben sich 3 863 000 Piaster für Pferde bezahlen lassen, die nicht geliefert.

DER FETTE FÜRST Aufhängen!

AZDAK 8 240000 Piaster für Verpflegung von Mannschaft, die nicht aufgebracht.

DER FETTE FÜRST Aufhängen!

AZDAK Sind also Sieger. Krieg nur verloren für Grusinien, als welches nicht anwesend vor diesem Gericht.

DER FETTE FÜRST Ich glaube, das ist genug, meine Freunde. *Zu Azdak:* Du kannst abtreten, Galgenvogel. *Zu den Panzerreitern:* Ich denke, ihr könnt jetzt den neuen Richter bestätigen, meine Freunde.

DER ERSTE PANZERREITER Ja, das können wir. Holt den Richterrock herunter. *Einer klettert auf den Rücken des andern und zieht dem Gehenkten den Rock ab.* Und jetzt – *zum Neffen* – geh du weg, daß auf den richtigen Stuhl der richtige Arsch kommt. *Zu Azdak:* Tritt du vor, begib dich auf den Richterstuhl. *Der Azdak zögert.* Setz dich hinauf, Mensch. *Der Azdak wird von den Panzerreitern auf den Stuhl getrieben.* Immer war der Richter ein Lump, so soll jetzt ein Lump ein Richter sein. *Der Richterrock wird ihm übergelegt, ein Flaschenkorb aufgesetzt.* Schaut, was für ein Richter!

DER SÄNGER

Da war das Land im Bürgerkrieg, der Herrschende unsicher.
Da wurde der Azdak zum Richter gemacht von den Panzerreitern.
Da war der Azdak Richter für zwei Jahre.

DER SÄNGER MIT SEINEN MUSIKERN

Als die großen Feuer brannten und in Blut die Städte standen
Aus der Tiefe krochen Spinn und Kakerlak.
Vor dem Schloßtor stand ein Schlächter, am Altar ein Gottverächter
Und es saß im Rock des Richters der Azdak.

*Auf dem Richterstuhl sitzt der Azdak, einen Apfel schälend. Schauwa kehrt mit einem Besen das Lokal. Auf der einen Seite ein Invalide im Rollstuhl, der angeklagte Arzt und ein Hinkender in Lumpen. Auf der anderen Seite ein junger Mann, der Erpressung angeklagt. Ein Panzerreiter hält Wache mit der Standarte der Panzerreiter.*

AZDAK In Anbetracht der vielen Fälle behandelt der Gerichtshof heute immer zwei Fälle gleichzeitig. Bevor ich beginne, eine kurze Mitteilung: Ich nehme. *Er streckt die Hand aus. Nur der Erpresser zieht Geld und gibt ihm.* Ich behalte mir vor, eine Partei hier wegen Nichtachtung des Gerichtshofes – *er blickt auf den Invaliden* – in Strafe zu nehmen. *Zum Arzt:* Du bist ein Arzt, und du – *zum Invaliden* – klagst ihn an. Ist der Arzt schuld an deinem Zustand?

DER INVALIDE Jawohl. Ich bin vom Schlag getroffen worden wegen ihm.

AZDAK Das wäre Nachlässigkeit im Beruf.

DER INVALIDE Mehr als Nachlässigkeit. Ich habe dem Menschen Geld für sein Studium geliehen. Er hat niemals etwas zurückgezahlt, und als ich hörte, daß er Patienten gratis behandelt, habe ich den Schlaganfall bekommen.

AZDAK Mit Recht. *Zum Hinkenden:* Und was willst du hier?

DER HINKENDE Ich bin der Patient, Euer Gnaden.

AZDAK Er hat wohl dein Bein behandelt?

DER HINKENDE Nicht das richtige. Das Rheuma hatte ich am linken, operiert worden bin ich am rechten, darum hinke ich jetzt.

AZDAK Und das war gratis?

DER INVALIDE Eine 500-Piaster-Operation gratis! Für nichts. Für ein »Vergelt's Gott«. Und ich habe dem Menschen das Studium bezahlt! *Zum Arzt:* Hast du auf der Schule gelernt, umsonst zu operieren?

DER ARZT Euer Gnaden, es ist tatsächlich üblich, vor einer Operation das Honorar zu nehmen, da der Patient vor der Operation willfähriger zahlt als danach, was menschlich verständlich ist. In dem vorliegenden Fall glaubte ich, als ich zur Operation schritt, daß mein Diener das Honorar bereits erhalten hätte. Darin täuschte ich mich.

DER INVALIDE Er täuschte sich! Ein guter Arzt täuscht sich nicht! Er untersucht, bevor er operiert.

AZDAK Das ist richtig. *Zu Schauwa:* Um was handelt es sich bei dem anderen Fall, Herr Öffentlicher Ankläger?

SCHAUWA *eifrig kehrend:* Erpressung.

DER ERPRESSER Hoher Gerichtshof, ich bin unschuldig. Ich habe mich bei dem betreffenden Grundbesitzer nur erkundigen wollen, ob er tatsächlich seine Nichte vergewaltigt hat. Er klärte mich freundlichst auf, daß nicht, und gab mir das Geld nur, damit ich meinen Onkel Musik studieren lassen kann.

AZDAK Aha! *Zum Arzt:* Du hingegen, Doktor, kannst für Dein Vergehen keinen Milderungsgrund anführen, wie?

DER ARZT Höchstens, daß Irren menschlich ist.

AZDAK Und du weißt, daß ein guter Arzt verantwortungsbewußt ist, wenn es sich um Geldangelegenheiten handelt? Ich hab von einem Arzt gehört, daß er aus einem verstauchten Finger 1000 Piaster gemacht hat, indem er herausgefunden hat, es hätte mit dem Kreislauf zu tun, was ein schlechterer Arzt vielleicht übersehen hätte, und ein anderes Mal hat er durch eine sorgfältige Behandlung eine mittlere Galle zu einer Goldquelle gemacht. Du hast keine Entschuldigung, Doktor. Der Getreidehändler Uxu hat seinen Sohn Medizin studieren lassen, damit er den Handel erlernt, so gut sind bei uns die medizinischen Schulen. *Zum Erpresser:* Wie ist der Name des Grundbesitzers?

SCHAUWA Er wünscht nicht genannt zu werden.

AZDAK Dann spreche ich die Urteile. Die Erpressung wird vom Gericht als bewiesen betrachtet, und du – *zum Invaliden* – wirst zu 1000 Piaster Strafe verurteilt. Wenn du einen zweiten Schlaganfall bekommst, muß dich der Doktor gratis behandeln, eventuell amputieren. *Zum Hinkenden:* Du bekommst als Entschädigung eine Flasche Franzbranntwein zugesprochen. *Zum Erpresser:* Du hast die Hälfte deines Honorars an den Öffentlichen Ankläger abzuführen dafür, daß das Gericht den Namen des Grundbesitzers verschweigt, und außerdem wird dir der Rat erteilt, Medizin zu studieren, da du dich für diesen Beruf eignest. Und du, Arzt, wirst wegen unverzeihlichen Irrtums in deinem Fach freigesprochen. Die nächsten Fälle!

DER SÄNGER MIT SEINEN MUSIKERN

Ach, was willig, ist nicht billig, und was teuer, nicht geheuer
Und das Recht ist eine Katze im Sack.
Darum bitten wir 'nen Dritten, daß er schlichtet und's uns richtet
Und das macht uns für 'nen Groschen der Azdak.

*Aus einer Karawanserei an der Heerstraße kommt der Azdak, gefolgt von dem Wirt, dem langbärtigen Greis. Dahinter wird vom Knecht und von Schauwa der Richterstuhl geschleppt. Ein Panzerreiter nimmt Aufstellung mit der Standarte der Panzerreiter.*

AZDAK Stellt ihn hierher. Da hat man wenigstens Luft und etwas Zug vom Zitronenwäldchen drüben. Der Justiz tut es gut, es im Freien zu machen. Der Wind bläst ihr die Röcke hoch, und man kann sehn, was sie drunter hat. Schauwa, wir haben zuviel gegessen. Diese Inspektionsreisen sind anstrengend. *Zum Wirt:* Es handelt sich um deine Schwiegertochter?

DER WIRT Euer Gnaden, es handelt sich um die Familienehre. Ich erhebe Klage an Stelle meines Sohnes, der in Geschäften überm Berg ist. Dies ist der Knecht, der sich vergangen hat, und hier ist meine bedauernswerte Schwiegertochter.

*Die Schwiegertochter, eine üppige Person, kommt. Sie ist verschleiert.*

AZDAK *setzt sich:* Ich nehme. *Der Wirt gibt ihm seufzend Geld.* So, die Formalitäten sind damit geordnet. Es handelt sich um Vergewaltigung?

DER WIRT Euer Gnaden, ich überraschte den Burschen im Pferdestall, wie er unsere Ludowika eben ins Stroh legte.

AZDAK Ganz richtig, der Pferdestall. Wunderbare Pferde. Besonders ein kleiner Falbe gefiel mir.

DER WIRT Natürlich nahm ich, an Stelle meines Sohnes, Ludowika sofort ins Gebet.

AZDAK *ernst:* Ich sagte, er gefiel mir.

DER WIRT *kalt:* Wirklich? – Ludowika gestand mir, daß der Knecht sie gegen ihren Willen beschlafen habe.

AZDAK Nimm den Schleier ab, Ludowika. *Sie tut es.* Ludowika, du gefällst dem Gerichtshof. Berichte, wie es war.

LUDOWIKA *einstudiert:* Als ich den Stall betrat, das neue Fohlen anzusehen, sagte der Knecht zu mir unaufgefordert: »Es ist heiß heute« und legte mir die Hand auf die linke Brust. Ich sagte zu ihm: »Tu das nicht«, aber er fuhr fort, mich unsittlich zu betasten, was meinen Zorn erregte. Bevor ich seine sündhafte Absicht durchschauen konnte, trat er mir dann zu nahe. Es war geschehen, als mein Schwiegervater eintrat und mich irrtümlich mit den Füßen trat.

DER WIRT *erklärend:* An Stelle meines Sohnes.

AZDAK *zum Knecht:* Gibst du zu, daß du angefangen hast?

KNECHT Jawohl.

AZDAK Ludowika, ißt du gern Süßes?
LUDOWIKA Ja, Sonnenblumenkerne.
AZDAK Sitzt du gern lang im Badezuber?
LUDOWIKA Eine halbe Stunde oder so.
AZDAK Herr Öffentlicher Ankläger, leg dein Messer dort auf den Boden. *Schauwa tut es.* Ludowika, geh und heb das Messer des Öffentlichen Anklägers auf.
*Ludowika geht, die Hüften wiegend, zum Messer und hebt es auf.*
AZDAK *zeigt auf sie:* Seht ihr das? Wie das wiegt? Der verbrecherische Teil ist entdeckt. Die Vergewaltigung ist erwiesen. Durch zuviel Essen, besonders von Süßem, durch langes Im-lauen-Wasser-Sitzen, durch Faulheit und eine zu weiche Haut hast du den armen Menschen dort vergewaltigt. Meinst du, du kannst mit einem solchen Hintern herumgehen und es geht dir bei Gericht durch? Das ist ein vorsätzlicher Angriff mit einer gefährlichen Waffe. Du wirst verurteilt, den kleinen Falben dem Gerichtshof zu übergeben, den dein Schwiegervater an Stelle seines Sohnes zu reiten pflegt, und jetzt gehst du mit mir in die Scheune, damit sich der Gerichtshof den Tatort betrachten kann, Ludowika.

*Auf der Grusinischen Heerstraße wird der Azdak von seinen Panzerreitern auf seinem Richterstuhl von Ort zu Ort getragen. Hinter ihm Schauwa, der den Galgen schleppt, und der Knecht, der den kleinen Falben führt.*
DER SÄNGER MIT SEINEN MUSIKERN
Als die Obern sich zerstritten, war'n die Untern froh, sie litten
Nicht mehr gar so viel Gibher und Abgezwack.
Auf Grusiniens bunten Straßen, gut versehn mit falschen Maßen
Zog der Armeleuterichter, der Azdak.

Und er nahm es von den Reichen, und er gab es Seinesgleichen
Und sein Zeichen war die Zähr aus Siegellack.
Und beschirmet von Gelichter, zog der gute schlechte Richter
Mütterchen Grusiniens, der Azdak.
*Der kleine Zug entfernt sich.*
Kommt ihr zu dem lieben Nächsten, kommt mit gut geschärften Äxten
Nicht entnervten Bibeltexten und Schnickschnack!
Wozu all der Predigtplunder, seht, die Äxte tuen Wunder
Und mitunter glaubt an Wunder der Azdak.

*Der Richterstuhl des Azdak steht in einer Weinschenke. Drei Großbauern stehen vor dem Azdak, dem Schauwa Wein bringt. In der Ecke steht eine alte Bäuerin. Unter der offenen Tür und außen die Dorfbewohner als Zuschauer. Ein Panzerreiter hält Wache mit der Standarte der Panzerreiter.*
AZDAK Der Herr Öffentliche Ankläger hat das Wort.
SCHAUWA Es handelt sich um eine Kuh. Die Angeklagte hat seit fünf Wochen eine Kuh im Stall, die dem Großbauern Suru gehört. Sie wurde auch im Besitz eines gestohlenen Schinkens angetroffen, und dem Großbauern Schuteff sind Kühe getötet worden, als er die Angeklagte aufforderte, die Pacht für einen Acker zu zahlen.
DIE GROSSBAUERN Es handelt sich um meinen Schinken, Euer Gnaden. – Es handelt sich um meine Kuh, Euer Gnaden. – Es handelt sich um meinen Acker, Euer Gnaden.
AZDAK Mütterchen, was hast du dazu zu sagen?
DIE ALTE Euer Gnaden, vor fünf Wochen klopfte es in der Nacht gegen Morgen zu an meiner Tür, und draußen stand ein bärtiger Mann mit einer Kuh und sagte: »Liebe Frau, ich bin der wundertätige Sankt Banditus, und weil dein Sohn im Krieg gefallen ist, bringe ich dir diese Kuh als ein Angedenken. Pflege sie gut.«
DIE GROSSBAUERN Der Räuber Irakli, Euer Gnaden! – Ihr Schwager, Euer Gnaden! Der Herdendieb, der Brandstifter! – Geköpft muß er werden!
*Von außen der Aufschrei einer Frau. Die Menge wird unruhig, weicht zurück. Herein der Bandit Irakli mit einer riesigen Axt.*
DIE GROSSBAUERN Irakli! *Sie bekreuzigen sich.*
DER BANDIT Schönen guten Abend, ihr Lieben! Ein Glas Wein!
AZDAK Herr Öffentlicher Ankläger, eine Kanne Wein für den Gast. Und wer bist du?
DER BANDIT Ich bin ein wandernder Eremit, Euer Gnaden, und danke für die milde Gabe. *Er trinkt das Glas aus, das Schauwa gebracht hat.* Noch eins.
AZDAK Ich bin der Azdak. *Er steht auf und verbeugt sich, ebenso verbeugt sich der Bandit.* Der Gerichtshof heißt den fremden Eremiten willkommen. Erzähl weiter, Mütterchen.
DIE ALTE Euer Gnaden, in der ersten Nacht wußt ich noch nicht, daß der heilige Banditus Wunder tun konnte, es war nur die Kuh. Aber ein paar Tage später kamen nachts die Knechte

des Großbauern und wollten mir die Kuh wieder nehmen. Da kehrten sie vor meiner Tür um und gingen zurück ohne die Kuh, und faustgroße Beulen wuchsen ihnen auf den Köpfen. Da wußte ich, daß der heilige Banditus ihre Herzen verwandelt und sie zu freundlichen Menschen gemacht hatte.

*Der Bandit lacht laut.*

DER ERSTE GROSSBAUER Ich weiß, was sie verwandelt hat.

AZDAK Das ist gut. Da wirst du es uns nachher sagen. Fahr fort!

DIE ALTE Euer Gnaden, der nächste, der ein guter Mensch wurde, war der Großbauer Schuteff, ein Teufel, das weiß jeder. Aber der heilige Banditus hat es zustande gebracht, daß er mir die Pacht auf den kleinen Acker erlassen hat.

DER ZWEITE GROSSBAUER Weil mir meine Kühe auf dem Feld abgestochen wurden.

*Der Bandit lacht.*

DIE ALTE *auf den Wink des Azdak:* Und dann kam der Schinken eines Morgens zum Fenster hereingeflogen. Er hat mich ins Kreuz getroffen, ich lahme noch jetzt, sehen Sie, Euer Gnaden. *Sie geht ein paar Schritte. Der Bandit lacht.* Ich frage, Euer Gnaden: Wann hat je einer einem armen alten Menschen einen Schinken gebracht ohne ein Wunder?

*Der Bandit beginnt zu schluchzen.*

AZDAK *von seinem Stuhl gehend:* Mütterchen, das ist eine Frage, die den Gerichtshof mitten ins Herz trifft. Sei so freundlich, dich niederzusetzen.

*Die Alte setzt sich zögernd auf den Richterstuhl. Der Azdak setzt sich auf den Boden, mit seinem Weinglas.*

AZDAK

Mütterchen, fast nennte ich dich Mutter Grusinien, die Schmerzhafte
Die Beraubte, deren Söhne im Krieg sind
Die mit Fäusten Geschlagene, Hoffnungsvolle
Die da weint, wenn sie eine Kuh kriegt.
Die sich wundert, wenn sie nicht geschlagen wird.
Mütterchen, wolle uns Verdammte gnädig beurteilen!

*Brüllend zu den Großbauern:* Gesteht, daß ihr nicht an Wunder glaubt, ihr Gottlosen! Jeder von euch wird verurteilt zu 500 Piaster Strafe, wegen Gottlosigkeit. Hinaus!

*Die Großbauern schleichen hinaus.*

AZDAK Und du, Mütterchen, und du, frommer Mann, leeret eine Kanne Wein mit dem Öffentlichen Ankläger und dem Azdak.

DER SÄNGER MIT SEINEN MUSIKERN

Und so brach er die Gesetze wie ein Brot, daß es sie letze
Bracht das Volk ans Ufer auf des Rechtes Wrack.
Und die Niedren und Gemeinen hatten endlich, endlich einen
Den die leere Hand bestochen, den Azdak.

Siebenhundertzwanzig Tage maß er mit gefälschter Waage
Ihre Klage, und er sprach wie Pack zu Pack.
Auf dem Richterstuhl, den Balken über sich von einem Galgen
Teilte sein gezinktes Recht aus der Azdak.

DER SÄNGER

Da war die Zeit der Unordnung aus, kehrte der Großfürst zurück
Kehrte die Gouverneursfrau zurück, wurde ein Gericht gehalten
Starben viele Menschen, brannte die Vorstadt aufs neue, ergriff Furcht den Azdak.

*Der Richterstuhl des Azdak steht wieder im Hof des Gerichts. Der Azdak sitzt auf dem Boden und flickt seinen Schuh, mit Schauwa sprechend. Von außen Lärm. Hinter der Mauer wird der Kopf des fetten Fürsten auf einem Spieß vorbeigetragen.*

AZDAK Schauwa, die Tage deiner Knechtschaft sind jetzt gezählt, vielleicht sogar die Minuten. Ich habe dich die längste Zeit in der eisernen Kandare der Vernunft gehalten, die dir das Maul blutig gerissen hat, dich mit Vernunftgründen aufgepeitscht und mit Logik mißhandelt. Du bist von Natur ein schwacher Mensch, und wenn man dir listig ein Argument hinwirft, mußt du es gierig hineinfressen, du kannst dich nicht halten. Du mußt deiner Natur nach einem höheren Wesen die Hand lecken, aber es können ganz verschiedene höhere Wesen sein, und jetzt kommt deine Befreiung, und du kannst bald wieder deinen Trieben folgen, welche niedrig sind, und deinem untrüglichen Instinkt, der dich lehrt, daß du deine dicke Sohle in menschliche Antlitze pflanzen sollst. Denn die Zeit der Verwirrung und Unordnung ist vorüber, und die große Zeit ist nicht gekommen, die ich beschrieben fand in dem Lied vom Chaos, das wir jetzt noch einmal zusammen singen werden zum Angedenken an diese wunderbare Zeit; setz dich und vergreif dich nicht an den Tönen. Keine Furcht, man darf es hören, es hat einen beliebten Refrain. *Singt:*

Schwester, verhülle dein Haupt, Bruder, hole dein Messer, die Zeit ist aus den Fugen.
Die Vornehmen sind voll Klagen und die Geringen voll Freude.
Die Stadt sagt: Laßt uns die Starken aus unserer Mitte vertreiben.
In den Ämtern wird eingebrochen, die Listen der Leibeigenen werden zerstört.
Die Herren hat man an die Mühlsteine gesetzt. Die den Tag nie sahen, sind herausgegangen.
Die Opferkästen aus Ebenholz werden zerschlagen, das herrliche Sesnemholz zerhackt man zu Betten.
Wer kein Brot hatte, der hat jetzt Scheunen, wer sich Kornspenden holte, läßt jetzt selber austeilen.

SCHAUWA Oh, oh, oh, oh.

AZDAK Wo bleibst du, General? Bitte, Bitte, bitte, schaff Ordnung.

Der Sohn des Angesehenen ist nicht mehr zu erkennen; das Kind der Herrin wird zum Sohn ihrer Sklavin.
Die Ratsherrn suchen schon Obdach im Speicher; wer kaum auf den Mauern nächtigen durfte, rekelt jetzt sich im Bett.
Der sonst das Boot ruderte, besitzt jetzt Schiffe; schaut ihr Besitzer nach ihnen, so sind sie nicht mehr sein.
Fünf Männer sind ausgeschickt von ihren Herren. Sie sagen: Geht jetzt selber den Weg, wir sind angelangt.

SCHAUWA Oh, oh, oh, oh.

AZDAK Wo bleibst du, General? Bitte, bitte, bitte, schaff Ordnung!

Ja, so wäre es beinahe gekommen bei uns, wenn die Ordnung noch länger vernachlässigt worden wäre. Aber jetzt ist der Großfürst, dem ich Ochse das Leben gerettet habe, in die Hauptstadt zurück, und die Perser haben ihm ein Heer ausgeliehen, damit er Ordnung schafft. Die Vorstadt brennt schon. Hol mir das dicke Buch, auf dem ich immer sitze. *Schauwa bringt vom Richterstuhl das Buch, der Azdak schlägt es auf.* Das ist das Gesetzbuch, und ich habe es immer benutzt, das kannst du bezeugen.

SCHAUWA Ja, zum Sitzen.

AZDAK Ich werde jetzt besser nachschlagen, was sie mir aufbrennen können. Denn ich habe den Habenichtsen durch die Finger gesehen, das wird mir teuer zu stehen kommen. Ich habe der Armut auf die dünnen Beine geholfen, da werden sie mich wegen Trunkenheit aufhängen; ich habe den Reichen in die Taschen geschaut, das ist faule Sprache. Und ich kann mich nirgends verstecken, denn alle kennen mich, da ich allen geholfen habe.

SCHAUWA Jemand kommt.

AZDAK *gehetzt stehend, geht dann schlotternd zum Stuhl.* Aus. Aber ich werd niemand den Gefallen tun, menschliche Größe zu zeigen. Ich bitt dich auf den Knien um Erbarmen, geh jetzt nicht weg, der Speichel rinnt mir heraus. Ich hab Todesfurcht.

*Herein Natella Abaschwili, die Gouverneursfrau, mit dem Adjutanten und einem Panzerreiter.*

DIE GOUVERNEURSFRAU Was ist das für eine Kreatur, Shalva?

AZDAK Eine willfährige, Euer Gnaden, eine, die zu Diensten steht.

DER ADJUTANT Natella Abaschwili, die Frau des verstorbenen Gouverneurs, ist soeben zurückgekehrt und sucht nach ihrem zweijährigen Sohn Michel Abaschwili. Sie hat Kenntnis bekommen, daß das Kind von einem früheren Dienstboten in das Gebirge verschleppt wurde.

AZDAK Es wird beigeschafft werden, Euer Hochwohlgeboren, zu Befehl.

DER ADJUTANT Die Person soll das Kind als ihr eigenes ausgeben.

AZDAK Sie wird geköpft werden, Euer Hochwohlgeboren, zu Befehl.

DER ADJUTANT Das ist alles.

DIE GOUVERNEURSFRAU *im Abgehen:* Der Mensch mißfällt mir.

AZDAK *folgt ihr mit tiefen Verbeugungen zur Tür:* Es wird alles geordnet werden, Euer Hochwohlgeboren. Zu Befehl.

## 6
## Der Kreidekreis

DER SÄNGER

Hört nun die Geschichte des Prozesses um das Kind des Gouverneurs Abaschwili
Mit der Feststellung der wahren Mutter
Durch die berühmte Probe mit einem Kreidekreis.

*Im Hof des Gerichts in Nukha. Panzerreiter*

*führen Michel herein und über den Hof nach hinten hinaus. Ein Panzerreiter hält mit dem Spieß Grusche unterm Tor zurück, bis das Kind weggeführt ist. Dann wird sie eingelassen. Bei ihr ist die Köchin aus dem Haushalt des ehemaligen Gouverneurs Abaschwili. Entfernter Lärm und Brandröte.*

GRUSCHE Er ist tapfer, er kann sich schon allein waschen.

DIE KÖCHIN Du hast ein Glück, es ist überhaupt kein richtiger Richter, es ist der Azdak. Er ist ein Saufaus und versteht nichts, und die größten Diebe sind schon bei ihm freigekommen. Weil er alles verwechselt und die reichen Leut ihm nie genug Bestechung zahlen, kommt unsereiner manchmal gut bei ihm weg.

GRUSCHE Heut brauch ich Glück.

DIE KÖCHIN Verruf's nicht. *Sie bekreuzigt sich.* Ich gaub, ich bet besser schnell noch einen Rosenkranz, daß der Richter besoffen ist. *Sie betet mit tonlosen Lippen, während Grusche vergebens nach dem Kind ausschaut.* Ich versteh nur nicht, warum du's mit aller Gewalt behalten willst, wenn's nicht deins ist, in diesen Zeiten.

GRUSCHE Es ist meins: ich hab's aufgezogen.

DIE KÖCHIN Hast du denn nie daran gedacht, was geschieht, wenn sie zurückkommt?

GRUSCHE Zuerst hab ich gedacht, ich geb's ihr zurück, und dann hab ich gedacht, sie kommt nicht mehr.

DIE KÖCHIN Und ein geborgter Rock hält auch warm, wie? *Grusche nickt.* Ich schwör dir, was du willst, weil du eine anständige Person bist. *Memoriert:* Ich hab ihn in Pflege gehabt, für 5 Piaster, und die Grusche hat ihn sich abgeholt am Ostersonntag, abends, wie die Unruhen waren. *Sie erblickt den Soldaten Chachava, der sich nähert.* Aber an dem Simon hast du dich versündigt, ich hab mit ihm gesprochen, er kann's nicht fassen.

GRUSCHE *die ihn nicht sieht:* Ich kann mich jetzt nicht kümmern um den Menschen, wenn er nichts versteht.

DIE KÖCHIN Er hat's verstanden, daß das Kind nicht deins ist, aber daß du im Stand der Ehe bist und nicht mehr frei, bis der Tod dich scheidet, kann er nicht verstehen.

*Grusche erblickt ihn und grüßt.*

SIMON *finster:* Ich möchte der Frau mitteilen, daß ich bereit zum Schwören bin. Der Vater vom Kind bin ich.

GRUSCHE *leise:* Es ist recht, Simon.

SIMON Zugleich möchte ich mitteilen, daß ich dadurch zu nichts verpflichtet bin und die Frau auch nicht.

DIE KÖCHIN Das ist unnötig. Sie ist verheiratet, das weißt du.

SIMON Das ist ihre Sache und braucht nicht eingerieben zu werden.

*Herein kommen zwei Panzerreiter.*

DIE PANZERREITER Wo ist der Richter? – Hat jemand den Richter gesehen?

GRUSCHE *die sich abgewendet und ihr Gesicht bedeckt hat:* Stell dich vor mich hin. Ich hätt nicht nach Nukha gehen dürfen. Wenn ich an den Panzerreiter hinlauf, den ich über den Kopf geschlagen hab...

EINER DER PANZERREITER *die das Kind gebracht haben, tritt vor:* Der Richter ist nicht hier.

*Die beiden Panzerreiter suchen weiter.*

DIE KÖCHIN Hoffentlich ist nichts mit ihm passiert. Mit einem andern hast du weniger Aussichten, als ein Huhn Zähne im Mund hat.

*Ein anderer Panzerreiter tritt auf.*

DER PANZERREITER *der nach dem Richter gefragt hat, meldet ihm:* Da sind nur zwei alte Leute und ein Kind. Der Richter ist getürmt.

DER ANDERE PANZERREITER Weitersuchen!

*Die ersten beiden Panzerreiter gehen schnell ab, der dritte bleibt stehen. Grusche schreit auf. Der Panzerreiter dreht sich um. Es ist der Gefreite, und er hat eine große Narbe über dem ganzen Gesicht.*

DER PANZERREITER *im Tor:* Was ist los, Schotta? Kennst du die?

DER GEFREITE *nach langem Starren:* Nein.

DER PANZERREITER *im Tor:* Die soll das Abaschwilikind gestohlen haben. Wenn du davon etwas weißt, kannst du einen Batzen Geld machen, Schotta.

*Der Gefreite geht fluchend ab.*

DIE KÖCHIN War es der? *Grusche nickt.* Ich glaub, der hält's Maul. Sonst müßte er zugeben, er war hinter dem Kind her.

GRUSCHE *befreit:* Ich hatt beinah schon vergessen, daß ich das Kind doch gerettet hab vor denen...

*Herein die Gouverneursfrau mit dem Adjutanten und zwei Anwälten.*

DIE GOUVERNEURSFRAU Gott sei Dank, wenigstens kein Volk da. Ich kann den Geruch nicht aushalten, ich bekomme Migräne davon.

DER ERSTE ANWALT Bitte, gnädige Frau. Seien Sie so vernünftig wie möglich mit allem, was Sie sagen, bis wir einen anderen Richter haben.

DIE GOUVERNEURSFRAU Aber ich habe doch gar nichts gesagt, Illo Schuboladze. Ich liebe das Volk mit seinem schlichten geraden Sinn, es ist nur der Geruch, der mir Migräne macht.

DER ZWEITE ANWALT Es wird kaum Zuschauer geben. Der größte Teil der Bevölkerung sitzt hinter geschlossenen Türen wegen der Unruhen in der Vorstadt.

DIE GOUVERNEURSFRAU Ist das die Person?

DER ERSTE ANWALT Bitte, gnädigste Natella Abaschwili, sich aller Invektiven zu enthalten, bis es sicher ist, daß der Großfürst den neuen Richter ernannt hat und wir den gegenwärtig amtierenden Richter los sind, der ungefähr das Niedrigste ist, was man je in einem Richterrock gesehen hat. Und die Dinge scheinen sich schon zu bewegen, sehen Sie.

*Panzerreiter kommen in den Hof.*

DIE KÖCHIN Die Gnädigste würde dir sogleich die Haare ausreißen, wenn sie nicht wüßte, daß der Azdak für die Niedrigen ist. Er geht nach dem Gesicht.

*Zwei Panzerreiter haben begonnen, einen Strick an der Säule zu befestigen. Jetzt wird der Azdak gefesselt hereingeführt. Hinter ihm, ebenfalls gefesselt, Schauwa. Hinter diesem die drei Großbauern.*

EIN PANZERREITER Einen Fluchtversuch wolltest du machen, was? *Er schlägt den Azdak.*

EIN GROSSBAUER Den Richterrock herunter, bevor er hochgezogen wird!

*Panzerreiter und Großbauern reißen dem Azdak den Richterrock herunter. Seine zerlumpte Unterkleidung wird sichtbar. Dann gibt ihm einer einen Stoß.*

DER PANZERREITER *wirft ihn einem anderen zu:* Willst du einen Haufen Gerechtigkeit? Da ist sie!

*Unter Geschrei »Nimm du sie!« und »Ich brauche sie nicht!« werfen sie sich den Azdak zu, bis er zusammenbricht, dann wird er hochgerissen und unter die Schlinge gezerrt.*

DIE GOUVERNEURSFRAU *die während des »Ballspiels« hysterisch in die Hände geklatscht hat:* Der Mensch war mir unsympathisch auf den ersten Blick.

AZDAK *blutüberströmt, keuchend:* Ich kann nicht sehn, gebt mir einen Lappen.

DER ANDERE PANZERREITER Was willst du denn sehn?

AZDAK Euch, Hunde. *Er wischt sich mit seinem Hemd das Blut aus den Augen.* Gott zum Gruß, Hunde! Wie geht es, Hunde? Wie ist die Hundewelt, stinkt sie gut? Gibt es wieder einen Stiefel zu lecken? Beißt ihr euch wieder selber zu Tode, Hunde?

*Ein staubbedeckter Reiter ist mit dem Gefreiten hereingekommen. Aus einem Ledersack hat er Papiere gezogen und durchgesehen. Nun greift er ein.*

DER STAUBBEDECKTE REITER Halt, hier ist das Schreiben des Großfürsten, die neuen Ernennungen betreffend.

DER GEFREITE *brüllt:* Steht still!

*Alle stehen still.*

DER STAUBBEDECKTE REITER Über den neuen Richter heißt es: Wir ernennen einen Mann, dem die Errettung eines dem Land hochwichtigen Lebens zu danken ist, einen gewissen Azdak in Nukha. Wer ist das?

SCHAUWA *zeigt auf den Azdak:* Der unter dem Galgen, Euer Exzellenz.

DER GEFREITE *brüllt:* Was geht hier vor?

DER PANZERREITER Bitte, berichten zu dürfen, daß Seine Gnaden schon Seine Gnaden war und auf Anzeige dieser Großbauern als Feind des Großfürsten bezeichnet wurde.

DER GEFREITE *auf die Großbauern:* Abführen! *Sie werden abgeführt mit unaufhörlichen Verneigungen.* Sorgt, daß Seine Gnaden keine weiteren Belästigungen erfährt. *Ab mit dem staubbedeckten Reiter.*

DIE KÖCHIN *zu Schauwa:* Sie hat in die Hände geklatscht. Hoffentlich hat er es gesehen.

DER ERSTE ANWALT Es ist eine Katastrophe.

*Der Azdak ist ohnmächtig geworden. Er wird herabgeholt, kommt zu sich, wird wieder mit dem Richterrock bekleidet, geht schwankend aus der Gruppe der Panzerreiter.*

DIE PANZERREITER Nichts für ungut, Euer Gnaden! – Was wünschen Euer Gnaden?

AZDAK Nichts, meine Mithunde. Einen Stiefel zum Lecken, gelegentlich. *Zu Schauwa:* Ich begnadige dich. *Er wird entfesselt.* Hol mir von dem Roten, Süßen. *Schauwa ab.* Verschwindet, ich hab einen Fall zu behandeln. *Panzerreiter ab. Schauwa zurück mit Kanne Wein. Der Azdak trinkt schwer.* Etwas für meinen Steiß! *Schauwa bringt das Gesetzbuch, legt es auf den Richterstuhl. Der Azdak setzt sich.* Ich nehme! *Die Antlitze der Kläger, unter denen eine besorgte Beratung stattfindet, zeigen ein befreites Lächeln. Ein Tuscheln findet statt.*

DIE KÖCHIN Auweh.

SIMON »Ein Brunnen läßt sich nicht mit Tau füllen«, wie man sagt.

DIE ANWÄLTE *nähern sich dem Azdak, der erwartungsvoll aufsieht:* Ein ganz lächerlicher Fall, Euer Gnaden. – Die Gegenpartei hat das Kind entführt und weigert sich, es herauszugeben.

AZDAK *hält ihnen die offene Hand hin, nach Grusche blickend:* Eine sehr anziehende Person. *Er bekommt mehr.* Ich eröffne die Verhandlung und bitt mir strikte Wahrhaftigkeit aus. *Zu Grusche:* Besonders von dir.

DER ERSTE ANWALT Hoher Gerichtshof! Blut, heißt es im Volksmund, ist dicker als Wasser. Diese alte Weisheit...

AZDAK Der Gerichtshof wünscht zu wissen, was das Honorar des Anwalts ist.

DER ERSTE ANWALT *erstaunt:* Wie belieben? *Der Azdak reibt freundlich Daumen und Zeigefinger.* Ach so! 500 Piaster, Euer Gnaden, um die ungewöhnliche Frage des Gerichtshofes zu beantworten.

AZDAK Habt ihr zugehört? Die Frage ist ungewöhnlich. Ich frag, weil ich Ihnen ganz anders zuhör, wenn ich weiß, Sie sind gut.

DER ERSTE ANWALT *verbeugt sich:* Danke, Euer Gnaden. Hoher Gerichtshof! Die Bande des Blutes sind die stärksten aller Bande. Mutter und Kind, gibt es ein innigeres Verhältnis? Kann man einer Mutter ihr Kind entreißen? Hoher Gerichtshof! Sie hat es empfangen in den heiligen Ekstasen der Liebe, sie trug es in ihrem Leibe, speiste es mit ihrem Blute, gebar es mit Schmerzen. Hoher Gerichtshof! Man hat gesehen, wie selbst die rohe Tigerin, beraubt ihrer Jungen, rastlos durch die Gebirge streifte, abgemagert zu einem Schatten. Die Natur selber...

AZDAK *unterbricht, zu Grusche:* Was kannst du dazu und zu allem, was der Herr Anwalt noch zu sagen hat, erwidern?

GRUSCHE Es ist meins.

AZDAK Ist das alles? Ich hoff, du kannst's beweisen. Jedenfalls rat ich dir, daß du mir sagst, warum du glaubst, ich soll dir das Kind zusprechen.

GRUSCHE Ich hab's aufgezogen nach bestem Wissen und Gewissen, ihm immer was zum Essen gefunden. Es hat meistens ein Dach überm Kopf gehabt, und ich hab allerlei Ungemach auf mich genommen seinetwegen, mir auch Ausgaben gemacht. Ich hab nicht auf meine Bequemlichkeit geschaut. Das Kind hab ich angehalten zur Freundlichkeit gegen jedermann und von Anfang an zur Arbeit, so gut es gekonnt hat, es ist noch klein.

DER ERSTE ANWALT Euer Gnaden, es ist bezeichnend, daß die Person selber keinerlei Blutsbande zwischen sich und dem Kind geltend macht.

AZDAK Der Gerichtshof nimmt's zur Kenntnis.

DER ERSTE ANWALT Danke, Euer Gnaden. Gestatten Sie, daß eine tiefgebeugte Mutter, die schon ihren Gatten verlor und nun auch noch fürchten muß, ihr Kind zu verlieren, einige Worte an Sie richtet. Gnädige Natella Abaschwili...

DIE GOUVERNEURSFRAU *leise:* Mein Herr, ein höchst grausames Schicksal zwingt mich, von Ihnen mein geliebtes Kind zurückzuerbitten. Es ist nicht an mir, Ihnen die Seelenqualen einer beraubten Mutter zu schildern, die Ängste, die schlaflosen Nächte, die...

DER ZWEITE ANWALT *ausbrechend:* Es ist unerhört, wie man diese Frau behandelt. Man verwehrt ihr den Eintritt in den Palast ihres Mannes, man sperrt ihr die Einkünfte aus den Gütern, man sagt ihr kaltblütig, sie seien an den Erben gebunden, sie kann nichts unternehmen ohne das Kind, sie kann ihre Anwälte nicht bezahlen! *Zu dem ersten Anwalt, der, verzweifelt über seinen Ausbruch, ihm frenetische Gesten macht, zu schweigen:* Lieber Illo Schuboladze, warum soll es nicht ausgesprochen werden, daß es sich schließlich um die Abaschwili-Güter handelt?

DER ERSTE ANWALT Bitte, verehrter Sandro Oboladze! Wir haben vereinbart... *Zum Azdak:* Selbstverständlich ist es richtig, daß der Ausgang des Prozesses auch darüber entscheidet, ob unsere hohe Klientin die Verfügung über die sehr großen Abaschwili-Güter erhält, aber ich sage mit Absicht »auch«, das heißt, im Vordergrund steht die menschliche Tragödie einer Mutter, wie Natella Abaschwili im Eingang ihrer erschütternden Ausführungen mit Recht erwähnt hat. Selbst wenn Michel Abaschwili n i c h t der Erbe der Güter wäre, wäre er immer noch das heißgeliebte Kind meiner Klientin!

AZDAK Halt! Den Gerichtshof berührt die Erwähnung der Güter als ein Beweis der Menschlichkeit.

DER ZWEITE ANWALT Danke, Euer Gnaden. Lieber Illo Schuboladze, auf jeden Fall können wir nachweisen, daß die Person, die das Kind an sich gerissen hat, nicht die Mutter des Kindes ist! Gestatten Sie mir, dem Gerichtshof die nackten Tatsachen zu unterbreiten. Das Kind Michel Abaschwili wurde durch eine unglückselige Verkettung von Umständen bei der Flucht der Mutter zurückgelassen. Die Grusche, Küchenmädchen im Palast, war an diesem Ostersonntag anwesend und wurde beobachtet, wie sie sich mit dem Kind zu schaffen machte...

DIE KÖCHIN Die Frau hat nur daran gedacht, was für Kleider sie mitnimmt!

DER ZWEITE ANWALT *unbewegt:* Nahezu ein Jahr später tauchte die Grusche in einem Gebirgsdorf auf mit einem Kind und ging eine Ehe ein mit...

AZDAK Wie bist du in das Gebirgsdorf gekommen?

GRUSCHE Zu Fuß, Euer Gnaden, und es war meins.

SIMON Ich bin der Vater, Euer Gnaden.

DIE KÖCHIN Es war bei mir in Pflege, Euer Gnaden, für 5 Piaster.

DER ZWEITE ANWALT Der Mann ist der Verlobte der Grusche, Hoher Gerichtshof, und daher in seiner Aussage nicht vertrauenswürdig.

AZDAK Bist du der, den sie im Gebirgsdorf geheiratet hat?

SIMON Nein, Euer Gnaden. Sie hat einen Bauern geheiratet.

AZDAK *winkt Grusche heran:* Warum? *Auf Simon:* Ist er nichts im Bett? Sag die Wahrheit.

GRUSCHE Wir sind nicht soweit gekommen. Ich hab geheiratet wegen dem Kind. Daß es ein Dach über dem Kopf gehabt hat. *Auf Simon:* Er war im Krieg, Euer Gnaden.

AZDAK Und jetzt will er wieder mit dir, wie?

SIMON Ich möchte zu Protokoll geben...

GRUSCHE *zornig:* Ich bin nicht mehr frei, Euer Gnaden.

AZDAK Und das Kind, behauptest du, kommt von der Hurerei? *Da Grusche nicht antwortet:* Ich stell dir eine Frage: Was für ein Kind ist es? So ein zerlumpter Straßenbankert oder ein feines, aus einer vermögenden Familie?

GRUSCHE *böse:* Es ist ein gewöhnliches.

AZDAK Ich mein: Hat es frühzeitig verfeinerte Züge gezeigt?

GRUSCHE Es hat eine Nase im Gesicht gezeigt.

AZDAK Es hat eine Nase im Gesicht gezeigt. Das betracht ich als eine wichtige Antwort von dir. Man erzählt von mir, daß ich vor einem Richterspruch hinausgegangen bin und an einem Rosenstrauch hingerochen hab. Das sind Kunstgriffe, die heut schon nötig sind. Ich werd's jetzt kurz machen und mir eure Lügen nicht weiter anhören – *zu Grusche* –, besonders die deinen. Ich kann mir denken, was ihr euch – *zu der Gruppe der Beklagten* – alles zusammengekocht habt, daß ihr mich bescheißt, ich kenn euch. Ihr seid Schwindler.

GRUSCHE *plötzlich:* Ich glaub's Ihnen, daß Sie's kurz machen wollen, nachdem ich gesehen hab, wie Sie genommen haben!

AZDAK Halt's Maul. Hab ich etwa von dir genommen?

GRUSCHE *obwohl die Köchin sie zurückhalten will:* Weil ich nichts hab.

AZDAK Ganz richtig. Von euch Hungerleidern krieg ich nichts, da könnt ich verhungern. Ihr wollt eine Gerechtigkeit, aber wollt ihr zahlen? Wenn ihr zum Fleischer geht, wißt ihr, daß ihr zahlen müßt, aber zum Richter geht ihr wie zum Leichenschmaus.

SIMON *laut:* »Als sie das Roß beschlagen kamen, streckte der Roßkäfer die Beine hin«, heißt es.

AZDAK *nimmt die Herausforderung eifrig auf:* »Besser ein Schatz aus der Jauchegrube als ein Stein aus dem Bergquell.«

SIMON »Ein schöner Tag, wollen wir nicht fischen gehn? sagte der Angler zum Wurm.«

AZDAK »Ich bin mein eigener Herr, sagte der Knecht und schnitt sich den Fuß ab.«

SIMON »Ich liebe euch wie ein Vater, sagte der Zar zu den Bauern und ließ dem Zarewitsch den Kopf abhaun.«

AZDAK »Der ärgste Feind des Narren ist er selber.«

SIMON Aber »Der Furz hat keine Nase«!

AZDAK 10 Piaster Strafe für unanständige Sprache vor Gericht, damit du lernst, was Justiz ist.

GRUSCHE Das ist eine saubere Justiz. Uns verknallst du, weil wir nicht so fein reden können wie die mit ihren Anwälten.

AZDAK So ist es. Ihr seid zu blöd. Es ist nur recht, daß ihr's auf den Deckel kriegt.

GRUSCHE Weil du der da das Kind zuschieben willst, wo sie viel zu fein ist, als daß sie je gewußt hat, wie sie es trockenlegt! Du weißt nicht mehr von Justiz als ich, das merk dir.

AZDAK Da ist was dran. Ich bin ein unwissender Mensch, ich habe keine ganze Hose unter meinem Richterrock, schau selber. Es geht alles in Essen und Trinken bei mir, ich bin in einer Klosterschul erzogen. Ich nehm übrigens auch dich in Straf mit 10 Piaster für Beleidigung des Gerichtshofs. Und außerdem bist du eine ganz dumme Person, daß du mich gegen dich einnimmst, statt daß du mir schöne Augen machst und ein bissel den Hintern drehst, so daß ich günstig gestimmt bin. 20 Piaster.

GRUSCHE Und wenn's 30 werden, ich sag dir, was ich von deiner Gerechtigkeit halt, du besoffene Zwiebel. Wie kannst du dich unterstehn und mit mir reden wie der gesprungene Jesaja auf dem Kirchenfenster als ein Herr? Wie sie dich aus deiner Mutter gezogen haben, war's nicht geplant, daß du ihr eins auf die Finger gibst, wenn sie sich ein Schälchen Hirse nimmt irgendwo, und schämst dich nicht, wenn du siehst, daß ich vor dir zitter? Aber du hast dich zu ihrem Knecht machen lassen, daß man ihnen nicht die Häuser wegträgt, weil sie die gestohlen haben; seit wann gehören die Häuser den Wanzen? Aber du paßt auf, sonst könnten sie uns nicht die Männer in ihre Kriege schleppen, du Verkaufter.

*Der Azdak hat sich erhoben. Er beginnt zu strahlen. Mit seinem kleinen Hammer klopft er auf den Tisch, halbherzig, wie um Ruhe herzustellen, aber wenn die Schimpferei der Grusche fortschreitet, schlägt er ihr nur noch den Takt.*

GRUSCHE Ich hab keinen Respekt vor dir. Nicht mehr als vor einem Dieb und Raubmörder mit einem Messer, er macht, was er will. Du kannst mir das Kind wegnehmen, hundert gegen eins, aber ich sag dir eins: Zu einem Beruf wie dem deinen sollt man nur Kinderschänder und Wucherer auswählen, zur Strafe, daß sie über ihren Mitmenschen sitzen müssen, was schlimmer ist, als am Galgen hängen.

AZDAK *setzt sich:* Jetzt sind's 30, und ich rauf mich nicht weiter mit dir herum wie im Weinhaus, wo käm meine richterliche Würde hin, ich hab überhaupt die Lust verloren an deinem Fall. Wo sind die zwei, die geschieden werden sollen? *Zu Schauwa:* Bring sie herein. Diesen Fall setz ich aus für eine Viertelstunde.

DER ERSTE ANWALT *während Schauwa geht:* Wenn wir gar nichts mehr vorbringen, haben wir das Urteil im Sack, gnädige Frau.

DIE KÖCHIN *zu Grusche:* Du hast dir's verdorben mit ihm. Jetzt spricht er dir das Kind ab.

*Herein kommt ein sehr altes Ehepaar.*

DIE GOUVERNEURSFRAU Shalva, mein Riechfläschchen.

AZDAK Ich nehme. *Die Alten verstehen nicht.* Ich hör, ihr wollt geschieden werden. Wie lang seid ihr schon zusammen?

DIE ALTE 40 Jahre, Euer Gnaden.

AZDAK Und warum wollt ihr geschieden werden?

DER ALTE Wir sind uns nicht sympathisch, Euer Gnaden.

AZDAK Seit wann?

DIE ALTE Seit immer, Euer Gnaden.

AZDAK Ich werd mir euern Wunsch überlegen und mein Urteil sprechen, wenn ich mit dem andern Fall fertig bin. *Schauwa führt sie in den Hintergrund.* Ich brauch das Kind. *Winkt Grusche zu sich und beugt sich zu ihr, nicht unfreundlich:* Ich hab gesehen, daß du was für Gerechtigkeit übrig hast. Ich glaub dir nicht, daß es dein Kind ist, aber wenn es deines wär, Frau, würdest du da nicht wollen, es soll reich sein? Da müßtest du doch nur sagen, es ist nicht deins. Und sogleich hätt es einen Palast und hätte die vielen Pferde an seiner Krippe und die vielen Bettler an seiner Schwelle, die vielen Soldaten in seinem Dienst und die vielen Bittsteller in seinem Hofe, nicht? Was antwortest du mir da? Willst du's nicht reich haben?

*Grusche schweigt.*

DER SÄNGER Hört nun, was die Zornige dachte, nicht sagte. *Singt:*

Ginge es in goldnen Schuhn
Träte es mir auf die Schwachen
Und es müßte Böses tun
Und könnte mir lachen.

Ach, zum Tragen, spät und frühe
Ist zu schwer ein Herz aus Stein
Denn es macht zu große Mühe
Mächtig tun und böse sein.

Wird es müssen den Hunger fürchten
Aber die Hungrigen nicht.
Wird es müssen die Finsternis fürchten
Aber nicht das Licht.

AZDAK Ich glaub, ich versteh dich, Frau.

GRUSCHE Ich geb's nicht mehr her. Ich hab's aufgezogen, und es kennt mich.

*Schauwa führt das Kind herein.*

DIE GOUVERNEURSFRAU In Lumpen geht es!

GRUSCHE Das ist nicht wahr. Man hat mir nicht die Zeit gegeben, daß ich ihm sein gutes Hemd anzieh.

DIE GOUVERNEURSFRAU In einem Schweinekoben war es!

GRUSCHE *aufgebracht:* Ich bin kein Schwein, aber da gibt's andere. Wo hast du dein Kind gelassen?

DIE GOUVERNEURSFRAU Ich werd's dir geben, du vulgäre Person. *Sie will sich auf Grusche stürzen, wird aber von den Anwälten zurückgehalten.* Das ist eine Verbrecherin! Sie muß ausgepeitscht werden, sofort!

DER ZWEITE ANWALT *hält ihr den Mund zu:* Gnädigste Natella Abaschwili! Sie haben versprochen... Euer Gnaden, die Nerven der Klägerin...

AZDAK Klägerin und Angeklagte! Der Gerichtshof hat euren Fall angehört und hat keine Klarheit gewonnen, wer die wahre Mutter dieses Kindes ist. Ich als Richter hab die Verpflichtung, daß ich für das Kind eine Mutter aussuch. Ich werd eine Probe machen. Schauwa, nimm ein Stück Kreide. Zieh einen Kreis auf den Boden. *Schauwa zieht einen Kreis mit der Kreide auf den Boden.* Stell das Kind hinein! *Schauwa stellt Michel, der Grusche zulächelt, in den Kreis.* Klägerin und Angeklagte, stellt euch neben den Kreis, beide! *Die Gouverneursfrau und Grusche treten neben den Kreis.* Faßt das Kind bei der Hand. Die wahre Mutter wird die Kraft haben, das Kind aus dem Kreis zu sich zu ziehen.

DER ZWEITE ANWALT *schnell:* Hoher Gerichtshof, ich erhebe Einspruch, daß das Schicksal der großen Abaschwili-Güter, die an das Kind als Erben gebunden sind, von einem so zweifelhaften Zweikampf abhängen soll. Dazu kommt: meine Mandantin verfügt nicht über die gleichen Kräfte wie diese Person, die gewohnt ist, körperliche Arbeit zu verrichten.

AZDAK Sie kommt mir gut genährt vor. Zieht! *Die Gouverneursfrau zieht das Kind zu sich herüber aus dem Kreis. Grusche hat es losgelassen, sie steht entgeistert.*

DER ERSTE ANWALT *beglückwünscht die Gouverneursfrau:* Was hab ich gesagt? Blutsbande!

AZDAK *zu Grusche:* Was ist mit dir? Du hast nicht gezogen.

GRUSCHE Ich hab's nicht festgehalten. *Sie läuft zu Azdak.* Euer Gnaden, ich nehm zurück, was ich gegen Sie gesagt hab, ich bitt Sie um Vergebung. Wenn ich's nur behalten könnt, bis es alle Wörter kann. Es kann erst ein paar.

AZDAK Beeinfluß nicht den Gerichtshof! Ich wett, du kannst selber nur zwanzig. Gut, ich mach die Probe noch einmal, daß ich's endgültig hab.

*Die beiden Frauen stellen sich noch einmal auf.*

AZDAK Zieht!

*Wieder läßt Grusche das Kind los.*

GRUSCHE *verzweifelt:* Ich hab's aufgezogen! Soll ich's zerreißen? Ich kann's nicht.

AZDAK *steht auf:* Und damit hat der Gerichtshof festgestellt, wer die wahre Mutter ist. *Zu Grusche:* Nimm dein Kind und bring's weg. Ich rat dir, bleib nicht in der Stadt mit ihm. *Zur Gouverneursfrau:* Und du verschwind, bevor ich dich wegen Betrug verurteil. Die Güter fallen an die Stadt, damit ein Garten für die Kinder draus gemacht wird, sie brauchen ihn, und ich bestimm, daß er nach mir »Der Garten des Azdak« heißt.

*Die Gouverneursfrau ist ohnmächtig geworden und wird vom Adjutanten weggeführt, während die Anwälte schon vorher gegangen sind. Grusche steht ohne Bewegung. Schauwa führt ihr das Kind zu.*

AZDAK Denn ich leg den Richterrock ab, weil er mir zu heiß geworden ist. Ich mach keinem den Helden. Aber ich lad euch noch ein zu einem kleinen Tanzvergnügen, auf der Wiese draußen, zum Abschied. Ja, fast hätt ich noch was vergessen in meinem Rausch. Nämlich, daß ich die Scheidung vollzieh. *Den Richterstuhl als Tisch benutzend, schreibt er etwas auf ein Papier und will weggehen.*

*Tanzmusik hat begonnen.*

SCHAUWA *hat das Papier gelesen:* Aber das ist nicht richtig. Sie haben nicht die zwei Alten geschieden, sondern die Grusche von ihrem Mann.

AZDAK Hab ich die Falschen geschieden? Das tät mir leid, aber es bleibt dabei, zurück nehm ich nichts, das wäre keine Ordnung. Ich lad euch dafür zu meinem Fest ein, zu einem Tanz werdet ihr euch noch gut genug sein. *Zu Grusche und Simon:* Und von euch krieg ich 40 Piaster zusammen.

SIMON *zieht seinen Beutel:* Das ist billig, Euer Gnaden. Und besten Dank.

AZDAK *steckt das Geld ein:* Ich werd's brauchen.

GRUSCHE Da gehen wir besser heut nacht noch aus der Stadt, was, Michel? *Will das Kind auf den Rücken nehmen. Zu Simon:* Gefällt er dir?

SIMON *nimmt das Kind auf den Rücken:* Melde gehorsamst, daß er mir gefällt.

GRUSCHE Und jetzt sag ich dir's: Ich hab ihn genommen, weil ich mich dir verlobt hab an diesem Ostertag. Und so ist's ein Kind der Liebe. Michel, wir tanzen.

*Sie tanzt mit Michel. Simon faßt die Köchin und tanzt mit ihr. Auch die beiden Alten tanzen.*

*Der Azdak steht in Gedanken. Die Tanzenden verdecken ihn bald. Mitunter sieht man ihn wieder, immer seltener, als mehr Paare hereinkommen und tanzen.*

DER SÄNGER

Und nach diesem Abend verschwand der
Azdak und ward nicht mehr gesehen.
Aber das Volk Grusiniens vergaß ihn nicht und
gedachte noch
Lange seiner Richterzeit als einer kurzen
Goldenen Zeit beinah der Gerechtigkeit.

*Die Tanzenden tanzen hinaus. Der Azdak ist verschwunden.*

Ihr aber, ihr Zuhörer der Geschichte vom
Kreidekreis
Nehmt zur Kenntnis die Meinung der Alten:
Daß da gehören soll, was da ist, denen, die für
es gut sind, also
Die Kinder den Mütterlichen, damit sie gedeihen
Die Wagen den guten Fahrern, damit gut gefahren wird
Und das Tal den Bewässerern, damit es Frucht
bringt.

# Die Tage der Commune

Mitarbeiter: R. Berlau

*Personen*

Mme. Cabet, Näherin · Jean Cabet, ein junger Arbeiter, ihr Sohn · »Papa«, Nationalgardist, Fünfziger · Coco, Nationalgardist, sein Freund · Der beleibte Herr · Der Kellner · Verwundeter deutscher Kürassier · Zwei Kinder · Thiers · Jules Favre · Ein Kammerdiener · Babette Cherron, Näherin, Freundin Jean Cabets · François Faure, Seminarist, nun in der Nationalgarde · Philippe Faure, sein Bruder, Bäcker, nun in der Linientruppe · Geneviève Guéricault, eine junge Lehrerin · Die Bäckerin · Drei Frauen · Pierre Langevin, Arbeiter, Delegierter bei der Commune · Beslay, Varlin, Rigault, Delescluze, Ranvier – Delegierte bei der Commune · Vier Bürgermeister · Der Herr Steuereinnehmer · Seine Frau · Zeitungsausrufer · Eine Aristokratin · Ihre Nichte · Marquis de Plœuc, Gouverneur der Bank von Frankreich · Ein dicker Geistlicher · Ein Portier · Ein alter Bettler · Ein Offizier der Nationalgarde · Bismarck · Guy Suitry, Verlobter der Geneviève Guéricault, Leutnant der Linientruppe · Die sterbende Frau · Nationalgardisten · Delegierte der Commune · Liniensoldaten · Männer und Frauen

1

*Um den 22. Januar 1871. Vor einem kleinen Café auf dem Montmartre, in dem ein Rekrutierungslokal der Nationalgarde etabliert ist. An dem Café ein Schild »Bürger! Verjagt die Preußen! Hinein in die Nationalgarde!« An einem Tisch vor dem Café ein beleibter Herr in dickem Mantel im Gespräch mit dem Kellner. Vorn beraten zwei Kinder, die eine Pappschachtel tragen. Geschützdonner.*

KELLNER Monsieur Bracque war dreimal hier, nach Ihnen zu fragen.

DER BELEIBTE HERR Was, Bracque hier, in Paris?

KELLNER Nur für kurz. Hier ein Billett, Monsieur.

DER BELEIBTE HERR *liest:* Man kommt nicht mehr zur Ruhe in diesem Paris. Preise, Prozente, Provisionen! Nun, das ist der Krieg, jeder trägt in seiner Weise bei. Wissen Sie jemand, der gewisse Kommissionen übernehmen würde, jemand mit Mut, aber zuverlässig? Das geht selten zusammen, eh?

KELLNER Man wird jemand finden. *Er bekommt Trinkgeld.* Und Monsieur ziehen es wirklich vor, hier in der Kälte zu warten?

DER BELEIBTE HERR Die Luft ist seit einiger Zeit sehr schlecht in eurem Lokal.

KELLNER *blickt auf das Schild »Bürger! Verjagt die Preußen! Hinein in die Nationalgarde!«:* Ich verstehe.

DER BELEIBTE HERR Wirklich? Wenn ich 80 Frs. für mein Gabelfrühstück bezahle, will ich nicht den ganzen Schweiß der Vorstädte in die Nase bekommen. Und bleiben Sie gefälligst in der Nähe, mir dieses Gewürm – *auf die Kinder* – vom Leibe zu halten.

*Eine ärmlich gekleidete Frau und ein junger Arbeiter kommen. Sie tragen einen Korb zwischen sich. Die Kinder sprechen die Frau an.*

Mme. CABET Nein, ich nehme nichts. Ja, doch, vielleicht nachher. Kaninchen, sagst du? Jean, wie wäre es mit einem Sonntagsbraten?

JEAN Das ist nicht Kaninchen.

Mme. CABET Aber er will 14 Frs. 50.

KIND Das Fleisch ist frisch, Madame.

Mme. CABET Vor allem muß ich sehen, was sie uns heute bezahlen. Wartet hier, Kinder, vielleicht nehme ich das Fleisch. *Sie will weiter, und aus dem Korb fallen ein paar Kokarden.* Paß besser auf, Jean, sicher haben wir schon unterwegs etliche verloren. Dann muß ich mich wieder fusselig reden, daß die's beim Zählen nicht merken.

DER BELEIBTE HERR Geschäfte ringsum! Geschäfte, Geschäfte, während die Preußen Krieg führen!

KELLNER Kleine und große, Monsieur.

*Hinten Marschtritte und Lärm.*

DER BELEIBTE HERR Was ist das? Lauf hinüber, du, sieh nach, was da wieder los ist, du bekommst 5 Frs.

*Ein Kind läuft weg.*

Mme. CABET Wir bringen die Kokarden, Emile.

KELLNER Monsieur hat eine kleine Kommission für Ihren Jean, Madame Cabet.

Mme. CABET Oh. Wie freundlich von Ihnen. Jean hat seit zwei Monaten keine Arbeit. Er ist Lokomotivheizer, und die Züge verkehren ja nicht mehr. Hättest du Lust, Jean?

JEAN Ich halte nichts von Kommissionen, Mutter, das weißt du.

Mme. CABET Entschuldigen Sie, Jean ist der beste aller Menschen, aber er hat Meinungen. Es ist mit ihm ein wenig wie mit seinem verstorbenen Vater.

*Sie tragen den Korb ins Café.*

DER BELEIBTE HERR Dieser Krieg dauert nicht mehr lange. Glauben Sie Aristide Jouve, alle Geschäfte, die mit diesem Krieg gemacht werden konnten, sind gemacht. Da ist nichts mehr drinnen.

*Die Gasse herunter kommen drei Nationalgardisten gehinkt, aus der Schlacht zwischen den Forts kommend. Der erste, »Papa«, ist ein Bauarbeiter mittleren Alters, der zweite, Coco, ein Uhrmacher, der dritte, François Faure, ein junger Seminarist, der seinen Arm in der Binde trägt. Mit sich führen sie einen gefangenen deutschen Kürassier, der einen schmutzigen Verband um die Kinnlade hat.*

DIE KINDER Ein Fritz! – Hast du Dresche gekriegt, Fritz? – Dürfen wir seine Epauletten anfassen, Messieurs?

»PAPA« Bedient euch.

DIE KINDER Geht es gut, vorn?

»PAPA« Ja, den Preußen!

KIND Aber der Gouverneur kapituliert nicht, heißt es.

»PAPA« Jedenfalls nicht vor den Franzosen, mein Sohn. Wie heißt es? Nieder mit dem Gou...

DIE KINDER ...verneur!

»PAPA« *zum Kellner:* Drei Wein, nein, vier.

KELLNER Sehr wohl. Der Patron besteht darauf, daß vorweg bezahlt wird. Vier Wein, das macht 12 Frs.
COCO Mensch, kannst du nicht sehen, wir kommen aus der Schlacht?
KELLNER *leise:* 12 Frs.
COCO Sie sind verrückt.
»PAPA« Nein, sie sind nicht verrückt; wir sind's, Gustave. Verrückt ist es, sich zu schlagen für einundeinhalb Frs. pro Tag! Das ist also gerade ein halber Wein bei euch, wie? Und mit was? Auf welche Weise? *Streckt dem beleibten Herrn sein Gewehr unter die Nase.* Das ist ein Hinterlader aus den vierziger Jahren, gut genug für die neuen Bataillone. Ein anständiges Chassepotgewehr, das den Staat 70 Frs. gekostet hat, würde heute 200 kosten. Mit dem würde man aber treffen, Monsieur.
COCO Rück den Wein heraus, du Hund, sonst setzt's was. Wir verteidigen Paris, und ihr Halsabschneider verdient am Getränk.
»PAPA« Monsieur, wir haben nicht den Stinker davongejagt, die Republik ausgerufen und die Nationalgarde formiert, damit an unsern Anstrengungen verdient wird!
DER BELEIBTE HERR Da haben wir es: die Anarchie! Ihr wollt Paris nicht verteidigen, ihr wollt es erobern, ihr.
COCO Ja? Und du und deinesgleichen besitzt es, wie? *Zu »Papa«:* Der Dicke ist gut. Oder vielleicht soll man sagen: Der Gute ist dick. Die Belagerung schlägt ihm nicht schlecht an, he?
DER BELEIBTE HERR Messieurs, Sie scheinen zu vergessen, wo die Front ist.
*Das Kind, das weggelaufen ist, kommt zurück.*
»PAPA« Wie ist das? *Zu dem dritten Gardisten, einem jungen Menschen mit dem Arm in der Binde:* François, Monsieur meint, du hast vergessen, wo du die Schramme gekriegt hast.
COCO Monsieur meint, wir sollen immer fest Fritz im Kopf behalten, wenn wir keinen Wein bekommen. Fritz, was ist deine Meinung? Du bist jedenfalls nicht dick. Kellner, ein Wein für Fritz, sonst schlagen wir das Café in Klump. Vier Wein für 2 Frs., hörst du?
KELLNER Sehr wohl. *Ab.*
DER BELEIBTE HERR Sie bleiben hier, hören Sie.
DIE KINDER *singen:* Fritz ist nicht dick. Fritz ist nicht dick.
DAS KIND *das zurückkam:* Monsieur, was Sie hören, ist das 207. Bataillon. Es ist sehr unzufrieden und marschiert zum Stadthaus, die Generäle hängen.
DER BELEIBTE HERR Messieurs, während die Preußen...
»PAPA« Ja, während die Preußen! Die Belagerung! Sprengt den eisernen Gürtel, Bürger! Schlagt die Preußen, und ihr habt wieder Kartoffeln! Wir beginnen zu sehen, wer alles uns belagert. Vor allem Sie und Ihresgleichen. Oder setzen die Preußen die Kartoffelpreise herauf?
DER BELEIBTE HERR Messieurs, ich höre Sie die Kartoffelpreise diskutieren, während auf den Kasematten gekämpft wird...
»PAPA« Gekämpft wird! Sie meinen, gestorben wird! Wissen Sie, was vorgeht? Wir liegen eine ganze Nacht im Regen und Dreck der Felder von Mont Valérien. Und ich mit meinem Rheuma! Der Sturm beginnt um zehn Uhr. Wir stürmen die Redoute von Montretout, den Park von Buzenval, wir stürmen St. Cloud, wir dringen vor bis Garches. Von 150 Geschützen feuern nur 30, aber wir erstürmen Garches ohne Geschützdeckung, wir sind durch, die Preußen sind in wildem Rückzug, dann heißt es von hinten: Halt!, wir warten zwei Stunden, dann heißt es von hinten: Zurück!, und Trochu läßt Montretout und alle gewonnenen Positionen räumen. Was bedeutet das, Monsieur?
DER BELEIBTE HERR Ich nehme an, eure Generäle wissen, wo der Feind sein Feuer konzentriert.
COCO Sie wissen es: dorthin schicken sie die Nationalgarde, Monsieur.
DER BELEIBTE HERR Das ist genug. Wißt ihr überhaupt, was ihr redet? Beschuldigt ihr eure Kommandeure, die Generäle Frankreichs, des Verrats? Vielleicht darf ich euch um Beweise fragen?
»PAPA« Er will Beweise, Gustave. Und wir haben keine. Außer den Tod. Außer, daß wir hingehen wie die Fliegen. Schön, Sie sind tot, Monsieur WersindSiedoch. Belieben Sie, uns zu beweisen, daß man Sie über den Kopf gehauen hat. Sagen Sie ein Wort, und wir eröffnen das Verfahren. Ah, Sie schweigen? Ich erkundige mich höflich nach Ihren Forderungen, Monsieur WersindSiedoch, und Sie rühren sich nicht!
DER BELEIBTE HERR Man kennt eure Forderungen und Demonstrationen vor dem Stadthaus. Das sind die bekannten Erpressungen der Commune!
COCO Reden Sie weiter. Wir haben Zeit. Wir erwarten noch das 101., bevor es losgeht.
DER BELEIBTE HERR Das Ganze ist, daß ihr eure

Mieten nicht bezahlen wollt. Während Frankreich einen Kampf auf Tod und Leben kämpft, denkt ihr an euren Sold, an die Pensionen! Die Butter ist zu teuer! Aber hütet euch, die Geduld von Paris ist zu Ende. *Die Nationalgardisten stehen stumm.* Die Verräter seid ihr! Aber wir fangen an, eure Zeitungen mit weniger Vergnügen zu lesen, merkt euch das. Genug der Selbstsucht eines gewissen Pöbels. Genug, genug!

*Der Kellner kommt zurück mit vier Wein und einer Kasserolle, in eine Serviette gehüllt. Der beleibte Herr winkt ihm ab.*

KELLNER Ihr Huhn, Monsieur.

COCO Monsieur, Ihr Huhn!

DER BELEIBTE HERR Ich werde sehen, daß man Sie hinauswirft. Ich bin fertig mit euch und der ganzen Nationalgarde. Wagen Sie nicht... *Der beleibte Herr entfernt sich fluchtartig.*

DIE KINDER Monsieur, die 5 Frs.! *Ab, hinter dem Herrn her.*

KELLNER Messieurs, ich gestatte mir, Sie zu einer Erfrischung einzuladen.

COCO *will dem Kürassier ein Glas reichen:* Da, Fritz. Ach, zum Teufel, du kannst ja nicht, du armes Luder. Dann auf dein Wohl!

*Sie trinken. Aus dem Café kommen Mme. Cabet und ihr Sohn, immer noch den Korb tragend.*

JEAN *zum Kellner:* Wo ist der Herr, der mir eine Kommission geben wollte?

*Der Kellner bedeutet ihm zu schweigen. Da erkennt der junge verwundete Nationalgardist die Cabets.*

FRANÇOIS Madame Cabet!

JEAN François!

Mme. CABET François, sind Sie verwundet? Ich muß Sie bitten, Ihren Teil der Miete für das Zimmer zu bezahlen. Sie wissen, die Regierung verlangt, daß jetzt die rückständigen Hausmieten bezahlt werden. Und drinnen nehmen sie mir meine Kokarden nicht mehr ab. Ich bin ruiniert, man wirft uns auf die Straße.

FRANÇOIS Aber Madame Cabet, ich habe meinen Sold nicht ausbezahlt bekommen seit drei Wochen. Es ist mir auch ein bißchen schlecht im Augenblick.

Mme. CABET Aber wann wirst du bezahlen? Lachen Sie nicht, Messieurs, er ist mein Hausherr.

COCO Ja, François, wann wirst du bezahlen? Madame, wir verstehen Ihre Besorgnisse. Wir können Ihnen nur sagen, daß eben zwei Bataillone, zurück aus zweitägiger Aufallschlacht, auf dem Weg zum Stadthaus sind, um einige kitzlige Fragen an die Regierung zu stellen.

»PAPA« Darunter kann sehr wohl auch die nach der Stundung von unser aller Mieten sein. Inzwischen können wir Ihnen nur anbieten, als ein kleines Entgegenkommen von unserer Seite das Huhn hier anzunehmen, das ein Herr bestellt, aber nicht gegessen hat.

*Sie führen Mme. Cabet zum Tisch vor dem Café, nehmen aus den Händen des Kellners die Kasserolle und servieren Mme. Cabet elegant das gebratene Huhn.*

»PAPA« Garçon, der Patron täte gut, in Zukunft die feineren Kunden um vorherige Bezahlung zu bitten. Es könnte sein, daß Umstände eintreten, die es unmöglich machen, wohl zu speisen. Wirst du Ungelegenheiten haben?

KELLNER Beträchtliche, Monsieur. Ich werde mich entschließen müssen, mich Ihnen anzuschließen. Vielleicht bezahlt die Regierung das Huhn für Madame Cabet? Zwei Bataillone der Nationalgarde werden allerdings eben ausreichen, eine solche Forderung durchzusetzen.

COCO Auf Ihr Wohl, Madame!

»PAPA« Guten Appetit! Das 101. betrachtet es als eine Ehre, Sie als Gast zu haben.

Mme. CABET Messieurs, Sie sind sehr liebenswürdig. Ich habe zufällig heute nicht besonders viel im Magen. Huhn ist mein Leibgericht. Erlauben Sie, daß ich meinem Jean etwas abgebe?

JEAN Vielleicht interessiert es hier in diesem Kreise, warum sie da drinnen Kokarden nicht mehr abnehmen. Die Beamten dort sehen angesichts neuerer Weisungen von oben die Rekrutierung zu den neuen Bataillonen der Nationalgarde für beendet an.

COCO Was ist das? Hast du das gehört, »Papa«?

»PAPA« Ich rege mich nicht auf. Sie kommt mit ins Stadthaus.

COCO Haben Sie verstanden, Madame? »Papa« will, daß Sie mit uns ins Stadthaus kommen und Ihre Kokarden vorzeigen, die man nicht mehr braucht. Legen Sie Ihr Huhn dazu in den Korb.

FRANÇOIS Hier kommt auch das 101.!

*Hinter und über dem Bretterzaun sieht man das 101. Bataillon vorüberziehen, Bajonette, auf die Brotlaibe gespießt sind, Fahnen. Die Gardisten helfen Mme. Cabet auf und nehmen sie mit weg.*

»PAPA« *auf Jean:* Was ist mit dem da? Warum kämpft er nicht? Sind wir ihm zu links, wir von den neuen Bataillonen?

Mme. CABET O nein, Monsieur. Ich glaube, ein bißchen zu rechts, entschuldigen Sie vielmals.

»PAPA« Ah!
JEAN Und betrachten Sie mich von jetzt ab als einen der Ihren, Messieurs. Ihr neues Marschziel sagt mir zu.
*»Papa« nimmt François' Käppi und setzt es Jean Cabet auf.*
FRANÇOIS Ich habe mich schon stark gelangweilt ohne dich.
*Sie entfernen sich. Der Kellner wirft die Serviette auf das Tischchen, dreht die Lampe aus und will ebenfalls folgen. Da fällt sein Blick auf den Kürassier, der vergessen worden ist. Er scheucht ihn mit Handbewegungen auf und treibt ihn hinter den Gardisten her.*
KELLNER Vorwärts, Fritz, vorwärts.

2

*25. Januar 1871. Bordeaux. Thiers und Jules Favre im Gespräch. Thiers ist noch im Bademantel, er kontrolliert die Temperatur seines Badewassers und läßt durch den Kammerdiener heißes und kaltes Wasser zuschütten.*

THIERS *seine Morgenmilch trinkend:* Schluß mit diesem Krieg, er beginnt, eine Ungeheuerlichkeit zu werden! Man hat ihn geführt, und man hat ihn verloren. Auf was wartet man?
FAVRE Aber die Forderungen der Preußen! Herr von Bismarck spricht von 5 Milliarden Kriegsentschädigung, von der Annexion Lothringens und des Elsaß, von der Zurückbehaltung aller Kriegsgefangenen und der fortdauernden Besetzung der Forts, bis alles zu seiner Zufriedenheit abgewickelt ist! Das ist der Ruin!
THIERS Aber die Forderungen dieser Pariser, ist das nicht der Ruin?
FAVRE Gewiß.
THIERS Nehmen Sie Kaffee? *Favre schüttelt den Kopf.* Dann Milch wie ich? Nicht einmal das erlaubt? Ah, Favre, wenn wir noch Mägen hätten! Und der Appetit bleibt! Aber zurück zu Herrn von Bismarck. Ein wahnsinnig gewordener Bierstudent! Er schraubt seine Forderungen hoch, weil er weiß, daß wir sie annehmen müssen, alle.
FAVRE Müssen wir wirklich? Aber die Eisen- und Zinngruben Lothringens, das ist die Zukunft der Industrie Frankreichs!
THIERS Aber die Polizeiagenten, die man uns in die Seine wirft! Was nützen Frankreich die Zinn- und Eisengruben, wenn wir dort die Commune haben?
FAVRE 5 Milliarden! Das ist unser Handel!
THIERS Das ist der Preis der Ordnung.
FAVRE Und der Vorsprung Preußens in Europa für drei Generationen.
THIERS Und die Sicherstellung unserer Herrschaft für fünf!
FAVRE Wir werden eine Bauernnation, jetzt in diesem Jahrhundert!
THIERS Ich rechne mit den Bauern. Der Friede stützt sich auf sie. Was ist ihnen Lothringen? Sie wissen nicht, wo das ist! Sie sollten wenigstens ein Wasser nehmen, Favre.
FAVRE Ist es wirklich nötig, das ist, was ich mich frage.
THIERS Selbst ein Schluck Wasser ist noch Leben. Das Schlucken allein. Ach so, ja, auch das andere ist nötig, absolut. Der Preis der Ordnung.
FAVRE Diese Nationalgarden, das ist Frankreichs Unglück. Wir haben das patriotische Opfer gebracht, den Mob gegen die Preußen zu bewaffnen, nun hat er die Waffen – gegen uns. Das ist alles wahr, aber ist es nicht auch so, kann man nicht sagen, daß diese Leute Paris verteidigen, daß man schließlich kämpft?
THIERS Mein lieber Favre, was ist das, Paris? Man spricht in diesen Kreisen von Paris als von einem Heiligtum, das besser in Flammen aufgehen als aufgegeben werden sollte – man vergißt, daß es aus Werten besteht, man vergißt es, weil man selber nichts hat. Die Crapule ist bereit, alles in die Luft zu sprengen – nun, es gehört ihr nicht. Sie schreit nach dem Petroleum, aber für die Behörde, für uns ist Paris kein Symbol, sondern ein Besitztum – es anzünden heißt nicht, es verteidigen.
*Marschtritte werden hörbar. Die Herren erstarren. Thiers, zu erregt zu sprechen, deutet dem Kammerdiener mit fuchtelnden Gesten an, ans Fenster zu treten.*
KAMMERDIENER Eine unserer Marinekompanien, Monsieur.
THIERS Wenn man glaubt, daß ich diese Erniedrigung vergessen könnte...
FAVRE Bordeaux ist doch ruhig, wie?
THIERS Was heißt ruhig? Vielleicht ist ruhig zu ruhig! Dieses Beispiel! Favre, man muß sie ausrotten. Man muß diese ungewaschenen Mäuler auf das Pflaster schlagen, im Namen der Kultur. Unsere Zivilisation begründet sich auf das Eigentum, es muß geschützt werden um jeden Preis. Was, sie erdreisten sich, uns Vorschriften

zu machen, was wir hergeben und was wir behalten sollen? Säbel her, Kavallerie! Wenn nur ein Meer von Blut Paris von seinem Ungeziefer reinwaschen kann, so muß es eben ein Meer von Blut sein. Meine Serviette!

*Der Kammerdiener reicht ihm die Serviette, Thiers wischt sich den Schaum vom Mund.*

FAVRE Sie erregen sich, denken Sie an Ihre Gesundheit, die uns allen teuer ist!

THIERS *erstickt:* Und ihr habt sie bewaffnet! Von diesem Augenblick an, vom Morgen des 3. September an, habe ich nur noch einen Gedanken genährt: wie den Krieg beenden, schnell, sofort.

FAVRE Aber sie kämpfen leider wie die Teufel. Der brave Trochu hat recht: die Nationalgarde wird nicht eher Vernunft annehmen, als bis zehntausend von ihnen verblutet sind, ach ja. Er schickt sie in die Schlacht wie Ochsen, ihren Ehrgeiz zu dämpfen. *Er flüstert Thiers etwas ins Ohr.*

THIERS Nein, er kann ruhig zuhören, Hyppolite ist Patriot.

FAVRE Ich kann Ihnen versichern, Monsieur Thiers, daß Sie in diesem einen Punkte Herrn von Bismarcks volle Sympathie haben.

THIERS *trocken:* Erfreut, das zu hören, nachdem er, wie mir zu Ohren gekommen ist, mir selbst die Fähigkeit zu einem Pferdehändler abgesprochen hat, und das, nachdem er mich persönlich gesehen hat!

FAVRE Das sind Flegeleien, sie haben nichts zu tun mit seiner wahren Meinung über Sie.

THIERS Ich darf von mir sagen, daß ich über Persönliches erhaben bin, mein lieber Favre. Mich interessiert, wie uns Herr von Bismarck zu helfen gedenkt.

FAVRE Er schlug mir persönlich vor, der Bevölkerung unmittelbar nach dem Waffenstillstand einige Zufuhr an Lebensmitteln zu gewähren, sie jedoch später wieder auf halbe Rationen zu setzen, bis die Waffen ausgeliefert sind, das wird in seiner Meinung mehr wirken als fortgesetzter Hunger.

THIERS Nicht schlecht. Man erinnert die Herrn Pariser wieder daran, wie Fleisch schmeckt. Das Talent habe ich Herrn von Bismarck niemals abgestritten.

FAVRE Er wird sogar die Berliner Firmen im Zaume halten, die an der Lebensmittelbelieferung von Paris interessiert sind.

THIERS Ein Teil jedes Talents besteht in der Courage, he, Favre? Wir werden die Preußen übrigens verpflichten, jene Vorstädte zu besetzen, in denen die Nationalgarde ihre Geschütze stehen hat.

FAVRE Das ist ein ausgezeichneter Punkt, vortrefflich.

THIERS Es gibt, nehme ich an, außer Herrn von Bismarck noch einige Leute mehr, die Talent haben. Wir werden zum Beispiel auch in den Kapitulationsvertrag aufnehmen, daß die erste Rate der Kriegsentschädigung, das sind 500 Millionen, erst fällig wird nach der Pazifizierung von Paris. Das wird Herrn von Bismarck ein Interesse an unserm Sieg geben. Das Wort Pazifizierung möchte ich übrigens etwas häufiger gebraucht haben, es ist eines der Worte, die alles erklären. Ach ja, die Kriegsentschädigung! Hyppolite, du kannst uns allein lassen.

KAMMERDIENER Das Bad hat die richtige Temperatur, Monsieur. *Ab.*

THIERS Wie ist das gedacht mit diesen Summen?

FAVRE Es ist der Vorschlag gemacht worden, daß einige deutsche Firmen, besonders Herr von Bleichröder, Herrn von Bismarcks eigener Bankier, die Kriegsentschädigung finanzieren. Es ist eine Provision erwähnt worden... Ich habe natürlich abgeschlagen, als Mitglied der Regierung Prozente anzunehmen.

THIERS Selbstverständlich. Sind Ziffern genannt worden?

*Favre schreibt auf einen Zettel eine Ziffer. Thiers nimmt den Zettel und liest ihn.*

THIERS Unmöglich.

FAVRE Wie ich Ihnen sagte.

THIERS Wir müssen den Frieden haben. Frankreich braucht ihn. Ich hoffe, ich werde die Macht haben, ihn durchzuführen.

FAVRE Ihre Wahl ist absolut gesichert, Monsieur Thiers. 23 Departements sind für Sie, sämtliche ländliche.

THIERS Ich werde die Macht brauchen. Die Kräfte der Unordnung sind bewaffnet.

FAVRE Monsieur Thiers, Frankreich zittert für Ihre Gesundheit. Sie allein können es noch retten.

THIERS *schlicht:* Ich weiß das. Das ist der Grund, warum Sie mich Milch trinken sehen, die ich verabscheue, lieber Favre.

3

*Nacht vom 17. März zum 18. März. In der Rue Pigalle. Auf der Straße steht eine Kanone.*

a

*Ein Uhr nachts. François Faure und Jean Cabet wachen bei der Kanone, auf Strohstühlen sitzend. Babette Cherron steht eben von Jeans Schoß auf.*

BABETTE *das Kanonenrohr tätschelnd:* Gute Nacht, Liebe. *Geht langsam ab in ein Haus am unteren Ende der Straße.*

JEAN Man muß seinem Mädchen etwas schenken, das macht sie sinnlich, weil sie Materialistinnen sind. Früher war es ein hübscher Toilettentisch, jetzt ist es eine Kanone, die Monsieur Thiers Herrn von Bismarck schenken wollte.

FRANÇOIS Er hätte sie tatsächlich jetzt, wenn wir sie nicht geholt hätten. – Geneviève ist keine Materialistin.

JEAN Die kleine Lehrerin? Nein, sie ist nichts als Geist, und das ist es, warum du sie ins Bett nehmen möchtest.

FRANÇOIS Ich möchte sie nicht ins Bett nehmen.

JEAN Babette sagt, sie ist hübsch gewachsen.

FRANÇOIS Wie kannst du mit ihr über sie reden?

JEAN Sie wohnen doch zusammen. Übrigens ist sie verlobt. Er ist kriegsgefangen, ein Lieutenant. Ihre Brüste sind das beste.

FRANÇOIS Du willst mich ärgern.

JEAN Wenn man dich über Mädchen reden hört, könnte man nicht darauf kommen, daß du vom Land bist. Selbstverständlich hast du schon mit vierzehn etwas mit einer Kuhmagd gehabt.

FRANÇOIS Du wirst mich nicht ärgern.

JEAN Nein? Jedenfalls habe ich Babette gesagt, sie soll Geneviève sagen, du bist interessiert. Es wird sie vielleicht amüsieren, einen kleinen Geistlichen um den Finger zu wickeln.

FRANÇOIS Ich bin Physiker.

JEAN Gut, einen Physiker. Physik, ist das nicht die Lehre von den Körpern?

FRANÇOIS Du hast doch selbst gesagt, daß sie einen Lieutenant liebt.

JEAN Daß sie mit ihm verlobt ist.

FRANÇOIS Das ist dasselbe.

JEAN *lacht:* Du hast eine falsche Vorstellung. Als ob man jemand nur ins Bett haben möchte, weil man liebt! Die Wahrheit ist, daß man auch schon morgens beim Aufstehen weiß: heute muß man eine haben. Warum sollte das bei den Frauen anders sein? Ein Bedürfnis. Nicht notwendigerweise entstanden durch den Anblick eines besonderen Busens, sondern sowieso, worauf erst man einen Busen besonders findet. Dasselbe geht für die Frauen. Kurz, wenn du so einen Tag beim Schopf packst, bist du's. Auch bei Geneviève.

FRANÇOIS Eben nicht. Und jetzt gehe ich in die Klappe. *Steht auf.* Ich bin froh, daß ich mein Zimmerchen bei euch wieder habe.

JEAN *ebenfalls aufstehend:* Ich glaube auch, wir brauchen nicht mehr zu wachen. Einen Überfall müßten sie mitten in der Nacht ansetzen. Morgen gibt es Weißbrot, höre ich.

FRANÇOIS Sag, Jean, weil wir von Physik sprachen: mein Mikroskop und der Lavoisier sind doch sicher bei deinem Onkel?

JEAN *verlegen:* Bei meinem Onkel? Bei Langevin?

FRANÇOIS Deine Mutter hat sie ihm zur Aufbewahrung gegeben. Es ist nur, weil ich den Lavoisier ein wenig brauche.

JEAN Natürlich.

*Sie tragen die Stühle ins Haus.*

b

*Fünf Uhr früh. Vor einem noch geschlossenen Bäckerladen stehen Frauen an, darunter Geneviève Guéricault und Babette.*

DIE FRAUEN Weißbrot von Papa Thiers! Das soll seinen Schandfrieden schmackhaft machen. – Paris für zehn Tonnen Mehl! – Und nicht ein Zug eingelaufen, das Mehl lag hier! – Aber meinem Alten haben sie noch vorige Woche das Bein abgenommen. Schrapnell. Zu derselben Zeit haben sie schon verhandelt. – Irgendwas müssen sie ja wieder im Schild führen; umsonst geben die nichts. Die Gnädige, wo ich gewaschen habe, wenn die mir eine zerrissene Unterhose schenkte, da wußte ich doch, sie hat meinen Emile wegen ein paar Bemerkungen angezeigt! – »Ich nehm mein Bein mit heim«, hat ihnen mein Alter gesagt, »sonst sagen sie mir beim Pensionsfonds, ich hatte nur eins!« – Thiers bekommt 5 Millionen von den Deutschen. – Und wieviel von gewissen Franzosen? – Man kapituliert, obwohl man über 300000 Nationalgardisten allein in Paris hat! – Weil man 300000 in Paris hat! – Und man ist ganz zufrieden, daß die Preußen ihre Gefangenen nicht zurückgeben wollen, bevor bezahlt ist. – Dreck, ihr Krieg! Das ist nur gut, daß er aufhört! – Aber wer bezahlt den Frieden? – Wir, Bürgerin! Wer sonst? Die nichts haben, bezahlen. – Ach, wir haben nichts? Wir haben 200000 Bajonette, Madame. – Ich sag euch, es ist nur ein Waffenstillstand, die Vorstädte kriegen sie nicht, die Preußen nicht und Thiers auch nicht. – Nach Paris hat er sich überhaupt nicht hereingetraut, der Herr von Bismarck, wie? Das war nicht zu kaufen, Paris. – Na, du bist aber früh auf den Beinen, die Alte wollte wohl allein sein? Da soll wohl mal ein andrer kleben?

*Ein Mann ist mit einem Plakat gekommen. Er klebt es an, geht.*

*Babette geht aus der Reihe und liest es vor.*

BABETTE Von Monsieur Thiers! »Der Frieden, das ist die Ordnung. Einwohner von Paris, euer Handel stockt, die Bestellungen gehen zurück, das Kapital wird verscheucht. Die Schuldigen sollen der Gerechtigkeit überliefert werden. Die Ordnung muß vollkommen, augenblicklich, unzerstörbar hergestellt werden.« – La, la, la.

*Die Bäckerin hat begonnen, die Eisenstangen von der Ladentür zu entfernen.*

DIE FRAUEN Haben Sie gehört, Madame Pullard? Es steht schlecht mit den Geschäften, obgleich doch Krieg ist. – Wie wahr! Seit voriger Woche hat man keine Lokomotive mehr bei mir bestellt, und mein Kapital ist rein verscheucht durch die Umtriebe der Nationalgarde, Ihres nicht?

BÄCKERIN Kundgebungen, Kundgebungen, Kundgebungen! Ich denke, das Weißbrot der Regierung spricht eine laute Sprache, meine Damen.

DIE FRAUEN Weißbrot mit Ordnung. – Das Zahlen der Mieten, hein?

BABETTE Das Plakat ist noch feucht vom Druck, man scheint Eile zu haben.

DIE FRAUEN Die Blähungen kommen vor dem Brotessen, wie? Diese Herren können nicht einen Bissen Brot herauslassen, ohne was von der Ordnung herauszufurzen. – Achten Sie auf Ihre Sprache, Bürgerin, die Ordnung! Was wird Mademoiselle Guéricault dazu sagen, die Lehrerin ist und Blähungen überhaupt nicht kennt? – Laß Mademoiselle Guéricault in Ruhe, sie ist in Ordnung und billigt, was ich gesagt habe, und war überhaupt dabei, als die Cabets und »Papa« die Kanone von Clichy hereinholten, bevor die Preußen kamen. – Glauben Sie auch, daß Monsieur Thiers Clichy nur an die Preußen abtrat, weil unsere Kanonen dort standen?

GENEVIÈVE Ja, das glaube ich, Bürgerin. Das Zentralkomitee der Nationalgarde erhielt entsprechende Meldungen.

DIE FRAUEN Sie ist eine Politische. – Und wenn sie das ist, sagt sie deshalb nicht die Wahrheit? – Mein Alter sagt, sein Bein hat nicht die Kartätsche weggerissen, sondern die Politik; das ist, warum er politisch ist und »La Patrie en Danger« liest.

*Ein paar Liniensoldaten, darunter Philippe Faure, sind bei der Kanone aufgetaucht. Babette, die noch beim Plakat steht, spricht Philippe an.*

BABETTE Ah, Philippe, bist du zurück? Du kommst gerade recht, die Bäckerei ist wieder geöffnet.

PHILIPPE Sachte, Babette, ich will der Patronin nicht guten Tag sagen.

*Er macht sich mit seinen Kameraden an der Kanone zu schaffen.*

BABETTE Was wollt ihr denn mit der Kanone?

PHILIPPE Sie kommt nach Versailles. Befehl.

BABETTE *ruft die Frauen:* He, ihr! Sie wollen die Kanone stehlen!

DIE FRAUEN Was wollen sie? Die paar Männlein?

GENEVIÈVE *eilt hinüber:* Philippe! Schämst du dich nicht?

BABETTE Es ist der Bäckergeselle, er hat sie hergeführt, weil er sich im Viertel auskennt.

PHILIPPE Wie kommt ihr überhaupt auf die Straße so früh? Zerreißt uns nicht gleich.

GENEVIÈVE Weil wir Weißbrot bekommen sollten, damit wir euch die Kanonen ablassen wie die Lämmer die Wolle.

*Die Frauen laufen hinüber.*

DIE FRAUEN He ihr! Das sind unsere. – Sie sind im Viertel mit unseren Sous bezahlt worden, mit Sammlungen!

PHILIPPE Aber es ist kein Krieg mehr.

GENEVIÈVE Ah, und da wollt ihr jetzt mit uns Krieg anfangen?

PHILIPPE Die Kanonen müssen an die Preußen abgeliefert werden.

DIE FRAUEN Dann laßt die Preußen sie holen. Finger weg, wagt es, euch an ihnen zu vergreifen, ihr Scheißer! – Holt die Wache beir Cabet!

*Geneviève läuft zum Haus, wo die Cabets wohnen. Sie klingelt. Mme. Cabet schaut oben heraus.*

GENEVIÈVE Wecken Sie Jean, man holt Ihre Kanone. *Sie läuft zurück.* Die sind nicht für die

Preußen, die sind für Monsieur Thiers. Er braucht sie gegen uns, laßt sie ihn nicht haben, Bürgerinnen!

DIE FRAUEN Hände weg von der Kanone! – Das ist Madame Cabets Kanone!

*Jean und François stürzen aus dem Haus in Hemd und Hose.*

BABETTE Jean, sie sind für die Kanone gekommen. Philippe hat sie hergeführt.

*Von den Gassen nebenan kommt Lärm, Gewehrschüsse und, später, Sturmläuten.*

GENEVIÈVE In der Rue du Tabernacle stehen auch Kanonen. Es ist ein Überfall aufs ganze Viertel. Jetzt wissen wir, warum wir Weißbrot kriegen!

JEAN *ruft zurück:* François! Dein Bruder kommt für Thiers!

PHILIPPE *inmitten der Frauen:* Na, na, na. Geht beiseite. Ich führe Befehle aus, meine Guten.

JEAN Ja, geht weg, daß wir an sie kommen.

FRANÇOIS *kommt gelaufen mit Bajonett:* Laß die Kanone stehen, wo sie steht, Philippe, sie gehört euch nicht.

BÄCKERIN *aus dem Laden:* Du führst deine Befehle aus, Philippe, sonst kommst du mir nicht mehr in die Bäckerei zurück.

PHILIPPE Seit wann bist du in der Nationalgarde?

FRANÇOIS Die Schule ist geschlossen. Geht beiseite.

*Die Frauen treten zurück. François legt an.*

PHILIPPE Gib das Gewehr weg, Kleiner.

BABETTE Schieß ihn nieder!

GENEVIÈVE *wirft sich vor Philippe:* Vergießt kein Blut!

JEAN *schleppt sie aus der Schußlinie:* Sie mischen sich nicht ein.

PHILIPPE *legt an:* Das Gewehr nieder, Kleiner.

FRANÇOIS Mach eine Bewegung, und ich drücke los. Vater unser, der du bist im Himmel. Geheiligt werde dein Name... *Betet weiter, immerfort zielend.*

DIE FRAUEN Was, ihr wollt uns massakrieren? – Nur weil eure Schandgeneräle es euch befehlen?

GENEVIÈVE Ihr könnt die Kanonen nicht fortbringen ohne Gäule, ihr Unglücklichen. Wir werfen uns vor die Räder.

PHILIPPE Ich zähle auf drei. Eins.

Mme. CABET *ist mit »Papa« aus dem Haus getreten:* Philippe, nimm sofort das Gewehr von der Backe, du weißt, du bist ungebildet, wie kannst du dir einfallen lassen, deinem Bruder zu widersprechen, der die Physik studiert? Und hier habe ich etwas Wein für euch mitgebracht. Sicher hat man euch ohne Frühstück weggeschickt.

PHILIPPE *schaut sich um nach seinen Kameraden, die nicht angelegt haben, und legt das Gewehr langsam nieder:* Madame Cabet, Sie verhindern mich an der Ausführung eines Befehls.

DIE FRAUEN *lachen und umringen ihn:* Gut, Bäcker. – Man kann nicht verlangen, daß du deinen eigenen Bruder niederschießt, eh?

BÄCKERIN Ich entlasse dich, Philippe, ich beschäftige keine Verräter.

BABETTE *küßt Philippe:* Das ist für den Verrat.

PHILIPPE Ich bin kein Bruder und kein Bäcker, meine Damen, ich bin im Dienst.

FRANÇOIS *unsicher zu Geneviève:* Und ich kriege nichts?

GENEVIÈVE *heiter:* Nimm dir, was du brauchst.

FRANÇOIS Das ist keine Antwort.

DIE FRAUEN *zwischen den Soldaten:* Schämt euch, auf Frauen loszugehen ohne unanständigen Gedanken!

DIE SOLDATEN Der Krieg ist aus, wir wollen heim.

DIE FRAUEN Olala, er will heim! – Woher bist du denn, Söhnchen?

SOLDAT Aus der Auvergne, und da muß jetzt bald an die Aussaat gedacht werden. Daran denkt ihr verdammten Städter nicht.

DIE FRAUEN Trink was, mein Söhnchen! – Kommt, zeigt uns die Kolben, nicht die Mündungen, die Löcher haben wir. – Madame Cabet, eine Decke, sie schnattern vor Kälte, da ist keine Liebe möglich.

GENEVIÈVE Die Kanone gehört Madame Cabet, die hier wohnt. Ihr könnt sie ihr ebensowenig wegnehmen wie ihren Kochtopf!

»PAPA« Es lebe Madame Cabet, die alleinige Besitzerin der Kanone der Rue Pigalle! *Er hebt sie hoch und setzt sie auf die Kanone. Zu den Soldaten:* Man muß nur ins Gespräch kommen, seht ihr. *Zu den Frauen:* Jetzt habt ihr sie zurück, paßt auf sie auf, vor allem laßt keinen mehr hinauskommen aus Paris, behaltet sie alle, drückt sie an die Brust oder die Brüste, wie, da sind sie unschädlich.

*Ein Arbeiter, Pierre Langevin, kommt aus der Gasse nebenan, wo es ruhiger geworden ist. Mit ihm sind Kinder.*

LANGEVIN Holla, »Papa«! Seid ihr mit ihnen fertig geworden hier? Ohne Bluvergießen?

PHILIPPE *zu seinen Kameraden:* Was können

wir dafür, wenn sie uns keine Gäule schicken? Durch die Weiber können wir die Dinger nicht allein schieben.

»PAPA« Alles in Ordnung. Wie ist es andernorts?

LANGEVIN Das ganze Viertel ist auf den Beinen. Keine Kanone weg bisher.

DIE KINDER Unsere Kanonen in der Mühle La Galette haben die auch versucht zu grapschen. – Und in der Rue Lepic haben sie zwei von den Unseren niedergeschossen.

Mme. CABET *zu den Soldaten:* Messieurs, das ist mein Schwager, Pierre Langevin, vom Zentralkomitee der Nationalgarde.

LANGEVIN In der Rue Granot hat der General Lecomte Feuer befohlen, aber seine Leute haben fraternisiert, und man hat ihn arretiert.

»PAPA« Wo ist er? Das ist der, der Hund, von dem Paris weiß, daß er den Aderlaß für die Garde gefordert hat.

LANGEVIN Er ist ins Wachtlokal gebracht worden.

»PAPA« Man wird ihn entwischen lassen. Wenn er nicht in fünf Minuten erschossen wird, kommt er los.

LANGEVIN Er wird der Justiz übergeben, Kamerad.

»PAPA« Wir sind die Justiz. *Eilt weg.*

Mme. CABET Wird mir vielleicht jemand von der Kanone herunterhelfen?

LANGEVIN *zu den Liniensoldaten:* Und was werdet ihr machen? Solange ihr Gewehre habt...

EIN SOLDAT Scheiße. Gegen die Eigenen...

*Die Soldaten drehen die Gewehrkolben hervor.*

GENEVIÈVE *zu den Kindern:* Und ihr dürft die dummen Plakate herunterreißen.

*Es geschieht.*

JEAN Hebt meine Maman herunter, ihr. Und dann auf ins Stadthaus wieder einmal! Verhaftet Thiers! Er soll uns sagen, was er mit den Kanonen vorhatte.

BABETTE Drei Küsse für Thiers lebendig!

c

*Acht Uhr früh. Die Bäckerin legt wieder die Eisenstangen vor die Ladentür. Philippe steht daneben und betrachtet mißmutig ein riesiges Weib, das, ein Gewehr geschultert, vor der Kanone auf und ab geht.*

BÄCKERIN Es gibt bestimmt Unruhen. Wenn sie jetzt die Commune machen, wovon jedermann spricht, wird geplündert. Es wird alles geteilt, dann versauft man seinen Teil und teilt wieder. Du bist selber ein Aufrührer und kommst mir nicht mehr an meinen Backofen. Und dein Bruder, ein junger Priester! Und auch ein Aufrührer!

PHILIPPE Er ist nur im Seminar, weil er sonst nicht hätte studieren können.

BÄCKERIN Da stiehlt er also den guten Brüdern von St. Joseph ein Studium! Das paßt zu euch – Kommunarden! *Zornig in den Laden ab.*

*Aus dem Haus neben dem Laden ist Geneviève getreten.*

GENEVIEVE Guten Morgen, Philippe. Wie fühlen Sie sich in dem neuen Zeitalter? *Er brummt.* Denn das haben wir jetzt. Mit der Gewalt ist es zu Ende. Die Kanonen haben wir ihnen schon abgenommen.

PHILIPPE Ja, ihr Weiber habt sie jetzt. Neues Zeitalter, meine Güte!

*Er geht niedergeschlagen in das Haus, wo die Cabets und sein Bruder wohnen. Geneviève zieht heiter ihre Handschuhe an. Die Gasse herauf kommt finsteren Gesichts »Papa«.*

GENEVIÈVE Guten Morgen, Monsieur. Sind Sie nicht heut früh in die Rue Granot gegangen, wo sie den General Lecomte gefangengenommen haben? Was geschah mit ihm?

»PAPA« Er ist erschossen, Bürgerin.

GENEVIÈVE War das recht? Wer hat ihn erschossen?

»PAPA« Wer wird ihn erschossen haben? Das Volk.

GENEVIEVE Ohne Gerichtsspruch?

»PAPA« Natürlich nicht. Nach einem Gerichtsspruch des Volkes.

GENEVIÈVE Und Sie waren dabei?

»PAPA« Jedermann war dabei, der dabei war. Und zerbrechen Sie sich nicht den Kopf über die Feinde des Volkes, das ist der Ernst.

*Er geht verdrossen in das Haus der Cabets. Die Lehrerin schaut ihm verwirrt nach.*

4

*19. März 1871. Stadthaus. Treppenaufgang vor dem Sitzungssaal des Zentralkomitees der Nationalgarde. Vor der Tür sitzt ein Nationalgardist, Brot und Käse speisend und die Passierscheine kontrollierend. Wartend »Papa«, Coco und Mme. Cabet. Delegierte kommen zur Sitzung.*

DELEGIERTE Man muß sich mit den Bürgermeistern der zwanzig Arrondissements verständigen, wenn man Neuwahlen ausschreiben will. – Im Gegenteil! Man muß ein Bataillon abordnen und sie verhaften, das sind Hyänen, sonst hätte man sie nicht zu Bürgermeistern gemacht. – Die Hauptsache ist, eine überwältigende Stimmzahl zu sammeln, ganz Paris kommt an die Urnen, wenn die Bürgermeister sich uns anschließen, man muß sie empfangen. – Um Gottes willen, keine Gewalt, man gewinnt Paris nicht, indem man es erschreckt. – Wer ist das, Paris?

*Die Delegierten ab bis auf einen.*

»PAPA« *spricht ihn an:* Bürger vom Zentralkomitee, könnten Sie dem Bürger Pierre Langevin drinnen sagen, wir müssen ihn sprechen? Dies hier ist seine Schwägerin. Warum läßt man die Leute nicht ein?

DELEGIERTER Der Saal ist zu klein. Und vergessen Sie nicht, Bürger, daß der Feind lauscht.

»PAPA« Es ist wichtiger, daß das Volk lauschen kann. Lassen Sie wenigstens die Tür auf.

*Der Delegierte geht hinein und läßt die Tür auf.*

STIMME Sofortantrag des 67. Bataillons! »In Erwägung, daß das Volk von Paris für die Verteidigung des Vaterlandes weder mit Blut noch mit Entsagungen gegeizt hat, gelangt in den zwanzig Arrondissements die Summe von einer Million Frs. zur Verteilung, die durch die Streichung sämtlicher Gehälter der verräterischen Regierung eingespart wird.«

RUFE Angenommen!

Mme. CABET Sie gehen tüchtig ins Zeug, wie?

»PAPA« Das wichtigste ist, daß man nach Versailles marschiert.

Mme. CABET Es wird nicht nur Weißbrot geben, ich werde es auch kaufen können.

»PAPA« Aber wenn man nicht sofort auf Versailles marschiert, wird es nicht lang Weißbrot geben, Madame Cabet.

STIMME Wir fahren fort mit der Diskussion der Frage der Wahlen. Delegierter Varlin.

STIMME VARLINS Bürger Gardisten! Heute morgen gegen zwei Uhr hat die Regierung mit Hilfe einiger Linienbataillone versucht, die Nationalgarde der Hauptstadt zu entwaffnen und die Kanonen an sich zu bringen, deren Auslieferung an die Preußen wir verhindert haben.

RUF Zweiter Versuch, Paris zu entmannen. Der erste war, uns einen General aufzuzwingen!

*Vier Herren mit Zylinderhüten kommen die Treppe hoch: die Bürgermeister.*

STIMME VARLINS Bürger, wozu wurde der Anschlag unternommen? Um Frankreich, der letzten Waffen beraubt, den äußersten Forderungen Bismarcks auszuliefern und es zugleich zum hilflosen alleinigen Zahler dieser Forderungen zu machen. Damit jene, die den verbrecherischen Krieg gemacht haben, nun ihn von jenen bezahlen lassen können, die in ihm geblutet haben! Damit man die guten Geschäfte mit dem Krieg nun in gute Geschäfte mit dem Frieden verwandeln kann. Bürger Gardisten, die Commune wird verlangen, daß die Deputierten, Senatoren, Generäle, Fabrikanten und Gutsbesitzer, nicht zu vergessen die Kirche, die den Krieg verschuldet haben, nun die 5 Milliarden an die Preußen bezahlen und daß man zu diesem Zwecke ihre Besitzungen verkaufe!

*Großer Beifall. Die Bürgermeister haben den Saal betreten.*

STIMME Das Zentralkomitee begrüßt die Bürgermeister von Paris.

STIMME EINES BÜRGERMEISTERS Dies ist das Stadthaus von Paris. Sie haben es militärisch besetzt. Wollen Sie uns sagen, mit welchem Recht?

RUF Im Namen der Bevölkerung, Monsieur le Maire. Betrachten Sie sich als ihre Gäste, und Sie sind willkommen.

*Proteste.*

STIMME DES BÜRGERMEISTERS Ihr wißt, was diese Antwort bedeutet. Daß man sagen wird: diese Leute wollen die Revolution.

RUF Was heißt »wollen«? Sie ist da. Blick um dich!

STIMME DES BÜRGERMEISTERS Bürger der Nationalgarde! Wir, die Bürgermeister von Paris, sind bereit, der neugewählten Nationalversammlung in Versailles vorzutragen, daß ihr einen neuen Munizipalrat unter ihrer Obhut gewählt haben wollt.

RUFE Nein, nein, nein. – Eine selbständige Commune!

STIMME VARLINS Nicht nur die Wahl eines Munizipalrats, sondern wirkliche Munizipalfreiheiten, für die Nationalgarde das Recht, ihre Führer zu wählen, den Ausschluß der stehenden Armee aus dem Gebiet von Paris, kurz: ein freies Paris.

STIMME DES BÜRGERMEISTERS Das ist die rote Fahne! Nehmen Sie sich in acht! Wenn Sie diese Fahne über dem Stadthaus entfalten, werden Ihre Wahllokale gemieden werden wie Pestbuden, und Paris wird spucken in Ihre Wahlurnen.

RUF Das Komitee wird dieses Risiko eingehen. Es wird darauf vertrauen, daß die Bevölkerung nicht nur Hände zu arbeiten, sondern auch Augen zu sehen hat.
*Beifall.*
STIMME DES BÜRGERMEISTERS Sie wird allerhand zu sehen bekommen. Ich jedenfalls wünsche nicht, auf einer Wahlliste zusammen mit Mördern zu stehen. *Unruhe.* Das Komitee hat nicht gegen die Ermordung der Generäle Thomas und Lecomte protestiert.
RUFE Wir haben nichts damit zu tun. – Ich protestiere gegen den Ausdruck Ermordung für die gerechte Hinrichtung von Mördern durch die Bevölkerung. – Hütet euch, das Volk zu mißbilligen, sonst wird es euch mißbilligen! – Keine Drohungen! Das Volk und das Bürgertum haben sich am 4. September in der Republik die Hände gereicht! – Richtig, und dieses Bündnis muß fortbestehen. Alles muß an den Wahlen teilnehmen, alles! Behalten wir reine Hände! Bevor wir die Zustimmung von Paris haben, wird man die Regierung in Versailles als die Staatsmacht ansehen. – Und wenn so? Die Nationalgarde ist die bewaffnete Nation gegenüber der Staatsmacht!
*Die Bürgermeister erscheinen in der Tür.*
EIN BÜRGERMEISTER *zornig in den Saal zurück:* Wir sehen mit Genugtuung, daß da unter Ihnen selbst Uneinigkeit besteht!
RUFE *im Saal, bei Unruhe:* Wir brauchen die Unternehmer zur Wiederaufnahme der Produktion! – Gut, sagt euch vom Volk los, um das Bürgertum bei Laune zu erhalten! Das Volk wird sich von uns zurückziehen, und wir werden erleben, daß man mit dem Bürgertum keine Revolution machen kann!
»PAPA« So ist es.
BÜRGERMEISTER Wir lassen euch unsere aufrichtigsten Wünsche zurück. Möge euch eure Aufgabe glücken, uns ist sie ein wenig zu groß.
*Ab.*
RUF Das Bürgertum verläßt den Saal, gut.
»PAPA« *ruft den Bürgermeistern nach:* Schufte!
*Aus dem Saal kommen Langevin und Geneviève und schließen die Tür hinter sich.*
»PAPA« Pierre, Sie müssen sofort einen Antrag einbringen: man muß Leute, die sich vor die verräterischen Generäle stellen, eliminieren. Erschießt sie wie Hunde, sogleich, alle, ohne Urteil, sonst seid ihr verloren.
LANGEVIN Was hast du mit den Erschießungen zu tun? Beruhige dich.
»PAPA« Ich? Nichts. Was meinen Sie damit? Das Komitee zaudert!
LANGEVIN Wollt ihr nicht lieber hören? *Er öffnet die Tür wieder.*
STIMME RIGAULTS Bürger Gardisten, das Recht, über das Schicksal des Landes zu entscheiden, können nur die haben, die es verteidigen, das ist das Proletariat, das sind die 200000 Kämpfer von Paris. Ihr Stimmzettel ist die Gewehrkugel.
*Unruhe.*
RUFE Wollen Sie sogar die Wahlen abwürgen? Das ist die Anarchie! – Vergeßt nicht, das ist der Bürgerkrieg! Und mit den preußischen Batterien vom Bois de Vincennes bis zum Bois de Boulogne! – Einigkeit! Die Wahlen sind beschlossen!
GENEVIÈVE Wir sind uneinig. Das ist schlecht.
LANGEVIN *lächelnd:* Nein, das ist gut, das ist Bewegung. Vorausgesetzt, es ist die richtige Richtung. Aber warum seid ihr gekommen?
»PAPA« Beim 101. wird darüber geredet, daß die Tore nicht gesperrt worden sind. Sie haben ihre Polizei, ihre Bagage, ihre Artillerie nach Versailles dirigiert, die ganze Nacht durch. Und dort sitzt Thiers. Wir sollen euch sagen, daß wir auf Versailles marschieren werden, sobald ihr das Zeichen gebt, Langevin.
GENEVIÈVE *schnell:* Aber das wäre ebenfalls der Bürgerkrieg.
COCO 20000 Mann kampieren allein vor dem Stadthaus, das Brot auf die Bajonette gespießt, man hat 50 Kanonen um das Haus aufgefahren. Ihr braucht nur durch das Fenster hinauszurufen »Nach Versailles!«, und alles ist erledigt für immer.
LANGEVIN *langsam:* Vielleicht. Aber wir brauchen das Einverständnis Frankreichs, nicht?
»PAPA« Gut, wählt. Oder wählt nicht, auch gut. Aber vernichtet den Feind, solange ihr könnt, jetzt.
LANGEVIN *zögernd:* Die Commune ist schwer genug auf die Beine zu kriegen. Haben wir sie, sind die Thiers und Konsorten ein Häuflein Bankrotteure in den Augen ganz Frankreichs. Aber ich verstehe dich, »Papa«. Es ist gut, daß ihr uns auf dem Nacken sitzt. Gebt uns nur keine Ruhe, ihr seid immer weiter als wir. *Er geht schnell in den Saal zurück.*
»PAPA« Coco, seien wir zufrieden. Schließlich müssen die es wissen.
*Sie wenden sich zum Gehen, da hören sie noch die Schlußrede.*
STIMME VARLINS Bürger Gardisten! Die Prole-

tarier von Paris, inmitten der Niederlagen und des Verrats der herrschenden Klassen, dezimiert auf den Schlachtfeldern der Bourgeoisie, der preußischen und seiner eigenen, geschwächt durch den Hunger, den die preußischen Generäle und die Pariser Schieber über sie verhängt haben, erhoben sich in diesen Morgenstunden, die Reste ihre zerschmetterten Quartiere zu verteidigen und ihr Geschick in die eigenen Hände zu nehmen. Es ist das Geschick Frankreichs. Die sogenannte Regierung der nationalen Verteidigung, gebildet von der Bourgeoisie nach der militärischen Niederlage, ist als Regierung des nationalen Verrats entlarvt. Dieselben Leute, die den Kaiser geholt hatten für ihre Abenteuer, haben ihn fallenlassen, als er die Beute nicht lieferte; jetzt holen sie Herrn von Bismarck, damit er ihnen ihr Eigentum beschützt gegen jene, die es schufen, das Proletariat. Aber die Hauptstadt Frankreichs, den Aufstand gegen diese Bande von Abenteurern für rechtmäßig erklärend, schreitet, ruhig und fest im Besitz ihrer Waffen, zur Wahl ihrer eigenen, freien und souveränen Commune und fordert freie Communen Frankreichs auf, sich um sie zu scharen.
*Starker Beifall und Rufe: »Es lebe die Commune!«*

GENEVIÈVE Das ist einer der größten Tage in der Geschichte Frankreichs.

»PAPA« Ein Teil seiner Größe wird darin bestehen, daß niemand wird sagen können, die Vertreter des Volkes haben den Bürgerkrieg gewollt.

GENEVIEVÈ Es wird eine neue Zeit sein, und es wird kein Blutbad gewesen sein.

RESOLUTION

I
In Erwägung unsrer Schwäche machtet
Ihr Gesetze, die uns knechten solln.
Die Gesetze seien künftig nicht beachtet
In Erwägung, daß wir nicht mehr Knecht sein wolln.
In Erwägung, daß ihr uns dann eben
Mit Gewehren und Kanonen droht
Haben wir beschlossen, nunmehr schlechtes Leben
Mehr zu fürchten als den Tod.

2
In Erwägung, daß wir hungrig bleiben
Wenn wir dulden, daß ihr uns bestehlt
Wollen wir mal feststelln, daß nur Fensterscheiben
Uns vom guten Brote trennen, das uns fehlt.
In Erwägung, daß ihr uns dann eben
Mit Gewehren und Kanonen droht
Haben wir beschlossen, nunmehr schlechtes Leben
Mehr zu fürchten als den Tod.

3
In Erwägung, daß da Häuser stehen
Während ihr uns ohne Bleibe laßt
Haben wir beschlossen, jetzt dort einzuziehen
Weil es uns in unsern Löchern nicht mehr paßt.
In Erwägung, daß ihr uns dann eben
Mit Gewehren und Kanonen droht
Haben wir beschlossen, nunmehr schlechtes Leben
Mehr zu fürchten als den Tod.

4
In Erwägung, es gibt zu viel Kohlen
Während es uns ohne Kohlen friert
Haben wir beschlossen, sie uns jetzt zu holen
In Erwägung, daß es uns dann warm sein wird.
In Erwägung, daß ihr uns dann eben
Mit Gewehren und Kanonen droht
Haben wir beschlossen, nunmehr schlechtes Leben
Mehr zu fürchten als den Tod.

5
In Erwägung, es will euch nicht glücken
Uns zu schaffen einen guten Lohn
Übernehmen wir jetzt selber die Fabriken
In Erwägung, ohne euch reicht's für uns schon.
In Erwägung, daß ihr uns dann eben
Mit Gewehren und Kanonen droht
Haben wir beschlossen, nunmehr schlechtes Leben
Mehr zu fürchten als den Tod.

6
In Erwägung, daß wir der Regierung
Was sie immer auch verspricht, nicht traun
Haben wir beschlossen, unter eigner Führung
Uns nunmehr ein gutes Leben aufzubaun.
In Erwägung: Ihr hört auf Kanonen –
Andre Sprache könnt ihr nicht verstehn –

Müssen wir dann eben, ja, das wird
sich lohnen
Die Kanonen auf euch drehn!

## 5

*19. März 1871. Gare du Nord. Überall Plakate, die zur Wahl der Commune aufrufen. Gedränge von Bürgerfamilien, Nonnen, Beamten, die nach Versailles flüchten.*

ZEITUNGSAUSRUFER Erklärung der Presse: Wahlen zur Commune unkonstitutionell! Folgende Zeitungen fordern euch auf, Pariser, nicht zu wählen: Le Journal des Débats, Le Constitutionell, Le Moniteur, L'Universel, Le Figaro, Le Gaulois, – *und während des folgenden noch* – La Vérité, Paris-Journal, La Presse, La France, La Liberté, Le Pays, Le National, L'Univers, Le Temps, La Cloche, La Patrie, Le Bien Public, L'Union, L'Avenir, Le Libéral, Le Journal des Villes et des Campagnes, Le Charivari, Le Monde, La France Nouvelle, La Gazette de France, Le Petit Moniteur, Le Petit National, L'Electeur Libre, La Petite Presse.

*Der Herr Steuereinnehmer, inmitten seiner Familie, kauft ein Blatt.*

STEUEREINNEHMER Was heißt das, »das Komitee ist nichts«, es repräsentiert 215 Bataillone, diese Leute können alles machen. Alphonse, halt dich gerade! Wo bleibt Bourdet mit der Mappe? Habe ich einen Prokuristen oder nicht in der Stunde der Gefahr?

SEINE FRAU Alphonse, du sollst keinen Buckel machen. Wenn Bourdet nicht kommt, mußt du zurückbleiben, Christophe, ohne Geld können wir in dem teuren Versailles nichts machen. Es wird überfüllt sein.

STEUEREINNEHMER »Mußt du zurückbleiben«, das ist kennzeichnend. Man mag mich an die Wand stellen, wenn nur das Geld...

SEINE FRAU Werde nicht sentimental. Du wartest auf Bourdet. Alphonse, zuck nicht mit den Schultern. *Ab ohne den Mann, der wartet.*

*Philippe und Jean kommen, als Liniensoldaten eine eiserne Kiste hinterschleppen, von einem Beamten geführt.*

BEAMTER Nicht in den Gepäckwagen, meine Herren, das sind die Register und Kassen der Bürgermeistereien.

PHILIPPE Deine Mutter ist schuld, daß ich zur Truppe zurück muß. Wie konnte sie François' Mikroskop ins Leihhaus bringen, während er kämpfte! Jetzt wird mein ganzer Sold dafür draufgehen, und ich habe ihn noch nicht. Womöglich stellt man mich vors Kriegsgericht, des Vorfalls mit der Kanone wegen, an dem auch ihr schuld seid.

JEAN *abwesend:* Wir mußten die Miete bezahlen, Philippe. Wenn du 20 Frs. bringst, holen wir die Sachen wieder heraus. Die Hauptsache ist, daß François nichts erfährt.

PHILIPPE Dieses Studium verschlingt alles. Und wenn er jetzt in eure Communegeschichte verwickelt wird, jagen ihn die guten Brüder von der Schule! Ein Priester und bei der Commune! Und wie falsch eure Ideen sind, sieht man hier. François will sein Mikroskop, nicht? Und warum? Weil es sein Eigentum ist. Also will der Mensch sein Eigentum, basta.

JEAN Philippe, du hast einen Kopf wie eine Backstube: alles durcheinander.

PHILIPPE In einer Backstube ist nicht alles durcheinander.

JEAN Paß auf: Das Mikroskop ist sein Handwerkszeug, darum will er es. Und die Drehbänke in der Lokomotivwerkstätte sind unser Handwerkszeug, darum wollen wir sie. Capisti?

PHILIPPE Wo willst du denn hin?

JEAN *hängt ihm den Sack auf, den er ihm trug:* Siehst du nicht, daß sie die Kassen wegschaffen? Holla, ihr! *Zu den schleppenden Soldaten:* Hier wird nichts weggeschafft. Das ist Volkseigentum. *Die Soldaten gehen weiter, nachdem ihm einer einen Tritt gegeben hat.* Abschaum. Und niemand hier, der sie aufhält. *Stürzt weg.*

*Philippe kopfschüttelnd ab.*

*Eine Aristokratin mit Nichte und Dienstboten, die Hutschachteln und derlei tragen, treten auf.*

NICHTE Wer hätte gedacht, Tante Marie, daß die ersten Züge, die Paris wieder verlassen können, ein solch tragisches Schauspiel sehen würden! Ganz Paris auf der Flucht!

ARISTOKRATIN Nicht für lange. Geben Sie acht, Philine, daß die Schachteln nicht zerdrückt werden, das ist ein Hut von Parnaud!

NICHTE Wir hätten doch die Chaise nehmen sollen.

ARISTOKRATIN Daß man uns die Pferde ausspannt, um sie aufzufressen? Rede keinen Unsinn. Ah, de Plœuc, wie liebenswürdig von Ihnen! In diesen Tagen lernt man seine Freunde kennen.

DE PLŒUC Ich konnte Sie einfach nicht fahren

lassen, ohne Ihnen die Hand zu drücken, Madame la Duchesse.

NICHTE Müssen Sie wirklich zurückbleiben, ist das nicht gefährlich?

DE PLŒUC Vielleicht. Die Bank von Frankreich ist ein Risiko wert, Mademoiselle. *Zur Duchesse:* Darf ich Sie bitten, das Billett in diesem Strauß ihm zu übergeben? *Reicht ihr einen Blumenstrauß.*

ARISTOKRATIN Man wird es Ihnen nicht vergessen. Die ganze Komödie wird acht Tage dauern. Auf bald, Henri! *Ab mit Nichte.*

DE PLŒUC Auf bald, Mesdames!

*Der Zeitungsverkäufer verkauft nun einzelne Zeitungen. Gegenüber verkauft ein Straßenhändler seine Waren.*

ZEITUNGSAUSRUFER »Äußerungen hochstehender Persönlichkeiten« im Figaro. – »Das Verbrechen an den Generälen Lecomte und Thomas.« – »Besetzung des Stadthauses ungesetzlich.« – »Steckt das Zentralkomitee mit den Deutschen unter einer Decke?« – »Plünderungen in der Rue Gras.« – »Die Herrschaft des Mobs.«

STRASSENHÄNDLER *dazwischen:* Hosenträger! – Lyoner Taschenkämme! – Knöpfe! – Seife und Toilettenartikel, billig! – Harmonikas! – Gürtel aus Tripolitanien!

*Soldaten bringen Jean, dessen Anzug zerrissen ist.*

*Ein Sergeant der Nationalgarde mit einigen Gardisten hält sie auf.*

SERGEANT Einen Augenblick! Was macht ihr mit ihm?

DIE SOLDATEN Er wurde gefaßt, als er versuchte, auf die Lokomotive zu klettern. Ein Saboteur, Sergeant.

JEAN Sie schaffen die Kassen fort, ihr. Man muß sie aufhalten. Die ganze Gesellschaft muß verhaftet werden.

SERGEANT Immer ruhig Blut, Kamerad. Es liegt kein Befehl vor, die Züge aufzuhalten. Loslassen.

DE PLŒUC Meine lieben Freunde, ich bin der Marquis de Plœuc von der Bank von Frankreich. Sie sagen selber, daß die Exekutive keine Befehle erlassen hat. Es herrscht noch kein Bürgerkrieg, soviel ich gehört habe. Wenn dem aber so ist, hat der Mann sich eines Verbrechens schuldig gemacht und muß dingfest gemacht werden.

JEAN So? Und wohin soll ich gebracht werden? Sagt mir das? *Schweigen.*

SERGEANT Ach, ihr wolltet ihn auf den Zug verschleppen? Sofort loslassen. *Zu seinen Leuten:* Holt Verstärkung!

*Einige weg. – Jean wird losgelassen. Die Soldaten verdrücken sich. De Plœuc ab.*

DIE SOLDATEN Wir tun nur unsre Pflicht, Kamerad.

SERGEANT Du hast Glück gehabt.

JEAN Und sie laßt ihr laufen? Seht ihr diese Plakate? Ich will euch etwas sagen: ich habe gewählt. Aber nicht eure Commune. Sie wird untergehen. *Stolpert weg.*

## 6

*26. März 1871. Vor dem kleinen Café auf dem Montmartre. Mme. Cabet und ihre kleine Familie – Jean, Babette, François, Geneviève – richten sich in dem kleinen Café ein, das geschlossen gewesen ist. Sie entfernen die Fensterläden, entrollen die Straßenjalousie, tragen Stühle heraus, hängen weiße Papierlaternen auf. Der Kellner in einer Uniform der Nationalgarde und der verwundete Kürassier in Zivil helfen ihnen. Von einem Platz nebenan schnelle Musik. Geneviève kommt aus dem Café mit Weinflaschen, gefolgt von einem der Kinder im Sonntagsanzug.*

FRANÇOIS *kommt mit Strohstühlen:* Das ist die Commune, das ist die Wissenschaft, das neue Jahrtausend, Paris hat sich dafür entschieden.

KELLNER Der Patron hat sich dagegen entschieden, so ist der Kellner Patron geworden, macht es euch bequem in seinem Café.

GENEVIÈVE Selbst die jungen geistlichen Herrn begrüßen also den Anbruch der Morgenröte. *Sie stellt Weinflaschen vor Mme. Cabet.*

FRANÇOIS Und die Lehrerinnen schenken den Wein des schwarzen Marktes der Witwe aus. Denn es ist auch die Niederschrift der Bergpredigt in Gesetzesparagraphen, welche beginnen mit »In Erwägung« und endigen mit Taten! *Er umarmt den Deutschen, der grinsend einen Fensterladen geöffnet hat.* Ich umarme dich, Kürassier. Neuer Bruder, du Deserteur aus den Räuberheeren des anachronistischen Bismarck!

Mme. CABET *die von Anfang an auf einem Stuhl mitten auf der Straße gesessen hat:* Und man hat die Mieten erlassen! *Ruft:* Jean! Babette!

FRANÇOIS In Erwägung, daß der unbillige

Krieg, der das Vaterland heimgesucht hat, nur das Werk der Minderheit war und daß es nicht gerecht ist, nicht gerecht ist, die ganze Bürde auf die Mehrheit abzuwälzen, welche eine ungeheuere Mehrheit der Elenden ist. Ich habe das auswendig gelernt wie den Lavoisier.

JEAN *schaut aus dem oberen Fenster des Cafés:* Geduld!

FRANÇOIS Und die Pfandleihen geben kostenlos die Pfänder der Armen zurück in Erwägung, daß das Leben wert sein muß, gelebt zu werden.

Mme. CABET François, du wußtest alles? Ich bin eine Diebin, es ist alles so teuer. Das ist, weil ich dir die Miete abverlangte, ein wenig taktlos, aber ich wollte die Sachen auslösen, du brauchst sie ja. Jean! *Zum Kind:* Setz dich, Victor, iß was, bevor du den Wein kostest. Jean! *Das Kind setzt sich steif. Jean schaut ärgerlich heraus.* Ich will Babette sprechen, seid ihr nicht fertig?

BABETTE *schaut neben Jean heraus, etwas erhitzt:* Maman?

Mme. CABET Sieh, was für hübschen Wein wir haben, Babette. *Babette lacht und zieht den Kopf zurück.* Man muß auf sie acht geben, er ist radikal, dieser da.

*Die Gasse herunter kommen »Papa« und Langevin, der sehr müde aussieht. »Papa« trägt einen weißen Lampion auf dem Bajonett.*

»PAPA« Madame, Mademoiselle. Ich bringe Ihnen Ihren Schwager, Mitglied der Commune für Vaugirard. Ich habe ihn von der Arbeit weggeschleppt, sie schuften wie die Lohnsklaven im Stadthaus.

Mme. CABET Nimm ein Glas, Pierre.

KELLNER Der Wein ist vom Patron, der Patron ist in Versailles, bedienen Sie sich, Monsieur.

LANGEVIN Sie haben 6000 Kranke zurückgelassen, für die Beleuchtung der Straßen ist niemand da, das bedeutet Arbeit. *Jean und Babette schieben eine rote Fahne aus dem Fenster.*

»PAPA« Ah, ein Glas auf die Schönheit! Geliebt und gefürchtet! Die Verfolgte, die Furchtbare! Die Freundliche, die mit dem Sturm zusammen auftritt.

Mme. CABET Ja, die schafft es. Nehmt von den Broten, Pierre und »Papa«, und wo sind die Kinder? Die Bäckerin von gegenüber hat sie uns auf die Gasse gebracht, als wir das Tuch vorübertrugen; ja, als wir das Tuch mit der bestimmten Farbe vorübertrugen, hat die Bäckerin, die saure, uns die Brote aufgedrängt.

GENEVIÈVE Setzt euch, ich werde euch ein altes Liedchen vorsingen. *Sie singt:*

Margot ging auf den Markt heut früh.
Da schlugen die Trommeln so laut.
Sie kaufte Fleisch und Sellerie
Und fand den Fleischer ergraut.
An Haar und Haut ergraut.
»Das Fleisch macht 20 Frs.«
Rataplom, rataplom, rataplom.
»Hein?«
»Gut, Madame, 5 Frs.«
»Ahom!«

Margot ging heut zur Hauswirtin.
Da rollte der Zapfenstreich.
»Darf ich fragen, was ich schuldig bin?«
Da war die Wirtin so bleich
So bleich wie eine Leich.
»Die Miete macht 20 Frs.«
Rataplom, rataplom, rataplom.
»Hein?«
»Gut, Madame, 10 Frs.«
»Ahom!«

ALLE *singen mit:* Ahom, ahom, ahom.

*Über den Platz kommt ein Trupp von Männern und Frauen mit Kokarden.*

EINER DER MÄNNER Meine Damen, meine Herren, kommen Sie alle! Auf der Place Vendôme spricht Monsieur Courbet, der bekannte Maler, über die Notwendigkeit, die Vendôme-Säule Napoleons umzustürzen, gegossen aus dem Erz von 1200 eroberten europäischen Kanonen. Ein Monument des Krieges, der Bejahung des Militarismus und der Barbarei.

»PAPA« Vielen Dank. Wir billigen das Projekt und kommen zur Ausführung.

EINE FRAU Dann kommt mit zu der Bouillon, die im Quartier Latin ausgeschenkt wird.

*Ein Mann wiehert.*

DER MANN Zur Erinnerung an fünf Pferde, meine Damen und Herrn.

FRANÇOIS Wollen wir gehen?

»PAPA« Ich sitze gut hier.

FRANÇOIS Bouillon.

Mme. CABET Wollt ihr gehen? Wo sind Jean und Babette? Ach, da sind sie.

»PAPA« Monsieur François, man sieht, Sie haben Anlagen zum Priesterstand.

GENEVIÈVE Vielen Dank, wir bleiben noch ein wenig sitzen.

*Der Trupp zieht weiter.*

EINER DER MÄNNER Gut, wie ihr wollt. Die Commune hat euch eingeladen. Ihr seid nicht gekommen, olala.

»PAPA« Das ist die Freiheit!

*Jean und Babette sind unten erschienen.*

Mme. CABET Ihr wart zu lange oben, ich bin unzufrieden mit euch.

JEAN Maman, du machst Geneviève erröten.

Mme. CABET Ich habe euch gesagt, man muß sich nach den Verhältnissen richten.

»PAPA« Aber es sind die besten, Madame, die allerbesten. Paris hat sich für ein Leben nach dem eigenen Geschmack entschieden. Das ist es auch, warum Monsieur Fritz beschlossen hat, bei uns zu bleiben. Keine Klassenunterschiede mehr zwischen den Bürgern, keine Schranken mehr zwischen den Völkern!

JEAN Babette, antworte Maman, verteidige mich.

BABETTE Madame, Ihr Sohn, er kennt keine unziemliche Hast. *Sie singt:*

Père Joseph hat kein Dach überm Kopfe
Überm Hintern sein Weib hat kein Hemd
Doch kocht sie für ihn was im Topfe
Am Rain im gestohlenen Topfe
Hat Père Joseph sich vorm Mahle gekämmt.
»Mutter, mach was extra Exquisites!
Für 'nen armen Hund ist nichts zu schad.
Mutter, laß dir Zeit, spar nicht mit Geschicklichkeit!
Mach was extra... halt, der Schnittlauch für'n Salat.«

Père Joseph, in der Salpêtrière
Für den Pfaffen hat er keine Zeit
Und als ob es von seinem Geld wäre
Bestellt er 'ne Henkersmahlzeit:
»Wärter, mach was extra Exquisites!
Für 'nen armen Hund ist nichts zu schad.
Kinder, laßt euch Zeit, spart nicht mit Geschicklichkeit
Und vergeßt mir nicht den Schnittlauch für 'n Salat.«

»PAPA« Denn wozu lebt man? Der Curé von Sainte-Héloise hat meiner Schwester zufolge die Frage beantwortet mit: für die Vervollkommnung seiner selbst. Nun wohl: was brauchte er dazu? Er brauchte dazu Wachteln zum Frühstück. *Zu dem Kind:* Mein Sohn, man lebt für das Extra. Es muß her, und wenn man Kanonen dazu benötigt. Denn wofür leistet man etwas? Dafür, daß man sich etwas leistet! Prosit! – Wer ist der junge Mann?

Mme. CABET Victor, hol eine Gabel! *Das Kind geht ins Café.* Sein Vater ist beim 93. gefallen, bei der Verteidigung der Kanonen, am 18. März. Er hat einen Fleischhandel eröffnet, Kaninchen, schweig, Jean. Ich kaufe ihm mitunter etwas ab, in Anbetracht seines...

*Das Kind kommt mit einer Gabel zurück.*

»PAPA« *steht auf, erhebt sein Glas:* Auf dein Wohl.

*Das Kind trinkt auf das Wohl von »Papa«. Musik von nebenan. Jean beginnt mit Geneviève zu tanzen, Babette mit François, Kellner mit Mme. Cabet.*

»PAPA« Alles geht gut, was?

LANGEVIN Du bist zufriedengestellt?

»PAPA« *nach einer Pause:* Das ist es, was diese Stadt gewollt hat und für das sie gebaut worden ist; was sie vergessen hat unter den Peitschenhieben und an was sie erinnert wurde durch uns. – Was fehlt?

LANGEVIN Nur eines: manchmal denke ich, wir hätten besser am 18. März zugeschlagen. Wir fragten: die Wahlen oder der Marsch auf Versailles! Die Antwort war: beides.

»PAPA« Nun, und?

LANGEVIN Thiers sitzt in Versailles und sammelt Truppen.

»PAPA« Pah, ich spucke darauf. Paris hat alles entschieden. Diese halbtoten Greise wird man erledigen wie nichts. Truppen! Wir werden uns verständigen mit ihnen wie am 18. März, über die Kanonen.

LANGEVIN Ich hoffe. Es sind Bauern.

»PAPA« Auf Paris, Monsieur!

*Die Tanzenden kommen zurück.*

BABETTE Auf die Freiheit, Jean Cabet! Die vollständige!

»PAPA« Auf die Freiheit!

LANGEVIN Ich trinke auf die teilweise.

BABETTE In der Liebe!

GENEVIÈVE Warum die teilweise, Monsieur Langevin?

LANGEVIN Sie führt zur vollständigen.

GENEVIÈVE Und die vollständige, die sofortige, das ist eine Illusion?

LANGEVIN In der Politik.

BABETTE François, du kannst tanzen, als was tanzt du? Als Physiker oder als Priester, als kleiner Priester?

FRANÇOIS Ich werde keiner sein. Eine neue Zeit bricht an, Fräulein Guéricault. Ich werde meine Physik auf Kosten von Paris studieren.

BABETTE Es lebe die Teilung! Wir haben alles, teilen wir!

GENEVIEVE Babette!
BABETTE Ich werde dich lehren, mit Jean Backe an Backe zu tanzen. *Stürzt sich auf Geneviève.*
GENEVIEVE Ich wehre mich nicht, Babette.
BABETTE Dann nimm das, und das und das.
*Sie rollen am Boden. Geneviève beginnt sich zu wehren.*
BABETTE Ah, du wehrst dich nicht? Willst du mir das Aug ausschlagen, du Kröte?
*Jean hat François lachend zurückgehalten. »Papa« und der Kellner trennen die Kämpfenden.*
Mme. CABET Ihr führt euch auf, als ob ihr Schränke voll Kleider hättet. Olala. Ich war dagegen, daß ihr hinaufgingt, die Fahne herauszuhängen. Sie ist eine Kämpferin, diese da.
FRANCOIS Eine Kommunardin ist nicht eifersüchtig.
BABETTE Sie ist aus Holz, eh!
GENEVIÈVE Nein, sie hält fest, was sie hat. Ich bin froh, daß kein Bajonett herum war, Babette. Guten Tag, Philippe!
*Philippe ist hinzugetreten.*
PHILIPPE Da bin ich wieder. Ich war neugierig, ob ich euch noch lebendig vorfinden würde. Nach den Zeitungen in Versailles seid ihr alle verhaftet und ermordet. Wer nicht vor dem Einschlafen »Es lebe die Commune!« sagt, wird von der eigenen Ehefrau angezeigt und in den Latrinen von den Kommunarden gefoltert, bis er alles gesteht. Das weiß man. Es ist die Schrekkensherrschaft der Commune.
*Alle lachen.*
»PAPA« Das ist die erste Nacht der Geschichte, Freunde, in der dieses Paris keinen Mord, keinen Raub, keinen frechen Betrug und keine Schändung haben wird. Zum erstenmal sind seine Straßen sicher, es braucht keine Polizei. Denn die Bankiers und die kleinen Diebe, die Steuereintreiber und die Fabrikanten, die Minister, die Kokotten und die Geistlichkeit sind nach Versailles ausgewandert: die Stadt ist bewohnbar.
FRANÇOIS Ihr Wohl, »Papa«.
PHILIPPE Auch das habe ich gelesen in den Zeitungen. Das sind die Orgien. Die Orgien der Commune! Die Tyrannen im Stadthaus haben jeder sieben Mätressen, das ist durch ein Gesetz festgelegt.
BABETTE Oh! Jean hat nur zwei.
FRANCOIS Und warum bist du weggelaufen?
PHILIPPE Für nichts mache ich ihnen nicht den Geherda. Monsieur Thiers ist bankrott, futsch, im Eimer. Er zahlt schon keinen Sold mehr aus. Die Liniensoldaten verkaufen ihre Gewehre in Versailles für 5 Frs.
»PAPA« Ich bekomme meinen Sold, ich.
LANGEVIN Du zahlst ihn dir selber aus, das ist der Unterschied.
PHILIPPE Das ist die Mißwirtschaft der Commune. Davon spricht man, ich bin einen Tag auf dem Land gewesen, in Arles, bei den Eltern. Sie lassen dich grüßen, François. Ich habe ihnen gesagt, daß du Kommunard geworden bist, ein Teufel, der alles teilen will.
»PAPA« Ich träume von einem Bein einer Kuh, besonders von dem Huf.
LANGEVIN Aber wie bist du durch die Linien gekommen?
PHILIPPE Es hat mich niemand aufgehalten.
LANGEVIN Das ist nicht gut. Das ist der Leichtsinn der Commune!
»PAPA« Pierre, du hast eine zu hohe Meinung von diesen Greisen, Monsieur Thiers und Herrn von Bismarck. Willkommen, Philippe. Sie sind futsch, eh? Eine Zeitung, Pierre. *Langevin reicht ihm eine, er macht einen Kinderhelm daraus und setzt ihn auf.* Ich bin Bismarck. Jean, du bist Thiers, nimm François' Brille. Wir wollen Pierre zeigen, was diese Greise sagen, während wir in Paris unsere kleinen Feste feiern.
*»Papa« und Jean stellen sich in historische Positur.*
»PAPA« Mein lieber Thiers, ich habe eben einen Kaiser gemacht, einen Dummkopf, nebenbei erwähnt: wollen Sie auch einen?
JEAN Mein lieber Herr von Bismarck, ich hatte schon einen.
»PAPA« Das verstehe ich, daß Sie keinen mehr wollen, wenn Sie schon einen hatten. Das ist alles sehr schön und gut, aber wenn Sie nicht parieren, kriegen Sie Ihren Kaiser zurück, und das ist nicht nur eine Drohung, sondern ich führe sie auch aus. Nebenbei: wollen Sie einen König?
JEAN Herr von Bismarck, nur ein Teil will das, ein kleiner Teil.
»PAPA« Aber wenn Sie nicht parieren, kriegen Sie einen. Nebenbei: was wollen denn Ihre Leute, ich meine das... wie heißt es doch gleich, das die Steuern zahlt... richtig, das Volk, was will es?
JEAN *schaut sich scheu um:* Mich.
»PAPA« Aber das ist ja vorzüglich, Sie sind mir ja ebenso lieb wie ein Kaiser oder König – den will man also auch nicht, komisch –, Sie parieren

ja auch, Sie liefern sogar noch viel besser das alles aus, wie heißt es doch gleich, wo wir sind, im Augenblick, richtig: Frankreich.

JEAN Herr von Bismarck, ich bin beauftragt, Frankreich auszuliefern.

»PAPA« Von wem, Monsieur Thiers?

JEAN Von Frankreich. Ich bin soeben gewählt worden.

»PAPA« *lacht schallend:* Wir auch! Der Kaiser und ich sind auch gewählt worden.

JEAN *lacht ebenfalls, dann:* Scherz beiseite, Herr von Bismarck, ich fühle mich ein wenig unsicher, kurz, ich bin nicht sicher, ob ich nicht verhaftet werde.

»PAPA« Wissen Sie was, ich stütze Sie. Ich habe 5000 Kanonen.

JEAN Dann habe ich nur einen Wunsch, Herr von Bismarck, würden Sie mir das erlauben: darf ich Ihnen die Stiefel küssen? *Stürzt sich auf »Papas« Stiefel und küßt sie.* Was für Stiefel! Wie das schmeckt!

»PAPA« Nur: fressen Sie sie mir nicht auf.

JEAN Und versprichst du mir, Otto, daß du damit, mit diesen Stiefeln, sie auch niedertrampeln wirst?

»PAPA« Ach, die Commune?

JEAN Sprich das Wort nicht aus. Sprich es nicht aus! Weißt du, das ist bei mir wie bei dir dieser Liebknecht und dieser Bebel.

*Der Kürassier erhebt sich und hebt sein Glas.*

»PAPA« Um Gottes willen, sprich diese Namen nicht aus!

JEAN Aber warum erschrickst du denn so, Otto? Wie kannst du mir denn da helfen, Otto, wenn du da so erschrickst? Da erschrecke ich ja auch.

*Sie nehmen Papierhelm und Brille ab und umarmen sich.*

BABETTE Jean, das war gut. Ich glaube, die Fahne hängt noch nicht richtig, wir gehen hinauf. *Sie umarmt ihn.*

FRANÇOIS Jetzt lese ich es euch doch vor. *Er liest unter einer Papierlaterne von einem Zeitungsblatt:* »Heute ist die Nacht, wo sie ihren Wein trinkt, den sie niemandem schuldet. Und am Morgen wird sich Paris erheben wie eine alte Arbeiterin und nach ihrem Werkzeug langen, das sie liebt.«

KÜRASSIER *hebt sein Glas:* Bebel, Liebknecht!

KELLNER Die Commune!

KÜRASSIER Die Commune!

KELLNER Bebel, Liebknecht!

FRANÇOIS Das Studium!

GENEVIÈVE Die Kinder.

7

a

*Stadthaus. Rote Fahnen. Im Sitzungssaal werden Tafeln mit den Inschriften »1. Das Recht zu leben – 2. Freiheit des einzelnen – 3. Gewissensfreiheit – 4. Versammlungs- und Assoziationsrecht – 5. Freiheit des Wortes, der Presse und geistiger Kundgebungen jeglicher Art – 6. Freies Wahlrecht« während der Sitzung festgehämmert.*

*29. März 1871. Eröffnungssitzung der Commune.*

BESLAY Man wirft uns vor, wir hätten uns zufriedengeben sollen mit der Wahl einer Nationalversammlung der Republik…

RUFE Ausgeschrieben von Monsieur Thiers! – Gegen Paris!

BESLAY Aber die Befreiung der Pariser Gemeinde ist die Befreiung aller Gemeinden der Republik! Unsere Gegner behaupten, wir haben der Republik einen Schlag versetzt. Wir haben ihr einen Schlag versetzt: wie dem Pfahl, den man tiefer in die Erde schlägt! *Beifall.* Die Republik der großen Revolution des Jahres 1792 war ein Soldat, die Republik der Commune wird ein Arbeiter sein, der vor allem der Freiheit bedarf, um aus dem Frieden etwas zu machen.

VARLIN Eine Republik, Kommunarden, die den Arbeitern ihr Arbeitswerkzeug zurückgibt, wie die von 1792 den Bauern den Boden gab und damit durch die soziale Gleichheit die politische Freiheit verwirklichte. *Beifall.* Ich verlese die ersten Gesetze.

»In Erwägung, daß alle Bürger ohne Unterschied sich zur Verteidigung des nationalen Territoriums bereithalten, wird das stehende Heer abgeschafft.«

RUFE Fort mit den Generälen, den bezahlten Bluthunden! Es lebe das Volksheer! – Keine Klassenunterschiede mehr unter den Bürgern, keine Schranken mehr zwischen den Völkern! – Fordern wir die Arbeiter in den deutschen Heeren auf, den Arbeitern in den französischen die Hand zu reichen!

*Beifall.*

VARLIN
»In Erwägung, daß der Staat das Volk ist, welches sich selber regiert, sollen alle öffentlichen Ämter nur auf bestimmte Zeitdauer und auf Widerruf besetzt und ihre Inhaber gemäß ihren Fähigkeiten gewählt werden!«
RUF Gleiche Bezahlung! Arbeiterlohn!
VARLIN
»In Erwägung, daß kein Volk höher steht als der letzte seiner Bürger, soll der Unterricht allen zugänglich, unentgeltlich und sozial sein.«
RUF Speisung der Kinder in den Schulen! Die Erziehung beginnt mit der Speisung. Um zu wissen, muß man zu essen wissen.
*Gelächter und Beifall.*
VARLIN
»In Erwägung, daß das Ziel des Lebens in der unbeschränkten Entwicklung unseres physischen, geistigen und moralischen Wesens liegt, darf das Eigentum nichts anderes sein als das Recht jedes einzelnen, nach dem Maß seiner Mitarbeit an dem kollektiven Ergebnis der Arbeit aller teilzunehmen. In den Fabriken und Werkstätten muß die kollektive Arbeit organisiert werden.«
*Beifall.*
VARLIN Das, meine Freunde, sind die ersten Gesetze, welche sofort verwirklicht werden sollen. Ich eröffne die erste Arbeitssitzung der Commune von Paris.

*b*
*Ministerium des Innern. Von einem Portier geführt, treten Geneviève und Langevin in ein Büro. Regen.*

GENEVIÈVE Sie sagen, nicht ein einziger Beamter ist erschienen? Seit acht Tagen.
PORTIER Nein. Ich müßte es wissen, ich bin der Portier.
GENEVIÈVE Wie viele Beamte arbeiten hier sonst?
PORTIER 384 und der Herr Minister.
GENEVIÈVE Wissen Sie, wo die einzelnen wohnen?
PORTIER Nein.
GENEVIÈVE Wie soll man herausbringen, wo auch nur die Schulen in den Bezirken liegen, die Lehrer wohnen, das Geld für die Gehälter geholt wird? Es sind sogar die Schlüssel abgezogen.
LANGEVIN Man muß einen Schlosser holen.
GENEVIÈVE Und Sie werden gehen müssen, mir etwas Öl für die Lampe zu kaufen. *Kramt in ihrem Geldbeutelchen.*
PORTIER Wollen Sie denn auch nachts arbeiten?
LANGEVIN Das ist die Delegierte der Commune für das Unterrichtswesen.
PORTIER Das ist alles recht und schön, aber es ist nicht meine Arbeit, nach Öl zu laufen.
GENEVIÈVE Schön, aber...
LANGEVIN Nicht schön, Sie werden das Öl kaufen gehen. Nachdem Sie der Delegierten gezeigt haben, wo die Register und die Karten mit den Schulen der Bezirke liegen.
PORTIER Ich kann nur zeigen, wo die Büros liegen.
GENEVIÈVE Ich werde die Reinemachefrau fragen müssen, vielleicht hat sie Kinder, die zur Schule müssen.
LANGEVIN Sie wird nichts wissen.
GENEVIÈVE Zusammen werden wir es schon in Erfahrung bringen.
LANGEVIN Es wäre am besten, gleich neue Schulen zu bauen, dann wüßte man, wo sie liegen, es muß alles von A bis Z neu gemacht werden, da es ja auch immer schlecht gemacht wurde. Das gilt von den Kliniken bis zur Straßenbeleuchtung. Wieviel bezahlt Ihnen die Bevölkerung für Ihre Dienste, zu denen das Ölholen nicht gehört?
PORTIER 7 Frs. 80 pro Tag, aber das zahlt nicht die Bevölkerung, sondern der Staat.
LANGEVIN Ja, da besteht dieser große Unterschied, eh? Die Delegierte wird das Unterrichtswesen der Stadt Paris leiten für 11 Frs. pro Tag, wenn Ihnen das etwas sagt.
PORTIER Wie sie wünscht.
LANGEVIN Sie können gehen. Falls Gehen zu Ihrem Dienst gehört.
*Der Portier schlurft weg. Geneviève öffnet das Fenster.*
GENEVIÈVE Und das ist selber ein armer Teufel!
LANGEVIN Nicht nach seiner Meinung. Es war wahrscheinlich ein Fehler, ihm zu gestehen, wie niedrig Ihr Gehalt ist. Jetzt verachtet er Sie. Er denkt nicht daran, seinen Rücken zu krümmen für eine Person, die nur ein paar Francs mehr verdient. Und mehr als den Rücken krümmen, kann er nicht lernen.
GENEVIÈVE Sagen wir: nicht von selbst. Was sieht er? Die Besitzer der Minister- und Ministerialratsposten sind geflüchtet von den niederen Gehältern, und alle Beamten, selbst die niedersten, überlassen Paris der Dunkelheit, dem Schmutz und der Unwissenheit. Und sie sind unentbehrlich.

LANGEVIN Das ist das schlimmste. Ihr Hauptinteresse besteht darin, sich unersetzlich zu machen. Das ist seit Jahrtausenden so. Aber wir werden Leute finden müssen, die ihre Arbeit so einrichten, daß sie immer ersetzlich sind; die Vereinfacher der Arbeit, das sind die großen Arbeiter der Zukunft. Da kommt Babette.

*Babette kommt mit Philippe.*

BABETTE Dich sieht man überhaupt nicht mehr, im »Officiel« steht, daß du zur Ministerin gemacht worden bist oder zu was Ähnlichem.

GENEVIÈVE *konspirativ, Furcht markierend:* Hat er dir gesagt, wo ich zu finden bin?

BABETTE Der Portier? Philippe hat ihm die Pistole gezeigt.

LANGEVIN Ich ernenne dich zum Assistenten des Delegierten für das Verkehrswesen, das bin ich. Die Züge an der Nordbahn fahren zwar ab, kommen aber nicht zurück. Dafür schleppen sie ganze Wohnungseinrichtungen weg. Ich werde das Vermögen der Eisenbahnkompanie konfiszieren und die höheren Angestellten vor das Kriegsgericht bringen müssen. Denn so ist es jetzt in Paris. Hier kommen die Beamten überhaupt nicht, und dort kommen sie, um zu sabotieren. Aber warum kommt ihr?

BABETTE Ihr müßt sofort etwas machen für die Bäckergesellen.

GENEVIÈVE Aber ich bin für das Unterrichtswesen delegiert.

PHILIPPE Dann übernimm uns. In euren Zeitungen steht, der Arbeiter soll sich bilden, aber wie soll er sich bilden, wenn er nachts arbeitet? Ich sehe das Tageslicht überhaupt nicht.

LANGEVIN Die Commune hat ein Dekret erlassen, glaube ich, das die Nachtarbeit der Bäcker abschafft.

PHILIPPE Aber die Bäckermeister erkennen es nicht an. Und wir haben kein Streikrecht, wir sind lebensnotwendig. Aber die Bäckerin darf ihren Betrieb zusperren, wenn sie will. Da ist übrigens ein Brot. *Er gibt ihr einen Laib Brot.*

GENEVIÈVE Das ist Bestechung. *Beißt hinein.*

LANGEVIN Wenn sie zusperrt, werden wir ihren Laden konfiszieren und selber weiterführen.

PHILIPPE Schmeckt es? Von uns dürft ihr euch bestechen lassen, nur nicht von den Meistern. Ich werde es in der Innung sagen, sonst hauen sie heute nacht die Scheiben in den Bäckereien ein. Aber was ist mit Babette und Madame Cabet? Ihr Patron, der Militärschneider Busson, ist wieder zurück.

BABETTE Aber er bezahlt nur noch 1 Fr. pro Hose. Er sagt, die Nationalgarde bestellt bei den Unternehmern mit den niedrigsten Preisen.

GENEVIÈVE Warum schauen Sie mich so an, Pierre?

LANGEVIN Ich studiere, wie Sie mit der Bevölkerung auskommen, Bürgerin Delegierte.

GENEVIÈVE Wir haben kein Geld. Wir sparen mit den Mitteln der Bevölkerung.

BABETTE Aber wir sind die Bevölkerung.

LANGEVIN *als Geneviève ihn unsicher ansieht:* Lerne, Lehrerin.

BABETTE Wenn die Commune weniger zahlt als das Kaiserreich, brauchen wir sie nicht. Und Jean ist auf den Wällen und läßt sich töten, um gerade diese Ausbeutung nicht mehr ertragen zu müssen.

PHILIPPE An seiner Hose bescheißt ihr seine eigene Mutter. Und seine Freundin. Ihr müßtet...

LANGEVIN Wir? Was ist mit euch?

PHILIPPE Gut, wir müssen...

LANGEVIN Das ist besser.

PHILIPPE Also, was müssen wir?

LANGEVIN Natürlich, seid ihr nicht in der Schneiderkorporation, eh? Das ist der Ort, wo die Preise bestimmt werden müssen. Nicht in der Hosenwerkstatt des Monsieur Busson.

BABETTE Woher soll man das wissen?

GENEVIÈVE Ich versuche, Schulen zu organisieren, in denen die Kinder es lernen.

BABETTE Woher werdet ihr dazu das Geld nehmen, wenn ihr nicht einmal Uniformen anständig bezahlen könnt?

GENEVIÈVE Die Bank von Frankreich liegt einige Blocks weit weg. Die Schwierigkeiten liegen hier. Hier sind sogar die Schränke verschlossen.

PHILIPPE Zumindest die können wir aufbrechen, denke ich.

LANGEVIN Was, du bist ein Bäcker und doch bereit, auch Schlosserarbeit zu tun? Ich sehe lichter für die Commune, Kinder. Das nächste wird vielleicht sein, daß der daneben auch noch das Regieren lernt. *Er hat eine große Standuhr, die stillsteht, aufgezogen und gibt dem Pendel einen kleinen Stoß, so daß er wieder schwingt. Alle sehen auf die Uhr und lachen.* Erwartet nicht mehr von der Commune als von euch selber.

**8**

*Büro des Gouverneurs der Bank von Frankreich. Der Gouverneur, der Marquis de Plœuc, im Gespräch mit einem dicken Geistlichen, dem Procurateur des Erzbischofs von Paris. Regen.*

GOUVERNEUR Sagen Sie dem Herrn Erzbischof, daß ich ihm für die Übermittlung der Wünsche von Monsieur Thiers danke. Die 10 Millionen Frs. werden auf dem gewohnten Wege nach Versailles gehen. Was mit der Bank von Frankreich allerdings in den nächsten Tagen geschehen wird, weiß ich nicht. Ich erwarte jede Minute den Besuch des Delegierten der Commune und damit meine Verhaftung. Hier liegen 2 Milliarden und 180 Millionen, Monsignore. Das ist der Lebensnerv; ist er durchschnitten, haben diese Leute gesiegt, was immer sonst geschieht.

DIENER Herr Beslay, Delegierter der Commune.

GOUVERNEUR *bleich:* Nun, Monsignore, kommt Frankreichs Schicksalsstunde.

DER DICKE GEISTLICHE Aber wie komme ich hinaus?

GOUVERNEUR Verlieren Sie nicht die Nerven. *Herein Beslay.* Monsignore Beauchamp, Procurateur seiner Eminenz, des Erzbischofs.

DER DICKE GEISTLICHE Darf ich mich verabschieden?

GOUVERNEUR Ich nehme an, Sie benötigen die Erlaubnis von Monsieur.

BESLAY Geben Sie dem Capitaine diese Visitenkarte.

*Die Herren verbeugen sich, und der Dicke geht.*

BESLAY Bürger, die Zahlmeister der Nationalgardenbataillone stehen im Finanzministerium vor versiegelten Kassen. Aber der Sold muß ausgezahlt werden oder die Bank wird geplündert, ich mag sagen, was ich will. Die Leute haben Frauen und Kinder.

GOUVERNEUR Monsieur Beslay, nach den Statuten Ihres Zentralkomitees haben die Angestellten der Bank von Frankreich ein Bataillon der Nationalgarde gebildet. Lassen Sie mich Ihnen versichern, daß sie seit mehr als zwei Wochen keinen Sou ihres Soldes ausbezahlt bekommen haben, und auch sie haben Frauen und Kinder. Nun, Monsieur, Sie sind durch die Höfe gegangen, und Sie haben sie bewaffnet gesehen, Sechzigjährige darunter, und ich kann Ihnen versichern, daß sie kämpfen werden, wenn man die Bank angreift, die ihnen anvertraut ist.

BESLAY Dieser Kampf würde zwei Minuten dauern.

GOUVERNEUR Vielleicht nur eine. Aber welch eine Minute in der Geschichte Frankreichs!

BESLAY *nach einer Pause:* Die Commune hat ein Dekret erlassen, nach dem die besonderen Bataillone aufgelöst und mit den andern verschmolzen werden müssen.

GOUVERNEUR Ich wußte, daß Sie das sagen würden, Monsieur. *Er hebt eine Rolle hoch.* Darf ich Ihnen ein Dekret aus dem Archiv der Bank zeigen, erlassen von einer andern, älteren revolutionären Körperschaft, dem Konvent der Französischen Revolution, gezeichnet von Danton, nach dem den Angestellten der großen Verwaltungen ihre Büroräume als Kampfposten zugewiesen werden?

BESLAY Herr Marquis, ich bin nicht gekommen, Blut zu vergießen, sondern die Mittel sicherzustellen, mit denen die Verteidigung von Paris und die Wiedereröffnung seiner Fabriken und Werkstätten durch die rechtmäßig gewählte Commune finanziert werden kann.

GOUVERNEUR Monsieur, denken Sie nicht, daß ich die Rechte der Commune auch nur für einen Augenblick in Zweifel ziehe. Die Bank von Frankreich betreibt keine Politik.

BESLAY Ah, jetzt kommen wir weiter.

GOUVERNEUR Was ich inbrünstig hoffe, ist, daß auch Sie von der Commune die Rechte der Bank von Frankreich, welche über den Parteien steht, anerkennen.

BESLAY Herr Marquis, Sie haben es nicht mit Straßenräubern, sondern mit Ehrenmännern zu tun.

GOUVERNEUR Monsieur, das wußte ich in dem Augenblick, wo Sie hier eintraten. Monsieur, helfen Sie mir, die Bank zu retten, es ist das Vermögen Ihres Landes, es ist das Vermögen Frankreichs.

BESLAY Herr Marquis, sehen Sie uns nicht falsch. Wir arbeiten wie Kulis, 18 Stunden täglich. Wir schlafen in den Kleidern, auf den Stühlen. Für 15 Frs. täglich verrichtet jeder von uns drei bis vier Funktionen, deren Verrichtung bisher die Bevölkerung das Deißigfache gekostet hat. Es hat sicherlich niemals eine billigere Regierung gegeben. Aber jetzt brauchen wir 10 Millionen.

GOUVERNEUR *schmerzlich:* Monsieur Beslay!

BESLAY Herr Marquis, wir haben weder die Tabaksteuern noch die Lebensmittelsteuern kas-

siert, aber wir müssen Sold und Löhne auszahlen, wir können uns nicht mehr halten ohne das. *Der Gouverneur schweigt vielsagend.* Wenn wir nicht bis morgen früh 6 Millionen haben...
GOUVERNEUR 6 Millionen! Ich wäre nicht berechtigt, Ihnen eine zu geben. Sie reden über Korruption in Ihren Sitzungen. Sie beschuldigen Monsieur Thiers, daß er die Bestimmungen verletzt, um Geld zu bekommen, und jetzt kommen Sie, Sie, und verlangen von mir Geld, ohne daß auch nur eine Finanzverwaltung existiert! *Verzweifelt:* Schaffen Sie mir eine Finanzverwaltung, ich werde Sie nicht fragen, wie, aber zeigen Sie mir ein Papier, das ich anerkennen kann.
BESLAY Aber das nimmt zwei Wochen. Sie vergessen vielleicht, daß wir die Macht haben.
GOUVERNEUR Aber nicht, daß ich im Rechte bin.
BESLAY Wie viele Gelder haben Sie hier liegen?
GOUVERNEUR Und Sie wissen, daß es meine berufliche Pflicht ist, das Bankgeheimnis zu wahren! Wollen gerade Sie Errungenschaften wie das Bankgeheimnis, das Anwaltsgeheimnis, das Arztgeheimnis antasten? Monsieur, darf ich Sie daran erinnern, daß auch Sie es mit einem Ehrenmann zu tun haben? Auf welcher Seite wir immer zu stehen scheinen – arbeiten wir zusammen! Lassen Sie uns gemeinsam nachdenken, wie wir die Bedürfnisse dieser großen und geliebten Stadt befriedigen können, ohne die unendlich vielfältigen, aber ach! so nötigen Vorschriften dieses alten Instituts freventlich zu verletzen! Ich stehe voll und ganz zur Verfügung.
BESLAY Herr Marquis, auch ich stehe für friedliche Verhandlung zur Verfügung.

9

a

*Stadthaus. Sitzung der Commune. Beslay steht, einem heftigen Ansturm standhaltend. Jedoch herrscht große Ermüdung.*

RUFE Das ist Verrat! – Schlimmer: Dummheit! – Sollen unsere Kommunarden hungern, weil wir dem Herrn Gouverneur der Bank von Frankreich zuhören, wenn er von »unerläßlichen Formalitäten« spricht? – Schluß mit Verhandlungen, schickt ein Bataillon hin!
BESLAY Bürger, wenn ihr unzufrieden seid mit meiner Arbeit, ziehe ich mich nur zu gerne zurück! Aber vergeßt nicht, daß das Vermögen Frankreichs das unsere ist und verwaltet werden muß von einem sparsamen Hausvater!
RUF Sind das Sie, oder ist das der Gouverneur?
BESLAY Ich schmeichle mir, diesen vielleicht etwas pedantischen, aber ehrenwerten Mann auf unsere Seite gebracht zu haben, indem ich ihn bei seiner fachmännischen Ehre anpackte und an seine Fähigkeit appellierte, einen legalen Ausweg zu finden!
RUFE Wir wollen keinen Appell an ihn, wir verlangen seine Verhaftung. – Wozu ist ein legaler Ausweg nötig, damit das Volk sein eigenes Geld bekommt?
BESLAY Wollen Sie den Bankrott? Vergewaltigen Sie die Statuten der Bank, und 40 Millionen Bankbilletts sind wertlos. Die Währung begründet sich auf das Vertrauen!
RUFE Wessen! – Der Bankiers? – *Gelächter.* – Das sind delikate Probleme! Lesen Sie Proudhon, wenn Sie darüber sprechen wollen! – Wir haben den Staat in Besitz genommen und müssen mit unserem Besitz haushalten.
VARLIN Für wen? Der Fall zeigt, daß es nicht genügt, den Staatsapparat in Besitz zu nehmen: er ist nicht gebaut für unsere Zwecke. Also müssen wir ihn zerschlagen. Das muß mit Gewalt geschehen.
RUFE Keine Verhaftungen! Beginnen wir nicht die neue Ära mit dem Terror! Überlassen wir derlei der alten! – Sie unterbrechen nur unsere friedliche Arbeit!
LANGEVIN Im Gegenteil, wir sind daran, sie zu organisieren.
RUFE Verhaften Sie den Gouverneur der Bank, und lesen Sie dann die Zeitungen! – Die bürgerlichen? Ich lese sie und verstehe nicht, warum sie nicht verboten werden!
BESLAY Bürger, ich stelle den Antrag, den Gegenstand in geheimer Sitzung zu behandeln.
LANGEVIN Ich beantrage, den Antrag abzulehnen. Erheben wir keinen Anspruch auf Unfehlbarkeit, wie dies alle die alten Regierungen ohne Ausnahme tun. Veröffentlichen wir alle Reden und Handlungen, weihen wir das Publikum ein in unsere Unvollkommenheiten, denn wir haben nichts zu fürchten außer uns selber. Ich fahre also fort. Ich will nicht davon sprechen, daß für 300000 Frs. der Delegierte für das Kriegswesen von den Deutschen 1000 Kavalleriepferde kaufen könnte – sie verkaufen alles –, aber ich komme auf die Frage des Soldes zurück und ergänze sie durch eine andere.

RUFE Vergeßt hier nicht, daß 200000 Menschen und ihre Familien vom Sold leben. Ihr Gewehr ersetzt ihnen die Maurerkelle und den Spanner, es muß sie ernähren.

RANVIER Ich verlange, daß die militärische Situation besprochen wird.

LANGEVIN Anstatt die Miliz auskömmlich zu besolden und das Geld dafür zu holen, wo es ist, nämlich in der Bank von Frankreich, knausert man auch noch mit dem Stücklohn der Frauen in den Artilleriewerkstätten. Ich stelle den Antrag, daß sämtliche Lieferungskontrakte mit Unternehmern, welche die Löhne niederkonkurrieren, widerrufen und Kontrakte nur noch mit Werkstätten getätigt werden, die in den Händen der Arbeiterassoziationen sind.

RUF Von zwei Dingen eines zu einer Zeit!

VARLIN Ich bin für den Antrag Langevin. *Zu Beslay:* Aber ich bin auch für die sofortige Besetzung der Bank. Aus den gleichen Gründen.

LANGEVIN Das eine geschieht für das andere!

RANVIER Es muß auch noch der militärische Aspekt besprochen werden. Ihr seht: von drei Dingen drei! Denn ihr habt keine Zeit! Müßt ihr doch heute den innern Feind zerschmettern, um morgen dem vor euren Forts gewachsen zu sein!

RUFE Woher soll man zu all dem die Kräfte nehmen? – Wir haben nicht genug Kräfte!

RIGAULT Man verhandelt über die Bedürfnisse des Volkes; warum hört man nicht auf seine Vorschläge? Es wünscht, sofort überall einzugreifen. Vertrauen wir uns doch jener Kraft an, manchen hier immer noch so geheimnisvoll, und, ja, verdächtig, Bürger, welche die Bastille einnimmt, die Revolution in Paris dekretiert, ihre ersten Schritte beschützt, auf dem Marsfeld blutet, die Tuilerien erobert, die Gironde vertilgt, Pfaffen und Kulte wegfegt, von Robespierre zurückgedrängt wird, sich im Prairial wieder erhebt, zwanzig Jahre lang verschwindet, um beim Kanonendonner der Alliierten wieder aufzutauchen, aufs neue in der Nacht versinkt, im Jahre 1830 aufsteht und, alsbald zusammengepreßt, die ersten Jahre der Herrschaft des Kapitals mit ihren Zuckungen erfüllt, 1848 die Stahlnetze sprengt, vier Monate später die Bourgeoisierepublik an der Gurgel nimmt, dann, noch einmal niedergeworfen, 1868 verjüngt ausbricht, am Kaiserreich rüttelt, dasselbe stürzt, sich abermals gegen den fremden Eindringling anbietet, abermals verschmäht und gekränkt wird, bis zum 18. März, wo sie die Hand zerschmettert, die sie erdrosseln will. Was könnten wir hier haben gegen das persönliche Eingreifen des Volkes? Es fordert die sofortige Übernahme der Betriebe und der Banken in eigene Regie, und es fordert den Kampf in jeder Richtung, aber zuvörderst den Marsch auf Versailles!

*Unruhe.*

RUFE Also der Bürgerkrieg! – Das Blutvergießen! – Wir hören hier zu oft das Wort Gewalt, hütet euch!

RIGAULT *hebt Zeitungen hoch:* Dann hören Sie darauf, was in den Straßen von Paris gesagt wird. Ich zitiere die Zeitung »La Sociale«, eine der wenigen Zeitungen, die für uns sind: »Bürger Delegierte, marschiert auf Versailles! Ihr werdet die 220 Bataillone der Nationalgarde hinter euch haben, alle sind für euch, auf was wartet ihr? Eure Geduld hat zu lange gewährt. Marschiert auf Versailles! Verlaßt euch auf Paris, so wie Paris sich auf euch verläßt. Marschiert auf Versailles!« Bürger, lassen Sie uns diese Kraft vergrößern, indem wir sie beanspruchen!

*Unruhe hält an.*

RUFE Sie zitieren, was Sie bestellt haben! – Das sind Unverantwortliche! – Der Sozialismus marschiert ohne Bajonette!

RIGAULT Aber er hat Bajonette gegen sich, Bürger. Über Marseille und Lyon fliegt die rote Fahne, aber Versailles bewaffnet die Unwissenheit und das Vorurteil des flachen Landes gegen sie. Tragen wir die Flamme des Aufstandes in das Land: sprengen wir den eisernen Gürtel um Paris, entsetzen wir die großen Städte!

*Unruhe dauert an.*

RUFE Das ist das militärische Abenteuer! – Schluß! – Die Commune verurteilt den Bürgerkrieg! – Antrag: Die Versammlung nimmt ihre friedliche Arbeit wieder auf, ungestört durch die Versuche der allzu Ungeduldigen, Paris in ein Abenteuer zu stürzen. – Einverstanden, aber ich beantrage doch, die feindlichen Zeitungen zu unterdrücken. Ich nenne: Le Petit Moniteur, Le Petit National, Le Bon Sens, La Petite Presse, La France, Le Temps. – Blicken Sie sich um und studieren Sie die Grundsätze dieser Versammlung! *Gelächter derer um Rigault und Varlin. Inzwischen hat der Vorsitzende eine Meldung erhalten.*

VORSITZENDER Bürger Delegierte, ich erhalte eine Meldung, welche die Arbeiten der Versammlung in der Tat in eine neue Richtung wenden wird.

b

*Wandelgang im Stadthaus. Delegierte und Militärpersonen betreten oder verlassen den Saal. Ein Zeitungsausrufer verkauft den »Officiel«.*

ZEITUNGSAUSRUFER L'Officiel! »Die Versailler Schandregierung zur Attacke übergegangen!« – »Päpstliche Zuaven und kaiserliche Munizipalpolizei dringen in Neuilly ein!« – »Frauen und Kinder unter den Verwundeten!« – »Mobilisierung aller Bürger vom 17. bis zum 35. Lebensjahr!« – »Die Versailler Schandregierung zur Attacke übergegangen!«
EIN ALTER BETTLER *nähert sich ihm:* Hast du Brot bei dir?
ZEITUNGSAUSRUFER Weißt du nicht, daß das Betteln verboten wird? – »Versailles eröffnet den Bürgerkrieg!«
BETTLER Kann ich meinem Magen verbieten zu knurren? He?
*Delegierte verlassen die Sitzung.*
DER EINE ZUM ANDERN Dieser Überfall, unternommen mit so wenig Truppe, ist ein Akt nackter Verzweiflung: die Wahlen auf dem Lande sind für Monsieur Thiers schlecht ausgegangen.
BETTLER *fängt sie unten ab:* Messieurs, erlauben Sie mir, daß ich Ihnen den Ballon zeige, der soeben Paris verläßt, er ist über den Häusern zu sehen.
DELEGIERTER Ah, der Ballon der »Sociale«? Ist er abgeflogen?
BETTLER Mit Proklamationen und Deklarationen. 10000 Stück für das flache Land. Der Boden wird den Bauern übergeben. Vom Ballon aus! Ich bin vom flachen Land, ich. Ich weiß Bescheid, ich zeige Ihnen den Ballon. *Die Delegierten schauen durch ein Fenster nach oben.*
BETTLER Messieurs, der Ballon!
DELEGIERTER Du bist Bauer, mein Alter?
BETTLER Aus der Auvergne, Saint-Antoine.
DELEGIERTER Und warum bist du hier?
BETTLER Schau mich an, kann ich noch einen Pflug ziehen? Das ist etwas für die Jungen.
DELEGIERTER Zu Verwandten nach Paris gekommen, eh?
BETTLER Da ist kein Platz.
DELEGIERTER Und was denkst du über die Commune?
BETTLER Messieurs, zu Ihren Diensten. Sie wollen das Beste, wenn Sie auch alles verteilen wollen. Gott schütze Sie. Der Ballon, Messieurs, die Besichtigung macht 10 Centimes.
DELEGIERTER Aber warum bist du gegen die Verteilung des Bodens?
BETTLER Nun, Messieurs, man nimmt weg.
DELEGIERTER Aber doch nicht dir. Du sollst bekommen.
BETTLER Verzeihen Sie, Messieurs, man nimmt weg. Habe ich etwa meinen Hof noch? 10 Centimes.
DELEGIERTER Aber da sind deine eigenen Kinder, nicht?
BETTLER Sehen Sie?
DELEGIERTER Aber das kommt doch davon, daß ihr nicht genug Land habt!
BETTLER Dürfte ich Sie um die 10 Centimes für die Besichtigung bitten, da der Ballon jeden Augenblick verschwindet.
DELEGIERTER Habt ihr einen Grundbesitzer in Saint-Antoine?
BETTLER Aber ja. Monsieur de Bergeret.
DELEGIERTER Liebt ihr ihn?
BETTLER Nun, Monsieur, er hält das Seine zusammen.
DELEGIERTER *zahlt kopfschüttelnd:* Ein Feind. Mit dem Bettelstab in der Hand verteidigt er den Besitz, selbst den des Diebes, der ihn bestohlen hat! Um ihn zu überzeugen, wird man Jahre brauchen. *Ab.*
BETTLER *zeigt dem Ausrufer die Münze:* 10 Centimes, ein guter Ballon! Was für Dummköpfe es gibt, sie brauchten doch nur selber hinzusehen!
ZEITUNGSAUSRUFER »Frauen und Kinder unter den Verwundeten!« – Komm her und laß das Betrügen. Nimm einen Packen, stell dich vor der andern Treppe auf und ruf mir nach. Du bekommst einen Centime für das Blatt. *Er gibt ihm einen Packen. Der Bettler wiederholt die Ausrufe des Ausrufers.*
BEIDE L'Officiel. »Mobilisierung aller Bürger vom 17. bis zum 35. Lebensjahr!«

c

*Nachtsitzung der Commune. Einige Delegierte arbeiten in Akten, andere konferieren miteinander. Einer berät eine Frau mit Kind.*

VORSITZENDER Angesichts der Unrätlichkeit eines Eingreifens dieser Versammlung in militärische Operationen, setzen wir trotz des unklaren Standes der Gefechte in und um Malmaison unsere Beratungen fort. Bürger Langevin.
LANGEVIN Antrag: In Erwägung, daß der erste Grundsatz der Republik die Freiheit ist; in Erwägung, daß die Freiheit des Gewissens die er-

ste aller Freiheiten ist; in Erwägung, daß der Klerus der Komplize der Verbrechen der Monarchie gegen die Freiheit gewesen ist, dekretiert die Commune: Die Kirche wird vom Staate getrennt. – Dazu ersuche ich den Delegierten für das Unterrichtswesen zu bestimmen, daß die Lehrer und Lehrerinnen Kruzifixe, Madonnen und andere symbolische Gegenstände aus den Schulzimmern entfernen und die Gegenstände in Metall an die Münze abgeben.

VORSITZENDER *die erhobenen Hände kalkulierend:* Angenommen.

RUFE Es wird geklagt, daß die katholischen Schwestern verwundete Kommunarden nachlässig behandeln. – Und was ist mit den geplanten Lesehallen in den Spitälern? Für die meisten Arbeiter ist die Zeit im Spital die einzige Zeit, sich zu unterrichten!

VORSITZENDER *hat eine Meldung empfangen:* Bürger Delegierte, zurückgekehrt von der Front, wünscht der Bataillonsführer André Farreaux trotz einer schweren Verwundung vor Ihnen zu erscheinen und Bericht zu erstatten.

*Ein Offizier der Nationalgarde wird auf einer Bahre hereingetragen.*

VORSITZENDER Bürger Farreaux, ich erteile Ihnen das Wort.

OFFIZIER Bürger Delegierte, Asnières ist in unserer Hand.

*Bewegung. Rufe: »Es lebe die Commune!« und »Es lebe die Nationalgarde!«*

OFFIZIER Bürger, mit Erlaubnis des Delegierten für das Kriegswesen möchte ich im Augenblick, wo mich eine Verwundung aus den Kämpfen ausscheidet, Ihrer Erwägung gewisse Mißstände empfehlen, welche die Operationen Ihrer Truppen erschweren und selbst die Siege blutig machen. Die Unsern kämpfen wie die Löwen, aber mit beinahe derselben Gleichgültigkeit gegen die Bewaffnung. Das Besitzrecht der einzelnen, noch dazu nach den Bezirken formierten Batterien an ihren Kanonen gibt uns von 1740 Kanonen nur 320 für die Aktion.

RUFE Vergessen Sie nicht die Eigentümlichkeit unserer Armee, welche die erste der Weltgeschichte in dieser Art ist! – Diese Leute haben die Kanonen selber gegossen, Bürger Offizier.

OFFIZIER Nicht auf eigene Rechnung, Bürger Delegierter. Vielleicht ist es deshalb, daß sie sie nicht für eigene Rechnung aufstellen können. Unsere Kanonen wurden verwendet wie Schießgewehre oder gar nicht. Dabei wünscht jedermann zu schießen, aber niemand einen Bagagewagen zu ziehen. Und jedermann wählt sich seinen Kommandeur und seinen Gefechtsort.

VARLIN Was ist Ihre Herkunft, Bürger Offizier?

OFFIZIER Absolvent der Artillerieschule von Vincennes, Capitaine der Linientruppe.

VARLIN Warum kämpfen Sie bei der Commune?

DER EINE TRÄGER Er ist für uns.

VARLIN Sie wissen, daß die Commune vor noch nicht zwei Tagen die Aufhebung des Generalrangs dekretiert hat? *Der Offizier schweigt.* Ich vermute, daß Sie uns die Übergabe des Kommandos an geschulte Offiziere vorschlagen wollen?

OFFIZIER Krieg ist ein Beruf, Bürger Delegierter.

VARLIN Sie tun das im Einverständnis mit dem Delegierten für das Kriegswesen, welcher selbst nicht erschienen ist?

OFFIZIER Welcher gegen alle Regeln der Kriegskunst in den vordersten Linien kämpft.

RANVIER Bürger Delegierte, ich fasse die Anschauung dieses Mannes so auf, daß man, um das Befehlen abzuschaffen, selber gelernt haben muß zu befehlen. Bürger Farreaux, wir wünschen Ihnen schnelle Genesung. Mißdeuten Sie nicht das Schweigen dieser Versammlung. Nicht nur die Unbelehrbaren schweigen. Unsere Schwierigkeiten sind groß, sie wurden nie je erlebt, aber sie werden überwunden werden. Die Commune ist mit Ihrem Bericht zufrieden.

*Der Offizier wird hinausgetragen.*

RANVIER Bürger Delegierte! Sie haben einen Sieg, und Sie haben einen wahren Bericht. Benutzen Sie beides. Sie haben die Truppen, der Feind hat geschulte Offiziere. Er hat keine Truppen wie die Ihren. Überwinden Sie Ihr berechtigtes Mißtrauen gegen Leute, die Sie bisher nur auf der Gegenseite gesehen haben, nicht alle sind gegen Sie. Fügen Sie zu der Begeisterung unserer Kommunarden das Wissen, und der Sieg ist Ihnen sicher.

*Beifall.*

d

*Sitzung der Commune.*

VORSITZENDER Bürger Delegierte, ich unterbreche die Diskussion der Berichte über den günstigen Verlauf der militärischen Operationen um Neuilly, um Ihnen zu verlesen, was August Bebel gestern im deutschen Reichstag gesagt hat. »Das gesamte europäische Proletariat und alles, was noch ein Gefühl für Freiheit in der Brust trägt, sieht auf Paris. Der Schlachtruf der Pariser Proletariats ›Tod der Not und dem Müßiggang!‹ wird der Schlachtruf des gesamten europäischen Proletariats sein.« – Bürger, ich fordere euch auf, euch zu Ehren der deutschen Arbeiter von den Sitzen zu erheben.

*Alles steht auf.*

VARLIN *ruhig:* Es lebe die Internationale der Arbeiter! Arbeiter aller Länder, vereinigt euch!

10

*Frankfurt. Oper, während einer Aufführung von »Norma«. Aus einer Logentür treten Bismarck in Kürassieruniform und Jules Favre in Zivil.*

BISMARCK *eine Zigarre anzündend:* Ich wollte Ihnen noch etwas sagen, Favre, aber Sie sind ja ganz hübsch grau geworden, he? Ja, ihr unterzeichnet jetzt hier in Frankfurt den Frieden, aber was geschieht in Paris, Mann? Holen Sie endlich diese rote Fahne vom Pariser Stadthaus! Die Schweinerei hat mich schon einige Nächte gekostet, verdammt schlechtes Beispiel für Europa, muß man ausrotten wie Sodom und Gomorrha mit Pech und Schwefel. *Horcht auf Musik, die herausdringt, da er die Logentür offengelassen hat.* Kolossal, die Altmann! Auch als Frauenzimmer, stramme Person. Na – *er setzt, von Favre servil begleitet, den Rauchertundgang fort* –, ihr seid mir ja komische Käuze. Waffenhilfe schlagt ihr schamhaft ab, aber eure Gefangenen sollen wir freigeben, hintenherum. Weiß ja, weiß ja, es soll nicht mit Hilfe einer fremden Regierung geschehen sein. Nach der Melodie »Ach Theodor, du alter Bock, greif mir nicht vor den Leuten untern Rock«, wie? *Horcht wieder auf die Musik.* Jetzt stirbtse, epochal. Na ja, unsere Kanaille im Reichstag verlangt ja auch, daß wir den Bonaparte ausliefern, wird nischt draus, den halt ich mir im Ärmel, damit ich euch an der Leine halte, haha. Ausliefern tu ich den gemeinen Mann, daß ihr die Genossen in Paris zur Ader lassen könnt, das wird 'ne Überraschung sein. Krieg hin, Krieg her, Ordnung muß sein, da greif ich auch dem Erbfeind untern, schön, untern Arm, Favre. Aber jetzt haben Sie bald 200000 Mann frei gekriegt von uns... Haben Sie übrigens die Zechinen, sie zu zahlen?

FAVRE Ich kann es Ihnen jetzt sagen, das war unsere größte Sorge, aber das ist geschafft; Bank von Frankreich. Wir konnten bis dato 257 Millionen ziehen.

BISMARCK Na, das ist 'ne Leistung, à la bonne heure. Noch was: wer garantiert Ihnen, daß die Brüder nicht wieder fraternisieren wie am 18. März?

FAVRE Wir haben sichere Kader ausgesucht. Leute mit bäuerlichem Hintergrund. Außerdem, an die Gefangenen konnten die Hetzer ja nicht heran, nicht?

BISMARCK Schön, vielleicht sind wir übern Berg. Aber wie gesagt, ich will Taten sehn, Mann. Ich habe Ihnen zugestanden, daß Sie mit der Kriegsentschädigung erst nach der Pazifizierung von Paris anfangen, also bringt gefälligst etwas Dampf dahinter. *Horcht.* Fabelhaft legt sie das hin. Und, daß mir da kein Versehen passiert, Favre, der erste Scheck geht an Bleichröder, in den hab ich Vertrauen, das ist mein Privatbankier, und ich bitt mir aus, daß er seine Provision kriegt. Gut, die Altmann.

11

a

*Stadthaus. Es ist spät in der Nacht. Der Saal ist geleert. Langevin, der noch gearbeitet hat, wird von Geneviève abgeholt.*

LANGEVIN Sie beschweren sich, daß kein Geld für Kinderspeisungen vorhanden ist. Wissen Sie, was Beslay für den Barrikadenbau gestern triumphierend von der Bank gebracht hat? 11300 Frs. Was für Fehler wir machen, was für Fehler wir gemacht haben! Natürlich hätte man auf Versailles marschieren müssen, sofort, am 18. März. Wenn wir Zeit gehabt hätten! Aber das Volk hat nie mehr als eine Stunde. Wehe, wenn es dann nicht schlagfertig, mit allen Waffen gerüstet, dasteht.

GENEVIÈVE Aber was für ein Volk! Ich wollte heute abend zu dem Konzert für die Ambulanzen in den Tuilerien. Man hat einige Hundert Zuhörer erwartet, es kamen Zehntausende. Ich blieb in der unübersehbaren Menge stecken. Nicht ein Wort der Beschwerde!

LANGEVIN Man hat Geduld mit uns. *Blickt auf*

*die Tafel.* Nr. 1! Das Recht zu leben. Das ist es, aber wie wollten wir es durchsetzen? Schau auf die anderen Punkte, die alle gut aussehen, aber wie sind sie wirklich? Nr. 2! Ist das auch die Freiheit, Geschäfte zu machen, vom Volk zu leben, gegen das Volk zu intrigieren und den Feinden des Volks zu dienen? Nr. 3! Aber was schreibt ihnen ihr Gewissen vor? Ich will es dir sagen: das, was die Herrschenden ihnen vorschreiben, von Kindesbeinen an. Nr. 4! Ist es also den Börsenhaien, den Tintenfischen der käuflichen Presse, den Metzgergenerälen und allen kleineren Blutegeln gestattet, sich in Versailles zu versammeln und die in Nr. 5 garantierten Kundgebungen »geistiger Art« gegen uns loszulassen? Ist auch die Freiheit der Lüge garantiert? Und in Nr. 6 lassen wir die Wahl von Betrügern zu! Durch ein Volk, verwirrt durch Schule, Kirche, Presse und Politiker! Und wo ist unser Recht, die Bank von Frankreich zu besetzen, welche den Reichtum birgt, den wir mit unseren nackten Händen aufgehäuft haben? Mit diesem Geld hätten wir alle Generäle und Politiker bestechen können, die unsern und Herrn von Bismarck! Wir hätten nur einen einzigen Punkt statuieren sollen: unser Recht zu leben!
GENEVIÈVE Warum haben wir es nicht getan?
LANGEVIN Der Freiheit wegen, von der man nichts versteht. Wir waren noch nicht bereit, wie jedes Glied einer auf Leben und Tod kämpfenden Truppe, auf die persönliche Freiheit zu verzichten, bis die Freiheit aller erkämpft war.
GENEVIÈVE Aber wollten wir nicht nur unsere Hände nicht mit Blut beflecken?
LANGEVIN Ja. Aber in diesem Kampf gibt es nur blutbefleckte Hände oder abgehauene Hände.

b
*Sitzung der Commune. Herein und Heraus von Gardisten, die Meldungen bringen. Mitunter verlassen Delegierte hastig die Sitzung. Alle Anzeichen großer Übermüdung. Die Geschäftigkeit legt sich, als ferner Kanonendonner hörbar wird.*

DELESCLUZE Bürger Delegierte, Sie hören die Kanonen von Versailles. Der Endkampf beginnt.
*Pause.*
RIGAULT Im Interesse des Sicherheitswesens habe ich einer Abordnung von Frauen des 11. Arrondissements erlaubt, vor Ihnen zu erscheinen, um in diesen Stunden gewisse Wünsche der Bevölkerung von Paris vorzutragen.
*Zustimmung.*
DELESCLUZE Bürger, ihr habt mich zum Delegierten für das Kriegswesen bestimmt. Die unübersehbaren Aufgaben der Beseitigung der Kriegsschäden, der Umwandlung des nationalen Krieges in den sozialen, dazu äußere Schläge wie die Überstellung von 150000 Kriegsgefangenen an Versailles durch Bismarck, dies und anderes hat uns nicht die Zeit gelassen, die besonderen Kräfte des Proletariats auf dem ihm fernen und neuen Gebiet der Kriegführung zu entwickeln. Wir haben es mit Generälen aller Art versucht. Die von unten, aus unsern eigenen Reihen, verstehen sich nicht auf die neuen Waffen; die von oben zu uns stießen, nicht auf die neue Mannschaft. Unsere Kämpfer, die soeben die Knechtschaft der Fabrikherrn von sich geschüttelt haben, lassen sich nicht kommandieren wie Hampelmänner. Ihre Erfinderlust und ihr Wagemut sind für die geschulten Offiziere wie ebensoviel Mangel an Disziplin. Der Oberstkommandierende Rossel verlangte für die Entsetzung des Forts Issy 10000 Mann bis zum nächsten Morgen. Durch persönliche Botengänge von Delegierten werden 7000 zusammengerufen. Monsieur Rossel vermißt also 3000 an der runden Zahl und reitet weg, das Fort Issy den Versaillern überlassend, die in Kasernen gepfercht und also jederzeit zu Diensten stehen. Mehr: Monsieur Rossel gibt ein Kommuniqué an die reaktionären Zeitungen, daß alles verloren ist.
RANVIER Der große Chirurg, benötigt für die Operation, der seine Hände entweder in Lysol wäscht oder, sofern nicht vorhanden, in Unschuld!
DELESCLUZE Nun, die Situation des Entscheidungskampfes, der Straßenkampf, entscheidet über all das. Jetzt ist es die Barrikade, verachtet von den militärischen Spezialisten, der persönliche Kampf der Bewohner um die Straße, das Haus. Bürger Delegierte, wir werden in den Kampf gehen wie zur Arbeit, und wir werden sie gut machen. Sollte, Bürger, es unsern Feinden gelingen, Paris in ein Grab zu verwandeln, so wird es jedenfalls niemals ein Grab unserer Ideen werden.
*Großer Beifall, viele stehen auf. Drei Arbeiterinnen werden von Gardisten hereingeführt.*
DELESCLUZE Bürger Delegierte, die Delegierten des 11. Arrondissements.
*Die Versammlung kommt zur Ruhe. Einige*

*Delegierte kommen zu den Frauen herunter.*
EIN DELEGIERTER Bürgerinnen, Sie bringen das Frühjahr in das Stadthaus.
FRAU Keine Bange. *Lachen.* Bürger Delegierte, ich habe ein Schreiben an euch. Es ist kurz.
RUF Sie hat zwanzig Seiten.
FRAU Sei still, Kleiner, das sind nur die Unterschriften, 552. *Lachen.* Bürger Delegierte! Es sind gestern nachmittag Affichen in unserm Bezirk angeschlagen worden, in denen wir, die Frauen von Paris, aufgefordert werden, eine Versöhnung mit der sogenannten Regierung in Versailles zu vermitteln. Wir antworten: es gibt keine Versöhnung zwischen der Freiheit und dem Despotismus, zwischen dem Volk und seinen Henkern. Der Platz der Arbeiter und Arbeiterinnen ist auf den Barrikaden. Es ist am 4. September gesagt worden: Nach unsern Forts unsere Wälle; nach unseren Wällen unsere Barrikaden; nach unseren Barrikaden unsere Brust. *Beifall.* Wir ändern das. Nach unseren Barrikaden unsere Häuser, nach unseren Häusern unsere Minen. *Beifall wächst.* Dies gesagt, appellieren wir aber an euch, Delegierte der Commune, daß auch ihr nicht aus einer Axt einen Spaten macht. Bürger, vor vier Tagen ist die Patronenfabrik in der Avenue Rapp in die Luft geflogen; mehr als 40 Arbeiterinnen sind verstümmelt, vier Häuser sind eingestürzt. Die Schuldigen sind nicht festgestellt worden. Und warum gehen nur diejenigen zur Arbeit und in den Kampf, die es selber wollen? Bürger Delegierte, das ist keine Beschwerde gegen euch, versteht uns, aber als Bürgerinnen müssen wir fürchten, daß die Schwäche der Communemitglieder, entschuldigt, ich kann es nicht lesen, das ist durchgestrichen, daß die Schwäche vieler, Bürger Delegierte, wir haben uns da nicht einigen können – *Gelächter* –, also, daß die Schwäche einiger Communemitglieder unsere Zukunftspläne zunichte macht. Ihr habt versprochen, für uns und unsere Kinder zu sorgen, und ich will die meinen lieber tot wissen als in den Händen der Versailler, aber wegen Schwächen wollen wir sie nicht verlieren. 552 des 11. Arrondissements. Guten Tag, Bürger.
*Die Frauen ab.*
VARLIN *aufspringend:* Bürger Delegierte, die Frauen der Versailler Soldaten weinen, heißt es, aber die unsern weinen nicht. Werdet ihr sie tatenlos einem Feind ausliefern, der vor Gewalt niemals zurückgescheut ist? Man hat uns hier vor einigen Wochen gesagt: keine militärischen Operationen sind nötig. Thiers hat keine Truppen, und es wäre der Bürgerkrieg im Angesicht des Feindes. Aber unsere Bourgeoisie verbündete sich ohne Bedenken mit dem Landesfeind, um den Bürgerkrieg gegen uns zu führen, und bekam Truppen von ihm, in Gefangenschaft geratene Bauernsöhne aus der Vendée, ausgeruhte Mannschaft, unerreichbar unserem Einfluß. Es gibt keinen Konflikt zwischen zwei Bourgeoisien, der sie hindern könnte, sich gegen das Proletariat der einen oder andern sofort zu verbünden. Man hat uns dann hier gesagt: kein Terror, wo bliebe die neue Zeit? Aber Versailles übt Terror und wird uns noch alle niedermetzeln, so daß keine neue Zeit kommen mag. Wenn wir niedergeworfen werden, dann wegen unserer Milde, was ein anderer Ausdruck für Nachlässigkeit, und wegen unserer Friedlichkeit, was ein anderer Ausdruck für Unwissenheit ist. Bürger, wir beschwören euch, lernen wir endlich vom Feind!
*Beifall und Unruhe.*
RIGAULT Bürger, wenn Sie aufhören würden, Ihre Stimme für die Schonung Ihres Todfeindes zu erheben, könnten Sie seine Kanonen hören! *Es wird still. Der Kanonendonner wird wieder hörbar.* Zweifeln Sie nicht, daß er unerbittlich sein wird. Im Augenblick, wo er sich anschickt, den großen Aderlaß zu vollziehen, ist Paris überschwemmt mit seinen Spitzeln, Saboteuren und Agenten. *Hebt seine Tasche hoch.* Ich habe hier die Namen, ich biete sie euch an seit Wochen. Der Erzbischof von Paris betet nicht nur! Der Gouverneur der Bank von Frankreich weiß eine Verwendung für die Gelder des Volks, die er euch vorenthält. Das Fort Caen wurde für 120000 Frs. an Versailles verkauft. An der Place Vendôme, zwischen den Trümmern des Monuments des Militarismus, wird offen mit exakten Plänen unserer Festungswälle gehandelt. Unsere erzürnten Frauen werfen die Agenten in die Seine, wollen wir sie wieder herausfischen? Aber in Versailles erschießt man 235 gefangene Nationalgardisten wie tolle Hunde, und man füsiliert unsere Krankenwärterinnen. Wann werden wir mit Gegenmaßnahmen beginnen?
RUF Bürger, wir haben darüber diskutiert. Wir haben festgestellt, daß wir nicht machen wollen, was die Feinde der Menschheit machen. Sie sind Unmenschen, wir nicht.
*Beifall.*
VARLIN Die Frage »Unmenschlichkeit oder Menschlichkeit« wird entschieden durch die

geschichtliche Frage »ihr Staat oder unser Staat«.

RUF Wir wollen keinen Staat, weil wir keine Unterdrückung wollen.

VARLIN Ihr Staat oder unser Staat.

RUF Wenn wir zur Unterdrückung übergehen, können wir uns selbst davon nicht ausnehmen, aber wir kämpfen für die Freiheit.

VARLIN Wenn ihr die Freiheit wollt, müßt ihr die Unterdrücker unterdrücken. Und von eurer Freiheit so viel aufgeben, als dazu nötig ist. Ihr könnt nur eine Freiheit haben, die, die Unterdrücker zu bekämpfen!

RIGAULT Terror gegen Terror, unterdrückt oder werdet unterdrückt, zerschmettert oder werdet zerschmettert!

*Große Unruhe.*

RUFE Nein, nein! – Das bedeutet die Diktatur. – Morgen werdet ihr uns zerschmettern! – Man verlangt die Exekution des Erzbischofs von Paris, und man zielt auf uns, die wir uns dem widersetzen. – Wer zum Schwert greift, wird durch das Schwert umkommen.

VARLIN *sehr laut:* Und wer nicht zum Schwert greift?

*Kurze Stille.*

RUF Die Großmut der Commune wird Früchte tragen! Laßt sie von der Commune sagen: sie hat die Guillotine verbrannt.

RIGAULT Und die Bank stehen lassen! Großmut! Bürger, die Commune hat beschlossen, auch die Waisen der für Thiers gefallenen Soldaten zu adoptieren. Sie hat die Frauen von zweiundneunzig Mördern mit Brot versehen. Für die Witwen existieren keine Fahnen, die Republik hat Brot für alles Elend und Küsse für alle Waisen. Recht so! Aber wo ist die Aktion gegen den Mord, die ich die aktive Seite der Großmut nenne? Man sagte mir nicht: gleiche Rechte für die Kämpfer dort wie hier. Das Volk kämpft nicht, wie die Ringkämpfer und die Händler kämpfen. Oder jene Nationen, welche die Interessen dieser Händler wahrnehmen. Das Volk kämpft wie der Richter gegen den Übeltäter, wie der Arzt gegen den Krebs. Und doch verlange ich nur Terror gegen Terror, obwohl wir allein das Recht auf Terror haben!

RUF Das ist eine Blasphemie! Wollen Sie leugnen, daß die Anwendung von Gewalt auch den, der sie anwendet, erniedrigt?

RIGAULT Nein, ich leugne es nicht.

RUFE Wort entziehen! Das sind die Reden, die uns diskreditieren! Blicken Sie sich um. Wir sind nicht mehr so viele hier, wie wir im März waren! – Delescluze, sprechen Sie! – Delescluze! – Delescluze!

DELESCLUZE Bürger, ihr seht mich unentschlossen, ich gestehe es. Auch ich habe solange meine Stimme feierlich gegen die Gewalt erhoben. »Widerlegt diese eingewurzelte Meinung, daß die Gerechtigkeit der Gewalt bedarf«, sagte ich. »Laßt sie endlich einmal siegen mit bloßen Händen! Die Lüge muß mit Blut, die Wahrheit kann mit Tinte geschrieben werden«, sagte ich. »In wenigen Wochen hat die Commune von Paris mehr für die Menschenwürde unternommen als alle andern Regierungen in acht Jahrhunderten. Fahren wir ruhig fort, Ordnung in die menschlichen Beziehungen zu bringen, der Ausbeutung des Menschen durch den Menschen ein Ende zu setzen«, sagte ich, »widmen wir uns unsern Arbeiten, die jedermann nützen, der kein Schädling ist – und die fünfzig Ausbeuter in Versailles werden die Schar ihrer Knechte um sich zusammenschmelzen sehen wie Schnee in der Frühjahrssonne. Die Stimme der Vernunft, rein von Zorn, wird die Würger zum Halten bringen, der einfache Satz ›Ihr seid Arbeiter wie wir‹, wird sie an unsere Brust werfen.« Das ist, was ich sagte, wie viele von euch. Möge es mir und euch verziehen werden, wenn wir uns täuschten! Ich bitte die Delegierten, die Hände zu heben, die auch jetzt noch gegen Repressalien sind.

*Langsam heben die meisten die Hände.*

DELESCLUZE Die Commune spricht sich gegen Repressalien aus. – Bürger Delegierte, Sie erhalten Gewehre.

*Nationalgardisten sind mit Armen voll Gewehren gekommen und verteilen sie unter die Delegierten.*

DELESCLUZE Bürger Delegierte, wir fahren fort mit den laufenden Arbeiten. Zur Diskussion steht die Organisation einer Kommission für Frauenbildung.

## KEINER ODER ALLE

I

Sklave, wer wird dich befreien?
Die in tiefster Tiefe stehen
Werden, Kamerad, dich sehen
Und sie werden hör'n dein Schreien:
Sklaven werden dich befreien.

Keiner oder alle. Alles oder nichts.
Einer kann sich da nicht retten
Gewehre oder Ketten.
Keiner oder alle. Alles oder nichts.

2
Hungernder, wer wird dich speisen?
Willst du dir ein Brot abschneiden
Komm zu uns, die Hunger leiden
Laß uns dir die Wege weisen:
Hungernde werden dich speisen.
Keiner oder alle. Alles oder nichts.
Einer kann sich da nicht retten.
Gewehre oder Ketten.
Keiner oder alle. Alles oder nichts.

3
Wer, Geschlagener, wird dich rächen?
Du, dem sie den Schlag versetzen
Reih dich ein bei den Verletzten
Wir in allen unsern Schwächen
Werden, Kamerad, dich rächen.
Keiner oder alle. Alles oder nichts.
Einer kann sich da nicht retten.
Gewehre oder Ketten.
Keiner oder alle. Alles oder nichts.

4
Wer, Verlorener, wird es wagen?
Wer sein Elend nicht mehr tragen
Kann, muß sich zu jenen schlagen
Die aus Not schon dafür sogen
Daß es heut heißt und nicht morgen.
Keiner oder alle. Alles oder nichts.
Einer kann sich da nicht retten.
Gewehre oder Ketten.
Keiner oder alle. Alles oder nichts.

**12**

*Place Pigalle. Ostersonntag 1871. Jean Cabet, François Faure und zwei Kinder arbeiten an einer Barrikade. Babette Cherron und Geneviève Guéricault nähen Sandsäcke. Ferner Kanonendonner. Geneviève hat den Kindern, die in einer Holzwanne mit Schaufeln, größer als sie selbst, Mörtel rühren, ein Liedchen vorgesungen.*

KIND Würden Sie es noch einmal singen, bitte, Mademoiselle?

GENEVIÈVE Aber das ist das letzte Mal. *Singt:*

Ostern ist's. Bal-sur-Seine
Für Opapa, Kegel und Kind
Weil da die blauen Kähne
Frisch gestrichen sind.

Und beim Eiersuchen
Hört man im Wäldchen von weit
Schon die Kinderlein fluchen
Gegen die Mittagszeit.

Unter dem Laub an den Tischen
Erzähln wir, wie komisch es war
Und nach Ivry zum Fischen
Gehen wir nächstes Jahr.

DAS KIND *singt nach:* Gehen wir nächstes Jahr.

DAS ANDERE KIND *zu Jean:* Du und Babette, schlaft ihr miteinander?

JEAN Ja.

DAS KIND Sie ist hops von dir, eh?

JEAN Hm. Da sie sich in mich verliebt hat.

BABETTE Du hast dich in mich verliebt.

JEAN Wie immer das war, wißt ihr, sie hat damit angefangen.

BABETTE Wieso? Ich sagte kein Wort, du warst es.

JEAN Nein, ich weiß es. Aber deine Augen.

BABETTE Und deine? *Zu François:* Warum maulst du, Kleiner?

FRANÇOIS Mir gefällt nicht der Ton, mit dem du da sagst: »Philippe ist weggelaufen.« Das muß man wissenschaftlich, das heißt leidenschaftslos, betrachten. Ich nehme an, der Kampf schien ihm aussichtslos, im Gegensatz zu uns, ergo: er verläßt Paris.

JEAN Du meinst, uns. Uns, die kämpfen.

FRANÇOIS Nicht uns, nur den aussichtslosen Kampf.

JEAN Leider können wir Paris nicht so leicht verlassen. Warum? Die Blätter können den Baum nicht verlassen, die Blattläuse können es. Er ist eine Laus, Philippe.

FRANÇOIS Ich werde dir die Zähne einschlagen müssen, Jean.

JEAN Aber leidenschaftslos, bitte.

FRANÇOIS *hilflos:* Ach, Jean, wir wissen nichts. *Pause.* Was du denkst, könnte man vielleicht so ausdrücken: Philippe ist kein besonders mutiger Mensch, da er nicht denken gelernt hat.

JEAN Gut.

BABETTE Wenn ich mit Jean zusammenziehe, Geneviève, wirst du die Miete allein bezahlen können?

*Pause.*

GENEVIÈVE Ja, Babette.

JEAN Oh, verdammt. Müßt ihr Weiber immer von der Zukunft sprechen?

GENEVIÈVE *leise:* Sie muß, Jean.

FRANÇOIS Schlecht ist, daß wir abgeschnitten sind vom flachen Land. Wir können nicht zu Frankreich sprechen.

GENEVIÈVE Sie haben selber Vernunft.

JEAN Babette, das erinnert mich, wir müssen unsere Malarbeit holen. Eines ist sicher: wenn sie angreifen, wird Paris zu ihrem Grab werden, wie, François?

*Sie arbeiten weiter. Mme. Cabet kommt.*

Mme. CABET Verzeiht, ich hatte ein wirkliches Bedürfnis nach der Mette, und ich habe gestern nacht noch vier Säcke extra genäht. Ihr bekommt jetzt die Ostergeschenke. *Sie überreicht François ein Paket.*

FRANÇOIS *macht es auf:* Der Lavoisier. Gerade gestern wollte ich etwas Bestimmtes bei ihm nachlesen.

Mme. CABET Oh, Jules und Victor, ihr hättet zuerst bekommen sollen, verzeiht mir. *Sie überreicht ihnen je eine Semmel.* Jean, das ist ein Schlips, ich habe die Fahne ein wenig gekürzt. »Papa« war unwillig, aber ich tat es. Ich habe nichts für Sie, Geneviève, so wird es ein Händedruck. *Sie schüttelt Geneviève die Hand.* Es ist immer so peinlich, wenn man nichts zu schenken hat, nicht? Und das ist für dich und eigentlich für jemand anderen, Babette, du verstehst, eh? *Sie überreicht Babette ein Osterei.* Das nächste Ostern wird er ein solches bekommen.

JEAN Sie.

*Sie lachen.*

Mme. CABET Und jetzt möchte ich, daß ihr mit heraufkommt, ich habe noch einen Schluck Wein.

*Alle bis auf Geneviève folgen ihr. Als auch Geneviève aufsteht, sieht sie zwei Nonnen auf sich zukommen.*

DIE EINE NONNE *leise:* Geneviève!

GENEVIÈVE *läuft auf sie zu und umarmt sie:* Guy!

GUY Gemach, meine Kleine, war es schlimm?

GENEVIÈVE Aber warum bist du in der Tracht? Sieben Monate!

GUY Kannst du uns in dein Zimmer führen? Wohnst du allein? Und kannst du ein Rasiermesser besorgen? Der verdammte Bartwuchs!

GENEVIÈVE Aber warum muß es so heimlich sein, nun bist du doch da und in Sicherheit; bist du aus der Gefangenschaft weggelaufen?

GUY Nein, ich erkläre dir alles, in deinem Zimmer.

GENEVIÈVE Aber ich wohne nicht mehr allein, da ist Babette, sie kann jeden Augenblick kommen. Ich meine, wenn es niemand sehen soll. Guy, du bist nicht gegen die Commune hier in Paris? Nicht für Thiers?

GUY Oh, du bist immer noch für die Internationale? Trotz aller Greuel?

GENEVIÈVE Welcher?

GUY A bas! Die Zeit für revolutionäre und humanitätsduselige Deklamationen ist herum, jetzt wird es ernst. Ganz Frankreich hat genug von diesen Plünderungen und Gewalttaten.

GENEVIÈVE Und so bist du ein Spion des Henkers Thiers geworden.

GUY Geneviève. Wir können das nicht auf der Straße abmachen. Ich bin gesehen worden, ich wollte dich nicht hineinziehen, der verdammte Bartwuchs hat mich gezwungen. Schließlich sind wir verlobt, oder waren es, vielleicht sagen wir lieber so. Du kannst mich nicht vor die Hunde gehen lassen, und die Schwestern von Saint-Joseph sind mit hineinverwickelt, ich dachte, du bist Katholikin, oder ist das auch aus?

GENEVIÈVE Ja, Guy.

GUY Eine schöne Bescherung! Und alles auf der Straße!

GENEVIÈVE Die Straße ist ein guter Ort, wir schicken uns an, unsere Wohnungen auf der Straße zu verteidigen.

GUY Das ist alles heller Wahnsinn. Versailles ist fertig zum Einmarsch, drei Armeekorps. Wenn du mich ans Messer lieferst… *Er greift unter den Nonnenrock nach einer Pistole.*

»PAPA« *der mit Coco gekommen ist und einiges gesehen hat:* Einen Augenblick, Monsieur. *Er legt sein Gewehr an.* Mademoiselle, Sie haben interessante Freunde.

GENEVIÈVE Monsieur Guy Suitry, mein Verlobter, »Papa«.

*Die Nonne, mit der Guy kam, läuft plötzlich weg.*

»PAPA« Halt sie auf, Coco. Oder ihn. *Zu Geneviève:* Erklären Sie.

GENEVIÈVE *während Coco der Nonne folgt:* Monsieur Suitry war in deutscher Gefangenschaft und besorgt in Paris Geschäfte für Monsieur Thiers.

GUY Geneviève!

»PAPA« Oh. Es tut mir leid, Geneviève.

COCO *zurück:* Kein Busen, aber weiblich. An die Wand mit ihm. Und dann ein kleiner Besuch im Konvent Saint-Joseph. *Er treibt Guy mit dem Bajonett an die Barrikade.* Dreh dich um.
FRANÇOIS *kommt:* Geneviève, wo bleibst du? Was ist hier los?
»PAPA« Genevièves Guy ist zurückgekommen. Bismarck hat ihn Thiers zurückgegeben, damit er uns hier ausspitzelt. Und die Nonnen von Saint-Joseph haben ihn barmherzig aufgenommen. *Zu Guy:* Dreh dich um.
FRANÇOIS Das könnt ihr nicht tun. Ihr könnt ihn verhaften.
»PAPA« Dann kommt er in die Petite Roquette und kann mit dem Herrn Erzbischof Koteletten speisen. Unsere Leute in der Commune wetteifern leider mit Saint-Joseph in der Barmherzigkeit, bis wir alle an die Mauer gestellt werden. *Zu Guy:* Nein, du wirst niemand mehr berichten, was du in der Rue Pigalle gesehen hat.
FRANÇOIS Keine Unbedachtsamkeit, »Papa«!
»PAPA« Ach, ist es Unbedachtsamkeit? Der General Gervais verkauft eines unserer Forts an Versailles, aber ich bin unbedachtsam, he? Freilich, ihr denkt wohl hier, ich bin ein bißchen tiefer drin als ihr, das erklärt meine Heftigkeit, eh! *Zu Geneviève:* Das war ein bestimmter Morgen, wo wir uns begegneten, und ich hatte nicht geschlafen, ich.
GENEVIÈVE Bürger Goule, ich habe inzwischen gelernt, daß es heißen muß: Einer für alle, alle für einen. Und wenn es auch nur wäre, Sie zu verteidigen, würde ich nicht von dieser Barrikade weggehen.
»PAPA« *unsicher:* Ich denke, ich verstehe Sie.
FRANÇOIS Madame Cabet wird es nicht dulden, »Papa«. Laß Geneviève entscheiden, macht nichts Übereiltes. Geneviève, sag ihnen, du willst es nicht. Du mußt nicht denken, wir glauben, es ist, weil er dein Verlobter ist. Rede mit ihnen, Geneviève.
*Geneviève schweigt.*
»PAPA« Gut, Geneviève, geh ins Haus.
COCO Du sollst dich umdrehen.
*Mme. Cabet kommt mit den Kindern.*
Mme. CABET Jean und Babette wollten allein sein. Ah, die Liebe! Das ist besser als Sandsäcke nähen. Was macht ihr?
COCO Keine Nonne, Madame Cabet. Genevièves Verlobter, Spitzel.
Mme. CABET Warum steht er an der Wand? Es ist ihm schlecht, das seht ihr doch? *Sie schweigen alle.* Nein! Tut das nicht, nicht am Ostersonntag! Und vor den Kindern! Vor den Kindern kommt es gar nicht in Frage, ihr. Gebt ihn der Polizei, das ist schlimm genug für Geneviève. Du kommst mit, ein Glas Wein trinken, du kannst es brauchen. Keine Dummheiten hier.
»PAPA« *mißmutig:* Hol euch der Teufel. Man wird euch zerstampfen wie Dreck. Marsch, Lump, bedank dich bei den Kindern, sie bestimmen hier in Paris.
*Coco und er selbst treiben Guy weg.*
FRANÇOIS *zu den Kindern:* Gehen wir an die Arbeit!
*Sie beginnen wieder zu arbeiten. Mme. Cabet will Geneviève wegführen. Aber sie schüttelt den Kopf und setzt sich zum Sacknähen.*
FRANÇOIS Es sind auch schlechte Menschen bei uns. Bei den Bataillonen hat man jetzt sogar Kriminelle eingestellt.
Mme. CABET Ja. Daß sie bei uns sind, ist das einzig Gute, das sie je tun werden.
FRANÇOIS Auch oben. Leute, die sich Vorteile verschaffen.
Mme. CABET Wir kriegen, was wir kriegen.
FRANÇOIS Ich werde den Apfelbaum umhauen müssen.
Mme. CABET Müssen wir wirklich? *Jean und Babette kommen.* Jean und Babette, François will den Apfelbaum umhauen.
BABETTE Nein.
JEAN Es wird nie eine ordentliche Barrikade mit ihm dazwischen. Aber lassen wir ihn stehen, wenn du willst. *Klopft der Kanone den Hals.* Munition oder keine Munition, es ist gut, dich da zu haben, was immer die Generäle sagen, die eigenen eingeschlossen. *Er entrollt mit Babette ein Leinwandtransparent. »Ihr seid Arbeiter wie wir«.* Da habe ich meinen Spruch, François. *Sie hängen es über die Barrikade, die Schrift den Angreifern zu.* Man muß es ihnen sagen.
Mme. CABET Ich weiß nicht, Jean, wenn es die sind, die sie früher in der Armee hatten, die von der Provinz... Diese Bauernknechte, die sechzehn Stunden im Tag arbeiten, und die Söhne der verschuldeten Krämerfrauen, ja sogar die Schuster glauben immer, sie sind was Besseres als die Arbeiter.
JEAN Vielleicht überlegen sie es sich, wenn sie den Spruch zusammen mit unserem Gewehrfeuer sehen, Maman.

13

*Während der blutigen Maiwoche auf der Place Pigalle. An der Barrikade schußbereit Geneviève Guéricault. Jean Cabet, François Faure und zwei Zivilisten. Der deutsche Kürassier schleppt »Papa« eine Kiste mit Munition ins Mauereck nach. Eine schwerverwundete fremde Frau liegt an einer geschützten Stelle. Schwerer Geschützdonner. Trommeln, welches Attacken in den benachbarten Gassen anzeigt. Der Apfelbaum steht in voller Blüte.*

FRANÇOIS *laut rufend:* Langevin und Coco wären jetzt lang hier, wenn sie noch lebten. Es sind jetzt drei Tage.
»PAPA« Coco lebt. Und wenn Paris sie heut mit blutigen Köpfen heimschickt, löst sich das ganze Versaillesgesindel auf, ein für allemal.
FRANÇOIS Sie sind gut bewaffnet, mit Mitrailleusen. Wißt ihr, die neue Zeit gibt ihre Waffen immer zuerst den Hyänen der alten.
»PAPA« Am 18. März hätten wir das Nest in zwei Stunden ausgehoben.
FRANÇOIS Was meinst du, Jean?
JEAN Wie ich dir einmal sagte: wir wissen nichts.
GENEVIÈVE Nun, Jean, wir lernen.
JEAN Indem wir ins Gras beißen, das wird viel helfen.
GENEVIÈVE Es wird helfen, Jean. Jetzt kommen sie wieder.
JEAN Noch nicht. Was hilft mir und dir Wissen, Geneviève, wenn wir gestorben sind!
GENEVIÈVE Ich spreche nicht von dir und mir, ich sagte »wir«. Wir, das sind mehr als ich und du.
JEAN Ich hoffe nur, wir haben genug »Wir« an der Seite und im Rücken.
*Es ist etwas stiller geworden.*
DIE VERWUNDETE *plötzlich klar:* Ihr, ich wohne 15 Rue des Cygnes, schreibt an die Wand, neben der Tür, für meinen Mann, was mit mir geschehen ist. Ich heiße Jardain.
FRANÇOIS Gut, 15 Rue des Cygnes.
DIE VERWUNDETE Wir wollten gegen die Preußen weiterkämpfen, weil es hieß, sie geben uns die Gefangenen nicht gleich zurück, eh? Ich habe zwei dabei. Jetzt kommen sie zurück, so. *Zeigt über die Barrikade weg.* Was man denen von uns erzählt haben muß! Mir wird wieder ganz schlecht. *Sie sinkt zurück und beginnt wieder zu fiebern.*
FRANÇOIS Sie sind nur so rasend, weil sie das machen müssen.
JEAN Wir sollten sie doch ins Haus tragen.
FRANÇOIS Nicht, wenn sie nicht will. Sie fürchtet, es brennt.
JEAN Aber sie hindert hier.
FRANÇOIS Nicht sehr, Jean. Und sie hat gekämpft, nicht?
JEAN Ja, ein Gewehr kann sie handhaben. *Trommeln sehr nahe.*
JEAN Das ist in der Rue Bac.
*Pierre Langevin, gefolgt von einem Kind.*
LANGEVIN *versucht, das Kind fortzuscheuchen:* Geh weg, das ist ein Befehl, du hinderst hier nur. *Das Kind weicht zurück, bleibt aber dann stehen, auf ihn wartend.* In der Rue Bac brauchen sie Verstärkung.
JEAN *zuckt mit den Achseln:* Wo ist Coco?
LANGEVIN *schüttelt den Kopf, auf »Papa« blikkend, dann:* Könnt ihr den Kürassier entbehren?
»PAPA« Salut, Coco. Nein, er versteht nur meine Sprache. Was ist im Stadthaus?
LANGEVIN Niemand mehr dort. Sie sind auf den Barrikaden. Delescluze ist auf der Place du Château d'Eau gefallen. Vermorel ist verwundet, Varlin kämpft in der Rue Lafayette. Die Schlächtereien am Nordbahnhof sind so, daß Frauen auf die Straße stürzen, die Offiziere ohrfeigen und sich selber an die Mauer stellen. *Langevin geht weiter, das Kind folgt ihm.*
JEAN Es steht schlecht, er hat nicht nach Mutter gefragt.
*Mme. Cabet und Babette bringen Suppe.*
Mme. CABET Kinder, ihr müßt essen, aber sie hat keinen Schnittlauch. Und wozu müßt ihr die Käppis aufhaben, wenn es alles nichts hilft, werdet ihr nur daran gekannt. Du mußt vom Schöpflöffel ess... *Jean den Schöpflöffel reichend, fällt sie in sich zusammen.*
JEAN Maman!
FRANÇOIS Von den Dächern.
»PAPA« *brüllend:* In Deckung! Es ist nur der Arm.
*Er läuft her und schleppt Mme. Cabet weg ins Haus. Babette sammelt betäubt das Eßgeschirr zusammen. Halben Weges zum Haus fällt auch sie.*
GENEVIÈVE *Jean zurückhaltend:* Jean, du darfst nicht hin.
JEAN Aber sie ist nicht schwer getroffen.
GENEVIÈVE Ja, sie ist es.
JEAN Sie ist es nicht.

FRANÇOIS Sie kommen. Gebt Feuer! *Er schießt.*
JEAN *zurück zur Barrikade, schießt ebenfalls:* Ihr Hunde! Ihr Hunde! Ihr Hunde!
*Der eine Zivilist läuft weg. »Papa« kommt zurück. In der Gasse links rücken Liniensoldaten vor, knien nieder, feuern. François fällt. Die Salve hat das Transparent niedergerissen. Jean zeigt darauf und fällt. Geneviève nimmt die rote Fahne auf der Barrikade und zieht sich damit in die Ecke zurück, wo »Papa« und der Kürassier Feuer geben. Der Kürassier fällt. Geneviève wird getroffen.*
GENEVIÈVE Es lebe die... *Sie fällt.*
*Aus dem Haus schleppt sich Mme. Cabet und sieht die Gefallenen. »Papa« und der andere Zivilist schießen weiter. Aus allen Gassen rücken jetzt mit gefälltem Bajonett Liniensoldaten auf die Schanze zu vor.*

## 14

*Von den Wällen von Versailles aus betrachtet die Bourgeoisie den Untergang der Commune mit Lorgnons und Operngläsern.*

BÜRGERIN Meine einzige Sorge ist, daß sie nach Saint-Ouen zu entkommen.
EIN HERR Keine Sorge, Madame. Wir haben schon vor zwei Tagen einen Vertrag mit dem Kronprinzen von Sachsen unterzeichnet, daß die Deutschen niemand entkommen lassen. Wo ist das Frühstücksbrötchen, Emilie?
ANDERER HERR Welch erhabenes Schauspiel! Die Brände, die mathematischen Bewegungen der Truppen! Man versteht jetzt das Genie Haußmanns, Paris mit Boulevards zu versehen. Man hat diskutiert, ob sie zur Verschönerung der Hauptstadt beitrugen. Kein Zweifel nun, sie tragen zumindest zu ihrer Pazifizierung bei!
*Große Detonation. Die Herrschaften klatschen.*
STIMME Das war die Mairie von Montmartre, ein besonders gefährliches Nest.
ARISTOKRATIN Das Glas, Annette. *Blickt durchs Opernglas.* Glänzend!
DAME NEBEN IHR Wenn der arme Erzbischof das noch erlebt hätte! Ihn nicht gegen diesen Blanqui einzutauschen, war ein wenig hart von ihm.
ARISTOKRATIN Unsinn, meine Liebe. Er hat das ausgezeichnet erklärt, mit lateinischer Klarheit! Dieser Gewaltanbeter Blanqui war für das Gesindel ein Armeekorps wert und die Ermordung des Erzbischofs, Gott habe ihn selig, für uns zwei Armeekorps. Oh, er kommt selbst.
*Thiers kommt, begleitet von einem Adjutanten, Guy Suitry. Man klatscht ihm Beifall. Er lächelt, verneigt sich.*
ARISTOKRATIN *halblaut:* Monsieur Thiers, das bedeutet die Unsterblichkeit für Sie. Sie haben Paris an seine wahre Herrin zurückgegeben, an Frankreich.
THIERS Frankreich, das ist – Sie, Mesdames et Messieurs.

# Turandot
# oder
# Der Kongreß der Weißwäscher

Das Stück »Turandot oder Der Kongreß der Weißwäscher« gehört zu einem umfangreichen literarischen Komplex, der zum größten Teil noch in Plänen und Skizzen besteht. Zu ihm gehören ein Roman »Der Untergang der Tuis«, ein Band Erzählungen »Tuigeschichten«, eine Folge kleiner Stücke »Tuischwänke« und ein Bändchen von Traktaten »Die Kunst der Speichelleckerei und andere Künste«.
Alle diese Arbeiten, die den Verfasser seit Jahrzehnten beschäftigen, behandeln den Mißbrauch des Intellekts.

*Personen*

Der Kaiser von China · Turandot, seine Tochter · Jau Jel, sein Bruder · Die Kaisermutter · Die Putzfrau · Die zwei Mägde der Turandot
Der Hoftui · Der Ministerpräsident · Hi Wei, Rektor der Tuischule und Vorsitzender des Tuiverbands · Munka Du · Seine Mutter · Ki Leh, Rektor der Kaiserlichen Universität · Der Geograph Pauder Mil · Der General Kriegsminister
Mo Si · Ka Müh · Shi Ka · Nu Shan, Sekretär des Hi Wei · Wen · Gu · Zwei Bundtuis · Si Fu, Tuischüler · Shi Meh, junger Tui · Wang, Schreiber der Tuischule · Vier Tuis vom Tuimarkt A Sha Sen, Bauer · Eh Feh, sein Enkel · Delegierter der Kleidermacher · Delegierter der Kleiderlosen · Kiung, Su, Yao – Wäscherinnen · Waffenschmied
Gogher Gogh, Straßenräuber · Ma Gogh, seine Mutter · Seine zwei Leibwächter · Henker
Tuis, junge Tuis, Tuischüler · Kleiderlose · Polizisten · Bewaffnete · Soldaten · Straßenräuber · Männer · Frauen

## 1
## Im Kaiserlichen Palast

*Eine Putzfrau wäscht den Fußboden. Herein läuft der Kaiser. Ihm folgen der Hoftui und der Ministerpräsident, der ebenfalls einen Tuihut trägt.*

DER KAISER Ich bin außer mir. Ich muß mir anhören, daß der Staat durch Mißwirtschaft und Korruption zugrunde gerichtet ist, schön. Aber mir deshalb meine zweite Frühstückspfeife streichen! Das ist zu viel! Meiner Meinung nach brauche ich mir das als Kaiser von China nicht gefallen zu lassen.

DER MINISTERPRÄSIDENT Ihr Herz, Majestät! Es geschah wegen Ihres Herzens!

DER KAISER Mein Herz! Wenn mein Herz schlecht ist, so deswegen, weil man mich nicht voll nimmt. Vorige Woche hat man mir zweihundert Rennpferde gestrichen, ich soll nicht mehr reiten dürfen. Ich habe geschwiegen...

DER MINISTERPRÄSIDENT Geschwiegen!

DER KAISER Oder jedenfalls so gut wie geschwiegen. Heute erfahre ich, die zweite Pfeife ist gestrichen. Mein Herz! Die Einkünfte gehen zurück! Man hat mir seinerzeit die Wahl gelassen zwischen dem Seidenmonopol und dem Baumwollemonopol. Ich habe mit beiden Händen nach der Seide gegriffen. Aber man riet mir zur Baumwolle. Ich sah keinen Menschen Baumwolle tragen, alles trägt Seide. Aber gut, dachte ich, vielleicht trägt das Volk Baumwolle, gut, ich setze auf das Volk. Und jetzt bin ich zahlungsunfähig! *Zu seinem Bruder Jau Jel, der eingetreten ist:* Jau Jel, ich trete zurück.

JAU JEL Und warum diesmal?

DER HOFTUI China ohne seinen Kaiser!

DER MINISTERPRÄSIDENT Das ist undenkbar! Dann werden die Kassen revidiert!

DER KAISER Dann soll man mir nicht die Morgenpfeife streichen, wenn man auf mich Wert legt.

DIE PUTZFRAU *mit der der Hoftui gezischelt hat:* Herr Kaiser, Sie dürfen nicht von uns gehen. *Kniet auf Wink des Hoftuis nieder.* Als einfache Frau aus dem Volke bitte ich Sie auf den Knien, die Last der Krone weiterzutragen.

DER KAISER Ich bin gerührt, aber ich kann es nicht machen, liebe Frau. Ich kann mir den Kaiser nicht mehr leisten. *Zu Jau Jel:* Und schuld bist du, widersprich nicht. Hätte ich nicht damals eingewilligt, daß das Monopol auf dich übertragen wurde...

DER MINISTERPRÄSIDENT *mit Blick auf die Putzfrau:* Majestät haben das Monopol feierlich abgelehnt, damit niemand behaupten kann...

DER HOFTUI ... Majestät hätte irgend etwas mit Geschäften zu tun.

DER KAISER Eben! Damit einigermaßen Geld gemacht werden konnte. Aber macht man Geld? Ich verlange überhaupt eine Abrechnung.

JAU JEL *zornig:* Das ist genug. *Er zerrt die Putzfrau vor.* Was haben Sie für Ihr Kopftuch bezahlt?

DIE PUTZFRAU Zehn Yen.

JAU JEL Wann? Wann haben Sie es gekauft?

DIE PUTZFRAU Vor drei Jahren.

JAU JEL *zum Kaiser:* Und weißt du, was jetzt dafür bezahlt wird? Vier Yen.

DER KAISER *befühlt das Kopftuch, interessiert:* Ist das Baumwolle?

DER MINISTERPRÄSIDENT Baumwolle, Majestät.

DER KAISER *finster:* Und warum verkauft man sie jetzt so billig?

DER MINISTERPRÄSIDENT Majestät, dann müssen Sie es erfahren. Hinter uns liegt eines der furchtbarsten Jahre in der Geschichte Chinas. Die Ernte...

DER KAISER Was ist mit der Ernte? War das Wetter schlecht?

DER MINISTERPRÄSIDENT *mit hohlem Lachen:* Es war gut!

DER KAISER So waren die Bauern faul?

DER MINISTERPRÄSIDENT Sie waren fleißig!

DER KAISER Was ist denn los mit der Ernte?

DER MINISTERPRÄSIDENT Sie ist riesig! Das ist das Unglück! Da es von allem zu viel gibt, ist nichts etwas wert!

DER KAISER Wollen Sie damit sagen, daß ich zu viel Baumwolle habe, um dafür einen anständigen Preis zu bekommen? – Dann schafft sie freundlichst weg!

DER MINISTERPRÄSIDENT Aber, Majestät, die öffentliche Meinung!

DER KAISER Wie? Sie tragen einen Tuihut und wollen mir weismachen, daß Sie die öffentliche Meinung fürchten? Dann bereiten Sie meine Abdankungsurkunde vor! *Ab.*

DER MINISTERPRÄSIDENT O Gott!

DER KAISER *noch einmal zurück:* Und ich verbitte mir, daß wieder etwas gemacht wird, was mein Ansehen schädigt. *Endgültig ab.*

DER MINISTERPRÄSIDENT Wasch mich, aber

mach mich nicht naß! Meine Freunde, ich bin aufgewachsen in der besten Tuischule des Landes, ich beherrsche die tuistische Literatur, ich diskutiere seit dreißig Jahren mit den bedeutendsten Tuis alle Ideen, die China retten könnten. Meine Freunde, es gibt keine.

DIE KAISERMUTTER *herein, ein kleines Service tragend:* Hier hätte ich ein hübsches Täßchen Tee. Wo ist mein Sohn?

JAU JEL Weggegangen. Hat man dich wieder… *Sie ist zur Tür gelaufen.* Schrecklich, daß diese Ärzte sie immer entwischen lassen! Der Tee ist natürlich wieder vergiftet.

DER HOFTUI Die Ärzte lassen sich dadurch täuschen, daß sie im allgemeinen so vernünftig ist.

JAU JEL *seufzend:* Ich verstehe sie ja manchmal.

DIE KAISERMUTTER *ist umgekehrt. Zu Jau Jel:* Nimm du wenigstens.

JAU JEL Mama, du bist unmöglich.

*Die Kaisermutter enttäuscht zur Tür. Ein Arzt stürzt herein.*

DER ARZT Bitte, geben Sie mir das Täßchen, Majestät.

*Er nimmt es ihr weg. Beide ab.*

DER MINISTERPRÄSIDENT Ich gebe China noch zwei Jahre.

## 2
## Das Teehaus der Tuis

*An kleinen Tischen sitzen Tuis, lesend und Brettspiele spielend. Täfelchen: »Zwei kleinere Formulierungen für 3 Yen«, »Hier werden Meinungen gewendet. Danach wie neu«, »Mo Si, genannt König der Ausredner«, »Sie handeln – ich liefere die Argumente«, »Warum sind Sie unschuldig? Nu Shan sagt es Ihnen«, »Tun Sie, was Sie wollen, aber formulieren Sie es anständig« werden von Kunden, meist vom Lande, gelesen.*

MO SI Ich muß mich beeilen, ich habe heute noch eine schwere Formulierung zu machen. Es handelt sich um einen Kassier der Stadtbank. Die Teuerung.

KA MÜ Ich formuliere heute nicht. Ich habe gestern einem Darmhändler eine Meinung über atonale Musik verkauft.

MO SI Pro oder contra?

KA MÜ Contra. Ich verkaufe keine Meinungen von der Stange, Meinungen, die für jedermann tragbar sind. Ich verkaufe nur Modellmeinungen. Meine Kunden wünschen nicht, eine Meinung zu äußern, welche von anderen Leuten auch geäußert wird. Aber Ihre Meinungen für den kleinen Mann sollen ja auch sehr flott gehen, Shi Ka?

SHI KA Ja, ich habe ein Abzahlungssystem eingeführt. Wissen Sie, wie ich darauf gekommen bin? Die Frau eines Klienten wollte durchaus einen Backtrog haben. Er konsultierte mich betreff einer Ausrede. Sie sagte ihm, sie bekäme den Backtrog auf Abzahlung, und er fragte mich, ob er nicht auch die Ausrede auf Abzahlung bekommen könnte. Der Backtrog wäre ihn sonst billiger gekommen. Es sind eben harte Zeiten. Was ist das wieder?

*Ein Kellner bringt ein Schild an: »Gäste in zerlumpter Kleidung dürfen laut polizeilicher Vorschrift nicht mehr bedient werden.« Ein Zerlumpter verläßt würdevoll das Lokal. Ein Ächzen.*

SHI KA Bei diesen Kleiderpreisen!

ANDERER TUI Die kleinen Leute werden sich bald überhaupt keine Meinung mehr leisten können!

RUHIGE STIMME Es lebe der Kai Ho.

*Gelächter.*

EIN TUI Keine Politik, bitte.

DER ANDERE TUI Aber dann auch keine Teepreise hier, bitte.

DER TUI Und Sie glauben, Herr Kai Ho, ein Aufwiegler, wird erreichen, was die größten Tuis nicht erreicht haben, nämlich China zu einem bewohnbaren Land zu machen?

DER ANDERE TUI Ja.

*Großes Gelächter.*

ÜPPIGE KUNDIN Was verlangen Sie für eine kleine Formulierung bei einem Seitensprung?

MO SI Bis zu vier Yen, wenn nicht…

*Sie setzt sich zu ihm.*

*Herein Turandot mit dem Hoftui. Sie wird nicht erkannt.*

TURANDOT Das ist also eines der berühmtesten Teehäuser der Tuis!

DER HOFTUI Nur der allerniedrigsten, Kaiserliche Hoheit. Die großen, welche Recht sprechen, Bücher schreiben, die Jugend erziehen, kurz, von ihren Tribünen, Kanzeln und Lehrstühlen aus nach ihren Idealen die Menschheit führen, verkehren hier nicht. Jedoch bemühen sich auch diese weniger bedeutenden hier, der Bevölkerung bei ihren vielfältigen Geschäften geistig beizustehen.

TURANDOT Indem sie den Leuten sagen, was sie tun sollen?

DER HOFTUI Mehr indem sie ihnen sagen, was sie sagen sollen. Machen Sie einen Versuch!
*Turandot setzt sich zu Nu Shan.*
TURANDOT *faul:* Warum bin ich unschuldig?
NU SHAN An was? Ach so. *Lacht schallend.* Zehn Yen. *Er bekommt sie.* Würden Sie Ihre zehn Yen zurückfordern, meine Dame, wenn ich Ihnen gestände, ich weiß es nicht, warum Sie unschuldig sind, daß Sie aber jederzeit behaupten können, daß Sie daran unschuldig seien?
TURANDOT *faul:* Ich bin eine sinnliche Natur. Fi, erkläre ihm, auf was ich fliege.
DER HOFTUI Hier?
TURANDOT Unbedingt.
DER HOFTUI Die Persönlichkeit, von der die Rede ist, kann am wenigsten geistigen Vorzügen widerstehen. Gewisse elegante Formulierungen erregen sie.
TURANDOT Körperlich.
DER HOFTUI Neuartige Stellungen...
TURANDOT ...von Problemen...
DER HOFTUI ...machen sie einem Manne völlig hörig.
TURANDOT Geschlechtlich. – Sag das vom Blut!
DER HOFTUI Das Blut schießt ihr zum Herzen beim Anblick einer hohen Stirn, einer vielsagenden Gebärde, beim Anhören eines wohlgerundeten...
TURANDOT ...Satzes.
KELLNER *geht durch das Lokal und ruft aus:* Weißwäscher gesucht für das Kaufhaus La Me!
*Drei Tuis eilen nach hinten.*
EIN TUI *am Nebentisch:* Hier gibt es nur ein einziges Problem, das schwer zu lösen ist: wer den Tee bezahlt?
*Herein Gogher Gogh, begleitet von einem Leibwächter, der an der Tür stehen bleibt.*
TURANDOT Wer ist der schöne Mann?
DER HOFTUI Ein berüchtigter Straßenräuber namens Gogher Gogh.
NU SHAN Sagen Sie das nicht laut, Herr. Er beliebt, sich einen Tui zu nennen. Er ist freilich im untersten Examen schon zweimal durchgefallen... Wie man hört, studiert er weiter.
GOGHER GOGH *hat sich zu dem Tui »Zwei kleinere Formulierungen für 3 Yen« gesetzt:* Hier sind deine drei Yen, hör zu. Ich habe Geld gebraucht für mein Studium.
WEN Du wirst das Examen niemals bestehen.
GOGHER GOGH Hüte deine Zunge. Übrigens habe ich Schluß gemacht mit der Schule, sie taugt nichts. Aber ich habe, wie gesagt, Geld benötigt.
TURANDOT Wozu will er als Straßenräuber Tui werden?
NU SHAN Er ist nur Straßenräuber geworden, um Tui zu werden.
TURANDOT Er ist mir gleich aufgefallen.
GOGHER GOGH Für das erste Examen habe ich es aus der Kasse meiner Firma genommen.
WEN *gelangweilt:* Entliehen.
GOGHER GOGH Entliehen. Das Geld für das zweite konnte ich mir nur verschaffen, indem ich die Maschinenpistolen nebst Munition der Firma ins Leihhaus brachte.
WEN Zum Säubern brachte. Wenn du mehr brauchst, bezahle neu.
*Gogher Gogh kramt in den Taschen nach Münzen.*
TURANDOT Ist es leichter, als Tui zu leben als als Straßenräuber?
NU SHAN Der Unterschied ist nicht sehr groß. Aber er lebt nicht eigentlich vom Straßenraub. Jedenfalls nicht mehr, seit die Teuerung begonnen hat. Er lebt mit seiner Bande davon, daß er Wäschereien in der Vorstadt beschützt.
TURANDOT Vor was?
NU SHAN Vor Überfällen.
TURANDOT Durch wen?
NU SHAN Durch seine Bande. Sie verstehen: wenn bezahlt wird, gibt es keine Überfälle.
DER HOFTUI *zynisch:* Er macht es wie der Staat. Wenn die Steuer bezahlt wird, gibt es keine Überfälle durch die Polizei.
TURANDOT *verliebt:* Fi! Nicht im öffentlichen Lokal! Alle können hersehen!
GOGHER GOGH Drei Yen. Ich will nur noch eine Formulierung. Wie sage ich es meinen Leuten?
NU SHAN *auf den Leibwächter deutend:* Leuten wie dem da? Das verlangt einiges Nachdenken.
*Herein ein weißbärtiger Bauer, Sen, mit einem Knaben.*
*Der Tui Gu geleitet ihn an den Tisch Nu Shans.*
GU *zum ganzen Lokal:* Ein unerhörter Vorfall! Dieser Mann kommt aus der Provinz Sezuan. Er ist zwei Monate lang mit einem kleinen Handwagen, beladen mit Baumwolle, unterwegs gewesen. Heute morgen wurde die Baumwolle ihm, als er sie verkaufen wollte, auf dem Dreifingermarkt konfisziert!
*Ringsum Proteste.*
WEN Wo hier die Baumwolle so knapp ist, daß man fünfzig Yen für ein Halstuch bezahlt!
ANDERER TUI Die Spinnereien haben gestern geschlossen. Baumwollemangel. Der Bund der

Kleidermacher droht mit Unruhen, wenn die Regierung keine Auskunft gibt, wo die Baumwolle geblieben ist.

WEN Peking fängt an, in Lumpen zu gehen.

GU Gestatten Sie. *Setzt sich mit dem Weißbärtigen, der Knabe bleibt hinter ihm stehen.* Was brachte Sie nach Peking?

SEN Mein Name ist Sen. Das ist Eh Feh. Ich komme des Studiums wegen.

GU Der junge Herr studiert?

SEN Ich studiere. Bei ihm hat es noch Zeit. Er wird zunächst Sandalenmacher werden. Aber ich selbst fühle, daß ich reif genug bin, ihr Herren. Fünfzig Jahre habe ich davon geträumt, selbst zu der großen Bruderschaft zu gehören, die sich die der Tuis nennt – nach den Anfangsbuchstaben von Tellekt-Uell-In. Denn nach ihren großen Gedanken geht alles vor sich im Staat, sie leiten die Menschheit.

GU Gewiß. Und vom Erlös der Baumwolle wollten Sie...

SEN Eine Tuischule besuchen.

GU *steht auf:* Meine Herren! Soeben erfahre ich, daß der alte Mann hier, dem die Baumwolle von Organen des Staates konfisziert wurde, vom Erlös derselben eine Tuischule besuchen wollte! Er dürstet nach Studium, und der Staat bestiehlt ihn! Ich schlage vor, daß die hier Anwesenden die Angelegenheit ihres zukünftigen Kollegen zu der ihren machen.

NU SHAN Nutzlos! Über alles, was mit Baumwolle zusammenhängt, entscheidet der Kaiser.

*Turandot erhebt sich auf ein Zeichen des Hoftuis und geht mit ihm ab.*

EIN TUI Nicht der Kaiser! Der Bruder des Kaisers!

*Gelächter.*

NU SHAN Es wird nichts aus dem Studium, Alter.

*Ein Kellner, dem der Hoftui am Eingang etwas zugeflüstert hat, tritt an den Tisch Sens und sagt ihm etwas ins Ohr.*

GU Meine Herren, etwas Außerordentliches ist geschehen. Eine nicht genannt sein wollende Gönnerin hat Herrn Sen soeben den Preis aushändigen lassen, den ihm seine Baumwolle eingebracht hätte. Beglückwünschen wir Herrn Sen zu dieser unerhofften Möglichkeit, unserer großen Bruderschaft beizutreten!

*Einige Tuis umringen Sen und beglückwünschen ihn.*

GOGHER GOGH Jetzt hast du lange genug nachgedacht. Was sage ich meiner Firma?

WEN *gibt ihm die zweiten drei Yen zurück:* Ich weiß es nicht.

## 3

## a

## Im Kaiserlichen Palast

*Der Kaiser stopft sich seine zweite Morgenpfeife. Herein Turandot mit dem Hoftui.*

TURANDOT *hebt das Überkleid und zeigt ihrem Vater baumwollene Hosen:* Was sagst du zu den Hosen? Baumwolle. Fi sagt, sie kratzt. Es ist richtig, aber sie ist jetzt bei weitem das Rarste, teuer und doch volkstümlich. Warum sagst du nichts? Wenn du einen Einfall hast, und ich sage nichts, wie damals, als dir die Salzsteuer eingefallen ist, ziehst du drei Tage lang eine Flautsche.

DER KAISER Ja, die Preise für Baumwolle sollen ja jetzt ganz hübsch angezogen haben. Nimm einen Pinsel und schreib auf, was du haben möchtest. Meine finanzielle Lage gestattet mir neuerdings auch, dir die Mitteilung zu machen, daß du in der Wahl deines Gatten jetzt dem Zuge deines Herzens folgen kannst. Dem Mongolen können wir endgültig abschreiben. Ich hätte es nie übers Herz gebracht, dir einen Gatten aufzuzwingen, nie. Höchstens in einer Notlage.

*Entfernte Marschmusik.*

TURANDOT Wenn ich heirate, dann heirate ich einen Tui.

DER KAISER Du bist ja pervers.

TURANDOT *erfreut:* Glaubst du? Wenn einer etwas Witziges sagt, das geht mir durch und durch.

DER KAISER Werde nicht unanständig. Am frühen Morgen. Ich werde es niemals dulden, daß du dich an einen Tui wegwirfst. Niemals.

TURANDOT Omama ist auch unanständig, wenn wir miteinander reden. Was die erst sagt über...

DER KAISER Und ich dulde nicht, daß du so von deiner Großmutter sprichst. Die Kaisermutter ist eine große Patriotin, das steht schon in den Lesebüchern. Überhaupt bist du zu jung, um an so was zu denken.

TURANDOT Fi, bin ich zu jung? »Sie kratzt!«

DER KAISER Was ist das für eine Musik?

DER HOFTUI Eine Demonstration des Bunds der Kleidermacher, Majestät.

TURANDOT Deshalb bin ich doch in großem Staat. Ich gehe mit Fi, die Demonstration ansehen. Es hat aber keine Eile, sie dauert acht bis zehn Stunden.

DER KAISER Wieso acht bis zehn Stunden?

TURANDOT Bis alle vorbei sind!

*Herein der Ministerpräsident mit einem Flugblatt.*

DER MINISTERPRÄSIDENT Geruhen Eure Majestät dieses Flugblatt zu beachten, das vor dem Kaufhaus La Me gefunden wurde. Es hat einen sehr unliebsamen Inhalt. *Liest:* »Wo ist Chinas Baumwolle? Sollen Chinas Söhne nackt zum Begräbnis ihrer verhungerten Eltern gehen? Der erste Mandschukaiser hatte nur so viel Baumwolle, als in einen Soldatenmantel geht. Wieviel hat der letzte?« – Der Stil dieses Machwerks zeigt, daß es vom Kai Ho geschrieben wurde.

DER KAISER Der verdammte Tui!

DER HOFTUI Nicht doch! Lassen Sie uns alle auspeitschen, Sire, aber nennen Sie dieses schmutzige Subjekt nicht einen Tui! Ein zuchtloser Hetzer, der sich nur mit dem Abschaum abgibt! Bitte wegzusehen, ich muß mir... *Er wischt sich den kalten Schweiß ab.*

DER KAISER *der während des Folgenden auf die entfernte Musik horcht:* Dieser Mensch wird nicht ernst genommen.

DER MINISTERPRÄSIDENT Dieser Mensch hat es fertig gebracht, zwanzig Millionen in der Provinz Ho aufzuwiegeln, Sire. Geruhen Sie, ihn ernst zu nehmen.

TURANDOT Was ist das für ein Mantel?

DER HOFTUI Es ist der baumwollene Soldatenmantel des ersten Mandschukaisers, der ein Bauer war. Er hängt im alten Mandschutempelchen, und im Volk geht die Sage, solange er an seinem Stricke hänge, hänge das Volk am Kaiser. Ein Aberglaube, den auszubeuten Herr Kai Ho, der in Kanton studiert hat, sich nicht schämt.

DER MINISTERPRÄSIDENT Er wird geteilt von Millionen.

TURANDOT *singt:*
»Sei er noch so dick
Einmal reißt der Strick.
Freilich soll das noch nicht heißen
Daß gleich alle Stricke reißen.«

DER KAISER Das ist die Gosse. – Was sind die Folgen solcher Enthüllungen?

DER MINISTERPRÄSIDENT Ein neuer Skandal! Der Bund der Kleidermacher, welcher zwei Millionen Mitglieder hat, wird sich zusammentun mit dem Bund der Kleiderlosen, welcher vierzehn Millionen Mitglieder hat. Denn die Kleidermacher haben keine Baumwolle mehr zum Kleidermachen und selber keine Kleider mehr zum Anziehen. Es wird ein Geschrei geben »Der Kaiser hat die Baumwolle!«, und alles Volk wird sich um den Kai Ho scharen.

*Herein Jau Jel.*

JAU JEL *nichtsahnend:* Guten Morgen. Schmeckt die Morgenpfeife?

DER KAISER *brüllt:* Nein! Wo ist die Baumwolle?

JAU JEL Die Baumwolle?

DER KAISER *hält ihm das Flugblatt unter die Nase:* Hier werde ich verdächtigt und beschimpft, und was tut man dagegen? Ich trete zurück. Wenn nicht sofort alles aufgeklärt wird, wenn nicht sofort Erklärungen erfolgen, trete ich ein für allemal zurück.

DER MINISTERPRÄSIDENT Der Kai Ho hat alles entdeckt.

DER KAISER Schlamperei! Gleichgültigkeit! Dummheit!

JAU JEL Meine Herren, ich bitte, mich mit meinem Bruder allein zu lassen.

DER KAISER *während die anderen außer Turandot hinausgehen:*
Ich verlange, daß die Schuldigen mit aller Schärfe bestraft werden. Ich betone: mit aller Schärfe.

TURANDOT Das ist richtig, Papa.

JAU JEL Hör auf zu brüllen, sie sind draußen.

TURANDOT *eifrig schreibend:* Das ist richtig, Papa. Sei jetzt zivil.

DER KAISER Wo ist die Baumwolle?

JAU JEL Ich habe verstanden, daß du vor den andern gebrüllt hast, aber jetzt mußt du damit aufhören.

DER KAISER *noch lauter:* Wo ist die Baumwolle?

TURANDOT Ja, wo ist sie eigentlich?

JAU JEL Das weißt du doch. In deinen Lagerhäusern.

DER KAISER Was? Das wagst du mir zu sagen? Ich lasse dich verhaften!

TURANDOT Ja, bitte, bitte!

JAU JEL Du warst einverstanden, nicht?

DER KAISER Soll ich die Wache rufen?

JAU JEL Dann werden wir die Baumwolle eben auf den Markt werfen.

*Pause.*

DER KAISER Dann werde ich zurücktreten.

JAU JEL *brüllt:* Dann tritt zurück und werde gehängt!

*Pause.*

JAU JEL Beruf eine Tuikonferenz ein. Versprich ihnen irgendwas, was dich nichts kostet, wenn sie dich weißwaschen. Wozu hast du deine zweihunderttausend Weißwäscher? Für was unterhältst du fünfzehntausend Schulen?

TURANDOT Eine Tuikonferenz! Das wäre unterhaltend!

DER KAISER Die Tuis! Niemand schätzt sie höher als ich. Sie tun, was sie können, aber sie können nicht alles. Was sollen sie sagen? Der Bund der Kleidermacher weiß doch alles.

DER MINISTERPRÄSIDENT *herein:* Majestät, die Delegierten des Bundes der Kleidermacher – und leider auch die Delegierten des Bundes der Kleiderlosen.

DER KAISER Was, sie kommen schon zusammen? Da hilft keine Tuikonferenz mehr.

TURANDOT Das geschieht dir recht.

JAU JEL Du mußt die Baumwolle herausrücken.

TURANDOT *immer noch schreibend:* Das geschieht dir recht, weil du ein ungeistiger Mensch bist.

*Herein der Delegierte der Kleidermacher und der Delegierte der Kleiderlosen.*
*Ihnen folgen zwei Tuis.*

DER KAISER *mürrisch:* Was ist es?

ERSTER BUNDTUI *bevor ein anderer Delegierter sprechen kann:* Majestät! Nach dem Zeugnis des Klassikers Ka Me gibt es nichts, was der Gewalt des Volkes widerstehen kann, wenn es einig ist. Majestät, die Frage des Verbleibens der Baumwolle ist eine Frage, in der der Bund der Kleidermacher, den ich vertrete, und der Bund der Kleiderlosen, den mein geschätzter Kollege vertritt, zu einer Einigung gelangen könnte.

ZWEITER BUNDTUI Aber nicht wie du meinst, von oben nach unten, sondern von unten nach oben!

ERSTER BUNDTUI Gut, von unten nach oben. Da bei uns die Führung von unten gewählt ist... *Der zweite Bundtui lacht.* Nur in völliger Freiheit kann die Freiheit errungen werden. *Er holt ein Buch aus seiner Mappe. Turandot klatscht Beifall.* Ka Me!

ZWEITER BUNDTUI Laß das Zitieren! Wo hat man je gehört, daß eine Armee in völliger Freiheit eine Schlacht gewonnen hätte! *Turandot klatscht.* Seit wann ist Disziplin Unfreiheit? *Zieht ebenfalls ein Buch heraus.* Was sagt Ka Me?

ERSTER BUNDTUI Schlacht! Also Gewalt! Aus dir spricht euer Kai Ho!

ZWEITER BUNDTUI Und aus dir das Honorar, das dir die verräterischen Führer dieses Bunds der Verträgemacher...

ERSTER BUNDTUI Behauptest du, ich sei bezahlt?

ZWEITER BUNDTUI Und von Verrätern!

*Der Delegierte der Kleidermacher, der mit dem ersten Bundtui gekommen ist, gibt dem zweiten Bundtui eine Ohrfeige. Dieser stutzt und versetzt dann dem ersten Bundtui einen Schlag mit dem Ka Me, den dieser durch einen Schlag mit seinem Ka Me beantwortet. Erbittert versetzt der Delegierte der Kleiderlosen dem anderen Delegierten eine Ohrfeige, und das Getümmel wird allgemein.*

TURANDOT *schnaufend:* Mit dem Fuß! – Deck doch ab! – Jetzt aufs Kinn!

DER KAISER Schluß! *Der Kampf hört auf, jedoch ist der erste Bundtui zu Boden gesunken.* Ich danke Ihnen für Ihre lichtvollen Ausführungen und stimme Ihren Argumenten zu, besonders dem letzten. Auch bewegt mich die Musik, die vor meinem Palast gespielt wird. Es handelt sich anscheinend um einen Mangel an Baumwolle. Da zwischen Ihnen allerdings keine Einigung erzielt wurde, schlage ich vor – *herein die Kaisermutter mit einem Teller süßer Fladen, die sie ihrem Sohn anbietet, der sie – weitersprechend – abwehrt* –, daß die Frage »Wo ist die Baumwolle?« von den klügsten und gelehrtesten Männern des Reiches entschieden und geklärt werden soll. Ich berufe hiermit einen außerordentlichen Tuikongreß, der dem Volk befriedigend zu erklären wissen wird, wo die Baumwolle Chinas hingekommen ist. – Ach, Mama, laß das doch! Guten Tag.

*Die Delegation mit Ausnahme des bewußtlosen Tuis verbeugt sich verwirrt und zieht sich zurück unter Mitnahme desselben.*

DER KAISER Bin ich zu weit gegangen?

DER MINISTERPRÄSIDENT Sie waren bewunderungswürdig.

DER KAISER Ich denke, ein Tuikongreß genügt für diese guten Leute. Sie sind sich nicht einmal mit sich selber einig.

TURANDOT Ich weiß nicht, was die Leute diesmal von dir wollen. Ich habe jedenfalls nur sehr wenig Baumwolle. *Der Kaiser verwehrt ihr, sie zu zeigen.*

DER MINISTERPRÄSIDENT Haben Eure Majestät schon an einen Preis gedacht für denjenigen Ihrer Tuis, der der Bevölkerung erklären kann, wo die Baumwolle ist?

DER KAISER Nein, meine Finanzlage ist immer noch nicht ganz und gar gesichert. – Laß, Mama, ich esse keine Kuchen, wenn ich rauche.

DER MINISTERPRÄSIDENT Majestät, diese Frage zu beantworten, ohne Eurer Majestät zu nahe zu treten, vermag nur der klügste Kopf Chinas. Was werden Sie versprechen?

TURANDOT *freudig aufheulend:* Huhuhuhuhu! Mich!

DER KAISER Was heißt das, dich? Ich werde doch nicht mein eigen Fleisch und Blut verschachern.

TURANDOT Warum nicht? Ihr findet den klügsten Kopf und ich heirate ihn.

DER KAISER Niemals. *Horcht.* Der Zug ist aber sehr lang.

## b

## Im alten Mandschutempelchen

*In einem halbverfallenen Rondell hängt an einem dicken Seil von der Decke ein alter geflickter Mantel. Vor ihm stehen die kaiserliche Familie, der Ministerpräsident, der Kriegsminister und hohe Tuis.*

DER KAISER Meine liebe Turandot, das hier ist der verehrungswürdige Mantel. Dein Vorfahr hat ihn im Feld getragen, und da er mittellos war, hat er ihn gelegentlich geflickt, wie ihr seht, wenn ihn eine Kugel durchlöcherte. Dieser Mantel wird von jedem Kaiser bei der Krönung getragen, weil die bekannte Prophezeiung an ihn geknüpft ist. Meiner Meinung nach ist das Vertrauen des Volkes für den Kaiser unerläßlich, ihr braucht nur an die Soldaten zu denken, die, wie ich gehört habe, mit allen anderen Untertanen verwandt sind. Ich habe mich daher entschlossen, demjenigen meiner lieben Tuis, der das Vertrauen des Volkes in die väterliche Fürsorge seines Kaisers zu erhalten weiß, die Hand meiner einzigen Tochter zu schenken. *Ah und Oh der beifälligen Überraschung, Turandot verbeugt sich.* Und da der Respekt vor alten Bräuchen für mich entscheidend ist, auch materiell, wie ich betonen möchte, befehle ich, daß mein zukünftiger Eidam vor den Hochzeitsfeierlichkeiten diesen alten Mantel umgehängt bekommen soll. Schluß des Staatsakts.

## 4

## a

## Tuischule

*Während der Verwandlung hört man einen Ausrufer »Große Meldung: Der Kaiser verspricht die Hand seiner Tochter Turandot demjenigen Tui, der dem Volk erklärt, wo die Baumwolle geblieben ist«. In der Schule herrscht große Geschäftigkeit. Alles läuft durcheinander. Schreiber bringen eine Inschrift an: »Der zukünftige Eidam des Kaisers ein Tui«. Ein Lehrer im Tuihut unterrichtet eine Klasse.*

DER LEHRER Si Fu, nenne uns die Hauptfragen der Philosophie.

SI FU Sind die Dinge außer uns, für sich, auch ohne uns, oder sind die Dinge in uns, für uns, nicht ohne uns.

DER LEHRER Welche Meinung ist die richtige?

SI FU Es ist keine Entscheidung gefallen.

DER LEHRER Zu welcher Meinung neigte zuletzt die Mehrheit unserer Philosophen?

SI FU Die Dinge sind außer uns, für sich, auch ohne uns.

DER LEHRER Warum blieb die Frage ungelöst?

SI FU Der Kongreß, der die Entscheidung bringen sollte, fand wie seit zweihundert Jahren im Kloster Mi Sang statt, welches am Ufer des Gelben Flusses liegt. Die Frage hieß: Ist der Gelbe Fluß wirklich, oder existiert er nur in den Köpfen? Während des Kongresses aber gab es eine Schneeschmelze im Gebirg, und der Gelbe Fluß stieg über seine Ufer und schwemmte das Kloster Mi Sang mit allen Kongreßteilnehmern weg. So ist der Beweis, daß die Dinge außer uns, für sich, auch ohne uns sind, nicht erbracht worden.

DER LEHRER Gut. Die Stunde ist zu Ende. Was ist das wichtigste Ereignis des Tages?

DIE KLASSE Der Kongreß der Tuis.

*Lehrer mit Klasse ab. Herein gekommen ist der Tui Gu und der weißbärtige Sen, geleitet von seinem Knaben.*

SEN Aber der Gelbe Fluß existiert doch wirklich!

GU Ja, das sagst du so, aber beweis es!

SEN Lerne ich hier so etwas beweisen?

GU Das liegt an dir. Ich habe dich übrigens noch nicht gefragt, warum du studieren willst.

SEN Denken ist ein solches Vergnügen. Und Vergnügen muß man ja lernen. Aber vielleicht sollte ich sagen: es ist so nützlich.

GU Mhm. Nun, sieh dich zunächst um, bevor du dich einschreibst und das Schulgeld bezahlst. Hier lernt einer das Reden.

*Shi Meh, ein junger Mensch, kommt mit Nu Shan, der Lehrer hier ist, und besteigt eine kleine Rednerkanzel. Nu Shan stellt sich an die Wand und bedient seine Strickvorrichtung, vermittels welcher ein Brotkorb vor den Augen des Redners auf- und abgezogen werden kann.*

NU SHAN Das Thema heißt: »Warum hat Kai Ho unrecht?« Immer wenn ich den Brotkorb höher ziehe, weißt du, daß du etwas Falsches sagst. Los!

SHI MEH Kai Ho hat unrecht, weil er die Menschen nicht in kluge und weniger kluge, sondern in reiche und arme einteilt. Aus dem Tuiverband wurde er ausgeschlossen, weil er die Kahnschlepper, Kätner und Spinner aufforderte, sich gegen die Gewalt aufzulehnen, die – *der Korb hebt sich* – angeblich – *der Korb schwankt* – gegen sie ausgeübt wird. Damit forderte er sie eindeutig zur Anwendung von Gewalt auf! *Der Korb senkt sich.* Der Kai Ho spricht von Freiheit. *Der Korb schwankt.* Aber in Wirklichkeit will er die Kahnschlepper, Kätner, Spinner zu seinen Sklaven machen. *Der Korb senkt sich.* Es wird gesagt, daß die Kahnschlepper, Kätner, Spinner nicht genug verdienen – *der Korb hebt sich* –, um ihre Familien – um mit ihren Familien in Luxus und Überfluß leben zu können – *der Korb bleibt stehen* –, und daß sie zu hart arbeiten müssen – *der Korb hebt sich weiter* –, denn sie wollen ihr Leben in Trägheit verbringen – *der Korb bleibt stehen* –, was ja natürlich ist. *Der Korb schwankt.* Diese Unzufriedenheit vieler Leute – *der Korb hebt sich* – einiger Leute – *der Korb bleibt stehen* – beutet der Kai Ho aus und ist also ein Ausbeuter! *Der Korb senkt sich schnell.* Herr Kai Ho verteilt in Ho Nang den Boden an die armen Pächter. Aber da er den Boden dazu erst stehlen muß, ist er also ein Dieb. Nach der Philosophie des Kai Ho – *der Korb schwankt wieder* – besteht der Sinn des Lebens darin, glücklich zu sein, zu essen und zu trinken wie der Kaiser selber – *der Korb schießt hoch* –, aber dies zeigt nur, daß der Kai Ho überhaupt kein Philosoph ist, sondern ein Schwätzer – *der Korb senkt sich* –, ein Hetzer, ein machtgieriger Lump, ein gewissenloser Spieler, ein Schmutzaufwirbler, ein Mutterschänder, ein Ungläubiger, ein Räuber, kurz ein Verbrecher. *Der Korb schwebt dicht vor dem Munde des Redners.* Ein Tyrann!

NU SHAN Wie du siehst, machst du noch Fehler, aber es steckt ein guter Kern in dir. Nimm jetzt eine Dusche und laß dich massieren.

SHI MEH Herr Nu Shan, meinen Sie, ich habe eine Aussicht? Ich war nicht sehr gut im Bemänteln und an 17. Stelle im künstlerischen Speichellecken. *Ab.*

GU Nu Shan! Ein neuer Schüler! *Nu Shan kommt gelaufen.* Was sagen Sie übrigens über den Kai Ho?

SEN In der Baumwollegegend weiß man von ihm nur, was die Gutsbesitzer erzählen. Er ist ein schlechter Mensch, gegen die Freiheit.

NU SHAN Gefällt Ihnen, was wir hier lehren?

SEN Es war eine gute Rede. Sie enthielt Neues. Ist es wahr, daß der Kai Ho den Boden verteilen will?

NU SHAN Ja, ihn stehlen und dann angeblich verteilen. Darf ich Sie für die Schule einschreiben?

SEN Sicher, bald. Ich möchte gern noch einiges hören. Das ist doch vorläufig unentgeltlich?

*Herein Gogher Gogh mit seiner Mutter, dem Tui Wen und dreien seiner Bande.*

MA GOGH Mein Sohn möchte das Examen machen.

SCHREIBER Ah, bist du wieder hier? Das ist das dritte Mal, wie? Ich glaube nicht, daß wir heute Zeit haben. Da jetzt der Eidam des Kaisers ein Tui sein wird, haben wir hunderte neuer Einschreibungen. Warum willst du unbedingt Tui werden?

GOGHER GOGH Auf Grund meiner Veranlagung und auch meiner Vorbildung fühle ich mich für den Staatsdienst berufen.

*Der Schreiber sieht ihn mitleidig an und eilt nach einer tiefen Verbeugung vor Ma Gogh weg.*

DER ERSTE STRASSENRÄUBER Versteh doch. Du mußt die Munition herausgeben. Die Teuerung wird jetzt zurückgehen, und das Geschäftsleben wird sich erholen. Jeder neue Laden muß aber sofort überfallen werden, damit er sich von Anfang an daran gewöhnt, für Schutz vor Überfällen zu zahlen.

GOGHER GOGH Ich will kein Herumgeschieße. Ich habe andere Pläne.

DER ZWEITE STRASSENRÄUBER Gut, aber welche?

*Gogher Gogh schweigt verbissen.*

MA GOGH Ihr wißt, daß ihr meinem Sohn vertrauen könnt.

DER ERSTE STRASSENRÄUBER *unsicher:* Sicher.

MA GOGH *deutet auf die Inschrift*:* Krukher, ein gelehrter Mensch hat jetzt Aussichten wie nie. Ich glaube an Gogher.

*Herein der große Tui Hi Wei mit Schreibern. Er setzt sich.*

SEN Wer ist das?

GU Das ist Hi Wei, Rektor der Kaiserlichen Universität. Er führt ein Examen durch.

WEN *ist an den Examenstisch getreten, gedämpft:* Mein Kandidat steht hier zum dritten Mal. Er ist bei zwei Examinierungen jedesmal gefragt worden, wieviel 3 mal 5 macht. Er hat unglücklicherweise jedesmal geantwortet: 25. Der Grund dafür ist, daß er einen eisernen Charakter besitzt. Da er andererseits ein ausgezeichneter Geschäftsmann und guter Bürger, außerdem von großem Wissensdurst erfüllt ist, bitte ich den Herrn Rektor, die Frage »was ist 3 mal 5?« noch einmal zu wiederholen. Mein Kandidat hat die korrekte Antwort 15 nunmehr durch eifriges Studium sich angeeignet. *Er übergibt einen Beutel mit Geld.*

HI WEI *lacht:* Ich werde mit meinen Beisitzern sprechen.

DER ERSTE STRASSENRÄUBER Was hast du denn immer geantwortet hier, daß du durchgefallen bist?

GOGHER GOGH 25. Das war nicht richtig, weil die Antwort auf die Frage »Was ist 3 mal 5«, wie ich höre, 15 ist.

DER ERSTE STRASSENRÄUBER Es ist aber goldrichtig, wenn die Frage lautet: »Was ist 5 mal 5?« Sie werden eben gefälligst die Frage richtig stellen. *Er zieht seine Pistole aus der Armhöhle, geht an den Examenstisch, zeigt sie Hi Wei und kommt, nachdem er einige Worte dort gesprochen hat, zurück.* Du bleibst bei 25, alles ist geordnet.

WEN *inzwischen zu Nu Shan:* Ich habe die Gebühr verfünffacht.

EIN SCHREIBER *ruft auf:* Herr Gogher Gogh. *Dieser tritt vor.*

HI WEI *mit schiefem Lächeln, auf den ersten Straßenräuber schauend:* Was ist 5 mal 5, Herr Kandidat?

GOGHER GOGH 15.

*Hi Wei hebt achselzuckend die Arme und geht schnell weg.*

DER ERSTE STRASSENRÄUBER Aber es war doch alles so schön geordnet.

GOGHER GOGH Natürlich, wenn man mir immer andere Fragen vorlegt... Es ist unerhört, wie man hier mit dem sauer erworbenen Geld der Leute umwirft. *Laut:* Ich verlange, daß ich auf Grund meiner sehr wohlüberlegten Antwort unverzüglich als Mitglied des Tuiverbands einregistriert werde. Die Examinatoren haben nachgewiesenermaßen nicht verstanden, die korrekte Frage für meine Antwort zu stellen. Sie sind also unfähig. Überhaupt muß ich mir noch überlegen, ob ich jetzt noch wünsche, diesem Verband anzugehören. Es handelt sich hier, wie jeder weiß, um ganz gefährliche Meinungshändler. Sie würden ihre eigene Mutter verkaufen, wenn sie nicht in einen Satz paßt! Man wird mich hier noch kennenlernen!

MA GOGH Komm, hier bestiehlt man dich. *Ab mit Gogher Gogh, Wen und den Straßenräubern.*

SEN Komm, Eh Feh. Ich muß ihn etwas fragen.

GU Wollen Sie sich denn nicht einschreiben lassen?

SEN Vielleicht habe ich hier schon das meiste gelernt, was es gibt. Ich denke an diesen Kai Ho, diesen Hetzer, Lump, Mutterschänder, der den Boden aufteilen will, Eh Feh. *Ab mit dem Knaben.*

**b**

**Gasse**

*Tuis auf dem Strich. Sen und Eh Feh. Der zerlumpte Tui, der aus dem Teehaus gewiesen wurde, spricht Sen an.*

TUI Eine Meinung über die politische Lage gefällig, Alter?

SEN Ich brauche keine. Entschuldigen Sie.

TUI Es kostet nur drei Yen und geht im Stehen, Alter.

SEN Wie kannst du mich ansprechen, mit dem Kind dabei!

TUI Sei nicht so zimperlich. Eine Meinung haben, ist ein natürliches Bedürfnis.

SEN Wenn du nicht gehst, rufe ich die Polizei. Schämst du dich nicht? Was machst du aus dem Denken? Das ist das Edelste, was der Mensch tun kann und du machst es zu einem schmutzigen Geschäft. *Er verscheucht ihn.*

TUI *weglaufend:* Dreckiger Spießer!

EH FEH Laß ihn, Großvater, vielleicht ist er zu arm.

* [In Brechts »Turandot«-Manuskripten fehlt der Text der Inschrift. Im »Tui-Roman« heißt es bei der Beschreibung der Tuischule: »...über dem Haupttor die steinerne Inschrift ›Wissen ist Macht‹«.]

SEN Das entschuldigt beinahe alles, aber nicht das.

**5**

**a**

**Haus eines großen Tui**

*Munka Du, der von einem Barbier geschminkt wird, und seine Mutter.*

DIE MUTTER Wird man euch glauben? Da man weiß, wo die Baumwolle wirklich ist? Meine vier Mägde sprechen ohne Scham darüber.

MUNKA DU Man wird, wenn man will. So wie ein Schwimmbad für die da ist, die schwimmen wollen, ist eine Erklärung für die da, die glauben wollen. Mimimimimi. Es muß möglich sein, zu schwimmen; es muß möglich sein, zu glauben.

DIE MUTTER So siehst du keine Schwierigkeit in der Formulierung?

MUNKA DU Eine enorme. Sie verlangt einen Meister. Ein Meister ist nötig, zu beweisen, daß zwei mal zwei fünf ist.

DIE MUTTER Deine Familie erwartet von dir, daß du ihr keine Schande machst.

MUNKA DU Diese Bemerkung nehme ich übel. Es ist euch bekannt, daß denjenigen, die keine befriedigende Formulierung zu bieten wissen, die Köpfe abgeschlagen werden. Mimimimi.

DIE MUTTER Es werden nur die schlechten Köpfe abgeschlagen.

MUNKA DU Welche wohl nur von schlechten Familien beweint werden! *Er steht brüsk auf. Die Mutter zieht eine Klingel. Herein die zwei Schwestern Munka Dus. Ein Sekretär folgt ihnen.*

MUNKA DU Hast du das Zitat bekommen?

SEKRETÄR Hier sind zwei, zur Auswahl. *Gibt ihm zwei Blätter.*

MUNKA DU *nimmt eines mit geschlossenen Augen:* Kostet?

SEKRETÄR Zweitausend.

MUNKA DU Das ist unverschämt.

SEKRETÄR Die Zitate sind nahezu unbekannt.

MUNKA DU Auch ob das gut ist, ist eine Frage. *Er wendet sich zu seiner Familie:* Ist der Rücken jetzt faltenlos?

DIE MUTTER Gewiß. Verabschiede dich von deiner Familie.

MUNKA DU Mimimimimimimi. Meine Lieben. In Agonie und Verzweiflung – halt, wo ist der Zeichner, der meinen Aufbruch zur Konkurrenz für die Nachwelt festhält? *Die Mutter klingelt. Ein Zeichner herein. Er beginnt, schnell zu skizzieren.* In Agonie und Verzweiflung blickt das Land auf seine geistigen Führer. Was werden sie ihm sagen? Mimimimimimi. Denn es ist der Geist, der die Geschicke der Völker entscheidet, nicht die Macht. Oh, ich empfinde die Verantwortung, die auf meine Schultern geladen ist. Die hohen Stellen werden von mir manches zu hören bekommen, ja. Man wird mich vielleicht schmähen...

DER ZEICHNER Bitte, diese Pose zu halten.

MUNKA DU *nachdem er einige Augenblicke lang in seiner Pose verblieben ist...* aber man wird mich nicht von meiner Meinung abbringen. Mimimimimimi. Ich werde vielleicht zu euch nicht zurückkehren. Aber in den Annalen der Geschichte wird meine unerschütterliche Bemühung weiterleben, meinem Land in seiner Not zu helfen durch mein – Mimimimimimimi –, durch mein klares und unmißverständliches Wort. *Er geht pomphaft hinaus.*

**b**

**Im Palast des Tuiverbands**

*Saal*

*Erster Tag der großen Tuikonferenz. Der kaiserlichen Familie und dem Kongreß wird durch den Vorsitzenden, den Rektor Hi Wei, der weißbärtige Sen vorgestellt.*

HI WEI Ich habe die Ehre und das Vergnügen, der erlauchten Kaiserlichen Familie und dem Hohen Kongreß einen Gast vorzustellen, dessen Anwesenheit uns symbolisch erscheint. Dieser schlichte Mann – *Beifall* –, ein einfacher Bauer – *Beifall* – aus der Baumwollegegend, kam mit seinem Maultierkarren, beladen mit Baumwolle in die Hauptstadt, wo es an Baumwolle mangelt. Vom Erlös aber, und das ist das Erhebende, das Schöne, das Vorbildliche, vom Erlös seiner Baumwolle wollte Sen, der Mann aus dem Norden, den Tuismus studieren! *Beifall.* Sein innigster Wunsch war es, all die großen Tuis sehen zu dürfen, welche die Menschheit erleuchten. *Beifall.*

*Vestibül*

*Vor dem Ministerpräsidenten streiten sich die großen Tuis Ki Leh und Munka Du. Aus einer sehr großen Holzröhre kommt eine Mitteilung: »Achtung! Der Kongreß beginnt«.*

KI LEH Man hat mir gesagt, ich spreche zuerst. Ich weiß, daß es das Schwierigste ist, den Ball ins Rollen zu bringen, aber ich habe dennoch zugestimmt, daß ich als erster spreche.

MUNKA DU Ich kann nur sagen, auch ich bin bereit.

KI LEH Ich reiße mich gewiß nicht darum.

MUNKA DU Ich dränge mich bestimmt nicht vor.

KI LEH Aber wenn man es von mir verlangt, mache ich es.

MUNKA DU Ich beuge mich jederzeit der Aufforderung.

KI LEH Niemand fordert Sie auf.

MUNKA DU Wer verlangt etwas von Ihnen?

KI LEH Man kennt Ihre Methoden.

MUNKA DU Ihre Tricks sind das Stadtgespräch.

KI LEH Es ist unter meiner Würde, mich mit Ihnen herumzustreiten. Ich spreche nicht zu meinem Vergnügen. Ich... *Er reißt sich von Munka Du los, der versucht, ihn aufzuhalten, und geht hinein.*

DER MINISTERPRÄSIDENT Kommen Sie, ich werde Sie dafür dem Kaiser vorstellen. *Beide ab. Am Eingang ist eine kleine Schlägerei im Gang. Gogher Gogh versucht, mit zwei Leibwächtern einzudringen.*

GOGHER GOGH Ich verlange, daß auch mir eine Gelegenheit gegeben wird. Der Mann aus dem Volk wird hier ausgeschlossen! *Er wird hinausgedrängt.*

*Saal*

HI WEI Majestät und meine Herren! Es tut meinem Herzen wohl, Ihnen als erster Redner den von der ganzen Bruderschaft heißgeliebten Rektor der Kaiserlichen Universität, Herrn Ki Leh, vorzustellen.

DIE TUIS *singen die Tuihymne:*
Vorwärts, gedacht!
Wissen ist Macht,
Seid ihr die Führenden
Alles Berührenden
Schürenden, Kürenden!
Seid ihr die Wacht!

KI LEH Erlauchte Kaiserliche Familie, Hoher Kongreß! Die Baumwolle, lana arboris, wird den Bombaceen entnommen, den Wollbäumen, Gewächsen mit fingerförmigen Blättern und Blüten an Stamm und Ästen. Sie ist eine flaumig flauschige Masse, die man zu Kleidungsstoffen verspinnt, hauptsächlich für die ärmere Bevölkerung. Hochgeehrte Versammlung, das Ausbleiben dieser Masse, der lana arboris, auf unseren Märkten und damit der Baumwollestoffe führt uns hier zusammen. Nun. Betrachten wir zunächst das Volk. Betrachten wir es kühn, furchtlos, ohne Vorurteil. Man hat es gelegentlich einigen Wissenschaftlern vorgeworfen, daß sie gewisse Unterschiede feststellen, das heißt behaupten zu müssen glaubten, es gebe da im Volk gewisse Ungleichheiten, ja, nennen wir es so, Ungleichheiten, Unterschiede der Interessen usw. usw. Nun. Lassen Sie mich Ihnen gestehen, daß ich, ganz gleichgültig, ob man mir das vorwerfen wird oder nicht, diese Meinung teile! Bitte. Ein Wald ist nicht einfach ein Wald, er besteht aus verschiedenen Bäumen. So ist das Volk nicht einfach das Volk. Woraus besteht es? Nun. Da gibt es Beamte, Tellerwäscher, Gutsbesitzer, Zinngießer, Baumwollhändler, Ärzte und Bäcker. Da sind Offiziere, Musiker, Schreiner, Weinbauern, Rechtsanwälte, Schafhirten, Dichter und Grobschmiede. Nicht zu vergessen die Fischer, Dienstmägde, Mathematiker, Kunstmaler, Metzger, Spezereiwarenhändler, Chemiker, Nachtwächter, Handschuhmacher, Sprachlehrer, Polizisten, Gärtner, Zeitungsschreiber, Hafner, Korbflechter, Kellner, Astronomen, Kürschner, Obstverkäufer, Eismänner, Zeitungshändler, Klavierspieler, Flötenspieler, Trommler, Geiger, Ziehharmonikaspieler, Zitherspieler, Cellospieler, Bratschespieler, Trompeter, Holzbläser, Holzhändler und Holzsachverständige. Und wer hat noch nicht gehört von den Tabakarbeitern, Metallarbeitern, Waldarbeitern, Landarbeitern, Textilarbeitern, Bauarbeitern, Architekten und Matrosen? Wieder andere Berufe sind Weber, Dachdecker, Schauspieler, Fußballer, Tiefseeforscher, Steinhauer, Scherenschleifer, Hundefänger, Wirte, Henker, Schreiber, Briefträger, Bankiers, Fuhrleute, Hebammen, Schneider, Bergleute, Diener, Sportsleute und Steuerleute. *Unruhe in der Versammlung.* Nun. Ich bin vielleicht etwas zu ausführlich, zu genau, zu wissenschaftlich geworden. Warum? Um zu zeigen, daß alle diese so verschiedenen Leute, oder sagen wir vorsichtig, daß ein überwiegender Teil, der mittellose Teil, in einem übereinstimmen, nämlich daß sie –

EINE STIMME ...mittellos sind.

KI LEH Nein, daß sie billige Baumwolle brauchen. Sie schreien nach Baumwolle! Nun. Wir alle wissen, meine Freunde, daß über die Baumwolle der Kaiser verfügt – *ein Rauschen geht durch die Versammlung* –, nicht im Sinne von Besitzen, sondern von Gebieten, Entscheiden, Disponieren – und wer würde sie freigebiger, selbstloser, väterlicher vergeben als der Kaiser? Aber sie ist nicht da. Nun. Wenn so viele sie so nötig brauchen, muß sie da nicht da sein? Hochgeehrte Versammlung, lassen Sie mich antworten, wieder auf die Gefahr hin, unpopulär zu werden: nein! Die Natur, meine Lieben, ist eine unbeherrschbare Göttin. Wir Geistigen scheuen gern zurück vor einfachen Feststellungen, sie scheinen simpel, sie scheinen platt. Nun, ich werde nicht zurückscheuen. Wo ist die Baumwolle geblieben? Hier meine unbestechliche Antwort: es ist eine Mißernte. Zu viel Sonne, zu wenig Sonne. Zu wenig Regen, zu viel Regen. Man wird's feststellen, was davon. Kurz, es ist keine Baumwolle vorhanden – es ist keine gewachsen.

*Er verläßt würdig die Holzkanzel. Stille. Die kaiserliche Familie verläßt den Saal.*

HI WEI Ich danke Herrn Ki Leh. Das Preisgericht wird seine Entscheidung bekanntmachen.

*Garderoben*

*Der Kaiser, die Kaisermutter, Turandot mit dem Ministerpräsidenten. Munka Du steht wartend.*

DER KAISER Haben Sie mit den Vertretern der Bünde gesprochen?

DER MINISTERPRÄSIDENT Einige Worte, Majestät.

*Der Kaiser blickt fragend. Der Ministerpräsident schüttelt den Kopf.*

DER KAISER Der Mann hat sich's zu leicht gemacht. Mit solchen dummen Lügen schafft man es nicht. Im Gegenteil, das macht die Leute erst aufmerksam darauf, daß etwas nicht stimmt, angeblich. Fünf Minuten vorher wird ein Bauer begrüßt, der Baumwolle in die Hauptstadt gebracht hat! Kein Wirklichkeitssinn!

*Am Eingang ist ein Wortwechsel entstanden. Gogher Gogh versucht, mit zwei Leibwächtern einzudringen.*

GOGHER GOGH Ich merke mir eure Gesichter. Ich habe hier eine hochwichtige Mitteilung zu machen. *Er wird hinausgedrängt.*

TURANDOT Ich fliege auf Geist, aber das!

DER KAISER Und diese Aufsässigkeit! »Ganz gleich, ob man mir das vorwerfen wird...« und »Der überwiegende Teil, der mittellose Teil«! Weg, der Kerl!

DER MINISTERPRÄSIDENT Er wird uns nicht mehr langweilen.

TURANDOT Omama, ich will nicht. *Sie wirft sich der Kaisermutter in die Arme.* Ich laß mich nicht verkuppeln. Nicht mit sowas! *Sie gibt dem Ministerpräsidenten einen Tritt.* Er hat ihn auftreten lassen. Das ganze Teehaus lacht über mich. Kopf ab! Deiner auch! *Schluchzt.* Niemand kümmert sich um mich! Kopf ab! Kopf ab! Kopf ab! *Verbirgt den Kopf am Busen der Kaisermutter.*

DER MINISTERPRÄSIDENT *nach einer kleinen Pause:* Darf ich Eurer Kaiserlichen Hoheit den Redner des fünften Tags, Herrn Munka Du, vorstellen?

*Turandot wirft ein Auge auf ihn.*

*Vestibül*

*Sen, der Knabe Eh Feh und der Tui Gu.*

SEN Der Mann irrt, es gibt dieses Jahr mehr Baumwolle als voriges. Wie kann ich ihn treffen? Ich will es ihm sagen.

*Ki Leh wird von Polizisten vorbeigeführt.*

SEN Was ist mit ihm? Warum gehen die Polizisten mit ihm? Kann ich nicht mit ihm reden?

GU *hält ihn zurück:* Laß dich lieber nicht mit ihm sehen, das könnte dir schlecht bekommen.

SEN Meinst du, er ist verhaftet? Nur weil er nicht die Wahrheit weiß?

GU Er weiß sie.

SEN So wird er verhaftet, weil er gelogen hat!

GU Nicht weil er gelogen hat, sondern weil er schlecht gelogen hat. Du hast noch viel zu lernen, Alter.

*Garderoben*

*Der Ministerpräsident stellt Turandot den Rektor Hi Wei vor, der von seinem Sekretär Nu Shan begleitet ist. Mit Turandot ist Munka Du. Vom Saal her erklingt die Tuihymne.*

HI WEI Darf ich Eurer Kaiserlichen Hoheit dieses Kostüm dedizieren, das ich selbst entworfen habe?

*Nu Shan entnimmt einem Karton ein Kostüm aus Papier, bedruckt mit Versen.*

DER MINISTERPRÄSIDENT Angesichts des unbefriedigenden Verlaufs des Kongresses, und um dem ungestümen Andrang der Bewerber zu begegnen, wird Herr Hi Wei, der Vorsitzende des Tuiverbands, selber schon heute am dritten Tag des Kongresses das Wort ergreifen.

TURANDOT Oh, wie geistreich! Papier!

HI WEI Der edelste aller Stoffe!

TURANDOT »Edler Stoff selbst, verhülle ich edleren.« *Ruft den Mägden.* Ich will es heut tragen.

*Ein Wandschirm wird gebracht, sie kleidet sich um.*

DER MINISTERPRÄSIDENT *zu Hi Wei:* Kommen Sie!

*Aus den Röhren kommt eine Mitteilung: »Mitteilung: Aus dem Taschi Lumpo Kloster in Shigatse ist der Geograph Pander Mil aufgebrochen, um am Kongreß teilzunehmen.«*

*Beifall.*

*Saal*

JAU JEL Wie war es gestern?

DER KAISER Flau. Ein Theologe. Alles, was er zu sagen hatte, war: je weniger Kleider, desto gesünder. Die Sonne. – Wo warst du?

JAU JEL Auf dem Land. Ich habe versucht, ein paar Ballen zu verbrennen.

DER KAISER Wozu? Das erlaube ich nicht. Warum sitze ich hier?

JAU JEL Wie willst du anders den Preis hinauftreiben?

DER KAISER Doch nicht durch Verbrennen. Was nützt mir ein hoher Preis, wenn ich dann nichts habe, um es zu diesem Preis zu verkaufen?

JAU SEL Studier erst Ökonomie, wenn du mit mir reden willst. Nimm an, wir haben fünf Millionen Ballen... *Er erklärt leiser weiter während der folgenden Rede des Hi Wei, der den Saal betreten hat.*

HI WEI Kaiserliche Majestät, meine Herren! Es ist hier zu Beginn des Kongresses von einem Unwürdigen behauptet worden, daß China in diesem Jahr keine Baumwolle hervorgebracht habe. Das ist eine Beleidigung des chinesischen Volkes. Ich darf Ihnen mitteilen, daß nicht weniger als ein und einhalb Millionen Ballen Baumwolle erzeugt wurden. Und in welcher Weise, in welcher Weise hat unser Volk, das fleißigste der Erde, diese Baumwolle erzeugt! Wir wissen, wieviel Schweiß auf Grund der äußerst strengen Zucht von den Pächtern der großen Klöster und der feudalen Güter vergossen wird. Aber dazu kommen die Millionen kleinen Bauern, die auf unglaublich winzigen Felderchen sich die Finger bis auf die Knochen zerarbeiten. Ruhm ihnen, Preis den kleinen Bauern! Den heroischen Erzeugern der Bekleidung des kleinen Mannes!

*Beifall.*

JAU JEL Merk dir das für den Fall, daß mir etwas zustößt, du hast keinen Geschäftskopf: die Hälfte muß weg, bevor wir mit dem Verkaufen beginnen können. Aber ich kann sie nicht verbrennen lassen. Warum? Sie stinkt.

DER KAISER Sie stinkt nicht, nur Wolle stinkt.

JAU JEL Aber sie raucht sehr stark.

HI WEI Und nun werden Sie mich fragen und mit Ihnen das ganze Volk. Wo ist sie? Wo ist die Baumwolle? Ich werde es Ihnen sagen: sie verschwindet.

*Aufruhr.*

JAU JEL Ist er wahnsinnig geworden? Schließ sofort!

HI WEI Und wo verschwindet sie? Um alle Welt, wo? Auch dies werde ich Ihnen sagen: auf dem Transport. *Der Aufruhr verstärkt sich.* Hochgeehrte Versammlung! Sie vermuten Furchtbares, Sie sind mit Recht empört. Sie könnten nicht weiter von der Wahrheit entfernt sein. Gestatten Sie mir, daß ich Ihnen nun ein neues Lied von der Größe und der Tugend des chinesischen Volkes singe. Ich spreche vom Fortschritt unter dem erlauchten Regime unseres Kaiserlichen Hauses. Meine Herren, vor noch nicht allzu vielen Jahren bot die Bevölkerung des platten Landes ein trauriges Bild. In Lumpen gekleidete Gestalten, halbnackt, beinahe tierisch in ihrer Nacktheit, füllten die Dörfer. Anständige Kleidung, geschmackvolle Stoffe waren ihnen unbekannt und kaum erwünscht. Und heute? Meine Herren, die Übernahme der Baumwolleproduktion durch ein Mitglied des Kaiserlichen Hauses hat das alles geändert. In unsere Dörfer ist die Kultur eingezogen. Kultur! *Von der Decke regnen Flugblätter.* Das Verschwinden der Baumwolle beim Transport von den Feldern in die großen Städte erklärt sich aus der Zunahme der Kultur in unserm Land: sie wird von der Bevölkerung weggekauft! Ich weiß nicht, was diese Flugblätter enthalten...

RUFE Flugblätter des Kai Ho! – Polizei!

HI WEI ..., aber ich weiß, daß es Lügen sind. Die Wahrheit lautet: die Baumwolle ist ausverkauft!

DER JUNGE ME NEH *in einer Gruppe junger Tuis:* Von den Bauern, die keine Felder haben, so daß sie ihre winzigen Fleckchen mit dem Taschenmesser pflügen und Baumwolle im Ohr ihrer Großmutter aussäen? *Er wird von Polizisten weggeschleppt.* Sie können sich keine baumwollenen Kleider leisten!

DER KAISER Ein Esel, dieser Hi Wei!

DER MINISTERPRÄSIDENT Die Vertreter der Bünde haben, die Flugblätter in Händen, den Saal verlassen.

HI WEI *verzweifelt:* Ich bitte um Ruhe, China steht am Rand eines Abgrunds! *Klatschen unterbricht ihn. Turandot, gefolgt von Munka Du, ist in die Loge getreten. Sie trägt Hi Weis Papierkostüm.* Kaiserliche Majestäten, Hohe Konferenz! Um dem Mangel an Kleidungsstoffen zu begegnen, der durch die gesteigerten kulturellen Ansprüche unseres Volkes entstanden ist, ich wiederhole das, schlage ich vor, für die Hauptstadt sogleich, unverzüglich, ohne jede bürokratische Verzögerung, unter Umgehung aller bisherigen Vorschriften, für Kleidungen den edelsten Stoff, den heiligsten Stoff, zu verwenden, den Stoff, den unsere Denker und Dichter erlaucht gemacht haben: das Papier!

RUF Und den Regen zu verbieten.

*Gelächter. Polizisten suchen den Zwischenrufer, sodann die Lachenden.*

*Dann wieder Klatschen. Turandot hat demonstrativ ihren Sonnenschirm aufgespannt.*

NEUER RUF Unsere Straßenarbeiter werden mit Sonnenschirmen arbeiten!

ANDERER RUF Kleidet euch lieber in die Flugblätter Kai Hos!

*Die kaiserliche Familie verläßt den Saal.*

*Garderoben*

JAU JEL Die Baumwolle verschwindet auf dem Transport! Jetzt muß nur noch einer hinaustrompeten wohin, und wir können die Koffer packen!

TURANDOT Ich bin zum Gelächter des Landes gemacht worden, wieder! Der Elende! *Reißt sich die Papierkleider vom Leib.* Da und da und da!

DER KAISER Mach hier keinen Skandal, mir genügt der Skandal, den wir haben. *Ab mit Jau Jel.*

DER MINISTERPRÄSIDENT Sie sind Vorsitzender des Tuiverbandes.

NU SHAN Aber ich kann nicht, ich bin sein Schüler.

DER MINISTERPRÄSIDENT Machen Sie das mit Ihrem Gewissen ab. *Beide hinaus.*

DIE KAISERMUTTER Kopf ab, Kopf ab, Kopf ab! *Kichernd ab.*

*Mägde tragen kichernd einen Wandschirm vor Turandot. Nur noch der Hoftui und Munka Du sind da. Eine Mitteilung aus den Röhren: »Die Bewerber des vierten Tags werden aufgefordert, sich im Großen Saal zu melden.«*

TURANDOT *hinter dem Schirm:* Munka Du! Du wartest doch?

MUNKA DU Ich muß mich im Großen Saal melden, Kaiserliche Hoheit.

TURANDOT Das kannst du immer noch. Da stehen wieder Dutzende. Ich will, daß du als letzter sprichst.

MUNKA DU Ja, Kaiserliche Majestät.

TURANDOT Munka Du! Komm mit mir in den Palast heute, und ich werde dir etwas zeigen.

MUNKA DU Kaiserliche Hoheit, nichts wäre mir köstlicher, aber ich werde mich auf meine große Rede vorbereiten müssen.

TURANDOT Ich bin sicher, daß Fi Jej noch da ist.

DER HOFTUI Gewiß, Kaiserliche Hoheit.

TURANDOT Bleib ruhig da. Munka Du, ich werde dir heute abend etwas aus Baumwolle zeigen.

*Die Mägde kichern laut.*

*Über die Röhren kommt wieder die Mitteilung.*

MUNKA DU Kaiserliche Hoheit, ich bitte um Urlaub, daß ich meine große Rede vorbereiten kann.

TURANDOT Fi Jej, geh in den Großen Saal und sieh nach, wie viele Bewerber noch da sind.

*Der Hoftui ab in den Großen Saal.*

TURANDOT Munka Du!

*Saal*

*Der Ministerpräsident und der Sekretär Nu Shan blicken dem Hoftui entgegen.*

DER MINISTERPRÄSIDENT Es ist unangenehm. Es hat sich niemand mehr gemeldet, jetzt, am Ende erst des dritten Tags! Natürlich kommen noch Redner aus den Provinzen. Benachrichtigen Sie Herrn Munka Du, daß er morgen früh spricht. *Zu Nu Shan:* Und Sie erledigen diesen Dummkopf.

*Der Hoftui zögert, in die Garderoben zurückzukehren.*

*Vestibül*

*Der Sekretär Nu Shan findet seinen Herrn, den*

*Rektor Hi Wei, völlig vereinsamt. An der Tür, bewacht von Polizisten, Me Neh und andere junge Tuis. Zum Ausgang gehen der alte Sen und der Tui Gu.*

GU Was denken Sie über das Ganze, lieber Sen?
SEN Die Beredsamkeit der Herren ist groß, aber sie reicht nicht aus, die Felder sind zu winzig.
HI WEI Teilen Sie sofort höheren Ortes mit, daß ich die strengste Bestrafung für diese Burschen hier, offene Anhänger des Kai Ho, fordere, die allerstrengste, den Tod! *Der Sekretär gibt den Polizisten ein Zeichen, und die jungen Leute werden abgeführt.* Danke. Haben Sie etwas gehört? Wie spricht man über meine Rede? Die Flugblätter haben etwas von der Wirkung weggenommen, wie? Aber das demonstrative Erscheinen der Prinzessin in meinem Kostüm hat viel wieder aufgeholt, denke ich. Ist man zufrieden? *Heiser:* Haben Sie eine Botschaft? Man hat mir nichts gesagt, vermutlich weil man nicht die Reaktion des Hofes kennt. Überprüfen Sie die Protokolle mit meiner Rede vor der Veröffentlichung genauestens. Die Hitze im Saal wirkte sich etwas auf die Stimmung aus, wie? Mann, warum reden Sie nicht? Sie sind seit elf Jahren mein Schüler, ich mache Sie verantwortlich für die Protokolle. Ich verstehe. Sagen Sie meinen Söhnen...

*Vestibül*
*Vierter Tag. Der Ministerpräsident, Nu Shan und der Schreiber der Tuischule. Mitteilung aus den Röhren: »Bewerber des fünften Tags melden sich im Vestibül vor dem Komitee des Ministerpräsidenten.«*

DER MINISTERPRÄSIDENT Er erlaubt sich, uns warten zu lassen. Sind die Eingänge besetzt, die Wände abgeklopft, die Keller durchschaut?
NU SHAN Der Kriegsminister hat persönlich die Kontrolle übernommen.
DER MINISTERPRÄSIDENT *unruhig:* Das sagt gar nichts. Der Mensch war vor noch nicht dreißig Jahren Mitglied der Gesellschaft für gemäßigten Fortschritt im Rahmen der Gesetze. – Angemeldet hat sich noch der Geograph des Taschi Lumpo Klosters. Aber er wird nicht vor übermorgen eintreffen können. – Sind die Störenfriede von gestern aus dem Tuiverband ausgeschlossen worden?
NU SHAN Sie sind hingerichtet.
DER MINISTERPRÄSIDENT Das ist uninteressant. Ich fragte, ob sie aus dem Tuiverband ausgeschlossen sind.
*Herein eilig Munka Du und Turandot mit ihren Mägden. Munka Du ist sichtbar übernächtig. Verbeugungen.*
TURANDOT Beglückwünschen Sie ihn, meine Herren, er hat mir heute nacht erzählt, was er sagen wird.
DER MINISTERPRÄSIDENT Herr Munka Du, ich bin überzeugt, Sie verstehen, daß nach den Vorkommnissen gestern der Beschluß gefaßt wurde, die Bewerber, wer sie auch seien, auf unchinesische Gedanken hin zu durchforschen.
TURANDOT Er hat keine.
DER MINISTERPRÄSIDENT *verbeugt sich:* Sicherlich nicht. *Zu Munka Du:* Unterziehen Sie sich dieser Formsache. *Man setzt sich.* Sind Sie Bettnässer?
MUNKA DU *hilflos:* Nein.
DER MINISTERPRÄSIDENT *zu den Mägden:* Bitte, nicht zu kichern. Die Frage ist vorgeschrieben. – Gehörten Sie zu irgendeiner Zeit der Gesellschaft der Freunde des bewaffneten Aufstands an? *Munka Du schüttelt den Kopf.* Den Lügnern für Menschenrechte? *Munka Du schüttelt den Kopf.* Sind Sie für den Frieden in irgendeiner Form? *Munka Du schüttelt den Kopf.* Haben Sie Verwandte? *Munka Du schüttelt den Kopf, besinnt sich und nickt.* In den nördlichen Provinzen? *Munka Du schüttelt den Kopf.* Sprechen Sie den Namen Kai Ho aus!
MUNKA DU Kai Ho.
DER MINISTERPRÄSIDENT Sie zittern.
MUNKA DU Ich bin übernächtig.
TURANDOT *schiebt die Mägde weg, die sie frisiert haben:* Fertig. *Sie steht auf, winkt Munka Du und geht mit ihm und den Mägden hinaus. Die Tuihymne ertönt schwach und mißlautend.*

*Saal*
*Überall bewaffnete Wachen. Herein Munka Du und Turandot. Ersterer begibt sich schleppenden Schrittes zur Holzkanzel, letztere leichtfüßig in die kaiserliche Loge. Sie wirft einen Umhang ab und sitzt halb nackt.*

DER KAISER Wie kannst du dich hier so zur Schau stellen!
TURANDOT Schimpf nicht, du brauchst es.
NU SHAN Als Vorsitzender des Tuiverbands beehre ich mich, Ihnen den Bewerber des vierten Tags, Herrn Munka Du, Leiter des philosophischen Seminars, vorzustellen.

*Turandot klatscht.*

MUNKA DU Kaiserliche Majestäten, meine Herren! In historischer Stunde...

*Herein nach einer kleinen Schlägerei am Eingang vier Männer, halbnackt. Sie stapfen singend in die Mitte.*

DIE VIER

Sonnenschein, Sonnenschein
Macht gesund und froh.
Friert es euch mal im Gebein
Hoch der Kai Ho!

*Die bewaffneten Wachen schlagen auf die vier ein und drängen sie hinaus.*

DIE VIER *einen Wimpel aus Baumwolle an einem Stecken hochhaltend:*

Ist ein Rock ein schöner Wahn
Geht es wohl auch so
Denn es langt für eine Fahn
Hoch der Kai Ho!

MUNKA DU *während die vier hinausgeprügelt werden:* Kaiserliche Majestäten, meine Herren...

DER JUNGE SHI MEH *wirft seinen neuerworbenen Tuihut auf den Boden und trampelt darauf herum:* Laßt sie los! Oder nehmt mich mit! *Er wird mitgenommen.*

MUNKA DU In historischer Stunde...

SHI MEH *am Eingang:* Warum redest du hier, du, der Gott des philosophischen Seminars! Du redest ihnen keine Kleider auf die nackten Leiber!

*Er wird hinausgerissen.*

NU SHAN *wütend:* Ich streiche dich, Shi Meh!

RUFE Sprich endlich, Munka Du! – Man verwandelt den Palast des Tuiverbands in einen Fischmarkt. – Er stinkt mehr.

MUNKA DU *grau im Gesicht:* Ich rede hier, Shi Meh, ich rede hier, weil ich mir nicht die Freiheit rauben lasse, zu reden, wo immer ich will, und was immer ich will. Ja, ich stehe hier, die Freiheit zu verteidigen, meine, eure, aller Leute Freiheit.

RUF Auch der Wölfe!

MUNKA DU *während die Polizei den Rufer sucht:* Ja!

RUF Und der Schafe?

MUNKA DU *während die Polizei den Rufer sucht:* Ja, auch der Schafe! Ich bin nicht der Meinung, ich bin nicht der Meinung – *trocknet sich den Schweiß* –, ich bin nicht der Meinung, daß man den Nackten Baumwolle für die Kleider vorenthalten soll, aber wenn ich dieser Meinung wäre, dieser Meinung wäre, wünsche ich, sie aussprechen zu dürfen, sie, die Meinung, die ich nicht teile, mit niemandem. Es handelt sich nicht um Baumwolle, es handelt sich um die Freiheit der Meinung über die Baumwolle, auf die es nicht ankommt, um die es sich nicht handelt. Hier wird eben nicht Handel getrieben, hier hat man eine Meinung. *Unruhe.* Um die Meinung handelt es sich, nicht um den Handel!

*Am Eingang ist, mit zwei Leibwächtern, gewaltsam Gogher Gogh eingedrungen.*

GOGHER GOGH So darf vielleicht ein Mann hier seine Meinung sagen, ein Mann, der nicht den Tuihut besitzt, sondern durch Taten bewiesen hat, daß er...

*Er wird hinausgedrängt.*

RUF Man unterdrückt die Straßenräuber!

MUNKA DU Kaiserliche Majestäten, meine Herren! Lassen Sie uns hier nicht länger von der Baumwolle sprechen, sondern von den Tugenden, die ein Volk haben muß, sie entbehren zu können. Nicht: Wo ist die Baumwolle? lautet die Frage, sondern: Wo sind die Tugenden? Wo ist die heitere Entsagung hingekommen, die sagenhafte Geduld, mit der das chinesische Volk seine ungezählten Leiden zu tragen wußte? Den ewigen Hunger, die auszehrende Arbeit, die Strenge der Gesetze?

DER KAISER Er gleitet aus. Nach einem vorzüglichen Anfang!

MUNKA DU Das war – *aus seinem Manuskript* – die innere Freiheit. Majestäten, meine Herren, sie ist weg.

RUF Mit der äußeren.

MUNKA DU Ich ehre das Andenken an die einfachen Leute früherer Geschlechter, die, gekleidet in Lumpen – es gab nicht immer Baumwolle –, die, sich nährend mit einer Handvoll Reis, ihre Tage in Würde zu verbringen wußten, ohne Bettelei und ohne Gewalttat. Man sagt, du sitzest unter uns, Kai Ho. *Unruhe.* Ich weiß es nicht. Aber wenn du da bist, dann frage ich dich: Was hast du mit der Freiheit angefangen? Alle versklavst du. Von allen verlangst du, daß sie nur noch nach Baumwolle schreien, als gäbe es nichts Besseres!

RUF Nämlich Seide.

MUNKA DU Ich verlange von dir die Freiheit, meine Meinung sagen zu können, hörst du? Mich geht nicht die Baumwolle in den Lagerhäusern des Kaisers an, mich geht die Freiheit an!

*Große Unruhe.*

JAU JEL Jetzt ist es heraußen. Diese Dummköpfe haben alles enthüllt!

*Die kaiserliche Familie verläßt den Saal.*

MUNKA DU Die Freiheit! Die Freiheit! Die Frei...

*Aus den Röhren kommt ein Gesang: »Sonnenschein, Sonnenschein macht gesund und froh. Friert es euch mal im Gebein, hoch der Kai Ho!« – Polizei drängt auf Munka Du ein.*

*Vestibül*

*Tuis drängen zum Ausgang.*

RUFE Er hat den Tuiverband ruiniert. – Er machte auf mich einen geschwächten Eindruck. – Daher seine Heftigkeit. – Die Lagerhäuser waren ein Zungenschlag. – Ein Zungenschlag, der ein Blitzschlag war.

GU *zum alten Sen:* Laß dich nicht entmutigen.

SEN Ich habe heute Mut geschöpft. Wie es heißt: Die Katze hat die Ratte gesehen.

EH FEH Großvater, das Lied war schön.

SEN Pst! Er meint die Melodie, die Töne, den Wohllaut. *Schlau:* Siehst du, ich habe schon etwas von den Tuis gelernt. Bei den Polizisten muß man ein Tui sein.

GU *wirft plötzlich seinen Tuihut zu Boden:* Ich beginne mein Handwerk zu verachten, Alter. *Er schaut sich erschreckt um und hebt den Hut vorsichtig wieder auf, ihn abstaubend.* Trotzdem könntest du hier viel Weisheit lernen.

SEN Es gibt verschiedene Weisheiten. Ich bin für die Weisheit, bei der Felder verteilt werden.

## 6
## An der Stadtmauer

*Ein Henker und sein Gehilfe stecken auf der Stadtmauer den abgehauenen Kopf des Munka Du neben anderen Köpfen auf.*

DER HENKER Nichts ist schrecklicher als der Wechsel des menschlichen Glücks. Gestern noch steckten Jen Fai und sein Gehilfe den letzten der Köpfe auf der Westseite auf. Sie waren heiter und vergnügt. Sie wählten die Westseite, weil dort gestern die tibetanische Karawane vorbeizog, mit den Pilgern der siebenten Reinigung. Es war ein hübscher Erfolg. Die Pilger sprachen sich höchst befriedigt über den Anblick aus und Jen Fais Glück schien gemacht. Heute nacht aber gab es westliche Winde und Regen, und heute morgen sah die ganze Ausstellung entsetzlich aus. Köpfe wie sie in ganz China nicht mehr aufzutreiben sind, waren nur noch klägliche Schatten ihrer selbst. Jen Fai hätte eben nicht einen doch nur äußerlichen Erfolges halber die Westseite wählen dürfen. Prinzessin Turandot soll heut früh zwei Stunden lang geweint haben. *Sie sind fertig und gehen weiter.* Ja, Glück und Unglück wechseln in unserm Stande.

EINE MÄNNERSTIMME *singt weiter weg:*
Sage ihm, der Wagen zieht
Er wird bald sterben.
Sage ihm, wer leben wird?
Der im Wagen sitzt.
Der Abend kommt.
Jetzt eine Handvoll Reis
Und ein guter Tag
Ginge zu Ende.

*Der Schreiber der Tuischule ist mit dem Knaben Si Fu gekommen. Sie mustern die Köpfe und bleiben vor einem unbekannten stehen.*

DER SCHREIBER Das ist mein Lehrer, die größte Leuchte der chinesischen Grammatik. Er hat dummes Zeug geredet auf dem Kongreß, aber jetzt gibt es niemand mehr, der die Gedichte des Po Chü-yi erklären kann. Oh, warum bleiben sie nicht in ihrem Fach! – Es kommt jemand. *Beide ab.*

*Herein Turandot, die mit ihren Mägden spazierengeht. Bewaffnete folgen ihr.*

TURANDOT *sieht Munka Dus Kopf:* Dudl! Und da ist auch Hi Wei, der Papierschneider. Eigentlich sollte ich Witwenkleider tragen, das wäre aber zu abschreckend für die Bewerber. Es werden überhaupt zu viele Köpfe auf der Mauer, da scheint es ja, als sei die Politik gar nicht zu verteidigen. Wer kommt da?

DIE ERSTE MAGD Das ist der Straßenräuber Gogher Gogh, eine lächerliche Figur im Teehaus der Tuis.

DIE ZWEITE MAGD Im Gegenteil. Die Damenwelt ganz Pekings liegt ihm zu Füßen wegen seiner Männlichkeit.

TURANDOT Also ein schöner Dummkopf.

DIE ERSTE MAGD Es scheint, er wird von den zwei Kerlen verfolgt. Gehen wir.

TURANDOT Wir bleiben.

*Gogher Gogh kommt, den Blick scheu zurück-*

*gewendet, als fliehe er. Die Frauen sehend, bleibt er stehen. Turandot lächelt.*

GOGHER GOGH Sie gehen wohl spazieren.

TURANDOT *lacht:* Ein Huhn kaufen.

GOGHER GOGH So, das ist brav. Darf ich mich Ihnen anschließen?

*Die erste Magd schaut in die Richtung, aus der er kam, und lacht.*

TURANDOT Bitte.

*Gogher Goghs Leibwächter nähern sich, drohend auf Gogher Gogh blickend.*

GOGHER GOGH *bietet Turandot kavaliersmäßig den Arm und führt sie an den Leibwächtern vorbei:* Sie benötigen stärkeren Schutz, Fräulein. Hier gibt es viel Gesindel.

TURANDOT Wollen diese Herren etwas von Ihnen?

GOGHER GOGH An mich wenden sich eine Menge Leute, die es zu nichts gebracht haben.

TURANDOT Man will Sie vielleicht nur etwas fragen?

GOGHER GOGH Ich habe die Fragerei satt. Ich antworte grundsätzlich nicht auf Fragen.

TURANDOT Sind die Fragen etwa unbequeme Fragen?

GOGHER GOGH Das weiß ich nicht; ich höre sie mir nicht an.

TURANDOT Ein Politiker! – Und was halten Sie von der Konferenz?

GOGHER GOGH Nichts. Hier sehen Sie das Ergebnis. Ich habe vergebens versucht, das Ganze zu verhindern, man hat mich nur nicht eingelassen, weil ich nicht so gelehrt bin, wie diese Herren waren. Jetzt ist der Stunk da. Wenn der Staat jede Frage beantworten will, die ihm gestellt wird, geht er zu Grund. Warum? Es gibt Stunk. Wie lang würden Sie Ihren Hund behalten, wenn er Sie jeden Morgen fragen würde: wo ist das Kotelett? Er würde Ihnen einfach unsympathisch.

TURANDOT Da ist etwas dran. Und was halten Sie von Frauen?

GOGHER GOGH Die chinesische Frau ist treu, fleißig und gehorsam. Aber man muß sie so behandeln wie das Volk, nämlich eisern. Sonst läßt sie nach. *Da die Leibwächter wieder drohend vorbeigehen.* Mit Widerspenstigkeit mache ich kurzen Prozeß.

TURANDOT Und was halten Sie von mir?

GOGHER GOGH Sie sind ein rätselhaftes Wesen, wenn ich so sagen darf. Übrigens muß ich schon einmal die Ehre gehabt haben, Sie gesehen zu haben.

TURANDOT Ich kann Ihnen helfen: in literarischer Umgebung.

GOGHER GOGH Ein Volk ohne Literatur ist kein Kulturvolk. Sie muß nur gesund sein. Ich stamme aus einer anständigen, aber einfachen Familie. In der Schule war ich gut in Turnen und Religion, jedoch zeigte ich frühzeitig gewisse Führereigenschaften. Mit sieben Gleichgesinnten habe ich ein Geschäft aufgebaut, das ich durch eiserne Zucht zu dem gemacht habe, was es ist. Ich verlange von meinen Gefolgsleuten fanatischen Glauben an mich. Nur so kann ich meine Ziele erreichen. *Zu den Bewaffneten:* Verhaften Sie diese Gestalten. *Die Leibwächter gehen schnell weg.* Wohin wünschen Sie gebracht zu werden?

TURANDOT *belustigt:* Wenn Sie nichts anderes vorhaben, in die Gegend des Kaiserlichen Palastes. *Zur zweiten Magd:* Was ich vorhin gesagt habe, stimmt nicht.

*Alle ab in die Richtung, aus der Turandot mit ihrer Suite gekommen war.*

DER KOPF DES HI WEI Ich fürchte, es gibt heute nacht wieder Regen.

UNBEKANNTER KOPF Mein Hauptargument war gesund, aber in den Details hätte ich tatsächlich farbiger sein können.

KOPF DES KI LEH Es wächst keine.

KOPF DES HI WEI Es muß eine Antwort geben. Gestern nacht war ich nahe daran.

KOPF DES MUNKA DU Ich hätte mich ausschlafen sollen, dann…

KOPF DES KI LEH Daß er über sie verfügt – verfügt, ein unglückseliges Wort –, hätte nicht gesagt zu werden brauchen.

KOPF DES HI WEI Die wahre Wissenschaft gibt niemals auf! Selbstverständlich gibt es auf jede Frage eine Antwort. Man muß nur die Zeit haben, sie zu finden.

DER UNBEKANNTE KOPF Zeit, das haben wir.

KOPF DES KI LEH Immerhin, wir genießen hier eine Art von Freiheit.

*Von zwei jungen Tuis gezogen, in einem Wägelchen, der Geograph Pauder Mil.*

JUNGER TUI *ausrufend:* Straße frei für den großen Geographen Pauder Mil!

PAUDER MIL Keine Müdigkeit vorgeschützt! Ich habe die größte Besorgnis, daß der Kongreß schon abgeschlossen ist, wenn ich komme. Jeden Augenblick kann einer die Antwort finden. Und was dann?

*Die jungen Tuis bleiben stehen und deuten erschreckt auf die Köpfe.*

PAUDER MIL Ein paar Verbrecher! Vorwärts, meine jungen Freunde!

7

a

**Im Kaiserlichen Palast**

*Der Ministerpräsident empfängt den Delegierten der Kleidermacher und seinen Bundtui.*

DER BUNDTUI Exzellenz! Eine Analyse der Lage ergibt...

DER DELEGIERTE *winkt ab:* Ich spreche. Unsere Kleidermacher sind nicht mehr zu halten, das ist alles.

DER MINISTERPRÄSIDENT Ich kann Ihnen folgendes verbindlich mitteilen: der Kaiser wird aus dem Scheitern der Großen Konferenz die Konsequenzen ziehen.

DER DELEGIERTE *erfreut:* Das ist ein Wort! Wie gesagt, ich kann meine Leute schon nicht mehr halten.

DER MINISTERPRÄSIDENT *führt ihn hinaus:* Sie können die Entscheidung im Vorzimmer abwarten. Ich stelle übrigens fest, daß der Delegierte des Bunds der Kleiderlosen nicht erschienen ist.

DER DELEGIERTE Sie machen dort ihre eigene Politik.

DER MINISTERPRÄSIDENT Ihr steht schlecht mit ihnen?

DER DELEGIERTE Eines ist sicher: man wird mich nicht mehr mit diesem Kerl zusammen sehen. *Ab mit seinem Tui.*

*Herein der Kaiser und Jau Jel.*

DER KAISER An allem sind diese Tuis schuld. Ich habe immer das Beste gewollt.

JAU JEL Und bekommen.

*Herein der Hoftui, der General Kriegsminister, Nu Shan.*

DER HOFTUI Majestät, es gibt keinen Grund für Beunruhigung.

NU SHAN Die Bevölkerung bewahrt ruhig Blut, Majestät.

DER KRIEGSMINISTER Die Stadttore sind fest in unserer Hand, Sire.

DER KAISER Ich danke Ihnen. Halt. Was ist vorgefallen?

DER KRIEGSMINISTER Majestät, der Kai Ho hat sich in den nördlichen Provinzen auf die Hauptstadt zu in Bewegung gesetzt.

JAU JEL Gewisse Vorräte müssen sofort vernichtet werden.

DER KAISER In diesem Falle trete ich zurück.

DER MINISTERPRÄSIDENT Wie?

DER KAISER Wie ich zurücktrete?

DER MINISTERPRÄSIDENT Nein, wie die Vorräte vernichtet werden können.

JAU JEL Verbrennen ist unmöglich. Baumwolle stinkt da.

DER KAISER Schön, trete ich zurück.

DER KRIEGSMINISTER Wir können es nicht durch Militär machen lassen. Das gibt Meuterei.

DER KAISER Ich trete zurück.

*Stille. – Der Kaiser blickt auf die Anwesenden.*

DER KAISER Sie können es sich überlegen, aber... *Da niemand etwas sagt, geht er langsam hinaus.*

DER KRIEGSMINISTER Majestät sind unmöglich.

JAU JEL Erwarten Sie nicht, daß ich... Ich würde niemals gegen meinen Bruder... Ganz sinnlos, mich zu bitten... Daß es dann heißt, ich hätte mich zum Kaiser aufgeschwungen, als... Dringen Sie nicht in mich, ich habe keinerlei Ehrgeiz... Vielleicht im äußersten Notfall, sagen wir aus dynamischen Gründen... Kann ich auf Sie zählen? Verhaften Sie meinen Bruder, General. *Ab.*

DER MINISTERPRÄSIDENT Majestät!

*Alle verbeugen sich und gehen ab.*

DER KAISER *zu einer anderen Tür herein:* Ich habe mir die Sache überlegt... *Sieht, daß alle weg sind.* Das ist ja unglaublich. Wie behandelt man denn hier seinen Kaiser? *Trommeln von außen. Der Kaiser läuft zum Fenster.* Wozu tritt die Wache unter Gewehr? Jau Jel! Er hat... Nächstens werde ich noch in meinem eigenen Hause meine Worte auf die Goldwaage legen müssen! Ich muß sofort...

*Herein Turandot mit ihren Mägden und Gogher Gogh.*

TURANDOT Vater, ich bringe dir hier einen der intelligentesten Männer, denen ich je begegnet bin.

DER KAISER Haben Sie Kleingeld bei sich?

GOGHER GOGH Im Augenblick nicht.

TURANDOT Wozu brauchst du Kleingeld?

DER KAISER Ich muß verreisen. Ich bin zurückgetreten, in einem Moment mangelnder Geistesgegenwart. Jau Jel hat sich sofort zum Kaiser aufgeschwungen. Das ist natürlich ungesetzlich. Das Volk muß sich doch sein Regime wählen können.

GOGHER GOGH *der ab und zu zum Fenster hinausschaut:* Was heißt das: das Volk muß sich sein Regime wählen können? Kann sich etwa das Regime sein Volk wählen? Es kann nicht. Würden Sie sich etwa gerade dieses Volk gewählt haben, wenn Sie die Wahl gehabt hätten?

DER KAISER Natürlich nicht. Es denkt ausschließlich an sein Wohlergehen und lebt also skandalös über unser Einkommen.

GOGHER GOGH Das Volk ist gemeingefährlich. Es verübt Anschläge auf den Staat.

TURANDOT Klug. *Zu Gogher Gogh:* Sagen Sie ihm, was er nach Ihrer Meinung machen soll.

GOGHER GOGH Das ist ganz einfach. Ich habe nur leider meine eigenen Probleme, die nicht so leicht zu lösen sind. Sie berühren sich allerdings mit den Ihren. Sie müssen, kurz gesagt, lange Zeit haben wir nicht, die Frage nach der Baumwolle nicht beantworten, sondern verbieten lassen. – Die Wache zieht ja ab!

DER KAISER Ich verstehe. Das wäre ja auch leichter.

GOGHER GOGH Wenn die Wache abzieht, bin ich verloren.

TURANDOT Verbiete sofort, daß die Wache abzieht, Vater!

DER KAISER *erregt auf und ab gehend:* Es ist etwas dran an dem, was Sie sagen, Mann. Es ist das erste vernünftige Wort, das ich höre, und Sie haben keinen Tuihut auf. Ich kann der Wache nichts mehr verbieten.

TURANDOT Ich möchte hier bemerken, Vater, daß diese Ideen Herrn Goghs Eigentum sind, ich kenne dich. Herr Gogh tritt damit in den Wettbewerb des Tuiverbands ein und behält sich alle Rechte vor. Ich hoffe, du hast das verstanden?

*Herein Jau Jel, der Kriegsminister und der Hoftui.*

JAU JEL Da sehen Sie. Warum ist mein Bruder noch immer nicht verhaftet? Sofort erschießen!

DER KRIEGSMINISTER *zum Kaiser:* Auf den Palast zu bewegt sich ein Volkshaufe. Haben Sie mit der Bevölkerung konspiriert?

DER KAISER Schon wieder eine dieser Fragen? Und ohne die vorschriftsmäßige Anrede!

GOGHER GOGH Es ist aus. Kru Ki und die anderen.

TURANDOT Woher wißt ihr überhaupt, was dieser Volkshaufe will?

JAU JEL Uns aufhängen will er, dumme Pute. Was kann ein Volkshaufe anderes wollen?

DER KAISER Das ist richtig.

GOGHER GOGH *plötzlich:* Ich muß um Ihre Aufmerksamkeit bitten. Es handelt sich um erregte Leute, die aufgehetzt worden sind. Im Augenblick, wo sie erfahren, daß ich hier bin...

JAU JEL Wollen Sie sagen, daß man Sie kennt?

GOGHER GOGH Gewiß.

DER KAISER Dann sprechen Sie doch mit ihnen, Mann.

GOGHER GOGH Das ist unmöglich. Wenn ich ihnen in die Hand, wenn ich vor sie trete, meine ich, ohne etwas in der Hand zu haben...

DER KAISER Was heißt das? Versprechen Sie, was Sie wollen.

DER KRIEGSMINISTER Ja, versprechen Sie alles.

JAU JEL Alles!

GOGHER GOGH Das ist schön gesagt. Aber wer bin ich?

DER KAISER Mein Lieber, ich habe Ihre Vorschläge gründlich durchdacht und erteile Ihnen den Auftrag, sofort entsprechend zu handeln. Sie haben mein Vertrauen. Ich selbst ziehe mich für ein paar Minuten in meine Gemächer zurück, um einen kleinen Imbiß einzunehmen.

GOGHER GOGH Majestät, ich werde Ihnen das nie vergessen.

*Der Kaiser ab mit Jau Jel, Turandot und Hoftui. Hinten Lärm.*

GOGHER GOGH *zum Kriegsminister:* Exzellenz, ich muß Sie um Ihre Schärpe bitten. *Da dieser nicht versteht.* Exzellenz, Leben und Tod hängt von Ihrer Geistesgegenwart ab. Ich bitte um Ihre Schärpe. Ersparen Sie mir einen demütigenden Kniefall, Exzellenz. Ein Unglücklicher steht vor Ihnen und bittet um eine Schärpe. *Er reißt dem Halbwilligen die Schärpe ab und reißt sie in Binden.*

*Herein die zwei Leibwächter mit drei anderen Straßenräubern.*

DER ERSTE LEIBWÄCHTER Haben wir dich?

GOGHER GOGH Gesucht, wie? *Zum Kriegsminister:* Sie haben mich gesucht. Kameraden, China erwartet eure Dienste.

DER ERSTE LEIBWÄCHTER Mach keine Witze.

DER ZWEITE LEIBWÄCHTER Schluß mit den Flausen.

GOGHER GOGH Sehr richtig, Schluß mit den Flausen. Der Witze sind genug gewechselt. Exzellenz! Gesetzlose Elemente, die offen versuchen, sich am Eigentum ihrer Mitbürger zu vergreifen und die geheiligte Ordnung des Staates schamlos verletzten, – gehen frei herum, während rauhe, aber dem Kaiser ergebene Männer waffenlos zusehen müssen. Ich verlange, auf Grund meiner Kaiserlichen Vollmachten, Waffen für diese Männer. Und zwar aus den Kaiserlichen Arsenalen. *Geht auf die Leibwächter zu und bindet ihnen feierlich die Fetzen der Schärpe als Binden um die Ärmel.* Als Hüter der Ordnung werdet ihr all und jeden mit fanatischer Besessenheit in den Bauch treten, der es wagt, zu rebellieren. Löhnung: die doppelte gewöhnlicher Polizisten.

DER ZWEITE LEIBWÄCHTER Jawohl, Chef.

*Zurück der Kaiser mit den anderen, von kleinen Täßchen trinkend.*

DER KAISER Nun?

GOGHER GOGH Majestät, in dieser historischen Stunde stelle ich Ihnen meine alten Waffengefährten, die Brüder Krukher Kru vor. Ich habe festgestellt, daß es sich bei dem Volkshaufen, der in der Umgebung des Palastes gesehen wurde, um bewährte Mitkämpfer meiner selbst handelte, die sich Eurer Majestät mit Leib und Seele zur Verfügung stellen.

DER KAISER Mein lieber Herr Gogh, Sie sehen mich gerührt. Vor allem handelt es sich um die Kaiserlichen Lagerhäuser, die dringend des Schutzes bedürfen.

GOGHER GOGH Majestät, geben Sie mir vierundzwanzig Stunden Zeit, und Sie werden Ihre Hauptstadt nicht wiedererkennen.

JAU JEL Was soll geschehen mit den Lagerhäusern?

DER KAISER Ich verbitte mir Fragen. *Zum Kriegsminister:* Verhaften Sie meinen Bruder, General!

*Turandot klatscht Beifall.*

JAU JEL Du warst zurückgetreten!

DER KAISER Nicht endgültig. *Tückisch:* Hast du etwa nicht Befehl erteilt, mich zu erschießen?

JAU JEL Unsinn. Man redet viel daher in der Aufregung.

GOGHER GOGH *eifrig:* Majestät, es ist an mir, Ihre Befehle rücksichtslos auszuführen.

DER KRIEGSMINISTER *ihm zuvorkommend:* Kaiserliche Hoheit...

JAU JEL Du wirst einen schönen Dreck aus den Geschäften machen ohne mich. *Er geht wütend mit dem Kriegsminister ab, gefolgt auch vom ersten Leibwächter und zwei Straßenräubern. Unter der Tür begegnen ihm der Ministerpräsident und Nu Shan. Diese verbeugen sich tief, sehen aber dann den Kaiser und verbeugen sich erschrocken vor diesem.*

DER KAISER Ich habe die Zügel der Regierung wieder mit fester Hand ergriffen, mein Teurer, und werde mit Ihnen noch abrechnen. Im Augenblick überstürzen sich die Ereignisse.

*Hinter dem Ministerpräsidenten ist der Delegierte der Kleidermacher mit seinem Tui aufgetaucht.*

DER DELEGIERTE Seine Exzellenz, der Herr Ministerpräsident, haben bei der Morgenaudienz angedeutet, daß Majestät die Konsequenz aus dem Scheitern der Tuikonferenz ziehen würden.

DER KAISER Ja. Du bist verhaftet.

GOGHER GOGH Folgen Sie mir. *Sieht Nu Shan.* Wer ist dieser Herr?

DER MINISTERPRÄSIDENT Herr Nu Shan, Vorsitzender des Tuiverbands.

GOGHER GOGH Ein Tui. *Brüllend:* Sie sind verhaftet! Es handelt sich hier, wie jedermann weiß, um ganz gefährliche Meinungshändler. Genau gesagt, um Leute, die mit ganz gefährlichen Meinungen handeln. Ich sage nichts, wenn jemand für eine Meinung Geld nimmt. Unter meiner Führung wird der Staat sogar mehr Geld für Meinungen ausgeben. Aber für Meinungen, die mir passen. Überhaupt ist mir diese ständige Denkerei widerlich. Da genügt einfach Anstand und Respekt vor denen, die es besser wissen. *Brüllend:* Abführen!

TURANDOT *strahlend:* Goghl!

*Die Kaisermutter kommt mit einem Topf Ingwer gelaufen.*

**b**

**Im Hof des Kaiserlichen Palastes**

*Gogher Gogh wendet sich an seine Gefolgschaft.*

GOGHER GOGH Wie es sich soeben herausgestellt hat, sind die Kaiserlichen Lagerhäuser bis zum Dach voll von Baumwolle. Ehrlose Elemente haben noch vor wenigen Tagen in der jüngst abgehaltenen Großen Konferenz die lügnerischen Behauptungen ausgestreut, es gäbe keine Baumwolle. Sie sind der verdienten Strafe zugeführt worden. Ebenso ist der Bruder des Kaisers, Jau Jel, der hinter dem Rücken seines Kaiserlichen Bruders diese Baumwolle versteckt gehalten hat, verhaftet und erschossen worden. Er hatte beabsichtigt, einen Teil der Baumwolle zu verbrennen, um sein Verbrechen zu verheimlichen. Dieser ungeheuerliche Plan kam nicht mehr zur Ausführung. Kameraden! Eine ehrlose Militärclique versucht jetzt, dem Kaiser einzureden, daß ihr und eure Dienste nicht mehr nötig seid. Ich sehe mich daher, selbstverständlich mit Billigung des Kaisers, gezwungen, wie schon in den früheren Jahren unserer Bewegung, ein weithin sichtbares Exempel zu statuieren, aus dem selbst der Dümmste erkennt, daß ohne zureichenden energischen Schutz kein Eigentum mehr sicher ist. Zu diesem Zwecke werdet ihr noch heute nacht einen Teil der Lagerhäuser, und zwar die Hälfte von ihnen, in Brand stecken. – Tut eure Pflicht!

**8**
**a**
**Kleiner Tuimarkt**

*Auf großen Staffeleien stellen Tuis riesige aufgeschlagene Bücher aus. Für einen Yen dürfen Passanten eine Seite lesen.*

ALLGEMEINER BILDUNGSTUI
Der dumme Teufel schuftet heut und morgen
Und was ihm fehlt, das schafft kein saurer Schweiß
Und was er hat, behält er: seine Sorgen.
Das kommt daher, daß solch ein Mensch nichts weiß.
Ja, wer kein Pferd hat, der kommt unter Hufe
Und wer ein Pferd hat, ja, der reitet mit.
Auf Wissen kommt es an in jeglichem Berufe
Denn wer was weiß, der macht auch seinen Schnitt.

*Eine uralte Frau bezahlt einen Yen und blickt in das Buch. Herein Sen mit dem Knaben Eh Feh.*

EH FEH Muß ich auch so ein Tui werden, Großvater?

SEN Wir haben unser Geld immer noch.

EH FEH Können wir nicht einen Frosch kaufen?

SEN Eh Feh, was hast du gegen die Tuis?

EH FEH Ich glaube, sie sind schlechte Leute.

SEN Sieh dir die Brücke dort an. Wer, glaubst du, hat sie gebaut?

EH FEH Der Kaiser.

SEN Nein. Denk noch einmal.

EH FEH Die Maurer.

SEN Ja. Aber denk noch einmal. *Pause.* Die Maurer haben sie gebaut, aber ein Tui hat ihnen gesagt, wie. Wir haben sie nur reden hören, aber wir sind nicht vorgestoßen zu ihrem Wissen. Hier nun finden wir Wissen ausgestellt. Ich bin nur ein wenig enttäuscht, daß es ziemlich teuer scheint. Eh Feh, wenn es diesmal wieder nichts ist, müssen sie freilich mit Feuer und Schwert ausgetilgt werden. *Er geht unschlüssig von Staffelei zu Staffelei.*

*Herein vier Wäscherinnen, darunter Ma Gogh.*

KIUNG Nun habe ich es gekauft und damit basta. *Sie zeigt dem ökonomischen Tui ein neues Kopftüchlein.* Baumwolle.

SU Eine Millionärin.

KIUNG Vier Wochenlöhne, aber es lohnt sich. *Zu Yao:* Alle sind wir der Meinung, daß es mir steht. Du meinst es doch auch, Yao?

YAO Nein. Du bist zu knochig dafür.

KIUNG Das ist aber ein starkes Stück. Du Dreckfladen, du hältst wohl nur dich für hübsch? Bist du hübsch?

YAO Nein, ich auch nicht.

MA GOGH Warum fragst du sie? Du weißt, daß sie die Wahrheit sagt.

*Kiung lacht schallend.*

DER ÖKONOMISCHE TUI Was wünschen die Damen Spezielles?

KIUNG Wir sind von der Wäscherei Mandelblüte und beim Einkauf.

DER ÖKONOMISCHE TUI Meine Damen! Wie habe ich Erfolge im Geschäftsleben? Werfen Sie einen Blick in mein Buch und eignen Sie sich für einen Yen an, was die Wissenschaft der Ökonomie darüber sagt:

Wenn ich als kleiner Kaufmann stets erfahre
Den großen Haien kommt man niemals bei
Dann rauf ich mir die paar verbliebenen Haare
Und frage mich: wie werde ich ein Hai?
Als solcher weiß ich, was die kleinen Leute
Seit alters tun für Brot und einen Tritt
Und mache nichts den ganzen Tag als Beute:
Ich weiß Bescheid und mache meinen Schnitt.

KIUNG Das ist etwas für dich, Ma. – Sie hat eine Wäscherei und will ihrem Sohn eine Großwäscherei kaufen. Hier kannst du lernen, wie man zu Moneten kommt.

MA GOGH Könnten Sie mir aufschlagen, wo etwas über Anleihen steht?

DER MEDIZINISCHE TUI Haben Sie Schmerzen? Sind Sie krank, ohne es zu wissen? Wollen Sie erfahren, was der Arzt weiß? Ein Yen!

Zum Beispiel leidet einer an den Nieren
Er geht zum Arzt. Der starrt ihm in den Steiß.
Der Kranke kriecht hinaus auf allen vieren
Doch vorher zahlt er. Weil der Arzt was weiß.

Er weiß, wie diese Krankheit heißt und weiter
Was einer neulich zahlte, als er litt.
Ja, wer nichts weiß, der bleibt ein Hungerleider
Doch wer was weiß, der macht auch seinen Schnitt.

MA GOGH Da müßte ich auch hineinschauen, ich habe dieses Ziehen in der Schulter vom Waschen. Aber besser ich sehe nach, wie ich für meinen Sohn die Wäscherei erwerbe. Aber das Ziehen ist auch schlimm in letzter Zeit.
KIUNG Ein Wolltuch wäre besser gegen das Ziehen.
MA GOGH Aber das kostet fünfzehn Yen.
*Gogher Goghs zweiter Leibwächter mit zwei anderen Räubern und den beiden Mägden Turandots tritt auf.*
DER ZWEITE LEIBWÄCHTER Da sind Sie ja, Mutter Ma. Und in einer ganz ungesunden Gegend. Wissen Sie, was wir jetzt sind? *Er deutet auf seine Armbinde.* Polizei! Aber keine Furcht, es ist jetzt anders herum, von heut ab. Mutter Ma, Ihr Sohn ist hochgestiegen und erwartet Sie im Kaiserlichen Palast. Da schauen Sie.
MA GOGH Ach was, rede mich nicht auf offenem Platz an, Schweinsnarbe, meine Freundinnen genieren sich ja.
DER ZWEITE LEIBWÄCHTER Mutter Ma, diese Fräuleins werden noch ihren Kindern und Kindeskindern erzählen, daß sie mit Ihnen verkehrt haben. Und jetzt kommen Sie schon. *Packt sie.*
DIE ERSTE MAGD Hohe Frau, eine Persönlichkeit, die so hochsteht, daß es verboten ist, ihren Namen zu nennen, harrt Ihrer an der Seite Ihres großen Sohnes.
MA GOGH Irgend etwas muß mit meinem Gogher passiert sein. Ich glaube, ich schaue nach ihm. *Sie will mitgehen.*
DIE ERSTE MAGD Erlauben Sie, hohe Frau, daß wir Sie um die Ecke zur Sänfte geleiten. Die Träger weigerten sich, auf diesen schmutzigen Markt zu kommen.
*Der erste Leibwächter kommt mit fünf anderen Räubern, die alle Wergfackeln tragen.*
DER ERSTE LEIBWÄCHTER Da habt ihr sie ja gefunden. Große Zeiten, Mutter Ma! *Ma Gogh macht eine wegwerfende Geste und geht mit dem zweiten Leibwächter zurück.* Ihr da, sagt uns, wo sind die Lagerhäuser des Kaisers?
KIUNG Hinter der Gerberbrücke. *Die Räuber ab.* Was sagt Ihr? Ich habe ein unheimliches Gefühl. Wir gehen besser heim, Su!
SU *hat sich dem Stand des Liebeslebentui genähert:* Ich komme nach.
DER LIEBESLEBENTUI Die Geheimnisse des Liebeslebens! Glückseligkeit oder gebrochene Herzen? Wie verhalte ich mich zu meinem Liebsten?

Es walten zwei Geschicke in der Liebe
Das eine wird geliebt, das andre liebt
Eins erntet Balsam und das andre Hiebe
Es nimmt das eine und das andre gibt.
Verhülle dein Gesicht, wenn Glut es rötet.
Verbiet dem Busen zu gestehen, was er litt!
Reich ihm, den du da liebst, das Messer, und er tötet.
Weiß er, du liebst ihn, macht er seinen Schnitt.

Treten Sie näher, Fräulein. Informieren Sie sich, bevor es zu spät ist. Ein Yen.
SU *bezahlt:* Soll ich ihm um den Hals fallen oder tun, als mag ich ihn nicht?
DER LIEBESLEBENTUI Das Letztere, Fräulein, das Letztere! *Er liest ihr murmelnd vor.*
KIUNG Wozu läßt du dir das vorlesen, Su? Wenn der es geschrieben hat, soviel verstanden hätte, daß er ein Mädchen bekommen hätte, hätte er keine Zeit gehabt, so ein Buch zu schreiben.
SEN *der unschlüssig vor dem Stand des ökonomischen Tuis gestanden war:* Meine Damen, machen Sie sich nicht über das Wissen lustig. Wenn mich nicht dieses Buch anzöge, würde ich unbedingt das da studieren. Ich stehe auf dem Standpunkt, daß man niemandem eine Freude abschlagen sollte, auch nicht sich selber. Warum lacht das Fräulein? *Er lächelt Yao zu, die gelacht hat.*
KIUNG *alarmiert:* Yao, du antwortest nicht.
SEN Doch. Man muß immer antworten.
YAO Ich lache, weil du doch nicht mehr kannst.
SEN *lacht ebenfalls:* Das ist richtig, aber sag es niemand. Wer den Tiger nicht fangen kann, fängt vielleicht den Igel. Und wer nicht für sich lernt, lerne doch für andere. *Auf den Knaben.* Er wächst schnell.
*Unter den Tuis Unruhe. Alle blicken nach hinten.*
KIUNG Seht, dort brennt es. Das ist hinter der Gerberbrücke.
SEN Es stinkt nach verbrannter Baumwolle.
DIE TUIS Besser, wir schaffen die Stände weg. Wenn die Feuerwehren kommen, fahren sie über alles weg. – Da kommt keine Feuerwehr. – Wie meinen Sie das?

*Gogher Gogh und der Ministerpräsident treten mit Bewaffneten auf.*

GOGHER GOGH Das Feuer müssen die Kleidermacher und Kleiderlosen im Bund mit den Tuis gelegt haben. Es ist bestimmt als Fanal für den aufständigen Kai Ho. Ich werde jetzt zu den allerstrengsten Maßnahmen greifen. Vor allem werden die geistigen Brandstifter ausgerottet werden. Untersucht alles, was es an Büchern gibt, daraufhin, ob es den Staat untergräbt. *Ab mit dem Ministerpräsidenten.*

ERSTER BEWAFFNETER *zum medizinischen Tui:* Was steht in diesem Buch?

DER MEDIZINISCHE TUI *zitternd:* Was man von Schwindsucht wissen muß oder von Knochenbrüchen.

ERSTER BEWAFFNETER Was? Über Knochenbrüche? Das hört auf, daß über Knochenbrüche gefaselt wird. Das geht gegen die Polizei. Verhaften! *Wirft das Buch auf die Erde, stampft darauf.*

SEN *sucht ihn zu hindern:* Stampf nicht darauf, das ist nützlich.

ERSTER BEWAFFNETER *schlägt ihn nieder:* Hund! Er hat sich an der Staatsgewalt vergriffen. *Zum allgemeinen Bildungstui:* Und was ist das für Dreck? Gestehe!

DER ALLGEMEINE BILDUNGSTUI Wissen, Herr Hauptmann.

ERSTER BEWAFFNETER Wissen auf wen? Etwas über Baumwolle, he?

DER ALLGEMEINE BILDUNGSTUI *schüttelt den Kopf:* Das gehört nicht zur allgemeinen Bildung, Herr Hauptmann.

ERSTER BEWAFFNETER Ihr Schurken steckt mit den Brandstiftern unter einer Decke. Ihr habt gegen den Kaiser gehetzt.

DER ALLGEMEINE BILDUNGSTUI Höchstens die Großen und die nicht.

ERSTER BEWAFFNETER Habt ihr hier welche mit Wergfackeln durchlaufen sehen?

DER ALLGEMEINE BILDUNGSTUI Welche mit Armbinden sind durchgekommen.

*Von der anderen Richtung kommt ein Räuber mit Armbinde und Wergfackel zurück.*

DER RÄUBER Hauptmann, im Teehaus der Tuis sollen zwei Anhänger des Kai Ho gesehen worden sein.

ERSTER BEWAFFNETER Solche wie der da?

*Der allgemeine Bildungstui schüttelt entsetzt den Kopf.*

ERSTER BEWAFFNETER Habt ihr welche mit Wergfackeln gesehen?

KIUNG *stellt sich vor Yao:* Wir nicht.

YAO Aber er hat doch eine, Kiung.

KIUNG Das ist nur ein Knüppel, wie die Polizei ihn hat. Wir gehen, Yao. Su, wir gehen.

ERSTER BEWAFFNETER Wohin denn? Du hast vielleicht noch mehrere gesehen hier herum? Solche wie den?

YAO Fünf. Und das ist auch kein Knüppel.

ERSTER BEWAFFNETER Aber das ist einer. *Er schlägt sie nieder und die Bewaffneten schleppen sie weg.*

DER LIEBESLEBENTUI *hilft Sen auf die Beine:* Wein nicht, Kleiner, er lebt noch. Sie haben selber die Lagerhäuser angesteckt und verhaften jeden, der es gesehen hat.

DER ALLGEMEINE BILDUNGSTUI Und dieses Buch wollen sie verbieten, von dem ich lebe und schlecht dazu. Einen Schund, in dem nichts steht gegen sie, keine wahre Zeile! Die Dichter, die ihnen die Fäuste lecken, die Denker der Nation, die an ihr Einkommen denken! Schund, Schund, Schund!

SEN Ereifre dich nicht, du hast davon gelebt.

DER ALLGEMEINE BILDUNGSTUI Als Betrüger!

DER SCHREIBER AUS DER TUISCHULE *kommt gelaufen, er blutet am Kopf:* O Su, ich suche dich seit Stunden.

SU *wirft sich ihm in die Arme:* O Wang! Ich sollte dich nicht umarmen, ich weiß. Das ist er nämlich, entschuldigen Sie, daß ich mich nicht nach dem Buch richten kann.

DER ALLGEMEINE BILDUNGSTUI Warum bist du verwundet?

DER SCHREIBER Ich bin Schreiber in der Tuischule. Ich war es. Auch der Palast des Tuiverbands ist von den Gogher Gogh-Banden gestürmt worden. Sie sind in die Polizei aufgenommen worden und haben gestempelte Armbinden bekommen. Der Tuiverband wird beschuldigt, den Kaiser beleidigt zu haben, als auf der Großen Konferenz ein Staatsgeheimnis aufgedeckt wurde. In diesem Augenblick verbrennt man die dreitausend Formulierungen über die Geschichte Chinas, weil darinnen von Niederlagen im siebten Jahrhundert die Rede ist. Nu Shan wurde aufgehängt, weil er verbreitet haben soll, Gogher Gogh, der seit fünf Uhr Kanzler ist, wisse nicht, wieviel drei mal fünf ist. Ich selbst bin auch gefährdet, da ich es bezeugen kann. Und das Ganze ist, weil der Kai Ho schon in der Provinz Sezuan steht.

KIUNG *zu den Tuis:* Seht lieber, wie ihr eure Hüte los werdet.

DER LIEBESLEBENTUI Aber wohin damit? Ich wohne am anderen Ende der Stadt.

DER ÖKONOMISCHE TUI *zu Kiung:* Nehmen Sie meinen. Ich wohne noch ein gutes Stück weiter.

DER LIEBESLEBENTUI Ich habe Sie zuerst gebeten.

DER ÖKONOMISCHE TUI Sie tun etwas für den Geist, Fräulein.

KIUNG Gebt her, ihr armen Teufel. *Sie steckt sich die Hüte unter den Rock.* Wenn mich so mein Sun sieht, meint er, ich bin hops und seh ihn sobald nicht wieder.

DER ALLGEMEINE BILDUNGSTUI Aber die Bünde werden es sich nicht gefallen lassen. Jetzt werden sie sich einigen.

*Bewaffnete bringen gefesselt den Delegierten der Kleidermacher und seinen Tui.*

EIN BEWAFFNETER Wir werden dich lehren, dem Kaiser Fragen zu stellen.

DER DELEGIERTE Da müßt ihr viele lehren. *Wird geschlagen.*

*Räuber bringen gefesselt den Delegierten der Kleiderlosen und seinen Tui.*

EIN RÄUBER Wirst du noch länger unsern Führer verdächtigen, er hat die Lagerhäuser angesteckt? *Schlägt ihn.*

DER BEWAFFNETE He, ihr! Kommt gleich mit uns in die Viehhallen: die gehören zusammen. *Die Räuber wenden, und beide Gefangenen werden abgeführt.*

DER DELEGIERTE DER KLEIDERLOSEN Wir haben es nicht gewußt!

DER SCHREIBER Wohin sollen wir gehen, Mädchen?

KIUNG In die Wäscherei. Vielleicht schickt Ma jemanden hin. Sie ist in den Palast geholt worden, ihr Gogher ist Minister geworden, da kann sie vielleicht die arme Yao retten. Sie hat wieder die Wahrheit gesagt, ich konnte sie nicht hindern. Aber wir sollten auch den Alten mitnehmen. Sie können an seiner Beule sehen, daß er geschlagen worden ist, und da kann er als Staatsverbrecher verschleppt werden.

SEN *zum ökonomischen Tui, der eifrig bestimmte Seiten aus seinem Buch reißt:* Was reißt du denn heraus?

DER ÖKONOMISCHE TUI Die Seiten über kleine Einkommen.

SEN Kann ich sie dir abkaufen?

DER ALLGEMEINE BILDUNGSTUI *winkt Sen zu sich, gedämpft:* Ich verstehe dich, Alter. Aber da habe ich Besseres für dich. *Zieht ein Büchlein aus der Rocktasche.* Zeig es niemand anderem, es ist vom Kai Ho.

SEN Ja, ich glaube, das will ich kaufen.

KIUNG Komm lieber mit uns in die Vorstadt, Alter. Du kannst es doch nicht lesen.

SEN Andere können es lesen. Hier ist das Geld, das ich für meine Baumwolle bekommen habe, die Reise hat sich gelohnt.

*Er gibt ihm den Beutel und geht mit den Mädchen und dem Schreiber weg. Der Liebeslebentui schließt sich ihnen an, sein Buch schleppend. Zurück bleibt unschlüssig der allgemeine Bildungstui und der medizinische Tui, der schluchzend auf seinem zerstampften Buch hockt.*

### b

### Im Hof des Kaiserlichen Palastes

*Turandots zwei Mägde kommen mit einer kupfernen Badewanne.*

DIE ERSTE MAGD *stellt die Wanne nieder.* So gehe ich nicht über den Hof. *Sie entfernt einen Brustlatz.*

DIE ZWEITE MAGD Wenn die Hündin dich sieht, läßt sie dich auspeitschen.

DIE ERSTE MAGD Diese Eifersucht auf den dummen Kerl!

DIE ZWEITE MAGD Ich hab mich auf dem Gang zum Konferenzsaal extra von ihm streifen lassen, wo's so eng ist. Weißt du, was er gesagt hat? »Entschuldigen Sie.« Grundsätze.

DIE ERSTE MAGD Sie sagt, sie liebt ihn, weil er so klug ist.

DIE ZWEITE MAGD Sie sagt, er ist klug, weil sie auf ihn scharf ist.

DIE ERSTE MAGD Klar. Kluge gibt es wie gelbe Hunde, aber nicht Stattliche.

*Sie nehmen die Wanne wieder auf und tragen sie hinein.*

## 9

## Vor der Wäscherei Mandelblüte

*Auf einem Holzeimer vor der Wäscherei sitzt der alte Sen und der Knabe kühlt ihm den Stirnverband. Neben ihnen näht Kiung einen Tuihut für sich um. Auf der anderen Seite, vor einem schmalen hohen Haus, steht der Waffenschmied und leitet gewisse Operationen, die unsichtbar im ersten Stock vor sich gehen. Neben ihm der*

*Tui Ka Mü mit Packen von Musiknoten. Die Gegend ist sehr arm.*

KA MÜ Herr, das sind alles Meisterwerke! Sie müssen sie aufbewahren, ich selber verreise. Das ist alte Musik. Sie ist gefährdet, weil sie nicht chinesischen Ursprungs ist, und die jetzige Regierung...

DER WAFFENSCHMIED Ich kann nichts mehr unterstellen. Man hat mir schon eine Statue aufgehalst, eine Göttin der Gerechtigkeit, die zwei Stockwerke groß ist. Wir mußten die Decke durchbrechen. He, dreht sie langsam!

KA MÜ Und dies hier ist neue Musik. Die wird verfolgt, weil sie nicht volkstümlich ist.

SEN Das ist nicht nötig. Das Volk will gar nicht tümlich sein.

DER WAFFENSCHMIED *seufzend:* Schön, ich nehme sie in meine Schlafkammer. Weil sie verfolgt wird.

*Er läßt ihn ins Haus.*

EINE FRAU *ruft aus dem oberen Stockwerk:* Entschuldigen Sie, Herr Lü Shang, daß sie auf dem Kopf stehen muß, aber die Kinder fürchten wirklich ihr Gesicht.

KA MÜ *heraus ohne den Packen:* Dank! Dank! *Umarmt ihn.* Sie tun etwas für China! *Schnell ab.*

SEN Als ich so jung war wie du, wollte ich immerfort nur eine einzige Melodie hören, die der Dorfzimmermann auf einer Flöte spielte. Heute will ich die Musik verschieden, immer was Neues.

DER WAFFENSCHMIED Wie kann man etwas kaputtmachen, was sicher Mühe gemacht hat! So viele Punkte aufzeichnen!

DIE FRAU *aus dem Fenster:* Habt ihr es gehört, der Verbotene soll einhundert Meilen vor der Hauptstadt stehen.

SEN Schreien Sie nicht so laut!

*Ma Gogh kommt mit Yao.*

MA GOGH *ruft von weitem:* Kiung! Su! Guten Abend, Lü Shang. Da wären wir also wieder. *Kiung und Su aus dem Haus. Man umarmt sich.* Sie hat Verstand genug gehabt, den Banditen zu sagen, daß sie in meiner Wäscherei arbeitet. Was sie mir erzählte, hat mir den Rest gegeben. Ich hätte es aber sowieso nicht ausgehalten. Gogher ist verrückt geworden, er herrscht jetzt. Ich war stolz auf ihn in seinem früheren Beruf, aber jetzt schäme ich mich für ihn. Sie wollten im Palast, daß ich mich wohl fühle. Heute früh stellten sie in mein Gemach, zu groß für fünfzig Maulesel, auf den blauen Teppich einen kupfernen Waschzuber aus dem Museum, und der Ministerpräsident sagte: »Hohe Frau, Euer erlauchter Sohn sagt, Ihr fühlt Euch wohl nur beim Waschen. Bitte, waschet nach Herzenslust!« Ich gab ihm einen Fußtritt, aber das hätte ich nicht sollen. Als er draußen war, kam ein Diener herein und streckte mir den Hintern hin, zum Treten nach Herzenslust. Die einzige vernünftige Person im ganzen Palast war die Kaisermutter, die mir sagte, was sie von ihrem Sohn hält und wie man einen gewissen Kuchen zubereitet. Und die hielten sie für verrückt! Ich habe mir das Rezept für Gogher gemerkt. Meinen Tee! Wer ist das?

KIUNG Das ist Herr A Sha Sen aus dem Baumwollegebiet, der zum Studieren nach der Hauptstadt gewandert ist.

SEN *entschuldigend:* Man hat mir gesagt, daß ich nicht den Kopf dazu habe, aber wie die Beule beweist, habe ich ihn doch.

SU Was für eine schreckliche Beule!

YAO Sie ist nicht sehr groß und wird schnell heilen.

KIUNG *umarmt sie:* Du bist unhöflich, Yao.

*Ein Papierfenster im ersten Stock geht entzwei, und eine erzene Hand dringt heraus, in der, umgestülpt, eine große Waage hängt.*

DER WAFFENSCHMIED Gebt doch Obacht, ihr Tölpel!

STIMME *innen:* Der Arm hat nicht Platz!

SEN Sie bringen die Kulturgüter unter, oder wie man sie nennt. Am Osttor habe ich einen Tui vor einem Tempel getroffen, der hatte einen unsichtbaren Gott drinnen. Jetzt wird er ihn wohl an einer Kette in die Vorstädte zum Aufbewahren führen.

*Drei Kleiderlose treten mit großen Bündeln aus dem schmalen Haus. Plötzlich fangen sie an zu rennen.*

EH FEH *zupft Sen am Arm:* Soldaten, Großvater!

*Alle schnell in die Häuser. Eben noch kann der Waffenschmied aus dem Fenster des oberen Stocks einen Teppich auf den Arm der Gerechtigkeit herabwerfen, als zwei Bewaffnete die Gasse herunter patrouillieren. Wenn sie weg sind, ertönt hinten der Ruf eines Straßenhändlers: »Baumwolle! Baumwolle! Baumwolle zu verkaufen! Baumwolle aus den Lagerhäusern des Staatsfeinds Jau Jel!« Aus dem Fenster des oberen Stocks schaut die Frau heraus. Die Straße herunter kommt der Straßenhändler mit einem Wagen mit Baumwollstoffen, beschützt von einem Bewaffneten.*

DER STRASSENHÄNDLER Baumwolle! Baumwolle! Baumwolle, entdeckt in den brennenden Lagerhäusern des hingerichteten Jau Jel! Die Hälfte einer Jahresernte durch Feuer vernichtet! Steigende Preise! Deckt euch ein, bevor sie unerschwinglich wird!

*Da niemand sich meldet, geht er weiter. Man hört noch sein »Baumwolle! Baumwolle!«.*

DIE FRAU Jetzt könnt ihr sie behalten. Wir haben auch nichts zu fressen, und wo sind die Schuhe? Der Verbotene wird schon alles beschaffen.

*Sie schlägt das Fenster zu. Su und ihr Schreiber heraus.*

DER SCHREIBER Weine nicht zu viel, ein bißchen, heute abend, aber morgen schon nicht mehr, versprich es.

SU Morgen noch einmal.

DER SCHREIBER Gut. Wenn ich in drei Wochen nicht zurück bin, habe ich nur einen Umweg gemacht.

SU Wie willst du denn hinfinden? Und in diesen alten Schuhen!

DER SCHREIBER Ich kenne einen Weber dort drüben, der geht heute los mit drei anderen. Und es sind schon viele Tausende, die findet man.

SU Aber deine Schuhe sind schlecht, Wang. Was machen wir?

SEN *heraus mit dem Knaben und Kiung:* Könnten Sie noch eine kleine Weile warten, dann könnten wir vielleicht zusammen gehen.

SU Aber Sie gehen nach Norden zu, und er geht nur in die Nachbarschaft. Aber seine Schuhe sind nicht gut, was machen wir da?

SEN So, die Schuhe sind nicht gut genug für den Weg in die Nachbarschaft.

KIUNG Dafür bekommt er ein warmes Tuch für die Schultern. *Sie gibt ihm ihr neues Kopftuch.*

SEN Bleib nicht bei jedem Unrecht stehen am Weg, das ist gefährlich. Der Fluß überschwemmt das Tal, aber der Damm wird im Gebirge gebaut.

DER SCHREIBER Vielleicht kommen Sie doch mit? Ich muß freilich gleich gehen, da ich erwartet werde.

SEN Das kann ich nicht, ich muß noch nachdenken.

DER SCHREIBER Ich gehe durch das Tibetanische Tor. Lebt jetzt wohl. *Ab nach hinten.*

SU Auf morgen, Wang! *Zurück ins Haus.*

*Zwei Kleiderlose kommen und klopfen an der Waffenschmiede. Der Waffenschmied läßt sie ein.*

DER WAFFENSCHMIED Ich kann kaum noch zu meiner Esse kommen mit der verdammten Kultur. Und im oberen Stockwerk zieht es durch das Loch im Fußboden. Und da kommen schon wieder einige ohne Kopfbedeckung. *Verschwindet schnell.*

*Vier Tuis aus dem Teehaus kommen. Wen, Gu, Shi Ka und Mo Si.*

GU Da sind Sie ja immer noch, Herr A Sha Sen. Ist das hier die Waffenschmiede, wo man Wertvolles unterstellen kann?

KIUNG Er hat das Haus schon voll, und wie könnt ihr ohne Kopfbedeckung herumlaufen? Jeder weiß, daß ihr nur Tuihüte hattet und jetzt wird man die Barköpfigen fangen!

WEN Es ist furchtbar. Man hat das Teehaus geschlossen. Der Geist ist heimatlos.

GU Ich muß es doch versuchen. Wenn China seine Kunstwerke verliert, wird es völlig verrohen. *Klopft am schmalen Haus.* Er macht nicht mehr auf. *Zeigt den anderen eine Bildrolle.* Das ist ein Pi Jeng. Zwölftes Jahrhundert. Die Hügel von Hoang Ho. Sieh diese Linie. Sieh dieses Blau. Und so etwas soll vernichtet werden.

KIUNG Warum?

GU Sie sagen, Hügel sehen nicht so aus. *Er zeigt es Sen.*

SEN Das ist richtig, Hügel sehen nicht so aus. Nicht ganz so. Aber wenn sie für jeden so aussähen, brauchten wir kein Bild. Als Kind hat mir mein Großvater gezeigt, wie eine Wurst aussieht. Dieser Wieheißtergleich, der Maler, zeigt mir, wie Hügel aussehen. Ich begreife es natürlich nicht gleich. Aber ich denke, wenn ich wieder auf einen Hügel steige, wird er mir in Zukunft besser gefallen. Vielleicht hat er eine solche Linie und ist blau.

GU Vielleicht. Aber wir haben keine Zeit für lange Betrachtungen. Ruft ihr den Waffenschmied! Leute, dieser Pi Jeng ist aus dem Kaiserlichen Museum!

SEN Hättet ihr ihn uns gegeben! Da wäre er sicherer.

MA GOGH *ist unter die Tür getreten:* Ich verstecke ihn dir. Gogher soll es nicht in die Hände bekommen. *Er zerreißt es.* Mir hätte man den Schoß ausbrennen sollen.

KIUNG Sie ist die Mutter des Kanzlers, wißt ihr.

MA GOGH Ihr braucht euch nicht zu fürchten. Ich werde ihn enterben. Gebt das Bild her. Er meint, er versteht alles und jetzt herrscht er. Den Bildern geht es schlecht, er ist Maler.

SHI KA Auch die Baumeister haben Angst.

MA GOGH Ja, mein Sohn ist auch Baumeister.

WEN Man hätte Wissenschaftler werden sollen.

MA GOGH Vielleicht nicht. Er ist der größte Wissenschaftler.

MO SI *zeigt ihr einen Globus:* Könnten Sie nicht den Globus hier unterstellen? Daß die Erde rund ist – vielleicht ist es einmal wichtig?

EH FEH *zupft Sen am Ärmel:* Großvater, ein Bewaffneter!

DIE TUIS Er darf uns nicht sehen, wir sind barhäuptig.

MA GOGH Gebt den Globus her. *Mit dem Globus und dem Bild ins Haus.*

*Die Tuis laufen weg, außer Mo Si, der sich verspätet hat.*

DER ZWEITE LEIBWÄCHTER *kommt suchend:* Und was sehen meine umränderten Augen? Ein Tui. Wo hast du denn deinen Hut? Na, diesmal brauchst du keine Angst zu haben. Komm her. Verschwinde, Kiung, du Miststück. *Über Sen:* Ihr habt ja sonderbare Gäste in der Wäscherei.

SEN Ich bin ein friedlicher Bauer und sitze hier nur, um ein wenig nachzudenken. Das braucht bei mir Zeit, weißt du.

KIUNG Wage es nicht, hineinzugehen. Mutter Gogh haut dir einen Teekessel über die Fresse. *Setzt kokett den neuen Hut auf und geht ins Haus.*

DER ZWEITE LEIBWÄCHTER *vertraulich zu Mo Si:* Wie heißt du?

MO SI Ich bin Mo Si, der König der Ausredner.

DER ZWEITE LEIBWÄCHTER Gut. Wir haben da nämlich etwas nötig, nicht sehr, aber... Wie nennst du das, was ihr da macht?

MO SI Eine Formulierung?

DER ZWEITE LEIBWÄCHTER Jaaa. Der Chef, ja? Heiratet, ja? Glotz nicht, warum soll er nicht mit ihr? Ja? Aber das kann er eben nicht, ja? Ein Grinser, und du hast keine Zwiebel mehr, ja? Also, was sagt ihr? Komm mit und spuck es aus, ja? *Er führt ihn weg mit sich.*

*Die Kleiderlosen kommen mit großen Bündeln aus der Waffenschmiede. Dem einen fällt das Bündel auseinander. Es sind Gewehre und Säbel. Sie schauen erschrocken auf Sen, der jedoch lächelt und ihnen zuwinkt. Sie packen und gehen schnell weg.*

SEN Eh Feh, ich bin fertig mit dem Nachdenken. Gürte mir die Schuhe. Die Gedanken, die man hier kauft, stinken. Im Land herrscht Unrecht, und in der Tuischule lernt man, warum es so sein muß. Es ist wahr, man baut hier steinerne Brücken über die breitesten Flüsse. Aber darüber fahren die Mächtigen in die Faulheit, und die Armen wandern über sie in die Knechtschaft. Es ist wahr, es gibt eine Heilkunst. Aber die einen werden dazu geheilt, Unrecht zu tun, und die anderen, für sie zu schuften. Man verkauft Meinungen wie Fische, und so ist das Denken in Verruf gekommen. Er denkt, sagt man, was für eine Gemeinheit denkt er aus? Aber doch ist das Denken das Nützlichste und Angenehmste, was zu tun es gibt. Was ist nur mit ihm geschehen? Da ist freilich der Kai Ho, hier habe ich sein Büchlein. Ich weiß von ihm bisher nur, daß die Dummköpfe ihn einen Dummkopf, und die Schwindler ihn einen Schwindler nennen. Aber wo er war und gedacht hat, sind große Felder mit Reis und Baumwolle, und die Leute anscheinend froh. Wenn die Leute froh sind, wenn einer gedacht hat, Eh Feh, muß er gut gedacht haben, das ist das Zeichen. Wir werden nicht nach Hause gehen, Eh Feh, noch nicht. Auch wenn ich nicht überlebe, was ich jetzt zu studieren gedenke, gute Dinge sind teuer.

EH FEH Müssen sie mit Feuer und Schwert ausgetilgt werden, Großvater?

SEN Nein, es ist mit ihnen eher wie mit dem Boden. Man muß bestimmen, was man von ihm haben will, Hirse oder Unkraut. Und dazu muß man ihn haben.

EH FEH *mißmutig:* Wird es immer Tuis geben, auch wenn der Kai Ho die Felder verteilt hat?

SEN *lacht:* Nicht mehr allzu lange. Wir werden alle große Felder haben und also alle großen Studien betreiben können. Und wie wir die Felder bekommen, steht hier. *Sen zieht sein Büchlein heraus und schwingt es. Beide gehen nach hinten weg.*

*Aus der Wäscherei tritt Kiung.*

KIUNG *ruft ihnen nach:* Halt, Alter, dort ist deine Heimat! Du gehst die falsche Straße!

SEN Nein, ich denke, ich gehe die richtige, Kiung!

## 10

## Im alten Mandschutempelchen

*Hin und her marschieren, auf und wieder ab, kleine Trupps von bis an die Zähne bewaffneter Soldaten und Räuber, die Armbinden tragen.*

*Dazwischen kommt der Ministerpräsident und befragt Soldaten.*

DER MINISTERPRÄSIDENT Neue Meldungen über den Standort der Aufrührer?

HAUPTMANN Immer noch nicht.

DER MINISTERPRÄSIDENT Hat man den Kundschaftern erprobte Unteroffiziere beigegeben?

HAUPTMANN Jawohl, Exzellenz.

DER MINISTERPRÄSIDENT Den Unteroffizieren zuverlässige Leute vom Geheimdienst?

HAUPTMANN Jawohl, Exzellenz.

DER MINISTERPRÄSIDENT Und trotzdem keine Meldungen?

HAUPTMANN Nein, Exzellenz.

DER MINISTERPRÄSIDENT Ich bin von absoluter Zuversicht erfüllt, Herr Hauptmann.

HAUPTMANN Jawohl, Exzellenz.

*Ministerpräsident ab und danach die Soldaten. Auftreten der Kriegsminister und der Hoftui, der letztere ohne Tuihut.*

DER KRIEGSMINISTER Haben Sie schon den letzten Skandal gehört? Der Unsägliche soll eigenhändig einen kleinen Tui erschossen haben, den er zu Ihrer Kaiserlichen Hoheit geschickt hatte, ihr etwas zu erklären, und der zwei Stunden drin geblieben sein soll. Man sagt, er habe, als er herauskam, gewußt, wo die Baumwolle ist. Hahaha!

*Der Trupp Soldaten kehrt zurück.*

DER KRIEGSMINISTER Wiederholen Sie Ihre Instruktionen!

HAUPTMANN Der Besagte wird verhaftet unmittelbar vor der Zeremonie.

*Die beiden ab und danach die Soldaten. Auftritt mit einem Trupp Räubern in Prunkkleidung Gogher Gogh.*

GOGHER GOGH *zum ersten Leibwächter:* Wiederhole deinen Befehl.

DER ERSTE LEIBWÄCHTER Alle verhaften nach der Zeremonie.

GOGHER GOGH Dein Bruder hat heute früh bei mir Wache gehabt. Hast du ihn seither gesprochen? *Der erste Leibwächter schüttelt den Kopf.* Das ist gut. Er hat jemand erschossen. Laß ihn sofort vierteilen, verstanden? Und zwar muß die Trommel gerührt werden, damit man nicht hört, was er sagt.

DER ERSTE LEIBWÄCHTER Jawohl, Chef.

GOGHER GOGH *nimmt den Dolch seines Getreuen und steckt ihn sich in den Ärmel:* Ich werde ihn brauchen; in diesem Palast gibt es nur Hinterhältigkeit und Verrat. Noch etwas: unmittelbar nach der Verehelichung nimmst du den Mandschumantel und wirfst ihn mir über. Niemand wird es wagen, mich darin anzutasten, außer vielleicht ein völlig verkommener Mensch. Ich werde es diesem Schurken von einem Kaiser schon eintränken, daß man in der Gefahr nicht einfach den Koffer packt und mich den Kopf hinhalten läßt.

*Herein der Kaiser mit dem Kriegsminister und dem Ministerpräsidenten, gefolgt vom Hauptmann und seinen Leuten.*

DER KAISER Mein lieber Gogh, ich habe mich etwas verspätet. Ich muß noch einige äußerst strenge Maßnahmen unterschreiben, wie es ja in solchen Situationen üblich ist.

GOGHER GOGH Bitte, die Maßnahmen gegenzeichnen zu dürfen.

DER KAISER Wie? Ja, entgegenzeichnen, natürlich. Und da kommt auch schon die junge Braut.

*Herein Turandot mit dem Hoftui und ihren Mägden. Verbeugungen.*

TURANDOT Papa, ich habe eben einen sehr netten Menschen kennengelernt, den will ich heiraten. Ich meine nicht den Tui aus dem Teehaus gestern abend, der war auch intelligent, und ich nehme dir sehr übel, was du mit ihm gemacht hast, Gogher; du hast es nötig, ungefällig zu sein. Aber ich meine ihn nicht, sondern einen Offizier, der mir erklärt hat, wie der Palast geschützt werden soll, denn ich betrachte die Lage als sehr ernst, da darf keine Zeit mehr verloren werden. Darf ich ihn heiraten?

DER KAISER Nein.

TURANDOT Was heißt nein? Es handelt sich nicht um eine vorübergehende Verliebtheit, es ist tiefer. Jetzt kommt es auf die Verteidigung an, auf jeden Fußbreit. Er ist ein sehr guter Eidam für dich, versteht viel von Pferden. *Ein Offizier ist aufgetreten und versucht, sich dem Kriegsminister verständlich zu machen. Dieser weist ihn ab, da Turandot spricht.* Ein Heer ohne Reiterei, Papa...

DER KAISER Ich kann den Palast nicht durch Pferde verteidigen lassen. Wir schreiten jetzt zur Zeremonie.

*Offizier ab.*

TURANDOT Papa, das ist sehr verständnislos von dir. Du mußt das einsehen, Gogher. Es schmerzt dich einen Augenblick, aber das Leben geht weiter, und deine Kriegsverletzung ist ja bald ausgeheilt. Tue mir den einzigen Gefallen und sei nicht halsstarrig. Darf ich, Papa?

DER KAISER *barsch:* Ich habe dir gesagt, nein.

*Zu Gogher Gogh:* Natürlich, wenn Sie zurückzutreten wünschen…

GOGHER GOGH Majestät, Kaiserliche Hoheit. In historischer Stunde stehen wir mit bewegten Gefühlen vor dem Schrein des ersten Mandschukaisers. Ich bin ein einfacher Mann. Hohe Redensarten sind mir fremd. Aber Eure Majestät haben den Sohn des Volkes mit der Aufgabe betraut, den Thron zu schützen. Und Kaiserliche Hoheit haben mir Ihr Herz geschenkt. Es steht mir nicht an, ein solches Vertrauen nicht zu rechtfertigen, umsomehr als es in dieser schweren Zeit auf nichts ankommt als auf Vertrauen. Als Euer Majestät hochseliger Herr Bruder in unseliger Verblendung die Ehre der Kaiserlichen Familie aufs Spiel setzte, habe ich die betreffenden Lagerhäuser sofort mit eiserner Faust erfaßt und dadurch das Vertrauen des Volkes in einzigartiger Weise zurückgewonnen.

*Ein Offizier mit einem Verband um den Kopf sucht den Kriegsminister.*

DER OFFIZIER Der Kai Ho… am Tibetanischen Tor…

GOGHER GOGH *fährt nervös fort:* Ich gehe jetzt des längeren auf die Vorkommnisse der letzten Wochen ein. Es hat sich hier nicht nur um Baumwolle gehandelt, wie das einige meinten. Gewisse Personen, die von Morgen bis Abend von Baumwolle schwatzten und dadurch das Vertrauen des Volkes zu zerstören suchten, haben ihre verdiente Strafe erhalten. *Auf Wink des Kriegsministers ziehen die Soldaten ab.* Es ist meinem energischen Eingreifen zu verdanken, daß nunmehr Kaiser und Volk in nie dagewesener Einigkeit…

TURANDOT Papa, ich tu's nicht.

DER KAISER Du bist ruhig. Herr Gogh, eine Meldung besonderer Art läßt es angezeigt erscheinen, die Zeremonie baldmöglichst zu beenden, beziehungsweise zu verschieben.

GOGHER GOGH Das ist ausgeschlossen. Ich übernehme hiermit den Schutz Ihrer Person, sowie der Ihrer Kaiserlichen Hoheit.

DER KAISER Herr Kriegsminister…

DER KRIEGSMINISTER Meine Herren, die Lage hat sich offenbar verschlechtert. *Zum Kaiser:* Ich habe der Palastwache den Befehl erteilt, die Palasttore zu besetzen.

DER KAISER *während die Straßenräuber Gogher Goghs die Türen besetzen:* Was? Sie haben sie weggeschickt? Sie hatten Befehl…

GOGHER GOGH Schlüssel her! Wo ist der Tempelwächter?

DER ERSTE LEIBWÄCHTER Er muß weggelaufen sein. *Er rüttelt an der Tür zum Tempeleingang. Sie öffnet sich.* Nicht verschlossen!

*Von draußen Geschrei. Man sieht ins Innere des Tempelchens. Der Mantel des Mandschukaisers ist verschwunden.*

DER ERSTE LEIBWÄCHTER Verrat! Der Mantel ist weg.

DER KAISER Abgeschnitten.

DER MINISTERPRÄSIDENT Der Wächter ist verschwunden: er hat ihn gestohlen.

GOGHER GOGH Meine Herren, schreiten wir zur Eheschließung. Der kleine Vorfall bedeutet glücklicherweise nichts.

TURANDOT Es wird ihn eben gefroren haben, Papa.

DER KAISER Aber es war ein sehr schlechter Mantel, er war geflickt.

GOGHER GOGH Auch die schlechten sind heute rar, hätten Sie nicht die Baumwolle verschoben! Zur Eheschließung, meine Herren!

*Ferne Trommeln, Turandot schreit schrill auf.*

DER KAISER Das war Jau Jel, das war nicht ich.

*Jubel einer großen Menge.*

EIN SOLDAT Das wart ihr alle, und jetzt weg mit euch!

*Einakter*

# Die Kleinbürgerhochzeit

*Personen*

Der Vater der Braut · Die Mutter des Bräutigams · Die Braut · Ihre Schwester · Der Bräutigam · Sein Freund · Die Frau · Ihr Mann · Der junge Mann

*Eine geweißnete Stube mit einem großen rechteckigen Tisch in der Mitte. Darüber eine rote Papierlaterne. Neun einfache, breite Holzsessel mit Armlehnen. An der Wand: rechts eine Chaiselongue und links ein Schrank. Dazwischen eine Portierentür. Links hinten ein niederes Rauchtischchen mit zwei Sesseln. Links seitwärts eine Tür. Rechts seitwärts ein Fenster. Tisch, Stühle und Schrank sind unpoliert und naturfarben. Es ist Abend. Die rote Laterne brennt. Am Tisch sitzen die Hochzeitsgäste und essen.*

DIE MUTTER *trägt auf:* Das ist der Kabeljau. *Beifälliges Gemurmel.*

DER VATER Das erinnert mich an eine Geschichte.

DIE BRAUT Iß doch, Vater! Du kommst immer zu kurz.

DER VATER Noch die Geschichte! Dein seliger Onkel, der bei meiner Konfirmation, aber das ist eine andere Geschichte, also wir aßen Fisch, alle zusammen, und plötzlich verschluckt er sich, die verfluchten Gräten, gebt recht Obacht, er verschluckt sich also und fängt an, mit Händen und Füßen zu rudern.

DIE MUTTER Jakob, nimm das Schwanzstück!

DER VATER Zu rudern und blau zu werden wie ein Karpfen, ein Weinglas schlug er dabei um und erschreckte uns alle furchtbar, man klopfte ihm den Rücken, trommelt auf ihm herum, und er, er spuckte über die ganze Tafel. Das Essen konnte man nicht mehr essen – uns freute es, wir aßen's dann draußen allein, schließlich war ich der Konfirmand –, also über die ganze Tafel, und wie wir ihn glücklich wieder flott hatten, sagte er, mit so ganz tiefer, glücklicher Stimme, er hatte einen guten Baß und war in der Liedertafel, da gibt es auch eine kostbare Geschichte, also er sagte: –

DIE MUTTER Na, wie schmeckt der Fisch? Warum redet denn niemand?

DER VATER Ausgezeichnet! Also er sagte: –

DIE MUTTER Aber du hast ja noch keinen Bissen gegessen!

DER VATER Ja, jetzt esse ich. Also er sagte: –

DIE MUTTER Jakob, nimm noch ein Stück!

DER BRÄUTIGAM Mutter, Vater erzählt doch!

DER VATER Danke. Also der Kabeljau, ach so, er sagte: Kinder, jetzt hätt ich mich fast verschluckt. Und das ganze Essen war ungenießbar. *Man lacht.*

DER BRÄUTIGAM Sehr gut!

DER JUNGE MANN Er erzählt fabelhaft!

DIE SCHWESTER Aber Fisch esse ich jetzt nicht mehr.

DER BRÄUTIGAM Ja, Gänse essen nie Fische. Nur vegetarisch.

DIE FRAU Ist die Lampe eigentlich nicht fertig geworden?

DIE BRAUT Ina, tu das Messer weg bei Fisch!

DER MANN Lampen sind geschmacklos. Das sieht ganz gut aus.

DIE SCHWESTER Das ist viel romantischer.

DIE FRAU Ja, aber man hat es nicht.

DER FREUND Das ist das richtige Licht für einen Kabeljau!

DER JUNGE MANN *zur Schwester:* Finden Sie das? Sind Sie für das Romantische?

DIE SCHWESTER Ja. Sehr. Besonders für Heine. Der hat so ein süßes Profil!

DER VATER Starb an der Rückenmarkschwindsucht.

DER JUNGE MANN Eine schreckliche Krankheit!

DER VATER Ein Bruder vom Onkel des alten Weber hatte sie. Es war furchtbar, wenn er davon erzählte. Man konnte die Nacht darauf einfach nicht mehr schlafen. Also er sagte zum Beispiel ...

DIE BRAUT Aber, Vater, das ist doch so unanständig!

DER VATER Was?

DIE BRAUT Die Rückenmarkschwindsucht!

DIE MUTTER Schmeckt es dir, Jakob?

DIE FRAU Uns besonders. Heut nacht sollte man doch schlafen können!

DER FREUND *zum Bräutigam:* Prost, alter Kunde!

DER BRÄUTIGAM Prosit, allseits!

*Man stößt an.*

DIE SCHWESTER *zum jungen Mann, halblaut:* Bei dieser Gelegenheit!

DER JUNGE MANN Finden Sie es unpassend? *Sie reden leiser zusammen.*

DIE FRAU Hier riecht es so gut!

DER FREUND Einfach berauschend!

DIE MUTTER Der Bräutigam hat eine halbe Flasche Eau de Cologne gestiftet.

DER JUNGE MANN Es riecht ausgezeichnet. *Redet mit dem jungen Mädchen.*

DIE FRAU Ist es wahr, daß ihr alle Möbel selber gemacht habt, auch den Schrank?

DIE BRAUT Alles. Mein Mann hat es entworfen, gezeichnet, die Bretter gekauft, gehobelt, alles, und dann geleimt, also alles, und es sieht doch ganz gut aus.

DER FREUND Es sieht glänzend aus. Wo du nur die Zeit hergenommen hast!

DER BRÄUTIGAM Abends, mittags, manchmal mittags, aber das meiste morgens.

DIE BRAUT Er ist jeden Tag um fünf Uhr aufgestanden. Und hat gearbeitet!

DER VATER Das ist ein gutes Stück Arbeit. Ich sagte immer, ich gebe auch die Einrichtung. Aber er wollte nicht. Das war wie mit Johannes Segmüller. Der hatte nämlich...

DIE BRAUT Es sollte eben alles selber gemacht sein. Nachher zeigen wir euch die anderen Möbel.

DIE FRAU Aber ob es sich auch hält!

DIE BRAUT Länger als Sie und wir alle! Man weiß doch, was daran ist! Auch den Leim hat er selber gemacht.

DER BRÄUTIGAM Auf das Lumpenzeug in den Läden kann man sich ja nicht verlassen!

DER MANN Es ist eine gute Idee. Man verwächst dann mehr mit den Sachen. Gibt auch besser darauf acht. Ich wollte – *zur Frau* –, du hättest unsere Sachen selber gemacht.

DIE FRAU Ja, natürlich ich, nicht du! So ist er!

DER MANN Ich habe es nicht so gemeint. Das weißt du!

DER VATER Die Geschichte mit Johannes Segmüller war sehr komisch.

DIE BRAUT Also ich kann an deinen Geschichten wirklich niemals etwas Komisches entdekken!

DIE SCHWESTER Sei nicht roh, Maria!

DER BRÄUTIGAM Ich finde, Vater erzählt großartig!

DER FREUND Famos! Besonders, wenn Sie die Pointen herausbringen!

DIE BRAUT Aber so lang!

DER BRÄUTIGAM Unsinn!

DER FREUND Prägnant! Einfach! Plastisch!

DIE FRAU Und wir haben ja Zeit!

DIE MUTTER *kommt herein:* Jetzt kommt die Nachspeise.

DER VATER Ich könnte sie ganz kurz erzählen, in einigen Worten, es sind vielleicht sechs, sieben Sätze, nicht mehr...

DER FREUND Also das riecht schon ganz ambrosisch!

DIE MUTTER Das ist Pudding mit Schlagsahne.

DER FREUND Ich kann schon bald nicht mehr!

DIE MUTTER Nimm das Stück, Jakob! Aber nimm nicht zuviel Sahne! Die ist ein wenig knapp. So, laßt es euch schmecken!

DIE SCHWESTER Schlagsahne esse ich für mein Leben gern.

DER JUNGE MANN Wirklich?

DIE SCHWESTER Ja. Man muß sich den ganzen Mund mit vollstopfen! Dann ist es, als ob man keine Zähne mehr hat!

DER BRÄUTIGAM Vater, noch mehr Sahne?

DER VATER Sachte! Sachte! Johannes Segmüller zum Beispiel sagte immer: –

DIE BRAUT Die Sahne ist gut. Mutter, da mußt du mir das Rezept sagen!

DER BRÄUTIGAM So gut wie du, Mutter, kann sie doch nie kochen!

DIE MUTTER Es sind auch drei Eier dran!

DIE BRAUT Wenn man soviel Sachen hineintut!

DIE SCHWESTER Aber das muß man halt! Sonst wird es nichts.

DIE FRAU Besonders Eier!

DER FREUND *lacht meckernd und verschluckt sich:* Eier, hehehe, Eier, das ist, hehehe, sehr gut... Eier sind sehr gut, ausgezeichnet; sonst, hehehe, sonst wird's nichts, hehehe, es ist ganz ausgezeichnet..., hehehe.

*Da niemand mitlacht, hält er etwas rasch ein und ißt hastig.*

DER BRÄUTIGAM *klopft ihm auf den Rücken:* Na, was hast du denn?

DIE SCHWESTER Na, Eier sind doch gut!

DER FREUND *fängt wieder an:* Sehr gut! Ausgezeichnet! Gegen Eier sage ich gar nichts!

DER VATER Ja, Eier. Mir gab deine selige Mutter mal eins mit auf die Reise. Ich frage: Ist es auch hart? Steinhart! sagt sie. Na, ich glaube ihr und packe das Ei ein. Ich war noch nicht...

DIE BRAUT Bitte, Vater, die Schlagsahne!

DER VATER Hier! Noch nicht...

DIE FRAU *schelmisch:* Habt ihr die Betten eigentlich auch selber gemacht?

DER BRÄUTIGAM Ja, aus Nußbaumholz!

DIE BRAUT Sie sehen sehr gut aus!

DIE SCHWESTER Bloß ein bißchen breit, finde ich.

DIE FRAU Das kommt daher, wenn man sie selber macht...

DER MANN Du hast sie ja noch nicht gesehen...

DER VATER Ich hätte ganz gute Betten für euch gehabt. Es sind sogar Erbstücke. Sie haben Altertumswert. Und massiv sind sie auch.

DER FREUND Ja, früher wußte man, was man tat.

DER JUNGE MANN Das waren aber auch andere Leute.

DER VATER Andere Leute, andere Betten, sagte Fritz Forst, der überhaupt sehr originell war.

Einmal zum Beispiel kam er in die Kirche, als der Pastor schon...

DIE MUTTER *kommt herein:* Jetzt kommt das Gebäck. Den Wein mußt du mir tragen helfen, Maria!

DER BRÄUTIGAM Jetzt kommt also die Spülung!

DER VATER Halt, da gibt es eine Geschichte von Wasserklosetts. Die muß ich zuerst erzählen! Als die eingeführt wurden...

DER BRÄUTIGAM Trink mal erst von dem Wein, Vater! Der hält die Zunge feucht!

*Man schenkt ein.*

DER FREUND Schon die Farbe, das ist großartig! Und diese Blume!

DIE MUTTER Was redet ihr denn immer miteinander, Kinder?

DIE SCHWESTER *fährt zurück:* Wir? Oh, nichts! Er sagte nur...

DER MANN *zum jungen Mann:* Warum treten Sie mich eigentlich seit drei Minuten so ausdauernd? Ich bin doch kein Blasbalg!

DER JUNGE MANN Entschuldigen Sie, ich dachte...

DER MANN Ja, dachten Sie, das macht nichts, wenn man etwas denkt. Aber nicht gerade mit den Füßen!

DIE MUTTER Gib dein Glas, Jakob!

DIE FRAU Willst du nicht lieber trinken, als deine Weisheit zum besten geben? Deine Weisheit! Und sonst trinkst du doch auch so unmäßig!

*Stille.*

DER FREUND Aber Sie wollten von den Erbstücken reden, Sie wurden unterbrochen!

DER VATER Ja, von den Betten! Ich danke Ihnen, besten Dank! Darin ist nicht nur ein Glied unserer Familie gestorben, Maria!

DER BRÄUTIGAM Nun, jetzt wollen wir auf die Lebenden anstoßen, Vater! Prosit!

ALLE Prosit!

DER MANN *erhebt sich:* Meine lieben Freunde!

DIE FRAU Wenn du etwas halten willst, halte deinen Mund!

DER MANN *setzt sich.*

DER FREUND Warum reden Sie denn nicht? Es war doch nur ein Scherz von Ihrer lieben Frau!

DIE FRAU Er versteht keinen Scherz!

DER MANN Es ist mir wieder entfallen. *Trinkt.*

DER JUNGE MANN *erhebt sich.*

DIE FRAU Pst!

DIE MUTTER Jakob, knöpf die Weste wieder zu, das schickt sich nicht!

*In diesem Augenblick fangen draußen Kirchenglocken zu läuten an.*

DIE SCHWESTER Die Glocken läuten, Herr Mildner! Jetzt müssen Sie sprechen!

DER FREUND Hören Sie mal! Das klingt ausgezeichnet! Direkt weihevoll!

DIE SCHWESTER *zum Bräutigam, der ißt:* Pst!

DIE BRAUT Laß ihn doch hinunteressen!

DER JUNGE MANN *steht hoch aufgerichtet:* Wenn zwei junge Menschen in die Ehe treten, die reine Braut und der in den Stürmen des Lebens gereifte Mann, dann singen, heißt es, die Engel im Himmel! Wenn die junge Braut – *zur Braut gewandt* – zurückschaut auf die schönen Tage ihrer Kindheit, dann mag sie wohl eine leise Wehmut beschleichen, denn nun tritt sie hinaus ins Leben, ins feindliche Leben – *die Braut schluchzt* –, freilich an der Seite des erprobten Mannes, der nun einen Hausstand gegründet hat, mit eigener Hand, in unserem Falle wörtlich zu nehmen, um nun mit der Erwählten seines Herzens Freud und Leid zu tragen. Deshalb laßt uns trinken auf das Wohl dieser beiden edlen, jungen Menschenkinder, die heute einander zum erstenmal gehören sollen – *die Frau lacht* –, und dann für alle Ewigkeit! Zugleich laßt uns aber zu ihrer Ehre das Lied: »Es muß ein Wunderbares sein« von Liszt singen. *Er fängt an, da aber niemand mitsingt, setzt er sich bald.*

*Stille.*

DER FREUND *halblaut:* Es ist unbekannt. Aber gesprochen war es gut.

DIE SCHWESTER Einzig! Wie Sie reden! Wie ein Buch!

DER MANN Es ist Seite 85, für Hochzeiten! Gut auswendig gelernt.

DIE FRAU Schäme dich!

DER MANN Ich?

DIE FRAU Ja, du!

DER FREUND Der Wein ist prachtvoll.

*Es hört zu läuten auf.*

*Man erholt sich.*

DER VATER Ja, ich wollte von dem Bett erzählen.

DIE BRAUT Ach, das kennen wir doch!

DER VATER Das, wie dein Großonkel August starb?

DIE BRAUT Ja, ja.

DER BRÄUTIGAM Wie starb eigentlich dein Großonkel August?

DER VATER Nein, jetzt habt ihr mir die Geschichte mit den Eiern gestrichen, dann die mit den Wasserklosetts, obwohl die gut ist, und die von Forst ebenfalls, von Johannes Segmüller will ich gar nichts sagen, die ist wirklich etwas lang, aber auch nicht länger als höchstens zehn Minuten, na, vielleicht kann ich sie später noch... Also: –

DIE MUTTER Schenk frisch ein, Jakob!

DER VATER Onkel August starb an Wassersucht!

DER MANN Prosit!

DER VATER Prosit! Wassersucht. Erst war es nur der Fuß, eigentlich nur die Zehen, aber dann bis zum Knie, das ging schneller als das Kinderkriegen, und da war schon alles schwarz. Der Bauch war auch aufgetrieben, und obgleich man tüchtig abzapfte...

DER MANN Prosit!

DER VATER Prost, prost! ...abzapfte, es war schon zu spät. Dann kam noch die Sache mit dem Herz dazu, die beschleunigte alles. Er lag also in dem Bett, das ich euch geben wollte, und stöhnte wie ein Elefant, und so sah er auch aus, ich meine die Beine! Da sagte seine Schwester, eure Großmutter, zu ihm in seiner letzten Not, es war gegen Morgen zu, das Zimmer sei schon grau gewesen, ich glaube übrigens, sogar die Gardinen sind noch da, also sie sagte: August, willst du einen Priester? Er sagte nichts, sondern sah zur Decke – das tat er seit sieben Wochen, solang dauerte es schon, seit er sich nicht mehr auf die Seite legen konnte – und sagte: Hauptsächlich ist es der Fuß. Dann stöhnte er wieder. Aber Mutter ließ nicht los, denn sie war der Ansicht, es handle sich um eine Seele, und darum sagte sie nach einer guten halben Stunde: August, willst du also einen Priester? Aber der Onkel hörte nicht einmal hin, und Vater, der dabeistand, sagte zur ihr: Laß ihn. Er hat Schmerzen. Vater war sehr weich. Aber sie wollte nicht, schon wegen der Seele, und eigensinnig sind sie alle, und fing wieder an: August, es ist wegen deiner unsterblichen Seele. Da, Vater erzählte es später, sah der Onkel von der Wand weg nach links, wo sie standen, so daß er schielen mußte, und dann sagte er etwas, was ich nicht sagen kann hier. Es war etwas derb, wie Onkel August überhaupt. Ich kann wirklich nicht..., allerdings, die Geschichte... Ich muß es doch sagen, sonst ist es unverständlich. Er sagte: Leckt mich am..., na, ihr wißt schon. Als er das gesagt hatte, mit Mühe, das kann man sich denken, starb er. Das ist verbürgt. Das Bett ist noch da, ich stelle es übrigens auf dem Boden für euch bereit, ihr könnt es noch abholen. *Trinkt.*

*Stille.*

DIE SCHWESTER Jetzt habe ich keinen Durst mehr.

DER FREUND Man darf das alles nicht so nehmen, Fräulein. Na, prost! Es ist nur eine sehr schöne Geschichte.

DIE BRAUT *zum Bräutigam, leise:* Also, daß er uns dies ordinäre Gewäsch nicht ersparen konnte!

DER BRÄUTIGAM Laß ihm doch die Freude!

DER JUNGE MANN Die Beleuchtung finde ich großartig!

DIE MUTTER Jakob, schneid das Gebäck nicht!

DER VATER Sollen wir nicht mal deine Möbel ein bißchen angucken?

DIE BRAUT Das könnt ihr.

DER FREUND Hauptsache ist, daß die Stühle so breit sind. Da haben zwei Platz.

DIE FRAU Ein bißchen dünn sind die Füße!

DER JUNGE MANN Dünne Füße – das ist rassig!

DIE FRAU Woher wissen Sie denn das?

DIE MUTTER Jakob, kannst du das Gebäck nicht mit der Hand essen?

DIE FRAU *steht auf, geht herum:* Das ist die Chaiselongue. Breit wäre sie genug, aber diese Art Polsterung oben ist unpraktisch. Na, dafür, daß sie selber gemacht ist...

DIE BRAUT *steht auf:* Der Schrank ist doch hübsch? Besonders das Eingelegte! Ich weiß nicht, andere Leute haben da gar keinen Sinn dafür. Man legt ein Stück Geld hin und nimmt ein Stück Möbel, wie, na, eben wie ein Stück Möbel, ohne Seele und ohne alles, nur eben um 'n Stück Möbel zu haben. Wir haben doch unsere eigenen Sachen, es klebt Schweiß daran und Liebe zu den Sachen, es ist eben selbst gemacht!

DER MANN Frau, geh her und setz dich!

DIE FRAU Was heißt das?! Ich möchte ihn gern innen sehen!

DER MANN Man schaut den Leuten doch nicht in den Schrank!

DIE FRAU Ich meinte ja bloß. Aber du weißt ja immer alles besser. Na, dann eben nicht. Von außen ist der Schrank ja nun wirklich nicht so überwältigend, diese Einlagen hat man jetzt doch gar nimmer, jetzt hat man Glas mit bunten Vorhängen – aber innen kann er ganz gut sein, und das wollte ich eben sehen.

DER MANN Ja, also und jetzt setzt du dich!

DIE FRAU Sagst du es in dem Ton? Du hast schon wieder zuviel getrunken! Ich will dir Wasser hineintun, du verträgst es nicht.

DER BRÄUTIGAM Aber wenn Sie ihn sehen wollen, bitte, Ihr Interesse freut mich. Hier ist der Schlüssel. Maria, mach auf!

DIE BRAUT Ja, jetzt weiß ich nicht... ist das wirklich der Schlüssel? Er dreht sich nicht.

DER BRÄUTIGAM Gib her, du mußt es noch lernen. Ich habe das Schloß selber eingebaut. *Er versucht es.* Verflucht! Na! Sackerment! *Wütend:* Verreck!

DIE BRAUT Siehst du, du bringst auch nicht auf!

DER BRÄUTIGAM Vielleicht ist das Schloß überdreht. Ich verstehe es nicht.

DIE FRAU Vielleicht ist nicht soviel drinnen. Dann lohnt es sich gar nicht. Es ist gewiß recht mühevoll, das Schloß aufzubringen an diesem Schrank. Das ist ein Nachteil von dem Schrank!

DER MANN *drohend:* Setz dich her! Ich höre nicht mehr lang zu!

DIE SCHWESTER Ach nein, jetzt stehen wir schon, wollen wir nicht etwas tanzen?

DER JUNGE MANN Ja, das wollen wir! Wir rükken den Tisch beiseite!

DER BRÄUTIGAM Tanzen ist gut! Aber wer macht Musik?

DER FREUND Ich kann Gitarre spielen. Sie steht noch auf dem Flur. *Holt sie.*

*Alle stehen auf. Der Vater und der Mann gehen nach links und setzen sich dort nieder. Sie rauchen. Der Bräutigam und der junge Mann heben den Tisch hoch und rücken ihn nach rechts.*

DER JUNGE MANN Stellen Sie ihn vorsichtig nieder!

DER BRÄUTIGAM Das ist nicht nötig. Es muß auch unsanft gehen! *Stellt ihn hart nieder. Ein Bein verrenkt sich.* So, jetzt tanzen wir!

DER JUNGE MANN Sehen Sie, jetzt ist das Bein kaputt! Hätten Sie ihn sanfter niedergestellt!

DIE BRAUT Was ist kaputt?

DER BRÄUTIGAM O nichts, eine Kleinigkeit! Jetzt wird getanzt!

DIE BRAUT Daß du aber auch nicht aufpassen kannst!

DIE FRAU Sie sollten immer an den Schweiß denken, der dran hängt! Aber vielleicht wäre guter Leim doch besser gewesen!

DER BRÄUTIGAM Sie haben eine scharfe Zunge! Darf ich mit Ihnen tanzen?

DIE FRAU Wollen Sie das nicht mit Ihrer Frau tun, das erste Mal?

DER BRÄUTIGAM Natürlich. Komm, Maria!

DIE BRAUT Nein, ich möchte gern mit Herrn Hans tanzen!

DIE SCHWESTER Mit wem soll ich dann tanzen?

DIE BRAUT *zum Mann:* Tanzen Sie nicht?

DER MANN Nein. Sonst pfeift meine Frau.

DIE SCHWESTER Sie sollten aber doch tanzen. Sonst muß ich zusehen!

DER MANN Es ist aber nicht recht, da ich nicht will! *Steht auf, reicht ihr den Arm.*

DER FREUND *mit der Gitarre auf der Chaiselongue:* Ich kann einen Walzer spielen. *Fängt an.*

*Es tanzen: der Bräutigam mit der Frau, die Braut mit dem jungen Mann, die Schwester mit dem Mann der Frau.*

DIE FRAU Schneller! Schneller! Das geht wie ein Karussell!

*Man tanzt ziemlich rasch, dann Schluß.*

DIE FRAU Das war rassig. Man tanzt nicht übel! *Setzt sich mit Aplomb auf die Chaiselongue. Es knackst. Frau und Freund springen auf.*

DER FREUND Es hat geknackst.

DIE FRAU Es wird etwas kaputt daran sein. Und ich bin schuld!

DER BRÄUTIGAM Oh, das macht nichts! Ich repariere es.

DIE FRAU Nun, Sie verstehen die Möbel ja. Das ist die Hauptsache.

DIE BRAUT Es ist Ihnen wohl zu schnell gegangen, da Sie so niederfielen?

DIE FRAU Ja, Ihr Mann hat einen guten Schwung!

DIE SCHWESTER Hat es Ihnen nicht gefallen?

DER MANN Heut hat es mir gefallen. Ja.

DIE FRAU Du solltest auf dein Herzleiden besser achtgeben!

DER MANN Hast du Angst?

DIE FRAU Es geht immer an mir hinaus.

DER BRÄUTIGAM Vielleicht setzen wir uns wieder.

DIE BRAUT *zum Freund:* Sie spielen wundervoll!

DER FREUND Wenn man Ihnen beim Tanzen zuschaut!

DER BRÄUTIGAM Geh, schwatz nicht! Setzen wir uns! Wie hat Ihnen das Tanzen gefallen?

DER JUNGE MANN Sehr gut, aber wollen wir nicht noch mal?

DER BRÄUTIGAM Nein.

DER VATER Kann man noch Wein haben? Da plaudert sich's besser.

DER BRÄUTIGAM Jetzt stellen wir den Tisch wieder in die Mitte.

*Tut es mit dem jungen Mann.* Aber passen Sie diesmal auf! *Die Mutter bringt Wein. Man setzt sich, indem man die Stühle zurückschiebt.*

DIE FRAU Singen Sie doch etwas, ich höre so gern zu!

DER FREUND Singen kann ich nicht gut.

DER BRÄUTIGAM Das ist nicht nötig. Sing nur, daß eine Unterhaltung da ist!

DIE FRAU Mein Mann singt mitunter. Er spielt auch die Gitarre.

DER JUNGE MANN Ja, spielen Sie!

DIE FRAU Hier ist die Gitarre!

DER MANN Ich kann nichts mehr.

DIE SCHWESTER Spielen Sie!

DER MANN Wenn ich steckenbleibe...

DIE FRAU Das tust du immer.

DIE SCHWESTER Nur eins!

DER MANN Eins kann ich vielleicht noch.

DIE FRAU Früher spielte er immer, aber seit wir zusammen sind, hat er es aufgegeben. Er langweilt mich mit Hingebung. Früher konnte er eine Menge Lieder, dann vergaß er einen Haufen und konnte immer weniger, er blieb immer häufiger stecken, als habe er den Marasmus, und zuletzt konnte er nur mehr eins. Das kannst du jetzt singen!

DER MANN Ja, das singe ich. *Er akkordiert und fängt frisch an:* Der Spuk zu Liebenau, hört an! Der hat gar manchen...

*Bleibt stecken.* Der hat gar manchen... Ich weiß nicht..., jetzt habe ich auch das Lied vergessen..., es war das letzte...

DIE FRAU Marasmus!

DER BRÄUTIGAM Es macht nichts. Ich kann überhaupt nicht singen.

DER JUNGE MANN Wollen wir dann nicht ein wenig tanzen?

DER FREUND Ja, tanzen wir! Jetzt möchte ich auch tanzen. So einen Walzer spielen können Sie doch! A-Dur und Septime. Bitte, Frau Maria, diesmal komme ich an die Reihe!

DIE FRAU Aber ich will nicht mehr.

DER BRÄUTIGAM Dann schauen wir zu.

DER VATER Maria tanzt gut.

*Braut und Freund tanzen.*

DER MANN *zupft die Gitarre:* A-Dur, das geht so.

DER FREUND *wild:* Sie tanzen herrlich. Schneller.

DER BRÄUTIGAM Fallt nur nicht um!

DIE FRAU *zum Bräutigam:* So darf ich nicht tanzen.

DIE SCHWESTER Können Sie's?

DIE FRAU Das kommt auf den Mann an.

DER FREUND *aussetzend:* Das geht ins Blut. Hier hast du deine Frau. Sie tanzt rassig. Aber kann ich was trinken?

DER VATER Aber wollen wir uns nicht wieder um den Tisch setzen? So kann man gar nicht reden.

DER BRÄUTIGAM Ja, setzt euch! *Zur Braut, leiser:* Oder willst du weiter tanzen?

DIE BRAUT So, jetzt ändern wir die Tischordnung. *Zum Freund:* Setzen Sie sich hierher! Wollen Sie – *zur Frau* – sich nicht dorthin setzen! *Die Frau setzt sich neben den Bräutigam.* Vater, du sitzt oben.

DER BRÄUTIGAM *entkorkt Flaschen:* Jetzt trinken wir! Auf das Wohl der Gemütlichkeit!

DER JUNGE MANN Im eigenen Heim!

DER FREUND Selbstgemacht!

DER VATER Prost! Als du noch den Rock bis zu den Knien hattest, Maria, bekamst du einmal Wein zu trinken. Deinem Großvater machte es Freude. Er wollte, du solltest tanzen, aber du schliefst nur ein.

DIE FRAU Dann trinken Sie heut lieber nicht! Wie?

DER MANN Ich habe nie jemand so gut tanzen sehen!

DER FREUND Jetzt bin ich in guter Stimmung. Bisher war es etwas steif hier. Aber sonst wundervoll. *Erhebt sich.* Was ist das? *Sieht auf den Stuhl.* Ich bin hier etwas hängengeblieben.

DIE BRAUT Und haben Sie sich weh getan?

DER FREUND Es ist ein Holzspreißel.

DER BRÄUTIGAM Es macht nichts.

DER FREUND Ja, dem Stuhl. Es war allerdings meine beste Hose.

DER BRÄUTIGAM Die hattest du eigens mir zur Ehre angezogen?

DER FREUND Ja, aber jetzt singe ich.

DER BRÄUTIGAM Das mußt du nicht, wenn du's nicht gern tust.

DER FREUND *holt die Gitarre:* Ich tu es gern.

DER BRÄUTIGAM Ich meine, wenn du verstimmt bist...

DER FREUND Ich bin nicht verstimmt.

DER BRÄUTIGAM Wegen der Hose...

DER FREUND Das war für den Tanz.

DER VATER Es gibt eine Vorsehung. Forst sagte das auch!

DER FREUND *singt die »Keuschheitsballade in Dur«:*

Ach, sie schmolzen fast zusammen
Und er fühlte: sie ist mein.
Und das Dunkel schürt die Flammen.

Und sie fühlte: wir sind allein.
Und er küßte ihr die Stirne
Denn sie war ja keine Dirne
Und sie wollte keine sein.

Oh, das süße Spiel der Hände!
Oh, ihr Herz ward wild wie nie!
Daß er die Kurasche fände
Betet er und betet sie.
Und sie küßte ihm die Stirne
Denn sie war ja keine Dirne
Und sie wußte nur nicht wie...

Und um sie nicht zu entweihen
Ging er einst zu einer Hur
Und sie lernte ihm das Speien
Und die Feste der Natur.
Immerhin ihr Leib war Lethe
Bisher war er kein Askete
Jetzt erst tat er einen Schwur.

Um zu löschen ihre Flammen
Die er schuldlos ihr erregt
Hängt sie sich an einen strammen
Kerl, der keine Skrupel hegt.
(Und der haute sie zusammen
Auf die Treppe hingelegt.)
Immerhin, sein Griff war Wonne
Und sie war ja keine Nonne
Jetzt erst war die Gier erregt.

Und er lobte sein Gehirne
Daß es klug gewesen sei:
Als er sie nur auf die Stirne
Einst geküßt im sel'gen Mai –
Er als Mucker, sie als Dirne
Sie gestehn, Scham auf der Stirne:
Es ist doch nur Sauerei.

DIE FRAU *lacht.*

DER BRÄUTIGAM Ich kenne es. Eines deiner besten Lieder. *Zur Frau:* Gefällt es Ihnen? Aber ich will Wein holen!

DER FREUND Ja, es ist gut. Besonders die Moral! *Zur Braut:* Gefällt es Ihnen?

DIE BRAUT Ich habe es vielleicht nicht verstanden.

DIE FRAU Auf Sie zielt es auch nicht.

DER VATER *unruhig:* Wo ist denn Ina?

DIE BRAUT Ich weiß doch nicht...

DER BRÄUTIGAM Herr Mildner fehlt auch. Warum war der überhaupt geladen?

DIE BRAUT Er ist der Sohn unserer Hausleute.

DER BRÄUTIGAM Also ein Lakai.

DIE BRAUT Sie sind sicher hinausgegangen.

DER VATER Es ist ganz gut, dann haben sie das Lied nicht gehört. Aber jetzt sieh mal nach, Maria!

DIE FRAU Vielleicht haben die es verstanden!

DER MANN Ihre Frau Mutter ist ja auch in der Küche.

DER BRÄUTIGAM Ja, sie macht Creme.

DIE BRAUT *gedämpft zu ihm:* Das war eine Zote.

DER BRÄUTIGAM Nachdem du mit ihm so getanzt hast.

DIE BRAUT Ich schäme mich.

DER BRÄUTIGAM Wegen des Tanzes?

DIE BRAUT Nein, wegen deiner Freundschaften! *Ab.*

DER FREUND Jetzt bin ich in ausgezeichneter Stimmung. Wenn ich getrunken habe, bin ich wie der liebe Gott.

DER BRÄUTIGAM Du hättest sagen sollen, wenn der liebe Gott getrunken hat, dann ist er wie ein Sekretär!

DER FREUND *lacht etwas gereizt:* Das ist sehr gut. Sonst hast du nicht so viel Geist!

DER MANN Da fällt mir eine Anekdote ein: Der liebe Gott wollte einmal inkognito spazierengehen. Aber weil er vergessen hatte, seine Krawatte anzuziehen, wurde er erkannt und in ein Irrenhaus gebracht.

DER FREUND Das hätten Sie ganz anders erzählen müssen! Schade um die Pointe!

DER VATER Das ist gut, aber der Josef Schmidt kam wirklich in ein Irrenhaus. Das kam nämlich so:...

*Schwester, Braut und der junge Mann kommen herein.*

DIE SCHWESTER Wir haben Mutter bei der Creme geholfen.

DER BRÄUTIGAM Es macht nichts, wir sind in sehr guter Stimmung. Hier werden Anekdoten erzählt.

DER JUNGE MANN Die Creme wird ausgezeichnet.

DIE FRAU Wird sie auf dem Herd gemacht?

DIE SCHWESTER Nein. Wir machen Creme nicht auf dem Herd.

DIE FRAU Ich meinte nur, ihr würdet sagen, Creme würde auf dem Herd gemacht, weil ihr so rote Köpfe habt! *Lacht, wirft sich in den Stuhl. Er kracht.* Oh! *Steht auf.*

DER FREUND Ist etwas kaputtgegangen?

DIE FRAU Ich fürchte, der Stuhl...

DER BRÄUTIGAM Das ist ausgeschlossen. Da

können Sie drauf vor Vergnügen sich rumwälzen. Ich habe Dreizentimeterstifte verwendet.

DIE FRAU Aber ich traue mich nicht mehr, mich zu setzen. Ich gehe zur Chaiselongue.

DIE SCHWESTER Da waren Sie vorhin schon. Da ist ein Bein ab.

DER FREUND *langt an ihrem Stuhl herunter:* Da ist wirklich was nicht in Ordnung. Ein Spreißel ist es diesmal nicht. Aber Sie sollten doch auf die Kleider achtgeben!

DER BRÄUTIGAM *tritt herzu:* Ja, das ist der Stuhl, bei dem hapert es ein bißchen. Da haben die Stifte nicht gelangt. Ich wußte nicht, daß es der Stuhl ist, sonst hätte ich Sie gebeten, sich woanders hinzusetzen!

DIE BRAUT Dann wäre es der Stuhl gewesen!

DER MANN Hier ist noch ein Stuhl frei!

*Stille.*

DIE MUTTER Hier ist die Creme! Und der Glühwein!

DER FREUND Das ist großartig! Und Glühwein! *Räkelt sich.* Das war nur die Armlehne. Und zerrissen habe ich mir auch nichts! Trinken wir! *Die Armlehne ist zerbrochen.*

DER BRÄUTIGAM Jetzt wird es gemütlich. Prosit!

ALLE Prost!

DER BRÄUTIGAM *zur Mutter:* Das ist auf dein Wohl, Mutter!

DIE MUTTER Ja, aber verschütte nicht den Wein auf deine schöne Weste, du hast schon einen Flecken!

DER VATER Weil wir von Stühlen reden... Rosenberg & Co. hatte in seinem Kontor immer solche Stühle für die Kunden, wo die Sitze so niedrig waren, daß die Knie so hoch waren wie der Kopf. Das machte einen so mürb, daß Rosenberg & Co. davon reich wurde. Er kaufte ein besseres Haus, eine schönere Einrichtung, aber die Stühle behielt er. Er sagte stets mit Rührung: Mit so schlichtem Mobiliar habe ich angefangen. Das will ich nie vergessen, daß ich nicht hochmütig werde und Gott mich nicht straft.

DIE FRAU Schließlich wollte ich doch nicht, daß die Stühle kaputtgingen. Ich kann doch nicht dafür!

DER MANN Es hat doch niemand was gesagt.

DIE FRAU Eben darum. Jetzt soll ich die Schuld haben.

DER FREUND Es ist ein Mißton hereingekommen. Soll ich was zur Gitarre singen?

DER BRÄUTIGAM Wenn du nicht müd bist?

DER FREUND Von was denn?

DER BRÄUTIGAM Vom Tanzen und Trinken. Du hast doch die Magenkrankheit.

DER FREUND Ich habe keine Magenkrankheit.

DER BRÄUTIGAM Du nimmst doch immer Natron.

DER FREUND Aber deswegen bin ich noch lange nicht krank.

DER BRÄUTIGAM Na, es war ja nur Fürsorge von mir.

DER FREUND Ich danke dir dafür. Aber ich bin nicht müd.

*Pause.*

DER JUNGE MANN Haben Sie auch das Stück »Baal« im Theater gesehen?

DER MANN Ja, es ist eine Sauerei.

DER JUNGE MANN Aber es ist Kraft darinnen.

DER MANN Es ist also eine kraftvolle Sauerei. Das ist schlimmer als eine schwache. Wenn einer ein Talent zu Schweinereien hat, ist das etwa entschuldigend? Sie gehören überhaupt nicht in so ein Stück!

*Stille.*

DER VATER Bei den Modernen wird das Familienleben so in den Schmutz gezogen. Und das ist doch das Beste, was wir Deutsche haben.

DER FREUND Das ist allerdings wahr.

*Pause.*

DER BRÄUTIGAM So. Jetzt seid aber mal lustig! Ich habe nicht alle Tage Hochzeit. Trinkt und sitzt nicht so steif da! Ich ziehe zum Beispiel meinen Rock aus! *Er tut es.*

*Pause.*

DER FREUND Kann man hier Karten haben? Dann könnten wir Tarock spielen.

DER BRÄUTIGAM Die sind in dem Schrank.

DIE FRAU Der nicht aufgeht.

DER FREUND Vielleicht mit einem Stemmeisen!

DIE BRAUT Das ist doch nicht Ihr Ernst?

DER FREUND Einmal müßt ihr ihn ja doch aufmachen...

DIE BRAUT Aber nicht heut.

DER BRÄUTIGAM Um Karten zu holen.

DER FREUND *brutal:* Na, dann sagt mal, was man noch hier tun soll!

DIE FRAU Jetzt können wir ja die anderen Möbel besichtigen!

DER BRÄUTIGAM Das ist ein Einfall! Ich gehe gleich voraus.

*Alle erheben sich.*

DIE SCHWESTER Ich würde lieber hier sitzen bleiben!

DIE BRAUT Allein? Das gibt es nicht.

DIE SCHWESTER Und warum nicht?

DIE BRAUT Weil es Grenzen gibt.
DIE SCHWESTER Dann kann ich's ja sagen, ich wollte nicht aufstehen, weil der Stuhl kaputt ist.
DIE BRAUT Warum hast du ihn kaputtgemacht?
DIE SCHWESTER Er ging von selbst.
DER FREUND *befühlt den Stuhl:* Wenn man ruhig draufsitzt und sich Mühe gibt, macht es nichts!
DER VATER Vielleicht gehen wir jetzt, um die anderen Möbel anzuschauen.
DER FREUND *leiser zur Frau:* Der Tisch ist ja noch ganz.
DER BRÄUTIGAM Sie sind ja nichts Besonderes...
DIE FRAU Wenn sie nur recht haltbar sind!
DER BRÄUTIGAM Komm doch, Maria!
DIE BRAUT *bleibt sitzen:* Ja, ich komme schon! Geht nur voraus!
*Alle ab durch die Mitteltür, dabei*
DIE FRAU *zum Freund:* Der Bräutigam hat seinen Rock ausgezogen.
DER FREUND Das ist eine Rücksichtslosigkeit. Jetzt ist alles erlaubt.
DIE BRAUT *sitzt am Tisch, schluchzt.*
DER BRÄUTIGAM *kommt heraus:* Ich muß die Taschenlampe holen, es ist etwas kaputt an der Leitung!
DIE BRAUT Warum hast du sie auch nicht den Monteur machen lassen!
DER BRÄUTIGAM Was hast du denn? Deine Schwester hätte sich auch besser benehmen können!
DIE BRAUT Und dein Freund?
DER BRÄUTIGAM So tanzt man nicht, wenn man geachtet werden will.
DIE BRAUT Und der Mildner! Das von der jungfräulichen Braut hat er mit Fleiß gesagt! Ich wurde rot, und alle merkten es. Er stierte mich auch so an. Und dann das mit dem verunglückten Lied! Er rächte sich für was.
DER BRÄUTIGAM Und dann die Zote! Weil er glaubte, bei so einer macht es nichts.
DIE BRAUT Nimm dich in acht, es war dein Freund! Ich bin keine so eine!
DER BRÄUTIGAM Wie könnten wir sie fortbringen! Sie fressen, saufen, rauchen und schwatzen und wollen nicht fort! Schießlich ist es doch unser Fest!
DIE BRAUT Und was für eins!
DER BRÄUTIGAM So darfst du nicht sein. Wenn sie fort sind...
DIE BRAUT Jetzt haben sie alles verdorben.
DER BRÄUTIGAM Aber ich möchte allein sein. Jetzt kommen sie.
DIE BRAUT Ich will sie überhaupt nicht fort haben! Dann ist es noch schlimmer!
DER BRÄUTIGAM *zieht den Rock schnell wieder an:* Es ist doch kühl hier.
*Die anderen erscheinen unter der Tür.*
DER VATER Wir mußten in der Küche warten, weil kein Licht im Schlafzimmer war.
DER FREUND Wir stören wohl?
DIE FRAU *kriegt einen Lachkrampf.*
DER MANN Was hast du denn schon wieder?
DIE FRAU Weil das so komisch ist!
DER MANN Was ist komisch?
DIE FRAU Alles! Alles! Die kaputten Stühle, der eigene Hausstand! Die Unterhaltung! *Lacht furchtbar.*
DIE BRAUT Aber Emmi!
DIE FRAU Alles kaputt. *Läßt sich lachend auf einen Stuhl fallen. Er kracht zusammen.* Also der auch! Der auch. Jetzt muß ich mich auf den Boden setzen!
DER FREUND *lacht mit:* Das ist wirklich! Wir hätten Feldstühle mitbringen sollen!
DER MANN *faßt die Frau:* Du bist ja krank. Wenn du dich so aufführst, gehen alle Möbel kaputt, da sind nicht die Möbel schuld. *Zum Bräutigam:* Entschuldigen Sie!
DER FREUND Setzen wir uns, so gut es geht. Das macht ja alles nichts, wenn man vergnügt ist!
*Man setzt sich.*
DIE SCHWESTER Schade, daß kein Licht war, die Betten sind wirklich sehr schön.
DIE FRAU Ja, das Licht ging auch nicht.
DIE BRAUT Willst du nicht noch Wein holen, Jakob?
DER BRÄUTIGAM Er ist im Keller! Gib mir den Schlüssel!
DIE BRAUT Einen Augenblick!
*Sie gehen hinaus.*
DIE FRAU Es riecht hier auch so merkwürdig!
DER FREUND Vorhin merkten wir es noch nicht.
DIE SCHWESTER Ich rieche nichts.
DIE FRAU Ich hab's. Es ist der Leim!
DER FREUND Deshalb das Eau de Cologne, das ich ihnen geschenkt habe! Und gleich eine halbe Flasche!
DIE FRAU Aber jetzt ist es nicht mehr zu verbergen, daß der Leimgeruch durchdringt.
DIE BRAUT *kommt zurück.*
DER VATER Wenn ich dich so auf der Schwelle sehe, das ist ein guter Anblick. Als kleines Mädchen schon warst du ein guter Anblick. Aber jetzt blühst du.

DIE FRAU Das Kleid ist gut gemacht.

DIE BRAUT Ja, ich habe es, Gott sei Dank, nicht nötig, Kniffe zu brauchen.

DIE FRAU Ist das eine Anspielung?

DIE BRAUT Hat es dich getroffen?

DIE FRAU Man soll nicht Steine werfen, wenn man im Glashaus sitzt.

DIE BRAUT Wer sitzt im Glashaus?

DIE FRAU Das Kleid ist sehr gut gemacht, daß man nicht einmal sieht, daß du...

DER FREUND Prost, der Wein ist gut!

DIE BRAUT *weint:* Das ist, das ist...

DER MANN Was heißt das?

DER BRÄUTIGAM *kehrt zurück:* Hier ist der Wein. Was hast du denn?

DIE SCHWESTER Eine Geschmacklosigkeit!

DIE FRAU Was war eine Geschmacklosigkeit?

DER VATER Beruhigt euch doch. Prost!...

DER BRÄUTIGAM *zur Schwester:* Die Gäste darfst du nicht beleidigen!

DIE SCHWESTER Aber die Gäste dürfen deine Frau beleidigen!

DIE FRAU Ich habe gar nichts gesagt!

DER MANN Doch. Du warst ungezogen.

DIE FRAU *gereizt:* Ich habe nur die Wahrheit gesagt!

DER BRÄUTIGAM Was für eine Wahrheit?

DIE FRAU Tut doch nicht so!

DER MANN *bückt sich:* Nimm dich zusammen!

DIE FRAU Wenn eine schwanger ist, dann ist sie eben schwanger.

DER MANN *reißt vom Tisch ein Bein ab und wirft es nach seiner Frau. Er trifft aber nur eine Vase auf dem Schrank. Die Frau weint.*

DER BRÄUTIGAM *wütend zur Schwester:* Das war deine Vase!

DIE SCHWESTER Dir lag wohl nicht viel daran, sonst hättest du sie nicht da hinaufgestellt!

DER BRÄUTIGAM Ich habe keine Zeit, dir zu antworten, denn außerdem war es noch mein Tisch. *Er befühlt ihn, ob er noch trägt.*

DER MANN *geht erregt auf und ab:* Jetzt habe ich sie gezüchtigt. Und jetzt bin ich der Rohling. Das war immer so. Sie ist die Märtyrerin, und ich bin der Rohling. Aber ich habe es sieben Jahre lang ausgehalten; und es fragt sich, wer mich so roh machte. Meine Hand war von der Arbeit für sie zu müde, als daß ich sie hätte schlagen können. Sie hat immer einen Schmerz, wenn es mir gut geht, sie zählt Geld, wenn ich trinke, und wenn ich Geld zähle, dann weint sie. Ich habe einmal ein Bild, das mir lieb war, hinauswerfen müssen, weil es ihr nicht gefiel. Es gefiel ihr nicht, weil ich es liebhatte. Dann nahm sie das Hinausgeworfene vom Boden und hing es in ihre Stube. Als ich es dort sah, freute sie sich und sagte: für mich ist es ja gut genug. Und bemitleidete sich, weil sie das, was ich fortwarf, auflesen müßte. Ich nahm es ihr im Zorn weg, und da weinte sie, weil sie nicht einmal das haben sollte. Nicht einmal das, sagte sie, auch von allem, was schier unerschwinglich war. Aber so ist sie und so sind sie. Vom Tage seiner Hochzeit an ist man nicht mehr ein Tier, das einer Herrin dient, sondern ein Mensch, der einem Tier dient, und das ist etwas, was einen herunterbringt, bis man alles verdient.

*Pause.*

DER BRÄUTIGAM *etwas mühsam:* Wollt ihr nicht noch etwas trinken? Es ist erst neun Uhr!

DER FREUND Es sind ja keine Stühle mehr da!

DER JUNGE MANN Aber tanzen könnten wir noch.

DER FREUND Davon habe ich genug!

DER BRÄUTIGAM Vorhin hat es dir aber gefallen!

DER FREUND Da hatte ich noch nicht den Spreißel!

DER BRÄUTIGAM Ach so. *Lacht.* Stehst du deshalb so still herum?

DER FREUND War es etwa mein Stuhl?

DER BRÄUTIGAM Nein, es war mein Stuhl. War! Jetzt ist er kein Stuhl mehr.

DER FREUND Dann können wir ja gehen! *Geht hinaus.*

DER JUNGE MANN Ich danke Ihnen. Es war sehr schön. Aber jetzt muß ich erst meinen Mantel anziehen.

DIE FRAU Begleiten Sie mich nach Hause!

DER MANN *ist hinausgegangen, kommt jetzt wieder mit den Sachen seiner Frau:* Jetzt muß ich mich wieder entschuldigen, daß ich so eine Frau habe.

DER BRÄUTIGAM Das brauchen Sie nicht.

DIE FRAU Ich wage es nicht, heimzugehen.

DER MANN Das ist deine Rache! Aber jetzt ist das Theaterstück aus, und der Ernst beginnt. *Nimmt sie unterm Arm.* Jetzt gehen wir. *Er geht mit der Frau, die schweigend und gedrückt mitgeht.*

DER BRÄUTIGAM Jetzt wollen sie fort, wo sie gefressen haben. Und dann sind wir allein, und der Abend ist erst zur Hälfte vorbei!

DIE BRAUT Vorhin wolltest du sie forthaben! Siehst du, wie unbeständig du bist! Und du liebst mich natürlich auch nicht.

DER FREUND *kommt, den Hut auf dem Kopf,*

*bös:* Jetzt kann man den Gestank fast nicht mehr aushalten!

DER BRÄUTIGAM Welchen Gestank?

DER FREUND Den Leim, der nicht gehalten hat. Und es ist eine Unverschämtheit, seine Gäste in einen solchen Kehrichthaufen einzuladen.

DER BRÄUTIGAM Dann bitte ich dich um Verzeihung, daß mir deine Zote nicht gefallen hat und daß du meinen Sessel kaputtgemacht hast.

DER FREUND Vielleicht zieht ihr doch vor, auf das Wassersuchtsbrautbett zu warten. Einen guten Abend! *Ab.*

DER BRÄUTIGAM Geh zum Teufel!

DER VATER Es ist doch besser, wir gehen auch! Wegen der Möbel können wir noch reden, und die Betten stehen euch natürlich zur Verfügung. Ich dachte immer, wenn man was erzählt, was niemand angeht, wird es besser. Sie vertragen es so schlecht, wenn man sie sich selbst überläßt. Komm, Ina!

DIE SCHWESTER Es ist schade, daß der schöne Abend so ausging! Schließlich ist es der einzige, den man hat. Hans sagt: Dann kommt das Leben.

DIE BRAUT Du hast jedenfalls redlich dazu beigetragen. Und seit wann sagst du zu Herrn Mildner Hans?

DER JUNGE MANN Ich danke Ihnen nochmals. Für mich war es ein sehr schöner Abend.

*Alle drei ab.*

DER BRÄUTIGAM Gott sei Dank und dem Teufel, daß sie endlich draußen sind!

DIE BRAUT Und unsere Schmach in die ganze Stadt tragen. Die Schande! Morgen wissen es alle, wie es bei uns war, und alle lachen. Sie stehen hinter den Fenstern und lachen herunter. Sie schauen in der Kirche nach uns und denken an die Möbel und das Licht, das nicht anging, und daß die Creme nicht gelungen war, und das schlimmste, daß die Braut schwanger ist. Und ich wollte sagen, es sei eine Frühgeburt.

DER BRÄUTIGAM Und die Möbel und die Arbeit von fünf Monaten? Daran denkst du nicht? Warum wälzen sie sich herum vor Freude über die dreckigen Zoten, die sie singen, weil du mit ihnen tanzt wie im Puff, bis die besten Stühle kaputtgehen. Das war deine Freundin.

DIE BRAUT Und der sang, war dein Freund! Der Teufel hole deine Möbel, die nicht einmal gebeizt sind, weil du sagtest: Das Aussehen ist gleichgültig, Hauptsache, daß sie halten und bequem sind! Fünf Monate verloren, damit sie fertig wurden, so spät, daß man meinen Zustand merkt. Dieser Schund, dieses Lumpenzeug, diese schlechte Arbeit! Warum haben wir da geheiratet?

DER BRÄUTIGAM Ja, jetzt sind sie draußen, und jetzt beginnt unsere Hochzeitsnacht. Das ist sie!

*Pause. Er geht auf und ab. Sie steht am Fenster rechts.*

DIE BRAUT Warum mußtest du mit diesem schlechten Frauenzimmer, das ich bis heute nicht kannte und für meine Freundin hielt, zuerst tanzen, wider allen Brauch? O Schande!

DER BRÄUTIGAM Weil sie etwas Böses über die Möbel sagte!

DIE BRAUT Und du ihre gute Meinung erzwingen wolltest! Das ist dann besser!

*Pause.*

DER BRÄUTIGAM Das kommt daher, daß man etwas tut, was die anderen nicht tun, dann werden sie bös. Besonders wenn sie wissen, es ist gut, was sie nicht getan haben. Dann rächen sie sich. Sie sind natürlich nicht fähig, auch nur ein einziges dieser Stücke zu machen, nur was den Entwurf und das Zuschneiden betrifft. Aber der kleine Fehler, daß der Leim schlecht war, gab ihnen recht. Aber jetzt denke ich nicht mehr daran! *Geht zum Schrank und sucht, ihn zu öffnen.*

DIE BRAUT Man wird dich erinnern! Das vergesse ich dir nie! *Schluchzt.*

DER BRÄUTIGAM Daß der Leim schlecht war?

DIE BRAUT Gott wird dich für deinen Spott bestrafen!

DER BRÄUTIGAM Er ist schon am Werk! Zum Teufel, verfluchtes Schloß! Jetzt ist alles gleich!

*Er drückt die Tür ein, die dabei zerspringt.*

DIE BRAUT Jetzt hast du den Schrank kaputtgemacht, weil das Schloß kaputt war!

DER BRÄUTIGAM Jetzt habe ich meine Hausjacke geholt, und du kannst aufräumen. Soll ich noch lange in diesem Schweinestall herumwaten?

DIE BRAUT *steht auf, fängt mit dem Räumen an.*

DER BRÄUTIGAM *am Schrank, in der Hausjoppe, zählt Geld:* Billig war es auch nicht! Der Wein aus dem Keller wäre nicht mehr nötig gewesen!

DIE BRAUT Der Tisch hinkt, es fehlen zwei Beine.

DER BRÄUTIGAM Der Glühwein! Das Essen! Und jetzt kommen Reparaturen!

DIE BRAUT Die Stühle, der Schrank, die Chaiselongue!

DER BRÄUTIGAM Die verfluchten Schweine!

DIE BRAUT Und deine Möbel!

DER BRÄUTIGAM Der eigene Hausstand!
DIE BRAUT Man weiß, was man hat!
DER BRÄUTIGAM Schont es besser!
DIE BRAUT *setzt sich, Hand im Gesicht:* Und diese Schande!
DER BRÄUTIGAM Mußtest du im Brautkleid aufräumen? Jetzt wird es wieder verdorben sein; da ist schon ein Weinflecken!
DIE BRAUT Wie gering du aussiehst in der Joppe! Dein Gesicht ist ganz anders! Aber nicht gut!
DER BRÄUTIGAM Und wie alt du bist! Wenn du heulst, sieht man es!
DIE BRAUT Jetzt ist nichts mehr heilig!
DER BRÄUTIGAM Jetzt ist Hochzeitsnacht!
*Pause, dann geht der Bräutigam zum Tisch.*
DER BRÄUTIGAM Alles ausgetrunken! Das Tischtuch hat mehr abbekommen als ich! Die Flaschen leer, aber Reste in den Gläsern! Jetzt muß gespart werden!
DIE BRAUT Was tust du?
DER BRÄUTIGAM Ich trinke die Gläser aus! Hier ist noch ein volles Glas!
DIE BRAUT Mir ist nicht danach zumut!
DER BRÄUTIGAM Schließlich ist es doch die Hochzeitsnacht!
DIE BRAUT *nimmt das Glas, schaut weg, trinkt.*
DER BRÄUTIGAM Wenn man auch nicht sagen kann, ich trinke das auf deine Jungfernschaft, da du schwanger bist...
DIE BRAUT Das ist das Schändlichste heut! Jetzt hast du dich selbst übertroffen! Wer ist da schuld? Du warst wie ein Bock drauf aus!
DER BRÄUTIGAM *unerschütterlich:* So steht uns doch heut die Nacht bevor, wo wir unter den Augen der Familie in eigenen Wänden...
DIE BRAUT *lacht bitter.*
DER BRÄUTIGAM ...uns vermehren sollen! Ein sozusagen heiliger Vorgang.
DIE BRAUT Sprechen kannst du!
DER BRÄUTIGAM Ich trinke also auf deine Gesundheit, liebe Frau, und daß es uns wohl ergehe!
*Sie trinken.*
DIE BRAUT Es war nicht alles richtig, was du gesagt hast, aber das ist richtig, heut ist Festtag, da geht es nicht so genau!
DER BRÄUTIGAM Es hätte überhaupt schlimmer gehen können.
DIE BRAUT Mit deinem Freund!
DER BRÄUTIGAM Und deinen Verwandten!
DIE BRAUT Müssen wir uns immer streiten?
DER BRÄUTIGAM Nein! In der Hochzeitsnacht. *Sie trinken häufig.*
DIE BRAUT Hochzeitsnacht! *Verschluckt sich, lacht heftig.* Das ist lustig! Eine schöne Hochzeitsnacht!
DER BRÄUTIGAM Aber immerhin, warum nicht! Prost!
DIE BRAUT Das Lied war so unanständig! *Kichert.* »Und der haute...« So seid ihr! »Auf die Treppe hingelegt!«
DER BRÄUTIGAM *aufspringend:* Und die Geschichten vom Vater!
DIE BRAUT Und meine Schwester auf dem Gang! Zum Totlachen!
DER BRÄUTIGAM Und wie die Schickse fast auf den Boden fiel!
DIE BRAUT Und wie sie glotzten, als der Schrank nicht aufging!
DER BRÄUTIGAM Da konnten sie doch wenigstens nicht hineinsehen!
DIE BRAUT Gut, daß sie draußen sind!
DER BRÄUTIGAM Das macht nur Lärm und Schmutz!
DIE BRAUT Sind zwei nicht genug?
DER BRÄUTIGAM Jetzt sind wir allein.
DIE BRAUT Die Joppe, die sieht nicht gut aus!
DER BRÄUTIGAM Das Kleid auch nicht! *Reißt es vorne entzwei.*
DIE BRAUT Jetzt ist es kaputt!
DER BRÄUTIGAM Das ist doch gleich! *Küßt sie.*
DIE BRAUT Du bist so wild!
DER BRÄUTIGAM Du bist hübsch! Deine weiße Brust!
DIE BRAUT Oh, du tust mir weh, du Lieber!
DER BRÄUTIGAM *reißt sie zur Tür, macht sie auf, die Klinke bleibt ihm in der Hand:* Das ist die Klinke. Hahaha. Auch sie. *Wirft sie auf die Laterne, die erlischt und herunterfällt.* Komm!
DIE BRAUT Aber das Bett! Hahaha!
DER BRÄUTIGAM Was ist damit? Mit dem Bett?
DIE BRAUT Das kracht auch zusammen!
DER BRÄUTIGAM Es macht nichts! *Reißt sie hinaus. Dunkel. Man hört das Bett zusammenkrachen.*

# Der Bettler oder Der tote Hund

*Personen*

Der Kaiser · Der Bettler · Soldaten

*Ein Tor. Rechts davon hockt der Bettler, ein mächtiger zerlumpter Bursche mit kalkiger Stirn. Er hat eine kleine Drehorgel, die er unter seinen Lumpen versteckt hält. Es ist früh am Morgen. Ein Kanonenschuß fällt. Der Kaiser kommt, von Soldaten eskortiert; sein Haar ist lang und rötlich, unbedeckt. Er trägt violette Wolle. Glocken läuten.*

KAISER Zu der Stunde, wo ich zu meinem Siegesfest über meinen größten Feind gehe und das Land meinen Namen mit schwarzem Weihrauch zusammenmischt, sitzt ein Bettler vor meinem Tor und stinkt nach Elend. Zwischen den großen Ereignissen aber ziemt es sich, mit dem Nichts zu sprechen. *Die Soldaten treten zurück.* Weißt du, Mensch, warum die Glocken läuten?

BETTLER Ja. Mein Hund ist gestorben.

KAISER War das Frechheit?

BETTLER Nein. Es war Altersschwäche. Er hielt aus bis zuletzt. Ich dachte, warum zittern seine Beine so? Er hatte die vordern über meine Brust gelegt. So lagen wir die ganze Nacht, auch als es kalt wurde. Aber in der Frühe war er schon lange gestorben, und ich wälzte ihn von mir. Jetzt kann ich nicht mehr heim, weil er in Verwesung übergeht und stinkt.

KAISER Warum wirfst du ihn nicht hinaus?

BETTLER Das geht dich nichts an. Jetzt hast du eine hohle Brust wie ein Loch in Abwasser; denn du hast dumm gefragt. Alle fragen dumm. Schon dieses Fragen!

KAISER Und dennoch frage ich weiter, wer dich versorgt. Denn wenn dich keiner versorgt, mußt du von hier fort, hier darf kein Aas faulen und kein Geschrei laut werden.

BETTLER Schreie ich?

KAISER Jetzt fragst du selber, obwohl Hohn darinnen ist, den ich nicht verstehe.

BETTLER Ja, das weiß ich nicht, und es handelt von mir.

KAISER Ich höre nicht auf dich. Aber wer versorgt dich?

BETTLER Das tut manchmal ein Knabe, den ein Engel seiner Mutter gemacht hat, als sie Kartoffeln klaubte.

KAISER Hast du keine Söhne?

BETTLER Sie sind fort.

KAISER Wie das Heer des Kaisers Ta Li, das der Wüstensand begrub?

BETTLER Er zog durch die Wüste, und seine Leute sagten: Es ist zu weit, kehr um, Ta Li. Dann sagte er jedesmal: Dieses Land muß erobert werden. Sie marschierten jeden Tag, bis die Schuhe durch waren, dann ging die Haut in Fetzen, und sie gingen mit den Knien weiter. Einmal faßte der Wirbelwind ein Kamel abseits. Das starb unter ihren Augen, einmal kamen sie zu einer Oase und sagten: So ist unsere Heimat. Da fiel der kleine Sohn des Kaisers in eine Zisterne und ertrank. Sie trauerten sieben Tage, ihr Schmerz war unendlich. Einmal sahen sie ihre Pferde sterben. Einmal konnten ihre Weiber nicht mehr mit. Einmal kamen der Wind und der Sand, der sie zudeckte, und dann war es aus und wieder still, und das Land gehörte ihnen, und ich vergaß seinen Namen.

KAISER Woher weißt du das? Alles ist unrichtig. Es war ganz anders.

BETTLER Als er so stark war, daß ich wie sein Kind wurde, kroch ich fort, denn ich erlaube niemandem, daß er mich beherrscht.

KAISER Wovon redest du?

BETTLER Wolken zogen. Gegen Mitternacht brachen Sterne durch. Dann wurde es still.

KAISER Machen die Wolken Geräusch?

BETTLER Etliche zwar starben in den schmutzigen Hütten am Fluß, der vorige Woche überlief, aber sie drangen nicht durch.

KAISER Da du dies alles weißt: Schläfst du nie?

BETTLER Wenn ich mich auf die Steine zurücklege, dann schreit das Kind, das geboren worden ist. Und dann geht neuer Wind.

KAISER Gestern nacht war es sternhell, niemand starb am Fluß, kein Kind wurde geboren, es gab keinen Wind hier.

BETTLER So mußt du blind, taub und unwissend sein. Oder es ist Bosheit von dir.

*Pause.*

KAISER Was tust du immer? Ich sah dich noch nie. Aus welchem Ei bist du gekrochen?

BETTLER Heute merkte ich, daß der Mais dieses Jahr übel steht, weil der Regen ausblieb. Es streicht ein so dunkler warmer Wind her von den Feldern.

KAISER Das ist richtig. Der Mais steht nicht gut.

BETTLER So war es vor achtunddreißig Jahren. Der Mais verkam in der Sonne, und ehe er kaputt war, kam der Regen in solchen Mengen, daß Ratten entstanden und alle anderen Felder verwüsteten. Dann kamen sie in die Dörfer und fraßen Menschen an. An dieser Speise verreckten sie.

KAISER Davon weiß ich nichts. Das ist wohl auch erfunden wie das übrige. In der Geschichte steht nichts davon.

BETTLER Es gibt keine Geschichte.

KAISER Und Alexander? Und Cäsar? Und Napoleon?

BETTLER Geschichten! Wen meinst du mit diesem Napoleon?

KAISER Der die halbe Welt eroberte und an seinem Übermut zugrunde ging!

BETTLER Das können nur zwei glauben. Er und die Welt. Es ist falsch. In Wirklichkeit war Napoleon ein Mann, der in einer Rudergaleere ruderte und einen so dicken Kopf hatte, daß alle sagten: Wir können nicht rudern, weil wir zu wenig Platz für die Ellbogen haben. Als das Schiff unterging, weil sie nicht ruderten, pumpte er seinen Kopf voll Luft und blieb am Leben, er allein, und weil er festgeschmiedet war, mußte er weiterrudern, er sah nicht wohin von da unten aus, und alle waren ertrunken. Da schüttelte er den Kopf über die Welt, und weil er zu schwer war, fiel er ihm ab.

KAISER Das ist das Albernste, was ich je gehört habe. Du hast mich mit dieser Geschichte sehr enttäuscht. Die anderen waren wenigstens gut erzählt. Aber was denkst du vom Kaiser?

BETTLER Es gibt keinen Kaiser. Nur das Volk glaubt, es gibt einen, und ein einzelner Mensch glaubt, er sei es. Wenn dann zuviel Kriegswagen gebaut werden und die Trommler eingeübt sind, dann gibt es Krieg und es wird ein Gegner gesucht.

KAISER Aber jetzt hat der Kaiser seinen Gegner besiegt.

BETTLER Er hat ihn getötet, nicht besiegt. Der Idiot den Idioten.

KAISER *mühsam:* Es war ein starker Feind, das kannst du glauben.

BETTLER Mir tut ein Mann Steine in meinen Reis. Das ist m e i n Feind. Er rühmte sich, weil er eine starke Hand hatte. Aber er starb am Krebs, und als sie den Sarg zumachten, klemmten sie seine Hand ein und merkten es nicht, als sie den Sarg forttrugen, so daß die Hand heraushing, leer, hilflos, nackt.

KAISER Wird es dir denn nie langweilig, so zu liegen?

BETTLER Früher sind Wolken hinuntergezogen, am Himmel, endlos. Die besehe ich. Sie hören nie auf.

KAISER Jetzt gehen keine Wolken am Himmel. Du redest also irre. Das ist so klar wie die Sonne.

BETTLER Es gibt keine Sonne.

KAISER Du bist vielleicht sogar gefährlich, verfolgungswahnsinnig, toll!

BETTLER Es war ein guter Hund, kein gewöhnlicher. Er verdient allerhand. Er brachte mir sogar Fleisch, und nachts schlief er in meinen Lumpen. Einmal war ein großes Geschrei in der Stadt, sie hatten alle etwas gegen mich, weil ich niemandem etwas gebe, was der Rede wert wäre, und sogar Soldaten zogen auf. Aber der Hund verscheuchte sie.

KAISER Warum erzählst du mir das?

BETTLER Weil ich dich für dumm halte.

KAISER Was glaubst du noch von mir?

BETTLER Du hast eine schwache Stimme, also bist du furchtsam; du fragst zuviel, also bist du ein Lakai; du suchst mir Fallen zu stellen, also bist du deiner Sache nicht sicher, auch der sichersten nicht; du glaubst mir nicht und hörst mir doch zu, also bist du ein schwacher Mensch, und schließlich glaubst du, daß sich die ganze Welt um dich dreht, während es doch viel wichtigere Menschen gibt, zum Beispiel mich. Außerdem bist du blind, taub und unwissend. Deine anderen Laster kenne ich noch nicht.

KAISER Das sieht nicht gut aus. Siehst du keine Tugenden an mir?

BETTLER Du redest leis, also bist du demütig; du fragst viel, also bist du wißbegierig; du prüfst alles, also bist du skeptisch; du hörst vermeintliche Lügen an, also bist du nachsichtig; du glaubst, alles drehe sich um dich, also bist du nicht schlechter als alle anderen Menschen und glaubst nichts Dümmeres. Außerdem bist du nicht durch zu viel Sehen verwirrt, kümmerst dich nicht um das, was dich nichts angeht, bist nicht untätig durch Wissen. Deine anderen Tugenden weißt du besser als ich oder sonst wer.

KAISER Du bist geistreich.

BETTLER Jede Schmeichelei ist ihres Lohnes wert. Aber ich bezahle dich jetzt nicht für meine Bezahlung.

KAISER Ich belohne alle Dienste, die man mir tut.

BETTLER Das ist selbstverständlich; daß du Beifall erwartest, zeigt deine gewöhnliche Seele.

KAISER Ich trage dir nichts nach. Ist das auch gewöhnlich?

BETTLER Ja. Denn du kannst mir nichts antun.

KAISER Ich kann dich in ein Verlies werfen lassen.

BETTLER Ist es kühl dort?

KAISER Es dringt keine Sonne hin.

BETTLER Es gibt keine. Du hast wohl ein schlechtes Gedächtnis?

KAISER Ich kann dich auch töten lassen.

BETTLER Dann regnet es nicht mehr auf meinen Kopf, das Ungeziefer verläuft sich, mein Magen gibt Ruhe, und es gibt die größte Stille, die ich je genossen habe.

EIN LÄUFER *kommt und redet leis zum Kaiser.*

KAISER Sage, es dauert nicht mehr lang. *Läufer ab.* Ich tue dir nichts dergleichen. Ich überlege, was ich tue.

BETTLER Das darfst du niemand sagen. Sonst zieht er Schlüsse, wenn er sieht, wie dann deine Taten sind!

KAISER Ich finde nicht, daß man mich verachtet.

BETTLER Vor mir verbeugen sich alle. Aber ich mache mir nichts daraus. Nur die Zudringlichen belästigen mich durch ihre Redereien und Fragen.

KAISER Belästige ich dich?

BETTLER Das ist das Dümmste, was du heute gefragt hast. Du bist ein Unverschämter! Du achtest nicht die Unantastbarkeit eines Menschen. Du kennst die Einsamkeit nicht, darum willst du Beifall von dem Fremden wie mir. Du bist angewiesen auf jeden Mannes Achtung.

KAISER Ich beherrsche die Menschen. Daher die Achtung!

BETTLER Der Zügel meint auch, er beherrscht das Pferd, der Schnabel der Schwalbe meint, er lenkt sie, und die Spitze der Palme meint, sie ziehe den Baum nach sich in den Himmel!

KAISER Du bist ein böser Mensch. Ich würde dich austilgen lassen, wenn ich dann nicht meinen müßte, es sei verletzte Eitelkeit.

BETTLER *zieht die Orgel hervor und spielt.*

EIN MANN *geht rasch vorüber, wobei er sich verbeugt.*

BETTLER *steckt die Orgel ein:* Dieser Mann hat eine Frau, die ihn bestiehlt. Nachts beugt sie sich über ihn, um ihm Geld zu nehmen. Manchmal wacht er auf und sieht sie über sich. Dann meint er, sie liebe ihn so, daß sie es nicht mehr aushalte und ihn nachts besehen müsse. Deshalb verzeiht er ihr die kleinen Betrügereien, die er entdeckt.

KAISER Fängst du schon wieder an. Da ist kein Wort wahr.

BETTLER Jetzt kannst du gehen. Du wirst pöbelhaft.

KAISER Das ist unglaublich.

BETTLER *spielt auf der Orgel.*

KAISER Ist die Audienz jetzt vorüber?

BETTLER Jetzt sehen sie wieder alle den Himmel schöner und die Erde fruchtbarer, wegen dem bißchen Musik, und verlängern ihr Leben und verzeihen sich und ihren Nachbarn, wegen dem bißchen Klang.

KAISER So sage mir doch noch wenigstens, warum du mich so gar nicht ausstehen kannst und mir doch so viel erzählt hast?

BETTLER *lässig:* Weil du nicht zu stolz warst, mein Geschwätz anzuhören, das ich nur brauchte, um meinen toten Hund zu vergessen.

KAISER Jetzt gehe ich. Du hast mir den schönsten Tag meines Lebens verdorben. Ich hätte nicht stehen bleiben sollen. Es ist nichts mit dem Mitleid. Das einzige, das du hast, ist dein Mut, daß du mit mir so zu reden wagst. Und deswegen habe ich alle auf mich warten lassen! *Er geht fort, die Soldaten eskortieren ihn. Die Glocken läuten wieder.*

BETTLER *man sieht, daß er blind ist:* Jetzt ist er fortgegangen. Es muß Vormittag sein, denn die Luft ist so warm. Der Knabe kommt heut nicht. Es ist ein Fest in der Stadt. Der Idiot eben ging auch dorthin. Jetzt muß ich wieder an meinen Hund denken.



# Er treibt einen Teufel aus

*Personen*

Das Mädchen · Der Bursche · Die Mutter · Der Vater · Der Pfarrer · Der Wächter · Der Lehrer · Der Bürgermeister · Bauern

*Einstöckiges Bauernhaus mit einem sehr großen Dach mit roten Ziegeln. Vor dem Haus eine Bank. Es ist Abend im August.*

1

*Der Bursche und das Mädchen sitzen auf der Bank.*

BURSCHE Ein schöner Abend!
MÄDCHEN Im »Roten Ochsen« wird heut getanzt. Hast du die Musik gehört?
BURSCHE Ja, es sind zwei Bläser!
MÄDCHEN Mutter läßt mich nicht hin.
BURSCHE Warum nicht?
MÄDCHEN Sie meint, das ist gefährlich.
BURSCHE Ja, man muß vorsichtig sein.
MÄDCHEN Jetzt hört man gerade die Musik bis hierher. Das ist der Wind.
BURSCHE Es kann noch ein Wetter geben. Es war heiß heut.
MÄDCHEN Ich glaube, die Sterne kommen bald. Dann muß ich noch zu den Kühen.
BURSCHE Die haben es gut.
MÄDCHEN Warum?
BURSCHE Weil du zu ihnen mußt.
MÄDCHEN Da haben sie was.
BURSCHE Zu mir gehst du nicht!
MÄDCHEN Weil ich nicht muß.
BURSCHE Weil du nicht magst.
MÄDCHEN Ich glaube nicht, daß ein Wetter kommt.
BURSCHE Sonst mußt du aus dem Bett.
MÄDCHEN In die Stube. Da betet Mutter.
BURSCHE Statt daß man im Bett betet.
MÄDCHEN Jetzt muß ich dann zu den Kühen.
BURSCHE Ich sehe noch keine Sterne.
MÄDCHEN Das merk ich.
*Pause.*
BURSCHE Was heißt das?
MÄDCHEN Etwas.
BURSCHE Das mußt du sagen.
MÄDCHEN Ich muß gar nichts.
BURSCHE Sagst du's?
MÄDCHEN Nein, wenn du so dumm bist!
BURSCHE Dann strafe ich dich!
MÄDCHEN Da lache ich!
BURSCHE *sucht sie zu küssen:* So, jetzt lache!
MÄDCHEN Du hast ja meinen Mund gar nicht gehabt!
BURSCHE Das träumst du!
MÄDCHEN Träumst du, du hast ihn gehabt?
BURSCHE Das weißt du selber.
MÄDCHEN Ist es dir zu dunkel?
BURSCHE Ja, ich fürchte mich.
MÄDCHEN Tu deinen Arm da weg! Der scheniert mich.
BURSCHE Das ist dein Arm!
MÄDCHEN Ich meine den Arm!
BURSCHE Ja, ich schenke ihn dir!
MÄDCHEN Jetzt gehe ich zu den Kühen.
BURSCHE Hast du auch Füße?
MÄDCHEN Und dann gehe ich ins Bett.
BURSCHE Mit den Füßen?
MÄDCHEN Soll das auch was sein?
BURSCHE Was?
MÄDCHEN Was du da daherredest!
BURSCHE Ich denke nicht mehr so viel. Jetzt kommen die Sterne!
MÄDCHEN Gehst du auch immer zu den Kühen?
BURSCHE Ich glaube, du ziehst mich auf?
MÄDCHEN Meinst du, du gibst Musik, wenn man dich aufzieht?
BURSCHE Das verstehe ich heute nimmer.
MÄDCHEN Du bist ganz völlig drausgekommen.
BURSCHE War ich drin?
MÄDCHEN Du hast es ganz verfahren!
BURSCHE Ich habe doch nichts gesagt.
MÄDCHEN Meinst du, das war gescheit?
BURSCHE Jetzt ziehe ich aber andere Saiten auf.
MÄDCHEN Das ist recht, denn jetzt kommt meine Mutter.

2

*Die Mutter kommt.*

MUTTER Grüß Gott, Jakob!
BURSCHE Guten Abend.
MUTTER Warst du schon bei den Kühen?
MÄDCHEN Es hat noch Zeit.
MUTTER Das heißt: du hast keine.
MÄDCHEN Oh, warum nicht? *Steht auf.*
BURSCHE Wir reden immer schon von den Kühen.
MUTTER Weil die ihr so im Herzen liegen.
BURSCHE Sie sagt: sie muß zu den Kühen hinein.
MUTTER Geht aber nicht.
BURSCHE Das ist immer so bei den Mädchen!
MÄDCHEN Du hast eine so große Erfahrung!
BURSCHE Das sieht man gleich!

MUTTER So lang bleibt man überhaupt nicht heraußen.
MÄDCHEN Ich hab den ganzen Tag geschafft.
BURSCHE Ja, da hat sie recht.
MUTTER Da helft ihr zusammen.
BURSCHE Weil sie recht hat.
MUTTER Es muß bald Gebet läuten.
MÄDCHEN Bis dahin kann ich doch heraus bleiben!
MUTTER Da muß man herinnen sein.
BURSCHE Jetzt warum?
MUTTER Weil es sich gehört.
BURSCHE Wenn es heraußen schöner ist...
MUTTER Darum muß man hinein.
MÄDCHEN Ja, heraußen ist es gefährlich!
MUTTER Was weißt denn du? Rede nicht so daher! Du weißt gar nichts!
BURSCHE Aber da hat sie schon recht.
MUTTER Schon wieder?
BURSCHE Es kommt vor.
MUTTER Es kommt nichts vor. Geh jetzt zu den Kühen.
MÄDCHEN Es ist viel zu früh!
MUTTER Was wird es viel zu früh sein! Es ist schon ganz dunkel.
BURSCHE Aber man sieht einen noch.
MUTTER Dann sieht man die Kühe nicht mehr.
MÄDCHEN Die Ochsen sieht man auch noch.
MUTTER Das mußt du nicht so nehmen, Jakob. Sie ist so jung.
BURSCHE In dem Alter sind sie so.
MÄDCHEN Wie klug du bist!
STIMME DES VATERS Frau!
MUTTER Er schreit mir! Jetzt müssen wir hinein. Gute Nacht, Jakob!
BURSCHE Gute Nacht! Darf sie nicht noch ein bißchen bleiben?
MÄDCHEN Nein, ich gehe jetzt.
BURSCHE Bis man die Sterne sieht?
MUTTER Zu den Kühen! *Geht hinein.*
BURSCHE Warum willst du nicht bleiben?
MÄDCHEN Weil ich nicht will.
BURSCHE Sie hätte schon ja gesagt.
MÄDCHEN Aber nur, weil ich nicht gewollt habe.
BURSCHE Hast du darum nicht gewollt?
MÄDCHEN Das meinst du!
BURSCHE Da meine ich gar nichts!
MÄDCHEN Ich gehe jetzt.
BURSCHE Sonst kriegst du Schläge!
MÄDCHEN Hörst du zu?
BURSCHE Ja, wie es klatscht.
MÄDCHEN Pfui, schäm dich!
BURSCHE Das tue ich ganz gern.
MÄDCHEN Du hast keinen Ernst.
BURSCHE Das gefällt dir aber.
MÄDCHEN Was du dir einbildest!
BURSCHE Was sie nur immer dagegen haben!
MÄDCHEN Wogegen?
BURSCHE Gegen das Beisammensein.
MÄDCHEN Stell dich doch nicht so!
BURSCHE Findest du was dabei?
MÄDCHEN Ich? Nein!
BURSCHE Siehst du!
MÄDCHEN Aber die Eltern!
BURSCHE Warum?
MÄDCHEN Die kennen einen nicht.
BURSCHE Aber du kennst dich?
MÄDCHEN Ja. Und dich.
BURSCHE Da hast du eine vornehme Bekanntschaft.
MÄDCHEN Jetzt gehe ich hinein.
BURSCHE Bist du müde?
MÄDCHEN Nimm es an!
BURSCHE Dann trag ich dich hinein!
MÄDCHEN Du würdest umfallen.
BURSCHE *faßt sie:* Fall ich um?
MÄDCHEN Nein. Laß doch! Wenn man uns sieht.
BURSCHE Ja, hier sieht man uns.
MÄDCHEN Laß doch los!
BURSCHE Wenn ich einen Kuß kriege!
MÄDCHEN Die Mutter!
BURSCHE Will es nicht. *Stellt sie wieder.*
MÄDCHEN Das war nicht schön.
BURSCHE Doch. Du kannst gut küssen.
MÄDCHEN Dafür gehe ich jetzt auch.
BURSCHE Jetzt kannst du gehen.
MÄDCHEN Jetzt, wo deine Gier gestillt ist!
BURSCHE Soll ich also bleiben?
MÄDCHEN Das habe ich nicht gesagt!
BURSCHE Jetzt sieht man die Sterne!
MÄDCHEN Jetzt gehe ich zu den Kühen.
BURSCHE Wetter gibt es heut keins.
MÄDCHEN Ist es dir arg?
BURSCHE Ja. Eure Wand hat eine Ritze.
MÄDCHEN Was macht das?
BURSCHE Es macht nichts. Im Gegenteil.
MÄDCHEN Du redest daher!
BURSCHE Wenn ein Wetter ist!
MÄDCHEN Und was ist dann?
BURSCHE Dann sieht man dich!
MÄDCHEN Jetzt nicht?
BURSCHE Aber nicht im Hemd!
MÄDCHEN Und das sieht man im Wetter?
BURSCHE Ja, beim Beten!

MÄDCHEN Hast du schon zugesehen?
BURSCHE Das möchtest du wissen!
MÄDCHEN Du hast nichts gesehen!
BURSCHE Nein, man sieht nichts. Nur daß dein Hemd von oben rechts geflickt ist.
MÄDCHEN Das ist nicht wahr.
BURSCHE Soll ich dir's zeigen?
MÄDCHEN Was weißt du sonst noch?
BURSCHE Schläfst du nicht über dem Kuhstall?
MÄDCHEN Hast du das auch durch die Ritze gesehen?
BURSCHE Du schliefst noch nicht lang unter dem Dach!
MÄDCHEN Woher weißt du das?
BURSCHE Ich habe schon Häßlichere gesehen.
MÄDCHEN Schwatz nicht!
BURSCHE Schon Häßlichere!
MÄDCHEN Und du hast sie gesehen?
BURSCHE Du bist nicht die Häßlichste!
MÄDCHEN Und du spielst dich auf!
BURSCHE Ja, ich spiele mich auf. Aber vorn bist du gut gestellt.
MÄDCHEN Pfui, du bist unanständig!
BURSCHE Ist es unanständig, wenn man vorn gut gestellt ist und nicht wie ein Brett?
VATER *ruft aus dem Haus:* Anna!
MÄDCHEN *erschrickt.*
BURSCHE *faßt sie um den Leib; sie lauschen.*
MÄDCHEN Laß mich wieder los. Ich bin erschrocken.
BURSCHE Du könntest wieder erschrecken.
MÄDCHEN Jetzt muß ich hinein. Jetzt habe ich keine Ausrede mehr.
BURSCHE Weil man die Sterne sieht?
MÄDCHEN Ja. Und weil er ruft.
BURSCHE Wenn du den Kopf hierher tust, siehst du die Sterne nicht.
MÄDCHEN Aber ich tue mein Gesicht nicht dahin.
BURSCHE Warum? Beißt es?
MÄDCHEN Aber ich tue es gleich wieder weg.
BURSCHE Das darfst du.
MÄDCHEN Man sieht uns sicher.
BURSCHE Es ist doch ganz dunkel.
MÄDCHEN Die Hand mußt du aber weg tun.
BURSCHE Welche?
MÄDCHEN Die und die. Nein, das geht nicht.
BURSCHE Du siehst doch, daß es geht.
MÄDCHEN Nein, jetzt muß ich hinein.
BURSCHE Du hast so einen weichen Leib.
MÄDCHEN Du tust mir weh!
BURSCHE Siehst du mich?
MÄDCHEN Wenn ich aufschaue!
BURSCHE Dann hast du die Augen zu?
MÄDCHEN Laß mich!
BURSCHE Tut das auch weh?
MÄDCHEN Du, laß mich gehn! Nicht!
BURSCHE Du bist so warm.
MÄDCHEN Und du hast kalte Hände.
BURSCHE Sie sind gleich warm.
MÄDCHEN Obacht! *Sie fahren auseinander.*
BURSCHE Sackerment! *Tritt hinter das Haus.*

## 3

*Der Vater kommt.*

VATER Was ist jetzt das mit dir, Anna?
MÄDCHEN Bist du es, Vater?
VATER Was treibst du denn da?
MÄDCHEN Nichts. Ich sitze ein wenig da.
VATER So, du sitzest ein wenig da.
MÄDCHEN Ja, ich bin müd.
VATER Und ganz allein?
MÄDCHEN Ja. Zu uns kommt niemand.
VATER So – kommt niemand?
MÄDCHEN Soll ich jetzt zu den Kühen gehen?
VATER Ja, Gottes Tod, jetzt sollst du zu den Kühen! *Schlägt sie.* Ich will dich lehren, in der Nacht mit Burschen herumzupoussieren und deinen guten Ruf kaputtmachen!
MÄDCHEN *weinend nach hinten.*
VATER *hinter ihr her; ab.*
BURSCHE So, jetzt hat sie's! Jetzt ist sie soweit. Jetzt kommt das andere. *Ab. Gebetläuten.*

## 4

*Kerzenlicht in der Stube.*

MUTTER *steckt den Kopf zum Fenster hinaus:* Es ist ein schöner Abend. Das Korn vom Böswald riecht bis herauf. Der Wind ist ganz gut. *Im Zurückziehen:* So ein Tag ist nicht so leicht. Ich bin um die Nacht froh. *Der Kopf verschwindet. Das Licht erlischt. Man sieht die Kassiopeia über dem Dach.*

## 5

*Bursche kommt mit einer Leiter. Er tritt leise auf.*

BURSCHE Kein Licht mehr. Also los. Ich tröste sie. Unter dem Heulen, das ist gerade schön. Da hat es Schwung. Die Alten haben ganz recht. *Er stellt die Leiter links an die unsichtbare Vorderwand des Hauses.* Heraußen wird man gesehen. So brauchen sie keine Sorge zu haben. *Er steigt hinauf. Oben:* Du! Was ist los?
STIMME DES MÄDCHENS Um Gottes willen! Wenn man dich sieht!
STIMME DES BURSCHEN Darum mach das Fenster ganz auf!
STIMME DES MÄDCHENS Du darfst doch nicht herein!
STIMME DES BURSCHEN Hat das dein Alter gesagt?
STIMME DES MÄDCHENS Du bist so frech.
STIMME DES BURSCHEN So, jetzt sieht mich keiner mehr.
*Stille. Wind. Und ein Bett knarrt.*

6

*Vater kommt rechts unten. Horcht.*

VATER Verfluchte Schererei! Mitten in der Nacht! *Sieht die Leiter.* Aha! Prost! *Nimmt die Leiter weg.* Das geht noch. *Holt einen Knüppel. Kommt wieder vor. Rechts ab. Dann hört man Stampfen auf der Treppe und einen spitzen Schrei, darauf ein Poltern.*
STIMME DES VATERS Aufmachen! Herrgottsakkerment! Blutsau!

7

*Der Bursche und das Mädchen klettern aus einer Luke auf das Dach heraus und machen das Fensterchen wieder zu.*

BURSCHE Pst!
MÄDCHEN Er schlägt mich tot!
BURSCHE Maul halten!
*Pause.*
MÄDCHEN Er findet uns!
BURSCHE Wenn du nicht still bist!
*Man hört die Tür einbrechen.*
MÄDCHEN Er bricht die Tür ein!
BURSCHE Und hört uns, zum Teufel!
MÄDCHEN Jetzt sucht er uns, jetzt geht er hinunter. Was muß er denken?
BURSCHE Er geht jetzt wieder zu Bett.
MÄDCHEN Er hat die Leiter weggezogen. Er geht nicht ins Bett.
BURSCHE Er sucht dich halt.
MÄDCHEN Warum bin ich mitgegangen!
BURSCHE Du hättest ruhig bleiben können!
MÄDCHEN Dann wäre nichts gewesen!
BURSCHE So wird es brenzlig.
MÄDCHEN Soll ich hinuntergehen?
BURSCHE Allein ist es langweilig.
MÄDCHEN Wenn er aber fragt, wo ich war?
BURSCHE Auf dem Abort!
MÄDCHEN Hätt ich dich nur nicht hereingelassen!
BURSCHE Hör jetzt damit auf! Jetzt ist es eben schiefgegangen. Vorher war es schön.
MÄDCHEN Er wirft mich hinaus.
BURSCHE Das tut er nicht. Sonst ist der Ruf kaputt. Aber mich hänseln sie!
MÄDCHEN Du denkst nur an dich!
BURSCHE Hättest du deine Hemden nicht zum Trocknen im Hof aufgehängt!
MÄDCHEN Du hast also nicht durch den Ritz geschaut?
BURSCHE Denkst du nicht daran, jetzt hinunterzugehen?
MÄDCHEN Willst du mich weghaben? Und ich fürchte mich!
BURSCHE Ja. Und hier kannst du die Sterne anschauen. Still!

8

*Vater kommt brummend. Schaut links vorn hinauf.*

VATER Anna! Wenn ich die Frau wecke, weiß es das Dorf. Sie kann nicht fort sein. Sackerment, warum ist er sonst eingestiegen? Und ich war auf der Treppe! *Geht brummend nach rechts ab.*
BURSCHE Jetzt mach aber!
MÄDCHEN Jetzt ist mein Leib wohl nicht mehr weich!
BURSCHE Denk jetzt lieber, daß du hinunterkriechst. Sonst hagelt es Hiebe!
MÄDCHEN Wäre ich nicht herauf!
BURSCHE Das wünsch ich jetzt auch!
MÄDCHEN *will zur Luke klettern.*
BURSCHE Halt, es kommt wer! Wenn du nicht ruhig bist, hau ich dir die Zähne ein!
MÄDCHEN Der Pfarrer!

## 9

*Der Pfarrer und der Nachtwächter.*

PFARRER Wen hast du heut alles gesehen?
WÄCHTER Noch niemand. In die Häuser kann man nicht schauen.
PFARRER Das ist wahr. Darum sind es solche Stätten der Unzucht!
WÄCHTER Ja, es werden dort mehr Kinder gemacht als irgend sonst wo.
PFARRER Es ist eine schöne Nacht. Ich habe noch einen Spaziergang gemacht. Es ist heraußen viel schöner. Im Haus ist es schwül.
WÄCHTER Zuerst dachte ich, ein Wetter kommt. Aber jetzt ist es sehr schön geworden.
PFARRER Der Wind hat die Wolken vertrieben. Es ist auch hell.
WÄCHTER Mit jeder Minute fast wird es heller. Das sind die Sterne.
PFARRER Das dort ist die Kassiopeia! Wie ein großes W. Siehst du sie?
WÄCHTER Ja. Es ist wunderbar.
PFARRER Was schaust du so? Dort ist es!
WÄCHTER Herr Pfarrer!
PFARRER Ja, und?
WÄCHTER Da oben sitzt wer!
PFARRER Wo?
WÄCHTER Auf dem Dach von Fricks Haus!
PFARRER Tatsächlich! Es sind zwei!
WÄCHTER Wenn wir näher hingehen!
*Sie tun es.*
PFARRER Zweierlei Geschlechts! Skandal.
WÄCHTER Das ist das Neueste.
PFARRER Jetzt gehn sie sogar auf die Dächer!
WÄCHTER Vielleicht ist es ihnen unten zu schwül.
PFARRER Das ist die Anna!
WÄCHTER Oder sie wollen auch die Kassiopeia sehen!
PFARRER Mach keine Witze! Das ist ja schrecklich! Hallo, wer sitzt da oben?
*Stille.*
WÄCHTER Sie meinen, man sieht sie nicht, wenn sie nichts sagen. Und vielleicht fällt ihnen auch nichts ein!
PFARRER Das ist doch die Anna! Hört ihr nicht, ihr auf dem Dach?
STIMME DES LEHRERS Was ist denn los?
PFARRER Kommen Sie doch mal! Das ist ja schändlich!
LEHRER *kommt mit dem Bürgermeister:* Was haben Sie denn? Machen Sie einen Tarock mit?
PFARRER Sehen Sie doch auf das Dach!
LEHRER Sapperment! Da haben sie die schönste Aussicht!
BÜRGERMEISTER Jetzt – das ist etwas! Was tun denn die da oben?
WÄCHTER Wahrscheinlich haben sie auf uns gewartet. Hören tun sie nicht!
PFARRER Wecke doch den Frick!
LEHRER Daß er auch was sieht!
BÜRGERMEISTER Den neuen Wetterhahn!
WÄCHTER Das Storchennest! *Klopft.*
BAUERN *kommen:* Grüß Gott, Herr Pfarrer! Da auf dem Frick seinem Dach! – Das haut! – Sie hören gar nicht! – Sie sind so hoch oben!
*Gelächter.*
VATER *kommt heraus:* Was ist denn? Brennt's?
BAUERN *lachen schallend.*
LEHRER Nein. Es brennt nicht.
VATER Was ist denn los?
*Gelächter.*
BÜRGERMEISTER Nichts. Wir sind nur vergnügt.
VATER Zum Teufel! So redet doch!
*Gelächter.*
PFARRER Das ist doch gottssträflich, wie Ihr Euer Haus führt!
VATER Ich verstehe Euch nicht!
*Gelächter.*
WÄCHTER Der Teufel hat Eure Tochter geholt!
VATER Ja, wo ist sie denn, in Teufels Namen!
WÄCHTER Er hat sich mit ihr auf dein Dach gesetzt!
*Ungeheures Gelächter.*

# Lux in Tenebris

*Personen*

Paduk · Frau Hogge · Der Reporter · Der Kaplan · Der Gehilfe · Leute · Das Mädchen der Frau Hogge

*Bordellgasse. Rechts seitlich sowie im Hintergrund Bordelle mit offenen roten Glastüren und roten Laternen darüber. Die Gasse führt nach hinten zu und biegt dann in rechtem Winkel nach links um. Links seitlich ein großes Leinwandzelt mit einem Loch nach vorne heraus, das von einem wehenden Tuch abgeschlossen wird. Vor dieser Tür rechts ein Tisch mit Stuhl. Um das Zelt in gewissem Abstand ein Bretterzaun. Auf dem Zelt ein großes Schild mit der Aufschrift: »Es werde Licht! Volksaufklärung!« Vom Dach des Zeltes aus überspiegelt kalkig weißes Licht die ganze Gasse.*

## 1

*Es ist Nacht. Vor dem Tisch im Freien sitzt Paduk, ein rothaariger Mann, an der Kasse. Leute lösen Eintrittskarten.*

PADUK Weicher Schanker eine Mark! Tripper eine Mark und sechzig! Syphilis zwei Mark fünfzig! Nicht drängen!

EIN MANN Ist jetzt Vortrag?

PADUK In drei Minuten.

EINE FRAU Ist es Wachs?

PADUK Hier vierzig Pfennige retour. Syphilis wünschen Sie nicht?

DIE FRAU Ist es Wachs oder...

PADUK Wachs und Spirituspräparate.

DIE FRAU Dann auch Syphilis.

PADUK Zwei Mark fünfzig.

EIN MANN Tripper.

PADUK Hier! Stimmt.

EINE FRAU Syphilis. Nein, nur Syphilis. Das ist das Schaurigste, nicht wahr?

PADUK Syphilis allein geht nicht. Der Vortrag fängt mit Tripper an. Also Tripper.

EINE FRAU *unter den Anstehenden:* Meine Schwester konnte eine Nacht nicht schlafen, so regte es sie auf.

EINE ANDERE FRAU Ich dachte mir auch, jetzt kann ich auch einmal dahergehen. Sonst gehe ich donnerstags ins Kino.

ERSTE FRAU Schon die Gasse ist das Geld wert.

PADUK Vorwärts! Geld bereit halten! Tripper eine Mark. Weicher Schanker eine Mark sechzig. Syphilis zwei Mark fünfzig.

MANN Tripper.

PADUK Eine Mark. Das sind nur 50 Pfennig.

MANN Mehr gebe ich nicht.

PADUK Dann kommen Sie nicht herein. Weiter!

MANN Das wollen wir doch sehen. Weil ich nur fünfzig Pfennige habe, soll ich mir die scheußlichsten Krankheiten holen?

PADUK *zu dem nächsten:* Syphilis zwei Mark fünfzig. Ja.

MANN Ich bekomme also das Billett nicht?

PADUK Nein.

MANN Und meine Gesundheit! Meine Frau! Die Kinder!

PADUK Und das Mobiliar! Und die Unkosten! Die Steuer! Der Vortrag! Gehen Sie sofort weg, sonst rufe ich die Polizei!

MANN *geht fluchend nach rechts ab.*

FRAU Der hat auch geladen!

ZWEITE FRAU Wo er jetzt wohl hingeht?

DRITTE FRAU Er hatte ein Gesicht, als ob er sich rächen wollte!

ERSTE FRAU Tatsächlich! Jetzt geht er da hinüber!

MANN *geht rechts in das Bordell:* Verfluchte Schweinebande!

PADUK Mit fünfzig Pfennigen? Mahlzeit! Tripper eine Mark. So, jetzt beginnt der Vortrag. Die Herrschaften, die nicht mehr herein können, bitte, eine halbe Stunde zu warten. Der Betrieb geht die ganze Nacht fort. *Er steht auf, zieht den Vorhang zu. Einige Leute stehen noch links. Ebenso sammeln sich dort noch Ankommende. Aus dem Zelt hört man eine unverständliche Stimme eintönig reden.*

## 2

DER REPORTER *zu Paduk:* Mein Name ist Schmidt. Ich bin Vertreter der Neuesten Nachrichten. Haben Sie für mich Zeit?

PADUK Der Herr ist von der Zeitung? Ja.

REPORTER Sie haben hier wohl großen Betrieb?

PADUK Ausverkauft!

REPORTER Das ist sehr erfreulich! Sehr erfreulich!

PADUK Das ist es.

REPORTER Ich meine in Anbetracht des guten Zweckes.

PADUK Das meine ich auch.

REPORTER Was zeigen Sie eigentlich?

PADUK Sie sehen in meinem Etablissemang die verheerenden Wirkungen der Geschlechtskrankheiten. Eine Warnung vor der Prostitution, die unsere Gesellschaft verseucht. Einen flammenden Aufruf an Angesteckte, sich heilen zu lassen, bevor das Gift Körper und Geist zerstört hat.

REPORTER Ist es Reklame für einen bestimmten Arzt?
PADUK Was denken Sie? Herr, es ist allgemeinste Menschenliebe! Bedenken Sie, die Tausende von Notleidenden!
REPORTER *schreibt mit.*
PADUK Die Tausende von Opfern der Prostitution, die, in einer schwachen Stunde verführt, vielleicht vom Alkohol in die Arme verseuchter Lustdirnen taumeln.
REPORTER Ich verstehe, Sie sind ein Idealist. Wie kommen Sie auf diese Idee, so zum Wohle Ihrer Mitmenschen zu wirken?
PADUK Seit Jahren habe ich das Lasterleben der Großstadt erforscht. Wie es die Seele zerstört und den Leib zermürbt. Wie Trunk und Alkohol nur die Wegmacher sind zur Prostitution und Verbrechertum.
REPORTER Und Verbrechertum. Sie haben ein ausgezeichnetes Deutsch. Wissen Sie das? Es ist, als seien Sie jahrelang in Zeitungsbetrieben gestanden. Haben Sie eine höhere Schule mitgemacht?
PADUK Ich habe nur die Volksschule besucht. Meine armen Eltern hatten nicht das Geld, aus mir einen verdienenden Mann zu machen.
REPORTER Das ist ausgezeichnet ausgedrückt. Darf ich Sie bitten, mir einiges über Ihre Jugend und Ihren Entwicklungsgang zu erzählen? Bei dem allgemeinen Interesse, das Ihr Unternehmen erregt...
PADUK Mein Leben liegt klar vor der Öffentlichkeit. Ich bin ein Mann der Klarheit. Ich bin auch ein Mann, der sich selbst gemacht hat. Mein Vater war ein kleiner Krämer, den Trunksucht ins Elend brachte. Meine Mutter zeit ihres Lebens krank. So war meine Kindheit voll von Armut und Entbehrung und Kränkung.
REPORTER Dadurch kamen Sie wohl frühzeitig zu Ihrer tiefen Erkenntnis des sozialen Elends?
PADUK Dadurch.
REPORTER Und als Quelle allen Übels haben Sie die Prostitution erkannt?
PADUK Jawohl!
REPORTER Deshalb haben Sie wohl auch gerade diese Gasse ausgesucht?!
PADUK Das ist klar. An Ort und Stelle muß der Gegner bekämpft werden. Die Besucher dieser verfluchten Lasterhöhlen sollen veranlaßt werden, hier die Folgen dieser Laster zu studieren. Ich werde nicht ruhen, bis der letzte dieser Unglücklichen diesen Brutstätten des Elends den Rücken kehrt.
REPORTER Es ist ein Genuß, Ihnen zuzuhören. Sie öffnen die Ausstellung nur nachts?
PADUK Jawohl. Aus demselben Grunde.
REPORTER Sie opfern dadurch Ihre Nächte?
PADUK Das bin ich gewohnt.
REPORTER Darf ich fragen, auf welchem Weg Sie speziell zu dieser höchst raffinierten Kampfart kommen? Ich glaube, daß nur ein geradezu dämonischer Haß auf so was verfallen kann.
PADUK Was meinen Sie damit?
REPORTER War es Lektüre oder hatten Sie ein Vorbild, und welches, oder war es ein Erlebnis, sagen wir eine Erleuchtung?
PADUK Man kann sagen: eine Erleuchtung.
REPORTER Welcher Art?
PADUK Ich sah: Hier wird den Leuten noch Geld abgenommen dafür, daß man ihnen ihre Gesundheit abnimmt. Wieviel besser wäre es, wenn man ihnen für ihr Geld wenigstens die Möglichkeit gäbe, ihre Gesundheit zu erhalten!
REPORTER Es war also vorwiegend eine finanzielle Erwägung...
PADUK *stutzt:* Nein. Wo denken Sie hin! Es war selbstverständlich eine moralische Erwägung. Ich dachte: Unkenntnis ist es, die diese armen Menschen ins Verderben jagt. Unkenntnis der Gefahr. Man muß ihnen zeigen, was diese Stätten der Lust wert sind. Dann gehen die Puffs kaputt, und die Leute sind gerettet.
REPORTER Sie verlangen aber Eintrittspreis. Geschieht dies aus pädagogischen Erwägungen?
PADUK Jawohl. Was die Leute nicht bezahlen müssen, das schätzen sie nicht. Bei mir kostet Syphilis zweifünfzig. Da drüben mindestens fünf Mark. Das heißt ohne Wein.
REPORTER *meckert:* Dafür ist es allerdings die echte.
PADUK Es ist ein verdammt ernstes Thema, Herr.
REPORTER Entschuldigen Sie. Und wie ist die Wirkung Ihrer Vorträge?
PADUK Sie sind alle Abend ausverkauft.
REPORTER Ich meine auf das Publikum.
PADUK Die denkbar beste. Bis zu Ohnmacht und Erbrechen.
REPORTER Das ist ausgezeichnet.
PADUK Und: Die Buden drüben stehen leer. Zu vermieten.
REPORTER Woher wissen Sie das?
PADUK Es ist jeder Besucher zu sehen bei dem Licht. Es ist kein Besucher zu sehen. Und man

hört es am Klavierspielen, ob wer drinnen ist und verführt werden soll.

REPORTER Das ist eine ausgezeichnete Kontrolle Ihres Erfolgs! Wirklich eine geniale Idee! Aber Sie hatten wohl Mühe, das durchzusetzen?

PADUK Wie alles Neue! Die Stadt machte Schwierigkeiten. Besonders wegen des Nachtbetriebes!

REPORTER Aber die Stadt stellte doch den Platz zur Verfügung?

PADUK Jawohl.

REPORTER Während Sie das Geld für das Etablissement von privaten ungenannten Wohltätern erhielten?

PADUK So ist es. Aber jetzt ist der Vortrag aus.

REPORTER Ich weiß genug. Ich danke Ihnen. Es wird in der Zeitung erscheinen. Ich liebe die Zeitungen!

PADUK Es hat mich gefreut. Wollen Sie in den nächsten Vortrag herein?

REPORTER Nein. Ich habe eine Abneigung gegen dergleichen Dinge.

PADUK Aber vielleicht warten Sie, bis die nächste Vorstellung beginnt. Ich halte eine kurze Ansprache.

REPORTER Ich danke Ihnen. Das werde ich auf jeden Fall noch anhören. Sie reden ausgezeichnet.

3

*Aus der Tür kommen Leute und zerstreuen sich.*

DIE LEUTE Mir ist ganz übel. – Ich habe mich erbrochen. Gut, daß Kübel aufgestellt sind. – Ich sage dir: Der Ekel darnach, das ist geradeso wie der, wenn man aus einem Bordell selbst kommt.

EIN MANN *der schon dastand:* Rentiert es sich?

EIN HERAUSGEKOMMENER Absolut. Ich rate Ihnen besonders die syphilitische Abteilung an. Da sind sehr schöne Sachen drin.

EIN KAPLAN *zu Paduk:* Gestatten Sie: Benkler. Kaplan. Ich bin Vorstand des Christkatholischen Gesellenvereins. Wir wären nicht abgeneigt, Ihr Institut zu besuchen.

PADUK Es kann jeder herein.

KAPLAN *hinter dem die Gesellen sich aufschließen:* Darf ich fragen, gibt es Ermäßigung?

PADUK Nein. Für gewöhnlich. Aber Sie sagen, es ist der Gesellenverein?

KAPLAN Jawohl.

PADUK Katholisch?

KAPLAN Christkatholisch.

PADUK Dann machen wir eine Ausnahme. Wieviel Herren sind es?

KAPLAN Nur die Hälfte, leider. Ach so: dreiundsiebzig.

PADUK Dann mieten Sie den ganzen Vortrag. Das kostet dann für Sie hundert Mark.

KAPLAN Für sämtliche Abteilungen?

PADUK Jawohl. Tripper, Schanker und Syphilis.

KAPLAN Hier. Hundert Mark.

PADUK Gesungen darf aber nicht werden.

KAPLAN Das ist selbstverständlich.

PADUK *schalkhaft:* Es wäre Störung der Nachtruhe.

KAPLAN Wieso? Hier sind doch keine Häuser?

PADUK Und das Vis-à-vis? Dort wird jetzt geschlafen, meine ich, seit ich hier bin.

KAPLAN Ach so, das ist ausgezeichnet. Nein, wir werden nicht singen.

PADUK Bitte, empfehlen Sie mich. *Führt den Gesellenverein hinein. Kommt wieder heraus.* Die Herrschaften müssen sich noch eine Viertelstunde gedulden. Länger dauert es diesmal nicht. *Zu dem Reporter:* Vielleicht sehen Sie morgen abend her.

REPORTER Jawohl. Ich danke Ihnen. *Ab.*

PADUK *allein:* Es wird schon stiller. Nach zwölf Uhr kommt niemand mehr. Verflucht, dann noch aufbleiben zu müssen. Aber es ist wegen des Lichts... *Schaut hinauf.* Das Licht ist ausgezeichnet. *Geht zum Zaun.* Absolut still. Bankrott! Das Bett vertrocknet. Der Fluß abgeleitet! Wie still sie sind! Will sehen, wenn hier wieder zum erstenmal Klavier gespielt werden kann!

4

*Rechts unter der roten Tür erscheint Frau Hogge.*

FRAU HOGGE Paduk!

PADUK He?

FRAU HOGGE *kommt auf die Gasse heraus:* Haben Sie etwas Zeit?

PADUK Durchaus. Es ist Vortrag.

FRAU HOGGE Das Geschäft blüht?

PADUK Ausverkauft.

**FRAU HOGGE** Paduk!
**PADUK** Herr Paduk!
**FRAU HOGGE** Entschuldigen Sie. Herr Paduk. Ich dachte: alte Bekannte.
**PADUK** *murmelt:* Erinnere mich nicht.
**FRAU HOGGE** Alte Kundschaft!
**PADUK** *schaut sich um:* Was wollen Sie eigentlich? Haben Sie so wenig zu tun?
**FRAU HOGGE** Wir haben Reinemachen. Aber ich wollte Sie um Entschuldigung bitten wegen des Mißverständnisses, das Ihnen bei uns passiert ist.
**PADUK** *kühl:* Oh, nicht nötig.
**FRAU HOGGE** Der schlechten Behandlung!
**PADUK** Zuviel der Ehre!
**FRAU HOGGE** In einem so großen Betrieb kann es vorkommen...
**PADUK** Ist er noch immer so groß?
**FRAU HOGGE** Nun werden Sie gleich höhnisch.
**PADUK** Ich dachte, ich tue Ihnen einen Gefallen, wenn ich Ihren Betrieb etwas verkleinere, daß Sie Ihre Kunden besser behandeln können.
**FRAU HOGGE** Aber Sie hatten tatsächlich doch kein Geld.
**PADUK** Ja. Darum dachte ich auch: ich muß welches verdienen.
**FRAU HOGGE** Es ist aber unser Geld.
**PADUK** Aber auf anständige Art verdient.
**FRAU HOGGE** Was heißt anständig? Sie nehmen uns das Brot weg.
**PADUK** Sie haben ja Wein, der Ihnen jetzt allein verbleibt.
**FRAU HOGGE** Und meine armen Mädchen?
**PADUK** Die sind nur arm, weil sie Ihre Mädchen sind.
**FRAU HOGGE** Sie machen es einer alten Frau wirklich schwer. Ich muß Ihnen sagen: es tut mir leid, daß Sie aus unserem Haus hinausgeworfen worden sind.
**PADUK** Mir tat es auch leid. Aber im Gegensatz zu Ihnen tat ich etwas für mich.
**FRAU HOGGE** Sie waren einer unserer besten Kunden.
**PADUK** Und dennoch warfen Sie mich hinaus, als ich einmal kein Geld hatte.
**FRAU HOGGE** Nun sagen Sie einmal: was soll die Geschichte eigentlich? Diese unanständigen Dinge zu zeigen? Als ob die Leute sich so bessern wollten!
**PADUK** Sie wissen ganz gut, daß es sich nicht darum handelt. Ich besann mich lediglich, wie ich diese Gasse beleuchten könnte. Wie in Ihr schändliches Gewerbe hineingeleuchtet werden könnte!
**FRAU HOGGE** Es war also nur Rache, und es handelte sich für Sie nur darum, irgendwie einen elektrischen Scheinwerfer – *schaut hinauf* – anzubringen? Und darum die ganze Komödie? Die Eingaben? Die Wohltäter? Das Etablissemang? Nur wegen dem Scheinwerfer?
**PADUK** Deswegen. Ich konnte mich doch nicht umsonst und allein mit der Lampe in der Hand hier aufstellen. Nur wegen Ihnen! Das kann ich mir auch nicht leisten. Sie selbst machten mich darauf aufmerksam, daß man Geld braucht.
**FRAU HOGGE** Sie sind doch ein gemeiner Mensch!
**PADUK** Sie überschätzen mich. Es war lediglich ein guter Einfall, segensreich für Hunderte.
**FRAU HOGGE** Ja. Sie kennen wir!
**PADUK** Ich habe Sie allerdings auf mich aufmerksam gemacht.
**FRAU HOGGE** Mädchen schinden, daß sie heulend, halbnackt zu mir gerannt kommen, nichts bezahlen, Krakeel machen, selber der Schlimmste von allen, ein ehrloser Schuft, darum bei uns hinausgeworfen, bei uns hinausgeworfen!
**PADUK** Auferstanden von den Toten. Am dritten Tag aufgefahren zum Himmel. Schöpfer einer Wohlfahrtseinrichtung! Vorkämpfer der Moral! Kapitalist!
**FRAU HOGGE** Lump! Saukerl! Verkommener Schuft! *Nach rechts ins Bordell ab.*

## 5

**PADUK** *kehrt zum Tisch zurück:* Bagage! Ungebildetes Pack! Weil diesmal der Gesellenverein mich beehrt! Brotneid!
**EIN MANN** *von links, einer von den Wartenden:* Was haben Sie denn mit der Person?
**PADUK** Geht Sie das was an?
**DER MANN** Ich bin Beamter. Das dürfte vielleicht doch von Interesse sein, was Sie da eben verhandelten.
**PADUK** Es sind Anwürfe einer gemeinen Person, denen wir Pioniere der Moral immer ausgesetzt sind.
**DER MANN** Jedenfalls werde ich veranlassen, daß morgen recherchiert wird. Das Ding hier ist mit fremdem Geld erbaut! *Grußlos ab.*
**PADUK** *starrt ihm nach:* Verflucht! Die Kerls haben lange Ohren! Das kann peinlich werden... Na, ich rede ja ausgezeichnet, wie der Idiot sagte. Und morgen steht mein Lebenslauf

in der Zeitung. Klar. Nicht ohne erschütternde Momente. Hm. Aber vielleicht wäre es doch gut, wenn noch etwas getan würde, was jeden Zweifel über den sittlichen Ernst behöbe!

6

*Die Vorstellung ist wieder aus. Der Gesellenverein strömt zurück.*

PADUK *zum Kaplan:* Wie hat es Ihnen gefallen?
KAPLAN Sehr gut... Das heißt..., das ist ja die Hölle auf Erden!
PADUK Nicht wahr? Die reinste Hölle! Und alles hauptsächlich von der Prostitution! Herr Pfarrer, wenn Sie erlauben, rede ich mir einiges vom Herzen. Wes der Mund voll ist, Sie wissen ja... *Er geht für einen Moment ins Zelt, dann kehrt hinter ihm der Gehilfe zurück, der Spiritusgläser trägt und auf dem Tisch niederstellt. Die Gesellen verharren noch. Außerdem treten die Wartenden von links zu. Aber auch auf der Gasse wird es lebendig während der ersten lauten Sätze Paduks. Aus den Bordellen kommen in dunklen Straßengewändern die Mädchen, einzeln und zu zweien oder dreien. Sie schleichen an den Zaun, etliche schlendern auch laut kichernd über die Gasse. Aber dann schauen sie alle still über den Zaun.*
PADUK Meine lieben jungen Freunde! Sie haben eben die Folgen des Lasters gesehen, die schrecklichen Krankheiten, die die Folgen der Prostitution sind. Es ist kein Zufall, daß dieses Etablissemang, das dem sittlichen Ernst dienen soll, gerade an diesem Platz steht. Es ist ein feierlicher Protest! *Er bemerkt die Mädchen hinter den Zäunen und steigt sofort auf den Tisch, zwei Spiritusgläser in den Händen.* Meine lieben jungen Freunde, es ist kein Protest gegen die unglücklichen Bewohnerinnen dieser Lokale, sondern gegen die Lokale selbst, gegen den Geist der Lokale! Die unglücklichen Mädchen, die darinnen in Sklaverei ihren Leib, den Gott gemacht hat, verkaufen müssen, ohne daß das Geld ihnen gehört, klage ich nicht an. *Mehr und mehr zu diesen hinüber.* Nur ein Rohling könnte das. Sie sind Opfer. Ihr Los ist schrecklicher als das der Straßenpferde, schrecklicher als das der Sträflinge, schrecklicher als das der Todkranken! Sie müssen ihre unsterbliche Seele verkommen und ihren Leib verfaulen sehen, jedem schmierigen Lumpen, jedem verkommenen Schuft zu Willen sein und zur viehischen Wollust der Männer sich mit unheilbaren Krankheiten anstecken lassen. *Er hebt das Glas links empor.* Dieser Mund mit den von Geschwüren zerfressenen Gaumen hat einst so gut wie euer Mund in der Kirche Choräle gesungen, diesen von Aussatz verheerten Kopf hat die Hand einer Mutter gestreichelt, wie euren. Über dieser Brust – *er bückt sich nach einem Wachsmodell* –, die von Eiter durchlöchert ist, hat ein Kreuzlein gehangen, wie über eurer. Und diese Augen – *er bückt sich nach einem anderen Wachsmodell* –, verquollen und ausgefressen, haben, als sie zum erstenmal aufgingen, ein Elternherz erfreut, wie eure. Vergeßt das nicht! Vergesset das nun und nimmer nicht, wenn die Verführungen an euch herantreten und der Teufel euch lockt. Vielleicht ist es noch Zeit für euch, vielleicht habt ihr noch das Glück, daß es für euch nicht zu spät ist. Seid nicht undankbar dafür. Vergeßt es nicht! Tut nicht neues Unrecht! *Steigt herab von seinem Tisch.*
KAPLAN Das war gut gesprochen. So spricht nur ein Erwählter Gottes. Haben Sie Dank dafür!
PADUK *mit den Spiritusgläsern:* Bitte, Herr Kaplan, es war nur meine Schuldigkeit.
DER KAPLAN *drückt ihm die Hand, die jener erst frei macht. Er geht mit den Gesellen langsam, schweigend ab.*
PADUK Heute findet keine Vorstellung mehr statt. Wegen Reinemachens. *Er geht nach hinten.*

7

*Die Leute verstreuen sich. Auch die Mädchen verschwinden wieder in den Häusern.*

PADUK *kommt zurück, hinter ihm der Gehilfe:* Hast du Trinkgelder bekommen?
GEHILFE Ja. Einige Mark.
PADUK Gib sie her!
GEHILFE Sie gehören doch mir.
PADUK Nein. Sei nicht unverschämt. Du wirst von mir bezahlt.
GEHILFE Dann können Sie den Dreck von jetzt ab alleine daherquatschen. Überhaupt immer in der Luft!
PADUK Sie können gehen.
GEHILFE So. Gut. Diesmal gehe ich aber wirklich. Diesmal haben Sie sich verrechnet. Es muß

ein Ende haben. So kann ich mir kein Vergnügen kaufen von dem Lohn. Und den Ekel holt man sich auch. Jetzt ist es Schluß!

PADUK Ist das Ihr Ernst?

GEHILFE Möchten Sie wieder klein beigeben. Nee. Hilft diesmal nicht. Ich gehe rein und packe. Bewachen Sie den Dreck selber. *Er schmeißt das Geld auf den Tisch.*

PADUK Du kannst das Geld doch behalten. So war es nicht gemeint. Du bist viel zu erregt.

GEHILFE Nee, diesmal ist es Schluß. Endgültig. Und dann haben Sie mich überhaupt zu siezen. *Geht hinein.*

PADUK Verflucht! Das geht gut heute. Und ich habe nie besser gesprochen. Jetzt weiß ich, was Pfingsten ist. Heute war der Geist über mir. Aber das Glück ist mit den Dummen, wie alle Weiber. *Setzt sich.* Und das Gewarte jetzt! Mit knurrendem Magen! In dieser Umgebung kann doch kein Mensch etwas hinunterbringen. Mir kommt es sowieso schon im Traum. Und bis der nächste die lateinischen Wörter wieder kann! Plackerei! Und der Beamte! Der Esel! Spitzeltum!

*Schaut um, wie vom Schlag getroffen. Es sind einige Leute vor der Bordelltür rechts. Sie haben geläutet.*

ERSTER MANN Zum Teufel, warum ist denn der Stall zu?

ZWEITER MANN Als ob nicht das Licht schon genügte! Der verfluchte Scheinwerfer!

DRITTER MANN Aufmachen! Der Betrieb ruht wohl hier?

*Es wird geöffnet, sie treten ein.*

PADUK Was wollen denn die? *Geht zum Zaun.* Die ersten seit zwei Wochen!

*Es kommen noch einige, die hinten wo eintreten.*

8

*Paduk geht zum Tisch zurück, schüttelt den Kopf, zieht die Kasse hervor, zählt Geld.*

FRAU HOGGE *rechts aus der Tür, kommt über die Straße, lauscht. Geht leise durchs Gatter und sagt hinter Paduk:* Reicht's schon, Herr Paduk?

PADUK *erschrickt, zornig:* Was soll das bedeuten! Scheren Sie sich!

FRAU HOGGE Nicht so heftig, Herr Paduk – die ersten Besucher sind wieder da.

PADUK Na, Musik höre ich noch keine!

FRAU HOGGE Die wird nicht wegen jedem gemacht. Vorerst geht es wieder mit den Fünfmarkleuten an. Aber es wird schon besser.

PADUK Das müssen Sie ja wissen.

FRAU HOGGE Hören Sie mal, Herr Paduk, könnte ich einen Stuhl haben?

PADUK Sonst nichts?

FRAU HOGGE Nein. Ich verlange ihn nicht umsonst.

PADUK *schließt die Kasse ein:* Nach den Beleidigungen, die Sie vor noch nicht zehn Minuten...

FRAU HOGGE Seitdem ist einiges passiert. Ich sage: einiges.

PADUK Ich habe nichts bemerkt.

FRAU HOGGE Erstens sind die ersten wiedergekommen. Das ist für mich. Zweitens haben Sie eine Rede gehalten.

PADUK Die für mich war. Ja. Das haben Sie richtig erkannt.

FRAU HOGGE Sie nicht. Sie haben es nicht richtig erkannt. Die Rede war ein Blech.

PADUK So, war sie Blech?

FRAU HOGGE Ja. Von unserem Standpunkt aus. Nicht von dem des Pastors. Sondern von Ihrem und meinem!

PADUK Das ist nicht schlecht. Das amüsiert mich. *Holt den Stuhl.* Hier der Stuhl! Wollen Sie mir erklären?

FRAU HOGGE Ja. Danke. *Setzt sich.* Ich bin nämlich dankbar. Ich wollte Sie auch um Entschuldigung bitten wegen des Mißverständnisses von vorhin.

PADUK Kommen Sie zu meiner Rede!

FRAU HOGGE Also Ihre Rede hatte, wenn ich richtig verstand, den Sinn, daß die Mädchen bei mir ausgesogen werden. Das sagten Sie sehr schön. Es stimmt aber nicht ganz. Sie hätten ebensogut, als Sie sehr wirkungsvoll von den Mündern mit den Geschwüren, wissen Sie, statt von Chorälen, die einmal drin waren, vom Schnaps reden können – nur mit geringerer Wirkung. Die Köpfe streichelten in den meisten Fällen nicht die immer effektvollen Hände einer Mutter, sondern prügelten die minder bekannten Fäuste von Zuhältern. Aber davon will ich nicht reden. Das wissen Sie selber. Sie haben lang genug bei uns studiert. Daß das Unternehmen Gewinn bringen muß, das stimmt. Die Einnahmen übersteigen in normalen Zeiten die Ihrigen um ein Beträchtliches.

PADUK Sie reden ausgezeichnet. Es ist ein Genuß, Ihnen zuzuhören. Aber warum war meine

Rede ein Blech? Dafür haben Sie den Stuhl bekommen!

FRAU HOGGE Sie brauchen sich nicht so sehr darauf zu freuen. Ich werde Sie schonend vorbereiten. Zunächst was die Rentabilität und Ihre Aussichten anlangt: Sie verdienen jetzt gut, weil niemand Ihre Sehenswürdigkeiten gesehen hat, außer zu sehr teuren Preisen an eigenem Leib. Aber da niemand bei Ihnen zweimal reingeht – und da können Sie Gift drauf nehmen –, hört die Geschichte einmal auf. Mein Geschäft fängt zwei Wochen nach Ihrem Bankrott wieder an. Meine Kundschaft beläuft sich auf 6000 Seelen. Durch Aufklärungsarbeit, die wir sofort anordneten, wurde davon ein großer Teil von einem Besuch Ihres Ekel erregenden und unfeinen, an die niedrigsten Instinkte der Massen, die Feigheit und das Muckertum, appellierenden Instituts abgehalten. Der andere Teil, der Lust hat und nicht davon abgehalten werden kann, sich von Ihnen die höchsten Genüsse des Lebens, nämlich die der Liebe, einschließlich der ehelichen, verekeln zu lassen, meidet unser Etablissemang bis zu zwei Wochen nach dem Besuch bei Ihnen. Der Ausfall an Einnahmen durch Sie ist beträchtlich, aber einmalig. Und unser Institut wird immer wieder besucht!

*Stille.*

PADUK *sitzt ihr gegenüber an seinem Tisch, Schweißperlen auf der Stirn:* Das hat mit meiner Rede nicht das geringste zu tun.

FRAU HOGGE Ja. Soviel ich weiß, besteht der Sinn Ihres Geschäftes darin, daß Sie die Ansteckung durch Prostitution ausbeuten. Das schädigt so lange die Prostitution, als die Kenntnis davon erst von Ihnen vermittelt werden muß. Dann ist es vorbei, und wir blühen wieder wie zuvor. Der Sinn Ihrer Rede aber bestand darin, daß Sie den Herd der Ansteckung, nämlich die Prostitution, vernichten wollten. Also Ihren eigenen Herd, auf dem Ihr Geschäft beruht, wie ein Haus auf einem Felsen. Kürzer: wenn Sie die Männer aufklären über die Ansteckung, so ist mir das gleichgültig. Das hat gar keine Wirkung. Aber wenn Sie meine Mädchen aufklären, dann geht die Prostitution zugrund, damit der Herd der Ansteckung und damit Sie selber! *Triumphierend, aber voller Angst:* Und das haben Sie gemacht, als Sie heute meine Mädchen wieder heulend zu mir schickten. Sagen Sie jetzt: War diese Rede kein Blech?

*Stille. Paduk schnauft. Frau Hogge trocknet die Stirn mit dem Taschentuch.*

PADUK *möglichst gleichmütig:* Ja. Gut. Was weiter? *Stille.* Sie reden wie ein Buch.

FRAU HOGGE Ich habe eine höhere Schule besucht.

PADUK Gut. Ich habe mich hinreißen lassen, wie Sie sich vorhin auch hinreißen ließen. Aber was jetzt?

FRAU HOGGE *befriedigt aufatmend:* Na also! Das ist ein anderer Ton! Jetzt kommt auch der Dank für den Stuhl! Ich gebe Ihnen einen Rat: Schließen Sie die Bude zu und stecken Sie das Geld, das Sie mit ihr verdient haben, in unser Institut!

PADUK *steht auf:* Was heißt das?!

FRAU HOGGE Wie ich es sagte!

PADUK Und mein Ruf? Die Stadt, die den Platz hergab? Der Artikel in der Zeitung?

FRAU HOGGE Kleine Unannehmlichkeiten! Aber dann der Erfolg!

PADUK Ich kann es nicht. Des Rufes wegen. Was Sie da sagten, habe ich selber schon ausgerechnet. Aber es geht nicht.

FRAU HOGGE Was heißt: Ihr Ruf? Wenn Sie so fortfahren, mich zu ruinieren – und Sie selber mit –, dann muß ich mir helfen, so gut es geht. Ich muß doch bekanntgeben, welches Ihre Motive sind! Dann können Sie mit Ihrem Ruf sowieso Finanzminister werden!

PADUK Das klingt nicht schlecht! Aber die wundervolle Idee! Und die Behandlung, die Sie mir angedeihen lassen...

FRAU HOGGE So behandeln konnte die Carmen Sie, als Sie noch ein Unbekannter ohne Geld waren. Jetzt sind Sie Mitbesitzer und können machen mit ihr, was Sie wollen! Haben Sie schon die neuesten Aufnahmen gesehen?

PADUK Nein. Ich war etwas außer Kontakt!

FRAU HOGGE *zieht Photographien aus dem Busen und zeigt sie:* Hier, Carmen, von hinten und seitwärts! Hier, ganz pikant, Ludmilla von vorn, Ganzakt. Diese Augen! Die Brust! Der Mund! Das ganze Köpfchen!

PADUK *mit einem Ruck:* Gut. Ich besichtige Ihr Etablissemang. *Nimmt die Kasse unter den Arm.* Hier kommt jetzt so niemand mehr. Und Lind ist ja da. Ach so... Lind, bleiben Sie noch eine Viertelstunde, ich habe einen Geschäftsgang!

GEHILFE *von innen:* Nicht 'ne Minute länger!

PADUK *zu sich:* Hier geht ja doch alles abwärts! *Hinter Frau Hogge nach rechts. Beide verschwinden in der roten Tür. Sofort darauf Kla-*

*vier drinnen. Ein Mädchenschrei. Tanzgeräusch.*
*Es wird dunkel. Es wird still.*

9

PADUK *kommt von rechts heraus, die Haare etwas verwüstet, die Kleidung in Unordnung, aber die Kasse unterm Arm:* Jetzt kann der Esel recherchieren. Ich werde ihm selbst Auskunft erteilen. *Bleibt am Tisch sitzen.* Lind! Wo stekken Sie denn wieder?
GEHILFE *kriecht heraus:* Herr Paduk?
PADUK Wollen Sie jetzt wieder bleiben?
GEHILFE Eben nur unter der Bedingung, daß ...
PADUK So können Sie gehen! Sie sind entlassen! *Vor Triumph erstickt:* Scheren Sie sich! Sonst schmeiß ich Sie raus! Sie Ausbeuter! Lump! Verkommener Schuft!
GEHILFE Das sollen Sie mir büßen. Ich decke Ihre Vergangenheit auf!
PADUK Machen Sie das! Sagen Sie: Ich bin Bordellbesitzer. Sagen Sie: Ich verdiene täglich hundert Mark. Laufen Sie und sagen Sie es allen, die noch was zwischen den Schenkeln haben. Fort mit Ihnen!
GEHILFE *ab:* Schuft!
PADUK *summt die Klaviermelodie:* Na, um die Sache rauf zu bringen – *er steigt auf den Tisch und nimmt das Schild herunter* –, könnte man eventuell ein Kino für Aufkärungsfilme einbauen, für das die polizeiliche Genehmigung ohne weiteres zu haben wäre. Davon könnten wir noch – durch unsere Beziehungen in höchsten Kreisen – ein Gesetz durchdrücken, das den – Privatliebesverkehr mit – Zuchthaus und den Abortus mit – Todesstrafe bedroht! Dadurch wird unser Geschäft ungeahnt emporblühen. So, das wäre erledigt. Es kommt nur auf Ideen an. *Er nimmt das Schild von dem Eingang. Schaut sich um. Grinst.* In spätestens zwei Wochen beginnt das Geschäft wieder. Heut waren schon wieder die ersten Besucher da. *Drückt auf einen Kopf, daß das Licht erlischt. Geht langsam, summend, mit der Kasse nach rechts und verschwindet in der roten Tür. Klaviermusik und Tanzgestampf.*

# Der Fischzug

*Personen*

Der Fischer · Seine Frau · Erster Mann · Zweiter Mann · Die sechs Fischer · Der Bettler · Das Bettelweib

*Eine Fischerhütte. Hintergrund: Links ein Fenster mit Musselinvorhängen. Rechts davon, ziemlich in der Mitte, ein Bett mit Vorhängen. Rechts davon die ziemlich schwere Holztür, quadratisch. In der Mitte des Zimmers steht ein großer Holztisch. An der linken Seitenwand ein Ledersofa, darüber ein Netz. Rechts eine Tür.*

*Es ist Nacht. Im Bett liegt die Frau des Fischers.*

FRAU *schwer schlafend, spricht im Schlaf, sich wälzend:* Tom!... Tom! Laß mich!... *Wacht auf, setzt sich im Bett.* Es muß schon lang zwölf gewesen sein. Er ist immer noch nicht da... Er hat heut noch gar nichts gefangen und jetzt sauft er... Oh... *Legt sich wieder.* Oah... *Schläft ein.*
*Stille. Dann Poltern an der Tür.*
FISCHER *von außen:* He! Aufgemacht!
FRAU *fährt empor:* Tom! *Aus dem Bett, zur Tür, mit einer Kerze, öffnet, prallt zurück.*
*Der Fischer schwankt herein, auf zwei Männer gestützt.*
FISCHER *bös:* Warum... geht das Tor... nicht auf?... Wenn ich heimkomme!
FRAU *nimmt was um:* Ich hab geschlafen.
FISCHER Das Tor muß immer auf sein, zum Teufel. Sonst kann ja kein Mensch rein.
FRAU Wenn ich doch schlaf!
FISCHER Von jetzt ab ist es auf! Punktum! *Schwankt zum Tisch.*
ERSTER MANN Er hat ein wenig zu viel, Frau. Aber zu dritt kamen wir ganz gut heim.
FRAU Bist du's, Munken? Er ist also wieder voll wie eine Heringstonne, aber s e i n e Tonnen, die sind leer.
FISCHER Das mußt du nicht sagen. Wenn ich saufe, kommen mir die besten Gedanken.
FRAU Da können wir runterbeißen.
FISCHER Da hat man keinen Hunger, wenn man gesoffen hat, siehst du.
ZWEITER MANN Du solltest dich in die Klappe schmeißen!
FISCHER Der ist noch mehr besoffen. Wenn er sich hinsetzt, schläft er ein. Er verträgt nichts. Er ging so krumm wie eine Jolle unter scharfem West. Er trinkt Kaffee mit.
FRAU Muß ich wieder an den Herd, mitten in der Nacht?!
ERSTER MANN Nicht wegen mir, Frau.
FISCHER Soll ich am Morgen kommen? Marsch, in die Küche! Und heiß!
FRAU *ab nach rechts:* Daß du einmal verreckst an deinem Saufen!
ERSTER MANN Sie hat's nicht wie im Paradies.
FISCHER Niemand hat's so. Ich bin verdammt schläfrig. Frau!
FRAU *kommt zurück:* Schreist du schon wieder?
FISCHER Wasch mich!
FRAU Mitten in der Nacht?
FISCHER Wa-schen! Wenn ich die Augen zumache, ist der Himmel rosen-rot. Wie im Himmel, nur stößt es einem auf.
FRAU *wäscht seinen Kopf mit Wasser; er nickt fast ein.*
ZWEITER MANN *grinst:* Sie ist aus dem Bett gekrochen.
ERSTER MANN Das sieht man.
ZWEITER MANN Dann sind sie wie verbalgte Katzen.
ERSTER MANN Dürr ist sie nicht.
ZWEITER MANN Er ist ein ganz verflucht dummer Affe.
FISCHER Zum Teufel! Jetzt hab ich meine Pfeife drüben lassen. Frau, hol sie!
FRAU Im Hemd?
ERSTER MANN Man könnte ja mal rüberschauen.
ZWEITER MANN Das könnte man.
ERSTER MANN Soll ich mal rüber?
ZWEITER MANN *zur Frau:* In d e r Nacht sollst du nicht hinüber!
ERSTER MANN Die würden die Augen aufreißen!
ZWEITER MANN Ich lauf mal!
ERSTER MANN Ich wäre auch rübergelaufen.
*Keiner geht.*
FRAU Sie lachen mich alle aus drüben.
ZWEITER MANN Da geht man eben hinüber!
ERSTER MANN Einer von uns kann ganz gut mal schnell rüber.
ZWEITER MANN Es ist ja kein großer Weg, das!
ERSTER MANN Wegen dem brauchst du nicht im Hemd da hinüber.
ZWEITER MANN Das duld ich durchaus nicht.
ERSTER MANN Ja, er läuft mal rasch rüber. Das können wir nicht dulden.
FISCHER Aber zum Kaffee mußt du wieder da sein, Jürgen!
ZWEITER MANN Gleich! *Geht widerstrebend ab.*
FRAU Auf den Kaffee könnt ihr warten. Er kocht gleich.
ERSTER MANN Danke, ich bin nicht kalt.
FRAU Du kannst's doch auch brauchen.

ERSTER MANN Ich sehe noch klar.
FRAU Dann mach die Augen zu, du.
ERSTER MANN Das Licht ist zu schlecht.
FRAU Jetzt schläft er fast.
ERSTER MANN Er ist zu besoffen.
FRAU Er ist ein Schwein.
ERSTER MANN So kommt man nicht heim.
FRAU So kommt er immer heim.
ERSTER MANN Aber du schaust gut aus...
FRAU Ich hab nur ein Hemd an...
ERSTER MANN Das macht nichts.
FISCHER *auffahrend:* Mach doch zu! Das Wasser ist viel zu kalt. Mach den Kaffee. Was macht nichts?
FRAU Daß das Wasser kalt ist.
FISCHER Hinaus! Du Henne!
FRAU Aber der Jürgen ist für mich hinübergegangen.
ERSTER MANN Ich wollte dableiben.
FRAU *lacht, ab.*
FISCHER Jetzt mault sie wieder, weil sie raus muß. Als ob ich ein Tier wäre! Die reine Faulheit! Es sind alles Schlampen.
ERSTER MANN Jetzt gehe ich.
FISCHER Hast du noch nicht voll?
ERSTER MANN Es dreht mich.
FISCHER Setz dich!
ERSTER MANN Dann schlaf ich ein!
FISCHER Daß ihr nichts vertragen könnt, ihr! Ihr treibt zu viel Unzucht, das schwächt ab! Ich kann alles vertragen.
ERSTER MANN *nach rechts, unter der Tür:* Es war wohl recht hübsch warm im Bett?!
FRAU Daß man da raus muß!
ERSTER MANN Halbnackt!
FRAU Wegen dem Schnapsschwamm!
ERSTER MANN Und der kalte Kachelboden in der Küche!
FRAU Es ist ein Kreuz!
ERSTER MANN Zu den warmen Füßen!
FRAU Daß ihr euch immer besauft!
ERSTER MANN Ich habe keine Frau, darum tue ich es.
FRAU Und wenn du eine hättest?
ERSTER MANN Dann wäre alles anders!
FRAU So meint man immer.
ERSTER MANN Ich bin nicht so. Ich bin auch nicht betrunken.
FRAU Könntest du mir noch die Pfanne halten?
ERSTER MANN So betrunken bin ich nicht. *Geht in die Küche.*
FISCHER *hebt den Kopf von der Tischplatte:* Der Kopf brummt. Das ist ein Karussell. Und die verfluchte Kerze! Munken! Der hat das Maul wieder voll Schnaps! Der Kerl sauft auch wie ein Loch. Als ob das nichts kostet... Wo ist denn der Kerl wieder? Aha! Gottsted, ich muß, ich muß hell werden. Aufstehn! Stillgestanden! Rechts kehrt, marsch! *Geht nach links hinten zu einem Schaff Wasser.* Rumpf beugt! Hechtsprung! *Taucht den Kopf ein.* Brr! *In der Küche fällt eine Pfanne.* Hallo! Da ist was! *Er geht mit hängendem, tropfendem Schopf gebückt nach rechts und lauscht. Geht dann torkelnd weiter, nach links zurück.* Frau!
FRAU *kommt, etwas zu rasch:* Was ist? Was ist denn schon wieder?
FISCHER Deinen Schurz her! Rasch! *Stampft auf.*
FRAU Wo hast du denn deinen Kopf hineingetaucht? Das war das Spülicht!
FISCHER Dafür ist er klar. Schurz!
FRAU *nimmt einen Schurz vom Kleiderhaken, wischt ihn damit. Nach rechts:* Laß nicht überlaufen, Munken!
FISCHER So. Jetzt Beine! Kaffee! Geht es wieder bis morgen früh? Ohne Tritt in den Arsch kocht er wohl nicht? *Er bindet der Frau den Schurz um.* Und so laufst du rum! Soll ich den Pastor holen? Jetzt: Marsch! *Er gibt ihr einen Tritt, sie geht nach rechts ab. Er setzt sich an den Tisch, denkt nach.* Es lauft nicht über! Der Kerl besoffen wie ein Affe. Das Mensch halbnackt. Ich schlafe ein, auf jeden Fall. Schlafen! Ob das Mensch hin ist oder nicht! Schlafen! Wo kein Licht ist, kriechen die Viecher zu. Und in meinem Haus! Schmeiß ich ihn raus, Riegel zu, geht der Riegel auf, und das Pack wälzt sich. Laß ich sie nicht hier aufeinander, lauft sie fort, und ich seh nichts. Kreuz! Pack! Schlafen ist das beste!
FRAU *bringt Kaffee:* Da, sauf!
ERSTER MANN *hinter ihr:* Das tut gut! *Sie trinken Kaffee.*
FISCHER Setz dich! Da! Du, hol das Netz!
FRAU Was willst du mit dem Netz?
FISCHER *haut auf den Tisch:* Wird's bald!
ERSTER MANN Jetzt in der Nacht!
FRAU *holt es:* Willst wohl fischen jetzt?
FISCHER Fischen, hahaha!
FRAU Hast den ganzen Tag nichts gefangen! Nur gesoffen! Das hast du!
FISCHER *triumphierend:* Wenn ich saufe, kommen mir die besten Gedanken! Wenn ich saufe, fisch ich. Flick das Netz!
FRAU Jetzt in der Nacht? *Fängt mit dem Flikken an.*

FISCHER *haut auf den Tisch:* Jetzt in der Nacht!

ERSTER MANN Das ist schlecht. Jetzt muß niemand was anderes tun als schlafen! Hast du keinen Schlaf nicht?

FISCHER Wie einer, der gesoffen hat. Bist du fertig?

ERSTER MANN Sie saufen noch drüben!

FISCHER Es ist Johannis!

ERSTER MANN Sie sollten schlafen.

FRAU Wie rechte Leute...

FISCHER Wie wir! Wenn man sich so hineinlegt und losläßt – da ist noch ein Loch, Frau – und schwer wird wie ein Ankerhaken und sinkt – Faultier – und nichts mehr weiß und so voll ist und einem alles gleich ist... Bist du fertig?

ERSTER MANN *steht auf:* Ich merk', jetzt bin ich auch schwerer. Vielen Dank auch für den Kaffee. Schlaf gut! *Geht ab.*

FRAU Gute Nacht, Munken! Dank auch, daß du den versoffenen Lumpen heimgebracht hast!

FISCHER *haut auf den Tisch:* Aufgeräumt!

FRAU Morgen ist auch ein Tag!

FISCHER Faulheit! Marsch in die Küche! Aufgeräumt! Abgespült!

FRAU *nimmt die Kerze:* Oahh, ich hab Schlaf in den Knochen!

FISCHER Die Kerze dagelassen! Marsch! *Frau ab.* Unterm Tisch sind Füße. Prost! Den Kaffee bezahlt das Schwein! Hat er's gerochen, daß an den Füßen Schenkel sind und so weiter, immer so weiter, stark die Hand, laßt nicht los, so kommt ihr schon ins gelobte Land! Mahlzeit! *Steht auf, nimmt das Netz, geht hinter und tut, während er Folgendes vor sich hinbrummt, dies: er befestigt das Netz in dem Alkovenbett, holt einen schweren Ankerstein und wälzt ihn auf die Bettkante unten. Das alles ist undeutlich zu sehen, jedoch muß er einmal aufs Bett steigen dabei:* So, das paßt so und das so und jetzt Mahlzeit und gute – Verrichtung, meine – Lieben! Unzucht treiben!... Saufen!... Schlauer sein wollen!... Jung wie Katzen... *Steigt herunter.* Und jetzt tunke ich meinen Kopf noch in den Trog und dann wird geschlafen... *Geht torkelnd hinaus.*

*Die beiden Männer kommen herein.*

ERSTER MANN Wir können ganz gut zusammen heimgehen! Zwei sind stärker als einer.

ZWEITER MANN Jetzt habe ich die Pfeife geholt, und du hast deinen Willen gehabt.

ERSTER MANN Aber der Kaffee ist getrunken.

ZWEITER MANN Ich weiß nicht, ob das nett von dir war, daß du meinen Kaffee getrunken hast, solang ich in der Nacht herumgelaufen bin, daß du dableiben konntest.

ERSTER MANN Gern hast du es nicht getan.

ZWEITER MANN Ich bin zweimal hingefallen.

ERSTER MANN Du hättest nicht so viel trinken sollen!

ZWEITER MANN Oder nicht hinübergehen!

ERSTER MANN Du bist zu jung dazu!

ZWEITER MANN Darum ging ich. Ich dachte: die alten Leute sind körperlich nimmer so rüstig.

ERSTER MANN Gehen wir! Hier ist niemand!

ZWEITER MANN Ich muß noch Adieu sagen.

ERSTER MANN Du kannst die Pfeife auch daher legen!

ZWEITER MANN Aber Adieu sagen kann ich nicht da!

ERSTER MANN Du störst nur. Sie wollen allein sein!

ZWEITER MANN Sie sind noch nicht im Bett!

ERSTER MANN Mann und Frau!

ZWEITER MANN Also jetzt hab ich's satt: du fischst mir zuviel in dem Boot!

ERSTER MANN Ich verstehe das nicht.

ZWEITER MANN Ich will's dir ausdeutschen: Mir gefällt sie auch.

ERSTER MANN Wer?

ZWEITER MANN Mach mich nicht wild, Munken.

ERSTER MANN Schäm dich! So ein junger Hund.

ZWEITER MANN Und ein Mann in deinen Jahren!

ERSTER MANN Sie ist treu.

ZWEITER MANN Wo?

ERSTER MANN Im Herzen!

ZWEITER MANN Aber uns gefallen die Schenkel!

ERSTER MANN Da rede ich nimmer mit. Das ist zu unzüchtig.

ZWEITER MANN Also, ich will einfach auch ran.

ERSTER MANN Ich sag es dem Mack!

ZWEITER MANN Ich schlage dir das Dach ein!

ERSTER MANN Versuch es!

ZWEITER MANN Feigling.

ERSTER MANN Großmaul!

ZWEITER MANN Schlechter Kerl!

ERSTER MANN Grasaff!

*Sie balgen sich.*

FISCHER *tritt ein, mit vorhängendem, triefendem Schopf:* Was ist's mit euch? Ihr seid schweinemäßig besoffen! In meiner Hütte! Ich würde euch das Loch zeigen, wenn ich nicht so müde wäre.

*Die beiden lassen ab.*

ERSTER MANN Er hat angefangen!

ZWEITER MANN Lügenmaul!

FISCHER *legt sich aufs Ledersofa.*

ERSTER MANN Komm mal heraus!

ZWEITER MANN Das kannst du haben.

ERSTER MANN Gute Nacht, Mack!

ZWEITER MANN Schläfst du schon? Jetzt zeigt es sich, wer hinaufkommt.

*Beide ab. Stille. Das Meer rauscht von weitem.*

FRAU *tritt in die Tür:* Mann! Mann! – Das schläft! *Dehnt sich.*

FISCHER *halb im Schlaf:* Das Fenster zu! Die Saumusik.

FRAU *schließt das Fenster:* Warum liegst du auf dem Sofa?

FISCHER Maul – halten!...

FRAU Zu faul zum Hosenausziehen! So ein Tier! Es dehnt sich! Er schläft schon! Aber jetzt wacht er nimmer auf. Und das Bett haben wir auch! Bei dem fehlt's oben! Er ist selber schuld! Bin ich ein Stück Vieh? *Setzt sich aufs Bett.* Jetzt ist es zwei Uhr. Um vier wird es hell. Der schläft aber bis elf. Aber dann sieht man die Tür! Und die andern gehen fischen, sind nicht so. Soll ich nichts haben? Jetzt schläft er! *Nimmt die Kerze, stellt sie ins Fenster.* Wo er nur bleibt! Wenn er eingeduselt ist! Ganz leer war der auch nicht! Jetzt kommt er! Aber was macht er denn fürn Lärm! Jesus Maria! Was macht er denn fürn Lärm! *Man hört Keuchen und Ringen. Die Frau schaut hinaus. Schreit auf:* Der Jürgen, um Gottes willen! Und jetzt raufen sie! Lieber Herr Jesus, hilf! Vater unser, der du bist im... Jetzt hat er ihn, Gott sei Dank!

*Schreit auf.*

ERSTER MANN *stürzt ins Fenster:* Hallo, du!

FRAU Was willst denn du?

ERSTER MANN Das ist dumm gefragt!

FRAU Ich darf doch fragen, was du in meinem Fenster tust!

ERSTER MANN Warum hast du denn das Licht hingestellt?

FRAU Daß du weißt, daß er jetzt schläft.

ERSTER MANN Du hast gesagt, du stellst das Licht hin, wenn er schläft.

FRAU Und jetzt schläft er.

ERSTER MANN Und jetzt komme ich.

FRAU Das hab ich nicht gesagt.

ERSTER MANN Warum soll ich es denn wissen?

FRAU Weil du gesagt hast, du hast Angst, er haut mich.

ERSTER MANN Hat er dich nicht gehaut?

FRAU Warum denn?

ERSTER MANN Weil du s o in die Küche bist.

FRAU Er war doch besoffen!

ERSTER MANN Warum stellst du dann das Licht ins Fenster?

FRAU So mach doch! Man sieht dich ja!

ERSTER MANN *klettert vollends hinein:* Na also! Mit euch soll sich einer auskennen! *Nimmt das Licht.*

FRAU Was ist mit dem andern?

ERSTER MANN Er hat eine über die Ohren bekommen.

FRAU Und jetzt?

ERSTER MANN Ist er zufrieden.

FRAU Wenn es ihm nur nichts gemacht hat.

ERSTER MANN Hm.

FRAU Willst du nicht herkommen? Da ist Platz!

ERSTER MANN *leuchtet herum:* Gleich!

FRAU Er hat sich auf das Sofa gelegt!

ERSTER MANN Sollen wir nicht hinaus?

FRAU Jetzt nicht! Man sieht uns! Was tust du denn noch?

ERSTER MANN *leuchtet dem Fischer ins Gesicht:* Ob er schläft?...

FRAU Ja, ja. Du weckst ihn ja wieder.

ERSTER MANN Wenn wir hinausgingen...

FRAU Gefällt es dir nicht hier?

ERSTER MANN Du gefällst mir!

FRAU Findst du da herüber?

ERSTER MANN Warum nicht?

FRAU Dann kannst du die Kerze sparen! *Zitternd:* Sie muß auch morgen früh noch langen!

ERSTER MANN *löscht das Licht, tappt:* Er ist sternhagelbesoffen!

FRAU Auf dem Sofa!

ERSTER MANN Nicht im Bett! Sind es deine Knie?

FRAU Ja. Gib doch acht! Setz dich daher!

ERSTER MANN Er ist völlig besoffen.

FRAU Wie ein Tier ist er.

ERSTER MANN Ist das deine Hand?

FRAU Warum besauft er sich so!

ERSTER MANN Daß ich ihn heimschleppen muß!

FRAU Und ich aus dem Bett!

ERSTER MANN War es warm?

FRAU Ich hab gewartet.

ERSTER MANN Im Hemd...

FRAU Den ganzen Tag hat er nichts gefangen.

ERSTER MANN Man könnte für ihn Legangeln legen, hm?

FRAU Er ist ein Schwein, sage ich.

ERSTER MANN *mühsamer, wie sie:* Ist das deine Brust?

FRAU Laß mich!

ERSTER MANN Tut es weh?

FRAU Laß mich, du!
ERSTER MANN Du hast das Licht hingestellt!
FRAU Aber das – darfst du nicht.
ERSTER MANN Nach dem 6. Gebot.
FRAU Du riechst nicht aus dem Maul nach Schnaps!
ERSTER MANN Ich bin anständig.
FRAU Laß meine Knie!
ERSTER MANN Jetzt liegst du bequemer!
FRAU Au!
ERSTER MANN Tu das doch weg!
FRAU Tu's selber!
ERSTER MANN So! Jetzt ist es bequemer.
FRAU Nein, nicht!
ERSTER MANN Laß doch das Gezappel!
*Der Stein fällt mit sehr großem Krach zu Boden. Die Frau schreit leis auf, der Mann flucht, dann liegen beide sehr still.*
FISCHER *hebt den Kopf:* Da fällt der Himmel ein! Hollah! Das soll ihr teuer zu stehen kommen! Mich zu wecken! *Er steht auf, zündet das Licht an.* Lang haben sie das Licht nicht gebraucht. Schweine! *Zum Bett.* Mahlzeit, Munken! Bist du hier? Bist du besoffen? Das schickt sich! Läuft es jetzt über? Hahaha! Schweine! – Das ist ein Fischzug! Das ist der Himmel! Den Guten gibt es der Herr im Schlaf, Munken. *Geht zum Fenster.*
ERSTER MANN *flucht, wälzt sich:* Teufel! Das ist ein Netz!
FISCHER Das hast du doch noch gemerkt! Gib dir keine Mühe! Es hält! Sie hat es geflickt! Und heut hab ich noch nichts gefangen! Ich hatte so Schlaf! *Trommelt aufs Fensterbrett.* Hallo! Fische! Fische! Hier gibt's was zu sehen, Jungens! Kommt mal rüber! Hier gibt's was! Ich hab was gefangen, in Christo Geliebte!
STIMMEN Rappelt's bei dir? – Was gibt's?
FISCHER Fische! Fische!
STIMMEN Bist du besoffen?!
FISCHER Kommt rüber! Fische!
ERSTER MANN Zum Teufel! Das ist deine Schande!
FISCHER Das war meine Schande, Munkchen! Fische! Fische!
*Geht zur Tür.*
DIE FISCHER *dringen ein:* Was ist? – Warum machst du solchen Lärm? – Hast du ein Kleines gekriegt?
FISCHER Es ist etwas vorgefallen. Ich habe Fische gefangen.
DIE ANDEREN *strecken die Hälse vor:* Hier? – Vorhin warst du noch besoffen wie ein Schwamm!
FISCHER Ich war zu besoffen. Darum konnte ich nicht hinaus. Ich habe hier gefischt!
DIE ANDEREN Er ist über hinüber! – Wo ist seine Frau? Mit der kann man ein vernünftiges Wort reden!
FISCHER Meine Frau ist nimmer da. Ich bin so besoffen, daß ich glaube, sie hat sich in einen Fisch verwandelt. Hört ihr den Wind? Das ist der liebe Gott, der im Wetterbrausen kommt! Gehe hinaus, sagt er, so wirst du einen großen Fang machen!
DIE ANDEREN Man muß ihm Wasser übern Schädel tun! – Das ist das Delirium.
FISCHER *schreit, weggehend, bisher hat er die Aussicht versperrt:* Fische! Fische!
DIE ANDEREN *dringen vor:* Ist sie tot? Ist es eine Leiche? – Da ist noch einer dabei. Das sind zwei. – Ist es eine Leiche? *Alle lachen.* Das ist Munken und die Frau!
ERSTER MANN *aus dem Netz im Bett:* Zum Teufel, tut das Ding weg! Zum... Teufel..., tut wenigstens ein Tuch über uns!
DIE ANDEREN *lachen schallend:* Gewohnheit, sagte die Frau zum Aal, da zog sie ihm die Haut ab. – Wie du mir, so ich dir, sagte die Frau zum Mann in der Brautnacht. – Das war eine hübsche Sache, dich da hineinzulegen, Junge. – Da liegst du weich. Es war wohl schwer, da hinzukommen?
FISCHER Ich wette, er zahlt einen Kübel Schnaps für euch alle, wenn er hinaus darf.
ERSTER MANN Einen Kübel Schnaps, alter Teufel, aber ein Tuch muß her!
FISCHER *zu einem:* Hol den Schnaps, Junge, sonst reut es ihn! Nehmt die Fische auf, Jungens, und werft sie in den Sund, Jungens, daß sie abkühlen. Nehmt die Stange da, tragt sie mit Vorsicht, tragt sie kirchlich, singt ein schönes Lied! Das gibt es nicht alle Tage!
DIE ANDEREN *hängen das Netz an eine Stange und tragen die beiden zu zweit hinaus unter großem Gelächter:* Macht euch leicht, Kinder! Wälzt euch nicht zu heftig! – Unterbrecht eure Arbeit! – Wenn du wiederkommst, bist du besser als ein Furz, der kommt nicht wieder.
FISCHER Blanke Fische! Schöne Fische! Dicke, fette, zappelnde Fische! Laßt sie schwimmen, ich will sie nicht! Gebt ihnen die Freiheit, ich verzichte! Aber es war ein großer Fang. Und ihr sollt alle dableiben. Denn jetzt lade ich euch ein zu einem Leichenschmaus. Meine Frau ist mir gestorben, es war eine gute Haut! Also trinkt

Schnaps, den der Liebhaber bezahlt hat und seid fröhlich, weil es mir schlecht geht! Setzt euch zu mir und vertreibt mir den Kummer!

*Die Fischer setzen sich. Der Schnaps wird im Bottich gebracht. Einige singen. Es wird Karten gespielt.*

FISCHER *zündet Lichter an:* Die Kerzen in den Trinkbechern, das sind die Totenlichter. Blast sie nicht aus, wenn ihr lacht! Der Tisch steht in einem Trauerhaus, biegt die Köpfe ein wenig weg, wenn ihr euch kotzt! Hier stelle ich die Gläser von der Wirtschaft her, denn meine Frau ist gestorben, ich weiß nicht, wo die Gläser sind.

*Wind geht, die Fischer singen.*

EIN FISCHER Wind kommt auf. Es wird kühl draußen. Trinkt, dann wird euch warm!

DER ZWEITE Das war zum Platzen heut abend! Wie die beiden zappelten, war nicht so schön, als sie dann still lagen und es nicht gewesen sein wollten, und dann guckten sie in das Linnenzeug, wo niemand stand. Hahaha!

FISCHER Ich bitte euch, laßt das Gelächter in einem Trauerhaus. Könnt ihr nicht ein wenig still saufen? Merkt ihr nicht, ich will unter den Tisch?

DER DRITTE Es war eine gute Frau, wahrhaftig, sie hielt dich aufrecht. Sie wusch dich und kämmte dich und nahm die Fußtritte.

DER ERSTE Was fürn Wind geht! Hört nur, was für ein Wind geht!

DER VIERTE Trink lieber! Was geht dich der Wind an.

DER DRITTE Sie sah gut aus in dem Hemd, das sag ich dir!

DER ZWEITE Das war das Totenhemd, du!

DER ERSTE Wie sie das Hemd vorn oben zuhielt und sich an den Munken hinschmiegte, daß man nichts sah, da warst du schuld, Mack.

DER VIERTE Es ist keine rechte Stimmung da, trotz dem Branntwein und der schönen Geschichte am Anfang.

*Die zwei Fischer kommen zurück, der fünfte und der sechste.*

DER FÜNFTE Es gab einen großen Klatsch.

DER SECHSTE Das gehörte ihnen.

DER FÜNFTE In deinem Bett, das war eine Frechheit!

DER SECHSTE Sie schrien ordentlich.

DER FÜNFTE Aber warum sagt ihr denn nichts? Das ist ja wie bei einem Begräbnis!

DER SECHSTE Und dabei ist Branntwein da und die Frau fort!

FISCHER Setzt euch, aber laßt das Geschwätz. Meine Frau ist gestorben! Jetzt geht der Wind, und wenn er aufhört, ist sie nimmer da. Sie war eine gute Frau, und Gott hat sich die Beste ausgesucht. Der Wind geht, horcht darauf, trinkt, sagen wir: Meine Frau ist im Wind ertrunken.

DER ZWEITE Laß es dir nicht so nah gehen! Es war eine Dummheit!

DER VIERTE Sie hätte es nicht in deinem Bett machen sollen.

FISCHER Mich hat Gott bestraft. Ich habe zuviel getrunken. Es war meine beste Frau. Der Wind ging und da ging sie im Boot unter! Trinkt und betet einen Rosenkranz für sie und ihre Seele. Gegrüßt seist du, Maria voll der Gnaden, der Herr ist mit dir. Herr, gib ihr die ewige Ruhe.

*Er betet allein.*

DER FÜNFTE Das ist Unsinn. Das ist Gotteslästerung.

DER SECHSTE Er ist besoffen.

DER DRITTE Zuviel ist zuviel, sagte der Mann und schlug seine Frau tot.

DER ZWEITE Hättest du dich selber hineingelegt. Es hat nur einer Platz.

DER VIERTE Oder hättest du sie tüchtig durchgeprügelt! Aber jetzt ist es eine Schande!

DER DRITTE Es ist unsittlich.

FISCHER Ist es unsittlich? Ihr seid unsittlich! Ich bin von Gott geschlagen, und ihr verspottet mich! Wer hat hier seine Frau verloren? Ich bin ein großer Sünder, ein Säufer, ein verkommener Lump, aber nun hat der Herr mich bestraft, und niemand darf über mich lachen.

DIE ANDEREN *stehen auf:* Er ist wahnsinnig geworden. – Wir gehen. Den Schnaps nehmen wir mit. – Es ist eine arme Frau, und dem Säufer ist recht geschehen. – Sie kann immer wieder so einen haben.

FISCHER Das ist lästerlich gesprochen. Wo ist ein Mann, dem solches zugestoßen ist? Ihr habt keine Scham, ihr seid Kleingläubige! Ich bin traurig bis auf den Grund meiner Seele!

*Trinkt.*

DIE ANDEREN Nehmt ihm den Bottich weg und geht in die Wirtschaft. – Er ist schwachsinnig geworden!

FISCHER *steht auf, umarmt den Bottich:* Das ist ein Leichenschmaus, und ihr seid die Gäste. Aber jetzt seid ihr betrunken und schwatzt Schlechtigkeiten! Ihr sollt euch schämen für eure armen Seelen!

DIE ANDEREN *wollen ihm den Bottich entreißen:* Laß los, alter Lump! Gib den Bottich her! – Wir schlagen dich tot!

FISCHER Die Geilheit ist euch auf der Stirn gestanden, wie ihr die Viecher gesehen habt, und der Neid hat euch aus den Zähnen getropft, wie ihr sie hinausgetragen habt! Ihr seid Lumpen! Ihr seid verkommen! Ihr seid verkommen!

DIE ANDEREN *drängen zur Tür:* Der Herr behüt uns: er ist toll! – Das spinnt er, er hat alles nur geträumt! – Mich schaudert's, ich will nichts mehr saufen. – Laß ihn da liegen bei seinen Kerzen. Vielleicht tut Gott ein Wunder und er ersauft vollends im Bottich! *Ab.*

FISCHER *bläst die Lichter aus, bis auf drei. Stößt mit den Füßen die Stühle fort. Starrt vor sich hin.*

ZWEITER MANN *im Fenster links:* Du!

FISCHER *fährt herum:* Wer ist's? Du bist's! Komm herein! Meine Frau ist gestorben!

ZWEITER MANN *klettert herein. Er hat ein blutendes Gesicht:* Du bist besoffen?!

FISCHER Hörst du den Wind? Sie ist ertrunken.

ZWEITER MANN Wann?

FISCHER Vorhin.

ZWEITER MANN Woher weißt du es?

FISCHER Gott weckte mich auf. Da lag meine Frau tot im Bett. Sie sah aus wie ein Fisch, hörst du. Aber trink mit mir. Ich bin sooo einsam!

ZWEITER MANN Ich verstehe dich nicht. Es ist etwas grausig hier. Gehört der Schnaps dir?

FISCHER Ja. Trink! Den hat der Liebhaber gestiftet!

ZWEITER MANN Hatte sie einen Liebhaber?

FISCHER Eine Menge. Aber Schnaps kriegte ich nur vom letzten.

ZWEITER MANN Sitzt du schon lange allein hier?

FISCHER Nein. Es war jemand da. Sie lachten und dann gingen sie fort. Sie haben meine Schande gesehen und erzählen sie jetzt überall.

ZWEITER MANN Mir wird's unheimlich. Ich muß gehen.

FISCHER Warum hast du das Blut im Gesicht? Hat dich auch einer geschlagen?

ZWEITER MANN Ich fiel unglücklich. Weil ich getrunken hatte.

FISCHER Du bist mein einziger Freund, weil du auch Unglück gehabt hast. Mich hat Gott selbst heimgesucht. Ich hätte ihm mein Herz gegeben und gesagt: Nimm's. Aber er hat mein Weib genommen, das mir lieber war. Jetzt trinke ich und verkomme. Das ist seine Schuld.

ZWEITER MANN Wann war das?

FISCHER Vorhin. Wenn mich Gott am Ende der Tage fragt: Du bist so verkommen, wo soll ich dich hintun? Dann sage ich: In die Hölle, daß ich zu meinem Weib komme!

BETTLER *in der Tür, hinter ihm ein Bettelweib:* Komm! – Gibt es hier den Branntwein? Sie sagten, hier kann man Branntwein haben.

FISCHER Kommt herein und setzt euch. Es ist ein Leichenmahl. Meine Frau ist gestorben. Ich freue mich, daß ihr mir die Ehre gebt.

BETTLER *und Bettelweib setzen sich:* Es war wohl eine gute Frau?

FISCHER Von Toten sagt man nur Gutes! Trinkt!

BETTLERIN Draußen geht der Wind. Hier ist es warm.

BETTLER Der Schnaps ist gut. Das ist sehr traurig, wenn man eine Frau verliert.

FISCHER Man ist ganz allein. Aber es sind lauter Tiere! *Haut auf den Tisch:* Tiere! Als ich den Kopf ins Wasser tunkte, kam mir der Gedanke mit dem Netz. Ich sah zu den Sternen hinauf und dachte: Das hilft.

BETTLER Es ist, als ob der Geist aus dir spricht. Das ergreift einen ganz. *Trinkt viel.*

*Beide im folgenden nach links hinten aufs Sofa. Ab und zu Kichern und Brummen.*

ERSTER MANN *rechts in der Tür, trieft von Wasser:* Du, kann ich einen Schluck von meinem Branntwein haben?

FISCHER *visionär:* So bin ich auch unter der Tür gestanden, als ich den Kopf ins Wasser tunkte, Mensch.

ERSTER MANN Das ist wahr. Aber du hättest dich nicht betrinken sollen!

FISCHER Du kannst dich hersetzen, mußt aber stille sein. Ich bin nicht mehr zornig. Hat dich der Wind getrocknet, in dem meine Frau ertrunken ist? Setz dich und trink! Es ist alles eitel! *Er redet schwer, betrunken.*

ERSTER MANN *tritt an den Tisch.*

ZWEITER MANN *steht auf. Sie messen sich:* Trau dich nicht, dich daher zu setzen!

ERSTER MANN *unsicher:* Ich muß mit ihm reden.

ZWEITER MANN *kommt vor, schwankt aber bereits:* Soll ich dich niederschlagen? Du Schwein!

ERSTER MANN *trinkt:* Ich bin ganz nüchtern geworden.

ZWEITER MANN *setzt sich:* Und ich schlage dich nieder. Morgen.

ERSTER MANN Ich muß ihm was sagen. *Trinkt.*

ZWEITER MANN Er redet von Gott. Was war denn?

ERSTER MANN Es ist etwas passiert. *Trinkt.*

ZWEITER MANN Gemütlich ist es hier nicht.

ERSTER MANN Was ist das, da hinten?

ZWEITER MANN Trauergäste!

FISCHER *undeutlich:* Gott hat mich heimgesucht. Gott hat mich aus dem Branntwein aufgefischt. Hört ihr den Wind? Da trieb ich, in dem Wind!

ERSTER MANN Sie sind etwas schamlos.

ZWEITER MANN Das macht dein Branntwein!

ERSTER MANN Die Frau läuft in der Nacht herum und traut sich nicht heim. In dem Wind! Er ist wohl sehr zornig!

ZWEITER MANN Er ist tüchtig voll!

ERSTER MANN *zum Fischer:* Junge, wir sind allesamt Sünder!

FISCHER *umarmt ihn:* Nun ist sie ertrunken, und ich bin allein, und niemand ist bei mir.

ERSTER MANN *trinkt:* Du mußt sie wieder aufnehmen. *Trinkt immer. Der Fischer legt den Kopf auf den Tisch.* Ich habe fünf Kinder. Du mußt sie wieder nehmen. *Zum zweiten Mann, der unter den Tisch gesunken ist:* Sag es ihm! Er ist ganz betrunken. Mir ist so schwer ums Herz. *Weint.* Du mußt sie wieder aufnehmen. Alle haben es gesehen. Mir ist so elend.

FISCHER Wir sind allein. Mutterseelenallein. Horcht! Der Wind!

*Stille. Wind.*

FRAU *steht, ebenfalls triefend, das Netz über der Schulter, in der Tür:* Ist er noch zornig?

ERSTER MANN Er schläft! *Geht schwankend auf sie zu, will sie umarmen. Sie stößt ihn zurück.*

ERSTER MANN Ich habe für dich geredet.

FRAU Mach, daß du hinauskommst! *Wirft das Netz zu Boden.*

ERSTER MANN Es ist dir nicht gut gegangen...

FRAU Geh jetzt heim! *Schiebt ihn hinaus, bis zur Tür, kehrt um, zieht den zweiten hervor, schleift ihn hinaus.* Schwein! Schweine! Hinaus mit euch!

FISCHER *erhebt sich schwer, mühsam:* Es sind alles Tiere. Aber betet. Eine Seelenmesse für ihre Seele! Tiere. Wind. Seele. *Setzt sich, schläft ein.*

BEIDE MÄNNER *betrunken, gehen zusammen ab, wie früher.*

FRAU *macht das Fenster zu. Schüttet den Bottich aus, wischt mit dem Branntwein die Stube auf. Stößt auf die Bettelleute:* Was ist das für Pack?

BETTLER Arme Leute!

FRAU Hinaus! Habt ihr keine Scham?

BETTLERIN Es ist kalt draußen! Und der Wind!

FRAU *treibt sie mit dem Besen hinaus:* Macht, daß ihr hinauskommt! *Halb zum Fischer hin, während dem Wischen:* Warum hast du so gesoffen? Soll ich Kaffee machen? *Kriegt keine Antwort.* Das Netz hätten sie einfach in den Brunnen geworfen, die Schweine! *Sieht ihn an.* Er schläft. *Löscht die Lichter, nimmt ihn auf den Rücken, trägt ihn zum Bett.*

# Dansen

*Personen*

Dansen · Der Fremde

*Auf der Bühne stehen drei Häuserfronten. Eine mit einem Tabakladen, darauf steht »Tabaktrafik Österreicher«. Eine mit einem Schuhladen, darauf steht »Schuhgeschäft Tschek«. Eine ohne Laden, aber im Fenster ist ein Schild »Frischer Schinken«. Neben der letzteren ist ein großes Tor, darauf steht »Svenssons Eisenlager«.*

1

*Neben dem Tor sitzt der kleine Herr Dansen, vor sich eine Tonne, unterm Arm ein Schwein.*

DANSEN *zum Publikum:* Ich bin ein kleiner, geachteter Mann, wohlsituiert und in unabhängiger Lebensstellung. Mit meinen Nachbarn lebe ich in allerbestem Einvernehmen. Jede Differenz zwischen uns wird in friedlichster Weise aus der Welt geschafft durch einen Verband, in dem wir fast alle sitzen. Wir regeln alles mit Verträgen. Soweit steht alles zum besten. Ich habe meine Freiheit und meine Geschäftsverbindungen, ich habe meine Freunde und meine Kunden, ich habe meine Prinzipien und meine Schweinezucht. *Er beginnt sein Schwein in der Tonne zu bürsten.* So, und jetzt halten wir schön still, mein Kleines, und waschen die rosigen Ohren, damit wir hübsch sauber aussehen, wenn Kunden kommen, gesund, freundlich und appetitlich. Und wenn wir brav sind und hübsch fressen, dann werden wir auch was Ordentliches im Leben, und der Kunde sagt: Das ist aber ein g u t e s Ferkelchen! Denn was willst du? Was wünschst du dir in deinem kleinen Herzen? Du wünschst dir: verkauft zu werden. Oh, du bist klug. Wenn du auch nur im geringsten fühlst, daß ich einmal nicht an dich denke, daß ich einen Augenblick deinen Herzenswunsch vergesse, gleich quiekst du laut und erinnerst mich. Da braucht nur einer vorbeizugehen, der ein bißchen danach aussieht, als habe er noch nicht gegessen, und sofort quiekst du. Und so kann ich mich selber denn ganz ruhig...

*Das Schwein quiekt.*

DANSEN *blickt sich erfreut um:* Was denn? Was denn? Kommt da jemand? Ein Kunde in der Nähe?

*Dem Tabakladen nähert sich schleichend und sich scheu umblickend ein bewaffneter Mann, den Hut tief ins Gesicht gezogen. Er bleibt stehen vor der geschlossenen Ladentür und zieht einen Bund Dietriche aus der Hosentasche. Diese probiert er einen nach dem andern aus, dazwischen mitunter Dansen, dessen Haare sich zu sträuben beginnen, zulächelnd. Am Ende verliert der Einbrecher die Geduld und steigt zum Fenster hinein, eine große Pistole in der Hand. Sofort kommen aus dem Haus schreckliche Geräusche: ein fallender Stuhl, laute Hilfeschreie. Dansen steht entsetzt auf. Das Schwein unterm Arm rennt er kopflos herum. Dann stürzt er zum Telefon.*

DANSEN Svensson, Svensson! Was soll ich nur machen? Aus dem Tabakladen vis-à-vis wird um Hilfe gerufen. Ein fremder Kerl ist da vor meinen Augen eingebrochen. – Was, du hörst die Schreie bis zu dir hinüber? – Natürlich kann ich nicht hinein, ich habe gar kein Recht, in ein fremdes Haus einzudringen. Aber was mache ich, wenn er herauskommt? Ich zittere am ganzen Leib vor Empörung. – Darauf kannst du dich verlassen, daß ich ihm meine ungeschminkte Meinung sagen werde. Du kennst doch meine Devise, nein, nicht Devisen, Devise, ich meine – *nachdem er sich vorsichtig umgesehen hat, singt er gedämpft ins Telefon:*

In allen den Ländern und Reichen
Wo immer ein Dansen erscheint
Er ficht mit offener Stirne
Für das, was er ehrlich meint.

Kurz, ich werde ihm meinen Abscheu ins Gesicht schleudern. Ich zittere, wie erwähnt, vor Empörung.

*Die Hilferufe sind verstummt.*

*Jetzt kommt ein Schrei, ein Pistolenschuß und ein schwerer Fall.*

DANSEN Ich breche ab. Ich muß mich hinsetzen. Ich glaube, ich habe graue Haare bekommen.

*Düster setzt er sich, sein Schwein unterm Arm, wieder vor sein Haus. Aus dem Tabakladen tritt der Fremde, streicht hastig mit Kreide den Namen »Österreicher« durch und schreibt »Ostmärker & Co.« darüber. Dann tritt er auf Dansen zu.*

DER FREMDE Warum sind Sie denn so bleich?

DANSEN Das will ich Ihnen sagen, lieber Mann, ich bin bleich vor innerer Erregung.

DER FREMDE Da sollten Sie sich ein Beispiel an Ihrem hübschen kleinen Schwein nehmen. Das ist rosig und bleibt rosig.

DANSEN Ein Schwein ist auch kein Mensch. Ich bin menschlich aufgewühlt, und Sie wissen auch, warum.

DER FREMDE Das ist aber ein gutes Ferkelchen!

DANSEN *anklagend auf den Tabakladen zeigend:* Was... war... da... drin?

DER FREMDE Wollen Sie das wirklich wissen?

DANSEN Allerdings will ich das wissen! Was mit meinen Mitmenschen passiert...

*Das Schwein quiekt zum zweiten Mal.*

DANSEN Was denn? Was denn?

DER FREMDE Nicht wahr, Sie wollen es nicht wissen!

DANSEN *zum Schwein:* Aber der Mann... *Er deutet hinüber.*

DER FREMDE Kannten Sie den Mann?

DANSEN Ich? Nein, ja, entschuldigen Sie, ich bin jetzt ganz verwirrt. *Vorwurfsvoll:* Wir waren im gleichen Verband.

DER FREMDE Und was machtet ihr da? Schweine verkaufen, wie?

DANSEN *mürrisch:* Karten spielen. Das Nichteinmischspiel.

DER FREMDE Kann ich mir nicht leisten. Zu teuer.

DANSEN Es ist nur einmal die Woche. Samstags. *Er deutet hinüber:* Er kommt auch.

DER FREMDE *zögernd:* Ich glaube nicht, daß er noch einmal kommt.

DANSEN *aufgebracht:* Wollen Sie ihm das verbieten? Das wäre doch unerhört. Wirklich. Österreicher ist ein freier Mann.

DER FREMDE Dem verbietet niemand mehr was. *Er lacht unlustig.*

DANSEN *entsetzt:* Was wollen Sie damit sagen?

DER FREMDE Wollen Sie das wirklich wissen?

DANSEN Ich? Ja, nein. Ich weiß ja nicht mehr, wo mir der Kopf steht. Da stehen Sie vor mir und reden, als ob... Und vorhin habe ich eigenen Auges mitangesehen... Selbstverständlich will ich das wissen! Unbe...

*Das Schwein unter seinem Arm quiekt zum dritten Mal und so angstvoll, als würde es entsetzlich mißhandelt.*

DANSEN *beendigt tonlos:* ...dingt.

*Er ist jetzt sehr unsicher und wagt dem Fremden, der sein Schwein streichelt, nicht mehr ins Auge zu schauen.*

DANSEN Ich verstehe die Welt nicht mehr. Ich bin ein friedliebender Mann, verabscheue jede Gewalt und halte mich an Verträge. Ich habe Geschäftsverbindungen und meine Freiheit, ein paar Kunden und ein paar Freunde, meine Schweinezucht und meine... *Wie geistesabwesend:* Wollen Sie ein Schwein kaufen?

DER FREMDE *verdutzt:* Wie bitte?

DANSEN Ein Schwein? Ein paar Schweine? Ich könnte sie Ihnen billig ablassen. Ich habe so viele. Zu viele. Sie wachsen mir über den Kopf.

DER FREMDE Geben Sie eines her.

DANSEN *intensiv:* Sind Sie sicher, daß Sie nicht zwei wollen?

DER FREMDE Eines.

DANSEN Aber was mache ich dann mit den übrigen? Sie wachsen nach wie Schwämme. Jeden Abend ersäufe ich ein halbes Dutzend in der Jauchegrube, und jeden Morgen ist ein neues Dutzend da. *Läßt den Fremden einen Blick in den Stall werfen.* Sehen Sie, es sind schon wieder vierzehn.

DER FREMDE Eines.

DANSEN Sehen Sie sie genau an. Sind sie nicht gesund, freundlich und appetitlich? Läuft Ihnen da nicht das Wasser im Mund zusammen?

DER FREMDE *dem das Wasser im Mund zusammenläuft, mühsam:* Sie sind Luxus.

DANSEN Wie können Sie so was behaupten, wo sie doch ganz und gar eßbar sind. Sogar die Ohren. Sogar die Zehen. Gebackene Schweinezehen.

DER FREMDE Luxus.

DANSEN *bekümmert zu seinem Schwein:* Du ein Luxus! *Desillusioniert zum Fremden:* Dann nehmen wir also nur zwei.

DER FREMDE *laut:* Eines. Ich gebe kein Geld aus für Luxus.

DANSEN Aber Eisen kaufen Sie doch auch. Von meinem Freund Svensson kaufen Sie doch Eisen, so viel er liefern kann.

DER FREMDE Eisen ist kein Luxus. Eisen ist lebensnotwendig.

DANSEN *gibt ihm das Schwein, seine Hände zittern:* Ich bin mit den Nerven ganz herunter. Das furchtbare Erlebnis vorhin... *Er wischt sich mit einem kleinen roten Tuch den Schweiß im Nacken ab.*

DER FREMDE Was haben Sie denn da für ein rotes Tuch?

DANSEN Das da?

DER FREMDE *barsch:* Ja, das da. *Er legt das Schwein auf die Tonne zurück.*

DANSEN *eifrig:* Das ist kein rotes Tuch. Sehen Sie, da ist ein weißes Kreuz drin.

*Er zeigt es.*

DER FREMDE Geht in Ordnung. *Er schmeißt ihm Geld hin.*

DANSEN Ich packe es Ihnen ein.

DER FREMDE Hier ist Papier. Sonst berechnen

Sie mir auch noch die Verpackung. *Er reicht ihm einen großen Bogen Papier, den er aus der Tasche gezogen hat.*

DANSEN *den Bogen glatt streichend:* Aber das ist doch ein Vertrag!

DER FREMDE Was für einer?

DANSEN Ich glaube, mit Herrn Österreicher. Hier steht Freundschaftsvertrag. Brauchen Sie denn den nicht mehr?

DER FREMDE Nein. Was soll mir ein Freundschaftsvertrag mit einem toten Mann nützen? *Er nimmt ihm das Papier weg und zerreißt es.*

DANSEN *wird fast ohnmächtig:* Nehmen Sie mir schnell das Schwein ab, mir wird übel.

*Der Fremde nimmt ihm das Schwein aus den Händen. Dansen legt sich sein Sacktuch über den Kopf.*

DER FREMDE *sieht ärgerlich das Kreuz:* Tun Sie das Kreuz weg!

*Dansen steckt sein Sacktuch wieder ein.*

DER FREMDE Ich nehme das Schwein ohne Verpackung. Vielleicht schneide ich mir schon auf dem Weg was ab. *Er nimmt es unter den Arm. Aber bevor er geht, betrachtet er den Schuhladen.* Ein hübsches Anwesen, dieses Schuhgeschäft da.

DANSEN Ja, sehr schön.

DER FREMDE Eine Menge Raum. Ihr Haus ist auch nicht übel.

DANSEN *geistesabwesend:* Nicht wahr?

DER FREMDE *es träumerisch betrachtend:* Also auf Wiedersehen! *Ab.*

DANSEN *sich die Stirn wischend, entnervt:* Auf Wiedersehen! – Jetzt habe ich ihm ein Schwein verkauft in meiner Empörung. Diesen netten friedlichen Österreicher hat er einfach... Verdammter Rohling! *Sich scheu umschauend, geht er in die Ecke zwischen seinem Haus und dem Schuppen und schimpft dort hinein:* Barbarei! Unmenschlichkeit! Unerträgliche Gemeinheit! Und wie er Verträge behandelt!

2

*Dansen sitzt vor seinem Haus, ein Schwein auf dem Schoß.*

DANSEN Ich bin ein geachteter, aber kleiner Mann. Ich fühle, daß nicht mehr alles zum besten geht. Die furchtbaren Vorgänge der letzten Zeit haben mich doch recht mitgenommen. Verträge sind wunderbar, aber wenn sie nicht heilig gehalten werden... Mit meinen beiden Freunden weiter oben habe ich deshalb sogar schon mit dem Gedanken einer Bewaffnung gespielt. Wir sind nicht ganz wehrlos. Es gibt nicht viele Eisenlieferanten wie meinen Freund Svensson. Wir haben da gleich in dem Schuppen hier – *er deutet auf Svenssons Schuppen* – einen hübschen Haufen Eisen liegen. Wenn wir daraus Waffen schmiedeten... Es wäre ja purer Wahnsinn, den Kopf in den Sand zu stecken. Andererseits können sich diese furchtbaren Vorgänge gar nicht wiederholen. Zweimal kann dieser Dingsda so etwas ja nicht machen.

*Dem Schuhladen nähert sich schleichend und sich scheu umblickend der Fremde, die Mütze tief ins Gesicht gezogen. Er bleibt vor der geschlossenen Ladentür stehen und zieht einen Bund Dietriche aus der Hosentasche. Diese probiert er einen nach dem andern aus, dazwischen mitunter Dansen, dessen Haare sich zu sträuben beginnen, kopfschüttelnd zulächelnd. Am Ende verliert der Fremde die Geduld und steigt zum Fenster hinein, eine große Pistole in der Hand. Sofort kommen aus dem Haus schreckliche Geräusche: ein fallender Stuhl, laute Hilfeschreie.*

DANSEN Zum zweiten Mal! Es ist furchtbar. Und dabei hatte die arme Frau einen Garantievertrag von ihm. Seine Gier ist ja krankhaft. Was er sieht, das muß er haben. Und da steht mein Haus! Er hat schon gesagt, es ist nicht übel. Ich muß sofort die allerenergischsten Schritte unternehmen. Ich darf ihm unter keinen Umständen auffallen. Ich muß mich ihm aus den Augen schaffen. Aber wie das machen, daß er mich nicht sieht? Die Tonne!

*Das Schwein unterm Arm, stülpt er sich die Tonne über, in der er für gewöhnlich seine Schweine wäscht.*

*Aus dem Schuhladen tritt der Fremde. Hastig streicht er mit Kreide den Namen Tschek aus und schreibt hin »Bemm & Mährer G.m.b.H.« In diesem Augenblick hört man aus der Tonne Dansens Schwein quieken.*

DANSENS STIMME Was denn? Was denn? Kommt da jemand? Ein Kunde in der Nähe? *Er guckt vorsichtig heraus, sieht den Fremden schreiben und duckt sich schnell wieder unter seine Tonne.*

*Der Fremde tritt nach vorn, zieht einen Bogen aus der Tasche und zerreißt ihn. Die Fetzen fliegen auf den Boden.*

DER FREMDE Nanu, wo ist denn heute der Kerl mit der Schweinezucht? Wahrscheinlich ist er schon wieder einen heben gegangen. Das ist eine gute Gelegenheit, Svenssons Lagerschuppen für Roheisen ein wenig zu beriechen.

*Sich umblickend, schlendert er zum Tor und probiert, sich mit dem Rücken vor das Tor stellend, die Türklinke. Die Tür ist aber geschlossen.*

*Plötzlich läutet Dansens Telefon. Dansen sitzt zunächst unbeweglich. Da es weiterläutet, ist er gezwungen, sich zum Telefon zu begeben, mit äußerster Vorsicht erhebt er sich und geht, die Tonne über sich gestülpt, auf das Telefon zu. Der Fremde sieht die wandelnde Tonne mit Erstaunen.*

DER FREMDE *prompt:* Kolossal auffällig!

*Da Dansen ihn unter seiner Tonne nicht sieht, würde er ihn anrempeln, wenn der Fremde ihm nicht grinsend aus dem Weg träte. Angelangt am Telefon, das auf einer niedrigen Schmalzkiste vor dem Haus steht, läßt Dansen sich einfach über der Kiste nieder.*

DANSEN *leise ins Telefon, aber die Muschel dröhnt ein wenig unter der Tonne:* Bist du das, Svensson? – Ach, du weißt schon das neueste Furchtbare. – Nein, Mensch, noch nicht bei mir. Warum meinst du denn immer, das ist bei mir? Das ist ja unheimlich. – Natürlich müssen wir jetzt etwas zusammen unternehmen. Wir müssen die allerenergischsten Maßnahmen erwägen. – Nein, nicht wagen, ich sagte: erwägen! – Uns gemeinsam bewaffnen? Ausgeschlossen! – Einig sein: ja, aber nicht bewaffnen. – Worin einig? Daß wir uns nicht bewaffnen! Das würde ihm doch nur auffallen, und ich habe alles getan, ihm nicht aufzufallen. – Ich sage doch auch, wir müssen einig sein. Die Einigkeit muß sogar eisern sein und sich gegen niemanden richten. *Sehr energisch:* Gegen niemand. Dann kann es nicht auffallen. – Was mich betrifft, kannst du sicher sein, Svensson. – Ich verstehe vollkommen, daß du keine Minute mehr sicher sein könntest, was deinen Schuppen betrifft, wenn ich auch nur ein Tüpfelchen meiner Selbständigkeit aufgeben würde. Ich werde mich aus allem unerbittlich heraushalten. Und nur noch meine Schweine verkaufen und basta. – Wo ich den Schlüssel zu deinem Lagerraum habe? Natürlich wo ich ihn immer habe, an einem Strick um den Hals unterm Hemd. – Klar, daß ich da aufpasse. – Der Einbruch neulich, bei dem dein Brief an mich gestohlen wurde? Ja, aber das war doch Einbruch, dagegen kann man doch nichts machen. – Natürlich gebe ich deinen Schlüssel nicht aus der Hand, niemals! – Wegnehmen lassen? Wofür hältst du mich! – Unter Druck? Auf mich ist niemals ein Druck ausgeübt worden, ich habe dazu nie Veranlassung gegeben. – Ich werde beobachtet? Lächerlich. Ich werde überhaupt nicht beobachtet, das müßte ich doch merken. – Du bestehst auf energischen Maßnahmen? Ich bin absolut dafür. Ich schlage vor, wir schließen einen Vertrag. Bevor die Sonne sinkt, müssen wir unbedingt einen Vertrag haben. – Ja, gegen alle, die Verträge nicht mehr halten. Höre, ich habe eine glänzende Idee, wir beschließen, einem notorischen Friedensstörer und Unruhestifter einfach kein Eisen mehr zu verkaufen und es dafür den anständigen Elementen anzubieten. – Wieso nicht glänzend? – Du meinst, die Großen verhandeln schon über wirksame Maßnahmen?

*Der Fremde, der sich ruhig niedergesetzt und zugehört hat, klopft an der Tonne an.*

DANSEN *in seiner Tonne, beunruhigt:* Einen Augenblick! Ich muß unterbrechen. – Nein, nur einen Kunden bedienen. Wir setzen unsere Verhandlungen dann gleich fort.

*Der Fremde zieht ihn am Hintern aus der Tonne.*

DER FREMDE Da bin ich ja gerade im richtigen Augenblick gekommen. Wie sind Sie denn in die Tonne gefallen? Wenn ich nicht gekommen wäre, wären Sie mir noch erstickt.

*Dansen sitzt mürrisch auf dem Boden und schweigt.*

DER FREMDE Warum sind Sie denn so schweigsam? Haben Sie Sorgen? Wissen Sie, Dansen, ich habe mir mitunter schon gedacht, wir zweie müßten miteinander in nähere Beziehungen treten. Es ist wirklich hübsch, bei Ihnen zu sitzen. Das Haus ist klein, aber nicht übel. Wie wäre es mit einem Freundschaftsbund?

DANSEN *mit gesträubtem Haar:* Freundschaftsbund...

DER FREMDE Freundschaftsbund. *Er streichelt Dansens Schwein.* Das ist ein gutes Ferkelchen! Bist du ein gutes Ferkelchen? Ja, du bist ein gutes Ferkelchen. Ich schlage vor: wir schließen einen Vertrag. Daß wir zweie Freunde sind. *Er zieht einen Bleistiftstumpen aus der Westentasche, steht auf und liest einen der Fetzen vom Boden auf. Auf die Rückseite des Fetzens schmiert er ein paar Wörter.* Sie unterschreiben mir nur, daß Sie mich auf keinen Fall überfallen, wenn ich mir bei Ihnen ein Schwein hole oder sonstwas. Und ich unterschreibe Ihnen, daß Sie mich jederzeit um meinen Schutz anrufen können. Na, wie ist das?

DANSEN Wenn Sie es mir nicht übelnehmen: so etwas möchte ich nicht übers Knie brechen.

DER FREMDE Nein?

*Dansens Schwein quiekt zum zweiten Mal.*

DANSEN *abseits zu seinem Schwein:* Du bist still! *Zum Fremden:* Ich müßte unbedingt erst mit meinem Freund Svensson telefonieren.

DER FREMDE Ach, Sie wollen nicht? *Dansen schweigt.* Und dabei habe ich gehört, Sie wollten unbedingt den Vertrag haben, bevor die Sonne sinkt. *Zu Dansens Schwein, es streichelnd:* Du bist ein kluges Schwein. Wir verstehen uns. Zwischen uns gäbe es keine Meinungsverschiedenheiten. Aber es soll anscheinend nicht sein. Ich will mich unter keinen Umständen aufdrängen. Wenn man meine Freundschaftsangebote mit Füßen tritt, gehe ich. *Er steht beleidigt auf.*

*Das Schwein quiekt zum dritten Mal.*

DANSEN *wischt sich mit seinem roten Sacktuch den Schweiß ab:* Sie! *Der Fremde dreht sich um.* Ich bin vielleicht etwas zu kurz angebunden gewesen. Ich bin durch die Ereignisse in der letzten Zeit so verwirrt. Sie wollten ein Schwein kaufen?

DER FREMDE Warum nicht?

DANSEN *heiser:* Dann geben Sie mir den Vertrag. *Er unterzeichnet.* Aber brauchen Sie denn kein Duplikat?

DER FREMDE Nicht nötig. *Er nimmt das Schwein unter den Arm.* Schicken Sie mir die Rechnung zu Neujahr. *Im Abgehen:* Und vergessen Sie gefälligst nicht, daß Sie jetzt mit mir befreundet sind und Ihren Verkehr danach einzurichten haben. Auf Wiedersehen!

DANSEN *verwundert:* Jetzt habe ich mit ihm Freundschaft geschlossen! *Er geht zögernd mit dem Vertrag zum Telefon:* Hallo, Svensson, hier Dansen! Ich möchte dir mitteilen, daß ich dem Wort sogleich die Tat habe folgen lassen und schon einen Vertrag abgeschlossen habe. – Mit wem? Mit dem Dingsda. – Der hält keinen Vertrag? Aber ich habe seine eigenhändige Unterschrift. Wart, wie heißt er doch gleich..., ich habe es noch nicht durchgelesen..., also: er darf mich nicht überfallen, und ich darf niemand helfen, den er überfällt. – Wenn er da dich überfällt? Ausgeschlossen. Auf die Dauer kann er so was doch nicht machen! Dein Lagerhaus ist jetzt bombensicher. – Auf wen du dich jetzt verlassen kannst? Auf mich! Auf mich kannst du dich verlassen. Und ich kann mich auf ihn verlassen.

3

*Dansen steht vor seinem Haus und telefoniert immer noch.*

DANSEN Ich verstehe nicht, wie du glauben kannst, daß unsere Einigkeit in Gefahr ist, jetzt, wo ich dir drei Tage und drei Nächte lang ununterbrochen versichert habe, daß sie nicht in Gefahr ist. – Also das kann ich dir sagen: wenn er diesen Vertrag nicht halten würde, wäre ich der erste, der jede ersparte Öre aus den Schweineverkäufen von fünf Jahren dransetzen würde, daß wir uns mit deinem Eisen bis an die Zähne bewaffnen. Ist das ein Wort? – Im Augenblick wäre es Wahnsinn. Es liegt ja gar kein Anlaß vor. – Was ist mit dem Himmel? *Er blickt sich um.* Ja, du, er ist wirklich rot.

*Der Himmel hat sich während des Gesprächs etwas gerötet. Dumpfer Donner von fern.*

DANSEN Ja, das ist ein komischer Donner. Ich glaube, wir müssen das Gespräch abbrechen. Ich muß nach meinen Schweinen sehen. – Natürlich auch nach deinem Schuppen. Besonders deinetwegen freut es mich jetzt wirklich, daß ich den Vertrag mit ihm habe. – Jetzt wirst du sehen, was das für ein Schachzug von mir war. Wetten, daß der Dingsda jetzt schon bereut, daß er sich mir gegenüber so festgelegt hat? Jedenfalls müssen wir in ständiger Verbindung blei... Hallo! Bist du noch da, Svensson? *Er rüttelt am Telefon, bekommt aber keine Verbindung mehr.* Zum Teufel, gerade jetzt muß die Leitung gestört sein! *Er geht zur Tonne und fischt seinen Vertrag heraus. Dann löst er die Leine, mit der er das Schwein an die Tonne gebunden hatte.* Ja, was täte ich jetzt ohne dieses Papier. Ich bin verdammt müde. Die Schweine waren heute so unruhig, daß ich sie an die Leine nehmen mußte, und das Telefonieren hat mich auch angestrengt. Und dabei muß ich heute nacht unbedingt vor dem Schuppen Wache halten, das bin ich meinem Freund Svensson schuldig. *Die Vertragsrolle wie ein Gewehr geschultert, patrouilliert er vor dem Schuppen auf und ab, mitunter die Hand über den Augen, ausspähend. Sein Gang wird aber schnell schleppend.* Wenn ich auch nur einen Augenblick in meiner Wachsamkeit erlahme, sind die Folgen für mich und

meine beiden Freunde weiter oben unabsehbar.
*Er setzt sich, das Schwein jetzt auf dem Schoß, mit dem Rücken zur Schuppenwand. Gähnt.* Es ist unglaublich, daß er jetzt auch noch mit dem Pferdehändler Poll anbindet. *Ins Dösen geratend, fährt er plötzlich auf, greift nach dem großen Schuppenschlüssel, den er, um den Hals gehängt, unterm Hemd trägt und zieht ihn heraus.* Den Schlüssel habe ich jedenfalls. *Er steckt ihn zurück.* Ich verstehe nicht, daß der Poll nicht einfach auch... mit ihm... einen... Vertrag gemacht... *Er schläft ein.*
*Es wird dunkel. Nur noch der gerötete Horizont bleibt sichtbar. Langsam senkt sich ein Schild von oben herab, das die Inschrift trägt »Dansens Traum«.*
*Dann erfüllt ein rosa Licht die Bühne, und man sieht Dansen und den Fremden einander gegenüber stehen. Dansen hat sein Schwein an der Leine und seinen Vertrag geschultert. Der Fremde, immer noch in Zivilkleidung, ist bis an die Zähne bewaffnet. Er hat einen Stahlhelm auf, Handgranaten umgeschnallt und eine Maschinenpistole schußfertig unter dem Arm.*
DER FREMDE Ich bin überfallen worden, Sie. Ich stattete einen kleinen unschuldigen Besuch ab im Haus eines gewissen Poll, um dort einen Freund von mir zu treffen. Während ich im Haus war, wurde ich von Nachbarn eingekreist und im tiefsten Frieden überfallen. Sie müssen mir helfen.
DANSEN Aber...
DER FREMDE Quasseln Sie nicht so viel. Ich habe keine Minute Zeit. Ich habe nicht genug Eisen zu Hause. Ich muß sofort den Schlüssel zum Lagerhaus meines Freundes Svensson haben.
DANSEN Aber den darf ich doch nicht aus der Hand geben.
DER FREMDE Mir dürfen Sie ihn geben. Der Schuppen braucht unbedingt Schutz, er ist bis zum Dach voll Eisen, und Sie sind doch nicht in der Lage, ihn zu verteidigen. Geben Sie mir den Schlüssel! Schnell!
DANSEN Aber der Schlüssel ist mir zu treuen Händen übergeben. Ich muß doch mindestens zuerst mit meinem Freund Svensson telefonieren...
DER FREMDE Ihre treuen Hände sind meine treuen Hände. Keine Flausen jetzt. Hände hoch! *Er droht mit der Maschinenpistole.*
*Dansen bringt plötzlich seine Vertragsrolle in Anschlag auf den Fremden und steht unbeweglich in dieser herausfordernden Haltung.*
DER FREMDE *seinen Augen nicht trauend:* Sind Sie vom tollen Hund gebissen? Was haben Sie denn da?
DANSEN Den Vertrag!
DER FREMDE *verächtlich:* Verträge! Wer sagt denn, daß ich Verträge halten muß!
DANSEN Vielleicht müssen Sie das im allgemeinen nicht. Aber den mit mir müssen Sie halten.
DER FREMDE *läßt die Pistole sinken:* Das ist furchtbar! Ich muß das Eisen haben. Ich habe alle gegen mich.
DANSEN Tut mir leid.
DER FREMDE Aber ich bin verloren, wenn ich es nicht kriege. Ich werde zu Mus zerstampft, hören Sie, zu Mus!
DANSEN Das hätten Sie früher bedenken sollen, lieber Freund.
DER FREMDE Meine ganze Existenz steht auf dem Spiel! Ich muß da hinein, muß, muß, muß!
DANSEN *hält das Papier hoch:* Leider unmöglich.
DER FREMDE Alle Ihre Schweine kaufe ich Ihnen ab, Dansen, wenn Sie mir da entgegenkommen!
DANSEN Ich kann nicht, mein Lieber.
*Dansens Schwein quiekt. Ein ferner Gong wird zugleich angeschlagen.*
DANSEN Du schweigst! Wenn es sich um die Freiheit handelt.
*Zum Fremden:* Tut uns leid.
DER FREMDE *wirft sich auf die Knie, schluchzend:* Bitte, den Schlüssel! Seien Sie nicht hart! Meine Familie, meine Frau, meine Kinder, meine Mutter, meine Großmutter! Meine Tanten!
DANSEN Nichts zu machen. Mit dem größten Bedauern, aber nichts zu machen. Vertrag ist Vertrag.
DER FREMDE *gebrochen, steht mühsam auf:* Mir bleibt nur noch übrig, mich aufzuhängen. Dieser Vertrag kostet mich, einen Ihrer besten Kunden, das Leben. *Er wendet sich vernichtet zum Gehen.*
*Das Schwein quiekt zum zweiten Mal. Wieder ferner Gong.*
DANSEN Ruhe! Das ist entsetzlich mit dir. Du hast nicht für eine Öre Moral. *Zum Fremden:* Und Sie, kommen Sie mir nicht noch einmal mit solchen unsittlichen Forderungen, verstehen Sie! Mit mir ist das nicht zu machen, meine Geduld könnte auch einmal reißen! *Er singt, den Vertrag in der Faust, während der Fremde hin-*

*auswankt, die dritte Strophe des Liedes »Kong Kristian stand am hohen Mast«:*

Niels Juel, er winkte dem Orkan
»Jetzt ist es Zeit!«
Er hißte hoch die rote Fahn
Und griff den Feind mit Machten an.
Da schrie der laut auf im Orkan
»Jetzt ist es Zeit!«
»Flieht!«, schrie er, »flieht mit Gut und Blut!
Wer kann bestehn vor Dansens Wut
Im Streit!«

*Beim letzten Vers hört er jedoch entsetzt, wie das Schwein zum dritten Mal quiekt.*

*Der Fremde dreht sich plötzlich um und nimmt eine triumphierende Haltung ein. Es wird dunkel. Ein neues Schild senkt sich von oben herab. Es trägt die Inschrift »Und Dansens Erwachen«.*

*Die Bühne wird wieder hell. Das Schwein hat immer weiter gequiekt. Neben dem an die Schuppenwand gelehnten schlafenden Dansen steht der Fremde, bis an die Zähne bewaffnet, und stößt Dansen mit dem Fuß an. Dieser erwacht mit einem Ruck.*

DER FREMDE Den Schlüssel her!

DANSEN Aber den darf ich nicht hergeben!

DER FREMDE Dann bist du vertragsbrüchig, du Hund. Was, mit mir einen Freundschaftsvertrag abschließen und dann mir keine Freundschaftsdienste erweisen wollen? *Er stößt ihn mit dem Stiefel.* Mir den Schlüssel hinterziehen wollen, ohne den ich nicht zum Eisen komme? Jetzt hast du es klar bewiesen, daß du mein Feind bist, einer der schlimmsten. *Er entreißt ihm den Vertrag und zerfetzt ihn.* Und jetzt zum letzten Mal: den Schlüssel her!

*Dansen greift nach dem Schlüssel und zieht ihn, den Blick starr auf den Fremden gerichtet, heraus. Der Fremde entreißt ihn ihm und schließt das Tor auf.*

DANSEN *verwundert:* Jetzt habe ich ihm Svenssons Schlüssel gegeben in meiner Vertragstreue!

DER FREMDE *wendet sich unter dem Tor noch einmal zu Dansen zurück, nimmt ihm das Schwein an der Leine weg und sagt drohend:* Und die andern Schweine lieferst du unaufgefordert ab, und daß ich keine Rechnung zu sehen bekomme! *Und er geht mit dem Schwein Dansens in Svenssons Schuppen.*

# Was kostet das Eisen?

*Personen*

Svendson · Der Kunde · Der Tabakhändler · Die Schuhhändlerin · Der Herr · Die Dame

VORSPRUCH

Liebe Freunde, folgende kleine Parabel
Ließ kürzlich ein Englishman vom Stapel.
Er geriet in einem Pub beim Old Vic
Mit zwei schwedischen Studenten in ein
Gespräch über Politik.
Trotz unzähligen Gläsern Ale und vielen
Brandys war keine Einigung zu erzielen
Und so schrieb ihnen der Englishman am nächsten Tage
Seine Meinung über die politische Lage
In einem kurzen Gleichnis nieder:
Wir geben es hier im Folgenden wieder.
Es spielt in einem Eisenladen.
Wer der Händler ist, werdet ihr wohl erraten.
Den Tabakhändler und das Weib mit den
Schuhn
Erkennt ja auch ein halbblindes Huhn.
Den Kunden, der sich das Eisen aufpackt
Erkennt ihr spätestens im letzten Akt.
Und den Sinn der Parabel begreift jedermann
Der ein wenig Verstand hat. Und jetzt fangen
wir an.

*Ein Eisenladen, bestehend aus einem Holztisch und einer Holztür.*

1

*Auf dem Holztisch liegen Eisenstäbe, die der Eisenhändler mit einem Tuch poliert. Auf einer Malerstaffelei ein riesiger Kalender mit der Jahreszahl 1 9 3 8.*
*Herein, Zigarrenkisten unterm Arm, ein Tabakhändler.*

DER TABAKHÄNDLER Guten Morgen, Herr Svendson. Tabak gefällig? Schöne Zigarren, dreißig Öre das Stück, echte Austrillos!
SVENDSON Guten Morgen, Herr Österreicher. Lassen Sie mal sehen! Gut riecht das Kraut wieder. Sie wissen, wie leidenschaftlich gern ich Ihre Zigarren rauche. Leider geht mein Eisengeschäft nicht ganz, wie ich möchte. Da heißt's ein wenig weniger rauchen. Nein, ich kann heute nichts nehmen. Ich bin nicht in der Lage. Nichts für ungut, Herr Österreicher. Das nächste Mal vielleicht.
DER TABAKHÄNDLER Das ist für mich eine kleine Enttäuschung. Aber ich verstehe natürlich. *Er packt wieder ein.*
SVENDSON Angenehme Tour gehabt, Herr Österreicher?
DER TABAKHÄNDLER Nicht ganz angenehm, Herr Svendson. Ihr Laden ist ja leider etwas abgelegen.
SVENDSON Was, mein Laden abgelegen? Das höre ich zum ersten Mal.
DER TABAKHÄNDLER Ja, bisher ist es mir auch nie so vorgekommen. Wir wohnen ja alle ein wenig auseinander. Aber heut bin ich da einem Mann begegnet auf dem Weg zu Ihnen, der hat einen ganz merkwürdigen Eindruck auf mich gemacht.
SVENDSON Nanu. Sind Sie angerempelt worden?
DER TABAKHÄNDLER Das nicht, eher im Gegenteil. Der Mann hat mich angeredet wie einen alten Bekannten. Er nannte mich sogleich beim Vornamen und erklärte mir, wir seien Verwandte. Wußte ich bisher gar nicht, sage ich. Was, sagt er, das weißt du nicht, und sieht mich an wie einen schlechten Pfennig. Und dann erklärt er mir haargenau, wie verwandt wir sind, und je länger er redete, desto verwandter waren wir.
SVENDSON Nun, ist das so schlimm?
DER TABAKHÄNDLER Nein, aber er sagte, er wolle nächstens einmal mich besuchen kommen.
SVENDSON Sie sagen das ja so, als habe es wie eine Drohung geklungen?
DER TABAKHÄNDLER Wissen Sie, die Worte waren ganz gewöhnlich, er sagte, er habe vielleicht e i n e n Fehler und das sei, daß er einen ganz kolossalen Familiensinn habe. Wenn er entdecke, daß er mit jemand irgendwie verwandt sei, so könne er ohne ihn überhaupt nicht mehr leben.
SVENDSON Das sind doch keine häßlichen Worte.
DER TABAKHÄNDLER Nein, aber er brüllte so, als er sie sagte.
SVENDSON Und das hat Sie erschreckt?
DER TABAKHÄNDLER Offen gestanden, sehr.
SVENDSON Sie zittern ja, Mann. Am ganzen Körper.
DER TABAKHÄNDLER Weil ich an ihn denke.
SVENDSON Nerven. Sie müßten hier heroben, in dieser guten Luft, leben.
DER TABAKHÄNDLER Vielleicht. Das einzig Gute ist, daß er anscheinend unbewaffnet ist. Sonst könnte ich wirklich besorgt werden. Nun, jeder hat sein Päckchen zu tragen, da kann ihm keiner helfen.

SVENDSON Nein.

DER TABAKHÄNDLER Merkwürdig hat es mich auch berührt, daß er mir, bevor er mich weitergehen ließ, den Vorschlag machte, wir sollten einen Pakt abschließen, daß er niemals über mich und ich niemals über ihn etwas Nachteiliges sagen sollte.

SVENDSON Aber das klingt doch wirklich ganz fair. Das ist doch absolute Gegenseitigkeit.

DER TABAKHÄNDLER Ja, meinen Sie?

*Pause.*

DER TABAKHÄNDLER Ich sollte vielleicht irgendeine Waffe haben.

SVENDSON Sicher. Das schadet nie.

DER TABAKHÄNDLER Leider kosten Waffen.

SVENDSON So ist es.

DER TABAKHÄNDLER Ja, also auf Wiedersehen, Herr Svendson.

SVENDSON Auf Wiedersehen, Herr Österreicher.

*Der Tabakhändler geht ab.*

*Svendson steht auf und macht zu einer langweiligen Musik mit seinen Eisenstäben schwedische Gymnastik.*

*Herein ein Kunde. Ein Mann in schlecht passendem Anzug.*

DER KUNDE *mit heiserer Stimme:* Was kostet das Eisen?

SVENDSON Eine Krone die Stange.

DER KUNDE Teuer.

SVENDSON Ich muß auch leben.

DER KUNDE So.

SVENDSON Ihr Gesicht kommt mir so bekannt vor.

DER KUNDE Sie kannten meinen Bruder. Er war oft hier.

SVENDSON Wie geht es ihm?

DER KUNDE Gestorben. Er hat mir das Geschäft vererbt.

SVENDSON Das höre ich mit Bedauern.

DER KUNDE *drohend:* Wirklich?

SVENDSON Ich meine natürlich nicht, daß Sie das Geschäft jetzt haben, sondern daß er gestorben ist.

DER KUNDE Sie scheinen ja mit ihm sehr befreundet gewesen zu sein.

SVENDSON Nicht so sehr. Er war eben ein guter Kunde.

DER KUNDE Und jetzt bin ich Ihr Kunde.

SVENDSON Ich stehe zu Diensten. Sie wünschen wohl auch zwei Stangen wie Ihr Bruder?

DER KUNDE Vier.

SVENDSON Das macht dann vier Kronen.

DER KUNDE *fischt aus der Tasche ein paar Geldscheine. Zögernd:* Sie sind ein wenig befleckt. Es sind Kaffeeflecken draufgekommen. Stört Sie das?

SVENDSON *die Scheine prüfend:* Aber das ist kein Kaffee.

DER KUNDE Was ist es dann?

SVENDSON Es ist rötlich.

DER KUNDE Dann muß es Blut sein. *Pause.* Wollen Sie das Geld haben oder nicht?

SVENDSON Ich glaube nicht, daß ich Schwierigkeiten haben werde, es wieder loszuwerden.

DER KUNDE Nein. Gar keine.

SVENDSON Dann ist das in Ordnung. *Er steckt die Scheine in die Ladenkasse, während der Kunde seine Stangen unter die Arme nimmt. In leichterem Ton:* Da fällt mir eben etwas ein. Vorhin sprach hier ein Tabakhändler vor, den ich seit langem kenne. Er beschwerte sich, daß er unterwegs zu mir von einem Fremden angehalten und belästigt worden sei. Haben Sie jemanden getroffen, der Sie belästigt hat?

DER KUNDE Nein. Mich hat kein Mensch belästigt. Es hat mich auch kein Mensch angesprochen, was mich übrigens ziemlich gewundert hat. Ihr Bekannter scheint ein Lügner schlimmster Sorte zu sein.

SVENDSON *peinlich berührt:* So etwas dürfen Sie doch nicht sagen.

DER KUNDE Die Welt ist voll von Lügnern, Räubern und Mördern.

SVENDSON Das ist wirklich nicht meine Meinung. Mein Bekannter schien ehrlich in Sorge. Ich fragte mich sogar, ob ich ihm nicht einen Eisenstab abtreten sollte, damit er sich gegebenenfalls verteidigen könnte.

DER KUNDE So etwas würde ich Ihnen nicht anraten. Es würde in der Gegend zweifellos böses Blut erregen, wenn Sie alle Leute gratis bewaffnen würden. Ich sage Ihnen doch, das sind lauter Räuber und Mörder. Und Lügner. Es ist am besten für Sie, glauben Sie mir, wenn Sie jeden Anschein vermeiden, als mischten Sie sich in Streitigkeiten ein, anstatt einfach friedlich Ihr Eisen zu verkaufen. Ich sage das als Mann des Friedens. Nur keine Waffen in die Hände solcher Leute geben! Es sind lauter Hungerleider, und wenn ein hungriger Bursche Waffen in den Händen hat...

SVENDSON Ich verstehe.

DER KUNDE Sind wir übrigens nicht verwandt?

SVENDSON *erstaunt:* Wir? Wieso?

DER KUNDE Nun, ich dachte. Über unsere Urgroßväter oder so.
SVENDSON Ich glaube, das ist ein Irrtum.
DER KUNDE Nanu. Ja, dann gehe ich. Das ist gut, Ihr Eisen. Ich muß es haben. So teuer es ist. Was soll ich machen, wenn ich es haben muß. Meinen Sie nicht, es wird billiger?
SVENDSON Das glaube ich kaum.
*Der Kunde wendet sich zur Tür. Ein Knurren wird hörbar.*
SVENDSON Sagten Sie etwas?
DER KUNDE Ich? Nein. Das ist nur mein Magen, der da knurrt. Ich habe eine Zeitlang zu fett gegessen. Ich faste jetzt.
SVENDSON *lacht:* Ach so! Nun, auf Wiedersehn!
*Der Kunde geht ab.*
SVENDSON *telefoniert:* Bist du das, Dansen? Du, bei mir ist der Neue gewesen. – So, er ist auch bei dir gewesen. Er hat gekauft bei mir. – So, bei dir hat er auch gekauft. Nun, solang er bezahlt, ist er mir gut genug. – Natürlich ist er dir auch gut genug, solange er bezahlt.
*Es wird dunkel.*

2

*Der Kalender im Eisenladen zeigt die Jahreszahl 1 9 3 9.*
*Herein, Schuhschachteln unter den Armen, eine Schuhhändlerin.*

DIE SCHUHHÄNDLERIN Guten Morgen, Herr Svendson. Schuhe gefällig? *Sie packt große gelbe Schuhe aus.* Schöne, haltbare Halbschuhe, elf Kronen das Stück, echt tschechisches Fabrikat.
SVENDSON Guten Tag, Frau Tschek. Sie wissen, wie ich mich über Ihre Besuche freue. Mein Geschäft geht ja nicht ganz so gut, wie es gehen könnte, so daß ich im Augenblick nicht neue Schuhe kaufen möchte, aber ich bestelle bestimmt nur bei Ihnen. Aber Sie sehen ein wenig echauffiert aus, Frau Tschek?
DIE SCHUHHÄNDLERIN *sich ab und zu scheu umsehend:* Da können Sie sich doch nicht wundern. Haben Sie denn nicht die furchtbare Geschichte mit dem Tabakhändler gehört?
SVENDSON Welche Geschichte?
DIE SCHUHHÄNDLERIN Da ist doch auf offener Straße ein Tabakhändler, ein gewisser Österreicher, überfallen worden. Ermordet und beraubt.
SVENDSON Was Sie nicht sagen! Das ist ja furchtbar.
DIE SCHUHHÄNDLERIN Die Leute ringsum reden von nichts anderem. Sie wollen jetzt eine Polizei bilden. Jeder soll beitreten. Sie müssen auch, Herr Svendson.
SVENDSON *unangenehm berührt:* Ich? Aber das ist ganz unmöglich. Ich eigne mich nicht für Polizeidienst, Frau Tschek, absolut nicht. Ich bin viel zu friedlich. Und mein Eisengeschäft läßt mir auch gar nicht die Zeit dazu. Ich will friedlich mein Eisen verkaufen und punktum.
DIE SCHUHHÄNDLERIN Der Mann, der den Tabakhändler überfallen hat, muß gut bewaffnet gewesen sein. Ich will auch eine Waffe haben, ich bin wirklich geängstigt. Schicken Sie mir eine Eisenstange zu, Herr Svendson.
SVENDSON Gern. Mit dem allergrößten Vergnügen, Frau Tschek. Eine Eisenstange, das macht eine Krone.
DIE SCHUHHÄNDLERIN *untersucht ihr Portemonnaie:* Na, da muß doch eine Krone sein.
SVENDSON Ihre Hände zittern ja, Frau Tschek.
DIE SCHUHHÄNDLERIN Da ist sie. *Sie hat die Krone herausgefischt.* Auf dem Weg zu Ihnen hat mich ein Mann angesprochen und mir seinen Schutz angetragen. Das hat mich vollends ganz verschreckt.
SVENDSON Warum das?
DIE SCHUHHÄNDLERIN Ja, wissen Sie, unter den Leuten, die ich kenne, habe ich keinen einzigen Feind. Nur den Mann kannte ich nicht. Und er wollte in mein Haus kommen, um mich zu beschützen, wie er sagte. Das ist doch unheimlich. Sagen Sie: fühlen Sie sich denn nicht bedroht?
SVENDSON Ich? Nein. Mit mir müssen sich ja alle gut stellen, weil sie alle mein Eisen brauchen in so unsicheren Zeiten, wissen Sie. Selbst wenn sie sich alle in die Haare geraten, müssen sie auf mich Rücksicht nehmen. Weil sie mein Eisen brauchen.
DIE SCHUHHÄNDLERIN Ja, Sie sind fein heraußen. Auf Wiedersehen, Herr Svendson. *Sie geht.*
SVENDSON *ruft ihr nach:* Auf Wiedersehen, Frau Tschek! Ich schicke die Stange!
*Er steht auf und macht zu einer langweiligen Musik wieder schwedische Gymnastik.*
*Herein der Kunde. Er trägt etwas unter dem Mantel versteckt.*
DER KUNDE Was kostet das Eisen?
SVENDSON Eine Krone die Stange.
DER KUNDE Immer noch nicht billiger. Geben Sie her.

SVENDSON Wieder vier Stangen?
DER KUNDE Nein, acht.
SVENDSON Das macht acht Kronen.
DER KUNDE *langsam:* Ich möchte Ihnen einen Vorschlag machen, angesichts der Tatsache, daß wir immerhin ein wenig verwandt sind.
SVENDSON Nicht daß ich wüßte, lieber...
DER KUNDE Wenn Sie es auch noch nicht wissen, ganz recht. Ich möchte Ihnen vorschlagen, nunmehr zu einem neuen Verfahren überzugehen, einem Austauschverfahren: Ware gegen Ware. Ich bin überzeugt, Sie rauchen Zigarren. Nun, hier sind Zigarren. *Er zieht eine Kiste mit großen Zigarren hervor.* Ich kann sie Ihnen äußerst billig ablassen, da sie mich nichts gekostet haben. Ich habe sie von einem Verwandten geerbt. Und ich rauche nicht.
SVENDSON Sie rauchen nicht. Sie essen nicht. Sie rauchen nicht. Und das sind Austrillos.
DER KUNDE Das Stück zu zehn Öre. Das sind zehn Kronen für die Kiste mit hundert Stück. Aber ich lasse sie Ihnen, unter Vettern, für acht Kronen, also für das Eisen. Einverstanden?
SVENDSON Ich habe den Tabakhändler gekannt. Wie ist er denn gestorben?
DER KUNDE Ganz friedlich, Mann, ganz friedlich. Still und friedlich. Ein Mann des Friedens. Er hat mich plötzlich zu sich gerufen. Und dann hat ihn ein Höherer zu sich gerufen. Es ging alles ganz schnell. Er sagte nur noch: Bruder, laß den Tabak nicht trocken werden, und verschied. Den Kranz, den er mir zum Willkomm vor die Tür gehängt hatte, legte ich ihm auf das Grab. *Er wischt sich eine Träne aus dem Auge. Dabei fällt ihm ein Revolver aus dem Ärmel. Er steckt ihn hastig wieder ein.* Er ist aus einer schlimmen Welt abberufen worden. Einer Welt, in der jeder jedem mißtraut. Einer Welt der Überfälle, der Unsicherheit der Straßen. Ich trage in letzter Zeit selber immer eine Waffe mit mir. Ungeladen, lediglich zum Abschrecken. Wie ist es mit den Zigarren?
SVENDSON Ich kann mir keine Zigarren leisten. Wenn ich etwas kaufen könnte, würde ich mir Schuhe kaufen.
DER KUNDE Ich habe keine Schuhe. Ich habe Zigarren. Und ich brauche das Eisen.
SVENDSON Wozu brauchen Sie denn das viele Eisen?
DER KUNDE Oh, Eisen kann man immer brauchen. *Sein Magen stößt wieder ein hohles Knurren aus.*
SVENDSON Sie sollen sich vielleicht lieber etwas zum Essen kaufen.
DER KUNDE Das kommt noch. Das kommt noch. Ich muß jetzt weg, ich sehe, es sieht regnerisch aus, und ich habe einen Anzug an aus selbsterfundener Wolle, der keinen Regen verträgt. Vielleicht kann ich Ihnen für Ihr Eisen einen Ballen von diesem ausgezeichneten Stoff anbieten?
SVENDSON Gut, ich nehme Ihre Austrillos. Mein Laden geht nicht so gut, wie ich möchte. *Er nimmt die Kiste.*
DER KUNDE *lacht höhnisch und lädt sich seine acht Eisenstäbe auf:* Auf Wiedersehen, Herr Svendson.
SVENDSON *telefoniert, genußvoll eine Austrillo rauchend:* Bist du das, Dansen? Was sagst du zu den letzten Ereignissen? – Ja, das sage ich auch. Ich sage gar nichts. – Aha, du machst dich auch nicht bemerkbar? Ja, ich mache mich auch nicht bemerkbar. – So, du verkaufst ihm auch noch? Ja, ich verkaufe ihm auch noch. – So, du bist auch nicht beunruhigt? Ja, ich bin auch nicht beunruhigt.
*Es wird dunkel.*

3

*Im Eisenladen der Kalender zeigt* F e b r u a r *1939.*
*Svendson sitzt, eine Austrillo rauchend. Herein eine Dame und ein Herr.*

DER HERR Lieber Herr Svendson, Frau Gall und ich wollten mit Ihnen eine kleine Beratung abhalten, wenn Sie die Zeit erübrigen können.
SVENDSON Herr Britt, Sie können überzeugt sein, daß ich meinem größten Kunden jederzeit zur Verfügung stehe.
*Der Herr und die Dame setzen sich.*
DER HERR Es handelt sich um den entsetzlichen Überfall auf Frau Tschek.
SVENDSON Ein Überfall auf Frau Tschek?
DER HERR Gestern nacht ist unsere Nachbarin Frau Tschek von einem schwerbewaffneten Mann, dem Dingsda, überfallen, umgebracht und beraubt worden.
SVENDSON Was? Frau Tschek umgebracht? Wie konnte das passieren?
DER HERR Ja wie? Auch wir sind ganz außer uns und können es noch gar nicht begreifen. Frau Gall war besonders nahe befreundet mit

ihr. Gestern abend kam plötzlich ein Geschrei um Hilfe aus ihrem Haus. Frau Gall kam sogleich zu mir gelaufen, und wir berieten stundenlang, was für sie geschehen könnte. Dann begaben wir uns zum Haus der Unglücklichen und fanden sie tatsächlich in heftigem Disput mit diesem Dingsda. Er verlangte irgendwas, was angeblich einem seiner Verwandten gehörte, und wir rieten ihr, es ihm abzulassen, wenn er ihr dafür versprechen würde, sie künftig in Ruhe zu lassen. Sie war einverstanden und er versprach es. Aber später in der Nacht scheint er plötzlich zurückgekommen zu sein und die Arme einfach ermordet zu haben.

DIE DAME Wir wären natürlich niemals weggegangen, wenn wir seinem Versprechen nicht vertraut hätten.

DER HERR Es handelt sich jetzt darum, sämtliche Nachbarn in einem Verein zusammenzuschließen, der dafür sorgen kann, daß so etwas nicht wieder vorkommt. Auch Sie fragen wir hiemit, ob Sie einem solchen Verein zur Aufrechterhaltung der Ordnung beitreten und Ihren Namen in die Liste der Ordner eintragen wollen. *Er reicht ihm eine Liste.*

SVENDSON *nimmt sie zögernd entgegen, unruhig:* Ja, aber ich bin doch nur ein kleiner Eisenladen. Ich kann mich doch nicht in den Streit der großen Firmen einmischen. Ein Beitritt von mir zu einem solchen Verein könnte einige meiner Kunden doch reizen.

DIE DAME Ach, Sie wollen auf jeden Fall Ihr Eisen verkaufen, an wen immer?

SVENDSON Keineswegs! Wie können Sie so etwas sagen! Ich habe ebensogut ein Gewissen wie Sie, denke ich. Ich bin nur kein kriegerisches Gemüt, wissen Sie. An mein Geschäft denke ich da gar nicht. Reden wir doch ein wenig gemütlicher. *Zu dem Herrn:* Rauchen Sie?

DER HERR *betrachtet die Zigarren:* Austrillos!

DIE DAME Ich wäre den Herren dankbar, wenn Sie nicht rauchten.

SVENDSON *irritiert, steckt die Kiste und seine Zigarre weg:* Entschuldigen Sie.

DER HERR Sie sprachen von Ihrem Gewissen, Herr Svendson.

SVENDSON Tatsächlich? Ja, natürlich. Ich kann Ihnen sagen, mir ist jede Gewalttätigkeit tief zuwider. Ich schlafe seit den jüngsten Vorkommnissen keine Nacht mehr. In der Tat rauche ich nur wegen meiner Nervosität jetzt soviel, Madame.

DIE DAME Sie stehen also dem Gedanken eines Vereins gegen Gewaltanwendung nicht grundsätzlich fern?

SVENDSON Fern oder nicht fern: jedenfalls sind meine Beweggründe nur die allerideellsten.

DER HERR Wir sind natürlich von Ihrem rein idealen Standpunkt überzeugt, sicher verkaufen Sie Ihr Eisen an den Dingsda nicht etwa, weil Sie mit seinem Benehmen sympathisieren!

SVENDSON Keineswegs. Ich verurteile es.

DER HERR Und Sie fühlen sich auch nicht etwa verwandt mit ihm, wie er behaupten soll?

SVENDSON Absolut nicht.

DER HERR Sie verkaufen lediglich, weil bezahlt wird und solange bezahlt wird.

SVENDSON So ist es.

DER HERR Und Sie meinen, der Dingsda würde nicht mehr Ihr Eisen brauchen, wenn Sie in unserm Friedensbund wären, der Ihnen und allen andern Sicherheit garantiert?

SVENDSON Er braucht natürlich mein Eisen. Ich weiß wirklich nicht, was er daraus verfertigt...

DIE DAME *liebenswürdig:* Maschinengewehre!

SVENDSON *darüber hinweghuschend:* Wie gesagt, ich weiß das nicht, aber er würde es wohl auch dann kaufen müssen. Nur wie gesagt, er könnte doch gereizt sein, wissen Sie, und ich bin nun einmal friedlich veranlagt. Offen gestanden erwarte ich ihn eben jetzt, und es wäre mir lieber, wenn er Sie nicht in meinem Laden treffen würde. Er ist nämlich ungemein feinfühlig und enorm leicht gekränkt. Tun Sie mir also den Gefallen und...

*Herein der Kunde, ein Paket unterm Arm.*

DER KUNDE Was kostet das Eisen?

SVENDSON Eine Krone die Stange.

DER KUNDE Ach, da ist ja eine ganze Gesellschaft versammelt. Freunde von Ihnen, Svendson?

SVENDSON Hm. Ja. Nein. Gewissermaßen. Ein Geschäftsbesuch.

DER HERR Wir unterhielten uns über die Ermordung der Frau Tschek durch Sie, Herr.

DER KUNDE Durch mich?

DIE DAME Ja.

DER KUNDE Lüge! Hetze! Verleumdung!

DER HERR Was, Sie bestreiten die Ermordung der Frau Tschek?

DER KUNDE Und ob ich die bestreite! Frau Tschek, die mir durch nahe Verwandte, die bei ihr logierten, empfohlen wurde, hat mich gebeten, ihren Schutz zu übernehmen. Auf flehentliche Bitten meiner Verwandten habe ich nachgegeben und gestern Frau Tscheks Schutz übernommen. Es war ihre letzte große Freude auf dieser Erde. Kurz darauf verschied sie friedlich in meinen Armen an Altersschwäche. Das ist die Wahrheit, und aus dieser Begebenheit machen Sie und andere Leute dann eine Ermordung! Dabei waren Sie es selber, die mir Frau Tschek übergeben haben! Sie haben sie im Stich gelassen, und Sie werden alle Ihre Freunde im Stich lassen. Lieber Svendson, das sollte Ihnen zu denken geben!

DIE DAME Sie haben also die Frau Tschek nur gepflegt?

DER KUNDE Warum sollte ich ihr etwas angetan haben? *Sein Magen knurrt.*

DER HERR Und Sie wollen wirklich leugnen, daß Sie jedermann, der in Reichweite von Ihnen wohnt, bedrohen?

DER KUNDE Und wie ich das leugne! Ich bin hierhergekommen, um sechzehn Stäbe Eisen zu kaufen, Herr Svendson. Aber ich sehe, es herrscht hier eine mir feindselige Atmosphäre. Selbstverständlich kann Ihnen nicht zugemutet werden, jemandem Eisen zu verkaufen, der Ihnen gegenüber drohend auftritt. Ich frage Sie also, bedenken Sie Ihre Antwort wohl: fühlen Sie sich von mir bedroht?

SVENDSON Ich? Wieso fragen Sie das? Wie viele Stangen wünschten Sie? Ach, sechzehn? Ob ich mich von Ihnen bedroht fühle? Ich glaube kaum, daß mir das zugemutet werden kann. Wollen Sie wirklich darauf eine Antwort?

DER HERR, DIE DAME UND DER KUNDE Ja.

SVENDSON *packt die Eisenstäbe zusammen:* Dann sage ich Ihnen: nein. Ich fühle mich nicht bedroht.

*Der Herr und die Dame gehen empört weg.*

DER KUNDE *während Svendson mit der Liste der Ordner die Eisenstäbe für ihn abwischt:* Bravo. Das ist wenigstens noch Mut. Wir haben doch etwas Verwandtes, Svendson. Wenn Sie es auch leugnen. Man leugnet ja viel. Nebenbei: könnten nicht wir beide, die den Frieden so unbedingt lieben, einen kleinen Pakt abschließen, nach dem Sie auf alle Leute mit Eisenstangen usw. losgehen können außer auf mich und ich auf alle außer auf Sie?

SVENDSON *mit erstickter Stimme:* Das möchte ich nicht gern. Mein größter Kunde...

DER KUNDE Aber ich muß mehr Eisen haben, Svendson. Man plant Schlimmes gegen mich. Man will mich überfallen. Alle wollen mich überfallen. Weil sie nicht mit ansehen können, wie es mir gut geht. *Sein Magen knurrt wieder.* Ich soll die Person um die Ecke gebracht haben! Lüge! Lüge! Lüge! Und wissen Sie, was ich bei ihr danach gefunden habe? Eine Eisenstange! Sie wollte auf mich los! Sie tun ja so recht, sich aus all diesen ekelhaften Streitigkeiten herauszuhalten. Sie sind Eisenhändler und nicht Politiker, Svendson. Sie verkaufen Ihr Eisen, wo es bezahlt wird. Und ich kaufe es bei Ihnen, weil Sie mir gefallen und weil ich sehe, daß Sie von Ihrem Geschäft leben. Weil Sie nicht gegen mich sind und sich nicht von meinen Feinden aufhetzen lassen, darum kaufe ich Ihr Eisen. Warum sollte ich es sonst kaufen? Mit mir müssen Sie sich nicht verfeinden! Sie wünschten neulich Schuhe? Hier habe ich Ihnen Schuhe mitgebracht. *Er packt große gelbe Halbschuhe aus.* Genau was Sie brauchen, Svendson. Ich kann sie Ihnen billig berechnen. Wissen Sie, was sie mich gekostet haben?

SVENDSON *schwach:* Was?

DER KUNDE Nichts. Sehen Sie, und das kommt Ihnen zugute, Svendson. Ja, wir werden noch die besten Freunde, besonders wenn wir uns noch völlig über den Eisenpreis geeinigt haben. Aber das werden wir noch, das werden wir noch. Helfen Sie mir doch mit den Stangen, Svendson.

*Svendson hilft ihm die Stangen aufpacken. Er nimmt je sechs unter jeden Arm und die übrigen auf den Buckel und kriecht schwerbeladen hinaus.*

SVENDSON Auf Wiedersehen!

DER KUNDE *wendet sich mühsam unter der Tür. Lächelnd:* Bald.

4

*Im Eisenladen auf dem Kalender steht 19??. Svendson spaziert herum, eine Austrillo rauchend und in den Stiefeln der Frau Tschek. Plötzlich setzt Kanonendonner ein. Svendson, in großer Unruhe, versucht vergebens zu telefonieren. Da ist kein Anschluß mehr. Er dreht das Radio an. Da ist kein Radio mehr. Er schaut aus dem Fenster. Da ist Feuerschein.*

SVENDSON Krieg!

*Er läuft hastig zu seiner Preistafel, löscht mit dem Schwamm die Ziffer 3 aus und schreibt in fliegender Eile eine 4 hin. Herein der Kunde, allerhand unterm Mantel, kalkweiß.*

SVENDSON *horchend:* Wissen Sie, woher der Kanonendonner kommt?

DER KUNDE Der kommt von meinem knurrenden Magen. Wissen Sie, ich gehe jetzt Essen holen. Aber dazu brauche ich mehr Eisen. *Er wirft den Mantel zurück und zeigt Maschinenpistolen im Anschlag.*
SVENDSON Hilfe! Hilfe!
DER KUNDE Was kostet das Eisen?
SVENDSON *gebrochen:* Nichts.

*Anmerkung*

Das kleine Stück muß im Knockaboutstil gespielt werden. Der Eisenhändler muß eine Perücke mit Haaren haben, die sich sträuben können; die Schuhe müssen sehr groß sein, auch die Zigarren. Als Rahmen der Dekoration werden am besten Zitate aus den Reden nordischer Staatsmänner dienen.

# Die sieben Todsünden der Kleinbürger

Ballett

*Die sieben Todsünden der Kleinbürger*

FAULHEIT
im Begehen des Unrechts

STOLZ
auf das Beste des Ichs (Unkäuflichkeit)

ZORN
über die Gemeinheit

VÖLLEREI
(Sättigung, Selberessen)

UNZUCHT
(selbstlose Liebe)

HABSUCHT
bei Raub und Betrug

NEID
auf die Glücklichen

*Das Ballett soll die Darstellung einer Reise zweier Schwestern aus den Südstaaten sein, die für sich und ihre Familie das Geld zu einem kleinen Haus erwerben wollen. Sie heißen beide Anna. Die eine der beiden Annas ist die Managerin, die andere die Künstlerin; die eine (Anna I) ist die Verkäuferin, die andere (Anna II) die Ware. Auf der Bühne steht eine kleine Tafel, auf der die Route der Tournee durch sieben Städte aufgezeichnet ist und vor der Anna I mit einem kleinen Zeigestock steht. Auf der Bühne ist auch der immer wechselnde Markt, auf den Anna II von ihrer Schwester geschickt wird. Am Schluß von jedem der Bilder, die zeigen, wie die sieben Todsünden vermieden werden können, kehrt Anna II zu Anna I zurück, und auf der Bühne ist die Familie der beiden, Vater, Mutter und zwei Söhne, in Louisiana, und hinter ihr wächst das kleine Haus, das durch die Vermeidung der sieben Todsünden verdient wird.*

LIED DER SCHWESTER

Meine Schwester und ich stammen aus Louisiana
Wo die Wasser des Mississippi unter dem Mond fließen
Wie Sie aus den Liedern erfahren können
Und wir wollen einmal dorthin zurückkehren
Lieber heute als morgen.

Wir sind aufgebrochen vor vier Wochen
Nach den großen Städten, unser Glück zu versuchen
Und in sieben Jahren, denken wir, haben wir es geschafft
Dann gehen wir zurück
Aber lieber schon in sechs Jahren.

Denn auf uns warten unsere Eltern und zwei Brüder in Louisiana
Ihnen schicken wir alles Geld, das wir verdienen
Und von diesem Geld soll gebaut werden
Ein kleines Haus am Mississippifluß in Louisiana
Nicht wahr, Anna?
Ja, Anna.

Meine Schwester ist schön, ich bin praktisch.
Meine Schwester ist ein bißchen verrückt, ich bin bei Verstand.
Wir sind eigentlich nicht z w e i Personen
Sondern nur eine einzige.
Wir heißen beide Anna
Wir haben eine Vergangenheit und eine Zukunft
Ein Herz und ein Sparkassenbuch
Und jede macht nur, was für die andere gut ist
Nicht wahr, Anna?
Ja, Anna.

**1**
**Faulheit**

*Dies ist die erste Stadt ihrer Tournee, und um sich das erste Geld zu verschaffen, führen die Schwestern einen Trick aus. Durch den Park der Stadt schlendernd, spähen sie nach Ehepaaren aus. Anna II stürzt dann auf den Mann zu, als kenne sie ihn, umarmt ihn, macht ihm Vorwürfe usw., kurz, bringt ihn in Verlegenheit, während Anna I sie zurückzuhalten sucht. Dann wirft sich Anna II plötzlich auf die Frau und bedroht diese mit ihrem Sonnenschirm, während jetzt Anna I von dem Mann Geld erpreßt, dafür, daß sie ihre Schwester wegschafft. Diesen Trick führen sie sehr schnell mehrere Male aus. Dann aber geschieht es, daß Anna I einmal einen Mann, den sie zu sich von seiner Frau weggelockt hat, zu erpressen versucht im Vertrauen darauf, daß ihre Schwester inzwischen seine Frau belästigt hat, aber sie sieht mit Schrecken, daß ihre Schwester, anstatt zu arbeiten, auf der Bank sitzt und schläft. Sie muß sie wecken und zur Arbeit anhalten.*

LIED DER FAMILIE

Hoffentlich nimmt sich unsere Anna zusammen
Sie war ja immer etwas eigen und bequem
Und wenn man sie nicht aus dem Bett herauswarf
Stand die nicht auf am Morgen
Und dabei sagten wir immer: Faulheit
Ist aller Laster Anfang, Anna.

Andrerseits ist unsere Anna
Ja ein sehr vernünftiges Kind
Folgsam und ihren Eltern ergeben
Und so wird sie es, wir möchten es hoffen, auch
Nicht am nötigen Fleiß fehlen lassen
In der Fremde.

## 2
## Stolz

*Ein kleines, schmutziges Kabarett. Anna II betritt die Bühne, von dem Beifall der 4–5 Gäste empfangen, die so entsetzlich aussehen, daß sie sehr erschrickt. Sie ist ärmlich angezogen, aber sie tanzt etwas sehr Apartes, sie gibt ihr Bestes und sie hat keinen Erfolg. Die Gäste sind unendlich gelangweilt, sie gähnen wie die Haifische (ihre Masken zeigen in riesigen Mäulern schreckliche Zähne), sie werfen Gegenstände auf die Bühne, ja, sie schießen sogar die einzige Lampe herunter. Anna II tanzt weiter, ihrer Kunst hingegeben, bis sie der Patron von der Bühne holt, eine andere Tänzerin, eine dicke alte Vettel, auf die Bühne schickt und Anna zeigt, wie man es machen muß, hier Beifall zu erwerben. Die Vettel tanzt ordinär und sexuell und erwirbt enormen Beifall. Anna weigert sich, ebenso zu tanzen. Aber Anna I, die neben der Bühne gestanden hat, zuerst als einzige der Schwester Beifall gespendet und weinend ihren Mißerfolg gesehen hat, bewegt sie, so zu tanzen, wie es verlangt wird. Sie reißt ihr den zu langen Rock ab und schickt sie wieder auf die Bühne, wo die Vettel ihr das Tanzen beibringt, indem sie ihr die Röcke höher hebt unter dem Beifall des Publikums. Und sie ist es, die die gebrochene Schwester zurückgeleitet zu der kleinen Tafel, um sie zu trösten.*

LIED DER SCHWESTER

Als wir aber ausgestattet waren
Wäsche hatten und Kleider und Hüte
Fanden wir eine Stelle in einem Kabarett als Tänzerin
In Memphis, der zweiten Stadt unserer Reise.

Ach, es war nicht leicht für Anna
Kleider und Hüte machen ein Mädchen hoffärtig
Also wollte sie eine Künstlerin sein und Kunst machen
In Memphis, der zweiten Stadt unserer Reise
Und das ist nicht das, was
Die Leute wollen.

Denn die Leute zahlen und wollen
Daß man etwas herzeigt für das Geld
Wenn da eine ihre Blöße versteckt wie einen faulen Fisch
Kann sie auf keinen Beifall rechnen.
Also sagte ich meiner Schwester ernsthaft:
Anna
Stolz ist etwas für die reichen Leute!
Tu, was man von dir verlangt, und nicht das
Was du willst, das sie von dir verlangen.

Manchen Abend hatte ich mit ihr meine Mühe
Ihr den Stolz abzugewöhnen war nicht einfach!
Und ich tröstete sie und sagte ihr:
Denk an unser Haus in Louisiana!
Und dann sagte sie: Ja, Anna.

LIED DER FAMILIE

Das geht nicht vorwärts!
Was die da schicken
Das sind keine Summen, mit denen man ein Haus baut!
Die verfressen alles selber!
Denen muß man den Kopf waschen
Sonst geht das nicht vorwärts.
Was die da schicken
Das sind keine Summen, mit denen man ein Haus baut!
Denen muß man den Kopf waschen
Die verfressen alles selber.

## 3
## Zorn

*Anna ist Statistin bei einer Filmaufnahme. Der Star, ein Mann vom Typ Douglas Fairbanks, reitet auf einem Pferd über einen Blumenkorb. Da das Pferd ungeschickt ist, wird es von dem Star geschlagen. Es ist niedergestürzt und kann trotz der Decke, die man ihm unterlegt, und dem Zucker, den man ihm vorhält, nicht mehr aufstehen. Da schlägt der Star es wieder, und in diesem Augenblick tritt die kleine Statistin vor, nimmt ihm die Peitsche aus der Hand und schlägt auf ihn ein, vom Zorn ergriffen. Sie wird sofort entlassen. Aber ihre Schwester stürzt auf sie zu und bewegt sie, zurückzukehren, sich vor dem Star auf die Knie zu werfen und ihm die Hand zu küssen, worauf er sie dem Regisseur wieder empfiehlt.*

LIED DER SCHWESTER

Jetzt geht es vorwärts. Jetzt sind wir schon in Los Angeles.

Dem Statisten stehen alle Türen offen.
Wenn wir uns jetzt zusammennehmen
Und jeden Fehltritt vermeiden
Geht es unaufhaltsam nach oben.

Wer dem Unrecht in den Arm fällt
Den will man nirgendwo haben.
Wer über die Roheit in Zorn gerät
Der lasse sich gleich begraben.
Wer die Gemeinheit nicht duldet
Wie soll der geduldet werden?
Wer da nichts verschuldet
Der sühnt auf Erden.

So habe ich meiner Schwester den Zorn abgewöhnt
In Los Angeles, der dritten Stadt unserer Reise.
Und die offene Mißbilligung des Unrechts
Die so sehr geahndet wird.
Immer sagte ich zu ihr: Halt du dich zurück, Anna
Du weißt, wohin die Unbeherrschtheit führt!
Und sie gab mir recht und sagte:
Ich weiß, Anna.

### 4
### Völlerei

*Anna ist jetzt selber ein Star. Sie hat einen Kontrakt gemacht, nach dem sie ihr Gewicht halten muß, und darf also nichts essen. Eines Tages stiehlt sie einen Apfel und verspeist ihn im geheimen, aber wie sie gewogen wird, wiegt sie ein Gramm mehr, und der Impresario rauft sich die Haare. Von nun an wird sie von ihrer Schwester beim Essen überwacht. Zwei Diener mit Revolvern servieren ihr, und von der gemeinsamen Platte darf sie nur ein kleines Fläschchen nehmen.*

LIED DER FAMILIE

Da ist ein Brief aus Philadelphia
Anna geht es gut: sie verdient jetzt endlich.
Sie ist einen Kontrakt eingegangen als Tänzerin
Danach darf sie nicht zuviel essen.
Das wird schwer sein: sie ist sehr verfressen.
Wenn sie sich da nur an den Kontrakt hält!
Sie wollen keine Nilpferde in Philadelphia
Nun, natürlich.
Sie wird jeden Tag gewogen
Wehe, wenn sie ein Gramm zunimmt
Denn die stehen auf dem Standpunkt
52 Kilo haben sie erstanden
Und was mehr ist, wäre auch von Übel.

Aber Anna ist ja sehr verständig!
Sie wird sorgen, daß Kontrakt Kontrakt ist
Sie wird sagen: fressen kannst du schließlich
In Louisiana, Anna. Hörnchen! Schnitzel! Hühnchen!
Und die kleinen gelben Honigkuchen!
Denk an unser Haus in Louisiana!
Sieh, es wächst schon, Stock- um Stockwerk wächst es!
Halte an dich: Freßsucht ist von Übel.

### 5
### Unzucht

*Anna hat jetzt einen Freund, der sehr reich ist, sie liebt und ihr Kleider und Schmuck bringt, und einen Geliebten, den sie liebt und der ihr den Schmuck wieder wegnimmt. Anna I macht ihr Vorwürfe und setzt durch, daß sie sich von Fernando trennt und Edward treu bleibt. Aber eines Tages kommt Anna II an einem Café vorbei, vor dem Anna I mit Fernando sitzt, der nun, übrigens erfolglos, um sie wirbt, und Anna II stürzt sich auf Anna I und wälzt sich mit ihr vor den Augen Edwards und seiner Freunde und denen der zugelaufenen Gaffer und Straßenkinder balgend auf der Straße. Die Kinder zeigen sich ihren kostbaren Hintern, und Edward flieht voller Entsetzen. Da macht Anna I der Schwester Vorwürfe und schickt sie zurück zu Edward, nach einem rührenden Abschied von Fernando.*

LIED DER SCHWESTER

Und wir fanden einen Mann in Boston
Der bezahlte gut, und zwar aus Liebe.
Und ich hatte meine Mühe mit meiner Schwester
Denn auch sie liebte: aber einen andern
Und dem bezahlte sie, und auch aus Liebe.

Ach, ich sagte ihr oft: Ohne Treue
Bist du höchstens die Hälfte wert
Man bezahlt nicht für solche Säue
Sondern nur das, was man verehrt!

Das kann eine machen
Die auf niemand angewiesen ist
Eine andere hat nichts zu lachen
Wenn sie ihre Situation vergißt.

Ihr sagte ich: Setz dich nicht zwischen zwei Stühle!
Und dann besuchte ich ihn
Und sagte ihm: Solche Gefühle
Sind für meine Schwester der Ruin.
Das kann eine machen
Die auf niemand angewiesen ist
Eine andere hat nichts zu lachen
Wenn sie sich so vergißt.

Leider traf ich dann Fernando noch öfter
Es war nichts zwischen uns! Lächerlich!
Aber meine Schwester sah uns, und leider
Stürzte sie sich gleich auf mich.
Das sind leider die Sachen
Die man zu oft vergißt!
Da kann man eben nichts machen
Wenn der Schein gegen einen ist.

Und sie zeigte ihren weißen Hintern
Mehr wert wie eine kleine Fabrik
Gratis den Gaffern und Straßenkindern
Der Welt profanem Blick.
Immer gibt's solche Sachen
Wenn man sich einmal vergißt!
So was kann nur eine machen
Die auf niemand angewiesen ist.

Ach, war das schwierig, alles einzurenken!
Abschied zu nehmen von Fernando und bei Edward
Sich zu entschuldigen! Und die langen Nächte
Wo ich meine Schwester weinen hörte und sagen:
Es ist richtig so, Anna, aber so schwer.

### 6
### Habsucht

*Nach kurzer Zeit ist Edward ruiniert durch Anna und erschießt sich, und in den Zeitungen steht Schmeichelhaftes über Anna, die Leser ziehen ehrfurchtsvoll den Hut vor ihr, der sie sofort, die Zeitung in der Hand, folgen, um sich zu ruinieren. Als sich aber kurze Zeit danach, von Anna ausgeraubt, ein zweiter junger Mann aus dem Fenster stürzt, greift die Schwester ein und rettet einen dritten, der sich eben erhängen will, indem sie Anna II sein Geld wieder abnimmt und es ihm zurückgibt. Sie tut es, weil die Leute schon anfangen, einen Bogen um ihre Schwester zu machen, die ihrer Habsucht wegen in schlechten Ruf gekommen ist.*

LIED DER FAMILIE

Wie da in der Zeitung steht, ist unsere Anna
Jetzt in Tennessee, und um sie schießen sich
Allerhand Leute tot: da wird sie viel Geld machen.

Wenn so was in der Zeitung steht
Das ist gut! Das macht einen Namen! und hilft
Einem Mädchen vorwärts

Wenn sie da nur nicht
Allzu gierig ist
Sonst macht man bald
Einen Bogen um sie.

Wer seine Habsucht zeigt
Um den wird ein Bogen gemacht
Mit Fingern zeigt man auf ihn
Dessen Geiz ohne Maß ist.
Wenn die eine Hand nimmt
Muß die andere geben
Nehmen für Geben muß es heißen!
Pfund für Pfund
Heißt das Gesetz!

Hoffentlich ist unsre Anna so vernünftig
Und nimmt den Leuten nicht ihr letztes Hemd weg
Sondern weiß: nackte Habsucht
Gilt nicht als Empfehlung.

### 7
### Neid

*Noch einmal sieht man Anna durch die große Stadt gehen, sie erblickt auf ihrem Gang andere Annas (die Tänzer tragen alle Annas Maske) sich dem Müßiggang hingeben usw., also alle Todsünden unbesorgt begehen, die ihr versagt sind. In einem Ballett wird das Thema* »DIE LETZTEN WERDEN DIE ERSTEN SEIN« *dargestellt: Während die andern Annas stolz einhergehen im Licht, schleppt sich Anna II mühsam und ge-*

*bückt hin, aber dann beginnt ihr Aufstieg, sie geht stolzer und stolzer, im Triumph endlich, während die anderen Annen verfallen und ihr demütig eine Gasse bahnen müssen.*

LIED DER SCHWESTER

Und die letzte Stadt unserer Reise war San Francisco.
Alles ging nach Wunsch. Nun, Anna
War oft müde und beneidete jeden
Der seine Tage zubringen durfte in Trägheit
Nicht zu kaufen und stolz
In Zorn geratend über jede Roheit
Hingegeben seinen Trieben, ein Glücklicher!
Liebend nur den Geliebten und
Offen nehmend, was immer er braucht!
Und ich sagte meiner armen Schwester:

Schwester, wir alle sind frei geboren
Wie es uns gefällt, können wir gehen im Licht
Also gehen herum aufrecht wie im Triumph die Toren
Aber wohin sie gehen, das wissen sie nicht.

Schwester, folg mir und verzicht auf die Freuden
Nach denen es dich wie die andern verlangt
Ach, überlaß sie den törichten Leuten
Denen es nicht vor dem Ende bankt.
Iß nicht, trink nicht und sei nicht träge
Die Strafe bedenk, die auf Liebe steht!
Bedenk, was geschieht, wenn du tätst, was dir läge!
Nütze die Jugend nicht: sie vergeht!

Schwester, folg mir, du wirst sehen, am Ende
Gehst im Triumph du aus allem hervor
Sie aber stehen, o schreckliche Wende!
Zitternd im Nichts vor geschlossenem Tor!

LIED DER SCHWESTER

Dann kehrten meine Schwester und ich zurück nach Louisiana
Wo die Wasser des Mississippi unter dem Mond fließen
Wie Sie aus den Liedern erfahren können.
Vor sieben Jahren aufgebrochen nach den großen Städten
Unser Glück zu versuchen: jetzt
Haben wir es geschafft.
Jetzt ist es gebaut, jetzt steht es da
Unser kleines Haus in Louisiana
Unser kleines Haus am Mississippifluß in Louisiana.

# Das epische Theater

## Vergnügungstheater oder Lehrtheater?

Wenn man vor einigen Jahren über modernes Theater sprach, dann nannte man das Moskauer, das New Yorker und das Berliner Theater. Vielleicht sprach man noch von einer oder der andern Aufführung Jouvets in Paris oder Cochrans in London oder der Dybuk-Darstellung der Habima, die eigentlich auch dem russischen Theater angehört, denn ihr Regisseur war Wachtangow; aber im großen ganzen gab es nur drei Theaterhauptstädte, was die Moderne betrifft.

Die russischen, amerikanischen und deutschen Theater unterschieden sich sehr stark voneinander, glichen sich aber darin, daß sie modern waren, das heißt technische und artistische Neuerungen einführten. In einem bestimmten Sinn kamen sie sogar zu Ähnlichkeiten im Stilistischen, und zwar wohl deshalb, weil die Technik international ist (nicht nur das von der Technik, was für die Bühne unmittelbar benötigt wird, sondern auch das, was auf sie Einfluß ausübt, wie zum Beispiel der Film) und weil es sich um große fortschrittliche Städte in großen Industrieländern handelte. In allerletzter Zeit schien in den hochkapitalistischen Ländern das Berliner Theater führend zu sein. In ihm kam das dem modernen Theater Gemeinsame eine Zeitlang zu stärkstem und vorläufig reifstem Ausdruck.

Die letzte Phase des Berliner Theaters, das damit, wie gesagt, nur die Entwicklungstendenz des modernen Theaters am reinsten aufzeigte, war das sogenannte *epische Theater.* Alles, was man Zeitstück oder Piscatorbühne oder Lehrstück nannte, gehört zum epischen Theater.

### *Das epische Theater*

Das Wort »episches Theater« schien vielen als in sich widerspruchsvoll, da man nach dem Beispiel des Aristoteles die epische und die dramatische Form des Vortrags einer Fabel für grundverschieden voneinander hielt. Der Unterschied zwischen den beiden Formen wurde keinesfalls nur darin erblickt, daß die eine von lebenden Menschen vorgeführt wurde und die andere sich des Buches bediente – Werke der Epik wie diejenigen Homers und der mittelalterlichen Sänger waren ebenfalls theatralische Veranstaltungen, und Dramen wie der Goethesche »Faust« oder wie »Manfred« von Byron erreichten ihre höchste Wirkung zugestandenermaßen als Bücher –, der Unterschied zwischen der dramatischen und der epischen Form wurde schon nach Aristoteles in der verschiedenen Bauart erblickt, deren Gesetze in zwei verschiedenen Zweigen der Ästhetik behandelt wurden. Diese Bauart hing von der verschiedenen Art ab, in der die Werke dem Publikum geboten wurden, einmal durch die Bühne, einmal durch das Buch, aber es gab dann doch unabhängig davon »das Dramatische« auch in epischen Werken und »das Epische« in dramatischen. Der bürgerliche Roman entwickelt im vorigen Jahrhundert ziemlich viel »Dramatisches«, und man verstand darunter die starke Zentralisation einer Fabel, ein Moment des Aufeinanderangewiesenseins der einzelnen Teile. Eine gewisse Leidenschaftlichkeit des Vortrags, ein Herausarbeiten des Aufeinanderprallens der Kräfte kennzeichnete das »Dramatische«. Der Epiker Döblin gab ein vorzügliches Kennzeichen, als er sagte, Epik könne man im Gegensatz zu Dramatik sozusagen mit der Schere in einzelne Stücke schneiden, welche durchaus lebensfähig bleiben.

Es soll hier nicht auseinandergesetzt werden, wodurch die lange für unüberbrückbar angesehenen Gegensätze zwischen Epik und Dramatik ihre Starre verloren, es soll genügen, wenn darauf hingewiesen wird, daß schon durch technische Errungenschaften die Bühne instand gesetzt wurde, erzählende Elemente den dramatischen Darbietungen einzugliedern. Die Möglichkeit der Projektion, der größeren Verwandlungsfähigkeit der Bühne durch die Motorisierung, der Film vervollständigten die Ausrüstung der Bühne, und sie taten dies in einem Zeitpunkt, wo die wichtigsten Vorgänge unter Menschen nicht mehr so einfach dargestellt werden konnten, indem man die bewegenden Kräfte personifizierte oder die Personen unter unsichtbare metaphysische Kräfte stellte.

Zum Verständnis der Vorgänge war es nötig geworden, die *Umwelt*, in der die Menschen lebten, groß und »bedeutend« zur Geltung zu bringen.

Diese Umwelt war natürlich auch im bisherigen Drama gezeigt worden, jedoch nicht als selbständiges Element, sondern nur von der Mittelpunktsfigur des Dramas aus. Sie erstand aus der

Reaktion des Helden auf sie. Sie wurde gesehen, wie der Sturm gesehen werden kann, wenn man auf einer Wasserfläche die Schiffe ihre Segel entfalten und die Segel sich biegen sieht. Im epischen Theater sollte sie aber nun selbständig in Erscheinung treten.

Die Bühne begann zu erzählen. Nicht mehr fehlte mit der vierten Wand zugleich der Erzähler. Nicht nur der Hintergrund nahm Stellung zu den Vorgängen auf der Bühne, indem er auf großen Tafeln gleichzeitige andere Vorgänge an andern Orten in die Erinnerung rief, Aussprüche von Personen durch projizierte Dokumente belegte oder widerlegte, zu abstrakten Gesprächen sinnlich faßbare, konkrete Zahlen lieferte, zu plastischen, aber in ihrem Sinn undeutlichen Vorgängen Zahlen und Sätze zur Verfügung stellte – auch die Schauspieler vollzogen die Verwandlung nicht vollständig, sondern hielten Abstand zu der von ihnen dargestellten Figur, ja forderten deutlich zur Kritik auf.

Von keiner Seite wurde es dem Zuschauer weiterhin ermöglicht, durch einfache Einfühlung in dramatische Personen sich kritiklos (und praktisch folgenlos) Erlebnissen hinzugeben. Die Darstellung setzte die Stoffe und Vorgänge einem Entfremdungsprozeß aus. Es war die Entfremdung, welche nötig ist, damit verstanden werden kann. Bei allem »Selbstverständlichen« wird auf das Verstehen einfach verzichtet.

Das »Natürliche« mußte das Moment des *Auffälligen* bekommen. Nur so konnten die Gesetze von Ursache und Wirkung zutage treten. Das Handeln der Menschen mußte zugleich so sein und mußte zugleich anders sein können.

Das waren große Änderungen.

[...] *Der Zuschauer des dramatischen Theaters sagt:* Ja, das habe ich auch schon gefühlt. – So bin ich. – Das ist nur natürlich. – Das wird immer so sein. – Das Leid dieses Menschen erschüttert mich, weil es keinen Ausweg für ihn gibt. – Das ist große Kunst: da ist alles selbstverständlich. – Ich weine mit den Weinenden, ich lache mit den Lachenden.

*Der Zuschauer des epischen Theaters sagt:* Das hätte ich nicht gedacht. – So darf man es nicht machen. – Das ist höchst auffällig, fast nicht zu glauben. – Das muß aufhören. – Das Leid dieses Menschen erschüttert mich, weil es doch einen Ausweg für ihn gäbe. – Das ist große Kunst: da ist nichts selbstverständlich. – Ich lache über den Weinenden, ich weine über den Lachenden.

### *Das Lehrtheater*

Die Bühne begann, lehrhaft zu wirken.

Das Öl, die Inflation, der Krieg, die sozialen Kämpfe, die Familie, die Religion, der Weizen, der Schlachtviehhandel wurden Gegenstände theatralischer Darstellung. Chöre klärten den Zuschauer über ihm unbekannte Sachverhalte auf. Filme zeigten montiert Vorgänge in aller Welt. Projektionen brachten statistisches Material. Indem die »Hintergründe« nach vorn traten, wurde das Handeln der Menschen der Kritik ausgesetzt. Es zeigte sich falsches und richtiges Handeln. Es zeigten sich Menschen, die wußten, was sie taten, und Menschen, die das nicht wußten. Das Theater wurde eine Angelegenheit für Philosophen, allerdings solcher Philosophen, die die Welt nicht nur zu erklären, sondern auch zu ändern wünschten. Es wurde also philosophiert; es wurde also gelehrt. Und wo blieb das Amüsement? Wurde man wieder auf die Schulbank gesetzt, als Analphabet behandelt? Sollte man Examina bestehen, Zeugnisse erwerben?

Nach allgemeiner Ansicht besteht ein sehr starker Unterschied zwischen Lernen und sich Amüsieren. Das erstere mag nützlich sein, aber nur das letztere ist angenehm. Wir haben also das epische Theater gegen den Verdacht, es müsse eine höchst unangenehme, freudlose, ja anstrengende Angelegenheit sein, zu verteidigen.

Nun, wir können eigentlich nur sagen, daß der Gegensatz zwischen Lernen und sich Amüsieren kein naturnotwendiger zu sein braucht, keiner, der immer bestanden hat und immer bestehen muß.

Unzweifelhaft ist das Lernen, das wir aus der Schule, aus den Vorbereitungen zum Beruf und so weiter kennen, eine mühselige Sache. Aber man bedenke auch, unter was für Umständen und zu welchem Zweck es vorgeht. Es ist eigentlich ein Kauf. Das Wissen ist lediglich Ware. Sie wird erworben zum Zweck des Weiterverkaufs. Bei all denen, die der Schulbank entwachsen sind, muß das Lernen sozusagen in aller Heimlichkeit betrieben werden; denn der, welcher zugibt, noch zulernen zu müssen, entwertet sich als einer, der eben zuwenig weiß. Außerdem ist der Nutzen des Lernens sehr begrenzt durch Faktoren außerhalb des Willensbereichs des Lernenden. Es gibt die Arbeitslosigkeit, gegen die kein Wissen schützt. Es gibt die Arbeitsteilung, die ein Gesamtwissen unnötig und unmöglich macht. Das Lernen gehört vielfach zu den Mühen derer, die durch keine Mühen mehr weiterkommen. Es gibt nicht viel Wissen, das Macht verschafft, aber es gibt viel Wissen, das nur durch Macht verschafft wird. Für die verschiedenen Volksschichten spielt das Lernen eine sehr verschiedene Rolle. Es gibt Schichten, die sich eine Verbesserung der Zustände nicht denken können; die Zustände scheinen ihnen gut genug für sie. Wie immer es mit dem Petroleum zugehen mag: sie gewinnen dadurch. Und: sie fühlen sich doch schon etwas bejahrt. Allzu viele Jahre können kaum mehr kommen. Wozu da noch viel lernen? Sie haben ihr letztes Wort schon gesprochen, hough. Aber es gibt auch Schichten, die »noch nicht dran waren«, die unzufrieden mit den Verhältnissen sind, ein ungeheures praktisches Interesse am Lernen haben, sich unbedingt orientieren wollen, wissen, daß sie ohne Lernen verloren sind – das sind die besten und begierigsten Lerner. Solche Unterschiede bestehen auch für Länder und Völker. Die Lust am Lernen hängt also von vielerlei ab; dennoch gibt es lustvolles Lernen, fröhliches und kämpferisches Lernen.

Gäbe es nicht solch amüsantes Lernen, dann wäre das Theater seiner ganzen Struktur nach nicht imstande, zu lehren.

Das Theater bleibt Theater, auch wenn es Lehrtheater ist, und soweit es gutes Theater ist, ist es amüsant.

### *Theater und Wissenschaft*

»Aber was hat Wissenschaft mit Kunst zu tun? Wir wissen ganz gut, daß Wissenschaft amüsant sein kann, aber nicht alles, was amüsant ist, gehört auf das Theater.«

Ich habe oft, wenn ich auf die unschätzbaren Dienste hinwies, die die moderne Wissenschaft, richtig verwendet, der Kunst, besonders dem Theater leisten kann, zu hören bekommen, daß Kunst und Wissenschaft zwei schätzenswerte, aber völlig verschiedene Gebiete menschlicher Tätigkeit seien. Das ist natürlich ein schrecklicher Gemeinplatz, und man tut gut, immer schnell zu versichern, daß das ganz richtig ist, wie die meisten Gemeinplätze. Kunst und Wissenschaft wirken in sehr verschiedener Weise, abgemacht. Dennoch muß ich gestehen, so schlimm es klingen mag, daß ich ohne Benutzung einiger Wissenschaften als Künstler nicht auskomme. Das mag vielen ernste Zweifel an meinen künstlerischen Fähigkeiten erregen. Sie sind es gewohnt, in Dichtern einzigartige, ziemlich unnatürliche Wesen zu sehen, die mit wahrhaft göttlicher Sicherheit Dinge erkennen, welche andere nur mit großer Mühe und viel Fleiß erkennen können. Es ist natürlich unangenehm, zugeben zu müssen, daß man nicht zu diesen Begnadeten gehört. Aber man muß es zugeben. Man muß auch ablehnen, daß es sich bei den eingestandenen wissenschaftlichen Bemühungen um verzeihliche Nebenbeschäftigungen handelt, vorgenommen am Feierabend, nach getaner Arbeit. Man weiß ja, auch Goethe hat Naturkunde, Schiller Geschichte betrieben, man nimmt freundlicherweise an, als eine Art Marotte. Ich will diese beiden nicht ohne weiteres beschuldigen, sie hätten diese Wissenschaften für ihre dichterische Tätigkeit benötigt, ich will mich nicht mit ihnen entschuldigen, aber ich muß sagen, ich benötige die Wissenschaften. Und ich muß sogar zugeben, ich schaue allerhand Leute krumm an, von denen mir bekannt ist, daß sie nicht auf der Höhe der wissenschaftlichen Erkenntnis sind, das heißt, daß sie singen, wie der Vogel singt, oder wie man sich vorstellt, daß der Vogel singt. Damit will ich nicht sagen, daß ich ein hübsches Gedicht über den Geschmack einer Flunder oder das Vergnügen einer Wasserpartie nur deshalb ablehne, weil sein Verfasser nicht Gastronomie oder Nautik studiert hat. Aber ich meine, daß die großen verwickelten Vorgänge in der Welt von Menschen, die nicht *alle* Hilfsmittel für ihr Verständnis herbeiziehen, nicht genügend erkannt werden können.

Nehmen wir an, es seien große Leidenschaften darzustellen oder Vorgänge, welche die Schicksale der Völker beeinflussen. Für eine solche Leidenschaft wird heute etwa der Machttrieb gehalten. Angenommen, ein Dichter »fühlte« diesen Trieb, er wollte einen Menschen zur Macht streben lassen – wie soll er nun den äußerst komplizierten Mechanismus in Erfahrung bringen, innerhalb dessen heute die Macht erkämpft wird? Ist sein Held ein Politiker, wie geht Politik, ist er ein Geschäftsmann, wie gehen Geschäfte vor sich? Und dann gibt es noch Dichter, die weit weniger als der Machttrieb der einzelnen gerade die Geschäfte und die Politik mit leidenschaftlichem Interesse erfüllen! Wie sollen sie sich die nötigen Kenntnisse verschaffen? Dadurch, daß sie herumgehen und die Augen offen halten, werden sie kaum genug in Erfahrung bringen, und das wäre immerhin schon mehr, als wenn sie nur die Augen in holdem Wahnsinn rollten! Die Gründung einer Zeitung wie des »Völkischen Beobachters« oder eines Geschäftes wie der Standard Oil ist eine ziemlich komplizierte Angelegenheit, und diese Dinge werden einem nicht ohne weiteres auf die Nase gebunden. Ein wichtiges Gebiet für die Dramatiker ist die Psychologie. Man nimmt an, daß, wenn nicht ein gewöhnlicher Mensch, so doch ein Dichter ohne weitere Belehrung imstande sein müßte, die Gründe ausfindig zu machen, die einen Menschen zu einem Mord veranlassen; er müßte »aus Eigenem« ein Bild von dem seelischen Zustand eines Mörders geben können. Man nimmt an, es genüge in einem solchen Fall, in sich selbst hineinzuschauen, und dann gibt es ja auch die Phantasie... Aus einer Reihe von Gründen kann ich mich dieser angenehmen Hoffnung, ich könnte auf so bequeme Weise zurechtkommen, nicht mehr hingeben. Ich kann in mir selber nicht mehr alle Gründe finden, die, wie man aus Zeitungs- oder wissenschaftlichen Berichten ersieht, bei Menschen festgestellt werden. So wie der gewöhnliche Richter bei der Aburteilung kann auch ich mir nicht ohne weiteres ein ausreichendes Bild von dem seelischen Zustand eines Mörders machen. Die moderne Psychologie von der Psychoanalyse bis zum Behaviorismus verschafft mir Kenntnisse, die mir zu einer ganz anderen Beurteilung des Falles verhelfen, besonders wenn ich die Ergebnisse der Soziologie berücksichtige und die Ökonomie sowie die Geschichte nicht außer acht lasse. Man wird sagen: Das wird aber kompliziert. Ich muß antworten: Das *ist* kompliziert. Vielleicht wird man sich überzeugen lassen und mit mir darin übereinstimmen, daß ein ganzer Haufen Literatur reichlich primitiv ist, aber doch mit schwerer Sorge fragen: Wird da nicht solch ein Theaterabend eine ganz beängstigende Angelegenheit? Die Antwort darauf ist: nein.

Was immer an Wissen in einer Dichtung stecken mag, es muß völlig umgesetzt sein in Dichtung. Seine Verwertung befriedigt eben gerade das Vergnügen, welches vom Dichterischen bereitet wird. Allerdings, wenn es auch nicht jenes Vergnügen befriedigt, das vom Wissenschaftlichen befriedigt wird, so ist doch eine gewisse Geneigtheit für ein tieferes Eindringen in die Dinge, ein Wunsch, die Welt beherrschbar zu machen, vonnöten, um zu einer Zeit, die eben eine Zeit großer Entdeckungen und Erfindungen ist, sich des Genusses an ihren Dichtungen zu versichern.

### *Ist das epische Theater etwa eine »moralische Anstalt«?*

Nach Friedrich Schiller soll das Theater eine moralische Anstalt sein. Als Schiller diese Forderung aufstellte, kam es ihm kaum in den Sinn, daß er dadurch, daß er von der Bühne herab moralisierte, das Publikum aus dem Theater treiben könnte. Zu seiner Zeit hatte das Publikum nichts gegen das Moralisieren einzuwenden. Erst später beschimpfte ihn Friedrich Nietzsche als den Moraltrompeter von Säckingen. Nietzsche schien die Beschäftigung mit Moral eine trübselige Angelegenheit, Schiller erblickte darin eine durchaus vergnügliche. Er kannte nichts, was amüsanter und befriedigender sein konnte, als Ideale zu propagieren. Das Bürgertum ging daran, die Ideen der Nation zu konstituieren. Sein Haus einrichten, seinen eigenen Hut loben, seine Rechnungen präsentieren ist etwas sehr Vergnügliches. Dagegen ist vom Verfall seines Hauses reden, seinen alten Hut verkaufen müssen, seine Rechnungen bezahlen wirklich eine trübselige Angelegenheit, und so sah Friedrich Nietzsche ein Jahrhundert später die Sache. Er war schlecht zu sprechen auf Moral und also auch auf den ersten Friedrich.

Auch gegen das epische Theater wandten sich viele mit der Behauptung, es sei zu moralisch. Dabei traten beim epischen Theater moralische Erörterungen erst an zweiter Stelle auf. Es wollte weniger moralisieren als studieren. Allerdings, es wurde studiert, und dann kam das dicke Ende nach: die Moral von der Geschichte. Wir können natürlich nicht behaupten, wir hätten uns aus lauter Lust zu studieren und ohne anderen, handgreiflicheren Anlaß ans Studium gemacht und seien dann durch die Resultate unseres Studiums völlig überrascht worden. Es gab da zweifellos einige schmerzliche Unstimmigkeiten in unserer Umwelt, schwer erträgbare Zustände, und zwar Zustände, die nicht nur aus moralischen Bedenken heraus schwer zu ertragen waren. Hunger, Kälte und Bedrük-

kung erträgt man nicht nur aus moralischen Bedenken heraus schwer. Auch der Zweck unserer Untersuchungen war es nicht lediglich, moralische Bedenken gegen gewisse Zustände zu erregen (wenngleich solche Bedenken sich leicht einstellen konnten, wenn auch nicht bei allen Zuhörern – solche Bedenken stellten sich zum Beispiel bei denjenigen Zuhörern selten ein, die von den betreffenden Zuständen profitierten!), Zweck unserer Untersuchungen war es, Mittel ausfindig zu machen, welche die betreffenden schwer ertragbaren Zustände beseitigen konnten. Wir sprachen nämlich nicht im Namen der Moral, sondern im Namen der Geschädigten. Das sind wirklich zweierlei Dinge, denn oft wird gerade mit moralischen Hinweisen den Geschädigten gesagt, sie müßten sich mit ihrer Lage abfinden. Die Menschen sind für solche Moralisten für die Moral da, nicht die Moral für die Menschen.
Immerhin wird man aus dem Gesagten entnehmen können, wieweit und in welchem Sinn das epische Theater eine moralische Anstalt ist.

*Kann man überall episches Theater machen?*

In stilistischer Hinsicht ist das epische Theater nichts besonders Neues. Mit seinem Ausstellungscharakter und seiner Betonung des Artistischen ist es dem uralten asiatischen Theater verwandt. Lehrhafte Tendenzen zeigte sowohl das mittelalterliche Mysterienspiel als auch das klassische spanische und das Jesuitentheater.
Diese Theaterformen entsprachen gewissen Tendenzen ihrer Zeit und vergingen mit diesen. Auch das moderne epische Theater ist an bestimmte Tendenzen gebunden. Es kann keineswegs überall gemacht werden. Die meisten großen Nationen neigen heute nicht dazu, ihre Probleme im Theater zu erörtern. London, Paris, Tokio und Rom halten ihre Theater zu gänzlich andern Zwecken. Nur an wenig Orten und nicht für lange Zeit waren bisher die Umstände einem epischen lehrhaften Theater günstig. In Berlin hat der Faschismus der Entwicklung eines solchen Theaters energisch Einhalt geboten.
Es setzt außer einem bestimmten technischen Standard eine mächtige Bewegung im sozialen Leben voraus, die ein Interesse an der freien Erörterung der Lebensfragen zum Zwecke ihrer Lösung hat und dieses Interesse gegen alle gegensätzlichen Tendenzen verteidigen kann.
Das epische Theater ist der breiteste und weitestgehende Versuch zu modernem großen Theater, und es hat alle die riesigen Schwierigkeiten zu überwinden, die alle lebendigen Kräfte auf dem Gebiet der Politik, Philosophie, Wissenschaft und Kunst zu überwinden haben.

Etwa 1936

## Über experimentelles Theater

Zumindest seit zwei Menschenaltern befindet sich das ernsthafte europäische Theater in einer Epoche der Experimente. Die verschiedenen Experimente haben bisher noch kein eindeutiges, klar überschaubares Resultat gezeitigt, die Epoche ist keineswegs beendigt. Die Experimente wurden nach meiner Meinung auf zwei Linien geführt, die sich mitunter überschnitten, die aber doch getrennt verfolgt werden können. Diese beiden Linien der Entwicklung sind durch die beiden Funktionen *Unterhaltung* und *Belehrung* bestimmt, das heißt, das Theater veranstaltete Experimente, die seine Amüsierkraft, und Experimente, die seinen Lehrwert erhöhen sollten.

In einer schnellebigen, »dynamischen« Welt wie der unsrigen nützen sich, was das Amüsement anlangt, Reize rapid ab. Der zunehmenden Abstumpfung des Publikums muß durch immer neue Effekte entgegengetreten werden. Um seinen zerstreuten Zuschauer zu zerstreuen, muß das Theater ihn zuerst konzentrieren. Es muß ihn aus einer lärmenden Umwelt heraus in seinen Bann ziehen. Das Theater hat es mit einem müden, von rationalisierter Tagesarbeit erschöpften, von sozialen Friktionen aller Art gereizten Zuschauer zu tun. Er ist seiner eigenen kleinen Welt entflohen, er sitzt da als Flüchtling. Er ist ein Flüchtling, aber er ist auch ein Kunde. Er kann hierher flüchten oder woanders hin. Die Konkurrenz des Theaters mit dem Theater und des Theaters mit dem Kino erzwingt ebenfalls immer neue Anstrengungen, Anstrengungen, immer neu zu erscheinen.

Wenn wir die Experimente der Antoine, Brahm, Stanislawski, Gordon Craig, Reinhardt, Jessner, Meyerhold, Wachtangow und Piscator überblicken, finden wir, daß sie die Ausdrucksmöglichkeiten des Theaters ganz erstaunlich bereichert haben. Seine Fähigkeit, zu unterhalten, ist unbedingt gewachsen. Die Ensemblekunst etwa schuf einen ungemein sensitiven und elastischen Bühnenkörper. Das soziale Milieu kann in seinen feinsten Details ausgemalt werden. Wachtangow und Meyerhold entnahmen dem asiatischen Theater gewisse tänzerische Formen und schufen eine ganze Choreographie für das Drama. Meyerhold führte einen radikalen Konstruktivismus durch, und Reinhardt verwandte als Bühne sogenannte echte Schauplätze: er spielte »Jedermann« und »Faust« auf öffentlichen Plätzen. Freilichtbühnen führten den »Sommernachtstraum« mitten im Wald auf, und in der Sowjetunion versuchte man, die Erstürmung des Winterpalais zu wiederholen unter Verwendung des Schlachtschiffs »Aurora«. Die Barrieren zwischen Bühne und Zuschauer wurden niedergerissen. In Reinhardts »Danton«-Aufführung im Großen Schauspielhaus saßen im Zuschauerraum Schauspieler, und Ochlopkow in Moskau setzte Zuschauer auf die Bühne. Reinhardt benützte den Blumensteg des chinesischen Theaters und ging in die Zirkusarena, um inmitten der Menge zu spielen. Die Massenregie wurde durch Stanislawski, Reinhardt und Jessner vervollkommnet, und der letztere gewann der Bühne mit seinem Treppenbau eine dritte Dimension ab. Drehbühne und Kuppelhorizont wurden erfunden, und das Licht wurde entdeckt. Der Scheinwerfer gestattete großzügige Illuminierung. Eine ganze Lichtklaviatur erlaubte es, »Rembrandtsche Stimmungen« hervorzuzaubern. Man könnte in der Theatergeschichte gewisse Lichteffekte die »Reinhardtschen« nennen, wie man in der Geschichte der Medizin eine bestimmte Herzoperation die »Trendelenburgsche« nennt. Es gibt neue Projektionsverfahren, basierend auf dem Schüfftanverfahren, und es gibt eine neue Geräuschregie. Für die Schauspielkunst wurde die Schranke zwischen Kabarett und Theater und zwischen Revue und Theater niedergerissen. Es gab Experimente mit Masken, Kothurnen und Pantomimen. Weitgehende Experimente wurden mit dem alten, klassischen Repertoire angestellt. Immer wieder wurde Shakespeare umfassoniert und gewendet. Man hat den Klassikern schon so viele Seiten abgewonnen, daß sie beinahe keine mehr zurückbehalten haben. Man hat Hamlet im Smoking, Cäsar in Uniform erlebt, und zumindest Smoking und Uniform haben davon profitiert und an Respektabilität gewonnen. Sie sehen, die Experimente sind sehr ungleichwertig, und die auffälligsten sind nicht immer die wertvollsten, aber auch die wertlosesten sind kaum je ganz wertlos. Was zum Beispiel Hamlet im Smoking betrifft, so ist er kaum ein größeres Sakrileg an Shakespeare als der konventionelle Hamlet in Seidenstrümpfen. Man bleibt durchaus im Rahmen des Kostümstücks.

Im allgemeinen kann man sagen, daß die Experimente zur Hebung der Amüsierkraft des Theaters keineswegs resultatlos geblieben sind. Sie haben besonders zum Ausbau der Maschinerie geführt. Sie sind dabei, wie gesagt, noch nicht abgeschlossen. Ja, sie sind nicht einmal in den allgemeinen Gebrauch übergeführt, wie es die experimentellen Resultate anderer Institute sind. Eine neue Operation in New York kann sehr bald auch in Tokio ausgeführt werden. Mit der modernen Bühnentechnik ist das nicht der Fall. Immer noch verhindert eine deutliche Scheu den Künstler, die experimentellen Resultate anderer Künstler unbefangen zu übernehmen und auszubauen. Nachahmung gilt in der Kunst für schimpflich. Dies ist einer der Gründe, warum die technischen Fortschritte lange nicht so groß sind, wie sie sein könnten. Das Theater im allgemeinen ist noch lange nicht auf den Standard der modernen Technik gebracht. Es begnügt sich noch mit der meist unbeholfenen Verwertung einer primitiven Drehvorrichtung für die Bühne, mit einem Mikrophon und mit dem Einbau von ein paar Autoscheinwerfern. Auch die Experimente auf dem Gebiet der Schauspielkunst werden wenig ausgenützt. Erst jetzt beginnt der oder jener Schauspieler in New York, sich für die Methoden der Stanislawski-Schule zu interessieren.

Wie steht es nun mit der anderen, der zweiten Funktion, welche die Ästhetik dem Theater zuerteilt hat: der Belehrung? Auch hier gibt es Experimente und Resultate von Experimenten. Die Dramatik der Ibsen, Tolstoi, Strindberg, Gorki, Tschechow, Hauptmann, Shaw, Kaiser und O'Neill ist eine Experimentaldramatik. Es sind große Versuche, theatralisch die Probleme der Zeit zu gestalten.*

Wir haben die sozialkritische Milieudramatik, die von Ibsen bis zu Nordahl Grieg, die Symboldramatik, die von Strindberg bis zu Pär Lagerkvist führt. Wir haben eine Dramatik vom Typus etwa meiner »Dreigroschenoper«, einen Parabeltypus mit Ideologiezertrümmerung, und wir haben eigentümliche dramatische Formen, die von Dichtern wie Auden und Kjeld Abell ausgebildet wurden und, rein technisch gesehen, Revue-Elemente enthalten. Es ist dem Theater zuzeiten gelungen, sozialen Bewegungen (der Frauenemanzipation etwa, der Rechtspflege, der Hygiene, ja sogar der Emanzipationsbewegung des Proletariats) gewisse Impulse zu verleihen. Es kann jedoch nicht verschwiegen werden, daß die Einblicke in das soziale Getriebe, die das Theater gestattete, nicht besonders tief waren. Mehr oder weniger war es wirklich, wie eingewandt wurde, eine bloße Symptomatologie der sozialen Oberfläche. Die eigentlichen gesellschaftlichen Gesetzlichkeiten wurden nicht sichtbar. Dabei führten die Experimente auf dem Gebiet der Dramatik schließlich zu einer fast völligen Zerstörung der *Fabel* und der *Menschengestaltung*. Das Theater, sich in den Dienst sozialer Reformbestrebungen stellend, büßte viele seiner künstlerischen Wirkungen ein. Nicht mit Unrecht, wenn auch oft mit sehr zweifelhaften Argumenten, wird die Verflachung des künstlerischen Geschmacks und die Abstumpfung des Stilgefühls beklagt. In der Tat herrscht auf unseren Theatern als Folge vieler verschiedenartiger Experimente heute eine geradezu babylonische Verwirrung der Stile. Auf ein und derselben Bühne, in ein und demselben Stück spielen Schauspieler mit ganz verschiedenen Techniken, in phantastischen Dekorationen wird naturalistisch agiert. Die Sprechtechnik ist in einen traurigen Zustand geraten, Jamben werden gesprochen wie Alltagssprache, der Jargon der Märkte wird rhythmisiert und so weiter und so weiter. Ebenso hilflos steht der moderne Schauspieler der Gestik gegenüber. Sie soll individuell sein und ist nur willkürlich, sie soll natürlich sein und ist nur zufällig. Ein und derselbe Schauspieler verwendet eine Gestik, die für den Zirkus geeignet ist, und eine Mimik, die nur von der ersten Reihe des Parketts aus mit einem Opernglas bemerkt werden kann. Also ein Ausverkauf aller Stile aller Epochen, ein ganz und gar unlauterer Wettbewerb aller möglichen und unmöglichen Effekte! Man kann wirklich nicht sagen, daß die Erfolge ausgeblieben sind, aber auch wirklich nicht, daß sie nichts gekostet haben.

Ich komme jetzt zu jener Phase des experimentellen Theaters, in der alle bisher geschilderten Bemühungen ihren höchsten Standard und damit ihre Krise erreichten. In dieser Phase traten alle Erscheinungen des großen Prozesses, positive wie negative, am größten hervor: also die Steigerung der Amüsierkraft nebst dem Ausbau der Illusionstechnik, die Steigerung des Lehr-

* An den Versuchen auf dieser Linie sind natürlich die großen Theater hervorragend beteiligt. Tschechow hatte seinen Stanislawski, Ibsen seinen Brahm und so weiter. Die Initiative auf der Linie der Steigerung des Lehrwerts ging jedoch zunächst deutlich von der Dramatik aus.

werts und der Verfall des künstlerischen Geschmacks.

Der radikalste Versuch, dem Theater einen belehrenden Charakter zu verleihen, wurde von Piscator unternommen. Ich habe an allen seinen Experimenten teilgenommen, und es wurde kein einziges gemacht, das nicht den Zweck gehabt hätte, den Lehrwert der Bühne zu erhöhen. Es handelte sich direkt darum, die großen, zeitgenössischen Stoffkomplexe auf der Bühne zu bewältigen, die Kämpfe um das Petroleum, den Krieg, die Revolution, die Justiz, das Rassenproblem und so weiter. Es stellte sich als notwendig heraus, die Bühne vollständig umzubauen. Es ist unmöglich, hier alle Erfindungen und Neuerungen aufzuzählen, die Piscator zusammen mit beinahe allen neueren technischen Errungenschaften benutzte, um die großen modernen Stoffe auf die Bühne zu bringen. Sie wissen wahrscheinlich von einigen wie der Verwendung des Films, die aus dem starren Prospekt einen neuen Mitspieler, ähnlich dem griechischen Chor, machte, und dem laufenden Band, das den Bühnenboden beweglich machte, so daß epische Vorgänge abrollen können wie der Marsch des braven Soldaten Schwejk in den Krieg. Diese Erfindungen sind vom internationalen Theater bisher nicht aufgenommen worden, diese Elektrifizierung der Bühne ist heute beinahe vergessen, die ganz ingeniöse Maschinerie verrostet, und Gras wächst darüber.

Woher kommt das?

Es ist nötig, für den Abbruch dieses eminent politischen Theaters politische Ursachen namhaft zu machen. Die Steigerung des politischen Lehrwerts stieß zusammen mit der heraufziehenden politischen Reaktion. Wir wollen uns jedoch heute darauf beschränken, die Entwicklung der Krise des Theaters im Bezirk der Ästhetik zu verfolgen.

Die Piscatorschen Experimente richteten auf dem Theater zunächst ein vollkommenes Chaos an. Verwandelten sie die Bühne in eine Maschinenhalle, so den Zuschauerraum in einen Versammlungsraum. Für Piscator war das Theater ein Parlament, das Publikum eine gesetzgebende Körperschaft. Diesem Parlament wurden die großen, Entscheidung heischenden, öffentlichen Angelegenheiten plastisch vorgeführt. Anstelle der Rede eines Abgeordneten über gewisse unhaltbare soziale Zustände trat eine künstlerische Kopie dieser Zustände. Die Bühne hatte den Ehrgeiz, ihr Parlament, das Publikum, instand zu setzen, auf Grund ihrer Abbildungen, Statistiken, Parolen politische Entschlüsse zu fassen. Die Bühne Piscators verzichtete nicht auf Beifall, wünschte aber noch mehr eine Diskussion. Sie wollte ihrem Zuschauer nicht nur ein Erlebnis verschaffen, sondern ihm noch dazu einen praktischen Entschluß abringen, in das Leben tätig einzugreifen. Dies zu erreichen, war ihr jedes Mittel recht. Die Bühnentechnik komplizierte sich ungemein. Der Bühnenmeister Piscators hatte ein Buch vor sich liegen, das sich von dem Buch des Bühnenmeisters Reinhardts so unterschied wie die Partitur einer Strawinski-Oper von der Notenvorlage eines Lautensängers. Die Maschinerie auf der Bühne war so schwer, daß man den Bühnenboden des Nollendorftheaters mit Eisen und Zementstreben unterbauen mußte, in der Kuppel wurde so viel Maschinerie aufgehängt, daß sie sich einmal senkte. Ästhetische Gesichtspunkte waren den politischen ganz und gar untergeordnet. Weg mit den gemalten Dekorationen, wenn man einen Film zeigen konnte, der an Ort und Stelle aufgenommen war und dokumentarischen, beglaubigten Wert hatte. Her mit gemalten Cartoons, wenn der Künstler, zum Beispiel George Grosz, dem Publikumsparlament etwas zu sagen hatte. Piscator war sogar bereit, mehr oder weniger auf Schauspieler zu verzichten. Als der deutsche Kaiser durch fünf Anwälte einen Protest einlegen ließ, daß Piscator ihn auf seiner Bühne durch einen Schauspieler verkörpern lassen wollte, fragte er nur, ob der Kaiser nicht selber bei ihm auftreten wolle, er bot ihm sozusagen ein Engagement an. Kurz: der Zweck war ein so wichtiger und großer, daß eben alle Mittel recht schienen. Der Herstellung der Aufführung entsprach übrigens die Herstellung der Stücke. Es arbeitete ein ganzer Stab von Dramatikern zusammen an einem Stück, und ihre Arbeit wurde unterstützt und kontrolliert von einem Stab von Sachverständigen, Historikern, Ökonomen, Statistikern.

Die Piscatorschen Experimente sprengten nahezu alle Konventionen. Sie griffen ändernd ein in die Schaffensweise der Dramatiker, in den Darstellungsstil der Schauspieler, in das Werk des Bühnenbauers. *Sie erstrebten eine völlig neue gesellschaftliche Funktion des Theaters überhaupt.*

Die revolutionäre bürgerliche Ästhetik, begründet von den großen Aufklärern *Diderot* und *Lessing*, definiert das Theater als eine Stätte der Unterhaltung und der Belehrung. Das Zeitalter der Aufklärung, welches einen gewaltigen Aufschwung des europäischen Theaters einleitete, kannte keinen Gegensatz zwischen Unterhaltung und Belehrung. Reines Amüsement, selbst an tragischen Gegenständen, schien den Diderots und Lessings ganz leer und unwürdig, wenn es dem Wissen der Zuschauer nichts hinzufügte, und belehrende Elemente, natürlich in künstlerischer Form, schienen ihnen das Amüsement keineswegs zu stören; nach ihnen vertieften sie das Amüsement.

Wenn wir nun das Theater unserer Zeit betrachten, so werden wir finden, daß die beiden konstituierenden Elemente des Dramas und des Theaters, Unterhaltung und Belehrung, mehr und mehr in einen scharfen Konflikt geraten sind. Es *besteht* heute da ein Gegensatz.

Schon der Naturalismus hatte mit seiner »Verwissenschaftlichung der Kunst«, die ihm sozialen Einfluß verschaffte, zweifellos wesentliche künstlerische Kräfte lahmgelegt, besonders die Phantasie, den Spieltrieb und das eigentlich Poetische. Die lehrhaften Elemente schädigten deutlich die künstlerischen Elemente.

Der Expressionismus der Nachkriegsepoche hatte die Welt als Wille und Vorstellung dargestellt und einen eigentümlichen Solipsismus gebracht. Er war die Antwort des Theaters auf die große gesellschaftliche Krise, wie der philosophische Machismus – die Antwort der Philosophie auf sie war. Er war eine Revolte der Kunst gegen das Leben, und die Welt existierte bei ihm nur als Vision, seltsam zerstört, eine Ausgeburt geängsteter Gemüter. Der Expressionismus, der die Ausdrucksmittel des Theaters sehr bereicherte und eine bisher unausgenutzte ästhetische Ausbeute brachte, zeigte sich ganz außerstande, die Welt als Objekt menschlicher Praxis zu erklären. Der Lehrwert des Theaters schrumpfte zusammen.

Die belehrenden Elemente in einer Piscator- oder einer »Dreigroschenoper«-Aufführung waren sozusagen *einmontiert;* sie ergaben sich nicht organisch aus dem Ganzen, sie standen in einem Gegensatz zum Ganzen; sie unterbrachen den Fluß des Spieles und der Begebenheiten, sie vereitelten die Einfühlung, sie waren kalte Güsse für den Mitfühlenden. Ich hoffe, daß die moralisierenden Partien der »Dreigroschenoper« und die lehrhaften Songs einigermaßen unterhaltend sind, aber es besteht doch kein Zweifel, daß diese Unterhaltung eine andere ist als diejenige, die man von den Spielszenen erfährt. Der Charakter dieses Stückes ist zwiespältig, Belehrung und Unterhaltung stehen auf einem Kriegsfuß miteinander. Bei Piscator standen der Schauspieler und die Maschinerie auf dem Kriegsfuß miteinander.

Wir sehen hier ab von dem Faktum, daß das Publikum durch die Darbietungen in zumindest zwei einander feindliche soziale Gruppen aufgespaltet wurde, so daß das gemeinsame Kunsterlebnis in die Brüche ging; es ist ein politisches Faktum. Das Vergnügen am Lernen ist abhängig von der Klassenlage. Der Kunstgenuß ist abhängig von der politischen Haltung, so daß diese provoziert wird und eingenommen werden kann. Aber selbst wenn wir nur den einen Teil des Publikums ins Auge fassen, der politisch mitging, sehen wir, wie sich der Konflikt zwischen Unterhaltungskraft und Lehrwert zuspitzt. Es ist eine ganz bestimmte neue Art des Lernens, die sich nicht mehr mit einer bestimmten alten Art des Sichunterhaltens verträgt. In einer (späteren) Phase der Experimente führte jede neue Steigerung des Lehrwerts zu einer sofortigen Schwächung des Unterhaltungswerts. (»Das ist nicht mehr Theater, das ist Volkshochschule.«) Umgekehrt bedrohten die Nervenwirkungen, die von emotionellem Spiel ausgingen, immerzu den Lehrwert der Aufführung. (Schlechte Schauspieler waren oft im Interesse der Lehrwirkung guten vorzuziehen.) Mit anderen Worten: Je mehr das Publikum nervenmäßig gepackt war, desto weniger war es imstande zu lernen. Das heißt: Je mehr wir das Publikum zum Mitgehen, Miterleben, Mitfühlen brachten, desto weniger sah es die Zusammenhänge, desto weniger lernte es, und je mehr es zu lernen gab, desto weniger kam Kunstgenuß zustande.

Dies war die Krise: Die Experimente eines halben Jahrhunderts, veranstaltet in beinahe allen Kulturländern, hatten dem Theater ganz neue Stoffgebiete und Problemkreise erobert und es zu einem Faktor von eminenter sozialer Bedeutung gemacht. Aber sie hatten das Theater in eine Lage gebracht, wo ein weiterer Ausbau des erkenntnismäßigen, sozialen (politischen) Erlebnisses das künstlerische Erlebnis ruinieren mußte. Andererseits kam das künstlerische Erlebnis immer weniger zustande ohne den weiteren Ausbau des erkenntnismäßigen. Es war ein

technischer Apparat und ein Darstellungsstil ausgebaut worden, der eher Illusionen als Erfahrungen, eher Räusche als Erhebungen, eher Täuschung als Aufklärung erzeugen konnte.
Was hatte eine konstruktivistische Bühne genützt, wenn sie nicht sozial konstruktiv war, was nützten die schönsten Lichtanlagen, wenn sie nur schiefe und kindische Darstellungen der Welt beleuchteten, was nützte eine suggestive Schauspielkunst, wenn sie nur dazu diente, uns ein X für ein U vorzumachen? Was half die ganze Zauberkiste, wenn sie nur künstlichen Ersatz für wirkliche Erlebnisse bieten konnte? Wozu dieses ständige Beleuchten von Problemen, die immer ungelöst blieben? Dieses Kitzeln nicht nur der Nerven, sondern auch des Verstandes? Hier konnte man nicht haltmachen.
Die Entwicklung drängte auf eine Verschmelzung der beiden Funktionen Unterhaltung und Belehrung.
Wenn die Bemühungen einen sozialen Sinn bekommen sollten, so mußten sie das Theater am Schluß instand setzen, mit künstlerischen Mitteln ein Weltbild zu entwerfen, Modelle des Zusammenlebens der Menschen, die es dem Zuschauer ermöglichen konnten, seine soziale Umwelt zu verstehen und sie verstandesmäßig und gefühlsmäßig zu beherrschen.

Der heutige Mensch weiß wenig über die Gesetzlichkeiten, die sein Leben beherrschen. Er reagiert als gesellschaftliches Wesen meist gefühlsmäßig, aber diese gefühlsmäßige Reaktion ist verschwommen, unscharf, uneffektiv. Die Quellen seiner Gefühle und Leidenschaften sind ebenso verschlammt und verunreinigt wie die Quellen seiner Erkenntnisse. Der heutige Mensch, lebend in einer sich rapid ändernden Welt und sich selber rapid ändernd, hat kein Bild dieser Welt, das stimmt und auf Grund dessen er mit Aussicht auf Erfolg handeln könnte. Seine Vorstellungen vom Zusammenleben der Menschen sind schief, ungenau und widersprechend, sein Bild ist, was man unpraktikabel nennen könnte, das heißt, mit seinem Bild von der Welt, der Menschenwelt, vor Augen kann der Mensch diese Welt nicht beherrschen. Er weiß nicht, wovon er abhängt, er kennt nicht den Griff in die soziale Maschinerie, der nötig ist, der den gewünschten Effekt hervorbringt. Die Kenntnis der Natur der Dinge, so sehr und so ingeniös vertieft und erweitert, ist ohne die Kenntnis der Natur des Menschen, der menschlichen Gesellschaft in ihrer Gesamtheit, nicht imstande, die Beherrschung der Natur zu einer Quelle des Glücks für die Menschheit zu machen. Weit eher wird sie zu einer Quelle des Unglücks. So kommt es, daß die großen Erfindungen und Entdeckungen nur eine immer schrecklichere Bedrohung der Menschheit geworden sind, so daß heute beinahe jede neue Erfindung nur mit einem Triumphschrei empfangen wird, der in einen Angstschrei übergeht.
Vor dem Krieg erlebte ich vor dem Radioapparat eine wahrhaft historische Szene: Das Institut des Physikers Niels Bohr in Kopenhagen wurde interviewt über eine umwälzende Entdeckung auf dem Gebiet der Atomzertrümmerung. Die Physiker berichteten, daß eine neue ungeheure Kraftquelle entdeckt sei. Als der Interviewer fragte, ob eine praktische Ausnutzung der Versuche schon möglich sei, bekam er die Antwort: »Nein, noch nicht.« Im Tone der größten Erleichterung sagte der Interviewer: »Gott sei Dank! Ich glaube wirklich, daß die Menschheit für die Übernahme einer solchen Kraftquelle noch absolut nicht reif ist!« Es war klar, daß er sofort nur an die Kriegsindustrie gedacht hatte.
Der Physiker Albert Einstein geht nicht ganz so weit, aber er geht immerhin weit genug, wenn er in ein paar wenigen Sätzen, die bei der Weltausstellung in New York in einer Kapsel eingegraben werden sollen, als einen Bericht an künftige Geschlechter über unsere Zeit folgendes schreibt: »Unsere Zeit ist reich an erfinderischen Geistern, deren Erfindungen unser Leben beträchtlich erleichtern könnten. Wir überqueren vermittels maschineller Kraft die Meere und benutzen auch maschinelle Kraft, um die Menschheit von aller ermüdenden Muskelarbeit zu befreien. Wir haben fliegen gelernt und sind fähig, Mitteilungen und Neuigkeiten durch elektrische Wellen über die ganze Welt zu verbreiten. Die Produktion und Verteilung der Waren ist jedoch ganz und gar nicht organisiert, so daß jedermann in Furcht leben muß, aus dem ökonomischen Kreislauf ausgeschieden zu werden. Außerdem morden die Menschen, die in verschiedenen Ländern leben, einander in unregelmäßigen zeitlichen Abständen, so daß jeder, der über die Zukunft nachdenkt, in Furcht leben muß. Dies kommt von der Tatsache, daß Intelligenz und Charakter der Massen unvergleichlich niedriger sind als Intelligenz

und Charakter der wenigen, die für die Gemeinschaft Wertvolles hervorbringen.«
Einstein begründet also das Faktum, daß die Beherrschung der Natur, in der wir es so weit gebracht haben, so wenig zu einem glücklichen Leben der Menschen beiträgt, damit, daß es den Menschen im allgemeinen an Belehrung mangelt, wie sie die Entdeckungen und Erfindungen nützlich verwenden können.* Sie wissen zu wenig über ihre eigene Natur. Daß die Menschen so wenig über sich selber wissen, ist schuld daran, daß ihr Wissen über die Natur ihnen so wenig hilft. In der Tat, die ungeheuerliche Unterdrückung und Ausbeutung von Menschen durch Menschen, die kriegerischen Schlächtereien und friedlichen Entwürdigungen aller Art über den ganzen Planeten hin haben zwar schon beinahe etwas Natürliches bekommen, aber diesen natürlichen Erscheinungen gegenüber ist der Mensch leider keineswegs so erfinderisch und tüchtig wie gegenüber anderen natürlichen Erscheinungen. Die großen Kriege zum Beispiel scheinen unzähligen wie Erdbeben, also wie Naturgewalten, aber während sie mit den Erdbeben schon fertig werden, werden sie mit sich selber nicht fertig. Es ist klar, wieviel gewonnen wäre, wenn zum Beispiel das Theater, wenn überhaupt die Kunst, imstande wäre, ein praktikables Weltbild zu geben. Eine Kunst, die das könnte, würde in die gesellschaftliche Entwicklung tief eingreifen können, sie würde nicht nur mehr oder weniger dumpfe Impulse verleihen, sondern dem fühlenden und denkenden Menschen die Welt, die Menschenwelt, für seine Praxis ausliefern.

Aber das Problem stellte sich in keiner Weise einfach. Schon die allererste Untersuchung ergibt, daß die Kunst, um ihre Aufgabe zu erfüllen, nämlich gewisse Emotionen zu erregen, gewisse Erlebnisse zu verschaffen, keineswegs stimmende Weltbilder, zutreffende Abbildungen von Vorfällen zwischen Menschen zu geben braucht. Sie erreicht ihre Wirkungen auch mit mangelhaften, trügerischen oder veralteten Weltbildern. Vermittels der künstlerischen Suggestion, die sie auszuüben weiß, gibt sie den ungereimtesten Behauptungen über menschliche Beziehungen den Anschein der Wahrheit. Sie macht ihre Darstellungen um so unkontrollierbarer, je mächtiger sie ist. Anstelle der Logik tritt der Schwung, anstelle der Argumente tritt die Beredsamkeit. Die Ästhetik verlangt zwar eine gewisse Wahrscheinlichkeit aller Vorgänge, weil sonst die Wirkungen nicht eintreten oder geschwächt werden. Aber dabei handelt es sich um eine rein ästhetische Wahrscheinlichkeit, eine sogenannte künstlerische Logik. Dem Dichter wird seine eigene Welt zugestanden, sie hat eine eigene Gesetzlichkeit. Sind die oder jene Elemente verzeichnet, so müssen nur auch alle andern Elemente verzeichnet werden und das Prinzip der Verzeichnung einigermaßen einheitlich sein, damit das Ganze gerettet wird.
Die Kunst erreicht dieses Privileg, ihre eigene Welt bauen zu dürfen, die sich mit der andern nicht zu decken braucht, durch ein eigentümliches Phänomen, durch die auf Basis der Suggestion hergestellte Einfühlung des Zuschauers in den Künstler und über ihn in die Personen und Vorgänge auf der Bühne. Das Prinzip der Einfühlung ist es, das wir nun zu betrachten haben.
Die Einfühlung ist ein Grundpfeiler der herrschenden Ästhetik. Schon in der großartigen Poetik des Aristoteles wird beschrieben, wie die Katharsis, das heißt die seelische Läuterung des Zuschauers, vermittels der *Mimesis* herbeigeführt wird. Der Schauspieler ahmt den Helden nach (den Oedipus oder den Prometheus), und er tut es mit solcher Suggestion und Verwandlungskraft, daß der Zuschauer ihn darin nachahmt und sich so in Besitz der Erlebnisse des Helden setzt. Hegel, der meines Wissens die letzte große Ästhetik verfaßt hat, verweist auf die Fähigkeit des Menschen, angesichts der vorgetäuschten Wirklichkeit die gleichen Emotionen zu erleben wie angesichts der Wirklichkeit selber. Was ich Ihnen nun berichten wollte, ist, daß eine Reihe von Versuchen, vermittels der Mittel des Theaters ein praktikables Weltbild herzustellen, zu der verblüffenden Frage geführt haben, ob es zu diesem Zweck nicht notwendig sein wird, die Einfühlung mehr oder weniger preiszugeben.
Faßt man nämlich die Menschheit mit all ihren Verhältnissen, Verfahren, Verhaltensweisen und Institutionen nicht als etwas Feststehendes, Unveränderliches auf und nimmt man ihr ge-

* Wir brauchen hier nicht in eine sorgfältige Kritik des technokratischen Standpunkts des großen Gelehrten einzutreten. Natürlich wird das für die Gemeinschaft Nützliche durchaus von den Massen hervorgebracht, und die wenigen erfinderischen Geister sind sehr hilflos gegenüber dem ökonomischen Kreislauf der Waren. Es genügt uns hier, daß Einstein das Nichtwissen um gesellschaftliche Belange konstatiert, direkt und indirekt.

genüber die Haltung ein, die man der Natur gegenüber mit solchem Erfolg seit einigen Jahrhunderten einnimmt, jene kritische, auf Veränderungen ausgehende, auf die Meisterung der Natur abzielende Haltung, dann kann man die Einfühlung nicht verwenden. Einfühlung in änderbare Menschen, vermeidbare Handlungen, überflüssigen Schmerz und so weiter ist nicht möglich. Solange in der Brust des König Lear seines Schicksals Sterne sind, solange er als unveränderlich genommen wird, seine Handlungen naturbedingt, ganz und gar unhinderbar, eben schicksalhaft hingestellt werden, können wir uns einfühlen. Jede Diskussion seines Verhaltens ist so unmöglich, wie für den Menschen des zehnten Jahrhunderts eine Diskussion über die Spaltung des Atoms unmöglich war.

Kam der Verkehr zwischen Bühne und Publikum auf der Basis der Einfühlung zustande, dann konnte der Zuschauer nur jeweils so viel sehen, wie der Held sah, in den er sich einfühlte. Und er konnte bestimmten Situationen auf der Bühne gegenüber nur solche Gefühlsbewegungen haben, wie die »Stimmung« auf der Bühne ihm erlaubte. Die Wahrnehmungen, Gefühle und Erkenntnisse des Zuschauers waren denjenigen der auf der Bühne handelnden Personen gleichgeschaltet. Die Bühne konnte kaum Gemütsbewegungen erzeugen, Wahrnehmungen gestatten und Erkenntnisse vermitteln, welche auf ihr nicht suggestiv repräsentiert wurden. Der Zorn des Lear über seine Töchter steckte den Zuschauer an, das heißt, der Zuschauer konnte, zuschauend, nur ebenfalls Zorn erleben, nicht etwa Erstaunen oder Beunruhigung, also andere Gemütsbewegungen. Der Zorn des Lear konnte also nicht auf seine Berechtigung hin geprüft oder mit Voraussagen seiner möglichen Folgen versehen werden. Er war nicht zu diskutieren, nur zu teilen. Die gesellschaftlichen Phänomene traten so als ewige, natürliche, unänderbare und unhistorische Phänomene auf und standen nicht zur Diskussion. Wenn ich hier den Begriff »Diskussion« gebrauche, so meine ich damit nicht eine leidenschaftslose Behandlung eines Themas, einen reinen Verstandesprozeß. Es handelte sich nicht darum, den Zuschauer gegen den Zorn des Lear lediglich immun zu machen. Nur die direkte Überpflanzung dieses Zorns mußte unterbleiben. Ein Beispiel: Der Zorn des Lear wird geteilt von seinem treuen Diener Kent. Dieser verprügelt einen Diener der undankbaren Töchter, der auftragsgemäß einen Wunsch Lears abzuweisen hat. Soll nun der Zuschauer unserer Zeit diesen Learschen Zorn teilen und, im Geiste an der Verprügelung des seinen Auftrag ausführenden Dieners teilnehmend, sie gutheißen? Die Frage lautete: Wie kann die Szene so gespielt werden, daß der Zuschauer im Gegenteil in Zorn über diesen Learschen Zorn gerät? Nur ein solcher Zorn, mit dem der Zuschauer aus der Einfühlung herausstürzt, den er überhaupt nur empfinden, der ihm überhaupt nur einfallen kann, wenn er den suggestiven Bann der Bühne bricht, ist sozial in unseren Zeiten zu rechtfertigen. Tolstoi hat gerade darüber ausgezeichnete Dinge gesagt.

Die Einfühlung ist das große Kunstmittel einer Epoche, in der der Mensch die Variable, seine Umwelt die Konstante ist. Einfühlen kann man sich nur in den Menschen, der seines Schicksals Sterne in der eigenen Brust trägt, ungleich uns.

Es ist nicht schwer, einzusehen, daß das Aufgeben der Einfühlung für das Theater eine riesige Entscheidung, vielleicht das größte aller denkbaren Experimente bedeuten würde.

Die Menschen gehen ins Theater, um mitgerissen, gebannt, beeindruckt, erhoben, entsetzt, ergriffen, gespannt, befreit, zerstreut, erlöst, in Schwung gebracht, aus ihrer eigenen Zeit entführt, mit Illusionen versehen zu werden. All dies ist so selbstverständlich, daß die Kunst geradezu damit definiert wird, daß sie befreit, mitreißt, erhebt und so weiter. Sie ist gar keine Kunst, wenn sie das nicht tut.

Die Frage lautete also: Ist Kunstgenuß überhaupt möglich ohne Einfühlung oder jedenfalls auf einer andern Basis als der Einfühlung?

Was konnte eine solche neue Basis abgeben?

Was konnte an die Stelle von *Furcht* und *Mitleid* gesetzt werden, des klassischen Zwiegespanns zur Herbeiführung der aristotelischen Katharsis? Wenn man auf die Hypnose verzichtete, an was konnte man appellieren? Welche Haltung sollte der Zuhörer einnehmen in den neuen Theatern, wenn ihm die traumbefangene, passive, in das Schicksal ergebene Haltung verwehrt wurde? Er sollte nicht mehr aus seiner Welt in die Welt der Kunst entführt, nicht mehr gekidnappt werden; im Gegenteil sollte er in seine reale Welt eingeführt werden, mit wachen Sinnen. War es möglich, etwa anstelle der Furcht vor dem Schicksal die Wissensbegierde zu setzen, anstelle des Mitleids die Hilfsbereitschaft? Konnte man damit einen neuen Kontakt

schaffen zwischen Bühne und Zuschauer, konnte das eine neue Basis für den Kunstgenuß abgeben?
Ich kann die neue Technik des Dramenbaus, des Bühnenbaus und der Schauspielweise, mit der wir Versuche anstellten, hier nicht beschreiben. Das Prinzip besteht darin, anstelle der Einfühlung die *Verfremdung* herbeizuführen.
Was ist Verfremdung?
Einen Vorgang oder einen Charakter verfremden heißt zunächst einfach, dem Vorgang oder dem Charakter das Selbstverständliche, Bekannte, Einleuchtende zu nehmen und über ihn Staunen und Neugierde zu erzeugen. Nehmen wir wieder den Zorn des Lear über die Undankbarkeit seiner Töchter. Vermittels der Einfühlungstechnik kann der Schauspieler diesen Zorn so darstellen, daß der Zuschauer ihn für die natürlichste Sache der Welt ansieht, daß er sich gar nicht vorstellen kann, wie Lear nicht zornig werden könnte, daß er mit Lear völlig solidarisch ist, ganz und gar mit ihm mitfühlt, selber in Zorn verfällt. Vermittels der Verfremdungstechnik hingegen stellt der Schauspieler diesen Learschen Zorn so dar, daß der Zuschauer über ihn staunen kann, daß er sich noch andere Reaktionen des Lear vorstellen kann als gerade die des Zornes. Die Haltung des Lear wird verfremdet, das heißt, sie wird als eigentümlich, auffallend, bemerkenswert dargestellt, als gesellschaftliches Phänomen, das nicht selbstverständlich ist. Dieser Zorn ist menschlich, aber nicht allgemein menschlich, es gibt Menschen, die ihn nicht empfänden. Nicht bei allen Menschen und nicht zu allen Zeiten müssen die Erfahrungen, die Lear macht, Zorn auslösen. Zorn mag eine ewig mögliche Reaktion der Menschen sein, aber dieser Zorn, der Zorn, der sich so äußert und seine solche Ursache hat, ist zeitgebunden. Verfremden heißt also Historisieren, heißt Vorgänge und Personen als historisch, also als vergänglich darstellen. Dasselbe kann natürlich auch mit Zeitgenossen geschehen, auch ihre Haltungen können als zeitgebunden, historisch, vergänglich dargestellt werden.
Was ist damit gewonnen? Damit ist gewonnen, daß der Zuschauer die Menschen auf der Bühne nicht mehr als ganz unänderbare, unbeeinflußbare, ihrem Schicksal hilflos ausgelieferte dargestellt sieht. Er sieht: dieser Mensch ist so und so, weil die Verhältnisse so und so sind. Und die Verhältnisse sind so und so, weil der Mensch so und so ist. Er ist aber nicht nur so vorstellbar, wie er ist, sondern auch anders, so wie er sein könnte, und auch die Verhältnisse sind anders vorstellbar, als sie sind. Damit ist gewonnen, daß der Zuschauer im Theater eine neue Haltung bekommt. Er bekommt den Abbildern der Menschenwelt auf der Bühne gegenüber jetzt dieselbe Haltung, die er als Mensch dieses Jahrhunderts der Natur gegenüber hat. Er wird auch im Theater empfangen als der große Änderer, der in die Naturprozesse und die gesellschaftlichen Prozesse einzugreifen vermag, der die Welt nicht mehr nur hinnimmt, sondern sie meistert. Das Theater versucht nicht mehr, ihn besoffen zu machen, ihn mit Illusionen auszustatten, ihn die Welt vergessen zu machen, ihn mit seinem Schicksal auszusöhnen. Das Theater legt ihm nunmehr die Welt vor zum Zugriff.
Die Verfremdungstechnik wurde in Deutschland in einer neuen Kette von Experimenten ausgebaut. Am Schiffbauerdammtheater in Berlin wurde versucht, einen neuen Darstellungsstil auszubilden. Die Begabtesten der jüngeren Schauspielergeneration arbeiteten mit. Es handelte sich um die Weigel, um Peter Lorre, Oskar Homolka, die Neher und Busch. Die Versuche konnten nicht so methodisch durchgeführt werden wie die (andersgearteten) der Stanislawski-, Meyerhold- und Wachtangowgruppe (es gab keine staatliche Unterstützung), aber sie wurden dafür auf breiterem Feld, nicht nur im professionellen Theater, ausgeführt. Die Künstler beteiligten sich an Versuchen von Schulen, Arbeiterchören, Amateurgruppen und so weiter. Von Anfang an wurden Amateure mit ausgebildet. Die Versuche führten zu einer großen Vereinfachung in Apparat, Darstellungsstil und Thematik.
Es handelte sich durchaus um eine Fortführung der früheren Experimente, besonders der des Piscatortheaters. Schon in Piscators letzten Versuchen hatte der konsequente Ausbau des technischen Apparats schließlich dazu geführt, daß die nunmehr beherrschte Maschinerie eine schöne Einfachheit des Spiels gestattete. Der sogenannte *epische* Darstellungsstil, den wir am Schiffbauerdammtheater ausbildeten, zeigte verhältnismäßig schnell seine artistischen Qualitäten, und die *nichtaristotelische Dramatik* ging daran, die großen sozialen Gegenstände groß zu behandeln. Es eröffneten sich Möglichkeiten, die tänzerischen und gruppenkompositorischen Elemente der Meyerholdschule aus künstlichen in künstlerische zu verwandeln, die

naturalistischen der Stanislawskischule in realistische. Die Sprechkunst wurde mit der Gestik verknüpft, Alltagssprache und Versrezitation durch das sogenannte *gestische Prinzip* ausgeformt. Vollständig revolutioniert wurde der Bühnenbau. Die Piscatorschen Prinzipien gestatteten, frei gehandhabt, den Aufbau einer sowohl instruktiven als auch schönen Bühne. Symbolismus und Illusionismus konnten gleichermaßen liquidiert werden, und das *Neherische* Prinzip des Aufbaus der Dekoration nach den auf den Schauspielerproben festgelegten Bedürfnissen erlaubte es dem Bühnenbauer, aus dem Spiel der Schauspieler Gewinn zu ziehen und dieses Spiel zu beeinflussen. Der Stückeschreiber vermochte seine Versuche in ununterbrochener Zusammenarbeit mit dem Schauspieler und dem Bühnenbauer vorzunehmen, beeinflußt und beeinflussend. Zugleich gewannen Maler und Musiker ihre Selbständigkeit zurück und konnten zum Thema sich vermittels ihrer eigenen Kunstmittel äußern: Das Gesamtkunstwerk trat in getrennten Elementen vor den Zuschauer.

Das *klassische Repertoire* bildete von Anfang an die Basis vieler der Versuche. Die Kunstmittel der Verfremdung eröffneten einen breiten Zugang zu den lebendigen Werten der Dramatiken anderer Zeitläufte. Es wird durch sie möglich, ohne zerstörende Aktualisierungen und ohne Museumsverfahren die wertvollen alten Stücke unterhaltend und belehrend aufzuführen.

Für das zeitgenössische Amateurtheater (der Arbeiter-, Studenten- und Kinderschauspieler) macht sich die Befreiung von dem Zwang, Hypnose auszuüben, besonders günstig bemerkbar. Es wird denkbar, Grenzen zu ziehen zwischen dem Spiel von Amateur- und Berufsschauspieler, ohne daß eine der Grundfunktionen des Theaterspielens aufgegeben werden muß.

Auf der neuen Grundlage konnten zum Beispiel so divergierende Spielweisen wie die etwa der Wachtangow- oder Ochlopkowtruppe und die der Arbeitertruppen vereint werden. Die so verschiedenartigen Experimente eines halben Jahrhunderts schienen eine Basis für ihre Ausnutzung gefunden zu haben.

Jedoch sind diese Experimente nicht so einfach zu beschreiben, und ich muß hier einfach behaupten, daß wir meinen, Kunstgenuß tatsächlich auf der Basis der Verfremdung ermöglichen zu können. Dies ist nicht allzusehr überraschend, da ja, rein technisch gesehen, auch das Theater vergangener Epochen schon künstlerische Wirkungen mit Verfremdungseffekten erzielt hat, so das chinesische Theater, das klassische spanische Theater, das volkstümliche Theater der Breughelzeit und das elisabethanische Theater.

Ist dieser neue Darstellungsstil nun *der* neue Stil, ist er eine fertige, überblickbare Technik, das endgültige Resultat aller Experimente? Antwort: Nein. Er ist *ein* Weg, der, den *wir* gegangen sind. Die Versuche müssen fortgesetzt werden. Das Problem besteht für alle Kunst und ist riesig. Die Lösung, die hier angestrebt wird, ist nur *eine* der vielleicht möglichen Lösungen des Problems, das so lautet: Wie kann das Theater zugleich unterhaltend und lehrhaft sein? Wie kann es aus dem geistigen Rauschgifthandel herausgenommen und aus einer Stätte der Illusionen zu einer Stätte der Erfahrungen gemacht werden? Wie kann der unfreie, unwissende, freiheits- und wissensdurstige Mensch unseres Jahrhunderts, der gequälte und heroische, mißbrauchte und erfindungsreiche, änderbare und die Welt ändernde Mensch dieses schrecklichen und großen Jahrhunderts sein Theater bekommen, das ihm hilft, sich und die Welt zu meistern?

1939

# ANMERKUNGEN

*Baal (S. 9)*
Entstehungszeit: 1918/19. (Unter dem *Entstehungsdatum* wird die Zeit verstanden, in der die Grundfassung oder die Grundfassungen eines Stücks fertiggestellt wurden. Eine Reihe von Stücken wurde von Brecht, meistens anläßlich einer bevorstehenden Inszenierung oder Buchveröffentlichung, erneut bearbeitet. Zwischen Buch- und Bühnenfassung machte er bei einigen Stücken einen Unterschied, wobei er mit Bühnenfassung die unter seiner Leitung zustande gekommene Version des ›Berliner Ensemble‹ meinte. Druckvorlage dieser, den *Gesammelten Werken* [1967] folgenden Ausgabe waren generell die umfangreicheren Buchfassungen.)

*Trommeln in der Nacht (S. 37)*
Entstehungszeit: 1919.

*Im Dickicht der Städte (S. 61)*
Entstehungszeit: 1921-1924.

*Leben Eduards des Zweiten von England (S. 91)*
Entstehungszeit: 1923/24.

*Mann ist Mann (S. 131)*
Entstehungszeit: 1924-1926.

*Die Dreigroschenoper (S. 165)*
Entstehungszeit: 1928. Vorspruch (Heft 3 der Brechtschen *Versuche*): »Die Dreigroschenoper ist ein Versuch im epischen Theater.«

*Aufstieg und Fall der Stadt Mahagonny (S. 203)*
Entstehungszeit: 1928/29. Vorspruch (*Versuche*-Heft 2): »Der vierte Versuch: ›Aufstieg und Fall der Stadt Mahagonny‹ mit einer Musik von Kurt Weill ist ein Versuch in der epischen Oper: eine Sittenschilderung.«

*Der Ozeanflug (S. 227)*
Entstehungszeit: 1928/29. Vorspruch (*Versuche*-Heft 1): »›Der Ozeanflug‹ (hierzu existieren Musiken von Paul Hindemith und Kurt Weill), ein Radiolehrstück für Knaben und Mädchen, nicht die Beschreibung eines Atlantikflugs, ist zugleich eine bisher nicht erprobte Verwendungsart des Rundfunks, bei weitem nicht die wichtigste, aber einer aus einer Reihe von Versuchen, welche Dichtung für Übungszwecke verwenden.«
Als der Süddeutsche Rundfunk im Dezember 1949 Brecht um die Aufführungsgenehmigung für den »Flug der Lindberghs« bat, schickte er den folgenden Antwortbrief, dessen Inhalt von ihm dann für alle weiteren Anfragen als bindend erklärt wurde. Für den Druck des Hörspiels ordnete Brecht an, daß das Wort »Die Lindberghs« ausblockiert und durch »Die Flieger« ersetzt werden sollte. Sein Brief an den Süddeutschen Rundfunk und der Prolog sollten mitabgedruckt werden.

An den Süddeutschen Rundfunk Stuttgart. Sehr geehrte Herren,
Wenn Sie den Lindberghflug in einem historischen Überblick bringen wollen, muß ich Sie bitten, der Sendung einen Prolog voranzustellen und einige kleine Änderungen im Text selber vorzunehmen. Lindbergh hat bekanntlich zu den Nazis enge Beziehungen unterhalten; sein damaliger enthusiastischer Bericht über die Unbesieglichkeit der Nazi-Luftwaffe hat in einer Reihe von Ländern lähmend gewirkt. Auch hat L. in den USA als Faschist eine dunkle Rolle gespielt. In meinem Hörspiel muß daher der Titel in »Der Ozeanflug« umgeändert werden, man muß den Prolog sprechen und den Namen Lindbergh ausmerzen.

1) in 1 (Aufforderung an Jedermann)
anstatt: »Den Ozeanflug des Kapitän Lindbergh«
nunmehr: »Die erste Befliegung des Ozeans«.
2) in 3 (Vorstellung des Fliegers und sein Aufbruch...)
anstatt: »Mein Name ist Charles Lindbergh«
nunmehr: »Mein Name tut nichts zur Sache«.
3) in 10 (Während des Fluges sprachen alle...)
anstatt: »Ich bin Charles Lindbergh. Bitte, tragt mich«
nunmehr: »Ich bin derundder. Bitte, tragt mich«.
Wenn Ihnen diese Fassung recht ist, habe ich nichts gegen eine Aufführung. Die Änderungen mögen eine kleine Schädigung des Gedichts bedeuten, aber die Ausmerzung des Namens wird lehrreich sein.
Mit den besten Grüßen Ihr gez. Bertolt Brecht
Berlin, 3. 1. 50
N. B. Sollten die Titel gelassen werden, muß es da auch immer »Die Flieger« heißen.

*Prolog, vor einer Sendung des »Ozeanflugs« zu sprechen*
Hier hört ihr
Den Bericht über den ersten Ozeanflug
Im Mai 1927. Ein junger Mensch
Vollführte ihn. Er triumphierte
Über Sturm, Eis und gefräßige Wasser. Dennoch
Sei sein Name ausgemerzt, denn
Der sich zurechtfand über weglosen Wassern
Verlor sich im Sumpf unserer Städte. Sturm und Eis
Besiegte ihn nicht, aber der Mitmensch
Besiegte ihn. Ein Jahrzehnt
Ruhm und Reichtum und der Unselige
Zeigte den Hitlerschlächtern das Fliegen
Mit tödlichen Bombern. Darum
Sei sein Name ausgemerzt. Ihr aber
Seid gewarnt: Nicht nur Mut und Kenntnis
Von Motoren und Seekarten tragen den Asozialen
Ins Heldenlied.

*Das Badener Lehrstück vom Einverständnis (S. 235)*
Entstehungszeit: 1929. Vorspruch (*Versuche*-Heft 2): »Der siebente Versuch: Das Baden-Badener

›Lehrstück‹ ist nach dem ›Ozeanflug‹ ein weiterer Versuch im Lehrstück. Das Lehrstück erwies sich beim Abschluß als unfertig: dem Sterben ist im Vergleich zu seinem doch wohl nur geringen Gebrauchswert zuviel Gewicht beigemessen. Der Abdruck erfolgt, weil es aufgeführt, immerhin einen kollektiven Apparat organisiert. Zu einigen Teilen existiert eine Musik von Paul Hindemith.«

*Der Jasager und Der Neinsager (S. 247)*
Entstehungszeit: 1929/30. Vorspruch (*Versuche*-Heft 4): »Der elfte Versuch: die Schulopern ›Der Jasager‹ und ›Der Neinsager‹ mit einer Musik von Kurt Weill ist für Schulen bestimmt. Die zwei kleinen Stücke sollten womöglich nicht eins ohne das andere aufgeführt werden.«

*Die Maßnahme (S. 255)*
Entstehungszeit: 1929-1930. Vorspruch (*Versuche*-Heft 4): »Der zwölfte Versuch: ›Die Maßnahme‹ mit einer Musik von Hanns Eisler ist der Versuch, durch ein Lehrstück ein bestimmtes eingreifendes Verhalten einzuüben.«

*Die heilige Johanna der Schlachthöfe (S. 269)*
*Entstehungszeit: 1929-1931. Vorspruch (Versuche*-Heft 5): »Der dreizehnte Versuch: ›Die heilige Johanna der Schlachthöfe‹ soll die heutige Entwicklungsstufe des faustischen Menschen zeigen. Das Stück ist entstanden aus dem Stück ›Happy End‹ von Elisabeth Hauptmann. Es wurden außerdem einige klassische Vorbilder und Stilelemente verwendet: die Darstellung bestimmter Vorgänge erhielt die ihr historisch zugeordnete Form. So sollen nicht nur die Vorgänge, sondern auch die Art ihrer literarisch-theatralischen Bewältigung ausgestellt werden.«

*Die Ausahme und die Regel (S. 317)*
Entstehungszeit: 1929-1930. Vorspruch (*Versuche*-Heft 10): »›Die Ausnahme und die Regel‹, ein kurzes Stück für Schulen, ist der 24. Versuch.«

*Die Mutter (S. 331)*
Entstehungszeit: 1931. Der (revidierte) Vorspruch aus dem *Versuche*-Heft 7: »›Die Mutter‹ mit einer Musik von Hanns Eisler ist eine Dramatisierung des Romans von Maxim Gorki. Die erste Aufführung fand 1932 am Todestag der großen Revolutionärin Rosa Luxemburg statt.«

*Die Rundköpfe und die Spitzköpfe (S. 361)*
Entstehungszeit: 1931-1934. Vorspruch (für *Versuche*-Heft 8, 1933, von dem nur der Umbruch des Stücks vorliegt): »Das Schauspiel ›Die Spitzköpfe und die Rundköpfe oder Reich und Reich gesellt sich gern‹ ist der 17. der ›Versuche‹. Dieses Schauspiel ist auf Grund von Besprechungen entstanden, welche eine Bühnenbearbeitung von Shakespeares ›Maß für Maß‹ bezweckten. Der Plan einer Erneuerung von ›Maß für Maß‹ wurde während der Arbeit fallengelassen.« Zu Beginn des Exils in Dänemark setzte Brecht die Arbeit an dem Stück fort; die neue Fassung mit dem Titel »Die Rundköpfe und die Spitzköpfe oder Reich und Reich gesellt sich gern – ein Greuelmärchen« erschien im Malik-Verlag, London 1938.

*Die Horatier und die Kuriatier (S. 415)*
Vorspruch (*Versuche*-Heft 14, 1955): »›Die Horatier und die Kuriatier‹, 1934 geschrieben, ist ein Lehrstück über Dialektik für Kinder. Es gehört zum 24. Versuch (Stücke für Schulen).«

*Furcht und Elend des Dritten Reiches (S. 427)*
Entstehungszeit: 1935-1938.

*Die Gewehre der Frau Carrar (S. 475)*
Vorspruch (Sonderheft der *Versuche*, Berlin 1953): »Das Stück ›Die Gewehre der Frau Carrar‹ wurde 1937 geschrieben und in Paris mit Helene Weigel als Frau Carrar aufgeführt.«

*Leben des Galilei (S. 491)*
Vorspruch (*Versuche*-Heft 14, 1955): »Das Schauspiel ›Leben des Galilei‹ (19. Versuch) wurde 1938/39 im Exil in Dänemark geschrieben. Die Zeitungen hatten die Nachricht von der Spaltung des Uran-Atoms durch den Physiker Otto Hahn und seine Mitarbeiter gebracht.« Von der dänischen Fassung wurden von Brecht und dem englischen Schauspieler Charles Laughton, der in den USA den Galilei spielte, eine englische Fassung hergestellt. Beide Fassungen dienten als Grundlage für die hier abgedruckte dritte, die Berliner Fassung.

*Mutter Courage und ihre Kinder (S. 541)*
Entstehungszeit: 1939. Vorspruch (*Versuche*-Heft 9, 1949): »›Mutter Courage und ihre Kinder‹, geschrieben in Skandinavien vor Ausbruch des Zweiten Weltkrieges, ist der 20. Versuch. Eine Musik hierzu komponierte Paul Dessau.«

*Das Verhör des Lukullus (S. 579)*
Vorspruch (*Versuche*-Heft 11, 1951): »›Das Verhör des Lukullus‹, der 25. Versuch, 1939 vor Ausbruch des Zweiten Weltkrieges geschrieben, ist ein Hörspiel. Es bildet die Grundlage der Oper ›Die Verurteilung des Lukullus‹, deren Musik Paul Dessau schrieb.«

*Der gute Mensch von Sezuan (S. 593)*
Vorspruch (*Versuche*-Heft 12, 1953): »›Der gute Mensch von Sezuan‹, ein Parabelstück, 1938 in Dänemark begonnen, 1940 in Schweden fertiggestellt, ist der 27. Versuch. – Die Provinz Sezuan der Fabel, die für alle Orte stand, an denen Menschen von Menschen ausgebeutet werden, gehört heute nicht mehr zu die-

sen Orten ... Paul Dessau hat eine Musik dazu geschrieben.«

*Herr Puntila und sein Knecht Matti (S. 643)*
Vorspruch: (*Versuche*-Heft 10, 1950) »›Herr Puntila und sein Knecht Matti‹ ist der 22. Versuch. Es ist ein Volksstück und wurde 1940 nach den Erzählungen und einem Stückentwurf von Hella Wuolijoki geschrieben.«

*Der aufhaltsame Aufstieg des Arturo Ui (S. 685)*
Vorspruch (für ein geplantes, aber nicht mehr zustande gekommenes Heft der *Versuche*, deren Reihe 1957 mit Heft 15 eingestellt wurde): »›Der aufhaltsame Aufstieg des Arturo Ui‹, 1941 in Finnland geschrieben, ist ein Versuch, der kapitalistischen Welt den Aufstieg Hitlers dadurch zu erklären, daß er in ein ihr vertrautes Milieu versetzt wurde. Die Verssprache macht das Heldentum meßbar.«

*Die Gesichte der Simone Machard (S. 729)*
Entstehungszeit: 1941-1943.

*Schweyk im Zweiten Weltkrieg (S. 759)*
schrieb Brecht 1943 in Anlehnung an Hašeks berühmten Roman vom braven Soldaten Schweyk.

*Der kaukasische Kreidekreis (S. 793)*
Entstehungszeit: 1943-1945. Vorspruch (*Versuche*-Heft 13, 1954): »›Der kaukasische Kreidekreis‹ mag als 31. Versuch gelten. Der Stoff – der Streit zweier Frauen um ein Kind und die richterliche Maßnahme, die ihn klärt – ist dem alten chinesischen Stück ›Der Kreidekreis‹ entnommen.«

*Die Tage der Commune (S. 839)*
Vorspruch (im 15. und letzten Heft der *Versuche*, 1957): »Das Stück ›Die Tage der Commune‹ wurde 1948/49 in Zürich nach der Lektüre von Nordahl Griegs ›Niederlage‹ geschrieben. Aus der ›Niederlage‹ wurden einige Züge und Charaktere verwendet, jedoch sind ›Die Tage der Commune‹ im ganzen eine Art Gegenentwurf. Es ist der 29. Versuch.«

*Turandot oder Der Kongreß der Weißwäscher (S. 875)*
In Ergänzung der dem Stück vorangestellten Anmerkung Brechts folgt hier eine weitere: »Den Plan, ein Stück ›Turandot‹ zu schreiben, faßte ich schon in den dreißiger Jahren, und in der Exilzeit beschäftigte ich mich mit Vorarbeiten zu einem Roman ›Das goldene Zeitalter der Tuis‹. Besonders als ich ›Das Leben des Galilei‹ geschrieben hatte, in dem ich den heraufdämmernden Morgen der Vernunft geschildert hatte, bekam ich Lust, ihren Abend zu schildern, den Abend eben jener Art von Vernunft, die gegen Ende des sechzehnten Jahrhunderts das kapitalistische Zeitalter eröffnet hatte.« Brecht konnte die Arbeit an dem Stück erst Anfang der fünfziger Jahre zu einem vorläufigen Ende führen. Zu der von ihm vorgesehenen Inszenierung durch das ›Berliner Ensemble‹ kam er nicht mehr, somit auch nicht zu einer Textvorlage für die Buchausgabe, bei der er noch Probenergebnisse berücksichtigen wollte. In seinem Handexemplar der letzten Fassung steht am Schluß handschriftlich das Datum der Fertigstellung: 10. 8. 54.

*Einakter (S. 907)*
»Die Kleinbürgerhochzeit«, »Der Bettler oder Der tote Hund«, »Er treibt einen Teufel aus«, »Lux in Tenebris«, »Der Fischzug« entstanden 1919. – »Dansen«, »Was kostet das Eisen?« wurden im Frühjahr 1939 im skandinavischen Exil geschrieben. – »Die sieben Todsünden der Kleinbürger« entstand im Frühjahr 1933 in Paris.